Ernst Penzoldt
Die schönsten Erzählungen
Fünfter Band

Suhrkamp

Erste Auflage 1981

Quellennachweise am Ende des jeweiligen Bandes.
Druck: Welsermühl, Wels
Printed in Austria
ISBN 3-518-03823-0

DER DANKBARE PATIENT

Bettruhe

»Ich werde Sie heilen!« sagte mein Arzt.

Da liege ich also in dem freundlichen Zimmer, vor mir die weiße Landschaft des Deckbettes, die mit ihren sanften Hügeln und Tälern an ein Skigelände erinnert. Ich liege und habe Zeit. Ich habe keine Angst davor, einmal gar nichts zu tun zu haben. Denn ich bin in der glücklichen Lage, für den Ablauf des Weltgeschehens ziemlich entbehrlich zu sein. »Ein Mensch kann niemals zu viel Zeit für sich haben noch auch zu wenig zu tun«, sagte Charles Lamb. Die Welt vom Bett aus ist eine andere als die aufrecht durchwandelte.

Es gibt eine ausgesprochene Bettperspektive. Ich kenne Menschen, die sich bei schwierigen Anlässen kurzerhand ins Bett legen, um besser denken zu können, und die wichtige Entscheidungen stets nur von der Bühne des Bettes aus treffen.

Ich bin Patient, bin leidend und geduldig. Das Wort: »Ich werde Sie heilen«, das ein klein wenig an Zauberei und Besprechung erinnern mag, wollte bedeuten, daß der Arzt die Untersuchung beendet und bereits mit der Behandlung begonnen hatte. Es lag darin aber auch zugleich die Anerkenntnis meiner Krankheit. Die Erlaubnis, endlich mit Fug und Recht krank sein zu dürfen, worin manche Menschen törichterweise so etwas wie Schande sehen, war mir nicht unwillkommen. Das Röntgenbild, das Ergebnis der Untersuchung hatten die Glaubwürdigkeit meiner Klagen einwandfrei erwiesen. Ich hatte meinen Krankheitsberechtigungsausweis. Obwohl der Befund nicht gerade ernst, aber keineswegs erfreulich war, bemerkte ich mit einigem Vergnügen, daß auch meine Lieben daheim sichtlich erleichtert waren, daß mir doch etwas Richtiges fehle.

Ich liege auf Zimmer 47. Es ist kein Hotelzimmer. Es ist unzweifelhaft ein Krankenzimmer. Die Türen sind weiß, die Wände altgrün, was dem Auge wohltut. Es ist nicht eben viel, was ich vom Bett aus sehen kann: Bett, Diwan, Sessel und Stuhl, die vier tröstlichen Symbole für die Stationen der Genesung. Auch ein Kleiderschrank ist vorhanden und eine komfortable Waschgelegenheit mit fließendem warmem und kaltem Wasser, besser gesagt mit lauwarmem. Denn das ist vielleicht der einzige Umstand, der an ein Hotelzimmer erinnert, wo es erfahrungsgemäß meist sehr langwierig, wenn nicht überhaupt unmöglich ist, zu einem frischen Trunk Leitungswasser zu gelangen.

Mein Zimmer könnte behaglicher sein, aber das Behagliche ist fast immer etwas unhygienisch.

In einem mit bläulicher Desinfektionsflüssigkeit gefülltem Glase steht das Fieberthermometer. Der Boden des Glases ist mit Watte ausgelegt, die, vollgesogen, etwas Quallen- oder Seeanemonenhaftes hat. Das Thermometer mit seiner silbrig schimmernden Fischgestalt legt die Vorstellung eines Aquariums nahe. Es gibt eine Fischart, die eine lächerliche Ähnlichkeit mit einem gleichsam lebendig gewordenen Fieberthermometer zeigt.

Nebelwolken im Tal

Ein Kruzifix hängt an der Wand, nicht eben ein Kunstwerk, aber auch keine billige Massenware. Leider ist es nur aus Gips. War es nicht Nani, der lustige Bildhauer, von dem Vasari erzählt, daß er, als er zum Sterben kam und man ihm ein Kruzifix reichte, dieses zurückwies und eines von Donatellos Meisterhand verlangte? Er wollte wohl damit sagen, das sei man der Würde des Todes schuldig.

Das einzige Bild, das als Zimmerschmuck dient – es stellt eine Halliglandschaft dar –, ist vielleicht allzu beliebig. Ich wünschte mir statt dessen ein Bild, das einen nicht beunruhigt, einem aber auch nie langweilig wird, auf dem man vom Bett aus mit den Augen seinen täglichen kleinen Spaziergang machen kann: eine Landschaft von Brueghel etwa, lieber noch eine ohne Menschen, wie Caspar David Friedrichs ›Nebelwolken im Tal‹.

Bei der Wahl des Zimmerschmuckes sollte mit der Möglichkeit gerechnet werden, daß jemand in seinem Anblick sterben muß und daß es vielleicht das letzte ist, was er mit irdischen Augen erblickt.

Das Bild, an das ich denke, ist von dieser Art. Es ist nicht groß, seine Farben sind nicht bunt und laut. Es ist ein stilles Bild. Du brauchst es nur eine kleine Weile anzuschauen, so vergißt du dich selbst und deine Krankheit. Du fragst nicht, welche Gegend es darstellt, ob den Morgen oder den Abend, Vorfrühling oder Herbst, Werden oder Vergehen. Wenn auch der Nebel über den Äckern und Wiesen aufsteigt, seine Schwermut ist verklärt durch sanfte Strahlen, die durch die Wolken kommen wie eine Stimme von oben. »Der ganze Himmel war grau«, steht von Friedrichs eigner Hand in einem seiner Skizzenbücher geschrieben. Und es ist, als meine er damit gerade dieses Bildnis der Natur. Es ist so zeitlos, daß es ebensogut die Stunde der Schöpfung bedeuten könnte, als der Herr die Feste des Himmels von der der Erde schied, wie die erste Ahnung des Weltendes. Das Schwere vermählt sich mit dem Leichten, Himmel und Erde wollen einander durchdringen, empfangen und hingeben.

Gott ist über der Landschaft, sein Auge blickt hernieder. Es ist freilich nicht abgemalt wie auf alten Bildern, aber man spürt die Stelle, wo es gedacht ist: Über dem wallenden Nebel, über dem Berg in den Wolken, dort, wohin sich die Bäume strecken. Die Landschaft könnte der Hintergrund eines biblischen Geschehens sein. Am Rain des Ackers entlang kannst du wandern. Auf der Brücke verweilst du. Noch ist das Tal verhüllt. Du gehst den Hügel hinab. Niemand ist unterwegs. Die Landschaft nimmt dich auf.

Ihr Anblick verträgt sich mit Hoffnung und Trauer. Es ist freilich kein lustiges Bild, aber das Lustige tröstet den Leidenden nicht. Das Leidverwandte tut ihm gut.

Der Reisewagen

Das Zimmer und alles, was darin ist, gehört als ein notwendiger Bestandteil durchaus schon zur schönen Heilkunst. Das wichtigste Möbel darin aber ist das Bett, das Theatrum mortis et amoris. Von den vier Pfosten getragen, ruhen wir darin zwischen Himmel und Erde, der Erde freilich näher, aber doch ein weniges über sie hinausgehoben. Früher hatte es noch mehr das Ansehen und den Anspruch eines Heiligtums, darin man sich verschloß zu schlafen, zu träumen, zu lieben, des aufrechten Wandelns und Wachens müde, dem Gebot des waagrechten Daseins in uns, und der Nacht zu gehorchen.

Ein Baldachin oder Betthimmel war darüber getan mit schweren Vorhängen. Man ging ins Bett wie in ein Zelt. Man stieg ein wie in einen Reisewagen. Aber der Wagen fuhr nicht. Er war der einzige Ort der Welt, der sich nicht bewegte, er war ihre ruhende Mitte. Was hatte es dann aber für einen Sinn, das Bett mit kunstreichen Schnitzereien aus edlen Hölzern zu zieren, wenn es der Schläfer doch nicht sehen konnte und eigentlich nichts davon hatte? Es geschah nicht ihm zu Gefallen, es bedeutete eine Huldigung an unser zweites Leben, an das stille Wirken im Schlaf, an den Traum, die Liebe und den Tod. Wir sind geneigt, dem wachen Leben viel zuviel Recht auf uns zuzugestehen. Wir fürchten, etwas zu versäumen, wenn wir nicht überall mit dabei sind. Wir meinen, jede Stunde Schlaf sei Zeitverschwendung.

Nein, wir versäumen nichts. Es war ganz in der Ordnung, wenn die alten Meister jenes andere, das liegende

Leben ehrten und ihm einen kostbaren Tempel bauten. Sie schufen Denkmäler zu seinem Gedächtnis, Betten aus Stein, mit steinernen Kissen und Tüchern, auf denen Fürsten und Heilige ruhen, im Schlafe die Hände faltend und betend. Sie gleichen nicht Toten, sondern andächtig Schlafenden. Manche von ihnen haben die Augen offen, aber es gelingt uns nicht, ihren Blick zu fangen. Sie schauen uns nicht in die Augen, wie Bildnisse es tun, sie sehen an uns vorbei oder durch uns hindurch, als wären wir nicht vorhanden. Sie nehmen uns nicht wahr. Wer schaut, was sie schauen, bedarf nichts weiter.

Meine Bettstelle ist von anderer Art. Sie ist aus Metall, weiß gestrichen, abwaschbar, ein schmuckloses klinisches Gerät, ohne Geheimnis, dem Feldbett verwandt, soldatisch. Für ein Krankenlager muß es wohl so beschaffen sein. Es darf keine Erinnerungen haben wie jene Himmelbetten, in deren Holz die Totenuhr tickt, in deren Vorhängen die Träume wohnen. Nicht einmal ein paar Bauernblumen sind darauf gemalt, auch keine roten Herzen wie auf das Bett meiner Kindheit. Für Krankheitskeime bietet es keine Möglichkeit, sich einzunisten. Es dient lediglich zur Aufbewahrung des Patienten. Aber man liegt ausgezeichnet darin.

Warum hat man dem Erfinder des Bettes noch kein Standbild gesetzt? Die alten Spartaner in allen Ehren, aber es geht doch nichts über ein gutes Bett. Ich möchte nicht der Verweichlichung das Wort reden, aber wer keine Beziehung zu einem guten Bette hat, ist gewiß auch kein guter Mensch. Als mir einmal ein Engländer versicherte, in Deutschland gäbe es die besten Betten der Welt, war ich nicht wenig stolz, obwohl ich eigentlich nichts dafür konnte. Die Engländer übrigens, so ließ ich mir sagen, lieben es, wenn die Bettdecke am Fußende möglichst stramm hineingestopft ist. Ich mag es locker einschlagen, damit meine Zehen die Annehmlichkeit haben, mit den kühlen, glatt gebügelten Kanten des Leinenüberzugs zu spielen. Dagegen schlafe ich besser ›beschwert‹ von einem gewichtigen Deckbett als unter einer noch so molligen, aber allzu leichten Daunendecke. Mein Kopf will eine harte Unterlage, ein kleines Roßhaarkissen ist ihm am liebsten. Das ist wohl bei jedem Menschen so verschieden wie das Zubettegehen. Manche kriechen ins Bett, etwelche steigen ins Bett. Ich kenne jemanden, der springt ins Bett mit beiden Füßen zugleich wie in einen Weiher. Das Nachthemd gilt heute als altmodisch, ich ziehe es jedoch dem sogenannten Schlafanzug bei weitem vor. Ich glaube sogar, daß es gesünder ist. Zudem haben die Beinkleider das lästige Bestreben, sich während des bewegten Schlafes über die Waden zum Knie heraufzuschieben. Es bedarf beim Aufstehen eines Schlenkerns der Beine, sie wieder zum Hinabrutschen zu bringen. Immer sind sie zerknittert und verkrüppelt. Auch das Oberteil verschiebt sich gerne, so daß in der Kreuzgegend eine nackte Stelle klafft, dort, wo ich gegen Frösteln besonders empfindlich bin. Das weite lange Nachthemd dagegen ist das klassische Gewand des Schlafes und der Träume, das rechte Priesterkleid der Nacht. Es ist kindlicher vielleicht als der Bettanzug, aber werden wir nicht alle im Bett zu Kindern? Und vollends die Kinder, wenn sie in ihren langen Hemden barfüßig, zärtlich-schläfrig, engelgleich zum Gutenachtsagen unter die Erwachsenen treten, unter die Bekleideten und Gestiefelten, wen rührte es nicht? Am liebsten sind mir freilich die Hemden, die schon oft gewaschen und gehörig abgetragen sind, wenn sie beginnen, dünne Stellen zu kriegen. Ich trenne mich nur ungern davon.

Das Essen im Bett ist noch nicht zur vollsten Zufriedenheit gelöst. Das Accumbare, das Bei-Tische-Liegen der Alten, wollte mir nie recht einleuchten. Gewiß, es ist herrlich, im Bette zu frühstücken, den Kaffee oder die Schokolade ans Bett gebracht zu bekommen und zwischenhinein die Post zu öffnen. Aber angenehm zu Mittag essen kann man nicht im Bett. Der ideale Bettisch ist noch nicht erfunden. Eine geeignete Körperhaltung ohne unnatürliche Anspannung der Bauchmuskulatur, den richtigen Abstand für ein müheloses Zusichnehmen der Speisen wenigstens annähernd herbeizuführen, ist nicht leicht. Für diesen wichtigen Akt wäre ein verstellbares Bett, darin man während der Mahlzeit natürlich und entspannt wie etwa in einem Lehnstuhl säße, vonnöten. Nach dem Essen gar, das man von der Seite her einnimmt, wobei man sich mühsam auf den Ellenbogen stützt, sinkt man meist ziemlich erschöpft in die Kissen zurück. Brösel im Bett sind etwas ganz Abscheuliches. Noch kümmert es mich freilich wenig. Ich bekomme vorläufig nur sanfte Milch, und es ist ein wahres Glück, daß ich sie leidenschaftlich gern trinke. Schon nach kurzer Zeit habe ich das wohltuende Gefühl der Entgiftung. Meine Natur hat sich verwandelt. Ich bin milchblütig geworden.

Mein Leben gleicht einem frommen Fasten, und mein Krankenzimmer hat etwas von einer Klosterzelle. Ich bin der Welt abhanden gekommen.

Ich habe meine Ruhe und genieße sie. Wenn man so liegt, lang ausgestreckt, dann empfindet man auf einmal, wie weit weg von einem die Füße sind und wie nahe man dem Gesicht ist. Der Mensch hat schon ungefähr ein Gefühl dafür, wo er gleichsam sich selbst am nächsten ist, wo also sein Ich sitzt oder doch wenigstens, wo nicht.

Die meisten meiner Bekannten werden es vielleicht erst nach geraumer Zeit, manche überhaupt nicht, gewahr werden, daß ich fehle. Ich bin, wenn ich's so recht bedenke, nicht nur nicht unersetzlich, ich bin schlechthin überflüssig. Es bedarf keines Ersatzes für mich, und es ist streng genommen niemand auf mich angewiesen. Wenn ein Gärtner krank ist, so verwildert oder verschmachtet sein Garten. Gewiß, seine Arbeit kann ein andrer für ihn tun, aber sie muß getan werden. Bei mir ist das nicht notwendig. Ich sehe ein, daß ich, was meine Stellung in der Welt betrifft, völlig machtlos bin. Ich bin ganz auf das Wohlwollen meiner Mitmenschen angewiesen. Mich wird niemand bitten zu bleiben, bis ein Ersatz für mich gefunden ist, es sei denn aus persönlicher Zuneigung. Die Welt geht ohne mich ungestört weiter, und ich bin nicht traurig darüber, womit ich beileibe nichts gegen diejenigen sagen will, die glauben, unersetzlich zu sein. Wenn mich die Welt nicht sieht, nun, so sehe ich doch die Welt.

Die alte Dame

Es klopft leise, und auf mein ›Herein‹ öffnet sich behutsam die Tür. Eine alte Dame tritt ein. Sie ist nicht groß und neigt zu behaglicher Rundlichkeit. Aber ihr Gesicht hat sich davon freigehalten. Es ist jung geblieben. Es ist ein schönes, kluges Gesicht, mit einer Pfirsichhaut und grauen, schaulustigen Augen. Die alte Dame ist sehr gepflegt und weiß sich gut anzuziehen. Man hat ihr den Spitznamen ›Madame au Crème Simon‹ gegeben.

Ein sanftes Lila, etwas ins Graue spielend, ist ihre Lieblingsfarbe. Es steht ihr gut zu Gesicht und zu ihrem Silberhaar.

Die alte Dame kennt das Zimmer schon, in dem ich liege, sie hat es selbst einmal bewohnt, und es bereitet ihr eine vergnügliche Genugtuung, daß sie es war, die mich mit sanfter Überredung und Zähigkeit allmählich dazu gebracht hat, mich der Klinik anzuvertrauen.

Die alte Dame ist selbst eine erfahrene Krankheitskünstlerin, eine Edelpatientin. Sie weiß, was man seiner Krankheit schuldig ist, daß sie geschmeichelt sein möchte. Sie empfängt sie mit königlicher Huld und kleidet sich ihr zu Ehren mit ausgesuchter Sorgfalt. Sie soll es gut haben bei ihr. Welch greulicher Anblick, wenn ein Patient die nötigen Höflichkeitsformen vermissen läßt, womöglich, einen alten Strumpf um den Hals, mit wirrem Haar und ungepflegt im Bette liegt!

Was würde da die alte Dame daraus machen! Sie hat ihr hübschestes Hemd an und benutzt ihre feinsten Spitzentaschentücher. Kölnisch Wasser steht zur Hand. Das Buch, das sie liest, steckt in einer hübschen Buchhülle.

Nun sitzt sie an meinem Bett, einen lila Häkelschal um die Schulter gelegt, und nimmt ihr Merkbüchlein zur Hand, darin sie in Stichworten aufgezeichnet hat, was sie mir erzählen wollte. Denn sie erlebt immer etwas Nettes mit dem freundlichen Schaffner der Trambahn, mit dem gefälligen Taxichauffeur oder einem galanten Schutzmann. Sie hat mir Blumen mitgebracht, die sie geschenkt bekam. Sie bekommt immer Blumen, wie ein gefeiertes junges Mädchen, obwohl sie heuer siebzig wird.

Die Glanzzeit ihres Lebens – fast hätte ich gesagt, ihre Regierungszeit – fällt mit der Jahrhundertwende zusammen. Es ist die wilhelminische Epoche, die erst jetzt in ihren Vorzügen und Schwächen vom Hintergrund der Geschichte sich klarer abzuheben beginnt. Als die alte Dame heiratete, war sie achtzehn, ihr Bräutigam sechsunddreißig, also doppelt so alt, was eine Tante zu der Bemerkung veranlaßte: »Du armes Kind, wenn du dreißig wirst, ist dein Mann schon sechzig.« Sie hatten am selben Tag Geburtstag.

Nach der ersten Einladung, die das Ehepaar gab – es war vor meiner Zeit –, fand die junge Frau die Köchin aufgelöst in Tränen und so völlig untröstlich in der Küche, daß sie, außerstande den großen Jammer zu stillen, den Gatten zu Hilfe rief, der dann freilich sogleich die richtige Diagnose stellte. Das traurige Mädchen nämlich war nur betrunken. Es hatte sämtliche Reste ausgeleert.

Die alte Dame hat ein Kleid aus jener Zeit bewahrt, dessen Taille so schlank ist, daß bislang kein junges Mädchen gefunden wurde, dem es passen wollte.

Sie war so jung, daß ihr Ältester, gemahnt, etwas respektvoller mit ihr umzugehen, sich auf den so geringen Altersunterschied berief. Es mag wohl so gewesen sein wie bei einer jungen Frau aus unserem Freundeskreise, die wie die Schwester ihrer großen Kinder wirkt.

Die alte Dame stammt aus einem Doktorhaus, ihr Vater und ein Bruder waren Ärzte wie ihr Gatte. Drei ihrer Söhne wurden gleichfalls Mediziner.

Der Schatten der Krankheit lag auf der jungen Ehe, die Kinder wurden unter Krankheiten groß.

Die alte Dame sitzt an meinem Bett und erinnert sich. Sie verjüngt sich, während sie spricht. Sie lehnt sich zurück, ihre kleinen gepolsterten Händchen liegen lässig über der Armlehne, ja, sie schlägt ein Bein über. Sie nimmt die bequeme Haltung ihres Zeitalters an, es fehlt nur der Fächer. Sie erzählt von den Wohltätigkeitsfesten zum Besten der Volksheilstätten für Lungenkranke, die sie ›arrangierte‹. Der Redoutensaal der kleinen, lebensfrohen Universitäts- und Garnisonstadt ist in einen bunten Jahrmarkt verwandelt mit Kuriositätenkabinett, Wanderzirkus, Überbrettl, Sektbude und Glückshafen. Sie erzählt von der Geselligkeit jener Tage und daß es manchmal nicht ganz leicht war, die Beteiligten unter einen Hut zu bringen, ihre gesellschaftliche oder künstlerische Eignung richtig anzusetzen, Gekränkte zu versöhnen.

Es war die Zeit der Paillettenkleider, des Dekolletés, der Puffärmel und Schleppen, des Kotillons und des Sonnenschirms, die Zeit, da es für eine schöne Frau noch als unpassend galt, sonnverbrannt zu sein. Sie war schön, wenn ihre Arme marmorweiß und ihr Gesicht pfirsichfarben waren. Man trug Glacéhandschuhe, die bis an die Schultern reichten, die Herren trugen Rauschebärte. Die alte Dame entsinnt sich noch aller Namen, sie weiß auch, wer alles sich verlobt hat auf dem Rektoratsball und auf dem ›Jour fixe‹, welches Kleid die bildschöne Frau F. trug und wer ihr den Hof machte. Man tanzte Walzer, schottisch, Quadrille und Française. Die Washingtonpost freilich, die viel Platz brauchte, da die Paare quer durch den Ballsaal jagten, vermochte sich nicht recht durchzusetzen. Es gab noch eine strenge Tanzordnung und allerliebste gedruckte Tanzkarten, in die die Tänzer sich mit winzigen Bleistiften, die an Seidenschnüren baumelten, einzutragen hatten. Man bat um einen Tanz. Es gab Damenwahl mit Kotillonorden, die man dem Tanzherrn mittels Stecknadeln an die Brust heftete. Während die alte Dame erzählt, kann sie zuweilen aussehen wie ein junges Mädchen, sie kann verliebt dreinschauen wie ein Backfisch, sie kann lachen und weinen wie ein Kind. Kann sie überhaupt böse werden? Kann sie jemandem wehe tun?

Den hundertsten Todestag Schillers beging die Stadt meiner Kindheit mit einer festlichen Aufführung des ›Wilhelm Tell‹. Das alte markgräfliche Barocktheater, älter als das Stück, war der Schauplatz. Man hatte sich keine Schauspieler verschrieben, das Gemeinwesen der Universität wollte selbst seinen Dichter spielen: Dozenten, Professorenfrauen, Studenten waren die Akteure.

Die alte Dame spielte die Armgard. Es ist eine kleine, keineswegs repräsentative Rolle. Ein abgehärmtes Weib wirft sich dem Geßler zu Füßen, mit leidenschaftlicher Anklage.

Ich war damals dreizehn Jahre alt. Ihr Auftreten erschütterte mich sehr. War es denn wirklich die gepflegte Frau, die vormittags mit einer Schürze, daran ein leise klirrender Schlüsselbund hing, den sie oft verlegte, staubwischend, hausfraulich durch die Zimmer ging, die sich dann für einen Gang in die Stadt herrichtete und Besorgungen machte, mittags die Suppe ausschenkte, den Tee bereitete und Briefe schrieb? Es war eine fremde Frau, ein völlig anderes Wesen, mit verwirrtem Haar und gelber Haut. Und während sie dem Landvogt entgegenrief: »Wir sind so grenzenlos unglücklich, daß wir nicht nach deinem Zorn mehr fragen –«, stürzten ihr die Tränen aus den Augen. –

In den unruhigen Novembertagen 1918 ging ich mit ihr durch die kleine Stadt. Plötzlich faßte sie mich am Arm: »Barrikaden«, flüsterte sie erregt. An einem Gehsteig lagen ein paar Bohlen, lediglich zu dem Zweck, einem Kohlenwagen die Überquerung der Bordkante zu erleichtern.

Die alte Dame hat sich eine Arbeit aus dem Beutel genommen, und auf einmal sieht sie nicht mehr wilhelminisch aus, sie ist zurückgekehrt in die Zeit, da sie ein Kind war. Sie gleicht dem weimarischen Zimmer, in dem sie wohnt, mit den blonden Möbeln und dem Bildnis Lavaters über dem Schreibtisch. Ihr Haar ist schlicht gescheitelt. Sie trägt Großmutters Brosche. Zum Arbeiten bedarf sie der Brille. Aber sie ist nicht müde. Sie ist ein geselliger Mensch, sie liebt das Leben und hat etwas davon. Sie hat die Fähigkeit, Zorn und Zärtlichkeit, Freude und Trauer bei sich und anderen mit der gleichen verschwenderischen Empfindung und Wonne zu erleben.

Die Aquädukte

Der Tag des Patienten beginnt zeitig. Meist ist er schon gewaschen, wenn die Schwester kommt und fragt, wie er geschlafen habe. Er darf zum Waschen aufstehen und tut es in aller Ruhe und Ausführlichkeit. Es erfrischt ihn und macht ihn zugleich müde. Das Baden ist ihm vorläufig noch nicht gestattet, denn die Hungerkur schwächt. Er ist froh, wenn er wieder liegt. Während die Schwester lüftet und das Bett macht, worin sie eine bewundernswerte Geschicklichkeit zeigt, sitzt der Patient im Lehnsessel. Er schaut zu, wie sie die Kissen aufschüttelt, schlägt und mit einer modellierenden Handbewegung glattstreicht. Er hat das Gefühl, wenn sie innehielte, würden die Kissen sich von selber ordnen, aus Gewohnheit. Es ist ein deutlicher Unterschied zwischen einem frisch gemachten und dem völlig neu überzogenen Bett, in dem man die erste Nacht gewöhnlich unruhig schläft und seltsame Dinge träumt, bis man das Leinen einmal durchwärmt und der Körper sich damit befreundet hat. Das frisch gerichtete kühle Bett aber gehört zu den täglichen kleinen Freuden im Leben des Kranken. Das Messen empfindet er geradezu schon als Beschäftigung.

Die Schwester reicht ihm das Thermometer, nachdem sie einen prüfenden Blick darauf geworfen hat, ob auch das Quecksilber heruntergeschüttelt ist. Sie legt dabei den Kopf ein wenig auf die Seite und lehnt den Oberkörper zurück, als sei sie weitsichtig. Während des Messens zählt sie schweigend den Puls nach der Uhr. Ihr Gesicht hat dabei einen träumerischen Ausdruck. Sie hat ihre Finger locker um das Handgelenk des Patienten gelegt, wie man einen Fiedelbogen hält. Es ist ein feierlicher, andächtiger Augenblick. Auch der Arzt fühlt den Puls. Er blick dabei dem Kranken vertraulich in die Augen, er setzt sich in Verbindung mit ihm. Er tändelt etwas mit der Hand und gibt ihr vielleicht einen beruhigenden Klaps, ehe er sie losläßt und wie ein Wesen mit Eigenleben auf die Bettkante zurücklegt.

Ich habe die Wahrnehmung gemacht, daß bei der sogenannten erhöhten Temperatur das Krankheitsgefühl, die körperliche und seelische Abgespanntheit, viel lästiger sein kann als bei einem tüchtigen Fieber etwa zwischen 38 und 39 Grad, das, wenn es nicht zu lange währt, geradezu ein gewisses Wohlbehagen, ein gesteigertes Lebensgefühl hervorruft und die Gedanken wunderbar beflügelt. Nur ungern aber denke ich an jene Fieberträume mit dem vernichtenden Gefühl des Wehrlospreisgegebenseins und den zwangsläufig sich immer wiederholenden, gleichen quälenden Bildern: ein gespenstiges Schiff kann es sein, das in rasender Fahrt unaufhaltsam näher und näher braust und an den Felsen scheitert, oder, so träumte ich als Kind viele Male, eine schwarze Droschke, die durch die nächtlichen Straßen auf mich zukommt, erst von fern und leise, dann laut und lauter werdend, schneller, immer schneller, bis sie riesengroß und dunkel über mich wegrollt. Denn ich kann ihr nicht ausweichen, nicht entfliehen. Ich vermag mich ja nicht von der Stelle zu rühren. Aber nun ist es vorüber. Nein, es beginnt von neuem. Ich höre sie schon kommen. – Vielleicht habe ich in meiner Angst geschrien. Denn meine Mutter schaut nach mir. Ich höre sie deutlich sagen: »Er schläft.« Ich will rufen: ›Nein, ich schlafe nicht.‹ Aber ich kann mich ihr nicht verständlich machen. Ich habe nicht die Kraft, die Augen aufzuschlagen oder eine Hand zu regen. Wie laut ich auch zu schreien meine: ›Hilfe, Hilfe!‹, ich bringe keinen Ton über die Lippen. Die Mutter geht beruhigt aus dem Zimmer, das mir vollkommen gegenwärtig ist, und die Droschke rollt von neuem heran.

Für den Fieberkranken sind Traumwelt und Wirklichkeit gleichgeordnete, feststehende Tatsachen. Er kann eben noch irreredend ohne jeden Übergang eine klare diesseitige Frage stellen, etwa, wie spät es sei. Es ist für den Besucher oft gar nicht leicht zu unterscheiden, wo die Grenze liegt. Eben hat der Fiebernde sich mit einer gewissen Aufgeräumtheit nach den Kindern erkundigt und vielleicht einen Scherz gemacht, aber auf einmal sagt er, ohne die Miene oder den Plauderton zu verändern, Dinge, die ein wenig wunderlich sind. Du merkst es nicht gleich; denn es steckt ein Sinn darin, der zuweilen poetischen Zauber hat. Der Ausgangspunkt ist ein gewöhnliches Glas Wasser, das auf dem Nachttisch steht, so weit kannst du folgen, aber es ist ein besonderes Wasser. Nicht jeder bekommt es. Der Kranke hatte viel Scherereien mit den Behörden, bis er es endlich bekam. Er mußte schlau zu Werke gehen. Die Aquädukte nämlich, die es von weither brächten, die wandernden Bogen, seien doch an manchen Stellen schadhaft, nicht wahr, es fehle dazwischen bekanntlich ab und an ein Stück. Nun habe man als Lückenbüßer junge Mädchen angestellt, die mit ihren erhobenen Händen eine Rinne bildeten, wofür sie leider sehr schlecht bezahlt würden. Man sollte wirklich etwas für sie tun! Wie leichtfertig man das kostbare Wasser trinke! Er müsse immerzu an die Mädchen denken, die Tag und Nacht mit aufgehobenen Händen stehen müßten, damit kein Tropfen verloren werde. – Wenn du dann gehst, wird er dich chevaleresk verabschieden und bitten, Grüße zu Hause zu bestellen, und noch einmal fast beunruhigt sagen, daß er sich dauernd den Kopf zerbräche, wie man die wirtschaftliche Lage der armen Mädchen verbessern könnte.

Aquädukte, wandernde Bogen – das ist eine einleuchtende Fiebertraumvorstellung. Fieber ist rot, sagte mir eine junge Frau, sie sähe dabei kreisende, sich gegenseitig überholende Ringe. Sie ähneln den Kringeln, die geschickte Raucher hervorbringen, indem sie die Lippen ründen und mit dem Zeigefinger an die Wange klopfen.

Süße und bittere Arzenei

Ich bekomme Tabletten, niedliche, weiße, harmlose Plätzchen, an deren Heilkraft ich wohl oder übel glauben muß. Denn sie ist unsichtbar. Die herstellende Firma will offenbar der Zimperlichkeit der Patienten im Einnehmen von Arzneien so zartfühlend wie möglich entgegenkommen. Die Gebrauchsanweisung hebt es als rühmenswerte Eigenschaft hervor, daß die Tabletten völlig geruchlos, geschmacklos und farblos seien und leicht vertragen werden. Jedes Kind kann sie ohne Schaden nehmen. Sie schmecken wirklich nach nichts, höchstens nach Gips. Sie sehen alle aus wie Aspirin und unterscheiden sich äußerlich nur durch die eingeprägten Miniaturinschriften.

Da lobe ich mir doch den herzhaften, Zutrauen erwekkenden aufpulvernden Geschmack etwa der Chinatinktur, selbst wenn sie noch so bitter ist. Ich muß etwas fürs Auge haben. Ich will es dem Mittel ansehen und anschmecken, ob es hilft. Was wäre eine Apotheke ohne den heilsamen kühlen Duft nach herbstlichen Kräutern und aromatischen Ölen, nach Anis, Baldrian, Kampfer und Perubalsam! Die Arzneiflasche auf dem Nachttisch mit der lustigen Rezeptfahne ist leider längst aus der

Mode gekommen. Das Kranksein hat keinen Stil mehr. Es fängt an, unromantisch und poesielos zu werden. Zwischen einer Apotheke und einem Schokoladengeschäft ist kaum noch ein Unterschied. In beiden werden fertige, freilich oft ganz allerliebste Packungen verkauft, wahre Überraschungspakete mit kunstgewerblichem Einschlag. Ich gebe zu, daß es einiges Vergnügen macht, sie zu enthüllen und in der reichlich beigegebenen Literatur zu schmökern, die dank ihrer blühenden Sprache an die bekannten Waschzettel bei Büchern erinnert. Aber noch lieber ist es mir, dem Apotheker zuschauen zu können, wenn er behutsam ein Rezept bereitet, ein Genuß, der freilich immer seltener wird. Er bedient sich dabei einer eingekniffenen Spielkarte, ein Herz-As ist es vielleicht, und klopft mit dem Zeigefinger an die Kante, um das Pülverchen in die durchscheinende Hornschale der zierlichen Gerechtigkeitswaage mit den grünen Schnüren zu stäuben, damit es nicht zu wenig sei und nicht zu viel. Oder er greift nach den Standgläsern, einen Zaubertrank zu mischen oder eine geschmeidige Salbe. Man merkt es ihm ordentlich an, daß er nun erst in seinem eigentlichen Element ist.

Tollkirsche

Der Patient hat keine Schmerzen. Er fühlt sich schon nach drei Tagen Bettruhe so wohl, daß er am liebsten aufstehen möchte. Allein der Arzt erinnert ihn daran, daß er diesen glücklichen Zustand der Arznei verdanke, die seine Beschwerden zwar gelindert, das Übel selbst aber keineswegs beseitigt habe. Sie hat nur den Krampf gelöst.

Eigentlich ist es ein Gift, wohltätig nur, wenn es in kleinen Gaben verabreicht wird. Es wird aus der Tollkirsche gewonnen, aus Atropa Belladonna, was verdolmetscht ›Frauenschön‹ bedeutet. Atropa indessen gemahnt an die Parze Atropos, die uralte todbringende Schicksalsschwester mit der Schere, die den golddurchwirkten Lebensfaden abschneidet.

Die Tollkirsche wächst wild an unheimlichen Orten. Sie ist eine lichtscheue ungesellige Pflanze. Sie bedarf des Schattens und der Finsternis zur Bereitung ihres Giftes, das nach den einen in den Samen, nach anderen aber in der blühenden Pflanze am reichsten vorkommt. Sie blüht im Juni und Juli. Ihre Haltung ist von steifer Grazie. Ihre nickenden, zartgeäderten Blütenglocken sind im Grunde weiß-gelb, nach dem Kelchrand zu braunviolett und entspringen in den Blattachseln. Die ovalen Blätter werden in der Blütezeit gesammelt und im Dunkeln getrocknet; denn die Sonne entgiftet sie. Ihr Geruch ist schwach betäubend, ihr Geschmack scharf und bitter. Früher bereitete man aus dem rötlichen Saft der glänzend schwarzen, sehr giftigen Früchte, die im Volk auch Wolfskirschen, Wutbeeren und Teufelsbeeren heißen, Schminke, Schönheitswässer, Liebes- und Zaubertränke. Eltern warnen ihre Kinder, davon zu essen; denn sie gleichen von ungefähr Kirschen. Doch haben sie einen anderen Blick: sie sehen uns geil und böse an.

Die Tollkirsche gehört zur ungemütlichen Sippe des Stechapfels und der schlafbringenden Mandragora, der Zauperpflanze der Alten, der unsere Alraune entspricht. Sie ist eine Verwandte des ›verfluchten Bilsenkrautes‹, mit dessen Saft König Claudius seinen Bruder, Hamlets Vater, im Schlaf ermordete, mit »schnödem Trank, aus mitternächtgem Kraut, dreimal vom Fluche Hekates betaut...«

Die Wirksamkeit des Giftes ist im Wechsel von Tag und Nacht gewissen Schwankungen unterworfen. Es hat seine Gezeiten. Durch Einträufeln des Saftes ins Auge, selbst in winzigen Mengen, wird eine Erweiterung der Pupille hervorgerufen, die am stärksten bei Menschen, Hunden und Katzen, schwächer bei Kaninchen in Erscheinung tritt. Bei Fröschen bedarf es großer Gaben, bei den Vögeln fehlt sie ganz. Die Wirkung ist örtlich. Es tritt eine Lähmung oder Ruhigstellung der Akkomodationsfähigkeit der Regenbogenhaut ein, die dem Arzt die Untersuchung des Augenhintergrundes erleichtert und die Iris bei Entzündungen aus dem Bereich der Linse fernhält. In ähnlicher Weise vermag das Gift krampfhafte Zusammenziehungen des Herzens und des Darmes zu lösen.

Bei Vergiftungen durch die Tollkirsche oder Wutbeere treten Erregungszustände auf, veitstanzähnliche Zukkungen, lautes und sinnloses Reden, Lachlust, seltener Weinen, endlich Tobsucht und Raserei. Die Pupille ist erweitert und gegen Licht unempfindlich, das Auge groß und dunkel, glänzend, der Beere der Pflanze ähnlich, die das Gift bereitet. Doch wird die Pflanze von Schafen und Ziegen auf der Weide nicht gemieden und ohne Schaden gefressen. Es gibt eine Käferart, der die Blätter als wichtigste Nahrung dienen. Warum ist die Tollkirsche giftig? Dient ihr das Gift zur Erhaltung der Art, daß man sie in Frieden läßt, oder will sie sich nur damit nützlich und unentbehrlich machen? Weiß sie, daß sie giftig ist? Sie muß es wissen, und sie weiß vom Menschen, sie weiß vom Auge und daß sie gesehen wird.

Die für die Augenheilkunde unentbehrliche pupillenerweiternde Eigenschaft wurde durch den großen Naturforscher F. F. Runge durch einen artigen Zufall entdeckt.

Als Runge in seiner Lübecker Lehrlingszeit zwecks Herstellung einer Arznei eingekochten Saft von Bilsenkraut mit Wasser verrühren sollte, sprang ihm ein Tropfen davon ins Auge. Alsbald stellte sich Jucken und Flimmern ein, und die Pupille vergrößerte sich dergestalt, daß das Auge einen ähnlichen Anblick wie bei schwarzem Star bot. Die Sehkraft war stark beeinträchtigt. Allein schon nach wenigen Tagen verschwanden die lästigen Erscheinungen völlig.

Einige Wochen nach diesem denkwürdigen Geschehen, in dem sich die Natur wie von selbst einem Kundigen verriet, im wahrsten Sinne des Wortes ins Auge springend, besuchte Runge ein junger Edelmann, mit dem ihn genaue Freundschaft verband. Der junge Mensch erzählte ihm, daß er sich zu der von Napoleon befohlenen Truppenaushebung für den geplanten russischen Feldzug stellen müsse und angesichts seiner blühenden Gesundheit wohl sicher genommen werde. Dies wolle ihm gar nicht gefallen. Er sei im Gegenteil entschlossen, sich lieber eine Hand abzuhacken, als mit dem Korsen gegen die Moskowiter zu Felde zu ziehen. Das könne er billiger haben, versetzte Runge. Wenn er seiner Kunst vertraue, werde er ihn für eine Weile so gut wie blind machen. Das ließ sich der unglückliche Rekrut nicht zweimal sagen, und Runge tröpfelte ihm den mitternächtigen Saft in die Augen. Er ward auch wirklich von der Kommission als kriegsuntauglich befunden. Die Sehkraft stellte sich alsbald wieder ein. Von den Rekruten kam kein einziger aus Rußland zurück.

Später, in Jena, erhielt Runge, stadtbekannt »als einer, der stets in Giftpflanzen wühlt und dabei gar etwas Nützliches leisten will«, den Beinamen Dr. Gift. Goethe, der von ihm hörte, ließ ihn zu sich bitten. Als der junge Forscher, völlig unerfahren in den höfischen Umgangsformen und Titulaturen, angetan mit einem geliehenen schwarzen Frack, auf dem Kopfe den Philisterhut, eine Katze auf dem Arm, sich zu Goethes Gasthaus begab, eregte sein Anzug solches Aufsehen, daß ihm die Studenten mit dem Ruf: Dr. Gift! den Weg verstellten, ihn aber sogleich ziehen ließen, als er sagte, er sei zu Goethe befohlen.

Der junge Chemikus Runge wird sehr freundlich empfangen und ist so überwältigt von der Begegnung, daß er, alle Etikette vergessend, dem Olympier seine Katze entgegenhält, ihm die große Erweiterung der einen Pupille durch den Saft zerstampften Bilsenkrautes zu demonstrieren. Nach einem gelehrten Gespräch über ähnliche Wirkungen anderer Pflanzen und ihre mögliche Verwendung als Gegengifte entlassen, empfiehlt sich Runge und eilt in glücklicher Verwirrung die Treppe hinunter, auf die herab ihm Goethe noch nachruft: »Sie vergessen ihren Famulus.« Ein Diener trägt die Katze nach, die inzwischen ruhig auf dem Kanapee gesessen hat.

Die Schwestern

Vielleicht ist es besser, wenn die Schwestern, die mich pflegen, nicht wissen, daß ich während des letzten Krieges Sanitäter war, im Feldlazarett und bei der Infanterie, daß ich vier Jahre lang Verwundete und Kranke gepflegt habe. Eine Zeitlang war ich auch Instrumentarius, so nannte man es, und habe in dieser Eigenschaft dem Chirurgen die Instrumente gereicht, Klemmen, Kornzangen, Bauchspekula, habe Nadeln eingefädelt mit Katgut und Seide. Ich war verantwortlich für eine sorgfältige Keimfreimachung der Operationsmäntel, der Tücher, des Verbandmaterials, der Instrumente und für die Vorbereitung des Patienten zur Operation. Ich rasierte die Wundumgebung und bestrich sie mit ›schwarzrotgoldener‹ Jodtinktur. Eine Zeitlang auch hatte ich das kunstreiche Amt des Narkotiseurs inne. Ich war freilich nicht Arzt, aber doch ein Stück von ihm: ich hatte ihm gleichsam das von der Natur nicht vorgesehene, für seine Arbeit so nötige zweite Paar Hände zu ersetzen. Natürlich habe ich auch verbunden, Einspritzungen gemacht und Nachtwachen gehalten, kurz, ich bringe recht eigentlich das Zeug zum schwierigen Patienten mit. Ich weiß Bescheid, man kann mir so leicht nichts vormachen.

Ich hätte schon zuweilen Lust, einmal in mein Krankenblatt zu schauen. Aber die Schwester verwahrt es. Man hat es im Krankenhaus nicht gern, wenn die Patienten zu viel von ihrer Krankheit wissen. Dieser begreifliche Grundsatz veranlaßte im vergangenen Kriege den Leiter eines Feldlazarettes, seinen Ärzten ans Herz zu legen, sie möchten sich, wenn sie in Gegenwart Verwundeter einander über Art, Schwere und Heilungsaussicht der Verletzungen etwas zu sagen hätten, doch tunlichst der lateinischen Sprache bedienen. Und er selbst machte schlecht und recht von dieser zarten Rücksicht Gebrauch. Einmal freilich, als ein Schwerverwundeter, der stark ausgeblutet war, in seiner Gegenwart versorgt wurde, tat er den klassischen Ausspruch: »Credo, ut patiens noctem non überleberit.« Mit einiger Verwunderung sah er den Sterbenden trotz des schmerzhaften chirurgischen Eingriffs heiter lächeln und lobte ihn ob solcher soldatischen Tugend. »Entschuldigen, Herr Stabsarzt«, antwortete der Patient mit schwacher Stimme, »ich bin nämlich in Zivil Altphilologe.« Vielleicht war das ärztliche Latein der Anlaß, daß er all seinen Lebenswillen zusammennahm und entgegen der Prophezeiung nicht nur die Nacht überlebte, sondern genas: Wartetod stirbt nicht.

Die Schwestern sind reizend. Sie besitzen einen heitern Gleichmut, der bewundernswert ist. O wie wichtig ist das zur Heilung! Sie tragen tagaus, tagein die gleiche schlichte Tracht mit der kleidsamen weißen gestärkten Haube. So ist es verzeihlich, daß der Patient, wenn die Schwester frühmorgens in das Zimmer tritt, um die Temperatur zu messen und das Bett zu machen, das Gefühl hat, sie sei immer noch auf. Vielleicht sind die Schwestern Wesen ohne Schlaf, vielleicht essen sie nicht. Ohne Zweifel sind sie nicht zum Sitzen eingerichtet wie gewöhnliche Sterbliche. Ich wenigstens habe, seit ich hier bin, noch keine Schwester sitzen sehen.

Der Name Schwester, er bedeutet doch einen Verwandtschaftsgrad, wie man ja auch von ›Mutterhaus‹ spricht. Allein man vergißt in ihrer Gegenwart, daß sie genau wie andere Menschen Vater, Mutter und Geschwister haben, oder es fällt einem doch besonders auf, wenn sie gesprächsweise einen Bruder oder Neffen erwähnen. Sie nennen sich auch gegenseitig Schwester und sagen alle du zueinander wie die Soldaten.

Es ist ein christlicher Gedanke, zu dem es nicht recht passen will, wenn man seinen Nächsten mit der dritten Person der Mehrzahl anredet. Die englische Sprache kennt den Unterschied zwischen Sie und du nicht. Zu Kindern sagt man du und zu Gott, auch einen Toten pflegt der Grabredner, selbst wenn er im Leben Sie zu ihm sagte, plötzlich mit dem vertraulichen Du anzureden. Ruhe in Frieden, ruft der Priester auch einem toten Könige nach. Kleine Kinder sagen zu allen großen Leuten du, ausgenommen vielleicht den Schutzmann.

Ich würde es für durchaus natürlich halten, wenn die Schwestern es auch zu ihren Kranken sagten und die Kranken zu ihnen, wie Bruder und Schwester.

Es ist ein wahres Glück, daß meine frommen Schwestern ungewöhnlich heiteren Gemütes sind. Sie sind, es läßt sich nicht anders sagen, fröhlich in Gott. Sie haben Sinn für Humor, so als gedeihe diese lebenswichtige Eigenschaft nirgends so gut wie in der Nachbarschaft des Schmerzes und des Todes. Sie sind keineswegs zimperlich. Ihre Pflichten bringen es mit sich, daß ihnen nichts Menschliches verborgen bleibt. Aber sie haben ein artiges Geschick, schamhaften Verrichtungen durch ein munteres Wort alle Peinlichkeit zu nehmen. Denn Schwester sein ist wahrhaftig kein Honiglecken. Kein Beruf erfordert so viel natürliches Taktgefühl wie dieser, kaum einer so viel Hingabe, Selbstverleugnung und Tapferkeit des Gemütes.

Man wende nicht ein, daß sie allmählich abgestumpft würden durch den dauernden Anblick oft grauenvoller Leiden. Ich weiß, was sie so getrost sein läßt, warum sie so fröhlich sind. Sie sehen es ja täglich: so kann es von der Schöpfung nicht mit uns gemeint sein: Krieg, Krankheit, Tod. Es muß noch etwas kommen.

Der Patient bildet sich manchmal ein, sie singen zu hören. Der Ambrosianische Lobgesang klingt von ferne zu ihm. Sie stehen wohl in der Hauskapelle, und eine von ihnen spielt Harmonium. Sie haben dabei die

Hände gefaltet und den Blick zum Himmel gewandt, wie Menschen und Vögel zu tun pflegen, wenn sie singen.

Eine junge barmherzige Schwester, deren Leben einzig der Krankenpflege und dem Gottesdienste geweiht war, die der eitlen, ruhmredigen, sündigen Welt entsagt, seit sie Nonne geworden war, ihre Heimat nicht mehr gesehen und nur selten das Reich der Leiden verlassen hatte, erzählte davon, wie sie mit anderen Schwestern an einem Gottesdienst in der Frauenkirche teilgenommen und sie sich, des bunten lärmenden Treibens der Welt entwöhnt, auf dem Heimwege in der großen Stadt verirrt hätten. Ganz verschreckt kamen sie zurück. Sie waren froh, als das Pförtlein hinter ihnen ins Schloß fiel.

Einmal stand sie in ihrer gestärkten Flügelhaube am Fenster des Krankenzimmers und sah auf den nüchternen Rasenplatz draußen, ganz versonnen und entrückt. So, sagte sie dann in frommer Einfalt, genau so sei der Blick aus ihrem väterlichen Hause gewesen, nur daß dort statt des Rasenplatzes ein Weiher war mit Enten und Gänsen, grüne Weiden mit Kühen, Hügel und Wälder und statt der Krankenhausmauer das beschneite Gebirge.

Die Nachtschwester – klingt das nicht ein wenig nach Märchen und Mythos, wie man von Tauschwestern spricht? – bekomme ich nicht zu sehen. Sie geht zu nächtlicher Stunde um wie ein freundlicher guter Geist in einem alten Schloß und folgt den stummen Zeichen der Signallampen, die sie zu den Schlaflosen und Schmerzensreichen rufen. Ich weiß aus Erfahrung, wie es ist und daß die ersten Nächte am schwersten sind, besonders gegen Morgen, wenn einen die Müdigkeit übermannt, daß man meint, der Boden gibt nach unter den Füßen, wie wenn man über ein Moor geht. Aber schon bald findet man sich darein und beginnt die nächtliche Stille zu lieben, so sehr, daß man sich am Ende der Wachen erst wieder an den Tag gewöhnen muß. Die Augen der Schwester scheinen größer, ihre Haut ist weißer geworden, wie bei Pflanzen, die im Keller stehen. Die Nacht hat sie verwandelt.

In jedem Krankenhaus gibt es *eine* ganz besonders hübsche Schwester, und wenn es nicht durch eine geheime Fügung so wäre, die Leitung müßte dafür sorgen, selbst auf die Gefahr hin, daß ab und an ein Patient ein wenig zudringlich wird. Ich plaudere kein Geheimnis aus, wenn ich versichere, daß der Patient sich eine schmerzhafte Einspritzung lieber von einer anmutigen Schwester gefallen läßt. Denn mag auch das bißchen Einspritzung für einen Erwachsenen gewiß nicht der Rede wert sein, wenn man mehr als eine Woche lang ausschließlich von Milch gelebt hat, ist man bereits ein anderer Mensch. Es tritt eine angenehme Mattigkeit ein, man ist nicht mehr imstande, angestrengt zu denken, man dämmert gern ein wenig vor sich hin. Aber man ist auch nicht mehr so widerstandsfähig, man fängt an, ein wenig reizbar, ja wehleidig zu werden. Es ist die Zeit, in der einen allerlei mikroskopische Schmerzen belästigen, für die es noch keine Namen gibt.

Der Verzug

Wenn ich nun behaupte, daß der besonders hübschen Schwester unter den Kranken der Lieblingspatient entspricht, so möge sich niemand zurückgesetzt fühlen und einwenden, vor Arzt und Schwestern müsse alle leidende Kreatur gleich sein. Es wird um seinetwillen niemand zu kurz kommen. Manchmal ist es ein Kind, manchmal ein junges Mädchen, aber es kann ebensogut eine alte Dame sein, die die Anmut des Alters besitzt, oder ein liebenswerter Greis. Es liegt in der Natur des Lieblingspatienten, daß alle, die mit ihm zu tun haben, ihn verwöhnen müssen. Auch die Mitpatienten erliegen neidlos seinem Zauber. Sie nehmen teil an dem zärtlichen Kult, der mit ihm getrieben wird, als geschähe es allen, was an ihm

Gutes getan wird. Denn es ist ohne Zweifel ein Kult, fast eine Art Anbetung.

Im vergangenen Kriege wurde ich eines Abends von einem aufgeregten Infanteristen in ein nahe gelegenes Quartier gerufen. Es sei ein entsetzliches Unglück geschehen. Einem Offiziersburschen war beim Revolverreinigen ein Schuß losgegangen und hatte einen Kameraden verletzt. Ich rannte nach drüben und fand in einer Küche auf einem Stuhl, halb sitzend, halb liegend, einen totenbleichen, halbentkleideten jungen Soldaten, um den sich ein paar seiner Stubengenossen bemühten. Einer hielt eine Kerze, ein anderer hatte ihm die Uniform aufgerissen und das Hemd hochgerafft, so daß der schneeweiße Körper freilag. Aus einer kleinen Wunde am Oberschenkel, nahe der Scham, rieselte rotes Blut. Andere Kameraden hielten den unglücklichen Täter fest und redeten ihm gut zu; denn er war drauf und dran, in seiner Verzweiflung sich ein Leids anzutun. Er jammerte laut, klagte sich als Mörder an und rief immer wieder unter Tränen: »Er stirbt, er stirbt.« Auch der Verwundete, der in der einen Hand eine Kognakflasche hielt, mit der man ihn wohl hatte laben wollen, weinte und wimmerte, daß es einem ans Herz ging.

Der Schaden erwies sich zum Glück als nicht lebensgefährlich. Die Kugel war, wunderbar genug, ohne den Knochen zu verletzen, durch die Weichteile des Oberschenkels gegangen. Also legte ich einen Notverband an und trug den jungen Soldaten, der sehr leicht war und an meinem Halse hing wie ein hilfloses Kind, über die Straße in die Gemeindeschule, in der eine Abteilung unseres Feldlazaretts arbeitete. Er hieß René Colignon, doch nannte er sich seit kurzem Renatus. Er stammte aus Lothringen und machte auf deutscher Seite den Krieg mit. Seinem Gesicht und seiner Gestalt nach war er durchaus Franzose. Er sprach gebrochen Deutsch, mit drolligem Akzent, was nie ohne einen gewissen Reiz ist, indem er etwa sagte: »O ick muuß sterb.« Oder: »Ick aben keine Spür in die Bein.« Auch seine Handbewegungen, sein unbefangenes Plaudern, die Art, wie er im Bette lag und schlief, unterschieden ihn eindeutig von seinen robusteren bayerischen Kameraden. Obwohl er, freilich nicht ohne Charme, sich ziemlich wehleidig benahm und so gar nicht für das Soldatenhandwerk geschaffen schien, fand er alsbald die Zuneigung selbst rauher und bärtiger Kriegsmänner. Täglich kamen seine Kameraden, um sich nach ihm umzuschauen, und brachten ihm Geschenke, allerlei Leckerbissen und Blumen, natürlich auch sein ›Mörder‹. Sogar der Abteilungsarzt, ein Niederbayer, der sonst sehr kurz angebunden war, schien nach der scherzhaften Art, mit der er sich nach dem Befinden des Jungen erkundigte, seinen Narren an ihm zu haben. Ja selbst der Chefarzt, den wir ›den alten finstern König‹ nannten, mußte lächeln, als er ihn sah. Er war ausnehmend nett zu ihm. Alle waren es, und Renatus ließ es sich mit Anstand gefallen, als gehöre es sich nun einmal so.

Als er zur völligen Genesung in die Heimat abtransportiert wurde und sein Bett einen Tag leerstand, konnte man an der freudlosen Stimmung, die auf einmal unter den Mitpatienten herrschte, wohl spüren, daß ihnen nun etwas mangelte, daß ein Schimmer aus ihren Gesichtern gewichen war, der Widerschein eines Lächelns und einer freundlichen Gegenwart.

Blutbild

Eine Schwester hat auf einem appetitlich gedeckten Tablett allerlei zierlich-zerbrechliche, alchimistisch anmutende Glasgeräte, Pipetten, Reagenzröhrchen, Petrischalen in mein Zimmer gebracht, um mir Blut abzunehmen. Es soll ein Blutbild von mir gemacht werden. Wie unheimlich! Die Aufgabe dieser Schwester entspricht etwa der eines statistischen Forschungsinstitutes, in dem unter anderm die Bevölkerungszahl der Blutkörperchen, der roten und weißen, berechnet und ihre politische und soziale Zusammensetzung im Staatsgebilde des Körpers untersucht wird. Das Ergebnis erlaubt bedeutsame Rückschlüsse auf die innere Verfassung des Patienten. Beiläufig entsprechen die roten Blutkörperchen den Arbeitern, die weißen den Soldaten. Diesen obliegt die Bekämpfung eindringender Krankheitskörper, jenen der Transport des Sauerstoffes zu den Geweben. Unter dem Mikroskop betrachtet, gleichen sie Geldröllchen.

Wie wunderbar viel weiß man doch vom sichtbaren, wie erbärmlich wenig vom unsichtbaren Menschen! Ich habe mir sagen lassen, daß man neuerdings mit großem Fleiß bemüht ist, anatomischen Veränderungen im Gehirn von Gemütskranken auf die Spur zu kommen. Man könnte auf den Gedanken verfallen, in der gleichen Weise anatomisch sichtbare Merkmale des Guten und Bösen, des Frommen und Gottlosen, der Wahrheit und der Lüge oder des Humors ausfindig zu machen, wobei freilich zu erwarten steht, daß sie der Anatomie des Unsichtbaren angehören.

Das Krankheitsbild eines Patienten, wie es sich auf der Fiebertabelle darstellt, hat für mich etwas von dem zeichnerischen Reiz einer Klöppelspitzenvorlage oder eines Schnittmusterbogens. Man könnte darauf vergleichsweise neben der Fieber-, Puls- und Atmungskurve die der täglichen Witterung, den Barometerstand, Wärme- und Feuchtigkeitsgehalt der Luft eintragen, wie man es an jedem Wetterhäuschen sieht. Man könnte noch weitergehen. Es gibt von Dürer eine Aktskizze seiner selbst. Er weist mit dem Finger auf eine Stelle in der Milzgegend. Daneben steht von seiner Hand geschrieben: Do ist mir weh! Ein schematischer Umriß der menschlichen Gestalt schwebt mir vor, eine Art Landkarte, mit den wesentlichen Gebietsteilen des Inneren, worauf der Kriegsschauplatz der Krankheit abzugrenzen wäre, mit einer graphischen Darstellung der

Schmerzen, ihrem Ursprungsort und ihrer Reichweite.

Mein Krankheitsbild gleicht nicht einem Bewegungskrieg mit mehrtägigem heißem Ringen um die Entscheidung, wie es bei der Grippe der Fall ist oder bei einer Lungenentzündung. Es gilt vielmehr, zur Vermeidung unnötigen Blutvergießens den inneren Feind langsam auszuhungern, ehe es ihm gelingt, dem Staatskörper die Zufuhr abzuschneiden. Denn er hat sich nach Raubritterart an einer ernährungswichtigen Handelsstraße auf die Lauer gelegt, wobei die Gefahr besteht, daß er die Einfuhr der Lebensmittel sperren und die Ausfuhr der chemischen Abfallprodukte drosseln könnte. Wenn ihm dies gelänge, würde wohl nichts anderes übrigbleiben, als mit blanker Waffe in blutigem Angriff das Felsennest zu nehmen und dem Erdboden gleichzumachen. Es wäre ein Kampf auf Leben und Tod mit ungewissem Ausgang. Der Arzt, der treue Bundesgenosse des bedrohten Patienten, rät davon ab. Er ist dafür, es mit einer Art Belagerungszustand unter strengen polizeilichen Verordnungen zu versuchen. Vorübergehende Entbehrungen, die freilich auch nicht unmittelbar betroffene Gebietsteile in Mitleidenschaft ziehen werden, sollen genügen, den hartnäckigen Gegner zu ermüden, zur Aufgabe des Widerstandes zu zwingen und den festen Platz zu veröden.

Beschauliche Krankheit

Mein Ehrgeiz ist es, ein gewissenhafter Patient zu sein. Ich habe mir, darauf bin ich nicht wenig stolz, das Zigarettenrauchen ohne Mühe von einem Tag auf den andern abgewöhnt. Ich kann kein Vergnügen darin finden, dem Arzte gleichsam ein Schnippchen zu schlagen, wie manche tun, etwa die Arznei heimlich wegzuschütten oder verbotene Eßwaren einzuschmuggeln und zu verspeisen, um dann schulbubenhaft mich hinterher rühmen zu können, daß der Arzt in seiner Unschuld nichts gemerkt habe. Ich beschließe, mich der Heilung gehorsam hinzugeben. Ich verspreche mir so etwas wie eine besinnliche Krankheit, mir von oben gerade im rechten Augenblick verordnet als Atempause zur Sammlung. Ich bin der Meinung, es wäre manchem Menschen recht gesund, wenn er einmal krank wäre. Allein die Furcht, für längere Zeit auf seine eigene Gesellschaft angewiesen zu sein, scheint viele vom Entschluß zur Krankheit abzuhalten. Natürlich würde sich sehr bald zeigen, ob man sich selbst etwas zu sagen hat und wie lange es der Mensch in seiner eigenen Gegenwart aushalten kann. Wahrscheinlich sind uns manche Krankheiten lediglich zu dem Zwecke auferlegt, daß wir Muße haben, ein wenig über uns, unsere Wichtigkeit und über die Welt im allgemeinen nachzudenken, und um zu lesen.

Es gibt nichts Schöneres, als im Bett zu lesen. Darum wird es einem von den Erwachsenen schon in der Jugend stets wohlmeinend widerraten. Auch reist es sich nirgends so angenehm wie im Bett. Der Baedeker ist eine prächtige Bettlektüre.

Meine Nachttisch-Bibliothek ist klein. Ich habe unter anderm den ›Don Carlos‹ dabei und ›Werthers Leiden‹ in einem Exemplar, das einst Lotte Buffs Schwager gehörte, keine eigentliche Krankenlektüre also.

Der ideale Arzt sollte seinem Patienten auch geistige Arznei verordnen, etwa in Gestalt von Büchern. Er wird nach Art der Diätzettel gute, leicht verdauliche Lektüre für Kranke zusammenstellen. ›David Copperfield‹ von Dickens müßte bei der Bücherdiät unbedingt berücksichtigt werden. Bei Kindern sah ich gute Erfolge durch die ›Münchener Bilderbogen‹ und alte Bände der ›Fliegenden Blätter‹. Aber auch für den Erwachsenen bietet das Krankenlager eine willkommene Gelegenheit, die Lieblingsbücher der Kindheit, die er schon längst einmal wieder lesen wollte, endlich vorzunehmen, daß sie ihn verzaubern und entrücken. Der Patient ist leichter gerührt als der Gesunde. Rührung ist heilsam.

Es gab, als ich klein war, eine Jugendschriftenreihe – die Hofmannsbüchlein nannten wir sie –, kurze moralische Erzählungen mit Stahlstichen, in denen das Gute über das Laster triumphierte. Ich habe es nicht unterlassen können, ein paar davon mit in die Klinik zu nehmen: ›Die Strandfischer‹, ›Der alte Gott lebt noch‹ und ›Wohltun trägt Zinsen‹, eine rührende Erzählung, die wegen ihres Inhalts sogar ein wenig zu der Krankheitsstimmung paßt. Ein Bösewicht, der einst gute Tage gesehen, hat einen nächtlichen Einbruch in ein einsames Schloß geplant, nachdem er eben eine Strafe verbüßt hatte. Wie es der Zufall will, liegt das einzige Söhnchen des reichen Schloßherrn auf den Tod krank. Man hat – es ist eine stürmische Nacht – nach dem Arzte geschickt. Der Bösewicht, die Bewohner in tiefem Schlafe wähnend, macht sich eben an einem Fenster zu schaffen, als er angerufen wird. Schon will er nach der Pistole greifen, allein der alte Diener, dessen Augen schon etwas schwach sind, hält ihn für den erwarteten Doktor und begrüßt ihn als solchen. »Kommen Sie schnell«, sagt er und führt den vermeintlichen Arzt ins Haus an das Krankenbett. Der Bösewicht erfaßt die Situation und spielt die Rolle, die man ihm aufdrängt. Am Krankenbette des Knaben werden Kindheitserinnerungen in ihm wach. Das Vertrauen der geängstigten Eltern, die unschuldige Zärtlichkeit des kranken Kindes rühren sein verstocktes Herz. Er hat einige medizinische Kenntnisse aus seinen besseren Tagen. Ihm, der eben noch entschlossen war, einen Mord auf sein Gewissen zu laden, gelingt es, ein Leben zu retten. Als am anderen Tage der wirkliche Arzt eintrifft – das Unwetter hatte ihn aufgehalten –, kommt es auf, wer der Retter des Kleinen war. Aber die gute Tat findet ihren Lohn. Der edelmütige Schloßherr nimmt sich seiner an. In dem alten Diener erkennt er seinen Vater wieder, den er einst wegen einer Jugendtorheit verlassen hatte. Er wird Arzt und Helfer der leidenden Menschheit.

Edelmut, so gestand mein Vater, könne ihn zu Tränen rühren, selbst in einer Geschichte, die, wie diese, unzweifelhaft mit den billigsten Mitteln geschrieben sei, und ich muß einräumen, daß es mir nicht viel anders ergeht. Der glückliche Umstand, daß ich mit dieser Schwäche nicht alleinstehe, erleichtert mir das Geständnis.

Was ich hier am meisten entbehre, ist Musik. Sie erscheint mir geradezu notwendig zu meiner Heilung, wie ja auch die Alten die Musik zu Heilzwecken verwendeten. Ich habe bereits fast etwas Angst davor, daß sie mich überwältigen könnte. Denn ich weiß, wenn man ihrer entwöhnt ist, dann rührt sie nicht nur ans Ohr, sie rührt an die Haut und macht uns im Innersten erzittern.

Ich spiele leider kein Instrument und bin gezwungen, mich des Grammophons zu bedienen. Allein wie die Musik zu ihrer Verkündigung, ohne Schaden an ihrer göttlichen Herkunft zu nehmen, oft keineswegs liebenswürdiger Sterblicher sich bedient, so behält sie selbst in der demütigenden Gefangenschaft der Kautschukplatte genug von ihrem Zauber. Jenen Sängerknaben möchte ich hören, der mit seiner unschuldsvollen Stimme wirklich wie ein Engel singt. Es ist keine große, es ist eine zarte Stimme, aber dennoch schwingt sie sich spielend empor über den kräftigen Gesang des Chores und schwebt darüber glockenhell, engelsrein. Man sagt, der Knabe sei gestorben; wenn es so ist, dann ist er nur zurückgekehrt.

Ein junger Freund hat mir eine Komposition geschickt, aber da ich beschämenderweise des Notenlesens unkundig bin, muß ich warten, bis ich gesund werde und mir jemand das Stück vorspielt. Obwohl es also unhörbar für mich ist, nehme ich es manchmal zur Hand und bilde mir ein, ›etwas davon zu haben‹. Wenn ich auch nichts höre, so geht von dem Notenblatt doch ein Zauber aus, der schon beinahe Musik ist.

Durchleuchtung

Der studentische Brauch, jemanden als ›altes Haus‹ anzureden, hat für den Patienten, der Gegenstand einer ärztlichen Untersuchung ist, gleichnishafte Bedeutung. Man guckt ihm sozusagen in Türen und Fenster, man klopft, man horcht daran. Der Chirurg spricht von ›hineinschauen‹, ›aufmachen‹ und ›zumachen‹, als sei der Körper wirklich nur eine Art Haus. Es gibt Menschen, die eine gewisse Scheu haben, sich vor dem Arzte entkleiden zu müssen, mehr, sich durchleuchten zu lassen. Sie halten es einfach für indiskret. Sie empfinden es als Hausfriedensbruch, als Demütigung. Es ist, wie wenn jemand einen Brief, der nicht für ihn bestimmt ist, gegen die Lampe hält, um seinen Inhalt zu lesen. Und was sieht man? Etwas sehr Unheimliches: den Knochenmann im Menschen, den leibhaftigen Gevatter Tod. Die Röntgenstrahlen gehören zur schwarzen Magie, sie sind eine gespenstige Erfindung.

Unserm Feldlazarett war während des Stellungskrieges eine Röntgenabteilung angegliedert worden. Es hatte einige Mühe gekostet, dies durchzusetzen, da der Armeearzt den Standpunkt vertrat, Anno 70 habe es noch keine Durchleuchtung gegeben, und es sei auch gegangen. Die Abteilung war in einer Baracke untergebracht, in der ich damals mein Quartier hatte. Der Röntgenwärter, ein technisch geschickter, biederer, aber etwas einfältiger Mensch, schlief in dem dunkelkammerartigen Röntgenraum. Eines Nachts – es hatte im Operationssaal ziemlich lange gedauert –, als ich müde in mein Quartier ging, kam mir der Röntgenwärter schreiend entgegengestürzt, völlig außer sich vor Entsetzen, totenbleich, zitternd an allen Gliedern. Ich bin in meinem Leben selten so erschrocken wie damals. Der Wärter machte den Eindruck eines Geistesgestörten, und wirklich war es ein Geist gewesen, der ihn im Schlafe gestört hatte. Ein Gerippe, gleichsam ein materialisiertes Röntgenbild, war nachts an sein Bett getreten und hatte unmißverständliche Anstalten gemacht, ihn zu erwürgen. Man könnte nach diesem Vorfall fast auf den Gedanken kommen, daß ein durch die Strahlen aus seiner vertrauten Unsichtbarkeit, aus dem Körperinnern gescheuchtes beleidigtes Gespenst sich an ihm habe rächen wollen.

Ich bin oft geröntgt worden, doch vermochte es meiner Eitelkeit nur wenig zu schmeicheln, als ein Arzt während der Durchleuchtung erklärte, ich hätte ein geradezu klassisch schönes Kolon. Er konnte sich nicht genug tun in schwärmerischen Ausrufen der Bewunderung und verstieg sich in Gegenwart der von ihm herbeigerufenen Kollegen zu der kühnen Behauptung, daß man sich in den marmornen Leibern griechischer Bildwerke vermutlich ein solches Eingeweide denken müsse. Ich möchte dies als Kaldaunenästhetik bezeichnen.

Was im übrigen der Arzt einen schönen, einen klassischen Fall zu nennen liebt, ist vom Patienten aus gesehen meist etwas sehr Häßliches.

Mir ist jedesmal ganz bang und feierlich ums Herz, wenn ich das schwarze Zauberkabinett des Röntgenarztes betrete. Ich muß mich erst an die Finsternis gewöhnen und habe Sorge, an den mit Spannung geladenen feindselig funkelnden Instrumenten anzustoßen, etwas zu zerbrechen oder von der Elektrizität, die in den Drähten lauert, jählings einen Schlag zu bekommen. Meine Haut erschrickt, wenn sie mit dem kalten Metall des guillotineähnlichen Apparates in Berührung kommt. Eine schemenhafte Schwester, die mit nachtwandlerischer Sicherheit sich im Dunkeln zwischen den Geräten bewegt, kredenzt mir in einem Bierglas den wohlbekannten Mörteltrank mit Limonadengeschmack, und während die geheimnisvollen Strahlen zu singen anfangen, das Gesicht des Arztes im Mondschein des Röntgenschirmes fluoresziert, gieße ich, wie bei jenem alkoholischen Duell, das den Studenten unter dem Namen ›Bierjunge‹ bekannt ist, nach ein paar Probeschlückchen

das sämige Getränk auf Kommando möglichst in einem Zuge hinter die Binde. Es ist ein peinliches Gefühl, auf einmal durchsichtig zu sein. Ich halte den Atem an. Ein zischender, knisternder Knall genügt, um den Schatten meines Innern in die geschlossene Kassette zu hexen. Ein Zauberkunststück, Taschenspielerei im Dunkeln, gleichviel, die Griechen hätten aus dieser übersinnlichen Kraft vermutlich einen Gott gemacht.
Dunkeln, gleichviel, die Griechen hätten aus dieser übersinnlichen Kraft vermutlich einen Gott gemacht.

Ich wische mir die Überbleibsel des Bariumbreis aus den Mundwinkeln und habe das Empfinden, aus meinem Magen eine Mörtelgrube gemacht zu haben. Ich habe gegessen und bin nicht satt. Ich bin froh, wieder in meiner festen dichten Haut zu stecken und nicht mehr durchsichtig zu sein.

Kleines Vokabular

Ich freue mich immer, wenn ich in der klinischen Umgangssprache einem hübschen, bildhaften Ausdruck begegne, und wäre es nur das Wort ›Ente‹, was einen sehr prosaischen Gegenstand poetisch verklärt.

Wie anschaulich ist es, wenn man von der Ohrmuschel spricht, der Ohrtrompete, dem Trommelfell, von Hammer, Amboß und Steigbügel, von der Achillessehne, vom Weisheitszahn und dem an Zauberei erinnernden Sesambein, vom Adamsapfel, Augapfel und der Regenbogenhaut, vom Pförtner des Magens und vom Sanduhrmagen, von der Wanderniere, vom Hexenschuß, Ziegenpeter oder Wochentölpel, die gewissermaßen zu den ›lächerlichen‹ Krankheiten gehören. Ich fand in den Schriften eines Arztes aus dem achtzehnten Jahrhundert den Ausdruck: Die Lefzen der Wunde. Heute sagt man nüchtern: Wundränder.

Menschliche Landschaft

Der ruhende nackte Mensch ist gleich einer Landschaft mit sanften, atmenden Dünen und flachen Mulden, eine sandfarbene, durchscheinende, etwas eintönige Fläche, in die der Wind seine Furchen gezeichnet hat. Sie ist von bläulichen, unterirdischen Flüssen durchzogen und mit spärlichem, blondschimmerndem Gras bewachsen. Der Chirurg, der darauf herniederschaut, könnte für Augenblicke ganz vergessen, daß das, was er sieht, einem aufrecht wandelnden Menschen angehört. Sein Blick wandert über die Hänge der Hüften, über Ebenen und Hügelland, über den Acker der Brust bis zum Gebirge des Hauptes. Nun wird es kurzweiliger, malerischer. Es weht auf den Höhen über dem lieblichen Tal des Mundes. Er schaut in die unergründlichen Bergseen der Augen und in das Dickicht bewegten Haares.

Aber er dringt auch ins Innere, in die Landschaft der Tiefe. Ein anderes Gesetz der Schönheit herrscht hier. Wer einmal auf den unterirdischen roten Strömen des Lebens zu reisen vermöchte, durch die zuckende Unrast und Arbeit der Brust und das stürmisch pochende Herz, würden ihm nicht die Sinne wirbeln? Er würde sich verirren im Labyrinth des Gehirns und erschrecken vor den Gedanken, die ihm begegnen.

Es ist eine odysseeische Wanderung. Welch ein Wunder ist doch der Mensch!

Vor einer Operation

Es ist Winter geworden, noch ehe der Herbst erfüllt war. Ins noch Grüne und Bunte hat es plötzlich herein geschneit. Eine zwitterhafte Jahreszeit, eine unnatürliche Landschaft wurde daraus. Mit Nebel hatte es angefangen, der auch ein zwittriges Element ist, nicht Luft und nicht Wasser. Wenn sich ein rotes Blatt vom Zweig löst, dann gleicht es einem Goldfisch oder es scheint gar einer neuen Tiergattung anzugehören, die im Nebel lebt, halb Vogel, halb Fisch, halb schwimmend, halb fliegend. Die Sonne ist blaß wie der Mond. Mich fröstelt.

Ich stehe vor einer Operation, vor einem blutigen Eingriff in mein Eingeweide. Ein lebenswichtiges Organ ist krank. Meine Daseinsfreude ist dadurch stark beeinträchtigt, mein Gesicht hat einen leidenden Zug bekommen, ich habe Schmerzen.

Ich weiß, der Eingriff ist nicht ganz harmlos oder doch immerhin derart, daß es sich vorsorglich empfehlen dürfte, ›sein Haus zu bestellen‹ und sich mit dem Gedanken vertraut zu machen, daß für Stunden und Tage notwendigerweise eine gewisse Lebensgefährdung bestehen wird. Als ob sie nicht immer bestände! Zum mindesten wird in einer vorbestimmten Zeitspanne meinem Körper einiges zugemutet werden. Ich werde im Schlafe eine tiefe Wunde empfangen. Wahrscheinlich soll der erkrankte Teil entfernt und statt dessen nach dem Vorbild der Natur auf künstlichem Wege eine Art Umleitung geschaffen werden. Ich sage mir, daß dabei, wenn auch nur für kurze Zeit, lebendige Zusammenhänge unterbrochen werden müssen. Unversehrt ist noch die zartbeflaumte Haut. Es wird nötig sein, sie zu durchtrennen, will man dem Übel zu Leibe rücken.

Unter solcher Voraussicht ist es wohl angezeigt, ein wenig nachdenklich zu werden.

Wie ist dir zumute, mein Ich? Hast du etwa Angst?

Nein, wunderlicherweise, ich habe gar keine Angst. Im Gegenteil. Der durch meine Ärzte mir mit Vernunftgründen nahegelegte Entschluß zur operativen Behebung des Schadens hat mein Herz nur freier gemacht, mein Gemüt heiter gestimmt, meine Daseinsfreude gehoben.

Ich mache die Erfahrung, daß die Möglichkeit des Abschiedes – aber warum soll ich dem Wort ausweichen? –, daß die Gelegenheit zum Tode etwas unendlich Beruhigendes hat.

Oder lebe ich am Ende nicht mehr gern? Ich kenne jemanden, der mir darin mißtraut, der mir gern mit dem Finger droht und mich im geheimen Verdacht hat, es möchte mir vielleicht nicht ganz unlieb sein, auf diese Weise von gewissen Verpflichtungen mich drücken zu können, die mir von oben aufgetragen und größtenteils noch unerledigt seien. Ach, diese schreckliche verdammte Pflicht und Schuldigkeit!

Es gibt eine Anzahl Menschen, von denen ich ungern gehe. Dum vivo, amo. Aber ich bin nicht ganz unvorbereitet. Denn der Abschiede sind in diesen Jahren so viele gewesen, daß sie einer Vorübung auf den Tod gleichkommen. Grausamer oft als er, gleichsam bei lebendigem Leibe trennt die herzlose Welt die Liebenden.

Ich scheine doch noch recht am Leben zu hängen. Ich fange an, mit meiner Zeit zu geizen, als könnte ich schließlich etwas versäumen von den Herrlichkeiten dieser Erde, von den Freuden an irdischen schönen Dingen, die man nun einmal ›nicht mit hinübernehmen kann‹. Ich bin sehr wählerisch in meiner Lektüre. Ich suche mir die geliebtesten Gedichte der Sterblichen zusammen und beklage es, nur so wenige auswendig zu können, so als würde mir drüben etwas fehlen, behielt' ich sie nicht im Gedächtnis.

Was bin ich doch für ein Heide! Ist das nicht die ganz gewöhnliche, törichte, zärtliche Sehnsucht nach dem Diesseits, die kindliche Angst vor dem Paradies, wo ich am Ende die Dinge nicht mehr finde, an denen hier mein Herz hängt.

Es muß da doch etwas in uns lebendig sein, das dem Jenseits nicht ganz traut, das sehr klein denkt von Gott.

Die Griechen legten ihren Abgeschiedenen einen Obolus unter die Zunge, das Fährgeld für den Bootsmann Charon. Ein Obolus ist ein winziges Geldstück (ich besitze einen), kleiner noch, aber dicker, als unsere Kreuzerlein waren, und wie sie von Silber. Ich weiß nicht, warum mich dieser Brauch von je so rührte, so sehr, daß ich wünschte, auch mir geschehe danach. Es hat etwas Märchenhaftes, ohne Zweifel. Und man möchte doch drüben nicht gern in Verlegenheit kommen.

Ich wüßte schon, was ich mit hinübernehmen wollte. Aber ich fürchte, es sind nichtige Dinge. Es gibt so wenig Menschenwerk, das vor dem Gesicht des Todes in Ehren zu bestehen vermag.

Ich glaube fast, ich verwechsle wieder einmal das sterbliche Herz (mit seinem zärtlich-weltlichen Verlangen) und die unsterbliche Seele (mit ihren heilig-jenseitigen Erwartungen).

Würde es mir in der gleichen Lage aber viel anders gehen als dem jungen, im Jenseits noch nicht ganz eingewöhnten Engel in der Legende, der im himmlischen Chor falsch sang, weil er in eine geliebte irdische Melodie hineingekommen war, aus bloßer Unaufmerksamkeit. Denn zwischen den Wolken, darauf sie standen und sangen, klaffte ein kleiner Spalt, durch den der Engelnovize ein bißchen von der Erde sehen konnte, wenn er den Hals reckte und, über die Schulter weg am rechten Flügel entlang, nach abwärts guckte, verstohlenerweise. Er sah dann gerade das Stückchen ›Geographie‹, worauf er als Mensch einst glücklich gewesen war. –

Ich wohne bereits in der Klinik. Es ist ein hübsches Zimmer, leicht boudoirhaft im Geschmack einer Molière-Inszenierung eingerichtet. Ich habe die ›kleinen Weihen‹ empfangen, durch die man in die Ordensbruderschaft der Leidenden aufgenommen ist. Soeben wurde die Blutentnahme vollzogen. Ich fühle mich angezapft. Wie eine Frucht, wie eine Birke kam ich mir vor. Gleich einem Brünnlein von rotem Wein floß es in den gläsernen Kelch.

Nicht lange, so werde ich völlig zum Ding. Mit Messer, Scher' und Nadel wird man an mir, dem fühllos Gemachten, hantieren und schließlich das Entzweigeschnittene wieder zusammennähen. Man wird mir ›am Zeuge flicken‹.

Vor etwa einem Jahr, kurz ehe ich in meinen zweiten Krieg zog, sagte eine weitgereiste, menschenkluge Frau über mich: Wenn sie es recht bedächte, so sei ich von allen Sterblichen, die ihr begegnet seien, der glücklichste.

Ich erschrak darüber ein wenig. Ich fand, daß dies eine anmaßliche und sehr kühne Behauptung sei.

Aber ich brachte es nicht übers Herz, es zu leugnen. Es macht ein sehr wohliges Gefühl, für glücklich gehalten zu werden. Es ist beinahe wie glücklich sein. Mit einem Male fällt einem alles Schöne dieser Erde ein, verklärt, geläutert in der Erinnerung, ganz ohne Makel. Ich möchte mit niemandem mein Leben tauschen.

Natürlich blieben mir manche Wünsche unerfüllt, ein sehr äußerlicher zum Beispiel: nämlich immer sehr gut angezogen zu sein. Ich bin nicht gerne notig dran. Dann: ein eigenes Atelierhäuschen zu besitzen, in einem Garten gelegen, eine ›Arbeitsklause‹ gewissermaßen, darin man leidlich sorglos die Möglichkeit gehabt hätte, ›aus dem vollen‹ zu arbeiten, aber ohne Muß, ohne materielle Verpflichtung, ohne Ehrgeiz, nur aus Wohlgefallen, dem Wohlgefallen der Weihnachtsbotschaft, und mit der Berechtigung: Hie und da ganz allein sein zu dürfen.

Man sagt mir nach, ich sei im ganzen immer recht fleißig gewesen. Und doch wohnte in meinem Herzen stets das ungestillte Verlangen, einmal im Leben mit gutem Gewissen durchaus nichts tun zu müssen.

Vielleicht ist das der Tod.

Mutation

Wir sollten nie vergessen, wieviel wir unsern Krankheiten zu verdanken haben. Man weiß, daß kränkelnde Menschen durch eine heftige, reinigende Krankheit oft auf einmal all ihre kleinen Plagen los wurden.

Es gibt heilsame Leiden, die mit einer geistigen und

körperlichen Erneuerung des Patienten verbunden sind, wie man denn nicht selten hören kann, der oder jene sei nach einer Krankheit unstreitig viel netter oder sogar hübscher geworden. Die Krankheit hat sie verschönt. Ich meine nicht den sogenannten Leidenszug, der freilich selbst leeren Gesichtern einen gewissen Reiz verleihen mag, sondern jene Vergeistigung des Ausdrucks, vorzüglich der Augen, bei Wiedergenesenen nach schwerer Krankheit.

Die meisten Menschen werden im Bett schön. Besonders schnell geht es aber mit den Händen. Ich habe im Feldlazarett oft Gelegenheit gehabt zu sehen, wie rasch aus einer derben braunen Soldatenhand die bleiche, zarte Hand etwa eines Gelehrten wurde. Wir nannten es ›gotische Hände‹. Denn sie glichen in ihrer Schlankheit und Durchsichtigkeit denen auf Bildern alter Meister. Sie hatten etwas Überirdisches, als begänne hier schon ihre Verwandlung in die Gestalt, der sie drüben bedürfen zu himmlicher Hantierung. Der Kranke fühlt es wohl selbst. Denn er betrachtet sie von Zeit zu Zeit mit großen Augen, wie etwas Fremdes, das ihm schon nicht mehr ganz gehört, wie man nach einem Besuch seine Handschuhe mustert, ob es auch die richtigen sind.

Ehe ich in die Klinik kam, hatte ich eine Sekretärin, ein junges Mädchen, das an jener seltsamen und unheimlichen Krankheit litt, die die Ärzte Leukämie nennen. Es erzählte mir gelassen, nicht anders als man von einer bevorstehenden Reise spricht, daß es wohl bald, vermutlich noch in diesem Jahr, werde sterben müssen, und verrichtete desungeachtet, ohne jede Hast, freundlich und gewissenhaft seine Arbeit. Übrigens sah es, trotz bedrohlicher Schatten um die Augen, nicht eigentlich krank aus. Die Blässe des schönen ernsten Gesichts wirkte nicht unnatürlich. Dazu hatte es eine überaus wohlklingende dunkle Stimme. Die Sorge, daß der schwermütige Inhalt der Abhandlung, die die Todgeweihte nach Diktat in die Maschine zu schreiben hatte, sie beunruhigen werde, erwies sich als unbegründet. Sie schien sich im Gegenteil für diese Aufgabe besonders zuständig zu halten. Sie starb dieser Tage sanft und geduldig.

Die Gewißheit des nahen Todes, dem sie mit Furchtlosigkeit, Ruhe und Würde, ohne ein Wort der Klage entgegenging, verklärte sie. Es war für sie kein Grund für irgendwelche Beunruhigung oder Bitterkeit. Sie sah darin keinen Anlaß, die kurze Frist, die ihr noch gegeben war, etwa rasch noch recht auszunutzen, vielleicht weil ihr ein lebenswertes Leben auch sterbenswert zu sein schien.

Heilsamer Schlaf

Der beste Arzt ist der Schlaf. Die Sünde wider den Schlaf ist ein großes Verbrechen; denn er ist heilig. Er muß wohl ein Überbleibsel aus dem Paradiese sein, aus einer friedlichen Zeit, da man noch vor niemand Furcht zu haben brauchte. Denn er macht uns wehrlos, er gibt uns gleichsam unsern Feinden preis. Dennoch geben wir uns ihm mit einem grenzenlosen Vertrauen hin. Die Stellung schlafender Kinder macht es uns glauben, daß es mit dem »in Morpheus Armen ruhen« schon seine Richtigkeit hat. Sieht es nicht ganz so aus, als hielte sie ein zärtlicher Gott umfangen und sie ihn? Zuweilen scheinen sie das Kopfkissen für ihn zu halten und umarmen es statt seiner. Sie lächeln ihn an, und manchmal möchte man meinen, er füttere sie mit Süßigkeiten; denn sie schmatzen und schnalzen. Man sagt: »Sie essen den Schlaf.«

Ich weiß wohl, wie es tut, wenn man vor großen Schmerzen nicht schlafen kann. Allein gegenwärtig tut mir nichts weh. Aber wenn ich auch von einer angenehmen Erschöpfung befallen bin, so fehlt mir doch das Herzhaft-Müdesein zu einem satten schönen Schlaf.

Ein Junge, den es verdroß, daß er zum eigentlichen Genuß dieser wunderbaren Gottesgabe gar nicht komme, weil man während des Schlafes eben leider schlafe, ließ sich nachts wecken, um doch wenigstens das angenehme Gefühl des Einschlafens voll auskosten zu können.

Aber es gibt einen Halbschlummer, bei dem die Erdenschwere schon aufgehoben ist, bei dem man ohne Zeitbewußtsein und ohne Alter ist, ja seiner selbst vergißt. Es ist jenes unbeschreibliche Wohlgefühl des nackten Lebens. Der Körper liegt in tiefem, schmerzlosem Schlaf, nur das Leben ist allein wach und empfindet sich. Es ist ein Gefühl reinen Behagens, ohne Hunger und Durst, ohne Furcht, ohne Verlangen, freilich auch ohne Liebe und ohne Traum.

Ich träume gern, und zuweilen lege ich es geradezu darauf an, mit Willen einen Traum zu beschwören. Es gelingt mir auch am hellen Tag. Ich brauche nur die Augen zu schließen, dann dienen die herabgelassenen durchscheinenden Lider gleichsam als Leinwand, auf der die Bilder entstehen, die ich mir einbilde. Sehr leicht sind Sonnenuntergänge, ein Feuerwerk, Sternennächte und überhaupt Himmelserscheinungen. Bei einiger Übung gelingt es, die Gesichter geliebter Menschen hervorzuzaubern, auch von Toten. Wenn man darüber einschläft, kann es geschehen, daß die also herbeigerufenen Gestalten im Traume sich selbständig machen und weiterspielen. In einem Traume, darin ich einen längst verstorbenen Freund mit einem gegenwärtigen bekanntmachte, empfand ich nicht nur während des Traumes, sondern noch lange nach dem Aufwachen die große Freude, daß die beiden sich nun doch noch kennengelernt und aneinander Gefallen gefunden hatten.

Ein Traum freilich ängstigte mich dieser Tage. Ich träumte von einem gewaltigen Flugapparat, der den Namen ›Großes Münchener Städtewunder‹ trug. Das Städtewunder hatte oben auf den Tragflächen, die dem Deck eines Schiffes glichen, ein richtiges Aussichtscafé mit weißen Tischen und Stühlen und bunten Sonnenschirmen. Ich dachte mir im Traum, das kann nicht gutgehen, das heißt ja Gott versuchen. Und schon neigte sich das Flugzeug ganz bedenklich, Tische und Stühle samt den sommerlich gekleideten Gästen kamen, wie Kaffeegeschirr auf dem Servierbrett eines ungeschickten Dienstmädchens, ins Rutschen, das Städtewunder stürzte herab auf die Dächer und zerschellte lautlos.

Natürlich hatte ich auch einen jener Schulträume, von denen Erwachsene bis in ihr hohes Alter von Zeit zu Zeit heimgesucht zu werden pflegen, mit allen Qualen des Unvorbereitetseins. Die Aufgabe, die mir gestellt wurde, war nicht eben leicht. Sie lautete ›Erschaffung der Welt‹. Dabei war zu berücksichtigen, daß der Schüler nicht auf schon bekannte Schöpfungsergebnisse zurückgreifen dürfe, sondern sich etwas durchaus Neues, noch nicht Dagewesenes auszudenken hatte wie der Herr am ersten Tag. Allein es wollte mir beim besten Willen nichts einfallen, was es nicht schon gab. Ich nagte verdrießlich an meinem Griffel. Das Schönste war schon geschaffen: Sternennacht und Mondenschein, das Meer, der Wald, Blumen, Liebe und Mensch. »Wenn ich die Welt zu schaffen hätte...«, begann ich, und auf einmal fiel mir der Rauhreif ein. Ich war sehr glücklich, aber als ich das Wort auf die Schiefertafel schrieb, sah ich, daß es ja auch ihn schon gab. Die weißen Worte auf dem schwarzen Grund glichen Bäumen mit Rauhreif. Meine Mitschüler kritzelten mit Emsigkeit. Einer nach dem andern gab sichtlich befriedigt seine Tafel ab. Die Schulglocke ertönte, ich erwachte mit dem Gefühl, in einem großen Augenblick völlig versagt zu haben.

In jenen magischen Nächten zwischen Traum und Wachen aber meinst du, spielend die Rätsel der Welt lösen zu können. Wirklich, du glaubst auf einmal, wie durch eine Offenbarung dem Sinn und Ursprung alles Seins auf die Spur gekommen zu sein. Ja, so denkst du beseligt, nun hast du es, es ist ja alles im Grunde so einfach, so mühelos. Sei nicht traurig, wenn du dich am Morgen vergeblich plagst, die beglückende Erkenntnis der Nacht zurückzurufen; denn ein anderer bist du am Morgen, ein anderer, wenn dich der Mond anscheint. Aber es bleibt doch ein Schimmer des Trostes in dir für den ganzen Tag.

Heute nacht fiel mir ein anmutiges und nachdenkliches Erlebnis ein. Ich hatte, ehe ich in die Klinik kam, in einem Zirkus dressierte Seelöwen gesehen. Die Sicherheit, die drollige Grazie, mit der diese sympathischen Tiere Bälle auf der Spitze ihrer Schnauze auffingen, balancieren und einander in regelrechtem Ballspiel zuwerfen, scheint nur aus einer Naturanlage erklärbar. Der Zuschauer hat das Empfinden: es macht den Tieren selber Spaß. Ihre borstigen Gesichter scheinen zu lachen, sie können es kaum erwarten, bis sie sich, ungeachtet ihrer Unbeholfenheit und im eigentlichen Begriffe ›tolpatschig‹, auf ihren als Flossen ausgebildeten Gliedmaßen von ihren Hockern ins Spiel stürzen. Sie sehen aus, als hätten sie zu lange Ärmel und Hosen an, die harlekinhaft über ihre Hände und Füße schlappen.

Nun ich des Nachts darüber nachsann, schien mir ein Geheimnis der Natur aufs anschaulichste offenbar. Alle Spiele und Künste sah ich vom Schöpfer vorempfunden und als lebendigen Keim in alle Kreatur gelegt, das Fliegen, das Schwimmen, das Bauen, das Jonglieren. Ich meinte, es in mir selbst zu spüren, wie die Elemente des Lebens, Wasser, Luft und Erde, jeweils die in allen Wesen lauernden Fähigkeiten hervorkitzeln, damit sie sich frei darin tummeln können. Ich selber meinte teilzuhaben an dieser Sehnsucht, welche aus Pfoten für den Gebrauch im Wasser und in der Luft Flossen und Flügel zu formen imstande ist und umgekehrt, wie bei den Robben, Fledermäusen und fliegenden Fischen. In der Stille der Nacht schien es mir durchaus möglich und vom Anbeginn so vorgesehen, daß auch mir die Sehnsucht Flügel wachsen lasse, Adlerschwingen, Engelsfittiche, man müsse es nur richtig wollen. Es mag freilich sehr lange dauern, bis der Wesenskern ganz überzeugt ist, bis etwa zwischen den Fingern und Zehen – man glaubt, genau zu spüren wo – sich Schwimmhäute spannen und bis sich die erworbene neue Gestalt forterbt. Das nicht Gebrauchte verkümmert, verödet, schrumpft ein, das Notwendige wächst und entfaltet sich.

Ich weiß wohl, daß solche Gedanken törichte Spielereien und Träumereien, daß sie kindisch und eines Erwachsenen unwürdig sind. Aber wenn man nachts ein paar Stunden wach gelegen hat, mag es verzeihlich sein. Genug, ich nahm meine ganze Einbildungskraft zusammen, sammelte sie gläubig auf meine Schulterblätter, dort, wo die Engel ihre Flügel haben, und meinte, alsbald wirklich etwas zu spüren, eine kribbelnde Unruhe des Wachstums, dem Jucken in einer Wunde vergleichbar, die heilen will. Ich war sehr glücklich darüber. Ja, ich schaute am andern Tage vor dem Spiegel nach, ob noch nichts zu sehen sei. Aber es war nichts zu sehen.

Ärztliche Visite

Mein Arzt scheint im Augenblicke, da er mein Zimmer betritt, nur einen einzigen Patienten zu haben, und der bin ich. Ich weiß genau, ich bin nicht der einzige und bin zudem nur ein leichter Fall, aber der Arzt schaut mich an, als wäre er einzig und allein meinetwegen da, und er ist es auch in diesem Augenblicke, mitsamt seiner Erfahrung, Kunst und Menschlichkeit. Er kommt vielleicht aus dem Zimmer eines Schwerkranken, aber er verachtet mich nicht, weil ich nur ein leichter Fall bin, und ich bin ihm dankbar dafür. Er ist freundlich, aber streng. Denn der Arzt, wie ich ihn mir lobe, muß streng sein und soll nicht mit sich reden lassen. Es gibt auch solche, die sozusagen hinter dem Rücken des Äskulap mit ihren Patienten therapeutische Sonderabkommen treffen, in der irrigen Meinung, die Krankheit und der Tod ließen sich beschwatzen.

Wortkargheit und Unvoreingenommenheit sind nach

meiner Erfahrung charakteristische Merkmale großer Ärzte. Als Laie stelle ich mir vor, daß der rechte Arzt als leidenschaftliche Forderung das Idealbild des gesunden Menschen in sich trägt, eine Art absolutes Gefühl für Gesundheit, wie es ein absolutes Gehör für Musik gibt. Ich könnte mir denken, daß er es wie der Musiker körperlich, gleichsam mit dem inneren Ohr empfindet, wenn an dem Patienten, den er abhorcht, etwas verstimmt ist.

Ich habe es gern, wenn der Arzt eine Atmosphäre der Sauberkeit um sich verbreitet; denn es gibt nichts Abstoßenderes als einen nicht ganz properen Arzt. Es gehört wie das gute Bett mit zur Therapie, daß der Arzt untadelig gepflegt und appetitlich, kurz, erfreulich anzusehen ist. Wie grauste mir anläßlich einer Untersuchung, als ich auf dem Augenspiegel eines berühmten Arztes – er trug ihn wie ein Diadem auf dem Haupte – eine ganze Sammlung fettiger Daumen- und Fingerabdrücke sah!

Ein alter Landarzt hat einmal gesagt: Es gibt Doktors und Ärzte. Den rechten Arzt erkennt man schon an seinem Respekt im Umgang mit dem Körper. Der Patient hat ein untrügliches Gefühl dafür, ob eine Untersuchung mechanisch oder künstlerisch ist.

Am liebsten sind mir natürlich die richtigen Arztgesichter, nicht jene, bei denen man zweifeln möchte, ob man sich nicht in der Tür geirrt habe und womöglich einem Ingenieur oder Operettentenor in die Hände gefallen ist. Es ist freilich schwer zu sagen, daß man den Schlosser, den Schneider, den Juristen, den Musiker, den Offizier in Zivil, den Arzt (und unter diesen wiederum den Chirurgen oder den Frauenarzt) am Gesicht zu erkennen meint. Aber es muß wohl etwas Wahres daran sein.

In einem Institut, das von zwei Ärzten geleitet wurde, wußte eine Patientin, die nicht auf den Namen des sie behandelnden Arztes kam, der Empfangsschwester nichts anderes zu sagen als: sie wolle zu dem, der wie ein

Schreiner aussehe. Die Schwester führte sie ohne Besinnen zu dem richtigen.

Es kommen alle Typen bei den Ärzten vor. Es gibt große und kleine, schwerfällige und bewegliche, muntere und traurige, liebenswürdige und grobe, derbe und feine, wortkarge und redselige, ruhige und hastige. Aber fast alle haben vom Umgang mit der leidenden Menschheit doch eine gemeinsame Prägung bekommen, ein gewisses Etwas, das sie deutlich von anderen Berufen unterscheidet. Es sind die Augen, es ist der ärztliche Blick. Doch was empfinden wir nun gerade ›ärztlich‹ daran?

Während der Patient ausführlich seine Leidensgeschichte erzählt, sind die Augen des Arztes sinnend, doch ohne Neugierde auf ihn gerichtet. Der Arzt scheint gar nicht zuzuhören, ja an etwas ganz anderes zu denken, und doch hat sein Gesicht einen horchenden Ausdruck, dem eines Klavierstimmers vergleichbar. Der Patient glaubt, sein Arzt denke scharf nach, um sich eine Meinung zu bilden. Es ist nicht die Schilderung der Beschwerden des Kranken, die sein Ohr vernimmt, sie machen ihn nur ein wenig ungeduldig und stören ihn in der Betrachtung. Es ist auch nicht die Person des Patienten, die er ansieht. Er behandelt sie sogar ziemlich kühl, beinahe schlecht, da sie ihn ablenkt. Denn es ist die Krankheit selbst, der er sich öffnet. Der Arzt, nicht der Patient, ist das Medium dieser Sitzung. Der Patient merkt es erst nach beendigter Untersuchung. Denn nun wird der Arzt, der eben noch ungehalten und gereizt erschien, dessen Blick keine Spur von Mitgefühl verriet, auf einmal ein anderer Mensch, liebenswürdig, zu Scherzen aufgelegt. In diesem für den Neuling befremdenden Verhalten mancher Ärzte (und nicht der schlechtesten) lebt noch ein letzter Rest der Übung, wie sie bei Naturvölkern im Schwange ist, wo der Medizinmann in einem Zustand der Besessenheit die Krankheit auf sich nimmt, ihre Schmerzen durchmacht und in sich ihren bösen Dämon bezwingt.

Recht oft fand ich bei Ärzten jenen Typus von sympathischer Häßlichkeit, dem des Sokrates ähnlich. Auch dem Künstlertypus begegnet man häufig, wie denn viele von ihnen nebenher mit Leidenschaft eine Liebhaberei treiben, etwa die Musik. Ein Arzt ohne ein solches Steckenpferd ist kein guter Arzt.

Ich vertraue mich lieber einem frommen Arzte an als einem gottlosen. Ich kannte im Feld einen Wundarzt, der täglich zur Morgenandacht in die Kirche ging, bevor er operierte. Er empfing aus seinem Glauben an den Arzt der Ärzte eine Ruhe, die seiner Kunst und seinen Patienten sichtbar zum Segen wurde. Diese innere Waschung gehörte einfach zur Antisepsis, zum ärztlichen Kult, der ja auch äußerlich eine große Ähnlichkeit mit einer religiösen Handlung zeigt, besonders in der Chirurgie. Freilich scheint sie hier das Ergebnis wissenschaftlicher Erfahrung zu sein, aber es muß nachdenklich stimmen, daß das Bild einer Operation mit der rituell anmutenden Händewaschung, mit den weißen priesterlichen Mänteln, der Darreichung der Schalen und Instrumente unzweifelhaft etwas Kirchlich-Feierliches hat und wahrscheinlich haben soll. Bei manchen primitiven Völkern ist Priester und Medizinmann eine Person. Den Griechen war die göttliche Herkunft der Heilkunst eine Selbstverständlichkeit. Sokrates bittet angesichts seines Todes, man möge nicht vergessen, dem Asklepios einen Hahn zu opfern, also dem Verkünder des erwachenden Tages, und Asklepios traf der Blitz Jupiters, weil er den Hippolitos vom Tod erweckte und damit die Grenzen seiner Kunst verletzte. Die Einheit von Heilsverkündung und Heilkunde, Gottesliebe und Menschenliebe ist eine im wahrsten Sinne christliche Idee, wert, verwirklicht zu werden.

Noch gibt es den guten alten klassischen Hausarzt (Gott erhalte ihn!). Es wäre mehr als schade, wenn er aussterben würde, der Onkel Doktor, der ins Haus kommt, der Freund und Beichtarzt unserer kleinen Sorgen und Kümmernisse, jener häuslichen Unpäßlichkeiten und familiären Gebrechen, gegen welche die Pharmakologie keine Mittelchen kennt, der vertraute Familienarzt, dem die Patienten und sogar die Kollegen den Ehrentitel Vater verliehen haben, der zur Auskultation gern auch mal, auf das schwarze Hörrohr oder jene neumodische telephonartige Fernleitung verzichtend, sein Ohr unmittelbar an das Herz des Kranken legt. Es macht nichts, wenn sein olympischer Bart ein wenig kitzelt. Er hat die Kinder von klein auf heranwachsen sehen. Er ist selbst verheiratet. Er hat selbst Kinder.

Auch die Koryphäe der Wissenschaft, der berühmte Arzt, dessen Tragik es ist, nie Zeit zu haben, gewinnt, wenn er ein wenig vom Geist des Hausarztes in die Einsamkeit des Vielbeschäftigten hat hinüberretten können. Draußen freilich warten auf ihn schon hundert Patienten, die Vorlesung, wichtige Konsultationen rufen ihn ab. Es ist Glückssache, wenn man ihn erwischt. Es ist eine heikle Angelegenheit, wenn bei einem Patienten die Vertrauenskrise einsetzt und er es einmal mit einem anderen Doktor probieren möchte, was er gewöhnlich mit einer gewissen Heimlichkeit ins Werk setzen wird. Denn er hat das Gefühl, sein bisheriger Arzt könnte es ihm am Ende doch ein wenig verübeln, wenn er von ihm abgehe. Das mag wohl bisweilen wirklich zutreffen, wie es leider auch mitunter vorkommen soll, daß der neue Ratgeber die Verordnungen des alten bespöttelt oder zugunsten seiner eigenen Maßnahmen herabsetzt. Jeder Arzt kann irren. Auch der beste. Der übelnehmerische Arzt und der selbstgefällige, überhebliche, fürchte ich, sind alle beide keine richtigen Ärzte. Das Berufsgeheimnis gilt zwar für den Arzt, aber leider nicht für den Patienten.

Es ist verzeihlich, wenn der Arzt über den Gegenstand seiner Beobachtung zuweilen vergißt, daß er selbst von seinen Patienten dauernd aufmerksam beobachtet wird, namentlich auch von denen, die im Arzte von vornherein ihren natürlichen Feind sehen zu müssen glauben. Denn die unvernünftigen und mißtrauischen Kranken sind in allen Ständen in der Überzahl. Durch nichts verrät sich der Ungebildete aller Stände deutlicher als durch die Art seines Umgangs mit dem Arzt. Viele sehen in ihm den eigentlichen Urheber ihrer Krankheit. Der Arzt, so sagen sie, habe sie überhaupt erst richtig krank gemacht, oder: die Ärzte verständen überhaupt alle nichts, es sei denn, einem kaltlächelnd das gute Geld aus der Tasche zu ziehen.

Zum Kranksein muß man Zeit haben. Auch kann man den Leuten nicht so ganz unrecht geben, die behaupten, es sei nichts anderes als eine Geldangelegenheit. Wer es sich nicht leisten kann, sollte lieber nicht krank werden. Denn Armut und Krankheit sind ein schlimmes Paar.

Daß der Mensch jede andere Rechnung lieber begleicht als die ›für ärztliche Bemühungen‹, ist bekannt. Vielleicht liegt darin sogar eine Art Ehrfurcht vor der höheren Würde der Heilkunst, vielleicht geht es manchem wirklich gegen das Gefühl, seinen Arzt mit Geld abzulohnen. Wenn vermögende Patienten über ihre Schuldigkeit hinaus dem behandelnden Arzte durch das Geschenk sich erkenntlich zeigen möchten, dann geschieht es meist durch ein Kunstwerk, schöne Bücher oder erlesene Weine, etwas Ebenbürtiges, den Gastgeschenken der Alten Verwandtes. Ich kenne keinen Beruf, der bei seinen Mitmenschen mit so viel Verständnislosigkeit und Ungerechtigkeit rechnen muß. Es gibt wohl keinen undankbareren, aber gewiß auch keinen schöneren Beruf. Ich habe viele große Ärzte kennengelernt, im Kriege und im Frieden. Nur die Toten unter ihnen darf ich mit Namen nennen. An zwei denke ich vor allem: an Krecke und an meinen Vater. Ich sehe sie beide zugleich vor mir in einem großen Augenblick, als mein Vater im September 1927 todkrank in die Klinik an der Hubertusstraße gebracht worden war und Krecke ihn besuchte. »Ich freue mich«, sagte Krecke zu uns, ehe er ging, »daß mein alter Lehrer gekommen ist, um bei mir zu sterben.«

Je älter ich werde, um so schmerzlicher vermisse ich meinen Vater. Es gibt so vieles, was ich gerade jetzt mit ihm gerne besprochen hätte. Mein Vater wurde im Jahre 1849 geboren in Crispendorf (Greiz-Schleiz-Lobenstein) unter der Regierung des Fürsten Heinrich des Zweiundsechzigsten von Reuß. Mein Großvater war dort Pastor und Kantor. Er starb früh, und zwar – so diagnostizierte viele Jahre später sein Sohn – an chronischer Bleivergiftung, die damals wissenschaftlich noch kaum erforscht war. Pastor Penzoldt war ein starker Schnupfer und bevorzugte eine Tabaksorte, die in bleihaltige Zinnfolie verpackt war. Das Leiden begann mit unerklärlichen Lähmungs- und Verkrampfungserscheinungen, zuerst an den Fingern, was ihm bald das Orgelspielen unmöglich machte. Ein Professor in Jena, der vielleicht die Krankheit, ohne sie aber dem Patienten zu nennen, erkannt hatte, starb plötzlich, ehe er eine Behandlung eingeleitet und die eigentliche Ursache entdeckt hatte. Ahnungslos weiterschnupfend, führte der Kranke mit jeder Prise seinem Körper neues Gift zu, dem er 1859 erlag. Mein Vater hatte als Kind aus der verhängnisvollen Folie Bleisoldaten gegossen.

Seine Jugend verlebte er in Weimar. Die Erwachsenen von damals und auch seine Mutter hatten alle Goethe noch mit eigenen Augen gesehen, und nun verwundert es mich, daß ich als Kind noch jener Frau Gesicht sah, das seinen Anblick behalten und sich seiner leibhaftig zu erinnern vermochte. Eckermann lebte noch, als mein Vater zur Welt kam, und Tieck, Arndt, Schelling.

Immer wollte ich wissen, wie er als Knabe war: Bilder aus jener Zeit, Zeichnungen und Photographien zeigen ein David-Copperfield-Gesicht mit klugem ernstem Blick und einem sehr schönen, feingeschwungenen Mund. Die Kleidung ist von rührender Bravheit und ihre Mode unwahrscheinlich lange her. Die kleine Rüböllampe aus Zinn, bei deren Lichte er seine Schularbeiten machte, ist noch vorhanden. Manchmal mußte ihm dazu der Schein aus der offenen Ofentür genügen. Es war eine karge und rechtschaffene Zeit, wofür folgende kleine Geschichte zeugen mag: Eines Tages kam die Waschfrau eine Stunde später, als sie bestellt war, zu meiner Großmutter, was sie mit den schlichten Worten entschuldigte: »Frau Pastern möchten gütigst entschuldigen, aber ich habe nämlich heute nacht ein kleines Kind gekriegt.«

Bertuchs Bilderbuch mit seinen sieben Weltwundern, der Fingalshöhle und allem Getier der Welt, mit Schiffen und Blumen liebte mein Vater besonders, vielleicht auch, weil seine Mutter als junges Mädchen mit dem Illuminieren der Kupferstiche ihr Brot verdient hatte. Das Bilderbuch und auch der Holzbaukasten, mit dem er spielte, sind noch vorhanden.

Alle Möbel und Bilder aus seiner edlen und gestrengen Frau Mutter Besitz und auch er behielten etwas von jenem Weimar. Im Alter, besonders ganz zuletzt, waren Stirn und Augen, das weiße Haar, Haltung und Geist Überlieferung von damals.

Seltsam verwandelte sich des Knaben Antlitz, das erst dem seiner Mutter glich, in das seines Vaters, es lebendig überliefernd. Er wiederum gab mir davon und ich meinem Knaben. Manchmal spüre ich, wie dieses überkommene Angesicht und auch seine Hände mich regieren, daß ich tun muß, wie ihnen ansteht. Ein paar Jahre trugen wir es gleichzeitig in drei Lebensaltern.

Mein Vater erzählte, daß er schon mit acht Jahren in die Quinta des Herder-Gymnasiums kam. Sein Vater, wegen jenes Leidens frühzeitig pensioniert, hatte ihn zu Hause unterrichtet. Er war es wohl auch, der den Knaben zur Naturbeobachtung anhielt, denn er war nach einer Urkunde Ehrenmitglied der naturhistorischen Gesellschaft. Mein Vater züchtete und sammelte Schmetterlinge. Sogar mit dem Präparieren und Ausstopfen von Vogelbälgen beschäftigte er sich. Und obgleich er zur

Konservierung, weil es seine Mutter nicht duldete, kein Arsen verwenden durfte, haben sie sich bis auf den heutigen Tag erhalten: ein grau und rosa Kakadu, zwei Gimpel und ein Star. Als ich einmal als Kind auf dem Speicher herumstöberte, fand ich mit Grauen eine Spanschachtel mit Glasaugen in verschiedenen Größen, die noch aus jener Zeit stammte. Mein Vater durfte auch Hühner halten, wobei er das Futter von seinem Taschengeld bestreiten mußte. Dafür kaufte ihm aber die Mutter die Eier zum Tagespreis ab.

Er erzählte, er habe mit seinem Vetter Hochdanz und seinem Freunde Hummel, einem Enkel des Komponisten, des öfteren Hahnenkämpfe veranstaltet. Dabei geschah es einmal, daß sein kleiner schneidiger Zwerghahn Freund Hummels riesigen Cochinchinagockel in schimpfliche Flucht schlug. Dieser Hummel, obwohl ebenfalls ein eifriger Schmetterlingssammler, soll – so führte mein Vater lächelnd an – im Physikum nicht gewußt haben, wieviel Beine die Insekten haben.

Dickenssche Gestalten scheinen die Verwandten und Bekannten um meines Vaters Jugend gewesen zu sein: die ›Berliner Tante‹, die ein artiges Bild von ihm gezeichnet und viel für sein Studium getan hat, seine liebe Mutter (er nannte sie ›Mutterchen‹), die nie nach der Mode ging und ›wie ein Strich‹ in schwarzem Kleide und Witwenhäubchen zwischen den modischen Krinolinen wandelte, der starke Onkel Anton, der im Rausche kurzerhand einen schweren Kleiderschrank mit allem, was darinnen, zur Seite setzte, da er ihm im Wege zu seinem Bette zu stehen schien, und dann die alten Jungfern, die stets erst Handschuhe anzogen, ehe sie das Kabinettchen aufsuchten. Es ist hübsch für einen kleinen Jungen, einen großherzoglichen Silberdiener (mütterlicherseits) als Großvater zu haben, und es ist verdienstlich vor den Kameraden, einen Onkel an wirklicher Cholera zu verlieren.

Ein frühes Erlebnis – mein Vater war, als es geschah,

etwa sechs Jahre alt – konnte ihn noch im Alter ekeln machen. Eine Konditorsfrau, die im selben Haus ihren Laden hatte, hielt ihm einmal ein Stück Kuchen hin, daß er hineinbeiße. Als er es herzhaft tat, steckte sie ihm statt des Kuchens rasch ihren Finger in den Mund, der so ganz abscheulich süß und klebrig schmeckte, daß er es nie mehr vergaß.

Ich staunte oft über meines Vaters Kenntnisse in den alten Sprachen. Er hielt die humanistische Erziehung immer für die beste für den künftigen Arzt. Besonders rühmte er seinen Lehrer Otto Heine, der seine Schüler wirklich zu fesseln und zu begeistern wußte, namentlich durch seine Homerstunden. Als einmal ein sehr braver, aber ziemlich spießiger Schüler etwas nicht wußte, wurde Heine ärgerlich und sagte: »Da sitzen Sie immer zu Hause und lesen Romane.« Worauf der Schüler ganz entrüstet erwiderte: »Ich lese *nie* Romane.« Heine wiederum: »Das ist es ja eben, Sie sollten gute Romane lesen!« Er meinte auch, es genüge in der Geschichte, von jedem Jahrhundert eine Zahl sich zu merken. Ganz anders lehrte Professor Zeiß, der einmal bei dem von ihm beliebten Zahlenabhören die klassische Frage stellte: »In welchem Jahre nannte der römische Konsul Caecilius Metellus die Ehe eine Last?« Gern zitierte mein Vater einen Satz aus einem Schulgeschichtsbuch jener Zeit: »Der Kaiser Heliogabal wälzte sich in viehischen Lüsten, bis man ihn erschlug.«

Besagter Zeiß soll auch einmal geäußert haben: »Mein Bruder ist Mechaniker, er macht Mikroskope, sie werden gelobt.« Dieser Bruder war Carl Zeiß, der Begründer der Weltfirma.

Einen Lehrer erwähnte mein Vater als ›besonders liebenswerte Persönlichkeit‹, den aber die Schüler trotz seiner Güte oder gerade deshalb quälten und foppten, wo sie nur konnten; ja, sie verachteten ihn fühlbar. Denn er war der Sohn jenes unglücklichen Pfarrers, der die Franzosen vor der Schlacht bei Jena durch das Rauhtal geführt und damit zur Niederlage der Preußen beigetragen hatte. Die große Sanftmut jenes Lehrers beweist die Antwort, die er gab, als die Buben, während es draußen in Strömen goß, als Gebet vorschlugen: »Herr Gott, gib einen milden Regen.« Er sagte nur: »Oh, das scheint mir ja nun eben doch nicht ganz passend zu sein, liebe Schüler.«

In den oberen Klassen erhielten die Gymnasiasten Unterricht in Hieb- und Stoßdegenfechten, und zwar vom alten Hofschauspieler Franke, der noch von Goethes Zeiten her an der Hofbühne wirkte. Übrigens durfte mein Vater einmal bei einer Schulfeier ›zu allgemeiner Ergriffenheit‹ den ›Glockengießer zu Breslau‹ vortragen, ein andermal eine selbstverfaßte Übertragung ins Lateinische von Uhlands ›Schloß am Meer‹, in Gegenwart ›Seiner kgl. Hoheit des Großherzogs Karl Alexander‹.

Es ist eine Liebhaberphotographie aus meines Vaters Studentenzeit vorhanden. Sie zeigt ihn sehr jugendlich und mit in den Nacken fallendem lockigem Haar im Kreise bärtiger Kommilitonen in der Jenenser Anatomie. Sie sind mit der Sektion einer Leiche beschäftigt und alle ein wenig unhygienisch im Straßenanzug ohne Präpariermantel. Im Hintergrund steht ein Gipsabguß des Apoll von Belvedere.

Als mein Vater auf die Universität ging, war er sechzehn Jahre alt und zwei Meter groß.

Mein Vater war zwei Meter groß, und ich machte mich damit vor meinen Spielkameraden verzeihlicherweise ein wenig wichtig.

Fern und hoch war über mir sein Gesicht, als ich klein war. Aus blauen Wolken von Zigarrenrauch bückte er sich herab zu mir, und seine Wange war bärtig. Er war aber kein ungeschlachter oder täppischer Riese, sondern schlank und ebenmäßig gebaut. Gewohnt, nach unten zu sprechen und vorsichtig geworden unter zu niedrigen Türen, ging er immer ein wenig vorgeneigten Hauptes. Auch unter freiem Himmel hielt er sich so, als könne er oben anstoßen. Seine Größe gab oft Anlaß zu Scherz und Karikatur, was er sich indessen mit Größe gefallen ließ. Dafür konnte er auch alle Gaslampen im Hause, ohne auf einen Stuhl zu steigen, anzünden.

Er hatte schon mehr als die Hälfte seines Lebens hinter sich, als ich geboren wurde, und ich kannte ihn also nach kindlichem Gefühl nur ›schon alt‹ und sozusagen beruflich verkleidet, umgeben von dem ärztlich-aseptischen Geruch, der in mir anfangs dunkle und erschreckende Vorstellungen chirurgisch-blutiger Natur erweckte. Es dauerte wohl lange, bis sich für das Kind Vater und akademische Person klar schieden, bis seine Gestalt immer vertrauter und deutlicher wurde, ganz nahe und groß zuletzt. Aus vieltausendfältigen Begegnungen, aus der Summe der Alltage und des gewohnten Anblicks behielt die Erinnerung ganz wenige Bilder als gesammelte feierliche Symbole.

Es läßt sich ein Gesicht nicht mit Worten beschreiben, daß es dich wirklich ansieht mit Augen. Auch nicht solche Hände, die denkende Wesen zu sein schienen, besonders wenn sie untersuchten. Sie waren groß und schlank, den Bildern nach schon von Jugend an so, ja vielleicht von seinem Ahnen Christian Friedrich Penzoldt, Lein- und Zeugwebermeister, her, geschickt zu weben, zu forschen, zu bilden.

Mein Vater war zwei Meter groß, und selbst die, die an solchen Anblick gewohnt waren, staunten immer wieder, wie dies wunderbare Haupt über die Menge ragte, weithin sichtbar. Oder wenn er etwa im Seebad im Bademantel mit Kapuze am Strand stand, gleich einem weißen Mönche. Als ich das erste Mal vom Felde in Urlaub kam, stand er wartend auf dem Bahnsteig, größer noch in seiner Uniform, und weil es regnete, im grauen Radmantel. Als er mich erkannte, breitete er die Arme aus, kam groß auf mich zu, wie fliegend, erzengelhaft, und schlug mich in seinen Mantel ein.

Es bildeten sich allerlei Legenden um seine Gestalt,

etwa daß er nur eine halbe Lunge habe und sich ausschließlich von Pferdefleisch ernähre. Tatsächlich hatte er als junger Professor eine Tuberkulose durchgemacht. Das Pferdefleisch aber, das wir kauften, diente dem Uhu zur Nahrung, den mein Vater zur Krähenjagd hielt. Es war ein schönes würdevolles Tier. Wir hatten immer eine kleine Menagerie: Elstern, Krähen, Meerschweinchen, sogar einen Austernfischer und eine Auerhenne, die seltsamerweise mitten in der Stadt in einem Delikatessengeschäft zugeflogen war, wo sie mit gebrochenen Ständern liegenblieb. Wir pflegten sie gesund.

Es entstanden Anekdoten wie diese: mein Vater hatte einen Assistenten, der in drolligem Gegensatz zu der Größe seines Chefs klein und kugelrund war. Beide besaßen Sinn für Humor. Einmal berichtete der Kleine meinem Vater bei der Visite in der Klinik, ein Patient sähe doppelt, worauf mein Vater sagte: »Das muß aber unangenehm für Sie sein, Herr Kollege.« Lächelnd erwiderte der andere: »Herr Geheimrat, er sieht übereinander doppelt.«

Einmal sollte er Adolph Menzel, der kleinen Exzellenz, vorgestellt werden, aber er wehrte ab mit der Begründung, das könnte er diesem nun doch wohl nicht antun.

Bei einem Einbruch, den ein Hamburger schwerer Junge – diese Tatsache schmeichelte uns sehr – bei uns verübte, wobei er sich übrigens zur Beleuchtung für das Aufbrechen der Schubladen eines unserer barocken Kirchenleuchter mit ganz dicken Wachskerzen bediente, spielte meines Vaters abnormes Körpermaß eine vergnügliche Rolle. Unser Dieb nämlich hatte, da, wie er später bei der Verhandlung verächtlich und zu unserer Beschämung gestand, bei uns nicht viel zu holen war, auch ein paar Stiefel meines Vaters mitgehen, aber gern wegen ihres verräterischen Formats irgendwo im Walde stehenlassen. Ein Waldhüter, der sie fand, lieferte sie ohne weiteres bei uns ab.

Ich weiß nicht, wie es tut, so groß zu sein. Er aber spürte es wohl, da er uns zuweilen als »Ihr da unten« anredete.

Ein Kollege der philosophischen Fakultät sagte einmal von ihm: »Wenn ich aus den Ferien nach Erlangen zurückkomme, dann sehe ich den Altstädter Kirchturm, den Neustädter Kirchturm und den Geheimrat Penzoldt.« Wirklich hatte mein Vater etwas von einem wandelnden Turm, aus dessen Turmstube der Türmer weit ins Land schaut. Im hohen Alter, als seine Größe, die das natürliche Sinnbild seines Lebens war, ihm verhängnisvoll wurde, wenn ihm plötzlich schwindelte und wir ihn hielten, da spürten wir, wie wir ihm nur an die Schultern reichten und hin- und hergerissen wurden von seinem Wanken. –

Mein Vater war eine beschauliche Natur. Seine Weisheit lebte von der Beobachtung, von dem ›Mit-eigenen-Augen-Sehen‹, das ihm noch am unbestechlichsten zu sein schien. Er war seiner ganzen Gesinnung nach kein Freund einer L'art-pour-l'art-Medizin, bei der es unterlaufen mag, daß der kranke Mensch zum ›schönen Fall‹ wird, zum Material, zum anonymen Schauplatz eines interessanten Krankheitsverlaufs. Obgleich er alle Fortschritte der Heilkunde, wie die wunderbare Entdeckung der Durchleuchtung und Bestrahlung, freilich erst nach vorurteilsloser Nachprüfung, in den Dienst seiner Kunst stellte, hielt er sich davon frei, die Diagnose etwa der photographischen Platte allein zu überlassen. Er bediente sich zuerst der Augen, Ohren und Hände, also der menschlichen Sinne: Gesicht, Gehör, Geruch, Geschmack, Gefühl in Verbindung mit dem sechsten Sinn Gemüt, einer Gabe, die durch die Vervollkommnung mechanischer Hilfsmittel Gefahr läuft, allmählich zu verkümmern.

Bald nach dem Kriege, als er mich wegen des gleichen Übels, das mir auch jetzt wieder zu schaffen machte, untersuchte, sagte er: »Zieh dich aus.« – »Ganz?« fragte ich

– »Ganz.« Ich stand vor ihm, mager und elend. Mein Vater sah mich eine Weile an, vom Kopf bis zu den Füßen, mit einem langsam lesenden Blick. Er betrachtete mich, er fragte nicht einmal, wo es mir weh tue. Dann erst, als er mich von außen gesehen, klopfte er gleichsam an, horchte in mich hinein und betastete mich, daß er sehe, wie es in mir beschaffen sei.

Ich könnte mir vorstellen, daß Hippokrates seinen Kranken in ähnlicher Weise begegnete.

Als er fertig war, bot er mir eine Zigarette an. Ich ahnte freilich, daß er mir das Rauchen von nun an würde ganz verbieten müssen, aber er vermied es, mich gleich damit zu erschrecken. Ich verstand, wie es gemeint war, und dennoch beruhigte es mich.

Mein Vater arbeitete nach der Natur. Er nahm sich selbst als ein wahrhaftiges Stück Welt und empfand darum das Erlebnis von Krankheiten an des Arztes eigenem Leib als besondere Forschergnade, so auch ihm geschah.

Ich kenne einen durchaus glaubwürdigen Menschen, der von sich sagen konnte, er habe noch nie im Leben Kopfweh gehabt, obgleich er schon fast fünfzig Jahre alt war. Der Mensch ohne Kopfweh muß ein namenlos glücklicher sein. Mein Vater kannte das Übel wohl. Er litt an Migräne. Er hatte sie überkommen und erbte sie weiter. Er hatte sie schon als Knabe, und sie befiel ihn bis zuletzt, meist im Einklang mit Gewittern oder Föhn, also wenn die Natur anfällig war, als sei ihm beschieden worden, den Wechsel der Gestirne und Gezeiten zu spüren und ihr Wohl und Wehe zu teilen.

Wenn man morgens mit Kopfweh erwacht, so urteilte er aus langjähriger Erfahrung, gebe es mehrere natürliche Gelegenheiten, daß es von selbst wieder vergehe. Die erste sei das Aufstehen, als zweite empfehle sich die Reinigung der Luftwege, besonders der Nase. Helfe das nichts, so schaffe kaltes Waschen möglicherweise Erleichterung. Bleibe die erhoffte Wirkung aus, so trete sie vielleicht nach dem Kämmen und Bürsten der Haare ein. Wolle es auch dann noch nicht vergehen, könne man sich Linderung vom Frühstück versprechen und endlich von einer glücklichen Entleerung. Was diesen Punkt betrifft, stand er nicht an zu behaupten, an den mannigfachen Übeln der Welt, an schlechten Noten, an Ehezwist, an Melancholie, an Unfällen, Selbstmorden, ja an verlorenen Schlachten und politischen Mißerfolgen sei oft nichts anderes schuld als schlechte Verdauung. »Den Leib halt allzeit offen«, empfahl er gegen dieses Grundübel der zivilisierten Menschheit.

Meines Vaters Gesundheit war als Folge des raschen Wachstums immer zart gewesen. Als junger Dozent suchte er Erholung in Italien und Sizilien.

In den ersten Jahren seiner Ehe erkrankte er an Lungentuberkulose, in deren Behandlung er nachmals Meister wurde. Er hatte selbst das Vorhandensein von Tuberkelbazillen nachgewiesen. Es war ein schmerzlicher Entschluß für ihn, sich von seiner Lehrtätigkeit beurlauben lassen zu müssen. Mit großer Gewissenhaftigkeit machte er zwei Winter lang in Les Avants bei Montreux Liegekur im Freien, auch wenn der Schnee auf seiner Decke lag. Der Ablauf der Krankheit fiel in die Zeit, da wir Kinder zur Welt kamen, so daß mein Vater mit Recht befürchten mußte, wir könnten die Anlage zu jenem Leiden geerbt haben. Er war darum mit Fleiß darauf bedacht, uns beizeiten möglichst abzuhärten. Entgegen der damaligen Gepflogenheit wurden wir schon im Kinderwagen ins Freie gestellt, auch an schönen Wintertagen, was meinem Vater alsbald sehr unfreundliche anonyme Zuschriften eintrug, in denen man ihn ziemlich unverblümt der Engelmacherei verdächtigen zu müssen glaubte. Die körperliche Abhärtung wurde später allabendlich durch kalte Übergießungen fortgesetzt, an die ich mich nicht ohne Frösteln zu erinnern vermag. Wir wurden nackt in eine zu diesem Zwecke angefertigte flache Blechwanne gestellt, vor deren Betreten mir des kalten Bodens wegen schon bangte, und von oben kalt begossen. Allabendlich schallte mein Wehgeschrei durchs Haus: »Nicht übergießen, so kalt, so kalt, so kalt!« Ich war sehr froh, als dieser wohlgemeinte Brauch allmählich in Vergessenheit geriet. Mein Vater pflegte uns, wenn wir ernstlich erkrankt waren, nie selbst zu behandeln, sondern einen seiner Assistenten zuzuziehen. Kurz vor seinem Tode noch bedauerte er, daß in der Medizin die genaue Charakterisierung und sprachlich ganz eindeutige, sozusagen musikalische Unterscheidung der verschiedenen Schmerzempfindungen als Hilfsmittel zur Diagnose noch viel zu wenig ausgebildet sei.

Mein Vater beobachtete immer. Es ist bekannt, daß der Rektor einer Universität jeden neu immatrikulierten Studenten durch Handschlag auf die akademischen Satzungen zu verpflichten hatte, und auch mein Vater mußte es tun, als er Magnifizenz war. Nur benutzte er, nie müde, zu lernen und Lästiges ersprießlich zu gestalten, die symbolische Handlung zu einer kleinen Statistik über das Vorkommen trockener und feuchter Hände bei Studierenden. Er hatte einen Zettel bei sich und machte seine Striche.

Zweiundvierzig Jahre lang lebte er in Erlangen, das eine geistvolle Frau wegen seiner Architektur das ›fränkische Weimar‹ genannt hat, und es ist von tragischem Humor, daß er das dortige Klima, vor allem die zu weiche Luft, gar nicht vertrug. »Aber man wird hornalt dabei«, pflegte er zu sagen.

Es will mir scheinen, daß mein Vater die tiefsten Erkenntnisse aus seinem täglichen Umgang mit Kranken und Sterbenden nicht alle verriet, daß er Einsichten verschwieg, zum Beispiel in das Wesen des Todes, damit er niemanden ohne Not ängstigte oder enttäuschte. Ich habe aber nie recht begreifen können, wie mein Vater, dessen Beruf es war, Leben zu erhalten, der alle Natur und die Kreatur über die Maßen lieb hatte, in seinen Mußestunden und zur Erholung auf die Jagd gehen mochte, also um Leben zu vernichten, Geschöpfe zu töten, die er nach seinen eigenen Worten für schöner hielt als die Menschen: vor allem die Rehe.

Das schöne Bild Darwins in seinem Studierzimmer war rings umgeben von allerlei Jagdtrophäen, Rehgeweihen vor allem, die mit einem ausgesägten Teil ihrer Hirnschale, worauf mit Tinte Ort und Datum ihres Todes geschrieben stand, an wappenförmigen Eichenbrettchen befestigt waren. Auch besaß er eine lehrreiche Sammlung von etwa zweihundert selbsterlegten Vögeln, vom wilden Schwan bis zum Zwergstrandläufer. Es ist verwunderlich, daß er diese mit Werg ausgestopften Bälge, diese glasäugigen, auf Draht gezogenen und auf schwarz- oder grüngestrichenen viereckigen Brettchen gesetzten, schrecklich bewegungslosen, teils sitzenden, teils auffliegenden oder scheinbar Nahrung suchenden Vögel, kurz, diese ganze unnatürliche Natur so liebte und die Sammlung mit Eifer ergänzte, wo ihn sonst eigentlich nur das klassisch Schöne, vor allem die Antike, zu erschüttern vermochte. Dies geschah aber in einem Grade der Ergriffenheit, wie es vielen heute nicht mehr so gelingen mag, etwa vor dem Zeus von Otricoli oder dem ruhenden Ares. Eine Photographie des Monte Pellegrino bei Palermo hing im Schlafzimmer der Eltern, damit mein Vater sie auch vom Bett aus vor Augen haben und an der ›klassisch-reinen Linie‹ sich erfreuen könne. Manchmal stand er davor und fuhr mit dem Zeigefinger die geliebte Linie nach. Die Vogelmumien aber standen brüderlich unter den gelehrten Büchern, konservierte Körper bei konserviertem Geist, Goethes vergilbte Büste (von Rauch) war von zwei Möwen flankiert. Unvergeßlich aber ist mir gerade dieses Waidmanns Gestalt, wie er noch als Siebziger winters mit großen ruhigen Schritten über die gefrorenen Äcker schritt oder, da ich ihm als Auge diente und mit ihm am Walde saß, auf Rehe wartend, schauend, lauschend, wortlos, stundenlang. Man sah und hörte dann mehr als das Getier, die Bäume und den Abendhimmel, und der schreiende Schuß erschreckte mehr als mein Herz nach solcher geistlichen Stille.

Irgendwo wartete die Jagdkutsche für die nächtliche Heimfahrt durch den Wald. Mein Rücken und meine Hände aber vergessen nie diese tote Wärme und Fleischesschwere, wenn ich das erlegte Tier im Rucksack zum Wagen trug. Wie ähnlich aber ist doch die Erregung des Jägers der Liebender! Die Mücken saßen oft wie ein Pelz auf dem Jagdrock meines Vater.

Ein Erlebnis fällt mir manchmal ein aus den letzten Jahren seines Lebens, ein scheinbar unerfreuliches, ein Augenblick heftigen Zornes. Mein Vater war mit einem seiner ältesten Schüler und Freunde in einen Wortstreit geraten. Die Stimmen der beiden Männer der Wissenschaft schrien homerisch durch das Haus. Es waren Herren von hohem Amt und Würden, Edelleute der Medizin, mein Vater ein Siebziger, weißhaarig, der andere gleichfalls Gelehrter und Arzt, ein feiner, kluger Geist. Sie standen einander gegenüber, von einem Tisch geschieden, und zürnten wie Götter. Es war aber schön, daß sie sich durch den Jungen versöhnen ließen.

Während er, fast ein Siebziger, im Felde war, als beratender Internist der sechsten Armee, begleitete ich ihn einmal, als er ein Feldlazarett besuchte. Wir fuhren in einem offenen Wagen mit zwei Schimmeln. Ein Dorf aber, das wir passierten, lag unter Artilleriefeuer. Mich packte die kalte Angst und entsetzliche Phantasie um seine Gegenwart in solcher Gefahr.

Einmal, drei Jahre vor seinem Tode, kam ich in sein Studierzimmer, als eben der Haarschneider dagewesen war. Ein Stuhl stand für ihn inmitten des Zimmers, das Leintuch hing über der Lehne, und ringsum auf dem Fußboden lagen kleine, bläulich-weiße Büschel abgeschnittenen Haares. Das Haar war dicht und fest, es hatte etwas Unvergängliches.

In den Tagen seines Sterbens ließ er ärztlich alles mit

sich geschehen, »wenn nur damit der Wissenschaft gedient wäre«.

Es herrscht ein ritterliches Verhältnis zwischen dem großen Arzt und dem großen Tod.

In seiner letzten Stunde, als er schon ohne Bewußtsein schien und schwer atmend, aber regungslos lag, hob er plötzlich langsam ein wenig die Hand. Es erschreckte uns fast die Bewegung. Er hob sie bis zum Munde, und wir erkannten, daß es Durst bedeutete. Wirklich trank er ein weniges, ohne daß seine Augen erwachten, er nickte danach leise, aber eindeutig, zum Dank. Dies war das freundliche letzte Zeichen einer Beziehung zur irdischen Gegenwart.

Der Hausaltar

Der Nachttisch ist der Hausaltar des Patienten. Es lohnt sich für den Arzt, dem Stilleben auf dem Nachttisch einen Blick zu schenken, da er aus der Art der dort versammelten Dinge wichtige Schlüsse auf den Gemütszustand des Kranken ziehen kann, wie aus dem Inhalt der Hosentasche eines Knaben.

Gewöhnlich findet man dort eine oder mehrere Photographien, zuweilen einen Spiegel, eine Schmuckschatulle, ein Amulett, Briefe, Bücher. Der Ungeduldige hat seine Uhr dort liegen, der Fromme aber seine Bibel.

Bei mir sind es Bücher, ein kleiner Blumentopf mit einer Pflanze, die ich aus dem linsenförmigen Kern einer jener Hülsenschoten, im Volksmund Manna genannt, selbst gezogen habe, und ein römisches Glas.

Ein Kamerad hat es mir im Kriege aus dem Schützengraben mitgebracht. Die Stellung ging damals durch die Trümmerstätte eines Hauses, in dem ein Sammler gewohnt hatte. Die von ihm zusammengetragenen Kostbarkeiten waren, durch Granaten verschüttet, wieder in die Erde zurückgekehrt, in der sie schon einmal jahrhundertelang geruht hatten, und nun zum zweitenmal ans Licht gebracht worden.

Das tausendjährige Glas hat die Form eines Fingerhutes. Als einziger Schmuck laufen zwei feine Rinnen um seine Mitte. Es ist ein Becherglas, nur schlanker und zierlicher als unsere Wassergläser und sehr leicht. Es ist vom Rost des Alters morsch geworden, glimmerhaft, und irisiert in allen Farben, smaragden, perlmuttern, bernsteingelb, wie eisenhaltiges Wasser. Aber es ist noch heil. Welcher Mund hat es ehedem berührt, daß es unversehrt blieb?

Die Schwester, die den Nachttisch abzustauben hat, gibt sorgsam acht, daß die Sächelchen alle wieder an ihren rechten Ort kommen. Nur das Glas getraut sie sich nicht anzurühren.

Schmerzenslager

Der Patient sitzt im Vorzimmer des Arztes und wartet. Er wartet gern. Warten ist gesund. Der Patient fühlt sich bereits bedeutend besser, als wirkten hier schon geheime heilende Kräfte. Wenn endlich der Arzt die Türe öffnet, tut ihm schon nichts mehr weh. Praesente medico dolor tacet. Welcher Leidende hat das noch nicht erlebt?

Der Schmerz ist von Natur feige. Sicher hat er keinen guten Charakter. Er ist launenhaft, unzuverlässig und heimtückisch. Er ist nie da, wenn man ihn braucht. Er scheut die Schwelle des Arztes und bringt den Patienten oft in die peinlichste Verlegenheit, ja, in den Verdacht übertriebener Wehleidigkeit.

Im Anfang unseres Lebens steht der Schmerz. Das Neugeborene schreit, was gemeinhin als Zeichen gesunder Leibesbeschaffenheit gedeutet wird. Aber es ist unzweifelhaft ein Wehegeschrei. Das Gesicht hat den eindeutigen Ausdruck des unangenehm Berührtseins, die winzigen Fäustchen sind geballt. Das Kind schreit im ersten Augenblick seines Daseins nicht anders, als es später schreien wird, wenn es sich wehe tut. Es scheint sehr weh zu tun, auf die Welt zu kommen.

Schreien, Wimmern, Stöhnen, durch die Zähne pfeifen, Schnalzen sind unsere natürlichen Mittel, den Schmerz zu lindern. Sicher helfen sie dazu, ihn leichter auszuhalten. Die Menschenwürde fordert freilich, ihn still zu erdulden. Aber es ist gewiß, daß der stille Schmerz heftiger ist als der laute. Ich habe gegenwärtig keine Schmerzen, aber ich kenne die Nächte, die kein Ende nehmen wollen, wenn es einem wie ein schartiger Speer durch Eingeweide und Brust zur Schulter fährt, immer wieder in kurzen Abständen, so sehr, daß man den Schmerz mit den Augen zu sehen meint, gleich einem zuckenden, flammenden Gestirn. Der Schmerz ist die gesteigerte Empfindung des Lebens, des seelischen und körperlichen. Sich wohlfühlen ist der Normalzustand zwischen Über- und Unterschmerz. Es gibt ausgesprochen angenehme Schmerzen, wie sie etwa das Kratzen an Schnakenstichen hervorruft. Ein komischer, lächerlicher Schmerz ist der Hexenschuß. Der Patient, der davon befallen ist, wird nur auf lächelndes Mitleid rechnen dürfen. Der Vorzug des Schmerzes ist es, daß er schnell vergessen wird. Seine Erinnerung ist völlig schmerzlos, seine Beschreibung mitunter sehr schwierig. Wir sind ganz auf bildliche Vergleiche angewiesen. Wir nennen ihn spitz oder stumpf, brennend, beißend, stechend, bohrend, reißend, nagend. An den Gliedmaßen kann der Patient seinen Ort und seine Grenzen ziemlich genau angeben, im Inneren gelingt es schwerer. Man müßte ein Noten- oder Zahlensystem ausbilden, um sozusagen die Windstärke des Schmerzes auszudrücken. Ein Gerät, ihn wie das Fieber zu messen, ist noch nicht erfunden. Man würde dann von Schmerzeinheiten reden müssen, wobei man das sogenannte Mäuslein oder das Zahnweh als Maß heranziehen könnte. Farbempfindungen, wie sie manche Menschen bei Musik oder bei Zahlen und Buchstaben erleben, werden auch vom Schmerz behauptet. Ein kleiner Junge kam ganz von selbst darauf, seine Schmerzen bildlich darzustellen: Er nahm Bleistift und Papier und zeichnete sie.

Einem jungen bärenstarken Holzknecht aus dem bayerischen Wald wurde in der Sommerschlacht durch eine Granate der Leib aufgerissen. Kameraden brachten ihn in ein Erdloch, denn es war wegen des schweren Feuers unmöglich, ihn zurückzutragen. Der Verwundete, sonst ein stiller, in sich gekehrter Mann, schrie in seinen Schmerzen so herzzerreißend und beharrlich, daß seine Kameraden, nachdem sie, außerstande den Jammer länger anzuhören, versucht hatten, ihm erst freundlich, dann herzhafter zuzureden, sich nicht anders zu helfen wußten, als ihrerseits zu schreien, so laut sie konnten, ein schauriger Chor in der Erde, die zuckte und dröhnte von den gewaltigen Schlägen der Kanonen. So schrien sie einträchtig bis zum Morgen und hörten erst auf, als der Sterbende stiller zu werden begann und endlich ganz verstummte.

Wenn man den Adel der Organe nach ihrer Schmerzempfindlichkeit abstufen wollte (es spricht einiges für diese Rangordnung), dann würde das Gehirn zu den niedrigsten gehören.

Wohl sprechen wir vom seelischen Schmerz wie vom körperlichen, wohl zeichnet er sich wie dieser in unsern Zügen ab, und der Aufschrei der verwundeten Seele, das Stöhnen und Wimmern gleicht ihm vollkommen. Wohl zieht sich uns das Herz zusammen, aber wir fühlen ihn nicht etwa wie eine Gallenkolik. Er ist zu groß. Wir spüren ihn nicht, wie wir gewisse Töne des höchsten Diskants mit unseren Ohren nicht wahrnehmen können (man weiß, daß es sie gibt), wie wir nicht alle Strahlen des Lichts zu schauen vermögen. Er kann uns töten.

Die tönernen Bildsäulen

Mein Zimmer hat eine sehr stille Lage. Ich merke nichts von dem, was in der Klinik vorgeht. Ich könnte mir einbilden, ich sei der einzige Patient, und Arzt, Schwestern, Küche seien einzig nur für mich da. Doch bekommt man bald eine gewissen Feinhörigkeit dafür, ob die Visite schon auf dem Gang ist, auch ob es für die Kranken eine ruhige Nacht war. Die Schwestern mit den wohlklingenden frommen Namen lassen sich natürlich nichts anmerken. Aber der geneigte Patient merkt es doch, wenn über Nacht, vielleicht nebenan, jemand gestorben ist.

Ich muß wohl annehmen, daß in dem Zimmer, ja in dem Bett, in dem ich liege, schon manch einer gestorben ist. Warum soll es mich anfechten?

Durch Zufall habe ich erfahren, daß meinem Zimmer gegenüber ein junger Mann liege, mit einer erbarmungslosen, unsichtbaren Krankheit. Obgleich seine Organe vollkommen gesund seien, werde er mit zunehmender Häufigkeit von Anfällen qualvollster Atemnot heimgesucht, oft dreimal am Tage, bei vollstem Bewußtsein und mit allen Schrecken der Todesangst. Allein, sobald er sich jeweils etwas davon erholt habe und obwohl er doch jeden Augenblick eines neuen Anfalls gewärtig sein müsse, freue er sich so sehr seines jammervollen Daseins, daß der begreifliche Wunsch, ein rascher Tod möge ihn bald von seinem furchtbaren Leiden erlösen, seine Berechtigung verliere.

Debilem facito manu
Debilem pede, coxa
Labricos quate dentes
Vita dum super est,
Bene est.

Nun ist er einem solchen Erstickungsanfall erlegen. Man hat seinen Leichnam geöffnet und keine Todesursache gefunden. Fast scheint es, als wolle der Tod zuweilen seine Unabhängigkeit von der Krankheit beweisen. Er bedarf ihrer im Grunde gar nicht.

Der erste tote Mensch, den ich in meinem Leben sah, war meine Großmutter. Es wäre vielleicht klüger gewesen, man hätte mir eine allzu frühe Begegnung mit dem Gesicht des Todes erspart; denn ich war erst sechs Jahre alt. Meine Großmutter wohnte unweit unseres Hauses, und ich erinnere mich gut daran, wie ich zu ihr gebracht wurde, um bei ihr zu spielen. Ich tat es ungern; denn ich fürchtete mich vor ihr. Sie trug eine Brille, was bei mir völlig ungerechtfertigterweise den Eindruck erweckte, sie sei eine böse alte Frau. Auch erinnere ich mich genau, daß sie ein Jahr vor ihrem Tode – denn sie starb am zweiten Weihnachtsfeiertag 1898 – uns Enkeln Tassen mit unsern Vornamen beschert hatte, sogenannte Pokaltassen, wie sie damals in ländlichen Wirtschaften in Gebrauch waren. Man sieht sie auch heute noch zuweilen auf Geschirrmärkten. Es lag gewiß nicht in der Absicht meiner Großmutter, gerade in der Weihnachtszeit zu sterben; denn sie war eine sehr rücksichtsvolle Natur. Sie hatte schon von langer Hand alles für ihren Tod genauestens vorbereitet und, um den Hinterbliebenen möglichst wenig Umstände zu machen, sogar ihr Sterbehemd bereitgelegt. Auch war es ihr Grundsatz, es sei ihr einerlei, wo sie begraben werde.

Ich sah sie während der Aussegnung, worunter ich mir seltsamerweise vorstellte, es würde aus der toten Großmutter etwas ausgesägt, eine Art Fensterchen, damit die Seele dadurch entweichen könnte. Ich wartete mit Neugierde, doch vergeblich, darauf. Und da sie so völlig unbeweglich in dem offenen Sarge lag, begann ich mich sehr zu fürchten, obwohl sie jetzt keine Brille aufhatte. »Sie schläft nur«, sagte meine Mutter und strich mir übers Haar. Aber ich glaubte es nicht. Es kamen viele Kränze ins Haus, und Mama schrieb auf eine Kondolenzliste, von wem sie waren und ein Stichwort dazu, etwa

›Palmkranz mit weißen Rosen und Atlasschleife‹. Wir hatten an jenem Weihnachten ein Kasperletheater bekommen, und ich bat meine Brüder, mir etwas vorzuspielen, was sie mir mit ernster Miene verwiesen. Wir haben doch jetzt Trauer, sagten sie. Übrigens befand sich unter den Figuren außer Kasperl, Gretel, Polizist, Teufel und Krokodil auch der Tod.

Bis zum Krieg aber sah ich keine Toten mehr.

Warum muß ich, ein Genesender, soviel an meine vier Kriegsjahre denken und den täglichen Umgang mit dem Tod?

Ich denke an jene Nachtwache, da endlich alle Verwundeten zu schlafen schienen und ich, um meinen Bericht zu schreiben, mit der Müdigkeit kämpfend am Ordinationstisch saß. Plötzlich hörte ich ein schlurfendes Geräusch hinter mir und schaute um. Da stand im Hemd ein riesenhafter Engländer mit schwerem Kopfschuß, mit seinem turbanähnlichen Verband, ein Mann, der seit seiner Einlieferung in tiefer Bewußtlosigkeit gelegen hatte, aufrecht hinter mir und lächelte und lallte. Sein linkes Auge war geschlossen, das gedunsene Lid dunkelblau. Vorhin noch lag er röchelnd, ein Sterbender, wie ich glaubte. Nun aber tat er, als wäre nichts gewesen, und lächelte mich verlegen-gutmütig an, wie es Betrunkene tun. Sterbende gleichen zuweilen Berauschten. Ich versuchte, ihn gütlich zu Bett zu bringen. Er war völlig ahnungslos über seine Verwundung, er fühlte keine Schmerzen. Er war nur aufgestanden, um ein Bedürfnis zu verrichten, und ehe ich ihn hindern konnte, trat er ins Freie und stellte sich an einen Baum. Ich ließ ihn gewähren. Es war eine klare Nacht, und er hob seinen Blick zu den Sternen. Dann kehrte er brav in sein Bett zurück. Ich sehe ihn noch vor mir, wie er mich anschaute mit dem einen Auge und langsam mitleidig den Kopf schüttelte, als hielte er mich nicht für ganz bei Troste. Er starb gegen Morgen.

Auch an den Maler Pfeil mußte ich denken, an seinen

langsamen Tod und an die vertrauliche Art, mit der er mich beim Knopfe nahm und zu sich herabzog, als wolle er mich mitnehmen. Kurz ehe er starb, da seine Stirne schon vom Todesschweiß betaut war, begehrte er zu trinken aus einem jener blechernen, kanisterähnlichen Schnapsfläschchen, wie man sie damals als Liebesgaben ins Feld schickte. Er trank, zwinkerte mir mit todesschlauem Blick zu und forderte mich freundlich auf, ihm Bescheid zu tun. Sein Körper war ausgezehrt, seine Lippen blutrünstig, sein Atem verpestet. Ich könne ihm doch, meinte ich ausweichend, sein bißchen Schnaps nicht wegtrinken, und wollte schon das Fläschchen auf den Nachttisch zurückstellen. Allein nun sah mich der Sterbende mit einem unbeschreiblichen Ausdruck an. »Feigling«, sagte er verächtlich. Also prostete ich ihm möglichst unbefangen zu, setzte das blecherne Fläschchen an den Mund und nahm einen herzhaften Schluck. Da war er wieder zufrieden. Er fühlte sich zu den Lebenden gerechnet, noch nicht aufgegeben.

Ich nahm daraus die Lehre, daß Sterbende wie Lebende behandelt sein wollen. Sie sind sehr feinhörig und mißtrauisch. Sie merken es gleich, wenn ein Besucher erschrickt, und sie fühlen es, wenn er künstlich Heiterkeit zur Schau trägt. Selbst wenn ein Kranker schon völlig teilnahmslos zu sein und in den letzten Zügen zu liegen scheint, besteht noch die Möglichkeit, daß er jedes Wort hört und versteht. Man weiß es von denen, die wieder genasen.

Wir sind geneigt, die letzten Worte Sterbender metaphysisch zu deuten, meistens aber gelten ihre Gedanken diesseitigen Dingen. Erkundigt man sich nach ihrem Befinden, so wird man meist zur Antwort bekommen, daß es ihnen besser gehe, und es ist nicht daran zu zweifeln, daß sie die Wahrheit sagen. Es ist das Wohlgefühl des Todes, die Euphorie. Zuweilen kann man aus den letzten Worten schließen, daß die Kranken wähnen, völlig gesund zu sein und mitten im Leben zu stehen. Sie machen

Pläne. Es geschieht, daß die letzten Gedanken einer guten Mutter sich etwa mit der Wäsche ihres Sohnes beschäftigen, daß sie, den Kopf ein wenig zur Seite geneigt, mit prüfendem Blick gewissenhaft die Machart seines Hemdes untersucht, die Falten ordnet und glattstreicht.

Ein Schwerverwundeter, Student der Philosophie – das Rückenmark war ihm durchschossen –, setzte kurz vor seinem Ende umständlich und mit einer gewissen Ungeduld und Gereiztheit, die man bei Sterbenden zuweilen beobachten kann, auseinander, daß seine Uhr kaputt sei und daß sie schleunigst repariert werden müsse, da er sie dringend brauche. Er wurde sogar ein wenig ärgerlich, als man ihm nicht sogleich den Willen tat, beruhigte sich indessen rasch bei dem Versprechen, bis morgen werde die Uhr in Ordnung sein.

Ich möchte wissen, ob Totengräber und Anatomen, die von Berufs wegen täglich mit Leichen umgehen müssen, leichteren Herzens sterben als gemeinhin andere Menschen.

Ich kannte einen Krankenwärter, dem die Pflege der Schwerverwundeten anvertraut war, einen überaus tüchtigen Pfleger von größter Gewissenhaftigkeit, aber von einer Strenge gegen die Patienten, daß man ihn für herzlos und gemütsroh hätte halten können, hätten ihm die Heilerfolge nicht recht gegeben. Er machte beinahe den Eindruck eines Gefangenenaufsehers. Die Kranken wagten sich nicht zu mucksen, sie fürchteten ihn, aber sie wurden gesund. Sie getrauten sich einfach nicht zu sterben. Er behandelte sie wie unartige Kinder, und seine Methode ließe sich vielleicht rechtfertigen, wären nicht andere Wärter mit freundlicheren Mitteln ebenso erfolgreich gewesen: Jener Freiwillige etwa, im Zivilberuf Bauassessor und nicht mehr der Jüngste, dessen reine Barmherzigkeit ihn zu Wundern an Aufopferung und, als er sich zur Truppe gemeldet hatte, an selbstloser Tapferkeit befähigte. Seine Unerschrockenheit machte ihn unverwundbar, wenn er aus dem Graben ging, einen

Verwundeten zwischen den Linien zu bergen, den die anderen schon preisgegeben hatten. Er hatte ein zartes Gemüt, er war eigentlich ein Mensch, der kein Blut sehen konnte. Ich habe es mit angesehen, wie ihm schwach wurde, als bei einem seiner Obhut anvertrauten Verwundeten ein harmloser chirurgischer Eingriff vorgenommen wurde.

Ob man einem Kranken, wenn er danach fragt, sagen soll, daß er verloren sei, darüber ist viel gehandelt worden. In den vier Jahren genauen Umgangs mit Todgeweihten ist diese Frage merkwürdigerweise niemals an mich gerichtet worden, vielleicht weil es eine Frage ist, die dem Leben zugehört. Es ist eine heidnische Frage.

Ein Schwerverletzter erkundigte sich nach dem Zustande eines Kameraden, der gleichzeitig mit ihm verwundet worden war, und antwortete auf die Mitteilung, daß es leider schlimm mit jenem stehe: »Ach, der arme Kerl!« Er starb selbst bald nach diesen Worten, vor dem andern, dem seine letzten freundlichen Gedanken galten, völlig ahnungslos.

Ein junger Engländer, der sterbend zu uns gebracht wurde, bat um eine Zigarette, tat einen tiefen behaglichen Zug daraus und hauchte mit dem Rauch sein Leben aus. Er starb so, daß man glauben mochte, es gäbe für den Menschen kein beglückenderes Gefühl in der Welt als den Tod.

Ein Junge erinnerte sich nach einer schweren Diphtherie – es hatte kaum Hoffnung bestanden, daß er sie überlebe –, als es ihm ein bißchen besser ging, daß zu Hause in einer Schublade eine Tüte liege, in der noch zwei rosa Bonbons sein müßten, was sich auch bestätigte. Ein tröstliches Gleichnis, wie mir scheint, wenn die Erinnerung an zwei Bonbons vor den Schatten des Todes nicht zu verblassen vermochte.

Auf die Frage, was er vom Tode halte, antwortete ein weiser Arzt lächelnd: dies falle unter sein Berufsgeheimnis. Was nach dem Ableben mit unserem Körper geschieht, ist freilich traurig genug. Weder ein toter Vogel noch ein totes Reh, noch ein toter Fisch sieht so tot aus wie ein toter Mensch.

Bei dem Vormarsch der deutschen Truppen im März 1918 hatte man die gefallenen Engländer, lauter blutjunge Leute, die auf der Rückzugstraße geblieben und im Wege waren, einstweilen rechts und links an den Straßenrand gelegt; denn es war keine Zeit, sie zu begraben. Sie waren von dem feinen fahlen Staub, den die vorbeimarschierenden Kolonnen aufwirbelten, so überpudert, daß sie gar nicht wie Tote wirkten, sondern eher, als seien sie eben von des großen Töpfers Hand und ›ihm zum Bilde‹ aus Lehm geformt und warteten, daß er ihnen lebendigen Odem einblase. Sie hatten nichts Leichenhaftes, sondern etwas Unverwesliches, Verewigtes. Sie glichen umgestürzten, tönernen Bildsäulen. Sie waren vielleicht innen hohl. Einen der Toten, der sehr schöne Hände und ein knabenhaftes edles Gesicht hatte, habe ich besonders im Gedächtnis behalten. Er schien völlig unversehrt; allein auf dem schmalen, kurzgeschorenen Schädel befand sich eine Stelle, die durch einen Granatsplitter eingeschlagen war, nicht anders als ein Loch in einem irdenen Kruge mit glatten zackigen Rändern über einer dunklen Höhle. Der flache, barbierbeckenähnliche Stahlhelm war zurückgerutscht und umgab das völlig friedliche Gesicht mit einer plastischen Aureole.

Heilsverkündigung

Im Krankenhaus meiner Heimatstadt war es frommer Brauch, daß bei der Christbescherung für die Patienten ein Kind das Weihnachtsevangelium aufsagte, und einmal traf es auch mich. Die Feier fand am Heiligen Abend gegen fünf Uhr im großen Hörsaal der medizinischen Klinik statt, und es war mir nicht wohl ums Herz, als wir von unserer Wohnung an der alten Kaserne vorbei durch die Glückstraße in die östliche Stadtmauer-Straße wandelten. Dort in der alten, mit Gras und kleinen Birken bewachsenen Stadtmauer befand sich ein Pförtchen, zu dem mein Vater einen Schlüssel besaß, um auf dem kürzesten Weg in die Anstalt gelangen zu können. Für uns Kinder hatte dies immer einen gewissen romantischen Reiz. Auch war es ein Privileg, das außer den Ärzten und Angestellten nur noch dem Bürgermeister zustand. Mein Vorhaben warf einen Schatten auf meine Weihnachtsfreude, und ich hätte viel darum gegeben, wenn es mir erlassen worden wäre. Das Amphitheater des Hörsaals war bis auf den letzten Platz besetzt, auf der einen Seite saßen die Frauen in ihren rosa Flanelljacken, auf der anderen Seite die Männer in blau und weiß gestreiften, schlecht sitzenden Krankenanzügen. An der Stelle des Katheders aber stand bis an die Decke reichend der gewaltige Christbaum, nur mit weißen Kerzen und Papiersternchen geschmückt, die nach einem zierlichen Verfahren von Kranken zum Zeitvertreib gefaltet und mit einer glitzernden Masse bestrichen waren. Unter dem Baum hatte man die Krippe aufgestellt mit der Heiligen Familie, Engeln, Hirten und Königen, mit Kamelen, Schafen, Ochs und Eselein und einem lebendigen Brunnen mit laufendem Wasser. Es roch nach Weihnachten und Klinik. Nachdem die Schwestern ein Lied gesungen hatten, mußte ich vor die Krippe treten und zu den Kranken gewandt das Evangelium aufsagen. Vielleicht wäre es mir leichter gefallen, vor Gesunden zu sprechen. Denn nun sah ich, daß viele Augen naß waren. Ich mußte mich sehr zusammennehmen. Es jammerte mich. Meine Eltern, der Pfarrer und die Oberschwester nickten mir aufmunternd zu. Sie ahnten nicht, welche Qualen ich durchmachte. Ich bildete mir plötzlich ein, nicht mehr zu wissen, wie man spricht, was man tun muß, um einen Ton über die Lippen zu bringen. Alle schauten auf mich. Also begann ich: »Es begab sich aber zu der Zeit, daß ein Gebot vom Kaiser Augustus ausging...« Ich hörte meine Stimme, aber sie schien mir nicht zu gehören. Sie war bewegt und höher als sonst. Es war eine fremde Stimme. Inmitten so vieler Menschen stand ich verlassen und klein in meinem Matrosenanzug, mit aufsteigenden Tränen kämpfend und bemüht, unbefangen auszusehen. Ich hatte gut gelernt, und zudem war der Pfarrer bereit, mir einzusagen, falls ich doch am Ende steckenbleiben sollte. Einmal wäre es wirklich beinahe geschehen, denn eine Kranke bekam einen Anfall und mußte weggebracht werden. Aber es redete weiter aus mir bis zum Schluß, wo es heißt: »Friede auf Erden und den Menschen ein Wohlgefallen.« Der Pfarrer stand auf, sagte Amen, legte die Hand auf mein Haar und bedeutete mir, daß ich mich jetzt setzen dürfe. Ich war sehr froh, daß es vorüber war.

Die Abgeschiedenen

Zuweilen hat der Patient das beschämende Gefühl, nur eine lästige Nebenerscheinung der Krankheit und für seine Heilung gar nicht nötig zu sein. Es wäre ihm am liebsten, wenn er seinen kranken Menschen in der Klinik lassen könnte, bis man ihn wieder in Ordnung gebracht hätte. Er seinerseits könnte unterdessen spazierengehen und ihn gelegentlich wieder abholen, wie einen Anzug vom Schneider.

Er hat Augenblicke, wo es ihm glückt. Er gibt der Sehnsucht nach, Fernes oder Vergangenes wiederzusehen, verläßt seinen Leib und macht sich auf die Wanderung. Heimlich stiehlt er sich davon, damit ihn der Körper nicht ertappe und zurückhalte. Seine nackte Seele entschwebt wie eine Wolke. Entfernungen gibt es nicht für sie, keine Mauern halten sie auf, keine Berge.

Der unbewohnte Leib, den er zurückläßt, würde erschrecken und zornig werden, wüßte er, was sein Gast inzwischen tut. Allein er fragt ihn nicht, ob er es darf.

Aber auch Du, geliebtes Angesicht, auch Du würdest erschrecken, ahntest Du, daß ich ungesehen bei Dir war. Zürne dem Liebenden nicht. Er tut es nicht ungestraft.

Wenn er zurückkehrt in seinen armen Leib, muß er seine Ungeduld und seinen Vorwitz büßen mit tausendfacher Sehnsucht, aber ohne Reue. Er wird es morgen wieder tun und im Geiste zu Dir kommen. Ja, er ist vermessen genug, sich zu den Abgeschiedenen zu wünschen.

Aber sie kommen selbst und umstehen sein Bett. Es sind sehr viele. Ihre Gesichter haben sich nicht verändert wie meines. Wie jung sie sind! Ich sehe keine Wunden. Sie sind unversehrt.

Sie scheinen einander gut zu kennen. Ich sehe es daran, wie sie sich anschauen. Sie sind im besten Einvernehmen. Sie sind drüben Freunde geworden.

Wie ist es bei euch, frage ich. Schön, antworten sie. Sieht man es uns nicht an? Willst du nicht mit uns kommen?

Sie sagen es so, als gelte es, einen Sonntagsausflug zu machen. Was muß ich tun, erwidere ich unentschlossen.

Sie lächeln mitleidig und tuscheln miteinander. Sie zukken die Achseln, als wollten sie mir bedeuten, das müßte ich schon selber wissen. Wir dürfen es nicht verraten. Sie finden mich wohl ziemlich gealtert seit damals, als der Krieg war. Ihre Mienen sagen: ›Du hättest eher dazu tun müssen, nun ist es zu spät. Du tust uns freilich leid, allein wir können es nicht ändern.‹

Ich hatte sie alle lebend verlassen. Ich habe keinen von ihnen tot liegen sehen.

Eine törichte Neugier überkommt mich, sie zu fragen, wie es war, als sie fielen, und ob der Tod wehe tat. Sie sehen einander verwundert an. Meine Frage macht sie lächeln. Meine Unwissenheit erheitert sie sichtlich. Sie benehmen sich überhaupt gar nicht wie Abgeschiedene, nicht feierlich und würdevoll, sie bewegen sich ganz ungezwungen, zwanzigjährig, jungenhaft. Sie nehmen mich entschieden nicht ganz ernst. Ich bin ihnen entwachsen, sie sind noch so jung wie ich damals. Ihre Stirnen sind bekränzt mit nie verwelkendem Lorbeer.

Ich suche mir vorzustellen, wie sie wohl jetzt aussehen

würden, wenn sie wie ich am Leben geblieben wären. Und auf einmal übermannt mich ihre Gegenwart, und ich erinnere sie an unsere Freundschaft.

Ich muß damit wohl etwas sehr Unschickliches gesagt haben. Denn ihre Gesichter verfinstern sich auf einmal, ich habe das Gefühl, sie verletzt zu haben. Sie wollen nicht erinnert sein.

Einer von ihnen, Donatus, ist mir ganz nahe gekommen, und ich breite meine Arme aus, ihn an meine Brust zu ziehen. Nicht doch, nicht doch, flüstert er erschrokken und wendet sich zum Gehen. Umschlungen verlassen sie mich, singend entschweben sie, über die Schulter nach mir zurückschauend, dem am Leben Gebliebenen, mit einem zärtlichen, entsagenden Blick.

Manche von ihnen hatte ich erst während des Feldzuges kurz vor ihrem frühen Tode kennengelernt, als es sich kaum zu lohnen schien, eine Freundschaft zu beginnen und sich das Herz schwerzumachen.

Donatus aber kannte ich schon vor dem Krieg.

Der Freund

Wenn Donatus über die Schillerstraße in Weimar wandelt, lächeln die Vorübergehenden. Die Mädchen der zahlreichen Töchterpensionate stecken die Köpfe zusammen und kichern. Sie finden ihn wohl alle ein wenig komisch.

Er hat so etwas Plötzliches, heißt es von ihm. Seine lange schlaksige Gestalt ist umflattert von seinem grauen, hochgeschlagenen Mantel, und alle Augenblicke muß er nach seinem flachen Tellerhute greifen, den ihm der Wind zu entführen droht, der Wind, der sein ständiger Begleiter zu sein scheint, auch an stillen Tagen. Seine Hosen flattern, sein Schlips weht. Ein Matrosenanzug wäre das Gegebene für ihn. Immer ordnet er sein Haar, und immer wieder stiebt es davon oder fällt in Strähnen in seine Stirn, wie von einem unsichtbaren Engel angeblasen, der sein Spiel mit ihm treibt. Unvermittelt bleibt der Jüngling Donatus stehen, faßt sich erschrocken ans Herz, wie jemand, dem einfällt, daß er seine Brieftasche zu Hause liegen gelassen hat. Aber sie ist noch da. Donatus lächelt verlegen. Er ist die Gestalt gewordene Verlegenheit, doch mit einem gutmütigen Einschlag des Über-sich-selbst-belustigt-Seins.

Er hat eine fröhliche Nase mit geblähten Nüstern, sehr helle Augen, die etwas schräg stehen und wie Striche werden, wenn er lacht. Sein Gesicht ist schmal. Alles ist etwas schief an ihm, doch in Harmonie. Es ist ein schönes Gesicht, von jenem slawogermanischen Gepräge, wie man es in seiner Heimat oft findet. Schmal ist auch der Schädel, überschlank sind die Hände. Seine Bewegungen sind fahrig, sein Gang ist unberechenbar und willkürlich. Er segelt mehr, als er geht.

Wer seine Bildnisbüste sieht, bleibt lange davor stehen und fragt, wer ist dieser Mensch? Er erscheint den Betrachtern ungewöhnlich. Donatus ist von Lübeck nach Weimar gekommen, um Maler zu werden. Er hätte ebensogut Musiker oder Sänger werden können, aber er dichtet auch. Dieser verlegene, ungeschickte, überschlanke Jüngling, der ständig bemüht scheint, sich möglichst unsichtbar zu machen, seine langen Gliedmaßen zu verstecken, der beinahe nach jedem Satz, den er spricht, mit der Hand nach dem Mund fährt, als sei ihm ein unbedachtes Wort entschlüpft, wozu er »O Gott« sagt, hat eine starke schauspielerische Begabung und eine wundervolle Stimme. Er, der sich dauernd zu schämen und zu entschuldigen scheint, daß er auf der Welt ist, der zum Kellner errötend sagt: »Ach, Herr Ober, könnte ich vielleicht eine Tasse Kaffee bekommen«, ist wie verwandelt, wenn er musiziert oder auf der Liebhaberbühne steht. Niemand traut es ihm zu. Er ist auf einmal ganz sicher.

Man kann ihn nicht allein reisen lassen. Man weiß nie, ob er nicht einen falschen Zug besteigt. Er ist völlig hilflos in der Wirklichkeit. Er wird gleich am ersten Tag das Tintenfaß über seiner Hauswirtin beste Tischdecke schütten oder den Waschkrug zerbrechen. Seine Weltfremdheit hat fast etwas Ärgerliches. Er ist imstande, an dem Mädchen seiner Neigung vorüberzugehen, sie anzuschauen, ohne sie wahrzunehmen, und aus Versehen wildfremde Menschen zu grüßen, die er für Bekannte hält. Er ist verträumt und benimmt sich im Leben, wie andere Menschen sich im Traum verhalten. Zuweilen wird es ihm bewußt, und er bricht in die Worte aus: »Nein, wie ist das alles doch komisch.« Aber wenn er spielt oder singt, dann erwacht er, dann erst scheint er wirklich zu leben, dann ist er schlechthin unwiderstehlich.

Seine zeichnerische Begabung ist am stärksten in der Karikatur. Selbst über die Maßen komisch, besitzt er einen untrüglichen Blick für das Komische an seinen Mitmenschen.

Seine Freunde haben beschlossen, die Kunstschule zu wechseln und nach Kassel überzusiedeln. Donatus will nach Dresden. Allein der erste Mensch, der ihnen in Kassel begegnet, ist Donatus.

Der eine seiner Freunde, ein frischer sorgloser Junge, ist das gerade Gegenteil des hemmungsreichen Donatus. Er findet sich überall zurecht. Er träumt nie. Der dritte, beiden zugetan, dem Träumer und dem Sorglosen, ist ein schwermütiger, schwärmerischer Geselle. Es wird ein glückliches Jahr. Sie zeichnen, malen, modellieren einander. Donatus treibt viel Musik, und der Schwermütige hört ihm stundenlang zu. Im Winter gehen sie zusammen Schlittschuh laufen, im Sommer zum Schwimmen. Ganze Tage verbringen sie auf den Sonnendecks der Badeschiffe und lassen sich bräunen. Donatus ist ein guter Schwimmer. Er ist unwahrscheinlich schmal und hager. Seine Haut ist trocken und dunkelt leicht. Wenn er das Handtuch wie einen Turban um das Haupt legt, gleicht er einem indischen Fakir. Eines Abends sitzen sie zusammen in einem Biergarten. Ein Soldat sitzt am Tisch und erzählt vom modernen Krieg, von der vernichtenden Wirkung der Geschütze und Maschinengewehre. Donatus wird bleich bei dieser Schilderung. Er sagt den ganzen Abend kein Wort mehr und rührt keine Speisen an. Niemand ahnt, wie nahe der Krieg ist.

Sie trennen sich vor den Ferien, überzeugt, im Herbst wieder beisammen zu sein.

Bei Kriegsbeginn stellt sich jeder in seiner Stadt. »Nie war ich so glücklich«, schreibt der Sorglose. Donatus aber schreibt traurig: »Man hat mich nicht genommen.«

Der Sorglose fällt im Osten in seiner ersten Schlacht. Der Schwermütige im Westen. Donatus ist Musketier geworden, aber er ist noch in der Heimat. Durch Zufall erfahren seine Angehörigen, daß er im Revier liegt. Er ist schwer krank. Er hat Lungenentzündung. Es fehlt nicht viel, so wäre er im Revier gestorben, außerstande jemanden zu benachrichtigen, einsam, hilflos. Aber er wird gesund und kommt ins Feld nach Flandern. Er sei ein guter Soldat, schreibt er in einem Brief, der mit komischen Zeichnungen geschmückt ist.

In Brügge liegt sein Regiment in Ruhe. Sein Freund macht sich auf, ihn zu besuchen. Es ist eine lange, umständliche Fahrt. Es ist schon finster, als er endlich das Quartier findet, eine Schule. Er trifft Donatus bei Kerzenlicht an einem Pulte schreibend und redet ihn an. Donatus schaut auf ohne Verwunderung. Er benimmt sich, als hätten sich die beiden erst vor einer Viertelstunde getrennt, und sie hatten einander doch ein Jahr voll Krieg nicht gesehen. Einen Abend lang sind sie zusammen.

Sie schlendern durch die Stadt, gehen über Brücken, halten still vor dem Belfried. Donatus' Uniform ist etwas zu weit. Sein Gang ist unverändert.

Sie wollen sich am anderen Morgen noch einmal sehen, ehe der Freund, dessen Urlaub knapp bemessen ist, zur Bahn muß. Als der Freund Donatus abholen will, wird ihm der Bescheid gegeben, die Kompanie sei zu einer Übung ausmarschiert. Ein Wort hätte genügt, und der Feldwebel hätte Donatus davon befreit. Aber Donatus kann es nicht.

Bald darauf stürzt er bei einem Marsch auf ebener Straße. Mit einer schmerzhaften Muskelzerreißung kommt er in die Heimat. Aber der Krieg ist lang. Ein Streifschuß am Kopf rettet ihn noch einmal. Dann nach einem überraschenden feindlichen Angriff wird er vermißt. Gefangene Kameraden schreiben, sie hätten ihn tot liegen sehen. Man hat ihn nie gefunden. Niemand weiß, wo sein Grab liegt.

Das Fenster

Das Fenster ist nicht größer als das Geviert meines Bettes. Ich liege innen, und draußen liegt die Welt, wie ein Bild hinter Glas und Rahmen. Als ich klein war, machte es mir Kopfzerbrechen, daß man durch ein winziges Schlüsselloch Dinge sehen konnte, die größer waren als dies, etwa das Weihnachtszimmer mit allem, was darin war. Was geht vollends in ein Auge, das kaum größer ist als eine Walnuß! Einfach alles. Elefanten, gewaltige Gebirge, der Himmel voller Sterne, die Sonne, die ganze Welt hat darin Platz. Man sollte meinen, es müsse bersten.

Ich könnte mir gut eine schönere und kurzweiligere Aussicht denken als die von meinem Krankenzimmer aus. Aber vielleicht ist es besser so, vielleicht ist es sogar gesünder. Zudem habe ich sie nicht immer vor mir, ich habe, wie man so sagt, das Fenster im Rücken. Ich muß mich im Bette aufrichten und den Hals verdrehen, wenn ich hinausgucken will. Mein Zimmer befindet sich im zweiten Stock, und mein Fenster geht auf eine stille Straße hinaus. Gegenüber liegt in einem Garten ein Haus, das man nicht anders denn als hochherrschaftliche Villa bezeichnen kann. Die Villa ist unzweifelhaft bewohnt, aber ich habe nie jemand darin ein- und ausgehen sehen. Das gibt ihr das Ansehen großer Vornehmheit. Ich bilde mir ein, daß eine alte adelige Dame darin ihren Lebensabend verbringt, und wenn das Haus auch noch leidlich im Stande ist, so macht es doch den Eindruck, daß die Besitzerin entschlossen ist, nichts mehr daran richten zu lassen.

Von meinem Bette aus kann ich nur das Dach sehen, das von einem Posaune blasenden, notdürftig bekleideten weiblichen Genius aus Bronze gekrönt ist. Er steht auf einer Fußspitze, mehr tänzerisch als fliegend, und hat die schöne Farbe des Grünspans. Sonst sehe ich nur Himmel. Es gibt Tage, an denen er unnahbar fern, und andere, da er zum Greifen nahe ist. Er scheint dann gleich über den Dächern zu beginnen. Wenn ich sagte: Ich sei innen und die Welt draußen, so ist das nicht ganz richtig. Ich höre nicht da auf, wo mein Körper aufhört. Es ist da etwas, das weiter reicht, über ihn hinaus, etwas, das keine Enge duldet, das sich fühlbar an den vier Wänden des Zimmers stößt und Platz beansprucht, etwas, das sich weitet und nachgibt, wenn die Türe sich öffnet. Es ist mehr als nur der Raum, den man zum Atmen braucht. Ich möchte es die Freiheit nennen, die zu jedem Lebewesen gehört als ein unsichtbarer beseelter Körper, in dessen festem Kern wir wohnen, der Atmosphäre verwandt, die die Erde umhüllt, eine Art Vorgarten, unsere Domfreiheit. Wir spüren es, ob sie ein Freund oder Feind betritt.

Ich bin nicht bloß innen, ich bin zugleich auch draußen vor dem Fenster. Wie viele Wochen bin ich schon hier, ohne das Zimmer verlassen zu haben? Aber wie wäre mir erst zumute, wenn während dieser Zeit das Fenster vergittert gewesen wäre und die Tür von außen verriegelt? Ich würde nicht ruhig und gelassen wie jetzt in meinem Bette geblieben sein, ich würde wahrscheinlich mit den Fäusten an die Tür geschlagen und an dem Gitter gerüttelt haben. Ich höre die Schritte der seltenen Fußgänger von der Straße herauf, und sie huschen auch durch mein Zimmer, als flüchtige Schatten, kopfunter in entgegengesetzter Richtung. Zuweilen, es ist ein Zeichen, daß sich das Wetter ändert, höre ich sogar die fernen Züge fahren und das Pfeifen der Lokomotiven. Wenn es aber draußen stürmt und regnet, dann fühle ich mich urbehaglich. Ich höre zu und tue nichts anderes. Es ist eine völlig hinreichende Unterhaltung. Auch der Mensch braucht Regen und Wind zu seiner Gesundheit. Freilich, im Zimmer regnet es nicht, aber der empfindsame Patient spürt ein nahendes Gewitter gleichsam am eigenen Leib und besonders den Föhn.

Wenn die Bankbeamten sich verrechnen, wenn die Fußgänger traumverloren gleich Hühnern vor die Autos rennen, wenn die Menschen von Kopfdruck, Schwindel, Reizbarkeit oder Schwermut befallen werden, wenn die Sonne seltsam hart und weiß in die Stuben scheint, der Himmel so eigentümlich ins Veilchenblaue spielt, perlmutterfarbene Wolken schmerzhaft blenden, dann ist Föhn. Er kommt über einen wie eine Krankheit, und der Patient atmet erleichtert auf, wenn die ersten Tropfen fallen und der wunderbare Duft nasser Dächer und gelöschten Staubes durchs offene Fenster strömt.

Einmal kommt ein Spatz zum Fenster hereingeflattert, erschrickt sehr vor mir und taumelt wieder hinaus. Später, an einem warmen Tag, brummt eine dicke Hummel durchs Zimmer.

Kann ich zur Zeit auch noch nicht zur Welt gelangen, so kommt sie doch zu mir. Ich bekomme Blumen, die abends vor das Zimmer gestellt werden. Ich bekomme Post.

Ich bekomme gern Post, besonders wenn ich krank bin. Ich warte immer auf einen Brief und weiß nicht einmal, von wem. Ich schäme mich meiner Ungerechtigkeit gegen die, die mir zugetan sind, die ich liebe, daß ich immer noch auf jemanden warte. Schon der Anblick einer fremden angenehmen Handschrift vermag mich in Spannung zu versetzen, und oft denke ich dann: ›Jetzt kommt das Glück.‹ Ja, ich meine ein deutliches Bild des unbekannten Absenders zu haben. Wenn ich ihn später kennenlerne, merke ich, daß mich die Schrift genarrt hat. Dennoch verliere ich nie die Hoffnung, daß der Brief, auf den ich warte, doch eines Tages kommen wird. Wenn ich keine Post erhalte, habe ich das Gefühl, vergessen zu sein.

Im Kranksein wird auch der Weiseste auf allerlei Kurzweil verfallen, auf einen mühelosen Zeitvertreib. Eine silberne Kette tut da gute Dienste. Man kann sie von einer Hand in die andere fließen lassen, immer wieder. Es ist ein wunderbares Spielzeug für diese Zeit freundlicher Gedankenlosigkeit.

Seit meiner Kindheit gehe ich nie ohne meine Fußkette zu Bette, eine Kette aus etwa haselnußgroßen Holz- oder Elfenbeinkugeln, die sich vorzüglich zum Spielen mit den Zehen eignet.

Auch eine Lupe hat sich in meinem Fall gut bewährt. Man kann mit ihr allerlei betrachten, und es ist im übrigen viel zu wenig bekannt, was man aus Stanniol und Cellophan für allerliebste Dinge verfertigen kann.

Ich langweile mich nie. Ich habe nun freilich etwas voraus vor vielen: Ich kann ein wenig zeichnen, malen und modellieren. Ich kann, wenn ich will, aus dem Kopf das Gesicht eines geliebten Menschen leidlich zu Papier bringen oder aus Wachs kneten. Selbst wenn es nur Spielerei bleibt – wer ein wenig zeichnen kann, hat mehr vom Leben.

Brüderchen und Schwesterchen

Der Patient hat kein gutes Gedächtnis, aber Erinnerungen. Er hilft sich damit an stillen Tagen. Er denkt an die Zeit, als die Kinder klein waren.

Als der Junge noch keine Sätze reden konnte und alles, was sanft und zärtlich war (Watte, Federn und vor allem Haare), summarisch ›Häwi‹ nannte, pflegte er jeden

Morgen stillvergnügt die neuen Wörter wie memorierend vor sich hinzuplappern, ja sich sogar zu verbessern, wenn ihm eines nicht gelang. Denn er liebte wunderlicherweise besonders lange und schwierige Klanggebilde und zog Ausdrücke wie ›eventuell‹ oder ›Oppositionsgeist‹ schlichteren deutschen Wörtern vor. Früh schon erkor er sich ein absonderliches Schimpfwort, nämlich ›Du Alkohol‹, worunter er etwas besonders Kränkendes empfinden mochte.

Eines Sommernachmittags, da er mit der Gießkanne spielend im Garten sitzt, deutet er auf einmal nach oben und sagt ganz beseligt: »Nane, Nane!« Die Eltern können sich nicht denken, wo er plötzlich Bananen sehen will. Vielleicht ist ein Blatt über ihm im Baum ungefähr so geformt. »Ja, ja, mein Bübchen, Nane«, nicken sie freundlich. Aber er ist nicht zufrieden. »Nane«, ruft er beharrlich, »da oben Himmel dran.« Hauchzart und weiß hängt im Blau die frühe Frucht des Mondes. Denn nun sieht er die Wörter leibhaftig und spricht, als von einem Windhund die Rede war, im Bilde bleibend von einem Lufthund, und beim Anblick des ersten Schmetterlings seines Lebens ruft er: »Da fliegt ein Blümchen!« Er gibt den Tannenbäumen die Hand und fragt, auf eine Pfütze zeigend, ernsthaft: »Wird da einmal ein Ammersee draus?« Denn die Natur, Gott, ja der Tod machen ihm zeitig zu schaffen. Er tröstet sich mit der Ausflucht, daß die tote Meise, die wir im Garten begruben, sicher im Frühjahr wieder wachsen würde. Aber er fragt auch (und es ist nicht so leicht, ihm darauf zu antworten): »Wer hat den lieben Gott gemacht, und warum ist er lieb?«

Das Märchen vom Storch, womit großmütterliche Schicklichkeit ihn zartfühlend auf die baldige Ankunft der kleinen Schwester vorbereitet, beschäftigt ihn sehr. »Ach Mama«, meint er sichtlich beunruhigt, »wenn's bloß kein Störchle wird.«

Er weiß, wie aus Sonne und Wasser der Regenbogen

entsteht, er hat es an der Fontäne oft mit Entzücken beobachtet. Bald darauf finden die Eltern ihn, wie er nakkend im Sonnenschein mitten in der Stube steht, ein lebendes Brünnlein, sein sträfliches Tun mit den Worten erklärend: »Ich wollte einen Regenbogen machen, ist aber keiner worden.«

Auch nennt er das kochende Wasser zornig, und Papas neuer Bademantel, darauf sich schwarze, braune und weiße Streifen kreuzen, ist für ihn ein Friedhof.

Später, als er in die Schule geht, ungern, wie er täglich versichert, weil er nun keine Zeit mehr zum ›Arbeiten‹ habe, belauscht die Mutter ihn und seinen Freund, wie sie vor dem Leiterwagen knien und laut Gott anrufen, daß er ihnen beistehe, das zerbrochene Rad wieder fest zu machen. Und es gelingt ihnen zum Glück.

Was soll man aber sagen, wenn er, als man ihm für den Lehrer einen Blumenstrauß aus dem Garten mitgegeben hatte, ahnungslos erzählt, der liebenswürdige Fritz habe ihm die Mühe abgenommen und dem Herrn Lehrer die Blumen überreicht.

Besonders schöne Schokoladentiere kann er sich lange nicht entschließen aufzuessen, und einmal weigert er sich, zu hygienischen Zwecken ein Papier zu benutzen, weil darauf zufällig kleine Mädchen abgebildet waren.

Sein Schwesterchen liebt er innigst.

»Sie ist meine herzige Frau«, sagt er, »können tut sie ja nicht viel, aber sie ist halt ein reizendes Ding.« Er hält seine Kameraden an, ihr die Hand zu küssen. Denn er ist ebenso Kavalier wie sie eine kleine Dame.

Sein erstes Wort war das zärtliche »Häwi«, sein erster Satz ein männliches »Ich machet« (das habe ich gemacht). Ihr erstes Wort war: »Nein.« Ihr erster Satz: »Hose hängt runter.« Früh schon fragt sie: »Was darf ich heute anziehen«, und als ihr Bruder zum erstenmal den kleidsamen Etonboyanzug anhat, meint sie bewundernd: »Du bist ein schicker Bursch.« Und einmal steht sie vor dem Spiegel und ruft glückselig: »Mama, ich liebe mich!«

Auch sie greift in die weite Welt, als gäbe es keine Entfernungen: »Haben«, sagt sie und meint den Mond oder den Flieger, der über den Garten zieht. Auch ein Kruzifix ist für sie ein Flieger. Leider fürchtet sie sich sehr vor Mäusen und Gewittern. Das laute Donnern ist ihr arg, und sie verlangt nachdrücklich: »Die Frau liebe Gott soll doch ihrem Manne sagen, daß er mit dem Gerumpel aufhört.« Die Frau soll ihrem Manne sagen, daß ...! Ein anderes Mal erklärt sie: »Nicht wahr, die Sonne ist der liebe Gott?«, womit sie auf ihre Weise den Ursprung der Religion zu deuten sucht. Recht bedenklich aber ist ein Gespräch zwischen den beiden, das die Eltern durch Zufall erlauschen. Denn der Achtjährige sagt allen Ernstes: »Ich wäre froh, wenn ich nicht auf der Welt wär', erstens wegen der Schul', und zweitens komm' ich ja doch in die Höll'«, worauf die Kleine elegisch antwortet: »Ich möcht' schon brav sein, aber es glückt mir halt nicht.«

Diese Worte bewegten die Eltern in ihren Herzen.

Krankenbesucher

Es scheint sich allmählich herumgesprochen zu haben, daß ich krank bin. Es vergeht kaum ein Tag ohne lieben Besuch.

Um es vorwegzunehmen: Nicht alle Menschen eignen sich dazu. Es gibt solche, die im gesunden Verkehr wohl auszuhalten sind, im Krankenzimmer aber kann man sie nicht vertragen. Manchmal wird es fast ein wenig viel.

Die Diätetik des Kranken erfordert es, manche Menschen nur in kleinsten Dosen zu genießen, besonders solche mit einer aufreizenden Gesundheit. Aber er weiß es auch zu schätzen, wenn die schöne Frau, die sich nach ihm umsieht, eigens für diesen Krankenbesuch ihr neues kornblumenblaues Kleid angelegt hat. Denn der Anblick eines schönen Menschen ist immer wohltuend und heilsam für den Patienten.

Besuche, die von der Krankheit möglichst wenig Notiz

nehmen, sind dem Patienten am zuträglichsten. Mit großer Vorsicht zu genießen sind die Bedauerer – manche Menschen mögen das freilich gern – und die, die mit besorgter Betulichkeit einen unausgesetzt pflegen und einem Kissen ins Kreuz stopfen wollen, ja womöglich in einer Kleinkindersprache mit einem reden oder, auch Ärzte tun das zuweilen, ständig Verniedlichungsformen gebrauchen. »Was macht das Mägelchen?« fragen sie und sprechen dauernd vom lieben Bäuchlein, vom Wehwehchen, Bettchen, Süppchen, Eichen, und gar vom Popochen. Gefährlich sind die wohlmeinend Besorgten, deren Hauptbestreben es ist, das Vertrauen des Patienten in die Verordnungen seines Arztes langsam, aber sicher zu untergraben. Sie haben meist selber genau das gleiche Leiden gehabt, ihr Arzt hat ihnen nur noch ein Jahr zu leben gegeben, oder sie sind auf den Tod gelegen und völlig aufgegeben gewesen. Dennoch sind sie, freilich auf eine wesentlich andere Weise, glücklich geheilt worden. Wenn es nach ihnen ginge, bräuchte ich überhaupt keinen Arzt.

Meist sind es Selbstkurierer oder sie sind nur dadurch davongekommen, daß sie die schädlichen Anordnungen ihres Doktors einfach nicht befolgten. Der erfahrene Patient lächelt dazu. Er kennt die mythosbildende Kraft des Leidens, er kennt die Krankheitslegenden und weiß, daß jeder Mensch von Hause aus ein unverbesserlicher Kurpfuscher ist. Beschämend für den Patienten ist es, wenn der Besucher kränker ist als er.

Natürlich sind gesundheitsschädliche Gespräche, etwa über Geldangelegenheiten, Politik und dergleichen, am Krankenbette tunlichst zu vermeiden.

Wenn die Besucher seltener werden, ist es ein sicheres Vorzeichen der beginnenden Genesung.

Es sind nur wenige, auf die ich mich von Herzen freue: die, mit denen man auch einmal zusammen schweigen kann, deren bloße Gegenwart genügt, um zu beglücken. Die Absichtslosen und Unaufdringlichen gehören dazu.

Im übrigen gibt einem die horizontale Lage ein besonderes Ansehen, ja eine gewisse Überlegenheit, die der ähnelt, die ein Amerikareisender hat, wenn er sich über die Reling lehnt und zu den Zurückbleibenden spricht.

Manche Menschen sind einem Kranken gegenüber aufgeschlossener als vor Gesunden. Sie vertrauen ihm ihre zartesten Geheimnisse an, als verfüge er über eine nähere Verbindung zum Jenseits oder habe doch gewisse Einsichten, die dem Gesunden mangeln. Einem Todgeweihten vollends wird man getrost alles sagen können, was man auf dem Herzen hat, und seinem Rate mehr vertrauen als einem Lebenden, weil ihm die Nähe des Todes die Gabe der Weissagung verleiht, weil er Dinge schaut, die dem Gesunden unsichtbar sind. Auch meine Kinder besuchen mich. Sie sitzen nebeneinander auf dem Diwan, machen verständnisinnige Gesichter und denken sich im stillen ihr Teil. Ich habe sie im Verdacht, daß sie meinen Zustand nicht recht ernst nehmen. Sie lächeln. Sie erinnern sich eigener Krankheiten und scheinen der Meinung zu sein, daß ich es, wie sie, zu genießen verstehe, einmal eine Weile die Schule des Lebens schwänzen zu dürfen.

Nun habe ich doch ein wenig Musik. Die Kinder haben mir die altmodische Spieldose gebracht, ein schlichtes Mahagonikästchen, nicht viel größer als eine Zigarrenschachtel. Sie spielt vier allerliebste, etwas schwermütige Weisen mit einem zarten, zirpenden Klang. Durch ein Fenster, das das Werk vor dem Verstauben schützt, kann man zusehen, wie die Messingwalze sich dreht, die ringsum mit Stahlstiften beschlagen ist, als wäre sie unrasiert, wie die Unruhe flattert, wie die Stifte die Zinken des stählernen Kammes heben, damit sie tönen. Das Werk läuft auf Rubinen, winzigen Vogelaugen ähnlich. Die Spieldose stammt vom Urgroßvater der Kinder, und ihr Erbauer ist gewiß schon lange tot. Aber sie geht noch. Sie spielt ganz rein. Es ist etwas von einer kleinen Unsterblichkeit darin.

Noch etwas haben mir die Kinder mitgebracht.

Es ist ein kleiner Turner, aus Blech gestanzt und bemalt, der an einem Reck hängt. Vermittels einer zierlichen Erfindung kann man ihn nach Belieben turnen lassen. Ein leichter seitlicher Druck auf das federnde Turngerät genügt und das bewegliche Männlein macht den Riesenaufschwung vorwärts und rückwärts. Mit einiger Geduld wird ihm sogar die Sitzwelle, der langsame Bauchaufzug und Rückenaufzug glücken. In der Tat ein allerliebstes Spielzeug, das in keinem Krankenzimmer fehlen sollte. Wer es sieht, die Schwester, ja sogar mein Arzt, spielt ein wenig damit. Und jeder hat seine Freude daran. Auch der Pfarrer.

Schule des Krankseins

Es gibt gewisse Käuze, die sich viel darauf zugute tun, ihrer Lebtage nie krank gewesen zu sein. Sie sind nicht wenig stolz darauf und neigen dazu, es sich als ihr persönliches Verdienst anzurechnen. Einige von ihnen meinen, es ihrer vernünftigen Lebensweise, einer geschonten Jugend, frühzeitigem Aufstehen oder dem Mittagsschläfchen oder der kalten Morgendusche, fleischloser Kost oder sonstiger Enthaltsamkeit zuschreiben zu sollen, andere hinwiederum starkem Pfeifenrauchen, einem täglichen Trunk Wein oder Bier oder gar einem besonders vernünftigen Gebrauch der Liebe. Werden sie dann aber doch einmal krank, sind sie in der Regel recht schwierige Patienten. Es fehlt ihnen einfach die Übung. Sie sind unausstehlich. Die Kunst, mit Anstand krank zu sein, will eben gelernt sein.

Ich möchte damit nicht gerade jenen musterhaften Patienten das Wort reden, bei deren Entlassung die Schwestern bedauern, sie nicht noch länger pflegen zu dürfen.

Ziemlich verbreitet ist die Art von Menschen, die meinen, es sei lediglich eine Sache des starken Willens, über eine Krankheit, ja über den Tod obzusiegen. Man müsse nur hart genug gegen sich selbst sein, und bisweilen mag eine solche Unnachgiebigkeit, ein künstliches Sich-aufrecht-Erhalten zum Erfolge führen. Aber es gibt ohne Zweifel gewisse, an sich harmlose Krankheiten, deren Dämonen nicht gereizt sein wollen, die am Widerstand wachsen und dann recht bösartig werden können, während sie bei denen, die sich gut mit ihnen stellen, die ihnen keine Scherereien machen, mit ein bißchen Bettruhe sich gern zufrieden geben. Sie legen Wert auf gute Behandlung. Also lassen sie sich's eine Weile wohl sein bei ihrem Wirt. Sie wollen schließlich auch leben und gehen ganz von selbst, wenn man sie nur in Frieden läßt.

Manche Kranke gleichen waidwunden Tieren, die sich ins Dickicht zurückziehen, um in der Verborgenheit zu genesen oder zu verenden. Das hat wohl etwas für sich. Es gibt aber auch verschämte Kranke. Sie scheinen Krankheit für etwas Ehrenrühriges zu halten und wollen es sich nicht anmerken lassen, wie schlecht es ihnen geht. Sie vertuschen es, wenn sie selbst oder Angehörige krank sind, und manchmal mag es ihnen glücken, die Umwelt, auf die sie nicht verzichten, zu täuschen. Wenn es jedoch geschieht, daß es die anderen längst wissen, aber nun ihrerseits den heimlichen Patienten in dem trügerischen Glauben lassen, niemand habe etwas gemerkt, dann wird es leicht peinlich. Es ist ungesund, nicht krank sein zu wollen. Vollkommene Gesundheit ist so selten wie untadelige Schönheit. Ich will nicht behaupten, daß etwa Sommersprossen eine Krankheit seien, aber, wenn man von den Fehlern der Proportion ganz absieht, irgendwo wird man bei jedem Menschen einen kleinen Schaden finden, und sei es nur ein Hühnerauge oder ein Leberfleck, der freilich zuweilen eine Art natürliches Schönheitspflästerchen vorstellt, oder eine Warze. Wer sich rühmen kann, nie eines Arztes bedurft zu haben, beim Zahnarzt ist er sicher schon gewesen oder müßte längst einmal hin. Vielleicht, wenn ihm auch sonst nichts fehlt, ist er kurzsichtig, hat einen Senkfuß oder eine Glatze.

Die Brille ist im Grunde auch nichts anderes als ein Holzbein.

Im Gegensatz zu jenen Gesundheitsprotzen kennt man Patienten, die eine überaus empfindliche Krankheitsehre besitzen. Sie brüsten sich gern mit der Schwere ihres Zustandes. In ihrer Krankheitseifersucht hören sie es gar nicht gerne, wenn sich jemand anmaßen sollte, kränker als sie zu sein. Sie nehmen es einem geradezu übel. Man kann es erleben, daß solche Patienten ganz enttäuschte, ja gekränkte Gesichter machen, wenn der Arzt ihnen rundheraus erklärt, sie seien kerngesund. Er sollte damit vorsichtig sein. Er nimmt ihnen ja vielleicht das Existenzminimum ihres Lebensgefühls; denn sie fühlen sich nicht wohl, wenn sie nicht krank sind. Sie sind ihr ganzes Leben lang krank und sterben meist erst hochbetagt.

Die schlimmste Krankheit, pflegte mein Vater zu sagen, sei das Alter, ausgenommen die Dummheit. Das Alter aber fange bei den Füßen an. Am gefährlichsten seien die Krankheiten, meinte er, bei denen man keine Schmerzen habe, und fuhr fort: »Ich habe keine Schmerzen, also bin ich gefährlich krank.«

Wenn ein Arzt krank ist, liegt ein Narr im Bett, sagt ein Sprichwort, und wenn er sich selbst behandelt, zehn.

Das kranke Kind

Ein munterer kleiner Junge, der die Eigenschaft besitzt, alle Krankheiten gleichsam magisch anzuziehen, hatte in verhältnismäßig kurzen Abständen unter anderem eine Grippe mit Lungenentzündung, dann zweimal in einem Jahr Diphtherie, danach Scharlach und gleichzeitig die Masern und endlich eine rätselhafte, ebenso langwierige wie schmerzhafte Erkrankung des rechten Beines durchzumachen und dabei jedesmal eine bewundernswürdige Geduld bewiesen.

Er war ein rührender Patient, der mit Anmut krank zu sein verstand. Wenn seine Schmerzen sehr heftig wurden, wollte er am liebsten allein gelassen sein. Dabei hatte er noch nicht den Rückhalt, den große Leute angesichts der Schmerzen und der Bitternis des Todes in ihrer Frömmigkeit, in ihrer Philosophie oder in ihrer Selbstachtung finden. Er hatte nichts als seine Unschuld. Einmal stand er voll Bewunderung vor einem schönen, besonders geräumigen Bett. So eines wünsche er sich, meinte er, da er darin, ohne gleich an der Kante zu sein, getrost sich wälzen und die Stellung einnehmen könne, die für eine Weile seine Schmerzen linderten.

Die frühe Leidenserfahrung schien indes seine Daseinslust nur zu steigern, wobei ihm die glückliche Veranlagung zu Hilfe kam, sich allein beschäftigen und sich freuen zu können. Selbst dem Rollstuhl, darin er einen bejammernswerten, krüppelhaften Anblick bot, wußte er noch gute Seiten abzugewinnen, obwohl es ein altmodisches, quietschendes Möbel war, aus dessen mit schwarzem Wachstuch überzogenen Arm- und Rükkenlehnen bereits da und dort die Polsterwolle quoll. Er hatte sich ein artiges System erdacht, ohne fremde Hilfe damit hurtig durch die Gänge der Anstalt zu kutschieren. Sein sehnlichster Wunsch seit langem ist es, Rennfahrer zu werden.

Der Vater des Knaben hat vor Jahren ein Theaterstück geschrieben. Es handelt von einem liebenswürdigen jungen König, der hinkt und eine seltsame Maschine erdacht hat, diesen unköniglichen Schaden zu beheben, die der orthopädischen Gamasche, wie sie der kranke Junge tragen muß, verdächtig ähnelt. Freunde des Vaters glaubten, an den Knabengestalten seiner frühen Erzählungen, aber auch an jenem König eine überraschende Ähnlichkeit mit der äußeren Erscheinung und Lebensart seines kleinen Sohnes feststellen zu müssen. Das stimmte den Vater nachdenklich, um so mehr, als die Geschichten schon zum Teil vor der Geburt des Jungen entstanden waren. Schreiben schien ihm von nun an ein gefährliches Beginnen, wenn es am Ende möglich war, daß eine mit liebender Teilnahme erdichtete Person leibhaftige Gestalt annehme, als übertrügen sich die Eigenschaften eines vom Geist beschworenen Wunschbildes, eines Geisteskindes, auf den unschuldigen Leibeserben, daß er nicht anders sein könne, ein täglicher Mahner des väterlichen Gewissens.

Dieser von Natur zarte und anmutige Junge wurde kürzlich operiert. Allein als er aus dem Rauschzustand der Narkose zu erwachen begann, gebrauchte er zur allgemeinen Verwunderung sehr häßliche Worte, nannte die guten Schwestern »Rindviecher« und schlug um sich wie ein randalierender Saufbruder. Er wußte später nichts mehr von seiner unziemlichen Aufführung, schien aber keinerlei Reue zu empfinden, als man ihm davon berichtete, sondern lächelte stillvergnügt in sich hinein. Es sah fast so aus, als freue er sich, daß er sich ungestraft und ohne daß es ihm jemand verübeln durfte, einmal tüchtig hatte ausschimpfen können, als gehöre diese heilsame Entladung zur seelischen Hygiene des Menschen. Grollverhaltung ist unbekömmlich.

Die Schwestern rühmten seine heitere Ruhe vor der Operation. Er spielte auf seinem Bettisch mit einer kleinen Eisenbahn, bis er geholt wurde.

Nun ist durch den Eingriff des Wundarztes die Ursache der quälenden, schlafraubenden Schmerzen entfernt worden. Der ›Herd‹ befand sich in der Nähe des Sprunggelenkes.

Der kleine Patient hat mir seine klinischen Erfahrungen anvertraut, von denen die eine, nämlich daß Verbände, welche die Ärzte selbst machen, gewöhnlich nicht halten, sich mit den meinen durchaus deckt. Nun soll ein Tierversuch gemacht werden, um die Gattung der Krankheitserreger zu ermitteln. Es ist dem Jungen gar nicht recht, daß seinetwegen ein Tier, vielleicht sogar ein Meerschweinchen geopfert werden soll. Und er äußerte den Wunsch, die Tiere besuchen zu dürfen. Ich habe ihm, dem Vorschlag eines jungen Arztes folgend, versprochen, nachdrücklich dafür einzutreten, daß dem unbekannten kleinen Soldaten der Heilkunst, dem Meerschweinchen, endlich das längst verdiente Denkmal gesetzt werde als schuldiger Dank der leidenden Menschheit. Ich stelle es mir als Brunnen vor im Garten der Klinik.

Der Knabe hatte eine innige Freundschaft geschlossen mit einem jungen Mädchen, das viel älter war als er und, wäre sie gesund gewesen, zu den Erwachsenen gehört hätte, eine jener Schmerzensfreundschaften, die nur für die Dauer gemeinsamen Krankseins gelten und mit der Genesung meist ihr natürliches Ende finden. Die durch das Medium des Leidens so zärtlich vertraut waren, werden einander fremd sein als Gesunde. Sie wissen dann auf einmal nichts mehr miteinander anzufangen. Sie sind ja nun ganz andere Menschen und haben sich nichts mehr zu sagen. Es ist, als schämten sie sich voreinander, gesund zu sein.

Das junge Mädchen war ein bedauernswertes hilfloses Geschöpf. Es hatte Kinderlähmung gehabt und konnte sich nur mittels eines umständlichen Apparates mühsam fortbewegen, der dem Laufstühlchen ähnlich ist, wie sie früher kleinen Kindern zum Laufenlernen dienten. Desungeachtet war die Gelähmte immer vergnügt. Sie war es, die die anderen, denen es besser ging als ihr, aufheiterte und nie den Humor verlor. Sie würde das Mitleid von sich gewiesen haben. Denn sie ist glücklich und macht damit andere glücklich.

Man möchte von einer Ethik des Leidens sprechen.

Die Ärmsten unter der Sonne

Wenige Tage, bevor ich in die Klinik kam, begegnete mir der kleine Bucklige aus der Nachbarschaft mit dem nasenlosen, grindig zerfressenen Angesicht. Er lernte gerade radfahren. Ein hübsches Mädchen brachte es ihm mit großer Geduld bei, es lief neben ihm her, lachenden erhitzten Gesichts. Auch der Kleine, der sehr sorgfältig gekleidet war und einen steifen runden Hut trug, lachte. Sein Anblick bewegte mich sehr. Welche Seelenstärke brauchte er, wenn er in den Spiegel blickte, welches Vertrauen, sich den anderen zuzumuten, denen er anbefohlen war?

Ich hörte von einer Mutter, der das Herz brechen wollte, als ihre blöde Tochter, die nicht gehen konnte, von Kindheit an gefüttert und gewartet werden mußte, endlich starb. Auch die gesunden Geschwister trauerten aufrichtig. Es war eine große Beerdigung.

Auf dem Landungssteg eines Seebades beobachtete ich einmal einen etwa siebzehnjährigen Schifferjungen, dessen Erscheinung unter den Badegästen in ihrer Sommerfrischenfröhlichkeit seltsam genug auffiel. Er trug eine derbe, abgetragene Joppe, die ihm viel zu weit war, und eine alte geflickte Seemannshose. Sein Haar war orangeblond, sein Gesicht sommersprossig, seine Gestalt ungeschlacht. Er machte einen verwilderten, unsteten Eindruck. Auch ging er nicht wie andere Jungen seines Alters, es war vielmehr ein Mittelding zwischen Gehen und Laufen, Stolpern und Traben. Er hatte ein Stück Holz in der Hand, das, nach dem primitiven Mast und dem kümmerlichen Fetzen von Segel zu schließen, wohl ein Schifflein vorstellen sollte, ein Spielzeug also, für das er längst zu groß schien. Nun merkte ich, daß er kindisch geblieben war und nicht recht bei Troste. Man konnte es auch daran sehen, wie bitterböse er wurde, als der lange Bindfaden, an dem er sein Schiff schwimmen lassen wollte, sich verwickelte. Er machte ein weinerliches Gesicht und stampfte ärgerlich mit dem Fuße auf – kurz er benahm sich ganz wie ein ungezogenes kleines Kind, dem was nicht glücken will. Allein als das armselige Ding von Schiff doch endlich schwamm und beinahe so tat, als segle es, lächelte er glücklich und wandte sein verklärtes Gesicht mit einem ermunternden Blick zu den Badegästen empor, daß sie sich mit ihm freuen sollten.

Genesung

Ich lasse den ewig Gesunden gern ihren Ruhm. Aber ich denke mir dabei im stillen, sie lassen sich manches entgehen, um nur eines zu nennen: das wunderbare Erlebnis der Genesung. Ich wenigstens möchte es nicht missen. Ich werde ins Bad getragen und fühle, wie leicht ich geworden bin, kinderleicht. Das Wasser scheint mich zu tragen, ich bin körperlos. Ein Teil meines Wesens scheint noch zu schlafen. Es ist ein ganz allmähliches, verwundertes Erwachen, ein Zustand, dem Wachstum einer Pflanze vergleichbar. In der Tat, man fühlt sich mehr den Bäumen zugehörig als den Menschen. Man spürt seinen Lebensgeist noch in der ganzen Reinheit und Zärtlichkeit, noch nicht entstellt von der Kraft. Er scheint noch gar nicht in das Vehikel des Körpers zurückgekehrt zu sein und hat noch nicht teil an seiner Erdenschwere. Vielmehr scheint er ihn wie ein Falter zu umschweben. Es ist, als zaudere er noch, sich niederzulassen. Man gibt sich gern diesem Zustand hin, jenem kindlichen Staunen ohne Ichgefühl. Ja das Gehirn, das ein Weiser des Fernen Ostens unehrerbietig einen Klumpen nennt, scheint vorerst noch ausgeschaltet zu sein. Warum nicht? Es würde doch nur die Beschaulichkeit stören, in der uns die Seele noch wie der Wind vom Flügelschlag eines Engels anweht, in der die Augen die Dinge der Welt schauen, ohne ihnen Namen zu geben, und das Herz noch ohne Absicht ist und ohne Zorn.

Der Patient hat nie aufgehört zu lieben während der langen Wochen des Krankenlagers. Nun scheint es fast, als sei es zu viel für ihn, und unter der ersten Liebkosung, die ihn umfängt, meint er zu sterben.

Ich darf bereits ein Stündchen aufstehen. Die schöne Zeit der horizontalen Weltanschauung ist vorüber.

Ich wandle wieder aufrecht unter meinen Mitmenschen, vorerst freilich noch im lockeren Bademantel und in bequemen roten Hausschuhen, mehr wie ein Türke anzusehen. Ich befinde mich noch im Zwischenstadium der Metamorphose, allmählich aber nehme ich festere Formen an. Noch frühstücke ich im Bett, aber tagsüber trage ich Zivil.

Mein Anzug ist mir zu weit geworden, und sieh da, in meinem schwarzen Kamm hat sich ein weißes Haar gefangen. ›Segen der Eltern‹ nennen die Inder diese erste zarte Mahnung und Zierde des Alterns. Ich hatte bisher noch nicht daran gedacht. Nun ist es also soweit. Mein Übermut wird deutlich in seine Schranken verwiesen. Wo habe ich nur auf einmal meine Gedanken! Sie sind schon unterwegs, während ich langsam auf dem Gang hin und her spaziere. Ich habe das Treppensteigen mit Erfolg geübt und gehe in den Garten. Draußen ist inzwischen Frühling geworden. Ich fange bereits an, die Kranken mit den Augen des Gesunden zu sehen. Ich gehöre schon nicht mehr dazu. Ich bin nicht mehr so recht bei der Sache. Es ist ein Gefühl, dem verwandt, das der Gymnasiast hat zwischen bestandenem Abitur und der Schlußfeier, die Zeit, wo der Arzt bei der Visite die Klinke in der Hand behält, einem nur noch freundlich zunickt und ›Na!‹ sagt.

Jetzt erst fällt mir auf, daß man die Abteilung, auf der ich lag, in der Krankenhaussprache Station nennt und daß man von erster, zweiter und dritter Klasse spricht wie bei der Eisenbahn. Ich habe eine Reise hinter mir.

Ich nehme Abschied von meiner Krankheit. Ich nenne sie mein, obwohl ich eigentlich ihr gehörte. Ich hatte viel unter ihren Launen zu leiden, aber im ganzen sind wir gut miteinander ausgekommen. Nun haben die Feindseligkeiten zwischen uns aufgehört. Wir scheiden in Frieden und wollen einander nichts nachtragen. Wir lassen es besser unerörtert, wer von uns beiden angefangen hat. Ich getraue mich nicht zu behaupten, daß ich völlig unschuldig dabei gewesen bin. Vielleicht sind unsere Krankheiten nur die Inkarnation liebloser Gedanken.

Welche Sünde habe ich begangen, die in mir zur

schmerzhaften Wunde wurde, zu einer Möglichkeit des Todes, wie ich wohl weiß. Denn seine Vorposten sind oft weiter ins Leben vorgeschoben, als wir ahnen. Oft wohnt er schon viele Jahre in uns, der große Entzauberer, ohne daß wir ihn wahrnehmen. Wir fühlen uns ganz gesund und haben doch längst schon heimlich zu sterben begonnen.

Ich muß mich gegen ein Gesetz vergangen haben, vor dem wir Täter, Kläger, Beistand und Richter zugleich sind, ein Gesetz, das keine faule Ausrede duldet und keinen schalen Vergleich, vor dem wir das Strafmaß selbst bestimmen. Vielleicht bin ich nicht gerade gestanden für mich selbst. Vielleicht habe ich aus Menschenfurcht oder aus Bequemlichkeit oder aus Ehrgeiz und um meines eigenen Vorteils willen mein Herz verleugnet. Vielleicht war es eine Lüge oder eine Bosheit, und es wurde ein Geschwür daraus. Vielleicht habe ich mich gegen die Liebe versündigt, die unentrinnbare, bedingungslose, unerbittliche, und muß dafür büßen.

Der Mensch muß zu seiner Krankheit stehen wie zu einer Schuld.

Ich freue mich auf zu Hause, ich freue mich auf mein Bett. Wie nach einer langen Reise werde ich durch die vertrauten Zimmer gehen und durch den kleinen Garten. Jede kleinste Veränderung wird mir auffallen.

Meine Stimme ist noch etwas klein, meine Beine wakkelig. Auch bin ich noch etwas menschenscheu. Ich muß mich erst an die Gesundheit gewöhnen. Aber, ich bin nicht mehr Patient.

Ich bin geheilt entlassen.

Die Achillesferse

Wenn wir als Buben von Achilles hörten, so verdroß es uns, daß er unverwundbar war. Es schien uns keine sehr große Kunst zu sein, mit dem Bewußtsein der Unverletzbarkeit Heldentaten zu begehen, und es versöhnte uns, daß er wenigstens eine empfindliche Stelle hatte. Selbst die Unsterblichen waren verwundbar und kannten den körperlichen Schmerz. Wie klein müßte der Gott von seinen Geschöpfen denken, der sie nicht des Leidens für würdig hielte und der hohen Ehre des Todes! Er gab uns die Größe der Empfindung und damit große Wonne und großen Schmerz zugleich. Er kennt zwischen beiden keinen Unterschied. Auch wir haben Tränen für beide.

CAUSERIEN

Epistel über das Briefeschreiben

Gestern noch hast Du mich gefragt, ob Du zum Sonntag wieder einen Brief von mir bekommen würdest; so sehr hast Du dich schon daran gewöhnt, daß ich Dir schreibe, obwohl wir doch am selben Ort wohnen, getrennt nur durch das rote Meer der Dächer; in zwanzig Minuten längstens mit dem Rad könntest Du bei mir sein. Warum schreiben wir uns dann eigentlich, was wir uns sagen könnten?

Ist es nicht überhaupt verwunderlich, daß sich von den Menschen so viele Liebesbriefe erhalten haben (und erst Liebesgedichte, die ja auch eine Art Briefe sind)? Man müßte danach eigentlich auf eine fast ständige und, verglichen mit der Kürze des Erdenlebens, recht betrübliche Entferntheit der Liebenden voneinander schließen. Man möchte an der Allmächtigkeit des Eros zweifeln, da es doch so viele, offenbar stärkere, entfernende Kräfte zu geben scheint.

Ohne Zweifel: Auch jetzt, während ich dies an Dich schreibe, bin ich nicht bei Dir. Warum eigentlich?

Wenn ich rein gefühlsmäßig die Zeit überrechne, die Du und ich miteinander verbringen, so kommt ein geradezu lächerlicher Bruchteil der uns zustehenden Lebensdauer heraus. Wenn es hundert Stunden sind, von den beiläufig neuntausend Stunden des Jahres, dürfen wir noch froh sein.

Es gibt halt so viel Unwichtiges zu tun im Leben!

Wie auch immer: Statt bei Dir zu sein, sitze ich hier allein und schreibe Dir einen Brief über das Briefeschreiben. Das kommt daher, weil es Menschen gibt, die befürchten, in unserem raschlebigen, schnellen, sozusagen motorisierten Zeitalter müßte auch die artige Kunst des Briefeschreibens abhanden kommen. Nicht wahr, da müssen wir beide lachen! Es gibt freilich genug Menschen, die leben nicht, sie erledigen nur noch. Auch Briefe schreiben sie nicht, sie erledigen Briefe.

Was kümmert's uns! Du und ich, wir wissen, daß es Augenblicke glücklichsten Beisammenseins geben kann, da wir uns dennoch schon auf die Stunde freuen, wann wir uns schreiben werden.

Ich habe einmal irgendwo eine antike Gemme gesehen, darauf ein Putto oder Engelein abgebildet war, das einem briefschreibenden Mädchen die Hand führt, ein halbwüchsiges, munteres Flügelwesen, vielleicht Amor sogar selbst, diese fragwürdigste Erscheinung unter den Göttern, fragwürdig allein schon durch die Tatsache, daß er allerorten Liebe erregt, obwohl (oder weil) er bei seinem jugendlichen Alter doch selber kaum recht viel Erfahrung darin haben wird.

In der reizenden Darstellung des hilfreichen Genius sehe ich das Sinnbild auch dieser Zeilen. Er steht hinter mir, während ich dies schreibe, und schaut mir dabei über die Schulter. Er führt mir die Hand. Von ihm kommen meine Eingebungen. Er trägt Deine Züge.

Freude über Freude schenkt uns der Genius der Briefe: während ich schreibe, wenn Du es liest, während Du antwortest und ich es lese, wenn wir uns wiedersehen und davon sprechen.

Wir schreiben uns mit der Hand. Jeder Buchstabe ist ein kleiner Mensch, jedes Wort eine kleine Familie und der Brief eine ganze Welt. Die Schriftzeichen sind die Schatten unserer Worte. Darum wird die so nützliche Schreibmaschine von uns verschont bleiben. Geht es Dir nicht auch so, daß Du Dich selbst scheust, den Briefumschlag zu zerreißen, wenn er geliebte Züge trägt? Und der Postbote, ach, er ahnt nicht, wie er manchmal umstrahlt ist von einer Aureole der Liebe und daß er rosenfarbene Flügel hat.

Es kommt vor, daß ein alter, vergilbter und verblaßter Liebesbrief, dessen Schreiber längst unter der Erde ruht, wildfremde Nachkommen lächeln und weinen macht, obwohl er doch nur für zwei Augen gedacht war, für ein geliebtes Herz.

Ist es Dir schon aufgefallen, daß Tinte und Blut von ungefähr ganz ähnlich schmecken?

Ich glaube bestimmt, daß der erste Brief, der je geschrieben wurde, ein Liebesbrief gewesen ist. Vielleicht war es nur ein Wachstäfelchen mit dem Abdruck eines Mundes, darein der Empfänger seine Lippen betten konnte. So entstand Schreiben und Lesen.

Unsere Briefe freilich haben etwas Besonderes. Sie sind mit Zeichnungen versehen. Das sieht ganz allerliebst aus, besonders wenn sie mit etwas Farbe getönt sind.

Solange es Liebende unter den Sterblichen gibt, wird die Kunst des schönen Briefes nicht vergehen; und solange es Dich und mich gibt, werden Briefe geschrieben werden.

Vom Träumen

Vergangene Nacht habe ich von Dir geträumt, zum erstenmal, seit wir uns kennen.

Ich wußte nichts von Dir bis zu dem Augenblick, da ich Dich zum ersten Male sah, obwohl wir doch in der gleichen Stadt wohnten, die manche ›die Stadt der Verliebten‹ nennen (womit sie nicht ganz unrecht haben mögen) –, aber sogleich hatte ich das Gefühl, als kennten wir einander schon von Anbeginn der Welt. Unsere erste Begrüßung war wie ein Wiedersehen, und wirklich sagte jemand: »Ihr kennt euch wohl schon?«

Warum beteuerten wir beide, es sei nicht der Fall. Warum eigentlich?

Ich will es ganz nüchtern betrachten, wie es zuging. Eine Sekunde, ehe Du ins Zimmer tratest, wußte ich nichts von Dir. Und eine Sekunde danach wußte ich, daß ich mein ganzes Leben lang nur auf diesen Augenblick gewartet hatte.

Was vor diesem Augenblick geschehen war, erschien mir auf einmal völlig unwichtig und nicht der Mühe wert. Vielleicht war es nie geschehen. Ich glaube, ich habe vorher nicht gelebt. Du und ich wurden geboren, als wir uns sahen.

Und nun bist Du mir zum erstenmal im Traum erschienen. Das dünkt mich ein sehr bedeutsames Ereignis in unserer jungen, noch scheuen Beziehung. Ich habe es sogleich in meinem Taschenkalender besonders angemerkt, so wie man den ersten Zahn eines Kindes oder den ersten Schnee aufschreibt. Denn ich glaube: nun bist Du meinem Herzen einverleibt und wohnst in mir. Es hat gleichsam die Hochzeit unserer Seelen stattgefunden.

Als ich klein war, bildete ich mir ein, die Geträumten müßten es ihrerseits spüren, sie müßten sich doch abhanden gekommen sein, während sie in meinem Schlafe spukten. Ach, wie schön wäre es, könnte man sich so, unter Ausschluß der Wirklichkeit, gegenwärtig im Traum besuchen und nach Herzenslust liebhaben, ungesehen von den Blicken der Mißgünstigen und Argen.

Die Vernunft möchte mir's einreden, daß Träume vom Monde kommen oder vom Magen, wie man sagt – gleichviel, Du warst im Traum bei mir!

Natürlich benahmst Du Dich ganz anders als bei Tage. Was ich mir im Wachen nicht einzugestehen wagte, das war nun selbstverständliche Voraussetzung. Du gehabtest Dich auf eine gewisse reizend-verschlagene, zärtlich-zutrauliche Weise, als wolltest Du sagen: ›Ich tat ja sonst nur so.‹

Das Merkmal des Traumes war ein Spiel, wie es in der Wirklichkeit freilich nicht sein kann. Wir gingen mit tänzerisch-federnden, fast schwebenden Schritten aufeinander zu und durcheinander hindurch. Wir fanden das sehr hübsch. Sobald wir körperlos wie Geister oder Schatten durcheinander hindurchgegangen waren, kehrten wir um und wiederholten das Spiel von neuem.

Natürlich kamen nun Leute. Immer wenn es am schönsten ist, dachte ich, und war sehr traurig auf einmal. Aber nun geschah etwas, was Traumkundige nicht weiter verwundern wird: Die poetische Erfindung wurde durch eine humorige abgelöst. Denn Du fordertest die Zuschauer listig auf, es uns nachzutun, was sie denn auch mit großem Ernst sogleich versuchten. Allein obgleich sie mit feierlicher Grazie einander entgegentanzten, stießen sie im entscheidenden Augenblick höchst unsanft gegeneinander, worüber Du ganz unbändig lachen mußtest. Wie im Wachen standest Du dann, den Mund schon halb geöffnet in Lachbereitschaft, den neuen Zusammenstoß erwartend. Das ziemlich hoch sitzende Grübchen Deiner rechten Wange zuckte und vertiefte sich, die Fältchen in den Augenwinkeln runzelten sich, und während Du Dir auf die Schenkel schlugst, lachtest Du, wie nur Du lachen kannst, daß mir vor Entzücken das Herz aufging. Das helle Haar stürzte Dir vornüber in die Stirn.

Du warst aber auf einmal bis in jede geliebte Einzelheit so deutlich, so blühend, daß ich fürchtete, es würde uns nun bei dem Spiel nicht anders gehen als den fremden Leuten. Auch Du schienst es zu wissen. Trotzdem kamst Du, noch lachend, auf mich zu, unaufhaltsam, unentrinnbar, und im lautlosen Zusammenprall erwachte ich. –

Wenn wir uns morgen im Wachen begegnen, wie wirst Du zu mir sein nach solch traumlich-zärtlicher Vertrautheit?

Vom Entzücken

Eine Kleinigkeit, eine ganz lächerliche Kleinigkeit ist daran schuld, daß es mir nicht aus dem Kopfe will, was es mit jener Empfindung auf sich habe, die wir Menschen das Entzücken nennen.

Dein kleiner Fingernagel ist es, und Du wirst mir mit Recht entgegnen, es gäbe wahrhaftig wichtigere Dinge auf der Welt, als davon ein Aufhebens zu machen.

Kurz und gut, ich wurde auf einmal Deines kleinen Fingernagels gewahr, und das Gefühl, das ich bei seinem Anblick hatte, war ein reines Entzücken. Ich schließe daraus, daß es eine kindliche Empfindung ist und daß es nicht die gewaltigen, bedeutenden, erhabenen Dinge seien, durch die es ausgelöst wird. Ja, ich möchte glauben, daß ernsthafte Leute sich gar nicht damit abgeben und daß es mit den Jahren allmählich abhanden kommt. Es ist die gegebene Empfindung unter Verliebten, die eines Mädchenherzens, es ist vielleicht sogar eine Backfischempfindung und eines Mannes nicht würdig, gar etwa eines rauhen Kriegers. Und doch gerade, wenn es ein Mann einmal erlebt, verwandelt es ihn für Augenblicke: es macht ihn zum Kinde. Es steht ihm wohl an. Er braucht sich des Entzückens nicht zu schämen.

Ich habe, um der Bedeutung des Wortes auf den Grund zu gehen, im Lexikon nachgeschlagen und die etwas nüchterne Feststellung gefunden, daß ›zücken‹ ein verstärktes ›ziehen‹ bedeutet. Und in der Tat, ist es nicht ein treffliches Sinnbild des besagten Gefühls, geht in unserem Innern nicht etwas Ähnliches vor, wie wenn man einen Degen zückt? Es durchzuckt uns, es leuchtet etwas auf in uns. Es tut, wie wenn ein Fisch aus dem Wasser schnellt und in der Sonne glitzert.

Es ist eine Lichtempfindung, und sie spiegelt sich am reinsten in den Augen wider mit einem silbernen Glänzen. Es ist eine elektrische Empfindung. Und wenn das Zücken eines blanken Degens ihr Symbol ist, so ist die Spitze auf unser Herz gerichtet.

Es ist das Gefühl für die kleinen, ja niedlichen und oft winzigen Schönheiten der Welt. Anmut entzückt, Dein Lächeln tut es, das Glühwürmchen, das sich in Deinem Haar verfing, ein Tautropfen in einer Rose oder im Blattkelch einer Lupine. Junge Häschen oder junge Enten vermögen zu entzücken, und sogar Dein kleiner, rührender Fingernagel kann es. Es ist ein ausgesprochen zärtliches Gefühl. Es geht einem das Herz dabei auf. Was gibt es für entzückende Kinder! Es gibt sogar entzükkende alte Damen.

In vielen Wohnungen (auch bei uns) hat man den entzückenden kleinen Sächelchen eine Art Hausaltar oder Tempel errichtet: eine Vitrine, darin sie zur Schau gestellt sind. Du findest darin beispielsweise eine Walnuß mit einem goldenen Scharnier versehen zum Öffnen, und darin ist ein allerliebstes goldenes Nähzeug, ein Scherchen, ein Fingerhut, ein Nadelbüchschen, ein Pfriem. Wer die Nuß öffnet (sie ist mit altrosa Sammet bräutlich ausgeschlagen) und es nicht einfach entzükkend findet, mit so jemandem werde ich mich nie ganz verstehen. Hier hast Du es gleichsam ›in nuce‹, was ich meine: ›Ein Nixchen in einem silbernen Büchschen und ein goldenes Warteweil‹, wie das Kindersprüchlein verheißt.

Es gäbe kein Spielzeug auf der Welt, keine Puppenstuben, keine Bilderbücher, lebte nicht auch in den Großen der sehr natürliche, sehr menschliche Sinn für das Entzückende. Es wäre recht schade, wenn er uns verlorenginge.

Das kleine Mädchen von Salonae

Auf einer Reise nach dem Süden sah ich in einem Museum unter allerlei Überresten antiken Hausrates, zerbrochenen Öllämpchen und Topfscherben, einen Dachziegel, darauf sich die flüchtige Fußspur eines Mädchens oder Knaben erhalten hat. Über viele Jahrhunderte hin behielt das irdene Gedächtnis den Eindruck eines Augenblicks. Die Spur, schmal und untadelig geprägt, jung und uralt zugleich, hat für den Beschauer etwas rührend Liebliches. Es war nun freilich nichts Bedeutendes geschehen, als eben nur, daß vor Zeiten ein Kind achtlos oder sogar mit Fleiß über zum Trocknen ausgelegte feuchte Tonziegel geschritten war, eine junge Hirtin vielleicht, denn andere Scherben tragen Fährten von Ziegen. Der Ziegelbrenner hatte also das gezeichnete Stück nicht verworfen; es war gebrannt und als einziges Zeugnis eines Menschen überliefert, von dem wir nichts wissen, als daß er gelebt hat, und der sich gewiß nicht träumen ließ, daß seiner zierlichen Fußspur die Ehre zuteil werden würde, einst in der Vitrine eines staatlichen Museums aufgestellt zu werden.

Das nachdenkliche Erlebnis kam mir unwillkürlich in den Sinn bei der Begegnung mit jenem reizenden Mädchenköpfchen, das, in Salonae ausgegraben, im Museum zu Zagreb in aller Stille aufbewahrt wird. Ich kannte das Bildnis schon lange, allerdings nur von einer kleinen Photographie, aber es schien mir durchaus der Mühe wert, seinetwegen einen Umweg über Zagreb zu machen, um das Original zu sehen. Nicht aus kunsthistorischem Forschungstrieb, sondern aus reiner Verliebtheit in das anziehende Gesicht, einer Verliebtheit übrigens, die ich zu meiner Genugtuung nicht eben selten bei ernsten Gelehrten fand, zum Beispiel bei Betrachtung der anmutigen Athene des Myron in Frankfurt.

Das Mädchen von Salonae aber ist keine Göttin, seine Züge sind nicht klassisch schön, ja der Zufall einer Beschädigung hat der Nase etwas Keckes, Stupsnäsiges gegeben.

Es ist auch nicht die Kunst so sehr, die mir die Plastik wert war, sondern der Reiz des Urbildes, das Menschliche ist es, was sie mir lieb macht und was mich daran entzückt, das also, worum es ohne Zweifel auch dem unbekannten Künstler zu tun war, als er dem süßen vergänglichen Zauber der Jugend Dauer zu verleihen versuchte. Wahrhaftig, man glaubt diese Anteilnahme zu spüren, in der zärtlichen Art der Darstellung, besonders des Mundes, der einer Knospe gleicht, die eben erblühen will, oder auch der Umgebung des Ohres, die im Gegensatz zu der künstlichen, stark stilisierten Wohlfrisiertheit des Haupthaares ganz unkonventionell, ganz persönlich, gleichsam mit liebender Hand nachgeschaffen ist.

Mit liebender Hand, nicht anders als die verliebte Vorsehung jene Fährte den Nachkommen bewahrte, formte der Meister die zierlichen Löckchen zwischen Ohrmuschel und Wange, eine jener zarten Stellen von Eros Wohlgefallen.

Ich sagte schon, daß das Mädchen keine Göttin und gewiß keine klassische Schönheit sei. Sie ist keiner erhabenen, idealen Vorstellung entsprungen, sondern dem Wunsch, ein liebenswertes sterbliches Geschöpf in seiner holdesten Jugend abzubilden als Denkmal der Erinnerung an dieses, nur dieses eine, ganz bestimmte Mädchen, das in seiner Art nur einmal auf der Welt war. Wir wissen seinen Namen nicht, ob es Cornelia oder Faustina hieß, wir können allenfalls annehmen, daß seine Anmut bei den jungen Leuten in Salonae gefeiert wurde, aber wissen nichts von seinen Tugenden. Ach, wie leicht ist es, tugendhafte Menschen um ihrer Vortrefflichkeit willen zu lieben – wenn sie bei ihrer Vollkommenheit überhaupt noch unserer Liebe bedürfen; gleichviel, wenn ich das Gesicht dieses sympathischen Mädchens genau betrachte, so möchte es mich nicht unmöglich dünken, daß die Kleine es ordentlich hinter den Ohren hatte. Irgendein Schalk ist in diesem Charme der Unschuld, ein Unernst und ein verhaltener Übermut.

Ich glaube nicht, daß mein Mädchen klug war, vielleicht auch nicht einmal besonders gut, seine Aufgabe war keine andere damals wie heute, als durch seine Anmut Zuneigung zu erwecken. Der unbekannte Bildhauer von Salonae hat in einem leicht zu bearbeitenden marmorähnlichen Kalkstein, der dem Savonière der Champagne nahezustehen scheint, einem vergänglichen Mädchenantlitz um seiner jugendlichen Reize willen, der vergänglichsten, sterblichsten, diesseitigsten des Lebens also, irdische Dauer gegeben, und es gelang ihm wirklich, einen Augenblick von Unsterblichkeit einzufangen, weil es mit Liebe geschah, der einzigen menschlichen Eigenschaft, die unsterblich ist.

Der beseelte Gegenstand

Unter den Dingen, die ich ungern verlieren, die ich vor jedem Schaden bewahrt wissen möchte – es sind weniger, als ich ursprünglich annahm –, befindet sich ein antikes Glas, das im ›kleinen‹ Weltkrieg ein Kamerad im Schützengraben ausgebuddelt und mir zum Geschenk gemacht hat. Unsere Stellung lief damals durch die Trümmerstätte eines Hauses, in dem ein Kunstsammler gewohnt hatte. Mit anderen Stücken war der zarte, zerbrechliche Gegenstand verschüttet und wunderbarerweise unversehrt wieder ans Licht gebracht worden. Es ist ein schlichtes Trinkglas in Becherform von der Gestalt eines Fingerhutes, doch schlanker und zierlicher als unsere Wassergläser gemeinhin. Als einziger Zierat sind etwas unter seiner Mitte zwei feine Linien ringsum eingeschliffen und eine dritte dicht am Kelchrand. Es muß wohl, ehe es zum zweiten Male begraben wurde, jahrhundertelang in der Erde gelegen haben, vermutlich als Beigabe für einen Toten, daß er im Schattenreich, wenn ihn dürste, nicht in Verlegenheit komme. Denn ungeachtet, daß Glas damals an sich eine Kostbarkeit war, ist es gewiß ein Gebrauchsgegenstand gewesen. Seine Schönheit verdankt es außer seiner einst durch den Mund des Glasbläsers eratmeten, höchst anmutigen Gestalt vor allem auch der ›Patina‹, der Wirkung des Alters. Denn vom Rost der Jahrhunderte glimmerhaft und morsch geworden, schimmert es in allen Farben des Regenbogens wie eisenhaltiges Wasser, silbrig, golden, smaragden, bleumourant.

Ehemals war es klar und durchsichtig gewesen, jetzt ist es nur noch durchscheinend.

Wer immer es zur Hand nimmt, wundert sich über seine Schwerelosigkeit. Ohne Zweifel war es neu schwerer. Ganz allmählich, unvorstellbar langsam und in unmeßbar winzigen Gaben haben Zeit, Erde und Luft es entkörpert, daß es immer leichter, immer zarter wurde, und wenn es so weitergeht, wird es sich endlich in nichts auflösen.

Auch wer nicht wüßte, was es mit diesem Glase für eine Bewandtnis hat (daß es nämlich bei seiner so sehr empfindlichen, vergänglichen und kurzlebigen Natur noch immer besteht, während wesentlich dauerhaftere, gewaltigere und jüngere Gebilde aus Menschenhand zerbrachen), müßte es ihm ansehen, das Besondere, müßte die heilige Scheu spüren, von der es umgeben ist, die Unantastbarkeit des beseelten Gegenstandes, die innere Strahlung. Uralt, wie dieses Glas ist, scheint es doch nicht gealtert zu sein. Welcher bewahrende Mund hat es ehedem berührt, daß es heil blieb?

Es ist nur ein Glas, das erstarrte Abbild aber eines lebendigen Hauches. Wohlgeschaffen von Anbeginn, doch nicht ganz ebenmäßig gewölbt, da der unbekannte Meister nach dem Gefühl, nach dem bloßen Augenmaß ihm mit lebendigem Atem die Form einblies, als gewöhnliches Gefäß zu dienen, doch auch, daß es hübsch anzuschauen sei und in der Hand sich wohlfühle, hat ihm doch erst die Dauer seine jetzige ungewöhnliche Vollkommenheit verliehen. Wie bei manchen Menschen, ist seine ihm angeborene Schönheit nur die Vorgabe seines Schöpfers gewesen. Jetzt erst erscheint es durchgeistigt und wie verklärt. Es hat etwas vom Gral.

Sein Fassungsvermögen ist recht bescheiden und ganz und gar nicht dazu angetan, eines Trinkers Durst zu stillen. Weinen edelsten Wachstums mag es vorbehalten gewesen sein, wenn es nicht ein Arznei- oder am Ende ein Giftbecher war oder ein Tränenkrüglein.

Ich habe jedesmal Angst, wenn es jemand in die Hand nimmt. Denn daran, wie einer damit umgeht, erkennt man dessen Wesensart. »Ich sehe, wie du damit umgehst, und ich will dir sagen, wer du bist.« Einer nahm es, fragte schlau, ob es nicht eine Fälschung sei, und nachdem er zum Scherz so getan, als wolle er es fallen lassen, stellte er es weg, wie man ein Senfglas wegstellt. Ein anderer, ein junger Mensch (es nahm sich rührend hilflos aus in seiner großen Hand, er hätte es mühelos mit der Faust zerdrücken können), machte die Finger krumm und pochte daran, es nach seinem inneren Klang zu fragen. Er dachte sich wohl, was so hold anzusehen war, das müßte auch schön klingen. Es klang nicht hell und rein, wie das Ohr nach solchem Anblick es erwarten durfte, es klang taub und hohl, eher knöchern als gläsern, wahrscheinlich infolge der goldbraunen Kruste an der inneren Wandung, die aussieht wie der eingetrocknete und kristallisierte, uralte Rest süßen Weines, eines heilsamen Säftleins oder Liebeszaubertrankes.

Es kommt mir fast so vor, als liebte ich dieses Glas. Wie aber kann man lieben, was einen nicht wieder zu lieben imstande ist? Etwas sehr lieben, ist fast wie geliebt sein. Das Glas strahlt das Entzücken wider, das Wohlgefallen, das ich an ihm habe.

Es ist eine abergläubische Liebe, denn ich bin versucht, mein Heil und Unheil mit seinem Geschick zu verbinden, wie im ›Glück von Edenhall‹.

Allein, wenn irgendein Ding Empfindung besitzt, ja eine Seele, dann dieses Glas. Es steht vor mir, in sich selber ruhend, und schimmert still vor sich hin.

Was ist seine Bestimmung? Für die Asche eines Toten ist es zu klein, doch die Asche eines Herzens vermag es zu fassen.

Die schöne Gärtnerin

Es ist eine wunderbare Gabe der Schöpfung, daß Menschen, die man liebt, nicht altern. Du freilich vermagst es noch nicht zu ermessen, was es bedeutet: zu lieben, noch was es heißt: zu altern.

Es war einmal ein jungen Mädchen, das war so über die Maßen schön, daß alle Menschen, die es sahen, sich darein verlieben mußten, auch ich. Dir wäre es gewiß nicht anders ergangen. Es trug ein rotes Mützchen, das ihm ganz allerliebst zu Gesicht stand, und einen roten Sweater. Denn es war Winterszeit. Wir fuhren in der Eisenbahn. Ich saß dem Mädchen gegenüber und mußte es immerzu anschauen. Es bildete sich getreulich ab in meinem törichten Herzen und blieb jung in mir bis auf den heutigen Tag. Dreißig Jahre beiläufig sind seitdem vergangen.

Gestern just sah ich meine Jugendfreundin wieder, und das ist es, was ich Dir schreiben wollte.

Ich kam von Dir auf dem Rade, beschwingten Herzens und zu allen Zärtlichkeiten der Welt aufgelegt. Wenn man radfährt in meinen Jahren, fühlt man sich immer etwas verjüngt, man gleitet so mühelos durchs Dasein und empfindet anders als zu Fuß.

Da nun geschah mir's, daß ich alles noch einmal genau so erlebte wie damals vor dreißig Jahren. Sie stand in ihrem Garten und topfte Pflanzen um, die sommers im Freiland sein durften. Ich stieg vom Rad und guckte durch den Zaun, eine gute Weile. Sie wandte mir den Rücken zu.

Da sammelte ich angestrengt meine Gedanken und sandte sie aus, hoffend, ich könnte sie also bewegen, sich nach mir umzuschauen. Allein sie tat nichts dergleichen und ließ sich nicht stören. Sie trug übrigens zur Arbeit eine verschossene Flügelschürze, wie sie einst in Mode gewesen war.

Nun rief ich, da die Kraft meiner Gedanken so kläglich versagt hatte, ihren Namen und trat zu ihr in den herbstlichen Garten. In den Bäumen raschelten knitternd silberne Streifen aus Stanniolblech, die Vögel zu schrecken. Aber sonst war es ganz still ringsum.

Die schöne Gärtnerin indessen grub jetzt ein Beet um, nachdem sie es genau nach Maß abgesteckt hatte, rechte es, zog nach der Schnur die Rinnen für die Saat, und da sie sich bückte und mit gespreizter Hand sich aufstützte, gab sich's, daß der Abdruck davon in der schwarzen Erde blieb. Und wenn sie ihn auch der Ordnung wegen sogleich wieder glattstrich, so konnte ich's doch nicht vergessen. Denn mochte ihre Hand auch gealtert sein, die Fährte im Beet war jungmädchenhaft, war so rührend anzusehen wie die Spuren von Kinderhänden in einem Sandhaufen.

Wir verspeisten dann zusammen einen ganz vorzüglichen nassen Zwetschgenkuchen mit ganz dünnem mürbem Boden und paßten genau auf, daß wir keine Wespen mitaßen. Zwetschgenkuchen und Wespen, das bedeutet unentrinnbar den Herbst.

Der Himmel war klar, ein kühles Blau, und der wilde Wein, der über den Zaun hing, wurde schon rot. In einem steinernen Brunnentrog schwamm ein vergessenes Segelschiff. In den Telegraphendrähten hing ein Papierdrachen.

Aber da war ein junger Apfelbaum, der blühte, o Wunder, erst jetzt.

Und? Nichts und. Menschen, die man von Herzen lieb hat, altern nicht.

Sonnenuntergang

Eben ist die Sonne untergegangen in großer Pracht und Herrlichkeit. Ich will mich darauf besinnen, wie es war, und es für Dich aufschreiben, was ich sah; denn die Erinnerung daran verblaßt so schnell wie an die großen Augenblicke der Liebe oder an einen Traum. Es bleibt wohl wie bei einer Erzählung, einem Theaterstück, einer Symphonie, die man zum erstenmal gehört hat, der gesammelte Eindruck an etwas Wunderbar-Schönes und wirkt in uns noch lange nach. Aber das einzelne vergißt sich, das Nacheinander, die Übergänge, das allmähliche Vergehen. Wir vermögen es nicht wörtlich festzuhalten oder Ton für Ton genau wiederzugeben. Unser Gedächtnis ist nicht darauf eingerichtet. Es müßte denn eine Kugel sein, ein Spiegel in Kugelgestalt, wie sie in altmodischen Gärten stehen, der gleichzeitig aufnimmt, was in

Wirklichkeit ringsum, rings über uns am Firmament geschieht, in dessen Mittelpunkt wir zu stehen meinen.

Ich sah die Himmelserscheinung erst durch das Fenster und trat dann hinaus in die leuchtende, schattenlose Luft. Vorher war der Himmel bedeckt gewesen mit nassen, grauen Wolken von unterschiedlicher Gestalt: von wehenden Schleiern, Nebelschwaden, Schaumflocken, wolligen Schäfchen und blumenkohlähnlichen Gebilden in unaufhörlicher Bewegung und Verwandlung. Es war noch Tag und die Sonne noch empfindlich weiß.

Ganz allmählich aber kam Farbe in das grau in grau gemalte Gemälde des Himmels: erst ein kaltes, schwefliches Gelb, ein smaragdenes Grün und die zarte Tönung eines welkenden Rosenblattes. So war's im Westen und gegen Süden. Nun begannen auch im Osten die fernen Wolkenberge ganz sanft zu erröten. Fast wolkenleer blieb der nördliche Himmelsraum. Wie soll ich dieses Blau beschreiben? Deine Augen haben manchmal diese Farbe, dieses stille, schwermütige Blau auf Silbergrund. Nur ein paar zierliche, dürftige, flamingofarbene Rosenwölkchen atmeten darüber hin. Friedlich war noch alles.

Doch auf einmal, als sei die Sonne, die rote Feuerkugel, zischend ins Weltenmeer gefallen, fing es im Westen an zu dampfen, zu wogen, unheimlich zu qualmen. Tiefliegende, finstere Wolken, braunviolett und tintenschwarz, zogen langsam herauf. Andere, ihnen vorüber, ihnen voraus, windzerzauste, unruhige, eilige, als wollten sie jenen entfliehen, schwebten auf, schwebten ab, ständig Gestalt und Farbe verändernd. Eben noch waren sie silbrig, jetzt perlmutterfarben, jetzt muschelrosa. Diese ballten sich, jene zerstoben. Die einen waren ängstlich, andere lustig.

Zwischen dem reinsten Weiß und samtener Kohlpechrabenschwärze fandest Du alle Farben der Palette des Lichts: Schneeweiß, Milchweiß, Perlgrau, Aschgrau, Lavendel, Azur- und Violblau, Smaragd-, Apfel-, Spargelgrün, Strohgelb, Honigfarben, Zitronen- und Pomeranzengelb, Ziegelrot, Rosenrot, Kirschrot, Leber- und Kastanienbraun: alle metallischen und mineralischen Farben, süße und herbe, harte und weiche, matte und glänzende, liebliche und leidenschaftliche.

Wie wandelbar ist doch des Menschen Seele, daß sie alle Stimmungen der Wolken, all die sanften und stürmischen Gemütswallungen der Natur mitempfindet und mit Traurigkeit, mit Munterkeit, mit Schwermut oder Entzücken antwortet. Denn wahrhaftig: unheilvoll, alt und böse, zum Fürchten waren manche Wolken anzusehen, heiter und unbeschwert, noch jung zu sein schienen andere.

Was ging dort oben vor? Das war schon längst kein zufälliges Spiel der Farben mehr, es war das Sinnbild einer katalaunischen Schlacht in den Lüften, da die Geister der Erschlagenen noch weiterkämpften. Es war, als entscheide sich etwas Furchtbares uns zu Häupten. Denn nun stand der ganze Himmel in Flammen. Gespensterheere zogen gegeneinander. Die Wolken nahmen tierische und menschliche Gestalt an. Sie fraßen einander. Bisonhäupter unterschied ich, schnaubende Rosse mit flatternden Mähnen, geifernde, feuerspeiende Drachen, zornige Göttergesichter, lockenumwallte goldene Engelscharen.

Was für ein aufregender Anblick! Welch ein erhaben-schreckliches Schauspiel! Himmel und Hölle zugleich.

Im Widerschein der Lohe leuchtet die Luft, und alles wird überirdisch schön davon, auch die Gesichter und Hände der Menschen. Sie sind verklärt, sie sind verjüngt, sie leuchten von innen. Landschaft und Häuser schimmern wie Brokat. Samtschwarz sind die kahlen Bäume, regungslos, wie verbrannt. Sie werfen keine Schatten.

Nur eine Weile blutet der Himmel, glühen die Wolken, dann erkalten sie, werden dunkel. Und des Menschen Seele, die eben noch alle Farben widerspiegelte, frohlockte, hoffte, sich fürchtete, auch in ihr wird es finster. Sie denkt an den Tod. Es wird Nacht ringsumher, bildlose Finsternis.

Noch singt's und braust's mir in den Ohren. Denn obgleich alles scheinbar lautlos geschah, so war's doch, als hätte ich Posaunen gehört oder die gewaltige Musik der Himmelsorgel: helles, schmetterndes Gelb, das donnernde Rot der Pauken und sanfter Flöten liebliches Silberblau.

Ach, daß ich es mit Dir gesehen hätte! Aber nun bin ich müde davon, als hätte ich es getan, wie von einer übermenschlichen Anstrengung, müde und traurig, wie liebesmatt.

Noch ziehen die Wolken, die trüben Gedanken Gottes. Aber dazwischen funkeln schon die ersten Sterne, und bald kommt der Mond.

Der Abgrund

Der Weg, der zum Abgrund führte, war ungefährlich und mühelos. Nichts deutete darauf hin, daß in dieser mehr anmutigen als großartigen Berglandschaft etwas Bedrohlich-Beunruhigendes plötzlich dem Lustwandelnden begegnen könnte. Sanft abfallend sind die bewaldeten Hänge, und im satten Schatten der Fichten blühen Orchideen, Türkenbund und Akelei.

Aber nach einer Wegbiegung, unvermutet, sieht sich der Wanderer über einen Wildbach hinweg in halber Höhe nach oben und unten einer Wand gegenüber, einer senkrechten, grauen Felswand, einem tödlichen Abgrund. Das Auge, an die wohltuende, gefällige Wölbung der Berge ringsum gewöhnt, erschrickt. Der Anblick der Härte des Gesteins tut ihm weh und zieht es dennoch unwiderstehlich an.

Es sind nicht nur ein paar Fuß – wie viele müssen es sein, daß der Name Abgrund zu Recht besteht? –, es ist ein turmhoher, gewaltiger Abgrund. Es hat der Natur gefallen, ihn gerade hier aufzurichten, ohne Entsprechung, jäh, ohne Übergang und ob es schon vor tausend Jahren sich zugetragen haben mag, daß der Berg sich auftat, sich teilte und die eine Hälfte in die Tiefe stürzte, so ist es doch, als wäre es erst gestern geschehen. Es ist deutlich zu erkennen, wie der Berg ehemals aussah, als er heil war, so als könnte ein Gott die Stücke wieder zusammenfügen. Sie würden genau aufeinanderpassen. Aber die Ergänzung fehlt. Was blieb ist un-heil. Ein Querschnitt durch den einst in sich selbst ruhenden Waldberg bietet sich dar. Bis zur Kante treten die Bäume vor, und die Grasnarbe hängt über wie die Lefzen einer Wunde. Es ist, als wolle die Natur zeigen, wie es in ihrem Innern aussieht.

Die Wand ist genau senkrecht, nicht schräg oder vornübergeneigt. Sie ist wie mit dem Lot ausgerichtet, doch nicht glatt, sondern kantig, rauh. Der Blick reißt sich daran, und nur da und dort in den Schrunden oder auf schmalen Simsen wächst ein Büschel Gras. Die Wand scheint unersteigbar. Und während ringsum harmlose, vielbegangene Spazierwege sich die Berghänge entlangziehen, so spürt man hier: Diese Wand hat noch keines Sterblichen Fuß betreten seit Ewigkeiten. Sie ist unberührt geblieben, unangetastet.

Das Gestein ist silbergrau. Es blendet, wenn die Sonne darauf scheint, und die Luft zittert, die daran emporsteigt. Schmetterlinge besuchen die wenigen gelben Blumen, die an den begrünten Stellen blühen, aber ihr Auf- und Niederschweben, ihre Schwerelosigkeit vermag nicht den Eindruck des senkrecht Bösen abzuschwächen. Das Antlitz der Wand ist starr, aber es ist nicht langweilig.

Warum erfaßt mich ein Schauder bei seinem Anblick? Es hat keine Augen und sieht mich doch an. Es tut mir nichts, aber es ist noch da, auch wenn ich mich von ihm abkehre und ins geruhsame Tal schaue zu den Dörfern und Herden. Ich spüre seine wartende Nähe auch im

Rücken so sehr, daß es eines Entschlusses bedarf, aus seinem Bannkreis zu gehen und mich seiner Magie, seinem fragenden Anblick zu entziehen.

Ich wandte mich und war der Meinung, mich von ihm zu entfernen und zu befreien. Wirklich trug mich ein sanftansteigender, freundlicher Pfad ohne Mühe so recht gemächlich über die Matten empor, daß ich unmerklich an Höhe gewann. Aber da ich mich endlich in einer Mulde hinstreckte, ein wenig auszurasten, wie auf flacher Hand gegen den Himmel gehalten, befiel mich von neuem Unruhe, und ich merkte, daß ich mich gerade zu Häupten des Abgrundes befand, den ich hatte meiden wollen.

Es gelüstete mich aber hinabzuschauen, obwohl ich keineswegs schwindelfrei bin. Ich trat hin, und obgleich ich fest auf den Füßen stand wie auf ebener Erde, stürzte ich in Gedanken ab. Ich hatte das Gefühl des freien Falls in mir, ein gruslig-süßes Lustgefühl, dem ähnlich, das ich einmal im Freiballon empfunden hatte, als der Luftfahrer die Reißleine zog und der Korb der Erde entgegenfiel. Diese Empfindung des freien Falls ist in uns, und ihr Weg kann nicht länger sein, als es der Raum unseres Körpers zuläßt. Dennoch ist es ein Sturz ins Bodenlose, was wir schaudernd fühlen.

Oh, ich weiß, des Menschen Gefühle und Gedanken sind größer als der Raum, den Gehirn und Herz verdrängen, höher und erhabener als die Berge, tiefer, finsterer, schrecklicher als die Abgründe!

Es gibt Lebensmüde, die den Sturz in die Tiefe sanfteren Möglichkeiten der Flucht aus dem Leben vorziehen. Doch entsinne ich mich, daß mir ein Freund, der in den Bergen abgestürzt war, erzählte, er habe, als er wieder zu sich kam, sich an alle Einzelheiten des Falles genau erinnert, nicht aber an das Aufschlagen seines Körpers.

Was ist's, was mich abschrecken würde, diesen Tod zu wählen? Ist's die Zerschmetterung? Ist es am Ende Eitelkeit oder ist es der Wunsch, nicht um den Genuß des

Sterbens zu kommen? Ist es die Furcht vor dem Schmerz des Aufschlagens?

Wir suchen den Tod, nicht den Schmerz. Dem Schmerz wollen wir entfliehen und der Liebe. Wir suchen die Freiheit oder den Schlaf. Dennoch: Wie verzweifelt müssen die Unglücklichen sein, die den Aufschlag nicht scheuen!

Von oben ist das steinerne Gesicht der Wand nicht zu sehen. Die Felstrümmer aber tief unter mir sind klein wie Kieselsteine.

Die Sonne scheint, und vom Tal herauf weht ein kühler Wind. Es ist schön. Warum denken wir, wenn es am schönsten ist, so leicht an den Tod?

Der alte Hut

(Als ›Alterswerk‹, das schwebt mir seit langem vor, möchte ich gerne ein Buch schreiben: ›Peter oder die Freuden des Landlebens‹ betitelt. Es soll die Geschichte eines Städters sein, der wieder Bauer wird. Im Mittelpunkt der Erzählung aber müßte der Peter stehen, mein Freund seit bald fünfundzwanzig Jahren. Wir wurden im Kriege Freunde.)

Eben jetzt, da der Peter unweit von meinem Schreibplatz im Gemüsegarten arbeitet, hager von Gestalt, ein wenig hölzern fast in seiner bedächtigen Art, die mich immer an meinen Vater erinnert, schon etwas verzogen von Sonne, Regen und Wind, braun nur an den unbekleideten Stellen, im Gesicht, am Hals, an den Händen, Unterarmen und Knien, sonst aber weiß, halt wie ein Bauer, von jener redlich erworbenen Arbeitsbräune – wenn ich den Peter so betrachte, dünkt es mich eine ganz herrliche Aufgabe, ihn zu beschreiben.

Nun richtet er sich auf, vorsichtig nach Gärtnerart, mit der Hand nach dem Rücken greifend wie einer, der schon die Tücken des Hexenschusses zu scheuen weiß, und blickt herüber. Er fragt, ob ich einen Brief schreibe oder an meinem neuen Buch. Und er meint, ob nicht die meisten Bücher im Grunde Briefe seien, Liebesbriefe sogar. Dann bückt er sich wieder.

Wer dem Peter in der Stadt begegnet, wird ihn gewiß für einen Gelehrten halten oder – nicht nur wegen seiner Wohlgepflegtheit und seiner Formen – für einen Edelmann, vielleicht für einen Künstler, einen Musiker etwa, denn auch davon hat er etwas, und er wird sich doch am Ende richtig entscheiden, daß er ein Arzt sein müsse. Er hat ein Arztgesicht, ohne Zweifel.

Peter braucht indessen nur einen halben Tag auf seinem Hof in den bayerischen Bergen zu sein, dem Hanslschuster-Hof, und alsbald ist er wie verwandelt. Es ist freilich der gleiche Mensch mit der Gelassenheit eines Weisen, es ist das gleiche Gesicht, aber er ist ganz Bauer auf einmal. Nicht darum, weil er, sobald er hier draußen ist, das tägliche Rasieren vergißt und jene ländliche Patina bekommt, die nichts mit städtischer Unsauberkeit zu tun hat, sondern jene natürliche Verwitterung darstellt, die wir die Almpatina nennen, auch macht's nicht die Lederhose und das berglerische Gewand: der seelische Ausdruck macht's. Er sieht jetzt aus, wie es ihm eigentlich ums Herz ist. Er ist eine ländliche Natur.

Nun wird es klar, daß das, was wir in der Stadt für einen Gelehrtenkopf oder ein Arztgesicht erkannten, nicht eine Berufseigenschaft bedeutet, sondern daß es das eigentliche, wahre Gesicht des Menschen ist, wie es gemeint ist, und daß es einfach unsere Pflicht ist, so auszusehen. Und es ist eins, ob wir es ein prächtiges Seemannsgesicht, ein Künstler- oder Bauerngesicht nennen, wenn uns daraus nur ein wirklicher Mensch ansieht.

Der Peter hat, wenn er im Garten oder auf dem Feld arbeitet, einen alten Strohhut auf, und diesem Hute gedachte ich in meinem geplanten Alterswerk mindestens zwanzig Seiten zu widmen, seinem Äußeren wie seinem Inneren.

Er ist, wie ich mir sagen ließ, ursprünglich ein Damenhut gewesen, aus sehr feinem Stroh gefertigt, und war vermutlich nicht billig. Doch beginnt er leider jetzt schadhaft zu werden. Er klafft da und dort in den Nähten. Es sieht beinahe aus, als wollte er beißen. Er ist ein alter, verbeulter, verzogener Hut, an manchen Stellen wie angeröstet von der Sonne und voller Sommersprossen, die indessen wohl als Mistspritzer anzusprechen sind. Aber er ist ein Hut mit Seele. Die elegante Façon, die ihm einst die Modistin gegeben haben mochte, hat er in Wind und Regen längst eingebüßt. Ein neuer Hut, ein toter Hut. Aber mit den Jahren besinnt sich mancher auf seine animalische oder vegetabilische Herkunft. Er muß freilich erst ein paar Jahre von seines Herren heißer Stirn durchwärmt, gleichsam durchbrütet sein. Dann geht etwas über auf ihn von der Menschlichkeit seines Trägers, etwas, was der Freundschaft, der Liebe verwandt ist, etwas Lebenschaffendes, Beseelendes jedenfalls. Der Hut und sein Besitzer werden einander ähnlich wie alte Ehegatten oder Freunde.

In dieser Verfassung befinden sie sich offenbar gegenwärtig, der Peter und sein Hut, der Hut und sein Peter, einer ist nicht vollständig ohne den anderen, so scheint es fast. In ihrer Vereinigung erst erfüllt sich die Vollkommenheit ihrer Persönlichkeiten. Sie verleihen sich gegenseitig Würde, sie stehen einander gut zu Gesicht. Sie lieben sich.

Der Hut ist gleichsam Peters ländliche Gloriole, sein bäuerlicher Heiligenschein. Er leuchtet wie von Gold in der Sonne, und wenn der obere Deckel, wie ernstlich zu befürchten steht, sich völlig ablöst, dann wird eine zakkige Krone aus dem alten Hut geworden sein. Nicht unköniglich wird sie auf Peters Haupte sitzen zu gegenseitiger Zierde.

Der Herr seinerseits gibt dem Hut sein Gesicht. Aber nicht irgendeines, nicht jedes dient dazu. Ich habe, mit Peters freundlicher Erlaubnis, ihn mir einmal aufgesetzt. Es gelüstete mich danach. Ich hätte es nicht tun sollen.

Ich bot einen lächerlichen Anblick. Der Hut tat nicht mit. Er benahm sich wie ein Kind, das fremdelt, wenn ein Besuch schön damit tut. Er hat mich einfach blamiert.

Wie soll ich ihn recht beschreiben? Seine Täler, seine Höhen? Die sommerliche Landschaft seiner Erscheinung? Er gleicht einem von einem Graben umgebenen Hügel, er gleicht einem gelben bergigen Kornfeld. Er ist übrigens völlig schmucklos, er ist nackt. Er hat etwas Asketisches. Kaum unterscheidet sich die Stelle, wo ihn dereinst das geblümte Hutband umgürtete vom übrigen Stroh. Das zarte weiße Innenfutter ist vergilbt. Es ist eine Art Diogenes von Hut. Er hat etwas Philosophisches. Er ist zur Natur zurückgekehrt.

Viellecht ist das, was wir für seine bevorstehende Auflösung halten, nur die Mutation. Vielleicht hat sie eine Verjüngung im Gefolge. Vielleicht schlägt das alte, nahrhaft durchschwitzte, fruchtbar gewordene Stroh wieder aus und trägt eines Tages eine junge Ähre wie eine lustige Feder am Hut.

Wenn er aber stirbt, sollte man ihn der reinen Flamme überantworten. Dann wird das zarte Geflecht blühen und endlich in weiße Asche zerfallen. Das wird des ehrwürdigen alten Hutes schöne Katharsis sein.

Nachruf auf ein Haus

Vor einigen Tagen bekam ich einen Zeitungsausschnitt zugesandt, in dem berichtet war, daß das Haus Güterhallenstraße Nr. 12 der Spitzhacke verfallen sei und abgebrochen werde. Der Ausschnitt enthielt nichts anderes als die Todesanzeige des Hauses meiner Kindheit.

Wenn wir mit unseren Eltern vom Ferienaufenthalt in den bayerischen Bergen heimreisten und der Zug schon bremste des nahen Bahnhofs wegen, dann standen wir, gewöhnlich viel zu früh zum Aussteigen fertig, am Fenster des Abteils, um im Vorüberfahren das graue Haus zu grüßen, unser Haus. Nun wird man es nicht mehr sehen, es wird von nun an nur ein gedachter Raum sein.

Die Arbeiter, die es abtragen, werden vielleicht noch unter den Schichten der Tapeten auf den Rest eines Musters stoßen aus der Zeit, da wir dort wohnten, auf eines jener Ornamente, die mich, wenn ich krank war, verführten, allerlei Gesichter und Fratzen darin zu sehen. Die letzten Bäume werden gefällt werden, die uns noch gekannt haben, als wir klein waren.

Ehedem war es ein freundliches Haus, aus dem weißen Sandstein gebaut, wie er dortzulande gebrochen wird, aber auf dem Bilde, das jenem Zeitungsausschnitt beigedruckt war, sieht es düster, fast unheimlich aus, geschwärzt von Ruß und Rauch der Lokomotiven. Es ist ein einfacher, fast quadratischer Bau mit Schieferdach. Als einziger Zierat läuft ein gotischer Vierpaßfries unter dem Dach entlang. Es ist nur neunzig Jahre alt geworden, kein Alter für ein rechtschaffenes Haus.

Von der Bahn aber und von der alten Stadtmauer erhielt es seinen unverlierbaren Zauber. Garten und Haus bebten unter der eisernen Wucht der vorüberfahrenden Züge. Nachts, wenn ich wach lag, wanderten die Lichter durchs Zimmer, in entgegengesetzter Richtung, was mich lange Zeit beunruhigte, knickten um die Ecken und geisterten eins nach dem anderen zum Fenster hinaus. In den fahlen viereckigen Lichtflecken regten sich die Schatten der Reisenden wie in einer Camera obscura. Ich sah, wie an stillen Herbsttagen die Blätter plötzlich losließen und von den Bäumen fielen, wenn ein Zug vorüberlärmte. Dampf und Rauch wehten greifbar und mich umhüllend in den Rosengarten. Am Rande des Gartens befand sich ein steinerner Auslug, ein Überbleibsel der Stadtmauer, den wir die Kanzel nannten. Von dort konnte man bis zum Bahnhof schauen, Abreise und Ankunft der Reisenden miterleben, die Mechanik der Weichen, des Rangierens beobachten: kurz, das ganze romantische Theater der Eisenbahn mit ihren

Rauchphantasien, allnächtlichen Illuminationen, dem Pfeifen der Lokomotiven, dem Tuten des Bahnwärters und dem grillenhaften Zirpen und Zwitschern der Drähte. An unserer Kanzel ist einmal Bismarck vorübergefahren, und ich bin nicht ganz sicher, ob ich es nur aus Erzählungen anderer weiß, aber ich habe ein deutliches Bild davon in meiner Erinnerung, wie der alte Herr groß und breit im Fenster des Salonwagens stand, während wir ›Hurra‹ riefen und winkten und stolz waren, daß er uns gesehen hatte.

In der Stadtmauer war auch ein Pförtchen, das in die Stadt führte, und das Dach des Hauses war gekrönt von einer umgitterten Plattform, von der aus man die ganze Welt sah. Im östlichen Teil des Gartens wuchsen uralte Ulmen um einen ovalen steinernen Tisch, an dem wir meines Wissens nie saßen. Er hatte etwas von einem Opferstein oder schien für eine Tafelrunde von Riesen bestimmt. Immer lagen auf der bemoosten rauhen Fläche ein paar Blätter und Spelze. All das gab dem kleinen Besitz etwas Schloßartiges und Märchenhaftes, ungeachtet des prosaischen Namens der Straße, an der er lag, der Güterhallenstraße.

Im Erdgeschoß befand sich das Wartezimmer für die Patienten, das Eßzimmer und meines Vaters ärztliche Gelehrtenstube, ein geheiligter Bezirk, den ich als Kind nicht ohne Scheu betrat. Am Boden lag ein großes Bärenfell mit ausgestopftem Kopf. Zwischen dem weit aufgesperrten, furchterregenden Gesicht bleckte eine appetitliche fleischfarbene Zunge aus Papiermaché. Ich war nicht gern allein mit diesem Untier und wagte nur in Gegenwart Erwachsener meine winzige Hand in den rosigen Rachen zu stecken. Auch dann, wie sehr es mich lockte, es immer wieder zu tun, zog ich sie rasch zurück, aus Furcht, der Bär könnte doch am Ende zubeißen, wie die Bocca della verità in Rom.

Auf einem Gestell standen Reagenzgläser, wie eine kleine gläserne Orgel anzusehen, zuweilen mit goldgelber Flüssigkeit angefüllt. Daneben lagen zierliche Glastrichter mit plissierten Papierfiltern und eine Onyxschale mit rosa und blauen Lackmuspapierstreifen, von denen ich lange Zeit glaubte, es seien Reste von Luftschlangen.

Auf dem großen billardähnlichen Schreibtisch, den nur meine Mutter abstauben durfte, stand ein Globus, von der stark verkleinerten muskulösen Bronzefigur des Riesen Atlas mit sichtlicher Anstrengung auf den Schultern getragen. Mein Vater belehrte mich, daß dieser bunte Ball mit den seltsamen Gesichtern, wofür ich die Länder bisher gehalten hatte, ein getreues Abbild unserer Erde sei. Er zeigte mir die Meere, darauf auf punktierten Linien kleine Dampfer fuhren, die Kontinente, Europa, Deutschland vor allem (es war kleiner als mein Ohr), und machte endlich mit dem Bleistift einen winzigen Punkt. Hier etwa, sagte er, sei die Stelle, wo Erlangen liege, unser Haus an der Bahn, darin ich geboren war, und dies Zimmer mit ihm und mir und dem Globus, dem Abbild der Erde.

Das gefiel mir über die Maßen. Ich benützte den nächsten unbewachten Augenblick, um, mit Mamas Opernglas bewaffnet, heimlich in die Studierstube zu schleichen, meinend, ich könnte mit Hilfe der Vergrößerung unsere Stadt, unser Haus und vielleicht mich selber auf dem Globus sehen. Allein es wollte mir nicht glücken. Ich versuchte es mit Vaters Lupe, und als sie versagte, mit den Augen, bis ich fast mit der Nase auf den geographischen Ort meines Daseins stieß. Wirklich glaubte ich nun ein Gesicht zu sehen, den Widerschein meines eigenen Gesichts, und ich erschrak davor, denn es war ungefähr, wie wenn man sich in einer Gartenkugel spiegelt.

Warum bewegte es mich so sehr, daß dieses Haus an der Bahn nun dem Erdboden gleichgemacht wird? Ich habe doch nur sechs Jahre meines Lebens dort verspielt, freilich die ersten. Ich könnte nicht einmal mehr von allen

Möbeln sagen, wo sie einst standen, nicht von allen Bildern, wo sie hingen. Aber an den großen Amerikanerofen im Kinderzimmer erinnere ich mich deutlich und an seine Fenster aus Marienglas (als wohnte jemand darin). Er war von einem Gitter umgeben wie ein Hundezwinger, damit wir uns nicht verbrennen sollten. Auch an das dunkle Kämmerchen erinnere ich mich, vor dem ich mich fürchtete, obwohl nur Besen und Eimer darin standen, und auch an die blasse Wachsbüste des Mädchens von Lille, die ich einmal zerbrach. Im oberen Stock des Hauses lagen die Schlafzimmer. Dort bin ich geboren. Aber die Stelle, wo es geschah, ist nun unsichtbar, ist gleichsam Luft geworden.

Wenn ich wieder einmal in meine Heimat komme und mich jemand fragt, wo bist du eigentlich geboren, dann werde ich mit dem Finger nach oben zeigen und sagen, dort ungefähr, fünf Meter vom Erdboden, wo eben der Zitronenfalter fliegt, dort etwa muß es wohl gewesen sein.

Das Hermelin

Wie ein Fußabstreifer liegt die Wiese vor unserer jungen Siedlung am Rande der Stadt. Kaum mehr als hundert Schritte braucht man, sie zu überqueren, und doch scheidet sie säuberlich Stadt und Land. Von einem ›Diesseits und Jenseits‹ der Wiese könnten wir Bewohner der kleinen Häuser sprechen, wenn wir unsere Eigenart gegenüber den Nachbarn in der schönen vielgeliebten Stadt betonen wollten, von der uns außer der Wiese übrigens noch andere natürliche geographische Grenzen trennen: zwei Bäche, ein Abhang und ein alter Park.

Was Wunder, wenn dem ländlichen Siedler, der morgens in die Stadt hinauf zur Arbeit geht, unterwegs noch allerlei Getier begegnet, das den Menschen der inneren Stadt fremd geworden ist.

Als ich dieser Tage über die vorerwähnte Wiese ging, die niemandem zu gehören scheint, sah ich ein Hermelin. Es gehört zur Familie der Wiesel und ist in der Naturgeschichte berühmt durch seine Anmut und seine persönliche Tapferkeit. Das mag auch einer der Gründe sein, warum diesem kleinen Tier die hohe Ehre zuteil wurde, daß mit seinem Pelz die purpurnen Krönungsmäntel der Könige verbrämt werden.

Das Hermelin kam hurtig-geschwind den Hang herabgesprungen, verhoffte, als es mich gewahrte, machte ein artiges Männchen und sah mich mit der dieser Gattung eigenen reizend-unverfrorenen Neugier an, mißtraute, verschwand in einem Maulwurfbau, tauchte aber sogleich wieder auf und guckte, nun gleichsam bis zur Brust in die Erde gepflanzt, völlig regungslos zu mir herüber. Zu seinen Eigentümlichkeiten scheint es zu gehören, daß es (wie die Eidechsen) nur entweder völlig bewegungslos oder, ohne jeden Übergang, über die Maßen schnell sein kann. Ein gemächliches Dahinschlendern kennt es offenbar nicht.

Sein Fell war schneeweiß, bis auf die schwarze Schwanzspitze, was an sich schon ein höchst merkwürdiges Naturspiel darstellt und zu einer poetischen Deutung geradezu herausfordern muß.

Vielleicht hat das Hermelin einmal vorzeiten, als sein Pelz noch schwarz war, aus der ihm angeborenen unbezwinglichen Neugier sich in des Teufels Küche eingeschlichen. Der Teufel merkt das niedliche Tierchen, will's fangen und wirft die Tür zu, so schnell, daß dem Tier, das entfleucht, gerade noch die äußerste Schwanzspitze eingeklemmt wird. Vor Schreck sind ihm die Haare schlohweiß geworden – bis auf das eingeklemmte Schwanzende.

Sieht es nicht wahrhaftig so aus, als sei das Ende von der Natur aus Versehen nur weiß zu machen vergessen worden?

Das Weiße aber ist nur sein Winterkleid, sommers trägt

es Braun und bleibt weiß bloß auf der ›Unterseite‹, zur Erinnerung.

Jetzt, da es überall zu lenzen und schon recht österlich zu werden beginnt, erschien mir das winterliche Tierchen geradezu als ein leibhaftiges Sinnbild der kalten Jahreszeit, gleichsam wie aus Schnee geschaffen und verlebendigt. Jedenfalls ist es eines der anmutigsten und possierlichsten Geschöpfe unserer Tierwelt. Es gilt den Menschen als nützlich, weil es die schädlichen Mäuse vertilgt, als schädlich, weil es, so sagt man ihm nach, die nützlichen Eier austrinkt.

Ohne Zweifel: es ist ein ganz gefährlicher kleiner Räuber, und zu alledem macht es sich noch unbeliebt, daß es ungeachtet seiner ungewöhnlichen körperlichen Reize, sobald es erschrickt, leider ganz abscheulich vor sich hinstinkt.

Aber als es so inmitten der Wiese saß, auf dem großen grünen Abstreifer, gerade groß genug, um aufzufallen, aber doch so winzig klein unter dem großen Himmel, da rührte mich die arme Kreatur. Es kam mir umstellt vor, gezwungen, immer auf der Hut zu sein, um seines entzückenden Balges willen von einem in seinen Waffen ihm weit überlegenen Gegner verfolgt, und es wußte sich dennoch in Ehren zu behaupten: eine Eigenschaft, die Achtung verdient, eine menschliche Eigenschaft.

Ja, bei Brehm kann man eine schier unglaubliche Geschichte lesen, darin ein Mann, der mit dem Stein nach einem Wiesel geworfen, von dessen Gefährten wütend angegriffen ward. Das gereizte Tierchen lief an ihm empor und versuchte, sich an des Mannes Hals festzubeißen. Der also für seinen Übermut Bestrafte wollte hernach beschwören, das Wiesel habe nach seinem Steinwurf entrüstet: ›Mörder!‹ gerufen, was er wohl aus dem Geknurre herausgehört haben mag in seiner Angst.

Da saß es mir nun gegenüber auf der Wiese und guckte mich mit seinen schwarzen Schuhknopfäuglein (und dem dunklen nassen Schnäuzchen, gleichwie mit einem dritten Auge) kecklich an, und obwohl ich mich nicht von der Stelle zu rühren wagte, um des reizenden Anblicks möglichst lange teilhaftig zu bleiben, zuckte es plötzlich unter die Erde und war verschwunden. Nun ist der Winter endgültig in die Erde gekrochen, dachte ich bei mir.

Nicht ich, Soldaten hatten es erschreckt, die während des Krieges unsere Wiese als Exerzierplatz benutzen, langsamen Schritt üben, Wendungen, Laden und Sichern im Marsch und dergleichen. Singend marschierten sie über die Stelle, wo soeben die Erde gleichsam sich aufgetan und das Hermelin verschluckt hatte, das weiße, schlanke, graziöse Tierchen mit dem schwarzen Punkt am Schluß.

Ich weiß nicht, wie tief und wie weit die unterirdischen Maulwurfgänge reichen, die es benutzt, aber ich könnte mir schon denken, daß es ziemlich verschrocken im Dunklen hockte, während über es hin der schwere Marschtritt genagelter Schaftstiefel dröhnte und weithin den kleinen Erdkreis erschütterte, in dem es behaust ist.

Ich hatte das unbehagliche Gefühl, daß das muntere Wesen, dieser zierliche königliche Hoflieferant mit dem überaus wohlklingenden Namen in seinem engen Stollen zerquetscht und gleichsam eingeebnet war. Aber sieh da: anderntags begegnete ich ihm wieder, als wäre nichts geschehen. Es lebte unterirdisch fort und ließ sich offenbar nicht stören.

Betrachtung über die Augen

Deine Augen sind es, an die ich immer denken muß. Ich liebte Dich schon eine gute Weile, ehe ich Deine Augen wirklich sah: Ich hätte, nach ihrer Form und Farbe gefragt, nichts Rechtes zu antworten gewußt. Ich sah sie eigentlich zum ersten Male erst gestern abend, als ich mich über Dein Gesicht neigte, aus jener Nähe, die ihnen ein weiser Gott zugemessen hat, aus der sie angeschaut werden wollen, weil sie nur so am schönsten sind.

Das Gesetz des schönsten Abstandes scheint in der Tat nirgends so gültig als eben in Betrachtung der Augen: es gibt nur eine Entfernung, in der ihr Anblick, in der ihr Zauber vollkommen ist. Jeder Liebende wird ihn neu für sich entdecken, mancher wird die Augen davor verschließen, mancher innehalten und in stummem Verzükken verharren, sich selbst dabei vergessend.

Denn wir meinen da etwas zu erblicken, was wir sonst nirgends in der Welt wahrzunehmen vermögen, des anderen Seele nämlich meinen wir zu schauen.

Man kann freilich die Behauptung hören, der seelische Ausdruck der Augen liege lediglich in ihrer Umgebung, in den Lidern, Wimpern, Brauen also, in den Zweckbewegungen der Muskulatur, in den Fältchen, Zusammenziehungen und Verzerrungen, was bedeuten müßte, das Auge selbst sei seelenlos, lieblos, freudlos.

Es ist nicht so; selbst wenn es exakte Versuche erwiesen haben sollten: sie werden unscharf bleiben, weil sie dabei einen heiligen Bezirk berühren, in dem sie notwendig unwirksam werden müssen, weil es dort keine Versuchsreihen und Beweise mehr gibt, sondern nur die Gewißheit von Angesicht zu Angesicht.

Gesicht kommt vom Sehen. Und es ist nicht von ungefähr, daß es in der Sprache – und nicht nur in der unseren – Sehvermögen und zugleich Antlitz bedeutet. Gesicht ist, was uns anschaut. Es ist beherrscht vom Doppelkönigtum der Augen, in die Mensch wie Tier, wenn sie einander begegnen, unwillkürlich schauen. Es gibt freilich einen Dialektausdruck im Bayerischen, der auch das Gesicht meint, aber sich von einem anderen mehr materiell gerichteten Sinn herleitet, nämlich das ›Gefries‹. Allein es sind doch vor allem die Augen, die sich suchen.

Auch die Tiere wissen darum. Auch das Tier sucht unsern Blick, der Löwe wie der Spatz oder das Reptil, und wir den ihren. So will es die Schöpfung. Sie schauen nicht auf die Hand, die ihnen das Futter reicht, die sie streichelt oder straft, sie sehen uns in die Augen. Sie suchen unser Auge, dort ist der Sitz ihrer Erwartungen, und sie sehen mitten hinein. Man kann es wohl unterscheiden, ob sie auf unsere Nase, den Mund oder selbst ganz dicht nebenhin sehen.

Von den Augen erwarten wir Gunst und Zorn, sie sind die höchste Instanz, der wir glauben. Denn wir wissen, daß sie nicht so zu lügen vermögen wie der Mund, daß sie nicht so leicht zu betrügen sind wie das bestechlichere Ohr. Wir vergewissern uns bei den Augen, ob sie mitlachen, wenn der Mund lacht. Sie sind es, die uns zuerst und gegen unseren Willen verraten, ob wir lieben, fast als wüßten sie es früher als unser Herz. Wir haben über sie am wenigsten von allen Sinnen Gewalt.

Auch in dem ungeschlachten Tiergebirge des Elefanten bestimmen die Augen, so klein sie sind, das Gesicht, und auch da, wo sie fern oben sitzen, am äußersten Ende eines gewaltigen Körpers, wie bei der Kirche unter den Tieren, der Giraffe, oder beim Strauß, den man die Giraffe unter den Vögeln nennen könnte. Das Geschau macht das Gesicht, nicht das meist viel umfangreichere Maul oder der Schnabel. (Freilich: Nur der Mensch hat einen Mund.)

So verschieden alle Kreaturen voneinander sind, Mensch und Fisch, Vogel und Fisch, Säugetier und Fisch, nach Form und Verwendung der Gliedmaßen, in Gestalt, Lebensweise und Zeugung, die Augen sind uns allen gemeinsam, gleichsam am verwandtesten. Sie schauen einander an und erkennen sich darin. Bei keinem Tier übrigens ist so viel vom Weißen des Auges sichtbar wie beim Menschen.

Die meisten Menschen scheuen sich, das Auge eines Tieres zu essen, obwohl es Leute gibt, die behaupten, es sei ein Leckerbissen wie Austern etwa, so zum Beispiel vom Karpfen. Das Herz oder Gehirn eines Tieres zu essen, scheuen sich nur wenige.

Es hat schon seine besondere Bewandtnis damit, seitdem der Schöpfer zum ersten Male Auge dachte und es wurde. O herrlicher Gedanke, welch eine Erfindung! Die Erkenntnis des Plotin hat Goethe in seinen ›Zahmen Xenien‹ wörtlich verdeutscht:

›Wär' nicht das Auge sonnenhaft,
die Sonne könnt' es nie erblicken...‹

Erklärer der Gesänge des Homer meinten, es entschuldigen oder verschlimmbessern zu müssen, wenn eine Gottheit vom Dichter stieräugig, kuhäugig, eulenäugig genannt wird. Die Augen nicht nur der griechischen Rinder sind schön. Wie schön sind die Augen der Gazellen, schöner noch die der seltenen und anmutigen Giraffenantilope. Freilich: der Seewolf ist ein Fisch »mit tückischem Auge und ebensolcher Gemütsart« (Brehm).

Ich habe kürzlich einen Arzt allen Ernstes und mit bewegten Worten die Schönheit der Schweineaugen loben hören. Er meinte nicht die im Fett verschwindenden Schweinsäuglein, sondern das eigentliche Auge mit Iris und Pupille.

Nun könnte freilich ein Spötter aufstehen und kecklich behaupten: das Auge sei gar nicht schön. Er könnte es zu beweisen versuchen und es mit dem Objektiv einer photographischen Kamera vergleichen, auf die Einfachheit der Form und Zeichnung hinweisen. Es ist nun freilich erstaunlich, wie man sich daran gewöhnt hat, etwas so Unsinnliches, ja fast Abstraktes wie das Auge als schön zu empfinden. Denn in Wahrheit ist nichts in der Natur so unvergleichlich und ohne Maßstab wie das Auge. Auch die Bilder beweisen es, die wir dafür haben, wie Stern und Regenbogenhaut, der Vergleich mit Diamanten und die Umkehrung dieser Vergleiche. Es ist eine Schönheit von der Art, wie sie Winckelmann in seinem tiefen Paradoxon meint: ›Das Schöne besteht in der Mannigfaltigkeit des Einfachen.‹ Dabei mag es uns wundern, wenn er an anderer Stelle sagt: ›Noch mehr als die

Stirn sind die Augen ein wesentlicher Teil der Schönheit und in der Kunst mehr nach ihrer Form als nach der Farbe zu betrachten, weil nicht in dieser, sondern in jener die schöne Bildung derselben besteht, in welcher die Farbe der Iris nichts ändert.‹

Sind es nicht aber gerade Iris und Pupille, das Augenlicht also, darin in gesegneten Augenblicken ein Widerschein der Seele schimmert? Es ist der einzige Ort, wo sie sich zuweilen zeigt. Man könnte meinen, dann müsse sie wohl sehr klein, sehr leise, sehr scheu und zum Umblasen zart sein. Allein sie lebt in einem Bezirk, in dem nicht mit Größen und Zahlen gemessen wird. ›Alle Dinge sind gleich groß.‹

Wenn man Stirn an Stirn mit einem geliebten Antlitz ruht und ganz nahe Blick in Blick taucht, dann kommt ein Augenblick, da man nur *ein* Auge sieht, unermeßlich groß, fast unheimlich, wie eines Gottes Auge. Oder betrachten wir das Innere des Auges mit dem Augenspiegel in jener gewaltigen Vergrößerung, die uns die moderne Untersuchungsmethode ermöglicht: für den Laien, der zum erstenmal in diese rote Hölle schaut, rot wie die untergehende Sonne, was für ein unvermuteter, ein erschreckender Anblick! Denn er schaut in eine Art glühendes Erdinnere, landkartenhaft von Flüssen und Nebenflüssen durchzogen.

Das sogenannte Augenleuchten, das dem nächtlichen Autofahrer oft begegnet, ist bei den Katzen grün, beim Menschen rotgelb. Alle Menschenkinder kommen mit blauen Augen auf die Welt.

Man könnte sich denken, daß eine andere Sybille Merian ihr Leben damit verewige, nicht nur Blumen und Schmetterlinge und Käfer zu malen, sondern die schönsten Augen dieser Welt, jene hellen, fast eisfarbenen, wie man sie bei den Seeleuten findet, oder jene gefährlichen, von bedrohlicher Bläue, der Bläue von Schieferdächern bei nahendem Gewitter – ihre schillernde Iris ist am Rande dunkler und wird heller nach der Pupille –, die seltenen goldgelben, die smaragdenen und die schwarzbraunen, oft nur scheinbar so unergründlichen Samtaugen, jene frommen braunen Kuhaugen, die olivgrünen, die mit der rosenwolkenzarten Sklera und die mit der bläulichen, an Delfter Majolika erinnernden, die feurigen und die traurigen, die mit dem scharfen, spitzen Glanzlicht, die mit dem weichen Schimmer, die glanzlosen, verschwommenen, die leicht gerührten, die schmachtenden, auch die mit dem seligsatten Blick, wie ihn Brueghel auf dem Bilde vom Schlaraffenland malte, und alle Tieraugen, wie sie beim Menschen vorkommen, die kalten Reiheraugen, die Schildkrötenaugen und die Goldfischaugen.

O über den Narren (von dem Montaigne berichtet), der ein Weiser zu sein glaubte und sich die Augen ausriß, um durch die Herrlichkeiten dieser Welt nicht in seinen philosophischen Gedankengängen gestört zu werden! Ich möchte sie nicht kennen.

Eine Vogelfeder

Als ich Dein gedenkend jüngst durch den Englischen Garten spazierte, fand ich eine Vogelfeder. Sie stammte aus der Schwinge eines Eichelhähers und trug, sonst von schlichter nächtiger Farbe, an einer Stelle am Rande das allerliebste blau-weiß-schwarzgemusterte Merkmal der Art, nicht anders, als wäre dem Schöpfer der Pinsel ausgefahren, als er die kleinen Zierfederchen malte.

Wenn ich unterwegs eine Feder liegen sehe, muß ich sie aufheben. Auf meinem Schreibtisch steht schon ein ganzer Strauß davon. Taubenfedern, Krähenfedern, Entenfedern, auch ein paar tropisch bunte Papageienfedern sind dazwischen, die ich geschenkt bekam. Der Federschmuck verleiht dem Schreibtisch eine indianische Note.

Es gibt kein zierlicheres Spielzeug für die Hand des beschaulichen Wanderers, kein zärtlicheres Gefühl, als mit der kühlen, geschmeidigen Fahne die Wange zu streicheln oder sie zwischen den Fingern hindurchgleiten zu lassen und sie zu glätten. Man kann sich daran freuen wie an einer Blume.

Welch ein vollkommenes Gebilde, wie geistreich in der Erfindung ist doch eine Vogelfeder, wie untadelig ist sie gewachsen, wie edel geschwungen! Im Plane der Schöpfung, nach ihrer Entstehung scheint sie den gefiederten Eisblumen verwandt, aber auch den Pflanzen, denn das Gefieder ist gleichsam das Laub der Vögel, nur kunstreicher und unverwelklicher.

Wie wunderbar, wie einfach und unvermittelt ist die Verbindung aus dem Harten zum Zarten gefunden, von dem glatten, nüchternen Kiel zur sammetweichen Fiederung der Fahne, wie genau, wie mühselig sind Flaum in Flaum gefügt, und wie mühelos lassen sie sich, wenn sie getrennt und gesträubt waren, nur durch sanftes Streichen wieder miteinander vereinigen!

Meine Lupe erlaubt mir die nähere Einsicht in das gewachsene Gefüge der Feder und lehrt mich, wie der zwar biegsame, aber feste Körper des Schaftes seinen fast reibungslosen weichen Übergang findet zum leichten, durchsichtigen Element der Luft und daß die Fahne jeder Feder aus lauter einzelnen Federchen besteht, die wiederum gefiedert sind, hauchzart mit dem unbewaffneten Auge nicht mehr erkennbar, so winzig, so leicht wie Staubfäserchen, die leichter scheinen als die Luft, darin sie schweben.

Federn haben eine schöne Vorderansicht und eine schlechtere, rauhere Kehrseite, nicht anders als die Blätter, der Sammet, Teppiche oder Theaterkulissen, woraus man auf eine gewisse hausfrauliche Knickrigkeit der Natur schließen müßte, vielleicht sogar, daß auch sie nur auf den äußeren Schein bedacht sei.

Die Welt ist mit den Augen geschaffen, als rechte Augenweide, aus göttlichem Wohlgefallen, und so auch die im übrigen so nützlichen Federn.

Für ein aus Rinde geschnitztes Schiffchen dient sie vortrefflich als Segel. Schöne Frauen, Indianer und Soldaten brauchten sie von jeher gern als Schmuck, nicht bloß wegen der Pracht und Schönheit ihrer Farben, der Eigenart ihrer Zeichnung, sondern auch weil sie so etwas Flottes haben, jenen gewissen Schwung und Schick, wie etwa die Spielhahn- oder Gockelfedern, so etwas Schillerndes, Wippendes, Wehendes, Zierliches, Streichelndes, was Liebende zu betören und zu verwirren nicht übel gewählt erscheint.

Die Pfeile des Liebesgottes (und der Wilden) sind damit gefiedert. Dem Verstorbenen legt man ein Flaumfederchen auf die Lippen, daß man sehe, ob sich's nicht rege und ob noch ein Hauch von Leben in ihm sei. Mit der Kielfeder schrieb der Dichter einst, und er hatte gewiß eine andere, eine poetischere Beziehung zu ihr, die aus dem Fittich eines Genius oder dem Flügel des Pegasus stammen konnte, als man zu dem Füllfederhalter aus Kunstharz oder zur Schreibmaschine haben kann.

Federn sind luftdurchlässig, aber ziemlich wasserdicht. Ein Wassertropfen bleibt darauf liegen oder rollt daran herunter wie eine Tauperle von einem Rosenblatt. Nasse Federn aber bieten einen kläglichen Anblick.

Fällt eine Feder aus der Luft, so schaukelt, wirbelt oder quirlt, segelt, schwankt oder schwebt sie herab: die Feder ist das Sinnbild des Fliegens, und jede einzelne, ob es nun eine Schwung- oder Schwanzfeder sei, stellt für sich schon eine Art Flügel oder Schwinge dar. Ungeachtet der Insekten, Fledermäuse und fliegenden Fische, richtig fliegen können nur die Vögel, zum Beispiel: Schwalben, Mauersegler, Möwen. Der Mensch kann nicht fliegen, außer in Engelsgestalt. Es muß herrlich sein, Flügel zu haben und schwingenschlagend aufzufliegen zum Himmel!

Um so befremdender ist es, daß manche Vögel sich der großen Gnade des Fliegens freiwillig begeben, wie unser Hausgeflügel etwa, zugunsten einer fußgängerischen

Erdgebundenheit. Noch mehr, daß die Ameisen, denen die Natur auf besonders wunderbare Weise und für die kurze Dauer ihres Hochzeitsfluges Flügel verleiht, diese nach Vollzug, wie man's beobachten kann, offenbar nicht schnell genug loswerden können und mit ihren Schultern so lange am Boden scheuern, bis sie der hauchzarten, durchsichtigen Flügelchen ledig sind, wie eines lästigen, störenden Anhängsels, um dann sichtlich erleichtert in ihren Bau zu wuseln.

Welch ungeahnte Fluggeheimnisse, welch unnachahmliche Vorteile mögen noch in der Feder ruhen oder offen zutageliegen? Die Flugmaschine der Menschen in allen Ehren – man braucht nur eine Vogelfeder daneben zu halten!

Ganz abscheulich finde ich es, Federn als Pfeifenputzer zu verwenden.

Schmetterling im Schnee

In den letzten frühlingshaften Herbsttagen ist mir ein später Falter zugeflogen, ein Pfauenauge oder Jo, wie ihn die zünftigen Lepidopterologen nennen. Ich fand ihn im Wohnzimmer und hielt ihn erst, da er die Flügel steil gefaltet hatte, also nur die unscheinbare düstere Unterseite zeigte, für ein Fetzchen verkohltes Zeitungspapier, von einem Kamin hereingeweht. Seitdem wohnt er bei den Büchern, für die er eine metaphysische Zuneigung zu hegen scheint. Ich hüte ihn, damit er nicht entfleucht, wenn gelüftet wird. Denn inzwischen ist es Winter geworden. Nach Tagen eisiger Kälte schwärmen draußen die weißen Bienen, und was dem Falterauge als duftige Kirschblüte erscheinen mag, sind die beschneiten Zweige vor meinem Fenster.

Ich habe Angst um ihn. Vielleicht habe ich mir einen sträflichen Eingriff in den natürlichen Ablauf seines Schmetterlingsdaseins erlaubt, vielleicht hätte ich ihn, wie er aus freiem Willen an meinen schützenden Herd kam, auch frei ziehen lassen sollen, und fände er dabei füglich den Tod. Mein geflügelter Gast mit dem schönen griechischen Namen (auch seine zahlreichen Anverwandten führen solche wie Amynthas, Adonis, Chryseis, Psyche) könnte sich auf das den Alten vormals heilige Gastrecht berufen, ja es möchte sein, daß er klüger ist als ich und weder Schnee noch Frost ihm etwas anzuhaben imstande sind.

Einige Tage verhielt er sich völlig ruhig, so daß ich wähnte, er sei in die Starre des Winterschlafs verfallen und werde erst im Frühjahr wieder zu sich kommen. Kopfunter wie eine Fledermaus (oder einem Segelboot ähnlich, das sich im Wasser spiegelt) hing er zu Häupten der Bücher und rührte und regte sich nicht. Ich glaube mich nicht getäuscht zu haben, daß der Knall einer zugeworfenen Tür den stillen Schläfer aufschreckte. Plötzlich flatterte er geräuschvoller, als bei einem so zarten Wesen zu vermuten, gegen das Fenster, das er für eitel Luft und Licht zu halten schien. Denn er versuchte immer von neuem, gleichsam mit dem Kopf durch die Wand die Freiheit zu erzwingen.

Wovon lebst du, kleiner Schmetterling? Welche Kraft hält deine Flugmaschine in so leidenschaftlicher Bewegung? Siehst du nicht, daß die Scheiben gefroren sind? Oder locken dich die Eisblumen, die zartgefiederten Palmwedel, an meinem Fenster? Seltsam fürwahr, es ist wirklich die Zeichnung von Palmzweigen, wie sie der heiße Süden hervorbringt.

Der Schmetterling läßt sich für eine Weile darauf nieder, zitternd ruht er auf der tropischen Landschaft in Weiß. Die bunte Malerei auf den aufgeschlagenen Schwingen, die Erinnerung an sein Sommerdasein und der eisige Flor bilden einen Gegensatz von sonderlichem Reiz. Wovon lebst du eigentlich, Jo? Du scheinst gewichtlos zu sein, wenn du auf meinem Finger sitzest, ohne Erdenschwere. Trocken und welk ist dein Körper. Wie groß ist deine Seele?

Zuweilen trinkt er. Er entrollt die uhrfederartige Spirale seines Saugrüssels und senkt die feine Sonde in den Wassertropfen, der sich an der Fensterscheibe gebildet hat. Der Trunk genügt für Tage. Ist das sein Leben? Der Tropfen Tau! Oder empfängt er es vom Licht? Es erscheint fast glaublicher, daß die schillernden Augen auf seinen Flügeldecken, von denen er seinen Namen hat und die von ungefähr jenen Farbenwirbeln, den Tschakras, gleichen, die eine weniger materialistische östliche Anatomie als Lebenszentren des menschlichen Körpers schaut, in Wahrheit dazu geschaffen sind, die Lichtnahrung aufzunehmen und in Lebenskraft zu verwandeln, in dieses bißchen Lebenskraft, dieses Millionstel eines Atemzuges, einer Empfindung, diesen Hauch von Liebe. Oder leuchtet es nicht besser ein, daß dieses Wesen von einem schönen farbigen Gedanken Gottes lebt, als etwa von der Luft, die schon zu fest und nicht schlackenlos genug ist für dieses Geschöpfchen.

Man sagt, ein Schmetterling, der überwintert, habe es versäumt zu lieben. Denn dazu allein gab ihm der Schöpfer seine Schönheit und das kurze, oft nur ein paar Stunden währende selige Dasein. Kaum daß er das irdische Geschäft der Liebe vollzogen hat, ist er frei für den Tod, er darf sterben. Aber dieses Gran von Wonne, diese Sekunde des Entzückens ist genau so groß wie alle Liebe in der Welt.

Aber wie ist das, gibt es nicht Tausende von Arten in unerschöpflichen Erfindungen, gaukeln sie nicht zu Abertausenden über den sommerlichen Wiesen? Müßten nicht ihre Toten wie buntes Laub die Erde bedecken? Wo bleiben sie? Irgendwo müssen sie doch wohl bleiben.

Sie fliegen, denke ich, auf das geliebte große Licht zu, der Sonne schweben sie entgegen und vergehen daran. Das Licht nimmt sie zurück.

Man hat mir grüne chinesische Räucherstäbchen gebracht, und von dem glimmenden Fünkchen steigt der Rauch empor, manchmal fadendünn, manchmal in zarten wallenden Schleiern. Dieses würzige Rauchopfer scheint mir die schickliche Form zu sein, den Tod meines Schmetterlings zu feiern.

Ist er auch wirklich tot oder schläft er nur? Seine Beine hat er an den Leib gezogen, er sitzt nicht, er liegt. Sein dunkles Segel lehnt an ›Werthers Leiden‹. Zwei Tage verharrt er so. Aber auf einmal ist wieder Leben in ihm. Er erwacht. Ein allzu lautes Wort, ein Gelächter hat ihn geweckt oder der Äolsharfenton des Windes. Er zittert, wie eine Saite schwingt. Er trinkt von dem Wasser, das ich ihm weise. Er scheint todmüde und schwach. Das Fenster steht offen. Draußen schneit es in großen blühenden Flocken. Da schwingt er sich plötzlich auf und segelt hinaus: das einzige Bunte in lauter Weißem, der einzige liebende sommerliche Gedanke in der herzlosen Kälte des Winters ringsum. Im Wirbeln der Schneeflokken entschwindet er. Nun wird der Tautropfen, den er eben trank, zu Eis erstarren, wie ein gefrorener Degen ihn durchdringen; der Schmetterling wird zuschneien, der zarte Hauch eines Lebens, das Fünkchen Liebe wird ersterben. Es war ein Wunder, daß er das Bunte und Große so lange ertrug, ohne zu zerbrechen und in Staub zu zerfallen.

Die Alten pflegten Psyche mit Schmetterlingsflügeln darzustellen.

Der große dunkle Wald

›Es war einmal‹ – das ist der unsterbliche Anfang, das sichtbare oder gedachte Vorzeichen eines jeden Märchens und zugleich sein dichterisches Gesetz. Freilich mag man einwenden, die Formel sei reichlich ungenau, ja vielleicht das Unbestimmteste, Unverbindlichste, was je in drei Worte gefaßt ward, und verpflichte eigentlich zu gar nichts als zur Vergangenheit. Im Lateinischen ist es gar nur ein Wort: erat. Das Märchen von Amor und Psyche beginnt so, und man kann es ganz wörtlich übersetzen: ›war‹ ..., so wie das Lied vom König in Thule anhebt.

Wenn nun aber ein Irgendetwas, Irgendeinst, Irgendwo sich zugetragen hat, was geht es uns an? Gewiß, wir werden vergeblich nach historischen Tatsachen ausschauen, nach Jahreszahlen, Regierungszeiten und Stammtafeln der Herrscher, nach einem geographisch oder politisch genau bestimmten Land. Geschichte und Erdkunde des Märchenlandes sind in ihrer Eswareinmaligkeit völlig zeiten- und grenzenlos. Des ungeachtet lohnt es sich, dieses in Wirklichkeit nicht existierende, aber durch viele wunderbare Erzählungen und herrliche, wie nach dem Leben geschaffene, wahrheitsgetreue Bilder bezeugte Land und Volk so zu betrachten, als wäre es historisches Gebiet. Wir werden sehen, daß sich über Sitten und Bewohner, über die Landschaft des Märchenreiches Sachliches genug berichten läßt. In seiner Welt ist das Alltägliche und das Wunderbare reine Wirklichkeit.

Wo liegt aber dieses Wunderland? Wie groß ist es? Wieviel Einwohner hat es? Welche Staatsform?

Es gibt ein Märchen, das heißt: ›Das unsichtbare Königreich‹. Da ist es nicht größer als zwei liebende Herzen, und ein andermal reicht es bis ans Ende der Welt. Der Fremdling in diesem Lande wird sich darüber nicht weiter wundern, wenn er ein Liebender ist. Denn er weiß, daß sein Gefühl größer ist als der Raum, den er verdrängt, daß er größer ist als er, größer als die ganze Welt und doch in seinem Herzen Platz hat. Im Märchenland, mußt Du wissen, sind alle zeitlichen und räumlichen, alle physikalischen Gesetze aufgehoben, zum Beispiel das der Schwerkraft. Sein Klima ist dem des Traumes sehr ähnlich.

Beim Betrachten der Märchengeographie mag man mit der Landschaft beginnen. Auch über ihr scheinen Sonne, Mond und Sterne wie bei uns. Aber das Schönste dortzulande ist wohl der große dunkle Wald, in dem man viele Tage wandern kann, ohne einer Menschenseele zu begegnen, der kein Ende nehmen will, so daß den Wanderer die Nacht überrascht und er auf einem Baume oder im hohlen Baum nächtigen muß, falls ihn nicht ein fernes Lichtlein in das einsame unheimliche Haus einer Hexe lockt. Wir finden aber auch hohe Berge, jenen vor allem, zu dem alle heilige Zeit ein Vöglein geflogen kommt und daran seinen Schnabel wetzt (und wenn der ganze Berg abgewetzt ist, so ist eine Sekunde der Ewigkeit vorbei), aber auch den gläsernen Berg und den Magnetberg. Er ist reich an Bodenschätzen, an Gold und Edelsteinen vor allem. Das Land ist offenbar nur dünn besiedelt. Man darf annehmen, daß der Weinbau blüht. Denn roter Wein ist das eigentliche Märchengetränk. Man trinkt ihn aus Bechern. Es wird Flachs gewonnen. Neben den Müllern machen die Spinnerinnen einen wesentlichen Teil der Bevölkerung aus, die aus Geschöpfen in allen Größen sich zusammensetzt, vom Däumling bis zu den gewaltigsten Riesen. Die sozialen Gegensätze sind groß. Bitterste Armut (Besenbinder, Holzhacker) und Überfluß wohnen beieinander. Schlösser mit vielen, unglaublich vielen unbewohnten und verschlossenen Zimmern, darin alles aus gediegenem Gold besteht (selbst das Dach), sind keine Seltenheit. Zuweilen findet ein versöhnlicher Ausgleich zwischen arm und reich statt, zum Beispiel durch Einheirat eines bettelarmen, aber herzhaften und liebenswürdigen Jünglings in die königliche Familie, namentlich wenn er Samtpatschen hat.

Die übliche Staatsform des Märchenlandes ist die Monarchie (›Es war einmal ein König und eine Königin‹). Auffallend ist übrigens die häufige Kinderlosigkeit in den Königshäusern, während sonst sieben Kinder gerade keine Seltenheit sind (vergleiche die sieben Schwäne, die sieben Raben).

Die Sprache des Märchenlandes ist überall in der Welt die gleiche, nur wird sie jeweils in einer anderen Mundart gesprochen. Sie ist schlicht und von einer überall verständlichen Bildhaftigkeit: ›rot wie Blut, weiß wie

Schnee, schwarz wie Ebenholz‹. Der Sinn der Worte ist noch unverfälscht. Es genügt, eine Prinzessin etwa als schön zu bezeichnen, und jedes Kind weiß, wie sie aussieht, wie es auch keinen Zweifel gibt, wenn eine Stiefmutter als böse bezeichnet wird. Es ist keine Begründung nötig. Sie ist es eben. Ganz natürlich ist es, wenn in diesem Land oft in Versen gesprochen wird und den Tieren (vor allem den Vögeln) die Sprache verliehen ist.

Die herrschende Religion im Märchenland ist ein Pantheismus. Sie ist trotz mancher christlicher Züge im Grunde heidnisch. Der Seelenwanderungsglaube ist stark verbreitet. Die Verwandlung eines (oder mehrerer) Menschen in Tiergestalt ist eine fast alltägliche Erscheinung. Sie geschieht durch Selbstverzauberung, zum Schutze vor Verfolgern oder durch Verwünschung, durch böse Zauberer, Feen und Hexen (›Brüderchen und Schwesterchen‹, ›Machandelboom‹). Aber für jeden Zauber gibt es einen Gegenzauber, für jedes Gelübde, zum Beispiel der Stummheit, die Erlösung.

Märchenland ist ein gefährliches Land, besonders für die Guten. Sie müssen, obwohl sie Sonntagskinder und die erklärten Lieblinge der Feen und heimlichen Helfer sind, allerlei Trübsal, Anfechtungen, Heimsuchungen erdulden bis zu ihrem endlichen Glück. Oft werden sie im letzten Augenblick unter dem Galgen gerettet. Auch der Galgen und das Faß mit siedendem Öl, darein die Hexen gesteckt werden, gehören zu den ständigen Requisiten des Märchens. Es regiert dort eine grausame Justiz, und die waltende höhere Gerechtigkeit ist nicht immer zu begreifen. Oder ist es vielleicht nicht abscheulich, wenn der abgedankte Soldat der alten Hexe, die ihn alle Taschen voll Golddukaten hat stecken lassen, ohne Mitleid oder Ehrfurcht vor dem Alter kurzerhand den Kopf abschlägt und munter seiner Wege geht? Auch das Rumpelstilzchen hat mir immer leid getan, wenn es zum Schluß sich mitten entzweireißt. Man erinnert sich, daß die ganze Begebenheit auf der Lüge aufgebaut ist, daß ein hübsches, aber träges Mädchen die Gabe besitzt, aus Stroh Gold zu spinnen.

Die Ethik des Märchens hat eben ihre eigenen Gesetze. Als höchste Tugend aber gilt die Treue. Auch ist es rührend, mit welcher wahren Engelsgeduld die guten Geister ihren liebenswürdigen, aber unfolgsamen Schützlingen immer wieder aus der Patsche zu helfen erbötig sind.

Seltsamerweise führen die meisten Märchengestalten ein namenloses Dasein, teils als Müllerssohn oder als König. Wenn sie aber Namen tragen, so sind es eine Art poetischer Spitznamen wie ›Fundevogel‹, ›Aschenbrödel‹, ›Blaubart‹, ›Drosselbart‹, ›Rotkäppchen‹, ›Schneewittchen‹. Wenn es ehrliche Christennamen sind, dann Allerweltsnamen wie ›Hänsel und Gretel‹. Es muß dagegen auffallen, daß die heimlichen Helfer und treuen Gesellen stets Vornamen tragen wie die drei verwandten Gestalten, der ›treue Johannes‹, der ›Eisenhans‹ und im Froschkönig der ›eiserne Heinrich‹, der sich mit seinem Herrn in Versen unterhält.

›Dornröschen‹, welch anmutiger, mädchenzarter Name! Wer vermutet hinter der lieblichen Erfindung dieses Märchens die Brunhildensage? Aus der wabernden Lohe sind Rosen geworden, aus dem Helden ›Siegfried‹ ein allerliebster Märchenprinz mit Federbarett und himmelblauem Samtwams. Daß in dem rührenden Märchen ›Sterntaler‹ der Danae-Mythos verborgen ist, wurde meines Wissens noch nicht bemerkt. Es leuchtet sofort ein, wenn man das gutherzige Kind, das alles verschenkt hat, ganz allein in dem großen dunklen Wald sich vorstellt, wie es seinen Hemdenschurz aufhält, darein vom Sternenhimmel Taler regnen.

Die Währung im Märchenlande ist eine altertümliche. Es gibt Dukaten, harte Taler, Kreuzer, Heller und Batzen. Als Längenmaße kennt man die Meile und die Elle. Die heiligen Märchenzahlen aber sind drei und sieben (als Zeit-, Längen- und Mengenzahl: sieben Monde oder Jahre, Siebenmeilenstiefel, die sieben Zwerge). Der guten Wünsche, auferlegten Prüfungen und Wundergaben sind immer drei. Auch haben Väter, die das Zeitliche segnen, meist drei Söhne, die in die weite Welt gehen, um ihr Glück zu versuchen, zum Beispiel im ›gestiefelten Kater‹ und im ›Tischleindeckdich‹.

Das Erbrecht ist ungewöhnlich primitiv. Es kommt vor, daß der Älteste eine ganze Mühle, der zweite nur den Esel erbt, der dritte ganz leer ausgeht, wenn er nicht gerade das große Glück hat, den gestiefelten Kater als Freund zu besitzen.

Der Jüngste aber ist der Liebling des Glückes. Märchenempfinden ist Volksempfinden. Das Glück ist auf der Seite der Unscheinbaren, Benachteiligten, Bettelarmen. Denn die Märchen sind aus den Wunschträumen, aus der Paradiesessehnsucht der Armen und Unterdrückten entstanden. Es sind tapfere Schneiderleinsphantasien und Aschenbrödelwünsche. Sie kommen aus dem Verlangen, es auch einmal gut haben zu dürfen, König für einen Tag zu sein und von goldenen Tellern zu speisen. Die Sehnsucht nach der besseren Welt aus der Armut haben die Märchen mit einer märchenhaft schönen, mit der schönsten Erzählung der Welt gemein, wo zu einem Kind armer Leute, zu der Krippe im Stall mit dem Stern darüber drei Könige kommen, ihm zu huldigen und es zu beschenken.

Auch da finden wir eines der heiligen Tiere des Märchens, das Sinnbild der Arbeit und der Genügsamkeit, den viel geprügelten, knappgehaltenen, störrischen, rebellischen Esel.

Das Wunderbarwirkliche wird noch glaubwürdiger (das Märchen hat seinen Zauber verloren, wenn es nicht geglaubt wird) durch das Nebeneinander von Wunder und alltäglichem Geschehen. Es wird darin zu rechter Zeit gegessen und geschlafen. Die Ernährung ist manchmal sehr einfach: Hirsebrei und Bucheckern sind echte

Märchennahrungsmittel, wie auch der Apfel, dieses Urbild des herzhaften, gesunden Hineinbeißens. Die Unholde dagegen, Riesen, Hexen und Stiefmütter, schrekken selbst vor Menschenfresserei nicht zurück. Der berühmte Ausspruch: ›Ich rieche rieche Menschenfleisch‹, kommt übrigens in der gleichen Doppelung in einem altindischen Märchen vor.

Es ist wunderbar, daß gewisse Redensarten und vor allem Reime bei der Überlieferung der Märchen unversehrt durch die Jahrhunderte von Mund zu Mund auf uns gekommen sind. Wie aber geht das zu? Auf märchenhafte Weise. Denn ist es nicht so, daß die Kinder von der Großmutter Märchen erzählt bekommen und daß die Worte während ihres tätigen, erwachsenen Lebens schlafen und erst wieder aufwachen, wenn sie alt geworden sind, und siehe da, sie sind unvergessen mit allen geliebten Einzelheiten! Und sie beginnen alle mit den unsterblichen drei Worten der Erinnerung und Sehnsucht: ›Es war einmal!‹

Regen

Nach Wochen herrlichen Sonnenscheins, nach einer sternenklaren Nacht und einem wolkenlosen Morgen fielen gegen Mittag wie aus heiterm Himmel die ersten lauen Tropfen. Man war des schönen Wetters nachgerade müde, man fand, daß die Natur dringend des Regens bedürfte, sollte nicht eine gefährliche Dürre das Land heimsuchen. So konnte es nicht bleiben.

Erst war es nur ein Wölkchen, ein kleines dunkles, das für einen Augenblick die Sonne trübte. Eine Stunde später umzog sich der Himmel. Nasse, graue Wolken kamen, und langsam begann es zu regnen.

Die Tropfen verdampften auf den heißen Steinen, und die Ziegel tranken sie wie Löschblätter. Am Spielplatz der Kinder im Sande warfen sie kleine Schüsselchen auf, und das kleine Mädchen hörte auf, Kuchen zu backen.

Es legte den Kopf zurück, schloß die Augen und streckte die Zunge heraus, ob nicht ein Tropfen darauf falle.

Regungslos war noch die Luft, ganz allmählich kam etwas Wind auf, ›eine Mütze voll Wind‹, und nun schlugen die ersten Tropfen gegen die Fenster. Es klang, wie wenn Meisen an die Scheiben picken. Dann hörte es wieder auf. Ein Schauer, konnte man denken, gleich ist's vorüber. Aber schon begann es wieder und regnete dann sieben Tage und Nächte ohne Unterlaß.

Die ganze Welt wurde naß davon. Die Lodenmäntel dampften. Die Tropfen hüpften auf den Wegen und rannen die Telefondrähte entlang. Die Menschen schüttelten sich, ehe sie in die Häuser traten, wie gebadete Hunde es tun. Sie sagten, sie hätten keinen trockenen Faden mehr am Leibe. Aber sie fanden, daß es ein langersehnter Regen sei, eine köstliche Erfrischung. Sie atmeten begierig die Luft des gelöschten Staubes. Aber heimlich sahen sie nach den Wolken, ob das Wetter nicht ›aufklare‹, und sie trösteten sich, daß es im Westen heller werde. Es war ein unwirtliches, ein garstiges Wetter. Man jagte keinen Hund vor die Türe.

Nichts Schöneres dann, wenn man in seinem warmen Bette liegt und der Regen rauscht, der Wind klagt und ein Ast kratzt am Haus.

Vielleicht kommt morgen die liebe Sonne wieder?

Aber sie kommt nicht. Immer hat man nasse Füße. Auch im Zimmer spürt man schon die Feuchte. Man fröstelt. Im Flur stehen aufgespannte Regenschirme, und das ganze Haus riecht nach nasser Seide. Die Zeitung ist ein feuchter Lappen, die Aufschriften der Briefe sind verwischt.

Zuweilen ist es nur eine Art Nebelreißen, ein feiner Sprühregen. Aber er dringt überall hin. Dann wieder schüttet es wie mit Gießkannen. Man sieht die nächsten Häuser nicht mehr. Auf den Wegen bilden sich Pfützen, Seen. Tote Regenwürmer liegen umher, die Armen, die weder zuviel Trockenheit noch zuviel Nässe vertragen.

Die Bäume triefen. Die kleinen Vögel sind in Not. Sie können nicht mehr recht fliegen, so naß ist ihr Gefieder. Ihr Gesang ist verstummt. Ängstlich piepsend flattern sie von Gebüsch zu Gebüsch. Man wird ganz traurig davon. Es legt sich einem allmählich aufs Gemüt, man wird ganz hintersinnig.

Wasser, Nässe, Fluß – wie bildhaft drückt der S-Laut das feuchte Element aus!

Das Grundwasser steigt. Der Keller steht unter Wasser. Man eilt mit Eimern ihn auszuschöpfen. Das kleine Mädchen sitzt in einem Schaff und rudert mit zwei Kochlöffeln durch den Keller. Es jauchzt vor Vergnügen. Dazwischen schwimmen grüne Äpfel.

Es ist wirklich nicht mehr zum Lachen. Es will gar nicht mehr recht Tag werden. Es ist eine Tränenwelt.

An einem Freitag hat es begonnen. Dann regnet es eine Woche lang, sagen die Alten. Man erinnert sich nicht, je ein solches Wetter erlebt zu haben. So hat es seit Menschengedenken nicht mehr geregnet.

Wann haben wir zuletzt die Sonne gesehen, den Mond, die Sterne? Und wie sieht der Garten aus! Die Blumen sind geknickt, das Gras liegt darnieder. Es regnet noch immer. Wird es je wieder aufhören? – Getrost! Es hat noch immer wieder aufgehört. Und eines Morgens scheint die Sonne wieder, als wäre nichts geschehen.

Romantische Ecke

Ich lebte einmal fast ein volles Jahr lang in Berlin.

Die Straße, in der ich wohnte, ist nach einem großen Philosophen benannt, von dem erzählt wird, er habe außer seiner Schwester sein Leben lang kein Mädchen geküßt. Es ist indessen eine ganz unphilosophische Straße im Westen der großen Stadt. Sie mündet in eine verkehrsreiche, betriebsame und geräuschvolle Gegend, in ein rechtes Boulevard- oder Basarviertel.

Der Gehsteig ist an dieser Stelle ziemlich breit und bildet gleichsam einen Vorhof, einen stilleren Winkel, den die Kinder aus der Nachbarschaft als Spielplatz benutzen. Ist das Haus auch nur ein paar Schritte abgerückt von der lauten, hurtigen Welt, es hat doch einen fühlbaren Abstand von ihr. Es hält sich zurück.

Das Haus, besser das Gebäude, mag aus den neunziger Jahren stammen. Seine Fassade weist eine reiche Architektur auf, aber es ist früh gealtert und schon stark ergraut. Es ist kein altes, es ist ein ältliches Haus. In seinem Innern birgt es eine prächtige Treppe aus echtem, grau- und schwarzgeädertem Marmor. Die gehst Du nicht hinauf, denn ich wohne im Rückgebäude, im sogenannten Gartenhaus. An der Marmortreppe vorbei durch einen hohen Gang gelangst Du erst in den Hof, an den Ort, den ich besonders liebe, auf den ich mich jedesmal freute, wenn ich von der Arbeit kam. Denn hier zwischen den hohen Häusern liegt ein kleiner Garten mit Feuerlilien und Malven und einem verwitterten Brunnen inmitten: ein Putto hält über sich eine muschelartige Schale. Einst war er nackt, aber die Zeit hat ihm ein samtenes Kleid aus Moos übergezogen. In der Schale blühen Kapuziner und Petunien.

Der ›Naturgarten‹ – so nennt man dergleichen hierzulande – ist von drei Seiten von Häusern eingeschlossen. Im Westen führt in einer Kurve auf einem Backsteinviadukt, in dessen Bögen Pferdeställe eingebaut sind, die Stadtbahn vorbei. Dahinter ragt eine gewaltige, fensterlose Hauskulisse. Die Häuserwände sind unansehnlich, das rote Backsteingemäuer ist verrußt. Die Pflanzen im Garten sind hoch aufgeschossen und etwas dürftig im Kraut. Die Bäume, Akazien, Linden, Ebereschen und Kastanien, haben nicht die Frische wie auf dem freien Lande. Sie sind zurückgeblieben, sie haben zu wenig Sonne, zu wenig vom Himmel. Ihre Stämme sind schwarz, ihre Blätter klein und dunkel vom Rauch der Lokomotiven, der in den Garten herabquillt. Es ist keine Erquickung in diesen künstlichen Wolken. Dennoch hat dieser Winkel einen besonderen Zauber, den Zauber des Zufälligen. Denn dieser merkwürdige, unregelmäßige Zwickel entstand nicht mit Vorbedacht. Er ist nur übriggeblieben, als die Häuser planlos von drei Seiten gegeneinander vorrückten und plötzlich haltmachten, weil sie nicht zueinander finden konnten. So bildete sich der bizarre Ausschnitt des Himmels durch die willkürlich in die Gegend gestellten fensterlosen Fronten, und der erhöhte Rank der Bahn, der den umbauten Raum durchquert, verstärkt den Eindruck einer in die Enge getriebenen, gefangenen Natur, die um ihr Dasein kämpft.

Gegen Westen ist der Raum ein wenig geöffnet, gegen Westen schauen die Blumen, die keinen Morgen kennen. Sie warten auf die Abendsonne. Um diese Stunde, wenn die alten, grauen Wände zu Gold werden und die Fenster glühen, ist es dort am schönsten. Aber auch nachts, wenn Mond und Sterne und die grünen und roten Signallampen leuchten, himmlisches und irdisches, nahes und fernes Licht in friedlichem Verein, wenn die Schatten der Bäume um die Stämme kreisen, im flüchtigen Schein der vorüberfahrenden Züge, wenn die schwarzen Lokomotiven vorüberstampfen und paffend den Dampf ausstoßen wie schwere Seufzer, wenn die nächtlichen Wolken über der Stadt fluoreszieren im Abglanz der Lichtreklame, dann meinst Du, vor einer Schaubühne zu stehen, auf der die Dinge und die Schatten der Dinge spielen. Die Züge fahren ja nicht auf ebener Erde, sondern, so scheint es, durch die Kronen der Bäume, und die Reisenden in den erhellten Abteilen sind unwirklich, spielzeughaft, nur Bestandteile der nächtlichen Eisenbahn, die sie befördert, Träume der Dinge. Es darf dazu ruhig regnen und der Wind sich in dem Winkel verirren und darin herumflattern gleich einem gefangenen Engel, an den Gesimsen emporwirbeln und um die Ecke fegen. Einmal landeten hoch auf dem Dach des Hinterhauses zwei Wildenten und guckten von der Regenrinne aus mit schiefen Hälsen neugierig in den Garten.

Ich wohnte als möblierter Herr im vierten Stock. Ein Personenaufzug aus dem Jahre 1911 führt außen am Haus empor, und es ist schön, zwischen den Bäumen emporzufahren fast wie in einem Freiballon. Die kleine Kabine hat Fenster, nicht Spiegel wie die modernen Lifts. Mein Zimmer ging leider nicht nach dem romantischen Garten hinaus, aber es schaute doch ins Grüne, in Bäume, deren Wipfel bis an mein Sims heranreichten, und über sie hinweg auf eine Dächerlandschaft mit kleinen und großen Kaminen, Antennen, Dachgärten und Ateliers. Schwarz, silbergrau und ziegelrot sind die herrschenden Farben dieser Landschaft. Ganz selten läßt sich in ihr ein Mensch blicken.

Einmal bin ich über diese Dächer gewandert und habe in die Straßen und Höfe hinabgesehen mit neuen ungeahnten Empfindungen für das Hausen der Menschen in einer großen Stadt. Man sieht sie so, wie der Mond sie sieht. Auf den Dächern wächst Gras.

›Soll ich Dir die Gegend zeigen,
mußt Du erst das Dach besteigen.‹

Die Städter, die tief unten auf der Straße gehen, meinen wohl auf der Erde zu wandeln. Von der Dachfreiheit aus gesehen erscheinen sie winzig wie Ameisen, dem Himmel ganz fern und gottverlassen. Höhlenbewohner sind sie geblieben, und die Straßen sind ihre Gänge. Von oben sieht man's: sie leben im Schatten.

Sinnbild der Sehnsucht

Gestern, als wir beide auf dem Landungssteg standen, wurde es mir auf einmal klar: der Landungssteg ist das Sinnbild der Sehnsucht.

Am See entlang führt eine recht hübsche Uferpromenade mit grünen Bänken, von denen man Wasser und Berge geruhsam betrachten könnte. Dennoch schlugst Du vor: Komm, gehen wir noch ein wenig auf den Steg.

Es war kein Dampfer zu erwarten. Was lockte Dich und mich?

Wir wollten wieder einmal das wohlbekannte Geräusch hören, wenn man über die Bohlen geht. Es tut so ungefähr wie die hölzernen Trommeln der Neger und ist wie sie erstaunlich weit vernehmbar. Es ist das richtige Sommerfrischengeräusch. Man behält es für immer im Ohr. Es ist voller Erinnerungen an Badereisen und Dampferfahrten. Dazu gehört jener nicht minder erinnerungsreiche Geruch nach Teer, Tang oder Tran und das Schlecken, Schwappen und Glucksen des Wassers um die moosgrünen Pfosten und Dalben.

Allein das würde noch nicht genügen, daß wir darum auf den Steg hinausgingen. Denn ein Steg muß es sein. Eine Landzunge tut es nicht, auch eine Brücke nicht von Ufer zu Ufer, kein Boot, groß oder klein.

Wir sind nicht die einzigen auf dem Dampfersteg. Alle haben erwartungsvolle Gesichter, sie ähneln sich alle in einem bestimmten Ausdruck zärtlicher Bereitschaft, so als müßte an ihnen im nächsten Augenblick etwas ganz Wunderbares geschehen, als müßte der Himmel sich auftun. Sie erscheinen verschönt. Sie haben alle etwas von Hochzeitsreisenden.

Niemand wird bezweifeln, daß zwei Menschen, die einander herzlich zugetan sind, auf dem Landungssteg eher zueinanderfinden als noch kurz vorher auf dem festen Lande. Auf dem Steg werden sie sich plötzlich einhängen. Und wer allein ist, wird eine Stegbekanntschaft machen.

Der Steg hat ein Ende. Unvermittelt bricht er ab, so scheint es. Denn in Wahrheit beginnt hier die Unendlichkeit. Das ist es, was uns sehnsüchtig macht. Wir stehen nebeneinander über das Geländer gelehnt, und auf einmal tritt für Augenblicke jener wunderliche Zustand der Entrücktheit ein, als ob unsere Seelen bei lebendigem Leibe unsere Körper verließen und steglos weiterschweiften ins Unendliche. Wir sehen uns zurückschauen wie von woanders her, von einer Wolke oder einem Stern, an dem Geländer lehnen, gedankenlos stehen gelassen, bis wir wieder zu uns kommen.

Wenn der See ruhig ist, Himmel über uns, Himmel unter uns, das Unendliche im Unendlichen sich spiegelt, dann meint man, hinausgehalten zu sein wie auf einer Hand. Die Sehnsucht erfaßt uns, ›unter allen leidenschaftlichen Begehrungen die sanfteste‹.

Die hundert Schritte von Land her hinaus in den großen abendlichen See bis ans Ende des Steges, wie haben sie uns verwandelt! Wir sind vertrauter miteinander auf einmal, wir sind uns nahe.

Wir sagen uns, daß wir uns lieben.

Die Luft

Am Abend des 14. Februar, der allen Skifahrern als der schönste Sonntag des vergangenen Winters in Erinnerung ist, standen wir auf einem Hügel des Walsertals, den Blick zum Himmel gewandt, und schauten. Der weiße Mond im ersten Viertel des Zunehmens lag waagerecht zwischen hauchzarten Rosenwolken, wie ein Nachen anzusehen. Er, nicht die Wolken, schien zu fahren, und ein sehr heller Stern folgte ihm dichtauf: wie ein Mann, der über Bord gegangen ist, einem Schiffe nachschwimmt.

Am Tage vorher war reichlich Neuschnee gefallen, und obwohl wir uns nahe beim Dorf befanden, meinten wir doch, vollkommen einsam auf der weiten Welt zu sein, die zwei einzigen Menschen ringsum in einer unbewohnten, noch von keines Sterblichen Fuß berührten Landschaft. Es geschieht zuweilen, daß die Natur allein gelassen sein will, ungesehen und menschenleer.

Wir standen entrückt im Weißen. Aber was uns übermannte, war nicht die erstarrte furchterregende Pracht und wilde Größe der Berge: es war die Luft, die wir atmeten. Sie war klar und durchsichtig und sichtbar zugleich, totenstill, und doch erfüllt von unendlichem Wohllaut, wie von Ariels Gesang. Sie war farblos und von tausendfältiger Buntheit, regungslos und bewegt von zärtlichster Empfindung, All und Nichts in einem.

Die Rosenwolken waren längst verblichen und verweht, die Berge klein und unansehnlich geworden. Nur die Luft herrschte zwischen dem großen Himmel und der kleinen Erde.

Denn die Erde dünkte uns auf einmal gar winzig und begrenzt: ein zackiger Stern, in ein paar Schritten zu durchwandern. Hinter den Bergen hörte sie auf.

Das Leichte herrschte über das Schwere, das Durchsichtige über das Dichte, das Zarte über die Kraft.

An jenem Abend erschien es uns durchaus möglich, in die Luft aufzusteigen und wie auf einer gläsernen Treppe dem Monde und den Sternen zuzuwandern. Alle Mühsal war von uns genommen, alles Schwere. Die Zeit stand still. Wir redeten wenig und leise. Dennoch meinten wir, daß unsere Stimmen auf dem fernsten Stern vernommen würden.

Verlockend war es für uns, gleich jenen Wolken, die sich vor unseren Augen selbst eingeatmet und verbraucht zu haben schienen, zu zergehen und den Geistern der Lüfte uns zu vermählen. Luft ist Geist. Der Geist des Schöpfers, der ewige, allesbewegende, auch sein Name ist nicht ehern und laut, sondern ein sanfter Atemzug: πγεῦμα ϑεσῦ.

In dem glücklichen Augenblick, da wir auf dem weißen Hang standen – die Berge ringsum hatten inzwischen eine fast lächerliche Ähnlichkeit mit Kopfkissen angenommen und sahen, aller Schrecken und aller Würde entkleidet, behaglich verschlafen aus –, in jenem begnadeten Augenblick, da wir das Wunder der Luft erlebten, war sie nicht blau wie am Tage. Und wenn wir sie schauten und spürten, so geschah es nicht so sehr mit den Augen, nicht mit der Haut (denn obgleich es bitter kalt war, fröstelten wir nicht): wir nahmen sie wahr mit dem, was ihr in uns verwandt ist. Nicht leer dünkte sie uns zu sein, sondern lebendig, voller Ereignisse und voller Wünsche, ihrer selbst und der Welt froh.

Sie empfindet sich. Ihr sind alle Sinne gegeben. Sie hört, sieht, fühlt. Sie fühlt den Flügelschlag eines Vogels und den Wohllaut seines Gesangs, sie atmet den Duft der Blumen, labt sich am Licht. Alle Anmut und Schönheit der Erde spürt sie ganz, gleichzeitig, allseitig: Baum, Tier und Mensch freundlich umfangend. Und wir, wie wollten wir uns empfinden ohne sie, die uns berührt, mit der wir gleiche Grenzen haben, wo immer wir wandeln? Unser Gefühl lebt von ihr, unsere Sprache lebt von ihrem Hauch. Es ist ihre Stimme, die redet und vernommen wird. In ihr ruht die Harmonie der Töne und die Ordnung der Architektur. Unsichtbar bestimmt sie den Raum und den Umriß. Wenn wir von der ›Atmosphäre‹ eines Menschen sprechen, meinen wir nicht damit eigentlich die Luft, die ihn umgibt, seine Umluft? Wir sagen: in der Gegenwart dieses Menschen kann ich atmen oder ich kann es nicht. Es ist die Luft mit ihrer feinen Witterung für das Gute und für das Böse. Es ist die Luft, die uns warnt oder getrost sein, wieder frei aufatmen läßt. Sie spürt es im voraus, wenn finstere Gewalten am Werke sind. Bangigkeit befällt uns, noch ehe wir wissen, warum. Die Luft aber weiß es.

Das scheinbar widerstandslose, stumme und sanfte Element, die Luft, welche Gewalt hat sie, wenn wir sie gefangennehmen, welches unbändige Freiheitsgefühl, wenn man sie in die Enge zwingt! Wie faucht und rauscht sie, wenn sie entweicht. Schmerzhaft unter dem Gertenschlag stöhnt die beleidigte Luft. Wie brüllt sie, wenn der Blitz sie verwundet. Sie erschrickt und zittert vor dem Schrillen und Lauten.

Wo sie nicht ist, hört alles Leben auf, auch das Feuer. Wenn man sie uns entzieht, dann wird es finster vor unseren Augen, wir sind nicht mehr fähig, klar zu denken, unsere Sinne vergehen. Es braust in unseren Ohren, Blut stürzt aus Nase und Mund, das Herz hört auf zu schlagen.

Die wir gedankenlos atmen, auch im Schlafe, die schöne, wohltätige Luft, noch einmal, wenn ein Mensch stirbt, sein Leben schon entflohen scheint, sein Herz verstummt ist und er regungslos daliegt, einmal noch erschüttert sie seine Brust mit einem tiefen, letzten Atemzug. Und die Seele? Stellen wir sie uns nicht als einen Hauch vor, der Luft verwandt, in die sie sich mühelos aufschwingt?

Freundliche Begegnung

Hans Carossa

Als ich als Kind zum ersten Male einem lebenden Dichter begegnete, war ich arg enttäuscht, weil er nicht, wie ich es natürlich erwartet hatte, in Versen sprach. Ich hatte vom wahren Dichter die Vorstellung, daß er, wie zuweilen auf Denkmälern zu sehen, göttergleich und schön im griechischen Gewande, den Lorbeerkranz im Haar, die Leier in der Hand unter den Menschen wandle, bis ich als Pennäler jenen Traum von Schiller hatte, der damals mein Lieblingsdichter war.

Mir träumte, daß ich mit einem Schulfreund verbotenerweise in einem kleinen Dorfwirtshause an einem schmalen, gescheuerten Tische beim Biere saß, als Schiller sich zu uns setzte. Es war alles ganz natürlich und gar nicht wunderbar. Schiller saß neben mir, und ich werde es nie vergessen, wie er hüstelte und wie deutlich er war mit seinem heißen, feuchten Gesicht, dem rotbraunen Haar, dem nassen Munde und den blondbehaarten Händen. Ich bat mir höflich aus, ihn anrühren zu dürfen, was er freundlich gewährte. Er war ein Mensch aus Fleisch und Bein. Ich erwachte am Morgen mit einem Gefühl unsäglichen Begnadetseins.

Es scheint mir wesentlich, zu wissen, wie Stifter starb und daß Lichtenberg bucklig war. Man muß Schillers lieblos schmales Bett gesehen haben und lesen, wie er, den Tod in der Brust, besorgt nach Goethes Schnupfen sich erkundigt.

Wenn ich Dir nun von Hans Carossa berichte, der, wie man weiß, die Verborgenheit liebt und kein Freund der Verherrlichung ist, so soll es gleichsam nur am Rande seiner Erscheinung geschehen und nicht in Form einer erlesenen literarhistorischen Deutung seiner Werke und seiner Gestalt.

Wenn Albertus Magnus von seinen Schülern etwas gefragt wurde, antwortete er: Fraget Albertum in seinen Büchern.

Frage Carossa in seinen Büchern! Es sind nicht viele. Ein Mann kann sie bequem in den Taschen seines Anzugs unterbringen, und ich habe manchen getroffen, der wenigstens eines davon bei sich trug, die Gedichte oder das ›Rumänische Tagebuch‹, unter Bäumen darin zu lesen. Denn sie vertragen sich gut mit der freien Natur. Schon äußerlich gehören seine Bücher zu den glücklichsten Schöpfungen des Insel-Verlages: bei aller Unaufdringlichkeit des Einbandes erkennt man sie sofort in jedem Bücherschranke, als müßten sie so aussehen und nicht anders.

Unter den Büchertiteln unserer Tage gehören die seinen wohl zu den bescheidensten.

Carossa setzte sich langsam, aber stetig durch. Ihm ward wie wenigen ›der echte Ruhm, der still und mit der Zeit sich um ihn legte, wie ein Feierkleid‹.

Man hat ihn als den größten bayerischen Lyriker seit Walther von der Vogelweide bezeichnet, allein es scheint mir bei der Betrachtung Carossas nichts entbehrlicher als der Gebrauch von Superlativen. Die Worte deutsch, schön und gut erhalten, will man ihn recht würdigen, wieder ihren eindeutigen natürlichen Sinn. Er schneidet nicht Fragen an, er behandelt auch nicht ›Probleme‹, die viele Leser, ich weiß nicht warum, so sehr lieben, er philosophiert nicht über Ehe, Freundschaft oder über den

Tod, er beweist weder, noch zensiert er. Denn Liebe, Freundschaft, Natur und Kreatur sind für ihn keine Fragen oder Rätsel, sondern Antwort, tröstlicher Bescheid, heilsames Gleichnis. Er unterscheidet sich vom Romancier wie der Weise vom Philosophen.

Ich weiß nicht, ob man den Versuch gemacht hat, seine Werke in eine fremde Sprache zu übertragen. Ich glaube, daß es nie ganz gelingen kann, auch nicht, wollte sich jemand unterfangen, seine nur ihm eigentümliche Kunst nachzuahmen, also Dinge und Gestalten sichtbar zu machen, scheinbar Unsagbares in unserer Sprache und zum ersten Male zu sagen (ohne sie zu verletzen oder zu nötigen) in neuen wunderbar einfachen Bildern, die, so wie er sie gebraucht, schon ewig dagewesen scheinen. Nur hatte vor ihm keiner die Augen, sie abzulesen, den Mund, sie mitzuteilen. Gerade das Unnachahmliche schätzen wir an ihm.

Auch Carossa hat ein Kriegsbuch geschrieben, eines der frühesten sogar, die damals erschienen, das ›Rumänische Tagebuch‹. Man prophezeite ihm, es würde nicht ›gehen‹. Aber viele lieben von seinen Werken neben seiner Lyrik dieses am meisten als das eigentliche Kriegsbuch der Deutschen. Es trägt das Motto: ›Raube das Licht aus dem Rachen der Schlange.‹ Es könnte vor allen seinen Dichtungen stehen. Man wird bei diesem Buche oft an Stellen in der ›Ilias‹ denken müssen, etwa an den zehnten Gesang, mit der noch heute gültigen nächtlichen Erkundung. Vielleicht geschieht es darum, weil dort wie hier der ›männermordende Krieg‹ gleichzeitig aus allernächster Nähe und von oben, vom armen Erdenwurm aus, wie aus der Götterperspektive, mit irdischen und überirdischen Augen geschaut wird.

Du wirst beim Lesen die innere Verwandtschaft der Sprache spüren hier wie dort:

›Dumpfhin kracht' er im Fall', es steckte die Lanz' in dem Herzen,

daß von dem pochenden Schlage zugleich der Schaft an dem Speere
zitterte; doch bald ruhte die Kraft des mordenden Erzes‹.

Ob Carossa in der Ich-Form oder Er-Form schreibt, er ist bei allem Geschehen persönlich gegenwärtig als verantwortlicher Augenzeuge und Bürge, daß man seinen Gestalten nicht unversehens unrecht tue und sie kränke. Der Leser sieht alles mit Carossas Augen, wie etwa Besucher aus jenem Oberstübchen im ehernen Haupte der Riesin Bavaria zu München in die Landschaft schauen: im ›Buch der Kindheit‹ mit Kindesaugen, mit Knabenaugen in den ›Verwandlungen‹, mit Mannesaugen im ›Tagebuch‹ oder ›Gion‹. Aber es sind immer die gleichen Augen und im Grunde die gleiche wunderliche Welt, die nicht anzuklagen und zu hassen, sondern zu entschuldigen und gerade in ihren Irrtümern zu lieben er immer bereit ist, wozu freilich viel Einsicht und Humor gehört. Es kommt ihm aber nicht so sehr darauf an, daß wir uns in der Welt, sondern daß die Welt in uns sich wohl fühle.

Und Carossa müßte nicht Arzt sein, lehrten seine Bücher nicht Heilkunde, Natur- und Menschenkunde.

Bei einem gelehrten Freunde sah ich Hans Carossa zum erstenmal von Angesicht. Ich glaube, es ist ein oft geübter verzeihlicher Betrug, wenn wir uns beim Lesen eines Buches ein deutliches Bild von des Dichters Aussehen und Gestalt gemacht und, nun er uns leibhaftig begegnet, ihn uns fast genau so oder völlig anders vorgestellt zu haben meinen. Dennoch bilde ich mir ein, daß bei Betrachtung Carossas jedem die besonders liebenswerte Harmonie von Werk, Persönlichkeit, Stimme und Handschrift auffallen müsse. Des Dichters zierlich-zügige, leicht leserliche Handschrift, die mit ihren schweifenden Ober- und Unterlängen der Schillers, Kleists oder Eichendorffs verwandt ist, war mir schon vertraut, ehe ich wußte, wie er selber aussah. Er schreibt deutsch bis auf seinen Namen, dem aber das Lateinisch wohl ansteht.

Jenes erste abendliche Zusammensein bei Tee und Lachsbrötchen war nicht ganz zufällig, sondern eben in der guten Absicht herbeigeführt, daß ich Carossa sehen sollte. Wir saßen in meines Freundes Arbeitszimmer, zwischen einem altmodischen Stehpult, darauf ein Stapel blauer Schulhefte zum Korrigieren bereitlag, umgeben von Büchergestellen unter der großen Reproduktion von Giorgiones Konzert, während uns der Gastgeber eigenhändig bewirtete, indem er unter Schlüsselrasseln von Zeit zu Zeit aus den Schubfächern seines Schreibtischs allerlei Gebäck und pikante Leckereien hervorholte. Auch die Flurtüre wurde stets unter Schlüsselrasseln geöffnet und nach Eintritt sofort sorgsam verschlossen. Die traurige Ursache solcher Vorsicht war die Frau meines Freundes, die schon seit Jahren in geistiger Umnachtung lebte. Vielleicht würde es mancher gar nicht gleich gemerkt haben, wie es um sie stand. Denn es waren ihr noch einige verbindliche Redewendungen geblieben, kleine Zugeständnisse an die ordentliche Welt, die sie sichtlich nicht recht ernst nahm, als lebe sie lieber in der vertrauteren Irre. Auch an jenem Abend trat sie plötzlich durch die Türe, mit scheuer Artigkeit uns grüßend, und setzte sich ein wenig zu uns. Es hatte ihr aber ein dunkler Gott verhängt, unaufhörlich zu reden, auch wenn sie allein war. Sie redete wie die reizende Ophelia in einer beziehungsvollen verführerischen Bildersprache, erzählte in leichtem Plauderton, wie es damals gewesen sei, ehe die Berge wurden, als die Welt noch wie ›laue Milch in einer irdenen Schale lag‹, und wie sie dann erst allmählich ›gerann‹. Die Kranke formte ihre Hände, als schöpfe sie, und sie schaute zu, als geschähe es eben vor ihren Augen, und sie fürchtete sich davor.

Wir andern waren alle etwas befangen und besorgt. Carossa allein schien ihrer Sprache mächtig zu sein und hielt mit ihrem edlen Wahnwitz freundliche Zwiesprache, wie denn der Dämon der Besessenen und der Eudämon der Dichter einander gut zu verstehen scheinen. Als aber dann die Irre unruhig wurde und immer lauter und schneller sprach, bedurfte es viel sanfter Überredung, um sie zu entfernen. Denn sie wollte nicht. Es war zu merken, daß sie uns noch viel zu sagen hatte, und nun sollte sie schon gehen. Sie zuckte mit den Achseln und lächelte verächtlich, als sie uns verließ.

Ich kann Dir nicht von Carossa schreiben, ohne der ›Argonauten‹ zu gedenken, der Münchner Gesellschaft für zeitgenössische Dichtung, die sich schon früh mit Begeisterung für den Dichter einsetzte. Carossa hat bei den ›Argonauten‹ überhaupt zum ersten Male öffentlich aus eigenen Werken gelesen, bei ›Vater Steinicke‹ (es waren nur wenige gekommen) und später im ausverkauften Spiegelsaal vor der stetig wachsenden Gemeinde seiner Leser.

Viele deutsche Dichter haben bei den ›Argonauten‹ vorgetragen, große und kleine. Der schüchterne, fromme Dichter wie der selbstgefällige Poet, der sich an seinen eigenen Worten berauscht, mit den Händen in die Saiten einer unsichtbaren Harfe greifend, das Haupthaar stürmisch bewegt im Aufwind der Gedanken; der bärtige, bäuchige Rhapsode, mit dem Gesicht wie eine Faust, aus großem Munde das Publikum anbrüllend, und manche, die kein Ende fanden, als dächten sie bei sich, jetzt habe ich euch endlich einmal beisammen, jetzt höre ich so schnell nicht wieder auf. Also ließen sie Vers um Vers auf die dank der Spiegel so wohltuend vertausendfachte Menge herniederrauschen und schwiegen erst, wenn der eine oder der andere auf den Zehenspitzen aus dem Saale schlich, die letzte Trambahn nicht zu versäumen. Es lasen beleidigte Genies, zarte, knabenhafte Sänger und bäuerische Riesen, die frei deklamierten, die mit großer säender Gebärde die Stehlampe umwarfen und im Dunkeln weitersprachen, solche, die unbedingt eines Glases Wasser bedurften, ohne es dann zu benutzen, andere, die mit gerecktem Zeigefinger dozierend über dem Tische ein Bild der Zucht und Beherrschtheit boten, während unter dem Tisch die Füße ruhelos wanderten. Und alle, die lasen, hoben von Zeit zu Zeit den Kopf, vage ins Publikum blickend, um den Eindruck freier Rede doch wenigstens andeutungsweise aufrechtzuerhalten.

Hans Carossa gehörte zu den Befangenen. Er hatte sichtlich Lampenfieber, nicht das gewöhnliche. Er hatte Lampenfieber mit Humor, mit Sinn für das immer etwas komische schaustellerische Zeremoniell eines Autorenabends. Carossa las im Stehen, hinter einem Pulte. Er las aus den ›Verwandlungen einer Jugend‹ das Kapitel: ›Der große fließende Magnet‹, und auch er hob zuweilen den Blick und sprach übers Publikum hin. Er las, schlicht der natürlichen Melodie seiner Sprache gehorchend, kaum mehr als eine Stunde lang.

Als er dann geendet und fast ein wenig unbeholfen sich verneigt hatte, für den herzlichen Beifall zu danken, als wir beim rituellen zwanglosen Zusammensein in der Halle saßen, verriet er, welche Qualen er ausgestanden, während er las. Er sei gar nicht recht bei der Sache gewesen. Sein rechtes Bein nämlich, sagte er, indem er es besorgt betastete, er habe auf einmal sein rechtes Bein nicht mehr gespürt, und da er sich nicht mehr darauf verlassen zu können glaubte, die ganze Zeit über auf einem Beine stehend gelesen. Während also das ahnungslose Publikum andächtig, gerührt, erheitert und bezaubert lauschte, stand der standhafte Dichter auf einem Bein und litt.

›Die Argonauten‹ waren es auch, von denen ich den Auftrag erhielt, Carossa aus Anlaß seines fünfzigsten Geburtstages zu modellieren. Er war damals gerade mit der Fertigstellung der ›Verwandlungen einer Jugend‹ beschäftigt. An der Wohnungstüre hing daher ein Zettel, von seiner Hand geschrieben: ›Dr. Carossa übt zur Zeit keine Praxis aus‹. Dieses historische Dokument ward ihm übrigens bald darauf durch einen leidenschaftlichen Freund seiner Werke entwendet, in dessen Sammlung ich es erst vor kurzem wiedersah. Um mein Modell nicht mit den zeitraubenden Vorarbeiten zu plagen, legte ich den Kopf aus dem Gedächtnis in meinem Atelier an, so daß ich zur ersten Sitzung in Carossas Wohnung bereits mit einer Art Halbfertigfabrikat aus Plastilin erscheinen konnte.

Carossa saß mir in seinem Eckzimmer an der Theresienstraße. An den Wänden hingen alte farbige Stiche von allerlei Getier und Pflanzen. Auf dem Tische stand ein Gestell mit Reagenzgläsern und kleinen Glastrichtern, Arznei- und Giftflaschen mit Ferrozyankalium und Essigsäure, daneben rotes und blaues Lackmuspapier, was dem Raume etwas Ärztlich-Faustisches verlieh und mich, den Medizinersohn, sofort anheimelte. Auf Corossas Schreibtisch aber stand jedesmal ein Teller mit Konfekt, Pralinen oder gezuckerten Ananasschnitten für mich oder als Mitbringsel für meine Kinder.

Nun zeigte sich freilich, daß das Bild meiner Vorstellung sich noch recht erheblich von der leibhaftigen Wirklichkeit unterschied. Es erwies sich vor allem, daß des Dichters ein wenig aufgeschnupfte Nase gar zu lustig geraten war, als sei sie der eigentliche Sitz seines Humors. Auch die Partie des linken Auges mit der hochgezogenen Braue, die ein imaginäres Monokel zu halten schien, bedurfte noch der Verbesserung. Ich merkte, daß aus dem bart- und brillenlosen Gesichte des Mannes ein richtiges Jungensgesicht schaute. Ja, ich konnte mir gut vorstellen, wie er als kleiner Lateinschüler ausgesehen haben mußte. Das Gesicht ist wie von innen heraus gehämmert und getrieben, besonders die Stirn unter dem zurückgekämmten, leicht gelockten dunklen Haar. Dunkel sind auch die aufmerksamen beschaulichen Augen. Sie und der Mund waren am schwersten zu treffen. So unterlief es mir doch, daß ganz aus Versehen zuweilen fast etwas durchtrieben Pfiffiges hineingeriet, so um die Mundwinkel herum. Auch mit den Ohren oder richtiger ›Lauschern‹, um mich dieses naturhafteren Ausdrucks aus der Jägersprache zu bedienen, plagte ich mich redlich. Dabei geschah es, daß meine Hände über dem Formen sich oft allzusehr in unscheinbare Einzelheiten verliebten, die gewiß nicht von ungefähr entstanden, jene unauslöschlichen Runen der Überlieferung und Kerben der Erinnerung an ein Lächeln von einst oder an einen großen Schmerz.

Im emsigen Bestreben, alle Verwandlungen dieses furchtlos heiteren Angesichts, und auch was dahinter war, anschaulich zu machen, geschah es, daß des Dichters stummes Ebenbild bald jünger, bald älter war, bald lächelte, bald nachdenklich dreinschaute und wieder lächelte.

Ich hatte ihn gebeten, damit es ihn weniger langweile, getrost etwas zu lesen, zu schreiben oder zu plaudern, und er tat es auch. Er erzählte vom Krieg und seiner Verwundung, von seinem Stammlokal, dem Totencafé am Petersbergl (so genannt, weil sich im gleichen Hause ein Kranzgeschäft befindet) und von der Geschichte seines ersten Buches, wie er, mit dem Umgang mit Verlagen noch nicht ganz vertraut, beim Insel-Verlag anfragte, ob er einen Gedichtband brauchen könne, was dieser freundlich verneinte, und wie er dann in einer gewissen Beharrlichkeit, die ich auch in seinem Gesichte wiederfand, dennoch ein paar Proben einsandte und nun freilich mit Freuden empfangen wurde. Auch von einem jungen Poeten wußte er zu berichten, der ihn aufgesucht hatte, um ihm dann heftig gestikulierend eine Art Standpauke zu halten, daß es zur wahren Dichtung keineswegs genüge, gleichsam im Autobiographischen steckenzubleiben und mehr oder minder private Erlebnisse, wenn auch recht hübsch, zu gestalten. Noch in der Erinnerung mußte Carossa lachen über diesen spaßigen, aufgeregten Besucher, der ihn so zusammengeputzt und überdies ein fertiges Jambendrama in der Tasche hatte. Carossa selbst ist sehr behutsam in seinen Handbewegungen. Eines Tages (er hatte ein neues Buch von Hofmannsthal bekommen) hub er an, in Versen zu reden. Er sah dabei zum Fenster hinaus auf die geschäftige Straße. Die blaue Trambahn lärmte vorbei. Aus dem Gedächtnis, nach innen lauschend, sagte er jenes Gedicht vor sich hin, aus den ›Noten und Abhandlungen zu besserem Verständnis des West-östlichen Divans‹, das mit den Worten beginnt:

›Unter dem Felsen am Wege
Erschlagen liegt er,
In dessen Blut
Kein Tau herabträuft.‹

Einmal hörte ich von nebenan eine ungemein wohllautende Stimme reden, die Stimme eines Knaben oder einer Frau, und ich sprach es auch aus. »Meine Frau ist eine Mährin«, sagte Carossa. Es war aus seiner ländlichen Heimat ein großer Weidenkorb mit allerlei Früchten des Herbstes angekommen. Er stand noch auf dem Gange, als ich ging. Zwischen Weinlaub wohlverpackt lagen pralle Äpfel und sanfte Birnen, die ganze Wohnung duftete davon. Ich wurde überreich damit beschenkt.

›Die Argonauten‹ ließen's sich natürlich nicht nehmen, aus Anlaß des fünfzigsten Geburtstages den Dichter (und sich selbst) mit einem Kerzenbankett gebührend zu ehren, sehr gegen den Willen des Gefeierten, der uns nur die Freude nicht verderben wollte. Es kamen Vertreter des Staates und der Stadt, seines Geburtsortes, sein treues Verlegerehepaar, befreundete Dichter und Verehrer seiner Kunst. Es wurden Reden gehalten und wacker musiziert und zum Schluß in bunten Bildern Carossas Leben auf die Leinwand projiziert.

Man sah das winterliche Königsdorf, just in dem Augenblicke, da der Storch bei heftigem Schneegestöber den kleinen Carossa seinen Eltern bringt, sah ihn als Kind in der Wiege liegen und in die liebe Sonne lachen, die er später so oft besang, und sah ihn, wie er als kleiner Junge im Hemd mit offenem Munde den nächtlichen Himmel anstaunt und feststellt, ›daß die Sterne vollzählig überm Lande stehen‹. Dies war wohl von allen das hübscheste Bild. Auch sah man ihn heftig vom großen fließenden Magneten angezogen oder mit der Forelle Hand in Hand durch seine Kindheit wandern. Das grüne Tischchen wurde gezeigt, dann der Arzt Carossa, seinen dankbarsten Patienten, den Dichter Carossa, abhorchend. Selbst des Franzosen, der seinerzeit den Kanonenschuß löste, durch den der tapfere Dichter verwundet worden, ward im Bilde gedacht.

Vertrug es sich denn mit eines so ernsthaften Dichters Werk und Leben, daß man so kindsköpfig damit umging, wie es damals durch uns geschah? Es vertrug sich. Ich war einmal Zeuge, als ein Witzbold jenem untadelig schönen Ephebenbildnis, dem eine verliebte Wissenschaft den Kosenamen Blondkopf gegeben hat, einen Zylinderhut aufstülpte. Aber siehe da, er stand ihm wohl zu Gesicht, ja seine unsterbliche Anmut schien durch den Unfug eher noch gehoben. Hingegen sah ich ein andermal einen eitlen, pompösen Greis voll Feierlichkeit und falscher Würde im Talare schreiten, und wie er wandelte, lächelten die Falten.

Kürzlich sah ich Carossa wieder. Wir standen auf der Treppe zu unserem kleinen Garten und sahen einem roten Luftballon nach, dem Ulla, da er schon runzlig zu werden begann wie die Haut auf der Milch, die Freiheit gab. Carossa schaute ihm gewissenhaft nach, bis er entschwunden war, mit demselben furchtlos heiteren, erwartungsvollen Gesicht, wie es sich damals, als ich es nachzubilden suchte, unverlierbar in meinen Händen und in meinem Herzen abgebildet hatte, wie ich es zuletzt bei einem weihnachtlichen Krippenspiele sah (denn er liebt Weihnachtsfeiern und Kindermaskenbälle), verklärt im Glanze der Kerzen und goldenen Engel, wie jetzt im Widerschein bunten Herbstes, immer sich freuend an der wunderlichen Welt, immer bereit, sie zu lieben, mit ihr zu lächeln und zu trauern. Sooft ich ihm begegnete, es war mir immer wohl in seiner Gegenwart.

Frau Elsa

Zum 80. Geburtstag von Ernst Rosmer (Elsa Bernstein) am 28. Oktober 1946

In dem für das künstlerische Leben Münchens so glücklichen und fruchtbaren Jahrzehnt nach dem ersten Weltkrieg konnte man in Vorträgen und Konzerten einer älteren Dame mit orangeblondem Haar über einem gescheiten Antlitz und einer Starbrille begegnen, die mit dem lauschenden Ausdruck Erblindeter und der gehorsamen Aufmerksamkeit eines Schulmädels zuhörte. Manchmal sah man sie unter den Stehplätzlern oder auf den Stufen zwischen den Säulen des Odeons sitzen. Die starken, gewölbten Linsen der Starbrille verändern für das Gegenüber den Blick, der etwas von dem bekommt, was Homer als Merkmal der Pallas Athene mit ›glaukopis‹ bezeichnet, vom Auge des Weisheitsvogels, der Eule, genommen. Es hat immer etwas Erschütterndes, in Augen zu schauen, die nicht sehen. Auch die literarischen Abende der ›Argonauten‹, die damals in Blüte standen, besuchte fleißig die Blinde. Sie hatte nur noch einen Schimmer und konnte gerade noch hell und dunkel unterscheiden. Für sie ist das Gesicht eines Menschen seine Stimme. Das verpflichtet, sichtbar zu sprechen. Gelegenheit schuf sie dazu durch die geistige Geselligkeit, die sie pflegte, von ihrer zarten, liebenswürdigen Schwester Gabi rührend umsorgt, in jenen reizenden Teestunden mit klugen Gesprächen und unvergeßlichen, von Gabi lecker bereiteten, zierlich belegten, geradezu künstlerischen Brötchen.

Eines Tages rief Frau Elsa bei mir an, ob ich nicht einmal bei ihr in kleinem Kreise aus meinen Werken vorlesen wolle. Ich stand damals in meinen allerersten Anfängen, also erbot ich mich, ihr etwas zur Prüfung zu schicken, damit sie und ihre Gäste keine Enttäuschung erlebten. Aber sie sagte, sie könne sich dabei ganz auf mich verlassen. Wenige Tage vor der verabredeten Lesung ließ sie mich fragen, ob es mir unangenehm wäre, wenn ein paar Leute mehr kämen als geplant, und am Vormittag meines Debuts rief sie noch einmal an, sie müsse mir sagen, es kämen sehr, sehr viel Leute. Als ich das Haus an der Brienner Straße mit seinem für den maximilianischen Baustil charakteristischen Rundtreppenhaus betrat, sah ich – o Schreck! – bereits das Ehepaar Thomas Mann, die alten Pringsheims, Professor Oncken und Frau die Treppe hinansteigen. Nötzel, Ponten, Klabund und viele andere folgten. Ein Tischlein war gesetzt, an dem ich lesen sollte, unter einem großen Buschen Goldregen also las ich aus meinem damals noch ungedruckten Buch ›Der arme Chatterton‹ vor einem ›Parkett von Königen‹.

Dankbaren Herzens erinnere ich mich an diesen Abend und (darum erzähle ich davon) an das ermutigende Vertrauen in einen völlig unbekannten Autor, erinnere ich mich auch der zur Feier des Tages besonders liebevoll bereiteten belegten Brötchen und der beiden gütigen Schwestern, die sich freuten über das Gelingen. Wer tut so etwas für einen Anfänger und auf so nette Art? Frau Elsa hatte mich nie gesehen, sie mußte sich auf das Gesicht der Stimme verlassen. – Eines Tages wurde auch sie ungeachtet ihres hohen Alters und ihrer Blindheit mit ihrer Schwester aus der puritanisch bescheidenen Wohnung, in die sie übergesiedelt war, nach Theresienstadt gebracht. Die Versuche, ihre Freilassung zu erwirken, scheiterten. Die zarte Gabi erlag damals dem Unheil. Aber Frau Elsa kann nun bei ihrer Tochter, der Geigerin Eva Bernstein, ihren achtzigsten Geburtstag feiern, als eine Repräsentantin aus jener überaus lebendigen Epoche um die Jahrhundertwende, in der sie mit Dramen hervortrat, von denen das Märchenspiel ›Die Königskinder‹ (in der Vertonung durch Engelbert Humperdinck) am bekanntesten blieb. Nicht müde, durch Philosophie, Dichtung, Musik ihren Geist weiterzubilden, dichtet sie noch heute aus ihrer Nacht, aus ›der gestorbenen Stille bildlosen Weiten‹, und ihr Herz schlägt »fern von den vielen, die Leben spielen, schlägt – und erträgt«.

Selbstgespräch über Peter Suhrkamp

(An seinem 50. Geburtstag)

Was ist's an ihm, das mich anzieht? Was wehrt mir? Ihn zu kennen, wirklich zu kennen, ihm hinter die Stirn zu schauen oder ins Herz, wer vermöchte es?

Er ist ein merkwürdiger Mensch jedenfalls, dieser Peter Suhrkamp. Er sieht aus, wie er sich heißt. Peter, das ist er selbst, und Suhrkamp, das ist gleichsam die heimatliche Landschaft um ihn. Ihn zu zeichnen, zu malen oder zu modellieren müßte sehr schwer sein. Doch würde ich es gern einmal versuchen. Es ist sicher der Mühe wert. Wahrscheinlich käme dabei alles auf die Augen an, diese blinkenden, silbrigen, unheimlichen Seemannsaugen in dem runden, unbewegten Gesicht. Auch sein Schädel ist rund, und er ist ein Graukopf schon sei vielen Jahren. Ein schwärzliches Silbergrau, das ist die Farbe seiner Haare. Die Lippen sind schmal und in der Ruhe eingezogen wie bei einem Kind, das seinen Brei nicht essen will. So vom ersten Ansehen möchte man ihn für einen Dickschädel halten, aber das Gefühl verliert sich, wenn er einmal ganz unbefangen ist. Dann kann es nämlich vorkommen, daß sein Gesicht strahlt wie ein Bubengesicht und ganz jung wird, so wie es alte Kapitäne gibt, bei denen man genau weiß, wie sie als Schiffsjungen ausgesehen haben. Kapitän (oder Steuermann) Suhrkamp würde gar nicht so übel klingen! Ich möchte ihn in so einem blauen wollenen Sweater sehen, wie ihn die Matrosen tragen. Übrigens ist seine Art, sich zu kleiden, nach Schnitt und Sitz von ungefähr auch seemännisch zu nennen. Seine Haltung ist gelassen, seine Bewegungen sind sparsam. Er ist nie salopp.

Er redet mit einer für mein Ohr ungemein angenehmen, wohllautenden Stimme, wie man sie da oben am Meer oft hören kann, die tragend, aber keineswegs laut ist. Ich habe mich manchmal gewundert, daß gerade solche sturmgewohnten wetterharten Seeleute ganz weiche einschmeichelnde Stimmen haben, frauenhafte beinahe.

Wenn ich's recht bedenke, gibt es also von Natur kaum verschiedenere Menschen als ihn und mich, so als gehörten wir zwei verschiedenen Völkerstämmen an. Man vergleiche nur unsere Schädel, unsere Nasen, unsere Herzen.

Zwei Bilder fallen mir da ein, mit denen Suhrkamp sich selbst einmal verglichen hat, das eine ist jenes (fälschlich, aber verzeihlicherweise) dem Bauernbrueghel zugeschriebene Bild eines alten Schäfers, jenes unvergeßliche Bildnis freundlichen Verzichts, lebensweiser Schwermut und gütiger Überlegenheit, das im Ausdruck sogar etwas an das ergreifende späte Selbstporträt Rembrandts erinnert. Der lächelnde Pessimismus des alten, schlecht rasierten Hirten wird ausgeglichen durch das andere Bild, das den Matthias Claudius darstellt, den Wandsbeker Boten.

Auch dieses gute hausväterische Gesicht freilich hat einen leicht entsagenden Zug, es hat jedenfalls nicht gerade etwas Sonniges, eher etwas dem Monde Zugehöriges. Wahrhaftig, es steckt etwas von Claudius in Suhrkamps Natur, etwas Urverwandtes, nicht Nachgeahmtes oder Anempfundenes. Claudius aber ist mir eine jener ganz seltenen Erscheinungen, deren Menschlichkeit ihren reinsten dichterischen Ausdruck fand, der völlig kunstlos wirkt und damit vielleicht die höchste künstlerische Form erfüllt.

Suhrkamps Leben, wie in sich selber ruhend, beschaulich und abgeklärt er auch manchmal scheinen mag, ist unruhig, bewegt, ja abenteuerlich. Jedenfalls war es niemals leicht. Es ist ein Lebenslauf mit Hindernissen, die sich in ihm und außer ihm reichlich anboten. Das sieht man ihm aber auch an. Man kann es sich wohl vorstellen, daß er, um seinen eigenen Weg zu gehen, lieber gehungert und im Freien genächtigt hat, als nachzugeben. Man kann ihn sich auch gut als Soldat im großen Kriege denken (das Gesicht unterm Stahlhelm muß sehr gut ausgesehen haben!), obwohl er vermutlich kein bequemer Untergebener und sicher einer jener Anführer war, in dessen Nähe sich aufzuhalten in vorderster Linie sein hieß.

Er besitzt einen bewundernswerten Fleiß. Er arbeitet wie ein Pferd. »Ich bin von Eisen«, sagte er einmal zu mir.

Ich kenne eine Reihe von Fällen, wo Bauernsöhne nicht den Hof übernehmen wollten, sondern gegen den Willen der Väter einen studierten Beruf ergriffen, zum Beispiel Ärzte oder Lehrer wurden. Das ist ein Vorgang, der nicht nur dem Bauerntum eigentümlich ist, nämlich daß es von Zeit zu Zeit einen der Seinigen an die Geisteswelt abtreten muß, als Priester, Künstler, Wissenschaftler. Das sind nicht etwa Abtrünnige. Es waltet da das göttliche, für die Menschen lebensnotwendige Naturgesetz von der Erhaltung des Geistes, nach dem sie handeln müssen. Sie hören auf den inneren Ruf und folgen ihm. Ihre Väter andererseits haben die Pflicht, es ihnen gerade so zu erschweren, daß sich's weise, ob sie auch wirklich Berufene sind.

Aus solcher Lebensschule, scheint mir, ist Peter Suhrkamp hervorgegangen. Und er hat's geschafft.

Er wurde erst Volksschul-, dann Mittelschullehrer. Das war aber nur das Zwischenstadium einer geistigen Metamorphose. Es waren Häutungen im Raupenstadium, dem das geflügelte folgte.

Dennoch ist Suhrkamp dem inneren Amt eines Präzeptors treu geblieben. Ich könnte ihn mir gut nach alter Weise als Hofmeister vorstellen (wie Magister Hölderlin einer war), mir gegenüber war er das wenigstens.

Als ich ihm, meinem Verleger, einmal eine noch nicht recht befriedigende Arbeit vorlegte, lud er mich freundlich nach Berlin, »um die Sache fertig zu machen«. Ahnungslos folgte ich, meinend, nach einer gründlichen Durchsprechung daheim das Buch vollenden zu können. Allein er wollte mich nicht ziehen lassen, ehe nicht die Arbeit geglückt wäre. Das leuchtete mir schon ein. Also fuhr ich täglich mit der Stadtbahn morgens in seine Wohnung, wo er mir tagsüber, während er im Verlag arbeitete, sein Arbeitszimmer zur Verfügung stellte. Mittags wurde mir das Essen (ein sehr gutes Essen) hereingebracht. Ich arbeitete sozusagen in Klausur. Ein ganz klein wenig aber kam es mir doch wie ›Nachsitzen‹ vor. Immerhin: der Versuch glückte. Aus dem Atelierfenster hatte ich einen wundervollen, höchst anregenden Ausblick über Schrebergärten und die romantische Eisenbahnlandschaft des Westkreuzes. Auf dem Fensterbord standen die reizenden Füllen der Sintenis und (bedrükkend mehr, als ermutigend) ringsum Bücher über Bücher!

Suhrkamps Weg zum Verlegertum, zum Leiter des durch eine große Vergangenheit zum Höchsten verpflichtenden Amtes ging nicht nur durch Entbehrung, durch den ihn gewaltig packenden und schüttelnden Krieg und die Schulmeisterzeit, er ging auch übers Theater und die Presse.

Dem Zurückschauenden erscheint die Entwicklung Suhrkamps nirgends irrig, sondern folgerichtig, geradlinig. Es trug sich nichts zu, was, selbst wenn es im Augenblick abwegig erschien, später nicht reiche Früchte tragen konnte in diesem merkwürdigen, wunderbaren Beruf eines Verlagsbuchhändlers.

Der Buchverleger, über dessen Tätigkeit immer noch in der Leserwelt gar keine, unrichtige oder ungewisse Meinungen vorherrschen, ist, wie es Heimeran einmal treffend prägte, gewissermaßen der ›Architekt des Buches‹. Daraus erhellt, daß er künstlerische und rechnerische Eigenschaften besitzen muß. Er ist verantwortlich dafür, daß die Werke der Autoren (einer Vielfalt von Schriftstellern unterschiedlichen Charakters der Person und ihrer Werke) auf möglichst artige Weise den Lesern dargebracht werden. Er baut gleichsam dem Geist sein Gehäuse. Aber er ist nicht nur Beurteiler, Ordner, Berater, er ist vor allem der große ›Initiator‹, und es sollte selbstverständlich sein, daß er der deutschen Sprache so mächtig ist wie Peter Suhrkamp. Der Verleger hat das zu haben, was im Buchhandel die ›Verlagsidee‹ genannt wird.

In diesem Sinne darf man den Verleger Peter Suhrkamp getrost eine Art Präzeptor deutschen Geistes nennen. Und er ist ganz ›er‹ in einem seiner letzten großen Verlagswerke, das er ›Deutscher Geist‹ nennt.

Man darf nicht meinen, er habe nun, gleich wie aus einem Zeughaus, die ruhmreichen Fahnen (oder die großen Kanonen) des deutschen Geistes hervorgeholt, um, auf seine Weise mit geistigen Waffen schießend, in die großen Händel der Welt einzugreifen. Die Metapher von den geistigen Waffen oder dem geistigen Rüstzeug ist ziemlich eingerostet. Denn der Geist ist etwas, was heil und ganz macht. Er ist der unsterbliche Genius im Menschen, der ihm die Eigenschaft verleiht, Göttliches zu erkennen und anzuerkennen, recht zu unterscheiden, wie es von oben gemeint ist. Er ist von dem, was uns über das Tier erhebt: Er ist, im höchsten Sinne, menschlich. Ganz klar wird der Begriff sofort durch sein Gegenteil: den Ungeist.

Pflanzer, Heger, Wahrer, Helfer im Geiste zu sein, ist Peter Suhrkamps Lebensauftrag, dem er sich mit der ihm eigenen Verbissenheit ganz und gar hingibt, unermüdlich, tapfer, treu. Nun kommen seine besten Mannesjahre. Nun wird er fünfzig, der Graukopf!

Reise mit Thomas Mann

Präambel

Damit ich's nicht vergesse, will ich es beizeiten aufschreiben, wie ich im Jahre 1949 mit Thomas Mann gereist bin, nicht mit ihm selber, damit kein Mißverständnis entstehe, aber doch wieder mit ihm, besser – oder schlimmer – mit der Proteus-Gestalt seiner Erscheinung, also doch wieder nicht mit ihm, sondern mit der in den Köpfen mancher seiner Zeitgenossen spukenden, scheinlebendigen Gestalt, die jeweils freilich mit Thomas Mann, wie er leibt und lebt, nur eine ganz entfernte Ähnlichkeit aufweist. Es würde sich dabei im wahrsten Sinne des Wortes eine Thomas-Mann-Gesellschaft ergeben. Ich kann mir das gut vorstellen: um einen grünen Tisch versammelt, in der Mitte er, wie er wirklich ist, und rings um ihn die unterschiedlichen Thomas Männer, wie ihn die andern sehen, also redend und handelnd, wie die Zeitgenossen an seiner Stelle reden und handeln würden, nämlich wie er sein sollte nach ihrer Vorstellung (und zum Glück nicht ist), wie ihn Holthusen sieht oder Landesbischof Meiser, Wirtschaftsdirektor Köhler oder das ›Flensburger Tageblatt‹, oder der Stadtrat von Marktredwitz, um aus der großen Zahl nur einige zu nennen. Notwendig scheint es mir, vorauszuschicken, daß ich mit Thomas Mann keineswegs persönlich nahe bekannt, gar befreundet bin. Aber ich bin ihm doch oft genug begegnet, damals, als er in München lebte, und jetzt wieder bei seinem Besuch in Deutschland nach langer Abwesenheit. Es war der glückliche Abschluß meiner Reise mit seinem Schatten- oder Zerrbild, ihn selbst leibhaftig wiederzusehen, den Liebend-Verehrten. Obwohl er mir damals wie jetzt stets freundlich begegnet ist, in Briefen mich ›freundschaftlich‹ grüßt, habe ich keine Vorstellung, wie er seinerseits von mir denkt, worauf es jedoch gar nicht ankommt. Seiner Wohlgesinntheit jedoch weiß ich mich sicher.

Die Reise

Als ich mich auf die Reise begab nach Hamburg zu einer Besprechung des Zentrums Deutschland des Internationalen PEN-Clubs und weiter nach Kampen (Sylt), konnte ich nicht ahnen, was ich alsbald wahrhaben mußte, nämlich, daß die deutsche Luft, wo immer ich sie atmete, offenbar mit einem gasförmigen, hochexplosiblen, politisch-literarischen Fluidum geladen war, derart, daß kaum zehn Minuten eines Gesprächs vergingen, ohne daß nicht der Name Thomas Mann fiel. Darum war es auch kein Zufall, wenn unterwegs ein noch junger, sympathischer, sehr begabter Berufsgefährte in unser Abteil kam. ›Unser‹, denn wir reisten schon selbdritt: ein charmanter Pessimist und seine reizende Frau, und ich, ein skeptischer Optimist also. Der fünfte aber war eben der Dichter der ›Buddenbrooks‹, des ›Tod in Venedig‹, des ›Zauberbergs‹, der ›Joseph-Romane‹, der ›Vertauschten Köpfe‹, des ›Faustus‹ und vieler anderer Werke, gleichsam in absentia gegenwärtig. Ich bin kein guter Debatteur und sah mich bald in die Verteidigung gedrängt. Ich machte vermutlich eine traurige Figur, als ich endlich mein stärkstes Argument vorbrachte, das allerdings unwiderlegliche: »Ich liebe ihn halt.« Unser jüngster Gesprächspartner aber sagte gleichsam entschuldigend: »Es mußte doch etwas gegen ihn geschehen, er erdrückt einen ja sonst.«

Thomas, der Erdrücker! Das war es also, was den begabten jungen Autor in die Opposition trieb. Hoffen wir, daß er einst das wird, was seiner Meinung nach Thomas Mann sein müßte. –

Bei Freunden in Hamburg traf ich einen, ebenfalls durchaus sympathischen Edelmann, der sich etwas massiver ausdrückte. »Thomas Mann«, sagte er, »dieser Bursche.« – Man kann sich denken, daß ich diesen Ausdruck zurückwies. Ich könne nicht dulden, entgegnete ich, daß in dieser Form in meiner Gegenwart von Thomas Mann gesprochen würde, und versuchte, übrigens mit einigem Erfolg, Persönlichkeit und Werk dem Partner zu deuten, wobei sich freilich, wie so oft, zeigte, daß jener sein hartes Urteil von Sachkenntnis ungetrübt gefällt hatte. Ich lernte daraus, in künftigen Fällen zunächst einmal zu fragen: »Was haben Sie eigentlich von Thomas

Mann gelesen?« Sehr oft erwies sich die Kenntnis seines Werkes als äußerst lückenhaft oder fehlte manchmal, besonders bei jüngeren Menschen, ganz. Das Urteil gründete sich meist auf recht vage Behauptungen aus zweiter und dritter Hand, es erwuchs aus einer feindseligen Voreingenommenheit und nur die Ehrlicheren sagten: »Er soll doch dies und das über Deutschland geäußert haben ...« Gleichviel, ich mußte einsehen, daß gegen den Dichter unter den Deutschen eine weitverbreitete Stimmung der Antipathie, Verärgerung, Gekränktheit, ja Bösartigkeit herrschte, die, das wird gern übersehen, mehr oder weniger schon immer vorhanden war, seit der Name Thomas Mann in der Öffentlichkeit bekannt wurde und mit dem Wachsen seines Ruhmes sich steigerte.

In Hamburg besuchte ich meine alte inzwischen verstorbene Freundin Frau Elsa Bernstein. Sie war die Verfasserin des Textes der Märchenoper ›Die Königskinder‹ von Humperdinck, die Tochter des Chordirigenten Porges, eines der nächsten Mitarbeiter Richard Wagners. Hochbetagt und seit Jahren völlig erblindet, war sie nach Theresienstadt gebracht worden, und nur durch Zufall dem Vergasungstod entgangen. Was sie am eigenen Leib in ihrer Hilflosigkeit hatte erdulden müssen, wie sie ›umhergestoßen‹ wurde, was sie an grausamsten Schicksalen ihrer Leidensgefährten miterfahren hatte, würde, oder sollte doch allein schon genügen, über die Urheber und Helfershelfer jener Untaten den Stab zu brechen. Die über achtzigjährige blinde Frau nun ließ sich Thomas Manns Doktor Faustus vorlesen. Sie begnügte sich nicht wie so viele mit Hörensagen.

Es war wirklich eine Reise mit dem Dichter. Dichter? Ist es nicht dieser Name, den so viele Thomas Mann absprechen? Ich nicht. Fast könnte man auf den wunderlichen Gedanken kommen, daß man ihm übelnimmt, kein Theodor Körner zu sein.

Auf der Insel, in Kampen, auch dort begegnete er mir, diesmal in der papierenen Gestalt eines mit ihm ›abrechnenden‹ Zeitungsartikels. Ich antwortete in einer Zuschrift darauf, die übrigens von der Redaktion vollkommen ignoriert wurde. Ich setze sie hierher, weil sie meine Reiseerfahrung ergänzt und zugleich einen Beitrag zur Polemik unserer Tage darstellt.

Entgegnung

Am 12. Mai 1949 brachte das ›Flensburger Tageblatt‹, fettgedruckt, eine Nachricht, ›Goethepreis für Thomas Mann‹. Ich las sie mit Freude, dankbaren Herzens. Dann aber stolperte ich über die angehängte Notiz: Daß sich die Redaktion eine eigene Stellungnahme »zu dieser völlig unverständlichen Entscheidung vorbehalte«. Mir erschien diese Entscheidung keineswegs unverständlich, sondern durchaus in der Ordnung zu sein. Nicht in der Ordnung erschien mir jedoch die apodiktische Form der Notiz und es hätte mir besser gefallen, wenn vor ›völlig unverständlich‹ ein ›uns‹ eingeschaltet worden wäre. Ich glaube nicht, daß es nötig ist, in diesem Fall für den zum Glück so umstrittenen Dichter einzutreten, umstritten wie Goethe es war und, der Fall Jaspers-Curtius spricht dafür, noch heute ist. Ich wehre mich als Zeitungsleser gegen die in der Nummer vom 14. Mai abgedruckte Stellungnahme: Thomas Mann und das Goethejahr. Ich behaupte, daß es den Leser kränken muß, wenn nicht ganz redlich mit ihm, dem Leser, umgegangen wird. Er hat gewiß nichts gegen einen ritterlichen Waffengang, aber die Stellungnahme der Redaktion läßt meines Erachtens diese Ritterlichkeit vermissen, zum Beispiel in den Sätzen: »Kein Wunder, daß dieser Emigrant das eigene Vaterland nach dem Kriege gemieden hat« und »man hätte (als Träger des Frankfurter Goethepreises nämlich) sich einen Dichter gewünscht, der nicht in die Emigration ging, sondern unter uns blieb, als es schwer und bedrükkend war, in Deutschland zu leben« – dieser Emigrant, das klingt fast als sei es ein Schimpf, Emigrant zu sein. Als Leser hätte ich da nun gern gesehn, wenn der Verfasser des Artikels daran erinnert hätte, wie es zu Thomas Manns Emigration kam. Es kam dazu durch einen von nationalsozialistischer Seite unter Führung von Max Amann veröffentlichten Protest gegen Thomas Manns Aufsatz ›Leiden und Größe Richard Wagners‹ (sein Wagnerianismus ist übrigens das einzige, was ich nie ganz begriff). Dieser Protest war – sie hatten nämlich Angst – unterzeichnet von Hans Pfitzner, für dessen ›Palestrina‹ der Dichter sich stark eingesetzt hatte, von Richard Strauss und anderen, von denen einige im Hause Mann verkehrt hatten. Thomas Mann befand sich damals auf der Heimreise von Südfrankreich nach Deutschland. Aber als er die Unterschriften von Leuten, die er bisher für seine Freunde gehalten hatte, unter dem Protest las, in traulichem Verein mit Max Amann, wer will es ihm verdenken, daß er auf die Heimkehr verzichtete? Damals, als es erst anfing – wie milde ist das ausgedrückt –, »schwer und bedrückend in Deutschland zu leben« und es die meisten noch gar nicht gemerkt hatten, begann das große Kesseltreiben gegen den Dichter, das in Ihrer Stellungnahme leider eine im Tonfall jenem Naziprotest erschreckend ähnliche bedauerliche Fortsetzung findet und sicher Max Amann eine von Ihnen kaum (oder doch) gewünschte Genugtuung bereiten würde. Mich, als Leser, verdrießt es, wenn mir als fertiges Urteil vorgesetzt wird, daß in Thomas Manns Roman ›Lotte in Weimar‹ »ein völlig falsches Goethebild gezeichnet wird«. Das Buch heißt ja schließlich nicht: so und nicht anders war Goethe, und welches Goethebild ist völlig richtig? Das meine, oder das Ihre vielleicht? Wohl kaum. Ich sehe es in dem Roman (und nehme diese Tatsache gern in Kauf) eben auch einmal mit den Augen Thomas Manns, natürlich, nicht anders als die ›Jungfrau von Orleans‹ oder den ›Carlos‹ mit Schillers Augen. Zur Kontrolle empfehle ich ›Die Gespräche mit Goethe, ohne die mit Eckermann‹ (Inselverlag) vorurteilsfrei zu lesen.

(Ich brachte dann die Äußerung jenes vorerwähnten

Reisegefährten: »Es mußte doch etwas gegen ihn geschehen« und erinnere mich eines ähnlichen Ausspruches, der mir für den Fall Thomas Mann leider charakteristisch zu sein scheint.)

Und wie sagte doch der sympathische aber nicht sehr bedeutende Maler, als ich ihn fragte, warum er jenen Naziprotest mit seiner Unterschrift beglaubigt habe? Denn das hatte er. Die Antwort lautete: »Dem hat einmal was g'hört.« Ist das nicht jammervoll? Es stört mich als geneigten Zeitungsleser, wenn ich die ›Meute‹ angesprochen sehe, die dann in den Ruf ausbricht: »Dem hat er's aber besorgt!« Demgegenüber steht ein allein schon durch den gewaltigen Fleiß bewundernswürdiges Werk, stehen Leistungen, von denen jede einzelne einschließlich der Aufsätze wie etwa ›Goethe und Tolstoi‹ in unserer an großen Schriftstellern nicht eben gesegneten Zeit, wie einst den Nobelpreis, jetzt den Goethepreis der Stadt Frankfurt durchaus rechtfertigen wird, den freilich vielleicht manche Deutsche nicht einmal Goethen selbst vorbehaltlos zuerkennen möchten, der auch ›umstritten‹ ist und war, als Patriot, als Wissenschaftler, als Dichter und als Mensch, so sehr, daß er auf die Frage, was die Menschen sagen würden, wenn er stürbe, antwortete: »Uff, werden sie sagen.«

Ich empfinde Thomas Mann als typisch deutsch in seinen Vorzügen und Schwächen, und er weiß es selber, *wie sehr* er es ist, und bekannte sich dazu. Er hat uns in diesem tragischen Widerstreit, in seinen Wandlungen und bitteren Einsichten viel abgenommen und mit sich selbst für uns ausgekämpft. Das geht freilich nicht ohne Peinlichkeiten ab, weder bei den Deutschen, noch bei anderen Völkern.

Es gäbe noch mancherlei zu sagen, zum Beispiel warum er nicht gleich nach Kriegsende zurückgekehrt ist. Ich bin nicht für Nötigung, nicht für die Zwangsverstaatlichung der Persönlichkeit, und die Heimat, sie ist gottlob kein bloß geographischer Begriff. Sie heißt auch, für mich, Paris oder Florenz, heißt Goethe oder Lichtenberg, heißt aber auch Shakespeare und Dickens, und – Thomas Mann, dem ich von Herzen wünsche, was auf der letzten Seite seines Romans ›Lotte in Weimar‹ steht: ›Friede deinem Alter!‹ Dies also antwortete ich.

Wiederbegegnung

Nun kam er selbst. Wie bin ich froh, ihn wiedergesehen zu haben, ich fürchte, zum letzten Male. Denn ich würde es ihm nicht verdenken, wenn er mit Platen spräche: »Wie bin ich satt von meinem Vaterlande!«

Wie sah er aus? Ungeachtet seiner über siebzig Jahre und überstandenen lebensgefährlichen Krankheit, fand ich ihn fast unverändert seit jener letzten Begegnung, als Ernst Heimeran und ich ›verbotenerweise‹ ihn in der Emigration in Küsnacht besuchten. Unverändert fast erschien er mir, und sein Gesicht Ausdruck seines Werkes. Dieses Gesicht ist keine Nachahmung. Er sieht freilich nicht, wie andere, Goethe ähnlich, oder Schiller, sondern sich selber. »Er sieht nicht aus wie ein Dichter«, hörte ich auf meiner Reise in abschätzigem Sinne sagen. Wie hat ein Dichter auszusehen, doch nicht am Ende wie der arme Poet von Spitzweg? Er ist freilich kein blonder Dichter, sondern dunkel von Augen und Haar, nicht genialisch, sondern verbindlich in seinen Formen. Sein Ausdruck ist nachdenklich-wißbegierig, könnte man sagen, aber eher schwermütig als heiter. Er ist sparsam im Zeigen von Gemütsbewegungen, aber wenn sie ihn übermannen, dann wird der natürliche Widerschein von dem sichtbar, was Unkundige ihm absprechen zu müssen meinen. Ja, mir scheint, als habe die ernste gewissenhafte Bemühung seines Lebens darin bestanden, sich einer Gefahr zu erwehren, in der er verloren gewesen wäre, in der er sich nicht, wie ach so viele, wohl fühlen wollte, ich meine das deutsche Gemüt. Der Begriff ist angekränkelt. Es ist einem nicht mehr ganz behaglich dabei.

»Sehr verehrter, lieber Herr Thomas Mann! Sehr verehrte, liebe Frau Thomas Mann! Als der freundliche Auftrag an mich erging, Sie im Auftrag der ›Bayerischen Akademie der schönen Künste‹, deren literarische Sektion Sie zum Ehrenvorsitzenden gewählt hat, zu begrüßen, war ich liebend-dreist genug, von Herzen ja zu sagen. Von Herzen, denn die Vernunft, die erst auf dem Nachhauseweg sich zu mir gesellte und mir gutgemeinte Vorhaltungen machte, durfte es mir eigentlich nicht erlauben. ›Was fällt dir ein!‹ sagte sie, ›du kannst bekanntlich nicht reden, nicht frei sprechen‹, gar ‚Ziergespräche' führen, hast Lampenfieber und neigst zur Rührung! Woher beziehst du deine Legitimation und Würde, für die ehrenwerte Akademie zu sprechen?‹

Ja, woher? Aus schuldiger, tiefer Dankbarkeit und Liebe! Erlauben Sie mir, das, was mich bewegt, so zu nennen. Es ist nicht unstatthaft, es ist Sprachgebrauch zu sagen: ich liebe dieses Buch, dieses Bild, diesen Dichter. Wir meinen den Genius, der das Kunstwerk hervorbringt und ihm innewohnt. Der Gott auch dieser Liebe trägt als Attribut Flügel, Bogen und Pfeil. Ich habe es nie anders gewußt, als daß Eros der Gott der Dichter sei, ein unerbittlicher Gott, ewig jung und grausam, der verwundet und verletzt, und daß Dichten ein Liebesakt sei und Lesen nicht minder, aber auch, daß Eros dabei stets von seinem Zwillingsbruder Anteros begleitet wird, dem schnöden Unlieb. Wer sollte ihn besser kennen als Sie? Verwundet sein – und verwundert sein – gehört zu Ihrem hohen Beruf. Sie haben ihn einmal mit dem ›Sinnbild der Sebastiangestalt‹ erklärt.

Nun müßte ich wohl ein wenig auf unsere Akademie eingehen, die jung und alt zugleich ist. Sie befindet sich zur Zeit noch in ihrem Entwicklungsstadium, und darum war es recht, Sie in kleinem Kreis zwanglos bei uns zu sehen, Sie und Ihre Frau, die ganz zu Ihnen gehört und zu Ihrem Werk. Ihre liebe Freundin, die Gefährtin in allen Gefahren, den unendlichen Freuden und Schmerzen der Kunst und des Ruhmes.

›Akademie‹, ich folge meinem alten Lexikon, ›ist gewöhnlich ein Verein von Gelehrten oder Künstlern, die gemeinschaftlich die höhere Ausbildung der Wissenschaft und Kunst sich zum Zwecke vorgesetzt haben.‹

Im Augenblick scheint der akademische Gedanke freilich mehr epidemisch zu sein. Die ›Bayerische Akademie‹ allerdings war in ihrer Art die erste nach den bösen Jahren, und dieses festliche Haus könnte etwas von dem haben, was jener Mäzen Akademos erwartete, als er sein Besitztum bei Athen dem Staat schenkte. Gespräch im Umhergehen oder beim Symposion, ein Einanderzugetan-Sein im Geiste – das sollte auch als Ausgangspunkt unserer Bemühungen gelten, vielleicht zu einer echten Akademie zu gedeihen.

Es ist nicht meine Aufgabe, Ihren Genius und Ihr Werk zu preisen, das der grenzenlosen Heimat der Sprache angehört, die Sie so sehr lieben und die Sie wieder liebt. Große Geister sind in die Welt gesandt, auf daß die Zeitgenossen und Nachfahren vor ihnen in Ehren bestehen oder sich an ihnen ärgern. Für das Bestehen ist Eros, für das Ärgern Anteros zuständig. Es ist nicht schlimm, viele gegen sich zu haben, die für sich zu haben kaum ein Gewinn wäre. Vergeblich suche ich mir auszumalen, wie Thomas Mann, wie sein Werk aussehen müßte, wäre es so, wie die Antimannen es haben möchten, damit es Gnade fände. Welch ein Glück, daß es nicht so ist!

Was Sie geschrieben haben, ist gleichsam auf Tod und Leben geschrieben, mit dem in die eigene Wunde getauchten gefiederten Pfeil. So hat sich der Satz erfüllt: ›daß wahrhaft groß, umfassend, ja wahrhaft ehrenwert nur das Künstlertum zu nennen sei, dem es beschieden war, auf allen Stufen des Menschlichen charakteristisch fruchtbar zu sein‹. Beschieden, das ist Begnadetsein.

Willkommen – was für ein beziehungsvolles, fast kindlich-vertrauendes, die Arme ausbreitendes Wort –, willkommen endlich wieder bei uns, Thomas Mann, als ein im doppelten, höchst rühmlichen Sinn Ausgewiesener, herzlich willkommen!«

Intermezzo

Zwischen seiner Ansprache ›Goethe und die Demokratie‹ und dem Essen, das die Stadt München ihm zu Ehren gab, bat ich ihn für meinen Sohn, der am andern Tag Geburtstag hatte, in das Buch ›Neue Studien‹ eine Widmung zu schreiben. Mit der Herzenshöflichkeit, die ich schon oft an ihm wahrgenommen hatte, war er sofort freundlich-bereit und fragte nach dem Vornamen des Geburtstägers: »Günther! Mit t oder th?« In dieser Kleinigkeit, so meine ich, in dieser teilnehmenden Sorgfalt spiegelt sich des Dichters ganze Lebenshaltung.

Satyrspiel

Dieser Tage nach seiner Abreise las ich, daß die Stadt Marktredwitz eine Straße, die der Stadtrat 1945 nach Thomas Mann genannt hatte, nun »wegen seines pietätlosen Verhaltens« in Goethestraße umgetauft hat. Ich ziehe daraus die Lehre, man sollte bei Straßenbenennungen nicht so voreilig sein, und möglichst Lebende davon ausnehmen. Auch fragt es sich, ob es eine Ehre für einen großen Mann bedeutet, wenn nach ihm eine Straße benannt wird. Es kommt wohl darauf an, wo die Straße ist und wer ihr den Namen verleiht.

Wegen – angeblicher – Verunglimpfung Luthers hatte der bayerische Landesbischof Meiser den Dichter gescholten. Wie erheiternd ist es, daß der Gescholtene den ihm verliehenen Weimarer Goethe-Preis zur Wiederherstellung der lutherischen Herderkirche zur Verfügung stellte –, daß er den Frankfurter Preis für bedürftige deutsche Schriftsteller gestiftet hatte, pietätlos wie er nun einmal ist. Wird nicht, Hand aufs Herz, alles, was er tut und sagt mißdeutet? Mit Wonne sogar, mit unverhohlener Schadenfreude? Wenn die Deutschen nur entfernt so streng mit Hitler und den Seinen ins Gericht gegangen wären, wie jetzt mit ihrem, ich stehe nicht an, das zu sagen, bedeutendsten lebenden Schriftsteller deutscher Sprache, es wäre besser um uns bestellt. Hat nicht Platen so beschämend recht, wenn er rät:

›Weit klüger ist's dem Vaterland entsagen
Als unter einem kindischen Geschlechte
Das Joch des blinden Pöbelhasses tragen.‹

Die guten Werke

Zum 75. Geburtstag von Hermann Hesse

Es scheint mir an der Zeit, an dem Vorbild Hermann Hesses wieder einmal zu zeigen, warum es Dichter gibt und geben muß wie er, und was ihr Auftrag von oben ist, ihr Beruf, ihre Stellung im menschlichen Verein. Soziologisch läßt sich Wesen und Ort des Dichters nicht leicht bestimmen. Die alltägliche Erfahrung eines Schriftstellers (leider oder zum Glück) ist, daß er, um ein scheinbar äußerliches Beispiel zu nennen, etwa beim Ausfüllen der Steuerformulare stets auf Schwierigkeiten stößt. Nichts paßt auf ihn. Ist er ein Arbeitnehmer oder ein Unternehmer? Er wird zu den sogenannten freien Berufen gerechnet, wie die Ärzte und die Rechtsanwälte. Man könnte sogar sagen: Dichter sind Anwälte, sind Ärzte, wenn sie auch den größten Teil ihrer Patienten und Mandanten nie zu sehen bekommen. In welchem Auftrag handeln sie? Hesse gibt darauf die Antwort: »Ich selbst halte für das entscheidende Kennzeichen meines Lebens und meiner Arbeiten den religiösen Antrieb.« Genus irritabile vatum – das reizbare Geschlecht der Dichter – so formulierte es Horaz, wobei vates zugleich die Bedeutung ›Seher‹ hat. Denn es ist ihnen aufgegeben, mehr zu sehen als (und für) die gewöhnlichen Sterblichen. Dazu sind sie da. Reizbar, wird man einwenden, sind wir doch alle! Und ist nicht Schriftstellerei ein Handwerk wie jedes andere? Man kann einem Dichter keine größere Freude machen, als wenn man ganz sachlich und nüchtern von ›seinem Handwerk‹ spricht. Sein Werkzeug ist die Sprache, wie er zugleich Werkzeug der Sprache ist.

Nun bin ich bei dem Thema, das ich mir – Hermann Hesse zu feiern – gestellt habe. Warum feiern wir ihn? Was danken die Menschen, insonderheit wir Deutschen, diesem Dichter? Ich möchte ganz einfach sagen: wir danken ihm seine Sprache. Müßig ist es, darüber zu streiten, welche Sprache der Völker die schönste sei. Jedes Volk wird mit Recht seine eigene loben, wie sehr sie sich auch im Laufe der Geschichte gewandelt haben mag. Wir dürfen getrost von der ›menschlichen Sprache‹ reden, die einem immer wunderbarer und geheimnisvoller erscheint, je älter man wird, bis man endlich ahnt, was es heißt: ›Im Anfang war das Wort.‹ Ich behaupte, daß schon das erste Wort ein dichterisches, also ein liebendes Wort war. Von diesem ersten Wort bis zu dem herrlichen Reichtum der Sprachen, der toten und der lebenden, war ein weiter Weg. Von dem Leben und Sterben der Sprache aber hängt die Existenz der Völker ab. Sie ist lebenswichtig. Ihre Anwälte und Ärzte sind die Dichter, deren einer Hermann Hesse heißt, im besten Sinne reizbar auch er, reizend-reizbar, möchte ich sagen. Der Mensch hat zwei Körper, der andere ist die Sprache. Sie hat ihre Anatomie und Biologie, Jugend, Krankheiten und Tod.

Denen, die aus nationalen oder politischen Empfindlichkeiten mit Dichtern wie Hermann Hesse und anderen hadern zu müssen meinen, sei gesagt, daß diese Dichter von je durch ihre ›guten Werke‹ mehr für Vaterland und Mutterland, für ihr Volk und alle Völker der Welt getan haben, als irgendein Staatsmann es vermag. Die großen Staatsmänner wissen es auch. Die Erhalter und Hüter des nicht an Grenzen gebundenen Reiches der Sprache retteten oft schon das begrenzte Land über seine zeitlichen Niederlagen hinweg. Aber auch die

Sprache kann Niederlagen erleiden, besiegt werden, verarmen und zugrunde gehen. Sie ist immer in dieser Gefahr. Das Bewußtsein, daß in den vergangenen schlimmen Jahren ein Hermann Hesse außerhalb dieser Gefahr lebte und dichtete, war ein großer Trost, ein vaterländischer Trost.

Kürzlich habe ich behauptet, das Ziel aller dichterischen Bemühungen sei, am Abend des Lebens so auszusehen, wie Hermann Hesse heute aussieht, man bräuchte ihn dann eigentlich nicht mehr zu lesen, sondern nur noch anzuschauen, um seines Werkes und Wirkens innezuwerden. Denn Identität seiner geschriebenen Person und seines Antlitzes ist vollkommen. Aber wir würden ihn ja nicht wirklich sehen, ohne ihn gelesen zu haben.

Es ist ein schöner Brauch treuer Leser, am Geburtstag eines Dichters in seinen Büchern zu lesen oder ein Gedicht von ihm auswendig zu lernen. Ich werde am 2. Juli die letzten Seiten des 12. Kapitels des ›Glasperlenspiels‹ lesen und in des Dichters Briefen, die an bestimmte Menschen und zugleich an uns alle gerichtet sind. Wer noch nichts von Hermann Hesse kennt, mag das kleine Brevier zur Hand nehmen, als Einführung in Hesses Werk.

Man besitzt seine Bücher erst, wenn man sie gelesen hat. Sie sind in des Wortes frömmster Bedeutung ›die guten Werke‹, die er für uns getan hat. Er sagt von ihnen: »Meine Aufgabe ist nicht, anderen das objektiv Beste zu geben, sondern das Meine (und sei es nur ein Leid, nur eine Klage), so rein und aufrichtig wie möglich.«

Er hat das Seine vollauf getan.

Über das Aufsagen von Gedichten

Es muß wohl eine große Kunst sein, ein schönes Gedicht schön vorzutragen, oder, man drückt es jetzt zuweilen so aus: zu ›sagen‹. In diesem ›ein Gedicht sagen‹ oder

›sprechen‹ wäre freilich schon die rechte Anweisung gegeben. Wirklich, ein schönes Gedicht, es bedarf nichts mehr als einer wohllautenden Stimme und einer reinen Aussprache, damit es von Nebengeräuschen ungestört vernommen werde.

Da die deutsche Sprache von Natur schon ein so wunderbares Instrument ist, daß darauf selbst der Unsinn noch herrlich klingt, sollte da ein Gedicht nicht erst recht einer zusätzlichen Deklamation entraten dürfen?

Ich hörte kürzlich ›Der Mond ist aufgegangen‹ rezitieren und meinte, einem Begräbnis beizuwohnen. Es war der weinerliche Ton tiefgefühlten Beileids, was ich vernahm. Es war unsagbar traurig.

›Mond‹ ist an sich ein wohlgeschaffenes, für unser gefühlvolles Gestirn völlig zureichendes Wort. Aber es klingt unausstehlich, wenn es der Vortragende gleichsam auf der Zunge zergehen läßt, als wäre es Schlagsahne. Ach, wenn manche Sprecher sich ganz unbefangen einmal selber säuseln hören könnten!

Sie gehen, fürchte ich, von der irrigen Meinung aus, sie müßten möglichst viel Gefühl in die Worte legen und vergessen ganz, daß doch das des Dichters schon darinnen ist.

Es sollte ihnen ein wenig zu denken geben, daß eine so nüchterne Wiedergabe eines Gedichtes wie die durch Papier und Druckerschwärze dennoch durchaus genügt, um des Lesers Herz zu rühren.

Es muß ja auch ohne hörbares Erschauern des Sprechers, ohne ersterbende Stimme, ohne betonte Innerlichkeit oder Schlichtheit des Vortrages wirken, wenn wir es nämlich still für uns lesen.

Am Ende meinen die Hörer noch, Gedichte müßten so vorgetragen werden!

Oh, ich weiß, es ist eine große Kunst, es ist eine Gottesgabe, die menschliche Sprache natürlich zu reden. Aber vielleicht hilft es schon ein wenig, sich zu erinnern, daß Worte wie Liebe, Seele, Traum, Mond ihren Eigenwert besitzen, und daß unsere Sprache eine Bildersprache ist. Selbst die zartesten Gefühle oder Beziehungen drückt sie durch sichtbare Bilder aus wie Zuneigung, Hang, Währung; auch Innerlichkeit ist gleichsam nur eine seelische Ortsbestimmung.

Eine Vortragsweise, die ein an sich süßes, sanftes Wort auch noch recht süß (wie Backfische es tun) oder sanft ausspricht, täte nichts anderes, als wenn man das Gemälde eines Alpenglühens bengalisch beleuchten würde.

Es kommt wohl daher, daß wir uns auf unser Gefühl nicht mehr verlassen zu können und es künstlich ersetzen zu müssen glauben, indem wir so tun, als seien wir bewegt. Nichts anderes als Unglaube an den inneren Wert eines Gedichtes ist es, wenn wir ihm falsche Herzenstöne leihen, unsere Stimmen (wenn auch bewußt behutsam) zittern lassen, leis werden oder die Worte mit Vorbedacht versaufen lassen.

Man wird mich fragen, ob ich vielleicht Gedichte richtig vortragen kann. Mitnichten! Ich weiß nur, daß mir ein Gedicht dann am gelungensten vorgetragen erscheint, wenn ich Stimme und Vortrag ganz vergaß und das Gedicht in mich einging, als hätte ich's für mich allein gelesen.

Ansprache vor den Bibliophilen in Lieb- und Wertheim

Meine Zuhörer!

»Zeig mir deine Bücher und ich will dir sagen, wer du bist«, daran denke ich immer, wenn ich in ein fremdes Haus komme. Warum soll ich nicht einmal versuchen, zu mir selbst zu kommen und mich in dem Spiegel der Bücher betrachten, die ich liebe? Ein Bibliophile bin auch ich und war es schon als Bub, schon ehe ich wußte, was das Fremdwort bedeutet.

Im Wohnzimmer befand sich ein Schrank aus blondem

Holz, aus dem Besitz meiner Großeltern. Er hieß der ›Erinnerungsschrank‹. Unter anderen Dingen, z. B. einer französischen Feldmütze aus dem siebziger Krieg (einem sogenannten Schiffchen), befanden sich darin auch Bücher, die einst mein Großvater, Pastor Penzold, besessen hatte, alte Bücher also. Sie hatten für mich eine große Anziehungskraft. Wie gerade ich als Bub darauf kam (denn meine drei älteren Brüder zeigten keinerlei Neigung dafür), mich der alten Bücher anzunehmen, was es war, daß sie mir besonders lieb und wert wurden, welche doch wohl schon vorhandene Empfindung in mir angeregt wurde, kann ich nicht sagen. Ich bin heute noch froh darüber, daß meine Eltern diese Zuneigung anerkannten und die Bücher mir schenkten. Ich besitze sie noch. Sie tragen auf der Titelseite den Namen meines Großvaters F. G. Penzold und sind vermutlich die Reste einer größeren Bibliothek. Wie hätte es sonst sein können, daß mir eines Tages ein Bekannter ein Buch brachte, das er bei einem Antiquar in München erworben hatte und das offenbar mir gehöre, da es meinen Namen trage. Es handelte sich um die ›Geschichte des 30jährigen Krieges‹ von Schiller, II. Teil mit der schönen Vorrede von Wieland. »Selten«, heißt es darin, »ist in Deutschland eine Schrift mit lebhafterem und allgemeinerem Beifall gelesen worden als die erste Hälfte des 30jährigen Krieges, womit Herr Hofrat Schiller dem historischen Kalender für 1791 einen Wert gegeben hat, dessen wohl kein anderes Taschenbuch dieser Art sich rühmen könnte.«

Das hübsche Halblederbändchen der Zeit trug den mir wohlbekannten Namenszug meines Großvaters, den gleichen wie Fénélons ›Télémaque‹ und Hases ›Leben Jesu‹. Zu ihnen gehörte auch der Musenalmanach von 1803 mit ›Menons Klagen um Diotima‹ von Hölderlin in grünem Glanzbütten. Was mag mein Ahne sonst noch besessen haben? Denn es ist sehr wahrscheinlich, daß nach dem Tode meines Großvaters die Bibliothek veräußert wurde. Er hatte zuletzt in Weimar gelebt, und eine

Schillerplakette von Posch, ein Herderporträt in Kupfer getrieben, eine Lithographie Jean Pauls weisen darauf hin, wie sehr der Pastor die Dichter liebte.

Dank der weitläufigen Verwandtschaft mit der Familie Buff in Wetzlar kam ich in den glücklichen Besitz von ›Werthers Leiden‹. Er gehörte einst Lottes Schwager Cella. Von Lottes Bruder aber stammt eine lateinische Mythologie mit dem Eintrag: »dieses Buch schenkte mir Dr. Göde« (sic!), nämlich bei seinem Abschied aus Wetzlar. Ein Buch aus Goethes Besitz also! Er hat es in der Hand gehabt. Immerhin!

Nur für kurze Zeit befand sich die herrliche Bibliothek meines Großonkels Heinrich Beckh im Haus meiner Eltern. Es war kurz nach dem ersten, dem kleinen Weltkrieg. Die Erben konnten sich nicht einigen und beschlossen, die Bibliothek an einen Antiquar zu verkaufen, von dem ich dann einige Bände zurückkaufte. Es war so ein Fall, wo ›einem das Herz blutet‹. Die schöne Winckelmann-Ausgabe, heute noch ›wie neu‹ war darunter, Rousseaus ›Confessions‹ und Melanchthons griechische Grammatik. Das ist das wenige, was ich zurückerwarb (damit ja kein Erbe geschädigt werde). Die anderen sind fort. Das kommt wohl in allen Familien vor. Ich weiß von einer Erbschaft, wo von Gesamtausgaben der Klassiker ein Erbe Band 1-3, ein anderer 4-6 und so weiter zugeteilt bekam.

Ich habe schon davon gesprochen, daß unter Umständen der handschriftliche Eintrag dem Buch seine Würde oder seinen Wert gibt, wie es bei der an sich nicht eben bedeutenden lateinischen Mythologie der Fall ist, wo sich der Knabe Buff doch offenbar bewußt war, wer ihm das Buch geschenkt hatte, wenn er auch in der Orthographie des Namens versagte. Das hatte er mit seiner Schwester, meiner Urahnin, dem Lenchen Buff gemein, von dem rührende handschriftliche Glückwunschzettelchen sich erhalten haben, die es beweisen.

Aber ist es nicht hübsch, einen Kalender vom Jahr 1814

zu besitzen, darin in der Handschrift des einstigen Besitzers zu lesen steht: »den 9. April wurde das Siegesfest von Paris gefeiert, den 16. wurde durch die Schützenkompanie mit Musik in der Stadt herumziehend bekanntgemacht, daß sich Napoleon Bonaparte in den Willen der Alliierten ergeben hätte und auf die Krone keine Ansprüche mehr machen wollte«. Oder wenn in dem von Flötner illustrierten prachtvollen Vitruv bei der Stelle »des Menschen Herz sollte ein Gutzfensterlin haben« am Rande steht: »Ach ja, freilich!« Es steht dort in einer intelligenten Schrift des 16. Jahrhunderts, ein Stoßseufzer über die Verschlossenheit des menschlichen Herzens, steht dort, als wäre die Tinte noch naß.

Ist es so lange her? Meine Großmutter, die Mutter meines Vaters, die ich noch kannte, hatte als Schulmädel Goethe noch mit eigenen Augen gesehen. Es ist alles gar nicht so lange her! Sie wurde mit einem der Enkel Goethes konfirmiert.

Ich habe unter meinen Büchern ein Bürgerliches Gesetzbuch der Stadt Nürnberg, ein Inkunabel mit einem handkolorierten Holzschnitt von Michael Wohlgemut und einer köstlichen Initiale in Gold, Grün und Rot, sehr wurmstichig leider, und eine späte Auflage mit einem Holzschnitt des Nürnberger Stadtwappens von Dürer, der Wohlgemuts Schüler war. Welch ein Stilunterschied! Beide Meister aber waren noch Zeitgenossen, kannten einander, wie heute ein Lehrer seinen Schüler kennt oder zu kennen glaubt. Denn die beiden Holzschnitte sind einander so fremd wie etwa ein Bild von Beckmann und eines von Liebermann.

Kürzlich unterhielten sich junge Menschen über die ebenso reizvolle wie schwierige Frage, warum selbst die beste Kopie oder der Faksimile-Druck einer Handschrift das Original nie ersetzen kann. Diese Frage ist mit dem Verstande nicht zu lösen, nur zu erahnen.

Jenes Buch, das Goethe in der Hand hatte, warum ist es meinem Herzen besonders teuer? Es haftet ihm etwas an, was ich die ›Nähe‹ nennen möchte und die unvergänglich ist.

Noch ein Buch muß ich erwähnen, das ein Fatum hat nach dem Satze »habent sua fata libelli«.

Im kleinen Weltkrieg machte ich die Bekanntschaft eines Artilleristen, der mit Gelbsucht in unser Feldlazarett gekommen war. Ich erzählte ihm, daß eines meiner liebsten Kinderbücher ›Der Knecht Rupprecht‹ war. »Das muß ich meinem Vater schreiben«, sagte der lange Artillerist. Sein Vater war Richard Dehmel. Als ich den Sohn Heinz-Lutz Auerbach-Dehmel wiedersah, hatte er einen tödlichen Kopfschuß, war bewußtlos und starb bald darauf. Unser Chefarzt, ein Psychiater, ließ von jedem Patienten, der einer Kopfverletzung erlag, eine Sektion machen, und da er selbst keine Zeit hatte, bekam ich den Befehl, die Sektion vorzunehmen. Ich sagte, daß ich den Toten gut gekannt hätte, aber er meinte, es sei Krieg und ich solle nicht so zimperlich sein. Also dachte ich, es sei vielleicht doch besser, ich täte es als ein Fremder. Ich werde es nie vergessen. Richard Dehmel bat mich in einem Brief, für seinen Sohn einen Grabstein zu entwerfen. Da später das Grab in Feindeshand fiel, wurde der Stein in Dehmels Garten in Blankenese aufgestellt. Dehmel sandte mir seine Gedichte und darin steht von seiner Hand die Inschrift, die auf den Grabstein gemeißelt ist:

›Denkmal, Bild der Dankespflicht,
Sag, was Gräber heilig spricht?
Aller Adel in Geboten,
Menschenlebens reinstes Licht,
Nachglanz ist es edler Toten.‹

Bitte erschrecken Sie nicht, wenn ich jetzt von Büchern rede, die in ›Menschenhaut‹ gebunden sind. Ich meine damit das ›zweibeinige‹ Buch, den Menschen nämlich, und berufe mich auf ein Wort des großen Verlegers Reinhard Piper, meines Freundes, der einmal auf einem unserer Spaziergänge durch den Englischen Garten, in freier Natur also, nach seiner Gewohnheit plötzlich stehenblieb und kühnlich behauptete: »Lesen ist eigentlich Zeitverschwendung.«

Ein Mann von profunder Bildung und Belesenheit, ein Büchermacher und Bücherfreund hat diesen Ausspruch getan. Er stellte damit in Frage, was uns zur zweiten Natur geworden ist. Absurd will uns diese Ansicht zunächst erscheinen. Ob nicht doch irgend etwas Wahres daran ist?

Pipers Maxime war nicht zynisch gemeint, nicht leichtfertig und nur zum Spaße so hingesagt. Er mochte dabei an die Abhängigkeit denken, in die wir im Laufe der Zeit geraten sind, an die geistige Bequemlichkeit und vielleicht auch an die ›Flucht in das Buch‹, aus dem Leben nämlich.

Ich denke dabei an die Stegreiferzähler wie Wilhelm Diess oder Jürgen Eggebrecht. Für einen Fabulierabend bis in die Nacht hinein mit einem von ihnen beiden gebe ich manches Buch hin. Auch fürchte ich fast, die so sehr geliebten Gebrüder Grimm haben, bis zu einem gewissen Grade wenigstens, der natürlichen Kunst des Märchenerzählens den Garaus gemacht, indem sie den Müttern und Großmüttern die Mühe abnahmen, die mündliche Überlieferung fortzuerben. Wir verlassen uns oft allzu sehr auf die Konserven, auf das gewaltige Gedächtnis unserer Bücher, die zudem langlebiger sind als der Mensch.

Ich habe mit Absicht etwas übertrieben, so sehr, daß man meinen könnte, ich hätte etwas gegen das Buch und die Bücher, die ich doch selbst in meinem Übermut noch um einige (wenige) vermehrt habe. Nein, ich liebe die Bücher, die schönen, und es gibt in unserem Häuschen kein Zimmer ohne sie. Wo Bücher sind, ist es immer wohnlich und behaglich.

Es ist kein Zufall, daß sie in mancher Beziehung in ihrer biologischen Gestalt uns nahe verwandt sind, einen

Rücken haben wie wir und viele gute und auch schlechte Seiten, uns so nahe vertraut, daß wir sie unsere Freunde nennen und das poetische Gefühl haben, daß sie unsere Zuneigung erwidern. Sie müssen ›atmen‹ wie wir, damit sie nicht stockfleckig werden (wie wir), sie sind gleich uns in Leder gebunden. Wie bei uns, gibt es solche, deren Äußeres, der Einband, mehr verspricht als das Innere hält.

Ich besitze ein paar ehrwürdige alte Scharteken, bei denen das Rückenleder geplatzt ist, so daß man ihre Anatomie studieren kann. Alte, ehrliche Haut, möchte man zu ihnen sagen! Man sieht, wie sie gemacht sind, es ist eine redliche Arbeit. Die Buchbinder haben die nun freiliegenden Bünde nicht schamhaft verborgen, sondern in aller Deutlichkeit betont, so daß das Zweckmäßige zur Zierde wurde. An den altersschwachen Stellen findet man Reste von Makulatur, die noch älter sind als der Band selbst – und, wie man weiß, zuweilen bedeutsamer als dessen Inhalt.

Vor Zeiten hat diese Bücher einmal ein Meister gebunden –, denn man sollte immer an den Menschen und seine Hände denken, an den Augenblick der Entstehung, als ›einst‹ für jene von damals ein ›heute‹ war – also an den Papierer, den Setzer, den Drucker und den Binder. Die schöne Initiale in Oxydgrün, Rot und Gold in der vorerwähnten ›Nürnbergischen Reformation‹, einem Gesetzbuch also aus dem Jahre 1474, ist so frisch in der Farbe, als wäre sie erst gestern gemalt, und doch ist ihr unbekannter Urheber längst zu Staub zerfallen. Er konnte nicht so viel Phantasie haben, um zu ahnen, daß nach einem halben Jahrtausend als einzige Spur von seinen Erdentagen sein kleines anonymes Kunstwerk mich erfreuen würde.

Alles an solchen alten, ehrwürdigen Bänden besteht aus organischer Natur, das beschriebene Pergament, die Decken aus Holz, wohlgetrocknetem, mit tierischem Leder überzogen, gebunden mit Fäden aus Flachs und versehen mit Schließen aus Elfenbein. Solche Bücher sind anders als die Massenproduktion von heute es zuläßt, sie sind noch echte Individualitäten. Herrlich fürwahr wie sie und doch wieder nicht ganz so herrlich und zugleich vergleichsweise wie vergänglich ist der Mensch, das ›Buch in Menschenhaut gebunden‹: vorhanden in einem jedesmal einzigen unnachahmlichen Originalexemplar aus Fleisch und Blut, mit einer unsterblichen Seele. Herrlich, wenn es die glückliche Eigenschaft hat, nie zu langweilen, daß man nicht müde wird, es zu lesen und anzuschauen und zu lieben. Mit diesen ›zweibeinigen Büchern‹ verglichen, wird ein gedrucktes Buch, auch das schönste und geistvollste, letzten Endes nur ein unzulänglicher Ersatz sein.

Man könnte sich eine Welt vorstellen, in der das Buch entbehrlich wäre, eine bessere Welt, worin der lebendige Umgang mit ihren Bewohnern den Umgang mit Büchern in der Tat als ›Zeitverschwendung‹ erscheinen ließe, und man mit lächelnder Nachsicht an eine Vergangenheit sich zurückerinnern würde, wo der bibliophile Mensch leider noch darauf angewiesen war, sich der Bücher zu bedienen.

Phantasie

Es gibt Menschen, die keine Spur Phantasie besitzen. Ich will mit dieser Behauptung niemandem zu nahe treten, denn merkwürdigerweise wird es meist als kränkend empfunden, wenn man jemandem die Gabe der Phantasie abspricht. Keine Phantasie haben zu müssen, scheint mir indessen ein beneidenswerter Zustand zu sein. Vermutlich sind es sogar recht glückliche Naturen. Der Mangel an Phantasie braucht ja nicht gerade eine Untugend zu sein, und ich möchte zweifeln, ob ihr Besitz als Tugend gelten darf. Ich bin mir auch nicht sicher, wer in der Welt mehr Unheil anrichtet, die Menschen mit oder die ohne Phantasie.

Was ist aber Phantasie? Wo hat sie ihren Wohnsitz, im Kopf oder im Herzen? Woraus besteht sie? Ist sie ein Körper, ein Geist, ein Fluidum? In dem Worte ist der Begriff ›Schein‹ enthalten mit dem Beiklang des Unwirklichen, Eingebildeten, ja Trügerischen bis zur Wahnvorstellung. Die gebräuchlichsten Beiwörter blühend, schöpferisch, krankhaft, überhitzt, erregbar, üppig, deuten darauf hin, daß sie mindestens pflanzliche, besser animalische Eigenschaften besitzt. Sie empfindet. Aber sie ist nicht den fünf Sinnen beizuordnen, auch nicht den vier Temperamenten. Ihre Natur ist elementar. Ihr Geist übersinnlich. Wollte man sie versuchsweise in den faustischen Monolog einfügen, so sagt es uns etwas: Im Anfang war die Phantasie. Besser würde es mir freilich gefallen zu sagen: Im Anfang war die Liebe. Die menschliche Phantasie jedoch, ob wir sie auch voller Stolz schöpferisch nennen, womit wir ihr eine einzig und allein der Gottheit zugehörige Eigenschaft zumessen, vermag sich nichts vorzustellen und auszudenken, was nicht schon wäre. Selbst die ausschweifendste Phantasie, etwa die eines Hieronymus Bosch, vermochte der Schöpfung kein wirklich neues Wesen hinzuzuerfinden, ohne vorhandene Formen zu benutzen, durch die sie für uns sichtbar und lebensfähig werden. In der Tat – die menschliche Phantasie vermag nichts sich auszumalen ohne Zuhilfenahme und Bezug auf das vom Schöpfer Vorgebildete, vom Schöpfer, der zum ersten Male – Sonne dachte, Mond, Stern, Baum, Liebe, und es wurde.

Zum ersten Male, ohne Vorbild aus dem Nichts, dem Leeren, das nach etwas schreit. Sollen wir also sagen: Im Anfang war das Nichts? Oder um das Spiel fortzusetzen: Im Anfang war das Auge, das Auge Gottes? Die Welt sei mit den Augen geschaffen, zu dieser Einsicht kam ich einmal bei Betrachtung einer Vogelfeder. Die Schmetterlinge, die Blumen, Sterne, Wolken, alle Schönheiten der Welt verlangen das Auge, um wahrgenommen zu sein, und das Auge verlangt nach ihnen. Im Anfang war die Schönheit? Oder die Sehnsucht? Oder die Einsamkeit? Oder die Langeweile? Die sanfte Gier oder der Spieltrieb? Das Spiel der göttlichen Phantasie, deren Spielraum unendlich ist! Sie nimmt einen nüchternen Stein und bildet einen Menschen, sie nimmt Farben und malt ein Paradies, nimmt Töne und macht Engelmusik damit. Stein, Farben, Töne bleiben, was sie sind. Sie haben nur den Schimmer der Phantasie. Sagen wir nicht so, der oder jener habe keinen Schimmer von Phantasie? Sie ist wirklich nur ein Schimmer, der nur mittelbar wahrzunehmen ist, gleichsam behelfsmäßig durch Illusion. Sie selber aber, die schauende, vorausblickende, kompositorische Kraft mit der Fähigkeit, Gegebenheiten und Möglichkeiten zueinander in harmonische Beziehung zu setzen, sie selbst ist unsichtbar wie das wollende Bewußtsein vom künftigen Bild der Pflanze, das in einem Samen träumt (wie sehr wir auch suchen, wir finden es nicht darin!), in einem Sonnenblumenkern etwa.

Vielleicht ist sie ein Same, den die Wärme des Gefühls zum Keimen und Wachsen bringt. Sie drängt zum Gebilde, zur Erscheinung. Sie liebt den Glanz, den Schmuck, Phantasie ist Luxus. Der Körper bedarf ihrer nicht. Aber der Geist kann nicht leben ohne sie. Beneidenswert, sagte ich, seien die Menschen ohne Phantasie. Ach, die Ärmsten! Sie leben nicht, sie existieren nur. Oft leben sie von der Phantasie der anderen, finden schön, was andere zum ersten Male schön sahen, lieben, was ein anderer erst geliebt haben mußte, daß es liebenswert erschien, die kleinen Nutznießer! Man spricht vom Reichtum der Phantasie. Allein sie ist nicht Gnade allein, sondern auch Verhängnis, da sie nicht nur das paradiesisch Schöne, sondern auch das Grauen und Entsetzen der Hölle sich auszumalen imstande ist. Darin aber liegt die Würde der Phantasie, und die, die sie haben, sind Auserwählte. Sie können alles verlieren, selbst die Freiheit, und wären dennoch freier als ihre Kerkermeister. Denn sie vermögen sich aufzuschwingen mit den Flügeln der Phantasie hoch über das Untermächtige.

Schwarz auf Weiß

Als ich heute morgen durch den Biedersteiner Park ging, begegnete mir ein Schornsteinfeger.

Du wirst natürlich sagen, dies sei kein so welterschütterndes Ereignis und nicht der Mühe wert, es Dir brieflich mitzuteilen. Allein, wenn ich es schon immer für einen glücklichen Umstand gehalten habe, dem schwarzen Mann zu begegnen, so sah ich ihn doch noch nie in so poetischer Verklärung, noch nie so malerisch, so romantisch wie diesen Morgen.

Es war Rauhreif, neblig und bitterkalt; doch kündete sich die Sonne an durch einen rosigzarten Schimmer, durch jenes kalte Schneerosa, das so gut zu dem sanften, samtenen Blau steht, das die Franzosen bleumourant nennen. Durch den Märchenzauber weißgefiederter Bäume, bereifter Hecken, durchwobener Gitter, über den glitzernden Schnee, der knirschte, als ginge man über gemahlene Glasscherben, aus der zerbrechlichzarten hinschmelzenden Wintersüßigkeit kam des Weges ein Kaminfeger (mit Leiter!), rußgeschwärzt, fröstelnd (weil von Berufs wegen ohne Mantel), dampfenden Atems und zu meinem Leidwesen ohne Zylinderhut.

›Berußt‹ und ›bereift‹ sind Gegensätze, doch, genau betrachtet, von verwandter Art. Und diese Harmonie des Gegensätzlichen war es natürlich, die diesen Anblick so ungewöhnlich reizend machte.

Nicht genug: als wir aneinander vorbeigingen, zog nahe über uns hinweg ein Krähenheer durch den Morgennebel. Es waren der schwarzen Vögel aber so viele, daß man deutlich das Rauschen der Schwingen hören konnte. Sch, sch, sch machte es uns zu Häupten.

Meinst Du nicht auch, mein schöpferischer Quälgeist, daß eine solche Gleichzeitigkeit (der kristallisierte Duft des Rauhfrostes, der glückverheißende Rußige und der traurige Krähenschwarm) zu den ganz seltenen ästhetischen Zufällen im Leben gehört? Als heiterschwermütige Unterströmung hielt bei mir das Glücksgefühl des Erlebnisses den ganzen Tag über an.

Kaminkehrer oder Schornsteinfeger ist das Sinnbild der Freiheit, des Über-den-Dingen-Stehens. Einmal sah ich einen über den Dächern der Stadt lässig gegen einen Kamin gelehnt und kühn ins Weite schauend. Er klopfte sich gerade eine Zigarette auf dem Handrücken zurecht. Der Zylinder saß ihm flottverwegen auf dem Kopf, und zu seinen Füßen auf einer Art Lauf- oder Trittbrett lag das wohlbekannte Gerät, das, obwohl schwarz wie die Nacht, in der Berufssprache hintergründigerweise die ›Sonne‹ heißt. Es wird zum Essenkehren benutzt, und man sollte die an die ›Sonne‹ gekettete Kugel, um kosmisch im Bilde zu bleiben, getrost als die ›Erde‹ (oder den Mond) bezeichnen.

»Die Zusammenstellung von feierlichem Zylinderhut und Schlappen«, so schrieb ich einmal bei dem Versuch, dem dunklen Gegenstand meiner Neigung ein literarisches Denkmal zu setzen, »gibt dem Schlotfeger von vornherein etwas Vorurteilsfreies, Herrenmäßiges. Es gehört etwas dazu, mit einem rußgeschwärzten Gesicht unter den Menschen zu wandeln.«

Das rußige Geschäft gehört zu den gefährlichsten, rein männlichen Berufen. Es erfordert Schneid, Schwindelfreiheit, Beherrschung des Körpers. (Ich kannte einen, der nebenher ein Meister im Eiskunstlauf war.)

An der Isar sah ich einem zu, der vom Dach aus die Möwen fütterte. Sie fingen im Fluge aus der Luft die Brokken, die er ihnen zuwarf. Es war ein hübsches Bild, wie die silbergrauen ›eleganten‹ Vögel den schwarzen Mann umflatterten. Ich glaube sogar, ein richtiger Kaminkehrer ist sich nicht nur seines abergläubischen Rufes als Glücksbringer mit einem gewissen, zu freundlichem Wesen verpflichtenden Stolz bewußt, sondern auch seiner ästhetischen Bedeutung. Die Feuchte blanker Augen im rußgeschminkten Gesicht, das Mohrenlachen, der Gegensatz hellen Haares, die berußten Wimpern, verleihen ihm einen entschieden künstlerischen, oft auch humoristischen Reiz, den Adolf Oberländer zum Beispiel besonders liebte. Es gibt eine köstliche Zeichnung von ihm, darauf ein Kaminkehrer einen Hühnerhof betritt. Die Hühner sehen ihn, glauben, es komme die Nacht und gehen schlafen.

Beim Vormarsch nach Polen in einem schlesischen Dorf machte ich die Bekanntschaft eines jungen, munteren Schornsteinfegergesellen, der ohne Zweifel die vorerwähnte, begreifliche Berufseitelkeit besaß und mit einer gewissen liebenswürdigen Koketterie zur Schau stellte, wohl wissend, daß der schwarze Mann, obwohl er abfärbt, sich im Gegenteil Amors ganz besonderer Gunst erfreut und zu den meistgeheirateten Berufen zählt. Denn trotz der Schwärze sieht der Schlotfeger ja keineswegs unappetitlich aus. Es gibt kaum etwas Reinlicheres, Keimfreieres als den Ruß.

Jener schlesische Kaminkehrerbursch, der sich nur selten von seinem feschen Zylinder trennte, schlief des Nachts in der Scheune im gelben Stroh und wusch sich nur einmal am Ende der Woche. Er bereiste seine ›Diözese‹ mit dem Fahrrad, das merkwürdigerweise auch über und über berußt war, als führe er, wie die Hexen auf dem Besen, zuweilen damit durch die Kamine.

An dem Morgen, als wir abrückten, kam er mit Stroh gespickt zum Frühstück und brachte in seiner Negerhand einen Wurf ganz junger noch blinder, rosagrauer Mäuslein, die, winzigen Ferkeln ähnlich, sich fröstelnd aneinanderschmiegten.

Du wirst zugeben, daß auch diese kleine Nebensache am Rande des kriegerischen Daseins zu den idyllischreizenden Zufällen gehört.

Was aber den Zylinderhut angeht, diese ehrwürdige

Krone der Zauberer, Negerkönige und Schulreiter, so fände ich es doch recht schade, wenn er bei der Kaminkehrerzunft aus der Mode käme.

Als Kind habe ich mich übrigens gewaltig vor dem schwarzen Mann gefürchtet.

Diogenes in München

Die Frage, ob Gott Humor habe, ist müßig. Denn er hat den Menschen geschaffen. Und der Mensch ist komisch (die Leser dieser Zeilen ausgenommen). Wer jemals unbefangenen Gemütes zum Beispiel in der Straßenbahn fährt, irgendwo auf der Welt, etwa in München, und, als säße er im Theater, die Mitreisenden auf der Bank gegenüber betrachtet, der wird zugeben, daß Schillers Satz von der Schaubühne als moralischer Anstalt auch auf die Wanderbühne der Trambahn anwendbar ist. Auf dieser Bühne freilich sind die Fahrgäste vice versa Darsteller und Publikum zugleich. Es ist manchmal recht traurig, was man da zu sehen bekommt, aber das Wort des griechischen Weisen: ›Der Mensch ist an sich schon ein hinreichender Grund zur Traurigkeit‹ – läßt es sich nicht mühelos umkehren?

Das hübsche muntere Mädchen mit dem Goldfischgesicht (man wird es hierzulande wohl am treffendsten schlechthin als ›Popperl‹ bezeichnen) schien jedenfalls zu finden, daß der Mensch ein hinreichender Grund zur Belustigung sei. Es ließ seine Augen in der Runde umherspazieren, und man sah es ihnen an, daß es sich dabei ganz köstlich unterhielt. Noch gelang es der Kleinen, sich zu beherrschen, aber obwohl sie sich auf die Lippen biß, schließlich platzte sie doch heraus.

Der Fahrgast Diogenes war der Anlaß ihrer kindlichen Heiterkeit. Ich nenne ihn so, weil ich mir denken könnte, sein geistiger Ahne, der Weise in der Tonne, habe von ungefähr so ausgesehen, lang und hager, haarig und bärtig wie dieser ernste, würdige Greis, der mit Kneippsandalen beschuht, mit einem grauen geschürzten Wams bekleidet, barhäuptig, ungeschoren, die Straßenbahn bestieg, als wäre sie ein Ozeandampfer. Er hatte etwas Hinterwäldlerisches, seine mit geflochtenen roten Riemen gebundene Ledermappe wirkte indianisch. Der Volksmund pflegt solche Erscheinungen, die einem naturgemäßen Lebenswandel huldigen, gemeinhin Kohlrabi-Apostel zu nennen. Mir erschien er wunderlich, aber nicht komisch. Nach dem Spruch: omnia mea mecum porto trug er offenbar all das Seinige mit sich, in der vorerwähnten Mappe, einem Einkaufsnetz, einem umgehangenen Beutel, ja selbst in dem Bausch seines gegürteten Wamses. Ich fand, daß er sich auf dem Weg zurück zur Natur eigentlich recht abzuschleppen hatte. Außerdem trug er, doch ein Opfer der Zivilisation, eine Brille, ja er hatte noch eine zweite in Reserve bei sich, eine Nahbrille zum Lesen vermutlich. Ein professoraler Waldmensch also, sicher eine unmilitärische Erscheinung, meinetwegen ein sonderbarer Heiliger, aber durch seine Würde nicht lächerlich.

Man muß gerecht sein. Der junge Leutnant in seiner Tarnbluse aus grün, braun und grau gesprenkeltem Zeltbahnstoff, hatte nicht auch sein Gewand etwas von naturgemäßem Lebenswandel trotz des gewissen verwegen-kriegerischen Schicks, dem zuliebe er sie vermutlich auch mitten in München trug. O über die Eitelkeit der Männer, vieler Künstler vor allem! Wie pflegen, ja hätscheln sie doch ihren ›Stil‹ in Kleidung, Haar- und Barttracht! Hochgeschlossene Westen trägt der eine, langes Haar und eine reizvoll-altmodische, etwas saloppe Pianistenkrawatte der andere, dieser vergißt nie beim Rasieren die aparte Form seines Spitz- oder Stutzbärtchens oder der Koteletten auszusparen, und jener trägt stets eine bestimmte Art von Hut, um auszusehen, wie man ihn kennt. Auch der alte Diogenes, auch er, so dachte ich bei mir, kokettierte mit seiner sprichwörtlichen Anspruchslosigkeit. Warum auch nicht!

Der Anblick des neuen Diogenes in der Straßenbahn aber war es, der das lose Mädchen lachen machte. Es war ganz gewiß nicht bös gemeint. Ich verglich insgeheim die beiden. Beide hatten nackte Beine. Das ist längst nicht mehr komisch. Gewiß, die Tracht des Alten war ungewöhnlich, rübezahlhaft. Aber wirklich komisch sah nun das Mädchen aus. Es setzte sich nämlich eine Brille auf das etwas aufgeschnupfte Näschen, eine dunkle Sonnenschutzbrille mit hellgrünem Gestänge!

Ich weiß nicht, ob es unser Diogenes wahrgenommen hat, daß das Mädchen sich über ihn lustig machte. Vielleicht verachtete er die Welt. Ich hätte so gern Humor bei ihm entdeckt. Weisheit ohne Humor kann ich mir nicht vorstellen. Sokrates, der auch nicht viel aufs Äußere gab, Sokrates hatte ihn.

Ich vergaß noch zu sagen, daß ich dem Mädchen, als es losprustete, einen mildverweisenden Blick zugeworfen hatte. Denn auch ich bin komisch.

Katharina die Schöne

Damit die Leser dieser Betrachtung sich keinen falschen Hoffnungen hingeben: das in der Überschrift genannte weibliche Wesen ist weder eine Heilige noch eine russische Kaiserin. Es ist nur eine Katze, keine siamesische, sondern ein ganz gewöhnliches, silbergrau und schwarz getigertes Hauskätzchen. Aus einem Wurf von drei Jungen war eines unserer Ulla zur Wahl angetragen worden. Zwei waren rabenschwarz wie die Eltern, eines aber sichtlich aus der Art geschlagen. »Das nimm!« riet ich, ohne es zu kennen, und siehe da: Katharinchen erwies sich mit Abstand als das hübscheste, klügste und unterhaltendste von den Geschwistern.

Wir hatten schon früher einmal eine bunte Katze besessen, die zum Entsetzen einer ehrbaren Verwandtschaft ›Gschpusi‹ gerufen wurde und eine hochkultivierte Schwäche für Spargel und Ölsardinen besaß. Aber ohne ihr Andenken schmälern zu wollen: die kleine Katharina steht jetzt schon unseren Herzen näher.

O ich weiß wohl, was alles über den fragwürdigen Charakter der Katzen schon gesagt worden ist. Sie seien falsch, treulos, diebisch. Da lobe ich mir die Hunde, heißt es. Man wird mich für anmaßend halten, wenn ich als halber Neuling in Katzen mich gegen derartige Beschuldigungen in aller Form verwahre. Übelwollende Menschen werden vielleicht einwenden, ich sei eben in die Katharina verliebt. Ich leugne es nicht. Sie ist aber auch die Anmut und Zärtlichkeit in Person. Ich brauche nicht im einzelnen zu schildern, wie geschmeidig, wie harmonisch, wie tänzerisch vollendet ihre Bewegungen sind, wie bezaubernd, wie einfallsreich, wenn sie spielt, wie reizend-klug sie ihr Pfötchen in die Milchkanne taucht und es abschleckt, weil die Öffnung für ihren Kopf zu eng ist.

Daneben besitzt sie einen ausgesprochenen Sinn für Monumentalität. Sie weiß bestimmt, daß sie den Ägyptern heilig war. ›So wie ich jetzt dasitze‹, scheint sie zu denken, ›haben die Bildhauer der achtzehnten Dynastie meine Vorfahren in Granit gebildet!‹ Sie ist mit einem Wort: künstlerisch.

Keinem Tier sieht man so mühelos an, was es denkt, wie der Katze, wodurch sie sich vorteilhaft vom Menschen unterscheidet. Ja, sie ist, wenn man ihr so zusieht, geradezu ein personifizierter Gedankengang. Ihre Art, sich zu bewegen, ist zugleich ihre Sprache. Niemand nenne es gesucht, wenn ich behaupte, einer Katze zuzusehen, erweckt in uns die gleichen angenehmen Empfindungen wie das Denken eines schönen Gedankens. Betrachtet sie nur einmal ganz unvoreingenommen, und ihr werdet genau ablesen können, was in ihr vorgeht. Sie ist ein pantomimisches Wesen, gleichsam Jean Louis Barrault unter den Tieren.

Dort liegt sie zusammengerollt wie ein Ammonshorn, sorglos, vertrauensvoll, als schütze der Schlaf sie vor feindlichem Überfall. (Vielleicht respektieren die Tiere gegenseitig den Schlaf und tun Schlafenden nichts?) Seht, nun erwacht sie, macht ihren Buckel, wobei sie einem Kamel ähnelt, streckt sich und schlenkert sportlich die Pfötchen aus, während sie unauffällig zur Kenntnis nimmt, wer außer ihr im Zimmer ist. Eine Fliege am Fenster erregt ihre Teilnahme. Wie aber hinaufgelangen? Sie schätzt die Entfernung. Sie überlegt. Nein, so geht das nicht, das sieht sie ein. Aber so wird es gehen, das kann sie sich zutrauen. Sie erreicht durch einen Umweg zu einem besseren Absprung ihr Ziel: die Fliege. Wobei ich eines nicht begreifen kann, wie man Fliegen essen mag! Denn das tut sie, wobei sie den Hochgenuß der Mahlzeit entsetzlich übertreibt. Übrigens bringt sie einen ganz bestimmten Laut hervor, wenn sie Fliegen fängt, eine Art Zischlaut, den man sonst nicht von ihr hört. Es ist sicher das Wort für Fliege auf kätzisch.

Aber: Katharina stiehlt. Leider. Ich bin ein erklärter Freund von sogenannten ›Regensburgern‹. Ich bekam eine solche von einer Kennerin dieser meiner prosaischen Neigung mitgebracht. Katharina verspeiste sie in einem unbewachten Augenblick. Man konnte es ihr im wahrsten Sinne des Wortes nachfühlen an ihrem prallen Bäuchlein.

Ich berief den Haustag (eine Art Parlament) und schlug vor, das bißchen Wurst, Käse und Butter, diese ›Imponderabilien‹ des heutigen Lebens, an sicherem Ort zu verwahren. Anderntags fehlte der Käse. In einem unbewachten Augenblick... Am dritten Tag zeigte das Bütterchen Abdrücke der kleinen weißen Zähne Katharinchens. In einem unbewachten... (und so weiter). Dabei hat sie es doch wirklich gut bei uns.

Pfui, auch den Vögeln stellt sie nach. Aber schließlich essen wir ja auch ganz gerne einmal eine Gans oder ein Huhn.

Ohne Zweifel, sie macht es einem manchmal schon recht schwer, sie liebzuhaben. Aber wer kann ihr widerstehen, wenn Kathrinchen gegen Abend, wenn sie munter wird und ihre weiten Pupillen bekommt, mit einem himmelblauen Wollknäuel, einem Stopfei oder einem Stöpsel spielt, wenn sie in bestechendem Stil den ›Ball‹ vor sich her treibt, sich selber Schwierigkeiten macht, vor einem nur in ihrer Phantasie wahrnehmbaren Feind plötzlich die Flucht ergreift, sich überkugelt oder, nachdem sie auf der Lauer gelegen, im Zeitlupentempo den Stöpsel, das Knäuel beschleicht, den Faden, einem Telephonnetz gleich, um die Tischbeine spannt oder aber sommers im Garten, wenn sie im Hechtsprung unter dem Heuhaufen verschwindet und inmitten auftaucht, daß man nur ihr Köpfchen sieht, das schlaue.

Kleine Löwin mit den Bernsteinaugen, denke ich dann, schön machst du das, ach, ganz herrlich! Und ich erinnere mich an ein Wort meines Vaters: »Die Tiere sind doch schöner als die Menschen.« Nein. Da kann ich ihm nicht recht geben.

Kathinka hat sehr hübsche, etwas zu große Ohren, die mit weißem Pelz gefüttert sind. Sie sind sehr wesentlich. Denn wenn man sie mit der Hand zurückstreicht (sie ähnelt dann einem Seehund, der, wer weiß, am Ende eine Seekatze ist), so büßt sie viel von ihrem intelligenten Gesichtsausdruck ein. Sie hat eine allerliebste rosa Stupsnase und ist besonders komisch, wenn sie niesen muß. Sie hat schwarze Zehenballen, die genau aussehen wie Kaffeebohnen. Ihre Beine sind leider etwas krumm, um so hübscher sind ihre Arme. Und dann: ihr Fell riecht so gut wie im Freien aufgehangene Leinenwäsche, über die der Wind hinstreicht. So köstlich duftet sie, wenn sie nicht gerade Heringsköpfe gefressen hat. Sie schnurrt am laufenden Band. Als sie erst ein paar Tage bei uns und noch recht tollpatschig, wenn auch ganz besonders herzig war, fiel sie vom Tisch und schlug unsanft auf den Boden. Ihre junge Herrin hob sie auf und horchte an ihr. »Sie geht noch!« sagte sie beruhigt, als sie sie schnurren hörte.

Nun hat sie einen Liebhaber, das junge, unschuldige Ding. Unschuldig? Bewahre! Ich muß sagen, es fehlt ihr jedes Schamgefühl, wenn sie ihre Reize spielen läßt. Sie blieb nicht ohne Folgen. Das geschieht ihr ganz recht.

Schon zweimal habe ich geträumt, daß Katharina reden könnte in meiner Sprache, ganz selbstverständlich. Es würde mich nicht wundern, wenn sie es auch in Wirklichkeit täte, mit ihrem süßen Stimmchen.

Man sagt mir nach, daß ich die kleine Bestie schrecklich verwöhne. Ich sage nicht gern die Unwahrheit: aber es ist nicht der Fall.

Junge Denkerin

Bildnisstudie

Eines Abends im Winter, da vom Tage wohl nichts mehr zu erwarten war, ein wenig zur Unzeit übrigens, kam noch Besuch. Ich hörte eine sanfte Stimme auf dem Gange nach mir fragen und sah mich alsbald einem fremden jungen Mädchen gegenüber. Es hatte Grüße zu bestellen von einem gemeinsamen Bekannten und entschuldigte sich, wie es denn eine kühle Umluft von Gepflegtheit und Wohlerzogenheit mit sich brachte, artig, daß es sich verirrt habe, aber das Vorhaben so nah am Ziel doch nicht aufzugeben sich hätte entschließen mögen.

Meine späte Besucherin wirkte auf den ersten Blick als das, was die Schweizer ›ein dezidierts Persönli‹ nennen, doch schien sie sanft wie ihre Stimme, die etwas verschleiert klang. Sie trug das silberblonde, seidenweiche Haar aufgesteckt, nicht nach der gegenwärtigen Mode also, sondern wie es etwa zu der Zeit Johann Sebastian Bachs im Schwange war. Ein zarter Flaum schimmerte vor den Ohren, richtigen Satyröhrchen, und wenn die Sprache nicht einen unverkennbar rheinischen Unterton verraten hätte, so würde ich nach den etwas schräg gestellten blauen Augen, dem Zug der Brauen, der Form der Backenknochen und des blühenden Mundes auf einen slawischen Einschlag geschlossen haben.

Sie saß vor mir aufrecht und sehr gerade mit eckiger Grazie in dem altväterischen Lehnstuhl, doch ohne sich seiner verführerischen Behaglichkeit hinzugeben, mit ihrer Handtasche spielend. Ihr Hut gefiel mir gar nicht, und während ich mich nach ihrer Herkunft, ihrem Werdegang und ihrem gegenwärtigen Vorhaben erkundigte, probierte ich ihr im Geiste Hüte auf, die sie vielleicht besser kleiden würden. Ein Dirndlhut war dabei, ein Florentiner kam womöglich in Frage, aber am besten, dachte ich bei mir, müßte ihr meine dalmatinische schwarze Lammfellmütze zu Gesichte stehen. Denn sie hatte ihrer Jugend angemessen unstreitig noch etwas Jungenhaftes in ihrem Wesen.

Ich erfuhr, daß sie Musikerin sei, auch des Orgelspiels beflissen, und wenn sie nachdachte – denn unser Gespräch war kühnlich bereits bis zur Kunst der Fuge gediehen, zu dem Wunder also, über das ich mich schon längst gern genauer unterrichtet hätte und worin unwissend zu sein gewiß keine Schande bedeutet –, wenn sie ernsthaft nachdachte, zu welcher Tätigkeit sie außer der Stirn auch des Mundes sich bediente, indem sie die Lippen aufeinanderpreßte und etwas vorschob, machte sie ein Gesicht wie der junge Beethoven. Sie zog dabei das Kinn an und senkte die Stirn, die Stirn eines Böckleins, das stoßen möchte. Ihre Augen bekamen dabei einen etwas verbohrten Ausdruck, ja sie fingen an, ein ganz klein wenig zu schielen, wie bei jemandem, der seine eigene Nasenspitze sehen will. Auch schnullte sie an ihrer Zunge wie ein Schulmädchen, das sich besinnt.

Ein kluges Mädchen, ohne Zweifel, mußte ich denken und erwog insgeheim, es möchte sich wohl verlohnen, es zu modellieren, wenn es auch vermutlich nicht ganz leicht sein würde. Die gewölbte Stirn vor allem mochte sich, man hat allmählich ein Gefühl dafür entwickelt, genau in meine Handmulde fügen. Ich weiß mir kein besseres Mittel, als ein Gesicht zu zeichnen oder zu formen, will ich ›dahinter‹ kommen, falls etwas dahinter ist. Und während ich das ihre daraufhin aufmerksam betrachtete, darin allerlei Eigenschaften und Gefühle miteinander zu streiten schienen – Sanftmut, Selbstbeherrschung, Überlegtheit, Schelmerei, Spottlust, Beharrlichkeit, Schwermut, Sehnsucht –, kam's mir in den Sinn, daß sie des Denkens und der Klugheit getrost entraten könnte.

Während ich mir ihr Gesicht vergegenwärtige und mit Worten nachzuzeichnen versuche, merke ich, daß es ein sehr schwieriges, vielleicht aussichtsloses Unterfangen ist, mit Hilfe der Sprache die Erscheinung und vorzüglich das Gesicht eines Menschen so abzuschildern, daß sich der Leser ein eindeutiges Bild davon machen kann.

Man könnte zum Vergleich geläufige Tierphysiognomien heranziehen. Es gibt Ponygesichter, Katzengesichter, Mopsgesichter. Aber es sagt doch wenig aus, wenn ich bei unserem Beispiel von einer gewissen Ähnlichkeit mit einem jungen Goldfisch spreche. Vollends, wie soll man eine Nase schildern, wenn es sich nicht um eine ausgesprochene Stups- oder Adlernase (wie bei mir), sondern um ein so eigenwilliges, ein wenig hochmütig-mißtrauisches und doch zugleich naiv-lustiges Gebilde handelt. Wie unzart würde es klingen, wollte man, den Mund kennzeichnend, hier auch nur annäherungsweise von einem Mohrenmund reden! Ist es erlaubt, bekannte Bildnisse großer Meister zu Hilfe zu nehmen? Ich wüßte eines, das Bildnis einer jungen Frau von Roger van der Weyden, und nun fällt es mir ein, daß wir ja diesem Typus, solchen freien, etwas nackten Stirnen, solchen Wangenpolstern, solchen schräggestellten Augen mit einem kecken Giebeldächlein von Brauen darüber, des öfteren in der Kunst der ihrer Heimat benachbarten Niederlande begegnen, bei Memling, bei David, ja auch bei Rembrandt, wenn auch etwas derber, so etwa bei dem jungen Mädchen in der offenen Halbtüre.

Trotzdem mag es nur beiläufig gelingen, gewisse äußerliche Merkmale zu treffen, und im Grunde bleibt es bei den dürftigen, unverbindlichen, nichtssagenden Kennzeichen eines Reisepasses: Augen: blau, Haare: blond, Mund: – wie soll man diesen Mund beschreiben? Überhaupt, wenn ich's recht bedenke: Unbekanntes Mädchen, bist du schön? Ich weiß es nicht. Bist du gut? Ich weiß es nicht zu sagen. Es hat Liebreiz, aber mehr von der Art der jugendlichen Maria Theresia, die gewiß keine Schönheit war, und es hat, ungeachtet seiner Bestimmtheit, etwas Lieblich-Hilfsbedürftiges, ja Rührendes, Bedrohtes.

Wie soll ich das Gesicht deuten? Was erzählt es von seinen neunzehn Jahren? Was ist überhaupt ein Gesicht! Es hat nicht eine, es hat unendlich viele Ansichten, es ist unabhängig von Licht und Schatten, es ist ein anderes am Morgen, in der Sonne, bei Mondenschein. Denn es ist wandelbar. Welches aber ist das richtige? In einem Jahr schon kann es anders aussehen. Die Kraft anderer Gesichter, Glück, Sorge, Liebe können es umprägen.

Es soll in Indien weise Männer geben, die es einem am Gesicht ansehen, welchen Menschen man begegnet ist. Sie lesen es ab. Auch wir haben uns in diesem Augenblick schon ineinander abgebildet. Wir sind nicht mehr, wer wir waren. Wir sind verändert. Man wird es uns vielleicht ansehen, ihr und mir.

Wenn das Fräulein nachdenkt, bilden sich leider zwei gestrenge senkrechte Falten über der Nasenwurzel, aber wenn es lacht, verschwinden sie zum Glück. Die Augen werden dann ganz klein unter den langen Wimpern, die Wangen werden zu runden, prallen Bällchen, die wohlgeformten, etwas zarten Zähne werden sichtbar. Meine Besucherin hat keinen Anlaß, sie zu verbergen, obwohl sie die Unart hat, manchmal die Oberlippe herabzuziehen, als schäme sie sich ihrer.

Wildfremd war sie an diesem winterlichen Feierabend im wahrsten Sinne des Wortes ›hereingeschneit‹. Was fiel ihr ein, ungerufen zu kommen? Warum kam sie, was wollte sie von mir? Sie schien zu den Menschen zu gehören, die der glücklichen Philosophie des: Da bin ich! huldigen. Wo sie erscheinen, erwecken sie den Eindruck, als würden sie erwartet.

Wie fragwürdig sind die Begegnungen der Menschen! Es hätte leicht sein können, daß ich an diesem Abend nicht zu Hause war. Es hätte sein können, daß die Fremde, als sie nicht zu mir fand, den Versuch aufgab, und das Zusammensein hätte nie stattgefunden. Aber ich war zu Hause. Und da ich dazu neige, Lebenswege zeichnerisch darzustellen, wobei freilich der Mensch, das Maß aller Dinge, zu einem winzigen Pünktchen zusammenschrumpft, bezeichnete ich mich als Punkt A, meine Besucherin als B, und verfolgte nun die Lebenswanderung. Ich sah B wie ein Regentröpfchen auf einer Fensterscheibe laufen, anderen Tropfen ausweichen, bald hurtig-zielstrebig, bald zögern, sich besinnen und schließlich auf einen Tropfen treffen, der seinerseits seinen Zickzackweg gelaufen war, und sich mit ihm vereinen. Vermag eine solche Betrachtung auch keine sicheren Aufschlüsse zu geben, so vermittelt sie doch eine Ahnung von der Schicksalhaftigkeit mancher Begegnungen angesichts des großen Weltenraums, in dem man sich so leicht verfehlen könnte. Es lohnt sich, auf einer Landkarte, wobei man sich generalstäblerisch jener Nadeln mit farbigen Köpfen oder Fähnchen bedienen kann, die Linien zweier Lebensläufe zu verfolgen, die, ungeachtet des vielen Platzes und der vielen Millionen Menschen, sich endlich an einem bestimmten Orte begegnen, als müßte es so sein. Ahnungslos waren sie einander schon ganz nahe gewesen und entfernten sich wieder, oft kreuzten sich die Linien, aber zu verschiedenen Zeitpunkten, bis A und B endlich einander ansichtig wurden.

Eine gewisse, mir wohlvertraute Unruhe verriet mir, daß es meine Besucherin zu rauchern begann, und nun, als sie sich bedient hatte (sie rauchte die Zigarette wie die meisten Frauen, als täte sie es zum ersten Male, schulbubenhaft, dilettantisch, besonders in der Art, wie sie den Rauch weit von sich blies, mit der Hand zerteilte und hustend abwehrte), nun war die Gelegenheit gekommen, ihre Hände zu betrachten. Es waren keine verwöhnten Samtpatschen, sie waren eher aszetisch, gleichsam schon erwachsener, gereifter als das Gesicht, doch nicht das, was man beseelte, durchgeistigte Hände nennen mag, sondern durchgearbeitet, gewissermaßen ihr lebendiges Handwerkszeug. Bei jenem Spiel, dessen Sinn es ist, aus einer größeren Anzahl zur Wahl gestellter Gesichter und Hände die zueinandergehörigen herauszufinden, würde ich in diesem Fall vermutlich völlig versagt haben. Ach, Hände zu beschreiben ist noch viel schwieriger als ein Gesicht! Wohl gibt es gewisse Fachausdrücke wie Trommelschlegelfinger, Wurstfinger, und ich kenne eine Hand, die wie ein Wurf Ferkel aussieht. Aber solche Vergleiche sind durchaus unzureichend.

Will man sich ferner anmaßen, die Orte besonderer Anmut eines Antlitzes sichtbar zu machen, wie sie etwa in der Gegend des Haaransatzes, an den Schläfen oder hinter dem Ohr am Halse zu finden wären, so wird man einsehen müssen, daß sie ›unbeschreiblich‹ sind, wie ein Lächeln, ein Anflug von Traurigkeit, ein Gewittern von Zorn oder jener Ausdruck des Nach-Innen-Horchens kaum in Worten wiedergegeben werden können, weil sie unkörperlich, unsinnlich sind, weil sie dem Seelenantlitz des Menschen angehören.

Kann man die Seele sehen? Ich glaube es! Obschon sie nur ein Hauch ist, ein Schimmer oder Schatten, man kann sie sehen. Das gleiche Angesicht könnte ohne diesen lichten Schein töricht oder gewöhnlich aussehen.

Ich habe spaßeshalber ein freilich nicht sehr ergiebiges physiognomisches Taschenbuch zu Rate gezogen und daraus geschlossen, daß, ›eine sanft gewölbte Stirn‹ Sanftmut bedeutet (wie übrigens auch ›blonde und weiche Haare‹). ›Senkrechte, tiefe Einschnitte zwischen den Brauen‹ sollen sehr verständigen Menschen angehören.

›Eckige Augenbrauen‹ (gemeint sind wohl solche von der Gestalt des französischen Accent circonflexe) verkünden einen erfinderischen Geist. ›Blaue Augen gehören oft dem Phlegmatiker(?).‹ Die Nase, meint mein Gewährsmann, sei ›nur wenig ausdrucksfähig‹, was ich gerade in unserem Fall doch bestreiten möchte; aber ich stimme ihm bei, wenn er behauptet, daß der Mund ›fast immer den inneren Zustand der Seele ausdrücke und daß es unmöglich sei, all seine sanften Abstufungen aufzufassen‹. ›Stark ausgedrückte, gegenseitig verhältnismäßige Lippen bezeichnen einen Charakter, dem Falschheit, Bosheit und Niederträchtigkeit ganz fern sind.‹ ›Ein rundes Kinn verrät Güte.‹ Genug, selbst nach diesen ziemlich billigen Deutungen (wobei ich den – gazellenhaften – Hals unterschlug, der ›Schlaffheit des Charakters‹ bedeuten soll) entsteht ein Bild so ungefähr, wie auch ich mir's gemacht hatte. Doch bleibt in dem Gesicht noch genug des Undurchdringlichen, Hintergründigen, Rätselhaften.

Ich sprach von einem Gesicht, von etwas sehr Vergänglichem, dem Altern Unterworfenen, also von etwas sehr Trügerischem, vom ›Äußeren‹. Man sagt mir nach, ich sei von je ein ›Sklave des Gesichts‹ gewesen. Und zudem sehe ich es mit meinen Augen. Jedes Menschen Augen sehen anders. Es gibt Augen, die haben den vergötternden Blick. Sie haben die wunderbare Gabe, durch das Gesicht hindurch den Genius zu schauen, der in dem irdischen Gehäuse aus Fleisch und Blut Wohnung genommen hat.

Ich sah ein junges Mädchen, sah es zum erstenmal. Aber ich hatte das Gefühl: Auf den ersten Blick, in der ersten Stunde weiß ein Mensch vom andern mehr, als er in vielen Jahren dazu erfahren könnte.

Solcherlei erwog ich bei mir angesichts meiner winterlichen Besucherin. Ich weiß nicht mehr, von was wir sonst noch redeten, Vergangenem und Zukünftigem. Und dann, nachdem das Fräulein, gleichsam abschließend, den Zigarettenstummel in der Aschenschale bis zur Unkenntlichkeit zerdrückt hatte, ging es wieder seiner Wege, besser, es ›stiefelte‹ durch die silberäugige Nacht zur Stadt zurück.

Der Kapellmeister

Mein verehrungswürdiger, musikalischer Freund sagt zwar, er für seinen Teil schlösse bei einem Symphoniekonzert die Augen, um den Dirigenten nicht zu sehen, damit er sich ganz dem musikalischen Erlebnis hingeben könne, ich aber behalte sie lieber offen, um bei dem einzigartigen Schauspiel körperlicher Beredsamkeit keine seiner geistvollen Attitüden zu versäumen. Ich freue mich jedesmal darauf, wenn dem Meister die Tür des Künstlerzimmers von unsichtbarer Hand geöffnet wird, wenn er erscheint und, sich, denn er ist wohlgenährt, ein wenig in die Brust werfend, die paar Stufen zum Orchester hinabgeht, fast wie man ins Bad steigt. Sich schmal machend strebt er mit einer gewissen Hurtigkeit durch die Gasse der Notenpulte dem Dirigentenpodium zu, verneigt sich mit korpulenter Grazie für den Begrüßungsbeifall und wendet sich ohne Aufenthalt seiner Arbeit zu, indem er den Taktstock ergreift, der einem spanischen Röhrchen gleicht. Jetzt steht er eine Weile ruhig, sich sammelnd und das Orchester mit raschen Blicken überprüfend, diesen lebendigen Orgeltisch. Auch jeder Pianist macht es so: er begrüßt gleichsam die Tasten, und jeder Zauberer betrachtet so sein magisches Geräte, bevor er ans Werk geht. Die ›Vergewisserung‹, so möchte ich es nennen, ist vorüber, diese notwendige Pause (denn mit einer gedachten Pause beginnt und endet alle Musik), der Meister hebt den Kopf aus dem Kragen und beginnt. Es wäre nun verdienstlich, wenn ich der Choreographie seiner oft tänzerischen, dann wieder kämpferischen Bewegungen die Partitur einer bestimmten Symphonie unterlegen könnte, wozu mir leider das musikalische Gedächtnis fehlt. So muß ich versuchen, aus der Erinnerung einige charakteristische Stellungen nachzuzeichnen.

Mit der schönen Gebärde eines opfernden Priesters hebt der Meister die Arme, vereinigt die Blicke seiner Musikanten auf sich und hebt an, fast unbeteiligt, so als ginge es auch ohne ihn, zunächst ruhig vor sich hin skandierend. Noch begnügt er sich hier mit einer knappen Blickwendung, dort mit einem ermunternden Zunicken, um einen Einsatz zu geben, so daß ein Unkundiger glauben könnte, er dirigiere mit der Nase mehr als mit seinem Stabe. Noch macht er den Eindruck eines Pariser Verkehrspolizisten, nur, daß er den musikalischen Verkehr regelt. Jetzt aber ist es Zeit einzugreifen. Die Streicher linker Hand bedürfen des Rütchens.

Als Hörer bin ich leider darauf beschränkt, nur die Rückenansicht beschreiben zu können. Denn der Ausdruck des Gesichts, vor allem das beredte Spiel der Augen und des Mundes, bietet sich nur zuweilen im Profil dar, wie eben, da der Meister sich nach der Seite wendet, die stabfreie Linke erhoben, als wolle er bitten, doch ja recht leise zu sein, als gelte es, einen Schlafenden nicht zu stören. Aber schon wendet er sich von den Streichern, indem er lächelnd die Augen schließt, und während er den Arm nach rückwärts renkend jenen noch Ruhe gebietet, tut er einen plötzlichen Ausfall zu den Bläsern hin. Er sticht nach ihnen. Und jetzt scheinen unsichtbare Geister von allen Seiten auf ihn einzudringen, deren er sich florettfechtend heftig erwehren muß. Er duckt sich, er weicht gewandt Schlägen aus, aber er scheint zu siegen. Sein Körper hat sich mit einer spiralischen Windung schraubenartig aus einer musikalischen Umklammerung befreit, er wird für einen Augenblick zum Monument eines siegreichen Feldherrn. Nun aber gleicht er mehr einem leidenschaftlichen Volksredner, der es seinen Zuhörern einmal ordentlich besorgt oder sie beschwört. Hinter dem Handrücken vorbei scheint er ihnen ein Geheimnis zuzuflüstern, dann wieder, wie bei dem Spiele ›Taler, Taler du mußt wandern‹, hinter seinem Rücken jemandem etwas verstohlen zuzustecken, ohne hinzusehen, dann wieder, nachdem er deutliche Anstalten machte, im Walzerschritt vom Podium zu tanzen, winkt er mit der Linken über den stabführenden Arm greifend fast unwillig jemandem ab. Dabei ist die unbewaffnete Linke ein Kapellmeister für sich. Es scheint, daß jeder Finger ein Wort einer Zeichensprache bedeutet, wenn etwa der Kleine und der Zeigefinger bei eingezogenen Mittelfingern gestreckt wird oder alle Fünfe sich zusammentun, als hielten sie eine Frucht. Oder die Hand ballt sich zur Faust, als sei ein Vogel darin verborgen, und öffnet sich wieder, ihn fliegen zu lassen. Manchmal hat es etwas von der Geste eines Zauberers, wenn er dem Publikum, das wähnt, das zu verzaubernde Ei befinde sich noch in seiner Hand, zeigt, daß die Hand leer ist. Oder ist er ein Lehrer mit Schülern, die er aufruft und sich setzen heißt? Dich meine ich, dort, rechts in der hintersten Bank!

Eben noch in leidenschaftlicher Erregung, ›dem Knaben gleich, der Disteln köpft‹, mit seiner Gerte über die Häupter der Musikanten hinfuchtelnd, beherrscht er sich plötzlich, wird ganz sanft, fast verschämt, wie ein junges Mädchen, sich in den Hüften wiegend. Er scheint mit rasch gekrümmtem Finger jemanden herbeizurufen, ja zu necken, denn er wendet sich mit wegwerfender Handbewegung schon einem andern zu, lockt auch ihn, um ihn sogleich in seine Schranken zu weisen und dann mit maulwurfartigen Bewegungen über das Pult hinwegzuwollen, die Welt und alles hinter sich werfend.

Ich vergaß ganz zu sagen, daß die Bewegtheit seines Körpers, seiner Hände, die Zeichen, die er gibt, verstanden und befolgt werden, ja daß er wirklich ein Instrument spielt und beherrscht und alles noch dazu aus dem Kopfe, auswendig, was eigentlich besser inwendig hieße.

Er tut es geschmeidig, tut es mit harten, bestimmten, ruckhaften Bewegungen, als ziehe er eine Schublade auf und stoße sie wieder zu, er gebietet, beschwichtigt, er hebt die Faust wie ein Athlet, der seinen Bizeps zeigen will, er schüttelt sie, läßt einzelne Finger gerade oder anmutig gekrümmt emporschnellen, strafft sich, lockert sich, kriecht in sich hinein, als wolle er in sich selbst untertauchen, schleicht sich auf leisen Sohlen an, macht sich klein und riesengroß, um endlich, mit umfassender Gebärde die geliebte Musik umarmend, sie gleichsam an die Brust zu ziehen.

Ein geschulter Beobachter könnte vielleicht mit zugehaltenen Ohren allein aus dem bewegten Marionettenspiel des Dirigenten ablesen, welches Werk gerade gespielt wird. Er könnte es mit den Augen hören, und, wenn ich vorhin sagte, eigentlich müßte ich der Beschreibung die entsprechenden Noten unterlegen, so wäre es einem geschickten Zeichner ebensogut möglich, die Partitur mit den Umrissen des Meisters zu zieren. Das müßte sich recht hübsch ausnehmen.

Wenn er fertig ist und das Stäbchen weggelegt hat, zieht er sein Kinn ein. Bescheidentlich ist seine Haltung, bis ihn der wohlverdiente Beifall herumschwingt zur harmonischen Kurve der Verbeugung. Dann aber tut er noch etwas. Er bedeutet durch eine einladende Geste der Hände den Musikern, sich von den Sitzen zu erheben und weist auf sie, als sei das Gehörte vor allem ihrer gehorsamen Kunst zu danken.

Ansichtskarte aus Kampen

Was doch die Leute für ein Getue mit Kampen haben! Wenn sie das Wort Kampen – gemeint ist das Dorf auf der bekannten Nordseeinsel Sylt –, wenn sie Kampen sagen, bekommen ihre Augen einen so schwärmerischen, sehnsüchtig-verklärten Ausdruck, daß man überzeugt ist: Kampen muß ein Paradies sein. Ich kann nichts Besonderes daran finden. Ich glaube, der sagenhafte Ruf dieses Ortes beruht auf reiner Einbildung.

Kampen besteht zum größten Teil aus nichts als Luft, Wasser und Sand. Bäume, die sonst einen wesentlichen Bestandteil vernünftiger Landschaften auszumachen pflegen, gibt es hier fast gar nicht, und die wenigen sind ›vom Winde verweht‹, haben nur eine halbe Krone und sehen sehr eilig, sozusagen fortstrebend aus. Wenn ich behauptete, Kampen bestehe größtenteils aus Luft, so hätte ich genauer sagen müssen: aus Wind. Es ist mir ein Rätsel, daß von dem Sand, sehr feinem Sand übrigens, trotz des jahrhundertelang fast unaufhörlich wehenden Windes noch so viel übrig geblieben ist, zahlenmäßig ungefähr noch genausoviel wie vor zehn Jahren, als ich das erstemal hier war. Natürlich: das Meer ist immer etwas Schönes, Erhabenes, aber es gibt schließlich genug davon auf der ganzen Welt, wobei es mich, wenn ich den Globus so betrachte, stets gewundert hat, daß es nicht von der Erde abtropft ins All.

Vernünftigerweise habe ich meinen dicken, gesprenkelten Wollsweater mitgebracht und meine schwarze Lederkappe, die ich mit Rücksicht auf meine Familie zu Hause nicht aufsetzen darf. Ich sehe darin ganz so aus ›wie'n ollen, ehrlichen Seemann‹, wenn ich, die Hände in den Hosentaschen, schräg durch die Wiese wehe zu den Dünen oder zum Strand. Denn was will man sonst hier machen? Ein paar Schritte – vielleicht gefällt das den Kampenschwärmern? – und man ist weit weg. Die Dünen, eben scheinbar noch so fern, ein paar Schritte und sie sind ganz nah. Heute leuchtet ihr Sand so weiß wie Schnee; man kann diese lächerlichen Hügel, die kaum viel höher sind als das Baronsbergl in Schwabing, wo es freilich kein Meer gibt, die Imhofstraße bei Regenwetter vielleicht ausgenommen, ja, im Ernst, man könnte diese von Strandhafer und Dünengras bewachsenen kümmerlichen Bodenerhebungen gerade so gut für ein fernes Schneegebirge mit Viertausendern halten. Die Farben, das will ich zugeben, die Farben sind allhier bezaubernd, das heißt die Grundfarben: die braune Heide, die grünen Wattwiesen, das Silbergrün der Dünen, daran ist nichts Besonderes. Die Beleuchtung macht's, der unendliche Himmel, die aufgehende und untergehende Sonne, der Widerschein des Wassers. Es ist, rundheraus, so langweilig in Kampen, daß man (ich wenigstens) gar nicht zum Arbeiten kommt, sondern immer nur schaut. Denn das ist ja das Ärgerliche hier, wo so gar nichts ist, wo man gleichsam auf des Schöpfers flacher Hand gegen den Himmel gehalten ist, hier gibt es immer etwas zu schauen: das Meer vor allem, das immer wieder heranwogt, das, eigensinnig, durchaus aufs Land will und immer wieder zurückfluten muß – ich werde nicht müde, ihm zuzuschauen. Sieht es nicht aus, als wenn ein Verkäufer immer neue Stoffe vorlegt und über den Ladentisch hinrollt, den wundervollen Fall der Falten zu zeigen? Wie hübsch ist das, wenn auf dem heranwogenden Wasser Wasser der gleichen Art zurückläuft, wie es sich kräuselt, von dem herrlichen Wellenschlag gar nicht zu reden und dem, was das Meer als Mitbringsel vor meinen Füßen am Ufer zurückläßt an allerlei seltsamem Getier und an Muscheln, geformt und rosig wie der Eos Fingernägel.

Es gibt auch Häuser in Kampen, strohgedeckte, zottige, aus bordeauxroten Backsteinen gebaut. In der Dämmerung könnte man das Dorf für eine weidende Mammutherde halten. Es ist ein wahres Glück, daß ich mich ein wenig auf Tiere verstehe und das hiesige Geflügel bei Namen nennen kann: die schwarz-weiß-roten Austernfischer, die so schlau dreinblicken und wie kleine nationalistische Störche aussehen, die bunten Fuchsgänse, Goldregenpfeifer, Seeschwalben, Silbermöwen und wie diese unterhaltenden, anmutig fliegenden Tiere alle heißen. Man würde sich übrigens kein bißchen wundern, wenn einem bei einer Wanderung durch die Dünen plötzlich ein Rudel Gazellen, Löwen oder Giraffen begegnen würden. Zur Zeit blühen die Rosenhecken, weiß und rot, und die schnittlauchähnlichen Wattnelken in zierlich-steifer Grazie und, so reizend wie gefährlich aussehend: das Knabenkraut. Man sieht, ich versuche alles anzuführen, was den angeblichen Zauber Kampens retten könnte, dem auch ich mich, scheint's, nicht völlig entziehen kann, obwohl ich nicht zu sagen vermöchte, worin diese Verzauberung eigentlich besteht. Weil der Himmel hier größer; viel größer und abwechslungsreicher ist als irgendwo sonst auf der Welt? Weil das Meer und das Watt alle Farben meines Aquarellfarbkastens annehmen können, vom unheimlichsten, fast schwarzen Indigo bis zum durchsichtigsten, wangenzartesten Rosa, in alle Metalle, Seidenstoffe und Edelsteine sich verwandeln können? Oder weil man hier wie nirgends so ganz genau weiß, welche paar Menschen man hier haben möchte, als wäre dieser seltsame Ort der eigentliche natürliche Maßstab für menschliche Sympathie, die, ach, so wählerisch und oft so schrecklich ungerecht ist?

Gestern abend sah ich zweien Pferden zu, einem Rappen und einem kupferbraunen mit blonder Mähne und blondem Schweif, wie sie miteinander scherzten und spielten, wie Liebende, Hals über Hals schmiegten oder nebeneinander hertrabten, wobei sie sich herzlich ansahen, dann sich mit ihren Mäulern ineinander verbissen, als küßten sie sich, mit ihren von Atem betauten, dampfenden Nüstern und schlaffen Mäulern, diese großen, warmen, ernsthaften, starken, die Mähne lustig aus der Stirn schüttelnden, kindsköpfig zärtlichen Tiere. Kaninchen gibt es auch. Heute früh saß eines vor meinem Fenster, mümmelnd und mit seinen lidlosen Augen sehr wachsam und auf der Hut. »Was machst du denn da, Häschen?« fragte ich. Da lief es kreuz und quer durch die Heide, zutiefst erschrocken vor des Menschen Stimme. Gegenwärtig ist Vollmond. Auch schön. Ach, Kampen hat schon seine Reize. Ich möchte ganz gern so ein zottiges, kleines Häuschen haben, das aussieht wie aus einem Kaffernkral, und so einen Wall drumherum, aus Wackersteinen und Wasen, und manchmal geräucherte Flundern! Es ließe sich schon aushalten hier.

Sand

Ehe die Sintflut kommt, denn es regnet seit sieben Tagen ohne Unterlaß, will ich Dir noch einmal schreiben.

Es hat eine gute Weile gedauert, bis mein kleines Haus mir vertraut wurde, bis es mich annahm. Vielleicht hat es noch nie ein Liebender bewohnt. Man fühlt es, ob in einem Haus schon geliebt wurde oder gehaßt. Vielleicht muß erst jemand darin geboren oder gestorben sein, damit es seinen Sinn bekommt.

Aber nun ist es doch schon etwas von mir durchwohnt. Auch der Tisch, an dem ich Dir schreibe, beginnt fruchtbar zu werden, dank einer gewissen Unordnung aus Zetteln, Büchern, Bleistiften, der schöpferischen Unordnung, die ich brauche, ohne die ich mich nicht darauf zurechtfinden könnte. Sie hat etwas von dem natürlichen, harmonischen Durcheinander einer Landschaft. Wehe, wenn jemand käme und wollte die Flüsse strecken und in Reih und Glied nebeneinander-, die Seen und Städte aufeinanderlegen: ich würde nichts mehr finden in solcher keimfreien Ordnung.

Obenauf liegt Dein Brief, als wäre er unter Umgehung der Post durch die Luft hierhergeflogen (denn so müßte es ja eigentlich sein zwischen uns, daß wir unsere Briefe dem Wind anvertrauen) wie ein weißer Vogel, wie eine Möwe und hätte sich hier niedergelassen. Seine Schwingen sind von Deiner Hand beschrieben.

Ich liebe Deine Schrift.

Ich kann mir keine Schrift denken, die Wesen und Gestalt der schreibenden Person so sichtbar macht wie Deine. Die Zeichen auf dem Papier sind die Schatten der Worte aus Deinem Munde. Jeder Buchstabe ist ein kleiner Mensch und Dir ähnlich. Manche Zeilen stürmen dahin wie Gazellen, andere gehen gemächlich einher. Dein Haar ist darin, die schlendernde Unbekümmertheit Deines Ganges, die Schwünge, Schleifen, Schweifungen der Buchstaben haben ganz Dein Gehabe und Deine Anmut. Es würde mich nicht wundern, wenn sie nachts lebendig würden und im Mondschein umherspazierten, Arm in Arm oder umschlungen, und erst morgens auf ihre Plätze zurückkehren würden.

Du fragst mich, was ich so den ganzen Tag tue. Nichts. Davon bin ich von früh bis spät vollauf in Anspruch genommen. Es bleibt mir kaum Zeit, etwas anderes zu tun. Ich lebe, das ist alles.

Meine Uhr ist stehengeblieben. Es muß wohl Sand ins Werk gekommen sein. Aber ich brauche sie hier nicht. Ohne Uhr hat man immer Zeit. Denn die Zeit richtet sich nicht nach der Uhr. Manchmal eilt sie, manchmal verweilt sie. Sie ist aus ähnlichem Stoff gemacht wie der Wind. Was ist die Zeit? Ihre Dauer richtet sich nach unserer Liebe.

Bei schönem Wetter bin ich den ganzen Tag am Strand, in den Dünen, im Wasser, im Wind unter Gottes freiem Himmel, bei den Elementen also, aus denen er Dich und mich und die übrigen Menschen geschaffen hat. Denn wenn irgendwo, dann hat er es hier vollbracht. Hier fand er alles, was er dazu bedurfte: Sand und Lehm für die Gestalt, Wind genug für den Atem, die Sprache und die Seele, Feuchte genug für Tränen, Bläue genug für die Augen, Steine für das Herz in der Brust. Die Hügel und die Hänge der Dünen enthalten Formen für Millionen von Geschöpfen. Und das Meer ist voller Gedanken, dunkler und heller, voll Unruhe und unergründlicher Trauer. Ich möchte dabei sein, wenn Du zum erstenmal das Meer siehst. Ich kenne es schon lange. Ehe Du auf der Welt warst, kannte ich es schon. Wo warst Du damals? Wenn ich allein am Strand bin – ich bin ja nicht allein, denn ich lebe, als wäre ich zu zweit –, dann ist die weite Welt ganz nahe. Es ist alles da.

Die glückliche Insel besteht aus Sand und Lehm, darin wie Rosinen in einen Kuchen Steine und Muscheln gebacken sind, aber vorzüglich aus Sand. Es ist ein Wunder, daß er nicht schon längst in alle Winde geblasen ist von den Stürmen der Jahrtausende. Er ist beharrlicher, seßhafter, als es den Anschein macht, so als zöge ein Körnchen das andere an, als suchten sie einander und fänden wie winzige Lebewesen doch immer wieder zueinander. Wenn man eine Handvoll trockenen Sandes aufnimmt und in den Wind hält, dann fangen die Körnchen an, hurtig durcheinanderzuwirbeln und aufzufliegen wie Samen. Aber der Wind, der sie zerstreut, kehrt sie auch wieder zusammen, das Meer, das sie fortspült, bringt sie auch wieder zurück. Wenn man Sand durch die Lupe betrachtet, so sieht man ein Geröll von kleinen Felsblöcken, manche durchscheinend, manche glitzernd wie Glassplitter, andere goldgelb, ziegelrot oder grau, einander ähnlich alle, doch keines dem anderen gleich. Sie liegen locker beieinander, aber Wind und Wasser können sie so fest zusammenfügen, daß dem Wanderer, der darüber hingeht, die Sohlen schmerzen. Keine Spur bleibt darin zurück.

Ein hilfloses Spiel für Wind und Wellen, je nach Laune hin und her geworfen und geblasen, unfruchtbar und unverweslich scheint der Sand zu sein. Dennoch muß ihm eine geheime, lebenspendende Kraft innewohnen. Aus ihm holt der Strandhafer seine Nahrung, Stiefmütterchen wachsen darin, bunte Wicken ziehen leuchtende Farben aus ihm. Sie müssen wohl darinnen sein. Ist es das fruchtbare Licht, das nicht aus den Gestirnen zu kommen scheint, sondern in jedem Sandkorn wohnt, wie denn die Dünen des Nachts weithin leuchten, mondenhell – ist es dieses Licht, das die Pflanzen bestrahlt, ist es das Salz, ist es der Quarz, von dem die Wurzeln essen?

Tierchen so klein, das jedes Sandkorn ein Felsblock für sie sein muß, rote Spinnen, Ameisen und graue Rüsselkäfer, wie winzige Elefanten anzusehen, leben in den

Dünen, und Sandflöhe, die sich ganz wie ihre unruhigen Vettern, die Gletscherflöhe, benehmen. Sie haben wie diese etwas Plötzliches, Springlebendiges. Sie sind sandfarbig, lebendig gewordene Sandkörnchen, und treten rudelweise auf. Zarte blaue Schmetterlinge, von der Farbe der Männertreu, gaukeln ungeachtet der steifen Brise leicht und munter umher. Der Wind, gegen den der Wanderer ankämpft, zerreißt sie nicht, der Sturm entführt sie nicht übers Meer.

Wie finden die Ameisen heim in dieser Wüste? Und die Vögel, die Seeschwalben, die in den Sand ihre Eier legen, ungeschützt in ein nur durch einen lockeren Kranz von Halmen kaum angedeutetes Nest? Welche Trübsal bringt ihnen der Regen und die Finsternis? Wo sind sie, was empfinden sie nachts?

Diese Berge von Sand, erstarrten Wogen nachgebildet, haben manchmal eine schwache Stelle, wo sie der immerwährende Wind, der übers Meer kommt, anfrißt. Er fegt über den Dünenkamm und bläst eine Mulde in den Sand. Der Sand beginnt zu wandern, fliegt auf und sammelt sich jenseits der Mulde. Zuerst ist es nur eine kleine Vertiefung, eine hohle Hand, aber der ewige Wind gräbt tiefer, höhlt gewaltige Krater aus, und die wandernde Düne wächst wie ein Gletscher in die Heide, langsam Korn bei Korn. Sandwüsten bilden sich, Formationen, die denen des Schnees in den Bergen gleichen. Man könnte von Pulversand und Harsch sprechen.

Ich habe mir die Mühe gemacht, bäuchlings am Strande liegend, den Sandgrieß ein wenig durchzusehen, auszulesen und zu ordnen. Ich habe dabei Körner gefunden, klar und rund wie Tautropfen, wert, einen Ring zu zieren. Manche gleichen Rauchtopasen, andere dem Rosenquarz, wieder andere schimmern bernsteingolden. Die einen erkennt man ohne weiteres als Absplitterungen von Gestein, zerrieben in der Brandung, aber jene wasserhellen sehen aus, als seien sie als Sandkorn erschaffen. Natürlich sind Muschelreste, kleine Metall-

und Kohlenteilchen dareingemischt. Ich habe von jeder Art, nach Farbe und Schliff gesondert, je etwa eine Mandel in weiße Muschelschalen getan, darin sie allerliebst aussehen wie winzige Edelsteine.

Vielleicht wird, wenn die Sonne darauf scheint, der Sand so heiß, weil die Körner wie Linsen von Brenngläsern wirken. Es ist ein wunderbares Gefühl, nackt darin zu liegen, und die Haut wird schön samten davon. Ich glaube an die Heilkraft des Sandes.

Wenn ein Sandkorn in eine Auster gerät, bildet sich eine Perle. Sein Reiz, sein Kitzel ist es, der das schimmernde Wunder hervorbringt. Auch von den Muscheln wäre viel zu sagen. Manche gleichen rosigen Fingernägeln, manche kleinen Schmetterlingen, und die Malermuscheln sind wie große Sonnenblumenkerne.

Es hat zu regnen aufgehört. Die Sonne ist hinab, und der Mond kommt herauf, unser Mond, von dem gesagt wird, er sei den Liebenden feindlich gesinnt. Mond und Sonne, sie müssen eines Tages ineinander stürzen wie Liebende. So ist es gemeint. Das wird der Welt Ende sein. Nun funkeln die Sterne. Ich habe einen nach Dir benannt. Er ist keiner von den größten, aber sie sind alle nicht sehr groß. Sie sind so, wie wir sie sehen, und ich werde nie glauben, daß sie gewaltige Himmelskörper seien. Der Stern, der Du bist, wird vom Winde gedreht wie ein Federrädchen. Gute Nacht!

Sturm

Die Nacht war sternenklar und windstill. Aber gegen Morgen erhob sich der Sturm. Er ›erhebt‹ sich, sagt man, also wie ein Mensch oder ein Tier von seinem Lager sich erhebt. »Man weiß nicht, von wannen er kommt und braust.« Wo ist der Ort seiner Geburt, wo verlebt der Sturm seine Kindheit, wann und wo wird er sich legen und einschlafen? Wächst der sanfte Windhauch, der kaum unser Haar bewegt, zum Sturm heran, der heute mit Windstärke neun über die Insel rast? Man spürt und hört ihn, aber ihn persönlich sieht man nicht. Wohl bildet er sich ab etwa in dem blondgrünen Gras, das nachgibt, aber, wäre der Sturm auch noch so stark, sich ständig bewegt. Es schmiegt sich seinem Rhythmus an. Er atmet, er zittert am ganzen Leib, vor Zorn oder aus Furcht oder Anstrengung. Es ist, als befände er sich auf der Flucht vor etwas. Das Warnsignal, die rote, zerfetzte Fahne neben der grünen Treppe am Kliff, flatterte. Sie müßte, wäre der Wind stetig, doch eigentlich still stehen wie aus Blech geschnitten.

Heute zum Strand zu gehen ist sehr beschwerlich. Schräg, die Schulter vorne, mit vorgelegtem Körper, hin- und hergerissen, im Gang eines Betrunkenen, stemmt man sich vorwärts. Man legt sich in den Wind. Man schlottert und der Regenmantel knallt einem um die Beine. Es verschlägt einem den Atem. Es ist ratsam, nicht zu sprechen.

Der Sturm ist unberechenbar. Eben muß man alle Kunst aufbieten, einen Fuß vor den andern setzen, da fällt man fast vornüber in eine Luftlücke, die keinen Widerstand bietet. Was da im Sturm mit einem geschieht, gleicht ›stürmischen‹ Umarmungen unsichtbarer Liebender. Das Loslassen, Zupfen und Zerren, es ähnelt stark der Leidenschaft, den Vertraulichkeiten, den Launen und der Heimtücke des Meeres. Vielleicht, wenn der Wind gefärbt wäre, würde man Wogen und Wirbel sehen wie im Meer. Am heftigsten, unwiderstehlichsten fegt er über die Kante des Steilufers, das ihn aufhält in seinem Rennen. Nur ein kurzes Stück Wegs hat er die gesammelte Kraft. Man muß die Hand vors Gesicht halten. Wie mit Nadeln, schmerzhaft stechen die Sandkörner, die der Wind mit sich führt.

Das Meer ist völlig außer Rand und Band. Es ist zum Fürchten schön. Wer es so zum ersten Male sieht, den überkommt, wenn er natürlich antwortet, mit Recht die Angst. Es hat etwas Verzweifeltes, Gepeinigtes, bäumt sich auf wie vor Schmerz, wie ein gepeitschter Mensch. Es ist zutiefst aufgewühlt. Es leidet.

Die See brandet bis an die Dünen. Aber auch sie scheint auf der Flucht vor etwas Entsetzlichem zu sein, so wie sich die Sprotten vor den Makrelenschwärmen ins Seichte flüchten und am Strand verenden. Die Brandung ebnet die Sandburgen der Badegäste ein, und die durch die Sirene alarmierte Ortsfeuerwehr muß die gefährdeten Strandkörbe in Sicherheit bringen. Drei hat das Wasser mitgenommen, viele unterspült und mit Sand verschüttet. Sie müssen ausgegraben werden.

An den freien Stellen des Strandes jagt dicht am Boden der feine Flugsand hin. Große irisierende Schaumknäuel treiben, sich überkugelnd, im Wind.

Nicht in regelmäßigen Reihen wie an andern Tagen rollen die Wellen heran. Sie sind in Unordnung geraten, sie genieren einander, sind sich ständig im Wege, wissen nicht mehr wo ein und aus. Ihr Benehmen erinnert ein wenig an den Sturm des Publikums an einer Theatergarderobe. Es herrscht rücksichtslose Panik im Meer. Die eisernen Buhnen, durch menschliche Vorsicht den Sand zu befestigen alle paar hundert Meter errichtet, schlitzen die Wogenleiber auf. Hoch spritzt der weiße Gischt und geifert die Buhnen entlang.

Die sonnengebräunten Gesichter der Neugierigen werden weiß vom Salz. Man schmeckt es, wenn man mit der Zunge über die Lippen fährt.

Unaufhörlich rauscht das Meer. Man hört die einzelnen Instrumente nicht heraus, hört nicht den Sturz einzelner Wellen. Unisono wie ein Wasserfall braust es. Es ist nicht dunkel, nicht blau, wie sonst zuweilen: es ist blond und weiß, weit hinaus.

Unbeirrt schweben im Gleitflug, vom Aufwind getragen, die Silbermöwen den Grat der Dünen entlang. Ihre Flügel zittern wie die Tragflächen der Flugzeuge. In unheimlicher Geschwindigkeit ziehen, quer zum Sturm, Schwärme von Strandläufern ein paar Meter nur über das entfesselte Wasser dahin, diese kleinen, zerbrechlich wirkenden Vögel. Im Hui sind sie vorüber.

Wenn man dann ordentlich durchgeblasen, nun den Wind im Rücken und sich an ihn lehnend, den Mund und die Ohren voll Sand, mit brennendem Gesicht sich nach Hause wehen läßt, ist einem nach einem steifen Grog zumute.

Nach zwei Tagen liegt die Nordsee ruhig wie ein nasser Lappen, als wenn nichts gewesen wäre.

Antlitz und Antwort

Nun schreibe ich Dir schon wieder, ohne die Antwort auf meinen letzten Brief abgewartet zu haben. Das bedeutet wohl, daß meine Briefe an Dich nichts anderes als Selbstgespräche sind. Ich mache mir auch keine Gedanken darüber, ob und wann mein Brief in Deine Hände kommt. Denn Du bist gegenwärtig, während ich an Dich schreibe, und der Brief ist gleichsam schon angekommen, ehe sich die Post seiner annimmt, die ich desungeachtet für eine der liebenswürdigsten Erfindungen der Menschheit halte. Ich bin der festen Meinung, daß sie ihr Dasein einzig und allein den Liebenden verdankt. Jeder Liebende wird denken, daß sie nur für ihn da ist. Kannst Du es verstehen, daß ich, während ich noch mit Dir zusammen war, manches zu sagen unterließ, weil ich mich darauf freute, Dir's zu schreiben?

Warum ich mich so leicht entschloß zu reisen, auf die Gefahr hin, Dich lange Zeit nicht zu sehen, wird mir jetzt erst klar. Nicht daß ich hoffen könnte, Dich zu vergessen, was ich mir um Deiner und meiner Ruhe willen zuweilen ernsthaft gewünscht habe. Es konnte sein, daß meine späte Zuneigung nur von der verliebten Gegenwart und von Deinem jungen Anblick lebte. Aber nun weiß ich, daß wir befreundet sind und daß meine Reise von Dir fort eine Reise zu Dir war.

Ich habe das Gefühl, auf dem Monde zu sein, seit ich

auf dieser Insel wohne. Und wirklich umschließt das Land die Bucht, auf die ich blicke, in Gestalt eines halben Mondes, und die schimmernde Landschaft der Dünen gleicht jener, die wir durch das Fernrohr sehen. In den ersten Tagen habe ich ein wenig gezeichnet, vom Fenster aus. Zwei Rosse, ein weißes und ein rotes, und eine schöne Kuh, ein merkwürdiges Geschöpf. Denn während ich sie abkonterfeite, erkannte ich, daß die braunen Flecken auf ihren Flanken eine lächerliche Ähnlichkeit mit der Karte von Europa zeigten. Sogar die Britischen Inseln waren unschwer zu erkennen. Ich habe sie ›Europakuh‹ getauft.

Auch ein Gedicht habe ich wieder gemacht.

Ob es gelang oder nicht, es gibt kein glücklicheres Erlebnis als die seltene Stunde des Gedichts. Dann, nach diesem zärtlichen Geschehen, habe ich an zweien Regentagen aus einem faustgroßen Lehmklumpen ein Menschengesicht geknetet, obwohl Du es mir streng verboten hast. Du bist es oder doch ein Stück von Dir, und es scheint mir ähnlicher geworden aus dem Kopfe als meine bisherigen hilflosen Versuche nach dem Leben. Da ist es also wieder offenbar: das schöne Verhängnis meiner Natur, daß ich dreien Neigungen nicht zu widerstehen vermag. Es muß wohl so sein, daß die Übung einer dieser Neigungen nicht hinreicht, sie fände denn ihre glückliche Ergänzung in den andern. Auch will mir scheinen, daß die Übung dieser Künste nur eine andere Form der Lebensäußerung ist: ›Ausdruck zärtlichsten Lebensdranges‹. Dabei haben Neigungen und Fähigkeiten unbezweifelbar ihre Gezeiten, also daß in den Wochen des Schreibens die andern Künste mir fast fremd dünken. Sie sind verstummt, sie ruhen. Es gilt ein Gesetz der Höflichkeit in den geistigen Bezirken. Sie wollen einander nicht stören. Dies gültige Gesetz waltet auch innerhalb der einzelnen Kunstgattungen. In den Zeiten des Gedichts will die Prosa nicht gelingen, in den Zeiten der Zeichnung ruht der Pinsel völlig, oder er versagt.

Unbegreiflich erscheint es mir, wenn ich an einer Erzählung bin, daß ich je ein Theaterstück schrieb. Ich könnte es mir als idealen Fall vorstellen, daß der Jüngling Liebeslieder dichtet, der Mann Dramen schafft und dem Greis das Epos zugehört.

Wie auch immer, Dein Gesicht ließ mich nicht ruhen. Wie sehr ich mich auch dagegen wehrte, es fuhr mir auf einmal in die Hände. Was Wunder? Hier ist Sand, der jede Hand verführt, daraus etwas zu formen, einen Fisch oder ein Ornament, und wirklich tut es jeder Gast dieser gesegneten Insel auf irgendeine Weise. Dann: das Meer, das ewig sich verwandelnde, das unaufhörlich Formen treibt, und der Himmel, der hier größer ist als irgendwo auf Erden, der unendlich hohe Raum, an dem gemessen jeder Stein am Strand sein eigenes Gepräge bewahrt und mehr bedeutet als anderwärts. Man bückt sich hier immer wieder, einen aufzuheben, damit zu spielen, ihn in der geschlossenen Hand zu halten, stundenlang. Das Körpergefühl ist wunderbar gesteigert, Du fühlst Dich ganz, wenn das Meer über Dir zusammenschlägt, wenn Du im Winde stehst oder wenn Du Dich mit Sand begräbst bis zum Hals, ganz wie eine Statue sich empfindet, vom Scheitel bis zur Sohle.

Du hast Dich abgebildet in mir, und nun regt sich die Form, daß sie sich erfülle. Dennoch nenne ich es ein Verhängnis, das mir beschieden ist: bilden, schreiben, malen zu müssen. Es geht manchmal über die Kraft, wenn die ungeduldigen Reize der schönen Natur mir das Herz dreifach bedrängen, mich anschauen, anrühren und zu mir reden in Farbe, Form und Wort. Sie wollen, daß man ihnen antwortet. Sie geben sich nicht zufrieden, bis man sich ihnen fügt. Den Bedrängten vermag es wenig zu trösten, daß er dreifach empfindet und mehr vom Leben hat. Ich sehe es kommen, daß mir das lehmfarbene tönerne Abbild nimmer genügen wird mit seinen blicklosen Augen. Ich werde Dich malen müssen um dieser Augen willen, damit sich zeige, welcher Anteil der Form, dem Umriß, der Farbe zukommt und sich mir Deine wahre Gestalt offenbart. Unzulängliches, sterbliches Bemühen! Was ist gewonnen, wenn ich nicht auch Deine Seele habe? Wenn ich die rechte Antwort auf Deinem Antlitz suche, in Deinen Augen und Deinem Mund, darin die Seele am liebsten verweilt, wie sollte es geschehen ohne das lebendige liebende Wort?

Während ich schrieb, hat sich die Bucht vor meinem Fenster unaufhörlich verwandelt. Erst war sie ein brauner Sumpf, dann begann es darin zu glucksen und zu rieseln, Millionen winzige Bläschen stiegen auf und zersprangen. Dann wurde ein See daraus, friedlich und klar. Aber jetzt mit dem Abend ist ein Meer daraus geworden, dunkel und bedrohlich, und der Zug der silbernen Dünen gleicht jetzt wirklich einem halben Mond in der Nacht. Lebe glücklich!

Von den Muscheln

Über die Zoologie der Muscheln (und Schnecken), die man hier in Kampen am Strand findet, weiß ich wenig, aber ich liebe und sammle sie, oder besser ihre Schalen, die als allerliebste Denkmäler ihres schleimig-schlüpfrig-fleischlichen Daseins übrigbleiben, wenn sie das Zeitliche gesegnet haben. Ich sammle sie, obwohl sie zu Tausenden am Strand liegen. Selbst die gemeine Miesmuschel bezaubert mich immer wieder durch ihr unterschiedliches Blau und ihren Perlmutterglanz. Ich habe mir eine eigene Genesis der Muscheln ausgedacht, die wissenschaftlich nicht haltbar sein dürfte, aber mich vollständig zufriedenstellt: das in seinen Farben und Formen ewig wechselnde Meer will in den Muscheln und Schnecken feste Gestalt annehmen. Es tut es in der Tat. Die sogenannte Herzmuschel gibt die Idee der sich überschlagenden Wellen in klassischer, in antikisch-stilisierter Form wieder, die Wellhornschnecke dagegen nicht minder anschaulich den Wasserwirbel, das Sinnbild des Strudels. Die Farben aber gucken sie sich ab, aus allen Tönen vom tiefen bedrohlichen Nachtblau bis zum sanftesten zartesten Rosa oder Gelb. Denn es gibt keine Farbe, die nicht irgendwann, irgendwo im Meer und am Himmel spielte. Davon nehmen sie eben, was sie brauchen, denn es ist ja da, wenn auch nicht alle dabei die gleiche Phantasie und den gleichen Geschmack entwikkeln. Ich gebe es zu, manchen fällt gar nichts Hübsches ein. Aber einzelne von ihnen wissen, was sie dem Anblick schuldig sind. Die Buntheit freilich allein macht's nicht. Ich habe da eine Herzmuschel, eben eine solche, darin sich für mich aus Millionen und Abermillionen Wiederholungen geläutert der reine Begriff der Woge verkörpert. Sie ist ziemlich schlicht in der Farbe, ein dunkles Bleigrau und doch vollkommen schön. Man meint, ungefähr die Stelle zu ahnen, wo sie begonnen hat, sich zur Schale zu wölben, unendlich langsam, aber nicht so schlampig und unordentlich wie etwa die Auster, die meint, sich keine Mühe geben zu müssen, weil sie ein gesuchter Leckerbissen sei, sondern in unbeirrbarer, gelassener, hellenischer Harmonie und der Demut, den ihr zugedachten anmutigen Gedanken sichtbar zu machen. Ich glaube, ihr ganzes Lebensglück besteht im Wohlgefallen ihrer Gestalt, in dem angenehmen Gefühl des sich Umwölbens, der Molluskensehnsucht nach unsterblicher Form. Einzig durch diese Formensprache verstehen einander Muschel und Mensch.

Eine Schneckenart fand ich auch, die von außen gesehen nicht viel aus sich macht, aber innen ist sie mit purpurner Smalte ausgegossen. Von Gestalt gleicht sie von ungefähr einer Schaukelbadewanne oder auch wieder einem Kahn mit einem eingebauten weißen Sitz aus feinstem weißen Porzellan. Als ich mich bückte, sie aufzuheben, enteilte, hurtig seitwärts laufend, ein kleiner Caliban, böse nach mir schielend, ein Taschenkrebs. Ehe es Segel gab, war schon die Muschel, die einem windgeblähten weißen Focksegel gleicht, und andere (sie haben schrecklich einfallslose Namen, wie Sandmuschel, Plattmuschel, Stumpfmuschel) sind im Wasser, was für die Luft die Schmetterlinge sind. Ich behaupte kühn, sie seien mit ihnen verwandt, über hundert Ecken jedenfalls. Ich habe eine Handvoll davon auf meinem Miniaturstrand auf dem Fensterbrett ausgelegt und stets vor Augen, während ich schreibe: zitronengelbe, rosige, blaßblaue und alle Misch- und Zwischentöne, oft an einer Muschel wie Lebensringe abwechselnd, und habe meine Freude dran. Da ist eine, die hat nahe am Schloß ein kreisrundes, sauber gearbeitetes Loch, und ich weiß, woher das kommt. Es gibt da nämlich gewisse hungrige Meerschnecken, die physisch-chemisch so eingerichtet sind, daß sie eine scharfe Säure produzieren, mit der sie das artige Löchlein in die kalkene Muschel ätzen, ihren Inhalt vorverdauen und herausschlürfen, ohne Rücksicht darauf zu nehmen, wie reizend gefärbt sie sei.

Ich las von einem Lehrer im Ruhestand, der sammelte jahrelang solche Müschelchen, ordnete sie sorgsam nach Farben, um in hingebender, kunstvoller Mosaikarbeit eine Kopie der bekannten büßenden Magdalena von Battoni in der Dresdner Galerie herzustellen. Das muß schön sein! Ich meinesteils sammle nicht in dieser Absicht, doch versuche ich, die Muscheln zum Beispiel als Zierat meiner Bilderbriefe abzukonterfeien, was gar nicht leicht ist, aber ungemein erzieherisch. Mit der Handschrift zusammen sieht das sehr, sehr hübsch aus.

Brief vom Mond

Du wirst nicht erstaunt sein, wenn ich Dir im Vertrauen mitteile, daß ich mich, alle Deine gutgemeinten Warnungen in den Wind schlagend (und was für einen Wind!) wieder einmal unsterblich verliebt habe. Doch, mein Lieber, nicht wie Du meinst. Denn diesmal ist es kein Mensch noch ein Tier, wie jene Giraffen-Antilope – Du erinnerst Dich an diese anmutigste aller Kreaturen mit den schönsten beseeltesten Augen, die dem Schöpfer je geglückt sind –, auch ist es nicht ein Stück Borkenrinde wie jenes, das mir einmal ein Holzknecht geschenkt hat, ein ungekämmter ungeschlachter Bursche, der im kleinen Finger der linken Hand so stark war wie unsereiner am ganzen Arm, der doch Sinn hatte für das Zärtlich-Sanfte daran und mit Wohlgefallen darüber hinstrich, noch ist es ein Bild, keine Bardame (von Manet) und kein Briefträger (von van Gogh), keine Skulptur und keine Musik, sondern es ist ganz ausnahmsweise eine Gegend, ein ›Landstrich‹ im wahrsten Sinne des Wortes, eine Insel, doch nicht von dieser Erde, sondern offenbar vom Mond. Der halbe Mond hat sich im Meer gespiegelt, und daraus ist, wenn auch ein ganz klein wenig verzerrt, diese Insel geworden. Du kennst sie, das spillerige Ding, von jenen Postkarten, darauf sie in ihrer ganzen Geographie abgebildet ist, gelb und blau, und aussieht wie eine Abnormität in Spiritus, vielleicht der Embryo eines Krokodils.

Ich komme eben von der Mondkraterlandschaft aus den Dünen, über die rostige Heide, akkompagniert vom Gesang einer Lerche, die sich hoch über mir in den Lüften mit zitterndem Flügelschlag genau auf derselben Stelle hielt, die doch nicht zu sehen war, jubilierend aus voller Kehle:

laudat alauda deum trilleri-trill-trilleri cantans.

Auf der Mähne des Hauses, unter der ich wohne – denn die Häuser haben etwas Tierhaftes hierzulande mit ihrem silbergrauen Strohpelz, als könnten sie sich plötzlich von der Stelle bewegen und durch die Heide trotten, eine Kreuzung aus Igel und Elefant –, auf dem Dache sitzen zwei Raben, wirkliche Raben, schwarze Raben und keine ordinären Krähen, keine Massenware also, übrigens ein rührend zärtliches Ehepaar. Sie haben ihren Horst neben dem Kamin. Hast Du schon je in einem Haus gewohnt, auf dem Raben nisten?

Ehe ich in das Haus trete, versäume ich es nie, in den

kleinen dreieckigen Rosengarten einzutreten. Ich habe nie irgend dergleichen gesehen. Er ist, von einem Wall aus Stein und Rasenstücken umfriedet, ein richtiger Rosenhang, geschaffen wie für Nachtigallen, von wilden Rosen über und über blühend, weißen und roten, großen, etwas schlappen Blüten, warmduftend wie Honig, summend von Bienen. Im grünen Schatten, im Gezweig des Rosenkäfigs wimmelt es von allerlei Vöglein, und zuweilen gefällt sich ein Kaninchen in dieser Pracht. Aber es gibt noch eine andere Art von Rosen hier, eine kriechende allerliebste Zwergform, die ich Mondrose getauft habe. Denn die, für die winzigen Blättchen viel zu großen Blüten sind wie aus Mondenschein gemacht: ein unendlich zarter Hauch von Grün, ein Widerschein vom Gesicht des Mondes liegt darüber.

Es gibt ein paar Orte, wo ich gern begraben liegen möchte, obgleich man dann nicht mehr allzuviel davon hat. Der vorerwähnte Rosengarten gehört dazu.

Auch ein Strandkorb ist bei dem Haus, mit rotweiß gestreiftem Segeltuch ausgeschlagen und einer ebensolchen Markise versehen, ein waschechter Repräsentant des bürgerlichen Zeitalters.

Als Kind habe ich einmal eine Sturmflut erlebt, da schwammen diese sonderbaren Möbel, diese Babykörbe für Erwachsene, verzweifelt komisch anzusehen in den gewaltigen Wogen des Meeres, das Lächerliche im Erhabenen, ein unvergeßlicher Anblick.

Ich habe mir in meinem Zimmer einen Strand en miniature angelegt. Denn ich kann es nun einmal nicht lassen, Muscheln und bunte Steine mit nach Hause zu nehmen. Du siehst, ich fröne dem schöpferischen Nichtstun, zu dem die blonde Zauberinsel verleitet. Dabei gehen mir dauernd die hübschesten Gedanken durch den Sinn, derart, daß ich sie gar nicht mehr aufschreibe, sondern selbstverbrauchend mich daran erfreue.

Wenn ich am Strand oder in den Dünen liege, dann spiele ich Zeit. Ich lasse den feinen Sand durch die Finger rinnen. Und da ich es einmal tat, nichtsahnend, hob ich ein weißen Knöchelchen auf, das zwischen durchsichtigen rosa Muscheln lag, aus einer ehemaligen Menschenhand, ein zartes noch junges Glied, von einem Schiffsjungen vielleicht. Ich habe das bleiche Beinlein in einer Malermuschel beigesetzt, weißt Du, von jenen, die großen Sonnenblumenkernen gleichen, so wie wir als Kinder tote Frösche begruben, die kleinen goldäugigen unvorsichtigen, die es sich in den Kopf gesetzt hatten, über die Landstraße zu hüpfen, anstatt daheim im grünen Gras zu bleiben, und in der großen Welt jämmerlich umkamen. –

Was ich hier nicht leiden kann, ist der Leuchtturm, dieser versteinerte Schutzmann. Man fühlt sich ständig von ihm beobachtet, solange er in Sicht ist. Und ich möchte doch einmal gar nichts müssen, sondern nur dürfen.

Bildnis und Persönlichkeit

Neben dem Ahnensaal schlafen zu müssen, dünkte uns, wenn wir als Kinder im Schloß unserer Verwandten zu Gaste waren, ein unheimliches, gefährliches Unternehmen. Wir fürchteten uns vor den Bildern der Vorfahren, die dort hingen, und auch bei Tage vermieden wir es möglichst, mit ihnen allein zu sein. Ich kenne Erwachsene, denen es nicht viel anders geht, denen schon die bloße Vorstellung, etwa eine Nacht in einer Gemäldegalerie zubringen zu sollen, starkes Unbehagen bereitet. Die Erklärung, daß es sich nur um Bilder handelt, die niemandem etwas tun, um eine harmlose Farbschicht auf Leinwand, vermag sie nicht zu trösten.

Es ist das Übernatürliche im Bildnis, das sie beunruhigt, das gleiche also, was der mittelalterliche Brauch des ›in effigie‹ Verbrennens oder Hängens treffen wollte, das gleiche, worauf auch die weitverbreitete Meinung beruht, daß man einem Feinde Schaden zufügen könne, wenn man sein Bild an der Stelle des Herzens mit einer

Nadel durchbohre, so als wäre es ein lebendiges, verwundbares Stück von ihm. Ich kenne einen Soldaten, einen durchaus beherzten Menschen, der sich während des letzten Krieges nicht wollte photographieren lassen, ›weil er sonst fallen werde‹. Andere wieder glauben, daß man durch den Besitz ihres Bildes Macht über ihre Seele gewänne oder doch etwas ihnen wegnähme von ihrem Ich: ein Negeraberglaube (oder der Ausdruck natürlicher Scham), dem ich selbst bei sonst recht verständigen Menschen immer wieder einmal begegnet bin.

Seit dem großen Augenblick, da ein Mensch zum ersten Mal sein Gesicht im Spiegel einer Quelle sieht und erkennt: ›das bin ja ich!‹, seit jener zarten griechischen Legende vom Ursprung der Malerei, danach die Tochter des Dibutades den Schatten des scheidenden Geliebten im Sand nachzeichnet, um sein Bild festzuhalten, hört die Sehnsucht nicht auf, dem vergänglichen Anblick geliebter Menschen sichtbare, greifbare Dauer zu verleihen.

Indem aber das verliebte Mädchen mit zärtlichem Finger den Umriß des Schattens ihres Freundes im Sande entlangfuhr, tat sie nichts anderes, als was zu allen Zeiten die Maler und Bildhauer taten und tun, wenn sie das Antlitz eines ganz bestimmten, einmaligen Menschen abzubilden trachten.

Welch ein Unterfangen! Sie bedienen sich dazu freilich nicht mehr des Sandes, sondern dauerhafterer Werkstoffe: des Holzes, des Steins, des Erzes, der Farbe, des Mosaiks. Allein wenn wir zum erstenmal und völlig unbefangen die Mittel der Kunst betrachten und das Urbild aus Fleisch und Blut damit vergleichen, die Pfirsichhaut der Wangen, den duftigen Schimmer der Haare, den Schmelz und feuchten Glanz der Augen, den beseelten Blick, dann merken wir erst so recht, wie unzulänglich und arm doch in Wahrheit diese Mittel für ihre Aufgabe sind, Menschen darzustellen. Ist es nicht unnatürlich und eine rechte Zumutung für die Einbildungskraft des

Beschauers (wir sind es nur schon gewöhnt), ein geliebtes Wesen in die platte Fläche einer Leinwand gebannt zu sehen, eine dünne Schicht, ein Gemisch aus Öl und Farbe dafür zu halten? Mehr noch: wenn wir das atmende, bewegte Geschöpf in kalten, unbewegten Stein hauen oder in Erz bilden. Was bleibt da noch von dem, was wir lieben?

Ein Bildnis, ein Gleichnis nur, ein Denkmal der Erinnerung, nicht anders, als das geschriebene Wort ein starres Porträt eines lebendigen Gedankens ist. Wir finden längst nichts mehr dabei, daß das schöne Gemälde eine höchst nüchterne Rückseite aufweist, und nehmen es ohne weiteres in Kauf, wenn bei der Plastik ein so wesentlicher Anreiz unseres Wohlgefallens, nämlich die Farbe, fehlt. Dennoch aber kann es sein, daß ein solches, aus so wesensfremdem Stoff geschaffenes Bild ergreifend schön und sprechend ähnlich ist.

Wie? Gibt es denn nicht ein artgemäßeres Material? Gibt es nicht zum Beispiel das warme, durchscheinende Bienenwachs, daraus wir ein täuschend lebenswahres Bildnis kneten könnten, mit echtem Haar und echten Wimpern? Dazu womöglich mit künstlichen, naturgetreuen Augen aus Glas? So müßte doch eine vollkommene Ähnlichkeit zu erreichen sein!

Die Erfahrung lehrt, daß auf diese Weise eine Nachbildung entsteht, die ins Wachsfigurenkabinett gehört, ins Panoptikum, etwas erschreckend Ähnliches vielleicht, aber kein liebenswertes Bildnis.

Denn das Bildnis will die Idee des Menschen festhalten, überliefern, ›verewigen‹, nicht seine Oberfläche. Schon die Bildhauer des ägyptischen Königs Amenophis haben Gipsabgüsse nach dem Leben gemacht, sie aber dann bewußt überarbeitet, umgeschaffen, in lebendige Kunstwerke verwandelt, aus der Erkenntnis, daß Abgüsse leer, welk, maskenhaft wirken, entseelt mit einem Wort.

Wie aber soll dann ein ›wahrhaftiges Konterfei‹ eines Menschen beschaffen sein, des Menschen, der so oft seinen Ausdruck verändert, dessen Gesicht bald so, bald so beleuchtet ist, und von dem der Maler immer nur eine Teilansicht bieten kann, von vorn oder von der Seite und, ungeachtet der dazwischenliegenden, scheinbar unendlichen Möglichkeiten, eben doch jeweils nur eine einzige. Welche aber ist die richtige? Wir müssen uns wohl auch bemühen, alles nur Zufällige, Beliebige auszuschalten, alles für den reinen Wesensausdruck Nebensächliche wegzulassen, ohne daß zum Schlusse etwas fehle, und müssen aus der Fülle der Bewegungen, der Mannigfaltigkeit des Mienenspiels den gesammelten Ausdruck festhalten, wie er in unserer liebenden Erinnerung lebt, und der gleichsam alle übrigen enthüllt oder möglich erscheinen läßt.

Wir freilich ziehen das in sich ruhende, beschauliche Bildnis, in einer ›zeitlosen‹ Beleuchtung etwa, dem bewegten vor. Wir haben gern die Hände mit darauf, die für uns ein Teil des Gesichtes eines Menschen sind. Dagegen vermochte uns manches Porträt aus der Zeit des Impressionismus dann nicht so ganz zu befriedigen, wenn es allzusehr von einer tages- oder jahreszeitlich bedingten Beleuchtung abhängig gemacht war, derart, daß etwa auf die Nasenspitze ein sehr zufälliges, wenn auch gewiß brillant gemaltes bißchen Sonnenschein fiel, das für das Wesen, den Geist und die Erscheinung der dargestellten Persönlichkeit aber ganz und gar unwichtig war. Nicht ganz mit Unrecht verlangte die Königin Elisabeth von England, ›ohne Schatten‹ gemalt zu werden.

Das unbestechlich-wahrhaftige und zugleich künstlerisch vollkommene Bildnis gehört zu den Seltenheiten. Seine ihm innewohnende metaphysische Bedeutung ist ohne Zweifel während des vorigen Jahrhunderts mehr und mehr verlorengegangen, vielleicht als eine Begleiterscheinung der bedeutsamen Erfindung der Photographie. Mit Erstaunen jedoch stellte man fest, daß diese naturgetreue Bilderzeugung zuweilen sehr unähnliche Bilder hervorzubringen imstande ist. Mit der Momentaufnahme, der Liebhaberphotographie, dem Schnappschuß endlich, vor dem der Mensch in keinem Augenblick mehr sicher ist, mußte notwendig der ethische Begriff des Bildnisses sich lockern, der nicht das Flüchtige meint, sondern das Dauernde, bis, den Mangel doppelt fühlbar zu machen, es sich am Ende auflöst im gespenstigen Trugbild, in der mechanischen Scheinlebigkeit des bewegten, dann sprechenden und schließlich dazu noch farbigen Films, dessen Gestalten, wenn wir nach ihnen greifen wollten, unspürbar über unsere Hände geistern und in nichts zerrinnen.

Zu einem Aquarell von Paul Klee

Umstürzlerische Einfälle, wie sie den Menschen mit Vorliebe in schlaflosen Nächten überkommen, brachten mich kürzlich dazu, halb im Scherz und halb im Ernst die Kunstwissenschaft in ihren bisher so fleißig geübten, herrschenden Formen anzuzweifeln, ja einmal – versuchsweise – ihren anerkannten Wert völlig zu leugnen. In einer dem Träumen verwandten Gedankenspielerei tat ich so, als gäbe es keinen historischen Ablauf, als fehlte den Menschen jeglicher Sinn für das Nacheinander allen Geschehens. Ich unterstellte vorübergehend eine Gleichzeitigkeit der Kunst, und es fiel mir gar nicht besonders schwer. Statt der dadurch aufgehobenen entwicklungs- oder stilgeschichtlichen Kunstbetrachtung (und ohne Rücksicht auf sie) schwebte mir eine Art reiner Gestaltlehre vor, eine Morphologie und Morphonomie der Kunst in aller Welt. Ich gewann also jedenfalls eine Verjüngung der Anschauung, eine gesunde Unbefangenheit, die mir erlaubte, manche Werke ganz neu und voraussetzungslos zu sehen. Spielend ergaben sich neue Wertmaße, Verwandtschaften und Zugehörigkeiten. Jahreszahlen freilich waren mir von je ein Greuel. In jener schlaflosen Nacht gab es keine Datierungen mehr, keine Zuschreibungen oder ›nationalen‹ Merkmale. Ich fand, als ich den ursprünglichen Stand der Wissenschaft wiederhergestellt hatte, daß ich das Aquarell von Paul Klee, das er ›Reiseerinnerung‹ betitelt hat, in die Nähe melischer Amphoren aus dem Ende des 7. Jahrhunderts gebracht hatte! Die Kunst ›aus der Mitte‹ betrachtend, unter Vernachlässigung von Maßstäben gewohnter Meisterwerke großer Epochen, erfahren wir oft ungeahnte Freuden, die ich den Verächtern und Widerborsten der ›Modernen Kunst‹ sehr wünschen würde.

Im Grunde ist der Blumenstrauß, den meine Großmutter als Mädchen mit verdünnter Tusche Grau in Grau gemalt hat, auf seine Weise, eine zwar kindliche, etwas unbeholfene, aber höchst reizvolle Weise, genauso abstrakt, und erreicht damit unbewußt und kunstlos etwas Ähnliches, wie es Klee, weil es ihm gefiel, auf künstlerische Art glückte. In einer Ausstellung stand vor einem Bilde von Paul Klee ein Besucher, die Hand ums Ohr gelegt, mit lauschendem Gesichtsausdruck. Nach seinem sonderbaren Tun befragt, antwortete er: »Ich höre diese Bilder.«

Eine gute Anekdote fürwahr. Wenn die Sonne ›tönt‹ (nach alter Weise), der Hahnenschrei ›glänzt‹, warum soll man die Tönung, die Harmonie eines Bildes nicht hören können, metaphorisch. Auch bei den klassischen Bildbeispielen wird mit Farben und Formen, Schattierungen, Linien, Kontrasten, Ruhe und Bewegung, hart und weich, also mit ›morphophilen‹ Reizen auf uns gewirkt, kunstvoll oder primitiv. Wie primitiv zuweilen, merken manche Laien gar nicht. Sicher hat die Entdekkung der Kinderzeichnung (die Tatsache allein, daß sie erst in unserer Zeit erkannt und gewertet wurde, ist bedeutsam) einen großen Einfluß auf die ›erwachsene Kunst‹ gehabt, der gesund und reinigend war. Bei dieser Verkindlichung, die auch in der Literatur und Musik Parallelen (Morgenstern, Strawinsky) hat und zur Zeit die Karikatur beherrscht, wirkt etwas Ähnliches auf uns wie bei der ›Kindheitsgestalt der Dichtung‹, dem Märchen.

Auch die Tierbilder Franz Marcs in ihrer Demut, Reinheit und frommen Farbigkeit empfinde ich so, und nicht anders. Klees ›Reiseerinnerung‹ mit den schwarzen Schiffchen, der schwarzen Sonne und pflanzlichen wie architektonischen Elementen, die exotisch-teppichmusterartig anmuten. Ziegelrot und Wasserblau, etwas Zitronengelb und ein warmes Kaffeebraun sind die Farben. »Das kann ich auch!« habe ich Unverständige beim Anblick solcher Kunst sagen hören. Aber sie konnten es nicht. Sie hatten kein Gefühl für die Ordnung der Sinnbilder, für die Morphonomie, die diesem Aquarell den graphischen und farbigen Reiz verleiht.

Aus einem Brief über Franz Marc

...Nicht daß ich jene Zeit vergessen gehabt hätte und jene Kunst, die damals jung war wie ich. Dennoch als sie mir kürzlich unter besonders freundlichen Umständen von neuem vor die Augen kam, hatte ich das beglükkende Empfinden eines Wiedersehens nach langer Trennung, so, wie man es bei einem geliebten Menschen hat. Und – Du wirst darüber lachen – die Freude war gegenseitig. Es ist da etwas, was Dir bei der Betrachtung dieser Kunst wesentlich mangelt, obwohl Du jetzt im gleichen Alter bist wie ich damals: nämlich das Zusammenaufgewachsensein. Du weißt, daß ich mich oft und gern der antiken Vorstellung vom ›Genius‹ bediene, also einer Personifizierung der Kunst, in der ich etwas Lebendes, Beseeltes, Verletzbares sehe. Kunst kann leiden, kann gekränkt sein, sich zeitenweise uns verweigern und vor uns verhüllen. Was Du von der Kunst, die ich meine, nun zum ersten Male siehst, ist vergleichsweise das Jugendbildnis eines Erwachsenen, den Du erst in reiferen Jahren kennengelernt hast, mit dem ich meinerseits schon von Jugend an befreundet bin.

Darum ging mir das Herz auf, als ich unlängst im Gartenzimmer eines Kunstfreundes in vertrautem Zusammenleben mit anderen Kunstwerken, antiken Plastiken, asiatischer Keramik, Gemälden französischer Meister, auf einem Tisch allerlei Handzeichnungen und Malereien in Wasserfarben von Franz Marc ausgelegt fand, in die Hand nehmen und aus allernächster Nähe betrachten konnte, lauter Originale, die auch durch die vortrefflichsten Faksimile-Wiedergaben keinesfalls zu ersetzen sind. Denn die Seele eines Kunstwerkes wohnt im Original.

Zwei junge Leute waren unter den Betrachtern, Söhne eines Bildhauers, jener Zeit und jener ›neuen Kunst‹, die also zu ihrer ›Kinderstube‹ gehörte, so zugetan, daß ein schönes Einverständnis herrschte.

Unter den farbigen Blättern bildeten zwei eine gewisse Ausnahme: die Figurinen zu Shakespeares ›Sturm‹, wohl um 1913 in des Künstlers spitzwinkeligem Schaffensstil entstanden, und Du kannst Dir denken, daß gerade sie mich zwiefältig fesselten, ›echte Marcs‹ auch sie. Es sind nur zwei, leider, der schlimme ›Caliban‹ und die holde ›Miranda‹, und dennoch meinte ich, mir solchergestalt auch den Prospero und die anderen, wie die Zauberinsel, von Marc entworfen, gut vorstellen zu können. Erinnerst Du Dich, daß wir, nachdem Du erst sehr gefremdelt hattest, beim Besuch der Gedächtnisausstellung überein gekommen waren, es seien Bilder für eine Tierkapelle? Wir dachten an den heiligen Franz von Assisi. Welche fromme Demut ist in diesen Tieren, in den Pferden und Rehen. Wie neigen sie ihre Hälse ergeben, einer großen Zärtlichkeit gewärtig. Sie gehören zu jenen Bildern, von denen wir sagen: sie sind ›auf den Knien gemalt‹. An Tiermythologie, an Tiermärchen und an Glasmalerei denkt man.

Auch die Skizzen zum ›Sturm‹ haben etwas von gemalten Fenstern oder ließen sich unschwer in solche umsetzen und in Blei fassen. Oder es könnten Bildteppiche sein, auf exotische Art gewebt, etwa von Mirandas Hand.

Ihre wahre Bestimmung aber war und ist das Theater. Sie scheinen mir auf eine erfrischend selbständige, neue Art den Geist des Stückes besser wiederzugeben, als ich es je, früher wie heute, auf der Bühne erlebt habe. ›Caliban‹ wie ›Miranda‹, das fällt auf, sind in einer tänzerischen Attitüde dargestellt, ja, ›Caliban‹ erinnert deutlich und nicht nur beiläufig an einen der Moriskentänzer vom Sims des alten Münchener Rathaussaales. Es steckt darin eine Regieanweisung, und wer die ausgezeichnete Choreographie der ›Goyeskas‹ durch den Tänzer Pawlinin und sein Studio gesehen hat, sieht wunderbare Möglichkeiten dieser Art für eine Gestaltung des ›Sturms‹ aus dem Tanz, der Musik und aus der Farbe.

Aus der Farbe. Du brauchst nur die beiden Blätter nebeneinander halten und rein von der Chromatik her auf Dich wirken lassen, in ihrem Gut und Böse, in ihrer Symbolik, wenn Du willst, und Du wirst mühelos mit der jeweils entsprechenden Empfindung antworten, calibanisch hier, mirandahaft dort.

›Caliban‹ trägt eine dreieckige Maske. Den ›Sturm‹ mit Masken aufzuführen? Warum nicht? Auch das freilich nur angedeutete Gesicht ›Mirandas‹ verlangt nach einer Maske. Sie ist – warum nicht – bei Marc eine ›Wilde‹, mit einem Schurz aus grünen Binsen oder Palmblättern, im Evakostüm. Es wäre nicht das einzige, was im ›Sturm‹ an das erste Menschenpaar erinnert.

Offenbar hatte Marc das absolute Farbempfinden. Bewußt oder unbewußt übersetzte sich für ihn Calibans Wesen aus des Dichters Text in ganz bestimmte Farben und Formen. Bewußt oder unbewußt taucht in dem Bild oder Bildnis jenes Gelb auf, das früher die symbolische Farbe für Bösewichte war.

Er würde die rechten auch für den Ferdinand gefunden haben. Wie auch immer: die Farbstellungen des Mirandablattes als Grundtöne für ein Bühnenbild, meinst

Du nicht auch, daß der Versuch die Mühe gelohnt hätte?...

›Götter und Helden‹

Zu den Lithographien von Honoré Daumier

In der Kunst muß wohl ein geheimes Gesetz walten, wenn Dichter wie Dickens oder Gogol in ihrer Zeit für ihr Werk auch die denkbar besten Zeichner fanden, und es ist eine nicht weniger merkwürdige Fügung, daß eine technische Erfindung, wie etwa die Photographie, gleich in den ersten Jahren der Entwicklung ihre schönste künstlerische Blüte hervorbringt, und daß der Mensch bereits irgendwo geboren ist, der im voraus schon dafür gedacht scheint, sich dieser Erfindung aufs glücklichste zu bedienen.

So ist es vorzüglich ein Meister, für den, von oben gesehen, Alois Senefelder den Steindruck hat erfinden müssen: Daumier. Durch ihn werden bereits alle künstlerischen Möglichkeiten der Steinzeichnung wenn nicht erschöpft, so doch abgegrenzt.

Senefelder war der Sohn eines Schauspielers und versuchte sich selbst in der darstellenden Kunst. Er erfuhr aber dabei ›so viel Ungemach‹, daß er die Bühne alsbald wieder verließ und zu schriftstellern begann. Er schrieb ein Stück: ›Die Mädchenkenner‹. Die Überlegung, Kosten und Umstände auf dem umständlichen Weg vom Verfasser zum Druck vorteilhafter zu gestalten, führte ihn zur Erfindung der Lithographie.

Wie eine Variation über das gleiche Thema mutet es uns an, wenn wir, wieder von oben gesehen, Honoré Daumiers Leben nachgehen, bis er, noch zu Lebzeiten Senefelders, in dessen ›Kraftfeld‹ gerät, wie man die Wirkung eines Ingeniums in der Welt nach ihrer Ausstrahlung und Ausdehnung nennen könnte. Daumier nämlich war der Sohn eines Glasermeisters und Poeten, stammte also aus einer zwiefach fragilen Profession. »Arm an Wissen, in süßer Verborgenheit«, so ungefähr sagt der dichtende Glaser von sich, »werde ich stets unter dem Einfluß des schönen Himmels bleiben, welchen ich verließ.«

In Verkennung seiner Begabung begibt er sich nach Paris. Um Ruhm zu erlangen, dichtet er huldvolle Gedichte an eben die großen Herren, die sein Sohn später unhuldvoll karikieren wird. Die Schalmeienklänge des Vaters waren süß und sanft, der Stift des Sohnes gewaltig und verletzend, schreibt Daumiers erster Biograph Champfleury. Ja, der Sohn illustriert eine Satire auf die Dichter, darin auch die Handwerkerdichter nicht vergessen sind, die »Verse machen in der Art des Herrn von Lamartine und versuchen, in einer Sprache, die sie nicht verstehen, Gedanken, die sie noch weniger verstehen, auszudrükken«.

Wie reizvoll es ist, von oben gesehen, doch ohne Folgerungen daraus abzuleiten, wie vergnüglich zu wissen, daß Daumier erst Laufbursche eines Gerichtsdieners, dann Buchhandlungsgehilfe war, ein Beruf übrigens, aus dem schon viele Künstler aller Zweige hervorgegangen sind. Der junge, schöpferisch vorbegabte Mensch, noch unentschieden in der Verläßlichkeit und den Möglichkeiten seines Talents, tritt zunächst, wie Daumier es tat, gern in den traulichen Bezirk des Buches. Es ist offenbar ein Bezirk, in dem seine Natur sich gefällt, von dem er zahlreiche Motive empfängt, die dann später an den Bücherständen der Bouquinisten am Seinekai aushängen werden.

Seine Natur! Sie läßt sich mühelos ablesen aus seinen Werken. Denn wenn man schon aus der Handschrift eines Menschen den Charakter zu deuten vermag, wieviel leichter aus dem Strich des Zeichenstifts, der Kreide und den Pinselzügen, wenn nicht allein schon ein Blick auf dieses überaus sympathische Gesicht genügte.

Wie bei jedem richtigen Mann kann man es dem Altersbild noch gut ankennen, wie er als Bub ausgeschaut hat. Es macht Vergnügen, das Jugendbild (eine unbedeutende, aber liebenswürdige Lithographie Feuchères) mit der Photographie des alten Daumier zu vergleichen. In beiden finden wir eine gewisse wehmütige Lustigkeit oder schmerzliche Güte, einen Ausdruck, der vor allem in den sprechenden, circumflektischen Augenbrauen liegt, die sicher ständig in lebhafter Bewegung waren, wenn er arbeitete oder sprach. Der Sinn für Humor aber steckt bei ihm unstreitig in der Nase mit den – ich empfinde es so – sehr intelligenten Nasenflügeln. In einer Landschaft wie in einem Gesicht kehrt oft thematisch eine ganz bestimmte Linie wieder, bei Daumier ist es die eigenwillige Wellenlinie der Brauen, die im Mund, in der Kontur der Nase, den Stirnrunzeln und dem im gleichen Schwung gelockten Haar sich wiederholt und so dem Gesicht seine harmonische Bewegtheit verleiht. Es ist übrigens die gleiche bewegte Linie, der wir in seinen Zeichnungen begegnen. Fast immer ist, bei Daumier freilich ganz eindeutig, das Œuvre eines Künstlers zugleich sein Selbstbildnis.

Einunddreißig Bilder, hauptsächlich Ölbilder, haben die Gestalt Don Quijotes zum Thema, und gerade aus ihm entwickelten sich Daumiers künstlerisch kühnste zukünftige Werke. Zum andern wird er es nicht müde, das Publikum, die Zuschauer immer wieder abzuschildern, selber als echter Künstler ein Curieux, ein neugieriger Betrachter des Menschentheaters. Sein Thema ist der Mensch (und das Pferd, dagegen kamen reine Landschaften bei ihm fast nicht vor, eine erschütternde Ausnahme: ›Der Trümmerhaufen‹, ein Bild aus einer zerstörten Ortschaft, ewig aktuell) als Einzelwesen und als Herde auftretend. Man denkt vergleichsweise an ›Brehms Tierleben‹ (achte Ordnung: Knorpelflosser, erste Familie: Menschenhaie), an Zoologie und Menagerie jedenfalls wird man erinnert, besonders bei seinen Gerichtsszenen. Es gibt nur wenig Situationen und Erscheinungen, die er nicht komisch sieht, die er tragisch nimmt. Fast muß man dazu den Don Quijote rechnen, den Ritter von der traurigen Gestalt. So wie ihn Daumier auffaßt, wird er zu einem ganz wesentlichen Bestandteil für das Selbstbildnis oder Selbstbekenntnis des Meisters in seinen Werken.

Corot hat den jungen, etwa fünfundzwanzigjährigen Daumier gemalt, seinen Freund, mit dem liebenswürdigen, netten Gesicht, den sehr schönen ernsten Augen, dem verstruwwelten Haar und dem Bart, einem sogenannten Hambacher, der den Mund und das Kinn freiläßt. In der verhältnismäßig großen Hand hält er den Kreidestift, als schaue er von der Arbeit auf. Der alte Corot hat den alten Daumier gemalt, bei der Arbeit, und dieser wiederum ihn ebenfalls bei der Arbeit. Bei beiden, ziemlich kunstlosen Bildern kam es nicht auf ein malerisches Problem an. Man merkt: der alte Freund malte den alten Freund. So sind es zugleich Selbstbildnisse: der eine wird sichtbar im Widerschein des anderen.

Wie aber kommt er zu der recht despektierlichen Travestierung der Antike, von der unser Buch handelt, zu seinem Anfang der vierziger Jahre entstandenen Zyklus ›histoire ancienne‹? Ist es die Wendung gegen das Pathetisch-Heldische, gegen das Klassisch-Altphilologische? Man könnte meinen, die Opposition eines mit Homer und Cicero überfütterten Pennälers zu erleben, den Protest gegen den Kothurn also, der sich schon in der Antike und immer wieder bis in die jüngste Gegenwart geregt hat. Homer selber hatte schon damit begonnen. Man erinnere sich der geradezu daumierhaften Stelle, da Hera eigenhändig der Artemis die Pfeile um die Ohren schlägt: ›... weinend entfloh die Göttin nunmehr wie die schüchterne Taube ...‹

Shakespeare mit ›Troilus und Cressida‹ gehört hierher und auch Offenbach, dessen ›Schöne Helena‹ und ›Orpheus in der Unterwelt‹ sehr wohl durch ›histoire ancienne‹ inspiriert sein könnten.

Mir scheint, daß Daumier mit der ihm eigenen Sensibilität gegen (und für) das Spießbürgertum gespürt hat, welch guten Nährboden widernünftigerweise gerade die klassische Bildung für eine Haltung abgibt, die er bekämpfte. Wie? Sollte wirklich zuweilen das Studium der Alten, statt den Geist freier und schöner zu bilden, zur Verspießerung führen? Es hat den Anschein. Aber warum ist das so, warum findet man unter den humanistisch Erzogenen und den humanistischen Erziehern häufig so spießbürgerliche Gesinnungen?

»Er las immer ›Agamemnon‹ statt ›angenommen‹, so sehr hatte er seinen Homer gelesen«, bemerkt Lichtenberg. Diese ›Geläufigkeit‹ kann zu einer selbstgefälligen und verlogenen Identifizierung mit dem antiken Geist führen, der aber in Wirklichkeit aus den Schulbeispielen der lateinischen Übungsbücher stammt.

Daumiers satirischer Zyklus ›histoire ancienne‹ ist eine Folge von Szenen, die wie Theaterszenen anmuten, aus Komödien oder Opern, aber nicht auf einer repräsentativen großen Bühne, sondern auf die Art der Rüpel im ›Sommernachtstraum‹, oder auf einer Vereinsbühne, einem bürgerlichen Liebhabertheater aufgeführt. Denn es sind die wohlbekannten Gestalten und Gesichter aus Daumiers Anschauung, aus seiner Menschen-Käfersammlung, nur daß sie sich mit Hilfe antiker Gewänder und Requisiten verkleidet haben.

Diese Verkleidung, die von den Satirikern aller Zeiten gesucht wurde, ist eine notwendige Tarnung gegen die wohlbekannte Empfindlichkeit der jeweils herrschenden Macht, die Daumier schon früh zu spüren bekam. Er flüchtet sich nicht in die Tierfabel des Reineke Fuchs. Seine Sprache ist der Mensch. Denn wie der Dichter das Wort, handhabt er Menschen-Gestalten und -Gesichter. Wir lesen seine Bilder wie Schrift. Zu ihrer Aufzeichnung bedient sich Daumier des Steindruckes.

Steindruck – ist man nicht versucht, wenn man die technische Bedeutung des Wortes nicht kennen würde, an eine Felsenlast auf der Brust zu denken? Jedenfalls an etwas Hartes und Schweres? Aber welch schönes

Gleichnis zu Laotses Wahrheit: ›Das Weiche siegt über das Harte‹, wenn man lithographische Bilder betrachtet! Welche Weichheit, welche Duftigkeit und Leichtigkeit vermag gerade der Steindruck hervorzubringen!

Der Betrachter der Daumierschen Lithographien muß beiläufig wissen, was man unter diesem Verfahren versteht. ›Steindruck oder Lithographie heißt‹ (nach einem alten Lexikon aus Daumiers Tagen) ›die von Aloys Senefelder erfundene Kunst, sowohl Umrisse, als völlig vollendete Zeichnungen in erhabener, als Feder- und Kreide-Manier, oder in vertiefter Manier, wie bei dem Kupferstich auf Stein zu bringen und diese mittels einer Presse zu vervielfältigen. Zu beiden ersten Arten bedient man sich einer chemischen Tusche und chemischer Kreide. Die Steinplatten, welche man zum Steindruck verwendet, bestehen aus Kalk, Ton oder Kieselerde und werden im Pappenheimischen und Eichstädtischen in Bayern gefunden. Die besten, welche von feinem Bruch und gleicher Farbe sind, liefert das Dorf Solnhofen. Die von einer perlgrauen und ganz gleichen Farbe sind die tauglichsten zu vollendeten Zeichnungen. Die Steinplatten können so, wie man sie im Bruch findet, nicht zur Lithographie gebraucht, sondern die eine ihrer Oberflächen muß erst ganz glatt geschliffen werden. – Nachdem die Platten vom Schliff völlig reingewaschen und getrocknet sind, können sie ohne weiteres zum Zeichnen angewendet werden.«

Es ist so hübsch, was über die Verfertigung der chemischen Tusche und Kreide gesagt ist, daß ich es ebenfalls hersetze, damit man sehe: ohne ein bißchen Zauberei, ohne etwas Alchimie geht es in der Kunst nicht ab. Unsere Zeichentinte »besteht aus zwei Teilen weißen Wachses, zwei Teilen Schellack, einem Teil Seife, einem halben Teil Unschlitt und einem Teil Lampenruß. Diese Substanzen, den Ruß ausgenommen, tut man in einen eisernen Kessel oder Casserolle, läßt solche gut untereinanderschmelzen und steigert den Grad der Erhitzung, daß sich die Masse von selbst entzündet. Nun läßt man selbige unter beständigem Umrühren vier bis fünf Minuten brennen, wo dann das Feuer durch Auflegen eines gut schließenden Deckels ausgelöscht und darnach der Ruß eingerührt wird. Ist die Masse erkaltet, so gießt man sie auf eine entfettete Marmorplatte aus und schneidet sie vor dem völligen Erkalten in beliebige Stücke«. Die Herstellung der Kreidestifte geschieht auf ganz ähnliche Art.

Duftendes Wachs, Feuer, Marmor – was man nicht alles braucht zu dieser Verrichtung! Welche wunderbaren Beziehungen in der Natur sind herzustellen, um in den Genuß einer Steinzeichnung zu kommen!

In einer Beschreibung der Technik des Steindruckes heißt es: »Die größte Sorgfalt und Reinlichkeit sowie Verhütung, daß der Hauch nicht während der Arbeit die zu bezeichnende Platte betaut, ist erstes Erfordernis. Die Zeichnungen mit chemischer Kreide müssen frei und keck aufgetragen sein.«

›Frei und keck‹ – so verlangt es die Technik, so will es der Stein, in dem, wie man weiß, uralte Bilder aufbewahrt sind, der Archäopteryx zum Beispiel, der Urvogel, von der Größe einer Taube, vielleicht der Vogel, den Noah nach der Sintflut als Kundschafter aussandte. ›Frei und keck‹, das klingt geradezu nach angriffslustigem Humor. Man könnte also allein schon aus den Eigentümlichkeiten der Materialien auf den Charakter der damit hervorzubringenden Kunst gewisse Schlüsse ziehen.

»Ist die Zeichnung fertig, so breitet man, ehe der Druck begonnen werden kann, eine Mischung von Säure, Wasser und Gummi darüber aus (zwei Pfund destilliertes Wasser, ein halbes Pfund bestes arabisches Gummi und zwei Loth reines Scheidewasser von 36 Grad). Man sieht, es ist eine ziemlich umständliche Prozedur, bis der Stein endlich so präpariert ist, daß man die Zeichnung mittels einer Walze einschwärzen kann. Die Zeichnung, die bei jedem Abdruck mit einem feuchten Schwamm überfahren wird, nimmt das Schwarz auf, ohne daß letzteres den übrigen Stein beschmutzen kann. Nun wird schwach gefeuchtetes Papier daraufgelegt, das Ganze mit einem Leder bedeckt und so durch die Presse gezogen.«

Das ist so ungefähr das Steindruckverfahren zu Daumiers Zeiten gewesen.

Die Entwicklung des zeichnerischen Striches aus der Natur des Künstlers und aus der Natur des lithographischen Verfahrens zeigt reizvolle Verwandtschaft, man könnte – von oben gesehen – sagen: Familienähnlichkeiten. Ich will nicht geradezu sagen, daß die Sehnsucht, im Stein: ›erfunden‹ zu werden, den Daumier, oder daß die Sehnsucht in Daumier, ›frei und keck‹ zeichnen zu können, die Lithographie hergezwungen hat, aber es hat schon seinen Sinn, immer wieder auf diese glückliche Harmonie aus Persönlichkeit und Handwerkszeug hinzuweisen, wie sie sich hier offenbart. Das Zeichnen auf den Stein mit dem Kreidestift macht ein ungemein angenehmes Gefühl, es ist an sich schon ein ästhetischer Genuß. Den Dilettanten kann diese Technik leicht zu Bravheit und Langweiligkeit verführen, zu allzu sauberer Schraffur. Es lohnt sich allein schon von der Technik her, die Blätter genau zu betrachten und also entstehen zu sehen, bis einem ganz daumierlich zumute ist. Man kann dabei deutlich ablesen, wie der Meister da noch einen Schatten aufgehellt, dort ein Licht herausgeschabt hat und damit ein besonders witziges Ergebnis erzielte: Der Stein will das Steinerne. Die Blätter sind natürlich unterschiedlich in der Qualität. Aber zu den schönsten gehört sicher: ›Les nuits de Pénélope‹. Ich wenigstens halte es für das schönste. Auch lithographisch hat es einen ungewöhnlichen Reiz in seiner großartigen Schwarz-Weiß-Wirkung. Diese Wirkung wird auf eine, fast ist man versucht zu sagen: raffiniert-schlichte Weise erreicht. Man erkennt sogleich, wie wichtig dabei die Überarbeitung mit Nadel und Stichel war. Es entstehen dabei graphische Reize, die man gleichsam mit der Haut empfindet, so als seien wir selbst der Stein, auf dem gezeichnet, der ›tätowiert‹ wird. Der wohltuende Schmerz der Kunst ist es, was wir fühlen.

Man hat bei Daumiers Arbeitsweise den Eindruck, daß er nicht lange herumprobiert, sondern einer ganz klaren Imagination gehorcht, die er nur noch auf den Stein zu übertragen hat: die tiefen Schwärzen, die weichen Schatten und das Gewand, das weißer zu sein scheint als das Papier, auf dem es gedruckt ist. Abgesehen von dem an das Skizzenbuch des kleinen Moritz von Oberländer erinnernden – welch angenehme Erinnerung! –, auf die Wand wie von Kinderhand gezeichneten Profil des Odysseus ist die Antike nur durch ein Säulenprofil gekennzeichnet. Aber wie! Von ferne gemahnt die Komposition ein wenig an Mimili von Hosemann. Die stark alternde Penelope (denn Daumier ist frei von jeder Galanterie gegen die Frauen) ist mit sparsamsten Mitteln in ihrer Gelöstheit, in ihrer Verzücktheit und Anatomie meisterhaft gezeichnet. Das Bild ist, um einen Fachausdruck vom Theater zu borgen, besonders gut ›ausgeleuchtet‹. Die Verse unter dem Bild bedeuten frei übersetzt: Das anbetungswürdige Profil ihres fernen Gatten Odysseus erglänzte wie ein Stern vor Penelopes zärtlichen Blicken, aber um drei Jahre lang Listen und Leinen zu spinnen, mußte sie sehr ›auf Draht sein‹.

Die Frage freilich bleibt zu lösen, wie Daumier die Szenen konzipiert hat, ob so, wie er sie auf den Stein zeichnete oder wie sie der Druck wiedergab. Die Spiegelkontrolle spricht für die erste Vermutung.

Im ›Charivari‹, der satirischen Wochenschrift, in der sie erschienen sind, stehen unter den Bildern Verse und scherzhafte Bemerkungen, zum Beispiel ›Dieses kostbare Relief wurde entdeckt in den Ruinen der antiken Roten Kugel (Faubourg Montmartre) durch den unermüdlichen Reisenden Monsieur Charles Texier. Nach Monsieur Ingres kommt dafür als Künstler einzig Phidias in Betracht‹. Es ist unter Künstlern üblich, solche persönliche Anspielungen auf Kollegen zu machen, selbst wenn sie nur von einem kleinen Kreis verstanden werden sollten. Die politisch-satirischen Bezüge haben für uns größtenteils ihren Reiz eingebüßt.

In den Versen begegnet man oft dem Calembourg, jenem besonders in Frankreich gepflegten Wortspiel, das auf dem Gleichklang von Worten bei verschiedenem Sinn beruht (zum Beispiel près Caire, précaire). Berühmt ist dieser Calembourg: Napoleon Bonaparte sagte zu einer Italienerin: »Die Italiener taugen alle nichts!« »Non tutti«, war die Antwort, »ma bona parte!« Unter den Verfassern findet man Jean François Casimir Delavigne, Abel Villemain, Théophile Gautier.

Die Komik der Karikaturen beruht zuweilen auf Anachronismen, wie denn Achill Pfeife raucht oder Odysseus sich mit seiner Nachtmütze kaum von einem Pariser Concierge unterscheidet, aber die Kostüme sind antik. Sie wirken jedoch wie aus der Theatergarderobe, getragen von Gestalten aus Daumiers menschlicher Menagerie. Der komische Reiz der Zeichnungen hat auf die Zeitgenossen sicher unmittelbarer gewirkt als auf den heutigen Betrachter, den mehr die künstlerische Meisterschaft der Darstellung bezaubert. Der Humor ist dem Gesetz des Alterns untertan. Er verwelkt. Er ist abhängig vom Zeitgeist und dem wandelbaren sittlichen Empfinden der Menschheit. Wie derb erscheint uns J. Rowlandsons Art (auch Daumier ist zuweilen derb, aber er ist nie ordinär), wie liebenswürdig, ja man möchte sagen, wie edel die Oberländers, wie infantil und mechanistisch der karikaturistische Stil unseres technischen Zeitalters, in dem sich die Angleichung des Menschen an den Apparat sichtbar vollzieht. Schon die Kunst Gulbranssons und Arnolds erinnert stark an das ›Linearzeichnen‹ der Schule, sie hat den Reiz, den die Zeichnungen unserer Maschinenbauer haben. Doch der Mensch ist bei ihnen noch Individuum, während er heute in den

Witzzeitschriften meist nur noch genormte Typen darstellt. Sie sind ohne weiteres in Blech herzustellen, sie haben Pfenniggesichter. Dazu kommen die ästhetischen Werte der Kinder- und Dilettantenzeichnungen, die schon Oberländer erkannt und verwendet hat.

Bei Daumier darf man nicht vergessen, daß er vorzüglich plastisch-figürlich fühlt und einen ausgesprochenen Sinn für komische Monumentalität besitzt, besonders für die gravitätisch-theatralische Pose, zum Beispiel ›der Politiker‹. Es sind ›ouvrages de ronde bosse‹ von ihm erhalten. Manche seiner Lithographien muten als ›Bildhauerzeichnungen‹ an, sie haben unstreitig Relief.

Daumiers Ölmalereien sind nicht sehr farbig. Seine Lithographien, so seltsam es scheint, sind es in viel stärkerem Maße. Viele fordern förmlich dazu heraus, koloriert zu werden. Man meint zu wissen, was rot, was zitronengelb, was himmelblau sein will. Aber der eigentliche Zauber beruht auf der Art des Striches und der komischen Anatomie, auf der Behandlung der Haut, in der die Menschen wie in einem Trikot zu stecken scheinen, auf der fast vollständigen Sammlung menschenmöglicher Nasen und Münder, über die allein eine Betrachtung sich lohnen würde. Der Humor der Götter- und Heldengestalten liegt vor allem darin, daß sie selber keine Ahnung über ihr Aussehen, ihre Verwelktheit und Ältlichkeit haben – denn es ist eine anmutslose, runzlige, zahnlose, es ist eine abgelebte Menschheit, die er schildert, mit einer Art erbarmungsloser Liebe. Sie wissen nichts davon, wie sie in Wahrheit ausschauen, und benehmen sich, als wären sie wunder wie jung, schön, edel, klug, begehrenswert.

Soll das vielleicht bedeuten, daß Daumier alles herabzieht, daß ihm nichts heilig ist? Im Gegenteil! Er lehrt uns richtig sehen und unterscheiden. Er kennt die große Gefahr der mit allen Mitteln künstlich aufrechterhaltenen Scheingröße. Er entlarvt die Philistrokratie.

Es ist ein aussichtsloses Beginnen. Kein Spießbürger

läßt seinesgleichen im Stich. Er weiß genau, es kommt alles darauf an, daß niemand über ihn lacht. Und wenn es einer wagt, dann wird er böse und kennt keine Gnade. Wehe dem, der gegen den Spießer löckt!

Ich weiß nicht, was daran schuld war, daß Daumier, ungeachtet seines unermüdlichen Fleißes, wirtschaftlich nie auf einen grünen Zweig kam. Ich will nicht geradezu sagen, daß die Welt, die er schilderte, vorsätzlich seinen Wohlstand verhinderte – denn sie zahlt nicht gerne auch noch dafür, daß sie ausgelacht wird, aber es genügte ja: nichts zu tun. Es ist ein freilich unwichtiges und äußeres Kennzeichen, das zwei Welten unterscheidet, die von Daumier dargestellte und die andere: Die eine kann sehr gut, die andere gar nicht mit Geld umgehen.

Es liegt eine heitere Widernünftigkeit darin, daß gerade diese unschöpferische Philisterwelt Anlaß wurde zu Honoré Daumiers künstlerischer Unsterblichkeit.

Das Gesicht des alten Daumier – es gibt eine schöne Photographie von ihm – sieht nicht aus, als habe er viel gelacht in seinem Leben. Es ist eher ein schwermütiger, ja, schmerzlicher Ausdruck darin. Man weiß jedenfalls nicht recht, ob ihm das Weinen oder Lachen näher ist. Niemanden, der nur ein wenig mit dem Humor vertraut ist, wird diese Einsicht in Staunen setzen. Ich kenne jemanden, der in einer Zeit tiefer seelischer Depression sein lustigstes Buch geschrieben hat. Er lachte sozusagen auf dem Papier, lautlos, ohne selbst in den Genuß der Heiterkeit zu kommen, ohne sein Gesicht zu einem Lächeln zu verziehen. Bekannt ist die Anekdote von dem schwermütigen Patienten, dem der Arzt rät, sich einen damals berühmten Komiker anzusehen, worauf der Patient antwortet: »Der bin ja ich!« Die Gemütsbewegung, aus der Daumiers Karikaturen stammen, ist ein schmerzliches Berührtsein durch die Schwächen der Menschen, es ist Galgenhumor, die Welt von der Leiter ›durch die Schlinge des Strickes gesehen‹. Es ist kein Zufall, daß es von Daumier eine ganze Szenenfolge gibt, die dem Regenwetter gewidmet ist, wie denn Humor eigentlich Feuchtigkeit bedeutet.

Champfleury, Daumiers erster Biograph – ich habe seine ›Histoire de la Caricature moderne‹ zufällig bei einem Antiquar in Lille während des ersten Weltkriegs erworben –, nennt die Karikaturisten seiner Zeit »les démolisseurs de la bourgeoisie«. Das klingt gewalttätig, während es doch die ›stille Welt des Pinsels‹ (und der Kreide) war, die stumme Revolution eines Künstlers, die jene Demolierung besorgte.

Kenner werden lächeln, wenn ich versuche, eine Parallele zwischen Honoré Daumier und Charles Dickens zu ziehen. Ich tue es desungeachtet, denn niemand wird die Geistesverwandtschaft dieser beiden großen Humoristen leugnen, die Zeitgenossen waren, Zeitgenossen übrigens auch einer technischen Revolution, die zweifellos beider Kunst, ja, die Kunst überhaupt, nicht wenig beeinflußt hat. Ich meine die Eisenbahn. Es ist nicht nur das neue Motiv, das sich weder Dickens noch Daumier entgehen ließen, mit seinen ungeahnten Reizen durch die damit verbundene Zwangskonfrontierung der Menschen auf stundenlangen Fahrten, wobei man sich wundern muß, daß sich die platzbeanspruchende Mode der Damenwelt nicht im mindesten davon beirren ließ. Es ist die sozialisierende Macht der Eisenbahn überhaupt, die unsere menschliche Gesellschaft grundlegend verändert hat, fast so sehr wie die Erfindung der Photographie und des Films.

Wie man mit der Unzahl der von Dickens geschaffenen Individuen leicht eine Stadt mittlerer Größe bevölkern könnte, so auch mit Daumiers Gestalten. Sie sind noch nicht typisiert wie vielfach in der Karikatur unserer Tage. Jede ist eine ausgesprochene Individualität, sie sind ›lebensfähig‹, sind ›nach der Natur gezeichnet‹ und sozusagen blutwarm. Damit erreicht er, daß der Betrachter in ihnen seinesgleichen sieht. Es sind noch animalische Karikaturen, sie sind nicht abstrakt oder mechanisch wie heute. Freilich hat sich auch bei ihm der graphische Stil, sein ›Strich‹, schließlich selbständig gemacht, sich gleichsam abgelöst vom Naturalistischen, und führt ein Eigenleben hinfort in einer unverwechselbaren, nur Daumier eigenen Linienführung. Man deutet Handschriften; auch den zeichnerischen Strich kann man deuten und etwa bei Rembrandt aus seinem Strich seinen Charakter ablesen.

Wenn man – denn ich bin ja von Daumiers Angesicht ausgegangen – das Lineament, die Züge seiner Zeichenschrift mit denen seines schmerzlich-gütigen Gesichts vergleicht, so wird man, um dieses in unserer Zeit beliebte Wort zu benutzen, eine ausgesprochene Affinität feststellen. Man sieht sofort: es ist echt durch und durch. Kein Wunder, daß er es in seinem Leben nie auf einen grünen Zweig brachte.

Ich weiß nicht, ob er ein geselliger Mensch war. Ich glaube, er hatte keine Zeit dazu. Nach dem Gesicht möchte man ihn, ob er es nun war oder nicht, eher für menschenscheu halten. Aber auf dem Papier oder auf dem Stein jedenfalls war er gesellig, und wenn er selber nie in eine Prügelei verwickelt wurde, so wußte er sie doch im Bilde so darzustellen, als sei sie sein eigentliches Element. Es ist eine angenehme Vorstellung, daß er mit Père Corot befreundet war, dem guten Dicken, in seiner Kunst so völlig Andersartigen. Sich vorzustellen: sie haben beide wirklich gelebt wie unsereins, und daß es noch gar nicht so lange her ist! Doch während es geschah, scheinbar vor aller Augen, lebten sie ihr anderes Leben, das wunderbarere, in ihrer Kunst, dessen Vorgang niemand zu schauen, sein Glück und sein Leiden kaum zu ahnen vermag, selbst wenn wir ihnen bei der Arbeit über die Schulter gesehen hätten. Es ist geheim wie jeder Schöpfungsvorgang, dessen Zeugen wir in der Natur zu sehen meinen, wenn wir einen Baum in voller Blüte oder einen Menschen bewundern. Wir sind dabeigewesen, wie er heranwuchs und haben im Grunde doch nichts gesehen. So entstanden ›unter der Hand‹ etwa dreitausend Lithographien und neunhundert Zeichnungen (für den Holzschnitt), dazu zahllose Gemälde (1810-1879), also in beiläufig fünfzig Jahren des Schaffens, und sind noch vorhanden, leben, erfreuen, bilden, während Daumier, der sie gemacht hat – doch ich will nicht metaphysisch werden. Es ist doch ein rechtes Wunder um die Kunst!

Th. Th. Heine

›Vater ist im Krieg, Mutter ist im Kino‹, lautet eine Unterschrift unter einer Zeichnung im ›Simplicissimus‹ während des ersten Weltkrieges. Ein mickriges und ungewaschenes Kind ist gerade dabei, die Decke vom Tisch zu ziehen, auf der eine brennende Petroleumlampe steht. Der Urheber dieser Zeichnung ist Thomas Theodor Heine, und mit dieser Zeitglosse, dieser kleinen, unheilkündenden Zeichnung aus einem Dutzend Linien und Strichen haben wir zugleich ein Bild des Zeichners selbst. Denn man kann aus diesen Linien seinen Charakter lesen wie aus einer Hand. Heines Strich ist von einer größeren Fadenstärke als der dünnere, geschmeidigere, elegantere und nachgiebigere der anderen großen Graphiker des alten ›Simplicissimus‹. Er ist gleichsam renitenter, er spreißelt zuweilen, als sträube sich die Feder. Es ist ein Strich, der schmerzt. Er hat nicht gerade etwas Bestechendes, aber etwas Unbestechliches. Die Kunst Th. Th. Heines, des Satirikers, ist ausgesprochen ungemütlich. Sie entlarvt unnachsichtig das Gemeine in der menschlichen Physiognomie, Gesellschaft und Politik. Von ihm stammt das berühmte wachsame Wappentier des ›Simplicissimus‹, die rote Bulldogge, von ihm eine neue Bildanschauung des Teufels, von dem er auch eine vorzügliche Plastik schuf, einen fetten, wampigen, hängebäuchigen, androgynen Unhold, und als sanftes, scheinheiliges Gegenstück dazu ein silberner Engel, der, mit den Flügelspitzen auf den Sockel gestellt, zwischen seinen Schwingen schwebt. Der doppelte Vorname (gleich: Otto Julius, Otto Erich) fixiert die historische Einordnung vor und nach dem ›Jugendstil‹. Denn auch die amorphe Linie des Jugendstils, die dem Zigarettenrauch und seinen bizarren, phantasieanregenden Formen ihre Entstehung verdanken könnte, findet sich bei ihm. Th. Th. Heine leidet sichtlich unter dem Gemeinen, dem Ordinären, dessen Fratze er beherrscht wie sonst keiner. Aber es gibt bei ihm, seltsam genug, auch eine ganz andere, freundlichere Welt, nämlich die des Biedermeierstils, der sich vorzüglich in seinen Gemälden widerspiegelt, in fast süßen, dekadenten Farben, mit einer befremdenden Vorliebe für Lila. Ein frühes Bild von ihm freilich, ›Vor Sonnenaufgang‹ betitelt, erinnert in seiner Unheimlichkeit mehr an Munch: eine baumlos-trostlose, gepflasterte Straße führt an einer kahlen, talsperreähnlichen Mauerböschung entlang zu einer düsteren, gefängnisartigen Fabrik, in der eben ein Trupp Arbeiter verschwindet. Rechts öffnet sich der Blick in eine Waldlandschaft. Vor ihr an der Mauer steht eine dunkle Frauengestalt mit Pelzboa und Kapotthut. Sie starrt aus dem Bild, am Beschauer vorbei, mit einem fatalen Lächeln. Das Ganze wirkt wie ein Albtraum. Es vergißt sich nicht. Ohne diese Schwermut wäre er kein ›Humorist‹. Ein Humorist? Sein Humor macht nicht lachen, eher weinen. Er ist nicht munter, nicht lustig, sondern bitterböse, ätzend, rücksichtslos, sein persönlicher Stil unverwechselbar. Er hat unstreitig etwas Penetrantes, Beleidigendes. Nur ein Verletzlicher kann so verletzend sein. Er ist dabei sehr alt geworden. Ein Vergleich mit seinem großen Namensvetter Heinrich Heine drängt sich auf.

Th. Th. Heine zählt zu denen, die rechtzeitig warnten, zu einer Zeit schon, als die meisten noch nicht sahen, was er sah und unerbittlich festhielt, ›die Augen uns recht ins Innere zu kehren‹ mit seinen Linien und Strichen, die weh tun mit ihren Widerhaken: die Grundursache der

Übel unserer Zeit: die ganz gewöhnliche menschliche Gemeinheit.

Jünglinge

»Wir haben nicht einmal Zeit,
einander anzusehen«
Thornton Wilder

Dieses Buch will in verschiedenen Bildern verschiedener Zeiten das Antlitz des Jünglings zeigen, des Adulescens und Juvenis, des Menschen also, der nicht mehr ganz Bub und noch nicht ganz Mann ist. Es illustriert zugleich auch jenen für den Menschen entscheidenden Lebensabschnitt, den der alte Schäfer in Shakespeares ›Wintermärchen‹ meint, wenn er nicht gerade freundlich sagt: »Ich wollte, es gäbe gar kein Alter zwischen zehn und dreiundzwanzig, oder die jungen Leute verschliefen die ganze Zeit...«

Man möchte dieses Bilderbuch junger Menschengesichter auf mittelalterliche Weise einen Spiegel nennen. Denn der Beschauer soll sich selbst darin erblicken, der jugendliche Mensch soll ihm daraus entgegenschauen wie aus einem Fenster, daran man vorübergeht. Es könnte geschehen, daß mancher Betrachter sich selbst erkennt und sagt: »Das bin ja ich, nicht ganz, aber doch so ungefähr, oder so möchte ich sein.« Vielleicht findet er gute Bekannte, Freunde darin. Denn das Buch steckt voller Familienähnlichkeiten und regt zu lohnenden Vergleichen an.

Eine seiner vornehmsten Aufgaben ist es jedoch zu zeigen, wie der junge Mensch aussieht, aussehen könnte oder aussehen sollte. Jetzt scheint der rechte Augenblick dazu, nach einer Zeit, da der Mensch sein Genie mit bösem Fleiß darauf verwandte, dieses Antlitz, das sein eigenes ist, mit allen Mitteln einer seelenlosen Technik zu zerstören.

Der Mannesfrühling ist es, die Blütezeit zwischen

Kindheit und Reife, die kostbaren Jahre der körperlichen, geistigen und seelischen Entfaltung sind es, die unser Buch in fast hundert Beispielen aus der Antike, dem Mittelalter und der neueren Zeit, in Werken der Bildhauerei, der Malerei und Graphik zur Anschauung bringt, auf eine neue Art übrigens, durch eine kleine Akzentverlagerung sozusagen.

Denn die Absicht des Buches ist nicht so sehr auf die künstlerische oder kunsthistorische Bedeutung der abgebildeten Werke gerichtet, als vielmehr auf das Bildnis, auf die dargestellte Person, also auf die Physiognomie des Jünglings, in dem Sinne, der Lavater veranlaßte, dem Titel seiner ›Physiognomischen Fragmente‹ erläuternd zuzufügen: »zur Beförderung der Menschenkenntnis und Menschenliebe«. (Und wollte man fragen: »Was ist Kunst?«, es wäre so falsch nicht, wenn man antwortete: »Gottesdienst und Menschenliebe«.) Menschenliebe jedenfalls ist es, die hohe Tugend, der diese Bilder letzten Endes ihre Entstehung verdanken.

Die historische Aufeinanderfolge der Bilder wurde füglich zugunsten der Altersstufen verlassen. Es erwies sich für unsere Aufgabe als dienlich, bei der Unmerklichkeit der Übergänge, gleichsam als Präludium, ein paar Beispiele von Knabengesichtern voranzustellen. Die Grenzen zwischen Knabenalter und Jünglingsalter sind verwischt. Man kann da von einer Art ›Brackwasser‹ reden, wie bei der Mündung von Flüssen ins Meer. Ausgesprochene Mannsgesichter beschließen den Bilderreigen.

Bei der Auswahl und Ordnung ergaben sich spielend die reizvollsten Gegenüberstellungen und Kontraste. Es stellte sich alsbald heraus, daß Bildnisse der gleichen Lebensstufe, aus völlig verschiedenen Zeiten, Stilen (und Materialien) nebeneinandergehalten, überraschende, sehr lehrreiche äußere und innere Ähnlichkeiten und Beziehungen offenbaren, die unsere Anschauung vom Menschen zweifellos bereichern helfen.

Anschauung – das ist der Begriff, um den es uns geht, und Meinungsbildung. ›Die Welt ist mit den Augen geschaffen!‹ Mit den Augen, dem Gesicht, gewinnen wir die Anschauung. Eine alte, nüchterne Deutung des Begriffs sagt: »Gesicht heißt sowohl das menschliche Antlitz, als auch der Gefühlssinn, durch den wir die Modifikation des Lichts, das ist hell und dunkel, und die Farben, mittels derselben aber die Umrisse der Körper und die Beschaffenheit ihrer Oberfläche wahrnehmen, wobei der Tastsinn unterstützend mitwirkt. Auf der Gefühlsempfindung beruhen die deutlichsten und mannigfaltigsten Vorstellungen des Äußeren und die schönsten Freuden der Natur. Das Werkzeug dieses edlen Sinnes ist das Auge.«

Ich habe ungeachtet seiner Trockenheit diesen Abschnitt hierhergesetzt, weil mir für das Betrachten unserer Bilderfolge die Wechselwirkung, das von Angesicht zu Angesicht, Auge-in-Auge-einander-Gegenüberstehen wesentlich erscheint, und weil ich glaube, daß wir Menschen des technischen Zeitalters verlernt haben zu sehen, so sehr, daß uns Worte wie ›Gesichtsempfindung‹, ›die schönsten Freuden der Natur‹, ›edler Sinn‹, in ihrer Altmodischkeit fast wunderlich anmuten. Wir sehen nicht mehr, wir photographieren nur noch. Wir haben uns sozusagen durch eine technische Infektion der Maschine angeglichen. Wir bedürfen indessen bei Betrachtung dieser Jünglingsangesichter mehr einer poetisch-psychischen Optik als einer physiologisch-physikalischen. Wir dürfen es uns nicht genügen lassen, daß die Netzhaut unseres Auges wie eine photographische Platte, die man belichtet, das Bild empfängt, wir wollen glauben, daß das Auge, das ›sonnenhafte‹, auf das Objekt hin seine Blicke sendet, die, sichtbar gemacht, feinsten, fühlenden Strahlen gleichen würden. Bei diesem beseelten Schauen dient das Bewußtsein vom eigenen Gesicht und die sehnsüchtige Vorstellung eines Schönheitsideals als Maß für Übereinstimmung, Ähnlichkeit, Unterschiede, Zuneigung und Abneigung. Es schadet uns nichts, wenn wir noch einmal auf die ganz sachliche Erklärung zurückgreifen, was eigentlich ein Gesicht ist: »die vordere Fläche des Kopfes, der Sitz der meisten Sinne, es zeigt auf seiner Oberfläche eine Menge verschiedener Teile wie die Stirn, die Augenlider und Augenbrauen, die Augen, die Nase, die Wangen, den Mund, die Kinnlade, die Zähne. Die Haut ist im Gesicht zarter, feiner, empfindlicher und freier als an anderen Teilen. Im Gesicht drückt sich die Gemütsstimmung, Geistesfähigkeit, mit einem Worte: das seelische Leben des Menschen aus«.

Das Antlitz ist der Sitz seines Ichs. Man hat (ich zitiere mich selber) ein Empfinden dafür, wie weit weg von einem die Füße und wie nahe man dem Gesicht ist. Der Mensch hat schon ungefähr ein Gefühl dafür, wo er sich gleichsam selbst am nächsten ist, wo also sein Ich sitzt. Ja, so sehr, daß man versucht ist zu glauben, die beiden hauptsächlichen Einschnitte oder Abschnürungen des Körpers zielten geradezu auf eine schließliche Abtrennung und Loslösung der höheren von den niederen Gegenden, als strebe das Haupt mit dem Antlitz an, sich zu verselbständigen, ein nur auf den ersten Blick abstruser Gedanke. Der Schlag ins Gesicht wird als besonders verletzend empfunden. Zuneigung bedeutet das Zueinanderneigen der Gesichter und der Kuß ist die Zärtlichkeit zwischen ihnen.

In den vergangenen Jahren hat einmal jemand vor einer Front junger Arbeiter ausgerufen: »Ich wollte, ihr hättet alle das gleiche Gesicht!« Wie schrecklich fürwahr.

Gesichter haben auch Tiere. Ein Antlitz aber haben nur Gott, Engel und Menschen. Man wird nie von einem Verbrecherantlitz reden. Wir wissen genau, wann wir von einem Antlitz reden dürfen. Auch in diesem Buch sind es nur wenige, die diesen Namen verdienen. Für mich besteht das Wort zu Recht für den ›Blondkopf‹, den ›Wagenlenker‹, für ›das männliche Bildnis‹ von Giorgione, für den ›Adam‹ von Riemenschneider und das ›Bildnis eines jungen Mannes‹ von Botticelli, welch beide für den Reiz der Gegenüberstellung ein besonders eindrucksvolles Beispiel bieten. Für andere Betrachter mögen es andere Angesichter sein. Wir charakterisieren uns selbst in der Wahl der Lieblingsbilder. Auch das gehört zur Absicht dieses Buches.

Auch Blumen, die Sonnenblumen zum Beispiel, haben Gesichter. Wenn wir den Vergleich rückwirkend auf den Menschen übertragen, so dürfen wir sagen: ›Das Antlitz ist seine Blume‹. Es ist in einem höheren Sinn wirklich die Blüte seines Körpers und es ist von einer wunderbaren, der Blume ähnlichen Anziehungskraft und Bedeutung. Wir nennen es blühend, nennen es verblüht oder welk.

Fast hundert Bilder mögen im ersten Augenblick als eine übergroße, für die Aufgaben dieses Buches jedenfalls ausreichende Anzahl erscheinen. Allein strenggenommen ist es nur eine kleine, notgedrungen von allerlei Zufällen abhängige Auswahl, nur ein Teilgeständnis gewissermaßen, ein Querschnitt allenfalls. Denn die Auswahl ist schon von der Entstehung der Darstellung entscheidend subjektiv beeinflußt.

Die Beispiele aus der Antike sind nicht eigentlich Bildnisse, sondern das Ergebnis aus einer Summe von Gesichtern, es sind Idole. ›Idolino‹ heißt eines der anmutigsten von ihnen, ›Götterbildchen‹, will man es eindeutschen, ›Götterknabe‹. In diesem Wort liegt eine der vornehmsten Absichten der Kunst beschlossen, die Gottverwandtschaft sichtbar zu machen. Diesen Abglanz der Gottheit finden wir aber auch bei den wahrhaftig und treu nach dem Leben, nach einer bestimmten namentlichen Person gebildeten Porträts, die als ebenbürtige, individuelle Entsprechungen jener antiken, aus idealen Vorstellungen, aus einer Zusammenschau hervorgegangenen klassischen Jünglingsgesichter gelten dürfen. Man vergleiche das Bildnis von Giorgione mit dem archaischen ›Apollon‹.

Das hohe Bild vom Menschen ist in der Zeit naturgemäß gewissen Wandlungen, ja sogar der Mode unterworfen, und wäre es auch nur in der Art, wie der Mensch die natürliche Zierde des Haares trägt. Unser Buch zeigt, daß die Haartracht des Jünglings in der Antike wechselte zwischen kurz und lang (›Idolino‹, ›Apollo‹, ›Blondkopf‹). In der Renaissance überwiegt das bis auf die Schulter fallende Haar, das auch die Romantiker bevorzugen. In unseren Tagen ist es aber als unmännlich (oder am Ende, weil es die Zierde des freien Mannes ist?) völlig aus der Mode gekommen. Ich glaube, es sind nicht nur praktische oder hygienische Erwägungen, die dazu führten, es ist der Anschauungswechsel, das Schwinden des Schönheitsgefühls zugunsten des Maschinenbewußtseins. Wir gleichen uns der Maschine an, es ist die Mimikry, die auch das Antlitz und den Ausdruck des Menschen immer mehr verändern, entmenschlichen, entseelen wird. Es gibt schon viele Menschen mit technischen Gesichtern. Ungeachtet der Wandlungen des Schönheitsbegriffes glaube ich nicht, daß etwa das griechisch-europäische Schönheitsideal lediglich aus Gewohnheit, aus Bequemlichkeit oder Phantasielosigkeit immer noch und immer wieder, bis auf unsere Tage, Maß und Vorbild geblieben ist. Ich meine vielmehr, daß die Griechen vielleicht als einziges Volk der Erde den wahren Begriff von der Gottesebenbildschaft des Menschen im Bewußtsein hatten. Nirgends sonst scheint die künstlerische Bewußtheit so ausgeprägt gewesen zu sein wie bei den Griechen im Sinn des Goetheschen Gesetzes: »... daß ich mir bewußt sei, darauf kommt es überall an.«

Wir erkennen dieses Prinzip mühelos auch in unserem Buch. Wir spüren sofort, worauf es dem Künstler ankam, ob das Antlitz des Jünglings nur beiläufige Bedeutung hat, ob es äußerer Anlaß oder Selbstzweck ist.

Wie schon die einschränkende Vorstellung von einem

Jünglingsideal, durch das die überwiegende Mehrheit des Gewöhnlichen ausgeschaltet wird, die Auswahl beeinflussen mußte, so nicht minder jene im Bezirk der Kunst waltende soziale Einseitigkeit, die nicht völlig ausgeglichen wird durch die Modellwahl des Künstlers sozusagen in freier Wildbahn. Unstreitig verdankt eine sehr große Zahl der dargestellten jungen Leute ihre künstlerische Unsterblichkeit lediglich den guten wirtschaftlichen Verhältnissen der Eltern, ja, bei einem Porträt war mein erster Gedanke, dieser Jüngling müsse aus einem sehr, sehr reichen Hause stammen. Wie viele blieben ungemalt durch die Unzulänglichkeiten der menschlichen Sozialität. In der Tat, es sind viele ›junge Herrchen‹ darunter, hübsch anzusehende, gut angezogene, ja verwöhnte, verhätschelte Niemande. Ach, ich möchte wohl von so manchen die Geschichte ihres Lebens kennen (und ihres Liebens), möchte gerne wissen, warum sie gemalt wurden, wie sie heißen, wer sie waren und was aus ihnen geworden ist, wie sie später aussahen, wie und wann sie starben, etwa, um nur ein Beispiel zu nennen, dort jener schon erwähnte ›zarte Juvenil‹ von Botticellis Hand, mit dem sanften Johannesgesicht. Die, für welche er einst abgebildet worden war, die wußten ja, wer es ist, für die kurze Zeit ihres und seines Daseins, sie mußten nicht den Namen daraufschreiben oder die Geschichte seines Erdenwallens.

Man meint zu erraten, ob es der Sinn des Abschilderns war, dem vergänglichen Antlitz den Schein einer Dauer zu verleihen, wann also der Anlaß einzig und allein zärtliche Zuneigung war. Oder junger Ruhm? Eine gute Tat? Ein frühes Genie? Der fleißige Betrachter wird es jeweils fühlen, wo es nichts anderes war als Wohlgefallen, Freude der Besteller (wie des Künstlers) an der Erscheinung des Jünglings.

Wie aber? Welch ein Aufwand für einen jungen Fant, der allenfalls eine Vorgabe von oben mit Bewährungsfrist mitbekommen hatte, ein Angesicht, das erst verdient sein wollte! Warum malte man sie, die gut aussehen, aber nichts sind?

Ihr einziges Verdienst ist der Zauber ihrer Jugend, und diese holde Blütezeit erscheint wie ein Augenblick nur, gegen das lange Leben gehalten. Mann und Greis kann einer sehr lange sein, die Jünglingszeit ist grausam kurz. Wir haben es in den Zeiten einer Überwertung der Arbeit, über dem weit überschätzten ›Nutzwert‹ des Menschen einfach verlernt, das bloße Dasein recht zu schätzen, ich meine: die Lust zu leben. Welche Rechte hat die abgehetzte, früh verbrauchte, überarbeitete Menschheit sich nicht schon verkündigen lassen, das Recht auf Freiheit, auf Arbeit, auf Besitz ist dabei. Aber wie oft hat sie sich um das süße Recht auf Jugend betrogen gesehen. Der Psalmist wird meistens mißverstanden, wenn er vom Leben sagt: »Wenn es köstlich gewesen ist, so ist es Mühe und Arbeit gewesen«. Es ist geringschätzig gemeint.

Kurz vor dem vergangenen Kriege war ich mit meinem Freund in Dalmatien, in dem kleinen Ort Petrowac, nicht weit von Budwa, der zauberhaften Stadt am Meer. Wir machten eine Wanderung in die Berge, um einen armseligen, verfallenen Wallfahrtsort zu besuchen. Dort oben saß in der Sonne auf einem Mäuerchen ein junger Mann, sagen wir getrost ein Jüngling, in zerlumpter Kleidung und sah zigarettenrauchend über die gleich Löwenhäuptern und wie zur Tränke ans Meer hin sich lagernden Vorgebirge freundlich ins Weite. Als wir nach mehr als einer Stunde wieder vorüberkamen, saß der dalmatinische Jüngling, ein Sinnbild der Beschaulichkeit und des Seelenfriedens, noch immer gemächlich rauchend da und sah ins Weite.

Gewiß, er tat nichts, aber ich hatte nicht das Gefühl, daß er faulenzte. Seine Tätigkeit bestand darin, daß er jung und seines Daseins froh war.

Es schadet nichts, wenn sich die Menschheit endlich wieder auf die Achtung vor dem Leben besinnt, wenn sie sich weigert, den Mars als höchste Gottheit anzuerkennen und ihm das fürchterliche Jünglingsopfer versagt. Ist es nicht Wahnsinn, daß die Menschheit selbstmörderisch, selbstverstümmlerisch in ihren Söhnen, Brüdern, Freunden, wenn sie in ihrer schönsten Blüte stehen, immer wieder sich selbst vernichtet? Ein Zyniker hat einmal gesagt (und es steckt eine bittere Wahrheit darin): »Mars delectatur vitello«.

Nach dem Sprachgebrauch ist es erlaubt, sich unter dem Wort Jüngling etwas Makelloses vorzustellen, ein kostbares Gehäuse der menschlichen Seele in seiner schönsten, seiner jugendlichen Erscheinung, in der zu Unrecht aus der Mode gekommenen Verbindung: untadeliger Jüngling. Die Griechen hatten eine genaue Vorstellung davon und verbanden damit das Postulat der Kalokagathia, die Harmonie des Schönen und Guten. Noch einmal war jenes natürliche Wohlgefallen am schönen Menschen wiedergeboren worden in der italienischen Renaissance, mit dem Unterschied, daß man die Entsprechung für das antike Ebenmaß des Schönen unter den zeitgenössischen Jünglingen suchte. Denn damals wußte man noch, was schön ist, und nannte es bei Namen, in aller Unbefangenheit, ohne Prüderie.

Doch wer könnte sich rühmen, ein untadeliger Jüngling zu heißen? Schöne Menschen sind selten, ich meine solche, von einer ohne Süßlichkeit anbetungswürdigen Schönheit, wie ihr die Griechen durch ihre Kunst Gestalt und Antlitz verliehen haben. Diese ›selten vollkommene, reine Gestalt‹ wieder sehen zu lernen und uns teuer sein zu lassen, scheint mir ein wünschenswertes Ziel. Zur Urteilsbildung wird unsere Sammlung eine lehrreiche Hilfe sein.

Sandro Botticellis Darstellungsweise scheint mir dieser Aufgabe am besten zu dienen. Bei ihm möchte man nicht so sehr von Bildnissen, als geradezu von Abbildungen sprechen, so sachlich getreu, unaufdringlich, ja fast nüchtern, unter Verzicht auf jeden Ausdruck von Gemütsbewegung gibt er fast schattenlos die nackte Topographie der Angesichter, möglichst frei von Zufälligem. Er gibt das wieder, was wir ›das Äußere‹ eines Menschen, sein Aussehen nennen, seine Physiognomie.

Aber freilich: es ist immer nur eine unveränderliche Ansicht, und manchmal haben wir das Verlangen, das Gesicht möchte sich zur Seite wenden oder es möchte lächeln, nicht ohne einiges Bangen, daß es uns dabei enttäuschen werde. Wieviel fehlte noch zur Vollkommenheit unserer Vorstellung! Die Stimme vor allem, die Umluft.

Manchmal meinen wir, uns nicht zu irren, wir wissen, wem von allen wir im Leben begegnen möchten, welchen unsere Zuneigung gehört und welchen nicht. Man wird unwillkürlich versuchen, den Charakter aus dem Bild abzulesen und wird mehr oder minder Vergleiche ziehen, auch im einzelnen, etwa in Betracht der Augen, Nasen, Münder, und sich wundern, wie die schöpferischen Organisatoren immer wieder sich durchsetzen und trotz der Durcheinandermischung mit Minderwertigem durch die Jahrtausende immer wieder die bestimmten ewigen Formen hervorbringen: die Vorbilder, weil sich die Natur immer wieder auf das Schöne besinnt.

Der Betrachter wird sich an Hand der Bilder über das Problem des Schönen wie des Häßlichen klar zu werden suchen, über das Edle und das Gewöhnliche, das Kluge und Törichte im menschlichen Angesicht. Und er wird den unerschöpflichen Reichtum erkennen, den die Kunst in ihren Darstellungsmöglichkeiten bietet, die bei aller Subjektivität, ja gerade dadurch einen wahrhaften Begriff des gesuchten Objektes sichtbar werden lassen: das Antlitz des Jünglings.

Man wird einwenden: ›Gibt es ihn denn überhaupt, den Jüngling?‹ Es gibt ihn, wenn wir ihn uns als *Genius der Jugend* vorstellen, der nur jeweils eine andere Maske trägt, die seine Strahlung mehr oder weniger stark durchläßt oder verhüllt. Manche der Dargestellten erregen sogar unser Mitgefühl, weil ihnen das fehlt, was andere haben: der Zauber, die Liebenswürdigkeit, der Geist. Sie tun uns leid, weil sie unjung sind, mürrisch, früh verblüht. Oder weil sie häßlich sind wie Karl der Zweite. Unter den am häufigsten vertretenen Künstlern sind Botticelli und Rembrandt, die in ihrer künstlerischen Imagination und in ihrem Temperament so verschiedenen, ja gegensätzlichen. Dieser, der über den Reiz des Lichtes und des Schattens das Modell vernachlässigt, das aber dabei an Leben und Momentanität gewinnt, jener, der das Bleibende, das Ruhende, Genaue, Ordentliche sucht, auch sie kommen, dieser mit seinem sympathischen ›Titus‹, und jener mit dem (in amerikanischem Privatbesitz befindlichen) ›Jünglingsbild‹ in der Erfühlung des besonderen Charmes dieser Altersstufe, einander nahe. Der Betrachter weiß sofort, in welchen Gesichtern dieser, nur diesen Jahren eigentümliche Reiz vorhanden ist und wo er fehlt. In den letzten Jahrzehnten ist freilich eine starke Bewegung entstanden, die einen geradezu feindseligen Standpunkt gegen den Begriff des Schönen vertrat, zugunsten des nur Heldischen, Felddiensttauglichen. Niemand wünscht den effeminierten Jüngling, aber man wird ebensowenig nur den Kraftmenschen gelten lassen. In unserem Buche finden wir alle Variationen des jugendlichen Mannes. Wir möchten die hellen, heiteren, wie die schwermütig zarten, wie jenen mit den träumerischen Schokoladenaugen (von Perugino), aber auch die selbstgefällig-hochmütigen, die biederen, keinen möchten wir missen, auch die langweiligen nicht, die uninteressanten. Es ist ein Buch, das sich an Frauen und Männer, das sich an den Menschen wendet.

Es beweist, daß es den Jüngling gibt in mancherlei Gestalt, daß es aber auch den schönen Jüngling gibt und geben darf. Welch wunderbare Augen haben manche, welche Münder. Stirnen! Nur der Zyniker kann wünschen, das solche Jugend gerade recht ist, sich gegenseitig totzuschießen und schändlich zuzurichten. Die Angesichter tragen untereinander einen friedlichen Wettstreit aus. Wer wird den Lorbeer davontragen? Gewiß nicht die nur Hübschen oder nur Starken oder nur Gescheiten. Wir reichen den Kranz dem Schönsten in einem erhabenen, edlen Sinn, der das Gute einschließt, der Juventus geben wir den Vorrang, der Jünglingstugend, die zur Virtus, der Mannestugend erblüht.

Im Schönen allerdings liegt ein lebensfrohes Prinzip, das dem Vergänglichen abhold sein muß, hold aber der Verehrung des Unversehrten, des Blühenden, des Lebendigen. Der freundliche Betrachter dieses Buches aber wird es jeweils selbst entscheiden, wann der für den Menschen und seine Stellung im Plan der Schöpfung wichtigste, unendlich verpflichtende Satz zu Recht besteht: ›Gott schuf den Menschen, ihm zum Bilde, zum Bilde Gottes schuf er ihn!‹

Die Bürger von Calais

I

...und gegen Abend aus den Bäumen auf eine Lichtung des Parkes hinaustrat, geschah es, daß ich mich einer Gruppe dunkler Gestalten gegenübersah, die mich wohl hätten erschrecken können, wenn ich nicht darauf vorbereitet gewesen wäre. Ich kannte sie, aber ich wollte viel darum geben, hätte ich sie hier zum ersten Male gesehen, ganz unvoreingenommen, ohne irgendwelche Ahnung, was es mit ihnen für eine Bewandtnis habe, wann und von wessen Hand sie geschaffen seien. Ich glaube, es lohnt sich, so zu tun, als begegnete ich ihnen zum ersten Male und wüßte nichts von dem Anlaß, dem dieses Denkmal der Erinnerung an eine gute Tat sein Dasein verdankt. Unter dieser Voraussetzung will ich es betrachten und zu beschreiben versuchen. Ich will für den Augenblick ganz davon absehen, daß es sich um ein Kunstwerk handelt, um Figuren aus Erz. Ich will von ihnen reden wie von Lebenden, wie man von einem Trupp Arbeiter erzählen würde, die frühmorgens in die Fabrik gehen und durch ihre Gesichter und Gesten unsere Blicke auf sich ziehen.

Sechs Männer sind es, in schlichten, faltigen Gewändern, barhäuptige, barfüßete, sechs Männer zwischen achtzehn und siebzig Jahren, Bettler vielleicht oder Pilger, Büßer, arme Sünder mit dem hänfenen Strick um den Hals, Mühselige und Beladene ohne Zweifel. Es eilt ihnen nicht. Sie sind sehr ernst, so wie Leidtragende aussehen, die einem geliebten Menschen das letzte Geleite geben, oder aber wie Verurteilte, die zum Galgen geführt werden.

Inmitten der Älteste von ihnen, das bärtige Haupt gesenkt, mit wehrlos hängenden Armen, hat etwas so Heiligmäßiges in seiner Demut und Würde, daß er an Christus erinnert, und wirklich, es könnte der Herr sein mit einigen seiner Jünger, vielleicht als er eben gesagt hat: »Wer mein Fleisch isset und trinket mein Blut« (Joh. 6, 48-66), worauf die Jünger antworten: »Das ist eine harte Rede, wer kann sie hören?« Ich meine die Stelle, die schließt: ›Von dem an gingen viele seiner Jünger hinter sich.‹

In der Tat, die Männer um den ernsten ›Bärtig-Häßlichen‹ scheinen uneins. Der eine könnte der Lieblingsjünger sein, und ein anderer, der mit dem großen Schlüssel, groß genug, um damit die Pforten des Himmels aufzuschließen, könnte Simon Petrus, der ›Fels‹ sein. Es wäre verzeihlich, wenn ein Unbefangener, der den in Erz erzählten Vorgang der Legende nicht kennt, die Gruppe als ein religiöses, ein christliches Kunstwerk deuten wollte.

Der Mann in der Kutte mit dem Schlüssel sieht wirklich aus wie ein Mönch mit diesem Gesicht, das ein wenig an Luther erinnert, aber auch wieder, wie man die Menschen der Urzeit, die Höhlenmenschen sich vorstellt, wie denn nicht selten die Gesichter großer Männer (so

Beethoven oder Schopenhauer) geradezu etwas Äffiges haben können. Diesem, dem Heiland Ähnlichen, und auch dem Jüngling in dem feineren Gewand (im Schnitte der älplerischen sogenannten Kotze) würde ein Heiligenschein wohl anstehen. Anscheinend stammen die Männer aus verschiedenen Berufen. Der andere Bärtige, der mit der niederen Stirne, könnte wohl ein Fischer sein. Er ist der einzige, um dessen Mund etwas von Humor zuckt und dessen ungewisse Geste zweifelnd, doch nicht verzweifelnd ist. Denn alle scheint etwas sehr Bedeutsames zu beschäftigen, von dem sie kommen oder dahin sie gehen. Drei von ihnen machen es mit sich selber ab: der Demütige, der eherne Mönch und der Fassungslose, der, sich duckend, mit beiden Händen an den Kopf greift, als stürze der Himmel über ihm zusammen. Die drei anderen sprechen darüber, gleichzeitig. Der junge Mensch, der wie ein Engländer aussieht, bietet sich mit schön geöffnetem Munde frei und offen dem Schicksal dar. Einer, der mit der nackten Schulter und den abstehenden Ohren, der größte und kräftigste unter den Männern, ist nur lässig mit einer Art Schurzfell bekleidet, ein lebhafter Bursch, fast hätte ich gesagt ein Lackl, mit Armen und Händen, die schwere Arbeit gewohnt sind. Er könnte Hafenarbeiter, Lastenträger sein. Seine Handbewegung ist ungeschlacht. Er ist, auch sein Mund zeigt es, der lauteste von ihnen. »Mir ist's gleich«, scheint er zu sagen.

Die Stricke um der Männer Hälse bedeuten nichts Gutes. Was mögen sie begangen haben? Sie erregen unsere Teilnahme. Welche Gedanken erfüllen und beunruhigen ihre Gemüter?

Es ist der Tod.

II

Jetzt muß ich, glaube ich, das Geheimnis lüften und sagen, welcher guten Tat zum Gedächtnis dieses Denkmal eigentlich errichtet wurde. Der Vorgang ist in der Froissardschen Chronik überliefert.

König Eduard III. von England wollte nach der Schlacht von Crecy die französische Hafenstadt und Seefestung Calais, die 1346-47 elf Monate lang den Belagerern hartnäckig Widerstand geleistet und die Übergabe verweigert hatte, durch Aushungerung bezwingen. Doch willigte er darein, die unglückliche Stadt zu schonen, wofern sechs adelige Bürger von Calais, in Büßerhemden, den Strick um den Hals, auf Gnade und Ungnade sich in seine Hand geben würden.

Unter Führung von Eustache de St. Pierre fanden sich sechs Calaiser bereit, ihr Leben hinzugeben, um das ihrer Kinder, Frauen, Mütter, Väter, Freunde zu bewahren. Doch wurden sie in letzter Stunde auf Bitten der Königin begnadigt. Diese menschenfreundliche Tat hat sich manches herbe Urteil gefallen lassen müssen, denn nach dem Wunsche gewisser Fanatiker hätten die Einwohner von Calais lieber den Hungertod leiden sollen, damit die Sieger nur Leichen, nichts als Leichen, darunter auch Frauen und unschuldige Kinder, vorfinden würden.

Allein in ritterlichen Zeiten galt es nach dem Kriegsrecht durchaus nicht als demütigend, nach tapferer Verteidigung in hoffnungsloser Lage unter ehrenvollen Bedingungen sich zu ergeben oder ›mit der Kugel im Munde‹ frei abzuziehen. Auch der einzelne Soldat konnte seinen Gegner ›um Quartier bitten‹ und seine Großmut anrufen. Es galt geradezu als unfair, es nicht zu tun, weil man durch zwecklosen Widerstand den Gegner nur zu einer unnötigen und keineswegs ehrenvollen Grausamkeit zwang.

Es war also damals keine Schande, in ehrlichem Kampf der Unterlegene zu sein und dem ehrlichen Sieger den Lorbeer zuzugestehen. So oder so, das war ausgemacht, würde Calais in die Hände der Engländer fallen. Auf Hilfe von außen war nicht mehr zu hoffen, der Krieg war verloren, der Soldatenehre Genüge getan. Was nun noch blieb, war Trotz, kleinlicher Trotz, wie ihn Kinder haben oder jene Schachspieler, die, weil sie es nicht ertragen können zu verlieren, die Figuren durcheinanderwerfen.

Die sechs Bürger haben ihr Volk davor bewahrt, am Trotz einiger weniger elend und für immer zugrunde zu gehen. Sie haben das Denkmal zu ihren Ehren wohl verdient. ›Muß denn das Schwert ohn' Ende fressen?‹

III

Ich besitze durch die Güte eines Kunstgefährten eine sehr schöne Abbildung der Gruppe und habe sie in meinem Krankenzimmer mit Leukoplast vor das Glas einer recht schwachen farbigen Steinzeichnung, einer Gebirgslandschaft, heften lassen, damit ich sie immer vor Augen habe. Man könnte beim Betrachten dieses Kunstwerkes auf den Gedanken verfallen, man müßte es zum Anlaß nehmen, als ein neuer Lessing einen anderen ›Laokoon‹ darüber zu schreiben. Allein schon das Wort mit dem doppelten Hiatus, ›Laokoon‹, scheint phonetischer Ausdruck einer völlig anderen Denkungsart, eben jenes antiken Barocks zu sein, das ich bewundere, ohne es zu lieben. Aber wenn wir die beiden Werke nebeneinanderhalten, so zeigt sich ein gewaltiger Unterschied: über den ›Laokoon‹ läßt sich sehr viel Gescheites, über unsere Gruppe jedoch mehr Menschliches aussagen.

Die Dargestellten beider Werke haben den Tod vor Augen. Doch wie verschieden antworten sie! Freilich, die einen können sich wehren, der Auftrag der anderen indessen erfordert es gerade, daß sie sich *nicht* wehren. Ich mochte die ›Laokoon-Gruppe‹ (die schließlich im Farnesischen Stier mündet) nie recht leiden, aber der Versuch einer Gegenüberstellung des antik-heidnischen und modern-christlichen Bildwerks möchte bei aller Verschiedenheit sich lohnen.

Beide Werke stellen Maße dar, Maße einer Kunstgesinnung, und Beispiele ihres Wandels in der Menschheitsgeschichte, allein schon hinsichtlich der ›Bewegung‹.

Die Bürger scheinen sich wirklich im nächsten Augenblick von der Stelle zu bewegen (wir meinen ihren ›Gang‹

zu kennen, auch den des Mönchs, obwohl er gerade stehengeblieben ist), während die ›Laokoons‹ mitten in einer exaltierten Bewegung erstarrt zu sein scheinen, wie Niobe in Stein verwandelt. Freilich neigt dieses Material mehr zu dieser Erstarrung als das ›flüssigere‹ Erz.

Die Bürger sind aber auch in anderem Betracht ›bewegt‹, sie sind innerlich bewegt. Beide Gruppen sind Denkmäler der Todesangst. Aber bei den Laokoons offenbart sie sich lediglich als Ausdruck körperlicher Schmerzen, so als habe jemand den dreien auf den Fuß getreten. Sie tanzen den Schmerz. Man könnte darüber auch einen Polizeibericht abfassen: ›Gestern gegen soundsoviel Uhr ist ein schreckliches Unglück passiert. Als der verheiratete Priester Laokoon mit seinen beiden hoffnungsvollen Söhnen...‹ und so weiter, und so weiter.

Es ist wohl so, daß die Plastik der Antike Schönheit, Majestät, Geist, Athletik, aber nie den Ausdruck der Gemütsbewegung darzustellen vermochte oder es wohlweislich vermied. Anmut ist die Grenze, wie die ›Athene‹ des Myron, der ›Dornenauszieher‹ und der ›Idolino‹ zeigen.

Wahrscheinlich hätte ein Grieche Rodins Gestalten ganz abscheulich häßlich gefunden oder wenigstens für noch nicht ganz fertig gehalten. Keinesfalls wäre er auf den Gedanken verfallen, seinen Figuren eine künstliche Patina zu geben, als wären sie schon wer weiß wie alt.

Sind es in der Antike fast ausschließlich Götter, Halbgötter und Genien und nur selten gewöhnliche Sterbliche, die in Gold und Elfenbein, Marmor oder Erz gebildet werden (und auch diese auf eine vergöttlichende, idolisierende Weise), so wird durch das Christentum, durch den Begriff der Heiligen eine völlig neue menschliche Erscheinung geschaffen und mit ihr ein neuer, der christliche Schönheitsbegriff. An die Stelle des Göttlichen ist das nur Heilige getreten.

IV

Wirklich, Rodins Gruppe scheint dazu angetan, in uns grundsätzliche Gedanken über die Kunst zu erregen. Wäre es in der Antike möglich gewesen, daß man ein Denkmal, aere perennius, so frisch heruntermodelliert wie dieses, daran man noch die feuchten Lehmbatzen herunterrutschen zu sehen meint – daß man es so gelassen hätte? Und hat es nicht, ungeachtet seiner monumentalen, feierlichen Erscheinung, dennoch etwas von einer Momentaufnahme, einer plastischen Photographie? Trotz dieser modernen Unmittelbarkeit und Ertapptheit, trotz dieser Zufälligkeit aber erinnern die Calaiser an jene ungeschlachten Calvaire-Gestalten aus der benachbarten Normandie. Die Aufnahme auf mattem Papier verleiht zudem der Bronze etwas Steinernes, und die fleckige Patina wirkt fast wie jenes silbergraue Moos, das den Stein dortzulande wie ein Ausschlag befällt.

Die Gruppe der Bürger hat keine ›Ansicht‹ (im Bilde sind leider nur drei von den sechsen zu sehen, die übrigen kaum zu ahnen), man muß, so will es ihr Schöpfer, darum herumgehen. Denn sie sind mitten unter uns gestellt, als unseresgleichen, und nicht auf einen Sockel, der sie über uns erhebt. Es ist ein soziales Kunstwerk.

Die Bürger ziehen die Blicke aller Besucher meines Krankenzimmers auf sich, doch mehr die der ungelehrteren, einfältigeren Gemüter. Die Schwestern bleiben stehen in einer Haltung, die Eile verrät, denn sie haben eigentlich gar keine Zeit. Aber es ist etwas an dem Bild, das sie zwingt, ihren Schritt anzuhalten und eine Antwort darauf zu geben. Und das ist vielleicht wieder ein grundlegender Unterschied zwischen den Laokoons und den Calaisern, daß diese eine Frage an uns richten und jene eine fertige Antwort darstellen.

Die guten Schwestern, denen weltliche Kunst fremd ist, was spricht sie an, was anderes könnte sie fesseln als das Fromme, das davon ausgeht und uns bewegt, selbst wenn wir nicht wissen, wer die Männer und warum sie so ernst sind oder jedenfalls etwas im Leben sehr ernst zu nehmen scheinen. Das geht uns nahe. Es ist unsere Sache. Wir selber sind gemeint. Dazu kommt, daß die Männer nicht so sehr bloß Franzosen als Menschen sind.

Die Schwestern halten sie für Heilige, und in der Tat ist ihnen des gleichen Meisters ›Johannes der Täufer‹ innerlich und äußerlich am nächsten verwandt. Man halte Rodinsche Marmorbildnisse daneben, die für seine Zeit vielleicht der wahrhaftigere Spiegel sind, und man möchte erschrecken vor solcher Buntscheckigkeit des Künstlertums und – muß sie wohl bejahen, da man sie im kleinen in sich selber und fast in allen wiederfindet. Vielleicht ist sie sogar ein Zeichen für wahres Künstlertum? Ich gestehe, daß ich für die liebenswürdigen Geschmacklosigkeiten selbst, ja gerade, bei einem geliebten Meister etwas übrig habe, da sie ein Zeichen kindlicher Einfalt sind. Denn Kinder und einfache Leute finden oft etwas wunderbar schön, was der gebildete Erwachsene für süßen Kitsch hält.

In Kastans Panoptikum in Berlin war die Kaiserproklamation in Versailles nach Anton von Werners Prachtgemälde in lebensgroßen Wachspuppen täuschend in Maske und Kostüm aufgebaut. Neben mir stand, in seinen Baedeker vertieft, regungslos ein Engländer. Wie erschrak ich, als ich in ihm auch eine Wachsfigur erkannte. Dieser panoptikale Schreck, so möchte ich ihn nennen, ist in seiner mannigfaltigen Abstimmung auch ein Kriterium des Künstlerischen. Eine ähnliche peinigende, nachdenkliche Empfindung befällt uns, wenn wir – ein Sakrileg – eine antike Plastik anziehen oder ihr einen Hut aufsetzen.

In unserer Gruppe ist es die lebenswahre Bewegung, die fast bis an die Grenze des künstlerisch noch Erträglichen geht. Aber sie ist zugleich das, was wir daran bewundern.

Die Männer bewegen sich im Kreise von rechts nach links (weshalb wir sie von links nach rechts umschreiten müssen, wie wir dem Zeiger der Uhr, der Zeit, entgegengehen) um einen Schicksalsmittelpunkt, so scheint es, in Tuchfühlung auf engstem Raum (sozusagen der Bevölkerungsdichte ihrer Heimat, ›sechs Einwohner auf zwei Quadratmeter‹, entsprechend). Aber gerade dadurch wird der Eindruck eines schweren Ganges erweckt. Die Gewänder scheinen sie hinabzuziehen, wodurch die Bewegung etwas Schleppendes, unendlich Langsames bekommt. Und dieses Unendlich-Langsame, aber nicht Bewegungslose, ist es, was die Gruppe zusammenhält. Merkwürdig genug, daß man bei der Plastik aus starrem Stein oder Erz überhaupt von einer Bewegung, einer langsamen bis zur wildesten Bewegtheit redet, obwohl sie sich in Wirklichkeit nicht rührt.

V

Noch aber hebt sich die Gruppe in dem Grade von der Natur ab, daß die panoptikale Schreckempfindung nicht eintritt. Woher kommt das? Ich habe eine große Anzahl sehr schöner Einzelaufnahmen vor mir liegen, darunter eine, die, flüchtig betrachtet, eine Felspartie, ein Stück seltsam zerklüfteten Gesteins oder knorriges Wurzelgeflecht vorstellen könnte, wenn es nicht die Hände wären, die der Verzweifelte vors Angesicht schlägt (denn es ist geschehen, oder es geschieht gerade in dem Augenblick, da wir hinsehen). Das eben aber ist das Geheimnis, daß mittels Ton zwar, doch schon in Erz gedacht, in einem Stoff also, der dem, aus welchem der Mensch gemacht ist, völlig unähnlich ist, durch Kneten und Drücken ein Gebilde entsteht, das wir durchaus als ein Sinnbild und Denkmal unser selbst erkennen. Unsere Katze Gschpusi erkannte in dem grünen Majolikalöwen, wie man sie von alten Kachelöfen kennt, wo sie als Füße dienen (er stammt vom Töpfer auf der Fraueninsel), in einem stark stilisierten, ziemlich primitiven Löwen, dennoch ihresgleichen oder jedenfalls ein Tier und verhielt sich entsprechend im Umgang mit ihm zwischen Furcht und Liebe, Anbiederung und Feindseligkeit, beinahe menschlich also. Etwas Alräunchenhaftes sogar, etwas, was Holzfiguren oft haben und getrost haben sollen, daß man die Herkunft des Stoffes, daß man die Kunst spüre (denn es will sich ja nicht um eine Naturwahrheit, sondern eine künstlerische Wahrheit handeln), etwas in Stein oder Holz oder Erz Verwandeltes oder aus Stein oder Erz in Menschengestalt Erlöstes haben auch die Bürger von Calais.

Das Denkmal gilt der Verherrlichung einer guten Tat, und es ist umstritten, ob es auch eine ›patriotische Tat‹ war. In Preußen würde dieses Werk so nie entstanden – oder wenn, doch nie öffentlich aufgestellt worden sein. Auch den Auftraggebern, den Stadtvätern von Calais, erschien es zu wenig heroisch. Es schwebte ihnen wohl so etwas wie die Erschießung der Schillschen Offiziere vor. Außerdem eignete es sich schlecht zu Kranzniederlegungen, weil der Sockel fehlt.

Rodin hat durch seine Kunst die Menschlichkeit der Tat sichtbar gemacht, sie dadurch dem nur Nationellen entrückt und in den Bereich des Religiösen gehoben. Wann aber ist ein Werk religiös? Wir wissen es, weil es das selbst aussagt. Wenn wir eine Kunstgeschichte daraufhin durchsehen, dann wissen wir bei jedem Bild: da ist es, da ist es nicht mehr.

Das Wunderbarste an Rodins Gruppe bleibt für mich, daß sie, so wie sie ist, in den achtziger Jahren des neunzehnten Jahrhunderts entstanden ist.

Die Hand

Aber etwas Tröstliches müsse es sein, sagtest Du nicht so? Also befragte ich mein Herz, ob es etwas Tröstliches wüßte, und ich fragte weiter, wen soll es trösten? Und in welcher Lage? Ach, es gibt wohl niemanden in der Welt, der nicht irgendwann einmal des Getröstetwerdens bedürfe, und der ist kein Mensch, der nie trostbedürftig war. Es fielen mir unendlich viele Beispiele

Trostbedürftiger ein. Aber vielleicht bedürfen sie meines Trostes gar nicht, vielleicht verwunderten sie sich über meine tröstlichen Absichten, vielleicht meinen sie, ich sei es bedürftiger als sie.

Ist es nicht am besten, wenn ich mich eigenen Kummers in meinem Leben erinnere und mitteile, was mir dabei geholfen hat, und ob es nicht auch den ein wenig zu trösten vermöchte, der es liest? Was, um ein Herzeleid zu nennen, das Tausende bewegt, was tröstete mich, als unser Sohn in der Gefangenschaft war? War es die Tatsache, daß er das gleiche Schicksal mit Millionen anderen Menschen teilte? Ich sah darin keinen Trost, im Gegenteil, es konnte mich nur noch mehr betrüben. Es tröstete mich, wenn jemand aus der Gefangenschaft zurückkehrte, aber noch viel mehr das Bewußtsein, daß unser Gefangener sich die Freiheit des Herzens bewahrt hatte, daß er mit Anstand Gefangener war. Er klagte nicht, er nährte nicht Haß oder Rachsucht. Als ich ihn bedauerte, daß er so viel Zeit verlöre, schrieb er zurück, für ihn gäbe es keine verlorenen Jahre. Das tröstete mich. Und als er heimkam, dreiundzwanzigjährig, sah er aus wie achtzehn, so als hätte er das Perpendikel der Zeit angehalten, als er in den Krieg zog, entschlossen, einfach nicht älter zu werden, bis er heimkäme.

Im Krankenhaus erhielt ich die Kunde seiner Heimkehr zugleich mit der Nachricht vom Tode meiner Mutter. Ich lernte dabei, daß Freude und Trauer nur verschiedene Werte für die gleiche tiefe Empfindung sind und zugleich, daß die Tränen für Freuden mir zur Zeit leichter flössen als die aus Trauer, und weiter, daß der Fall denkbar sei, wo man sagen möchte: »Tröste mich in meiner Freude!«

Ich hatte bei meinem letzten Besuch meine Mutter sehr bleich zwar, aber nicht leidend angetroffen. Trotz ihrer Betagtheit und der Gebrechen des Alters dachte ich nicht an die Nähe des Todes, so lebhaft nahm sie an allem regsten Anteil und verjüngte sich im Gespräch. Sie begleitete mich zu dem kleinen Gebirgsbahnhof und winkte mir zierlich nach mit einem ihrer hübschen Batisttaschentüchlein. So habe ich sie in meiner Erinnerung, mir winkend zum Abschied wie zum Willkomm, ein freundliches, ein tröstliches Bild. Ich kann mir keinen liebenswürdigeren Abschied denken. Es ist kein Betrug, kein selbstsüchtiges Ausweichen vor dem Schrecklichen. Ich bin dankbar, daß ich sie nicht im Tode gesehen habe. Es ist, als hätte die Mama es sich eigens für mich so ausgedacht.

Vielleicht erscheint das kleine Erlebnis, das ich nun erzähle, allzu privat. Aber ich will es nicht verheimlichen. Nach dem Polenfeldzug hatte ich in Lodz Diphtherie bekommen und in einem hoffnungslos verwanzten Bett gut überstanden. Mein erster Weg nach der Quarantäne war der langgewordenen Haare wegen zum Friseur. In der Nähe des Lazaretts befand sich ein bescheidener Laden. Als ich mich in den Stuhl gesetzt hatte, strich mir der polnische Friseur mit jener sanft ordnenden Bewegung, die seinem Beruf geläufig ist, über den Scheitel und sagte auf deutsch mit einer ungemein angenehmen Stimme: »Sie haben so weiches Haar!« Ein mir völlig fremder Mensch sagte es. Aber das Handauflegen, das Übershaarstreichen, die wohltuende östliche Art, das Deutsche zu sprechen – ich kann es nicht anders sagen –, beruhigte mich, tröstete mich. In diesem Augenblicke merkte ich es überhaupt erst, daß ich des Trostes sehr bedurfte. Noch einmal hatte ich nach zwanzigjähriger Unterbrechung wieder als Operationshelfer im Lazarett gearbeitet und in kurzer Zeit mehr Leiden und Elend mitangesehen, als in den Jahren des ersten Weltkriegs zusammen. In dem Lazarett, einer ehemaligen, sehr verwohnten Kaserne, waren in wenigen Tagen dreizehnhundert schwerstverwundete polnische Soldaten vereinigt worden, meist mit Oberschenkelschußfrakturen. Man hatte sie aus den Feldhospitälern zusammengeholt. Die meisten waren seit Tagen nicht verbunden und seit

Kriegsanfang nicht aus den Kleidern gekommen. Sie wußten nichts von ihren Angehörigen, wußten nicht, ob ihre Wohnstätte noch bestand, nicht ob sie deutsch oder russisch werden würden, ob sie mit dem Leben davonkommen oder Krüppel bleiben würden. Oft standen sechzehn Tragbahren mit ihrer schmerzensreichen Last nebeneinander im Operationsraum, wo an drei Tischen verbunden und operiert wurde. O Jammer! Es hätten einem noch ein paar Arme wachsen müssen. Da kann es sein, daß der Augenblick kommt, da das Erbarmen in uns aufgebraucht ist. Wir empfinden nicht mehr, das Mitgefühl regt sich nicht mehr. Man ist darum nicht unsanfter gegen die arme menschliche Kreatur, die sich gegenseitig so schändlich zugerichtet hat. Aber es antwortet nicht mehr in uns, wie es sonst antwortete. Man ist kein Mensch mehr. Was kann einen trösten in solcher Trübsal und großen Traurigkeit? Eine fremde Hand vermag's. Und auf einmal wird einem bewußt, daß es ja etwas gibt, darin alles heil wird, alles wieder gut wird, und es strömt zum Herzen und ich fühle wieder Erbarmen.

Als ich vier Jahre später selber ausgeblutet und kalt, am Leben verzagend, dalag, da war es auch eine Hand, die mir schwesterlich über den Scheitel strich, sehr rasch und traurigen Herzens. Das Herz kannte die Geschichte von dem polnischen Barbier. Und da ich schon zu vergehen meinte, hörte ich sagen: »... das weiche Haar!« Unendlicher Trost ging davon aus.

Die Buche

Ich kann mich nicht erinnern, je einen schöneren Sommer erlebt zu haben als den des vergangenen Jahres. Nie vorher ist mir die große und die kleine Welt so reich erschienen, wie sich mir denn die der Insekten zum erstenmal so recht offenbart hat. Vielleicht bin ich im Insektenalter. Welche Freude hatte ich an den possierlichen Harlekinspinnen! Neu war für mich das Geistchen, das einem winzigen, abgestellten Flugzeug gleicht und aus einer, dem Gasglühstrumpf ähnlichen Materie zu bestehen scheint. Auch eine Fliege lernte ich dazu kennen, die ich den Eisvogel unter den Fliegen nennen möchte, so bunt ist sie.

Dabei habe ich mich kaum von der Stelle bewegt, sondern die meiste Zeit schreibend in der Holzveranda zugebracht, mit dem Blick auf den See und das andere Ufer mit dem Dorf Aufkirchen und seiner altmodischen Allee auf der Höhe, über der manchmal die Tegernseer Berge sichtbar werden. Die Aussicht ist nicht großartig, keineswegs aufregend, sie lenkt nicht ab. Es ist eine beschauliche Landschaft. Sie ist auf beiden Seiten abgeschirmt durch hohe Waldkulissen, die unsere Blicke sanft den grünen Hang hinabgeleiten zu zwei alten, schöngewachsenen Fichten hin. Sie stehen beieinander, gleichsam Hand in Hand, ein Bäumeehepaar, die eine, der Mann, die andere ein wenig überragend, und manchmal wiegen sie sich im Wind und rauschen.

Es gibt noch einen Baum mit Persönlichkeit auf dem Grundstück, die Kiefer zur Linken, mit dem braunvioletten Stamm, ein Fremdling, wie zugereist von den märkischen Seen. Sie ist eine Abendschönheit. Auch der Rauhreif steht ihr gut und der Mond. Es gibt kaum einen weiblichen Gast, der sie nicht ›so japanisch‹ fände.

Aber der schönste Baum weitum ist die Buche. Ein ganzes Jahr hatte ich Muße, sie zu betrachten – denn sie steht halblinks in meinem Blickfeld – von einem Winter bis zum anderen Winter. Es ist ein herrlicher Baum. Wenn ich die Augen aufhob und mich besann, weil mir nichts einfallen wollte, dann sah ich die Buche. Sie steht in dem glücklichsten Abstand von meinem Arbeitsplatz, so, daß ich sie mit einem Blick umfassen und zugleich jedes einzelne der sympathischen Blätter erkennen kann, das Ein und Alles. Ihr Umriß, ihr Gerüst gleicht von ungefähr dem, das ihre Blätter haben: jedes Blatt ist gleichsam ein Sinnbild des Ganzen.

Dieser Baum ist immer schön und nie langweilig. Sein zinnfarbener Stamm, die dunkleren, oft schwarz erscheinenden Äste, selbst in den traurigen Tagen des Entlaubtseins, ehe Schnee und Frost ihn schmücken, auch dann, da er so wie mit dem Bleistift in die Landschaft gezeichnet dasteht, ein gewaltiger Käfig für Krähen, eine kostbare Kunstschmiedearbeit, auch dann möchte man ihn immerzu anschauen. Ist er am schönsten im frostigen Gefieder des Rauhreifs, des im Hauch hinschmelzenden? Oder im Vorfrühling, wenn die Äste glänzen und die goldenen Spitzen der Blattknospen zu Tausenden hervorsprießen, daß der Baum für kurze Zeit einem Igel gleicht? Oder im Herbst, wenn das Laub rostet, zu lauter Kupfer wird und wie Rauschgold klingt, wenn es windet?

Nein. Im Sommer ist die Buche am schönsten, bei voller Belaubung in ihrem sanften, den Augen wie kein anderes wohltuenden Grün. Dann ist sie, wie der schwer heimgesuchte Freund und Weise beim Anblick eines solchen Baumes im verlorenen Park von Ostrau zu sagen pflegte, »die verkörperte platonische Idee«.

Es ist eine Lust, daran aufzuschauen, die Wonne des Wachstums nachzuempfinden, das Baumgefühl in uns zu spüren. Sind es nicht die gleichen Verästelungen, wie sie unser Blutkreislauf, wie sie die Bronchien der Lungen, das Nervensystem oder das Stromnetz der großen Flüsse zeigen, die Eisblumen am Fenster?

Ganz zu schweigen von dem, was sich in dem Laubgehäuse an tierischem Leben abspielt. Ich kenne keinen unterhaltenderen Baum. Er ist voller Gesang und Kurzweil. Er ist das Paris des Gartens. Ein Naturkundiger wird aus ihm das Wetter prophezeien können. Er wird es an ihm wie an einem Barometerhäuschen ablesen, wie man es ihm zum Beispiel ansieht, wenn ein Gewitter kommt. Denn dann ist es, als fürchte er sich davor, als hielte der Baum den Atem an. Er hat etwas Unheilerwartendes wie ein Mensch, der sich vor einem Schlage duckt.

Ganz anders benimmt er sich im Wind. Dann fängt er an zu tanzen, man kann es nicht anders nennen. Erst präludiert er mit den Zweigen über unsichtbare Tasten hin, die Blätter regen sich, werden unruhig, der Baum plustert sich, und dann beginnen die Zweige auf und ab zu schwingen nach der Melodie des Windes, wie mit Armen zu dirigieren und hin und her zu wogen, in so vollen, wunderbar musikalischen Bewegungen, daß man das Gefühl hat, es muß ihm unendlich wohl dabei sein. Denn wahrhaftig: dieser Baum kann lustig, sehr würdevoll, zornig, müde, nervös, schwermütig und so weiter aussehen wie ein Mensch. Und dann, man muß nur einmal so ein reizendes, junges, sanftbehaartes Buchenblatt in der Hand gehabt haben, wie es sich anfühlt! So ist der ganze Baum, so voller Zärtlichkeit. Und man muß einmal in seinem Schatten gelegen sein, wie Du und ich im vergangenen Sommer, und von unten her in die durchbrochene, durchsonnte Kuppel der Buche geschaut haben. Es ist wie ein Abbild des Firmamentes, es ist dann, als sei die Welt ein großer Baum und seine Blüten sind die Sterne.

Es ist der Baum der Mittagsruhe. Aber ich konnte nicht schlafen in seinem Schatten wie Du. Wie verwandelte das goldgrüne Dämmerlicht Dein Antlitz, Dein Haar, Deine Augen! Die Nähe des Baumes gab Dir etwas Verwunschenes, Dryadenhaftes.

Die Buche ist ein romantischer Baum. Vielleicht hat sie Moritz von Schwind schon gekannt, der nicht weit davon gewohnt hat.

Ringsum wachsen junge Buchen. Die Keimlinge sehen aus wie kleine Ballettänzerinnen. Auch die große, herrliche, tröstliche Buche mit ihrem Stamm, den zwei erwachsene Männer kaum umspannen, mit ihren ausgebreiteten Armen, die Alte mit ihren vielhundert Ästen und Ästchen und ihren Millionen Blättern, auch sie war einmal in eine solche garstige, borstige Buchel gehüllt, und ihre gewaltige Wachstumssehnsucht lag in der Nuß eines der so angenehm herb nach Öl und Harz schmekkenden Bucheckerchen beschlossen. Auch sie, die Riesin, war einst vor mehr als hundert Jahren so ein zartes, winziges Pflänzchen mit dem grünen Balletträckchen und den zierlich sich reckenden Ärmchen.

Im Schatten eines solchen Baumes möchte man wohl begraben sein.

Die Herbstzeitlose

Die Furcht vor Haifischen, vor Schlangen und giftigen Pflanzen habe ich von meiner Mutter. Das mag wohl die Ursache sein, wenn ich auch heute noch, sobald der Sommer sich neigt und ich seiner zarten, blaßlilafarbenen Blumen, der Herbstzeitlose nämlich, ansichtig werde, zuerst daran denke, daß sie giftig ist. Ich schwanke bei ihrem Anblick zwischen Neugier und Scheu. Das Wissen um ihren verdächtigen Charakter trübt mein Wohlgefallen an ihrer unstreitigen Schönheit. ›Du hast nichts Gutes im Sinn‹, denke ich bei mir, ›wie apart und anmutig du auch sein magst, wenn du auch noch so unschuldig tust: Es soll dir nichts helfen, daß du dich deiner vornehmen Verwandten rühmst und darauf hinausredest, zu den Liliengewächsen zu gehören. Vielleicht bist sogar gerade du gemeint mit den Lilien auf dem Felde, die nicht säen und nicht ernten, und der himmlische Vater erhält sie doch.‹

Sie ist in der Tat lieblich anzuschauen. Sie hat etwas Rührendes in ihrer Hilflosigkeit und ihrer Haltlosigkeit.

Ihr Schaft, der so unvermittelt aus dem Boden wächst, daß man meinen könnte, sie sei hineingesteckt, ihr Schaft ist so empfindlich weiß wie Schnee, solange er in der finsteren Erde ist und die Sonne nicht sah. Dieser Stengel ist nicht rund, ja wirklich, er ist nur eine Hälfte, die sich nach Ergänzung sehnt. Denn die Herbstzeitlose hat in ihrem Gehaben etwas Sehnsüchtiges. Ihre Blütenzünglein strecken sich verlangend, beinahe lüsterngeschleckig in den trüben Herbst. Denn sie ist am schönsten im Nebel, in der Dämmerung oder bei Mondenschein in ihrer geisterhaften Blässe.

Sie hat entschieden so ein gewisses Etwas, das den Blick auf sie lenkt. Ein Süß-lila-Unsolides haftet ihr an, möchte ich meinen, etwas von lockerem Lebenswandel, etwas Gefährdetes und zugleich pikant Gefährliches.

›Reizend-arg‹ würde Goethe sie nennen. Das ist schon älteren Betrachtern aufgefallen, die sie ›bleich-purpurfarben‹ nennen und: ›in der Mitte des Kelches mit weißen Stiftchen gezieret‹. Klingt das nicht beinahe zärtlich?

Gelb sind die kümmelförmigen Körbchen der Staubgefäße. Lila und gelb ist eine gewagte Farbenzusammenstellung. Das geht fast nie gut. Aber zu ihr paßt es. Es entspricht durchaus dem zweideutigen Charakter unserer Pflanze.

Erinnert sie mich an jemand? Bin ich ihr schon in menschlicher Gestalt begegnet, der leichten, der losen? Doch, natürlich. Es gibt Menschen, die ihr gleichen.

Die Herbstzeitlose ist ein anziehendes, zierliches Geschöpf von steifer Grazie und darin dem Krokus – äußerlich – zum Verwechseln ähnlich, dem freundlichen Frühlingsboten.

Doch während der Krokus oder Safran nach dem Volksglauben, den die moderne Wissenschaft durch fast bestürzende Experimente bestätigt hat, einen Saft enthält, das Crocatin, dem man Liebeszauberkräfte zuschreibt, birgt die Herbstzeitlose in sich ein heimtückisches Gift, das todbringend sein kann. Sie ist eben doch ein gefährliches Pflänzchen. Milchende Kühe, welche es fressen, geben eine blutige Milch, sagt man. Das gefällt mir nicht. Der botanische Name lautet: ›Colchicum autumnale‹, das bedeutet ›die aus Kolchis stammende Herbstliche‹. Das hat sie mit einer andern gefährlichen Kolcherin gemein, mit der zauberkundigen Medea.

Nach der Sage soll die Herbstzeitlose aus einem verschütteten Tropfen eines Zaubertrankes entsprossen sein, mit dem Medea den uralten Aeson, den Vater ihres Gatten Jason, verjüngte.

Da in den Pflanzen-Mythen oft eine natürliche, biologische Wahrheit verborgen liegt, wäre es nicht völlig ausgeschlossen, daß wie der Safran auch die Herbstzeitlose verjüngende Kräfte besitzt. In manchen Gegenden heißt sie ›Spinnblume‹. Nach dem Aberglauben soll sie vor den Leiden des Winters bewahren. Frauen und Mädchen zerrieben meist die Blüte in den Händen, damit sie beim Spinnen nicht wund werden sollten. Sie bestrichen damit die Augenlider, um bei der Arbeit an langen Winterabenden wach und munter zu bleiben. Ich habe es probiert. Es ist jedenfalls ein angenehmes, kühles Gefühl.

Übrigens gibt es auch vom Krokus eine im Herbst blühende Art, und erfahrene Gartenfreunde lassen die Herbstzeitlose und den Herbstsafran, die Giftmischerin und die Liebesweckerin, im gleichen Beet friedlich beieinander wachsen. Verwirrend ist dabei bloß, daß das Colchicum mancherorts ›wilder Safran‹ genannt wird.

Ich will nicht hoffen, daß dieses Doppeljüngertum Absicht ist. Aber zum Glück gibt es ein paar untrügliche Unterscheidungsmerkmale: der harmlose Krokus hat jene schlanken, eleganten grünen Blätter mit der weißen Gräte und ist von der Natur fürsorglich wie mit Seidenpapier umwickelt. Er liefert übrigens den kostbaren Farbstoff, mit dem die Chinesen die gelben Gewänder der Mandarine färbten. Denn die Chinesen lieben Gelbes.

Die Zeitlose dagegen ist sozusagen wie Blumen an sich. Sie hat nichts an. In Frankreich nennt man sie daher mit Recht ›dame nue‹, was unserem ›Nackte Jungfer‹ entspricht. Früher sagte man respektlos: ›Nackete Hur‹. Man sieht, sie hat keinen guten Ruf, die schamlose Person. Außerdem hält sie sich nicht an die Jahreszeiten wie andere anständige und redliche Pflanzen. Sie blüht im Herbst und treibt Blätter und Fruchtkapsel im Frühjahr.

Davon hat sie den weiteren Spottnamen: ›filius ante patrem‹, ›Sohn vor dem Vater‹.

Nun ist es an der Zeit, die Zeit-lose oder Zeitumstürzerin ein wenig in Schutz zu nehmen. Denn in der Heilkunde wird oder wurde jedenfalls wie aus dem Fingerhut das Digitalis und aus der Tollkirsche das Atropin, so aus dem Colchicum ein Arzneimittel gewonnen, das mit angeblich wohltätiger Wirkung bei Rheuma, Ischias und anderen Übeln angewandt wurde.

Es gibt übrigens von der Herbstzeitlose in aller Welt mannigfache Arten, recht bunte sogar. Eine hat den drolligen Namen: ›Colchicum Haußknechti‹ und ›wächst in den Felsenspalten der Gebirge Persiens‹, wo sie vermutlich ein Botaniker namens Haußknecht entdeckt und bestimmt hat.

Aber unsere einheimische, unpünktliche und ungenierte Medea, die so leicht geknickt ist, bedeutet unentrinnbar den Herbst. Ihre täuschende Ähnlichkeit mit dem Krokus narrt uns. Sie äfft uns mit ihrem Frühlingsantlitz. Denn in Wahrheit ist sie das Sinnbild der Schwermut, wenn sie so leichtsinnig-verführerisch in schlecht rasierten Stoppelfeldern und auf Roßwiesen steht, fragwürdig, schwankend. Es kann einen frösteln, wenn man sie so sieht. Sie hat etwas Zuspätgekommenes, früh Verblühtes. Ihr Eigensinn, was die Jahreszeiten betrifft, könnte am Schluß zulassen, daß sie stur an einem ihr von früher aus einer lichtlosen Vergangenheit vertrauten Zeitbegriff festhält, der nicht der unsrige ist. Sie gehört ja schließlich zu den Liliengewächsen, wie gesagt, also zu dem Pflanzengeschlecht mit Urzeit-Adel. Aber ich fürchte, die Lilien im Pfarrhausgärtlein schämen sich ihrer.

Nach ihrem Aussehen möchte man auf ein zärtliches, betörendes Parfüm schließen. Allein die Herbstzeitlose ist geruchlos. Doch wäre es immerhin möglich, daß sie einen Ultraduft besitzt, der nur von unsern Sinnen nicht wahrgenommen wird.

Wir bilden uns ein, man könnte es manchen Pflanzen am Gesicht ansehen, daß sie giftig sind. Wir mißtrauen den gefleckten Blüten des Knabenkrauts und dem ›giftigen Blick‹ der Tollkirsche, die uns wahrhaftig mit einem bösen Auge anschaut.

Wir meinen es der Herbstzeitlose anzukennen, daß sie einen zweifelhaften Charakter hat. Aber ungeachtet aller gehört sie, nun sie auch oder gerade weil sie in uns Herbstgedanken erweckt und an das Vergängliche alles Irdischen mahnt, zu den poetischen Blumen, so sehr, daß man sich schon gar nicht mehr getraut, sie zu besingen, wie Freiligrath es getan hat:

›Verblüht schon war die Rose
die Nachtigall geflohn
die ernste Herbstzeitlose
stand auf den Wiesen schon.‹

Die schönste Zeichnung der Welt

Wenn Du mich fragen würdest, welche Zeichnung ich wohl für die schönste hielte, so würde ich ohne Besinnen antworten, die Zeichnung, die Albrecht Dürer von seiner Mutter im Jahre 1514 gemacht hat, ›dy was alt 63 Jor‹. »Schön? Das alte, häßliche Weib?« werden manche entrüstet einwenden. Zugegeben, die Dargestellte ist, um mich eines fränkisch-heimatlichen Sprüchleins zu bedienen, ›schieglet, bucklet, kropfet, krumm‹, aber die Zeichnung, mit Kohle auf ein ziemlich grobgekörntes Papier gebracht, so behaupte ich, ist herrlich, ist unvergleichlich, ist *schön* mit einem Wort.

Dabei kann ich durchaus nicht sagen, daß ich Dürers Kunst bei aller schuldigen Ehrfurcht besonders liebte. Es ist erlaubt, es ist menschlich, gleichsam für den Privatgebrauch, die liebenswerteren den bedeutenden Werken und Meistern vorzuziehen. Ich kenne kein Museum, darin ich lieber verweilte als in der Bildergalerie der

Erinnerung, darin nur die Bilder hängen, die ich liebe. Im Katalog dieses meines imaginären Kunstkabinetts würde man den ›Blondkopf‹ (Athen) neben Paul Klees ›Vokaltuch der Rosa Silber‹ finden, das seinerzeit in der Ausstellung entarteter Kunst zu sehen war. Ich will noch ein paar Dinge aus meinem Museum nennen, selbst auf die Gefahr hin – auf jede Gefahr! –, wie sie mir gerade einfallen, kunterbunt: die Predella mit der ›Vision des Hl. Augustin‹ von Botticelli, worauf der kleine Bub das Meer in eine Sandkuhle schöpft, zwei Hände, ägyptisch, Architekturskizze eines Fensters von Michelangelo, ›die Kurtisanen‹ von Carpaccio, ›Madonna della Catena‹ (Syrakus), ›Briefträger Roulin‹ von van Gogh, ›Sonnenblumen‹ (Nolde), ›Christuskind, von St. Christophorus getragen‹, ›Verkündigung‹ von Zeitblom usw. usw.

Und natürlich Dürers Mutter! Ich möchte zunächst gar nichts über den ergreifenden Ausdruck dieses alten, kummervollen, sterbenskranken Gesichtes sagen. »Und in ihren Tod sach sie viel lieblicher, denn do sie noch das Leben hätt«, schrieb Dürer über sie in sein Gedenkbuch. Ich möchte nur von der Kunst der Zeichnung reden. Dabei fällt mir ein, daß Wölfflin – welch ein Glück, ihn gehört zu haben! – seinen Studenten riet, mittels Pauspapier Zeichnungen guter Meister schlecht und recht nachzufahren, »damit sie spürten, wie das tut«. Eine goldene Eselsbrücke für beflissene Laien! Es genügt uns, das Bildnis mit den Augen nachzuzeichnen und dabei zu erkennen, welch haarfeine Linien genügen, eine kräftige Form zu umreißen, festzuhalten und eindeutig sichtbar und begreiflich zu machen, so sehr, daß man meint, darnach modellieren zu können. Ist es nicht so, daß in dieser Zeichnung nur durch die Begrenzung und einen hauchzarten Ton das nackte Papier, das den Hauptanteil an der Zeichnung ausmacht, hier Tuch ist und dicht daneben unbezweifelbar Nase? Oder: Die Stirnrunzeln, seitlich von fadendünner Kontur gerafft, bestehen sie nicht aus den gleichen amorphen Kohlespuren wie das darüberliegende Haar? Aber die Hand, die das tat, war sich wohl bewußt, wie im Augenblick der Berührung des Stifts mit dem Papier durch einen unmerklich härteren oder weicheren Druck aus Kohle Haar zu werden hat. Die aufs Papier abfärbende Schwärze ist unvergänglich. Es ist, als habe Dürer, als er seine Mutter abkonterfeite, seine ganze Kunstfertigkeit eines gleichsam heraldischen Zeichnens, seine schon manierierte Virtuosität vergessen, die uns an anderen Werken fast ein bißchen ärgert. So frei und ›kunstlos‹ hatte Dürer nur noch einmal in der ›memento mei‹ genannten, so wundervoll entarteten Darstellung des ›auf dem rippendürren Tier wie auf einer Feuerleiter‹ reitenden Todes gezeichnet. Nur an der Halspartie, an die sich der Meister aus anatomisch-topographischer Wißbegier bis zu einer gewissen Lieblosigkeit verliert, ist die Zeichnung etwas ›verquält‹, wie das Künstler zu nennen pflegen, wenn sie fachsimpeln. Einer für Dürer sonst nicht typischen Schraffur begegnen wir am Kopftuch, nicht weit von der Schwärze, die den Bakkenknochen betont. Nichts aber hinwiederum ist so weiß auf dem Blatt als das Weiße des stark nach außen schielenden Auges. Es ist bekannt, daß Dürer selber auch schielte. Aufs erstemal hatte der Meister, wie man sieht, die Nase ein klein bißchen zu lang genommen. Er hat sich verbessert, aber den Strich ruhig stehen lassen. Ein Dilettant hätte ihn sicher wegradiert.

Es hält schwer, sich vorzustellen, wie Barbara Dürerin als junges Mädchen ausgesehen hat oder als Kind. Sie ist für eine Vierundsechzigerin nach unseren gegenwärtigen Maßstäben erschreckend früh gealtert. Sie könnte für eine Neunzigjährige gelten. ›Diese mein frumme Mutter hat 18 (achtzehn) Kinder tragen und erzogen, ... große Armut gelitten, Verspottung, Verachtung, höhnische Wort ...‹ –

Dieser Zeichnung wird man nicht müde. Ist es überspitzt, wenn ich behaupte, dieses Kopftuch über dem dürftigen Haar sei ein richtiges Altweiberkopftuch und werfe alte Falten, ist es zu weit gegangen, wenn man meint, die Haut müsse wachsbleich sein und gelblich das Weiße der Augen? Es ist ein todgeweihtes Antlitz.

Ein Antlitz? Es ist Papier, das zudem in der Mitte geknickt war, mit, durch die Lupe betrachtet, recht rohen, an sich gestaltlosen Strichen und Linien bedeckt, von denen man allerdings ohne Schaden nicht allzuviele weglassen oder hinzutun dürfte, weil der Zeichner genau wußte, wann es genug waren. Er hat gerade noch im rechten Augenblick aufgehört. Dies zu wissen ist eines der großen Geheimnisse des Genius.

Was man aber durchaus nicht wird weglassen können, sind die Augen, das ›Gschau‹, dieser traurig-dumpfe, kreatürliche Blick, der fast etwas Kuhäugiges hat. Von dem Gesicht her bekommt auch das Kopftuch erst sein Leben. Wenn man das Gesicht abdeckt und das Blatt halbschräg nimmt, dann ist es auf einmal nicht unbedingt ein Tuch, es könnte (und darf getrost) auch etwas anderes, etwa ein Stück Landschaft sein.

Ich will damit sagen, daß es selbst bei einem so ausdrucksvollen Bildnis nur ein kleiner Schritt ist zum Genuß des rein Zeichnerischen, des Striches, ja zum Reiz des Abstrakten, ohne den kein Kunstwerk auskommt.

Natürlich gehören in diesem Sinn Jahreszahl und Beschriftung (ohne den späteren Nachtrag) untrennbar mit zum Bild.

Knigge im Krieg

Vertrauliches Vorwort

Mein Auftrag, freundlicher Leser – diese altmodische Anrede gehört bereits zu meiner Betrachtung –, betrifft die Frage des guten Tons im Umgang mit Menschen während der gegenwärtigen kriegerischen Zeitläufte. Erlaube mir das kameradschaftliche Du! Es redet sich leichter, und ich bin es so gewohnt als alternder Soldat zweier Kriege. Vielleicht wundert Dich diese Feststellung. Vielleicht kennst Du mich, wenn Du mich überhaupt kennst, als friedfertigen, einem beschaulichen Dasein zugewandten Mann der Feder. Ich bin gewiß nicht, was man einen Haudegen oder Schlagetot nennt und gestehe freimütig, daß ich, wenn auch wohl vertraut mit den rauheren Sitten des Kriegshandwerks, auch diesmal bei der ›Waffe‹ diente, deren Aufgabe es ist, geschlagene Wunden zu heilen und Schmerzen aller Art lindern zu helfen. Das gilt auch hier. Ich bitte um Deine gütige Nachsicht, geneigter Leser. Denn ich bin auch nur ein Mensch.

Kleine Wahrnehmungen

Sicher ist es auch Dir schon aufgefallen, daß die Menschen unserer Tage sich nicht selten kurz und bündig mit ›Mensch‹ anreden, etwa so: »Paß doch auf, Mensch!«, wobei das wunderbare Wort vorwurfsvoll gedehnt, gleichsam mit zwei ›e‹ oder gar einem nasalen ›ä‹ gesprochen wird. Ich nenne das Wort wunderbar, denn es umfaßt eindeutig unser Wesen und unsere Bestimmung im Bereich der Schöpfung. Der freilich nicht immer freundlich gemeinte Anruf ›Mensch‹ soll uns wohl an das erinnern, was wir sind und wodurch wir uns beispielsweise von den Pflanzen, vom Tier, von Engeln oder Göttern unterscheiden, also an die Menschlichkeit unserer Natur. Es ist eine sinnige Anrede, ein Name, der verpflichtet. Er bedeutet im Grunde nichts Geringeres als: du bist ein Mensch, also benimm dich danach.

Die Anrede war an mich gerichtet, als ich kürzlich in der überfüllten Trambahn fuhr. Zugegeben: die Luft war schlecht. Mit Wehmut gedachte ich eines Lieblingsausspruchs meiner Mutter, daß die Kultur eines Volkes am Verbrauch von Seife zu messen sei. Allein, wenn ich mich der Gerüche erinnerte, die der Krieg hervorzubringen vermag, bei denen einem die Haut schaudert, so konnte die notgedrungene Ungelüftetheit der Trambahn geradezu als balsamisch gelten.

Meine Gestalt ist schlank. Ich beanspruche, wohl wissend, wie viele Seelen in zivilisierten Ländern auf einem Quadratkilometer beisammen wohnen, nicht mehr, als einer Durchschnittsseele zusteht. Trotzdem war es offenbar noch zuviel. Ich bin nicht ohne Empfindung. Mein Beruf verlangt es. Auch war nicht ich es, der meinen Nebenmann spürbar auf den Fuß getreten hatte, sondern er mir. Ich sagte: »Verzeihung!« teils aus Wohlerzogenheit, teils weil er der Stärkere war. Und er antwortete: »Paß doch auf, Mensch!« Sollte ich mir die Anrede als kränkend verbitten? Sollte ich sagen: »Für Sie bin ich noch lange kein Mensch, mein Herr?« Ich würde der Lächerlichkeit anheimgefallen sein. Also schwieg ich betreten und dachte tief nach. Es fiel mir nicht leicht, denn ich hatte sehr lange nicht mehr nachgedacht. Denken erfordert Alleinsein. Zudem unterbrach mich die schmucke, rüstige Schaffnerin, die ›Tramazone‹, die sich bis zu mir durchgekämpft hatte. Aber sie war es auch, die meinen Gedanken frische Nahrung gab. Sie rief die Haltestelle aus. »Marienplatz!« rief sie, sie sang es beinahe. Es klang, wie wenn Kinder ›Weihnachten‹ sagen, mit solch warmer Innigkeit sprach sie es aus, gleichsam als Paradiesverkündigung für die Fahrgäste, die schon am Ziel waren und aussteigen durften.

»Sie müssen viel Humor haben, Fräulein«, meinte nissig (fränkisch!) mein Nebenmann. »Erraten!« entgegnete es munter, »es ist und bleibt die beste Weltanschauung.« Man hätte sie vom Fleck weg heiraten mögen, mit so viel Anmut sagte sie das.

Uns, dem reizbaren Gewaltigen und meiner Wenigkeit, war es noch nicht erlaubt, auszusteigen. Für ihn freilich wäre es besser gewesen. Denn er fuhr, wie er alsbald unmutig feststellte (natürlich war er nicht schuld daran, sondern das Fräulein), in falscher Richtung. Ich gab mich den wohlverdienten Wonnen reiner Schadenfreude hin und nannte ihm bescheiden die Linie, die er nehmen mußte. Grollend verließ er die gemeinsame Plattform. Ich hatte Platz zum Denken.

›Es geht um eine gute Sache‹, dachte ich. Eine Sache macht gut oder sie sollte es wenigstens. Die Trambahn ist eine gute, befördernde, menschenfreundliche Einrichtung. Warum war er so reizbar? Und er nicht allein. Denn als ich wieder ein gewöhnlicher Fußgänger war und unserem geliebten Häuschen zustrebte – das so klein ist, daß es erschrickt, wenn die Nachtsirene heult, und zittert, wenn die Kanonen sprechen –, als ich es von ferne erblickte und mich freute, daß es noch da war, kam ein Junge des Wegs, einen Kiesel gleich einem Fußball in bestechendem Sport vor sich hertreibend, und geschickt, als sei er sein Gegner, einen gesetzten Herrn umspielend, der hier in vollster Pensionsberechtigung lustwandelte. Es war hübsch anzuschauen. Der Herr jedoch, in steifem Hut, engem Stehkragen, mit einem Zwicker oder Kneifer nebst schwarzem Schnürchen daran, einem gesträubten Hamsunbärtchen und Spazierstock, lief sogleich rot an und beschimpfte den Knaben mit sehr häßlichen Worten. Gewiß, der Gehsteig ist kein Sportplatz. Doch die Sonne schien und der Himmel blaute. Warum wurde er so bitterböse? Der Junge hielt sich fern von ihm, mit indianisch geschultem Blick erfassend, daß sein Feind über die schwereren Waffen verfügte, er aber über die schnelleren. Dann pfiff er sich eins und spielte mit einem beherzten Lächeln des Einverständnisses mir den Kiesel zu. Ich nahm ihn an, die Ehre der Erwachsenen zu retten.

Erbauliches Schlußwort

Du vermissest die Nutzanwendung, lieber Leser, falls Du mir bis hierher folgtest. Eine Betrachtung muß doch eine Moral haben, meinst Du. Hier ist sie. Der Betrachter hat als Soldat viel nahen Umgang mit dem Tod gehabt. Er hat ihn selber geschmeckt. Er hat keinen seiner Kameraden davon fröhlicher, aber manchen Kameraden freundlicher werden sehen, menschenfreundlicher. Nicht aus blasser Furcht, sondern aus Achtung. Es muß nicht sein, daß aus jedem Haus, dem ein geliebter Mensch im Felde starb (oder daheim), eine schwarze Fahne hängt, um Dich daran zu erinnern, daß Du lebst, Mensch unter Menschen, und daß wir dessen würdig seien im Leben und im Tod.

›Es sollte mehr Spiegel geben‹, sagte ein Weiser, ›und es würde weniger verdrießliche, gereizte, böse und mehr freundliche Gesichter geben.‹ Auch in überfüllten Trambahnen.

Im vergangenen Winter habe ich es auf einem Bahnsteig erlebt, daß bei eisiger Kälte die Wartenden sich aneinanderdrängten gleich einer Herde und einander wärmten, wie vernünftige Tiere es zu tun pflegen. Daran mußte ich denken. Nicht nur die Trambahn ist eine menschenfreundliche, erzieherische Einrichtung. Auch das Denken kann es zuweilen sein, o Mensch!

Lufteis

Du tust es genau so, wie ich es tue. Kinder wie Erwachsene, alle tun es aus angeborner Lust. Sie müssen es einfach tun. Ein altes krummes Mütterchen sah ich kürzlich durch den Winter schlürfen, und siehe da: auch die Greisin konnte der Verlockung nicht widerstehen. Sie tat es mit Wonne. Niemand kann es sich verkneifen, seit die Welt besteht und durch den Frost auf den Pfützen das weiße, mürbe Lufteis sich bildet, alle, ohne Ausnahme, müssen darauftreten und es zerbrechen. Es ist ein besonderer hohlklirrender Wohlklang dabei, der unstreitig ein Gefühl der Befriedigung in uns auslöst. Es geschieht ohne Gefahr, es ist billig und macht viel Spaß.

Aber der nachdenkliche Philosoph, ein Wanderer, schüttelt das Haupt ob solch kindischen Betragens. Es soll nicht so ohne weiteres sein Bewenden dabei haben, daß alle Sterblichen, sobald sie einer Pfütze mit dem hübschen Lufteis ansichtig werden, das gleiche tun. Denn sie tun es, so stellt der Weise in der Pelzmütze fast ein wenig ärgerlich fest, sie tun es wirklich und wahrhaftig alle. Sogar ein Soldat auf Urlaub, als Artillerist von Berufs wegen doch ganz anderen Lärm gewohnt, auch er macht sich das Vergnügen.

›Kindisch, kindisch fürwahr‹, denkt der Weise. Der Mann kann sich offenbar gar nicht genug tun. Er blickt sich unternehmend nach weiteren Gelegenheiten um. Er hat im Vorbeigehen eine Pfütze übersehen, die noch heil ist, und kehrt ihretwegen zurück. Es muß eine Art Willenszwang vorliegen, keines der Fensterchen auszulassen. Alle müssen kaputtgemacht werden.

Darüber, nach welchen physikalischen Gesetzen der Hohlraum unter dem Eis entsteht und daß da doch so etwas wie ein kleines Wunder der Natur geschieht, scheint sich keiner der Mutwilligen irgendwelche Gedanken zu machen.

Nachdenken macht eben lange nicht so viel Spaß, als Lufteis zu zertreten. Das ist es.

Der Philosoph, mit der sich so mühelos darbietenden Versuchsreihe menschlicher Torheit beschäftigt, bekommt kalte Füße. Er muß sich etwas Bewegung machen. Er bemerkt, daß es an diesem schönen Frosttag, da es erst gestern noch gehörig geregnet hat, ganz besonders viel Lufteis gibt.

Unter den Ergebnissen seiner also begünstigten Beobachtungen befindet sich ein Lehrer, ein Erzieher der Jugend also! Ferner ein drolliger Bub, der einem kleinen Schwesterchen, da er behender ist, das frühe Glück der Zerstörung stets sozusagen vor der Nase wegnimmt, bis das arme betrogene Kind in herzzerreißendes Wehgeschrei ausbricht. Dann ein größerer Junge, der sich aber zu gleichem Zweck und mit Erfolg des Fahrrades bedient. Darnach ein Liebespaar. Zu guter Letzt findet sich noch eine sorgenvolle Hausfrau ein, die, obgleich schwer bepackt, selbst einen kleinen Umweg nicht scheut, um zu ihrem klirrenden Vergnügen zu kommen. Ihr Gemüt ist darnach sichtlich erleichtert.

Es muß etwas Ähnliches vorliegen wie beim Zerknallen von Tüten, sagte sich der Philosoph am Wege. Wenn's nur knallt und scheppert. Auch das Schießen auf Glühbirnen mit dem Luftgewehr gehört hierher. Vielleicht auch das Zerreißen von Briefen.

Es ist wohl eine sehr menschliche Eigenschaft, bemerkt der Philosoph. Dann aber, nachdem er sich scheu umgesehen, probiert er es auch. Und auch ihm, dem Weisen, macht es Spaß, an dem Lufteis sein Mütchen zu kühlen.

Kindisch, kindisch fürwahr, aber vergnüglich, und, so beschließt er seine winterliche Betrachtung, es ist doch immer ein kleiner Schmerz dabei, ein Klang, der der Natur irgendwo weh tut.

Bis tief in die Nacht schreibt er an einem Werke, das von der Liebe handelt. Es ist das Kapitel über die Grausamkeit und über die Verwundbarkeit des menschlichen Herzens.

Die Glut

Vor kurzem bat mich ein Soldat um Feuer, und ich lieh ihm meine Zigarette, damit er die seine an der Glut der meinen entzünde. Da fiel mir ein, und ich sagte es ihm auch: Nun könne es wohl geschehen, wenn er die Glut an einen Dritten weitergebe, dieser an einen Vierten und so fort, daß die Glut durch die nächtliche Stadt wandere von einem zum anderen, ja möglicherweise durch die ganze Welt.

War es aber dann noch dieselbe Glut, die mein Atem entfacht hatte und die, nachdem sie weitergezündet, noch eine Zeitlang weiterlebte, bis sie erstarb? Was ist überhaupt Glut, wie groß ist sie, wie klein kann sie sein? Fast winzig, ein Funke nur, glimmt sie am Ende eines chinesischen Räucherstäbchens, unermeßlich groß, wärmt sie als Sonne die Welt.

Was da übersprang von Mund zu Mund und glühend weiterwanderte, ja vielleicht jetzt noch wandert, es verdankte sein Dasein unzweifelhaft der kleinen sanften Glut meiner Zigarette. Ich hatte sie weitergegeben, und doch war sie davon nicht kleiner geworden. Sie hatte nichts verloren, sie glühte weiter unter der silbergrauen Asche, Gleichnis eines Sterns mit einem brennenden Kern unter der erkaltenden Kruste, Sinnbild eines alternden Herzens.

Ist Glut Leben? Vielleicht etwas dem Leben Zugehöriges. Sie strahlt Wärme aus. Wärme ist aber nicht Leben. Sie vermag, wie oft hat es mich erschreckt, sogar das Leben zu überdauern. Ein toter Vogel, ein toter Mensch, noch bleibt er eine geraume Weile warm, nachdem das Leben schon unwiederbringlich erloschen ist. Auch von der Glut bleibt noch eine Zeitlang Wärme zurück, nachdem sie aus ist. Und von der Liebe.

Glut ist gewichtslos, sie hat keinen Körper. Ihr Wesen ist geistig. Sie leuchtet. Sie ist wie ein schöner Gedanke, der sich mitteilt und davon nicht abnimmt, wie viele auch daran teilhaben.

Die Glut eines Kaminfeuers, wie heimelt sie uns an! Wir können die Augen nicht davon wenden und uns nicht satt sehen. Sie macht uns nachdenklich. Wir blicken gedankenvoll in die Glut. Es muß wohl etwas in unserem Innern sein, was sich in der Glut erkennt und mit verwandten Empfindungen antwortet. Es ist das Glühende in uns.

Wir reden von der Glut der Leidenschaft, des Hasses. Wir sagen, daß ein Herz in Liebe erglüht. Manche verbrennen daran. Sie verzehren sich.

Was hatte ich weitergegeben? Was wandert nun durch die Welt? Wo mag es nun sein? Ein Hauch von Wärme. Ein Fünkchen Hoffnung.

Das Würmchen

Eben, während ich an Dich schreibe, krabbelt ein winziges Tierchen über den Briefbogen; denn ich schreibe im Freien, an einem rohgezimmerten, seßhaften Tisch, dessen Beine in den Boden gepflanzt sind. Das Holz hat schon den silbergrauen, matten Seidenglanz, wie ihn Wespennester haben. Die Faser steht auf, und in Rissen und Schrunden wohnen kleinste Geschöpfe Gottes: Spinnchen, Würmchen, Käferchen. Auch die unansehnliche, graue, längliche Kreatur, für die ich zu groß bin, als daß sie mich als Lebewesen (als seinesgleichen, wenn man will) erkennen und fürchten könnte, scheint in dem Tisch zu Hause zu sein. Auf seinem Rücken hat das hurtige Insekt eine Hucke aus feinsten Fäserchen, Staub, Krume, eine ordentliche kleine Last wie eine Reisigsucherin. Nicht zufällig dünkt mich diese Tarnung. Sie erinnert an die Zweige, die Macduffs Soldaten in Birnamswalde brechen, als sie Macbeths Burg angreifen, nicht anders, als es der Soldat heute noch tut und zu allen Zeiten, wenn er den Feind täuschen will. Es ist Absicht dabei, es ist Mimikry, und darum streife ich zur Probe mit einem Grashalm das Gestrüpp von seinem Rücken. Ich lege es dem Würmchen vor die Nase, zu sehen, wie es sich nun verhält. Richtig: es gabelt – denn es besitzt von Natur ein vortrefflich dazu geeignetes Gehörn – das ganze Zeug wieder auf, ›nimmt es auf die Hörner‹, wirft es sich gewandt auf den behaarten, klebrigen Rücken, und trägt's geschäftig weiter. Ich streue ihm noch mehr Fäserchen und andere Winzigkeiten in den Weg. Es lädt sich davon auf und wuselt als wandelndes Dreckhäufchen munter weiter.

Welches sind seine Lebensfreuden? Wie findet es sich zurecht in der großen Welt? Wie lange lebt es und wovon? Gibt es in seiner mikroskopisch kleinen Nahrung auch geschmackliche Unterschiede wie bei uns Menschen zwischen Pfannkuchen und Austern?

Das Insekt schützt sich gegen seine Feinde. Es will von ihnen nicht gesehen werden. Wenn es sich nicht, wie eben, hurtig kreuz und quer fortbewegen würde, sondern sich still verhielte, man würde es wirklich nicht für ein Tier halten, so gut hat es sich getarnt. Das muß es auch. Denn Gott hat das arme Würmchen nackt in die Welt gesetzt. Dennoch, wenn ich's recht bedenke, es ist noch lange nicht so nackt wie – der Mensch.

Schwimmender Fisch

Es dürfte nicht ganz leicht sein, mittels der Sprache einen einigermaßen sichtbaren Eindruck von der reizenden Buntstiftzeichnung zu geben, die mir der zwölfjährige Caspar kürzlich geschenkt hat, von dem sie stammt. Dennoch will ich es versuchen, weil ich so große Freude daran habe. Warum muß es immer Picasso sein? Das kann ich nicht einsehen. Ich bin sicher, daß es nicht mir allein so geht bei der Betrachtung dieser vermutlich in fünf Minuten zu Papier gebrachten, sehr farbigen Kinderzeichnung (falls es noch eine ist?). Erfahrene Meister wandelt oft ein Gefühl des Neides an, wenn sie dergleichen sehen. Sie trauern der verlorenen Unschuld und Unbefangenheit nach, wenn nicht Meisterschaft gerade die wiedergewonnene Naivität bedeutet, die hier ein Bub von zwölf Jahren vielleicht eben zu verlieren in Gefahr ist. Denn das Bild hat der kleine Künstler selbst unterschriftlich als ›Schwimmender Fisch‹ betitelt –, er ist übrigens Linkser und schreibt auch mit der linken Hand, sogar in der Schule und mit ausdrücklicher Erlaubnis seines Lehrers, obwohl er es auch rechts kann, wenn auch nicht so gut. Das besagte Bild ist ein Grenzfall. Man ist versucht, es schon als gültiges Kunstwerk zu werten, und das ist wohl der Grund, warum ich es immer wieder ansehen muß, dieses Schon-nicht-Mehr und Noch-nicht-Ganz, Ende oder Beginn.

Übrigens ist die Bezeichnung: ›Schwimmender Fisch‹,

auf der Caspar ausdrücklich besteht, nicht ganz richtig. Denn eigentlich sind es zwei Fische, ein großer und ein kleiner.

Jetzt beginnt die Schwierigkeit. Der größere Fisch, leuchtend zinnober-rot und ohne eine bestimmte zoologisch einzuordnende Art erkennen zu lassen, doch unzweifelbar ein Fisch, schwimmt von rechts nach links, in dem mittels kräftiger waagerechter, grüner, blauer, gelber, violetter und roter Striche glaubhaft gemachten nassen Element und, das ist es, was sofort überzeugt und dem kindlichen Titel durchaus gerecht wird: der Fisch schwimmt nämlich wirklich, er steht nicht still, wie eine Forelle in einer Gumpe, er bewegt sich vorwärts mit der Hurtigkeit, die so abgewogen erscheint, daß sie nicht das Gleichgewicht des Bildes stört. Man könnte es sich durch kunstsinnige Überlegungen nicht hübscher ausdenken, wie es dem Caspar aus dem natürlichen Empfinden glückte, den gesuchten Eindruck des Schwimmens darzustellen. Er machte es mit Hilfe des kleinen, ebenfalls feuerroten Fisches links unten, der in der gleichen Richtung sich eilends fortbewegt. Der Größere, die Hauptperson im Bilde, ist gerade dabei, den ›Lotsen‹ einzuholen. Sein Kopf befindet sich etwa schon zwei Fingerbreit über der dunklen Schwanzflosse des Kleinen. Man braucht nur für einen Augenblick das Fischlein mit der Hand zuzudecken und gleich ist es vorbei mit dem Schwimmen des Großen, dessen Rückenflosse übrigens ein wenig dem Federschmuck eines Indianers ähnelt. Dadurch wird indessen der Eindruck verstärkt, daß es sich um exotische Fische handelt, besser noch um Phantasie-Fische.

Ach, hätte ich doch diesen Mut zur Farbe, diese freudige Entschlossenheit, die ganze Skala der Buntstifte einzusetzen! Die Herstellerfirma könnte sich kein besseres Plakat wünschen, um für die Leuchtkraft ihrer Fabrikate zu werben.

Man möchte fast von Raffinement sprechen, wie die

Flüssigkeit des Wassers behandelt ist. Der weiße Untergrund des Papiers wird geschickt dazu ›benutzt‹, nicht wissentlich, versteht sich.

Wie lebendig doch das Bild ist, wie farbenfroh und prächtig! Eine kleine Persönlichkeit spiegelt sich darin, ein mit der Gabe der Imagination gesegnetes Temperament. Denn andere Zeichnungen Caspars bestätigen mir, daß es sich nicht um einen einmaligen Zufall handelt.

Man wird einwenden, welch ein Getue um einen schwimmenden Fisch, den ein Bub zu seinem Vergnügen, zum Zeitvertreib, vielleicht aus bloßer Langeweile an einem verregneten Sonntag, möglicherweise nur um die neuen Buntstifte auszuprobieren, aus dem Kopf rasch aufs Papier geworfen hat. Daß ein Fisch schwimmt, das ist doch nichts Besonderes! Und hat das überhaupt noch etwas mit Kunst zu tun?

Wenn auch nicht mit Kunst, so doch sicher mit dem Leben. Und wenn es Langeweile war, Spielerei, so ist jedenfalls etwas ganz und gar nicht Langweiliges dabei herausgekommen, zudem etwas, was sich mühelos auf den Beschauer überträgt. Er wird genötigt, darauf mit der gleichen lebhaften Empfindung zu antworten, der die Zeichnung ihre Entstehung verdankt.

Nun erscheint es mir müßig, noch weitläufig zu untersuchen, was es mit der sicher nicht ganz unwichtigen Grenzscheide zwischen ›noch Kinderzeichnung‹ und ›schon bewußter Kunst‹ auf sich hat. Es könnte geschehen, daß auch ein alternder Meister sich eines Tages erschrocken eingestehen muß, daß ihm nie wieder etwas so gut gelang wie ein Bild oder ein Gesicht oder ein Theaterstück, das er als junger Mensch geschaffen hat. Es ist auch gar nicht nötig, daß der Caspar Kunstmaler wird, weil er jetzt dafür begabt erscheint.

Es wäre ein großes Glück, aufhören zu dürfen, wenn es an der Zeit ist und nicht sein ganzes liebes langes Leben immer nur Maler oder Schriftsteller zu sein, weil man einmal begabt war.

Caspars ›Schwimmender Fisch‹ wird künftighin in meinem Zimmer hängen, und ich glaube, die bunte Zeichnung hält es aus, immer einmal wieder von neuem betrachtet zu werden, zur Erinnerung an den denkwürdigen Augenblick, wo die süße Kindheit endet und – leider – die bittere Kunst beginnt.

Puppen

Nicht ein Abbild, sondern ein Gleichnis des Menschen ist die Puppe, ob sie uns nun als Gespielin der Kinder, als Marionette, als Krippen-, Kasperl-, oder Schaufensterfigur begegnet. Sie hat in unserm Leben ihre besondere Aufgabe und unterscheidet sich eindeutig etwa von den Menschendarstellungen der bildenden Kunst auch dann, wenn sie aus dem gleichen Material geschaffen, bemalt oder wie manche Heiligenbilder mit Samt und Seide bekleidet sind. Es gibt freilich Zwischen- und Übergangsformen, aber gerade an ihnen wird der Unterschied zwischen Bild und Puppe besonders sichtbar. Unser Verhältnis zu diesen und jenen ist ein anderes. Wir gehen mit den Puppen um wie mit lebendigen Geschöpfen, geben ihnen Namen, reden und spielen mit ihnen. Es rührte auf eine andere Weise an unser Herz, wenn wir im Kriege im Schutt eines zerstörten Hauses eine Puppe fanden wie etwa eine Figur aus Künstlerhand.

In der Puppe hat sich der Mensch ein Wesen geschaffen, zu dem er in einer ähnlichen Beziehung steht, wie der Schöpfer zu seinen Menschen. Sie ist ein Gebilde der menschlichen Phantasie, für das es kein Vorbild in der Natur gibt, und ist so sehr selbständige Gestalt mit besonderen Eigenschaften und Gesetzen geworden, daß es schon besonderer Verstellungskünste bedarf, wenn sie der Mensch nun ihrerseits nachahmen will, wie es geschickte Artisten unter der Devise Mensch oder Puppe zuweilen tun.

Immer gab es Mechaniker, die in jahrelanger, mühsamer Arbeit versuchten, künstliche Menschen zu konstruieren, die mit Hilfe eines sinnreichen Uhrwerkes gehen, sprechen und, wie jene Puppe ›Olympia‹ in Hoffmanns Erzählungen, sogar Koloraturen singen konnten, wenn sie rechtzeitig aufgezogen wurden. Bei Hoffmann wird zugleich das verlockende und unheimliche Problem einer tragischen Beziehung zwischen Mensch und Puppe behandelt.

Es ist ein beliebter Scherz in einem Panoptikum, vor einer historischen Wachsfigurengruppe die Wachsfigur eines Zuschauers aufzustellen. Selbst beherzte Männer werden zusammenfahren, wenn sie in dem stillen, regungslosen Betrachter, den sie für ihresgleichen hielten, plötzlich die Puppe erkennen. Warum aber erschrecken sie gerade in dem Augenblick, wo sie entdecken, daß es kein Mensch, also etwas ganz Ungefährliches ist? Es beunruhigt sie wohl das Menschenähnliche nicht so sehr als das Dinghafte beim Anblick der Puppe, ob sie nun unbewegt oder beweglich ist. Es ist das Alraunenhafte, das in dem süddeutschen Wort Docke fortzuleben scheint, unter dem man zugleich auch nur ganz entfernt menschenähnliche, fast gestaltlose Dinge, wie etwa einen Holzpflock versteht. Einem Kind genügt schon ein in einen Lappen gewickeltes Stück Holz, ein Fetisch mehr als eine Puppe, zu zärtlichstem Spiel.

Auch der Zirkusclown mit seinem weißen Gesicht – so weiß, wie es von Natur keines Menschen Haut ist – hat etwas mit dem Mysterium der Puppe zu tun, ja im gewissen Sinn selbst der Schauspieler. Auch er, wenn er den Menschen darstellt, tut es auf dem Umweg über das Symbol. Er trug ehedem eine Maske und schminkt sich noch heute. Was tun und taten von Urzeiten her die Frauen anderes, selbst die von Natur mit untadeliger Schönheit begnadeten, wenn sie sich malen? Der Gedanke liegt nahe, daß sie es nicht so sehr tun, um schöner oder jünger, sondern um ›anders‹ auszusehen, wie Hamlet zu Ophelia sagt: »Ich weiß auch mit euern Malereien

Bescheid. Recht gut! Gott hat euch ein Gesicht gegeben und ihr macht euch ein anderes.« Dieses andere Gesicht, nachdem sie sich malen, ist das imaginäre Puppengesicht, »damit sie alle gleich aussehen und es einerlei ist, welches man küsse und in jedem diesen einen tausendfachen Mund«.

Die Griechen bemalten ihre Marmorstatuen und gaben den Bronzefiguren Augen und Smalte, vergoldeten den Mund und setzten ihnen sogar Wimpern ein. Die Gesichter wirkten aber dadurch keineswegs naturalistischer, eine Erscheinung, die man ähnlicherweise auch an den Puppen beobachten kann. Bei Marionetten, deren Gesichter aus Holz geschnitzt und bemalt sind, wird echtes Menschenhaar das Puppenhafte nur noch mehr betonen; vollends wird bei Figuren aus Wachs gerade die bis zum Äußersten getriebene Annäherung des Stofflichen die panoptikale Wirkung des Unechten, des Künstlichen erhöhen und sie vom Lebendigen, Beseelten um so deutlicher abheben.

›Nymphe‹, so redet Hamlet in der oben erwähnten Szene das Mädchen Ophelia an. Nymphen nennt man auch die Insektenpuppen, Wesen also, die in einem Zwischenstadium sich befinden, wie unsere Puppen und Marionetten in ihrer rührenden Scheinlebendigkeit eine Art Übergangsform bedeuten mögen zur geheimnisvollen, leblosen Natur. Sie sind aus der ewigen Sehnsucht des Menschen geboren, einmal mit den Dingen zu reden und zärtlich mit ihnen umzugehen, aber auch sie leiden und sich freuen, sie tanzen zu lassen, wie es mit uns geschieht, an unsichtbaren Fäden von oben.

Über die Häßlichkeit der Automobile

Sollte es – außer mir – wirklich noch niemand bemerkt haben, wie häßlich eigentlich Automobile sind? Wir haben uns nur nolens volens an ihren Anblick gewöhnt und den unbefangenen Blick dafür verloren. Ich bin durchaus nicht unempfänglich für die Schönheiten der Technik. Ich weiß das Malerische eines Autofriedhofs etwa im Winter wohl zu schätzen, ja es spricht für meine, manchen Leuten zunächst ungeheuerlich erscheinende Behauptung, daß ein Auto erst eine rostige, verbeulte, klaffende Übrigkeit werden muß, bis man ihm so etwas wie Sympathie entgegenbringen kann. Man darf beinahe sagen: je neuer ein Auto ist, um so häßlicher ist es.

Da steht es im vollen Glanz seines Lackes und seiner Verchromung. Sein antikischer oder landschaftlicher Gattungsname ist wie die Signatur eines Künstlers angebracht. In ihrer Zügigkeit und Auseinandergezogenheit soll sie Schnelligkeit vorgaukeln. Lassen wir uns doch nichts vormachen! Was wir sehen, ist gestanztes Blech. Die ›Karosserie‹ verbirgt schamhaft die Kraftmaschine, den Mechanismus. Wir sollen denken, diese Schildkröte, womit ich diese Tiere beileibe nicht kränken will, bewege sich von selbst, vielleicht wie die ›Siebenmeilenstiefel‹, der ›Teppich des Mephisto‹ oder ›der fliegende Koffer‹.

Bei einer Kutsche sieht man doch wenigstens, wie es geht, auch an einer Lokomotive blickt man ins Räder-Kolben-Werk. Freilich, wie soll man andererseits so wesensfremde Stoffe wie Gummi und Blech in logische und harmonische Beziehung bringen?

Es ist ein höchst lächerliches Ding, das zudem in Tausenden von Exemplaren unser Straßenbild beherrscht und ständig unsern Schönheitssinn beleidigt. Oder etwa nicht? Sieht ein Auto, von vorn betrachtet, nicht böse aus mit seinen scharfen Brillengläsern, das heißt, wenn man überhaupt sofort erkennt, was vorn und was hinten ist. Denn es gibt jetzt solche Fahrzeuge, bei denen man darüber im Zweifel sein kann.

Es gibt Wagen, in denen man, ich gebe es zu, recht behaglich sitzt, wenn man erst drinnen ist! Wäre ich Kraftfahrzeugingenieur, würde ich all meine Fähigkeiten darauf richten, ein bequemes Einsteigen zu ermöglichen, ohne allerlei demütigende, unästhetische Bewegungen und Verkrümmungen sich gefallen lassen zu müssen. Es ist abscheulich, wenn wir ehrlich sind. Von Einsteigen wie ehemals bei den Kutschen kann gar keine Rede sein, man kriecht oder schiebt sich hinein. Und die Türe! Wenn man sie nicht wie im Zorn zuschlägt, schließt sie nicht, und der Fahrer muß sich hinüberbeugen und nachfassen.

Es ist ein Gelumpe, sagen wir es, wie es ist. Die Stoßstangen zum Beispiel. Muß nicht der harmlose Fußgänger gewärtig sein, mit seinem wehenden Lodenkragen sich darin zu verfangen und geschleift zu werden?

Vom Türenzuwerfen, das allnächtlich tausende friedliche Mitmenschen aus dem Schlummer schreckt, sprach ich schon. Es ist nicht das einzige unmusikalische Geräusch der Motorfahrzeuge.

Bitte, vergleichen wir so einen Kompromiß aus aufgeblasenem Blech und Gummi etwa mit einem Buch. Wie organisch ist dieses, wie unnatürlich jenes, wie sehr sich auch die Konstrukteure um eine gefällige Form bemühen mögen. Ich finde die neuesten Modelle, diese Blechkisten, beinahe noch häßlicher als die guten alten Töfftöffs (so nannte man sie in meiner Kindheit) mit dem Bienenwabenkühler. Jetzt ist alles verkleidet, so sehr, daß die Lampen Geschützrohren gleichen.

Froschäugig, froschmäulig, gierig kommen sie angebraust und fressen die Straßen in sich hinein, in Tausenden von Kilometern. Wenn man doch wenigstens die Mechanik sehen würde, wie bei manchen Uhren. Das ist hübsch, wie da alles ineinandergreift. Man sieht ordentlich, wie die Zeit entsteht.

Man wird zugeben müssen, verglichen mit der Gestalt etwa des Oseberg-Schiffes aus der Wikingerzeit ist ein Automobil recht barbarisch in der Form. Da ist ja selbst der Mensch schöner.

Nachschrift: der geneigte Leser wird, wie ich hoffe, ahnen, daß ich selbst nicht im Besitz eines Autos bin.

Über den Humor

Dionysios, Tyrann von Syrakus, bat einst den Philoxenos um ein Urteil über seine Gedichte und schickte ihn, der sie herzlich schlecht gefunden hatte, in die Latomien, jene berühmten Steinbrüche, die heute wegen ihrer romantischen Schönheit gern von Fremden besucht werden, damals aber als Gefängnis dienten. Ein Jahr später läßt er ihn abermals zu sich rufen und liest ihm seine neuesten Gedichte vor. Philoxenos hat nicht lange zugehört, so steht er auf und wendet sich zum Gehen. »Wohin?« fragt der Tyrann. »Wieder in die Latomien«, antwortet Philoxenos.

Diese antike Anekdote vermag uns heute noch zu erheitern, weil sie echte Elemente des Humors besitzt: Geist, Freiheit des Herzens und Melancholie.

Wie die Geschichte endet, ob der dichtende Tyrann dem wahrheitsliebenden Philoxenos verziehen hat oder noch mehr über ihn ergrimmt war, bleibt gleichgültig. Eine höhere Instanz, gegen die von jeher Latomien, Verbannung und selbst der Tod als machtlos sich erwiesen haben, hat hier rechtskräftig entschieden: der Humor.

Die einen nennen ihn golden, andere gottbegnadet oder unsterblich, was nichts anderes sagen will, als daß er unabhängig von der Menschen Witz und Willen in der Welt wirkt als ein Elementargesetz.

Der Humor ist allgegenwärtig und souverän, den lebendigen Wesen und den Dingen gleich eigentümlich. Niemand entrinnt ihm, er ist das himmlische Maß, mit dem alle Würde und Eitelkeit der Welt gemessen wird. In ihm durchschaut die Welt sich selbst.

Ich erinnere mich – es war im ersten Weltkrieg – eines schwerverwundeten Offiziers im Keller von Fontaine, der die Ärzte, während sie seine Wunde versorgten, durch seinen Humor so zum Lachen brachte, daß sie fast nicht weiterarbeiten konnten. Auch die übrigen Verwundeten hoben die Köpfe und lächelten unter Schmerzen. Furchtlosigkeit ist ja gerade die erhabenste Tugend des Humors.

Andersens Märchen von des Kaisers neuen Kleidern ist ein anmutiges Gleichnis für diese Tugend: wie auf alten Gemälden zuweilen eine Person sich aus dem Bilde an den Beschauer wendet und auf den dargestellten Vorgang mit gestrecktem Finger weist, über den Rahmen hinaus als Vermittler figurierend, so deutet bei Andersen ein kleines Kind auf den würdig wandelnden König und ruft mit heller Stimme: »Er hat ja gar nichts an!« Dieses Kind ist der Putto des Humors, das, was Amor in der Liebe ist. Es läßt sich nichts weismachen. Es gibt die Erlaubnis zum befreienden Lachen. Ihm ist im Märchen die Aufgabe zugefallen, auszusprechen, was die Großen in ihrer Angst, für dumm zu gelten, kaum sich zu denken trauten: »Er hat ja gar nichts an!« Er gibt den gefangenen Herzen die Freiheit wieder und öffnet Augen und Münder.

Es macht das Märchen besonders liebenswert und persönlich, daß der König weder erzürnt noch die Haltung verliert, sondern in Würde weiterschreitet. Er ist eben doch ein König.

In den Hofnarren und lustigen Räten gaben einst einsichtige Fürsten und geistliche Herren dem Humor am Hofe sein Recht, vielleicht aus einer ähnlichen Überlegung, aus der die Holzknechte Mäuse füttern, damit sie ihnen nicht an die Vorräte gehen. Die Einschätzung des Humors in der geistigen Verfassung der Völker ist ein sichtbarer Gradmesser ihres guten oder bösen Gewissens, ihres Gesundheitszustandes und ihrer Widerstandsfähigkeit!

Ich las einmal in einem Aufsatz des Engländers Harold Nicolson über sein Vaterland folgenden Satz: »Selbst über den besterzählten Witz lacht kein Engländer laut, er sei denn ein Mitglied der königlichen Familie oder beschwipst.« Eine Beobachtung, über die der König von England sicher laut gelacht hat.

Im Dritten Reich während einer Kindervorstellung in einem Kino erschien auf der Leinwand Goebbels als Redner, der zum Entsetzen der anwesenden Erwachsenen von den Kleinen mit unverhohlener Heiterkeit empfangen wurde, die sich zu schallendem Gelächter steigerte, als durch einen technischen Fehler plötzlich der Ton ausblieb, so daß man, wie einst im stummen Film, lediglich die Mundbewegungen des Sprechers sah. Das war wohl wirklich zum Lachen, und das taten die Kinder in aller Unschuld. Die Großen hatten diese beneidenswerte Unschuld nicht mehr, die eine Voraussetzung für den Humor ist und für seine Halbschwester, die Komik: jene naive Unvoreingenommenheit, die das Kind bei Andersen rufen ließ: »Er hat ja gar nichts an!« Die Erwachsenen hatten Angst.

Sinn für Humor war von je und zu allen Zeiten eine Eigenschaft nicht allzu vieler. Schöpferischer Humor war stets die Gnade einiger weniger. Er läßt sich nicht kommandieren, er kommt zu seiner Zeit. Dagegen spricht nicht die Entstehung des ›zerbrochenen Kruges‹ im poetischen Wettstreit mit Zschokke und Wieland. Daß ein und derselbe Dichter die Komödie und die Tragödie beherrschen müsse, fordert Sokrates im Gastmahl. Ein Blick auf Lessings Totenmaske genügt, daß man sehe, hinter welchen Stirnen der Humor zu wohnen liebt.

Als vor vielen Jahren ein Luftschiff bei einer Pressefahrt havarierte und nach gefährlichem Sturz aus den Lüften die Gondel höchst unsanft auf die Erde aufschlug, sprach ungeachtet der allgemeinen Panik der Feuilletonredakteur der ›Frankfurter Zeitung‹, Geck, die klassischen Worte: »Meine Herren, ich glaube, wir sind da!« Ein erlösender Ausspruch ohne Zweifel von bewundernswerter Geistesgegenwart. Allein es brach ein Sturm der Entrüstung los, ob solcher Frivolität in der Stunde der Gefahr. Denn: der Humor hat zahllose Feinde.

Magie der Namen

›Name‹, so las ich unlängst, ist eines der ältesten und ehrwürdigsten Wörter unserer Sprache. Das leuchtet ein. Das Kind identifiziert sich mit dem Namen, schon ehe das Ichbewußtsein erwacht. Man könnte in der Vermutung so weit gehen, daß mit diesem Wort etwa in der altindischen Form ›nama‹ vor Ururzeiten erstmals ein Mensch einen anderen oder sich selbst so ›bei Namen‹ nannte und unterschied. Es war ein großer Augenblick, der Beginn eines zahllosen Geschlechts von Vor- und Zunamen und zugleich die Geburt der Persönlichkeit. Vielleicht ist Name sogar ursprünglich ein von einem Liebenden erdachtes Kosewort gewesen und damit zugleich die kürzeste Prägung eines Gedichts. Es war ein schöpferischer Vorgang jedenfalls und gewissermaßen der Anfang der Weltliteratur.

Der Satz ›nomen est omen‹ sagt uns, daß es sich dabei um mehr als nur eine sachliche, standesamtliche Bezeichnung handelt oder um eine fortlaufende Numerierung. Die nüchternen Römer freilich kannten so etwas ähnliches. Es gab einen Secundus, Quintus, Sextus, übrigens auch in der die Zahlenfrostigkeit auflockernden Koseform Quintillus etwa, was denn zu Deutsch ›Fünferlein‹ hieße. Die Griechen dagegen und andere Völker, die Juden und Germanen gaben ihre blumigen, klangvoll-heldischen Namen wie einen Vorschuß oder eine Beschwörung künftigen Lebensruhmes den Kindern mit in die Wiege, Namen, die in der Übersetzung oft ziemlich geschwollen ›Weitberühmt‹ und ähnliches bedeuten.

Die Kinder scheinen es zu wissen und mit ihnen die Dichter, daß, wenn die Namensgebung durch die Eltern zuweilen willkürlich und zufällig sein mag, eine höchst geheimnisvolle, sympathische Beziehung zwischen den Namen und ihren Trägern lebt. Kinder und Liebende finden sich nicht ohne weiteres mit der gleichsam aufgezwungenen Benamsung ab. Hölderlins Zögling Henri

Gontard gab diesem natürlichen Verlangen nach. ›Lieber Holder‹ redete er den Dichter an in jenem unsterblichen Brief bei Hölderlins Weggang in Frankfurt.

Ein Zauber wohnt dem Namen inne, und der Schriftsteller, vor die Frage gestellt, wie er seine Geschöpfe heißen solle, erlebt es immer wieder, was diese Taufe bei seinem Handwerk bedeutet, und daß sie oft maßgebend für ein glückliches Gelingen einer Erzählung und für ihren Erfolg sein kann, ob er nämlich auch den richtigen Namen gefunden hat. Meine eigene Erfahrung ist die: ehe ich nicht den ›passenden‹ Namen erahnt habe, kann ich überhaupt nicht beginnen. Dabei ist es keineswegs geraten, ausgefallene Wortgebilde wie etwa Hotzenplotz, Beckenbruch, Schweigestill zu nehmen, wozu bekanntlich die Anfänger neigen, aber auch die Fortgeschrittenen. Selbst große Meister wie Thomas Mann bewahren sich bis ins Alter eine kindliche Freude an absonderlichen, abstrusen Familiennamen mit jener legitimen Naivität, die eines der Hauptmerkmale des Genies ist.

Welch ein Vergnügen, wenn man bei einem so großen Kunstverwandten die poetische Namensfindung, noch dazu in liebenswürdigster Gestalt, literarhistorisch nachweisen kann. Eines von Thomas Manns Lieblingsmärchen war nach seinem eigenen Bekenntnis ›Die Schneekönigin‹ von Andersen. In den ›Buddenbrooks‹ benutzt er die Vornamen Kai und Gerda, die seinem Ohr lieb und angenehm waren von Kindheit an.

Bei der schöpferischen Namensfindung geht es, wie immer in der Kunst, oft um Haaresbreite. Es ist eine ›Beimessung‹, für die es kein Rezept gibt. Und doch hat es fast etwas mit der Zubereitung einer Speise zu tun. Die Zunge ist dabei beteiligt, aber auch das Ohr und das Auge. Mit Alchimie darf man den Vorgang vergleichen.

Ein Mensch geht in seinem Zimmer oder Garten auf und ab. Seine Hände scheinen etwas Unsichtbares zu wägen – und zu verwerfen –, seine Finger einen Stoff abzufühlen, sein Mund etwas abzuschmecken, zu kosten, seine Lippen im Selbstgespräch ein Wort zu bilden. Es kann sich nur um einen Schriftsteller auf der Namensjagd handeln. Natürlich wird er sich ein Namensbüchlein zur Hilfe nehmen, vielleicht auch das Telefon- oder Adreßbuch wälzen. Das sei ihm durchaus gestattet. Ein Vorname ist noch verhältnismäßig leicht, schwieriger schon sind Vor- und Familiennamen, die zusammengehen müssen, falls nicht der Charakter der Person sogar einen Mißklang erfordert. Gegensätzlich erscheint mir etwa die Verbindung ›Seraphin Pümpel‹. Das habe ich nicht erfunden, sondern auf einem Firmenschild gelesen. Manchmal hat der Schriftsteller Glück, und sein freundlicher Genius sagt ihm das erlösende Wort ein. Oft aber dauert es lang, wochenlang, bis er den rechten Namen hat. Er weiß es dann, er ist's, und freut sich sehr. Es ist ein Grund zum Feiern.

Wir sagen in unserer Berufssprache: der oder jener Name ›gibt nichts her‹. ›Pickwick‹ scheint mir sehr geglückt für die Hauptfigur jenes komischen Romanes von Charles Dickens. Wenn man heute meint, er könnte gar nicht anders heißen, so glaube ich nicht, man habe sich nur daran gewöhnt. Es ist Vorbestimmung. Nicht weniger passend ist der Name seines Dieners ›Sam Weller‹, gerade weil es ein gängiger, abgenutzter Name ist. Schlichte Namen zu finden und lebendig zu machen, daß sie unverwechselbar sind, ist gar nicht leicht in der Literatur wie im öffentlichen Leben. Carlo Schmid halte ich vom Namen her für ein treffliches Beispiel zu meiner These.

Erzählende Namen sind mit großer Vorsicht zu gebrauchen, obwohl es auch Shakespeare tat, z. B. ›Sir Andrew Aguecheek‹, verdeutscht ›Junker Christoph von Bleichenwang‹. Tugendhafte Erzählungen für die Jugend wimmelten einst von solchen Namen wie ›Herr Wohlgemuth‹ oder ›Frau Pfiffig‹. Für einen rechten Unsympath fiel mir einmal der Name ›Viktor Gelbes‹ ein, und ich ließ es dabei. ›Uriah Heep‹, was Haufen bedeutet, würde meinem Gefühl nach auf deutsch nicht die gleiche Wirkung haben wie das englische ›heep‹. Es hat einen anderen Beiklang. Darum hat Martin Luther mit Recht in dem Bibelwort: ›Wer zu seinem Bruder sagt Racha‹ usw., das hebräische oder aramäische Wort stehenlassen und nicht mit Spitzbub, Lump oder ich weiß nicht was übersetzt. Auch wenn ich die Bedeutung von ›Racha‹ nicht kenne, im Klang schon liegt der Schimpf. ›Achatius Vierzigmann‹ hieß ein trefflicher Schuhmachermeister in meiner Heimatstadt. Der Name könnte bei Jean Paul stehen wie ›Siebenkäs‹.

Hat sich ein Name für eine Gestalt im Autor festgefressen und steht zu befürchten, ein gleichnamiger Zeitgenosse könnte die poetische Verwendung übelnehmen, so läßt er sich schwer ohne weiteres mit einem anderen vertauschen. Es läßt unbefriedigt, auch den Leser, der doch gar nichts von dieser Vertauschung weiß. ›Hamlet‹ läßt sich nicht durch ›Emil, Prinz von Dänemark‹, ersetzen.

Kommt es einem nicht wie ein schaler Witz vor, wenn der Vorstand des Bundes der Kinderreichen ›Storch‹ hieß? ›Schmierer‹, Reichsapothekerführer, auch das gab es einmal. Und nur ein bedeutender Gelehrter kann sich den Namen ›Windelband‹ leisten.

Zum Glück gibt es genug positive Beispiele für die Harmonie von Name und Persönlichkeit, wohltönende Namen wie ›Friedrich Hölderlin‹ oder ›Johannes Brahms‹ und ›Novalis‹. Bei der Wahl von Pseudonymen verfallen viele Schriftsteller auf den Vornamen ›Sebastian‹. Das meine lautet ›Fritz Fliege‹. Es hat sich ganz gut eingeführt.

Ein akustisch schöner Name kann, aber muß nicht, optisch ebenso einprägsam sein, doch ist dies für den Titel eines Buches nicht ganz unwichtig. ›Mao‹ von Friedrich Huch scheint mir in beider Weise sehr geglückt und vollends in der Ehe zweier Namen entsteht zuweilen geradezu ein Gedicht: ›Jorinde und Joringel‹, ›Fastrat und Faramund‹, ›Romeo und Julia‹, worin alle fünf Vokale erklingen, ist eine klassische Wortverbindung, nicht nur, weil sie durch das Stück unsterblich wurde.

Wenn ich gleich zu Beginn und immer wieder zu zeigen versuchte, daß es sich bei der Namensgestaltung um einen schöpferischen Akt handelt, bei dem man geradezu von Metrik sprechen darf, von Rhythmus und Alliteration, wie bei ›Tartarin von Tarascon‹, ›Horribilicribrifax‹, ›Nicholas Nickleby‹, so habe ich mir das Beste doch bis zum Schluß aufgehoben: Welch ein schwermütig-zärtlich-dunkler, echt lyrisch empfundener Name ist ›Traumulus‹. Dabei spielt zweifellos die Klangverwandtschaft des Wortes ›Romulus‹ als gymnasiale Erinnerung mit. Durch gleichsam traumwandlerische Sicherheit wurde der Spitzname einer tragischen Gestalt erdichtet, wie es nur in ganz seltenen Fällen so beispielhaft gelingen mag.

Die Idee der Toleranz

Ein Vortrag

Welche Gründe die Lessinggesellschaft zur Förderung der Toleranz bewogen haben, mich, einen Schriftsteller und Theaterkritiker, aufzufordern, zu Ihnen über die Idee der Toleranz zu sprechen, vermag ich nicht zu sagen. Vielleicht hält man mich für tolerant. Ich würde diese gute Meinung für ein hohes Lob nehmen; allein, ich fürchte sehr, ich darf es nicht als zutreffend erachten. Wer könnte es, ohne zu erröten? Wer vermöchte sich dieser Tugend im Ernste und ohne Hoffart zu rühmen? Ja, darf er es überhaupt, soll er nicht die Tolerierten kränken?

Als ich gefragt wurde, ob ich über die Frage der Toleranz und was darunter zu verstehen wäre, mich äußern wollte, sagte ich etwas vorschnell, wie ich einräumen muß, doch aus redlicher Bereitwilligkeit: ja!

Ich tat dies, noch ohne eine rechte Ahnung davon zu

haben, was ich zu diesem Thema zu erinnern hätte. Aber ich habe mich inzwischen bemüht, ihm auf meine Weise nachzugehen, das will heißen, ganz unphilosophisch, mehr auf die spielerische Art, die man mir nachsagt und deretwegen ich Sie, meine Zuhörer, um freundliche Toleranz bitten muß.

Die Tatsache allein schon, daß einsichtige Frauen und Männer die Notwendigkeit erkannten, daß Toleranz in deutschen Landen und allüberall auf der Erde einer Förderung und Pflege bedürftig wäre, zeigt zur Genüge, es möchte damit in der Welt noch nicht zum besten bestellt sein. Wirklich? Nach so grausamer, tiefbeschämender Belehrung? Es ist fast nicht zu glauben.

Wir kommen nicht darum herum, den Begriff Toleranz zu deuten, und ich fand dazu den Satz: »Toleranz nennt man die Anerkennung des Rechts, welches jeder Mensch hat, seine Überzeugungen in Sachen der Vernunft und des Glaubens frei zu äußern und nach ihnen zu handeln. Die Intoleranz«, so heißt es weiter, »oder der Verfolgungsgeist, der falsche Religionseifer, erkennt nicht nur das natürliche und unveräußerliche Recht des Menschen auf Denkfreiheit nicht an, sondern verfährt auch bei der Verteidigung gewisser Meinungen, Lehr- und Glaubenssätze, bei der Unterdrückung der entgegengesetzten Meinungen auf eine Art, welche ebensosehr der freien Natur des menschlichen Geistes als der öffentlichen Wohlfahrt zuwider ist. Stolz, Aberglauben, Herrschsucht, Eigensinn, sind ihre Triebfedern.« Diese Einsichten sind über hundert Jahre alt und auch die dagegen vorgebrachten Einwände darf ich nicht verschweigen: »Die Frage, inwiefern Toleranz gegen das Unrechte, anerkannt Schlechte und Verkehrte, Gemeinschädliche und Verderbliche selbst zu dulden sei, gehört nicht gerade zu der leichtesten der Sittenlehre.«

Es werden dann Voltaires Verdienste erwähnt, vor allem durch die erfolgreiche Aufklärung des Justizmordes an Jean Calas. »Er brachte die Sache vor den Richterstuhl der öffentlichen Meinung«, ich zitiere wörtlich, um damit anzudeuten, wie fragwürdig, wie unwägbar die Erfolgsaussichten des Toleranzgedankens sind. Die Niederlande, Großbritannien, Nordamerika, Friedrich der Große und Josef II. haben Toleranzgesetze erlassen, aber: »Der Geist der Duldung geht nicht aus Gesetzen«, so schließt der Artikel, »sondern aus dem Innern der Gesinnung, aus der gegenseitigen Achtung der menschlichen Natur hervor. Doch muß mit der Toleranz der Eifer für Wahrheit und Recht, welcher den Irrtum der Gründe widerlegt und die Bosheit durch gesetzliche Mittel bekämpft, verbunden sein, sonst artet sie in Gleichgültigkeit, Indifferentismus oder geistige Apathie aus.« Man sieht, so natürlich und begrüßenswert der Gedanke, den zu fördern wir übereingekommen sind, auf den ersten Blick sich darbietet, er hat auch seine Gefahren, wie denn alles Gute gefährlich, ja lebensgefährlich ist, warum nicht die Toleranz? Sie paßt vielen nicht in ihren Kram. Sie ist so unbequem.

Wem fiele es nicht sogleich auf, daß wir für den Ausdruck einer – ich nehme es gleich vorweg – im wahrsten Verstande menschenfreundlichen, gottgefälligen Gesinnung uns eines Fremdwortes bedienen, das von dem lateinischen ›tolerare‹, das heißt: ›ertragen, erdulden‹, im Sinne von etwas Schweres, Drückendes tragen, aushalten, ausstehen, abgeleitet ist? Ich bin kein Feind von Fremdwörtern, ich toleriere sie. Aber ich bediene mich ihrer nicht ohne Not, die dann gegeben ist, wenn sie genauer sind, unzweideutiger, fast hätte ich gesagt: exakter (was sich dem Klang nach gewiß verteidigen läßt gegenüber dem flaueren ›genau‹). Das Fremdwort ›Toleranz‹ nun, die Fähigkeit des Ertragens also, deckt es sich mit unserem Begriff ›Duldung‹ oder ›Duldsamkeit‹? Ich weiß nicht recht. Mir scheint, rein gefühlsmäßig, dem ›Duldsamsein‹ fast etwas Nachgiebigkeit und Eingeschüchtertheit, von Sich-darein-Ergeben anzuhaften, und andererseits würden die, denen man Duldung angedeihen läßt, nicht viel mehr als nur ›geduldet‹ sein, ein Beigeschmack, der mir nicht gefallen will.

Ich war in der Schule ein schlechter Lateiner und habe mit den Jahren diesen Mangel in zunehmendem Maße empfinden gelernt. Dennoch wage ich es, ein wenig zu ›philologieren‹ und unser ›tolerare‹ mit ›tollere‹ oder in der Ichform ›tolero‹ mit ›tollo‹ in nahe verwandtschaftliche Beziehung zu bringen – ein Blick in mein Schulwörterbuch, das ich im Alter mehr benütze als in meiner Jugend, gibt mir ein gewisses Recht dazu –, wonach nämlich der Wortseele etwas erheblich Zuversichtlicheres innewohnt, etwas Aufrichtendes, Erhebendes, ja, im übertragenen Sinn sogar das Erzieherische. Es kommt dazu, daß ›Toleranz‹ überdies auch in anderen Sprachen verstanden wird, und auf Verständigung kommt es uns ja an.

Lassen Sie mich in diesem Zusammenhang des Mannes gedenken, des verehrungswürdigen, mit dessen Namen sich unsere Gesellschaft ehrt. Denn ich möchte Lessing als Zeugen anrufen oder als sachverständigen Gutachter, aber zunächst nicht mit einem Zitat aus seinen Werken, sondern mit seinem Angesicht, wie es, herrlicher als in Bildern nach dem Leben, in der Totenmaske auf die Nachwelt gekommen ist. Erinnern Sie sich? Denn wir sollten es alle kennen! Es ist ein gescheites, wunderbar gelassenes, ein heiteres Gesicht, besser ›Antlitz‹, heiter im Sinne von ›serenus‹, das den Ernst mit einschließt. Mannesanmut, so mag man es nennen, prägt sich darin aus. Es hat Klarheit und Hoheit, und es hat Humor. Es ist edel. Es ist tolerant – vielleicht –, duldsam nicht. Oder hat das Wort ›duldsam‹, so zart, so wohllautend es ist, nicht doch fast etwas Butterweiches an sich?

Ich denke, wenn ein Mann mit dieser Gesichtsbildung, wenn Lessing für den Inbegriff von Toleranz in Anspruch genommen werden darf, dann trägt das wesentlich und sichtbar zur Erklärung und Bewertung des Wortinhaltes bei. Er gibt ihm Halt und Haltung.

Sie wissen, daß es eine Zeit gegeben hat, in der die edle Weltanschauung der Toleranz verpönt war und als Schwäche galt, da man sich damit brüstete, intolerant, brutal, barbarisch zu sein. Lessings Antlitz, das darf man wohl behaupten, sieht nicht nach Schwäche aus, aber nach Verstand. Es ist ein geistvolles Gesicht. Ich habe es oft erfahren, daß Verstand und Bildung ein vorzüglicher Nährboden für Menschengüte sind. Verstand und Güte vertragen sich wohl. Das Vertragen, die Verträglichkeit, sie enthalten ja auch das Tragen, das in tolerare west, wie man ja auch einen Kummer trägt, im Herzen nämlich. Die Bezeichnung unserer zärtlichsten seelischen Empfindungen sind als Bilder und Gleichnisse aus der sichtbaren körperlichen Welt in die Sprache eingegangen, wie etwa das schöne Wort ›Zuneigung‹ oder ›Gemütsbewegung‹, und so wollen wir es auch mit dem Tolerieren halten, uns gegenseitig behutsam wägend wie auf Händen tragen.

So meine ich nun durch das innere Abhorchen und Anschauen nur scheinbar philologisch unserem Wort ›Toleranz‹, das beinahe hart im Ohr tönt, so wie rollende Kiesel am Strand gegeneinander klinkern, auf den Sinn gekommen zu sein.

Toleranz bedeute uns nicht nur die passive Fähigkeit, unsere Mitmenschen, fremde Meinungen, Sitten, Glaubenssätze, Gebräuche und Gesichter gutwillig-nachsichtig zu ertragen, sondern vor allem die tätige, ethische Verpflichtung, uns Mühe zu geben, selber einigermaßen erträglich zu sein.

Wir wissen es, daß es bei allen Völkern schier unerträgliche, höchst unausstehliche, ausdermaßen ärgerliche Menschen gibt, die allen Toleranzen spotten, ja die auf Kosten der duldsamen Mitsterblichen und ihnen zum Tort mit Fleiß sich intolerantissime benehmen, und wir alle wissen es, daß man mit Gegebenheiten rechnen muß, da man versucht ist zu sagen: Toleranz in allen Ehren, aber --

Nein. Kein Aber. Ich fürchte, meine toleranten Zuhörer, die wahre Toleranz, die eine Tugend ist, zu der also Mut gehört, beginnt erst dann, wie alle Tugenden, wie Wahrhaftigkeit, Redlichkeit, Freundschaft, sinnvoll zu werden, wenn man in die Gefahr, in die, oft verzeihliche, Versuchung gerät, an ihr zu verzweifeln oder sie zu verlieren, in der Prüfung also.

Ich sagte vorhin schon, daß Toleranz etwas Kränkendes haben kann, etwas Aufreizendes, was sich in die leidige Redensart kleidet: es gibt auch anständige Deutsche, Bayern, Preußen, Sachsen, Engländer, Franzosen, Juden, Amerikaner, Russen, Japaner und so weiter, wie es andererseits schon beinah intolerant ist, Anspruch auf Toleranz zu machen. Der Mensch ist an sich schon ein hinreichender Grund zur Toleranz.

Ich will dafür ein Beispiel geben. Ich habe mir sagen lassen, in Schweden seien die Menschen mit Erfolg bemüht, aufeinander Rücksicht zu nehmen und vor allem leise zu sein. Danach würde Toleranz eine Tugend der Sozialität heißen, in dem Verstande, einander das Leben so erträglich, so tolerabel wie möglich zu machen. Verweilen wir zur Auflockerung meines Sermons einen Augenblick beim Menschen als dem geräuschvollsten Lebewesen.

Wer einen zoologischen Garten besucht, dem muß es angesichts der großen Schar von Lebewesen aller Gattungen, die dort auf engem Raum beisammen wohnen, auffallen, wie still Tiere sind, beispielsweise die Elefanten. Ohne Zweifel: das geräuschvollste Lebewesen ist der Mensch!

Es lohnt sich, einmal ganz unvoreingenommen darauf zu achten und sich Rechenschaft zu geben über die zahllosen Geräusche, die ein einziger schwacher Mensch im Laufe eines Lebenstages oder auch nur in einer Stunde mittelbar und unmittelbar hervorzurufen imstande ist. Ich habe kürzlich den Versuch gemacht, es mir aufzuschreiben, und bin schon nach kurzer Zeit zu der betrüblichen Erkenntnis gelangt, daß der Mensch geradezu seinen Hauptdaseinszweck darin sieht, möglichst viele Geräusche zu machen. Er scheint sich nicht glücklich zu fühlen, wenn er sich nicht andauernd hört. Sein ganzes Sinnen und Trachten von früh bis spät scheint einzig darauf gerichtet zu sein, Lärm zu verursachen, den Wilden ähnlich, die durch Lärmen böse Geister fernzuhalten meinen. So viele böse Geister gibt es gar nicht.

Lassen wir die Erfindungen ganz beiseite, die der Mensch zusätzlich gemacht hat, lediglich in der Absicht, damit sie, wie etwa die Uhr (unser Ohr hat sich schon so an sie gewöhnt, daß wir sie gar nicht mehr hören), unser unersättliches Geräuschbedürfnis maschinell befriedigen, mittels all der kunstreichen Apparate nämlich, die sozusagen für uns lärmen.

Gewiß, auch Tiere sind zuweilen laut. Der Löwe brüllt, der Pfau schreit, der Frosch quakt und die Grille zirpt. Aber keines tut es mit solcher Ausdauer wie der Mensch.

Ich hatte Gelegenheit, einen Zimmergefährten gleichsam als Versuchskaninchen 24 Stunden lang vom Augenblick des Erwachens, den Tag und die Nacht über also, bis zum Augenblick des Wiedererwachens, in aller Ruhe geräuschlich abzuhorchen. Meine Behauptung wurde vollauf bestätigt. Meine Versuchsanordnung bewährte sich dabei einwandfrei.

Ich will die unterschiedlichen Schlafgeräusche: das Schnaufen, Schnarchen, Stöhnen, Im-Traume-Reden, das Zähneknirschen, Schmatzen, die Umherwälzgeräusche (verstärkt noch durch das Knarzen der Bettstatt und das Seufzen der Sprungfedern) und so weiter übergehen und mich gleich denen des wachen Menschen zuwenden, zunächst den Aufstehgeräuschen. Der normale Mensch fühlt sich offenbar erst dann wach, wenn er seine Lautspender, vor allem Mund und Nase, auf ihre Intaktheit hin ausgiebig überprüft hat. Er könnte ja sonst am Ende meinen, er sei über Nacht gestorben. Es geschieht bei den einen durch ein behagliches Wonnegrunzen, bei anderen durch mannigfache Äußerungen des Unwillens, durch Knurren, Murren, Raunzen, durch Räuspern, Schnorcheln, Schneuzen oder auch nur durch Gähnen, das oft tierische Formen annimmt und in vereinzelten Fällen mit einem lauten Zähneaufeinanderklappen endet. Auch das Dehnen der Glieder ist hörbar, besonders das Knacken der Gelenke.

Niemand steht gerne auf. Es bedarf dazu eines Entschlusses, an den man nur dann glaubt, wenn man ihn laut werden läßt. Ein kurzes »Na!« (der erwachende Mensch hat sich aufgesetzt), ein ermunternder Schlag der flachen Hände auf die Schenkel (er hat sich erhoben). Reinliche Naturen pflegen sich nun zu waschen. Auch mein Zimmergefährte tat es. Er legte es gleichsam als musikalisches Intermezzo ein. Er huldigte einer weithin hörbaren Sauberkeit mit Prusten, Schnauben, Schnattern, Pantschen, Pritscheln, melodiösem Gurgeln, dem er sogar Arien unterlegte, und borstenrauschendem Zähneputzen. Die Eigengeräusche des Frisierens, wenn man das leise Knistern und weiche Strählen der Haare überhören will, auch die des Rasierens sind nicht sehr ergiebig. Also pfiff er sich eins dazu, wie er denn, wenn er nicht sprach, gern im Zimmer auf und ab ging und daseinsberechtigt vor sich hinpfiff. Auch gehörte er zu der nicht seltenen Art Menschen, die jeden Gegenstand des täglichen Gebrauches, was meist ein Zeichen unbefangener Jugend ist, auf seine Festigkeit und seine allenfalls innewohnenden musikalischen Kräfte hin untersuchen. Krüge, Schuhe und Stühle werden fest hingesetzt, von einem Tisch durch einen freundschaftlichen Patsch auf die Platte Besitz ergriffen, Fensterscheiben betrommelt, alles in dem gewissenhaften Bestreben, sich ja keine Gelegenheit zum Geräusch entgehen zu lassen. Treppen werden hinabgepoltert, Türen ins Schloß geworfen, an Gittern entlanggerattert.

Das Tier ist, Papageien ausgenommen, meist auf wenige

Töne angewiesen. Der Mensch beherrscht sie alle bis zum Brüllen, beim Reden, Lachen, Singen.

Tagsüber bedient sich der Mensch mit Vorliebe der von ihm ersonnenen Lautsprecher: der Maschinen, der Eisenbahn, des Motorrads, des Autos, des Klaviers, des Radios, ja des Flugzeugs und zahlreicher Gewehre und Kanonen. Was für eine leise, romantische Erfindung ist dagegen doch das Fahrrad. Es stammt eben noch aus einer Zeit, da man empfindsamer lebte als heute.

Wie es einen Rauchverzehrer gibt, so müßte ein Geräuschverzehrer erfunden werden. Aber ich fürchte fast, wir hielten die Stille nicht mehr aus, und wenn wir sie ganz selten einmal, vielleicht in der Sternennacht im Gebirge, erleben, dann sagen wir: »Wie still es doch ist!« und fürchten uns fast davor.

Endlich ist es dann dem Menschen gelungen, Geräusche zu erfinden, die so stark sind, daß er selbst davor erschrickt, ja furchtbarer, als er es erträgt, Geräusche, neben denen der Donner der Gewitter noch süßer Wohllaut ist. –

Ich will mit diesem harmlosen Beispiel sagen, daß die Toleranz im täglichen Leben der Rücksichtnahme, dem Takt nahe verwandt ist und daß wir alle etwas dazu tun können, auch hier die Toleranz zu fördern.

Aber Sie erwarten von mir gewiß auch ein Wort zur heiklen Frage der religiösen und rassischen Toleranz. Ein genauer Freund von mir steht auf dem Standpunkt, daß es in der Religion, daß es bei Glaubensfragen nach der Natur der Sache keine Toleranz geben dürfe noch könne. Er will dabei gewiß nicht unterstellen, daß die Duldung – ich verwende das Wort nur der Abwechslung halber – Kompromißbereitschaft bedeute. Toleranz bedeutet nicht Aufgabe der eigenen Meinung aus Gefälligkeit oder im Sinne eines – der Klügere gibt nach. Aber freilich verbietet sich für den Toleranten jede Gewalttätigkeit oder Nötigung. Toleranz ist vorzüglich auch eine christliche Tugend oder sollte es doch sein. Aber sie konnte es nicht verhüten, wie die Geschichte beweist, daß im Namen einer toleranten Lehre recht intolerante Dinge sich zutrugen. Die Lehre Christi hat doch die Welt auch vom Rassenhaß und vom Nationalismus erlöst, der immer eine bedrohliche Verlockung zur Intoleranz bildet und bilden wird. Fanatismus vollends und Toleranz schließen sich aus. Natürlich könnte man sagen, ein Glaubenssatz sei seiner Natur nach ›intolerant‹, wie es solchermaßen ein mathematischer Lehrsatz, wie es die unerschütterliche Wahrheit ist. Es gibt wohl Menschen, die die Stirn haben aufzubegehren: du bist intolerant, weil du recht hast.

Ich habe die Frage absichtlich etwas überspitzt, um zu zeigen, daß Toleranz kein Befehl, sondern eine fromme Bitte ist, ein Vorschlag zur Güte. Sie wendet sich an die Vernunft, und was sie freilich gelassen wird erdulden müssen, sind Spott und Hohn der ewig Intoleranten. Beispiele für Unduldsamkeit sind viel leichter beizubringen als für Duldung.

Es gibt eine verehrungswürdige Gestalt, an der die wehrlose Macht der echten Toleranz auf wunderbare Weise sichtbar wurde. Ich meine Dr. George Washington Carver, den berühmten Negerwissenschaftler, der 1860 noch als Sohn eines Sklaven geboren wurde und 1943 starb. Er hat unter anderem über hundert Produkte aller Art aus der Süßkartoffel und dreihundert aus der Erdnuß entwickelt. Er wird in der Beschreibung seines Lebens ein ›Apostel der Menschlichkeit‹ genannt, mit Recht, und das Beschämende ist, daß nicht die Toleranz der Weißen gegen den Farbigen, sondern die Toleranz des Schwarzen gegen die Weißen in diesem außerordentlichen Leben der Idee zum Siege verholfen hat.

Toleranz ist Beispiel. Von Carver gibt es den Satz: »Ich werde mich von niemandem so tief entwürdigen lassen, daß ich ihn hasse.«

Er durfte wegen seiner Hautfarbe nicht durch den Hoteleingang gehen, um zu dem Vortragssaal zu gelangen, in dem er sprechen sollte. Aber er nahm diese Intoleranz hin, weil sie nicht ihn, sondern die Weißen erniedrigte. Ich für meinen Teil habe es immer als eine Bereicherung der Menschheit empfunden, daß es nicht nur unsere Himbeerpuddinggesichter, sondern gottlob auch andersfarbige gibt, auch wäre es nicht auszudenken, wenn es auf der Welt nur Chinesen oder Bayern oder Sachsen gäbe oder alle Menschen schwäbeln würden.

Ich mußte beim Lesen der Carver-Biographie an das Gedicht von Seume denken, das anhebt: »Ein Kanadier, der noch Europens übertünchte Höflichkeit nicht kannte...«, das liebe, alte Gedicht, aus dem so viele Zitate stammen, wie »Hummer, Lachs und frischer Bärenschinken«, oder »Seht, wir Wilden sind doch bessere Menschen!«, »und er schlug sich seitwärts in die Büsche.«

Das Gedicht stand im Schullesebuch meines Vaters als ein liebenswürdiges Zeugnis der Toleranz, und vielleicht kannte es der Feldwebel, der während des letzten Krieges Bewachungsmannschaften für Kriegsgefangene abstellte und sagte: »Behandelt die Gefangenen, wie ihr behandelt zu werden wünscht, wenn ihr das Unglück haben solltet, in Gefangenschaft zu geraten!«

Das Seumesche Gedicht und noch ein anderes aus dem Struwwelpeter mit den so rührend-einprägsamen Zeilen: »Was kann denn dieser Mohr dafür, daß er so weiß nicht ist wie Ihr!« mahnen uns daran, daß man gar nicht früh genug mit der Weckung der Fähigkeit, tolerant zu sein und sie durch Enttäuschungen hindurch zu retten, beginnen kann.

Man sagt ja auch: ›Toleranz üben‹. Sie bedeutet nicht, sie kann nicht bedeuten: ›laissez aller, laissez faire‹, bedeutet nicht: ein Auge zudrücken oder alle beide. Toleranz ist kein Zeichen von Schwäche, sondern von Stärke oder bedarf ihrer, ich meine nicht Muskel- oder Waffenstärke, sondern Seelenstärke.

Lassen Sie mich noch einmal Lessing beschwören:

»Menschlichkeit und Sanftmut verdienen bei jeder Gelegenheit empfohlen zu werden, und kein Anlaß dazu kann so entfernt sein, den wenigstens unser Herz nicht sehr natürlich und dringend finden sollte.«

Meine geduldigen Zuhörer, ich glaube, ich könnte der langen Rede kurzen Sinn nicht besser ausdrücken als mit dem Inbegriff der Toleranz: ›Liebe deinen Nächsten wie dich selbst!‹

Warum es keinen Krieg geben kann

Chinesisches Märchen

Als der Krieg zwischen den beiden benachbarten Völkern unvermeidlich war, schickten die feindlichen Feldherrn Späher aus, um zu erkunden, wo man am leichtesten in das Nachbarland einfallen könnte. Und die Kundschafter kehrten zurück und berichteten ungefähr mit den gleichen Worten ihren Vorgesetzten: es gäbe nur eine Stelle an der Grenze, um in das andere Land einzubrechen. »Dort aber«, sagten sie, »wohnt ein braver kleiner Bauer in einem kleinen Haus mit seiner anmutigen Frau. Sie haben einander lieb, und es heißt, sie seien die glücklichsten Menschen auf der Welt. Sie haben ein Kind. Wenn wir nun über das kleine Grundstück in Feindesland einmarschieren, dann würden wir das Glück zerstören. Also kann es keinen Krieg geben.« Das sahen die Feldherrn denn auch wohl oder übel ein, und der Krieg unterblieb, wie jeder Mensch begreifen wird.

Die Kunst, das Leben zu lieben

Vorausschicken muß ich, daß ich in der Wahl meiner Eltern sehr glücklich gewesen und in gesicherten, wohlbehüteten Verhältnissen aufgewachsen bin. Da ist es freilich keine Kunst, das Leben zu lieben, wird man einwenden. Allein von heute aus gesehen scheinen dazumal um die Jahrhundertwende viele Menschen, die allen

Grund zu einer dankbaren Wohlzufriedenheit gehabt hätten, nicht gewußt zu haben, wie gut sie es hatten.

Ich hatte eine glückliche Jugend, aber das Leben in mir, das Leben überhaupt scheint sich weniger, als man annehmen müßte, darum zu kümmern, welcher Wohlstand seiner wartet.

Ungeachtet des gutbürgerlichen Wohlstandes, der mich vom ersten Atemzug an umgab, hatte ich Angst vor der Welt. Ich erinnere mich daran sehr deutlich, und es ist merkwürdig genug, daß ein Kind von Anfang an schon in bezug auf das Erdendasein ein so deutliches Gefühl einer – Zumutung haben kann, der es sich nicht gewachsen fühlt.

Niemand hat es auf gewisse Schwierigkeiten, die das Leben bietet, aufmerksam gemacht. Woher weiß es davon, wenn es morgens in seinem Gitterbett erwacht? Warum mißtraut es sich? Es scheint ihm die süße Ahnungslosigkeit gefehlt zu haben, es muß da etwas mitbekommen haben, daß es sich schon so früh fehl am Platze fühlte, daß es ›fremdelte‹ und seine älteren Brüder beneidete, weil es für sie offensichtlich keine Schwierigkeiten gab und sie sich ihrer Sache so sicher fühlten. Sie taten einfach mit. Ich tat nicht mit, aber ich verfiel sehr bald darauf, wenigstens so zu tun als ob, mit einer gewissen Schläue, damit die ›Andern‹ es nicht merkten, daß ich – so kam es mir vor – nicht dazu gehörte und mich in etwas Unvermeidliches schicken müsse.

Ich glaube, daß es mir nicht allein so ging, mit dem Zurechtfinden im Umgang mit der Gewohnheit, dem ›Trott‹, und ich vermute, daß das, was sich in mir so früh auflehnte, ganz einfach das natürliche Leben war, das animalische Freiheitsgefühl, das wir etwa an einer Katze bewundern, das Eigenleben.

Man soll nicht denken, daß ich mich für etwas Besonderes oder gar Besseres hielt. Wenn ich mich auch fügte, so empfand ich mich doch oft als Fremdkörper. Ich sonderte mich nicht ab, aber von Kind an blieb mir das lästige Gefühl, ein Fremdling zu sein. Ich tat mir nichts darauf zugute – wieso auch? – Doch litt ich darunter, als hätte ich mich nur zufällig unter die Menschen verirrt, nur zuschauenderweise gewissermaßen.

Meine Mutter sagte von mir, als ich noch klein war: Er kann sich so gut allein beschäftigen. Ich hatte allerdings von früh an die Gabe des Spielens, die mich nie verlassen hat. Und diese Verspieltheit – man hat sie mir oft zum Vorwurf gemacht, wenn ich auch nie recht begriff, warum sie ein Fehler sei – scheint mir die eigentliche Grundlage der Kunst, das Leben lieb zu haben. Im Anfang war das Spiel, und ich kann es mir gut vorstellen, daß Gott die Welt aus reiner Langeweile erschaffen hat. Wo immer man sie betrachtet, schaut man seinem Spiel zu, dem Spiel von Kräften, dem Spiel der Winde und der Wolken, der Schneeflocken, der Töne und Farben, der Kristallisation, der Kinder, der Mücken, dem Spiel der Schmetterlinge und dem Spiel der Liebe. Das stets unterhaltende, schöne, aufregende und oft traurige Spiel des Lebens ist mein Steckenpferd.

Ich nehme also nichts ernst? Nichts als das Spiel. Ich weiß sehr wohl, wer der ewige Spielverderber ist, der Durcheinanderwerfer, der die Spielsachen kaputt macht.

Als Kind habe ich, obwohl ein Bub, mit Puppen gespielt und eine liebte ich besonders, obwohl sie nur aus grauem Gummi war und gleichsam unaufhörlich strammstand, denn die Arme lagen fest am Körper an wie beim Apoll von Tenen, und die Beine waren zusammengewachsen. Sie hatte einen metallischen Nabel, und wenn man sie drückte, quietschte sie.

Wie nachsichtig muß ein Kind sein, in so einem steifen Ding seinesgleichen zu sehen. Denn das tut es. Es ist sein anderes Ich, sein Gefährte, vielleicht sein Engel. Diese Puppe war gar nicht schön und liebenswert. Aber die schöpferische Phantasie des Kindes machte sie dazu, um so leichter, als die Puppe ein völlig ausdrucksloses, unpersönliches, törichtes, lebloses Ding war.

Das wäre ja dann die Gabe, das Leblose zu lieben und, in der Vorstellung wenigstens, zu Leben zu erwecken.

In dieser Puppenliebe verriet sich vielleicht die erste Regung zum künstlerischen Gestalten. Vielleicht war die erste Menschendarstellung eine Puppe und wurde dann erst Götteridol, das noch viel von dem Puppenstadium behielt. Auch hier kam Gott als Kind in die Welt.

Wie ist das eigentlich, wann und auf welche Weise geschieht es, daß der Mensch zum ersten Male sich als Künstler zählt, wann und warum merkt er, daß er zur ›Gilde‹ gehört, wie kam es, daß es mir, dem jüngsten von vier Brüdern, die doch alle unter völlig gleichen Bedingungen aufwuchsen, schon als Gymnasiast so erschien, doch ohne, daß ich eigentlich hätte sagen können, als was für ein Künstler. Dabei war meine Begabung recht bescheiden, wie ich heute weiß. Doch ein wenig Einbildungskraft läßt sich doch nicht leugnen.

Niemand hat mir gesagt, daß ich zeichnen solle. Meine früheste Erinnerung an das Vergnügen, das im Grunde darin besteht, eine Spur zu hinterlassen, ist wunderlich genug. Ein Kindermädchen hatte den Einfall, in die glatte Fläche des Butterbrotes mit der Messerspitze kindlich-kunstlos Häuschen zu zeichnen. Das schien mir bewundernswert genug. Es reizte mich, es der Künstlerin gleichzutun. So begann es.

Später versuchte ich auch auf Stramin zu sticken, übrigens sogleich nach eigenem ›Entwurf‹. Es war freilich wieder ein Haus, aber immerhin selbständig in eine andere Technik und ins Farbige übertragen. Das gestickte Haus hat sich lange erhalten. Es ging mit vielen anderen Häusern erst im letzten Kriege zugrunde. Damals wie später arbeitete ich stets am liebsten aus dem Kopf. Als Material war mir alles recht. Schnee, daraus ich einmal im Garten eine Sphinx modelliert, angelaufene Fensterscheiben, Papier, Sand, Ton dienten mir als Werkstoff, und früh schon sah ich überall Gesichter und Gestalten, in den Wolken, in der Maserung des Holzes, in Tapetenmustern, in Bäumen und Felsen. Es machte mir Spaß, ein Blatt Papier wahllos mit einem Gewirr von Linien zu bedecken und daraus durch ergänzende Striche Gesichter und Figuren zu entwickeln: Tiere, Menschen, Landschaften.

Sehr früh, so bilde ich mir ein, hatte ich einen Begriff vom Schönen, daß ich glauben möchte: der Mensch bekomme diese Gabe von oben mit, sie unterscheide ihn von allen Kreaturen, mache ihn überhaupt erst zum Menschen.

Ein Mensch ist erst, wer die Empfindung des Schönen hat. Versteht sich das nicht von selbst oder sind nicht gerade die Dinge, die sich von selbst verstehen, im Grunde am unbegreiflichsten?

Niemand hat mir gesagt, daß es das Schöne gibt, woher weiß man es? Wie auch die Ansichten, was das Schöne sei, auseinandergehen mögen: den Begriff gibt es. Vielleicht ist es der Urbegriff der Schöpfung, ihr erster bildender Gedanke: Es werde schön und es ward schön.

Oh, ich weiß wohl, daß sich darüber streiten läßt, was eigentlich das Schöne sei, und so will ich, was mich bewegte, lieber einschränken und es als Lust am Schönen verstehen. Einmal muß es begonnen haben, mich zu bezaubern, und ich liebte es in mancherlei Gestalt vom Tautropfen im Blattkelch einer Lupine angefangen über den Sternenhimmel bis zum schönen Menschen, den schönen Künsten und der Musik und es ist immer noch im Zunehmen. Ich bin nämlich im Gegensatz zu andern der Meinung, daß es das Schöne gibt, daß es ein Abglanz Gottes ist und daß es das Leben überhaupt erst lebenswert macht.

Ich selber war zu meinem Leidwesen alles andere als schön und auch nicht besonders intelligent, ich lernte ein bißchen schwer, wobei zu erwägen wäre, ob Verstand nicht geradezu am Glücklichsein hindert, und wäre für mein Leben gern schön und liebenswert gewesen, denn ich meinte, worin ich mich vielleicht irre, es gebe kein angenehmeres Gefühl als schön zu sein, untadelig, ein Wohlgefallen der Schöpfung. Menschliche Schönheit ist sehr selten und die Ansichten darüber sehr verschieden. Es ist verhältnismäßig leicht, das Häßliche, sehr schwer, das Schöne zu beschreiben. Aber jeder Mensch meint zu wissen, was schön ist. Auch ich für meinen Teil glaube es zu wissen. Die stete Bereitschaft, die wache Empfindlichkeit für den Anblick schöner Menschen und Dinge halte ich für eine der wichtigsten Voraussetzungen der Lebensfreude.

Mich selber also fand ich scheußlich und habe von Kindheit an bis heute eine ausgesprochene Antipathie gegen Menschen, die mir ähnlich sehen. Ich wäre wohl gerne schön gewesen wie – nun wie Pieter Moritz, der Burensohn von Transvaal, den ich nach den Illustrationen in einem Jugendbuch für den Inbegriff der Schönheit hielt. Ich nahm mir ernstlich vor, ihm ähnlich zu werden und bildete mir, wenn's mich heute auch wundernimmt, tatsächlich ein, daß diesem Wunsch eine verwandelnde Kraft innewohne. Ich sah mich daraufhin im Spiegel an, ob ich meinem Vorbild ähnlicher würde, aber es glückte nicht.

Über die Maßen schön erschien mir, als ich neun Jahre alt war, ein Mitschüler und entfernter Vetter. Ich weiß noch, wie es mich beseligte, als ihn meine Mutter einmal als besonders hübsch bezeichnete. Ich hörte es im Vorüberspielen in unserm Garten bei den Turngeräten, als ich dem Schönen nachlief, ihn zu fangen. Ich sehe mich selbst dabei, als jemand andern, im Matrosenanzug und spüre doch selbst das Glücksgefühl mir über Augen und Wangen gehen.

Vor etlichen Jahren wurde ich, ich weiß es noch wie heute, in der Trambahn zusammen mit einem Freund mitten im Alltag unversehens einer jungen Frau ansichtig, und wir beide wurden uns gleichzeitig der Einzigartigkeit der Schönheit dieser Erscheinung bewußt.

Die Frau befand sich in Begleitung eines sympathischen, aber offenbar unbedeutenden Mannes, ihres Gatten vermutlich, zu dessen Linken sie saß. In ihrer Haltung der Umwelt gegenüber war eine gewissen Scheu, als schäme sie sich ihrer Schönheit, als müsse sie darob um Verzeihung bitten. Dies lag in einer sich von der Welt abkehrenden Bewegung ihrer Schulter. Übrigens war sie ungeschminkt, ihr dunkelblondes Haar ungefärbt, ihr Anzug unauffällig und war doch ungeachtet ihrer Schönheit ein sterblicher Mensch aus Fleisch und Blut, den Gesetzen des Alterns, der Krankheit und des Todes gehorsam, dennoch aber ein makelloses Gleichnis vollkommener Schönheit und Güte.

Die Begegnung, die einzige, nie wiedergekehrte, währte nicht lange, aber die kurze Weile genügte, das Ereignis unvergeßbar zu machen.

Irgendwo, mag der Leser einwenden, wird etwas Unvollkommenes an ihr gewesen sein, vielleicht die Hände oder die Ohren – nein, das ist es ja eben: alles war in Einklang, doch ohne langweilig zu sein, und wenn sie in Lumpen oder beschmutzt gewesen wäre, so wäre das nur auf ihrer Schönheit gelegen, wenn wie bei einer antiken Kultsäule ein Stück zerstört gewesen wäre, es hätte sich wie dort in Gedanken ergänzt.

Wieder in der Trambahn, also an einem scheinbar alltäglichen, prosaischen Ort sah ich ein abgehärmtes armes Weib, das auf ihrem Schoß einen schlafenden Knaben hatte, zu groß eigentlich schon für sein Alter, um so gehalten zu werden. Im Gegensatz zu ihrer dürftigen Kleidung war der Bub sehr sorgfältig und sauber angezogen. Er trug einen nachtblauen Tuchmantel, ein seidenes Halstuch und eine Pelzmütze, unter der das kastanienfarbige Haar hervorkam, und war wie jene vorerwähnte Frau von untadeliger, schwermütiger Schönheit. Er schlief. Doch als er erwachte und die Augen aufschlug, die dunklen, langbewimperten, nicht wußte, wo er war, anmutig-verschlafen lächelte und wieder einschlief, das war schön und des Lebens Mühen wert. Wer die Gnade hat, solchen Anblicks innezuwerden, wird nie ganz unglücklich sein, nicht einmal in der Trambahn. Es gibt Menschen, die es fertig bringen, während einer kurzen Fahrt in der Trambahn oder Eisenbahn sich zu verlieben, ohne Worte zu wechseln, ohne Name und Schicksal zu kennen. Aber das Gedächtnis des Herzens nährt sich davon.

Was ich nun sage, mag ein wenig gruselig klingen. Ich sammele Augen, aber beileibe nicht in Spiritus oder wie einer Schmetterlinge und Käfer sammelt, sondern im Museum meiner Erinnerung. Sie gehören für mich zum sichtbaren, unwiderleglichen Beweis der Seele. Kann man Augen lieben? Anders als den Mund, den man küssen kann, die Haare oder die Haut, die man streicheln und liebkosen, den Duft, den man atmen kann. Und doch tauschen die Augen Zärtlichkeiten, die einer Ahnung von Seligkeit verwandt sind und der Liebe, wie man sie für Herzen empfindet.

Einmal muß jeder Mensch sie zum erstenmal entdekken: die silberäugige Nacht, die große Sternenwiese. Er wird erfahren, daß die Nacht gar nicht dunkel ist. Die Wolken machen sie nur dazu, die trüben Gedanken der Natur. Sie sind es, die ihre Herrlichkeit zuweilen verfinstern.

Ich erinnere mich gut, wie ich die Sterne zum erstenmal mit Bewußtsein sah, als Kind bei einer nächtlichen Wagenfahrt, und ich glaubte lange Zeit fest daran, daß, so sagte man mir, die Sterne die Augen der Engel seien, die durch Gucklöcher, wie bei einem Theatervorhang, auf uns herniederschauen. Zwischen den Sternen stand die Sichel des Mondes wie ein springender Fisch.

Wenn Menschen einander gute Nacht sagen, so klingt es fast, als wollten sie sich vor dem Schlafengehen gegenseitig versichern, daß die Nacht gut sei. Es gibt nichts auf der Welt, auch die Sonne nicht, was mich so unmittelbar zu trösten vermag wie der Anblick der Sterne über uns, als habe es etwas Beruhigendes, im Vergleich damit so winzig zu sein.

Wie aber, sind sie nicht wahllos ausgestreut wie Löwenzahnsamen, ohne eigentliche Ordnung? Ist es nicht eigentlich ein rechtes Durcheinander, was wir voll frommer Andacht bestaunen?

Es gibt von Schinkels Hand den Entwurf zu einem Bühnenbild der ›Zauberflöte‹, darauf die Sterne über den Wolken wohlgeordnet wie auf Kommando, wie Soldaten in Reih und Glied stehen. Was da im Bilde waltet, ist eine sehr menschliche Ordnung. Wenn wir einen Sternenhimmel willkürlich auf ein Blatt Papier zu zeichnen versuchen, dann merken wir, daß auch in der scheinbaren Unordnung eine schöne Ordnung waltet, der wir folgen müssen, sonst wird es kein Sternenhimmel. Unsere Erziehung ist auf das Ordentliche gerichtet. Das macht uns blind für vieles, was aus der Ordnung fällt, für die Ausnahmen.

Und der Mond? Wie arm wäre die Erde ohne ihn. Zwei Monde? Alle Poesie wäre dahin.

Bei jener nächtlichen Wagenfahrt lag ich zurückgelehnt im blauen Polster der Kutsche und schaute nach oben. Seitdem verbindet sich der Geruch von Pferden und Wagenpolster für mich wunderlicherweise mit dem Anblick der Sterne.

Mit Astronomie und Astrologie habe ich mich nie ernstlich beschäftigt. Ich kenne nur ein paar der gebräuchlichsten Sterne: ›Orion‹, ›Großer und Kleiner Bär‹. Damit bin ich bisher ganz gut ausgekommen.

Auch habe ich es nicht mit der Philosophie. Dafür bin ich von Natur völlig unbegabt. Dennoch hätte ich meine Betrachtung damit beginnen müssen, indem ich die Begriffe ›Kunst, Leben, Liebe‹ philosophisch erläutert hätte. Ich muß wohl, um Mißverständnissen vorzubeugen, mit ein paar Worten sagen, was ich unter ›Leben‹ verstehe. Zunächst ganz einfach das Am-Leben-Sein, das Wohlgefühl des Lebens, die Euphorie.

Wer das Unglück hatte (oder ist es ein Glück?), einmal völlig ausgeblutet gewesen zu sein, kalt bis ans Herz hinan dalag, preisgegeben und am Leben verzagend, dann aber spürte, im wahrsten Sinn ›erlebte‹, wie nach einer hilfreichen Einspritzung durch den Arzt es einen warm durchströmt, die Todeskälte schwindet, der wird wissen, was ich meine. In einem solchen Augenblick empfindet der Mensch unmittelbar ohne Umweg über den Verstand: das ist das Leben, die Lebenszärtlichkeit, das ist das Glück. Man ist wieder in den geheimnisvollen Kreislauf der Natur eingeschaltet.

Vielleicht hat er von jenem Dem-Tode-nahe-Sein diese Empfindung zurückbehalten. Denn er braucht fürderhin nur einen tiefen Atemzug zu tun, so hat er die gleiche, wenn auch sanftere, zärtlich-erquickende Empfindung des Durchströmtseins, das man ein warmes Frösteln nennen könnte. Dieses Gefühl, das sich auch einstellt beim Anblick eines großen Kunstwerkes oder einer schönen Landschaft, meine ich mit ›Leben‹.

Ein bißchen wenig, wird man einwenden, wenn das alles ist –? Und doch beziehe ich davon recht eigentlich das, um dessentwillen andere mich für glücklich halten. Dieses Gefühl, ich will es so sparsam wie verschwenderisch schlechthin schön nennen (wie ich Schönheit überhaupt als Empfindung begreife), ist das ganze Geheimnis jenes sich unaufhörlich nährenden Glückes, der Fähigkeit, das Leben zu atmen, rein wie die Luft, zu atmen mit Mund, Augen, Ohren und Händen, die nichts anderes sind als verwandelte Atmungswerkzeuge. Es will mir nicht recht eingehen, daß andere Menschen, denen es in den äußeren Umständen ebenso gut geht, oder, das sind eine ganze Menge, bei weitem besser geht als mir, das Leben nicht so sehr zu lieben vermögen wie ich. Ich verlange es nicht von den Millionen, die es weniger gut haben als ich, obgleich ich auch unter ihnen nicht wenige gefunden habe, die das Geheimnis der ›ars vivendi‹ kennen.

Freilich, es ist, doch nur zum Teil, auch eine Frage des sozialen Wohlstandes. Wohlstand? Sorgenfreie Existenz? Wirtschaftliches Auskommen? Zeit haben? Das klingt materialistisch und kapitalistisch. Es scheint mir angenehm aber zwecklos ohne das unsichtbare, steuerfreie Kapital der Freude am Schönen.

Wem diese Eigenschaft verliehen ist, hat mehr vom Leben. Wer sie besitzt oder von ihr besessen ist, wird nie ganz unglücklich sein und nie ganz arm. Denn er besitzt die ganze Welt. Er mag diese Gabe bis zu einem gewissen Grade von oben mitbekommen haben, aber er erfährt es täglich, daß sie auch im Alter immer noch zunimmt. Denn des Schönen ist kein Ende seit den ersten Schöpfungstagen. Es ist nicht so, daß irgendwann alle Möglichkeiten erschöpft gewesen wären. Es ist unerschöpflich. Morgen kann etwas Schönes ohnegleichen entstehen, das in Jahrtausenden so noch nicht da war.

Ich fürchte, man wird nicht so leicht dahinkommen, alle Menschen, aber mit der Zeit doch sehr viele, zu dem anzuleiten, was ich für die vornehmste Aufgabe der Erziehung zum Menschen halte, nämlich zur Befähigung, die Schönheiten der Welt in Natur, Kunst, Weisheit und Gottheit zu aller Glück lieben zu lernen. Aus Erfahrung weiß ich, daß es da noch unendlich viel zu tun gibt. Das Qualitätsgefühl im Umgang mit der Welt behutsam zu wecken, zu bilden und zu heben, ist, so schwierig es erscheint, von früh an zu erstreben. Kann man es überhaupt? Ich glaube schon. Es ist der Mühe wert.

Der Begriff des Schönen macht den Menschen erst zum Menschen, so behauptete ich eingangs, und es will mir scheinen, daß er jedem Menschen eingeboren ist, daß das Organ dafür vorhanden ist, aber verkümmern und veröden kann, wenn man sich nicht seiner bedient und ihm Nahrung gibt.

QUELLENANGABEN

Der dankbare Patient. Erstausgabe im S. Fischer Verlag, Berlin, 1937. Aufgenommen in Ernst Penzoldt, »Causerien«, Suhrkamp Verlag, Berlin u. Frankfurt a. M., 1949.

Kurzprosa. Aus den Bänden Ernst Penzoldt, »Episteln«, Suhrkamp Verlag, Berlin, 1942; Ernst Penzoldt, »Tröstung«, Suhrkamp Verlag, Berlin, 1946; Ernst Penzoldt, »Causerien«, Suhrkamp Verlag, Berlin, 1949 und Ernst Penzoldt, »Die Liebende«. Prosa aus dem Nachlaß, Suhrkamp Verlag, Frankfurt a. M., 1958.

EDITORISCHE NOTIZ

> »Ich sehe kein Werk eines anderen zeitgenössischen Schriftstellers bei uns seit Gerhart Hauptmann – und das sage ich sehr überlegt – mit soviel einzigartigen, neugeschaffenen Gestalten. Gestalten, die reine Erfindungen, Schöpfungen des Dichters und nicht nach Modellen aus dem Leben oder aus der Literatur geschaffen sind. ... Es sind Monumente, unsterbliche Figuren.«
>
> Peter Suhrkamp

Für die Auswahl dieser Ausgabe wurden die Schriften von Ernst Penzoldt in fünf jeweils chronologisch geordneten Bänden nach thematischen Kriterien zusammengefaßt.

Band 1: Auf dem fränkischen Schauplatz der Kindheit und Jugend des Autors sind die Ich-Figuren Lukas, Hirondel, Adrian, Clemens und Anselm angesiedelt, umgeben von Penzoldtschen Geschöpfen wie Fritz Fliege – einer frühen Vorstufe der Squirrel-Gestalt – Fliege, dessen Namen er sich für die zahlreichen Betätigungen im graphischen Bezirk zulegte.

Band 2: »Wahres mit Wahrscheinlichem verbindend« läßt Penzoldt den Michelangelo-Gefährten Tommaso, den fälschenden Dichterknaben Chatterton, den portugalesischen Soldatenkönig Sebastian und Henri Gontards Hauslehrer Hölderlin in ihrem durch historische Fakten abgesteckten Rahmen, innerhalb dessen sie jedoch die für die Penzoldtschen Helden charakteristischen Eigenschaften entwickeln.

Band 3: Tödliche Schönheit – Tödliche Liebe sind die Themen, die in zwei frühen Erzählungen ›Idolino‹ und ›Süße Bitternis‹ zu Beginn und in zwei späten Erzählungen ›Olifant‹ und ›Delphin‹ am Ende des Bandes abgehandelt werden und in denen es um die Herabkunft des Engels geht. Die drei Erzählungen im Zentrum des Bandes beschäftigen sich mit dem Thema ›Krieg‹, wobei sonder- und wunderbare Zusammenhänge die Novellen ›Korporal Mombour‹ und ›Die Perle‹ in irrationale Bereiche entrücken, während die Erzählung ›Zugänge‹ die Leidenserfahrung Penzoldts als Operationshelfer während des Polenfeldzugs schonungslos realistisch wiedergibt.

Band 4: Bereits in der Novelle ›Etienne und Luise‹ bevölkert der gewaltige Baltus mit seiner Powenzbande die von Penzoldt gegründete Stadt Mössel an der Maar. Der Augenzeuge und Chronist Penzoldt nimmt sich dieser Familie weiter in seinem Roman ›Die Powenzbande‹ an und veröffentlicht auch die nachgelassenen Dokumente der Familie. Der mit Penzoldtaugen und -ansichten ausgestattete Dr. Jokim tritt erstmals in der Kriminalerzählung ›Die Perle‹ auf. Er nimmt aber auch dann entscheidenden Anteil an der Geschichte von ›Squirrel‹, jener zauberhaft nutzlosen und nichtsnutzigen Engelsgestalt, in der alle Eigenschaften der in vielen Schattierungen erfundenen Penzoldtschen Himmelswesen versammelt sind.

Band 5: Die Kurzprosa dieses Bandes umfaßt die um Krankheit und Krankenhaus kreisenden Mitteilungen unter dem Titel ›Der dankbare Patient‹ sowie Causerien, Vorträge und Feuilletons. Sie beschäftigen sich mit Herkunft und Bestimmung, mit Schönheit, Liebe und Tod, mit Kunst, Literatur und Natur, mit Göttern und Menschen. Die schönsten Prosastücke sind sehr persönliche Penzoldtsche Gedanken, die auf ein Gegenüber bezogen sind – Liebesbriefe.

Die Dramen, Gedichte und Theaterbriefe von Ernst Penzoldt wurden nicht aufgenommen.

Ulla Penzoldt

INHALT

INHALTSÜBERSICHT

Ernst Penzoldt
Die schönsten Erzählungen
Erster Band

Suhrkamp

Erste Auflage 1981

Quellennachweise am Ende des jeweiligen Bandes.
Druck: Welsermühl, Wels
Printed in Austria
ISBN 3-518-03823-0

DER GEFLÜGELTE KNABE

Als Lukas das erste Mal nach der Krankheit aufstand, merkte er, daß er gewachsen war. Es war um die Mittagszeit und sehr still im Zimmer. Lukas saß unschlüssig auf dem Bettrande, ob er der süßen Mattigkeit, die ihn anwandelte, nachgeben solle, und sah unbestimmt vor sich hin. Seine Füße kraulten in dem Fell der Bettvorlage. Sie waren weiß und zart wie seine Hände. An der Wand zitterte ein Lichtkreis, dessen Herkunft von der sonnenbeschienenen Waschschüssel der Knabe nur langsam begriff. Eine Fliege stieß sich am Fenster. Vom Kasernenhof über der Straße, der heiß in der Sonne lag, klang Trommelwirbel und das scharfe Kommando der Ablösung. Eine Feldwebelsfrau hing Wäsche auf. Lukas erhob sich ungeschickt und fing an, sich gedankenlos zu waschen. Er war noch schwindelig und seine Knie unzuverlässig. Sein Gesicht war länger und deutlicher geworden, noch etwas bleich und verwöhnt, das braune Haar zarter und länger als vordem. Sein Lächeln war ein wenig verzagt, seine Lippen müde, die schönen Zähne etwas fahl und glanzlos. Groß und traurig aber waren seine Augen, voll Traum und Furcht. Lukas brauchte lange zu jeglicher Hantierung, stand zuweilen leer und empfand nur Sonne, Stille, Ferne, Wachstum und ganz dunkel den Tod des Gespielen. Endlich angekleidet, wobei er erneut spürte, wie er gewachsen war, ging er mit fremden Schritten die Treppe hinab und durch die Zimmer des Hauses. Sie waren gegen die Sonne verdunkelt, und die Dämmerung und Kühle tat ihm wohl, während er alles wieder sah, den gedämpften Schimmer der Rahmen um alte Bilder, die immer mehr sich in ihr Dunkel kehrten, die hohen Leuchter, die Heiligen, das Zinn auf den Borden und die Spitzendecken über den Tischen. An allem spürte er immer wieder, daß er gewachsen war und mit neuen Augen und anders sah. Er streichelte den kupferseidenen Setter, der ihn zaghaft begrüßte, und ging dann über die Terrasse in den Garten hinab. Er hatte ihn verlassen, als noch Schneeinseln, körnig und verrußt, in den Schatten lagen, als der Birken grüne Wolken vor den Tannen schwebten und die Beete schwarz und schwer waren. Jetzt fand er alles fertig und sommerlich wieder. Die Zärtlichkeit der Buchenblätter streifte ihn und der Duft warmen Laubes, das sich locker in den Ästen regte. Amseln schlüpften in den Büschen, und die Luft zitterte vor Sonne. Lukas legte sich ins Gras bei den Tannen und schloß die Augen. Rot leuchtete der Sommer durch seine Lider. Die Wiese summte, und schwül und langsam atmend strich der Wind ihm über Stirn und Hände, wenn Mittagswolken vor die Sonne zogen. Der Setter lag faul neben ihm im Gras und schnappte ab und zu verärgert nach Fliegen. Eine Zeitlang spürte Lukas nur Sonne, Wachstum, Stille, Ferne und ganz dunkel den Tod des Gespielen. Aber auf einmal war er traurig. »Ob es ihm sehr wehe tat?« frug er finster. »Tut es denn wehe? Überhaupt, wie tut es denn?« Lukas hatte es während der gefährlichen Tage seiner Krankheit nicht wahrgenommen, daß er selbst am Verflackern war. Er erinnerte sich nicht, Schmerzen oder Angst empfunden zu haben. Erst als er langsam genaß, lagen zuweilen die Schatten der Fieberträume schwer über ihm, wenn er die Augen schloß, und des Abends. Diese Schatten und die Gleichgültigkeit, Lieblosigkeit gegen alle Vorgänge und Personen um sein Bett, die Unwirklichkeit, Unbequemlichkeit des Geschehens und die Wahrheit seiner Träume wunderten ihn erst jetzt. Die dumpfe Wehrlosigkeit gegen die Gesichte, die ihn immer wieder mitzuspielen zwangen, obwohl er so müde war, zogen ihn an und erregten ihn zugleich. Es war also möglich, dachte er nun, in diesem Wirbel der Träume plötzlich zu verlöschen und tot zu sein, ohne es zu merken, tot, wie Renatus, sein Gespiele. Er entsann sich auch, daß er geflogen war und Wogen sich unter ihm verliefen, schlürfend in Wirbeltrichtern tief ins Dunkle gesogen wurden, daß alles wich und daß alles weiß wurde. Als Lukas seine Augen auftat, lag der Garten bleich. Es schwindelte ihn, als er sich erhob, und er fühlte sich von neuem schwach. Blaue Sonnen tanzten vor ihm her. Seine Mutter rief seinen Namen. Trunken trat er ins Haus.

Die Knaben, die Renatus' Sarg folgten, waren alle ein wenig bleich, und mancher wünschte heimlich, nicht dabei zu sein. Doch kamen sie alle. Es war nicht auszudenken, daß der tote Knabe noch vor kurzer Zeit mit ihnen in der gleichen Klasse gesessen, mit ihnen gespielt hatte. Gerade bei ihm war es schwer, der so gar nichts Sterbliches an sich hatte. Bei den meisten war es leichter. Es gab kränkliche unter ihnen, die oft fehlten. Oft war es die Haut um Gesicht und Hände, die den Anschein erweckte, als sei sie nicht fest genug, als könne sie leicht zerfallen, oder es waren die Zähne, die bedenklich waren, oder die Schläfen; höchstens in den Augen des Knaben mochte der Tod schon immer gewesen sein, aber außer Lukas hatte es niemand gesehen. Lukas aber und der Tote hatten sich lieb. Die Knaben mußten alle an den Tod denken und fürchteten sich vor ihm, denn sie sahen ihn nicht. »Dann trat der Tod ein!« hieß es. Das war ja, als öffne sich plötzlich leise die Türe. Oder »der Tod ist mitten unter euch getreten«. Das war, als stünde er bei ihnen, vielleicht ganz nahe. Was ist denn der Tod? frugen sie. Unsichtbar und ganz nahe beim Leben, ein Stück von ihm fast. Denn eben noch schlug ja das Herz, sagte der Mund, sah das Auge, die Hände sind noch warm, das ist noch Leben; dann, das war schon Tod und nichts dazwischen, kein Ende. Es war nicht auszudenken. Jedenfalls war dieser Gang peinlich und unbehaglich. Man redete nur leise, und Haltung und Gesichter waren bei vielen töricht und ungewohnt, den Alten abgesehen. Lukas' Angesicht war weiß. Er wurde gemieden. Er verschob seine Schultern und scheute sich in Gesichter zu blicken.

Er fürchtete Tränen zu sehen und zwang sich Gleichgültiges zu denken, damit er nicht weine. Es war sehr schwer. Einmal, als der Pfarrer eine Pause machte, schluchzte jemand laut auf. Da war es am schwersten. Aber er überwand's und dachte daran vorbei. – Sieh mal, die Wolken über der Stadt, wie sie sich wandeln. Eben ist es ein Löwe, und nun ist es ein Engel, nein, nicht Wolken, dort der Eisenbahnzug ist besser. Es war nun leicht, an das alte Haus an der Bahn zu denken, klein zu sein. Da war Lukas geborgen, da kannte er auch den toten Knaben noch nicht. Nein, es war nicht möglich, daß er tot war. Lukas kannte ihn so nahe, und es war nichts Totes an ihm. Die Haare, die um einen Schimmer dunkler waren als die seinen, glänzten, wenn die Sonne darauf schien, frisch wie Halme auf der Wiese. Die Augen waren wohl dunkel, und Lukas hatte einmal tief und ferne sich selbst darin gesehen. Er dachte: nun bin ich ganz darin – nein –. Lukas verschob seine Schultern. Jetzt ist der Zug am alten Haus vorbei, in dem ich geboren bin. Da war seltsam zu denken die Welt, die unendliche, in der es immer noch, immer noch weiter geht, da die Sterne, wie durch Papier gestochen, Monde, Sonnen, Gewaltige von nahe, gebärend von ferne. Schwindelnd, erschütternd, sie nur zu denken. Und da war die Erde, Gottes Schemel, zu groß Heimat zu sein, voll Fremde und Leere, Kommen und Gehen, Höhen und Tiefen, schwindelnd, erschütternd anzusehen, unendlich. Endlich aber, irgendwo am Rande der Erde, ein Haus, eine Kammer, eine Wiege und darinnen ein Kind. Es blinzelt und ist voll Unbehagen. Es bewegt sich und wehrt sich mit Händen, nicht größer als ein Taler, kleiner noch. Und hier ist die Welt, die unendliche. »Daß ich es war!« dachte Lukas. Und vorher? Weiter zu gehen war dunkel. Es ging ins Unsichtbare, noch nicht Lebendige, ging in den Tod auch hier. Lukas wandte sich abermals ab und ersann andere Bilder, die freundlich waren. Er spielte in der Bibliothek des Vaters. Dort war es leise und er schrie nie dort, selbst wenn er mit den Büchern allein gelassen war. Durch grüne Rollvorhänge, sie waren mit italienischen Landschaften bemalt, schien spärlich die Sonne, nicht mehr, wie unter Wasser, so daß weder Tag noch Nacht war: Dämmerung aus goldenen Titeln, Leder und Pergament, Ruhe milder Gelehrsamkeit. »Bilderweg« sagte damals Lukas, das unfaßliche Wort deutend, und baute Häuser aus Büchern. Draußen lag der Garten, wo er unter alten Ulmen spielte, und das Kindermädchen stand am Zaun und plauderte mit dem Bahnwärter. Am Rande des Gartens aber fuhr die Bahn vorbei, und der Rauch der Lokomotiven zog in Wolken durch die Bäume hin, also daß Lukas nie Wolken sah, ohne an eine gewaltige Eisenbahn zu denken. »Roller, Roller«, nannte er sie, wie den Donner in Gewittern. Gutes Rollerroller war das eine, böses das andere. Anfangs sogar, wenn der Vater sein bärtiges Gesicht aus den Wolken seiner Zigarre zu dem kleinen Sohn herabneigte und mit tiefer, leiser Stimme fremd wie aus einem Buche redete, schien er Lukas auch irgendwie zum Rollerroller zu gehören. Des Kleinen Augen staunten. »Roller Roller« sagte er tief von innen. Das war auch sein liebstes Spiel, als er laufen konnte, wozu er sich spät entschloß; denn es war nicht gut so weit von der Erde. Er lief aufgeblasen mit zu Puffern geballten Fäusten und vorgewölbtem Bäuchlein, Gewaltiges darstellend, zwischen den Rosenbeeten entlang, ganz Dampf und Rollen. Der Sandhaufen unter den Ulmen war Bahnhof, dort wurde er einst gescholten. Denn er aß heimlich von der Erde, aus der er geschaffen war. – Da fielen die ersten drei Hand Erde auf den Sarg des toten Knaben und Lukas spürte es. Aber er weinte nicht, sondern drängte auch herzu und nahm von der Erde, aber warf sie nicht auf den Toten, sondern barg sie in seiner Tasche. Er war versucht davon zu essen und wagte nicht in das Grab zu sehen. Da er sich zur Erde neigte, davon zu nehmen, gingen ihm die Augen über. Für einen Atemzug verzerrte sich alles ringsum flüssig und bekam einen bläulichen Schein. Aber Lukas gab sich nicht hin. Er lächelte vielmehr und leugnete seine Trauer, weil er den Tod des Knaben leugnete, der so ganz unwahrscheinlich war. Lukas hatte des Renatus Stimme noch deutlich im Ohr und es gelang ihm, da er vom Friedhof heimging, den Tonfall nachzuahmen, zu lachen wie jener und wußte auch seine Worte: »Der Rex sieht doch aus wie ein Flamingo« wiederholte Lukas laut und ahmte dabei die freie, wippende Art zu gehen nach, wie sie dem Gespielen eigentümlich war. Zu Hause hing auch noch die alte Uhr, die Renatus bei seinem letzten Besuch, da sie nahezu abgelaufen war, aufgezogen hatte. Sie ging noch, hin und her. Lukas lauschte ihrem Takt und sein Herz schlug rascher, weniger bestimmt als sie. »Lukas« sagte er leise im Ton des toten Gefährten zu sich. In den Bildern dämmerte es schon, der Vorhang blähte sich weich ins Zimmer, es war kühler geworden. Als Lukas sich entkleidet hatte, fühlte er mit der Hand nach dem Herzen, ob es noch ging. Wenn das stille steht, wenn man nicht mehr sieht, sagt, hört, wenn alles still und weiß wird und man fliegt? Er hielt den Atem an und lauschte. Er hatte noch nie einen Toten gesehen, auch den toten Knaben nicht. »Renatus ist es, sein Herz geht nicht mehr, er sieht nicht, hört nicht, lacht nicht, alles ist weiß und er fliegt.« Aber in den Büchern, die Lukas von Renatus hatte, war noch ein Duft, ganz leise, als sei er eben dagewesen, wie in der Locke, die Lukas von ihm besaß. Er pflanzte sie in die Erde, die er mitgebracht. Sie stand lebendig, wie ein Büschel Gras, und behielt ihren Glanz. Es war ganz unwahrscheinlich, daß Renatus tot war, es war unmöglich. Lukas dachte auch daran, daß Renatus ihn geküßt hatte; es war anmutig und verwirrend. Lukas schloß die Augen und suchte Renatus zu sehen. Er sah ihn. Es fehlte nichts daran. So waren die Augen, so der Mund, und der schlanke Hals. So tat seine Hand.

Der Platz in der Schule neben Lukas blieb leer. Da war es am deutlichsten. Der Klappsitz war zurückgeschlagen, die Tinte versiegt. Aber sonst war alles wie vorher und ließ sich nicht stören. Es war Schule wie immer und Lukas verfiel ihr rasch. Der tote Raum neben ihm war Schüler wie er und wenn Lukas den Blick auf Tafel und Lehrer richtete, war es natürlich, daß neben ihm jemand das gleiche tat, wie sonst. Er war ja so nicht leibhaftig zu sehen, mehr zu ahnen mit den Augenwinkeln, aber einen Schein, einen Schatten, Wärme, Atmung, das spürte man neben sich ohne erst hinzusehen, wie man im Dunkeln Lebendiges wahrnimmt, als bewege das strömende Blut, der Pulsschlag, Atem die Finsternis, daß die Wellen leise über Hände und Angesicht, ganz leise über den Scheitel gehen. Ein gelber Falter irrte durchs Fenster ins Schulzimmer, taumelte verwirrt über die Knaben und ließ sich atmend auf Lukas' blauem Schulheft nieder. »Sieh doch, Renatus«, flüsterte Lukas und faßte nach des Gefährten Hand. In diesem Augenblick fiel es ihm ein und er trauerte. »Wenn es mir nicht eingefallen wäre«, dachte er, »und ganz nahe, ganz nahe bist du mir gewesen, Renatus.« Lukas spürte, daß er anders geworden war als vor der Krankheit. Er ging umher und suchte. Er ging die Wege, die er mit Renatus gegangen war, aber er fand sie so nicht mehr. Es geschah, daß er an sich hinabschaute und erschrak. »Ich hätte vielleicht etwas dazu tun müssen, damals, als alles schon weiß wurde, als die Gelegenheit da war«, dachte er. Sein Körper war unsterblicher geworden, mit dem Leben fester verpflockt. Jetzt würde es schwerer sein für ihn, oder gar nicht, während Renatus flog. Lukas würde nun wachsen und groß werden, alt sein und Augen haben, die Renatus nicht mehr sahen. Renatus würde ihn so nicht mehr erkennen, undeutlicher werden, unsichtbar, wirklich tot. Da machte sich Lukas auf, ihn zu suchen, daß es nicht geschehe. Mitten in der Nacht, da er weithin lauschte, vernahm er des Renatus Stimme. Aber er sah ihn nicht, und die Stimme war leise wie nebenan. »Lukas!« sagte die Stimme des toten Knaben. »Hier bin ich«, flüsterte der Lauschende. »Wie ist es bei euch?« »Wir fliegen und sind schön.« »Wie ist das?« frug Lukas wieder. Aber er vernahm nichts mehr. Lange lag er wach und lauschte vorbei an dem Rauschen der Ulmen unten im Garten, vorbei an dem Schlage seines Herzens, tief in die Nacht, weit von sich ins Dunkle. Da hörte er es wieder: »Deines Schattens Schatten fiel schon über die Schwelle. Warum kamst du nicht? Deines Schattens weiße Seele halte ich in meinen Händen.« »Ach«, sagte Lukas, »ich sehe dich nicht, wo bist du?« »Nahe«, sagte der Engel. Aber es war nicht mehr Nacht genug, nicht leise mehr, die feine weiße Stimme zu vernehmen und die Vögel zwitscherten schon, der Tag begann. Aber erst am dritten Tage sah er ihn wandeln. Lukas saß auf dem Fensterbrett und sah ins Dunkle. Es war eine heiße Nacht. Da sah er den toten Knaben auf der Finsternis wandeln über den Garten. Renatus aber war weiß und leuchtete von innen. Langsam wanderte er über die Nacht und stand vor Lukas still. Er trug die Flügel über das Haupt gestellt. »Siehst du mich?« sagte der tote Knabe. »Ja«, lächelte Lukas und rührte ihn an. »Ich wußte es ja.« »Komm, wir fliegen«, sagte Renatus. Aber Lukas klagte: »Ich habe keine Flügel.« Da flog Renatus voran und Lukas breitete seine Arme, lautlos folgte er dem Gefährten durch das Fenster. Sie flogen zur Schule, Lukas und Renatus. Der Lehrer rechnete an der Tafel, Sonne schien ins Klassenzimmer, und von der Gasse klangen die hellen Stimmen der Kinder. »Flamingoengel!« riefen sie ihnen nach. Sie flogen über die Dächer der Stadt, unten auf dem Platz war Markt, die Höckerinnen schwatzten. In ihren Körben lagen rote Äpfel. Sie flogen über den Wald, der langsam wogte, und in den feinen Federn ihrer Flügel klang der Wind. »Du bist der Abend über dem Weiher, du bist der dunkle Schwan, der lautlos über dem Schilf aufsteigt, du bist die Uhr, die stehen bleibt, ehe sie schlägt, im verdunkelten Zimmer im Sommer«, sang Renatus. »Ich weiß, daß du tot bist«, flüsterte Lukas, »aber wir sind über den Wolken und niemand sieht zu, da tut es dir nicht sehr weh.« Sie flogen schon hoch im Weißen. Dumpf schlug Lukas' Körper auf die Erde. Alles war weiß.

CHRISTIANE UND VIER

Joachim und Hirondel, Adrian und Franz gingen von der Schule nach Hause. Sie lachten alle vier; Joachim aber, der sogar zuweilen stehen blieb, lachte besonders herzlich. Er legte dabei den Kopf zurück und schloß die Augen. Er war, obgleich nicht älter, schon viel größer als die andern und ein wenig schmal. Sein mausgrauer Mantel stob im Frühlingswind, ja seine ganze hagere Gestalt hatte immer etwas Wehendes, so von fallenden Haarsträhnen, bewegten Händen und wedelnden Schuhbändeln. Hirondel aber, der dunkelste von ihnen, der scheu neben Joachim ging, leuchtete nur in stiller Heiterkeit und blickte von einem zum andern, sein Lächeln an ihrem Lachen neu zu erquicken. Adrian war klein und weiß, seine Stimme war noch hell und besonders beim Lachen voll Melodie. In herber Anmut, wohlerzogen und fein gekleidet, schritt er neben dem rauheren Franz. Dieser, der so nebenbei einen Kiesel, gleich einem Ball vor sich hertrieb, lachte tief und trocken in sich hinein. Und obwohl er schöne, besonders wohlgeformte Zähne hatte, schloß er manchmal mitten im Lachen den Mund, als ob er sich ihrer schäme.

Alle sahen ein lächerliches Ereignis der vergangenen Schulstunden vor sich, eine der seltsamen Begebenheiten, die die Melancholie der Knaben – etwa in einer Mathematikstunde – urplötzlich verwandelt, um jenes erschütternde Gelächter göttlicher Anarchie zu entfesseln, das geeignet erscheint, Lehrer, Schule, Wissenschaft, wenn auch vielleicht nur für Augenblicke, gänzlich in Frage zu stellen. Man lacht, und die Gefahr mag bestehen, daß der verführerische Klang der Harmonie des Chores bei doch so offenbarer Ungleichheit der stimmlichen Einzelleistung in einem der anliegenden Klassenzimmer gehört werden könnte. Und man hört es in der Tat vielleicht während der Religionsstunde nebenan etwa, wenn von der Heiligung die Rede ist, hört es befreit mit Neid und Sehnsucht. Oh, es genügt es zu hören, ohne zu wissen warum, und des frommen wohlmeinenden Lehrers Wort verstummt im Sturm dionysischer Freude.

So diesmal: Professor Stroh, der neue Lehrer für Mathematik, betritt die Klasse und er tut dies auf eine absonderliche, gar verdächtige Weise. Stroh, ein dürrer ältlicher Mensch mit dünnem, peinlich gekräuseltem Bart- und Haupthaar und rosa Gesicht, eine scharfe Brille vor den kleinen ängstlichen Augen, Professor Stroh hat – dies sieht Franz, der in der ersten Reihe sitzt, sofort – die Angewohnheit, ehe er die Klinke der Tür berührt (und wahrscheinlich jeder Tür, wo es auch sei), seine Hand ruckhaft zurückzuwerfen, geschickt den Ärmel zu erraffen und also über den Ballen zu zerren, daß die Hand beim Schließen der Türe gegen eine unmittelbare Berührung geschützt erscheint. Dazu verbreitet er einen aufdringlichen Karbolgeruch spitalisch um sich her, um so mehr, als er sofort befiehlt, sämtliche Fenster zu schließen. »Frühling ist schädlich!« Dies sind seine Worte und es geschieht. Joachim prüft als erster mißtrauisch die Luft und auch Adrian erregt der Geruch, den er, wie er später finster erklärt, als den Geruch der Zahlen deutet, denn auch er war ein Feind der Mathematik.

Franz aber ist es, der das Rätsel löst. »Bazillenfurcht!« knurrt er nach rechts und nach links und erhebt sich bedeutend.

»Nun mein Freund?« fragt Stroh arglos.

»Mir ist übel«, antwortet der Knabe, »es riecht so.« Er zieht sein Taschentuch und wedelt sich Luft zu.

»Übel?« Stroh, der sich ihm freundlich genähert, weicht zurück. »Gehen Sie, rasch, eilen Sie nach Hause. Ein für allemal: Bresthafte dulde ich nicht in meinem Unterricht. Es können Masern sein, Cholera, Keuchhusten sogar!«

Franz geht. In der Tür aber wirft er die Hand in auffälliger, verdächtiger Weise ruckhaft zurück, faßt den Ärmel, zerrt ihn über den Ballen, und also gegen eine unmittelbare Berührung mit der Klinke geschützt, öffnet er rasch die Türe. Hell klingt zuerst Adrians kindlich melodisches Lachen, Joachim fällt tief ein und die Klasse bricht aus in ihr großes unsterbliches Lachen.

Dies war es, und sie lachten noch und immer noch, und immer wieder von neuem, da sie an den Vorgärten der Villen entlangschlenderten, im zarten Frühling, da der Himmel noch blaß war, das Grüne nur ein Hauch über den Gebüschen, und die Schatten so sanft. »Er sieht die Bazillen krabbeln, er schlägt mit der Fliegenklappe darnach!« rief Joachim und blieb stehen. »Frühling ist schädlich!« Und sie lachten.

Da geschah es, daß Christiane des Weges vorüberkam. Alle sahen sie und wie schön sie war in ihrem stillen schwebenden Gang, und ihre Zöpfe hingen schwer herab zu ihren Händen, sahen auch ihr Gesicht und waren angesehen von einem ruhigen, langsamen Blick, der ein wenig dunkel machte vor der Knaben Augen, sahen eine kühle heitere Stirn, sahen den Mund auch, da sie die Augen schon niederschlugen, einen beinah großen, ahnungslosen Mund. Der Knabe Adrian grüßte in seiner raschen, verbindlichen Art, denn er kannte sie von ungefähr. Joachim, der seinen Hut in der Hand trug, verneigte sich sogleich schräg und ungeschickt. Hirondel sah beschämt zur Seite. Franz aber, der noch immer etwas lachte, sah sie an und unterließ den Gruß. Christiane neigte die Stirn stumm, ohne zu lächeln, nur ein Schimmer ging über ihr Angesicht. So schritt sie vorüber.

Joachim wendete den Kopf zurück, ihr nachzusehen und ihrem stolzen aufrechten Gang, und errötete darüber.

»Wie schön sie ist!« sagte er und erschrak.

»Ja«, sagte Hirondel. Er hatte sie schon von weitem kommen sehn, gerade auf sich zu. »Ein Tor nur zu sein«, dachte er, »und sie schreitet hindurch, ein Wald, und sie geht darin.« Denn er dichtete heimlich.

»Wie heißt sie, du kennst sie doch scheint's, Adrian!« fragte Franz.

»Sie heißt Christiane!« sagte Adrian und ratterte mit seinem Lineal einen Zaun entlang.

»Christiane?« wiederholte Joachim, er sang es beinah, und Hirondel schwieg. Da schlug ihm Franz plötzlich entschlossen auf die Schulter. »Du bist's! Fang uns!« rief er und lief schon, die andern in ein für ihr Alter schon zu spätes Spiel fortreißend. Sie stoben davon, ohne daß es Joachim gelang, Hirondel zu fangen, dem er folgte. Da gingen sie also zerstreut heim. Nur Franz, als er ungesehen war, kehrte um, Christiane zu folgen. Aber er fand sie nicht mehr und bummelte pfeifend nach Hause. Er war hungrig von Schule und Wachstum und strich leise durch alle Zimmer, nach Schokolade in mütterlichen Verstecken suchend. Da er nichts fand, wartete er, ins Fenster gelehnt, mißlaunig aufs Mittagessen.

Hirondels Vater handelte mit lebenden Vögeln: mit Kanarienvögeln, Papageien, Elstern, mit Kakadus und Zebrafinken.

Als Hirondel durch den Laden das Haus betrat und immer noch die Stadt und das sanfte Dahinschreiten Christianens darin von der Ferne spürte, fingen die Vögel an fröhlich durcheinander zu rufen, zu zwitschern und zu pfeifen, denn sie kannten ihn alle, und er hatte ihnen niemals etwas zuleide getan. Der uralte Rabe, der unverkäuflich war, lachte sogar, wie es schien, und Hirondel steckte ihm durch die Stäbe den Zeigefinger hin, daß er hineinbeiße, aber der Schwarze tat nur so. Hirondel verhielt sich stets etwas zwischen den Käfigen und hörte zu, wie es klang: das Schütteln und scheue Flattern, das Wetzen der harten Schnäbel, der ruhelose Takt von einer Stange zur andern und das Zerbeißen der Körner. Immer blieb ein gelber Flaum an Hirondels Kleidern oder ein wenig Sand, ein paar Spelze. »Hirondel«, sagte der Papagei und es roch warm nach fernen Ländern.

Schon auf der Treppe, einer alten Holztreppe, die tief und voll unter den Schritten dröhnte, dichtete Hirondel. »O Christiane in der Dämmerung« – begann er wieder, als er in seinem Zimmer saß, und schrieb es hastig auf sein Löschblatt, damit es ihm nicht entfliehe. Von ferne klang der Laden zu ihm herauf. »Schön ist's«, schrieb er dann, »schön ist's, ach, Christiane nachzusehen, wie sie züchtig in den Abend schreitet.« Er sann dem »Schreiten« nach, ob es sich wandle und als Reim ihm begegne. Leidet – schreitet, breitet – schreitet, versuchte er. Aber es antwortete ihm nicht. Er durchstrich, was er geschrieben, und den Blick auf seine Hand geneigt, als stünde es hier, ließ er die Worte wandern und sich begegnen. Wie scheu sie sind, sie kennen einander nicht, dachte er, für einen Augenblick erwachend, und wartete, daß sie sich beruhigten und gewöhnten. Dann schrieb er:

An Christiane

Schön ist's, mit Christianen, ach, zu gehen,
da sie züchtig durch die Dämmrung schreitet,
wie auf einer gold'nen Kugel gleitet
sie dahin in sanfter Harmonie.
Schön ist's dann sie manchmal anzusehen,
zu erröten leise, ach, wie sie!

Er schrieb es quer durch ein Papier, das mit allerlei Zahlen bedeckt war, fruchtlosen Bemühungen, jene Aufgabe zu lösen: wenn ein Radfahrer um 6 Uhr 15 den Ort Y. verläßt... Hirondels Gesicht war gerötet und er las sein Gedicht dankbar, fast ehrfürchtig. Es war, wie wenn man geweint hat, danach, wenn die Heiterkeit des Schmerzes schon zu dämmern beginnt, und die Mutter kommt mit der Lampe und rührt nicht mehr daran. Nachmittags aber bewegte ihn immer wieder Christianens Schreiten und wie er ihr wohl wieder begegne. Adrian fragen? und dabei erröten, und er wüßte alles, alles? Was alles? wandte er ein. Er legte sein Kinn auf die Arme und starrte in den schwarzen Blick seines Tintenfasses. »Christiane«, sagte er leise, und, als könne er sich aussenden und Christiane vernähme ihn über Gärten und Dächer, durch Menschen und Mauern und horche auf über einem Buche, bat er immer wieder, sie möge ihm begegnen. Und er ward gläubig, sein Wunsch entschwebe seinem Munde, schwärme aus und lasse sich endlich sanft von ferne auf ihren Scheitel nieder, sickere und wandele sich in Christianens schöner Seele zu freundlichem Begehr: »Ein wenig zu spazieren«. Sie steht auf, dachte Hirondel inbrünstig – geht zur Tür – langsam hinab auf die Straße, wie auf einer goldenen Kugel gleitet sie dahin. Und Hirondel machte sich auf, ihr also zu begegnen.

Es waren viele Menschen unterwegs und Hirondel, des Wandelns der Schönen gegenwärtig, ja bemüht, es ihr nachzutun, befragte mit schüchternen Blicken alle Gestalten, aber es antwortete ihm nicht, reimte sich nicht damit.

»Du bist es nicht und du auch nicht«, sagte er und ward erregt durch den Gedanken, alle sähen ihm an, daß er Christiane suche. Und wenn ich ihr nun doch begegne? Sie anrede? Hirondel ging langsamer und war drauf und dran, alles – was alles? dachte er wieder – aufzugeben. Oh, er wird es einfach nicht tun, nur sie grüßen, von ferne, ganz von ferne, so, als verwechsele er sie. Wenn er ihr nun schon ganz nahe war und hat sie übersehen? In diesem Augenblick sah er sie wandeln. Sie war es. Sie trug einen rehbraunen Mantel, ein wenig anders als am Vormittag, und eine ziegelrote Mütze. Ihr Gesicht sah er nicht, wußte es ja kaum, und sie ging weit voraus, dazwischen waren viele fremde Menschen. Aber niemand ging einen so aufrechten Gang, und Hirondel folgte dankbar.

»Christiane«, sagte er wieder, scheu bedacht, daß seine Blicke auch behutsam seien, daß sie nicht – davon betroffen – sich wende und ihn erkenne, der so heimlich ihr nachstellte. Da er sie aber kaum und nur von weitem sah, die nur Mantel und Mütze fast und nicht eigentlich mehr Christiane war, merkte er doch gleich, wie sein Herz hüpfte, gleichsam vorauseilte, und daß er, wie lächerlich es auch war, schluckte, als habe sich Christiane einem mystisch-metaphysischem Gesetze gehorchend in Speise verwandelt. Der Schönen folgend, ersann Hirondel wunderbare Gelegenheiten, ihr nahe zu sein, derart, daß etwa ein Betrunkener sich gegen Christiane unziemlich benehme. Hirondel würde ihr beispringen, sie von dem Zudringlichen befreien. Dies ist nicht leicht, denn jener ist ein gefährlicher Gegner, groß und roh. Er schlägt um sich und verwundet den ritterlichen Hirondel. Dieser, er selbst also, blutet an der Stirne, dennoch bringt er den Schurken zu Fall. Christiane, die bleich ist, führt er in einen Hausgang, daß sie sich erhole. Aber sie lächelt schon wieder und sagt: »Wie danke ich Ihnen, mein Herr! O, Sie sind verletzt, und um meinetwillen?« Sie bietet ihm ihr feines weißes Taschentuch an, fragt, wie er heiße. Hirondel verschwiege es gern, denn er schämt sich immer seines seltsamen Namens. Oder: Christiane geht am Flusse, will eine frühe Blume pflükken, fällt ins Wasser. Hirondel, der zufällig – nein, sie soll nicht ins Wasser fallen und naß werden.

Indessen geht Christiane vor ihm her und niemand belästigt sie. Kein Fluß ist weit und breit, keine Blume. Nein, er wird ihr einen Vogel schicken aus seines Vaters Kabinett, einen Papagei, einen, der Christiane sagt, und vielleicht Hirondel. Sie ahnt nicht, von wem der schöne Vogel kommt, aber sie besucht den Laden, das einzige Unternehmen dieser Art, Futter zu kaufen. Sie ist entzückt und ihre Stimme klingt seltsam zu dem Pfeifen und Zwitschern. Sie war noch nie in einem solchen Laden. Der Rabe zupft ihr ein Haar aus den Zöpfen, sie lacht nur, aber Hirondel schimpft das Tier, nimmt ihm den zarten Raub und wird ihn fortan unter dem Uhrendeckel tragen. Aber da hört er seinen Vater reden: »Echte Harzer Ware, die Dame, prima Qualität.« Und das Bild verschließt sich beschämt. Inzwischen war Hirondel schon nahe an Christiane herangekommen, da bog sie in eine Gasse und verschwand in einem Hause.

»Hier also wohnst du«, dachte der Verliebte und berührte die Klinke, die sie eben gehalten. Er las auch die Namen der Hausbewohner. Kurz, Offiziant; Mitius, Notar; Seidenpfühler, Arzt.

Ach Hirondel, suche nicht diese Namen mit Christiane zu verbinden, betrübe dich nicht, da sie so fremd und beinahe lächerlich sind. Christiane wohnt nicht hier, sie war es nicht, der du folgtest. Geh in den Park zum See, dort ist sie und füttert Schwäne. Spute dich! Hirondel aber, glücklich trotz der Namen – er entschied sich für Mitius, weil er wenigstens fremdartig klang, – streunte noch lange in der beginnenden Dämmerung, ehe er sich nach Hause wandte.

»Nun kann mir nichts Böses geschehen«, dachte er. »Hier ging sie und die Luft regt sich noch, von ihrem Wandel berührt.«

Noch im Traum ging er hinter ihr her, die Christiane nicht war.

Während so um Hirondel geschah, saß Joachim in seinem Zimmer, ernstlich bedacht, Christianens Bild zu zeichnen. Er hatte einen großen weißen Bogen vor sich aufgespannt, und während er noch den Bleistift spitzte, sah er hinüber in das Weiße, als sei dort schon das Antlitz, als Widerschein ihres Gesichtes in ihm. Und auch, wenn er die Augen schloß, sich zu entsinnen, sah er es in der roten Dämmerung der gefalteten Lider gleichsam aufblühen und wieder zerfließen. »Wie schön!« sagte er und begann es zu zeichnen mit blassen herben Linien. So ist die Stirn! Er spürte sie förmlich und spannte die eigene glatt zurück unters Haar, wie ihm dann sei: Gewölbt wie unter einer Hand! Es war nicht schwierig, nun das Haar zu umreißen, wie es sich schied und in mildem Bogen die Schläfen berührend schwer hinabhing zu den Händen. Joachim zog seine Brauen ein wenig hoch, wie er es an Christiane gesehen, da sie vorüberging, und er hielt den Stift ganz scheu, als er anhub sie einzuzeichnen. Es tat wohl in seinen Händen, als es geschah. Nun aber hatte er Angst vor den Augen, denn darauf kam alles an. Kaum sichtbar merkte er an, wo sie sein sollten, umfuhr die Wangen, radierte ein wenig, als er die Nasenflügel zu breit nahm, begnügte sich aber dann, denn es hob den Ausdruck: so, als lausche sie dem fernen Duft einer Blume nach. Unter der Nase lag der Mund, und Joachim war einen Augenblick versucht, nur den Mund, Hügel und Tal einer Landschaft gleich, groß über den ganzen Bogen zu zeichnen, sanfte Schatten in der Tiefe, ruhende Herden an seinen Hängen, ihn selber schlafend im Tal. Als er fertig war bis auf die Augen, besann er sich, daß sie groß und braun waren, und ein matter Glanz auf den dunklen Lidern spiegelte.

So zeichnete er, bis die Dämmerung über ihn kam (da Hirondel noch in den Straßen ging), prüfte das Ganze und küßte die weiße Stirn des Bildes seiner Hände.

Franz aber litt es, gleich Hirondel, nicht zu Hause. Doch suchte er nicht Christiane, lief nur so durch den Park sich selber davon. Denn ihn, den Rauhen, würde Christiane ja doch nie lieben, und es dünkte ihn schön, könnte er sich verwandeln, ein anderer sein, und Christiane liebe ihn dann. Joachim, den würde sie wohl lieben um seiner Heiterkeit willen und seines Angesichts. Alle sind sie schön, knurrte er finster, der unbekümmerte Joachim vor allem und der poetische Hirondel, ja Adrian auch, obgleich er so weiß ist und nie sich seiner schämt.

Da er so grollend im Parke und an den freundlichen Weihern entlangstapfte, sah er Christiane stehen, wie sie die Schwäne fütterte, und da er innehielt, zweifelnd, wohin er sich wenden solle, damit sie ihn nicht sähe, sah sie ihn schon und er grüßte sie zornig.

Sie neigte die Stirn kaum und arglos, nur ein höflicher Schein flog über ihr Antlitz.

Franz aber ging grimmig weiter, fürchtend, sie könne dennoch ihm nachsehen, und seine Schritte wurden steif und zähe. Das war doch zu ärgerlich!

Endlich wagte er sich umzusehen. Eine Weide neigte sich dort weit über den Weiher sich darin zu spiegeln, und Franz lehnte sich über den Stamm, also geschützt durch das Gitter der Zweige, gleichsam verhängt, noch einmal Christiane zu schauen. Es stand die Schöne noch immer am Ufer. Die Schwäne glitten vor ihr auf und ab und bogen eitel die Hälse.

Während er so nach ihr spähte, die ganz der Anmut verwoben schien, spürte Franz sein Bild im Wasser, wie es ihn nachmachte, und sah sich an. Er war durchsichtig. Kleine Fische schwammen in seinem flüssigen Haar und durch sein leise bewegtes, blasseres Gesicht. Ein wenig neigte er sich noch herab, ihm näher zu kommen. Denn es war seltsam und verfänglich, sich so zu sehen und es doch nicht zu sein.

»Scheußlich«, sagte er plötzlich, spuckte mitten hinein und ging seiner Wege.

Adrian indessen ahnte listig, was den Freunden geschah, da ihnen Christiane begegnete. Darüber lächelnd betrat er sein Elternhaus durch den Laden, einen seltsamen Laden, den Laden der künstlichen Blumen. Da war Goldregen, fertig und unwandelbar, während er draußen erst zaghaft begann, die Blüten aus gelber Seide. Rosen, die nie welkten in gelblichem Wachs, aber sie dufteten nicht. Astern daneben aus Seidenpapier, Geranien aus Samt, die zu rot waren und zu deutlich. Die Luft war trocken und roch nach Staub, kein Wasser in den Vasen und die Früchte, die auf prunkvollen Schalen ruhten, ungenießbar. Auch einen Springbrunnen gab es, aber das Wasser im Becken war Spiegelglas, der Strahl Lametta.

Es war Mittag und still im Laden. Adrian berührte die Aprikosenblüten, wie wirkliche. Sie raschelten papieren. Da sah sich der Knabe in dem Spiegel wieder, der den künstlichen Garten verdoppelte, sah sich empfindlich weiß wie Marmor mit dem rötlichen Haar, gleich einem andern, der sich ihm nahte, kühl und schön inmitten der Summe der Jahreszeiten, einem fälschlichen Frühling, geschminkten Sommer, unzugänglichen Herbste. Und der Schnee schmolz nie auf den giftgrünen Tannenzweigen.

»Ich bin schöner als du, Christiane, und immer bei mir«, dachte er zärtlich und ging, lächelnd über einen betrogenen Schmetterling, der sich hierher verirrt, langsam seinem Bilde entgegen. Dann stieg er, mitten auf dem roten Plüschteppich gehend, unhörbar die breite weiße Treppe hinauf in sein Zimmer. Er mußte lachen, da ihm einfiel, daß Hirondel, als er noch klein war und zu ihm in den Laden kam, sich fürchtete vor seinen Blumen. Und auch Joachim wurde immer traurig davon.

Als Hirondel abends eben sich anschickte, zu Bette zu gehen, erschrak er bei dem Gedanken, daß er außer dem stillen Schreiten in der Erinnerung nichts besaß, das Christiane war oder von ihr, und daß er ihr so, nun es Nacht wurde, nichts Freundliches tun könne, und sei es nur einem Ding, einer Locke oder einer Blume aus ihren Händen. Oder einem Tier, frohlockte er und schlich sich hinab in den Laden.

Es war nie ganz still darin, und da er, die Kerze mit der Hand schützend, daß sie die Tiere nicht wecke, als sei schon Tag, leise in den Gassen zwischen den Vogelhäusern umherging, flatterte es immer irgendwo, und auf einmal kam ein Guru, wie im Schlafe gesagt, von den Tauben her. Hirondels Schatten ging durch alle Käfige und Gitter, sich bückend und knickend, rasch um eine Ecke huschend, über die schlafenden Vögel hin. Und auf einmal blieb er und Hirondel stehen. Dort saß steif und edel in seinem hohen Bauer, gerade in dessen Mitte auf der Spitze des dürren Astes, der sein Baum war, ein schlanker brauner Turmfalke. Er war noch wach und sah Hirondel ernsthaft an, ohne sich zu regen.

»Du sollst es sein, komm«, sagte Hirondel und nahm den Käfig herab, während der Falke ein wenig die Flügel öffnete, sich im Sitze zu halten. Guru machte die Taube wieder im Schlaf und ein Kanarienvogel plusterte sich. Die Kerze in der einen Hand, den Käfig in der andern, ging er wieder vorsichtig, daß sie ihn nicht verrate, die alte Stiege hinauf, nun zu ruhen. Dies tat er alles um Christianens willen. Da er lange wach im Dunkel lag, war es schön zu denken, daß nahe der schlanke, braune Falke, der Christiane war, steil und edel, lautlos in seinem Käfig saß, unbewegt ins Finstere schauend. Davon träumte Hirondel auch und daß der Falke, da alles so dunkel und auch die Stäbe des Käfigs nur noch Nacht waren, durch sie entflog. Alle Menschen in den Straßen machten sich auf, ihn zu fangen. Sie waren alle so dunkel angetan, daß es klar war, sie hatten sich nur so gestellt, als seien sie Nacht, den Falken zu betrügen, und jetzt wurden sie einzeln und es war hell zwischen ihnen. Hundert Arme griffen nach dem geängstigten Vogel, der zwischen ihnen flatterte, als zwischen schwarzen stürmischen Bäumen, einem entlaubten Wald. Ihn zu retten, griff Hirondel ihn, der sich reckte und stemmte zu entrinnen, mit beiden zitternden Händen, und barg ihn, daß niemand ihn sähe, in seinem Schoß. Der Falke blutete aus seiner Stirn und hielt ganz still. Warm floß das Blut über Hirondels Hände.

»Du bist verwundet und um meinetwillen«, sagte Hirondel traurig und erwachte müd.

Da Hirondel zur Schule ging, wartete Joachim an einer Straßenkreuzung auf ihn. Er hatte seine Schulmappe locker unter dem Arm, daß sie ihm beinahe entglitt und lehnte, das eine Bein über das andere geschlagen, flatternd an einem Laternenpfahl.

»Du«, rief er schon von weitem, »ich habe wieder was Neues gemacht.« Denn er und Hirondel zeigten einander immer, was sie gedichtet und gezeichnet.

»Sieh, das ist hübsch«, sagte Hirondel, als er Christianens Bildnis betrachtete, »wer ist es denn?«

Joachim mußte lachen. »Aber Hirondel, das ist doch das Mädchen von gestern!«

»Christiane«, sagte Hirondel und erschrak, »wirklich? Sieht sie denn so aus?«

»Ach«, meinte Joachim und rollte Christianen ein, »und ich fand es doch so ähnlich!«

Sie schwiegen daher bis zur Schule. Unter dem Tor aber schob Hirondel versteckt einen Zettel in des Freundes Hand. »Da«, flüsterte er und rannte die Stiege voraus. Joachim las: »Schön ist's mit Christianen, ach, zu gehen...«

»Schau, schau«, sagte er laut und ging Hirondel nach. Als er zu seinem Platze schob, flüsterte er dem Errötenden zu: »Das mit der goldenen Kugel ist fein!« Und das freute Hirondel.

Es ist nicht schön, liebend an Christiane zu denken und dabei im Schulzimmer zu sitzen in der beständigen Gefahr, aufgerufen werden zu können, ja es ist ohne Würde, ihres reinen Bildes gegenwärtig schändlichen Tadel über sich ergehen lassen zu müssen, wie es Hirondel heute geschah. Sich vorzustellen, Christiane sähe ihn so, alles wäre vorbei. Häßlich waren auch Adrians laute Worte im Schulhof – jeder konnte es hören –: »Christiane ist doch ein strammer Besen!« Das war gemein von ihm, trotz des hellen, melodischen Lachens des Knaben. Und dann: Sie ist eine Ziege, knurrte Franz, bemüht, Joachim ähnlich zu sehen, die nur ihm eigene Art nachzuahmen, seine schmalen Hände zu bewegen, daß sie selbständigen Wesen glichen, seinen Kopf zurückzuwerfen, daß die

Haare scheuten, täglich neue Dinge zu sagen, wie jener. Was tut er nur, daß man ihn mag, obgleich er immer so flattert? dachte Franz und bewunderte Joachim.

»Du«, flüsterte diesem Hirondel zu, »ich kann mir wohl vorstellen, wie Christiane spricht, sicher hat sie eine dunkle, ruhige Stimme, aber wie sie ißt, daß sie es überhaupt tut, weißt du, Kartoffeln oder gar Kraut, das ist bei ihr einfach nicht auszudenken.«

»Ja«, sagte Joachim ernsthaft: »Christiane, zahnwehhabend zum Beispiel...« Hirondel sann finster nach. Natürlich, sie konnte ja wirklich nicht immer wie auf einer goldenen Kugel durch die Straßen gleiten. Und da kam ihm die Vorstellung: wenn Christiane jetzt in diesem Augenblick in den Schulhof träte unter die Knaben? Es jagten da einander die Kleinen, ruhiger wandelten die Großen oder standen würdig an den Bäumen. Hier ein Trubel und Zusammenstoß, dort abseits ein Einsamer oder der von all dem unbeirrte Gleichschritt zweier Freunde. Zwei ganz Kleine verbeugten sich tief vor dem Rektor, der nach dem Rechten sah. Dies alles schien Fixsternen, Planetenbahnen, Kometen, kleinen Sonnensystemen vergleichbar samt ihrer Sphären vielstimmigem Einklang, der weithin hörbaren Melodie des Schulhofes.

Hier nun Christianens stille, fremde Erscheinung schwebend sich zu denken, den dunklen Blick geradeaus, ihre kühle, heitere Stirn, und ihre Zöpfe hängen schwer hinab zu ihren ruhigen Händen. So sah sie Hirondel beglückt. Und da nun also der Schönen Geist hierher beschworen war, der ahnungslos geliebten, daß die ihrer Anmut gegenwärtigen und dafür allzeit empfänglichen Knabenseelen ihre Nähe wahrnahmen, gedachte ihrer auch Joachim und träumte von einer Landschaft, ihr ähnlich, dunkle Weiher die Augen, Wangen und Mund liebliche Hügel und Täler, überwölbt von dem blassen Himmel der Stirn, kein Angesicht aber dennoch Christiane ganz und sein. Wild und bedenklich waren Franzens Gedanken, der der Wonne nachsann, ihr unangenehm zu sein, der Lust, sie anzuwidern. Zornig lachend bückte er Adrians Nacken und sprang im Grätschsprung über ihn weg. »Ach ja«, rief Joachim und setzte ihm nach. Auch Hirondel folgte.

Lächelnd verließ sie so der Geist der Anmut Christianens.

Es war Sommer also und der Fluß, der nämliche, aus dessen Fluten Hirondel die blumenpflückende Christiane beinahe gerettet hätte, wenn…, floß warm zwischen den Wiesen und Kornfeldern, die seiden glänzten und fluteten, sooft der Wind darüber hinlief. Auch die Knaben, da sie zum Baden gingen, hielten die Hände hinein, daß die Ähren sich neigten und sich sanft entzogen, »das Haar der Erde«, dazwischen Mohn und Zyanen blühten. Eine Blume Christiane zu nennen, wie Margeriten oder Narzissen, darüber sann Hirondel, während Joachim, den Kopf schräg geneigt und blinzelnd, die Farben des Sommers genoß. »Es ist violett dabei und blond«, sagte er zu dem Korn. Hirondel horchte. Denn jedes Feld hatte fast seine eigene Melodie. Fein klingelte der Hafer, rauher rauschte der Weizen. An einer Biegung des Flusses, wo ein kleiner Strand angeschwemmt war, da wollten sie baden und Franz begann noch im Gehen die Krawatte zu lösen, daß er der erste im Wasser sei. Ein wenig hinter ihm, zufrieden schön zu sein, in einer lockeren Zephirbluse, darin sich der Wind fing, und blauen, weiten Hosen ging Adrian und hielt manchmal seine weiße Hand gegen die Sonne, daß sie erglühte bis auf die dunkleren Schatten der Knöchelchen. Er wurde auch nie braun wie die anderen, namentlich Franz, sondern stand, als er sich abseits sorgsam entkleidet, weiß und absonderlich zwischen den anderen.

Da sie nun nackend waren und gleichsam verwandelt anders gingen, ganz erleichtert und sofort viel heiterer und gedankenlos, nur etwas fremd mit den Händen, für die es keine Taschen mehr gab oder Bücher, die sie beschäftigten, bückten sie sich zum Wasser und hoben auf davon, wie warm es sei. Franz natürlich stand schon naß und glänzend, dadurch noch brauner, mitten im Flusse und empfing die anderen mit Wassergüssen. Die Schlacht begann. Schreien und Lachen, Aufrauschen. Fontänen von einem zum anderen, Brücken aus Tropfen und Überschüttetsein und flüchtige Regenbogen, Untertauchen, bis alle ganz zum Wasser gehörten. Ruhiger schwammen sie dann im Tiefen, da es grün und kühl von unten kam. Weiß, fast silbern sah Adrian aus, der sich treiben ließ, seine Locken schleppten nach. Franz schwamm gegen den Strom, obgleich ihn die Sonne blendete und sein Gesicht verzerrte. Aber zwischen den nassen Lippen leuchteten seine Zähne. Auch Hirondel versuchte es gegen den Strom, glitt aber bald ermüdet, sozusagen in Joachims Kielwasser flußabwärts. Dann aber, Franz ob seines Braunseins und seiner Muskeln bewundernd, standen und lagen sie am Strand umher, mit Sand und Steinen spielend oder turnend. Adrian aber schützte seine Haut durch ein großes, sanft bewegtes Badetuch und Franz ließ Steine flach über die Wellen zum anderen Ufer springen. Als sich aber die Frage erhob, ob sie nochmals ins Wasser wollten – Adrian verneinte es – und als sie noch unschlüssig in der Sonne standen mit jener leisen Trauer vor dem sich Anziehenmüssen, kam unweit, flußaufwärts zwischen den heißen Kornfeldern Christiane gegangen. Sie war schon ganz nahe, ehe die Knaben aufsahen, von ihrer Nähe berührt, wie von einem leisen Windhauch. Joachim, der es zuerst spürte und den Kopf nach ihr über die Schulter wandte, verschwieg sie. In seiner Nacktheit hob er ein wenig die Hand. Da sah auch Hirondel sie und meinte ganz zu erröten, trat mit gesenktem Blick in Joachims blassen Schatten, davon bekleidet zu sein. Nur Franz, gebräunt, der Überlegenheit seiner Nacktheit plötzlich heiter bewußt, sandte ihr, rasch sich zum Wasser neigend, da sie schon vorüber war, einen Spritzer nach. Aber die Tropfen regneten weit hinter ihr, ohne sie zu benetzen, ins Gras. Christiane hatte kaum den Kopf geneigt, als hätte sie den Guß über sich kommen hören. Keiner aber sah ihr Lächeln. Joachim sogar begehrte es fast nicht mehr. »Das soll Christiane sein«, wiederholte er für sich Hirondels Worte von damals, als er sie eben wiedersah. Nein, sie glich seinen Bildern nicht mehr, darauf er sie liebte.

»Du, das war Christiane«, sagte Adrian, der sich in seinem Bademantel ganz wie in Kleidern vor ihr verneigt hatte.

»Ach, wirklich war sie das?« sagte Hirondel und trat aus dem Schatten, der leicht an ihm hinab zu Boden glitt.

Erst jetzt sah er Christiane nach, da sie zwischen geneigten Ähren ferner und ferner wurde, still dahin – still dahin – ach nicht schreitend, nicht wandelnd, ja wie auf einem Flusse stehend und von ihm gefahren. Immer kleiner wurde Christiane, immer unsichtbarer, und dann entschwand sie ganz. Nur die heiße Luft zitterte noch am Saum der goldenen Felder.

Als Hirondels Blick wieder in die Nähe zurückkehrte, als er noch der Vorstellung nachsann, nun auch klein und immer kleiner geworden zu sein durch die Ferne wie eben Christiane und plötzlich verschwunden und nicht mehr da zu sein, sah er Franz und Joachim im Wasser miteinander ringen, bemüht, sich gegenseitig unterzutauchen, Adrian hatte den Mantel fallen lassen und rauchte eine Zigarette. Dabei sah er einer Libelle zu, die über dem Ufer stand, mit großen Augen schillernd den seinen ähnlich. Plötzlich rückte sie ein wenig vor, stand nochmals im Fluge still und glitt dann klirrend über das Wasser davon. Hirondel fiel es auf, wie nackt eigentlich Adrian war, weil er dazu rauchte und so weiß war, jedenfalls anders als Joachim und Franz, und vielleicht auch er.

Joachim hatte es gezeichnet, ganz wie es war mit dünnen harten Linien und alles etwas unwirklich und steif. Da war der Fluß, dessen Wellen gar kindlich eben durch Wellenlinien dargestellt waren, da war Adrian im Badetuch und malerischem Faltenwurf. Hirondel lächelte, als er es betrachtete. Joachim war damit zu ihm gekommen und hatte auch gefragt, ob er noch dichte. Diese Frage machte Hirondel erröten, worauf der Freund lächelnd fragte, ob denn das eine schamhafte Sache sei, ob vielleicht Dichten etwa wie Verliebtsein sei? Hirondel, die Zeichnung in der Hand und etwas zerstreut, erwiderte, daß man ja auch erröte, – er wenigstens täte es – wenn man nackt gesehen würde, und er entzifferte von neuem die Zeichnung. Das da war Joachim selbst. Er konnte sich am besten. Er stand am Ufer, die Hand ein wenig erhoben, als wolle er Stille gebieten und – nun mußte Hirondel lachen – »Das bin also ich«, sagte er und erschrak dann. Auf dem kindlichen Fluß schwamm eine Kugel – »golden« war klein daneben geschrieben, – darauf stehend aber war Christiane abgebildet, Christiane war es, denn schwer fielen die Zöpfe hinab zu ihren ruhigen Händen, an denen viel radiert war. Die vier Knaben am Ufer waren nackt. Auch Christiane war es.

»Nun?« fragte Joachim.

»Du ja, das ist hübsch, es hat dir wohl viel Mühe gemacht?« sagte Hirondel. Aber während er so redete, dachte er dunkel, ob Christiane denn auch wirklich nackt sei und immer, wie er und die andern, nur bekleidet sonst und so. »Weißt du, Joachim«, sagte er dann furchtsam, »du hast so viel Phantasie, ich habe – daran – noch gar nicht gedacht.« Und er war nahe am Weinen.

Einen Frühling, einen Sommer lang liebte Hirondel Christiane, ja im Herbst noch träumte er von ihr. Im Herbst aber, da die Blätter müde ihren Schatten entgegenfielen, brachte er einmal den braunen Falken Christiane mit zu Joachim. Denn Joachim zeichnete Hirondel und nun schon zum siebenten Male. Hirondel ging wie immer durch das Gewölbe der Apotheke, wo Joachims alter Vater den Kindern Gummizucker schenkte. Oben an der Treppe wartete Joachim, der ihn schon durch den Fensterspiegel hatte kommen sehen. Stille saß Hirondel und ließ sich abzeichnen und es war wirklich so, als ströme sein Gesicht auf des Freundes weißes Blatt hinüber. Schon lange hing Christianens erstes Bild, ehemals sorglich verborgen, öffentlich an der Wand neben dem Bild, das Christianens heimliche Landschaft betitelt war.

»Deine Augen«, sagte wohl einmal der Zeichner, »deine Augen sind am schwersten und dann der Mund. Und dann weißt du, wenn man das hat beim Menschen, das genügt, und es ist alles darin. Aber wollen wir uns nicht aufmachen, ein wenig zu spazieren?« Sie nahmen den Falken mit und pfiffen bei Franz. Da war auch Adrian, der laut behauptete, Joachim und Franz würden einander immer ähnlicher, was diesen veranlaßte, den verräterischen Spötter an den Ohren zu nehmen. Sie schlenderten zum Park.

Überall war Christiane. Hier begegnete sie ihnen zum ersten Male, hier fütterte sie die Schwäne, dort welkte die Blume, die heimlich ihren Namen trug. Aber auch Hirondel errötete nicht mehr. Dankbar und freundlich lächelte er ihrem Geist. Mitten im Park ward der Käfig geöffnet. Hirondel nahm den braunen Falken heraus und warf ihn in die Luft.

»Flieg«, riefen alle.

Er konnte es noch, steil stieg er empor und entschwand mit hoher Stimme rufend.

Joachim und Hirondel, Adrian und Franz gingen nach Hause.

Da geschah es, daß Christiane des Weges vorüberkam. Sie sahen sie alle. Sie war schön in ihrem stillen schwebenden Gang – wie auf einer goldenen Kugel gleitet sie dahin, dachte Hirondel – und ihre Zöpfe hingen schwer hinab zu ihren ruhigen Händen. Und da die Knaben sie also kommen sahen, grüßten sie tief. Christiane neigte die Stirn, arglos und ohne zu lächeln, nur ein Schimmer ging über ihr Angesicht. So schritt sie vorüber.

DER ZWERG

Adrian ter Mooren, von dem ich vor allem zu erzählen habe, wurde in der kleinen Stadt Regnitz in einem Hause geboren, das an der Eisenbahn lag. Oder genauer: Die Bahn lag an dem Hause, denn es war älter als jene. Damals, als die Bahn gebaut wurde – Adrians Vater war ein Kind, als es geschah, und wußte noch genau, wie es vorher ausgesehen –, nahm man ein Stück des großen Gartens weg und aller benachbarten Gärten, so daß, wie der vor kurzem verstorbene alte Herr ter Mooren zornig zu sagen pflegte, »einem alle Leute im Vorüberfahren in die Fenster gucken konnten«. Es nutzte auch nichts, daß er am Ende des Gartens eine ziemlich hohe Mauer hatte errichten lassen. Bei Westwind und auch bei Regen quoll dennoch der Rauch der Lokomotiven in den Garten und schwärzte Blumen und Bäume. Überall roch es nach Eisenbahn, und der Alte fuhr nie damit, wie sein Sohn, wenn auch selten, es tat. Immer aber fiel ihm dann ein, wenn ein lärmender Zug für Sekunden die Stelle traf, die Garten gewesen war und sehr still, wie es ausgesehen hatte, damals als er klein war, mit den alten Ulmen und dem steinernen Tisch darunter, mit dem Springbrunnen und den bunten Glaskugeln zwischen den Rosenbeeten. Es war noch so beinahe, so deutlich meinte Herr ter Mooren es vor sich zu sehen. Der Zug fuhr mitten hindurch und änderte nichts daran.

Der Bahn wegen wohnten ter Moorens nach vorne, nach der Straße also, die wenig belebt war, in den hohen schmalen Zimmern des ersten Stockes, darüber schon das Mansardendach lag. Im Erdgeschoß aber befand sich das Gewölbe der ehrwürdigen privilegierten Mohrenapotheke. Dort sprachen alle leiser als sonst und wisperten über den Verkaufstisch gebeugt Vertrauliches zu den Mitwissern ihrer menschlichen Gebresten, beinahe geheimnisvoll. Die Standgefäße an den Borden waren fast zweihundert Jahre alt: blaue Blumen mit ein wenig Gold waren auf weißem Grund gemalt, und alle waren umsponnen von unendlich zarten Rissen, wie eines Menschen Hand. Auch Figuren waren darauf in alter Tracht; sie hielten das Schriftband in den Händen, daß man auf lateinisch lese, was darinnen sei: *Cornu cervi praeparati* etwa oder: *Oleum juniperi.* Meist waren sie symbolisch für das Leiden, wogegen die Mittel halfen, so eine Frau in Kindesnöten, ein Greis auf dem Leibstuhl, der dennoch krampfhaft sein Täfelchen hielt mit der Inschrift: *folior, senae.* Ein kleiner Junge aber daneben hielt sich die Nase zu. Auf einem andern war sogar der Alte Fritz abgebildet zu Pferde, im Kugelregen, den Krückstock in der Hand. Er half gegen Zahnschmerzen. Alle waren blau wie die Blumen mit ein wenig Gold, das schon recht abgegriffen war und rötlich durchschimmerte. Die Bogenfenster nach der Straße spiegelten sich darin, und alle, die vorübergingen, mußten über ihr Antlitz. Die Apotheke duftete heilsam, und es war immer behutsam darin wie in einer Kirche, und kühl von Porzellan, Glas, Messing und aromatischen Ölen. Sie hatte auch ihren besonderen Klang. Sie klinge – so sagte des kommenden kleinen Adrian seltsamer Pate – klinge adlig wie ein Toast, wenn die Phiolen sich berührten. Dies geschah zuweilen von selber, wenn etwa ein Zug am Rande des Gartens hinter dem Hause vorbeifuhr und das ganze Haus davon ein wenig zitterte. Aber auch nachts, wenn alle schliefen und gerade kein Zug zu befürchten war, tönten neue Risse fein an den alten Gefäßen. Sanft tat auch der ferne Paukenton beim Öffnen der runden Holzschächtelchen mit schmiegsamer Salbe darin, und nur manchmal läutete der Mörser von nebenan, wo etwa Herr ter Mooren allerlei herbstlich duftende Kräuter zerstampfte und zerrieb, die berühmten Gewürzplätzchen zu bereiten, die nur er noch konnte. An der Decke des Gewölbes waren auch noch die Ringe zu sehen, an denen einst ein ausgestopftes Krokodil hing. Adrians Vater hatte es noch gekannt. Lange schon ruhte es nun im Garten (der jetzt Eisenbahn war), wo er es als Knabe unter ernsthaften Gebräuchen tief unter Sonnenblumen beigesetzt hatte. Dort lag es, und die Züge fuhren darüber hin.

Außen im Freien, über dem Eingang zur Apotheke, stand das Sinnbild des Hauses: Ein Mohrenknabe aus Stein und schon mehrmals übermalt im Laufe der Zeiten. Er lehnte (schwarz) mit übergeschlagenem Bein gegen einen mit Tauen verschnürten Warenballen und hielt bei aufgestütztem Ellenbogen eine rote Frucht in der Rechten, während er die Linke in die Hüfte stützte. Seine Lenden umhüllte ein Schurz aus weißen, roten und blauen Straußenfedern. Straußenfedern schmückten als Krone auch sein Haupt. Seine Augen waren groß und verwundert und auch sein roter Mund war es. An dem Warenballen lehnte ein Anker, dahinter wuchs eine Palme, das Ganze umschattend. In diesem Hause wurde Adrian Peter ter Mooren geboren, da es Herbst war – er war im Winter empfangen. Des Knaben hoffende Mutter war eine junge, sehr hübsche Frau.

Sie saß oben in der schmalen Wohnstube, die nach innen immer etwas dämmrig war, am Fenster und wartete. Das muß es sein. Ja, so tut es, dachte sie. Sie legte ihre Hände zärtlich über das Unsichtbare, damit ihm nichts geschehe. Denn es bewegte sich. »Nun ist es schon fast ganz fertig«, sagte sie für sich, »und ich habe es noch nie gesehen.« Es war ihr bange davor. Sie verhielt sich aber ganz still in dem großen alten Lehnstuhl und wartete, folgsam und freundlich. Sie konnte durch einen Fensterspiegel nach beiden Seiten die Straße übersehen, aber sie war nicht so recht bei der Sache. Eine altertümliche Kalesche kam des Weges, mit Schimmeln bespannt und vornehm anzusehen. Ein kleiner krummer Kutscher und ein Lakai saßen auf dem Bocke. Sie trugen Zylinder mit Kokarden und Mäntel, die, so schien es, aus mehreren Mänteln übereinander bestanden. Im Wagen, der offen war und sehr lang, saß steif und ernsthaft ein hagerer Herr, ohne sich anzulehnen. Er hielt ein goldenes Lorgnon in der Hand (ohne es zu benützen) und schaute in die blanken Messingknöpfe am Mantel seines Kutschers, darinnen er sich spiegelte und mit ihm die Straße und alles, was hinter ihm lag. Die ganze Welt schrumpfte darin zusammen. Herbstliche Blätter lagen in den blauen Falten des zurückgeschlagenen Daches, und auch in der Schimmel Mähnen hatten sie sich verfangen. Als Elisabeth ter Mooren die dunkle Kalesche also heranrollen sah, geschah es wieder an ihr und ohne ihr Zutun, plötzlich und mit so großer Kraft, daß sie merkte, wie allein sie damit war und ganz ausgeliefert, daß sie aber nichts dazu tun konnte: sondern es war eine fremde Hand. Es dämmerte bereits, und im Zimmer war alles undeutlich und gegenstandslos geworden. Da griff sie nach der kleinen silbernen Schelle und schüttelte sie heftig. Aber niemand hörte die kleine helle Stimme. Auch Herr Friedrich ter Mooren nicht, unten im Gewölbe gerade dabei, die stadtberühmten Gewürzplätzchen zu bereiten. Es brannten schon die Gaslampen über dem Ladentisch, und die Straße draußen war blau. Da hielt er im Hantieren inne, denn der Wagen, den Elisabeth hatte kommen sehen, hielt vor dem Haus. In der Stille, die auf einmal da war, als der Wagen stand und die Räder und Hufe verstummten, in dem Augenblick, da Herr ter Mooren nun erst die ängstliche Stimme der kleinen silbernen Schelle vernahm, öffnete sich die Türe, und ein sehr kleiner Junge trat ein, ließ sie offen und ging gerade auf ter Mooren zu. »Gummizuckerl«, sagte er zu ihm und hielt ihm ein Geldstück entgegen. Herr ter Mooren ließ ihn so und rannte nach oben. Er fand Elisabeth mitten im dunklen Zimmer stehen. Sie schüttelte noch immer heftig die kleine Schelle.

Als der Wagen, die alte lächerliche Kalesche, hielt, blieb ihr Insasse so lange unbewegt sitzen, bis der Lakai vom Bocke war und den niedrigen Schlag geöffnet hatte, wobei er den Zylinder mit der Kokarde abnahm. Dann erst erhob sich Peter Meier – dies ist der Name des Ankömmlings – und trat mit Größe aus dem Wagen. »Ja, ich bestehe darauf«, hatte er nicht nur einmal zu Tante Lavendel gesagt, Herrn ter Moorens älterer Schwester, als sie darüber lächelte. »Ich bestehe darauf, nicht zum Unterschied – hie Herr, hier Diener – o nein. Es ist des Bildes wegen. Es gehört dazu, man ist es den Pferden schuldig.« So etwas sagte er und saß steif, ohne sich anzulehnen vor der lächelnden alten Dame.

Als er aber an jenem Abend die Mohrenapotheke betrat, fand er niemand darin als einen kleinen Jungen, der noch immer sein Geldstück hochhielt. Onkel Peter betrachtete ihn durch sein Lorgnon. »Gummizuckerl«, sagte ungeduldig das Kind. »Und wie heißest du, mein kleiner Löwe«, sagte Onkel Peter, des Kleinen goldene Mähne berührend. »Klaus, und für zehn Pfennig Gummizuckerl möcht' ich. Zu was ist denn das, du?« fügte er noch hinzu und deutete auf das Lorgnon. Da trat Tante Lavendel ein: »Es ist des Bildes wegen, nicht wahr, Onkel Peter«, sagte sie und lachte. Sie hatte es sehr eilig und trug eine Art Reisetasche mit sich. »Es geht nämlich los«, erklärte sie und deutete nach oben. Damit schob sie Onkel Peter beiseite, zog rasch ein paar Schubladen, stopfte dem kleinen Jungen die Taschen mit Gummizuckerl und Lakritzen voll, küßte ihn kurz und verschwand. Der Kleine trollte sich schnullend. Onkel Peter war allein. »Mir scheint«, sagte er dann, »dort oben wird geboren.« Er ließ sein Lorgnon fallen, daß es an der dünnen Kette baumelnd bis zu seinen Knien herabhing, warf den Kopf zurück und zog langsam mit niedergeschlagenen Augenlidern seine Handschuhe aus. Er tat es adlig, und vollendet war auch die Lässigkeit, mit der er sie in den grauen Zylinderhut warf, tadellos, obgleich niemand zusah. »Die Gesetze der Schicklichkeit«, pflegte er zu sagen, »gelten und nicht zuletzt auch für den Verkehr mit der eigenen Person.« Dabei verneigte er sich leicht mit fest geschlossenen Lippen, geblähten Nasenflügeln und niedergeschlagenen Augenlidern gleichsam gegen sich selbst.

Er kam heute wie so manchmal unangemeldet, seinen alten Schulkameraden ter Mooren einmal wiederzusehen. Und als dieser jetzt einiges für die Geburt Notwendige aus der Apotheke zu holen herabkam, erschrak er ein wenig vor der Begrüßung, die er kannte. Onkel Peter nämlich, obwohl er den Freund am Schritt erkannte, stand anscheinend mit allen Anzeichen eines schon stundenlang Wartenden mit dem Rücken gegen den Kommenden. Nun aber sichtlich aufgeschreckt, wandte er sich um, nahm kurz sein Augenglas vor, ließ es fallen und fand keine Worte. Dann drückte er stumm und innig ter Moorens Rechte mit seinen beiden Händen, trat ungläubig zurück und schüttelte herzlich den Kopf. Hierauf umarmte er ter Mooren zweimal nach rechts und links, wobei er in die Luft küßte. Schließlich aber brach er los. »Nein«, rief er, »ja! Nun wie geht es dir? Welche Freude! Grüß Gott, mein Lieber! Ich muß sagen: Unverändert! Na also, ja, ja! Und deine Frau? heh? Was? Nein, Moorchen, wahrhaftig: sieh mal an: wirklich unverändert«, schloß er, an einen unsichtbaren Zeugen des Wiedersehens sich wendend. »Verzeihe, Peter«, sagte ter Mooren, »wenn ich... aber Elisabeth und ich, du wirst entschuldigen, wir bekommen nämlich eben ein Kind.« – »Aber bitte sehr, natürlich, laßt euch nur ja nicht...!« rief Onkel Peter, während ter Mooren enteilte.

Elisabeth lag zu Bett und wartete auf die nächste Wehe. Sie flocht ihr Haar in zwei Zöpfe ganz eng, und Tante Lavendel war über sie gebeugt und horchte mit dem schwarzen Hörrohr an Elisabeths Leib. »Nun hast du zwei Herzen, die schlagen, ein lautes und ein leises«, sagte sie und wusch sich wiederholt die Hände bis an die Ellenbogen. Dazu redete sie laut wie sonst, als gälte es nichts Besonderes, was Elisabeth sehr beruhigte. Dennoch nahm sie ein Taschentuch in den Mund, darauf zu beißen, wenn es wehe tat.

Herr ter Mooren hatte auf die Uhr gesehen. Nachts um 4 Uhr, gegen Morgen also, war Adrian geboren. Auf einmal in der größten Not Elisabeths war er herausgeglitten, geworfen beinahe, und er schrie. »Ein Knabe«, sagte Tante Lavendel. Seine winzigen Hände sahen aus wie die einer Waschfrau nach der großen Wäsche, und auch die Füße waren runzlig und weiß. Aber das Gesicht, ein wenig alt noch, war ein Menschengesicht, mit Augen groß und dunkelblau, damit er verwundert die Welt betrachtete, auf die er gekommen war. Wie seines Vaters Augen, dachte Tante Lavendel und erinnerte sich. Es dauerte aber lange, bis Herr ter Mooren sich getraute, den kleinen Adrian auf den Arm zu nehmen. »Ich lasse ihn gewiß fallen«, sagte er kopfschüttelnd.

Elisabeth aber, die müde und glücklich in ihrem Bette lag, sagte leise: »Sie tuen sich alle so leicht.« Sie hatte den schlafenden Adrian neben sich und betrachtete ihn unruhig, fast mit Furcht. Denn sie sah, daß er noch nicht ganz körperlich war, noch nicht so fest und deutlich begrenzt, wie die Großen es sind, daß er vielmehr noch durchsichtig schien, gleichsam locker, dazu sein Herz nur fein und flüchtig schlug. Wie einer Blume Herz, dachte sie. Sie begriff nicht, daß es ja gar nicht so lange her sei, daß er noch nicht war, und sie wurde verwirrt bei dem Gedanken, er sei also vor einem Jahr ein Nichts und so gut wie tot gewesen. Und daß er nun so geworden war, gegen alle Vorstellung, gleichsam wußte, wo er beginnen sollte und wo aufhören, als er wuchs und ein Wesen wurde, sein Herz zu schlagen anfing, ohne daß sie es merkte, als sie schlief vielleicht oder bei Tische saß, ganz von selbst und in einem ganz bestimmten Augenblick. Es tat ihr wehe, darüber zu sinnen, wie über die Sterne, den Tod und Gott. Es ist vielleicht nur, weil wir uns so daran gewöhnten, dachte sie, daß wir nicht immer atemlos sind vor Furcht, was uns im nächsten Augenblick geschieht, und uns ganz gehenlassen, da wir nie wissen, woher und warum und alles nur eben so, wie es im Augenblicke ist. Und indem sie ihr Gesicht ganz nahe an das des Kindes tat, seine Wärme und seinen Atem zu spüren, und lauschte, das Herz zu hören, ob es nicht plötzlich vergäße zu schlagen, hörte sie nichts und erschrak, als sei es tot. Aber da tat Adrian die Augen auf, dehnte sich, gähnte und schmatzte, damit man ihn stille. Tante Lavendel kam und legte den Kleinen an Elisabeths Brust, die schwer war von süßer Milch. Adrian konnte es gleich. Es gluckste. Elisabeth verzog dabei ihr Gesicht, denn es tat weh, sie lächelte aber zugleich, daß sie nähre, daß Adrian aus ihr trank, wie die Herden am Fluß oder der Wald aus den Wolken.

Als Adrian getauft wurde, war Winter. Die kleine Stadt war weiß und noch leiser dadurch als sonst, bis auf das helle Schlittengeläute von Onkel Peter, der in einen altertümlichen verschnürten Pelz gehüllt, eine Pelzmütze auf dem Kopfe durch die Straßen fuhr. Die Stadt sah ein wenig lächerlich aus, alle Würde schien ihr genommen. Selbst ihren vielen Kirchen, denen weiße Hauben verwegen ins Gesicht rutschten. Die Buben hatten, obgleich es verboten war, auf dem Gehsteig Hätschelbahnen gezogen und glitten, die Schulranzen auf dem Rücken, deren Schwämmchen und Lappen hinterdreinbaumelten, gleichsam stehend zur Schule. Tante Lavendel ließ es sich nicht nehmen, obwohl damals schon in den Fünfzigern, den Muff weit von sich gestreckt, es den Buben nachzutun, weshalb ihr Onkel Peter, der gerade vorüberfuhr, mit dem Finger drohte, worauf sie ihn mit Schneebällen bewarf.

Wie hübsch doch heute alle Leute aussehen, dachte Onkel Peter, sogar Lavendel! Ein kleiner Eingriff von oben, und alles ist auf den Kopf gestellt. Da war zum

Beispiel der steinerne Markgraf im Schloßgarten, ein majestätisches Steinbildwerk, das im Baedeker stand. Jetzt lächelte jeder, denn der Fürst trug eine Art Nachtmütze schief auf der Allongeperücke, und auch auf der stolzen Nase hielt sich ein Häubchen von Schnee. Nicht auszudenken, wenn es plötzlich taute!

In dieser Zeit, als alles so ins Heitere verkehrt war und dabei so sauber wie nie, da die Bäume alle gleichzeitig in Blüte standen, welcher Art sie auch waren, und die Leute possierlich vermummt und anders gingen als sonst, um nicht auszugleiten, wiewohl es trotzdem zuweilen geschah, da ihre Worte in kleinen Wölkchen von den Lippen dampften, da es zu alledem überall herzhaft nach Bratäpfeln roch, wie es dortzulande beim ersten Schnee Sitte war, kurz da der heitere Gott, der einem Schneemann glich, eine Rübe als Nase, Kohlen als Augen hatte und den Besen im Arm sein kindisches Wesen trieb, als der Ton der Schlittschuhe über dem Eise von ferne klang, in dieser Zeit wurde Adrian Peter ter Mooren getauft. Adrian nach dem großen Ahnen, dem Gründer der Apotheke, Peter aber nach ebendem Onkel Peter, der Ohrenzeuge seines ersten Schreies war und nun vor dem Hause mit dem Bild des kleinen Mohrenknaben aus dem heißen Afrika hielt, der ebenfalls ganz verschneit war. –

Die Taufe sollte im Hause stattfinden, und Onkel Peter war damit betraut (und er tat es gerne), die Leitung des Festes zu übernehmen, alles zu arrangieren, wie er sagte, nicht ohne Tante Lavendel zu Rate zu ziehen, obgleich sie beständig widersprach. Sie standen in dem blonden Salon, dem Raume, darin die kirchliche Zeremonie geplant war. »Die Venus muß natürlich weg«, sagte Tante Lavendel und deutete auf eine alte Kopie der Göttin nach Botticelli, die über dem Kanapee hing. »Die Venus? Warum?« fragte Peter. Aber es geschah. »Hier also der Altar«, fuhr er fort, »dazu die silbernen Leuchter und viele Blumen, die Stühle so für die Gäste, ein Gang dazwischen. Pfarrer Schwan und Sie, verehrtes Fräulein

Lavendel, kommen erst herein, in feierlichem Zuge natürlich, wenn alles versammelt ist. Ein Kind sollte Blumen streuen. Wie denken Sie darüber? Alles erhebt sich, und es beginnt. Nun die Sitzordnung um die Tafel.« Sie traten ins Eßzimmer. »Ter Moorens und wir sind vier, Pfarrer Schwan fünf, Frau Rektor Karoline Fabricius mit Mann –« »Müssen wir die?« wandte Lavendel ein. »Sind sieben«, fuhr Onkel Peter fort. »Wer noch? Die Generalin, richtig, aber wo setzen wir sie hin?« Er sah sich ratlos um. Aber alles gab sich. Doktor Balduin, der sanfte Poet, der heimlich Elisabeth anbetete, auch Herr Halbledder, der Buchhändler – alle wurden untergebracht, auch Fräulein Nämlich, von der man sagte, sie habe einmal eine tiefe Neigung gehabt und sei ein sehr liebes Mädchen. Sie trug, da ihre Wangen von Natur eingefallen waren, Wattebäuschchen in der Backe. Klaus Hahnemann, der kleine Löwe mit dem Gummizuckerl, kaum drei Jahre alt, aber sehr geweckt, wurde gewonnen, Blumen zu streuen. »So, nun das Menü!« sagte Onkel Peter bedeutend, »aber dazu muß ich allein sein«, fügte er hinzu und kostete dabei mit Zunge und Lippen eine gedachte Speise, so daß lauter ›bs‹ in seine Rede gerieten, ohne dahinzugehören. Einem Dichter gleich, den Gänsekiel – er schrieb nur mit solchem – quer im Munde, die Hände auf dem Rücken schritt er auf und ab, stand zuweilen still, blätterte auch bald lässig, bald gespannt im Brillat-Savarin. Plötzlich erleuchtet warf er sich an den Schreibtisch, aufzuzeichnen, was er komponiert, wozu er heiter pfiff, ein Menuett, einen Marsch, wie es die Speisen verlangten. »Ein Gedicht«, sagte er endlich, »es wird ein Gedicht!« Und es lautete:

Kaviar im Eisblock	Montrachet (Burgunder weiß, aus Onkel Peters Keller)
Regnitzer Suppe à la patrie	1794er Madeira

(das war eine Spezialität, darin die appetitlichsten

Klößchen schwammen: Markklößchen, Hirnklößchen, Hahnenkämme, Krebsklößchen, Eierstich und ähnliche Köstlichkeiten)

Spiegelkarpfen blau mit frischer Butter, Salzkartoffeln, Kren
1876er Rüdesheimer Kabinett

(ein rechtes Labsal, solid und bodenständig)

Tauben à la Crapaudine, Artischockenkernsalat
1869er Château d'Yquem

(ein durch die Refugiés nachweislich im Jahre 1765 mit Erfolg eingeführtes Gericht, auf dem Rost gebraten und mit Zitronen beträufelt)

Hasenkarbonaden mit Trüffelsoße, Wachsbohnen
1875er Château Rauzan Sègla (roter Bordeaux aus Onkel Peters Keller)

Roastbeef, englisch mit Edelkastanien, Rosenkohl, Blaukraut, Kartoffel, Mixed Pickles
Perrier-Jouët extra dry

Pfirsichkompott
Tokaier Essenz Ausbruch

Fürst Pückler Eis

Käseplatte

(Dies waren zwölferlei Sorten aller Nationen vom schärfsten bis zum sanftesten, ja süßen Käse von angenehmster Farbigkeit, dazu sechserlei Brot, vom schwärzesten [Westfälischen Pumpernickel] bis zum weißesten, natürlich auch Toast)

Deutsches Obst

(also Trauben, Äpfel, Birnen, Nüsse)

Mokka

Dann versammelte Onkel Peter das Hauspersonal um sich, gleichsam den Tagesbefehl auszugeben: Babette, die Köchin, schon zwanzig Jahre im Dienst der Familie und daher äußerst vorsichtig zu behandeln, Marie, das hübsche Dienstmädchen, ferner Johann, Onkel Peters Kutscher (der eine geniale Verwandlungsfähigkeit besaß und dergestalt ebenso gewandt als Kammerdiener, Kellermeister und Gärtner Dienst tat), dann Frau Heubeck, die ungemein zähe und ausdauernde Zugehfrau, und Fritz, den Lakai.

»Babette«, sagte Onkel Peter leichthin, das fette Mädchen kurz durch sein Lorgnon musternd, »es kommt darauf an, daß Sie sich der Aufgabe vollkommen gewachsen fühlen.« Er durchflog lächelnd sein Manuskript. »Hier. Johann wird Ihnen zur Seite stehen und übernimmt die Weine. Frau Heubeck, Sie haben die Güte, die Arbeiten mehr vorbereitender Natur zu übernehmen. Alles blitzblank, wie Ihre treue Seele.« Onkel Peter wußte die Leute zu packen, und es war klar, daß Frau Heubeck darauf einging. »Da muß ich scho mein grußen Lachera hernehma«, sagte sie und lachte in ihre Schürze. Onkel Peter wartete diesen treuherzigen Ausbruch nachsichtig ab und fuhr fort: »Marie und Fritz servieren, Marie in Schwarz, weiße Schürze, Plisseehäubchen, Fritz Galalivree, beide Glacéhandschuhe, versteht sich. Und lautlos, wie Samt, wenn ich bitten darf. Bei irgendwelchen Zweifeln ––« Onkel Peter deutete mit dem Lorgnon auf seine Brust und entließ sie.

Adrian war getauft. In seinen noch spärlichen und fast weißen Haaren hingen noch ein paar Tropfen Taufwasser wie Tau. Tante Lavendel hielt ihn wieder auf den Armen, und die festliche Gesellschaft umstand ihn. Das Kind lag in demselben Taufkissen, darin schon Herr ter Mooren unter den nämlichen Umständen gelegen hatte, was ihm aber jetzt schier unbegreiflich schien: daß er jemals so klein gewesen war! Und er nicht allein, alle waren es, die jetzt so groß taten, die alte Generalin mit eingeschlossen. Auch Goethe war es und Michelangelo, obgleich es ter Mooren schwer fiel, es sich vorzustellen. Unruhig und immer ein wenig zerstreut nahm er die Glückwünsche entgegen. Frau Rektor Fabricius behauptete, genauso wie Adrian, nur nicht so dürftig, habe ihr Julius seinerzeit ausgesehen, was, da dieser ein überaus albernes Gesicht hatte, ziemlich boshaft war. Die alte, kleine Generalin aber beugte sich über ihn und sagte: »Nun bist du also ein kleiner Protestant«, worauf Adrian endlich laut zu schreien anfing. »Na hör mal, ich glaube ––« sagte die Generalin und schnüffelte. Es war so, und Lavendel brachte ihn fort, daß er gewickelt werde. »Ihr werdet alle hungrig sein«, sagte sie dann, »vom Religiösen wird mir immer so öde im Magen, und dann möchte ich etwas Herzhaftes.«

Auf der Tafel im Eßzimmer brannten in silbernen Leuchtern die Kerzen, die den Augen der Tafelnden den besonderen Glanz verliehen. In ihrem warmen Licht verjüngten sich alle Gesichter, und es war natürlich, daß man dies rühmte und schön fand, den zarten Honigduft witterte, den sie verbreiteten, ja schließlich zu ihren Gunsten, einmal gegen das Gas, dann gegen das elektrische Licht sich wandte, das sich in den größeren Städten einzuführen begann. Onkel Peter vor allem, der zwischen der Generalin und dem sanften Pfarrer Schwan saß, benützte, nachdem er jedermann verbindlich zugehört, eine Pause, um das Lob der Kerzen, selbst noch der Petroleumlampen zu singen. »Sehen Sie«, sagte er, »das elektrische Licht zum Beispiel, knips auf, knips zu, wo bleibt da die Beziehung! Die freie, lebendige Flamme der Kerze dagegen! Es bedarf einer Handlung, sie anzuzünden, ja des Mundes – des Mundes, sie auszulöschen. Es ist ein Vorgang, der – gewiß – Zeit nimmt, und es kommt vor, jawohl, daß man die ängstliche Flamme, wenn sie im Winde gleichsam fröstelt, mit den Händen schützen muß, daß sie sich beruhigt, aber dafür erstrahlen sie davon, glühen durch und durch. Es ist ein Bild, ein Ereignis und tut den Augen nicht weh. Knips – knips, das ist kein Bild.«

»Aber es ist praktisch«, wandte Herr Halbledder ein, als Onkel Peter endete, »es ist immer in Bereitschaft. Ein Griff, es brennt. Man spart Zeit, es summiert sich.«

Onkel Peter schwieg, solange er vom Fisch nahm, um nicht über die Platte zu reden. »Praktisch«, sagte er dann,

»kein hübsches Wort, Sie verzeihen. Das ist es eben. Und dann: Die Quelle liegt außer dem Hause, man ist seiner nicht mehr Herr, es ist ausgeliehen. Die Kerze, die Kerze ist ein lebendiges Wesen, schön anzurühren. Wachs! Bienen bereiten es. Wiese, Blumen! Nein, und diese Bleischlangen im Hause, dieses verdächtige Gas darin, oder das elektrische Licht, das unsichtbar in Drähten wartet und nach einem schlägt. Ich liebe es nicht.« Onkel Peter verstummte und aß schweigsam und delikat. »Nun, nun«, meinte Herr Halbledder mit vollem Munde, »es ist da, das Elektrische. Unser Täufling wurde bei Gas geboren, und wir, wir sterben bei elektrischem Licht.« »Ich liebe es nicht«, wiederholte Onkel Peter und nahm die Serviette auf, die er als einziger um den Hals geknüpft trug. »Ich liebe das alles nicht. Auch diese Wagen und keine Pferde davor. Ich gebe zu, es geht schnell, sehr schnell, aber sehen Sie, der Kaiser in einem solchen Wagen: Töff, töff, er ist vorbei. Er muß vier-, sechsspännig fahren, oder ich fürchte ——« »Es kommt so, da ist nichts zu ändern«, fuhr der Buchhändler fort, »wir werden fliegen, man macht Versuche.« »Fliegen? Nein, ich nicht«, sagte Onkel Peter. Tante Lavendel hatte erst nicht zugehört. Sie unterhielt sich mit Frau Fabricius über Dienstboten. »Wagen ohne Pferde«, sagte sie plötzlich, »gut, wenn es nur fährt. Ich fahre leidenschaftlich gern, mit der Eisenbahn, Karussell, selbst in Onkel Peters Kalesche, wenn es nur fährt.« Und dann erzählte sie geschäftig, daß sie letzten Sommer kein Geld zum Kuraufenthalt hatte. Da sei sie einfach mit der Bahn früh weggefahren und abends zurück. »So, dachte ich mir, nun war ich vier Wochen fort!« Sie lachte.

Rektor Fabricius, der unruhig geschwiegen hatte, da er eine kleine Festrede zu halten gedachte, erhob sich und schlug vorsichtig mit dem Messerrücken an sein Glas. Er war ein strammer, kleiner alter Herr mit einem großen weißen Vollbart und Haupthaar, wie aus Watte gemacht, mit Spuren roter Tinte darin. Sein Gesicht strotzte vor

Gesundheit, und sein Gehaben war außerordentlich rüstig. Denn er war Leutnant der Landwehr und hörte es nicht ungern, wenn jemand »Herr Leutnant« zu ihm sagte. Er erhob sich also, nachdem er getrunken und die Lippen befeuchtet hatte, stützte die behaarten Fäuste auf die Tischplatte und besann sich einen Augenblick auf seinen Teller. Dann mit einem plötzlichen Ruck aufblikkend, sammelte er alle Gesichter auf sich und begann in die Stille. »Liebe Festgemeinde, wenn ich mich gedrängt fühle, zu Ihnen, hm, zu reden, so zwingt mich dazu ein starkes Bedürfnis. Denn wieder einmal stehen wir um eine Wiege versammelt: Ein erhebender, rührender Anblick. Was ist ein Kind? Was ist dieses Kind? Das sichtbare Zeichen zweifellos des Eheglücks unserer lieben Wirte ter Mooren. Mehr noch! Ein neuer Mitbürger unseres lieben, großen deutschen Volkes. Vergessen wir nicht«, fuhr er mit größerer Stimme fort, »daß der alte Erbfeind, der gallische Hahn, säbelrasselnd und racheschnaubend über den alten Vater Rhein herüberschielt, voll Neid auf die hohe Entwicklung unseres Vaterlandes, und auf den Moment der Revanche wartet, an dem er uns überfallen wird, um uns, wenn wir nicht auf der Hut sind, was wir, mögen auch Mächte am Werke sein, die uns mit scheelen Augen ansehen, gottlob noch sind, ich sage, mögen sie! verdunkelt durch den Sieg des glorreichen Feldzuges von 1870 auf 71, ich wiederhole bewußt: mögen sie! Wir fürchten uns nicht, wenn auch die Welt voll Teufel wär' und wollt' uns gar verschlingen ––« Hier unterbrach ihn Frau Fabricius mit den Worten: »Es sind Tiere!« womit sie den Erbfeind meinte. Der Rektor fuhr fort: »Und wenn, wie gesagt, die Welt voll Teufel wäre, unsere Jugend – obgleich ich mich auch nicht gerade zum alten Eisen zähle – unsere Jugend ist es, auf die wir schauen. Dies Kind ist es. Ich bitte Sie daher, auf das Wohl des Täuflings zu trinken und sein großes Vaterland – Herr Balduin bitte – sie leben hoch!« Herr Balduin, des Klavieres kundig, spielte etwas zu spät einen Tusch, worauf er die Wacht am Rhein intonierte, die stehend gesungen wurde. Frau Fabricius namentlich sang, während ihr die Tränen über die Wangen liefen, laut und mit viel Ausdruck. Alle sangen mit, auch die zarte Generalin, doch fast unhörbar mit ihrem winzigen Mund. Sie trug ein Kleid in der Mode der sechziger Jahre, und ihr kleines, zerknittertes Gesicht war ein wenig gepudert. Schon beim zweiten Vers zeigten sich gewisse textliche Mängel, beim dritten mußten Wiederholungen aus dem ersten Vers aushelfen. Aber alle stießen nun mit ter Moorens an, auf Adrians Wohl, der längst, den Daumen im Munde, fern dem Feste schlief. Frau Fabricius küßte Elisabeth auf die Wange: »Zu hübsch sieht sie aus, die kleine Mama, ach, ich darf das schon sagen. Ich bin eine alte Frau, aber wenn es das Glück der Jugend betrifft, da nehme ich teil.« Herr Balduin widersprach galant. »Nein«, sagte sie, stupste mit ihrem rosigen, rundlichen Fingerchen das Haar an den Schläfen zurecht und klagte possierlich: »Grau, grau!« dann aber lächelte sie sich im Spiegel zu und sagte: »Immer noch eine ganz hübsche alte Frau! Nur hier...« Und sie strich über ihre ziemlich starken Hüften, als könne sie wegwischen, was da zu viel war. Aber es blieb.

Herr Balduin trank ziemlich viel. Er war unverheiratet und dichtete überdies. Nun aber sah er unter seinen trägen Lidern hervor Elisabeth ganz versunken an, während er mit leiser Stimme sagte: »Ach, Elisabeth, Sie sind schön wie – es gibt keinen Ausdruck. Lachen Sie nicht! Nein, lachen Sie bitte! Ich weiß, ich bin Ihnen unsympathisch, lästig, lächerlich. O ich weiß es. Aber in der Tragödie des Alltags, in der kosmischen Einsamkeit schöpferischer Inspiration, immer und in jeder Sekunde, ja im Traum begleitet mich Ihre Schönheit.« »Ach, Herr Balduin«, lachte Elisabeth, »Sie wissen nicht, wie langweilig es ist, immer nur schön zu sein. Man hat nicht sehr viel davon, wirklich!«

Hier erhob sich Herr Halbledder und schlug so heftig

an sein Glas, daß es zersprang. Es war Rotwein darin. »Den Göttern!« sagte er entschuldigend und fuhr, während er Salz über die Flecken schüttete, mit fröhlicher Stimme fort: »Meine Damen und Herren, der Herr Vorredner hat in seiner ausgezeichneten, von kerndeutschem Geist erfüllten Rede unsern verehrten Säugling – will sagen Täufling, zu einem Soldaten gemacht, ihm gleichsam den Marschallstab in die Windeln gelegt. Bravo! Aber ich habe noch andere Wünsche für ihn. Möge er gesund sein, robust, kräftig. Bizeps, das ist es, was ich ihm wünsche. Möge er reich sein. Sehr reich. Möööööge er – rechnen können, und möge er Humor besitzen, kernigen deutschen Humor, hahaha. Möge er nicht zu alt werden und im Schlafe sterben. Prosit!« Herr Halbledder lachte sehr und die andern ein wenig. Frau Fabricius aber neigte sich zu Herrn Balduin und sagte bedeutend und ziemlich laut nur das eine Wort: »Takt!« »Das wünsche ich ihm, wahrhaftig«, sagte Herr Halbledder, noch im Sitzen seine Rede gleichsam zu kommentieren. »Und geben Sie ihm keine Bücher, ter Mooren, ich handle zwar damit, aber lesen, lesen tue ich sie nie. Wen sie einmal haben, der ist hinüber. Keine Bücher! Prosit!«

Onkel Peter erhob sich: »Liebe Elisabeth, lieber Friedrich, verehrte Festgäste!« Er sah alle kurz durch sein Lorgnon an, nahm es ab und spielte damit. Dann sprach er mit leiser, bewegter Stimme: »Der Knabe Adrian, den uns Elisabeth geschenkt, schläft. Er hat ein wenig von seinem Vater, er hat ein wenig von seiner Mutter und von allen seinen erlauchten Ahnen, die bis weit zurück in diesem alten Hause wohnten. Damit müssen wir rechnen und können es auch. Aber er hat noch etwas, ich glaube, etwas – wie sage ich? – direkt von oben.« Onkel Peter deutete mit dem Lorgnon nach der Decke. »Von oben«, fuhr er fort, »ja! Wir wissen da so wenig« (Pfarrer Schwan schüttelte lächelnd den Kopf) »und wir fürchten uns alle ein wenig davor, alle.« »Nö!« rief Herr Halbledder dazwischen. Onkel Peter aber fuhr fort: »Alle! Es gibt so viele Menschen. In dieser Stadt sind es, wenn ich nicht irre, schon 15 000 beiläufig. Wir nennen sie Leute und gehören selbst alle dazu. Wir sind alle nur Leute. Denken wir nicht daran. Es sind ihrer so viele, daß man sie nicht zählen kann, und doch sind sie alle so zuversichtlich. Aber die meisten in hundert Jahren! Kurz, was ich Adrian wünsche, mit Büchern, ohne Bücher, reich oder arm, mag er ein Hirte oder ein Gärtner sein, ein Knecht der Blumen und Tiere oder ein König, ein Dichter gar, was ich ihm wünsche, ist die Unsterblichkeit. Ich zum Beispiel, na, ich heiße Meier. M, e, i, e, r. Nicht einmal mit ›Y‹, sondern nur Meier. Es ist alter Adel, gewiß. Ich bin zu Ende. Unsterblichkeit also, sonst nichts, und uns bleibt das Glück, an seiner Wiege gestanden zu sein.«

Onkel Peter hob sein Glas bis unter die Augen, verneigte sich mit angedeutetem Hackenzusammenschlagen reihum und setzte sich. Steif, beinahe streng saß er da, ohne sich anzulehnen.

Elisabeth aber ging zu ihm, obwohl alle ihr zusahen. »Unsterblich? Ach nein«, sagte sie leise. Dann aber küßte sie Onkel Peter gerade auf den Mund und errötete tief dabei.

Ter Mooren hatte dem allen zerstreut und wie immer etwas verwundert zugehört. Aber nun wandte sich Frau Fabricius an ihn, die die beste Kundin der Apotheke war, fragend, ob er etwas Neues habe, das Kallipygin, das sie zuletzt gegen Korpulenz nahm, habe nicht die Wirkung, die sie erhofft. »Etwas Neues?« sagte er, »leider, wir Apotheker sind Krämer geworden, Zwischenhändler, wir verkaufen Päckchen. So ist es.« Es seien andere Zeiten gewesen, als die Kräuterfrau noch mit Fenchel, Salbei und Fingerhut kam. Auch die Spielkarten zum Dosieren der Pulver in die Waage fingen an, aus der Mode zu kommen. »Wie schade«, sagte Elisabeth. Denn sie mochte es gern, wenn ter Mooren das eingekniffene Kartenblatt, ein Herzas oder einen König, in der Hand hielt und mit dem Finger daranklopfte, daß durch die Erschütterung das Pulver in zarten Mengen in das Schälchen aus Horn stäubte, bis es genug war. Das flößte Vertrauen ein, und es gehörte sich, daß die Schnürchen an der Waage grün waren.

»Ja«, sagte Onkel Peter, »jetzt kommt alles von weit her. Niemand kann dabei zusehen, es ist keine Kunst mehr. Das ist es. Man schämt sich ja nicht mal, uns durch und durch zu sehen, als Gerippe bei lebendigem Leib. Was sieht man, Knochen, und das geht doch niemanden etwas an, wie ich innen aussehe. Es annulliert Fleisch und Blut, es macht unfruchtbar. Ich danke.« Es war inzwischen draußen ganz dunkel geworden. Obst und Käse wurden gereicht. Es gab Sekt. Die Landschaft der Tafel geriet in heitere Verwüstung, und Frau Fabricius meinte, sie sei beschwipst. Pfarrer Schwan ging, nachsichtig lächelnd. »Ja, das Mikroskop«, fuhr Onkel Peter fort, der standhaft beim Bordeaux geblieben war und jetzt nur ein wenig Sekt zugoß, »es kommt immer noch etwas, immer noch etwas. Ich liebe das einzelne nicht. Sehen Sie, die Erde, unsere weitläufige, liebe alte Erde, als Stern gedacht wie die oben über dem Dach und der Stadt, das ist schön. Wir sind, meine Verehrten, wir sind dort oben und leuchten für jene wie sie für uns. Aber rücken Sie mit der Nase ganz hin, so« (er machte es mit einem Apfel). »Pah!«

Jetzt, also ganz spät, kam Fräulein Nämlich. Sie hatte sich natürlich entschuldigt gehabt wegen Migräne. Aber alle wußten, daß es des Essens wegen war. Die Wattebäuschchen in ihren Wangen erlaubten ihr in Gesellschaft nur so zu tun, als äße sie, und sie vermied es daher lieber überhaupt, mit den andern zu essen. Es wurde Nachtisch gereicht, und Frau Fabricius (vielleicht jetzt wirklich etwas beschwipst) nötigte Fräulein Nämlich davon zu nehmen. Sie redete dem alten Mädchen so liebenswürdig zu, daß es nichts half, »danke nein« zu sagen. Zum Glück wurde nun die Tafel aufgehoben. Die

Herren »raucherte« es, und Tante Lavendel machte den Scherz, es sei dringend nötig, eine zeitweilige Trennung der Geschlechter herbeizuführen.

Wie Friedrich ter Mooren wegen seines Weinkellers berühmt war (wobei Onkel Peters treue Dienste nicht vergessen seien), so auch wegen seiner Zigarren. »Es fehlen«, sagte Onkel Peter, als sie im Rauchzimmer saßen und jeder seine Wahl traf, »es fehlen noch Akademien des Genusses. Man macht da seinen kulinarischen Doktor, hält Sprechstunden wie ein anderer Arzt, Kurse für Anfänger und Fortgeschrittene zum Segen der Menschheit.« Er dächte zum Beispiel noch an einen Lehrstuhl für Tanz, für Körperpflege überhaupt, dann für Wein, für Liebe, für Schönheit usw. »Wir reden alle so viel über das Leben«, sagte er und hielt seine Zigarre, die Asche zu schonen, senkrecht vor sich hin, »aber wir üben es alle nicht richtig aus. Wir haben immer Hintergedanken dabei, als müsse es einen Zweck haben, irgendein Ziel, daß wir da sind. Und wenn es sinnlos sei, ist es darum weniger schön?« Sie waren ja alle vom Weine verwandelt und fühlten sich satt und wohl. Sogar Herr Rektor Fabricius gab zu, als Studiosus manchmal gehörig über die Stränge geschlagen zu haben, und kicherte. Auch aus dem Zimmer der Damen klang Gelächter.

Dann gingen sie. »Es war doch wieder zu gemütlich bei Ihnen«, sagte die Rektorin, »und alles ganz ausgezeichnet zubereitet.«

Onkel Peter und ter Moorens waren allein. Sie hörten noch die Stimmen ihrer Gäste von der Straße herauf. Elisabeth aber ging zu Adrian, Onkel Peter und ter Mooren folgten ihr leise. Das Kind erwachte mit großen Augen, als sie sich mit ihren heißen, weingeröteten Gesichtern darüberneigten, und sein Gesicht verzog sich, daß es ebenso einem Lachenden wie einem Weinenden glich. Herr ter Mooren schüttelte den Kopf, Elisabeth aber kniete nah zu dem Kleinen und sah ihn zärtlich und angstvoll an, während Onkel Peter sanft nur eben über die Kante des Bettchens strich. Draußen schneite es unhörbar im Finstern.

»Ich muß immer denken«, sagte Elisabeth tastend, »es ist alles so auf einmal, wir können nur da zusehen und staunen, wie wunderbar schön und bedrohlich zugleich ——« Onkel Peter unterbrach sie: »Du bist schön, Elisabeth, laß die andern denken«, sagte er verbindlich, aber plötzlich erschütterte ihn das undurchdringlich Zukünftige, und er bückte sich zu Adrians winziger knospender Hand und küßte sie ernsthaft und ehrfürchtig.

Adrians Haare waren blond, und seine Augen behielten das dunkle Blau, das allen ter Mooren eigentümlich war. Er lernte früh reden und nahm es sehr genau damit, also daß er des Morgens nach dem erstaunten Erwachen alle Worte, die er bisher kannte, wiederholte, ja sich dabei verbesserte. Erst spät aber geriet ihm das Laufen, doch als er's konnte, tat er es mit Anmut, wie auch seine Hände sich als sehr behutsam erwiesen. – Es ist nicht leicht – allen erging es einmal so –, zum ersten Male lauter fremden und riesenhaften Dingen sich gegenüberzusehen, ohne Ahnung, ob sie freundlich oder feindlich, wohlschmeckend oder ungenießbar, nahe oder fern, weich oder hart seien, Dinge, den Großen längst vertraut, die aber Adrian wunderbar genug erscheinen mußten. Ein Stuhl zum Beispiel konnte doch plötzlich auf seinen vier Beinen davonlaufen, wie ein Pferd es tat, der Unterschied war nicht allzu groß. War die Mondsichel nicht eine Banane oder ein Segel oder ein Kahn oder ein Schnipschen Fingernagel? War der Vollmond nicht einer von Johanns Messingknöpfen, bei einer Fahrt mit Onkel Peters Kalesche durch den Himmel irgendwo verloren, und glänzte nun dort? War die Uhr nicht etwa ein lebendiges Wesen mit ihrem runden, guten Gesicht, oder war auch sie ein Mond? Sie lebte, und darum redete Adrian mit ihr und allen Dingen, den Bäumen vor allem, denen er die Hand gab. »Baum bist du«, sagte er zu ihnen. »Baum bist du«, wiederholte Elisabeth und nickte. Was sie aber in Erstaunen setzte, war, daß der kleine Adrian ohne Zweifel im Dunkeln sah. Eines Nachts nämlich war er aus seinem Bett geklettert und – er war etwas über zwei Jahre alt – durch alle Zimmer gewandert. Elisabeth fand ihn in der Bibliothek im Dunkeln sitzen, damit beschäftigt, aus Büchern eine Stadt zu bauen, derart, daß er sie leicht gespreizt, den Rücken nach oben, aufstellte, wie sie denn auch so wirklich Giebeldächer vorstellen konnten. Schillers Werke hatte er ganz, die Klopstocks teilweise dazu verwandt, dazwischen seine Pferde und die Giraffe weideten, und auch der Hanswurst, der Theobald hieß, war dabei. Ihn liebte Adrian am meisten, trotz seines häßlichen Angesichts und einer beständigen Anlehnungsbedürftigkeit und Müdigkeit, da er, wo er saß und lag, zu schlafen schien. Auch jetzt gab sich Theobald dem gliederlösenden Schlafe hin. Schmerzlich war nur, daß er außerdem stumm war; ja Adrian begehrte heftig, Theobald möchte lebendig sein und nur er wisse darum. Theobald möge ihm einflüstern, wie er sich in der großen Welt zu verhalten habe, ihm sagen, was er dürfe, ihn an intime Notwendigkeiten erinnern, ehe es zu spät war. »Rede doch endlich, Theobald!« rief der Knabe außer sich und schüttelte den Schläfrigen. Auch ärgerte ihn dessen Unvollkommenheit, daß er zum Beispiel viel zu groß war für den Pferdestall, ein Geschenk Onkel Peters, der selbst damit als Kind gespielt und sogar dessen Vater. Die Pferde darin konnte man wirklich anschirren und vor die alte Kalesche spannen, und ein Kutscher gehörte dazu, zum An- und Ausziehen. Er hatte sogar einen Zylinder mit Kokarde. Am Dach des Stalles war ein kleiner Giebel mit einem Türchen darin, das auf den Boden führte, darüber eine Rolle mit Seil, kleine Strohbündel damit hinaufzuziehen (die gleichfalls vorhanden waren). Und Adrian griff durch die Tür in den dunklen Dachboden und fand darin leicht festgeklemmt ein Stühlchen im

Biedermeierstil, zur Kutscherstube gehörig, von dem selbst Onkel Peter nichts wußte, wie oft er auch damit gespielt. Jetzt konnte er es nicht mehr recht. Er kniete zwar zu dem kleinen Adrian hinab und tat so, Adrian aber ließ es geschehen, ihm den Spaß nicht zu verderben. Sie schossen auch zusammen mit der Kanone, obwohl Onkel Peter enttäuscht meinte, zu seiner Zeit hätten die Zündblättchen lauter gekracht, diese machten ja nur: Pätsch.

Ein merkwürdiger Geselle ist unter Adrians Spielgefährten zu zählen. Von Onkel Peters Größe etwa, also viel größer als Adrian, viel, viel größer als die Puppe Theobald, stand er im Laboratorium der Apotheke schon von altersher hinter einem schwarzen Vorhang. Adrian war noch nicht vier Jahre alt, als er ihn entdeckte. Es sei eine Art Puppe, so meinte der Knabe, und anscheinend aus alten grauen Knochen nicht eben sehr kunstvoll gefertigt, dazu vor allem nicht angezogen. Aber er lachte immer, und das söhnte Adrian mit ihm aus. Er mußte selber lachen und nahm ihn bei der Hand, die klapperte, als er sie losließ. Er wunderte sich über das korbartige Gestell der Brust und steckte die Finger durch die Löcher, die an den Hüften angebracht waren.

»Na, laß das mal«, sagte Onkel Peter, der gerade dazukam (denn er kam oft, seit Adrian da war).

»Wozu gehört es denn?« fragte Adrian.

»Ja wozu! Gar nicht dumm, hm, warte mal. Nun im Winter, weißt du, die Bäume, wenn die Blätter alle abgefallen sind, so ähnlich ist das da.«

»Bekommt es auch Blätter im Frühling?« Onkel Peter lachte.

»Vielleicht, kleiner Mann, ich glaube aber nicht.«

Doch genügte dies, daß man eines Tages den Knochenmann in ein mit Erde gefülltes Gefäß gepflanzt fand. Täglich kam Adrian mit seiner kleinen roten Gießkanne, ihn zu begießen.

In dieselbe Zeit ungefähr fiel auch ein Ereignis, das sich

Adrian so deutlich einprägte, daß er es niemals vergaß. An der gegen die Bahn vorgebauten Mauer am Ende des Gartens befand sich ein Ausguck, einer steinernen Kanzel ähnlich, von der aus der selige Herr ter Mooren unschuldige Lokomotivführer heftig zu befehden pflegte, indem er sie, und nur sie, verantwortlich machte für allen Ruß und Rauch, den sie aus eingefleischter Bosheit gegen ihn fabrizierten, und nur gegen ihn. Adrian kletterte oft die steinernen Stufen hinauf, der Eisenbahn zuzusehen, die er für ein Spielzeug im Großen hielt, wie es die seine im Kleinen war, wenn er bei Tante Lavendel spielte. Sie besaß nämlich nur mechanische Spielsachen, die möglichst rasch und lärmend umhersurrten, immer aus Blech gemacht waren und nach Lack rochen. Überdies hatte sie eine besondere Vorliebe für Automaten, an denen sie selten vorbeiging, ohne nach Einwurf eines Zehnpfennigstücks Schokolade oder gebrannte Mandeln herausgeholt zu haben. Die große Eisenbahn war Adrian lieber. Er legte die Ärmchen auf die Brüstung, sein Kinn darüber und schaute zu. Aber alles, was er dabei gesehen und gehört hatte, als: die großen Sonnenblumen in Bahnwärter Rammichs kleinem Garten, sein messingnes Horn, damit er tutete, das Öffnen und Schließen der weißblauen Drehbarriere (worauf er manchmal Karussell fuhr), alles dies behielt seine Erinnerung nur um eines besonderen Augenblicks willen, und nur darum sah er dies so deutlich, ja er hörte noch die Stimmen mit ihrem besonderen Klang, seiner Mutter Stimme zumal.

»Er kommt vorbeigefahren«, sagte sie aufgeregt, »und du sollst ihn auch sehen, Adrian.« Und dann liefen sie Hand in Hand durch den Garten und die Stufen zur steinernen Kanzel hinauf. Von dort aus konnte man bis zum Bahnhof sehen, der beflaggt war, und viele Menschen in Uniform, in schwarzen Röcken und Zylinderhüten standen dort und warteten. Nun kam noch ganz außer Atem Herr ter Mooren, ein Fläschchen Myrrhentinktur zufällig in der Hand, und hinterdrein Onkel Peter. Ein Zug fuhr langsam durch die Station, die Musik spielte, Hochrufe klangen herüber, und langsam fuhr er auch bei der Kanzel vorbei. Am Fenster des Salonwagens stand ein Mann – und den eben vergaß der kleine Adrian nicht mehr –, ein großer alter Herr, mit einem großen Gesicht. Unter buschigen weißen Brauen schauten große blaue Augen die kleine Gruppe auf der Kanzel an. Alle schrien laut: Hoch! Besonders Onkel Peter und auch Adrian und Elisabeth, die mit einem Taschentuch winkte. Ihre Augen waren feucht. Der alte Herr im Zuge nickte lächelnd unter dem gelblichweißen Schnurrbart, der seinen Mund beschattete wie ein beschneiter Zweig, nickte und nur für sie, wie Onkel Peter danach immer wieder betonte.

Dies war alles. Sonst war nichts geschehen. Ein alter Mann war vorbeigefahren. Wenige Jahre später aber erinnerte sich Adrian an das Gesicht. Er kam zum Frühstück und sah seine Mutter weinend vor der unberührten Schokolade; sein Vater aber stand, die Hände auf dem Rücken, still am Fenster und sah hinaus. Eine Zeitung lag am Boden. Es war so traurig im Zimmer, so als sei alles vorbei, daß Adrian gleichfalls zu weinen begann, obgleich Hochsommer war und die Sonne in das blonde Zimmer schien, darin in ovalen Rahmen ziemlich verschossene Photographien aus den siebziger Jahren hingen. –

Adrians Wunsch, wenn er einmal groß sei, ein Pferd zu werden, war längst vergessen über einer Erscheinung, mit der er nun bekannt gemacht wurde, und die ihm anfangs glaubhaft und freundlich wie andere Märchen aus Elisabeths Mund, später aber, da sich ihrer die Schule bemächtigt hatte, fremd und bedenklich vorkam. Daß Gott nämlich unsichtbar sei und überall und nie sterbe, so lernte der kleine Adrian bald darauf, als er täglich in die Volksschule ging, auf dem schmalen Rücken den Schulranzen, darauf ein laufender Schimmel gestickt war, einer von Onkel Peters offenbar. Dort lernte er dies und auch rechnen und schreiben, auch ein wenig die

Geographie von Regnitz und Umgebung und vieles andere. Herr Lehrer Borstel, ein kleiner rascher Mann, der blanke Gummikragen trug und auf seltsame Weise, was Adrian ziemlich erschreckte, den Daumen unter leise knackendem Geräusch ganz gegen alle Natur zurückzubiegen verstand, der war es, der in der biblischen Geschichte mit umfassender Gebärde, gleichsam Gott selber vorstellend, gesagt und wiederholt abgehört hatte: Gott sei überall, allwissend, unsichtbar und ewig. Und von nun an war Adrian nicht mehr allein. Mißtrauisch schaute er vom Spiele auf, ob ER ihm nicht dabei über die Schulter schaue, was er da tue, und nachts im Bett fürchtete er, daß er sich im Schlafe entblöße und dem Allgegenwärtigen, freilich ungewollt, nackt die Stelle zeige, die unter seinesgleichen nur als Ausdruck äußerster Verachtung oder als Kriegsandrohung gewiesen zu werden pflegte.

In der Schule, wo es immer säuerlich nach schwarzem Brot und Armut roch, saß er neben einem Jungen, der barfuß ging. Das Gesicht des Schülers aber war blaß und Hals, Füße und Hände wie bestaubt. Trotzdem mochte ihn Adrian, und von den Großen befragt, ob er auch schon einen Freund habe, nannte er diesen, und niemand hatte etwas dagegen. Sie nannten sich bei Vornamen und gingen oft zusammen den Schulweg, obwohl es doch seltsam war, Adrian in seinem hübschen Waschanzug sauber und gepflegt neben dem zerrissenen Hans gehen zu sehen. Aber bald schon trennte sie unwiderruflich folgendes Erlebnis.

Alljährlich, einige Tage vor Weihnachten, luden ter Moorens arme Kinder mit ihren Müttern zu sich, um ihnen allerlei zu bescheren, praktische Dinge vor allem, rosa Flanellhemden (wie sie Adrian nie tragen durfte, obwohl sie ihm sehr gefielen), gestrickte graue Wollhandschuhe, ein Päckchen Kaffee, namentlich auch Seife und bunte Taschentücher (viel schöner als Adrians weiße). Der alte Herr ter Mooren hatte diesen Brauch eingeführt mit der ausdrücklichen Bedingung, daß Kinder von Lokomotivführern oder Bahnwärtern oder deren Witwen ein für allemal ausgenommen sein sollten.

Adrian wußte damals noch nichts Rechtes von der Armut und sah verdrießlich zu, wie Elisabeth unter seinen Spielsachen kramte und unter seinen Kleidern zu klein Gewordenes »für die Armen« aussuchte. Die armen Kinder waren für Nachmittag gebeten zu Schokolade und Kuchen (abends wollte man seine Ruhe haben), und dieser Nachmittag war trüb und kalt. Es hatte nicht geschneit. Der Salon war aufgeräumt, die Gabentische gedeckt, eine kleine Fichte stand geputzt in seiner Mitte, anders als Adrian es von seinem Baum vom letzten Jahr in Erinnerung hatte. Es war noch gar nicht so richtig Weihnachten, und Adrian glaubte auch nicht daran, denn erstens mußte es dazu Abend sein, der Christbaum, eine Tanne, vom Boden bis zur Decke reichen, und es mußte im Hause warm nach Schinken riechen. Adrian war dennoch erregt, als es schellte und die Armen kamen. Elisabeth empfing sie herzlich, wenn auch ein wenig befangen und bemüht, in deren Ausdrucksweise zu reden. Dann rief sie Adrians Namen. Aber Adrian hatte sich im blonden Zimmer unter dem Sofa versteckt, entschlossen, den ganzen Nachmittag dort zuzubringen, bis alles vorüber sei. Er hörte die Stimmen, ohne etwas zu verstehen, aber sie waren ihm vertraut, es waren offenbar nur die Eltern, die sprachen. Unter dem Sofa war es ungemütlich und Adrian gelüstete es, die Armen nun doch wenigstens zu sehen, so daß er an die Türe schlich und sie ein wenig öffnete. Ein Geruch nach Schule schlug ihm entgegen, süß und säuerlich zugleich. Die Armen standen schüchtern und eng beieinander. Die Hosen der Buben reichten bis zur Mitte der Waden, die Hände waren rot, die aschblonden Haare glänzten fett und lagen dicht an den Kopf geklebt. Unter den Nasen schimmerte es feucht. Und mitten unter ihnen, ganz ordentlich gekleidet und gleichfalls in Dreiviertelshosen, stand Hans.

Elisabeth begann zaghaft und leise ein Lied. Aber die Armen trauten sich nicht zu singen, so daß nur Elisabeth sang: »O du fröhliche, o du selige«, sanft wie an einer Wiege. Danach wurde beschert, aber niemand wollte anfangen. Adrian sah, daß seine Mutter, als sie die Kinder an ihre Plätze führte, die Nasenflügel hochzog.

Plötzlich fing einer der Buben zu weinen an, weil er ein Spielzeug, das ein anderer bekam, lieber haben wollte als sein eigenes, und schrie und strampelte. Seine Mutter schalt ihn verwirrt und hilflos, bis Elisabeth den Streit schlichtete, indem sie die Schokolade auftragen ließ. Der Duft des Baumes, der bunten Kerzen und der Geruch der Armut mischten sich seltsam, und allmählich fühlten sich die Kinder wohler, begannen freier zu antworten, ja sie lachten sogar. Sie blieben lange, bis sie endlich die Geschenke zusammenpackten. Die Mütter bedankten sich und fanden, es sei sehr schön gewesen. Dann war es zu Ende. Sie gingen, und mit ihnen Hans, dankbar und zufrieden. Er hatte einen von Adrians Anzügen erhalten.

Nein, es war nicht zu Ende. Elisabeth lüftete. Sie öffnete selbst alle Fenster, während ihre Nase immer wieder der Luft mißtraute. Es war Durchzug nötig und überall ungemütlich und frostig davon. Es zog, das Gas brannte so trüb, und später weinte Elisabeth. Adrian wußte den Grund nicht und glaubte, es sei wegen der Armen. Als er im Bett lag, hörte er Elisabeth nebenan sagen: »Es riecht noch immer«, und ein Fenster knarrte.

Das war es, und von diesem Tage an vermied es Adrian, mit Hans, der seinen Anzug trug, zu verkehren. Jener fand sich erst erschrocken, dann verächtlich damit ab.

Elisabeths Tränen hatten nicht den Armen gegolten. Sie weinte zuweilen, ohne Grund, mitten in der Sonne, wenn alle andern heiter waren, und Friedrich ter Mooren sah sie dann ratlos an, besonders aber wenn sie, was noch verwunderlicher schien, plötzlich laut zu lachen begann. Nach dem Grund befragt, deutete sie auf irgend etwas Nichtiges, einen leeren Stuhl etwa, der ganz vertieft vor einem Schreibtisch stand. Oder sie sagte, das Haus dort habe gelacht.

»Ihr tut euch alle so leicht«, sagte sie einmal, nachdem sie vorher ganz heiter gewesen war, »es ist so etwas wie ein Reh in mir oder eine Gazelle, die der Wind gegen den Strich streichelt. Ich kann nichts dafür, gewiß nicht. Aber es ist in allem so. Im Winter z. B., alle sitzen in der Stube, und es war eben noch ganz warm, aber auf einmal dreht sich einer um, räkelt sich so und blickt nach dem Ofen. Ich glaube, das Feuer geht aus, sagt er. Und es *ist* aus. Aber keiner rührt sich, etwas dagegen zu tun. Es ist unabwendbar. Alle frieren dann. Ja. Es ist so trostlos und wird nie wieder gut.« So etwa redete sie und fröstelte. Sie sah dabei niemanden an. »Liebe Elisabeth, wir haben Juni«, sagte Herr ter Mooren bestürzt. Sie aber strich sich langsam über die Stirn und wiederholte müde: »Juni? Wenn du meinst.« Und fing bitterlich an zu weinen.

Dr. Benjamin, der kleine zierliche Arzt mit dem schmalen Lächeln des Eingeweihten, dem man nichts vormachen kann, sprach von der Gefahr für das Kind, redete von psychischer Infektion, der es ausgesetzt sei, und riet zu einer vorläufigen Beobachtung Elisabeths in Dr. Wimmers Kuranstalt, unweit von Regnitz in idyllischer Lage im Wald. (Erstklassige Verpflegung, aller Komfort der Neuzeit.) Dr. Benjamin nahm stets die Partei der Krankheiten und sah streng darauf, daß ihnen von seiten der Patienten und besonders deren Angehörigen kein Unrecht geschah, ja er redete von ihnen fast als von lebendigen Wesen und lobte sie gern, indem er sie wahre Prachtexemplare nannte. »Ein wunderschöner Fall«, pflegte er fast beglückwünschend zu sagen, als könnte der Patient nur dankbar sein dafür. Er verstand es aber oft, die Leiden sozusagen hinauszukomplimentieren, ohne Gewalt, freundschaftlich, so daß man ihn gern sah.

Elisabeth ging, ohne sich zu wehren, sanft und fremd. Fremd und konventionell beinahe nahm sie Abschied von ter Mooren und dem kleinen Adrian, der sie, da er etwas von Umnachtetsein gehört hatte, neugierig daraufhin ansah. Sie fuhr mit Onkel Peters Kalesche. Es war im Herbst.

Für Adrian sorgte nun Tante Lavendel, die ins Haus ihres Bruders zog. Friedrich ter Mooren sah ihn selten, und wenn es einmal am Tage geschah, nahm er ihn zwischen die Knie, sah ihn an und strich ihm übers Haar. »Na, Adrian, mein Junge«, sagte er dann, »was machst du? Spielen? So? Da laß dich mal gar nicht stören!« und er ging wieder nach unten in die kühle leise Apotheke. Tante Lavendel aber brachte Leben ins Haus. Sie ließ ihre mechanischen Spielsachen laufen oder erzählte Geschichten von fremden Ländern, wo sie nie war. Aber sie besaß Baedekers sämtliche Werke und »reiste« darin. Auf ihrem Nachttisch lag immer einer der roten Bände, darin sie bis in die späte Nacht las, im Geiste in ersten Hotels abstieg und Galerien durchwanderte. Gegenwärtig weilte sie in Spitzbergen.

Da nun Adrians Leistungen, der damals bereits die zweite Lateinklasse besuchte, bei weitem nicht genügten, da ihm ferner sein Ordinarius wohlmeinend nahelegte, doch lieber Packträger zu werden, wurde er auf Anraten des Rektors Fabricius vor Ablauf des Schuljahres nach N. gebracht, um unter seiner Aufsicht vielleicht doch noch das Ziel der Klasse zu erreichen. Denn Rektor Fabricius war in den Ruhestand versetzt worden und in die benachbarte welthistorische Reichsstadt N. gezogen, um sich ganz seinen wissenschaftlichen Neigungen zu widmen. Er war nämlich dabei, Goethes Faust ins Lateinische zu übersetzen und erhoffte sich viel von dieser Tat. Dort wohnte nun Adrian in Kost und Logis bei Karoline Fabricius, die eben einmal wieder begann, nun aber wirklich energisch, ihrer Korpulenz zu Leibe zu gehen und diesen Entschluß reichlich mit Schokolade belohnte.

Der also gefährdete Adrian war damals ein unauffälliger Knabe mit einem etwas verträumten Angesicht, das hübsch war, bis auf die hakenförmige Nase, die alles übrige im Wachstum überflügelte und außerdem ziemlich verbogen war. Aber sein Mund war schön und auch seine Zähne.

Später wunderte er sich oft, daß er sich gerade aus dieser Zeit so wenig erinnerte, als sei er gar nicht so richtig dagewesen, ein Schüler eben unter vielen, der solange seine Stelle ausfüllte, während seine Seele schlief. Seine Seele aber blieb blond, obwohl seine Locken immer dunkler wurden.

Zuweilen, besonders wenn er an Kopfschmerzen litt, dem Erbübel aller ter Mooren, rüttelte ihn des Rektors Stimme wach, der nie krank war und sich darauf viel zugute tat. »Krankheit ist lediglich Liederlichkeit«, pflegte er zu sagen, und es war bekannt, daß er kränklichen Schülern deshalb schlechte Noten im Betragen gab. Doch förderte er Adrians Kenntnisse, besonders im Latein, so sehr, daß er bereits den Osterspaziergang übersetzen durfte. Auch litt ihn der Rektor bei den Proben, als neue Szenen seines Werkes in Hexametern mit verteilten Rollen von Oberkläßlern vorgelesen wurden für das Schlußfest des Gymnasiums.

Adrian träumte viel und erzählte auch anfangs davon, was ihm jedoch Frau Fabricius mit den Worten verleidete: »Du lügst, so klein träumt man noch nicht.« Aber es war doch so und oft seltsam genug, daß der Knabe es behielt, ja liebgewann. Er fuhr etwa im Traum in Onkel Peters Kalesche mit den Schimmeln davor ganz allein, denn der Kutschbock war leer, frühmorgens durch dämmerndes Land. Der Himmel war noch grau. Aber aus den Wäldern erhoben sich Vögel in Scharen und flogen langsam, lautlos der Stadt zu: Schwarze Doppeladler, weiße Schwäne, der rote Hahn und die blaue Ente, Wirtshausschilder also, die des Nachts in den Wäldern wohnten, um morgens zurückzukehren.

Einmal besuchte Onkel Peter, der viel auf Reisen war, seinen Patenneffen. Er sprach zwar wie immer sehr abfällig z. B. über die Verdrängung der Pferde aus dem altertümlichen Straßenbild, was überdies auch einen bedauerlichen Rückgang der Sperlinge zeitige, aber er war anders als sonst und griff heftiger als es je der Fall war in Adrians Locken, so daß es wehe tun mußte. Aber der Junge sah nur gleichgültig vor sich hin. Onkel Peter war von Adrian enttäuscht. Erst am letzten Tage, als ihm der unauffällige Knabe den Traum erzählte und nun dem Staunenden die elfenbeinerne Kette (ein Geschenk Elisabeths) zeigte, womit er stets vor dem Einschlafen seine Zehen spielen ließ, als er ferner leidenschaftlich reiten zu lernen begehrte, lächelte Onkel Peter und strich ihm über das Haar. »Und die Fabriciusschen«, fragte er dann, »ich meine, sind sie nett zu dir, mein Junge, was?« »Ach«, sagte Adrian, »ich muß manchmal fast über sie lachen.« Aber sein Augen waren feucht, als er es sagte. »Na ja«, meinte Onkel Peter und knöpfte seine Handschuhe zu, »es sind so überaus tüchtige Menschen, so gesunde Menschen. Ja, das sind sie. Sei ihnen nicht bös deswegen.«

Von da an begann Onkel Peter hin und wieder an Adrian zu schreiben, rekognoszierende Briefe, die der Knabe in unentschlossener Handschrift erst zaghaft, dann freier beantwortete. Die Frau Rektorin sah es nicht gern. »Fabricius«, sagte sie groß zu ihrem Mann, »wir wissen nicht alles, was Adrian betrifft. Ich bin in großer Sorge. Diese Korrespondenz!« Adrian aber seinerseits war erschüttert, als er Zeuge von Vorfällen wurde, die sowohl die stattliche stolze Dame Fabricius als auch den robusten Herrn in einem seltsamen Lichte zeigten. Julius, deren beider alberner Sohn, war entschieden der Liebe seiner Eltern nicht ganz würdig, und doch war es für Adrian rührend zu sehen, wie sie an ihn glaubten. Sagte etwa der Rektor in ernster Sorge, im letzten Monat habe Julius ein bißchen reichlich gebraucht, so genügte das, um bei Karoline einen solchen Ausbruch gerechter Entrüstung auszulösen, daß der Rektor erschrocken verstummte. »Zweifelst du an dem Kinde, das ich unter dem Herzen trug, das ich unter Schmerzen gebar? O Fabricius, du tust deiner Gattin bitter weh. Juliusens Weste ist rein.« So rief sie, und Fabricius erhöhte wiederum den Monatswechsel seines Sohnes, mehr noch, er wies einem von dessen Universitätsfreunden mit drohend erhobener Hand die Tür, da dieser sich erfrecht hatte, auf Julius' Lebenswandel und Studium nur einen Schatten zu werfen, und was dessen Weste betraf, zweifeln zu sollen, erbärmlich genug war. Und Julius war und blieb ein Lump, ohne Genie, also ein uninteressanter Durchschnittslump ohne Witz, ohne Größe, ohne Geist, ohne Tragik oder Originalität, ohne Liebe zur Sache. »Er hätte besser getan, rechtschaffen zu bleiben«, so urteilte Onkel Peter, »zu mehr langt es nicht bei ihm.«

Vielleicht wäre der kleine Adrian im Hause des Rektors mit der Zeit ein überaus tüchtiger und gesunder Mensch mit gesicherter Weltanschauung und solidem Gottesbegriff geworden – denn seine Erzieher betonten stets, daß man, was die Religion beträfe, wenigstens mit gutem Beispiel vorangehen müsse –, kurz, sein unauffälliges Gemüt hätte schließlich zu träumen aufgehört, auch die Zehenkette verworfen, wenn nicht ein Eingriff des Todes, dessen ewig lachendes Symbol sein guter Kamerad der Kindheit gewesen war, ihn davor bewahrt hätte.

Friedrich ter Mooren war tot. Plötzlich und ganz allein war er im Schlafe gestorben. Onkel Peter brachte Adrian selbst die Nachricht, damit es nicht unsanft geschehe. Dazu ging er mit ihm in den Garten, so daß Adrian sofort witterte, daß etwas sehr Ernstes geschehen war. Onkel Peters Gesicht war bleich und traurig, und Adrian ging finster, fast feindselig neben ihm. Er hörte es stumm, ohne zu weinen. Onkel Peter aber gestaltete die Nachricht – und dies empfand Adrian dankbar – durchaus zeremoniell, beinahe in der Art einer Ansprache, indem er den Knaben bat, sich zu setzen und mit: mein lieber Adrian begann, ihn und sich selbst als besonders hart betroffen bezeichnete, von Hintritt sprach und hinterblieben, und schließlich hervorhob, daß er, der kleine Adrian, jetzt als einziger Stammeserbe die Würde seines Namens und Hauses hochzuhalten habe. Übrigens hoffe er sehr, ihm zum Vormund bestellt zu werden. Nun aber kam Frau Fabricius mit etwas Wein und belegten Brötchen. Sie wußte es bereits, ja sie war es, die es als einzige vorausgesehen hatte. Denn Friedrich ter Mooren habe bei ihrem letzten Zusammensein (wann war es doch?) etwas so Seltsames im Blick gehabt. Sie beobachtete dabei Adrians Augen, ob er weine, und sagte immer wieder: »Im Schlafe verschieden, im Schlafe!« fügte aber hinzu, der Verblichene sei ja immer allem Unangenehmen aus dem Wege gegangen. Sie war es auch, die wünschte, Adrian müsse seinen Vater unbedingt noch einmal sehen, damit er sich beizeiten an so etwas gewöhne. Denn er hatte noch nie einen Toten gesehen und fürchtete sich also davor. Aber Onkel Peter sagte: »Nein, lieber gar, Frau Rektor. Er hat noch Zeit. Und was mich betrifft, nun, ich möchte nicht gesehen sein in der gleichen Lage. Es schickt sich nicht, gewissermaßen.«

So geschah es, daß Adrian seinen Vater nicht mehr sah und nur die lebendige Erinnerung von ihm behielt, die freundlich war, etwa wie er in der Apotheke stand und, ein Kartenblatt in der Hand, ein Herzas oder einen König, weiße Pülverchen in Oblaten füllte, ungläubig lächelnden Angesichts, als sähe er eben alles zum ersten Male, und er gehöre eigentlich gar nicht hierher. Für Adrian war er nun einfach nicht mehr da, gleichsam dauernd verreist.

Erst am Tage der Beerdigung fuhr Adrian mit Fabriciusens nach Regnitz. Aber er entwischte in der allgemeinen Unruhe, nur von Onkel Peter bemerkt und begünstigt. Er lief aus dem Hause zur Stadt hinaus auf wenig begangenen Wegen und stieg auf den Galgenbühl, von dort aus zuzusehen. Er setzte sich ins Gras in seinem Matrosenmäntelchen mit den Knöpfen, darauf Anker abgebildet waren. Er trug auch einen Trauerflor am Ärmel und ein neues schwarzes Band an der Mütze. Er sah die Wagen hintereinander zur Stadt hinausfahren, Mensch und Tier so winzig klein von dort oben, daß gar nicht Platz genug darauf sein konnte für all das, was er aus der Nähe wußte und als groß kannte. Die Wagen hielten am Friedhofsportal, und das waren wohl Onkel Peters Schimmel vor der alten Kalesche, dies Herrn Cazalets Mietpferde. Aber es sah nicht viel anders aus als das Gewimmel von Käfern, wenn er einen Stein aufhob, ja eine Hand, Adrians noch nicht erwachsene Hand konnte alles zudecken, und es war dann einfach nicht mehr da. Der Sarg, nicht größer als eine Bohne, ward in die Erde gelegt und unsichtbar von nun an. Dabei beruhigte es Adrian, daß daraus vielleicht ein Baum werden konnte, einer von den vielen besonders schön gebauten Bäumen dort unten zwischen den Gräbern, eine Birke vielleicht.

Als alle Trauergäste schon gegangen waren, hielt nur Onkel Peters Wagen noch vor dem Portal und wartete. Er selbst stand allein am Grabe, ganz aufrecht und sah hinein. Lange stand er so barhäuptig, auf einmal aber bewegte er sich – nur ein dunkler Strich, von Adrian aus gesehen –, griff sich an die Stirne offenbar, bückte sich dann, etwas vom Grabe zu nehmen oder darein zu tun, und ging raschen, entschiedenen Schrittes davon. Als Adrian ihn zu Hause wiedersah, fehlte eine Locke mitten aus Onkel Peters Haar. Nun las er auch die Anzeige in der Zeitung – Frau Fabricius gab sie ihm – und er errötete, als er darunter: im Namen der Hinterbliebenen seinen Namen gedruckt las.

Frau Fabricius trauerte gern. Namentlich sobald sich Adrians Gesicht nach diesen Tagen erheiterte, brach sie in Tränen aus und sagte, sie sei immer weich gewesen, viel zu weich, und Adrians Lächeln verlöschte.

In aller Stille aber hatte Onkel Peter erreicht, daß er wirklich Adrians Vormund wurde. Er ließ sein Mündel vorderhand noch in N., wo er ihn oft besuchte, namentlich während dessen ziemlich langer Krankheit.

Dr. Benjamin, den Onkel Peter zugezogen, nannte sofort einen längeren, weiblich klingenden, wissenschaftlichen Namen, den er fast verliebt aussprach, besonders, da es sich um ein wunderschönes Exemplar in Reinkultur handelte. Er saß lange an Adrians Bette mit dem feinen Lächeln des Eingeweihten, und wenn er dem Kranken zunickte, so meinte er den Fall damit, einen lieben Bekannten also, den er grüßte. Er sah Adrian in den Hals, lobte dessen wirklich schöne Zähne (worauf der Knabe errötete), horchte ihn mit kaltem Ohre ab und verordnete Bettruhe vor allem.

Während dieser Zeit begann Adrian zu wachsen, er spürte es förmlich, aber daß er auch nichts dazu konnte, sondern es war eine fremde Hand. Zum ersten Male spürte er seinen Körper wirklich in seiner ganzen Gestalt und wie er sich unter seltsam beglückenden Schmerzen verwandelte, und auch seines Gesichts und vor allem des Mundes ward er nun völlig bewußt. Unablässig, während er so lag, spielten Adrians Zehen mit der Kette aus Elfenbeinkugeln. Er träumte auf einmal anders und schämte sich oft beim Erwachen. Ferner zeigte sich störend, als er genesen war, daß Adrian Schrift und Zahlen auf einige Entfernung nicht mehr recht entziffern konnte. Er mußte nach Dr. Benjamins Verordnung eine Brille tragen, deren er sich sehr schämte. Auch schien dadurch die Welt um Adrian auf einmal verwandelt und ganz anders, zu deutlich geworden, wie denn die Sterne, die vorher für ihn einen Schein um sich trugen, den Löwenzahnkerzen im Sommer ähnlich, nun zu scharfen, spitzen, zwinkernden Punkten zusammenschrumpften und ganz fern wurden, Onkel Peter auf einmal viel älter aussah und zumal Fabriciusens, da er sie und alles sah, wie es wirklich war. Alle Dinge, früher nur von nahe einzeln, waren es nun bis in weite Entfernung, was Wald war, wurden viele Bäume, kurz, alles war nun abgegrenzt und getrennt, allzu genau unterschieden. Adrian verabscheute also die Brille um ihrer Unnachsichtigkeit willen. Aber er liebte sie geradezu im Regenwetter. Denn dann zauberten die Regentropfen an seinen Augengläsern ihm seltsam beseelte, zackige Gebilde vor, mit leuchtenden Kanten, Spitzen aus Tau gesponnen, atmende Kristalle, Samen der Gestirne. Aus kümmerlichen Laternen wurden Sonnensysteme. Und Bäume und Menschen, die Häuser auch, durch die Tropfen gesehen, hüpften und knickten, quollen formlos, wurden in die Länge gezogen, ausgebuchtet. Sie verloren Würde und Haltung ganz, und ihre Beine liefen in Spiralen, so daß Adrian lachen mußte, und es gefiel ihm darum, nachts und bei Regen zu spazieren über die Tiefen der Stadt, darin sich die Häuser spiegelten, grundlos in die Nacht gebaut.

Übrigens waren seine Leistungen in der Schule so gebessert, daß Onkel Peter ihn wieder nach Regnitz nahm, wo er im ter Moorenschen Hause unter Tante Lavendels unaufdringlicher Obhut wieder sein altes Zimmer bezog. Die Apotheke aber leitete ein Provisor, William Knösel mit Namen. Knösel, ein langer Mensch, mit einem kleinen, gutmütigen Satyrgesicht und stets so, als wolle er noch einen Zug erreichen und habe höchste Eile, war schon zu ter Moorens Lebzeiten hier in Kondition, obgleich er sehr, sehr viel zerbrach. Denn seine Gedanken weilten nicht bei seinen Händen. Er war vielmehr Amateurjurist, die wandelnde Gerechtigkeit, das gute Gewissen der kleinen friedlichen Stadt. Er entrüstete sich, wo er konnte, und war der eifrigste Klient von Rechtsanwalt Katz. Er hielt Radfahrer an, die auf verbotenen Wegen fuhren, und veranlaßte, daß winters die Hätschelbahnen der Buben mit Sand bestreut wurden. »Ich mache Sie haftbar« oder »nach Paragraph soundsoviel bin ich berechtigt« waren Lieblingsworte von ihm.

Sonst war er harmlos und von Onkel Peter lächelnd geschätzt als Freund und Kenner edler Literatur. Durch ihn und Tante Lavendel äußerer Sorge enthoben, ging Adrian, wie ehedem, doch ein wenig scheuen Schrittes zu dem alten grauen Gymnasium, das ihm zwiespältig vertraut war. Er zögerte hineinzugehen, hörte vielmehr dem hellen oder dunklen Stimmengewirr eine Weile von außen zu, daran die einzelnen Klassen zu unterscheiden waren, und stieg dann seltsam bewegten Herzens die Stiege hinauf, kurz ehe es ›ganz‹ schlug, nach langer und, da sein Wachstum dazwischen lag, völliger Trennung wieder unter die Schüler eingereiht zu werden, wo man vielleicht schon geglaubt hatte, er habe auf den Rat des Ordinarius hin damals wirklich die Packträgerei als geeigneten Beruf für seine Anlagen ergriffen.

Als er die Klasse wieder betrat, wehte ihm der Geruch von zweiundzwanzig Knaben entgegen, der ihn wie ehemals an Kattun und leicht um die Haut gebauschtes Zephirleinen erinnerte und der doch jetzt ein wenig anders war. Er sah Gesicht hinter Gesicht geschichtet wie in einem Maskenladen. Die Knaben von damals hatten sich verwandelt, nicht nur daß ihre Gestalten gleichsam in die Länge gezogen erschienen, auch die Gesichter waren, nun er sie zum erstenmal durch die Brille wiedersah, älter geworden, nicht mehr so neu, teilweise verbraucht und schadhaft. Fast alle kannte er ja, den unglücklichen Konrad Rübsam, der sieben ältere, hoffnungslose Schwestern hatte, den sanften, überaus freundlichen Karlchen Mörder, Sami Katz auch, den Juden, den dicken, etwas boshaften Emil Wulle und Klaus Hahnemann, den kleinen Löwen mit dem Gummizuckerl.

Dieser Klaus, der nun Älteste in der Klasse, war auf einem Schiffe geboren zwischen Europa und Amerika, da weit und breit kein Land zu sehen. Er trug jedoch keinen Matrosenanzug wie der kleine Arnold Brouillard, ein Emigrantenabkömmling also, der aber durch die Folgen einer Hüftgelenkentzündung für immer gezeichnet, weiß und zerbrechlich an seinen Stöcken ging, der keine Zinnsoldaten zu verschenken hatte wie ehemals Klaus, obwohl es nur Ausschuß war aus seines Oheims kleiner Zinngießerei, wie denn auch manchmal ein Bein fehlte oder ein Arm oder, wenn sie zu heiß gegossen waren, die Oberfläche sich rauh und verwischt erwies. Aber sie waren bemalt, Klaus hatte sie selbst bemalt mit restlichen Farben, so daß es rote und blaue Pferde gab, ja zuweilen blieben Hände und Gesichter zinnen, silberfarben also, was Reitern und gewöhnlichen Fußsoldaten eine ganz besondere Würde verlieh, etwas Reiches, ja Königliches gab, das sie weit über die gewöhnlichen, käuflichen Streitkräfte erhob, unter denen sie auch ohne weiteres den Rang von Offizieren und Obersten bekleideten, selbst ohne Kopf es noch bis zu Generalen brachten. Um ihretwillen galt es stets, Klausens Freundschaft sich zu erwerben. Zudem war er außer der Geburt auf hoher See – alle andern waren nur auf dem Lande geboren – durch den besondern Tod seiner Eltern ausgezeichnet. Sein Vater war als tapferer Kapitän in einem Taifun umgekommen, als Klaus kaum ein Jahr alt war, und seine Mutter erlag sogar dem gelben Fieber. Eine Mohrin hatte er als Amme gehabt, so daß Emil Wulle, Klausens Ansehen zu schmälern, das Gerücht verbreitete, Hahnemann werde ohne Zweifel von der schwarzen Milch, die er als Säugling getrunken, noch einmal ganz oder teilweise schwarz werden, z. B. seine Nase, was wirklich von einigen geglaubt wurde. Adrian glaubte es nicht. Auch er war damals mit Soldaten beschenkt worden und besaß sie noch, als er jetzt nach fast zwei Jahren der Trennung unter die Kameraden trat. Er war ein wenig befangen und sah, in den Hüften sich dehnend, allgemein in die vielen Gesichter, bis er sich angerufen hörte, allmählich erkannt wurde – denn die Brille entstellte ihn – und wieder dazu gehörte. Dennoch fühlte er sich enttäuscht. Ich hatte mich doch so gefreut! dachte er unlustig auf einmal, und sann, was es sei. Zunächst war es ihm nun keineswegs mehr gleichgültig, neben wem er saß, besonders nicht, wenn es Wulle war, der sein Haar offenbar mit Schweinefett salbte, aber sonst ein Feind der Reinlichkeit war, was Adrian, nun er die Brille trug, der nichts entging, allzudeutlich sah. Ein wenig versöhnte ihn jedoch Arnolds durchsichtiges kluges Gesicht auf der andern Seite neben ihm, Arnold, dessen schöne Hände heimlich unter der Bank Sonaten übten, und der unangetastet, beinahe gescheut an seinen Stöcken ging, mit dem absonderlichen Hochmut seiner Krüppelhaftigkeit die Robusten verachtend. Ihn konnte Adrian getrost ansehen, ohne Schuppen auf seinem Rockkragen entdecken zu müssen, wie es bei Konrad Rübsam der Fall war. Die Klasse hatte sich in einzelne, deutlich begrenzte Wesen aufgelöst, die ihm alle gleichgültig, ja unangenehm waren, vielleicht Arnold ausgenommen und Klaus allenfalls, den König der Klasse. Adrian sah ihn daraufhin lange an. Denn es genügte ihm nicht ein kurzer Blick, und bei Klaus besonders nicht. An ihm gab es mehr zu sehen als an den andern, mit denen man bald fertig war. Schon sein Haar, das geradezu etwas Pflanzliches an sich hatte, war seltsam genug, denn es neigten sich die Strähnen um sein Gesicht wie bei einer Papyrusstaude, fein geschwungen und biegsam. Dabei war es von unterschiedlichem Blond, von silberblond bis fast olivfarben und schimmernd wie Gras. Eine Locke über der Stirn war fast weiß. Das Gesicht darunter war groß und von ferne leuchtend aus eigener Kraft, so daß es unter der Menge stets sofort zu finden war. Eine heitere Stirn! dachte Adrian, als sein Blick sich senkte, Klausens Augen zu sehen, die nie verlegen waren, und deren olivfarbene Pupillen frei über dem unteren Lidrand standen. Die Lider waren meist ein wenig gerötet, die Nase ziemlich groß und abfallend, die Flügel aber weit und atmend. Groß war auch der Mund und lebendig, fest und unverschämt. Und da Adrian ihn und das ganze Gesicht ansah, gleichsam darauf spazierenging, wie über Land – denn es war seinen Augen immer alles gleich groß oder klein –, fand er es eigentlich schön (und, wie er merkte, er allein von allen, die es sahen), wenn schon manchmal etwas verwildert. Auch war seine Kleidung von auffallender Unbekümmertheit und, obgleich er es verschmähte, wie Arnold Matrosenanzüge, womöglich mit einem gelben Anker auf dem Ärmel, gar einer Signalpfeife in der Brusttasche, zu tragen, hatte Klaus für Adrian immer etwas Seemännisches an sich, etwas weit übers Meer Schauendes, vertraut mit Wind und Wetter. Seine Hemden waren aus derbem, handgewebtem Leinen (denn er trug den ganzen Sommer keine Jacke), und die Hosen waren blau. Sie spannten etwas an Waden und Schenkeln.

Doch machte Adrian, gewohnt allein zu sein (was später ins Gegenteil umschlug), gar keinen Versuch, sich Klaus zu nähern. Auch gab es für seine seit der Krankheit verwandelte Seele und seine Augen, da sie jetzt, wie er sagte, unter Glas und Rahmen waren, Wunderbares genug, das ihn beschäftigte, vor allem Onkel Peter und dessen Landsitz Schloß Pas de Quoi. Adrian kannte es zwar von früher, jetzt erst aber bezauberte es ihn.

Nach Schloß Pas de Quoi war es von der Stadt (wenigstens mit Onkel Peters Kalesche) etwa zwei Stunden zu fahren. Es lag etwas abseits vom Weiler Finsterwald, aber derart, daß man weder vom Weiler das Schloß, noch vom Schloß aus den Weiler sah, noch irgendeine andere menschliche Siedlung, wie Onkel Peter betonte. Es hatte ehedem dem Herrn von Bärlapp, altem Adel also, gehört und war durch Erbschaft in Onkel Peters bürgerlichen Besitz gekommen. Und während sie etwa so durch die herbstliche Landschaft fuhren, Johanns krummen Rükken vor sich, und sich wieder einmal in den Messingknöpfen seiner schokoladebraunen Livree spiegelten, erzählte Onkel Peter von den Ahnen Bärlapp, die ein stolzes Geschlecht gewesen waren. Einer von ihnen z. B., ein herkulischer, unbändiger Mensch, habe, im Rausch heimkehrend, den großen eichenen Schrank (der noch vorhanden war) in der Meinung, er wäre die Tür zu seinem Schlafzimmer und gebe nicht nach, mit beiden Händen gepackt und auf die Seite gestellt. Sie fuhren unterdessen zwischen Vogelbeerbäumen, deren rote Beeren, wenn Johanns Peitsche sie streifte, in den Wagen regneten, und hatten den Weiler hinter sich, als sie des Schlosses ansichtig wurden. Es war ein zweistöckiges Gebäude mit langer Front und Mansardendach, rostgelb gestrichen und freundlich anzusehen mit seinen grünen Fensterläden. Eine Mauer umgab es in großem Umkreis, und ein von fast zur Unkenntlichkeit verwitterten steinernen Löwen flankiertes Gittertor führte hindurch in den Rasengarten vor dem Haus. Johann schnalzte und fuhr in flottem Trab hochherrschaftlich an die Treppe. Er nahm den Zylinder ab, während der Lakai die Stufen herabkam und den Schlag öffnete. Rechts vom Schloßeingang stand ein weißblaues Schilderhaus, etwas verwittert und verblaßt, eine Erwerbung Onkel Peters, doch hatte nie ein Soldat davor gestanden. Mit dem Lakai kam Troll die Treppe herabgesprungen, der junge Setter mit seinem Kupferseidenhaar. Er krümmte sich vor Freude, wobei sein langes Gesicht zweifellos lachte, während er mit seinem Schweif um sich schlug und, als könne er sich nun nicht mehr halten, plötzlich in ein kurzes, jauchzendes Bellen ausbrach. »Sei mir willkommen auf Schloß Pas de Quoi«, sagte Onkel Peter, sah Adrian herzlich an und schüttelte ihm heftig beide Hände. »Ich wage zu hoffen, es wird dir gefallen. Seltsam«, fügte er plötzlich ernst hinzu, »seltsam, nein, wirklich die Ähnlichkeit, ganz damals, einfach bizarr. Wie alt bist du jetzt? Vierzehn, na also.« Adrian schloß aus diesen Worten, daß er seinem Vater wohl sehr ähnle, als dieser im gleichen Alter war wie er. Sie gingen eine schwere, breite Stiege aus dunklem Holz nach oben, deren Geländersäulen wie Kegel aussahen, zu denen am Treppenabsatz auch die Kugeln vorhanden waren. Die geweißten Gänge waren hell. Hier hingen die Bilder der ehemaligen Schloßherren: Bärlapp und Meier. Und auch in Adrians Zimmer hing offenbar einer von ihnen, und er, bei dem Gedanken, nun oft in dessen Anblick zu wohnen und sogar zu schlafen, trat an das Bild, damit vertraut zu werden. Es war das Bildnis eines Knaben in ganzer Figur, ein wenig steif gemalt. Er trug, etwa zehnjährig, schon lange weiße, röhrenartige Hosen, die bis unter die Achseln reichten und von Trägern aus ziegelrotem Leder gehalten wurden. Das Hemd, mit schmalen gelben Streifen und Ärmeln, die, oben weit, eng nach den Handgelenken zuliefen, schloß mit einem steifen Liegekragen. Der Knabe spielte Reifen. Sein Gesicht war von schwarzen Locken umweht, und Adrian beneidete es um seiner Schönheit willen. »Das bin ich«, sagte Onkel Peter und richtete daran, denn es hing ein wenig schief. Es war nichts neu in Adrians Zimmer oder doch alles viel älter als er.

»Komm, Adrian!« sagte dann Onkel Peter, »mache meiner Mutter dein Kompliment.«

»Deiner Mutter? Du hast noch eine Mutter, das habe ich gar nicht gewußt«, staunte Adrian.

»Ja, aber sie ist blind und alt. Seit sie nicht mehr sehen konnte und also nicht mehr wußte, wie sie aussah, ließ sie sich auch nicht mehr von anderen ansehen. Sie war einmal eine schöne Frau. Tue auch nicht dergleichen, als sei sie blind. Ich habe dich ihr beiläufig beschrieben, und sie wird dir versichern, wie gut du aussiehst. Wundere dich auch nicht, sollte sie etwas sagen, was wehe tut. Sie ist eine stolze Frau, eine böse Frau, ja wirklich, das ist sie. Du brauchst dich aber nicht vor ihr zu fürchten. Sie ist so böse, daß man sie darum lieben muß, ja, das muß man, und wenn sie plötzlich gut würde, was kaum geschehen mag, ich meine fromm und gut, nein, es wäre der Zusammenbruch.«

Onkel Peter hatte sich, wie er das oft tat, bei diesen Worten plötzlich nahe vor Adrian gestellt, ihn so am

Weitergehen hindernd. Sein Gesicht war seltsam begeistert.

»Schön, sehr schön! und böse. Das war sie. Eine seltsame Frau«, schloß er und lächelte andächtig nach oben. Dann traten sie ein.

Die alte Dame saß wie gewöhnlich in einem steifen Armsessel, von dessen Lehne überragt, denn sie war alt und klein geworden, das feine Gesicht eingeschrumpft, der Mund dünn und zahnlos. Ihre Augen waren offen, doch ohne Glanz, und das linke wanderte ruhelos, während das rechte tot geradeaus sah. So saß sie mit herabgezogenen Mundwinkeln und für immer im Dunkeln. Über ihr, und das erschütterte den sanften Adrian, hing ein Ölgemälde so aus den vierziger Jahren, meisterlich gemalt, das die alte Dame in ihrer Jugend darstellte. Das Kleid ihres Bildes ließ die Schultern frei, und der überaus anmutige Hals trug den schönen, klugen Kopf, und alles war wie neu und unsterblich.

»Ich hoffe, es geht Ihnen gut, Maman«, sagte Onkel Peter und verneigte sich. »Nein«, sagte die Alte dann, »ganz und gar nicht, obwohl ich dir einen Gefallen damit tue. Nun, ich bin ja immer allein mit fremden Leuten.« Damit meinte sie Fräulein Nämlich, die täglich kam, ihr vorzulesen, was sie mit langsamer, trauriger Stimme tat. Zudem hob sie am Ende jedes Satzes die Stimme, statt sie zu senken, wodurch sie ahnungslos der alten Dame einen besonders grimmigen Genuß bereitete. Nun aber entsann sich Onkel Peters Mutter, warum ihr Sohn kam. Sie lächelte auf einmal, plötzlich lächelte sie kunstvoll und neigte sich entgegenkommend ein wenig vor. »Du bringst mir jemand«, sagte sie zärtlich, »wie ich sehe. Komm her, mein hübscher Knabe und küsse der alten, bösen Frau die Hand«, und Adrian tat es. Er nahm die kleine, leichte, blasse Hand, die ein wenig jünger geblieben war als der Greisin Gesicht, und küßte sie. Dann stand er unbehaglich da. »Es schadet euch ja nichts«, fuhr die Blinde fort, »ein wenig zuzuhören. Fräulein Nämlich las mir gerade vor (ich habe ein wenig schwache Augen, mußt du wissen). Sie hat eine angenehme Stimme und weiß hübsch vorzutragen. Lies weiter, Mädchen.« Und Fräulein Nämlich, ein wenig behindert durch die Wattebäuschchen, die sie immer noch in ihren welken Wangen trug, sie voller erscheinen zu lassen, las mit ihrer gezierten und seit jener Neigung tieftraurigen Stimme von einer Reise durch die Wüste Gobi. Onkel Peter und Adrian saßen nun auf den harten Besuchsstühlen und hörten zu, Onkel Peter mit höflichem Gesicht lauschend, Adrian zerstreut und besorgt, daß sein Magen allzulaut knurre, was ihm bei Gelegenheiten solcher Art, z.B. während des Gottesdienstes, häufig geschah. Sie waren bereits weit in die Wüste vorgedrungen und hatten, der Erschöpfung nahe, festgestellt, daß der Wasservorrat in den Schläuchen zu Ende gehe, als die Greisin, als habe sie gar nicht zugehört, zu reden begann. Fräulein Nämlich verstummte sogleich mitten im Satz und legte den Finger an die Zeile. »Der junge Graf Marloff«, sagte die Blinde lebhaft, »war doch ein hübscher Mann und ein brillanter Tänzer, die Valse vor allem – wenn sie damals auch immer noch nicht für fein galt. Mein Mann mochte ihn natürlich nicht – ich erinnere mich eines Balles, ich trug das da oben mit nur einer Maréchal Niel – hier«, sie schwieg plötzlich und wiegte leise mit dem Kopfe. Die Nämlich las weiter von der Karawane. Onkel Peter aber winkte Adrian, auf den Zehenspitzen schlichen sie hinaus.

Immer wieder sah Adrian im Vorübergehen den Ahnen ins Gesicht. »Dies ist der besagte Herkules«, erklärte Onkel Peter, vertraulich seine Hand auf den goldenen Rahmen legend. Der Ahne hielt ein gefülltes Weinglas in der Hand, darin sich ein Fenster spiegelte mit etwas Landschaft dahinter. Augen und Mund waren überaus feucht gemalt und lächelten trunken und traurig. Daneben hing das Bild eines Mädchens. Es stand einfach da, mit gesenkten Armen, in der einen Hand ein Spitzenfacinettchen, im großen Reifrock vor einem Weiher; der schmale Oberkörper blühte aus dem Rock wie eine Blume aus einem Topf, darein sie gepflanzt ist. Das Gesicht war fein und wie durchsichtig.

»Wir nennen sie den Teewärmer«, sagte Onkel Peter dazu, »was ziemlich respektlos ist, denn man muß sie lieben, auch wegen ihrer Geschichte. Denn es geht die Sage, daß sie nie starb, sondern nur völlig unsichtbar wurde, plötzlich erlosch, da sie jenen Herkules im Rausch bei einer Stallmagd schlafen fand. Zuweilen sieht man sie noch. Ich z. B. sah sie als Junge in Gestalt eines Schulmädels blaß und freundlich voll Anmut an mir vorübergehen. Sie knickste und lächelte, als ich erschrocken grüßte, aber ich sah sie nie wieder.«

»Es sind viele Bilder«, sagte Adrian.

»Und sie sind manchmal das einzige, was von den Dargestellten übrig blieb«, fuhr Onkel Peter fort, »aber weißt du, man ist nie ganz einsam, solange man sie hat, diese Ahnen.«

Sie gingen auch durch die Ställe, von den flachen kühlen Bildern zu den vollen warmen Kühen und Pferden, die Onkel Peter sofort erkannten, eine Kalbin besonders, die sehr schön war. Sie strichen ihr übers Fell und ließen das lange kupferblonde Haar an den großen horchenden Ohren des Tieres durch ihre Finger gleiten. »Wie geht es dir, Mädchen?« redete Onkel Peter mit ihr, und Adrian lächelte über den zärtlichen Ton, in dem es gesagt war. Und die Zunge der Kalbin rauschte über Onkel Peters Hand.

Im Park hinter dem Schloß sahen sie Damhirsche zierlich auf eine Wiese treten, denn es war Abend.

»Ich kann es mir ja eigentlich nicht so recht vorstellen, Onkel Peter, aber warum hast du nicht geheiratet?«

Dies fragte Adrian, als sie dann in dem kleinen hohen Eßzimmer allein zu Nacht aßen. »Ja, warum eigentlich?« antwortete Onkel Peter und prüfte die Suppe. Vor ihm stand wie immer bei Tische eine Huilière sowie eine Reihe kleiner Fläschchen, darunter Worcestershiresoße, ferner ein sechsteiliges Gewürzgefäß für Salz, Paprika, Parmesan und dergleichen, dazu Zitronenschnitten, damit er bei Tische den Speisen noch die letzte Weihe des Geschmacks gab. »Warum eigentlich! Gewiß«, wiederholte er bedächtig und begann die feierliche Handlung, wobei er stets mit seinen beiden besonnenen Händen über der Mitte des Tellers zelebrierte, manchmal zwei Würzen gleichzeitig dazugebend, roten Paprika und gelbe Zitrone zum Beispiel. Adrian sah aufmerksam zu und tat es Onkel Peter nach, der ihn gern in seiner Kunst unterwies. Nun erst erwiderte er Adrians Frage:

»Ich liebe«, sagte er lebhaft, »ich liebe noch immer und immer wieder. Ja, ich glaube, ich tue den ganzen Tag eigentlich nichts anderes und stets von neuem. Denn ich liebe das Schöne. Und – in allerlei Gestalt, Adrian. Dazu bin ich da.«

Er schwieg, und indem er seine Fingerspitzen aneinanderlegte, also eine Art gotischen Bogens über seinen Teller bauend, sah er darüberhin Adrian an und wiederholte bestimmt: »Dazu bin ich wirklich da.« Adrian nickte. Es fiel ihm ein, wie Onkel Peter ihm vorhin die schöne Kalbin gezeigt, deren große braune Augen, namentlich wenn sie sie erhobenen Kopfes weit in die Winkel verdrehte, ihn an die Klausens erinnerten. Er dachte, wie schön das Tier sei, und daß man es wohl darum lieben dürfte, nicht anders als die Birke oder jenes Mädchen im Reifrock, ein Gedicht oder sich selbst, wie es Arnold tat, oder einen Dichter, einen Stein sogar an einem Ringe oder auch eine bestimmte Farbe, ihrer aller zu begehren und sich selbst dafür hinzugeben. Und obgleich er dies nur dachte, wenn auch begeistert und bis in die Augen hinein, erwiderte ihm, wie es zuweilen so geschah, Onkel Peter darauf und sagte: »Ja, gewissermaßen, und wer es kann, soll es tun und tut gut daran, weiß Gott. Es geschieht doch etwas dabei, es wird etwas gesehen.«

Nun aber wollte Adrian wissen, wie Onkel Peter in seinem Alter, als er ein Knabe war und so, gewesen war. »Wie du«, sagte Onkel Peter, »ich glaube, nicht anders als du, Adrian.« Und er spielte mit seinem silbernen Messerbänkchen, das, einer Art Hantel ähnlich, sehr dazu geeignet war, zwischen den Fingerspitzen gequirlt zu werden.

Und dann erzählte Onkel Peter von Regnitz und was ihn damit verbinde, außer Adrian. Inmitten der Stadt lag nämlich das ehemals markgräfliche Schloß, aus Sandstein gebaut, wie er in den jetzt verfallenen malerischen Steinbrüchen der Umgebung gebrochen worden war. Als es noch neu war, alte Abbildungen bezeugen es, war das Schloß hell wie eines Menschen Haut und wie diese blaß geädert; namentlich die Rokokofiguren, die noch das Sims des Daches krönten, Götter und Göttinnen, Damen und Kavaliere, Schäfer und Schäferinnen, sollen ehedem gerade durch das blühende Inkarnat des Steines von bezaubernder Wirklichkeit gewesen sein: Denn aus den buntgemalten Gewändern leuchtete die natürliche Farbe eines Angesichts, gezierter Hände und runder Brüste in bürgerverwirrender Frische. Im Lauf der Jahrzehnte waren sie alle schwarz vom Ruß der Brauereien und Bürstenfabriken geworden. Auch die Venus in der Mitte mit der hohen Fontange hatte dadurch ihre eigentliche Nacktheit eingebüßt und das ganze Gebäude. Zu jener Zeit, da Adrian heranwuchs, residierte darin ein kinderloser Fürst, Friedrich Alexander mit Namen, ein uralter Sonderling, der als einziges Recht behalten hatte, einen großen strahlenden Hausorden zu verleihen, womit er aber sehr knauserig war, und einen Adjutanten zu halten, und der war Onkel Peter. Dieser hatte keine weitere Verpflichtung, als ab und zu den alten Herrn zu besuchen, der längst unsichtbar für die allgemeine Bevölkerung bücherlich wie ein Gelehrter seine große Bibliothek regierte. Wenn Onkel Peter zu ihm befohlen war, kam er in der roten Uniform der Husaren – er war

Rittmeister der Landwehr – und tat getreulich mit, indem er: »Mein Fürst« zu dem Alten sagte und dann im Schachspiel ihn gewinnen ließ. Friedrich Alexander aber sah sein Vergnügen darin, die großen Herren, wie er sagte, ein wenig zu kitzeln, da er urkundlich festgestellt hatte, daß er noch die Anwartschaft auf einen kleinen Thron besaß. Zuweilen ärgerte er dessen Inhaber damit, daß er ihn Usurpator nannte und die Anfechtung der Erbfolge wiederholt ernsthaft in Aussicht stellte.

Nach dem Essen begleitete Onkel Peter Adrian hinauf, wobei er mit einer Kerze leuchtete. Und da er an Adrians Gesicht sah, wie er schon so ganz dazugehörte, zu den Ahnen, zum Park und allen alten Dingen, lächelte er. Noch am Ende des Ganges wandte er sich zurück und grüßte mit der Kerze. Als Adrian sich zu Bett begab, hörte er von fern Onkel Peters Flöte, halb schon schlafend, sah er die Bilder und Lebenden heiter miteinander umgehen.

Nur ungern kehrte er natürlich am andern Tage nach Regnitz zurück, der Schule wegen.

Da Adrian zur selben Zeit zu lieben begann und ausschaute, gleich ihm Liebenden zu begegnen, mit ihnen zu tauschen, daß er sich auch, wie es nun geschah, nicht mehr einsam der Nacht hingab, wo er mit geschlossenen Augen das Vollkommene sah, worum ihn der Tag betrog, merkte er zugleich, wie klein die Ansprüche der meisten sein mußten, daß sie einander liebten, wie zweifelhaft, nun er es durch die Brille sah, das Schöne war, an das er aber heilig glaubte, und wie fahrlässig man sich dieses Wortes allenthalben bediente. Ja, es kam ihnen auf ein paar Zentimeter mangelnden Ebenmaßes, auf einen Zahn, sei er mißfarben oder falsch, gar nicht an. Und es fehlte doch überall, vor allem auch an den Händen, davon berührt zu werden Adrian sich scheute, solange sie so waren, wie er sie jetzt sah. Er mochte vor allem sich selber nicht, obgleich er nicht häßlich war bis auf die große, etwas verbogene Nase und ebendiese Augengläser, deren er bedurfte, wie sehr er sie auch verabscheute. Eine Krücke, ein Stelzbein nannte Onkel Peter schon sein Lorgnon, obwohl er sich seiner doch nur zuweilen zu scharfem Hinsehen bediente. Es half auch nichts, die Brille abzunehmen, daß alles wieder locker sich auflöse, Runzeln sich glätteten, alles sich verjünge: der Verdacht bestand. Es ärgerte ihn, daß er, wie er sagte, »immer gleich alles sah«, sei es ein erstes graues Haar unter Millionen braunen, sei es eine noch so wohlgelungene Perücke, ein wenig Malerei im Gesicht: er sah es sofort; ohne es zu wollen, unterschied er mit dem ersten Blick natürlich Gewachsenes von künstlicher Täuschung. Eine Zeitlang und einstweilen wandte sich seine Seele darum begeistert den Bildern zu, den Köpfen von Griechenlands schönen Göttern und Knaben zumal in Onkel Peters Kunstkabinett, die vollkommen blieben, auch in Trümmern vollkommen schön, so glaubte er, bis auf das Lebendige aus Fleisch und Blut, das Atmende, Sprechende, Vergängliche, Liebende, das aber Adrian doch begehrte. Da er aber wahrnahm, wie bald beim Menschen der Verfall und vor allem eines Angesichts begann, wie ferne es auch dem Alter und Tode war, glaubte er, daß die Schönheit des Menschen in ihrer Vollendung zwischen Blühen und Vergehen wohl eine Sekunde nur daure, um deretwillen aber das Leben zu haben ihm genug erschien. So sehr liebte er alles Schöne. Doch am meisten liebte er doch die Gesichter, etwa wie das der Venus von Botticelli über dem Kanapee oder das des Idolino, wovon Onkel Peter einen Abguß besaß. Doch geschah es erst jetzt, daß sie dem Knaben leibhaftig begegneten, diesen verwandt oder auch anders, wenn sie nur schön waren. Ja, wenn er sich dachte, ein Vorhang höbe sich langsam von den Füßen an vor einem nackten Menschen, so konnte der Blick allenfalls auf der Höhe besonderer Hände ruhen, aber erschien das Gesicht, Klausens zum Beispiel, so war es immer etwas Unerwartetes, dem Körper Fremdes, und wiewohl von ihm getragen, doch aus anderem gemacht; wahrhaftig, man dachte nur nicht immer daran. Natürlich hatte auch Onkel Peter schuld mit seiner großen Sammlung von Gesichtern, die er oft mit Adrian besah. Er war es auch, der ihn ahnen ließ, warum man niemanden ins Gesicht schlagen dürfe, denn auch im häßlichsten träfe man dort das Göttliche zu nahe.

Damals geschah es, daß Adrian zum ersten Male Michaela wirklich sah. (Denn sie war immer schon dagewesen, ja, sie hatten schon miteinander gespielt, als sie allerdings noch sehr klein waren.) Adrian sah sie eines Tages, da er unlustig und zwecklos durch den Garten schlenderte, die dumme Zeit nur eben irgendwie hinzubringen, im Nachbargarten auf einer Schaukel sitzen und in einem roten Buche lesen. Zuweilen stieß sie sich mit dem Fuße ab, ein wenig zu schaukeln, dann knarrten träge die Ringe in den Haken. Es war nachmittags und sonnig nach Tagen des Regens. Es roch nach warmer Gartenerde, und im Dunkel unter den Gebüschen, davor Adrian sich als Kind immer etwas gefürchtet hatte, tanzten die Schnaken. Er stand am Zaun und sah Michaela zu, wie sie las und manchmal mit langsamer Bewegung umblätterte, und er besann sich, woran sie ihn erinnerte, aber er kam nicht darauf. Doch er wagte nicht, sie anzureden, obgleich sie vor vielen Jahren miteinander gespielt hatten, oder gerade deshalb, da er sich nun beinahe schämte, einmal so klein gewesen zu sein in ihrer Gegenwart. Michaela trug ihr blondes Haar offen, dazu ein rotgetüpfeltes Waschkleid, das aber hoch geschlossen war, so daß sie zuweilen, scheinbar durch den Kragen beengt, unwillig den Hals daran scheuerte und hochmütig das Kinn vorschob. Im Grase lag ihr Strohhut mit breiter biegsamer Krempe und schwarzem Band. ›S.M.S. Deutschland‹ war mit gelber Seide dareingewebt. Die Enden waren lang und schräg abgeschnitten. Adrian stand wohl eine Stunde, sie anzusehen, ohne daß sie ihn bemerkte. Nun hatte sie genug gelesen, dehnte sich schläfrig lächelnd und gähnte, wobei sie sich mit einem Grashalm besänftigend vor den also krampfhaft geöffneten Mund schlug, daß er sich schließe. Dann setzte sie den Hut auf, daß alsbald ihr schmales Gesicht im Schatten lag bis auf unzählige Sonnenpünktchen, die das Geflecht des Hutes hindurchsiebte. Derart, dachte Adrian, müßten die Sommersprossen entstehen. Mit dem Buche tändelnd, ging sie in ihr Haus. Und auch Adrian in das seine.

Es ist vielleicht leichter, eine neue Bekanntschaft anzuknüpfen, als eine alte zu erneuern, noch dazu eine, die in ein allzu unmündiges und beschämendes Alter zurückreichte wie diese. Michaela war schön, auch durch Adrians Brille gesehen. Und da er unruhig und durch ihren Anblick gänzlich außerstande, seine Schularbeiten zu machen, durch die Zimmer lungerte, sah er Michaela wieder im blonden Zimmer, da noch immer unbewegt, schön und ein wenig dumm Botticellis schaumgeborene Venus hing. Sie glich von ungefähr Michaela, und Adrian sah es errötend. Er stieg auf das Kanapee, nahm die Brille ab und küßte das Bild, da wo der Mund war. Es fühlte sich kühl und glatt an. – In den ersten Tagen seiner Verliebtheit, die er sich ohne weiteres eingestand, und der er sich ganz hingab, kaufte er sich ein Büchlein, auf dessen erster Seite er folgende Worte niederschrieb: Tag- und Nachtbuch eines Verliebten, begonnen am 22. Mai 1906, darin dann ausführlich vermerkt war, zu welcher Stunde und Minute er Michaela das erstemal sah. Es folgte eine genaue Beschreibung ihrer Person in Art eines Steckbriefes als: Haar blond mit einem leisen rötlichen Schimmer; Augen groß und blaugrün (Smaragd?) mit langen dunklen Wimpern, Lider ein wenig gerötet (botticellesk verweint?), Brauen hoch und scharf, Nase gerade, Mund schwermütig usw. Ferner die Wiedersehensbeschreibungen, Zustandsschilderungen Adrians, Träume, Gelübde, Anklagen, so diese in Stunden knabenhafter Schwachheit gebrochen worden, der Plan zur Erwerbung eines Kneifers (um die entstellende Brille zu ersetzen), und schloß nach acht Tagen regelmäßiger Führung mit dem Eintrag: Heute Michaela nicht gesehen. Ein verlorener Tag!!

Michaela ahnte von alledem noch nichts, und Adrian, zu scheu, sich zu verraten, wagte nicht einmal sie zu grüßen, und als er es endlich tat, geschah es in ungeschickter, mehr kultischer Weise, als sie schon ziemlich vorüber war. Ein anderes Mädchen dankte dafür, kein sehr hübsches, das zudem eine Brille trug, was Adrian ziemlich verwirrte. Er war unterwegs, Michaela ein Geschenk zu besorgen, wozu er einige Briefmarken, die er unter Schwierigkeiten erworben und sehr liebte, weit unter dem Preis verkaufte, ferner ein paar Käfer aus Herrn ter Moorens Sammlung (ein ›heiliger Pillendreher‹ war darunter). Michaela zu beschenken, dazu bewog ihn die Sehnsucht, gleichsam symbolisch bei ihr zu sein, und er entschloß sich zu Blumen, damit es etwas Lebendiges sei, das sie pflege und täglich berühre. Aber noch etwas müsse es sein, etwas – ja wahrhaftig, etwas zum Essen. – Es sollte über ihre Lippen gehen und ihr munden, Fleisch und Blut mit ihr werden, sie bezaubern ihn zu lieben. So beschloß er nach langem Wählen, eine Taube seiner Liebe zu opfern, eine schiefergraue, am Halse grün schimmernde Taube, einen heiligen Vogel also, den er lebendig auf dem Wochenmarkt erwarb, wobei er mehrmals errötete. »Ich nahm einen Dienstmann und befahl ihm, beides (denn er hatte dazu eine Hyazinthe besorgt) bei Michaela abzugeben.« So stand im Tagebuch. Mit dem Gefühl, einen Dienstmann genommen zu haben, stand er lässig unter seinen Mitschülern, die keine nahmen, um ihrer Geliebten Blumen und Tauben zu übersenden. Durch den Fensterspiegel in Frau Elisabeths ehemaligem Zimmer, denselben, durch den sie damals Onkel Peters Kalesche hatte kommen sehen, sah er zu, wie der Dienstmann seinen Auftrag nebenan ausführte. Fast hätte dieser am falschen Hause geläutet (wo Adrians Geographieprofessor wohnte), doch besann er sich, und dann war es geschehen.

Als Adrian am andern Tage vorüberging, stand Michaela am Fenster und fütterte die Taube, die nun in einem Vogelbauer saß. Das Mädchen nickte ihm zu, und er grüßte erschrocken.

Aber wie enttäuschte sie ihn! Die ganze Stadt wußte es und deutete auf ihn. Adrians Klasse wußte es vor allem. Denn als Adrian andern Tags ins Schulzimmer trat, stand Klaus auf einer der Bänke und erzählte es unter dem Gelächter der andern. Adrian wollte sich auf ihn stürzen, als aber der Lehrer eintrat. Auch in der Pause gelang es Adrian nicht, sich zu rächen. Wie so oft hatte Klaus die kurze Zeit benutzt, um auf eigenen Wegen das Gymnasium zu verlassen, lediglich um sich mit Michaela zu treffen, wie Adrian bald erfuhr. Denn er begegnete beiden auf dem Nachhauseweg. Sie lachten, und Klaus grüßte noch dazu gönnerhaft.

Es gab unzählige Möglichkeiten für den unglücklichen Adrian, den schmählichen und raschen Verlauf seiner Liebe dramatisch enden zu lassen: Er konnte Michaela töten, den verhaßten Nebenbuhler dazu, sich dem Gericht überantworten mit dem Rufe: Ja, hartherzige Henkersknechte, ich habe es getan, nun macht mit mir, was ihr wollt. Er konnte sich selbst töten. Zu dumm. Was konnte denn eigentlich Michaela dafür? Adrian stieg aufs Kanapee und wischte mit seinem Taschentuch das Bild ab, das er im ersten Zorn angespuckt. Also verzieh er Michaela und blieb am Leben, sich an Klaus zu rächen. Und da er sich damals sehr mißtraute, wenn er allein war mit seinen Händen, zudem seine Liebe zu Michaela kein hinreichender Grund mehr war, ein keusches Gelübde zu halten, machte er sich auf, Klaus zu finden und ihn zu verhauen, obwohl er kleiner als jener, ja ein wenig schmächtig war. Er erfuhr, daß Klaus – es war ein heißer Mittwochnachmittag – zum Baden gegangen sei. Arnold sagte es ihm ahnungslos, sagte auch wohin, zu den sieben Weihern, die am Rande des großen Waldes, ziemlich einsam und warm zwischen den Wiesen lagen. Dort mitten auf der Wiese begegnete Adrian dem Gesuchten, der ihn zu gleicher Zeit erkannte. Er mußte dort gelegen sein und sich plötzlich beim Nahen Adrians erhoben haben, denn vorher war nichts von ihm zu sehen, nur Johannisblumen und Margeriten, nur Wiese ringsum, die breit und langsam dem Winde nachgab, deren Gräser sich neigten und wieder erhoben, leichthin flatterten wie Klausens Haar, der nackt und braun mitten darin stand und in lockerer, verwegener Haltung Adrian zu erwarten schien. Dieser warf zornig die Mütze ins Gras und riß den Rock herunter, dann stürzte er sich auf Klaus und schlug ihn hart ins Gesicht. »Du Schuft«, schrie er und rüttelte an ihm. »Oha, Bürschlein«, rief der starke Klaus und wehrte sich gewaltig. Aber Adrian gelang es ihn hinzuwerfen. Sein Hemd riß dabei über dem Rücken mitten hindurch, und Klaus blutete an der Lippe. Sie atmeten beide rasch und heiß, aber sie sagten nichts mehr, sondern ächzten und knurrten nur vor Wut und Anstrengung, den andern unterzukriegen, doch gaben sie keinen Laut des Schmerzes von sich, wenn etwa Klaus ein Büschel aus Adrians Haaren fetzte oder dieser in Klausens Hand biß, damit er lockerlasse. Die Brille lag längst verbogen irgendwo zwischen den Gräsern. Dampfend vor Erhitzung wälzten sich so die beiden übereinander, bis Adrian nicht mehr konnte. Aber er gab es nicht zu, obwohl Klaus über ihm kniete, und er hechelte wie ein Hund. Ihre Gesichter waren einander sehr nahe, und Adrian schmeckte Blut, das von Klausens Lippen in seinen Mund getropft war. »Ich mach' dich hin«, knirschte Klaus. »Nur zu, du Schuft, du Schuft, du Schuft«, keuchte Adrian. Er wehrte sich gar nicht mehr. Klausens Augen waren gerötet, das Haar verrauft, sein naher Mund feucht und groß. »Du!« sagte er drohend noch einmal. Sein Gesicht näherte sich dabei noch mehr dem

Adrians, also daß dieser nun riesengroß das zornstrahlende Gesicht, dessen Hitze er spürte, Klausens Gesicht nur noch sah, der ihn auf einmal mit anderen Augen betrachtete. Adrian wollte von neuem: Du Schuft sagen, aber seine Stimme war plötzlich umschlossen von Klausens Mund. Einen Augenblick noch versuchte er sich dem zu entziehen, zu spucken, zu beißen. Dann hielt er still. –

Klaus erhob sich und begann gemächlich das Gras nach Adrians Brille abzusuchen. »Hier ist sie«, sagte er dann, das Gestell geradebiegend. »Danke«, sagte Adrian. »Die Gläser sind noch ganz, das ist die Hauptsache«, meinte Klaus. Sie saßen nun friedlich und ziemlich erschöpft nebeneinander, ein wenig befangen, aber freundlich miteinander redend. »Dein Mund ist noch blutig«, sagte Adrian. »Überhaupt baden wir doch jetzt«, rief Klaus, und sie taten's.

Zusammen gingen sie dann zur Stadt zurück, die flach am Rande der Hügel lag, samt ihren sieben nüchternen Kirchen, deren jede beinahe einer anderen Konfession diente (denn es war eine fromme Stadt).

Dort aber, wo sie noch so viel aus ihrer brandenburgischen Zeit bewahrt hatte, als die gewisse Steifheit und Zucht in den Gesichtern der Häuser, in der Straßenzüge nüchternem Reih' und Glied, in der Sparsamkeit des Zierates und Putzes, dort wohnte Klaus bei seinem Onkel, einem ehemaligen Kapitän, jetzt Zinngießermeister Wenzel Hahnemann, der die wilde See mit der ungefährlichen Stadt vertauscht hatte. Es war ein kleines Haus, eines von vielen, die sich alle nur durch den verschiedenen Verbrauch, durch ihre Bewohner also unterschieden, dadurch daß eines häufiger überstrichen war (wie denn an schadhaften Stellen Schicht über Schicht in allen Farben zu sehen), oder ein anderes mehr Blumen vor den Fenstern hatte. »Wenzel Hahnemann, kgl. bayr. Hof-Zinngießerei« stand in großen, schwarz und gelben, plastisch gemalten Lettern über der ganzen Front. In den

Fenstern standen Pyramiden aus kleinen ovalen Spanschachteln, deren Holz seiden glänzte. Auf den Deckeln klebten Schilder, blau in allen Kultursprachen bedruckt, woraus zu ersehen war, was der Inhalt sei: Preußische Garde zum Beispiel, oder Schlacht von Vionville. Daneben waren Medaillen abgebildet, etwa mit der Umschrift: Weltausstellung Brüssel, und der Jahreszahl.

»Willst du sehen, wie sie gemacht werden?« sagte Klaus, und Adrian, noch immer erregt zwar, aber zugleich begierig darauf, wo und wie der eben erkämpfte Freund hause, wie es aussehe bei ihm, erwiderte, daß er es gern wolle. Die Gießerei, in die sie nun traten, war klein und beinahe dunkel. Der Gußofen in der Ecke war aus rotem Backstein gebaut und umschloß einen eisernen Tiegel, darin träge das flüssige Zinn schwamm. Auf den Borden ringsum lagerten die Gußformen aus Messing, Mütter eines zahlreichen und wehrhaften Geschlechtes untadeliger Zinnsoldaten. Ein Lehrling, der einen Lederschurz trug und, obgleich es das Geschäft nicht gerade erforderte, seine Ehre daransetzte, möglichst schwarz im Gesicht zu sein, reihte Form an Form für den Guß. Aus dem Kontor, zu dem der ausgestreckte Zeigefinger einer mit Blaustift gezeichneten Hand wies, kam Meister Wenzel gleichfalls in ledernem Schurzfell. Er nahm als Gruß den Augenschutz aus grüner Pappe ab, der ihm verwegen auf dem Kopfe saß, und gab Adrian und seinem Mündel die Hand, die aber schmal und wohlgeformt war, wie Adrian bemerkte. Dann sagte er lebhaft: »Ein lustiges Geschäft, nicht wahr, ein reinliches Arbeiten, was?« Worauf Adrian bat, ein wenig zusehen zu dürfen.

Ei freilich dürfe er es, und heute besonders. »Nicht Kanonen und Husaren gilt es heute zu gießen. Etwas für euch, wenn ihr euern alten Homeros liebhabt!« Und es galt heute wirklich nicht Sedan oder Mars la Tour, es galt die Kämpfe um Troja, Achille und Hektore galt es zu gießen, zwei Dutzend von jedem, Nestor, der drei Menschenalter sah, Agamemnon und Menelaus! »Sieh, so wird es gemacht, kleiner Mann«, sagte Herr Wenzel und klappte eine der berußten Formen auf wie ein Buch, »nun mache eine Faust und schau hindurch, als sei's ein Fernrohr. Was siehst du?« Nun sah Adrian wahrhaftig eine Gestalt, den Geist mehr einer Gestalt, durchsichtig und plastisch zugleich, von der unscheinbaren berußten Form sich abheben, Achills Geist, kaum einen Daumen lang, nicht viel anders, als er es bei Onkel Peters Gemmen gesehen, in dessen kunstreichem Kabinett. Meister Wenzel klappte Achills beide Hälften zusammen und stellte die Form zu den übrigen. Das Zinn war nun gerade so heiß, »daß ein Tropfen Öl nicht mehr darauf kochte«. Herr Wenzel schöpfte daraus mit dem langstieligen Gußlöffel und begann damit, ohne einen Tropfen zu verlieren, in die kleinen Trichteröffnungen der erwärmten Formen zu gießen, bis alles Zinn davon verschluckt war. Dann kam die Geburt, das Öffnen der Formen, nachdem sie mit feuchten Tüchern genügend gekühlt waren. Silbern funkelnd reihte sich Figur an Figur, noch mit seltsam wurmartigen Auswüchsen, Gußzapfen und Windpfeifen behaftet (eine Folge der Luftkanäle), die der Meister rasch beseitigte. »Alles selbst gemacht, kleiner Mann, alles selbst nach Johann Heinrich Voß wortgetreu in Zinn übertragen: Hier der Pelide Achilles und sein vertrauter Gefährte. Ajax, von Telamon hier, der Riese mit kleinem Verstande, wie er den Felsblock schleudert, und dies der verschlagne Odysseus. Das da ist Paris, der Feine, und das der sympathische Hektor, alle noch unbemalt. Kommt also mit mir in den Malraum.« Dort standen sie schon, die Helden, reihenweise aufs prächtigste koloriert mit roten Helmbüschen und goldenen Panzern, und rochen nach Lack. Ein alter buckliger Geselle malte die Könige, Reiter und Offiziere; die zwei Frauen, die ihm halfen, durften nur Soldaten und Bäume malen. Auf dem langen Tisch begegnete Friedrich der Große mit seinen Generalen (die schon fertig waren) den griechischen Helden, dazwischen Hirsche, Giraffen, Kühe und Löwen sich tummelten, Tannen friedlich bei Palmen standen, Bayern mit Raupenhelmen, immer noch in den letzten Krieg verwickelt, heftig vor sich hinschossen, während zwischen Jahrmarktsleuten Achill Hektors Leiche von Ilium ins Lager schleifte. Adrian, der damals natürlich längst nicht mehr mit Soldaten spielte, war aber wieder ganz darin, und auch Klaus, ob er es gleich täglich sah, war es und erzählte, selbst sein Vormund, der sie doch herstellte, spiele zuweilen damit, auf phantastische, metrische Weise mit den Kleinen redend, indem er ruhig Griechen mit friderizianischen Soldaten gegen Engländer und Indianer kämpfen ließ. Auch beliefere er noch heute einen alten pensionierten General, der damit seine Schlachten schlage.

»Komm«, sagte nun Klaus, »gehn wir noch ein wenig auf meine Bude.« Und sie gingen. Das Zimmer befand sich über der Werkstatt im ersten Stock, und Adrians empfindsame Nase nahm weder den Geruch von Wirsing noch von Plüschmöbeln wahr, wie es z.B. bei Rübsams leider immer der Fall war. Bei Hahnemanns war es eng und sauber wie auf einem Schiff, und also auch in Klausens kleinem Zimmer, das für einen Schüler besonders in diesen Jahren sehr ordentlich aufgeräumt war. Die Bücher zumal, deren Klaus viele besaß, standen alle in Reih und Glied, sogar die Schulbücher: links der Urtext, rechts die deutsche Übertragung dazu, graue handliche Heftchen, »von einem Schulmann« verfaßt. Ordnung herrschte auch unter Klausens Pfeifen und übrigem Rauchzeug (obwohl die Schulsatzung das Rauchen insgemein wohlmeinend widerriet, ja auf Straßen und öffentlichen Plätzen der Stadt strengstens untersagte).

Wie Klaus als Kind ausgesehen, begehrte Adrian zu wissen. Ein Album, sogleich zur Hand, zeigte ihm den Freund als Neugeborenen, auf dem Bauch auf einem Fell liegend und mit seinen großen, offenen, unverfrorenen

Augen, nicht anders als jetzt noch, der Welt ins Angesicht schauend. Dann etwa zweijährig, stand er vor einem Hintergrund, der eine Landschaft vorspiegelte, breitspurig, mit seiner Löwenmähne, ein Hämmerchen in der Hand, und sein Gesicht war von einem großen Tellerhut gleich einer Gloriole umrahmt. Bis zu seinem jetzigen Alter fand sich in dieser Autoikonographie mannigfaltig Klausens Bild, sei es in einer Schaukel, beim Reifenspiel oder Stelzenlaufen, beim Radfahren oder in der Badehose, und immer sah er aus dem Bilde aus der Vergangenheit gleichsam Adrian groß an. In einem weiteren Album, das er ebenfalls bereitwillig zeigte, wies sich Klaus über Freunde und Mädchen aus, auch der blonden Michaela Bild war darunter, wenn auch die dunkleren an Zahl überwogen und geradezu einander ähnelten; denn alle waren kleiner als Klaus und schmal, alle hatten den gleichen, ein wenig trägen, wartenden Blick und den etwas geringschätzigen, aber schönen Mund. Unter jedem Bild stand das Datum von und bis, doch fehlte das letzte bei Michaela, und ein Bild zu dem dunkleren Typus zählend, war noch gar nicht eingeklebt. Dies sei Gabriele, ein schönes und wie die meisten erfreulich einfältiges Wesen, sagte Klaus und stellte die Mädchen an ihren Platz zurück, daneben in einem Leitzordner seine bisherige Korrespondenz mit jenen stand. Alle Briefe waren gelocht und alphabetisch geordnet. Adrian sah es und bewunderte Klaus. Dankbar versprach er sein Bild, worum der Freund ihn bat, daß er es den übrigen anfüge, unter denen Adrian nur Arnold kannte.

Dann aufgefordert, kurz über sein Leben zu berichten, erzählte Adrian ziemlich durcheinander und anfangs zaghaft, wie es um ihn stand, und da er alsbald Onkel Peters Erwähnung tat und sah, daß Klaus lächelte und aufhorchte, gelang es ihm besser, bis er begeistert dem Begeisterten die Geschichte von dem Hotelbrand erzählte. In Italien nämlich sei bei einem plötzlich ausgebrochenen Feuer, als alle übrigen Insassen des Hotels, da es nachts gegen Morgen war, nur im Hemde, Unterkleidern allenfalls, zitternd und wehklagend vor dem brennenden Hause standen, sei ganz spät, aber vollkommen angekleidet, frisch rasiert, eine Zigarette zwischen den Lippen und das Lorgnon wie sonst in der Hand, Onkel Peter erschienen, Johann (aber ein wenig bleich), den gepackten Koffer tragend, hinter ihm. Gleichzeitig sah man schon die Flammen aus seinem Fenster schlagen. So sei er!

Dann erzählte Adrian noch die Geschichte von dem Pistolenduell, das zwischen zwei eifersüchtigen Herren, einem Professor und einem Rechtsanwalt, ausgetragen worden war, und zu dem Onkel Peter als Schiedsrichter gebeten war. Frühmorgens um vier Uhr, wie es sich gehörte, fuhren die Beteiligten, schwarz angetan, mit Zylinderhüten auf den Köpfen und gespieltem Gleichmut fröstelnd in den Rabenwald zu der allgemein Pistolenschlucht genannten und darum recht unheimlichen Stelle. Flüsternd, unter feierlichem Zylinderlüften und steifem Sichverneigen wurden von den Sekundanten und Onkel Peter die letzten Vorbereitungen getroffen, der Platz abgeschritten, der formelle Versöhnungsversuch gemacht und natürlich korrekt abgelehnt, bis schließlich die feindlichen Herren aus Onkel Peters Hand die Mordwaffen entgegennahmen. Dr. Benjamin war als Arzt zugezogen und genoß den Fall. Johann aber und die übrigen Kutscher waren am Waldrand zurückgeblieben und hielten die Pferde, damit sie nicht scheuten, wenn es so plötzlich knalle. Das Kommando fiel. Aber es machte nur: »Pätsch«, wenig lauter als Adrians Zündblättchenkanone, und aus den Schlünden fuhren ein paar kleine bunte Sternchen, rote, blaue, grüne, und knisterten ins Gras. Die Verblüffung war allgemein. Die bleichen Herren bekamen rote Köpfe. Die Sekundanten und Dr. Benjamin lachten. Unbewegt aber stand Onkel Peter. »Herr, was unterstehen Sie sich«, riefen die Gegner plötzlich wie verbündet. Onkel Peter hob leicht die Hand: »Ein Wunder, offenbar ein Wunder«, sagte er ernsthaft. Die Sache endete mit der Versöhnung der Nebenbuhler. Ihre Dame heiratete einen Dritten.

Nun langte Klaus hinter die Bücher, eine Flasche Heidelbeerwein hervorzuziehen, daß sie auf ihr und Onkel Peters Wohl tränken. Indem trat ein neuer Gast ein, den aber Adrian nach Klausens Album sofort als Felix, den Clown, erkannte. Und er war wirklich wunderlich genug anzusehen, da er offenbar von einem Reklameumzug des Zirkus kam, der gegenwärtig in der Stadt Vorstellung gab, und daher weiß geschminkt mit roten Herzen auf den Wangen und einem breiten, ständig lachenden roten Mund das Zimmer betrat. Sein kupferrotes Haar aber war echt. »Er kann lauter Dinge, die wir nicht können, aber er kann nichts, was wir können«, sagte Klaus, was Felix dadurch bekräftigte, daß er plötzlich auf den Händen im Zimmer umherging und dann gleichzeitig mit Adrians Hut, einem Weinglas und Julius Cäsars De bello Gallico jonglierte. Dann setzte er sich bescheiden und traurig in die Sofaecke, um zu trinken, nicht ohne dazwischen immer wieder in seinen Beruf und seine Talente zu verfallen, und redete, als sei es seine Muttersprache, mit dem Bauche, verschluckte die brennende Zigarre, die ihm Klaus angeboten, um sie dann aus des verdutzten Adrians Nase zu ziehen. Dann plötzlich in neue Traurigkeit versinkend, sah er Klaus unverwandt und ohne etwas zu sagen an. Unvermutet ging er. An der Tür aber bückte er sich tief, also seinen Hintern zeigend, auf dem geschrieben stand: Ich schäme mich nie! und verschwand. Klaus lachte und auch Adrian, obwohl er nicht recht die Grimasse des Clowns vergessen konnte, und wie, dunkel vom Wein, traurig die Zähne aus dem weißen Gesichte gelacht hatten. »Warum kommt er zu dir?« fragte Adrian, dem Felix so ganz anders schien, so fremd, eine dritte Person und doch seltsam anziehend und unvergeßlich. »Warum er zu mir kommt?« sagte

Klaus, abgewendet und auf einmal und zum ersten Male in Adrians Gegenwart errötend. »Ich schäme mich nie!« rief er plötzlich aus und versuchte wie Felix, aber mit zwei Orangen, zu jonglieren.

So begann die Freundschaft zwischen Adrian und Klaus, und sie gewannen einander lieb mit diesem Tag.

Als nun Adrian einmal Klaus erwartend, der leider mit Gabriele spazieren war, in dessen Bude saß, sah er Bücher liegen, die er noch nicht kannte. Es waren Bücher, die Aufschluß gaben über Fragen, die Adrians Gedanken besonders in letzter Zeit sehr beunruhigten. Er las darin stürmischen Herzens und schloß sie erschrocken, als er Schritte hörte. Aber was er gelesen hatte, erschreckte ihn noch mehr. Klaus sah es sofort und sagte: »O Moorchen, du bist ja dumm!« »Ach«, sagte Adrian, »es ist schrecklich, es geht aufs Rückenmark und so, man wird eingesperrt. Und auch sonst, glaubst du wirklich, daß die Mama... Wenn man aber dann so kleine Kinder sieht, der Vorgang hat doch eigentlich mit ihnen gar nichts zu tun.« So etwa redete er. Klaus aber legte seine Hände auf des kleinen Freundes Schulter und lehnte seine Stirn an die Adrians. »Glaubst du wirklich?« machte er ihn nach.

Zusammen schrieben sie nun die Postkarten, die nötig waren, um allerlei Gratisproben zu erhalten, wie sie die Anzeigen in der Zeitung versprachen. Denn Klaus liebte die Post und fragte gern auch fremde Briefträger auf der Straße: »Haben Sie nichts für mich?« Auch Juxartikel befanden sich unter den bestellten Waren, womöglich auch dazu bestimmt, die Lehrer zu ärgern, seien es Apparate, verdächtige Laute hervorzurufen (worauf die Fenster geöffnet wurden), seien es Attrappen, umgegossene Tinte vorzutäuschen, sei es gar Juckpulver. Derart begriff Adrian, wie es möglich war, daß aus jungen begeisterten Pädagogen so bald unfehlbar jene seltsamen Gestalten werden mußten, an denen auch das kgl. humanistische Gymnasium zu Regnitz reich war. Es war, wie

Onkel Peter einmal betonte, der Lehrstoff an sich ziemlich gleichgültig, denn das »Theater der Schule« sei das eigentlich Bildende. Er für sein Teil würde es bedauern, wenn die Lehrer (und nicht nur sie) das Lächerliche in allen seinen Formen, als Pathos, Tücke, Idealismus, Zorn, Güte verlören, die sie bisher in so unübertrefflicher Weise, weil echt, darzustellen verstanden. Und wirklich war da zum Beispiel einer, Lehrer der Mathematik, der von Schülern gegrüßt, freundlich: sechsundsechzig sagte, denn er rechnete stets, wo er sich auch befand, besonders gern zur Musik, aus Lust am Rechnen, obgleich Adrian das nie begriff. Da jener außerdem Pustkuchen hieß, war die Klasse ihm von vornherein weit überlegen. Es sollten auch keineswegs, um Onkel Peter wieder anzuführen, gewisse Herren damit großtun, ihre Schüler in Zucht gehalten zu haben, wenn sie etwa nur Bezold, Burger, Wendler hießen. Denn es sei sehr die Frage, ob es ihnen ebenso leicht gelungen wäre, hießen sie Pustkuchen oder Schimmelbier. Zu Klausens wie Adrians Ehre sei gesagt, daß sie, obwohl dieser doch ein mäßig begabter Schüler war, nicht in das allgemeine Geschrei von der Überbürdung der Schüler einstimmten. Besonders Klaus erklärte freimütig, daß seine Lehrer stets mehr Zeit auf die Vorbereitung zu den Unterrichtsstunden verwendeten, als er es je getan, denn er sähe, wenn er abends streune, manchen im erleuchteten Studierzimmer bis in die späte Nacht über den Schreibtisch gebeugt, weshalb er sich auch vollkommen sicher vor ihnen fühle. Er hatte es aber auch nötig, namentlich zur Zeit der Holderblüte, den allerorts in großen Büschen zu stehlen und dann in die Fenster der jeweiligen Mädchen zu werfen, dortzulande herkömmliche Ehrenpflicht der Jungen aller Schichten ist, ein Volksbrauch gewissermaßen, historisch geworden, aber leider behördlich verboten. Nicht ohne Herzklopfen jedoch hielt Adrian die Leiter, wenn Klaus Blumenstöcke friedlich schlafenden Bürgern von den Fenstern holte, um sie, nachdem er, um ungestörter arbeiten zu können, die nächste Laterne gelöscht hatte, Michaela oder neuerdings Gabriele vors Fenster zu setzen.

Diese Gabriele war ein überaus hübsches Mädchen, aus gutem Haus und von Klausens bevorzugterem Typus, also dunkel nach Augen und Haar; auch ihre Haut dunkelte leicht von der Sonne und verlor die Bräune auch winters nie ganz. Zögernden Schrittes ging sie durch die Straßen, nicht allein von Klaus verehrt (und neuerdings auch von Adrian), sondern auch Emil Wulle stellte ihr nach. Selbst Arnold blieb in mühseliger Haltung an seinen Stöcken stehen und sah ihr aussichtslos nach.

Es gab sich einmal, daß, als Klaus und Adrian auf ihren Rädern spazierenfuhren, ihnen Gabriele ebenfalls radelnd begegnete. Es war Wald ringsum, jener etwas langstielige verachtete Föhrenwald, den aber Adrian lieb hatte um der schönen beruhigenden Farbe der Stämme willen und des ebenfalls braunen Waldbodens, da sich so leicht und federnd ging, bis man sich ganz darin verlor. Still war es auf dem Grunde des Waldes; zu Häupten der Dämmerung aber rauschte fast immer der Wind, dem Meere es gleich zu tun, das einst hier wogte. Und später, wenn Adrian fern von Regnitz war, aber daran dachte, war es immer der braune leise Wald, das Heer wartender Bäume, was er wiederzusehen begehrte um seiner Herbheit und Verschwiegenheit willen.

Nun ihnen Gabriele begegnet war, lehnten sie die Räder an die Stämme und lagerten sich, ein wenig zu vespern, denn Klaus hatte allerlei Leckereien im Rucksack, ja Adrian merkte bald, daß das Zusammentreffen hier kein zufälliges war. Gabriele lag, die Hände unterm Kopf, auf dem Rücken und ließ sich von Klaus mit Pralinen füttern. Dann rauchten sie ziemlich schweigsam, als warteten sie auf etwas, Zigaretten, und auch Gabriele tat es. Sie hielt dies weiße Ding geziert und schloß träge die Augen, wenn sie den Rauch einsog. Klaus beugte sich über sie, daß er ihren blauen Atem empfange, und sah sie an. Endlich gar nahm er ihr den Rauch vom Mund, blies ihn von sich und küßte sie. Adrian sah es errötend. Aber Gabriele lächelte, daß man ihre blassen, etwas zarten Zähne sah, und nun küßte auch Adrian ihre schmalen Lippen. Sie waren kühl und regungslos. So spielten sie gleichsam mit ihr, und sie ließ es sich wohl gefallen, nur manchmal ordnete sie ihr Haar, das Klaus verwirrt hatte, und dehnte sich.

Der Rauch ihrer Zigaretten schwamm noch zwischen den Stämmen, als sich Adrian, da sie schon gingen, noch einmal danach umwandte.

Auf der Heimfahrt redete Klaus ununterbrochen und lachte viel. Vor der Stadt trennte sich Gabriele von ihnen. »Nun?« sagte Klaus, als er dann mit Adrian allein war. »Gewissermaßen«, antwortete dieser und lächelte verlegen. Denn er wußte damals noch nicht was er tat, wenn er liebte.

Es kam täglich vor, daß die Klasse im Schulhof Klaus umstand und auf ihn hörte. Es kam nie vor, daß dies Adrian geschah, und er wußte selbst, daß er ein Schauender und Höriger war. Eigentlich gehörte er ja an Klausens Seite als sein Freund, und er hatte eine hohe Meinung von diesem Wort, von dem es für ihn überhaupt keine Mehrzahl gab. Hier im Schulhof jedoch unterschied ihn nichts von den übrigen Trabanten des starken Klaus, der aber dennoch unmerklich ein Auge auf den stilleren Gefährten hatte, was dieser dankbar spürte. Dann war da noch Arnold Brouillard. Weil aber besonders die Treppe, seines Leidens wegen, für ihn beschwerlich und zeitraubend war, blieb er in den Pausen gern im Klassenzimmer und sah von oben den andern begierig bei ihrem Spiele zu. Wenn dann Adrian Arnolds kluges, immer etwas angestrengtes Gesicht oben im Fenster sah, grüßte er es, falls er nicht (namentlich so oft Klaus in der Freiviertelstunde sich mit Gabriele außerhalb der Anstalt traf) dem Knaben solange Gesellschaft leistete. Denn Arnold zog Adrian an, obgleich er so ganz anders als Klaus war, ja sich über ihn lustig zu machen schien, indem er liebenswürdig boshaft sagte: »Was macht dein Klaus?« oder etwa: »Sagt das der große Klaus?« aber er lud Adrian dringend ein, ihn zu besuchen, falls natürlich Klaus nichts dagegen habe. Zwar war Adrian, wie die ter Moorens überhaupt, ungeachtet des Klaviers, das seit Jahren ungespielt und verstimmt noch immer im Eßzimmer stand, anscheinend vollkommen unmusikalisch, aber er hörte doch freundlich Arnolds schönem Spiel am Flügel zu und hatte mindestens Freude an dessen Händen. Merkwürdig war, daß jener, der sich selbst einen Krüppel nannte, eine überraschende Kenntnis des Regnitzer Mädchensortiments besaß und es sogar verstand, Adrians Vertrauen sich zu erwerben, so daß er erfuhr, was dessen noch spärliche Beziehungen zu Michaela ehemals und jetzt zu Gabriele betraf. Er saß dann, während die Stöcke neben ihm am Stuhle lehnten, in sich zusammengesunken da, mit großen Augen, als geschehe es ihm, und seine Wangen röteten sich.

Einen Trabanten hatte auch Adrian, einen Mond, der in einiger Entfernung um ihn kreiste, zufrieden, angesehen zu sein: jenen Konrad Rübsam, den einzigen Bruder sieben lebendiger Schwestern. Aber er zählte kaum. »Der arme Koni«, sagte sogar Arnold, »ich habe ihn heute mit allen sieben spazierengehen sehen. Jetzt ist er wohl erledigt.«

Eines Tages hatte der unglückliche Konrad Adrian wieder einmal zu sich geladen, und Adrian wollte nicht nein sagen, da des Trabanten Zuneigung zu ihm, wie wenig er sie erwiderte, ihn doch ein wenig verpflichtete, etwa so, daß er sie anerkannte, als richtig empfand und, das ahnte er, darum nicht ganz unschuldig daran sein konnte. Vielleicht hatte er die Strahlungen seiner eigenen zärtlichen Seele nicht genügend abgeblendet, daß, wer nur wollte, sie in Anspruch nehmen konnte, und so auch

Rübsam, davon betroffen, sein Teil zu fordern berechtigt war. Konrad allein, das mochte angehen, aber er war nie allein, so daß Adrian diesmal inmitten der sieben Schwestern sitzen mußte, beunruhigt durch ihre stets wachsamen neugierigen Augen und ihre dampfende Weiblichkeit, verwirrt durch den beständigen Austausch bedeutsamer Blicke, wenn draußen vor den Fenstern ihrer Parterrewohnung ein Mann vorüberging, irgendeiner, der aber ihnen allen galt. Manchmal erschien das ratlose, schuldbewußte Gesicht der Mutter Rübsam unter der Türe und immer fragte sie dann etwa, ob sich Koni ordentlich die Füße abgestreift habe, ob Koni vielleicht das Licht habe brennen lassen, er wisse schon wo, ob er nicht ihre Schlüssel suchen wolle, die sie verlegt. Dazu kam aus der Küche stets ein Geruch von Wirsing oder Sauerkohl, und die Zuckerstücke zum Kaffee waren in winzige Bröckchen aufgeteilt. Der Haushalt, den man allerorts zu spüren bekam, war nach Frau Rübsams Anschauung offenbar eine Person, wie sie denn von ihm sagte: Der Haushalt verschlinge zu viel, der Haushalt verlange, vertrüge nicht, erlaube nicht. Herr Regierungsrat Rübsam, ein schüchternes Männchen, der stets ganz verschämt grüßte und nahe an den Häusern ging, bemüht, keinen Platz wegzunehmen, erschien auch kurz, sagte aber nur: »Ach du lieber Gott, ja«, und zog sich zurück.

»Die Rübsamschen Mädchen«, sagte Onkel Peter, der sie kannte, »haben kein Temperament, sondern nur Temperatur; sie glühen, aber sie brennen nicht.«

Damals kam der berühmte Zirkus Milany wieder einmal nach Regnitz mit Felix, dem Clown. Klaus hatte für sich und Adrian Freikarten, da er aber gerade in der Lotterie einen guten Treffer gemacht hatte, auch für die schöne Gabriele und Arnold, der ein Schwärmer für Luftakrobatik und Seiltänzerei war, gute Plätze besorgt. Der Vorstellung wohnte auch Onkel Peter bei, der Pferde wegen. Er war eben von einer größeren Reise (nach Italien) zurückgekehrt, die, da er sie, der Eisenbahn abhold, in seiner alten Kalesche zurückgelegt hatte, ziemlich langwierig gewesen war. »Man hat mehr davon, man ist auch geradezu gezwungen, Landschaften, Orte und Menschen zu sehen, die man sonst nie sieht.« So stand in dem Briefe, der Adrian seine Ankunft anzeigte, einem jener langen, mit Sorgfalt geschriebenen Briefe, die mit seiner zierlichen und umständlichen Schrift kleine Meisterwerke einer leider ganz selten gewordenen Kunst waren. (Er benützte auch nie Umschläge dazu, sondern faltete die großen Bogen [feines, handgeschöpftes Bütten] nach alter Sitte und petschierte sie mit seinem großen Bärlapp-Meierschen Siegel, das er stets an seiner Uhr trug.) Er saß im Zirkus neben Adrian, lernte Gabriele kennen, wobei er »scharmant« sagte, und auch Arnold. Nur Klaus war noch nicht da. Er war bei Felix im Ankleidezimmer. Zirkus war eine seiner Schwächen, die er zwar mit Adrian gemein hatte, aber aus anderen Gründen, besonders diesmal, wie dieser bald spürte. Denn als Klaus endlich kam, lachte er viel und redete so laut von allem möglichen, daß Gabriele verwundert lächelnd, Adrian aber verdrießlich ihn ansah. Offenbar war es die jugendliche Reitkünstlerin, die der Zettel als Godiva Girl aufführte, ein sehr hübsches, urwüchsiges Mädchen vom dunklen Typ. Sie »konnte« nach Onkel Peters Urteil herzlich wenig, aber wie sie es machte, das hatte Grazie, das war scharmant, so daß Onkel Peter, der nur andeutungsweise und lautlos klatschte, ihr einen Veilchenstrauß zuwarf, weshalb ihn Klaus ärgerlich (weil er nicht an so etwas gedacht) und darum respektvoll betrachtete. Gabriele aber fand Godiva reichlich albern und sehr geschmacklos angezogen. Das sagte sie laut zu Adrian, der aber widersprach. Er zeigte sogar eine seltsame Anteilnahme an solchen Geschmacklosigkeiten wie Zirkusrot, Flitter, Blumen und Edelsteinen, die es sein sollten und doch nur aus Papier und Glas gemacht waren. Er fand deutliche Worte zu ihrer Verteidigung und damit Godivas (die ja auch nur zum Teil echt war). »Aber das ist es ja eben«, sagte er, »es ist keine Kunst, als Diamant geboren zu sein, aber wenn man aus Glas ist und wird als Edelstein getragen, da gehört etwas dazu, es ist Poesie und rührt geradezu. Ein Brillant bringt das nicht fertig.« Gabriele sah ihn töricht und träge an.

Nach der Vorstellung (die Trapezkünstler waren sehr gut, die Pferde sehr schön, Felix, der Clown, ganz ausgezeichnet) verabschiedete sich Klaus wichtig, so daß es Adrian oblag, Gabriele nach Hause zu bringen. Sie hängte sich sehr nah ein und war zärtlich mit ihm. Aber Adrian mochte heute nicht. Zwischen der halbgeöffneten Haustür küßte sie ihn plötzlich, und da es für ihn eigentlich ihr Mund war, dem er verfallen war (und nicht bei ihr allein), ihr Mund, der jetzt im fahlen Licht der Gaslaterne sterblich und lächelnd auf den seinen wartete, küßte er ihn tief und lange. Als sich aber Adrian (zur Vorsicht) umwandte, stand unweit Arnold, gebrechlich auf seine Stöcke gestützt, und sah ihm zu, mit Augen, als geschehe es ihm. Gabriele schob sich träge in die Türe. Adrian aber tat, als habe er Arnold nicht gesehen, als er zum Zirkus zurückging, damit ihm Klaus vielleicht noch begegne. Er sah ihn vor einem der gelben Wanderwagen sitzen, Godiva Girl im Schoße haltend. Sie hatte den Kopf auf seine Schulter gelegt, und er tändelte mit ihrem Ohr. Auf Felixens großer Trommel stand eine Stallaterne und eine Flasche mit dunklem Wein, ein paar halbgeleerte Gläser. Zu Klausens und Godivas Füßen kauerte der Clown und blies auf einer Flöte, eigentlich immer nur drei klagende, langgezogene Töne. Er war noch geschminkt und auch das Mädchen. Ein Geruch von Pferden lag in der Luft. Man hörte sie auch zuweilen stampfen in den Zelten ringsum.

Am andern Tage, vor der Vorstellung, ging Adrian mit Klaus zum Zirkus, Godiva kennenzulernen.

»Sie ist ja ein bißchen gewöhnlich«, sagte Klaus, als habe er es nötig, sich zu entschuldigen, »aber weißt du,

Gabriele zum Beispiel, man muß da doch immer soviel Rücksicht nehmen. Godiva dagegen ist so eine Art unzerreißbares Bilderbuch.«

Als sie in den Wagen traten, war die Kunstreiterin noch ungeschminkt und beileibe nicht so hübsch wie am Abend. Sie saß aber vor dem Spiegel und wollte es eben tun. »Komm, laß mich das machen«, sagte Klaus und setzte sich rittlings auf ihren Schoß. Ernsthaft, als vollende er ein begonnenes Bildnis, puderte er ihr Gesicht, zog die Brauen nach, färbte die Dämmerung um ihre Augen um einen Schatten dunkler, rötete und vergrößerte den Mund. Kurz, während er prüfend und blinzelnd manchmal den Kopf schräg zurückneigte, malte er so lange, bis es Godivas Gesicht nicht mehr war, und dann küßte er sie. Die Peitsche quer im Munde, mit in die Seite gestützten Händen ging sie verwegen, frech geradezu zum Zelt. Die Freunde hatten diesmal leider keine Freikarten und bummelten nach Hause. »Du, Klaus«, sagte Adrian, »das mit dem Schminken, warum tut sie das und viele andere? Ist es darum, daß sie alle gleich aussehen, dasselbe Gesicht, ein Gesicht nur haben, daß es einerlei ist, welches man küsse, und in jedem ebendiesen tausendfachen Mund?« »Du denkst immer nur ans Gesicht.« Klaus lachte.

Adrian hatte manchmal Angst wegen Klaus. »Es ist immer so, als gehöre alles dir, Michaela zum Beispiel, obwohl ich nicht weiß, ob du sie je geküßt hast, und die andern, Gabriele, Felix, Godiva und ich. Und spielst mit uns wie mit euren Zinnsoldaten, obwohl wir doch alle so verschieden sind.« Und als er es so sagte, merkte er, daß er »wir« gesagt hatte, ja, daß er gegen seinen Willen und trotz seiner Eifersucht Gabriele und Felix liebte und sogar Godiva. »Wie machst du das nur?« »Ich schalte um«, sagte Klaus und nahm Adrian auf sein Zimmer. Er war eine glückliche Natur.

An der Schule befand sich damals ein Lehrer, Dr. Cornelius Halm mit Namen, der in Tier- und Pflanzenkunde unterrichtete, was ein wenig auf ihn abgefärbt haben mochte. Denn es war in seinem Wesen etwas still Dahinblühendes und Zartes, als sei er unter sanften Blumen aufgewachsen, und gleichzeitig etwas vom Tier, da er geduldig und verständnislos unter den Menschen wandelte, aber einmal gereizt (wozu sein Wesen herausforderte), unberechenbar plötzlich scheute, schrie und rücksichtslos um sich schlug. Es dauerte dann lange, bis seine zitternden Hände sich beruhigten. Auch Adrian und Klaus hatten ihn.

Naturkunde galt in der Schule den alten Sprachen keineswegs ebenbürtig, aber Dr. Halm verstand es, die Schüler mindestens zu unterhalten, einige, zu denen Adrian zählte, geradezu zu begeistern. Denn er brachte von allerlei lebendem Getier und Pflanzen, die er in seiner Wohnung hegte (er war unverheiratet), immer etwas in die Schulstunden mit oder ließ, nachdem er die Samen in Weingeist gelegt, vor ihren Augen Kresse wachsen. Einmal brachte er in einem Käfig gar einen Affen aus seiner Menagerie mit, was große Heiterkeit erweckte, besonders da er Palmen aus des Tieres Heimat, desgleichen Früchte, Käfer und Schmetterlinge derselben Gegend darum gruppierte, um eine möglichst exotische Atmosphäre zu schaffen. Auch vergaß er nie, auf künstlerische Darstellungen in Malerei, Plastik und Literatur hinzuweisen, wie er denn im obigen Falle aus Fips, der Affe, vorlas, ja er hatte derart eine große Naturgeschichte zusammengestellt, darin unter anderem Potters Stier, Courbets Rehe, die assyrischen Löwenjagdreliefs zu finden waren, desgleichen Tiersagen, auch Fabeln, Gedichte wie ›Der Löwenritt‹. Denn er liebte Tiere und Pflanzen, haßte auch andere und äußerte sich sehr abfällig zum Beispiel über Mohn, während er den Löwenzahn fast über Gebühr feierte, Narzissen und Hyazinthen durch den griechischen Mythus nahebrachte, im Tierreich aber den Esel und das Kamel in einer geistreichen Apologie von ihrem Makel zu reinigen übernahm. Nicht anders verhielt er sich der species homo sapiens gegenüber. Er galt als parteiisch, und es war bekannt, daß er Rübsam, obwohl er viel wußte, ablehnend behandelte, Ole Lüdegast, einen neueingetretenen, anziehenden, aber, was die Natur anbetraf, kenntnisarmen Schüler (aus Berlin), entschieden den übrigen vorzog und verwöhnte. Lüdegast merkte es bald und sah, von einer Detektivgeschichte aufblickend, den Lehrer treuherzig an. Er wurde nur aufgerufen, wenn er sich selbst meldete. Klaus ärgerte sich daher über Herrn Halm, besonders aber auch, da etwas in ihm war, das Klaus verbot, ihn zu ärgern, etwas, das bei aller Verschiedenheit ihm Adrian verwandt schien und ein wenig ihm selbst.

Eines Samstags nun, da Onkel Peter in die Stadt gefahren kam, um Adrian und diesmal auch Klaus abends mit nach Pas de Quoi zu nehmen (denn die großen Ferien hatten begonnen), war Herr Halm froh des heißen Tages mit Botanisiertrommel und Schmetterlingsnetz ein wenig naturforschen gegangen, die Stadt loszuwerden, die blendete und nach welkem Gemüse roch, hinaus zum Flusse, wo es kühl war, den schönen Möwen, die er liebte, zuzuschauen und den Schöpfrädern, vielleicht zu baden. Er ging selten den kürzesten Weg, mehr wie eine Handschrift übers Papier ausschweifend und Schleifen ziehend, über Gräben setzend, einen Baum zu besuchen, einem Falter nachzujagen, oder er stand still, lange still, zum Himmel gewandt, die Verwandlungen einer Wolke zu verfolgen. So stand er verzückt, als er plötzlich seinen Namen rufen hörte, der ihn herabrief, und er erschrak. Es war eines Knaben Stimme und kam vom nahen Flusse, aber niemand war da zu sehen, nur ein paar Kleider lagen am Ufer, ein paar Hemden, an Weiden hangend, flatterten gebläht vom Winde als von lebendigem Odem. Nun tauchte Ole Lüdegast braun und fließend aus dem Wasser und mit ihm fünf, sechs andere Schüler. Sie verbeugten sich. »Sieh' da!« sagte Herr Halm und grüßte. Es gelüstete ihn dabei zu sein.

Es war dort ein Wehr durch den Fluß gebaut, das Wasser zu stauen, damit es das Schöpfrad treibe, das unablässig und scheinbar sinnlos vom Wasser nahm und es wieder ausgoß, Tag und Nacht. Aber eine Rinne, wieviel auch verschüttet ward, fing genug auf, die Wiesen zu stillen. Die Schüler turnten auf den triefenden, bemoosten Balken herum, sprangen von dort ins Wasser, schrien und lachten. Herr Halm sah es, und da sie riefen, er solle mit ihnen baden, dachte er, es sei gleich wo es geschehe, und entkleidete sich.

Er war nicht schön, da er sehr mager und zerknittert war, dabei aber noch weiß wie aus Papier gemacht. Auch trug er eine Brille. Er zog sich unbeholfen aus vor den Blicken der Knaben, errötend stellte er die losen Röllchen ins Gras und löste die fertige Krawatte, und solange er in Hemd und Unterhose war, bereute er fast, so gar kein Spielverderber zu sein. Er stieg ins Wasser, kühlte Brust und Gesicht ab, bückte sich dann in Schwimmstellung und schwamm endlich langsam und pedantisch umher, ohne unterzutauchen, der Brille wegen, die er aufbehielt. Dann ordnete er ein Wettschwimmen an, und beglückwünschte, obwohl es zweifelhaft war, Lüdegast als Sieger. Dann lagerten sie sich, braun zu werden, auf einer Sandbank, Herr Halm mitten unter ihnen. Er war ein wenig müde geworden von soviel Sommerluft und Naturforschung, daß er, auf dem Rücken im Sande liegend, die Augen mit seinem bunten baumwollenen Taschentuch beschattete und sich ganz der Sonne hingab. Auch die Knaben waren still und faul geworden. Ab und zu flüsterten sie noch. Ole, einen Grashalm im Munde, blinzelte.

Als der Lehrer erwachte und sich umsah, war er allein. Die Sonne stand schon ziemlich tief, es war gar nicht mehr so recht warm so nahe am Wasser. Sie sind wohl heimgegangen, da sie mich schlafen sahen und sich scheuten, mich zu wecken. So denkend, watete er zu seinen Kleidern und fand sie nicht. »Nanu«, sagte er, »hier lagen sie doch, und hier ist die Botanisierbüchse, hier das Netz.« Er suchte ärgerlich die Nähe ab. Aber er fand nichts von den Kleidern. »Ein Scherz vermutlich«, sagte er laut und rief unsicher: »Nun ist es genug, heraus aus euren Verstecken.« Es kam keine Antwort. Er stand also allein, dürr und nackt in seiner blau und weiß gestreiften Badehose am Ufer im Abendsonnenschein und merkte, daß man ihm übel mitgespielt. Er weinte. –

Es war schon dämmrig geworden, als er sich klar wurde, daß es nur zwei Wege für ihn gab, entweder – so verfinstert war seine geduldige Seele – im Fluß verlorenzugehen oder nackt wie er war, nackt wie es andere Tiere auch waren, einfach nach Hause zu gehen, ohne rechts und links zu schauen, und er tat es. Er schneuzte sich in das Taschentuch, das ihm geblieben, und ging mit umgehängter Botanisiertrommel, das Schmetterlingsnetz in der Hand, diesmal geradeaus zur Straße. Ein paar Kinder mit Ziegen kamen des Weges. Die Kinder lachten, die Ziegen fürchteten sich vor ihm. So begegnete er Onkel Peters Kalesche.

»Steigen Sie ein«, sagte Onkel Peter streng und legte ihm seinen Mantel um. Adrian und Klaus staunten nur. »Wieso?« fragte Onkel Peter kühl, sonst nichts. Steif saß er da, ohne sich anzulehnen. Aber sein Gesicht erheiterte sich, da Halm alles ganz ruhig und anschaulich und gar nicht böse, so, als sei es schon lange her, seine Geschichte erzählte.

»Lächerlich machen, das meinte er wohl«, – denn es war klar, daß es Lüdegast war. – »Aber kann man es denn eigentlich? Das ist man ganz für sich allein, nur ganz für sich allein, sozusagen mit nackter Seele.«

»Jener Ole Lüdegast«, warf Onkel Peter ein, »scheint mir, hat etwas davon gesehen.« Dann, als jener schwieg, sagte er: »Erst dachte ich: hauen. Das gehört ihm. Dann ihn beschämen, dadurch, daß man tut, als sei überhaupt nichts geschehen. Denn er hat Ihnen, Herr Dr. Halm, doch einiges zugetraut. Aber schließlich kommt man mit seinesgleichen Mitteln am besten aus.« Onkel Peter lächelte und machte eine seiner Pausen. Dann sagte er ernsthaft: »Geben Sie ihm – geben Sie ihm in Naturkunde einfach eine Vier. Er verdient es.« Herr Halm hatte aufmerksam zugehört bis zuletzt ohne Überraschung. »Vielleicht«, sagte er, »vielleicht! vorausgesetzt aber – aber, Herr Meier, Sie würden es also tun?« »Was ich tun würde«, antwortete Onkel Peter gedehnt, »was ich ––« in diesem Augenblick sahen sie den unnützen Jungen querfeldein dem Wagen nachlaufen. Er hatte ein Bündel unter dem Arm und schrie. Lüdegasts Gesicht war überhitzt, bestaubt und leidenschaftlich. Die Kalesche hielt. »Was ich tun würde«, sagte Onkel Peter, das Lorgnon vor den Augen, zerstreut.

Herr Halm kleidete sich an, wobei ihm Ole zu Diensten war, und fuhr mit ihm in der Kalesche zur Stadt zurück, während Onkel Peter mit Adrian und Klaus zu Fuß weitergingen. Als Lehrer und Schüler also versöhnt durch den Abend fuhren, leuchtete abseits vom Wege ein Weißes. Es war eins der Röllchen, das Ole im Laufen querfeldein verloren. Aber sie sahen es nicht.

Zuweilen besuchte Adrian seine Mutter, und Onkel Peter begleitete ihn. Sie ritten dann die zwei Stunden Weges zu der kleinen stillen Privatheilanstalt, durch den Föhrenwald, Troll mit ihnen, und Onkel Peter legte Wert darauf, daß ihre Kleidung (Reitrock zu staubgrauen Beinkleidern und natürlich Zylinder) ins Bild paßte. »Wir sind jetzt Reiter im Wald«, sagte er, »das legt Pflichten auf.« Und wirklich war es schön, sie so zu sehen auf den gepflegten braunen Pferden zwischen den Bäumen reitend, dazu der Hund und in einigem Abstand als Reitknecht Johann. Ihn ließen sie bei den Pferden, als sie das Gebäude betraten, wo Elisabeth nun schon seit zwölf Jahren lebte. Der Leiter der Anstalt, Dr. Wimmer, ein großer, melancholischer Mann, dessen Stiefel knarrten, als sie durch die leeren weißen Gänge gingen, berichtete mit leiser Stimme, in Frau ter Moorens Befinden sei noch keine Änderung eingetreten.

Elisabeth empfing sie mit mitleidiger Freundlichkeit, ohne sie zu erkennen. Ja, sie schien alles, was vor ihrer Erkrankung lag, vollkommen vergessen zu haben, einschließlich Onkel Peters, der doch schwer zu vergessen war, und auch Adrians, den sie so sehr liebgehabt. Sie sah überraschend schön und mädchenhaft aus, besonders, da sie ihr braunes Haar, dazwischen noch kein einziges graues war, in Hängezöpfen geflochten trug, mit großen weißen Atlasschleifen an den Enden. Sie trug nun immer weiße Kleider (Onkel Peter sorgte dafür). »Darf ich bitten, Platz zu nehmen?« sagte sie und knickste altmodisch dazu. Das Zimmer war klein und nackt, aber die weißen Wände waren übersät mit Zeichnungen ihrer Hand, Kinderzeichnungen mit etwas zarter Farbe getönt. Denn das war das einzige, was sie noch tat. Es waren Bilder ohne Ende und über die Maßen fein und zierlich gemacht. Sie zeigte sie Adrian: »Dies sind Gottes Mühlen«, sagte sie zärtlich und lächelte. Und Adrian erkannte wirklich Windmühlen, die aber wie Bäume wuchsen und wurzelten. Ein Engel mit großen Augen blies aus einer Wolke die Flügel an und aus der Wolke regnete es auf eine Art Arche Noah, die ihrerseits auf einem Teiche schwamm, daraus Pferde und Kühe tranken, gehütet von einem Zwerg. Dieser hielt einen Papierdrachen an einem feinen Faden, und auf dem Drachen war das Auge Gottes gemalt. Neger, Kronen von Straußenfedern auf dem Kopfe, schossen mit Pfeilen danach. Man konnte überall beginnen und eigentlich alles verstehen, wie in einem Bilderbuch, Elefanten waren darauf zu sehen, Eisenbahnen, Husaren, Luftballons, Spielkarten und immer wieder Bäume. »Wie schön«, sagte Adrian. »Sie sollen das nicht sagen, schön, schön sollen Sie nicht sagen«, widersprach die Kranke weinerlich. »Aber was wißt ihr davon. Und es ist doch alles so mühelos. Ihr müßt es so machen, seht, ich zeige es euch, es ist ganz leicht. Seht her, ein wenig geneigt und ganz zart, wie einer Blume Herz und mit den Wurzeln in der warmen, schwarzen Gartenerde. Aber es kitzelt in der Blüte, wenn ein Schmetterling daran flattert. Man muß dann niesen. Und ihr dürft euch nicht bewegen oder schreien, denn manchmal kommt eine Kuh, auf die schon den ganzen Tag die Sonne geschienen hat, kommt eine Kuh ganz nahe mit ihrem großen, nassen, rosa Mund, ganz nahe, ganz nahe.« Elisabeth fröstelte, und ihre Augen waren groß und besorgt auf etwas Unsichtbares gerichtet.

So war sie, als Adrian zum letzten Male bei ihr war (denn sie starb bald danach), und es erschien ihm unbegreiflich groß und wunderbar, daß sie einen geliebten Menschen, daß sie ihn so vergessen konnte, so ganz auslöschen aus der Erinnerung, obwohl sie ihn doch so oft und innig gesehen hatte mit denselben Augen. Er entsann sich ihrer Worte und machte sie sich fast zu eigen, es gelüstete ihn geradezu nach »ihrem Lande« (von dem sie oft mit glühenden Augen erzählt hatte). Es glich seinen Träumen ganz.

Das Abiturium ging für Adrian still vorüber: Seine Mutter war acht Tage vorher gestorben, oder es war vielmehr ihre weiße Seele ohne übliches Krankenlager, durch freien Entschluß also, des lästigen Körpers überdrüssig, einfach entflohen, während ihr Irdisches hinsank. Und da sie vielleicht Adrian umschwebte, der grübelnd und schweigsam umherging, verdüsterte sie zuweilen sein Gesicht, bis Onkel Peter eines Tages, als sie auf der Terrasse in Pas de Quoi Tee tranken, ziemlich plötzlich sagte: »Mein lieber Adrian«, und, während seine herabhängende Hand den schlafenden Troll streichelte, »du solltest eine Reise machen. Eine Reise und allein.« Adrian hörte geduldig zu. Onkel Peter nahm seine Teetasse samt Unterteller vor sich in den Schoß, und nachdem er sie wie ein Kunstwerk betrachtet hatte (und sie verdiente es), wiederholte er: »Eine Reise, jawohl, mein Schwermütiger, das wird dir gut tun, nach Weimar beispielsweise, wo sich jeder junge Deutsche von Anstand vorstellen sollte.« Dort werde er sich vollends entscheiden, ob er dem Studium der Naturwissenschaften sich wirklich zu widmen gedenke, wenn das ja auch schließlich kein Beruf schlechthin sei oder gerade darum, denn die Natur verlange einen Priester, einen Künstler also, und eine gar freundliche Seele, Liebe mit einem Wort verlange sie, und Adrian willigte ein.

Kaum eine Woche später brachte Onkel Peter ihn zur Bahn. »Du weißt«, sagte er beim Abschied, »ich liebe diese Art Vehikel wenig, man reist nicht, man wird transportiert. Ich sehe gern den Kutscher, der mich fährt. Es ist ja wohl ganz nett, zu sagen: Ich fahre mit Dampf, als seien es Wolkenpferde, die uns ziehen, aber... Na, da kommt er ja. Leb herzlich wohl, mein Junge... vielleicht besuche ich dich.«

Adrian grüßte zum Coupéfenster hinaus, als der Zug in Bewegung kam, und Onkel Peter lüftete seinen Zylinderhut, solange Adrian ihn sah. Für einen Augenblick durch Rauchwolken hindurch sah er auch die Kalesche und die Schimmel am Bahnhofsausgang warten, die Tiere sichtlich aufgeregt über den eisernen Lärm. Es war gegen Abend.

Ein Neuling im Reisen, saß Adrian steif (ohne sich anzulehnen) auf dem grünen Plüschpolster seines Platzes, mit dem Gefühl, ein Dilettant unter erfahrenen Könnern zu sein, und wußte nicht recht, was er mit seinen behandschuhten Händen tun solle. Ein dicker Herr, ihm schräg gegenüber, aß harte Eier über einer auf seinen fetten Schenkeln ausgebreiteten Zeitung. Die Schalen stopfte er in den Aschenbecher. Er aß unmanierlich und schmatzend. Neben ihm zwei ältere Damen in Grau lasen gemeinsam aus einem Buch. Links bei Adrian lümmelte sich ein Geschäftsreisender mit karierter Sportmütze und sah gelangweilt dem Reigen der Telegraphenstangen zu. Er schaute häufig ärgerlich auf seine Uhr.

Rechts aber von Adrian saß eine junge Frau und hielt zierlich einen kleinen Handspiegel vor sich hin. Mit müder Handbewegung ordnete sie ihr dunkles Haar, gleichzeitig aber Adrian mittels des Spiegels auf Umwegen musternd. Niemand redete. Also las Adrian gedankenlos das Plakat: ›Zur Beachtung!‹, das über den grauen Damen hing, las ›Notbremse‹ über dem dicken Herrn, und ›Warm und Kalt‹. Nun also reise ich, dachte er. Die junge Frau neben ihm gähnte anmutig und machte sich's bequem, ein wenig zu schlafen. Dabei geschah es, daß sie einnickend drohte vornüber zu fallen, aber sie richtete sich jedesmal wieder auf, um sich von neuem langsam zu verneigen. Auf einmal aber nach einer Kurve lehnte sie an Adrians Schulter und schlief darauf fest ein. Adrian wagte nicht, sich zu regen, daß sie nicht davon erwache, was erst nach ungefähr einer Stunde geschah. Sie merkte nun, wo sie geruht hatte, und sagte halb belustigt, halb entsetzt: »Und habe ich denn lange so gesessen?« »Ein Stündchen nur«, erwiderte Adrian freundlich. »Oh«, sagte sie, »und Sie haben sich nicht geregt?« Sie sah ihn erstaunt und lächelnd an. Dann bot sie ihm eine Orange, auf ihrer flachen Hand, nachdem sie mit einem kleinen Perlmuttermesser Schale und Frucht wie eine Blume entfaltet hatte. Sie trug ein heliotropfarbenes Kostüm, und ihre Haut war von blasser Bräune, ihre dunklen Augen aber wechselten den Ausdruck von unendlicher Langeweile bis zur Begeisterung, und ebenso der in Ruhe müde, fast ein wenig geringschätzige Mund. Und Adrian, Onkel Peters Abneigung gegen die Eisenbahn gedenkend, dachte heiter, man müsse sie um dieses liebenswürdigen Zufalls willen gern haben, ja es war ihm, als liebe man geradezu durch sie, sie sei in dieser Art eigentlich eine ganz praktische Einrichtung und wie dazu geschaffen. Und er aß dankbar und erfrischt von der dargereichten Frucht.

Draußen aber ward inzwischen völlig Nacht, und es regnete. Trotz des Lärmens des Zuges hörte man die

Tropfen an die Scheiben picken, und es war geradezu spannend anzusehen, wie sie, silbern und klar gegen die Finsternis, plötzlich da waren, wuchsen, langsam und eigenwillig im Zickzack herabzuwandern begannen, neue Tropfen in sich saugend, bis sie unten zerflossen. Adrian folgte zweien von ihnen mit den Blicken, welcher zuerst am Ziele sei. Und dahinter, so schien es, schloß sich ein gleiches Abteil an, darinnen blaß und düster zwei ebensolche Damen aus einem Buche lasen; alle waren so zu sehen, auch er schattenhaft und durchscheinend, wenn ein Licht draußen vorüberhuschte.

Es war kühl geworden, und Adrians schöne Nachbarin kuschelte sich fröstelnd in ihren Mantel. Aber plötzlich fuhr sie auf und sagte: »Speisewagen! Das ist es, was mir fehlte. Sie kennen das noch nicht? Oh, es ist eine meiner Leidenschaften, dort einzukehren.« Adrian ging mit, obwohl er dachte: Ich weiß nichts von ihr, als daß sie schön ist.

Sie saßen nun einander gegenüber in dem schmalen, federnden Speiseraum, und der Wein schaukelte in den Gläsern. Sie tranken Rotwein, weil sie sagte, kein anderer schmecke so gut zur Eisenbahn. Für Augenblicke aber überfiel Adrian von neuem leise Schwermut, daß eine Begegnung dieser Art nämlich, und überhaupt jede freundliche Beziehung unter Menschen, etwas Fragwürdiges sei, etwas Zufälliges und um ein Haar nicht geschehen wäre. Was war es dann, wenn es doch geschah? Er sagte es auch so ähnlich zu ihr, die ihn fast zornig unterbrach: »Aber es *ist* doch! Wenn es ein Unrecht gibt, so ist es dies, nach der Herkunft eines schönen Augenblikkes zu fragen.« Und auf einmal wußte Adrian, was es um das Reisen und besonders um die Eisenbahn war, diese wandernde Insel voll Menschen, und nur für ein paar fahrende Stunden, daß es auch schön sei, die Dunkle ihm gegenüber dennoch genau so zu lieben wie auf dem trägen festen Land, und sei es nur bis zur nächsten Station und er sähe sie niemals wieder. Sie aber betrachtete ihn wohlgefällig und belustigt, wenn er ihr freundlich Bescheid gab, was mit ihm sei, wohin er fahre und ganz allein. Und immer wieder sagte sie: »Und Sie haben sich nicht geregt, eine ganze Stunde lang!«

Als sie zu ihrem Abteil zurückgingen durch die schwankenden Gänge, war da ein Fenster offen, und der blaue Vorhang flatterte. Sie blieb stehen mit halbgeschlossenen Augen (denn der Wind blies sie an) und sah hinaus. Sie schrak aber zusammen vor einem jäh vorüberfahrenden Zug und seinem metallisch hämmernden, rasenden Lärm und lehnte sich so an Adrian, daß er sie küßte. »Du hast so schöne Zähne«, sagte sie leise. Dann hob sie langsam ihre Hände auf und nahm ihm die abscheuliche Brille ab. Den Mund ein wenig geöffnet, sah sie ihn verwundert an, ob er es noch sei, und er errötete. »Du bist es noch«, sagte sie dann wie ein Kind.

Um Mitternacht kamen sie in Weimar an, wo die Dunkle ohne weiteres ein Auto nahm. Sie stiegen im ›Elefanten‹ ab und wurden von dem verschlafenen Portier Herrschaften genannt. Es war ein hübsches Zimmer auf den Markt hinaus, und sie hörten den Brunnen. Adrian aber dachte ganz vage, warum er alles so geschehen lasse, folgsam wie ein Knabe, daß er so wehrlos sei und nichts dazu konnte, sondern es war eine fremde Hand.

»Nicht dunkel machen«, bat er noch, als sie ihn zu sich nahm, »ich will dich sehen«, und er fürchtete sich hinfort nicht mehr vor den Frauen. –

Adrian erfuhr nicht, wer sie war, sie verriet es ihm auch nicht, als sie am andern Morgen abreiste. »Nein«, sagte sie heiter. »Und sei mir nicht böse darum. Wir liebten einander, begehrst du wirklich noch mehr zu wissen? Und: es ist besser, daß ich es war.«

Adrian stand, mit den Gepflogenheiten der Pension, die er nun bezog, noch nicht vertraut, etwas zu früh in dem Speisezimmer, darin alles infolge zahlloser Zimmerlinden an den Fenstern sonniges Grün widerspiegelte, die glatten Möbel zumal und die wenigen Bilder und auch die Sprüche unter Glas und Rahmen, davon einer in Perlstickerei versprach, daß alle, die da ein und aus gingen in diesem Hause, gesegnet sein sollten, ein anderer in Brandmalerei aufforderte, man möge Sonne im Herzen haben. Zudem standen zwischen den Fenstern Hyazinthenzwiebeln in grünen Gläsern von rosa Tüten bedeckt. Die Besitzerin, Fräulein Cyrus, die dem alten Zieten unter den friderizianischen Generalen sehr ähnlich war, nur größer, führte einen Gast herein, vor dem sich Adrian höflich verneigte. Es war ein kleiner, stämmiger Herr, an dem Adrian sofort auffiel, daß er ganz in Braun gekleidet war, ja, nicht nur der Anzug, auch die seidene Krawatte war braun mit roten Tupfen, braun auch die Stiefelchen, und desgleichen, wie Adrian später sah, der Ulster, Mantel und Velourhut, weshalb Herr Nimmerlein, namentlich von den jungen Damen der Pension, gemeinhin das Senfmännchen genannt wurde. Dazu kam, daß er ein überaus gesundes Gesicht hatte, das um Lippen und Kinn blau von offenbar sehr starkem, aber peinlich rasiertem Bartwuchs war. Das schwarze Haar war über der hohen Stirn zurückgebürstet, und die ganze, übrigens sehr vergnügte Physiognomie brachte Adrian auf den Gedanken, er habe vermutlich einen Schauspieler, einen Komiker oder einen Bassisten der Hofbühne vor sich, was sich als nahezu richtig herausstellte. Doch war Herr Nimmerlein, wie er erklärte, einstweilen noch als Volontär nur beim Chor und als Statist beschäftigt, er werde aber, im Vertrauen gesagt, über kurz oder lang aufrücken. So viel erfuhr Adrian, während sich allmählich die übrigen Pensions- und Tischgäste einfanden. Fräulein Estrich zunächst, die beständig mit ihrem großen Kopfe wackelte und nie ihr zitterndes Kapotthütchen ablegte. Sie hatte, vereinzelt zwar, aber ziemlich lange graue Bartstoppeln an den Mundwinkeln und am Kinn, und es war bekannt, daß sie, wenn es Kalbsnierenbraten gab, sich immer die Nieren herausfischte, bis ›der alte Zieten‹ eines Mittags mit seiner tiefen Stimme sagte: »Fräulein Estrich, andere Leute essen auch gerne Nieren.« Es kamen ferner Herr Kachel, Kaufmann in Firma Tietz, Frau Pastor Schöne, John Fischesser, ein junger Deutschamerikaner, der trotz seiner Magerkeit entschieden am meisten aß, was er in der Regel stillschweigend tat, und der dicke Maler Beham. Zuletzt kam Fräulein Todsen, die Kunstschülerin, deren Ähnlichkeit mit Michaela Adrian sofort auffiel. Sie kam, als alle schon saßen, und ließ sich auf dem freien Stuhl Adrian gegenüber nieder. Die Anwesenden schienen einander schon zu kennen, so daß Adrian Mühe hatte, den Sinn der Gespräche zu begreifen, vor allem sich aber die Namen richtig zu merken, worauf er Wert legte. Da redete Fräulein Estrich ihn an und fragte, auf seinen Trauerflor deutend: »Sie trauern, wie ich eben sehe, gewiß ein liebes Anverwandtes?« Dabei wackelte sie lächelnd mit ihrem Kopfe. Adrian errötete, als ob es, wie er sich ärgerlich gestand, peinlich oder eine Schande sei, zu trauern, und bejahte kühl. »Na, sehn Sie wohl«, sagte Fräulein Estrich befriedigt, aber Fräulein Todsen kam zu Hilfe, indem sie von einer jungen Witwe X. erzählte, die alle bis auf Adrian kannten. Sie erzählte sehr ernsthaft und in ihrer norddeutschen Art sehr rasch, aber ihre Augen lächelten dabei. »Glücklicherweise«, schloß sie, »war Herr X. auf einem Film festgehalten, der bei einem Karnevalszuge, den der kurz darauf Verstorbene ahnungslos mitgemacht hatte, gedreht worden. Dieser Film aber lief zur Zeit im Kino, und Frau X. saß dort täglich im Dunkeln, um auf diese Weise ihren Mann wiederzusehen.« – »Wie gräßlich!« sagte Fräulein Cyrus und ekelte sich. »Warum gräßlich?« fragte Herr Nimmerlein ahnungslos, und Herr Beham erwiderte ihm: »Bitte stellen Sie sich das bloß vor, Herr X. ist tot, begraben und so weiter. Genug, er ist nicht mehr da. Und nun der Film, mittels eines Apparates an die Leinwand projiziert. Seht, da ist er, da kommt er, der doch längst – genug, er kommt, lachend und scheinbar lebendig. Das ist Betrug.« »Sollten also«, versuchte Adrian zu sagen, »die Bilder mit den Menschen sterben.« Fräulein Todsen sah ihn verwundert an. Dann sprachen sie von Kunst überhaupt, vom Malen und Dichten. »Dichter«, sagte Herr Beham, »das ist kein Beruf. Überhaupt, während sich die einen wirklich plagen, geht da einer her und dichtet, malt und tut sich groß damit. Lächerlich. Ich schäme mich stets, wenn ich es tue. Ich kenne einen Mann, einen großen, kräftigen, gesunden Mann, und der macht Gedichte. Nein, es ist wirklich zum Lachen. Ich besuchte ihn, aber er war nicht zu sprechen, denken Sie bloß: Er hatte einen geschwollenen Backen. Das dürfte doch eigentlich nicht sein. Sehen Sie wohl!« Adrian aber sagte bescheiden, das sei es eben, er für sein Teil liebe die Dichter gerade darum, fast um des geschwollenen Backens willen. Ein Spezereiwarenhändler in Regnitz sähe z.B. ganz wie Goethe aus, die Gedichte aber, die er daraufhin mache, seien ganz erbärmlich; umgekehrt sähe der Dichter Soundso wie ein Krämer aus und schreibe die schönsten Romane. »Gewiß«, sagte Herr Beham, »ich meinte ja nur«, und erhob sich, da das Essen vorüber war.

Herr Nimmerlein zeigte nun nicht übel Lust, irgendwo eine Tasse Kaffee zu trinken, und fragte Adrian, ob er ihm dazu Gesellschaft leisten wolle. Adrian sagte es zu, und sie gingen zusammen. Herr Nimmerlein lebhaften Schrittes, Adrian beinahe schüchtern daneben. Das Senfmännchen klopfte sich beim Gehen unablässig mit seinem Spazierstock auf den Rücken, um, wie er erklärend bemerkte, dadurch die Verdauung anzuregen und so seiner Hartleibigkeit, woran er leide, entgegenzuwirken. So redete er zutraulich und, wie stets, erhobenen Angesichtes, damit er größer sei, und Adrian hörte bescheiden zu. Schon als Knabe habe er, führte sein Begleiter aus, zu starker Korpulenz geneigt, ferner schon frühzeitig Mitschüler und Lehrer durch seinen außerordentlichen Bartwuchs (ein Erbteil französischer Ahnen) in Erstaunen versetzt. Als Vierzehnjähriger rasierte er sich täglich, wozu er mit tiefer Stimme Arien, Rezitative, ja Duette, wobei er in rascher Abwechslung bald er, bald sie war, zu singen pflegte, wie er sie im Theater, wo sein Vater Beleuchtungsdirektor war, sooft er wollte, hören konnte. Eine selten benötigte Scheinwerferplattform diente ihm dazu. »Oft schlief ich da oben ein, wenn es nicht gerade Liebesszenen waren, die ich bevorzugte, obgleich sie mich nie so ganz zufriedenstellten, bis, ja bis eine junge Choristin eines Tages (ich war fünfzehn) zu mir sagte: ›Gott, Fritzchen‹, sagte sie, ›du hast ja schon einen Bart‹, und küßte mich ohne weiteres.«

Sie gingen die Wielandstraße, den Frauenplan hinab, und es war Adrian selsam zumute, als sein lebenslustiger Begleiter plötzlich den Hut abnahm und ohne Zweifel Goethes Wohnhaus grüßte. Er tat es mit einer Art vertraulicher Ehrerbietung. »Ich tue das immer, wissen Sie«, erklärte er, »Hut ab vor diesem Manne. Waren Sie, nebenbei gesagt, schon drinnen? Nein? Gehen wir hinein. Treten Sie näher, ich bin hier wie zu Hause.« Es ergab sich, daß Herr Nimmerlein mit den Kastellanen auf freundschaftlichem Fuße stand und dadurch freien Zutritt hatte. Er habe sogar einmal, nebenbei gesagt, eine Nacht dort zugebracht, flüsterte er Adrian zu, während sie, die Hüte in der Hand, nach oben gingen, eine Nacht im Goethehause quasi. »Aber sprechen Sie nicht davon. Ihnen kann ich's ja sagen.« Sie waren die einzigen Besucher. Sie betraten Goethes Arbeitszimmer, das dämmrig war mit einem grünen Schimmer vom Garten herein, die niedrige Stube, da alle Dinge noch so von seiner Hand berührt sind und dabeigewesen. Der Spiegel hat ihn gesehen, die Wände haben seine Stimme vernommen. Wunderlich ergriff es Adrian, da alles so war, als könne jener jeden Augenblick eintreten, und es war dennoch schon so unheimlich lange her. Ein wenig Erde, danach er sich selbst gebückt, lag auf dem Schreibtisch. Herr Nimmerlein flüsterte es Adrian zu und wies dann bedeutend auf Goethes Schlafzimmer nebenan, den kleinen, ungelüfteten Raum, auf das Bett darin mit der zerschlissenen olivgrünen Seidendecke und auf den Großvaterstuhl, darin Goethe starb. Als sie gingen, die Hüte wieder auf dem Kopfe, aber noch immer flüsternd, obgleich die Straße sie laut umgab, erzählte Adrian von Goethes Locke in Onkel Peters kunstreichem Kabinett. Sie sei silberbleich und ihm immer so erschienen, als lebe sie, als wüchse sie noch oder habe wenigstens die Kraft dazu in sich behalten. Sein Begleiter blieb stehen. »Da erblickte ich«, zitierte er, »eine Locke, frisch vom Haupte getrennt. Und kaum gewahrt' ich diese, trat vor meinen Geist ein trautes Bild, urplötzlich und vom Teuersten der Menschen ...« Diese Rede gefiel Adrian wohl. Er riet auf Sophokles, aber Herr Nimmerlein wußte es selber nicht, sondern erinnerte an ihr eigentliches Vorhaben, nämlich Kaffee zu trinken. »Wir tun es am besten bei mir, Herrerre« (denn er hatte Adrians Namen vergessen). »Kommen Sie, hier sind wir schon.«

Herrn Nimmerleins möbliertes Zimmer war sehr klein und erbärmlich. Ein Klavier, Bett, Schrank, Tisch, Stuhl, dazu noch ein dreifüßiges eisernes Waschgestell, das so gestrichen war, als sei es aus spanischem Rohr gefügt. Zwei Lithographien, sein Eigentum, in goldenem Rahmen zierten die Wand. Sie stellten in zwei Bildern ein rührendes Ereignis anläßlich einer Überschwemmung dar. Ein Knäblein in seiner Wiege von den erbarmungslosen Fluten mit fortgerissen, scheint verloren zu sein. Es ahnt nichts davon, sondern spielt lächelnd mit Blumen. Am Ufer wird ein Hund sichtbar. »Sauvera-t-il?« stand darunter. So das eine Bild. Auf dem anderen hat der treue Hund das gefährdete Knäblein samt der Wiege schwimmend ans Ufer geschleppt: »Il est sauvé!« Die Lithographien waren zart blau und gelb koloriert. Während Adrian dies lächelnd und angeheimelt betrachtete, bereitete Herr Nimmerlein den Kaffee. Das Wasser stand schon auf dem Spirituskocher, er aber mahlte die Bohnen, hemdärmelig auf seinem gewaltigen Koffer sitzend.

»Es ist meine siebente Wohnung«, sagte Herr Nimmerlein, »oder die achte. Und das in einem halben Jahr. Mir geht's wie Beethoven, so ist es.«

»Sie sind also auch Musiker?« meinte Adrian.

»Gewiß«, sagte das Senfmännchen und roch an der kleinen Schublade, darin das Kaffeemehl einen braunen lockeren Hügel bildete. »Riechen Sie mal«, sagte er, und Adrian tat es. »Nichts schmeckt so gut, wie es riecht. Alte Erfahrung! Ich kann von Kaffee leben. Aber ihn zubereiten, das will gekonnt sein.«

Im Verlauf der Unterhaltung stellte es sich heraus, daß Herr Nimmerlein Ingenieur, Dichter, Schauspieler und Musiker in einer Person war. Er war, ohne sich rühmen zu wollen, ein vorzüglicher Segler, war in Frankreich, England und Japan gewesen und benützte seit einem halben Jahr jede freie Minute, um sich im Klavierspiel auszubilden. Er habe übrigens große Pläne.

»Symphoniker«, so führte er aus, »das ist meine Begabung quasi. Ich habe da etwas vor, etwas, woran sich, nebenbei gesagt, noch keiner gewagt hat. Etwas ganz Großes. Wenn Sie mir Ihre Hand darauf geben, niemandem etwas davon zu sagen, teile ich's Ihnen mit.« Adrian versprach's. Herr Nimmerlein öffnete den Koffer und entnahm ihm ein Buch (er besaß nur wenige) und legte es mit Entschluß vor Adrian.

»Die Ilias«, sagte er einfach und sah seinen Besuch bescheiden lächelnd an. »Ich komponiere die Ilias, um es kurz zu sagen. Griechisch natürlich. Übrigens neben der Bibel und dem Faust eines der hervorragendsten Werke der Weltliteratur. Ich denke mir das etwa so...«

Und dann beschrieb er dem staunenden Adrian, wie er sich die Sache gedacht, großes Orchester natürlich, vor allem Bläser, Männerchor, Orgel, ein großes Aufgebot von Solisten. Das Ganze, versteht sich, auf mehrere

Abende verteilt, damit es nicht ermüde. Denn das wahrhaft Erhabene sei immer etwas anstrengend, nebenbei gesagt.

Hier also, dachte Adrian, hier in dieser geringen Stube haust ein Mensch, klein und ziemlich korpulent, blühenden Angesichts, ein Durchschnittsmensch ohne Zweifel für viele, und komponiert die Ilias! Während die Bilder: »Sauvera-t-il« und »Il est sauvé« sanft auf ihn herniedersahen, komponierte er die Ilias!

Mit dem Gefühl, einen außerordentlichen Menschen kennengelernt und einen vorzüglichen Mokka getrunken zu haben, schied endlich Adrian, da sein Gastgeber noch arbeiten wollte, der ohnedies schon die ganze Zeit mit seinen kurzen behaarten Händen Fingerübungen auf der Tischkante gemacht hatte, darauf mit Kreide eine Tastatur gezeichnet war, für die Nachtstunden. Auf der Straße klangen ihm die harten Tonleitern Herrn Nimmerleins nach.

Mit Ulla Todsen hatte Adrian noch kein Wort gesprochen, so daß er einigermaßen verwirrt war, als sie eines Tages, da er verdrießlich darüber, immer allein zu sein, im Park spazierte, auf ihn zutrat. »Sieh da, Herr ter Mooren«, sagte sie und glich dabei Michaela, obgleich sie schöner und offenbar sprühender war als jene. Ulla trug einen rehbraunen fußfreien Rock und eine lockere weiße Bluse, dazu einen großen Florentiner. Sie schloß sich Adrian ohne weiteres an, gab sich aber gar keine Mühe, irgend etwas zu sagen, sondern schritt anmutig neben dem stummen Adrian, blieb auch zuweilen stehen (und er mit ihr), und es war dann immer etwas besonders Hübsches zu sehen, eine Eidechse etwa, die mitten im Laufen über heiße Steine plötzlich innehielt, ganz regungslos wurde und schillernd sie anschaute. Nur ihre zarten Flanken atmeten aufgeregt. Alltägliches also war es, das aber Adrian liebte und Ulla offenbar auch. Es genügte ein Grashalm, eine Fliege, daß sie stillstanden, begierig zuzuschauen. Es war aber ein sehr schöner, heißer Tag, und die Sonnenstrahlen, die durch das Laub auf den Weg schienen, waren zum Greifen sichtbar im warmen Dunst des Parkes, und wenn man genau hinsah, wo sie den Boden trafen, war sogar die nüchterne schwarze Erde schimmernd bunt davon. Nun saß da mitten in einer Sonneninsel ein Igel und machte ein drollig unglückliches Gesicht, daß Ulla lächelnd bedauerte, ihn nicht streicheln zu können. Er war voller Ungeziefer und konnte sich doch nicht kratzen wegen der Stacheln: ein heiteres Symbol, daran auch Adrians Seele sich vergnügte, daß er zu reden begann, vor allem, damit auch Ulla es tue. Sie war in Bremen aufgewachsen und sprach auch so, was aber Adrian gern hörte. Er hatte ja (wie auch Onkel Peter) geradezu »Sympathie mit dem Norddeutschen« und schob es auf die Nähe des Meeres, von dem er, zwar unbekannterweise, eine sehr große Meinung hatte. Ulla ihrerseits gefiel sein »Bayrisch« (so sagte sie mit einem unglücklichen Versuch, es nachzuahmen). »Es ist Fränkisch«, belehrte er sie nachdrücklich, »ich bin Franke und ein wenig stolz darauf. Wenn man von Bayern nach Franken kommt, merkt man den Unterschied. Die Franken haben viel hellere, heiterere Stimmen.« Ulla lachte: »Und wenn sie von Gepäck reden, denkt man an Kuchen und nicht an Koffer.«

Auf einer Wiese, nahe an Liszts Wohnhaus, sahen sie den Maler Beham breitspurig vor der Staffelei stehen. Er hatte eine große, geschwungene Palette in der einen Hand, den Pinsel in der andern, und blickte auf eine Baumgruppe, die allerdings besonders schön anzuschauen war, offenbar um sie abzumalen. »Besuchen wir ihn, ich mag ihn wohl leiden«, sagte Ulla. Im Grase lag da aufgeschlagen ein Malkasten mit lauter neuen, noch unberührten Tuben darin, und auf Herrn Behams Palette war noch keine Farbe aufgetragen, der Pinsel trocken und sichtlich unbenützt. »Bitte, Kollegin«, sagte der dicke Mann, »sehen Sie sich das mal an.« Er nahm grüßend den großen Anglerhut von seiner schweißbetauten Glatze und umschrieb dann die Landschaft großartig mit beiden Armen. »Gibt's das überhaupt, bitte. Lassen wir's, lassen wir's. Es ist zum Malen zu schade. Ah, Herr van der Meer, mein Kompliment. Sie sind auch Maler, nein?« So redete er ruckartig lachend und heftig »kopfrollend«, wie es Ulla nannte. Denn er war sichtlich beengt durch seinen niedrigen Liegekragen, daran wulstartig sein roter Hals überquoll. Seine Augen aber waren gutmütig und leuchtend blau.

»Lassen wir's«, wiederholte Herr Beham und packte ein, indem er, ohne je recht zuzuhören, wenn etwa Ulla etwas sagte, unaufhörlich weiterplauderte. »Ich höre nie zu, ich weiß es. Sehen Sie, Kollegin, sehen Sie bloß die Bäume. Ich male nun da schon beiläufig sieben Wochen daran, jeden Tag, auch bei Regen, und manchmal nachts.«

»Aber«, sagte Ulla und betrachtete die leere Leinwand gewissenhaft wie ein Bild, »ich sehe ja gar nichts.«

Herr Beham blickte sie nachsichtig an. »Wirklich, Sie sehen nichts? Nun, müssen denn Bilder auch immer gemalt sein! Malen ist keine Kunst, man sollte es eigentlich nicht tun. Es ist nur Schwäche, Unglaube. Es tut mir dann immer so leid, wenn ich fertige Gemälde sehe. Es sind Herbarien. Sterilisierte Landschaften.« Sie waren schon im Gehen, als er das sagte. Adrian entgegnete:

Es geschieht aber trotzdem und immer wieder? Warum malt man dann?«

»Ach, das macht nur die Angst vor dem Tode.«

»Ja«, meinte Adrian, »das kommt, weil alles immer so unaufhaltsam ist.«

»Unaufhaltsam! Kompliment, van Delft. Das Unaufhaltsame ist es, was ich liebe! Aber gestatten Sie, daß ich mich jetzt empfehle, Kollege. Malen Sie nicht! Tun Sie es nicht! Künstler sein ist lieber Gott spielen mit unzulänglichen Mitteln. Es war mir äußerst interessant.« Er schwenkte den Anglerhut und ging, er rollte beinahe. –

»Ist er nicht ein bißchen…?« meinte Ulla belustigt, als sie allein waren, und machte eine wirre Bewegung vor der Stirn.

»Ich glaube, noch nicht«, sagte Adrian, Elisabeths eingedenk, »aber er möchte es wohl gerne werden, und, ich denke, er hat das Zeug dazu. Es kommt nur auf die Entscheidung an. Wir könnten es alle, fast alle, wenn wir nur wollten, würde Onkel Peter sagen.«

Ulla sah ihn begierig an. »Onkel Beder? Wer ist das?« fragte sie und ahmte seine Aussprache nach. Adrian zeigte ihr das kleine altmodische Miniaturbild, das er immer an der Uhr trug.

»Er ist wohl schon lange tot«, meinte Ulla, als sie es langsam zurückgab. Als sie zur Pension kamen, schaute Fräulein Estrichs bärtiges Gesicht just aus dem Fenster. »Ei, ei«, sagte sie kichernd, »ich weiß alles, ich weiß alles.« Ulla wurde zornig. »Es gibt Hexen«, meinte Adrian und zog freundlich den Hut, wohl, damit er sie nicht reize.

Wenig gefiel es Adrian, daß Herr Nimmerlein sich Ulla in heiterer Unziemlichkeit zu nahen suchte, um so mehr als Adrian des öfteren, namentlich an warmen Sonntagen, wenn rings aus den Dörfern der blaue, würzige Rauch der Rostbratereien aufstieg, dem Symphoniker in Begleitung draller Dienstmädchen begegnete; das Senfmännchen hielt dann etwa eine fetttriefende, heiße, in langes Weißbrot geklemmte Bratwurst in ähnlichen Fingern und ließ scherzend das jeweilige Mädchen abbeißen. Also gesättigt gingen sie dann waldwärts, zärtlich umfaßt, wobei Nimmerleins Hände unermüdlich übten. Er war eine glückliche Natur.

Adrian liebte Ulla, und zwar mit Ehrfurcht und Abstand, ihrer Kunst wegen, die er eines Tages auf ihrem Zimmer kennenlernte. Ulla zeichnete nämlich (und malte) eigentlich nur Hände, und zwar in allen Lebensaltern und Beziehungen: Kinderhände, Greisenhände, einzelne, in erregten Massen, trauernde, anbetende, ruhende, kämpfende und liebende vor allem, von so seltsamer Beseelung und Leidenschaft, daß Adrian nachts darauf von ihnen träumte und müde davon erwachte. »Sie haben es wirklich geträumt?« sagte sie, als er es erzählte, und sah ihn neugierig daraufhin an. Aber als er antwortete, es sei ihm ein erneuter Beweis ihrer großen suggestiven Kunst, sah sie enttäuscht zum Fenster hinaus.

Nun kam, wie er es vorgehabt, Onkel Peter nach Weimar und machte, nachdem er Adrian nicht mehr so schwermütig, sonst aber zu seiner Freude unverändert angetroffen, auch Ulla Todsen seine Aufwartung, von deren Kunst er aus begeistertem Munde gehört. Denn er liebte das Schöne. Ulla empfing die beiden sichtlich verwundert: »Ich dachte, Sie wären lange tot«, sagte sie zu Onkel Peter in lächelndem Erschrecken. »Nicht daß ich wüßte«, erwiderte Onkel Peter und küßte ihr die Hand. Natürlich zeichnete sie seine Hände, und nicht nur einmal, wie Adrian mit Unbehagen bemerkte. »Was für Hände für mich!« äußerte sich Ulla und schlug sie auf wie ein Buch, »man wird nicht müde, sie immer wieder von neuem zu zeichnen, zu lesen, anzuschauen. Welche Berührungen machten sie so?« »Sie sind abgerichtet, dressiert vielleicht«, gab Onkel Peter zu. Adrian aber wandte ein, Hände, die seien gewiß schön, aber sie seien doch letzten Endes sozusagen nur Glieder ohne Augen, ohne Mund vor allem, darinnen doch die Seele wohne, ein Gesicht hingegen...

Onkel Peter blieb länger in Weimar, als er geplant hatte, länger sogar, als Adrian vorgesehen. Aber sie sprachen nicht davon, bis folgendes sich ereignete. Eines Abends nämlich – beide hatten sich den ganzen Tag nicht gesehen – übermannte es Adrian, daß er Ulla noch sehen müsse, unbedingt, jetzt, und er machte sich auf, zu ihr zu gehen. Ullas Zimmer befand sich am Schnittpunkt der zwei schmalen und ziemlich schüchtern beleuchteten Gänge der Pension. Es war spät, und die andern schliefen wohl schon, aber Ulla mußte noch wach sein, da vom Licht ihres Zimmers die Ulmen im Garten hell waren und ihr Schatten sich darin bewegte, wie Adrian festgestellt hatte. Als er aber um die Ecke des Ganges bog, stand vor Ullas Türe, den Finger zum Anklopfen gekrümmt, den Kopf lauschend geneigt, Onkel Peter, einen Strauß müder Marechal-Niel-Rosen in der Hand. Adrian errötete und auch Onkel Peter ein wenig, denn auch Adrian hatte Rosen in der Hand von der gleichen Zucht, wie sie Ulla liebte.

»Tja, jenun, wie dem auch sei, aber es ist so«, sagte Onkel Peter. Dann hob er den Finger an die Lippen, deutete auf Adrian und sich und ging auf sein Zimmer am andern Ende des Ganges. Adrian mit aufdämmerndem Humor tat das gleiche. Im Gehen hörte er noch das kurze, energische, abschließende Geräusch von Onkel Peters Schlüssel.

Am andern Morgen, als Adrian darüber war, einzupakken, trat er ein. »Johann ist verständigt«, sagte er lächelnd, »wir reisen Punkt zwölf.« Und sie taten's, nachdem sie Ulla die Rosen überreicht.

Fräulein Estrich sah aus dem Fenster, als sie in die alte stöhnende Kalesche stiegen und wackelte grinsend mit ihrem großen Kopfe, umrahmt von den Zimmerlinden. »Eigentlich«, sagte Adrian, als sie fuhren und sich winzig klein in Johanns Messingknöpfen spiegelten, »eigentlich wären wir jetzt beinahe Nebenbuhler geworden.« »Gewissermaßen«, bestätigte Onkel Peter. Und als sie längst aus der Stadt waren und von andern Dingen sprachen, sagte er immer wieder kopfschüttelnd: »Und ich dachte, es hätte mich ein Häschen geleckt, es hätte mich ein Häschen geleckt«, was für ihn den Ausdruck einer Art Philosophie des Eshatnichtsollenseins bedeutete.

Bald nach diesem Intermezzo bezog Adrian in einer großen süddeutschen Stadt die Universität, um sich dem Studium der Naturwissenschaften und besonders der

Botanik zu widmen, wozu er sich schon in Weimar, durch Goethes Versuche begeistert, endlich fest entschlossen hatte. Arnold, der am gleichen Orte die musikalische Akademie besuchte, hatte ihm zugeredet und bei einer Frau Huber für sich und Adrian Zimmer gemietet, nahe an dem großen Park. Klaus aber zog schon seit längerer Zeit mit dem Zirkus Milany so ziemlich durch die ganze Welt, woher er häufig Postkarten schrieb, die gewöhnlich mit dem ganzen Markensatze des betreffenden Landes farbenprächtig beklebt waren und auch Felix', des Clowns, große kindliche Unterschrift sowie auch anfangs die Godivas aufwiesen. Denn Klaus bekleidete den Posten eines Reklamechefs bei dem aufstrebenden Unternehmen.

Übrigens erkannte Adrian bald, daß die Botanik ihn am meisten erst dann zu fesseln begann, wenn die Grenze der schulgerechten Wissenschaft überschritten wurde und sei es in Spiel, sei es in Poesie, Aberglaube oder Mythologie ausarten wollte, wie dies besonders bei Dr. Marcellus Uhl der Fall war, der vorerst noch als Privatdozent seine leidenschaftlichen Vorlesungen an der Hochschule hielt. Es war bekannt, daß er durch die Herausgabe eines Handbuches der gesamten Erotik überaus in Anspruch genommen war. »... wissen Sie, mein Lieber«, pflegte er zu sagen, wobei er ganz nahe an sein Gegenüber herantrat und mit seinen schwarzen Augen den Betreffenden gleichsam umzuwerfen drohte, »wissen Sie, der Erotik, der gesamten Errrrotik«, und er rollte das r mit fast grimmiger Berauschung an des Wortes Klang und Sinn. Er hatte eine geistvolle Schrift, Gaumenbotanik betitelt, verfaßt, die (unter Feinschmeckern mehr als in der Wissenschaft) namentlich durch seinen fast französischen Esprit, durch unartige und artige Anekdoten Aufsehen erregte. Darin waren alle die überaus schmackhaften Pflanzen wie Artischocken, Spargel, Hopfentriebe von der Geburt bis zu ihrem Hintritt über die menschliche Zunge genau beschrieben, ihre Anatomie sowohl als ihre Zubereitung, ihre Geschichte, ihre Histörchen, ihre Schönheit und ihre Eigenschaften, alles war darin aufs anschaulichste geschildert; endlich hatte er auch ihren möglichen Einfluß auf menschliche Organe und Gemüt mit diskreter Deutlichkeit berührt.

Auch Arnold hörte bei ihm. Er saß dann da in mühseliger Haltung, die Stöcke neben sich, mit Augen, als geschehe es ihm. Dafür begleitete Adrian den Freund in Konzerte und Theater, wo sie halb zu denen gehörten, »die auch da waren«, worin stets ein gewisser Respekt vor der Veranstaltung, vor ihnen und den Feststellern dieser Tatsache zum Audruck kam. Auch Adrian wußte bald, wer alles zur Musik gehörte, der kleine nervöse Mann zum Beispiel, der immer einen aussichtslosen Kampf gegen die plötzlichen Zuckungen und Grimassen seines Gesichtes führte, denen er dadurch zu begegnen suchte, daß er mit dem Zeigefinger heftig in seinen Kragen fuhr, als sei der daran schuld. Auch den sogenannten Konzertjuden kannte er, der, allgemein gemißbilligt durch sein rücksichtsloses Vordrängen, doch der treueste Musikliebhaber zu sein schien, also eigentlich eine durchaus sympathische Figur; und dann Gabriele.

Sie war als Erzieherin hier, und Adrian traf sie oft, und wie er nie, liebte er einmal jemand, die Neigung ganz verlor, liebte er auch sie wie ehedem, obwohl sie unstreitbar etwas töricht war, um ihrer Schönheit und ihres Mundes willen, wenn sie etwa in Konzerten neben ihm saß, spürbar, auch wenn er sie nicht sah, und es ergriff ihn dann geradezu, wie sie, darin Arnold ähnlich und auch ihm, der Musik verfiel, als geschähe ihr von einem Manne.

Einmal kam Klaus, Wind im Haar und in den Augen die ganze Welt, stürmisch wie immer und als gehöre alles ihm, so, als könne er durch seinen Mund die Stilleren, die Unauffälligeren, Mühseligen oder auch, wie Gabrielen, die Törichten mit neuen Energien laden. »Es geht Kraft von ihm über, wenn man ihn berührt oder auch nur sein

Kleid oder sein Haar«, sagte Adrian zu Arnold, als Klaus weiterstürmte in neue Länder und Liebe. Und wirklich entstand daraufhin Arnolds erste beträchtliche Komposition, die – der Komponist am Flügel – mit großem Erfolg aufgeführt wurde, während Adrians Hand ein größerer Essay »über die Bohnen« gelang mit dem Motto:

ἱστοροῦσι (Πυθαγόρειοι) ἀπό τῆς αὐτῆς σηπεδόνος ἀνθρώπους συστῆναι καὶ κύαμον βλαστῆσαι

(Die Pythagoreer erzählen, daß die Menschen aus der gleichen Fäulnis hervorgegangen seien wie die Bohnen), eine Arbeit, die, obwohl es doch anscheinend ein ganz langweiliges Thema war, sogar Dr. Uhls Anerkennung fand, der bei diesem Anlaß besonders nahe an Adrian herantrat und ihn umzuwerfen drohte. »Famos, mein Lieber, famos!« sagte er, da das kleine Werk neben der mehr poetischen Philosophie, die es unter anderm enthielt, auch die besonders deutliche Erotik dieser Pflanze beschrieb, ein Wort, daran sich Dr. Uhl stets von neuem berauschen konnte, was seinem umfassenden Handbuch nur zugute kam.

Der Anbruch des Krieges überraschte Onkel Peter und Adrian in einem kleinen Bergdorf des Apennins, dahin selten ein Fremder kam, in Spedaletto, nahe der alten Paßstraße inmitten von Kastanienwäldern, überraschte sie in vollkommener Ahnungslosigkeit. »Krieg?« fragte Onkel Peter, »wieso? Ich frage, warum?« Aber sie machten sich schleunigst auf und reisten in der alten Kalesche nach Deutschland zurück, um sich zu stellen.

Kurz vor Regnitz gegen Abend, als sie sich schon auf die ganz vorzüglichen Betten in Pas de Quoi freuten, nahe dem Dorfe Kieferloh sahen sie von ferne Barrikaden am Ortseingang errichtet und hörten sich angerufen, ohne sich aber darum zu kümmern. Und schon krachten Schüsse aus nächster Nähe. »Verdammt!« rief Onkel Peter und griff aufspringend nach seinem Hintern, »das war Schrot Nummer 12, ohne Zweifel.« Zu gleicher Zeit brach aus dem Dickicht ein Dutzend Männer hervor, die umringten mit gespannten Gewehren, mit Pistolen fuchtelnd und bedrohlich erhobenen Sensen die alte Kalesche. »Hände hoch, Ihr Hunde, ›êtes-vous des éspions?‹« brüllte ein alter, weißbärtiger Herr mit hochrotem, fast berstendem Gesicht, auf den Tritt springend. Er war Rektor Fabricius.

»Guten Abend«, sagte Onkel Peter kalt, »wie geht es Ihnen? Ich muß sagen, unverändert! Aber nun bitte, was soll, gelinde gesagt, diese Maskerade?« Und er hob kurz die Hand, deren innere Fläche leicht mit Blut gefärbt war. »Ich bin getroffen«, fuhr er finster fort, »und zwar an einer Stelle, die schkandalös ist. Johann, wir fahren.« Er setzte sich, ohne zu zucken.

Die friedliche Kalesche war, so erklärte Rektor Fabricius betreten, als er noch am selben Abend keuchend auf Pas de Quoi erschien, für jenen feindlichen Goldtransport gehalten worden, der einem Gerücht zufolge nach Rußland unterwegs war. Die peinliche, wenn auch ungefährliche Verletzung verursachte, daß Onkel Peter für lange Zeit außer Gefecht gesetzt war.

»Das sitzt ja wie Rosinen in einem Kuchen«, sagte er schmerzhaft lächelnd, als es Dr. Benjamin nicht gelang, alle Schrotkörner zu entfernen. Der also Blessierte wurde daher dauernd dem Fürsten Friedrich Alexander als Adjutant zugeteilt und bot, da er das schlichte Feldgrau für seine Person ablehnte, in seiner roten, gelbverschnürten Uniform vielbestaunt, einen seltenen Anblick.

Adrian, an sich untauglich, da er schmal und zierlich gebaut war, wurde erst auf Grund guter Beziehungen als Freiwilliger bei der Infanterie eingestellt. »Ehrlich gesagt«, empfing Onkel Peter ihn, der strammstand, »du siehst ziemlich unmöglich aus in deiner Kluft, um ein soldatisches Wort zu gebrauchen.« Als er dann sah, wie Adrian, der sich nichts anmerken lassen wollte, eine Zigarette aus der Feldmütze nahm und das Zündholz dazu am Stiefel anstrich, mußte er lächeln, denn es paßte doch so gar nicht zu Adrian.

Klaus aber, der in einem preußischen Regiment gedient hatte, mußte schon in den ersten Tagen ins Feld, und als er zu seiner Garnison abreiste, standen die Mädchen, die ihn liebten, alle am Zuge, ihn mit Blumen zu schmücken und zu beschenken. Er küßte sie der Reihe nach, ehe er einstieg. Leise und zuletzt, als der Zug schon ins Fahren kam, sagte er zu Adrian: »Es war immer schön mit dir. Sorge dich nicht meinetwegen. Ich glaube an die Unsterblichkeit deiner Seele.«

Am Abend vor dem Ausmarsch ins Feld wurde kein Urlaub mehr erteilt, aber viele Leute kamen an das Gitter der Kaserne, ihre Angehörigen noch einmal zu sehen, und auch Onkel Peter kam, durch die eisernen Stäbe hindurch mit Adrian zu reden. »Na, wir sehen uns ja wieder, nicht wahr, Adrian«, sagte er möglichst heiter, da viele der Gekommenen weinten. Adrian nickte, während er dachte: Jetzt reden wir so, lachen und geben uns Mühe, weil wir eben so gar keine Vorstellung haben, wie es wirklich wird und endet. Beide waren ernstlich verlegen, was sie sagen sollten, und schwiegen also wie viele, die nichts anderes taten als eben noch einmal beieinander zu stehen, ja sie warteten geradezu, daß der Abschied endlich vorüber sei, ob sie sich vielleicht auch nie wiedersahen, und sie wurden fast heiter und wie befreit, als sie sich endlich trennten. Da geschah das Seltsame, daß Onkel Peter plötzlich seine Hand erhob und auf Adrians Stirne, der die Augen niederschlug und dabei rot wurde, mit dem Daumen ein Zeichen machte oder schrieb, denn so tat es. Dann ging er rasch davon, ohne sich umzuwenden, während Adrian ihm lange nachsah.

Die Kaserne war aus gelben und roten Backsteinen gebaut und sehr geschmacklos. Manche der vorhanglosen Fenster waren schon erhellt, schwarz hoben sich die Kreuze der Fenster ab, daraus Lachen, Singen und Gläserklirren klang. Adrian saß noch eine Zeitlang allein im dunklen Kasernenhof, auf der Deichsel eines Packwagens schaukelnd. Über ihm waren viele Sterne. Er befühlte mit seinen schmalen, jetzt nicht mehr tadellosen Händen das neue, grüngraue Tuch seiner Uniform, das ganz eigen säuerlich nach Brot und Arbeit roch. Er barg sein Gesicht darin und sog den Duft tiefatmend ein. »Ich bin Soldat, ich – bin – Soldat«, sagte er eindringlich leise, wie unglaublich es auch war. Dann mußte er lachen über Emil Wulles Wort: zwangsverstaatlichtes Pflichtexemplar. Er wippte endlich ein wenig ungeschickt von seinem Sitze und schlenderte so rekrutenhaft wie nur möglich der Kaserne zu. Da sah er am Boden etwas, das da nicht hingehörte, und bückte sich danach. Ein Schusser war es, eine kleine rote Kugel, die ein Kind beim Spielen dort verloren. Er hob das Ding auf und steckte es in seinen Brustbeutel, als könne ihm nun nichts Schlimmes mehr widerfahren.

In der gleichen Nacht noch marschierte Adrian inmitten der Kompanie durch die schwülen Straßen dem Bahnhof zu, inmitten des fast beizenden Soldatengeruches, inmitten des taktmäßigen Klirrens und Klapperns von Waffen und Kochkesseln, als sei er nicht aus Fleisch und Blut, sondern aus Blech gemacht. Oder ein mannesgroßer Zinnsoldat, so dachte er und lächelte verlegen.

Die Kompanie wurde in Viehwagen verladen (so nannte man es), worauf in gelber Schrift zu lesen war: 48 Mannschaften oder 6 Pferde. Während Adrian noch darüber sann und die halbverwischte Kreideschrift zu entziffern suchte (er las: Gefrierfleisch), drängte sich ein riesiger Rappe von spiegelnder Schwärze zwischen Adrian und die Inschrift. Er schäumte und verdrehte die Augen, stampfte starr und zitterte gewaltig. Die Rampe dröhnte unter den Hufen, die sich störrisch stemmten. Endlich gab er nach und stolperte ergeben in die dunkle Öffnung des Wagens als Sechstes. Die Schiebetür rollte zu.

Die 47 grauen Soldaten, die mit Adrian in einem Wagen auf rohgezimmerten Bänken saßen, trugen alle die gleiche neue Uniform, ja die gleiche rote Nummer auf den Achselklappen wie er, so daß sie sich nur durch Gesichter und Hände unterschieden. Es ging aber lustig zu. Einer spielte Mundharmonika. Aber noch immer stand der Zug an der Rampe, so daß die Soldaten ungeduldig wurden, als führen sie nur so zwischen zwei Stationen und fürchteten, Zeit zu verlieren. Warum, dachte auch Adrian, warum ging es nicht fort? Die Tür war zu. Der Zug stand geladen auf den Schienen zum Feind, und die Heimat, die kleine Stadt, Onkel Peter, die Apotheke waren schon weit, ja, die sterben sollten, waren schon tot. Es war alles entschieden. Oder nein, es handelte sich um Sekunden, ja, das war es. Denn eine Sekunde Verspätung, und auf Wochen hinaus war das Leben anders bestimmt. Eine Sekunde, so konnte die Kugel schon vorbei sein oder gerade eintreffen. Da löste sich der Zug, dehnte sich, rüttelte zuckend vorwärts und kam ins Rollen. Es war noch immer Nacht.

Tagsüber saß Adrian am liebsten auf dem Wagen, darauf die Feldküche der Kompanie stand, und der also eine Art Aussichtswagen vorstellen konnte. Das Neckartal, das sie langsam durchfuhren, war besonders schön und herbstlich, ja so war es eine Reise beinahe, wie er sie sonst mit Onkel Peter gemacht.

Er hatte sich bisher noch an niemanden besonders angeschlossen, da alle ja einander so ähnlich waren, gleichsam auf einen Nenner gebracht, bis auf zwei vielleicht. Jobst und Jochen hießen sie, Freiwillige wie er und wohl Studenten. Als einmal längerer Aufenthalt war und die beiden, wie immer nebeneinanderstehend, die Gruppen vor dem Zug überschauten, blieben ihre Blicke, als sie Adrians gewahr wurden, auf seiner trotz Uniform und allem Zubehör hier auffallenden Gestalt und auf seinem unkriegerischen Angesicht lächelnd ruhen. Sie traten alsbald auf ihn zu, der gerade dabei war, mit einem

Zündholz die Haut aus dem frischgefaßten Morgenkaffee zu fischen. Denn große Fetzen schwammen darin herum, und er konnte sich auch jetzt nicht dazu entschließen, sie über die Schwelle des Ekels hinweg hinunterzuschlucken. »Hier scheiden sich die Geister!« sagten die beiden, »wir mögen sie auch nicht. Und die andern sagen, es sei das Beste und Nahrhafteste an der Milch.« Es beruhigte Adrian, daß Jobst und Jochen sie auch nicht mochten.

Der feindliche Boden, auf dem sie nun kämpfen sollten, gefiel Adrian: Baumumfriedete Weiden, Pappelalleen, Kanäle, Mühlen und viel Wind dazu, den er liebte, Wind, der nach Meer schmeckte, und meist freundliche Feinde mit verwandter Sprache. Aber dann kam die Schlacht, ehe sich's Adrian versah.

Es war ganz anders, als er jetzt noch immer dachte, denn die Schlacht, wenn er's sich überlegte, war eigentlich gar nicht zu sehen. Da Adrian auch jetzt seine Brille aufhatte, da sie zum erstenmal sprungweise gegen den Feind vorgingen, verlor er das Zivile nie ganz, ja ihm blieb es selbst im Kriege, und er war, das fühlte er selbst, nur ein Dilettant darin. Jetzt zum Beispiel, da es doch wirklich ernst wurde (denn er hörte den zirpenden Klang der Kugeln nahe um seine Ohren), jetzt kam ihm die Vorstellung, daß, stünden die Heere einander nackt gegenüber, Freund und Feind sicher nicht zu unterscheiden wären. Aber dann so aufeinander zu schießen, kam ihm ganz unmöglich vor. Dabei nahm er auch hier, dank der Schießbrille, das einzelne wahr. Unter seinen Kameraden war einer, der, das hatte Adrian wieder sofort sehen müssen, eine Perücke trug, und auch jetzt, da er mitten unter den anderen den unsichtbaren Engländern entgegenstürmte, trug er sie in der ihm eigenen vorsichtigen Kopfhaltung, damit sie sich nicht samt dem Helme verschiebe. Es wußte vermutlich niemand darum als Adrian, und nun im Sturme dachte er zwangsläufig daran, daß die Perücke doch etwas zu braun sei, und daß jener sie wohl täglich und ganz im geheimen frisiert haben müsse, dachte auch an jenes ängstlichen Schlaf, der doch alles so leicht verraten konnte. Er sah auch dort im bereiften Gras (denn es war früh am Morgen) eine Porzellanpuppe liegen, mit zerbrochenem Arm in einem roten Kleidchen, sah auch einen Hasen, als gelte alles ihm, vor ihnen fliehen, und es lächerte ihn. Vom Gegner war nichts zu sehen, aber zwischen den Stürmenden krachte es beständig kurz und böse, und es wuchsen die grauen, plötzlichen Bäume der Granateinschläge und verwehten wieder, träge, als wäre nichts geschehen. Da sah Adrian den ersten wirklich fallen. Es war der gemütliche Unteroffizier, der bei einer Übung kommandiert hatte: »Richtung die Sonne!« Er fiel aufs Antlitz und war sofort tot. Adrian hatte noch nie einen Toten gesehen, aber er wußte sofort: Dieser war es, obwohl man sein Gesicht nicht sehen konnte, so unbewegt lag er da. Andere waren verwundet, und kläglich klang ihr Ruf: »Sanitäter, Sanitäter!« in Adrians Ohren, ja einer, obgleich er ernstlich getroffen war, rief immerzu: »Auweh! Auweh!« Mitten im Laufen hielt Adrian inne. Da lag ja auch sein Perükkenmann und war nun tot. Noch im letzten Augenblick schien seine Hand versucht zu haben, das Geheimnis zu retten, das ihm im Fallen entglitten war. Ein Taschenspiegel vom Kaufhaus Tietz lag neben ihm. Als Adrian sich herabbeugte, den kahlen, weißen Schädel wieder zu bedecken, hörte er die Uhr des Toten ticken. Und lange danach behielt er die Vorstellung, sie ginge noch, nachdem sie mit jenem begraben war, ticke sie noch immer irgendwo in der Erde Flanderns.

Adrian lag ganz dicht an die Erde geschmiegt hinter einem kleinen Erdhügel, den er vor sich aufgeworfen (die Kompanie solle sich eingraben, lautete der Befehl), und er war hungrig, getraute sich aber nicht zu essen. Denn es graute ihm noch davor, während er esse, getroffen zu werden oder über der Notdurft. Beim Heldentod, dachte er, meint man immer: stürmend ins Herz getroffen, und Verwundete haben immer schneeweiße Binden um Stirn oder Arm mit ein wenig hellrotem Blut daran. Und plötzlich fielen ihm die roten Husaren ein mit den gelben Schnüren auf der Brust, und wie es ehemals war. Und sie waren jetzt alle so grau.

Adrian (und nicht allein er) hatte nach dem bestandenen Gefecht keine Ahnung, wer nun eigentlich gesiegt habe.

»Ich nicht«, sagte er sich, »auf mich ist es jedenfalls nicht angekommen.« Seine Truppe war abgelöst worden und hauste nun in einem zerschossenen Dorf noch im Bereich der Artillerie. Adrian hatte Kopfschmerzen, das Erbübel aller ter Moorens, Kopfschmerzen mitten im Krieg, und litt darunter nicht anders als zu Hause, obwohl es sich hier doch ganz und gar nicht schickte. Und da er, wie er sich verdrießlich gestand, eben ein verwöhntes Bürgersöhnchen war, sträubte er sich innerlich noch immer gegen die Unappetitlichkeit seines jetzigen Daseins, wo es lächerlich war, unter Trümmern, angesichts des immer gegenwärtigen Todes und heroischer Wunden, etwa aus einer satten, reinlichen Tube schneeweiße Zahnpasta auf die Bürste zu drücken. Bald auch spürte er ein ihm bisher unbekanntes Jucken am ganzen Körper, besonders an einer Stelle, und schauderte, als er sich, nach der Ursache forschend, jenen glasigen oder hell- bis dunkelroten Parasiten gegenübersah. »Ich habe Läuse«, schrieb er an Onkel Peter. Auch Jobst und Jochen hatten welche, wie er mit Staunen sah, trotzdem sie doch Helden waren, trotzdem sie ein feindliches Maschinengewehrnest, das viel Schaden angerichtet, erobert und die Besatzung gefangengenommen hatten. Auch sie hatten Läuse, und sogar der Herr Hauptmann.

Adrian schämte sich, sooft er Jobst und Jochen sah, denen alles zu Gesicht stand, und die mit der unantastbaren Selbstverständlichkeit ihrer heroischen Freundschaft selbst das Grauen adelten. »Habt ihr nie Angst?« fragte sie Adrian. »Und wie!« sagten sie, »wir tun aber nichts dagegen.« In ihrer Nähe fürchtete sich Adrian nicht, oder er war doch sicher, was auch geschähe: hier bei ihnen ging es mit rechten Dingen zu.

Es geschah bald im Winter anläßlich einer gewaltsamen Erkundung, an der die beiden und Adrian beteiligt waren. Es war ein ziemlich großes Durcheinander und also anscheinend gut geglückt. Die Loslösung vom Feind gelang, und Adrian (der wieder einmal gar nicht einsah, wie es auch auf ihn angekommen sein solle) war einer der letzten, die, von Granatloch zu Granatloch springend, zur Ausgangsstellung zurückzukehren suchten. Aber er sah Jobst und Jochen nicht, und da Gasgefahr war, sorgte er sich und wartete, in einen Trichter gedrückt, auf sie. Endlich kamen sie aufrecht und miteinander redend, als kümmere sie alles nicht.

Sie waren einander an Größe und Schlankheit des Wuchses gleich, so sehr, daß selbst Adrian, obwohl er sie so gut kannte, nun sie Gasmasken trugen, also Augen und Mund und der ganze Unterschied ihrer Gesichter verlarvt war, nicht wußte, wer Jobst, wer Jochen war, bis einer zu reden anfing. Sie waren auch beide noch ganz mit trockenem Schlamm überkrustet, wie aus Erde gemacht. Die von der Gasmaske gedämpfte und dadurch ferne Stimme war Jochens und sagte: Was Adrian noch hier tue, die andern seien schon weit fort. Da er Adrians Gesicht ohne Gasschutz fand, wenn auch entstellt von Schmutz, nahm er die Maske ab, zugleich mit Jobst, wie es überhaupt bei ihnen schien, als hätten ihre zwei Wesen eine gemeinsame Seele. Und da nun alles gleich war, antwortete Adrian, daß er auf sie gewartet habe. »Es ist doch alles hin, und dabei schneit es, als sei nichts geschehen«, fügte er mit dem ihm eigenen aussichtslosen Lächeln hinzu (dem gleichen, das er damals hatte, als er vom Berge aus zusah, wie ganz fern und klein, lautlos, als seien es bewegliche Zinnsoldaten, Menschen einen andern begruben; wenn er die Hand aufhob, deckte er alles zu).

Die Freunde richteten sich ein, nahe beieinander, und rauchten Zigaretten. Auch Adrian rauchte. Ununterbrochen hielt das Trommelfeuer an. »Beim Ansturm von so viel tausend Seelen«, sagte Jobst, »müßte doch der Himmel erzittern, es müßte sich etwas zeigen.« Und Jochen gab zu, Gott müsse es spüren, etwas müsse er doch spüren davon. Sie schwiegen wieder, und Adrian dachte plötzlich an das kleine Stückchen Vorhang, das er im Quartier abgerissen und in der Brieftasche geborgen hatte, weil er den gleichen zu Hause hatte. Einen Augenblick sah er das Zimmer, das Haus, die kleine Stadt mit allem darin, mit Onkel Peter und Tante Lavendel um den Fetzen sich bauen.

»Gehen wir, es scheint aufzuhören«, sagten die Freunde. Sie richteten sich auf, Adrian folgte ihnen. Da warf sie der Einschlag einer Granate alle zu Boden. Adrian war nichts geschehen und, wie es schien, auch Jobst nicht. Aber Jochens Gesicht, Kinn, Mund, Nase bis an die Augen war ein blutiger Krater, darin sich der Stumpf der Zunge ohnmächtig krümmte. Die Augen waren groß und traurig, die Hände hoben sich zu seltsam bittender Gebärde. Jobst schrie laut, als er ihn sah, und hob den Entstellten ganz zu sich empor; da er, seine Lippen an des andern unversehrter Stirn, frei im Trichterfeld stand, erfaßte sie ein neuer Einschlag. Einen Augenblick schwebten sie so umschlungen wie liegend über der Erde, dann schlugen sie hin und lagen Wunden an Wunden. Adrian, dem, wie er meinte, ein Erdklumpen gegen die Schienbeine geflogen war, lag nahe bei ihnen. Er zog sich ganz zu ihnen heran. Seine Beine schleiften nach. Die Freunde lebten noch. Jobsts Augen waren schon weit, seine Stimme kaum. Indem er sein Haupt erhob, sagte er etwas. »Miteinander ...« vernahm Adrian. Dann fiel Jobsts Gesicht schwer in das Jochens. So erloschen sie gleichzeitig.

Adrian aber tastete nach seinen Beinen, die höllisch brannten und bluteten. »Es hat mich doch auch erwischt, scheint's«, sagte er und richtete sich ein wenig auf. Da sah er, daß es kein Erdklumpen war, der ihn getroffen. Langsam und ungläubig betrachtete er seine zerschmetterten Beine. Feine rote Fontänen sprangen pulsend aus den Wunden. Es schneite darein, und die Flocken zergingen im dampfenden Blut. Es begann schon dunkel zu werden, und ob auch weit und breit kein Mensch zu sehen war, begann Adrian dennoch zu rufen, wie er es so oft gehört: »Sanitäter, Sanitäter!« Da es aber kläglich über das Feld klang, verstummte er wieder. Er begann seine Hosenträger zu lösen, schnitt sie in die zwei Hälften und schnürte, da er schon schwach zu werden begann, oberhalb der Knie die Oberschenkel ab, bis das Blut stand. Dann ließ er sich zurückfallen.

Die beiden Toten waren fast ein weißer Hügel nur noch, Landschaft also. Und Adrian wußte, daß er es auch bald sein würde, wenn man ihn nicht fand. Er richtete sich von neuem in sitzende Stellung auf und schüttelte den Schnee von sich ab. Aber es wurde ihm dabei übel, so daß er sich wieder legte. Die abgeschnürten Beine schmerzten so, daß er meinte, bewußtlos zu werden. Er fing also an, laut zu zählen, daß es nicht geschehe. Er war bei zweihundert, als man ihn fand. Schneien und Schießen hatten aufgehört. Es war ganz dunkel geworden. »Ich lebe noch«, sagte er fast zufrieden. Dann wußte er nichts mehr von sich.

Er erwachte aber immer wieder, öffnete die Augen, und sobald er sah, den Rücken des Krankenträgers, einmal auch Pferde, die scharfen Brillengläser eines Arztes, schloß er die Augen wieder. Ich lebe noch immer, dachte er dann und ließ alles mit sich geschehen. Einmal spürte er einen leisen Stich im Arm und zuckte dabei zusammen, obwohl der Schmerz in den Beinen doch so groß war. Bald aber fühlte er eine Art Trunkenheit und nahm es als nichts Besonderes, als ein Arzt sagte, man müsse zur Amputation schreiten. Schreiten? dachte Adrian und sagte: »O bitte sehr«, als er schon die Maske über Mund

und Nase fühlte und den kühlen, süßlichen, betäubenden Geruch einatmete. Die Zunge wurde ihm schwer, doch vernahm er noch Stimmen und hörte lachen. Er versuchte zu reden. Dann sang er mit lauter, fröhlicher Stimme: »Die Vöglein im Walde, die sangen ach so wunder-wunderschön! Schön – schön – schön«, lallte er immer rascher und versank. –

Adrian wurde in einen Raum getragen, der weiß war, wie der, woher er kam, weiß mit großen Augen darin, die alle eine Weile auf ihn gerichtet waren und ihn ohne Neugierde anschauten mit den mühsamen Blicken Liegender, und die nichts anderes sagten, als was sie eben sahen, ohne Teilnahme als die eines Zusichzählens, nicht anders auch, als Adrian sie anschaute. Aber er erkannte nun, daß er im Sterben war und hier das Zimmer der Aussichtslosen. Das Verschwimmen kam und das Verwehen in seinen Gliedern und weit darüber hinaus, wie die Kreise eines Blattes, das in den See fiel, weiter und weiter werden, bis sie kaum wahrnehmbar verebben, still werden, ganz beruhigt endlich am Ufer.

Was aber das letzte sei, was er hier sähe, ängstigte ihn. Die Gesichter ringsum waren fremd und galten nicht ihm. Er hörte sagen, jetzt ist er bei sich, und wiederholte still: »Ich bin bei mir«, und er sagte es immer wieder, während seine Blicke ruhelos alle Gegenstände umfingen, deren sie habhaft werden konnten, so wenig es waren. Mit seinen Händen auch hielt er sich krampfhaft an der Bettdecke fest, dazubleiben. Er lag in einer rohgezimmerten Bettstatt, auf einem Strohsack, wie er spürte und aus dem Knistern hörte. Doch war alles weiß bezogen. Er bat um die Brille, die man ihm zur Operation genommen, und sah die Fußlehne des Bettes und jeden Ast darin bis ins einzelne, darüber das Fenster, einen Baum davor, der beschneit war. Auf dem Sims stand des Krankenwärters Tasse, wie man sie daheim auf Geschirrmärkten kauft, weiß mit blauem Rand und dem Vornamen Karl darauf. An ihren Rändern waren Spuren von

Kaffee, und der Löffel stand darin. Der Henkel war abgebrochen. Adrian hielt sich daran mit den Blicken fest und meinte sofort zu sterben, wenn er die Augen schloß. Also hielt er sich gewaltsam wach. Dennoch verfiel er zuweilen dem Schlaf. Ich lebe noch, ich bin bei mir, und: was ist wohl das letzte, das ich sage oder sehe, dachte er, sooft er erwachte und das Fenster, den Baum und die Tasse Karl wiedersah. Er begann wieder Schmerzen zu spüren, besonders in den Beinen bis zu den Füßen, obgleich er wußte, daß sie nicht mehr da waren, sondern wer weiß wo, tot, vielleicht schon verscharrt. »Meine Beine«, sagte er leise. Er ächzte in gleichen Zwischenräumen; und in neuer Verwirrung, neuem Verzicht auf die Wirklichkeit, wozu das trügerische Gefühl, sie seien noch da und stießen unten am Bettende an, ihn verleitete, sagte er es mit überreizter Höflichkeit dem Stabsarzt, den er Generalarzt nannte. Das Bett, sagte er, es sei nicht seine Schuld, der Herr Generalarzt möge gehorsamst entschuldigen, es sei zu kurz, er stieße beständig unten an, und ob es möglich wäre, dem abzuhelfen, vielleicht durch Verlängern. Der Arzt hörte ihn ernsthaft an. Er war ein großer dicker Mann mit einem rosigen Kindergesicht im Vollbart. »Das Bett zu kurz?« fragte er dann und lachte laut, »ich dachte, es sollte langen!« Auch Adrian versuchte zu lächeln, spürte aber, daß es nicht mehr gelang, daß er überhaupt nicht mehr ganz seiner Herr war, vielmehr der Körper nur gewohnheitsmäßig weitertat, und nicht er, sondern sein Gesicht lächelte unbefohlen, daß er dem Apoll von Tenea glich. Auch sein Mund redete zuweilen von selbst. »Ha, du Sanitäter«, sagte der Mund, während die Hände den Vorübergehenden haschten und vertraulich heranzerrten, »ha du, meine Uhr ist kaputt, ganz kaputt. Aber es ist eine Lust, Soldat zu sein. Chic, magnifique et pas cher.« Dann sang er wieder, wie er schon in der Narkose getan: Die Vöglein im Walde, die sangen so wunder-wunderschön. Man hatte ihm auch eine Kochsalzinfusion gemacht, in jeden

Brustmuskel eine Kanüle gesteckt, so daß sie schmerzhaft anschwollen wie Frauenbrüste.

Erst nach etwa acht Tagen begann er allmählich seine menschliche Umgebung mehr zu beachten, was er, wie er sich jetzt gestand, vorher nicht mehr für nötig gehalten hatte. Er fing auch an, da er oft und lang seine Hände betrachtete, die mager und bleich vor ihm lagen, wieder an sein Äußeres zu denken. Er sah, daß seine Fingernägel schwarz waren, und bat, seines Großvaters gedenkend, von dem er wußte, daß er sie auf seinem Sterbebette noch hatte reinigen lassen, um einen Nagelputzer, später um einen Spiegel. Als wüßten sie nichts von seiner Auflösung, waren seine Haare ruhig weitergewachsen, sein Gesicht war von Stoppeln umrahmt, sein Haupthaar unmilitärisch voll. Seine Augen sahen groß und fremd ihn an, seine Lippen waren rünstig und trocken, seine Zähne fahl. Er wandte sich ab von sich: Das bin nicht ich, der da stirbt, das ist irgendwer, dachte er und begehrte zu leben. Der Wärter, dem die Tasse Karl gehörte, sagte zu ihm: Das sei ein Heimatschuß, und er käme durch. Er war ein gutmütiger Bursche, Ökonom von Beruf, wie er sagte, mit einem überaus häßlichen und dummen Gesicht, Stülpnase und kleinen blöden Augen. Wenn er grinste, entblößte er ein unübersichtliches, mißfarbenes Gebiß. Meist kaute er Kommißbrot oder aß Zwiebeln, die, wie er vorgab, ihn vor Ansteckung bewahren sollten. Dazu redete er viel, mit derben Ausdrücken jede kleine Handlung erläuternd; denen, die starben, sagte er es geradeheraus: »Zwei, drei Täglein, mein Lieber, dann ist's vorbei.« Und er hatte es auch anfangs zu Adrian gesagt. Mit den Toten sogar redete er noch: »Häst dich net gemeldt«, sagte er etwa und grinste, wobei er der Meinung schien, der Tote habe sein Schicksal selbst verschuldet. Auch hielt er die Verletzungen für eine Art Ware, indem er vorschlug, er wollte dem oder jenem den »Schuß« abkaufen und gleich hundert Mark darum geben, wenn er ihn hätte.

Adrians Stümpfe trugen, das sah er beim Verbinden, weiße Mützen wie Zaunpfosten im Schnee. Der fröhliche Arzt betrachtete die Wunden und sagte, sie sähen sehr schön aus. Dennoch war ihr Geruch unerträglich, so daß Adrian die Verbände mit Kölnisch Wasser besprengte, das ihm Onkel Peter gesandt hatte. Adrian hatte nichts von der Amputation geschrieben. Aber Onkel Peter wußte es bereits, doch erwähnte er es keineswegs und auch später nicht, sondern sprach lediglich die Hoffnung aus, ihn bald daheim zu haben. Außer dem Kölnisch-Wasser-Päckchen kam eines mit vielem kosmetischen Handwerkszeug, feiner Seife, Rasierzeug, Zahnbürste und Chlorodont, einer Nagelschere und so fort, ferner rohseidene Hemden und, um den Betrug vollkommen zu machen, Hausschuhe aus schwarzem Saffian, innen mit rotem Leder gefüttert, worüber Adrian lächelte. »Man ist krank, gut, aber man spricht nicht davon«, fiel ihm ein.

Im nächsten Bett neben Adrian lag seit zwei Tagen ein Neuer, den Adrian vom Ansehen kannte. Ein kleiner blasser Mann war es mit einer großen Hornbrille in dem fast nackten Gesicht; man nannte dieses zarten Dichters Namen mit Achtung, und er hatte niemandem etwas zuleide getan. Adrian, der nun des Todes viele Gesichter kannte, erschrak bei dem Gedanken, daß, was aber sicher schien, dieser, da er doch ein Dichter war, oder daß überhaupt ein Dichter so sterben müsse, wie kläglich es hier geschah, ja daß der, wie er glaubte, unverletzliche Künder Gottes und des Schönen auf so unerträglich irdische Weise ende. Er war durchs Rückenmark getroffen und bis zur Brust gelähmt, nicht mehr Herr seiner Notdurft. Adrian kannte des Sterbenden Sonette, ein schmales Bändchen, zierlich gebunden in Pergament mit etwas Gold und darin schön gedruckt Dichtungen von Tieren, Gott, schönen Frauen und Knaben, brüderlichen Bäumen und vertrauter Erde. Das Lebendige also, das Schöne besangen sie. Nun lag ihr Dichter da, mit entsetzten Augen um sich schauend und, was ihm geschehen war, aus voller Seele hassend. Er mochte nicht, darum starb er langsam über viele Tage hin, und Adrian sah ihm dabei zu, Bett an Bett mit ihm. Was jener sagte, war wenig und arm genug. Es betraf nur Nahrung und Trank, bis er endlich nachgab. Denn er kämpfte hart gegen den Tod, und manchmal, als säße er auf ihm, schlug er mit beiden Fäusten auf ihn los. Als es zu Ende war, lag er verächtlich da und ganz verändert, da er ohne Brille starb (was Adrian nie getan haben würde), und sein Gesicht war scharf und spitz, beinahe böse geworden, als er zur Unsterblichkeit einging. Adrian betrachtete ihn, daß er so den Tod aus nächster Nähe sähe, daß ihm nichts davon entginge. Aber er sah ihn nicht, wie sehr er sich darum bemühte. Er war also unsichtbar, und die Zeichen, die ihn endgültig verkündeten, waren nicht anders als die, die auch Adrians Beine trugen, als man sie von ihm genommen hatte, ein Absterben, eine Folgeerscheinung also nur, etwas Allmähliches. Adrian hatte nichts gesehen und mußte lächeln angesichts des stillen Nachbarn, über den Aufwand der Natur, wenn es endlich doch nichts damit war als dies, das man tunlichst bald beiseite schaffte, als sei alles nicht wahr und vielleicht nie gewesen. Plötzlich fiel ihm Klaus ein, und Adrian erschrak. Er konnte sich nicht denken, wie Klaus tot aussähe, daß er es überhaupt je sei oder jetzt irgendwo in Rußland und ganz allein. Und da er Klausens Bild beschwor, sah er es auch, wie er ihn zuletzt gesehen, heiteren, unverwundbaren Angesichts und zu ihm sprechend: Ich glaube an die Unsterblichkeit deiner Seele, Adrian.

Eines Nachmittags, da es still im Zimmer war, bis auf das plötzliche Summen einer verfrühten Fliege am Fenster und das dumpfe Geräusch ganz ferner Schrapnells, das Adrian immer an das des Faustballspiels im Schulhof erinnerte, eines Nachmittags nun, da er mit geschlossenen Augen lag nahe am Schlaf, vernahm er Sporenklirren, und eine Hand weckte ihn an der Schulter. »Sie waren also dabei«, hörte er eine rasche, harte Stimme sagen. Adrian sah auf und bemerkte einen höheren Offizier, einen General sogar, und nahm Haltung an, obgleich er doch nur im Hemde und zu Bette lag, ja er war versucht, es den Engländern gleichzutun, die auch ohne Mütze oder Helm im Bette die Hand an die Stirne legten, wenn der Stabsarzt Visite machte. »Sie waren also dabei, so sagte man mir wenigstens«, wiederholte der General und klemmte sein Monokel ins Auge, Adrian daraufhin anzusehen. Dieser sah plötzlich Jobst und Jochen über dem beschneiten Trichterfeld von der Granate emporgeworfen, waagerecht, fast fliegend in seiner Erinnerung, wie Schlafende sah er sie schweben, und er antwortete sofort: »Zu Befehl, Exzellenz.« Der General gab ihm die Hand kurz und schmerzhaft. »Erzählen Sie es mir und ganz genau. Vergessen Sie nichts, verstehen Sie. Es wird immer das Wichtigste vergessen, das, wie es wirklich war. Was kümmert mich der Tag und die Stunde und was man sonst alles nicht sehen kann.« Der General setzte sich auf den Bettrand. Sein Gesicht, es erinnert mich so, dachte Adrian, und nun fiel es ihm ein, es war das strenge, hölzerne, geliebte Gesicht eines Nußknackers aus der Kindheit, der ja auch in Uniform war. Dann begann er und erzählte alles, während der General ihn unbewegten Angesichts ansah. Er beschrieb die erste deutliche Begegnung mit den Freunden und genau die Gesichter, wie sie dann immer brauner und kriegerischer wurden, beschrieb auch die Wandlung ihrer Montur bis ins kleinste. Denn über dem Erzählen sah er sie deutlich bis zu den Bronzeknöpfen, da verschiedentlich ersetzt, also unter den mit dem Löwen gezierten auch preußische mit der Krone sich befanden. Er berichtete, daß die beiden fast nie einzeln zu sehen waren und unter der großen grüne Decke schliefen, daß sie immer rein aussahen, so bestaubt sie auch sein mochten, unbefleckt also vom Kriege blieben und immer seiner Herr, bis sie endlich aneinandergefroren nur mehr Landschaft waren, ein weißer Hügel nur noch, und er zeigte auch an sich, wo ihre Wunden waren. Er erzählte alles mit leiser, erregter Stimme, obgleich es ihm seltsam vorkam, einem General davon zu erzählen. Dieser aber schwieg, bis er endlich sagte: »So war es.« Noch einmal verstummte er, wobei er zum Fenster hinaussah, dann fügte er hinzu, mehr zu sich selber als an Adrian gewandt, den es aber erschütterte: »Welch ein Jahrhundert«, sagte der General, »darin Männer einander so zu lieben fähig sind wie diese.« Er erhob sich, verneigte sich ernst vor Adrian, der darüber errötete, und ging. Adrian sah ihm nach und erkannte auf einmal Jobst in ihm, wie er aussehen mochte, wäre er so alt geworden, und zugleich, wie es geworden wäre, wenn die beiden den Krieg überlebt hätten, alterten wie der General, der nun draußen steif zu Pferde stieg und langsam davonritt.

Die Hosenträger hatten Adrian das Leben gerettet, das wurde dem Genesenden ingrimmig-heiter bewußt. Sie hatten das Blut gefesselt, ehe es sich ganz ausgoß, die Gefäße abgedrosselt, und hatten ihm so eigentlich das Leben erhalten.

Die Wunden heilten, die Narben wurden fest, obwohl es noch lange dauerte, ehe Adrian darauf stehen konnte, und vor Gewittern schmerzten sie. Aber als die Zeit da war, da Adrian künstliche Beine bekommen sollte, wehrte er sich dagegen. Es half nichts, er mußte sie nehmen. Da ging er heimlich zu einem Schuster und ließ sich Stumpfstiefel anmessen, darin er stelzend zwar und wie ein Zwerg, aber zufrieden umherging. Auch der Schneider wurde von Adrian aufgesucht, damit er kurze Hosen mache und entsprechende Jacken und Mäntel nach Angabe. Desgleichen ließ er sich einen Koffer auf kleine Gummiräder setzen, eine zusammenklappbare Deichsel dazu, und alles gelang vortrefflich, so daß Adrian ziemlich beschädigt zwar, doch ohne Groll ins zivile Leben zurückkehren konnte. Die Kunstbeine ließ er zurück. Auf einen gekürzten Reservistenstock gestützt, den als Knauf der Kopf eines Soldaten schmückte, den Koffer hinter sich herziehend, bewegte er sich langsam zum Bahnhof, endlich heimzukehren.

So saß er wieder im Zug, und da er über seine Knie die grüne Decke gebreitet hatte, konnte er gut für voll gelten, so sehr, daß die Mitreisenden erschraken, als er sie nach langer Fahrt endlich lüftete, sich erhob und auf dem Sitz stehend rasch, ehe jemand half, seinen Räderkoffer herabnahm und schließlich, nachdem er vom Sitz geturnt, unter ihnen stand wie ein Knabe. In der Hand den kurzen Stock mit dem Soldatenkopf, wartete er, bis der Zug hielt, öffnete dann, ohne sich erst bücken zu müssen, die Wagentür und schwang sich hinab auf den Bahnsteig. Den Koffer an der Deichsel nachziehend, trottete er des Weges. Es sah aus, als wate er bis an die Knie durch das Pflaster, so nahe war er der Erde geworden, ja in den Anlagen streifte seine Hand durch das Gras an den Rändern. Es war aber schon Nacht, daß ihn niemand erkannte.

Als ich groß war, dachte er, war ich schneller zu Hause. Und niemand lacht, der mich sieht, obgleich es komisch sein muß, mich so zu sehen mit dem großen Hut und dem Koffer hinterdrein.

Und er ging weiter mit steifen, harten Schritten, gravitätisch eigentlich, durch die Straßen, die er liebte, der Mohrenapotheke zu, wo Onkel Peter ihn erst für den anderen Tag erwartete. Adrian läutete an der Nachtglocke, denn der Laden war längst geschlossen. Es war immer noch der alte, etwas schrille Klang. Oben öffnete sich ein Fenster. »Pardon«, sagte Onkel Peters Stimme, »wer läutet? Ein Augenblickchen, kleiner Junge, ich komme sofort.« Adrian hörte ihn herabkommen und sah ihn dann, eine Kerze in der Hand, in das Gewölbe treten. Onkel Peter war wie immer tadellos gekleidet, in seinen dunkelgrünen Gehrock, der stark in die Taille geschnitten war. Die Ärmel waren an den Schultern etwas überhöht und weit, an den Handgelenken aber schmal, dazu trug er die hochgeschlossene, zweireihige Weste aus schwarzem Samtbrokat mit kleinen runden Knöpfen daran. Lächelnd sah ihn so Adrian, erkannte auch die hellgrauen Hosen, die wie die Ärmel an den Gelenken schmal waren, und das Lorgnon an der dünnen goldenen Kette. Onkel Peter öffnte mit dem großen alten Schlüssel und leuchtete, das Augenglas vornehmend, Adrian ins Gesicht hinab. Er erschrak sehr, obgleich Adrian sofort sagte: »Ich bin es, ich bin wieder da, Onkel Peter!« Dieser trat nicht zurück, sah ihn nicht herzlich den Kopf schüttelnd an, wie ehedem, sagte nicht: unverändert, sondern ließ das Licht fallen und sank in die Knie, und also in gleicher Größe etwa mit ihm, umschlang er Adrian stumm mit beiden Armen. –

»Ich weiß es wohl«, sagte Adrian später, als er in Onkel Peters hohem Lehnstuhl saß, während dieser ihm Kissen hinter den Rücken schob, als bedürfe er ihrer noch, »ich weiß wohl, daß ich es sehr ungeschickt angefangen habe und nun zu einem Viertel in fremder Erde ruhe. Ich bin ein Zwerg, das ist es. Aber weißt du, Ersatz...« »Ersatz?« unterbrach ihn Onkel Peter, »nein!« und er spielte heftig mit dem Lorgnon, das er immer seine Krücke zu nennen pflegte. »Vergiß das vorhin«, fügte er rasch hinzu und langte nach Elisabeths kleiner silberner Schelle, den alten Johann herbeizuläuten. »Du hast Hunger, vermutlich!« Aber in diesem Augenblick sah er, wie Adrians Augen sich mit Tränen füllten, sah ihn die Hände vors Gesicht schlagen und hörte sein Schluchzen. »Es ist gut, zu weinen, ja«, sagte Onkel Peter, mit dem Lorgnon leise Adrians Hände berührend, »und du hast recht, es zu tun, weiß Gott. Und es sieht ja niemand zu als ich.«

»Weißt du«, sagte Adrian, nachdem er genug geweint und es ihm also möglich war, ruhig von allem zu reden, »es ist dumm, nicht zu weinen. Gewiß, es sind nur die Beine, und wer sie hat, versteht es natürlich nicht. Aber ich habe zuweilen eine Sehnsucht nach ihnen, um wieder ganz zu sein, nicht wegen der Leute, sondern um meinetwillen und am meisten, wenn ich allein bin. Es ist so unbegreiflich, nun schon so bald aufzuhören, und manchmal, wahrhaftig, manchmal dachte ich...« Onkel Peter lächelte: »Sie würden wieder wachsen«, ergänzte er und nickte. »Und dann: Seltsam, wie auch immer, ihr alle seid schöner zurückgekommen, schöner von Angesicht. So ist ist.«

Was aber Onkel Peter von den andern wisse, fragte nun Adrian und begann mit Wulle, da er sich bei diesem Namen einer unglücklichen Antwort noch am ehesten gewachsen fühlte. »Tot«, sagte Onkel Peter. Und Rübsam mit den sieben Schwestern, der ihn immer so angesehen und wortlos seine Nähe gesucht? »Tot«, sagte Onkel Peter. Fast alle Mitschüler waren es. »Und Klaus?« fragte er endlich leise, »was ist mit ihm?« – »Vermißt in Rußland. Manche sagen tot. Aber ich glaube es nicht. Adrian, nein, nein, verlasse dich darauf!«

Adrian aber stand auf in seinem Stuhle und sah in die Finsternis draußen mit weit offenen schmerzenden Augen, ob er einen Stern sähe, und diesen sähe Klaus, daß sich also ihre Blicke begegneten und er ihn sähe. Und da sah er ihn auf einem kleinen struppigen Pferde weit fort in Rußland reiten, Kosaken hinter ihm silbern im Mondlicht, wie Zinnsoldaten, ehe sie bemalt sind. Aber die Feinde blieben zurück. Einsam jagte Klaus dahin mit flatterndem Haar und entschwand. »Glaube mir«, sagte Onkel Peter, »und sei heiter, er lebt.« Er schellte, und Johann kam. Wie ehedem blieb er in überlegener Haltung und doch ganz zu Diensten neben der Tür stehen, ohne daß etwas in seinem Gesicht geschah, als Adrian, der Zwerg, auf ihn zuging, ihn zu begrüßen. »Wie geht es Ihnen, Johann?« fragte Adrian. »Es geht mir gut, danke, gnädiger Herr. Und wie geht es dem Herrn?« antwortete Johann ungerührt, ohne von Adrians Veränderung Notiz zu nehmen. Denn nie hatte ihn jemand in der Schwäche der Überraschung gesehen. Er verfügte auch über eine wohlabgestimmte Skala des Lächelns (denn zu lachen würde er sich nie unterfangen haben), wenn etwa Onkel Peter, was dieser zuweilen tat, ein Scherzwort an ihn richtete. Einen Augenblick nur lächelte dann das undurchdringliche Gesicht, diskret und gönnerhaft, höhnisch oder bedauernd, um aber sofort wieder in die alte Lage zurückzuschnurren.

Am andern Tage gingen Onkel Peter und Adrian durch die Stadt, zu besuchen, wer noch übriggeblieben war, zunächst Arnold, dessen Ruhm als Cembalospieler damals schon beträchtlich war. Er kam ihnen mühsam an seinen Stöcken entgegen, tadellos gekleidet, eine gelbe Rose im Knopfloch.

»Nun gehörst du ganz zu uns«, sagte er vertraulich lächelnd, »und was das Leben betrifft, wir haben eigentlich mehr davon.«

»Ja«, stimmte Adrian bei, »man spürt es mehr.«

Sie saßen dann zusammen am Fenster, das mit einem sinnreichen Spiegelsystem ausgestattet war, so daß man ungesehen die ganze Straße überschauen konnte.

»Kennst du die«, sagte Arnold plötzlich erregt und zeigte in den Spiegel, darin ganz nahe gerückt, aber klein und zierlich wie eine Zinnfigur, zögernden Schrittes eine junge Dame ging.

»Gabriele noch immer!« rief Adrian, und Onkel Peter setzte hinzu: »Charmant, sie hält sich.«

Sie entschwand, und ihr auf dem Fuße folgten, langsam durch den Spiegel wandelnd, in Trauerkleidern und mit verdrießlichen Gesichtern des seligen Konrad Rübsam sieben hoffnungslose Schwestern.

Auch Tante Lavendel wurde besucht, bisher in Lazaretten tätig, nun aber von Onkel Peter ausersehen, die wirtschaftliche Leitung auf Schloß Pas de Quoi zu übernehmen. Sie war zu Hause, wie schon an dem unaufhörlichen Rasseln der mechanischen Spielsachen zu hören war.

»Wie schön, daß ich euch hier treffe!« rief sie, den roten Baedeker beiseite legend, darin sie gerade wieder einmal einen kleinen Abstecher nach Venedig gemacht hatte und in Gedanken auf dem Markusplatz stand. »Übrigens«, fügte sie, Adrian musternd, hinzu, »man merkt es fast nicht. Du bekommst schon noch eine Frau.« – »Eine Frau?« sagte Adrian langsam.

Aber schon am gleichen Tage, gegen Abend, wurde Adrian durch Johann eine Dame gemeldet. »Wie sieht sie aus?« Johann, unbewegten Gesichts, antwortete: »Charmant, junger Herr«, und Adrian ging ins Besuchszimmer, wo er Gabriele fand. Sie errötete, als sie den Kleinen sah. »Warum kommst du zu mir«, sagte Adrian unfreundlich, »ich bin ein Zwerg, ein Kobold«, und er schämte sich in den Stümpfen. Aber sie ging einfach auf ihn zu und küßte ihn wie ehedem tief und lang. »Ach laß«, sagte Adrian, wie sehr er ihrem Munde auch verfallen war. Ihre Lippen waren weicher und umfassender als früher, ihre Zähne immer noch blaß und kühl.

»Was soll ich sagen«, begann sie, »denn du weißt, daß ich töricht bin. Vielleicht aber weiß ich nun, wozu ich da bin. Und ich darf es getrost, denn ich bin schön.«

Und wirklich war Gabriele nicht nur zu Adrian gekommen, auch Arnolden besuchte sie zuweilen, obwohl dieser einmal aufschreiend mit dem Stocke nach ihr geschlagen hatte, denn zu solchem Schmerze war seine Lust nach ihr angewachsen, bis sie endlich kam, und auch zu Ole Lüdegast ging sie zuweilen, der blind aus dem Kriege zurückgekommen war. Seltsam erhobenen Hauptes, horchenden Angesichts sah man ihn oft an Straßenübergängen warten, bis ein Wagen vorüber war und er mit dem Stock tastend weitergehen konnte. Er erkannte Adrian sofort an der Stimme. »Ich hole Cornelius an der Schule ab«, sagte Ole heiter, nur seine Brauen strengten sich an, und Adrian begleitete ihn. »Denke dir, auch Sami Katz ist gefallen, aber da kommt Cornelius, wie ich höre.«

Dr. Halm kam wirklich die Treppe des alten grauen Gymnasiums herab, einen Käfig in der Hand, darin ein Papagei saß, der laut rief: »Setzen. Das ist vier!« Hinter ihnen brachen die Schüler aus der Türe, und ihre Stimmen waren hell und unverschämt. Oles Nasenflügel blähten sich im Duft der Zephirblusen und Lederranzen. Ich hatte einen mit einem Schimmel darauf, dachte Adrian, aber man trägt jetzt so etwas wohl nicht mehr. Halm, der untauglich gewesen war, begrüßte Adrian mit großer Herzlichkeit und fragte wiederholt nach Onkel Peter. »Wie geht es ihm? Ein seltener Mensch! Du erinnerst dich wohl an ihn, Ole, ein ganz seltener Mensch!«

Regnitz war eine friedliche Stadt, darin alle einander kannten, aber auch sie wurde in den Strudel der Politik hineingerissen, die sogar alte Freunde wie den ehemaligen Buchhändler Halbledder (er hatte sein Geschäft mit einer Delikatessenhandlung vertauscht) und den einstigen Dichter Balduin (jetzt Stadtverordneter) zu trennen drohte, die doch beide überaus tüchtige Menschen mit verwandten Anschauungen waren. Ein Sturm der erregten Masse auf das Schloß, wo noch immer Friedrich Alexander uralt unter seinen Büchern hauste und auf seinen Thron wartete, wurde durch Onkel Peters Eingreifen glücklich vereitelt, da er darauf hinwies, das Wappen wiese bereits den roten Adler auf, man könne sich also die Farbe sparen. Er zog sich mit Adrian auf Pas de Quoi zurück. Aber auch dort meldeten sich die Revolutionäre, johlten vor dem Schlosse und riefen nach dem »Kartoffelbaron«. Der Rädelsführer drang sogar ein.

»Ich lasse bitten«, sagte Onkel Peter, und Johann ging wie sonst, als käme eben Besuch. Es befanden sich aber Onkel Peter und Adrian im sogenannten Empfangssaal, dem prunkvollsten Raum auf Schloß Pas de Quoi. Denn viel Zierat in vergoldetem Stuck war darin verwandt, fünfundfünfzig Kerzen erhellten, da es schon Nacht wurde, den Raum, sich in unendlicher Perspektive in den hohen Spiegeln vervielfachend. Dem Kristallüster war durch den Glanz alle Schwere genommen, und der eingelegte Boden war so glatt und blank, daß man hindurchzusehen glaubte. Wie in dem Weiher im Wald spiegelte sich alles tief darin. Und als nun Schank* Buchta, »der Rädelsführer der Rebellen«, wie Tante Lavendel ihn nannte, den schattenlosen Raum betrat, stutzte er ein wenig, zuckte dann aber mit den Achseln und trat wie auf Pflaster. Onkel Peter, der ihn stehend empfing und, dies erlebte Adrian zum erstenmal, den großen Ordensstern auf der Brust trug, betrachtete den Besucher lange und gründlich durch sein Lorgnon. »Meier«, sagte er dann, sich vorstellend und verbeugte sich leicht. »Dies aber, Herr Buchta, so ist doch Ihr Name, denn ich sündige nicht gerne in diesem Punkte, dies ist Herr ter Mooren. Darf ich bitten, Platz zu nehmen.« Onkel Peter und Adrian setzten sich sofort, letzterer auf den kleinen, seinetwegen für diesen Raum gefertigten Sessel, und auch Herr Buchta, der Rebell, tat es ihnen gegenüber, nicht ohne einen Blick auf die seidengestickten Blumen geworfen zu haben, darauf er nun sitzen sollte, wie denn auch das erste, was er sagte, war:

»Herr Meier, so und so und dies und das, mit Verlaub, es gehört was dazu, sich ohne weiteres auf ein solches Kunstmöbel mit einem ganz gewöhnlichen, mit Respekt zu sagen – Hintern zu setzen.«

»Gewiß«, sagte Onkel Peter, »aber es gewöhnt sich.« Er saß, steif, ohne sich anzulehnen.

»Mit Verlaub, Herr Meier«, fuhr Schank fort, »es ist eine sehr saubere Arbeit, das da!« Und er betrachtete sachverständig die geschnitzten und vergoldeten Ornamente des Sessels. »Sauber! Das kriegen Sie heute nicht so leicht. Ich bin nämlich Schreiner, sozusagen.«

»Ah!« sagte Onkel Peter, »sieh mal an, das trifft sich glücklich. Gut, daß Sie gekommen sind, wenn auch in

---

* Jean

anderer Mission, wie ich vermute. Es handelt sich nämlich darum«, und nun begann er von der alten Urkunde zu erzählen, die er kürzlich gefunden, nach der dieser Boden, auf dem sie ständen, aus siebenundzwanzig verschiedenen Holzarten bestehe, er habe aber nur neunzehn herausgebracht, dem Namen nach nur elf sogar, die ›unsereiner‹, so sagte er, eben kennt, er wäre für das Urteil eines Fachmannes dankbar. Und sie begannen damit, während Adrian es aufschrieb, die Hölzer zu zählen und zu bestimmen. Schank kniete sich auf den Boden, Onkel Peter neben ihm, und sie sprachen eifrig darüber, ob es sich nun um Buchsbaum, Birke, Birnbaum oder gar um Ebenholz handele, als plötzlich Johann klopfte und eintrat. »Die da draußen werden ungeduldig«, sagte er bescheiden, ohne zu lächeln über den sonderbaren Anblick, der sich ihm bot. Schank stand auf: Der Herr Baron, so drückte er sich aus, möge entschuldigen, er müsse mit seinen Leuten reden. Er sei zwar gekommen, um wohnungshalber das Schloß zu enteignen, aber es sei sozusagen ein Museum, er verstehe sich ein wenig darauf, und infolgedessen unbrauchbar für ihre Zwecke.

»Nanu«, sagte Onkel Peter und klopfte unsichtbaren Staub von seinen Knien, »Sie wollen schon gehen? Ich sehe schon, Adrian, wir werden so nie dahinterkommen, auf was für Holz wir eigentlich hier gehen.« Und wirklich blieb seitdem Schloß Pas de Quoi unbehelligt von den Revolutionären.

Nach diesen Ereignissen begann Adrian sein Dasein neu aufzubauen, indem er seinem verkürzten Körper mehr zumuten zu müssen glaubte und, da ihm das Laufen noch nicht recht geriet, wahre Rekordleistungen im Wandern erreichte. Es gelang ihm, eine für seinen Zustand passende Schwimmtechnik zu erproben. Auch das Skilaufen zu erlernen, dachte er, als es Winter wurde, das wäre schön, und er sann nach, wie es möglich sei, für ihn geeignete Skier zu erfinden, darauf er fahren könne. Denn es fehlten ihm dazu Knie und Fußgelenke. Dennoch mußte es gehen, und er zeichnete und bastelte, bis es ihm gelöst schien. Danach ließ er sich Skier anfertigen und wanderte zu den nahen Hängen, die ihm, da er des nahen Dorfes Jugend dort üben sah, besonders geeignet erschienen. Die Kinder, alle schon größer als er, betrachteten den Zwerg verlegen. Leicht war es nun, die Hölzer anzuschnallen, und ehe Adrian fuhr, stand er einen Augenblick, die kurzen Stöcke in die Seite gestemmt, wie er es bei andern gesehen, und betrachtete, die Augen mit der Hand beschattend, eine Weile erregten Herzens die weiße, sonnige Landschaft. Er sah das Schloß von ferne, sah den Rauch von Regnitz und den Fluß mit den jetzt regungslosen, vereisten Wasserrädern. Dann aber, als könne er es längst, schob er sich gleichgültig dem Abhang zu, wo er sofort Fahrt bekam. Es ging auch ein Stück weit ganz gut, aber nun fiel er nach vorn, vergebens mit den Stöcken in der Luft Halt suchend, und überschlug sich samt den Skiern im Schnee. Die Kinder lachten. Es geht nicht, dachte Adrian traurig, aber er versuchte es von neuem, bis er endlich stehend unten ankam. Onkel Peter holte ihn im Schlitten ab. »Sieh mal an«, sagte er lächelnd, »es geht ja schon ganz hübsch.« Und auf der Heimfahrt besprachen sie, wie er wieder reiten werde, und bauten im Geiste einen Sattel mit besonderen Steigbügeln, daß ihm auch dies wieder gelänge.

Daß Klaus je wieder zurückkehre, daran zweifelten nun alle, sogar der alte Meister Hahnemann, der die während des Krieges betriebene Fabrikation von Infanteriegeschossen längst aufgegeben hatte und nur noch friedliche Hühnerhöfe, Zirkusakrobaten, Zoologische Gärten in Zinn goß und bemalte, und zwar ganz allein. Sobald man von Klaus sprach, nahm er seinen grünen Augenschutz ab und sagte: »Nimmer kehrt er zurück, fern ruht er in einsamer Steppe, der wie ein Sohn mir war, mehr als ein Sohn, als er schied.« Und Adrian fand, daß manche der kleinen Zinnfiguren des Vermißten Züge trugen. Auch

Onkel Peter glaubte nicht mehr, daß Klaus je heimkomme, doch verschwieg er es dem Zwerg.

Adrian hatte zwar seinen naturwissenschaftlichen Doktor gemacht, wozu er als Thema »Mythologie der Pflanzen« gewählt und in einer hübschen Arbeit mit vielen Bildern sehr deutlich dargestellt hatte, aber er suchte keineswegs, daraufhin eine Anstellung zu erhalten, sondern brachte viele Wochen fast nur auf Pas de Quoi in seiner ›Kinderstube‹ zu, die ihren Namen von der Einrichtung hatte, einem Geschenk Onkel Peters an den Zwerg, und die ganz seiner Kleinheit entsprach: ein niedriger Schreibtisch mit Stuhl, eine zierliche Kommode, tief hingen die Bilder an den Wänden. Hier hauste Adrian bei verschlossener Tür die meisten Stunden des Tages, während er die übrigen ziemlich verdrießlich und ruhelos verbrachte. Onkel Peter fragte nie danach, was Adrian tat, und sorgte sich nur im geheimen, die Schwermut von einst möchte den Zwerg von neuem befallen. Er beobachtete ihn, wenn Adrian etwa in seiner Gärtnerei stand, wo er lauter nutzlose Pflanzen zog. Er machte nämlich Versuche, zum Beispiel Löwenzahn in der Größe von Sonnenblumen zu ziehen, besonders auch der daraus entstehenden Samenlaterne wegen, wie ihn überhaupt das Geheimnis: warum groß, warum klein überaus anzog. Adrian aber stand jetzt keineswegs, so schien es Onkel Peter wenigstens, in der Haltung des Forschers da, sondern mehr wie unter seinesgleichen und wie dort gewachsen. Onkel Peter nahm das alte Fernrohr aus dem roten Lederfutteral und sah nun ziemlich nahe gerückt Adrians Gesicht. Er sieht aus wie ein Liebender, dachte er beruhigt.

Besonders verwunderlich aber war es, daß Adrian eines Tages, wie er sagte, »in Geschäften«, obwohl dies, wie sich später auf heitere Weise verriet, kein sehr passender Ausdruck dafür war, in die Reichshauptstadt fuhr.

Es war an einem jener Tage, die er als Tage der Elenden bezeichnete, wie es ausgesprochene Tage der Schönen gab, an denen ihm in kurzer Zeit auf der Straße, im Café, besonders aber in der Straßenbahn auffallend viel schöne und erfreuliche Menschen begegneten, an einem Tage, als er nach über Erwarten günstigem Abschluß seiner geheimnisvollen ›Geschäfte‹ klein und beschwerlich durch die Straßen stelzte, gleichsam bis an die Knie darin watend, da er viel Krüppel seinesgleichen, furchtbar entstellte und böse Gesichter sah, auch einen bleichen, fast weißen Knaben, der torkelnd vor Betrunkenheit an ihn stieß und mit nassen roten Lippen lallte, wobei man seine Zunge sah. Er trank dem verlegenen Adrian aus einer mit grünem Schnaps gefüllten Flasche zu. Nirgends mochte sich Adrians Blick ausruhen, und er dachte, es gehöre wohl viel Überwindung dazu, die Menschen insgesamt zu lieben, wie sie so daherkamen, gleichviel wer es sei, ihn mit einbegriffen, gar dafür zu sterben. Und während seine Blicke verdrießlich von all den tausend fremden Gesichtern abfielen, von denen er keines kannte oder begehrte, geschah es, daß er mitten unter ihnen Klaus des Weges kommen sah, und sein Herz hielt inne.

Wirklich kam da Klaus Hahnemann, barhäuptig, und sein Gesicht leuchtete vor allen andern. Er hatte wie ehedem etwas Seemännisches, übers Meer Schauendes, dem Wind Vertrautes, Weithergekommenes an sich und war auch so gekleidet. Er trug einen kleinen Reservistenkoffer in der Hand.

»Klaus«, sagte Adrian von unten, als er nahe war. Aber Klaus sah den Kleinen nicht. Groß und heiter ging er vorüber. Da wandte sich Adrian um und berührte den Heimgekehrten. Er hielt ihn fest, ob er auch dabei strauchelte, und Klaus bückte sich, den Zwerg aufzuheben.

»Ich bin's«, sagte Adrian, und Klaus erkannte ihn.

Er war ja nun sonst eine überaus glückliche, unerschütterliche Natur und gar nicht aus der Fassung zu bringen. Nun aber stürzte Wasser aus seinen Augen. Er hob den Kleinen auf und trug ihn, wie auch die Passanten gafften, in den nächsten Wagen. Er war außer sich vor Zorn, und sein Gesicht, bestaubt von durchreisten Wochen, war mit Tränen gezeichnet. »Adrian«, rief er leidenschaftlich aus, »o Adrian, wie haben sie dich zugerichtet.« Aber dann nahm er sich zusammen und schaltete gewissermaßen um (denn der Wagen hielt noch immer, und der Chauffeur wartete diskret). »Es ist nun einmal nicht anders«, sagte Klaus also, »wir können die Welt nicht anhalten um dieses Augenblickes willen. Berlin schon gar nicht. Fahren wir denn am besten in dein Hotel.« Und so geschah es. –

»Wir leben«, sagte Klaus, als sie in Adrians Hotelzimmer saßen, »wir leben, das genügt. Aber jetzt, verzeih, jetzt wollen wir erst essen und trinken. Mir ist, wie Tante Lavendel sagt, ganz öde im Magen, ich will etwas Herzhaftes.«

Klaus aß laut und ziemlich unmanierlich, aber er merkte es an Adrian, der nach Onkel Peters Vorbild feierlich über seinem Teller zelebrierte, und er versuchte sich zu bessern.

»Dein Gesicht ist wie damals«, sagte Adrian, »Augen, Mund, Stirne und Haar. Es neigt sich noch immer gleich einer Papyrusstaude biegsam rings nach allen Seiten.«

»Und du denkst noch wie ehedem nur ans Gesicht, scheint's. Wie lange haben wir uns nicht gesehen. Trink aus, mit Wein ist man allem hundertmal so nahe. Und weißt du, bis auf das da unten, bist du nicht anders als damals am Weiher. Nur die Augen haben viel gesehen und gehen über davon. – Oh, es war herrlich in Rußland, und ich bereue den Krieg nicht.«

Dann nachdem Adrian kurz erzählt, daß Meister Hahnemann lebe und Onkel Peter und wer nicht mehr, begann Klaus über viele Tage hin zu erzählen, beim Essen und bis in die Nacht, als sie schon nebeneinander ruhten, in der Bahn und in Regnitz, wo der alte Hahnemann ihn erwartete und unter Tränen ausrief: »Kommst du mir doch noch zurück, stürmischer Knabe, und lebst?«

Klaus aber erzählte etwa folgende Geschichte: »Ich hatte den Befehl, ein Dorf, das vor unserm vorgeschobenen Posten lag, auszukundschaften, ob es vielleicht doch noch besetzt sei. Denn die Russen waren damals zurückgegangen, verschwunden, weggezaubert. Besagte Ortschaft aber lag weiter ab, als es den Anschein hatte, und es war so still zwischen den flachen Hügeln, so gar kein Krieg, daß ich ganz sorglos dahinschlenderte. Das hölzerne Dorf, nur etwa zwanzig Blockhäuser groß, war leer, aber, so schien es, noch warm, kaum erst von den Bewohnern verlassen. In einer Stube, in die ich trat, stand der Samowar auf dem Tisch und summte. Ich rief heda, aber es antwortete niemand. Ich ging durch mehrere Häuser, laut und selbstverständlich mich gehabend; ich begegnete keinem Menschen. Nun weißt du, daß man am furchtsamsten ist, wenn man fest glaubt, allein zu sein und also niemanden zu fürchten hat, und es ist seltsam, wie man erschrickt, sieht man plötzlich einen Menschen. Ich sah keinen, aber ich hörte etwas, ich hörte Pferde, und es mußten viele sein, so klang es. Und nun – ich stand in der Stube des letzten Hauses nach Osten – nun sah ich Kosaken in Scharen zu beiden Seiten des Dorfes vorbeigaloppieren, ohne daß sie es selbst berührten. Nanu, dachte ich, ja das dachte ich wirklich, obgleich die Aussicht, nämlich von meiner Truppe abgeschnitten zu werden, nicht gerade sehr heiter war. Dem Vorposten ein Zeichen zu geben, zog ich die Leuchtpistole, doch hörte ich bereits Gewehrfeuer und unerwartet sogar Kanonendonner in breiter Front, offenbar der Beginn einer neuen Schlacht. Es war natürlich Blödsinn, daß ich nun versuchte, mein Blockhaus in Verteidigungszustand zu setzen, bereit – wie üblich –, mein Leben möglichst teuer zu verkaufen. Ich ging zum Ofen, darauf ziemlich unordentlich ein Haufen Schlafdecken lagen, womit ich aus irgendeiner abenteuerlichen Erinnerung heraus die Fenster verstopfen wollte. Erst als ich die Decken wegnahm, merkte ich, daß darunter ein

Mädchen schlief, aber nun erwachte und mich staunend ansah, ohne sich zu fürchten.

Es kam manchmal vor, daß bei eiliger Flucht die Einwohner jemanden vergaßen. Ich wunderte mich nur, daß sie gerade dieses Mädchen vergessen hatten. Mir wenigstens würde das nicht passiert sein.«

Adrian lächelte, da Klaus, wie er als Knabe getan, zuweilen während des Erzählens rasch mit der Zunge über die Lippen fuhr, wie das Schiffchen am Webstuhl, oder auch den Überfluß an Feuchtigkeit einsog, der seinem Munde eigen war.

»Das Mädchen nämlich«, fuhr Klaus fort, »war schön, aber ganz anders als Michaela, Gabriele, Godiva, es war nicht dunkel und träge, sondern weiß. Ja, wahrhaftig, es hatte Haare, die so silberblond waren, wie ich es noch nie gesehen, fast weiß; heller auch als meine Stirnlocke, darauf ihr Blick starr und wie verzückt gerichtet war. Sie kletterte vom Ofen, hörte die Schießerei, erkannte mich als Feind und sah mich von neuem unschlüssig und gar nicht unfreundlich an. Sie verneigte sich sogar vor mir, immer wieder mein Haar betrachtend, und reichte mir Brot und Salz. Dann aber plötzlich, nachdem sie aus einer Truhe einen alten Kittel und eine Hose gezerrt, begann sie hastig meinen Waffenrock aufzuknöpfen, und ich verstand, daß sie mich verkleiden wollte. Das war ja nun schließlich das Klügste, wollte ich nicht in Gefangenschaft geraten, was, da ich von den Unsern vollkommen abgeschnitten war, unvermeidlich schien. Während schon Granaten ins Dorf schmetterten, kämmte das Mädchen ehrfürchtig mein Haar nach Russenart ins Gesicht, schnitt es auch ein wenig zurecht (wobei sie etwas davon in ihrem Busen barg) und warf dann, was nur irgend an mir den deutschen Soldaten verriet, in den Ofen. Dann machte sie die Geste des Feueranzündens und trug leicht Brennbares genug herbei. Ich zündete die Hütte an, was nicht auffällig war, denn das Haus mit dem singenden Samowar brannte schon lichterloh. Mit einem

Bündel Decken, Lebensmitteln usw. verließen wir das Haus. Es kümmerte sich niemand um uns, obwohl wir vorgehender russischer Infanterie begegneten, denn wir waren echte Flüchtlinge, und ich glaube, Onkel Peter wäre entzückt gewesen, des Bildes wegen: Das Mädchen in einem Schafspelz zerrte ein Kalb mit sich, das noch im Stalle zurückgeblieben war, und ich schleppte mich ab mit unnötigen Habseligkeiten. Unterdessen bedeutete mir die Weiße eindringlich, ich solle schweigen, stumm sein und taub, zudem machte sie ein irres Gesicht, und ich verstand sie. Ich glaube heute, daß Geisteskranke dortzulande abergläubisch geehrt werden, denn uns geschah nichts Böses, wohin wir auch kamen. Nur das Kalb nahm man uns.

Wuhscha, du mußt das u gedehnt und das sch ganz weich und zärtlich sprechen wie zu einer Katze, Wuhscha, so heißt das Mädchen – bekam einen Flüchtlingsschein für uns beide, lautend nach Nirgewo, einer Ortschaft ziemlich weit im Norden. Wuhscha lehrte mich Russisch, wenn niemand es hören konnte, und ich wußte bald, was in ihrer Sprache schön heißt, was: ich liebe dich, was Mund, Augen, Hunger, küssen, schlafen und so weiter, aber auch was Laus heißt, und sie lernte das gleiche auf deutsch sagen und tun. Wir beide waren so sehr dreckig geworden, daß wir es gar nicht mehr merkten. Wuhscha glich einem Tier in ihrem Pelz, der groß genug war, uns beide zu wärmen, wenn wir schliefen. Sie hatte mich gerettet um meiner weißen Locke willen, der sie Zauberkraft zuschrieb, und sie küßte diese oft ernsthaft. Während unserer Wanderung durch Steppen und Wälder, immer ferner dem Krieg, sann ich oft, wie es mir glücken könnte, wieder zu den Unsern zu kommen, und sagte es auch zu Wuhscha, die mich aber verständnislos ansah. Wir hatten nun ein Pferd, einen Schimmel, der wegen seiner Farbe nicht sehr zum modernen Kriege taugte, und ritten nun zu zweien. Unsere paar Habseligkeiten hatten wir zu Geld gemacht.

Kurze Zeit dienten wir bei einem Bauern, der so dick war, daß er, wie es kleine Kinder haben, eine Art Laufstühlchen benutzte, um sich fortzubewegen. Er trank unglaublich, und wenn er betrunken war, rollte er den Mägden nach und auch Wuhscha, um sie zu küssen. Da reisten wir natürlich weiter.

In einem Städtchen, Walkow hieß es, glaube ich, war Jahrmarkt. Nun weißt du ja, Jahrmarkt war immer eine Schwäche von mir, aber dieser war der seltsamste für mich. Du wirst schon sehen. Nicht genug, daß ich bei einer Spielwarenbude Zinnsoldaten aus Onkel Hahnemanns Werkstatt fand (ich kaufte sie natürlich): Vor einer andern stand jemand, den ich längst betrauert hatte, und auch du hattest es, glaube ich.«

Klaus sah Adrian lachend an und trank vom Wein. »Jemand«, sagte er dann und stopfte eine kurze Pfeife, um dann seine Worte durch kleine passende Wölkchen zu unterbrechen, »jemand – den – du – sie zieht nicht – den du, Adrian, auch kennst. Aber er sah mich nicht, während er mit dem Bauche gebrochen Russisch redete, brennende Zigarren verschluckte und irgend jemandem aus der Nase zog. Sein Gesicht war weiß geschminkt mit roten Herzen auf den Wangen, und auf seinem Hintern stand wie ehedem, nur russisch: Ich schäme mich nie. Ich getraute mich aber nicht, mich zu erkennen zu geben, flüsterte es nur Wuhscha zu, die gerade von einem Gebäck mit buntem Zuckerguß, einen Kosaken darstellend (das Gesicht war aus Papier), abbiß. Zigeuner musizierten in einer Schenke, es roch überall nach Schnaps und Zwiebeln. »Wuhscha«, sagte ich, »ein Freund von mir, dort der weiße mit dem roten Haar.« Sie nickte und zog mich beiseite: »Er ist jetzt fertig. Ich hole ihn. Geh in den Stall zu Nikitschko.« Das war unser Schimmel. Wirklich kam sie mit Felix, der auf den Händen neben ihr herging, ahnungslos, bis er mich erkannte. Sein Gesicht war geradezu dumm vor Liebe. Aber er kam nicht aus der Rolle, während er steif und aus einiger Entfernung sich auf mich zufallen ließ, mich auf Nase und Mund küßte, dann mich als Turngerät benützend die sogenannte Fahne an mir probierte und endlich zwei lebende Kaninchen aus meinen Taschen hervorzauberte zur großen Verwunderung Wuhschas. Aber ich kannte seine Verstecke.

Er schloß sich uns an. Zu dritt wanderten wir weiter nach Nirgewo. Es war kein Krieg, wo wir zogen, unberührtes Land, Steppe mit einsamen Bäumen, nur Himmel und Erde tagelang, braun und blau, und wir ganz klein mitten darin samt unseren Pferden. Denn Felix hatte sein eigenes, einen lustigen Hengst, der fast so rot war wie seines Reiters Haare. Des Nachts schlugen wir unser Zelt auf, falls wir keine Siedlung erreichten, und endlich kamen wir so, da es schon bitter kalt war, nach Nirgewo. Nirgewo, du findest es nicht auf der Karte, ist beinahe eine Stadt, doch liegen die hölzernen Häuser mindestens in Rufweite auseinander. Dorther stammte Wuhschas Geschlecht.

Du magst es nun glauben oder nicht, aber man wußte dort noch nichts vom Krieg. Man hatte Nirgewo vergessen, und es lag ja auch einsam genug, zwölf Tagereisen zu Pferd von der letzten menschlichen Behausung, ganz allein. Die Nirgewower nahmen uns freundlich auf, sogar ehrfürchtig, denn sie hielten Felix für einen Zauberer und mich, Adrian lache nicht, für einen großen Dichter, und du mußt wissen, in Nirgewo ist der Dichter König. Die Bewohner kamen uns entgegen, als seien wir angemeldet, denn sie wittern es dort sofort, wenn ein Fremder naht, wie die Tiere, obgleich seit vielen Jahren niemand mehr dort gewesen war.

Für einen Zauberer hielten sie Felix nicht nur wegen seines weißen Gesichts mit den roten Herzen (denn er ist, wie du weißt, ein wirklicher Clown, nicht nur für ein paar Stunden, wie er ja auch im Schlafe mit dem Bauche redet), sondern sie hielten ihn dafür, weil er dem großen Greis, der ein Dichter und Weiser war, eine lebende Turteltaube aus dem großen, mit schneeweißem Bart verhängten Munde zauberte. Ich kannte ja seine Verstecke, aber die Nirgewower glaubten ohne weiteres, was sie mit Augen sahen. Es war ihre köstlichste Eigenschaft, daß sie nie mißtrauten, nie nach einer Ursache fragten und sich auch nie entrüsteten, nie enttäuscht waren. Im Gegenteil, der Greis, ein schöner, etwa siebzigjähriger Mann von gut zwei Meter Höhe, sah entzückt und dankbar der Taube nach, die von seinem Munde aufflog gleich einer Seele und verschwand.

Für einen Dichter hielten sie mich, obwohl ich nur uns Alltägliches erzählte, zum Beispiel von Automobilen und Flugzeugen. Bei der Erwähnung der Eismaschine brachen sie in herzliches Gelächter aus und noch mehr bei der Schilderung einer modernen Schlacht zwischen ersten Kulturvölkern. »Bum, Bum, alles kaputt«, sagten sie, aus Gefälligkeit in mein Radebrechen verfallend. »Bum, Bum, alles kaputt, haha, Väterchen.« Immer wieder lobten sie die hohe Kunst, daß die Helden meiner Geschichten all diese nach ihrer Meinung köstlich erfundenen Maschinen gegeneinander aussandten, um sie damit zu zerstören, was tiefen Humor verrate. Es waren sehr einfältige Menschen, aber neidlos und beifallsfreudig. Sie hatten wirklich eine Art König (der Greis war es), und wir bewunderten seine heitere Art, als wir erfuhren, daß auf schlechter Amtsführung der Tod stand, ganz gleich ob nun Dürre, Krankheit oder Dummheit daran schuld war. Es soll übrigens selten vorgekommen sein (denn alle Knaben werden dort zu Königen erzogen) und wenn, dann geschah es unter so gewaltigem Zeremoniell mit uralten Chorgesängen, Tänzen und Spielen, daß dem Tode alles Grauen genommen war. Das Urteil mußte der Nachfolger vollziehen. Eine barbarische Sitte! Man überlege, wenn bei uns etwa so – es wäre nicht auszudenken. Auch kann dort niemand lesen oder schreiben. Gold hat nur Kunstwert, also als Figur oder Schmuck, womit nicht gehandelt werden darf. Überhaupt haben sie eine lächerliche Ehrfurcht vor aller Kunst. Sie glauben an lebendige Götter, an eine sterbliche Gottheit also, wie Bäume, Pferde, Menschen, und begnügen sich ganz mit dem diesseitigen Leben. Als Armut gilt bei ihnen nur, nicht zu lieben. Und ich glaube, wenn ich dir weismachen wollte, die Nirgewower hätten Flügel gehabt, du würdest heute nicht daran zweifeln, Adrian.«

Wirklich sah der Zwerg aus, als sei ihm im Grunde einerlei, was Klaus in den Jahren der Trennung erlebt hatte.

»Ich sehe dich und höre deine Stimme«, sagte er bewegt, »der Krieg ist aus, sprechen wir nicht mehr davon. Nur dies noch: Felix und – Wuhscha, die sind doch wahr, wo sie sind?«

»Sie sind hier«, sagte Klaus.

Am andern Tag besuchten sie die beiden, und Wuhscha war wirklich so, wie es Klaus erzählte. Felix aber, als er Adrian sah, machte sich ganz klein und steckte den Finger in den Mund wie ein Kind. Zusammen kehrten sie nach Regnitz zurück.

Onkel Peter war, als er Wuhscha sah, enthusiasmiert: »Klaus, nein wirklich, wie drücke ich mich aus: charmant! Ich kann nur sagen charmant.« Wuhscha hatte sich tief vor ihm verneigt. Sie wurde in Tante Lavendels Obhut gegeben, die (an Hand des Baedekers) sie mit ihrer neuen Heimat vertraut machte, mit ihr zusammen Karussell fuhr und (da es keine russische Kirche gab) mit ihr abwechselnd die sieben Kirchen von Regnitz besuchte.

Es war aber die Zeit, da, nachdem jedermann Milliardär gewesen war, von ehemals nur der Pfennig noch galt.

Adrians Erlös aus dem ›Berliner Geschäft‹ hatte darum kaum genügt, nach den schwierigen Zeiten der Geldentwertung seinen und Onkel Peters Unterhalt zu sichern. Die Apotheke, unter Herrn Knösels Leitung, befand sich dank dessen besonderer Liebhaberei, jeden Kunden sofort für irgend etwas haftbar zu machen, in Zahlungsschwierigkeiten. So stand es, als Klaus, der in Berlin eine offenbar glänzende Stellung gefunden hatte, seine Freunde anläßlich eines Besuches in bedenklicher Verfassung antraf.

»Ihr seht beide ein wenig verhungert aus, finde ich«, sagte Klaus, als sie wieder wie einst in dem blonden Zimmer saßen.

»Wirklich, findest du«, sagte Onkel Peter zerstreut, »kann sein. Verhungert? Na ja. Adrian und ich, wir waren wohl nie dick. Ich fand es immer unpassend, sehr dick zu sein. Ja. Gegenwärtig allerdings« (Onkel Peter betrachtete finster seine mageren Hände) »sind wir arme Leute. Gewiß, wir sollten verdienen. Aber wir können beide nichts Rechtschaffenes, wir haben nie etwas wirklich gekonnt. Ich sehe vorderhand keinen Ausweg.«

»Sie haben aber doch so schöne alte Dinge, das alte Meißner zum Beispiel, von dem Goethe gegessen hat – und ihr seid auf Monate gesichert.«

Nach diesem Vorschlag erhob sich Onkel Peter, um heftig an einem Bilde zu rücken, obwohl es gar nicht krumm hing.

»Verkaufen?« sagte er dann, »um Geld? Um satt zu werden? Niemals. Ich werde Kutscher, das ist ein edler Beruf, eine Kunst sogar.«

Er setzte sich, hielt die Hände vor sich, genau wie es Johann immer getan, und redete mit unsichtbaren Pferden, gleichsam in ihrer Sprache. Klaus aber sah ihm ärgerlich zu. Plötzlich hob er den Finger und sagte nur das eine Wort: »Gewürzplätzchen!« zog sein Notizbuch nebst Füllfederhalter, den er als Preis für einen Reklamevers erhalten hatte, und begann lächelnd etwas zu zeichnen, so schien es.

»Was tust du denn da eigentlich?« fragte Adrian. Klaus machte das Gesicht, das Adrian von früher kannte, dasselbe unwiderstehlich unverschämte Gesicht, mit dem er Frauen entgegentrat, denen er gefiel. Dann zeigte er, was er aufgezeichnet. Es sollte wohl eine Art Schachtel vorstellen, und das Sinnbild der Apotheke war darauf, der kleine Mohrenknabe mit den Straußenfedern, an den Warenballen gelehnt. Adrian und Onkel Peter erkannten ihn sofort, trotz der drolligen Mißratenheit der Zeichnung. Eine Umschrift lautete:

MOA-MOA
Echt afrikanische Gewürzplätzchen
D.R.P. 9999
Herz- und Magenstärker, dabei billig und bekömmlich
Ein Leckerbissen für Sport und Reise
Nach dem Originalrezept des Königs Mahumba
von Boribo (Mittelafrika)

»Nanu?« sagte Onkel Peter verblüfft, was selten vorkam. Klaus lachte: »Ich hoffe, das Rezept dazu ist noch vorhanden. Die Plätzchen waren wirklich immer ausgezeichnet. Das übrige laßt mich nur machen.« »Adrian!« sagte Onkel Peter mit plötzlicher Erleuchtung. »Adrian, ich vermute, dies ist der Augenblick, der letzten Flasche Château d'Yquem den Hals zu brechen.« Und sie taten's.

Acht Tage später konnte Klaus bereits die überaus appetitliche Malerei eines jungen Künstlers für die Packung vorzeigen sowie ein paar Belege über Anzeigen in Zeitungen und Fachzeitschriften des Konditoreigewerbes. »Es wird allmählich Zeit, daß wir mit der Fabrikation beginnen, wir alle!« sagte er. So geschah's. Plakate und Packungen trafen mit den ersten Bestellungen ein. Im Laboratorium herrschte Hochbetrieb. Adrian, auf einem Stuhle stehend, zerstampfte im großen Mörser unentwegt allerei herbstlich duftende Kräuter. Onkel Peter zerschnitt die großen rötlichen und weiß überzuckerten Fladen in viereckige Stückchen. Tante Lavendel wickelte sie in mattes Silberpapier, legte sie in die Plisseehüllen, darin sie ganz allerliebst aussahen. Klaus tat sie in die Packung und legte die Gebrauchsanweisungen ein. Darauf war eine große solide Fabrik mit langen Schlöten abgebildet. Lastfahrzeuge aller Art hielten davor. Ferner war ein Preisrätsel beigegeben. Die ersten Pakete wurden eigenhändig zur Post getragen, die nächsten auf dem Handwägelchen (vom Nachbar geborgt) hingefahren. Drei Wochen später (denn die ehemals schon stadtberühmten Gewürzplätzchen waren wirklich vorzüglich) stellte Klaus bereits Arbeiter ein, Vertreter reisten bald im In- und Auslande. Ein Vierteljahr darauf dachte er schon an einen Neubau. Eine Schokoladenfabrik in Nöten wurde bald dazu erworben.

»Ich finde«, sagte Klaus und stellte Adrian einfach auf einen Tisch, ihm besser ins Gesicht zu sehen, »ich finde, du siehst schon gar nicht mehr verhungert aus.«

»Nein, nicht mehr«, sagte der Zwerg. Und Onkel Peter fügte bei:

»Klaus ich muß wirklich sagen, einfach bizarr, wie du das gemacht hast. Es war ein Vergnügen, zuzusehen.«

Auch Herrn Knösels große Stunde war gekommen. Und das war so. Er hatte als leidenschaftlicher Verehrer der Literatur schon des öfteren auf einen jungen Dichter aufmerksam machen zu sollen für seine Pflicht gehalten, einen Dichter August Mohr mit Namen, dessen Werke in »einer Zeit nachexpressionistischer Zügellosigkeit« (so sagte Knösel) durch ihren »edlen Formwillen« in literarischen Kreisen Aufsehen erregten, seine Sonette zumal und auch die Novellen, obwohl ihnen bei aller Poesie Handlung und Spannung gänzlich fehle. Onkel Peter hatte die Bücher, ziemlich dünne Bändchen, gelesen und auch Klaus. »Sieh mal an«, sagte Onkel Peter in Adrians Gegenwart, »das mußt du lesen, es wird dir gut tun. Es hat mich angeheimelt, ja wirklich gerührt, wenn ich vor Klaus ein so veraltetes Wort gebrauchen darf.« »Lies das«, sagte auch der, »es ist zwar neunzehntes Jahrhundert, aber wahrhaftig, die Menschen darin – es sind oft gar keine Menschen, sondern nur Knaben – sie haben alle etwas von dir.« Adrian errötete. »Vielleicht«, sagte er lächelnd.

Und nun war ein neues Buch dieses August Mohr erschienen, mehrere Geschichten enthaltend, und in einer war William Knösel geschildert. Er war es, da gab es keinen Zweifel, nur er konnte gemeint sein, und zwar war er, wie er geschmeichelt lächelnd zugab, gar nicht schlecht getroffen.

»Haha«, rief er frohlockend und benahm sich wie immer, als käme er zu spät zur Bahn, »haha, ich mache ihn haftbar. Ich verklage ihn!« Onkel Peter und Klaus lachten, als sie es lasen, und das wollte ja Knösel.

»Sie lachen«, rief er und stellte grinsend sein unübersichtliches und mehrfach ausgebessertes Gebiß zur Schau. »Sie lachen, und über mich, bravo, nun ist es gewonnen.«

»Sie wollen also«, wandte Adrian befremdet ein, »wollen den Verfasser also wirklich verklagen?«

»Gewiß«, sagte Herr Knösel.

»Ach tun Sie das nicht«, fuhr Adrian fort, »der Dargestellte hat wohl Ähnlichkeit mit Ihnen, zugegeben. Aber er ist doch, sollte ich meinen, eine poetische Figur, und bei aller Lächerlichkeit durchaus liebenswert.«

»Gewiß, trotz alledem«, sagte Herr Knösel und enteilte.

Man hörte ihn – das Gespräch fand im ter Moorenschen Hause statt – kurz nacheinander in seiner Begeisterung zwei Reagenzgläser und ein Fieberthermometer zerbrechen. Justizrat Katz nahm die Sache in seine bewährten Hände. Knösels große Stunde war gekommen.

Aber eines Tages, als er den Freunden Bericht erstattete, »wie der Hase laufe«, trat Adrian, klein und stelzend, auf ihn zu.

»Herr Knösel«, sagte er, »ich habe Ihnen etwas zu sagen. Es ist mir wahrhaftig furchtbar peinlich, und niemand weiß bisher etwas davon, auch Onkel Peter nicht, und es tut mir von Herzen leid, aber – die Geschichte von Herrn Knösel, die Geschichte, müssen Sie wissen, ist von mir.«

Adrian sagte das mit leiser schuldiger Stimme, während seine Hände teilnahmslos herabhingen. Herr Knösel erstarrte.

»Ja, das ist ja«, stotterte er, »das ist ja überhaupt – enorm. Es ist enorm.«

Peter und Klaus waren aufgesprungen.

»Da bist du ja«, sagte Onkel Peter, den Zwerg durch sein Lorgnon anstaunend, als habe er ihn noch nie oder wenigstens nicht mit rechten Augen gesehen, »dann bist du ja, Adrian, ja, ja, ja, nein, nein! Dann bist du ja geradezu – ein Dichter, und wir haben gar nichts davon gewußt!«

»Gewissermaßen«, rief Klaus, Adrian umarmend.

»Ein Dichter? Wirklich?« meinte Adrian leise.

Onkel Peter ließ sein Lorgnon fallen. »Ich verstehe dich«, sagte er stolz auf ihn mit bewegter Stimme, »dichten, nicht wahr, man tut es, aber man spricht eigentlich lieber nicht davon.«

Und dann zeigte sich, daß Herr Knösel bei aller Lächerlichkeit eine liebenswerte Gestalt war. Er bückte sich tief vor Adrian und küßte dessen Hand. Und alle lasen August Mohrs alias Adrian ter Moorens Bücher daraufhin noch einmal. Klaus sagte: »Adrian in den Bohnen« (so lautete eine Geschichte), »das bist du selbst, und ›Finsterlin‹, das könnte Onkel Peter erlebt haben, ›Schloß Leuen‹ hat etwas von Pas de Quoi, und dies Gedicht, hört, ist an mich«, und er las langsam und ohne Pathos:

»Kehrst du zurück, laß es nicht nachts geschehen,
Und schüttle nicht den Tau aus deinen Haaren,
Laß sie nur so, wie sie im Winde waren,
Als gelbe Monde um dein Antlitz stehen,
In deinen Augen will ich alles sehen
Darinnen noch die fremden Schiffe fahren,
In fremden Gärten jene unnahbaren
Und nackten Götter ernst vorübergehen.

Wenn du zurückkehrst, tu die Erde nicht
Heiliger Haine ab von deinen Schuhen
Und nicht das Salz von deinem Angesicht,
Aus deinen Augen Frauen nicht und Sterne,
Eh' du dich bücktest, um bei mir zu ruhen:
Spürt so mein Mund doch die geliebte Ferne.«

So klärte sich heiter auf, was Adrians ›Berliner Geschäfte‹ gewesen waren. »Schön«, sagte Klaus, »mach' nur so weiter. Wir aber wollen uns unserer andern mehr oder minder poetischen Beschäftigung zuwenden.« Denn er hatte stets große Pläne. Es kostete ihm aber einige Mühe, Onkel Peter davon zu überzeugen, daß beispielsweise ein Telephon oder wie man neuerdings sagte: Fernsprecher nicht nur für eine gedeihliche Entwicklung der Gewürzplätzchen-G.m.b.H. unvermeidlich geworden war, sondern auch für die Mohrenapotheke, die neuerdings unter Klausens Einfluß trotz Herrn Knösel neu aufblühte.

»Nein, ich spreche nicht durch Draht«, sagte Onkel Peter gequält, »man sieht ja nicht, mit wem man spricht, und ich horche nicht gern. Aber macht, was ihr wollt.«

Das Telephon, ein Schreibtischapparat zum Umschalten, wurde im Geschäftszimmer angebracht, dem ehemaligen Arbeitszimmer Herrn ter Moorens. Drei große Schreibmaschinen wurden angeschafft, aber anfangs nur eine, und zwar von Klaus bedient. Am Boden lag ein Löwenfell, an den Wänden hingen Gazellengehörne und eine afrikanische Tanzmaske, Erbstücke aus dem Besitz seines Vaters, des Kapitäns Hahnemann, der im Taifun umgekommen war. Außen an der Tür befand sich ein Schild mit der Aufschrift: Direktor. Kam nun ein Vertreter der Kartonagenfabrik etwa, die die Packungen herstellte, so ward zur Hebung des Kredits der jungen Firma folgendes in Szene gesetzt: Adrian, vom Felde her des Telephonierens kundig, obwohl er es nur ungern tat, mußte, sobald der Vertreter in dem überaus angenehmen

Sessel an der Seite des riesenhaften Schreibtisches Platz genommen hatte, von der Nebenstelle anrufen, worauf Klaus, nachdem er den Besucher sehr beschäftigt empfangen hatte, den Hörer ergriff. Das Gespräch hörte sich beispielsweise so an: »Ja -- gewiß, ich bin selbst am Telephon -- ich verstehe nicht - ah so, Zentraleinkaufsgenossenschaft -- sehr verbunden --- ich notiere -- noch 500 große Packungen Moa-Moa wie gehabt -- Schön --- 300 Spezialanfertigungen für Sport und Reise -- sofort greifbar -- aber selbstverständlich --- sehr schön -- Ich verbinde Sie direkt mit dem Laboratorium -- fragen Sie nur nach Dr. Anisati - Guten Tag.«

Kaum hatte er sich aber dem aufhorchenden Vertreter zugewandt, als es klopfte und Onkel Peter in weißem Mantel erschien, ein Mikroskop in der Hand. Direktor Hahnemann warf einen Blick hinein, drehte an ein paar Schräubchen und sagte: »Ausgezeichnet. Alles in Ordnung.« Onkel Peter entfernte sich schlicht. Unaufhörlich klang unterdessen Schreibmaschinengeräusch aus dem Nebenzimmer, wo Adrian jetzt, da er das Maschinenschreiben nicht gelernt, das Alphabet heruntertippte. Es ist klar, daß der Vertreter mit dem Eindruck das Haus verließ: Großer Betrieb. Und der Kredit ward ohne Referenzen gewährt.

Auf Klausens Antrag in einer der überaus fidelen häufigen ›Generalversammlungen‹, die meist auf Schloß Pas de Quoi einberufen waren, wurde, diesmal ohne Widerspruch Onkel Peters, die Anschaffung eines lebenden Originalnegerknabens beschlossen, der alsbald durch Hagenbeck verschrieben in einer überaus kleidsamen roten Livree die Türe zu öffnen hatte und Bimbo gerufen wurde. Gehässige anonyme Angriffe aus Kreisen der Bevölkerung, die sich gegen den Schwarzen gerichtet hatten, wußte Klaus durch einen Hinweis im Regnitzer Tageblatt, der Kleine stamme aus dem ehemals deutschen Schutzgebiet und sei also Landsmann, abzuwehren und sogar in Zuneigung zu verwandeln. Auch trat er der Ortsgruppe des Kolonialverbandes bei. Es zeigte sich also, daß Klaus recht hatte, wenn er Adrian mit Rücksicht auf das Klima abgeraten hatte, Bimbo wie das Symbol des Hauses lediglich in Straußenfedern zu kleiden.

Allmählich stellten sich auch Adrians alte Freunde wieder ein, so Herr Nimmerlein, der eines Tages unverhofft auf Schloß Pas de Quoi erschien, äußerlich und innerlich unverändert. Er habe, nebenbei gesagt, die Komposition der Ilias vorläufig unterbrechen müssen, nur aus rein wirtschaftlichen Gründen, worüber man strenges Stillschweigen bewahren möge. Er besaß nicht mehr, nicht weniger als je: Den alten, jetzt mehrfach geflickten Koffer, die Kaffeemühle und die Bilder: Sauvera-t-il? und Il est sauvé!

Er gefiel Onkel Peter sehr und erzählte bescheiden von der kurzen, aber teuren Liaison mit einer Zirkusreiterin Lady Godiva mit Namen, die er in San Franzisko kennengelernt hatte, aber das nur nebenbei. Sie heiratete nämlich einen Automobilkönig. »Charmant«, sagte Onkel Peter und klatschte lautlos, mehr pro forma. Klaus und Adrian lächelten. Herr Nimmerlein wurde zu Klausens Entlastung der Propagandaabteilung beigesellt, so daß er sich nun, im kleinsten Zimmer von Pas de Quoi wohnend, in seinen Mußestunden ungestört seiner Kunst hingeben konnte. »Mir geht's wie Beethoven – ein Gigant, nebenbei gesagt –« erklärte er, »Sie wissen ja, Symphoniker, das ist meine eigentliche Begabung, ohne mich rühmen zu wollen.« Abends sah ihn Adrian in heiterer Zudringlichkeit den Stallmägden sich nahen.

In diese Zeit fiel ein Ereignis, das Onkel Peter wie Adrian gleich naheging. Nach einer der Spazierfahrten nämlich, die Onkel Peter manchmal veranstaltete, wobei er und Tante Lavendel fuhren, während Klaus und Adrian, letzterer auf einem eigens konstruierten Sattel, nebenher ritten, hielten die Schimmel wie sonst an der Freitreppe. Johann aber saß unbewegt, wie immer, ganz verwittert, ganz krumm auf dem Kutschbocke und war tot. Er behielt diese Stellung, als man ihn traurig herabhob, und man ließ ihm das Stück Zügel in der harten, ledernen Faust. Sein Sohn, gleichen Namens, mit demselben braunen schlauen Falkengesicht trat an seine Stelle.

»Ich kann mir den guten Alten beim besten Willen nicht als Engel vorstellen«, sagte Onkel Peter zu Adrian, als sie vom Begräbnis kamen, »nein, das kann ich nicht, wahrhaftig. Eher, daß er eine nächtliche Kalesche sozusagen auf der Milchstraße spazierenfährt. Und man sieht seinem Rücken an, daß er alles hört, was im Wagen gesprochen wird.«

Er ward natürlich in seiner schokoladenfarbenen Livree mit den Messingknöpfen bestattet. Die Schimmel wurden auf Onkel Peters Geheiß im Trauerzug mitgeführt.

Auch Fräulein Nämlich »war nicht mehr«, wie die Rektorin Fabricius es ausdrückte. Tante Lavendel, bei ihrem sanften Hingang zugegen, mußte mit eigenen Augen sehen, wie Dr. Benjamin dem alten sterbenden Mädchen, das einmal eine tiefe Neigung gehabt hatte, mit einer Pinzette die Wattebäuschchen aus dem Munde nahm, damit sie nicht daran ersticke. Sie wurde auf den ausdrücklichen Wunsch der schon während des Krieges still und heimlich verstorbenen Mutter Onkel Peters neben dieser beigesetzt. Auch Rektor Fabricius, der nie krank gewesen war, war vor kurzem eines gesunden Todes verschieden.

Eines Sonntags, als die Herren auf Pas de Quoi vor dem Hause saßen, ritt ein dicker Mann auf einem Esel durch das Tor. Des Reiters Haupt war von einem großen Anglerhut bedeckt und außerdem durch einen roten Sonnenschirm gegen die Sonne geschützt. Die Kleidung des Fremden war ärmlich und vielfach roh geflickt.

»Verehrte Anwesende«, sagte er, »Sie glauben, einen Bettler vor sich zu haben, aber Sie irren sich. Es dürfte auch für Sie von Interesse sein, zu hören, daß ich für alles verantwortlich bin. Jawohl. Ich bin verantwortlich für alles. Sie verstehen mich, wie ich hoffe. Ich lasse die Sonne steigen und schütze die Nacht vor. Ich sorge dafür, daß es regnet, und dies Gras hört auf meinen dienstlichen Befehl. Dies heilige Tier ist von meiner Hand erschaffen. Auch der Krieg ist von mir, ich gebe es zu, wenn auch ungern.«

»Es ist Beham, der Maler«, rief Adrian.

»Gewiß«, sagte der Fremde, »ich bin so glücklich, es zu sein. Gib mir deine Hand, kleiner Mann, es war in Weimar, wo ich dich malte. Es gehört nicht sehr viel dazu, wenn man es einmal kann. Ich ließ dich unvollendet, daß ist der Reiz der Skizze, mußt du wissen, und man hat oft mehr davon als von der fertigen Figur. Ich brauche nur zu sehen, und schon geschieht es.«

Beham nahm kopfrollend seinen Anglerhut ab, und auf seiner Glatze glänzten kleine Schweißperlen. Seine freundlichen Augen waren noch immer blau und unschuldig wie damals, als er noch unsichtbare Bilder malte. Onkel Peter trat voll Verständnis auf ihn zu.

»Ich bin sicher, im Namen meiner Freunde zu handeln, wenn ich Sie auf Pas de Quoi herzlich willkommen heiße und Sie bitte, auch weiterhin für unser gutes Gewissen zu sorgen, indem Sie für alles, was hier geschah und geschieht, verantwortlich bleiben. Bimbo, zeige dem Herrn sein Zimmer und dem Esel seinen Stall.« Der Negerknabe verneigte sich, und so erhielt die G.m.b.H. ein neues würdiges Mitglied. Beham bekam die künstlerische Leitung der Reklame übertragen, und der freundliche Narr tat alles, wie es Klaus befahl.

Etwa ein Jahr später fand auf Schloß Pas de Quoi ein Fest statt, das durch sein seltsames, überraschendes Ende allen Beteiligten unvergeßlich wurde. Wuhscha hatte Klaus einen Sohn geboren. Die Taufe fand im Hochherbst statt, wo es in Pas de Quoi eigentlich immer am schönsten war, namentlich um ein Fest zu feiern. Onkel Peter hatte selbst die Einladungen geschrieben in seiner zierlichen und umständlichen Schrift, die nie älter wurde und immer schon alt war. Die Bögen, gefaltet und mit dem Bärlappschen Spiegel petschiert, enthielten eine ausführliche Epistel von so zwingender Liebenswürdigkeit, daß alle kamen. Es waren viele Gäste, längst vertraut miteinander, die nun, nachdem die religiöse Feier vorüber war, den kleinen Protestanten bewunderten, der mit großen unverfrorenen Augen die Welt betrachtete, auf die er gekommen war. Jetzt schon glich sein Haarwuchs einer Papyrusstaude, und alles gehörte ihm. Frau Fabricius, seit einem Jahre Witwe, war auch da und behauptete, genau so habe ihr Julius ausgesehen, der endlich seine Albernheit abgelegt hatte und Farmer in Südamerika geworden war. Übrigens ging sie jetzt, da alle Mittel, ihre Korpulenz zu beseitigen, versagt hatten, zu Dr. Watteberg »in die Analyse«, wie sie sagte, obwohl der alte Dr. Benjamin ihr dringend davon abriet. »Psychoanalyse«, sagte er wegwerfend, »ist Respektlosigkeit.« Dann trat er zu Herrn Knösel, dem er zu einem gewonnenen Prozeß um eine Nichtigkeit herzlich gratulierte. Natürlich fehlte auch Tante Lavendel nicht. Sie hatte trotz ihres hohen Alters die Geburt geleitet, wozu sie mit dem Flugzeug von der Sommerfrische herbeigeeilt war. »Ich nahm ein Flugzeug«, erzählte sie heiter und so selbstverständlich, als ständen die Apparate wie die Droschken von einst reihenweise an allen Plätzen, während die Führer auf den Sitzen schlafen oder Zeitung lesen. Sie fuhr noch immer gern, sei es mit der Eisenbahn oder dem Auto der Gewürzplätzchen-G.m.b.H., sogar mit Onkel Peters Kalesche, wenn es nur fuhr. Sie hielt das Kind Adrian Klaus Hahnemann und erinnerte sich.

Allgemeine Heiterkeit erregte es, daß Maler Beham laut und ernsthaft verkündete, das Kind sei von ihm, wie er gern zugebe, denn es sei wohlgelungen. Beifall erntete auch Felix, der festlich geschminkt allerlei Säuglingsutensilien, einen Schnuller mit Beißring, eine Schlotter und einen Clown, der seine Züge trug, aus einer Windel zauberte, die vorher von den Anwesenden geprüft und für absolut einwandfrei erklärt worden war. Am Schlusse wand er das vorher trockene Leinen über einem Gefäß aus, das sofort aufflammte. Aus den Flammen flog ein Falke und setzte sich auf Onkel Peters Schulter. »Charmant«, sagte dieser und klatschte andeutungsweise mit seinen schmalen alten Händen. Felix aber verfiel in seine gewohnte Traurigkeit und schwieg finster in einer Ecke.

Man schritt zur Tafel, die dank dem warmen, wolkenlosen Herbstwetter und des Bildes wegen im Freien aufgestellt war, und es geschah denn auch zuweilen, daß zwischen Kristall, Silber und Meißner Porzellan (dasselbe, von dem Goethe gegessen hatte) da ein gelbes Birkenblatt, dort errötender Ahorn lag, zugeflogen im Wind, der zuweilen ein wenig den weißen Damast über die Tischkante schlug oder den Wein anblies, daß er in den Gläsern bebte. Es war wirklich ein Bild, wie sie alle die breite Treppe herabschritten und die Lakaien in Grün die Stühle unterschoben und dann mit Bimbo (der diesmal in Straußenfedern gekleidet war) die Tafel bedienten. Übrigens trug Onkel Peter seine rote Husarengalauniform mit dem großen Stern von Friedrich Alexanders fürstlichen Gnaden. Er präsidierte der Tafel und sah – dies wurde später von den Beteiligten immer wieder hervorgehoben – über die Maßen schön und ehrwürdig aus. Denn er war ja ein Greis von über siebzig Jahren, sein Haar, das er aus der hohen Stirn zurückgebürstet trug und das an den Schläfen leicht sich sträubte, war silberweiß. Sein schmales Gesicht war noch immer beherrscht, aber voll harmonischer Falten namentlich um den Mund, der noch alle Zähne, wenn auch vergilbt, aber unversehrt in tadelloser Verfassung zeigte. Und inmitten der blassen Bräune des Angesichts leuchteten groß und heiter die Augen. Alle sahen auf ihn, als er verbindlich lächelnd mit kurzer Geste seiner geschulten Hände zum Sitzen einlud.

Neben ihm saßen die alten Damen, Frau Fabricius und Tante Lavendel (in einem Kleid der Jahrhundertwende), Arnold Brouillard folgte, die Stöcke neben sich, und dann die weiße Wuhscha und neben ihr Ole Lüdegast mit angestrengter Stirn. Er bat sie, ob er sie nicht mit seinen Händen sehen dürfe, wie er es nannte, und als sie demütig ihr Gesicht ihm entgegenneigte, tat er es behutsam tastend. Dann schloß Gabriele sich an, Meister Hahnemann, auch uralt, Hans Sachsen ähnlich, Herr Knösel und die Trabanten, der närrische Beham, Nimmerlein, Halm, reihum, dazwischen Klaus. Adrian aber saß Onkel Peter gegenüber am Ende der Tafel. Zuerst erhob sich Meister Hahnemann und nickte allen freundlich zu: »Freunde«, begann er, »vergeßt nicht des Kindleins, das uns hier so froh zusammengeführt. Erhebet also die Gläser voll köstlich funkelnden Weines, stimmet froh mit mir ein: Hoch Adrian Hahnemann!« »Charmant!« rief Onkel Peter, während Herr Nimmerlein dem Meister der Zinnsoldaten die Widmung eines Gesanges seiner Ilias, versteht sich nach dem Erscheinen, in Aussicht stellte. Es ging ihm immer noch wie Beethoven – einer unserer ganz Großen, nebenbei gesagt! Dabei warf er freundlich zudringliche Blicke auf das hübsche Dienstmädchen, das gerade die Teller wechselte.

Nun erhob sich Adrian, das heißt, er stellte sich einfach auf den Stuhl und war nun so groß anzusehen wie die andern. Er legte erst die Serviette ab, die er wie Onkel Peter um den Hals trug, rückte dann verlegen ein wenig an den Fläschchen, womit er auch heute der Mahlzeit die letzte Würze gab und schlug endlich leise an sein Glas, sich des Lorgnons dazu bedienend, das er seit kurzem anstatt der Hornbrille verwandte. Er begann: »Liebe Wuhscha – lieber Klaus – liebe Freunde. In den Annalen der Familie ter Mooren ist eine Rede verzeichnet – meine Mutter schrieb sie in ihrer – sit venia verbo – kindlich krausen Schrift offenbar nach dem Gedächtnis auf – die Rede, die Onkel Peter, vor 32 Jahren etwa, an meiner Taufe hielt.

Und eine Stelle darin habe ich mir eingeprägt: ›Was ich Adrian wünsche, mag er ein Hirte oder ein Gärtner sein, ein Knecht der Blumen und Tiere oder ein König, ein Dichter gar, was ich ihm wünsche, ist die Unsterblichkeit.‹ Unsterblich, ich? Onkel Peter, ach nein. Ich glaube, mir war es nie so recht darum zu tun. Was wir sind, ich für meinen Teil wenigstens, das wurden wir sozusagen in den Zwischenzeiten, und die wollen wir feiern. Und dann: Ich war Zwerg schon, als ich geboren wurde, und wenn ich einen Wunsch hatte, liebe Freunde, so war es der, einmal, Onkel Peter, wie du zu sein. Du bist mein und unser aller heimlicher König. Ja, das bist du. Und ich bitte, sich mit mir zu erheben – des Bildes wegen – und mit mir zu rufen: Onkel Peter, er lebe hoch!«

Da sprangen alle auf, umringten den Alten und klangen ihre Gläser an seines. Manche umarmten ihn, andere küßten ihn auch mitten auf den Mund, Wuhscha zum Beispiel tat es. Er sagte nur immer: »Nein – ja – aber – o bitte sehr – sieh mal einer an.« Schließlich bei Sekt und Eis antwortete der Alte. Er sah alle kurz durch sein Lorgnon an, nahm es ab und spielte damit. Dann sprach er mit leiser, bewegter Stimme: »Lieber Adrian, liebe Freunde, aber vor allem du, Adrian, der du so freundlich warst, dich meines Wunsches zu entsinnen, den ich über dein Leben schrieb. Es kommt nicht darauf an, groß zu sein, gewissermaßen, um unsterblich zu werden, wenn alles, was wir taten, was wir ansahen, sozusagen mit liebender Seele geschah. Und es ist da keiner, der unsterblicher wäre als der andere, keiner. Ich bin zu Ende, wirklich, ich bin es und mit dankbarem Herzen.« Damit ging er, nachdem er durch sein Lorgnon alle kurz und verbindlich angesehen.

Er ging zum Parke, und alle an der Tafel sahen ihm heiter nach. Johann, der Jüngere, stand dort mit dem Leibpferd, und Onkel Peter bestieg es. Er war aus der Ferne nichts als ein roter Husar, wie einer aus Meister Hahnemanns Werkstatt. Grüßend hob er die Hand und ritt in den herbstlichen Wald. »So ist er«, sagte Klaus.

Das Fest ging weiter. Nur Adrian stelzte unruhig umher, da Onkel Peter so lange nicht wiederkam. Am Abend durchstreiften sie, wie sie waren, erhitzt vom Wein, in ihren Fräcken, den Park. Sie suchten mit Laternen und Taschenlampen, aber sie fanden Onkel Peter nicht, auch das Pferd nicht. Klaus durchquerte mit seinem Motorrade die ganze Gegend ohne eine Spur. Und es war ja auch sinnlos zu suchen, wie sich andern Tages herausstellte. Auf Onkel Peters Schreibtisch lag nämlich ein Brief, an Adrian gerichtet und mit dem Bärlappschen Siegel sorgfältig petschiert. Darin stand, daß er Vorsorge getroffen habe, daß man ihn nicht finden solle, denn er für seinen Teil liebe es nicht, daß man ihn im gleichen Zustand sähe, wie Friedrich ter Mooren seinerzeit sich habe sehen lassen, tot nämlich. »Es ist an der Zeit, Adrian, in den Wald zu gehen. Später wäre zu spät. Ich will nicht den richtigen Augenblick versäumen, wie es Friedrich Alexander, meinem gnädigen Fürsten, leider passiert zu sein scheint. Ich bin zufrieden.«

Manchmal hörte Adrian ihn noch nachts auf den Gängen. Leise klappte das Lorgnon, oder vom Park her knarrten die Räder der alten Kalesche. Aber der da umging, war ein freundlicher Geist.

KLEINER ERDENWURM

Daß ich einmal nicht sterben müsse, hoffte ich allen Ernstes lange Zeit, denn ich hatte von Jugend an eine traurige Furcht vor dem Tode. Also sann ich in der Angst krampfhaft darüber nach, wie ich ihm wohl entrinnen möchte, bis ich es eines Tages wirklich für möglich hielt, die Natur werde mir zuliebe vielleicht eine kleine Ausnahme machen, obgleich ich klüglich hätte wissen dürfen, daß nach den bisherigen Erfahrungen wenig Wahrscheinlichkeit dafür bestand. Immerhin tröstete mich dieser Aberglaube ein wenig, wenn mich allabendlich das schwarze Grauen vor dem Einschlafen packte, so sehr, daß mir damals ein Bett als das unheimlichste Möbel der Welt vorkam.

Ich fürchtete mich natürlich nicht etwa bloß vor dem Sterben, sondern überhaupt vor dem Überschwang der Welt, vor der Sonne, dem Meer und der Last der Gebirge, meinend, daß sie plötzlich über mich herfallen würden, mich zu verschlingen. Ich fürchtete mich auch vor der Unzähligkeit der Menschen und ihrer Zuversicht, deren Grund ich nicht begriff, doch besonders vor der Nacht und ihren Gespenstern – es gibt ja deren so viele –, und ich mißtraute dem unerforschlichen Schlaf, dem Bruder des Todes.

Darum wehrte ich mich trotz zärtlichster Müdigkeit oft erst stundenlang gegen den holden Schlaf durch allerlei kuriose und grausame Vorkehrungen, meinen Körper künstlich wachzuhalten. Entweder nächtigte ich gleich auf dem Fußboden, oder ich tat mir harte, möglichst unbequeme Gegenstände ins Bett, wie Hammer und Zange, manchmal auch nur Bücher, oder ich schlief endlich in Hockerstellung einen unruhigen Eisenbahnschlaf. Wenn ich dann andern Tages unausgeschlafen und wie gefoltert erwachte, so war ich doch unendlich froh, nicht tot zu sein.

An solcher Verängstigung meines Gemütes war vielleicht auch ein wenig meine gute Mutter schuld, die sich fassungslos vor Gewittern fürchtete, überhaupt vor jeder Elektrizität, ungeachtet ihres sonst fast sprichwörtlich heiteren Gemütes.

An Papa und Mama kann ich mich sehr wohl erinnern. Sie gingen immer Arm in Arm auf der Straße, wie Bräutigam und Braut, und liebten einander zärtlich, obwohl sie damals schon ein altes Ehepaar waren. Sie ließen die Leute getrost darüber lächeln und die Köpfe schütteln, denn das taten die Leute.

Ihre höchste Leidenschaft war das Theater. Herr und Frau Bosquillon schienen überhaupt die Welt nur als ein Schauspiel zu nehmen, das lediglich zu ihrem persönlichen Pläsier in Szene gesetzt war. Sie benahmen sich ganz so, als seien sie nur zu Besuch hier, keineswegs etwa um zu arbeiten, sondern nur um alles in Ruhe zu besichtigen, sich gute Tage zu machen und schließlich im rechten Augenblick abzureisen. Sie kargten auch nicht mit Beifall, mit Tränen oder Lachen bei besonders gelungenen Stellen und unterhielten sich überhaupt ganz köstlich.

Es war die Zeit der sogenannten Schinkenärmel, der staubaufwirbelnden Schleppen und jener verwegenen, zoologisch reich garnierten Damenhüte, darauf man sehr natürlich ausgestopfte Möwen, Wiedehöpfe und Kolibris zur Schau trug, als nisteten sie zu Häupten.

Auch meine gute Mutter hatte, wie ich mich gut erinnere, einst einen solchen Hut, der aufs poetischste den Sommer versinnbildlichte: Über Ähren, Zyanen und Klatschmohn wippte auf grünumsponnenem Drahte ein täuschend nachgeahmter Schmetterling, während seitlich eine Wachtel brütete.

Es war die Zeit der Tuberkulosebekämpfung und Appendizitis, der Prachtalbums und Brandmalerei, als das Fahrrad noch Veloziped und alles fin de siècle hieß, kurz die Jahrhundertwende, von der sich manche Leute allerlei Großes für die Welt versprachen und stolz waren, um sie zu leben.

Ich bekam es später von der Verwandtschaft oft genug zu hören, Papa habe seiner Lebtage nichts geleistet und sein schönes Geld verjubelt, ohne etwas Ordentliches davon zu haben. Es ist richtig, daß die Eltern nur wenig hinterließen, nicht viel mehr, als sollte es gerade noch bis zu ihrem festlichen Tode langen. Aber eines ist gewiß, daß die etwas davon hatten, wie wenig andere zu ihrer Zeit, und ich bin dankbar, daß ich mein letztes Zusammensein mit Papa und Mama zwei Stunden vor ihrem Tode in durchaus heiterer Erinnerung behalten durfte.

Barfüßig und mit kleinen Schritten, denn mein langes Nachthemd hinderte mich am Gehen, kam ich ins Ankleidezimmer, den Eltern gute Nacht zu sagen und noch ein wenig zuzugucken, während sie sich fürs Theater umzogen. Ich durfte immer dabei sein, denn ich störte nicht. Ich saß dann auf dem Eisbärenfell und lachte und weinte viel, wenn Papa im Vorgenuß des Abends eine Partie aus ›Traviata‹ sang oder ›Don Carlos‹ deklamierte, wobei ein wunderhübscher Diener namens Blasius, ein junger Mensch noch, der aber Sinn besaß für das elegante Spiel, mit einer überaus wohllautenden Stimme seinem Herrn trefflich zu respondieren wußte, gleich erfahren in männlichen wie weiblichen Rollen, während er mit Anmut das Frackhemd darreichte oder sanft modellierend den Sitz der Weste überprüfte.

Auch meine Mutter, die im Spitzennegligé nebenan vor ihrem Toilettentische saß und immer wieder mittels eines Handspiegels, unter drolligen Augenverdrehungen die Rückseite ihrer Frisur musternd, das Haar mit weicher Handbewegung ordnete, auch meine Mutter sang zuweilen mit.

Manchmal aber unterbrach sie sich plötzlich, rauschte ans Fenster und sah ängstlich durch die Gardine nach dem Wetter.

»Es wird doch nicht am Ende –«, sagte sie dann, und

ich fürchtete mich redlich mit ihr, selbst wenn des Himmels blaue Unschuld sich als völlig wolkenlos erwies.

Übrigens kümmerten sich meine Eltern unterdessen kein bißchen um ihren kleinen Sohn. Vielleicht weil ich von einer Bravheit ohnegleichen war, früh schon verblüfft von den Wundern dieser argen Welt. Sie beachteten mich kaum, bis beide fix und fertig waren, sich bewunderten und küßten, wobei mir namentlich Blasiusens Gesicht unvergeßlich ist, der den zärtlichen Vorgang stets taktvoll übersah.

Hübsch war es auch, wenn dann Papa und Mama über den roten Läufer die Treppe hinabschritten, ein hochgemutes Paar: die schöne alte Dame im glitzernden Paillettenkleid mit dem Fächer aus weißen Straußenfedern und der schöne bärtige Mann im Frack, eine Chrysantheme im Knopfloch, den Zylinder – einen echten Kastor- oder Biberhut – leichtfertig im Nacken.

Aber ehe der Wagen vorfuhr, war noch der sogenannte Tee zu genießen. Denn das Abendessen nahmen sie grundsätzlich erst nach der Vorstellung ein, entweder bei Riffelmacher in der Bismarckstraße oder, wenn es etwas Besonderes zu feiern gab, Kainz als Hamlet etwa oder die Sorma, in Bocksbergers Austernkeller. Dann tranken sie ein ›Pullchen Sekt‹, wozu sie französisch parlierten, um sich galanter über die andern mokieren und sich gegenseitig charmanter Komplimente machen zu können.

Sie schliefen gewöhnlich weit in den Tag und frühstückten im Bett, wenn rechtschaffene Leute bereits zu Mittag aßen. Dabei plauderten und scherzten sie über das gestrige Vergnügen und über das bevorstehende von heute abend. Sie liebten es aber, sich in einer Art Bühnensprache zu unterhalten, und benutzten als Ausdruck ihrer zärtlichsten Gefühle längst erprobte klassische Wendungen, wohl um ihr Herz zu schonen, wie: »Willst du nicht aufstehn, Wilhelm« oder: »Erhebe dich, Genossin meiner Schmach.« Denn im Bette werden alle Menschen Kinder.

Manchmal geschah es auch, daß Papa in seinem seidengeblümten Morgenanzug mit Tressen nebenan im Salon an das schwarze sargähnliche Piano sich setzte und mit über die Schulter zurückgewandtem Kopfe, die Morgenzigarette im Mundwinkel, ein wenig phantasierte, während Mama im Bette aufsaß und mit zierlich abgespreizten Fingern aus einer unwahrscheinlich kleinen Tasse ihre Schokolade trank. Sonntags durfte ich zu den Eltern ins Bett kriechen und noch etwas duseln im lauen Honigduft aus Zigarettenrauch, aus Schlaf und Schokolade, der so angenehm müde machte.

An jenem verhängnisvollen Abend aber hatte Papa noch eine besondere Überraschung für mich. Er stellte sich quer zum großen Ankleidespiegel, derart, daß nur seine eine Körperhälfte leibhaftig sichtbar blieb, sich aber im Spiegel voll ergänzte. Wenn er nun ein Bein und einen Arm hob und senkte, dann sah es aus, als sei er ein lebendiger Hampelmann. Ich jauchzte vor Entzücken. Ich fand, daß ich sehr lustige Eltern hatte.

Es half nichts, daß Onkels und Tanten andern Tages mir wehmütig lächelnd weiszumachen suchten, die lieben Eltern seien plötzlich nach Italien verreist und würden wohl vorläufig so bald nicht wiederkommen, ich sollte nur inzwischen recht artig sein und ein großer Mann werden. Denn Kuni, die brave Magd aus Gunzenhausen, eine junge, dralle Person mit einem Goldfischgesicht, die eine abergläubische Vorliebe für gruselige Geschichten hatte und eine auf rosa Papier gedruckte Kriminal- und Unfallszeitung las, erzählte mir eines Abends vor dem Zubettegehen, mit allen mußmaßlichen Einzelheiten, wie ihre arme Herrschaft bei dem kürzlichen großen Theaterbrande elendiglich ums Leben gekommen war.

Wenn ich Kunis Schilderung glauben darf, dann hatte man anfangs im Publikum lediglich einen brenzligen

Geruch wahrgenommen, nicht einmal einen schlimmen, etwa nach heißem Haar, so als wenn sich jemand in der Nähe mit dem Brenneisen die Haare lockte. Dennoch entstand alsbald eine verdächtige Unruhe, und irgendwer habe plötzlich laut Feurio geschrien, obwohl man nichts davon sah. Ja, es wurde polizeilich nachgewiesen, ohne die nun einsetzende Panik wäre eine Katastrophe leicht vermieden worden; denn der Brand, aus bis heute noch nicht geklärter Ursache im Perückenlager entstanden, hätte durch besonnene Maßnahmen unschwer auf seinen Herd beschränkt werden können. Aber die Angst, die alle ergriff, das gellende »Rette sich wer kann«, der blinde Selbsterhaltungstrieb verhinderte die ordnungsgemäße Räumung des Zuschauerraumes. Zugleich aber wurde durch die entstandene Zugluft das Feuer förmlich angesaugt, und schreiend, wie ein rotes Tier, war es von der Bühne gesprungen und von Kopf zu Kopf.

Manche behaupteten hinterher, das Orchester hätte ruhig weitergespielt, allein es mag an diesem Irrtum der Klang der springenden Saiten auf Geigen, Bratschen und Cellos schuld gewesen sein.

Meine Eltern, die sehr gute Plätze vorne im ersten Rang innehatten, sollen, wie ein Augenzeuge verbürgt, vergeblich zur Ruhe gemahnt und selbst ein treffliches Beispiel dazu gegeben haben. Aber die um ihr Leben kämpfenden Menschenhorden verstopften die Türen und die altmodischen, sehr schmalen und sehr niedrigen Gänge, so daß, wie gewöhnlich, gerade die Vernünftigen umkamen.

Einer aber soll sogar geschossen haben, ein junger Amerikaner, behauptet man, der, seinen Revolver schwingend, mit dem Rufe: »Rettet die Frauen!« sich Bahn schaffte und auch wirklich gerettet wurde.

Unheimlich, doch von schauriger Komik, muß der Anblick für die Schaulustigen auf der Straße gewesen sein, als plötzlich mit einem Knall die Fenster der Garderobe barsten und nach dem Prinzip der Montgolfieren Hunderte von Zylinderhüten gleich einer schwarzen Vogelschar gen Himmel stürmten und, eine Zeitlang von der erhitzten Luft emporgetragen, sanft auf den umliegenden Dächern und in den Gärten landeten.

Unsere Kuni hatte es mit eigenen Augen gesehen und sich bei dem allgemeinen Haschen, das sich sofort, uneingedenk des entsetzlichen Unglücks, mit einer gewissen Lustigkeit entspann, auch beteiligt, meinend, ob nicht vielleicht ihres Herrn Hut dabei sei.

Tatsächlich wurde er andern Tages in der Nachbarschaft gefunden, erkannt und bei uns abgegeben.

Ich erwähne diese höllische Episode wegen der gespenstigen, ja magischen Rolle, die der Zylinderhut in meinem künftigen Leben spielen sollte.

Die Reise nach Kaula

Nach dem Feuertode meiner Eltern erhielt ich einen Vormund in Gestalt eines Onkels, des tapferen Obersten a. D. Wilhelm Bosquillon, genannt Rupp. Er erbte mich sozusagen. Dieser Onkel, ein uralter rotbäckiger Militär von unverwüstlicher Gesundheit, der sich bekanntlich im Siebzigerkriege als blutjunger Leutnant durch die tollkühne Gefangennahme des französischen Reitergenerals Bèchamel rühmlichst hervorgetan und in der Verwandtschaft großes Ansehen genoß, erklärte es als seine verdammte Pflicht und Schuldigkeit, mich wie sein eigen Kind zu halten. Denn im Gegensatze zu seinem leichtlebigen Bruder, meinem Vater, dem es völlig einerlei war, von wem und woher er stamme oder was sein Name bedeute, besaß Onkel Wilhelm einen fast krankhaften Familiensinn. So hatte er in mühseliger Forschung überzeugend nachgewiesen, daß sein ältester urkundlich beglaubigter Ahnherr bereits »am St. Gallentage 1497 die ledig eigene Hueb dem Töffel von Schwebing abkauft gegen eine jährliche Gült von drei Pfund Pfennig guter

Währung«. Von erdnahen Bauern also stammten wir ab und taten uns viel darauf zugute, wenn es auch freilich schon arg weit zurücklag.

Onkel Wilhelm, der jeweils die Barttracht des regierenden Monarchen trug und bereits von den Koteletten des alten Kaisers über den Vollbart des dritten Friedrich bei der sieghaften Mode des »Es ist erreicht« der wilhelminischen Epoche angelangt war, die ihn sehr verjüngte, fühlte sich seiner Pensionierung zum Trotz noch recht leistungsfähig. Mit Wonne übernahm er daher die ehrenamtliche Leitung des Karl- und Emilie-Pfotenhauerschen-Altersheims zu Kaula. Diese wohltätige Anstalt, berühmt durch ihren Fernblick, durch den vorbildlich gepflegten hochherrschaftlichen Park, überhaupt durch ihre bezaubernde Lage, die nur noch durch die der benachbarten Strafanstalt für jugendliche Missetäter übertroffen wurde, war nach dem Wunsche der Gründer ausersehen, »alternden Menschen von geistigem Profil einen ruhigen Lebensabend zu sichern«. Sie beherbergte jeweils etwa vierzig alte Damen und Herren, den Satzungen der Stiftung gemäß möglichst nicht unter siebzig Jahren. Dabei hatte der wackere Hausvater den Ehrgeiz, verglichen mit ähnlichen Unternehmungen, stets die ältesten Insassen zu betreuen, wobei er selbst vor kleinen Mogeleien nicht zurückschreckte. Die liebe Hundertjährige zum Beispiel, die mit eigenen Augen noch Goethe gesehen haben wollte, war in Wahrheit bei ihrem Tode erst siebenundneunzig.

Zwischen lauter Greisen und Greisinnen also sollte ich meine Kindheit verleben. Allein der gute Onkel Wilhelm fand, daß ich es dort, verglichen mit andern Kindern, eigentlich ideal haben würde. Denn in dieser abgeklärten Atmosphäre reichster Lebenserfahrung könne ein Kind aus guter Familie unmöglich auf Abwege geraten. Alle sähen ihre oberste Pflicht darin, alles Böse von mir fernzuhalten.

Im Spätherbst des gleichen Jahres verließ ich für immer

mein Elternhaus, um zu Onkel nach Kaula überzusiedeln. Kuni brachte mich hin.

Ehe ich ging, trollte ich noch einmal durch alle Räume. Bilder und Möbel hatte man schon fortgebracht, doch konnte man an den dunkleren Vierecken auf der geschlossenen Tapete noch deutlich sehen, wo sie gehangen und gestanden. Im Ankleidezimmer arbeiteten schon die Tapezierer und klebten Zeitungen an die kahlen Wände, was mir, meiner Wehmut ungeachtet, ausnehmend gut gefiel. Denn ich dachte in meiner Einfalt, die neuen Besitzer wünschten es so und stünden dann zuweilen davor, ein wenig zu lesen.

Heute wundere ich mich manchmal, warum ich gerade dies und sonst fast nichts aus dem Haus meiner Kindheit im Gedächtnis behielt, es seien denn ganz unwichtige Einzelheiten, eine Tür etwa, zu der aber das Zimmer fehlte, in das sie mündete, das Eisbärenfell oder ein feindseliges Tapetenmuster, das mich beunruhigt hatte, wenn ich allein war. Aber es steht alles kreuz und quer nebeneinander wie auf einem Ausschneidebogen, und auch meine Eltern scheinen in meiner Erinnerung sich dauernd fürs Theater anzukleiden und dabei zu singen. Am deutlichsten aber sehe ich den Sandhaufen vor mir, darinnen sich manchmal ein verlorener Zinnsoldat wiederfand, wenn ich auf dem Bauche liegend den nackten Arm tief in den kühlen, feuchten Sand grub, bis an die Schulter. Ich spüre es noch, wie es tat, wenn die Höhle einbrach und meinen Arm festhielt, denn das wollte ich.

So fand mich auch die Kuni, die mich im ganzen Haus gesucht. Sie stellte mich auf die Füße, klopfte mir in ihrer raschen Art den Sand vom Anzug, zupfte mich zurecht und zog mich fort zur Bahn.

Die kurze Reise nach Kaula behielt ich in peinlichem Angedenken, nicht nur weil ich trotz meiner stillen Liebe für alles Eisenbahnliche das Fahren schlecht vertrug, sondern weil Kuni es für passend hielt, die Mitreisenden genauestens in die traurigen Umstände meiner

Kindheit einzuweihen. Sie meinte es gewiß nicht böse, aber sie erzählte für ihr Leben gern und gar nicht so übel. Man bedauerte mich denn auch allseits, ließ mich an fremden Butterbroten abbeißen und an Kölnisch Wasser riechen, was Kuni leider ermutigte, noch weitere Einzelheiten zum besten zu geben. Sie sprach von ihrer seligen Herrschaft, nannte mich wiederholt eine Doppelwaise und ein armes Hascherl, bis ich zur allgemeinen Zufriedenheit endlich bitterlich zu weinen begann.

Ich sei, so berichtete Kuni, nachdem sie mich geschneuzt, munter nach allen Seiten, das Kind alter Eltern, ein kleiner Spätling also oder Nachzügler und ihrer persönlichen Meinung nach wohl kaum erwünscht gewesen. Es sei denn bei meiner Geburt für Mutter und Kind allerdings auf Spitz und Knopf gestanden, eine Ausdrucksweise, die mich gruseln machte. Auf Spitz und Knopf? Das wollte doch heißen, daß ich, kaum im Begriffe das Leben zu haben, ums Haar darum gekommen wäre, als ein winziges ahnungsloses, namenloses, aber unwiederbringliches Etwas, und daß ich nur vorhanden war durch Gottes Fügung oder aus Versehen oder dank der Kunst des Arztes. Denn ich war in einer Klinik und sozusagen künstlich geboren durch einen poesielosen chirurgischen Eingriff in Narkose. Nicht genug, Kuni spielte sogar mit dem Gedanken, ob nicht in solcher Klinik, wo doch so viele Kinder das Licht der Welt erblickten, manchmal die Möglichkeit einer Verwechslung bestand. Man lese immer wieder von solchen Fällen. Und ein Säugling sähe doch wie der andere aus.

Ich war aufs äußerste bestürzt, als ich solches vernahm. Zwar sah ich, wie oft hatte ich es hören müssen, nach den einen meinem Vater, nach den andern meiner Mutter wie aus dem Gesicht geschnitten ähnlich, aber es war schon eine grausame Vorstellung, ein Kind des Zufalls oder gar ein Wechselbalg zu sein, also eigentlich ein ganz anderer und gar nicht verwandt, sondern irgendeinem gottverlassenen Ei entschlüpft, das die Sonne ausgebrütet hatte.

Noch als erwachsener Mensch litt ich manchmal unter Kunis Legende meiner Unerwünschtheit, bis ich es einfach darauf ankommen ließ, ob es bei Gott eine Schande sei, einfach ein Mensch zu sein, augenscheinlich der weißen Rasse zugehörig, leidlich der deutschen Sprache mächtig und Deutschland über alles liebend.

Nach Kuni hatte ich wochenlang in Watte gelegen, so zart sei ich gewesen. Auch blieb ich ziemlich lange ungetauft, ein kleiner Heide also, was das unverhohlene Mißfallen aller Verwandten erregte. Und eine meiner vielen Tanten, ich glaube es war Tante Therese, soll damals allen Ernstes geäußert haben: »Aber dann glaubt ja das Wurm noch an mehrere Götter.«

Meine gute Mutter konnte mich nicht selbst stillen. Man gab mir Frau Gelbes als Amme. Sicher meinte man es außerordentlich gut mit mir, als die Wahl auf gedachte Frau Gelbes fiel. Sie war bezirksärztlich untersucht und sogar preisgekrönt für eine selten hohe Tagesleistung bei vorzüglichem Nährwert. Auch soll sie ihr Stillgeschäft stets gewissenhaft und pünktlich an mir verrichtet haben. Als aber nach vielen Jahren ihr böser Sohn, mein Milchbruder also und späterer Schulkamerad Viktor Gelbes, mir seine Mutter wies, schauderte ich bei der Vorstellung, daß ich einst aus ihrer Brust getrunken haben sollte, mit diesem meinem Mund.

»Es ist mir noch wie gestern, Herr Clemens«, sagte Frau Gelbes und rückte an ihrer Brust. Sie war mir in der Seele widerwärtig.

Freund Viktor wußte überdies aus meiner soziologischen Beziehung zu seiner Mutter insofern Nutzen zu ziehen, als er eines Tages grinsend behauptete, ich hätte die von Natur eigentlich einzig und allein ihm zustehende Milch als der wirtschaftlich Mächtigere ihm weggetrunken, weshalb er mich nun als den körperlich Schwächeren mittels Brachialgewalt und allerhand peinlichen Gewissensfoltern nötigte, das vor vierzehn Jahren an ihm begangene Unrecht endlich wiedergutzumachen.

Das geschah durch einen monatlichen Tribut in Bar- oder Sachwerten, bei dessen Eintreibung er sich als unerbittlich erwies.

Wenn Kuni einmal im Eifer des Erzählens war, so konnte sie sehr ungehalten werden, wenn man ihr nicht aufmerksam zuhörte, sie unterbrach oder gar an ihrer Wahrheitsliebe zweifelte, wie ich es zuweilen schüchtern versuchte. Denn ich besaß einen angeborenen Hang zu zweifeln (von meinem Großvater ererbt, der Arzt war), aber dann womöglich das Unwahrscheinlichste zu glauben (von mütterlicher Seite überkommen). Es handelte sich meist um kleine Ungenauigkeiten von Ort und Zeit, die nichts zur Sache taten, Namensverwechslungen vor allem, in denen Kuni etwas großzügig war, die ich aber mit artiger Beharrlichkeit richtigstellen zu müssen meinte.

»Ja ja doch, du Unnütz«, sagte Kuni unwirsch, hob mich auf und setzte mich unsanft nieder, wobei ich mich in die Zunge biß. Oder sie fuhr mit rauhem Finger unter das Gummiband, das meine Matrosenmütze hielt, ließ es gegen mein Kinn schnellen und erzählte unentwegt weiter. Ich habe, so behauptete sie von mir, sehr spät reden gelernt, und als ich es konnte, länger als andere Kinder von mir in der dritten Person gesprochen, an der ich innerlich gar nicht beteiligt schien. Kuni selbst habe ihre liebe Not gehabt mir klarzumachen, daß Clemens und ich doch ein und dieselbe Person seien. Ich soll es lange nicht begriffen haben, warum es mir wehe tat, wenn Clemens Pritsch bekam, an dessen Unarten ich mich offenbar ganz unschuldig fühlte. Sonst aber sei ich gut zu haben, lobte das dralle Mädchen. Doch würde ich wohl kaum alt werden. Und dann schilderte sie meiner Eltern trostlose Beerdigung, die auf emsiges Betreiben der Verwandtschaft stattfand, die sich nicht mit dem unheimlichen Gedanken befreunden wollte, die letzte Ruhestätte der Verewigten unter dem Brandschutt des Theaters zu wissen. Kuni nannte es sehr anschaulich eine Regenschirmbeerdigung, denn es goß in Strömen, als die beiden leeren Särge in aller Stille beigesetzt wurden.

Ich hatte nicht dabei sein dürfen, wurde aber später von Kuni an das Grab geführt, damit ich wenigstens das schöne Denkmal sähe, das, wie sie voll Stolz hervorhob, sehr viel Geld gekostet haben mußte.

Das Monument war aus schwarzem, spiegelblank poliertem Granit und stellte eine abgebrochene Säule dar, an deren Sockel eine lebensgroße trauernde Gestalt aus weißem Marmor kauerte, einen Palmenzweig in der Hand. Zu ihren Füßen lehnte ein aufgeschlagenes Buch, darin in goldenen Lettern die Namen der Toten zu lesen waren. Dieses Buch aber entzückte mich ganz besonders. Denn der Künstler hatte sehr naturgetreu sogar ein sogenanntes Eselsohr angedeutet, das allem Marmor zum Trotz zum Weiterblättern einzuladen schien.

Wenige Tage nachher habe man mich zu Hause vermißt. Doch sei ich zu allgemeiner Verwunderung vom Friedhofswärter zurückgebracht worden, der mich dabei ertappt haben wollte, wie ich in aller Unschuld von fremden Gräbern frische Kränze entwendete und zum Grab meiner Eltern schleppte oder, wie ein Wagnergeselle ein Rad, hinrollte, um so den verdorrten Grabschmuck würdig zu erneuern.

Als endlich der Zug in Kaula einlief, waren sich die Mitreisenden darin einig, daß dank Kunis liebenswürdiger Unterhaltungsgabe die Fahrt wie im Fluge vergangen sei. Man reichte ihr, die noch im Aussteigen erzählte, mich und das Handgepäck aus dem Fenster und verabschiedete sich unter Lachen, Händeschütteln und Winken von dem angenehmen Mädchen.

Onkel Wilhelm aber stand mit ernster Miene auf dem Perron und wunderte sich. Dann machte er vor mir eine exakte Kniebeuge, sah mich lieb an, stemmte mich hoch und küßte mich ins Gesicht. Es war ein nasser, herzhafter, bärtiger Onkelkuß.

»Ich hoffe«, sagte er bewegt, »daß du dich trotz des

Schweren, was du hinter dir hast, bei uns in Kaula recht bald heimisch fühlen und dicke Backen bekommen wirst.«

Hierauf ergriff er den schwersten Koffer, den er aber als federleicht bezeichnete, und schritt mit jugendlicher Rüstigkeit dem Ausgang zu, wo uns schon die Droschke erwartete.

Kaula war damals eine noch junge, aufblühende, etwas rußige Fabrikstadt und vorwiegend aus roten und gelben Backsteinen erbaut, wie nach einer Vorlage aus den Ankersteinbaukästen der neunziger Jahre. Die Dächer waren meist mit bläulichem Schiefer gedeckt und mit vielen schmucken, sehr unpraktischen Türmchen geziert, auf deren Spitzen schmiedeeiserne Wetterfahnen knarrten.

Den Geschmack der Architektur beherrschte nämlich vorzüglich ein tatkräftiger Mann, ein gewisser Baumeister Fritze, der freilich auf eine höchst summarische Weise die herrschaftlichen Villen der Beamten und Fabrikbesitzer nebst Schulen und Kirchen zu bauen sich gewöhnt hatte. Er soll sich, sagt man, für die immer wieder vorkommenden Bauteile wie Türen, Fenster und Balkone je eine Schachtel voll gemischter, vielfach erprobter klassischer Vorbilder jeden historischen Stils gehalten haben, daraus er bei Bedarf mit geschlossenen Augen blindlings irgendein Muster griff.

So konnte es geschehen, daß er bei ein und demselben Gebäude für die Fenster gotische, für die Türen maurische und für den Balkon barocke Stilformen verwandte, und zwar zur aufrichtigen Zufriedenheit der prachtliebenden Kaulaer Bevölkerung.

Dennoch hatte die Stadt, höchst selten zwar, unheimlich schöne Augenblicke, besonders vor Gewittern und natürlich bei Mondschein. Dann konnte die Stadt aussehen wie abgebrannt oder wie unter Wasser, seltsam entfärbt und entkörpert. Auch bei Nebel war sie zauberhaft schön und im Winter.

Ich fand, daß dieses Kaula im Gegensatz zu meiner etwas verträumten Vaterstadt eine überaus laute und prächtige Stadt sei. Doch während Onkel Wilhelm, bemüht mich aufzuheitern, im schnarrenden Tone eines Fremdenführers die reich ornamentierten Fassaden der öffentlichen Gebäude pries, sah ich mich überall von Gefahren umgeben und mißtraute heimlich der Festigkeit jener steinernen Kugeln, die hoch oben auf falschen Giebeln balancierten, ob sie nicht unversehens ins Rollen kommen könnten, uns zu erschlagen. Es gab ja so viele Möglichkeiten, zum Beispiel an der Hauptpost, wo über den prunkvollen Portalen auf abschüssigen Konsolen allegorische Figuren die Weltteile versinnbildlichten, wo üppige Frauen, muskulöse Männer, Neger, Chinesen und Indianer lagerten, reichlich unbequem, mußte ich denken. Allein sie ließen sich's nicht anmerken. Sie zuckten nicht einmal, wenn Tauben gurrend über ihre nackten Leiber trippelten oder nasse Fahnen ihnen um die Ohren klatschten. Ich konnte mich gut hineindenken. Denn ich war sehr kitzlig von Natur, was Kuni in ihrer etwas urwüchsigen Zärtlichkeit oft ausnützte, um mich zu kieksen, bis ich vor Lachen schrie.

Ich fror schon bei der Vorstellung, daß die Figuren Tag und Nacht bei Regen und Schnee, ohne sich zu rühren, in den schwierigsten Stellungen ausharren mußten, die ihnen der Künstler mitleidslos aufgezwungen. Wie aber, wenn sie nun ins Rutschen kamen, was unwahrscheinlich war, doch nicht unmöglich, bei einem Erdbeben etwa, wie nun, wenn die bärtigen Giganten, die, wie vorhin Onkel Wilhelm den Koffer, als wäre nichts dabei, die Last der Balkone auf ihren Schultern trugen, eines Tages nicht mehr wollten und einfach losließen, oder wenn die Kirchtürme, die nach Kuni bei Glockenläuten sichtbar hin und her schwankten, nicht mehr zu halten waren?

Ich war froh, als Onkel endlich mit einem »So, da wären wir« mich aus dem Wagen hob.

Das Altersheim, ebenfalls von Fritze erbaut, war ein schloßähnliches Gebäude mit hohem Mansardendach und vielen Schornsteinen, die kunstvoll verziert waren, als schämten sie sich ihres eigentlichen Zweckes. Überhaupt schien es Fritze darauf abgesehen zu haben, alles ins Märchenhafte zu verklären. Niedliche Nixen mit kunstvoll verschlungenen Fischschwänzen, in deren messingblanken Schuppen grünliche Spuren von Schmirgel saßen, dienten in Wirklichkeit als Türgriffe, und selbst die beweglichen Fensterklammern waren als kleine Halbfiguren ausgebildet mit flotten Barettchen, obwohl sie meist kopfunten in den Angeln hingen. Die hochgezogenen Jalousien verbargen sich hinter einer Art Bordüre aus getriebenem Blech mit täuschend nachgemachten Quasten, und aus Blech waren auch die Agaven, die in Prunkvasen aus Terrakotta auf den Pfosten des schmiedeeisernen Tores paradierten. Im Vorgärtchen auf dem Rasen, der mit umgekehrten Flaschen eingefaßt war, lagen unter Kugelakazien Rehe und bunte Zwerge mit grauen Bärten und lachenden rotbäckigen Kindergesichtern, mein und Kunis ganzes Entzücken.

Die Alten aber guckten schon aus allen Fenstern und nickten mir freundlich zu.

De senectute

Meine Erziehung begann zeitig am Morgen. Schon um sechs Uhr klopfte Onkel Wilhelm an meiner Tür und ermahnte mich, heute einmal bitte recht frisch zu sein. Er hatte es sich nämlich in den Kopf gesetzt, zu meiner körperlichen Ertüchtigung das Menschenmögliche beizutragen. So ließ er mich doch nie an sich vorüber, ohne daß er seinen harten, dürren Arm gegen die Wand oder einen Baum stemmte, um mich an diesem natürlichen Reck einen Bauchaufschwung vollziehen zu lassen. Dann exerzierte er regelrecht mit mir, wobei er mit so lauter Stimme kommandierte, als sei ich mindestens ein Regiment. Also marschierte ich und machte meine Kniebeugen, bis es Zeit zum Frühstück war. Onkel gab selbst dazu das Zeichen, indem er auf der Trompete ein Motiv aus seinem geliebten »Parsifal« intonierte.

Ich durfte stets neben Onkel sitzen, der, wie er täglich fast mit den gleichen Worten erzählte, bereits seit fünf Uhr auf den Socken war, denn er liebe es, die Sonne zu wecken. Womöglich hatte er schon ein Bad in der eiskalten Kaula hinter sich, oder er war auf den Kanonenberg gepilgert, wo er jeden Stein und jeden Grashalm kannte, ein wenig Natur zu kneippen.

»Mumm muß man haben, mein Junge, wenn etwas aus einem werden soll«, sagte er, meine kümmerlichen Muskeln quetschend.

Von Kaiser Napoleon, vom Alten Fritz, ja selbst von Alexander dem Großen sprach er so, als seien sie Regimentskameraden von ihm gewesen. Besonders stolz war er auf seine kerngesunden Zähne, von denen er zuversichtlich hoffte, sie alle zweiunddreißig mit ins Grab zu nehmen. Er wußte nicht, was Kopfweh ist, und konnte ohne Übertreibung von sich sagen, daß die Doktors und Apotheker bis dato noch keinen roten Heller an ihm verdient hätten.

Täglich mußte ich nun der klapprigen Baronin Löwe einstige Liebesabenteuer anhören und des Professors Düttelius lächerliche Klage, daß er ein erloschener Vulkan sei.

»Erloschener Vulkan? Wieso?« fragte dann Fräulein Allgäuer, und Fräulein Grufft erklärte: sie sei schon von frühester Jugend an immer verbittert gewesen. Fräulein Grufft und Fräulein Allgäuer wohnten zusammen in einem Zimmer und gingen beinahe völlig gleich gekleidet nach einer längst vergangenen Mode.

Die bedeutendste Persönlichkeit, die ungekrönte Königin des Heims aber war ohne Zweifel Frau Sanitätsrat Bennecke. Sie starb schon seit Jahren jeden Monat mindestens einmal, obgleich sie unter sämtlichen Insassen vielleicht das zäheste Leben besaß.

Sooft sie nun ihr letztes Stündlein herannahen fühlte,

traf sie mit größter Umsicht die nötigen Anordnungen, was sie »ihr Haus bestellen« nannte, verabschiedete sich mit gütiger Stimme von den telegraphisch an ihr Sterbebett gerufenen Angehörigen, um dann verklärten Angesichts unter dem trostreichen Zuspruch des Anstaltsgeistlichen Pastor Taddäus Jüd heiter den Tod zu erwarten.

Sie wartete vergeblich, und es wiederholte sich jedesmal, daß die Trauergemeinde der langen Rührung müde wurde, daß einzelne sich drückten, andere verstohlen Keks oder Schokolade zu sich nahmen, bis, zur sichtlichen Erleichterung aller, die Sterbende selbst den feierlichen Pomp ihres Heimgangs mit den Worten beschloß: »Kinder, nehmt mir's nicht übel, aber ich glaube, ich werde wieder.«

Und sie wurde.

»Sie überlebt uns alle«, pflegte Onkel lächelnd zu sagen, um doch beim nächsten Male mit unerschütterlichem Ernste wieder zur Stelle zu sein.

Gleich am ersten Tage durfte ich der Frau Rätin großer Sterbeszene beiwohnen, und obgleich die schöne alte Dame sich aufs appetitlichste hergerichtet hatte, mit Spitzenhäubchen und lila Bändchen, obgleich also gar nichts Schreckliches an ihr war, mußte ich, wie sehr ich mich dagegen wehrte, auf einmal weinen, und noch dazu mit solch schluchzender Leidenschaftlichkeit meiner angeborenen traurigen Natur, daß mich die Großen alsbald mit peinlicher Verwunderung betrachteten.

Naturgemäß kamen auch wirkliche Todesfälle ziemlich häufig vor. Es war dann für mich stets Anlaß zu finsterster Verdrossenheit, wenn mein Onkel mich rief und sanft erkärte, daß es dem Allmächtigen gefallen habe, schon wieder eine liebe Kameradin der wohltätigen Anstalt zu sich zu nehmen. Denn Onkel legte großen Wert darauf, daß ich mich frühzeitig an den Tod und seine Gebräuche gewöhnte. Ich mußte jedesmal die Leiche anschauen und tat es mit Grausen, inbrünstig wünschend, daß mir um Gottes willen nie im Leben ein Gleiches geschehen möge, indessen Onkel die Fenster öffnete, damit die Seele ungehindert entweichen könne. Auch kehrte er die Spiegel behutsam zur Wand oder verhängte sie.

Wenn das Sterbezimmer zufällig neben meinem Stübchen lag, dann war es schon recht unheimlich für mich kleinen Kerl, zu wissen, daß nur durch eine Wand von meinem Bett getrennt ein Toter aufgebahrt lag. Besonders beunruhigte mich dabei die Vorstellung, jener sei am Ende gar nicht tot und fange plötzlich mitten in der Nacht an, sich zu regen, zu seufzen oder an der Tapete zu kratzen.

Einen Todesfall jedoch behielt ich fast in heiterer Erinnerung. Eines Tages nämlich beim Frühstück wurde bekannt, daß der zur Zeit älteste Insasse der Anstalt, der bereits seit Jahren an das Zimmer gefesselt war, abgängig sei. Man durchsuchte das ganze Gebäude, den Park, ohne eine Spur des Seniors zu finden, bis er gegen Mittag von der benachrichtigten Polizei zurückgebracht wurde, und zwar höchst vergnügt und guter Dinge.

Er muß wohl in einer plötzlichen, fast revolutionären Anwandlung, seines stillen Lebensabends müde, mit der Starrköpfigkeit alter Leute auf einmal Lust bekommen haben, auf eigene Faust etwas zu unternehmen. Kurz, er war ausgegangen und hatte in einem Vergnügungsetablissement in lustiger Gesellschaft die Nacht verbracht und manches Goldstück springen lassen. Jener nächtliche Ausflug, von dem er begeistert zu erzählen wußte, muß freilich als Anlaß seines wenige Tage danach erfolgten, überaus sanften Todes angesehen werden. Allein sein winziges Greisengesicht, das inmitten des weißen Bartes wie verpackt aussah, hatte im Tode einen so stillvergnügten, restlos befriedigten Ausdruck, daß selbst ich es ohne Gruseln betrachtete.

Frau Bennecke hatte nicht an des Seniors Sterbebett geweilt. Denn wenn sie auch selbst mit Wonne starb, so konnte sie es doch nicht gut sehen, wenn es andere taten.

Falls nicht Frau Bennecke davon anfing, die namentlich bei den Mahlzeiten mit Vorliebe über ihr nahes Ende und die Freuden des Paradieses, die ihrer harrten, zu plaudern pflegte, wurde es unter den Alten peinlich vermieden, über solcherlei zu reden. Man umschrieb es doch wenigstens mit harmloser Rede, etwa: »Unsere gute Soundso ist nun auch heimgegangen«, oder: »Sie ist nicht mehr«, oder: »Sie hat's überstanden«, oder: »Sie ruht in Gott.«

Dahingegen sprach man um so ausführlicher von den jeweiligen Krankheiten, freilich nur über solche ohne augenblickliche Gefahr, über die lieben kleinen Leiden also, die man sich hielt und pflegte wie Kanarienvögel oder Goldfische.

Ich, der ich selbst nicht ungern krank war, lauschte voll mitfühlender Neugierde der schmerzhaften Geschichte der Gesichtsneuralgie einer Frau Dekan Bäuerle oder der rheumatischen Anfälle des ehemaligen Hoteliers Bornemann, die sich aber später beschämenderweise als simple Plattfußbeschwerden entpuppten. Ich kannte genau das lästige Altersjucken Herrn Ueberjahns, eines wunderschönen Greises von patriarchalischem Aussehen, des erklärten Lieblings der Damen.

Erst allmählich begriff ich, daß ja diese scheußlichen Interkostalschmerzen und jene unerträgliche Migräne lebenserhaltende Krankheiten waren, nach dem Grundsatze: Solange ich Schmerzen fühle, lebe ich. Dabei war es selbstverständlich, daß etwa der prächtige alte Gymnasialdirektor Weinlein zwar ausführlich und in bewegten Worten über einen harmlosen Schnupfen jammern konnte, niemals aber seines unheilbaren, sehr schmerzhaften Krebsleidens Erwähnung tat.

Dieser bedeutende alte Herr, der, wenn auch mit deutlichem Pfälzer Akzent, fließend Altgriechisch sprach, ja es seine eigentliche Muttersprache nannte, trug seit seiner Pensionierung antike Gewänder, weiße (oder pur-

purne, wenn es zu trauern galt), und seine gewöhnliche Haltung, wenn er peripathetisch zwischen den Tujen des Pfotenhauerschen Parkes wanderte, war die des Sophokles im Vatikan. Ich hatte Privatstunden bei ihm und durfte manchmal helfen, wenn er seinen olympischen Göttern opferte.

Nicht alle, die hier ihren Lebensabend verbrachten, besaßen Weinleins griechische Heiterkeit und kindliche Weisheit, die sich zu dem Bekenntnis steigerte, er sei gerne alt.

Nicht alle konnten wie Frau Bennecke sagen: Sie verstünde einfach die Leute nicht, die so gar nichts mit ihrem Alter anzufangen wüßten. Sie fange eigentlich jetzt erst an, ihr Leben richtig zu genießen.

Dabei sah sie herausfordernd zu Fräulein Allgäuer hinüber, die in letzter Zeit recht zusammengegangen war und sich dauernd beklagte, daß sie keine einzige schöne Erinnerung mit ins Grab nehme.

Auch gab es unter den Insassen bei allem Respekt vor ihrer Betagtheit manche, die ausgesprochen dumm, ja böse oder tückisch waren, rechte Hexen oder Teufelsgreise, an denen nichts ehrwürdig schien als ihre Gebrechlichkeit und die Zahl ihrer Lebensjahre, auf die sie sich denn auch ständig beriefen.

Frau Anna Schließlich gehörte dazu, vor der ich mich lange Zeit redlich fürchtete, weil sie plötzlich vor einem stehen konnte, ohne daß man es sich versah. Denn sie liebte die Lautlosigkeit und ölte aus freien Stücken sämtliche Türangeln und Schlösser im Hause mit einer Hahnenfeder. Sie hatte es sich doch in den Kopf gesetzt, in den Sielen zu sterben. Sie legte es mit Vorbedacht darauf an, daß es einst von ihr heiße, der Tod habe Anna bei der Arbeit überrascht, der ihr ganzes Leben galt.

Nun gab es im Altersheim freilich nicht viel Arbeit, also machte sie sich eben welche. Sie stand einfach nachts um drei Uhr auf, schlich gespenstig durch die dunklen Korridore und sammelte das ganze Schuhwerk der Alten von den Türschwellen, um es heimlich, was doch gewiß nicht ihre Sache war, meisterhaft zu putzen.

Solch nächtliches Treiben blieb lange verborgen, denn Baptist, der Hausdiener, der es trefflich verstand, stets vielbeschäftigt zu erscheinen, ohne etwas zu tun, ließ es sich natürlich gern gefallen, um so mehr, als die Alte ihm ein gutes Trinkgeld gab, damit er über ihre Heinzelmännchentätigkeit schweige. Sie freute sich aber diebisch, wenn beim Frühstück Baptists Ruhm erschallte, weil er die Schuhe so glänzend im Stande hielt.

Ihr Zimmer bewohnte sie eigentlich nicht, sondern sie putzte es nur, unermüdlich von früh bis spät. Und wenn sie damit fertig war, fing sie wieder von vorne an. Dazu trug sie solche Riesenfilzpantoffeln, wie sie in alten Schlössern von den Besuchern getragen werden müssen, um das Parkett zu schonen. Obgleich sie recht bequeme Sessel besaß, brachte sie es nicht übers Herz, darauf zu sitzen, um die Wachstuchüberzüge zu schonen, die über den Plüsch gezogen waren. Lieber bediente sie sich eines zusammenklappbaren Feldstühlchens, wenn auch selten, und es soll tatsächlich vorgekommen sein, daß sie, in einen alten Reitermantel ihres verstorbenen Gatten gehüllt, auf dem Bettvorleger nächtigte, weil sie sich einfach nicht entschließen konnte, das frisch überzogene Bett zu benützen. Auch hielt sie sich ein wohl assortiertes Lager an allerlei Putzmitteln, Hadern und grüner Seife, das noch weit bis über den Weltkrieg reichte.

Mit Frau Bennecke, die mit der Zeit ging und sich alle Augenblicke einen neuen praktischen Patentschrubber oder mechanischen Staubsauger vorführen ließ, der dann meist nur kurze Zeit in Tätigkeit war, lebte Frau Schließlich nicht gut. Sie verachtete sie. Denn ihr bedeutete das Leben nichts, wenn es nicht Mühe und Arbeit gewesen war. Sie saß mit Absicht möglichst hart und unbequem ganz vorne auf der Stuhlkante mit steifem Rückgrat. Sie häkelte beständig oder wickelte graues Garn von einem Stuhl zu einem strammen Knäuel, in dessen Innern ein

Kieselstein saß wie ein Zwetschgenkern. Sie nahm zum Kaffee grundsätzlich nur ein halbes Stückchen Zucker, das sie knirschend zerbrach zwischen ihren knorrigen Fingern, die so rauh waren, daß sie hängenblieben, wenn sie damit über Seide fuhr. Denn das tat sie, obwohl es Frau Bennecke nicht hören konnte.

Über der leidenschaftlichen Reinlichkeit, die sie ihrem Mobiliare widmete, geschah es leider, daß sie ihren eigenen Körper etwas vernachlässigte. Der Staub, den sie in zäher Arbeit von den zahlreichen Nippes und von dem schwarzpolierten Berduxflügel fernhielt, lagerte sich in ihren feuchten Runzeln und im Gestrüpp ihres Haares. Übrigens konnte sie gar nicht Klavier spielen, sie hielt sich den Flügel lediglich zur Reinigung. Ihre Staubtücher verwahrte sie in einem mit Brandmalerei verzierten Starenkobel.

Als dann der Herr sie endlich zu sich nahm, tat er es lächelnd, während sie schlief.

Am wenigsten mochte ich Fräulein Grufft leiden, da sie mir beständig kleine Aufträge erteilte, wobei sie betonte, daß der Bengel ja junge Beine hätte und rasch mal eben auf ihr Zimmer springen könne, ein Taschentuch, ihre Brille oder englisch Riechsalz zu holen, denn ein junger Mensch müsse sich besonders heutzutage frühzeitig an Ritterlichkeit gewöhnen.

Überhaupt spielte das Thema »Die heutige Jugend« eine wichtige Rolle. Während aber Frau Rat Bennecke mit feuchten Augen bekannte, daß ihr altes Herz voll und ganz für die junge Generation schlage und mit ihr fühle, erklärte Herr Düttelius geradezu, er lehnte die Jugend insgesamt ab.

Er gehörte zu den Menschen, die sich in den reifen Jahren schämen, einmal klein gewesen zu sein.

Was nun diese Umgebung betraf, so glaubte ich lange Zeit, sie sei die Welt.

Ich wunderte mich freilich über den künstlichen Aufwand und das festliche Gepränge ihrer Bewohner, da sie doch in Wahrheit so traurig und hinfällig waren, da ein so ungeheures Heer von Schneidern, Friseuren, Zahnärzten und Ärzten unausgesetzt in Tätigkeit sein mußte, um sie auszubessern und zu konservieren, damit sie nicht alle vor der Zeit aus dem Leime gingen.

Jeden Tag schauderte ich von neuem vor den sonderbaren Einrichtungen und Eitelkeiten solchen Lebens, vor den tausendfältigen stillschweigenden Übereinkünften, die man Takt nannte, und vor all den geordneten Umständlichkeiten der Menschen untereinander und mit Gott, da man meist nur so tat wie wenn, man mußte nur die Spielregeln kennen.

Onkel Wilhelm kannte sie ohne Zweifel und schien sich sehr glücklich dabei zu fühlen. Auch Frau Bennecke kannte sie und fast alle im Pfotenhauerianum. Sie wußten, was sich gehörte, und schienen ihrer Sache völlig sicher.

Meine angeborene Gefälligkeit und mein bester Wille, es allen Leuten recht zu machen, kosteten mich leider arg viel Zeit.

So mußte ich der sterbelustigen Frau Rat auf Onkels Wunsch aus frommen Büchern vorlesen, was für einen Jungen in meinen Jahren gerade kein Vergnügen war, hätte mir nicht die alte Sünderin eines Tages unter dem Siegel der Verschwiegenheit gestanden, daß ihr Kriminalromane wesentlich lieber wären, und zwar jene blutrünstigen Nick-Carter-Heftchen, davon sie, durch Klassiker gut maskiert, im Hintergrund ihres Bücherschrankes eine ungewöhnlich große Zahl besaß.

Eine Insassin aber hatte mich besonders ins Herz geschlossen: Eva-Rosine Schuster-Tscherkassow, die fromme Dichterin. Sie hieß natürlich nur Schuster. Der nach pelzverbrämter asiatischer Reiterei klingende Beiname war eine poetische Zutat.

Diese überlebensgroße Greisin mit dem fossilen Knochengerüst und dem Tatarengesicht unter rabenschwarzem Haar, das gleichsam im Aufwind ihrer Gedanken unaufhörlich zu flattern schien, diese ruhelose Frau, von der ich lange Zeit glaubte, sie sei ein Mann, sagte einmal zu mir:

»Clemens Christian Bosquillon«, sagte sie, am Klang meines Namens sich berauschend, »höre, Kind, ich lebe nicht, ich dichte! Mein Blut ist ein tosendes Meer von Reimen. Ich bin eine Seherin!«

Wenn sie entrückten Blickes durch den Garten schritt, groß in die Saiten einer unsichtbaren Leier greifend, dann war sie völlig ungefährlich. Hatte sie aber zu Papier gebracht, was sie in Stunden der Inspiration gedichtet, dann wehe dem, der ihr begegnete.

»Ich brauche Publikum«, murmelte sie finster, und es genügte ihr vollauf, wenn sie *meiner* habhaft wurde.

Denn welches Ohr konnte würdiger sein, die Stimme der Seherin zu vernehmen, als das des Kindes? Sie bannte mich mit ihrem Seherblick und besprach mich regelrecht, bis ich mich nicht mehr von dem großen Sessel rühren konnte, in den sie mich gesetzt. Angstvoll lauschte ich dann ihren wilden Deklamationen, die sie mit gellendem Triumphgeschrei, höhnischem Gelächter und Tränenausbrüchen begleitete. In den Winkeln ihres großen schlaffen Mundes sammelten sich irisierende Bläschen.

Sie las wilde Balladen, blutrünstige Trauerspiele in fünffüßigen Jamben und unendliche Elegien, die leider noch sämtlich ungedruckt waren.

Schon im täglichen Leben, das sie an sich verabscheute, ward ihr ein harmloses Lüftchen zur Windsbraut, und Worte wie Katarakt und Katafalk kamen fast in jedem ihrer Gedichte vor. Wenn sie ›dunkel‹, ›tot‹ oder ›Nacht‹ sagte, schloß sie finster die Augen, und bei dem Worte ›Sonne‹, das sie jedoch nur selten gebrauchte, strahlte sie wie jene.

Sie war aber auch, was Abhärtung betraf, dem wackeren Onkel Wilhelm verwandt. Denn als ich eines Nachts, da ich mich sehr vor dem Einschlafen fürchtete, in den winterlichen Park hinausschaute, sah ich beim Mondenschein das verrückte Frauenzimmer nackt im Schnee sich wälzen wie ein Elch, des guten Glaubens, daß zu so später Stunde sie sicher niemand sehen werde. Sie prophezeite mir übrigens, daß ich entweder früh sterben oder einst ein großer Staatsmann werden würde.

Sie war nicht die einzige im Hause, die der Dichtkunst verfallen war. Selbst der forsche Onkel Wilhelm zeigte sich nicht frei davon, obwohl er sich, wie er bescheiden zugab, mit Eva-Rosine weder messen könne noch wolle. Er wisse da streng zu unterscheiden. Ein Dichter schriebe in Versen, ein Schriftsteller dagegen nur in Prosa.

»Ich verstehe mich selbst ein wenig darauf«, gestand er einmal und lächelte in sich hinein, »ja, ich greife selbst zuweilen zur Feder, in meinen Mußestunden. Ein Mann in meinen Jahren hat ja schließlich mancherlei mit angesehen in diesem Jammertale, und in jedem Menschen steckt ja so etwas wie ein Poet. Man müßte es nur mehr pflegen. Aber ich komme halt nicht dazu.«

Schon lange lagen ihm die Alten, besonders Frau Bennecke, in den Ohren, doch endlich sein reiches Leben aufzuschreiben. Doch als er sich ›auf Drängen seiner Freunde‹ endlich entschloß, seine Erinnerungen schriftlich niederzulegen, da stellte es sich heraus, daß es gar nicht so viele waren, wie er sich gedacht. Es fiel ihm immer das gleiche ein: ein paar schrullige Lehrer, ein paar ruppige Vorgesetzte und vor allem jene Gefangennahme des französischen Reitergenerals im Siebzigerkrieg.

Dennoch zog er sich jetzt manchmal mit bedeutender Miene in sein Studierzimmer zurück, um, wie er es geheimnisvoll ausdrückte, an seinem Lebenswerk zu arbeiten. An seiner Türe hing dann ein säuberlich beschriebener Zettel, des Inhalts, daß er unter gar keinen Umständen gestört zu werden wünsche, und jedermann im Hause ehrte diesen Wunsch.

An solchen Tagen schlichen die Alten nur auf den Zehenspitzen umher, schraken für ihn zusammen, wenn ein Rücksichtsloser eine Türe schmiß, hielten den Finger vor die Lippen und wisperten einander zu: »Still, er schreibt!«

Indessen saß Onkel Wilhelm wohl drei Stunden und mehr vor seinem großen Diplomatenschreibtisch, der fast wie ein Billard aussah, betrachtete, mit einem Papiermesser in Gestalt eines kleinen Pallaschs spielend, das immer noch unbeschriebene erste weiße Blatt, erinnerte sich und wunderte sich.

Zuweilen gab er sich wohl einen Ruck, probierte die Feder an seinem Daumennagel, machte eine Art Freiübung, indem er seine Arme aus den Ärmeln reckte, stieß heftig die lästigen Manschetten zurück, vollzog, gleichsam um in Schwung zu kommen, ein paar leere Schreibbewegungen über dem weißen Blatt und hub an.

Er kam aber meist nicht über den ersten Satz hinaus, über ein: ›Ich wurde dann und dann geboren‹ oder ›Die Heimat meiner Altvordern väterlicherseits...‹, worauf er allerlei Bäumchen, Häuschen und Pferdchen zu zeichnen begann. Schließlich zerknüllte er das Blatt und warf es fast erleichtert in den Papierkorb, aus dem es später unsere Kuni hervorholte, sorgfältig auf den Knien glatt strich und verwahrte.

Onkel Wilhelm aber tröstete sich damit, daß er diesmal leider nicht in der rechten Stimmung gewesen sei. Wenn ihn dann beim Abendessen Frau Bennecke fragte, ob es vorwärtsginge, ließ er durchblicken, er glaube einigen Grund zu haben, recht zufrieden zu sein.

Von Kuni weiß ich, daß eigentlich alle Alten heimlich dichteten oder doch wenigstens ein Tagebuch führten, worin genau zu lesen, wie sie geschlafen, was sie gegessen oder ob sie unpäßlich gewesen waren.

Neben der Poesie spielte die Tierliebe eine wichtige Rolle in der Anstalt. Da war Onkels Rattenpinscher, der nach seines Herrn ehrlicher Meinung aufs Wort gehorchte, obwohl ich es durchaus nicht finden konnte, ferner der blinde schwarze Kater Fräulein Gruffts und ein mit allerlei bösartigem Gewürm angefülltes Terrarium in Herrn Düttelius' ungelüftetem Zimmer. Am beliebtesten waren noch immer Vögel, Papageien zumal, die ja ein vorbildlich hohes Alter zu erreichen pflegen. Doch war es wohl etwas übertrieben, wenn die Schuster-Tscherkassow steif und fest behauptete, ihr Hammurabi spräche zuweilen mittelhochdeutsch, wie er es eben einst in seiner Jugend gelernt. Ein Tierfriedhof, zum Teil mit hübschen Monumenten, befand sich unweit des Hauses im Park.

Freundliche Krankheit

Ich konnte wirklich nichts dafür, wenn ich trotz meiner Jugend für so viele von den Alten der heimliche Vertraute wurde.

Ich allein wußte doch lange Zeit als einziger, daß Fräulein Vierzigmann, ein überaus gepflegtes, entzückendes altes Dämchen voll köstlicher Geschichten, heimlich trank, unschuldigen Heidelbeerwein, wie sie behauptete, der ihrem etwas wackeligen Herzen wohl tue. Es war jedoch Rum, und ich kam einmal gerade noch im rechten Augenblick dazu, als sie in ihrer Trunkenheit, die Flasche in der Hand, torkelnd und ein unzüchtiges Matrosenlied singend, den Speisesaal aufsuchen wollte. Es gelang mir nur mit knapper Not, denn sie wollte durchaus nicht, sie auf ihr Zimmer zurückzubringen, was mir nachher die arme Greisin für immer dankte.

Manche der alten Damen (und Herren) hatten die Angewohnheit, alle Augenblicke mich zu küssen, auf die Stirne, die Wangen und sogar den Mund, was mir dieses zärtlichste Gleichnis der Liebe arg verleidete. Manche redeten zu mir noch in der Kindersprache, als ich schon Konfirmand war.

Ich merkte es selbst natürlich nicht, daß ich durch den

ständigen Umgang mit den Alten gar nicht wie ein Kind wirkte, sondern mehr wie ein Greisenkind, weniger durch mein Gesicht als durch meine Rede und durch meine unmögliche Kleidung. Ich muß damals schon ganz abscheulich angezogen gewesen sein.

»Nein, Bübchen, wie siehst du wieder aus«, hieß es, und die asketische Seherin schälte mich aus dem Mantel, den der um seine und seiner Mitmenschen Gesundheit lächerlich besorgte Professor Düttelius mir soeben aufgedrungen. Infolgedessen war meine Kindheit ein einziger unaufhörlicher Schnupfen.

Überdies trug ich damals fast ständig Trauer für irgendeinen guten Onkel oder eine treubesorgte Tante aus unserer unabsehbaren und sehr sterblichen Verwandtschaft.

Mein wunderlicher Zustand als einziges Kind einer so zahlreichen Elternschar, wenn ich es so bezeichnen darf, wurde vollends deutlich, wenn ich richtig krank wurde, und das kam ziemlich häufig vor.

Auch in gesunden Tagen genügte schon ein unterdrücktes Räuspern, wenn mir etwa ein Brosamen in die falsche Kehle gekommen war, um die Seherin zu allerlei dunklen Ahnungen hinsichtlich meiner Zukunft anzueifern, während Frau Bennecke mit Grabesstimme erklärte:

»Nein, hört bloß, wie das Bübchen wieder hustet!«

»Ja, ja, Clemens ist bedenklich zart«, stimmte Fräulein Grufft eifrig zu, und Düttelius fragte kühl: »Ich weiß nicht, ob den Herrschaften bekannt ist, daß das tüchtige Volk der Spartaner besonders schwächliche Kinder im unwirtlichen Taygetosgebirge auszusetzen pflegte.«

»Ich fürchte«, meinte die Bennecke, »das Kind muß nach dem Süden.«

Allein unser Anstaltsarzt, der gute alte Doktor Melissus Moll, war einfach nicht dazu zu bringen, mich röntgen zu lassen.

»Schaun S', Frau Rat«, sagte er und lächelte pfiffig, »wie

die Röntgenstrahlen noch nicht erfunden waren, ist's ja schließlich auch gegangen.«

Sei es nun, daß Papa Moll über wundertätige Kräfte verfügte, wie manche seiner Patienten allen Ernstes annahmen, sei es, daß er einfach mehr Glück hatte als seine jüngeren Kollegen, er war noch immer, ungeachtet seines biblischen Alters, einer der beliebtesten Ärzte in Kaula, obwohl seine Behandlungsweise mit zunehmendem Alter immer karger und seine Sprache immer einsilbiger wurde.

Dabei bediente er sich zu seinen Besuchen nur ungern seines ›Doktorwagerls‹, sondern eilte hurtig zu Fuß in einer Art Zockeltrab von Haus zu Haus, treppauf, treppab, wobei er stets drei Stufen auf einmal nahm, und er kam immer noch zur rechten Zeit.

Wenn er zu mir gerufen wurde und mich mit seinen harten, schon von Natur hammerartig ausgebildeten Fingern abklopfte, an meiner Zunge gerochen und den Puls gefühlt hatte, dann sagte er fast jedesmal: »Ja, da tun wir am besten vorerst einmal gar nichts!«

Höchstens verordnete er horizontale Lage, heiße Milch mit Honig und Löffelbiskuit, oder er empfahl mir, gut warm zu kataplasmieren, was höchst gefährlich klang, aber bei ihm ganz simple Umschläge mit heißem Kartoffelbrei bedeutete.

Als ich den Scharlach hatte, setzte es die Bennecke durch, daß ihr Neffe, der berühmte Professor Kunze, beigezogen wurde. Und obgleich beide Ärzte nach kurzer Beratung mit einem einheitlichen Heilungsplan hervortraten, stellte es sich doch bald heraus, daß sie völlig verschiedener Ansicht waren. Da wurde es nun für mich einigermaßen schwierig, es beiden recht zu machen, um doch wenigstens den Schein zu wahren. Im Komplott mit Schwester Laura, die ihrerseits insgeheim allerlei bewährte Mittelchen an mich wandte, gelang es mir, die jeweiligen Wünsche vollauf zu befriedigen, indem ich den warmen Kartoffelumschlag des alten Doktors rasch verschwinden ließ, wenn der junge kam, so daß nach meiner Heilung bei beiden über ihre erfolgreiche Therapie größte Zufriedenheit herrschte.

Auch Frau Bennecke, die ebenfalls auf eigene Faust eine kleine Nebenbehandlung durchführte, genau nach ihres längst verstorbenen Gatten Vorschriften, an denen sie nicht rütteln lasse, nannte sich meine Lebensretterin. Sie konnte ja natürlich nicht wissen, ob nicht am Ende Fräulein Gruffts Rezept: eine Abkochung des Kräutleins Heilallerwelt (Agrimonia eupatoria) und tüchtig Stiefmütterchentee, die glückliche Wendung herbeigeführt hatte oder sogar unserer Dichterin mitternächtliche Beschwörung, an die ich nicht ohne Schauder zurückzudenken vermag. Denn die düstere Greisin tanzte indianisch vor meinem Bett, mit Grabesstimme allerlei Zauber- und Beschwörungsformeln murmelnd, die sie vermutlich selbst verfaßt, worauf sie mir Stirne, Hände und Füße mit einem übelriechenden Öl einrieb und plötzlich unter irrem Lachen entschwand.

Es ist kein Wunder, daß ich nach dieser Krankheit lange Zeit so scheu war, daß ich schon zusammenzuckte, wenn jemand nur auf meinen Schatten trat.

Spiel und Ordnung

Natürlich war mit Rücksicht auf den Altersfrieden im Hause strengste Ordnung geboten: Bitte, Türen leise schließen, lautes Sprechen oder Lachen auf den Korridoren der Anstalt, besonders zur Zeit des Nachmittagsschläfchens und abends nach halb neun Uhr, ist strengstens untersagt.

Mein Onkel übte als guter Hausvater auch die hygienische und moralische Polizeigewalt aus, und besonders ein gewisser Ort, dessen peinlicher Notwendigkeit nur auf eine poetisch verblümte und verschämte Art Erwähnung geschah, war mit allerlei munteren Vorschriften und Bekanntmachungen in militärischer Knappheit tapeziert, die Onkel sehr liebevoll und mit viel Sinn für Typographie eigenhändig anfertigte, zum Beispiel: Nimm Rücksicht auf Wartende! Fasse dich kurz! und dergleichen. Auch der heute bereits klassisch anmutende Vers: Nach der Sitzung, vor dem Essen, Händewaschen nicht vergessen! wird auf ihn zurückgeführt. Leider geriet meine Gesundheit oft in Unordnung, da ich als der Jüngste wohl oder übel den Alten den Vortritt lassen mußte.

»Du bist jung und kannst dich gefälligst etwas gedulden«, sagte etwa Fräulein Grufft und schob mich brüsk zur Seite.

Überhaupt schien meine Anwesenheit oft als störend empfunden zu werden. Entweder man bediente sich dann der französischen Sprache, oder man schickte mich gleich aus dem Zimmer, besonders wenn es unter den Alten zu Meinungsverschiedenheiten kam.

»Bübchen«, sagte dann die Bennecke freundlich, »die großen Leute haben manchmal Dinge zu besprechen, die nichts für junge Ohren sind.«

Diese Dinge betrafen meist den Kampf um die Zeitung. Es war ein unhaltbarer Zustand, daß manche der Alten oft stundenlang in der Nähe der Haustüre auf der Lauer lagen, um sich, sobald der Postbote oder die Trägerin sich nahten, aus dem Hinterhalt wie Harpyien oder Furien auf das Tagblatt oder den Kurier zu stürzen und damit zu enteilen. Es war sogar vorgekommen, daß eine Insassin sich mit der glücklichen Beute auf eine stille Örtlichkeit gerettet und dort eingesperrt hatte, wo sie dann, und das war doch die Höhe, auch noch über dem Lesen eingeschlafen war. Der Fall wurde bekannt, denn man hatte, da auf Pochen keine Antwort erfolgte, das Schlimmste fürchtend, durch Baptist die Türe aufsprengen lassen, worauf denn die arme Sünderin schamhaft erwachte.

Die gefährlichsten Mißhelligkeiten aber waren klimatischer Natur. Es gab da zwei Parteien, die sich erbittert bekämpften. Die eine, durch Onkel geführt, vertrat die Politik der offenen Fenster, die andere hörte auf Düttelius, der mit der Behauptung, es zöge wieder einmal entsetzlich, prinzipiell jedes Fenster schloß, worauf Onkel dann jedesmal entgegnete, daß er für sein Teil den Tod durch Erfrieren dem durch Ersticken bei weitem vorziehe, und das Fenster wieder öffnete.

Dies empfand Düttelius seinerseits als Affront und ergriff freudig die Gelegenheit, beleidigt zu sein. Er verstand das auf eine Weise, daß alsbald das ganze Altersheim darunter litt und ihn, worauf er mit Genugtuung wartete, mit süßen Worten zu versöhnen suchte, obwohl es oft dreimal im Tage nötig war. In besonders schlimmen Fällen ahmte er das Vorbild jener Zeitungsräuberin nach und schloß sich tiefgekränkt ein.

Daß man aber Düttelius so geflissentlich beschwichtigte, hatte seinen besonderen Grund. Der heftige alte Mann galt als schwer herzleidend, was alle wußten, außer ihm. Es konnte, so hatte die Rätin nach ihren medizinischen Lehrbüchern, obwohl es längst veraltete Auflagen waren, einwandfrei festgestellt, urplötzlich aus sein mit Düttelius. Also versöhnte man sich vorsorglich, damit man nicht am Ende im Groll auf immer von ihm scheide.

Was mich betraf, so durfte ich im Hause weder pfeifen noch ein Liedchen trällern. Wenn ich mich dennoch einmal vergaß, lief Fräulein Grufft spornstreichs zu Onkel und beschwerte sich, daß ich so tobig sei und auf ihren armen Nerven herumschabe, die leider keine Taue seien.

Ich bin nie auf dem Treppengeländer hinabgerutscht, habe nie eine Trommel besessen, habe nie mit einer Schleuder ein Fenster entzweigeschossen und bin nie auf einen Baum geklettert.

Man kann sich vorstellen, daß unter solchen Umständen meine Altersgenossen höchst ungern mit mir verkehren wollten. Ich »durfte« eigentlich nie. Ich hatte keinen Freund.

Der alte Weinlein hatte mich gelehrt, daß jeder Mensch die Gestalt des künftigen Freundes von Geburt an inwendig trage, daß er also gleichsam schon zu zweit geboren werde. Woher wisse man sonst: Dieser ist es und kein anderer? Weinlein drückte sich oft etwas dunkel aus. Manche seiner Reden begriff ich oft erst nach Jahren. Er verstieg sich sogar zu der lächerlichen Behauptung, die Zahl eins gäbe es nicht für ihn. Die Eins sei das Nichts, die Eins sei der Tod, sei eine leider unausrottbare, böswillige Erfindung der Mathematiker. Aus eins wird nichts, sagte er, aus eins entsteht nichts, es gehören immer zwei dazu. Im Anfang aller Dinge aber war die Zwei.

Eine Puppe, ein Geschenk Kunis, war mein erster Freund. Ich liebte sie innig, obgleich Onkel fand, es sei eines Knaben unwürdig, mit derlei zu spielen. Es war eine billige graue Gummipuppe, die leicht schmutzte. Die Arme trug sie steif am Körper, gleichsam für immer strammstehend vor mir und vor der großen Welt der Vorgesetzten. Die Beine waren zusammengewachsen wie bei primitiven heidnischen Götterbildern. Sie lächelte aber wie jene, und ihre farblosen Augen waren groß und verwundert aufgetan. Sie hatte einen metallischen Nabel. Sie redete, wenn ich sie an mich drückte, mit der Stimme eines traurigen Vogels. Sie war geschlechtslos. Ich erfüllte ihr gegenüber im kleinen alle Gesetze der Freundschaft, denen in der Vollendung weder mit Folter noch mit Tod beizukommen ist. Ja, ich bildete mir ein, daß mir von ihr gleiche Liebe widerfahre. Sie war mir Gott und Kamerad in einer Person, und ich begehrte leidenschaftlich, sie mit Rede und Zärtlichkeit begabt zu wissen. Ich hoffte damals, es müsse mir schließlich gelingen, ihr Leben einhauchen zu können, wenn ich sie besprach und anblies. Aber sie rührte sich nicht.

Ich verlor sie, als ich einmal mit Onkel Wilhelm in der eiskalten Kaula badete. Sie entglitt mir. Eine Zeitlang schwamm sie oben, dann sank sie langsam unter, während silberne Luftbläschen glucksend aus dem metallischen Nabel emporstiegen, als habe sie doch eine Art lebendigen Odem besessen.

Außer der Puppe hatte ich keinen Gespielen. Mein Onkel und die Alten liebten es gar nicht, wenn Bübchen sich bei fremden Leuten oder auf der Gasse herumtrieb. Jungens von draußen, die ich gelegentlich durch allerlei Versprechungen ins Altersheim lockte, blieben nicht.

Denn die vornehm gepflegte Anlage des Gartens ließ nur ein würdiges Auf- und Abwandeln oder Umhersitzen zu. Überall, auch im Blumen- und Gemüsegarten, wo zu eigener Bestellung allen Insassen auf Wunsch kleine Beete zugewiesen waren, die aussahen wie Gräber, überall war man gesehen oder mußte freundlichen alten Herren Rede stehen über Gesundheitszustand oder unregelmäßige Verben.

Nur einmal blieben die Jungens, wenn auch unfreiwillig.

Einer nämlich hatte sie verleitet, sich über die Alten lustig zu machen, und nach jenem biblischen Vorbild schrien sie im Chor: »Kahlkopf, komm herauf!«, womit sie den guten Rektor Weinlein meinten. Aber er kam nicht, sondern die wilde Seherin erschien, ging mit starrem Angesicht auf sie zu und bedräute sie. Die Jungens aber, anfangs noch Gesichter schneidend und lange Nasen machend, konnten auf einmal nicht mehr von der Stelle.

»Ihr bleibt«, sagte die unheimliche alte Frau, und sie mußten, ob sie wollten oder nicht. Und so ließ sie sie stehen und deklamierte aus ihren Werken wohl eine Stunde lang, obgleich es zu regnen anfing. Endlich sagte sie kurz und verächtlich: »Geht jetzt, ihr Gelichter.« Und alsbald lösten sich die unsichtbaren Fesseln, und die Buben jagten durcheinanderschreiend zum Garten hinaus. Kein Wunder, wenn sie nicht wiederkamen.

Wenn nun alljährlich das liebe Weihnachtsfest herannahte, empfand ich es als besonders schmerzlich, keinen Spielgefährten zu haben, um so mehr, als es kein schöneres Weihnachten geben konnte als im Pfotenhauerianum. Nicht nur, daß die bärtigen Greise für die ganze Stadt die heiligen Nikoläuse, Pelzmärtel und Knecht Ruprechts stellten, es zeigte sich auch, daß die Alten einschließlich des bösen Fräulein Grufft aus ihrer fernen Kindheit ganz allerliebste Spielsachen besaßen, die, wie sie entschuldigend betonten, dereinst ihren Urenkeln gehören sollten.

Vorläufig machten sie durchaus keine Anstalten, sich des kindlichen Besitzes zu entäußern, und ich erinnere mich gut, wie beispielsweise der klassische Rektor zuweilen mitten unterm Jahr die getreue Nachbildung jener Nürnberg-Fürther Eisenbahn, der ersten in Deutschland, die Anno 1835 eröffnet worden war, vom Boden holte, angeblich um wieder einmal zu probieren, ob sie noch ginge.

Sie ging noch, dank der Zärtlichkeit, mit der sie der olympische Greis behandelte, mit einer Hahnenfeder ölte und einem Flanelläppchen putzte. Es war eine richtige Biedermeierdampfmaschine, vielleicht die erste Kindereisenbahn auf der Welt, mit bunten Aussichtswagen, die aussahen wie Postkutschen auf Schienen, und einer großen Anzahl dazu passender Zinnfiguren, von denen mir ein Herr mit Zylinder, der Lokomotivführer nämlich, besonders gefiel, vielleicht weil er meinem Vater von ungefähr ähnlich sah.

Abhold allen sogenannten reizenden Neuheiten für den Christbaum, worüber oft lebhafte Aussprachen stattfanden, schmückten die Alten die Weihnachtstanne ganz im Geiste des armen Reinhold in Hoffmanns unsterblichem Bilderbuch mit bunten Äpfeln, Glaskugeln, Pfefferkuchen und Figuren aus Eierzucker, die namentlich Fräulein Vierzigmann aus uralten Modeln trefflich zu backen verstand. Allweihnachtlich fanden alle, der Baum sei dieses Jahr so schön wie noch nie.

Selbst der mürrische Düttelius holte seinen Nußknakker hervor, den guten alten Nußknacker, wie er im Buche steht, in roter Husarenuniform mit Zopfperücke, den seelenvollen Blick ins Unendliche gerichtet.

Unvergeßlich bleibt es mir, wie die Alten nach der Bescherung schmerzhaft geduldig auf den engen Kinderstühlchen saßen und aus winzigen Täßchen Fräulein Gruffts in ihrer Puppenküche zubereiteten Kakao tranken und eifersüchtig wachten, daß auch jedes sein Teil davon bekäme, obgleich er stark nach denaturiertem Spiritus schmeckte.

Selbst mein strammer kleiner Onkel, der zum Christfest natürlich von der Erlaubnis zum Tragen der Uniform Gebrauch machte, ließ es sich nicht nehmen, zum Spaße das feurige geflügelte Wiegenpferd zu besteigen aus dem Besitz der Schuster-Tscherkassow.

Auch für mich gab es so dann und wann Gelegenheit, ein wenig mitzuspielen, freilich nur in Gegenwart Erwachsener, damit den kleinen Kostbarkeiten um Himmels willen nichts geschähe. Der Rektor vor allem besaß eine fast kultische Ehrfurcht vor jedem Spielzeug und empfand es als körperlichen Schimpf, wenn jemand herzlos damit umging.

Seltsam genug – Onkel Wilhelm hat es statistisch nachgewiesen –, sobald bei den Alten das Weihnachtsfieber ausbrach, kamen im Hause keine Todesfälle mehr vor, als verschöbe man das lieber bis nach den Feiertagen.

Vielleicht, daß manche ein wenig sündigten, was die Süßigkeiten betraf, oder aus purer Gutherzigkeit die gegenseitig angebotenen selbstgebackenen Spezialitäten ihrer Heimgenossen nicht auszuschlagen vermochten, kurz, bald nach Neujahr begann das Sterben. Die kleine Indigestion der Frau Dekan, das vorübergehende Magengrimmen Herrn Ueberjahns, der harmlose Schnupfen Bornemanns erwiesen sich als tödlich.

Es war ja auch die traurigste Zeit im Jahre, wenn Rektor Weinlein melancholisch seine Eisenbahn wegpackte.

Dabei war es wohl seltsam anzuschauen, wie behutsam der antikisch gewandete, wattebärtige Greis mit dem romantisch-technischen Spielzeug der neueren Zeit hantierte, einem aus der Mode gekommenen Gotte ähnlich.

Die Pfeffernüsse aber reichten oft bis Ostern, da sie außer mir niemand so recht beißen konnte. Sie wurden aber trotzdem alljährlich immer wieder gebacken.

Götterdisputation

Mein leidiger Hang, an den nüchternen Gegebenheiten zu zweifeln, dafür aber womöglich das Unwahrscheinlichste zu glauben, mag schuld sein, daß ich dem religiösen Zauber des heidnischen Herrn Weinlein alsbald völlig verfiel.

Das war damals, als mein Körper plötzlich in ein fremdartiges Wachstum geriet, was die Alten mit sichtlicher Neugierde beobachteten.

Mein Greisenkindergesicht, meine ganze Figur begann sich eigenmächtig zu verwandeln, ohne daß ich es hindern konnte, ohne daß ich vorher gefragt worden wäre, wie ich künftig auszusehen wünschte, einfach über meinen Kopf hinweg, ja sichtlich ohne vorherige Verständigung der betroffenen Gliedmaßen untereinander, willkürlich und scheinbar ohne Vorbild.

Meine Nase beispielsweise begann auf gut Glück lustig darauflos zu wachsen, unaufhaltsam, ohne daß ich ihr Einhalt zu gebieten wußte. Diese unglückliche Verwandlung ging zwar bis auf das gewisse melancholischrheumatische Wachsweh, besonders in den Beinen, fast ohne Schmerzen vor sich, jedoch keineswegs zu Gefallen des Verwunschenen, der in wenig Wochen aus einem nach allgemeinem Urteil ganz allerliebsten Kinde, das manche für ein Mädchen gehalten, nach einem blassen, dürren Knabentum nun in eine Art männliches Wesen verhext schien, bei dessen Anblick die Erwachsenen gemeinhin höchst unzart zu lächeln pflegten.

»Leider völlig mißglückt«, stellte Fräulein Grufft zufrieden fest.

Dabei war es mir durchaus nicht gleichgültig, wie ich aussah. Ich hätte, um schön zu sein, nicht anders gehandelt als der Knabe Kallistratos aus Samothrake, der, von Allvater Zeus vor die Wahl gestellt, ob er lieber weise oder schön sein wolle, ohne Besinnen die Schönheit wählte mit der Begründung, selbst wenn sie entsetzlich wehe täte, würde er sie immer der Weisheit vorziehen, denn sie sei göttlicher als diese.

Ich hatte eine ganz bestimmte Vorstellung, wie ich am liebsten ausgesehen hätte, nämlich wie jener untadelig schöne Ephebe, dessen marmornem Bildnis im Akropolis-Museum eine verliebte Wissenschaft den Kosenamen Blondkopf gegeben hat. Ich liebte dieses Bild, und der gute Rektor Weinlein aus Edenkoben, der einen Gipsabguß davon besaß, erwies ihm sogar göttliche Ehren und betete zu ihm. Denn, so sagte er, alle Schönheit, Weisheit, Einfalt und Sündhaftigkeit Griechenlands sei in diesem Idol vereinigt.

In dieser gefährlichen Zeit der Furchtsamkeit und Sehnsucht, der Religiosität und des Weltschmerzes suchte ich meine Zuflucht gern bei dem alten Sokratiker, zu dessen Lehre ich damals noch am meisten Zutrauen hatte. Es war nämlich unter den Altersheimlern der Kampf um mein Seelenheil von neuem heftig entbrannt. Das Gespräch bei den Mahlzeiten drehte sich fast ausschließlich um meinen Zustand, und besonders Frau Bennecke wußte in dunkler, blumenreicher Sprache vom holden Erwachen der Gefühle zu reden. Sie gab, ohne mich dabei anzusehen, deutlich zu erkennen, daß sie sich der Aufgabe gewachsen glaube, auf zartfühlende Art einen noch Unwissenden über gewisse Dinge zu unterrichten, die sie heilige Dinge zu nennen ihrerseits nicht anstehe. Ihr sei nichts Menschliches fremd. Doch warne sie mich nachdrücklich vor gewissen Atheisten, wobei sie Fräulein Vierzigmann einen vernichtenden Blick zuwarf. Denn das liebenswürdige alte Fräulein stand in dem bedenklichen Rufe, daß sie an gar nichts glaube. Bei der allmorgendlichen Andacht sang niemand seinen Choral so laut und glaubensfroh wie Frau Bennecke, die überdies noch durch beredte Blicke und endloses Halten der Schlußnoten ihre Mitchristen zu gleicher Fröhlichkeit in Gott zu ermuntern wußte. Sie sang auch manchmal falsch. Ja, sie hätte ein allzu vollkommenes Singen als Hoffart empfunden.

Es konnte auf die Dauer nicht verborgen bleiben, daß Rektor Weinlein den größten Einfluß auf mich gewann, und schon erhielt er eines Tages den förmlichen Besuch des frommen Pastors Jüd, worauf die beiden in lebhaftem Gespräch im Parke auf und ab spazierten.

Jüd war gekommen, den alten Heiden zu bekehren oder doch ihm, dem ehemaligen Lehrer der Jugend, sein, gelinde gesagt, götzendienerisches Treiben ernstlich vorzuhalten. Es war an einem heißen Sommertage, als der Pastor in der freudlos-schlichten Schwärze seines geistlichen Anzuges neben dem im malerischen Faltenwurf seines griechischen Gewandes einherstolzierenden Rektor wandelte, und es gab sich, daß ich ungewollt Zeuge einer höchst bedeutsamen Disputation wurde.

Das Religionsgespräch fand in nächster Nähe des Gedächtnismales der wohltätigen Eheleute Pfotenhauer statt, einer sprechend ähnlichen Doppelbüste aus Marmor, die von dankbaren Altersheimlern an einem lauschigen Plätzchen des Gartens zu Ehren der Verewigten war errichtet worden.

Da ich bisher in einem kargen, fast beamtenhaften Glauben an einen immerzu ernsten, ungemütlichen und, so kam es mir zuweilen vor, fast bösen, jedenfalls gänzlich humorlosen Gott unterwiesen wurde, gegen den ich mich trotz bester Vorsätze alle Augenblicke versündigte, den ich, wie ich mir erschrocken gestand, nicht so von Herzen zu lieben vermochte, wie ich es gesollt, vor dem ich mich vielmehr redlich fürchtete, machte mir, was der alte Weinlein von seinen unsterblichen Göttern Griechenlands erzählte, tiefen Eindruck.

Gleich zu Beginn der denkwürdigen Auseinandersetzung beging Pastor Jüd den Fehler, zu behaupten, jene altertümlichen Gestalten: Zeus, Hera, Ares, Aphrodite, seien die Geschöpfe einer ausschweifenden Poesie, seien Götzen schlechthin, die allenfalls noch Museumswert besäßen, sonst aber nichts.

Herr Weinlein errötete zwar, erwiderte aber ohne Zorn, immerhin hätten seine Götter in einer Zeit, da man noch nichts von dem Christengotte wußte, diesen bei einem guten Teil der Menschen einstweilen ganz brav vertreten. Er halte ja das Christentum nicht gerade für schädlich, habe aber mit seinen Göttern bisher recht gute Erfahrungen gemacht.

Es leuchtete mir ohne weiteres ein, daß ein Gott eigentlich Kameraden haben müsse, daß er schön sein müsse und vor allem sichtbar. Auch vertrug ich damals die kühle Ungelüftetheit unseres Gotteshauses schlecht und meinte, daß Gott, vor allem bei gutem Wetter, das doch sein Werk war, vermutlich im Freien zu suchen sein müsse.

Seltsam klang es in meinen Ohren, wenn der olympische Rektor den gewaltigen Bibelstellen des entflammten Pastors herrliche Verse des Pindar etwa, natürlich auf griechisch, entgegendonnerte oder wenn sie eifernd über das Thema Christus-Sokrates disputierten, bis der Pastor plötzlich seinen schwarzen Strohhut packte und unverrichteter Dinge den wunderlichen Apostaten verließ.

Das Ergebnis dieser fruchtlosen Religionsstreitigkeiten war, daß ich treulos dem freilich schwerer zugänglichen großen Christengotte entsagte und mich in kindlicher Zuversicht der mannigfaltigen Auswahl sonniger Griechengötter zuwandte. Von nun an saß ich, gleich ihm malerisch drapiert, oft zu Füßen Weinleins, der begeistert dem Begeisterten die schon rein stofflich so unterhaltsamen, aber manchmal ein wenig unpassenden Geschichten der alten Götter und Heroen erzählte. Ich glaubte damals ebenso fest an Zeus, Apollo, Aphrodite und den geflügelten Eros wie vorher an das Christkind und Schutzengel oder den Storch und betete sie an in kindlicher Einfalt, ein sonderbarer Konvertit.

Eros athanatos

Wenn behauptet wird, die menschlichen Leidenschaften seien am gefährlichsten im Greisenalter, so stimmt das ganz und gar nicht auf eine zarte Beziehung zwischen zwei Alten.

Niemand außer mir wußte von der späten Liebe des Heiden Weinlein zu Fräulein Vierzigmann, denn ich war der heimliche Bote ihrer Herzen, ich war es, der des letzten Griechen dithyrambische Gesänge zu der angebeteten Freundin brachte.

Ich wundere mich heute, daß diese Neigung vor den Augen etwa eines Fräulein Grufft gedeihen konnte, ohne daß sie davon etwas ahnte, sie, die doch sonst jedes bißchen Liebe witterte im Umkreis von etwa drei Meilen. Herr Weinlein und Fräulein Vierzigmann hatten sich erst hier im Hause kennen und lieben lernen, weiß Gott spät genug, in einem mehr elegisch-retrospektiven Alter. Es scheint sogar bei beiden die erste große Neigung ihres Lebens gewesen zu sein, und ich kann mir nicht denken, je eine glücklichere miterlebt zu haben. Denn sie besaß jene verklärende Kraft, die, wenn auch nur für Augenblicke, die häßlichsten Gesichter zu verschönen vermag, als liehen die unsterblichen Götter den liebenswürdigsten unter den Irdischen ihr Antlitz zu beider Wohlgefallen.

Denn ehrlich gesagt, weder Fräulein Vierzigmann war jemals hübsch gewesen trotz einer gewissen blumenhaften Anmut, noch Vater Weinlein, ›der drei Menschenalter sah‹, mit seinem großen, seelenguten Faunsgesicht.

Es gab aber schicklicherweise im Altersheim einen Männergang und einen Frauengang, deren Betreten jeweils für die Angehörigen des andern Geschlechts streng verboten war, wenn nicht, was nur selten vorkam, ein altes Ehepaar beisammen hauste, wie etwa Sauerbecks, die sich leider von früh bis spät zankten, alle Tage seit vierzig oder mehr Jahren.

Die späten Liebenden aber hüteten ihre Herzen wohl vor den Blicken der anderen, neigten sich kaum vor einander und von ferne, ja, sie wagten es fast nicht, miteinander zu reden, wenn sie bei Tische nebeneinander zu sitzen kamen, aus Angst vor tödlichem Geraune.

»Höre«, sagte Rektor Weinlein eines Tages zu mir auf griechisch, nachdem er mit jugendlicher Begeisterung von Allvater Zeusens Liebesabenteuern erzählt, von Leda, Europa, Danae, »höre, Knabe«, sprach er errötend, »besorge mir diesen Brief, und Eros geleite dich glücklich.«

»Ja, Herr«, antwortete ich leise und errötete ebenfalls.

Da legte er meinen Kopf an seine Brust, damit ich mit eigenen Ohren höre, wie stürmisch sein Herz sich freue, und entließ mich zärtlich.

Ich ging und sah sie lächeln, als ich ihr die Huldigungen des Geliebten überreichte. Ich stand Wache, wenn sie, wie ganz junge Leute, sich hinter dem Gärtnerhäuschen im Park ein Stelldichein gaben, damit sie dem Spott der Kameraden entgingen.

Ich wunderte mich also gar nicht, daß – seltsamer Zufall – am Tage, da der Rektor endlich mit stoischer Ruhe starb, das arme Fräulein Vierzigmann, angeblich infolge Unvorsichtigkeit mit dem Spirituskocher, bei lebendigem Leibe elendiglich verbrannte.

Es hätte dabei ums Haar das ganze Altersheim in Flammen aufgehen können (was Fräulein Grufft hinterher als unglaubliche Rücksichtslosigkeit bezeichnete), um so mehr, als es zu nachtschlafender Zeit geschah, da die Unglückliche ohne Klagelaut lichterloh brennend durch die finstern Gänge in den Park rannte, wo sie ihren Geist aufgab.

Vielleicht hat dieses grausige Erlebnis mich zu dem Glauben gebracht, es müßten Liebende mit den Geliebten sterben, wenn es mit rechten Dingen zuginge in der Welt.

Weinleins Tod ging mir sehr nahe.

»Geh nach Hellas, Knabe«, hatte der Alte mir noch am Tage seines Hinscheidens, als seine Stimme schon jenseits war, gleichsam noch herübergerufen, des sterbenden Mundes zum letztenmal sich bedienend, »nach Hellas, hörst du, wie ich es jetzt tun werde. Ich erwarte dich dort. χαῖρε!«

Unter Tränen versprach ich, sein Vermächtnis zu erfüllen und nach Griechenland zu gehen, ein Glück, das ihm zu Lebzeiten selbst leider nie vergönnt gewesen war.

Eines Nachts aber träumte ich sehr anschaulich davon. Ich trieb mich, während es bei uns unaufhörlich schneite, auf eigene Faust im himmelblauen Griechenland herum, und zwar zu keinem andern Zweck, als den Blondkopf durch Diebstahl an mich zu bringen. Allein bei dem kühnen Versuch, ihn aus dem Akropolis-Museum zu rauben, wobei ich mir einbildete, ungemein schlau zu Werke gegangen zu sein, wurde ich von der Leibwache des Königs erfaßt. Es geschah mir nichts Arges, ich wurde nur behördlich belächelt und erwachte mit leeren Händen im Gefühl dieser Schmach. Übrigens hatte das geliebte Haupt, mit dem Hauch von Farbe auf Mund, Haar und Augen, einen Zylinderhut auf, der ihn recht hübsch kleidete, davon aber das Gesicht etwas Fesches, ja Unreelles bekam.

Baum der Freiheit

Frau Bennecke besaß die Witterung eines Vorstehhundes und wußte, wenn sie das Besuchszimmer betrat, sofort, wer vor ihr dort geweilt hatte, ob Herr Düttelius oder Fräulein Grufft. Man sagte ihr nach, sie haben den ›zweiten Geruch‹, und wirklich zeigte sie, gutmütig wie sie war, einmal bei einem Unterhaltungsabend ganz erstaunliche Proben dieser ungewöhnlichen Begabung.

Man verband ihr die Augen und hielt ihr dann irgendwelche Gegenstände vor die Nase, Geldbeutel etwa, auch Briefe, Kleidungsstücke und dergleichen von ihr bekannten und unbekannten Personen, worauf sie mit verblüffender Sicherheit die Diagnose stellte, ob männlich, ob weiblich und welchen Alters, Berufes, Bildungsgrades oder Charakters der Eigentümer sei. Natürlich erregte es allgemeine Heiterkeit, als sie einmal nicht ohne Humor erklärte: »Ohne Zweifel, das bin ich selber!« Und wirklich hatte ein Witzbold, um sie womöglich irre zu machen, ein Jugendbildnis der Rätin beigebracht, damit sie es berieche. Der alte Spötter Düttelius sagte ihr sogar nach, ihre Kunst ginge so weit, daß sie mit genauer Angabe des militärischen Ranges zwei Uniformstücke, einen Leutnantsrock und eine Majorshose, zu unterscheiden imstande sei. Nur einmal täuschte sie sich, als sie ein Sofakissen Fräulein Vierzigmanns dem alten Weinlein zugeschrieben hatte, was wohl mit Fleiß geschah, wie ich heute annehmen darf.

»Sie kommen von drüben«, sagte Frau Bennecke eines Tages zu Pastor Jüd und fächelte sich mit ihrem Spitzentaschentuch.

Pastor Jüd kam von drüben, von gedachter Strafanstalt mit der unvergleichlichen Fernsicht, »weiß Gott keine angenehme Nachbarschaft«, wie Fräulein Grufft oft genug betonte.

Es waren jugendliche Missetäter, die man dort verwahrte und zu bessern suchte, keine eigentlichen Verbrecher, sondern junge Tunichtgute und verwahrloste Wildlinge. Pastor Jüd war dort wie hier ein unermüdlicher, verständnisvoller Seelsorger.

Von den Gefangenen drüben sah und hörte man fast nichts. Denn unserem Garten war die für einen Erweiterungsbau vorgesehene unverputzte Seitenfläche zugekehrt, und eine für unübersteigbar gehaltene, oben vorsorglich mit Flaschenscherben gespickte rote Ziegelmauer, an der ich zuweilen horchte, schied streng die beiden Asyle.

Nur einmal hörte ich drüben eine Knabenstimme singen, und ein andermal flog ein unansehnlicher kleiner Lederball in unsern Garten, den ich wieder hinüberwarf. Das Spiel wiederholte sich eine Zeitlang, und der Ball war warm von einer unbekannten Hand. Auch wußte ich, daß meine abgetragenen Anzüge nach drüben kamen.

Eines Abends im Frühling, dieser nach Frau Bennecke zwar lieblichen, aber demoralisierenden Jahreszeit, ward jene unheimliche Mauer dennoch überstiegen von einem jener sauberen Buben.

Die Flucht wurde indessen sogleich entdeckt, leider, wie die Mehrzahl der Gaffer offen zu erkennen gab, die nun die alte Ulme in unserem Garten umstanden, auf die der Ausreißer in einer Art atavistischen Triebes geklettert war.

Der schöne Baum prangte in maienlichem Grün. Oben aber in den Zweigen hockte der junge Mensch und ließ sich weder durch freundlichen Zuspruch noch durch Drohungen bewegen herabzusteigen, sondern pfiff und sang sich eins und tat, als fühle er sich sehr wohl.

Der Direktor der Anstalt erschien persönlich und ersuchte den Flüchtling, sich und ihm doch bitte keine weiteren Unannehmlichkeiten zu bereiten. Jeder konnte es hören, wie human der Direktor seinen Schutzbefohlenen, so nannte er ihn, behandelte. Es war bekannt, daß er wegen seiner Milde schon oft manche Schwierigkeiten mit seinen vorgesetzten Behörden zu bestehen hatte.

Er betonte, wie töricht des Entflohenen Handlung gerade im jetzigen Zeitpunkt sei, da doch seine Entlassung ohnehin nahe bevorstehe.

Aber der freiheitsdurstige Mensch dort oben im Baume

wollte nicht. Er antwortete mit keiner Silbe, sondern tat seine Meinung von der Welt durch einen unpassenden mimischen Hinweis kund, worauf Pastor Jüd das Wort ergriff. Auch seinen wohlmeinenden Worten gelang es nicht, den Vogel zu bekehren, dem nun doch schon alles gleich war.

Es war kaum Frühling, wie gesagt, und der Abend noch recht frisch. Unter den Gaffern wurde viel geschneuzt und gehustet.

Desungeachtet begann nun der schamlose Junge im Baum, sich vor aller Augen gemächlich zu entkleiden, um seine unbändige Wildheit durch diese symbolische Absage gegen Wohlgesittetheit und Biedersinn vollkommen zu machen, vielleicht sogar, um eine Krankheit herauszufordern oder sich gar den Tod zu holen.

Gefährlich umherturnend und nicht unfroh mancher weiblicher Schreckensrufe von unten, machte er sich daran, die Kleidungsstücke an den Ästen des gastlichen Baumes aufzuhängen, der nun fast ein wenig das Aussehen eines Hochgerichts bekam.

Unsere Kuni, die alles wußte, erzählte unterdessen, daß der Junge, braver Leute Kind und bisher unbescholten, eines recht üblen Schabernacks wegen in Zwangserziehung gegeben worden war. Als Gärtnerlehrling auf einem nahen Rittergute beschäftigt, hatte er die Aufgabe, die großen Rasenflächen vor dem Herrenhause instandzuhalten. Eines Tages im Sommer, als er, wie gewöhnlich, den Rasen sprengte, kam vom Schlosse nach aufgehobener Tafel eine festliche Gesellschaft gewandelt, den schönen Abend im Freien zu genießen. Es waren würdige Herren im Frack mit weingeröteten Gesichtern und schöne Frauen in prächtigen Toiletten. Während sie nun so gemächlich promenierten, dicke Zigarren rauchten, scherzten und lachten, bekam der brave Gärtnerjunge plötzlich unbändige Lust, den kalten Wasserstrahl auf die nichts ahnende Gruppe zu richten, und er tat es wirklich. Er mußte von allen Göttern verlassen gewesen sein, denn er stand seelenruhig, in Hemdsärmeln, in seiner kleidsamen grünen Schürze, einen großen Strohhut auf den blonden Locken, inmitten der Wiese, unschuldig lächelnd mit seinem Engelsgesicht, und spritzte den Herren der Reihe nach die Zylinder von den heißen Köpfen. Dies geschah so völlig gegen alle Spielregeln, daß die Gesellschaft kreischend die Flucht ergriff und unverzüglich ins Schloß zurückkehrte, während der kleine Spielverderber, als wäre nichts geschehen, gewissenhaft fortfuhr, den Rasen zu erquicken. –

Jetzt stellte sich der Sünder mit dem Engelsgesicht aufrecht ins Geäst. Zähnefletschend, mit flatternden Lokken und zornig die Zweige rüttelnd, begann er zu schelten, zu fluchen, zu drohen, mit einer weithin hörbaren, ungemein wohllautenden Stimme, die nicht nur mein Herz betörte, obwohl sie Krieg, Hunger und Pestilenz auf unsere Häupter herabbeschwor und immer wieder uns verhieß, daß wir alle ohne Ausnahme bald weinen, weinen, weinen würden, was denn auch wenig Jahre danach wirklich geschah.

Die Leute unter dem Baume unterhielten sich köstlich. Manche eiferten den adamitischen Propheten ironisch an, klatschten Beifall, riefen bravo und hört, hört.

Die Fenster des Pfotenhauerianums waren dicht besetzt, und der Vorschläge, wie dem Jungen im Baume beizukommen sei, gab es viele. Fräulein Grufft war für Absägen, Düttelius für die Feuerspritze.

Und wirklich, gegen zehn Uhr abends trat die Kaulaer Feuerwehr unter malerischer Beleuchtung in Tätigkeit. Sie fuhr auf wie Artillerie.

»Paul, sei vernünftig«, flehte der Direktor.

Paul mochte nicht.

»Ich bin beleidigt«, sagte er von oben herab. Also versuchte man es eben mit Wasser.

»Ach Gott«, rief die Bennecke von ihrem Fenster, »der Bengel wird sich noch erkälten!«

Der hübsche, widerspenstige Bursche oben im Baum

wurde patschnaß und mußte sich schon sehr festhalten, denn der weiße Strahl hatte einen gewaltigen Druck. Die jungen Blätter zerrissen, die Beete wurden zertrampelt. Es war eine häßliche Geschichte. Und so kam es denn, daß Paul endlich doch um Waffenstillstand bitten mußte und fröstelnd zur Mutter Erde zurückkehrte.

Er sah erbarmungswürdig aus. Sein nackter weißer Leib war naß, schmutzig und unansehnlich. Blätter klebten daran, er blutete.

Es fällt mir nicht leicht zu schildern, was nun geschah, weil man mich (wie so oft) am Ende mißverstehen könnte. Ich will nichts beschönigen, und es ist ja schließlich auch lange genug her. Man sagt, daß ein Mensch im Laufe seines Lebens sich mehrmals von Grund neu aufbaut und am Ende längst nicht mehr aus den Teilen besteht, die er im Anfang hatte. Ich bin es also gar nicht mehr, der damals ohne Besinnen in den Hausflur rannte, auf gut Glück einen Mantel vom Kleiderrechen nahm, irgendeinen, und ihn dem schier ohnmächtigen Übeltäter um die Schultern tat.

Es war des Herrn Düttelius Wintermantel.

Der nasse Junge sah mich böse an.

»Du Narr«, knurrte er. Dann ließ er sich ohne weiteren Widerstand samt dem Mantel abführen.

Meine unbesonnene Handlungsweise erregte, schon ehe bekannt wurde, auf Kosten welchen Mantels ich so barmherzig gewesen, bei den Alten Verwunderung und Mißfallen. Sie faßten sich an den Kopf.

»Was ist nur in das Bübchen gefahren«, hieß es, »von uns hat er das doch nicht.«

»Er hatte immer einen Hang zum Gewöhnlichen«, erklärte Agathe Grufft.

Nur Frau Bennecke, die Gute, durch das nächtliche Schauspiel sichtlich neu belebt, zog mich mit umfassender Gebärde an sich, strich mir liebevoll übers Haar, lobte mich und sagte feierlich:

»Du hast mit deiner braven Tat nur einer Regung meines übervollen Herzens Ausdruck verliehen. Es war Christenpflicht, mögen auch gewisse Leute, die man beständig wie ein rohes Ei behandeln muß, anderer Ansicht sein.«

Das ging auf Düttelius.

Düttelius aber tobte.

»Schweren Herzens, doch unwiderruflich«, schrieb er noch in selbiger Nacht in einem rekommandierten rotgesiegelten Brief an Onkel Wilhelm, mit dem er doch Zimmer an Zimmer wohnte, »schweren Herzens teile Ihnen mit als dem verantwortlichen Hausvater und zugleich Vormund des Clemens, daß ich mich leider genötigt sehe, meinen Platz in diesem ungastlichen Hause, das ich trotz mancher Anfeindungen liebgewonnen, zur Verfügung zu stellen und es auf immer zu verlassen.«

Auf Onkels inständiges Bitten ließ sich Düttelius noch einmal breitschlagen (so sagte er) und blieb.

Eine Folge des Vorfalles war, daß ich kurz darauf ins städtische Gymnasium kam.

»Ich atme auf«, sagte Düttelius.

Wissen ist Macht

Zu meiner eigenen Überraschung wurde ich in die fünfte Klasse des Kaulaer humanistischen Schiller-Gymnasiums aufgenommen, weniger auf Grund der vom alten Weinlein hinterlassenen, ganz hervorragenden Zeugnisse als auf Fürsprache meines hochangesehenen Onkels und nur zur Probe.

Über dem Eingang des Gymnasiums stand in goldenen Lettern: Non scholae, sed vitae discimus. Denn jener Baumeister Fritze hatte die Gewohnheit, an seinen Bauten überall belehrende Sentenzen anzubringen, die er einem beliebten Zitatenschatze entnahm. Auch auf den Wänden der Korridore und in den Klassenzimmern konnte man auf lateinisch lesen, daß niemand vor seinem Tode glücklich zu preisen sei, daß es süß und ehrenvoll sei, fürs Vaterland zu sterben, und daß die Frösche, auch wenn sie unter dem Wasser sind, noch zu schimpfen versuchen.

Als ich zum ersten Male das Gymnasium betrat, war mir recht kläglich zumute ob der vielen Menschen, die ich nun wieder dazuzulernen hatte. Denn es schien mir, als kennte ich davon bereits genug.

Es war aber ein schmerzlicher, für einen Jungen meines Alters befremdlicher Umstand, daß ich, ungeachtet meiner leidenschaftlichen Bereitschaft dazu, noch immer keinen Freund besaß. Nun schien sich endlich eine große Auswahl gleichaltriger Kameraden zu bieten, so daß ich hoffen durfte, einer unter ihnen werde mir gut sein. Ich glaubte zu wissen, wie er aussehen müsse. Ich würde ihn im ersten Augenblick erkennen, meinte ich. Aber als ich meinen achtundzwanzig neuen Mitschülern zum ersten Male gegenüberstand, während der höfliche Professor Rettig mich der Klasse in aller Form vorstellte, als ich Gesicht um Gesicht daraufhin ansah und die Namen dazu hörte, schlug mein Herz bei keinem an.

Manche von ihnen waren bereits ein wenig schadhaft, nicht mehr ganz unversehrt und frisch. So jung sie waren, sie zeigten schon Spuren des Alterns. Am Ende hatte die Bennecke doch recht mit ihrer Behauptung, es gebe heutzutage keine schönen Menschen mehr.

Ich besitze aus jener Zeit ein dünnes, unscheinbares Heft mit schmalem Rücken aus himmelblauem, etwas brüchigem Glanzpapier, einen Jahresbericht des Kaulaer Schiller-Gymnasiums. Ich blättere zuweilen darin und erinnere mich.

Ich lese: Wimmer, Dr. Gottlieb, kgl. Rektor und Professor der lateinischen und griechischen Sprache, zugleich Ordinarius der neunten Klasse, Inhaber des Verdienstordens vom heiligen Michael dritter Klasse (man sagte scherzhaft dritter Güte). Ich lese es in einer etwas dürftigen lieblosen Akzidenzschrift und bin gerührt, bin entrückt. Denn da ist jedes Wort ein Gedicht, es ist für mich reinste Poesie. Ich kenne kein Buch, das den Zauber des gedruckten Wortes so sichtbar macht wie dieses. Ich sehe den Wimmer leibhaftig vor mir, etwa bei dem rituellen Schlußfest in der Aula, die mit den Gipsbüsten Homers, Goethes und des Landesherrn geschmückt ist, sehe ihn, in seiner blauen Beamtenuniform, darin er einem Napoleonischen General gleicht, wie er den Schiffshut auf den schwarzen Flügel legt, einen Schluck Wasser trinkt, und höre ihn, wie alljährlich, seine Rede an die Abiturienten mit den Worten beginnen: »Wäder äst ein Scholjahr zor Neige gegangen, ond Sä stehen non hier, um aus meiner Hand die Reifezeugnisse zu erhalten.« Seine weißbehandschuhte Hand spielt mit dem goldenen Griff seines Degens, eines friedlichen Degens, mit dem er niemand töten wird. Seine kreideweißen Hosen mit der goldenen Borte, Ziehharmonikahosen (nur um das Bäuchlein ein wenig knapp), und der blaue Frack haben das ganze Jahr über im Schranke gehangen. Die Luft der Aula, von atmenden Menschen bewegt, glitzert von kleinen Kampferstäubchen, als schneie es. Auch der Schiffshut wird nach der Feier wieder eingesargt werden in die mit schwarzem Atlaspapier überzogene nierenförmige Pappschachtel.

Ich suche meinen Namen und lese ihn gerührt. Denn es ist der Name eines Knaben, der einst ich war, das Epitaph meiner Kindheit. In der Spalte ›Stand und Wohnort des Vaters‹ aber steht: Privatgelehrter †. Dieses kleine Kreuz, mehr einem Pluszeichen ähnlich, verschaffte mir in der Klasse ein gewisses Ansehen durch die besonderen Umstände beim Tode meiner Eltern, die ich oft und ausführlich schildern mußte. Ich lese weiter, und jeder Name lebt.

Ein geborener Pechvogel war der ungeschlachte Dominik Freese. Er stand in dem Rufe, alles kaputtzumachen. Wirklich hatte er die unselige Gabe, daß alles, was er in seine großen Hände nahm, namentlich wenn es ihm nicht gehörte, ein Fahrrad, ein Luftdruckgewehr oder eine Lokomotive, binnen kurzem entzweiging. Zwar versprach er feurig, den Schaden schnellstens wieder reparieren zu wollen, doch wenn er es erst einmal auseinandergenommen hatte, so konnte er es gar nicht mehr zusammenkriegen und brachte schließlich ganz geknickt ein völlig vermurkstes Gebilde daher, eine Art Höllenmaschine, konnte man denken, darin man nur schwer die ursprüngliche Lokomotive erkennen konnte. Er errötete stets für andere und wurde, als er das erste und einzige Mal abzuschreiben versuchte, sogleich ertappt und wegen groben Unterschleifs exemplarisch bestraft. Er war ungeachtet seiner Stärke, deren er sich zu schämen schien, eine träumerische Natur und so zart besaitet, daß man sich ihn beim besten Willen nicht als Soldat vorstellen konnte. Dennoch ist er im Weltkrieg hervorragend schneidig gewesen; er fiel einen Tag vor Waffenstillstand in Flandern.

Der weitaus Beliebteste und Liebenswürdigste in der Klasse hieß Felix Faschingbauer, ein eminent musikalischer Mensch und ein vortrefflicher Turner. Er hatte die glückliche Gabe, ganz allein ein abendfüllendes Varietéprogramm zu bestreiten, wozu er die frechen Lieder, die er bezaubernd sang, selber dichtete und komponierte. Er brillierte ebenso als Zauberer, Parterreakrobat wie als melancholisch-musikalischer Clown und als Damenimitator. Er ließ sich kurz vor dem Abitur, das er sicher spielend bestanden hätte, aus unbekannten Gründen unweit Kaulas vom Berliner Schnellzug überfahren, zusammen mit einem Fünftklässer, ohne einen Abschiedsbrief zu hinterlassen.

Bei einem Namen mußte ich immer lächeln, sooft ich ihn lese. Er ist heute in aller Mund. Aber damals hielt kein Mensch etwas von dem unscheinbaren Prügelknaben Kurt, der trotz urdeutscher Abstammung wie ein kleiner Chinese aussah, weder wir, noch die Lehrer, noch seine Angehörigen. Er fiel eigentlich nur ein einziges Mal unangenehm auf, als er nämlich einen deutschen

Aufsatz abgeliefert hatte, der nur aus drei Sätzen bestand. Das Thema lautete: Der Widerstreit sittlicher Verpflichtung in Uhlands ›Herzog Ernst von Schwaben‹. Dem ersten Satz als Einleitung folgte eine kunstvoll gebaute, drei Zeilen lange Periode (Hauptteil) und darauf ein aphoristischer Schluß. Aber sogar Herr Rettig, damals ein junger Pädagoge, der Kurtchen für sein Elaborat eine tüchtige Backpfeife verabfolgt hatte, spricht heute mit ehrlicher Bewunderung von seines lieben ehemaligen Schülers eindrucksvollen Dichtungen.

Einer meiner Mitschüler aber gewann eine unheimliche Macht über mich, Viktor Gelbes, meiner Amme Sohn, mein Milchbruder also. Ich hatte das Gefühl, er sei mir nachgereist, um mich daran zu erinnern. Es verband mich freilich nichts mit ihm, als daß ich an seiner Mutter Brust gelegen.

Gelbes

Viktor Gelbes gesellte sich gleich am ersten Tage nach der Schule zu mir, obgleich er einen ganz andern Weg hatte. Er faßte mich freundschaftlich unter und begleitete mich nach Hause, als müßte es so sein. Ich wurde ihn zeitlebens nicht mehr los.

»Da bin ich«, waren seine ersten Worte, »und nun laß dich einmal gründlich beaugapfeln, Bübchen, du bist ziemlich häßlich, falls du es noch nicht wissen solltest. Du hast ja Sommersprossen auf der Nase. Überdies scheinst du zu dem Typ der versteckten Rothaarigen zu gehören, denn deine Haut ist weiß, und dein Haar, wiewohl es dunkel scheint, hat einen verdächtigen roten Schimmer.« Dabei lüftete er meine Mütze und setzte sie mir wieder auf. Er sah, während er dies tat, auf eine abscheuliche Art dem alten Düttelius ähnlich.

»Du trägst Flanelleibchen, gestehe es nur gleich ein.«

Ich wußte damals noch nicht, daß es für einen Schüler eine Schande sei, Leibchen zu tragen, aber ich errötete. Gelbes Mutter ging auf die Stör bei den Eltern seiner Kameraden und kam auch ins Altersheim, Leibwäsche auszubessern. Daher mochte Viktor wissen, was ich unsichtbar unter dem Anzug trug.

»Du wirst Bübchen genannt, wenn mir recht ist«, fügte er hinzu. Damit zog er aus der Brusttasche ein in schwarzes Wachsleinen gebundenes Notizbuch mit rotem Schnitt und blätterte voll amtlicher Geschäftigkeit darin, wobei er den Finger anleckte. Auch den Bleistift feuchtete er mit den Lippen an, ehe er schrieb.

»Es ist dir vielleicht nicht unwillkommen zu hören«, fuhr er mit trauriger Stimme fort, »was alles ich über dich und deine Lieben so nebenbei in Erfahrung bringen konnte.«

Und nun begann er in kurzen Zügen, aber wahrheitsgetreu, mein bisheriges Leben zu schildern, hob die Betagtheit meiner Eltern bei meiner Geburt ausdrücklich hervor, erwähnte auch die Sache mit dem Mantel, um endlich unverblümt jene eingangs erwähnte Forderung auf Schadenersatz wegen unrechtmäßigen Milchentzugs anzumelden.

Ich erschrak nicht wenig und beeilte mich zu erwidern, daß mein Onkel sicher für die Schuld aufkommen werde.

»Ich habe mit deinem Herrn Onkel nichts zu schaffen«, erklärte Gelbes, der sich gerne biblischer Wendungen bediente. »Gibt es etwas Verächtlicheres unter uns Kameraden als die Anrufung des Beistandes Erwachsener? Pfui doch, Bübchen, das hätte ich nicht von dir gedacht.«

Geldes Entrüstung beschämte mich.

»Es handelt sich doch nur um eine Wiedergutmachung, die unter Milchbrüdern, so an der gleichen Brust gelegen, eine Selbstverständlichkeit sein sollte. Ich würde im umgekehrten Falle nicht anders denken, aber es war immerhin *meine* Mutter. Das mußt du doch einsehen. Lassen wir zunächst das Thema fallen. Ich komme später darauf zurück. Ich vergesse es nicht. Da kannst du Gift drauf nehmen.«

Man mag über Gelbes denken, wie man will, aber wenn

er in seiner kühlen, leidenschaftslosen Art einem Widersacher versprach, daß er es ihm später noch einmal eintränken werde, dann konnte man sich felsenfest darauf verlassen, daß er zu seinem Worte stand, und sollte es viele Jahre dauern. Er besaß, im Gegensatz zu mir, ein geradezu unheimliches Gedächtnis. Er war imstande, sein Leben vom dritten Jahre an lückenlos nachzuerzählen, selbst mit den belanglosesten Gesprächen, sogar im Wortlaut, etwa: »Hierauf sagte ich zu meiner Mama: ›Gut, mach es man so‹, worauf Mama erwiderte: ›Ja, Viktorchen, so wird es am besten sein.‹«

Dabei wußte er zuverlässig, ob die Unterhaltung beim Abendbrot oder Morgenkaffee stattfand, was damals das Pfund Butter kostete, wieviel Stück Zucker Tante Karoline nahm, die gerade zu Besuch war, und was an jenem Tage in der Zeitung stand. Er las gleichsam wörtlich daraus vor, als hielte er sie noch in der Hand, wie lange es auch schon her war. Er konnte, das war sein Steckenpferd, das Kursbuch fast auswendig von damals, später und heute, so daß er aus dem Kopfe mühelos einen historischen Überblick etwa über den Wandel der Abfahrtszeiten des Berliner Mittagsschnellzuges zu geben imstande war.

Gelbes galt als bedürftig. Dennoch hatte seine Kleidung und sein Gehaben etwas Geckenhaftes, ja Aufgedonnertes, vielleicht weil er so ungewöhnlich hohe Kragen trug. Sein schäbiges Haar trug er aufs künstlichste geschniegelt. Es war mittels einer süßlich duftenden Brillantine auf jenen Hochglanz gebracht, davon das Hutleder gemeinhin speckig und unansehnlich zu werden pflegt. Gern und oft bediente er sich eines Taschenspiegels, den er erst am Ärmel blank rieb, und eines gelben durchsichtigen, lückenhaften Kammes, um sich zu strählen. Er gehörte zu den Menschen, deren Reinlichkeitsbedürfnis sich in einer gewissen Wohlfrisiertheit erschöpft, ohne daß sie die bläuliche Schwärze ihrer Fingernägel im mindesten störte.

Niemand konnte Gelbes leiden. Ja, er schien es förmlich darauf anzulegen, seinen Mitschülern eklig zu sein. »Sympathie schwächt den Charakter«, war sein Wahlspruch.

»Ich denke, wir werden gute Freunde werden«, sagte Gelbes und grinste. Er legte seine Hand in die meine wie einen toten Fisch und verließ mich, im Gehen eifrig in sein Notizbuch kritzelnd. Er stenographierte. Dieser Umstand mag schuld sein, daß der Anblick der Kurzschrift in mir noch heute eine widerwärtig kribblige Empfindung auslöst und mich immer an das Gewimmel winziger Bakterien und Spirillen unter dem Mikroskop erinnert.

Noch einer andern Leidenschaft frönte Gelbes, nämlich der Amateurphotographie. Er bediente sich dazu eines jener heimtückischen, wärmflaschenähnlichen Apparate, die man unsichtbar unter der Weste trägt. Das Objektiv ist unauffällig als Westenknopf ausgebildet, und der Patentverschluß kann vermittels eines Gummiballes von der Hosentasche her ausgelöst werden.

Ich hatte aber von jeher eine fast feindselige Abneigung gegen das Photographieren überhaupt, und besonders, wenn es mich selbst betraf. Es gibt ein Bildchen von mir, darauf ich als Baby vor einer ländlichen Gegend neben einem ausgestopften Storche sitze, der gleichsam im Begriffe ist, mich zu bringen. Ich mache aber darauf ein so entsetztes Gesicht, als hielt ich das Objektiv der Kamera für die Mündung einer Kanone. Noch heute ist es mir unheimlich, wenn mich das starre Glasauge anblickt und wenn es dann plötzlich schnappt. Ich bin immer froh, wenn es glücklich vorbei ist, und vermeide es lieber, wenn ich kann. Es ist, als ob von einem dabei jedesmal ein, wenn auch hauchzartes Etwas unwiederbringlich weggenommen und auf die Platte gezaubert werde. Es schien mir durchaus denkbar, daß allzu oft photographierte Menschen am Ende kein Gesicht mehr haben würden.

Ich weiß nicht, was Gelbes an mir hatte. Vielleicht sah er in mir ein Versuchskaninchen zur Erforschung menschlicher Leichtgläubigkeit oder einen willigen Adepten seines lichtscheuen Gewerbes. Vielleicht gewann er mich auf seine Weise lieb, bei Gelbes kein erfreulicher Gedanke.

Jedenfalls folgte er mir von nun an auf Schritt und Tritt. Er mochte es gar nicht gern, wenn ich mich mit einem unserer Mitschüler anfreundete.

»Du hast allen Grund, mir dankbar zu sein«, pflegte er oft zu sagen, obwohl ich wirklich nicht wußte wofür. Denn er war es doch vor allem, der mein letztes Vertrauen in das Gute im Menschen zu erschüttern und mich vollends unlustig zur Welt zu machen wußte. Er verstand es prächtig, jedem jede Freude zu verderben.

»Es scheint dir leider bisher entgangen zu sein, daß der Mensch eine Bestie ist«, sagte er eines Tages, lässig mit einer Lupe spielend, die zu seiner ständigen Ausrüstung gehörte. Denn er liebte es, wo er ging und stand, hier eine Ameise, dort eine Spinne, die gerade eine Fliege einwikkelte und in aller Ruhe aussog, unter die Lupe zu nehmen.

»Du solltest dich wie ich«, dozierte Gelbes, sich an meiner Wirrnis weidend, »endlich von einer leider vielfach verbreiteten Voreingenommenheit befreien, was die Species homo sapiens betrifft. Vergiß nie, daß du nur ein Tier bist unter Tieren, Bübchen.«

»Ich wußte es nicht«, sagte ich brav. Von Stund an aber kam ich nicht mehr davon los, alle Menschen, meine Klassenkameraden, die Alten und mich selbst, mit Gelbes Augen, also rein zoologisch zu sehen.

Mußte ich nicht naheliegende Vergleiche ziehen, wenn etwa der tückische Düttelius bei Tische knurrend Nüsse knackte oder Fräulein Grufft gähnte oder sich auf dem Kopfe kratzte? Hatte ich nicht allen Grund, mich vor unserm Geschichtsprofessor Hunkepus in acht zu nehmen?

Hunkepus nannten wir ihn, weil er etwas knappte. Er war ein zottiger, bäuchiger Riese mit einem großen weißen Gesicht zwischen rotem Haar und Bart, dem Gesicht eines Wüterichs. Er brüllte gern. Kein Wunder, wenn ich vor diesem wilden Manne anfangs schreckliche Angst hatte.

Sein erstes Auftreten bleibt mir unvergeßlich. Lange schon hörte man seinen schweren Humpelschritt durch die Korridore dröhnen, ehe er ins Klassenzimmer stürmte. Ich schrak zusammen, als er die Hefte aufs Katheder feuerte, daß es nur so knallte und die Löschblätter herausstoben, ihn umgaukelnd gleich blassen Schmetterlingen.

»Setzen!« schrie er mich an, und ich tat es gehorsam. Jetzt erst merkte ich, daß ich als einziger aufgestanden war. Denn außer mir scherte sich keiner um den zornigen alten Herrn, ja, es kam mir bald so vor, als ob Hunkepus trotz des vollen Einsatzes seiner gewaltigen Persönlichkeit nicht die geringste Zucht zu halten verstand.

»Ich bin streng, aber gerecht«, brüllte er schrecklich und ließ mich an seiner Faust riechen. »Ich lasse mich nicht unterbuttern, merk dir das ein für allemal. Ich bin in Ehren grau geworden. Ich werde euch die Flötentöne schon beibringen, ihr Früchtchen.«

Ohne die völlige Wirkungslosigkeit seiner grimmen Rede zu beachten, ja dankbar, den Krawall überschreien zu können, stieß er noch die fürchterliche Drohung aus, daß er, wenn es mit uns nicht bald anders würde, unerbittlich in Pangsion gehen werde, worauf wir das Nachsehen hätten. Dann erst begann er grollend den Unterricht.

Eines Tages aber hatte Faschingbauer die Parole ausgegeben, wir wollten beim Hunkepus ausnahmsweise einmal eine Stunde lang musterhaft brav und sittsam sein. Richtig, als er wieder mit gewohnter Wucht in die Klasse donnerte, stand die Klasse auf wie ein Mann, stramm, fast militärisch, und setzte sich artig, als er noch völlig ahnungslos sein »Setzen!« schrie. Heroisch hielten die Gesichter dem Sprühregen seines Mundes stand, ohne auszuweichen. Aber nun stutzte er doch.

»Ruhe!« brüllte er in die ungewohnte Stille und sah uns herausfordernd an. Aber niemand schwätzte, niemand lachte, niemand sang, niemand schneuzte sich.

Hunkepus schaute. Er trat unruhig von einem Fuß auf den andern und wurde zusehends unsicher.

»Ja, was ist denn heut? Ich weiß gar nicht, was ihr habt«, brachte er endlich mühsam hervor. Seine Stimme bekam einen weinerlichen Klang, er hüstelte und sah auf einmal alt, grau und kränklich aus. Er konnte einem wirklich leid tun.

»Wir haben Unterricht jetzt«, versuchte er es wieder, »gar kein bißchen Leben ist in der Klasse. Ihr habt doch sonst immer recht wacker mitgetan. Holla! Schluß jetzt mit dem Unfug! Oder ich bin's imstand und hole den Herrn Rektor persönlich.«

Das war zuviel. Faschingbauer platzte heraus, wir andern stimmten herzlich ein, der künstlichen Bravheit längst schon müde. Der Tumult wuchs, man schwätzte wieder, brummte, man sang wie ehedem.

»Na also«, sagte Hunkepus und lächelte versöhnt.

Ich mußte nun Gelbes stets auf seinen Forschungsreisen durch Kaula begleiten, denn er sammelte Menschen, wie andere Leute Käfer, Schmetterlinge oder Briefmarken sammeln, und bestimmte sie genau nach Gangart, Ernährungsweise und Lebenswandel. Er kannte kein größeres Vergnügen als in den Seelen seiner Mitmenschen herumzuschnüffeln, ihre Fehler auszukundschaften und seinem Menschenbaedeker einzuverleiben. Er freute sich kindlich, wenn er ein besonders kurioses Exemplar durch einen glücklichen Schnappschuß seiner Kamera für seine Sammlung retten konnte.

Wenn ich mit Gelbes in der Dunkelkammer saß, dann sah ich nur sein Gesicht und seine Hände gespenstisch in der roten Finsternis sich regen. Er hielt die gläserne

Schale, darin die winzigen Bilder lagen, und bewegte sie so nahe an seiner Nase hin und her, als röche er daran. Über uns an einer Leine hingen die Kopien zum Trocknen, die er dann sorgfältig in sein Album klebte und mit der entsprechenden Legende versah: Aufnahmen von Lehrern, im Zustand zorniger Erregung oder verbindlich vor dem Herrn Rektor sich verneigend, ahnungslose Liebespärchen, die er beschlich, oder Ehepaare, die sich in den Haaren lagen. Denn Gelbes war in seiner Art das schlechte Gewissen von Kaula.

Viel Spaß machte es Gelbes, besonders für unsere Kameraden passende Zukünfte zu ersinnen nach Beruf, mutmaßlicher Ehegattin, Lebensdauer und Todesart. Es war für ihn ausgemacht, daß der Schüler Abauer, vor die Wahl gestellt, immer eine sichere Pension der Unsterblichkeit vorziehen werde, wie es ja auch später eintraf. An Zauberei grenzte es, wenn er die künftigen Gattinnen voraussagte, etwa die unseres Frömmlein, der er eine Brille gab, vorstehende Zähne, Schneckenfrisur und schlichte Wanderkleidung, vermutlich aus Loden, dazu eine Gitarre mit bunten Bändern und Männerschritt. Ich mußte mich sehr zusammennehmen, um nicht zu lachen, als mir Frömmlein kurz nach seiner Verheiratung seine glückstrahlende junge Frau vorstellte. Sie sah genauso aus, wie Gelbes sie damals für ihn geplant hatte.

Auch in der Zuteilung der Todesarten war Gelbes unübertrefflich. Ich mußte oft daran denken, mit welch unheimlicher Sicherheit er lange vorher Faschingbauers Selbstmord vorausgesehen hatte.

»Das sieht doch jedes Kind«, meinte er leichthin, als ich ihn ganz bestürzt fragte, wie er nur darauf käme. Denn Faschingbauer stand nicht weit von uns und sah aus wie's blühende Leben.

»Guck ihn dir bloß einmal genau an«, sagte Gelbes achselzuckend, »und du wirst zugeben, daß ich recht habe.« Und nun fand ich selber, daß es gut zu ihm paßte, obwohl es mir durchaus nicht angenehm war, solches zu wissen. Mir selbst verhieß Gelbes ein langes Leben, aber sonst wußte er nichts über meine Zukunft auszusagen.

»Du mußt noch viel lernen, Bübchen«, pflegte er zu sagen, wenn ich einmal zu zweifeln mir erlaubte. »Wissen ist Macht.« Und es war erstaunlich, was Gelbes alles wußte.

Ich hätte geschworen, Professor Rettig, dieser höfliche Lehrer, der uns schon in der fünften Klasse mit Sie und »Meine Herren« anredete, der zu allem »Bitte« und »Danke« sagte, ja sein Bedauern ausdrückte, wenn er einem eine schlechte Note zu geben sich gezwungen sah, sei der Inbegriff des feinen Kerls. Auch gefiel er mir, weil er immer so adrett aussah und so gut roch.

Gelbes lächelte nachsichtig. »Nimm dich in acht vor ihm, er hat einen Stern bei mir.« Das bedeutete nichts Gutes.

»Diesmal irrt Viktor«, dachte ich insgeheim, denn es verdroß mich, Professor Rettig unschuldig verdächtigt zu sehen.

»Es zwingt dich niemand, zu denken wie ich«, verwahrte sich Gelbes mit Würde. Er log nie mit Absicht.

Wie aber erging es mir mit Professor Rettig?

»Herr Bosquillon, bitte, Sie lesen ja so hübsch«, sagte er eines Tages und reichte mir Schillers Gedichte. Ich galt schon bei den Alten als tüchtiger Vorleser und tat es eigentlich nicht ungern. Also las ich denn auf gut Schuster-Tscherkassowisch mit viel Ausdruck ›Die Bürgschaft‹ von Schiller, las sie zum ersten Male und bewegten Herzens.

Ich begann frisch und munter, ließ den König mit arger List lächeln, Möros der Schwester den Gatten frein, den Räuber erlegen, den Fluß durchschwimmen und halb verschmachten.

Da schon mußte ich mich sehr zusammennehmen. Ich las mit künstlicher Festigkeit, denn von der Stimme kam mir die Gefahr. Sie hockte mir schon in der Kehle. Noch wehrte ich mich tapfer, und wenn ich das Gedicht leise für mich gelesen hätte, so wäre ich vielleicht mit einem feuchten Brennen der Augen und einem Seufzer davongekommen. Jetzt aber deklamierte ich lauter und immer schneller:

»Des rühme der blut'ge Tyrann sich nicht,
Daß der Freund dem Freunde gebrochen die Pflicht,
Er schlachte der Opfer zweie
Und glaube an Liebe und Treue.«

Professor Rettig, das bestätigte mir Gelbes hernach schadenfroh, hatte natürlich längst gemerkt, in welcher Gefahr ich war, aber er tat nichts zu meiner Rettung. Mit verschränkten Armen, neugierig, sah er mir zu.

Und dann kam das gefürchtete Wort, das mir den Rest gab:

»In den Armen liegen sich beide
Und weinen...«

Weiter kam ich nicht. Ich schluchzte laut auf. Tränen sprangen mir aus den Augen mitten in das Gedicht. Ich weinte bitterlich.

»Edelmut«, ließ sich nun Professor Rettig vernehmen, »Edelmut, meine Herren, erzeugt zuweilen Rührung bei kindlichen Gemütern. Gerade auch unser Schiller verwendet dieses Mittel mit besonderer Kunst und, wie man sieht, mit unfehlbarer Wirkung. Bitte setzen, Herr Bosquillon!«

Allein nun sah ich die Klasse durch die Brille der Tränen verschwimmen, manche Gesichter bizarr in die Länge sich ziehen, andre breit zerfließen gleich hinschmelzenden Zinnsoldaten, und mitten darin vervielfacht das grinsende Antlitz Freund Gelbes'.

Ich stürzte hinaus, den kühlen Korridor entlang und verbarg mich dort, wo schon so viele Menschen sich heimlich ausgeweint und ihre Fassung wiedergefunden haben.

Noch nach Jahren erzählte man sich in Kaulaer Schülerkreisen, daß ich bei Gedichten von Schiller immer geweint hätte. ›Die Bürgschaft‹ ist mir noch heute gefährlich.

Cornelia

In jener Zeit dachte ich für meine Person noch nicht an Mädchen, und von selbst wäre ich vielleicht auch lange nicht auf den Einfall gekommen, daß es ein artiges Vergnügen sei, sich darein zu verlieben und Gedichte auf sie zu machen. Denn dies, glaubte ich, sei die rechte Sprache zwischen Liebenden. Auch hatte ich sagen hören, daß Verliebtheit zuweilen mit heftigen Schmerzen verbunden sei, ja manchmal zum Tode führe, daß Eisenbahnfahren ihr günstig sei und dergleichen mehr.

Die jungen Mädchen unserer Stadt standen von je in dem Rufe, besonders hübsch und liebeslustig zu sein. Allein wenn ich bloß an die fünf mageren Nichten Fräulein Gruffts dachte, die hin und wieder ihre gestrenge Frau Tante zu besuchen kamen, dann vermochte ich mit bestem Willen in ihnen nichts anderes zu erkennen als jüngere Exemplare der gleichen Gattung, daraus über kurz oder lang mit schrecklicher Gewißheit doch wieder lauter alte Fräulein Gruffts werden würden.

Wir Gymnasiasten sprachen natürlich oft über ›die Weiber‹, während wir an unsere Fahrräder gelümmelt stundenlang vor dem Pennal in der Sonne standen. Es geschah aber durchaus unlyrisch, vielmehr auf eine ganz ausgekochte Manier, wobei sich durchaus honette Töchter aus gutem Hause die nichtswürdigsten Dinge nachsagen lassen mußten, nur damit unsereiner zu dem Ruhme kam, in Sachen der Liebe ein verteufelter Bursche zu sein.

So wurde kecklich behauptet, das dicke Lenchen Moll, eine Enkelin unseres Anstaltsarztes, sei ohne weiteres für jedermann zu haben, weshalb sie aber in unsern Augen keineswegs der Verachtung anheimfiel.

Das unschuldige Lenchen! Kaum dürfte jemals ein

Mädchen mit weniger Grund in so schlimmen Ruf geraten sein.

Zu meiner Verwunderung schienen jedoch die Gründe, warum ein Mädchen für schön zu halten, warum es zu lieben sei, sehr verschieden voneinander zu sein.

»Die Kuglers Anna hat einen fabelhaften Busen«, stellte der freche Gamander ohne Erröten fest und ließ mit der Fußspitze sein Pedal schnurren.

»Wie gemeißelt«, urteilte Gelbes.

»Sie ist eine Juno«, wagte Freese schüchtern zu behaupten, und Biederlein nickte wohlgefällig dazu. Denn in Kaulaer Gymnasiastenkreisen, das merkte ich bald, war von allen weiblichen Reizen dieser bei weitem der geschätzteste. Nicht also das Gesicht, wie ich bisher vermuten zu müssen glaubte, nicht die Anmut, nicht der Mund und die Augen entschieden demnach für verliebte Knaben vom Schlage Gamanders und Biederleins.

»Was ihr nur an den Mädchen habt, ich kann sie so schön nicht finden«, widersprach Faschingbauer und machte den Watschelgang und das Getue der Kuglers Anna nach, und auch das arme Lenchen wußte er täuschend vorzustellen, nicht eben zu deren Vorteil.

Ich mußte herzlich darüber lachen, und sooft ich nun die guten Mädchen sah, fiel mir Faschingbauers Theater ein. Abscheuliches wußte Abauer der beliebten Anna nachzusagen, indem er überall herumerzählte, sie trage einen Gummibusen, und auch ihre Zähne seien falsch. Solches sagte er aber nur, um die zahlreichen Nebenbuhler abzuschrecken, denn Gelbes, der nie log, hatte es mit eigenen Augen gesehen, wie Abauer mit dem von ihm verlästerten Mädchen sehr vertraulich tat.

Bei solchen Gesprächen bemühte ich mich redlich, wohl auch ein wenig verrucht zu scheinen, wenn es mir auch anfangs die größten Schwierigkeiten bereitete, nur die gängigsten Fachausdrücke, meist Synonyma scheinbar unverfänglicher Begriffe, in ihrer wahren Bedeutung zu erfassen.

Wenn ich mich aber eines gewissen Verdienstes rühmen durfte, dann war es dies: Cornelia entdeckt zu haben. Ich war es, der ihre Schönheit zum ersten Male sah, fast hätte ich gesagt, der sie erfand. Denn vor mir schien sie tatsächlich noch niemand in der Klasse wahrgenommen zu haben. Cornelia war unsere Klassenkameradin, die einzige übrigens, und ich hatte sie verzeihlicherweise beim ersten Anblick der vielen neuen Gesichter gar nicht als eine ›Sie‹ erkannt, sondern ebenfalls für einen Jungen, allerdings von befremdlicher Anmut, gehalten. Ich bekam, als ich den Irrtum merkte, einen richtigen kleinen Schreck.

Es gab kein klassisches Vorbild für Cornelia. Sie war eine Neuschöpfung. Nur darum mochte sie so lange unsichtbar geblieben sein. Die Augen mußten sich eben erst daran gewöhnen; denn nachdem ich Gelbes gegenüber mit feurigen Worten Cornelias Schönheit beschworen und er sie grinsend gutgeheißen hatte, sahen sie auf einmal alle.

Der Zufall wollte es, daß Cornelia, das erste Weib, in das ich mich verliebte, niemand anders war als die einzige Tochter unseres Mathematikprofessors, eines stämmigen, gnomenhaften, grundhäßlichen, aber blitzgescheiten Mannes mit rührenden Kinderhändchen, den aber niemals einer von uns zu ärgern sich unterstand, obwohl er kleiner war als wir alle, Knabenstiefel trug und seine leidlich hübsche, aber dumme Frau durch eine Zeitungsannonce kennengelernt hatte, wie Gelbes einwandfrei nachwies.

Während des Unterrichts konnte ich Cornelia leider nicht sehen, da sie zwei Reihen hinter mir hinter Freeses breitem Buckel saß. Aber ich hörte ihre Stimme, wenn sie aufgerufen wurde oder jemandem einsagte, und dann schaute ich sie gleichsam mit inneren Augen, also nicht photographisch einseitig von einem zufälligen Blickpunkt aus, sondern völlig und allseitig, wie man sonst eigentlich nur seiner selbst inne wird.

Cornelia Griechisch reden zu hören, war schlechthin bezaubernd, und selbst die trockenste mathematische Formel ward reiner Wohllaut in ihrem Munde, wenigstens für mich. Übrigens sah die angebetete Cornelia ihrem Herrn Papa bei all seiner Häßlichkeit geradezu lächerlich ähnlich. Auch störte es mich nicht im geringsten, daß sie eine goldene Maschine tragen mußte zur Richtigstellung ihrer Zähne, die nicht ganz in Reih und Glied standen.

Was ich damals von der Liebe wußte, war im wesentlichen klassischer Natur, rein dichterisch mit einem Wort. Es erwies sich als gänzlich unzureichend, besonders in meinem Falle, wo es sich um eine tiefe Neigung eines schwachen Schülers zu einer Prima handelte.

Wen aber konnte ich darüber befragen, wie ich mich zu verhalten hatte? Doch nicht Onkel Wilhelm, der von sich selber sagte, er sei in puncto Frauen kein Kostverächter gewesen? Ich ahnte, was er antworten würde: »In deinem Alter, Bübchen, wußte ich überhaupt noch nicht, was ein Mädchen ist.«

Oder die Bennecke, die es stets so gut mit der Jugend meinte, der nichts Menschliches fremd war?

»Clemens«, würde sie sagen, »binde dich nicht zu früh.«

Ein Blick in den Spiegel mußte mir genügen, um mich zu belehren, daß ich für Cornelia kaum in Frage kommen werde. Ich wunderte mich freilich, mit welcher Selbstverständlichkeit etwa unser Biederlein voraussetzte, daß er ebenso begehrenswert sei wie der Gegenstand seiner Neigung, bis ich langsam ahnte, daß die Liebe ewig unerforschlichen Gesetzen gehorche.

Wie, fragte ich mich, konnte ein Mädchen den abscheulichen Viktor Gelbes mögen, gar ihn küssen? Es gab Mädchen, die es konnten. Mir wird es freilich ewig ein Rätsel bleiben.

Die erste Liebe traf mich völlig unvorbereitet. Ich merkte es erst, als es schon zu spät war.

Natürlich hatte Cornelia keine Ahnung, wie es um mich stand. Wenn sie es aber wußte, durfte sie mich dann so demütigen, wie es eines Montags zwischen zehn und elf Uhr in der Mathematikstunde vor versammelter Klasse geschah?

Cornelias Vater hatte mich an die Tafel gerufen, und ich versagte völlig, wie so oft, auch ein wenig verwirrt durch die fatale Ähnlichkeit. Hilflos sah ich zu dem Gnomen herab, der breitspurig, die Kinderhändchen auf dem Rücken zu einem schier unentwirrbaren Knäuel verschlungen, mit possierlichem Grimme mein kümmerliches Gegatz anhörte.

»Töchterchen«, sagte der Kleine und löste mit zauberischer Fixigkeit seine Finger aus ihrer heillosen Verknotung, wobei sie leise knallten wie fernes Pelotonfeuer, »Töchterchen«, wiederholte er innig und deutete zu mir herauf, »sag es diesem Knäblein, erklär's ihm rasch mal.«

Pah, nichts leichter als das! Also beschwingten Schrittes trat Cornelia zu mir aufs Podium, entwand mir sanft die Kreide, wie man einem Kinde ein Messer entwindet, damit es kein Unheil damit anrichte, und begann in flottem Plaudertone die Aufgabe nur so herunterzurechnen.

»Kannst du folgen?« fragte sie dazwischen. Auch gebrauchte sie beschämend oft das Wort: »Natürlich: Das und das hebt sich natürlich.«

Ich war außerstande mitzurechnen, denn ich stellte mir vor, was wohl geschehen würde, wenn ich sie nun umhalsen, herzen und küssen würde vor versammelter Klasse. Ich stand in Atemnähe neben ihr und hatte nur die eine Angst, sie könne mir ansehen, was in mir vorging, und sie könne am Ende gar mein verliebtes Herz pochen hören.

Sie hörte es nicht, sondern legte, als sie geendet, die Kreide ein wenig geziert aufs Katheder, wetzte flüchtig die Hände und trat ab, ohne mich nur anzusehen. Der kleine Papa freute sich kindisch.

»Schleich dich«, riet er mir, während sich hinter seinem

Rücken ein sehenswerter Ringkampf zwischen seinen Händchen abspielte.

Ich schlich mich. Dabei hatte ich das Gefühl, das einen zuweilen im Traume befällt, wenn man nämlich, womöglich bei einer Beerdigung, plötzlich merkt, daß man nichts als ein Hemd anhat.

Hinterher stellte sich heraus, daß auch Cornelias Rechnung zwar von bestrickendem Reiz, aber keineswegs richtig gewesen war, was einschließlich ihres Vaters niemand bemerkt hatte. Ich aber konnte noch so richtig antworten, in meinem Munde nahm es sich fast immer falsch aus.

Es war unterdessen Winter geworden. Ich mochte ihn nicht. Er brachte zwar keine Gewitter mit sich, stellte aber an einen Jungen wie mich große Anforderungen, was persönlichen Schneid betraf: Beim Rodeln etwa, auf dem Eise und bei den oft rohen Schneeballschlachten.

Cornelia war eine leidenschaftliche Schlittschuhläuferin. Das weiße verschnürte Samtkleid, nach polnischem Schnitt mit weißem Pelzbesatz, der Muff und das Mützchen standen ihr ganz vortrefflich.

Also ging ich Tag für Tag aufs Eis und übte beharrlich, damit ich endlich vor ihr knien und mit klammen Fingern ihr die Schlittschuhe anziehen dürfte. Denn ich war ja nicht der einzige, der um der schönen Cornelia Gunst buhlte, wenn es sich auch keiner anmerken lassen wollte.

Alle liebten sie, jeder auf seine Weise, und ich bin heute überzeugt, daß ihre Schönheit ebenso an Kurtchens heutigem Dichterruhm schuld ist wie leider auch an Eilhard Biederleins Philosophie.

Kurt, der wie ein kleiner Chinese aussah, schickte ihr damals täglich ein Sonett, anonym, in einer eigens für diesen Zweck erdachten kunstvollen Zierschrift, und Cornelia hätte es wahrscheinlich nie im Leben erfahren, wer der Verfasser dieser verliebten Verse war, wenn sie nicht kürzlich in seinen Gesammelten Werken erschienen wären. Denn Kurt hatte in Wirklichkeit nie den Versuch gemacht, sich Cornelia zu erklären. Er liebte überhaupt nur auf dem Papier, in seinen Gedichten und Romanen, er reiste auf dem Papier, er machte den Krieg mit auf dem Papier.

»Ich kann mir das alles ja so viel besser vorstellen«, pflegte er zu sagen und lächelte in sich hinein. Er war nie aus Kaula herausgekommen. Gefragt, wo ihm dann aber das alles eingefallen sei, antwortete er schlicht: »Das meiste beim Friseur und in der Badewanne.«

Es gibt eine Anekdote über ihn: Ein Einbrecher hatte sich in seinen Keller eingeschlichen und ein dort lagerndes Fäßlein angezapft, hoffend, einen guten Trunk zu tun. Leider aber war es Tinte.

Manche von uns machte ihre Liebe zu Cornelia blaß und verzagt, bei einigen, zum Beispiel bei mir, wirkte sie entschieden verdummend, bei andern hingegen leistungssteigernd. Sie zerstörte alte Freundschaften und schuf neue, wie die zwischen mir und dem liebenswürdigen Felix Faschingbauer. Es hatte schon einen eigenen Reiz, wenn Felix als mädchenhafter Cornelius oder als jungenhafte Cornelia ihre Mienen annahm, griechisch sprach oder mathematische Formeln aufsagte, an herber Grazie sie fast übertreffend.

Die Frage aber, wie die Zuneigung der Geliebten zu erwecken sei, beschäftigte wohl nicht nur mich. Mehrere ernstgemeinte Rezepte wirksamen Liebeszaubers wanderten damals während des Unterrichts von Hand zu Hand.

»Man nehme eine lebende Kröte«, so hieß es etwa, auf winzige Zettel geschrieben, »und hänge sie an einem Freitage vor Sonnenaufgang in der Stunde der Venus am linken Hinterbein im Rauchfang auf, pulverisiere sie trocken, tue es in ein Papier, lege es drei Tage unter einen Altar und hole es am dritten wieder. Wenn du dann eine Blume damit bestreust, so genügt es, um jede Frau, so daran gerochen, nach deinem Wohlgefallen in dich verliebt zu machen.«

Natürlich hatte Gelbes dieses scheußliche Mittel empfohlen. Auch riet er mir, Cornelias Hand mit dem Pfötchen eines am Lukastage gefangenen Laubfrosches zu ritzen, falls ich etwa wünschen sollte, daß sie meine Neigung erwidere. Ich tat keines von beidem, und auch die andern nicht, so schien es: Denn einstweilen entschied sich Cornelia weder für mich noch für irgendeinen von uns.

Die Cornelianisierung der Klasse war so vollkommen, daß allmählich alle Eifersucht schwand und an ihre Stelle das gefährliche Gefühl gemeinsamen Leidens trat, wenn es auch niemand bewußt erkannte. Cornelia jedenfalls merkte es nicht oder doch zu spät. Vielleicht wäre, was nun geschah, nie geschehen, wenn sie bloß einen von uns, ganz gleich wen, erhört hätte.

Es hatte noch einmal tüchtig geschneit, und der Schnee ballte sich vortrefflich. Als nun Cornelia nach Schluß der Schule sich arglos auf den Heimweg machte, sah sie plötzlich, daß fast die ganze Klasse ihr stumm-bedrohlich das Geleite gab. Niemand hatte es angeregt, es geriet nach stillschweigender Übereinkunft. Cornelia, als sie die Kameraden ihr folgen sah, ahnte wohl nichts Gutes, doch hütete sie sich, schneller zu gehen.

»Pah«, sagte sie und machte ein schnippisches Gesicht. Da flog ihr bereits der erste Schneeball in den Halskragen. Sie tat nicht dergleichen.

Schon der zweite Ball wischte ihr das polnische Mützchen vom Haar. Das erboste sie, und nun setzte sie sich zur Wehr.

»Wie schön sie ist in ihrem Zorn«, dachte ich wörtlich.

Sie stand vor einer Ziegelmauer wie eine Spionin, die erschossen werden soll. Manche von uns hatten kleine Kugelpyramiden vor sich aufgetürmt und warfen mit großer Treffsicherheit. Mädchen werfen bekanntlich ziemlich schlecht, und auch Cornelia vermochte das kalte Feuer nur schwach zu erwidern. Darum kreuzte sie jetzt stolz die Arme über der Brust und gab sich gleichsam als wehrloses Weib dem Bombardement preis. Allein dieser symbolische Appell an unsere Ritterlichkeit blieb ohne Wirkung. Offenbar wollte man sie weinen machen.

Ich hatte mich bisher nicht entschließen können, nach ihr zu werfen, obgleich auch ich eine geheime Lust dazu empfand. Als nun aber ein Ball Cornelia mitten in den Mund traf, als ein paar von uns sich an sie machten, um sie zu »waschen«, das heißt also, ihr geliebtes Angesicht mit Schnee einzureiben, da hielt es mich nicht länger, und ich stellte mich als einziger brav auf ihre Seite.

Leider war es bisher in der Welt immer so gewesen, daß diejenige Partei verlor, der meine Sympathie gehörte, wie etwa im Burenkrieg. Mein offener Übertritt zu Cornelia löste allgemeine Heiterkeit aus.

»Gucke, gucke, Clemens und Cornelia«, hetzte Gelbes. »Ein hübsches Paar ohne Zweifel! Ich finde, ihr paßt ganz vortrefflich zusammen, da kann man ja nur gratulieren.«

So rief er unter dem dröhnenden Gejohle der andern.

Was aber dann geschah, werde ich nie vergessen. Denn nun stürzten sich zwei der kräftigsten, der herkulische Käfer und der unreinliche Biederlein, auf Cornelia und mich und hielten uns fest, während Gelbes zum Gaudium der übrigen Cornelia zwang, mich zu küssen. Wir wollten beide nicht, aber es half uns nichts. Ich sah ihre goldene Maschine ganz nahe blitzen. Dann lagen unsere Münder zusammengekniffen und lieblos aufeinander, ziemlich lange. Dann wusch man uns und ließ uns in Frieden. Denn nun war es endlich so weit, daß Cornelia losheulte vor Zorn und Scham.

Es war das erstemal, daß ich sie weinen sah, und ich mußte mich schon sehr zusammennehmen, nicht ein Gleiches zu tun. Niemand auf der Welt konnte so weinen wie Cornelia. Vielleicht kam es daher, daß sie es so selten tat. Wie dem auch sei: Ihre Tränen spützten förmlich aus ihren Augen als winzige, heftig pulsierende Fontänen.

In meiner Einfalt versuchte ich, sie zu trösten, bestürzt und glücklich zugleich, daß ich sie weinen sah.

»Weine nicht, liebe Cornelia«, bat ich inniglich.

Allein sie lohnte es mir schlecht.

»Du Narr«, sagte sie böse, gab mir eine Maulschelle und ließ mich stehen.

Tief bekümmert sah ich ihr nach.

Ob meines so beschaffenen Gemütes erhielt ich schon damals den Spitznamen ›Clemens tremens‹.

Die Ohrfeige von Cornelias lieber Hand hätte natürlich jeden andern von seiner Schwärmerei geheilt, nur mich nicht. Denn ich liebte Cornelia (und liebe sie noch), man mag meinetwegen sagen: Bis zur Lächerlichkeit.

Cornelia blieb zwei Tage dem Unterricht fern.

»Sie muß wegen Unpäßlichkeit das Bett hüten«, stand im Klassenbuch vermerkt. Das genügte, um mich fast toll zu machen vor Sorge, sie möchte am Ende gefährlich krank darniederliegen.

»Wie rasch ist so ein Menschenleben ausgelöscht«, sagte Gelbes mit gewohntem Zartgefühl, meine Besorgnis witternd.

Als Cornelia wiederkam, tat sie, als wäre nichts gewesen. Es war aber gerade so ein verliebtes Wetter, ein Frühlingstag mitten im Winter, daß, ausgenommen Faschingbauer, die ganze Klasse ihr Augen machte, demütige, kecke, ironische, leidenschaftliche. Sie nahm es blinzelnd zur Kenntnis.

Die schönen Künste

Indessen ließen meine ohnehin schwachen Leistungen in der Schule weiterhin bedenklich nach. Es wollte mir in Cornelias Gegenwart einfach nicht glücken, den Gedankengängen der Lehrer zu folgen, besonders jetzt, da es

Frühling wurde. Ich habe leider die Beobachtung gemacht, daß die meisten Torheiten meines Lebens in den Frühling fallen, wie ich überhaupt alle Jahreszeiten körperlich empfand.

Warum sollte nicht die heimliche Verwandtschaft aller Kreatur zuweilen auch im Menschen noch spürbar sein? Sind wir nicht alle im Herzen Vögel und wollen fliegen? Und die Bäume, waren sie nicht schließlich auch Menschen? Wurzelten wir nicht wie sie in der Erde und kehrten in sie zurück, wenn wir auch scheinbar zu den freien, wandelnden Geschöpfen gehören? Regte sich nicht das Gold in uns und das Wasser zu den Geschwistern? Genug, ich spürte den Frühling und bekam schlechtere Noten denn je.

Ich war aber längst auf dem fatalen Punkte jenseits der Dreiergrenze angelangt, wo man sich beim besten Willen nicht mehr erholen kann, wo man stumpf zu werden beginnt und mit einem törichten Lächeln die blutüberströmte Schulaufgabe in Empfang nimmt und wo es einen fast schon langweilt, wenn der Lehrer sagt, daß man eben keine harten Brettchen bohren wolle. Ich schämte mich schon gar nicht mehr.

Ich möchte nicht sagen, daß ich faul war. Im Gegenteil, ich saß oft bis Mitternacht an meinen Aufgaben und rechnete und rechnete, nicht ahnend, daß mein Ansatz falsch war, während sich mein Heft mit ganzen Wäldern von Zahlen bedeckte, mit schiefen Türmen, die nach unten immer breiter wurden, statt kleiner zu werden. Wenn ich dann andern Tages mein Millionenresultat mit dem meiner Kameraden verglich, dann zeigte sich meist, daß sie null herausgebracht hatten, was sich denn auch als richtige Lösung erwies.

Als es sich im Altersheim herumsprach, daß meine Leistungen im Gymnasium leider recht ungenügend seien, bedauerte man mich aufrichtig. Man gab ohne weiteres der Schule die Schuld an meinem Mißgeschick.

»Es wird eben heutzutage viel zu viel verlangt von den

Jungens«, erklärte die Bennecke seufzend. »Wie soll all der Wust in die kleinen Köpfe hineingehen?«

»Ich versteh es auch nicht, wir haben doch alle unser Bestes gegeben«, beschwerte sich Herr Käfigmacher. Selbst Düttelius schimpfte weidlich über das unschuldige Gymnasium und war so kühn, zu behaupten, bei ihm hätte ich ausgezeichnet gelernt.

Allein selbst in den Nebenfächern, im Zeichnen und Gesang, erreichte ich nur ein »Zur Not noch genügend«. Es half nichts, daß meine Eltern Richard Wagner sogar persönlich gekannt und fast täglich musiziert hatten. Ich erwies mich zu meinem Leidwesen als völlig unmusikalisch.

Meiner Mutter Gesang war das erste musikalische Erlebnis meiner Kindheit. Ich hörte zu, wenn sie Tonleitern übte, und manchmal durfte ich sie in ihre Singstunde zu ihrer Gesanglehrerin begleiten, die dicht an der Bahn wohnte. Daher mag es wohl kommen, daß bis heute Musik und Eisenbahn für mich symphonisch nachbarliche Welten geblieben sind. Denn während Mama sang, von ihrer Meisterin auf dem Klavier begleitet, sah und hörte ich gleichzeitig draußen die Züge fahren, hörte das Stellwerk läuten, die Drähte zwitschern und den Bahnwärter tuten, als gehöre das einfach dazu.

Ein Lied besonders, sozusagen mit obligater Eisenbahn, singt mir noch jetzt im Ohr. Ich höre es in meiner Mutter Stimme, hie und da, wenn eine Note nicht so ganz geriet, übertönt von dem strengeren Organ der Lehrerin, die nun auch schon lange unter der Erde ist. Ich weiß noch die Worte: ›Am Ufer des Flusses des Manzanares spült Linnen das Mädchen und trocknet's im Wi-hinde, im Winde...‹

Ich lernte durch der Eltern Zwiegesang schon früh ›Norma‹ und den ›Rigoletto‹ kennen, ja ich bilde mir ein, ›Ha, nun naht die blutg'e Stunde‹ nie wieder so schön gehört zu haben wie damals in meines Vaters sonorem Organ.

Auch im Altersheim wurde eifrig musiziert. Wenn ein musikalischer Tee oder eine kleine Abendgesellschaft mit Hausmusik bevorstand, kam ein blinder Mann mit Namen Siebenlist, Onkels Piano zu stimmen. Er war ein schwerer, langsamer Mensch mit einem großen, prallen Faunsgesicht und unnatürlich dicken Lippen. Seine beiden Augen aber schliefen, wo er ging und stand. Wenn, was selten geschah, die roten Lider sich zitternd voneinander taten, wurde nur das Weiße sichtbar, perlmutterfarben und naß. Ein orangeblonder Knabe, der etwas verwachsen war, sehr lange und weiße Wimpern und schrecklich viele Sommersprossen hatte, führte den blinden Mann.

Ich mußte natürlich dabei sein, um mit Furcht und Neugier zuzugucken, wenn Herr Siebenlist schlafwandlerisch durch den Salon tappte und, mit plumper Hand, doch sehr behutsam, über das Antlitz des Praxitelischen Hermes hintastend, sich endlich zum Klaviere fand, es erkannte und öffnete. Den speckigen steifen Hut etwas aus der feuchten Stirne geschoben, saß er mit zur Seite geneigtem Haupte, gleichsam in sich hineinhorchend, und prüfte Ton um Ton, Akkord um Akkord, schraubte ein wenig, schlug eine Taste an und schraubte wieder wie im Schlafe.

Ich wartete geduldig, denn ich wußte, wenn Herr Siebenlist fertig war, dann spielte er zur Probe noch ein Stück, den Minutenwalzer vielleicht oder die Wasserspiele in der Villa d'Este, mit einem harten, unfreundlichen Anschlag. Dann verließ er, ohne von meinem kindlichen Beifall Notiz zu nehmen, die Hand auf des schiefen Knaben Schulter, grußlos den Salon, während Kuni das Fenster öffnete, um zu lüften. Trotz des etwas harten Anschlags bewunderte ich Herrn Siebenlists Spiel und hielt seitdem unter allen Künsten die Musik für die begnadetste, beneidenswerteste, aber auch für die unheimlichste, die beinahe der Zauberei gleichzusetzen sei. War es denn nicht auch Zauberei, wenn der böse alte

Düttelius sich ans Klavier setzte und stundenlang phantasierte, und war er wirklich so ganz böse, wenn er solches konnte?

Frau Bennecke behauptete, wenn Düttelius spiele, sehe er Beethoven ähnlich, und ich glaubte lange Zeit, darauf käme es an.

Niemand trug solche Hingerissenheit zur Schau wie die kunstsinnige Rätin, wenn etwa Düttelius die Apassionata oder »Für Elise« spielte. Dann schwelgte sie in Tönen. Man konnte es ihr ordentlich am Gesichte ansehen, was in ihr vorging, wie es in ihr arbeitete, je nachdem die Musik dämonisch aufwühlend oder mehr einsam trauernd klang. Bei heiteren Weisen wiegte sie sich sogar ein wenig in den Hüften, wobei sie beseligt die Augen schloß.

»Wagner«, pflegte sie zu sagen, »so weit gehe ich noch mit, obgleich mir, ehrlich gesprochen, der alte Johann Sebastian lieber ist. Aber Strauss? Niemals!«

Es war für mich anfangs nicht ganz leicht zu erraten, von was nun eigentlich die Rede war, wenn die Bennecke von der ›Neunten‹ schwärmte, die Düttelius seinerseits kurz die ›d-Moll‹ nannte, während Onkel andererseits von ›Opus 129‹ sprach. Doch zeigte sich, daß unsere alten Musikanten im Gegensatz zur Bennecke viel herzhafter, daß sie oft respektlos zärtlich von Mozart oder Beethoven, von Papa Haydn und vom Schubertl redeten, als seien es noch lebende liebe Kollegen. Oft konnte man denken, sie sprächen vom Essen. Denn es fielen Worte wie Schmarrn oder alter Schinken. Auch hörte ich sie von Brahms sagen, da und dort sei ihm wohl wieder sein Bart zwischen die Noten geraten.

Meist spielten sie in Hemdsärmeln und pfiffen und sangen im Eifer des Musizierens laut an den schönsten Stellen mit.

Ich hörte nur zu, denn ich spielte kein Instrument. Ich beneidete jeden, der nur ein paar Griffe auf der Gitarre konnte oder (selbst das konnte ich nicht) auf einem

Kamme blies, wie mein Mitschüler Faschingbauer, der mittels dieses simplen Instruments ein ganzes Orchester zu ersetzen imstande war.

Aber manchmal, wenn mich niemand hören kann, zum Beispiel wenn das Bad einläuft oder in der Eisenbahn, singe ich, was ich behalten, vor mich hin: Stellen aus Schuberts B-Dur-Trio oder aus der ›Unvollendeten‹. Meist singe ich Lieder: den ›Prinz Eugen‹ und den ›Roten Sarafan‹, auch jenes Lied, das einst meine Mutter sang, ist dabei: ›Am Ufer des Flusses des Manzanares spült Linnen das Mädchen und trocknet's im Wi-hinde, im Winde.‹ Ich singe es laut aus voller Brust und habe sehr viel davon. –

Sogar im Zeichnen versagte ich, dem doch von Kindheit an meine ganze Liebe gehörte. Wie beneidete ich Gelbes, der, ohne viel Aufhebens davon zu machen, jedweden aus dem Gedächtnis mit ein paar Strichen aufs Papier zu werfen verstand, und immer waren die Betreffenden geradezu lächerlich ähnlich, obgleich er boshafterweise stets mit der Nase begann und das Übrige mehr nur so darum herum komponierte, als wäre sie der greifbare Mittelpunkt des menschlichen Angesichts.

Das Kaulaer Gymnasium machte dazumal seine moderne Zeit durch, und vor allem war es unser Zeichenlehrer, Herr Süßmilch, der die falsche Methode seines Vorgängers, der nach Vorlagen und Gips zeichnen ließ, ebenso fanatisch bekämpfte, wie es wenige Jahre später sein Nachfolger hinwiederum mit Süßmilchs Neuerungen machte.

Süßmilch aber ging, das war eben damals das Neue, rein aufs Künstlerische, wobei er allerdings der Freilichtmalerei, dem Pleinairismus, vor allen Anschauungen den Vorzug gab. Also zeichneten wir und malten, bei Sonne und Regenwetter, im bunten Herbst wie bei Schnee, möglichst auch zu verschiedenen Tageszeiten, unser Gymnasium, das zudem eine Fülle anschaulichster Stilbeispiele bot.

Manche von uns pointillierten sogar.

Wie glücklich war Herr Süßmilch, wenn es zu unseren Bemühungen tüchtig schneite oder goß. Denn nun bekam seine künstlerische Pionierarbeit etwas Kämpferisches, selbst den Unbilden der Witterung Trotzendes.

»Bei Süßmilch lernt man was«, hieß es allgemein.

»Man muß« – das war sein Steckenpferd – »von jedem Bilde sofort eindeutig sagen können, wieviel Uhr es darauf ist, welches Wetter und welcher Monat, sonst taugt es nüscht.«

Auch vertrat er die Ansicht, daß, wer von uns das Gymnasium in allen seinen Stimmungen einmal richtig habe wiedergeben lernen, auch die übrige Welt darzustellen leicht imstande sein werde. Einer seiner Schüler ist denn auch ein großer Maler geworden. Allein ich muß bei seinen Bildern, selbst bei Frauenbildnissen, immer an unser Gymnasium denken, das er heute noch gern als Staffage verwendet.

Schon als Kind war ich bezaubert, wenn Kuni auf das säuberlich gestrichene Butterbrot ein Häuschen ritzte oder die angelaufenen Fensterscheiben dazu benutzte, um mit dem Finger allerlei Getier dareinzuzeichnen. Ja, ich weigerte mich zuweilen, das Butterbrot zu essen, wenn Kunis Spielerei besonders hübsch ausgefallen war.

Das erste aber, was ich selber zu zeichnen versuchte, war eine Giraffe, deren Flecken ich mit Kaffee ausmalte. Das Bild ist nicht erhalten. Dagegen bewahrt Kuni ein blaues unliniertes Schulheft mit weißem Schildchen, das farbige Zeichnungen aus der Zeit enthält, als ich etwa sieben Jahre alt war.

Auf der ersten Seite steht groß »Im Anfang«, und darunter ist eine Szene aus dem Burenkriege dargestellt: Ein gelber Engländer mit Säbel hinter einem Baume lauernd, der wie ein Besen aussieht, und ein brauner bärtiger Bure, der kniend auf ihn schießt. Rauch und Feuer fährt aus dem etwas aufgebogenen Gewehrlauf. Das Heft enthält eine ganze Reihe solch blutiger Schlachtenbilder aus dem unglücklichen südafrikanischen Kriege mit platzenden Granaten, brennenden Häusern und vielen Toten. Manches ist wie von oben geschaut, von einer Wolke oder aus einem Luftballon, landkartenhaft, und die Soldaten und Reiter wirken darin mehr wie eine Art Bilderschrift. Ich hatte auch einen besonderen Kniff, Burenhüte in einem Zuge zu zeichnen.

Auch eine Landschaft war darin: ein Berg, an dem in vielen Windungen eine Straße hinaufführt, darüber die Sonne oder mehr ein Zeichen, das Sonne bedeutet, mit sieben dicken, schwarzen Strahlen. Auf der Straße fährt ein Wagen, Kühe weiden am Hang. Ein Jäger mit Hund geht auf die Hasenjagd. Rechts unten ein Hotel. Mitten in das Bild geschrieben steht: Bei Tag. Denn daneben ist das Ganze auch bei Nacht abgeschildert: Nun scheint der Mond (er hat ein Gesicht), eine Lawine rollt, ein Gießbach tobt durch einen Regen dünner Striche. Niemand ist unterwegs.

Herr Süßmilch aber erklärte traurig, daß dem Schüler Clemens Bosquillon leider jeglicher Sinn für das Schöne abgehe.

Was in aller Welt war dann eigentlich schön? Die Ansichten gingen sehr auseinander.

Für Frau Bennecke war es eine damals viel gekaufte Heliogravüre, Beethoven betitelt, dessen Inhalt auch mich tief ergriff.

In einem atelierartigen Raume nämlich, von Schwaden müden Zigarettenrauches malerisch umwoben, stand ein älterer Geiger und spielte ohne Zweifel Beethoven, wie der aufmerksame Beschauer leicht an der Maske des großen Meisters erraten konnte, die die Wand zierte. Zudem hatte der Künstler, und das war es vor allem, was ich als besonders sinnig empfand (und Frau Bennecke erging es nicht anders), dem Geiger, dessen Gesicht man nicht sah, doch unverkennbar die Gestalt und Haltung Beethovens gegeben. Die Zuhörer jedenfalls, die sich links auf einer Couch, so würde man heute sagen, voll und ganz den

Zauberklängen hingaben, mochten ihn so mit ihrem geistigen Auge schauen.

Wie aber stand es mit dem Lieblingsbilde der Schuster-Tscherkassow, das ›Die Sünde‹ hieß?

Es stellte eine nackte Frau mit Medusenblick dar, um die sich eine gleißende Riesenschlange wand, wie man einen Pelz trägt, und gerade dieser Blick wurde besonders gerühmt, weil er einen überall im Zimmer verfolgte, wo man auch stand. Mußte mir nicht angst und bange werden, wenn ich damit allein gelassen war? Selbst vor Böcklins Toteninsel war mir unheimlich zumute, die in Fräulein Gruffts dumpfigem Zimmer über einer schmiedeeisernen Jardiniere mit Judenbart und Greisenhaupt hing, wo dicke Plüschvorhänge und doppelte Gardinen den Tag aussperrten.

Aber der Kunst gehörte nun einmal meine ganze Liebe, und ich plagte mich redlich mit Blei und Knetgummi, wenigstens durch meinen Fleiß Herrn Süßmilchs Zufriedenheit zu erwerben. Allein wenn ich das Gymnasium noch so gut in die unberührte Fläche gesetzt zu haben glaubte, über dem Zeichnen wuchs es unversehens, bis es überall an den Rand stieß. Auch wollte es mir durchaus nicht gelingen, einem Lieblingsausspruch Süßmilchs: Zeichnen heißt weglassen, zu genügen. Denn je länger ich das Objekt betrachtete, desto mehr Einzelheiten sah ich und wollte sie auch pflichtschuldigst berücksichtigen. Ich zählte die Ziegel auf dem Dache, damit ich ja keinen vergäße, denn es sollte doch wirklich alles auf dem Bilde sein, so wie ich es sah. Dazu hätte ich noch gern, was ich hinter den Wänden wußte, anschaulich gemacht, aller Undurchsichtigkeit der Welt zum Trotz. Süßmilch hatte recht, wenn er sagte: Die Kunst ist schwer, aber sehr interessant.

Das einzige Gebiet, in dem ich zur Verblüffung der Lehrer und Schüler Vorzügliches leistete, war die griechische Götter- und Heldensage, das unveräußerliche Erbe des seligen Weinlein. Auch sonst galt ich als leidlicher Grieche, wenigstens in der Herübersetzung, etwa aus Homer. Die Hinübersetzung machte mir schon mehr Schwierigkeiten. Aber was die Mythologie betraf, da tat es mir so leicht keiner nach. In der Verwandtschaft des Vater Zeus kannte ich mich besser aus als in meiner eigenen. Um nicht ausgelacht zu werden, behielt ich es wohlweislich für mich, daß jene Götter meine Götter waren, und stand lächelnd abseits, als auch in unserer Klasse eine Art Religionskrieg ausbrach. Denn man sprach dazumal in Tees und bei Abendeinladungen viel von Gott, und sogar Frau Bennecke neigte eine Zeitlang stark zum Buddhismus.

Unter uns Schülern gab es einige, die sich nicht damit begnügten, einen Gott zu haben, sondern sich verpflichtet fühlten, den eigenen Glauben den andern aufzuzwingen, ob sie wollten oder nicht.

Der sanfte Riese Dominikus Freese, der alles kaputtmachte, was er in seine täppischen Hände nahm, stand im Rufe großer Frömmigkeit, und ob er gleich niemanden damit behelligte, ärgerte es die andern. Man machte sich lustig über ihn.

Freese war eines Buchhändlers Sohn. Sein Vater, dem die Kunst- und Bücherstube gegenüber dem Gymnasium gehörte, galt als lustiger Kumpan, der sich nicht unterkriegen ließ vom Leben, obwohl er und die Seinen vom Unglück nur so verfolgt wurden.

»Wen Gott lieb hat, den züchtigt er«, erklärte er mit heiterer Seelengröße. Herr Freese und seine kleine tapfere Frau hatten in ihrem Leben schon unendlich viel durchgemacht. Sie schwelgten im Unglück, urteilte Gelbes roh, und ich glaube fast selbst, Freeses fühlten sich nicht wohl, wenn bei ihnen eine Zeitlang gar nichts passieren wollte. Sie gehörten zu den Leuten, die einfach das Unheil anziehen, und schienen sich dieser Mission vollauf bewußt, fest entschlossen, ihr heiteres Naturell nie und nimmer zu verleugnen, komme, was da wolle.

Kaum zurück von der Beerdigung Kathrinchens, des

erklärten Sonnenscheins der Familie, das in hoffnungsvollem Alter plötzlich gestorben war, konnte man die Hinterbliebenen schon wieder munter durchs Haus trällern hören.

»Parlicke, parlucke«, sagte Freese mit einem trutzigen Blick gegen den Himmel, als er bei dem letzten Bankkrach fast alles verlor, und seine Tochter, die schöngeistige, etwas langweilige Corona, die leider ständig mit den Zähnen zu tun hatte, ließ es sich nicht nehmen, ungeachtet aller Schmerzen und eines wollenen Zahnbundes Hölderlinsche Gedichte zu rezitieren. Denn im Hause herrschte reges geistiges Leben. Freeses ebneten der Moderne den Weg, wo sie nur konnten. Sie ließen sich verlästern und verspotten, als sie, kühn genug, Bilder von Cézanne und van Gogh ausstellten, zu einer Zeit, da in Kaula, dank Süßmilchs Pionierarbeit, das Pleinair erst zur Not geduldet wurde. Man schmiß Freeses dreimal die Schaufenster ein. Sie trugen auch dies mit Fassung. Schulbücher, das weiß ich aus eigener Erfahrung, bestellte man bei Freeses lieber nicht, sie lieferten einem bestimmt etwas Verkehrtes.

Ganz gut kannte ich den kleinen bildschönen Titus Freese, denselben, der sich nachmals mit unserm Faschingbauer vom Zuge überfahren ließ, eben vierzehn Jahre alt. Er ging – Freeses kleideten sich etwas eigen – in einer Art Altflorentiner Tracht mit Pelzsaum an Hals und Gelenken, die ihm vortrefflich zu Gesichte stand. Dazu trug er ein hellrotes Mützchen. Er sah ganz aus wie einer jener Engelknaben von Botticelli, die dieser doch wohl deshalb so gemalt, weil auch er solche Gesichter für besonders schön hielt. Die Mädchen und Mutter Freese trugen Reformkleider.

Unser Dominik nun faltete bei schwierigen Schulaufgaben, besonders in der Mathematik, seine großen Hände und betete leise, damit ihm die richtige Lösung gelänge. Er mußte viel Spott von der Klasse erleiden, namentlich wenn sein Gebet unerhört geblieben war.

Einmal in der Pause umstanden ihn die Kameraden, um mit vorher verteilten Rollen unter allerlei spitzfindigen Fragen den frommen Dominik in seinem Glauben irre zu machen. So fragte etwa der unreinliche Philosoph Biederlein mit gut gespieltem Ernste, ob Dominik wirklich glaube, daß es so etwas wie einen Gott gäbe, und wenn, was er sich eigentlich darunter vorstelle.

»Gott?« sagte Dominik und wurde über und über rot. »Aber das ist doch furchtbar einfach. Da gibt es doch gar keinen Zweifel. Da ist doch überhaupt gar nichts zu verstehen. Gott ist eben Gott, das ist doch sonnenklar. Ich kann ihn mir so gut vorstellen, es ist wirklich nichts dabei.«

Wie er denn aber aussehe, wollte nun Gelbes wissen.

Dominik wurde sichtlich verlegen.

»Wie du nur so fragen kannst. Gar nicht! Menschen sehen aus. Ich begreife dich nicht.«

Ob er ihn zum Beispiel fürchte, katechisierte Biederlein weiter. Denn das wäre doch ein seltsamer Gott, der sich fürchten ließe. Und welche Religion sein Gott habe, lästerte Gelbes, zu wem er dann bete, und wer mehr zu lieben sei, Gott oder das Vaterland. Welcher Gott ferner der richtige sei, denn es gebe bekanntlich verschiedene Ansichten darüber, und warum er, da er doch allmächtig heiße, nicht das Böse einfach wegzaubere und alle Menschen und Dinge gut mache. Das müßte für ihn doch ein Kinderspiel sein, und, so weit verstieg sich Gelbes, ob es nicht am Ende auch ohne ihn ginge.

So gutherzig Dominik sonst war, nun wurde er aber ungemütlich.

»Das geht dich nichts an«, schrie er Gelbes wütend ins Gesicht, und plötzlich auf seine Stärke sich besinnend, warf er sich auf seinen Peiniger und prügelte ihn in Gottes Namen wehleidig durch.

»Mögest du doch an deiner eigenen Zunge ersticken«, brüllte er lästerlich fluchend und machte sich anheischig, uns allesamt ungespitzt in den Boden zu schlagen, wenn wir ihn nicht augenblicklich in Frieden ließen. Die vorwitzigen Frager und Spötter bekamen seine harten Fäuste zu fühlen, Biederlein vor allem. Auch ich, der ich doch gar nichts gesagt hatte, kriegte etwas ab. Selbst einem zürnenden Gotte ähnlich, packte er gleich zwei von uns bei den Haaren und stieß ihre Köpfe gegeneinander oder schlug sie mit geballter Faust auf die Nase, daß sie blutete, Furcht und Schrecken bei den übrigen erregend, die ihr Heil in der Flucht suchten.

»Du gibst uns harte Worte und schlägst uns«, rief Gelbes, trotz seiner Schmerzen grinsend. »Wer zu seinem Bruder sagt, Rache, der ist des höllischen Feuers schuldig. Ist das fromm und christlich gehandelt? Das werde ich dir noch einträmken.« Hierauf fiel er seinerseits über Kurtchen her, der völlig unschuldig dabeistand, um an ihm sein Mütchen zu kühlen.

Es wa dies aber das erste und einzige Mal, daß Dominik Freese von seiner körperlichen Überlegenheit Gebrauch machte, und es tat ihm hinterher aufrichtig leid. Es schien fast, als schäme er sich seiner Kraft. So endete die Disputation über die Einfachheit Gottes. Denn künftig redeten wir lieber nicht mehr darüber.

Fliege

Eines Nachmittags im Sommer, da ich am Fenster saß und mittels eines haarscharf gespitzten Bleistifts Nummer drei unser Gymnasium aus winzigen durchsichtigen Ziegelsteinen wieder einmal Stück für Stück gleichsam von Grund aus aufzubauen suchte, geschah es, daß ich Fritz Fliege zum ersten Male mit Augen sah.

Es zog aber gerade ein Wetter auf, worüber Herr Süßmilch wegen der davon zu erwartenden malerischen Effekte sicher hocherfreut gewesen wäre. Ich aber verfolgte wie gewöhnlich mißtrauisch den unheimlichen Aufmarsch der Wolken, den ich gleichwohl durch ein Geschmier, das wie Wolle aussah, zeichnerisch darzustellen suchte. Denn ob ich mich auch davor fürchtete, ich konnte doch meine Augen nicht davon wenden. Und nun sah ich, daß auf dem Rande des höchsten Schornsteins unserer Schule ein Schornsteinfegerlehrling furchtlos und schwindelfrei den Handstand probierte, gleichsam einen lebendigen Blitzableiter darstellend, sah es mit Entsetzen. Turmhoch über den Dächern Kaulas tat er, was ich nicht einmal auf ebner Erde fertigbrachte. Dazu blitzte und donnerte es schon ganz gefährlich. Was Wunder, wenn meine Phantasie, während ich laut die Sekunden zwischen Blitz und Donner zählte, mir höchst grausame und blutrünstige Bilder vorgaukelte, etwa, daß den frevelhaften Jüngling dort oben Jupiters flammender Strahl zerschmettere oder der schwarze Schlund des Kamins ihn verschlinge oder der Sturm, der eben anhub, in die Bäume zu greifen, den Vermessenen aufs Pflaster herabwirble.

Indessen ließ sich der schneidige Bursche durchaus nicht stören in seiner Akrobatik zwischen Himmel und Erde, sondern schien bei seiner halsbrecherischen, aber anmutigen Turnerei obendrein noch vor sich hinzupfeifen. Es machte fast den Eindruck, als pfiffe er auf die Welt zu seinen Füßen und auf den Himmel zu seinen Häupten.

Ich sah es ganz deutlich, daß der Junge pfiff, sah es mit bewaffnetem Auge durch Papas altmodisches Perlmutteropernglas, sah das kühne, durch das Zittern meiner Hände bedrohlich schwankende Bild des Furchtlosen und schauderte.

Was ging mich dieser wildfremde Mensch an, dem es einfiel, in diesem heillosen Unwetter auf den Händen über die Dächer zu gehen? Warum schaute ich nicht einfach beiseite, wenn ich es schon nicht sehen wollte? Allein, wie immer in solchen Fällen, ich vermochte es nicht, sondern bangte, der Kecke würde selbigen Augenblickes herabstürzen, wenn ich ihn nicht mit meinen Blicken hielte. Ich glaubte wirklich, es hinge von mir ab, als zögen meine Blicke ein magisches Geländer um ihn. Unbewußt mag freilich meine romantische, aber unleugbare Zuneigung zu dem rußigen Fremdling durch den Zylinderhut behext worden sein, durch dieses unentbehrliche Attribut der Zauberer, Schulreiter und Schornsteinfeger, das der schwarze Geselle auch jetzt mit königlicher Lässigkeit zu tragen wußte. Es war nun einmal die Kopfbedeckung, die ihm zeitlebens am besten zu Gesichte stand. Die Zusammenstellung von feierlichem Zylinder und Schlappen gibt dem Schlotfeger von vornherein etwas Vorurteilsfreies, Herrenmäßiges, das besticht. Es gehört schon etwas dazu, mit einem rußgeschwärzten Angesicht unter den Menschen zu wandeln, es gehört Humor dazu, also Freiheit des Herzens.

Doch während mein glückverheißender Kaminkehrer eben sich anschickte, wieder auf die Beine zu kommen wie unsereins, nahm ihm der Wind den Hut vom Kopfe und schickte ihn hinab zur Erde. Fast hätte ich gelacht, und Fritz tat es wirklich.

Der struppige Zylinderhut wirbelte erst in einer flotten Spirale um den Schlot, rutschte quer übers Dach ab, trudelte in den Schulhof und schien, nachdem er ein paar Tauben bös erschreckt, vorerst dort landen zu wollen. Er bekam jedoch durch eine Staubwolke neuen Auftrieb, um dann, unentschlossen zweifelnd, endlich mit deutlicher Richtung auf mich herabzuschaukeln in den Garten des Altersheimes in ein Malvenbeet.

Ich rannte die Treppe hinab ins Freie und kam gerade recht, ungeachtet eines fürchterlichen Donnerschlages, den Flüchtling, der sich eben von neuem erhob, mit meinen Händen aus der Luft zu fangen. Und da kam er schon, der auf den Dächern und auf den Schornsteinen der Stadt zu leben schien, kam auf die ungefährliche Erde in seinem rußgeschwärzten Gewand und Gesicht, eine afrikanisch mythologische Gestalt, ein kleiner Dachgott oder Kobold, einer verwegen-fremden Welt zugehörig, wenigstens für mich. Denn mir schwindelte schon, wenn ich bloß daran dachte, wie jener auf den Dächern lief in sträflicher Sorglosigkeit.

Ich trug damals noch immer einen Kieler Matrosenanzug, mit langen Hosen allerdings, und ich mochte wohl auf den ersten Blick etwas Schiffsjungenhaftes und Sturmgewohntes haben. Es sah gewiß recht drollig aus, als nun der kleine Matrose dem mutigen Schornsteinfeger mit einer artigen Verbeugung den tückischen Zylinder überreichte.

Wir gefielen einander sehr.

Die freundliche Begegnung fand unter dem Vordach des Altersheims statt. Denn es hatte kurz nach dem letzten Donner tüchtig zu schütten begonnen, und an dem rußigen Gesellen hingen die Tropfen wie Diamanten aus schwarzem Samte. Nun konnte ich ihn in aller Ruhe aus der Nähe betrachten, der so ganz anders war als ich. Ich nannte meinen Namen und er den seinen, wobei er an Stelle eines Grußes mit dem Zeigefinger den Zylinder aus der Stirn schob. Wir lächelten uns an. Dann sagten wir, daß es ein erquickender Regen sei, den die Natur schon lange gebraucht habe, aber wir verstummten bald. Ich dachte, er müsse leicht zu zeichnen sein, ja er glich einer wandelnden Kohlezeichnung, und seine Haut schimmerte hell durch den Ruß wie Papier.

Es gehörte offenbar zu Fritzens Gewohnheiten, daß er während aller Hantierungen stets pfeifen mußte; auch dann, wenn er gar nichts tat und die Hände in den Hosentaschen scheinbar in vollkommener Gleichgültigkeit an einem Kamin lehnte oder an einem Baum, schien er leise vor sich hinzupfeifen, falls er nicht Zigaretten rauchte.

Da aber der Regen gar nicht aufhören wollte und auch die Haustüre nicht genügend Schutz gewährte, bat ich zu meinem eigenen Staunen den bewundernswerten Fremdling, ob er nicht, bis das Unwetter sich lege, etwas auf meine Bude kommen wolle.

Freundschaftlicher Umgang zwischen einem Gymnasiasten aus gutem Hause und einem Schornsteinfegerlehrling war damals in Kaula nicht üblich, und ich muß gestehen, daß ich mich, ohne daß mich meine Handlungsweise reute, doch etwas genierte, als uns auf dem Weg zu meinem Zimmer Frau Bennecke begegnete. Sie hat sich gewiß recht gewundert.

Fritz Fliege aber schritt ganz unbefangen und leise pfeifend über den roten Läufer, er genierte sich nicht ein bißchen.

Er war nun freilich ein ungewohnter Anblick in meinem schmucken Zimmer, der Junge mit seinem rußgeschminkten Gesicht.

»Sag mal, es ist wohl sehr unangenehm, so schwarz zu sein«, fragte ich ihn als erstes, und ich weiß wohl, wie albern das war.

Er mußte lachen. Wie er aussehe, daran habe er noch gar nicht gedacht, sagte er und schaute mich nun erst richtig an.

Gleich bei dieser ersten zögernden Unterhaltung ergab es sich, daß Fritz eben darüber war, seinen Beruf zu wechseln, was sich in der Folgezeit als eine seiner hervorragendsten Eigenschaften erwies. Vermutlich hatte ihn der Kaminkehrermeister nur wegen der Schlankheit und Biegsamkeit seines Körpers genommen, denn ich glaube, er verstand nicht gerade viel von dem rußigen Geschäft. Es war mir sofort aufgefallen, wie sehr er jenem Epheben glich, dem Blondkopf nämlich, dem ich so gerne ähnlich gesehen hätte. Denn Flieges Augen waren groß und mit starken Lidern versehen, sein Mund war schön, wenn auch etwas derb. Er konnte wie jener ebenso unverschämt und trotzig wie bezaubernd liebenswürdig ausschauen. Er war von einer bemerkenswerten Sparsamkeit der Bewegungen, besonders beim Sprechen. Seine Hände pflegte er, sobald er sie nicht mehr brauchte, in den Hosentaschen zu verwahren und nur bei dringendem Bedarf hervorzuholen.

Seltsam fürwahr, obwohl sich das Gewitter als eines der

heftigsten der letzten Jahre erwies, in Fritz Flieges Gegenwart traute ich mich auf einmal nicht mehr, mich zu fürchten.

Schon bei diesem ersten Zusammensein mußte ich bei Fliege eine geradezu beispiellose Unwissenheit feststellen, doch schien er auf eine heitere und ganz natürliche Weise gar nicht viel wissen zu wollen.

Er konnte zwar zur Not lesen und schreiben, aber er machte nur Gebrauch davon, wenn er unbedingt mußte. Immer blieben seine Buchstaben groß und dürr wie die eines Kindes. Seine Rechtschreibung war bodenlos. Er schrieb, wie man spricht.

»Dein Herr Vater vermutlich oder sonst ein lieber Anverwandter«, meinte er artig, indem er vor dem bekannten Bildnis Schillers von Graff stehenblieb, darauf der blonde Dichter sinnend sein Haupt auf seine Linke stützt.

»Nein, doch nicht«, wandte ich behutsam ein, »es ist Schiller.«

»Wer ist Schiller?« fragte er völlig ahnungslos.

Er wußte nichts von Schiller, auch nichts von Goethe oder Bismarck, ohne daß ihn das aber im mindesten beunruhigte. Auch sonst wußte er herzlich wenig, ja in seiner Gegenwart schämte man sich fast ein wenig, viel zu wissen, zum Beispiel den Reichsdeputationshauptschluß oder die Habeascorpusakte. Im Zusammensein mit Fliege konne man das alles einfach nicht mehr brauchen. Auch von Gott wußte er nichts, er schien die Sonne oder den Mond dafür zu halten.

Lange noch, nachdem er gegangen war, blieb in meinem Zimmer etwas von dem Brandgeruch, der ihm anhaftete.

Am liebsten hätte ich Fritz kurzweg gefragt, was man tun müsse, um, wie er, keine Angst zu haben vor Gewittern, Menschen und sonstigen Gefahren, aber ich besorgte, daß er mich vielleicht gar nicht begreifen oder am Ende auslachen würde. Also tat ich vorerst nichts dergleichen, um so mehr, als Fritz gar nicht auf den Gedanken zu kommen schien, von mir Taten zu fordern, die für ihn ein Kinderspiel und etwas ganz Alltägliches waren. Ich habe es aber später zuweilen erfahren, daß gerade diejenigen Menschen, denen das Mutigsein schwerfiel, sich dessen am lautesten rühmten.

Was er konnte, und was eigentlich alle Menschen von Kindheit an üben sollten, um in den wahren Genuß ihres Körpers zu kommen, möchte ich angewandte Akrobatik nennen. Denn wie er ging, wie er lief, sich über Zäune schwang, im Handumdrehen auf einen Baum kletterte und schon wieder auf der Erde stand, als wäre nichts gewesen, das fand ich schlechthin beneidenswert. Aber vielleicht neige ich ein wenig dazu, über Gebühr zu bewundern, was ich selbst nicht kann.

Wie erschrak ich aber, als eines Nachts, ich lag schon im Bett, Freund Fliege ohne Umstände durch das Fenster in mein Zimmer trat, um ein wenig mit mir zu plaudern. Es fehlte ihm eben jedes Gefühl für Dinge, die nun einmal nicht gehen. Er fand auch gar nichts dabei, wenn es ihm gerade einfiel, bei mir zu übernachten. Er kannte da keine falsche Scham. Hier ist ein behagliches Zimmer, schien er zu denken, draußen regnet es in Strömen, ich bin müde, hier ist ein Bett, warum soll ich hier nicht schlafen. Er machte gar keine Ansprüche, aber betrachtete die Welt, wo auch immer er sich befand, als sein Obdach.

Fritz Fliege wanderte mit Vorliebe querfeldein, weglos durch Wildnis und Gestrüpp, recht eigentlich als ein Wilder, ein Indianerjunge etwa, oder als ein aufrecht gehendes Menschentier. Er konnte von Wald und Wiese leben, ohne einen Pfennig Geld zu brauchen. Ich aber konnte nicht einmal Gerste von Weizen unterscheiden. Immer hatte er ein feststehendes Messer bei sich, das er mit großer Geschicklichkeit handhabte, und für alle Fälle eine rote, oft geflickte Badehose. Im Sommer wäre er wohl am liebsten überhaupt nackt gegangen, wie ihn Gott geschaffen.

Er mußte schon weit herumgekommen sein, denn seine Sprache war ein drolliges Kauderwelsch aus allen deutschen Mundarten, aus Pommerisch, Bayrisch, Schwäbisch.

Bei meinen Klassenkameraden erregte meine plötzliche Freundschaft mit Fliege größtes Aufsehen und Befremden, namentlich Gelbes schien sie keine Freude zu machen. Sein Menschenbaedeker versagte diesmal völlig, er wußte rein nichts von Fliege.

»Ich weiß leider nichts Nachteiliges über ihn zu sagen«, bekannte er reichlich unbeherrscht, »ich kenne ihn überhaupt nicht. Das spricht gegen ihn, ohne Zweifel.«

Auch im Altersheim sah man es gar nicht gerne, daß ich mit diesem dahergelaufenen Jungen verkehrte, der weit unter mir stünde und noch dazu abfärbe.

»Wenn er bloß kein Ungeziefer ins Haus bringt«, unkte die Grufft und juckte sich mittels einer Stricknadel im Nacken. Ich konnte sie beruhigen, denn wenn überhaupt ein Beruf davon frei war, dann die Schornsteinfegerei.

»Es ist ja gewiß sehr löblich von dir gedacht«, meinte die Rätin großzügig, »daß du dich eines Bedürftigen freundlich annimmst, aber sei bitte ja recht vorsichtig, man kennt ihn doch gar nicht. Wer sind denn eigentlich seine Eltern?« Und als ich ihr gestand, daß Fritz völlig allein auf der Welt stehe und sozusagen völlig unverwandt sei, bemitleidete sie ihn aufrichtig.

»Wirklich, keine Verwandten? Ach, der Ärmste!« rief sie aus und hätte am liebsten Mutterstelle an Fritz vertreten.

Fritz hatte weder Vater noch Mutter, und da er nie Eltern besaß, wie sollte er denn empfinden, daß ihm etwas fehlte? Er hatte ja nicht einmal einen Onkel oder eine Tante. Er war eben ganz allein, fremd und frei, mit jedermann gleich weit verwandt, und schien sich recht wohl dabei zu fühlen.

Ich geriet freilich oft in arge Verlegenheit durch seine

kameradschaftliche Unbekümmertheit, mit der er ohne Ansehung eines Standesunterschiedes auch mit den Alten verkehrte wie mit seinesgleichen.

»Es fehlte bloß noch, daß er uns duzte«, hetzte Düttelius. Seine Stimme klang immer, wie wenn Fett brät. »Das ist kein Umgang für Bübchen.« Und prophetisch fügte er hinzu: »Das hat noch nie gut getan, derlei endet gewöhnlich auf der Landstraße oder im Zuchthaus.«

Agathe Grufft sekundierte ihm wacker, indem sie mit Bedauern feststellte, ich hätte durch den Verkehr mit Fritz sichtlich einen gewöhnlichen Zug um den Mund bekommen. Sie war in ihrem tiefen Schmerz um den Verlust ihrer geliebten Freundin Allgäuer leider noch bissiger geworden als bisher.

Selbst die greise Rhapsodin meinte, eine innere Stimme rate ihr, mich zu warnen. Richtig war allerdings, Fritz konnte ja auch ein Gauner sein. Ich wußte wirklich nichts von ihm, als daß mir wohl war in seiner Gegenwart.

Darum konnte ich es meinem Onkel Wilhelm schwer verzeihen, daß er, sicher in der besten Absicht, eines Tages geradeswegs zu Professor Rettig ging, um ihn von der großen Sorge in Kenntnis zu setzen, die er, und nicht nur er, wegen meines Umganges hege.

Ich ahnte nichts davon, obgleich ich mich schon etwas wunderte, mit welcher Beflissenheit die Schüler Abauer und Biederlein, die ich doch nicht leiden konnte, sich auf einmal um mich kümmerten, mich abholten und heimbegleiteten, ja sogar besuchten, bis ich durch Gelbes erfuhr, daß Professor Rettig sie kurzerhand zu meinen Freunden ernannt hatte.

Auch Gelbes gab sich redlich Mühe, mich Fliege abwendig zu machen, und sogar die schöne Cornelia meinte es auf einmal gut mit mir. Sie haßte Knabenfreundschaften.

Man hätte es nicht ungeschickter anstellen können, wenn man Fritz und mich trennen wollte. Denn nun sperrte ich mich erst recht und zeigte mich mit ihm so oft wie möglich in der Stadt.

Obwohl es Fritz als Krampf bezeichnete (dies war sein Lieblingswort), legte ich doch Wert darauf, unsere Freundschaft auf feierliche Weise durch den Schwur der Blutsbrüderschaft zu besiegeln, und so schlichen wir denn eines Nachts bei Vollmond aus der Stadt in den berühmten Kaulaer Forst. Eine Quelle wußten wir dort, die beim Volke als heilkräftig galt, und wir füllten zwei mitgebrachte Becher mit Wasser, unberührt noch von fremdem Munde. Dann ritzten wir mit unsern Federmessern gegenseitig unsere Arme, er meine weißen und ich seine braunen, mit einem blonden, fast goldenen Pelz bewachsenen, bis helles Blut in unsere Becher sprang, schauten uns treu an und tranken feierlich einer des andern geliebtes Blut, nach Erde aber schmeckend und Metall, damit wir auf immer Freunde seien, keiner stürbe ohne den andern und keiner einsam. So ungefähr nämlich hatte ich's irgendwo in einem Indianerbuch gelesen.

Noch heute muß ich Fritz bewundern, mit welch rührender Geduld er meine Schwärmerei ertrug, mit welchem Ernste er meine Zärtlichkeiten hinnahm und aufs natürlichste, wenn auch ein wenig täppisch, erwiderte.

Einmal nahm ich ihn unvorsichtigerweise sogar ins Theater mit, in eine Schülervorstellung des ›Don Carlos‹. Aber ich tat es nie wieder. Ich riet ihm dringend, das Stück, das ich liebte, vorher zu lesen, was er, sein Mohrenlachen lachend, rundweg ablehnte.

»Aber dann kenne ich es ja schon«, sagte er und tippte sich an die Stirn.

Für die Vorstellung lieh ich ihm einen meiner Anzüge, und er sah darin recht manierlich aus. Aber während der Aufführung geriet ich oft in die peinlichste Verlegenheit, wenn er etwa in den derbsten Ausdrücken sein Mißfallen über die Niedertracht der Eboli kundtat, beim Tode Roderichs laut schluchzte oder den Don Carlos, als der König, vom Großinquisitor und seinen Granden begleitet, im Hintergrund erscheint, »ohne bemerkt zu werden«, durch laute Zurufe warnen wollte. Ich wurde darob von meinen Klassenkameraden arg gehänselt. Freilich wäre es mir beinahe nicht viel anders gegangen. Aber ich kämpfte, meiner Schande mit der ›Bürgschaft‹ eingedenk, tapfer gegen meine Rührseligkeit, indem ich mich selbst in den Arm kniff und mich krampfhaft bemühte, an möglichst lustige Dinge zu denken. Die bildenden Künste hingegen ließen Fliege völlig kalt.

»Warum ist das Kunst?« fragte er in seiner Einfalt vor einem Ölgemälde, und ich versuchte, es ihm zu erklären.

»Gut«, meinte er verschmitzt, »du sagst immer wieder, daß es schön sei. Ich sehe nur getrocknete Farbkrusten auf Leinwand.«

Sicher dachte er sich im stillen, daß das alles nur Krampf sei und daß irgendwelche Schlaumeier untereinander ausgemacht hätten, das Bild sei schön. Er ließ sich nichts weismachen.

Flieges Weltbild, das merkte ich nun bald, war überhaupt ein völlig anderes als etwa das der Alten und meiner Mitschüler. Er schien die Segnungen der Kultur, ohne die eine Frau Bennecke einfach nicht leben konnte, keinen Augenblick zu entbehren. Er besaß keine Habe, also konnte er auch nichts verlieren. Er machte sich gar nichts aus dem Besitz schöner Dinge. Er besaß nichts außer sich selbst, und doch schien ihm die ganze Welt zu gehören. Natürlich hatte er gar kein Gefühl für Geld, und wenn es nach ihm gegangen wäre, hätte es überhaupt kein Geld zu geben brauchen.

Das hieß doch, daß dann alles umsonst sein müßte. Aber das ging doch nicht, wenigstens nicht in der rauhen Wirklichkeit. Oder ging es am Ende doch? Angenommen, durch irgendeinen Zauber gäbe es plötzlich kein Geld mehr, ja man vergäße, daß es etwas Derartiges gäbe, und alle Menschen, Bauern, Arbeiter, Bäcker, Metzger, Ärzte, Staatsmänner, Künstler, täten nur so, als zahlten sie und bekämen bezahlt, zahlten mit Luft sozusagen.

Sollte das nicht gehen? Man macht es einfach untereinander aus. Man geht in den Bäckerladen und kauft um nichts sein Brot. Der Bäcker bezieht für nichts sein Mehl, und für nichts bestellt der Bauer sein Feld und liefert das Korn ab. Nicht etwa, daß Fritz Fliege solche märchenhaften Gedanken aussprach, aber er lebte so, er sagte überhaupt nicht viel und fragte nur selten. Er hatte keine Sorgen. Er hatte keine Furcht. Er war eine glückliche Natur.

Über den Dächern

Unterdessen ereigneten sich im Pfotenhauerianum Dinge, die die Aufmerksamkeit der Alten für kurze Zeit von Fritz Fliege ablenkten. Nicht einmal Frau Bennecke, die in ihrer Herzensgüte fast etwas wie Gefallen an meinem schwarzen Freunde fand und ihn Herrn Düttelius zum Tort einen guten Jungen nannte, kümmerte sich um uns.

»Ich habe jetzt andere Pflichten«, sagte sie und lächelte geheimnisvoll.

Frau Bennecke hatte in letzter Zeit Gesichte. Es geschah zuweilen, daß sie, meist im ungeeignetsten Augenblick, etwa während des Mittagessens, wenn es ausnahmsweise einmal fast lustig zuging, plötzlich die Nähe ihres verewigten Gatten spüren wollte.

»Er weilt unter uns, ich spüre es«, erklärte sie dann mit glücklicher Gewißheit und streichelte zärtlich ein Stück Luft, als sei da ein Gesicht, und küßte es. Manchmal redete sie es sogar an.

»Mein lieber Max«, sagte sie feierlich, »ich danke dir, es ist mir ein großer Trost, deinen Geist um mich zu wissen.«

Stumm starrten wir alle auf den unsichtbaren Gast, aber wir konnten ihn beileibe nicht sehen, es war schon recht unheimlich. Nur Herr Düttelius verlor die Fassung nicht.

»Ein Trost, mag sein, aber nicht für uns«, sagte er taktlos wie immer, »und darum ist es wohl für alle Teile das beste, Sie nehmen Ihren Gatten mit auf Ihr Zimmer, da sind Sie doch unter sich.«

Was blieb Frau Bennecke anderes übrig.

»Komm, Max«, sagte sie sanft und nahm mit edler Geste gleichsam den Arm des Geistes, daß er sie hinüberführe.

Mit unserer Fröhlichkeit freilich war es für diesmal zu Ende.

Allgemeine Verblüffung erregte es auch, als Herr Käfigmacher eines Tages erklärte, daß er in Bälde das traute Heim zu verlassen gedenke.

»Ich werde mich nämlich«, fügte er bescheiden hinzu, »ein wenig verheiraten nämlich.«

»Du meine Güte«, rief die Bennecke ganz entsetzt, »doch nicht mit jemandem von uns?«

Sie sah sich alle Gesichter der Reihe nach daraufhin an, bis ihr fragender Blick endlich auf Agathe Gruffts bittersüßem Gesichte haften blieb.

»Ich muß schon bitten«, verwahrte sich diese eisig.

»Keine Sorge, Verehrte«, sagte nun Herr Käfigmacher und war geschmacklos genug, unsere hübsche Kuni aus Gunzenhausen, die soeben geräuschlos wie immer die Teller wechselte, bei der Hand zu nehmen, um sie vor allen Leuten in die Wange zu kneifen und zu tätscheln.

»Bitte laß das, Theodor«, verwies ihn Kuni zärtlich, aber bestimmt und barg verschämt ihr hübsches Lärvchen hinter der Schürze.

Nun gab es freilich keinen Zweifel mehr, wer Käfigmachers Zukünftige war, und obgleich sich ihre Herzen in aller Stille gefunden hatten, wollten die Alten es sich alle wieder einmal längst gedacht und bloß nicht auszusprechen gewagt haben. Dabei war es noch keine fünf Minuten her, daß Düttelius das Mädchen ganz gehörig angeschnauzt hatte.

Kuni fühlte es wohl selbst, daß ihres Bleibens hier nun

nicht mehr war, obwohl Herr Käfigmacher darauf bestand, daß sie von Stund an mit den Herrschaften nun getrost an einem Tische sitzen sollte als seine erkorene liebe Braut.

»Aber das geht doch nicht«, wehrte sich Kuni, und alle Gutgesinnten fanden das sehr vernünftig von ihr. Sie begab sich noch selbigen Tages zu ihrer überglücklichen Mutter, womit sie sich und den andern gewiß manche Peinlichkeit ersparte.

Warum ging es eigentlich nicht, fragte ich mich in meinem Unverstand. Ich mochte Kuni wohl leiden, sie war ein so gutes und tüchtiges Mädchen, das viel manierlicher aß als etwa Fräulein Grufft, die gräßlich schmatzte. Kuni war doch blitzsauber und gar nicht ordinär. Zugegeben, sie war ein wenig ungebildet. Sie wußte bestimmt nicht, wo Patagonien lag. Aber wußte es vielleicht die Rätin? Dabei schneiderte sie sehr hübsch und las mit gleicher Lust die gleichen ›Kriminaler‹, wie es Frau Bennecke, wenn auch heimlich, tat. Worin lag dann aber der große Unterschied? Wie so manchen, bewegte damals auch mich die soziale Frage, ohne daß ich es freilich ergründen konnte, warum es in der menschlichen Gesellschaft so viele Dinge gibt, die eben einfach nicht gehen.

Lottchen, ein Mädchen aus gutem Hause, wurde Kunis Nachfolgerin. Die Neue wollte, das hatte sie sich ausbedungen, Fräulein Lottchen angeredet sein. Aber sie konnte nicht entfernt so viel wie Kuni. Vor allem servierte sie laut und unterstand sich mitzulachen, wenn bei Tische ein Witz fiel, was Kuni nie eingefallen wäre, obgleich sie viel Sinn dafür besaß. Abends, wenn sie alleine in ihrer Kammer war, dann lachte sie oft laut und herzlich in die Finsternis.

Es zeigte sich, das gute alte Pfotenhauerianum, es war einfach nicht mehr, was es war, seit Kuni fehlte. –

Was ich schon lange gefürchtet, trat damals ein.

»Komm«, schlug Fritz Fliege eines Tages vor, »komm, gehen wir ein bißchen aufs Dach.«

Er sagte es so, wie andere Leute sagen: gehn wir ein Stündchen spazieren. Er kam gar nicht auf den Gedanken, daß ich Angst davor haben könnte. Denn ich hatte Angst. Vielleicht hätte es Fritz ganz natürlich gefunden, wenn ich nein gesagt hätte, denn er fragte nicht nach Gründen, und daß Angst ein Grund sein könnte, nicht auf die Dächer zu gehen, darauf wäre er nie gekommen. Aber ich sagte nicht nein.

»Schön«, antwortete ich leichthin, bemüht, mir nichts anmerken zu lassen, »gehn wir ein bißchen rauf.«

Schornsteinfeger, Dachdecker, Kaminbauer, Trapezkünstler und Bergsteiger mögen lächeln, aber ich hatte in diesem Augenblicke mit dem Leben abgeschlossen. Ich weiß nicht, warum ich dennoch mitging. Genug, ich tat es. Ich sah mich schon, während ich Fritz auf den Dachboden folgte, über das steile Dach des Altersheims abstürzen und mit zerschmetterten Gliedern unten im Garten liegen, ich sah im Geist von allen Seiten die guten Alten herbeieilen und jammernd um meine Leiche stehen. Ich wohnte meiner Beerdigung bei, ich sah meine Mitschüler in Sonntagsanzügen dem Sarge folgen, sah Gelbes, wie er die Gesichter der Leidtragenden studierte und heimlich stenographische Notizen machte, und auch Cornelia sah ich deutlich vor mir. Ich hörte den Rektor sagen, daß ich ein hoffnungsvoller Schüler gewesen war, und solches bedenkend, kroch ich über Speicherkram und Gerümpel hinweg durch die Dachluke hinter Fritz ins Freie. Es war ein Glück, daß er sich nicht nach mir umwandte, während er leicht beschwingt und aufrecht das steile Dach zu dem verzierten Schornstein hinaufschritt. Denn ich kletterte auf allen vieren hinterdrein. Auch fügte es sich gut, daß Fritz sogleich auf den Rand des höchsten Schlotes turnte und freistehend, die Hände in den Hosentaschen, von Kohlweißlingen umflattert, munter ins Weite sah, wozu er wie gewöhnlich leise pfiff. Denn nun war für mich kein Platz mehr oben, so daß ich, scheinbar lässig an den Kamin gelehnt, doch unauffällig an dem barocken Zierat mich anklammernd, leidlich fest auf dem Firste stand. Die Bänder meiner Matrosenmütze flatterten lustig im Winde.

Die Aussicht war nun freilich lohnend, aber ich hatte nicht viel davon. Mir schwindelte. Erst allmählich wagte ich, meinen Blick von der nächsten Umgebung zu lösen und wenigstens so zu tun, als schaute ich mir wie Fritz unbefangen die Gegend an.

Wer mich so gesehen hätte, den kleinen Matrosen auf dem Dache des Altersheims wie auf dem Kiel eines gekenterten Schiffes, mußte mich für einen forschen Jungen halten.

Die Welt lag mir zu Füßen, und ich hatte trotz des geringen Höhenunterschiedes das Gefühl, schon außerhalb zu stehen auf einem nahen Stern oder einer Wolke. Unten in den Straßen Kaulas sah ich winzige Leute gehen und niedliche Wagen fahren, irgendwelche Leute, Cornelia konnte darunter sein. Aber aus der Höhe war alles klein an ihr, unvorstellbar klein, obgleich sie doch in Wirklichkeit so groß war wie ich. Wie groß? mußte ich denken. War ich nicht ebenso klein, von ihr aus gesehen, ein Komma nur in einem großen Buch, so gut wie unsichtbar? Aber mit Vaters Perlmutteroperngucker konnte man die scheinbar Ferne, die Winzige doch fast zum Greifen nahebringen, und wenn man verkehrt durchs Glas schaute, sie noch mehr verniedlichen. Wie nah mußte Cornelia sein, daß man ihrer Schönheit inne wurde, und warum war sie schön? Und war sie ganz nahe, konnte man sie dann überhaupt noch sehen über den tausend Einzelheiten?

Gelbes hatte sie photographiert – er trieb unter den Gymnasiasten einen Kleinhandel mit Cornelias Bildern, der ihm viel einbrachte – und sich die Mühe gemacht, mit peinlichster Genauigkeit das Bild ihres Angesichts aus immer größerer Nähe auf die Platte zu bringen, bis es kein Gesicht mehr war, sondern eine Art Dünenlandschaft mit Bodenerhebungen, Hügeln und Tälern, mit schimmerndem Strandhafer bewachsen, so schien es, und von Adern durchzogen wie von Flüssen. Es war durchaus vorstellbar, daß die blonde sommerliche Landschaft rings um unsern Ausguck nur ein Ausschnitt eines großen Angesichtes sei, aus nächster Nähe gesehen, darauf wir wohnten, falls nicht die Erde nur ein mikroskopisch kleines Etwas war und sie und die Sterne Blutkörperchen im Kreislauf eines Riesen oder eines Gottes. Hatte ich nicht schon selbst als Kind der Sonne und dem Monde ein Gesicht gegeben? Wo aber, so dachte ich in meinem kindlichen Gemüte, wo hörte in der Welt das Nichts auf, und wo begann dieses gewisse Etwas?

In der Ebene jenseits des Kaulaer Forstes fuhr ein Eisenbahnzug. Kaum, daß er vom Flecke kam. Denn das Ferne war langsam und das Nahe schnell. Ich konnte die Reisenden nicht erkennen, die in dem Zuge waren, so klein waren sie, und dieses Kleine war doch lebendig und hatte Herz und Verstand und Koffer mit vielen notwendigen Dingen darin, belegten Brötchen, Büchern, Kamm und Seife. Eine Mücke saß am Fenster, ein kleines lebendiges Tier. Aber es gab Tiere, die noch kleiner waren und auf der Mücke wohnten. Diese Tiere hatten vielleicht sogar Augen, und in diesen Augen spiegelte sich das Größte und das Kleinste.

»Dort ist Paul«, sagte Fritz plötzlich, und ich erschrak vor der Stimme über mir im Blauen. Ich hatte ihn und mich vor lauter Ferne ganz vergessen.

Wirklich, auf Rufweite, unten im Hofe der Strafanstalt, stand jener wilde, sympathische Junge, dem ich damals des Herrn Düttelius Mantel umgetan. Er sah zu uns herauf, und Fritz schwenkte grüßend den Zylinderhut. Ich wußte nicht, daß sie sich kannten. Fritz sprach grundsätzlich nicht von vergangenen Dingen. Es war das erstemal, daß ich in den Anstaltshof sah, in dessen Mitte ein gußeiserner Brunnen stand mit einem blechernen Becher an einer Kette.

Ich erkannte Pauls widerborstigen Haarschopf, den

kein Kamm und keine Bürste zu zähmen imstande schien, als hätte jede Strähne bei ihm ihren eigenen Willen.

»Muß er immer noch sitzen?« fragte ich, und Fliege nickte.

»Es ist schrecklich mit ihm. Immer wieder kann er sich irgend etwas nicht gefallen lassen und muckt auf, zum Beispiel, wenn man ihm die Haare scheren will. Dann muß er zur Strafe natürlich noch länger drüben bleiben.«

Konnte nicht Paul ein ganz klein wenig nachgiebig sein oder wenigstens so tun? Warum ließ er sich nicht die Haare schneiden, warum ließ er es darauf ankommen, von zwei starken Wärtern gehalten zu werden, wobei er um sich biß wie ein wildes Tier? Meinte er, daß das lange Haar das Zeichen der Freiheit sei? Eigentlich geschah ihm ganz recht.

Fritz hatte eine Weile geschwiegen, dann sagte er leichthin:

»Ich denke, wir befreien ihn einfach.«

Es war mir längst klar, daß Freundschaft mit Fliege von vornherein zu allerlei Abenteuern verpflichtete, die mir von Natur nicht lagen. Stünde ich sonst auf der Zinne des Altersheims zwischen Himmel und Erde? Paul befreien! Mußte das sein?

»Ja, darf man denn das?« wagte ich einzuwenden.

»Eigentlich nicht«, gab Fritz ohne weiteres zu. »Aber wir werden es natürlich trotzdem tun.«

Ich fand es gar nicht so natürlich. Allein wenn Fritz dieses Wort gebrauchte, dann hatte das keinen anderen Sinn, als daß er nur noch auszuführen habe, was in den Sternen geschrieben stand. Es gab für ihn nur das eine Gebot: Du sollst Paul befreien. Wäre ich mit Bedenken gekommen, dann würde er mich nur entgeistert angesehen haben. Was blieb mir anderes übrig, als zu sagen: »Also schön, befreien wir Paul.«

»Vorausgesetzt«, antwortete Fritz, »daß sich Paul von uns überhaupt befreien läßt. Er ist nämlich etwas schwierig in puncto Freiheit. Er läßt sich nicht gern etwas vorschreiben. Aber das kriegen wir schon.«

War ich nicht im Begriffe, etwas Unrechtes zu tun? Ich hatte kein sehr gutes Gewissen bei der Sache.

Pauls Flucht

Meine Aufgabe bei der geplanten nächtlichen Entführung Pauls aus der Strafanstalt war die: Hilfsstellung bei der Übersteigung der Mauer und Bereithaltung von Kleidungsstücken in meinem Zimmer, wo Paul sich umkleiden und unkenntlich machen würde. Ich bekam auch die Strickleiter, die ich in der vorgesehenen Nacht auf ein bestimmtes Zeichen, den klagenden Ruf eines Käuzchens, über die Mauer zu werfen und diesseits an einem Baum zu sichern hatte, um eine möglichst rasche und geräuschlose Überwindung des Hindernisses zu gewährleisten.

Wenn ich der alten Rätin ihre geliebten Kriminalromane vorlesen mußte, schauderte ich stets bei dem Gedanken, je etwas Ähnliches tun zu sollen wie jene freilich oft recht sympathisch geschilderten Schwerverbrecher. Jetzt spürte ich am eigenen Leibe, wie es tat. Es war aber zu meiner Verwunderung ein so schlechtes Gefühl nicht, fast, als ob das Böse im Menschen eine ähnliche Befriedigung hervorzurufen fähig sei wie das Gute. Ich bildete mir sogar wunder was darauf ein, was für ein abgefeimter Bösewicht ich sei.

»Ach, diese Braven«, dachte ich bei mir, wenn ich den Abauer, den Freese und den Biederlein bloß sah, »was wissen die vom Leben.«

Sehr bedrohlich für unser Unternehmen erschien mir die Tatsache, daß so viele der Alten sich hellseherische Gaben zuschrieben. Allein meine Besorgnis erwies sich in diesem Falle als völlig unbegründet. Auch muß Fräulein Grufft, die doch sonst jeden Morgen behauptete, sie hätte auch diese Nacht wieder kein Auge zugetan, gerade in der Nacht der Tat ausnahmsweise tief und fest geschlafen haben. Im Hause hat jedenfalls keines Menschen Seele etwas von den Vorgängen bemerkt.

Fritz Fliege hatte die sehr viel heiklere Aufgabe, als harmloser Kaminkehrerlehrling in die Strafanstalt sich einzuschmuggeln, wo er, dank seinem Berufe, von früher her mit allen Örtlichkeiten und Gepflogenheiten vertraut war. In einem Kamin versteckt, wollte er dann die Mitternacht abwarten, damit er, wenn die Ronde vorüber war, den Riegel zur Zelle des wilden Paul öffnen konnte.

Zu spät erkannte ich, daß ich mich in ein Abenteuer eingelassen hatte, dem ich mich, meiner seelischen und körperlichen Struktur nach, nicht gewachsen fühlte. Warum erklärte ich nicht einfach: nein, Clemens Bosquillon tut da nicht mit? Warum mußte ich denn dabei sein?

Fritz Fliege zuliebe, dem »höllenrauchgeschwärzten Unhold«, wie ihn die greise Dichterin in ihrer Schornsteinfegerballade besang. Vielleicht war sie mit der Rätin die einzige, die meine unstandesgemäße Zuneigung begriff und »als irgendwie metaphysisch verankert« anerkannte.

Wie weit war es mit mir gekommen!

Am Morgen des Befreiungstages erwachte ich verzagten Herzens und mit Kopfweh. Meine innere Unruhe zeigte sich zunächst daran, daß mir beim Stiefelanziehen das Schnürbändel riß, was nichts Gutes bedeutet, wie jeder weiß.

»Sei's drum«, sagte ich mir in einer Anwandlung von Übermut, der sich in solchen Augenblicken gern auch der Furchtsamen bemächtigt. Erkünstelte Lustigkeit erzeugt zuweilen wirkliche Heiterkeit, also spielte ich einmal Fritz Fliege, verwahrte meine Hände im Hosensack und schlenderte wie er stumm pfeifend zum Frühstück. Ich fand, daß es für mich etwas außerordentlich Beruhigendes hatte, Fritz Fliege zu sein. Es fiel mir auf, daß an diesem Morgen die Umwelt, Personen und Sachen, von einer Deutlichkeit war wie nie zuvor. Auch bildete ich mir ein, alle Leute seien heute ganz besonders nett zu mir.

In der Schule lobte mich Cornelias Vater unverdientermaßen für einen Zufallstreffer, und Cornelia selbst, die Unnahbare, verwirrte mich in der Pause durch die Frage, ob ich denn eigentlich etwas gegen sie hätte. Ich bejahte es keck.

»Wir sollten uns einmal darüber aussprechen, nicht wahr, Clemens, radfahrenderweise oder so«, sagte sie und lächelte mich an.

Ich galt überhaupt, Gelbes meinte es wenigstens, in der Klasse auf einmal als netter Kerl, und Faschingbauer begleitete mich nach Hause. Er hängte sich sogar ein.

Später freilich machte man mir den häßlichen Vorwurf, ich hätte durch mein scheinheiliges Benehmen in jenen Tagen absichtlich meine wohlmeinenden Lehrer und lieben Gespielen hinters Licht führen wollen.

Verabredungsgemäß ging ich wie sonst auch, nachdem ich den Alten möglichst unbefangen gute Nacht gewünscht, gegen neun Uhr auf mein Zimmer. Ich fand einiges Vergnügen daran, alles genauso zu tun wie sonst, mich auszuziehen, zu waschen und scheinbar zu Bette zu gehen. Endlich löschte ich das Licht und erwartete, im Nachthemd auf dem Bette sitzend, klopfenden Herzens die Geisterstunde.

Die Nacht war schön, aber stürmisch, und ich mußte mich sehr zusammennehmen, um nicht doch noch den Mut zu verlieren. Kurz vor Mitternacht schlüpfte ich unbemerkt ins Freie.

Sämtliche Gewitterängste und Fieberträume meiner Kindheit zusammengenommen, hatte ich mich noch nie so erbärmlich gefürchtet wie in jener Nacht, vor allem vor den Bäumen und dem Wind. Ich bildete mir ein, hinter jedem Baume stünde jemand. Im Hause war es still, totenstill, mußte ich denken. Ich horchte angestrengt nach drüben, aber es regte sich dort nichts. Dreimal hörte ich es zwölf Uhr schlagen, erst vom Gymnasium herüber, dann von der Wilhelmskirche und vom Bahnhof. Auch das Fahren der Züge war im Wind.

Ich mag wohl wie ein kleines Gespenst ausgesehen haben in meinem langen weißen, schlotternden Hemde. »Clemens«, sagte ich zu mir, »du mußt dich nicht so fürchten.«

Ich stellte mir vor, wie die guten Alten in ihren Betten schliefen, nicht ahnend, daß Bübchen sie hinterging. Onkel Wilhelm, das wußte ich, pflegte auf dem Bauche liegend zu ruhen, eine Eigenheit, die er als besonders bekömmlich verteidigte. Vielleicht nächtigte Frau Schließlich, auch im Traume unermüdlich arbeitend, auf dem Bettvorleger, dessen ausgestopften Schädel mit dem weitgeöffneten Raubtierrachen und der rosa Zunge aus Papiermaché als Kopfpolster benutzend. Ich sah die Bennecke auf ihrem Paradebett in spitzenbesetzten Kissen schlummern, ängstlich bemüht, selbst im Dunkeln gut auszusehen. Immer lag neben ihr die Puppe, ohne die sie seit ihrer Kindheit nie schlafen ging, die sie mit ins Grab zu nehmen wünschte, wenn sie dereinst abberufen werde.

Endlich ertönte der wohlbekannte Ruf des Käuzchens. Schnell warf ich die Strickleiter in hohem Bogen über die Mauer, ganz wie ich es schon seit Tagen im Kaulaer Forst an verschwiegenem Orte mit Fritz geübt hatte.

Es dauerte nicht lange, so tauchte wie im Kasperltheater Fritzens Zylinder über der Mauerkante auf, die heimtückischerweise mit grünen Glasscherben gespickt war. Fritz legte einfach seine Jacke darauf, schwang sich herüber, hangelte sich am Seil herab und stand heil neben mir.

»Guten Abend«, sagte er leise und stieß kurz mit dem Zeigefinger gegen den Hutrand.

Nun kam Paul, und zwar zu meiner Verwunderung splitternackt, was er damit erklärte, er wolle vom Staate nichts geschenkt. Er schaute nicht einmal in einen fremden Spiegel. Mich übersah er geflissentlich. Er schien mich nicht für voll zu nehmen. Nun zogen wir schleunigst die Leiter ein und schlichen unbehelligt ins Haus. Baptist schnarchte friedlich in der Pförtnerstube. Im Dunkeln tappten wir nun auf mein Zimmer, wo wir Paul schweigend in meinen alten Matrosenanzug halfen. Fritz umarmte mich stumm. Durchs Fenster, mittels der Strickleiter, verließen sie mich, dann löste ich die Leiter und warf sie ihnen zu. Lautlos verschwanden sie in der Finsternis.

Eine Zeitlang lauschte ich noch, ich konnte aber nichts Verdächtiges wahrnehmen. Fröstelnd kroch ich ins Bett. Alles war programmäßig verlaufen, die ganze Sache hatte nicht länger als elf Minuten gedauert.

Wohin aber die beiden nach gelungener Flucht sich wenden würden, wollte ich mit Absicht nicht erfahren. Fritz hatte mir in die Hand versprochen, unauffällig Nachricht zu geben, sobald sie erst in Sicherheit seien.

Undank ist der Welt Lohn

Ich konnte noch nicht lange geschlafen haben, als plötzlich ein Scharren, Kratzen und Winseln an meiner Tür mich weckte, wie von einem Hunde, und ehe ich noch völlig munter war, vernahm ich fremde Stimmen auf dem Gang und unterdrückte Weiberrufe. Es klopfte knöchern.

Ich muckste mich nicht.

»Sofort aufmachen, Polizei ist da«, sagte jetzt eine amtliche Stimme, und als ich wieder schwieg, hörte ich Frau Bennecke rufen: »Ach Gott, ach Gott, sie haben ihn am Ende umgebracht.«

Nun fragte ich so verschlafen wie möglich, was denn eigentlich los sei, schlurfte an die Tür und öffnete ungehalten.

Der Gang war hell erleuchtet. Blinzelnd, im Hemde, stand ich da. Der Hund bellte.

Mein Anblick muß recht komisch gewesen sein, denn der Beamte schmunzelte, und Onkel Wilhelm, der hinter ihm stand, fragte verblüfft: »Aber Clemens, wie siehst du denn bloß aus?«

»Ich, wieso?« tat ich unschuldig. Ich schaute in den Spiegel. O weh, mein Gesicht sah aus, als hätte ich mehrmals hintereinander beim Schwarzenpeterspiel verloren, und auch auf meinem Hemde fanden sich verräterische Spuren rußiger Hände. Aber was noch verdächtiger war: auf dem Tische lag Flieges unseliger Zylinderhut, den er in der Eile vergessen haben mußte.

Nun hatten wir uns für alle Fälle feierlich gelobt, daß wir, wenn einer von uns erwischt werden sollte, einfach schweigen wollten, was auch immer mit uns geschehe. Schweigen, so hatte mich Fritz gelehrt, sei eine ganz wundervolle, aber noch viel zu wenig bekannte Waffe in solchen Augenblicken, die er selbst schon oft mit Erfolg angewandt.

»Clemens, wie kommt der Hut in dein Zimmer?« fragte mich Onkel Wilhelm sehr leise, während der Polizist, den Revolver in der einen, die Blendlaterne in der andern Hand, fachgerecht unter mein Bett, in den Kleiderschrank und endlich auch aus dem Fenster leuchtete.

Onkel Wilhelm war, wie stets, im Gehrock, also trotz der ungewöhnlichen Stunde völlig und untadelig gekleidet. Allzeit beerdigungsbereit, nannte es einmal die Bennecke.

»Wie kommt dieser Zylinderhut in dein Schlafgemach?« fragte Onkel zum zweiten Male, da ich beharrlich schwieg. Ich bemühte mich, möglichst unbeteiligt auszusehen. Ich mußte mich schon sehr zusammennehmen, um nicht weich zu werden, denn der gute Onkel Wilhelm begann plötzlich zu weinen. Er tat gar nichts dagegen, er hob nicht einmal die Hand, die Tränen kullerten nur so über sein seelengutes, unauffälliges Gesicht.

Ich war nahe daran, ihm zu Füßen zu fallen, seine Knie zu umklammern und ihn um Verzeihung zu bitten. Auch erwog ich, ob ich nicht am Ende besser täte, alles zu gestehen oder gar auf Kosten der andern meine Unschuld zu beteuern, und ich hätte es vielleicht auch getan, wenn nicht dieser verflixte Hut gewesen wäre. Ich dachte an Fritz und blieb tapfer.

»Ich schäme mich meiner Tränen nicht«, sagte Onkel mit einer rührend kindlichen Stimme, wandte mir den Rücken und verließ das Zimmer.

Aber nun, da auch meine Augen feucht zu werden drohten, tat ich etwas, was ich bisher niemals hinter mir vermutet hätte: ich wurde frech. Zum erstenmal in meinem Leben. Dabei hatte ich ein bisher ungekanntes, unbändiges Gefühl von Freiheit.

Ich nahm Flieges Zylinderhut, setzte ihn auf und machte Faxen vor dem Spiegel.

»Na, ich bin ja baff«, ließ sich nun die Bennecke von der Tür her vernehmen, wo sich allmählich das ganze Altersheim versammelt hatte.

»Hab' ich's nicht immer gesagt«, frohlockte Düttelius voll befriedigter Entrüstung. Dabei reckte er seine dürren Arme haulustig aus den Ärmeln, bis seine schwarzwollenen Pulswärmer völlig sichtbar waren.

Man muß nur einmal so weit sein, dann ist es gar nicht so schwer. Also schwenkte ich fröhlich grüßend den Hut gegen die Alten, streckte ihnen die Zunge heraus und machte eine lange Nase. Dann legte ich mich kurzerhand wieder ins Bett und stellte mich schlafend. Ich ahmte laut das Schnarchen nach.

»Hat man sie?« fragte der Beamte zum Fenster hinunter, was kriminalistisch nicht sehr geschickt von ihm war. Man hatte sie nicht, und man bekam sie auch nicht.

Pauls Flucht war von der Zweiuhrronde entdeckt und unverzüglich der Polizei gemeldet worden. Die preisgekrönte Polizeihündin Ilse, ein schönes, etwas nervöses

Tier, wurde mit Erfolg angesetzt, und sie hatte mich ja auch einwandfrei gestellt. Im Garten aber, unter meinem Fenster, von neuem auf die Fährte der Flüchtlinge gebracht, richtete sie einigen Schaden in dem schönen Malvenbeete an und versagte dann völlig, indem sie gegen alle Dressur die Spur eines Igels verfolgte, den sie im Gemüsegarten aufgestöbert.

Ich übersah meine Umgebung geflissentlich. Selbst als der schneidige Polizist mit den Worten: »Das werden wir gleich haben«, an mein Bett trat und mir befahl, sofort aufzustehen, tat ich nicht dergleichen. Er packte mich an, ich machte mich ganz locker und leistete keinerlei Widerstand. Er stellte mich grob auf die Beine, ich ließ mich fallen, als hätte ich keine Knochen. Was blieb ihm da anderes übrig, als, schlau wie er war, mich durch zwei seiner Beamten anziehen zu lassen. Ich ließ alles lächelnd mit mir geschehen. Natürlich wurde ich tausend Dinge gefragt, ob ich Paul kenne und woher, wer denn dieser Fritz Fliege sei, und warum ich ihnen beigestanden. Ich sah den Beamten kindlich heiter an und schwieg und schwieg.

Den Polizeibeamten ärgerte mein Schweigen sichtlich.

»Nun gut«, sagte er endlich, »wie du willst, mein Jüngelchen. Das Weitere wird sich finden.«

Wenn ein großer Staatsmann auf der Höhe seines europäischen Ruhmes eines schönen Tages vielleicht anläßlich eines Galadiners beim Stehlen silberner Löffel ertappt worden wäre, so hätte dies bei Hofe keine größere Überraschung hervorrufen können, als es meine Beihilfe zu Pauls Befreiung im Altersheim tat.

»Ich war wie vor den Kopf geschlagen«, äußerte die Rätin unter Tränen. »Es wird mir ewig ein Rätsel bleiben, wie unser sanftes Bübchen dazu kam.«

Dennoch hoffte sie zuversichtlich, der mysteriösen Angelegenheit in Bälde auf den Grund zu kommen, falls man ihr freie Hand lasse. Frau Bennecke hatte mich gern. Sie rechnete es mir immer noch hoch an, daß ich seinerzeit bei jener Sterbeszene, unstreitig ihrer schönsten, so bitterlich um sie geweint hatte.

»Oh, ich kenne die geheimsten Regungen des Menschenherzens«, sagte sie und nickte dem Geiste ihres seligen Gatten zu, der in letzter Zeit fast dauernd um sie war.

Zur Strafe durfte ich vorläufig weder mein Zimmer verlassen noch irgend jemanden sehen außer Onkel. An einen weiteren Besuch des Gymnasiums war nicht zu denken. Ich hatte plötzlich Ferien.

Heute ist mir so, als hätte ich damals meine ganzen, doch recht mühsam erworbenen Schulkenntnisse samt und sonders in einem Tag verlernt. Sie flogen auf wie Spatzen, allen voran die Verben auf μι, und mir wurde wunderbar leicht davon.

»Du kommst nach drüben«, verkündete mir Onkel eines Morgens mit ernster Miene. Ich verharrte nach wie vor in verbindlichem Schweigen und machte mich darauf gefaßt, sofort abgeführt zu werden. Ja, ich war beinahe neugierig, wie die Geschichte jetzt weitergehen würde, und verhielt mich abwartend.

Ich kam aber gar nicht nach drüben. Statt dessen trabte eines Morgens der alte Doktor Melissus Moll in mein Zimmer und sah mich mit seinen himmelblauen Kinderaugen herzgewinnend an. Wir saßen uns lange Zeit schweigend gegenüber und betrachteten einander mit Wohlgefallen. Ich konnte ihm beinahe ansehen, was er sich dachte, wenn er die Lippen aufeinanderpreßte und sein Blick fast etwas Spitzbübisches bekam oder wenn er den grauen Bart mit dem Handrücken von der Gurgel her knisternd nach oben strich. Endlich sagte er: »Ja, da machen wir vorerst einmal gar nichts«, und trabte ein Haus weiter, langsam gefolgt von seiner leeren Droschke.

Sein ausführliches Gutachten über meinen Gemütszustand hatte die Wirkung, daß ich nicht, wie geplant, mit Schimpf und Schande aus der Schule gejagt, sondern aus Gesundheitsrücksichten ›herausgenommen‹ wurde. Auch von den Behörden wurde ich in Sachen ›Beihilfe zur Gefangenenbefreiung‹ nicht weiter behelligt und blieb völlig straflos. Das hatte ich natürlich nur Onkel Wilhelm zu danken, der alles daran setzte, um den Namen der Familie Bosquillon, die bekanntlich von redlichen Bauern abstamme, makellos zu erhalten. Meine schnöde Tat hatte solche Milde wahrhaftig nicht verdient, was besonders Düttelius aufrichtig bedauerte, der mir eine längere Haft bei Wasser und Brot gern gegönnt hätte.

Nicht eben sehr schmeichelhaft fand ich es, daß der gute Doktor, um mir aus der Patsche zu helfen, mich für geistig minderwertig erklärt hatte. Man behandelte mich auch danach. Pastor Jüd besuchte mich jetzt fast täglich. Er ließ, obwohl ich tat, als wäre er nicht vorhanden, nicht ab, mit freundlicher Rede mein verstocktes Herz zu bekehren, darinnen sich ein höchst unsauberer Geist hoffentlich nur vorübergehend eingenistet haben müsse.

»Oh, wir sind alle schuld«, gab er freiwillig zu.

Indessen wartete ich Tag für Tag vergeblich auf die versprochene Nachricht Fritz Flieges und war töricht genug, in meiner Verzweiflung sogar im Ofenloche danach zu suchen, ob er nicht durch den Kamin einen Brief zu mir gesandt. Ich fühlte mich schmählich im Stiche gelassen, und das war der Grund, warum ich endlich doch kirre wurde. Ich lenkte ein.

Doch als ich die ersten Worte sagte, ganz belanglose Worte, nämlich: »Guten Morgen, Onkel Wilhelm«, wurde ich schon windelweich. Wir waren beide sehr gerührt und umarmten uns schluchzend.

»Na also«, sagte der Onkel ganz erleichtert, »ich sehe schon, du bereust es.«

Nun durfte ich doch wenigstens spazierengehen, zunächst nur im Park, und natürlich in Begleitung Erwachsener. Man war, ich kann es nicht anders sagen, sehr, sehr nett zu mir, so nett, daß mir fast ein wenig unbehaglich dabei wurde. Alle hatten mir längst verziehen und gaben mir reichlich Gelegenheit, wiedergutzumachen.

»Du kannst Gott danken, daß es nicht schlimmer ausging. Niemand von uns trägt dir etwas nach, mein armer Junge«, erklärte die Rätin gütig, und ich merkte wohl, daß ich diese Milde unsern Alten hoch anzurechnen hatte.

»Es geschieht ja nur zu deinem Besten«, hieß es nun alle Augenblicke. Ob es sich um die kalten Übergießungen handelte, die von nun an jeden Abend unter Onkels persönlicher Leitung mittels einer grünen Gießkanne an mir vollzogen wurden, mich vor Verweichlichung zu bewahren, oder um die Verhütung jeden Umgangs mit Gleichaltrigen beiderlei Geschlechts, also auch mit Cornelia, immer geschah es im Hinblick auf meine gefährdete Psyche, wie es die Bennecke nannte.

Berufswahl

Die Feier des fünfundzwanzigjährigen Bestehens der wohltätigen Anstalt bot eine willkommene Gelegenheit, die Sorge um meine Zukunft im Rat der Alten zur Sprache zu bringen.

Mein Onkel, der den Vorsitz führte, das Wort erteilte und sich dabei gern einer großen Handglocke bediente, hatte dafür gesorgt, daß an jedem Platze des grünen Tisches Schreibpapier und gespitzte Bleistifte lagen, um der Sitzung einen parlamentarischen Anstrich zu geben.

Die Tagesordnung begann mit einer feierlichen Ansprache Pastor Jüds, darin er ausführlich der würdigen Stifter Karl und Emilie Pfotenhauer gedachte, deren Leben er als vorbildlich bezeichnen konnte.

»Karl Christian Pfotenhauer«, so führte er aus, »war armer, aber achtbarer Leute Kind. Er ist, das kann man wohl sagen, in kleinsten Verhältnissen groß geworden. Seine Jugend war nicht leicht. Der kleine strebsame Karl hat sich tüchtig nach der Decke strecken müssen, und oft genug war in seinem Elternhause Schmalhans Küchenmeister.

Eine Stecknadel sollte ihm zum Segen werden. Eine unscheinbare Stecknadel, die er eines Tages auf der Straße fand und, gewohnt, selbst geringen Wert nicht zu mißachten, zu sich steckte. Und siehe da, fünf Minuten später durfte er einer vornehmen Dame, die den Saum ihrer Krinoline herabgetreten hatte, aus arger Verlegenheit helfen. Für diese Artigkeit aber ward ihm klingender Lohn, der dann den Grundstock zu seinem späteren Wohlstand bildete.«

»Einer winzigen Stecknadel also verdanke letzten Endes unser Altersheim seine Entstehung?« fragte Pastor Jüd, fast schelmisch nach oben lächelnd. »O nein, mitnichten.« Und alle verstanden, was er damit sagen wollte.

Nach einer kurzen Pause, in der Erfrischungen gereicht wurden, kam die geplante Einrichtung eines Badezimmers zur Sprache, die Frau Bennecke dringend gefordert hatte, Düttelius aber als sträflichen Luxus bezeichnete.

»Ich scheue mich nicht, es hier öffentlich auszusprechen«, rief die Rätin mit vor Erregung zitternder Stimme, »daß es in diesem hohen Hause gewisse Personen gibt, die, gelinde gesagt, muffeln!« Ein beifälliges Gemurmel bewies, daß sie, wie so oft, den Nagel auf den Kopf getroffen hatte. Das Bad wurde mit überwältigender Stimmenmehrheit genehmigt, während die Einführung des elektrischen Lichtes an Stelle der bisherigen Gasbeleuchtung noch zurückgestellt werden sollte, bis man wisse, ob sie sich auch bewähre oder nicht vielleicht mit Lebensgefahr für die Benutzer verbunden sei.

Der nächste Punkt des Programms betraf den Rangstreit zwischen zwei alten Herren, wer nämlich den andern zuerst zu grüßen habe, ein Fall von grundsätzlicher Bedeutung, der aber durch Onkel Wilhelm, nachdem er ohne besonderen Grund mehrmals heftig geläutet hatte, friedlich beigelegt werden konnte.

»Die Gesetze der Ritterlichkeit«, so erklärte er schneidig, »sind mir, das darf ich für mich in Anspruch nehmen, keineswegs fremd. Es durfte mich, als ich ein blutjunger Leutnant war, verdammt noch mal, keiner ungestraft schief ansehen. Aber später denkt man ruhiger. Versöhnung, meine Herren, ist in unsern Jahren die vornehmste Erledigung eines Ehrenhandels.«

Von Stund an grüßten sich die beiden, die sich eben noch am liebsten duelliert hätten, stets mit übertriebener Zuvorkommenheit, ja jeder setzte seinen Ehrgeiz darein, den andern zuerst gegrüßt zu haben, und lachte sich ins Fäustchen, wenn es ihm glückte, ehe sich's der andere versah.

Dann begann die vertrauliche Aussprache über meine Zukunft, die Düttelius sofort dazu benutzte, um mein sündhaftes Verhalten gehörig anzuprangern. Aber Onkel Wilhelm nahm mich in Schutz.

»Ich habe an Bübchens lauterer Gesinnung keinen Augenblick gezweifelt«, sagte er mit Nachdruck, »an allem war nur dieser hergelaufene Kaminkehrerlehrling schuld, er und niemand anders. Mein Neffe Clemens wäre von selbst nie auf den Gedanken gekommen, uns das anzutun. Doch mangelt ihm freilich noch manches, was den echten Mann ausmacht, als da ist Schneid, Wirklichkeitssinn, Verantwortungsfreudigkeit: Mumm mit einem Wort.«

»Was will er denn eigentlich einmal werden?« fragte nun die Rätin sehr vernünftig. »Buchhändler vielleicht?«

Aber niemand wußte so recht, was ich werden wollte, und die Prophezeiung unserer Pythia, daß ich, ob ich wolle oder nicht, ein zweiter Bismarck werden würde, der auch nicht immer die besten Noten gehabt habe, fand nur ein nachsichtiges Lächeln.

»Meine beste Eva-Rosine«, sagte Frau Bennecke kopfschüttelnd, »man merkt, Sie sind eine Dichterin.«

»Wir werden ihn einfach fragen«, schlug Onkel vor und ließ mich rufen.

»Nimm Platz, mein lieber Clemens«, sprach er, als ich mit einer artigen Verbeugung vor die Versammlung trat. »Wir reden von deiner Zukunft. In deinem Alter pflegt man meist zu wissen, was man einmal werden will. Ich wenigstens wußte es damals längst.«

Fast alle wußten es. Gelbes zum Beispiel war schon als Gymnasiast fest entschlossen, ein reicher Mann zu werden, und er wurde es. Ich aber wußte es nicht, obwohl ich oft darüber nachgegrübelt hatte.

»Willst du Soldat werden?« fragte Onkel natürlich als erstes. Aber das mochte gewiß sein Ernst nicht sein, denn das konnte jeder sehen, daß ich dazu nicht taugte.

»Nicht auszudenken«, sagte denn auch die Rätin, als hätte jemand einen schlechten Witz gemacht. Auch Düttelius kicherte in sich hinein.

Wer konnte auch damals ahnen, daß ich wirklich noch Soldat, ja in blutiger Feldschlacht verwundet werden würde!

»Oder«, Onkel sah mich abschätzig an, »möchtest du vielleicht Pfarrer werden?«

»Pfarrer? Ach nein, lieber nicht«, sagte ich erschrocken. Denn das schien mir damals und heute von allen der schwerste Beruf zu sein, der nur den Würdigsten und Besten offenstand. Wer, so dachte ich, durfte sich anmaßen, mit Gott zu sprechen, wer sich Seelenhirt nennen und Gottesdienst halten? Mußte er nicht reinen Herzens sein, untadelig mit einem Wort? Auch hatte ich keine Lust, dem Teufel zu begegnen und mit ihm zu ringen, wie es selbst dem frommen Pastor Jüd zugestoßen war. Nein, von allen Berufen erschien mir dieser als der unheimlichste.

»Er soll Jus studieren«, schlug Frau Bennecke vor, »da kommt er überall unter.«

Davon wußte ich nun einiges durch der Rätin Kriminalromane und durch Kunis auf rosa Papier gedruckte Gerichtszeitung. Aber ich konnte mir wirklich nicht zutrauen, gerecht zu sein. Wenn ich mich irrte? Konnte man je wieder seines Lebens froh werden, wenn man schuld am Tode eines Unschuldigen war? Vermutlich würde ich sogar, wie ich mich kannte, einen Schuldigen freisprechen, wenn er mir sympathisch schien, wie Fritz Fliege etwa.

»Oder Arzt?« Das hatte ich mir auch schon durch den Kopf gehen lassen. Mußte ich dann aber nicht einem Fräulein Grufft in den Hals schauen oder den Professor Düttelius abhorchen? Mir grauste.

Selbst beim Kaufmannsberuf vermochte ich mir nicht vorzustellen, daß ich ihm gewachsen wäre. Vor allem schien es mir gewagt, mit viel Geld rechnen zu müssen. Ich hatte von jeher Angst vor dem Gelde.

»Aber du mußt doch wenigstens irgendeine Liebhaberei haben, zum Beispiel Schmetterlinge sammeln oder Briefmarken.«

Nichts von alledem.

»Nicht einmal Briefmarken sammelt er«, erboste sich Düttelius und schlug mit der flachen Hand auf den Tisch.

»Hoffnungslos«, seufzte Agathe Grufft mit einem Blick zur Decke. Und selbst Onkel wurde jetzt ärgerlich.

»Du bist mir so ein Held«, grollte er. »Nimm dir ein Beispiel an mir!« Damit beugte er seinen Arm und ließ mich seinen Bizeps fühlen, der sich anfaßte wie ein Stopfei in einem Strumpfe.

»Meine vertrauten Freunde«, ließ sich Düttelius wieder vernehmen, »wir alle haben wohl den Eindruck gewonnen, daß unser Clemens ein wenig blöde ist. Aus dem wird nichts. Er hat nicht für fünf Pfennig Ehrgeiz und kein Fünkchen Phantasie. Das beste ist, wir stecken ihn in eine Presse. Denn das Einjährige muß er als anständiger Mensch heutzutage wohl haben.«

»Nein«, erklärte Onkel abschließend, »er soll Buchhändler werden, ich spreche noch heute mit Freese.« Die Alten waren's zufrieden.

Es hätte noch alles gut werden können, wenn meine unglückliche Neigung zur schönen Cornelia nicht gewesen wäre. Sie konnte freilich nichts dafür, daß ich sie liebte, aber ich würde mich vielleicht nie auf jenes Abenteuer mit Fritz Fliege eingelassen haben, wäre sie netter zu mir gewesen.

Während meines Stubenarrestes wartete ich täglich auf den Augenblick, da Cornelia zur Schule ging. Ich holte mir mittels meines Opernglases ihre Gestalt heran und begleitete sie von ferne. Einmal fuhr sie auf dem Rade unten am Hause vorbei, ohne hinaufzusehen, durch mein Glas zum Greifen nahe. Sie mußte an etwas sehr Lustiges denken, denn sie lachte vor sich hin. Dabei machte sie ihr berühmtes Gesicht, das Viktor Gelbes einmal treffend als zärtlich-boshaft bezeichnet hatte. Sie trug jetzt auch die goldene Maschine nicht mehr im Munde, die ihr das Ansehen gegeben hatte, als sei sie noch nicht ganz vollendet, als würde noch die letzte Hand an sie gelegt.

Heute weiß ich, denn es wiederholte sich fast täglich um die gleiche Stunde, daß Cornelia mit keiner andern Absicht am Altersheim vorüberfuhr, als von mir gesehen zu werden. Ich fand indes nichts Besonderes dabei, sondern schrieb ihr Erscheinen einer Art übernatürlicher Fernwirkung meines Willens zu, kraft dessen ich sie herbeizwang. Denn ich glaubte fest daran, daß es mir endlich geglückt sei, nach Gutdünken Cornelias Schritte lenken zu können. Es war ziemlich anstrengend, und wenn es mir zuweilen mißlang, dann lag es wohl an gewissen Fehlern meines fein ausgeklügelten Systems, die ich eben in Kauf nehmen mußte.

Als Zaubermittel bediente ich mich zunächst eines Stadtplanes von Kaula und eines friderizianischen Zinnsoldaten, den ich Cornelia nannte. War nun die Schule aus, so begann ich mein Spiel, indem ich den Soldaten

Cornelia an die Stelle des Planes setzte, die das Gymnasium bezeichnete, und rückte ihn unter krampfhafter Sammlung meines Willens, während ich die wirkliche Cornelia durch das Fernglas scharf beobachtete, mit Richtung auf das Altersheim langsam vorwärts. Ich hielt dabei den Soldaten Cornelia fest zwischen Daumen und Zeigefinger und suchte mit sanfter Gewalt ihren Sinn zu wenden, indem ich die Figur ein paar einladende Schrittchen tun ließ, und wenn Cornelia nicht gleich folgte, immer dringlicher wiederholte, bis es eines Tages glückte.

Aber ich ging noch weiter. Ich hatte ja Zeit. Ich zeichnete Cornelia. Ich fertigte ein genaues Modell von ihr aus Papier, eine Art Ankleidepuppe, wie sie in Form von Ausschneidebogen in kleinen Schreibwarenhandlungen zu haben sind. Ich vergaß nichts, auch das rote Herz nicht in ihrer Brust, darauf ich winzig klein mich selber abbildete in Gestalt eines Miniaturmatrosen. Mit dem Herzen Corneliens also begann ich und ihren Eingeweiden, klebte dann, so gut ich's konnte, mit unendlicher Sorgfalt ihren süßen Körper darüber, eine Vorder- und Rückenansicht, nachdem ich mich in einem Buche ›Griechische Bildwerke‹ – von Rektor Weinlein ererbt – über das Notwendigste vergewissert hatte. Ich bemalte die Puppe liebevoll mit Wasserfarben, und dank meiner Ungeschicklichkeit bekam das zierliche Figürchen mit der Cornelien eigenen eckigen Grazie einen gewissen altertümlichen Reiz, wie man ihn etwa bei der Venus von Lukas Cranach findet. Ich arbeitete mit dem feinsten Pinsel, um alle Einzelheiten ihres Gesichtes sichtbar zu machen, besonders ihre unbeherrschten Augen und den geliebten Mund. Die Haare aber waren wirkliche Haare von Corneliens Haupt. Gelbes hatte ihr unbemerkt während des Unterrichtes eine Locke abgeschnitten und gegen Geld und gute Worte an mich verkauft.

Nun ging ich an die Garderobe. Ich ahmte alle Kleider nach, die Cornelia trug, setzte ihr ganz allerliebste Mützchen auf und gab ihr Schuhe und Strümpfe. Natürlich war auch das weiße polnische Schlittschuhkleid dabei – als Pelzbesatz diente Watte –, und sogar die Schlittschuhe schnitt ich aus Staniolblech aus. Jeden Tag kleidete ich Cornelia neu.

Als ich damit fertig war, schuf ich in gleicher Größe ein Modell von mir, gleichfalls mit dem Herzen beginnend, das ich in den beiden Körperhälften einschloß wie in einem Brief, gab auch meinem Abbild echte Haare und kleidete es an. Dann nahm ich die beiden papiernen Puppen und legte behutsam Mund an Mund, und mein Herz pochte laut, als geschehe an mir, was ich doch nur im Bilde tat.

In solcher Herzensnot betete ich inbrünstig zu der Büste des Blondkopfs, daß er mir gnädig sei, und ich opferte ihm als dem zuständigen Gotte.

»O Eros«, flehte ich, »Schmetterlingsmörder, Böcke und Ziegen kann ich dir leider nicht schlachten, auch nicht Polypen und den hurtigen Stint, die dir, ich weiß nicht warum, heilig sind, höchstens einen Sperling, wenn ich's übers Herz brächte, ihn dir zuliebe zu würgen. Laß, Grausamer, den Pfeil mit der bleiernen Spitze in deinem Köcher, nimm lieber den goldnen und mache Corneliens Herz mir gewogen.«

Cornelia einzig und allein war auch der Grund, warum ich ohne Murren mich bereit fand, als Lehrling in Freeses Kunst- und Bücherstube einzutreten. Denn Cornelia galt als gute Kundin und kam häufig in den Laden.

Mit Bangen und Ehrfurcht trat ich also in dem unheilschwangeren Hause meine Stellung als Volontär an. Ich war noch keine fünf Minuten im Laden, als eines der großen Regale, von dessen oberstem Fache Herr Freese auf den Zehenspitzen stehend und durch Hüpfen ein Buch zu holen im Begriffe war, ins Wanken geriet und eine Lawine von Reclambändchen, Sammlung Göschen und roten Baedekern über Herrn Freese hereinbrach, ihn fast unter sich begrabend.

»Hier habe ich gleich eine Arbeit für Sie, junger

Freund«, rief Herr Freese und schüttelte mit lärmender Lustigkeit die Büchlein und Heftchen von Haupt und Schultern, als habe er eben ein erfrischendes Bad genommen.

Ich griff wacker mit an. Indem kamen der schöne Titus und der fromme Dominik durch den Laden, um ins Gymnasium hinüberzugehen; ein wenig zu spät dran, wie immer, da sie so nahe wohnten. Sie begrüßten mich munter.

Auch die schöngeistige Corona Freese reichte mir mit müder, leidender Gebärde und dennoch lächelnd ihre gotisch schmale Hand, reichte sie mir von weitem wie über eine Kluft, so daß ich nur ihre Fingerspitzen zu fassen kriegte.

Corona ging nicht wie unsereins, sie wandelte. Sie setzte sich nicht, sie ließ sich nieder. Schon damals trug sie eine Pagenfrisur, und immer hatte sie ein Buch in der Hand oder eine Blume. Sie war in einen ziegelroten venezianischen Schal gehüllt, den sie fortwährend neu zu drapieren wußte. Denn Corona fröstelte leicht. Sie bediente im Laden, weil Freeses sparen mußten.

Wenn ein Kunde den Laden betrat, der mit den Eigenheiten der Kunst- und Bücherstube noch nicht vertraut war, so konnte ihm passieren, daß er unverrichteter Dinge wieder gehen mußte. Denn von selbst kümmerte sich gewiß niemand um ihn, weder mein Chef, der sich überhaupt nur ungern von seinen lieben Büchern trennte, noch Corona, die einen Käufer fast als Störenfried empfand, es sei denn, er verlangte nach Lyrik.

Dann aber begann eine Art kultischer Weihehandlung. Abgewandten Gesichts, mit geschlossenen Augen und wie im Schlafe lächelnd, griff sie nach dem gewünschten Buche von Rilke oder George, streichelte es sanft, hauchte ein unsichtbares Staubfäserchen vom Schnitt und kredenzte es endlich dem Käufer auf flachen Händen, als sei es aus zerbrechlichem Glase.

Geld dafür in Empfang zu nehmen, hielt sie unter ihrer

Würde. Sie hätte das Büchlein am liebsten jedem geschenkt, wenn nicht Mutter Freese gewesen wäre, die sogleich heftig mit der Registrierkasse rasselte, worauf Corona mimosenhaft zusammenschrak und mit schmerzlichem Gesichtsausdruck ihre Ohren zuhielt oder wenigstens so tat.

Frau Freese war die einzige in der Familie, die Wirklichkeitssinn besaß. Sie dachte alles in Geld um.

»Glauben Sie an die Unzerstörbarkeit der geistigen Substanz?« fragte etwa Corona mit ihrer dunklen Stimme einen seelenverwandten Kunden und schlug ihre großen Augen vertrauensvoll zu ihm auf. Man sagte ihr nach, sie benutze Belladonna. Mit unserer Schuster-Tscherkassow, der leider noch immer zu Unrecht verkannten Dichterin, stand sie in regem geistigem Austausch.

Schon am ersten Tage kamen die Alten in den Laden, um sich nach mir umzusehen und mir etwas abzukaufen, obwohl ich vorerst die Bücher nur einpacken durfte. Es machte Spaß, denn wenn es auch sonst bei Freese etwas schlampig zuging, auf hübsches Einschlagpapier legten sie den größten Wert.

Obwohl unsere Bücherstube als Treffpunkt der geistigen Welt Kaulas galt, wurde herzlich wenig gekauft. Es gab Zeiten, da der Laden stundenlang leer war, dann saß ich auf der Leiter und las. Auch Corona las und Herr Freese hinten in seinem kleinen Kontor. Wir waren unsere besten Kunden.

Täglich ging Cornelia vorüber und blieb an der Auslage stehen, deren Dekoration mir anvertraut war. Cornelien zu gefallen, stellte ich mir Themen, die zu ihr zu passen schienen. Ich widmete ein Fenster bewußt ihren sportlichen Neigungen oder ihrer Begabung für Mathematik und erreichte auf diese Weise wirklich, daß sie länger vor dem Schaufenster verweilte. Dann wurde ich kühner. Ich stellte eine Kollektion zusammen, die in ihrer Anordnung nichts anderes bedeutete als eine symbolische

Liebeserklärung an Cornelia. Ich wählte lange unter den Bildern berühmter Liebespaare und entschloß mich endlich für eine schöne Reproduktion nach Anselm Feuerbach: Paolo und Francesca, wobei ich es besonders sinnig fand, daß die Geliebte ein Buch in den Händen hielt. Durch Titus Freese, der ein guter Schriftenzeichner war, ließ ich gegen eine Schachtel Zigaretten das Sprüchlein »du bist min, ich bin din« in altertümlichen Lettern schreiben und gruppierte darum die einschlägige Literatur in Form eines Herzens.

Allein meine stumme Huldigung verfehlte die erhoffte Wirkung auf Cornelia. Zwar erschien sie wie immer nach der Schule, um im Vorbeigehen einen Blick auf die Auslage zu werfen, aber sie war nicht allein. Viktor Gelbes kam mit ihr. Er hatte sie kameradschaftlich untergefaßt, ja er strich ihr eine Locke, die ihr in die Stirn gefallen war, aus dem Gesicht und stopfte sie unter ihr Mützchen, ohne daß sie es wehrte. Ich mußte es durch die Schaufensterscheibe mit ansehen, während ich einen umständlichen Kunden bediente, wie Viktor und Cornelia miteinander alberten und schäkerten, als wären sie Liebesleute. Ohne ihre Worte zu verstehen, hatte ich das verdrießliche Gefühl, daß sie von mir sprachen und sich über mich lustig machten. Denn Gelbes deutete auf die Bücher und auf Cornelia, faßte sich ans Herz und sah sie schwärmerisch an, worauf sie errötete. Er drückte ihren Arm, sie drohte ihm schalkhaft mit dem Finger, und dann gingen sie untergefaßt und lachend weiter. Das wurmte mich.

Aber am Nachmittag kam Cornelia allein zu mir in den Laden. Ich hatte mir vorgenommen, ihr die kalte Schulter zu zeigen, aber als ich mich, auf meine Fingerspitzen gestützt, einen Bleistift hinterm Ohr, kommishaft über den Verkaufstisch beugte und mit eisiger Höflichkeit fragte: »Was darf es sein?« mußte ich schon lachen.

»Bist du mir böse?« fragte sie und sah mich treuherzig an.

»Ach, du meinst wegen Gelbes«, tat ich nebensächlich.

Sie nahm ein Buch und blätterte darin, mir halb den Rücken zuwendend.

»Oh, wir verstehen uns sehr gut, Viktor und ich«, gestand sie. »Wir treiben Mathematik zusammen, Viktor und ich. Es rechnet sich fabelhaft mit ihm. Du weißt ja, ich liebe die Mathematik.«

»Kann man Mathematik lieben?« fuhr es mir heraus. Ich sah Cornelia und Viktor im Geiste beisammenhokken und miteinander in zärtlichen Zahlen reden. Wo hatte Cornelia bloß ihre Augen? Sah sie nicht Viktors kränkliches, dünnes Haar, durch das die weiße Kopfhaut schimmerte? Es schien sie nicht zu stören. Sah sie seine Hände denn nicht? Ich kam mir sehr dumm vor angesichts solch integraler Liebe.

Wir waren allein unter lauter Büchern.

»Und du, Clemens«, sagte sie plötzlich, ohne von dem Buche aufzusehen, »was ist mit dir, Bübchen? Liebst du mich eigentlich noch?« Es klang fast, wie man ein kleines Kind fragt: tut es denn noch weh?

»Ja, ich liebe dich«, antwortete ich leise.

Das freute sie sichtlich. Dadurch ermutigt, fragte ich weiter: »Und du, Cornelia, und du?«

Ach, hätte ich doch geschwiegen! Denn Cornelia stampfte zornig mit dem Fuße.

»Das geht dich nichts an«, sagte sie. »Genügt es nicht, daß du mich liebst?« Und sie verließ hochmütig und ohne Abschied den Laden.

Am nämlichen Tage besuchte mich nach der Schule auch Gelbes und war unzart genug, mir zu berichten, wie er sich so ganz allmählich der spröden Cornelia Zuneigung errechnet habe. Sie sei Wachs in seinen Händen.

Mir schauderte bei dieser Vorstellung. Indessen stand Viktor vor dem großen Spiegel und betrachtete genießerisch sein Bild. Er sonnte sich förmlich in seiner Abscheulichkeit.

»Sage selbst, ehrlicher Clemens«, dozierte er und

strählte sein schäbiges Haar, »kann man diesen Gelbes lieben ohne Grausen? Ist er nicht ein widerlicher Bursche, ein Scheusal ohnegleichen?«

»Ja, beim Zeus, das ist er«, bestätigte ich von ganzem Herzen.

Gelbes nestelte bedächtig die ausgegangenen Haare aus dem Kamm, zwirbelte sie zwischen zwei Fingern zu einem kleinen Knäuel und pustete es von der flachen Hand.

»Cornelia liebt mich abgöttisch, das gute Ding. Wer hätte das gedacht!« Er grinste.

»Was das Komischste dabei ist«, fügte er fast bedauernd hinzu, »ich mache mir eigentlich so gut wie nichts aus ihr.«

Ich hätte ihn in diesem Augenblicke erwürgen können. Ich stürzte mich schreiend auf ihn wie neulich der fromme Dominik. Aber Gelbes sah sich vor und entfloh um den Verkaufstisch, mich tratzend und an meinem ohnmächtigen Zorn sich weidend.

»Du Hund!« rief ich außer mir.

»Bäh«, machte Viktor und bleckte seine graue Zunge. Eine Zeitlang liefen wir einander keuchend nach, bald rechts herum, bald links herum, und da es mir nicht gelang, ihn zu erwischen, vergaß ich mich vollends, packte ein Buch, es war Nansens ›In Nacht und Eis‹, und warf es nach ihm mit aller Wucht.

Gelbes duckte sich gewandt.

»Das schöne Buch«, höhnte er.

Zum Glück kam jetzt Titus Freese in den Laden, der hübsche Knabe, der das Haar noch lang trug, allem Gespött zum Trotz, und da er uns streiten sah und überdies Gelbes wie die Sünde haßte, nahm er sogleich meine Partei. Uneingedenk der Heiligkeit der Bücher begann er mit Anmut und Beharrlichkeit, zierliche schmale Bändchen nach Gelbes zu schleudern, der sich nun auch seinerseits der handlichen Wurfgeschosse bediente. Pfeifend, flatternd fuhren sie hin und her.

Vor dem Schaufenster sammelten sich Gymnasiasten und verfolgten unter Gejohle das Gefecht. Mehr weil sie ihn fürchteten als weil sie ihn liebten, brachten Abauer und Biederlein dem bedrängten Gelbes Sukkurs. Faschingbauer und Dominik aber stießen zu uns.

Der stille Raum, in dem sonst nie laut gesprochen wurde, darin Corona wie eine Priesterin der Schönheit waltete, war erfüllt von Triumphgeheul und Wehgeschrei. Ja sogar sie, die Wandelnde, stürzte sich nun in das Getümmel, um in einem Anfalle von Selbstentgötterung mänadenhaft mit ihren liebsten Büchern um sich zu schmeißen, mit handgebundenen Pergamentausgaben, auf holländisch Bütten gedruckt, bis sie endlich mit einem Klagelaut auf der entweihten Stätte niedersank, nicht ohne ihren Schal auch in diesem bösen Augenblicke kunstvoll zu drapieren.

Die Bücherschlacht war zu Ende, Gelbes und die Seinen suchten das Weite, während wir, plötzlich ernüchtert, mit vereinten Kräften den schrecklich verwüsteten Schauplatz aufzuräumen begannen. Viele Bücher waren übel zugerichtet, aus dem Leim gegangen, abgestoßen die Ecken, verschmutzt und geknickt die Einbände, blutig und zerknittert die Seiten.

Eine große Trauer befiel uns. Jammernd riefen wir einander die Titel der verwundeten Lieblingsbände zu und bemühten uns, so gut es ging, die Seiten glattzubügeln und mit Radiergummi zu säubern. Sie konnten fürder nur noch antiquarisch bei stark herabgesetzten Preisen als leicht beschädigte und fleckige Exemplare verkauft werden.

Herr und Frau Freese, die ahnungslos und vergnügt von einer Landpartie heimkehrten, trugen auch diese neue Heimsuchung mit stiller Fassung. Sie gaben mir kein böses Wort, obwohl es doch mein Jähzorn war, der die Bücherschlacht entfesselt hatte. Es gehörte zu ihren liebenswürdigsten Eigenschaften, bei allem Mißgeschick grundsätzlich nie die Schuldfrage zu erörtern.

Von Stund an achteten mich Freeses als ihresgleichen. Sie nannten mich scherzhaft Sohn des Unglücks und weihten mich in ihre häuslichen Mysterien ein.

Diese Mysterien fanden fast allabendlich bei magischer Beleuchtung in den Wohnräumen der Familie hinter der Buchhandlung statt, wobei viele Zigaretten geraucht, kleine Russen vor allem, und sehr viel Tee getrunken wurde.

Ich habe nie feststellen können, wo die Kunst- und Bücherstube aufhörte und die eigentliche Wohnung begann. Es ging alles ineinander über. Zudem zeigten sich Vater Freese und die Seinen unermüdlich in der künstlerischen Neugestaltung ihrer Räume, hängten täglich unter metaphysischen Gesichtspunkten die Bilder neu und stellten die Möbel um, die sämtlich verkäuflich waren. Man unterschied nicht Schlafzimmer und Eßzimmer, man schlief nicht in Betten, man kampierte wahllos auf Diwans in gebatikten Gewändern, heute hier, morgen dort, man aß nicht um einen weißgedeckten Tisch, sondern lagerte nomadenhaft bald in einem improvisierten orientalischen Zelt, bald in einer gotischen Kapelle, wo altdeutsche Madonnen, Buddhas und Negerplastiken friedlich beieinander standen. Sie trugen um den Hals gleich einem Schmuckstück kleine Anhänger, von Frau Freeses sorgender Hand mit dem genauen Preis versehen. Denn auch sie waren verkäuflich. Nur Bad und Küche bildeten eine Brücke zu Ordnung und Herkommen. Alle Freeses konnten ein wenig kochen. Sie wechselten untereinander ab und nahmen es nicht übel, wenn sich Coronas rohköstlerische Salatplatten zwar als allerliebst in Farbe und Anordnung, aber nur wenig sättigend erwiesen oder Dominiks Bemühungen in der Herstellung von Reibekuchen kläglich scheiterten, sondern lobten und bewunderten einander mit zärtlichen Reden.

Freeses Leben galt den überflüssigen Dingen. Sie nannten es arbeiten, wenn sie in geschäftigem Müßiggang über viele Wochen bis tief in die Nacht gemeinsam an Titus' phantastischem Puppentheater bastelten, das ganz aus Papier bestand. Denn sie liebten das Papier als Werkstoff in seinen tausend Farben und Tönen, sie schnipselten und klebten selbst die gebrechlichen Figurinen. Und auch die Stücke schrieben sie selbst. Bei der Vorstellung waren sie Akteure und Zuschauer in einer Person. Ich half wacker mit, nicht ungeschickt in zierlicher Klebearbeit.

Allein es wurde mir himmelangst, als inmitten des orphischen Spieles durch Dominiks Unvorsichtigkeit plötzlich das ganze Theater in hellen Flammen aufging. Doch freuten sich Freeses nicht minder an der lodernden Vergänglichkeit sich krümmender und kräuselnder Gestalten und Dekorationen. Ein fröhliches Löschen hub an: aus kyprischen Schalen und venezianischen Vasen, wozu, als könnte es nicht anders sein, mit verteilten Rollen oder chorisch die einschlägigen Stellen aus Schillers »Glocke« gesprochen wurden. Zum Schlusse tanzten wir alle dämonisch um das nasse Aschehäufchen.

Ob nun an solchen Abenden die feierliche Corona dunkle Elegien vortrug, ob sie in dem mittels einer feuergefährlichen Illumination in kosmisches Rot getauchten Zelte mit schläfrigem Gesichtsausdruck fast unbeweglich und gleichsam nur mit den Händen tanzte, oder ob der vielseitige, von allen geliebte Faschingbauer eine Zaubervorstellung gab, immer waren alle mit heiligem Ernste oder mit kindlicher Fröhlichkeit ganz bei der Sache.

Auch wenn sie, wie es wirklich geschah, eines Abends ausmachten, sie wollten alle miteinander zehn Minuten lang aus vollem Halse schreien, brüllen, jauchzen, was die Lunge hergäbe, so fanden sie es der Mühe wert und taten begeistert mit. Sie empfanden danach tatsächlich eine große Erleichterung.

Zuweilen kam zu den Teeabenden ein Kunsthistoriker,

ein Freund Coronas, der in dem Rufe stand, ein fabelhaft interessanter Mensch zu sein. Wenn er, meist von ein paar Anhängerinnen, die zu ihm aufsahen und ihm dienten, begleitet, unter uns weilte, so sagte er eigentlich nie etwas. Aber er hatte eine Art, vielsagend zu lächeln oder mit hämisch herabgezogenen Mundwinkeln sich sein Teil über die Welt zu denken, die bestach. Man sah ihm respektvoll zu, wenn er gleichsam rituell seinen Tee trank, den Rauch der kleinen Russen geringschätzig von sich blies und mit lässiger Hand verwirrte oder, wie belästigt ob solch irdischer Zumutung, doch planmäßig, große Mengen der kunstvoll mit Tomaten und kleinen Fächern aus Gurke belegten Delikateßbrötchen vertilgte, die, wie ich bald erkannte, sein Hauptnahrungsmittel bildeten.

Ich mochte ihn nicht, denn er sah mir – alle sagten es – geradezu lächerlich ähnlich, und ich hatte von je eine starke Abneigung gegen Menschen, die mir ähnlich sahen.

Corona aber betete ihn an. Sie sagte von ihm, er arbeite dauernd an seinem inneren Menschen. Ich kannte ihn eigentlich nur auf dem Diwan liegend und unaufhörlich interessant aussehend. Man kam sich sehr klein vor in seiner Gegenwart, besonders wenn er tiefsinnig mit einem Kissen spielte, es glättete und in seinen Händen wendete. Ganz selten gab er mit leidender Stimme künstlerische, politische, ja sogar wirtschaftliche Winke, gleichsam Millionen verschenkend, obwohl er selbst nie auf einen grünen Zweig kam. Es ist Frau Freeses Verdienst, verhindert zu haben, daß ihre Lieben, seinem Rate folgend, ihr Letztes einbüßten.

Nicht immer vermochte ich meinen neuen Freunden zu folgen, besonders nicht bei jenen unheimlichen Geisterbeschwörungen, nach denen ich nie schlafen konnte (Freeses schliefen vorzüglich danach), und in der sträflichen Leichtfertigkeit, mit der sie vom Tode und seiner Schönheit redeten. Ja der von allen verwöhnte Knabe

Titus schien trotz seiner Jugend in den Tod geradezu verliebt, und der lebenstrotzende Faschingbauer ermunterte seinen zärtlichen Freund sogar noch in dieser mir unverständlichen Neigung.

Nicht genug, sie wollten auch mich verlocken, ›mit von der Partie‹ zu sein, indem sie mit begeisterten Worten die Wonnen des Todes rühmten, und wie schön es sein müsse, in Gesellschaft, zu dritt etwa, zu Nacht zu werden. Denn was sei schließlich die Finsternis anderes als die Versammlung der Schatten der Abgeschiedenen.

»Nein«, sagte ich, »ich will leben.«

Titus und sein Freund sahen mich verständnislos an.

»Bübchen will leben, ja sage uns bloß, warum!«

Das wußte ich nun freilich auch nicht zu sagen, denn ich mißtraute dem Leben nicht weniger als dem Tod.

Natürlich träumte ich oft davon, etwa so, daß mich die beiden Freunde mit zum Flusse nahmen, denn sie sagten, Wasser sei der sanfteste Tod. Sie entkleideten sich singend und stürzten sich kopfüber in die dunkle Flut. Ich aber traute mich nicht und probte ängstlich die Wärme des Wassers mit dem Fuß. Meine Seele schien mir fast bis in den Mund getreten, und ich fürchtete mich sehr. Da sah ich jene schon im Flusse treiben, unlustig hin und her bewegt von den Wellen. Hurtige Schwärme durchsichtiger Fische begleiteten sie und stupsten sie mit ihren kleinen Schnauzen. Der toten Knaben blaue Münder waren weit aufgetan und mit Wasser gefüllt bis zum Rande. Auch ihre Nasenlöcher waren weit offen und perlmutterweiß die Augen. Aber plötzlich kamen sie Hand in Hand aufrecht und nackt über den Fluß gewandelt, der unter ihren Füßen wegglitt wie Stanniol, auf mich zu, naß, mit Tang behangen und verlegen lächelnd, kleine zappelnde Fische in ihren Haaren. Sie winkten mir. »Wie war es«, begehrte ich zu wissen, aber ich erwachte, ehe sie antworten konnten.

Mit schlimmen Vorahnungen eilte ich morgens in die Buchhandlung, fast erstaunt, den Toten der Nacht leibhaftig auf dem Schulweg zu begegnen. Sie waren quietschvergnügt und bissen im Gehen herzhaft in große Butterbrote.

Ich gehe

Der schöne Ehrgeiz, in Kaula einen Hort des Geistes zu errichten, ließ Vater Freese und die Seinen nicht ruhen. Ein neues Weimar schwebte ihnen vor, und sogleich machten sie sich freudig ans Werk, mit den führenden Männern in Kunst und Dichtung in Fühlung zu treten. Eine umfangreiche Korrespondenz auf wunderschönen Briefbogen begann, die zugleich den Grundstock einer wertvollen Autographensammlung bildete.

Der gelungene Versuch einer Ausstellung ostasiatischer Kleinkunst in sämtlichen Räumen der Bücherstube bestärkte Herrn Freese in seiner Unternehmungslust. Von Stund an traf man in den Salons der kunstsinnigen Kaulaer Familien allenthalben Lackmalereien, kleine Äffchen aus Speckstein und Elefanten aus Ebenholz. Hinter jedem Spiegel steckten japanische Fächer. Auch hinter Böcklins Toteninsel in Frau Benneckes Boudoir saß einer, mit teetrinkenden Geishas und Kirschblüten bemalt.

Ich erstand eine schöne fleischfarbene Muschel. Das Meer rauschte noch darin, und alle wollten es hören. Titus Freese aber konnte sich nicht sattsehen an jenen japanischen Wunderblumen, die sich ganz langsam und wieder ruckhaft entfalten, dehnen und strecken, wenn man sie auf Tee schwimmen läßt.

Der erste literarische Abend aber sollte einer einheimischen Dichterin gewidmet sein, der leider bisher zu Unrecht verkannten Eva-Rosine Schuster-Tscherkassow, deren gedankentiefe, formvollendete Verse – so versprach eine leicht polemisch gefärbte Vornotiz der Tagespresse – nichts mit jenen von einem gewissenlosen Klüngel hochgelobten Machwerken gemein hätten. Der guten Schusterin war diese Reklame nicht recht, aber sie fügte sich.

»Klappern gehört zum Handwerk!« rief Freese, Feuer und Flamme. Er erbot sich freiwillig, zwei besonders starke Balladen, die seiner Meinung nach nur ein Mann vortragen dürfe, selbst aufzusagen.

In meinen Händen lag die Ausgabe der Eintrittskarten und die Bedienung des Telephons. Geduldig beantwortete ich jede Anfrage, was man anzuziehen habe und wie lange es vermutlich dauern werde. Ich versprach es einzurichten, wenn etwa Schmidts nicht neben Müllers zu sitzen wünschten oder vorsorglich Plätze ganz hinten beim Ausgang verlangt wurden.

Ich hatte einen numerierten Plan des Zuschauerraums angefertigt und strich mit Rotstift die kleinen Zahlenquadrate aus, wenn die Plätze verkauft waren. Den unscheinbaren Zahlen entsprachen lauter bekannte Kaulaer Persönlichkeiten, und mir war fast etwas wie eine Macht über sie gegeben. Man kam zu mir, und ich konnte mir einbilden, es geschehe um meinetwillen. Ich hatte die Genugtuung, daß sich Professor Rettig, um einen guten Platz zu bekommen, ausdrücklich darauf bezog, ich sei doch sein lieber Schüler gewesen.

Die Nacht vor dem großen Tag kam ich erst spät ins Bett, da die greise Dichterin mit mir noch eine Art Hauptprobe veranstaltete. Ich stellte das Publikum vor, ich war Kaula sozusagen. Ich saß auf einem Schemel vor einem improvisierten Vortragspult und hörte brav zu, wie die Schusterin deklamierte. Sie flüsterte aber nur, um ihre Stimme für morgen zu schonen und den Schlaf der Alten nicht zu stören, was die Wirkung ihrer Verse noch steigerte. Dafür gab sie sich in ihren Bewegungen voll aus. Sie gestikulierte, duckte sich, reckte sich gespenstig empor, als wolle sie sich auf mich stürzen, und ihr Schatten machte alles mit.

Ich erinnere mich des historischen Tages heute noch mit allen Einzelheiten. Ich sehe mich an meinem kleinen dreibeinigen Waschtisch stehen, dessen eisernes Gestelle bemalt war, als sei es aus spanischem Rohr geflochten. Ich wunderte mich, wie täglich, im Spiegel über meine Gegenwart, turnte und exerzierte mit Onkel im Garten und machte mit vor die Brust genommenen Fäusten einen Dauerlauf um das Malvenbeet. Dann zog ich meinen Sonntagsanzug an und räumte meine Taschen um; denn ich trug damals schon allerlei überflüssige Dinge bei mir, von denen ich mich nicht trennen zu können meinte: das Bild des Blondkopfs, die fleischfarbene japanische Muschel, die aussah wie ein Mund, der sich selbständig gemacht, die papierne Puppe Cornelia, lauter Fetische meiner Knabenzeit. Dann frühstückte ich mit den Alten und ging zeitig ins Geschäft.

Es war ein aufgeregter Tag mit zahllosen Telephonanrufen, und Freeses schwelgten in Betriebsamkeit, insgeheim den gewohnten Unglücksfall erwartend, ja fast etwas enttäuscht, daß alles so glatt ging.

Auch abends hatte ich an der Kasse zu sitzen, hinter einem kleinen Schalter. Ich kam mir vor wie im Abteil eines Zuges, der jeden Augenblick abfahren konnte. Ich verkaufte die hübschen, auf Büttenpapier gedruckten Eintrittskarten, die sogleich am Saaleingang zur Kontrolle zerrissen wurden. Ich verkaufte die Programme der Dichter-Feierstunde, auf denen alles klein gedruckt war, verkaufte sie an Onkel Wilhelm und die Alten, die vollzählig erschienen, und verkaufte sie errötend an die schöne Cornelia und Viktor Gelbes.

»Wir finden gar nichts dabei, daß du an der Kasse sitzest, Bübchen«, sagte Gelbes, das ›wir‹ stark betonend. Sie mußten alle an meinem Guckfensterchen vorüber, umweht vom kühlen Kampferduft ihrer Abendmäntel und unwillkürlich wandelnd, mehr als sonst auf Würde bedacht.

Ich erlebte den großen Abend freilich nur von außen. Ich saß hinter meinem Schalter und rechnete ab. Ich hörte durch die geschlossenen Türen die Schusterin mit tiefer Stimme deklamieren und hörte das Händeklatschen der Zuhörer. Der Saaldiener saß auf einem Rokokosessel mit vor den Bauch gefalteten Händen und schlief. Die Garderobefrauen strickten und flüsterten.

Rechnen ist nicht meine starke Seite. Ich brauchte eine ganze Weile, bis alles in Ordnung war und bei Heller und Pfennig stimmte. Dann verschloß ich die Kasse, ließ das Fensterchen herunter, gab den Schlüssel beim Portier ab und ging meiner Wege.

Bis auf die Straße hörte ich die Stimme der greisen Dichterin. Es war das dunkle Gedicht, die ›Purpur-Elegie an einen jungen Gott‹, auf die sie, ich weiß nicht warum, große Stücke hielt:

Unruhig schlafend
mit nassem Mund
heiß noch die Schenkel
zuckend Hände und Haar
Mund und Lenden
von Faltern versucht
umsummt von Hummeln
und schwarzen Fliegen
liebesmatt lag er
und nackt
im Schatten des Ölbaums
der Götterliebling.
Es leckte rauschend
ein Rind ihm
über die stöhnende Brust.

Unter den erleuchteten Fenstern des Vortragssaales standen Dienstmädchen mit ihren Schätzen, ein wenig zuzuhören. Ich ging vorüber zur Stadt hinaus über den Kanonenberg in die Nacht hinein.

Es war aber eine schwüle, veilchenblauen Nacht, der Himmel ganz nahe und die Sterne groß und unruhig. Sie schienen gar nicht so sehr weit zu sein, nicht als seien sie gewaltige Himmelskörper, größer als die Erde und viele Jahre fern, sondern als seien sie auch aus der Nähe betrachtet nicht größer als eine Blume oder ein Ordensstern und ohne weiteres in die Hand zu nehmen.

Ich ging wie ich war, fast wie zur Schule, meine alte Büchermappe unterm Arm, ohne Abschied, ohne umzusehen, nicht wissend, was ich tat. Ich ging in die weite Welt. Furchtsam wanderte ich durch den finstern Kaulaer Forst, der Hauptstadt zu, heimlich hoffend, dort Fritz Fliege wiederzufinden.

In der Fremde

Ich war, wie ich immer wieder sagen muß, wahrhaftig nicht das, was man gemeinhin einen Fürchtenichts und Schlagetot nennt. Aber ich vermochte dennoch nicht mehr zurückzukehren, obschon ich sehr bald merkte, daß ich nirgends anders hin gehörte als zu den Alten, die ich verließ und die ich auf einmal fast liebgewann, einschließlich des bitterbösen Professors Düttelius.

Ich hatte Heimweh, richtiges Dienstmädchenheimweh, und ich fürchtete mich. Ich bildete mir ein, hinter jedem Baume stünde einer. Ich erschrak vor den Tieren des Waldes und sie vor mir. Aber ich kehrte nicht um.

Ich meinte Schritte zu hören und verbarg mich, bis ich merkte, daß es meine Schritte waren. Ich versuchte zaghaft, zu singen, denn ich hatte gehört, daß dies den einsamen Wanderer tröste. Ich probierte es mit ›Guter Mond, du gehst so stille‹, es war kein herzhafter Gesang, ich verstummte bald, aber ich kehrte nicht um.

Ich wanderte die ganze Nacht durch den Wald, der ein herrlicher Wald war, und verbrachte den kommenden Tag in einem Gebüsch abseits vom Wege. Ich lebte vorläufig von den mitgebrachten Vesperbroten, die zu essen ich keine Zeit gefunden, aus meiner Schulmappe, die ich anfangs brav unterm Arme trug, später handwerksburschenhaft an einem Stricke um die Schulter hängte. Ich konnte fast nicht schlafen, denn die Mücken und Bremsen plagten mich sehr. Als eisernen Bestand besaß ich eine Tafel Haselnußschokolade, die ich aber schon am zweiten Tag ohne Not aus reiner Genäschigkeit aufaß.

Wenn es schon zu Anfang so gegossen hätte wie in der Folgezeit, wer weiß, ob ich nicht doch noch umgekehrt wäre. Der Regen begann mit einem heftigen Gewitter, als ich den großen Wald eben hinter mir hatte und über freies, baumloses Gelände wanderte. Ich empfand Donner und Blitz nicht anders als eine gerechte Strafe des Himmels, die eigens meinetwegen gesandt war, mich zu verderben. Ich begann zu laufen, aber Wind und Wolken waren geschwinder als ich.

»So«, dachte ich, »nun wird dich der Blitz treffen.« Denn so klein ich war, ich war der höchste Punkt weit und breit.

Mitten in einem Krautacker stand eine Vogelscheuche, mit einem alten Frack und einem Zylinder bekleidet. Sie flatterte und sah sehr eilig aus, aber sie kam nicht vom Fleck. Da fuhr der Blitz in sie statt in mich.

Endlich kroch ich unter eine Brücke, das Schlimmste abzuwarten. Aber ich kehrte nicht um.

Wenn ich Menschen begegnete, wurde ich das Gefühl nicht los, daß man es mir sofort ansehen müsse, daß ich durchgebrannt war. Denn ich trug meinen guten ›Blauen‹, der nur schon etwas knapp geworden war, und einen steifen Strohhut. Allein die Verwandlung aus einem Knaben von gutem Hause in einen armen Jungen geht besonders bei Regenwetter sehr schnell vor sich. Der Verzicht auf den Stärkekragen, den längst durchweichten, schmutzigen, und der Verlust des modischen Strohhutes, den der Sturm entführte, vollendete sie. Das Hütchen radelte vor mir her auf der Landstraße, und ich rannte ihm nach, um es zu haschen. Sooft ich glaubte, ich hätte es, fing's von neuem an zu laufen, wie mit Absicht, kollerte endlich in einen Teich und schwamm ruhig davon.

Da ließ ich es.

Ich muß damals recht elend ausgesehen haben. Ich spürte zum erstenmal im Leben, was wirklicher Hunger ist, ich fror vor Nässe und Wind. Trotz des Flanelljäckchens war ich alsbald stark erkältet. Meine Verdauung ließ zu wünschen übrig. Wie sollte das noch werden?

Ja, nun wußte ich auf einmal, wie das tut, ich wollte es ja nicht anders haben. Hüstelnd, mit hochgeschlagenem Kragen, trottete ich weiter. Im Altersheim hätte ich längst das Bett hüten, Fliedertee oder heiße Milch mit Honig trinken müssen. Ich weinte leise vor mich hin und kam mir gottverlassen vor. Aber ich kehrte nicht um.

Einmal, als ich kurz vor dem malerisch gelegenen Städtchen Köppen in einem Heuschober nächtigte, bekam ich beim Aufwachen einen bösen Schreck. Denn neben mir lag ein Mensch, der am Abend vorher bestimmt noch nicht dagelegen hatte, in finsterm Schlaf. Er war älter als ich, sehr bleich und sehr unrasiert. Er sah nicht eben vertrauenerweckend aus. Als ich mich daher heimlich dünnemachen wollte, wozu ich über ihn wegsteigen mußte, wachte er plötzlich auf. Er entsetzte sich aber, sobald er mich gewahrte, und lief Hals über Kopf vor mir davon querfeldein, ohne umzuschauen, dem nahen Walde zu.

Das mochte von oben, von einer Wolke oder einem Luftballon aus, sich gewiß recht komisch ausgenommen haben. Indessen, es war mir damals wirklich nicht zum Lachen. Es geschah aber meines Erinnerns zum erstenmal, daß sich jemand vor mir fürchtete.

Es regnete noch immer ohne Unterlaß, der Hunger trieb mich in die Stadt.

Ich kann mir beileibe nichts Trostloseres vorstellen als einen durchgebrannten Jungen, der bei strömendem Regen vor einer Litfaßsäule steht und plötzlich sich seinem eigenen Bilde gegenübersieht nebst genauer Beschreibung seiner Person, sowie der öffentlichen Bekanntmachung, daß obgemeldeter Knabe seit kurzem abgängig sei.

Ich stand davor und las es mehrmals und verzagten Herzens.

Es sei nicht völlig von der Hand zu weisen, hieß es weiter, daß der etwas einfältige junge Mann einem Verbrechen zum Opfer gefallen sei oder sich selbst entleibt habe. Auch war die herzliche Bitte der untröstlichen Angehörigen ausgesprochen, den Vermißten betretenenfalls gegen eine angemessene Belohnung tot oder lebendig der nächsten Polizeiwache zu überantworten.

Dem knappen Stil nach konnte die Abfassung des Textes nur von Onkel Wilhelm stammen, mit Ausnahme der Stelle ›tot oder lebendig‹, die wohl die gute Bennecke eingefügt hatte, während ich die nicht eben schmeichelhafte Schilderung meines Äußeren, wobei meiner großen Nase und der etwas abstehenden Ohren ausdrücklich gedacht wurde, am ehesten dem alten Düttelius zutraute. Denn meine Augen waren als scheu und unstet bezeichnet, mein Mund als groß und gewöhnlich charakterisiert, die Sommersprossen nicht vergessen. Doch tröstete es mich fast ein wenig, daß meine Zähne als gesund und vollständig besondere Erwähnung fanden.

Ich war nahe daran, weich zu werden. Mein Bild vor allem rührte mich auf einmal sehr, obwohl ich es bereits nicht mehr sehr ähnlich fand. Nun wäre es wohl das Vernünftigste gewesen, wenn ich mich selbst gestellt hätte oder spornstreichs in das Altersheim zurückgekehrt wäre, wo ich es eigentlich ideal hatte, anstatt in die weite Welt zu gehen, vor der ich doch nur Angst empfand. Man hätte mir sicher auch diesmal alles verziehen.

Allein ich tat, wie so oft, das Unvernünftige, sah mich verstohlen nach allen Seiten um und begann zu laufen. Natürlich glaubte ich jetzt jeden Augenblick erkannt und verhaftet zu werden. Ich wagte, ungeachtet meines Hungers, nicht einmal mehr um ein Stück Brot zu betteln, sondern eilte, so rasch mich die Beine tragen wollten, zur Stadt hinaus.

Unweit des Güterbahnhofs, zwischen Gebirgen aus altem Eisen, Dampfkesseln und Karosserien, inmitten eines undurchdringlichen Gestrüpps aus verrostetem Stacheldraht, aus leeren Konservenbüchsen und Sprungfedern, darin die Tropfen hingen, dazwischen mannshoch die Brennesseln wucherten, in einer traurigen Landschaft nasser Kohlenhügel und grauer Kanalisationsröhren hoffte ich endlich den Schlupfwinkel gefunden zu haben, wo mich so leicht niemand finden werde. Völlig durchnäßt, frierend und sterbensmüde, doch nicht ohne ein Gefühl der Befriedigung über meine Schlauheit, kroch ich in den Bauch eines alten Lokomotivkessels und schlief, meine Mappe als Kopfkeil benutzend, endlich ein.

Als ich erwachte, war es Nacht. Es fiel mir auf, daß ich die Sonne viele Tage nicht mehr gesehen hatte, und auch am Morgen kam sie nicht zum Vorschein. Vielleicht hatte ich Fieber, denn ich dachte allen Ernstes, die Sonne müsse es vergessen haben zu scheinen, oder jener pfiffige kleine Junge aus dem Märchen habe sie gefangen. Er kannte einen Platz im Walde, wo sie morgens besonders hell und warm zu scheinen pflegte. Dort legte er eine Schlinge aus, von frischer Darmsaite geflochten, die sich unter der Wärme zusammenzog, wenn die liebe Sonne darauf schien, so daß sie sich mit ihren Strahlen darin fangen mußte.

Ich fror. Ich glaubte damals nicht, je wieder trocken zu werden. Es blieb mir, da mein bißchen Geld alle war, nichts anderes übrig, als betteln zu gehen. Als ich durch die nächste Stadt wanderte, war mein Bild von den Anschlagsäulen verschwunden, das beruhigte mich.

Bei meinem ersten Bettelversuch erging es mir nicht gut. Es dauerte lange, bis ich es übers Herz brachte. Endlich erkor ich mir ein besseres Mietshaus, darin nach den Namensschildern zu schließen gutsituierte Herrschaften wohnten, ein höherer Beamter außer Dienst, ein Ingenieur und ein Privatier.

Der Ingenieur öffnete mir persönlich. Ich hatte ihn mir unwillkürlich viel jünger vorgestellt, und aus der Wohnung kam ein Geruch, den Frau Bennecke, die darin empfindlich war, bestimmt als Armeleutegeruch bezeichnet hätte. Es roch nach Schwarzbrot und Marmelade.

Im Gang stand Schrank an Schrank, und über der Tür in dem Salon hing eine rote Plüschportiere mit vielen Quasten. Auf einem der Schränke lagen unreife Äpfel, dahinter standen Einmachgläser mit Essiggurken und Pappschachteln.

Nun hätte ich in meiner Lage doch mit allem zufrieden sein müssen, aber es ekelte mir schon bei dem Gedanken, der alte Ingenieur würde mir Essen geben. Dabei war ich wirklich rechtschaffen hungrig. Meine Sorge war unbegründet, er gab mir nichts. Er sagte: »Ich gebe grundsätzlich nichts, mein Junge. Ja, wo käme man denn da auch hin. Versteh mich recht, es ist nicht Härte von mir, sondern nur Konsequenz.«

Er sagte es nicht unfreundlich, sondern mehr so, als müsse er sich selbst stark machen. Er sah sogar ausgesprochen gutherzig aus. Man konnte ihm nicht böse sein. Aber nach Gesichtern soll man nicht urteilen.

In recht bejammernswerter Verfassung kam ich endlich in einem traurigen Vorort der Hauptstadt an, immer noch hoffend, Fritz Fliege dort zu begegnen. Ich versäumte nicht, fleißig die Schornsteine und Dächer nach ihm abzusuchen.

Ich hatte den ganzen Tag ohne Erfolg an den Türen und auf der Straße gebettelt, als ich mit Dunkelwerden auf einer Bank einen alten Herrn sitzen sah, der mir barmherzig zu sein schien, vielleicht nur, weil er in der Dämmerung von ungefähr dem Rektor Weinlein selig ähnelte.

»Ach bittschön, gnä' Herr«, flehte ich, »schenken S' mir was!«

Die Wirkung meiner Worte war verblüffend. Denn der Alte schaute sehr belustigt drein und begann ungewöhnlich herzlich zu lachen. Jetzt erst merkte ich, daß er gar kein Herr, sondern nur ein Mann war, ein armer alter Bettelmann, wenn mich nicht alles trog. Darum mußte er so lachen.

Ich entschuldigte mich natürlich vielmals und wollte gehen. Aber schon packte er mich beim Schlafittchen und besah mich erst mal gründlich. Er beschnupperte mich geradezu und befühlte mein Fleisch wie ein Menschenfresser, doch nicht ohne Zärtlichkeit.

»So jung, und schon betteln«, grinste er.

Es machte ihm sichtlich einen unbändigen Spaß, daß er richtiggehend angebettelt worden war. Das mochte ihm wohl noch nie passiert sein.

Nun langte er aber aus seinen unergründlichen Rocktaschen eine gute Handvoll Kupfer- und Nickelgeld, das schlauerweise mit Kleie vermischt war, damit es nicht so klimpere, und beschenkte mich freigebigst damit. Auch wollte er sich's nicht nehmen lassen, seinen kleinen Kollegen einzuladen, für den Abend sein Gast zu sein, weshalb er mich in eine kellerartige Spelunke mitschleppte. Denn als solche mußte ich wohl den finsteren Ausschank bezeichnen, wo wir zur Nacht speisten, selbst wenn er hochtrabend »Zum König von Portugal« hieß.

Sich bloß vorzustellen, eine Frau Bennecke etwa wäre plötzlich genötigt, hier zu weilen. Es ist nicht auszudenken. Ich glaube wirklich, sie würde auf der Stelle das Zeitliche gesegnet haben, allein schon infolge der fürchterlichen Luft, darin sich tierische und pflanzliche Gerüche vermählten. Mainzer Käse war dabei ohne Zweifel, Tropfbier, Tabakrauch, Fisch, aber auch Moschus und ganz gewöhnliche Ungewaschenheit.

»Nein, wie verschieden doch die Menschen sind«, dachte ich einfältig.

Aber hätte nicht aus meinem Gönner unter glücklichen Umständen ebensogut ein Rektor Weinlein werden können oder umgekehrt? Das lockere Mädchen dort in der Ecke, konnte es nicht Cornelia sein um ein Haar? Würde nicht Professor Rettig bald ebenso verboten ausschauen wie der schmierige Kellner, der mir eben die Nudelsuppe so lieblos hinstellte, daß sie überschwappte und seinen tiefschwarzen Daumen netzte? Sie brauchten bloß die Kleider zu tauschen.

»Hier ein kleiner Knick, dort ein sanfter Druck, drei Tage nicht gewaschen und nicht rasiert, und aus dem klassischen Gelehrtenkopf ist ein verschmitzter Bettlergreis geworden.« So würde Gelbes gesagt haben, der ja solche Scherze liebte und mit wahrer Leidenschaft das lustige Spiel spielte, das er ›Kopf aufsetzen‹ nannte. Wie köstlich würde sich zum Beispiel die Bennecke als Brezelfrau ausnehmen und mein guter Onkel Wilhelm als Briefträger! Gelbes ging in seinem Übermut so weit, selbst gekrönte Häupter rücksichtslos in andere Berufe zu versetzen oder auch nur umzukleiden, oft mit schlagendstem Erfolg. Auch rasierte er versuchsweise in Gedanken würdige Vollbärte, oder er gab Glatzköpfigen großmütig die Haare wieder. Nach Gelbes wären es also lauter alte Bekannte gewesen, bei denen ich nun meine Nudelsuppe aß, darinnen leider etwa sieben tote Fliegen schwammen. Aber mir grauste schon nicht mehr davor.

Freilich: meine neue Umgebung war mir nicht übermäßig angenehm. Meine Wohlerzogenheit, meine bisherigen Begriffe von Schicklichkeit hingen mir damals eben doch noch recht nach. Kurz, ich genierte mich schrecklich.

Andererseits gefiel mir der völlige Mangel an Kultur und eine mir noch ungewohnte Kargheit der gesellschaftlichen Umgangsformen so übel nicht. Alle duzten einander. Als wohltuend empfand ich es auch, daß ich, der ehemalige Gymnasiast und Buchhändlerlehrling Clemens Bosquillon, unter diesem Gesindel schon gar nicht mehr auffiel. Ja, es schmeichelte mir fast ein bißchen, daß mich alle ohne Arg für ihresgleichen nahmen und keiner auf die Idee kam, mich zu fragen: »Wer bist du, blasser Knabe? Woher kommst du, Ausbeutersöhnchen? Wer sind eigentlich deine Herren Eltern?«

Mein Hang zum Gewöhnlichen mag schuld daran sein, daß ich jenes zitronengelbe, ziemlich ordinäre Mädchen mit den unwahrscheinlich farblosen Augen wunderhübsch fand, fast so hübsch wie Cornelia, und vor allem so leicht zu malen, viel leichter als das Gymnasium zu Kaula, mit nur etwas Chromgelb fürs Haar, Krapplackrosa für die Wangen und viel Zinnober für ihren großen Mund. Sie trug den Haarknoten nach der damaligen Mode auf der Höhe des Scheitels, als sei sie oben zugebunden. Ihre weiße Bluse war nicht mehr ganz proper und die funkelnden Ohrringe aus Glas. Neben ihr saß stumm ein Schaukelbursche, so vermutete ich wegen des rot-weißen Trikots, den er unter dem schwarzen Jackett trug. Auch das Mädchen sprach den ganzen Abend kein Wort, und während ich sie so ansah (und ich mußte sie immerzu ansehen), scheine ich wohl eingenickt zu sein. Sie hatte so ein dormitives Gesicht. Es fand aber offenbar niemand etwas dabei, wie überhaupt der Schlaf hier, scheint's, ganz unabhängig vom Bette war. Man gab ihm nach ohne Widerstand, wann und wo er kam. Man schlief im Sitzen, an die Wand gelehnt, und man legte sich auch überall hin, auf die Erde, auf die Bank, über ein paar Stühle. Auch tat niemand je seine Mütze ab, nicht einmal beim Essen. Als Gruß tippte man kaum mit dem Zeigefinger an den Mützenschirm, wie Fritz Fliege es tat, höchstens nähere Freunde nickten einander zu, ein Auge dabei zukneifend. Sie nickten aufwärts mit einem kurzen, eher unliebenswürdigen Ruck ihres Kinnes.

Nur zwischen zwei Unzertrennlichen, die mir schon auf der Landstraße zwischen Querfurt und Schönwitz begegnet waren, in Tuchfühlung wandernd, ein Blonder und ein Dunkler, galt eine karge Zärtlichkeit. Es fiel mir auf, daß sie zu zweit eine Zigarette rauchten, von Mund zu Mund, Zug um Zug abwechselnd.

»Da bist du ja in die richtige Gesellschaft geraten«, dachte ich bei mir. »Wenn dich Onkel Wilhelm so sähe!«

Noch vor vierzehn Tagen hätte ich gewiß Todesangst ausgestanden, wenn ich dem Schaukelburschen allein im Walde begegnet wäre.

Ein kritischer Augenblick entstand, als gegen Mitternacht die Polizei erschien, zum Glück rechtzeitig gemeldet durch Vorposten, worauf der Schaukelbursche das Lokal rechtzeitig durch den hinteren Ausgang verließ, während mich auf einen Wink des Bettelvaters das zitronenblonde Mädchen ohne Zaudern unter ihre Röcke nahm.

Denn ich hatte ja nichts, womit ich mich hätte ausweisen können, weshalb mir denn mein Gönner freundlicherweise noch in selbiger Nacht gültige Papiere verschaffte, lautend auf den Namen Jodokus Klein, Friseurlehrling, siebzehn Jahre alt, mit dessen ausdruckslosem Paßbild und Signalement: Gesicht oval, Augen blau, Mund gewöhnlich, ich und jeder dritte Junge gemeint sein konnte. Die Polizei blieb zum Glück nicht lange, prüfte, leutselig und einem kleinen Scherze durchaus nicht abhold, die Papiere und verschwand.

Ich merkte bald, daß der rote Oskar, so nach seinem roten stichelhaarigen Bart benannt, den er mit viel Kunst stets auf dem gleichen Grade der Struppigkeit erhielt, unter seinesgleichen großes Ansehen genoß, wie etwa Onkel Wilhelm in Kaula, und wie dieser stand er einem gerne mit Rat und Tat zur Seite.

Ich wußte nichts von der hohen Kunst des Bettelns, darin der große Bettlerphilosoph Meister war und die er auch mich zu lehren versprach. Was wußte ich etwa von einer Psychologie der Wohltätigen?

Der rote Oskar konnte doch schon an der Haustüre aus gewissen, für den Laien ganz unwichtigen Merkmalen, dem Namensschild, dem Abstreifer oder Schlüsselloch, auf die seelische Struktur der innewohnenden Hausfrau und auf das Ob und Wie ihres Almosens wertvolle

Schlüsse ziehen. Er irrte sich selten. Er unterschied dabei verschiedene Härtegrade – so nannte er es wissenschaftlich – die er nach einem geheimen System aus der Summe der Eigenschaftskoeffizienten prozentual errechnete, und alles im Kopfe. Dazu half ihm ein allerdings phänomenaler Ortssinn und ein untrügliches Personengedächtnis. Auch besaß er, wie kein anderer, ein ausgesprochenes Taktgefühl dafür, wie in den Augen des Volkes ein Bettler auszusehen habe, damit man ihm gern was schenke. Also zeigte er sich je nachdem hier mehr malerisch, stellte sich dort mehr gramgebeugt, mitleiderregend um, oder aber, manche Leute lieben das, als wetterhart, unverwüstlich, mit einem kleinen Anflug von Galgenhumor. Auch patriotisch gab er sich im Notfall mit viel Glück.

Natürlich wurde er oft gemalt, und seine Familie, die dank den besonderen Fähigkeiten ihres Ernährers irgendwo in Süddeutschland in recht angenehmen Verhältnissen lebte, sicherte sich rechtzeitig einige der besten Bilder. Denn Oskar ließ sich nur von solchen malen, die auch wirklich etwas konnten. Seine beiden Söhne, nette, fleißige Menschen, studierten in Tübingen, der eine Juristerei, der andere Philosophie.

Vater Oskar aber konnte getrost von sich sagen, daß er nie im Leben auch nur einen Pfennig mit rechtschaffener Arbeit verdient habe.

»Pfui, da müßte sich Oskar ja schämen«, erklärte er schlicht. Er nannte seine Tätigkeit, und nicht ganz mit Unrecht, stolz sein Handwerk, seine Kunst. Es gibt eine lesenswerte Broschüre von ihm, ›Oskars praktische Bettelkunde für groß und klein‹, nach der er unterrichtete. Sie wurde freilich behördlich verboten. Das Kapitel über die Physiognomik der Gebefreudigen gehört zu den gescheitesten Untersuchungen über die Frage des guten und bösen Herzens.

Er soll in jungen Jahren sogar einmal seine eigenen Eltern angebettelt haben, ohne daß sie ihn erkannten. Denn er war ein großer Verwandlungskünstler. Durch ihn ist mancher Bettlerkollege arm geworden.

»Sieh dir mal den Herrn an dort drüben im Kaffeehaus«, sagte er einmal zu mir, »ich meine den mit der großen Hakennase, der Hornbrille und dem herzlosen Mund. Wetten, keiner im Lokal wird dir was geben außer ihm.«

Und so war es auch.

»Ein barmherziger Mann, ein guter Mensch«, lobte Oskar, »ich fürchte, er wird es nie zu etwas bringen.«

Ich erinnere mich gut, daß unser Düttelius sich immer besonders viel darauf einbildete, nie in seinem langen Leben angebettelt worden zu sein. Frau Bennecke aber dafür desto mehr. Sie gab ja auch, wo sie konnte, von Herzen gern, doch nie ohne irgendeinen seelischen Gegendienst. Die Beschenkten nämlich wurden angehalten, die fröhliche Geberin mindestens in ihr Gebet einzuschließen, oder (und das ging denn doch ein bißchen weit) sie mußten hoch und heilig versprechen, bei der nächstbesten Reichstagswahl keinen Sozialisten zu wählen. Auch Oskar erinnerte sich mit Vergnügen an die liebe Dame.

Unser Wirt im ›König von Portugal‹ rührte sich für gewöhnlich nicht von seinem Platze hinter der rasselnden Kasse auf der erhöhten Theke. Er war so dick, daß er nicht mehr durch die Türe ging, weshalb denn auch nach seinem Tode die Öffnung verbreitert werden mußte. Ich sah ihn überhaupt nur einmal seinen Thron verlassen, was alle Gäste als ein besonderes Ereignis empfinden mochten. Denn sie riefen ihm, als er Anstalten dazu machte, anfeuernde Worte zu, wie man etwa Pferden zuruft vor einem Möbelwagen, der durchaus nicht vom Flecke will. Als er dann endlich auf zwei Füßen stand, war er sichtlich sehr froh. Dann ließ er sich, seitlich auf ein sinnigerweise als schiefe Ebene ausgebildetes Geländer gelehnt, langsam über die Stufen herabgleiten ins Lokal, um dann auf zwei Stühlen ein wenig bei seinem alten Freunde Oskar Platz zu nehmen. Eigentlich schnaufte er ihm nur etwas vor, während seine prallen rosigen Hände, schlafenden Ferkeln gleich und borstig wie sie, regungslos und nur hie und da wie im Traum zuckend, wenn eine Fliege sich darauf setzte, vor ihm auf dem Tische lagen. Ich mußte dabei unwillkürlich an meinen Mitschüler, den dicken Bodo von Aarhusen, denken. Es wiederholt sich doch alles im Leben.

Im gleichen Hause befand sich oben im Dachboden ein Übernachtungsraum, der aussah wie das Zwischendeck eines Auswandererschiffes.

Es hatte aber den ganzen Tag die Sonne aufs Dach geschienen, und die Ziegel, Stützbalken und Schornsteine langten sich noch ganz heiß an. Es war so schwül, daß die meisten sich nackend auf die alten roten Matratzen und durchgelegenen Strohsäcke warfen. Die Unzertrennlichen lagen dort eng umschlungen, ihre unrasierten Gesichter einander zugewandt, sich anschnarchend. Auch die Zitronenblonde, unter deren Rock ich gesessen, lag dort wie eine hingeworfene Puppe, unnatürlich fleischfarben. Sie hatte nichts an als ihre schwarzen durchsichtigen Strümpfe. Sie hielt noch die Augen offen. Ihr Freund aber links von ihr schlief schon fest, Jacke und Hose zu einem Knäuel geballt als Kopfkissen benutzend. Er hatte nur den rot und weiß gestreiften Trikot anbehalten und behielt auch im Schlafe die Mütze auf. Rechts neben dem Mädchen lag ein bärtiger Handwerksbursche, der ihre Hand streichelte. Sie entzog sie ihm nicht.

Eine Petroleumlampe hing von der Decke, und alles war entschieden höchst feuergefährlich. Manche schliefen ein, die brennende Zigarette im Mund.

Ich zog mich nicht aus und konnte natürlich fast die ganze Nacht nicht schlafen, der Wanzen wegen, die mich ätzend heiß am Halse und an den Handgelenken bissen. Erst gegen Morgen, als es merklich kälter wurde, ließen sie ab von mir. Die andern spürten sie wohl gar nicht mehr. Auch ich gewöhnte mich allmählich daran, was mir später im Felde sehr zustatten kam.

Mein Freund Oskar merkte bald, daß ich zum Betteln kein Talent besaß. Eine Zeitlang handelte ich – Weihnachten stand vor der Türe – mit selbstgefertigten Zwetschgenmännlein, allerliebsten Schornsteinfegern mit Zylindern aus schwarzem Glanzpapier und hölzernen Leitern. Mehr Erfolg hatte ich mit kleinen Engeln aus Rauschgold, die der lieblichen Prozellanköpfe wegen etwas Kapital voraussetzten, das mir Oskar, gutmütig wie er war, gerne vorstreckte. Den schneereichen Winter benutzte ich, um in einer öffentlichen Anlage der Stadt aus Schnee schlecht und recht eine Weihnachtskrippe zu bauen, die von den Vorübergehenden sehr bewundert wurde. Man gab dem jungen hoffnungsvollen Künstler gern ein Almosen.

Einem Empfehlungsbrief von Oskar hatte ich es endlich zu danken, daß ich auf Grund meiner falschen Papiere als Jodokus Klein bei einem Friseur in der Artilleriestraße in Stellung trat. Der wundertätige Brief lautete kurz und bündig: Inhaber dieses ist ein Kamerad von mir. Gruß Oskar.

Zum Abschied trank ich noch mit dem Alten Kaffee aus einem blauen, abgestoßenen Emailletöpfchen und bedankte mich vielmals für die große Liebenswürdigkeit, mit der er mir begegnet, wünschte ihm von Herzen alles Gute auf den ferneren Lebensweg, und dann trennten wir uns für diesmal.

»Mach's gut«, rief er mir nach.

Es war mir schon aufgefallen, daß es an diesem Tage draußen merkwürdig still war, wie sonst nie. Das kam vom Nebel, der so dicht in der Straße schwamm, daß man schon die Dächer der Häuser kaum mehr sah. Alle Umrisse waren verwischt, alle Geräusche klangen taub, und die Schritte der Unsichtbaren wurden erst hörbar, wenn sie ganz nahe gekommen waren. Sie schienen aber nur aus dichterem Nebel gemacht, sehr vergänglich und flüchtig. Was noch sichtbar war, das Stück Gehsteig, die Häuserwände, die unten angefressenen und sinternden, erschienen unwirklicher als je. Es war bitter kalt, die Spuckfladen waren gefroren, und im schwachen Reif sah jeder Strohhalm, die zerbrochene Maggiflasche, jede weggeworfene Zigarettenschachtel wie verschimmelt aus. Vor einer Haustür war Milch verschüttet, auf einem Bauplatz lag aufgebrochen eine Sprungfedermatratze, aus der sich rostige Spiralen ringelten wie Kaldaunen. Über einer Türe stand: Ankauf von Knochen, Lumpen, Zeitungen, Büchern und Flaschen.

Die Artilleriestraße galt damals (und tut es vielleicht noch heute) als verrufene Gegend. Sie stand aber unter so peinlicher Polizeiaufsicht, daß es hieß, man sei dort sicherer als in irgendeinem anderen Viertel der Stadt. Wie es kam, daß gerade die Artilleriestraße ›so wurde‹, wie weit eigentlich das schlimme Pflaster reichte, wo endlich das Laster aufhörte und die Tugend begann, und warum, wird mir immer ein Rätsel bleiben. Gleichviel: verglichen mit meinem bisherigen Dasein lebte ich jetzt unter den Entwurzelten, wie es die Schuster-Tscherkassow, unter dem Geschmeiße, dem Auswurf der Menschheit, unter dem Mob, wie es Düttelius genannt haben würde. Und ich gestehe, es gehörte für einen Knaben meiner Herkunft und Zurichtung ziemlich viel Überwindung dazu, es hier auszuhalten.

Es gelang mir denn auch nicht ganz, mich bei meinen neuen Freunden zu akklimatisieren. Einige von ihnen argwöhnten eben doch, daß ich etwas Besseres sei. Gut, ich konnte ein paar Brocken Latein, sogar recht gut Griechisch, was merkwürdigerweise meinem neuen Herrn so großen Eindruck machte, daß er mir sonst manches nachsah, auch konnte ich Schillers ›Bürgschaft‹ hübsch auswendig vortragen und einen leidlich guten deutschen Aufsatz schreiben. Allein dies alles erwies sich jetzt beinahe als lästig.

Ein wahres Glück für das verwöhnte Bübchen, wird

man denken, daß es wenigstens zu einem Friseur in die Lehre kam. Das ist doch ein appetitlicher Beruf, da herrscht Wohlgeruch, da herrscht Hygiene, da gibt es Seifen und Zahnpasten in reizenden Packungen, da zwitschert die Schere, da atmet der Zerstäuber und sprüht köstlich duftende Essenzen.

Du liebe Zeit, unser Lädelchen befand sich in der Artilleriestraße. Unser Aushängeschild, unser Zunftzeichen: das Rasierbecken, war nicht einmal aus Messing, sondern nur aus Blech und gelb angestrichen. Frisör stand darauf, aber mit ö, was damals noch falsch war. In den Laden ging es, wie drüben im ›König von Portugal‹, ein paar Stufen hinab, und auch die Kunden waren beiläufig dieselben wie drüben.

Aber wir hatten wenigstens ein richtiges Schaufenster, mit sogar zwei Wachsbüsten, einer weiblichen mit tiefem Ausschnitt, gleichsam aus einer Rose erblühend, und einer männlichen (mit echtem Kragen und Schlips), Adolar und Pauline genannt. Sie standen zwischen himmelblauen Odolflaschen-Attrappen und klebrigen Brillantine-Tuben und waren beide über die Maßen schön, wenn sie mich auch stark an ein ermordetes Monarchenpaar in einem Panoptikum erinnerten. Sie hatten beide sehr lange, echte Wimpern, große schwärmerische Augen und sahen beide bis über die Ohren verliebt, also nicht eben geistreich aus. Er trug ein neckisches Bärtchen unter der Nase, sie eine feuerrote, künstliche Kamelie unter dem Ohr.

Adolar und Pauline galten denn auch den Bewohnern der Artilleriestraße vor dem Kriege schlechthin als das menschliche Schönheitsideal. Sie fanden viel Nachahmer bei jung und alt, auch das zitronenblonde Mädchen frisierte sich à la Pauline.

Kein Wunder, daß mein Herr, der kinderlos war, mit seiner ganzen Liebe an den beiden hing.

Im Fasching wurden sie der Zeit entsprechend festlich maskiert. Pauline wurde gepudert und bekam eine weiße

Rokokoperücke, eine schwarze Larve und ein Schönheitspflästerchen neben den Mundwinkel. Dem schönen Adolar aber ward ein Zylinder aufgesetzt, der ihn vorzüglich kleidete. Dazu trug er ein Monokel an breitem Band, und in seinem Knopfloch stak eine faustgroße Chrysantheme aus Seidenpapier. Kreuz und quer durch die Auslage hatte ich rote, blaue, grüne Luftschlangen gezogen, die leider rasch bleichten. Auch etwas Konfetti lag verstreut.

Zwischen Adolar und Pauline, die sich nach wie vor lieb anblickten, stand eine leere Sektflasche, die aber mit Hilfe von Stanniol gleichsam überschäumte von silbernem Naß, während der Sektpfropfen, an einem fast unsichtbaren Haare von der Decke hängend, eben im Augenblicke des Emporschnellens in freier Luft steckengeblieben schien. Unsere Dekoration wurde denn auch allgemein bewundert.

An Weihnachten führten wir entsprechend Christbaumschmuck, bunte Glaskugeln und Lametta, und in der Auslage schien es unaufhörlich zu schneien, was durch unzählige kleine Watteflöckchen, die an Haaren hingen, sehr natürlich vorgetäuscht war. Auch Adolar und Pauline waren leicht beschneit.

Sie hatten aber einen großen, gefährlichen Feind: die Sonne. Es gehörte daher zu meinen wichtigsten Obliegenheiten (neben der Sauberhaltung des Ladens, der Umhüllung der Kunden und deren Ausbürstung), unsere Wachsbüsten zu warten, sie gegen Staub und vor allem gegen die Sonne, die mein Herr haßte, zu schützen, ohne doch der Reklamewirkung Eintrag zu tun. An besonders heißen Tagen erwies es sich als unvermeidlich, Zeitungen darüberzutun.

Jener Lümmel, der einmal und nicht wieder mittels eines Brennglases ein verabscheuungswürdiges Attentat auf das schöne Paar versuchte, wurde durch meinen sonst überaus sanften Herrn derart zugerichtet, daß er vom Platze getragen werden mußte.

Herr Gatzki, mein Meister, von guten Freunden Gax gerufen, war sonst die Güte selbst und traute niemandem auf der Welt etwas Böses zu, obgleich sich doch gerade unter seinen Kunden ausgesprochene Bösewichte befanden.

»Er kann nichts dafür, er hat's halt tun müssen«, entschuldigte er selbst die abgefeimtesten Gauner, und sogar für den grausamen Raubmörder Stuhr fand Gatzki noch ein gutes Wort, weil er ihn einst als süßes kleines Kind auf den Knien geschaukelt.

»Da stimmt doch wohl was nicht in der Welt«, sagte er oft kopfschüttelnd, »so was sollte doch eigentlich nicht sein, aber ich kann's halt auch nicht ändern.«

Das Rasieren und Frisieren lernte ich an Leichen. Denn das tat mein Herr selber nur sehr ungern. Doch hielt er wenigstens ein Extramesser für diesen traurigen Zweck. Es wurde oft gebraucht, denn die Leute in der Artilleriestraße hielten sehr darauf, daß ihre Toten recht schön in den Sarg kämen, schöner, als sie zu Lebzeiten waren, sonntäglich frisiert und frisch rasiert. Sie sparten dann auch nicht mit Papierspitzen und künstlichen Rosen. Es wurde sehr übel vermerkt von den Nachbarn, wenn da nicht alles geschah.

Ich habe bei dieser grausigen Beschäftigung, das kann ich wohl sagen, recht viel Elend sehen müssen. Ich fand auch, daß die Lebensbedingungen der Menschen arg verschieden voneinander seien und daß diese Tatsache damals noch viel zu wenig bekannt schien. Auch kam mir manchmal der gefährliche Gedanke, ob das nicht am Ende noch eines Tages schlimme Folgen haben würde.

Ich trug natürlich, wie alle in unserer Straße, längst keinen Kragen mehr und fand das nicht nur sehr billig, sondern eigentlich recht gesund. Ich besaß jetzt auch so einen rotweißen Sweater wie der Schaukelbursche Peter, lernte auch seinen gelassenen Schritt und sein träges Stets-auf-der-Hut-Sein. Es gefiel mir nach Geschäftsschluß – ich ließ selbst möglichst laut ratternd den Rolladen herab –, die Hände in den Hosentaschen, eine Sportzigarette an die Lippen geklebt und eine hinterm Ohr, die Mütze verwegen auf dem Kopf, abends auf der Gasse herumzulungern, stumm mit den andern beisammenzustehen und zu schauen.

Juliane, das zitronenblonde Mädchen, kam jeden Samstag zum Frisieren zu uns. Sie hatte ein rosa ›Abonnemang‹, das im Spiegel steckte unter einem solchen Fächer, wie sie Herr Freese seinerzeit aus Japan eingeführt.

Wir hielten für die Damen unserer Kundschaft einen Prachtsessel, er hatte vergoldete krumme Beine und war mit rotem Plüsch gepolstert. Sogar die verstellbare Kopfstütze war es, doch sah sie schon recht kahl und speckig aus. Frau Bennecke jedenfalls würde sich nicht um alles in der Welt daraufgesetzt haben, aber unsere Artillerie-Mädchen, die, ungeachtet ihrer kunstvollen Frisuren und billantengeschmückten Schildpattkämme, nicht selten Läuse hatten, fanden nichts dabei.

Juliane ließ sich gern von mir bedienen. Obwohl ich es noch gar nicht besonders gut konnte. Sie genierte sich aber auch nicht, laut »au« zu rufen, mich auf die Hand zu schlagen oder beim Ohr zu nehmen, wenn ich sie aus Versehen ein bißchen rupfte.

Juliane mochte mich gern, obwohl ich nur ein Friseur, also gar kein richtiger Mann war. Ich mußte mich aber sehr zusammennehmen, wenn ich so hinter ihr stand, in meinem geflickten weißen Röckchen, und mit scheuen Händen ihr sehr elektrisches Haar berührte oder ihre dünnhäutigen Schläfen, während ich mit einem leisen »bschön« ihrem Kopf eine andere Wendung gab.

Manchmal begegneten sich unsere Augen im Spiegel, und ich mußte denken, daß, ich weiß nicht warum, im Spiegel ihr Gesicht fast noch schöner schien als in Wirklichkeit.

Ich war schließlich auch nur ein Mensch und verspürte oft die größte Lust, Julianen auf den Mund zu küssen, obwohl er ein bißchen gewöhnlich war und knallrot geschminkt. Aber ich getraute mich wieder einmal nicht.

Sie muß es aber doch gemerkt haben, wie es um mich stand, denn eines Tages, da niemand außer uns im Laden war, nahm sie unsanft mein Gesicht mit beiden Händen und zog es herab zu sich, mich zu essen, so schien es mir fast. Denn für einen Augenblick wurde ihr Gesicht zum Fürchten groß, wie die Erde groß wird, wenn man ihr aus dem Himmel entgegenstürzt. Auch hörte ich wieder das Meer rauschen, wie in jener fleischfarbenen Muschel aus Japan, die auch fast einem Munde glich.

Ich umarmte das liebe Mädchen (ohne Kamm und Bürste auszulassen) in zärtlichster Bestürzung, folgsam dem Munde, der zum Munde will.

Wir liebten einander von Stund an mit der gleichen närrischen Poesie des Herzens wie irgendein anderes Liebespaar, mit aller Ungläubigkeit und süßer Grausamkeit, mit aller Zartheit und tölpischer Plumpheit, kindisch, launisch, eifersüchtig.

Eifersüchtig war eigentlich nur ich, denn Juliane hatte leider viele gute Freunde bei arm und reich.

Wir lebten eine Zeitlang so gut wie verheiratet, Juliane und ich. Wir liebten uns innig, aber hatten einander nicht viel zu sagen.

Stundenlang saßen wir im ›König von Portugal‹. Die Arme lümmelhaft aufgestützt, in ihrer weißen Bluse, die nicht mehr ganz proper war, das zitronengelbe Haar jetzt knabenhaft geschnitten, was ihr vorzüglich stand, zullte Juliane mittels eines Strohhalms an ihrer rosa Limonade, oder sie schminkte sich frisch, indem sie sich vergeblich mühte, ihr ganzes Gesicht in dem winzigen runden Spiegel zu sehen. Manchmal schummelte sie sich an mich, sagte: »Ach du«, und gähnte wie eine junge Löwin, ohne die Hand vorzuhalten, höchstens den Strohhalm.

Natürlich hatte ich auch eine Zeit, wo der ständige Umgang mit sanften Haaren und Wohlgerüchen, mit Herrn Gatzkis etwas zweifelhaften Ingredienzien zur

Pflege von Jugend und Schönheit mich verleitete, gleichsam als ideales Beispiel für die Nützlichkeit meines Berufes oder in dem heimlichen Verlangen, schön zu sein, mich nicht nur peinlich sauber zu halten, sondern allerlei billige Veilchen- und Birkenwässer an mich zu wenden, die Haare zu brennen, ja selbst mich ein wenig zu schminken und die Wimpern zu schwärzen, wodurch ich in Verbindung mit meiner kragenlosen Schiffsschauklertracht sicher ganz verboten aussah.

Dieser süßen, effeminierten Zeit folgte eine herbere, fast verwegene. Nämlich als ich mit dem Schaukelburschen Peter Freundschaft schloß, der, wie man zu sagen pflegt, ein schwerer Junge war. Ich muß indes zu seiner Ehre sagen, daß er es stets peinlich vermied, mich auch nur zum Mitwisser seiner dunklen Unternehmungen zu machen.

Zwei Jahre diente ich bei Herrn Gatzki, rasierte und frisierte Lebendige und Tote, wie sehr mir anfangs davor grauste. Es waren rechte Galgengesichter darunter.

Denn die Artilleriesträßler kamen mit allen ihren seelischen und leiblichen Gebresten zu meinem guten Herrn. Sie nannten ihn Doktor und hielten große Stücke auf ihn.

Besonders gesucht war Gatzki, wenn es galt, verräterische ›besondere Kennzeichen‹, Tätowierungen, Narben, Muttermale und dergleichen zu beseitigen. Wer ein verdächtiges Gesicht hatte, kam getrost zu ihm und ließ sich ein anderes machen. Er schreckte selbst vor kleinen chirurgischen Eingriffen nicht zurück, wobei er nicht eben aseptisch verfuhr.

Ich kann mich gut an einen jugendlichen Schwerverbrecher erinnern, dem Gatzki ein so völlig anderes Gesicht gab, daß es rückwirkend auch die Seele des Patienten verwandelte und aus einem wilden, verschlossenen Burschen ein ganz reizender, umgänglicher Mensch wurde. Natürlich bekam er auch einen dazu passenden anderen Namen, nebst den notwendigen Papieren.

Eine lästige Eigenart aber besaß Gatzki. Wenn er nämlich nicht schlafen konnte, so weckte er mich einfach und setzte sich an mein Bett, um mir seine persönliche Ansicht über Gott und die Welt vorzutragen und nach der meinigen zu fragen.

»Höre Jodokus, du kannst doch Griechisch. Wer sind nun eigentlich die richtigen Menschen. Denn einige unter den Millionen werden es wohl sein. Sind wir wirklich von der Natur so gedacht, du etwa oder ich oder Oskar? Hat es sich Gott so vorgestellt? Und dann – die Elektrizität, die Automobile, der Zeppelin, ich meine, ist das auch nach seinem Sinn? Wer macht es ihm am rechtesten? Es heißt, Napoleon sei ein Werkzeug Gottes gewesen. Warum? Was heißt das: gottgewollt? Kannst du mir das sagen, Jodokus?«

Oft mußte ich ihm mitten in der Nacht griechische Verse, aus der Ilias etwa, deklamieren, und er war sehr begierig, einige davon dem Gehör nach zu lernen. Er wandte sie später gern als Beschwörungsformeln bei seinen Heilkünsten an und zeigte sich sehr zufrieden mit ihrer Wirkung auf seine gläubigen Patienten, besonders bei Zahnschmerzen.

Man soll überhaupt nicht denken, daß die Artilleriesträßler samt und sonders gottlose Heiden und Frevler waren, ohne Sinn für etwas Höheres. Im Gegenteil, bei den dreizehn Parteien in unserem Hause, ohne Berücksichtigung zahlloser Aftermieter und Schlafburschen, gab es mindestens zehn verschiedene Religionen und Sekten, wenn nicht mehr, und jedermann glaubte, daß seine die beste sei.

Zu meinem Erstaunen gab es auch in der Artilleriestraße feine Standesunterschiede. Vor allem die Frauen hielten sehr darauf. Sie wußten haargenau zu sagen, wer weniger war als sie. Frau Griewe, die Wahrsagerin, hätte doch nie ihre Tochter dem Sohn des Feuerfressers Baldauf gegeben, während hinwiederum die Heringsrösterswitwe Wolf mehr war als die Griewe, obwohl sie sich von dieser aus den Karten lesen ließ und fest daran glaubte.

Zum Glück fand selbst unter den Geringsten noch jeder einen, der weniger war als er selbst.

Ein Wiedersehen

Natürlich fragte ich immer wieder meine Freunde, ob ihnen Fritz Fliege und Paul Dietrich nicht begegnet seien. Juliane, von uns Gully genannt, und auch Oskar, der sich, wenn er auf Fahrt war, stets nach seinem Schützling umschaute, kannten sie vom Hörensagen. Aber niemand wußte, wo die beiden augenblicklich steckten.

Eines Tages nun schien es, aus Anlaß einer Gerichtsverhandlung gegen einen der unseren, geboten, daß wir aus der Artilleriestraße uns im Zentrum der Stadt tunlichst in und um den Justizpalast wieder einmal sehen ließen, zum Zeichen, daß wir auch noch da seien.

Ich habe nie ermitteln können, von wem eigentlich diese Spaziergänge ausgingen, gleichviel, einer sagte es dem andern, und so kam's, daß wir einzeln, zu zweit oder in kleinen Trupps plötzlich im Straßenbild der Stadt auftauchten, was dort zu unserer Genugtuung eine sichtliche Beunruhigung hervorrief.

Wir taten übrigens gar nichts. Wir machten keinen Umzug oder Radau. Wir verhielten uns ganz still, standen nur so herum, besahen die Auslagen und verbreiteten Ungemütlichkeit.

Oskar nahm mich mit in den Justizpalast, dessen Vestibül mit solch verschwenderischer Pracht ausgestattet war, als sollten hier lauter Könige verurteilt werden. Die Treppen waren aus Marmor, die schmiedeeisernen Gitter frisch vergoldet. Nur die Gerichtssäle selbst waren etwas schlichter gehalten.

Wer beschreibt mein Erstaunen, als ich in dem Angeklagten jenen Paul Dietrich erkannte, dem ich damals zur

Flucht verholfen hatte? Er stand wegen einiger Vergehen des groben Unfugs vor Gericht, wozu angeblich noch Widerstand gegen die Staatsgewalt kam. Er hatte sich offenbar nicht ein bißchen verändert.

Ich wohnte zum erstenmal einer Gerichtsverhandlung bei und war anfangs schrecklich aufgeregt.

Schon gleich nach dem Zeugenaufruf und der Erledigung der Personalien, wobei Paul, anfangs ehrlich bemüht, manierlich zu sein, mit seiner angenehmen Stimme die Fragen des Vorsitzenden freimütig beantwortete, kam es zu einem Zwischenfall.

Der Herr Vorsitzende nämlich, der mir eigentlich ganz gut gefiel, obgleich er die unleidliche Angewohnheit hatte, alle Augenblicke den Zwicker mit dem schwarzen Schnürchen abzunehmen und sich die Augäpfel zu reiben, als sehe er dann besser, der Herr Vorsitzende also sagte ganz geschäftsmäßig:

»Gut, Angeklagter, Sie können sich setzen.«

Ich hätte mich sicher sogleich gesetzt, alle hätten es getan, ohne sich etwas dabei zu denken. Nicht so Paul. Er verharrte in seiner Stellung.

»Sie können sich setzen«, wiederholte der Richter ahnungslos.

»Danke, ich kann auch stehen«, antwortete Paul höflich.

»Sie sollen sich aber setzen, es ist Vorschrift«, rief jetzt der Richter, ungeduldig werdend.

»Oh, ich bin gar nicht müde«, meinte Paul, ohne eine Spur von Hohn. Einige der Unseren lachten.

»Setzen! Ich befehle es Ihnen«, herrschte ihn nun der Richter an und wurde krebsrot im Gesicht.

Aber Paul wollte nicht.

Wir wissen, er war gar empfindlich in diesen Dingen. Er konnte es nicht vertragen, wenn man ihn angrobste.

»Ich pflege mich nur zu setzen, wenn ich ein Bedürfnis danach habe, augenblicklich möchte ich lieber stehen«, sagte Paul bescheiden.

»Das ist ungehörig«, schrie jetzt der Vorsitzende außer sich. »Augenblicklich setzen Sie sich, Angeklagter, oder ich nehme Sie in Ordnungsstrafe.«

»Ich sagte doch schon, Vorsitzender (er ließ das Herr weg), daß ich mich – stelle, setze, lege, wann *inh* will. Ich befehle niemandem und lasse mir von niemandem befehlen.«

Wir klatschten in die Hände, und der Vorsitzende drohte uns, er werde die Tribüne räumen lassen, wenn Beifallskundgebungen fürder nicht unterblieben.

»Machen Sie keine Geschichten«, mischte sich jetzt der Anwalt ein. Er versuchte es mit Güte. »Was ist denn dabei, Sie verschlechtern nur Ihre Situation. Seien Sie doch vernünftig, und setzen Sie sich!«

»Vernünftig sein kann ich auch im Stehen«, beharrte Paul. Sein Gesicht hatte jetzt jenen kindlich trotzigen Ausdruck, der mir immer so gut an ihm gefiel. Aber schon ward er einfach hingesetzt von zwei baumlangen Polizisten. Sie hatten es nicht leicht mit ihm. Leider wurde jetzt die Tribüne geräumt, da wir durch Pfeifen und Scharren deutlich unser Mißfallen kundgaben.

»Ich lasse mich durchaus nicht einschüchtern«, sagte der Richter lächelnd und rieb seine Augäpfel. Paul aber wurde halt wieder zu einer längeren Freiheitsstrafe verurteilt.

Auf dem Heimweg nun sah ich auch Fritz Fliege wieder. Er war es, obwohl er, um in der Sprache der Artilleriestraße zu reden, in einem stinkvornehmen Auto fuhr, obwohl er sichtlich nicht mehr Kaminkehrer war trotz des unsterblichen Zylinders, den er trug, und obwohl eine sehr hübsche junge Dame neben ihm saß. Ein Neger chauffierte. Fritz Fliege erkannte mich eher als ich ihn und sprang, ohne den Schlag zu öffnen, aus dem fahrenden Wagen. Das Mädchen staunte nur.

»Guten Tag, Clemens, steig nur gleich ein«, sagte Fritz, als hätten wir uns höchstens zwei Tage nicht gesehen und wollten jetzt eine kleine Landpartie machen.

Ich zierte mich, aber Fritz öffnete ohne weiteres den Schlag und schob mich hinein.

Dem feinen Fräulein war es gewiß nicht angenehm, plötzlich einen wildfremden Menschen neben sich zu haben. Ich sah wohl nicht eben vertrauenerweckend aus, denn ich trug mich, wie es dazumal bei uns als fesch galt, apachenhaft mit sportlichem Einschlag. Es war mir sehr unbehaglich zumute. Aber dafür fehlte Fritz jedes Gefühl.

Es war ein für jene Zeit ganz herrliches Automobil, obwohl mehr bloß ein Wagen ohne Pferde. Ich fuhr zum ersten Male Auto.

Fritz saß mir gegenüber und freute sich.

»Weißt du, daß ich fest glaubte, du seiest tot, und weißt du, daß ich sehr traurig darüber war?«

»Ich lebe«, sagte ich, ganz dumm vor Freude.

»Mein lieber Fritz«, ließ sich nun das Fräulein vernehmen und sah mich nett an, »ich wäre dir einigermaßen dankbar, wenn du mir sagen wolltest, wer der junge Mann an meiner Seite ist.«

Fritz lächelte.

»Es ist Clemens«, sagte er nur. Er war eben von Natur etwas wortkarg.

Ich fand ihn fabelhaft gut angezogen, und er gefiel mir wieder ganz ausgezeichnet.

Fritz übte zur Zeit seine natürlichen Klettereien und Akrobatenkünste als Beruf in einem Zirkus aus. Er machte die waghalsigsten Geschichten, hoch oben unter der gestirnten Kuppel des Etablissements, das in ein Stück Urwald verwandelt schien, mit elastischen Palmen und Lianen, darin, einem Affen gleich, doch stets in Frack und Zylinder, mein Fritz lustig umherturnte, ohne Netz.

Er wurde freilich von den richtigen Luftakrobaten nicht für voll genommen, denn seine verwegenen Sprünge und Kapriolen zwischen hängenden Seilen hatten etwas allzu spielerisch Zufälliges und Unreelles.

Er trat auf, den Frackmantel locker umgehängt, den ihm ein Lakai in Rot und Gold mit todernstem Gesicht schweigend abnahm, und kletterte an einem weißen Seil, das über dem Publikum schwang, mit tierischer Leichtigkeit nach oben, um dann, in verwegenen Saltomortalen, scheinbar im letzten Augenblick und mehr aus Versehen gerade noch ein Tauende des Trapezes erhaschend, zu Häupten Tausender umherzuturnen, die das nicht konnten und von denen mancher insgeheim wünschte, daß Fritz tunlichst nicht gerade ihm auf den Kopf falle.

Inge Karstens, seine Freundin, hatte ihn dort gesehen und sich in den Kopf gesetzt, ihn zu heiraten, obwohl sich die ganze Familie dagegen stemmte. Er war doch nichts und hatte doch nichts, und Inge war so sehr zart.

Nun aber saß sie Abend für Abend im Zirkus und hatte Angst um Fritz, der übrigens rührend besorgt um ihre Gesundheit war. Er besaß eine seltsame Vorliebe für Frauen, die wie Inge Karstens nichts konnten und nichts taten als hübsch aussehen. Tätige Frauen waren ihm ein Greuel.

Inge lebte so dahin, ohne je etwas zu leisten, ja zu denken, zu aller Wohlgefallen. Niemand konnte ihr böse sein, obwohl sie eine einzige, wenn auch höchst liebenswürdige Überflüssigkeit war.

Wenn man sie so sah, konnte man denken, daß ihr Herz eine winzige Spieluhr sei, so zart war sie und gerade eben noch sichtbar.

Eines Abends, als wir nach der Vorstellung noch ein wenig zusammensaßen, bot mir Fritz mit schlichten Worten an, ob ich nicht einmal mit ihm nach oben gehen wolle.

»Nach oben?« fragte ich, obwohl ich gleich wußte, was er meinte.

»Ich brauche einen Partner für meine neue Nummer, wir arbeiten zusammen, das wird sehr lustig werden.«

Inge war dabei. Was blieb mir da anderes übrig, als ja zu sagen, und daß es gewiß sehr lustig werden würde.

»Du brauchst dich nur ganz locker zu machen, ganz schlapp, alles übrige besorge ich.«

Er kam überhaupt nicht auf den Gedanken, ich könne Angst davor haben.

Es handelte sich bei der neuen Nummer um eine pantomimische Verbrecherjagd über die Dächer Chikagos mit einem kurzen Vorspiel in der Manege. Ein Gentleman-Einbrecher (Fritz) wird bei einem Einbruch von der Polizei überrascht, wobei der Komplice (das war ich) nach kurzem Gefecht angeschossen wird. Er bricht bewußtlos zusammen. Der edle Räuber läßt den Kameraden natürlich nicht im Stich. Er rettet ihn. Er trägt ihn auf schwindelnder Höhe über Dachfirste, balanciert Dachrinnen entlang, während die Polizei dauernd mit Revolvern und Maschinengewehren nach ihm schießt und einen Höllenlärm vollführt. Der Flüchtling bindet den Willenlosen an sich fest und schwingt mit dieser Last von Tau zu Tau, kurz er macht Sachen, die in solcher Kühnheit noch nie gezeigt worden sind.

Fritz Fliege fand gar nichts dabei, daß ich so ohne weiteres einwilligte, mit nach oben zu gehen, sondern faßte mich um die Lenden und hob mich hoch, ob ich auch nicht zu schwer sei. Ich war aber damals zum Umblasen und wog sehr leicht. Zudem gehörte das Lockerlassen des Körpers, das scheinbar knochenlose Hinsinken zu meinen Liebhabereien.

Ich rühme mich meiner Tat nicht, die unter tausend Ängsten geschah. Ich war im Gegenteil fest entschlossen, mich kein zweites Mal dafür herzugeben, als ich wieder heil auf der Erde stand, als wäre es nie gewesen, und mich an Flieges Seite für den tosenden Beifall bedankte.

Zu meinem Glück griff nun die wirkliche Polizei ein, sie verlangte aus Sicherheitsgründen ein Netz, da machte es Fritz keinen Spaß mehr.

Erst im Kriege erzählte ich ihm, was ich damals als sein Partner ausgestanden hatte, und obwohl er, glaube ich, nie eine ganz richtige Vorstellung von Furcht hatte und wie sie eigentlich tut, sagte er sehr nett: »Oh, das tut mir aber leid, ich wußte es nicht, aber warum hast du es nicht vorher gesagt?«

»Weil ich mich nicht getraut habe«, antwortete ich und mußte über mich selber lachen.

Fritz und ich gingen bei Karstens ein und aus. Es muß herrlich sein, so viel Geld zu besitzen, dachte ich bei mir, als Inge uns ihr Elternhaus zeigte. Ich wurde sogleich rückfällig. Das Altersheim fiel mir ein und wie schön ich es dort einst hatte. Ich wünschte zu wissen, ob die Bennecke noch immer ihre große Sterbeszene spiele, ob Onkel Wilhelm noch lebe und die greise Dichterin. Auch an Cornelia dachte ich und an den bösen Viktor Gelbes. Selbst er erschien mir auf einmal heimatlich.

Ich fühlte mich wohl und weh.

Es tat, wie wenn man auf einer Eisscholle steht in einem Flusse treibend, und sie birst zwischen den Füßen, und die Trümmer stoßen einander ab.

Es ist kein Zweifel, daß Fritz Fliege in seiner Art Fräulein Karstens wirklich liebte. Auch ich liebte sie, denn es war mein Verhängnis, daß ich stets für die gleichen Menschen Sympathie empfand wie Fritz, wir liebten beide das gazellenhafte Mädchen mit dem gläsernen Herzen.

Allein eines Tages, kurz vor dem großen Kriege, war alles zu Ende.

Es kam unsertwegen zu einem Zerwürfnis zwischen Inge und ihrem Vater, einem alten Herrn von strotzender Gesundheit, von liebenswürdiger Brutalität, würde Gelbes gesagt haben.

Ich kann es mir gut vorstellen, wie sich alles zugetragen hat.

»Du bist so laut, Papa«, sagte Inge, »es macht mich ganz krank, ich ertrage es nicht, wenn du so schreist.«

Aber der Vater brüllte sie an, sie solle gefälligst nicht so zimperlich sein. Die gläsernen Hirsche zitterten in der zierlichen Vitrine. Herr Karstens hatte wirklich eine ungewöhnlich starke Stimme.

Doch nun verstummte er. Denn Inge wurde plötzlich ganz weiß im Gesicht, sie schloß die Augen und erwachte nicht mehr. Sie starb, weil ihr Vater so laut zu ihr gewesen war. Ihr Herz blieb einfach stehen.

Es gibt Krieg

Fritz Fliege zog seinen Frack aus, nur den Zylinder behielt er, und lebte das letzte Jahr vor dem Kriege bei uns in der Artilleriestraße. Er hatte jetzt sogar etwas Geld, aber er wußte nichts damit anzufangen. Es war nicht viel, und es lebten viele davon. Da war es denn auch bald alle.

»Gehst du mit?« fragte er mich, als es Frühling wurde.

»Nach Griechenland?«

»Wohin du willst.«

»Es gibt Krieg vermutlich, und er wird sehr lange dauern«, warnte der Bettlerkönig, der wieder einmal im Lande war.

Woher es die Leute in der Artilleriestraße eigentlich wußten, habe ich nie erfahren können. Tatsache ist, daß sie es wußten, daß sie schon Monate vorher ganz leidenschaftslos vom unvermeidlichen Ausbruche des Weltkrieges redeten, und daß Deutschland dabei nichts zu lachen haben werde. So nämlich drückten sie sich aus. Ich erinnere mich gut, daß die meisten den Krieg einmütig begrüßten und davon viel für sich erhofften.

Jemand wollte gehört haben, daß in einigen Ortschaften Nordfrankreichs dieses Jahr die Schwalben nicht zurückgekehrt seien. Was ohne Zweifel nichts Gutes bedeuten könne.

Doktor Gatzki, der einen sicheren Blick für nahen Tod besaß, gestand mir ganz verstört, er sehe seit kurzem so unheimlich viele junge Menschen, die seiner Meinung nach nicht alt würden. Es war mir aber gar nicht recht, daß er sie mir zeigte, lauter kerngesunde, lustige Burschen. Ich wollte es gar nicht wissen. Doch beruhigte es mich damals und später, daß er mir sagte, ich sei nicht dabei.

Die Monate vor dem Kriege durchstromerten wir Deutschland und fanden, daß es ein herrliches Land sei. Wir verdienten redlich, was wir brauchten. Fritz durch Parterreakrobatik, ich durch Silhouettenschneiden. Denn durch den täglichen Umgang mit der Schere gleichsam geschult, hatte ich gelernt, aus schwarzem Papier ohne Vorzeichnen allerlei Blumen, Getier und Menschen auszuschneiden, und brachte es bald zu einer Fertigkeit, mit der ich meinem einstigen Zeichenlehrer Süßmilch wohl Ehre machen konnte. Ich war bald imstande, die Gully, den roten Oskar, und wie sie alle hießen, aus freier Hand abzukonterfeien, und sie fanden sich recht gut getroffen. Ein liebenswürdiges kleines Talent, nicht mehr, das mir auf der Wanderschaft sehr zustatten kam.

Wir zogen fröhlich von Dorf zu Dorf, von Stadt zu Stadt, und wenn's uns irgendwo gar zu windig wurde, suchten wir eben ein anderes Klima auf.

Hier und da machten wir schmal, wenn uns das Geld ausging. Dann nämlich setzte sich Fritz vor ein Wirtshaus, kaufte sich ein Bier und unterhielt sich mit den Gästen von guten und schlechten Zeiten. Nach einer Weile kam ich, müde und bestaubt, und bettelte, worauf Fritz mit gutem Beispiel voranging und mir seinen letzten Groschen zuwarf.

»Da, Bruder Straubinger«, rief er mir zu, »viel hab' ich selbst nicht, aber du sollst auch leben, und einen fröhlichen Geber hat Gott lieb.«

Da ließ sich keiner lumpen.

Wir brachten es auf diese Weise oft auf ein paar Mark im Tag. Aber nach Griechenland kamen wir nicht.

Eine Zeitlang nahmen Fritz und ich bei dem kleinen Bauern Dechant im Bayerischen vorübergehend Dienst, mehr zur Sommerfrische als der Arbeit zuliebe. Auch hatte der Bauer Dechant eine junge Magd, die uns beiden wohlgefiel, ein schönes, einfältiges Kind, Priszilla mit Namen.

Ich bin nicht sehr abergläubisch, doch hatte ich dort in den Bergen ein Erlebnis, das sich rückschauend, wenn man will, als sicheres Kriegsvorzeichen deuten ließe.

Eines Abends nämlich, wir saßen schon in der Stube, und die Sonne war längst hinunter, begann die Dämmerung, und alles: die Berge, das Dorf, Mensch und Tier, fing dunkel und wie von innen zu glühen an, mit solch purpurner Brunst und Schrecklichkeit, daß die Weiber in der Küche laut zu beten anfingen. Die Kinder fürchteten sich und weinten, die Rinder brüllten im Stall, und ein junger Schimmel, rosenrot in diesem Höllenscheine, galoppierte mit flammender Mähne durch die Gassen. Ich habe Ähnliches nie wieder gesehen.

Am andern Tage wanderten wir weiter. Auf einem Wegweiser stand: Nach Kaula, und ich bat Fritz, mit mir dorthin zu gehen. Aber er wollte nicht.

»Es ist meine Heimat«, sagte ich.

Er verstand mich nicht. Wie sollte er mich auch verstehen, der an Stelle der ordentlichen Heimat und Herkunft, die ihm fehlte, die ganze Welt als seine große und das Stück Erde, aus der er gemacht war, als seine engere Heimat betrachtete und liebte?

Aber da ich ihn recht herzlich bat, gab er endlich nach. Am Vorabend des Krieges zogen wir unerkannt in Kaula ein. Mir klopfte gewaltig das Herz.

Ich werde Soldat

Es bestand keine Gefahr für mich, erkannt zu werden, denn ich war wettergebräunt und ziemlich verwildert. Auch hatten jetzt alle Menschen andere Gedanken im Kopf. Man sprach nur vom Krieg und daß er unvermeidlich sei. Ja, es herrschte fast etwas wie Enttäuschung, als kurz vor der Mobilmachung eine leichte politische Entspannung gemeldet wurde.

Allein die Artilleriesträßler sollten doch recht behalten mit ihrer geheimen Witterung. Es gab Krieg, und wie!

Fritz und ich saßen in einer Kneipe beim Mittagessen, als uns die Kellnerin das Extrablatt brachte.

»Krieg? Wirklich? Ja, braucht's denn das?« fragte sie und lachte einfältig.

Ich erinnere mich gut, daß ich hastig meine Erbsensuppe auslöffelte, als könne man sie mir nehmen. Obwohl wir beide nichts von Politik verstanden und nur selten eine Zeitung lasen, so war ich doch sehr erschrokken, körperlich erschrocken. Ich fand es sehr ungemütlich auf einmal in der kleinen Kneipe und überall. Es ist auch seit jenem Augenblicke, was mich betrifft, so ganz gemütlich nicht wieder geworden auf dieser Welt.

Noch am gleichen Tage hatte ich zweimal Gelegenheit, unbemerkt und aus nächster Nähe meine Freunde von einst leibhaftig wiederzusehen, besonders die lieben Alten.

Sie lebten fast alle noch: so der gute Onkel Wilhelm, der es wie ehedem liebte, die Sonne zu wecken, und die wakkere Rätin, obwohl sie sich in letzter Zeit gar nicht recht wohl gefühlt, so daß man fürchtete, sie sei diesmal wirklich ernstlich krank. Auch die greise Seherin, die knochige Riesin Eva-Rosine Schuster-Tscherkassow, weilte noch unter den Lebenden. Sie nannte sich jetzt schlicht Eva Schuster und empfing, wie ich hörte, durch die weltbewegenden Ereignisse starke künstlerische Anregungen. Gewohnt, von früh bis spät zu dichten und den lästigen Alltag einfach zu leugnen, kristallisierte sich in ihr das große Erlebnis in einer Folge gewaltiger Trutzgesänge.

Man ging ihr damals gern aus dem Wege, um so mehr, als ihre Dichtungen keineswegs ermutigend wirkten, denn sie trieften förmlich vom Blut der Erschlagenen und hallten wider von mörderischem Gemetzel und vom Gewimmer der Witwen und Waisen. Es waren großartige, fast apokalyptische Visionen, darin sie mit einer

Zerstörungswut ohnegleichen friedliche Städte gegen den Mond sprengte, daß ganze Häuser gleich Gestirnen auf ewig im Weltall kreisen mußten, darin sie Mensch und Tier unnachsichtig in tausend Stücke riß und Soldaten ohne Kopf mit ausgerissenen Armen und Beinen aufeinander losschlagen ließ. Symbolische Gedichte also waren es, womit sie aber der Wirklichkeit oft ziemlich nahekam.

Unser alter Doktor Melissus Moll indessen war am Tage meiner Ankunft in Kaula in die Unsterblichkeit eingegangen. Er hatte gewiß viele hundert Menschen mit eigenen Augen sterben sehen, aber da er es nun selbst tun mußte, half ihm dies gar nichts. Er hätte doch eigentlich längst wissen müssen, wie es zuging, und daß man keinerlei Angst dabei zu haben braucht, und daß er im Gegenteil nur froh sein konnte, in eine bessere Welt hinüberwechseln zu dürfen. Auch konnte er mit gutem Gewissen von sich sagen, daß er seiner Lebtage ein frommer und rechtschaffener Mann gewesen. Wie vielen war er ein Trost bei ihrem letzten Stündlein.

Aber nun versagte er völlig. Er hatte sich wohl fest vorgenommen, möglichst brav zu sterben, beispielhaft, ja heiter, wie es seinerzeit Weinlein geglückt war, dem unverbesserlichen Helden.

»Ich fürchte mich«, flüsterte der alte Moll noch ganz zuletzt, und man konnte es ihm ansehen, daß er die bittere Wahrheit sprach.

Als es dann aber doch zu Ende war, schloß ihm Kollege Kunze gewandt die Augen und traf die Anordnungen für eine würdige Bestattung, der ich als stiller Leidtragender von ferne beiwohnte.

Der gute alte Moll! Er hatte wie so viele nie im Leben so bedeutend ausgesehen wie jetzt, da er tot war.

Ganz Kaula gab ihm das letzte Geleite. Über seinem Grab (er war Generalarzt d. L.) wurde eine Gewehrsalve abgegeben, wobei viele der Leidtragenden heftig zusammenzuckten. Auch mir fuhr es durch Mark und Bein.

Unter den Trauernden sah ich auch Cornelia wieder. Sie war noch schöner geworden, und ich mußte mich sehr beherrschen, um mein Geheimnis zu wahren.

An die Stelle der Alten, die das Zeitliche gesegnet hatten, waren andere getreten. Doch sahen die neuen Alten eigentlich alle aus, als seien sie so ähnlich schon einmal dagewesen. Sie hießen nur anders. Eine Art Frau Schließlich wohnte seit kurzem wieder da, unermüdlich Staub wischend und schrubbend. Der alte Löwenjäger hatte Ersatz gefunden in einem Naturforscher, der die Eigentümlichkeit besaß, daß er die ganze Umgebung Kaulas heimlich und aus freien Stücken mit Sonnenblumen bepflanzte, zu allgemeiner Freude und Verwunderung. Denn sie war seine Lieblingsblume. Nur den alten Weinlein scheint es nur einmal gegeben zu haben.

Dagegen hatte Düttelius, der nicht umzubringen war, noch zu Lebzeiten eine starke Konkurrenz bekommen in Gestalt eines alten Redakteurs, eines ewig sich die Hände reibenden und sich ins Fäustchen lachenden Pessimisten. Und da sie beide fast gleich böse dachten, bekämpften sie einander auf das erbittertste. Das war es wohl, was sie am Leben erhielt. So mußte es sich der allerdings erst fünfundsiebzigjährige Zeitungsgreis gefallen lassen, daß der mehr als achtzigjährige Düttelius ihm ins Gesicht sagte: »Sie sind noch zu jung, mein Herr, um da mitreden zu können.«

Er schrieb jetzt überallhin Beschwerdebriefe, an die Zeitung, an die Post, an die Regierung, wozu er sich zuweilen eine eigene Schreibkraft hielt. Er nannte alles, was ihm gegen den Strich ging, verächtlich ›Gelüste‹, sprach von Barmherzigkeitsgelüsten zum Beispiel, von Frömmigkeits- und Abstinenzgelüsten.

Es war ein seltsames, wenn auch etwas einseitiges Wiedersehen, als ich an jenem historischen Vorabend des zweiten August bei herrlichem, nur etwas schwülem Wetter im sogenannten Tivoli, einem vielbesuchten Biergarten unweit des Pfotenhauerianums, fast Tisch an

Tisch mit den Alten verbrachte. Denn dort hatten sich die vaterlandsliebenden Bevölkerungskreise eingefunden, um, während das Musikkorps der Kaulaer roten Husaren kriegerische Weisen zum besten gab, die mitgesungen wurden, gemeinsam die neuesten Depeschen zu hören, die dankenswerterweise ein beliebter Heldendarsteller des Stadttheaters mit geschulter Stimme vorlas. Er trug bereits seine kleidsame Marineuniform und erregte damit bei den Landratten der Binnenstadt Kaula begreifliche Bewunderung.

Es gab aber damals in dem Biergarten noch Gasbeleuchtung, und an deren fahlem Lichte mochte es liegen, daß die Gesichter der Begeisterten, das ist mir unvergeßlich, seltsam unfrisch aussahen, ja im Widerschein des Kastanienlaubes fast grün.

Indessen waren wir alle noch recht lebendig. Es wurden viele Hochs und Hurras ausgebracht, und Fritz und ich riefen tapfer mit.

Ausgezeichnet war die Stimmung unter den Alten. Onkel Wilhelm, auf den, als alten Soldaten, jetzt alle Augen gerichtet waren, vertrat die Ansicht, der auch die Bennecke mit heftigem Kopfnicken beipflichtete, länger als sechs Wochen halte einen Krieg heutzutage kein Staat aus, während Düttelius als passionierter Pessimist seelenruhig erklärte, daß man sich seiner unmaßgeblichen Meinung nach mindestens auf einen dreißigjährigen Krieg gefaßt machen dürfe, wenn das überhaupt lange. Mit beredten Worten schilderte er hierauf die katastrophale Wirkung moderner Geschütze, wozu er als Beispiel Kaula annahm und die feindlichen Batterien hinter dem Altersheim postierte, von wo aus man unsere gute Stadt vorzüglich unter Feuer nehmen könne. Onkel Wilhelm widersprach dem aus taktischen Erwägungen, da man tunlichst einen späteren Stützpunkt doch nicht ohne weiteres dem Erdboden gleichmache, wobei er sich auf Napoleons Moskauer Abenteuer berief, und eine Zeitlang drehte sich das Gespräch ausschließlich um die imaginäre Schlacht bei Kaula, in der natürlich mein Onkel siegreich blieb.

Auf feindseligen Widerspruch stieß der alte bissige Redakteur, der den unglücklichen Ausgang mit Sicherheit voraussagte. Er behielt leider am meisten recht von allen und war sogar hinterher noch stolz darauf.

Frau Bennecke dagegen und mit ihr alle gutdenkenden Altersheimler rechneten mit ruhiger Fassung darauf, daß der Sieg mit unsern Fahnen sei. In ihrem Überschwang forderte sie in einer kleinen Ansprache unter allgemeinem Beifall die deutschen Frauen auf, Amazonenregimenter zu bilden, wenn Not an Mann gehe.

»Daß das unser guter Doktor Moll nicht mehr erleben durfte«, klagte sie, worauf Düttelius boshaft einwandte, sie vergesse wohl, daß der Verewigte mutmaßlich im Jenseits davon erfahren werde und aus den Wolken auf uns herniederschaue.

Nach dem Gartenfest zog alt und jung, hoch und niedrig mit klingendem Spiel durch die Stadt, der Handwerker Schulter an Schulter mit dem Professor, der Student Arm in Arm mit dem schlichten Arbeiter. Alle Standesunterschiede waren mit einem Male wie ausgelöscht. Ehemalige Feinde sanken sich lächelnd unter Tränen in die Arme, alter Groll wurde begraben. Ich erinnere mich gut, wie in jener Nacht dem japanischen Konsul eine Ovation gebracht wurde, da man damals Japan noch für einen Bundesgenossen hielt. Er zeigte sich auf dem Balkon und verneigte sich lächelnd.

Onkel Wilhelm stellte sich trotz seines hohen Alters am ersten Mobilmachungstage dem Vaterland zur Verfügung. Es schmerzte ihn sehr, daß man vorläufig seiner nicht bedurfte. Also wartete er, bis der König ihn rufe. Mit mehreren alten Militärs gründete er einen regelrechten Generalstab, der unabhängig von der Heeresleitung nach allen Regeln der Strategie seine Entschlüsse faßte, die sich freilich oft ganz und gar nicht mit der Wirklichkeit deckten und vielleicht zum Siege geführt hätten.

Buchhändler Freese dagegen, obwohl er sich mit Dominik sogleich freiwillig gestellt, hatte in diesen bewegten Tagen einen schweren Stand. Man zieh ihn allen Ernstes der Ausländerei, weil er die ›Sonnenblumen‹ van Goghs im Schaufenster stehen hatte. Das Bild mußte verschwinden, ebenso wie bald darauf ›Die Erschaffung Adams‹ von Michelangelo verschwinden mußte, als nämlich die Italiener gegen uns in den Krieg eintraten. Das waren kleine, wunderliche Auswüchse und Fehlgriffe der Kaulaer, denen mancher verfiel, der im hitzigen Sturm der Begeisterung das kühle Lüftlein Vernunft nicht mehr spürte.

Ungeachtet meines ängstlichen Gemüts war auch ich zum Kriege entschlossen gegen eine Welt von Feinden und meldete mich freiwillig, was nach meinen Papieren freilich nur unter dem Namen Jodokus Klein, Friseurgehilfe, geschehen konnte. Diese Papiere waren inzwischen durch neuere amtliche Zutaten so echt geworden, daß es sehr umständlich und vielleicht sogar gefährlich für mich gewesen wäre, hätte ich meinen ehrlichen Namen Bosquillon jetzt wiedergewinnen wollen. Es gab wohl Zeugen, die mich anerkennen würden, aber ebenso viele Leute konnten auch beschwören, ich sei Jodokus Klein und niemand anders. Es schien doch besser, nicht daran zu rühren, wenn ich auch in Kauf nehmen mußte, daß ich, sollte ich fallen, unter falschem Namen in fremder Erde ruhen würde.

Bei den roten Husaren, die den größten Zustrom an Freiwilligen zu verzeichnen hatten, wurde ich abgewiesen. Aber bei der Infanterie nahm man mich schließlich, wenn auch nur als Sanitäter in Anbetracht meiner Magerkeit und meines Berufes.

Ich traf unter den Freiwilligen viele Artilleriesträßler, aber auch genug alte Kaulaer Bekannte wieder, und mancher redete mich auf eine gewisse Ähnlichkeit mit Clemens Bosquillon an, zum Beispiel Viktor Gelbes.

»Das haben mir schon viele gesagt«, gab ich gleichmütig zurück.

»Sonderbar, höchst sonderbar«, meinte Gelbes und grinste verdächtig.

Die Feuertaufe

Das erste, was mir in Feindesland angenehm auffiel, war, daß ein frischer Seewind blies, der nach Salz schmeckte, als sei es gar nicht mehr weit bis ans Meer. Auch war ein Geräusch im Wind wie ferne Brandung, so meinte ich.

Ich wußte ja vom Krieg nicht viel mehr, als was in den ›Erinnerungen eines Ordonnanzoffiziers‹ von Tanera steht und was Onkel Wilhelm erzählt hatte, zum Beispiel die Gefangennahme des französischen Generals Béchamel. Wir ließen uns alle nicht träumen, was vierundzwanzig Stunden später mit uns geschah. Unsere Stimmung war sehr zuversichtlich. Wir trieben allerlei Kurzweil.

Am dritten Tage gegen Abend wurden wir auf einem freudlosen Güterbahnhof ausgeladen. Wir mußten zum Appell antreten, worauf die Instruktionen über das Verhalten deutscher Truppen in Feindesland verlesen wurden.

Ich weiß noch gut, daß ich mir die Gesichter meiner Kameraden genau auf nahen Tod hin anschaute. Ich konnte aber nichts dergleichen bemerken.

Einige lächelten zwar unter Tränen, aber es sah nur so aus, denn es regnete, und unsere Gesichter waren naß und glänzten.

Von der nun folgenden Nacht ist mir nur erinnerlich, daß wir stundenlang durch eine große Stadt marschierten, so bildete ich mir wenigstens ein. Wir vermarschierten uns mehrmals, und kein Mensch wußte so recht, wo wir uns befanden.

Manchmal konnte man wahrhaftig denken, unser Regiment sei aus Versehen mutterseelenallein in den Krieg gezogen wie jener Soldat aus Lippe-Detmold, der wunderschönen Stadt. Es machte wirklich nicht den Eindruck, als seien außer uns noch irgendwelche Truppenteile da.

Ich erinnere mich, daß unser Hauptmann den Witz machte, bei schlechter Witterung fände der Krieg im Saale statt. Wir lachten.

Es ist, wenn man wie ich noch keinen Krieg mitgemacht hatte, gar nicht so einfach zu verstehen, welche Bedeutung innerhalb des Feldzugsplanes unserem Regimente eigentlich zukam. Ich marschierte am Schluß des zweiten Bataillons vor unserm Sanitätswagen und war sehr müde. Manchmal schnaubten die Pferde warm und feucht in meinen Nacken.

Ich machte aber in Gedanken unaufhörlich Verbände, wie ich sie im Sanitätskurs gelernt, die Mitra und die Ähre und wie sie alle heißen. Zu großer Fertigkeit hatte ich es in der Herstellung sogenannter Tupfer gebracht, jener kleinen, appetitlichen Gazeknäuelchen, wie sie zur Säuberung der Wundränder und zum Wegsaugen des Blutes zu Tausenden gebraucht wurden. Es gab verschiedene Systeme, zum Beispiel in Form kleiner Briefumschläge, aber am beliebtesten und auch am hübschesten waren doch die, die eben aufgeblühten weißen Röschen glichen. Halb im Schlafe marschierte ich in die Schlacht, in Watte denkend und in Mullverbänden.

Natürlich wußte ich längst, daß das, was ich gestern für den Wogenprall des Meeres gehalten, Kanonendonner und daß die große Stadt die Nacht gewesen war.

Als es eben zu dämmern begann, kamen wir durch ein reizendes flandrisches Bauerndorf. Die kleinen Häuser waren mit Stroh gedeckt wie bei uns in Schleswig-Holstein etwa. Unter den Türen standen die Bewohner in ihren Holzschuhen und schauten. Das sah eigentlich sehr friedlich aus.

Im Westen wurde ein Feuerwerk abgebrannt, so schien

es, Raketen stiegen empor, weiße und rote Sterne gebärend.

Aber nun waren wir nicht mehr allein in der Nacht, in der nächsten Ortschaft wimmelte es auf einmal von Soldaten aller Waffengattungen, ein paar Häuser brannten lichterloh, aber es löschte niemand.

Da waren wir also mitten drin in einem, mir wenigstens kam es so vor, heillosen Durcheinander und Lärm.

Ich weiß nicht mehr, wie das höllische Dorf hieß, aber ich sehe noch die Soldaten: Die einen schliefen, andere, auf ihren Tornistern sitzend, aßen aus Kochgeschirren. Verwundete mit durchbluteten Kopf- oder mittels Seitengewehren geschindelten Armverbänden gingen und hinkten zurück. Sie trugen im zweiten Knopfloch jene Zettel, die mich immer ein wenig an Anhängeadressen erinnerten, an Obstkörbchen zum Beispiel. Ein Motorradfahrer in schwarzer Lederjoppe knatterte laut hupend und heftig mit den Beinen nach rechts und links stoßend durch das Gedränge. Pferde scheuten gefährlich.

Manchmal heulte ein Tier in der Nacht, wie der Wind ums Haus heult, bang und böse. Dann hielten die Esser inne, den Löffel am Mund, horchten geduckt und sahen über die Schultern nach oben, als käme etwas von dort. Dabei regnete es noch immer ohne Unterlaß.

In jenem Dorfe war es, wo mich plötzlich die Angst überkam.

»Ich möchte aussteigen«, dachte ich, wie als Kind, wenn ich Karussell fuhr, und es ging mir zu schnell. Aber es war schon zu spät, ich mußte warten, bis es von selber hielt.

Ich hatte nur die eine Sorge, man könnte es mir anmerken, denn ich glaubte damals, der einzige zu sein, der sich fürchtete. Also nahm ich mich künstlich zusammen und tat nach außen hin, als hätte ich kein bißchen Angst, damit ja niemand merke, wie jämmerlich mir zumute war. Es kostete mich aber eine übermenschliche Anstrengung, dieses Tapfersein, das kann ich wohl sagen.

Wir verließen das ungemütliche Dorf um etwa drei Uhr morgens und durften nicht weit davon im Schutze einer Parkmauer ein wenig rasten.

Von dort aus sah ich zum ersten Male mit eigenen Augen die Beschießung einer Ortschaft, und obwohl ich später weit schrecklichere Kanonaden erlebte, habe ich diese besonders deutlich im Gedächtnis behalten.

Denn das schmucke Dörfchen dort unter Silberpappeln, in lieblicher Landschaft gelegen, schien fast unversehrt. Es sah von ferne aus wie irgendein Dorf, in dem es zufällig ein wenig brannte.

Nun aber begann ein höllisches Pfeifen, Zischen, Heulen, Rumpeln zu unsern Häupten, und schon sah ich mit Entsetzen die grauen Granatbäume emporpaffen zwischen den Häusern, wild um sich schmeißend mit Ziegeln, Holz und Erde. Es krachte kurz und böse. Eine Trompete schmetterte.

Es ist schon ein übler Anblick, wenn man das zum ersten Male mit ansieht. Jetzt hob sich das Dach der Dorfkirche (ein hübscher Bau aus dem fünfzehnten Jahrhundert) wie ein Deckel unter Dampfdruck und stürzte ein, und gleich darauf fiel die große Silberpappel am Ortsausgang um. Über ihren Stamm hinweg jagte Mensch und Tier ins Freie. Einen Soldaten sah ich eben noch leibhaftig laufen, da ging er in Rauch und Feuer auf und war vom Erdboden verschwunden auf einmal, als hätte er nie gelebt.

»Die machen alles hin«, sagte Peter, der Schaukelbursche, nicht ohne Wohlgefallen. Es konnte einem schon grausen vor so viel Seelenruhe.

»Jetzt wird's mulmig«, meinte Gelbes grinsend und machte sich nichtsdestoweniger auch jetzt seine Notizen. Er hatte aber gar keine Angst, sondern beobachtete mit bewundernswerter Sachlichkeit die Gesichter seiner Kameraden.

»Hast du schon bemerkt, Jodokus«, dozierte er, »wie verschieden der Seelenzustand der Menschen vor einer

Schlacht ist? Sieh dort den lustigen Gamander! Er ist merkwürdig stumm auf einmal, und seine Bewegungen sind krampfhaft und absichtlich. Aber dort unser braver Schmidlein ist ganz rot im Gesicht und redet und redet. Manche essen unaufhörlich. Und Dominik Freese, ich müßte mich schon sehr irren, betet.«

Was mich betraf, so rauchte ich mehr Zigaretten als sonst.

Plötzlich gewahrte ich die Unzertrennlichen. Sie gaben sich sichtlich gar keine Mühe mutig zu sein, die Angst schüttelte sie nur so. Sie hockten beieinander wie Frierende. Sie hielten die Augen krampfhaft geschlossen, als erwarteten sie augenblicklich den Tod. Ihre Lider zitterten.

Es tröstete mich aber doch ein wenig, daß ich nicht allein so erschrocken war über diesen Krieg.

In diesem Augenblick kam Fritz Fliege zu Pferd dahergejagt (später ging er zu Fuß), brachte eine Meldung und galoppierte ohne zu zögern wieder in das Unglücksdorf zurück.

Die Aufgabe, die unserm Bataillon gestellt wurde, glich, wie Hauptmann Rettig sofort freudig erkannte, aufs Haar jener letzten Felddienstübung in der Umgebung Kaulas. Wir konnten sie sozusagen schon auswendig, und für manchen mochte das eine gewisse Beruhigung sein. Wir hatten uns gegen einen Waldrand zu entwickeln, wo der Feind angenommen wurde, und wie daheim schien er in Wirklichkeit nicht vorhanden. Man sah ihn wenigstens nicht.

Stabsarzt Doktor Kunze bestimmte nun ein an der Straße gelegenes kleines Haus mit der Aufschrift ›Estaminet‹ als Truppenverbandplatz, weil es, wie er sagte, sehr leicht zu finden sei und auch einigen Schutz versprach in der ziemlich flachen Landschaft. Also nagelte ich die Rote-Kreuz-Fahne gut sichtbar ans Hauseck.

Unter Kunzes umsichtiger Leitung packten wir den Sanitätswagen aus, und in kürzester Zeit verwandelte sich die übliche französische Wohnküche mit dem Schachbrettboden und dem kindersargähnlichen Herd in eine Art Operationsraum mit funkelnagelneuen Instrumenten und duftigem Verbandmaterial.

Doktor Kunze, der fest entschlossen war, gleich ganz vorn größere chirurgische Eingriffe vorzunehmen, streifte die Ärmel hoch und wusch sich gründlich erst mit Seife, dann mit Alkohol und hieß den Assistenzarzt ein Gleiches tun. Die also keimfrei gemachten Arme vorsichtig vom Leibe haltend, erteilte er ruhig seine Befehle. Unterdessen schwärmten unsere braven Infanteristen aus wie auf dem Exerzierplatz und gingen im Sturmangriff gegen jenen Waldrand vor, dessen Besitz für den Verlauf der Schlacht, denn eine solche war es, für unumgänglich notwendig galt.

Es hatte jetzt zu regnen aufgehört, ja, das Wetter versprach heiter zu werden, und die Vöglein sangen, so meinte ich. Was aber noch wunderbarer war, auch die Soldaten sangen, die Kriegsfreiwilligen aus Kaula und Umgebung. Der kleine Schmidlein, so hieß es hernach, soll das Lied angestimmt haben: »O Deutschland hoch in Ehren, du heil'ges Land der Treu.« Und alle sangen mit.

Schmidlein, das wußte ich, hatte für alle Fälle sein Exerzierreglement dabei, und auch jetzt richtete er sich genau nach dem Wortlaut und funktionierte prächtig. Ja, als Unteroffizier Potzmader an einer kleinen Bodenwelle »Hinlegen« kommandierte, benutzte Schmidlein die günstige Gelegenheit, noch rasch mal das einschlägige Kapitel über den bevorstehenden Nahkampf zu repetieren. Aber da traf ihn schon die Kugel.

Er war somit der erste Verwundete, der auf unsern Verbandplatz gebracht wurde.

Schmidleins Verletzung mochte kaum der Rede wert sein. Erbsengroß nannte sie unser Stabsarzt und versorgte sie harmlos mittels zweier Tupfer, die er durch zwei rosa Leukoplaststreifen kreuzweise fixierte.

Der winzige Einschuß befand sich am Rücken, etwa handbreit unter dem rechten Schulterblatt, der Ausschuß vorne nahe der Leistenbeuge.

»Das Züngerl ist unverletzt«, scherzte der Arzt, ihn abhorchend. Indessen saß Schmidlein mit dem entblößten Oberkörper auf dem Tisch und hielt sich an mir, mit müden Armen mich umhalsend. Denn ihm war sehr elend. Er schwitzte am ganzen Leibe, seine Haut war gelb, seine Augen unstet, seine Stimme krank. Ich trug ihn aufs Stroh in die Kammer nebenan. Er war nicht schwer.

Er bat bescheiden um Wasser. Ich sah, daß sein Mund trocken und rissig war, aber ich hatte vom Arzt den dienstlichen Befehl, ihm nichts zu geben, da »er vermutlich ein Bauchschuß« sei. »Er«, denn die Soldaten hießen bei uns nach ihren Wunden, der Kopfschuß also, der Knieschuß, der Bauchschuß. Damals hatte das Wort Bauchschuß für mich noch nicht den fatalen Sinn wie später. Aber es war nicht leicht zu ertragen, wenn Schmidlein mich anredete, sooft ich in seine Nähe kam, mich mit jener schalkhaften Vertraulichkeit junger Sterbender immer wieder erinnernd, wie durstig er sei, bis er mir schließlich den Titel Kamerad, mit dem er mich anrief, in aller Form, doch ohne böse zu werden, aberkannte, weil ich ihn kaltlächelnd verschmachten lasse.

Aber schon bald berückte ihm die gnädige Natur die Sinne mit einem freundlichen Traumtheater, darin er sehr fidel zu sein schien, auf der Pennälerkneipe sich vermutend. Denn er nannte seine Kumpane, die er offenbar leibhaftig vor sich sah, bei ihren Spitznamen.

»Spund«, sagte er mit verschmitztem Lächeln, »warum singst du eigentlich nicht mit? Warum eigentlich? Sag?«, und dann sang er selbst ziemlich fröhlich: »Das Lieben bringt groß Freud.« Bald darauf starb er bereitwillig und so völlig ahnungslos, daß ich mich doch ein wenig wunderte. Ich hatte eben bisher nur alte Leute sterben sehen.

Unser Estaminet schien das erste Haus eines zukünftigen Dorfes sein zu sollen, denn es hatte zwei fensterlose, rohe Seitenwände, für spätere Anbauten gedacht. Es war fast neu, die Front hellrosa verputzt. Seine einzige Zierde bildete ein Fries aus Zement, in den bunte Porzellan- und Glasscherben eingebacken waren.

Kurz nachdem Schmidlein gestorben war, fuhr die erste Granate über uns ins Dach, die zweite krepierte auf der Straße und warf unsern Operationsraum so voll Sand und Dreck, daß Kunze nicht länger zögerte, den Verbandplatz vorzuverlegen. Zudem brachten Leichtverwundete, die nun in hellen Scharen zu uns kamen, die Nachricht, daß der Waldrand unser sei. Sie wußten abscheuliche Dinge zu erzählen, besonders von den Indern, die auf den Bäumen säßen wie die Affen und heimtückisch herunterschössen oder aber sich tot stellten, um dann nachts umherzuschleichen und unsern Verwundeten den Garaus zu machen. Pardon werde nicht gegeben.

Wir gingen jetzt, während es unheimlich um unsere Ohren zirpte und sang, bis zur Kiesgrube vor und richteten uns dort ein, so gut es ging. Hinter uns stürzte das Estaminet unter einem Volltreffer zusammen, den toten Schmidlein unter sich begrabend.

In der Kiesgrube lag schon ein Dutzend Schwerverwundeter, darunter Hauptmann Rettig mit einem Kopfschuß, ohne Bewußtsein und röchelnd, mit verschwollenen, dunkelvioletten Lidern. Sein Waffenrock war besudelt mit Blut und Erbrochenem.

Allmählich lernte ich verstehen, warum man vom Tod spricht wie von einem lebendigen Wesen. Manchmal glaubte ich ihn zu sehen oder seinen Schatten.

Wir verbanden den ganzen Tag, und mein Stabsarzt war jetzt heilfroh, das Allernötigste tun zu können.

Gegen Abend machten die Engländer überraschend einen Feuerüberfall zur Vorbereitung eines Angriffs, denn sie mußten das Wäldchen doch wiederhaben, obwohl es sich von Stunde zu Stunde mehr lichtete.

Da geschah es, daß die Unzertrennlichen plötzlich

Hand in Hand aus dem Walde gelaufen kamen, ganz von Sinnen, waffenlos. Sie rannten gerade in einen Volltreffer. Sie krümmten sich und schlugen zornig mit Fäusten um sich und rauften das Gras. Aber nicht lange, so lagen sie still mit offenen Augen und Mündern, tränennaß die Wimpern.

Als es dann wie auf Abrede auf beiden Seiten ruhiger zu werden begann, kam ein junger Soldat auf den Zehenspitzen sehr behutsam und zierlich aus dem Walde gegangen. Er war nackt und schien sonst guter Dinge. Nur bat er uns, als wir ihm nahten, flehentlich, ihn ja nicht zu berühren, da er aus feinem Glase sei.

Übrigens ging der Wald noch siebenmal verloren und ward von den Unsern wieder im Sturm genommen unter schwersten Verlusten bei Freund und Feind.

In der folgenden Nacht wurden wir durch das dritte Bataillon abgelöst, das, obwohl es in Reserve gelegen, auch schon stark gelitten hatte.

Ich schlief unter dem Sanitätswagen auf einer blutgetränkten Tragbahre fest und tief.

Denn der Schlaf war stärker als das Entsetzen.

Ubique mors est

Bald nach jener Knabenschlacht verwandelte sich der Kriegsschauplatz. Wir wurden seßhaft sozusagen, wir gruben uns ein, der Stellungskrieg hub an.

Nun bekam jener soldatische Fachausdruck für Kopf, ›Kohlrabi‹, erst seine wahre Bedeutung, denn unsere Häupter reckten sich mit langen Hälsen aus den Schützengräben wie Kohlköpfe aus Ackerfurchen.

Das Maulwurfsdasein in den Unterständen erinnerte uns Artilleriesträßler heimatlich an den Bulljong-Keller ›Zum König von Portugal‹ mit seiner schlechten Luft, der kärglichen Beleuchtung, der Enge, dem ständigen Beieinanderhocken, dem Kartenspielen und dem Schlafen in allen Stellungen und zu jeder Tages- und Nachtzeit und endlich in dem ewigen Auf-der-Hut-Sein. Wir taten uns daher entschieden leichter als die anderen, die nicht gelernt hatten, im Dunkeln zu sehen wie wir. Auch die Musikalität für gefährliche Geräusche, für das jeweilige Kaliber der Geschosse nach dem Ton, etwa des Tamburinknalls der Schrapnelle, war besonders bei Peter, dem Schaukelburschen, hervorragend ausgebildet, der aus seiner früheren unterirdischen Tätigkeit bald auch als unser erfolgreichster Schleicher gelten durfte.

Fritz Fliege kam nun öfters auf seinen Meldegängen, um nach mir zu sehen. Dann bewunderte er ehrlich meine Tätigkeit als Sanitäter, die, wie er gestand, ganz und gar nichts für ihn wäre. Wie verschieden sind doch die Menschen!

Vielleicht war seine Beherztheit die natürlichste und sympathischste, die mir draußen je begegnet ist. Dabei gehörte er zu den seltenen Menschen, denen jegliches Bewußtsein einer mutigen Tat fehlte.

Auch im Kriege gab es sehr verschiedene Arten von Tapferkeit, solche aus Barmherzigkeit zum Beispiel, wie die des unermüdlichen Pastors Jüd. Er galt als kugelfest bei unseren Leuten wegen seiner fast unverschämten Todesverachtung, wenn er einen Verwundeten aus dem Feuer holte. Die Kugeln machten stets einen Bogen um ihn, so schien es.

Tapferkeit aus Weisheit schien verhältnismäßig selten zu sein oder hielt nicht vor. Zuverlässiger war etwa Gelbes' angeborene Kaltblütigkeit.

Manche waren tapfer aus Gehorsam, andere aus Gottvertrauen. Manche aus Phantasielosigkeit, ja sogar, ich denke an bestimmte Fälle, aus Einfältigkeit oder aus Liebe.

Johann Dienstbier war es aus Liebe. Johann, Ökonom von Beruf, war ein dummer Mensch, dabei herzensgut, ein braver Soldat, rührend treu und wachsam wie ein Hund. Er grinste einfältig, wenn er etwas nicht begriff, niemand konnte ihm böse sein.

Er liebte aber zärtlich den schneidigen Gefreiten Feuermann, der bereits die Tapferkeitsmedaille besaß. Dieser Feuermann, der ein Spaßvogel war, benahm sich gar nicht nett, sondern trieb allerlei Schabernack mit dem dummen Hans, indem er ihm etwa befahl – wir lagen gerade in Ruhe –, das frisch gefaßte Sauerkraut zum Trocknen aufzuhängen, was Hans denn auch sogleich mit viel Fleiß unternahm. Er spannte durch das ganze Quartier Spagat, und als wir vom Exerzieren zurückkamen, zogen sich von Wand zu Wand Hansens Sauerkrautgirlanden. Oder der witzige Feuermann machte seinem dummen Freunde weis, daß ein Schlafender, dem man einen Wassertropfen auf die Nase träufle, im Traume sich beim Baden wähne und Schwimmbewegungen mache. Ja er ermutigte Hans, der das doch gerne einmal gesehen hätte, es beispielsweise einmal bei Unteroffizier Potzmader zu versuchen, der gerade friedlich schlief. Das hübsche Experiment mißglückte leider. Potzmader erwachte jäh und gab dem dreisten Bauernlümmel ein paar gewaltige Maulschellen.

Desungeachtet beobachtete ich eines Tages beim Heiligen Abendmahl, wie Johann Dienstbier es einrichtete, daß er neben den angebeteten Feuermann zu knien kam, damit er womöglich an der Stelle aus dem goldenen Kelche trinke, die eben des Freundes Mund berührt.

Auch Johann gehörte zu den idealen Soldaten, denen nie etwas passierte.

»Du bist zu dumm zum Sterben«, sagte Feuermann grob, und Johann grinste zärtlich. Er kam wirklich heil durch den Krieg, hat Weib und Kind und ist ein fröhlicher Landmann geworden. Den schneidigen Feuermann dagegen erwischte es schwer in der Schlacht bei Arras. Bis zuletzt über den verzweifelten Johann sich lustig machend, der ihn unter Lebensgefahr durch das Sperrfeuer trug, und häßlich über Gott und die Welt schimpfend, gab er höchst unwillig seinen Geist auf.

Der ehrliche Johann aber, nachdem er um den toten

Feuermann geweint, schwor einen heiligen Eid, seinen Freund zu rächen, hundertfach, und er führte es auch aus. Von Stund an widmete er sich ausschließlich der Engländerjagd, wobei er gewissenhaft jeden erlegten Feind durch eine Kerbe an seinem Gewehrschaft anmerkte. Wenn ein Tommy schußgerecht vor seine Büchse kam, behauptete Johann, der gehöre ihm, brummte ein »Tut mir leid« und knallte ihn ab. Er freute sich kindisch, wenn er traf, und streichelte und küßte »sein Gewehrchen«. Wenn er aber fehlte, was selten vorkam, schlug er es und gab ihm harte Worte. Trotzdem brauchte er ziemlich lange, bis das Hundert voll war.

Ich habe sterbende Soldaten, wie jenen wilden Feuermann, lästerlich fluchen, friedlich beten und leise weinen hören. Einer aber, ein Bayer aus der Gegend von Deggendorf, ein Waldler also, namens Sanktjohannser, spielte bis zum letzten Atemzuge Mundharmonika.

Sanktjohannser hatte einen schweren, stark verschmutzten Unterschenkelschuß mit Knochen- und Gefäßverletzung. Damals aber durfte eine Amputation nur mit dem Einverständnis des Verwundeten vorgenommen werden. Der Pionier Sanktjohannser aber weigerte sich. Er erklärte sehr bestimmt: »Lieber verreck ich, aber amputieren laß i mi net.« Er hatte ein unverhohlenes Mißtrauen gegen die Ärzte. »Gell, Herr Arzt, dös tat dir so passen, mir mein Haxn abzuschneidn«, äußerte er schlau. Als hätte ihn jener chirurgisch übervorteilen wollen!

Am nächsten Tag erst, nach der Abendvisite, als der Arzt ihm zeigte, wie das Bein vom Gasbrand befallen und stinkend sei, daß Fuß und Zehen blau und rot waren, wie es knisterte, wenn man es betastete, und daß er es schon gar nicht mehr spürte, als der Arzt mit dem Skalpell vor seinen Augen Schnitte in die braune, trockene Haut des Beines machte und Gasbläschen zwischen glasigem Fleisch hervorquollen, kurz, als es bereits zu spät war, gab er es endlich zu.

Als er vom Narkoserausch erwachte, zog er die Mundharmonika hinterm Kopfkissen hervor, wischte mit dem Handballen darüber, schmeckte sie ab und spielte die ganze Nacht hindurch, Landler, Märsche, Soldatenlieder, worüber doch keiner seiner Kameraden murrte. Gegen drei Uhr morgens hörte er plötzlich auf, legte das kleine Instrument mit großartiger Gebärde neben sich ins Dunkle, sagte: »Jetzt geht's dahin«, und starb rasch ohne Widerrede.

Wie viele ich auch sterben sah, im Felde und im Bette, nur von recht wenigen erinnere ich mich noch, wie sie sich dabei benahmen oder wie sie schließlich aussahen. Es waren ja viele Hundert. Einen habe ich zu zeichnen versucht, in der Totenkammer zu K. in Flandern, und Kamerad Wenzel, einen jungen Uhrmacher aus Goslar, der, ich weiß nicht warum, eine natürliche Zuneigung zu mir gefaßt, mußte ich sogar sezieren. Wir kannten uns nur kurz, aber er war mir einer der liebsten von allen. So wie Wenzel mußte der alte Weinlein als Junge ausgesehen haben. Ich konnte es daher nicht ausstehen, wenn er mit unheimlicher Selbstverständlichkeit davon sprach, daß er todsicher am siebzehnten Februar fallen würde. Wie freute ich mich, als er mich am sechzehnten Februar abends besuchte und um Nachtquartier bat, da er am andern Tage zeitig in Heimaturlaub fahre.

Mitten in der Nacht erwachte ich von einer Hand, die über mein Haar strich, und von einem Munde, der mich küßte, während ich schlief, und sich erschrocken entzog, als ich mich regte. – Als ich wieder erwachte, war er schon fort. Allein er entkam nicht. Eine Fliegerbombe traf den Urlauberzug, es gab fünfzig Tote und Schwerverwundete, darunter Kamerad Wenzel, den ein Splitter durchs rechte Auge in den Kopf getroffen hatte. Röchelnd lag er auf der Trage, völlig bewußtlos. Er starb bald darauf. Nun hatte der Stabsarzt damals angeordnet, daß aus wissenschaftlichen Gründen über alle Hirnschüsse ein Sektionsprotokoll zu führen sei, und da gerade kein Arzt zur Verfügung stand außer einem sehr jungen Feldunterarzt, der sich allenfalls bereit fand, den Befund abzufassen, bekam ich den Befehl, nach seinen Angaben die Schädelöffnung vorzunehmen. Das war wohl kaum meine Sache. Ich sagte es natürlich, daß ich den Toten gut gekannt, allein mein Einwand ward als unsoldatisch und nicht eben mannhaft abgetan. Man muß nicht so zimperlich sein, meinte der Arzt.

Ich war aber doch kein Anatom, und ob ich mich auch redlich bemühte, es war eine schauerliche Metzgerei und der Beginn vieler gespenstiger Traumgesichte. Denn ich mußte mit dem Skalpell das liebe Haupt umschneiden, die Kopfschwarte zurückpräparieren (wobei ich, der Kunst unkundig, mit der Linken in Wenzels rabenschwarzes Haar griff), dann mittels einer Säge das Schädeldach öffnen wie eine Kokosnuß, bis endlich das blutige, jämmerlich verwüstete Gehirn freilag. –

Ich habe den Tod in mancherlei Gestalt gesehen, doch als der unheimlichste von allen erschien mir der grinsende Tod des Wundstarrkrampfes. Als die Einspritzung mit Tetanus-Antitoxin bei jeder, selbst der leichtesten Verwundung allgemein durchgeführt wurde, was meist schon auf dem Verbandplatz geschah und auf dem rotweißen Krankenzettel mit einem T angemerkt ward, sah man die Krankheit sehr selten. Ich habe sie nur noch einmal gesehen bei Unteroffizier Maurus. Er war ein Bärenkerl mit einem fast brutalen Boxergesicht, der sich aber ständig der Verkleinerungsform bediente und beinahe schmollend von Städtchen, Bäumchen, Wetterchen sprach, als wirke er dadurch selber kleiner und zarter. Er hatte sich, vom Urlaub ins Feld zurückfahrend, auf dem Bahnhof in Metz einen ganz gewöhnlichen Spreißel in den Daumen gezogen. Unterwegs hatte er Schmerzen bekommen, und nun lag er da, scheinbar völlig gesund und stark, und mußte lächeln, ob er wollte oder nicht. Denn seine Muskeln, von teuflischen Giften gereizt, begannen wider Willen sich zusammenzuziehen in krampfhafter Starre. Die Kiefer bissen knirschend aufeinander mit so unwiderstehlicher Gewalt, daß es zwei starken Wärtern kaum gelang, einen Keil zwischen die Backenzähne zu treiben. Nur vorübergehend, in der Narkose, löste sich der Krampf, als man den Armen zu retten suchte. Man trepanierte Maurus' Schädel an beiden Schläfen, spritzte Antitoxin unter die Hirnhaut, öffnete auch das Rückenmark, ließ Markmilch ab und ersetzte sie durch die gleiche Menge Antitoxin in der Hoffnung, von diesen zentralen Orten aus das Gift wirksamer zu bekämpfen. Allein Maurus mußte sterben. Er war mit der Kompanie ausmarschiert, nie verwundet und immer im Westen gewesen. Denn es gab Truppen, die in Italien oder sogar in Griechenland kämpften, und wir von der Westfront beneideten sie sehr.

Gelbes hat einmal das Wort vom dummen Tod geprägt, und es paßt ein wenig auf das frühe Ende des Ersatzreservisten Gottfried Schwebel von der fünften Kompanie. Ich kannte ihn aus dem ›König von Portugal‹, wo er belächelt zwar, doch wohlgelitten kurz vor dem Kriege als Pikkolo bediente. Er lebte nämlich in der glücklichen Einbildung, er sei der schönste Mensch der Welt, oder doch mindestens in der Artilleriestraße. Wem er es nicht selbst mit berechtigtem Stolze erzählte, der merkte es an der neckisch verkünstelten Frisur, an dem Duftfeld von Patschuli, das ihn umwehte, und vor allem an seinem albernen Getue, wie er etwa mit verliebtem Augenaufschlag sich selbst zulächelte, sooft er an einem Spiegel vorübertänzelte.

Bereitwillig zeigte er den Gästen ganze Serien von Postkarten, darauf er mit einem nicht minder süßen Mädchen in schmachtenden, doch höchst ehrbaren Liebesszenen zu sehen war. Ein findiger Fabrikant solcher hübsch kolorierter photographischer Illustrationen zu beliebten Volksliedern und Operettenschlagern hatte den schönen Gottfried zufällig entdeckt, der nun im Nebenamt für diesen so schmeichelhaften und leicht verkäuflichen Artikel Modell stand. Gottfrieds Bild wurde auf diese Weise in Tausenden von Exemplaren fast in der ganzen zivilisierten Welt verbreitet. Er nannte sich seitdem Künstler.

Im Felde aber glich er alsbald einem nassen, stark lädierten Schmetterling, wie sehr er auch insgeheim sein liebes Antlitz hegte. Dazu hatte er eine dumme Furcht vor dem Tode. Es war ihm nicht gegeben, tapfer zu sein.

Zwischen den Gräben lag ein toter Engländer, ein ganz junger Mensch noch, so etwa in Schwebels Alter. Er war bei einer mißglückten feindlichen Erkundung geblieben und konnte nicht geborgen werden. Man hatte ihn noch eine Zeitlang schreien hören, in einer fremden Sprache, aber am Morgen war er tot. Er lag auf dem Rücken, das Knabenantlitz himmelwärts gewandt, und hielt die Hände unterm Kopf verschränkt wie einer, der in einer Wiese ein bißchen schlafen will. Manchmal, wenn eine verirrte Kugel in ihn fuhr, warf es ihn ein wenig, als lebe er noch und freue sich.

Schwebel konnte ihn durchs Scherenfernrohr deutlich wie aus nächster Nähe betrachten und schaudernd-wißbegierig mit ansehen, wie der Mensch sich zurückverwandelt in die Erde, aus der er geschaffen ist. Er sah eine Krähe, die seine Augen aß. Käfer und Fliegen machten sich an ihn. Dann, nach schauerlicher Gedunsenheit, fiel das Fleisch ein und moderte. Sonne, Luft und Tier zehrten ihn reinlich auf, und die Erde schluckte sein graues Gebein. Es blieb nichts, nur, daß dort dunkler das Gras wuchs, wie eines Mannes Schatten, Gras, das sich nährte von seinem Herzfleisch, seinem Mund und seinen blutigen Haaren.

Gottfried aber wollte nicht werden wie dieser, denn der Tod zieht ja immer die Schönen vor. Gottfried wollte wieder heim und so bald wie möglich.

Nun hatte sich beim Nachbarregiment vor kurzem folgendes zugetragen: Ein Kriegsfreiwilliger aus gutem Hause, der wegen heftigen Bauchgrimmens sich mehrfach ins Revier gemeldet, aber im Verdacht der Drükkebergerei unverzüglich zur Kompanie zurückgeschickt worden war, starb plötzlich ohne ärztlichen Beistand jammervoll im Schützengraben, und zwar, wie die Sektion einwandfrei ergab, an eitriger Blinddarmentzündung. Der traurige Vorfall rief den Divisionsarzt auf den Plan, und eine Zeitlang konnte jeder Soldat, der über Bauchweh klagte, ziemlich sicher auf ein paar Tage im Revier oder zur Beobachtung (Blinddarm?) im Feldlazarett rechnen, und auch der schöne Gottfried wollte es einmal damit probieren. Er vergewisserte sich also unterderhand genauestens über die Symptome der von ihm geplanten Erkrankung, namentlich über das Verhalten des Patienten bei der Abtastung des Leibes, und er drang wirklich auf diese Weise bis in das Feldlazarett vor, wo man ihn vorsorglich der chirurgischen Abteilung überwies.

Es ist kein Zweifel, daß ihm diese linnenweiße, barmherzige Umgebung vortrefflich zu Gesichte stand. Er fühlte sich mit seiner eingebildeten Krankheit ganz wie auf jenen Postkartenbildern.

Nun hatte das Lazarett seit kurzem einen neuen Chirurgen zugeteilt bekommen, einen jungen Professor der Medizin, der als leidenschaftlicher Operateur galt. Besagter Arzt nun redete Schwebel allen Ernstes zu, sich doch den rebellischen Blinddarm einfach herausnehmen zu lassen, was heutzutage bekanntlich nur ein Kinderspiel sei. Dann habe er ein für allemal Ruhe vor dem Quälgeist und der König einen gesunden, tapferen Soldaten.

»Schaun wir halt mal hinein ins liebe Bäuchlein«, scherzte er. Gottfried war dabei gar nicht recht wohl zumute. Aber schließlich sagte er doch ja.

Die Operation wurde besonders denkwürdig dadurch, daß der wackere Doktor den Chefarzt, einen strammen Schnauzbart der alten Schule, persönlich dazu einlud, um in seiner Gegenwart darzutun, in welch unheimlicher Fixigkeit ein moderner Chirurg eine solche Sache hinlege.

Es ging auch wirklich alles im Hui. Freilich mußte jeder zugeben, daß es wohl kaum je einen so rosigen und untadeligen Wurmfortsatz gegeben haben mochte als den des schönen Gottfried.

Gottfried aber mußte sterben, weil der Tod sich nicht narren läßt.

Verständigung

Mein unwahrscheinlichstes Kriegserlebnis fiel in jene Zeit.

Eines Abends nämlich, da ich nach einem Angriff der Engländer in einem Trichter etwas verschnaufte, geschah es, daß plötzlich ein Mensch zu mir über den Trichterrand sprang und sich sogleich schluchzend aufs Angesicht warf wie einer, der einfach nicht mehr kann. Es war aber ein junger Engländer, und ich fragte mich wirklich einen Augenblick, ob ich am Ende verpflichtet sei, ihn zu töten. Doch als er endlich sein Gesicht ein wenig hob, schaute er mich so voller Entsetzen an, daß ich, überreizt wie ich war, hellauf lachen mußte. Da aber im selben Augenblick eine Schwere daherkam – wir wurden nämlich von unseren beiderseitigen Kameraden über die Maßen heftig beschossen –, zogen wir beide schleunigst die Köpfe ein und sahen uns erst nach einer Weile mißtrauisch wieder an.

Wir müssen wohl beide nicht besonders für Feindseligkeiten gewesen sein, denn wir hatten gleichzeitig denselben Gedanken, uns Zigaretten anzubieten. Wir rauchten eine Weile, schauten uns an und gefielen einander.

Dann sagte der Tommy etwas, was ich nicht verstand, und er verstand mein Deutsch nicht.

Da fiel's mir auf einmal ein, versuch's mal auf Griechisch, und während unaufhörlich eine unsichtbare Hand von allen Seiten mit Erde und Eisen nach uns schmiß, sagte ich die berühmten Verse Homers auf, die nach Voß also lauten:

»Wer doch bist du, Edler, der Sterblichen Erde
bewohnend,
Nie ersah ich je dich in männermordender Feldschlacht
vormals ...«

Mein Engländer schaute erst ziemlich dumm, dann aber lächelte er, besann sich ein wenig und antwortete gleichfalls auf Griechisch:

»... Was fragst du nach meinem Geschlechte?
Gleich wie die Blätter im Walde, so sind die
Geschlechte der Menschen:
Blätter verweht zur Erde der Wind nun, andere treibt
dann
Wieder der knospende Wald, wenn neu auflebt der
Frühling.
So der Menschen Geschlecht, dies wächst, und jenes
verschwindet.«

Also unterhielten wir uns eine Weile auf gut Griechisch miteinander, nannten unsere Namen und tauschten Geschenke wie Glaukos und Diomedes. Ich gab ihm mein Zigarettenetui, er mir seinen Kompaß (ich besitze ihn noch), und als es Nacht war, schüttelten wir uns die Hände und schieden in Freundschaft, ein jeder zu den Seinen sich schleichend.

Schloß in Flandern

Wir lagen in Château Pierrot in Ruhe in einem alten Schloß mit vielen Kaminen, die wie kleine Häuschen aussahen. Unser Revier befand sich in den geräumigen Kellern, darinnen es nach Rotwein und Sellerie roch. Oben hatte sich der Stab einquartiert. Das Schloß war noch völlig unversehrt und noch bewohnt. Eine alte Gräfin hauste darin, eine liebenswürdige Greisin, die mich ein wenig an unsere Bennecke erinnerte, nur ins Französische übersetzt. Sie war ein wenig wunderlich und trug fast immer ein langhaariges Bologneser Hündchen bei sich, bei dem man nie recht wußte, wo vorn und hinten war. Man konnte nie seine Augen sehen unter den fallenden Strähnen.

Die alte Dame ward bedient von einem weißhaarigen Kammerdiener in Eskarpins, der nie ein Wort sprach, und von einer lustigen Kammerzofe, die, ob ihrer Hübschheit, manchen Zudringlichkeiten ausgesetzt war. Ein Gärtner gehörte zu dem kleinen Hofstaat und ein Koch mit hoher weißer Mütze, dem ein Küchenjunge mit Pagenkopf zur Seite stand.

Zuweilen, meist gegen Abend, fuhren ein paar Granaten in das nahe Dorf, was wir den Abendsegen nannten, aber das Schloß blieb verschont.

Unsere Schloßherrin indessen benahm sich ganz, als sei kein Krieg, behandelte die Offiziere als ihre Gäste und lustwandelte mit ihrem Schoßhündchen im Parke, speiste feierlich zu Mittag, kleidete sich für Abend um und ließ sich bedienen: kurz, sie ignorierte den Krieg. Sie sah nicht einmal auf, wenn die Granaten über das Schloß hinweg ins Dorf schlugen, auch dann nicht, wenn sie am Flügel saß und spielte.

In ihrem Speisezimmer hing ein großes Schlachtenpanorama aus der Zeit Napoleons, der selbst darauf zu sehen war, auf einem Schimmel, seine Garden anfeuernd. Verwundete mit durchbluteten Verbänden jubelten ihm zu, man konnte das »Vive l'Empereur« von ihren Lippen lesen. Im Hintergrunde wurden die Österreicher und Preußen in die Flucht geschlagen.

Unter diesem Bilde saß die alte Dame und tafelte wie im Frieden, sich einer zierlichen Glocke bedienend, wenn sie etwas wünschte.

Gegen Weihnachten begann es zu schneien, und damals schon sprach man bei uns davon, daß dies die rechte Zeit sei, Frieden auf Erden zu schließen. Aus der Heimat kamen Christbäume, und wo sie fehlten, stellte man einen Helm auf den Tisch und besteckte ihn mit Kerzen.

Am Christabend lagen wir in erster Linie. Es fiel kein Schuß, und in den Unterständen gab es heißen Punsch. Wir sangen ›Stille Nacht, heilige Nacht‹ und ›O du fröhliche‹. Damals geschah es, daß wir brennende Christbäume auf den Grabenrand stellten, und als es die Engländer sahen, kamen sie aus den Gräben, erst vorsichtig, dann immer zutraulicher werdend, und auch wir trauten uns aus unseren Löchern. Wir trafen uns zwischen den Linien, schüttelten einander kameradschaftlich die Hände und tauschten Geschenke und Waffen. Wir bauten zusammen wie Kinder einen Schneemann, gaben ihm ein altes Gewehr in die Hand und einen zerschossenen Helm auf den Kopf, und schließlich entspann sich zwischen den Tommys und uns eine lustige Schneeballschlacht. Allein sie dauerte nicht lange, denn unser Artilleriekommandeur, ein pflichtgetreuer Soldat, fand die Verbrüderung nun doch ein wenig ungehörig und ließ zur Warnung eine Salve über unsere Köpfe hinwegfeuern. Da liefen wir lachend und schimpfend auseinander, ein jeglicher in seinen Graben.

Einsam stand der Schneemann noch ein paar Tage, als Denkmal des Friedens zwischen den Linien, bis er, von mancher Kugel getroffen, langsam zerfiel.

Man munkelte bereits wieder von einer großen Frühjahrsoffensive der Deutschen, allein es kam anders, die Engländer griffen plötzlich an, es gelang ihnen, uns völlig zu überrumpeln.

Heute bilde ich mir manchmal ein, ich hätte jenes Unglück verhüten können. Denn bald nach Kamerad Wenzels Tod bemerkte ich zu meinem Schrecken bei mir Anzeichen jener unseligen Gabe, wie sie Friseur Gatzki besaß. Ich wußte, daß Doktor Strohschneider nicht mehr lange leben würde, Kunzes wackerer Assistent, der nie in Urlaub ging, obwohl er längst daran war, da ihn daheim eine böse Frau erwartete. Auch Hauptmann Pedall, der oben schlecht angeschrieben, doch sehr beliebt war bei den Mannschaften, konnte ich's am Gesicht ansehen, ja ich glaube, er wußte es selbst, obwohl er sich nichts anmerken ließ, ferner den Infanteristen Koppholzer, Fuchs, Übelacker, Wimpasinger und vielen anderen. Ich schrieb damals heimlich die Namen auf, sie fielen alle. Nur bei einem sah ich's nicht, um dessen Leben ich mehr Angst hatte als um mein eigenes. Ich rechnete nicht mit der Bosheit des Todes.

Eines Abends, wenige Tage vor der Schlacht – ich war in der Feldapotheke gewesen, Verbandmaterial, Jodtinktur, Aspirin und Opiumtropfen zu fassen –, kam ich durch den Schloßpark von Château Pierrot, wo noch immer sieben Schwäne schön und böse auf dem Weiher schwammen. Heute aber hatten ein paar Pioniere Lust nach Schwänebraten bekommen, kurz, sie dachten, Krieg ist Krieg, und warfen eine Handgranate zwischen die Vögel. Drei Schwäne waren sofort tot, drei flogen auf und davon, Blut regnend. Sie kamen nicht wieder. Einer, schwer getroffen, tauchte unter und biß sich fest am Grunde. Minutenlang wirbelte ein falsches Schneegestöber über dem dunklen Teich von Château Pierrot.

Wenige Tage nach der Ermordung der Schwäne begann die planmäßige Beschießung des Schlosses. Es war um die Mittagszeit, und die Schloßherrin saß wie immer zur Tafel, ihr Hündchen auf einem roten Sammetkissen mit goldenen Quasten neben sich, als die erste Granate ins Dach fuhr. Allein die Gräfin aß ruhig weiter, sie streichelte nur ihr Hündchen, das heftig erschrocken war. Auch der Diener bediente, ohne mit der Wimper zu zukken. Nur der Küchenjunge lief schreiend, einen Kochlöffel in der Hand, auf und davon durch den Garten, aber er entkam nicht. Ich sah ihn rennen, die hohe weiße Mütze auf dem Kopfe, da traf ihn ein Splitter in den Nacken, er fiel aufs Angesicht und war auf der Stelle tot. Nicht weit von ihm stand eine grüne Gießkanne zwischen den Gemüsebeeten in der Frühlingssonne. Ich sehe sie noch und wie ihr die Flanke aufgerissen wurde und das Wasser lustig aus der zackigen Wunde sprudelte.

Der Stab und die Ordonnanzen suchten nun auch Dekkung in unserem Keller. Aber Fritz Fliege war nicht dabei. Also ging ich wieder nach oben und rief seinen Namen in alle Zimmer. Als ich in den Speisesaal kam, schenkte der schweigsame Diener seiner Herrin eben Rotwein ein, und das hübsche Dienstmädchen servierte gebratenes Huhn. So sah ich sie und werde sie immer sehen, denn im gleichen Augenblicke fuhr Rauch und Feuer auf und warf mich zur Tür hinaus zu meinem Glücke.

Von der Front her kam Fritz Fliege ohne besondere Eile, pfeifend, die Hände in den Taschen. Wir zogen es jetzt aber doch vor, den schützenden Keller aufzusuchen.

Bis zum Abend war das Schloß über uns sauber zusammengeschossen, aber die Trümmer bildeten einen natürlichen Schutz, so daß wir unten im Gewölbe leidlich bombensicher hausten.

Es war nun wieder ständig Krieg, die ganze Woche, auch am Sonntag. Aber an jenem blutigen Sonntag im Mai, der mit einem flüsternden Ostwind begann und großen, zarten Wolkenflocken über dem schönen Lande Flandern, schien über Nacht endlich doch Friede geworden zu sein. Die Geschütze schwiegen auf beiden Seiten, und die Morgensonne schien freundlich die Stufen herab in den ehemaligen Weinkeller von Château Pierrot. Es verlockte mich, nach oben zu gehen, um in der Bibliothek, auf einem kleinen Trümmerhaufen aus Büchern und Ziegelsteinen hockend, ein wenig zu schmökern. Denn es gab hier einige ganz allerliebste Ausgaben des achtzehnten Jahrhunderts in eleganten Lederbänden, wenn auch leider schon etwas angegriffen von Sonne und Regen oder von Granatsplittern verwundet und durchschossen. Ich las ein wenig in der Geschichte des Spanischen Erbfolgekrieges, als Fritz Fliege aufrecht über das junge Trichterfeld gegangen kam, obwohl man dort jetzt eingesehen war. Wir sahen beide nicht viel anders aus als damals auf unserer Wanderschaft, ein wenig heruntergekommen und geflickt, mit Schützengrabenpatina und vielen Läusen, umweht von jenem soldatisch-animalischen Geruch, der sogar den Feldpostbriefen entströmte, wie manche behaupten, und durch nichts zu übertäuben war. Fritz fand unter den Büchern einen alten Zylinderhut, und er setzte ihn sogleich auf.

In diesem Augenblicke tat es einen gewaltigen unterirdischen Donnerschlag, die Erde bewegte sich unter uns, Bücher und Steine kamen ins Rutschen, eine lockere Wand fiel nach außen. Rechts vor uns aber, bei unserm Nachbarregiment, flog eine Mine hoch, fast in der ganzen Breite des Abschnitts, und aus der gelben, sonnenhellen Wolke aus Staub und Pulverdampf stürzten Sandsäcke, Grubenhölzer, Waffen, Menschenleiber hernieder, und ein Hagel von Steinen und Erdbrocken fiel bis zu uns herüber. Zu gleicher Zeit ging ringsum ein Höllenspektakel los. Ein ganzer Wald von Granatbäumen schoß auf. Ich wäre vor Entsetzen gewiß auf und davon gerannt, wäre Fritz Fliege nicht dagewesen. Eine Granate fuhr in die Bibliothek, uns mit Ziegeln und Büchern überschüttend.

»Nimm Deckung!« rief Fritz, ohne aber selbst Anstalten dazu zu machen. Er riß seinen Feldstecher heraus und schaute vorgebeugt nach Westen.

»Die Engländer!« schrie er mir in die Ohren, küßte mich rasch auf den Mund und rannte nach vorn zu den Gräben, brüllend: »Sie kommen! Sie kommen!« Den Zylinder noch auf dem Kopf, lief er aufrecht durch die Feuerwalze ohne eine Spur von Angst. Er hielt nicht viel vom Tod.

Das Buch, darin ich geblättert, noch in der Hand, alarmierte ich Doktor Kunze und wer sonst noch im Keller war. Denn schon kamen von allen Seiten Verwundete angehinkt und gekrochen. Im Garten lag ein Infanterist auf die Hände gestützt und brach Blut.

Die Sprengung war Punkt zwölf Uhr erfolgt, und gleichzeitig hatte das Geschützfeuer eingesetzt, und zwar mit einer Dichte, Treffsicherheit und Tragweite, wie ich es bisher noch nicht erlebte. Unsere brave, aber viel zu schwache Artillerie war rasch mundtot gemacht und der Riesentrichter von den Engländern besetzt, die sofort darangingen, von dort aus unsere Stellung aufzurollen.

In unserem Ruhequartier fuhren gleich die ersten Granaten mitten in eine Beerdigung, alte und neue Gräber durcheinander werfend, und nicht weit davon in das neuangelegte Freibad, die Nackten zerfleischend.

Um ein Uhr fiel unser netter Doktor Strohschneider, nicht weit vom Schlosse, als er den schwergetroffenen Hauptmann Pedall versorgte, durch Herzschuß. Wir fanden aber nicht gleich die Wunde. Sie war nicht größer als ein Komma und gab nur ein winziges Tröpflein Blut, nicht größer als ein Marienkäferchen.

Um zwei Uhr kam der Gefreite Fuchs von den Blinkern und sagte, Fritz Fliege läge da vorne in einem Trichter mit aufgerissenem Leib, doch lebend. Ich fragte nicht erst lang, sondern folgte Fuchs, den es aber gleich darauf selber bös erwischte. Ein Splitter durchschlug ihm die Halsschlagader, warm schoß mir sein Blut ins Gesicht, als ich mich über ihn bückte. Die Wunde dampfte.

»Aus ist's«, sagte er und war auch schon weg. Ich empfand nichts dabei, obwohl ich ihn ganz gut kannte. Ich dachte nur an Fritz Fliege und rannte weiter, immer wieder seinen Namen rufend.

Ich warf mich hin, sprang wieder auf und meinte mehrmals, getroffen zu sein. Aber es waren nur Erdbrocken. Ich fiel über Stacheldraht, raffte mich wieder auf und schrie: »Fritz!« und immer wieder »Fritz!«

Taumelnd, hin und her geworfen, ganz an die Erde mich schmiegend und wieder ein paar Sprünge wagend, fast von Sinnen, floh ich umher in meiner Todesangst von Trichter zu Trichter. Aber ich fand ihn nicht, den ich suchte. Einmal trat ich fast in einen Toten, dessen Oberkörper verschüttet war. Er trug die gleichen Wikkelgamaschen wie Fliege. Ich grub ihn aus mit meinen Händen, aber ein fremdes, bärtiges Gesicht glotzte mich an.

Am Tag darauf – die Engländer kamen nicht durch – erzählte mir Pastor Jüd, er habe mit eigenen Augen Fritz Fliege tot liegen sehen.

»Immer die falschen«, sagte er traurig.

Als er mich aber hinführen wollte, fanden wir ihn nicht mehr. Vielleicht hatten ihn die Granaten mit Erde zugeworfen oder ein Gott ihn geraubt.

Ein Kind des Todes

Seit jenem Tage hatte ich keine Furcht mehr, fast als wäre Fritz Flieges unerschrockene Seele in mich gefahren.

Bei dem Rückzug über die L. ward ich durch die Brust geschossen und glaubte sterben zu müssen. Nicht weit von mir sah ich einen toten General neben der Straße liegen wie irgendeinen toten Soldaten. Er war nicht mehr jung, das Haar schon grau, die roten Streifen an seiner Hose leuchteten weithin.

Pastor Jüd brachte mich zurück.

»Fürchte dich nicht, mein Kind, fürchte dich nicht«, sagte er und strich mir über das Haar.

Im Feldlazarett, wo ich monatelang lag, sah ich Gully wieder, und ungeachtet meines schlechten Zustandes wunderte es mich doch ein wenig, daß sie unter die Schwestern geraten war. Sie freute sich aber sehr und pflegte mich rührend. Die Haube stand ihr vorzüglich, und alle Patienten mochten sie gern.

»Krieg ist eine herrliche Sache, wenn man ihn gesundheitlich aushält«, zitierte Viktor Gelbes, boshaft wie immer, als er mich im Lazarett besuchte. Ich hatte sofort das Gefühl, daß er nur gekommen sei, um mir beim Sterben zuzuschauen. Gelbes machte längst kein Hehl mehr daraus, wer ich in Wirklichkeit war.

Es ging mir wirklich sehr schlecht.

»Nun, wie ist dir?« fragte Viktor und zückte sein Notizbuch, um ein paar stenographische Bemerkungen zu machen. »Hast du es dir so vorgestellt, Bübchen?«

»Nein«, sagte ich brav und mußte schauerlich husten. Dann dachte ich allerlei dummes Zeug, und wenn Viktors Notizen nicht lügen, sagte ich es wohl laut, nämlich, warum Fritz habe sterben müssen und nicht Gelbes zum Beispiel, was diesen höchlichst belustigte. Ich erinnere mich auch, daß es mir ein gräßlicher Gedanke war, wenn womöglich Gelbes' Gesicht das letzte sei, was ich in dieser Welt sehen würde, denn ich glaubte weiß Gott, es gehe dahin.

Es war aber ein schlimmes Zeichen, als ich von meiner Knabenzeit zu phantasieren begann, ganz, als erlebte ich jetzt im Augenblick, was doch schon so lange her war. Ich plauderte mit längst Verstorbenen so vertraut, als sei ich schon drüben, oft lächelnd und mit kleinen Pausen, in denen jene, unhörbar für die andern, mir zu antworten schienen. Nur manchmal, aber unlustig, erwachte ich zur Wirklichkeit, die mich befremdete.

Auch mit Lebenden unterhielt ich mich, wie fern sie auch waren, mühelos über tausend Meilen, und vor allem war es die anmutige Cornelia, mit der ich »radfahrenderweise« in der Umgebung Kaulas Ausflüge machte. Oder ich hielt die gute Schwester Juliane für Cornelia, sie immer wieder mit feurigen Worten meiner Liebe versichernd. Ja, sie erwiderte, um mich zu beruhigen, gleichsam an Cornelias Statt, auch sie liebe mich von ganzem Herzen, ließ sich von mir streicheln und, wozu einiges gehörte, sogar küssen mit meinem schwarzen, blutrünstigen Munde.

Man rechnete stündlich mit meinem Ableben. Ich lag mit offenem Munde, und meine Augen wanderten schon. Meine Hände kratzten auf der Bettdecke. Denn die durchschossene Lunge erwies sich nun als völlig verjaucht, und ein sehr tüchtiger, aber sehr grober, bärtiger Chirurg machte unter Lokalanästhesie die sogenannte Rippenresektion, während ich fast verlöschte vor Schwäche. Ich mußte dazu, wie damals der arme Schmidlein, aufrecht auf dem Operationstisch sitzen, die gute Schwester Gully umhalsend und von ihr gehalten. Dann ward der Thorax geöffnet (gefenstert hieß das der Arzt), und das dampfende, blasige Exsudat ergoß sich stoßweise plätschernd in die vorgehaltene nierenförmige Emailleschale, »wie aus einem Odelfasse«, meinte treffend Schwester Juliane in ihrer etwas derben Bildersprache. Es ist schon wunderbar, was der Mensch alles aushält.

Heute bilde ich mir ein, ich hätte diese höllische Prozedur wie aus weiter Ferne erlebt, so, als sei ich es gar nicht selbst gewesen, dem dies geschah, sondern irgendein fremder Soldat, dessen Mühsal mir aber dennoch auf sonderbare Weise wehe tat. Ich glaubte wirklich, mein bißchen Ich habe den gequälten Leib bereits verlassen gehabt und sich nie wieder völlig mit ihm vermählt. Meine Seele schien von nun an außer mir zu wohnen, wie im Märchen vom Mann ohne Herz, in einem kleinen Vogel vielleicht. Beim Erwachen schaute ich verwundert um mich, als sähe ich die Welt zum erstenmal.

Dennoch scheint sich damals in mir der Wunsch befestigt zu haben, Cornelia um jeden Preis wiederzusehen. Ja, sie trat für mich zuweilen völlig an die Stelle der Heimat, nur ihretwegen, bildete ich mir ein, war ich Soldat gewesen, für sie war ich ums Haar gestorben und am Leben geblieben. Zu ihr wollte ich nun endlich zurückkehren. Vielleicht spielte ich sogar mit dem Gedanken, sie zu heiraten. Wie man sich doch manchmal täuschen kann im Leben!

Ich genas. An meiner Statt starb ein Knieschuß nach langem Siechtum, ein junger Mechaniker aus Würzburg, der immer wieder voller Seelenangst fragte, ob er in die Hölle komme, was Schwester Juliane lächelnd verneinte.

Nach meiner Genesung muß ich noch eine gute Weile nicht ganz richtig im Kopfe gewesen sein. Ich habe nur eine traumhafte Erinnerung an jene Zeit, die für mich eine zweite Kindheit gewesen war. Ich wog so leicht, daß Schwester Juliane mich wie einen kranken Knaben auf ihren Armen in den Lazarettgarten trug. Dort saß ich dann geduldig stundenlang, bis man mich wieder holte. Ich trug einen grünen Augenschirm und schaute einfältig den Blättern zu, die ihren Schatten entgegenfielen. Ich war noch nicht ganz da. Mir war wie einem Baum zumute, einem »langsam denkenden Baum«, und die Vögel im Garten hielten mich wohl auch dafür.

Es brauchte seine Zeit, bis ich wieder etwas gehen konnte, heiter leidend, am Arm der guten Schwester Juliane, später allein am Stock in meinem weiß und blau gestreiften, gehrockartigen Krankenanzug, doch noch oft stehenbleibend, die Hand auf dem lockeren Herzen, hüstelnd. Weiß schien die Kopfhaut durch mein dünnes Haar.

Einmal, als ich so durch den Garten schlurfte, sah ich, daß mein Schatten meinem Vater ähnelte. Das machte mich wunderbar froh.

Man muß bedenken, daß ich geraume Zeit unter starker Morphiumwirkung stand, daß ich, wie meine Leidensgenossen, allabendlich in den zärtlichsten Tönen um eine »Ganze« bettelte, wenn die Schwester mit der Rekordspritze von Bett zu Bett ging. Immer hub dann das gleiche Winseln und Schmeicheln an, und daß wir gestern wieder viel zu wenig bekommen hätten. Wenn die Schwester an meinem runzligen Kinderärmchen eine Stelle suchte, wo noch kein Einstich war, sie mit einem alkoholgetränkten Wattebausch scheuerte, mit zwei Fingern zierlich die magere Haut aufhob und fix zustach, paßte ich sehr genau auf, daß sie mich nicht betrog.

Ohne sie wäre ich wohl kaum mit dem Leben davongekommen. Denn ich selbst gab mir, was sehr wichtig gewesen wäre, nicht die geringste Mühe dazubleiben.

»Wie schön wäre die Welt ohne mich!« soll ich einmal gesagt haben, und daß es ein herrlicher Zustand sein müsse, schon hundert Jahre tot zu sein, was die Schwester natürlich sehr erboste.

»Du Narr!« fuhr sie mich an und schüttelte heftig das Fieberthermometer. Ich war eben in dem verführerischen Zustande, wo es fast schon genügt, die Bettdecke loszulassen, und es ist vorbei.

Als ich dann einigermaßen bei Kräften war, nahm ich Urlaub und kehrte endlich nach Deutschland zurück, zunächst natürlich nach Kaula.

Der müde Soldat

Gedankenlos und freundlich saß ich in meiner Ecke, ein müder Soldat in einem überfüllten Zuge, mit zerbrochenen Scheiben, ohne Licht. Die Fensterriemen waren abgeschnitten. Ich saß abgezehrt und elend, seit zwei Tagen ungewaschen, unrasiert, fast bärtig und noch immer zuweilen hüstelnd in meiner viel zu weit gewordenen verkrüppelten Montur, in einem Mantel, darin ich fast ertrank. Die Einschußöffnung unter meinem Herzen war noch ungeflickt und die Blutflecken nicht ganz herausgegangen. Man hätte kaltes Wasser nehmen müssen, anstatt alles gleich in die Dampftrommel zu geben, was der Läuse wegen geschah, die in den Nähten nisteten.

Ich hängte den alten Mantel wie ein Zelt um mich, um ganz im Dunkeln zu sein, denn ich war todmüde.

Endlich muß ich doch ein wenig eingenickt sein, ja geschlafen haben, so fest, daß ich vielleicht die Station Kaula verschlafen haben würde, wenn ich nicht plötzlich meinen Namen hätte nennen hören. Ich erschrak nicht wenig. Es konnte kein Zweifel sein, daß von mir die Rede war, von Clemens Bosquillon und niemand anderem.

»Clemens ist wieder da«, sagte die Stimme, eine Stimme, die mir von einst sehr vertraut schien.

Ich regte mich nicht, sondern versuchte nur, durch die Einschußöffnung meines Mantels zu gucken, um mit Augen zu sehen, was mein Herz bewegte.

Onkel Wilhelm saß mir gegenüber. Er hielt in seinen Händen eine braune Tüte mit einer brennenden Kerze darin. An einer Art Straps hing sein steifer Hut vor seinem Leibe, denn er war immer für das Praktische. Ich fand ihn frischer denn je.

»Clemens ist wieder da. Wer hätte das gedacht!« wiederholte er mit lauter Stimme. Er wurde immer laut, wenn er gerührt war. »Die Toten stehen auf. Wir sind noch alle wie vor den Kopf geschlagen.«

Ich wundere mich jetzt, mit welcher Ruhe ich diese seltsame Kunde vernahm.

»Na schön«, versetzte Onkels Gegenüber, in dem ich den alten Düttelius erkannte, »dann ist ja alles in Ordnung.«

Ich hatte den Anfang des Gespräches nicht gehört. Die beiden Alten mußten, während ich schlief, zugestiegen sein. Es war aber ein wunderliches Gefühl für mich, unerkannt Zeuge ihre Unterhaltung zu sein.

»Mir unbegreiflich«, knurrte Onkel sichtlich verärgert und zog seine Weste stramm. »Sie haben Bübchen ja nie gemocht.« Und nun übermannte es ihn. Große Tränen kullerten ihm über das liebe alte Gesicht, er weinte haltlos wie ein kleiner Junge.

»Ich schäme mich meiner Tränen nicht«, brachte er endlich unter Schluchzen hervor und versuchte zu lächeln. »Ich hatte ihm längst verziehen. Und nun ist er wieder da.«

»Und wie ist er?« fragte Düttelius kühl.

Oh, er habe sich prächtig gemacht, rühmte mein Onkel, der liebe, dumme Junge von einst wäre gar nicht wiederzuerkennen. Er sei ein richtiges Mannsbild geworden, ein ganz prächtiger Mensch, der das Herz auf dem rechten Flecke habe. Alle Welt sei bezaubert von seiner blendenden Erscheinung, seinem sonnigen Gemüt, seiner praktischen Lebenserfahrung und seiner geradezu hinreißenden Liebenswürdigkeit. Kurz, er habe sich in den paar Wochen seines Hierseins alle Herzen im Sturm erobert.

Ich traute meinen Ohren nicht. War ich am Ende doch gestorben, und war meine Seele aus Versehen in irgendeines müden, fremden Soldaten Leib gefahren? War ich Clemens oder nicht? Träumte ich dies alles nur?

Wenn ich Onkel recht verstand, war ich vor Wochen schon – also als ich, ein Kind des Todes, in Frankreich im Lazarett lag – leibhaftig heimgekehrt und wohl empfangen worden. Wie konnte das geschehen?

»Ich hätte ihn fast nicht wiedererkannt«, fuhr Onkel mit Wärme fort, »so sehr hat er sich zu seinem Vorteil verändert.«

Seltsamerweise und nicht unähnlich dem alten Odysseus, habe sich der Totgeglaubte zuerst dem ehemaligen Dienstmädchen, seiner alten Kuni, unter dem Siegel tiefster Verschwiegenheit zu erkennen gegeben, nachdem er (die andern hatten ihn nämlich nicht erkannt, obwohl sie es hinterher natürlich längst geahnt und es nur nicht hatten sagen wollen) bald ein Vierteljahr als ein Herr Robert im Hause gewohnt, um, so ein Pfiffikus, erst zu erkunden, wie man von ihm dächte.

»Wo hatte ich nur meine Augen!« soll die Rätin gerufen haben, die zufällig für den Wiedersehenstag wieder einmal ihre große Sterbeszene angesetzt hatte, aber als die frohe Kunde in die stille Abgeschiedenheit ihres Zimmers drang, rasch entschlossen Arzt, Pfarrer und Verwandtschaft entließ. Wie schämte sie sich, als ihr Herr Robert lächelnd gestand, daß er sich in ihrer Gegenwart oft beinahe verschnappt hätte und sich sehr wunderte, daß niemand stutzig wurde. Jetzt klärte sich freilich manches auf, und wie er sich den Spaß gemacht habe, nach allen Einzelheiten aus Clemens' Kindheit zu fragen, die er doch selbst nur allzugut kannte. Er habe sich oft sehr zusammennehmen müssen, um nicht herauszuplatzen.

Das sei so seine Art, sich für manche, sicher gutgemeinte Unbill eine heitere Genugtuung zu schaffen, meinte Onkel gutmütig.

»Ich freilich«, fügte er hinzu und legte die Hand aufs Herz, »habe mir gottlob nichts vorzuwerfen.«

»Und Cornelia?« ließ sich Düttelius wieder vernehmen. Das Herz stand mir still, als ich ihren Namen hörte.

»Dem Himmel sei Dank, sie haben sich gefunden«, sagte Onkel Wilhelm feierlich.

Ich hätte in diesem Augenblicke manches darum gegeben, hätte ich mir diesen Clemens erst mal mit eigenen Augen ansehen können, unbemerkt von ihm. Wer in aller Welt konnte Lust haben, an meiner Stelle Clemens zu sein? Ich begann, an mir selbst irre zu werden.

Die Toten stehen auf

Der Zug hielt in Kaula. Ich öffnete meinen Mantel und sah Onkel Wilhelm ins Gesicht. Er erkannte mich nicht. Elastisch wie einst schwang er sich vom Trittbrett. Ich nahm mein Sandsackel mit meinen Habseligkeiten und folgte ihnen langsam. Ich sah zu, wie die alten Herren in einen Wagen stiegen.

Es war eine Pferdedroschke, vielleicht die einzige in Kaula zu jener Zeit, mit einem mageren Braunen davor, um dessen Augen die Fliegen saßen.

Im Wartesaal schrieb ich ein paar Zeilen an Cornelia und gab sie zur Post, damit sie sie am Morgen erhalte. Ich komme, stand darin, ich komme. Clemens. Sonst nichts. Dann legte ich mich auf eine Bank, aber ich konnte nicht schlafen. Einen Augenblick erwog ich, ob ich nicht mit dem nächsten Zuge Kaula wieder verlassen sollte. Ich fühlte mich der Lage nicht ganz gewachsen. Ich bereute, Cornelia geschrieben zu haben. Das mußte sie in große Wirrnis bringen. Ich hatte Furcht vor dem Kommenden.

Plötzlich aber fiel mir Fritz Fliege ein, und ich beschwor seinen freundlichen Geist. Ich wußte auf einmal, was ich tun mußte, ich sah alles mit seinen Augen und ergötzte mich daran. Ich war ganz heiter, als ich mich erhob, frühstückte geruhsam und verließ den Bahnhof, Cornelia einen Besuch zu machen. –

Wir waren allein im Salon. Cornelia hielt meinen Brief in der Hand. Ich sah, daß sie geweint hatte. Sie war noch schöner geworden, sie trat ganz nah an mich heran, sah mich an und lächelte.

»Ja, du bist es«, sagte sie leise und spielte mit dem Zeigefinger an der Einschußstelle an meinem Mantel. Dann begann sie zu reden. Sie redete, wie man einen Brief schreibt, als wäre sie allein und ich weit fort. Sie hatte mit der Frühpost meinen Brief erhalten, man hatte ihn ihr durch den Türspalt gereicht, denn sie war eben dabei, sich anzukleiden.

»Die Schrift sollte ich doch kennen«, dachte sie bei sich, aber sie öffnete ihn nicht gleich, sondern legte ihn auf den Schreibtisch, so erzählte sie umständlich. Sie lese Briefe nicht gern im Stehen, sie müsse dazu sitzen und bediene sich zum Öffnen stets einer Schere, indem sie hart an der Kante säuberlich einen ganz schmalen Streifen abschneide, der sich etwas kräuselt. Aufgerissene Briefe möge sie nicht, besonders nicht, wenn Haarnadeln dazu verwendet würden.

»Ich weiß nicht, ob es andern Menschen auch so geht«, sagte Cornelia, »bei mir jedenfalls ist es so, daß es eine ganze Weile dauert, bis ein unvorhergesehenes Ereignis, etwa die Nachricht vom Tode eines geliebten Menschen, mir ins Bewußtsein tritt. Das Herz weiß es sofort und krümmt sich. Der Körper weiß es eher, die Hände vor allem, aber der Kopf will es einfach nicht glauben und hat sofort eine Ausrede bereit gegen die vorlaute Wahrheitsliebe des Körpers.

Ich las deinen Brief im Sitzen, diese kindlichen, etwas wackligen Worte, geschrieben in der Schrift eines kranken oder sehr müden Menschen.

›Es ist nicht wahr‹, sagte ich laut, ›ich will nicht, daß du kommst.‹ Aber es war schon zu spät.

Ich gelte im allgemeinen als beherrscht, ich verliere nur selten die Nerven, weshalb bei meiner Verwandtschaft die unverhohlene Meinung herrscht: Cornelia hat keine Spur Gemüt. Schon als Kind weinte ich lieber nach innen. Man sagte mir oft, ich wäre besser ein Junge geworden. Aber nun weinte und lachte ich und weinte wieder. Ich war außer mir vor Zorn, vor Rührung und vor Liebe.

Was war geschehen? Ich versuchte, Ordnung in meine Gedanken zu bringen. Ach, ich habe gewiß alles falsch gemacht, und dabei weiß ich nicht einmal, ob ich nach meinem Herzen oder meinem Kopfe handelte. Ich hätte es längst kommen sehen müssen, vor Wochen schon, als dein Onkel, gegen seine Gewohnheit ohne anzuklopfen, in mein Zimmer stürmte mit der schier unglaublichen Nachricht, daß du wiedergekommen bist. Ich hörte ihm nur mit halbem Ohre zu, ich dachte an den scheuen Knaben Clemens von einst, der mich liebhatte, auf dessen Wiederkehr zu hoffen ich nie aufgehört und dem, nun er endlich wiedergekommen war, zu begegnen ich eine unerklärliche Angst empfand. Ich war vielleicht der einzige Mensch, der nie an deinen Tod glauben wollte.

Jetzt erst fiel mir ein, daß mein Jugendgespiele von einst natürlich inzwischen ein Mann geworden sein mußte. Ich hatte mir wirklich einen Augenblick eingebildet, du würdest so wiederkommen, wie du damals warst, als du von uns gingst, um ganz allein in die weite Welt zu wandern. Und nun warst du auf einmal wieder im Lande, hattest gleich nach mir gefragt und die Herzen der Alten im Sturm erobert. Ich hatte eine große Scheu vor dem unverhofften Wiedersehen. Aber Onkel Wilhelm faßte mich einfach unter und schleppte mich hinüber ins Altersheim. ›Du wirst Augen machen‹, sagte Onkel unterwegs.«

Cornelia machte eine kleine Pause, es wurde ihr offenbar schwer, was sie mir jetzt zu sagen hatte.

»Du mußt nämlich wissen, daß ich damals verliebt war in einen gewissen Robert, einen meiner Patienten. Du weißt, ich liebe nicht so leicht, aber ich hätte mir nie träumen lassen, daß Robert und du eine Person seien.

Ich muß sagen, daß Robert mir die denkwürdige Begegnung aufs angenehmste erleichterte. Er schien bereits auf mich gewartet zu haben, denn er winkte aus dem Fenster, als dein Onkel und ich die Straße heraufkamen. Er eilte mir auf der Freitreppe entgegen, flog auf mich zu, umhalste mich und küßte mich laut auf den Mund. Dann hielt er mich an beiden Schultern mit ausgestreckten Armen von sich wie ein Bild und sah mir herzgewinnend in die Augen. Er ist wirklich ein schöner Mensch, ich glaube, er würde dir gefallen.

Aber mein Herz schlug diesmal nicht an. Ich war bisher der Meinung gewesen, daß ich mich darauf verlassen konnte. Ich wußte immer genau, wann ich liebte, wann ich trauerte. Ich brauchte nichts dazu zu tun. Ich liebte Robert, und dennoch blieb ich jetzt vollkommen kalt, obgleich ringsum kein Auge trocken blieb. Denn wir waren nicht allein. Ja, ich hatte den ärgerlichen Eindruck, daß das Wiedersehen der Jugendgespielen in seiner Wirkung dekorativ genau vorbereitet war. Das verdroß mich. Das ganze Altersheim hatte sich versammelt, um Zeuge des rührenden Augenblickes zu sein. Ich hörte einen Apparat knipsen, man photographierte uns ohne Zweifel.

Ich kann dir nicht sagen, Bübchen, wie erbärmlich mir zumute war. Denn ich liebte doch Robert und wußte genau, daß du es nicht warst. Es sei denn, du hättest dich auffallend verhübscht, seit du von uns gingst. Ich suchte vergeblich nach deinen Zügen, und Robert schien es zu fühlen.

›Nicht wahr, wie sich ein Mensch verändern kann‹, sagte er entgegenkommend und lächelte mich an, mit jenem bestrickenden Lächeln, an dem die gute Rätin dich zuallererst erkannt haben wollte. Allein es vermochte mich nicht zu bezaubern. Ich bilde mir ein, mich etwas auf Münder zu verstehen. Augen können lügen, ein Mund nie. Im Munde wohnt für mich die Seele. Meine Sympathie richtet sich nach dem Munde. Es war nie und nimmer dein Mund, Bübchen. Es war ein hübscher Mund ohne Zweifel, ein schöner Mannesmund.

Kein Zweifel, dieser Clemens war nicht echt, allein diese Erkenntnis bestürzte mich nicht ein bißchen. Im Gegenteil, auf einmal erfaßte mich ein unbändiges Vergnügen. Ich mußte lachen.

Du mußt es mir nicht übelnehmen, aber vielleicht hätte ich ihn nicht mehr geliebt, wenn er Clemens gewesen wäre.

Es war die Bennecke, die nun mit gewohntem Takt erklärte, sie spüre, daß wir einander allerlei zu sagen hätten. Dabei kam es mir fast so vor, daß die Rätin selber ein bißchen eifersüchtig war. Man ließ uns allein.

Nun hätte ich Robert wohl sagen müssen, daß ich ihn durchschaute, aber ich liebte ihn und liebe ihn noch. Alle lieben ihn und sind sehr glücklich durch ihn.«

»So glücklich«, sagte ich lächelnd, »wie sie es durch mich gewiß nie geworden wären.«

Cornelia sah mich dankbar an.

»Ich behielt für mich, was ich wußte, kannst du das verstehen? Ja, und nun bist du wiedergekommen, und nun soll auf einmal alles dies nicht wahr sein.«

Cornelia schwieg und drehte den Brief in ihren Händen. Ich nahm ihn aus ihrer Hand und zerriß ihn sorgfältig in kleine Stückchen. Dann umschlang ich Cornelia, küßte sie zornig auf den geliebten Mund, mich ihr zumutend, wie ich war, ein hungriger Soldat, elend und müde.

Einen Augenblick tat sie mit, ich täuschte mich nicht,

sie machte große Augen und schloß sie zitternd, dann aber riß sie sich los, drückte ihr Taschentuch vors Gesicht und enteilte.

Ich mußte mich setzen. Eine ganze Weile saß ich so in einem roten Samtfauteuil im dämmerigen, schlecht gelüfteten Salon unter den vergrößerten Photographien der Karl und Emilie Pfotenhauerschen Eheleute und wunderte mich über die Welt.

Nach einer Weile hörte ich Schritte und glaubte, Cornelia käme wieder. Aber es war Frau Bennecke. Heiter leidend, auf ihren Stock mit Gummizwinge gestützt und für ihre Jahre etwas zu jugendlich gekleidet, trat sie ahnungslos ins Zimmer.

Ich erhob mich verlegen, salutierte militärisch und wollte gehen. Aber es war schon zu spät. Frau Bennecke sah mich mit großen Augen an. Langsam hob sie ihren Stock, deutete auf mich und nickte dreimal mit dem Kopfe. Ihre Lippen bewegten sich, als wollte sie sagen: Clemens, mein lieber Clemens, aber sie vermochte es nicht mehr. Sie sank auf einen Sessel, lächelte müde und verschied mit einem leichten Seufzer in meinen Armen, ehe sie noch begriff, daß dies das Ende sei, ein für allemal, sanft und ohne Aufsehen.

Nachschrift

Hier ist die Geschichte zu Ende. Ich lebe in der Stadt meiner ersten Kindheit. Ich habe Gully geheiratet. Wir liebten uns zärtlich wie einst, obwohl wir einander nicht viel zu sagen hatten. Sie gebar mir einen kleinen Sohn, den wir Fritz nannten. Unser Kind ist nicht besonders hübsch mit seinen rötlichen Haaren und den langen weißen Wimpern. Nur sein Mund, Gullys Mund, ist, obschon etwas groß, wohlgebildet und rot. Die Nase und die Ohren scheinen leider von mir zu sein, die Augen aber hat er von niemandem. In Gullys Verhalten zu dem kleinen Erdenwurm wechselten freilich jählings Zorn und Zärtlichkeit. Kein Wunder, wenn dies alsbald zu allerlei Mißhelligkeiten zwischen uns führte. Gully war eine sehr unvernünftige Mutter, und ich sah ein, daß es auf die Dauer nicht gehen würde, obwohl sie sich eine rührende Mühe gab, ein Hausmütterchen zu werden. Allein es glückte ihr nicht. Also trennten wir uns in aller Freundschaft.

Zuweilen kommt Gully, um nach Fritz zu sehen, der sich sehr darüber freut, denn er liebt seine Mutter zärtlich, vielleicht mehr, als wenn sie immer bei ihm wäre. Sie bringt ihm jedesmal etwas Hübsches mit und zieht sich ihm zuliebe besonders bunt und auffallend an. Denn das mag er gern. Sie ist für ihn der Inbegriff des Schönen, er ist selig, wenn er ihren geraniumroten Mund küssen und ihr zitronengelbes Haar raufen darf. Mich liebt er lange nicht so sehr. So sind die Kinder.

Ich habe die alte Kuni zu mir genommen. Sie sorgt rührend für meinen Jungen, der sich leider genau wie ich vor dem Schlafen und vor Gewittern fürchtet und überhaupt vor der Welt. Er muß bitterlich weinen, wenn Kuni ›Zu Mantua in Banden‹, ›Die beiden Grenadiere‹ oder ›In einem kühlen Grunde‹ singt, wobei sie, mittels einer Zeitung langsam die Wand reibend, das Rauschen des Mühlrades nachahmt. Manchmal kommt es mir vor, als sähe ich mich selbst heranwachsen in meinem Knaben und alles finge wieder von vorne an. Auch seine Gespielen sind die gleichen, ein kleiner Gelbes ist darunter und ein schöner Titus mit Pagenkopf. Nur Fritz Fliege scheint es nur einmal gegeben zu haben.

Ich habe mich, einer alten Neigung folgend, der Herstellung von Spielsachen zugewandt und sie an meinem Jungen mit Erfolg ausprobiert. Ich habe eine kleine Fabrik gegründet und fühle mich sehr glücklich in meinem Berufe.

Als erstes brachte ich eine wohlgelungene Neuanfertigung von des seligen Weinleins erster Nürnberg-Fürther Dampfeisenbahn von 1835 auf den Markt. Sie wird viel gekauft, meist von Erwachsenen zum eigenen Gebrauch.

Anläßlich der Erfindung eines Flugapparates zum Spielen für Kinder gelang mir eine glückliche Entdekkung, nämlich die bisher viel zu wenig beachtete Rolle des Gefieders für den Vogelflug, an deren Auswertung ich noch arbeite. Ich ging davon aus, daß Vögel mit nassem Gefieder viel schlechter fliegen können, erforschte mittels motorisierter gefiederter Vogelmodelle die durch die Flaumung der Federn erzeugten tragenden Luftwirbelaggregate, die man sich am besten als unzählige, winzige vibrierende Windstöße oder wie einen unsichtbar schwirrenden Insektenschwarm vorstellen mag, und behauptete prophetisch, daß mit meiner Erfindung in Bälde alle Menschen mühelos und billig in den Lüften spazierenfliegen würden mit angeschnallten bunten Flügeln, Engeln gleich.

Auch eine kleine Mailcoach erfand ich, die solchergestalt durch ein Uhrwerk getrieben ist, daß die vier flotten Pferdchen zierlich die Beinchen heben und senken, wozu der Kutscher, etwas steif zwar, mit der Peitsche knallt. Denn es tut wirklich so, da sinnigerweise im Bauch der alten Kutsche ein Zündblättchenstreifen läuft, wodurch in kurzen Abständen kleine knallende Detonationen entstehen. Ich spiele selbst zuweilen damit. –

Vor kurzem war ich wieder in Frankreich. Man sah der Landschaft den Krieg noch sehr an, sogar von der Bahn aus, obgleich die Felder gepflügt waren. Denn es ging in den Herbst, der in Frankreich so besonders schön ist. Auf den Äckern blieben noch die Spuren der Granateinschläge, denn die Geschosse haben den weißen Kalkstein unter der Erdkrume emporgerissen, und wie oft sie der Pflug gemischt, das Getreide sie durchwuchs, die hellen Flecken gingen nicht weg. Auch verfallene Schützengräben, umrankt von Stacheldraht wie von Brombeerstaude, erkannte ich.

Neben einem häßlichen Bahnhof, zu dem der Ort noch fehlte, wuchsen drei Bäume mit vernarbten Wunden,

Vorkriegsbäume noch, die man dort selten sieht, denn alle andern sind noch sehr jung.

In Château Pierrot regnete es, und auf der lehmigen Straße ging ein nasser Soldat, ein Poilu, mit aufgeknöpften Rockschößen, die Hände in den Hosentaschen, kotbespritzt, verdrießlich. Es goß aber so sehr, daß die Maurer eines Neubaues unter einer notdürftig mit Backsteinsäulen gestützten Wellblechwand saßen. Sie rauchten und spuckten ab und zu verächtlich in den Regen.

Dort geschah es auch, daß ich Fritz Fliege leibhaftig sah. Er kam aus der Schloßruine und schritt nach Westen, als wäre nichts geschehen. Ich war sofort bereit, an seine Wiederkehr zu glauben, und folgte der Gestalt. Denn dieser ahnungslose junge Mensch vor mir war Fritz so ähnlich in der freien schlendernden Art zu gehen, die Hände in den Hosentaschen vor sich hinzupfeifen und ab und zu mit einer unwilligen Bewegung das Haar aus der Stirne zu werfen. Das Gesicht war beinahe Fritzens, als ich ihn zum ersten Male sah während des Gewitters im Altersheim.

Aber als ich näher kam, war er es nur noch von ungefähr, und als ich ihn ansprach und er mich ansah und redete, hörte er ganz auf, es zu sein. Es war Fritz Fliege nicht.

Vielleicht hat es nur an einem letzten Zweifel in mir gelegen, daß das Wunder sich nicht allem zum Trotz mit rückwirkender Kraft vollziehen konnte, wozu es offenbar schon bereit gewesen war.

DER IRRGARTEN

Anselm wußte sofort, was er sich am liebsten wünschte. Denn er durfte sich wünschen, was er wollte.

Anselm hatte einen fast gleichaltrigen Mitschüler unter eigener Lebensgefahr vom sicheren Tod des Ertrinkens gerettet, ihn bei den Haaren fassend, der eben schon absacken wollte. Anselm fand durchaus nichts Besonderes an dieser Tat. Er war ein guter Taucher. Er schwamm gern unter Wasser und immer mit offenen Augen.

Es hatte wirklich höchste Gefahr für Konrad bestanden. Niemand hatte es ihm geheißen, sich Anselm anzuschließen, der zur Froschinsel mitten im Strom schwimmen wollte. Er mußte annehmen, daß der andere es sich zutrauen konnte, die Strecke durchzuhalten. Vielleicht auch war er in einen Strudel geraten. Er hatte auch nichts gesagt, als ihn die Kräfte verließen, nicht um Hilfe gerufen und wenn Anselm sich nicht nach ihm umgesehen hätte, wäre Konrad lautlos untergegangen und abgetrieben worden.

Anselm hatte den schon ganz Benommenen mit knapper Not auf den Strand gerettet, in seiner Angst, selbst außer Atem, rücksichtslos, aber mit Erfolg Wiederbelebungsversuche gemacht, indem er – vielleicht gegen alle Vorschrift – den zu seinem Glücke Wehrlosen gleich einem Wildbret schulterte, mit beiden Armen umschlang und ihn, der kopfunter hangend alles mit sich geschehen ließ, das Wasser aus dem Brustkorb drückte, wobei er eine seltsame Brunnenfigur vorstellte. Das also ausgepumpte Wasser ergoß sich über Anselms Füße.

Jedenfalls kam Konrad, ob nun durch des Gefährten Eingriff oder nicht, alsbald wieder völlig zu sich. Er lächelte ein wenig töricht, so wie Menschen gemeinhin zu lächeln pflegen, wenn sie mit knapper Not einer Gefahr entronnen sind.

Der Vorfall im Strom war vom Ufer aus bemerkt und

richtig erkannt worden. Man kam mit einem Kahn herüber die beiden abzuholen. Sie wurden in Bademäntel gehüllt und lagen nun, trotz der heißen Julisonne fröstelnd und ziemlich grün im Gesicht Seite an Seite im warmen Ufersand. Die Umstehenden machten dem kaum dem Tode Entrissenen heftige Vorwürfe wegen seines unverzeihlichen Leichtsinns, die er aber mit aufreizendem Gleichmut über sich ergehen ließ, nicht anders als Anselm das ihm reichlich gespendete Lob. Ihm allein habe der andere sein Leben zu danken, was ja nun allerdings stimmte. Nicht nur er, sondern auch Anselm, beide hätten dabei ums Leben kommen können und ob sie denn auch wüßten, wie man dann ausschaue, wenn man eine Zeitlang...?

Das einzige, was Konrad darauf zu sagen hatte, war: »Zigarette.«

Natürlich, höhnte man! Das fehlte gerade noch. Überhaupt sei er eigentlich tot und würde besser daran tun, den Mund zu halten. Er wolle sich ja nur interessant machen, fügte einer hinzu. Der gute Anselm hätte besser getan, ihn ersaufen zu lassen.

Diese harten Reden verdrossen Konrad. Wenn schon, meinte er feindselig, er könne schließlich mit seinem Leben tun, was er wolle und es ginge niemanden etwas an. Auch sein ›Retter‹ – er sagte es mit leichtem Spott – hätte nach seinem Gutdünken gehandelt.

Er fand kein Wort des Dankes für Anselm.

Fast konnte man meinen, sie schämten sich voreinander, der eine, weil er hatte gerettet werden müssen, und der andere, weil er ihn unaufgefordert gerettet hatte. Nicht daß sie es folgerichtig zu Ende gedacht hätten und eine Verpflichtung (des Geretteten) oder ein Recht (des Retters) davon ableiteten, aber in der Unterströmung der Empfindung, wenigstens bei Anselm, regte sich doch so etwas von ›Bad der Wiedergeburt und Erneuerung‹ und daß sie beide andere waren, als sie auftauchten aus dem tödlichen Element.

In dem Augenblick nämlich, als Anselm mit gebotener Rücksichtslosigkeit in die um das totenblasse Antlitz flutenden Haare des Versinkenden griff, geschah es mit dem unter ihresgleichen gebräuchlichen, besitzergreifenden: ›G'hörst scho mir‹-Bewußtsein.

Es war ja so rasch gegangen, daß dem Anselm keine Zeit zur Überlegung seines Handelns geblieben war. Aber hinterher erinnerte er sich doch an die kleinsten Einzelheiten trotz ihres blitzschnellen Ablaufs, beispielsweise, daß er das in ihrer Umgangssprache geläufige, keineswegs schmeichelhafte Wort ›Anfänger‹ gedacht hatte, aber auch daß ihn, nun sich der Vorgang gleichsam mit Zeitlupe in seinem Gedächtnis wiederholte, noch unter Wasser die Frage beschäftigt hatte, was seinen Mitschüler denn bewogen haben könnte zu dem Wagnis, ihm mir nichts dir nichts nachzuschwimmen, aus sportlichem Ehrgeiz oder aus welchem Grund auch immer, jedenfalls freiwillig und auf eigene Gefahr.

Überwach sind in solchen Augenblicken die vereinten lebenserhaltenden Sinne des Menschen, empfindlich bis zum äußersten. Sie wissen es besser, was zu tun ist. Die Hände sind es, die handeln, unbefohlen vom viel langsameren Verstand.

Hinterher wußte Anselm nicht zu sagen – er war nicht im Rettungsschwimmen ausgebildet –, welcher Eingebung er gefolgt war, als er sich, nachdem er den Versinkenden ›beim Schopf gepackt‹ hatte, auf den Rücken warf und des schon Willenlosen Haar zwischen die Zähne nehmend, um Hände und Arme frei zu haben, freilich mit letzter Anstrengung, die auf ihm ruhende Last zu landen.

Später wunderte sich Anselm, daß er die unirdische, den üblichen Mondscheineffekten auf dem Theater ähnliche, Unterwasserbeleuchtung als schön empfunden und er in Sekundenschnelle es wirklich wahrgenommen hatte: Mondbleich des anderen Körper und Gesicht, leicht geöffnet der Mund mit den blutleeren Lippen, die halbgeschlossenen Lider, zwischen denen das Weiße der Augen perlmuttrig glänzte, und das rötliche Haar, mit dem die Strömung mit nassen Fingern spielte, und die so erschreckend weißen Hände und Füße.

Nun aber redeten sie kein Wort miteinander, als seien sie sich durch den Vorfall entfremdet worden, und jeder ging, nachdem sie sich einigermaßen erholt hatten, unfreundlich seiner Wege. –

Es dauerte eine ganze Weile, bis sie, ohne die Sache auch nur mit einem Worte zu erwähnen, wieder miteinander sprachen, zuerst noch etwas gekünstelt und dann betont burschikos. Sie hatten den gleichen Schulweg. Da ließ es sich nicht gut umgehen.

Das war die Vorgeschichte und der eigentliche Anlaß, warum sich Anselm etwas Schönes wünschen durfte. Er wußte sofort ›was‹ und sagte es unbekümmert geradeheraus: ganz herrlich wäre es, wenn er – nun stockte er ein wenig –, wenn, sie beide natürlich, eine kleine Reise machen könnten, aber – er hatte offenbar eine klare Vorstellung von dem, was er am liebsten möchte – nicht eine Fußwanderung, nicht mit den Fahrrädern, sondern mit der Eisenbahn, auch nicht in die ›geliebten Berge‹, sondern in eine wildfremde große Stadt, und das wichtigste sei dabei, daß sie in einem richtigen Hotel absteigen würden. Er sagte mit Genuß ›absteigen‹, als sehe er sich schon dem Stallknecht die Zügel zuwerfen und als seien sie hoch zu Roß angekommen. Es bräuchte durchaus nicht das erste Haus am Platze zu sein, aber doch eines, wo man bestens aufgehoben sei, komfortabel, mit Lift vor allem, darauf lege er größten Wert und... Er erschrak, da er nun doch merkte, wie unbescheiden sein Verlangen war, und er wollte sich auf einen Scherz hinausreden.

Allein der Vater des Geretteten, sichtlich belustigt über solch kuriosen Einfall, zeigte viel Verständnis. Auch er wohne gern im Hotel. Einen Einwand sehe er nur darin, daß so junge Gäste vielleicht Verwunderung bei der Direktion erregen würden, so daß es rätlich wäre, wenn er die Zimmerbestellung übernähme.

Das war nun schon eine kleine Einschränkung, aber weil darüber hinaus keine weiteren Bedingungen gestellt wurden, waren die beiden es zufrieden. Anselm nannte die alte, wenn auch durch Kriegseinwirkung stark in Mitleidenschaft gezogene Stadt X., die auch nicht allzu weit entfernt war, und bestens ausgestattet machten sie sich wenige Tage nach dem Vorfalle im Strom zu zweit auf die Reise.

Konrad und Anselm dachten nicht daran, daß es der betrogene Tod war, dem sie dieses Vergnügen verdankten, das sie, sich ganz wie Erwachsene benehmend, mit lässigem Gehaben genossen. Konrad, der jüngere, aber gewitztere, hatte den Einfall, aus ihrem Ausflug in die Welt eine kleine Komödie zu machen, derart, daß sie sich erst im Zuge, einem D-Zug natürlich, kennenlernen wollten, als hätten sie einander vorher nie gesehen. Er besaß die glückliche oder gefährliche Gabe dank angeborener Musikalität, das gebrochene Deutsch von Ausländern, etwa von Amerikanern, täuschend nachzuahmen, und er tat es mit bewundernswerter Ausdauer, um ihrer Unternehmung einen weitgereisten Anstrich zu geben. Er spielte seine Rolle ausgezeichnet, stellte sich begriffsstutzig und ließ sich von Anselm, der darauf geduldig einging, alles erklären. Es fiel ihnen oft schwer ernst zu bleiben und sich nicht vor den Mitreisenden zu verraten.

Konrad hatte sich für die Fahrt von einem Onkel einen mit zahlreichen bunten Hotelmarken aus der ganzen Welt beklebten Koffer ausgeliehen. Sie nahmen ein Frühstück im Speisewagen. Während der Fahrt redete Konrad ein ziemlich gewöhnliches, einer Zugsbekanntschaft durchaus nicht abgeneigtes Mädchen an auf unbeschreiblich komische, durch sein Radebrechen reizendverfängliche Weise ihr den Hof machend, was sichtlich nicht ohne einige Wirkung blieb. Denn das Mädchen bedauerte es sehr, schon auf der nächsten Station aussteigen zu müssen, worauf Konrad ihr seine zärtlichsten Augen machte. »Oh, ick bedauern sie auch«, sagte er zum ungeteilten Vergnügen der übrigen Fahrgäste.

Nach der Ankunft in X. bestiegen sie nicht ein Taxi, sondern eine der beiden musealen Pferdedroschken mit Schimmeln davor, die es dort noch gab. Das erschien ihnen romantischer. So fuhren sie am Eingang des Hotels ›Weißer Rabe‹ vor und sahen ›stolz und unzufrieden‹ aus.

Es war ein neues, allerliebstes Hotel und ein wahres Glück für sie, daß sie nicht ahnten, wie sich das durch Konrads Vater vorsorglich ins Bild gesetzte Personal nichts anmerken ließ, sondern ohne mit der Wimper zu zucken ›mitspielte‹. Die jungen Herrschaften wurden durchaus wie Erwachsene behandelt vom Direktor über den Herrn Portier bis zum Liftboy, der eines Alters war mit den beiden Reisenden. Es gefiel ihnen über die Maßen, obwohl sie nach außen hin gelangweilt taten.

»Die Herren sind bereits telefonisch angemeldet, Nr. 33, wenn ich bitten darf. Wollen sich die Herren bitte das Zimmer ansehen, ob es auch konveniert?«

Sie wollten und fuhren mit dem Lift nach oben. Der kleine Boy in der kleidsamen hellblauen Uniform mit dem flott aufgesetzten Käppi verzog keine Miene, nur seine Augen lachten. Aber er wandte während der viel zu kurzen Fahrt den beiden den Rücken, so daß sie nicht sehen konnten, was er über sie dachte. Er nahm das Trinkgeld, sich artig und tief verneigend. Das Zimmer konvenierte. Es war mit Bad und Telephon, welch letzteres Konrad sogleich benutzte, um mit unverfälscht amerikanischem Akzent »die Gepäck« heraufzubeordern.

Als sie allein waren, setzten sie sich in die Klubsessel und lachten erst einmal, ehe sie gründlich den Komfort besichtigten, die dreisprachig gedruckte Anweisung studierten, mit dem Zimmerpreis, der sich erhöhte, wenn das Frühstück nicht im Hause eingenommen werde, auch daß ein Friseur ihnen jederzeit zu Diensten stünde. Sie guckten in die Schränke, knipsten sämtliche Lichter an und aus, drehten die Hähne auf und zu. Dann wuschen sie sich gründlicher als sonst, da es doch vor dem andern geschah. Dabei zeigte es sich, daß jeder ein neues Stück Seife, eine neue Zahnbürste und eine neue Tube Zahnpasta dabei hatte. Dann verlosten sie, wie es sich gehörte, die Betten.

Da nun geschah dies: Anselm war eben noch für einen Augenblick ins Badezimmer gegangen, um sich zu kämmen. Als er ins Schlafzimmer zurückkehrte, war Konrad nicht mehr da. Er wird, denn er war nun einmal sehr plötzlich in seinen Vorhaben, er wird wohl auf den Gang getreten sein, dachte sich Anselm. Aber die Tür nach dem Gang war von innen verschlossen und außen an der Klinke hing das Schildchen: »Not disturb – Bitte nicht stören.«

Ein Scherz also. Erst kehrte sich Anselm nicht daran, hoffend, Konrad werde des Versteckenspielens bald überdrüssig sein. Er überlegte: hinter den Vorhängen? Die würden sich doch regen von der atmenden Brust, stünde jemand dahinter. Unter dem Bett? Da war kein Platz, dazu war es zu niedriger Bauart. Unter den Diwan konnte er sehen. Also blieb nur der eingebaute geräumige Kleiderschrank. Und da fand sich der Kindskopf und strahlte vor Vergnügen.

Das ›gut geführte Haus‹ empfahl seinen verehrlichen Gästen angelegentlich den Besuch des Dachrestaurants und die Reisegefährten beschlossen dort ihr Mittagsmahl einzunehmen. Sie hatten die anfangs geübte vornehme Zurückhaltung, das Inkognito der Jugend, gegenüber dem Liftboy aufgegeben, dem es Spaß machte, die jungen Herren erst nach unten und dann erst nach oben zu fahren.

Alsbald zeigte es sich, daß Konrad, ohne daß sich Anselm dagegen wehrte, die Führung übernahm. Er ging immer als erster durch die Türen, er wählte den Tisch, an ihn wandte sich der Kellner.

Lange lasen sie die wohl assortierte Speisekarte durch, stellten die leckersten Diners zusammen, mit pikanter Vorspeise, Schildkrötensuppe, Hamburger Küken und Eisbombe, um sich schließlich für Rühreier mit Schinkenwürfeln zu entscheiden. Nur die Eisbombe blieb von den ausgesuchten Köstlichkeiten.

Während des Essens überraschte Konrad seinen Lebensretter immer wieder durch unterhaltende Einfälle, in dem er etwa vor seinen Augen eine Zigarette verschwinden ließ und wieder hervorzauberte. Oder er verblüffte ihn durch Scherzfragen. Er freute sich unbändig, wenn Anselm prompt darauf hereinfiel. Auch auf Kartenkunststücke verstand er sich und Streichhölzerspiele.

Nicht schön war es, daß der Kellner, die Unerfahrenheit der Gäste ausnützend, sich zu seinen Gunsten stark verrechnete, was Anselm nie bemerkt haben würde. Er genierte sich etwas, als Konrad den Fehler nachwies und den Kellner damit in Verlegenheit brachte, der sich vielmals entschuldigte.

Es war ein heißer Tag, so heiß, daß sie bei der nachfolgenden Besichtigung der Sehenswürdigkeiten der alten Stadt öfters eine Eisdiele aufsuchten, um sich zu erfrischen. Auch kehrten sie zwischendurch in ihr Hotel zurück, um sich ausgiebig zu duschen, fest entschlossen, keine der Annehmlichkeiten zu versäumen, die im Preis inbegriffen waren.

Sobald sie sich allein befanden, fiel Konrad völlig aus der Rolle, die er vor dem Hotelpersonal gespielt hatte, und zeigte sich von kindlichster Ausgelassenheit, lief wie ihn Gott geschaffen hatte, auf den Händen durchs Zimmer und sprang schließlich im Hechtsprung in das große Bett, es dabei völlig zerwühlend, und benutzte die zum Glück vortrefflich gefederte Matratze zu parterreakrobatischen Kunststücken, ehe sie sich wieder aufmachten, von neuem durch die Stadt zu ambulieren, die große unbekannte. Dabei gerieten sie alsbald, während sie sich höchst angeregt unterhielten und nur mit geteilter Aufmerksamkeit auf den Weg achteten, in ein besonders stark zerbombtes Gebiet der Altstadt, das zwar von den ärgsten Trümmern befreit, auch da und dort schon wieder mit Neubauten durchsetzt, sich aber als ziemlich unübersichtlich erwies.

Die Reisegefährten hatten, da es schon zu dämmern begann, völlig die Richtung verloren, ohne es sich recht einzugestehen. Sie hätten ja nur zu fragen brauchen, wo sie sich befanden, aber das verbot sich selbstverständlich.

Es war keine freundliche Gegend, fast etwas unheimlich und bei klarem Himmel seltsam schattenlos, von einer lauernden Überdeutlichkeit, wie sie Städte haben, die man im Traum durchwandert. Es gab enge und gewundene Gassen, dazwischen Baulücken voller Unkraut und rostendem Gerümpel, Ruinen ohne Zwischenböden mit glotzenden Fensteröffnungen. Niemand war unterwegs. Oft sah man nur die Grundrisse ehemaliger Wohnungen, wo manchmal der finstere Spalt eines unterirdischen Kellergewölbes klaffte, da und dort stehengebliebene Mauerreste innen mit blaßblauem oder rosa Verputz und jede Einzelheit nackt und bloß.

Anselm und Konrad gingen nebeneinander, zögernden Schrittes, unwillkürlich leiser redend, und befanden sich eben auf einem etwas freieren, einsamen Platz, wo die Möglichkeit bestand für mehrere Richtungen sich zu entscheiden.

»Ich glaube«, sagte Anselm, »wir müssen in dieser Richtung gehen, um zu unserem Hotel zu kommen.« Und indem er sich schon nach dorthin wandte, bemerkte er, daß Konrad nicht mehr an seiner Seite, daß er plötzlich wie vom Erdboden verschwunden war. Sie hatten die ganze Zeit miteinander gesprochen, eben war Konrad noch da.

Der so unversehens Verlassene sah sich mit komischem Erstaunen um, wo in aller Welt sein Gefährte sein mochte. Er rief seinen Namen. Aber Konrad antwortete nicht. Wie konnte das geschehen vor seinen Augen? Sie waren doch in Tuchfühlung nebeneinander gegangen. Anselm traute dem andern allerlei Zauberkunststücke zu, aber doch nicht »das Verschwinden einer lebenden Person auf offener Straße«. Vielleicht hatte sich Konrad wieder einen seiner Scherze erlaubt, wozu er nach der Erfahrung im Hotel wohl fähig schien. Aber ringsum konnte Anselm nichts entdecken, was als Versteck geeignet gewesen wäre. Dennoch suchte er gewissenhaft die nähere Umgebung ab. Nach links ging eine Gasse einer krummen alten Mauer entlang, offenbar stadteinwärts, hinter ihm lief durch freies Trümmergelände und weitum einzusehen der Weg, den sie gekommen waren. Aber rechter Hand, doch immerhin in einer Entfernung von mehr als zwanzig Schritten bog eine Gasse um die Ecke. Durch einen verfallenen Torbogen mündete die Gasse in eine nun wieder mit bewohnten kleinen Häusern bestandene Querstraße. Dorthin wandte sich jetzt Anselm eiligen Schrittes, hoffend, den verlorenen Gefährten einzuholen, in der sicheren Meinung, dem Entschwundenen, der doch selbst längst gemerkt haben mußte, daß sie nicht mehr zu zweit waren, im nächsten Augenblick zu begegnen. Nun aber gab es, denn es war straßauf straßab nichts von dem Gesuchten zu sehen, gleich drei Möglichkeiten, ihm zu folgen. Ein Gewirr von engen Gassen bot sich Anselm dar, die sich in alle Himmelsrichtungen verzweigten. So weit er blicken konnte, war nichts von Konrad zu erblicken. Einmal glaubte er eine Gestalt in einiger Entfernung wandeln zu sehen, die jenem – Anselm war etwas kurzsichtig – nach Körpergröße und Farbe des Anzugs ähnelte, aber je näher er ihr kam, desto älter wurde sie. Es war ein alter, sichtbar schon vom Tode gezeichneter Mann, der den Enttäuschten von unten her anschaute mit erloschenem Blick.

Noch wurde Anselm das Gefühl nicht los, sein munterer Gefährte beobachte ihn von irgendeiner Ecke aus und weide sich an seiner Verwirrung. Denn der so unvermutet Alleingelassene fing an, sich allmählich im Ernste zu beunruhigen.

Jählings kehrte er nochmals um durch den Torbogen zu der Stelle zurück, wo Konrad verschwunden war und sich gleichsam in Nichts aufgelöst hatte. Anselm fand den Ort menschenleer. Nur ein verwahrloster Hund von unbestimmter Rasse trabte schräg mit hängender Rute und scheelem Blick dicht an der Mauer entlang, das verkörperte schlechte Gewissen.

Nun hatte Anselm, unschlüssig, wohin er sich wenden sollte, bemerkt, daß die Fenster in der offenbar uralten Torbogengasse vergittert und sehr schmutzig waren und daß dahinter dennoch Leute zu hausen schienen. Wie töricht es auch war, es kamen Anselm Gedanken von Verschleppung und Menschenraub. Es brauchte nur jemand hinter den Kellerluken auf sein Opfer zu lauern, mit raschen Händen nach den Fußgelenken des ahnungslos Vorübergehenden zu greifen und ihn zu sich hinabzuziehen in die Finsternis. Er würde es wortlos geschehen lassen wie kürzlich im Flusse.

Auch fiel Anselm eine Geschichte ein, die sich vor nicht langer Zeit tatsächlich zugetragen hatte. Ein Kind war über den Schulhof gelaufen, auf dem sonst täglich viele Kinder in der Pause gespielt hatten, und die Erde tat sich auf und schlang das Kind in sich hinein. Hinterher stellte es sich heraus, daß sich dort ein alter Brunnenschacht befunden hatte, der mit morsch gewordenem Holz gestützt und mit Erde überdeckt, gerade in diesem Augenblick auf die Sekunde soweit war, um unter dem leichten Tritt eines Kindes einzustürzen, es mitzureißen und es in sich zu begraben. Man brauchte lange, um es endlich tot zu bergen. Daran mußte Anselm jetzt denken, an diesen grausigen Zufall, daß das Kind gerade über diese Stelle hatte laufen müssen, um so jämmerlich umzukommen. Stürzten nicht immer noch Häuser ein, durch

Bombeneinwirkung im letzten Kriege um den Halt gebracht, da die Sprünge durch den Frost des Winters unmerklich sich erweiterten, daß ein Windstoß genügte, eine leise Erschütterung, die Wände ins Wanken zu bringen? Konnte nicht in dieser Trümmergegend unter Konrads sorglosem Schritt ein Keller zusammenbrechen? Auch hörte man hin und wieder von heimlichen Werbern für die Fremdenlegion.

Ein anderer als Anselm hätte sich vermutlich in aller Ruhe gesagt, was geht mich dieser Konrad an – sie kannten sich ja wirklich noch kaum –, geschieht ihm ganz recht mit seiner Rücksichtslosigkeit. Es war ja nun wirklich nicht hübsch von ihm, den Gefährten einfach stehenzulassen. Er mußte es doch merken, daß jener sich um ihn Gedanken machte.

Plötzlich hielt Anselm inne und lauschte. Er hörte Wasser. Ein unterirdischer Bach, ein Kanal war es vermutlich, den er rauschen hörte, aber zugleich vernahm er von irgendwoher ihm ins Ohr geflüstert seinen Namen. Anselm hörte er sagen, mit Konrads Stimme, unbezweifelbar, wie eine Antwort auf sein, immer wieder fragend, fast unbewußt vor sich hingesprochenes: Konrad, Konrad! Doch meinte er, überreizt wie er war, einer Sinnestäuschung zum Opfer gefallen zu sein. Manchmal auch glaubte er Schritte zu hören und wandte sich um, freudig gewärtig, daß es Konrads Schritte seien. Auch ein Duft von hingeatmetem Zigarettenrauch betörte ihn, als sei der Gesuchte ihm ganz nahe.

Wieder eilte Anselm in die Gasse zurück, überließ sich dem Zufall, rannte erst rechts herum ein gutes Stück weit, bis sich der Weg wieder in zwei Gassen schied, kehrte um, vergeblich erwartend, daß eine oder mehrere Querverbindungen zu dem von ihm kurz vor Konrads unerklärlichem Verschwinden vorgeschlagenen Heimweg führen müßten. Er war nun schon ganz erhitzt, in dem ungesunden Zustand von Blässe und schlagendem Herzen und wenn er sich auch einredete, daß er den Verlorenen sicher später im Hotel wiedertreffen mußte, so erschrak er doch bei dem Gedanken, dieser könnte am Ende doch nicht da sein und auch später nicht eintreffen. Dann war die Polizei zu verständigen. Kaum gestattete er sich es sich vorzustellen – aber auch das war nicht völlig auszuschließen –, der leichtfertige Konrad habe – denn die eine Gasse sah ganz darnach aus – mit einem lockeren Mädchen sich eingelassen und wie zur Antwort öffnete sich vor dem vorübereilenden Anselm eine Tür. Ein schmales junges Weib lehnte sich, die Arme unter den Brüsten verschränkt, mit einem schon welkenden, anmutig-sündigem Gesicht aus der Tür, sah ihn mit halben Augen an und lächelte mit grünlichen Zähnen zwischen den roten Lippen.

Inzwischen war es Konrad ganz ähnlich ergangen. Er hatte in der Tat den Weg durch die erwähnte Torbogengasse genommen und ohne weiteres erwartet, Anselm werde ihm auf dem Fuße folgen. Dann war er nach links gegangen, wie sein Gefährte hoffend, alsbald sich zu dem freien Platz durch eine Querverbindung zurückzufinden, in der sicheren Annahme, dort den erstaunten Anselm anzutreffen. Er mußte jedoch lange wandern, bis er den Platz, der ihm gleichsam als verabredet erschien, endlich erreichte, und zwar in dem Augenblick, als Anselm ihn schon wieder verlassen hatte. Nun begann auch er zu suchen, und ohne es zu merken, waren sie einander mehrmals ganz nahe gewesen. Einmal glaubte Konrad, doch ohne sich so phantastischen oder verfänglichen Vorstellungen hinzugeben wie sein Gefährte, seinen Namen sagen zu hören. Das war, als Anselm ihn vor sich hinsagte, während er so verzweifelt um den Verlorenen bangend von Gasse zu Gasse irrte, auf und ab. Übrigens hatte auch der gelassenere Konrad von Zeit zu Zeit gerufen. Es war also keine Einbildung gewesen, was Anselm gehört hatte, von irgendwoher in der regungslosen Luft wie Geisterstimmen.

Endlich hatte Konrad im felsenfesten Vertrauen der andere werde sich an den Platz, wo sie einander abhanden gekommen waren, endlich einfinden, auf ein Ruinenmäuerchen gesetzt und Zigaretten rauchend auf ihn gewartet. –

So sah Anselm ihn, als wäre nichts geschehen, gemächlich den Rauch vor sich hinatmend, sitzen und gleich Archimedes, mit einem Holzstäbchen, das er sich aus einem Ast geschnitzt, Buchstaben in den Sand zeichnend, so sah ihn Anselm, als begegne er einem Geist, da er schon an der Hoffnung verzagend, den Gesuchten jemals lebend wiederzusehen, noch ein letztesmal aus der Torbogengasse geeilt kam. Konrad saß auf seinem Mäuerchen, als hätte er nie den Ort verlassen gehabt, als wäre er nie in die Hände von Räubern gefallen, nie von lockeren Mädchen verführt worden, in dunkle Keller gestürzt oder in unterirdischen Wassern fortgetrieben worden.

»Ach, da bist du ja«, sagte Anselm bemüht unbefangen zu erscheinen, vergeblich jedoch, denn er konnte nicht verheimlichen, wie kläglich ihm zumute war. Er setzte sich neben Konrad.

»Was ist denn los mit dir«, sagte der Wiedergefundene fast ärgerlich, faßte ihm unsanft in das in Unordnung geratene Haar, das noch immer ganz verstörte Gesicht Anselms sich zuwendend und verständnislos betrachtend.

»Ich kann das gar nicht verstehen«, sagte er. Er reichte ihm aber seine Zigarette, das werde ihm gut tun auf den Schreck.

Anselm kam sich ziemlich lächerlich vor und er mußte jetzt auch über sich lachen. Nichts war jetzt noch unheimlich, obwohl es schon dunkelte.

»Ich würde doch natürlich«, sagte Konrad ganz sachlich, »hier die ganze Nacht auf dich gewartet haben, bis du gekommen wärest.«

Sie rauchten noch die Zigarette zu Ende und gingen dann, ohne sich noch einmal zu verirren und zu verlieren, in das Hotel ›Weißer Rabe‹ zurück.

QUELLENANGABEN

Der geflügelte Knabe. Erstdruck in Ernst Penzoldt, »Idyllen«, 1923, im Heimeran Verlag, München (numerierte und vom Verfasser signierte Ausgabe in 500 Exemplaren).

Christiane und vier. Erstdruck in »Süddeutsche Monatshefte« München, Mai 1926. Aufgenommen in den Novellenband »Die portugalesische Schlacht«, Piper Verlag, München, 1930.

Der Zwerg. Erstausgabe im Reclam Verlag, Leipzig, 1927. Urfassung der 1938 im S. Fischer Verlag, Berlin, erschienenen revidierten Ausgabe u. d. T. »Die Leute aus der Mohrenapotheke«.

Kleiner Erdenwurm. Erstausgabe im S. Fischer Verlag, Berlin, 1934. Aufgenommen in Ernst Penzoldt, »Drei Romane«, Suhrkamp Verlag, Frankfurt a. M., 1952.

Der Irrgarten. Erstdruck 1954 in einer limitierten Auflage von 250 numerierten Exemplaren bei der »Fränkischen Bibliophilen-Gesellschaft«, Wertheim.

INHALT

INHALTSÜBERSICHT

Ernst Penzoldt
Die schönsten Erzählungen
Zweiter Band

Suhrkamp

Erste Auflage 1981

Quellennachweise am Ende des jeweiligen Bandes.
Druck: Welsermühl, Wels
Printed in Austria
ISBN 3-518-03823-0

TOMMASO CAVALIERI
Eine Michelangelo-Novelle

I.

Zur Zeit des Papstes Clemens VII. lebte in Rom ein junger Edelmann, Tommaso Cavalieri mit Namen, begnadet mit so außerordentlicher Schönheit des Leibes und der Seele und der Gabe, sie anmutig und männlich zur Schau zu tragen, daß alle, die Augen hatten sie zu sehen – was gleichermaßen eine wundervolle Gnade ist – seiner Gegenwart über die Maßen froh wurden. Sie nannten ihn aufrichtig und ohne Scheu den göttlichen Tommaso. Sie waren erschrocken, als die Nachricht kam, er sei vor Florenz durch einen Pfeil verwundet worden, und waren dankbar, als er heil zurückkehrte. Er hatte sich im übrigen weder in der Dichtkunst, noch in der Malerei, noch in der Philosophie hervorgetan, sondern einzig durch seine Schönheit.

Nach seiner Heimkehr jedoch zu friedlichen Dingen begann er sogleich nicht nur eifrig zu zeichnen, sondern umgab sich auch mit allerlei Kunst, ihm verwandt an Schönheit, vornehmlich aber mit antiken Werken, von denen er wiederum die Gemmen besonders liebte und verstand, da oft empfindlich klein Großes in edle Steine gegraben war, also daß die Gestalt des Eros etwa, in richtige Einsicht mit dem Lichte gebracht, durchscheinend und leibhaftig, unfaßlich und dennoch sichtbar vor dem entzückten Tommaso stand. Seine Kunstkammer wurde berühmt, sein Reichtum verpflichtete ihn, sie zu mehren. Seine Bibliothek war erlesen, und er war glücklich unter den Büchern und fürchtete sich nicht davor, daß er so viele nicht kannte. Es genügte ihm, daß sie da waren und sein. Sie teilten sich ja mit durch ihre Gegenwart und waren weise, waren lebendig und atmeten. Ja, wahrhaftig sie brauchten reine Luft, verlangten Liebe und Beziehung zu den Händen. Um seines heiteren Besitzes willen und des sorglosen Daseins nannten ihn manche den Glücklichen.

Eine Trauer jedoch, die Trauer der Schönen: ein Geschöpf nur zu sein, ein Gelingen, aus himmlischer Hand zwar, nicht aber teilhaftig am Wirken des sich noch immer verwandelnden Stoffes der Schöpfung, wie es die Alten ehemals, wie es Michelangelo Buonarotti noch tat, obwohl er schon alt war, und alle anderen, denen ein Neues, noch nie Erschautes gelang, die Trauer also: niemals ein Großer und allzu vergänglich zu sein, krönte des Ritters Haupt leidvoll. Denn er kannte sein Maß. Er beschied sich dabei, den Großen nahe zu sein, im sanften Widerschein ihres Lichtes zu wandeln, sie zu ehren und sich durch treue Gefolgschaft.

Da bekannt ward, daß der Sixtina Meister, der, just solange Tommaso heranwuchs und mannbar wurde, nicht mehr in Rom gewesen war, daß also Michelangelo aus Florenz zurückgekehrt sei, dem neuen Papste Paulus dem Dritten zu dienen, sehnte der Ritter sich, ihn von Angesicht zu sehen, dessen Werke er in Furcht und Demut liebte: der Sixtinischen Kapelle Decke zumal, die ihm ein Wunder zu sein schien, nicht von irdischen Händen gezeugt. Engel vielmehr hätten fliegend unter der Wölbung solches vollbracht, oder himmlischen Klängen folgsam habe das Werk sich von selber gefügt.

Da war der einsame Gott, der sich die Welt schuf, zum ersten Male Sonne dachte und Licht durch seinen Anblick für Ewigkeiten lud, der Baum dachte, Blume und Tier, Mensch, Liebe, Tod, Mutter; und es geschah. Und immer noch, so schien es, und von neuem schuf Gott dort oben die Welt und den Menschen. Und wie dies alles nur zwischen seinen zwei liebenden Händen geschah, daß es sichtbar sei, war es genug, dem Erwachenden seinen Finger hinzuhalten, daß der Gott in ihn fahre, und siehe, es sprang über von Hand zu Hand, von Fingerspitze zu Fingerspitze ewig lebendig. Himmlische Scharen, in Falten rauschend um seine Brust, wehten im Wetter des erschaffenden Wortes. Auch der Ewige aber, so glaubte Tommaso, schuf unter Schmerzen. Die Propheten, Jeremias besonders, der gewaltige Greis, und die Sybillen, einsam waren auch sie und tief versunken in ihr fernstes Ich, oder angerufen von oben, aufhorchend aus ihrer Tiefe, halb erwacht, noch trunkenen, träumenden Blickes, Ewiges ahnend, ganz nah, und doch von sich selbst noch so umschleiert, daß sie es ganz nicht faßten. Unbekümmert aber um Schöpfungs- und Heilsgeschichten der Reigen der Jünglinge auf den Gesimsen. Nichts von Weissagung vernahmen sie, wenige nur schauten sich um, was da wohl sei und wehe, andere tanzten und freuten sich ganz des Sturms ihrer Muskeln. Sie waren aus brauner Erde und begehrten nicht endlose Weisheit. Tommaso fühlte es so, als lege sich der Gestalten Schönheit um ihn.

Dieses Werkes Meister zu schauen, sehnte der Ritter sich, und da er noch damit umging, was da zu tun sei, ob er jenen an seiner Werkstatt abwarte oder sonst an drittem Ort eine Gelegenheit finde, ihn aus der Nähe zu sehen, bat ihn ein Bekannter, ob der große Michelangelo, der von des Ritters Kunstkammer Rühmliches habe sagen hören, diese nicht sehen dürfe. Tommaso versprach es. Mancherlei zwar hatte er über Michelangelo gehört, daß er finster und böse sei und gar wunderlich, daß er mit niemand sich vertrage und geizig sei; kurz er sei schwer auszuhalten. ›Sei er böse und hämisch‹, dachte der Ritter unbekümmert, da er schon wartend am Fenster stand, daß er den Finstern schon von weitem sehe, ›ist er nicht liebenswert genug um seiner Werke willen?‹ Dennoch bangte ihm vor dem Anblick. Er hatte befohlen, feine Früchte zu bringen und edelsten Wein, den Kommenden zu bewirten, und trug auch den schönsten Brokat, schwarz und golden: Der springende Hund, seines Hauses Wappen, war darein gewoben. Da er nun durch das Fenster ausschaute und mit unruhigen Händen geschnittene Steine durcheinander würfelte, ganz vergessend ihrer geheimen Bilder, lief ein Wind durch die Straße; Staub und Unrat, den er aufwirbelte, machte ihn sichtbar. Der Himmel über den schäbigen Häusern, in deren Mitte Tommasos Palast sich erhob, war weiß und kalt. Denn es war Januar. Der Ritter konnte weit in die Straße schauen, die Geröll, Abfälle und Furchen beschwerlich machten.

Zwei Männer kamen des Wegs, gerade sich Buben erwehrend, die mit flatternden Lumpen nur zum Teil bedeckt, schreiend und lachend, kobolzschlagend hart vor der Kommenden Schritte sie anzubetteln schienen. Der eine der Männer, der von ferne gar stattlich aussah und, soweit es der mühselige Weg erlaubte, stolz und aufrecht einherschritt, winkte den Zudringlichen unnahbar ab, den erhobenen Zeigefinger lässig hin und her bewegend. Der mochte wohl Michelangelo sein, dachte Tommaso, doch erkannte er gleich, daß es Vasari war: Herr Überall aus Arezzo; und lächelnd über solchen Irrtum wendete er sich dem anderen zu, der gerade fast schamhaft Kupferstücke hart neben sich hinwarf für die bettelnden Buben. Er war wirklich Michelangelo, obgleich er so jung und bewegt, wild beinah einherschritt, die Arme unter dem gewölbten Rücken zusammengenommen. Leicht gebückt, den Kopf seltsam schräg geneigt und dennoch erhoben, beschattet von einem großen unmodischen Filzhute, wurde er älter und älter, je näher er kam. Ja, er stolperte manchmal, was Vasari nie geschah, und fluchte zornig dem Steine, der es getan. Er war dunkel und schwer gekleidet. Nun blieb er stehen, nahm die Hände rasch und gewaltsam vom Rücken und riß hastig – seine Worte faßlich zu machen – scheinbar Stücke aus der Luft und formte damit; – eine Kuppel etwa – dachte Tommaso. Plötzlich aber verstummend und als sei er allein, unvermittelt vorwärtsschreitend, ging er gerade auf den Palazzo der Cavalieri zu. Ganz nahe nun und deutlich sah ihn Tommaso und sein gewaltig häßliches Angesicht. Es war alt und gelb, älter als seine Hände, gleichsam als hätte er alles mit dem Antlitz gemacht, Stirn an Stirn mit dem Stein. Und von den Blicken der kleinen traurigen Augen gefurcht liefen tiefe Runzeln über sein ganzes Gesicht. Die Backenknochen standen hart heraus, dazwischen stak breit und gequetscht die verstümmelte Nase. Da dies alles mit großen erregten Augen der göttliche Tommaso sah, lachte auf ein Witzwort, vielleicht ein Anekdötchen Vasaris, Michelangelo finster und böse auf. Er glich einem Faun. Alles verzerrte und verschob sich, der große Mund entblößte breite gelbe Zähne. Die Augen waren Striche nur noch, und der krause Bart wippte. Tommaso wandte sich ab, aber errötend besann er sich. Nun das Lachen vorüber war, sah er in ein ernstes, ergreifend trauriges, hilfloses Angesicht. Während Vasari sich tänzelnd von dem Meister empfahl, sandte Tommaso die Pagen dem Kommenden entgegen, den schwarzen und den weißen – denn einer war ein Negerknabe. Sie waren rot und gelb gekleidet – die Farben der Cavalieri. Sie liefen hurtig trippelnd die Marmortreppen hinab, öffneten weit die Türen, verneigten sich tief vor dem Alten und führten ihn in den Saal. Tommaso bückte sich tief und auch Michelangelo. Als sie beide die Augen wieder erhoben – sie standen allein in dem hohen, hellen Gemach – und Cavalieri dem Meister freundlich und edel entgegenschritt, denn sie hatten sich in höfischem Abstande vor einander verneigt, da erschütterte den Michelangelo, der ein Greis schon war, tief die Schönheit Tommasos. Dieser, der nun des Meisters Geschöpfe gleich einer bedrohlichen Wolke dunkel über des Alten Haupte schweben zu sehen vermeinte, nahm sich zusammen und redete seinen Gast also ehrfürchtig an: »Meister Buonarotti«, sagte er, »ich danke Euch, daß Ihr zu mir gekommen seid, meine Antiken zu sehen.« Er nahm ihm den Mantel ab und den großen Hut. Michelangelo ließ es geschehen und antwortete mit leiser bewegter Stimme. »Es ist sehr freundlich von Euch, Herr Ritter, sehr gütig, doch bin ich's, der

Euch danken muß, daß Ihr mich – verzeiht, o bitte nach Euch! Nun also ...« und er verstummte. Tommaso hatte ihn in die Sammlung geführt. Sie sagten nur wenig, solange sie bei den Kunstwerken waren – denn Kunst öffnet sich ja lieber den Schweigsamen – und Michelangelo, bemüht sich zu fassen, betrachtete auch die Gemmen, die kindlich in seinen harten runzligen Händen ruhten. Dabei fiel es ihm ein und er sagte es sogleich, beglückt etwas zu wissen, das ihn und den Ritter verband: »Ihr zeichnet, sagte Vasari, nicht so?« »Vor Euch«, erwiderte Tommaso, »wage ich nicht, es so zu nennen, Meister Buonarotti. Ich versuche mich wohl darin, denn allein schon der Vorgang ist schön und verführerisch, es ist immer wieder zu tun. Genug, ich gestehe, ich tat's.« Und plötzlich vertrauend, da er sich nun schon dazu bekannt, fügte er noch hinzu: »Sehet selbst, wenn es Euch gefällig ist, Meister, was ich beging.« Michelangelo aber, während der Ritter Wein eingoß, betrachtete die Zeichnungen ernsthaft und schweigsam. »Nie mehr wieder«, sagte er endlich und mehr zu sich, »wird so Unbescholtenes meinen Händen gelingen wie dies ist.« Tommaso, dessen Wangen sich röteten, sah verwundert Michelangelo an. Er sagte: »Wenn Ihr mich aber unterweisen wolltet, Meister, daß ich es recht mache?« Da der Alte den Ritter erröten sah, überkam ihn von neuem Trauer, der Schönheit nur Schöpfer zu sein. Grimmig antwortete er: »Wenn Ihr es recht machtet, wie ich es lehre, rührte es mich dann noch?« Und er erhob sich und vermied den Anblick des Ritters. Als er ging, von Tommaso geleitet und verfolgt von der ruhelosen Wolke seiner Gestalten, den vollendeten und den kommenden, der Wolke, die nie ihn in Ruhe ließ, auch im Traume nicht, dachte er immer und immer wieder: Ich sah dich schon, da du noch Marmor warst und dich zu enthüllen begannst; hielt nicht meine Hand dich Unerschauten zum ersten Male und immer von neuem fest in der Sixtina? Oder sahst du dich dort im voraus vielleicht, als Knabe staunend, und begehrtest wie einer jener einmal zu werden, und wurdest? »Ich danke Euch, Herr Ritter, ich habe viel Schönes bei Euch gesehen«, sagte er schließlich und musterte mißtrauisch Tommaso, weil dessen vorher so heitere Augen ihn nun schüchtern und recht bestürzt anschauten. Die Pagen liefen schon hurtig die Treppe hinab, öffneten weit die Türen und verneigten sich tief, als der Alte ging.

Tommaso aber, als er gleichsam wieder zu sich kam und sich besann, was ihm eben begegnet war, trat wieder ans Fenster, dem sich Entfernenden nachzusehen. Michelangelo ging, wie er gekommen war, mit gewölbtem Rükken und hastig. Und, als ginge noch jemand mit ihm, redete er anscheinend laut und griff heftig mit den Händen vor sich her. Plötzlich blieb er stehen und wandte sein Gesicht schräg über die Schulter zurück, während er die Hände noch halb erhoben hatte: Wie ein Organist, angeredet, im Spiel sich wendet, der Musik gehörend und nur halb daraus erwacht. So wandte sich der Alte für einen Augenblick. Dann ging er verdrossen weiter. Die Bettelknaben lungerten noch an den Häusern entlang, aber da sie dem Alten ins Angesicht schauten, wagten sie nicht mehr, ihn anzubetteln.

Seit Tommaso den Alten geschaut, dessen Werke er liebte, bereute er fast das Ereignis und daß er sich nicht gehütet hatte vor ihm. Denn es schmerzt immer, der Großen Angesicht, wenn du beglückt durch ihr Werk, vorwitzig nahst, sie leibhaftig zu sehen. Diese sterblichen Hände, rissig und unrein, haben das Werk vollbracht, und dieses fürchterlich häßliche Angesicht befahl es ihnen? Dieser erschrockene Mensch getraute sich, was noch niemand tat, und dieser alte, verfallene Mund war der Anfang unsterblicher Reime? Solchergestalt begriff der göttliche Tommaso, daß es fast unmöglich sei, Michelangelos jemals ganz froh zu sein, gar ihn zu lieben, daß aber niemand dennoch es so verdiene wie er, herzlich geliebt zu sein. Und er trauerte tief.

II.

Tommaso gelang es viele Tage nicht, so wie vorher heiter und freundlich zu sein, und es blieb auch den Räumen, die er unruhig durchwanderte, etwas von Michelangelo. Und des Tommaso Angesicht verfinsterte sich von neuem, da ihm am siebenten Tage ein Brief Michelangelos überbracht ward. Urbino brachte ihn ihm, des Meisters ergebenster Schüler. Da er nun Tommasos Schönheit mit eigenen Augen sah, gedachte er seines Herrn und wußte nun, daß er ihr verfallen war; so ging er zwiespältigen Herzens. Die Schrift des Briefes war alt und steif. Es waren aber Sonette, und sie lauteten also:

Herr, ich bin längst vorbei, ich bin es nicht,
du bist es selbst und warst in meinen Händen:
von Anfang unruhig Schönes zu vollenden
befahlst du immer wieder dein Gesicht.

Sie folgten willig der geliebten Pflicht;
bis sie erschraken, dich so schön zu enden:
da tratest du lebendig aus den Wänden.
Ach die dich schufen, zürne ihnen nicht!

Denn sie sind müde von so vielen Mauern,
Von Demut, Ruhm, unendlichem Verzicht,
O laß sie schlafen nach so vielem Stein,

damit sie rangen, um in ihm zu trauern.
Und laß sie, Herr, von deinem Angesicht
des Schönen Knechte träumen, schön zu sein.

Als dies der göttliche Tommaso gelesen hatte, gingen ihm die Augen über. Er las aber weiter also:

Der anfangs baute, wußte nichts von Stein.
Er hat nur seine Hände und vom Wind

damit zu spielen und er ist ein Kind
und mit der großen Finsternis allein.

Er fängt mit seinen Händen Nächte ein,
und spielt mit ihnen, bis sie Bäume sind
und sanfte Tiere, und bespricht den Wind,
ihm Blume, Wolke, Mond und Stern zu sein.

Ach! Noch ist Wind, in uns sich zu verfangen
noch Finsternis genug, damit zu bauen!
Und sieh er kommt aus meinem tiefsten Traum

und ihm zum Bilde königlich gegangen:
du bist es, Herr, und schöner anzuschauen
als Mond und Blume, schöner als der Baum.

Als Tommaso bis hierher gelesen hatte, war er jenseits der Tränen. Die Trauer verließ ihn und er wurde hell davon wie nach heilsamem Regen. So las er das dritte.

Ich gebe dir mein Haupt, geliebtes Licht
und meiner Hände dämmernde Gestalten,
die sich im Wind von deinem Mund entfalten,
wenn er erweckend ihre Namen spricht.

Ich will mein Antlitz dir, geliebtes Licht,
in seiner Finsternis entgegenhalten
und deine Zunge wird die Nächte spalten,
daß Stern um Stern aus ihren Wunden bricht.

Nimm zu dir, Herr, auch meinen tiefsten Schatten,
der sich empor zu deiner Schönheit bückt,
dich anzuschauen, und es zückt

auch seine weiße Seele hin zum Gatten:
und Gottes Auge überbrückt
in Licht verwandelt der geliebte Schatten.

Da wurde Tommaso froh seiner Schönheit und der Würdigkeit, die ihr geschah, von einer unsterblichen Seele. Sie bewahre ihn ja, dachte er bewegt, ganz vergänglich zu sein. Er antwortete aber Michelangelo und bedachte seine Worte wohl:

›Da Ihr, Meister, die Schönheit, die mir die Natur verliehen, Eurer Liebe würdig erachtet, da Ihr es wart, der sie zum erstenmal sah vor allen Menschen, ja sie erschuf, ihre göttliche Seele gleichsam seid, wie ich ihr Bildnis nur, da Ihr ferner es wart, der den Menschen die Augen auftat, sie überhaupt erst zu gewahren, so bitte ich Euch, wenn es Euch gefällt, sie als Euer gerechtes Eigentum zu betrachten. Entnehmt freundlich diesen armen Worten die dankbare Freundschaft, die Euch schuldet

Tommaso Cavalieri.‹

Die Pagen trugen's hurtig zu Michelangelo.

III.

Als der Ritter eines Tages nach langem Ritt, da es schon dunkel zu werden begann, seinen Palast betrat, nahm er sogleich den Duft eines Parfüms wahr und schürzte unwillig die Lippen. »Vasari schon wieder!« schalt er für sich, und es fiel ihm ein, daß jener sich angesagt. Lächelnd empfing ihn der Aretiner. »O göttlicher Tommaso«, rief er, »Ihr ließet mich warten; was sage ich! Die Welt! Ich bin unzufrieden mit Euch«, fügte er hinzu und drohte mit dem Finger. »O göttlicher Vasari«, antwortete Tommaso, »verzeiht meine Säumigkeit Euch gegenüber. Was aber die Welt betrifft?« »Michelangelo«, sagte vertraulich leise Vasari, doch als berausche ihn der Klang und Ruhm dieses Namens, wiederholte er lauter: »Michelangelo, Michelangelo Buonarotti, der unsterbliche Michelangelo, der gewaltigste Mensch unserer Zeit, was sage ich, aller Zeiten, hat die Gnade gehabt, mir zu gestatten, einiges über ihn zu schreiben und der ungeduldigen Welt mitzuteilen. Er besuchte Euch. Was geschah? Was sagte er? Ich für meinen Teil fühle mich verantwortlich, daß keines seiner Worte verlorengeht.« Damit trat Vasari einige Schritte zurück, strich seinen weichen langen Bart und stand dort ganz zur Verfügung. »Ich bin in Verlegenheit, Meister Vasari. Glaubt Ihr, Michelangelo würde zu mir Dinge sagen, die Ihr nicht wüßtet?« Vasari wies diese Behauptung stumm mit einer abwehrenden Bewegung zurück. »Er kam«, fuhr Tommaso fort, »meine Antiken zu sehen, und ich diente ihm gerne damit. Was meine Person betrifft, so...« »Oh«, tat Vasari und dann: »Besinnt Euch, ich bitte Euch ernstlich. Michelangelo, Ihr wißt es, wird alt, sehr alt. Er ist krank.« Tommaso erschrak. »Ist er sehr krank?« »Er arbeitet zuviel und zu Vieles. Er schläft fast nicht. Brot und Wein sind seine kärgliche Nahrung. Er ist zart eigentlich, Ihr versteht.« Tommaso besann sich. »Wenn Euch damit gedient ist«, sagte er langsam, »er sandte mir kürzlich eine Zeichnung, so schön, daß ich mich schäme, sie allein zu besitzen. Seht also und begnügt Euch für diesmal.« »Ah«, rief Vasari, als er die Zeichnung sah. Er hielt sie zimperlich in den Händen, daß ihr ja nichts geschehe. »Welcher Geist«, sagte er dann; und immer wieder in Betrachtung versinkend, belehrte er den Tommaso. »Wie so etwas gemacht ist! Unübertrefflich! Ich verstehe! Zeus als Adler den schönen Ganymedes entführend. Welche Kraft im Flügel und im Stoß, welche Leidenschaft in des königlichen Vogels Begierde. Schon im Fluge, Tier noch, wirft der verliebte Gott seine Maske ab und verrät sich. Köstlich! Ich beglückwünsche Euch zu diesem Besitz, göttlicher Cavalieri, was sage ich, Ganymed!« Und dann, schon im Gehen geschäftig in ein Merkbuch kritzelnd, verließ er den Ritter. Dieser ärgerlich über das Geschehene, ließ satteln und ritt bald nach jenem aus, selbst nach Michelangelos Befinden zu fragen.

In seiner Wohnung fand er ihn nicht. »Er ist in der Sixtina«, gab Urbino Auskunft, »beim Jüngsten Gericht, Herr, er ruht nicht, bis er's vollendet. Redet ihm zu, daß er sich schone. Ihr könnt es. Denn er ist sanft im Grunde. Auf Euch wird er hören.« »Es ist aber Nacht«, sagte Tommaso. »Er macht keinen Unterschied. Es wird auch nie ganz Tag dort in der Kapelle und ist ja alles für Kerzen gemalt.« Tommaso ritt weiter, und es war seltsam zu reiten durch das nächtliche Rom. Die kleinen Pagen trugen Windlichter voran, denn die Straßen waren schlecht und voll Gesindel.

Am Vatikan wurde Tommaso angehalten, aber als er seinen Namen genannt, durch den wachhabenden Offizier der Schweizer auf sein Begehr höflich zur Kapelle Sixtus IV. geleitet und allein gelassen. Der Raum war finster, aber oben in halber Höhe seiner Nacht flackerte ein Licht und wanderte. Als seine Augen sich gewöhnt, erkannte der Ritter, daß Michelangelo dort auf federnden Brettern eines Gerüstes unruhig hin und her ging. Eine seltsame Krone aus Papier, darinnen eine Kerze stak, trug er auf seinem Kopf. Die Schatten des Gerüstes schwankten. Der Alte aber hörte den Kommenden nicht und sprach mit sich selbst. »Immer, immer vom Dunkeln ins Dunkle, einsam nach Dir, von Finsternis zu Finsternis.« Er hielt inne und Tommaso hörte das Knirschen von Michelangelos Daumennagel, damit er im feuchten Bewurf der Wand einer kommenden Gestalt Grenzen umriß. »Kommst du endlich, kommst du aus meinen Händen und schön«, sagte der Alte. Da nun Tommaso begann, sich die Leiter hinaufzutasten, horchte Michelangelo in die Dunkelheit unter ihm, und seine Stimme klang furchtsam: »Ist jemand da unten, bist du's Urbino? Ich bedarf deiner nicht, ich will doch allein sein.« »Meister, ich bin's nur, Tommaso«, sagte der Ritter. Droben blieb es einen Atemzug still. Dann lachte der Alte traurig und hämisch zugleich. Es hallte sanfter zurück von den Wänden. Wieder knirschte der Daumen. »Meister«, sagte der Ritter, »ich bin es wirklich und kein Wahn, der Euch narrt. Doch will ich wieder gehen, wenn Ihr allein sein wollt.« Michelangelo trat nun an die Leiter, als Tommaso fast schon oben war, nahm den seltsamen Kopfputz ab und leuchtete dem Ritter nahe in das Gesicht, ob er es sei. Des Alten Gesicht war von unten beleuchtet und darum fremd, aber jünger im warmen Lichte der Kerze, als im harten Tag, wenn auch noch furchtbar genug. »Was führt Euch so spät in der Nacht zu mir?« fragte er rauh und glücklich zugleich. Er bot dem Ritter den Dreifuß an, den er selten benutzte. Er malte immer im Stehen. Michelangelo, der lediglich einen Leinenkittel trug und wie dieser an den Händen und im Gesicht bunt bespritzt war, setzte wieder seinen Laternenhut auf. »Hier ist Wein«, sagte er, »und weißes Brot, hier ist Salz. Bedient Euch.« Tommaso gelüstete wirklich darnach, denn er hatte seit Mittag nichts mehr gegessen und war müde vom Ritt. Aber da er des Meisters feuchten ledernen Becher ansah, scheute er sich und zauderte, daraus zu trinken. Doch überwand er sich und griff zu. Der Wein reinigte sein Gefühl und sie teilten das Brot. Michelangelo aß laut und redete noch dazu. Krumen hingen in seinem verwilderten Bart und er sog die Schnurrbartenden, die vom Weine troffen, zwischen den Lippen aus. Da spürte aber Tommaso plötzlich die Nähe der Bilder und daß die Wand nicht mehr Wand war, daß sie zur Wolke wurde, zu Himmel. Er sah Gestalten darin und war mitten unter ihnen. Da war Christus, der, aufspringend vom Wolkenthron, und so schien es Tommaso, Halt gebietend, Stille heischend, gleichsam die Welt anhielt mit seinen Händen. Die heiligen Märtyrer, die sich um ihn scharten, schauten fragend ihn an; staunend begehrten sie auf, widersprachen, fast entrüstet. Christus aber sah an ihnen vorbei in die Tiefe, und sein junges Gesicht war freundlich und wie anders besonnen. Tommaso aber, furchtsam bei dem Gedanken: eine Nacht allein mit den Bildern, trat ganz an die Wand und berührte sie ungläubig. Sie war feucht und kalt. Ganz an der Seite, in gleicher Höhe mit dem Ritter kniete ein Mensch, nackt wie alle, Sankt Sebastian stellte er dar. Mit der einen erhobenen Hand ein Bündel Pfeile umschließend, die andere in der Geste des Bogenspannens haltend, konnte er Amor sein. Da sah Tommaso das Angesicht und wußte, daß er es war. Jene schweren Locken waren blond wie die seinen, fast gelb, so war seine Stirn und ein wenig trotzig der Mund. »Das bin ja ich«, sagte er lächelnd und wandte sich zu Michelangelo, der ihm zusah. Und Tommaso berührte abermals scheu die Wand. Der Alte stand schweigend und hielt im Kauen inne. Sein Gesicht war traurig und bleicher als sonst. Und sogleich wandte er sich ab und machte sich heftig mit Farbnäpfen und -tiegeln zu schaffen. Einer entglitt seinen erregten Händen und fiel ins Dunkel. Michelangelo hielt still, bis der Napf in der Tiefe kreischend zerschellte. »Mein teurer Herr«, sagte dann Michelangelo und erhob sich langsam, »ich bitte Euch – verzeiht – jetzt zu gehen.« Sie stiegen hinab. Tommaso, verwirrt, wagte nicht, dem Meister die Hand zu reichen. Er sammelte sich schwer und wußte nicht, was er ihm sage. »Meister«, sagte er schließlich hilflos, »eine glückliche Nacht«, und errötete unter den Worten. »Nacht«, murmelte auch der Alte und blieb zurück. Er nahm den Laternenhut ab. Als sich Tommaso in der Tür umwandte, kniete Michelangelo bei dem zerschmetterten Napf und sammelte die Scherben. Da ging der Ritter traurig. In der Wachstube schliefen die Pagen über dem Tisch. Tommaso mußte sie rütteln, bis sie langsam erwachten. Da sie endlich wieder auf dem Wege waren, sah Tommaso noch immer den alten Meister, der seine Schönheit liebte, allein in der Kapelle, das Flämmchen über seinem Haupt.

IV.

Dies war zu der Zeit, da man in Rom über die beiden zu reden begann. Denn wirklich sah man sie zuweilen miteinander gehen, wenn etwa Tommaso den Alten begleitete. Tommaso hielt ihm auch die Bügel, wenn jener zu Pferd stieg, nach der Sixtina zu reiten. Er sandte ihm besseren Wein und einen goldenen Becher. Und wie denn in Rom alles durch die Augen geschah und aus Lust am Zuschaun – nannte die ewige Stadt doch ein Spötter auch die alleswissende, allgegenwärtige – so geschah es, daß man im Gespräche, wenn gerade von der Vollendung des Jüngsten Gerichtes und seinem Meister, Michelangelo, dem Florentiner, die Rede war, dabei auch Tommasos gedachte. »Ich sah sie«, erwähnte wohl einer, »neulich in die Campagna reiten, die Via Appia hinaus – der Ritter, glaube ich, gräbt dort nach Antiken – ein kurioses Bild. Der alte griesgrämige Mann, mit dem Gesicht so faltig, und der Schöne daneben, seltsam fürwahr!« Und die es hörten, lachten kopfschüttelnd mit ihm. Auch Tommaso hörte davon – Vasari teilte es ihm mit, besorgt um den Meister und seine furchtsame Seele, aber auch ein wenig eitel darauf, alles zu wissen. Zu dieser Zeit nun ging der Ritter zu Michelangelo, ihn zu bitten, daß er ihn zeichne, wenn das Jüngste Gericht fertig sei. Doch traf er den Meister nicht an. Zu Hause nicht – er sei in der Kapelle, sagte Urbino – dort nicht – zu Hause sei er, hieß es. Und auch am andern Tag und ferner, bis Tommaso ahnte, jener wolle ihn nicht sehen.

Am Tag der Enthüllung des Jüngsten Gerichts trauerte der Ritter besonders, daß er Michelangelo nicht könne dienstbar sein, wie sonst. Es war ein dunkler Tag und unaufhörlich rauschte der Regen aufs Dach der Kapelle, da Klerus und Edle, darunter Tommaso, und die Künstlerschaft Roms auf den Papst und Michelangelo warteten. »Nun werden es alle sehen«, dachte Tommaso traurig und sah auf Michelangelos Antlitz, der zögernd unter die vielen trat. Michelangelo sah ihn auch und wandte sich ab. Schüchtern und unruhig stand er neben dem Sessel des Papstes, sichtlich dankbar, daß Vasari auf ihn einredete. Denn alle anderen waren mitten im Gespräch feierlich verstummt, als der Meister kam. Und dann knieten alle nieder, denn der Papst wurde hereingetragen. Er hob segnend die Hand. Es rauschten Seide und Brokat, als sie niederfielen vor ihm und sich wieder erhoben, metallisch klangen Ketten und Degen. Niemand verstand, was der Papst zu Michelangelo sagte, der noch kniete, aber rasch aufstand, als jener das Zeichen gab, das Bild zu enthüllen. Der Vorhang sank und entblößte das Bild, alle konnten es sehen. Die Kerzen, die sich im Wind des fallenden Vorhangs geduckt, beruhigten sich wieder. Die Schauenden blieben stumm. Vasari hustete. ›Dort oben war ich‹, dachte Tommaso, ›und dort ist mein Bild.‹ Es war beinah klein so von unten. Und dann gewannen die Blicke aller Macht über das Werk, sie sahen es an von oben bis unten. Es hielt still. Es bewegte sich nicht mehr und erstarrte, so schien es Tommaso. »Ein historischer Augenblick«, hörte er neben sich sagen und sah besorgt zu Michelangelo. Der saß nun neben dem Papst, der in seinen Sessel zurückgelehnt, langsam und behaglich Kenntnis von dem Werke nahm, das er gefördert. Michelangelo aber, so sah Tommaso, blickte auf seine Hände und errötete unter dem Schweigen so vieler. Als dann endlich der Papst an den Meister sich wandte und freundlich auf ihn einsprach, kam Bewegung unter Klerus und Adel, besonders auch unter die Künstlerschaft, die, um Vasari geschart, immer lauter wurde. Einige stritten sogar schon heftig. Tommaso ging. Und im Vorübergehen vernahm er Stücke von Sätzen »Meisterschaft in den Verkürzungen«, oder »weshalb aber alle nackt?« und »Raffael im Gegenteil hätte...« Es regnete noch immer, als Tommaso nach des Alten Haus ritt, entschlossen, ihn dort zu erwarten. Er wagte es nicht hineinzugehen, schickte Pagen und Pferd heim und wartete.

Er wartete lange im strömenden Regen, bis endlich in einer päpstlichen Sänfte, von Schweizern begleitet, Michelangelo kam. Da öffnete der Ritter den Schlag und grüßte tief. Aber der Alte ging an ihm vorbei ins Haus. Tommaso wartete. Er hörte ein Fenster öffnen und zornig schließen. Er sah nicht auf und wartete. Er hörte harte Schläge von Schlegel, Meißel und Stein. Aber erst, als es bereits dunkel wurde, trat Urbino zu ihm. »Er ist schrecklich«, sagte Urbino, »aber jetzt bittet er Euch hereinzukommen.« »Ich komme«, sagte Tommaso und trat in das Haus.

Michelangelo befand sich in seiner Werkstatt. Er trug wieder seinen Kittel und meißelte an einem kauernden Knaben. Hände und Angesicht waren weiß von Marmorstaub. Als Tommaso eintrat, legte er sein Werkzeug beiseite. Wieder grüßte der Ritter tief. Er sagte leise: »Was habe ich Euch getan, Meister Buonarotti, als daß ich schön bin, denn so sagtet Ihr mir, daß ich sei. Ich kann nicht anders, als immer – seit ich Euch damals kommen sah – ach Meister.« Tommaso hielt inne. Michelangelo aber ging, während der Ritter redete, langsam mit zuckendem Angesicht auf ihn zu. Und da er Tommaso nahe war und sah seine Schönheit, fiel er nieder vor ihm und berührte den Saum seines Mantels.

So begann die Freundschaft zwischen dem jungen Ritter Tommaso Cavalieri und Michelangelo Buonarotti, der ein Greis schon fast war; sie währte dreißig Jahre, bis an des Meisters Tod.

Tommaso war es auch, der, selbst schon ein Fünfziger damals, dem Alten im Kampf um Sankt Peter beistand, die Arbeiten leitete in Michelangelos Sinn, und auch nach dessen Tode. Er half ihm zu Pferde, als der fast Neunzigjährige hartnäckig zu reiten verlangte zwei Tage vor seinem Hingang. Er verließ ihn nicht, als Michelangelo zu sterben begann. Daß es nicht im Schlafe geschehe, möge Tommaso sorgen, im Wachen wolle er scheiden. Und: er solle ihn anschauen, denn solange er Tommaso sehe, sei noch Leben in ihm. Ganz spät noch sagte er zu dem Ritter: »Eine Handvoll Erde, eine Blume, eine Locke von deiner Stirn, Sterbliches also begehre ich hinaufzunehmen, daß ich im Ewigen nie des Schönen vergesse, das ich als Sterblicher sah.«

Er starb. Tommaso aber war bestimmt, das Erbe zu wahren. Mit seinem Ringe, ein springender Hund war darein geschnitten, das Wappen der Cavalieri, versiegelte er das Haus.

DER ARME CHATTERTON
Geschichte eines Wunderkindes

Thomas war noch ein Kind im Mutterleibe, als sein Vater, der Küster Chatterton, ohne irgendwelche Vorzeichen plötzlich und unter bösen, für seine Angehörigen beschämenden Umständen am 7. August 1752 den Geist aufgab. Es geschah im Rausch und ganz anders, als er selbst erwarten durfte. Küster Chatterton nannte sich Chiromant und Sterndeuter, und er glaubte fest an seine Kunst, besonders, wenn er sie auf sein eigenes Leben anwandte, und er wandte sie eigentlich nur mit Bedeutung auf sich und seine Zukunft an. Auf dem Turm des alten roten Domes St. Mary Redcliff, wo er beamtet war, arbeitete er mit ziemlich unzulänglichen Instrumenten – einem Teleskop, einem Sextanten – am Glücke seines Lebens. Er nannte dies vor jedermann ›arbeiten‹, obwohl er doch nur spielte: mit den Sternen und vorzüglich mit dem Mond, der ihm, so meinte er, ganz besonders freundlich gesinnt war. Er stellte auch umständliche Berechnungen an, die er aber willkürlich mit Zahlen begann, die er liebte, zum Beispiel Ziffer 3, 6 und 9. Sie hieß er sich paaren und teilen und vervielfachen, so lange, bis eine ihm angenehme Lösung gefunden schien, etwa sein zukünftiges Alter, das sich auf runde neunundneunzig Jahre belaufen sollte. Auch betrachtete er immer wieder seine Hände mit Wohlgefallen.

»Susanne«, sagte er einmal zu seiner Frau, die klein und eingeschüchtert zu ihm aufsah, »Susanne, es tut mir leid, es dir sagen zu müssen, aber bei den Sternen, du wirst früher sterben als ich.«

Er sagte es mit seiner lauten, aufdringlichen Stimme und betrachtete eitel das Pergament, worauf er seine Zahlen schön ins reine geschrieben hatte. Denn er gab viel darauf. Das Pergament zog er dem Papier vor, da er eine starke Abneigung gegen Vergängliches hatte, besonders gegen allen Tod, obwohl seine Ahnen sämtlich und somit auch er sozusagen vom Tode gelebt hatten. Die Chattertons waren von alters her bis auf ihn Totengräber in St. Mary Redcliff gewesen. Es war ein erbliches Privileg der Familie und noch in ihren Händen: John Philipps, des Küsters Schwager, hatte das Geschäft übernommen.

Susanne nahm die Prophezeiung, daß sie früher sterben werde als Chatterton, fast gleichgültig hin, und es blieb ihr davon nur die Unruhe, auf jeden Fall alles im Hause stets fix und fertig zu halten, als sei jeder Tag der letzte in ihrem langen, traurigen Leben. Sie hatte keine Angst vor Chattertons Worten, mehr vor seinem Anblick und der Nähe seines Körpers. Es war freilich nichts Schreckliches an ihm wie an seinen Ahnen, die alle bei ihrem düstern Handwerk und dem steten Umgang mit dem Tode und der Erde etwas damit Verwandtes bekamen als Diener der Schatten. Sie betonten es gar wohl, wie der dürre John Philipps tat, dessen lautloses Vorsichhinlächeln, dessen lichtempfindliche Augen, dessen knöcherne Farbe und knackende Hände oft des Küsters schallendes Gelächter jäh und ärgerlich verstummen ließen. Denn Chatterton war ein großer, zuversichtlicher Mann, der Platz brauchte und beanspruchte, rötlichblond und sommersprossig, auch auf den Händen, ein Mann, dem immer leicht zu heiß wurde, so daß er sich aufknöpfte. Es klatschte breit, wenn er mit seiner roten Hand flach so auf den Tisch schlug, daß sie einen Augenblick weiß davon wurde, und die Glocken von Redcliff läuteten am heftigsten von allen hundert Kirchen in Bristol.

Chatterton war tot. Mitten im Trinken, als er sich anschickte, den größten Humpen im ›Tannenzapfen‹ auf einen Zug zu leeren, kam sein Körper ins Schwanken, und während seine großen Hände den Krug verlassend in den Tisch sich krallen wollten und kratzend darüber hinfuhren, fiel er vom Stuhl. Der Küster starb ohne Vorzeichen, und wenn Susanne später in ihrem Gedächtnis jenen Tag durchforschte von früh an und Chatterton sich vorstellte, wie er sich erhoben hatte und dann geräuschvoll und verschwenderisch sich wusch, mit huscherndem Behagen sein dampfendes Gesicht trocknete, ein wenig mit der dreijährigen Mary spaßte (die dann gewöhnlich zu weinen anfing), wie er aß, mit vollem Munde immer von sich redend, dann begriff Susanne nicht, daß er nachts darauf mit ganz verändertem, entfremdetem Gesicht ihr tot ins Haus gebracht werden konnte.

Ganz deutlich blieb ihr seine letzte Gegenwart, ehe er wie fast täglich zum Stammtisch in den ›Tannenzapfen‹ ging. Sie hörte auch noch seine Worte. Er saß ihr, die an einem Rocke nähte, gegenüber, und wie so oft in seinen Pergamenten blätternd, blickte er auf einmal auf.

»Mir schwebt«, sagte er prophetisch lächelnd, »mir schwebt ein Bild –«

In diesem Augenblick aber, als er sich entzückt zurücklehnte, als führe er in einer königlichen Karosse mit sechs Pferden davor, als er den Rauch der dünnen weißen Tonpfeife mit breiter Hand zerteilte und ganz glücklich war, in dem Augenblick beugte sie sich vor und biß den Zwirn ab. Erst danach erinnerte sie sich, daß das Geräusch dabei Chatterton so ärgerte, daß er sich finster erhob und ohne weiteres zum Ausgehen rüstete. Sie ließ ihn mit dem dünnen, verstellten Lächeln der Gekränktheit gehen. Sie hörte als letztes noch sein zorniges Läuten von St. Mary herüber. »Oh«, sagte sie, »geh nur und trink!« Und sie wünschte sehr, er möchte wieder wie so oft hilflos betrunken nach Hause kommen und dann ganz auf sie angewiesen sein.

Einmal hatte er sie geschlagen. Sie mußte jetzt lachen, wenn es ihr einfiel. Und es fiel ihr oft täglich ein, wenn sie Clarkes Biblische Geschichte zur Hand nahm, Faden über einen Stern aus Pergament wickelte oder eingemachte Gurken zuband. Denn das Pergament des Einbandes wie der Einmachgläser erinnerte sie an die Geschichte mit Meister Canynges Truhen und der damit verbundenen argen Demütigung Chattertons. Er hatte sie entdeckt zwischen Gerümpel im Redcliffdom. Die Truhen, uralt, sieben an der Zahl, waren verschlossen, eine jede mit sieben Schlössern, die Schlüssel dazu waren abhanden gekommen. Das Wichtigste war: Sie trugen William Canynges Wappen, jenes großen Bürgermeisters von Bristol, des Freundes König Heinrichs des Sechsten. Canynges rotes Haus stand noch, das Volk ehrte seinen Namen.

Drei Tage lang sprach ganz Bristol nur von Chatterton und seinen Truhen und was denn wohl darinnen sei. Susanne sah ihren Mann kaum. Denn er stand immer irgendwo auf der Straße, umringt von Bürgern und mit lauter Stimme redend. Nach seiner Meinung enthielten die Truhen natürlich Gold, Edelsteine, Geschmeide, vielleicht auch wichtige Vermächtnisse. Er sah darin den Beginn seines Ruhmes und Aufstieges und, von dem Glanz seines innern Gesichtes erleuchtet, erschien er auf einmal fast schön. Susannes Vorschlag, die herrenlosen Truhen erst doch einfach aufzumachen und nachzusehen, widersprach er heftig. Seiner Anregung verdankte man es vielmehr, daß die Truhen Meister Canynges im Beisein des Bürgermeisters, der Geistlichkeit und des Adels unter einer von Chatterton entworfenen Zeremonie (bei der die Armenschüler der Colstonschule einen Choral zu singen und der Küster Herrn Canynges sagenhafte Verdienste um Bristol zu würdigen hatte) feierlich geöffnet wurden. Chatterton öffnete sie persönlich mit erregten Händen.

Aber die Truhen enthielten kein Gold oder Geschmeide, sie enthielten ziemlich nichtssagende, wenn auch auf Pergament kunstvoll geschriebene geistliche Urkunden, Briefe, Rechnungen, denen der Modergeruch der Zeiten Heinrich des Sechsten entströmte, enthielten also Makulatur.

»Na, Chatty«, sagte Susanne lächelnd, als der gedemütigte Küster nach Hause kam. Sie wußte es schon. Er aber schlug sie schwer mitten ins Gesicht. Die Truhen standen von nun an offen, und wer wollte, konnte davon nehmen; der Küster für seine Aspekte, Susanne für ihre Gurken.

Chatterton war tot. Philipps begrub ihn. Aber dennoch blieb er gegenwärtig, nicht allein unter Susannes Herzen, wo das Kind in ihrem Leibe sie gleichsam von innen schlug und stieß, so daß sie, oft die Augen schmerzhaft schließend, sich knapp auf die Lippen biß und mit der Hand nach ihrem Herzen griff, sondern überall in dem kleinen Hause. Jedes Buch trug seinen vollen Namen, jeder Löffel, von ihm selbst graviert, alles Zinngeschirr im Hause. ›Dieser ist Chattertons Stuhl‹ war groß in eine Lehne geschnitzt und von seiner Hand. Chatterton! dachte sie unruhig, wenn der Dunst von Tabak und Wein sie anhauchte, und sie schauderte, weil es damals, als sie sich – sie wußte es nicht anders – schreiend über den Toten geworfen hatte, sie so angeweht hatte. Da der Küster außer Schulden ihr nichts hinterlassen hatte als das krumme, winzige Haus, richtete Susanne eine Nähschule für junge Mädchen darin ein. Nun war die Stube erfüllt von den Lauten dieser Arbeit, dem Knirschen der Schere durch Seide und Reißen von Kattun, dem weichen Fall eines Restes, und immer steckten Nadeln vorn in Susannes schwarzem Brusttuch. Sie war glücklich, wenn sie nichts anderes wußte als Nähen und die blanke Nadel wandern und ihre Hände über feinem, teurem Zeug sich regen zu sehen. Wenn sie am Ende einer Naht den Zwirn abbiß, erschrak sie.

Chatterton hatte prophezeit, das Kind werde wieder ›nur‹ ein Mädchen werden. Aber am Abend des 20. November 1752 gebar Susanne einen Knaben, den sie nach dem Vater Thomas nannte. Es war Vollmond, und Susanne sah von ihrem Bett aus ein großes, sehnsüchtiges Gesicht von erborgtem Lichte leuchtend gerade über dem Dom schweben und fürchtete sich vor ihm. Frau Edkins stand ihr bei, eine junge, hurtige Nachbarin mit pfiffigem Gesichtsausdruck, die sich etwas darauf zugute tat, in ihrem Leben schon unsäglich viel Schweres durchgemacht zu haben. Auch jetzt, während sie rasch und zuverlässig hantierte, erzählte sie davon. Noch jemand war in der Stube, die uralte Frau Chatterton, des Küsters Mutter. Sie sah nur zu von einem Stuhle, den sie in die äußerste Ecke ins Dunkel gerückt hatte. Denn sie lehnte jede Verantwortung ab. Frau Edkins aber sprach heute von unglücklichen Geburten, deren Zeugin sie leider allzuoft gewesen war. So habe eines Sheriffs Tochter ein Mädchen mit zwei Köpfen und ach! tot zur Welt gebracht, und eine andere Frau, eines gesunden Knaben ledig, sei gleich danach in Wahnsinn verfallen. »Wie traurig, nicht wahr!« setzte sie hinzu. Vom Eifer des Erzählens bekam sie immer rote Bäckchen, und ihre begierigen Augen glänzten.

»Ist es noch nicht bald vorüber«, sagte die Alte verdrießlich, »es ist ja nicht auszuhalten. Wenn das nur gut geht!«

Susanne getraute sich nicht zu schreien, einmal, damit die kleine Mary nebenan nicht davon erwache, vor allem aber der Nerven der alten Frau Chatterton wegen.

»Susanne«, sagte diese, an einem Brote kauend, als sie in ihrer Ecke das leise Wimmern der Gebärenden vernahm, »ich bitte dich herzlich, nimm dich etwas zusammen. Ich vertrage nicht viel und kann in meinem Alter wohl etwas Rücksicht verlangen.« Dabei kraulte sie den weißen Kater, der schnurrend in ihrem Schoße lag.

Als Thomas endlich mühselig zur Welt gebracht war, atmete er nicht und würde es wohl auch nie getan haben, da Frau Edkins, ohne zu verstummen, ihre ganze Sorgfalt an die fast verlöschende Susanne wenden mußte, wenn nicht John Philipps, sein Grabscheit auf der eckigen Schulter, gerade im Vorübergehen zum Fenster hereingeschaut hätte.

»Ach Gott, ach Gott«, sagte die Alte, »jetzt kommt schon Philipps.«

Der Totengräber aber nahm sich, wie immer lautlos lächelnd, sachkundig des kleinen Thomas an, indem er ihn, zum Entsetzen der Alten, an beiden Beinen faßte und, des Platzes wegen ins Freie tretend, gleich einer Keule kreisend um sein Haupt schwang, ihn also erst zum Leben zu erwecken. Auch Susanne vergaß es nie, wie angesichts des Mondes und von ihm fahl beschienen Thomas' kleiner Körper durch die Luft wirbelte. Sie sah sein Haar flattern, denn er war mit langen, messinggelben Haaren geboren, was Frau Edkins zu allerlei unglücklichen Deutungen für seine Zukunft Anlaß gab. Susanne sah ihn atmen, als Philipps ihn daraufhin dick in Windeln packte, um ihn so (in diesem Augenblick verließ Frau Chatterton das Zimmer) ohne weiteres in das warme Ofenrohr zu schieben, darin Thomas alsbald mit leiser, heiserer Stimme kläglich zu schreien begann. Zufrieden entfernte sich Philipps. Er nickte, das Grabscheit auf der Schulter, noch kurz und knapp zum Fenster herein, ehe er mit raschen, huschenden Schrittchen im Schatten des Domes verging. Als es dann still geworden war (Frau Edkins war in einem Stuhle eingenickt), vernahm die erschöpfte Susanne vom nahen Gottesacker her das knirschende Geräusch von John Philipps' Schaufel und das Aufwerfen der Erdschollen.

Anfangs erinnerte sie des kleinen Thomas' Gesicht an das seines Vaters, namentlich durch die gesunden Farben der Wangen wie durch die Schönheit und den hoffärtigen Ausdruck seines Mundes. Aber die Augen waren anders. Sie stimmten nicht dazu. Sie hatten nach Philipps' Aussage die Farbe von Schieferdächern bei aufziehendem Gewitter und waren nicht leicht je wieder zu vergessen. Zudem waren sie ungleich, das rechte war ein wenig größer. Sie weinten oft. Sie waren zu finster, zu bedrohlich aus der Tiefe für das gelbe Haar, das störrig in geknickten Halmen sein rundes Gesicht umstand, wie aus Stroh gemacht. Brauen und Wimpern aber waren fast weiß.

Mary spielte nicht gern mit dem Bruder, so zärtlich sie ihn liebte; ja, wenn er so dalag und nur schaute, von ganz weit her, legte sie ihre possierlichen kleinen Hände auf seine Lider, damit sie sich schlössen. Alle liebten ihn, solange er ein Kind war, alle die nähenden Frauen und Mädchen, aber am meisten liebte ihn der karge Onkel Philipps, der ihn bald mit sich ›in seinen Garten‹ nahm, wenn Tom auch eigentlich viel lieber im Zimmer spielte. Für Mary konnte eine Blume oder ein Kochlöffel sehr wohl eine Puppe sein, die, in eine Schachtel gelegt, in ihrer Wiege schlief, mit einem Kartenblatte zugedeckt. Für Tom dagegen konnten die Dinge nicht einfach etwas anderes vorstellen, und die Spielkarten aus Vaters Rock (der noch im Spinde hing) blieben Karten mit flachen, bunten Königen darin, Doppelgestalten, die ihr eigenes Bild, gleichsam bis an die Hüften in einem Weiher stehend, seltsam verkehrt widerspiegelten. Er nahm es auch wörtlich, als Mary ihm das Bild des Vaters zeigte und sagte, dies sei sein Vater. Von nun an war das Bild sein Vater; Tom war eines Bildes Sohn. Daß Mary nicht gern mit ihm spielte, daran waren nicht nur seine nächtlichen Augen schuld, in die sie furchtsam sah wie durch ein Schlüsselloch in ein dunkles Zimmer. Mühelos verwandelte das kleine Mädchen etwa einen der steilen Stühle mit dem strohgeflochtenen Sitz in ein Pferd, den umgekehrten Kindertisch dazu in einen Wagen, das Brüderlein darin spazierenzufahren. Unglücklich aber und ganz betroffen saß Tom in dem also leichtfertig entehrten Tisch, der, gleichsam alle viere von sich streckend, auf dem Rücken lag und Wagen spielen mußte.

Frau Susanne liebte Tom ängstlich, ohne zu ahnen, was ihn eigentlich so von Marys reizender Phantasie unterschied, wenn sie auch verwundert einsah, in welch scheuem, geradezu ehrfürchtigem Verhältnis der Knabe zu allen Gegenständen und Werken von Menschenhand zu stehen schien, so auch zu ihren Kleidern, bei deren mühsamer Entstehung er stundenlang zusah bis zu ihrer festlichen Vollendung. Das Antlitz des Teekessels, die Person der Standuhr fesselten ihn. Wenn Marys Bett ein Schiff sein konnte, so liebte und fürchtete er das seine, weil es eben kein Schiff, sondern ein Bett war. Tom war ein Ding, brüderlich unter seinesgleichen.

Frau Susanne diente zu ihrem Beruf eine Anprobepuppe, aus Rohr geflochten, lebensgroß. Der Kopf war steif aus Holz geschnitzt mit gläsernen Augen und echten Wimpern. Das Gesicht war regungslos, weiß und (nach der Mode) wie gepudert, desgleichen das wirkliche Haar. Tom kroch zuweilen darunter wie unter ein Zelt und saß dann lange still in Dämmerung und Duft eines neuen, schönen Kleides. Er konnte darin aufrecht stehen, und zuweilen wandelte er darin langsam in der Stube auf und ab, wunderlich anzuschauen. Tom hatte die Puppe lieb und nannte sie Ellinor.

Er unterschied auch deutlich zwischen Spielzeug und verantwortlichen, schon erwachsenen Gegenständen; doch über alles ging ihm der Dom, der an sonnigen Tagen die Stube mit seinem roten Schein erfüllte, dessen Schatten so früh darin Abend werden ließ. Als Tom fünf Jahre alt war, verlor er sich denn auch einmal darin, das Mittagessen vergessend, und seine Mutter fand ihn endlich wie schlafend mit geschlossenen Augen, regungslos flach an der Wand, ein lebendes Epitaph in der roten Dämmerung des frommen Raumes stehen, die Hände, wie ein Buch geschlossen, steil vor der kaum atmenden Brust. Er erwachte durch Anruf aus der Erstarrung und brach in Tränen aus.

Frau Edkins, die am Leben des Knaben, das vor ihren Augen unglücklicherweise mit einer Art Tod begonnen hatte, stets neugierigen Anteil nahm, machte, als sie von Thomas' Gebaren erfuhr, eine so eindeutige Geste vor der Stirn, daß die Nähschülerinnen und vor allem die alte Frau Chatterton das Kind mit abergläubigem Entsetzen betrachteten. Dazu kam, daß Tom, der bald darauf lesen und schreiben lernen sollte, schon nach wenigen Tagen vom Lehrer nach Hause geschickt wurde, da er zu dumm dazu und überdies gar noch widerspenstig sei. Neben dem Geräusch des Griffels auf der Schiefertafel war vor allem das spitze i schuld an Toms Widerstand. Denn er begriff nur zu wohl den Buchstaben und was er in seiner Splitternacktheit aussagen mußte. Die ganze Tafel war voll davon und schrie ihn an. Da weigerte er sich einfach, lesen und schreiben zu lernen. »Ich will doch nicht«, rief er außer sich, wie sehr ihn der Lehrer schlug. Die betrübte Susanne nahm ihn deshalb ernstlich vor, aber während sie ihn wegen der Schande schalt und beschwor, zog er die Nadeln, die gerade über ihrem Herzen wie stets im schwarzen Brusttuch staken, eine nach der andern behutsam heraus und umarmte tröstlich die Unglückliche.

Dennoch lernte er bald lesen. Sein Name Chatterton war das erste, was er las. Das Wort stand tief und kunstvoll in die Lehne des Stuhles eingeschnitten, auf den sich nicht gern jemand setzen mochte außer Tom. Denn es stand daran noch immer: ›Dieser ist Chattertons Stuhl.‹ Das Bild des Namens erkannte Thomas auf allen Löffeln und Tellern als fast genau so wieder. Davon verwirrt, fragte er, welcher nun der richtige von allen sei, der eigentliche, der galt, und entschloß sich, als er das verständnislose Gesicht seiner Mutter sah, für den an dem Stuhl. Er begehrte nun etwas Ähnliches für seinen Vornamen Thomas und grub alsbald ein selbsterfundenes Zeichen, einer Schrift nicht unähnlich, aber nicht von links nach rechts abzulesen, sondern auf einmal zu begreifen, in die Mitte seines Tisches ein. Es glich am ehesten einem Auge.

Eines Tages aber benutzte Susanne zum Einmachen wieder einige jener Pergamente aus Meister Canynges Truhen, davon noch ganze Stöße auf dem Speicher lagen. Sie war in der Küche gerade dabei, nachdem sie einen grauen, blau verzierten Topf mit gefeuchtetem Pergament zugebunden, die so entstandene Krause mit der

Schere säuberlich zuzustutzen, als Tom dazukam. Es waren aber große, bunte Initialen darauf gemalt, und die Schere schnitt sie mitten entzwei.

»Nicht! Tu ihm nichts!« schrie Tom schmerzhaft und stampfte heftig mit den Füßen.

»Ach Gott, der Junge«, klagte Susanne und dachte an Chatterton, seinen Vater. Aber sie gab ihm die übrigen Bogen und auch das verletzte Bild, daß er es heile. Nach diesen Initialen, die ihm als das zauberische und erhabene Vorbild jener erbärmlichen Schreibebuchstaben erschienen, lernte er nun mühelos lesen, und Philipps half ihm dazu. So war es leicht, sie um der Schönheit willen zu behalten, zu lesen und zu lieben. Jedes Wort wurde ihm von nun an eine Beziehung von Bildern, ein Reigen von bunten Königen, Heiligen, Tieren, Hand in Hand wandelnd und im Chore mit ihm das Wort sprechend, das: Haus, du, ist, war, schön, Thomas oder Bristol bedeutete. In Clarkes Biblischer Geschichte erinnerte er sich dann ihrer, wenn auch in ärmeren Symbolen, und, langsam erst, begannen jetzt alle Bücher mit ihm zu reden und sich mitzuteilen. Und es war ihm gleich, ob er ein Buch richtig oder verkehrt hielt, er las alles gleich fließend, selbst Spiegelschrift, ja ohne etwas dabei zu finden, bis er merkte, daß die andern das nicht so konnten. Eifersüchtig hütete er die Pergamente, er schlief mit ihnen. Sie, der Dom, darin er nicht anders las als in Büchern, und die Grabsteine in Philipps Garten waren nicht alt und verjährt, sie waren gegenwärtig, gleichzeitig, und was darin geschehen war, geschah für ihn jetzt und immer von neuem in einem großen, ewigen Augenblick. Mit lauter Stimme las er, sobald er allein war, was ihm die alten Schriften befahlen, auch wenn es etwa nur das ›Inventarium‹ war, »welches auf hochselig erfolgtes Absterben des ehrbaren Meisters William Canynge war aufgerichtet worden, kund und zu wissen denen, so daran gelegen«. Er las alles mit unerschütterlicher Gewißheit, auch wenn er es nicht verstand, ob es nun die

Hinterlassenschaft an verzinslich angelegten Kapitalien oder an Schaugeld, an Pretiosis, Geld oder weißem Silber betraf oder die drei Seiten lange Aufzählung von Kleidern (ein gelbtuchener Überrock, dito ein silberfarbzeugener mit goldenen Quasten, ein paar rotsamtne Hosen), ob Betten und Federwerk, Zinn, Kupfer, Mössing (nach Gewicht verzeichnet). Er las, was Meister Canynge an Uhren, Malereien, an Kutschen und Parutschen, an Weinen und Fässern, an Schreinwerk und Hausrat besaß, und sein Herz berauschte sich an dem Reichtum, als sei dies alles sein, wie arm er auch von Hause war.

Onkel Philipps und Tom waren einander zugetan. Auch der Totengräber hatte keine Lust am Lebendigen, und wie er vielen unheimlich war und darum einsamer als irgendwer in Bristol, da jeder sich von ihm begraben fühlte, tat er sich freundlich dem Knaben Thomas auf. Philipps war der einzige, der sich nicht über ihn oder irgend etwas wunderte, gar nach Gründen fragte, gefeit durch die Weisheit des so nah befreundeten Todes. Sie hatten ihre eigene Sprache miteinander, die Redcliffsprache, die sie der Umgang mit der Kirche und deren Wappen und Denkmälern lehrte. Ein solches Wappen oder Denkmal mochte die schließliche Wohnung für die Namen eines Geschlechtes sein, und es schien mit Absicht dafür gesorgt, daß nicht jeder sie verstehen könne. Durch ganze Geschlechter wanderte ein Schwert, einmal mit einer Rose (einer roten da, dort einer weißen) oder mit einem Turm, einem Einhorn sich verbindend oder mit goldenen Kugeln, einem Hammer auf blauem Grund, einem Knaben, der, aus einer Blüte sprossend, ein Birkenblatt in der Hand hielt.

Dort lag auch Meister William Canynge, im Schlafe betend, auf einem schweren Sarkophag. »Der Turm ist von ihm«, sagte Philipps und legte seine Hand mitten ins Gesicht des steinernen Mannes. Canynge war aus demselben Stein gemacht wie die Kirche, aus demselben Redcliff, der auf irgendeine Art, nach der Tom nicht fragte,

Mann geworden war oder sich nur so gab, und es war natürlich, daß Canynge zum Bau des Turmes vom gleichen Steine nahm, aus dem er selbst war.

Thomas kannte sie alle, wie sie hier lagen, aus seinen Pergamenten: William Coke, jener Koch, der einen ganzen Ochsen in eine handtellergroße Pastete zu verwandeln wußte (die Abrechnung darüber lag Tom vor), Gardener, der Almosenier, und Butly daneben, des großen Mannes getreuester Kammerdiener. Canynge zur Seite aber lag seine Frau, fast ein Mädchen noch, mit schmalem, demütigem Gesicht und mit Händen, die zerbrochen waren unter der Mühsal des Steines, ihr Bild so still und fein zu bauen. Zur andern Seite aber ruhte ihr ein Mönch, ein Buch fest zwischen den betenden Händen. Schlafend auch er oder vielmehr, als tue sein steinernes Antlitz nur so. Er hatte keinen Namen. Aber alles an ihm war deutlicher, näher als an irgendeinem der anderen, besonders aber sein hoffärtig lächelnder schöner Mund.

Bald wußte Tom Stunde und Jahreszeit, wenn für Augenblicke die grauen, staubigen Strahlen der Sonne Gesichter und Hände der Steine beschienen, die er liebte. Dort las er oft in den alten Büchern oder auch, ganz fern zu sein, oben im Turm, an der Stelle, wo einst seines Vaters Instrumente gewesen, ihm zu Häupten die Glocken.

Der Turm war breit, schwer und rot und nicht wie von kleinen nachgiebigen Menschenhänden gebaut, nicht durch Wesen aus verdächtigem Fleisch, sondern von Bergen erdacht, vom Donner aufgerufen, ans Licht gestiegen und gewachsen aus unendlichen steinernen Tiefen zu einem gewaltigen Kristall, ganz der Sehnsucht des Steines folgsam. Ihm zu Füßen lag Bristol, Dach an Dach, von starken Mauern umgürtet, über sieben Hügel hin. Da stand Susannes kleines Haus, schmal mit eingesunkenem Dachgrat, schier erdrückt durch die größeren Nachbarn. Nahe floß der gelbe Avon, den Redcliffhügel von den andern trennend. Dort lagen die Stapelplätze und Reedereien, dort war noch die alte Bristolbrücke, darauf die Goldschmiede, Tändler und Buchhändler wohnten. Schiffe und Häuser berührten sich dort. Möwen flogen um den Turm, kreischend wie Dohlen, und ein Geruch von Teer und Tang wehte herauf. Denn das Meer war nahe. Ringsum aber, weiterhin allmählich verblassend, war alles wie bestäubt vom Rot der Redcliffkirche, das, im Regen und Wind der Jahrhunderte abgescheuert, überall eindrang. In der größten Glocke fand Tom, einst heimlich eingeritzt von seines Vaters Hand, den Namen CHATTERTON, damit alle Welt ihn im Geläute hören solle.

Sobald Thomas morgens erwachte, was schon geschah, da es noch dunkel war und die Bäckerbuben pfeifend durch die leeren Gassen trabten, fiel ihm das Lesen ein. Aber da er schon damals nie alleine schlief, also jede Nacht seines Lebens mit dem Atem eines andern, dazu fast immer unverlangten Menschen zu teilen notgedrungen war, schlich er sich im Hemd hinauf in die enge, windschiefe Bodenkammer, um zu lesen. Als Beleuchtung dienten ihm die grünen Stümpfe herabgebrannter Altar- und Totenkerzen, Geschenke Onkel Philipps, die allerdings oft nur für eine Seite reichten. Tom saß auf dem Fußboden als einziges Ding im Raum und war der nächtlichen Kühle halber von dem viel zu großen ziegelroten, mit Silber verbrämten Feiertagsrock, den sein Vater als Hochzeitsbitter getragen hatte, wie von einem Zelt umhegt. Wachsam der Kerzen letztes Flackern auf einen neuen Stumpf hinüberrettend, las er ernsthaft und laut die alten vergilbten Rechnungen und umständlichen Schuldverschreibungen Wort für Wort, las er späterhin, was er irgend an Gedrucktem und Geschriebenem fand, und es begannen sich in seine Rede ganz von selbst längst veraltete Worte und Wendungen zu fügen, als: ergel, hinfüro, sintemalen oder obgemelt, meniglich, ohngeacht, was sich seltsam genug darin ausnahm, da er doch ein Kind noch war von nicht ganz acht Jahren. In der

Dachkammer lernte er auch schreiben, doch glich dabei kaum ein A dem andern. Besonders übte er die Kunst, auf die verschiedenste Art und Weise den Namen Thomas Chatterton zu schreiben, wild und sanft, stolz und schlicht. Aus Ehrfurcht vor den Pergamenten benutzte er als Schreibfläche die kahlen Wände der kleinen Kammer. Also schmückte er sie mit einer Tapete nach seiner Weise. Ungern nur unterbrach er sein Spiel, und wenn er zum Essen gerufen wurde, tat er es lustlos und mürrisch, mehr Susanne zuliebe. Um ihretwillen ließ er sich zuweilen auch herbei, mit den ihm fremden Altersgenossen zu spielen, und er wußte, als gebe ihm der Geist der Pergamente, deren immer welche aus seinen Taschen schauten, die Kraft dazu, die Kameraden sich so untertan zu machen, daß sie ihm, dem Ärmsten unter ihnen, gleich einem großen Herrn als Koch, Almosenier und Kammerdiener zu Diensten waren. Sein Ernst und seine Würde dabei schüchterten sie ein. Nie auch sah man ihn aus der Rolle des reichen Mannes fallen, nie verriet er sein Amt, auch hinterher nicht, als sei eben doch alles nur Spiel und Zeitvertreib. Von seinen Dienern gefolgt, die den Saum seines Mantels mit scheinheiliger Beflissenheit trugen oder unter übertriebenem Getue kichernd als Mundschenken und Haushofmeister Seiner Gnaden sich wunder wie dicke taten, schritt Thomas mit Anstand und versonnen in der Mitte der Straße, über die Bristolbrücke, die er lieb hatte um ihrer krummen kleinen Läden willen, und wo er sicher war, daß Mister Goodals schmutziges Gesicht sich tief vor ihm und ernsthaft wie vor einem Großen verneigen würde. Samuel Goodal war des kleinen Chatterton Buchhändler, und Tom ward von ihm, wenn auch als kleinster und bescheidenster Kunde, wohl bedient.

»Diener!« sagte der Alte.

»Sieh da, Mister Goodal«, erwiderte Tom mit freundlicher Herablassung, »lasset mich sehen, was Ihr Schönes habt.«

Und es staunten Almosenier und Stallmeister, Mundschenk und Truchseß, wie vertraut ihr Spielkamerad mit den alten Schwarten umzugehen wußte, schließlich sogar um ein paar Pfennige ein verachtetes, stockfleckiges, wurmstichiges Exemplar vor ihren Augen erwarb und sie lächelnd entließ.

Thomas war bei aller Armut dank Susannes Fingerfertigkeit immer kleidsam angezogen und gab viel darauf. Sein gelbes, widerspenstiges Haar und seine nächtigen Augen waren ihm geblieben, sein Mund aber war wie einst hochfahrend und verschlossen. Lächelte er, so war es ein träumerisches Lächeln, das behutsam anhub und aufblühte, bis die blaßgrünen Monde am Beginn seiner schönen Zähne sichtbar wurden, das wieder langsam verging, sich wieder schloß. Die Nähmädchen sahen es, aufschauend von ihrem Schoß, und begannen ihn anzureden, ja sich ihm zu nähern, über sein Haar zu streichen, der lesend am Fenster lehnte. Aber Tom, gestört, fuhr böse unter sie, und der sonst so Sanfte schlug mit Elle und Buch blindlings nach Gesichtern und Händen der Mädchen, daß sie kreischend mit überreiztem Gelächter auseinanderstoben.

Damals wurde Susanne das große Glück, daß auf Grund freundlicher Bemühungen einer ihrer Kundinnen Thomas in die Colstonschule aufgenommen wurde, in jene wohltätige, fast klösterliche Anstalt, darin die hundert ärmsten Knaben von Bristol und Umgebung nach des Stifters letztem Wunsch ohne Entgelt in strenger Zucht und Frömmigkeit sieben Jahre lang meist auf den kaufmännischen Beruf vorbereitet wurden. Sogar die Kleidung wurde gestellt, eine Art Uniform: türkisblauer Rock und Kniehose bei schwefelgelben Strümpfen.

Wenige Tage bevor Thomas dort eintrat, wurde er von seiner Mutter über Land geschickt, daß er auf einem Edelsitz eine bestellte Arbeit abliefere. Es handelte sich um ein überaus zartes, jungfräuliches Kleid, das für ein verwöhntes kleines Mädchen bestimmt war. Thomas trug das leere, leichte Gewand mit zärtlicher Vorsicht, als er zur Stadt hinauswanderte. Er hatte es entstehen sehen unter Susannes Händen. Ellinor hatte es getragen, und er gab es ungern her. Wenigstens begehrte er zu wissen, wer nun das Schöne anhaben dürfe. Er zweifelte fast daran, daß man es über sich bringen könne, es überhaupt anzuziehen. Und da er es auf den Händen trug, dessen Spitzen leise atmeten, und nahe an das Schloß gekommen war, sah er auf dem Rasen davor um den gedeckten Tisch eine Teegesellschaft sitzen. Der durchsichtige Rauch der Holzkohlen unter dem Samowar stieg zitternd auf, und ein livrierter Diener kniete davor und fachte die Glut mit dem Blasbalg an. Ein Mädchen aber, zwölfjährig etwa, ging um den Tisch und schenkte Sahne ein, während ein Windspiel sich geziert an ihr Kleid schmiegte. Als sie mit ihrer sanften Tätigkeit zu Ende war, ordnete sie die Rosen ein wenig, daß sie lockerer im Glase ständen. Erst jetzt wurde sie Thomas gewahr, erkannte, was ihn herführte, und ging auf ihn zu. Er spürte es kaum, als sie das Kleid mit flachen Händen von den seinen hob. Sie dankte ihm artig, und er verneigte sich tief vor ihr. Einen Augenblick stand sie noch, als wolle sie ihm etwas Freundliches tun, aber Thomas wandte sich schon und ging seiner Wege.

Da er wieder durch die Landschaft wanderte, spürte er auf einmal, wie allein und klein er darin sei, nun das Kleid nicht mehr bei ihm war. Seine Arme waren noch müde davon. Er sah erst jetzt, wo er nun eigentlich ging, und wie schrecklich hoch der Himmel über ihm war, wie schwer und begehrlich die warme Erde unter seinen Füßen ihn anzog. Es war aber eine Stille, so groß, daß Tom sich zuweilen danach umwandte, und er begann, schneller zu gehen. Er vermied den Wald, dem Unsichtbaren zu entrinnen, das er überall spürte und das besonders bei den Bäumen war, und wie er es tat, sah er auf einmal Bristol nicht mehr, das ein Hügel verbarg, und er fürchtete sich vor der Natur. Es war klarer Herbst. Menschen und Tiere ergingen sich heiter darin und wurden golden davon. Kühe weideten nahe, und es ging warm von ihnen. Sie fraßen unaufhörlich. Träge schwankten ihre prallen Bäuche, und die Milch gluckste in ihren nackten Eutern. Hinter einem Busch erhob sich ein Knecht von der Magd und dehnte sich faul. Sie kicherte in ihre blaue Schürze, daß ihr Fleisch hüpfte. Ihre Füße waren bloß. Einen Akker querüber ritt ein Kurier auf dampfendem Pferde im Galopp. Es flogen die fetten Erdkrumen unter den Hufen. Braun und gedankenlos stand ein Hirte am Rand seiner Herde.

Immer rascher lief Thomas und wie von Sinnen. Er floh, daß er die Stadt erreiche, die er nun fern und abendlich wiedersah. Rot und groß, unerschütterlich ragte der Redcliffturm über der gierigen Landschaft auf. Tom entfloh geradewegs in die Dachkammer und warf die Tür hinter sich zu. Er schloß sich ein. Dann stand er still, lauschend, ob es ihm nachkäme. Seine Augen waren groß und entsetzt aufgetan. Er hörte sein Herz. Aber langsam endlich, während sein Antlitz sich beruhigte, ließ er sich hinsinken. Er griff in die Fülle der Pergamente und raffte sie leidenschaftlich an seine Brust, sein Angesicht in ihrer Kühle zu bergen. Sie knitterten unter seinen Händen und lehnten sich auf unter dem heißen Hauch seines Mundes, der wieder lächelte.

Susanne wunderte sich sehr, daß sich Thomas ohne jeden Widerstand darein fügte, ein Colstonschüler zu werden. Es verlockte ihn aber dazu vor allem die altertümliche Tracht der Zöglinge. Er kannte sie von Ansehen, wenn die Armenschüler in langem Zuge, oben blau und unten gelb, durch Bristols Straßen wandelten, geführt von Dr. Fifti, einem kleinen, schnurrigen Manne mit verschmitztem Gesicht, in dessen zahnlosem Mund zwischen eingeschlürften Lippen stets die lange weiße Tonpfeife stak. Die Hände in den Hosentaschen, lief er mit geknickten Beinen beständig den Zug der Schüler entlang, einem Generale ähnlich und auf einem unsichtbaren Rosse reitend. Thomas blieb immer stehen, wenn er ihnen begegnete, und es dünkte ihn schön, selber so ein Colstonschüler und also nur noch blau und gelb zu sein und im Gleichschritt in Reih und Glied so feierlich durch die Straßen zu gehen.

An einem Sonntag im Spätherbst wurde Tom mit einem Dutzend anderer Knaben unter frommem Zeremoniell in die wohltätige Anstalt aufgenommen. Die Aufnahme begann damit, daß die neuen Schüler gebadet wurden, ein peinlicher Augenblick für Thomas, der außer sich nie jemand völlig entkleidet gesehen hatte. Die heiße Badestube war erfüllt von dem Dunst der nackten Körper, die Thomas mit widerwilliger Neugier betrachtete, während auch er sich auszog. Es waren meist magere Körper von unterschiedlicher Farbe des Fleisches, gelblich oder grau, manche, die fetteren, geradezu rosa, so daß Thomas sich abwandte und sich schleunigst mit einem Kleide von Seifenschaum umgab, daß man ihn nicht sähe.

In ihren langen, grobleinenen Hemden in Reih und Glied aufgestellt, empfingen sie die Uniformen, die offenbar alle das gleiche Maß hatten, so daß die Hände von Thomas, der ja ein wenig älter und größer war als die übrigen Neulinge, weit und nackt aus den zu kurzen Ärmeln ragten. Außer durch die Uniform, deren Kampfergeruch Thomas begierig einatmete, wurde Tom wie alle seine Kameraden durch die Tonsur als Colstonschüler gezeichnet. Friedlich und weiß lag sie zwischen seinen stürmischen Haaren eingebettet, ein keuscher Mond und immer zu seinen Häupten.

Die eigentliche Feier aber fand in der großen gotischen Halle statt, tief unter den kantigen Falten des Gewölbes. Die Lehrer und Gönner der Anstalt waren schon versammelt, als die Novizen in feierlichem Zuge den Raum betraten. Da saß auf einem steilen Stuhle inmitten Rektor Sowans, mit großer Lockenperücke, Zeus ähnlich, wenn er sie im Zorn schüttelte, die goldene Amtskette um den Hals. Er trug die Weste der Hitze wegen stets etwas geöffnet, so daß die gekräuselten Haare auf seiner großen Brust sichtbar wurden. Neben ihm hockte unruhig Dr. Fifti. Er hatte die Brille auf die Stirn geschoben und blinzelte verkniffen auf ein Blatt Papier, das er dicht vor seiner spitzen Nase hin und her drehte, der Dämmerung der Halle etwas mehr Licht abzulisten. Denn er sah sehr schlecht. Ab und zu sog er heimlich aus seiner weißen Tonpfeife, die er auch jetzt in der Brusttasche verborgen in Glut hielt. Es dampfte ein wenig aus den Knopflöchern. Da saßen ferner die übrigen Lehrer und die Geistlichen, Herr Night (Mathematik) und Pfarrer Jumper, der Religionslehrer. Auch Dr. Barett war zur Stelle, der Anstaltsarzt und Historiker, bartlos nach der Mode wie alle, mit seinem kindlich-gläubigen Gesicht und immer leicht zu Tränen gerührt, wenn es feierlich herging. Man konnte ihn oft lange auf der Straße stehen sehen, die rechte Hand um das Ohr gelegt und es knüllend, während die linke den Ellenbogen stützte. Baretts Augen waren dann mit einem vertraulichen Blick auf etwas gerichtet, was andere nicht sahen, und immer auf etwas Schönes. Er zwinkerte dann wohl ins Blaue, nickte gleichsam dem Schöpfer aller Schönheit zu, mit dem er verständnisinnig war. Tom betrachtete ihn und alle ehrfürchtig und scheu, ganz anders als sonst. Denn er kannte sie alle von Ansehen und aus den Reden der Frau Edkins, auch die Herren Catcott und Burgum, Zinnwaren en gros, nahe der Bristolbrücke. Sie gehörten, vor kurzem erst zu Wohlstand gelangt, zu den gekanntesten Persönlichkeiten der Stadt und infolge der wohltätigen Stiftungen (die Badestube der Anstalt war ihnen zu danken) auch zum Kuratorium.

Alle lauschten dem einleitenden Gesang der Colstonknaben auf der Musikempore, und es schien zweifelhaft, wie die Sänger dort hinaufgelangt sein mochten, da von unten kein Zugang sichtbar war. Kantor Number dirigierte, und er tat es mit leidenschaftlicher Behutsamkeit, ja er besaß die Gabe, so schien es Tom, sich für Augenblicke zu spalten, gleichzeitig nach rechts und links sich wenden zu können, seine Arbeit zu vervielfachen, sich ganz klein werden zu lassen und dann wieder gewaltig emporzuschnellen. Tom schaute auf zu den Knaben, die, nun sie sangen und von oben, ihm fremd und engelgleich erschienen, obwohl er auch sie bei irdischen Namen kannte, Armenschüler wie er. Tom aber konnte überhaupt nicht singen. Herr Burgum hatte schon zweimal beifällig genickt, sich geräuspert und geräkelt, da er, durch eine Generalpause verleitet, glaubte, der Gesang sei nun zu Ende, bis es wirklich so war und Rektor Sowans sich erhob. Er sah wohlmeinend auf die Knaben und begann mit seiner weinerlichen Stimme zu ihnen zu reden.

Es erschütterte aber Thomas, und nur mit Mühe hielt er die Tränen zurück, als der Rektor von den Königen sprach, die einst in dieser Halle, hier an dieser Stelle, geweilt hatten. Die Königin Elisabeth hatte hier getafelt und Karl der Erste. Auch der Armut gedachte Herr Sowans, der Bedürftigkeit, die wie dazu geschaffen sei, Wohltätern wie Colston Gelegenheit zu frommen Werken zu geben.

Nach der Feier begaben sich alle Teilnehmer in feierlichem Zuge in die Redcliffkirche zum Weihegottesdienst. Steif, ganz Uniform, ging Thomas im Zuge. Denn Bürger und Frauen, Schiffer und Knechte, ganz Bristol stand Spalier und sah ihn also. Seine bedrohlich dunklen Augen waren geradeaus gerichtet und fieberhaft. Seine linke Hand hielt er still und geziert an unsichtbarem Degen.

Das Leben in der Schule spielte sich bis auf den gemeinsamen Stadtspaziergang und den freien Sonntagnachmittag nur zwischen den weißgetünchten Wänden des alten Colstonhauses ab: in den Schlafsälen, auf den Gängen, wo die großen, dunklen Bilder jener Könige und auch des guten Mister Colston hingen, und in den Schulzimmern mit den harten Bänken, in deren Pulte Wort an Wort die Namen ehemaliger Colstonboys meist mit der Jahreszahl eingegraben waren. Sie waren spiegelblank geschliffen von den blauen Ärmeln der Knaben. Manche griffen ineinander, auch der Name Chatterton befand sich darunter und viele Mädchennamen. Das Essen fand in Gemeinschaft statt an langen, mit Silbersand gescheuerten Tischen, die so schmal waren, daß Thomas gezwungen war, ganz nahe mit anzusehen, was und wie sein Gegenüber aß. Und meist hörte er es auch. Wie zu Hause war dieser Vorgang für Thomas von je eine Qual, ein widriger, eines Mundes unwürdiger Vorgang. Schon der Geruch von Kohl oder Fleisch, gar von Fisch ekelte ihn, ein angebissener Apfel, namentlich wenn er braun anlief, abgegessene Teller und erkaltete Speisereste machten ihm vollends Übelkeit. Denn er liebte den Mund um der Sprache willen, und es war unsäglich widerwärtig, daran zu denken, daß dort zwischen Lippen, Zähnen und Zunge ein Gedicht beginnen mußte, wo eben noch Kraut oder Käse war. Überwindung kostete es ihn auch, Besteck und Geschirr nach dem Gebrauch zu reinigen, was gleichfalls gemeinsam in einem großen dampfenden Kessel, darin Speisereste und trübe Fettaugen schwammen, von den Schülern selbst verrichtet werden mußte.

Gemeinsam wurde auch geschlafen, je zwanzig Schüler in dem nicht eben großen Schlafsaal, und zwar in zweistöckigen Bettstellen auf Strohsäcken, um eine Neigung zur Üppigkeit und Verweichlichung tunlichst hintanzuhalten. Thomas lag oben, nahe an den beiden vorhanglosen Fenstern, und war dankbar dafür des Lesens wegen. Denn er schlief wenig und ungern. Er war gewohnt, die halben Nächte lang zu lesen, und hätte es auch in der Colstonschule getan. Aber Licht zu machen war strengstens verboten. So blieb ihm nur der Mond, von Geburt an sein Freund, der ihn liebte. Thomas nützte die Zeit, da jener in den Schlafsaal schien, und er wußte auf Wochen hinaus, wann es wieder geschah. Er wachte dann auf, sobald das blasse Licht seine Hände traf, zog das Buch unter der Kopfrolle hervor, um, bis der Mond schied, zu lesen. Schon am ersten Abend gedachte er es zu tun und lag lange wach, um darauf zu warten, wie müde er auch war. Er konnte, ans Dunkle gewöhnt, die Gesichter der schlafenden Knaben gerade noch erkennen, die mit ihren geschlossenen Augen ganz verwandelt schienen. Tom betrachtete sie, die nun ihrer unbewußt und ganz ungefährlich dalagen, in ihrem unterschiedlichen Schlaf. John Tistlethweite etwa, ein Schüler von kräftiger Gestalt und Stubenältester, fast ein Mann schon, für den es keinerlei Schwierigkeiten gab, wie er betonte, Tistlethweite genoß die Wonnen des Schlafes wie keiner, er aß ihn geradezu, denn er schmatzte und schnalzte von Zeit zu Zeit behaglich und knurrte zufrieden, wenn er sich auf die andere Seite legte. Er lächelte im Schlaf. Manche redeten im Traum, andere regten sich beständig, so daß das Stroh knisterte. Einer aber wandelte.

Es geschah in dieser ersten Nacht, daß der Novize William Smith – er bewohnte das Bett unterhalb Tom – gegen seine Gewohnheit plötzlich erwachte. Er sah es mit an, wie Thomas sich erhob, aus dem Bett stieg. Er sah ihn ans Fenster treten, es zu öffnen, sah ihn hinaussteigen und ihn, staunend sah er es, in der Nacht verschwinden. Wo mag er hingehen? dachte William einfältig, und schon bemerkte er ihn wieder auf dem Rande eines hohen Daches, darunter der Avon floß, plötzlich im Mondlicht stehen. Thomas trug das vorgeschriebene schmale Nachthemd, das bis auf die Knöchel reichte, und leuchtete also hell in der Nacht über Bristol. Seine Augen waren geöffnet. Doch bemerkte William, daß sie gleichwohl schliefen und ihn nicht sahen, als der Nachtwandler spät und mit dem Monde in den Schlafsaal zurückkehrte. Es war nichts Schreckliches in dem Gesicht, eine heitere Schwermut vielmehr lag um den roten, empfänglichen Mund, der nun im Mondlicht ganz dunkel aussah.

Es war gut, daß Dr. Fifti, dem in dieser ersten Nacht einen Rundgang bei den Neuen zu machen anbefohlen war, erst nach dem Vorfall kam. Koboldhaft huschte der kleine Mann zwischen den Betten hin und her. Er rauchte auch jetzt, und wenn er an der Pfeife sog, schlürfte es feucht. Dabei glühte das eingeschnurrte GesIcht für einen Augenblick rot auf. Er war aber so kurzsichtig, daß er, ein Hindernis vermutend, über den Mondstrahl stieg, der nur noch schmal ins Zimmer schien.

Wenn Tom an dem freien Samstagnachmittag nach Hause durfte, ging er langsam und ernsthaft der Tracht zuliebe, und um ihretwillen ward er von seiner Mutter mit Scheu gleich einem Herrn behandelt. Aber Tom verhielt sich kaum beim Essen, er eilte vielmehr alsbald und ohne Rücksicht auf Susannes Klage, daß sie gar nichts von ihrem Sohne habe, in die Kammer seiner Pergamente, wo er sich einschloß. Weder Susanne noch Mary erfuhren zunächst, was er dort eigentlich tue und ganz allein, bis Frau Edkins, enttäuscht über den ziemlich normalen Verlauf von Toms Kindheit, es unternahm, sein lichtscheues Betragen aufzuklären. Man müsse ihm auf die Finger sehen. Er sei so leidenschaftlich. Er könne damit seiner Gesundheit schaden. »O dieses Knabenalter«, sagte sie zu Susanne, »es ist mir von je verdächtig. Ich spreche es nicht aus und will beileibe nichts gesagt haben, aber Thomas mit seinen Augen! O diese Augen und Hände!« Und sie schlich sich hinauf, ob sie den Knaben nicht ertappe, der ahnungslos und entrückt in seiner Kammer las. Es waren aber Rechnungen über den Bau des Redcliffturmes. Plötzlich wurde Tom unruhig und lauschte. Die Bodenstiege verriet ihm, daß jemand kam. Lautlos erhob er sich und ging zur Türe.

So kam es, daß Missis Edkins, als sie sich begierig bückte, um durch das Schlüsselloch zu spähen, in Thomas' großes, bedrohliches Auge sah, in dessen Finsternis es so böse zuckte und blitzte, daß Missis Edkins laut aufschreiend: »Ein Tier, ein Tier!« die Treppe hinabstolperte.

Unter den Redcliffpergamenten befand sich eine große Anzahl unbeschriebener Bogen, die, nur am Rande vergilbt und staubig, weiß wie Glacé und unberührt geblieben waren. Thomas bewahrte sie besonders, daß ihnen nichts geschehe, und er war oft versucht, darauf zu schreiben, etwas Schönes oder Reiches, die Namen von Königen, Heiligen oder Dichtern, Worte, wert auf solchem Grund zu stehen, vor allem von Dichtern, denn er ahnte, daß sie größer seien als Könige. Er liebte sie um ihrer fremden Sprache willen, und wenn er las, so sah er gerade bei ihnen die alten Initialen wieder, davon ein jedes ›und‹ und ›ist‹ zum Bilde wurde, die Hand hinüberreichte von Wort zu Wort oder Stein an Stein Häuser und Dome baute, darin er dann wandelte. Seine Zunge rührte daran, während er die Worte sprach, er spürte sie und sah sie von seinem Atem gebaut, sichtbar gemacht, dem Glase ähnlich, das vom Munde der Glasbläser sich wölbt, von ihrem Hauch befohlen.

Anfangs las er um des Lesens der Worte willen, so daß er oft mitten im Satz aufhörte und dort seinen Strich machte. Er las fast immer laut und mit Vorliebe in Büchern, deren Inhalt er nicht verstand, aber als er dank der Schule ihn verstehen mußte, zog er allem andern die Geschichtsbücher vor, die er beim alten Goodal zu leihen nahm.

Im Unterricht waren des Knaben Fortschritte mäßig, besonders in der Rechtschreibung und im Aufsatz. Doch rief er in der Geschichte Dr. Baretts mildes Staunen dadurch hervor, daß er sich in Heinrichs des Sechsten Verwandtschaft etwa so gut auskannte, als handle es sich um seine Onkel und Tanten. Als Erzählungsform bediente er sich meist der Gegenwart, was die unmittelbare Wirkung noch erhöhte.

Da geschah in der Colstonschule etwas, das Thomas Chattertons Seele entzündete, daß sie aufflammte, so hell, daß ihm in ihrem Licht jetzt erst die Augen aufgingen. Er selbst nannte es so. Er brannte innen, ja er sah die Flamme aus seinem Munde fahren, und William, der seine Freundschaft suchte, fürchtete sich vor ihm und seinen Augen.

Dr. Fifti war ein Poet. Ganz Bristol wußte darum. Von seiner Hand stammten die Oden auf die fällige Jahreszeit, die er begeistert besang und jeweils jeder andern vorzog. Er schrieb die gereimten Nachrufe, wenn ein vortrefflicher Bristoler Bürger starb, er schrieb die Glückwünsche an hohen Geburtstagen. Es gab keine Nummer des Bristoler Wochenblattes, wo nicht irgendein Beitrag mit seinem Namen gezeichnet war oder doch mit einem durchsichtigen Pseudonym. Nun war es auch er, der in der Colstonschule den Wettkampf in der Dichtkunst veranstaltete, der Thomas' Seele entzündete.

Fifti lächelte eitel mit seinen dürren Lippen, als er den Schülern verhieß, daß der Schule eine ganz besondere Freude geworden sei, und zwar auf Grund einer Stiftung zweier ehrenwerter Bürger der Stadt, deren Namen zu verschweigen ihm leider ausdrücklich ans Herz gelegt worden sei. Es handle sich um ein Geschenk an die Jugend, es sollte die Liebe der Knaben zur göttlichen Dichtkunst nicht allein wecken, nein, in fruchtbare Tat umsetzen. Ein Wettstreit hebe an, an dem jeder Schüler, der in sich den Dichter spüre, teilnehmen dürfe. Dem Sänger aber winke für sein Werk ein wertvoller Geldpreis. Außerdem habe das ihm nahestehende Bristoler Wochenblatt seine Bereitwilligkeit zugesichert, das preisgekrönte Gedicht an hervorragender Stelle abzudrucken.

Thomas erschrak und wurde so heiß, daß sogar Dr. Fifti es sah und fragte, ob ihm schlecht sei. Dichten? dachte

Tom. Darf man denn das so ohne weiteres und jeder? Für Geld? Geld war ein kurzes Wort, kalt und knapp schien es, aber es war groß und leuchtend in jenen Initialen, von denen Tom lesen gelernt hatte. Und sogleich begehrte er es, er sah Gold in seinen Händen, er hörte es klingen, läuten, groß und rot. Schon während Fifti von den näheren Bedingungen sprach, kaufte Thomas ein. Schmuck für Susanne und Mary. Er sah sie vor dem Spiegel stehen und sich lächelnd damit zieren.

Es war ein Thema gestellt, das leicht zu sein schien. Es lautete schlicht: Lob Bristols. Freunde der Musen, Dr. Barett, Herr Catcott und er, hätten das Preisrichteramt inne. Es seien vierzehn Tage Zeit gegeben.

Das Ereignis wurde, obwohl sich wohl nur ein kleiner Teil der Aufgabe unterziehen wollte, allgemein lärmend besprochen. Um Tistlethweite namentlich drängte man sich. Der beliebte Schüler erklärte freundlich, er für seinen Teil sähe da eigentlich keine Schwierigkeiten und gedenke mitzumachen. »Ein wenig dichten kann einer gesunden Natur nichts schaden«, sagte er. – »Dichten?« meinte William Smith, »nein, das kann ich nicht. Wie macht man es? Man weiß doch gleich nicht, mit welchem Wort beginnen. Ich hatte, wenn ich's bedenke, nie ein Bedürfnis danach. Ich kann es einfach nicht.« »Wirklich?« sagte Tom und sah feindselig auf Tistlethweite, der es konnte. Der aber lachte breit und bückte sich, gewohnt, größer zu sein, zu Tom wie zu einem Kinde. »Na, kleiner Chatty, und du?« sagte er warmherzig, »ich helfe dir gern ein bißchen. Und paß auf, es macht viel Spaß.«

Tom hatte noch nie ein Gedicht gemacht, aber als er, da es Samstag war, ernsthaft und gemessen nach Hause ging, glaubte er es nicht. Er meinte im Gegenteil, nie etwas anderes getan zu haben. Ihn allein von allen Colstonschülern ging die Sache etwas an. »Dichten«, sagte er glücklich, »o nur dichten!« Er hatte Tistlethweite im Schulgarten auf einem Baume sitzen sehen, laut in einen

Apfel beißend, kauend sah er ihn so und mit einem Silberstift in ein kleines blaues Heft schreibend, wie es zur Präparation benutzt wurde. Offenbar dichtete er schon und am hellichten Tage im Freien.

In der Dachkammer, nachdem er das Fenster verhüllt, begann Thomas sein Gedicht. Er hatte sich wie dort stets den roten silberbetreßten Hochzeitsbitterrock um die Schultern gelegt, einen Kerzenstumpf entzündet und saß inmitten des Raumes. Er wartete. Er schloß die Augen und gab sich gehorsam ganz hin. »Bristowe«, sagte er leise, und seine Zunge war schwer von Worten. Aber er brachte sie nicht von der Stelle. »Bristowe«, sagte er nur immer wieder. Es war ein uraltes Wort aus vielen roten Häusern, mit Mauern umgeben und hundert Kirchen darin. Redcliff aber war die schönste davon. Und der Turm stand wie ein Reiter neben seinem Pferd. Der gelbe Avon floß in dem Wort, Schiffe atmeten am Kai, und die Ketten klirrten. Meister William Canynge war darin von Kindheit an. Er stand, ein Knabe, das Ohr an den singenden Mast gelegt. Sein war Bristowe, als er groß und reich war, sein die Schiffe. Siebenhundert Fenster hatte sein Haus, und König Heinrich war sein Freund. Bis er sich niederlegte und zu Stein wurde. Alles war in dem Worte, auch die weißen Gebeine, tief in die Erde gebettet, und die Möwen, das weiße Lächeln am Himmel, Tag und Nacht kreisend um Schiffe und Häuser. Es ging aus und ein in dem Wort. Die Puppe Ellinor ging darin, und William sang mit den Knaben von der Empore, die keinen Zugang hatte, wie es schien. Im Wort Bristowe klang seine Stimme, angenehm und ein wenig belegt. Tom saß unbewegt, er hielt den Atem an, einzugehen in das Wort, Bristowe zu sein. Und er schrieb.

Was Thomas schrieb, glich ganz einem Gedicht. Es sah ganz so aus, als sei es eines. Es glich ebensosehr einer Rechnung, einem Verzeichnis. Von ferne aber der überreich verzierten Fassade eines Schlosses mit siebenhundert Fenstern oder dem Redcliffdome. Es war schön anzusehen und mit ordnender Willkür so dargestellt, daß die Ornamente sich reimten, daß das Gekritzel haarfeiner Striche ins Gleichgewicht kam, derart der Vorlage einer köstlichen Spitze ähnlich und von derselben Harmonie, wie sie der Knabe beim Anblick seiner Pergamente schon geliebt hatte, ehe er es verstand, sie zu lesen. Das ganze Blatt bis nahe an den Rand war davon erfüllt.

Als dies alles und von seiner Hand aufgezeichnet oder doch geschrieben war, ward seine Zunge leicht. »Bristowe sköne unde rot --« las er wieder und wieder mit Wohlgefallen. Die Kerzen waren verbraucht. Tom öffnete das Fenster. Es war Nacht und kein Mond am Himmel. Tom fror. Er fühlte sich wieder und merkte, daß es spät war und alle schliefen. Die Colstonschule war längst geschlossen. Er mußte bestraft werden. Da fiel ihm aber der Tistlethweite ein, und daß er einmal die halbe Nacht außerhalb der Anstalt zugebracht hatte, ohne daß es entdeckt wurde. Denn er ging bereits auf Liebesabenteuer aus und hatte sich mehrmals vertraulich heiter geäußert, daß ihm derlei gar keine Schwierigkeiten bereite. Und man bewunderte ihn darob noch mehr. In der fragwürdigen Nacht aber war er einfach durch den Avon geschwommen, wobei er die Kleider über sich hielt, und so auf abenteuerliche Weise, naß zwar, die kleine Erfrischung jedoch als recht gesund ausgiebig genießend, von rückwärts in die Schule und in das Schlafgemach gelangt. Dieser Weg stand auch Tom offen, und blindlings beschloß er, ihn zu gehen. Er nahm das Gedicht zu sich und tastete sich die Stiege hinab ins Freie. Er begegnete niemandem auf der Straße, und da er lautlos auf Zehen ging, wie schwebend, meinte er, unsichtbar zu sein, ein Stück vom Dunkel nur und durchdrungen von Nacht. Auch die Stadt war es. Alles war zur Nacht geworden, die allem Stein die Schwere nahm, jede Mauer durchwandelbar machte, mit dem, was darinnen war. Manche Häuser, die Tom wußte, waren fort, manche kaum und flüchtig im Nebel, der vom Flusse kam, neue standen dazwischen, aus Finsternis gebaut. Alles schien unbewohnt, ohne Menschen, die der Schlaf hinweggenommen, um deren Müdigkeit willen von so viel geschlossenen Augen es Nacht geworden war. Nur auf einem Schiffe im Avon war Licht, und sein Schein sickerte übers Wasser her bis zu Thomas' Füßen. Er war nun ganz nahe an der Schule, nur durch den Fluß getrennt, der dunkel war und aus einem Stück, wie darauf hinzuschreiten und gleich drüben zu sein. Und da Tom des Schwimmens unkundig war, machte er sich ganz leicht. Gläubig, daß er ihn trage, betrat er den Fluß wie eine Straße und versank. Kläglich griff er nach Luft und rettete sich knapp ans Land. Die Uniform war durchnäßt und auch das Gedicht. Die Schrift war zerflossen. Zornig zerriß er es in unzählige Schnitzel und warf es böse dem Wasser hin, ehe er ging. Denn es blieb ihm nichts anderes, als über die Brücke zum Tore der Schule zu gehen und dort zu warten, bis es geöffnet wurde.

In der Pförtnerstube war Licht, und Tom sah innen Tistlethweite sitzen, der in dieser Woche das Amt des Torwartes verwaltete. Tistlethweite schrieb. Aber in dem Augenblick, als Tom ins Dunkle zurückwollte, trat jener ans Fenster und sah ihn. Er dehnte sich und gähnte in die Nacht.

»Sieh da, Chatty«, sagte er ohne Erstaunen, »ich mache dir auf, es hat noch niemand gemerkt.« Er fragte nicht, woher und wieso, sondern öffnete nachsichtig. Er roch nach Bier und Tabak. »Ich war nämlich noch ein wenig über dem Gedicht«, fuhr John fort, in seinem blauen Hefte blätternd, »die schweigsame Nacht begünstigt entschieden die Posie. Ich habe schon ziemlich fünf Seiten.«

Tom hatte nichts.

»Du bist ja patschnaß«, sagte John, »ach, du wolltest wohl auch übers Wasser?«

»Ja«, erwiderte Tom finster, »aber ich kann nicht schwimmen.«

In jener Nacht schlief Thomas, die feuchte Uniform fest an sich gedrückt, daß sie an seiner Wärme trockne.

William Smith hatte nicht schlafen können, da Tom so lange nicht kam. Er war den Kameraden stets ein wenig lächerlich, denn er war dumm. Er begriff schwer, er konnte nicht denken und war traurig davon. Diese Trauer reizte an ihm zum Lachen. Er war aber ganz und gar nicht häßlich, sondern von einfältiger, unbedachter Schönheit. Und wie ihn Tom berückte zu furchtsamer Zuneigung, also daß er nicht schlief, ehe er Tom über sich wußte, so zog er Tom an durch seine Stimme. Es schien fast, als sei er nur ihretwegen geschaffen, ein Instrument aus Fleisch und Bein, wohlgebaut und darum auch schön anzusehen, von unsichtbarer Hand gespielt. William war damals klein und braun, sein Kopf noch ein wenig zu groß, seine Bewegungen langsam und blindlings, gleichsam von oben gelenkt oder gegängelt. Seine teefarbenen Augen aber waren immer erwartungsvoll und beharrlich. Breitspurig und dumm stand er so vor Dingen und Menschen, wie wenn es etwas besonders Schaulustiges zu sehen gäbe, so auch vor Chatterton, zuzuschauen, wie jener las, wenn die andern im Schulhof Ball und Fangen spielten. Einmal trat er ihm näher und befühlte freundlich das alte Buch in Thomas' Hand. Der aber schüttelte ihn unwillig ab. Später aber ließ er es geschehen. Ja er reizte William zu reden, der Stimme wegen. Bald nahm er ihn sogar in seine Dachkammer, und es war ihm wohl in des Dummen staunender Gegenwart, dem alles so unbegreiflich war. Er legte ihm dann den roten Rock um die Schulter und hieß ihn singen, nur für sich allein oben in der Dachkammer. Oder er ließ ihn Worte oder ganze Sätze sagen, die er liebte, und William tat es füglich.

Einmal sprachen sie von Tistlethweite und wie kühn er sei. William sagte: »John fürchtet sich nicht.«

Thomas runzelte die Stirn. »Er kann es eben nicht.«

»Fürchtest du dich manchmal?« fragte William zutraulich.

»Fürchten? Ach ja, ich glaube vor dem Schlaf. Auch vor der Sonne, wenn sie ganz groß ist, und vor dem tiefen Meer. Auch vor ganz kleinen Kindern und sehr alten Leuten. Und du?«

William sah ihn einfältig an: »Vor dir«, sagte er leise, »aber es ist schön.«

Sie waren einander also schon ganz nahe, als Tom in der Nacht vor der Dichterkrönung unruhig und schmerzhaft wachlag, ohne zu lesen, obgleich ihm der Mond schien. Er dachte an das verlorene Gedicht, das in unzähligen kleinen Fetzen im Avon dem Meere zuschwamm, eine Flotte winziger Segel, die durch die Nacht fuhren. Es war nicht möglich, es zurückzurufen und zusammenzulesen, und war dennoch da und auf der Welt. Es war verloren, es bliese denn ein Gott es auf vom Meere und heilte es.

»Bristowe«, sagte Tom leise und richtete sich auf.

Die anderen schliefen wie immer. Er betrachtete aber wieder und wieder eifersüchtig Mund und Hände der Knaben, welcher von ihnen denn ein Dichter sei.

»Schlafe doch, Tom«, sagte plötzlich William, geweckt durch des Freundes Seelenpein.

»Ich kann nicht.«

»Bist du krank?«

Tom schwieg erst, dann sagte er: »Der Mond scheint so.«

»Ja.«

»Ach morgen«, stöhnte Tom.

»Es werden viele Leute dabei sein.«

»Wer, meinst du, wird den Preis bekommen?« fragte Tom nun geradezu. William besann sich.

»Tistlethweite, natürlich«, sagte er endlich gähnend.

Er fürchtete sich aber und zog sich die Decke übers Gesicht, als nun die Bettstatt erschüttert ward von Toms leidenschaftlichem Schluchzen.

Tistlethweite bekam den Preis. Es waren nur ein paar Schilling, aber in Toms Seele war das ein Goldklumpen, schwer und heiß. Er hatte beim Frühmahl nichts genossen und sah bleich und böse aus, als er bei der Feier mit anhörte, was Tistlethweite gedichtet hatte. John wußte gut und forsch vorzutragen und fand jubelnden Beifall. Alles klatschte laut in die Hände. Und dieses Beifallklatschen war es, was Tom so bleich und böse machte. Er tat auch nicht mit. Feindselig saß er da, unbewegt, häßlich. Das Preisgedicht konnte von Dr. Fifti sein. Es war frisch und überschwenglich, sehr volkstümlich. Es war so, daß fast jedermann zufrieden von sich sagen konnte: Besser hätte ich es wahrhaftig auch nicht gekonnt. Also lobte man den jungen Poeten kameradschaftlich. Während nun John bescheiden lächelnd sich der Glückwünsche erwehrte, geschah es, daß Thomas von ganz nahe ein seltsames Gesicht sah. Ein Mädchen stand plötzlich vor ihm, das jenes Kleid trug, das er lieb hatte, das leichte Kleid, das atmend auf seinen Händen gelegen hatte, als er es nach dem Schloß vor Bristols Toren brachte. Tom erkannte das Gesicht nicht sogleich wieder, das nun gepudert war und also wie von Menschenhand gemacht, mehr um des Kleides willen, wie das der Puppe Ellinor in Susannes Schneiderstube. Aber es hatte Augen und Mund, die feucht und lebendig waren. Es war schön anzuschauen, und Tom tat es vertraut. Ihm wurde dabei wieder hell, fast heiter zumute. Auch William sah das Mädchen an, und seine Augen wurden groß davon und ganz verklärt, ja zwei Tränen rannen über sein dummes Gesicht. Vor der Knaben aufdringlichem Anblick wandte sich das Mädchen erschrocken und so rasch ab, daß es von ihren Haaren in der Knaben staunende Gesichter stäubte, und ein feiner köstlicher Duft war darin, anders als von Blumen, »Eleanor«, sagte Tom und erinnerte sich, wie er unter dem Kleide, als es noch die Puppe trug, gesessen hatte wie unter einem Zelt.

John Tistlethweite stand bei Rektor Sowans in besonderem Ansehen, ja er genoß so sehr das Vertrauen des schlagflüssigen alten Herrn, daß er ihn alle Vierteljahr etwa zur Ader lassen durfte, wobei stets einem Novizen als Lohn des Fleißes die Schale zu halten erlaubt war. Auch Thomas mußte es tun und an jenem Tage, da John den Preis erhielt. Allein, als der Rektor seinen fetten bläulichen Arm entblößt hatte, als die Venen zum Bersten gestaut waren und John endlich fachkundig den Schnäpper schnellen ließ, daß das dicke schwarze Blut in die Schale troff, da verließen Tom die Sinne. Er fiel um. »Wie kann man nur«, sagte Tistlethweite. Der Vorfall trug sich in des Rektors Arbeitszimmer zu, und da Tom keine Neigung zeigte, zu sich zu kommen, ward Dr. Barett gerufen, dem es gelang ihn zu wecken. »Er kann kein Blut sehen«, sagte Barett. Die rechte Hand um das Ohr gelegt und es knüllend, während die Linke den Ellenbogen stützte, saß er bei Tom, verständnisinnig, wie immer, wenn er etwas erblickte, wofür andere keine Augen hatten.

So erfuhr der kleine Chatterton, daß er kein Blut sehen konnte, ohne daß sein eigenes davor erschrak und ganz in ihn zurückwich. Es wunderte ihn aber wegen der Pracht und Schönheit des Wortes, das ihm sonst lieb war, fast wie ein anderes, das groß, ernsthaft und sichtbar war, schön wie ein Auge von ganz nahe, das Wort Tod.

Toms Ohnmacht blieb ohne Schaden für ihn. Eine Stunde danach saß er schon wieder über ein Buch gebaut, sein Gesicht in die Rechte gestützt, während die Linke umblätterte. Hilflos und besorgt sah ihm William zu. Der kleine Zwischenfall war schuld, daß Lehrer wie Schüler im Vorübergehen den Knaben, der kein Blut sehen konnte, neugierig und recht befremdet betrachteten. Für Tom selbst fiel die Ohnmacht, der Anblick Eleanors und Tistlethweites Ruhm mitten in die große Zeit Heinrichs des Fünften, in der er mehr Stunden des Tages zubrachte als im gegenwärtig zuständigen Jahrhundert, das ihn langweilte. Besonders war es die Eintönigkeit des vorgeschriebenen Unterrichts, den er lustlos absaß mit sparsamstem Aufwand an Mühe, um danach desto reger sein Buch aufzumachen und gleichsam hineinzugehen wie durch eine Türe. Er glaubte dann geradezu, daß ihn niemand sähe, solange er darin las und also längst vergangen war. Besonders vertraut wurde ihm in diesen Jahren die Bibel, deren Sprache ihm geläufiger und näher war als die des gegenwärtigen England.

Außer William und allenfalls Dr. Barett, dem es aber kaum schon bewußt war, mochten den jungen Chatterton weder Lehrer noch Schüler. Niemand sicherlich fand etwas Besonderes an ihm.

So unauffällig und durchschnittlich Tom der Schule erschien, so beunruhigend blieb Tom für seine Mutter und die ganze häusliche Umgebung, zu der immer mehr die geschäftige Missis Edkins gehörte mit ihrer leidenschaftlichen Anteilnahme an des Knaben Dasein, die ihr fast schon zu einer Art Lebensberuf geworden war. Die Ferien, die Tom zu Hause verbrachte, schienen ihr besonders geeignet, herauszubringen, was mit dem Knaben sei. Denn es war in dessen Gebaren neuerdings eine bedenkliche Entwicklung vor sich gegangen, die auch Susannes und Marys Neigung, sich zu ängstigen, sehr bestärkte. Nicht genug, daß er kürzlich der Puppe Ellinor ein eben fertig gewordenes Kleid anzog, um darunter William singen zu lassen; nicht genug, daß man ihn ferner dabei ertappte, wie er mittels einer Feder feierlich behutsam im Redcliffdom den rötlichen Staub der Jahrhunderte von Heiligen und Epitaphen in eine Dose sammelte, er hielt sich von nun an fast nur noch in der verdächtigen Dachkammer auf zu unsichtbarer unerforschlicher Tätigkeit, wie immer bei verschlossener Türe. Den Schlüssel dazu trug er an einer Kordel um den Hals geknüpft. Kam er endlich nach Stunden herab zu den andern, da es schon Nacht war, so wirkte sein Aussehen gewiß erstaunlich genug.

»Nein, Tom, wie siehst du aus?« rief Susanne, während ihre Hände starr im Nähen innehielten.

»Der Junge ist noch mein Tod«, fügte die alte Frau Chatterton mit Gewißheit hinzu, und sogar Mary, nun schon ein hübsches Mädchen von etwa dreizehn Jahren, fuhr mit der Hand an den Mund, stieß einen kleinen Schrei aus und sagte dann tief aufatmend: »Ach, wie hast du uns doch erschreckt.«

Frau Edkins allein schwieg. Sie hatte es ja längst gesagt.

Die Damen waren aber deshalb so besonders erschrokken, weil sie just von Tom gesprochen hatten, als er kam. Sie saßen um den Kamin, an dessen Licht zu arbeiten; sie tranken Tee dazu. Plötzlich ging die Tür auf, und sie wandten sich danach um. Da stand Tom, das Haar verworren, das Gesicht entstellt, durch braune, gelbe, schwarze Farbflecken. Seine Augen funkelten verteufelt, das Weiße von Augen und Zähnen schimmerte mohrenhaft.

»Du hast getrunken, Thomas«, sagte endlich mit kalter Zuversicht die Alte. Sie hatte ihn nie gemocht. Tom hörte nicht auf sie, sondern kniete zu Susanne, weil er sie weinen sah.

»Es ist ganz gewiß nichts Unrechtes, was ich dort oben tue, ganz gewiß.« Und er küßte zärtlich ihre sanften Hände.

»Was ist es denn aber?« fragte Missis Edkins schlau, indem sie ein Auge zukniff. Tom aber, der sie sonst (eigentlich mehr aus Humor, um ihrer Schrullen willen) recht gut litt, herrschte sie böse an, was das wohl sie kümmere, und ging sich säubern. Sie sahen ihn im Hofe am Brunnen stehen, Gesicht und Hände silbern vom Wasser, darauf der Mond schien.

Der Vorfall, der sich übrigens späterhin mehrmals wiederholte, brachte Frau Edkins auf den Gedanken, der unselige Knabe beabsichtige, unter die wilden Indianer zu gehen, und übe sich einstweilen darin. »Unsinn«, knurrte die Alte, aber Missis Edkins blieb bei ihrer unheilvollen Deutung. Zum Schrecken Susannes malte sie auch noch aus, wie sie sich die Sache dachte. Tom werde braun bemalt auf einem Schiffe (sie sprach von einer Galione) heimlich entfliehen, verfolgt von den Bristoler Stadtsoldaten, um entweder in einem Sturm umzukommen, wobei sie kurz der Haifische und Polypen gedachte, oder aber von den Indianern skalpiert, vielleicht gar verspeist zu werden. Dazu rieb sie heftig die Messingteekanne blank, sie immer wieder rasch zwischen den Worten anhauchend. Einen Versuch machte sie noch, Tom auf die Schliche zu kommen. Sie gab ihm Geld und paßte ihm dann auf, was er wohl damit anfange. Sie ertappte ihn aber dabei, wie er es an arme Kinder verschenkte. Tom errötete tief, als er sich beobachtet sah, und auch Frau Edkins bekam einen roten Kopf.

Unter solchen mißtrauischen Umständen verliefen die Ferien und Feiertage während Toms Colstonzeit ziemlich ungemütlich, um so mehr, als nächtlicher Weile am Redcliffturm, also angesichts des Hauses Chatterton, sich seltsame Dinge zutrugen. Mehrmals war, allerdings von Frauen, eine gespenstische Erscheinung wahrgenommen worden, die nichts Gutes für Bristol bedeuten konnte. Alsbald wurde der Spuk durch die Stadtsoldaten anläßlich einer nächtlichen Runde amtlich bestätigt. Ein ruheloser Geist, so hieß es, klettere beim fahlen Mondlicht im Zierat des Turmes umher.

Auch Tom hörte ahnungslos davon reden und erzählte es mit Grauen William, der aber erbleichte, und auch mit Philipps, dem Totengräber, sprach er davon. Onkel Philipps schlaffe Wangen schlugen ein paarmal wie Segel. Er sah Tom beinahe traurig an und knackte knöchern mit seinen Fingern. »Eine arme Seele«, sagte er dann und lächelte bedeutend. Er war es, der schon nachts darauf Toms Hände sanft von den umklammerten Kreuzblumen löste, als der Traumwandelnde dem Monde entgegensteigen wollte. Tom erwachte nicht. Den Schlafenden trug der alte Philipps lautlos in das

Haus zurück, ehe es selbst Mary merkte; denn sie schliefen noch immer in einem Raum. Erst nach vielen Jahren aber wurde bekannt, daß Tom damals, als es am Redcliffturme umging, nachts dem kleinen Edelfräulein erschienen war. Sie hielt ihn für ein Trugbild des Traumes, aber sie erkannte ihn auch, wie er schmal und weiß in ihrem Fenster stand, dunkle Tintenflecken an den Händen.

Einmal gelang es endlich Missis Edkins, einen Blick in die Dachkammer zu werfen. Aber sie konnte nichts Schreckliches entdecken. Sie sah die Pergamente aus Meister Canynges Truhen wohlgeordnet zu Stößen und dicht dabei andere achtlos auf den Fußboden geworfen und sichtlich sogar mit Füßen in den Schmutz getreten, daneben einen Topfscherben mit schwärzlichem Inhalt, der sich, mit dem Finger erprobt, als gemeiner Ofenruß erwies, eine stellenweise schon kahle Bürste, etwas geschabten Rost und ein Fläschchen Öl. In einer Ecke lag ein Haufen wildzerknüllter Papiere. Der Boden war überdies wie beschneit mit kleinsten Papierfetzchen als Folge gewissenhafter Zerreißung. Frau Edkins schüttelte den Kopf. »Das sieht ja nur aus wie eine Schreibstube«, sagte sie arg enttäuscht und ließ ihre rotgescheuerten Arme schlaff und mutlos hängen.

Thomas' Heimlichkeiten, seine Verschlossenheit und oft tagelang andauernde sichtbare Traurigkeit waren um so überraschender, als er plötzlich Stunden unbändiger kindischer Heiterkeit hatte, in denen dann Susanne auflebte und immer wieder lachend sagte: »Nein, Thomas, wie lustig du doch bist!« In einer solchen Laune geschah es, daß er sich an der alten Frau Chatterton für ihre Feindseligkeit rächte. Die Alte war bei ihren fast achtzig Jahren von unerschütterter Gesundheit, ja sogar – bei ihrem Geschlecht eine Seltenheit – noch im Vollbesitz ihrer Zähne und bei vorzüglichem Appetit, den sie auch, zuungunsten der übrigen Tischgenossen, vollauf befriedigte. Tom wandte sich stets ab, wenn sie sich ein Brot bestrich, daß die Butter spritzte, und breit davon abbiß, bis man den Abdruck ihrer grauen Zähne sah. Aber sie war eine abergläubische Frau, so sehr, daß es fast nichts gab, wofür sie nicht irgendeine unliebsame Deutung fand, deren wenn auch seltene Bestätigung ihr innigstes Behagen verursachte.

»Hatte ich's nicht gesagt«, rühmte sie sich selbst bei den betrüblichsten Ereignissen, wenn sie nur recht behielt. Es blieb nicht nur beim Salzverschütten, was Streit bedeutete, den sie dann auch alsbald mit großer Heftigkeit begann, sie legte vor allem ihre Träume aus. Das Ausfallen der Zähne im Traum bedeutete Todesfall in nächster Verwandtschaft, kurz, sie wußte ihre empfindsame Umgebung ständig in gruseliger Stimmung zu halten. Für sie selbst aber, ungeachtet ihres eigenen Alters, war das schlimmste Vorzeichen, einer alten Frau zu begegnen. Eine solche Begegnung genügte ihr, um sie sofort umkehren zu lassen und jedes Vorhaben auf den nächsten Tag zu verschieben.

So geschah es, daß sie eines Morgens vom Gang zum Kabinett, das sich im Hofe befand, unverrichteter Dinge wütend ins Zimmer zurückkehrte. Tom hatte nämlich an der Türe des Kabinetts einen Spiegel angebracht, so daß also die abergläubische Frau Chatterton notgedrungen einem alten Weib (wenn auch in eigener Person) begegnen mußte und somit an der Ausübung ihres Geschäftes verhindert war.

»Susanne«, sagte sie, »ich sehe in einen Abgrund«, womit sie Thomas meinte, der aber lächelte.

In dieser Zeit kindlich unverschämter Gassenbubenhaftigkeit pflegte Tom seine Uniform, die er liebte, mit gesteigerter Sorgfalt, wozu er sich Susannes Kunst erbat, die sie dankbaren Herzens darauf verwandte. Es war ihr aufgefallen, daß Tom neuerdings ständig eine Pergamentrolle bei sich trug, ein uraltes, abgegriffenes Ding, vom Bücherwurm vielfach durchlöchert. Es lugte aus Toms linker Seitentasche. Susanne seufzte, als sie es sah, und warf einen klagenden Blick auf das Konterfei des seligen Küsters, dessen dickes, zuversichtliches Mondgesicht, allezeit gegenwärtig, sich samt dem Sextanten stets von neuem in Erinnerung brachte.

Am selben Tage nun, da Tom dem Aberglauben der alten Frau Chatterton so übel mitgespielt hatte, suchte er William Smith auf, den er während der Ferien arg vernachlässigt hatte, so sehr, daß ihn der Dumme ein wenig verdrossen empfing. Aber Thomas' Augen, die damals besonders groß und verlockend waren, bezauberten ihn bald so, daß auch die seinen davon jenen göttlich begeisterten Glanz bekamen und er geduldig dem Gefährten in die Dachkammer folgte. »Lies dies, bitte, für dich«, sagte dort Tom und gab William ein säuberlich beschriebenes Papier in die Hand. Dann nahm er den roten Tressenrock vom Haken, bekleidete den Freund damit und bat ihn, sich zwischen zweien Kerzen, die in Flaschen brannten, niederzusetzen, denn es war Nacht. »Nun, William«, sagte Tom endlich sehr ernst, »nun, bitte, sprich mir langsam vor, was ich dir zu lesen gab.« Dabei kauerte er sich auf den Boden, dem Knaben gegenüber, der befangen war, aber folgsam mit seiner angenehmen Stimme zu lesen begann.

Es war ein Gedicht, darin zwei Jungfrauen am Ufer des Ruddebornebaches um ihre Geliebten klagen in traurigem Wechselgesang. Eleanor wehklagt, und Juga antwortet ihr. Ihre Tränen fallen in den Strom, der rot ist vom Blut der Erschlagenen. Aufschreiend stürzen sich endlich die Jungfrauen in die Fluten und finden den Tod.

Das war alles. Williams Stimme bekam, obgleich ihm das Gedicht fremd und gleichgültig schien, während des Lesens einen rührenden und wehen Klang. Er wunderte sich aber über Tom, dessen Augen überströmten von Tränen. William mußte das Gedicht immer und immer wieder lesen, währenddessen ihm Tom so nahe kam, bis er die Verse geradezu in des beseligt Lauschenden verzückt geöffneten Mund sprach.

»Spürst du es nicht, das Gedicht, William?« rief Tom

schließlich leidenschaftlich, »spürst du es nicht?« Er griff mit beiden Händen schmerzhaft in des Gefährten Lokken und sah ihn angstvoll an.

»Ich spüre nichts«, sagte William einfältig.

Auch Susanne spürte nichts, noch die anderen Frauen, als Tom einige Zeit danach auch ihnen das Gedicht vorlas. Er habe es, erklärte er, unter Vaters alten Pergamenten entdeckt und schlecht und recht nach der mittelalterlichen Schreibweise in die heutige Sprache übertragen. Er wies dabei jene vergilbte Rolle vor, die er seit kurzem mit sich zu tragen pflegte. Dann begann er von dem Blatte, das schon William gedient hatte, bleich und mit unnatürlicher und klagender Stimme zu lesen. Das Blatt zitterte in seiner Linken. Er hielt es weit von sich, während die Rechte mit bedeutender Geste hager und aufgeregt umhergriff. Thomas' Augen wurden groß und schön beim Lesen. Die Frauen aber schwiegen unbehaglich. Mary machte ein ganz unglückliches Gesicht, als dächte sie: Es war doch eben so hübsch gemütlich, und nun –

Am andern Tag ging Tom zu Dr. Fifti in die Colstonschule. Es traf sich, daß John Tistlethweite gerade bei Fifti war, zum Abschied, denn Johns sieben Colstonjahre waren um. Und Tom bat ehrerbietig um Rat und Hilfe bezüglich dieses vom Vater ererbten Pergaments, wie alt es wohl sei und woher, ob Fifti solcher Schrift und Sprache kundig sei, und wenn dem so, was sie aussage. Dabei entrollte er dienstfertig das Pergament. Es klang dürr und hohl, es staubte. Dr. Fifti nieste.

»Fünfzehntes Jahrhundert, ohne Zweifel, oder noch älter«, sagte er endlich, nachdem er das Stück mit der Gebärde des Fachmannes genau untersucht hatte, nicht ohne sich dabei einer großen Lupe zu bedienen. »Leider in jämmerlichem Zustand, früh gealtert, sozusagen. Die Schrift ganz unleserlich, besonders für mich. John, was meinst du dazu?«

Tistlethweite sah geringschätzig auf das Pergament und

zuckte die Achseln. »Es ist alt, das ist alles. Alt, da ist nichts dabei. Es gibt genug derart, ich halte nicht viel davon«, sagte er gelangweilt. Aber er mußte auf Dr. Fiftis Geheiß Dr. Barett holen, jetzt sofort, denn das sei etwas für ihn.

Thomas' Augen wechselten ihre Farbe, sie wurden bedrohlich blau, wie Schieferdächer bei aufziehendem Wetter, ganz finster, und es war etwas darin von unheimlichem Spott und stiller Befriedigung, als Dr. Barett kam und bestätigte, was Fifti gemeint hatte.

»Fünfzehntes Jahrhundert«, sagte der Historiker fast zärtlich.

»Wirklich, so alt?« fragte Tom andächtig.

»Ja«, fügte Dr. Barett betrübt hinzu, »und es ist sogar ein bißchen zu alt geworden. Leider. Ach, wie die Ränder zerfressen sind, wie abgekaut. Hier sind deutliche Brandspuren, hier fraß der Holzwurm sich durch, kurz, junger Freund, es ist übel zugerichtet. Ein Wunder, daß man überhaupt noch etwas darauf sieht.«

Das Pergament sah ja nun auch wirklich erbärmlich mitgenommen und gebrechlich aus, ganz verwittert und angenagt; die Schrift, blaß und bräunlich, war ein Hauch nur noch, nahe am gänzlichen Verlöschen, stellenweise schon unsichtbar; das Pergament hatte etwas Greisenhaftes, Absterbendes, ja, als ein Symbol des Vergänglichen schien es auch etwas von der Witterung des Todes an sich zu haben. Und somit flößte es beinahe eine Art von Furcht ein, von Ehrfurcht jedenfalls. Denn Dr. Fifti und Tom (John hatte sich alsbald ärgerlich empfohlen) beugten sich ernst und feierlich über das ausgebreitete Altertum ehemals tierischer Abkunft, das aber trotz allem noch die Kraft hatte, plötzlich, wie erschrocken, sich von selbst unter knitterndem Geräusch zusammenzurollen, wobei alle ein wenig zusammenfuhren.

»Vielleicht«, meinte endlich Barett, »wenn man es etwas erwärmte, ob dadurch nicht doch noch ein wenig Farbe in die blassen Schriftzüge zu bringen sei?«

Sie versuchten es. Sie hielten den Bogen über die Glut des Kamins und sahen, daß noch Leben genug in dem alten Ding war. Denn es war durchscheinend, fast wie durchblutet, und auch die Schrift begann an der Wärme deutlicher zu werden, gleichsam die Sprache wiederzufinden, zu reden, wenn auch kaum ein paar Worte und nur für Augenblicke.

»Ruddeborne«, las Barett erregt, und »klageten zwô Magedin«.

Und Tom flüsterte fieberhaft: »Da, seht: owê sprach Ellinoure –«

»Und hier«, rief Barett dazwischen, »und was von Bluote rot –«

Aber nun war es auch zu Ende. Das Pergament krümmte sich, es roch brenzlich, die Schrift erstarb. »Es war ein Gedicht«, sagte Dr. Barett niedergeschlagen, »und nun ist es fort.«

Er ließ das nun vollends unansehnliche Blatt wie eine schlimme Zeitung mit aussichtsloser Gebärde zu Boden gleiten. »Und nun ist es fort«, wiederholte er leise und traurig. Ganz bestürzt sah es Tom. Er bückte sich nach dem Pergament, es aufzuheben und dann zu gehen. Aber da er eben kniete, spürte er eine Hand auf seinem Haar.

»Junger Chatterton«, sagte Dr. Barett freundlich, »sollte dir der Zufall wieder dergleichen in die Hände spielen, so wie dies, bringe es mir, ja?«

Tom sah auf in das milde Gesicht des Doktors, warf sein Haar aus der Stirn und nickte zuversichtlich. Da erkannte Dr. Barett zum erstenmal des Knaben unerforschliche Augen, und daß sie ein wenig ungleich und von gefährlicher Schönheit, von finsterer wie von lustiger, waren. Nun er sie ansah, antworteten sie ihm, aber sanft und unschuldig. –

»Ich vergaß ganz«, sagte Barett fast kleinlaut zu Fifti, als Tom nach einer tiefen Verbeugung gegangen war, »wahrhaftig, ich vergaß ganz, daß er doch nur ein Knabe von kaum zehn – elf Jahren ist.«

»Ach was, ja?« antwortete Fifti gedankenlos. Er war längst nicht mehr bei der Sache.

Dies war das erstemal, daß Tom bei einer Person von Rang und Ansehen, daß er bei einem Dr. Barett, der an einer Geschichte der Stadt Bristol schrieb, ernstlich Beachtung fand. Das fragwürdige, nun vollends zerlumpte, unwahrscheinlich verwitterte Pergament in der Hand, schritt Tom über die Bristolbrücke.

Mister Goodal, der Bücherhändler, rief ihn an.

»Ach, Mister Chatterton«, jammerte er, »kommen Sie heran!« Nun sah Tom, daß nicht nur der Jude, sondern auch alle übrigen Brückenbewohner, all die kleinen Wechsler, Altkleiderhändler und Juweliere, aus ihren krummen, altertümlichen Häuschen (die sie sonst nur selten verließen) geschlurft und getrippelt kamen, ein wenig lächerlich anzusehen mit ihren Hornbrillen und gestickten Mützchen. Sie redeten laut und kläglich durcheinander.

Der Grund war, daß, sobald der Plan einer neuen freien, dem Verkehr gewachsenen Brücke verwirklicht sein werde, die alte, enge und steile Bristolbrücke, die mit ihren Häusern mehr einer Straße glich, als überfällig abgebrochen werden sollte. Die Häuser seien baufällig und ungesund, richtige Rattennester und Seuchenherde, die Fahrbahn sei lebensgefährlich schmal, das Pflaster buckelig, die Pfeiler rissig, im Abbröckeln; es bestehe ernstlich Einsturzgefahr, die Abtragung war zu gegebener Zeit eiligst ins Werk zu setzen.

Aber die Brückner wollten nicht. Sie rotteten sich förmlich vor Samuel Goodals Laden zusammen, lästerten die Obrigkeit, und Tom stand ratlos inmitten des keifenden und lamentierenden Straßenparlaments aus Sonderlingen, die sich ihr kurioses Quartier zwischen Himmel und Wasser nicht nehmen lassen wollten. Es waren fast lauter schrullige Käuze, durch Mimikry ihren Behausungen angeglichen, Einsiedlerkrebse, die, sobald sie einmal ganz aus dem Häuschen waren, einen hilfloslächerlichen Anblick boten, desto mehr, als sie gefährlich drohten und madenbleiche, schwächliche Hände zur Faust ballten.

Tom wußte nicht, ob er schaudern oder lächeln sollte in dem Aufruhr der Trödelgreise, deren Geruch ihm fast den Atem nahm, doch er war ganz ihrer Meinung. Er flüchtete sich aber mit dem alten Samuel schleunigst in dessen kleinen Laden, als die Stadtsoldaten kamen, bei deren Erscheinen die Tändler, Wechsler und Vogelhändler kreischend in ihren ungelüfteten Stuben verschwanden. Hinter der erheiterten Polizei ritt Mister Burgum auf seinem neuen Schimmel, nach neuester Mode gekleidet und als erster in Bristol mit dem Zylinder auf ungepudertem Haupthaar. Er trug einen parforceroten Reitrock bei weißen Hosen. Die Stulpen an seinen halblangen Stiefeln waren gelb wie Kuhblumen mit sichtbar angebrachten Schlaufen. Er war gegenwärtig so ziemlich der wohlhabendste Bürger der Stadt, was ihm kindliche Freude bereitete, und er hatte überdies namhafte Summen für die neue Brücke in Aussicht gestellt.

Es gab also damals in Bristol, vielleicht sogar in ganz England, kaum einen Menschen, dem es so viel Spaß machte, Geld zu haben und es nach Herzenslust auszugeben, wie Henry Burgum.

»Ich habe«, pflegte er lachend zu sagen, »solange ich ein armer Teufel war, und das war ich, nie die Besitzenden geschmäht oder sie gehaßt wegen ihres Reichtums. Aber ich habe immer gewünscht, reich zu sein, möglichst reich. Und wirklich, es ist verdammt hübsch, so viel Geld zu haben.«

Burgum war freigebig, er war sogar ein verschwenderischer Wohltäter. Obgleich er gänzlich ungebildet war und getrost auch bleiben wollte, hatten seine Stiftungen deutlich erzieherische Absichten, so zum Beispiel die ›Burgums Pocket Handkerchief Institution‹, worüber anfangs ganz Bristol lachte; besonders da in jedes Stück des Dutzends Schneuztücher, das jeder arme Gassenjunge, jedes kleine Bettelmädchen geschenkt bekam, mit rotem Garn eingestickt war: Putze deine Nase! Auch Thomas erhielt dies Almosen. Überhaupt war Burgum, der ehemals dreckigste kleine Rotzer, nun der tatkräftigste Freund der Hygiene geworden, so sehr, daß er einen Gesetzentwurf beim Parlament einreichte, dessen oberster Satz war: Reinlichkeit durch Zwang. Daher das Colstonbad, daher die große Seifenstiftung und Verteilung von Zahnbürsten an Minderbemittelte, daher seine Abneigung gegen die Bristolbrücke, deren Häuser wegen ihres Ungeziefers berüchtigt waren. Aber trotz Burgums Wachsamkeit wurden sogar in die Colstonschule Läuse eingeschleppt! Fast alle bekamen sie, auch Dr. Fifti. An Thomas aber ging kein Ungeziefer.

Burgums Kompagnon, George Catcott, sah ein wenig auf seinen ungehobelten Glücksgenossen herab; als Bürgersohn war er genauer, was Geld betraf, zudem lächerte ihn, den Freund der Wissenschaft und Poesie, eine Liebhaberei, die lediglich darauf aus war, jedermanns Nase geputzt zu wissen. Catcott war seiner Neigung gemäß gelb und trocken. Seit kurzem las er Jonathan Crakers siebzehnbändige ›Enzyklopädie des gesamten Wissens von Beginn der Welt bis auf unsere Tage‹, worin er trotz seines Fleißes erst in den zweiten Band: Brillenschlange bis Chokolade vorgedrungen war, worüber er allerdings jedermann ausführlich Bescheid sagen konnte. Er nannte, so drückte er sich aus, die größte Privatbibliothek Bristols sein eigen. Tom grüßte aber beide, den einen seines Reichtums, den andern seiner Bücher wegen, stets mit besonderem Bedacht.

Außer an freien Samstagnachmittagen und in den kurzen Ferien hatte Thomas keine Gelegenheit, allein zu sein, wie sehr er es auch begehrte, es sei denn, daß es im Beisein anderer geschah, indem er der hinderlichen Gegenwart einfach den Rücken kehrte und über ein Buch geneigt las, ohne sich stören zu lassen. Er brauchte danach aber oft lange, um aus seinem Buche zu erwachen und sich nach unlustigem Wiedererkennen einer untrüglichen, nahen und lebenden Umwelt dareinzufügen. Vor manchem seiner Mitschüler empfand er geradezu Abscheu, die meisten blieben ihm gleichgültig, einige aber liebte er wortlos und von ferne. Weder den Haß noch die Liebe sah ihm einer an, nun er älter und seiner gewiß wurde, denn von nun an geschah alles in ihm, von außen fast unsichtbar, aber es geschah dennoch mit inbrünstiger Leidenschaft und Lust. Es geschah alles in ihm, wie in einem Haus und im Finstern. Er schrie und lästerte darin, und er hallte wider davon. Er weinte, lachte, liebte und verführte darin. Er blutete darin und mordete, ohne seine Hand zu regen, die sanft an einem Buche lag. Er häufte Gold in sich an, bis sein Herz vor seliger Bedrängnis sich kaum noch rühren konnte, wie arm er auch in Wirklichkeit blieb. Es ging in ihm zu wie in einem Buche. Tom ahnte etwas davon, so daß er zu William redete, es müsse etwas Köstliches sein um ein Buch, ein unberührtes, darin noch niemand las, etwas Köstliches, der erste zu sein, der es auftue, daß es zum erstenmal von andern als des Dichters Augen gelesen werde. Es lag Tom nichts daran, daß ihm von William meist nur törichte Antwort wurde, wenn auch stets mit einer Stimme voll Zauber und Musik aus einem sehr schönen Gesicht. William hörte ihn einfältigen Herzens an, das war es, woran Tom lag. Alles andere geschah in ihm und mit großer Deutlichkeit, ganz anders, als sein kärgliches Dasein verhieß.

Damals begann er dieses eigentliche Leben aus der Erinnerung aufzuzeichnen. Dies tat er insgeheim wie ehedem, bis die sieben Colstonjahre um waren. Auch verwirrte er hin und wieder (vielleicht ein wenig mit Absicht) die guten Frauen durch sein indianisch gefärbtes Gesicht. Einmal vergaß er sich und geriet in tolle Wut, als Frau Edkins den von Tom sorgfältig gesammelten Staub der Jahrhunderte, meinend, es sei ihr Schmirgelpulver, zum Putzen des Eßbestecks benutzte.

Nur William wußte bisher um Toms ›lichtscheues Gewerbe‹. Er durfte ihm sogar dabei zusehen. Fast ganz erriet es Mary. Mary fürchtete Tom noch immer mehr, als sie ihn liebte, aber nicht so bangen Herzens wie Susanne, sondern allgemach mehr mit drolligem Übermut sich gehabend und gleich einem Tier im Käfig ihn reizend.

»Wuh, du mit deinen Augen, oh, ich fürchte mich ja so davor«, tat sie albern und kicherte.

Aber eines Abends vor dem Einschlafen sagte sie: »Du, Tom, ich weiß etwas!«

»Was weißt du?« fragte Tom, durch ihren Ernst betroffen.

»Du dichtest«, sagte sie leise und ohne Spott. »Jawohl«, fügte sie hinzu und hielt die Kerze ganz nah an des Bruders Gesicht, »und du wirst auch ganz rot.«

Ärgerlich lächelnd wandte Tom sein Gesicht ins Dunkle. Dann aber, da Mary so zutraulich blieb, bekannte er sich dazu.

»Sieht man mir es denn wirklich so an?« sagte er.

Andern Tags schenkte ihm Mary ein Taschenbuch in paprikarotes Leder gebunden, dessen Duft und Farbe er liebte. Es hatte also Mary eine zarte, keusche Ahnung von der schamhaft göttlichen Herkunft des Dichtertums, und sie betrachtete Tom von nun an mit gläubiger Schwärmerei.

Tom dichtete wirklich und anders als damals vor dem Wettkampf. Er tat es mit Fleiß und brauchte lange dazu, viele wache Nächte. Denn es fiel ihm zeitlebens nichts im Traume ein. Anfangs schrieb er in der verschlossenen Sprache seiner Tage. Aber alsbald klagte er: »Ach, die Sprache! Da sie in aller Munde ist, was Wunder, wenn ihr die Buchstaben ausfallen wie Zähne, wenn sie schwach und faul wird, so richtig spärlich.« Und er horchte auf, wenn es umging in jenem innern Zimmer, darin sich längst Vergangenes eben erst zutrug, und schaute in sich, daß er von den Lippen der Gestalten ablese. Es war aber seine Sprache, die Redcliffsprache seiner Pergamente, die noch in Bildern redete und die ihm von Kindheit an mundgerecht war. Um dieser Sprache willen verging er sich eines Nachts, da der Mond bei ihm in der Kammer war, zum erstenmal an einem jener unbeschriebenen Pergamente.

Frau Edkins hatte das Glück, Thomas in einer solchen Nacht, unbemerkt von ihm, durchs Schlüsselloch zu beobachten. Was sie sah, nahm sich immerhin geisterhaft genug aus, um ihr empfängliches Gemüt mit seligem Gruseln zu erfüllen.

Sie sah Tom inmitten der Kammer auf dem Fußboden sitzen. Er war ganz beschienen vom Mond, monden waren sein Gesicht und seine Hände. Er schrieb Zeichen für Zeichen auf ein Pergament und redete laut dazu in einer fremden, feierlichen Sprache. Nicht ahnend, daß er belauscht sei, verriet er fast das Geheimnis seiner poetischen Alchimie, mit welchem Namen das Gesehene Missis Edkins hernach belegte.

»Er macht Gold«, sagte sie, wobei ihr der Mund überlief, »er treibt Magie. Er zaubert! Oder er ist nicht recht bei Sinnen. Denn ich sah ihn, oh, seltsam, an einem Pergamente nagen, darauf er eben geschrieben, und ich sah ihn, es mit Füßen treten und dann über die Kerzenflamme halten wie einen Teufelspakt. Ich sah aber niemand außer ihm, mit dem er Zwiesprache hielt, und ich verstand auch seine Rede nicht.« Von nun an zweifelte die alte Chatterton keinen Augenblick mehr daran, daß die bisher unerklärlichen Schmutzspuren in Toms Gesicht ganz gewiß von den höllischen Umarmungen des Leibhaftigen rührten, mit dem Tom augenscheinlich sündigen Umgang pflog.

Der Winter des Jahres 1766 auf 1767 war von einer für England unerhörten Härte. Nach Schneestürmen, in denen Schiffe unter der Last in Eis verwandelter Sturzseen sanken, in denen Bristol wie nie zuvor so einschneite, daß vielfach Gänge von Haus zu Haus gegraben werden mußten, in deren bläulicher Dämmerung bei aller Not schön zu spazieren war, kamen Tage von klarer, sonniger Kälte, einer Kälte, die wie ferne Hifthörner klang und die Stadt wochenlang in kristallener Verzauberung hielt. Es war so kalt, daß die Krähen zahm wurden und an die Fenster pochten. Man holte Kühe und Pferde in die Stuben als natürliche Öfen, und Tom, den einzig die entseelte Natur anzog, sah Möwen mitten im Flug tot aus eisigem, heiterem Himmel fallen. Es war keine Schule.

Tom und William banden sich Schindeln unter die Füße und stiegen durch das Dachkammerfenster ins Freie, über Bristol hinzuwandern, solange das Wunder es noch erlaubte. Auch St. Redcliff war übereist und blendete in der Sonne, daß die Knaben die Augen schließen mußten vor solchem Glanz. Es ergab sich, daß die Stadt, da in ihr der Schnee sich fing, besonders heimgesucht war. Gewaltige Schneedünen waren in jenen Stürmen darin angehäuft worden und darüber hingewachsen. Der Hafen mit Masten und Rahen glich einem verschneiten Tannenwald.

Tom und William wanderten durch die Schneetunnels, und einmal begegneten sie darin einem Leichenzug, von Philipps angeführt. Denn Dr. Fifti war tot. Er war erfroren. Er war gefunden worden, die erloschene Tonpfeife im Mund, erstarrt über einem Gedicht, ›Winterfreuden‹ betitelt. Und da man aus abergläubischer Furcht ihm die gewohnte Pfeife nicht nehmen mochte, mußte eine Öffnung im Sargdeckel angebracht werden, aus dessen Schwärze nun Stiel und Kopf wie eine versteinte Blume ragten.

Auf einem der Wege unter dem Schnee begegnete den Knaben Eleanor. Sie hielt in der Hand eine tote Möwe, von deren Flügel Blut sickerte. Eleanor hatte sich verirrt, und über dem Schauspiel der Natur alle Etikette vergessend, fragte sie die Knaben, wo sie denn in aller Welt sich befinde. Sie seien nicht weit vom Johannistor, sagte Tom, und wie er es sagte, erkannte sie ihn und auch William. Sie waren einander dabei so nahe, daß aus Eleanors sichtbarem Atem winzige Sternchen auf der Knaben Ärmel schneiten. Nun hörten sie auch die Schellen von Eleanors Schlitten. In dem schattenlosen bläulichen Licht unter dem Schnee schien sie, da sie bis auf Augen und Mund weiß war von Kopf bis zu den Füßen (denn sie trug weißen Samt mit Schwanenpelz verziert), ein Geschöpf des Winters zu sein und so ganz seinesgleichen, daß Toms unwandelbare Liebe zu ihr von süßer Trauer um ihre Vergänglichkeit verfinstert wurde. Als sie unter dem Schnee hervor ins Freie traten und dann Eleanor in ihrem Schlitten saß, lächelte sie den Knaben zu. Dieses mondenblasse Lächeln zwischen rotgemalten Lippen in ihrem weißen ewigen Angesicht schien Tom so sterblich wie das Blut im Gefieder der Möwe, die sie noch immer mitleidig, aber zimperlich in den Händen hielt. Tom wagte kaum hinzusehen zu Eleanors sterblichem Lächeln und zu dem schon entseelten, dem ›weißen Lächeln des Himmels‹.

Die Schimmel schnaubten. Es dampfte um ihre bereiften Mäuler. Gläsern klang weithin ihre fröhliche Fahrt über die blankgewehte, seichter beschneite Landschaft vor dem verwunschenen Bristol.

Die Knaben sahen lange dem Schlitten nach. Als sie ihrer selbst endlich wieder gewahr wurden, merkte Tom, wie Williams einfältig-schönes Gesicht ganz verklärt blieb; es war ihm ein Licht aufgegangen. Er fiel nieder auf sein Angesicht und küßte die kleinen koketten Spuren, die der Schnee von Eleanors Füßen behalten hatte.

Gegen Ende des siebenten Jahres von Toms Colstonschulzeit fand der sogenannte Sklavenmarkt statt. Dies war der Spitzname für die Besichtigung der auslernenden Eleven durch ihre zukünftigen Lehrherren. Die Colstonboys galten allgemein als besonders billig und anspruchslos, als gut geschult und fromm; das Lehrgeld von zehn Pfund trug die Stiftung, kurz, es war ein glatter Handel. So wohnten denn Reeder, Kaufleute und Rechtsgelehrte dem Unterricht bei, um die Knaben in Augenschein zu nehmen, sie sich gleichsam zur Ansicht vorlegen zu lassen, und es kam für die Zöglinge nun sehr darauf an, zu gefallen von Ansehen und Kenntnissen. Herr Burgum, ein treuer Kunde der Anstalt, legte überdies vorzüglich auf Gesundheit und Reinlichkeit Wert, sah sich Fingernägel, Ohren und Gebiß auf tadellose Sauberkeit hin an, begann wohl auch als Kraftprobe einen kleinen Boxkampf, wobei es ihn unbändig freute, wenn sich so ein Junge auch tüchtig zur Wehr setzte. Beinahe hätte er Tom gedungen, der, was Anzug und Körperpflege anbetraf, viel auf sich hielt; allein bei der Muskelprobe entsprach er ganz und gar nicht.

Die Ware war diesmal im allgemeinen sehr gut. Nur wenige, darunter William, der aber leider einmal sitzengeblieben war, und Tom waren noch zu haben, als Mister Lambert, der Advokat, herangeschlichen kam. Er sah mager aus und schlau und so, als hätte er nie geliebt. Auf langem, dünnem Geizhalse saß das kleine nackte Gesicht unter der schlechtsitzenden altmodischen Perücke. Mißtrauisch waren die Augen, die Nase verkümmert und feucht. Unaufhörlich verzog er seinen unsauberen Mund, um unter geräuschvollen Zungenverrenkungen, unter Zullen, Ziehen, Saugen und Schmatzen hängengebliebene Speisereste zu erfassen und zu entfernen, wobei er auch manchmal den langen schwärzlichen Nagel seines Zeigefingers als Zahnstocher zu Hilfe nahm.

Er besichtigte die Schüler während der Mahlzeit und wandte sein Augenmerk alsbald Tom zu, bei dem man, da er, wie von jeher, karg und mit Unlust aß, also vermutlich mit wenig Spesen zu rechnen hatte. Darum kratzte Lambert mit jenem Zeigefinger ein wenig an

Toms Schulter und schnarrte: »Issest du immer so wenig, Knabe?«

»Ja, Herr«, sagte Tom.

»Und warum denn issest du so wenig?«

Der Knabe wich Lamberts schlechtem Atem aus und sagte widerwillig: »Weil ich keine Lust habe.«

Lambert kicherte.

»Aber du schläfst dann wohl um so mehr, heh?«

»Ungern«, erwiderte Tom.

Nachdem er schließlich mit einem klapprigen Zollstabe Toms Größe gemessen, ob er auch zum Pulte passe, das zu verändern er nicht gesonnen war, desgleichen Name und Herkunft notiert hatte, sagte der Advokat laut und wehleidig: »Ich war zugegen, als dein Vater starb.«

Toms Augen wurden schwarz vor Zorn. Denn es war eine häßliche Vorstellung, daß sein Vater in Herrn Lamberts Gegenwart hatte sterben müssen. Der Advokat gefiel ihm nicht. Man erzählte sich, er habe schon als Knabe mit Vorliebe Knoten in Regenwürmer gemacht.

Zu diesem Lambert kam trotz allen Widerspruchs Thomas Chatterton am 1. Juli 1767, dem gleichen Tage, an dem er die Colstonschule verließ, in die Lehre. Der Kontrakt lautete wie bei allen Armenschülern auf sieben Jahre.

Lamberts kleine Kanzlei, in der es roch wie in einer Schachtel voll Maikäfer, befand sich an belebter Straße gegenüber der alten Börse mit ihren ehernen Zahltischen und der roten windzerzausten Fahne über dem Tor. Die Fenster der Kanzlei, darin verblaßte Beglaubigungs- und Anerkennungsschreiben mit geschwänzten Siegeln hingen, waren schmal und aus unreinem Glas voller Luftblasen. Die Schatten der Vorübergehenden spazierten auf dem Kopf in entgegengesetzter Richtung durch den Raum. Der Klientenverkehr war mäßig und konnte meist in den zwei ersten Morgenstunden abgefertigt werden. Es waren in der Regel ziemlich verdächtige Gestalten oder betrogene Bäuerlein, welche beide durch

Herrn Lambert selbst spitzfindig und mit viel Latein bedient wurden.

Dann blieb Tom den ganzen Tag allein im Laden, denn während der Amtsstunden, die von acht Uhr früh bis acht Uhr abends dauerten, mußte wohl jemand da sein. Nur ab und zu überraschte ihn sein Herr, indem er plötzlich den Kopf zur Türe hereinsteckte oder gar seinen neuen Schreiber in Pantoffeln beschlich, ob er auch fleißig Rechtsbeispiele abschreibe, worin fast ausschließlich seine unfruchtbare Tätigkeit bestand. Tom war nach dem Lehrvertrag in Kost und Logis bei Herrn Lambert, dessen Mutter den Haushalt führte, wozu eine einäugige Katze und ein trunksüchtiger Diener gehörten. Mit diesem mußte Tom die Mahlzeiten und die ärmliche Schlafkammer teilen, ein Umstand, der gleich in einer der ersten Nächte zu Unträglichkeiten führte.

Tom nämlich pflegte noch immer im Schlaf zu wandeln, wenn des Mondes Sehnsucht es ihn hieß, und auch in Lamberts Diensten folgte er ihr. Er erschien William, der, daran gewöhnt, sich ganz still verhielt, bis Tom von selbst, nachdem er langsam zwei große silberne Tränen geweint, seinen Weg zurückfand. Einmal aber saß Gipsy, der Diener, noch trinkend auf seinem Bett, als Tom sich lautlos erhob, dem Monde nachzugehen. Aber als er aus dem Fenster wollte, faßte ihn Gipsy am Hemde und schrie ihn an: »Öha, hab ich dich, Bürschlein! Hab ich ihn erwischt! Hihi!« Tom erschrak so, daß er, jäh geweckt, wimmernd zusammenbrach und, nachdem er sich ins Bett gerettet, von Schluchzen geschüttelt, ohne den Grund der Traurigkeit zu wissen, schmerzhaft wachlag, bis es tagte. Es blieb ihm aber seitdem ein Argwohn gegen sich selbst.

Am wohlsten war ihm doch in der Kanzlei, nachdem er sie so weit hatte, daß ihr allenfalls ein Geruch nach Büchern, den er mochte, oder nach Tinte blieb. Von diesen Büchern zog ihn vor allem Cambdens Britannia an, jene ausführliche Beschreibung des alten England, davon er alsbald mindestens je einen Band (wie einen Prozeßakt maskiert) auf seinem Pulte liegen hatte.

Auf dem Aktenschrank lag eine Flasche aus wasserblauem Glase, darinnen sich ein Dreimasterschiff in voller Takelage befand, hineingezaubert offenbar, da es doch unmöglich durch den engen Hals geschlüpft sein konnte, es sei denn, ›als es noch klein war‹. Dies Schiff in der Flasche liebte Tom so sehr, daß er es Herrn Lambert abkaufte, der es, weil gegen bar, ohne weiteres hergab.

Sobald Lambert bei Gericht war, las Tom in Cambdens Britannia, oder er dichtete. Er stand an seinem Pult, ganz wie ein Schreiber, mit Schreibärmeln armiert, eine Gänsefeder hinterm Ohr. Aber er schrieb in dieser Zeit keine Rechtsbeispiele ab. Er stand also inmitten Bristols, an lauter, geschäftiger Straße, in der Kanzlei eines Advokaten, in Herrn Lamberts Kanzlei, und dichtete am hellichten Tage. Er tat es mit Hast und verstohlen, denn Lambert sah ihm genau auf die Finger. Er belauerte Tom, wie er nur konnte, und suchte ihn zu überrumpeln, ob er auch nichts anderes tue, und da er sehr erfinderisch war in der Art seiner Überfälle, gelang es ihm endlich, Tom zu überführen. Er ging, wie sonst von Gipsy gefolgt, der die Akten trug, zum Gericht, so schien es. In Wirklichkeit ging er ins nächste Haus, durch den Hof und gewann lautlos von hinten die Kanzlei. Es glückte vollkommen.

»Ah, sehr verdächtig! Äußerst verdächtig! In höchstem Grade sogar«, sagte er schrill, »was ist das? Doch nicht ein Gedicht? Ein Gedicht, pfui, pfui, in der Tat. Auf Kanzleipapier ei, ei! Auf meinem Kanzleipapier. Auf meinen Halfpennybögen. Ritsch – ratsch. Ich werde dich Poesie lehren. Ein Gedicht, pfui, pfui. Da, Gipsy, wirf's in den Abtritt.«

Gipsy nahm grinsend die Fetzen in Empfang und tat, wie ihm geheißen.

»Es war mein Papier«, sagte Tom, weiß vor Haß und Verachtung.

»Pah«, sagte Lambert, »wie dem auch sei, es war meine Zeit. Ich verbiete es dir! Verstehst du mich? Ich hasse die Poesie!« Aber plötzlich verwandelte sich des Advokaten bösartiges Gesicht, es wurde demütig, fast hündisch in aussichtsloser Begierde. Tom folgte dem kläglichen Blick zum Fenster. Draußen ging, von einem Mohren begleitet, der einen chinesischen Sonnenschirm über sie hielt, Eleanor vorüber, in einem Kleide aus Susannes Hand, dem schönsten, das ihr bisher gelungen. Einige Schritte hinter ihr aber ging William barhäuptig, leuchtend vor Liebe.

Früher, als es bei Tom geschah, war mit William jene zauberische Metamorphose vor sich gegangen, davon unter Wonnen des Wachstums und träumerischen Verirrungen auch des Dummen liebende Seele erst zu schwärmen, dann aber, ihres jüngsten wunderbarsten Sinnes bewußt, so schön zu schwingen und zu tönen begann, daß der blinde Schauspieler Donald Harrison, durch Zufall Williams Stimme erlauschend, auf offener Straße und ganz beglückt stehenblieb und ihn daraufhin als Führer und Vorleser erkor. Die Hand auf des Knaben Schulter, sah man von nun an den ausdrucksvollen Greis durch Bristol wandeln oder, unter einem Baum vor der Stadt gelagert, pathetisch deklamieren.

Damals war es auch, daß der Schöne-Einfältige seinen Gefährten Thomas mit stürmischen Worten bat, für ihn, der dazu ganz untauglich sei, für ihn doch ein oder zwei Gedichte anzufertigen, Gedichte eines Liebenden, gerichtet an Eleanor, als seien sie von ihm. »Oh«, rief William aus, »oh, ich weiß, du kannst es und schön!« Dabei umhalste er Tom und küßte ihn wild und tief mit seinem schönen Mund. Er erschrak aber sehr, als ihm Tom, kaum, daß er dessen Lippen berührt, weiß und besinnungslos in den Armen hing. Der ganz bestürzte William, ahnend, daß er es getan, bettete Tom mit ängstlicher Behutsamkeit. Doch erwachte jener alsbald, schämte sich und beteuerte, William könne beileibe nichts dazu und möge verzeihen. Die Gedichte versprach er.

Die Mannung Thomas Chattertons ging, so schien es, weniger laut und öffentlich vor sich als die Williams. Die Tonart seiner Rede zumal verwandelte sich nur langsam und wurde nie sehr tief. Es blieb ihr für immer jene herbe, sonderliche Stimmung abklingenden Knabentums. Fast unsichtbar ging dies vor sich und eigentlich nur von Tom selbst erkannt. Leise, durchsichtig und seinesgleichen stand sein Schatten in ihm auf. Und da er seine Augen nach innen aufschlug, sah er, ganz deutlich und lang schon geahndet, sah er den Mann, sein Ebenbild, getrieben aus der Fläche der Finsternis, und ihm zunicken.

In der Nacht auf Williams fast tödliche Umarmung spürte endlich Thomas, daß unter schmerzhafter Lust die Gestalt von der Finsternis sich löste wie ein Abziehbild und ganz an seine Stelle trat. Thomas schrie laut auf, als es geschah.

Thomas trug nun den schwarzen Schreiberrock, der ihn schmal machte. Er liebte es, dazu Spitzenjabots und Spitzenmanschetten zu tragen (von Missis Edkins aufs zarteste geklöppelt). Sein messinggelbes, unbändiges Haupthaar federte nun in wildem Gestrüpp bis auf seine Schultern. Seine ernsthaften, unerforschlichen Tintenaugen waren die gleichen geblieben; mehr als früher leuchtete darin zuweilen das aberwitzige, kindliche, unwiderstehliche Lächeln göttlichen Einverständnisses. Susanne war froh, weil ihr Tom bei Herrn Lambert, wie sie glaubte, so gut untergekommen war, besonders aber, weil er seine freien Stunden von acht bis zehn Uhr bei ihr zubrachte und seit kurzem sichtlich zum Heiteren gewandelt oder doch scheinbar ungemein aufgeräumt war. Und nun hörte sie mit gutherziger Teilnahme die erstaunlichen Dinge an, die Thomas fast allabendlich zu erzählen wußte, obgleich ihr und den andern Frauen freilich nicht so ganz einleuchten wollte, warum Tom mit so leidenschaftlicher Stimme längst vergangene Dinge erzählte, noch dazu von jenen unseligen Pergamenten, die er Frau Susanne abgetrotzt hatte, als sie gerade die Kruken voll Salzgurken damit zubinden wollte.

Es sei ihm, so hatte Tom seine abendlichen Berichte eingeleitet, nach jahrelangem Studium endlich gelungen, eine beträchtliche Anzahl von Pergamentrollen zu entziffern, und das Ergebnis sei derart, daß er jetzt schon Susanne und Mary bäte, sich etwas zu wünschen, wonach ihr Herz stände. Denn – und seine Augen wurden groß und schön bei diesen Worten – er werde in Bälde aus seiner Entdeckung genug Geld lösen, um allerlei Wünsche erfüllen zu können. Es handle sich, fuhr Thomas fort, tatsächlich um etwas bisher überhaupt noch nicht Dagewesenes – er lächelte kindlich über dieses Wort –; seiner Geschicklichkeit sei es einzig und allein zu danken, daß man überhaupt davon erfahre ––!

»Und ich dachte«, unterbrach ihn Mary gekränkt, »ich dachte aber doch, du dichtest!«

»Gewiß«, sagte Tom und schenkte sich die siebente Tasse Tee ein, die einzige Kost, die ihm mundete und von der er nicht genug kriegen konnte.

»Ach Gott, ach Gott, Kind«, seufzte Susanne, »dichten? Du wirst doch nicht. Das wäre sündhaft.«

»Es bleibt uns nichts erspart«, murmelte die Alte, auf alles gefaßt.

Sein größter Stolz dabei aber sei, fuhr Tom zuversichtlich fort, die Verewigung eines Namens, von dem kein Mensch bisher eine Ahnung gehabt habe, nämlich des großen Dichters und Weltkundigen, des guten Priesters von St. Johannes: Thomas Rowley. Ihn habe er der Finsternis entrissen und auf verblüffende Weise urkundlich belegt. Dieser Thomas Rowley hätte keinen Geringeren zum Freund gehabt als William, jenen Meister William Canynge in St. Mary Redcliff. Tom deutete so eindringlich zum Fenster, daß alle den Kopf dorthin wandten. Es war finstere Nacht draußen, und so sahen sie weiter nichts als Toms im Widerscheine des Kamines entflammtes Gesicht in der Scheibe sich spiegeln. Niemand, redete Tom teetrunken weiter, niemand werde das wildere Wort Rowley aussprechen können, ohne dabei an den keuschen Namen Chatterton zu denken.

»Was ist dir, Tom?« fragte Susanne besorgt.

Denn der Knabe war aufgesprungen und stand verzückt, die großen verwunschenen Augen weit geöffnet.

Er stehe da wie ein Denkmal, sagte Mary und lachte gansig.

Aber Tom hörte nicht. »Für das Turniergedicht von gestern«, schwärmte er entrückt, »sendet Canynge einen Beutel Dukaten an Rowley, seinen Freund, und ein Feiergewand aus Lyoner Samt. Ein andermal (für Gedichte, an Meister Canynges Dame gerichtet, hier sind sie) sendet er dem Freund zwei arabische Schimmel, aufs zierlichste aufgezäumt mit silbernen Steigbügeln. Ein andermal läßt er ihm ein Schiff ausrüsten, daß er damit nach Italien und Indien reise, und gibt ihm Rowleys Namen; Rowleys Wappen schmückt den Bug: eine weiße Möwe schwebend über einem roten Turm auf türkisblauem Grunde. Groß war es auch auf die Segel gestickt. Rowley ist es auch, der John Ladgate aus London im Wettstreit um den Dichterlorbeer besiegt, umjubelt von Bristols Volk. Rowley ist es –«

In diesem Augenblick begannen die ehernen Glocken von Redcliff zehn Uhr zu läuten, und wie immer ward das kleine Haus davon erschüttert. Es rieselte Sand in den Wänden. Die alte Chatterton begann herausfordernd zu beten.

»Tom, es ist Zeit«, sagte Susanne mit zartfühlendem Tonfall, »geh, daß du Herrn Lambert – Gott erhalte ihn! – nicht erzürnst.«

Taumelnd im Glockenklang kehrte Tom in Herrn Lamberts ungelüftete Wohnung zurück.

Am folgenden Tag wurde der poetische Schreiber durch den Advokaten wieder einmal in so völliger Verträumtheit angetroffen, so innig einem Schreiben hingegeben, daß er seinen Herrn erst gewahrte, als dieser mit flacher Hand jäh und knallend aufs Pult schlug. Herr Lambert geriet in solche Raserei, daß er den Knaben züchtigte. »Nicht ins Gesicht, nicht ins Gesicht!« schrie Tom außer sich. Es rettete ihn aber William, der, nach den versprochenen Gedichten zu fragen, zu rechter Zeit braun und stark überlegen in der Türe erschien und angesichts der Szene sogleich mit eindeutiger Bestimmtheit seine Ärmel aufzukrempeln begann.

»Meuterei, äh«, quäkte der Advokat und trat eiligst den Rückzug an.

»Wie kann man dich nur schlagen, Tom«, sagte danach William ganz traurig und verschwieg, weshalb er gekommen.

Gegen Abend desselben Tages wurde in der Redaktion des Bristol Journals ein Manuskript abgegeben, dessen Begleitbrief zu Händen der verantwortlichen Herausgeber, der Herren Rocketts und Gon, durch seine überraschend anmaßende Kürze und hochfahrende Sicherheit verblüffte, um so mehr, als er dabei orthographisch nicht ganz einwandfrei war. Das Schreiben lautete ungefähr:

> Sirs,
> beigeschlossen finden Sie die einer alten Urkunde entnommene ausgezeichnete Schilderung der Erstüberschreitung der alten Bristolbrücke durch den Bürgermeister. Das Dokument scheint mir heute der ganz besonderen Anteilnahme Ihrer Leser wert.
>
> Postumus Bristoliensis

Wirklich sprach man in Bristol gerade von nichts anderem als von der kurz bevorstehenden Einweihung der neuen und der Abtragung der alten Brücke über den Avon. Was nun die neue Brücke betraf, so hatte es damit schon weidlich Ärgernis gegeben. Henry Burgum nämlich, der den Bau angeregt und mit seinem guten Geld gefördert, hatte es sich nicht nehmen lassen, tatsächlich als allererster und noch dazu hoch zu Roß die Brücke zu überschreiten, nachdem eben die ersten schwanken Bohlen von Pfeiler zu Pfeiler gelegt worden waren. Umjohlt von der gaffenden Volksmenge, bezahlte er den Brückenzoll von fünf Guineen, womit man ihn belegte. Überdies war das kleine Abenteuer nicht ungefährlich, zum mindesten konnte Burgum sich lächerlich machen, wenn er dabei samt seinem geckenhaften Aufzug in den Avon fiel.

»Wer hat das abgegeben?« fragte Mister Gon.

Ein junger Mann, hieß es, fast ein Knabe noch, seiner Unverschämtheit nach ein Schreiber.

Gon und Rocketts sahen einander fragend an. Sie saßen sich gegenüber an einem großen Tisch, durch einen Wall von Manuskripten und Büchern getrennt, so sehr, daß sie, um einander sehen zu können, die Hälse lang machen oder sogar in Beugestütz von ihren Stühlen sich erheben mußten.

»Ein junger Mann? Welcher junge Mann? Warum? Wo? Wer?« keuchte Rocketts, der fett und kurzatmig war.

»Ein Abonnent womöglich«, meinte Gon besorgt, der das Schriftstück überflog. »Barett am Ende. Wir müssen es wohl bringen, um nicht jemanden – –. Nicht übel außerdem, Kollege, hören Sie bloß: ›Als die Brucken ›aufgerichtet und erbawet was / muoßt si wohl geweihet ›werden mit allerlei Kurzweil und Mummenschanz vor ›Adel / Burgern und dem gemainen Volk / als mit Ringleinstechen / Schawspyl und Ochsenpraten / ohngeacht mancherlei kunstfertiger Gaukler und Taschen-

›spieler / daran meniglich sein Lustbarkeit und Ergetzen / auch die Kinder mit Fähnlein in den Gassen tanzeten als käm der große Mogul von INDIA in Bristowe ›eine newe Brucken anschaun / maßen er in der Welt ›noch nicht dergleichen Wunder gesehen hett. Und war ›ausgeschellet und affichieret: daß die erbarn Burger / so ›bei der newen Brucken Quartier hetten / sollten ihre ›Häuser fein zieren und putzen mit artigen Kränzlin / ›auch gewürkten Teppichen / wie denn die Stadt endlich ›gar scheckig und ganz und gar narrenpossenhaft sich ›präsentieret und jedem sein Kappen gar noch wohl ›gefiele...‹«

»Genug«, sagte Rocketts, »man will heute so was, drucken wir's also.«

So geschah es, daß, zwar mit einigen Strichen, in der nächsten Nummer des Bristoler Journals die Urkunde an bevorzugter Stelle veröffentlicht wurde.

Auch Herr Lambert war der amtlichen Verlautbarungen wegen leider genötigt, das Blatt zu halten. Es erschien pünktlich jeden Samstag und wurde durch die kleinsten der Colstonschüler ausgetragen. Auch Thomas hatte es seinerzeit getan, und es hatte ihm Freude gemacht, das Journal da in den Ring des Türklopfers, dort zwischen einen Glockenzug zu zwängen oder unter eine Tür zu schieben. Das geschah frühmorgens, da noch die Bäckerbuben mehlbepudert in Schlappen durch die dämmernden Straßen trabten, fröstelnd, pfeifend und umwittert vom süßlich-schwülen Duft des warmen Brotes in ihren Huckelkörben.

Thomas war schon auf, die Kanzlei allsamstäglich zu säubern, als das Wochenblatt draußen am Türklopfer raschelte. Er ging, es zu holen, und sah einverständig dem blaugelben Knaben nach, der es gebracht, einem strohblonden Colstoner, vielleicht ihm ähnlich, als er klein war. Dann entfaltete Tom das Blatt mit unruhigen Händen. Es war das erstemal, daß er sich gedruckt las, und er vermochte es nur im Sitzen. Schon auf der zweiten

Seite war zu lesen: »Merkwürdige Nachricht über die Einweihung der alten Brücke, welche demnächst soll abgetragen werden.« Tom versuchte, sachlich weiterzulesen. Aber es waren nun seine Worte nicht mehr, die da vor seinen Augen zitterten, wie durch Tränen gesehen, sie waren ihm fremd im Druck, und wie oft er es las, las er es inhaltlos, schamroten Angesichts und glücklich zugleich. Sehr allmählich beruhigte sich die Schrift, und Tom lächelte, ganz für sich allein, als er sich vorstellte, wie die Genarrten jene Urkunde ernsthaft und treu sich gefallen ließen, ungeahnt des Urhebers solch belehrender Unterhaltung. Tom trat ans Fenster, dabei ein wenig zuzuschauen, und sah einen Kaufmann im Stehen unter der Ladentüre offenbar gläubig in die zweite Seite vertieft.

So, dachte Tom ohne Arg, so lesen sie es nun alle. Burgum liest es so und Barett, Rektor Sowans, der Bürgermeister selbst. William wird es Harrison vorlesen unter einer Platane vor den Toren. Vielleicht liest es die blonde Eleanor.

Alle lasen es, auch die Trödelgreise, die Brückner, die es vor allem anging, obschon sie jetzt in neuen, viel zu hellen Läden in der Verbannung wohnten, umgetopfte Pflanzen, Trauernde. Nur Goodal hauste noch als letzter in seiner Bude auf der Brücke und rief Tom heran, als er abends wie sonst vorüberging.

»Master Chatterton«, rief der Alte mit bewegter Stimme, »gucken Sie, gucken Sie!« Und er schwenkte das Bristol Journal. »Junker Chatterton, was soll ich Ihnen sagen, das ist etwas für Sie.«

Lässig kaufte Tom die Nummer, überflog sie, rollte sie und verwahrte sie hinten in der Rockschoßtasche. Es gelüstete ihn aber, sich ein wenig in der Nähe der Druckerei herumzutreiben, wo sich auch die Redaktion befand. Und, obgleich Samstag, war noch Licht in dem bewußten Zimmer, und zuweilen bewegte sich ein Schatten gestikulierend hinter den grünen, mit Efeuornamenten bedruckten Kattunrouleaus. Schließlich kam Dr. Barett aus dem Haus, im Weggehen noch zurücksprechend, Mister Gon möchte ihn doch sicher benachrichtigen, sobald er etwas wisse. Dann schritt er in sich gekehrt mit gedankenvoller Miene, den Doktorstock unter der Nase, an Tom vorüber, der ihn jedoch alsbald in Gesellschaft Catcotts und Burgums am Kai auf und ab gehend und wichtig disputierend wiederfand. Immer wieder zog Barett das Journal hervor und schlug überzeugend mit dem Rücken der Hand darauf, um es dann mit heftiger Genauigkeit wieder zu falten und zu verwahren.

Auch aus Onkel Philipps' Rocktasche guckte weiß im Mondenschein das Journal, als Tom am Redcliff vorüberging. Philipps stand in einem Grabe.

»Tom, einen Augenblick«, sagte er lautlos lächelnd und zog ihn vertraulich zu sich ins Grab. Sein Gesicht war beinern bleich im Monde. Es war aber ganz warm in dem Grab, denn die Sonne hatte den ganzen Tag auf den Gottesacker geschienen, und ihre Strahlen waren tief in die schwarze, gesättigte Erde gedrungen, die fruchtbar, fast nahrhaft roch. Aus den glatten Spatenstichflächen quälten sich blindlings bleiche, fette Engerlinge. Tom tat ihnen nichts, denn es ekelte ihn von je, etwas zu töten. Es beunruhigte ihn aber doch, weil es so nahe bei den Toten so warm und lebendig war.

»Hast du es gelesen?« fragte Tom und machte große Augen.

»Ich bin vermutlich der einzige Mensch in ganz Bristol, der weiß, daß du es warst«, sagte Philipps und schlug zwei Schenkelknochen gegeneinander, damit das Erdreich davon abfalle. »Ja, die alte Brücke«, fuhr er mit seiner leeren, dürren Stimme fort, »die alte Brücke! Canynge ging darüber. Es sind noch dieselben Steine, ob auch die Berührung seines Fußes abgeschliffen ist von Tausenden und aber Tausenden von Schuhen. Aber die Brücke, die Steine, die sein Schritt erschütterte, sie haben ihn noch im Gedächtnis, ganz gewiß, und nun tun sie sie voneinander, Steine, die seit Jahrhunderten Wange an Wange liegen!«

Thomas lächelte, da Philipps der Steine gedachte wie einander Liebender. Man könne, meinte Tom dann, sich aber verfinsternd, man könne wohl auch Totem Arges antun, wenn man es zertrümmere und ganz unwiederbringlich mache – denn es schmerzte und erschreckte ihn ja schon das Zerbrechen eines Glases –, und ob nicht am Ende Unsterblichkeit wie das Schöne sichtbar sei, ja geradezu abhängig von Dingen, nicht vergänglich natürlich, aber doch zerbrechlich, verletzlich; eines Malers Unsterblichkeit im Bilde, eines Dichters Seele als Gedicht in einem Buche. Das ängstigte Tom.

»In meinem Beruf hält man nicht viel von Unsterblichkeit«, sagte Philipps und las die Knochen in seine Schürze, darin er sie ins Beinhaus trug zu den andern.

Philipps hatte, wo er ging und stand, immer sein Grabscheit bei sich, damit stets gleich bei der Hand zu sein. Er trug es geschultert wie der Soldat sein Gewehr. Einst hatte er sich dadurch zweier Leichenfledderer erwehrt, die er in einer Gewitternacht bei ihrem grausigen Gewerbe ertappt. Sie mußten, nachdem sie den scheinbar gebrechlichen Alten zu der beraubten Leiche, der Gattin eines reichen Lederhändlers, in den Sarg hatten zwingen und also lebendig begraben wollen, kraft des blanken Geräts arg zerhauen und blutig die Flucht ergreifen. Da nun Tom hinter Philipps drein auf schmalen Zickzackwegen zwischen den Gräbern, von deren üppig überhängendem Gras seine Schuhe taubenetzt und schwarz glänzend wurden, zum Beinhaus ging, spürte er schwer das Gold und wieviel davon mit den Toten in die Erde eingebettet lag, darüber sie hinschritten, wieviel Ketten und Geschmeide da unten in zerfallende Brüste einsanken, wieviel unsterbliche Ringe um verdorrende Finger locker wurden, goldene Ringe, daran man die Unkenntlichen einzig noch erkennen mochte. Aber nun sie vor dem Beinhaus hielten und Philipps die Knochen zu den andern hinter das Gitter schüttete, lächelte Tom bei dem Einfall, wie es klappern müßte, wenn diese Gebeine auferstehend durcheinander stürmten, daß sie einander wiederfänden, wie sie zu Lebzeiten zusammengehörten.

Als sie nun in Philipps' kahler Stube saßen, neben der Totenkammer, darin diesmal ein toter Schiffsjunge und eines Gärtners Tochter aufgebahrt lagen, redete Tom unaufhörlich vom Golde als dem einzig Unwandelbaren, von Kronen und Zeptern der Könige und von Meister Canynges unermeßlichen Schätzen. Und er sagte auch, daß des Mondes Kugel dort oben gewiß aus eitel Golde sei. So schwärmend ging er.

Gipsy war noch wach, als Tom die Dienstbotenkammer im Hause Lambert betrat. Die ungleichen Schlafgenossen redeten schon lange kein Wort mehr miteinander, sie übersahen einander ganz. Wenn aber also der Trunksüchtige für Tom Luft war, so war es eine stinkende, garstige Luft, des Fuselgeruchs wegen, der sich mit dem nach geröstetem Käse mengte. Gipsy saß auf seinem ungemachten Bett und fraß eben diesen Käse von einer fettigen Zeitung, die er über seine Knie gebreitet hatte. Es war die Nummer des Bristol Journals, die Toms Beitrag enthielt. Lautlos und gequält von höchst peinlichen Vorstellungen, was sonst noch mit seiner Dichtung alles geschehen konnte, seit sie auf Papier gedruckt war, legte Tom sich nieder. Kaum aber erwehrte er sich Gipsys, der wieder schwer betrunken war, so sehr, daß er sich taumelnd auf Toms Bettkante niederließ, »mein Bruder Chatterton« zu ihm sagte und weinerlich bat, er möge ihm seine Sünden verzeihen. Dabei versuchte er den Unglücklichen zu umarmen, ja zu küssen, zärtlich dumm vor sich hinlachend und lallend, bis er endlich nach einem mißglückten Versuch, Tom zu einem Schluck aus der Flasche zu verführen, rührselig flennend in sich zusammensank und alsogleich auf dem Fußboden in beschwerlichen, lautgurgelnden Schlaf verfiel.

Auch Thomas schlief endlich ein, aber nur, um nach solchem Tage buntesten Geschehens alsbald zu wunderlichem Traumwandeln sich wieder zu erheben und, nachdem er dem guten Dr. Barett erschienen war, in dessen Traum er aber paßte, und den Mister Gon (der ihn ja noch nicht kannte) bös erschreckt hatte, zu Onkel Philipps' Häuschen gleichsam zurückzukehren. Er sah ihn durchs Fenster bei Kerzenschein an seinem Tische sitzen, eine gelbe Kugel in den Händen, wie aus lauterem Golde geformt, so schien es Tom, dem Monde ähnlich, ja ihm ein Gleichnis und schon fast so groß wie eines Menschen Schädel. Philipps spielte zärtlich damit und bespiegelte sich darin. Als er Tom gewahrte und den Widerschein des Goldes in seinen Augen, tat er dennoch nicht dergleichen, warf vielmehr nur seinen schäbigen Dreispitz darüber und ging öffnen. Tom schritt aber gerade darauf zu, tat den Hut davon und ergriff die Kugel mit scheuen Händen. Er hielt sie auf flacher Hand, indem er steif und ernsthaft auf dem Stuhle niedersaß, ganz wie der König den Reichsapfel vor sich hält. Seine linke Hand aber war beschwörend erhoben, seine Augen groß aufgetan, wahnwitziger Glanz darin, der Mund auch so lächelnd. So saß er lange, bis er, durch die nahen Glocken dröhnend angerufen, endlich zu sich kam. Philipps hielt nur den Finger an die Lippen. Tom ließ die Kugel in des Alten beinerne Hände zurückgleiten und wandelte feierlich, wie er gekommen, über den Friedhof zurück zu Lamberts trostlosem Hause.

Das nächtliche Gesicht von der goldenen Kugel in Onkel Philipps' beinernen Fingern beunruhigte Tom noch lange, obwohl er für Traum hielt, was doch Wirklichkeit gewesen war. Er entsann sich, als Kind den Onkel an einer solchen Kugel hämmern gesehen zu haben, und wahrhaftig, bei der Schlichtheit und Billigkeit seines langen, fleißigen Lebens konnte Philipps wohl so weit sein, wenn er beharrlich jeglichen Verdienst in Gold verwandelt und zur Kugel geschlagen hatte.

Anderntags war Thomas auf dem Weg zur Redaktion des Bristol Journals, um sein Honorar gebührlich zu fordern. Staunend sah er, als gälte es seinem festlichen Gang, die Straßen mit Girlanden und Fähnchen geziert. Das war, weil die neue Brücke endlich dem Verkehr übergeben war.

Tom wurde durch den Redaktionsdiener mit höflicher Beflissenheit empfangen und, da man den jungen Herrn bereits mit Ungeduld erwartete, geradewegs ohne Anmeldung in die Redaktionsstube geführt.

»Das ist er«, sagte der Diener stolz.

Sofort sprangen Rocketts und Gon freudig von ihren Sitzen auf.

»Wie geht es Ihnen?« sagten sie gleichzeitig und schüttelten Tom verbindlich die Hand.

»Sie ließen uns warten, mein Lieber«, gehabte sich Rocketts, gekränkt lächelnd, während Gon, der nächtlichen Erscheinung mit Gruseln eingedenk, verdutzt ihr Ebenbild anstarrte, das hoffärtigen Mundes, obschon innerlich unbehaglich, vor den erstaunlich zutunlichen Redakteuren stand.

»Ich komme«, sagte er dann, »des Honorares wegen.« Es beruhigte ihn, daß er auf einem Regal Cambdens Britannia stehen sah.

»Honorar? Ah, für Postumus Bristoliensis«, fiel Rocketts ein, »o gewiß. Sofort! Im Augenblick! – Jedoch – Sie verzeihen – man wird vorsichtig – es gibt da gewisse Bestimmungen, wissen Sie, Bestimmüngchen, denen Mister Gon und meine Niedrigkeit – uns ist, hä, hä, ein Herr Postumus Bristoliensis nicht bekannt. Der Form wegen – Diskretion Ehrensache – uns können Sie es ja ruhig sagen: In wessen Auftrag, teurer Herr, brachten Sie uns die Abschrift jener bedeutsamen Urkunde? Wer ist Postumus Soundso?«

Während dies Herr Rocketts wie zum Scherze sagte, schien er die Papiere auf seinem Schreibtisch ordnen zu wollen, legte peinlich genau Bogen auf Bogen, sie nachdrücklich glättend und ausrichtend, nicht ohne zu visieren und den Kopf prüfend hin und her zu wiegen.

Tom besann sich mit bockigem Gesichtsausdruck. Er begriff. Endlich sagte er, vorsichtig geworden: »Verzeihung, Sir, aber ich verstehe nicht recht, was das mit dem Honorar zu tun hat.«

»Es ist gesetzlich«, log Rocketts überzeugend, »leider, aber es ist so. Wir können Unannehmlichkeiten davon haben. Die Zensur --!«

Tom war drauf und dran umzukehren.

Aber nun verlockte ihn Gon, der sich inzwischen gefaßt hatte: »Sagen Sie uns, von wem der Beitrag kam, junger Mann, und Sie haben das Geld sogleich.«

»Er ist von mir«, sagte Thomas nun, plötzlich wieder seiner selbstbewußt und davon begeistert.

Die Wirkung seiner Worte auf Rocketts und Gon war aber derart, daß, als Tom es merkte, in seine Augen jener gefährliche frohlockende Glanz unschuldiger, unbezwinglicher Heiterkeit kam, der den seltsamen Schreiber ganz verklärte, ja von innen leuchtend machte. Denn Rocketts und Gon sahen völlig töricht drein. Sie erkannten Thomas Chatterton nicht. Sie konnten keinen Palmenschößling von einem Grashalm unterscheiden.

»Sie sagten?« tat endlich Rocketts, als höre er schlecht.

»Ich sagte«, erwiderte Tom herablassend, »der Beitrag ist von mir, Thomas Chatterton, nachgeborenem Sohne des weiland Küsters Chatterton in Sankt Mary Redcliff zu Bristol.«

»Heh?« machte schwerhörig Gon und zwinkerte seinem Kollegen zu, der sogleich sich setzte und, mit einem Petschaft überlegen spielend, andere Saiten aufzog.

»Und du willst also der Einsender sein?« sagte Rocketts geringschätzig, »und Geld willst du auch noch dafür. Schön, es ist gut. Und wie kommst du denn zu der Urkunde?«

Tom schwieg frech.

»Gestohlen vermutlich!« sagte Gon einfach, während

er sein Vesperbrot auspapierte. Er aß dann umständlich, ohne von Tom Notiz zu nehmen. Rocketts prüfte seine Feder am Daumennagel und schrieb.

»Nein, nein, nein«, schrie Tom und stampfte jedesmal heftig mit dem Fuß auf.

Die Redakteure warfen einander einen Blick zu und schwiegen.

»Ich will mein Geld«, sagte Tom trotzig.

Rocketts begann nun gemütlich eine Melodie zu summen, mit einer Hand auf gedachten Tasten sich begleitend, während Gon mit Hilfe eines Taschenspiegels angelegentlich eine kleine, bereits gelbe Pustel in seinem Mundwinkel untersuchte, wozu er unter allerlei Grimassen die Wange mit seiner Zunge ausbuchtete.

»Mein Geld!« rief Tom, und die Augen gingen ihm über.

Rocketts sah es sofort.

»Kaum«, sagte er endgültig und betrachtete die klebrige Fliegentüte, die von der Decke hing. »Im übrigen, wir sind außerordentlich beschäftigt.«

Tom blieb. Sein Gesicht war mondenbleich, fast weiß, seine Augen aber groß, wetterschwarz und so böse, daß Gon samt seinem Stuhle etwas rückte und sich des Lineals versicherte.

»Schön«, sagte Tom leise, und die Tränen entrannen ihm, wie sehr er auch kämpfte, »ich gehe. Sie werden sehr bitten müssen, bis ich Ihnen wieder einen Beitrag gebe.«

»Ausgezeichnet«, lachte Gon künstlich, und Rocketts klatschte dazu in seine prallen Hände.

Tom zitterte. Seine Lippen bewegten sich. Barett, Barett, Barett, betete er. Draußen schlug die Hausglocke an. Der gute Dr. Barett kam.

Durch den Diener wußte er schon, daß der Einsender der Urkunde der ›Erstüberschreitung der alten Brücke durch den Bürgermeister‹ sich endlich eingefunden habe, nun aber erst, als er Thomas erkannte, leuchtete es ihm ein.

»Thomas Chatterton, du! Natürlich!« rief er warmherzig aus. »Dacht ich's doch! Nein, zu dumm, daß ich gerade dich vergaß! Das pergamentene Gedicht von den ›zwo Magedin am Ruddebornebach, der wâs von Bluote rot‹. Fifti weilte noch unter uns, nicht wahr! Aber sage mir, kleiner Chatterton, warum du eigentlich weinest.«

Denn Tom hatte heftig zu schluchzen begonnen, als Dr. Barett ihn anredete. Nun aber fiel er ins Knie und ergriff des Doktors Hand.

»Der Knabe wurde frech«, verteidigte sich Rocketts, weil Tom, immer kniend, treuherzig und tief verletzt beteuerte, er habe nicht gestohlen, ganz gewiß nicht, Dr. Barett wisse von den Redcliffpergamenten, davon auch diese Urkunde sich herschreibe, und nun wollten ihm die Herren das Honorar weigern, weil er nur ein Knabe sei.

Barett hob Tom auf und beruhigte dessen zornig gesträubtes Haar.

»Du wunderliches Kind«, sagte er liebreich, »dir soll Gerechtigkeit widerfahren. Ich bürge für ihn, Sirs. Ich denke, das genügt.«

»Gewiß, gewiß«, sagte Gon falsch, während Tom sich bückte, seines Gönners Hand zu küssen.

»Aber wir dachten«, fuhr Rocketts wehleidig fort, »er sei ein wenig arg jung noch sozusagen, und überdies bekamen wir die Urkunde ja gar nicht zu Gesicht.«

»Er wird sie mir morgen bringen«, schloß Barett streng das denkwürdige Gespräch. Tom nickte verlässig.

Knurrend gab ihm Gon das Geld. Barett und Tom gingen, kaum grüßend, mit hohen Schultern und angehaltenem Atem hintereinander zur Türe, während die Redakteure sich, mit den Fingerspitzen den Tisch berührend, ironisch verneigten. Bis auf die Straße war zu hören, wie sie sich dann gegenseitig verantwortlich machten. Tom hielt die halbe Guinee so fest in der Hand, daß sie zu schwitzen begann. Sie prägte sich ab in der Handfläche, und er hörte kaum, was Dr. Barett von seiner Geschichte der Stadt Bristol von der Gründung bis zur Gegenwart erzählte.

Als sie vor Baretts Haus kamen, flatterte es da in der hohen, schmalen Straße wie von Kohlweißlingen. Aber es waren nur weiße, kleinbeschriebene Zettel, die zierlich schwankend und quirlend von einem Fenster herabwehten, daraus das platte, fürchterliche Geräusch zwecks Entstaubung gegeneinander geschlagener Bücher schallte. Frau Barett war am Werke, Sie stöberte, damit auf ihre Weise der neuen Brücke Ehre anzutun. Als sie sich nun, ein weißes Tuch um ihr graublondes Haar geknüpft, aus dem staubumwölkten Fenster neigte, lief der unglückliche Barett, seinen Hut gleich einem Schmetterlingsnetz benutzend, ganz verzweifelt den papiernen Faltern nach, die der Wind entführen wollte. Auch Tom, der den Sinn und Wert solcher in Bücher eingelegter Zettel sehr wohl kannte, machte erfolgreich Jagd darauf. Mit einem Blick zum Himmel betrat Barett, nachdem er Tom schmerzlich zugenickt und sorgfältig die Füße abgestreift hatte, mit der geretteten Wissenschaft das Haus.

Immer noch lag in Thomas' geballter Hand schwitzend das runde harte Geld, die halbe Silberguinee, als er sich nach Redcliff wandte. Er machte davon unterwegs verschiedene Einkäufe bei seinen Freunden von der alten Bristolbrücke und schenkte William eine Pfeifendose aus Messing und Kupfer mit geprägter Darstellung des preußischen Königs, der zu Pferde, von Windspielen begleitet, in einem Parke ganz allein spazierenritt. In der Dose fand William das längst versprochene Gedicht an Eleanor, kunstvoll geschrieben auf feines weißes Papier; rings von einer mit der Schere aufs artigste ausgeschnittenen Kante geziert. Es war im Englisch der Zeit geschrieben.

Tom, der sich zu Hause, ohne einen Bissen anzurühren, aber mit einer großen Kanne Tee versehen, sofort zu geheimer Tätigkeit in die Dachkammer zurückgezogen hatte, erschreckte spät an jenem Abend wieder einmal seine Lieben durch ein indianerhaft entstelltes Gesicht und ebensolche Hände, was Misses Edkins mit dem Scherze treffen wollte, seine alten schrecklichen Pergamenter hätten wohl ziemlich auf ihn abgefärbt, denn sein Gesicht sähe gerade so unleserlich und nach Zauberei aus wie jene. Tom mußte darüber lachen, und seine Zähne bleckten weiß aus seinem rost- und rußbestaubten Antlitz.

Eine Überraschung aber bereitete er dadurch, daß er jeder der Frauen eine aus Bristoler Wochenblatt gedrehte Tüte überreichte, die man mißtrauisch öffnete. In Susannes Tüte befand sich eine Brosche (obgleich sie derlei schon besaß), in Marys die ihr längst schon zugedachte Kette aus roten Korallen, in Edkins' aber ein Paket Schmirgelpulver und in der alten Chatterton Tüte eine zahme weiße Maus, die, obgleich sie niemandem etwas tat, bei allen Damen kreischendes Entsetzen hervorrief; auch Tom erschrak heftig, als Frau Chattertons gegenwärtiger Kater, ein schwarzes, stark elektrisches Tier, mit einem Sprung das Mäuschen am Genick hatte, gleich einer Arznei kurz und kräftig schüttelte und mit Haut und Haaren verspeiste, wobei noch eine Zeitlang das kahle Schwänzchen ihm aus dem Mundwinkel hing und erst ganz langsam gleitend darin verschwand. Wie kicherte nun die Alte!

Wegen der Herkunft solcher Geschenke ausgeforscht, bekannte sich Tom ohne weiteres zu dem Beitrag im Wochenblatt, der ihm ziemlich was eingebracht habe. In Wahrheit besaß er schon keinen roten Heller mehr davon. Er erzählte auch von Baretts Leutseligkeit gegen ihn und schilderte verklärten Angesichts die großen Hoffnungen, die sich daran knüpfen konnten, derart, daß sie fast schon Wirklichkeit geworden schienen und Susannes Herz dafür insgeheim ihren lieben Sohn segnete. Das Unerquickliche der Szene auf der Redaktion verschwieg er ganz.

Die von Barett bis morgen im Original verlangte Urkunde über die alte Brücke fertig in der Tasche, verließ Tom endlich die Frauen. Teetrunken und tiefverzaubert, ganz Rowley, und also in Vergangenheiten denkend, versah sich Thomas im Wege und betrat wie gewohnt die alte Brücke, die er liebte, bis sie plötzlich aufhörte und, zwar in festem Stein beginnend, inmitten auf einmal unsichtbar wurde oder etwa durchsichtig. Denn Tom sah plötzlich flüchtige Wellen zu seinen Füßen, wo vorher das harte, bucklige, unbewegte Pflaster gewesen war, und nun es ihm einfiel, wurde er einer Laterne gewahr, die ein Schild beleuchtete mit der Inschrift, daß Nichtbefugten das Betreten der Brücke strengstens untersagt sei. Es fehlte aber erst ein Stück daraus, und jenseits ging es weiter wie ehedem. Doch das Stück war zu kurz erst herausgebrochen worden, erst heute, als daß es nicht noch dagewesen wäre. Die Luft schonte noch die Stelle, und Tom, obwohl er traurig lächelnd auf dem einen Ufer stehenblieb, hörte seine Schritte weitergehen wie auf Pflaster, ihm vorausgehen über die Kluft und drüben verklingen. Es war schwer, einem so großen Dinge wie dieser Brücke etwas Liebes zu tun (danach aber Thomas' Seele schrie), und als er aufsah zum Monde um Hilfe, sah er ihn tröstlich zwischen zerbrochenen Wolken scheinen. Er war im Abnehmen, noch ziemlich rund und fest, nur am westlichen Rande ein wenig angegriffen, verschwommen und ungenau. Die bläulichen Wolken gingen wie Eisschollen darüber hin, ohne an ihn zu stoßen oder in Stücke zu gehen. Dahinter lag tiefschwarz die unendliche Nacht.

Da sah Tom Mister Goodal: Von des Juden Haus war die Vorderwand genommen; es war aufgetan bis in sein Innerstes. Zwar fehlten die Bücher und der Hausrat, aber jedes Ding hatte seine Erinnerung zurückgelassen, bis zum letzten Augenblick dabeizusein: die dunkleren geschonten Stellen, da die Bilder gehangen, der Standuhr Schatten, die Zeichnung der Bücherborde und der armseligen Bettstatt, hell in die Wand gescheuert. Die Treppe war weggenommen, weiß aber leuchtete ihr Profil von der Wand. Und Goodals letzte Wohnung war nicht die einzige in dem kleinen Haus. Längst vergangene Zimmer kamen zum Vorschein, aufgeschrieben an den Wänden in vielen Schichten aus Malerei. Und inmitten der Leere hing Goodal von der Decke seines Ladens, tot, kalt und steif, leise im Winde pendelnd. Sein schmutziges Gesicht war gezeichnet mit Bahnen vieler Tränen. Sein Schatten aber hatte sich von seinen Füßen gelöst. Die Brille, die seltsam schief auf der großen Nase des Toten saß, funkelte, als Tom mit der Laterne zum letztenmal und ohne Türe zu Mister Goodal in den Laden trat. Denn Goodal konnte noch nicht so lange tot sein, als daß sein Geist nicht noch in der Nähe war und mit ansah, wie Tom schaudernd dem Toten zum Abschied die Hand gab.

Da, wo die Brücke abbrach, befand sich, schon gelokkert, ein Stein, mit dem verwitterten Stück eines Spruchbandes, so schien es, und es mochte sein, daß die Schrift ›Bristowe‹ bedeutete. Der Stein war zu bewegen, als Tom daran rührte. Aber er war sehr schwer fortzuschleppen, wenn der Knabe ihn in seine Dachkammer bringen wollte, um so mehr, als Tom müde war an Leib und Seele, so sehr, daß er sich, was selten geschah, nach Schlaf sehnte. Und er hob wirklich den Stein auf, mit beiden Armen ihn umfassend und gegen seine Brust stemmend, und er begann damit auch zu gehen, zwanzig Schritte weit vorläufig, wo er keuchend anhielt. Er ruhte ein wenig, den Stein auf das Rad eines Karren stützend, der zum Wegbringen des Schuttes diente. (Die noch brauchbaren Steine wurden auf Lastkähne verfrachtet und zum Ausbau des Hafens mitverwandt.) Tom begegnete niemandem bei seinem mühsamen Gang. Nach kaum zehn Schritten mußte er wieder rasten, länger als vorher, diesmal am Rand eines Brunnentroges. Das nächste Mal gelangen ihm nur fünf Schritte, dann ging es ein bißchen besser. Bis zum Dome rastete er so dreiundvierzig Male, zuletzt an der Friedhofsmauer, wo er dann den Stein im Gebüsch verbarg. Denn Tom konnte nicht mehr. Er setzte sich nieder auf den Stein, den er für sich unter solchen Nöten gerettet, und schnaufte haltlos mit offenem Munde, dabei hilflos umherschauend. Seine Hände waren zerschunden und abgescheuert; sie brannten. Ganz langsam erst beruhigten sich Herz und Atem, daß er zu Lamberts Hause gehen konnte.

Übrigens hatte Tom bei der Rückkehr von Baretts Wohnung, als er William gesprochen, ihm kurz das Erlebnis auf der Redaktion erzählt. Die Folge war, daß in jener Nacht, just als Tom das Andenken an die Brücke heimschleppte, die Herren Gon und Rocketts auf dem Heimwege vom ›Tannenzapfen‹ durch einen muskelstarken Unbekannten überfallen und ohne Angabe eines Grundes weidlich verprügelt wurden. Der kläglich vorgebrachte Hinweis, sie seien doch die Redakteure des Bristol Journals, schien jedoch den Übeltäter nur zu belustigen und anzueifern.

Barett erzählte es Tom, der anderntags sogar mit Lamberts Erlaubnis die versprochene Urkunde brachte. Barett war gerade dabei, die gestern entflogenen Zettel wieder an Ort und Stelle einzumerken. Lächelnd hatte Tom schon auf Flur und Stiege säuberlich geschriebene Dauerbefehle gelesen, imperativische Infinitiva, als: Licht sparen, Füße abstreifen, Türe schließen, oder die schlichte Warnung: Die Stiege ist frisch geölt. Das Haus war erfüllt vom dampfenden Wohlgeruch großer Wäsche, und Tom konnte sich auch späterhin keinen Besuch bei dem Doktor denken, ohne daß der Hof widerhallte von Teppichklopfen oder der Gang verstellt war mit den Möbeln eines Zimmers, das nun endlich einmal gemacht werden mußte, wollte Frau Barett nicht in Staub erstikken. Es war infolgedessen nicht abzusehen, wann der gelehrte Hausherr je in den Genuß stiller Wohnlichkeit kommen werde, da er überdies bei jeder Mahlzeit ausführliche Abhandlungen über die großen Anforderungen eines Haushaltes überhaupt und im besonderen eines solchen, dessen Vorstand leider Wundarzt und zu allem Überfluß auch noch Historiker war, anzuhören sich hatte gewöhnen müssen, wobei häufig der Ausspruch fiel: Wenn ich denke, wie es bei Burgums --! Barett, nicht nur in Bristol anerkannt und verehrt als Chirurgus wie Geschichtskenner, mochte einwenden, soviel er wollte, daß Schöpfung stets eine Art Unordnung zur Voraussetzung habe: kaum hatte er sein Arbeitszimmer verlassen, wo eine höhere Ordnung fruchtbare Beziehungen zwischen Büchern schaute, deren geographischer Ort willkürlich, deren Aufgeblättertsein zufällig erscheinen mußte jedem, der Liebe zum Haushalt hatte, – kaum also hatte Barett diese Welt hinter sich, als schon die Hausfrau, die Magd und das Hausmädchen abgekartetermaßen in den Raum drangen, um zunächst einmal ganz gehörig zu lüften und dann nur das Allernötigste der unumgänglichen täglichen Reinigung vorzunehmen. Herr Barett brauchte dann lange, um die sinnvolle Unordnung wiederherzustellen, die sein Werk, die Geschichte der Stadt Bristol von ihren Anfängen bis auf unsere Tage, verlangte. Barett behielt es aber für sich, daß das Schöpferische nicht allein Unordnung brauche, sondern geradezu die Sauberkeit meide, vielleicht hasse, und daß es darum so anrüchig sei. Vom Dung der Schöpfung schwieg er also vor seiner Hausfrau.

Tom hing an Barett mit kindlicher Liebe und so sehr, daß es ihn, als er des Gelehrten Augen beim Anblick des versprochenen Pergaments vor Freude feucht werden sah, tief bewegte und er sogleich dem Beglückten weitere Entdeckungen in Aussicht stellte, beiläufig Rowleys Erwähnung tat und immer wieder Meister Canynges, seines Reichtums und seiner Verdienste um die geliebte Bristowe. Er spürte sofort Baretts gläubige Berückung und sah, wie aus dem gelehrsamkeitsbewußten Gesicht das glücklichere eines Kindes wurde, dem man Märchen erzählt. Tom spürte auch den Zauber seiner Augen und Hände und seines Mundes, damit er den Guten besprach und auch sich selbst. Wieder sah er die Flamme aus seinem begeisterten Munde fahren und seine Seele weiß und einer Möwe ähnlich darin auffliegen und sich teilen, vervielfachen. Wie auf einem Schiffe, umflattert von Tausenden von Möwen, stürmischen Haares im Wind, stand der Verzückte vor dem verzückteren Gönner. Er erzählte von den Pergamenten und den Schlachten darin und von den Helden und ihren Wappen, die er genau beschrieb, und ebenso von ihren Liebesabenteuern, worunter die des Olfers St. Paul, der als Greis mit einem selbstgezeugten Heere von siebenhundert Söhnen und Enkeln gegen den Glus von Blackbury siegte, was kein Wunder war, da der reisige Herr sich mit allen Jungfrauen seiner Herrschaft hatte feierlich in summa trauen lassen. Tom erzählte von Rowleys heimlicher Minne und vom süßen Tode, den Canynges Frau Ellinor erlitt (denn sie wurde allmählich und schmerzlos zum Schatten und endlich unsichtbar); er erzählte von Rowleys Trauergesängen auf sie, von seinen Reisen zu den Antipoden und Feuerländern (deren Atem rotes Feuer war, das sie sich gegenseitig vom Munde tranken), beschrieb Münzen, Bilder, Figuren, Gebäude, längst versunkene, und nannte ihre Meister. Er gedachte der Abnormitäten in Canynges rotem Hause. Da war ein Zauberbuch mit Abbildungen aller Geister von Asmodiel bis Lidon und Ibadon, in Menschenhaut gebunden, ferner ein seltenes Exemplar des Entenmuschelbaumes (aus dessen muschelähnlichen Früchten wirkliche Enten auskrochen, was Rowley selbst gesehen), ferner der Riese Utz, aus dem Vogtlande in Deutschland gebürtig, der in seiner Rocktasche den spanischen Zwerg Alverdes mit sich herumtrug, beide Diener in Canynges großem Gefolge, darunter auch Mohren zu finden. Plötzlich verstummte Thomas Chatterton, und sein Gesicht verfinsterte sich.

»Weiter, weiter, erzähle weiter, Tom«, sagte Barett voll Furcht vor der Gegenwart.

Wieder begann Tom dankbaren Herzens und daß Rowley auch von jener Sturmflut berichte, die Bristowe, die schöne Stadt, fast hätte zerbrochen. Denn der Avon, sonst langsam wie Honig zum Meere fließend, der gelbe, träge Avon wird dunkel, fast schwarz und kehrt um. Bristol liegt noch hell in der Sonne, ganz neu gewaschen vom Regen der letzten Tage, naß, glänzend, mit seinen vieltausend gewölbten Fenstern. Aber das Meer steht auf und kommt. Finster und ganz nah ist der Himmel, silberweiß die Möwen davor, die schaumgebornen, umhergeworfen vom Sturm, der urplötzlich da ist. Es bükken sich aber widerspenstig die Bäume, und alles, was eben noch scharf, starr und schmerzhaft klar im weißen Sonnenlicht stand, erlischt traurig. Damals geschieht es, so berichtet Rowley, daß drei der größten Kauffahrteischiffe Canynges, nämlich ›Friede‹, ›Eisenhut‹ und ›Bellerophon‹ von den Wogen gegen die Häuser geworfen werden und daran zerschellen. Es brechen die Stücke, Fässer und Kisten aus den geborstenen Bäuchen wie Kaldaunen. Siebzig Schiffe, Barken, Schoner, Kutter versinken mit Mann und Maus unweit der Stadt auf der Reede, vom Sturm gefaßt und in die Fluten gedrückt. Zerrissen sind Taue und Strickleitern, gepflückt die Masten. Der Wind schreit durch die Gassen, zerbricht Fenster und Türen und hebt die Dächer ab. Der Schneider Sloop ward so, ohne Schaden zu leiden, mitsamt seiner Dachkammer auf ein Grundstück Canynges geweht, das ihm jener hernach großmütig vermacht. Nicht überall geht es so glimpflich ab. Viele liegen erschlagen oder besinnungslos in den Gassen. Es schmettert und klirrt von Glas und Ziegeln, die Glocken läuten von selbst. Entsetzt rettet man sich in die Keller, bis darin langsam und schwarz das Wasser steigt. Aber in einer Stunde ist alles vorüber, die Flut verläuft sich. In der Sieben-Gülden-Gasse liegt ein toter Wal, groß und weich zwischen den

Häusern, den anzustaunen man alsbald aus allen Türen herbeigelaufen kommt. Rowley mißt ihn. Er ist dreißig Ellen lang, Bristoler Maß. Am Abend ist nur noch das Gerippe übrig: Man hat, mit Messern und Beilen darüber herfallend, das wertvolle Fleisch zur Trangewinnung geerntet. Das Wrack des Walfisches mit seinem Grat und seinen Spanten veranlaßt Rowley zu der Frage, warum der Kiel bei den Fischen im Rücken verlaufe und nicht wie bei den Schiffen am Bauch. Damit schloß Tom, kindlich lächelnd über eines so gelehrten Mannes, wie jener Rowley doch war, seltsame Naivität.

Das Ergebnis dieses Buches war, daß Barett mit herzlichen Worten dem wunderbaren Knaben die Bekanntschaft Burgums und Catcotts versprach, zweier gar nützlicher Biedermänner, so drückte er sich aus, die in ihrer Art Thomas' Forschung schätzen, vielleicht belohnen würden. Frau Barett aber sah Tom, als er ging, mit unverhohlenem Mißtrauen nach, obgleich er sie stets mit zutraulicher Courtoisie grüßte. Auf solchem Heimweg begegnete Tom auch dem gewaltigen Rektor Sowans, der anders als bisher, fast kollegial für Thomas' Gruß dankte, wobei er leutselig brummend die Lippen bewegte. Also merkte Tom, daß man von seiner frühen Forschertätigkeit wohlwollend Kenntnis nahm. Dies zeigte sich besonders am Sonntag darauf, als Thomas zur allgemeinen Verwunderung der Frauen durch einen reitenden Boten mit höflichem Schreiben für den Nachmittag in Burgums Haus zum Tee geladen wurde.

Burgums Haus war im neuen, also etwas nüchternen Stile von einem Londoner Architekten erbaut worden und darum viel besprochen, gescholten und belächelt. Dies um so mehr, als Meister Henry Burgum sich brüstete, jeder Gegenstand im Hause sei eigens für ihn entworfen, und mit Vorliebe auch die Türen zu den allerdings überaus praktischen hygienischen Einrichtungen öffnete, die in solcher Vollkommenheit und Gediegenheit in Bristol neu waren.

Burgum, groß und überlaut, an seinem roten Hals die weißlichen Narben ehemaliger Furunkulose, empfing Tom mit umfassendem Händedruck gewinnend fröhlich.

»Hallo, das ist unser Master Chatterton«, erklärte er unter Gelächter Herrn Catcott, der zimmerfarben und grämlich neben seinem strotzenden Kompagnon stand.

»Sososo«, sagte Catcott durch die Nase.

Unter der großen Gästeschar befand sich auch Barett, der Tom trotz dessen gewandter Unbefangenheit immer wieder aufmunternd zulächelte. Ferner war da der kleine, grinsende, glatzköpfige Architekt aus London, der von Zeit zu Zeit mit starkbehaarter Hand beschönigend über seinen glatten, nackten Schädel strich. Er war eigens mit Eilpferden von London herübergekommen, um persönlich die noch fehlenden Entwürfe zu etlichen Schlüssellöchern, einem Kochlöffel und der Lichtputzschere fürs Herrenzimmer vorzulegen, wobei er unter Grinsen als höchstes Kunstideal die Genügsamkeit des Gegenstandes forderte. Als ihm Chatterton mit kurzem Steckbrief vorgestellt wurde, freute er sich sozusagen diebisch, zwinkerte ihm auch zu, wenn Burgum sich brüstete. Es war kein Zweifel: Er lachte sich ins Fäustchen und grüßte in Tom bewußt den Kollegen; der aber tat verständnislos. Heiterkeit erweckte es, als Frau Barett kam und statt ihres Schals aus Versehen eine Unterhose ihres Gatten über dem Arm trug, weshalb sie sehr errötete. Sie verbreitete übrigens einen soliden Duft nach grüner Seife. Auch Frau Burgum lernte Tom kennen. Sie war Herrn Catcotts leibliche Schwester und nannte sich stets Burgum-Catcott. Denn sie litt sichtbar unter der schlechten Herkunft ihres Gatten, mochte er auch sagen, er sei der Urahne aller künftigen Burgums. Sie zuckte schmerzlich zusammen, wenn er – was zuweilen geschah – über Gebühr laut schmatzte oder sonst unmanierlich sich aufführte, was er heiter als gesund entschuldigte. Nun kamen, von ihrem Instruktor geführt, die sechs kleinen Burgums zum Guten-Tag-Sagen. Sie glichen ihrem Vater sehr und waren von fast unnatürlicher Gewaschenheit. Der Architekt sagte: »Na!« und kniff sie der Reihe nach in ihre Pausbacken. Aber allmählich, während man den Tee im Stehen einnahm, vornehm, aber unbehaglich, da es einige Geschicklichkeit erforderte – allmählich merkte Tom, daß der Tee, dem er heftig zusprach, und die Gesellschaft ihm galten, daß man ihn besichtigte.

Und schon begann Catcott durch die Nase das Examen.

»Wie geht's Rowley?« fragte er säuerlich lächelnd.

»Danke, Herr, schlecht«, erwiderte Tom.

»Wieso schlecht?«

»Er dichtet.«

Tom stand, als er dies so leichthin sagte, inmitten würdiger und gelehrter Herren der besten Kreise Bristols, in spielerischer Haltung seinen Tee kostend.

»Er dichtet?« rief Barett.

Und Tom erklärte liebenswürdig nach allen Seiten von dem freundlichen Geschick, das ihm mehrere wohlerhaltene Gedichte von Rowleys Hand geschenkt.

»Rowley«, sagte der Architekt verdächtig grinsend, »ich kenne ihn nicht. Die Geschichte weiß nichts von ihm! Nein?«

»Wenig bisher«, sagte Tom und lächelte.

»Und warum, Mister Chatterton?« fuhr der teuflische Londoner fort.

Tom sah besonnen in den braunen Spiegel seines Tees.

»Ich will es Ihnen sagen«, begann er dann nachdrücklich, »man weiß so wenig von Thomas Rowley, weil fast alle Urkunden seiner Existenz in seinen und Canynges Händen blieben. So kommt es, daß wir, die bis vor kurzem nichts von ihm ahnten, nun besser über ihn unterrichtet sind als über irgendeinen seiner Zeitgenossen, sagen wir, na, über John Ladgate.«

Das klang überzeugend, und Barett unterstützte Tom, indem er erklärte, er selbst habe ein Rowleygedicht im Original eingesehen. Thomas Chatterton hinterließ einen vorzüglichen Eindruck, als er sich, mit seiner Jugend sich entschuldigend, sehr bald verabschiedete, den Zurückgebliebenen Gelegenheit zu lassen, von ihm zu reden, wie es dann auch geschah. Catcott vor allem forschte Barett aus, ob er wohl Aussicht habe, von den Pergamenten das eine oder andere preiswert für seine Sammlung zu erwerben, wofür sich der Doktor zu verwenden bereit fand, falls man ihm natürlich das Recht der wissenschaftlichen Verwertung vorbehalte.

Bald nach jenem Tee, bei welchem Tom ordentlich in die bürgerliche Gesellschaft Bristols eingeführt worden war, wurde Burgums Freundlichkeit gegen den Wunderknaben reichlich belohnt. Der junge Chatterton nämlich ließ sich in einer wichtigen Familienangelegenheit bei dem reichen Manne melden, just als der Zinngießer sich in der beschämenden Lage befand, von seiner Frau französische Vokabeln abgehört zu bekommen, damit er sich bilde.

Der Zinngießer war also ziemlich gedrückt und brummig, bis Tom ihm, geheimnisvoll überlegen und nach etwaigen Lauschern sich umschauend, mit gedämpfter Stimme mitteilte, es sei ihm eine bedeutsame Entdekkung geglückt.

»Und?« fragte Burgum, neugierig gemacht.

»Keine geringere Entdeckung«, fuhr Tom fort, seine Augen groß und treu aufschlagend, »als daß die Burgums mit dem Hochadel Britanniens blutsverwandt sind.«

»Ich wußte es nicht, Mister Chatterton«, sagte Burgum ein wenig erschrocken.

»Vermutlich nicht«, gab Tom lächelnd zu, »denn es ist noch nicht drei Tage her, daß ich darauf kam, es handelt sich nämlich um den höchst merkwürdigen Stammbaum –«, Tom verneigte sich, »– der edlen Familie de Bergham.«

»Wirklich?« rief Burgum, kaum noch zweifelnd, und freute sich.

Er führe lediglich an, antwortete Chatterton, daß er seine Kenntnisse in diesen Dingen einzig den Pergamenten aus der Redcliffkirche verdanke.

Und mit dieser Ausführung ward auch Burgums letzter Zweifel betört, so daß er ohne weiteres bat, Mister Chatterton möchte sein ganzes Können daran setzen, die allerdings noch fehlenden Belege zu beschaffen, und dabei seine Bemühung um die Sache rein geschäftlich ansehen, nicht wahr, womit sich Tom von Herzen gern einverstanden erklärte. Er empfahl sich mit tiefer Verbeugung. »Sir de Bergham«, sagte er ernst grüßend zur Huldigung. Er ging rückwärts zur Türe. Leutselig dankte ihm Burgum.

Tom machte sich auch sofort an die Arbeit, die er liebte, und konnte trotz heimtückischer Überfälle von seiten Lamberts, trotz der qualvollen Rechtsbeispiele, trotz Gipsy, der ihm die Kerze ausblies (wobei Tom fürchtete, des Trunkenbolds Atem möchte Feuer fangen), der ihm gar den Mond aussperrte, trotz William endlich, der kam, um von Eleanor zu schwärmen, trotz alledem konnte Tom alsbald Burgum einen Teil des Stammbaums nebst einigen Beilagen, als: Wappen, Bestallungen, Briefe, überreichen, alles von Echtheit nur so strotzend.

Nach Thomas Chatterton konnte Burgum (dessen Vater schon ungewiß war) sein Geschlecht vorläufig bis ins Jahr 1000 etwa zurückverfolgen, nämlich bis zu jenem Herrn Simon Seynte Lyze, der durch seine Heirat mit einer gewissen Matilda, Tochter Herzog Wadluffs des Finstern von Northumberland, in den erblichen Besitz von Bergham Castle gelangt war. Er hieß also der erste Herr von Bergham, dazu ein gewaltiger Haudegen im Gefolge Wilhelms des Eroberers. Seltsam fürwahr, um so mehr, als dieser Simon eine mehrfach urkundlich belegte, geschichtliche Person war, ein Vorzug, dessen Burgum sich zweifellos erst durch seine Beziehung zu Thomas Chatterton rühmen konnte. Es fanden sich dann aber im Stammbaum zum Beispiel der wilde Walter de Bergham (sein Wappen, ein von sieben goldenen Pfeilen durchbohrter Phallus auf blauem Grund, lag bei), ferner Odard der Einäugige, der aus Eifersucht seinen trautesten Freund Humphrey von Ys und seine eigene Gattin, die schöne Griechin Chrysanthis, ums Haar verbrennen ließ, hätte nicht, wie eine alte Chronik berichtet, eine weiße Möwe, vom Himmel niederfahrend, dem Verblendeten das rechte Auge mit dem Schnabel ausgestoßen, was, als göttlicher Eingriff gedeutet, den schon Entflammten Rettung brachte. Auch eines Alchimisten war gedacht, daß man in ihm den späteren Zinngießer ahne.

Wie staunte da Burgum über sein und seiner Ahnen seltsam gemischtes Blut! Er bezahlte Tom edelmännisch unter der Bedingung, daß der Knabe nichts unversucht lasse, die noch fehlenden Glieder zu ergänzen.

Tom hatte für jeden etwas: auch Catcott ward gut bedient. Er erhielt ein offenbar durch Brandspuren teilweise unkenntliches Manuskript: Das Lied an Aella, ein Gedicht also. Es besang den Sieg des berühmten Bristoler Helden Aella über die Dänen bei Watschet und war deshalb bemerkenswert, weil sein Dichter, Rowley natürlich, ja noch ebensowenig bekannt war wie der Held. Catcott bezahlte schäbig. Mehr kränkte es Tom, daß der Empfänger offenbar keinen Sinn für die Dichtung hatte. Alle Mühe war umsonst, hätte nicht der ehrliche Barett sich der Enträtselung der Verse angenommen. Er war in Bristol wohl der einzige, der sie ein wenig um ihrer selbst willen liebte.

So führte der Wunderknabe Thomas Chatterton bald ein Jahr lang die rechtschaffenen Bristoler an der Nase herum, von denen also einzig Barett in Rowley nebenbei auch den Dichter spürte, niemand aber in Chatterton, den grinsenden Londoner Architekten ausgenommen, der ihn durchschaute, aber nicht verriet.

Da Thomas nun ziemlich viel Geld verdiente, womit er Mutter und Schwester reich beschenkte, kleidete er sich besser, fast stutzerhaft und so, daß er schon von Ansehen einem Poeten glich, wenn er sonntags über die Promenade ging. Die Stirn erhoben, der Mund hochfahrend, verfänglich der Anblick seiner großen, bedrohlich schönen Augen, die ein wenig ungleich waren, den Mantel malerisch umgeworfen und mit der einen Hand über der Brust gerafft, stets eine Pergamentrolle in der anderen, schritt er bedeutend einher. Es antworteten ihm auch die Mädchen von Bristol, keck oder mehr verstohlen, schläfrig oder demütig. Aber in der Nähe fürchteten sie von ihm, daß er sie vollends behexe, da ihnen so viel schon allein von seinen verlockenden Augen geschah. Wenigen war er lächerlich, und sie kicherten hinter ihm drein, worauf er sich umwandte und unschuldig lächelnd ihnen so anzügliche Zweideutigkeiten sagte, daß sie ihn gerne in Frieden ließen von nun an.

Von der anmutigen Eleanor hörte Thomas viel durch William. Er fertigte so nach und nach für den Verliebten noch fast ein Dutzend galanter Gedichte zum Lobe des Fräuleins an, darin ernsthaft, aber meist mit unmerklichem Spott, leidenschaftlich oder verfänglich ihre Augen, ihr Mund und ihr empfindlich weißes, einem Falter gleich bestaubtes Antlitz besungen ward. Es war aber – und dies wollte William gar nicht gefallen – in diesen Versen erstaunlich viel vom Tode die Rede, von dem es hieß, daß er nicht dunkel, sondern weiß und Amors Herzbruder sei. Trotzdem machte sich Tom lustig über den ›Knecht Eleanors‹, und daß er »des Freundes Herz auspresse und für seine eigene Limonade ausgebe«. Als Entschädigung forderte er nur, daß der schöne Dumme ihm, dem Freunde, die Liebesgedichte vortrage, so daß Worte inbrünstiger Leidenschaft aus Williams Munde Tom beschworen, als beträfen sie ihn, der sie schrieb.

Dazu verbarg sich Thomas im Innern der Puppe wie aus Scherz, um aber schließlich seltsam verklärten Angesichts und mit Tränen in den Augen daraus hervorzukommen.

Eleanor sah er auch zuweilen an der Kanzlei vorübergehen, oder er begegnete ihr auf der Straße. Dann grüßte er sie aber altmodisch umständlich, und sie dankte ihm ebenso zeremoniell. Dabei wußte er nicht, daß er wie ehedem, trotz Gipsy, kraft des Mondes und durch ihn bewahrt, oft das Fräulein bei Nacht heimsuchte, im Traume wandelnd. Eleanor kannte ihn bald und fürchtete sich hinfort nicht mehr vor ihm, wenn er, sie mit großen, liebenden Augen betrachtend, regungslos unter dem Monde auf dem Fenstersims stand, verweilte und wortlos wieder schied. Einmal öffnete sie ihm freundlich, aber Thomas besann sich lange angestrengt und sehr beunruhigt, bis er endlich willfahrte. Sie trugen beide schmale weiße Hemden, die bis auf die Knöchel reichten, und saßen einander gegenüber auf hochlehnigen Stühlen im Zauberkreis des Mondes. So taten sie lange wie Besuche, ohne aber zu reden, und Tom sah dabei zärtlich verschlafen das Fräulein an.

So traumwandelte er oft Nacht für Nacht, einem armen, ruhelosen Geiste gleich und dafür gehalten, wenn je ein später Bürger schaudernd seiner auf einem Dache gewahr wurde oder ein zeitiger Fuhrknecht ihn sah, wie er weiß und feierlich, wie Abgeschiedene tun, über Land ging, den Weg, den er damals mit Eleanors Kleid wach und am Tage gegangen war. Er klomm im Efeumantel des kleinen Schlosses empor zu ihrem Fenster, daran sie seiner schon harrte. Denn sie gewann ihn lieber mit jedem Mal.

In einer solchen Nacht nun, als der Mond zum Fürchten groß und weiß über dem Redcliffdom aufging, wandelte Thomas wieder zu Eleanor, die, sehr lange schon vom Monde beschienen, ihn mit Schmerzen erwartete. Sie küßte ihn aber zum ersten Male und liebkoste ihn, bis er im Schlafe aufstöhnend sie wild in seine Umarmung riß. Er erwachte aber davon und schrie laut. Eleanor, die ihn zu beruhigen sich bemühte, stieß er roh zurück, taumelnd floh er zum Fenster, um, wie er jetzt auch schauderte vor der Tiefe, den Rückweg zu gewinnen. Efeuranken mit sich reißend, stürzte er schwer auf den Rasen.

Er raffte sich auf, aber die Hunde bellten böse, und die den Mondsüchtigen scheuten, fielen den Wachen an, bissen ihn und rissen sein Hemd ihm in Fetzen vom Leibe, so daß er nackend über die Äcker flüchtete, von den Hunden gehetzt und aus häßlichen Wunden blutend.

Entsetzt vernahm Eleanor sein Wehklagen, und viele erwachten in ihren Betten vom Schreien durch die Nacht und fürchteten sich. Selbst als die Hunde abließen von ihm, hörte er nicht auf zu flüchten, atemlos und oft hinschlagend, bis er endlich vor Bristols Toren besinnungslos zusammenbrach.

Vor Tag fanden ihn Bauern, die zum Markte fuhren, und brachten ihn lieber gleich zu Philipps in die Leichenkammer. So kam's, daß es dem Totengräber zufiel, Thomas Chatterton nun zum zweiten Male zum Leben zu erwecken, wie sehr sich der Knabe auch diesmal dagegen wehrte. Als er aber wieder zur Besinnung kam (nachdem ihn Philipps heftig mit Essig gerieben), gab er auf die Frage, was ihm denn zugestoßen sei, ausführlichen Bescheid. Man habe ihm, so wie er sich die Sache zurechtlege, als er von seiner Mama abends gegen zehn Uhr wie gewöhnlich in sein Quartier bei Mister Lambert zurückkehren wollte, zu vieren aufgelauert und ihn, ehe er sich versah, niedergeschlagen. In seiner Ohnmacht habe man ihn wohl verschleppt und dann für tot liegengelassen, nachdem man ihm die Kleider vom Leibe gestohlen und damit leider ein wertvolles Pergament. Mit diesem wußte er es so einzurichten, daß man es später, zum Entsetzen Dr. Baretts durch die Räuber auf eine höchst schimpfliche Weise entehrt, von gelben Fliegen belagert, hinter einem Busche fand, nahe vor Bristol.

Toms Wunden heilten rasch, ja er bekam nach der beängstigenden Teilnahmslosigkeit und Trauer der ersten Tage geradezu einen Lachkrampf, als er vernahm, Herr Catcott habe das übelriechende Pergament, wohl in der Hoffnung, deshalb billiger dazu zu kommen, mit zwei Fingern es zimperlich von sich haltend, in sein Haus gebracht, wo es Barett mit dem Heroismus des Gelehrten für sein Werk entzifferte.

Es handelte sich übrigens um ein Gedicht Rowleys, darin er mit bittern Worten klagte, daß niemand seinen wahren Genius erkenne. Dem war eine gänzlich rätselhafte Prophezeiung angefügt: Hundertvierzig Jahre nach seiner Geburt, hieß es, da würde ein Knabe geboren, der den Dichter endlich zu Ruhm und Ehre brächte, worin sich aber Rowley – so vermutete Barett nach fruchtlosem Rechnen – offenbar täuschte.

Thomas Chatterton war zornig über seine Verkanntheit und machte sich bereit, da ja die Rowleydichtung auch schon fast vollendet war, endlich sein Spiel zu verraten. Als letzter Versuch während seines Krankenlagers entstandene Gedichte im Englisch seiner Zeit konnten bei gerade noch wohlwollendem Vergleich allenfalls den Geist des seligen Fifti beschwören.

»Sie sind miserabel, also drucken wir sie«, sagten schadenfroh Rocketts und Gon von den Gedichten.

Dazu kam, daß eines Vormittags Mister Burgum sichtlich schwermütig den Schreiber Chatterton in der Kanzlei aufsuchte und nach einigem Hin- und Herreden mit rührenden Worten bat, ob es Tom nicht möglich sei, seine erlauchten Ahnen alle wieder von ihm zu nehmen.

»Gut«, sagte Tom entgegenkommend, »aber das würde erfordern, daß der von mir mühevoll gezüchtete Stammbaum derer de Bergham nicht stimmt oder überhaupt erlogen wäre.«

Burgum sah sehr niedergeschlagen aus.

»Was kostet es?« sagte er endlich geradezu, und Tom erklärte sich bewegten Herzens bereit, die Ahnen für dieselbe Summe, für die er sie hergestellt hatte, wieder auszutilgen. Erleichtert empfahl sich Burgum.

Es war aber klar, daß es sonst nicht ohne Aufsehen und Verdruß der Betrogenen abgehen konnte, wenn nun offenbar wurde, daß Rowley nie gelebt, seine Dichtungen, die Balladen, seine Lyrik überhaupt, die Dramen, seine Erinnerungen und Briefe, nicht zu vergessen die wissenschaftlichen Exkurse über seine Reisen, über Kunst und Künstler, seine theologischen und philosophischen Schriften nebst denen Canynges und aller angezogenen früheren Dichter, so Rowley übertragen und überliefert, daß dies alles Werke des armen Knaben Chatterton waren, der wahrhaftig mehr als ein Knabe war, wenn ihm ein so poetischer, ein so göttlicher Betrug gelang, trotz der Fron bei Lambert. Es begann Tom bald geradezu zu langweilen, daß man ihm, wie grob er nur auftrug, aber auch schon alles glaubte und daß er nur ganz allein darüber lachen durfte, wenn sich seine Gönner zum Beispiel nur so rissen um die Rowleyurkunden und sich gegenseitig überboten. Eine Zeitlang konnte Tom es nicht allein bewältigen, so daß William hier und da wenigstens das Altmachen hatte übernehmen müssen, während Tom fleißig dichtete. Er dachte dabei aber weniger ans Geld als an die Wollust des Ruhmes.

Als ihm sein Nachbar neben der Kanzlei – so wird erzählt –, ein kleiner buckliger Goldarbeiter, der Tom insgeheim liebte, einst einen silbernen Becher schenkte und fragte, was er ihm denn, gleich einem Wappen, darein graben solle, antwortete der Dichterknabe mit überirdischem Lächeln und Aufblick: »Einen Engel bilde darauf ab, der ein Schriftband mit dem Worte ›Chatterton‹ auf Händen trägt, fliegend über Wolken, daß so alle Welt meinen Namen erfahre.« Bezaubert versprach's ihm der Krüppel und ging von Tom, mit seltsamer Hoheit stolzierend.

Mister Barett sollte es als erster erfahren, wie Tom alle zum Narren gehabt hatte, – Barett, weil Thomas besorgte, sein gütigster Gönner könnte sich in der gelehrten Welt zu Tode lächerlich machen, da er doch in seiner Geschichte der Stadt Bristol, davon die erste Lieferung in Bälde in den Druck kommen sollte, sich allenthalben gläubig auf jenes vermeintlichen Rowley Zeugnis stürzte. Tom nahm sich also ein Herz und ging, dem Guten alles zu sagen.

»Mister Barett«, begann Tom verlegen, nachdem er sich vergewissert, daß ihn der Mond nicht sah, »Mister Barett, ich habe Ihnen etwas ganz Besonderes zu sagen und bitte Sie innig, mir darum nicht böse zu sein.«

»Sprich, mein Chatterton«, erwiderte liebreich der Doktor, ein wenig verwundert über des Knaben Unruhe.

Und dann schonend, in aller Ehrfurcht, aber auch dazwischen unschuldig darüber lachen müssend, bekannte Tom, daß alles Schwindel sei.

»Was, alles?« fragte Barett und klopfte mit einem Lineal hart auf den Tisch.

Die Rowleyurkunden, erwiderte Chatterton, seien alle von ihm erdichtet, das an sich echte Pergament mit Staub, Farbe und Kerzenlicht künstlich alt geschminkt, der Inhalt plumpe Fälschungen von seiner Hand.

»Ich glaube es nicht, Tom«, sagte Barett ernst, wie sehr auch Thomas beharrte, daß Rowley nie gelebt habe. »Du bist toll, Tom«, fuhr ihn der sonst so milde Gelehrte an, »toll, und warum? Hier und hier und hier, alles Rowleypergamente, alles seine Schrift. Ich habe doch Augen im Kopf. Was bildest du dir denn eigentlich ein, törichter Knabe, du und Rowleys unsterbliche Werke! Pfui, schäme dich, du, der du noch nicht mal orthographisch schreiben kannst!«

Es sei dennoch so, beschwor Tom weinerlich den Erzürnten, alles Fabeleien, mit Historischem aufgeputzt.

»Du lügst ja«, sagte Barett, stiller geworden.

Was er denn aber von solcher Lüge hätte, schrie Tom außer sich.

»Ich weiß es nicht, du unbesonnenes Kind«, sagte Barett, »aber eines weiß ich, daß ein Junge deines Alters niemals fähig wäre, ein so hohes und schönes Werk zu schaffen, wie der gottbegnadete Dichter Rowley es vollenden durfte!«

Toms Augen wurden groß bei diesen Worten, er warf sich auf die Knie und küßte begeistert Baretts sich windende Hände.

»Gehe«, sagte der arg beunruhigt, »laß das und gehe sogleich, Chatty, du bist von Sinnen. Sprechen wir nicht mehr davon, nie mehr. Ich bin dir nicht böse, nein, gehe!«

Sehr nachdenklich ging Tom von ihm. Barett glaubte es ihm nicht, und Tom ward unheimlich zumute, wenn er Rowleys gedachte, den er aus dem Nichts beschworen und der nun umging, als sei er wirklich wahr. Und da Tom dem nachsann, wurde es ihm zur Gewißheit, daß nicht viel mehr fehlen konnte, und der Erdichtete gerönne zu Fleisch und Blut, werde leibhaftig sichtbar und wandle. Und er fürchtete sich sehr davor.

Komisch war es jedoch, daß ihn an jenem Abend ein Schreiben jenes listigen Londoners erwartete, der Tom bisher als einziger durchschaute. Der Architekt schrieb, daß er doch gar zu gern eines jener famosen Pergamente aus Heinrichs des Sechsten Zeit besitzen wollte. Thomas lächelte. Einige Tage später erhielt der Londoner eines jener vom Vater überkommenen, wirklich alten Stücke aus Meister Canynges Truhe, das der Gefoppte nun freilich als verdammt echt anerkennen zu müssen sich zu seinem Ärger bedauerlicherweise gezwungen sah.

Weitere Versuche, den guten Barett zu bekehren, mißlangen kläglich. Da nun aber Rowley in Tom so gewaltig geworden war und aus seinem wehrlosen Munde redete, ob der Knabe wollte oder nicht, waren leider immer wieder leichtsinnig als vorhanden geschilderte Dokumente für den unverbesserlichen Barett in nächtlicher Arbeit herzustellen.

Bei Goodal hatte Tom einst eine alte, farbenfrohe Landkarte erstanden. Sie war gebrochen in den Falten, aber sonst gut im Stande, besonders wenn man sie mit Fischleim auf ein Stück Nesselleinen klebte, was Tom mit großer Behutsamkeit tat. Denn es war eine jener großen wunderbaren Karten, wo Städte nicht durch Punkte und Kreise als kleine Zielscheiben angedeutet sind; sondern da waren Mauern und Türme und Kirchen zu sehen, und auf dem blauen Meer segelten etwas zu große Schiffe, und auch Walfische waren abgebildet. In Afrika konnte man Mohren um ein Feuer tanzen sehen, man sah dort gelbe Löwen und blaue Elefanten, punktierte Giraffen und sorgfältig liniierte Zebras. Im Gebiete Deutschlands herrschte sichtlich Krieg: Dörfer brannten ab, Heere von Landsknechten ins Viereck gestellt, Waldparzellen ähnlich, rückten unaufhörlich gegeneinander. Kanonen lösten sich, und dünne Bogenlinien deuteten die Geschoßbahn an. Die Kugel zerbrach einen Turm und zündete. Auf einem Bühl stand der Galgen, sogar mit einem Gehenkten daran, und Krähen, die davon fraßen. Und in den Landen standen groß die Namen, Baum an Baum die Buchstaben, als seien sie auch in Wirklichkeit.

Diese Karte war schuld daran, daß Tom einst einer Reisebeschreibung Erwähnung tat, von Rowleys Hand stammend; und nun mußte er sich aufmachen und nicht anders, als er es bei einer kleinen roten Spinne gesehen, über die Karte laufen. Er reiste. Er verzauberte sich ganz, verleugnete die Gegenwart und beschwor das Niegesehene, bis es ganz sein war, ganz wirklich, und er beschrieb, was er sah. Er sah sich selbst wandern, winzig klein auf der lebendgewordenen Karte. Er sah sich von oben, wie ein Gott herniederschaut.

Rowley sah er so als Gast bei dem großen Sultan Ris el Sul, dessen einzigartige Sammlung von Frauenhaar zu jener Zeit im Orient viel besungen ward. Rowley ist es, der in seinem Tagebuch versichert, es habe keine Farbe gefehlt, auch azurn nicht noch smaragden. Sie seien ungeflochten an güldenen Ringen in einem silbernen Saal aufgehangen, und wenn die Zugluft sie bewege oder Liebender Atem, so ertöne das zarteste Rauschen, das je ein Menschenohr erlauscht. Der Duft des Haares aber soll den Dichter Irman aus Famagusta (Tom fand den Ort auf seiner Karte, und der Name gefiel ihm) wahnsinnig gemacht haben.

Auf der Rückreise besuchte Rowley in Venedig den kunstsinnigen Dogen Alessandro Cossi, dessen weltberühmte Sammlung von Kunstgläsern, den anmutigsten Schöpfungen des durchsichtigen Gewerbes, leider ein betrunkener Kammerdiener in einer Nacht zerbrach. Bei diesem Unglück ging auch das größte Glaskunstwerk der Welt zugrunde: die lebensgroße Reiterstatue des Herzogs Francesco Azurra, die wie ein gefrorener Geist mit etwas glasigem Ausdruck unter all den köstlichen Zerbrechlichkeiten stand. Der Doge klagte unter Tränen über den Verlust, dennoch gestand er, es habe geklungen wie göttliche Musik, als all das Schöne zerbrach. Es war natürlich, daß auch Tom entsetzt im Schreiben innehielt und auf den glitzernden Berg von Glasscherben starrte, Schuldbewußtsein im Herzen.

Rasch läßt er Rowley abreisen und über Nürnberg, wo er Zinnsoldaten und Spielzeug eingekauft, über Amsterdam und London von der Landseite her in Bristol eintreffen. Aber kurz vor dem Bather Tor geschieht es, daß sein arabischer Hengst Hassan, ein Geschenk jenes Sultans, nicht mehr weiterwill. Er schaudert, bockt und prüft mit zitternden Nüstern die Luft. Weder zärtlicher Anruf noch Gerte und Sporen, bis die weißen Weichen bluten, vermögen ihn, die Stadt zu betreten. Und – Rowley betont das ausdrücklich – drei Tage später wird es offenbar, daß die Pest in der Stadt ist. Ein Schiff, sagt man, so phantasiert Tom mit Grauen, habe die Seuche mit Teppichen aus Aserbeidschan nach Bristol eingeschleppt. Die ganze Stadt riecht nach Essig und Wacholderrauch. Geistliche im Ornat und furchtsame Chorknaben durchwandeln, fromme Lieder singend, die Stadt und besprengen die Türen und Schwellen mit Weihwasser, die schlimme Pest auszutreiben. Tag und Nacht hört man das Rumpeln und Rollen der Leichenkarren, denn vor allen Türen liegen ja Tote, Grasbüschel im Mund. Die Totengräber kauen Zwiebeln und tragen weiße Masken, die getränkt sind mit Absud von Baldrian und Pimpernell. Nun packen sie mit langen Greifzangen die Leichen und werfen sie auf die Wagen wie Garben. Zitternd vor Furcht schreibt Tom nieder, daß in einer Nacht bei tausend Männer, Frauen, Kinder starben.

Es gibt welche, die sich einschließen oder verstecken, damit sie einsam sterben, andere, die toll werden, sobald sie das Übel spüren, und jeden, der ihnen begegnet, umarmen und küssen, damit auch sie krank würden davon und mitmüßten, als stürbe es sich leichter in Gesellschaft. Ein Gärtner, dem schon die Beule schwarz und prall in der Leiste schwillt, gräbt sich selbst ein Grab mitten in seinem Garten und legt sich darein, bis an den Hals mit Erde bedeckt. So wartet er auf sein letztes Stündlein. Aber es kommt nicht, ob er gleich sieben Tage so liegt, sondern er wird gesund. Jocelin dagegen, ein Quacksalber und Gaukler, der mit Theriak, allerlei Tränklein aus Tormentill, Aloe und Bibergeil, aber auch mit Pestamuletten handelte und gut daran verdiente, ward dennoch von der Krankheit befallen und starb höchst jämmerlich. Tom standen die Haare zu Berge, als er dies niederschrieb.

Rowley schließt seinen Bericht an Canynge, der zur Zeit der Bristoler Pest in London weilt, mit den Worten: Er habe in diesen Wochen den Tod in mancherlei Gestalt gesehen, aber sein Gesicht sei jedesmal ein ganz anderes gewesen. Es sei richtig, wenn das Volk von einem letzten Seufzer rede, vom Aushauchen der Seele, vom Aufbäumen und Zurückfallen in die Kissen. So sei es wahrhaftig. Aber, fügte er hinzu, seitdem er die einen lächelnd ausleiden, andere mit einem Schrei erstarren, einen Knaben ahnungslos veratmen, Männer finster und böse sich darein ergeben, Lästerer wie Fromme, Wilde wie Sanfte endlich ganz stille werden sah, seit dem allen fürchte er den Tod nicht mehr. Denn es sei ja dann schließlich nur das Fenster zerbrochen, welches von der Seele erleuchtet sei. Überall aber flamme die Seele und unauslöschlich, und der Mund, der sie atme, sei von Stund an, da er sie schmecke, für immer lüstern nach der Unsterblichkeit.

Auf Pergament in Rowley-Chattertons eigenwilliger Schrift und Sprache aufgezeichnet, mit höchst wunderlichen Miniaturen (Bildnis des Sultans, die Stadt Venedig, ein Seeungeheuer, kunstvolle Abbildung eines Keuschheitsgürtels, Ansicht Bristols von Osten und dergleichen mehr) reich illuminiert, war es für Kenner wie Laien gleich begehrenswert. Tom gab es Burgum, der am nobelsten honorierte.

Indessen wartete Eleanor jede Nacht, da Mond war, auf ihren Freund Chatterton. Aber er kam nicht mehr, es sei denn, daß ein unbewachter Gedanke Toms seine Gestalt annahm und ihr im Traum erschien. Denn Tom selbst wandelte nicht mehr seit jener Nacht, da Eleanor ihn mit ihrem Munde erweckt hatte; doch wußte er es nicht. Denn das Ereignis jener Nacht hatte in ihm keine Erinnerung zurückgelassen, nur eine unerklärliche Angst vor etwas. Er erfuhr überhaupt erst durch eine gedankenlose Äußerung Williams, wie sehr er dem Monde zu Willen gewesen sei, der nur voll ihn anzuscheinen brauchte, daß er im Schlaf vor ihm wandle. Aber Tom glaubte das einfach nicht und lachte William aus.

Vielmehr schämte er sich noch lange des mißlungenen Todes, mit dem er sich von nun an und nicht nur aus Pietät leidenschaftlich und ganz persönlich zu beschäftigen begann. So entstand schon in jener Zeit die Schrift, betitelt: ›Thomas Chattertons Beerdigung nebst Präsenzliste aller Leidtragenden sowie ihrer Gedanken über den Verblichenen, von diesem selbst erzählt‹, darin er sehr böse sich und halb Bristol verspottete. Namentlich Herrn Lamberts gedachte er, der in einem Selbstgespräch, da er sich doch durch des Gehilfen Tod um vier Dienstjahre betrogen sah, ihn und die Poeten überhaupt nicht nur als die gefährlichsten Schädlinge der Menschheit kennzeichnete, sondern sie, im Gegensatz zu den höchst ehrenwerten Berufen eines Advokaten, Kaufmanns oder gar Offiziers, Schmarotzer, Faulenzer, Hungerleider, Bettler und dazu eitle Dummköpfe schalt, wobei er zwischen arm und schlecht keinerlei Unterschied kannte, während etwa Herr Burgum an den Dichtern lediglich die oft mangelnde Hygiene bedauerte.

Bei Lambert war es nun schon kaum mehr auszuhalten, seit der Advokat wegen ebenso schmerzhafter wie ekelhafter Geschwüre (als Folge eines eingewachsenen Nagels am Fuß) zu Hause zu bleiben sich gezwungen sah. So saß er also nun den ganzen Tag hinter Toms Rücken in der Kanzlei und quengelte. Falls einmal Eleanor verlangsamten Schrittes vorüberging und, ohne aufzublikken, ihre Sehnsucht weithin fühlbar aussandte, so daß sie mit Thomas auch seinen Quälgeist traf, dann war es vollends unerträglich, wie er sich dabei gebärdete. Er leckte seine Lippen und schnalzte, oder er ward auch plötzlich ganz grau und feucht im Gesicht, scheuerte und krümmte sich schnaubend in seinem Stuhl.

Fast jeden Tag ermordete ihn Thomas ein oder mehrere Male, nachdem er ihn, ohne von den Rechtsbeispielen aufzusehen, in das innerste Zimmer seines dunklen Hauses gelockt, auf eine ganz scheußliche, aber höchst befriedigende Weise ohne Mitleid. Er fertigte in diesem Sinn eine uralte Zeichnung an mit der spiegelverkehrten Umschrift: Mancherlei schauerliche Todesarten und Martern dem liebenswürdigen Doktor Lambert in Furcht und Demut zugedacht von Thomas Chatterton,

Scharfrichter. Auf diesem Bilderbogen war Mister Lambert zu sehen, wie er nackend rittlings die zackige Schneide einer gewaltigen Säge herabrutschen mußte, bis er nach sausender, spritzender Fahrt in zwei Hälften unten ankam, wo ihn aber ein kleiner vergnügter Teufel wieder zusammennähte, damit er die Fahrt von neuem beginne. Teuflisch (und wohl auch unbedingt tödlich) war eine andere Todesqual, danach Lambert und die alte Frau Chatterton zu ewiger Begattung aneinandergeschmiedet und Mund an Mund mit kräftigem Zwirn zu abscheulichem Kusse zusammengenäht waren. Oder es fand sich Lamberts Kopf in die Wand eines Kellers eingemauert, wo es von Ratten wimmelte, die, da man eine scharfe Katze dazugesperrt, in ihrer Angst als einziger Zuflucht notwendig dem Advokaten ins Maul laufen mußten, das durch einen Keil vorsorglich offen gehalten wurde. Es grauste William, als Tom dies ihm zeigte.

Denn William Smith war nun nach langer Abwesenheit wieder in Bristol. Er hatte den blinden Harrison auf einer Festlandsreise begleiten müssen, wo der alternde Komödiant, noch dazu in Gegenwart eines Fürsten (dem er in Homers Maske aus der Iliade vortrug), ein theatralisches Ende fand. Es war durchaus glaublich, daß er den gewöhnlichen Tod für eine erbärmliche Dichtung hielt und daher, als er ihn nahen fühlte, ihm durch Mimik und Geste großartigen Nachdruck verlieh. Tom vor allem begriff das sehr wohl. Also vereinsamt, schloß sich William so lange einer fahrenden Schmiere an, bis sie endlich in Bristol spielte, wo er ihr sofort und gerne Valet sagte. Aber schon bald darauf mußte er für lange Zeit außer Landes fliehen.

Eleanor nämlich kam jetzt fast täglich in die Stadt, ob nicht Thomas endlich ihrer sich entsänne. Aber statt Tom stellte ihr, sei sie beritten, zu Fuß oder Wagen, der schöne Dumme nach. Und so sehr hatte Eleanor seine einfältigen Sinne berückt, daß sich der Tor, als sie einmal allein und einsam spazierte, ihr schwärmerisch zu Füßen warf und, als die Erschrockene zu fliehen trachtete, sie umarmte, küßte und begehrte. Es war sein Glück, daß Tom, plötzlich beunruhigt und gehorsam einer Ahndung und inneren Weisung folgend, in diesem Augenblick auf den Plan trat. Er schrie schon von weitem: »Tu es nicht, William!« und fiel dem Besessenen in den Arm. William ließ sich auch, sofort ganz demütig geworden, wehrlos abführen. Noch am selben Tag verließ er, ehe die Häscher seiner habhaft werden konnten, auf der schönen Brigg ›Mauritius‹ die Heimat, ohne Thomas nachher lebend wiederzusehen, der ihn an Bord brachte.

William, der noch die weißen Spuren Eleanors an seinen Wangen trug, war ungebärdig wie noch nie.

»Ich kann nicht fort, Tom«, rief er, »oder geh doch du mit mir! Meine Seele reißt ab, wenn ich für immer Bristol verlassen soll und dich.«

Tom hinderte den Freund nicht, der sich im letzten Augenblick zur Erde warf, hineinbiß wie in Brot, einen Mund voll davon nahm, sie hinabschlang und dann Tom wild küßte, der diesmal fest blieb, wie sehr auch jetzt noch sein Blut davor erschrak. Mit einem Schrei, während Tränen ihm aus den Augen stürzten, sprang William an Bord des sich schon langsam vom Ufer lösenden Schiffes.

Williams eilige Flucht – denn man kannte, wenn der Überfall auf das Edelfräulein ruchbar wurde, in solchen Dingen keinen Spaß in Bristol – war mit ein Grund, der Thomas auf den Gedanken brachte, auch seinerseits Bristol zu verlassen und wie der Freund in die weite Welt zu gehen, davor er sich jedoch schrecklich fürchtete. Zeitweilig spielte er, vor allem in Gegenwart anderer, damit, nach dem heißen Afrika auszuwandern, wo auch sein Rowley gewesen, und zwar, so bildete Tom sich ein, als Wundarzt, wo er doch kein Blut sehen konnte! Er sagte sich aber vor, daß das Bluten bei den Negern sich nicht so schlimm ausnehmen werde wie auf einer weißen

Haut. Er war durch so mancherlei Bedrängnis und immer wieder durch den Advokaten und auch durch Gipsy, der sich in letzter Zeit fast allnächtlich über die Maßen gewöhnliche Frauenzimmer ohne weiteres zum Schlafen mitbrachte, schon ganz irre und übellaunig geworden, als er zufällig von Sir Walpole hörte und sogleich ans Werk ging.

Denn dieser Lord, Horace Walpole, war einer der angesehensten Schriftsteller und Staatsmänner seiner Zeit und zudem reich an Geld und Beziehungen. Er wohnte in Strawberry Hill bei Twickenham und sorgte planmäßig dafür, daß man ihn kenne. Dort hatte er auch dank seinem Reichtum einen allerdings genialen Gedanken verwirklicht, bei dem jedem strebsamen Poeten das Herz im Leibe lachen mußte und der ihn vor allem von der Teufelsbrut von Verlegern unabhängig machte. Der pfiffige Lord hatte sich nämlich in seinem Schlosse eine eigene Druckerei eingerichtet, die ja nun, weil ihm gehörig, auf jeden Fall seine Werke drucken mußte. Das kam billig, da sie nebenher davon lebte, die Akzidenzen der ganzen Herrschaft zu liefern. Scherzend sprach Walpole davon, er könne es sich leisten, seine Werke ›gleich in den Setzer zu diktieren‹. Außerdem war er stark an einer Papiermühle beteiligt, um auch in dieser Hinsicht nie in Verlegenheit zu kommen.

Er war leider von sehr kleiner Statur und litt ernstlich unter solch lächerlicher Benachteiligung durch die Natur. Er war klein und rundlich, so daß er durch seinen Anblick allein nicht die Ehrfurcht erweckte, die er sich anmaßte. Denn er war eitel und so aufgeblasen, daß ein guter Freund, Schriftsteller wie er, sich hämisch kichernd äußerte: käme man mit einer Stecknadel seinen Backen zu nahe, so würde er mit einem jähen Knall platzen wie ein Luftballon. Es gelang ihm aber durch eine überaus possierliche Art, sich im Kragen zu recken, selbst auf Leute herabzusehen, die viel größer waren als er, oder es wirkte wenigstens so. Er mochte die Langen nicht. Man erzählte auch von ihm, daß er sich arg vor seinem Tode fürchte und daß kaum eine Stunde verging, in der er nicht mit Entsetzen daran dachte.

Das wußte Thomas Chatterton alles nicht, obwohl er ein Bildnis des berühmten Mannes kannte, ein Brustbild natürlich, das keinen Schluß auf die wahre Körpergröße zuließ. Und es gab nur solche. Tom war damals schon größer als er. Ferner wußte Tom, daß das Schloß Lord Walpoles im Stil einer Ritterburg erbaut war, von außen einer Ruine ähnlich, in deren Schießscharten sogar ausgestopfte Eulen saßen, während es innen auf das prunkvollste mit echten und künstlichen Altertümern ausgestattet war. Walpoles Roman ›Das Schloß von Otranto‹ spielte in jener verführerischen Zeit. Seine ›Neuigkeiten über die englische Malerei‹ entrückten den Leser gleichfalls in das so beliebte Mittelalter.

Tom kannte vom Hörensagen Walpoles schonungslosen Witz, wenn ihm daran lag, jemand lebenslänglich lächerlich zu machen, aber er ahnte nicht, wie bitterböse seine Lordschaft wurden, sobald jemand versuchte, das Gift zurückzuspritzen. Er gehörte zur weitverbreiteten Gattung jener Witzbolde, die, was ihre eigene Person betrifft, keinen Spaß verstehen. Vor Tom und ganz England galt er als eine der literarisch einflußreichsten, beneidenswertesten Persönlichkeiten von Geist, dessen Gunst zu besitzen wichtiger war als einen Verleger und der, dazu durch geschickte Anekdoten bengalisch beleuchtet, einen fast schon mythischen Ruf genoß, wenn auch diese Anekdoten meist von ihm selbst erfunden und verbreitet wurden. Ja, diese waren sogar am besten.

So ließ er unterderhand das Gerücht laut werden, der damals überall gefürchtete und geliebte Räuber Jarvey trage immer Lord Walpoles ›Schloß von Otranto‹ als Lektüre in der Tasche. Einmal, da er das Buch während eines blutigen Zusammenstoßes mit den Gendarmen verloren habe, sei Jarvey, kaum der Gefahr entronnen, wieder umgekehrt, um unter Einsatz seines Lebens den

Platz, da es aufgeblättert im Staub der Landstraße lag, zu erkämpfen, was ihm denn auch gelang. Selbst bei seiner kürzlich erfolgten Hinrichtung habe es ihm aus der Tasche geguckt. Nicht von Walpole, aber wahr klang das Gerücht, seine Lordschaft besitze Wechselrahmen, darin er über seinem Schreibtisch Briefe oder gar die Bildnisstiche seiner jeweiligen Besucher einspanne, die, dadurch hoch entzückt, doch wohl nur Gutes von dem Schloßherrn berichten konnten, der sie so ehrte.

Tom schrieb an diesen Walpole, und noch ehe das umfangreiche Schreiben Bristols Mauern verlassen hatte, wußten Barett, Burgum, Catcott, daß sich der junge Chatterton seit kurzem in gelehrter Korrespondenz mit dem großen Manne befinde.

In seinem Brief begrüßte Thomas begeistert Walpoles ›Nachrichten über die englische Malerei‹, um so mehr, als der Unterfertigte durch gelegentliche Studien mit gerade dieser Materie sich einigermaßen vertraut wisse: durch jenen Rowley nämlich, von dem etwa seit Jahresfrist so viel die Rede sei und aus dessen kürzlich erst durchforschten Werken er die Abschrift eines aufschlußreichen Kapitels über die Malerei beizufügen sich die Freiheit nehme. Darin waren nun Maler genannt, von denen der beschämte Lord trotz seiner ausgezeichneten Kennerschaft bisher keine Ahnung hatte, darunter ein gewisser Afflem zum Beispiel, der schon zur Zeit der Dänenkriege lebte und von dessen Hand als letztes überkommenes Werk eine Malerei in einer Kirche Bristols sich erhalten hätte, die Rowley noch selbst gesehen haben wollte (vor jener Feuersbrunst, die er an einer andern Stelle ausführlich schildert).

Es handelte sich um das schöne Bildnis einer weißen Nonne, auf die Wand gemalt an Stelle eines Epitaphs, ganz verblaßt und nur der rote Mund und angstvolle Augen noch erkennbar und der sachte Schleier ihres Ordens. Es sei, berichtet Rowley, nicht wie gemalt gewesen, sondern so, als habe das Entsetzen der an dieser

Stelle wegen eines Liebesvergehens lebendig eingemauerten Nonne die Mauer durchdrungen und sich derart abgezeichnet.

Natürlich ist Bristol die Wiege der englischen Malerei und im wahrsten Sinne, da ein gewisser Dobbin von Bradshaw gemeinsam mit Gille a Brogton für einen kleinen Prinzen eine Wiege mit anspornenden Darstellungen aus des großen Aella Heldenleben bemalte (zuletzt im Besitz von Meister Canynges Vater, aber bei dem großen Brande leider vernichtet). Gille ist es, der dank nahen Beziehungen zu einer Stallmagd die Kaseinmalerei erfindet, als er sie Käse bereiten sieht. Schließlich beklagt es der gute Priester Rowley, wie wenig jene Maler ihre Kunst auf die Darstellung des nackten Menschen verwandt hätten.

Die Abfassung dieses Schreibens wurde beinahe verzögert, und zwar durch jenes saubern Gipsy Schuld, der mit seinen Weibern häufig Toms wertvolle Nachtarbeit in Frage stellte. Denn angesichts des kichernden, kreischenden, schmatzenden Liebestumultes in nächster Nähe war es dem Knaben nun doch nicht möglich, bei der Sache zu bleiben, um so mehr, als ein solches Mädchen, die Nancy aus der Häringsgasse*, sich gar an Thomas machte, sei es, weil Gipsy zu duhn war, sei es, weil Thomas sie dauerte. Denn sie gehörte zu jenen Mädchen, die einem lediglich aus lauter Gutmütigkeit den Gefallen tun.

Während also der Betrunkene in seinem Erbrochenen lag und rasselnd schlief, setzte sich Nancy ohne weiteres auf Thomas' Bettkante.

»Wer bist denn du eigentlich?« fragte sie in kindlichem Ton.

Sie hatte eine besondere Art, ihr hübsches Gesicht auf die Seite zu legen und so unschuldig dreinzuschauen, daß Tom belustigt erwog, wie es möglich sein mochte, daß

---

* Verdächtiges Viertel in Bristol nahe am Hafen.

schon so viele Männer, aber dabei so spurlos, über dieses Mädchen hingegangen waren.

»Ich bin der Dichter Chatterton«, sagte Thomas.

Nancy sah ihn daraufhin zwar noch ein wenig neugierig, aber doch mehr mitleidig an.

»Ach, ein Dichter!« meinte sie dann seufzend.

Es lag etwas von Verzicht darin und viel trübe Erfahrung.

Und während sie sich erinnerte, mußte sie auf einmal lachen. Denn es fiel ihr ihre Begegnung mit dem verewigten Fifti ein, der ihr – Gedichte gesandt hatte, oh! Sie barg ihr Gesicht in Thomas' Bett und lachte warm und bewegt gegen Toms Körper, der sich dem unbehaglich entzog. O Fifti, der gefragt hatte, ob er auch ganz gewißlich ihre erste Liebe sei! Nach einer derben Anspielung auf des Doktors Tabakspfeife sprach sie von Burgum, aber mit größter Befriedigung. Danach, ohne Weiteres von ihm zu wollen, bat sie Thomas, doch ein wenig zu rücken, und schlief sanft mit engelreinem Angesicht an seiner Seite bis zum Morgen. Tom aber, der von ungefähr mit ihren Armen in Fühlung kam, spürte angenehm, wie kühl seine ungebetene Mitschläferin war.

Das harmlose Abenteuer zeugte in ihm noch in dieser Nacht die allerwunderlichsten Liebesgeschichten, wie er ja in letzter Zeit gern als ganz verteufelter Bursche sich gab, wohl wissend, daß bei etwaigem Abscheu vor Chattertons Amouren doch immer die Bewunderung überwog, namentlich bei den tugendschönen Bristlerinnen. Sie entrüsteten sich, daß er dieser Häringsnancy auf offener Straße vertraulich zunickte und daß sie ihm mit einer Kußhand dankte. Daraufhin allein schon glückte es ihm, eine kecke Schar teils längst gewitzter, teils noch sehnsüchtiger Liebestrabanten an sich zu ziehen, meist ehemalige Colstoner Klassenkameraden. Das tat er, um seine Chattertonereien jederzeit und mühelos zu vervielfältigen. Er brauchte es ja nur einem von ihnen ins Ohr zu sagen.

Es kam nun vor, daß Tom eben noch inmitten eines Straußes der leckersten Mädchen von Bristol und seiner leichtfertigen Trabanten stand, überlegen schäkernd und albernd, um aber ein paar Minuten drauf ganz verzaubert und gewissenhaft irgendeine noch fehlende Urkunde zu fabrizieren, eine von vielen, weil er sie wieder einmal irgendwann in fahrlässiger Weise, etwa vor Barett, erwähnt hatte.

So verbrannte er, das gluckernde Gelache der Mädchen noch im Ohr, ohne weiteres das halbe Bristol und in einer Nacht, wie sehr er es auch liebhatte. Er rannte als Rowley die Turmtreppe hinan und sah von dort oben die Altstadt aufbrennen. Er kommandierte als Canynge den Kampf mit den Flammen, er half mit in der langen, lebenden Kette Eimer, Schäffer, Töpfe hin zum Avon hanteln, her zur Brandstatt. Nie sah Rowley den Redcliff so schön erglühen wie in jener schaurigen Nacht, nie so schön die Schiffe im Hafen im Widerschein der Feuersbrunst, darin alles zu zucken und sich zu rühren schien. Das Laub aber der Bäume sah weiß aus, jedes Blatt wie aus Papier, und die gewaltige Funkengarbe, die aufstob über Bristol, begeistert und erschüttert so sehr Rowleys Sinne, daß ihm wird, als müsse er wirbeln und mit lauter Stimme aufjubeln und tanzen, denn es fehlt noch an Klang. Das Läuten aller Glocken, an deren Seilen die Kinder hängen, das Prasseln und Poltern, Krachen und Knistern kommt nicht auf gegen die rote herrliche Lohe, sie will Fanfaren dazu, schmetternde Messingmusik und zum Himmel rufende Chöre.

Fast überrennt den Rowley ein Rappe, der brennend mit entsetzten Augen plötzlich aus der Häringsgasse stürmt. Über allem vor den Tiefen der Nacht kreisen glühend die Möwen. Er sieht ein Mädchen in flammendem Hemd in den Avon springen und auslöschen wie eine Fackel. Und Rowley lächelt über ein altes, bresthaftes Weibchen, das, eine Klistierspritze in den welken Händen, doch auch ein wenig löschen helfen möchte.

Nach solchen Nächten war Tom bleich und schreckhaft. Verbissen schrieb er tagaus, tagein noch immer Rechtsbeispiele ab. Ein Großfolioband von fast vierhundert Seiten, engbeschrieben, lag bereits, billig gebunden, neben dem Schiff in der Flasche.

Allabendlich ging Tom auf der Bather Straße ein Stück der Londoner Post entgegen, deren Schaffner er kannte, Sir Walpoles Antwort zu erwarten. Sie kam und war von der Art, daß Tom, was er aus heiliger Scheu bisher noch nie getan, an jenem Abend in den unseligen ›Tannenzapfen‹ ging, um das Schreiben im Laufe der Geselligkeit Dr. Barett gelegentlich über den Tisch zu reichen, so daß alle es sahen. Tom hatte, da Walpoles Brief von vornehmer Unansehnlichkeit war, zur Vorsicht ein rotes Wappensiegel in mühsamer Arbeit hergestellt, das nun täuschend daran prangte und das Äußere wesentlich hob.

Der Brief war höflichsten Dankes voll, kollegial und ohne jeden Verdacht. Unter anderm schrieb der Lord zu Thomas' besonderem Ergötzen, er freue sich vorzüglich darüber, durch Herrn Chattertons freundliche Aufschlüsse sein Wissen über die Maler Afflem und Gille um einiges vermehrt zu haben. Von jenes Dobbin Kunst habe er freilich nie viel halten können. Dem widersprach Barett mit feinsinnigen Deutungen, der ganze gelehrte Stammtisch ereiferte sich für und wider jenen ausgezeichneten Maler, der das Glück hatte, nie gelebt zu haben. ›O diese Baretts und Burgums‹, dachte Tom gähnend, als er gerne das Wirtshaus verließ, darin sein Vater einst eines so elenden Todes gestorben war.

Es gab nun in Bristol wohl niemanden mehr, der nicht von dem gelehrten Wunderknaben Chatterton wußte. Die ehrenwerten Bristoler waren sogar recht stolz auf ihn. Aber keinem fiel es ein, ihn darum aus der ärgerlichen Fron bei Mister Lambert und seiner Bedürftigkeit zu erlösen. Niemand nannte ihn Dichter, außer er sich selbst. Denn niemand kannte ihn wirklich, und niemand liebte ihn um seiner Werke willen. Auch Eleanor nicht, und das wurmte Tom gewaltig.

Die anmutige Eleanor war krank, so hieß es. Sie saß auch in Wirklichkeit schmerzlich zwischen seidenen Kissen am Fenster, und Dr. Skringer, der Hausarzt, ein Mensch von geradezu taktloser Gesundheit, war sogar hinausgeritten, die Satteltasche voller Arzneien und klirrender Instrumente, dem schönen Fräulein zu helfen. Er fühlte ihr lange, geistesabwesend ins Freie blikkend, den ungeduldigen Puls. Er wußte aber mit ihr nichts Rechtes anzufangen und verließ daher rasch die Liebeskranke.

Eleanor nahm schon seit langem nichts zu sich, während sie Tag und Nacht sann, wie sie Thomas Chatterton bezaubere, daß er sie liebe. Endlich an einem günstigen Tage ließ sie für Abend anspannen und fuhr, nachdem sie sich eigenhändig mit allerlei charmanten Künsten verlockend schön gemacht, gen Bristol.

So schickte es sich, daß der ahnungslose Tom, als er, von Susanne kommend, seinem dürftigen Quartier zustrebte, im Schatten eines großen Hauses von sehr kräftigen Armen unversehens und unwiderstehlich, doch mit einiger Rücksicht sich gepackt und in eine Kutsche gesetzt sah, die alsogleich anfuhr. Das hatte sich in so abenteuerlicher Schnelligkeit abgespielt, daß Thomas sich nicht hatte zu wehren vermocht, und da er jetzt, dem die Arme, wie einer Taube die Flügel, hinter dem Rücken festgehalten wurden, die Sache durchschaute, versuchte er es auch nicht mehr. Denn ihm gegenüber saß die weiße Eleanor, und es war ihr Mohr, der ihn hielt, ein Kerl mit stählernen Muskeln.

Sie waren zur Stadt hinaus, und da Vollmond war, sah Tom die Hunde, die er kannte, neben dem Wagen laufen. Auch die Kutsche war hell vom Mond. Der Weg aber war schlecht, und das Coupé schwankte arg in den Gurten. Zuweilen auch streifte rauschend ein Zweig daran vorbei.

»Warum kamst du nicht mehr zu mir, Thomas Chatterton?« fragte nun das Fräulein mit leiser, fiebriger Stimme.

Tom schlug seine Augen groß und finster auf. Sein Mund war hoffärtig, sein Haar frech und widerborstig. Es lächerte ihn aber die Komödie, und er schwieg bokkig.

Da befahl Eleanor dem schwarzen Kerl, den jungen Herrn ganz festzuhalten, und der hielt Tom wirklich so, daß er sich nur unter Schmerzen hätte rühren können. Und da er ihr nun preisgegeben war, umhalste ihn Eleanor und bedeckte ihm Gesicht und Hände mit unvergeßlichen Küssen, besonders aber seinen unsäglich geliebten Mund. So liebestoll war sie.

Endlich unter heftigem Schluchzen (danach sie sich aber stets von neuem puderte) fragte sie wieder, warum er nicht wie ehedem zu ihr komme, in seligem Schlummer mondwandelnd, im weißen Ordenskleid der Nacht, dunkle Tintenflecken an den Händen?

Aber Tom, während es wie Todesschauer ihm durch Leib und Seele wogte, schwieg wieder.

Nun hielt der Wagen. Der Mohr, der widerlich nach Zwiebeln roch, trug Tom einfach ins Schloß über eine breite Treppe in ein Zimmer, in Eleanors zierliches Schlafgemach, wie Tom nun sofort erkannte. Und plötzlich wußte er, daß er früher wahrhaftig gewandelt war, ja, er sehnte sich auf einmal danach zurück, denn es dünkte ihn schön, und er freute sich selig des Mondes, der ganz nahe zum Fenster hereinschien. Noch immer hielt ihn der Schwarze. Und abermals umschlang den Liebesgefangenen das Fräulein, ihn inbrünstig küssend, bis ihn die Haut schmerzte und ihm fast die Sinne schwanden im Ansturm ihres Mundes, der blutete. Aber Tom erwiderte ihr nicht, wie sie ihn auch beschwor und umspielte. Da plötzlich hielt die arg Verschmähte inne und kreischte jäh und schrill ihm ins Gesicht, daß er ein Hämling sei, oh, ein erbärmlicher Hämling, und in ihr

Bett sich werfend, weinte sie sehr vor Scham und solcher Schmach, die ihr von ihm geschah.

Dann aber begann Thomas Chatterton zu reden, sie mit furchtbar großen Augen anblickend: Wenn das Fräulein diesen schwarzen Kerl zum Teufel schicke, wolle er ihr Bescheid geben. Und ob sie sich gleich zu fürchten begann vor Thomas' unheilvollem Angesicht, befahl sie doch dem Mohren, zu gehen. Der tat es mit Grinsen.

Es war aber ganz still im Schloß. Die Herrschaften waren zur Jagd gereist, mit aller Dienerschaft. Eleanors Kammerzofe schlief.

Und nun schleuderte Tom, ohne hinzusehen, seinen Rock hinter sich und fiel mit einem frohlockenden Schrei das erschrockene Fräulein an. Sie entriß sich ihm zwar und floh zur Türe und in den großen Saal, dort Bild an Bild des Hauses Ahnen hingen. Da aber, nachdem er sie dreimal ringsum gejagt, ergriff Thomas sie, als sie vor dem Prachtbild eines Admirals niedersank. Und wieder hell aufschreiend, warf Thomas sie sich zurecht, die nimmer diese Nacht vergaß. Denn ob sie auch anfangs mit süßem Girren erschauerte vor solcher endlich entfesselten Lust, strafte er sie hart und mit so gewaltigem Liebesungestüm, bis sie gegen Morgen schier ohnmächtig um Gnade seufzte. Da erst ließ er von ihr. Er trug die noch Stöhnende behutsam auf ihr Bett, nahm seinen Rock und ging zwiespältigen Herzens. Es dämmerte schon, als er Bristol erreichte.

Mister Lambert, durch Gipsy aufgehetzt, hatte Toms nächtliches Wegbleiben alsbald höchst übel vermerkt, aber zugleich mit tückischem Behagen sich daran gemacht, es dem Bürschlein einmal ordentlich einzutränken, wenn er endlich daherkomme. Er bewaffnete sich mit dem härtesten Lineal, wickelte sich rundum in eine Decke und wartete so mit wollüstiger Geduld. Die Zeit wurde ihm ganz und gar nicht lang, obgleich er doch stundenlang wach und dazu im Finstern auf seinem Lehnstuhl hockte. Denn er freute sich, er genoß die Wonne der Bosheit von ganzem Herzen. Gipsy schnarchte derweilen auf der Klientenbank, Toms Rechtsbeispiele als Kopfkissen benutzend.

Als nun endlich der ungeratene Schreiber im Morgengrauen, überdrüssig und übernächtigt, von der weißen Eleanor kam, hieb Lambert ohne weiteres auf ihn ein wie ein Husar. Er traf den also Überrumpelten hart und brennend ins Gesicht, auf den Schädel und auf die Hände. Tom aber wehrte sich diesmal und wurde, da ja nun doch alles gleich war, leicht seines Herren Herr, der nun wehleidig zu heulen begann und kläglich: »Polizei, Polizei!« rief.

Denn Thomas Chatterton, von unbändiger Freiheit trunken, zwang seinen Patron, Tinte zu saufen.

Aber leider erwachte nun Gipsy von dem Lärmen und warf sich unausgeschlafen und darum besonders bösartig auf den vermaledeiten Schlafgenossen. Von so plumper Gewalt angerempelt aber, stürzte Tom heftig gegen das Büchergestelle, daß es davon arg ins Wanken kam. Schrill klirrend zerschellte zu Toms Füßen die Flasche mit dem Schiff. Darüber aber vergaß er sich vollends, und während Gipsy mit rohen Fäusten auf ihn einschlug, griff Chatterton in die Scherben mit beiden Händen, ob das zerbrochene Kleinod nicht noch zu heilen sei. Aber er zerschnitt sich daran nur querüber die Finger, daß sie tropften von rotem Blut. Und so hielt er sie schrecklich dem Advokaten entgegen, der es nun allerdings mit der Angst bekam. Er gebot Gipsy Einhalt. Tom aber, sein Blut hinströmen sehend, sank lächelnd in gnädige Ohnmacht.

Er erwachte wieder, als Lambert und Gipsy, um Wasser der eine, der andere um Charpie liefen; und da er sich allein gelassen fand, entwich er schleunigst zu Dr. Barett, nachdem er um die schlimme Hand notdürftig und mit Hilfe seiner Zähne sein Schneuztuch geknotet hatte. Es stammte noch aus Mister Burgums wohltätiger Stiftung.

Barett empfing Tom bestürzt. Er war noch im Schlafrock und verband des unglücklichen Knaben Wunden sehr behutsam, während seine Gattin, gerade höchst unliebsam bei der alljährlichen Daunenwäsche unterbrochen, mit beleidigtem Übereifer einige Blutstropfen vom Boden wischte, die Tom dort leider verschüttet. Tom wußte übrigens mitleidenerregend von Lamberts gemeinem Überfall auf ihn zu erzählen, auf ihn, der, doch nur diesmal und ausnahmsweise sich über seinen Rowleypergamenten verspätend, freilich erst gegen Morgen in sein Quartier gekommen war.

Barett jedoch meinte es natürlich wirklich herzlich gut mit Tom, wenn er ihm zuredete, doch ja seines wohl ein wenig schrulligen, aber im Grunde wackern Brotherrn Verzeihung zu suchen, damit ihn jener behalte. Wirklich blühte den ehemaligen Zöglingen des wohltätigen Colstonhospitals, falls sie ihre vertraglichen sieben Jahre nicht treulich abdienten, das noch schlimmere Arbeitshaus. Da merkte Tom, wie in einem Punkte die Erwachsenen alle doch immer gegen die Jungen zusammenhielten, selbst wenn sie sich nicht mochten wie hier. Bitter enttäuscht und ganz finster in seiner Seele, schied darum Tom von Barett und schlich auf seine Dachkammer, dort ganz allein zu sein. Er hörte dankbar, als er sachte an der Nähstube vorüberging, seiner Mutter ahnungsloses Lachen.

Die Dachstube seiner Kindheit hatte er seit geraumer Zeit wesentlich verwandelt. Die Probierpuppe Ellinor zum Beispiel – in der Schneiderei auf Toms Wunsch durch ein Modell nach neuerem System und also ohne Kopf ersetzt – stand jetzt hier oben, das Antlitz stets frisch gepudert und rot geschminkt der Mund, das Haar sorgfältig frisiert und mit wohlriechendem Wasser besprengt von des Knaben liebenden Händen. Sie hatte aber keine Arme und trug ein Kleid, das längst aus der Mode war. Zur Arbeit diente Tom nun ein Polstersessel, der mit seinen gekrümmten Beinen und in die Brust geworfener Lehne offenbar von sehr hochmütigem Charakter war, trotz des zerschlissenen Damastes und der prunkvoll billigen Vergoldung. Den armseligen Tisch verbarg jetzt eine üppige rotsamtene Decke. Obenauf lagen die Papiere und zwischen zwei Kirchenleuchtern ein schweres Diplomatenschreibzeug.

Dort befand sich auch Walpoles Bildnis, reich gerahmt und von Tom täuschend mit des Dichters eigenhändiger Widmung versehen.

Walpole nämlich hatte noch ein paarmal auf Chattertonsche Briefe überaus kollegial geantwortet. Namentlich ein Rowleybrief im Original, den »Seiner Lordschaft in aufrichter Verehrung zum Geschenke machen zu dürfen« sich Tom devotest die Freiheit genommen hatte, war von dem Weisen von Twickenham mit Entzücken und Rührung aufgenommen worden.

Es handelte sich auch wirklich um ein einzig schönes Stück, darinnen nämlich der gelehrte Thomas Rowley seinem hohen Freund und Gönner Canynge nachweist, daß er leider einem offenbar genialen Schwindler zum Opfer gefallen sei, was nämlich die angebliche Originalhandschrift jener sogenannten Skaldengesänge beträfe, die der große Bürgermeister von einem artigen jungen Scholaren um ein ›dummes Trumm Geld‹ für echt und nicht ohne Mühe erworben hatte. Und er war dabei auch noch stolz auf seinen guten Kauf. Rowley hänselt nun den Geprellten wegen seiner Leichtgläubigkeit, da er hinter der Maske eines uralten Sängergreises den jungen göttlichen Schalk nicht habe lachen sehen. Doch möge er sich trösten! Diese falschen Gesänge seien weit schöner als die aus den mettriefenden gelben Hängebärten wirklicher Skalden oder Minstrels, und er, Rowley, neige sich gern vor dem unbekannten Meister, der nun, Gott weiß wo, herumstrolche, heimatlos, ein Gaukler und rechter Narr, ein ewig von neuem Verliebter, ein wahrer Dichter eben, immer trotzig hadernd mit seinem Herrgott, Frömmster aber und alles Elend tragend um seiner Seele Unsterblichkeit willen.

Ganz recht, o ja, wie wahr! schrieb Lord Walpole zurück, so und nicht anders ist es ach! um uns Dichter bestellt! An solchen Walpoles verständiges Mitgefühl dachte Tom, als er einen über und über verheulten Brief voll verzweifelter Hilferufe an Sir Horace verfaßte. Er verriet sein unmündiges Alter, seine Armut, seine Fron und bat schließlich den mächtigen Mann, ihm von Bristol fortzuhelfen, vielleicht die Rowleyurkunden zu veröffentlichen. Die Tränenspuren waren echt.

Walpole, als er den Brief empfing, weilte gerade in der sogenannten Rüstkammer, einem äußerst kriegerischen Raum voller Waffen und seltsam lächelnden Ritterrüstungen. In den Ecken standen kleine, dicke Mörser, Ochsenfröschen ähnlich, in ihrer Aufgeblasenheit. Hellebarden, Musketen und Standarten schmückten fächerförmig angeordnet die Wände des nagelneu im gotischen Stile erbauten Raumes. Zu böser Stunde aber kam Thomas Chattertons jammervoller Brief.

Denn der todesfürchtige Herr war eben im Begriffe, wieder einmal seinen Puls nachzuzählen, wie er es täglich des öftern tat, ob nicht sein Herz etwa seit der letzten Kontrolle plötzlich aus dem Takte geraten sei. Er meinte tatsächlich, bei solch peinlicher Überwachung könne sich der Tod auf gar keinen Fall einschleichen, ohne sofort bemerkt zu werden. Also mußte des Nachts stets ein Diener bei ihm wachen und auf Walpoles Atmung achthaben, um ihn, falls der Körper plötzlich aufs Schnaufen vergessen sollte, sofort zu wecken. Sir Horace änderte auch nichts daran, als er eines Morgens mit Entsetzen den alten Lakai James tot an seinem Bette sitzend fand, der über dem genauen Aufpassen auf seines Herrn teures Leben, ohne es zu merken, selbst verstorben war. Von nun an mußten jedoch zwei Lakaien, damit so etwas nicht so leicht wieder passiere, ihres Herrn Schlaf hüten.

Walpole also zählte gerade argwöhnisch an seinem Puls, als ihm Thomasens Brief gebracht wurde, und darüber verzählte er sich und öffnete schon ziemlich verdrießlich das Schreiben, dessen Inhalt ihn ausdermaßen peinlich berührte.

Thomas Chatterton, den er sich als ehrwürdigen alten Herrn vorgestellt hatte, als profunden Gelehrten, dem man Ehrfurcht schuldete, dieser Chatterton aus Bristol war nur ein armseliger Lausejunge, ein frecher Schmarotzer und hatte ihn genasführt.

»Beruhige dich, mein Herz«, redete er sich zu, und ein furchtbarer Verdacht stieg in ihm auf. »Ha«, rief er aus, »wenn dieser Bettler einen Dupe aus mir gemacht hätte? Aus mir!« Er zog Schubfächer, kramte darin und knallte sie zu. Er schellte zornig, kramte und knallte wieder. Er war ganz kopflos. »Fasse dich, Mylord«, sagte er zu sich, »guter Walpole, besinne dich, sammle dich, mein Geist!«

Als endlich Mister Rumple kam, hatte Walpole sich wieder. Nur eine lächelnde Abgespanntheit ließ er seinem Gesicht und eine rücksichtheischende Müdigkeit seiner Stimme.

»Mein treuer Rumple«, sagte er leise und gütig zu dem Eintretenden, sonst nichts.

Dieser alte Rumple wohnte schon seit mehreren Jahren auf dem Schlosse als Walpoles Vertrauter und war, so munkelte man, Astrologe, Goldmacher und Erfinder, ein Abenteurer, der sich auskannte, verschlagen und skrupellos. Er war überdies der einzige, der Bescheid wußte, was Walpoles Roman ›Das Schloß von Otranto‹ betraf. Walpole nämlich hatte sich bei der zweiten Auflage dieses berühmten Buches als den eigentlichen Verfasser hingestellt, während die erste als Übertragung aus dem Italienischen des Mittelalters galt. Das aber war die Wahrheit. Nur Rumple wußte es. Er hatte sich mit dem Preis dieses Geheimnisses auf dem Schloß sozusagen eingekauft, und der Lord mußte ihn dulden mit höflichem Haß.

Rumples Lächeln verbarg der gewaltige weiße Bart, seine Augen die dunklen Gläser der Brille, sein Herz seine Schweigsamkeit. Aber auch über sein Alter täuschte das künstlich gebleichte Bart- und Haupthaar und das fast priesterliche Gewand.

»Mein treuer Rumple«, sagte also Walpole zu dem Eintretenden und reichte ihm ohne weiteres das von Chatterton kürzlich als Geschenk gesandte angebliche Originalmanuskript Rowleys, jenen Brief über die Minstrels. Er tat es mit nachlässiger Gebärde, sichtlich eines Urteils sich enthalten wollend, bevor nicht das alte Männchen gesprochen. Rumple befühlte das Pergament wie einen Kleiderstoff, hielt es gegen das Licht und las darin, während Walpole ihn dabei ziemlich unbeherrscht beobachtete.

Rumple las lange an dem kurzen Text. Endlich sagte er mit einer bedauernden Handbewegung: »Mylord, das Pergament ist alt und echt. Die Handschrift ist gefälscht. Ihr Dichter aber ist echt und gewiß noch sehr jung.«

Bei dem Wort Dichter ärgerte sich Walpole wie beabsichtigt und kaute Zorn. Dann sagte er böse: »Ein Falsifikante also, ein nichtswürdiger Betrüger« und warf Chattertons Bettelbrief dem Alten hin. Der las ihn bewegten Herzens, gab ihn wortlos zurück und ließ den verdutzten Schloßherrn allein.

Also erhielt der poetische Falschmünzer Chatterton fünf Tage danach einen eisigen Brief des edlen Lords mit bündiger Absage und dem scheinheiligen Rat, von solch armseliger Gaunerei doch ganz und gar zu lassen und seiner bedauernswerten Frau Mutter künftighin ein rechtschaffener und bescheidener Sohn zu sein.

Thomas' Bestürzung war um so größer, als er, fest bauend auf Walpoles Hilfe, Susannes Tränen nachgegeben und sich, wenn auch nur zum Schein, mit Herrn Lambert ausgesöhnt hatte.

Dazu kam, daß ihm, was seine Poeterei betraf, seit jenem Ausbruch bei der weißen Eleanor nichts mehr so recht gedieh, wie sehr er sich auch danach sehnte und darum mühte.

Sein Bruder Rowley war verstummt von nun an, der alte rote Tressenrock tat keine Wirkung mehr, wie oft er sich auch darunter setzte und wartete, daß ihm ein Gedicht erscheine. Es kam vor, daß Thomas Chatterton etwa sagte: »Damals, als ich klein war«, und damit die Zeit meinte, in der er den Rowley geschrieben hatte, als sei das lange, lange her und vorbei. Finster ahndete ihm zuweilen, daß mit seiner Knabenschaft das Wunder von ihm gegangen war.

Es erwies sich am deutlichsten, als Dr. Barett eine erst kürzlich verfertigte Rowleyurkunde, ein Gedicht, das Tom noch dazu für besonders gelungen hielt, mit viel textkritischem Aufwand dem Rowley als Verfasser glattweg absprach.

»Nein, nein, nein, kleiner Kollege«, sagte Barett, »das ist nicht von unserm unsterblichen Freunde! Eine ganz durchschnittliche Arbeit! Nun und nimmer Rowleys Handschrift! Es ist gar zu stümperhaft!«

Barett irre, widersprach Tom böse. Es sei Rowleys Versmaß, das ihm allein eigne.

»Ein schwacher Nachahmer allenfalls, Chatterton«, gab Barett zurück, »aber ein Rowley, nein! Niemals!« Tom beharrte.

Er seinerseits fände das Gedicht sehr schön und durchaus Thomas Rowleys würdig.

»Lehre du mich den Rowley kennen, Thomas Chatterton«, rief Barett in heiterer Überlegenheit und strich besänftigend über Toms zorniges Haar.

Es war seltsam, daß fast von Stund an alle Nachrichten von und über Rowley ausblieben. Einzig eine Urkunde über die Befestigung Bristols, nach Barett einwandfrei von Rowleys Hand, wurde im städtischen Archiv zufällig entdeckt und diente dem Doktor als willkommene Waffe gegen die kleinlichen Zweifel der neidischen Kollegen. Natürlich hatte Tom sie vor längerer Zeit zu diesem Zweck dort geschickt eingeschmuggelt. Denn es gehörte sich endlich, seine Kunst vollkommen zu machen, daß man auch anderwärts Rowley begegnete, nicht lediglich dank seinem Finderglück.

Aber leider ging das Geschäft mit seinen Wappen und Stammbäumen seit einiger Zeit schlecht, vor allem Burgum konnte nicht mehr kaufen.

Henry Burgum hatte falliert. Daran war einmal das neue Haus schuld, da sich der tüchtige Architekt aus London seine neumodischen Schlüssellöcher und hygienischen Einrichtungen hatte teuer bezahlen lassen, dann aber die starke Konkurrenz, die neuerdings allenthalben dem Zinn durch das Porzellan erwuchs. Burgums Vermögen (erworben durch Lieferung von zinnernen Feldflaschen an sämtliche kriegführenden Parteien des Siebenjährigen Krieges) reichte schließlich gerade noch, um die Gläubiger glimpflich zu befriedigen. Catcott hatte sich zum Glück eben noch rechtzeitig und ohne Verlust von seinem Kompagnon und Schwager getrennt. Nun benutzte er dessen Lage, um die Chattertonschen Urkunden für ein paar Pfennige an sich zu bringen.

Tom sah es durch das Kanzleifenster mit an, als die sechs kleinen Burgums, von ihrem ehemaligen Instruktor geleitet, in die Colstonschule spazierten. Auch den armen Mister Burgum selbst sah er, als Ausgeher der großen Lederfabrik, tapfer das böse Schicksal tragen, einmal der reichste Mann in Bristol gewesen zu sein. Nur Frau Burgum-Catcott äußerte gegen jedermann unter geläufigen Tränen: Man solle eben nicht unterm Stand heiraten, darüber werde sie wohl nie hinwegkommen.

So kam also Toms bester Kunde nicht mehr in Betracht, und Catcott war schon zu stark eingedeckt. Barett hatte nur wissenschaftliches Interesse, wirklich: In Bristol war für Thomas Chatterton kaum mehr viel zu holen, weder Geld noch Ruhm, die er aber beide leidenschaftlich begehrte.

»Bristol ist mir nachgerade gründlich verleidet, darum: London oder tot«, schrieb er an William, der als Soldat in Amerika kämpfte. Auch in Susannes Häuschen wurden die Verhältnisse immer unerquicklicher. Die unverwüstliche uralte Chatterton, die der Tod vergessen hatte, litt an Rheumatismus im Arm, der bloß daher rührte, daß Tom als Kind einmal die Türe hatte offenstehen lassen, wodurch natürlich eine gefährliche Zugluft entstanden war, die Ursache aller Krankheiten. Aber die alte Dame hatte ein Mittel dagegen, das einzige, das half: Ameisen, das heißt deren saure Bisse. Sie legte aus diesem Grunde in einer Kiste einen künstlichen Ameisenhaufen an aus braunen Fichtennadeln und mürber Erdkrume, um von Zeit zu Zeit mit schmerzhaftem Behagen ihren kranken Arm in den emsig wuselnden Haufen zu tauchen. Freilich blieben die heilkräftigen Tiere nicht in ihrer Kiste, und Susanne, Edkins und Mary hatten schrecklich unter ihnen zu leiden.

Seit kurzem störte auch Toms Feierabend zu Hause ein gewisser Mister Squinter, ein ernsthafter Bewerber um Marys Hand. Er war Hilfslehrer am Colstonhospital, hervorragend tüchtig, ein Mann mit eisernem Willen, und Tom mochte ihn nicht. Dieser Squinter hatte sich's nicht nehmen lassen, Gedichte Toms mit roter Tinte zu verbessern! Durch ihn drohte Tom gar der Verlust der Dachkammer, da Susanne wünschte, das junge Paar möge doch sein Nestchen bei ihr aufschlagen. Finster sah es Tom mit an, wie Squinter Marys Wangen tätschelte und ihr neckische Dinge sagte. Ärgerlicher noch waren dessen Fragen, wann denn nun eigentlich Toms hoher Gönner, Sir Horace Walpole, diese Rowleyurkunden drucke.

So versuchte Thomas Chatterton, wenn er Bristol verlassen wollte, zunächst einmal von Lambert loszukommen, und er tat dies auf seine Weise. Er ließ nämlich Lambert, von dem er wußte, daß er gern in seines Schreibers Pult stiere, einen angefangenen Brief finden, darin Thomas Chatterton unter überschwenglichen Anrufen der Trinität Gottes und unter Zerknirschung von dem kleinen buckligen Goldschmied Abschied nahm, da er sich nämlich in Bälde das Leben zu nehmen beabsichtige.

Lambert, der Scherereien fürchtete, sollte Tom solches wirklich tun und womöglich in seinem Hause, ließ sofort den alten Philipps kommen. Philipps entwarf, da er die Sache zu durchschauen meinte, von Toms verzweifelter Seelennot ein sehr trauriges Bild; er prophezeite wegen Toms Mondsüchtigkeit bedenkliche Folgen für seine Umgebung, ja er sah sich sogar genötigt, von beginnender Umnachtung zu sprechen, bis Lambert ängstlich wurde, ein so gefährliches Wesen länger zu beherbergen, und Tom freizugeben versprach, falls man ihn natürlich gebührend entschädige, wofür Philipps sich herzlich gerne verwenden wollte.

In Wirklichkeit hatte Tom anfänglich Lambert nur erschrecken wollen, aber allmählich verliebte er sich so inbrünstig in seinen eigenen Tod, daß ihn zuweilen über dem faden Abschreiben der Rechtsbeispiele, während Lambert, hinter ihm in einem Schaffe pantschend, seine eiternden Füße badete, tiefes Mitleid mit sich selber packte und alsbald heftiges Schluchzen seinen Körper erschütterte. Lambert jedoch, da es von hinten genauso aussah, hielt es für unterdrücktes Lachen und warf mit Büchern nach Tom.

Damals auch – es war im Lenz des Jahres 1770 – schrieb Thomas Chatterton allen Ernstes sein Testament. Es geschah bei Nacht in der Dachkammer, und es begann ungefähr also: »Chattertons Vermächtnis, so geschrieben ward in äußerster Trübsal am Tage vor seinem freiwilligen Hintritt.« Schon bei diesen Worten, die er laut mitsprach, überkam Tom so süße Traurigkeit, daß er in Tränen ausbrach und eine gute Stunde lang sich von Herzen ausweinte, immer von neuem sein Leid beschwörend und daran voll Mitgefühl erschauernd. Endlich trocknete er die Tränen mit seinen Locken und schrieb weiter. Er entwarf zunächst ein genaues Bild seines zukünftigen Grabdenkmals, wozu auch jener Stein der alten Brücke zu verwenden sei, daran sein Wappen: eine weiße Möwe, von einem Schwert durchbohrt und dennoch fliegend. Dann verfügte er, noch immer hin und wieder von Schluchzen geschüttelt, daß die drei mutmaßlichen leiblichen Wohnsitze seiner unsterblichen Seele, nämlich sein Haupt, sein Herz und sein Geschlecht, durch Philipps' Hand von seinem Leichnam getrennt und in einer zinnenen Urne sollten beigesetzt werden samt dem Haupt der Puppe Ellinor, und zwar im Gottesacker von St. Redcliff angesichts seines Vaterhauses und womöglich bei Mondenschein. Philipps ward dazu genauestens unterwiesen, dem Verewigten den Schädel zu öffnen, ihm das Gehirn zu entnehmen und an dessen Stelle sein liebes Herz einzuschließen, in den Mund aber das übrige zu tun, nebst einem Penny für den finstern Bootsmann Charon. Und einen Pergamentstreifen solle er ihm zwischen die Lippen geben, darauf die Worte: ›Ich bin Thomas Chatterton aus Bristol‹, damit man ihn drüben auch gleich erkenne.

Dann aber weinte er nicht mehr. Er lächelte sogar, während er etwa niederschrieb, daß er seine Gänsefedern, womit er seine Werke geschrieben, dem guten Herrn Burgum vermache, seine Pfeifen zu putzen, die Tinte aber, ›so wie Blut schmecket‹ den Colstonknaben, ihre ersten Liebesbriefe damit zu schreiben, seine Pantoffeln dem dafür erst zu gründenden Thomas-Chatterton-Museum der Stadt Bristol, seine nachgelassenen Werke der lockeren Nancy aus der Häringsgasse und dem braven Soldaten William Smith zu gleichen Teilen, eine Locke aber von seinem Haupt dem buckligen Goldschmied und seine Schulden dem Mister Catcott. »Item«, hieß es ferner, »meine gute Mutter und Schwester vermache ich meinen Freunden, so ich welche habe. Item: Ich gebe und überlasse endlich unwiderruflich Mister Lambert Esquire einen goldenen Trauerring mit dem Motto: ›Ach armer Chatterton‹ unter der Bedingung, daß er ihn selbst bezahlt. Vollzogen in Gegenwart des HERRN HERRN den 14. April 1970.«

Wie's der Zufall will, fällt dies Testament anderntags dem bösen Lambert in die Hände. Der rennt spornstreichs damit zu Thomas' Mutter und offenbart es ihr rücksichtslos. So kommt's, daß, als Thomas durch die Niederschrift seiner Trübsal wesentlich erleichtert, heiteren Gemütes das Haus betritt, ihm der Frauen lautes Wehklagen entgegenklingt, in das er, von neuem erschüttert, ehrlich mit einstimmt, denn er weinte von jeher gern.

Erst Philipps beendete diese Totenklage, und auf seinen Zuspruch hin erklärte sich Lambert endlich bereit, seinen unglücklichen Schreiber augenblicklich zu entlassen. Gleichzeitig gab Susanne die Erlaubnis zu Toms Reise nach London, von der er sich strahlenden Ruhm und unermeßlichen Reichtum versprach.

Thomas Chatterton aber konnte Bristol nicht verlassen, ohne die schöne Eleanor noch einmal gesehen zu haben, was seit jener feurigen Nacht nicht mehr geschehen war. Und so machte er sich denn eines Abends auf und wanderte hinaus vor die Stadt. Da aber Vollmond war, der ihn von je betört, ging er bald fast wie im Schlafe und ganz glücklich.

Die liebeskundige Nancy sah ihn so vorübergehen und wunderte sich, wo in aller Welt der unschuldige Mensch so spät noch hinaus wolle, und ein Stelldichein vermutend, schlich sie dem Ahnungslosen nach.

Erst später, als der Widerschein von Chattertons Ruhmesglanz auch die Gesichter derer sichtbar machte, die ihn kannten, verriet sie, was sie in jener Mondnacht mit angesehen.

Tom, so erzählte sie hernach, habe damals zum erstenmal den hübschen grünen Sonntagsanzug angehabt, den Susanne ihm eigens für London geschneidert und der so gut zu seinen Haaren stand. Sie erinnerte sich, daß er unaufhörlich mit hoher, zauberischer Stimme vor sich hin gesprochen habe, während er so dahinging, Verse vermutlich. Manchmal auch sei er stehengeblieben und habe etwas in ein zierliches Buch geschrieben. Auch müsse sie sagen, und sie tat es unter hellen Tränen, wenn an Thomas' Gesicht bei Tage nichts Besonderes gewesen sein mochte, vom Mond beschienen war es überirdisch schön, vor allem aber die Augen und sein Mund.

So sah ihn also die Nancy und wie er lange vor dem stillen Schloß unter Eleanors geöffnetem, schwarzem Fenster stand, um schließlich, nachdem er ein Papier gefaltet und an einen kleinen Kiesel gebunden, diesen behend ihr ins Zimmer zu werfen. Es rührte sich aber nichts, auch die Hunde schlugen nicht an. Endlich wandte sich Tom, enttäuscht heimzugehen. Da sah er aber Licht, das aus der Schloßkapelle kam, und er ging auf den Zehen leise darauf zu. Ein Mensch saß auf der Schwelle, den Kopf in die Hand gestützt. Eleanors Mohr. Und nun sah er auch sie inmitten der Kapelle zwischen hohen, dünnen Kerzen und davon beschienen unbewegt in einem Sarge liegen. Ihre Augen waren geschlossen, aber die Brauen waren angestrengt hochgezogen. Das also unnahbare Antlitz war wie immer zart gepudert und der Mund sehr rot. Ihre Hände waren nicht gefaltet. Die Hunde aber standen und gingen mit gesenktem Kopf in dem kleinen Raum umher, oder sie lagen leise winselnd der Toten zu Füßen. Der Mohr auf der Treppe regte sich nicht, als Tom an ihm vorüber in die Kapelle trat. Auch die Hunde wandten kaum den Kopf nach ihm.

Und nun sah Nancy, die mit großen, entsetzten Augen zum Fenster hineinschaute, wie Tom in den Kreis der Kerzen drang und mit einem unbeschreiblichen Ausdruck seligsten Herzeleids sich klagend über das tote Fräulein neigte, ihren geliebten Mund zu küssen, der nicht mehr antwortete.

Nancy, die den Mohren Ismael wohl kannte, kauerte sich nun zu ihm hin, zu erfahren, was mit dem Fräulein denn geschehen sei, damit sie es Tom sage. Denn sie wollte ihn jetzt keinesfalls allein lassen. Es dauerte aber lange, bis er kam, anfangs irre redend, daß er eine weiße Taube ihr zum Opfer schlachten werde, und ob es wohl gelänge, ihrer Seele nachzujagen, wenn er sich sehr, sehr spute.

»O Nancy, du bist es«, sagte er, endlich wieder bei Sinnen, und nun sprudelte sie hervor, was sie wußte, daß das Fräulein weder Speis noch Trank zu sich genommen, seit Thomas bei ihr war, daß sie immer nur von einem süßesten der Gifte gesprochen und daß sie seitdem nun wahrlich nichts mehr auf dieser Erde begehrte. So sei sie endlich in holder Erschöpfung hingeschieden.

Nach einer Weile, so berichtete Nancy später, habe sie dann Thomas gefragt: Ob er denn jetzt wisse, daß seine Liebe tödlich sei? Tom habe nur genickt, dann seine Augen zum Monde aufgeschlagen, den Kopf weit zurückgelehnt. Seine Lippen hätten sich ganz wenig voneinander gehoben, daß eben seine Zähne lächelten, und über seine Wangen seien zwei große Tränen gerollt. Da habe sie sich aber vor ihm entsetzt und sei von ihm geflohen, wiewohl er sie zweimal angstvoll bei Namen gerufen.

Spätere übereifrige Verehrer Chattertons, postume Freunde sozusagen, wollen ihm ein Gedicht zuschreiben, das schon am andern Tag, ohne Angabe des Verfassers, im Bristoler Wochenblatt erschien. Es handelt sich um eine jener damals allgemein üblichen Totenklagen in elegischer Form: ›Auf den Tod eines adeligen Fräuleins‹, darin allerdings viel vom schönen Monde und seinen tödlichen Strahlen die Rede war und von einer weißen Möwe, schaumgeboren, in die nun des Fräuleins Seele zurückgekehrt sei, den Schiffen übers große Meer zu folgen. Aber dann müßte Tom ja noch in dieser Nacht die fast erschreckliche Ruhe gefunden haben, dieses im übrigen ziemlich herkömmliche, höchst zeremonielle, vielleicht in seiner Formenglätte beachtliche, aber allzu leidenschaftslose Gedicht zu verfassen.

Zwei Tage darauf sah man Thomas Chatterton anscheinend in vollkommenster Heiterkeit auf den Stufen des Redcliffdomes von seinen Freunden Abschied nehmen. Eine Notiz im Bristol-Journal (von Tom inspiriert) hatte vorbereitend darauf hingewiesen, »daß ein junger Mitbürger der Stadt einem überaus ehrenvollen Rufe, nach London zu kommen, Folge zu leisten im Begriffe sei. Er werde voraussichtlich am 24. April pünktlich um neun Uhr mit der Morgen-mail-coach reisen und kurz vorher Gelegenheit nehmen, seinem großen Bekanntenkreise herzlich Lebewohl zu sagen«. So kam's, daß die Mädchen und jungen Herrchen, dazu viele Neugierige, den Scheidenden rufend und lachend umringten, der mit einem schottischen Reiseplaid und einem roten Perspektiv (aus seines Vaters Besitz) wohlausgerüstet in bester Laune allen die Hände schüttelte. Unter Lärmen ward er zum Postplatz geleitet, wo sogar Barett und Burgum mit seinen sechs Buben, die immer wieder hellauf ›Vivat!‹ riefen, seiner harrten. Und auch die Frauen standen dort.

Susanne, ihr Bandmaß gleich einer toten Schlange um den Hals tragend, nahm sich beim Abschied anfangs sehr zusammen, um es Tom möglichst leichtzumachen. Nun aber konnte sie nicht mehr, und sie riß ihren lieben Sohn, ohne der Nadeln in ihrem Brusttuch zu achten, und wie wehe sie ihr taten, heftig an sich, ihn umhalsend und herzend und immer wieder sein trautes Antlitz küssend. Auch der karge Onkel Philipps küßte Tom lautlos lächelnd, und die Edkins streichelte ihm verstohlen die Hand, die eiskalt war vor Erregung.

Als Tom endlich blaß und lächelnd in der Kutsche saß und der Kutscher knallte, sah er inmitten der lachenden, winkenden Mädchen und jungen Herren, inmitten des weißen Flatterns wie von Möwen nur Susannes starres, trostloses Angesicht. Sie hob die Hand nicht mit dem Taschentuch. Mary hielt die Wankende. Da fuhr Tom schon flott die Bather Straße hinaus.

»Nun ist er fort«, sagte Susanne noch oft an jenem Tage.

Einmal griff sie auch von ungefähr an die Brust, da es sie dort schmerzte, und ihre rauhen Fingerspitzen wurden ein wenig blutig davon.

»Sieh da«, sagte sie errötend und lächelte über sich, weil sie es nicht gemerkt, wie arg sie sich bei Toms letzter Umarmung die Nadeln ins Fleisch gestoßen hatte.

Übrigens hatte die alte Frau Chatterton bei der Abreise gefehlt. Zu möglichst übler Vorbedeutung waren ihr im Traume angeblich wieder einmal sämtliche Zähne ausgefallen, deren doch morgens keiner wackelte. Sie war, Rheumatismus vorschützend, zu Hause geblieben und fütterte ihre Ameisen.

Schon drei Tage später kam ein frohgemuter Brief von Thomas Chatterton an Susanne, darin er anschaulich seine glückliche Reise schilderte und wie köstlich er sich unterhalten habe. London habe ihn mit Begeisterung aufgenommen.

Tatsächlich war Tom während der Fahrt anfangs höchst kleinlaut gewesen, ja er war einmal schon nahe daran, bereits in Brislington, der ersten Station also, auszusteigen und wieder umzukehren. Er war ja noch nie in seinem Leben Kutsche gefahren und spürte bald eine lästige Übelkeit, die er auf das träge Schwanken und den staubigen, ungelüfteten Plüschgeruch der Polster schob. Er saß zudem eingekeilt zwischen einer sehr korpulenten Dame, die sich beständig aus einer Reiseflasche Rotwein eingoß, davon sie viel verschüttete, und einem mit lauter hartem Metall und Leder armierten Offizier, so daß er dem Anerbieten des Schwagers Postillon, obenauf Platz zu nehmen, gern folgte. Dort oben wagte er es sogar, von den Mitreisenden viel beachtet, sein Fernrohr zu versuchen und die herrliche Aussicht zu genießen. Aber wenn die vier Schimmel tief vor ihm im Galopp bergab in eine Kurve schwenkten, schwindelte ihn, und er hielt sich krampfhaft lächelnd fest. Im Brief an seine Mutter aber berichtete er wie folgt darüber: Der ehrliche Schwager sei so höflich gewesen, ihm aufs neue das Zeugnis auszustellen, er (Tom) sitze fester und unerschrockener obenauf als je ein Reisender zwischen Bristol und London.

Die Nacht brachte unser Reisender, da es regnete, später in den Bergen sogar schneite, unbehaglich und fröstelnd zwischen Wachen und Halbschlaf wieder im Innern der Kutsche zu. Um sieben Uhr morgens war Pferdewechsel in Speen, wo die Reisenden mürrisch mit vom Schlaf verdrückten Gesichtern schlecht, aber sündhaft teuer frühstückten. Draußen war dichter Nebel. Bald aber wurde es klar, und nun fing Tom, der wieder obenauf saß, mit dem Schwager ein kameradschaftliches Gespräch an, lobte die Pferde und ließ sich die Namen der Dörfer nennen. Wo der Herr in London abzusteigen gedenke? fragte der Schwager. Tom wußte es noch nicht, er schwankte noch. Welches Geschäft eigentlich er betreibe? Er sei Dichter, erklärte Tom freundlich. Oh, dann, meinte der andere ein wenig geringschätzig, dann müsse er unbedingt im ›Frozen Towel‹ einkehren, das sei der Treffpunkt aller Tintenbrüder, Versemacher und Reporter von London. Tom bedankte sich sehr.

Als London nicht mehr fern sein konnte, wurde Tom von einem seltsamen Fieber ergriffen, so daß er sich von seinem Sitze erhob und vorauslauschte. Denn er meinte, nun müsse man doch die Riesenstadt bald rauschen und klingen hören und sie auf einmal liegen sehen, gewaltig groß und bezaubernd.

Aber nichts dergleichen geschah, sondern nachdem sie eine lange Weile durch eine Reihe hübscher Landstädtchen gefahren waren, so schien es Tom, hielt der Postwagen, und fast enttäuscht kletterte Tom von seinem Sitze. Und da er sich nun ganz allein in die große fremde Stadt gestellt sah, ganz auf sich angewiesen war und sich ziemlich verlassen fühlte, gab er sehr noble Trinkgelder an den Kutscher und an den Schaffner (der gar nichts für ihn getan) und schritt hochmütig hinter dem Kofferträger dem Gasthaus ›Zum gefrorenen Handtuch‹ zu.

Dieses Gasthaus hätte ebensogut in Bristol sein können, aber so zweifelhaft und heruntergekommen es auch war, so großartig wußte es sich zu geben. Nicht nur, daß über dem Eingang eine Ölfunzel in einer zwar zerbrochenen Laterne brannte, darauf aber ›Grand Hotel‹ zu lesen war, es war auch sonst keine Gelegenheit versäumt, auf die ganz erstklassige Bedienung, prima Fremdenzimmer, ff. Getränke, altrenommierte Küche hinzuweisen. Tom wurde in diesem Hause devotest von Mister Jeffrey empfangen, der Portier, Kellner, Zimmermädchen und Hausknecht in einer Person zu sein schien. Er hatte davon den Spitznamen ›Das Personal‹, um so mehr, als er bei der Ankunft jedes neuen Gastes zu tun pflegte, als sei für Bedienung reichlich gesorgt.

»Heda«, rief er dann mit schallender Stimme und patschte in die Hände, »he, Morris, Ned, wo steckt ihr schon wieder allesamt, Rozetta, hallo, ein Zimmer für den Herrn, hurtig Sam, vorwärts Dick, wartet, ich werde euch!«

Somit meinte er, auch dem Fremdling Thomas Chatterton den Eindruck eines großen Hauses vorzutäuschen, obwohl doch niemand erschien.

»Ich werde das Gepäck sofort auf Euer Gnaden Zimmer beordern«, schwatzte der treffliche Jeffrey, sich beständig und ungehalten nach den säumigen Domestiken umschauend. Dabei warf er diensteifrig seine schmutzige Serviette von einer Schulter auf die andere. Dann überreichte er Tom fast feierlich einen großen Schlüssel.

»Nummer hundertundvier, Sir, wenn ich bitten darf. Unser schönstes Appartement, in idyllischer Lage, Sir, mit Aussicht auf die Sankt Paulskirche, wohl mit Recht unser aller Stolz, Sir.«

Aber Tom, der darauf brannte, jene Schöngeister, die hier verkehren sollten, endlich mit Augen zu sehen, wünschte, ehe er aufs Zimmer gehe, noch eine Kleinigkeit zu sich zu nehmen, und wurde dazu in eine unfreundliche, qualmige Stube gewiesen, an deren Tür aber mit goldenen Lettern die Worte: ›Großer Speisesaal‹ zu lesen war. Er nahm an einem kleinen, mit einer Vase voll verschossener Papierrosen geschmückten Tisch Platz und fand sich damit etwa einem Dutzend der führenden Autoren Londons nahe gegenüber. Und er sah auf an ihnen, treuen Glaubens, mit demütigem Respekt, ohne Arg.

»Die Blüte der Nation!« raunte der Wirt, als er Tom den Tee brachte. Und es war wahrhaftig auf den ersten Blick zu sehen, daß es sich nur um eine ganz außergewöhnliche Gesellschaft handeln konnte. Schon die Kleidung mußte auf einen Neuling wie Tom den tiefsten Eindruck machen. Denn sie war von einer begehrenswerten Eigenwilligkeit, herausfordernd, marktschreierisch. Ein großer Blonder beispielsweise, der aufs auffälligste ganz begeistert sich und sein Schaffen pries, trug trotz seines unverfälschten Londonerisch die malerische Tracht schottischer Gebirgler, mit freien Knien und Röckchen. Es sei Mister Brandy, erklärte der Wirt, John Brandy, oh, Mitarbeiter von ›Town and Country Magazine‹. Andere trugen sich geckenhaft, andere im Stil der Dockarbeiter, rowdymäßig. Nur einer noch trug die große Lockenperücke von ehedem, ein gewaltiger Greis von über achtzig Jahren mit einer Stimme, die aus den Abgründen der Unterwelt zu dröhnen schien, aus dem Herzen der Erde kommend oder dem Röhren des Edelhirschs vergleichbar, ehrfurchtgebietend. Dies war Mac Connard, der Wegbereiter junger Talente, scherzhaft Genietrompeter genannt. Einen regelrechten Zopf aber und gepudertes Haar trug nur ein einziger, Lord Thomson nämlich, der berühmte Romancier, der sich aber alsbald mit Akkuratesse empfahl, worauf dann die Stimmung der Gesellschaft sofort viel ausgelassener wurde.

Brandy namentlich, nachdem er zwar den großen Mann noch sehr zutunlich an dessen goldene Sänfte gebracht, klopfte nun hinter ihm her mit deutlicher Symbolik die Asche seiner Pfeife aus und grinste reihum. Das machte auf den jungen Chatterton doch ganz den Eindruck, als mache man sich lustig über den sonst so gefeierten Dichter. Es wurde viel getrunken, und alle redeten gleichzeitig und lärmend, einander möglichst zu übertönen, so daß es Tom, der mit dankbar teilnehmendem Gesichtsausdruck belustigt die Ohren spitzte, anfangs schwerfiel, ein Wort zu verstehen. Aber endlich war es klar, daß man dort am Tische in seltener Einstimmigkeit auf Sir Horace Walpole of Twickenham schimpfte. Man tat das in sehr despektierlicher, derber Form, indem man ihn ohne weiteres mit einem sehr unanständigen pars pro toto titulierte. Tom tat das natürlich in der Seele wohl und vollends, als ein kleiner, ständig schadenfroh lächelnder Dichter unter dem Kichern, Prusten und Grölen seiner Kollegen die Anekdoten zum besten gab: vom dummen Lord und dem armen Schreiberlein, das den eitlen Gernegroß mit selbstverfertigten, angeblich aber uralten Urkunden so gründlich hineinzulegen wußte.

Von Thomas Chatterton also sprachen sie, aber wie von einer erfundenen Person, von einer Märchengestalt, die es natürlich nicht gab. Und er lächelte, als man lärmend dieses sagenhaften Knaben Gesundheit ausbrachte.

»Hahaha«, lachte Brandy von neuem tobig, als die andern schon stiller waren.

Er hatte übrigens schon lange neugierig und argwöhnisch zu dem fremden Gaste am Nebentische hinübergeschielt und trat nun, da er keine Gelegenheit versäumte, Bekanntschaften zu machen, mit gewinnender Herzlichkeit auf Thomas zu.

»Brandy«, sagte er mit Nachdruck und sah den Fremden aufmunternd an.

»Dichter Chatterton«, erwiderte Thomas seinerseits und verneigte sich verbindlich.

»Wer?« fragte Brandy verdutzt, »doch nicht vielleicht am Ende gar etwa --?«

»Gewiß«, bestätigte Tom liebenswürdig, »in der Tat, der bin ich.«

Und nun sprang Brandy, die Aufmerksamkeit aller auf sich zu sammeln, auf einen Stuhl, wobei er sich den Kopf beinahe an der Decke stieß, gestikulierte und rief, goß sich noch rasch einen Whisky Soda hinter die Binde und brüllte dann schaustellerhaft: »Hochansehnliches Publikum, hier ist zu sehen der Wunderknabe von Bristol, Thomas Chatterton benamset, welchselbigem Jüngling es, wie wir soeben aus berufenem Munde zu unser aller Freude hörten, gelungen ist, Lordchen Walpole genasführet zu haben.«

Das fand man ja nun wirklich köstlich. Es wurde applaudiert. Alle sprangen auf und umringten Tom, der tief errötete. Dunst von Wein und Schnaps benahm ihm fast den Atem, seine Augen waren tabakentzündet. Diesen Widerwillen gegen derlei Gerüche hatte er von Susanne her im Blut.

Mac Connard, der rüstige Alte, schlug ihm nun so derb auf die Schulter, daß er davon ein wenig in die Knie sank.

»Gott segne dich, mein Kind«, dröhnte der gewaltige Greis, und die Lockenspiralen seiner Allongeperücke wogten olympisch auf und nieder. »Seht alle her und schaut euch einmal das Gesicht an dieses Knaben Chatterton! Gott segne dich, du Schelm, du kleiner Tausendsasa!« Und der Alte legte Tom seine schwere Hand auf den Scheitel, die andere aber unters Kinn, damit alle dieses Gesicht ansehen sollten.

Dann saß Tom in ihrer Mitte, die tüchtig zechten, und trank sehr viel Tee. Beinahe aber hätte er den verheißungsvollen Eindruck dadurch verdorben, daß er harmlos berichtete, er sei nach London gekommen, um seinen Rowley drucken zu lassen und Artikel für die Magazine zu schreiben. Denn sogleich begegnete man ihm merklich kühler. Brandy machte »hm« und »soso« und kratzte knisternd seine Backe. Die andern schwiegen frostig. Verschüchtert verstummte auch Tom.

Da kam zum guten Glück der Lyriker Paddy Pitscher, und zwar mit einem solchen Rausch, daß sich die andern wieder aufs Trinken besannen. Paddy aber setzte sich nicht. O nein, er war heute zu stolz dazu. Er blieb vielmehr breitbeinig und stark schwankend in der Mitte des Raumes stehen und wischte trüben Blicks mit großartig täppischer Gebärde irgendwelche ihn sehr störende Erscheinungen aus der Luft, lächelte einsichtig und begann dann stockend zu erzählen:

»Ihr denkt – wohl –«, lallte er, »ich bin be – soffen? Auf Ehre, ich bin es nicht. O nein, ich bin auch nicht be – trunken. O nein. Ich bin bloß be – schwipst, bloß beschwipst. Jeffrey, du bist Zeuge. Einen Whisky Soda. Ich bin ja so durstig, schau.«

Paddys wächsernes Gesicht schwitzte, er lachte hilflos.

»Was habt ihr Idioten denn da für ein Provinzradieschen«, sagte er plötzlich mißtrauisch und schwankte auf Tom zu, der sofort ein wenig wegrückte. Paddy aber setzte sich nun gerade zu ihm.

»Das Schwein trinkt Tee«, rülpste er, goß Schnaps in Toms Tasse, bis sie überlief, und begann laut das Lied zu grölen: »Quickly harlot, give me money«, um dann ganz unvermittelt, aber unflätig über die Verleger zu schimpfen, über diese Schmarotzer und Sklavenhalter der Poesie. Schließlich trank er gutmütig und mit Verlaub allen der Reihe nach die Gläser aus und taumelte zur Türe. Dort begann er, sein verstörtes Gesicht gegen den Pfosten gelehnt, ohne Grund kläglich zu weinen, und ging.

Nun auch verabschiedete sich Tom aufs artigste von den Herren und dachte fast mit Rührung daran, daß er doch ein Knabe noch war, verglichen mit jenen Großen, und daß er aber doch schon den Rowley geschrieben.

Diese Nacht war auch die erste seines Lebens, da er ganz allein schlief. Und obwohl er mit Schaudern an Gipsy dachte, war es ihm so ungewohnt, daß er sich, da zudem die Bettwäsche sich feucht anfaßte, alsbald wieder erhob und bei Kerzenlicht jenen begeisterten Brief über seine Reise und erste Aufnahme in London verfaßte, den Susanne mit innigem Gottlob immer wieder an die Lippen führte.

Andern Tages, nachdem sich Thomas einen selbst für London Aufsehen erregenden, überaus malerischen Anzug gekauft und sich Visitenkarten hatte drucken lassen, war sein Reisegeld schon ziemlich aufgebracht. Zudem war Paddy Pitscher zu ihm gekommen und hatte ihn um ein kleines Darlehen gebeten. Wie gerne gab's Tom dem armen Kerl!

Nicht weit vom Hotel, in Shoreditsch, mietete sich Tom ein dürftig möbliertes Zimmer bei Mister Walmsley, einem alternden Athleten, dessen ehemals stählerne Muskeln nun welk und kraftlos geworden waren. Aber in Toms Bude über seinem Bett hing neben einem illuminierten Kupfer, darauf Signor Walmsley in rosa Trikot und mit ordensgeschmückter Brust einen Ochsen auf flacher Hand gen Himmel stemmte, ein großer, verdorrter Lorbeerkranz.

»Der liebenswürdige Mister W.«, so schrieb Tom nach Bristol, »gab mir sein schönstes Zimmer um ein Spottgeld. Er scheint ein heimlicher Verehrer der Poesie.«

Doch litt Tom in der Folgezeit sehr unter der unruhigen Lage seiner Wohnung, da nebenan ein überaus fleißiger Anfänger in der Kunst des Fagottspiels den ganzen Tag mit jämmerlichen Tönen das Haus erfüllte, während Tom zu Häupten ein älteres Fräulein Unterricht im Clavicembalo an Kinder erteilte.

Toms erster Gang war natürlich zu Dodsley, dem bekanntesten Verleger und Buchhändler im England jener Zeit, doch mußte er mehrere Stunden antichambrieren, ehe der Chef des Hauses ihn empfing.

»Vermutlich ein Sohn oder Enkel jenes gleichnamigen Gelehrten in Bristol, desselben, der mir die recht hübschen Rowleymanuskripte angeboten?« sagte Dodsley, Tom einschätzend. Als aber Tom sich zu seinem Werk bekannte, gefiel das Herrn Dodsley zwar sehr, doch könne er sich, vorderhand wenigstens, nicht binden. Er werde selbstverständlich die Sache im Auge behalten. Er war aber im übrigen außerordentlich charmant und lobte Toms Entschluß, sich hier niederzulassen. Das sei tapfer, das gefalle ihm. Als jedoch Tom nach so angenehmer Unterhaltung die schöne Buchhandlung verließ, war eigentlich nichts erreicht. Es war im Gegenteil Dodsley geglückt, dem guten Tom ein Prachtwerk über China gegen bar aufzuschwätzen.

Als er damit aus dem Laden trat, begegnete ihm Tistlethweite.

»Ei, Chatty, du in London?« rief John, aufrichtig erfreut.

»Ich komme von Dodsley«, erwiderte Tom vielsagend.

»Na, ich gratuliere! Gute Firma! Er versteht was von der Ware!«

Es stellte sich heraus, daß John Mitinhaber der größten Buchbinderei am Platze geworden war, durch seine kleine Frau, wie er beifügte, denn er war seit einem Jahr der glücklichste junge Ehemann von der Welt.

»Besuche uns bald«, rief er Tom aus seiner Sänfte zu. Sie waren nun doch nur ein kleines Stück weit miteinander gegangen, aber schon kannte sich Tom nicht mehr aus.

Als er sich endlich entschloß zu fragen, war er schon so in die Irre gegangen, daß er, wollte er noch auf die Redaktion der ›Town and Country‹, wohl oder übel eine Sänfte nehmen mußte. Vielleicht verlockte es ihn auch, einmal von Menschenhänden so dahingetragen zu werden, und er gab sich gerne nach. Jetzt konnte er ganz die Stadt genießen, da er so in der roten Sänfte dahinschwankte. Er warf einem Bettelknaben Münzen in den Hut und wußte mit Anmut aus der Sänfte zu steigen, als sie vor ›Town and Country‹ haltmachten. Der Herr sei so angenehm leicht, lobten die Träger, als Tom sie heiter entlohnte, obwohl es nicht billig war.

Leider hatte das ›Magazine‹ für diesmal kein Interesse an den von Tom vorgelegten, sicher sehr interessanten Arbeiten. Mister Brandy kenne ihn, sagte Tom. Mister Brandy kam. Es ärgerte ihn aber, daß Tom so ins Zeug ging.

»Morgen, mein Lieber«, sagte er eilig, »wieder um diese Zeit am besten, heute geht es leider mit bestem Willen nicht mehr.« Ein klein wenig traurig ging nun Tom zu der ziemlich weit abgelegenen Redaktion von ›Will and Way‹. Seine Sohlen brannten, und wieder lächelnd spürte er die Vorstellung, auf Flammen zu wandeln, als gute Vorbedeutung für den Pfad zum Ruhm.

Die Herrn von ›Will and Way‹ wollten es wenigstens einmal mit ihm versuchen, aber es müsse schnell gehen. Morgen früh um neun fix und fertig. Tom versprach's. Es handelte sich um einen Angriff auf ›Town and Country‹, scharf, geistvoll, witzig. Tom versprach's. Mit einem Dutzend Nummern der feindlichen Zeitschrift, seinen Manuskripten und ›China‹ unter dem Arm eilte Tom nach Hause. Er nannte den Artikel ›Clown and Cantrip‹ und schrieb die ganze Nacht hindurch, teils bei Mond, teils bei Kerzenlicht bis in den hellen Tag. Danach hungerte ihn zum ersten Male in seinem Leben, und er schämte sich des Gelüstes, wenn er fremder Küche Wohlgeruch schmeckte oder wenn in einem Bäckerladen so recht leckere, rösche Semmeln und knusprige Brezeln ins Fenster geschüttet wurden. Er hatte keinen Penny mehr und außer unmäßig viel Tee seit zwei Tagen nichts genossen. Er lieferte pünktlich ab unter dem Pseudonym Hedgehog. Denn dieses Igels Stacheln sollten Brandy & Cie. gehörig in die Nase fahren.

Aber noch am selben Tag schrieb er eine gereimte Satire auf eben diesen Igel, eine Art Naturgeschichte dieses nützlichen Tiers, rechnete ihn zu den gemeinen Tintenblütlern und vergaß nicht, seines Ungeziefers zu gedenken, und daß ihm überdies, wegen der Stacheln, sich zu kratzen nicht vergönnt sei.

Dies Gedicht bot er natürlich ›Town and Country‹ just in dem Augenblick an, als sie ihn wegen des frechen Artikels in ›Will and Way‹ wirklich nötig hatten. Sie zahlten sogar in der ersten Verwirrung sofort einen, wenn auch nur kleinen Teil des schäbigen Honorars. Es blieb aber nach Erwerb verschiedener hübscher Geschenke für zu Hause (porzellanenes Teegeschirr für Susanne, ein Fächer ›leicht und atmend wie ein Schmetterling‹ für Mary und eine neue Tabakspfeife für die Alte) gerade noch genug, daß es für den Heimweg zu einer Sänfte reichte. Und wieder beglückte es Tom, sich von zwei starken Männern so angenehm nach Hause tragen zu lassen.

Er schrieb nach Bristol: »Meine liebe Mama, kaum hier angelangt, bin ich auch schon in die schönste literarische Fehde verwickelt, die man sich denken kann. Sei aber getrost meinetwegen, denn wenn auch mein Gegner meiner durchaus würdig ist, so kenne ich seine Schliche doch besser als er selbst. Ihr seht, es geht vorwärts. Man sagt mir hier die liebenswürdigsten Dinge über den Rowley.«

Das war wohl richtig, aber niemand wollte ihn drucken. Die literarisch als besonders anspruchsvoll bekannte Oxforder Zeitung schrieb zum Beispiel:

»Sehr geehrter und lieber Mr. Chatterton, verzeihen Sie, daß ich Sie so lange auf Antwort warten ließ. Ich habe Ihren Rowley mit ebensoviel Freude wie Bedauern gelesen. Es fehlt nicht viel, so wäre er ein Meisterwerk. So ist er, wie ich glaube, aus Übermut und einer rein charakterologischen Dämonie zusammengesetzt. Im höheren Sinne aber ist Dämonie ohne überdämonisches Gegengewicht Spielerei.

Ich bitte Sie, mir nicht übelzunehmen, wenn ich das Manuskript so lange behalten habe. Ich schicke es Ihnen gleichzeitig mit bestem Dank zurück.«

Aber die Tragödie ›Ällas Tod‹, ein Werk seines Rowley, sollte wenigstens, nachdem es von Drury Lane wortlos zurückgeschickt worden war, endlich seine Erstaufführung erleben. Pitscher hatte die Sache vermittelt, Paddy Pitscher also, der Lyriker, den Tom noch nie nüchtern gesehen, machte sich anheischig (allerdings gegen eine kleine geldliche Zuwendung), Tom mit einem Theaterdirektor, der immer schon etwas Derartiges suche, bekannt zu machen.

Es handle sich um keinen andern als Cimicaccio, seinen Freund.

Cimicaccio war nicht nur Besitzer mehrerer Wandertheater, er hatte vielmehr auch eine Unzahl höchst einträglicher Kuriositätenbuden ins Leben gerufen, Zirkusse zusammengestellt; ja, sogar das große Heer der Leierkastenmänner, die damals in ganz London dasselbe Lied spielten, war dem Italiener hörig, bis jeder dieser armen Schlucker die durch ihn gestellte Drehorgel und Invalidenuniform bei Heller und Pfennig an ihn abbezahlt hatte. Cimicaccio war als Sohn einer Riesendame und eines Zauberers für seinen Beruf aufs trefflichste vorbereitet. Er wohnte, aß und trank gut.

Ihn nun lernte Thomas Chatterton kennen, und zwar bei dem allmorgendlichen Lever des gefürchteten Mannes. Cimicaccio war unförmig dick und ungewöhnlich schmutzig, so schien es Tom, als jener das große Antichambre betrat, wo noch etwa zwanzig stellenlose Gaukler aller Gattungen, Akrobaten, Kunstreiterinnen, Seiltänzer, Zwerge und Degenschlucker ihn erwarteten. Cimicaccio erschien zu Toms Verwunderung im bloßen Hemd und musterte, während er sich verschlafen auf dem Kopf kratzte, mit großen, schwarzen, herzlosen Augen gähnend seinen Klienten. Der Puder war in seinem Gesichte verschmiert und auch das Rot von seinem abscheulichen Mund, als triefe er noch von hellem Blut. Während er sich nun ankleiden und frisieren ließ, ungeachtet er nicht gewaschen war, winkte er unter den vielen zunächst einem zierlichen Mädchen, das sich in den Kopf gesetzt hatte, Schauspielerin zu werden, und es trat nun, freilich errötend und mit Zagen, auf ihn zu. Und während er, zwischen den Händen des Barbiers hervorschielend, wahllos einen Gaukler nach dem andern abfertigte, indem er sie sich produzieren hieß, so daß oft gleichzeitig einer jonglierte, ein anderer einen Degen verschlang und ein dritter den Monolog des Hamlet sprach, glotzte er immer wieder das nahe Mädchen an. Auch flüsterte er zu ihm hin, bis er endlich mit dem Daumen hinter sich nach der Tür seines Schlafzimmers wies, woselbst die kleine Dame, obzwar sie tief errötete, gesenkten Köpfchens um ihrer Zukunft willen wirklich eintrat. Zwischen einem Schlangenmenschen und einem Clown ward Tom heranbefohlen, der Pitschers fast poetische Empfehlung in dem Augenblick überreichte, als sich über Cimicaccio gerade ein Sprühregen köstlicher Wohlgerüche ergoß. Der fette Mensch lachte widerwärtig, als er das Schreiben las. Dann fragte er Tom, wieviel er aufzuwenden in der Lage sei, wollte man sein Stück aufführen. Tom wußte es nicht, er habe vielmehr geglaubt, für das Stück etwas zu erlösen. Cimicaccio täuschte, als er dies hörte, eine Ohnmacht vor, sprang dann aber von seinem Sessel und lud höflich die Anwesenden ein, doch ja diesen jungen Herrn sich anzusehen, der ein Stück aufgeführt haben wollte, ohne dazu etwas beizusteuern. Und als habe Tom sich einen Scherz geleistet, wandte sich der Schreckliche an den nächsten.

Aber nachdem Tom, Pitschers Rat zufolge, siebenmal dieses seltsame Lever mitgemacht hatte, riß ihm der Dicke das Manuskript aus der Hand und brüllte ihn an, er möge sich einstweilen zum Teufel scheren, bis er über den Wisch entschieden.

In jenen Tagen schrieb Thomas Chatterton eine Reihe von Aufsätzen poetischen, wissenschaftlichen und polemischen Inhalts, von deren Erlös er hoffte, doch vielleicht einmal seinen Rowley drucken lassen zu können. Darunter befand sich beispielsweise die Abhandlung über den innern Wert von Altertümern (als Möbeln, Bildern, Büchern) und weshalb denn eine noch so getreue

Kopie davon ein Original nie ersetzen könne. Es mußte also solch ein Ding tatsächlich vor so viel hundert Jahren dagewesen sein, wirklich in eines Königs Hand gelegen sein, von Alexanders Blick angesehen, von Chaucers Atem berührt, wollte es gelten; wodurch denn Tom auf das Seelenleben der Dinge kam und von der schicksalsvollen Verantwortung sprach, der man sich bewußt sein müsse, wenn man einem Stein ein menschlich Antlitz aufdränge oder einen mörderischen Degen schmiede, eine betörende Fiedel baue. Denn so, schrieb er, tue man dem Stoffe etwas an, man gebe ihm Gewalt, Leben gebe man ihm; der Stein mit dem Gesicht verwirre die Herzen, der Degen behalte durch Jahrhunderte jenen heimlichen Durst, daß er an Blut ihn stille, und eine Geige zerbrechen, ging's da nicht an ein Leben? Danach schrieb er den leidenschaftlichen Protest gegen den Mißbrauch der Schrift. Es sei ihr keineswegs eine so weite Verbreitung zu wünschen und gar jedem guten und bösen Kinde zwangsweise zu lehren. Sie müsse wieder ein Privileg der hohen Priester und somit der Dichter, Gelehrten und Gerechten werden. Fast hätte er so das Geheimnis der Bilder und Zeichen in jedem Buchstaben und Wort verraten. Er empörte sich gegen alle Kurz- und Schnellschrift, die er gottlos nannte, stritt gegen die Entseelung der Schriftcharaktere, darin ja nun bei ihrer geometrischen Dürre bald jeder meine, sich mitteilen zu dürfen. Die Versuche, schreibende Maschinen herzustellen, nannte er verbrecherisch und forderte geradezu, man möge Übersteigerung der Schnelligkeit nicht nur des Schreibens und Druckens, überhaupt gesetzlich verbieten.

Leider wurden diese Arbeiten samt und sonders abgelehnt. Die Honorare aus der kurzen, aber heftigen Pressefehde Chatterton kontra Chatterton gingen fast in Briefporto auf. Denn Thomas berichtete fast jeden Tag ausführlich und begeistert über seine Londoner Erfolge nach Bristol, wobei er das ›langweilige Nest am Avon‹

nicht genug verspotten konnte. Die Briefe waren mitten hinein in seine störrische, überströmende Schrift mit allerlei Karikaturen und Skizzen geziert, die, mehr geschrieben als gezeichnet und manchmal bunt angetuscht, den Briefen ein wunderlich lebendiges Aussehen verliehen. So gab er Bristols vielen Türmen die Physiognomien seiner ehemaligen Gönner Burgum, Barett und wie sie alle hießen, worüber Susanne gar herzlich lachen mußte. Bristol stand in jedem Briefe, o dieses Bristol! Denn Tom konnte nun nicht mehr zurück, wie sehr ihn auch danach verlangte. Ein Stoß von Manuskripten, die er Entwürfe nannte (sie bestanden meist nur aus einem vielsagenden Titel), täuschte ihm ein Gefühl des Vielgeschriebenhabens vor.

Als Tom eines Abends nach vergeblichen Versuchen, ein wenig Geld zu verdienen, mit brennenden Sohlen nach Hause kam, war Licht in seiner Kammer, und ein fremder Herr erwartete ihn.

Er trug ganz gegen die Mode nicht nur einen bis zum Gürtel wallenden, breiten, blütenweißen Vollbart, sondern war zudem wunderbar prächtig auf morgenländische Art geradezu königlich gekleidet. Fall und Falten des Gewandes, die perlmuttergezierten Pistolen, der brillantenbesetzte krumme Säbel, ein mächtiger Turban, der schöne Bart, dazu eine großäugige blaue Brille, ließen so wenig Lebendiges von Gestalt und Antlitz, von Blick und Mund sehen, daß Tom das Ganze erst für eine Panoptikumsfigur hielt, etwa Harun al Raschid vorstellend, weshalb er den geheimnisvollen Gast zunächst mit argem Mißtrauen musterte. Dann aber fiel ihm ein, daß er ihn schon gesehen hatte, kürzlich erst, hier in London. Da hatte der zauberhafte Türke auf einer Art Bühne oder Gerüst gestanden und den Gaffern ringsum wohlriechende Wässer, Pestilenzpillen, Balsam und Katzenfelle angepriesen, hatte den Harn besehen, Zähne gezogen, Tolle besprochen, er hatte Krankheiten aus den Augen abgelesen (ja von Abwesenden hatte ein Haar dazu vollauf genügt). Auch war ihm gegeben, die Zukunft aus der Hand und den Sternen zu deuten. Dabei ward er bedient von einem dreisten braunen Diener, Jussuf gerufen (von dem sich aber alsbald herausstellte, daß er stark abfärbte und aus Whitechapel stammte).

Und nun saß dieser Wunderdoktor, Ehrfurcht gebietend, in Toms ärmlicher Kammer und ließ sich von Jussuf Kamillentee bereiten. Denn er hatte einen bösen Schnupfen.

»Mein lieber Chatterton«, rief der Alte herzlich, Tom ohne weiteres umarmend, »wie freue ich mich, dich endlich zu sehen.«

»Ich kenne Euch nicht, mein Herr«, sagte Tom sichernd.

»Rumple«, stellte sich jener vor, »Doktor Rumple Pascha. Ich war deinethalben in Bristol, jawohl.«

»Ihr suchtet mich?«

»Rowley«, sagte der Türke nur, aber mit einer Wärme, die Tom beglückte.

Heiter entdeckte nun der Alte, wie er bei Walpole Zeuge von Toms großer Kunst geworden sei und begreifliches Wohlgefallen daran gefunden habe. Er sei gekommen, Tom zu helfen und ihn einzuladen, doch ja recht bald Dr. Rumples Londoner Laboratorium zu besuchen, was Tom gerne versprach. Nachdem der ehrwürdige Greis Tom mit einem Fläschchen echten persischen Rosenöls beschenkt, schied er mit Hoheit, gefolgt von Jussuf, der ihm beständig ein paar gelehrte Folianten nachzutragen hatte. Er tat es mit unverschämter Scheinheiligkeit.

Rumple nämlich fühlte sich Chatterton seelisch verwandt. Es war ihm, wie er Tom anderntags anvertraute, nach langen Studien geglückt, ganz gemeines Blei in gediegenes Gold zu verwandeln. Und er zeigte es sogar, wie er das machte.

Das Laboratorium (oder Goldküche), das zu den Versuchen diente, befand sich in einem kellerartigen Gewölbe unter der Erde, in einer Kapelle nämlich, aus grauer Vorzeit, wo man sich – so führte der Türke aus – dem Götzen Mithras in rauhem, blutigem, ja vielleicht menschenfresserischem Gottesdienste geweiht hatte. Die uralten steinernen Pritschen, darauf ehemals jene Heiden zum Opfermahle zu Tische lagen, eigneten sich jetzt vorzüglich zur Aufstellung der kunstvollen Versuchsanordnung. Vor dem verwitterten Figurenrelief des Altarsteines glühte, brodelte, dampfte und stank entsetzlich der Schmelzofen. Ausgestopfte Amphibien hingen von der Decke herab, Bücher mit seltsamen Bildern lagen aufgeschlagen umher. Jussuf bediente den Ofen mit dem satanischen Grinsen des Ungläubigen.

Denn daß Rumple aus plumbum aurum machen könne, war natürlich gar nicht wahr. Der Doktor wußte das so gut, wie Tom es wußte.

Und es war dennoch wunderschön, es mit anzusehen und zu tun, als ob es wahr wäre. Auch merkte Rumple, daß Tom ihn durchschaute, und Tom fühlte dies wieder seinerseits. Aber keiner wollte Spielverderber sein, keiner sprach es aus. Denn sie waren ja beide der faktischen Wirklichkeit feind.

Es gefiel darum Tom sehr, dem alten Türken ein wenig zu helfen, und es gab dabei auch allerlei zu tun, wollte es sich der Mühe lohnen.

Er konnte einen Hahnen öffnen, daß der Dampf pfiff, das Feuer lodern lassen, bald rot, bald grün, bald blau, je nachdem er eine Prise von Rumples Pülverchen dazugab, er durfte geheimnisvolle, opaleszierende Flüssigkeiten in seltsam geformte Retorten gießen, in ein System von Retorten, die, gläsernen Tieren ähnlich, mit langen Hälsen an ähnlichen Gebilden zu riechen schienen. Gläserne Schlangen, Störche mit spitzen Schnäbeln, runde Schweinchen konnte man sie nennen, und durch alle zog bergauf, bergab der bunte Strom hübscher, aber gänzlich sinnloser Gebräue. Natürlich durfte Tom nach

Herzenslust uralte Goldmacherrezepte erfinden und aufzeichnen.

Zu seiner Genugtuung erfuhr er, daß Lord Walpole es war, der Rumples Fähigkeit, aus plumpem, gemeinem Blei feines, edles Gold zu zaubern, mit erheblichen Summen finanzierte. Tom hatte sogar Gelegenheit, ihn mit eigenen Augen zu sehen, und in einer so erbärmlichen Lage, daß Tom sich schämte, Walpole jemals so ernst genommen zu haben.

Der weise Dichter nämlich war in den unterirdischen Tempel ehemaliger Abgötterei gekommen, um sich voll Mißtrauen persönlich von der Leistungsfähigkeit Rumplescher Alchimie zu überzeugen.

Das Experiment war sorgfältig vorbereitet, mehrmals erprobt und verlief ganz nach Wunsch. Denn als Walpole ging, ließ er einen Beutel gewöhnlichen ehrlichen Goldes zur Anschaffung von recht viel Blei zurück, völlig überzeugt, daß er den tausendfachen Wert an künstlichem Golde gewinnen werde.

Die Vorstellung war meisterhaft inszeniert. Ein höllisches Feuer, Dampfen, Blitzen und tückisches Knallen erfüllten den Raum. Es roch beizend nach Schwefel, und Walpole erbleichte.

»Mein bester Rumple«, sagte er kläglich, »nicht wahr, das Experiment ist doch ganz gewiß durchaus ungefährlich für mich, wie?«

Rumple sah bedenklich drein.

»Offen gesagt, Mylord, es ist nicht ohne Lebensgefahr!« erwiderte der Alchimist allen Ernstes, ohne seine Tätigkeit zu unterbrechen. Walpole schlotterte, aber er blieb.

Derweilen spielte sich Rumples, großes chemisches Theater mit absoluter Echtheit ab. Er öffnete Hähne, schloß sie wieder, goß aus Fläschchen, auf denen Totenköpfe abgebildet waren, streute Pülverchen, fluchte, fuchtelte, schrie seine Adepten Tom und Jussuf an, nannte sie Panduren und Teufelskreaturen, filterte, trichterte, kochte, rief beständig »Vorsicht«, stieß Walpole beiseite und wußte ihn so in Atem zu halten, daß der Arme schon aus Angst alles geglaubt hätte.

Unter lautem Knall und Gestank ging endlich die eigentliche Mutation vor sich. Ein weißglühender Strahl ergoß sich in einen Tiegel und erstarrte alsbald.

Es war Gold, echtes Gold. Die Probe bewies es einwandfrei.

Rumple verneigte sich lächelnd. Ehrlicher Schweiß stand auf seiner Stirn. Völlig erschöpft drückte ihm Walpole die Hand und verließ gerne mit verdorbenem Anzug, versengtem Haar und entzündeten Augen das teuflische Gewölbe. Die Adepten lüfteten.

»Das Rätsel des Goldmachens ist gelöst«, sagte Rumple schmunzelnd und wog den Beutel voll Dukaten in seiner Hand. Er gab auch Tom davon, der es freilich bitter nötig hatte.

Um Rowleys willen fertigte nun Tom neben Schauergeschichten für Winkelblätter, neben frommen Gesängen und Traktätchen für den methodistischen ›Christenfreund‹ auch solche Lobgedichte auf hochmögende Personen, also ziemlich abgeschmackte Schmeicheleien, in schillernde Reime gebracht, wie es auch seine Kollegen alle taten. Er schrieb sie, ob es ihm gleich Übelkeit machte, damit ihm so vielleicht, wie manchem andern, zu Geld und Würde geholfen werde.

Wirklich hatte er schließlich das Glück, ein solches Gedicht, säuberlich zu Papier gebracht, dem Lord Mayor von London selbst devotest überreichen zu dürfen. Es geschah dies bei einer Ausfahrt des hohen Herrn in den Hyde-Park, als er nach altem Brauch die Karosse zur Entgegennahme von Bittgesuchen halten ließ. Der Bürgermeister war, gegen Tom gehalten, ein Riese mit einem schönen, großen, sehr blassen Mondgesicht unter der schneeweißen Wolkenperücke. Er trug ein nachtblaues Kleid mit silbernen Knöpfen daran.

Ohne sich viel um den Inhalt des überreichten Schreibens zu kümmern, betrachtete er Tom lächelnd aus guten Augen, denn nicht durch das Gedicht, sondern durch seinen Anblick rührte Tom, der trotz seiner siebzehn Jahre ein Knabe schien, des Riesen Herz, daß er sich so liebreich aus seinen Wolken zu dem kleinen Poeten neigte.

Es redete aber aus dem mächtigen Körper eine seltsam zarte und leise Stimme, wie von oben, aber voll solchen Wohllauts, daß Tom, dem Lord Mayor zu gefallen, zuversichtlich lächelnd seine Augen aufschlug, damit er schon so manchen betört. Und die Stimme des Riesen versprach ihm, daß er ihn in Bälde zu sich rufen werde, und dann solle alle Not für ihn ein Ende haben.

Alsogleich fuhr der Wagen weiter, ohne daß irgendeinem der Krüppel, Witwen, Waisen und Elenden Gutes geschehen war als einzig dem Wunderknaben Chatterton.

Leider gerade jetzt, wo sein Geschick in höherer Hand lag, hatte Tom ›Herrn Walmsleys schönstes Zimmer‹ räumen müssen, da er fortan nicht mehr in der Lage gewesen wäre, seine Miete zu zahlen. Er zog um, nicht ohne nach langem Feilschen jenen Lorbeerkranz des altersschwachen Athleten käuflich erworben zu haben.

Bei einer Dame namens Angel hatte er endlich die dementsprechende Schlafstelle gefunden, die natürlich nur deshalb so billig war, weil tagsüber ein Nachtwächter in Toms Bette schlief.

Dort in dem Mansardenzimmer, das ihn sehr an die Dachkammer seiner Kindheit erinnerte, hängte Tom Walmsleys trockenen Kranz über seinem Koffer auf, der seine Siebensachen enthielt, als Waschtisch diente und darauf er, in Ermangelung eines Tisches oder Stuhles, auch zum Schreiben niederzusitzen pflegte.

Er schrieb nur noch nachts, wenn der Wächter Dienst hatte. Denn hatte Tom von jeher ungern und wenig geschlafen, so tat er es jetzt fast gar nicht mehr. Nickte er aber vielleicht einmal so im Sitzen ein, so erschrak er darüber und schrieb die ganze Nacht, mit weit geöffneten Augen suchend. Dazu trank er unmäßig viel Tee. Doch aß er fast nichts.

Tags aber lief er unermüdlich von Redaktion zu Redaktion, ließ sich ab und zu im ›Gefrorenen Handtuch‹ sehen, besuchte Kollegen und die Herren Buchhändler und immer heiteren Angesichts.

Man nannte den kleinen Chatterton in Schriftstellerkreisen einen fixen Kerl und einen wahren Tausendsasa, weil er alles so flott anbringe, und Tom lächelte bescheiden dazu. Das sei, sagte er, nur halb so schlimm, auch beschäftige ihn zur Zeit allzusehr die Abfassung einer poetischen Geschichte Englands, deren Verleger auch nur andeutungsweise zu nennen sich vorderhand natürlich verbiete. Demnächst bringe Cimicaccio ein Stück von ihm heraus. Auch ließ er nebenbei einfließen, daß er leider jetzt zum Herzog Soundso oder zu der hübschen Lady X. geladen sei, weshalb man ihn heute entschuldigen möge. So ließ er die Kollegen unter sich. Sie mochten ihn nicht sehr.

Großes Aufsehen erregte damals ein leidenschaftlicher Artikel in ›Town and Country‹ mit dem Titel: ›Quousque tandem?‹ Darin war ein Mann angegriffen, nur allzu bekannt – so hieß es – und leider hochgeehrt, ein Mann, der das Vertrauen Englands mißbrauche, ja geradezu Englands Unglück sei. Er war ein Schädling genannt, der »wie eine ekle Krankheit am Mark des Volkes zehre«, ein Wollüstling, vor dem keine Dame in England sicher sei (in Parenthese: und nicht nur die Damen, wie jedermann wisse!). Jener Heuchler sei gemeint, der dem armen Mann den letzten Farthing aus der Tasche stehle und verspiele, verjuble, verprasse. Wie lange noch? stand immer wieder gesperrt zwischen den feurigen Anklagen. Der Angeklagte war beschrieben wie ein apokalyptisches Tier, und allerlei geheimnisvolle Anspielungen ließen bald diesen, bald jenen Politiker oder hohen

Staatsbeamten darunter vermuten, so sehr, daß die Zeitungen aller Richtungen der Entgegnungen, Verteidigungen, zustimmender Artikel, Proteste und neuer Verdächtigungen voll waren.

Tom ergötzte sich sehr daran und vergaß für Augenblicke die drosselnden Zweifel an seinem Dichtertum.

Er hatte doch gar niemanden gemeint, nur so getan, als meine er jemanden, irgendeinen, nur in der Annahme Bestehenden. Und nun dieses vielstimmige Echo.

Man ging so weit, zu schreiben, daß der niederträchtige Unflat von Artikel sichtlich auf die unantastbare Person des Thronfolgers gemünzt sei, und man stellte sich heroisch vor den schändlich verleumdeten Prinzen, während die Opposition im Oberhause, ihren Führer, den beliebten, aber leichtsinnigen Herzog von C......t, in dem Angegriffenen vermutend, seine gänzlich unschuldigen Gegner aufs heftigste beschimpfte.

Man verdächtigte die bekanntesten Publizisten als Urheber des aufreizenden Artikels, der ›Probus‹ gezeichnet war, was ›Der Redliche‹ bedeutet.

Die Literaten im ›Frozen Towel‹ redeten von nichts anderem. Brandy, den man kurze Zeit im Verdacht der Urheberschaft hatte, nahm es sichtlich geschmeichelt hin.

Damals auch reiste Lord R.....y, da er sich gemeint glaubte und sich auch wirklich allerlei auf Kosten des Staates hatte zuschulden kommen lassen, in aller Heimlichkeit und Hast nach Frankreich, sehr erstaunt, auf dem Schiff seinem hohen Amtskollegen W....th zu begegnen, der sich gleichfalls betroffen fühlte.

Ja, der Schuß ins Blaue, den da Tom getan, hatte wirklich heilsame Wirkungen im politischen Leben Englands: Mehrere hohe Beamte zogen sich daraufhin ins Privatleben zurück, und wohltätige Anstalten erhielten unerwartete Zuwendungen von ungenannt sein wollenden Wohltätern. Auch sollen damals mehrere Damen der ersten Kreise teils in freiwilliges Exil, teils in adelige Stifte gegangen sein.

Schlimm war freilich, daß Tom nun schon ziemlich viel Schulden hatte, und zwar einmal bei dem Schneider für den schönen Anzug, den er zur Uraufführung des ›Älla‹ zum ersten Male zu tragen gesonnen war, von bester Smaragdseide, mit flandrischen Hexenspitzen reich geputzt, ferner beim Schuster für die hübschen weißen Schuhe dazu mit den zierlichen Silberschnallen.

Seine Kunst war es, aus der Enge, Armut und Liederlichkeit von Frau Angels Wohnung hinauszutreten wie aus einem Schloß. Man achtete seines Anzuges kaum, weil es anscheinend zu Frau Angels Pflichten gehörte, Herren der verschiedensten Stände, meist nachts, bei sich zu empfangen, weshalb sogar manchmal ein zweifelhaftes Mädchen aus der Nachbarschaft zur Aushilfe nötig wurde.

Es kam vor, daß Tom vor Gekicher und Gekose nebenan nur schwer zum Schreiben sich zu sammeln vermochte, und leider lebte des öftern das nur scheinbar zur Ruhe gekommene Durcheinander in den frühen Morgenstunden wieder auf, um zu Toms Verdruß meist mit lautem Gezeter und Schelten höchst unerquicklich zu enden.

Man sprach nicht gut von Frau Angels Lebenswandel, und insgeheim wunderte man sich über den jungen Herrn, daß er überhaupt da wohne. »Missis Angel hat viel Besuch«, schrieb Thomas nach Bristol.

Rumple hatte er längere Zeit nicht gesehen, und da er ihn wirklich mochte, vielleicht auch, weil ihm so ein bißchen Hexerei dazwischen sehr gut tat, suchte er ihn auf. Er klopfte, wie ausgemacht, dreimal an der wohlbekannten Türe. Ein fremder Mann öffnete ihm, ein Bierküfer, so schien es.

Dr. Rumple, sagte der Mann griesgrämig, sei verreist, auf unbestimmte Zeit, nach Deutschland oder Böhmen. Wo vormals die lustigen Retorten und Phiolen standen, lagen dumme Fässer Bier, Bauch an Bauch.

Tom aber war es klar, daß Rumple nicht mehr wiederkam. An einem Abend nun, als Thomas Chatterton ziemlich niedergeschlagen und, wie ja schon in Bristol, finsterer Pläne voll auf seinem Koffer trauerte, kam ein Billett von Cimicaccio, dem großen Wucherer.

Es besagte, falls der Herr etwa der Aufführung seines Stückes beiwohnen wolle, müsse er sich sehr sputen. Beginn präzise acht Uhr im Thamisia-Theater.

Die Kunde fuhr Tom mitten ins Herz. Es gelang ihm schier nicht, sein festliches Gewand anzulegen, so zuckten und rüttelten seine Hände, so tanzte es ihm durch die Glieder, so rauschte sein Blut, so hüpfte sein Herz. Er sah alles rot, seine Lippen sprangen auf und bluteten. Posaunen, Engelschöre brausten in seinen Ohren.

Aber als allmählich wieder die Ruhe ihn überkam, schalt er, doch lächelnd, auf den fetten Unternehmer, weil er es ihm jetzt erst gesagt, wo nun doch keiner der Kollegen mehr zu verständigen war.

Es war aber schon fünf Minuten vor acht, als er eine Sänfte anrief und ihn ins Thamisia-Theater zu bringen befahl.

»Wo ist das, Herr?« fragte der Träger, und da erst fiel Tom ein, daß er es ja selbst nicht wußte. Auf dem Zettel stand Yellow-Boy-Lane 5. Das war also in der Nähe der Docks.

Dort angekommen, ernüchterte es Tom schon arg, daß das Theater, darin sein ›Älla‹ gespielt werden sollte, so klein und unansehnlich war, aber nachdem er den Sänftenmännern reichlich gegeben und an den beleuchteten Programmzettel getreten war, erschrak er böse.

Da stand zu lesen, daß »vor einem kunstliebenden Publikum mit allerhöchstem Privilegio heute präzise acht Uhr im Thamisia- oder Themse-Theater zum erstenmal das große Trauerspiel ›Ällas Tod oder schaudervoller Hintritt eines braven Feldherrn durch die Intrigen eines Bösewichts‹, in Verse gebracht von einem Mister Chatterton«, zur Vorführung gelange, nebst allerlei artigen

Gesangseinlagen. Außerdem werde Mlle. Jenny aus Paris vor und zwischen den Akten allerlei künstliche Unterhaltung zu Staunen und Ergötzen auf einem Clavicembalo vortragen. »Des Spektakels Personen sind: Ålla, ein tapferer englischer General; Celmonde, ein Lüstling; Magnus, Fürst der Dänen; Hurra, sein General; Bertha aus edlem Geschlecht, dann Ållas Gemahlin; Egwina, ihr Fräulein; Giddy, lustige Person. Ferner: Briten, Dänen, Minstrels, Lords, Priester, Ritter, Diener, Boten usw. Die Szene ist in und bei Bristol und Watschette.

Seufzend trat Tom dort ein, wohin auch das Publikum strebte. Es bestand fast ausschließlich aus Kleinbürgern, Matrosen, Dienstmädchen und Soldaten. Drin in einem Vorraum war die Kasse, ein Schiebfensterchen, dahinter eine sehr dicke Dame mit sehr großen Ohrringen und sehr hoher, mit Straußenfedern garnierter Fontange saß und die Billette verkaufte. Sie leckte immer erst den Finger an, damit sie die rosa Blättchen vom Block kriegte. Sie erinnerte Tom peinlich an die alte Frau Chatterton.

Er wies Cimicaccios Brief vor und begehrte eine Loge.

»Ich bin der Autor des Stückes«, sagte er von oben herab.

Die Alte grinste. Es half nichts, er mußte zahlen.

Erst jetzt im Zuschauerraum merkte Tom, daß er sich ja in einem Puppentheater befand und daß dies alles ein schlimmer Streich des schrecklichen Fettwanstes war, der nun zu Hohn und Spott auch noch selbst erschien. Er brach wie ein Stier in Toms Loge ein.

»Viel Unkosten«, sagte der Böse, »Sie werden ja sehen. Ein herziges Theaterchen, wie? Geht alles am Schnürchen, haha. Ein süßes Theaterchen, mein Schöner.«

Er zählte rasch die Zuschauer. Dann ging er, seine andern Etablissements zu kontrollieren. Tom war allein. Die Vorstellung begann.

Zunächst trat allerdings Mlle. Jenny auf, ein ängstliches Kind von etwa sieben Jahren, das die große Kunst verstand, eine Sarabande bei verdeckten Tasten auf dem

Clavicembalo zu spielen, was allgemein sehr gefiel.

Dann ging der Vorhang auf.

Giddy, auf dem Zettel, den sich Tom gekauft, als lustige Person bezeichnet, tanzte herein. Er kam ja eigentlich im Stück gar nicht vor, und Tom wollte auffahren und sich das denn doch verbitten. Aber Giddy mit seinen Haaren aus Stroh und seinen großen, traurigen Augen war so spaßig anzuschauen, daß Tom schließlich hell auflachte. Giddy war aus Holz geschnitzt und fein gemalt. Seine Kleider waren echt, weiße, weite Pantalons, mit schwarzen Bomben darauf. Er war kaum drei Schuh hoch, und es war wirklich drollig, wie er das Publikum begrüßte. Dann erst begann das eigentliche Stück.

Celmonde trat auf, ein schöner Bösewicht, von einem gelben Mantel umflattert. Er verkündete mit dumpfer Stimme, daß er Bertha liebe, ob sie auch eben erst dem Helden Älla angetraut sei, ja er verschwor sich, noch diese Nacht, Älla, Bertha und sich selbst zu vergiften, daß der Tod sie eine.

»Hilf, Hölle! Teufel, Nacht, beschirme mich!« schrie Celmonde schrecklich und trat ab.

Wieder sorgte Giddy dafür, daß es was zu lachen gab, indem er den Liebestollen nachäffte. Tom sah es, zwischen Groll und Ergötzen zweifelnd. Aber als nun Älla auftrat, halb als Krieger aus Englands frühester Geschichte, halb als ein Feldmarschall der Zeit in Allongeperücke kostümiert, und mit ihm Bertha, schön und Elinor ähnlich, da leuchtete es Tom ein, und er gewann die spielenden Puppen lieb. Dann sogar, als Älla seine große Rede vor der Schlacht an seine Soldaten hielt, brach Tom in schluchzenden Jubel aus und vollends, als Älla, nach dem Siege über die Dänen bei Watschette, meinend, Bertha habe ihn betrogen, sich selbst den Tod gibt, schlug Tom die Hände vors Gesicht und weinte laut und untröstlich, sehr zur Verwunderung des Publikums.

Es klatschten aber heftig Soldaten und Schiffsjungen, Dienstmädchen und Sänftenträger, als der Vorhang fiel, und das tat Chatterton in der Seele wohl. Die Schuld an Cimicaccio drückte ihn aber sehr.

Nach dreien bangen Tagen, in denen er stolz die Krönung seines Glückes durch die Bekanntschaft mit dem Bürgermeister von London nach Hause meldete, ward Tom wirklich durch einen Ratsdiener in die Guildhall befohlen und dazu mit gültigen Papieren versehen, damit er bei dem Lord Mayor, Herzog von Bedfort, ohne weiteres Zutritt habe.

Der Bote kam gegen Abend und ward erst von Frau Angel für einen Kunden gehalten, der nach ihr verlange, worüber sich der würdige Beamte nicht wenig entrüstete, mehr noch, als der peinliche Irrtum geklärt war, darüber, daß ein Jüngling wie Thomas bei einer solchen Person wohne.

Tom vermochte vor Erregung weder zu schreiben noch sonst irgend etwas zu tun. Er sah eine Weile den Gassenbuben zu, die ›Fürchtet ihr den Schwarzen Mann‹ spielten, und ihr lautes zuversichtliches ›Nein‹ bewegte ihn sehr. Er stand am Fenster und schaute, mit beiden Händen nach seinem klopfenden Herzen greifend, verzückt in die Dämmerung.

Es wurde an jenem Abend ein großes Feuerwerk an der Themse abgebrannt, und Tom konnte es von seinem Fenster aus sehen. Er hatte noch nie in seinem Leben etwas so Großes und Schönes mit Augen geschaut, und er tat es nun mit reinem Entzücken. Wahrhaftig, er vergaß sich ganz darin und rief laut ah!, wenn eine Rakete, nachdem sie sich gelöst und schwirrend zum Himmel gefahren war, mit fernem Pfropfenknall barst, um, unendlich sich ausschüttend, als Millionen zuckende Sternchen zur Erde hinabzuregnen und lautlos zu verlöschen.

»Oh«, rief Tom und klatschte in die Hände, »oh, wie schön, wie schön!«

Und immer wieder schossen Feuerkünste empor in die Finsternis, manchmal eine Wolke überflackernd, rot, weiß oder grün, funkensprühend oder als glühende Kugeln, Flammenkreisel, Sterne sterngebärend, als feurige Fontänen. Und nun sah Tom auch die Gesichter der Schauenden in den Fenstern, auf der Gasse, und alle offenen Mundes emporgewendet zum Himmel und dem tausendfältig niederfallenden Feuer, und sie wurden alle hell beschienen und schön davon.

Es waren aber doch weder Blumen noch lebendige Tiere, sondern nur ein künstliches Spielzeug, das, kaum gezückt, am eigenen Feuer verbrannte und doch den ganzen Himmel brauchte, um zu leben. Und während die Nacht nun zum letztenmal von einem ganzen Weltenbrand zischender Feuerschlangen, knallender Schwärmer und knisternder Sterne brünstig und entflammt war, fiel auf Toms Fensterbrett eine ausgebrannte Raketenhülse nieder. Die war aus Papier, roch nach Ofenruß und war zu nichts mehr nütze.

Ihre feurige Seele war entflohen und auf der Stelle unsichtbar geworden, unwiederbringlich ausgelöscht, und die Finsternis war davon um keinen Schimmer heller.

Das Feuerwerk war zu Ende.

Es war aber eine schwüle ungeduldige Nacht. Tom blieb wach bis zum Morgen.

Den gesamten Rowleyroman in einer Mappe unterm Arm, nachdem er ganz besonders sorgfältig Toilette gemacht, ging Tom gegen elf Uhr zum nächsten Sänftenhalteplatz, um sich von dort für seinen letzten Schilling zur Guildhall tragen zu lassen. Es regnete ein wenig. Man ließ Tom dort dank seinem Ausweis ohne weiteres passieren, doch mußte er noch durch endlose Gänge und muffige Amtsstuben gehen, bis er endlich vor des Lord Mayors Türe stand. Es war aber gerade niemand im Antichambre, als Tom nach dreimaligem, bescheidenem Klopfen dort eintrat. Hohe Stühle standen rings an der Wand. Eine Uhr mit allegorischen Figuren unter einem

Glassturz tickte hell und spitz. Dann war noch ein großer Spiegel da. Die Tür aber zu des Lord Mayors Arbeitszimmer stand offen.

Tom trat ein.

Der Lord Mayor saß in einem Sessel an seinem Schreibtisch und schlief, so schien es. Nun wußte Tom nicht recht, ob er nicht doch vielleicht besser im Vorzimmer warte, bis jener erwache, und da er, noch zaudernd, was er tue, den stillen, großen Körper und das regungslose Antlitz des Schlafenden betrachtete, ward ihm plötzlich so bange, und ein Herz sich fassend, trat er behutsam näher und berührte ängstlich des Lord Mayors Hand. Und schon schrie Thomas Chatterton gellend auf und floh von Zimmer zu Zimmer durch lange, endlose Gänge, in seiner Herzensangst immer wieder rufend: »Er ist tot, er ist tot, Lord Bedfort ist tot!« Und die Toms Gesicht sahen und hörten sein Schreien, die Schreiber und Räte, vergaßen es ihrer Lebtage nicht mehr.

Schon bald danach ging die Sage, der Tod in eigener Person habe des großen Herrn Ende in alle Stuben gerufen.

Frau Angel, die Tom an jenem unseligen Tage auf dem Flur begegnete, erschrak vor seinem Antlitz.

»Großer Gott«, rief sie aus, »was ist mit Ihnen, Mister Chatterton?«

Aber Tom sah sie nur groß an, und seine Augen waren voll Tränen. Sie beobachtete durch das Schlüsselloch, daß Tom, während der Nachtwächter schlief, den ganzen Tag auf seinem Koffer saß und weinte und so auch den andern Tag.

Er hatte seit Tagen außer Tee nichts mehr zu sich genommen, so daß ihn die mitleidige Missis Angel einlud, doch mit ihr zu essen. Aber Tom mochte nicht. Es reizte ihn, daß sie es gar so herzlich gut mit ihm meinte. Seine Augenlider waren blutigrot, sein Gesicht weiß. Er habe keinen Hunger, log er ganz böse und ging.

Für Thomas Chatterton war es nichts Ungewöhnliches, auf einem Friedhof spazierenzugehen, von seinen Ahnen und Philipps her und der nahen Nachbarschaft wegen, da schon bei seiner Geburt die mondbeschienenen Leichensteine sozusagen zum Fenster hereingeschaut hatten.

Es war ganz natürlich, wenn er bei seinem großen Herzeleid auch jetzt dort zwischen den Gräbern umherging, wo es still war, und da ja von je auch die Vögel den Totengarten sich erkoren, fast heiter von Gesang und Blumen. Auch liebte es Tom, die alten Inschriften der Steine leise vor sich hin zu lesen, und während er so die fremden Namen längst Abgeschiedener murmelte, sah er sie, wie zu Lebzeiten sich gehabend, voller Wichtigkeit und Würde ihr Tagewerk tun und auf lange Sicht. Und so über allerlei Sterben sinnend und über seltsamen Tod und daß sich vieles dafür nicht schicke, auch wie es sei, überkam er einen in der Umarmung oder beim Mummenschanz etwa, ferner auch des schönen Todes Eleanors mit Tränen gedenkend, vielleicht aber auch abgelenkt, weil ihm ein schwarzer Köter, an eines Menschen Schenkelknochen kauend, in den Weg lief, strauchelte Tom unversehens und fiel kopfüber in ein Grab.

Er fiel zum Glück auf den gebückten Rücken des Totengräbers, der ihn, wie sehr sich Tom, wenn auch lachend, entschuldigte, unter gotteslästerlichem Fluchen wieder nach oben beförderte.

Wiewohl also der Tod mit dem Knaben Chatterton seinen Schabernack trieb und sichtlich seiner finstern Pläne spottete, machte sich der Verirrte von ganzem Herzen bereit für ihn, als sei ein junger Tod süßer als ein alter. Er unternahm es mit einer gewissen Feierlichkeit, indem er sich noch einmal den ganzen Rowley durchlas, mit lauter Stimme und tiefbewegt. Er saß dazu auf dem Koffer in seinem Feiertagskleid, und Frau Angel lauschte mit Entsetzen auf dem Flur. Als Tom mit Lesen zu Ende war, wußte er, daß ihm solches in all seiner Schönheit nie wieder gelingen werde. Er schrieb nichts mehr von nun an.

Einen Tag lang ging er noch mit seinem Geheimnis umher, und es belustigte ihn, zu sehen, daß keiner derer, die ihm begegneten, ahnte, daß er Thomas Chatterton zum letzten Male begegnet sei. Denn Thomas Chatterton begehrte inbrünstig den Tod, aber er wartete noch, daß Neumond sei.

Am Abend des 23. August ging er aus, und John Tistlethweite war der letzte, der mit Thomas Chatterton sprach. Er traf ihn vor Muskys Apotheke, und ohne zu spüren, in welch gefährlichem Zustand sich Tom befand, begann er ihm laut und warmherzig zu erzählen, daß er seit gestern ein Söhnchen habe, dies Ereignis müßten sie doch miteinander ordentlich begießen. Die kleine Mama sei sehr tapfer gewesen und befinde sich wohl. Er nahm Tom ohne weiteres beim Arm, um ihn zu Chapter zu schleppen, wo es den besten Sekt und köstliche Austern gab.

»Ich habe keine Lust«, sagte Tom.

»Ach was, keine Lust, Chatty! Ich habe immer Lust«, lachte John.

»Ich habe aber wirklich keine Lust«, sagte Tom leise, fast weinerlich, aber John zog ihn einfach mit sich ins Lokal.

So kam es, daß des halb verhungerten Tom letzte Mahlzeit Austern mit Sekt war, und er lächelte, als es ihm einfiel. Von da an aber dachte er an nichts weiter als an den Tod.

Als Tom auf seinem Zimmer war, schloß er sich ein. Er tat es mit Hast, aus Furcht, wankelmütig zu werden. Denn er sprach zu sich: »Wenn nun jetzt ein Mensch zu mir käme, so wollte ich bleiben.« Er lauschte lange. Dann zog er seinen schönen Anzug an und kochte viel Tee, das Getränk, das er ja von je über alles geliebt hatte, darein er dann weiße Arsenikblüte schüttete. Er trank es leichtherzig hinab, ohne die Augen zu schließen.

Es hatte einen metallisch-süßlichen Geschmack.

Danach erst zerriß er alles auf Papier Geschriebene säuberlich, bis auf den Rowley, einen schön erdichteten Stammbaum der Familie Chatterton und sein Testament, das er alles an Philipps adressierte.

Dann legte er sich aufs Bett und wartete auf seinen Tod. Er hielt aber den Handspiegel, ein Geschenk Marys, in seinen Händen und bespiegelte sich, damit er mit eigenen Augen ansehe, wie er sterbe. Und wie er so sein Gesicht betrachtete von ganz nahe und zum letzten Male und es ihm von verführerischer Schönheit zu sein schien, erbarmte es ihn, und er mußte weinen. Dann aber, da er einen brennenden, unerträglichen Durst spürte, trank er viel Tee. Immer wieder mußte er sein Gesicht anschauen, und da er seine Augen so groß auf sich gerichtet sah, überfiel ihn die Angst. Er fürchtete sich und schämte sich zugleich. Dann aber meinte er, zuweilen Musik zu hören, und versuchte zu lächeln. Seine Augen irrten schon.

Auf einmal erkannte er die große Überlegenheit Sterbender über die Lebendigen und begriff den Spott, die Lust und das Mitleid toter Angesichte, und daß er nun schon ganz auf seiten der größeren Menschheit der Toten stehe. Er wußte nun, daß kein Sterbender je den Tod und seine Süße an die Lebendigen verraten würde, sondern daß die Sterbenden alle zusammenhielten und nichts mehr mit den Zurückbleibenden gemein hätten, aber auch, daß jeder in diesem Augenblicke (und hielte ihn dabei der liebste Freund umschlungen) ganz allein unterwegs war. Und ob sich Thomas gleich sein ganzes Leben gesehnt hatte, nachts allein zu sein, hatte er jetzt sehr große Angst davor. Auch befiehl ihn jetzt Zittern, und er fror. Doch als er sich nun erheben wollte, gelang es ihm schon nicht mehr, und seine Glieder wurden kalt und leicht. Sein Gesicht verzerrte sich krampfhaft, er ließ die zuckende Hand mit dem Spiegel fallen. Und während flammende Schmerzen seine Eingeweide verbrannten, schluchzte er laut, daß der Tod ihm gnädig sein möge.

Plötzlich hörte er den Wind draußen tönen, denn der Herbst begann, und wie er das Wehen vernahm, bäumte er sich auf und schrie laut: »Halt ein, ich will nicht!« Aber da schwebte ihm schon seine arme Seele von den Lippen.

Frau Angel fand ihn am andern Morgen tot, und sie jammerte laut. Toms herabgesunkene Hand hielt noch den Spiegel. Sein Gesicht lächelte, so daß zwischen seinen schönen Zähnen Reste noch der weißen Arsenikkristalle sichtbar wurden. Der Fußboden war übersät mit den winzigen Schnitzeln der zerstörten Manuskripte.

Als nun Thomas Chatterton tot war, waren seine Gläubiger rasch zur Stelle, und da die Hinterlassenschaft nicht ausreichte, sie zufriedenzustellen, kamen sie überein, den Toten an einen Leichenhändler zu verkaufen, wiewohl Frau Angel des lieben jungen Herrn wegen heftig widersprach. Und sie lief heulend, daß sie es Herrn Tistlethweite sage, den sie von früher beiläufig kannte.

Aber inzwischen war der Handel abgeschlossen und, nachdem man ihn entkleidet, Thomas' Leichnam fortgebracht.

Tistlethweite aber erschrak sehr, als Frau Angel ihm Toms Tod mitteilte. Immer wieder versicherte er, er sei wie vor den Kopf geschlagen. Gestern abend habe er mit Tom noch Austern gegessen bei Chapter, unbegreiflich! Er trug kein Verlangen, den Toten zu sehen, sandte aber sofort einen Kurier nach Bristol, zu Onkel Philipps, daß er es Susanne sage.

Philipps wußte sofort, daß er Thomas nach Bristol holen müsse. Es war aber nicht mit anzusehen, als Susanne nicht weinte, als sie ihres lieben Sohnes Tod erfuhr. Sondern sie saß regungslos und sah weit hinaus. Endlich aber erhob sie sich, legte langsam Nadel und Fingerhut hin und ging zum Spinde, wo noch Kleider von Tom hingen aus der Zeit, da er klein war. Und Susanne griff sie an mit beiden Händen. Dann erst wehklagte sie laut, und Mary und Edkins kamen, mit ihr zu trauern.

Philipps aber steckte die goldene Kugel zu sich und mietete eine Kutsche, damit nach London zu fahren. Er saß klein und krumm auf dem Bocke und hieb schreiend auf die Pferde ein, daß sie wild durch die Nacht stürmten. Die goldene Kugel lag schwer in seinem Schoß.

In London mußte er lange suchen, bis er Tom fand. Es geschah endlich im Leichenkeller eines Monsieur Molinchart, der ihn schon von einem gewissen Welishman und dieser wieder von einem Mister Morrison erhandelt hatte.

Thomas aber lag nackend auf einem steinernen Tisch.

»Eine schöne Leiche«, sagte der Leichenhändler, Toms Fleisch betastend, »was bieten Sie?«

Und da er merkte, daß Philipps viel daran gelegen war, sagte er, sie sei schon an Dr. Merrywaters Anatomie verkauft und nicht mehr feil.

Da warf ihm Philipps die Kugel hin, umschlang den toten Thomas und trug ihn hinauf.

Er setzte ihn, so gut es ging, in die Kutsche, schwang sich auf den Bock und jagte aus London hinaus, durch die Nacht, bis er wieder in Bristol war. Da aber sah Philipps, daß des Toten Brust schon geborsten war, doch war das Gesicht noch schön, wenn Philipps ein wenig nachhalf. Und er puderte es und rötete den schrecklich lächelnden Mund. Er zog Thomas ein linnenes Hemde an, legte ihn in einen Sarg und bedeckte ihn fast mit Blumen. Mit Malvenblüten und Georginen, mit Nelken, Levkojen und großen Sonnenblumen, damit Susanne ihn doch noch einmal sehen könne. Aber Susanne, als sie Thomas so lächeln sah, blieb in der Türe lehnen, ihre schmalgefalteten Hände unterm Kinn, und fürchtete sich vor Thomas.

Als sie dann gegangen war, tat Philipps, wie ihm das Testament befahl, und nagelte den Sarg zu.

An dem nächtlichen Begräbnis, dem wegen Toms unnatürlichen Todes geistlicher Beistand versagt blieb, nahmen außer Philipps, der ein tiefes Grab gegraben, der kleine Bucklige, natürlich Dr. Barett und der gute Burgum teil. Colstonschüler, darunter die sechs jungen Burgums, sangen am Grab. Seltsam war der Mohr Eleanors anzusehen und Nancy, die laut aufschluchzend unter den vielen Neugierigen stand. Gipsy aber postierte sich am Friedhofseingang, um flennend jedem der Leidtragenden die hohle Hand hinzuhalten, wobei er manchen Penny verdiente.

Wenige Tage danach kam ein gelehrter Herr, Vorsteher des St.-John-College in Oxford, um den Dichter des ›Rowley‹ kennenzulernen und ihm, falls er dessen bedürfe, zu helfen.

Später hatte ein junger Bristoler den lohnenden Gedanken, da des toten Wunderknaben Ruhm schon leuchtete, Chattertonsche Rowleyurkunden zu fälschen. Er wurde aber rasch entlarvt.

Dr. Barett starb bald nach Tom. Als nämlich der erste Band der ›Geschichte Bristols von den Anfängen, bis auf unsere Tage‹ erschienen war, darin er treu auf Rowleys Berichten fußte, ward der bestürzte Barett von der gesamten gelehrten Welt deswegen einfach ausgelacht. Das tat ihm sehr weh. Nie aber sprach er böse von Thomas, denn er glaubte trotz alledem getreulich an Rowleys Echtheit, bis er starb.

Missis Edkins besuchte oft Susannen. Dann saßen sie beieinander und weinten.

Bemerkung

Es ist keine Schande, wenn ein deutscher Leser nicht weiß, daß es einen englischen Dichter Thomas Chatterton (1752-1770) wirklich gegeben hat. Unter den Unsterblichen gehört ›The wonderful child of Bristol‹ zur Gilde der François Villon, Cyrano de Bergerac, Christian

Günther, zu denen also, die ein wirklich fabelhaftes Leben führten, Dichter und Dichtung in einer Person. Sie schufen damit die ewige Gestalt der überstolzen, ungebärdigen, unsteten und über die Maßen ungemütlichen Poeten, die eine ordnungsliebende Gesellschaft gern mit dem Eigenschaftswort ›unglücklich‹ zu bezeichnen pflegt, ob ihrer sonderbaren Neigungen, unbegreiflichen Leidenschaften, ihrer wilden Freiheitsliebe, ob ihres Wahnwitzes und ihrer Gesetzwidrigkeit.

Sie haben alle ein zu empfindliches Schamgefühl, um je zufrieden zu sein, und wehren sich gegen das bequem Natürliche oder Wohlgeratene, Seßhafte, gegen alle Norm, gegen das Mäßige, das Gewöhnliche und die ärgerliche Tyrannei der absoluten Folgerichtigkeit der Natur. Es sind Narren, aber sitzend zu Füßen des großen Königs, ihm am nächsten und ihm so wohlgefällig wie ihre klassischen, ›unsterblicheren‹, meist eines natürlichen und behäbigen Todes sterbenden Kameraden.

Chatterton war ein Wunderkind. Sein kurzes Leben – nenn's Zufall, nenn es göttliche Regie! – dauerte nicht viel länger, als das Wunder vorhielt. Er bewahrte sich selbst vor einem vielleicht langen, unrühmlichen Durchschnittsdasein. Es ist auch seine Tragödie die vieler Wunderkinder, daß das Wunder nur in dem Kinde wirksam war und während der Verwandlung des Wachstums von ihm ging. Chatterton aber hatte dabei das Glück, nie erwachsen zu sein.

Sein Leben ist überliefert von einigen, die ihn liebten, einigen, die ihn (hinterher) immer schon für ein Genie gehalten hatten, und einigen, die ihn nicht vergessen konnten, weil er ihnen wunderbar, fast unheimlich erschienen war.

Es gibt Engel. Chatterton konnte einer sein, einer von den flügellosen Engeln, jenen halb wirklichen, halb jenseitigen Wesen, die Gesichte, manche (nun quälende) Fähigkeiten und Sehnsucht (des Fliegens etwa) behalten haben aus dem andern Reich.

Chattertons Grab ist unbekannt, es gibt kein beglaubigtes Bild von ihm.
Ich folgte in der Geschichte »des Wunderknaben, der schlaflosen Seele« (Wordsworth) äußerlich den historischen Daten, den meisten Namen und Stationen seines Lebens, jedoch auf Chattertonsche Art, Wahrscheinliches mit Wahrem verbindend.

DIE PORTUGALESISCHE SCHLACHT

Die Angst vor dem Aussterben der glorreichen Dynastie von Habsburg und Burgund in Portugal mag es einigermaßen entschuldigen, wenn sich der noch nicht sechzehnjährige Infant Johann mit der erst dreizehnjährigen liebreizenden Johanna von Spanien, der Tochter Karls des V., verheiraten mußte. Wirklich war der Infant als jüngster, letzter und einziger von elf Geschwistern am Leben geblieben. Aber auch er starb bald, wenige Monate nach der Hochzeit, wie die Historiker trocken berichten, »nach kurzem Siechtum infolge Unmäßigkeit in den Freuden der Ehe«.

Diese unverantwortliche Verbindung war das Werk der Königin Katharina gewesen, einer sonst hochbedeutenden Frau, die schon damals, als das mächtige Portugal sich mit Spanien noch in den Besitz der ganzen Welt teilte, die bevorstehende Katastrophe ganz richtig vorausahnte.

»Portugal«, so soll sie einmal gesagt haben, »sitzt am Rande Europas wie ein Knabe auf einem Stuhl, auf dem schon eine dicke, gelbe Dame Platz genommen hat.«

Diese Dame war Spanien.

Donna Katharina (von Österreich) war in Wien geboren und beinahe so jung wie nachmals ihr Sohn Johann und ebenso ungefragt an den frommen und scheinheiligen König Johann den Dritten verheiratet worden. Es ist nicht von der Hand zu weisen, daß diese Ehe wider Willen schuld daran war, daß sie später nun ihrerseits mit solcher Lust und solchem Erfolg andere Fürsten und Prinzessinnen zu verheiraten unternahm. Man sagte ihr doch nach, es wäre ihr, wenn es das Wohl Portugals erfordere, ein Leichtes, den heiligen Vater in Rom ohne weiteres mit einer Tochter des Großtürken zu verheiraten.

Sie konnte sich allerdings rühmen, unter anderem den abscheulichen alten Herzog von Ragusa mit der holdseligen Elisabeth von Bayern verbunden zu haben. Die böse ›schwarze Anna‹ von Toskana lebte von Katharinas Gnaden in trauter Ehe mit dem dicken Karl von Dänemark. Und jener lasterhafte Prinz Eduard hatte es nur ihrer Regie zu danken, daß er noch ganz fromm und zahm wurde unter der Fuchtel der riesenhaften Fürstin Pauline von Ingermanland. Sie alle, und viele andere noch, hatte Katharina ungefragt verheiratet, wie man es ihr angetan. Es war aber doch so etwas wie eine große Kunst dabei, eine teuflische vielleicht, und gewiß nicht ohne allerlei boshafte und vergnügliche Vorstellungen. Sie wollten eigentlich alle nicht. Aber sie mußten, weil die eiserne Katharina nicht rastete, bis es endlich soweit war.

Sogar für die dumme, grundhäßliche Emma von Ungarn, eine ungewöhnlich alberne Person mit gelben, leicht blutenden Zähnen und erfrorenen Fingern, fand sie noch einen Mann, nämlich den schwachsichtigen Moritz von Skarabor, der auch gerade keine Schönheit war. Alles lachte denn auch, als die beiden Hochzeit hielten. Aber sie schritten glückversonnen aus dem Dom und hatten einander von Herzen lieb.

Katharina konnte ihren Mann nicht ausstehen, aber sie gebar ihm pflichtgetreu elf Kinder, darunter sechs Knaben, die ersten fünf waren Mädchen, die sie unsäglich liebhatte. Sie begrub sie alle in jungen Jahren* unter großem Herzeleid, als letzten eben jenen unglücklichen, frühvollendeten Johann. Siebzehn Tage darnach aber gebar Johanns kindliche Witwe einen Sohn mit Namen Sebastian.

Wer hätte es auch ahnen können, daß diese Kinder sich gleich so leidenschaftlich lieben würden, da sie einander doch zum erstenmal mit Augen sahen an ihrer prächtigen

* Sie selbst starb hochbetagt erst 1578.

Hochzeit zu Lissabon, da auf offenem Markte Brunnen sprangen mit blutrotem Wein von Algarve und Setubal.

Es war schon rührend anzusehen gewesen, wie die arme kleine Johanna von Spanien sich gefürchtet hatte vor ihrem gesegneten Leibe und wie sie ganz verstört durch die Galerien wandelte, die Hände seitlich von sich haltend, wie balancierend. Ihre Augen waren groß und angstvoll aufgetan. Sie führte sich entsetzlich auf, als man sie auf den goldenen Gebärstuhl der Königinnen von Portugal zwang, und schrie und strampelte und biß um sich, ganz außer sich, wie eben ein ungezogenes Mädchen. Sie hatte nachmals auch kein Gefühl für ihr unwahrscheinlich kleines Kind. Sie konnte gewiß nichts dafür.

Gleich nach den Wochen kehrte sie nach Madrid zurück und lebte vergessen von nun an in einem Kloster.

Das Knäblein Don Sebastian, das man der Obhut der Großmutter Katharina übergab, ward ohne die natürlichen Leibesöffnungen geboren, gleichsam als wolle Gott ihm alles Menschliche ersparen. Sogar der Mund war mit einem dünnen Häutchen geschlossen, das erst zersprang, als er den ersten Schrei tat. Es rann ihm davon ein klein wenig hellrotes Blut über die weißen Wangen. Der berühmte spanische Arzt Dr. Almasan half zwar dem bedauernswerten Kinde zu seiner Natur. Doch konnte man nicht wohl hoffen, es am Leben zu erhalten. Denn der zarte Körper war anfangs ganz durchsichtig und wie gläsern: man sah darinnen sein Herz und seine Eingeweide gleich einem lebendigen Uhrwerk.

Eigentlich rettete ihm das Leben seine Amme Manuela, die gewaltige Frau eines Feldwebels, die man ihrer vier Brüste wegen für den winzigen Prinzen wählte. Da sie den Knaben stillte, trübte sich alsbald seine Haut und wurde undurchsichtig.

Er war aber sieben Tage lang blind, wie ein Tier.

Als der Infant Sebastian drei Jahre alt war, starb nach langem, mit frömmelnder Geduld ertragenen Leiden sein Großvater, der scheinheilige Johann. Die Königinwitwe Katharina übernahm für den unmündigen Thronfolger einstweilen die Regierung. Sie herrschte über Portugal, wenn man füglich von ihrer unleidlichen Neigung zum Ehestiften absehen will, nach allgemeinem Urteil mit Glück und Vorsicht. Allein der verblichene König hatte in seiner Frömmigkeit dem Klerus und vor allem den Jesuiten soviel Rechte eingeräumt, daß die ziemlich autokratisch veranlagte Katharina bald alle Lust verlor und verärgert die Leitung der Geschicke Portugals in die knöchernen Hände ihres nicht minder frommen Schwagers, des einäugigen Kardinalinfanten Heinrich legte, nicht ohne auch künftig ›hinten herum‹ ein wenig Politik zu treiben. Denn sie hätte gar zu gern noch ein wenig weiterregiert.

Was sie schon lange befürchtet hatte, geschah. Man entzog den kleinen Sebastian ihrem Einfluß und gab ihm als Erzieher einen heiligen Mann, den Jesuitenpater Luiz Gonsalves.

»Er war ein Gespenst«, so wird glaubhaft über ihn berichtet, »ein Geist fast ohne Körper und schon beinahe unsichtbar.« Man habe nie seine Hände gesehen, die er nach Mönchsart betend in den Ärmeln vergraben hielt, sondern immer nur sein weißes Gesicht über einer weißwollenen Kutte schwebend, uralt und ewig jung zugleich, ein Mondschein mehr als ein Menschenantlitz, doch mit einem großen schwarzen Mund. Seine Stimme war unvergeßlich: es war eines Knaben oder Engels bestrickendes Organ.

Katharina haßte ›diesen fürchterlichen Greis‹ von ganzem Herzen. Sie machte kein Hehl daraus, sie glaubte bestimmt, daß Don Gonsalves der Teufel sei. Der junge König aber fürchtete sich nicht vor dem Pater, sondern gewann ihn sehr lieb.

Dieser merkwürdige Mensch, den nie jemand hatte essen sehen, als lebe er allein von Licht und Luft, unterwies den Knaben Don Sebastian in der edlen und geheimen Kunst des Königtums, mit dem Erfolg, daß sein Schüler, als er erst vierzehnjährig auf eigenen Wunsch den Thron bestieg, für den liebenswürdigsten und tugendhaftesten Jüngling Portugals gelten durfte.

Obgleich der junge König von Kindheit an fast ausschließlich im Umgang mit alten Damen und geistlichen Herren aufgewachsen und oft recht kränklich war, zeigte er einen geradezu leidenschaftlichen Hang zu allem Militärischen.

Mit einer viel zu großen Trommel, die er kaum schleppen konnte, hatte er einst die Nerven der guten Großmama malträtiert, unaufhörlich den Rataplan schlagend, ganz ernsthaft mit vibrierenden Backen, oft auch nachts das Schloß alarmierend, vollends selig, wenn die Wache herbeigerannt kam und vor ihm präsentierte. Nach dem Regierungsantritt (als man ihm die Königskrone aufsetzte, schossen ihm vor Ergriffenheit die Tränen in die Augen) »lebt er und kleidet sich wie ein Soldat, erhebt sich zeitig, betet, badet kalt, übt sich im Faustkampf, sich zu kräftigen«.

Er wohnte übrigens jahraus jahrein in einem Zelt, dessen Inneres nach seiner Erfindung farbenprächtig mit dem Weltkreis-Panorama bestickt war. Die Erdteile, selbst größere Städte waren groß und leserlich beschriftet. Oben im Zelthimmel war das ganze Planetarium mit Sonne, Mond und Sternen, umsäumt vom Tierkreis treulich abgeschildert. Auch der Fußteppich war als Landkarte gewebt und stellte in größerem Maßstab Europa dar.

»Hier«, schrieb er einmal an seinen ehemaligen Spielkameraden, den Grafen Christophan de Tavora, »hier, des Himmels Reiche zu Häupten, zu Füßen die Erde, in ein paar Schritten zu durchwandern, ringsum das bunte Erdkreispanorama, hier bin ich glücklich. Ich wohne gleichsam im Mittelpunkt der Welt, als ihr Herz und ihre lebendige Seele. Hier spiele ich mit meinen Zinnsoldaten und gründe Reiche, rüste Flotten aus, schlage blutige Schlachten, führe große Kriege und ich gewinne sie alle!«

Wie oft eroberte er so im Spiel die ganze Welt, rundherum von Lissabon bis Lissabon!

Nach der Überlieferung war König Sebastian kaum mittelgroß und von enganliegender Schlankheit der Statur. Seine Augenbrauen waren über der Nasenwurzel zusammengewachsen. Sein Haar war gelb, seine Augen braun, beschattet von den starken Brauenbögen. Sein Mund war bezaubernd, die Zähne unversehrt. Die ziemlich unbekümmerte Nase nahm dem Gesicht etwas von seiner schönen Ernsthaftigkeit.

Der junge Monarch hinkte ein wenig, wußte es indessen mit viel Anstand zu verbergen. Auch hatte er sich ein kunstreiches Instrument bauen lassen, dem Übel abzuhelfen. Es glich beinahe einem Folterwerkzeug (oder einer Art Winde). Der Apparat wurde mittels Ledermanschetten dem unzulänglichen Gliede angelegt. Durch eine sehr sinnvolle Mechanik wurde es bei ganz allmählichem Anziehen gewisser Schrauben jeden Tag ein bißchen mehr gestreckt, was ganz abscheulich wehe tat.

Aber Sebastian wollte eben von Natur ganz gerade sein, ganz untadelig von Gestalt und Lebenswandel. Denn er war doch der König von Portugal. Er meinte ernstlich, solange er hinke, sei er fehlerhaft und also schon nicht mehr ganz gerecht, nicht mehr ganz königlich.

Der kleine König war alles andere als ein Staatsmann. Er verstand nichts von Politik und mochte sie auch nicht. Er war, das wußte er wohl, nicht klug und begehrte nicht Weisheit. Er dachte nicht, er war begeistert. Er begehrte aber Ruhm und es gelüstete ihn einzig nach der Unsterblichkeit. Sein persönlicher Mut war sprichwörtlich. Es ist bekannt, daß er täglich mit Löwen rang, damit er recht stark werde. Er fuhr nur bei Sturm zur See, anders tat er es nicht. Sein einziger Fehler war: er konnte nicht zuhören und keinen Widerspruch vertragen.

Kurz, um ein Diktum seiner Großmutter anzuführen: »Er war tapfer, schön und dumm. Ein Muster der Männlichkeit.«

Natürlich gab sich die eiserne Katharina – so hieß sie allerwelts – jede erdenkliche Mühe, ihren lieben Enkel möglichst bald reich und glänzend zu verheiraten. Aber schon ihr erstes Projekt, wofür sie die wirklich allerliebste Prinzessin Margarethe von Frankreich in Aussicht genommen, die dummerweise erst zehn Jahre alt war, scheiterte an dem unbegreiflichen Eigensinn des Königs.

Er mochte einfach nicht.

Schon bei dem bloßen Worte Heirat verfinsterte sich sein Gesicht und er hinkte mehr als sonst.

Nachdem dieser erste Versuch so kläglich mißlungen war (sicher nicht ohne Schuld jenes Teufels Gonsalves) zog sich Katharina grollend für immer auf ihren Witwensitz zurück. Sie legte sich, obgleich noch von bester Gesundheit, einfach zu Bette und war von Stund an durch nichts mehr zu bewegen, jemals wieder aufzustehen, bis zu ihrem späten Tode. Schon damals machte die alte Königin zuweilen einen wunderlichen, fast hexenhaften Eindruck, gewiß auch durch ihre ungewöhnlich tiefe Stimme.

Das Zimmer, in dem sie hauste, war seit Jahren nicht gelüftet. Ihr Äußeres war bedenklich verwahrlost. Mühsam und unbequem saß sie in ihrem ehemals prunkvollen Paradebette und sparte für Portugal, in der sehr richtigen Erkenntnis, ›daß es ja doch bald nicht mehr lange‹.

Sie lag aber auf lauter Golddukaten kastilischer Währung, ächzend ›saß sie auf ihrem Gelde‹, wie sehr ihr auch alle Knochen davon weh taten. So nur war sie sicher, daß ihr davon nichts wegkam.

Über ihrem Bette hing das Bildnis ihres seligen Gemahls, betend, und ihr eigenes in jungen Jahren, darauf sie überall lieblich anzusehen war. Darunter befanden sich die ziemlich primitiven Porträts ihrer frühverstorbenen Kinder: sechs Prinzen und fünf Prinzessinnen im Alter von einem halben bis sechzehn Jahren.

Der Maler hatte sie alle aus dem Gedächtnis gemalt. Sie waren nicht sehr ähnlich ausgefallen.

Dennoch legte die alte Königin die Bilder der toten Kinder zuweilen vor sich auf die Decke, etwa wie ein Spiel Karten zur Patience. Sie rückte und ordnete daran, als wolle sie daraus weissagen. Hin und wieder küßte sie eines laut aufs Glas, wo der Mund war und sah zu, wie sich ihr Hauch verflüchtigte. Auch hatte sie dazu gewöhnlich eine große eulenäugige Brille auf und redete lange mit den Bildern.

»Du«, sagte sie etwa, »du bist Kätchen und heultest immer gleich, wenn dein Papa ins Zimmer trat, und dir, dicker kleiner Manuel, war immer so angst vor dem Schlaf. Du aber, mein hübscher Alfonso, was hattest du doch für eine tolle Art, deine Mutter auf den Mund zu küssen wie ein Liebhaber. Ach, es sind alles nur Bilder, man soll sein Herz nicht daran hängen!«

Auch mit Carlos sprach sie, der nicht von ihrer Brust trinken wollte, und mit ihrem lieben Sohn Johann. So lauerte sie aber nur auf gelegene Zeit, unablässig Ehen stiftend in ihren Gedanken.

Vielleicht hätte sie es nie mehr gewagt, aktiv in die Politik einzugreifen, wenn nicht der eigentliche Lenker Portugals, jener unheimliche Greis Gonsalves plötzlich und unerwartet gestorben wäre.

Sebastian weinte drei Tage und drei Nächte an der Bahre seines Meisters ohne Aufhören. Nach der Legende soll des heiligen Mannes Leichnam durchsichtig und wie gläsern gewesen sein. An Stelle seines Herzens habe eine weiße Taube in der toten Brust gewohnt, weiß mit roten Augen, die hell aus seinem Munde flog, als er verschied. Es traf den wehklagenden König sanft der Wind ihres Flügelschlages.

Sofort entwarf natürlich die wunderliche Königin ein neues Heiratsprojekt. Die Idee war groß. Sie plante nichts Geringeres, als ihren Enkel mit der Infantin Isabella zu verheiraten, der leidenschaftlichen Tochter König Philipps. Eine neue innige Verbindung mit dem mächtigen Nachbarn konnte Portugal auf einmal aller

Sorgen ledig machen, vor allem auf finanziellem Gebiete. Sebastian und Isabella waren beide Enkel Karls des Fünften und hatten also die Anwartschaft auf den Besitz der Welt schon im Blute.

Katharina zog zunächst den Grafen Caneiro ins Vertrauen, den wohlbeleibten, etwas kapriziösen Großsiegelbewahrer, einen ängstlichen Streber, begeisterte ihn für ihre Politik und sandte ihn in geheimer Mission zu ihrem übellaunigen Vetter Philipp nach Madrid, ein wenig zu sondieren.

Sebastian ahnte nichts von alledem: er rüstete. Er ließ in ganz Europa insgeheim Truppen anwerben, in Frankreich, Italien, Skandinavien, vor allem auch in Deutschland, dessen Landsknechte, weil tapfer und billig, damals in aller Welt gesucht waren, und überraschte seine Minister mit dem allerdings phantastischen Plan, daß er Afrika für die Krone Portugals zu erobern gesonnen sei. Den ursprünglichen Gedanken, von Indien aus, wo die Portugalesen Kolonien hatten, ganz Asien in Besitz zu nehmen, hatte man ihm nur mit Mühe ausreden können. Aus Angst vor Ungnade wagte man nicht mehr. Es blieb bei Afrika. Auch besaß ja ein Kriegszug gegen die ungläubigen Mohren von vorneherein die Sympathie der Kirche. Graf Caneiro kam bei schauderhaftem Regenwetter an einem Freitagabend in Madrid an und sein erster Eindruck war: scheußlich! Jeder Spanier sah aus wie König Philipp, in allen Gassen wandelte sein Ebenbild. Es hockte finster vor allen Schenken und zwei Don Philipps, das war kein tröstlicher Gedanke, trugen Caneiros Sänfte mürrisch zum Escorial. Der Monarch selbst kam ihm vor wie nur irgendein Spanier unter seinesgleichen und der mit der Krone war der König. Philipp wußte bereits, weshalb Caneira kam. Seine Macht beruhte darauf, daß er alles wußte, daß niemand in seinem Lande ein Geheimnis hatte, außer ihm.

Er empfing den Grafen mit eisiger Vertraulichkeit, man könnte sagen: finsterfreundlich. Denn seine Miene war nicht kalt und böse wie meist, sondern Gesicht und Stimme waren traurig auf einmal. Das war so seine Art von Herablassung. Es wird erzählt, wenn Don Philipp bei unentwegt finsterem Angesicht einen Augenblick die berühmte Unterlippe hängenlasse, daß man seine kleinen schwarzen Zähne sah, dann bedeute das bei ihm, was man gemeinhin Lächeln nennt. Er sagte zu Caneiro, die Idee sei groß. Sie bedeute schließlich nichts anderes als eine Art Verschmelzung der Kronen Spaniens und Portugals. Er drückte dies sehr drastisch und nicht besonders zartfühlend gegen seine eigene Tochter aus, indem er sie einen dynastischen Schmelzofen nannte, von Legierung sprach und Don Sebastian mit einem Alchimisten verglich. Worauf Caneiro lächelte. Er lächelte allein, erschrak und unterließ es künftig.

Dann sprach Don Philipp langsam und nach seiner Gewohnheit ein wenig durch die Nase die Namen aus: Sebastian und Isabella, gleichsam die Harmonie der Worte abschmeckend. Er schloß die Unterredung: er sei der Heirat nicht eben abgeneigt, doch nur unter der festen Voraussetzung gewisser Sicherheiten dynastisch-physiologischer Natur.

Damit zielte er offenbar auf Don Sebastians höchst befremdliche Weiberscheu. Don Sebastian war über zwanzig Jahre alt und hatte noch nicht geliebt! Es hieß von ihm: er liebt nur Gott und die Infanterie.

Nun war es richtig, daß Don Sebastian den frommen Wahn besaß: ein König, den sein Volk lieben solle, müsse reinen Herzens sein, und Don Gonsalves hatte ihn tagtäglich von Kindheit an allen Ernstes gelehrt: daß Unkeuschheit der Unsterblichkeit abträglich sei. Man hatte erlauscht, daß der junge König jeden Morgen bei der Andacht auf den Knien und unter Tränen Gott den Allmächtigen anrufe, er möge ihm doch um Christi willen auch fernerhin beistehen und ihm seine Keuschheit erhalten, auf daß er für seine arme Seele ewigen Ruhm und die Unsterblichkeit erringe.

Dies war Don Philipp wohl bekannt. Er hielt nicht viel von solcher Unsterblichkeit. Außerdem ward ihm geheime Kunde, die ihn als guten Vater und Regenten mit Recht mißtrauisch machen mußte.

Es hieß nämlich, des jungen Königs selbstgewähltes Zölibat, sein Keuschheitswahnsinn, die Misogynie sei nicht, wie man meine, frommer Natur, sondern organisch bedingt. Don Philipp sandte daher unverzüglich seinen vertrauten Leibarzt, den Dr. Almasan, an den Hof in Lissabon, um Sebastians doch ein wenig sonderbare Tugend zu enträtseln. Diesem Dr. Almasan sagte man nach, er habe ein Mittel für ewige Jugend erfunden, wende es aber schnöderweise nur bei sich selbst an. Er sah auch wirklich bei seinen siebzig Jahren geradezu abstoßend wohlerhalten aus. Befragt wie er das mache, pflegte er grinsend den Rat zu geben: Gemütsbewegungen von sich halten!

Er war ein kleines rasches Männlein, ohne Herz, mit einem nackten rosa Gesicht. Er hatte nie im Leben geweint, auch als Kind nicht. Er träumte nie. Er hatte falsche Zähne.

Dr. Almasan aber ersann einen niederträchtigen Plan.

Mit heiterer Zuversicht verpulverte indessen der dumme, tapfere König sein schönes Geld für seine abenteuerlichen Eroberungspläne. Doch gediehen seine Zurüstungen nur langsam, denn ungeachtet seines persönlichen Mutes und lobenswerten Fleißes verstand er im Grunde herzlich wenig vom Militär. Er kümmerte sich aber um alles und war unermüdlich unterwegs. Es hieß von ihm: er exerziert und betet. Die Soldaten vergötterten ihn. Selbst die bärbeißigsten Obersten, die ihn eben noch heimlich einen gefährlichen Phantasten und Kriegsdilettanten schalten, ließen sich von seiner Begeisterung bezaubern und gingen für ihn durchs Feuer. Sie nannten ihn das schöne Unglück Portugals. Eine Anekdote, die sich rasch in ganz Europa herumsprach, gewann ihm vollends seiner Untertanen Sympathien. Als nämlich Don Sebastian eines Tages nach seiner Gewohnheit als einfacher Soldat gekleidet im Hafen umherschlenderte – denn er gehörte zu jener Art von Königen, die keine Sekunde ruhig auf ihrem Thron sitzen bleiben können – bemerkte er einen riesenhaften Artilleristen, der an seine Kanone gelehnt die Bilder aus Portugals Geschichte betrachtete, mit denen der Geschützgießer das Rohr geziert. Es waren die Heldentaten Manuels des Großen in Relief und silbertauschiert.

»Eine wundervolle Kanone, nicht wahr«, sagte Sebastian gewinnend. Der Kanonier erkannte den König nicht, der ihn so freundlich anredete, sondern wurde, in seiner Betrachtung gestört, sehr grob, nannte ihn einen blöden Infanteristen (worauf der König doch ein wenig verdutzt war) und fragte schließlich geradezu, »ob er Knirps denn überhaupt das Militärmaß habe«.

»Knirps?« sagte der kleine König ganz erbost, Knirps solle man nicht zu ihm sagen und zu des Kanoniers ehrlicher Verwunderung bückte sich Sebastian unter die Kanone und hob sie mit seinen Schultern auf.

Man konnte ihm wirklich nicht ansehen, was für Kräfte in ihm steckten!

Nicht genug, forderte er den Grobian auch noch auf eine Boxpartie, bei der dieser schon in der ersten Runde zu Boden mußte und unter dem johlenden Beifall seiner Kameraden regelrecht ausgezählt wurde. Er rühmte sich aber, als die Sache bekannt wurde, bis an sein Lebensende: er habe mit dem König geboxt!

Es war unverantwortlich, den sympathischen Monarchen so selbständig darauf losrüsten zu lassen. Denn die Kartaunen und Musketen, die er kaufte, waren zwar prächtig anzuschauen, im Ernstfall aber taugten sie nichts. Sie waren reich bebildert mit Engeln, Heiligen und Psalmen Davids, der ein frommer Kriegsknecht war, aber sie kosteten leider sehr viel Geld. Gerade daran fehlte es damals in Portugal.

Die Armee, bestehend aus Deutschen, Polaken, Moskowitern, Franzosen, Italienern, war ungedient: eine Horde von Müßiggängern, Abenteurern, Landstreichern, Tänzern, Zuhältern, Narren, Gauklern, Musikanten und Poeten, eine Versammlung von Schurken und Idealisten. Sie schritten stolz einher, in den farbenprächtigen Uniformen mit schlecht vergoldeten Musketen und Partisanen, protzig, lasterhaft und gefräßig.

Die ›Kostüme‹ hatte übrigens der kunstsinnige junge Herzog Emil von Braganza eigens für diesen Feldzug entworfen.

Dem kleinen Heldenkönig aber ging das Herz auf, wenn er seine lieben Soldaten sah. Denn er schaute die Welt nur im Widerschein seiner Seele, die köstlich war ohne Zweifel. In seiner Einfalt nannte er seine Truppen Streiter Gottes gegen die Heiden im Mohrenland, er sah – o liebenswerter Wahn – himmlische Heerscharen in ihnen, und es ward wahrhaftig ein Befehl ausgegeben, daß sich die Soldaten des Königs von Portugal das Haar nicht dürften scheren lassen, damit sie desto mehr wirklichen Engeln gleichen sollten!

Don Sebastian war ein glücklicher Monarch.

Inzwischen war der abgefeimte Dr. Almasan am Werke, des kriegslustigen Königs Tugend zu versuchen. Er gedachte, da die Diagnose schwerlich ohne Einverständnis des hohen Patienten zu stellen sein mochte, es zunächst vielleicht mit einer Art ›Sympathiekur‹ zu versuchen. Wenn irgendwer, so war es Bianka, die bezaubernde Herzogin von Montecorvo, die imstande war, des keuschen Sebastian Herz zu enträtseln. Sie war Jahre früher in ähnlichen Fällen mit Erfolg als Spionin in Don Philipps Diensten tätig gewesen und wohlerfahren in allen Teufelskünsten der Verführung. Sie war die eigentliche Siegerin mancher Schlachten, indem sie rechtzeitig ahnungslosen feindlichen Generälen in den Liebespausen die genauen Pläne entlockte, oft zur großen Ergötzung des Betörten aus Kissen und Federbetten das künftige Schlachtfeld improvisierend. Es gelang ihr, noch als Dreißigjährige wie eine kaum erblühte Jungfrau auszusehen, aber auch, je nachdem es der Geschmack ihres Partners erforderte, wie eine erfahrene Meisterin. Mit Schönheit ersetzte sie spielend Bildung, Gemüt und Geist. Obgleich sie für eine Spionin fremde Sprachen viel zu wenig beherrschte, wußte sie mit so berückender Stimme zu stammeln, daß sie stets ihr Ziel erreichte. Nach kurzer Weigerung, denn sie fürchtete das kalte Messer im Rücken oder das Gift in der Schokolade, war sie auch diesmal für tausend Dukaten gerne erbötig, König Philipp diese kleine politische Freundlichkeit zu erweisen.

Als Kenner portugalesischer Verhältnisse und gerissener Psychologe bestellte der Doktor überdies als Ministranten des unschuldigen Königs einen schönen Knaben, Gabriel mit Namen. Dieser durchtriebene Engel sollte von nun ab das Evangeliar halten, wenn der König betete.

Sebastian ahnte nichts von so heimtückischer Verschwörung gegen seine Unschuld und empfing ohne Arg die üppige Herzogin in Audienz.

Bianka wußte listig das Gespräch auf kriegerische Dinge zu lenken, so daß Sebastian ihr alsbald ganz entzückt gestand, er sei noch nie im Leben einer Frau begegnet mit einer so überaus liebenswürdigen Neigung und Begabung für das Militärische. Er habe, leider, schon oft die bittere Erfahrung machen müssen, daß es das schöne Geschlecht fürchterlich langweile, wenn er beispielsweise über Geschoßbahnen plaudere, überhaupt von Ballistik, oder etwa das neue Exerzierreglement erkläre.

Auch der Herzogin kam schon das Gähnen, wenn sie nur von weitem eine Ritterrüstung sah. Jetzt aber hörte sie dem König geduldig zu, verzweifelt heitere Aufmerksamkeit heuchelnd.

Doch während Don Sebastian arglos dozierte, daß zwei natürliche Bewegungen – der Soldat nenne sie Triebe – gleich schwerer Körper, also etwa Büchsenkugeln, niemals ganz genau gegen die Perpendikularlinie des Horizontes stehen könnten, weil sie ohne Zweifel (theoretisch gesprochen) beim Zentrum oder Mittelpunkt der Welt zusammenstoßen würden, wenn er dabei dem Euklid in seiner letzten Proposition im ersten Buche seiner Geometrie folgen dürfe, – während nun der König also dozierte, betrachtete ihn das lockere Frauenzimmer mit wachsendem Wohlgefallen. Schön erschien es ihr, einen König zu lieben wie diesen, obgleich sie ihn reichlich schlecht angezogen fand.

Der Ort der Begegnung war die königliche Rüstkammer, ein liebeloser folterkammerhafter Raum, da auf Gestellen reihenweise Musketen standen und Ritterrüstungen in Reih und Glied mit eisern lächelnden Visieren. Da war Eros ferne.

Anstatt zu schmeicheln, sagte sie plötzlich fast feindselig, wie fremd und unnatürlich doch die Männer seien, die in den blutigen Krieg zögen in bunten Wämsern, mit festlichen Fähnlein, Wimpeln und Standarten, wie zur Hochzeit. Die Waffen ziseliert, die Kanonen kunstvoll geschmückt. Und die Muskete nannten sie: Braut des Soldaten. Dann täten sie sich auch noch wunder wie groß mit ihren Heldentaten in diesem fürchterlichen männerliebenden Krieg. So redete sie mit wachsender Eifersucht fast grollend an den König hin, den liebeleeren Schalk.

Der König, äußerst ungern in seinem Vortrag unterbrochen, sah sie verwundert an.

Oh, fuhr sie fort, wie man nur immer Soldat sein könne und immer nur Soldat, an Geschoßbahnen denken und Mann gegen Mann und an Ruhm und Heldentod.

Warum? Wieso? fragte Sebastian begriffsstutzig lächelnd. Und da sie ihn von Herzen lieb gewann in seiner göttlichen Einfalt, verriet sie sich, fassungslos und unter Tränen: Wie er sich denn vermessen könne, nicht zu lieben, er allein auf der Welt, ob er nicht wisse, daß es sein Verderben sein müsse, daß da etwas in der Natur revoltiere, das ihn vernichte. Ob er denn wirklich gar nichts spüre? »Ich spüre nichts«, sagte Sebastian sehr peinlich berührt von solcher Aufführung. Da vergaß sie sich vollends.

»O König«, rief sie endlich ganz außer sich, »ich liebe dich, ich liebe dich doch, merkst du denn das nicht?«

Und sie umhalste ihn, küßte ihn auf den Mund und verließ ihn.

Ganz entsetzt sah ihr Sebastian nach.

Nicht anders ging es mit dem schlimmen Gabriel. Der König befühlte ihn lediglich auf Felddiensttauglichkeit und betete dann lange und von dem falschen Engelsantlitz ungerührt so inbrünstig, daß selbst dem frechen Lausejungen schließlich ganz wehleidig zumute wurde. Tränen liefen ihm über die geschminkten Wangen, ihn keineswegs verschönend.

Ach, äußerte der Doktor giftig, als er das Mißgeschick erfuhr, alle Politik scheitert an dieser widerlichen Tugendhaftigkeit des Königs. Er hat kein Organ für Sünde. Ich habe keine Gewalt über ihn.

Irgendwo aber mußte er doch schwach, irgendwo mußte er doch sterblich sein. Der Doktor kannte keine Skrupel. Er bestach die Wachen und beschlich den König nachts. Sebastian schlief noch immer in seinem geographischen Zelt auf seinem eisernen Feldbett. Er redete aber im Schlaf und sagte »Portugal« und »Vorwärts, Kameraden!«, murmelte Befehle und sprach mit seinem Pferd.

Ein nächtlicher Wind schlug sein Hemd zurück, nackt lag er und weiß, wie ein junger Gott.

Am anderen Morgen reiste Doktor Almasan mit Eilpferden nach Madrid zurück.

Katharina lag auf ihrem Dukatenbett und hatte eiskalte Füße. Donna Ana, eine armselige bucklige Prinzessin,

Tochter des tapferen Don Juan d'Austria, des Siegers von Lepanto, war ihre einzige Hofdame. Sie hatte es wirklich nicht leicht mit der schrulligen alten Majestät. »Reibe mir die Füße mit warmem Rotwein, du unkluges Ding, und gib mir einen heißen Ziegelstein. Es zieht wieder entsetzlich. Es muß ein Fenster offen sein.«

Es war alles zu seit Jahren. Donna Ana massierte ergeben.

»Ach«, quengelte die Alte, »was hast du doch für garstige, harte Hände, du humorloses Geschöpf. Du tust mir ja weh. So geht man doch nicht mit einer alten, kranken Königin um. Jetzt richte mich ein wenig her, kämme mich, buckliges Mädchen, und gib mir ein frisches Hemde. Mach mich jung, mach mich schön. Denn heute kommt seine Hoheit mich zu besuchen. Es soll ihn doch nicht gerade grausen vor mir.«

Sie hatte ihren Enkel gebeten zu kommen. Don Philipp war bereit, ihm Isabella zur Frau zu geben. Dies wollte sie ihm sagen.

Aber es war kein Hemde mehr da, schon sehr lange.

»Dann muß irgendwo noch ein Stummel Rouge herumliegen und ein wenig Puder. Gib mir auch meine Witwenkrone und einen Spiegel.« Sie hatte viele Jahre ihr Gesicht nicht mehr gesehen.

»Ach Gott«, sagte Donna Ana, die etwas mit der Zunge anstieß, todernst, »ich kann doch wieder die Krone nicht finden, ich kann sie doch nirgends finden.«

»Sieh in der Schublade nach, dummes Geschöpf.«

Aber da lag nur ihrer Majestät Rosenkranz, ein angebissener Apfel und eine alte trockene Semmel.

Auf einem Tisch mit etwa einem Dutzend bunter Arzneiflaschen mit flotten Rezeptfähnchen fand sich endlich die Krone.

Dann kämmte Prinzessin Ana die alte ruppige Königin. Ob sie es auch ganz sachte und sanft tat, die Haare gingen büschelweise aus. Sie hielten einfach nicht mehr.

Ehe Katharina den frommen langweiligen König Johann heiraten mußte, hatte sie sieben fröhliche Domestiken, lauter Wienerinnen, und den berühmten Monsieur Antoine aus Paris allein zur Wartung ihres Haares. Sie konnte sich als Mädchen darein hüllen wie in einen Mantel. Manchmal, wenn sie allein war (das kam wohl selten vor), hockte sie sich auf den Teppich und schloß sich ganz darein, wie in ein härenes Zelt. Sie sah dann aus wie ein fremdes Gewächs irgendwo in Patagonien oder Peru. Sie liebte ihr Haar. Es war aber so schwer und rot, daß sie oft Kopfschmerzen davon bekam. Sie hatte elfmal geboren, da gingen sie ihr aus. Sie begann sich heftig zu pudern und zu schminken, während das Mädchen die Haare aus dem Kamm zupfte und in den Kamin warf.

Als dann Sebastian kam, setzte die alte Königin die Krone auf, nahm sich zusammen und sah bei aller Schadhaftigkeit wirklich majestätisch aus.

Der junge König, wie immer als Soldat gekleidet in seinem schwarzen Kettenhemd, trat leicht beschwingt und heiter ein. Aber der phantastische Anblick seiner Großmutter bestürzte ihn sichtlich. Er hatte sie so lange nicht gesehen. Er hielt inne und machte einen Kniefall.

Da sagte Katharina mit einem letzten Rest von Charme: »Setz dich, kleiner König von Portugal. Du mußt nicht erschrecken vor meinem Anblick, mein liebes Kind. Laß uns allein, Mädchen.«

Donna Ana wurde rot. Sie ging ungern. Auch sie war insgeheim verliebt in ihren schönen Vetter.

Sebastian war furchtlos (wenn auch nicht von Geburt, denn er hatte Phantasie), nur vor der tollen alten Königin war ihm stets ein wenig unbehaglich.

»Großmama«, begann er stockend, »darf ich einen Augenblick – ein Fenster aufmachen?«

»Nein, unmöglich«, sagte sie bestimmt, »ich erkälte mich sonst. Ich kann überhaupt nur in schlechter Luft richtig denken. Sei nicht so zimperlich.«

Dann redete sie dem König einmal ordentlich ins Gewissen. Er sei der letzte seines Stammes. Das erlauchte

Haus von Habsburg und Burgund sei im Begriffe auszusterben. Ob ihm das keinen Eindruck mache. Das mache ihm, antwortete er, eigentlich nicht den geringsten Eindruck. Don Gonsalves habe ihn ein anderes Königtum gelehrt, ein unzerstörbares, ein unsterbliches. Sie aber wolle das sterbliche.

»Das Sterbliche?« fragte sie. »Was soll das heißen?«

»Das heißt«, antwortete er verdrießlich, »daß du mich verheiraten willst.«

Ja wirklich, das wolle sie. Warum er sich weigere. Er möge ganz offen mit ihr sprechen. Es überrasche sie, gottlob, nichts mehr in dieser bösen Welt. Es gäbe nichts, worüber sie sich noch entrüsten könne, nichts in der Liebe, was ihr absonderlich dünke. Das seien doch alles menschliche Dinge.

»Nein, nein, nein«, rief nun Sebastian eigensinnig und hinkte heftig umher, »das sind sie eben nicht!« Und leiser fügte er hinzu: Er werde versuchen es ihr zu sagen. Er liebe weder Weib noch Mann, auch sich selbst liebe er nicht, Gott wage er nicht zu lieben, er liebe auch seine Löwen nicht, wie manche es ihm nachsagten. Dennoch liebe er, falls es nicht sündig sei, es zu tun, mit aller Leidenschaft des Leibes und der Seele: er liebe Portugal.

Katharina war enttäuscht.

»Du Kind«, sagte sie mitleidig, »was ist Portugal? Das gibt es ja in Wirklichkeit gar nicht! Das ist doch nur ein geographischer Begriff!«

»Nein, o nein«, rief aber Sebastian fanatisch, »das ist es eben nicht! Es hat seine unsterbliche Seele. Und diese Seele Portugals hat ihren gottbefohlenen irdischen Wohnsitz in des Königs Herz. Und ich denke Tag und Nacht an sie und wie ich sie groß und herrlich sichtbar mache vor allen Völkern der Welt. Denn sie ist hungrig nach Ruhm. Mein armer Leib aber lebt nur von ihrem tapferen, feurigen Geist und wird erschüttert von ihren Zuckungen. Ich kann dir das nicht so erklären«, fügte er resigniert hinzu. »Aber wenn auch mein irdischer Leib davon wehe tut, er muß keusch bleiben, er muß, sonst ist die Unsterblichkeit dahin, die Seele ist getrübt. Oh, und es gehört eine übermenschliche Anstrengung dazu.«

Aber Katharina verstand ihn nicht. »Du mußt heiraten«, sagte sie brüsk.

»Und ich will nicht«, rief er endgültig und wandte sich zum Gehen.

Sie rief ihn zurück, plötzlich tief bewegt.

»Ach«, klagte sie, »was kümmert mich dieses elende Portugal, was geht mich dieses faule, unsympathische Volk an, was unsere kranke, schreckliche Dynastie? Ich habe Angst um dich und habe dich lieb, das ist alles.«

Als er dann gegangen war, spürte sie, daß sie keine Macht mehr über ihn hatte.

»O Trübsal«, seufzte sie, »o große Traurigkeit.« Sie verfiel sichtlich.

»Gib mir Baldrian, Mädchen«, bat sie kläglich, »nein, sonst kommen wieder alle Katzen von Lissabon und jaulen nachts vor meinem Fenster und kratzen an meiner Tür. Gib mir das garstige Gallenpulver.«

Das bucklige Mädchen gab's ihr mit einem großen Löffel.

Als Don Philipp Sebastians Weigerung erfuhr, äußerte er hämisch, vermutlich unternehme dieser unvernünftige kleine König die Heerfahrt nach Afrika nur, damit er nicht heiraten müsse. In der Tat beschleunigte Sebastian die Rüstungen mit fieberhafter Ungeduld. Günstig einer aktiven Afrikapolitik waren aber tatsächlich gewisse höchst verwickelte Thronstreitigkeiten in Fes und Marokko.

Der alte Scheich Mohammed aus dem Geschlecht der Scherifen von Tafilet hatte nämlich kurz vor seinem Tode ein unheilvolles Gesetz erlassen. Darnach sollte künftighin beim Tode des Königs nicht etwa dessen Sohn, es sollten der Reihe nach seine Brüder auf den Thron kommen, dann aber, also gleichsam, wenn die ältere Generation endgültig aufgebraucht war, der jeweils Älteste der Vettern und so fort. Die Folge war, daß schon der erste Nachfolger des weisen Gesetzgebers, der grausame Abdallah, um die Bestimmung zu umgehen, zunächst einmal alle seine Brüder umbringen ließ, bis auf den jüngsten, Mulei Molukko, dem es gelang zu entkommen. Dieser, ›ein Jüngling von großer Hoffnung‹, fand am Hof in Konstantinopel Aufnahme. Er zeichnete sich in mehreren Schlachten so sehr aus, daß der dankbare Kalif gern versprach, ihm bei der Wiedergewinnung seines Reiches behilflich zu sein. Denn inzwischen war der Sohn des blutigen Abdallah, der etwas beschränkte Prinz Achmed, Herr über Fes und Marokko geworden, also der Neffe Mulei Molukkos.

Mit einem Heer von nur dreitausend Reitern, das sich aber in kurzer Zeit verzehnfachte, brach der tapfere Onkel überraschend in seines etwa gleichaltrigen Neffen Land ein, besiegte ihn und herrschte, von den Muselmanen gleich verehrt wie von den dort lebenden Christen, gerecht über die vereinigten Königtümer Fes und Marokko.

Der unglückliche Neffe nun wandte sich an Portugal um Hilfe, und Don Sebastian nahm das mit Freuden zum äußeren Anlaß für seine Heerfahrt.

Für die Politiker waren verlockend die Bodenschätze in Afrika (Gold, Kupfer, Eisen, Antimon) und vor allem das Erzbecken von Fes. Kurz vor der Einschiffung der Truppen befahl der König eine große Parade. Er wollte damit der Welt ein glänzendes Schauspiel von Portugals Herrlichkeit und militärischer Macht geben.

Der Vorbeimarsch erfolgte an der weißen Treppe in Lissabon. Auf der höchsten Stufe stand glückstrahlend der kleine, hinkende Soldatenkönig. Dann kamen die Herzöge, Generäle, Minister und die Botschafter befreundeter Mächte, der sammetweiche Höfling Graf Silva (Spanien) vor allem und einsam stolz ein indianischer Häuptling, ein indischer Fürst, ein Negerkönig.

Alle Militärs, bis auf den König, waren prächtig und übertrieben gekleidet, besonders der geckenhafte Herzog von Braganza, der ja alles entworfen hatte.

Manche Offiziere waren bis zur Lächerlichkeit bewaffnet und konnten sich nur mit Mühe fortbewegen in ihren kugelsicheren, goldstrotzenden Rüstungen. Man nahm es sogar durchaus ernst, daß einer eine niedliche Kanone gleich einem Hunde an der Leine mit sich führte.

Der Herzog Emil von Braganza rief mit schriller Stimme die Namen der Regimenter aus, und die Damen klatschten fröhlich in die Hände, wenn die Farbenzusammenstellungen besonders hübsch gelungen schienen. Es macht schon Spaß, vierzehntausend tapfere Männer den Kopf nach einem drehen zu sehen! Aber in Wirklichkeit war das Ganze alles andere als eine kriegerische Demonstration. Es war ein militärisches Ballett, ein karnevalistischer Umzug mit tragischem Aspekt. Die fremden Gesandten merkten das sofort und lächelten erleichtert über solch blutigen Dilettantismus.

Wahrhaftig, diese Parade konnte niemandem Furcht einjagen! »Das ist die Euphorie Portugals«, urteilte nicht ohne Befriedigung sehr richtig der von Spanien, als die letzten Musketiere mit schwappenden Wangen in ungeschickter Übertriebenheit vorbeimarschierten.

Alle wußten es, daß diese heillose Maskerade ein trauriges Ende nehmen müsse, wenn einmal ›Kanonen zum Tanz aufspielten‹, Caneiro und der ehrliche Haudegen Admiral Sousa, ›die alte kriegserprobte Fregatte‹, auch die Obristen, alle wußten es.

Nur Don Sebastian, der Höchstkommandierende, merkte es nicht.

Er freute sich – wie ein Kind. Er war glückselig. Verklärten Angesichts eilte er auf den gänzlich verdutzten Grafen Sousa zu, umarmte ihn und küßte ihn auf beide Wangen. Dann schüttelte er ihm begeistert die Hände, herzlich ihm ins Auge blickend.

»Das war schön«, sagte er bewegt. »Ich finde die Haltung der Leute ganz famos, besonders die meiner Infanterie. Was für Kerle! Sind sie nicht wunderschön? Die ganze Welt blickt heute auf unser kleines unscheinbares Portugal. Aber ich glaube, wir können stolz sein auf das bisher Geleistete und mit gutem Gewissen in den gerechten Kampf ziehen.«

Da konnte sich der Admiral nicht mehr halten: Ob er sich gehorsamst einige sehr ernste Einwände auszusprechen erlauben dürfte?

»Gewiß, o bitte, von Herzen gern«, unterbrach ihn sogleich der glückliche Monarch, es freue ihn bekanntlich jede schöpferische Kritik. Gerade daher komme es ja, daß man in seiner Armee gewohnt sei, stets nur die höchsten Anforderungen zu stellen. Er schloß: »Ich danke Ihnen, meine Herrn. Aber ich muß noch etwas für meinen Körper tun.« Und ging zu seinen Löwen, fast ohne zu hinken. Fort war er.

Nach dieser Parade stand es für jeden Einsichtigen fest, daß man den Feldzug nach Afrika noch in letzter Stunde um jeden Preis verhindern müsse, solle nicht dieser tugendsame Knabe Sebastian Portugal völlig zugrunde richten. Zu allem Übel hatten die deutschen Söldner die Pest eingeschleppt, die Polen Wanzen und Läuse und die Franzosen die Syphilis – das sind die Haupteffekte jedes Krieges.

Die Pest war in Lissabon. Natürlich war es strengstens verboten, davon zu reden, wiewohl es überall nach Essig und Wacholder roch. Die Reichen verließen heimlich die Stadt. Man hatte die Kirche St. Sebastians, des großen Pestheiligen, behelfsmäßig als Seuchenlazarett eingerichtet und da lagen und hockten nun die armen Tröpfe auf dem Stroh, seufzten, stöhnten und lamentierten in allen Zungen der Welt. Es war nicht zum Anhören. Und mancher hatte doch nichts als seine Muttersprache als Trost in seinem letzten Stündlein. Es roch widerlich nach Medikamenten und Exkrementen. Da saß einer, der betrachtete kopfschüttelnd seine Pestbeule, die ihm an der

Leiste schwoll, groß und blank, wie das Auge einer Kuh. Und dazu lachte er unaufhörlich, wie gekitzelt. Andere lästerten und vermaledeiten Gott oder sie winselten um Gnade. Eine alte Frau betete vor: »Heiliger Sebastian, wundertätiger Pestpatron, du schmerzhafter Jüngling, erbarme dich, steige herab aus der Gemächlichkeit des Himmels, hilf uns!« Und alle schrien kläglich: »Hilf uns!«

Ein Deutscher – er hatte einen kleinen Spielwarenladen zu Nürnberg auf der Sebalder Seite, ein Häuschen schuldenfrei – rief unaufhörlich: »Ach gute Leut', ist das Herzjesukindlein lieb!« – das konnte einem in der Seele weh tun.

Es war da auch ein altes Mütterchen, das sich sehr vor dem Sterben fürchtete und als der Arzt sie ansah, da sagte er: »Ei potztausend, du hast ja gar nicht die Pest, das ist ja nur ein Furunkel, ein ganz gewöhnlicher!« »Ach, Herr Jesus, ich habe gar nicht die Pest«, schrie sie, tanzte umher mit einem entsetzlichen Gelächter und rannte auf und davon. Aber natürlich hatte sie sich inzwischen schon angesteckt und kam nach ein paar Tagen wieder.

Manche spielten Karten und starben darüber. Einen erwischte es, als er gerade ein Rotsolo in der Hand hatte. Andere liebten einander, weil ja nun doch alles gleich war. Zwei fand man tot und unzertrennlich. Sie lagen Mund an Mund, steckensteif. Die Gugelmänner kamen mit ihren Zangen und schleppten die Pestleichen fort.

Als der König von alledem erfuhr, äußerte er zu allgemeinem Entsetzen sogleich den Wunsch, den armen Teufeln einen Besuch abstatten zu wollen. Es halfen alle Bitten seiner Minister nichts, die ihn beschworen, sein Leben nicht so frevelhaft aufs Spiel zu setzen. Das müsse aber doch, sagte Sebastian mit lachender Entrüstung, ein sonderbares Königtum sein, daß nur in Watte gewickelt und unter den allergünstigsten Umständen Bestand habe. Vielleicht tröste es die Unglücklichen schon ein wenig, wenn man keine Furcht vor ihnen habe.

Also ging er eines Abends mit dem stoischen Christophan de Tavora und einem Fackelträger (wie sehr der auch zitterte) zu den Pestkranken.

Die Elenden, als sie des Königs helles Gesicht erkannten und daß er wirklich zu ihnen kam, krochen von allen Seiten auf ihn zu und freuten sich. Manche küßten seine Hände und er ließ es freundlich geschehen, manche faßten sein Gewand an oder sein Schwert, als ginge Genesung von ihm aus. Ein junger Soldat bat, er möge ihm nur ein wenig die Hand auf seinen Scheitel legen, dann werde er wieder gesund. Sebastian tat es und redete ihnen gut zu. Er versprach ihnen leinene Laken. Er sagte ›Kameraden‹ zu ihnen und ›liebe Kinder‹. Er wollte ihnen gerne etwas recht Tröstliches sagen, doch endlich übermannt von soviel Jammer schlug er die Hände vors Gesicht, schluchzend.

Als er das sah, schrie der junge sterbende Soldat, mühselig sich aufrichtend, da sein Herz schon stillstand: »Es lebe der König von Portugal!« Da schrien sie alle schmerzhaft: »Portugal!«

Als der König dann gegangen war, wurde es wieder dunkel und traurig bei ihnen.

Vor der Kirche aber wartete auf Anordnung des ängstlichen Caneiro ein Page mit einer goldenen Schüssel, damit der König sich sogleich die Hände wasche. Man sprühte wohlriechende Essenzen über ihn, damit die kontagiöse Krankheit ihn verschone, und somit auch seine Umgebung. Don Sebastian begab sich sofort an Bord seines Flaggschiffes Santaterra de Magos, einer reichvergoldeten Fregatte, deren Segel mit Bildern aus der Geschichte Alexanders des Großen bestickt waren. In drei Tagen sollte die Abfahrt sein. Allein es dauerte noch volle vierzehn Tage, bis die Einschiffung vollzogen war. Es fehlte an allen Ecken, an Proviant vor allem, was Don Sebastian schlecht begriff. Denn er aß selbst fast nichts. Er lebte wie ein mönchischer Soldat, völlig anspruchslos. Es war aber für seine Offiziere schon unausstehlich, wie sie der König beständig anfeuerte, denn es ging ihm alles viel zu langsam.

Ende Juli 1578, als es endlich soweit war, wäre er am liebsten im Sturm nach Afrika gebraust. Statt dessen aber trat eine lähmende Windstille ein. Der Himmel war wie aus Blech und ganz nahe. Es war sehr schwül. Die Flaggen hingen an den Masten wie Gehenkte. Kreuz an Kreuz starrten die Rahen. Kein Wind, keine Möwen in der Luft, dazu ein giftiger garstiger Geruch von toten Fischen. Der ganze Strand lag voll Quallen und das Meer sah ganz warm und braun aus, ganz fett. Man hörte weder lachen noch singen. Sebastian schlief nicht mehr, und gerade nachts war es besonders trostlos in dieser ungesunden faulen Stille.

Manchmal rieb sich eine Kette und klirrte. Das Wasser saugte und schmatzte. Eine Ratte nagte, dann war es wieder lange still. Manchmal konnte man einen von den ganz jungen Soldaten weinen hören, denn sie mußten alle schon an Bord schlafen in den dicken Bäuchen der Schiffe, in dieser entsetzlichen Luft. Sebastian aber stand auf Deck und sah in die Nacht, dorthin, wo Afrika lag, und hatte Watte in den Ohren.

In diesen Tagen kam eine Gesandtschaft des Königs von Marokko mit einem Friedensangebot des Inhalts, daß die Hälfte von Mohrenland dem König von Portugal gehören solle, falls er seine Rüstungen einstelle und Frieden halten wolle. Die Gegner der Expedition frohlockten. Allein der König wies das Ansinnen böse ab. Es kränkte ihn, daß man ihn um den Ruhm betrügen wollte.

Endlich erhob sich ein gesunder stetiger Wind. Die Flotte, an tausend Segel, verließ die Reede von Lissabon. Es blieb eine große Angst und Leere zurück.

Zur gleichen Stunde starb die alte Königin an der Pest. Es wird berichtet, ihre letzten Worte seien gewesen: Seine Hoheit solle um Christi willen nicht gegen die Barbarei (womit sie die Mohren meinte) zu Felde ziehen. Es fromme nicht.

In des ungeduldigen Königs Kajüte aber befand sich in einer Schatulle aus rotem Saffian die Kaiserkrone von Afrika. Es war ein Meisterwerk der Goldschmiedekunst, ein Geschenk der Stadt Lissabon.

Schon bei den Landungsmanövern vor El Araisch in Afrika am 3. August 1578, machte sich die mangelhafte Schulung des bunten Kriegsvolkes peinlich bemerkbar. Drei der besten Geschütze stürzten bei der Ausschiffung durch bloße Nachlässigkeit mitsamt der Bespannung ins Meer und gingen leider verloren. Die reichen Vorräte erwiesen sich infolge der Hitze und unsachgemäßen Behandlung größtenteils als verdorben, zudem lagen viele der Soldaten an den Nachwirkungen der Seekrankheit darnieder, nicht imstande Dienst zu tun, geschweige denn eine siegreiche Schlacht zu schlagen. Es herrschte eine heillose Verwirrung. Ein plötzlicher Regenguß tat ein übriges: die schönen Uniformen färbten ab und sahen nun größtenteils recht abscheulich aus.

Die Kriegsobersten ratschlagten miteinander, was zu tun sei und kamen überein, man tue wohl am besten, an Ort und Stelle sich zu verschanzen, bis das Heer sich einigermaßen akklimatisiert habe.

Allein der König, enttäuscht von so nüchterner Wirklichkeit der Heerfahrt, wollte nichts davon wissen.

Als er zum erstenmal den tollen Plan faßte, Afrika zu erobern, da war alles ganz herrlich anzuschauen, wie aus Glas gemacht, überirdisch klar. Er sah die gläsernen Schiffe und singenden Soldatengeister, das tanzende Meer und das heiße, goldene Afrika: Sonne und Sand, unverweslich und rein. Er liebte von ferne das fremde Vaterland. Dort glaubte er, warte Unsterblichkeit! Jetzt aber war alles so wirklich, es ging alles so langsam und war aus ungesundem Fleisch und Blut.

Es gelüstete ihn darum sehr nach der Männerschlacht und so gab er unverzüglich den Befehl zum Abmarsch in der Richtung auf Alkassar. Nach mühseliger Wanderung durch Sonne und Sand lagerte das Heer fern von Wasser und ganz erschöpft in der Wüste.

Don Sebastian visitierte persönlich die Feldwachen und Vorposten. Er hörte zum erstenmal die Wüste, den singenden ewig im Winde rieselnden Sand. Er liebte die langgezogenen Rufe der Posten und das dumpfe Stampfen der Pferde. Es bewegten sich aber die Zelte, sie blähten sich vom Schnarchen der Schläfer und die Erde dröhnte von den Herzen der vierzehntausend, die an ihr ruhten. Bei seinen Ronden begleitete ihn stets der Ritter Christophan de Tavora. Hatte man sich allgemein gewundert, daß der König sich zutraute, den alleinigen Oberbefehl über solche Streitkräfte zu übernehmen, so schien es unfaßlich, daß er als persönlichen Adjutanten diesen Christophan ernannte, einen etwas melancholischen Kavalier, der allerdings vier Jahre in Brasilien gewesen. Er galt als liederlich und war ein Poet.

Sebastian und Christophan waren astrologische Zwillinge, zur gleichen Stunde geboren und außerdem Milchbrüder. Der Graf, aus armem Adel stammend, hatte seinerzeit als besondere fürstliche Gnade die Milch jener vierfach gesegneten Amme Manuela trinken dürfen, soviel der Prinz übrig ließ. Später war er dann des Infanten Page gewesen und hatte ihm geduldig die runden Spanschachteln voll Zinnsoldaten hingehalten, wenn der kriegerische Prinz seine Schlachten schlug. Er war bereit, jede Dummheit seines Herrn mitzumachen, soweit sie ihm poetisch erschien.

Zwei Eigenschaften schätzte Sebastian besonders an ihm, einmal, daß er zuhören konnte und dann, daß er nie widersprach. Auch konnte man ihn nie renommieren hören. Übrigens hatte Christophan dem König für seine Armee aus Brasilien ein Dutzend wunderschöner Indianer mitgebracht in vollem Kriegsschmuck.

Noch in der ersten Nacht kam die glückliche Nachricht, daß eine starke, feindliche Kavalleriepatrouille in einen Hinterhalt der portugalesischen Aufklärungsreiterei gefallen sei. Es hieß allen Ernstes: Mulei Molukko, der König von Fes und Marokko, der selbst rekognoszierte, sei durch einen Armbrustpfeil blessiert mit knapper Not entkommen, man munkelte sterbend.

Unmutsvoll empfing Sebastian die Nachricht. Nicht rühmlich schien es ihm, gegen einen Sterbenden zu Feld zu ziehen. Er gab Befehl, den raschen Schützen festzustellen, der mit seiner Armbrust so in die Weltgeschichte pfuschte. Es widerte ihn aber an, da der Mann, der einen König abschoß wie einen Hirsch, viehisch betrunken war.

Noch einmal versuchten die Obersten, Don Sebastian zu bewegen, den Truppen einen Tag Ruhe zu gönnen. Zwei Drittel der Mannschaft sei fußkrank, der Wasservorrat ginge zur Neige, Ersatz könne kaum vor Mittag erwartet werden. Zum guten Glück verhalte der Feind sich ruhig, entmutigt durch seines Königs Unfall. Man könne demnach in aller Ruhe die Reserven erwarten. Die Stellung wäre gar nicht unvorteilhaft, wenn das Heer in Abwehr bliebe und sich verschanze.

»Abwehr? Nie!« schrie der König und stampfte mit den Füßen wie ein ungezogenes Kind. »Marchamos, Marchamos, Marchamos!«

Also wurde eben marschiert.

Der braune Sultan Mulei Molukko lag stöhnend in seinem Zelt. Der Bolzen war ins Perikardium eingedrungen, zweifingerbreit unter der linken Brustwarze. Dort zwischen zwei Rippen eingeklemmt, ragte der buntgefiederte Schaft kaum daumenlang aus der Wunde, bei jedem Herzschlag nickend. Und jedesmal verwundete von neuem sich das Herz ins Herze blutend. Das war qualvoll. Es hatte sich der rote Mund der Wunde im Krampf ums Eisen festgesaugt, damit kein Tropfen Blut verlorengehe.

Die Kälte war dem Sultan schon bis an die Hüften gediehen, der Tod stand ihm zu Häupten. Es war unerträglich heiß und schwarze Fliegen summten um seinen heftig atmenden Mund. Ein seltsamer Geruch erfüllte das Zelt, das häßliche Parfüm des Todes, Aceton.

Mulei Molukko gab sich gar keine Mühe mehr zu leben. Er wehrte sich nicht gegen den Tod. Aber Hassan, sein Vezier, ließ das nicht zu. Er befahl dem Arzte, das Leben seines Herrn mit aller Kunst zu fristen, solang als irgend möglich. Er solle die Adern und das Herz ihm mit feurigen Arzneien peitschen, daß es immer wieder von neuem anspringe, falls es müde werde. Es rieb also der Arzt dem Sultan die Sohlen mit scharfen Salzen und wusch mit Essenzen den schlaffen Körper. Denn Mulei Molukko mußte leben bis zum Mittag, sollte nicht alles verloren sein.

Elf Scheichs waren sofort auf die Nachricht von der tödlichen Verwundung des Feldherrn aufgesessen und laut klagend in ihre wandernden Dörfer abgerückt. Die geängstigten Bewohner von Alkassar sandten eine Abordnung mit der ultimativen Bitte, man möge sofort Frieden schließen mit den Portugalesen. In einem Teil des Feldlagers brach offene Meuterei aus.

Aber er wollte nicht. Es schien ihm gänzlich gleichgültig, was nach ihm geschah.

Sein Vezier ergrimmte. Er sagte ihm, daß er der letzte Scherif von Tafilet sei. Wenn er also schon sterben müsse, und das sei gewiß, so müsse es doch nicht gerade untätig und im Liegen geschehen. Man sage im Lager, er sei tot, die Truppen meuterten: wenn der König sich ihnen zeige, mit letzter Kraft sich aufrecht haltend, so tuend, als sei er ganz gesund, das würde vielleicht ihre armen Seelen neu begeistern. Er müsse leben, damit nicht sein Reich in dieses lächerlichen Knaben von Portugal unkluge Hände falle. »Ich kann nicht stehen«, stöhnte der Sultan. Aber es schien ihm doch erbärmlich, so ruhmlos zu sterben bei Nacht und ohne Pferd. Der Vezier sprach mit den Scheichs. Der Sultan sei wohlauf und siegesgewiß. Sie sollten seinen Schlummer heiligen. Aber die Mohren glaubten diesen Worten nicht.

»So werde ich ihn wecken«, sagte Hassan lächelnd.

Die Meuterer warteten, bis endlich das Zelt sich öffnete und da stand Mulei Molukko vor aller Augen mit blühend geschminktem Angesicht und brennenden Augen. Er redete zu ihnen kurz und königlich. Er befahl unter dem Jubelgeschrei der Soldaten: das Heer stehe bei Sonnenaufgang, den Wind im Rücken, in Gestalt eines halben Mondes angriffsbereit hinter den weißen Hügeln von Alkassar. So sprach er krampfhaft lächelnd, und hinter ihm unter dem blauen Mantel der Scherifs von Tafilet kniete ungesehen der Vezier, mit emporgereckten Armen seinen Herrn unter den Schultern haltend, gleich einer Puppe. So betrog er den Aufruhr.

Es ist von einigen überliefert, gegen Morgen, da die Heere sich schon zur Schlacht rüsteten, sei auf des unerbittlichen Veziers Betreiben Zaïde, Tochter des Bey von Tunis, zu Mulei Molukko gebracht worden. Den Tod schon im Herzen, aufbrüllend vor Schmerz, habe der Sultan die Demütige erkannt.

Er kroch auf Händen und Füßen von ihr, da sie schon schlief, von Allah mit einem Sohn gesegnet.

Gegen drei Uhr nachts meldete man dem jungen König das Auftauchen starker feindlicher Streitkräfte bei den weißen Hügeln vor Alkassar.

Don Sebastian, der endlich ein paar Stunden geschlafen hatte, genug ihn zu erquicken, ließ sofort seine Armee in Schlachtordnung aufstellen. Das dauerte bis weit in den Tag. Ringsum aber war nichts als Sonne und Sand. Es war heiß und blendete entsetzlich. Kein Feind war weit und breit zu sehen.

Da ließ Don Sebastian das Heer niederknien, Gott zu loben vor der Schlacht, und er betete laut zum himmlischen Vater, daß er seinem Knecht Sebastian den Sieg über die Mohren schenke und seine ewige Tapferkeit den irdischen Heerscharen seiner Herrlichkeit.

Als er aber so inbrünstig bat, schrie ein Soldat in der vordersten Reihe laut, taumelte und fiel vornüber. Es entstand eine große Unruhe um so mehr, als ein zweiter rief: »Halt mich, Kamerad, mich hat's erwischt.« Es klapperte rings von Bolzen.

Es war aber noch immer kein Feind zu sehen vor schmerzender Helligkeit, nur eine Wolke goldenen Staubs. Da zog Sebastian sein Schwert und schrie: »Richtung die Sonne. Mir nach für Portugal.« Und alle brüllten wie besessen: »Portugal, Portugal.« Sie stürmten dem kleinen König nach, auf dessen Haupt die neue Krone Afrikas funkelte.

Aber es kam ein heißer Wind, der blies den Fremden ins Angesicht, davon wurden ihre Augen und Münder voll Sand und auch die Läufe der Musketen und schönbebilderten Kanonen. Sie platzten beim Schuß und glichen nun seltsam abloëhaften Pflanzen.

Herrlich war Sebastian anzusehen wie er focht, ein Löwe mit dem Herzen einer Nachtigall. Er tötete mit eigener Hand mehr als vierzig Feinde an diesem Tag und, wo er war, stand die Sache ganz vortrefflich. Auch seine Leute schlugen sich erstaunlich gut. Diese jungen Landstreicher und Tagediebe, diese Gaukler, Studenten und Poeten wußten zu sterben mit fast sokratischer Heiterkeit. Aber sie kämpften nicht so sehr um zu siegen, sondern, so schien es, um auf eine manneswürdige Art zugrunde zu gehen und als sei es eine Wollust, für einen solchen König in den Tod zu gehen. Schon schien der Sieg gewiß, da traf den König ein Musketenschuß in den linken Arm. Man brachte ihn zurück.

Er saß nieder auf einer Trommel, erhitzt und unruhig, während ihn der Feldscher verband. Er redete unaufhörlich, fragte wie es stehe, gab Befehle, lachte schmerzhaft, wenn ihm der Doktor wehe tat, und hatte schrecklichen Durst. Seine Zunge lag ihm wie ein trockenes Stück Brot im Mund. Das Wasser schmeckte ekelhaft, aber es war wenigstens feucht. Dann wollte er wieder vor. Hier hinten hockt die Angst, dachte er. Schlachten aber werden vorne gewonnen. Doch da er aufsprang, wurde ihm schlecht. Er konnte nicht mehr, auf einmal. Das war sehr dumm, gerade jetzt. Denn in diesem Augenblick kam schlimme Zeitung: der linke Flügel ging zurück. Die Mitte stand, auch sie bat um Verstärkung.

Der Herzog Emil von Braganza, befahl der König, möge zur Unterstützung vorgehen. Allein Emil war nirgends zu finden.

Nun dann der General Benozzo mit seinen Italienern. Der General war tot, sein Regiment in heilloser Unordnung.

Es stand ganz miserabel, ohne Zweifel. Aber da war ja noch der schneidige Herzog von Algarve mit seinen tausend Reitern. Indes, der Herzog war verwundet, Bauchschuß, die Kavallerie stark dezimiert. Auch der rechte Flügel vermochte sich nicht mehr zu halten. Es fehlte an Munition.

Der kleine König von Portugal dachte mühsam nach.

»Die Infanterie entscheidet«, rief er endlich in aller Zuversicht. »Jetzt ist es an der Zeit, die Deutschen einzusetzen!«

Ach diese Deutschen! Sie lieben die Sonne, aber sie können sie nicht vertragen! Sie starben wie die Fliegen. Sie tranken einander den Urin vor Durst. Es bluteten ihre Augen und ihre Münder verdorrten. Sie sangen traurig und starben.

»O diese Sonne«, knurrte Christophan und drohte gegen den Himmel, »wenn die nur erst hinunter wäre.«

Drüben bei den Mohren ritt der Sultan sterbend einher. Es hielt ihn sein Vezier im Sattel, hinter ihm hockend unter dem blauen Mantel der ruhmreichen Scherifs von Tafilet. Da sagte es Admiral Sousa dem König, daß die Schlacht verloren sei. Es bleibe nur noch die Übergabe auf Gnade und Ungnade. Ein Offizier riß schon sein Hemde vom Leibe und band es an seinen Degen.

Jetzt erst begriff der König die Lage. Er sah unendlich verlassen aus.

»Übergabe?« Ob sie denn gar keinen Begriff hätten für Feigheit, Schmach und Schande? Niederlage? Nein, er wolle lieber im Sturm von soviel tausend tapferen Soldatenseelen, die um seinetwillen ihren sündigen Leib verlassen, auffahren in Gottes Herrlichkeit. Er wolle dabei sein, wenn Gottes Mund sie trinke. Er wolle Unsterblichkeit!

Es war Wahnwitz.

Don Sebastian aber hob sein Schwert. Über Leichen hüpfend hinkte er gegen den Feind. Don Christophan, im Begriffe zu folgen, ward schwer verwundet.

»Warte«, rief er verzweifelt, »warte doch auf mich.«

Er sah, wie der kleine hinkende König zu Fuß mit aufgehobenem Schwert auf die anstürmenden Mohren zulief, ganz allein. Plötzlich aber stand Sebastian still, wie ein Baum. Und wie Äste standen die Pfeile von ihm ab, die in ihn gefahren waren von allen Seiten. Einen langen Augenblick verharrte er so und siebzehn rote Brunnen sprangen zuckend aus ihm und auch aus seinem Munde sprang ein roter Strahl wie ein Komet. Eine Stimme rief von oben.

Da hieben schon die krummen Mohrensäbel in des Königs weißes Fleisch. Dann war nichts mehr zu sehen. Nur Staub. Nur rauschendes Blut und viele Reiter und Pferde.

Kurz bevor die Afrikaner den gewaltigen Sieg errungen, starb Mulei Molukko, abseits unter einer Palme. Er fürchtete aber sehr, noch zuletzt die glückliche Schlacht ins Unheil zu wenden, falls die Truppen seinen Tod erführen. Er starb, den Finger am Munde.

Als die Schlacht gewonnen war, ließen die Mohren die Löwen los, dreihundert gehungerte.

Es fielen aber bis Sonnenuntergang an diesem blutigen Tage bei zwölftausend und die Klage der Verwundeten verstummte ganz erst am dritten Tage. Nur wenige entkamen zur Küste und zu den wartenden Schiffen. Unter den Toten waren drei Könige, fünf Herzöge, Scheichs und Grafen.

Nach zeitgenössischen Berichten befand sich unter den Gefangenen auch der kunstsinnige Jüngling Don Emil von Braganza, der mit einem goldenen Wagen gegen den Feind gefahren war, »samt tausend gepanzerten Schützen, die ihm sein Vater, ihn zu bewahren, zugeordnet«. Aber die Schützen waren alle erschlagen worden wie Robben.

Nun nahmen die Türken und Mohren den jungen Herrn, vermeinend es wäre der König von Portugal ob seiner Pracht und Herrlichkeit, unsanft aus dem Wagen. Sie schupften ihn vor Freuden dreimal in die Höhe und riefen: »Hoch! der König von Portugal.«

Der Herzog aber, wie ein geprellter Frosch, schrie: »Halt! Ich bin bestimmt nicht der König. Ihr irrt euch in meiner Person.« Und er versprach ihnen, daß sein Papa ihn um viel Geld loskaufen werde, wenn sie ihm bloß nichts zuleide täten. Da gaben sie endlich das Goldsöhnchen frei.

»Allah sei Dank«, rief Emil, »ich bin gerettet!«

Wie sehr auch die Mohren das Schlachtfeld absuchten, sie konnten den toten König nicht finden.

Vielleicht hatten die Hufe der Rosse seinen armen Leichnam in den Sand getreten.

Es war aber großer Jammer in Lissabon, als die furchtbare Nachricht kam.

Übrigens behaupteten manchmal die Spanier, die als Beobachter die unglückliche Heerfahrt mitgemacht, sie hätten schließlich doch noch die Leiche des Sebastian gefunden und geborgen, wenn auch furchtbar entstellt.

Die Überreste wurden, ohne je ordentlich agnosziert zu sein, erst 1580 in Belem beigesetzt.

Auf den Königsthron in Portugal kam nun der letzte Überlebende aus dem Haus Burgund, der achtzigjährige Kardinalinfant Heinrich, Sebastians Großonkel. Es war rührend, wie dieser fromme, einäugige Greis, der sein ganzes Leben in Gottes Dienst, mit Beten und Fasten hingebracht, ja, der beinahe auf den Stuhl Petri gelangt wäre, sich trotz seiner Altersschwäche alle Mühe gab, durch eine Heirat die Dynastie vor dem Aussterben zu bewahren. Wenn Katharina noch gelebt hätte, so wäre es ihm wahrscheinlich auch geglückt. So aber starb er unbeweibt nach kaum zweijähriger Regierung.

Mit ihm erlosch das Haus Burgund im Mannesstamm.

Infolge der verwickelten Verwandtschaftsverhältnisse, vor allem mit den Habsburgern, entstanden jetzt blutige Erbfolgestreitigkeiten, aus denen dank seiner Rücksichtslosigkeit endlich König Philipp als Sieger hervorging.

So kam das schwergeprüfte Portugal an Spanien. Der Knabe saß nicht mehr auf der Kante des Stuhls: die gelbe Dame hatte ihn mit Haut und Haar verschluckt.

Zu dieser Zeit war es, daß auf einmal das tolle Gerücht auftauchte, dieser unselige Don Sebastian sei gar nicht tot. Man konnte es bald überall hören, wenn gerade keine Spanier in der Nähe waren, überall in Lissabon und Setubal, auch in Coimbra und Ajustrel.

Die Realpolitiker freilich zuckten spöttisch die Achseln: der dumme tapfere König sei mausetot und läge in Belem unter einem schweren Stein. Und das sei gut so. War er nicht einzig und allein schuld an dem unsäglichen Elend, Hunger, Pest und feindlicher Besatzung? Dieser liebenswürdige Träumer und unkluge Phantast hatte doch sein unschuldiges Volk, das ihn anbetete, frevelhaft hineingeritten in Armut und Traurigkeit. König Philipp aber habe, das müsse man dem verhaßten Manne zugestehen, doch endlich einmal wieder gründlich Ordnung im Land gemacht. Und wenn seine Gesetze auch nicht alle taugten, so wären sie doch gut geschrieben. Man wecke also den toten Sebastian ja nicht auf, jetzt schon gar nicht, wo es endlich anfange, wieder ein wenig aufwärtszugehen.

Aber die Leute sagten: in Wirklichkeit läge an seiner Statt in Belem eine Puppe begraben mit Sägemehl gefüllt. Niemand hatte die Leiche Sebastians gesehen. Nur Spanier! Spanier sollen ihn angeblich tot vom Schlachtfeld getragen haben. Spanier wollen ihn gewiß erkannt haben trotz furchtbarster Entstellung. Spanier haben ihn einbalsamiert, Spanier haben ihn begraben.

Merkt ihr was, Patrioten?

Damals zog ein Harfenspieler von Schenke zu Schenke, ein Gassenpoet, mit einem großen Bart und Bauch, wie ein alter Barde anzusehen, der sang heiser und kaum hörbar ein schönes Lied. Es ward darin erzählt, daß jubilierende Engelknaben den lieben König Sebastian aus der blutigen Schlacht von Alkassar auf die Insel Elzephir entrückt, wo er genas. Zwei Matrosen Stefan und Silvano hätten ihn dort im Vorübersegeln unter einer Palme liegend schlafen sehen. Von zwei zahmen weißen Löwen werde Don Sebastian bewacht, damit ihm nichts Böses widerfahre. Möwen aber brächten ihm die Nahrung, weißes Brot und Wein. Und zwei Engel über seinem Haupte flatternd hielten über ihn die helle gläserne Krone der Welt.

Bald schon hieß es, Sebastian sei leibhaftig wiedergekommen, Portugal von den Spaniern zu befreien. Allenthalben ward sein Bildnis feilgeboten. Es war in jeder Stube aufgehangen mit einem Licht davor wie ein Heiligenbild.

Vorzüglich die kleinen Leute, die Herrschaftsdiener, Sänftenträger, Schwertfeger, Handschuhmacher, die Wäscherinnen und Barbiere glaubten, es werde nun alles wieder gut werden. Und es sei ein großes Glück für Portugal, daß der König wiedergekommen sei. Denn das Volk liebte ihn noch immer abgöttisch; denn es liebt mit den Augen.

Indessen gab es jemand in Portugal, jene bucklige Donna Ana nämlich, des großen Don Juan d'Austria natürliche Tochter und ehemalige Hofdame der eisernen Katharina, die wollte allen Ernstes den wiedergekehrten König erkannt, ja mit ihm gesprochen haben. Sie berichtete darüber sofort überglücklich an König Philipp nach Madrid. In dem Kloster Santa Maria la Real, in dem sie leider ihre süße Jugend vertrauern müsse, sei vor kurzem ein Pilger erschienen, in dem sie auf den ersten Blick keinen geringeren als Don Sebastian erkannt habe. Der schöne Jüngling habe sich zwar als Pastetenbäcker aus Madrigal ausgegeben (und auch für die Nonnen ganz besonders delikate Pasteten gebacken). Aber sein Seelenadel, seine Klugheit, sein edler Anstand hätten ihn verraten.

Donna Ana verschwieg es nicht, daß sie Don Sebastian redivivus von ganzem Herzen liebe und er, er liebe sie wieder mit aller Leidenschaftlichkeit der Sinne. Ja, er wollte sie einst zu seiner Königin machen.

So etwa schrieb sie an König Philipp, meinend, daß ihn das von ganzem Herzen freuen werde. Allein seine allerchristliche Majestät freute sich gar nicht darüber, sondern drohte ihr mit Gefängnis. Das war recht abscheulich von dem bösen, alten Mann.

Zu allem Unglück entfloh der saubere Pastetenbäcker, der Wind bekommen hatte, heimlich aus so gefährlicher Nähe. Nein, dieser war Sebastian nicht.

Aber die Gerüchte von seiner Wiederkunft verstummten nicht. Wer aber in aller Welt konnte sich dieses unvergeßliche Antlitz anmaßen? Wer war so reinen Herzens und so schön? Dennoch: Portugal rief nach ihm und aus dem zerbrechlichen Hauch leidenschaftlicher Gesichte und Gebete war schon manchmal sichtbare Gestalt geworden, ein kristallisierter Gott gleichsam.

Die Leute sagten: er ist mitten unter uns. Sie glaubten das Unglaubliche. Auch Don Christophan hörte das Geschwätz. Es bewegte ihn, doch er glaubte nicht daran.

Denn er hatte den König mit eigenen Augen sterben sehen. Eines Nachts aber rief ihn des Sebastian Stimme: »Erschrick nicht, ich bin es, der Engel Sebastian. Aber rühr mich nicht an, Engel sind sterblich.«

Don Christophan sah den Engel. »Sei gegrüßt, lieber Schatten«, sagte er, »warum bist du zu mir gekommen?«

»Weil du mich erkannt hast«, antwortete der Engel, »und weil du traurig bist.«

Christophan dankte ihm. Dann fragte er: »Seraph, wie ist es bei euch? Kommst du jetzt leibhaftig wieder, Portugal zu erlösen?«

Und schon verlöschend, sagte der freundliche Geist: »Nur als Schein auf einem Angesicht, nur als einer Stimme Klang, nur als Schatten eines Mundes. Geh nach Penamakor!«

»Nach Penamakor?« rief Christophan und griff nach dem Gespenst, »rede, o klare Seele.« Aber da war es schon wieder Nacht um ihn.

Die Leute sagten, man habe den seligen König Sebastian leibhaftig in Penamakor gesehen. Viele reisten zu ihm nach der kleinen roten Stadt auf dem Berge und auch Don Christophan machte sich auf, ihn zu sehen. Dieser neue Sebastian aber war eine Erfindung jenes durchtriebenen Burschen Gabriel, der seinerzeit des echten Königs Tugend hätte versuchen sollen.

Eines Tages nämlich gegen Abend, da Gabriel in der Nähe von Penamakor vagabundierte, fand er auf der Landstraße einen jungen halbverhungerten Menschen und da er glaubte, in ihm vielleicht einen guten Reisekameraden zu finden, nahm er sich freundlich des Erschöpften an. Obgleich nun das Gesicht des Fremden weiß war und bestaubt, die Lippen blutend und die Augen matt, erkannte unser Gabriel sogleich des Königs unvergeßliches Angesicht, wie er ihn damals hatte knien sehen, inbrünstig flehend, daß ihm Gott seine Keuschheit erhalte. Trotz so zauberhafter Ähnlichkeit wußte natürlich Gabriel sehr wohl, daß dieser arme Teufel nie und nimmer der König war, aber zugleich kam ihm der märchenhafte Gedanke, ihn dazu zu machen. In Wirklichkeit war sein Findling ein Rosenkranzhändler, Michael mit Namen, eines Steinhauers Sohn aus Mondego, weiß Gott wie er dem so gelang! Denn wahrhaftig, Michael war der geborene König von natürlicher Hoheit und begnadet mit so bezaubernder Klarheit des Leibes und der Seele und der Anmut, sie männlich und ernsthaft zur Schau zu tragen, daß alle, die ihn sahen, ihn lieben mußten, obgleich er nicht sehr klug war. Don Philipp war ein Eseltreiber gegen ihn.

Ohne daß sein argloser Kamerad es merkte, ließ der Gauner Gabriel vor den Wirten der Herbergen durchblicken, welch seltener Gast unter ihrem Dache wohne. Die Armut des schönen Jünglings als freiwillige Buße deutend, glaubten es gern alle und bewirteten die beiden selbstverständlich umsonst, von Herzen dankbar, dem heimlichen König etwas Gutes tun zu können.

In Penamakor gestand Gabriel seinem Kameraden, was er Großes mit ihm vorhabe, damit sie beide auf einmal ihr Glück machten. Die Idee war groß. Aber der Rosenkranzhändler war ganz erschrocken und erklärte bestimmt, daß er solchen Schwindel nicht mitmachen wolle.

»Ach du gütiger Himmel«, beschwor ihn Gabriel, »warum denn nicht? Das ist kein Schwindel, das ist Politik. Was kannst denn schließlich du dafür, wenn das dumme, tapfere Volk dich für seinen ehemaligen König hält? Sei so lieb, mach mir keine Schande! Hörst du!«

Sie hatten aber gerade Quartier bei einem gewissen Don Pedro, einem wohlhabenden, gutmütigen Riesen. Dem rannen gleich die dicken Tränen über die Backen, als ihm Gabriel, natürlich streng vertraulich, seines Gastes fürstliche Herkunft andeutete. Don Pedro holte sofort das Konterfei von Michaels hochseligem Ebenbild.

»O Madonna, er ist's«, jubelte er, »und nun wird alles

wieder gut!« Er schwor, sich vor dem König nichts anmerken zu lassen und keiner Menschenseele ein Sterbenswörtchen zu verraten. Aber bereits in einer halben Stunde wußte es ganz Penamakor.

Und nun erstarb er in Ehrfurcht, immer wieder das Bild verstohlen mit Michael vergleichend, redete ihn durchlauchtigster Junker an (was ihm der nichtsnutzige Gabriel geraten), kurz benahm sich so auffällig und albern, daß der vermeintliche König schließlich fragte, was er denn da für ein Bild habe. Erschrocken, halb und halb verschämt, gab's Don Pedro her.

»Sieh da«, sagte Michael, von dem Bilde ganz bezaubert, »das könnte ja wahrhaftig beinah ich sein. Es sieht mir wirklich wunderbar ähnlich.«

Bis in die Nacht saß der falsche Sebastian, ganz versunken in des Bildes Anblick. Es war auf Silber gemalt und sehr ähnlich.

Trotz dieses Ereignisses mochte Michael nicht mehr, wie sehr ihn auch sein Impresario beschwor.

»Nein«, sagte er unlustig und furchtsam, »ich habe deine Alfanzereien satt, ich will nicht Sebastian sein. Die ganze Straße steht voller Leute, die mir huldigen wollen. Ich spiele nicht mehr mit, Addio!«

»Oh, nur noch einen Tag«, bettelte Gabriel, »schau, ich habe ja noch so Hunger! Höre, ich habe dich erfunden und wenn ich nicht bestimmt wüßte, daß du nicht Sebastian bist, so würde selbst ich glauben, Michael, du seiest es doch. Eine solche Ähnlichkeit ist versuchter Betrug der Vorsehung. Und wer lügt da? Die Natur? Was heißt das, sie lügt? Ob du nun wirklich der König bist oder ob du, weil täuschend nachgemacht, überall für echt giltst, unfehlbare Natur, wo ist da der Unterschied? Die Leute wollen, daß du Sebastian seist. Das Volk sieht in dir den König! Also?«

»Ich kann's freilich nicht hindern«, sagte Michael melancholisch und ergab sich endlich darein.

Das Gespräch fand gegen Abend in Don Pedros buntgeblümtem Garten statt. Und da sie zwischen den Beeten auf und ab schlenderten, blieb Gabriel plötzlich stehen. »Holla«, sagte er ehrlich verblüfft, »das ist höchst seltsam, in der Tat. Zum Teufel, Majestät, du hinkst ja seit neuestem!«

Erschrocken sah Michael seinen Kameraden an. »Weiß Gott, ich hinke wirklich«, sagte er wie verwunschen.

Gabriel aber tanzte wie ein Narr um ihn herum.

»Freue dich«, rief er fröhlich, »Don Sebastian nämlich hat auch gehinkt!«

Don Pedro, der treue Riese, hielt schwerbewaffnet vor dem Hause Wache, darin der falsche König schlief, als Don Christophan in Penamakor ankam.

»Guter Freund«, sagte verbindlich der Graf, »ich möchte gerne den König sehen.«

»Das möchten viele«, antwortete Pedro hoheitsvoll.

Der König, fügte Christophan hinzu, werde sicher eine große Freude haben, ihn zu sehen. Er sei ein Freund und Kriegskamerad von ihm.

Aber Pedro schnauzte ihn an. Er habe strengen Befehl, ja niemand vorzulassen. Seine Majestät habe schon sehr peinliche Erfahrungen mit sogenannten guten Freunden gemacht!

Indem kam Gabriel, einen glitzernden falschen Ordensstern auf der Brust und stutzerhaft gerüstet.

»Geh«, sagte er zu Pedro, »ich will den Kerl schon loswerden.«

Seine verdächtige Visage kam übrigens Don Christophan gleich merkwürdig bekannt vor. Darum fragte er höflich, wer der hochedle Herr Ritter sei?

Sichtlich geschmeichelt versetzte Gabriel, er sei seiner Majestät Generaladjutant und das dürfe er wohl, ohne sich zu rühmen sagen, sein vertrauter Freund. Der edle Fremde habe sicher schon von ihm reden hören. Das machte Christophan über die Maßen neugierig. Und mit geheimnistuerischer Herablassung, am Handrücken vorbeiflüsternd, bekannte Gabriel, er sei niemand anders als Christophan Graf de Tavora.

»Ach du lieber Himmel«, fuhr es dem echten Christophan heraus, er faßte sich aber sogleich und fügte lächelnd hinzu, er freue sich sehr, seine Bekanntschaft zu machen. Sie schüttelten einander herzlich die Hände.

Wer nun aber er sei, Caballero, fragte der falsche Graf gnädig.

Da sagte es ihm der Graf mit aller Deutlichkeit: »Du bist falsch, Gabriel, und wenn du falsch bist, dann ist es dein Herr wohl auch.« Erst wollte Gabriel den Degen ziehen (und das ehrt ihn), dann wollte er ausreißen, endlich aber blieb er.

Auf Don Christophans Herz spekulierend, entdeckte er ihm den ganzen Schwindel, nicht ohne gelegentlichen Stolz, und machte schließlich, frech wie er war, den Vorschlag, der Graf möge ihm doch den König abkaufen. Er solle ihn billig haben.

Während sie noch von ihm redeten, kam der falsche Sebastian aus dem Haus.

Er war etwa neunzehn Jahre alt und kaum mittelgroß. Sein Haar war gelb, sein Mund bezaubernd, die Zähne unversehrt. Er hinkte ein wenig, doch wußte er es mit viel Grazie zu verbergen.

Er trug ein langes linnenes Hemde und hatte eine Krone von Goldpapier auf dem Haupt, eine Sonnenblume als Zepter und eine Orange als Reichsapfel in den Händen.

»O Gott«, rief der stoische Christophan alle Fassung ganz vergessend, »er ist es!«

»Still, weckt ihn nicht«, flüsterte Gabriel, »er wandelt im Schlafe. Er ist eines Steinhauers Sohn aus Mondego und lernt ein bißchen schwer, sonst ist er ein guter Junge.«

Langsam hinkte der Träumende auf Christophan zu, lächelnd mit geschlossenen Augen: »Oh, das ist wirklich schön von dir, Christophan«, sagte er freundlich, »daß du endlich gekommen bist. Sieh, hier wohne ich, des Himmels Reiche zu Häupten: Sonne, Mond und Sterne, und ich gleichsam inmitten als ihr Herz und ihre lebendige Seele. Findest du, daß ich mich sehr verändert habe inzwischen, mein Freund? Sage, daß ich gewachsen bin!«

Christophan konnte nicht mehr an sich halten und redete ihn an.

»Erschrick nicht, lieber Schläfer«, sagte er sehr behutsam, »sprich, bist du Sebastian, König von Portugal?«

Da schrak der Träumer jäh zusammen, Zepter und Apfel entfielen ihm. Er wachte auf und besann sich krampfhaft.

»Nein«, sagte er dann fast traurig, »nein, ich bin es wohl nicht. Ich bin kein König. Ich habe geträumt.«

Nun war es merkwürdig, wie sich Graf Tavora benahm. Er kniete nieder vor Michael und huldigte dem falschen Sebastian in aller Form. Er bat ihn, über sein Schwert zu befehlen. Er werde alles tun, um ihm sein Land wiederzugeben.

Aber Sebastian hob ihn auf. Er schüttelte den Kopf. Nein, er wolle nicht mehr dieser König sein. Er finde sich ja schon gar nicht mehr in sich zurecht. Er sei ein armer Kerl. Er könne nichts für sein Gesicht und seine Hände. Aber alle sagten, daß er Sebastian sei, wie oft er auch widerspreche. Und wenn er zornig werde, dann sagten sie, das sei ein königlicher Zorn, und wenn er schlafe, sei es ein heiliger Schlaf. Und wenn er lächle, würden alle froh.

Einer aber sei sogar schon für ihn gestorben, weil er ihn für den König hielt. Die Spanier hatten ihn gefangen und in den schwarzen Turm von St. Jago gesteckt. Sie hatten ihn in Ketten gelegt und bei unverbundenen Augen durch einen Fußtritt ins Meer gestürzt. Aber Fischer fingen seine Leiche in ihren Netzen und brachten ihn dem König von Penamakor wie einen großen silbernen Fisch.

Darum wußte Sebastian, wie es tat, wenn jemand für einen das Leben gelassen hat.

»Bist du so vor die Leute gekommen«, fragte der Graf, auf Hemd und Krone zeigend.

Ja, so«, sagte Sebastian ernsthaft.

Die Leute glaubten dennoch an ihn. Sie glaubten ihm die papierene Krone und es kamen selbst Leute aus seiner Heimatstadt, die ihn von Kindheit an kannten, und küßten seine Hände und huldigten ihm als König, der wiedergekommen sei, Portugal von den Spaniern zu befreien. Sie nannten ihn Majestät, obwohl sie sich noch gut daran erinnerten, wie er klein war und daß es daheim nicht sehr königlich zugegangen war. Er hatte oft Hunger. Sein Vater war Arbeiter. Sie waren siebzehn Kinder.

Als nun der falsche Sebastian vom Grafen Tavora in aller Form anerkannt war, setzte König Philipp von Spanien einen Preis aus für den, der diesen Schelm lebend oder tot in die Hände der Spanier liefere. Gleichzeitig aber strömten dem jungen Kronprätendenten Getreue aus allen Schichten der Bevölkerung zu, jene ewig Gläubigen, ewig Begeisterten, die es nie im Leben zu etwas bringen.

Sebastians Untertanen waren vor allem die Unruhigen und die mit den hungrigen Herzen, die Träumer, die Verhängnisvollen, Berüchtigten; mit einem Wort die unbequemen Geister, die Gott in seiner Vorsicht erschuf, damit die Welt nicht stille stehe.

Es kamen Abenteurer und Poeten, Erfinder und Sektierer, Naturforscher und Gaukler, Sünder und Heilige, Puppenspieler, Harfensänger, Gärtner, kurz die Phantasten von ganz Portugal.

Der falsche Sebastian hatte viel Sympathien beim gemeinen Volk und die Dichter besangen ihn. Die Wetten in Lissabon (nämlich daß er echt sei) standen 13 zu 7 zu seinen Gunsten, obgleich der Adel und die Beamten freilich sich trotz Christophans eindrucksvollem Zeugnis vorläufig abwartend verhielten.

»Ach Christophan«, sagte Michael manchmal, »wie geht das zu, du weißt doch, daß ich *nicht* der König bin!« Er sei es und er sei es nicht, tröstete ihn der Graf. Jener sei vielleicht ein Seraph gewesen und habe seine Gestalt angenommen. »Ja, darf er denn das«, sagte vorwurfsvoll der sanfte Usurpator.

Bald nachdem der Graf nach Penamakor gekommen war, kam der treue Riese Don Pedro prustend vor Wichtigkeit gelaufen. »Ein Wunder«, rief er schon von weitem, »ein großes Wunder. Ich habe schon ein dummes Glück.« Das Wunder bestehe darin, erklärte er stolz, daß soeben *noch* ein König angekommen sei. Zwei Könige unter seinem Dach!

»Wieso noch einer«, sagte Christophan. »Woher weißt du überhaupt, daß er ein König ist?«

Pedro lächelte schlau: »Er hat es mir selbst erzählt.«

Jener König sei nämlich gerade auf dem Wege nach Lissabon, sich krönen zu lassen. Woher er das wisse?

»Je nun«, sagte der dumme Riese, »er hat es mir selbst erzählt.«

Die tolle Begegnung der falschen Sebastiane fand in Don Pedros Hause statt, in dem noch heute vorhandenen historischen Zimmer, darin der König von Penamakor vorläufig residierte. Das Staunen war auf beiden Seiten groß, Michael hatte wirklich keinen Anlaß, den andern, der kartenkönighaft einherstolzierte, für echter als sich selbst zu halten. Er fand seinen Nebenbuhler lange nicht so ähnlich, vor allem hinkte er auch nicht im Gehen. Vollends als jener brüsk behauptete, der echte, fälschlich totgeglaubte Don Sebastian zu sein, ja den von Penamakor einen Betteljungen und Betrüger zu nennen sich erfrechte, ergrimmte Michael auf einmal in gerechtem Zorn.

»Du lügst«, schrie er plötzlich erleuchtet, »ich bin der König von Portugal und kämpfe um mein Recht mit dem Degen!«

Wirklich drang der Kleine mit dem Degen, den ihm

Christophan gegeben, beherzt auf seinen Nebenbuhler ein.

»Haltet ein«, sagte der friedfertig und ganz blaß geworden, »ich bitte, Herr, macht doch keine Dummheiten. Ihr wißt so gut wie ich, daß ihr auch nicht der Rechte seid. Aber ich bin bereit zu verhandeln. Ich liebe keine blutigen Händel.«

Also steckte Sebastian ein.

Es stellte sich schnell heraus, daß dieser kümmerliche Gauch niemand anderer als Donna Anas geliebter Pastetenbäcker war. Er zog ohne weiteres eine gute Pension der Unsterblichkeit vor und verließ Penamakor. Darnach bekannte der siegreiche Michael, er habe zum erstenmal in seinem Leben einen Degen in der Hand gehabt!

Es währte aber nicht lange, da wurde diesem kindlich heiteren Königtum ein jähes Ende bereitet.

König Philipp nämlich, durch mancherlei glaubhafte Kunde stutzig gemacht (vielleicht auch, weil er wohl wußte, daß Don Sebastians Leiche nie mit Sicherheit agnosziert worden war), sandte den alten Schurken Almasan nach Penamakor, um festzustellen, wie es mit der Identität dieses Sebastian stehe, hauptsächlich aber, um zu spionieren.

Indessen waren es doch recht rauhe und verwegene Kerle, die dem kleinen Narrenkönig nachliefen, und so kam es, daß sie den ewig jungen Dr. Almasan und den ihn begleitenden unschuldigen Amtsschreiber ohne Prozeß auf eine recht schauerliche Weise ums Leben brachten. Die Sebastianisten ›zerschnellten‹ sie nämlich.

Sie wählten dazu je vier mittelstarke Bäume, die ungefähr im gleichen Abstand und im Geviert beieinander standen, bogen die Wipfel zueinander auf die Erde herab und banden je eine Hand oder einen Fuß recht fest daran. Dann ließen sie die Bäume auf Kommando los. Weil nun die Wipfel das Bestreben haben, in ihre alte senkrechte Lage zurückzu›schnellen‹, wurden die Delinquenten bei lebendigem Leibe in vier meist unregelmäßige Teile zerrissen.

Die ruchlose Tat sollte alsbald schreckliche Vergeltung finden. Eines Abends nämlich, als es im Lager der Rebellen bei Spiel und Tanz sehr lustig zuging, hoben spanische Reiter durch einen kecken Überfall den falschen König aus. Sie holten ihn aus dem Bett. Und Hand bei Fuß wie ein Reh ihn fesselnd, schnallten sie ihn auf ein Pferd und jagten die Nacht durch zurück nach Lissabon.

Sebastian wurde nackt auf einen hölzernen Esel gesetzt. So ließ man ihn, während zwei kräftige Büttel abwechselnd seinen Rücken peitschten, am hellichten Tag durch ganz Lissabon reiten. Er trug aber seine papierene Krone auf dem Kopf mit der Umschrift: Ich bin der König von Penamakor.

Dies geschah natürlich nur, um ihn zu schmähen und lächerlich zu machen vor aller Welt. Er sah aber gar nicht lächerlich aus, sondern nur gottserbärmlich. Die papierene Krone stand ihm fast königlich zu Gesicht. Es lachte niemand über ihn. Einige weinten über ihn, andere beteten, manche fielen vor ihm aufs Angesicht, Kinder fingen sein Blut in Fläschlein auf und küßten ihm die schmalen Füße. Und auf einmal rief jemand laut: »Hoch lebe der König von Portugal.« Da brachte man aber den Armen schleunigst ins Richthaus.

Da das Gerücht auftauchte, Don Christophan und die verwegensten seiner Kumpane seien in Lissabon, um das gemeine Volk gegen die Spanier aufzuwiegeln und den Gefangenen zu befreien, ward die Wache insgeheim verstärkt.

Der Korregidor, mit einem großen starren und einem vertraulich blinzelnden Auge in einem unbewegten Angesicht, sprach leise brummelnd und mit mechanischer Freundlichkeit zu dem schmerzhaften Jüngling, der nach solcher Mißhandlung böse vor ihm stand, in dem trostlos kahlen Gerichtsgewölbe.

»Die Anklage behauptet, du habest dich zum König von Portugal ausrufen lassen, Michael?«

»Das ist nicht wahr! Ich habe mich nicht ausrufen lassen, man hat mich ganz von selbst ausgerufen. Da kann ich doch nichts davor.« Der falsche Sebastian sagte ganz unbefangen aus, beinahe frech.

»Du hast aber zu den Leuten gesagt, du seiest Sebastian von Portugal.«

»Nein Herr, das habe ich den Leuten niemals gesagt.«

Das ärgerte den Korregidor etwas: »Ich warne dich, Michael«, sagte er mit Nachdruck. »Es sind Zeugen da, die gegen dich aussagen.«

»Laßt sie doch sprechen«, sagte gleichgültig der Angeschuldigte.

Der Zeuge war ein alter Mann aus Mondego und ihn auszufragen hatte der Beisitzer übernommen, ein feister, dummschlauer Sechziger. Dem wollte es nicht gefallen, daß Sebastian so gar keine Angst zeigte.

»Nun, lieber Freund«, sagte er gewinnend zu dem alten Mann, »ihr könnt also bezeugen, daß der Angeklagte behauptet hat, er sei der totgeglaubte König von Portugal.«

Der Zeuge antwortete, er bäte um Vergebung, aber das habe der Angeklagte nicht gesagt. Das hätten die Leute gesagt.

Der Richter schnaubte durch die Nase. »So«, sagte er kurz, »und was hat er denn gesagt?«

Er habe deutlich gesagt, er sei's nicht.

Hier lächelte Sebastian ein wenig.

Nun fragte wieder der Richter: »Ihr kennt doch den Michael von Kindesbeinen an? Könnt ihr das beschwören?«

Der Zeuge konnte es mit gutem Gewissen.

»Ihr könnt also auf euren Eid nehmen, daß dieser Mensch Michael heißt, gebürtig aus Mondego?«

»Jawohl!«

»Ihr könnt also beschwören, daß dieser nicht Sebastian, weiland König von Portugal, ist?«

Der Mann grinste vorsichtig. Nein, sagte er dann, das könne er nicht.

»Was soll denn das heißen?« fuhr ihn der Richter an. Er könne doch nicht wissen, ob dieser Michael nicht doch am Ende der hochselige König Sebastian sei, der in der blutigen Schlacht bei Alkassar fiel.

»Noch eine Frage?« fragte boshaft der Korregidor.

»Ich verzichte«, knurrte der Richter.

Dann wurde Michael gefragt, wie alt er sei und der Richter fand es schier unglaublich, als er sagte, er sei zwanzig. Denn dann war er ja jünger als der König bei seinem Tode! »Man hat dir öffentlich gehuldigt, Michael?«

»Ich konnte es nicht hindern, Herr.«

»Bist du Sebastian von Portugal oder – wer bist du eigentlich?« erboste sich endlich der Richter.

»Nicht ich«, antwortete der Angeklagte ziemlich unverschämt, »sondern ihr hohe Herrn habt das festzustellen.« Irgendwo müsse man das doch schließlich sehen, ob einer ein König ist oder nicht.

»Werde nicht frech, Bursche.«

»Ihr habt mich gefragt, und ich habe geantwortet.«

Er habe Urkunden mit dem Namen Sebastian unterzeichnet.

»Ich kann weder lesen noch schreiben.«

»Von Beruf?«

»Rosenkranzhändler.«

»Wer ist dein Vater?«

»Der Steinklopfer Angelo aus Mondego, verstorben.«

»Aber dann kannst du doch nicht jener Sebastian sein?«

Der arme Sünder lächelte treuherzig. Wohl kaum, er wisse es nicht. Aber bei Gott sei kein Ding unmöglich. Viele wahrheitsliebende Menschen hätten gesagt, er sei es.

Jetzt verlor aber der Richter endlich die Geduld.

»Man hat dir königliche Ehren erwiesen, du Lausekerl«, brüllte er, »warum hast du nichts dagegen getan?«

Er habe doch schon wiederholt gesagt, daß er immer erwidert habe, er sei nicht der König. Aber man habe es ihm eben nicht geglaubt.

Nun wurde dem Angeklagten eine Maske aufgesetzt und die Zeugin Manuela hereingerufen, die Amme des Königs Sebastian, eine rüstige alte Frau.

Sie bekundete, den König sehr gut gekannt zu haben von Geburt an, erzählte von dem Häutchen über dem Mund, der Blindheit und so weiter und von der Narbe über dem rechten Auge, die ihm einst ein Rabe geschlagen, als das Kind in einer goldenen Wiege im Garten schlief. Und daß er gehinkt habe. Sie machte es vor.

»Ist es der«, fragte der Richter und riß dem Angeklagten die Maske vom Gesicht.

»O himmlischer Vater, er ist's«, schrie Manuela geradeheraus und fiel auf die Knie. Nicht ohne Bewegung sahen's die Schreiber. »Bitte nein«, sagte aber der falsche König errötend, als sie ihn anrührte wie einen Wundertäter. Nachdem die Zeugin fortgebracht war, blieb ihm aber ein kleiner roter Fleck über dem rechten Auge, wie eine Narbe anzusehen.

Dann, ungerührt, das starre Auge wie lidlos aufgetan, fragte der Korregidor, ob Michael dieses Kleinod kenne. Er hielt einen goldenen Ring empor, in Form einer Schlange gefertigt, die sich in den Schwanz beißt. Als Krone trug sie einen blaßlila Stein.

Ohne hinzusehen und wie verwunschen sagte Michael: »Ja, Herr, ich kenne ihn.«

Ob er ihm gehöre?

Da war es überraschend anzusehen, wie ungeschickt jetzt der kleine jämmerlich zerschlagene Mensch auf den Zehenspitzen stand, fast das Gleichgewicht verlierend. Er hielt den Atem an und sein Gesicht hatte einen angestrengten, nach etwas ganz leisem hinhorchenden Ausdruck. Wie ein Schüler stand er da, dem ein Nachbar einsagt.

»Der Ring gehört dem rechtmäßigen König von Portugal«, sagte er endlich aufatmend.

Es war wirklich wunderbar, woher der Junge das wußte. Er konnte es erraten haben, gleichviel er wußte es.

Nun stellte der Richter eine Falle.

Dem rechtmäßigen, fragte er tückisch, wie er das denn verstanden wissen wolle?

»Nehmt den Demant aus der Fassung, so werdet ihr den Namen von des Ringes Eigentümer finden.«

Es geschah. Der Korregidor besorgte es selbst, knifflich mit dem Federmessern hantierend. »Weiß Gott«, sagte er verdutzt, »hier steht geschrieben:

»Sebastianus Rex Portugalliae«, fiel Michael ein, wie aus dem Schlafe mit schwerer Zunge lallend.

Sofort fuhr ihn der ungute Richter an: »Du kannst es also doch lesen!«

»Nein, Herr«, sagte der arme Sünder plötzlich erschrocken, »was heißt denn Rex?«

Sehr aufgebracht schrie jetzt der Richter: »Bist du nun Sebastian oder wer bist du eigentlich?«

Sehr leise, sichtlich verstört und am Ende seiner Kraft, sagte der Angeklagte:

»Es ist doch so, hohe Herren, daß es ganz gleich ist, was ich sage. Sage ich: ich bin's nicht, dann heißt es, ich hätte mir den Königstitel zu Unrecht angemaßt. Sage ich aber: Ja, ich bin's, so –«

Und plötzlich seiner Verlassenheit ganz bewußt geworden, fragte er, was denn mit ihm geschehe, ob man ihn doch nicht töte?

Man sagte es ihm gern. Erst werde ihm die rechte Hand abgeschlagen werden, dann werde er gehängt. Dann werde ihm das Haupt vom Rumpf getrennt und auf einer Stange öffentlich ausgestellt. Sein Körper werde zerstükkelt, in ein Faß getan und ebenfalls öffentlich ausgestellt.

Noch einmal fragte der Korregidor mit routinierter Milde: »Bist du's oder bist du's nicht?«

»Ach Gott«, sagte Michael aschfahl und sehr kleinlaut durch das eben Gehörte, »ich weiß es nicht. Sehe ich denn so aus?«

Nun flüsterten die Richter miteinander und man hörte schreckliche Worte wie Bastonade, Daumenschrauben, Bagno. Der Korregidor hielt den Burschen für harmlos und war für Galeere. Da sei er unschädlich und leiste Arbeit, der andere aber war mehr für Hängen. Als sie noch redeten, entstand eine plötzliche Unruhe unter den Soldaten. Ein Offizier stürzte herein und meldete den Anmarsch bewaffneter Rebellen. Die Lage sei ernst.

»Besetzt die Zugänge«, befahl der Korregidor. Draußen hörte man Rufe.

»Hallo, mein König, wir kommen«, rief eine Stimme und der falsche Sebastian antwortete hell: »Hier bin ich, Christophan, hier bin ich, Pedro, mein Riese!« Er riß an seinen Fesseln.

In dem Augenblick aber, als das Tor aufsprang, kommandierte der Offizier kaltblütig Feuer und die Kugeln fuhren in die Rebellen. Als er aber seine Freunde sah wie sie hinschlugen, zuckten und bluteten, schrie Michael laut:

»Ja! Ich bin Sebastian, König von Portugal!« und Christophan, tödlich verwundet, kroch mühselig vor die Richter und während es bei jedem Wort hellrot aus seinem Munde schoß, schwor er bei Gott dem Allmächtigen, dieser sei wahrhaftig Sebastian von Portugal, fiel in sein Blut und starb.

Michael nickte. Von nun an sagte er kein Wort mehr.

Das Urteil – denn nun gebühre ihm zu Recht der Tod – war wegen Aufruhrs augenblicklich zu vollstrecken.

Als aber der falsche Sebastian hinausgeführt war, kam eine eilige Stafette und meldete, in Oporto stehe das Volk auf für einen schönen Jüngling mit Namen Gabriel d'Espinosa, der behaupte, er sei der totgeglaubte Don Sebastian von Portugal. Sein Anhang wachse von Stunde zu Stunde. Er habe sich feierlich zu Oporto krönen lassen und marschiere mit einem respektablen Heer geradewegs gegen Lissabon.

In diesem Augenblick schrie draußen des Verurteilten Stimme: »Nein, nicht die Hand! Nicht meine Hand.« Da schlug der Henker schon zu.

Es trommelte heftig.

MIT KINDESAUGEN

Im Spätherbst des Jahres 1816 ging der Todesengel durch die Straßen von Frankfurt. Die Menschen, die das Wehen seiner Rabenflügel anrührte, fröstelten. Es wurde ihnen auf einmal so bang in der Brust. Das böse Fieber raffte damals viele hin, Alte und Junge, Starke und Zarte, Reiche und Arme.

Der Engel ging von Haus zu Haus. Er glich von ungefähr dem fernhintreffenden, goldhäutigen Apollon, dem Gott der Hymnen und des Todes.

Gegen Abend trat er in das Zimmer des jungen Kaufherrn Friedrich Heinrich Gontard und setzte sich zu ihm ans Bett. Aber der Kranke erkannte ihn nicht. Er dachte nicht ans Sterben. Er hielt ihn für den Arzt und sagte, daß er sich sehr gut befinde. Er wußte nicht, daß dies das Wohlgefühl des Todes war.

Er hatte keine rechte Erfahrung im Sterben, sonst wäre es ihm vielleicht aufgefallen, daß er, seit er sich gelegt, immerfort an seine Mutter denken mußte, an eine Tote also. Er war erst fünfzehn Jahre alt, als sie starb. Er erinnerte sich ihrer auf einmal mit solcher Deutlichkeit, daß er darüber des Gegenwärtigen, ja selbst seines jungen, zärtlichen Familienglückes fast vergaß, so als wäre seit jenen frühen Kindertagen nichts mehr von Bedeutung geschehen.

In Wirklichkeit, sollte man meinen, hatte sich inzwischen allerlei in der Welt zugetragen, und auch im nahen Umkreis der Familie. Es war die Zeit des Kaisers Napoleon, seiner mörderischen Kriege und des Gerichtes über ihn, aber auch die Zeit, da, am Krieg sich nährend, der Wohlstand des Vaters wuchs, des großen Handelsherrn und Bankiers Jakobus Gontard.

Der Vater hatte sich, ungeachtet einer an Wahnsinn grenzenden Verzweiflung und Trauer, recht bald nach der Gattin Tod, ›um den Kindern eine Mutter zu geben‹, wieder verheiratet und, im vergangenen Jahre erst, bereits zum dritten Male. Dies hatte seltsam in den Fieberträumen des Kranken gespukt.

Am Nachmittag hatte der Vater vorgesprochen, um sich nach seinem Sohne umzusehen, seinem einzigen männlichen Erben. Allein Friedrich Heinrich hatte trotz seiner sonst überaus freundlichen Gemütsart erklärt, er wünsche seinen Vater nicht zu sehen, wie denn in der Nähe des Todes bisher schlummernde Abneigungen und Zuneigungen plötzlich wach werden und ihr Recht fordern.

Noch lange nachdem der Vater, ohne seinen Sohn gesprochen zu haben (und ohne ihn in diesem Leben noch einmal zu sehen), ärgerlich gegangen war, quälte und lächerte zugleich den Fiebernden die Vorstellung von einem Manne, der beharrlich und unverdrossen immer wieder von neuem heiratet, wie oft ihm auch die Gattin starb, der immer wieder gramgebeugt hinter einem Sarge schritt und munter wieder freite, in rascher Folge, immer wieder von neuem.

Aber nun dachte der Kranke an seine Knabenzeit und an seine Mutter, die sanfte, mädchenhafte, schöne, die nicht alterte, die jünger war damals als er jetzt. Er dachte an die Zeit, da er etwa zehn Jahre alt war. Zu wenig mit den Gepflogenheiten des Todes vertraut, merkte er nicht, daß auch dies ein Vorzeichen des nahenden Endes war, wie denn der Sterbende gern in seinem letzten Stündlein gerade jener Augenblicke seines Lebens sich erinnert, um deretwillen es der Mühe wert war, auf die Welt gekommen zu sein, und daß der ganze Aufwand eines langen Daseins mit seinen millionenfachen Einzelheiten oft nur um einer ganz kurzen, gesegneten Zeitspanne willen geschah, wenn er nicht am Ende völlig vertan war.

Es würde Friedrich Heinrich vielleicht erschreckt haben, hätte er gewußt, daß sein Leben sich längst schon vollendet hatte, als er noch kaum ein Dutzend Jahre zählte, und daß es im Grunde einerlei sei, wann, damals, jetzt oder später die Uhrfeder seines Lebens ablaufe.

Einigen ist die Gabe verliehen zu erkennen, wann es an der Zeit ist, und sie halten selbst ihr Herz an, oder sie nehmen die günstige Gelegenheit einer Krankheit, sich hinwegzustehlen, wahr und wehren sich nicht lange. Es erscheint dann oft wie eine Ausrede, bestimmt, die Zurückbleibenden zu beruhigen. Andere wieder schwingen sich auf zu den Sternen und lassen ihren armen Leib lebendig zurück, mag er auch noch so lange umherirren und nach seiner Seele schreien. Die meisten Menschen aber sind sich selbst Überlebende und bringen gewissenhaft ihre Jahre hin, als müßte es so sein.

Nicht daß der junge Kaufherr in den späteren Jahren seine Mutter vergessen hätte, aber sie war, wie es mit Abgeschiedenen oft geschehen mag, dem Bilde gleich geworden, das er täglich vor Augen hatte: einem weißen Alabasterrelief, daraus sie wie durch ein rundes Fensterchen von außen durch die Wand fremd und still auf das Treiben der Familie sah.

In der Familie wurde nie von ihr gesprochen, um, so hieß es, »nicht an eine schmerzhafte Wunde zu rühren«. Der Gedenktage wurde nur still gedacht. Das weiße Bildnis mit dem erstaunten Ausdruck – fast konnte man meinen, es störe. Nun aber wurde das Vergangene gegenwärtig im Herzen des sterbenden Mannes. Er schaute es wie einst mit Kindesaugen und wußte auf einmal, wie es wirklich gewesen war.

Zuweilen redete er auch davon im Fiebertraum. »Er kommt!« sagte er vor sich hin.

Seine junge Frau Marianne (es war fast eine Kinderhochzeit gewesen), seine Frau, die nebenan wachte und von Zeit zu Zeit nach ihm sah, wußte die Worte nicht zu deuten.

»Er kommt! Er kommt!« hatten die Kinder gerufen, sooft sich das Rollen einer Kutsche und das Getrabe von

Pferden vernehmen ließ. Sie waren jedesmal ans Fenster gelaufen, um zu gucken. Den ganzen Tag schon hatten sie es so getrieben und auch einander mit falschem Alarm genarrt. Aber alle Kutschen waren vorübergefahren.

›Ob er überhaupt in einer Kutsche kam?‹ dachte der achtjährige Henri. ›Mußte er nicht auf einem silberweißen Flügelroß wolkenherwärts geritten kommen?‹

Erst gestern abend noch hatte ihm die Mutter, als sie an seinem Bette saß, erzählt, daß der neue Hofmeister, den sie für heute erwarteten, ein Dichter sei.

Zur Erziehung der Kinder sich junge Dichter zu verschreiben, war damals nichts Außergewöhnliches in wohlhabenden Familien. Man versprach sich viel vom Umgang mit dem Genius, den man sich gleichsam zu leihen nahm. Sie wurden unter die Bedienten gerechnet wie die Konzertmeister an den Fürstenhöfen.

Der kleine Henri hatte noch nie einen lebendigen Dichter gesehen. Nach der Abbildung in Bertuchs Bilderbuch, einem farbigen Kupferstich, zu urteilen, trug er ein rosafarbenes griechisches Gewand und als Kopfbedekkung einen Lorbeerkranz im Haar, das in Locken ihm bis auf die Schultern wallte. Seine großen Augen blickten verzückt zum Himmel empor, und seine Hand griff voll in die Saiten einer goldenen Leier. Er glich einem Gotte, dem Apollon glich er mehr als einem Sterblichen.

Es war gewiß keine sehr gute Abbildung. Aber Kinder bringen eine Vorstellung von drüben mit, aus der Anschauung der Engel, die alsbald schon während der ersten Schuljahre meist für immer verlorengeht. Es ist die Einbildungskraft, die Imagination, die Märchenhaftigkeit, es ist des Kindes gestaltender Blick, der Gott im Kinde ist's, der spielt.

Henri wußte natürlich recht gut, daß der Erwartete nicht so aussehen würde wie im Buche und daß das Kupfer nur sinnbildlich gemeint war. Doch verlustierte er sich an der Vorstellung, wenn der neue Hauslehrer so des Weges käme, griechisch-göttlich durch die Straßen

Frankfurts schreitend wie ein wandelndes Denkmal, ganz besonders jetzt zur Winterszeit, da es draußen in großen, blühenden Flocken schneite. Der Knabe (und der Sterbende) lächelten bei dem Gedanken an den Poeten im Schneegestöber, mit der Leier im Arm, die einem beschneiten Gartentürchen ähnelte. Dennoch aber stellte er sich unter einem Dichter einen ungewöhnlichen, über die Maßen schönen und guten Menschen vor, den er jetzt schon von ganzem Herzen zu lieben und zu bewundern bereit war.

Eine prächtige Kalesche mit goldenem Zierat und bunten Straußenfedern auf dem Dach und auf dem Rücken der Pferde kam, in den Gurten schaukelnd, angefahren. Aber der Magister saß nicht darin.

Die ganze Familie, den Hausherrn ausgenommen, der keine Zeit hatte, auf etwas zu warten, stand unter dem Eindruck der Ankunft des Hofmeisters. Allein es wurde Abend, und er kam nicht. Die jüngsten drei Schwesterchen waren schon zu Bett gebracht. Die Eltern und Henri wollten sich gerade zu Tisch setzen, als die Hausglocke läutete und der Hund anschlug.

»Er kommt! Er kommt!« riefen die Kinder, kletterten aus den Betten und liefen zur Treppe, den späten Ankömmling zu begrüßen. Aber plötzlich hielten sie inne und spähten durch das Geländer in die Diele hinab, ob er es auch wirklich sei.

Er war es. Zur Unzeit, mit Dunkelwerden war er nun doch angekommen, der neue Hofmeister, Magister Fritz Hölderlin aus Nürtingen im Schwäbischen.

Ohne Lorbeer, ohne Leier, in einem nachtblauen Reisemantel mit Schulterkragen trat der Fremdling ein ins Haus. In der einen Hand den Hut, in der anderen eine lederne Reisetasche, stand er in der Tür, ein Mensch wie jeder andere.

Henri war enttäuscht. Er hatte ihn sich ganz anders vorgestellt. ›Wie anders?‹ mußte er denken.

Die kleinen Mädchen, die ihn erst kaum erwarten

konnten, fürchteten sich jetzt vor ihm und verbargen sich hinter der Mutter, die den Gast lächelnd willkommen hieß. Das Jüngste begann zu weinen, und der Hund verkroch sich winselnd. Auch Henri empfand Scheu vor dem Fremden. Aber er nahm sich zusammen und machte ihm ein artiges Kompliment. Es durchschauerte ihn aber, als der Hofmeister ihm die Hand auf den Scheitel legte und ihn nach seinem Namen fragte.

Henri durfte den Magister auf sein Zimmer führen, damit er sich vor dem Abendessen »noch etwas refraichiere«.

Hand in Hand gingen der Hofmeister und sein Zögling die breite Treppe nach oben. Unterwegs nahm Henri das Windlicht aus der Nische, ihm voran zu leuchten. Das Zimmer lag in der Mansarde, wo die Domestiken wohnten. Das Mädchen Jette kam hinterdrein mit der Reisetasche.

Vielleicht, so legte sich's Henri zurecht, vielleicht müssen Dichter sich verkleiden, wenn sie unter die gewöhnlichen Menschen treten, vielleicht tragen sie über ihrer wahren dichterischen Erscheinung Masken oder Faschingsnasen, dahinter sich der Genius verbirgt. Vielleicht würden sie sonst die Herzen verwirren und noch mehr Unheil anrichten. Kindliche und erwachsene Gedanken, Erinnerungen und Gegenwärtiges geisterten in des Fiebernden Geist und Leib, der Bub war und Mann.

Henri hatte geglaubt, der neue Hofmeister werde in Versen sprechen, da er doch Poet war. Der Vater hatte es ihm weisgemacht. Er paßte genau auf, ob, was der Hauslehrer sage, sich auch reime. Aber es reimte sich nicht. Er murmelte erst etwas vor sich hin, das wie »oben wohnen die Götter« klang und »dem Mond und den Sternen benachbart«. Er glich von ungefähr doch ein wenig dem griechischen Rhapsoden aus dem mythologischen Bilderbuch, mit seinen goldbraunen Locken und den großen, großen, braunen Augen.

Befremdlich aber wollte es dem Knaben erscheinen,

daß der Dichter stark schwäbelte und daß sein nachtblauer Mantel nach Tabak roch, nicht anders als Karl, der Bediente.

Der Hofmeister wusch sich Gesicht und Hände. Henri reichte ihm das Handtuch. Er strählte auch die Locken und ließ vom Kamm den winzigen, knisternden Funken auf Henris Hand überspringen.

Später, während des Abendessens, blickte Henri seinen Hofmeister unverwandt an. Auch Dichter schienen essen zu müssen wie andere Sterbliche und nicht von Nektar und Ambrosia oder von Wein und Früchten zu leben. Der Magier wenigstens schien rechtschaffen hungrig zu sein. Er sprach fleißig den Speisen zu. Es schmeckte ihm augenscheinlich ganz vortrefflich. Auch redete der Vater ganz unbefangen mit ihm wie mit seinesgleichen, in seiner lärmenden, selbstgefälligen Art, zarter freilich Frau Susette, die Mutter, die ihn fragte, ob er auch angenehm gereist sei, ohne unter den Unbilden der Witterung allzusehr zu leiden.

Henri wurde zu Bett geschickt.

Die Mutter kam noch gute Nacht sagen. Sie war zerstreut und ungeduldig. Ihre Augen fragten den kleinen Sohn, den sie sehr lieb hatte und ganz wie einen Freund behandelte: ›Hattest du ihn dir so vorgestellt?‹ Vielleicht hatte auch sie auf den Gott mit dem Saitenspiel gewartet, und ein lieber, herzlich unbedeutend aussehender junger Mann war gekommen, der nicht die Sprache der Götter redete, sondern das Schwäbische, sehr schöne, sanfte, große, braune Augen hatte und ein wohlgebildetes, aber etwas ausdrucksloses Milch-und-Blut-Gesicht, der offenbar stark rauchte – seine Zähne waren dunkel davon –, und mit dem gesegneten Appetit eines Gymnasiasten aß. Aber sie sprachen es nicht aus.

Die Mutter küßte Henri, und dann sagte sie leise wie zu sich, er möge nie vergessen, daß der neue Herr Hofmeister ein großer Dichter sei. Während sie noch miteinander flüsterten, als hätten sie ein Geheimnis, hörten sie

Hölderlin nach seinem Zimmer gehen, nach oben in die Mansarde, wo das Gesinde wohnte.

Wange an Wange lauschten sie seinen Schritten, hörten sie oben über sich hingehen und verklingen. –

In Henris Lesebuch fanden sich Gedichte von Gellert, Gleim, Pfeffel, aber keines vom Magister Hölderlin.

Am anderen Morgen wollte Henri seinen Hauslehrer zum Frühstück abholen. Er wollte ihn fragen, ob und was er in der ersten Nacht unter ihrem Dache geträumt habe. Denn das werde in Erfüllung gehen. Auch wollte er ihm sagen, daß er ihn ›Holder‹ nennen werde, wie es denn die Art der Kinder und Liebenden ist, nicht sich mit den gewöhnlichen Namen abzufinden, sondern sich einen neuen auszudenken und damit aufs natürlichste zu bekunden, daß jeder Mensch für jeden anderen anders heißen muß. Sie benennen ihn und ergreifen damit Besitz von ihm und wachen eifersüchtig darüber, daß niemand anderer den Namen mißbrauche.

Das Zimmer war leer.

Es sah recht unordentlich darin aus. Auf dem Tisch lagen Gänsekiele und beschriebene Blätter, unter dem Tisch zerknülltes Papier. Das Bett war zerwühlt. Über dem Stuhl hing hochschulterig ein Rock. Ein Hecht von Tabakrauch schwamm in der verbrauchten Luft.

Henri trat an den Tisch. Es gelüstete ihn sehr darnach zu lesen, was der Magister über Nacht geschrieben. Aber er fand sich nicht zurecht darin. Es war vieles durchgestrichen, Wortfetzen standen kreuz und quer um eine geordnete Mitte flüchtiger, für Henri kaum lesbarer Zeilen, wie Gräser im Wind anzusehen.

Es waren unzweifelhaft Verse. Ein Dichter wohnte mit ihm unter dem gleichen Dach!

Henri nahm die Federkiele in die Hand und betrachtete sie genau. Sie unterschieden sich in nichts von denen, mit welchen der Vater seine Zahlen und Geschäftsbriefe schrieb.

Henri guckte ins Tintenfaß, in den kleinen, schwarzen, unergründlichen Teich, der ihn ansah wie das Auge der Nacht. Es war die gleiche Tinte, die er selber benutzte, beim Krämer schräg gegenüber für jedermann um ein paar Kreuzer zu haben, um ein paar jener winzigen Silberkreuzerlein mit der Ansicht Frankfurts en miniature. Auch das Papier war von der gleichen gewöhnlichen, billigen, ungebleichten Sorte, von kleinsten Fäserchen bunter Seide, Holz-Partikelchen und Rostflecken (wie mit Sommersprossen) durchsetzt. Nichts Wunderbares, nichts Außergewöhnliches war dabei.

Daß Henri seinem Lehrer gleichsam in die Werkstatt gesehen, machte den Knaben nur unbefangener und zutraulicher gegen ihn, als habe er ihn bei einer Tätigkeit, die das Licht scheut, ertappt, sagte er es dem Magister auf den Kopf zu, daß er, wenn ihn nicht alles täusche, diesen Morgen auf nüchternen Magen schon gedichtet habe. Er sagte es, als hätten sie nun unter Männern eine Heimlichkeit miteinander, die er wohl zu hüten wissen werde.

»Willst du es hören?« fragte ihn Hölderlin.

Ach, ihr Dichter, ihr großen Kinder! Wie Liebende wollen sie erhört sein, und ich kannte einen, der las seine Gedichte seiner Katze vor, weil er niemanden andern hatte.

Also las Friedrich Hölderlin dem kleinen Henri Gontard sein neues Gedicht vor. Und ob es der Bub auch kaum verstand, so hörte er doch andächtiglich zu, und es dünkte ihn schön und dem Ohre angenehm, was er vernahm.

Natürlich versuchte Henri noch am gleichen Tage selber zu dichten, wobei ihn seine Schwesterchen schrecklich störten mit ihrem ewigen Gefrage, ob es was würde. Aber es fiel ihm gar nichts ein. Er weinte vor Zorn und Scham.

Dennoch fühlte er sich nicht so sehr als Zögling, sondern mehr als Lehrling und Mitwisser des Hofmeisters und war als sein schöpferischer Quälgeist sehr dahinter her, daß er fleißig dichte. Er hielt sein Handwerkszeug in Ordnung, schnitt ihm die Federn und war glücklich, als er ihn durch seines Vaters Beziehungen zu Importkontoren mit wunderbar bunten Schwungfedern ausländischer Vogelarten versorgen konnte, als dichte sich's damit besser als mit den gewöhnlichen Gänsekielen. Er versah ihn auch mit Tabak, der damals sehr rar war.

Mit einem Gedicht also hatte der Unterricht begonnen, und Henri hielt darauf, daß auch künftig mancher Schultag so eingeleitet werde. Es fügte sich, daß schon bald Frau Susette merkte, daß Henri der erste Hörer unsterblicher Gedichte war, und von nun an fand sie sich stets zur Stunde des Gedichtes ein. –

Die Gesichter der Engel sind wandelbar. Auch der Todesengel an des Kranken Bett glich manchmal dem Apollon, dann wieder dem Magister, aber auch die Gestalt Susettes nahm er an, die in etwas dem Dichter ähnelte, auf griechische Weise sozusagen, in einer Schönheit, die sich nicht sogleich erschauen läßt in ihrer marmornen Weiße. Wenn Marianne, des Sterbenden liebende Frau – auch sie glich Susetten und dem Magister –, nach dem Kranken sah, fühlte sie sich beruhigt von seiner Heiterkeit und der Verjüngung in seinem Gesicht.

Sie waren noch sehr jung gewesen, als sie heirateten, und nicht ohne Mißbilligung hatte es der im Heiraten wohlerfahrene Jakobus Gontard bemerkt, daß den beiden jeder Lebensernst noch völlig fehle. Das tat er wirklich. Denn die beiden schienen vor lauter Liebe alles übrige völlig vergessen zu haben, von Arbeit, von Geldverdienen, von Rücksicht auf die Verwandtschaft ganz abgesehen. Und das in Frankfurt. Sie schienen wie auf dem Mond zu leben, und wenn ihre schwarze Dienerin Johanna, ihnen wie eine Sklavin zugetan, das Hauswesen nicht so musterhaft in Ordnung gehalten hätte, sie hätten aufs Essen und Trinken vergessen und sich schier zu Tode geliebt. Sie gingen oft tagelang nicht aus, und außer in der Küche gab es in der ganzen Wohnung kaum einen nützlichen Gegenstand. Sie wollten nichts um sich dulden, was ihrer Liebe im Wege sein könnte, und sie waren auf eine kindlich-verbuhlte Art unerschöpflich im Erfinden neuer Zärtlichkeiten.

Vielleicht war es doch so vernünftig nicht gewesen, Henris Erziehung in eines Poeten Hände zu legen?

Für den kleinen Henri war es selbstverständlich, daß Holder und Susette einander lieb hatten. Sie drei gehörten zusammen und redeten ihre Sprache, die sonst niemand verstand. Er spürte genau, daß er ein Eingeweihter war, und verriet nichts, wohl unterscheidend, was ihr Leben und das der anderen sei, so etwa jener herrliche Mummenschanz, da sie sich als Götter verkleideten und in der Sprache der Götter, in Versen also, sprachen. Er empfand es vor allem, daß sein Vater in diesem ihrem Zwischenreich ein Fremdling gewesen wäre. Der Bub Henri lebte in zwei Reichen: in Holders Land und in Frankfurt am Main. Er sprach frankfurterisch mit hamburgischem Akzent, wenn er winters auf dem Eis sich tummelte mit seinen Gefährten und sommers am Main indianerte, aber er lernte Hyperions Sprache und die Herrlichkeiten der Welt durch seinen Hofmeister verstehen und lieben.

Jetzt in seinem Fieberwahnsinn kehrte vor allem die Erinnerung an die klassische Maskerade wieder, da sie halb im Scherz und halb im Ernst, apollinisch-dionysisch sich gehabend, antikische Mysterien heraufbeschworen, nicht mehr gingen, sondern wandelten, nicht redeten, sondern rhapsodierten. Indem sie so taten, als wären sie im Elysium, glitten sie unversehens hinüber und fanden alles grau und schrecklich alltäglich, wenn sie wieder geweckt wurden, was zuweilen durch die Kammerzofe geschah und wohl nicht ganz unabsichtlich, denn sie hatte ein Auge auf den Hofmeister geworfen. Aber der merkte es nicht in seinem marmornen Herzen. Die Zofe mochte sich wohl schon auf einer ländlichen

Pfarrstelle mit dem Magister der Theologie verbunden sehen. Wie sollte sie begreifen, daß der Hauslehrer aus Schwaben in Wirklichkeit Hyperion und aus Griechenland war und daß Frankfurt aus weißen Marmortempeln und Olivenhainen bestand? Sie wußte nicht, daß eine übermenschliche Anstrengung dazu gehört, wie er auf Götterart zu leben, ein Gott und ein Bedienter zugleich zu sein, und jeden Augenblick die graue Wirklichkeit des Alltags in sich in ›Lieblichkeit und Hoheit‹ zu verwandeln, statt schwäbisch und frankfurterisch ein deutsches Griechisch, statt Geräuschen Musik zu hören, statt Gesichtern Antlitze zu schauen, statt widrigen Gerüchen holde Düfte zu atmen, nicht nach Menschenart, sondern unsterblich zu lieben. Die Zofe merkte auch nicht, daß der Meister von seinem Gotte abgefallen war, daß die alten Götter ihn verlockten und verführten, um ihn zu verderben.

Friedrich Heinrich Gontard warf sich unruhig hin und her, von übersinnlichen Vorstellungen gequält. Vom marmornen Herzen her sah er die sehr geliebten Menschen ergriffen und versteinert werden zu makelloser Weiße. Schwebenden, schmerzvoll steifen, feierlichen Schrittes sah er Hyperion und Diotima aufeinander zustelzen, mit unendlicher Anstrengung die schweren Marmorarme heben und mit einem Seufzen, wie es nur der Stein vermag, gegeneinanderfallen und aneinander zerschellen, als eben um Diotimas süße Mädchenlippen Hyperions dunkelschöner Mund sich schloß.

Was dann geschah, damals im Herbste 1798, nach drei herrlichen Jahren, damals konnte Henri es nicht begreifen. Nach einem »heftigen Auftritt mit dem Herrn«, so nannte es die Zofe, so munkelte man in der Stadt, war der Magister plötzlich aus dem Hause gegangen. Wie auch sollte es Henri begreifen, mit seinem elfjährigen Gemüt?

Es ist ein Brief vorhanden von seiner Hand, ein Brief an Hölderlin, vorhanden durch eine jener unerforschlichen, wunderbaren Fügungen, durch die oft durch Jahrhunderte scheinbar Zerbrechliches und sehr Vergängliches bewahrt wird, weil ihm etwas innewohnt, das es unzerstörbar macht, sei es Wahrheit oder Liebe oder ein großer Schmerz. Der Brief lautet:

27. September 1798

Lieber Holder,
ich halte es fast nicht aus, daß Du fort bist. Ich war heut bei Herrn Hegel, dieser sagte, Du hättest es schon lange im Sinn gehabt: als ich wieder zurückging, begegnete mir Herr Hänisch, welcher den Tag Deiner Abreise zu mir kam und ein Buch suchte; er fand es, ich war gerade bei der Mutter, er fragte die Jette, wo Du wärest, die Jette sagte, Du wärest fortgegangen, er wollte eben auch zu Herrn Hegel gehn und nach Dir fragen, er begleitete mich und fragte, warum Du fortgegangen wärest, und sagte, es schmerzte ihn recht sehr. Der Vater fragte bei Tische, wo Du wärest, ich sagte, Du wärest fortgegangen und Du ließest Dich ihm noch empfehlen. Die Mutter ist gesund und läßt Dich noch vielmals grüßen und Du möchtest doch recht oft an uns denken. Sie hat mein Bett in die Balkonstube stellen lassen und will alles, was Du uns gelernt hast, wieder mit mir durchgehen. Komm bald wieder bei uns, mein Holder, bei wem sollen wir denn sonst lernen. Hier schicke ich Dir noch Tabak, und der Herr Hegel schickt Dir hier das sechste Stück von Posselts Annalen.

Lebe wohl, lieber Holder,

ich bin

Frankfurt am Main — Dein Henri

Der Sterbende fühlte auf einmal den gleichen Schmerz wie damals, und das Herz weinte ihm vor Weh.

Da war es wieder, was der Magister die schöpferische Reibung nannte, an der man so leicht zugrunde geht. Er sah auf einmal den Genius zwischen Tabak, Herrn Hegel, Herrn Hänisch und Posselts Annalen hindurchgehen, unversehrt wie durch Luft.

»Du vergißt mich nie, Henri«, hatte der Hofmeister beim Abschied gesagt, »so wie ich niemals dich vergesse!«

Jetzt war er wieder da. »Komm bei uns, Henri!« sagte der Engel mit den Rabenflügeln, der dem goldhäutigen Apollon glich, dem Gott der Hymnen und des Todes.

Es kann geschehen, daß Sterbende kurz vor ihrem Hinscheiden, vor lauter Ungeduld, in den Genuß des Todes zu kommen, mit einer übernatürlichen, unaufhaltsamen Kraft, die der der Zugvögel gleicht, wenn sie nach den warmen Ländern fliegen, sich vom Lager erheben und ankleiden, wie für eine große Reise.

So fand ihn die junge Frau Marianne, als sie morgens nach ihm sah, völlig angekleidet auf dem Bette sitzen, regungslos, marmorbleich, verjüngt, reisefertig.

QUELLENANGABEN

Tommaso Cavalieri. Erstdruck in »Münchner Neueste Nachrichten« vom 2. 8. 1925. Aufgenommen in den Novellenband »Die portugalesische Schlacht«, Piper Verlag, München, 1930.

Der arme Chatterton. Erstausgabe im Insel Verlag, Leipzig, 1928. Aufgenommen in Ernst Penzoldt, »Drei Romane«. Suhrkamp Verlag, Frankfurt a. M. 1952.

Die portugalesische Schlacht. Entstanden nach dem gleichnamigen Bühnenstück und aufgenommen in den Novellenband »Die portugalesische Schlacht«. Piper Verlag, München, 1930.

Mit Kindesaugen. Erstdruck in »Deutsche Beiträge«, 1946. Aufgenommen in Ernst Penzoldt, »Süße Bitternis«. Die gesammelten Erzählungen. Suhrkamp Verlag, Frankfurt a. Main, 1951.

INHALT

INHALTSÜBERSICHT

Ernst Penzoldt
Die schönsten Erzählungen
Dritter Band

Suhrkamp

Erste Auflage 1981

Quellennachweise am Ende des jeweiligen Bandes.
Druck: Welsermühl, Wels
Printed in Austria
ISBN 3-518-03823-0

IDOLINO

La forza d'un bel viso a che mi sprona?
(ch'altro non è ch'al mondo mi diletti)
Ascender vivo fra gli spiriti eletti.

Auf eine Beerdigung gehen zu müssen, gehörte für Heinrich von jeher zu den verdrießlichsten Pflichten des Daseins. Er konnte es nie begreifen, daß seine Schwester Rosa, ein alterndes Mädchen, das ihm den Haushalt führte, sich nichts Schöneres wußte, als einem beliebigen Leichenzuge sich anzuschließen, einem wildfremden Toten das letzte Geleit zu geben und an dessen Grabe zu trauern.

Fräulein Rosa hinwiederum vermochte es nicht einzusehen, warum Heinrich ihre in weinerlichem Tone vorgetragenen Trauerberichte alsbald mit derben Worten unterbrach und sich ungeachtet seiner gewohnten Munterkeit grollend in seine Werkstatt einschloß. Sie mußte es daher als eine nicht geringere Genugtuung empfinden, daß ihr Bruder eines Morgens im schwarzen Feierkleide zum Frühstück erschien und auf ihre teilnehmende Frage sichtlich verlegen erklärte, er müsse nämlich zu einer Beerdigung. Nur ganz ausnahmsweise, setzte er entschuldigend hinzu, da er Rosa lächeln sah.

»Du gehst auf eine Leiche, ei, ei«, spottete sie. Aber in Heinrichs Augen lag ein Ausdruck so großer Betrübnis, daß sie sogleich verstummte.

Erst nach einer Weile faßte sie sich ein Herz, zu fragen, was denn der Grund seines Jammers sei. Sie konnte sich nicht denken, wessen Tod dem munteren Bruder so naheginge, es sei denn, er habe ihr etwas verheimlicht. Sie machte sich bereits im stillen auf eine grobe Entgegnung gefaßt, allein Heinrich antwortete ihr mit befremdlicher Sanftmut.

»Du kennst ihn nicht, und ich (er lächelte traurig, als er sagte), ich kenne ihn eigentlich auch nicht. Ich habe ihn heute nacht zum erstenmal von Angesicht gesehen, als er schon tot war, nein, nicht tot: entschlafen.«

Diese Antwort beunruhigte Fräulein Rosa von neuem.

Sie machte insgeheim die betrübliche Feststellung, daß ihr Bruder, den sie bewunderte, den sie auf ihre Art liebte und für einen großen Bildhauer hielt, vielleicht für den größten der Gegenwart, was sie ihm gegenüber freilich nie offen zugegeben hätte, daß ihr Bruder Heinrich, den sie gestern noch mit lauter Stimme in seinem Atelier den Prinzen Eugen hatte singen hören, entweder nicht ganz richtig im Kopfe sei oder aber daß sie, die bisher mit Fug und Recht annehmen durfte, alles von ihm zu wissen und bis auf den Grund seines Herzens zu schauen, ihn am Ende doch nicht so gut kannte, wie sie geglaubt.

Rosa war ein Mensch, der sich, Beerdigungen ausgenommen, bewußt nichts Gutes gönnte und in Unbequemlichkeit den Sinn des Lebens, ja die eigentliche Wonne des Daseins sah. Freudig entschlossen, sich auch jetzt in das Unvermeidliche zu fügen, bereitete sie sich innerlich auf eine langwierige, aufreibende Pflege ihres kranken Bruders vor und begann sogleich damit.

Man darf ihn in diesem Zustande nicht allein lassen, dachte sie bei sich, und da er Anstalten machte auszugehen, erklärte sie freundlich, aber bestimmt: »Lieber Heinrich, ich werde dich natürlich begleiten.« Sie konnte es sich eben nicht abgewöhnen, in ihm noch immer den kleinen Bruder zu sehen.

»Nein«, erwiderte er gereizt, »du wirst mich natürlich nicht begleiten.« Aber sogleich beherrschte er sich wieder und fügte besänftigend hinzu: »Ich bitte dich herzlich, gute Rosa, laß mich allein gehen!« Damit nahm er seinen schwarzen Hut, einen schwarzen, weichen, breitrandigen Tellerhut, wie ihn Künstler gerne tragen, und ging. Fräulein Rosa sah ihm besorgten Blickes nach, dann stürzte sie sich in die Hausarbeit.

Heinrich war ein langsamer, unbeholfener Bursche mit dem Gesicht eines Schmiedes, bäurisch von Gestalt, fast ein wenig lümmelhaft in seinen Bewegungen und ein starker Pfeifenraucher. Wenn er in seinem weißen Kittel, Gesicht und Hände gipsbestaubt, in seiner Werkstatt stand, hatte er auch etwas von einem Bäcker oder Maurer. Er fühlte sich nicht wohl im schwarzen Anzug, er sah komisch darin aus. Komisch war auch seine planlose Art zu gehen, als wate er ständig in einem Sumpf, und ganz plötzlich und unvermittelt, selbst im stärksten Verkehr, mit einem kindlichen Ausruf des Entzückens, mitten auf der Straße stehenzubleiben. Seine plumpe Hand zu einem Fernrohr formend, das eine Auge zugekniffen, das andere staunend aufgerissen, stand er dann und schaute. Er glich einem Kapitän.

Es kam vor, daß die Vorübergehenden gleichfalls stehenblieben, guckten und endlich ihn fragten, was der Gegenstand seiner Bewunderung sei. Denn sie vemochten ringsum beim besten Willen nichts Besonderes zu bemerken. Freilich konnten die Passanten mit Heinrichs herzlicher, aber dunkler Art, seine Empfindungen auszudrücken, die einer wunderlich gestalteten Wolke, der anmutigen Bewegung einer Katze auf einem Fenstersims oder dem Knochenbau eines alten Karrengauls galten, nur wenig anfangen. Eine Weile hörten sie seinen wirren und ungefügen Sätzen, die er selten zu Ende sprach, bereitwillig zu. Dann aber zuckten sie die Achseln, tippten sich auf die Stirne und ließen den ärgerlichen Menschen stehen. Sie entwanden sich dem Arme, den er vertraulich um ihre Schultern legte, während er mit seiner Stummelpfeife zärtliche Linien in die Luft schrieb, um zeichnerisch sichtbar zu machen, was ihm die Worte versagten.

»Er ist ein großes Kind und lernt ein bißchen schwer«, urteilten seine Kollegen von ihm. Er tat sich hart mit dem Reden, und ein Wort ist es denn auch gewesen, das einst, als er noch ein kleiner Lateinschüler war, seinem Leben eine völlig andere Richtung gab. Das Wort: appropinquare, sich nähern. Er konnte es sich beim besten Willen nicht merken. Man gab ihn, da er wenigstens von Hand geschickt schien, zu einem Töpfer in die Lehre.

Fräulein Rosa hatte sich fest vorgenommen, die künstlerischen Eigenheiten ihres Bruders zu verstehen und an ihn zu glauben, auch wenn sie ihm nicht ganz zu folgen vermöchte. Sie sah wohl etwas sauer drein, wenn ihr kleiner Bruder sie scherzhaft »ein ungekostes Mädchen« nannte. Mit Fassung ertrug sie seine fröhlich-lockeren Sitten, besonders im Umgang mit Modellen, weil er doch ein Künstler sei und es eben brauche. Dafür suchte sie ihrerseits durch ein möglichst gottgefälliges Leben des Bruders Sünden abzubüßen, die er ihr stets freimütig und Besserung gelobend beichtete. Es war eine bärige, gutmütige lachende Liebe, die heute an rubenshafter Üppigkeit, morgen an botticellesker Zartheit, an einer sanften Saskia oder an einer herzhaften Hendrickje Stoffels sich erlaben konnte, täppisch, ungestüm und schnell vergessen. Er schüttelte sich danach wie ein Hund nach dem Bade und ging mit dröhnendem Gesang an die Arbeit, als wolle er alle Welt an seiner Lebensfreude kameradschaftlich teilnehmen lassen. Was er tat, tat er laut, auch wenn er allein war. Er gehörte zu den einfachen Gemütern, die sich beständig hören müssen, um an ihr Vorhandensein zu glauben.

Für seine Skizzen benutzte er mit Vorliebe Fetzen von Packpapier, die er dann mit Reißzwecken wahllos an die Wände seiner Werkstatt heftete, wenn er es nicht vorzog, im Schaffensüberschwang gleich auf die weiße Wand zu zeichnen. Die Kohle in der geballten Faust, arbeitete er mit dem Schwung seines ganzen Körpers, laut mit sich selbst redend und sich anfeuernd, beschimpfend und lobend oder olympische Wolken aus seiner Pfeife paffend. Er zählte unter seinesgleichen zu den genialsten Schmierern. Als Werkstoff diente ihm in seinem unbändigen Schöpferdrang alles, wessen er nur habhaft werden konnte. Selbst aus Kopfkissen und Federbetten formte er einmal in kindlicher Lust schneemannartige Gestalten, die brave Schwester Rosa zu überraschen. ›Gigantisch‹ war sein Lieblingswort.

Zuweilen aber kam es vor, daß er morgens hoffnungslos

erwachte, mit sich selbst und mit der Welt zerfallen. Ein begonnenes Werk, ein Gigant etwa, die gewaltige Erdenmutter, ein eifernder Heiliger oder eine tanzende Bacchantin, die ihm gestern noch als seine besten Arbeiten erschienen waren, hielt er heute für völlig mißlungen, so daß er sie kurzerhand einriß oder zerschlug. Dann war ihm wieder wohl für den Augenblick. Allein gegen Mittag schon reute es ihn, und am Abend trauerte er bei einer Flasche roten Chiantis dem besten Werk seines Lebens nach, das ihm nun nie mehr glücken werde. Oft schlief er bis weit in den Tag; er tat wochenlang nichts und glaubte, es sei zu Ende mit seiner Kunst, dann aber wieder schaffte er wie ein Berserker die ganze Nacht bis in die frühen Morgenstunden, besonders wenn es draußen regnete. Er konnte nur bei Regenwetter richtig arbeiten.

Unter seinen Kohleskizzen befanden sich zahllose Selbstbildnisse, überlebensgroße Köpfe zumeist, wahre Scheusäler von Angesicht, über deren Häßlichkeit Rosa sich entsetzte. Heinrich aber fand sie fabelhaft ähnlich. Er zeichnete sich grinsend, weinend oder trunken und lebte in dem Glauben, der häßlichste Mensch der Welt zu sein. Ja, er war fast ein wenig stolz darauf.

An diesem Morgen aber, da er finster dem Zentralfriedhof zuschritt, bewegte ihn das Erlebnis der vergangenen Nacht so sehr, daß er keine Augen für das Gegenwärtige besaß. Auch jetzt hielt er nach seiner Gewohnheit zuweilen inne, aber er stöhnte nur laut und ging kopfschüttelnd weiter.

»Es müßte denn ein Gott gewesen sein«, sagte er zu sich, aber er fand vorerst keinen Trost in dieser Erkenntnis, denn er dachte mit den Augen, den Händen und dem Herzen, in Bildern also.

Gestern am späten Abend, da er zufrieden mit seinem Tagewerk in seiner Werkstatt stand, für den Augenblick fest überzeugt, daß er doch ein fabelhafter Künstler sei, hatte ihn ein verweintes Dienstmädchen aufgesucht und ihn gebeten, ihr so schnell wie möglich ins Krankenhaus zu folgen, um eine Totenmaske abzunehmen. Dies war für Heinrich kein ungewöhnliches, wenn auch nicht eben alltägliches Geschäft. Er besann sich nicht lange, packte das nötige Handwerkszeug, Gips, Spatel, Gummischale, in seinen Rucksack und machte sich, wie er ging und stand, ohne erst Rosa, die schon zu Bett gegangen, zu verständigen, auf den Weg.

Während der kurzen Droschkenfahrt betonte die nächtliche Botin unter Schluchzen immer wieder, daß der Tote so ein lieber junger Herr gewesen sei. Man habe ihn wirklich gern haben müssen.

›Ein junger Mensch also‹, dachte Heinrich. Sonst waren es stets große Sterbliche, mit erfülltem Leben gewesen, deren irdisches Antlitz er hatte abformen müssen, Gelehrte, Dichter, Generale, gefurchte Greisengesichter, bärtige Häupter. Daran erinnerte er sich jetzt, als er von einer kleinen wortkargen Ordensschwester in Flügelhaube zur Totenkammer des Spitals geleitet wurde. Die Schwester glitt hurtig vor ihm her durch die weißen Gänge, im Gleitflug sozusagen. Sie trug die Hände behaglich über dem Leib verschränkt, die Haube flatterte und knarrte. Den Rucksack nur an einem Träger über der Schulter, watete Heinrich hinterdrein.

Unterwegs begegnete ihm eine Dame in Trauer, sie ging ohne aufzusehen eilends vorüber. An einem Fenster stand ein junger Mann und starrte in die Nacht hinaus. Auch er achtete der beiden nicht. Draußen ging ein warmer Regen nieder.

Als sie am Ziele anlangten, wandte die Schwester Heinrich ihr Gesicht zu, ein gutes unbewegtes Mondgesicht, mit frommen braunen Augen darin. Ohne die Hände zu lösen, sagte sie fast mit den gleichen Worten, wie vorhin das trauernde Dienstmädchen, daß der Entschlafene so ein lieber junger Herr gewesen sei, und als hätte sie um ihres Gelübdes willen fast schon zuviel gesagt, errötete sie, öffnete behutsam die Türe und ließ Heinrich allein.

›Sie darf nicht sagen, wie alt sie ist, sie darf nicht in den Spiegel schauen, sie darf sich nicht schön finden, sie trägt ihr Haar unsichtbar unter der gestärkten Flügelhaube, wahrscheinlich ist es abgeschnitten.‹

Solches denkend, trat Heinrich in die Totenkammer. Es war ein weißgekachelter, schattenloser Raum von steriler Sauberkeit. Auf einem steinernen Sektionstisch lag der Tote mit einem Leintuch bedeckt.

Heinrich setzte seinen Rucksack ab, überzeugte sich, daß Wasser vorhanden war, krempelte geschäftig die Ärmel hoch und gedachte, sich unverzüglich an die Arbeit zu machen. Aber als er das Leintuch von dem Toten nahm, erschrak er fast beim Anblick dieses Angesichts.

Heinrich war des Schönen gewohnt und sehr anspruchsvoll. Er urteilte bissig über die auf diesem Gebiete herrschende Genügsamkeit. Er vertrat den Standpunkt, daß nichts so selten sei in der Welt (und so notwendig) als vollkommene Schönheit, wenigstens bei den Menschen. Ihm jedenfalls sei trotz unablässigen Suchens bisher das Glück versagt geblieben, einem Menschen zu begegnen, sei es Mann oder Frau, der die Bezeichnung schön auch nur annähernd verdiene. Ansätze, das wolle er zugeben, seien ja zuweilen vorhanden, und kein anderer vermochte sich so daran zu freuen wie Heinrich. Aber gerade das beinahe Schöne, mit dem man sich allzuleicht betrüge, habe den Blick getrübt. Selbst die bewundernswerten Griechen hätten mit ihrem etwas willkürlichen, künstlichen Schönheitsbegriff wider Willen viel Unheil angerichtet, sie und vor allem ihre gedankenlosen Nachahmer, behauptete Heinrich kühn, seien nicht ganz unschuldig daran, wenn das Wort schön abgegriffen und entwertet worden sei, ja zuzeiten den fragwürdigen Beigeschmack des Hübschen und Süßen bekommen habe. Für ihn jedoch bedeute Schönheit den Sinn der Welt, die irdische Verkörperung Gottes schlechthin, durch die einzig und allein der mißgestalteten Menschheit Versöhnung und Erlösung werde. Unvollkommen und unvollendet noch sei die Schöpfung, bis es endlich gelänge, den schönen Menschen hervorzubringen, was freilich Einmaligkeit in sich schließe. Er sei das glückliche Ende der Dinge, allen erkennbar, unverwundbar, unverweslich, unsterblich. In ihm würden sich alle Beladenen vergessen und in seinem Anblick aufgehen. Niemand werde verloren sein, weder Mensch, noch Baum, noch Tier.

Der gute Heinrich hatte ob solchen Eiferns unter seinesgleichen viel Hohn und Spott zu erdulden, um so mehr, als er kein Meister der süßen Rede war und keinen Satz zu Ende sprach.

Das junge Haupt des fremden Toten aber war von so vollkommener Schönheit, wie sie Heinrich bisher nie geschaut und kaum geahnt, weder im Leben noch in Bildern. Es ließ sich mit nichts vergleichen, was bisher war, an Ernst, Anmut und Würde des Ausdrucks.

›Er wandelte unter uns, und ich habe es nicht gewußt!‹

Eine große Trauer befiel Heinrich und eine herbe Bitternis gegen die Vorsehung, die ihn vor dieses Angesicht geführt in dem Augenblick, da es für ewig verstummt war. Denn daran schien kein Zweifel zu sein. Viele Tote hatte Heinrich im Kriege und daheim gesehen, er kannte die untrüglichen Merkmale aus seiner Studienzeit in der Anatomie. Er wußte wohl, dieser Mensch war tot, unwiderruflich tot. Dennoch rührte er ihn an, rüttelte ihn, wie einen Schlafenden, der nicht wach werden will, horchte auch an seinem Herzen und legte ein Haar auf seine Lippen, ob es sich nicht bewege von unmerklichem Atem. Denn er wollte nicht wahrhaben, daß dieser Mensch wirklich tot sei; er glaubte nicht anders, als daß in diesem vollkommenen Körper auch eine vollkommene Seele gewohnt haben müsse, die ihn unverwundbar mache gegen den Tod. Schönheit, wie er sie erträumte, lag an der Grenze des Unsichtbaren, Unzerstörbaren.

In seiner Einfalt und weil er ein Künstler war, spielte er sogar mit dem Gedanken, ob es bei Gott unmöglich oder ein Frevel sei, den Abgeschiedenen ins Leben zurückzurufen gegen alles Herkommen, man müßte nur wissen wie. Gleichgültig schien es dabei zu sein, wann es geschah. Selbst aus der Asche müßte es gelingen durch das befehlende liebe Wort, und wäre sie von einem Berge in alle Wind zerstreut: sie würde sich sammeln und Gestalt annehmen. Heinrich erinnerte sich, einmal einen chinesischen Gaukler gesehen zu haben, der die Asche einer Blume, einer Rose etwa, die er vor den Augen der Zuschauer verbrannt hatte, in eine Flasche tat und über eine Kerze hielt. Alsbald stieg die Asche wie ein kleines, dunkles Gewölk in die Höhe und zeigte nach einiger Unruhe eine Rose, so schön, so frisch und vollkommen, in der gleichen Farbe und Gestalt, die ihr der Urheber der Natur von Anbeginn an gegeben hatte.

Warum sollte das Privileg der Götter in einer begnadeten Stunde nicht einmal auch einem Sterblichen verliehen sein, einen Schlafenden wieder zu erwecken, zu befehlen: Stehe auf und wandle, und es geschieht?

»Stehe auf und wandle«, sagte Heinrich leise und etwas unsicher. Aber der Tote regte sich nicht. Des Jairi Töchterlein fiel Heinrich ein und Lazarus, von dem gesagt war: Herr, er stinket schon!, und er genas dennoch vom Tode. Aber auch an den Soldaten, der das Leberlein gegessen, mußte er denken, und wie es ihm ergangen war, als er die Königstochter wieder lebendig machen und es ihm nicht glücken wollte. Heinrich schauderte bei dem Gedanken, daß jener Soldat die Tote kochte und ihre weißen Gebeine nicht in der richtigen Ordnung legte.

Also besann sich Heinrich, daß er nur ein Mensch sei, schämte sich seiner Vermessenheit und machte sich kleinmütig an die Arbeit, zu der man ihn bestellt. Denn man durfte nicht säumen damit. Ehe das Blut gefror und der letzte Widerschein der Seele (fast als verweile sie noch kurze Zeit nach dem Tode) aus den Zügen wich, mußte es geschehen.

Die Tätigkeit beruhigte Heinrich ein wenig, ja er vergaß

sich über dem Hantieren so weit, daß er gewohnheitsmäßig seine kurze Pfeife zwischen die Zähne rückte. Erst nach einer Weile wurde ihm bewußt, daß es wohl unschicklich sei. War es aber nicht überhaupt unschicklich, was er jetzt unternahm? Er hatte sich sonst kein Gewissen daraus gemacht und war nicht eben zimperlich, jetzt aber, da er das volle Haar (man sagt, daß es nach dem Tode noch weiterwachse) mit feinstem Tonschlick bepinselte, damit der Gips nicht haften bleibe, als er das wunderbare Haupt zurechtlegte, das sich geduldig bequemte, kam er sich grausam und barbarisch vor. Vollends als er, so erheischt es das Handwerk, den weißen Gipsbrei über das wehrlose Antlitz löffelte, was ihn auf eine lächerliche Art an einen Schlagrahm- oder Zuckerguß erinnerte, hatte er das Gefühl einer Schändung.

Als Heinrich fertig war, nahm er die erhärtete warme Form behutsam und so mühelos wie noch nie von des Toten Gesicht. Dann wusch er es. Auch die Hände formte er ab, obwohl man es ihm nicht befohlen, nahm genau das Maß des Körpers und der Glieder, der Arme, der Hüfte und der Schenkel und schrieb es auf. Er ließ sich Zeit damit, denn er wollte nicht, daß der Tote allein bleibe. Es fiel ihm auf, daß jene Frau in Trauer und der Mann, der in die Nacht sah, keine Blume bei dem Toten zurückgelassen hatten. ›Vielleicht, weil ihre Trauer zu groß war‹, dachte Heinrich, ›so groß, daß alles Herkommen, alle äußeren Zeichen der Liebe, die den Umgang mit Toten so sehr erleichtern, sich hier verboten.‹ Es mußte wohl seine besondere Bewandtnis haben, wenn das Dienstmädchen, das Heinrich gerufen, und die an den Anblick des Sterbens gewöhnte Ordensschwester so tief bewegt worden waren.

Zwei Fragen beschäftigten Heinrich während der Arbeit: wer dieser Mensch war, und warum er hatte sterben müssen. Auf einem Schreibpulte lag ein amtliches Formular, das Auskunft geben konnte, aber es widerstrebte Heinrich, darin zu lesen, wie in einem Brief, der nicht an ihn gerichtet war; auch hatte er eine unüberwindliche Scheu vor den nüchternen Personalien. Mußte man nicht einen griechischen Namen erwarten, Alexandros oder Alkibiades etwa? So mochte der junge Hölderlin ausgesehen haben (Heinrich wußte nicht, wie der junge Hölderlin aussah), so makellos, so unauffällig schön.

»Wer bist du, unbewegter Beweger?« fragte Heinrich. Aber der Tote antwortete nicht. Er trug an der linken Hand einen Ring, und den besah nun Heinrich, ob er nicht Auskunft gäbe. Es war ein schmaler Reif aus Gold mit der Unterschrift: Felix sorte sua. Und nun tat Heinrich etwas, was er sogleich bereute, er löste den rosafarbenen Heftpflasterstreifen, der unter der linken Brust des Toten klebte. Er fand eine kleine, lächelnde Wunde, wie von einem Dolche, und entsetzte sich. Ein klarer Tropfen Tau lag in ihrem Kelch: Ichor, das Blut der Götter.

Jetzt wußte Heinrich, daß hier ein Mord geschehen war. Grimmig ging er zum Pulte und nahm den Totenschein, sich Gewißheit zu verschaffen. Allein, was er las, bestürzte ihn noch mehr. ›Er hat es selbst getan‹, sagte Heinrich, ›und er hat das Herz treffen wollen, als den schuldigen Teil, nicht den Kopf und das Gehirn, wie es oft geschieht, er meinte das Herz!‹

Nicht wie jene, die sich nach Schlaf sehnen, Gift nehmen oder Gas einatmen, sich dem Wasser vermählen, einem See oder Fluß, oder zornig von einem Felsen stürzen, den armen Leib ganz zu zerschmettern, ihm war es darum zu tun, daß sein Herz still stehe.

Heinrich selbst wäre auch in Zeiten tiefster Zerknirschung nie auf den Einfall gekommen, sich das Leben zu nehmen, aber beim Anblick dieses jungen Menschen fing er an, unsicher zu werden. Niemand, so dünkte ihm jetzt, sei dagegen gefeit, auch der Glücklichste unter den Sterblichen nicht, ja gerade der Glücklichste schien in Gefahr. Es fiel ihm ein, daß ihn einmal an einem hellen

Frühsommertage, als er erquickt von gesegnetem Schlaf und in die ganze Welt verliebt in den Garten trat, urplötzlich eine unerklärliche Trauer befallen hatte: In einem Augenblick also, da er sich ganz glücklich wähnte, da der Morgenwind in den Blättern der Birken spielte, die Gräser glänzten und der Himmel war blau, kurz, die ganze Zärtlichkeit der Natur ihn umfing, kamen ihm die Tränen. Er hockte sich nieder auf eine Bank und schluchzte fassungslos in sein Taschentuch. Ihm war zum Sterben traurig zumute, und er wußte nicht warum. Damals lebte seine Mutter noch, eine kleine, sehr zierliche alte Frau, die trat zu dem großen weinenden Mann – sie sah es an seinem zuckenden Rücken – und setzte sich zu ihm. Sie rührte ihn nicht an und fragte nicht nach seinem Schmerz, sie streichelte nur die Lehne der Bank, ein lebloses Ding streichelte sie. Das tat Heinrich in der Seele wohl. Er sah die alte Dame von der Seite an und sie ihn. Da mußten beide lachen.

»Weißt du«, sagte sie dann, »ein Mann, der nicht zuweilen weint, ist gar kein richtiger Mann.« –

Es war Mitternacht, als Heinrich bemerkte, daß der Tote zu lächeln begann, als Zeichen, daß der Tod jetzt erst ganz vollendet sei und der Leib sich zurückzuverwandeln beginne, um wieder zur Erde zu werden, aus der er genommen war. Heinrich wußte aus dem Kriege, daß Verwundete, denen man das Bein abgenommen hatte, noch eine gute Weile steif und fest behaupteten, daß sie Schmerzen in den Zehen hätten, an einer Stelle also, die schon längst auf dem Wasen verscharrt lag. Vielleicht, so sinnierte er, spürt der unsichtbare Geist des Toten auch jenseits noch die irdische Gestalt. Vielleicht aber auch wohnt zuweilen dem abgestreiften Körper eine Zeitlang noch ein Schein von Erinnerung inne an den Geist, der ihn beseelte und den er mit einem beruhigten Lächeln entließ, das den Hinterbliebenen zu bedeuten scheint: ich habe hinübergesehen, und ihr wolltet mich halten!

»Es ist wohl Zeit, daß ich gehe«, sagte Heinrich. Er deckte den schönen Schläfer behutsam zu, nahm seinen Rucksack über die Schulter, murmelte ein »Gute Nacht«, löschte das Licht und ging.

Auf dem Gange begegnete er der Schwester mit dem guten Mondgesicht; sie schien die ganze Zeit gewartet zu haben. Auch der junge Mensch stand noch am Fenster, und Heinrich sah ein Gesicht im nächtlichen Spiegel der Scheibe, so, als stünde einer draußen und schaue herein. Der junge Mensch wandte sich nicht um. Auch hörte Heinrich, wie die Schwester und der Fremde, als er vorüber war, zusammen in die Totenkammer traten. Sie werden Totenwache halten bis zum Morgen, dachte Heinrich.

Auf dem Heimwege ertappte er sich dabei, daß er vor sich hinpfiff. Es war keine richtige Melodie, mehr von der Art, wie es Menschen tun, die es sich nicht anmerken lassen mögen, daß sie außer Atem sind. Eines wollte ihm nicht in den Kopf, der Name und Beruf des Toten, der so gar nicht zu ihm zu passen schien, der allzu gemütliche Name: Hans Vetterle, Kaufmann.

Heinrich besann sich, ob er nicht einen wohlklingenderen fände, und entschied sich, den Toten von nun an nach einer Statue zu nennen, die er liebte. »Idolino«, sagte er laut, und nun spürte er, wie der Tote Macht über ihn gewann. Aber er wehrte sich nicht dagegen.

In seiner Werkstatt machte er sich sogleich daran, die Form auszugießen. Ein paar Haare waren darin hängen geblieben, er löste sie aus dem Gips und verwahrte sie sorgfältig. Dann goß er den Gipsbrei in die Schale der Form, schwenkte sie in den Händen und wartete geduldig das Abbinden ab. Nie noch war ihm sein Geschäft armseliger und unzulänglicher erschienen als jetzt. Was war denn überhaupt damit getan? Was blieb denn eigentlich? War es nicht im Grunde etwas Körperloses, der Hauch nur eines Angesichts, und eigentlich unsichtbar, eingebettet zwischen Form und Gegenform, ein Weißes in Weißes sich schmiegend? Es war da und doch verborgen unter dem ungefügen Gipsmantel.

Mit großer Vorsicht schlug Heinrich die Schale von der Maske. Ein Stück der Stirn wurde frei, selbst in der kleinen Fläche untadelig, so wie die kleinsten Trümmer einer griechischen Statue die Vollkommenheit des Ganzen ahnen lassen.

Die ungestalte Form fiel ab, Stück für Stück in mürben Scherben. Ganz allmählich enthüllte sich das schneeweiße Angesicht mit jenem Anflug eines Lächelns um den Mund, des Lächelns eines Glücklichen. Wer hatte diesem Gesicht befohlen, daß es so schön wurde und sich bequemte, wie unter einer liebenden Hand? Es war gewöhnlicher unscheinbarer Gips, noch warm vom Arbeitsprozeß der Kristallisation und mit jener Feuchte gesättigt, die sogar dem schonungslos nüchternen Gips für ein paar Stunden einen Schimmer von Leben verleiht.

Heinrich setzte sich auf die Tonkiste, rauchte heftig aus seiner kurzen Pfeife und schaute das bescheidene Abbild des Toten an. Er war todmüde, und so kam es, daß er schließlich einnickte. Die erkaltete Pfeife im Mund, saß er und schlief.

Im Traum wiederholte sich das Geschehen der Nacht, aber mit dem Unterschied, daß Idolino plötzlich die Augen aufschlug und sich gemütlich aufsetzte, obwohl er doch ganz aus weißem Gips war oder aus Schnee, wenn nicht aus Zucker, auch die Haare. Nur Augen und Mund waren dunkel, brombeerfarben. Er begann sogleich munter zu plaudern, als wäre nichts Schlimmes geschehen. »Jetzt wäre ich beinahe gestorben«, meinte er lachend. Es sah fast so aus, als mache er sich ein wenig lustig über Heinrich. Dann riß er mit einem raschen Ruck das rosa Heftpflaster von der Wunde, wobei er schmerzhaft den Mund verzog, winkte Heinrich zu sich heran und fragte liebenswürdig, ob er sein Herz sehen wolle. Es war aber wie bei jenen Reiseandenken – aus Bein geschnitzte Federhalter oder Edelweißbroschen sind es zumeist –, wo man durch eine winzige Linse das Bild einer Landschaft erblickt. Wirklich sah Heinrich die Photographie einer Gebirgsgegend mit einem lieblichen See und Kähnen. Gruß aus den Bergen, stand darunter zu lesen. –

Übernächtig und mit einem Gefühl der Ernüchterung erwachte Heinrich. Unansehnlich erschien ihm auf einmal die gipserne Maske, ausgelöscht das Göttliche im Zwielicht des dämmernden Morgens und der elektrischen Lampe. Fast schämte er sich schon der Ergriffenheit von gestern.

Allein nachdem er sich unter die kalte Brause gestellt, bereit, den Spuk der vergangenen Nacht einfach zu leugnen und gleichsam mit klarem Wasser abzuwaschen, verfiel er von neuem der Verzauberung.

›Es lag nur an mir, an meinen schlaftrunkenen Augen lag es, an mangelnder Bereitschaft. Da verweigert das Schöne sich, man sieht es dann einfach nicht mehr. Wartet es nicht oft Jahrhunderte geduldig, bis seine Zeit wiederkommt, da man wieder Augen hat, es zu sehen?‹

Wie immer, wenn Heinrich sich über etwas klarwerden wollte, das ihn beunruhigte, sei es, daß er liebte und seinem Herzen nicht recht traute, sei es daß ihn etwas bedrückte, ja selbst wenn ihm körperlich irgendwo etwas wehe tat, begann er auch jetzt sogleich heftig zu zeichnen. Er nahm einen großen Bogen Packpapier und ein dickes Stück Kohle, erinnerte sich, gleichsam nach innen schauend, und versuchte in kräftigen Strichen das Bild Idolinos sichtbar zu machen. Er blickte dabei kaum auf die Maske. Mehrmals riß er in Fetzen, was er gezeichnet, rauchte unmutig, und als es ihm endlich ein wenig gefiel, verwunderte er sich über die Schlichtheit und Ruhe der Gestalt. Sie war ganz anders als alles, was er bisher hervorgebracht, denn er liebte sonst das wild Bewegte, sich Gebärdende, die Leidenschaft des Ausdrucks, das Überlebensgroße, wie etwa bei seinem Giganten, dem eifernden Prediger oder der tanzenden Bacchantin. Diesmal war es nichts als ein Mensch, unbewegt, untätig, unnahbar, gleichsam in sich selbst ruhend wie ein schöner Baum, ein Körper, der nur ersonnen schien, mit Anstand das herrliche Haupt zu tragen. Es kümmerte Heinrich nicht, warum nun auch er nicht anders konnte als seit Urzeiten alle Bildhauer vor ihm, die Ägypter, Italiener, Griechen und Deutschen, als den Menschen darzustellen, ihn Adam, Sebastian, Antinoos heißend, am liebsten womöglich Gott. Gab es nicht schon genug Ebenbilder, oder glaubte jeder von neuem, daß es ihm noch besser gelänge?

Über dem Zeichnen, da er immer von neuem die Gestalt des Toten beschwor, quälte ihn das Geheimnis, warum Idolino hatte sterben müssen, warum er selbst Hand an sich gelegt. Diese schonende Umschreibung, die ein grausiges Geschehen harmlos deutete, wollte ihm nicht aus dem Sinn. »Hand an sich gelegt«, brummte er vor sich hin, während er Bogen um Bogen mit Skizzen bedeckte, mit der ganzen Figur von verschiedenen Seiten gesehen oder nur mit Händen und Mündern. »Hand an sich gelegt!« Er arbeitete ingrimmig, fluchte und lachte dazwischen, fuhr sich im Eifer ins heiße Gesicht und ins struppige Blondhaar, es schwärzend mit seinen Händen, pustete den Kohlestaub vom Papier und wischte mit dem Daumen und Handballen, mit Knetgummi und Zunder die Lichter heraus.

Schon in der Nacht war er entschlossen gewesen, daß er dabei sein müßte, wenn man Idolino zu Grabe trüge. Mochte die gute Rosa davon denken, was sie wollte. Er wußte, daß sie sein Fernsein benutzen würde, um endlich einmal wieder in seiner Werkstatt gründlich sauber zu machen. Er sah sie, den Besen in der Hand, vor der Maske Idolinos stehen und sich wundern. Vielleicht betrachtete sie auch die Zeichnungen und wußte nichts damit anzufangen.

Sargmagazine, Blumenläden und Grabsteinlager der Steinmetze kündigten die Nähe des Friedhofs an. Die

Grabsteinlager sahen ganz wie kleine Friedhöfe aus, nur daß sie unbewohnt waren mit ihren namenlosen Denkmälern noch Lebender.

Heinrich tappte in seiner planlosen Art an der hohen, mit wildem Wein überwachsenen Backsteinmauer entlang, sie ab und zu mit der Hand berührend. An der Friedhofspforte blieb er eine Weile unentschlossen stehen, breitspurig und den Leuten im Wege. Er hatte die Hände in den Hosentaschen und rasselte unruhig mit dem Schlüsselbund. Er war sehr aufgeregt auf einmal. Gewaltig pochte sein Herz. Endlich gab er sich einen Ruck und schwenkte unternehmend ein durch das Tor.

Es war ein schöner Friedhof, ein rechter Gottesacker, wenigstens in seinem älteren Teile, mit seinen schweren liegenden Grabsteinen, bei denen, so mußte Heinrich unwillkürlich denken, die Toten wohl einige Mühe haben würden, sie aufzuheben, wenn einst die Posaunen des Jüngsten Gerichts bliesen, wie es ehedem die alten Meister so anschaulich abgebildet, über dem Tor des Freiburger Münsters etwa. Auch gedachte er seines ewigen Streites mit Rosa, die trotz ihrer Frömmigkeit die Auferstehung des Fleisches strikte ablehnte.

Wie aber konnte es geschehen, daß man es angesichts solcher Vorbilder eines Tages für gut fand, zu den stehenden Grabdenkmälern überzugehen, von denen manche aussahen wie Öfen? War es die kindliche Angst vor der steinernen Last, als spürten sie die Toten? Ewiger als weißer Marmor, der hierzulande grau und verrußt erschien, ewiger und ehrwürdiger als der geschliffene schwarze Granit dünkten Heinrich die verwitterten und bemoosten Sandsteinplatten. Manche trugen nicht einmal den Namen des Toten, nur ein Wappen aus Erz oder die Jahreszahl. Efeu wucherte, über manches Grab beugte sich ein wilder Rosenstrauch oder eine hängende Trauerweide.

Es beruhigte Heinrich, daß Idolino hier begraben werden sollte und nicht drüben im neuen Teil, wo die Grabsteine aufrecht und wohlausgerichtet in Reih und Glied paradierten. Das Grab war schon gemacht, ein Hügel von goldgelbem, unverweslichem Sand aufgeworfen. Die gewichtige, uralte Steinplatte hatte man über Rundhölzer aufs Nachbargrab gerollt. Der feuchte Sand dampfte in der Morgensonne, Zitronenfalter spielten über dem Schatten der Grube.

An der Aussegnungshalle warteten ein paar Leute. Sie standen vereinzelt oder zu zweien und schienen sich gegenseitig nicht zu kennen. Die junge Frau in Trauer, die ihm gestern im Spital auf dem Gange begegnet war, und auch der junge Mann hatten sich eingefunden und das Dienstmädchen. Es trug einen Kranz und nestelte unaufhörlich an der weißen Atlasschleife. Heinrich scheute sich hinüberzugehen. In der Nähe des Grabes, hinter einer Hängeweide verborgen, wollte er den Trauerzug erwarten und sich wie zufällig dazugesellen.

Mit Teilnahme, aber auch mit einer gewissen staunenden Neugier, die eine Eigenschaft vieler Künstler ist, sogar in Augenblicken der Ergriffenheit, der Gefahr, der Liebe oder Todesnähe, ja gerade dann, mit jener hungrigen Neugier, die am liebsten Gott selber zuschauen möchte, wenn er am Werke ist, beobachtete Heinrich, hinter dem Baume hervorspähend, die Leidtragenden. Er las in ihren Gesichtern und Gebärden, denn er war von je ein aufmerksamer Leser der unaufhörlich von sich erzählenden Natur.

Nun läutete das Totenglöcklein, der weiße Sarg wurde aus der Halle getragen, die Trauergemeinde schloß sich an. Langsam bewegte sich der Zug zum offenen Grab. Ein Junge trug ein Kreuz voran, dahinter schritt ein Geistlicher im Talar, ein milder, alter Herr, der dem Toten sicher keine harten Worte geben würde, obwohl er doch selbst Hand an sich gelegt hatte.

Heinrich sah jetzt auch das Gesicht der jungen Frau. Sie hatte gegen die Sitte den schwarzen Schleier zurückgeschlagen und mußte sich wohl sehr in der Gewalt haben. Sie zeigte keine Trauer, sie weinte nicht. Ihr Gesicht war ruhig, gedankenlos, fast heiter wie in Nachahmung des letzten Lächelns des schönen Toten. Nur über ihre Blässe hatte sie keine Macht. Man konnte denken, daß ihre Seele abwesend sei. Es sah ganz so aus, als habe sie nur ihren Körper hierher gesandt an ihrer Statt.

Ein wenig hinter ihr, aber trotz des Abstandes ihr zugesellt, schritt der junge Mann. Ihm glückte es nicht, seinen Schmerz zu meistern. Er gab sich wohl gar keine Mühe mehr, Haltung zu bewahren. Tränen füllten seine Augen und liefen ihm über die Wangen zum Munde. Er war völlig fassungslos.

Zu allem Unglück schien er sein Taschentuch vergessen zu haben, denn er suchte immer wieder verzweifelt danach in allen Taschen, ob es sich nicht am Ende doch noch fände. Heinrich war versucht, ihm mit dem seinen auszuhelfen, aber er brachte es nicht über sich, obwohl es das natürlichste gewesen wäre. Er empfand herzliches Mitgefühl mit dem jungen Menschen, nicht ohne zu bemerken, wie sehr das Gesicht eines Weinenden durch ein seltsames Spiel der Natur dem eines Lachenden gleicht. Zudem war das Gesicht des Trauernden im Grunde ein lustiges Gesicht, von liebenswürdiger Häßlichkeit und ein wenig pausbäckig, ein Musikergesicht vermutlich. Es ähnelte von ungefähr, so schien es Heinrich, jenem jungen Faun in der Münchner Glyptothek, bei dem man auch zweifeln konnte, ob er lache oder greine.

Der Zylinder stand dem jungen Manne sehr unglücklich. Er war entschieden etwas zu klein und stellenweise gegen den Strich gebürstet. Der Schwung der Krawatte war ihm nicht recht geglückt.

Auch die übrigen Leidtragenden, wenn freilich niemand von dem Tode des jungen Kaufmanns so schwer getroffen schien wie der untröstliche Freund, zeigten sich tief bewegt. Einige mochten Berufskollegen und Kolleginnen sein, andern wieder konnte man es nicht ohne weiteres ansehen, wer sie seien. Ein gelehrter Arzt war darunter, den Heinrich flüchtig kannte, die alte Zeitungsfrau, bei der der Tote seine Zeitungen gekauft hatte, sein Friseur vermutlich, der ihm das Haar schnitt, und sein Schneider, anspruchsvolle und bescheidene Gesichter. Auch die fromme Nonne schritt im Zuge und beweinte ihn, und ganz am Ende mit entschlossenem Gesichtsausdruck Heinrichs Schwester Rosa.

Das ärgerte den Bruder nun doch ein wenig. Er tat, als sähe er sie nicht.

Es ist immer ein banger Augenblick, wenn der Sarg mittels der Gurten ins Grab hinabgelassen wird und dabei gleich einem untergehenden Nachen ins Schaukeln gerät. Unwillkürlich machte Heinrich eine Bewegung, gleichsam von ferne das schwankende Gleichgewicht zu lenken, damit der Tote nicht aus seiner Lage rücke und sich wehe tue. Es hilft nichts zu denken, er spürt es ja nicht mehr, was auch immer mit ihm geschähe.

Heinrich erinnerte sich eines Erlebnisses aus dem vergangenen Kriege während des Winters. Beim Einstieg in den Laufgraben zur vorderen Stellung lag wochenlang ein verschütteter Soldat, dessen gefrorene Hand aus dem Schnee ragte wie ein Ast. Wenn die Kompanie in Stellung ging, war sie das Zeichen, daß man am Ziele war. Jeder, der in den Graben hinabstieg, ergriff des Toten Hand, sich daran zu halten, keiner entzog sich dem schaurigen Brauch.

Doch nun war Sommer und Friede, ein warmer, lustiger Tag. Unwahrscheinlich und sinnlos schien der Tod Idolinos. Nichts lag näher, als ihn einfach zu leugnen. Wie aber, wenn er jetzt erwachte, im Sarge sich regte, pochte und riefe, würden sie nicht alle zu Tode erschrekken bis ins Mark und über die Gräber entfliehen, wie sehr sie ihn liebten?

Die Totenfeier wurde durch ein Streichquartett eingeleitet. Die Musikanten hatten Notenpulte und Stühle unter die Weide gestellt. Der untröstliche junge Mensch spielte das Cello. Allein während Heinrich bei den ersten Klängen nur noch mit äußerster Mühe die Tränen zurückzuhalten vermochte (denn die Musik löst oft die künstlichen Fesseln des Herzens), beruhigte sich das verstörte Gesicht des Freundes, es wurde schön auf einmal und blieb doch das gleiche treuherzige Faunsgesicht mit der drolligen Nase und dem brummigen Mund. ›Wie ist das bloß möglich‹, dachte Heinrich, ›fast ähnelt es jetzt dem Toten.‹ Die jungen Musiker spielten barhäuptig, ihre Haare wehten im Wind, und über ihnen wiegten sich die Zweige der Hängeweide.

Als sie geendet, begann der freundliche Greis seine Grabrede. In einem Anfall geistiger Umnachtung, so führte der Geistliche aus, habe nach unerforschlichem Ratschluß der hoffnungsvolle junge Kaufmann Hand an sich gelegt. Er empfehle ihn der göttlichen Gnade. Es gewähre einen gewissen Trost, daß den schon vor Jahren heimgegangenen Eltern dieser Schmerz erspart geblieben sei. Zum Schlusse rühmte er den Toten als gewissenhaften, fleißigen Angestellten, der sich das ungeteilte Lob seiner Vorgesetzten erworben habe.

Heinrich hörte nur mit halbem Ohre zu. Er merkte gerade noch rechtzeitig, daß er begann, ungeduldig mit den Schlüsseln zu rasseln. Der Geistliche schien von irgendeinem beliebigen fremden Menschen zu sprechen, nur nicht von diesem. Er hatte ihn sicher nicht gekannt.

Trauer macht müde. Das Dienstmädchen gähnte verstohlen. Nun aber geschah es, daß der fromme Greis, jene fast heidnischen Worte murmelnd: »Von Erde bist du genommen, zur Erde sollst du werden…«, drei Schaufeln Erde in die Grube warf. Die Erde klatschte auf den Sarg mit einem Geräusch, das ans Herz ging.

Dann sprach ein älterer Herr für die Leitung und Angestellten der Firma, der der Tote, den man habe gern haben müssen, angehört hatte. Das Dienstmädchen reichte den Kranz mit den weißen Atlasschleifen der jungen Frau. Sie legte ihn wortlos nieder. Dann nahm auch sie den Spaten und warf Erde in das Grab. Alle taten es, auch der Freund des Toten. Er tat es linkisch und ungeschickt. Ein Junge mit einem Lehrlingsgesicht streute lose Blumen. Heinrich konnte ihm nachfühlen, wie peinlich ihm das sein mußte. Der Junge trat, nachdem er den älteren Herrn durch einen Blick befragt, ob es so auch recht war, und dieser ihm zugenickt hatte, sichtlich erleichtert zurück. Er schlüpfte zwischen den Leidtragenden hindurch, bestrebt, sich möglichst schnell unsichtbar zu machen.

Heinrich bereute es schon längst, hierher gekommen zu sein. ›Nie wieder‹, sagte er sich, ›nie wieder! Was hatte er denn eigentlich erwartet?‹ Er grübelte über die Fragwürdigkeit der Bestattungsbräuche nach. Er erwog, ob es am Ende besser sei, die Toten bei Nacht und Fackelbeleuchtung zu Grabe zu tragen oder sie im Feuer zu bestatten und die Asche von einem Berge in alle Winde zu streuen – ein Lieblingsgedanke von ihm, den er als Akademieschüler leidenschaftlich vertreten hatte. Ob man die Toten in großen Wäldern nach Art der Hünengräber beisetzte oder sie, wie manche Völker tun, den wilden Tieren preisgab, ob man sie einbalsamiert in Sarkophagen oder Pyramiden bewahrte, unter feierlichem Gepränge, unter Pauken und Trompeten oder in aller Stille, was er auch erwog, schien doch nur angetan, dem Tod seinen Schrecken zu nehmen, wenn er wirklich so schrecklich war.

Indessen war es ihm nun nicht mehr möglich, ohne Aufsehen seiner Wege zu gehen. Er sah sich in die Reihe der Trauernden gedrängt und warf wie alle dem Toten die Erde nach. Im Schatten des Grabes der neue weiße Sarg mit den silbernen Löwenfüßen, auf dem mit Blumen und kleinen Steinchen vermischte Erdbrocken lagen, bot keinen tröstlichen Anblick.

Die Trauergemeinde löste sich langsam auf.

Unmutig schritt Heinrich davon, ohne sich um Rosa zu kümmern. Er machte absichtlich einen Umweg, um ihr nicht zu begegnen, und wollte eben durch eine Nebenpforte den Friedhof verlassen, als er sich beim Namen gerufen hörte. Der junge Musiker trabte hinter ihm drein. Er war erhitzt und außer Atem.

»Silvia schickt mich nämlich«, sagte er, ohne weiteres voraussetzend, daß jedermann wissen müsse, wer das sei. »Sie hatten die Freundlichkeit, gestern nacht –« Er stockte, außerstande, weiterzureden. Von neuem übermannte ihn der Schmerz.

»Sagen Sie mir«, rief er dann leidenschaftlich aus und faßte Heinrich beim Arm, »sagen Sie mir nur das eine, wo, wo ist er jetzt? Ich habe ihn doch noch gesprochen, vorgestern erst, nichts vom Tode war an ihm. Er lachte, redete – ach, Sie kannten seine Stimme nicht, und nun ist er auf einmal stumm, regungslos, antwortet nicht, schaut nicht mehr! Schaut nicht mehr!«

Die letzten Worte hatte der Musiker laut geschrien. Er war so außer sich, daß Heinrich für des Unglücklichen Verstand zu fürchten begann. Er hatte wohl keine Tränen mehr. Es war ein trockener, durstiger Schmerz, dem Wahnwitz nahe verwandt. Mußte man angesichts solcher Wehklage, argwöhnte Heinrich, nicht fürderhin an der natürlichen Eignung zum Schmerz zweifeln bei jenen Bedauernswerten, die sich so trefflich in der Gewalt haben, daß keine Träne, kein Zucken des Mundes, keine Traurigkeit des Auges verrät, was in ihnen vorgeht?

Heinrich merkte wohl, daß bei diesem hier einstweilen alle guten Lehren und frommen Verheißungen der Tröster und Weisen nichts vermochten, als geschähe für ihn der Tod zum erstenmal an einem Menschen. ›Daß doch jeder‹, dachte er für sich, ›an Gott und der Welt von neuem irre werden und das uralte Geheimnis zu lüften sich abquälen muß, bis er entsagend erkennt: wir können die Toten nicht zurückrufen, wir können nur zu ihnen hinübergehen‹.

Aber da legte sich ganz unvermittelt der Sturm in der Seele des Musikers. Er wurde ganz ruhig auf einmal: »Ich glaube es nicht«, sagte er, »er ist gar nicht tot. Es ist alles nicht wahr, es kann ja nicht wahr sein. Er ist nicht tot. Wir sehen ihn nur nicht mehr. Unsere irdischen Augen sind nicht vollkommen genug. Sie nehmen nur das Sterbliche wahr, wir sahen ihn nur, solange er sich des Stoffes bediente, aus dem wir selber gemacht sind. Was war denn das Schöne, wenn man es durch einen so verwundbaren und empfindlichen Sinn empfing wie den Gallert des Augapfels!«

Da standen sie nun im weißen überdeutlichen Lichte der Spätsommersonne und von ihr geblendet zwischen den Gräbern, zwei erwachsene Männer, und beweinten gemeinsam den Toten.

»Ja, ja, so ist das nun«, stammelte Heinrich und blickte grimmig vor sich hin, er schämte sich seiner Schwäche. Erst als Silvia des Weges kam, nahmen sie sich zusammen. Silvias Gesicht war jetzt vom Schleier verhüllt und schaute wie aus einem schwarzen Spiegel. Sie gab Heinrich die Hand.

»Roland hat wohl schon mit Ihnen davon gesprochen«, sagte sie unbefangen, »können wir sie sehen?« Sie meinte die Maske, aber auch sie vermied es geflissentlich, die nüchterne Tatsache beim Namen zu nennen. Wenn es ihnen recht sei, sogleich, erwiderte Heinrich.

Silvia in der Mitte ruhigen Schrittes, Heinrich ihr zur Rechten in seiner ungestümen Art zu gehen – bald an sie hutzend, bald wieder zuviel Raum gebend –, ihr zur Linken, doch etwas zurück der schüchterne Freund, so schritten sie selbdritt, durch das Gedächtnis an den Toten einander zugesellt, Heinrichs Behausung zu.

Im Atelier führte Heinrich seine Gäste sogleich vor die Maske Idolinos und ließ sie damit allein. Ein Blick auf das weiße Antlitz genügte, ihn die Bitternis der Beerdigung vergessen zu lassen. Was er dort vergeblich gesucht, hier war es gegenwärtig.

Er ging in seine Kammer, vertauschte den Feiertagsrock mit seinem Bildhauerkittel und zündete sich eine Pfeife an. Am liebsten hätte er gleich wieder zu arbeiten angefangen.

Als er in die Werkstatt trat, standen Roland und Silvia noch immer vor der Totenmaske, wie er sie verlassen.

»Sie haben ihn nicht gekannt, ich meine im Leben?« fragte Silvia leise, ohne den Blick zu wenden.

»Nein, nur so«, sagte Heinrich und dachte, ›warum flüstern wir in Gegenwart des Todes, ja selbst vor seinem armen Abbild wie am Bett eines schlafenden Kindes, oder wie in einer Kirche?‹

»Er hat dich nicht gekannt!« wiederholte Roland, als spräche er zu einem Lebenden. Heinrich trat hinter die beiden und sah ihnen in seiner gewohnten breitspurigen Haltung, die eine Hand um die kurze Pfeife gelegt und sie mit dem Finger stopfend, die andere in der Hosentasche, über die Schulter. Er rauchte hastig und klimperte leise mit dem Schlüsselbund.

Sie standen wohl eine gute Weile in Betrachtung des schlafenden Angesichts, als Rosa eintrat. Sie tischte in der Wohnecke einen kleinen Imbiß auf, nickte den dreien, die sich wie im Traume umwandten, teilnehmend und zugleich einladend zu und verließ behutsam, wie sie gekommen, die Werkstatt.

Heinrich spürte auf einmal, daß er rechtschaffen Hunger hatte. »Meine Schwester hat recht«, sagte er mit lächelndem Seufzer, »es wird uns allen gut tun.«

Selbst beim größten Herzeleid liegt etwas wie Trost in dem unzarten Aufbegehren des Körpers. Man schämt sich dessen wohl ein wenig, aber man gibt ihm nach. Also aßen und tranken sie zu Füßen der überlebensgroßen Gipsmodelle, des felsblockschwingenden Giganten, der tanzenden Mänade und des eifernden Heiligen, die in leidenschaftlichster Bewegung erstarrt, stumm und ohne jede Beziehung zueinander, ihre nackten kreideweißen Glieder reckten. ›Welch ein Aufwand‹, dachte Heinrich, ›gegenüber diesem mühelosen Angesicht!‹ Er schämte sich.

»Sie haben ihn nicht gekannt«, begann Silvia, »und haben ein Recht zu fragen, was es eigentlich war, das uns so bewegte, daß wir nur durch ihn zu leben meinten. Nicht alle sahen ihn, da er noch leibhaftig unter uns wandelte. Er war ja so unscheinbar. Sie fanden nichts Besonderes an ihm, weil er aus Fleisch und Blut gemacht schien wie sie, weil er aß und trank wie sie, einem alltäglichen Beruf nachging, in ihrer Sprache redete und auch nur ein Mensch war wie sie, ein Sterblicher mit Augen und Mund.«

Der Musiker stand auf, trat vor die Maske, hob sie auf zwischen seinen Händen und legte sie wieder zurück.

»Daß sie den Unterschied nicht merkten!« sagte er. »Es ist eine besondere Gnade der Natur, daß sie die Menschen über ihr Aussehen meistens im unklaren läßt. Freilich, ich erkannte ihn auch nicht beim erstenmal, vielleicht, weil ich Musiker bin. Aber dann hörte ich seine Stimme. Sie war schuld, daß ich ihn erst richtig sah. Nicht daß er etwas Besonderes sagte, es war nur der natürliche Wohllaut, den man nicht mehr vergaß. Sie haben ihn nie sprechen hören und werden zweifeln, weil es eben doch auch nur eine menschliche Stimme sein konnte, aus eines Menschen Mund. Aber das ist es ja, was uns alle bewegt: warum war dieses Antlitz von so nie ermüdender einmaliger Vollkommenheit, und ein anderes, das ihm in tausend Kleinigkeiten ähnelte, bewegt uns nicht. Wie kommt es, daß uns selbst dieses Lächeln im kalten Gips noch rührt und tröstet vor Millionen andern?«

Er wäre freilich, fügte er mit einem scheuen Blick auf Silvia hinzu, nie auf den Gedanken gekommen, dieses allzu weiße, dreimal tote Abbild formen zu lassen, wenn es nicht Silvias Wunsch gewesen wäre. Erbärmlich seien doch alle unsere Anstalten, das Gedächtnis eines Toten zu überliefern, gar seine Stimme mechanisch festzuhalten, wie es zuweilen geschähe, oder seine Gestalt im beweglichen Film, wie ein Gespenst, uns zu schrecken. Es macht uns ja doch nur doppelt traurig und sehnsüchtig nach seiner lebendigen Gegenwart. Wie nahe man auch zusehe, das eigentliche Geheimnis seines Zaubers bleibe unsichtbar, unnachahmlich, unmeßbar, unbeschreiblich. Was aber sei es denn, was uns so bewege?

»Warum willst du es wissen, Roland?« fragte Silvia.

»Je nun, was ist es«, begann nun Heinrich zu reden und betrachtete tiefsinnig seine Hände, »was ist's, das auch über diese befiehlt, daß sie nicht ruhen, bis sie seines Wesens inne sind? Was ist in sie gefahren? Zum Wissen ist das wohl nicht. Es spricht von Angesicht zu Angesicht in jener zweiten Sprache, in der wir uns mit Gott unterhalten. Wir meinen ihm dann ganz nahe zu sein und seine Mundart zu reden, auf irdisch freilich und höchst mangelhaft. Er redet in Sonnen, Monden, Sternen zu uns, und eine sanfte Sonate, ein Bild, ein schönes Gedicht, ein Lobgesang antwortet ihm zum Zeichen, daß wir einander verstehen, daß wir ahnen, wie er's gemeint hat. Dieser (er nickte nach der Maske hin) ist eine Frage, von oben an uns gerichtet, daß wir darauf recht antworten sollen«.

Er bäte, fügte Heinrich hinzu, sie möchten ihm weiter von Idolino erzählen, auch wenn er indessen ein wenig arbeite. Er höre jedes Wort, ja es gelänge ihm besser, als werde durch die Beschäftigung eines Teiles seines Ichs der andere erst richtig frei.

Sogleich begann er mit wechselndem Mienenspiel – bald verbissen finster, bald zärtlich verklärt – an seinem Zeichenbrette zu hantieren, nicht unähnlich einem Pianisten und unter leidenschaftlicher Anteilnahme seines ganzen Körpers. Mit einem Blick zum Himmel sich erinnernd oder nach innen schauend, hurtig bald und bald gelassen zeichnend, beschwor er wieder und wieder das Bild Idolinos, während Silvia und Roland erzählten.

»Ich weiß nicht, woher es kam, und will es gar nicht wissen. Aber wenn ich musizierte in seiner Gegenwart, wenn er unter den Zuhörern saß, dann spielte ich besser als je. Dabei war er gar nicht besonders musikalisch. Aber er besaß die geheimnisvolle Gabe schöpferischen Zuhörens. Es schien, als teilte sie sich dem Publikum mit. Er war nur da, unauffällig, und dennoch jeden unendlich verpflichtend.«

Einer ihrer Bekannten, ein Gelehrter, habe Idolino gegenüber eine Wohnung bezogen, weil er seiner Nähe bedurfte, wollte er sein Werk zustande bringen. Einem Läufer sei ein überraschender Sieg gelungen, nur weil jener unter den Zuschauern saß, und ein Dichter schreibe seinen Ruhm einzig dem Zauber zu, der von ihm ausging, der doch nur ein junger Kaufmann war, »gewissenhaft und fleißig«.

»Besonders die Kinder liebten ihn, obwohl er sich kaum mit ihnen abgab. Ist das nicht seltsam? Sie drängten sich zu ihm und sahen ihn immerzu an. Abends vor dem Einschlafen sprachen sie von ihm, beschrieben genau, was er anhatte, und versuchten unbewußt seine Stimme nachzuahmen, als wünschten sie wie er zu sein. Sie teilten es sich mit, wenn er ihnen auf der Straße begegnet war. Er gefiel ihnen. Aber auch die Alten freuten sich seines Anblicks.

Nur seine Eltern merkten offenbar nichts davon. Ich kann es heute noch nicht fassen, daß dieser ihr leiblicher Sohn sein sollte, es müßte denn ein Gott im Spiel gewesen sein. Ich habe ihr Bild gesehen. Es waren behäbige, kreuzbrave Kleinbürger, kurzhalsig und korpulent.«

»Vielleicht«, warf Heinrich ein und wandte für einen Augenblick sein rauchumwölktes, kohlegeschwärztes Gesicht der Sprecherin zu, »vielleicht gelüstet es zuweilen die Gottheit, entgegen allen menschlichen Berechnungen, eines Wunders sich zu bedienen, um ihre schöpferische Unabhängigkeit und ewige Freiheit augenfällig in Erinnerung zu bringen.«

»Warum aber ging er von uns«, klagte Roland, »ohne Vorzeichen, ohne Warnung, ohne Abschied, viel zu früh? An jenem letzten Tage war er mit uns zusammen.

Ich glaube, er hatte uns beide besonders gern. Nichts an ihm verriet, was er vorhatte. Vielleicht wußte er es noch nicht einmal. Jedem von uns war seine Tat eher zuzutrauen als gerade ihm. Jeder von uns hatte schon einmal daran gedacht, es zu tun, als beruhige die Gewißheit, daß jeder Tag unser letzter sein kann. Aber er, der ein Liebling war der Götter und Menschen, er tat es wirklich und ließ uns allein.« Er sei an jenem Tage wie immer gewesen, ohne Kümmernis, unauffällig, scheinbar ein Empfangender, während er es doch gewesen sei, der gab.

»Silvia, du glaubst doch auch, daß er glücklich war?«

Ob dies Roland gleich mit großer Heftigkeit aussprach, es lag doch ein leiser Zweifel an des Toten Glückseligkeit darin, wenigstens für Heinrich. Denn was konnte diesen Glücklichsten unter den Sterblichen, den Vielgeliebten, den unbewegten Beweger und heimlichen Urheber schöner Künste, dahin bringen, diesem Glücke lieber das ungewisse Glück des Todes vorzuziehen? Das dunkle Wort: Des Menschen letzte Liebe ist der Tod, bekam hier auf einmal einen bitteren Sinn.

»Ob er glücklich war?« fragte Silvia und lehnte ihren Kopf an Rolands Schulter. »Nein, ich glaube es nicht. Du mußt darüber nicht so erschrecken, Roland. Wir hatten keine Macht über ihn, du nicht, ich nicht und alle, die durch ihn glücklich waren und ihn liebten um seiner Schönheit willen.«

»Um seiner Schönheit willen«, wiederholte Roland.

»Ich fürchte, man hat selbst nicht viel davon und hungert nach dem großen Augenblick, selber einmal zu lieben, einmal der Wonne des eigenen Gedichtes, einer Sonate teilhaftig zu sein. Wie gehorsam er die unschuldige Knechtschaft seiner Schönheit ertrug, wer konnte ihn abhalten, zu seinesgleichen zurückzukehren?«

Einmal schon, während sie sprachen, war Rosa hereingekommen, den Imbiß abzuräumen. Nun brachte sie unbefohlen den Tee. Es rührte Heinrich, wie selbstverständlich sie das tat, wie ihm das alte Mädchen diente, gleichsam seine Magd war. Er sah sie freundlich an, er ging ihr nach, als sie ohne Aufsehen die Werkstatt wieder verlassen wollte und bat sie zu bleiben. Sie begrüßte Silvia und Roland demütig fast und blieb. Aber als ihr Heinrich mit ein paar Worten sein Verhalten am Morgen erklären wollte, wehrte sie ab.

»Ach Heinrich«, sagte sie, mit einem Lächeln, darin Trauer und Spott zugleich lag, und trat zu der Maske. Die Arme über ihrer Schürze ineinander gelegt, wie Mägde tun, wenn sie ausruhen, stand sie davor, sehr gerade und streng.

Dann erzählte sie mit ihrer etwas scharfen Stimme, daß sie den Toten auch gekannt habe, vielleicht schon länger als Roland und Silvia, schon als er noch zur Schule ging. Nur vom Sehen freilich, nur von ferne. Täglich zur gleichen Stunde, wenn sie auf den Friedhof ging, habe sie auf ihn gewartet.

»Und er?« fragte Heinrich reuigen Herzens.

»Ach Heinrich«, sagte sie wieder, »genügte es nicht, ihn zu sehen, unbemerkt von ihm?«

Als sie diesen Morgen in die Werkstatt gekommen sei, um ein wenig nach dem Rechten zu schauen, habe sie die Maske gefunden und die Zeichnungen. Da habe sie natürlich gleich gewußt, was geschehen war.

Roland, Silvia und Heinrich sahen mit großen Augen das alte Fräulein an, sahen das schroffe unliebenswürdige Gesicht mit dem trockenen dürren Mund, ein Altjungferngesicht, ihre hagere, anmutlose Gestalt und die harten abgerackerten Hände.

Heinrich erinnerte sich, daß sie eigentlich immer so ausgesehen hatte, schon als Kind: so unansehnlich, farblos und genügsam. Dennoch zweifelte er nicht daran, daß seine Schwester dieser zarten hoffnungslosen Liebe fähig war, daß sie jahrelang Tag für Tag auf Idolino wartete, seines Anblicks sich zu freuen.

Eines Tages im Winter, da Rosa wie gewohnt zum Friedhof ging, einem fremden Toten das letzte Geleite zu geben, sah sie einen Jungen, die Schulmappe unterm Arm, wohlgemut des Weges kommen. Es schneite ein wenig, gleichsam aus blauem Himmel. Es war bitter kalt, obgleich die Sonne schien. Das alte Fräulein mit dem selbstgarnierten wunderlichen Hut und dem getupften Schleier, der feucht war von ihrem Atem, in dem schwarzen bortenverzierten Wintermantel und unförmlichen Gummigaloschen, Haushaltsgedanken im Kopf, blieb plötzlich stehen, da sie des Schülers ansichtig wurde. Ja, sie drehte sich um nach ihm, als er vorüber war.

»Wohlgeraten, wohlgeraten«, murmelte sie und dachte, es müsse wohl ein großer Segen sein, einen solchen Sohn zu haben.

Den ganzen Tag über empfand sie ein nie gekanntes Glücksgefühl, und wenn sie sich besann, warum ihr so wohl ums Herze sei, fiel ihr der Junge ein, wie er die Mappe unterm Arm unbeschwert des Weges gekommen war. Vielleicht hätte sie ihn bald vergessen, wenn er ihr nicht andern Tages wieder begegnet wäre. Am dritten Tage freute sie sich schon auf ihn und war traurig, als sie ihn nicht sah.

Sie schalt sich freilich ein törichtes Geschöpf und fand ihre Zuneigung unschicklich und lächerlich. Aber da war es schon zu spät. Sie stand viel Angst aus, Heinrich könnte es merken, wie ihr zumute war.

Einmal mußte es der Junge gefühlt haben, daß sie ihn ansah; denn er griff verwirrt an die Mütze und grüßte artig das Fräulein. Er mochte sie wohl für eine Kundin seiner Eltern halten, die einen kleinen Kolonialwarenladen besaßen. Von Stund an grüßte er sie immer, und sie dankte ernsthaft mit leichtem Neigen des Kopfes.

Zuweilen, erzählte das alte Mädchen, als sei sie froh, es endlich jemand sagen zu können, habe sie in ihrer Herzensnot an ihn geschrieben, wie sehr sie ihn liebe. Aber sie habe die Briefe natürlich nicht abgeschickt, sondern einen zum andern gelegt und mit einem seidenen Bändchen zusammengebunden. Die hatte sie ihm heute heimlich ins Grab gelegt und hurtig ein paar Schaufeln Erde darüber geworfen, obwohl es doch einfältig war, derlei zu tun.

Sie hatte sich oft geschworen, nie wieder den Weg zu gehen, wo ihr der Schöne begegnete. Aber es war, als triebe ein grausamer Gott seinen Spott mit ihr, daß er ihr die Gabe zu lieben verlieh, ihr aber sonst alles versagte, was sie liebenswert machen konnte.

›Was geschieht mit einer solchen Liebe‹, dachte Heinrich, als Rosa geendet, ›wo wird sie belohnt im Plane der Natur, darin nichts verlorengeht?‹ Irgendwo, hoffte er, müsse sie sich erfüllen.

Als Roland und Silvia gegangen waren (sie küßten beide beim Abschied Rosas Hand), blieb in Heinrich eine große Befangenheit zurück. Er hätte seiner Schwester gerne etwas Gutes und Tröstliches gesagt. Er kam sich sehr klein vor auf einmal.

Rosa machte es ihm leicht. Sie nahm die Zeichnungen zur Hand und betrachtete sie aufmerksam und neidlos. Er hatte doch wenigstens diese Möglichkeit, mit der Erscheinung des schönen Toten fertigzuwerden.

Ob sie ihm dabei helfen wolle, fragte Heinrich mit Wärme, wenn er ungenau werde, da er doch nie seine Augen gesehen und wie er sich hielt und ging.

Was werde sie ihm groß helfen können, antwortete Rosa in ihrer gewohnten unguten Art und begann geschäftig den Tee abzuräumen, als wollte sie dem Bruder bedeuten, daß sie wohl wisse, wo ihr Platz sei.

Aber am andern Tage, als Heinrich eben darüber war, den felsblockschwingenden Giganten in Stücke zu schlagen, fand sich Rosa stillschweigend ein, die Scherben zusammenzukehren und hinauszutragen in die Abfalltonne. Heinrich stand auf einer Staffelei und sang laut zu seinem Vernichtungswerk sein Lieblingslied vom Prinzen Eugen, dem edlen Ritter.

Er erinnerte sich an ein Erlebnis im Felde, da er und seine Kameraden vor Kälte sich nicht mehr anders zu helfen wußten, als mit den hölzernen Heiligenfiguren aus der Kirche in W. Feuer zu machen. Ein Sebastian war darunter und törichte Jungfrauen mit ihren Lampen, gute gotische Schnitzarbeit. Es tat ihnen wohl in der Seele weh, aber sie wärmten sich daran in der Winternacht und sangen und tranken dazu.

Bei der Zertrümmerung des Giganten nun empfand Heinrich keine Trauer, mehr eine grimmige Lust, der nahe verwandt, die er fühlte, als er das Bildwerk schuf.

Das wilde Haupt des Riesen unter dem einen Arm, ein Trumm der gewaltigen Schenkel unter dem andern, schleppte Rosa die Stücke zur Tonne. Den eifernden Propheten und die trunkene Tänzerin begnadigte Heinrich für diesmal. Sie trugen sie gemeinsam hinaus in den Schuppen, wo schon dichtgedrängt die entthronten Opfer früherer Strafgerichte in allen Größen standen: Zentauren, Nymphen, Engel und Athleten, eine gespenstige Versammlung.

In der entleerten Werkstatt beginnt Heinrich noch am gleichen Tage die Figur des unbewegten Bewegers aufzubauen. Rosa sitzt strümpfestopfend in der Wohnecke und sieht zu, wie sie wächst. Erst macht er ein Gerüst aus Eisen, Bleirohren und Draht, einem herbstlichen Baume ähnlich. Schmetterlinge zittern daran, jene kleinen propellerartigen Bleche, die dem Ton inneren Halt geben. Heinrich geht hin und her zwischen der Tonkiste und dem Gestell, das vorerst mehr den Eindruck einer Schlosserarbeit macht. Er knetet den grauen Ton, daß er griffig und dicht werde. Es ist ein geduldiges Handwerk, das eines Töpfers mehr als eines Bildhauers. Weil er ein großes Kind ist, formt er erst das Herz, nicht anatomisch, sondern in der symbolischen Gestalt, die ihm der Mensch gegeben, und befestigt es in der Brust. Dann trägt er den Ton an, von Anfang das Schöne erwägend, nicht so gewaltig und überschwenglich wie sonst, vielmehr sparsam und bedächtig. Er hält sich genau an die Maße und ordnet sie nach der Erinnerung. Jedes Teil gilt ihm gleich wichtig, Füße wie Hände. Er bringt alles in Beziehung zum schönen Haupt und spürt, wie von der Gestalt das Ebenmaß des Mundes und der ganze Körper regiert wird, das Entfernteste wie das Nächste. Er merkt, wie sich der kleinste Irrtum vervielfacht, und vergißt sich selber so sehr, daß er inmitten der Gestalt zu wohnen meint und von innen heraus die Formen treibt, wie es das pochende Herz tut. Oft steht er müßig und schaut, oder er geht umher, von allen Seiten das Werk zu prüfen. Er klettert auf die Leiter und blickt darauf hinab, er kauert sich zu Füßen und sieht steil daran empor. Er bittet Rosa, die Drehscheibe langsam zu bewegen, damit ihm keine Überschneidung entgehe. Er stellt die Figur in hellstes unerbittliches Licht, er leuchtet sie ab von allen Seiten und beobachtet wachsam die Wirkung der Schatten. Er betrachtet die Gestalt mittels eines Spiegels, der die Fehler verdoppelt.

Auch der Oberfläche der Haut widmet er viele Tage, daß sie nicht zu glatt, nicht zu rauh sei. Er mißtraut sich beständig und den zufälligen Reizen seines Handwerks. Er arbeitet fast ausschließlich mit den Händen, nur im Notfall bedient er sich der Modellierhölzer, Spachtel und Schlingen. Bald arbeitet er am Ohr, bald an der Hüfte, bald an den Fesseln, damit die Figur gleichmäßig zur Vollendung gedeihe. Bei den Augen befragt er Rosa und verwirft als unzulässig, was er früher geübt, statt der Augäpfel schwarze Höhlen zu lassen, wie es bei antiken Erzbildern scheinbar vorkommt. Und er erwägt, ob er nicht wie die Alten die Augen einsetzen solle aus Bernstein, Silber oder Schmelz, wenn die Figur erst in Erz gegossen sein werde.

Dazwischen, während er den Ton sorgfältig in der gleichen Feuchte erhält, rührt er oft tagelang nicht daran. Er läßt sich Zeit, geht spazieren und hört viel Musik. Er meint danach besser zu sehen, wo es noch fehlt. –

Anfangs hatte er der Figur eine leicht bewegte Stellung gegeben, die ihm aber bald zu geziert erschien. Immer ruhiger wurde die Haltung, kaum spürbar die Neigung des Hauptes, herber Anmut voll.

Es geschah, daß Rosa, um dabei sein zu können, den Haushalt zu vernachlässigen begann. Er brauche sie, sagte Heinrich. Auf seinen Wunsch las sie dem Bruder stundenlang vor. Sie las die ›Ilias‹, die Geschichte des jungen Tobias mit dem Engel, die Heinrich besonders lieb war, auch den ›Don Carlos‹ und Shakespeares ›Sturm‹: Friedliche und kriegerische Weisen voll Liebe, Waffenlärm und Tod, während Heinrich unentwegt arbeitete und prüfte, ob Idolino davor bestand.

Zuweilen kamen auch die Liebenden, ein wenig zuzusehen. Roland spielte dann auf seinem Cello, denn er merkte wohl, daß es der Figur zugute kam.

Als das Tonmodell endlich fertig war (längst schon baten die Freunde Heinrich, nicht mehr daran zu rühren, denn es bestand die Gefahr, er könne am Ende noch verderben, was ihm so herrlich gelungen schien), wurde sie in Gips abgeformt. Es war aber für die Zuschauer ein kläglicher Anblick, als der Gipsmantel abgenommen wurde. Der Ton blieb hängen und zerriß, das vorher untadelige Modell wies tiefe Wunden und Quetschungen auf, abgerissen waren die Ohren, verzerrt das Gesicht. Aus dem Stümpfen der Arme starrte Draht. In ungestalten Klumpen, die da und dort noch ein schönes Detail verrieten, ein Knie oder ein Stück vom Arm, schichtete Heinrich den klitschigen Ton, der nun seine Pflicht erfüllt, in die Tonkiste. Zuletzt nahm er das Haupt herab, das jammervoll das Skelett aus Eisen und Draht krönte, darin noch Fetzen des grauen Fleisches hingen, und warf's zum übrigen. Ringsum lehnten wie abgefallene Gehäuse einer großen Frucht die Teile der Form.

Aus ihnen entstand von neuem die Statue, befremdend nüchtern in dem kalten Weiß und nicht so leicht zu sehen wie vorher. Nun erst, meinte Heinrich, glaubte er imstande zu sein, die Gestalt von neuem und schöner zu schaffen. Dies dünke ihm nur eine Art Vorarbeit, wohl eine durchgebildete Studie, doch nichts Endgültiges.

Dennoch ließ er das Modell in Erz gießen, ziselierte es sorgsam durch und patinierte es im Feuer, bis es einen matten unauffälligen Ton erhielt. An einer verborgenen Stelle des Sockels gravierte er den Spruch ein, der auf des Toten Ring gestanden: Felix sorte sua.

Kurz vor der Hochzeit Silvias und Rolands war das Werk vollendet. Heinrich brachte die beiden zur Bahn. Es war ein unlustiges Wetter mit Wind und Regen. In den Straßen wirbelten die nassen Blätter des Herbstes. Manche zauderten im Fluge wie Vögel, als besännen sie sich, wo sie ihren Platz wählen sollten. Auch in die zugige Bahnhofshalle verirrten sie sich.

In seinem alten karierten Havelock, den Kragen hochgeschlagen, den breitkrempigen Hut auf dem Kopf, stand Heinrich vor dem Abteil, aus dem sich Roland und Silvia beugten. Er gab ihnen muntere Ratschläge für die Reise nach Italien. Breitspurig stand er da, die kurze Pfeife im Munde. Sie wippte auf und ab, während er sprach.

Als der Zug sich in Bewegung setzte, grüßte Heinrich feierlich mit dem großen schwarzen Hut.

»Ja, so ist das nun«, murmelte er und rauchte heftig.

Das letzte, was er von den Liebenden sah, waren zwei flatternde Taschentücher.

›Es sei denn, daß ein Gott dabei im Spiele war.‹ Dieser Gedanke verließ Heinrich nicht mehr, seitdem er Idolino begegnet war. Er wußte, daß er, wie viele Männer seiner Zeit, recht eigentlich ein Heide war und Vielgötterei trieb. Er sah, wie die Alten, in jedem großen und zarten Geschehen einen waltenden Gott: in der Liebe, in der Furchtlosigkeit, in der Schönheit, im Traume und im Tod. Sie waren einander nicht feind. Sie vertrugen sich wohl in ihm. Idolino war nur einer davon.

Es leuchtete Heinrich ein, daß etwa die Japaner einen Glücksgott kannten und eine ganz bestimmte sichtbare, sehr drollige Vorstellung von ihm hatten. Sie wußten ihn so darzustellen, daß jeder lächeln mußte, der ihn sah. Fabulus hinwiederum hieß bei den Römern ein Gott der Kinder, der in Gestalt eines fremden schönen Knaben spielend die Kleinen sprechen lehrte. Auch ihn nahm Heinrich in sein weites Götterreich auf, in dem die frommen Heiligen freundlich mit den Nymphen und Dryaden umgingen. Jenes frühchristliche Mosaik, da der Gott des Flusses Jordan leibhaftig der Taufe Jesu beiwohnt, war ganz nach Heinrichs Sinn.

Heinrich mißtraute dem allzu irdischen und behaglichen Bilde, das Roland von den Eltern Idolinos entworfen, und nahm sich vor, dem Geheimnis der Herkunft des Schönen ein wenig nachzuforschen. Rosa konnte ihm helfen. Sie kannte das Haus, aus dem der Tote stammte, ein kleines schiefes Haus in der Altstadt, mit einem bescheidenen Spezereiladen darin.

Heinrich suchte es auf. Es stand, ein Überbleibsel aus alter Zeit, zwischen nüchternen Neubauten. Eine Laterne stand davor, ein gelber Postbriefkasten war daran, und der kleine Laden war umgeben von bunten Reklametafeln für Virginiazigarren, Schnupftabak, Waschmittel und Suppenwürzen.

›Hier wohnt das Glück‹, dachte Heinrich, als er es sah. Er kaufte eine Kleinigkeit und erfuhr von dem biederen Kaufmann, daß sein Vorgänger Martin Vetterle als Landwehrmann im Kriege geblieben sei. Die Frau, ›eine zärtliche, seelengute Frau‹ nannte er sie, sei seinerzeit mit einem Grabscheit, allen Schwierigkeiten zum Trotz, mitten im Kriege an die Front gereist, um den Toten heimzuholen. Sie habe mit großer Seelenstärke bei der Bergung selbst Hand angelegt. Nach dem Begräbnis in der Heimat freilich sei es mit ihrer Kraft zu Ende gewesen. Sie habe sich richtig zu Tode gehärmt. Die beiden hätten aber auch gelebt wie die Turteltauben und immer für sich. Wie die Turteltauben, wiederholte der Kaufmann mehrmals.

Übrigens erinnerte sich Rosa, ihrer traurigen Gewohnheit gemäß Zeugin des Begräbnisses gewesen zu sein.

Von dem Kaufmann erfuhr Heinrich auch, woher das verliebte Ehepaar stammte. Es seien Zugereiste gewesen, von weit her, vom Lande. Ungrund oder so ähnlich heiße das Dorf. »Der Sohn«, sagte er, »soll ja nun auch gestorben sein.«

Andern Tages schon machte sich Heinrich wohlausgerüstet auf die Winterreise, um an Ort und Stelle zu erkunden, was es mit dem Ehepaar Vetterle auf sich habe. Was er erfuhr, berichtete er in einem ausführlichen, nach seiner Art mit vielen Zeichnungen gezierten Schreiben an Rosa.

Ungrund heißt der letzte Weiler, ehe der große Wald beginnt. Es scheint ein geheimes Recht der Natur zu sein, daß sie zwischen den volkreichen Städten und Dörfern der Erde sich zuweilen ein Gebiet vorbehält, das unantastbar und unnahbar bleibt, trotz Eisenbahnen und Straßen, durch Jahrhunderte hindurch, als ihr ureigentlicher stillschweigend geduldeter Besitz. Der Wald ist weit und alt, aber so groß er ist, er ist schwer zu finden, und wer ihn durchwandert, was von Fremden selten geschieht, weil er einförmig ist und ohne kurzweilige Überraschungen, muß sich wundern, wie es in unseren Tagen möglich ist, daß man auf Erden noch etwas so Großes verstecken kann. Vielleicht kommt es daher, daß der Wald unmerklich beginnt. Es gibt an seinem Rande keinen Berg, von dem aus man ihn überblicken könnte. Vom Gebirge aus sieht man ihn wohl; aber kommt man ihm näher, ist er auf einmal weg. Er verbirgt sich gleichsam hinter einer Vorpostenkette kleiner Baumgruppen und lichter Gehölze. Junge Birken und sanfte Hügel, von denen man nicht weiter schaut als zum nächsten, machen ihn dem Wanderer unsichtbar, bis er sich auf einmal rings umstellt sieht von lauter Bäumen. Es scheint, der Wald gehört dem Staat nicht so sehr, als er sich selbst gehört.

Die Anrainer, kleine Bauern und bärtige Hirten – ich habe bereits genaue Freundschaft mit ihnen geschlossen–, rühmen sich, daß sie vom Walde stammen, als sei er ihr natürlicher Ahnherr. Sie warnen Fremde vor den Geistern, die darin umgehen sollen, lassen aber ihre Kinder getrost darin spielen, Beeren und Pilze suchen. Die Leute sehen wirklich wie aus dem Walde gekommen aus, und sogar ihre Häuser haben etwas davon.

Luchs und Wolf sind längst ausgestorben, nur das kleinere Waldgetier: Rehe, Hasen, Füchse und Wildkatzen gibt es noch, und den Uhu. An seinen Rändern weiden Schafe. Die Gegend wird nur selten von Fremden aufgesucht, obgleich es dortzulande eine Sehenswürdigkeit gibt, eine Kostbarkeit, die auf Erden sonst ihresgleichen nicht hat. Jene Reliquie in der kleinen Kirche von Ungrund.

Dort nämlich wird in einem silbernen Schrein der Leichnam eines Engels aufbewahrt. Man kann ihn deutlich sehen, denn der Sarg ist seitlich gefenstert, und es brennen jahraus jahrein dünne weiße Kerzen davor. Der Engel trägt ein goldbrokatenes Kleid, und sein Gesicht und seine Hände sind eingetrocknet und grau. Ein Flaum von Staub liegt über allem. Doch blieb vom Balsam ein wenig Rot auf den Wangen und lächelnden Lippen. Die verdorrten Augäpfel aber sind durch Bernstein ersetzt. Die Flügel des Engels sind flamingofarbig und scheinen wirklich aufs natürlichste mit dem Körper verwachsen. Der Engel trägt eine edelsteinbesetzte Krone, über eisblumenzarten Locken, und große, viel zu weite Ringe an den steilbetenden Händen. Tief im Herzen aber sitzt ihm ein gefiederter Pfeil.

Vor Zeiten, so ließ ich mir erzählen, lebte in Ungrund ein Bauer, der hatte einen kleinen Sohn mit Namen Konrad. Der Knabe war einfältig, aber er hatte die Gabe, Engel zu sehen. Man merkte dies jedoch erst allmählich, weil man es für kindliches Spiel hielt, wenn er zu seinen unsichtbaren Gefährten sprach, die er Vögel nannte. Oft saß er lange mit offenem Munde und hörte ihnen zu, wenn sie sangen. Später aber, wenn er ihre Melodien vor andern nachzupfeifen versuchte oder von dem unterschiedlichen Gefieder erzählte, danach die einen Flügel hatten, schwarz wie die Krähen, schillernd wie Eisvögel andere oder schlicht wie Möwen, hielt man den Kleinen für schwachsinnig. Sonst aber war er wie andere Buben, aß, trank, schlief und wunderte sich nicht weiter. Sein Vater machte sich zuweilen einen Spaß daraus, sein Söhnlein vor den Leuten auszufragen, und lachte herzlich über des Knaben kuriose Antworten, etwa daß seine Vögel menschliche Gesichter hätten, viel schöner als irgendein Mädchen im Lande, und daß sie kostbare Kleider trügen, oder daß ja eben drüben zwischen den Birken einer vorüberschwebe wie ein großer lautloser Schmetterling. Dann schauten die Leute alle nach dem Ort, wohin des Kindes Finger wies, aber sie sahen nichts.

Daß man ihm immer nicht glauben wollte, verdroß den Knaben, und er verschwieg künftighin seine Gesichte, obgleich er nach wie vor die Engel, ganz wie sie die frommen Maler schildern, mit eigenen Augen sah, nicht anders als Bäume, Wolken und Tiere die Erde bevölkernd.

Als nun Konrad zum Jüngling herangewachsen war, geschah es, daß er eines der scheuen, anmutigen Geschöpfe in seinem törichten Herzen so lieb gewann, daß er, uneingedenk so übernatürlicher Gestalt und Heiligkeit, dem erschrockenen Geist mit feurigen Worten seine Liebe gestand und, den seraphischen Leib umfassend, seinen Mund zu küssen begehrte. Der Engel aber flatterte, entwand sich wehklagend dem Unglücklichen und verließ ihn. Lange sah Konrad den Engel nicht mehr, wie sehr er ihn auch suchte unter den Heerscharen des Himmels, und er fiel in finstere Schwermut von Stund an.

Damals war Krieg im Lande, und er ließ sich anwerben. Über blutiger Feldschlacht, Plünderung und Gelagen vergaß er seine Trauer. Nach ruhmvoller Rückkehr aber verliebte sich der Kriegsknecht in eines Goldschmieds liebenswürdige Tochter, ließ ab von wilden Sitten und folgte der Schönen lange Zeit züchtig und ehrbar. Er wußte aber nicht, daß sie sich heimlich der Muttergottes versprochen hatte und unter dem Schutze der Engel stand.

Eines Tages, da Konrad ihr in die Kirche gefolgt war, sah er den Engel, den er lieb hatte, neben der Frommen beten und ärgerte sich an ihm. Nie mehr traf er fürder das geliebte Mädchen allein, und er verfluchte ihre Frömmigkeit und den lästigen Engel, der sie behütete. Das Mädchen aber konnte den Engel nicht sehen und wußte auch nichts von ihm.

Einst sah der Verblendete die Schöne zum Dorfe hinaus in den Wald gehen, und der Engel war nicht bei ihr. Da gedachte er endlich, sie zu fassen, und folgte ihr heimlich nach. Als er nahe genug war, sprang er auf sie zu wie ein Wolf. Das fromme Mädchen erschrak und begann zu laufen, laut und atemlos betend. Da sah Konrad den Engel hoch am Himmel seine Kreise ziehen, und er ergrimmte so sehr in Zorn und Eifersucht, daß er den Bogen von der Schulter riß. Er schnellte den Pfeil nach dem Engelsvogel und traf ihn mitten ins Herz, so daß er vor des Mädchens Füßen tot zur Erde fiel.

Engel sind sterblich, und da er zu Tode getroffen war von eines Menschen Hand, ward sein Körper sichtbar. Alsbald liefen Frauen und Männer herzu, erkannten das traurige Wunder und trugen den Toten in ihr Dorf. Auf den Mörder aber stürzten die Heerscharen des Himmels herab und zerrissen ihn.

So ungefähr erzählte es mir der Mesner. Die Stelle des Unheils ist durch einen altertümlichen Bildstock bezeichnet, auf dem jetzt eine Haube von Schnee liegt. Das Ereignis ist getreu im Bilde festgehalten, auf jene kindliche Art, die ich liebe. Auch im Winter liegen dort immer ein paar Blumen.

Ich gehe oft daran vorüber, denn ich wohne nicht in Ungrund, sondern mitten im Walde auf einem Wiesenhang in einer Art Almhütte, obwohl ich weiß, daß ich nicht recht für die Einsamkeit geschaffen bin.

Die Tür meiner Einsiedelei ist gegen Morgen gerichtet, wie sich's gehört. Von Mittag schaut der Mönchsberg her, ein Hügel mehr als ein Berg, behäbig, fast weibisch im Umriß, vielleicht so genannt, weil sein kahler Gipfel von dunklen Fichten umstanden ist, gleich dem Haarkranz einer Tonsur. Gegen Abend und Mitternacht ist Wald und nichts als Wald. Die Hütte ist vielleicht hundert Jahre alt und außen von satter samtener Bräune, sonnverbrannt. Das Innere besteht aus einer mit blondem Holz verschalten Wohnküche und dem Stall. Die Hütte wird sommers von einer resoluten Hirtin bewirtschaftet, die einst dem steinernen vorsintflutlichen Herd im hellen Zorn mit dem Hackbeil derbe Hiebe versetzt hat, weil er rauchte, dem heiligen Herd von mennigroter Farbe, der, gut gespeist, eine ganze Nacht die Wärme hält. An den Kamin ist von frommer ungeschickter Hand das Gesicht jenes Engels gemalt, mit großen schmachtenden Augen und einem unnahbaren Mund. Die Stubendecke ist der Wärme wegen kaum zwei Meter hoch. Gefährlich niedrig sind auch die Türen. Ich muß mich jedesmal ein wenig bücken, und aus den kleinen Butzenscheibenfenstern kann man nur im Sitzen schauen. So tief sind sie angebracht. Unter den Fenstern laufen Bänke, und über dem gescheuerten Tisch hängt eine Petroleumlampe. Im Herrgottswinkel aber, kaum sichtbar unter einem Bukett aus weißen und roten Rosen von Seidenpapier, hängt ein kleiner gipsener Kruzifixus mit abgebrochenem Arm, lieblose Dutzendware. Aber die gläubige Hirtin hält dennoch dort ein Döschen mit Opodeldok verwahrt, damit die Einreibung, von der Nähe des Gottes geweiht, besser anpacke.

Man ist dort wirklich sehr allein. Es ist klar, daß die Leute von Ungrund mich für einen ausgemachten Narren halten, daß ich hier im Walde hause und nicht in der ›Goldenen Sonne‹ im Dorf. Sie sagen, der Winter sei eine schlechte Jahreszeit für den Besuch dieser Gegend.

Als ich ankam, war noch Sonne. Bald aber blies es vom Mönchsberg her, der plötzlich seine heitere Rundlichkeit verlor und fast blechern aussah. Nasse Wolkenhadern fetzten über den Wald, und nachmittags begann es lustig zu schneien. Nun liegt die Hütte inmitten einer so spurlosen Weiße und Einsamkeit, die zauberhaft ist und unheimlich zugleich oder doch ungewohnt für mich, den geselligen Städter. Ich mußte mir anfangs ernstlich Mühe geben, nicht daran zu denken, wie allein ich jetzt auf einmal mit mir war, gleichsam auf einer beschneiten Hand gegen den Himmel gehalten.

›Kehre dich nicht daran‹, sagte ich zu mir und war versucht, es laut zu tun, wie es jetzt schon ganz natürlich geschieht, daß ich laut mit mir selber rede wie mit einem anderen.

Obgleich ich auf einmal unendlich viel freie Zeit hatte, vermochte ich nichts zu tun. Ich saß schräg auf der Fensterbank, den warmen Herd im Rücken, und schaute stundenlang zu, wie es schneite und wie die Eiszapfenorgel vom Vordach herabwuchs in gläserner Zerbrechlichkeit. Ich saß und schaute. Die jungen Fichten drüben am Hang hatten alle etwas flottes Aufgebürstetes, so, als hätten sie Lust, plötzlich zu marschieren. Da war auch ein schwarzer Baumstumpf mit einer Schneehaube wie ein Kopfverband. Er sah aus wie eine kniende Negermajestät mit Turban und weitem, gebreitetem Mantel. Menschliche Gestalt also sah ich noch überall, menschliches Maß.

Ich wollte mich an meinen Bericht machen, aber es wollte mir noch nicht glücken, mich zu sammeln. Das kam wohl daher, weil ich immerzu horchen mußte, ob ich wollte oder nicht, zwangsläufig und ganz Ohr.

Denn es war keineswegs still ringsum in dieser Welt aus Watte. Es war die eben noch wahrnehmbare, ganz herrlich musizierende vollkommene Stille, die Harmonie aus aller Unruhe der Welt, die mich immerzu hinzuhören verlockte, daß ich alles andere darüber vergaß.

Mit der Dämmerung hatte das Schneien aufgehört, es wurde merklich kälter, Hügel und Wald verloren für eine Weile ihre Schwere und waren nicht mehr aus Erde, Stein und Holz auf einmal, sondern leichte, luftige Gebilde aus Voile. Aber alsbald erstarrten sie wieder, sahen uralt und böse aus, hart, ohne Regung, grausam, menschenfeindlich. Ich trat vor die Hütte. Als ich so stand, in die Nacht schauend und bedenkend, was ich von Idolinos Herkunft gehört, erschrak ich plötzlich sehr. Es war kein Zweifel: in dieser Spurlosigkeit und Menschenferne hatte sich eben jemand ganz laut und unmanierlich geschneuzt, wie irgendein Herr in einem Wartezimmer oder in einer Kirche. Es mußte aber dann ein Gespenst gewesen sein, denn ich konnte ringsum niemanden entdecken. Vielleicht war es ein Tier oder der tausendstimmige Schnee. Das sonst so befreiende Geräusch hatte einen schauerlichen Beiklang. Ich ging gerne aus der Nacht in die heiße Hütte zurück.

Es gibt da immer gleich ziemlich viel Fliegen, die, von der künstlichen Wärme betrogen, aus den Ritzen krauchen, zu sinnlos torkelndem Flug. Manche krabbeln unbeholfen und ziellos draußen über den Schnee, und eine ist in einen Eiszapfen eingefroren wie ein silbernes Lamm in einem gläsernen Schusser. Eine andere fiel auf die glühende Herdplatte und ging nach kurzem, rasendem Angstgesumme und Surren auf in ein wenig milchigen Rauch und brenzligen Geruch.

Du weißt, daß ich sonst leidenschaftlich gerne koche. Nun aber hatte ich keine Lust, meinetwegen so viel Umstände zu machen. Ich war gleich fertig. Es mundete mir anfangs gar nicht so allein. Ich mußte eben sehen, ob sich der Mensch selbst genügen würde als einziger Umgang.

Also nahm ich mir allerlei vor, Brennholz zu holen zum Beispiel, das im Stalle geschichtet lag, hartes und weiches.

Über den leeren Ständen der Rinder sind die Namen mit Kreide auf den Querbalken geschrieben in der braven Kinderschrift der Hirtin. Ich lese Hulde, Hex, Karmin. Die Tiere sind fast leibhaft gegenwärtig, in dem warmen, beißenden Kuhgeruch.

Ich holte also Holz, räumte beharrlich die Stube auf und richtete endlich mein Nachtlager, nicht ohne immer wieder innezuhalten und zu lauschen. Denn ich kannte noch nicht die Hüttengeräusche und wußte nicht, ob dies eine Maus war, das alte Holz, der Wind im Kamin oder der heilige Herd. Das Wasser im Schiff klang oft wie eine ferne, fröhliche Schlittenfahrt mit feinen silbernen Schellen, Hundegebell und Peitschenknall. Ich erschrak bald nicht mehr, wenn dazu die Scheiter im Schürloch inmitten sanfter Flammen urplötzlich knatterten und schossen wie Gewehre.

Als ich mich dann schließlich zum Schlafen niederlegte, dauerte es eine geraume Zeit, bis meine überwachen Sinne sich beruhigten. Mein Gehör konnte es nicht lassen, die zahllosen verdächtigen Geräusche, die mich äfften, anzumelden und zu prüfen, jenes unheimliche Um-die-Hütte-Schlurfen vor allem, die knirschenden Schritte im Schnee, als gehe da jemand, obwohl es kaum anzunehmen war, jetzt in der gefährlichen Finsternis im tiefen Winter. Manchmal hörte ich ganz deutlich Stimmen und ferne Hilferufe, die aber aus dem Herde kamen, einmal sogar Glockenläuten und das Hallen der Nacht in den Bergen.

Wenn die kleinen Mäuse mir zu Häupten auf dem Heuboden sich rührten, dann klang es wie Pferdegetrabe auf dem Pflaster einer kleinen Stadt.

Ich fürchtete mich, ich gestehe es, wie ich mich so nur als Kind gefürchtet habe. Ich habe einmal gelesen, daß Furcht ein Genuß sei, Furcht und Schönheit seien überhaupt das gleiche Gefühl; aber jetzt vermochte es mich nicht sehr zu trösten.

Ich erwachte mitten in der Nacht. Das Feuer im Herd lebte noch, und die Hütte war erfüllt von einem nie gekannten, unendlich beglückenden Wohlgeruch irgendeines balsamischen Harzes. Beruhigt schlief ich wieder ein.

Die liebste Mahlzeit am Tag ist mir das Frühstück. Auch in meiner Einsiedelei genoß ich es ausführlich. Ich ließ mir Zeit, denn draußen lag dichter Nebel: zartrosa gegen Sonnenaufgang, bleigrau gegen Westen. Aber gegen zehn Uhr kam die Sonne. Der Himmelsschirm über mir wurde kornblumenblau, und unwiderstehlich strahlte wieder die Sonne. Natura immaculata! Ich denke an den Winter in der Stadt, an die verstaubten Vierecke auf dem Anger, wo wackere Hausfrauen ihre Teppiche geklopft haben, denn nichts reinigt so gut und billig. Ich denke an die Schneeinseln in unserm Garten, ›körnig und verrußt‹. Und denke daran, wie ich als Kind voll Zorn mit Schneebällen nach der Sonne warf, weil sie meinen schönen Schneemann halb aufgeschleckt hatte.

Ich fuhr auf Skiern in die fröhliche Kälte. Der Schnee blendete so sehr, daß ich der grauen Brille bedurfte. Er schillerte wie weißer Atlas oder Kampferkristalle.

Vor etwa zehn Jahren geschah am Mönchsberg der große Windbruch, da der Wirbelsturm in breiter Front die Wälder zerbrach und niedertrat, daß sie denen glichen, über die im Krieg die Feuerwalze eines Großkampftages hinweggegangen war. Noch immer ragen dort die Wurzeln der umgestürzten Fichten gespenstisch in die Luft, wie in wildem Umsichgreifen erstarrt, auf dem Rücken liegenden Riesentaschenkrebsen ähnlich, krakenhaft. Andere Stämme, in halber Höhe geköpft, spießen gleich den Masten eines Wrackes schmerzhaft in die dichte Bläue, gesplitterte Pfähle mit Pfeilen gespickt, sebastianisch fast oder wie in Wasser gegossenes Blei, silbergrau, stachelig, kraus, unentwirrbar, aber höchst unterhaltlich durch alraunische Gestalten und Gesichter, in schöpferischer Unordnung.

Der Weg dorthin führt durch tief verschneiten Wald, darin die Vögel singen. Ganz nahe sah ich und zum erstenmal Kreuzschnäbel, von denen die Legende erzählt, sie hätten sich beim Bemühen, die Nägel herauszuziehen, mit denen Christus ans Kreuz geschlagen war, die Schnäbel verbogen und dies Stigma fortgeerbt zum ewigen Gedächtnis.

Trotz der Sonne, die hier so heiß brennt, daß ich nackt mitten im Schnee auf einem Baumstamm sitzen kann, trotz des ahnungslosen Schmetterlings, der über den Schnee taumelt und atmend auf einer Wurzel ausruht, trotz des zarten Arielgesanges in der Luft, der, wenn ich die Augen schließe, die Einbildung sommerlich summender Wiesen erweckt: hier ist Melancholie und Todesnähe. Immer wieder fällt mir der Krieg ein. Plötzlich dröhnt es in den Bergen, ganz wie von einem fernen Abschuß, und die Luft rings erschrickt.

Als ich längst schon wieder in der Hütte war, bei jenen nun schon gewohnten Hantierungen, wie Schneekochen vor allem, da ein mannsgroßes Stück geschmolzen noch kaum einen Schoppen Wasser ergibt, beim Essen dann und vollends gegen Abend bewegten mich immer wieder von neuem die drüben im Windbruch beschworenen Gespenster. Ich glaube, wenn ich einmal alt bin, werde ich Landschaften malen.

Am andern Tage schaufelte ich an der Südseite der Hütte eine Art Terrasse in den Schnee, legte meinen Strohsack hinaus und sonnte mich. Nun war ich freilich für den übrigen Tag unfähig, etwas Rechtes zu tun. Denn alsbald übermannte mich jene träge Sonnentrunkenheit, und die Gedanken machten sich's, wie Hunde, umständlich bequem und ruhten. Man darf beim Faulenzen kein böses Gewissen haben, man darf, der Sonne hingegeben, nicht denken, es gäbe am Ende Wichtigeres zu tun. Das ist gesundheitsschädlich.

In dieser Zwangsruhe und wohltätigen Einsamkeit ordnete sich, wie von selbst, was ich in diesen Tagen so nach und nach von den Leuten im Dorfe Ungrund über die Herkunft und das Schicksal Idolinos und seiner Eltern erfahren hatte. Nun ahne ich, warum er sterben mußte.

Dieser Wald aber, in dem ich wohne, ist der Schauplatz der Geschichte. Es ist eine Liebesgeschichte, eine Geschichte von Schuld und Unschuld, Verlockung, Irrtum, Liebe und versöhnendem Tod.

Es war ehedem Brauch hierzulande, daß Liebende, die sich gefunden haben, erst miteinander in den Wald gingen, ehe sie vor ihre Eltern traten. Dies galt als Vorbedingung eines guten Ehestandes.

»Seid ihr schon im Wald gewesen?« lautete die erste Frage an die Verlobten.

Vor Zeiten sollen auch die Alten zum Sterben in den Wald gegangen sein, wenn sie merkten, daß der Tod sich eingemietet habe. Sie wußten es genau auf die Stunde, wenn es Zeit war. Einst gab man ihnen bis zum Waldesrande das Geleit und nahm Abschied von ihnen, als gingen sie auf eine Wanderschaft. Manche auch stahlen sich heimlich bei Nacht hinaus und legten sich in ein Dikkicht, das Ende zu erwarten. Sie nahmen für alle Fälle eine Wegzehrung in einem bunten Tuche mit.

Der alte Schäfer Vetterle, der die überkommenen Bräuche ehrte und, da sie in Vergessenheit zu fallen drohten, fleißig sammelte und aufschrieb, war der letzte, der es tat. Allein er kam nach acht Tagen wieder aus dem Wald gegangen, ein wenig verlegen, weil er sich geirrt. Es war, als sei den Nachbarn des Waldes allmählich die Gabe abhanden geraten zu wissen, wann es Zeit sei, zu sterben und zu lieben. Noch viele Jahre stand der rüstige Alte in der Heide bei seinen Schafen, auf die Schippe gestützt, und der Hund umkreiste die Herde. Ich sehe ihn förmlich vor mir.

Martin, sein Sohn, und Jakobea, des Schullehrers Tochter, wußten lange nicht, ob sie sich liebten. Sie sprachen ganz offen darüber. Denn sie kannten einander von Kindheit. Ja, sie bemühten sich ernstlich unter den Burschen und Mädchen der Gegend, sie für ihn und er für sie jemand zu finden. Sie redeten einander zu, heimlich bangend, der andere lasse sich am Ende doch verleiten. Allein es gefiel ihnen niemand, wie sie einander gefielen.

Wenn sie sich eine Weile nicht gesehen hatten, war Jakobeas erste Frage: »Nun?«, aber Martin schüttelte jedesmal den Kopf. »Und du?« fragte er und nannte ein paar Namen. – »Lieber sterben«, sagte Jakobea.

Sie gingen wohl manchmal miteinander zum Walde, der großen grünen Festung, aber je näher sie kamen, desto langsamer gingen sie.

»Wir wollen lieber umkehren, es wird schon ganz finster«, sagte sie dann, und wenn sie es nicht sagte, tat er es, als fürchteten sie sich vor der Liebe.

Wenn Jakobea ihr Herz befragte, dann glaubte sie freilich, Martin zu lieben wie niemanden sonst auf der Welt, und sie war sicher, daß es Martin nicht anders ging. Aber sie waren schon zu lange gute Freunde, als daß sie es einander so leicht hätten sagen können.

Es ging ihr seltsam genug. War sie allein, nachts, wenn sie wach lag, oder im Walde, dann schien sie ihrer Sache ganz gewiß. Niemand schien ihr so vertraut und liebenswert wie Martin. Sie spürte seine Gegenwart, als sei sie ein Stück von ihm. Aber wenn er sie besuchte und sie nebeneinander hergingen, sehnte sie sich nach dem Augenblick, wo er Abschied nahm, damit sie ihn desto ungestörter lieben könne.

Es gab Begegnungen zwischen den Liebesscheuen, wo es nur eines Wortes oder einer Liebkosung bedurft hätte. Aber wenn sie dem großen sommerlichen Walde schon nahe waren, schon leiser redeten und mit jenem Klang in der Stimme, der die Verliebten verrät, selbst wenn sie von gleichgültigen Dingen sprechen, entzogen sie sich der zärtlichen Gefahr durch einen Scherz und eine Grimasse und kehrten unter munteren Gesprächen zum Dorfe zurück, froh, für diesmal noch der Liebe entronnen zu sein.

Man versicherte mir, sie seien ein sauberes Paar gewesen, wie für einander geschaffen.

Die Leute von Ungrund sind überhaupt ein wohlgeratener Menschenschlag, besonders die Frauen. Sie gefallen mir wohl, wenn sie vorübergehen, einen Korb oder einen Krug auf dem Haupte. Aber sorge dich nicht meinetwegen, gute Schwester, ich habe eine traurige Erkenntnis gefaßt, ich glaube nicht, daß ich mich jemals wieder so leicht werde verlieben können.

Der alte Schäfer sah Martins und Jakobeas Freundschaft nicht gerne. Er hatte Großes vor mit seinem lieben Sohn. Der Alte stand bei den Dorfbewohnern im Rufe großer Weisheit, ja manche hielten ihn für einen Zauberer, obwohl er keine Wunder verrichtete. Sie holten ihn in allerlei Krankheit zu Tier und Mensch.

Der Schäfer hatte Zeit genug gehabt, den Geheimnissen der Natur nachzuspüren, wenn er, auf die Schippe gestützt, unbewegt und ungestört in der Landschaft stand, bei seiner Herde, und sann, horchte, schaute. Denn es war nötig, Zeit zu haben und warten zu können, bis die Dinge von selbst zu einem kamen und sich mühelos offenbarten.

Er konnte sich einbilden, dabei zu sein und zuzusehen, wie die Natur zu Werke ging, wann etwa der Augenblick kam, da der Winter zu Ende war und der Frühling begann. Die Erde rührte sich noch nicht, und es sah nicht so aus, als ob aus ihr jemals wieder etwas wachsen würde. Eben war noch nichts da, doch gleich darauf, sozusagen vor seinen Augen, war es schon geschehen. Der Krokus und das Veilchen, gestern blühten sie noch nicht. Wo war auf einmal das graue Laub des vergangenen Herbstes? Irgendwo mußte es doch geblieben sein. Denn die

Welt verliert nichts. Aber man konnte nicht zuschauen dabei. Auf einmal war allerorten Frühling, überall keimte es und grünte es. Noch konnte man freilich nicht unterscheiden, was daraus werde, Unkraut oder Blume. Aber auf einmal hatte das grüne Etwas von gestern sein eigenes Gesicht. Es mußte von Anfang an gewußt haben, was es werden wollte, und ein Bild davon gehabt haben, einen unveränderlichen Entschluß.

Der Alte lernte, langsam zu sein, und wurde nicht müde zuzuschauen, wie sich dieselbe Erde in Süßes und Bitteres verwandelte, in Bekömmliches und Unbekömmliches, in Zierliches und Gewalttätiges, Bescheidenes und Aufdringliches, in Augentrost und Sonnenblumen. Es war die gleiche unansehnliche Erde, die aus nichts zu bestehen schien, wenn man sie zwischen den Fingern zerrieb. Es waren winzige Krümel, Sand, Staub, gestaltloser Unrat vom vorigen Jahr. Und doch waren alle Farben, Düfte und Formen der Natur darin und eine winzige, unsichtbare beharrliche Kraft, wenn nur die Sonne ein wenig darauf schien und heilsamer Regen sie tränkte, das Durchsichtige mit dem Undurchsichtigen zu vermählen. In glücklichen Stunden glaubte der Schäfer wahrhaftig, Gott mit eigenen Augen zu sehen.

Man erzählte mir, daß der Schäfer eines Tages aus dem großen Walde gekommen sei, ein Kind auf dem Arm, nicht anders, als sei es vom Walde geboren und ihm geschenkt worden. Es wuchs fröhlich mit den Lämmern heran und gedieh prächtig zum Wohlgefallen seines stolzen Vaters. Und ob es gleich ein Kind war wie andere auch, meinte der Schäfer doch, daß sein Martin von der Vorsehung zu etwas ganz Besonderem auserwählt sei.

Wie jener Konrad der Legende, hatte Martin als Kind die wunderbare Gabe, Engel zu sehen und mit ihnen zu spielen wie mit seinesgleichen. Und ob sich dies auch bald verlor, so blieb doch genug Wunderbares an ihm. Er sah die Sterne am hellichten Tage, wie aus einem tiefen

Brunnen, und er hatte zweifellos Gesichte. Er weissagte. Es sollen Traumgesichte gewesen sein. Man sagt, er habe eines Tages wie etwas Selbstverständliches erzählt, diese Nacht sei der Sohn des Bürgermeisters, der als Matrose zur See fuhr, leibhaftig an sein Bett getreten, triefend von Wasser, und habe ihm auf seiner goldenen Taschenuhr gezeigt, welche Stunde es sei. Zur gleichen Zeit habe Martin, obgleich es eine stille Nacht war, einen großen Sturmwind brausen hören, in dem die Haare des nächtlichen Gastes sichtbar flatterten, und das Rauschen des Meeres. Wirklich kam bald darauf die Nachricht, daß der Matrose bei einem Schiffsuntergang ertrunken war, genau zu der angegebenen Stunde, weit fort von Ungrund, im Indischen Ozean.

Übrigens fand das Kind nichts Besonderes bei seiner wunderbaren Gabe. Es benutzte sie ganz harmlos bei den Spielen mit seinen Kameraden, indem es versteckte Gegenstände suchte und fand oder den Inhalt geschlossener Briefe vorlas.

Man ist sehr abergläubisch hierzulande, und du weißt, ich habe im Gegensatz zu dir immer eine besondere Vorliebe für den Aberglauben gehabt. Ich glaube, daß durch ihn oft größere Dinge geschehen, als viele ahnen. Eine Welt, in der nicht zuweilen kleine Wunder geschehen, würde mir nicht gefallen. Im Aberglauben steckt der Rest einer heiligen Gabe, das Übernatürliche zu erkennen, und ohne ihn wird dir dieser Bericht über die Freundschaft zwischen Liebe, Schönheit und Tod, zwischen Unschuld, Irrtum und Schuld schwer einleuchten und warum Idolino sterben mußte, und daß er sozusagen im Einverständnis mit der Natur, die sich zuweilen irrt (ich finde es beruhigend, daß sie es tut), so geschehen mußte. Es war wohl etwas gutzumachen. Also höre.

Martins Vater glaubte ernsthaft, daß sein Sohn dank seiner Gaben auserwählt sei, die große Sendung zu erfüllen: die unruhige Welt in Ordnung zu bringen. Denn daß dies vonnöten sei, daran zweifelte er nicht. Es wollte dem

Alten nicht in den Kopf, daß, während er hier friedlich die Schafe hütete, auf der anderen Seite der Erde im gleichen Augenblicke ein blutiger Krieg tobte, denn fast immer war irgendwo Krieg, seit er lebte. Stets glaubten beide Feinde, das Recht sei auf ihrer Seite, und immer hieß es, der Krieg sei unvermeidlich gewesen.

Der Alte hatte selbst nur einmal einen Krieg miterlebt, als er sechs Jahre alt war. Ein Gefecht entspann sich um sein Heimatdorf. Man hatte aber in der allgemeinen Verwirrung den Kleinen vergessen, der, als er in seinem Bett vom Kriegslärm erwachte und greinend nach seinen Eltern suchte, mitten in das dichteste Kampfgetümmel geriet.

Ein hilfreicher Soldat nahm ihn auf den Arm, um ihn in Sicherheit zu bringen, aber nach ein paar Schritten fiel er vornüber. Mit seiner ganzen Last lag er auf dem Büblein und regte sich nicht mehr. Der Kleine hielt ganz still, meinend der fremde Mann habe sich vielleicht aus List zu Boden geworfen, aber da er sich so gar nicht mehr rühren wollte und auch nichts sagte, begann der Kleine aus vollem Halse zu schreien, und da ihn niemand hörte, arbeitete er sich unter dem Toten hervor.

Als das Gefecht sich entfernt hatte und die Dorfbewohner aus den Kellern krochen, fanden sie den Kleinen am Brunnen. Er wusch sich das Blut des Soldaten von Gesicht und Händen.

Das war freilich ein böses Erlebnis, das man seiner Lebtage nicht vergessen konnte, und wem es zugestoßen, der mochte wohl nicht mehr aufhören, darüber nachzusinnen, wie dies Unheil aus der Welt zu schaffen sei.

Der unschuldige Martin indessen ahnte noch nicht, daß ihn sein Vater längst schon dazu ausersehen hatte, ein großer Weltversöhner zu werden. Behutsam und unauffällig versuchte der Hirte in dem Kleinen die Sehnsucht zu wecken und zu nähren, den Menschen den ewigen Frieden zu bringen. Er dachte ihm vor, was ihn so sehr bewegte. Denn einer mußte wohl anfangen damit, ein guter Mensch, der sich damit nicht abfinden würde, daß immer Unfriede geherrscht habe, seit die Erde stand, und daß es wohl auch in Zukunft so bleiben werde. Es durfte kein sanfter Träumer sein natürlich oder ein abgeklärter Greis wie er, sondern ein standhaftes, furchtloses Herz, das sich nicht um die blutige Geschichte der Jahrtausende kümmerte, die nach des Schäfers Meinung eine Geschichte der Zwietracht, der gegenseitigen Vernichtung und Knechtschaft gewesen war. Ein tapferer Mensch mußte es sein. Von göttlicher Tapferkeit fast, ja beinahe ein Gott, in dessen bloßer Gegenwart der verruchteste Bösewicht sich bekehren würde. Denn darauf kam es an. Alle Menschen ohne Ausnahme mußten der Feindschaft und Gewalt entsagen.

»Auch die Franzosen?« fragte der kleine Martin.

»Auch sie«, sagte der Alte zuversichtlich.

Ein wunderlicher Gedanke, nicht wahr, wenn auch nicht neu, eines alten Schäfers Gedanke, in der Stille der Sternennacht und Waldesweisheit erträumt, nicht unvorstellbar und darum nicht unmöglich in seiner Verwirklichung, ein frommer Wunsch ohne Zweifel, dessen Macht freilich nur stärker sein mußte als Waffengewalt, der, einmal in ganzer Herrlichkeit wirklich geworden, die Kraft der Kugeln im Fluge lähme und die Schwerter schmelzen lasse wie Wachs.

»Du wirst die Menschen auch nicht anders machen, Alter«, sagten die Leute im Dorfe und schüttelten die Köpfe über den närrischen Kauz. Der kleine Martin aber hörte dem Vater andächtig zu.

»Wenn du willst«, sagte er treuherzig, »so will ich es gerne tun.«

Vorläufig hatte er um des großen Zieles willen viel Spott zu erleiden. Seine Spielgefährten gaben ihm den Spitznamen ›Friedensengel‹ und hänselten ihn weidlich ob seiner Friedfertigkeit, obwohl sie sich nicht getrauten, wie er bei Nacht oder bei Gewitter durch den großen Wald zu gehen, und sich sehr vor dem Lehrer fürchteten, der ein starker und zorniger Mann war. Es ärgerte sie aber, daß Martin sich nicht wehrte, wenn sie über ihn herfielen und ihn schlugen. Das verdroß den Martin.

Es fiel ihm schwer genug, seine Fäuste nicht zu brauchen, um so mehr, als er wußte, daß er der Stärkste von ihnen sei und leicht mit ihnen allen fertig werden würde. Er war furchtlos, gesund und stämmig von Wuchs.

»Erlaube mir, daß ich sie verhaue«, bat er den Vater.

Aber es war nicht mehr nötig.

Denn bei dem großen nächtlichen Brande in Ungrund rettete Martin unter eigener Lebensgefahr des Lehrers Tochter, die kleine Jakobea, aus den Flammen, als alle schon verzagten.

Es wäre freilich Sache des Lehrers gewesen, und er versuchte es auch, aber die Stiege zu seines Kindes Kammer brannte schon lichterloh. Laut jammernd kehrte er um. Niemand half ihm, denn es brannten auch andere Häuser, und jeder gedachte, das Seine zu retten.

Martin, der eine Stunde Wegs vom Dorfe mit seinem Vater im Schäferkarren auf dem Felde bei der Herde nächtigte, erwachte plötzlich mit großer Angst. »Es brennt«, rief er, obwohl noch nichts vom Feuer zu sehen war. Er ließ sich nicht abhalten und lief ins Dorf. Da fand er den verzweifelten Lehrer, der nach seinem Kinde schrie.

Die kleine Jakobea stand im Hemd in ihrer Kammer, als Martin die Stiege heraufkam. Das rührende Kind hatte eine kleine Gießkanne in der Hand, wie man sie zur Pflege der Zimmerpflanzen benutzt, und begoß damit die brennende Türschwelle, obgleich es doch nichts fruchten konnte.

Martin nahm sie ohne weiteres auf die Arme, trug sie hinab ins Freie, warf sie ins Gras und wälzte sie hin und her. Denn ihr Hemdchen hatte schon Feuer gefangen und auch ihre Haare. Nun fand auch der Lehrer seine Fassung wieder und erschlug mit seinem großen Hut die Flammen an Martins Rock. Dann trug er den Jungen, an dessen nackten Füßen große Brandblasen aufliefen, hukkepack nach des heilkundigen Schäfers Haus, das das letzte war vor dem großen Wald. Jakobea, das Gießkännchen noch immer krampfhaft in der Hand, lief hurtig hinterdrein.

Man legte die Kinder in des Hirten großes Bett, aber sie rückten voneinander und sahen sich vorsichtig und verwundert von der Seite an.

Ich könnte mir denken, daß die Erinnerung an jene Nacht, da sie im gleichen Bette nebeneinander lagen, daran schuld war, wenn sie sich später so schwer zusammenfanden. Martin war damals vierzehn Jahre alt, Jakobea neun.

Es hieß, der kleine Lebensretter würde für seine Tat einen Orden bekommen, und er freute sich schon darauf, damit geschmückt durch das Dorf zu spazieren. Aber es wurde nichts daraus.

Als seine Füße geheilt waren, ging er wieder zur Schule. Der Lehrer lobte sein mutiges Verhalten in einer kleinen Ansprache. Aber wenn er zornig wurde, machte er künftighin keine Ausnahme und schlug den Martin wie die andern Buben, als hätte er nie die kleine Jakobea vom Feuertod errettet.

Die beiden Kinder konnten lange die Befangenheit voreinander nicht überwinden: Jakobea, weil sie dem Martin ihr Leben dankte, und Martin, weil er das seine für sie aufs Spiel gesetzt.

Indessen bereitete der Schäfer seinen Sohn für seine zukünftige Aufgabe vor, und Martin war ein willfähriger Schüler. Es war, ohne daß es dem Alten bewußt wurde, vielleicht doch ein wenig Zauberei dabei. Er besprach seinen Sohn, wie er Kranke zu besprechen pflegte, mit seiner leisen, wohllautenden Stimme, und da er selbst erfüllt war von der Gerechtigkeit seiner Ideen, gelang es ihm, in Martin die Leidenschaft des Propheten zu erwecken. Sie ergriff so sehr Besitz von seinem Herzen und Gemüte, daß er ernsthaft an seine Berufung glaubte.

Als Martin herangewachsen war, starb sein Vater, mühelos und heiter, ohne die Nähe des Todes zu ahnen und bis zuletzt vom ewigen Frieden phantasierend, den sein lieber Sohn der ruhelosen Welt bringen werde. Er liegt auf dem Friedhof in Ungrund begraben, und ich habe sein Grab gesehen.

Eine Zeitlang ruhte in Martin das Verlangen nach Verkündigung. Aber auf einmal überkam es ihn wieder und mit so unwiderstehlicher Kraft, daß er in den Wald ging und, was er den Menschen verkünden wollte, zu den Bäumen sagte.

Du mußt nicht lächeln darüber, aber wer diesen Wald kennt, den wundert es nicht, daß man zu ihm reden möchte wie zu Menschen.

Martin begann zu reden ganz allein inmitten des Waldes, bis er sich selbst vergaß, nur noch Herz und Mund war, völlig entrückt, körperlos. Er hörte nur seine eigene Stimme, er redete wohl eine Stunde wie im Traume, sich an seinen Worten berauschend, die von selbst kamen, unbewußt, und er fühlte sich sehr glücklich.

Als er aber seiner wieder inne wurde, war er müde und traurig. Er merkte, daß er seiner selbst nicht mehr Herr war, und lehnte sich dagegen auf, von einem unbekannten Geiste besessen zu sein, der sich seiner bediente, ob er wollte oder nicht. Es sei denn, dachte er dann wieder, Gott habe wirklich etwas Großes mit ihm vor. Manchmal aber war er nahe daran, die Verpflichtung einfach abzuschütteln. War es nicht das Natürliche, zu denken wie alle dachten? Und warum mußte er es gerade sein, Martin Vetterle aus Ungrund, eines Hirten Sohn? ›Wer bin ich denn?‹ fragte er sich und wünschte, daß der verlockende Auftrag von ihm genommen werde und er wieder sein dürfte, was er war.

Aber es ließ ihm natürlich doch keine Ruhe. Es trieb ihn um. Tagelang durchstreifte er, laut mit sich selber redend und hadernd, den großen Wald, den er liebte. Bald jedoch gelüstete es ihn wieder, die Wonne des Redens und

Sichvergessens von neuem auszukosten, falls der Geist wieder über ihn käme.

Martin glaubte allein und unbelauscht zu sein, wenn er den Bäumen vom Frieden predigte. Aber es blieb nicht verborgen, denn Florian, ein Bursche aus dem Dorfe, der Pilze suchend durch den Wald ging, vernahm seine Stimme. Er schlich sich unbemerkt näher und hörte dem einsamen Redner verwundert lächelnd zu. Da er aber ein Grübler war, fromm und wundergläubig, gingen ihm Martins Worte sehr zu Herzen, je länger er ihnen lauschte. Er glaubte an eine überirdische Erscheinung, die ihn riefe.

Alsbald ging ein Raunen durchs Dorf. Die Spötter lächelten und zwinkerten einander zu. Der Landarzt schüttelte mit bedenklicher Miene den Kopf. Die Wißbegierigen aber und die Abergläubischen begehrten ihn zu hören. Schon bildete sich eine Legende um den munteren Martin, etwa der Art, daß seine Augen, während er zur Natur redete, groß und blau würden und ein Leuchten um seine Stirne sei, gleich einem Heiligenschein.

Auch zu Jakobea, die Martin liebte, kam die seltsame Kunde. Er hatte oft genug von seinen Ideen erzählt, ohne daß es einen Eindruck bei ihr hinterlassen hätte. Sie nahm ihn nicht ernst und machte sich lustig über ihn, ohne daß es ihn kränkte.

›Das gibt sich wieder‹, sagte sie sich, ›ich kenne ihn doch, er ist ein braver, lieber Junge.‹
Martin soll wirklich nicht wie ein Prophet ausgesehen haben, mit seinem derben, frischen Jungensgesicht und seinem messingblonden Haar. Es wollte Jakobea nicht gefallen, daß er nun plötzlich ein Heiliger sein sollte, den die Leute vom Dorfe anstarrten wie einen Wundertäter.

Sie ging zu ihm und fand ihn mundharmonikablasend auf einer Deichsel des Schäferkarrens sitzend. Der Hund bellte zu ihm empor, denn ihn ärgerte die Musik. Es beruhigte Jakobea, den Freund ganz wie sonst zu finden.

»Ich wußte es ja«, sagte sie, setzte sich zu ihm und teilte ihm lachend mit, was sich die Leute für Märchen über ihn erzählten. Erst schien es ihn zu belustigen, dann aber erwiderte er ruhig und mit freundlicher Gelassenheit, ganz so unrecht hätten die Leute wohl nicht. Da merkte Jakobea, wie es um ihn stand. Noch mehr aber bestürzte es sie, als er erst zögernd und verlegen, dann, als sie ihm ohne Spott zuhörte, immer zuversichtlicher von der inneren Stimme sprach, der er nun einmal gehorchen müsse, da es Gottes Stimme sei.

Er sagte dies in einem ganz natürlichen Tone, plaudernd fast, nicht eifernd und verstockt, sondern als ob es eine Selbstverständlichkeit wäre, durchaus vernünftig. Er gab zu, eine Weile gezweifelt zu haben, da es doch wunderbar sei, daß gerade er, eines Schäfers Sohn, abseits von der Welt, dazu ausersehen sei, ein Ungelehrter also. Er wisse auch, daß er ganz allein sein werde und keine Macht besitze, als die aus ihm rede, und daß er auch keine fremde oder unehrliche Macht in den Dienst seiner Aufgabe stellen dürfe, weder Waffen noch Geld, und daß nichts dabei zu gewinnen sein dürfe, weder Dank noch Ruhm, noch ein großer Name. Das Wort Friede lasse keine Ausnahme oder Einschränkung zu.

Vielleicht, wandte Jakobea vorsichtig ein, sei Martin nur durch Zufall Mitwisser einer Verkündigung geworden, die gar nicht für ihn bestimmt sei.

»Woher weiß man denn, daß man gemeint ist?« fragte sie traurig.

»Man weiß es«, sagte Martin, plötzlich unruhig werdend, und dann berichtete er, daß gestern, als er wieder zu den Bäumen redete, Florian und andere vom Dorfe sich um ihn geschart hätten, ohne sein Zutun, ungerufen, eine kleine Gemeinde sozusagen, die ihn auch jetzt erwarte.

Er zog seine Jacke an, grüßte Jakobea, ohne sie aber aufzufordern, mitzugehen, und schlenderte, die Hände in den Taschen, gemächlich dem Walde zu.

Jakobea folgte ihm von ferne. Sie hatte auf einmal große Angst, daß sie Martin verlieren würde, nicht an eine andere Frau, sondern an ein unbekanntes Wesen, vielleicht an einen Wahn, an eine Krankheit oder sogar an Gott. Und sie fühlte, wie machtlos sie war in ihrer Eifersucht.

»Aber ich liebe ihn doch«, sagte sie vor sich hin, »ich liebe ihn doch.« Dann wieder wünschte sie nichts sehnlicher, als an ihn glauben zu können mit der gleichen Inbrunst und Einfalt, wie es Florian tat und die andern, die jetzt wie zum Kirchgang vom Dorfe her durch die Felder zum Walde wanderten. Sie ließen ihre Arbeit im Stich und machten sich auf, Martin vom Frieden reden zu hören, denselben Martin, den sie täglich sahen und seit seiner Kindheit kannten, mit dem sie auf der gleichen Schulbank gesessen hatten, ohne etwas Besonderes an ihm zu finden. Manche gesellten sich wohl nur aus Neugier dazu und mit dem festen Vorsatze, sich von Martin keinesfalls etwas vormachen zu lassen.

Der Landarzt ritt vorüber und machte sich lustig über die Schwärmer. Das ärgerte Jakobea nun doch, obwohl sie eigentlich ganz seiner Meinung war.

Martin hatte nicht gewartet, bis seine Zuhörer sich um ihn scharten, sondern stand redend unter einer alten Tanne, deren Zweige sich selbständig gemacht zu haben schienen, derart, daß auf dem Stamm ein kleiner Wald von Wipfeln wuchs, einem vielarmigen Leuchter ähnlich. Von Ungrund hatte man knapp eine Stunde zu gehen bis zu dieser Stelle.

Jakobea hielt sich beiseite, daß Martin sie nicht sähe. Sie schämte sich vor den andern, die auf Baumstümpfen zwanglos sich niedergelassen hatten oder an Bäumen lehnten.

Martin sprach vom Frieden.

Jakobea saß im Grase und hörte aufmerksam zu. Sie wartete darauf, daß Martins Worte ihr Herz anrühren sollten. Aber nichts dergleichen geschah. Sie hörte eine

Stimme, die ihr vertraut und lieb war. Vielleicht sagte er vieles, was man ohne weiteres unterschreiben mußte. Wenn er sagte, daß der Freie und Furchtlose keiner Waffe bedürfe, nur wer sich fürchte und Böses im Schilde führte, wenn er die Gerüsteten Gefangene in Eisen nannte und forderte, daß die Völker einander nicht bekriegen, sondern befrieden sollten. Das war gewiß alles sehr gut gemeint und fromm. Aber sie ward nicht ergriffen davon. Martins Friedenslitanei klang ein wenig nach Kalenderweisheit, so schien es Jakobea. Es machte sie schläfrig. Auch wiederholte sich Martin häufig und gab sich, das befremdete sie besonders, sichtlich Mühe, nach der Schrift zu sprechen.

Jakobea beneidete Florian und die andern, deren Augen zu leuchten begannen, deren Wangen vor Begeisterung glühten. Sie schienen wie verzaubert von einer übernatürlichen Offenbarung. Auch Martins Augen leuchteten, sein Gesicht veränderte sich, wurde blaß und rot, seine anfangs ruhige Stimme erhob sich und schallte zum Schluß fast zornig durch den stillen Wald. Er könnte ebensogut den Haß predigen statt den Frieden, mußte Jakobea denken. Warum schrie er so, wenn er recht hatte, warum sah sein Gesicht auf einmal so entstellt, verzerrt, ja böse aus, da er doch von der Gemeinschaft der Friedfertigen redete, fragte sie sich. Er war ihr fremd auf einmal, wie abwesend, besessen von einem redseligen Geiste, von dem sie nicht wußte, ob er gut oder böse sei. ›Ich liebe ihn doch‹, sagte sie sich immer wieder.

Als Martin geendet, sah er müde und verstört aus. Er wandte sich und ging, ohne seinen Hörern Beachtung zu schenken, tiefer in den Wald. Florian, Martins getreuester Anhänger, der das Amt eines Ordners übernommen zu haben schien, hielt die Anhänger mit sanften Worten ab, dem Propheten zu folgen. Sie gehorchten demütig.

Nur Jakobea kehrte sich nicht daran. Sie wollte mit Martin sprechen. Sie hatte mit eigenen Augen mit angesehen, welche Macht er über die Sinne seiner Anhänger besaß, aber auch, daß deren Antwort schon mächtiger war als er. Sie fühlte dunkel, daß diese Macht nicht mehr von ihm kam oder von oben, sondern von jenen, und daß er dieser Verführung willig erlegen war und sich darin gefiel. Darum machte sie sich auf, ihn zu suchen, und ging tiefer in den Wald, wohin er sich gewandt. Sie wollte ihn fragen, ob er auch wisse, wohin ihn sein Unterfangen führte, ob er sich darüber klar sei, wie groß die Welt sei, die er für den Frieden zu gewinnen sich anmaße, und sie wollte ihm sagen, daß es keine Umkehr mehr gebe, nachdem er sich einmal so weit eingelassen habe, wolle er nicht zeitlebens ein kleiner Sektierer bleiben in einem abgeschiedenen Dorf. Auch wollte sie ihn warnen, daß sein Unternehmen jetzt schon angeborene Gegner habe, daß er sich längst im Gegensatz zur gegenwärtigen Obrigkeit befinde, die ihn notwendig verfolgen und zum Schweigen bringen müsse.

Sie sah Martin schon von ferne und hörte seine Mundharmonika, als sie rasche Schritte hinter sich vernahm. Der schwärmerische Florian war ihr nachgegangen und redete sie an.

»Fräulein Jakobea«, sagte er leise, »Sie gehören doch auch zu uns. Wir haben die Pflicht, ihn jetzt nicht zu stören. Er bedarf der Einsamkeit und Stille, um sich zu sammeln für sein großes Werk.«

Jakobea mochte Florian nicht eben ungern, obwohl er immer so ernst und wissensdurstig war. Aber es empörte sie, von ihm gleichsam überwacht zu sein. Sie ahnte, daß er sie durchschaue und die Gefahr wittere, die von ihr kam.

»Nein«, sagte sie feindselig, »ich gehöre nicht zu euch.«

Sie wollte weitergehen, allein Florian vertrat ihr den Weg. Er habe freilich geglaubt, sagte er finster, gerade sie würde Martin verstehen. Und sehr ernst fügte er hinzu: Es sei denn, sie liebe ihn.

Jakobea dachte wohl einen Augenblick, daß Florian kein Recht habe, sie so zu fragen, aber sie sah ein, daß es sinnlos wäre, auszuweichen, und daß sie etwas gegen ihn einsetzen müsse, das stärker war als er: ihr uneinnehmbares Herz.

»Ja«, sagte sie wie zu sich selbst und nickte, »ich liebe ihn.«

Auf einmal schien ihr alles andere klein und unwesentlich. Sie fühlte sich ganz in Sicherheit, furchtlos und unbezwinglich.

»Ich liebe ihn«, wiederholte sie leise, »mehr als Vater und Mutter, mehr als die Heimat, obwohl ich sie über die Maßen liebe, ja mehr als Gott, sonst wäre es doch keine Liebe.«

Florian sah sie an, als hätte sie etwas Unerhörtes und Schreckliches ausgesprochen. Er hob beschwörend die Hände und blickte scheu um sich, als fürchte er, Martin könne ihre Worte vernommen haben. Aber der Wald verbarg ihn.

Florians Gesicht nahm einen verbohrten Ausdruck an.

»Es ist nicht erlaubt, ihn zu lieben«, sagte er eigensinnig und mit der gleichen Unbedingtheit wie Jakobea.

»Ihr liebt ihn also nicht?« fragte sie erstaunt.

Nein, nicht ihn, sondern nur seine Verkündigung; ihr aber sei er ganz und gar verschrieben, nicht ihm.

Es war Florian zuzutrauen, daß er dafür, wie sie für ihre Liebe, zu allem fähig, daß er dafür Freude, Freundschaft, Liebe zu opfern, ja zu sterben und, wie widersinnig es schien, dafür zu töten entschlossen war.

Jakobea hatte den Verdacht, daß es die Idee gar nicht mehr war, sondern eine selbständige unheimliche, unerbittliche und, welchen Namens sie sich auch bediente, namenlose, mit dem Tod verbündete, unterirdische, unersättlich-durstige, ruhelose und immer triumphierende Macht. Sie ahnte, daß diese Macht niemanden ungestraft entließ, wer ihr einmal verfiel, und sie fürchtete sich vor ihr. Von ihr gab es keinen Urlaub in die Beschaulichkeit. Sie duldete kein Wohlgefallen, keine Heiterkeit und unschuldige Liebe.

»Weiß er es?« fragte Florian unvermittelt.

Jetzt erst wurde es Jakobea klar, daß sie Martins ja gar nicht völlig sicher, und daß sie selbst daran schuld war. Sie kam sich plötzlich im Stich gelassen vor und bereute es, in Florians Gegenwart ihr Herz gezeigt zu haben. Sie hätte ihm gar nicht Rede stehen sollen. Was ging Florian ihre Liebe an? Sie wußte sich nicht mehr zu helfen und war drauf und dran, Martin zu rufen. Sie wollte seinen Namen durch den Wald schreien, bis er sie höre. Aber da sah sie ihn schon des Weges kommen. Er schlenderte frohgemut und unbefangen für sich hin, wie jemand, der meint, daß ihn niemand sehe.

»Martin!« rief sie. Er blieb sofort stehen, ohne aber überrascht zu sein. Er freute sich sichtlich. Dann erst bemerkte er Florian und wunderte sich.

Martins Anblick beruhigte Jakobea. Unwahrscheinlich und gespenstisch erschien ihr jetzt die fromme Waldversammlung von vorhin und das Gespräch mit dem ernsthaften Florian. Auch nahm sie mit Befriedigung wahr, daß es Martin verwirrte, sie mit Florian allein im tiefen Walde zu finden. Es war ihm anzusehen, daß er daran dachte, wie sehr sich Jakobea immer gehütet hatte, mit ihm sich in den Wald zu verlieren. Er mißdeutete die Erregung in den Gesichtern der beiden.

Da weder Jakobea noch Florian etwas sagte, fragte er mit der Ungeschicklichkeit Verliebter, ob er denn am Ende störe, und lächelte unsicher. Es war nichts mehr von prophetischer Zuversicht an ihm.

Nun wäre es an Florian gewesen zu erklären, was sich zugetragen und was sie hier zusammengeführt habe. Aber er mochte einsehen, daß es jetzt nicht anging, etwa von Jakobeas Liebesgeständnis zu reden. Er wollte ihr, die ihn herausfordernd und belustigt ansah, keine Gelegenheit geben, ihren Vorteil auszunützen.

»Wir suchten dich«, sagte er harmlos.

»Wirklich, Jakobea, du hast mich gesucht?« fragte Martin wie erlöst und machte es Jakobea leicht, den gewohnten heiter-boshaften Ton anzuschlagen, hinter dem sie ihre Liebe verbargen.

Schweigsam und verdrossen ging Florian neben den Liebenden her. –

Indessen änderte sich zunächst nichts an Martins großem Bemühen. Nur schien er zwei verschiedene Leben zu leben, das des Besessenen und das des Verliebten.

Von weither kamen die Leute, um seine Reden zu hören. Man fing an, in der Stadt von dem jungen Propheten zu sprechen, ohne ihn jedoch sehr ernst zu nehmen. Es erschienen bereits gönnerische und spöttische Aufsätze über den jungen Hirten des Friedens. Junge Mädchen schwärmten ihn an und baten ihn um seinen Namenszug, ja um eine Strähne seines Haares. Manche brachten Feldstühlchen und Frühstücksbrote mit, andere betrachteten ihn durch das Opernglas, wieder andere schrieben mit, was er sprach. Besonders Aufdringliche luden ihn in die Stadt zu Tische. Männer von Geist und Bildung saßen zu seinen Füßen und fragten den einfältigen Hirten ohne Spott um seine Meinung. Es wurde Mode, die Gemeinschaft der Friedfertigen zu besuchen, freilich nur so lange, als es ungefährlich schien.

Aber es wurde gefährlich, gerade zu einer Zeit, da das Haupt der Gemeinschaft, wie so oft, sich in die Einsamkeit des Waldes zurückgezogen hatte, von dem er, wie es hieß, seine Erleuchtung und Kraft empfing.

Florian nämlich und ein paar andere von der Gemeinschaft – Martin selbst war noch zu jung –, die das dienstpflichtige Alter erreicht hatten, weigerten sich, zu der alljährlichen Musterung zu erscheinen, da sie es nicht mit ihrem Gewissen vereinigen könnten, Soldaten zu werden und Waffen zu tragen.

Es wäre ja nun freilich ein Hohn und Spott gewesen, wenn Martins Getreue, die sich allen Ernstes und mit großen Worten gegen den Krieg und die Gewalt verschworen und der Idee des ewigen Friedens mit Leib und Seele sich verschrieben hatten, auf einmal Uniformen tragen und sich im Waffenhandwerk üben würden. Nun mußte es sich freilich zeigen – die Leute in Ungrund waren nicht wenig gespannt darauf –, ob es ihnen wirklich Ernst war, wollten sie sich nicht vor aller Welt lächerlich machen.

Die meisten, wenn sie auch gestern noch zu Martins Füßen saßen und andächtig seinen Worten lauschten, hätten es wohl auf sich genommen, einen kleinen Schaden an ihrem Gewissen zu leiden, wenn Florian nicht gewesen wäre. Ohne erst Martins Rückkehr zu erwarten und fest davon überzeugt, daß er ganz in seinem Sinn handle, rief er die Friedfertigen auf, sich mit ihm in dem großen Walde zu verbergen, hoffend, sein Beispiel werde die Zweifelnden und Lauen mitreißen und die träge Welt aufrütteln. Er richtete ein Sendschreiben an die vermutlichen Anhänger in der Stadt, darin er sie aufforderte, ihrerseits tapfer für die große Aufgabe zu wirken. Er nannte sich den Soldaten des Friedens und getreuen Knecht des Propheten vom großen Walde.

Nur drei oder vier Burschen von Ungrund, die sich der Folgen ihrer Tat kaum bewußt waren, gingen mit ihm. Ihre Namen sind längst vergessen. Die übrigen kamen mit Ausreden, wie etwa, sie wollten es erst darauf ankommen lassen, ob sie überhaupt tauglich befunden würden. Andere wollten, ihren besorgten Eltern zuliebe, sich ins Unvermeidliche schicken. Doch zeigten sie ihren guten Willen, indem sie die Unentwegten reichlich verproviantierten und über ihren Aufenthalt Schweigen gelobten.

Dennoch sprach es sich schnell herum, und die Eltern eines vierzehnjährigen, behenden und abenteuerlustigen Jungen, der Florian anhing und ihm in den Wald nachgefolgt war, bekamen es mit der Angst und liefen, um weiteres Unheil zu verhüten, zum Ortsgendarmen. Es waren begüterte und einflußreiche Leute aus der Stadt, denen viel daran lag, ein Aufsehen zu vermeiden. Sie weilten zur Erholung im Ungrunder Gasthaus.

Der Gendarm nahm den Fall nicht eben tragisch. Er nannte das Unternehmen einen Dummenjungenstreich und machte sich anheischig, die leichtsinnigen Ausreißer zu stellen. Er wollte, ehe die Geschichte ruchbar werde, noch einmal Gnade vor Recht ergehen lassen, falls jene sich gutwillig von ihrem törichten Vorhaben abbringen ließen.

Also zog er, wie es seinerzeit üblich war, mit Dienstgewehr und Säbel noch in der gleichen Nacht auf Patrouille in den Wald, den er wie seine Hosentasche zu kennen sich rühmte. Er war ein alter Soldat und konnte sich zutrauen, mit den paar Wagehälsen leicht fertigzuwerden, wenn es ihnen überhaupt einfallen sollte, Widerstand zu leisten.

Allein als er sich schon tief im finstern Walde befand, ohne etwas Verdächtiges wahrgenommen zu haben, meinte er, es sei das klügste, lieber den Tag abzuwarten. Also legte er sich, da es Sommer und eine laue Nacht war, in ein Gebüsch und gedachte ein Stündchen zu schlafen.

Er erwachte erquickt beim ersten Morgengrauen vom Gezwitscher der Vögel und wollte sich eben wieder an die Verfolgung machen, als er merkte, daß er entwaffnet war.

Er hatte es wahrlich gut gemeint und fühlte sich nun übel belohnt. Es konnte ihn seine Stellung kosten. Er schwor, daß dieser Spaß den Übeltätern teuer solle zu stehen kommen. Voll Zorn und Scham über die erlittene Demütigung kehrte er zurück und meldete ohne Umschweife den Vorfall seinem Kommandanten. Es sei ratsam, ein starkes Aufgebot gegen die Aufrührer einzusetzen, da man es offenbar mit ganz verwegenen Gesellen zu tun habe, die selbst den Teufel aus der Hölle zu holen entschlossen schienen.

Den unbesonnenen Streich hatte der abenteuerlustige Junge aus der Stadt auf eigene Faust vollführt, da er ›dem Ares selbst schlau das Schwert von der Seite stahl‹. Er erntete dafür einhelliges Lob bei den Martinsbrüdern, die das Ereignis als ersten Sieg feierten. Auch Florian, den die Eigenmächtigkeit des Jungen arg verstimmte, glaubte die mutwillige Tat mit den Maximen des Propheten rechtfertigen zu können, da sie ja ohne jede Gewalt geschehen war.

Jakobea, als sie durch ihren Vater von den gefährlichen Vorgängen erfuhr, sah das kommende Verhängnis klar voraus. Sie kannte Florians Starrsinn und seine Unbedingtheit. Sie bangte ernstlich um Martins Leben. Ohne Besinnen verließ sie das Dorf, ihn zu suchen, um ihn zu retten oder, wenn es sein müßte, sein Schicksal zu teilen. Sie wußte, daß er, wie schon manchmal, zwischen Zweifel und Zuversicht in die Stille des Waldes sich zurückgezogen hatte, und erinnerte sich aus Gesprächen in weniger bewegten Tagen, wo er sich am liebsten aufzuhalten pflegte. Es gelang ihr gerade noch unbemerkt, sich in den Wald zu schleichen, ehe die allgemeine Treibjagd gegen die Bösewichte einsetzte.

Während sie durch den Wald wanderte, ward ihr immer deutlicher bewußt, daß Martin von ihr sich gar nicht werde retten lassen. Er werde natürlich zu seinen Getreuen gehen. Sie selbst konnte es nicht anders wünschen. Er durfte die Seinen nicht allein lassen, selbst wenn er gar nicht mehr an die Sache glauben sollte, für die sie bereit waren, mit ihren Leben einzustehen.

Einmal glaubte Jakobea von ferne ein Hornsignal, später das Echo eines Flintenschusses gehört zu haben, und dann wieder. Sie lauschte, aber es blieb still ringsum. Sie hörte nur überlaut das Nahe, das Fallen eines Tautropfens oder einer Tannennadel, das Zirpen der Insekten, jene unaufhörliche Musik des Waldes, des Wachstums und des Windes.

Jakobea war sehr bange zumute. »Er wird sich nicht gutwillig ergeben«, sagte sie, »er wird stolz und unnachgiebig bleiben. Sie werden ihn töten, samt Florian und den andern.«

Die umfangreichen kriegerischen Zurüstungen ließen keinen Zweifel zu, wie ernst es die Behörde nahm. Das Wohlwollen der Bevölkerung, das die Sektierer bisher genossen, hatte sich über Nacht in Feindseligkeit verwandelt.

Martin ahnte nichts von alledem. Im Herzen des großen Waldes hauste er ganz allein in einer verlassenen Holzfällerhütte. Dort in der Stille hoffte er auf ein Zeichen, daß der Auftrag, der Welt den Frieden zu bringen, endlich von ihm genommen werde. Ihm graute vor den Gesichtern seiner Getreuen, die seinen Worten wie einer Offenbarung glaubten. Keinen von ihnen vermochte er zu lieben, viele waren ihm fremd.

Zudem hatte er die Entdeckung gemacht, daß ihn die Stimme von oben, der er bisher zu gehorchen glaubte, wenn er zu sprechen anhub, plötzlich im Stiche ließ. Er wartete vergeblich und mußte, um nicht kläglich zu versagen, sein Gedächtnis zu Hilfe nehmen. Er spielte mit Kunst die Szene zu Ende, die ihm vorher unbewußt gelang. Aber niemandem schien der Unterschied aufgefallen, nicht einmal Florian. Das aber war es, was Martin vollends mißtrauisch gegen seine Sendung machte. Er suchte nach einem guten Ausweg aus seiner Lage. Vielleicht konnte er Florian gewinnen, das Amt zu übernehmen, er wollte sich darauf berufen, eine innere Stimme habe ihm solches befohlen.

Jakobea fand Martin allein, als er sich eben zum Heimweg rüstete. Er ging ihr heiter entgegen, er sah in ihrer unerwarteten Ankunft eine glückliche Fügung der Vorsehung und eine Bestätigung seines Vorhabens. Er überlegte sich nicht, daß Jakobea die halbe Nacht gewandert sein mußte, um zu seiner Einsiedelei zu gelangen. Er sah nur, daß sie zu ihm in den Wald kam, ganz allein, sah auch, wie sie sich auf ihn freute. Denn sie hatte keine Gewalt mehr über ihre Augen und ihren Mund. Sie gab sich keine Mühe, ihr Herz zu verbergen. Sie glaubte, Martin sei schon gerettet, wenn sie ihn nur liebte.

Als er sie an sich zog, sagte sie ihm, warum sie gekommen sei, und daß sie glaube, daß er sterben müsse. Er erschrak nicht. Es schien ihm ganz natürlich. Er sagte, daß er zu den andern gehen werde, und Jakobea sagte, daß sie ihn begleiten wolle. Für den Augenblick schien ihnen alles, sogar der Tod, nur ein Stück ihrer Liebe zu sein, und sie freuten sich miteinander.

Zeit, Wirklichkeit, Heimat, die mannigfaltigen Schönheiten der Erde, alle Vernunft und Philosophie, die vergangenen und die zukünftigen Dinge waren für diese Stunde aufgehoben und bedeutungslos.

Die ersten Erinnerungen, die ihnen wiederkehrten, als sie sich, glücklich und traurig zugleich, auf den Weg zu den Getreuen machten, lagen in der Kindheit. Sie sprachen davon, als hätten sie einander nicht mehr gesehen, seitdem Jakobea mit dem Gießkännchen in der Hand das böse Feuer löschen wollte, sie in des Schäfers Bett lagen, voneinander rückten und sich verwundert betrachteten. Es wurde ihnen kaum bewußt, wieviel Zeit sie verspielt hatten.

Sie suchten lange, aber sie fanden Florian und die Seinen nicht. Einmal stießen sie auf eine verlassene Feuerstelle, in deren Asche verkohlte Kartoffeln lagen, die Reste einer Mahlzeit. Aber die Asche war kalt. Sie sahen Fußspuren und folgten ihnen auf gut Glück durch das Dikkicht.

Plötzlich blieb Jakobea erschrocken stehen. Sie hatte sich nach einer Beere bücken wollen, aber es war ein Träubchen geronnenes Blut.

Ein paar Schritte voraus lag der hübsche, waghalsige Junge aus der Stadt, das wachsbleiche Gesicht nach oben, Arme und Beine von sich gestreckt. Zwei Krähen, die sich eben an ihn machen wollten, flogen krächzend davon. Des toten Jungen Mund war ein wenig geöffnet, daß man die Zähne sah. Er trug den kurzen Säbel des Gendarmen um die Brust gegürtet und auf dem Lockenhaupt den viel zu großen, silberbeschlagenen Helm mit den Löwenköpfen, die an ihren Mäulern die Schuppenketten hielten. Die tödliche Wunde saß dicht unterm Herzen. Neben dem Toten lagen das erbeutete Dienstgewehr und ein jämmerlich zerschossener Hase.

Die gerichtliche Untersuchung des Vorfalls ergab, daß auf die Gendarmen, die pflichtgemäß den Wald durchstreiften, aus dem Hinterhalt ein Schuß abgegeben worden war. Erst daraufhin hatten die Grünen von der Waffe Gebrauch gemacht.

Bei der entstandenen Schießerei war auch Florian tödlich getroffen worden. Er starb furchtlos, bis zuletzt getreu an Martins große Sendung glaubend.

Die andern ergaben sich bedingungslos und ohne Widerstand. Sie bezeugten, daß der fremde Junge, kurz ehe das Gefecht begann, geäußert habe, er wolle für die nächste Mahlzeit den Braten liefern. Er sei dann, obwohl es ihm Florian ernstlich widerriet, ausgezogen, ein wenig zu jagen. Nach der Gefangennahme hatten die Überlebenden vermutet, der Junge habe sich wohl noch rechtzeitig in Sicherheit gebracht.

Martins verzweifelte Bemühungen, die ganze Schuld an dem blutigen Ereignis auf sich zu nehmen und dafür zu büßen, blieben erfolglos. Die Zeugen bekundeten übereinstimmend, daß er nie gegen die bestehende Ordnung gehetzt oder zur Kriegsdienstverweigerung aufgefordert habe. Alle lobten seine lautere Gesinnung, seine Güte und Bescheidenheit. Selbst die unglücklichen Eltern des toten Knaben entlasteten ihn und baten für ihn.

Das Gericht schien in Martin nur einen Träumer und Phantasten sehen zu wollen, der sich in bäuerlicher Einfalt der Tragweite seiner Reden nicht bewußt gewesen sei, und sprach ihn frei. Er verließ Ungrund. Die zärtliche Jakobea ging mit ihm. Hier konnten sie nicht bleiben.

»Sei getrost«, sagte sie, »ich will es dir schön machen.« –

Ich habe nun acht Tage lang keine Menschenseele mehr gesehen, ja kaum mich selbst, denn es ist kein Spiegel in der Hütte, und die Nacht hinter den Fenstern ist nicht das Wahre: das ist, als sehe einen sein eigener Geist an.

Diese kurze Zeit völligen Alleinseins genügt, um einen recht wunderlich zu machen. Wenn ich mir überlege, wen von den vielen Menschen, die ich kenne, ich mir hier zur Gesellschaft wünschte, so bleiben von allen nur zwei übrig – und du natürlich.

Es ist seltsam, daß der Mensch in der Einsamkeit vor nichts so sehr erschrickt, als wenn er unversehens einem Mitmenschen begegnet, wie mir heute morgen geschah.

Ich war in den Stall gegangen, um Holz zu holen, und als ich wieder in die Stube zurückkam, saß ein altes Männlein auf der Herdbank. Ich hatte es nicht kommen hören.

Ich nickte zum Gruß, aber es sagte nichts. Es saß unbewegt und rauchte geruhsam vor sich hin.

Ich weiß, daß es hierzulande nicht Sitte ist, einen fremden Gast zu fragen, wer er sei und was ihn zu dir führe. Man tut es nicht. Auch sah ich im Wirtshaus zu Ungrund oft ein Dutzend Männer beieinander um den Tisch sitzen, die einander anschwiegen wohl eine Stunde lang. Selten beginnt die Unterhaltung mit einer Frage. Meist ist es eine kurze Feststellung, etwa daß im Dorf irgendwer verstorben ist. Man sagt auch nicht verstorben, sondern gleich: er ist eingegraben worden. Dann wird wieder eine geraume Zeit geschwiegen, geraucht und getrunken, bis einer etwa feststellt: Am Herzen soll er es gehabt haben, am Herzen. Ganz allmählich entsteht das Bild des Toten mit seinen guten und schlechten Eigenschaften in einer Art Responsorium. Jeder pinselt ein paar Striche, bis das Bild fertig ist.

Also schwieg ich geduldig und wartete. Ich schob dem Alten ein Schnapsglas hin, ein sogenanntes Stamperl, und schenkte ihm ein. Wieder nickte er nur. Aber er trank nicht gleich, und als er es nach einer guten Weile tat, geschah es sehr bedächtig. Erst legte er seine Hand auf den Tisch neben das Glas und ließ sie eine Zeitlang dort liegen, ehe er es ergriff. Er betrachtete es lange, und bevor er trank, führte er es an die Nase, daran zu riechen. Er trank es nicht auf einmal hinunter, stellte es vor sich hin, wischte sich den Bart mit dem Handrücken und schwieg freundlich weiter. Warten können, schweigen können, stillsitzen, allein sein und sinnieren können, das schien mir eine heilsame Kunst in unserer Welt der aufdringlichen Ungeduld und Naseweisheit.

Mein Besuch war dem Aussehen nach ein Holzknecht, und obwohl er so alt und verwittert erschien, wohl kaum älter als ich. Aber seine Haut glich dem Leder eines alten Feuereimers, wie man sie hier zuweilen noch in den Hausgängen hängen sieht. Sein Gesicht, die Landschaft seines Gesichts, sein Hals und seine Hände waren bewaldet von roßhaarähnlichem Bart, von Runzeln gleichsam beackert, von Furchen durchzogen und beschrieben. Es war eine Rinde mehr als eine Haut, vom Umgang mit den Bäumen und dem Wetter so geworden.

Als er endlich ausgetrunken, schob der Alte das Glas mit dem Handrücken ein wenig zu mir, kniff ein Auge zu und nickte. Ich schenkte ihm noch einmal ein. Dann erst begann er zu reden. Er stellte schmunzelnd fest, daß die Sonnenwirtin einen guten Schnaps mache, worauf er wieder in Schweigen verfiel. Dann sprach er vom Wetter und den schlechten Holzpreisen, und ganz unvermittelt endlich sagte er, er habe den Martin Vetterle auch gekannt. Das war es also, warum er zu mir kam. Ich hütete mich wohl, durch eine voreilige Frage ihn mißtrauisch zu machen. Ich machte nur: so, so! und legte den Brotlaib, Butter und Käse auf den Tisch. Den alten Hirten und die Jakobea hatte er auch gekannt. »Sauber beieinander« nannte er sie. Und dann sagte er: einen Sohn sollen sie auch gehabt haben. Er machte dazu eine unbestimmte Bewegung mit der Hand, was bedeuten sollte, weit fort von hier.

Nun aber geschah etwas Seltsames. Der Alte griff in seine Brusttasche und zog einen Brief hervor. Er habe einen Brief für ihn, für diesen Sohn des Martin und der Jakobea. Von einem Toten sei er, von seinem Herrn Leutnant, einem gewissen Andrist.

Dieser Waldmensch, der Sommer und Winter, übereist und überschneit tief im Wald in einer Rindenhütte hauste, in einem fast heidnischen Einvernehmen mit der Natur, dessen Götter das Wetter und der Wind waren, hatte einen Brief für Idolino! Er trug ihn seit Jahren mit sich herum. Aber es eilte ihm nicht. Er dachte wohl, es werde der Augenblick schon kommen, wo er ihn bestellen könne. Er hatte vermutlich von mir gehört, vielleicht sogar, daß ich den Empfänger kannte. Er hatte den Brief nicht geöffnet und nicht gelesen. Aber der Brief war doch offen, gewaltsam aufgerissen und dunkel von altem Blut. Man konnte von der Adresse nur noch den Namen des Empfängers lesen, die Stelle, wo der Name der Stadt und die Straße standen, war zerstört.

Ich sagte dem Alten, daß ich den Brief gerne besorgen wollte. Er lag auf dem Tisch zwischen Brot und Schnapsglas. Ich rührte ihn nicht an, bis der Alte, nachdem er seine Hände über den warmen Herd gehalten, gegangen war.

Es muß wohl so vorgesehen sein, daß Idolinos Geschichte in meinem Herzen ausgetragen werden sollte.

Jetzt, nachdem ich den Brief mit der Wunde gelesen habe, scheint es mir ganz natürlich, daß er nicht in Idolinos Hände gelangt ist. Ich habe eine Abschrift von dem Brief genommen und versucht, was unleserlich ist, sinnentsprechend zu ergänzen. Als er geschrieben wurde, war Idolino etwa vierzehn Jahre alt:

»Vor der Schlacht.

Der Hauptmann sagt, daß es morgen einen blutigen Tag geben werde, und es sieht ganz so aus, als ob er recht habe. Gleichviel, ubique mors est.

Ich sitze auf einem umgestürzten Grabstein des Friedhofs von Q., um den morgen gekämpft werden wird, und schreibe auf einer Trommel. Kämpfe um Friedhöfe spielen in der Schlachtengeschichte eine große Rolle.

Wenn ich morgen fallen soll: Ich bin bereit. Ich bin nicht traurig darüber. Nur eines macht mir das Herz schwer, daß ich Dich mit sterblichen Augen nicht mehr sehen werde. Denn ich glaube, sie haben etwas voraus vor denen von drüben. Ich glaube, es wurde den Sterblichen zum Ausgleich der Bitternis des Todes eine Gabe verliehen, die nur von dieser Welt ist, um derentwillen es manchem von uns dann freilich ein wenig schwer wird, die Herrlichkeit des Jenseits einzutauschen, als ahnten wir, daß wir etwas verlassen müssen, das wir drüben so nicht mehr finden werden, in alle Ewigkeit.

Ich hätte es Dir vielleicht sagen sollen, was ich Dir nun schreiben muß. Aber ich dachte ja immer, wir hätten noch unendlich viel Zeit vor uns. Jetzt aber, scheint mir fast, ist die letzte Gelegenheit dazu.

Ich hätte es damals schon tun sollen, als ich merkte, daß Deine Mitschüler anfingen, Dich zu hänseln und allerlei böse Anspielungen auf die prophetische Vergangenheit Deines Vaters zu machen. Weiß der Himmel, wer es ihnen verriet. Man hat in diesem Alter ein teuflisches Gefühl dafür, wie man dem andern weh tun kann.

Ich weiß nicht mehr, was mich abhielt, Dir damals schon zu sagen, daß auch ich einst zu des Propheten Martin, zu Deines Vaters Füßen saß. Ich war ungefähr so alt, wie Du jetzt bist, und ging in die gleiche Schule wie jener unglückliche Junge, der im Walde fiel. Wir waren genaue Freunde. Wir saßen nebeneinander in einer Bank.

Ich erinnere mich sehr wohl an den ersten Schultag nach den Ferien. Der Platz neben mir war leer. Es dauerte wochenlang, bis einer von uns die Scheu überwand, sich auf diesen Platz zu setzen.

Ich war immer zu Abenteuern geneigt und gedachte

damals allen Ernstes, Blutrache zu nehmen an denen, die schuldig waren an meines Freundes Tod. Ich traf die Vorbereitungen zur Tat ganz allein, mit einer Sorgfalt und Kaltblütigkeit, über die ich mich jetzt noch wundere. Allein die Tat blieb ungetan. Deine Eltern hatten die Gegend schon verlassen, als ich, mit einem Dolche bewaffnet, nach Ungrund pilgerte. Niemand wußte, wohin sie gezogen waren.

Mit der Zeit besänftigte sich mein Rachegefühl, ich begann zu lächeln über meine Anmaßung, Richter und Henker sein zu wollen, und zweifle sehr, ob es rechtens gewesen wäre, was ich plante. Es war schließlich nicht meine Sache. Ich erzählte es meinem Vater, der ein weiser Mann war. Nachdem er mir mit großem Ernste zugehört, sagte er: Laß gut sein, die Toten richten selber. Sie nehmen sich Zeit. Wir sollen sie nicht dabei stören.

Du kannst Dir vorstellen, wie betroffen ich war, als ich, nach Jahren in Deine Stadt verschlagen, Deinem Vater begegnete (aus dem Propheten war ein Gewürzkrämer geworden!), noch mehr, als ich Dich unter meinen Schülern sah. Du warst mir unter den dreißig sofort aufgefallen, als ich die Klasse betrat, und wärest es unter Hunderttausenden. Es mag sein, daß eine entfernte Ähnlichkeit mit meinem Jugendfreund daran schuld war, aber das war es nicht allein. Als ich Dich Deinen Namen sagen hörte, blieb mir fast das Herz stehen.

Ich schreibe Dir, damit Du Dich nicht ängstigst, falls mein unstet wandernder Schatten Dich einst heimsuchen sollte. Du sollst es wissen, daß ich Dich liebte, und Du sollst über das Geständnis nicht erschrecken oder gar lächeln; denn es ist wohl ein wenig lächerlich, wenn das ein Lehrer zu seinem Schüler sagt...«

Die letzten Zeilen zu entziffern, wollte mir nicht gelingen, bis auf diese paar Worte: guter Gärtner... Dich zum blühn... Menschen schönste Zierde und reinstes Glück... es mir bestimmt... vorauszureiten...

In dieser Nacht ist das Wetter umgeschlagen. Ein warmer Südsturm weht und hat an dem hölzernen Gehäuse meiner Hütte ein Instrument gefunden, eine Art Baßgeige, auf der er seine himmlischen und höllischen Melodien spielt. Ich hörte das Brummen von Bären und das Geheul von Wölfen und dazwischen lieblichen Gesang wie von Kindern oder Engeln. In solchen Nächten kann man sich wünschen, was man hören will. Ich mußte an unsern Roland denken und ob nicht der Wind der Vater aller Musik sei.

Kennst du das Gefühl der Geborgenheit und wohligen Behagens, wenn der Regen wie mit Rutenstreichen gegen die Scheiben schlägt? Der Wind kam von Ungrund und trug den Klang der Kirchenuhr bis zu mir. Manchmal bildete ich mir ein, den zweiten Glockenschlag früher zu hören als den ersten.

Ich schlief herrlich und träumte vom Fliegen. Es liegt hier wohl in der Luft. Ich habe einen Arzt sagen hören, an solchen Träumen sei ein krankhaftes Flattern des Herzens schuld. Aber lieber glaube ich an eine Erinnerung, an eine verlorene Gabe oder ein Vorgefühl. Ich weiß wohl, daß es eine drollige Vorstellung ist: ein so plumper Mensch wie ich und fliegen. Allein ich spürte meine Erdenschwere nicht mehr. Ich war ganz leicht und höchstens achtzehn Jahre alt. Vielleicht sah ich dabei gar nicht aus wie am Tage, sondern hatte eine andere Gestalt, jene im Leben und im Umgang mit dem Schönen erworbene heimliche Gestalt, die durch nichts zu vernichten ist, weder durch den Tod noch durch Feuer noch durch Vergessenheit. Endlich bin ich soweit, dachte ich, während ich flog, und wunderte mich, daß ich es auf einmal konnte, ganz mühelos.

Auch nach dem Erwachen blieb mir etwas davon. Ich überlegte mir, ob ich der Figur Idolinos nicht Flügel geben sollte – seine Schultergräten verlangen förmlich danach und seine englische Herkunft.

Wie kamen wir Menschen überhaupt darauf, die Engel

zu erfinden? Es mußte wohl etwas ganz Natürliches sein, und es ist gewiß kein Zufall, daß so viele Maler sie darzustellen versuchten, van der Goes, Grünewald, Botticelli, Zeitblom. Ich könnte mir ein Buch der Engel denken, worin die schönsten von ihnen abgebildet wären, in ganzer Figur oder nur die Gesichter, die herben und die anmutigen. Du erinnerst dich jenes Phantasiedomes, den ich einmal entwarf, darin bis zum Himmel des Gewölbes singende Engel gemalt sind oder in Mosaik gesetzt, und auch die Säulen sind Engel, die auf den Schultern ihrer Brüder stehen bis oben. Ich hatte immer viel übrig für Engel, und diese Gegend, dieser Wald und dieser Wind, der von ihren Stimmen voll ist, wäre der Ort, wo der Dom stehen könnte. In einer Woche etwa hoffe ich wieder zu Hause zu sein. Ich werde den Weg wandern, den Martin und Jakobea gegangen sind. –

»Ich will es Dir schön machen«, sagte Jakobea. Es klang sehr einfach und zuversichtlich.

Sie heirateten. Sie fingen einen kleinen Kolonialwarenhandel an in der fremden Stadt. ›Hier kennt uns niemand‹, dachte Jakobea. ›Nun wird alles wieder gut!‹ Sie hatten anfangs nicht viel zu leben, aber sie waren fleißig und genügsam. Sie mußten sich schon recht plagen und genau rechnen. Wenn heller Mondschein war, saß Jakobea am Fenster und nähte, um Licht zu sparen. Sie galt als die Seele des Geschäftes. Sie hatte den Ehrgeiz, den appetitlichsten Laden weitum zu besitzen.

Es schien dem Glücke zu gefallen, sich mit besonderer Barmherzigkeit der beiden anzunehmen. Es ließ ihnen das Kleine und Alltägliche gut geraten. Jakobea verstand es, Martin das Leben so angenehm und behaglich wie möglich zu machen. Sie kochte gut und war immer fröhlich und guter Dinge. Wenn Martin und Jakobea nur für eine Stunde getrennt waren, wurden sie schon unruhig, lauschten auf des anderen Stimme und Schritte, reckten die Hälse und schauten nach einander aus. Sie mochte wohl glauben, nun begehre Martin nichts mehr, nun sei alles wirklich wieder gut.

Sie ahnte nicht, welche Macht den Toten gegeben ist, und daß Martin und sie ihrer Liebe nie wieder ganz froh werden würden. Jakobea hatte sich sehr viel vorgenommen, als sie an die Stelle jener Mächte getreten war, mit denen sich Martin einst eingelassen und die er nie mehr ganz vergessen konnte. Jakobea wußte, daß es nicht genug war, Martins Gefährtin zu sein. Sie mußte mehr sein als der große Wald, den Martin liebte, mehr als die verlorene Gabe der Verkündigung, mehr als die Schuld und die nie verstummenden Klagen der Toten. Sie durfte ihrer Liebe nicht müde werden, sie konnte nicht ausruhen davon, und sie hätte sich so gern einmal ein wenig gehenlassen, besonders jetzt, da sie ein Kind unterm Herzen trug. Aber sie mußte immer wachsam sein.

Eines Nachts, als das Kind in ihrem Leibe hüpfte und sie davon erwachte, hörte sie Martin im Schlafe reden mit der gleichen Inbrunst, wie er es damals im Walde getan. Der Mond schien ins Zimmer, Martin saß mit angezogenen Knien, den Kopf etwas zurückgeneigt, im Bette auf und redete. Seine Augen waren weit geöffnet. Jakobea sah seinen Atem.

Es war ihm freilich nichts anzumerken, als er morgens erwachte und sorglos berichtete, wie erquickend er geschlafen habe. Er schien nicht mehr an das zu denken, was damals in dem großen Walde geschehen war, oder verbarg es vor Jakobea wie sie vor ihm.

Ein andermal aber, als Jakobea merkte, daß Martin schweigsam wurde und unruhig umherging, vergaß sie sich und fragte ihn, was ihn bewegte, ob er wieder Gesichte habe wie als Kind und später im Walde.

Sie bereute es sogleich. Denn er sah sie erschrocken an und schüttelte traurig den Kopf. Aber es war noch da. Sein Herz war sein Gedächtnis.

Im übrigen benahm er sich, als hätte er zeitlebens nie etwas anderes getan, als in dem kleinen bunten Laden

Kunden zu bedienen mit stets gleichmäßiger unnahbarer Freundlichkeit und Geduld.

Sie waren unzertrennlich und lebten nur füreinander. Sie galten als sehr glücklich. Sie glaubten wohl selbst, daß sie es seien.

Manchmal freilich schien es Jakobea, als hätten sie einander nur ein einzigesmal im Leben wirklich geliebt, als geschehe alles Künftige nur um der unerfüllbaren Sehnsucht willen nach jenem für immer unwiederbringlichen herrlichen Augenblick ihrer Hochzeit im großen Walde. Vielleicht war es dieser Augenblick, für den sie einzig und allein das Leben bekommen hatten, um dessentwillen der große Aufwand ihres Daseins geschah.

Mit den Nachbarn hielt das zärtliche Paar keinen Umgang. Es war unmöglich, durch die Schranken ihrer höflichen Liebenswürdigkeit zu einer freundschaftlichen Beziehung vorzudringen, und während der ersten Zeit nach ihrer Übersiedlung in die fremde Stadt hatte es wirklich den Anschein, als ließe man Martin und Jakobea in Ruhe.

Unweit von Ungrund liegt ein Nonnenkloster, dessen fromme Bewohnerinnen mit der Außenwelt keine Verbindung haben. Sie wollen ungesehen bleiben. Man hat indessen eine sinnreiche Einrichtung getroffen, durch die es möglich ist, dennoch einen kleinen Handel mit Likör und Süßigkeiten zu treiben, die im Kloster zubereitet werden. In der Wand neben der Klosterpforte ist eine drehbare Holztrommel eingelassen, die von innen unsichtbar bedient werden kann. Schellt ein Fremder an der Zugglocke, so fragt eine sanfte Stimme nach seinem Begehr. Dann dreht sich langsam die Trommel, eine Öffnung wird sichtbar, darin ein Teller steht, auf den der Kunde das Geld legt. Wieder dreht sich die geheimnisvolle Trommel, und dann erscheint, nach Art eines Tischleindeckdich, das Gewünschte. Die Stimme ohne Angesicht und ohne Alter spricht ein Vergelt's Gott, und die Trommel schließt sich wieder.

Daran mußte Jakobea jetzt zuweilen denken. Sie waren ja nun freilich sichtbar hinter ihrem Ladentisch in dem kleinen, freundlichen Hause. Sonst aber erfuhr niemand in der Straße, was in der klösterlichen Abgeschiedenheit vorging.

Allein allmählich begann ihre Zurückgezogenheit bei den Nachbarn Ärgernis zu erregen. Man nannte sie Zugereiste, die den Einheimischen das Brot wegnähmen und sich obendrein für zu gut hielten, mit ihresgleichen Freundschaft zu halten. Sie galten als hochmütig.

Jakobea spürte es bald, und sie redete Martin zu, sich ab und zu im Verein seiner Berufskollegen zu zeigen und dadurch seine Teilnahme am Wohl und Wehe seiner Standesgenossen zu beweisen. Nicht lange, so drängte man Martin, sosehr er sich auch dagegen sträubte, ein Amt auf, und so geschah es, daß eines Abends in einer berufswichtigen Versammlung auch die Reihe an ihn kam, das Wort zu ergreifen. Von seiten verwandter Berufsgruppen, Delikatessenhändlern, Konditoren und Drogisten, war Einspruch erhoben worden gegen Führung gewisser Waren in den Kolonialwarengeschäften. Es gab Grenzfälle, über die starke Meinungsverschiedenheiten herrschten, etwa ob jene farbigen Kokoswürfel, die auch Martin und Jakobea führten und die namentlich von Schulkindern gerne gekauft wurden, nicht am Ende zu den Konditorwaren zu rechnen seien, ob es künftig erlaubt sein sollte, gleichzeitig mit Heringen, Seife, Spirituosen und Tabakwaren zu handeln, und ähnliches mehr. Fragen des Wettbewerbs also waren es. Sie wurden mit viel Hitze und Hartnäckigkeit erörtert.

Als Martin sich erhob, um zu sprechen, sah er nur die Gesichter der vielen Menschen und erinnerte sich. Er hatte seit seinen Prophetentagen im Walde nie mehr vor einer Versammlung gestanden und geredet. Unversehens war die Gelegenheit wieder gekommen. Einen Augenblick glaubte er, daß der Geist wie damals über ihn käme. Er vergaß sich. Seine Augen wurden groß und blau. Er sah verzückt nach oben, aber der Himmel öffnete sich nicht.

»Ich beginne«, hub Martin an, ganz wie er es im Walde gewohnt war. Der berückende Klang seiner Stimme machte die Zuhörer aufhorchen, sie sahen erwartungsvoll auf ihn. Es sah aus, als habe er ihnen etwas ganz Besonderes zu sagen. Es herrschte feierliche Stille im Saal.

Jakobea, die auch gekommen war, merkte sogleich, was in Martin vorging und in welcher Verlockung er war. Sie wußte, was es bedeutete, wenn er seine blauen Augen bekam.

›Wenn er mich sähe‹, dachte sie, ›würde er vielleicht erwachen.‹ Sie sammelte ihre ganzen Gedanken auf ihn, den bösen Zauber zu brechen. Aber sie fühlte, daß sie keine Macht über ihn hatte. Da tat sie etwas in ihrer Herzensangst, etwas ganz Hilfloses, ganz Irdisches, die Geister zu erschrecken. Sie warf ihr Bierglas um. Martin sah feindselig zu ihr hinüber. Jakobea schaute ihn traurig an. »Ach Martin«, sagte sie leise.

Martin begann zur Sache zu sprechen. Er tat es verlegen lächelnd, stotternd und so unbeholfen, als rede er zum erstenmal im Leben vor einer Versammlung. Seine Stimme war ohne Klang. Dennoch erntete er den Beifall wohlwollender Nachsicht und Ermutigung.

Auf dem Heimweg redete er kein Wort mit Jakobea. Finster grübelnd schritt er neben ihr her. Sie wußte es ja, daß es einmal so kommen müßte, daß Martin ihr die Schuld an der Veränderung seines Lebens zuschieben würde. Sie kannte seine Gedanken und den stillen Vorwurf: Einzig und allein Jakobea zuliebe habe er die Mühsal des Alltags auf sich genommen.

Noch etwas ängstigte sie, etwas, das von innen kam. Sie konnte den Anblick des toten Jungen im Walde nicht verwinden, und wie sehr sie vor seinem Gesicht erschrocken war. Immer sah sie das schöne Haupt des Knaben in den zu großen Helm gebettet. Abergläubisch von Haus aus, wie alle Leute ihrer Heimat, fürchtete sie, da sie sich Mutter werden fühlte, sie könnte sich beim Anblick des toten Knaben versehen haben, verguckt, nannte man es in Ungrund.

Es war wohl nur ein unglücklicher Zufall, daß am Tage vor der Geburt des Kindes eine Dame in Trauer das Geschäft betrat, die Mutter eben jenes Knaben, der bei dem Gefecht im Walde geblieben war. Jakobea erkannte sie sogleich, und für einen Augenblick schien es, als ob die Dame auch sie erkenne. Denn sie hob die Hand und fuhr sich langsam über die Stirne, als erinnere sie sich.

»Ach«, sagte sie dann und sah sich verlegen im Laden um, »ich habe mich wohl in der Türe geirrt, wo habe ich nur meinen Kopf, ich wollte eigentlich ...« Sie nannte ein Geschäft, das ein paar Häuser weiter lag.

Jakobea war in großer Sorge, daß Martin jetzt in den Laden treten werde. Sie horchte. Aus der oberen Stube klang sein Mundharmonikaspiel.

Die Dame hörte es auch, lächelte und summte leise die Melodie mit. Es gefiel ihr sichtlich in dem kleinen Laden, und sie sagte es auch. Sie nannte ihn ein Schmuckkästchen, und weil sie nun doch schon hier hereingeraten sei, so wolle sie das eine oder andere gleich mitnehmen. Also kaufte sie ein paar Kleinigkeiten: Pfeffer, Muskat, Kapern und Rosinen.

»Wo hatte ich bloß meinen Kopf«, sagte sie noch einmal, als sie ging. Jakobea begleitete sie bis zur Türe, zeigte ihr auch das Geschäft, das sie suchte, und nickte ihr freundlich nach. Aber als sie wieder allein war, schlug sie die Hände vors Gesicht und weinte. –

Die glückliche Geburt des Knaben ließ die Liebenden zunächst alle ihre Seelennöte vergessen. Sie fühlten nur die Gnade der Natur und freuten sich daran, als sei das Wunder zum erstenmal geschehen. Es schien, als sei Jakobea auf einmal mit einem Wissen begabt, wie es die Tiere haben, aber auch mit jenem zärtlichen Stolz aller Mütter der Erde, der Löwinnen wie der Gazellen, der

Kühe, Hunde, Katzen und jeglicher Kreatur. Sie machte alle Wonnen und Ängste durch und war sehr glücklich.

Der Kleine hatte Martins Augen und ihren Mund. Das beruhigte Jakobea. Sie dachte, daß Martin und sie nunmehr erst sichtbar vereint seien in ihrem kleinen Sohn.

»O sieh doch nur, Martin, das sind wir!« sagte sie.

Von Stund an redete Martin nicht mehr im Schlafe. Jakobea fand ihn oft über die Wiege geneigt, mit seiner Mundharmonika den Kleinen in den Schlaf zu spielen.

Als das Kind größer wurde, gehen und sprechen konnte, blieben die Leute auf der Straße stehen und sahen ihm nach. Sie sagten, daß es ein über die Maßen schönes und wohlgeratenes Kind sei.

›Ist es denn wirklich so schön?‹ fragte sich Jakobea und sah es daraufhin an. Es verdroß sie, daß an ihrem Jungen etwas sei, an dem wildfremde Menschen teilnahmen, und daß er nicht nur ihr und Martin gehörte. Sie erkannte, daß der Kleine, ob er anfangs Martins Augen und ihren Mund hatte, sein eigenes Gesicht trug. Es schaute sie etwas an, das nicht von ihr und Martin kam. Es war ein neues, ein fremdes Gesicht, das sie sonst noch nie gesehen zu haben meinte unter den Menschen und das doch alle schon zu kennen schienen. Woher wußten die Leute sonst, daß es schön war?

Jakobea hatte gehofft, endlich dem Überirdischen entronnen zu sein, und nun war es wieder da, ganz nahe, gleichsam zu Gast in ihrem Hause, und schaute sie an, unschuldig und freundlich. Sie kam sich überlistet vor, sie wollte nicht wahrhaben, daß bei der Liebe, wenn sie am größten ist, die Gottheit mitlieben, sich abbilden und ihr Gesicht zeigen will. –

Ein Jahr, nachdem das Kind geboren war, wurde Martin Soldat, als wäre er nie der Friedensprediger vom großen Walde gewesen. Jakobea wunderte sich freilich, wie widerspruchslos und gelassen er es tat, ja daß er gern Soldat war. Es schien, als hätte er unerbittlich alles in sich abgetötet und erstickt, was ihn an die Zeit im großen

Walde erinnerte. Er lebte nicht mehr, er verrichtete sein Leben: brav, gewissenhaft, unauffällig, aber immer ein wenig abwesend und erstaunt. Aufmerksam hörte er die Kunden an, wenn sie beim Einkauf von ihren kleinen Sorgen plauderten, sie nur mit einem »Was nicht gar?« unterbrechend. War es eine lustige Begebenheit, so lachte er höflich und sagte: »Gelungen, wirklich sehr gelungen!« Aber seine Augen lachten nicht mit.

Ein Bild aus jener Zeit zeigt ein biederes Ehepaar mit nichtssagenden ausdruckslosen Zügen. Jakobeas Gesicht und Hände sind mollig und rosig. Es ist ein Bild behäbigen Bürgerglücks. Der Junge ist nicht darauf, es gibt kein Bild von ihm aus der Knabenzeit.

Denn Jakobea litt es nicht. Sie tat, als bemerkte sie ihres Sohnes Schönheit nicht, und vermied geflissentlich alles, was sie etwa hätte betonen können. Sie kleidete ihn altmodisch und so schlicht wie möglich, was ihm freilich gegen ihre Absicht besonders artig zu Gesichte stand. Sie schnitt ihm frühzeitig das braune Lockenhaar kurz. Sie tat es eigenhändig und mit zorniger Hast.

Eines Tages nämlich hatte der Junge Vaters Helm vom Schranke geholt und mit dem Seitengewehr sich umgürtet, ein wenig Soldat zu spielen. Also gerüstet trat er zu Jakobea in den Laden. Unter dem viel zu großen Helm quollen die Locken hervor. Lächelnd stand er unter der Türe und salutierte mit Anmut.

Er wunderte sich freilich, daß die liebe Mutter so vor ihm erschrak, unwirsch ihm den Helm vom Kopfe nahm, daß die Locken rupften, und noch am gleichen Tage ihm die Haare abschnitt, als könne sie so das Verhängnis beschwichtigen.

Wie sie es auch behütete, Jakobea vermochte nichts wider den Zauber ihres Kindes. Sie mußte sich sehr in acht nehmen, wollte sie ihm nicht selbst erliegen, wie es Martin geschah.

Männer sind von Natur zärtlicher als Frauen. Es ist eine kindlichere, leichtfertigere Zärtlichkeit. Jakobea suchte sie durch künstliche Strenge gegen ihren Jungen auszugleichen.

Als Hans Vetterle in die Schule kam, schien ihr die Gefahr seiner Schönheit am größten. Allein er selbst merkte es zunächst gar nicht, wie sehr er sich unterschied und welche Anziehungskraft ihm verliehen war. Es fehlte ihm noch das Bewußtsein seiner Anmut. Denn die Natur versagt dem Schönen zuweilen, daß es sich selbst gefällt. Freilich, wer ihn so sah, mit welch herber, natürlicher Anmut er sich zu bewegen wußte, mochte glauben, er müßte seine Schönheit gleichsam am eigenen Leibe spüren, wie das Gegenteil von Schmerz, als ein Wohlgefühl aus dem Ebenmaß des Angesichts und der Gestalt. Er müßte sich schön fühlen mit einem Worte und dessen wunderbar froh sein, wo er ging und stand. Allein Hans schien zu jenen Göttern zu gehören, die nicht wissen, daß sie Götter sind. Er neigte eher dazu, seine Gespielen, die sich alle Mühe gaben, sein Wohlgefallen zu erregen, über Gebühr zu bewundern. Sie erfanden im Scherz halb, halb im Ernst wohlklingende Namen für ihn und riefen ihn Giovannino und Johannes. Jakobea nannte ihn einfach Hans.

Einige seiner Gefährten erschreckten ihn durch den stürmischen Überschwang ihrer Zuneigung, die er nicht recht zu erwidern wußte. Er schämte sich der unverdienten Gunst.

›Was wollen sie von mir?‹ dachte Idolino. Er richtete unbewußt viel zärtliches Unheil an.

Indessen wußte sich der Umworbene mit Artigkeit und Bescheidenheit in die kleinen Huldigungen zu schicken. Er entzog sich ihnen nicht.

Martin und Jakobea aber hießen allgemein nur noch ›die Eltern von dem Jungen‹, und jeder wußte, wer damit gemeint war. Hans mußte es allmählich ja merken, was es mit ihm für eine Bewandtnis habe. Er hörte es täglich allerorten und mußte es wohl selber glauben, daß er ungewöhnlich schön sei.

Zu seinem Glücke war es jedoch nicht allen Leuten beschieden, es wahrzunehmen. Denn es setzte ein ebenbürtiges Auge voraus und die seltene Gabe, einen Gott von einem gewöhnlichen Sterblichen unterscheiden zu können.

Die Zeitungsfrau, die unweit der Brücke, die die kleinere Vorstadt mit der größeren Schwesterstadt verbindet, auf der sogenannten Alten Bastei ihre Blätter feilbot, besaß diese Einsicht. Sommers und winters, bei Regen, Sonnenschein und Schnee, stand sie jahraus jahrein unter der gleichen Kastanie, an deren Stamm sie ein gelbes Thermometer befestigt hatte, damit sie ihrer Gesundheit wegen die Schwankungen des Wetters überwachen könne. Die Frau hieß im Volksmund allgemein ›Die Zwiebel‹, der zahllosen Kleidungsstücke wegen, die sie je nach der Jahreszeit schalenförmig übereinander anzulegen pflegte. Ihr Platz war gut gewählt, denn alle Leute, die ans andere Ufer wollten, mußten an ihr vorüber. Sie besaß eine reiche Erfahrung in Menschengesichtern und Gestalten. Aber Idolino war der erste, dessen Anblick ihr wirklich zu Herzen ging.

»Mein Gott«, sagte sie. Sie sagte es so laut, daß Hans es hören mußte. Unmutig wandte er errötend das Haupt. Er war versucht, etwas sehr Unartiges zu erwidern oder die Zunge zu blecken. Allein als er das gute gesunde Gesicht der Frau Zwiebel sah, die voll Schreck und Reue ihre Hand vor den Mund hielt, beherrschte er sich und legte nur die Finger an die Lippen, als wolle er ihr bedeuten: ›Nicht weitersagen, bitte! Es bleibt besser unter uns.‹

Doch nahm er sich vor, von Zeit zu Zeit der freundlichen Alten sich zu zeigen. Es herrschte fürderhin ein heimliches Einverständnis zwischen den beiden, ja Hans ließ es sich sogar gefallen, wenn ihn die Zeitungsfrau verstohlen herbeiwinkte, um ihm ein kleines Angebinde zuzustecken, meist die ersten Blumen der Jahreszeit oder eine besonders schöne Frucht. Hin und wieder aber auch ein altes Kleinod, eine Münze, einen Ring oder ein silbernes Büchschen.

Die Zeitungsfrau war nicht die einzige, die nicht anders konnte, als Hans zu beschenken.

Ein buckliger Knabe, der den Tod in der Brust trug und hüstelnd auf dünnen Beinchen täglich zur gleichen Stunde im Torgang des Nachbarhauses stand, um Hans auf dem Weg zur Schule vorübergehen zu sehen, schenkte ihm eines Tages, ohne je ein Wort mit ihm gewechselt zu haben, einen zierlichen, blaugefiederten Vogel, einen zahmen Wellensittich, den er von klein auf mit dem Munde geatzt und an den vertraulichen Umgang mit Menschen gewöhnt hatte wie an seinesgleichen. Ein lebendiges zärtliches Tier also bot ihm der Krüppel dar, wie man einst Tauben oder ein Zicklein in den Tempel trug, und Hans nahm die Gabe lächelnd entgegen, als sei es ganz in der Ordnung.

Den schönen Vogel auf der Schulter, stand Hans zu Füßen des Bettes, als es mit dem Buckligen zu Ende ging.

Eine Irre, eine Magd, die ihr Leben zwischen kindischem Gekicher und weinerlichem Trotz scheinbar nutzlos hindämmerte, die gefüttert werden mußte wie ein kleines Kind, ein erbarmungswürdiges Geschöpf mit blöden Augen und immer offenstehendem Mund, erkannte auch das Göttliche in Hans und nickte ihm aus ihrer Umnachtung vertraulich zu. Sie saß schräg und ungeschlacht auf einem Sessel in der Sonne vor dem Hause, wie ihre Mutter sie hingesetzt, als Hans nichtsahnend des Weges vorüberkam. Als sie seiner ansichtig wurde, ward die Kranke sehr unruhig, deutete mit schlotternder Hand auf ihn, winkte und versuchte in die Hände zu patschen und mit den Füßen zu stampfen. Ihre Lippen schmatzten und schnalzten. Hans war in der Seele erschrocken, als er sie sah, und trachtete eilends weiterzukommen, bevor sie, die vom Stuhle rutschte und auf allen vieren ihm nachwollte, ihn am Rocke zu fassen kriegte. Allein die Mutter der Ärmsten begütigte ihn, es sei im

Grunde ein gutes Kind, das niemandem etwas zuleide tue. Es sei nur nicht recht bei Troste und wisse nichts von sich. Doch zeige es die gleiche Fröhlichkeit alljährlich beim ersten Schnee, und auch beim Anblick eines Feuerwerkes oder Gewitters gerate sie außer sich vor Entzükken, genau wie eben, da der liebe junge Herr vorüberging. –

Nicht ungern, doch in aller Unschuld ließ Hans gewisse Bevorzugungen durch seine Herren Lehrer über sich ergehen. Denn es zeigte sich alsbald, daß er auch hier Wohlgefallen erregte, und daß man ihm bloß auf sein Gesicht hin gern allerlei Gutes zutraute, dessen er in Wirklichkeit gar nicht fähig war. Man sah ihm, auch wenn er offenkundig versagte, manches nach, was von seinen Mitschülern übrigens als durchaus angemessen empfunden wurde. Sie taten sogar ihr möglichstes im Einsagen, und wenn auch dies nicht fruchtete, half ihm der Lehrer drauf.

»Oh, du weißt es schon, du kannst es nur nicht recht ausdrücken«, erklärte der Lehrer zuversichtlich und sagte es selbst. Er wußte sich dabei so zu stellen, daß man schicklich meinen konnte, er gebe lediglich wieder, was der brave Schüler Hans Vetterle ohnehin im Köpfchen habe.

Kein Wunder, wenn Hans sich daran gewöhnte, auf eine so gute Meinung und bequeme Milde hin ein wenig zu sündigen.

Die Lehrer erhofften für die Zukunft wirklich viel von ihm und redeten seinen Eltern zu, den Jungen bei diesen Gaben doch ja etwas Rechtes lernen zu lassen. Es wurden ihm allerhand harmlose Auszeichnungen zuteil. Er ward Vorsänger in der Singstunde, gewiß nicht nur seiner engelsreinen Stimme wegen, die auch in der Kirche die frommen Hörer entzückte. Er durfte bei den Schulfesten Gedichte aufsagen. Der Pfarrer bestimmte ihn, bei Beerdigungen das Kreuz voranzutragen.

Jakobea überhörte steinernen Angesichts alle schmeichelhaften Anspielungen der Kunden auf ihren Sohn. Frühzeitig stellte sie ihn im Laden an, auf daß er unter ihrer zielbewußten und handfesten Anleitung ein ehrbarer Kaufmann werde. Ohne zarte Scheu wies sie ihm die geringsten Hantierungen zu. Doch was sie ihm auch auftrug, es vermochte seinen Zauber nicht zu beeinträchtigen. Dazu kam, daß sein ständiger Gefährte, der märchenhafte Vogel auf seiner Schulter, ihm etwas Fremdländisches, aus einer anderen Welt Herkommendes verlieh.

Als Hans etwa vierzehn Jahre alt war, wurden in der Schule Gerüchte laut über seiner Eltern Herkunft und Vergangenheit. Nun gab es ungeachtet seiner Beliebtheit doch manche unter den Schülern, die Hans nicht wohlgesinnt waren, die sich an ihm ärgerten, ja ihn haßten und ihn demütigen wollten, obwohl er niemandem etwas zuleide getan hatte.

Sie schienen es für etwas ganz besonders Lächerliches und Verächtliches zu halten, einen Mitschüler zu haben, dessen Vater Prophet gewesen war. Auch auf die unglücklichen Ereignisse damals in Ungrund machten sie allerlei Anspielungen.

Hans, der von den ernsten Hintergründen nichts wußte und den Sinn der Späße mehr ahnte als begriff, trug seine Zweifel erst eine Weile mit sich herum, ehe er seine Mutter darüber befragte. Er sah seinen Vater heimlich daraufhin an, doch konnte er beim besten Willen nichts Prophetisches an ihm erkennen. Hans liebte seine Eltern. Es schmerzte ihn, daß sie einst durch schweres Leid gegangen waren, und es rührte ihn, daß sie es ihm verschwiegen hatten.

Inzwischen bildete sich bei einem Teil der Schüler eine richtige kleine Verschwörung gegen den Prophetensprößling, bei der ein böser Plan ausgeheckt wurde: ›Man wollte ihm im Walde auflauern, ihn entkleiden, mit Honig bestreichen, ihn dann in bunten Federn wälzen und ihn so durch die Straßen jagen wie einen seltsamen

Vogel.‹ Der Anschlag war so weit gediehen, daß man ihn unter einem freundlichen Vorwand aus der Stadt gelockt hatte. An einer einsamen Stelle lagen die Verschwörer im Hinterhalt. Nichts Böses ahnend, machte sich Idolino allein auf den Weg. Ein Kundschafter indessen, der sein Nahen melden sollte, kam ganz aufgeregt in das Versteck gelaufen und brachte die Nachricht, der Verhaßte sei nicht allein, sondern befinde sich in Begleitung eines fremden Jünglings. Man hielt Ausschau und fand des Spähers Meldung bestätigt.

Nur der Rädelsführer war anderer Ansicht. Er schalt die Kameraden feige Memmen und Narren. Wo sie denn zum Teufel ihre Augen hätten, er sehe den Mann nicht. Aber niemand hörte auf ihn. Die Jungens, fest überzeugt, daß der Plan verraten sei, waren nicht mehr zu halten. Sie ließen den Honigtopf und den Sack voll Federn im Stich und machten sich davon.

Idolino, als er die Kameraden an der verabredeten Stelle nicht fand, mochte wohl denken, man habe ihn foppen wollen, und kehrte, nachdem er eine Weile gewartet, unbehelligt nach Hause zurück.

Als er einmal mit Fieber krank lag und Jakobea an seinem Bette saß, fragte er sie unvermittelt, ob es denn wirklich etwas so Unrechtes sei, ein Prophet zu sein.

»Wie kommst du darauf?« erwiderte Jakobea, ohne ihn anzusehen, doch ziemlich gelassen.

Hans berichtete, wie es ihm in der Schule ergangen war.

»So, so, das erzählen sich die Schüler«, sagte Jakobea und strich Hans übers Haar, was sie nur selten tat.

Sie hatte wirklich geglaubt, daß die unglückliche Geschichte nun endlich vergessen und begraben sei. Sie kannte zwar Martins heimlichen Vorbehalt und eine gewisse Verstocktheit. Sie spürte es, wie er unruhig wurde, wenn im Lande, was immer wieder zuweilen geschah, wieder einmal ein neuer Eiferer von sich reden machte. Martin sprach nicht darüber, aber er verfolgte scheelsüchtig das Schicksal der Bewegung in den Zeitungen, als fühle er sich dadurch in seinen angestammten Rechten angetastet. Er glich einem alten Sänger, der seine Stimme verloren hat. Dennoch fürchtete Jakobea bei ihm keinen Rückfall mehr. Sein ehemals stürmisches Haar war zahm, sanft und ein wenig dünne geworden, die Begeisterung in seinen Augen längst erloschen, sein redliches Gesicht behäbig und allgemeiner.

»Ach, das liegt weit zurück«, sagte Jakobea und seufzte. »Nimm es dir nicht zu Herzen. Vater hat es nicht gern, wenn man davon spricht.«

Aber Hans gab sich nicht damit zufrieden.

»Wie ist es«, fragte er beharrlich, »wenn man Prophet ist, woher weiß man es selbst, und woran erkennen es die Leute?«

Hans saß im Bette auf. Die Anmut des Fiebers gab ihm vollends etwas Unwiderstehliches.

Jakobea begann zu erzählen. Sie sprach vom großen Walde, dem heilkundigen alten Schäfer und seinem Sohne Martin. Jakobea schwärmte.

Sie schilderte die Versammlungen im Wald, wie Hansens Vater damals unter der Tanne, der hundertarmigen, stand, begeistert zu den Begeisterten redend und herrlich anzuschauen.

»Wie sein Haar flammte, wie seine Stimme trug, wie sein Gesicht leuchtete! Von weither kamen die Menschen, alt und jung, arm und reich, und saßen zu seinen Füßen, die Stimme des Hirten im Walde zu hören. Sie waren glücklich, wenn sie den Saum seines Rockes anrühren durften.«

Mit großen Augen, staunenden Mundes hörte Hans zu. Jakobea verschwieg nichts, sie beschönigte nichts, als sie dem fiebernden Knaben Martins Geschichte erzählte. Sie saß längst nicht mehr am Bette, sondern machte sich im Zimmer zu schaffen, während sie unaufhörlich sprach. Sie goß die grünblonde Zimmerlinde, wischte Staub und sah Wäsche durch.

»So, nun weißt du es«, sagte sie zum Schlusse mit harter

Stimme. Und dann, auf den Anlaß ihres Berichtes sich besinnend, fragte sie noch, ob sie vielleicht mit dem Lehrer reden solle, daß er den Unfug abstelle.

Hans hatte bewegten Herzens zugehört, doch ohne ein Wort zu sagen, nun aber widersprach er mit befremdlichem Eifer und so lebhaft, daß der kleine Vogel schrill zu zetern und heftig mit den Flügeln zu schlagen begann.

Nein, nein, das dürfe nicht geschehen, den Lehrer müsse sie aus dem Spiele lassen. Er werde sich schon zu helfen wissen, wenn die Jungen keine Ruhe geben würden. Aber Herr Lehrer Andrist liebe es gar nicht, mit derlei Dingen behelligt zu werden.

»Lehrer Andrist? Gut, wie du meinst«, sagte Jakobea und besann sich, woher sie den Namen kenne. Sie meinte, ihn mit großen Lettern über einer Schmiede gelesen zu haben, irgendwo in ihrer Heimat.

Herrn Andrist, der erst seit kurzem aushilfsweise an der Schule lehrte, ging der Ruf eines weitgereisten Mannes voraus, der schon manches verwegene Abenteuer bestanden habe. Sieben Sprachen, hieß es, beherrsche er, darunter das Indianische. Auch sei er ein tollkühner Reiter.

Herr Andrist unterschied sich von den übrigen Lehrern dadurch, daß er von Hansens bemerkenswertem Äußern nicht die leiseste Notiz zu nehmen gewillt schien. Beim üblichen Namensaufruf überraschte er die Schüler durch den ungewohnten Ernst, mit dem er sie musterte. Jedem einzelnen sah er in die Augen, als wolle er prüfen, ob sie ihm standhielten. Viele wichen ihm aus oder trotzten ihm. Einige schlugen den Blick nieder und lächelten verschämt.

Als Herr Andrist Hans beim Namen rief und ihm ins Gesicht sah, stutzte er unmerklich fast, so schien es Hans. Kein Zweifel, Herr Andrist hatte ihn wiedererkannt.

Vor einiger Zeit nämlich war der Lehrer, ehe Hans

wußte, wer er sei, in den kleinen Laden gekommen, Zigaretten zu kaufen. Hans erinnerte sich genau daran, daß es ihm seltsam erschienen war, daß ein bärtiger Mann Zigaretten rauchte. Jakobea bediente ihn.

Hans war gerade damit beschäftigt, aus einer gewaltigen Korbflasche Essig abzufüllen, und Herr Andrist konnte ihn erst sehen, als er aus seiner gebückten Stellung sich aufrichtete, sein Gesicht ihm zuwandte und hemdärmelig, aufgekrempelt, mit dem nackten Arm der Länge nach von der Ellenbeuge bis zum Handrücken sich über die erhitzte Stirn wischte. Der Wellensittich saß auf seiner Schulter; wie immer, wenn er ein fremdes Gesicht sah, unruhig von einem Fuß auf den andern tretend und wie ein Maikäfer seine Flügel lupfend.

Der weitgereiste, welterfahrene Mann aber, der die Wunder und Kostbarkeiten beider Indien kannte und der die Angesichter aller Völker der Welt gesehen hatte, starrte den Jungen an wie ein Gespenst.

Es war wohl die vertraute Nachbarschaft des göttlich Schönen mit dem Alltäglichen, die Herrn Andrist so sehr in Verwirrung setzte. Hier im bunten Rahmen des kleinen Ladens zwischen gelbroten Packungen von Suppenwürzen und Suppeneinlagen, dem Heringsfaß, den zukkerbonbongefüllten Standgläsern, von der Decke hängenden Kerzen, Erbswürsten und Geräuchertem, hier herrschten nicht die Gesetze, unter denen dieser geschaffen war, der eben jetzt so mühelos die antiker Form sich nähernde Korbflasche auf sein Haupt setzte, um sie solchergestalt, die Rechte emporgehoben, die Last zu stützen, die Linke auf der Hüfte ruhend, den leise schwatzenden Vogel auf der Schulter, ins rückwärtige Lager zu tragen.

Nun aber verblüffte es ihn doch etwas, daß er den Lehrling aus dem kleinen Laden als Schüler Hans Vetterle wiederfand, mehr noch, daß er ihn bei dem kindlichen Versuch ertappte, seine glückliche Gesichtsbildung um kleinen Vorteil gegen ihn ins Feld zu führen.

›Nein‹, dachte Herr Andrist, innerlich belustigt, ›so haben wir nicht gewettet.‹

Er zog die Stirne kraus, funkelte Hans spöttisch und lieblos an und ließ ihn stehen. Er behandelte ihn wie Luft, er sagte nicht: »Bitte setzen«, wie er es bei den andern tat, wenn er den gestrengen Augenschein beendet hatte.

Hans wurde rot vor Zorn und Scham. Er hatte das deutliche Gefühl, der neue Lehrer durchschaue ihn und verachte ihn. Hans war dem Weinen nahe, doch gab er sich den Anschein, als kümmere ihn der Lehrer, Schule und Prangerstehen nicht im mindesten, setzte eine freche Unschuldsmiene auf, kurz, trug jene Unverfrorenheit und Gleichgültigkeit zur Schau, die strafenden Lehrern gemeinhin sehr zu mißfallen pflegt.

Herr Andrist war häßlich von Angesicht. Sein Kopf war entschieden etwas zu groß für seinen zierlichen, fast engbrüstigen Körper. Sein Aussehen hatte etwas von einem Wilden, etwas Waldmenschartiges, Beunruhigendes, allein schon durch den Bart, einen sogenannten Hambacher, der ihm etwas Revoluzzerhaftes verlieh und ihn älter machte, als er war. Seine Backenknochen traten stark hervor, seine Stirn war gefurcht, seine Haut ledern, die Nase breit mit erregten Nüstern, der Mund aufgeworfen und verwandlungsfähig. Nur seine Augen waren hell, smaragdfarben und von einer kindlichen Einfalt und Treuherzigkeit im Ausdruck.

Herr Andrist hatte eine so überaus lebendige und fesselnde Art vorzutragen, daß Hans gegen seine Absicht ihm zuhören mußte. Da die Schule zuvörderst der Vorbereitung auf kaufmännische Berufe diente, mochte es auffallen, daß der neue Lehrer seine erste Stunde keineswegs merkantilen Gegenständen widmete.

Herr Andrist erzählte erst allerlei, was den Schülern gefallen mußte, von Büffelherden und Präriebränden, von Indianern, Eskimos und Negern, von Elefanten und Löwenjagden, von Tempeln in Indien und China.

Was ihm am besten gefallen habe, was das Schönste gewesen sei (denn etwas müsse ja schließlich das Schönste auf Erden sein), habe man ihn oft gefragt. Er glaube, die Frage sei noch verfrüht. Herrliches freilich habe er gesehen. Aber wenn man das Schönste sehe, so gebe es wohl kein Besinnen, und man begehre künftig nichts weiter zu sehen. Er frage sich, ob Schönheit nicht vielleicht überhaupt ein überlebter oder verlorengegangener Begriff sei, jedenfalls höchst ungewöhnlich, wie er zugebe, als Einleitung in einen Lehrgang, der den Zinsrechnungen gewidmet sei. Allein er habe bald erfahren, daß er seine ruhelose Reise um die Welt schließlich zu keinem geringeren Zwecke unternommen habe, als den Absichten der Gottheit bezüglich des Daseins und der Schöpfung ein wenig nachzuforschen. Dabei habe es sich alsbald gezeigt, daß diese Absicht oder Sehnsucht der Gottheit einzig auf das Schöne gerichtet war, das ihr nicht Zierde oder äußeres Beiwerk, sondern der wahre Sinn und das oberste Gesetz der immer noch sich vollendenden Schöpfung, der Natur, des Lebens, der Freiheit, der Kunst und des ganzen Weltalls bedeute, nach dem sich alles friedlich ordnen könne.

›Die schöne Ordnung‹ nenne er das Gesetz, das über Leben und Tod aller Gedanken und aller Handlungen, der lautesten und der leisesten, Gericht halte, wo auch immer, ja selbst in diesem nüchternen, schlecht gelüfteten Klassenzimmer. Nichts anderes scheine ihm das Leben zu sein als die dauernde Suche nach dem vollendet Schönen. Welche Anstrengung aber auch die Natur mache, welche Farbenpracht sie hervorbringe, in Blumen oder Schmetterlingen, Sonnenuntergängen und Sternennächten, so geschehe dies doch alles nur, um den schönsten Menschen hervorzubringen, das leibhaftige Abbild der Schönheit Gottes, in dem sich das Ebenmaß der Welt sichtbar verkörpere, in dem alles Schöne sich wiedererkenne, von dem alle Musik, alle Dichtung, die Heilkunst, die Mathematik, der Staat und alle Liebe seine Ordnung empfange, derart daß, wenn alles Menschenwerk auf Erden in Flammen aufgehe außer diesem einen, doch nichts verloren sei.

Herr Andrist würdigte während seiner langen Rede Hans keines Blickes.

Zum ersten Male hatte Hans den Wunsch, jemandem zu gefallen: diesem rauhen Herrn Andrist zu gefallen, dünkte ihn der Mühe wert. Verschüchtert und vergessen stand er noch immer in der Bank. Endlich erinnerte sich der Lehrer seiner.

»Hans Vetterle kann sich setzen«, sagte er, ohne hinzusehen. –

Herr Andrist erfreute sich alsbald großer Beliebtheit in der Klasse. Er galt als unparteiisch. Sein Tadel lautete: »Du kannst nichts.« Sein Lob: »Du kannst es.« Hatte die Klasse einen guten Tag, dann erzählte er den Rest der Stunde von seinen Reiseabenteuern. Das war stillschweigende Übereinkunft.

Ein findiger Junge hatte einen Spitznamen für Herrn Andrist aufgebracht, der sich widerspruchslos einbürgerte: Zentaur nannte man ihn, und alle fanden, daß es vorzüglich auf ihn passe. Auch Herr Andrist freute es, als er es erfuhr. Es machte in Schülerkreisen einen guten Eindruck, daß der Zentaur gegen alles Herkommen allmorgendlich vor die Schule geritten kam, abstieg, dem Stallknecht die Zügel zuwarf und, nachdem er dem Pferde auf der flachen Hand ein Stück Zucker vorgehalten und ihm den Hals geklopft, sporenklirrend, reiterbeinig, den sandfarbenen steifen Hut auf dem Kopf, die Schule betrat, wobei er mit dem Reitstock unternehmend gegen die Stiefelschäfte schlug.

Täglich, wenn Hans, der wegen seiner Obliegenheiten im Geschäft schon in aller Herrgottsfrühe aus den Federn mußte, sich wusch und ankleidete, hörte er auf dem Pflaster den wohlbekannten Hufschlag des Zentauren, der auf seinem Morgenritt an dem Laden vorüber mußte, und spähte aus dem Fenster.

Allein wie sehr sich Hans auch anstrengte, es glückte ihm nicht in der Schule, das Wohlgefallen des Zentauren zu erregen. Herr Andrist rief ihn nicht seltener auf als die andern. Er machte keinen Unterschied. Nur sah er ihn nicht an. Es war Hans nicht möglich, seinen Blick zu fangen. Denn Herr Andrist schaute angelegentlich zum Fenster hinaus, während Hans rechnete. Er würdigte ihn keines Blickes.

In den Träumen jenes Fiebers, in das Hans kurz nach dem mißglückten Anschlag seiner Feinde verfallen war, spielte der Zentaur eine große Rolle. Sein Bild vermischte sich bisweilen mit dem des Propheten vom großen Walde, bald wieder nahm er die Gestalt eines wirklichen Zentauren an und tänzelte im Schritt der Hohen Schule zierlich durch die Stadt. Er hielt dabei den menschlichen Oberkörper etwas zurückgeneigt und gab seinem Pferdehinterleib mittels des Reitstocks ab und zu einen aufmunternden Schlag. Manchmal ritt er inmitten einer gewaltigen Pferdeherde vor einem Präriebrand her. Dann wieder träumte Hans, der Zentaur lade ihn ein, auf seinem Rücken ein wenig spazierenzureiten.

»Schwing dich nur hinauf, Giovannino«, sagte der Pferdemensch, und Hans ließ es sich nicht zweimal sagen. Er hielt sich mit den Händen an der wallenden goldbraunen Lockenmähne fest, die dem Zentauren gleich dem Federputz eines Indianerhäuptlings über den Nakken zum Rücken hinabwuchs, bis zu der Stelle, wo er Pferd wurde, und dann galoppierten sie auf und davon. Der Zentaur hielt dabei seine Arme gebeugt und die Fäuste geschlossen wie beim Dauerlauf. Der kleine blaue Papagei saß auf Hansens Schulter, krallte sich fest bis ins Fleisch und hielt sich flatternd und zwitschernd im Gleichgewicht.

Solche Vertrautheit im Traum und der Leichtsinn des Genesenden verleiteten Hans eines Tages, dem unnahbaren Lehrer, als er durch einen Schaden am Sattelzeug gezwungen war, gerade unter seines Schülers Fenster abzusteigen, ein freundliches guten Morgen hinunterzurufen. Hans saß im Hemde im Fenster und kämmte, die Scheibe als Spiegel benutzend, seine Haare.

Der Zentaur, eben dabei, den Sattelgurt festzuschnallen, wandte sein Gesicht nach oben. Er hatte sein Bowiemesser, mit dem er eben am Leder hantiert hatte, querüber im Munde zwischen den Zähnen, die schön und kräftig waren, fast zum Erschrecken raubtierhaft, und schaute verwundert, wer ihn da rufe. Er steckte, als er Hans erkannte, das Messer in den Stiefelschaft.

»Ach, du bist es, Hans«, sagte Herr Andrist unbefangen, »guten Morgen! Wann darfst du wieder in die Schule?«

»Ich denke, morgen«, sagte Hans artig. Dann stieg Herr Andrist wieder auf, nickte und ritt fürbaß.

Die freundliche Begegnung änderte nichts an Herrn Andrists Verhalten während des Unterrichts, auch nicht, als sich das Spiel nun täglich wiederholte.

Mit dem Hufschlag des Zentauren begann Hansens Tag. Immer näher und lauter klapperte er die Straße heran, weithin hörbar in der unverbrauchten Stille des Morgens. Anders als am Tage, verjüngt und ausgeruht, klingen die Stimmen der Menschen in dieser Stunde, da die Natur noch schläft wie ein Tier. Erst allmählich rührt sie sich, fröstelt im Morgenwind, wird wieder sichtbar. Die Farben schießen ein. Taufrisch ist alles und freudig bereit für den neuen Tag.

Herr Andrist zu Pferde, Hans am Fenster, bei der Morgenwäsche begriffen, wechselten meist nur wenig Worte miteinander. Sie lobten den schönen Tag oder fanden, daß auch Regenwetter seine Reize habe, meist aber grüßten sie einander nur und freuten sich, einander zu sehen.

»Mit wem sprichst du?« rief einmal Jakobea die Treppe hinauf.

»Ach, Lehrer Andrist reitet nur vorbei«, sagte Hans.

Da Jakobea Herrn Andrist sprechen hörte, fiel ihr auf

einmal ein, woher sie seinen Namen kannte. Aus ihrer Heimat. Nun wußte sie auch, warum er ein Reiter war, ja sie meinte ihn zu erkennen, den kleinen Schmiedessohn von einst aus der Kreisstadt, wo die Bauern von Ungrund markteten. Es war, als müßte immer von Zeit zu Zeit jemand kommen, sie an damals zu erinnern. Sie beobachtete mit geheimem Argwohn den Sendboten aus der Vergangenheit. –

Zwei Elemente liebte Hans vor allen Dingen, das Wasser und die Musik. Nicht stille Seen, die an der Oberfläche lauwarm waren, während von unten eisige Finsternis heraufwogte, sondern den lebendigen Fluß, überströmt zu werden liebte er oder im Seichten zu liegen, zu fühlen, wie der Sand unter ihm wegschwand, Sand auch in die geschlossenen Fäuste zu nehmen und festzuhalten, bis ihn die Strömung zwischen den Fingern zerrinnen ließ; auch sich im Liegen eingraben zu lassen bis zum Hals, die Schwere zu spüren und sich dann unmerklich zu regen, gleichsam durch Erdreich zu brechen wie eine Pflanze, gefiel ihm.

Nie war er schöner, als wenn er über den Strand ins Wasser schritt, silberbraun die Haut, und sich dem Strom an die Brust warf.

Man konnte die Badenden von den Ufern und von der Brücke sehen, wie sie Ball spielten und über die Sandbänke liefen, Burgen und Kanäle bauten. Auch Herr Andrist erschien zuweilen beim Baden, mit seinem Pferde in die Schwemme zu reiten und über den Sand zu galoppieren. Immer lehnten Schaulustige an dem Geländer.

Es war ein großer Augenblick, die bunte Stadt zu beiden Seiten durch die sieben steinernen Bogen der Brücke verbunden, besonders gegen Abend, wenn die Sonne schon tief stand und sich im zerbrochenen Spiegel des Flusses beschaute, samt dem gewaltigen Wolkengeschiebe und den glitzernden Strahlengarben.

Hans, wenn er so inmitten des Glanzes auf einer Sandbank stand und schaute, wunderte sich über die Stille der Pracht.

»Warum hört man es nicht«, meinte er und lauschte angestrengt, »man müßte es doch hören.«

Denn der Musik war er völlig verfallen. Vielleicht schon von damals her, als sein Vater mundharmonikablasend sich über seine Wiege gebeugt hatte, ein großes tönendes Gesicht. Später, als er im Knabenchor sang, geschah es, daß er plötzlich inmitten verstummte und zuhörte, als würde für ihn musiziert. Die Musik zog ihn magisch an.

Als er noch nicht sechs Jahre alt war, ward er einmal im Münster gefunden, wo er, die Beine lässig übergeschlagen, mit verschränkten Armen und bequem zurückgelehnt, in der Kirchenbank sitzend ganz allein dem Orgelspiel des Kantors zuhörte. Der Kantor hatte ihn in seinem Spiegel entdeckt und wollte doch gerne wissen, wer der andächtige Zuhörer sei. Also unterbrach er sein Spiel und ging hinab ins Schiff, den Kleinen zu fragen, wem er gehöre. Hans aber, meinend, der schwarze Mann führe Böses gegen ihn im Schilde, begann zu laufen, daß er den Ausgang gewinne. Der Kantor, nicht faul, lief ihm nach, so daß sich ein regelrechtes Fangespiel zwischen den Kirchenbänken entspann. In die Enge getrieben, wußte Hänschen endlich keinen anderen Ausweg, als die Kanzel hinaufzuflüchten, wo er denn freilich sich ergeben mußte. Er fiel auf die Knie und hob flehentlich die gefalteten Hände, ein Anblick, der den guten Kantor in der Seele rührte. Er hob den Kleinen freundlich auf und lud ihn ein zu kommen, sooft er spiele, und erfüllte ihm gerne den Wunsch, wenn Hans zum Schlusse etwas recht Lautes sich erbat, etwas gewaltig über ihn Hinbrausendes. Er hörte zu, sehr ernsthaft, in einer Art Verzauberung und Entrücktheit, und die Musik fühlte sich wohl in ihm. Selbst aber ein Instrument zu erlernen, danach gelüstete es ihn nie. –

Herr Andrist war bei Übernahme des Lehrauftrags an der Schule, den er aus Gefälligkeit gegen einen alten

Freund, aber auch weil er gerne unterrichtete, nicht ablehnen wollte, fest entschlossen gewesen, bei Ablauf des Schuljahres das Amt zurückzugeben und wieder in die weite Welt zu gehen. Allein die Wanderlust und Unruhe, die ihn sonst schon nach kurzer Seßhaftigkeit an einem Orte mit unwiderstehlicher Macht zu packen pflegte, blieb diesmal aus. Er lehnte das ehrenvolle Anerbieten, sich einer Forschungsreise ins Innere Südamerikas anzuschließen, auf das er schon halb und halb eingegangen war, im letzten Augenblicke ab und richtete sich darauf ein, zu bleiben.

Aber die Götter wollten es anders.

Zu Anfang des Sommers gingen Gerüchte im Lande um, daß es Krieg mit Frankreich geben werde. Auch in Jakobeas und Martins kleinem Laden sprach man davon, daß es bald Ernst werden würde. Beim Einholen erzählten die Frauen bereits, daß dieser oder jener gleich am ersten Mobilmachungstage ins Feld müsse, ja von manchem schien es jetzt schon ausgemacht, daß er nicht wiederkommen würde. Es gab Frauen, die wußten es, wackere Hausfrauen, die sich den ganzen Tag abplagten und weiß Gott keine Zeit hatten, sich um das zu kümmern, was in der Welt vorging. Aber wer nicht wiederkommen würde, das wußten sie. ›Er schaut so eigen‹, hieß es oder: ›Der Tod guckt ihm aus den Augen.‹

Wenn alle Leute davon schwatzten, erklärte die Zeitungsfrau, die man um ihr Urteil über die Lage befragte, dann sei keine Gefahr. Man war sich einig, daß niemand den Krieg wolle.

»Krieg? Da sei Gott vor«, sagte Jakobea und faßte sich erschrocken ans Herz.

Martin schwieg zu alledem, sagte höchstens ein gedankenloses: »Was nicht gar!« oder: »Ist's die Möglichkeit?«

Aber er wußte vom ersten Augenblick an, daß es nun zu Ende sei. Er gehörte zu denen, die am ersten Tage einrücken mußten, und wehrte sich nicht dagegen. Es kam ihm vor, als hätte er die letzten Jahre immer nur auf diesen Augenblick gewartet, damit seine Sache in Ordnung käme. Jetzt war es soweit.

Herr Andrist sagte es vor Beginn der Stunde: »Mir scheint, es will Krieg werden.« Er sah zum Fenster hinaus, während er es sagte, und unwillkürlich wandten auch die Schüler die Köpfe zum Fenster, als stünde es in den Wolken geschrieben, daß es Krieg werden wolle.

Am Nachmittag ging Hans wie sonst zum Baden. Auf der Brückenbastei unter der alten Kastanie mit dem gelben Thermometer stand die Zeitungsfrau und sagte mit ihrer tiefen Stimme unaufhörlich: »Extrablatt, Extrablatt.« Die Passanten rissen sich darum. Die Lage sei ernst, sagten alle, und der Krieg unvermeidlich. Als die Zeitungsfrau Hans erblickte, kamen ihr plötzlich die Tränen. Sie wußte nicht, warum gerade sein Anblick sie so rührte. Denn er war ja noch jung. Er mußte noch nicht in den Krieg.

Hans ging zum Fluß, entkleidete sich und legte sich auf die große Sandbank, sich zu sonnen. Es waren heute nur wenig Leute da. Aber auf der Brücke ging es lebhaft zu. Singende Rekruten zogen vorüber. Kinder schwenkten bunte Fähnchen und riefen ›hurra‹. Manchmal wirbelte ein Extrablatt übers Geländer.

»Es will Krieg werden«, sagte Hans. Es war ihm auf einmal schwer ums Herz. Da sah er einen Offizier hoch zu Roß über die Sandbänke kommen. Aber erst, als er ganz nahe herangekommen war, erkannte Hans Herrn Andrist und sprang auf.

»Komm«, sagte der Zentaur, beugte sich herab, hob Hans ohne weiteres vor sich in den Sattel und galoppierte mit ihm eine gute Weile über den Sand, durch Rinnsale und Pfützen, daß das Wasser hoch aufspritzte. »Weißt du es schon, es ist Krieg«, sagte Leutnant Andrist über Hansens Schulter hinweg ganz nahe an seinem Ohr.

»Ja«, sagte Hans. Es war für ihn nicht eben bequem zu sitzen. Aber er hielt stille, auch wenn seine Haut unversehens mit den blanken, eiskalten Messingknöpfen des Waffenrocks in Berührung kam. Nach einer Weile fragte er, wann Herr Andrist ins Feld müsse. »Morgen vielleicht«, sagte der Zentaur. Hans wandte den Kopf zurück. »Morgen schon?« Er fand, daß Leutnant Andrist sehr kriegerisch aussah mit dem Helm, dem mahagonifarbenen Seemannsbart und der himmelblauen Uniform.

Sie hielten auf der Sandbank bei dem silberbleichen Baumgerippe, daran Hans seine Kleider aufgehangen hatte, und sagten einander Lebewohl. Herr Andrist salutierte und sprengte eilends davon, ohne sich noch einmal umzusehen. –

Es gibt eine alte Erfahrung aus Kriegszeiten: ein Soldat, der schon viele blutige Schlachten mitgemacht hat, erklärt eines Tages seelenruhig: »Morgen falle ich.« Er gilt als ein nüchterner furchtloser Mensch, er hat früher selbst in gefährlichen Zeiten nie etwas Ähnliches geäußert, vielleicht ist er im Augenblick sogar besonders ruhig an der Front. Aber es hilft nichts, ihm den Gedanken auszureden. Er wird eigensinnig bei seiner Behauptung beharren und wird natürlich fallen, wie er es vorausgesagt hat, beim Essenfassen vielleicht durch eine verirrte Kugel.

Martin hatte als Kind diese unheimliche Sehergabe besessen und später gemeint, sie völlig verloren zu haben. Nun aber sah er die kommenden Tage, sieben Tage nur, ganz deutlich, ja mit allen nebensächlichen Einzelheiten vor sich. Wie eine Flucht von Zimmern sah er sie, durch die er gehen mußte. Aber darüber hinaus sah er nichts mehr, plötzlich war es zu Ende. Er konnte sich auch gar nicht vorstellen, was dann noch kommen sollte. Sein Blick hörte auf im Unsichtbaren. Es kam nichts mehr.

Auch Jakobea wußte darum. Aber sie wollte es nicht wahrhaben. Sie meinte, wenn sie noch einmal ihre ganze Kraft zusammennähme und ihre ganze Liebe um ihn sammelte, dann könnte der Tod ihrem Martin nichts tun. Sie unterließ nichts, was ihn beschirmen könnte. Sie betete für ihn und lehrte ihren Knaben, ein Gleiches zu tun. Sie machte eine Schenkung für ein Siechenheim, damit die alten Männer und Frauen Martin in ihr frommes Gebet einschlössen. Sie nähte einen Kugelsegen in seinen Waffenrock und nahm sich vor, Tag und Nacht an Martin zu denken, daß ihm nichts Böses widerfahre.

Als Martin am Abend vor dem Ausmarsch die Kaserne nicht mehr verlassen durfte, kam Jakobea an das Kasernenhofgitter und langte durch die Stäbe, ihn anzufassen.

›Nun ist er noch da‹, dachte sie. ›Er lebt, und ich höre seine Stimme. Er ist noch warm. Und wenn die Trompete bläst, dann soll ich ihn nie mehr sehen? Das kann ja gar nicht sein.‹

Leutnant Andrist kam über den Exerzierplatz gegangen. Martin stand stramm vor ihm.

Die Trompete blies:

> Soldaten soll'n nach Hause gehn.
> Und nicht so lang beim Mädchen stehn.
> Der Hauptmann hat's befohl'n.

»Gute Nacht«, sagte Martin, »gute Nacht.«

Sie küßten sich durch das Gitter. –

Man sollte denken, Liebende, wie Martin und Jakobea, müßten es spüren, wenn einem von beiden ein Unglück zustieße. Es geschah nichts dergleichen. In dem Augenblick, da die Kugel Martins Herz zerriß, stand Jakobea in ihrem freundlichen kleinen Laden und wog Linsen aus. Auch der Knabe merkte nichts. Er war in der Schule eben aufgerufen worden und sagte mit seiner hellen wohllautenden Stimme die Nebenflüsse der Donau auf.

Niemand weiß, wer Martin tötete. Sie kannten einander nicht, keiner wußte vom Schicksal des andern. Sie begegneten einander nur zum Tode in der Schlacht. Es ist möglich, daß beide am gleichen Tage fielen.

Als Jakobea die Nachricht bekam, blieb sie so ruhig, daß Idolino sich vor ihr fürchtete. Sie beachtete ihn kaum. Sie schloß den Laden und rüstete sich zur Reise, den Toten heimzuholen. Das Unterfangen war nicht leicht, besonders für eine Frau. Jakobea aber fragte nicht lang um Erlaubnis. Auch muß wohl etwas an ihr gewesen sein, dem niemand sich widersetzen wollte. Man ließ sie mitleidig gewähren.

Es war vorauszusehen, daß Jakobeas Körper die erste Gelegenheit wahrnehmen würde, Martin nachzufolgen. –

Auch Herr Andrist, der Zentaur, kam nicht wieder. Nach dem Berichte Überlebender soll er bei den mehrtägigen blutigen Kämpfen um den Besitz des Friedhofs von Q. gefallen sein, der dreimal verlorenging und wieder erstürmt wurde. Doch blieb sein Tod lange Zeit ungewiß.

Ein gelehrter Arzt bekam die Vormundschaft für Hans übertragen, das Geschäft wurde verkauft, Hans nach Abschluß seiner Schulzeit in einer angesehenen Bank untergebracht. Er hatte keine wirtschaftlichen Sorgen, um so mehr, als Herr Andrist ihm einen Teil seines Vermögens und einige seiner aus allen Erdteilen mitgebrachten Kostbarkeiten vermacht hatte. Sie bildeten in Hansens Wohnung zusammen mit den ererbten Möbeln seiner Eltern ein merkwürdiges Sammelsurium von unterschiedlichem Geschmack, was ihren Besitzer jedoch nicht im mindesten störte. Er lebte sehr regelmäßig und bescheiden und legte Wert darauf, gut, doch unauffällig angezogen zu sein.

Als der Friede wiederhergestellt war, geschah es, daß Hans anläßlich eines Konzertes Silvia zum ersten Male begegnete. Aus seiner gewohnten Musikverlorenheit erwachend, ward er gewahr, daß seine Blicke im unwillkürlichen Bestreben, während des Spieles einen Ruhepunkt zu finden, auf dem Gesicht eines Mädchens ruhten, dessen Anmut ihm erst, als die Musik schwieg, klar zum Bewußtsein kam. Er hatte das Gefühl, sie schon geraume Zeit gedankenlos angestarrt zu haben, sie gleichsam als natürlichen Bestandteil der Musik empfindend. Doch mußte er seinen Augen nachträglich recht geben, daß sie Gesicht und Gehör aufs freundlichste in Einklang gebracht hatten.

Nach beendigtem Konzert, beim Kampf an den Garderoben fand er sie wieder und eilte auf sie zu, ihr in den Mantel zu helfen. Allein zu gleicher Zeit hatte ein blondgelockter junger Mann mit einem ausgesprochenen Musikergesicht den gleichen galanten Gedanken, so daß das erstaunte Mädchen nun gleich von zwei Seiten sich bedient sah. Da aber beide zu gleicher Zeit auf ihr höfliches Bemühen verzichteten, einer dem anderen mit einem »Verzeihung« und »O bitte sehr« den Vorrang lassend, gab es sich, daß dem Mädchen überhaupt nicht geholfen ward. Es nickte beiden belustigt zu, ging zwischen ihnen hindurch und verlor sich im Gewühl.

Verlegen sahen sich die Jünglinge an, und da sie beide in derselben Lage waren, machten sie sich gegenseitig bekannt. Sie erinnerten sich beide, einander schon oft in Konzerten gesehen zu haben.

»Wissen Sie, wer sie ist?« sagte Roland, der Musiker, und reckte den Hals, ob er das schöne Mädchen nicht noch einmal sähe. Sein lustiges Gesicht bekam einen schwermütigen Ausdruck. Neben ihm trällerte eine ältere Dame eine Stelle aus dem eben gehörten Konzert. Das ärgerte Roland über die Maßen. »Falsch!« sagte er wütend. Ein paar Leute lachten, und die arme Gescholtene bekam einen roten Kopf. Das tat nun wieder Roland leid. Er stotterte eine Entschuldigung und schritt völlig verdüstert und verschüchtert neben Idolino dem Ausgang zu. Er klagte sich an, daß er sich vermutlich sehr rüpelhaft benommen habe. Ja, es schien ihm Freude zu machen, an sich kein gutes Haar zu lassen. Hans hatte fast den Eindruck, sein neuer Bekannter gefalle sich in seiner Zerknirschung.

»Sie müssen entschuldigen«, erklärte Roland freimütig, »aber ich bin eine chaotische Natur. Ich mache alles falsch. Oh, ich habe sehr viel schlechte Eigenschaften.

Ich bin sehr empfindlich zum Beispiel, sehr leicht gekränkt. Ich kenne mich nämlich sehr gut, das heißt, ich kenne mich wahrscheinlich sehr wenig. Ach, ich rede wieder zuviel von mir.«

Er verstummte plötzlich. Er kniff den Mund zusammen, als sei er fest entschlossen, den ganzen Abend kein Wort mehr zu reden. Aber nicht lange, so hub er von neuem an. Er verstellte Hans den Weg, sah ihn herausfordernd an und sagte enthusiastisch: »Waren sie nicht wieder herrlich, diese Ungarn? Haben sie nicht wie die Götter gespielt? Sie sagen ja gar nichts! Es hat ihnen nicht gefallen?«

Nun, er habe seinerseits auch allerlei auszusetzen gehabt. Er spiele selbst ein wenig. Er sei zwar noch ein bescheidener Anfänger, aber mit dem Cellisten, diesem Zigeuner, hoffe er es wohl noch aufnehmen zu können. Das schöne Solo: Tiadatatadiada-schrummschrummplumm so zu verschleppen! Das war schlimm.

Hans ging schweigend neben dem jungen Musiker her. Er hörte ihm gerne zu.

Man könne nach solchen Eindrücken doch unmöglich gleich nach Hause gehen, fuhr Roland fort. Er nötigte Hans in eine Gaststätte, wo er, obwohl sie ziemlich leer war, sehr lange wählte, bis ihm ein Tisch paßte, wo es weder zog noch zu laut schien.

»Nein, er spielt doch hundertmal besser als ich«, widersprach er sich plötzlich wieder, als sie endlich saßen, »ich bin ein armseliger Stümper gegen ihn. Es sind dieselben Noten, und ich spiele es gewiß auch nicht schlecht, mein Instrument ist seinem mindestens ebenbürtig, aber dennoch, es fehlt etwas. Ach, wer mir das doch sagen könnte!« Er machte eine trübsinnige Pause, die Hans dazu benutzte, dem chaotischen Roland in bescheidenen Worten zu erklären, daß er da leider nicht recht mitreden könne, da er kein Musiker sei, obwohl er freilich die Musik über alles liebe.

»Sie und kein Musiker? Das glaube ich nicht«, entgegnete Roland gutmütig und sah sein Gegenüber zum erstenmal richtig an. ›Was für eine wohllautende Stimme er hat‹, dachte er bei sich. Unmöglich schien es ihm, in Gegenwart dieses Menschen etwas Böses zu tun. Und plötzlich kam es ihm, daß er ja gar nicht wußte, wer der andere eigentlich sei. Roland wurde ganz klein auf einmal. Er habe gewiß wieder recht ungedeckt dahergeredet, der Herr wolle es doch gütigst vergessen, bat er in einem neuen Anfall von Schüchternheit und Selbsterniedrigung. Dabei stellte er insgeheim die kühnsten Vermutungen an, wer wohl der Fremdling sei. Er zweifelte zwischen Zuneigung und Scheu.

Er sei leider immer viel zu vertrauensselig, erklärte er. Aber sogleich merkte er die neue Entgleisung, streckte Hans die Hand über den Tisch entgegen und bat ihn herzlich, er möchte ihn doch recht bald besuchen.

Hans hatte sich einen Kognak mit Sodawasser bestellt, was Roland noch nicht kannte und sehr apart fand. Er trank Bier und rauchte Zigarren dazu.

»Ich trinke wieder zuviel und vertrage es nicht«, gestand er unvermittelt, nachdem er ein begeistertes Bekenntnis für den großen Russen Mussorgski abgelegt hatte, der übrigens auch getrunken habe.

Wirklich, als Roland sich gegen Mitternacht erhob, schwankte er erheblich. Hans mußte ihn unter den Arm nehmen und nach Hause bringen, was nicht eben leicht fiel, da Roland auf einmal große Lust verspürte, unter Gottes freiem Himmel zu nächtigen, und allen Ernstes Anstalten machte, sich auf offener Straße zu entkleiden. Er ließ es sich nur schwer ausreden. Als dann der ungebärdige Bacchant von Idolino mit viel Geduld endlich an seine Haustür gebracht war, sank er auf der Schwelle nieder und begann laut über sein verfehltes Leben zu jammern. Er schluchzte herzzerbrechend. So verließ ihn Hans in der gewissen Hoffnung, der Trunkene werde durch die kühle Nachtluft sich bald ernüchtern und zu Bette finden.

»Er läßt mich allein! Ach, ich bin einem Gotte begegnet und habe mich benommen wie ein Tier«, lallte Roland ihm nach.

Hans hörte ihn noch lange durch die Stille der Nacht singen. »In questa tomba oscura«, sang Roland mit trauriger Stimme, »lascia mi riposar...«

Anderntags nach Bankschluß ließ es Hans doch keine Ruhe, wie seinem Freunde der Abend bekommen sei. Sie wohnten nicht weit voneinander. Er traf Roland, Cello übend und voll bester Vorsätze.

»Es muß ein drolliges Bild gewesen sein gestern abend, Sie und ich«, sagte Roland, »übrigens, wissen Sie schon, wen ich heute im Park getroffen habe? Sie heißt Silvia, und ich liebe sie natürlich.«

Dazu spielte er jene kühne Figur, das ganz herrliche Tiadatatadiada-schrummschrumm-plumm aus dem Konzert vom vergangenen Abend.

Er wolle weiter nicht stören, versetzte Hans, er habe nur geglaubt, sich nach Roland umschauen zu sollen, aber der neue Freund bettelte, daß er noch bleibe: Roland, der Cellist, denke nicht daran, auf seine Gegenwart zu verzichten. Er brauche ihn einfach. Damit setzte er ihn mit behutsamer Gewalt in die Ecke eines uralten, mit Leder bezogenen und mit weißen Porzellannägeln verzierten, sehr bequemen Kanapees, stellte Zigaretten neben ihn und begann zu spielen. Wenn ihm etwas besonders gut gelang, sah er seinen aufmerksamen Gast listig an, kniff ein Auge zu und nickte ihm beseligt zu. Wenn ihm aber etwas danebenging, verzog er sein Gesicht zu schmerzlicher Grimasse.

Daß Hans ein Kaufmann sei, ein Bankangestellter, schien ihn zunächst arg zu enttäuschen. Das könnte ihm nicht gefallen: Konten führen, Zahlen schreiben und immer mit dem Gelde fremder Leute rechnen! Roland spielte ein paar grimmige Figuren und malte die erbärmlichsten Berufe aus, um schließlich zu erklären, daß er sie immer noch lieber ausüben würde als den, dem Hans sich ergeben habe. Das müsse er sich jedenfalls ansehen, meinte er einlenkend und kam schon am nächsten Tag in die Bank. Es stand Hans wohl an, das mußte Roland zugeben. Es war ein leises, sauberes Handwerk ohne Zweifel, wenn man so zusah. Es ging eine große Ruhe davon aus. Die Leute an den Schaltern redeten leise, vertraulich fast. Die Beamten waren alle so artig, so gut gekleidet und wohlerzogen, sie bewegten sich so gewandt und hatten gepflegte Hände. Roland sah die Bücher durch, die Hans zu führen hatte.

»Stimmt das auch alles?« fragte er.

»Es stimmt«, sagte Hans. Und das war es wohl auch, was ihm daran gefiel: Am Ende mußte es stimmen. Wie nett sahen seine Zahlen aus, wie gestochen, Seite für Seite. Es konnte keinen Irrtum geben. Man war versucht, es schön zu nennen.

»Wenn man es spielen könnte, ich dächte, es müßte ganz anständig klingen«, sagte Roland gegen seine eigene Überzeugung.

Wurde aus dem Geldschrank wirklich einmal Silber genommen und klingend auf den Marmor gezählt, dann schien es lediglich zur Beruhigung für die Kunden zu sein, daß diese Zahlengebilde in Wahrheit etwas Festes, Greifbares, Metallisches bedeuteten.

Roland und Idolino trafen sich nun täglich. Sie mochten einander sehr gern. Roland kam alle Augenblicke gelaufen. Doch schien es ihm bei seinen Fragen über musikalische Einfälle, zumeist künstlerische Erkenntnisse oder kompositorische Pläne, gar nicht auf eine Antwort oder ein Urteil des Freundes anzukommen. Es genügte, sie ihm anvertraut zu haben.

»Hast du Silvia wieder einmal gesehen?« fragte Hans eines Tages so obenhin.

»Ach ja, erst heute morgen«, versetzte Roland in gleichen Tone. »Sie läßt dich übrigens grüßen.«

»Danke«, sagte Hans gleichgültig; aber es ging ihm doch sehr nahe.

Als Hans eines Abends zu Roland wollte, holte er auf der Treppe Silvia ein. Er hatte sie nicht mehr gesehen seit jenem Konzert der Ungarn, aber er hatte sie überall gesucht und immer an sie denken müssen.

Roland wohnte in einem älteren Haus, das kleine, recht bescheidene Wohnungen, aber dafür ein um so hübscheres Empire-Vestibül und Treppenhaus besaß, das dem, der es betrat, ein Gefühl von Würde und Ansehen verlieh, das einen zu edlem Schreiten oder zu anmutigem Verweilen verlockte. Alle, die zu Roland kamen, liebten diese Treppe, die einen so mühelos nach oben trug.

Silvia hörte Idolinos Schritte und wandte sich um. Ihr Arm lag auf dem zierlichen Geländer, und in ihrer ganzen Haltung war noch das Aufwärtsgewandte. Hans grüßte ehrerbietig.

»Da sind Sie ja«, sagte Silvia, als habe sie schon eine Weile auf ihn gewartet. »Ich glaubte schon, Sie kennen mich nicht mehr.« Und dann, während sie ihm über die Windung des Geländers hinab die Hand reichte, erzählte sie Hans, daß sie ihn seit dem Konzert fast täglich gesehen habe. Einmal in der Bastei, wo er eine Zeitung kaufte und an Ort und Stelle den Handelsteil überflog, ein andermal in der Bank, wo er es nicht für nötig gehalten habe, den Blick auch nur für eine Sekunde von seinen Zahlen zu heben, und noch ein paarmal unterwegs. Daß sie ihn so oft gesehen hatte, ohne daß er sie sah, machte ihr sichtlich großen Spaß.

Ganz oben beugte sich jetzt Roland über das Gitter, wie immer etwas salopp gekleidet.

Er schwenkte freudestrahlend ein paar Notenblätter.

»Ist es fertig?« fragte Hans.

»Es ist fertig«, sagte Roland feierlich. Ob sie auch wüßten, daß es ein historischer Augenblick sei, da die Götter unter seinem Dache weilten?

Silvia und Hans mußten nebeneinander auf dem alten Kanapee Platz nehmen, während Roland sich ans Klavier setzte. Es war ein Möbel, der Hauswirtin gehörig, schwarz wie Ebenholz, mit vergilbten Tasten, über die ein Schoner aus roter Seide gebreitet lag, mit dem kunstvoll gestickten Namen der Firma. Rechts und links von den Noten waren durch Scherengitter bewegliche Messingleuchter angebracht, darin kunstvoll gedrehte rosa Klavierkerzen staken. Gekräuselte Papiermanschetten, wie man sie auch zum Verzieren der Beinstümpfe von gebratenem Geflügel verwendet, dienten zum Auffangen der Stearintropfen. Die prächtigen Kerzen waren noch nie angezündet worden, aber nun, da Roland aus der Partitur seines neuen Opus – soweit er es klavieristisch meistern könne – zum ersten Male einige Teile spielen wollte, schien ihm der rechte Augenblick gekommen, sie einzuweihen, was auch immer die Wirtin dazu sage, die sie über Jahre hin geschont hatte.

Dann begann Roland zu spielen. Wie immer, wenn er am Instrument saß, am Cello oder am Klavier, verwandelte sich sein lustiges, böhmisches Musikantengesicht. Es wurde im Augenblick tiefernst, und falls die Zuhörer, des raschen Wechsels ungewohnt, nicht sogleich verstummten, schoß er giftige Blicke nach ihnen, räusperte sich grollend und knurrte häßliche Worte vor sich hin. In dem schwarzpolierten Klavierkasten, Roland gegenüber, saß noch jemand, sein fahler Geist, so sah es aus, und machte ihm alles nach.

Der junge Meister setzte ohne Umschweife voll und kräftig mit dem Thema ein und wiederholte es nach einer messerscharfen Pause, nur mit einer kleinen Veränderung, doch ungeschwächt: Wie ein Tor stand es da. Dann eilten die Hände in munteren Sprüngen hindurch, wurrlten auf und ab, kurz, musizierten, daß es eine Freude war. Dann kam ein heller, ruhiger Mittelsatz von überirdischer Schönheit und Schwermut, bei dem sich Roland, mehrmals bedeutsam zwinkernd, nach Hans umwandte.

»Weißt – du – was – das – ist?« fragte er, unwillkürlich

in den Tonfall der Melodie verfallend. »Das – bist – du! Hörst – du – das – nicht?«

Ohne ihn hätte er das nie im Leben zustande gebracht, sagte der Musiker, als er mit einem kapriziösen Scherzo geendet, darum sei's auch ihm gewidmet.

›Mit schuldigem Dank dein dir zugetaner Knecht Roland‹, stand darauf geschrieben, großzügig, schwungvoll, im voraus auf künftigen Ruhm angelegt.

Sie fanden sich nun täglich zusammen und wurden einander nicht müde. Hans mußte wahrhaftig denken, Roland und Silvia liebten ihn so von Herzen, daß sie alles andere darüber vergäßen und fürder nichts begehrten, als mit ihm zusammenzusein. Roland und Silvia begleiteten ihn nach Hause, wenn sie zusammen im Konzert gewesen waren, wobei es freilich oft vorkam, daß sie drei-, viermal und öfter zwischen den Wohnungen hin- und herwandelten und, schwärmend von allen Schönheiten der Welt, kein Ende fanden.

Ob und warum die Musik allen Künsten vorzuziehen sei und ob sie sich selbst empfinde, welche Verwandtschaft zwischen ihr und der Architektur bestünde, und über die heiligen Proportionen, deren Magie über alle Künste herrsche, darüber zu reden, hielt sie auch Regen und Schneetreiben nicht ab. Roland und Silvia gerieten dabei einmal in heftigen Streit, den Idolino dadurch schlichten konnte, daß er die Freunde auf ein seltsames Bild aufmerksam machte.

In einem Garten befand sich ein Bildhaueratelier, das trotz der späten Nachtstunde noch hell erleuchtet war. Der Inhaber hatte vergessen, die Vorhänge zuzuziehen, so daß man ihn auf einer Leiter stehen und an der gewaltigen Gestalt eines felsenschwingenden Giganten bosseln sah. Ein bläulicher Hecht von Pfeifenrauch zog durch den Raum. Das Ganze wirkte in der Stille der Nacht geisterhaft und unwirklich. Die drei standen am Zaun und schauten zu. »Sieht es nicht aus wie ein Treibhaus oder ein Aquarium?« meinte Roland.

Indessen schien der nächtliche Bildhauer auf einmal zu spüren, daß man ihn beobachte, er wurde unruhig und starrte mißtrauisch durch die Scheiben. Kaum hatte er die drei Gesichter erspäht, kletterte er hurtig von der Leiter und schlug mit einem langen Bambusrohr wütend die Ateliervorhänge zu. –

Silvia nannte sich Gärtnerin. Sie arbeitete an einer Forschungsanstalt, die sich mit der planmäßigen Züchtung neuer Blumenarten befaßte. Sie sorgte dafür, daß Hansens Wohnung von nun an nie mehr ohne Blumen war, diese seltsame, halb kleinbürgerliche, halb völkerkundliche Wohnung, darin Martins und Jakobeas Bild friedlich zwischen perlmuttereingelegten Beduinengewehren und chinesischen Dolchen unter einem korkzieherhaften Antilopengehörn hing, aus Herrn Andrists Vermächtnis.

Hans besuchte Silvia oft in der Gärtnerei und fand sie am anmutigsten, wenn sie, einen breitrandigen Gartenhut auf dem Kopf oder ein buntes Bauerntuch ums Haar geschlungen, zwischen den schwarzen Versuchsbeeten hantierte, harkte oder pflanzte. Er mußte natürlich dabeisein, wenn sie die Blüten paarte oder die Pläne zu neuen Varietäten entwarf, die es noch nicht gab, die es aber geben würde in soundsoviel Jahren und die mit großer Wahrscheinlichkeit so oder so aussehen müßten.

Die erste himmelblaue Tulpe, die erste, deren Zucht gelungen war, erhielt seinen Namen. Auch mußte er Silvia behilflich sein, die gleichzeitig erblühten Verwandten zu taufen.

Einmal brachte er seinen zärtlichen Vogel zu Silvia ins große Treibhaus, damit er doch einmal die Pflanzen der Heimat seiner Ahnen sehe und tropische Luft atme. Aber sooft ihn Hans zu einem schmetterlingshaften, tölpischen Flug von seiner Hand entließ, er schwirrte immer wieder zu seines Herrn Schulter zurück und zeterte mit gellend scharfer Stimme über die fremdartige Umgebung.

Im folgenden Winter aber, an einem schönen, frostklaren Tag, als es nur glitzernd von den bereiften Telegraphendrähten schneite, entflog er in einem unbewachten Augenblick ins Freie.

Am andern Morgen fanden ihn die drei erfroren im Schnee. Silvia vergaß es nie, wie Idolino den toten Vogel aufhob, wie er ihn anhauchte und seine Flügel zu bewegen suchte, ob er nicht wieder zum Leben erwecke. Sie sah, wie er sich dabei abwandte, weil ihm die Tränen kamen. Sie erinnerte sich auch, was er sagte, daß ein totes Tier, ein Vögelchen vor allem wie dieses, das von einem Hauch von Wärme, einem Fingerhut voll Blut und einem kaum hörbaren winzigen Herzen gelebt habe (und, wie man sagt, damit hätte hundert Jahre alt werden können), nichts von dem Grauen an sich habe wie der nackte Tod des Menschen. Sie begruben den kleinen Vogel, wie man einen Menschen begräbt. »Er hat gesprochen, also hatte er eine Seele«, sagte Hans. Es war Rolands heiliger Ernst, als er trotz seiner Abneigung gegen alle Dinge des Todes auf das Hinscheiden des kleinen Engelsvogels ein Requiem komponierte.

Es hätte Roland und Silvia eigentlich auffallen müssen, daß ihr Freund in letzter Zeit eine bei ihm ungewohnte und verdächtige Wißbegierde für Dinge des Todes verriet, die gelegentlich des Besuches eines Kuriositätenkabinetts besonders deutlich wurde.

Silvia hatte es entdeckt und den Freunden einige genußreiche Stunden in Aussicht gestellt. Sie führte sie in jenen ärmlichen, am Flusse gelegenen Stadtteil, den man wegen seiner malerischen alten Gassen Klein-Venedig nannte. Dort befand sich das ›Museum‹, kenntlich an einem schmiedeeisernen ehemaligen Wirtshausschild, darauf drei rote Husaren abgebildet waren. Schon vorher ward es durch eine schwarze Hand in Manschette mit gestrecktem Zeigefinger und der schablonierten Unterschrift: ›Zum Museum eine Minute!‹ angekündigt. Nachdem die Freunde an einer Zugglocke geläutet hatten, erschien ein freundlicher Alter, der gleichzeitig an einen Gelehrten und an einen Schuster erinnerte. Er trug einen krausen Bart und eine Brille, deren einer Steg mit Bindfaden repariert war. Er bat die Herrschaften, ein Augenblickchen zu warten, und verschwand hurtig in einer Art Wohnküche, aus der ein warmer Geruch von Wirsingkohl wehte. Inzwischen studierten die Freunde die zahlreichen Bekanntmachungen, die den Hausgang zierten, eine umständliche Besuchsordnung in zwölf Paragraphen und die höfliche Bitte, die Garderobe abzulegen, die Gegenstände nicht mit Schirmen und Stöcken zu berühren und nicht zu rauchen. Da kam der Alte schon wieder aus der Türe gehuscht, nun aber mit einer blauen Amtsmütze auf dem Kopfe, setzte sich an ein wackliges Tischchen, um die rosafarbenen Eintrittskarten zu verabfolgen, die auf Verlangen vorzuzeigen waren, stellte sich neben der Türe zu Saal eins, riß die Billette durch und bat die Besucher, einzutreten.

Es war ein zwar kleines, aber so echtes Museum, wie nur irgendwo auf der Welt. Von kühlem Kampferduft erfüllt, ungelüftet, unbewohnt und dämmerig, ein Raum, darin man sofort mit gedämpfter Stimme sprach, als fürchte man, jemanden zu wecken. Es war alles da: rechts die altfränkische Bauernstube mit Himmelbett, ein Handwebstuhl und ein Spinnrad. Das Ganze war vorsorglich durch ein rotsamtenes Seil vom Besucher getrennt. In einer Ecke stand der letzte Stadtsoldat, eine mannsgroße, schnauzbärtige Puppe mit Trommel und Tschako, wie trunken etwas schräg nach vorne geneigt, aus gläsernen Augen vor sich hin starrend. An den Wänden hingen Zunftzeichen der Bäcker und Schneider aus Zinn. Auch die museumsübliche winzige blasse Semmel aus Zeiten der Hungersnot war ausgestellt.

Während die Freunde sich alles willig erklären ließen, kam ein kleiner Junge hereingetrollt, das Enkelkind des Kustoden, einen feuchten Apfelbutzen in der Hand, und begann sogleich, höchst unbefangen mit den geheiligten

Gegenständen zu spielen. Er gab dem Stadtsoldaten die Hand, patschte auf die große Trommel und lachte Hans liebenswürdig an. In einem Schrank mit einer Sammlung alter Gläser und Humpen, bei deren Anblick Roland sogleich ein starkes Durstgefühl zu spüren vorgab, befand sich auch ein gläsernes Glockenspiel, und der Alte ließ den Kleinen, nachdem er ihm die Nase geputzt, mit einem hölzernen Hämmerchen die Melodie des Liedes: ›Hänschen klein ging allein‹... vorspielen, was er denn auch wirklich recht artig und mit großem Ernste zustande brachte. Lächelnd stand der Alte dabei und nickte im Takte mit dem Kopf. Auch Roland konnte sich nicht enthalten, den Anfang einer Symphonie zum besten zu geben.

In Saal zwei (Prähistorische Abteilung) gab es unter einem würfelförmigen Glaskasten sogar ein echtes Hokkergrab, beim Aushub eines Neubaues freigelegt und dank dem raschen Zugriff des Museumsleiters vor sicherer Vernichtung bewahrt, ein steingraues zusammengekauertes Skelett, mit ein paar Tonscherben und einem Feuersteinmesser in die Erde gebettet, wie man es gefunden hatte. Winzige Zettelchen klebten auf dem morschen Gebein.

Idolino, obwohl Roland zum Aufbruch drängte, schien sich nicht von dem gläsernen Grabe trennen zu können. Er betrachtete das Skelett mit sichtlicher Teilnahme von allen Seiten, ging auch in die Knie, damit er es besser und näher sehen könne.

»Wie alt er wohl sein mag«, murmelte er vor sich hin.

»Zweitausend Jahre, junger Herr«, beeilte sich der Kustode zu erklären. »Wenn es langt!« Idolino lächelte. Nein, er meine, wie alt er war, damals, als er starb.

Es mußte ein ganz junger Mensch gewesen sein, seine Zähne waren vollständig und regelmäßig. Der Enkel stand dicht davor, sein Atem beschlug das Glas. Er fürchtete sich offenbar nicht. Es war ja auch schon urdenklich lange her und fast unvorstellbar, daß dieser

Mensch jemals Fleisch und Blut gewesen war. Man empfand kein Grauen mehr dabei, keine Trauer.

Wo man auch die Erde schürfe, meinte Hans, überall stoße man auf Tote.

Er hasse solche Gespräche, beschwerte sich Roland. Er fürchte sich dann wieder die ganze Nacht. Als Junge habe er immer große Angst gehabt, daß von den vielen Millionen Toten der Jahrtausende die Erde notwendig schwerer und schwerer werden müsse, so wie ein Schneeball wächst, der von einem beschneiten Dache rollt, bis sie eines schönen Tages in die nächtigen Tiefen der Welt versinken werde, wo keine Sonne, kein Mond und kein Stern mehr hinscheint.

»Kein Stern mehr hinscheint«, wiederholte er mit Grabesstimme und verfiel in finsteres Schweigen.

Allein Idolino ließ sich dadurch nicht irremachen.

Woher, fragte er, wisse man als Kind gleich, wenn etwas tot sei, auch wenn einem noch niemand gesagt habe, was es damit auf sich habe, fast als habe das Herz eine heimliche Erinnerung an frühere Tode behalten. Auch wisse man sofort, selbst wenn man nie das dunkle Wort gehört, nie zuvor ein verendetes Tier, eine verwelkte Blume oder einen menschlichen Leichnam gesehen hätte, daß einem einst das gleiche Schicksal widerfahre: daß man ein Kind des Todes sei.

Ein Kind des Todes, meinte Silvia, das klänge ja fast liebevoll, das drücke doch eigentlich ein zärtliches verwandtschaftliches Verhältnis aus.

Seine Mutter, fuhr Hans fort (es war das erstemal, daß er von ihr sprach), habe ihn, wohl damit er sich nicht fürchte, an einen persönlichen Tod glauben gelehrt, aber nicht in Gestalt des Knochenmannes mit Stundenglas und Hippe, sondern eines lebendigen, geflügelten Wesens aus Fleisch und Blut, eines schönen, freundlichen Engels mit großen, schwermütigen Augen und einem großen, dunklen Mund. Ein Todesgott war es, ein mors amicus, der zu lieben und zu leiden vermochte.

»Ich habe darum auch nie Angst vor ihm gehabt«, schloß er, unverwandt den Toten betrachtend. –

Damals begann Idolino, sich seltener in Konzerten zu zeigen. Er machte den Versuch, sich dem Verein der Freunde zu entziehen. Er wich Roland und Silvia aus, ritt in seinen freien Stunden oft weit über Land, wo ihn kein Mensch kannte. Allein wenn er in einem kleinen Dorfe im stillen Wirtsgarten saß, kamen Kinder zutraulich heran, schenkten ihm Blumensträuße und schauten und faßten ihn an. Auch die junge Wirtin geriet in Verlegenheit durch seinen Anblick, und als er nach Wochen wieder vorüberkam, erkannte sie ihn gleich.

Als er spät in der Nacht heimkam, stand Roland vor seiner Türe. Er habe, sagte er, schon seit Stunden auf ihn gewartet. Warum er sich von ihnen wende? Ob sie ihn gekränkt hätten? Wo er denn so lange gesteckt habe?

»Wir lieben dich doch«, sagte er heftig.

»Da bin ich ja wieder«, begütigte Hans. Es gelang ihm, die Liebenden völlig zu täuschen. Sie schöpften keinen Verdacht. Sie liebten seine heitere Schwermut. Niemand ahnte Unheil.

Am Tage der Tat war er noch mit Roland und Silvia zusammen. Roland hatte ihn zu sich gebeten, daß er sein neuestes Werk anhöre, das beste, was ihm bisher gelungen sei, eine Kantate, die die musikalische Welt aufhorchen machen werde: ein Psalmlied, vorzusingen auf Saitenspielen.

Roland setzte sich ans Klavier, zog die Bügelfalten seiner Hose mit kurzem Ruck nach oben und betrachtete einen Augenblick finster und in sich gekehrt die Tasten, als hätte er noch nie ein solches Instrument gesehen. Dann sang er, sich selbst begleitend, nach einem kurzen, stürmischen Vorspiel, mit seiner etwas heiseren, aber angenehmen Stimme den Psalm Davids, der also beginnt: ›Mein Herz dichtet ein feines Lied, ich will singen von einem Könige. Meine Zunge ist ein Griffel eines guten Schreibers: Du bist der Schönste unter den Menschenkindern! Holdselig sind deine Lippen, darum segne dich Gott ewiglich.‹

Man konnte es sich gut vorstellen, wie es gedacht war, denn Roland stellte den Kapellmeister, die Solisten, den gemischten Chor und das Orchester in einer Person dar. Er gab das Zeichen, wo die Posaunen einzusetzen hatten, und deutete durch eine weiche, fließende Bewegung der Rechten die Harfe an. Er sang den gewaltigen Männerchor: ›Wenn du aus den elfenbeinernen Palästen dahertrittst in deiner schönen Pracht‹, über dem (auch das gelang ihm anzudeuten) das von einem Knaben gesungene Sopransolo schwebt: ›Du bist der Schönste unter den Menschenkindern.‹

Die Kantate endete mit dem Worte: ›ewiglich‹. ›Darum werden dir danken die Völker immer und ewiglich.‹ Und ob Roland gleich auf dem alten, klapprigen Klaviere spielte und seine Stimme rauh war, so war doch etwas von dem Jubel und Jauchzen der vereinten Chöre darin, das in dem dreimal gesungenen, immer herrlicher strahlenden: ›ewiglich, ewiglich, ewiglich!‹ endete.

Sie hatten sich dann in glücklichster Stimmung getrennt mit der Aussicht, daß man sich am Abend noch einmal sehen wolle, vielleicht zu einer sommernächtlichen Wanderung mit dem Ziel, den Sonnenaufgang zu erwarten, was sie schon lange vorhatten. Die Verliebten winkten dem Freunde aus dem Fenster nach.

Idolino muß nicht gleich nach Hause gegangen, sondern ziellos in der Stadt umhergeirrt sein. Er ward auf der Brücke gesehen, wo er eine Zeitung kaufte, und scheint sich dann ziemlich lang in der Altstadt aufgehalten zu haben. Auch war er wohl einen Augenblick in das Münster getreten.

Gegen sechs Uhr sah ihn der Philosoph, der gerade gegenüber wohnte, ohne Hast nach Hause kommen. Er trug einen hellgrauen Sommeranzug ohne Weste, ein seidenes Hemd und einen weichen, fast weißen Hut.

Nach dem Augenschein beging er die unselige Tat sofort nach dem Betreten der Wohnung. Er nahm einen schmalen chinesischen Dolch von der Wand, aus Herrn Andrists Erbe, trat vor den Spiegel, entblößte ein wenig die Brust und drückte die Klinge in sein Herz. Er hinterließ keinen Abschiedsbrief und keinen letzten Willen. –

Roland und Silvia finden ihn sinnlos, aber noch atmend. Sie bringen ihn ins Spital und wachen mit der guten Nonne an seinem Lager.

Kurz vor dem Verscheiden schlägt er noch einmal groß und verwundert die Augen auf, an ihrem freundlichen Aufleuchten merken sie, daß er sie noch erkannt hat.

SÜSSE BITTERNIS

Eterno heißt eine kleine Stadt am Meere. Einst war es ein paradiesischer Ort, eines jener idyllischen Seebäder, die eines Tages von der großen Welt entdeckt werden, weil die Glücklichen, die dort den schönen Frieden der Abgeschiedenheit und Unberührtheit erfahren durften, nicht hatten schweigen können und sich damit wichtig machen wollten. Die Sommergäste, die nun in Massen in die Stille einbrachen, fragten sich freilich, wo die verheißene Einsamkeit und Ruhe sei, und meinten, für ein Paradies gäbe es reichlich viel Menschen in Eterno.

Aber als es noch unberührt, noch nicht Modebad geworden war, als den wenigen Fremden nur die Wahl zwischen zwei dürftigen Hotels blieb, die einander heftig befehdeten, obwohl sie dem gleichen Besitzer gehörten, konnte man dort seinen Frieden finden.

Die Griechen haben einst den Ort gegründet und auf dem Kap Eterno einen Tempel gebaut, von dem ein paar Marmorsäulen noch heute den Architrav der Loggia der weißen Villa tragen, die jetzt das Haupt des Felsens krönt. Später hatten die Normannen dort ein Bergnest, die Sarazenen einen Schlupfwinkel und die Päpste einen Sommersitz gehabt.

Im Herbst, wenn es still am Strande geworden ist, oder im Frühling, wenn der Goldregenwald blüht, lohnt es sich noch immer, für ein paar Tage dorthin zu fahren, sich die Geschichte der schönen Amaryllis erzählen zu lassen, die Wege zu gehen, die ihr Fuß betrat, und ihr Grabmal in der alten Kapelle nahe der weißen Villa zu besuchen. Wenn der Marchese über Land geritten ist, wird der Kastellan gern bereit sein, die Gruft zu öffnen.

Das Marmorbild der Herrin, so nennen sie die Ansässigen, ruht auf einem Sarkophag. Der Künstler hat seinen Ehrgeiz darein gesetzt, ein möglichst naturgetreues Abbild zu geben, und seine ganze Sorgfalt auf eine peinlich genaue Wiedergabe des modischen Kleides bis ins kleinste Fältchen verwendet. Die Herrin ist so dargestellt, wie man sie in Eterno kannte. Sie trägt ein langes Reitkleid, dessen Schleppe bis zu den Stufen herabfließt. Die Spitzen des Jabots sind durchbrochene Arbeit, Marmorfiligran, und der Schleier um den Reitzylinder ist so leicht und locker geschürzt, als könnte man ihn lösen. Desungeachtet ist es dem Künstler doch geglückt, eine Ahnung von der rührenden Anmut des Angesichts und der Hände der schönen Frau zu überliefern.

Es ist keine Tote dargestellt, so scheint es, sondern eine Lebende. Ihre Hände sind nicht gefaltet, das Haupt leicht erhoben und scheu zur Seite gewendet. Die erschrockenen Augen sind geöffnet. Sie blicken nach einem andern Grabmal, nicht weit davon im Schatten der Gruft. Es stellt einen Jüngling dar, liegend wie die Herrin. Aber seine Augen sind geschlossen. Es ist das Bildnis eines Toten. –

In den Jahren, da Eterno Mode zu werden begann, waren es immer etwa fünf junge Kavaliere, die unter den Badegästen den Ton angaben. Von den Eingeborenen wurden sie nachsichtig ›i cinque signorini‹ genannt, die fünf Herrchen, auch wenn die Zahl der ›Verwegenen‹, so hießen sie bei den Fremden, einmal stärker oder schwächer war. Nur ihr Bestand wechselte und erneuerte sich während des Sommers. Ihr Ehrgeiz aber blieb der gleiche, alles auf den Kopf zu stellen und von sich reden zu machen. Es waren leichtsinnige Nichtstuer, liebeslustige Heißsporne, immer aufgelegt zu sportlichen Taten und galanten Abenteuern. Sie hatten keinen eigentlichen Anführer, denn jeder von ihnen trat für eine Weile in den Vordergrund, durch eine lebensgefährliche Sturmfahrt mit dem Boot, durch ein tollkühnes Reiterstückchen oder auch nur durch ein Bonmot, das die Runde am Strande machte.

Nur ein gewisser Villemont, ein junger Edelmann aus

Malta, verstand es eine Zeitlang, eine Art Alleinherrschaft auszuüben, obwohl er ein Neuling im Kreise der Verwegenen war und sich geschickt aus den gefährlichen Händeln und Liebesfahrten zu halten wußte, die er angezettelt hatte.

Auf seine Anregung ging auch das Abzeichen zurück, das die Signorini nun an der äußersten Kante des Rockaufschlages trugen, die kleine Nadel mit dem roten Kopf, nicht größer und von der nämlichen Farbe wie jene winzigen hurtigen Spinnen, die man zuweilen am Strande sah, wenn man faulenzend den warmen Sand mit den Händen siebte.

Der braune, silberäugige Villemont wurde von allen beim Vornamen genannt. »Vannino, Vannino«, rief es von allen Seiten, wenn er am Strande erschien. Er war der verwöhnte Liebling der Badegäste und in allen Burgen zu Hause. Er machte die Mädchen lachen oder gruseln, indem er ihnen etwa erzählte, das Rot, mit dem sie ihre Münder malten, werde aus Läusen bereitet, cocciniglia geheißen. Aber sie mochten ihn alle gern um seiner munteren Unbefangenheit willen. Doch blieb er für sein Teil von Bravour und Amour völlig unberührt.

Nur in der Kunst des Bogenschießens, das damals in Mode kam, tat er sich vor den anderen hervor. Es war ihm ein leichtes, eine Möwe im Fluge herunterzuholen, daß sie mitten ins Herz getroffen aus den Lüften fiel, worüber sich die empfindsameren unter den Mädchen entsetzten. Denn es dünkte sie ein grausames Spiel, zum Zeitvertreib oder aus Eitelkeit die schönen Vögel zu töten. Andern wieder erschien er besonders liebenswert, wenn er ihnen lächelnd den erlegten, vom Pfeil durch und durch geschossenen Vogel wies, aus dessen weißem Gefieder das rote Herzblut perlte und seine Hände färbte.

Im übrigen mochte Villemont einstweilen von wagemutigen Taten entschuldigt sein, denn er hatte sich durch einen unglücklichen Pfeilschuß auf höchst lächerliche

Weise selbst verwundet. Ein Pfeil, den Vannino nach eine Möwe schnellte, die senkrecht über ihm im Blauen vom Winde sich tragen ließ, war, nachdem er den Vogel nur gestreift, so daß ein paar blutige Federchen herabschneiten, zu dem Schützen zurückgekehrt und ihm, der, vom Licht geblendet, nicht mehr ausweichen konnte, in den Rist des Fußes gefahren.

Seitdem knappte er ein wenig. Aber da er im übrigen wohlgestaltet und behend war, erhöhte es eher noch seinen Reiz. Er stützte sich auf seinen Bogen, wenn er, den Schaden eher betonend als verbergend, an den Burgen und Strandkörben vorüberschritt, die Pfeile in seinem Haar. Er glich einem jungen Wilden.

Villemont war es auch gewesen, der Claudio, einen der Verwegenen, dazu vermocht hatte, die schmalen, in den Fels gehauenen Stufen eines Steiges, der von der Steilküste zum flachen Strande führte, hoch zu Roß hinabzureiten, ein halsbrecherisches Kunststück, das dem Reiter viel Ehre einbrachte, aber leicht hätte übel ausgehen können. Denn der Weg, von dem man sagte, er stamme aus der Sarazenenzeit, wurde selbst von Fußgängern gemieden. Er war stellenweise überwachsen von niedrigem Gestrüpp und berieselt von kleinen Quellen. Er war gefährlich glatt. Er gehörte den goldgrünen Eidechsen mit den atmenden Kehlen, den plötzlichen Tieren, die nur ganz unbewegt oder ganz schnell sein können.

Claudio, der semmelblonde Bolognese mit den weißen Wimpern und dem nackten Gesicht, darin alles etwas zu knapp geraten schien, als hätte die Haut nicht gereicht – die Nase aufgeschnupft und die Lippen zu kurz –, Claudio mit dem kalten Reiherblick hatte die kühne Tat vor aller Augen vollbracht.

Aber als er von dem zitternden Pferde stieg, nahm er Vannino kameradschaftlich beim Arm, so als wollte er ihm für die Anregung zu seinem Ruhme danken, und sagte leise: »Nun, und du?« Da wußte Villemont, daß er jetzt an der Reihe war.

Er tat indessen nicht dergleichen und kehrte sich nicht daran, wenn der Bolognese mit seinem Fingernagel an der kleinen roten Nadel scheuerte und Vannino dabei bedeutend, fast verächtlich anblickte. Insgeheim aber wurmte es ihn doch.

Nicht lange danach, als die Signorini, nach Opfern ihres Liebesübermutes ausspähend, in ihrer Sandburg auf der Lauer lagen, der prächtigsten Burg weitum, geschah es, daß Claudio ganz beiläufig äußerte, daß nun endlich die schöne Amaryllis fällig sei, die Herrin der weißen Villa. Ihretwegen seien sie doch eigentlich hier. Ihr zum Ruhme geschähen ihre Taten.

Sogleich wandten die anderen fünf, denn sie waren damals einer zuviel, ihre Köpfe nach dem Vorgebirge, dem Kap Eterno, auf dessen steilstem Vorsprung zwischen Zypressen die weiße Villa lag, hoch über dem Meere, dem Himmel entgegengehalten. Es war die einzige Stelle der Küste ohne Strand, und immer, auch an windstillen Tagen bei glatter See, wenn nur hin und wieder eine träge Welle ans Ufer schwappte, war das Wasser dort unruhig und brandete, hüpfte und sprang an den Klippen empor.

Die jungen Leute sahen über die veilchenblaue Bucht, in deren Winkel Eterno lag mit seinen rosa und gelben Häusern, den kleinen Hotels, darauf in weithin lesbaren Buchstaben anspruchsvolle Namen gemalt waren, wie Paradiso, Mondo, Bellezza, sahen über die rostroten Segel der Fischerboote hinweg, hinauf zu dem märchenhaften Besitztum, wo die unnahbare Herrin ihrer Herzen wohnte.

Auch Vannino schaute. Er lag, etwas abseits von der Burg der Kavaliere, bäuchlings im Sande, den er liebte, mit dem er stundenlang spielte. Nun richtete er sich auf. Kniend schaute er hinüber, während der Sand aus seinen Händen rann. Er hatte viel von Amaryllis und ihrem Zauber gehört und liebte sie in seiner Phantasie. Aber er war ihr noch nie begegnet.

»Ich habe sie noch nie mit Augen gesehen«, sagte er unwillig und schüttelte die Locken aus seiner Stirn. »Ich glaube nicht an ihr Dasein. So wohnt doch niemand! Nein, nein, es ist unmöglich, daß dieses Haus einem Sterblichen gehört.«

Götter, meinte er, hätten dort ihren Wohnsitz.

Während er dies sagte, rührte ein flüchtiger Schatten die Schauenden an wie ein Wolkenschatten, und der weiche Hufschlag und das Schnauben von Pferden war ganz nahe.

Amaryllis ritt vorüber, gefolgt von Emilio, ihrem Gatten. Die Herrin trug ein weißes Reitkleid und ritt nach alter Weise im Damensattel. Von dem weißen Zylinder wehte ein taubengrauer Schleier. Sie ritt einen Fuchs, kupferblond wie ihr Haar, das im Trabe auf und nieder wogte. Sie ritt ganz nahe an Villemont vorüber, der noch immer kniete und der Herrin mit offenem Munde nachstarrte.

»Eine hübsche Person«, sagte Claudio. Vannino drehte sich wütend nach ihm um.

»Sie ist eine Göttin.«

»Ich habe sie dir zugedacht, amico«, erwiderte Claudio verbindlich. Das stolze Paar war schon weit.

Vannino ließ sich wieder in den Sand fallen und fuhr im Spiele fort, den bunten Sand mit seinen Händen häufelnd, glattstreichend, formend und wieder verwischend.

»Sie hat mich nicht einmal angesehen«, flüsterte er und seufzte tief.

Er tat, als seien seine Gefährten nicht für ihn vorhanden, aber er lauschte auf ihre Reden. Sie sprachen von Amaryllis. Keiner von ihnen habe die Schöne je allein angetroffen, immer sei sie in Begleitung ihres Gatten, der sie offenbar wie eine Gefangene halte und sie eifersüchtig bewache. Das Paar, so vernahm Villemont, pflege mit niemandem geselligen Verkehr. Sie schienen einander völlig genug zu sein und ungewöhnlich glücklich zusammen zu leben. Es kam auch so nebenbei heraus, daß jeder der Kavaliere schon versucht hatte, sich der Angebeteten zu nähern, freilich ohne den leisesten Erfolg. Sie hatten es unternommen, sie aus dem Hinterhalt zu photographieren, unbemerkt von ihr. Allein als sie den Film entwickelten, fanden sie nur das wohlgetroffene Bild des Marchese. Von Amaryllis war nichts als ein Stück der Schulter und ein Wölkchen des Schleiers zu sehen.

Einer fragte, was der Name Amaryllis bedeute, und ein anderer antwortete aufs Geratewohl: »Süße Bitternis.«

Sie waren alle verliebt in sie. Sie hatten sie besungen in leidenschaftlichen Versen.

»Jetzt reiten sie über die Brücke«, hörte Vannino sagen. »Jetzt sind sie im Goldregenwald.«

»Nun sieht man sie nicht mehr.«

Von Stund an mied der junge Villemont den Umgang der Gefährten. Ungeachtet der kleinen Wunde, die sein Pfeil ihm geschlagen, die noch immer schmerzte und darin es manchmal schlug wie in einem kleinen Herzen, die zuweilen aufsprang, um von neuem zu bluten, umwanderte er täglich das Vorgebirge, hoffend, daß er der Herrin begegne. Allein es gab wohl auf Erden kein Haus, das so weithin sichtbar, aber zugleich so unerreichbar entrückt schien wie die weiße Villa. Denn der Felsen, von drei Seiten vom Meer umwogt, war vom Lande durch eine tiefe Schlucht geschieden, über die in kühnem Bogen eine uralte Brücke führte. Dann kam der Goldregenwald und endlich die hohe unübersteigbare Mauer mit dem Lanzengittertor und dem kleinen Haus des Kastellans. An manchen Tagen – es war ein Zeichen, daß das Wetter umschlug – konnte man es unten am Strande hören, wenn der Torflügel ins Schloß fiel. Auch den Wachhund hörte man bellen, ein fast melodisches Gejaule und zärtliches Gewinsel, wenn es der Herrschaft galt, ein böses, bissiges Gekläff, wenn es ein Fremder wagte, sich dem Tor zu nahen.

Vannino schwamm, was einigen Mut erforderte, zu den beiden Klippen, den ›due fratelli‹, die zu Füßen des Kaps Eterno aus der Brandung ragten. Daran festgeklammert wie ein Schiffbrüchiger, schaute er sehnsüchtig empor zu der Loggia, deren griechische Säulen rostbraun in der Sonne leuchteten.

Er kletterte im Geiste an dem zerklüfteten Felsen empor, sich im Efeu haltend und nach Griffen suchend.

Endlich sah er sie an die Brüstung treten und die weißen Möwen füttern. Sie fingen die Bissen im Fluge. Ihn aber, den Entflammten, gewahrte sie nicht. Auf einmal bog Amaryllis ihr Gesicht über die Schulter zurück. Aus dem Schatten trat der Marchese zu ihr, neigte sich über sie und küßte sie. –

»Eine Locke von der Herrin Haupt zu rauben«, sagte Claudio eines Tages, »das wäre doch des Einsatzes wert für einen von uns Kavalieren, wenn anders unser Ruhm nicht verwelken soll.«

Vannino, der zugegen war, um Abschied von den Gefährten zu nehmen, da es hohe Zeit für ihn sei heimzufahren, Vannino merkte nicht, daß Claudio seinen Spott mit ihm trieb. Er blickte ihn groß an und nickte ernsthaft. Niemals noch, fuhr Claudio fort, indem er seine Hände auf des Liebeskranken Schultern legte und ihm in die Augen sah, sei die Gelegenheit so glücklich gewesen wie eben jetzt. Der Herr sei über Land geritten. Allein sei Amaryllis.

»Ich gehe«, sagte Vannino.

Die Kavaliere saßen an der kleinen Piazza vor dem Hotel Paradiso und tranken den schwarzen Wein von Eterno. Auch von hier aus konnte man die Villa auf dem Felsen sehen und darüber die Sichel des abnehmenden Mondes wie mit krummem Finger lockend.

Vannino ging. Er sah seinen Weg deutlich vor sich. Er wußte, daß er nicht zurückkommen durfte ohne die kupferfarbene Locke von der Herrin weißer Stirn. Was war Claudios gefährlicher Ritt gegen die hohe Aufgabe, die man ihm vorbehalten hatte?

Er merkte, daß ihm jemand folgte. Claudio war es, der

ihn zurückrufen wollte, denn es reute ihn. Nicht im Ernste habe er gesprochen. Er sei bereit, den Entschluß für die Tat zu nehmen. Aber Vannino hörte ihn gar nicht an. Er begann schneller zu gehen. In hinkendem Laufe eilte er dem Meere zu. »Vannino, Vannino!« rief Claudio ihm nach. Er hatte Angst um ihn.

Der Strand war still. Aus dem Meer, aus der Tiefe kam die Nacht. Schattenlos, wie von innen schimmernd, lag die Villa, Vannino tat die Kleider ab und warf sich ins warme Wasser, um nach dem Felsen zu schwimmen. Auf einer Klippe ruhte er ein wenig, denn das kleine Herz in seinem Fuße und das große in seiner Brust schlugen heftig. Er blickte empor, zwischen den Lippen das silberne Taschenmesserchen, mit dem er die Locke von der Herrin Haupt zu schneiden gedachte, und der Mut sank ihm. Die Kavaliere waren weit. Er konnte zurückkehren in das Fischerhaus, wo er wohnte, und noch in der Nacht heimlich Eterno verlassen. Hoch über ihm aber leuchtete der Finger des Mondes. In der Villa war kein Licht mehr. Eine letzte Möwe strich um den Felsen. Da ließ sich Vannino ins Wasser hinabgleiten und, hin und her geworfen, immer wieder zurückgerissen von der Brandung, erreichte er endlich das Kap und stieg in das Geklüft. Das erste Stück war am schwersten, auch sah er die Villa nun nicht mehr. Aber je weiter er emporkletterte, um so sehnlicher begehrte er, Amaryllis zu sehen. Er dachte nicht mehr an den Ruhm bei den Gefährten. Er ließ das Messerchen aus den Lippen. Wie ein kleiner Fisch sprang es über die Klippen hinab. Wie klein war die Welt unter ihm! Nie sah von unten die Villa so klein aus wie vom Felsen die Häuser Eternos.

Vannino griff in die Efeuranken und zog sich daran empor, bis er den Gipfel erreichte. Mit letzter Kraft, da ihm das ungeduldige stürmische Herz schon fast zerriß vor übermenschlicher Anstrengung, schwang er sich über die Brüstung der Loggia. Keuchend stand er und sah durch die offene Tür. Es war aber eine silberhelle Nacht.

Da sah Vannino die Herrin vor ihrem Spiegel sitzen, zum Sterben schön. Es war ihm auf einmal ganz leicht ums Herz. Er spürte es nicht mehr. –

Der Marchese war über Land geritten. Amaryllis war allein. Es werde ihr gut tun, hatte Emilio ihr beim Abschied gesagt, als er sich vom Pferde zu ihr neigte. Das Gitter fiel ins Schloß. Sie winkte ihm lange durch die Stäbe nach. Sie sah ihn die Brücke hinauf- und hinabsprengen und lauschte dem Hufschlag, bis er verstummte.

Amaryllis hatte sich sogar ein wenig auf das Alleinsein gefreut und sich allerhand ausgedacht, wie sie den Tag verbringen werde. Indessen schon nach einer Stunde war sie in Verlegenheit, was sie tun solle. Sie fühlte sich verlassen und merkte, wie hilflos sie war ohne Emilio. Freudlos und immer wartend, daß er wiederkehre, der sie liebte, für sie dachte, müßig, unmutig brachte sie den Tag hin. Es war ihr, als lebte sie überhaupt nur in seiner Gegenwart, als hätte sie kein Herz ohne ihn. Seine Stimme fehlte ihr, seine Bewunderung, seine Gedanken, seine Besonnenheit und seine Kraft.

Sie versuchte sich vorzustellen, was er fern von ihr in diesem Augenblicke tue. Aber sie vermochte nicht – und das erschreckte sie – sein Bild zu beschwören, so, als sei auch er nicht da, kein Wesen aus Fleisch und Blut, außer sie sah ihn. Sie hatte keine Phantasie.

Das Meer, das sie liebte, wenn er neben ihr stand, nun war es auf einmal fremd und ohne Sinn. Sie empfand nichts bei seinem Anblick, obwohl es herrlich anzuschauen war, unruhig und von bedrohlicher Schönheit.

Amaryllis wünschte sich, zu schlafen und erst wieder zu erwachen, wenn Emilio zurückkam.

Es war ein heißer Tag gewesen. Fast ohne Wind. Sie hatte sich im Schatten des Hauses aufgehalten, bis es Abend und kühler wurde. Sie aß allein zur Nacht. Aber es wollte ihr nicht munden. ›Wozu‹, dachte sie. Dennoch gab sie sich Mühe, der alten Rosina zuliebe, die ihr diente.

Sie sah oft nach der Uhr, was sie sonst nie tat. ›Er ist auch meine Zeit.‹ Es war ihr in der Seele bang.

Sie hatte sich vorgenommen, bald zur Ruhe zu gehen, es aber dann immer wieder aufgeschoben. Auch als sie sich schon entkleidet, Rosina entlassen, das Licht gelöscht hatte, saß sie noch lange unentschlossen vor dem Spiegel und sah sich an. Sie sah sich an wie eine Fremde. Gedankenlos strählte sie ihr Haar immer und immer wieder. So sah sie sich und hinter sich die Nacht, die Sterne, den Mond und das dunkle Meer mit dem silbernen Schimmer darüber. Da fühlte sie sich plötzlich angesehen und erschrak.

Hinter ihr, der Nacht entstiegen, stand ein Mensch. Sie sah ihn ungewiß im Spiegel und hörte ihn keuchen, aber sie schrie nicht, so reinen Herzens war sie. Sie erhob sich und wandte sich um. Gegen die Kälte des Spiegels gelehnt und daran tastend, wie an einer Tür, in die sie sich retten könnte, stand sie und starrte auf den ungebetenen Gast.

Vannino tat einen Schritt auf sie zu, seine Lippen bewegten sich, und noch ehe Amaryllis Anstalten treffen konnte zu fliehen, sank er mit einem großen liebenden Blick auf sie leblos zu Boden.

Wodurch sind die Grenzen eines Lebens bestimmt? Welchen Sinn hatte Vanninos bisheriges Leben und der große verschwenderische Aufwand der Natur? Werden wir nicht alle aufgehoben für einen bestimmten Augenblick, oft nur für ein Wort, ein Gedicht, eine Zärtlichkeit, für eine kurze Liebe, und wissen dann, daß wir einzig und allein um dieses unsterblichen Augenblickes willen unser langes Leben haben und es nimmer schöner werden kann? Von da an fangen wir an zu sterben.

Amaryllis erkannte sofort, daß der fremde Jüngling tot war, und schauderte bis ins Herz. Voll Entsetzen schaute sie auf den Reglosen nieder, der zu ihr gekommen war, um vor ihrem Angesicht zu sterben. Sie vermochte nicht, sich zu regen, noch den Blick zu wenden von dem stillen Gast zu ihren Füßen. Erst als sie Emilios gedachte und wie allein sie war, kamen ihr die Tränen. Sie weinte lange vor Zorn und Mitleid.

Denn der Tote erbarmte sie. Unwürdig schien es ihr, ihn auf den steinernen Fliesen liegenzulassen. Also bückte sie sich und hob ihn auf; unter der Schulter ihn fassend, schleppte sie ihn auf ihr Bett mit großer Mühsal. Sie beweinte ihn. Ihre Tränen fielen ihm auf Mund und Augen. Dann bettete sie ihn und deckte ihn bis zur Brust, als müsse er wieder erwarmen.

Als nun der schöne Jüngling auf ihrem Bette lag, ward ihr erst bewußt, was sie getan. Sie dachte nichts Böses von dem Toten, als daß er sie sehr geliebt haben müsse, da er bei Nacht zu ihr gekommen war vom Meer über den Felsen empor, bis er sie sah und bei ihrem Anblick ihm das Herz zerbrach.

Es waren schon Stunden vergangen, und sie war noch immer allein mit dem toten Manne. Sie fürchtete sich nicht vor ihm und mußte ihn immerzu ansehen. Es verlangte sie, ihm etwas Gutes zu tun. Sie berührte sein Haar. Da fühlte sie, daß sie ihn zu lieben begann, und entsetzte sich. ›Oh, das ist nicht gut‹, dachte sie, ›ich muß jemand rufen.‹ Aber sie schämte sich dessen sogleich und verharrte von neuem unentschlossen. Einmal trat sie an die Brüstung der Loggia, hinabzuschauen in die Tiefe, und welchen Weg der Liebende erklommen hatte, um sie zu sehen.

Amaryllis war nicht klug, sie hatte nichts als ihre Schönheit und ihre Unschuld, als Emilio gekommen war und um sie warb.

»Ach, Emilio«, flüsterte sie, »wärst du nie von mir gegangen. Aber nun hast du mich allein gelassen mit meinem Herzen. Unsere Liebe, ach, unsere Liebe, es war deine Liebe allein, Emilio, und sie war so groß, daß sie in alle Ewigkeit genügt haben würde für uns beide. Deine

Liebe war so herrlich und selbstsüchtig, daß es meiner Liebe gar nicht bedurfte. Sie traute sich gar nicht aus dem heimlichen Winkel meines Herzens. Aber sie blieb unversehrt und unverschwendet. Sie wartete geduldig, und niemand fragte nach ihr. Sie schlief. Nun aber ist sie erwacht und antwortet. Vielleicht hat sie den Fremdling herbeigerufen, den ich liebe, denn, Emilio, ich liebe den Toten. Und ich weiß, was es bedeutet, einen Toten zu lieben. Ich werde ihn lieben, bis ich mit ihm vereint sein werde, wiedervereint, bald, ach, Emilio, bald!«

Dies dachte Amaryllis in der Nacht, als sie an der Seite des Toten lag. Sie neigte sich über ihn, schnitt eine Locke aus seinem Haar und eine aus dem ihren, tat sie zueinander und barg sie an ihrer Brust. So lag sie noch, als vor Tagesanbruch die Dienerin kam, die alte Rosina, laut jammernd erst, als sie das Unheil sah, dann aber schlau beflissen, der armen Herrin zu helfen, damit der Marchese es nie erfahre. Sie riet, den Toten über den Felsen hinabzustürzen ins Meer, das ihn vielleicht behalte. Wenn es ihn aber herausgäbe, wer könnte ahnen, daß er bei Amaryllis gewesen und in ihren Armen gestorben sei?

Aber die Herrin schwieg zu alledem finster und still. Sie rührte sich nicht von der Stelle.

Kopfschüttelnd ging die Alte.

Emilio, der die Nacht durch geritten war, um so schnell als möglich zu der Geliebten heimzukehren, fand sie so.

Amaryllis blickte auf ihn mit einem ruhigen Blick voll kindlichen Vertrauens; ganz leicht, trotz der Trübsal der Nacht, erhob sie sich, ihm an die Brust zu sinken. Tränen sprangen ihr aus den Augen, aber ihr Mund lächelte. ›Nun wird alles wieder gut‹, dachte sie noch, und ihre Sinne schwanden.

Als sie erwachte, saß Emilio an ihrem Lager und sah sie an. Sie faßte nach seiner Hand. Er entzog sie ihr nicht.

Es war kein Arg in seinem Blick, keine Zweifel, auch keine Großmut. Nur unerschütterliche Liebe.

Er war ein herrlicher Mann. Es gab seinesgleichen nicht wieder auf Erden. Er hieß in Eterno der Hochgemute, der Lautere, der großherzige Emilio. Selbst die Verwegenen nannten ihn so. Er dachte nicht an sich, er dachte nur an sie. Sie spürte es. Aber es vermochte sie nicht zu rühren.

Da fiel Amaryllis ein, was geschehen war. Sie hob ihr Gesicht ein wenig aus den Kissen und blickte neben sich hin, wo der Tote gelegen hatte. Eine große Traurigkeit überfiel sie, als sie ihn nicht mehr sah. ›Sie haben ihn fortgebracht, während ich schlief‹, dachte sie, ›wo ist er?‹ Sie ließ ihren Kopf wieder in ihr Haar zurücksinken und schloß die Augen. Emilio streichelte sanft ihre Hand. Sie ließ es geschehen, aber seine Liebe hatte keine Macht mehr über sie.

Sie wußte, daß sie jetzt reden müßte. Aber sie schwieg. Auch fragte Emilio sie nie, was sich in jener Nacht zugetragen hatte. Sie war ihm dankbar dafür. Aber wie sehr sie seinen Willen bewunderte, mit dem er seinen Schmerz gefangenhielt, so sehr graute ihr vor seiner Güte und seinem alles durchschauenden Blick, der sie bewachte. Er stellte sich zwischen sie und den Tod, nach dem sie sich sehnte, dem sie anverlobt war.

Um Emilios willen mußte es ohne Gewalt geschehen. Wohl gedachte sie manchmal, ins Meer zu gehen, in seine Unterwasserherrlichkeit hinabzutauchen, da alles wie in mildem Mondschein lag, und die salzige Flut in vollen Zügen einzuatmen.

Wie aber, wenn sie sich einfach sterben ließ? Sie mußte ja nur Tag und Nacht an den Tod denken, sie mußte ihn nur herbeiwünschen. Heiter erwartete sie ihn. Emilio begann zu hoffen. Und dann endlich kam der geliebte Tod in Gestalt des unbekannten Freundes und nahm sie schmerzlos von hinnen.

KORPORAL MOMBOUR

Die Verdunkelung bringt es mit sich, daß die Schwester allabendlich sehr bald kommt, um bei uns »Nacht zu machen«, so drückt sie sich aus, zu einer Zeit oft schon, da eben erst die Sonne hinunter ist und es zu dämmern beginnt.

Wir kranken Soldaten können dann natürlich noch nicht schlafen. Wir wollen noch etwas vom Abend haben. Also versprechen wir, brav zu sein, keinen Unfug mehr zu machen, auch kein Licht, und die langen schwarzen Vorhänge später zuzuziehen. Der Mond, ich kann ihn von meinem Bette aus sehen, scheint mild zu uns herein.

Um die nun einsetzenden, oft uferlosen Männergespräche zu ordnen und zu lenken, waren wir übereingekommen, uns jeweils eine Frage vorzulegen, wie etwa: Der gefährlichste Augenblick im Leben, oder: Begegnung mit Gespenstern, oder: Das schönste Naturschauspiel, aber auch: Ob man lieber verbrannt oder beerdigt werden wolle, wenn ich König wäre, und dergleichen mehr, was dann reihum abzuhandeln war. Wir nannten diese Gepflogenheit unsere Fabulierabende, und es schickte sich, daß einige von uns in der Tat recht artig zu erzählen wußten. Ich habe dabei unter anderem den sehr anschaulichen, packenden Bericht über ein gefährliches Erlebnis mit einer Wasserhose an der dalmatinischen Küste gehört, wobei mir Zweifel kamen, ob der Erzähler jemals dort gewesen war, und ein andermal – unsere Aufgabe hieß an jenem Abend: Lieblingshelden – die rührende Geschichte von dem kleinen Mädchen, das für Napoleon schwärmte, so sehr, daß sie die Totenmaske ihres Helden mit Lorbeer bekränzte, Kerzen auf einem kleinen Altar aufsteckte und ihm Rosen darbrachte. Eines Tages aber, als sie von der Schule nach Hause kommt, findet sie den Vergötterten entehrt, den Lorbeer um die weiße Stirn entblättert und zerzaust. Jammernd eilt sie zur Mutter, die ihr gesteht, sie habe des Lorbeers leider dringend bedurft, um – Senfgurken einzumachen.

Die Totenmaske Napoleons, darauf er freilich seltsam verjüngt, unschuldig schön, ja überirdisch verklärt erscheint, er, der gesagt hat: ›Ein Mann wie ich schert sich den Teufel um eine Million Menschen‹, brachte uns auf das während eines Krieges recht naheliegende Thema: Von der Unschuld oder dem guten Gewissen des Soldaten.

An diesem Abend fanden wir lange keinen Schlaf. Die Meinungen prallten hart aufeinander, und ich erinnere mich gut, wie gespenstig es sich ausnahm, als es einen von uns nicht mehr im Bette litt und er, mit leidenschaftlichen Gebärden seine heftigen Worte begleitend, im Zimmer umhergeisterte.

Ich muß hier anmerken, daß wir unser fünf waren, junge und alte Soldaten zwischen achtzehn und achtundvierzig, aus allen Windrichtungen zusammengeweht, aus den verschiedensten Berufen und Kinderstuben stammend, doch alle im Grunde recht einig in dem Wunsche, unserem Leben und damit auch dem Tod einen menschenwürdigen Sinn zu geben, ein jeder auf seine Weise.

Der Älteste von uns, ein kränkelnder Feldwebel, der den Weltkrieg mitgemacht hatte, ein mit Humor zur Schwermut neigender, hagerer, wortkarger Geselle, hörte am liebsten nur zu, aber er war vielleicht gerade darum sehr wichtig für die nächtliche Runde. Feldwebel Weiland litt am Magen und bot einen bemitleidenswerten Anblick, wenn er, in seinem sträflingsartigen, schlottrigen Krankenanzug im Zimmer auf und ab wandelnd, plötzlich stehenblieb, mit flacher Hand die Stelle berührte, die ihn schmerzte, tief seufzte, den Kopf schüttelte und seine Wanderung wieder aufnahm. Auch konnte es ihn mit Recht verdrießen, daß die Lazaretthosen nur eine (die rechte) Tasche besaßen. Immer wieder passierte es ihm, daß er es vergaß und mit der Hand in die Tasche fahren wollte, die nicht vorhanden war.

Der Jüngste, ein blasser, munterer, ewig verliebter Panzerschütze, der es auf der Lunge hatte, war, wie wir alle, schier auf den Tod gelegen und trug als Folge seines langen Krankenlagers eine unmilitärische Lockenfülle. Er hatte sehr helle, fast gelbe Augen, richtige Löwenaugen, mit einem schmalen schwarzen Reif um die Iris. Er freute sich unbändig seines wiedergewonnenen Lebens. Er war es, der bei der Aufgabe ›Was würde ich tun, wenn ich König wäre?‹ eine bezaubernde Schilderung von einem Reich der Liebe und der Schönheit entwarf, ›so, wie er es sich ausmale‹. Er hieß Friedrich Mombour. Als einziger von uns besaß er eine eigene, sehr gut gearbeitete Uniform mit hübschen rosa Aufschlägen und silbernen Knöpfen, die ihm vorzüglich zu Gesicht stand. Der Feldwebel hatte sie sich einmal ausgebeten – er wolle nur rasch einmal hineinschlüpfen –, und sieh da, sie verjüngte ihn, er sah ordentlich schmuck darin aus.

Auch ein Matrose hauste mit uns (wie denn die verschiedensten Waffengattungen bei uns vertreten waren), der aber aus den Bergen stammte und den für einen Seemann ungewöhnlichen Namen Ambros Huber trug. Wir nannten ihn Kapitän Huber. Er war ein überlebensgroßer, seelenguter Mensch mit einem Holzknechtgesicht, übrigens ein Meister auf der Mundharmonika, mit der er ab und an die Erzählungen der anderen melodramatisch mit leisem Spiel begleitete.

Der vierte, Willi Hornissen, Schlosser seines Zeichens, ein begeisterter, ja rabiater Soldat, aber sehr empfindlich und leicht in seiner Ehre gekränkt, hatte sich beschämenderweise in Polen die Masern geholt, eine lächerliche Kinderkrankheit also, die aber, wie man weiß, für Erwachsene nicht ungefährlich werden kann.

Bleibt noch der letzte, dem Aussehen nach unsoldatischste von uns, sanftmütig, rotblond und weißhäutig, mit einer listigen Nase voller Sommersprossen, Alexander Pastorius, auch ein Weltkriegsteilnehmer, der ›humanistische Soldat‹, wie er sich selber scherzhaft bezeichnete, aber trotz seiner Bildung wohlgelitten wegen seines Enthusiasmus, mit dem er für seine Welt, die manchem unter uns natürlich fremd erscheinen mußte, eintrat und ihre Herrlichkeiten zu rühmen wußte. Brachte er es doch fertig, die ungelehrten Gefährten beispielsweise mit dem zehnten Gesang der ›Ilias‹, der allerdings eine im wesentlichen noch heute gültige Schilderung eines Spähtruppunternehmens darstellt, vortrefflich zu unterhalten. Im übrigen gab er den Erzählerabenden eine gewisse Würze durch die Selbständigkeit seines Denkens und seine unbestechliche Gerechtigkeit. Er hatte in Frankreich sein Bein gelassen und war bei uns, seinen ausgezehrten Körper und sein krankes Blut vollends zu kurieren.

Auch zu hitzigen Religionsgesprächen kam es natürlich, wobei es sich herausstellte, daß unter Religion jeder etwas anderes verstanden wissen wollte. Kapitän Huber setzte sie der Natur gleich und der junge Mombour der Liebe. Für den streitbaren Willi war sie gleichbedeutend mit Vaterland, während unser einbeiniger Humanist wunderlicherweise den christlichen Standpunkt vertrat. Der alte griesgrämige Feldwebel meinte gar, die alten Griechen und Römer hätten nicht so ganz unrecht gehabt, wenn sie für alles, was dem Verstand geheimnisvoll und unbegreiflich erscheint, wie Schlaf, Liebe, Tod, eine besondere Gottheit sich dachten und also auch der Krieg ein Gott für sie war. Wie unheimlich, wie blutig rot – wir alle erinnerten uns daran – hatte der Stern Mars am nächtlichen Himmel geleuchtet, ehe dieser Krieg begann.

Wir nannten uns übrigens alle ›du‹ und bei Vornamen, doch redeten wir uns freilich mit Herr an, Herr Willi zum Beispiel, und behandelten uns mit ausgesuchter, scherzhaft übertriebener Höflichkeit. Die Tatsache, daß wir uns alle schon in dem Zustand der Schwäche, daß wir uns gleichsam schon hatten sterben sehen, verband uns. Wir waren Überlebende, wir hatten den Tod geschmeckt, und ob sich auch seltsamerweise keiner so recht bewußt gewesen, als es am schlimmsten um ihn stand, waren wir fast ein wenig stolz darauf.

An jenem Abend, da die Unschuld oder das gute Gewissen des Soldaten in Rede stand, hätte beinahe der Starrsinn des Schlossers unseren schönen Brauch gefährdet.

Er stehe strikte auf dem Standpunkt (mit dieser Floskel pflegte er gern seine Rede einzuleiten), ein wirklicher Soldat dürfe sich über seine kriegerischen Handlungen keinerlei Gedanken machen, er dürfe es partout nicht, sein Kampfwert leide. Wir wußten, daß er sich blutdürstiger gebärdete, als er seiner im Grunde gutmütigen Natur nach war. Er gefiel sich in starken Ausdrücken wie ›massakrieren‹, ›an den Mond sprengen‹, ›mit Stumpf und Stiel ausrotten‹.

Herrn Willis Angriff richtete sich gegen den jungen Mombour, der mit einer unsoldatischen Äußerung seinen Unwillen erregt hatte. Eigentlich war unser humanistischer Freund schuld, der die Frage nach dem Einzelschicksal im Kriege aufgeworfen hatte. Er war von der Inschrift eines Grabsteins ausgeganen, die er kurz vor seiner Verwundung in Frankreich gelesen habe, nicht auf einem Friedhof übrigens, sondern im Garten eines Hauses: Er habe sie gefunden, weil er sie suchte. Sie lautete:

›Ci-gît le brave soldat Jeanpierre Moraud, tombé lors de la défense de sa maison paternelle, côte à côte avec trois camarades ennemis, dont il se fit accompagner au paradis. Que Dieu garde tous les soldats du monde.‹

Das heißt auf deutsch: ›Hier ruht der tapfere Soldat Hanspeter Moraud, gefallen bei der Verteidigung seines Vaterhauses, Seit an Seit mit drei Feindkameraden, die er als Begleitung mit ins Paradies nahm. Gott schütze alle Soldaten der Welt.‹

Gewiß eine denkwürdige Inschrift, denkwürdig wie

ihre Geschichte. Zu dem Garten hatte ehemals ein winziges altes Haus gehört, das im letzten Krieg zerstört wurde, des Schusters Jeanpierre Moraud Haus. Er hatte es ererbt, kurz ehe er zu den Fahnen gerufen wurde. Der Zufall wollte es, daß er mit seiner Kompanie in seinem Heimatort ins Quartier kam, just als die Deutschen dort angriffen. Da richtete er sein Haus zur Verteidigung her, verbarrikadierte die Fenster mit Matratzen, Lederfellen und allerlei Hausrat, entschlossen, es nicht preiszugeben, koste es auch sein Leben, wie es dann auch geschah. Der Schuster galt als einfältiger, fleißiger, frommer Mensch, der niemandem etwas zuleide tat. Bei seinen Zurüstungen war er auf den seltsamen Gedanken verfallen, die Bilder seiner Eltern, billige Vergrößerungen von Photographien, in die Fenster zu stellen, vermutlich in der kindlichen Absicht, auf diese Weise mehr Verteidiger vorzutäuschen.

Wie auch immer, er schlug sich sehr tapfer, selbst als der Kampf längst aussichtslos für ihn war. Er verweigerte eigensinnig die Übergabe, zu der man ihn, um weiteres Blutvergießen zu vermeiden, unter Hinweis auf die Sinnlosigkeit seines Widerstandes aufforderte. Das Strohdach brannte ihm zu Häupten, auch die Bilder, von Kugeln durchsiebt, brannten schon. Drei der Angreifer lagen tot, als es endlich still im Hause wurde. Man holte ihn heraus. Er war jämmerlich zerschossen, lebte aber noch. Doch vermochte er nichts mehr zu sagen, sondern starb, zufriedenen Angesichts, stolz, ohne Klagelaut.

»Das soll mich nun wohl auch noch rühren«, meinte Herr Willi, der Reizbare, »der Narr hat uns drei Leute gekostet. Oder was willst du mit deiner Geschichte?« Er fuhr aus seinem Bette und schritt heftig gestikulierend auf und ab.

»Er gibt dir aber doch recht«, ließ sich nun Kapitän Huber vernehmen und blies ein paar grimmige Töne auf seiner Mundharmonika.

Da war es nun der junge Mombour, der gar zu gern gewußt hätte, wie einem danach zumute sei, wenn man zum ersten Male, Mann gegen Mann, einen Gegner getötet habe. Er wisse es nicht. Er habe noch nie getötet.

Diese freundlich vorgebrachte Frage brachte Herrn Willi vollends in Harnisch.

»Du wirst nie ein Soldat«, ereiferte er sich. »Ich sagte euch doch, man darf nicht darüber nachdenken. Es führt zu nichts Gutem, es macht nur knieweich. Und damit gute Nacht.«

Eine Zeitlang war es still im nächtlichen Krankenzimmer. Dann sagte der junge Soldat, der so gerne lebte: »Ich kann noch nicht schlafen, mir ist nicht danach zumute. Nur unser Herr Feldwebel scheinen schon zu ruhen, mit Verlaub.«

»Der Herr Feldwebel ruhen mitnichten«, antwortete es gelassen aus der Dunkelheit, er habe im Gegenteil sehr aufmerksam zugehört. Er glaube, durch ein Gleichnis sei seine Frage klüglich am besten zu beantworten. Zudem habe er längst das Gefühl, auch seinerseits den Kameraden eine Geschichte schuldig zu sein. Vielleicht mache der Kapitän ein wenig Musik dazu, von Waffenlärm und Liebe, Trompete und Schalmei.

„Die nachdenkliche Geschichte, die ich euch erzählen will", begann er, „spielt vor über hundert Jahren, und – das sage ich euch gleich im voraus, damit ihr euch beizeiten entscheidet, ob das Folgende überhaupt eurer Teilnahme wert sei – die handelnden Personen weilen längst nicht mehr unter den Lebenden, ja vielleicht haben sie nie gelebt. Ich weiß noch nicht einmal – denn ich habe die Geschichte aus einem alten Kalender –, ob der, übrigens ungenannte Verfasser, der sie ›eine wahrhaftige Begebenheit aus dem gegenwärtigen Feldzuge‹ nennt (womit der Befreiungskrieg gemeint ist), sich dies alles nicht am Ende aus den Fingern gesogen hat, seinen Lesern zu Gefallen. Denn das Zusammentreffen einer Reihe allerdings sehr merkwürdiger, wenn auch eben nicht unmöglicher Zufälle mag nicht nur mir etwas unwahrscheinlich vorkommen.

Nicht lange nach dem blutigen, aber für die Unseren glorreichen Gefecht bei St. Odard in Frankreich, so hebt mein Gewährsmann umständlich an, seinen Bericht gleichsam zu einer historischen Tatsache zu stempeln, sei der junge Korporal Friedrich Mombour von den Graf Schedyschen freiwilligen Jägern, der sich durch ungewöhnliche Bravour hervorgetan und dafür von dem Grafen dekoriert worden war, in eine angesichts solchen Waffenglücks und bei seiner sonst munteren, ja leichtfertigen Gemütsart höchst befremdliche Schwermut gefallen.“

»Halt«, unterbrach ihn unser jüngster Kamerad, »was soll mein Name in deiner Geschichte?«

„Er gefällt mir“, antwortete ruhig der Erzähler, und bald sollten wir erfahren, daß er nicht ohne lehrreiche Absicht vertraute Gestalten und Meinungen sinnvoll in seine Geschichte verwob, Erfindung und Wirklichkeit paarend.

„Nun“, fuhr er fort, „unser mutiger Korporal ließ den Kopf hängen und mied den geselligen Umgang der Kameraden. Nach dem Grund seiner plötzlichen Traurigkeit gefragt, gab er ausweichende Antworten, doch versprach er, bald wieder fröhlich zu werden, wenn man ihn nur eine Weile in Frieden lasse. Also ließ man ihn.

Einer aber, ein redlicher Geselle, mit dem ihn genaue Freundschaft verband, ein Schmied von Beruf, ein großer gutmütiger Mensch, mochte sich nicht so ohne weiteres zufriedengeben, und dunkel ahnend, was seinen Waffenbruder bedrückte, meinte er eines Tages zu ihm: Da sie doch Brot und Gefahr bisher mitsammen getreulich geteilt, so fordere er auch von seinem Kummer die Hälfte.

Ihr wißt, unter Soldaten kommt es nicht selten vor, daß gerade ein Starker mit einem Zarteren sich verbündet.

Der sonst ziemlich ungelenke Schreiber ergeht sich an dieser Stelle in einer ausführlichen, blumigen, aber für den Gang der Geschichte unerheblichen romantischen Schilderung der soldatischen Landschaft, der lodernden Wachtfeuer und der in ihre Mäntel gehüllten, zum Teil schlafenden, zum Teil kartenspielenden Krieger. Es ist gegen Abend. Der Getreue sitzt auf einer Trommel.

Ob er am Ende verliebt sei, fragt er den jungen Korporal.

Der schwermütige Gefährte zu seinen Füßen, der, die Hände hinter dem Kopf verschränkt, zur weißen Locke des Mondes emporblickt und dem Spiel der Schwalben zuschaut, die, so erscheint's ihm, zwischen den noch blassen Sternen wie in einem Mückenschwarm hin und her schießen, der tapfere Korporal Friedrich Mombour antwortet leise: Es sei das erstemal gewesen, daß er einen Menschen, Angesicht in Angesicht, getötet habe.

Sein Kamerad würde nie den Mond mit einer Haarlocke verglichen haben. Er reibt seine Mundharmonika heftig an seiner Hose, hockt sich zurecht, und die Ellenbogen auf die Knie gestützt, sein geliebtes kleines Instrument mit dem Orgelklang wie einen Hobel handhabend oder herzhaft hineinbeißend, wie in eine Frucht, einen Maiskolben zum Beispiel, kostet er in einem Rutsch hin und her die Töne, spielt einen Ländler und setzt noch einmal ab.

»Ach was, töten«, antwortet er unmutig, »ein Soldat tötet doch nicht.«

Wirklich, ein richtiger Soldat spricht von ›Umlegen‹, ›Wegputzen‹, ›Fertigmachen‹, aber nicht vom ›Töten‹. Der Soldat ›stirbt‹ auch nicht, er ›fällt‹, oder ›er hat den Löffel weggeschmissen‹.

Mombour schaut in den Mond, den sehr schmalen Mond, der nun nicht mehr einer silbernen Haarlocke, sondern eher einem blanken Türkensäbel, einem Pallasch, gleicht, und – ihr erinnert euch, die Geschichte spielt in romantischer Zeit, damals fand man nichts dabei

– während seine Augen sich mit Tränen füllen, sagt er: »Dort möcht ich sein.« Er meint den Mond damit.

Der Starke verwahrt seine kleine Orgel im Stiefelschaft. Der Zustand seines Freundes erschreckt ihn, er will ihn trösten.

»Du mußt dir das nicht so zu Herzen nehmen, Korporal«, sagt er, indem er sich vorbeugt und seine große Hand auf das Lockenhaupt des Schwermütigen legt, »im Ernst, du brauchst dir kein Gewissen daraus zu machen. Es ist ja schließlich doch Krieg. Er oder du! Einer mußte fallen.« Ihm sei es lieber, daß es der andere war. Er für sein Teil denke sich nichts dabei. Ein Soldat, so philosophierte er, dürfe bei drei Gelegenheiten nicht denken: beim Beten, bei der Liebe und in der Schlacht. Einmal im Leben einen Mann zu töten, sei dem Manne eingeboren. Auch trage der einzelne Soldat dafür nicht die Verantwortung, sondern ganz allein der Kaiser Napoleon.

Zugegeben, aber ob ein erwachsener Mann sich die ganze Verantwortung so ohne weiteres abnehmen lassen dürfe? Und wie möge es in des Kaisers Herz aussehen?

Der Korporal scheine mit dem Monde zu reden, spottet sein Kamerad, das möge er getrost Bonapartes Sorge sein lassen, dem, wie man sehe, das Blut der Völker recht gut anschlage. Er blühe ordentlich auf davon. Es sättige ihn.

»Es sättigt ihn?« fragt Mombour. »Sagtest du so?«

Der Kamerad auf der Trommel hat das Gefühl, die Sache eher schlimmer gemacht zu haben.

Da setzt sich der Korporal Mombour auf, umfaßt seine Knie mit den Armen, schüttelt die Locken aus der Stirn und beginnt zu reden.

»Hör zu, Freund«, sagt er, »wie es mir erging. Es ist eine sonderbare Geschichte.«

Die Geschichte ist wirklich sonderbar. In dem eingangs erwähnten Gefecht hatte der Korporal mit seinen Jägern die Aufgabe, den kleinen Friedhof von St. Odard zu nehmen, hinter dessen Grabsteinen der Gegner sich festgesetzt hatte. Allein als die ersten Kanonenkugeln in die Stätte des Friedens gefahren waren, daß sich die Gräber öffneten, als stünde der Jüngste Tag bevor, packte die Feinde blasses Entsetzen. Sie gaben Fersengeld – ich benutze die Sprache des Kalenders –, alle, bis auf einen, der, seine Kameraden vergeblich anfeuernd, ganz allein sich den angreifenden Graf Schedyschen schwarzen Jägern entgegenwarf.

Es war ein heller, ein lustiger Tag. Die Sonne schien. Der todesmutige französische Offizier war deutlich zu sehen in seiner ganzen ungewöhnlichen Erscheinung. So aber sah ihn, der etwa eines Alters mit ihm sein mochte, der Korporal Mombour, ganz deutlich, so, daß er ihn nie vergessen konnte, so, daß er ihn immer wiedererkannt haben würde. Doch schien er ihm nicht so schrecklich, als vielmehr schön in seiner leidenschaftlichen Haltung. Das Gesicht von Locken umflattert, die Gestalt von einem weiten weißen Mantel umweht, glich er einem zornigen Cherub, als er den krummen Säbel gegen den anstürmenden Korporal schwang.

Da schoß Mombour auf ihn seine Pistole ab. Die Kugel zerriß dem Cherub das Herz. Er warf sogleich die Arme in die Luft, der Pallasch entsank ihm. Einem zum Himmel Auffahrenden, einem etwas Unsichtbares Umarmenden ähnlich, stand er für einen Augenblick still in der weißen Wolke seines Mantels – dann fiel er vornüber aufs Angesicht.

Wären die Graf Schedyschen Jäger nun weitergestürmt, ohne umzusehen, vielleicht hätte es der Korporal schneller verwunden. Denn es erstaunte ihn, daß er, als er auf den Leutnant geschossen, nichts anderes empfand, als hätte er ein Reh erlegt. Allein was der Lebende nicht vermocht, das bewirkte der Tote. Die fliehenden Feinde hatten sich gesetzt und gingen nun, vielleicht um den Leichnam ihres Anführers zu bergen, überraschend zum Gegenangriff über. So geschah's, daß Mombour, der mit den Seinen sich in die Abwehr gedrängt sah, hinter einen

Grabstein sich duckend, eine geraume Weile neben den Toten zu liegen kam. Er fürchtete sich aber nicht vor ihm, sondern legte, damit die Totenflecken das Angesicht des Erschlagenen nicht entstellten, ungeachtet des Kampfes, der mit wechselndem Glück um ihn tobte, den Leichnam zurecht. Nun erschrak er doch vor der lebendigen Wärme des Toten, als er ihn umfaßte. Einen Augenblick hoffte er sogar, er sei gar nicht tot, aber das Herz war verstummt. Des Leutnants Gesicht trug, da er ins Herz geschossen (und aus ziemlicher Nähe), also auf der Stelle tot war, keinen Leidenszug. Das tröstete Mombour. Er kreuzte ihm die Hände behutsam auf der Brust über dem Pallasch. Und da er die Waffe sich näher besah, einen Augenblick bei sich erwägend, ob sie nach altem Kriegsbrauch nicht dem Sieger zufalle, erschrak er zum zweiten Male. In die Blutrinne eingraviert las er seinen Namen, Gaston Mombour las er deutlich darauf geschrieben.

Ich habe es euch ja gleich zu Anfang gesagt, wie unwahrscheinlich mir die Kalendergeschichte erschien. Allein nachdem ich in diesen Tagen von einer während des großen Krieges in Frankreich verlorenen und im gegenwärtigen Krieg wiedergefundenen Taschenuhr las, die dem rechtmäßigen Besitzer wieder zugestellt werden konnte, will mir des Korporals Erlebnis nicht mehr gar so wunderbar vorkommen.

Genug, dem griff es nun doch recht ans Herz. Er konnte sich indessen fürs erste nicht weiter um den Toten kümmern, denn die Trompete blies zum Avancieren, und den Seinen kühn voranfliegend, gleichsam dem Tode sich stellend, aber mit dem Gefühl, als sei er ihm nun anders verpflichtet und fürs erste gefeit gegen ihn, erkämpfte er jenen scheinbar kleinen, aber in seiner Wirkung aufs Ganze nicht unbedeutenden Erfolg, wofür ihn selbigen Abends der Graf persönlich beglückwünschte und dekorierte.

Der merkwürdige Zufall der Namensgleichheit war es

auch nicht so sehr, was den sonst so munteren Jüngling bekümmerte. Er konnte wohl annehmen, daß sein Geschlecht aus Frankreich stamme, was ihm indessen bisher nie Kopfzerbrechen gemacht hatte. In seiner Heimat gab es ganze Dörfer, ja Städte, wo die Refugiés aus den Religionswirren waren angesiedelt worden. Desungeachtet hatte er sich immer als glühender Patriot gefühlt, eine nicht eben seltene, nachdenkliche Erscheinung in der Geschichte der Völker. Der Tote, dem er aufrichtig nachtrauerte, den er beweinte und, wie müde er auch war, noch am Abend der Schlacht an Ort und Stelle mit eigener Hand begraben hatte, auch der Tote war nicht die einzige Ursache seines Kummers.

Andern Tages – der Feind war aus dem Feld geschlagen und den siegreichen Truppen, die ziemlich gelitten und durch andere abgelöst worden waren, in der kleinen Landstadt Sommeilles, eine gute Wegstunde vom Schlachtort, ein paar Tage der Ruhe gegönnt – wird der Korporal, weil des Französischen mächtig, in Begleitung seines Kameraden zu Pferd als Quartiermacher vorausgeschickt. Als er mit dem Schulzen des Ortes in den menschenleeren Straßen seine Pflicht tut und eben mit Kreide die Belegung an die letzte Tür schreibt, geschieht's, daß eine Jalousie hochgezogen wird und ein Fenster sich öffnet. Ein junges Mädchen beugt sich heraus, fragt den Maire, der wohl zugleich die Zeitung des Städtchens vorstellte, ohne den deutschen Korporal auch nur eine Blickes zu würdigen (er ist überhaupt nicht vorhanden für das Fräulein), ob er neue und zuverlässige Nachrichten von seinem Sohn und von Gaston habe. Es gehe das Gerücht, das Regiment Delalune habe als Nachhut des Gros in der Nähe gekämpft.

Der Maire, ein Stelzfuß, ein Invalide aus den Revolutionskriegen, der bei Valmy sein Bein gelassen, bittet höflich den Korporal, der Demoiselle Madeleine Bescheid geben zu dürfen. Mombour, der es ja am besten wissen muß, glaubt kein Unrecht zu begehen, wenn er gleich selber der Spröden antwortet, daß dies in der Tat der Fall gewesen sei. Während er spricht, merkt er freilich, daß er in dem Wunsch, sich dem Fräulein angenehm zu machen, wozu man sich in einer fremden Sprache noch williger bereit finden mag, notgedrungen zugeben muß, jenes Regiment habe unglücklich gefochten.

Indem fällt sein Blick auf das Türschild des Hauses, auf ein ovales Messingschild, in dessen liegender Schrift Spuren von Putzpulver und Grünspan haften, und nun erschrickt er abermals in der Seele, da er sich wieder seinem Namen gegenübersieht. Er verstummt mitten im Satze, und erst nach einer Weile, mit Mühe seine Bestürzung meisternd, fragt er den beflissenen Schulzen, ob es viele Mombours hierzulande habe? Nein, soviel er wisse, nur diese eine Familie. »Nur diese eine«, wiederholt der Korporal.

Es ist ihm nicht mehr möglich, dem unseligen Schicksal aus dem Weg zu gehen, das ihn offenbar in das Haus dessen geführt hat, der durch seine Hand im Gefecht gefällt worden war. Der Korporal Mombour weiß auf einmal, daß ihm eine harte Prüfung auferlegt ist. Er fühlt, daß sie unausweichlich und, für ihn wie für die, die den Toten liebhatten, entscheidend ist.

»Ich komme«, sagt er demütig, als hätte ihn jemand gerufen.

Der Maire empfiehlt sich, indem er den Stock salutierend zur Mütze hebt und wie einen Degen senkt. Hurtig hinkt er davon, Stock und Holzbein fest aufsetzend, als seien sie das eigentliche Mittel der Fortbewegung und nicht das gesunde Bein, das er wie ein lästiges Anhängsel mit sich schleppt.

Ein alter Diener, der noch den Zopf trägt, öffnet die Haustür, verneigt sich tief und bittet Monsieur le caporal einzutreten. Mombour, dem sein Dienst genug Zeit läßt, grüßt, tritt ein und findet sich in einem Hausgang, von dessen anderem Ende das helle Grün eines Gartens hereinleuchtet. Das heimelt ihn an. Zu Hause bei ihm ist es nicht anders, nur daß hier der Estrich aus Steinfliesen gelegt, zu Hause aber gedielt ist.

Er wird in ein kühles Zimmer geleitet und von einer edlen Frau mit freundlicher Förmlichkeit empfangen. Der Korporal weiß sofort, daß er vor Gastons Mutter steht. Sie hat dieselben Augen, hell, goldgelb mit einem schmalen dunklen Ringlein um die Iris, Gastons Augen.

Den Tschako im Arm, die Hand auf dem Herzen, verbeugt er sich gemessen, im gesellschaftlichen Brauch Haltung gewinnend. Denn am liebsten wäre er in die Knie gesunken, um der verehrungswürdigen Gestalt sich zu vertrauen und ihre Verzeihung zu erbitten. Doch besinnt er sich, dem es wohl angestanden hätte, der ja fast ein Bub noch war, trüge er nicht die Uniform, die ihn zum Manne macht.

Seiner Bewegung, die als Befangenheit erscheinen konnte, eine Erklärung zu geben und zugleich die Gelegenheit wahrnehmend, sich vorzustellen, weist er auf den merkwürdigen Zufall der Namensgleichheit hin.

Es scheint sie nicht sehr zu überraschen. Während der Kamisardenkriege – ihre Familie stamme aus den Cevennen – seien Mombours, die unter Roland und Cavalier gegen die Marschälle Montrevel und Villars gekämpft hätten, nach Deutschland ausgewandert. Sie lächelt, als müsse sie als Frau ihr gelehrtes Wissen entschuldigen. Herr Mombour, ihr Gatte, beschäftige sich mit diesen Dingen sehr, fast ausschließlich.

Des Korporals Jugend erleichterte der mütterlichen Frau, dem feierlichen Fremdling, dem Feinde, gegenüber den rechten Ton zu finden. Es lag nahe, daß sie ihn mit ihrem Sohne verglich, und da sie des Korporals Augen auf ein Gemälde gerichtet sah, das Gaston an seinem Spinett sitzend darstellte, meinte sie, ihr Gast und ihr Sohn müßten ungefähr eines Alters sein. Indessen er sein Alter nannte (sie waren in der Tat fast auf den Tag gleichaltrig), wandte der Korporal den Blick nicht von dem Bilde, einem sehr guten Bilde übrigens. Der Jüngling saß in Galauniform an seinem Instrument wie ein Meister der Musik, die eine Hand locker auf den Tasten ruhen lassend, die andere am Griff des reich gezierten Pallaschs, das Gesicht mit einem ernsten Lächeln dem Beschauer zugewandt.

»Es ist sehr ähnlich«, sagte Madame Mombour, »der junge Géricault, ein Freund Gastons, hat es gemalt.« Und in freudiger Verwunderung fügte sie hinzu: »Sie gleichen ihm.«

Selbst der Korporal fühlte es, wie ähnlich er jenem war.

Gemeinsam betrachteten sie das Bild des Toten. Des Toten? Gastons Mutter wußte nichts von seinem Tod. Sie sprach von ihm wie von einem Lebenden, ja Gegenwärtigen, oder wie von einem Unsterblichen. Und während der Korporal fürchtete, seine Gedanken schon müßten es ihr verraten, was nur ihm bekannt war, schwärmte sie von Gastons Gaben, von seinem Herzen und seinem Geist, von seinem Charme und seiner großen Kunst. Doch plötzlich unterbrach sie sich: »Sie bringen Nachrichten von Gaston?«

Der Korporal antwortete knapp: »Wir lagen dem Regiment Delalune gegenüber, es deckte den Rückzug des Kaisers. Nach tapferer Gegenwehr mußte es weichen.«

Die Augen der Frau wurden sehr traurig auf einmal. Der Korporal hatte das Gefühl, ihre nächste Frage würde sein: ›Sie haben ihn nicht gesehen?‹

Sie besann sich. Dann sagte sie: Ein Regiment, sie könne sich ein Regiment nicht recht vorstellen.

Mombour verstand sie nicht gleich. Erst als sie meinte, es sei wohl sehr selbstsüchtig von ihr, aber sie sehe nur Gaston unter vielen Hunderten undeutlicher Gestalten, nur ihn! Ein Regiment? Sie hob die Schultern, und dem Bilde sich wieder zuwendend, es gleichsam zu befragen, sagte sie unvermittelt: »Denken Sie, er mag den Kaiser nicht leiden.« Sie sagte es fast belustigt, das Bäuchlein störe ihn.

Aber er sei doch Soldat des Kaisers, wandte Mombour ein. Stolz, fast verweisend antwortete ihm die Frau: Nicht dem Korsen gehorche er, sondern allein dem Schicksal der Nation. Und wieder begann sie von dem Sohne zu reden, den sie vergötterte. Es schien ihr auch nicht von ferne der Gedanke zu kommen, es könnte ihm etwas zugestoßen sein. Wer konnte es übers Herz bringen, ihm etwas zuleide zu tun, ihn zu verwunden, ihn zu erschlagen? Selbst der Tod, so schien sie zu denken, müßte seinem Zauber erliegen und die Knie vor ihm beugen. »Er lebt«, sagte sie, mit einer Art wahnwitziger Gewißheit. Er habe ihr beim Abschied versprochen, wenn er in Not und Gefahr sei, ihr einen Engel zu senden, der es ihr verkünde. Dann sprach sie davon, wie er die Musik liebe, ja gleichsam ein Teil von ihr sei. Sie sprach von seinem jungen Ruhm. Die Welt sei schöner in seiner Gegenwart.

Ach, unser armer Korporal, er wußte ja noch nicht einmal, was er werden wollte. Ob es ihm je gelingen würde, die Menschheit zu beglücken, wie jener, den er erschlug? Ein Gefühl des Neides beschlich sein Herz. Trotz regte sich auf einmal in ihm. Kam es nicht – der wilde Graf Schedy hatte es einmal gesagt –, kam es denn nicht gerade darauf an, die Wertvollsten unter den Feinden zu treffen! Aber sogleich schämte er sich solcher Empfindung und errötete tief.

Madame Mombour erhob sich. Sie dankte dem Korporal. Er wisse wirklich nicht wofür, erwiderte er, kaum mehr imstande, seiner Verwirrung Herr zu werden. Sie sei gewiß, fügte sie ahnungslos hinzu, er und ihr Sohn würden, wenn sie einander begegneten, gute Freunde werden. Es freue sie, Gastons ritterlichen Gegner kennengelernt zu haben, denn es sei wohl nicht gleichgültig, mit wem man die Waffen kreuze, von wessen Hand... Sie vollendete den Satz nicht. In ihren Augen war ein visionärer Glanz, so, als sähe sie, was am Tage vorher sich wirklich zugetragen. Entsetzen war darin, es waren Gastons Augen, die ihn ansahen, Gastons zornige Löwenaugen.

Schon glaubte der Korporal, daß sie ihn durchschaue. Da fuhr sie mit müder Handbewegung über die Stirn, sie nahm sich zusammen, und lächelnd meinte sie, es sei ja wohl selbstverständlich, daß er bei ihnen Quartier nehme.

Er wehrte sich nicht.

Der alte Diener führte den Korporal nach oben, ihm sein Zimmer anzuweisen, Gastons Zimmer, und ließ ihn allein.

Mombour war froh, allein zu sein. Unten im Garten gingen die beiden Frauen, Mutter und Tochter, manchmal eine Blume berührend. Nun band Madeleine eine Paradiesäpfelstaude auf, und während sie sich bückte, guckte sie mit scheuem Blick nach seinem Fenster. Der Korporal trat vom Fenster zurück.

Es war nicht das unbewohnte Zimmer eines Toten, in dem er sich befand. Jeder Gegenstand, von Gastons Hand berührt, von seinen Augen angesehen, schien auf seine Wiederkehr zu warten. Ein Buch lag noch aufgeschlagen, darin er gelesen hatte. Auf dem Schreibpult fand sich ein Zettel von seiner Hand, mit flüchtig hingeworfenen und durchstrichenen Worten, der Anfang eines Gedichtes vielleicht, ...›und unendlich dich zu lieben‹, glaubte der Korporal zu entziffern. Die Kielfeder lag querüber. Die Tombakuhr unter dem Glassturz ging. –

Der getreue Kamerad polterte die Treppe herauf, das wenige Feldgepäck des Korporals zu bringen. Geschäftig öffnete er den Kleiderschrank, darinnen, malvenrot und taubenblau, die prächtige Galauniform des Leutnants Gaston Mombour hing, dieselbe, die er auf dem Gemälde anhatte, viel reicher als die, in der er fiel.

»Ich kann hier nicht bleiben«, sagte Mombour. Verwundert starrte der redliche Kamerad ihn an. Aber ehe er den Entschluß wahrmachen konnte, erklang der Gesang der Graf Schedyschen Jäger, die in das Städtchen einmarschierten. Er beeilte sich, seine Quartiermeldung zu machen. Doch kaum war sein Dienst zu Ende, zog es ihn magisch zu dem Haus des Getöteten zurück. –

Als Friedrich Mombour in den Hausgang trat, begegnete ihm Jungfer Madeleine. Sie schien auf ihn gewartet zu haben. Er salutierte.

»Bonsoir, Mademoiselle Mombour.«

Sie knickste, mit beiden Händen ein wenig den langen Rock raffend.

»'soir, Monsieur Mombour.«

»Ah, ma cousine.« Er neigte sich über ihre Hand.

»Mein Err Vetter«, antwortete sie ernsthaft.

Sie war wie verwandelt. Am Morgen war sie ihm als junge Dame erschienen. Nun merkte er, daß sie fast noch ein Kind war. Er fand sie reizend in dem Wechsel von kindlicher Zutraulichkeit und, wenn sie sich daran erinnerte, von anmutig steifer Wohlerzogenheit. Sie nahm ihn ohne Umstände bei der Hand und zog ihn in den Garten in die Rosenlaube.

Sie müsse ihm danken. Sie sei sehr in Sorge gewesen, er habe ihrer Mutter am Ende unglückliche Nachrichten über Gaston gebracht. Sein Besuch aber habe sie im Gegenteil sehr getröstet. Seit Gastons Einberufung hätten sie keine Nachricht von ihm. Nun hätten sie gestern gegen Mittag den Kanonendonner gehört. Die Vögel im Garten seien plötzlich verstummt, und eine große Bangigkeit sei über sie gekommen. Sie sei zu ihrer Mutter gelaufen, und eng umschlungen hätten sie beieinander gesessen. Auf einmal sei die Haustür gegangen, sie hätten sporenklirrende Schritte im Flur gehört, Gastons Schritte. Die Mutter habe sich ans Herz gefaßt und in freudiger Angst gerufen: »Gaston, lieber Gaston!« Es habe deutlich geantwortet: »Ich bin's, Mama.« Nun seien sie beide auf den Flur gestürzt, Gaston zu umarmen. In diesem Augenblick aber sei mit hartem Knall die Haustür zugeschlagen, ein kühler Windhauch habe sie angeweht, wie vom Flügelschlag eines großen Vogels. Es sei niemand dagewesen, die Straße war menschenleer.

Das kleine Mädchen schmiegte sich, die Augen erschrocken aufgetan, fröstelnd an des Korporals Seite. Sie hätte geschworen, flüsterte sie, es seien Gastons Schritte, Gastons Stimme gewesen, was sie gehört. Der Vorfall habe ihre Mutter sehr beunruhigt. Und nach einer Weile, ruhiger geworden, sagte sie: Die Mutter – es würde ihr Tod sein, wenn Gaston etwas zugestoßen wäre. Sie lebe von seinem Anblick. Auch sie würde nie wieder ihres Lebens froh, und ärmer würde die Welt sein. Sie schwieg, noch immer an ihn gelehnt.

»Ich höre Ihr Herz, Monsieur«, sagte sie auf einmal und lächelte glücklich. Sie legte ihren Kopf zurück und betrachtete ihn mit kindlicher Neugierde und Verwunderung. Sie berührte sein Bandelier, sein Seitengewehr mit dem messingenen Löwenknauf und strich über die Pistolentasche. Dann schüttelte sie ungläubig die Locken, so, als wolle sie sein Soldatentum in Zweifel ziehen. Auf einmal aber, ehe er sich klar wurde, was sie vorhabe, sprang sie auf, lief an den Springbrunnen, tauchte ihr Taschentuch ins Wasser, kam zurück und begann damit, schwesterlich besorgt, eifrig dunkle Flecken auf seinem Ärmel zu reinigen. Das weiße Tüchlein wurde hellrot davon.

»Oh, mein Gott, was ist das«, rief sie aus, und plötzlich innewerdend, was es sei, fror ihr das Herz. Sie wandte sich mit Schaudern von ihm, bedeckte ihr Gesicht mit den Händen und brach in leidenschaftliches Schluchzen aus. Mombour, erbleichend, kniete vor dem Mädchen nieder und versuchte (wobei er zuweilen in seine Muttersprache verfiel), mit zärtlichen Worten sie zu trösten. Er nannte sich einen rauhen Kriegsknecht, dessen Handwerk es freilich sei, Blut zu vergießen und sich damit zu besudeln. Niemals hätte er so vor ihr Angesicht treten dürfen, die so unschuldigen und reinen Herzens sei. Nun aber habe er großes Herzeleid über sie gebracht.

Sein Leben wäre er bereit dafür hinzugeben, könne er es ungeschehen machen, was er ihr angetan.

Er möge nicht weitersprechen, beschwor ihn das Fräulein mit flehender Gebärde. Furchtbare Ahnungen weckten seine Worte in ihr. Sie bäte ihn herzlich, sie allein zu lassen.

Ach, sie merkten beide nicht, daß es Tränen der Liebe waren, die sie miteinander weinten.

Der Korporal erhob sich. Wie Mademoiselle befehle, sagte er. Als er von ihr ging, sah er noch, wie sie ihr Gesicht in dem Tüchlein barg, das naß war von Blut und Tränen. –

Im Hausflur begegnete ihm der alte Diener. Der Herr, sagte er, lasse Monsieur le caporal einen Augenblick zu sich bitten. Dem fiel es jetzt erst ein, daß er ja über den Damen des Hausherrn völlig vergessen hatte. Er beeilte sich, wie wenig ihm jetzt auch darnach zumute war, die Unhöflichkeit gutzumachen.

Der Gelehrte empfing ihn in seinem Arbeitszimmer, dessen Wände aus Büchern bestanden. Selbst um die Fenster und Türrahmen waren die Regale geführt. Herr Mombour war ein kleiner, zarter, freundlicher Mensch mit einem noch jungen Gesicht unter dem silberweißen Haar.

Er habe, sagte er, ohne Umschweife und des Korporals rege Teilnahme als selbstverständlich voraussetzend, sogleich den Stammbaum der deutschen Mombours herausgesucht. Er müsse nämlich wissen, daß er an einem großen Werke, an der Geschichte der Emigration aller Zeiten und Völker, arbeite, tagaus, tagein, seit Jahren. Es sei ein gewaltiger Stoff und sehr, sehr interessant. Es erwies sich, daß er vorzüglich im Bilde war, ja sich in des deutschen Vetters Ahnen viel besser auskannte als dieser. Von Goten, so belehrte er seinen Gast, die auf dem Zuge nach der Iberischen Halbinsel in den Bergen der Languedoc zurückgeblieben waren, stammten sie mutmaßlich ab, was gewiß ein verführerischer Gedanke für seinen Besucher sei, daß seine Altvorderen Germanen gewesen seien, wenn sie nicht (der Gedanke schien dem Gelehrten nicht weniger verlockend) am Ende Griechen waren. Ein Roger de Mombourg hatte in den Albigenserkämpfen als Ketzer für seinen Glauben auf dem Scheiterhaufen geendet, und ein Moralt Mombour hatte als Kamisarde für die Gewissensfreiheit gefochten, bis er, unzufrieden mit dem zweifelhaften Abkommen, das der Marschall Villars dem eitlen Rebellenführer abgeschmeichelt hatte, nach Deutschland ausgewandert sei. Er wurde des Korporals Ahnherr. Sein junger Bruder Raoult aber blieb im Lande, Gaston sei der Letzte aus dieser Linie.

Der Diener meldete, daß das Abendessen im Garten aufgetragen sei. Der Korporal bat, sich entschuldigen zu dürfen, allein der Gelehrte ließ es nicht gelten. Die Damen erwarteten ihn. Sein Keller sei berühmt. Freundlich geleitete er den Korporal zu Tisch. Ein Windlicht beleuchtete die Tafel.

Außer ihm schien noch jemand erwartet zu werden, es war ein Gedeck mehr aufgelegt, aber der Platz blieb leer.

Das teure Mädchen saß dem Korporal gegenüber, den Blick gesenkt. Madame Mombour sorgte für Familie und Gast, selbst aber rührte sie weder Speise noch Trank an. Ihr Geist war nicht gegenwärtig, ihr Gesicht hatte einen lauschenden Ausdruck. Nur einmal fragte sie: »Ist noch immer Krieg?« Sie fragte es, ohne eine Antwort zu erwarten.

Ihr müßt nicht meinen, daß das gespenstige Mahl stumm verlief. Der Korporal war es, der, während er den Speisen und dem Weine zusprach, mit einer gewissen Lebhaftigkeit von seiner Heimat erzählte, von seiner Kindheit, die sehr glücklich gewesen war.

Er macht längst keinen Versuch mehr, sich dem Verhängnis zu entziehen. Er ergibt sich darein. Er weiß jetzt auch, was der leere Platz neben ihm bedeutet. Er sitzt mit dem Toten zu Tische. Er schläft in seinem Bett. Und manchmal gelüstet es ihn, die Uniform Gastons anzulegen.

Er liebt seine Schwester, und das Unheil zu vollenden, er gesteht ihr seine Liebe. Er tut es im Angesicht des Mondes, dieses den Liebenden so gefährlichen Gestirns, als sie nebeneinander durch den Garten gehen. Selig erschrocken läßt sie es geschehen, die ihn hassen müßte.

Das war es, was der Korporal an einem der nächsten Abende dem Freunde berichtete, während sie auf nächtlicher Feldwache vor dem Städtchen lagen.

»Was soll ich tun?« fragte er.

»Was sollte er tun«, frage ich euch.

Vielleicht konnte der Graf ihm helfen. Der Graf, der einäugige Maximilian Graf Schedy (seine Leute nannten ihn Maxl, und wenn dabei der Klang seines Namens an Würde verlor, gewann er an Zuneigung), Graf Schedy war ein ausgezeichneter Soldat, ein prächtiger Haudegen, ein Mensch ohne jede Furcht, also ohne Phantasie, draufgängerisch, trinkfest, derb. Herrlich war er, furchterregend anzusehen, wenn er barhäuptig, hemdsärmelig, das schwarze Leder über dem linken Auge (während das rechte um so martialischer funkelte), auf seinem Schimmel gegen die Feinde brauste, sie mit starken Worten beschimpfend und sie so anbrüllend, daß mancher darüber vor Schrecken das Gewehr fortwarf und sich gefangen gab. »Sprengt sie allesamt an den Mond«, war sein Schlachtgeschrei. – Aber, ob er dem Korporal helfen konnte, ihn von seiner Herzensnot erlösen? Laßt sehen, was weiter geschah.

Die Nacht verlief ruhig. Mars schlief. Doch darf nicht vergessen werden, daß die Armeen der Verbündeten, ohne sich um den besiegten Kaiser zu kümmern, geradewegs auf Paris marschierten, um sich vor allem der Hauptstadt zu bemächtigen. Der Aufgabe, die gefährdeten rückwärtigen Verbindungen und den Nachschub zu sichern, diente auch das Streifkorps des Grafen Schedy.

In den umliegenden Wäldern trieben sich noch Versprengte herum. Immer wieder kam es zu kleinen Scharmützeln mit marodierenden Franzosen. Verwundete schlichen sich im Schutz der Nacht in die Stadt, um sich bei ihren Landsleuten zu verbergen. So konnte es nicht ausbleiben, daß eines Tages des Leutnants Gaston Mombour Tod in Sommeilles bekannt wurde. Der Korporal wartete darauf wie auf eine Erlösung. Die Mombours sah er wenig. Er war viel auf Patrouille, denn der Feind beunruhigte die Nachschubstraßen. Napoleon, der nach dem Süden ausgewichen war und zu spät erkennen mußte, daß er, von den Alliierten übermarschiert, in einen toten Winkel geraten, einfach keinen Gegner mehr hatte, suchte krampfhaft in Fühlung mit dem Feind zu kommen.

Es geschah wenige Tage danach, daß der Korporal das Grab Gastons besuchte. Sein Getreuer hatte dafür ein Kreuz gezimmert, wie man's bei ihm daheim in den Bergen machte, mit einem blechernen Dächlein darüber und einem Täfelchen daran. Friedrich Mombour aber hatte mit eigener Hand den Namen des Toten und das Datum daraufgemalt. Er kniete zu Häupten des Hügels und pflanzte das Kreuz ein, als Madeleine hinzutrat. Er sah ihr an, daß sie alles wußte.

Sie war sehr bleich, aber in ihren Augen waren keine Tränen. sie sah ihn an ohne Haß, ohne Vorwurf, aber auch ohne Liebe, nur mit unendlicher Traurigkeit. Sie jammerte ihn.

Ihr erinnert euch, was geschehen war. Ein tapferer Soldat hat einen tapferen Soldaten im ehrlichen Kampf getötet, Mann gegen Mann, Vaterland gegen Vaterland. Das Schicksal führt ihn in das Haus des Toten. Ihn hat es auserwählt unter Tausenden, ein Gleichnis ohne Beispiel zu sein für Tausende. Dort begegnet ihm ein Mädchen, des Toten Schwester, das anmutigste Geschöpf, das er je geschaut. Ihre Herzen sind einander zugetan. Und nun erfährt sie, daß der geliebte Bruder von des

Freundes Hand gefallen ist. Ein Augenzeuge hat es ihr berichtet. Der feurige Jüngling, den sie liebt, hat das Glück des Hauses zerstört. Ach, ihr Herz, das zertretene, es blutet, wie sie seiner ansichtig wird. Kann sie je wieder ihres Lebens froh werden? Sie müßte ihn wohl hassen, sie müßte ihn töten. Wirklich hat sie, ehe sie sich aufmacht, ihn zu suchen, einen Dolch zu sich gesteckt. Sie hat sich vorgestellt, ihn liebend zu umhalsen und ihm die Waffe ins Herz zu stoßen. Aber nun vermag sie es nicht zu tun. Man kann dem Haß so wenig befehlen wie der Liebe. Nun stehen sie einander gegenüber, der Feind und die Feindin.

Oder wollt ihr, daß sie einander in die Arme stürzen, daß alles wieder gut sein soll, als wäre nichts geschehen? Unnatürlich will mir das scheinen.

Ein Schwert ist zwischen ihnen aufgerichtet.

Als der Korporal gehen will, gebietet Madeleine ihm, zu bleiben. Er steht beiseite, während sie ein Gebet verrichtet. Dann winkt sie ihm, ihr zu folgen. Vor der Pforte des Friedhofes wartet die Kutsche, die sie hergeführt hat. Madeleine bittet ihn, mit ihr zurückzufahren.

Eine Zeitlang sitzen sie schweigend nebeneinander. Dann sagt sie: »Du hast kein Herz. Warum hast du uns das angetan, bist in unser Haus gekommen und hast es gewußt, und wir mußten dich lieben, und du hast es geschehen lassen. Was soll aus uns werden?«

Er verteidigt sich nicht. »Die Mutter«, fragt er, »weiß sie es?«

Von der Mutter wollte sie mit ihm sprechen. (Mombour hatte sie seit jenem Nachtmahl nicht mehr gesehen.) Sie scheine das Unheil zu ahnen, obwohl sie nicht davon spreche. Nur einmal habe sie an jenen merkwürdigen Vorfall während der Schlacht erinnert und geklagt, daß Gaston ihr doch einen Boten schicken wollte. Von Stund an sei sie in stille Teilnahmslosigkeit gefallen, verweigere jede Nahrung, sie schwinde dahin und scheine nur eine Sehnsucht zu haben, dem Sohne in die Unsterblichkeit zu folgen. Der Arzt gebe keine Hoffnung, daß sie genese. Sie werde den Morgen nicht erleben.

Als sie in Sommeilles ankommen, erreicht Mombour die Nachricht, daß das Regiment in Bereitschaft sei, andern Tages abzurücken. Er eilt in Gastons Zimmer, sein Gepäck zu ordnen. Mit des Toten Feder schreibt er den Abschiedsbrief an Madeleine, nochmals schwört er ihr, ohne Hoffnung, seine Liebe, die er Gott befiehlt. Heimweh nach der Schlacht ist in den Zeilen voll Leidenschaft und Zärtlichkeit. »Was bleibt mir noch, als brav zu sterben und daß wir uns drüben sehen.«

Es klopft. Madeleine steht auf der Schwelle. Sie komme zu ihm mit einer letzten Bitte. Ihrer Mutter Leben sei in Gefahr, vielleicht, wenn er sich ihr zeige, in Gastons Uniform, er gleiche ihm, vielleicht würde es sie trösten. Vielleicht erleichtere es ihr den schlimmen Tod.

»Ich komme«, verspricht Mombour.

Es scheint ihm auf einmal ganz natürlich, Gaston zu sein. Er vertauscht sein schwarzes Jägerkleid mit Gastons bunter, festlicher Uniform. Sie sitzt ihm wie angegossen. Er sieht im Spiegel, daß er dem Toten schrecklich ähnlich ist. Es ist ihm zumute, als sei der Geist des Toten in ihn gefahren, habe Besitz ergriffen von ihm und halte ihn eng umschlungen. Der Korporal steckt den Brief in die Brusttasche, dann geht er die Stiege hinunter in den Flur. Auf den Steinfliesen hallen seine Schritte.

Madame Mombour hat Tag und Nacht auf diese Schritte gewartet. »Gaston, lieber Gaston«, ruft sie. – »Ich bin's«, antwortet der Korporal. Er tritt in das Zimmer und wirft sich an ihrem Lager auf die Knie. Mit letzter Anstrengung, ihn zu umfangen, reißt die Sterbende das geliebte Haupt an sich, mit kalten Lippen seine Stirn segnend. Er muß ihre Hände aus seinen Locken lösen, so fest umklammern sie ihn im Tod.

Da wird es draußen laut, Schüsse fallen, die Trompete ruft. Sich selbst vergessend, folgt der Korporal. Madeleine will ihn zurückhalten. Da ist er schon auf der mondhellen Straße mitten im Getümmel des feindlichen Überfalls. Jetzt erst fällt es ihm ein, daß er nicht der Korporal Mombour, daß er ja Gaston ist. Zwischen die Seinen und den Feind geraten, steht er, todgeweiht, die Arme aufgehoben, als könne er dem Kampfe Einhalt tun. Da kommt Graf Schedy auf seinem Schimmel geritten und schießt ihn mitten ins Herz. Einen Augenblick sieht ihn Madeleine stillstehen, einem zum Himmel Auffahrenden, einem etwas Unsichtbares Umarmenden ähnlich. Dann sinkt er vornüber, dem geliebten Tod an die Brust."

Der Erzähler schwieg. Nach einer Weile erst, obwohl keiner seiner Gefährten etwas sagte, fügte er, gleichsam ihren Gedanken antwortend, hinzu: „Die Frage bleibt offen, ob Graf Schedy, der Einäugige, ihn erkannt und für einen Verräter gehalten hat, offen die Frage, was mit Madeleine geschieht, ob ihr das Herz bricht, als sie dem Freund den Lorbeer um die weiße Stirn windet, ob sie nicht unschuldig seinen Tod beschworen, aber auch, ob wir alle nicht zu wenig lieben für das kurze Leben und den langen Tod, vielleicht auch, ob wir nicht alle den Tod überschätzen, ihm zuviel Ehre antun? – Geburt, die wir mit Freuden feiern, Tod, den wir beweinen, gehören nicht beide ganz dem Diesseits an?

Der Mond ist erloschen, die Sterne sind aus. Laßt uns schlafen. Gute Nacht denn, und Gott schütze alle braven Soldaten der Welt."

ZUGÄNGE

›Bruder hilf!‹

Es war kurz nach Mitternacht, als der Wachhabende die Ronde machte. Er leuchtete den Schläfern mit seiner Taschenlampe rücksichtslos ins Gesicht, aber es war kaum einer dabei, der seine Miene verzog oder sich abwandte. Denn sie waren alle sehr müde.

Nur der Operationsgehilfe Färber wachte noch. Er hatte sich eben erst schlafen gelegt und schickte sich gerade an, die Decke über die Schulter zu ziehen, als ihn der Wachhabende anleuchtete und meldete, daß neue Zugänge gekommen seien. Der also unsanft von der Pforte des Schlafes in die Wirklichkeit Befohlene schlug gehorsam die Decke wieder zurück, zog Hosen und Waffenrock, die er kaum erst abgelegt, wieder an und fuhr in die noch warmen Schaftstiefel. Er mußte sich erst eine Zigarette anzünden, um völlig zu sich zu kommen. Dann ging er hinüber in den Verbandraum.

Noch nie, seit er – zum zweitenmal in seinem Leben – Soldat war, war ihm das Aufstehen so schwer gefallen wie jetzt eben, da er den Saum der Decke noch in der Hand hatte und der ersehnte Schlaf ihn schon umfing. Aber es gab ein Wort, ein sehr nüchternes, farbloses, durch seinen sonderbaren Doppelsinn ärgerliches Wort, dem er immer gehorchen mußte, wenn es an sein Ohr drang, das Wort: Zugänge. Ein Gebäude, ein Kaninchenbau konnte verschiedene Zugänge haben, auch vom Zugang zu einem Menschen oder zu seinem Herzen spricht man. Aber in unserem Falle tragen Menschen diesen in der Krankenhaussprache durchaus geläufigen Namen. Es sind Verwundete damit gemeint, die dem Lazarett überwiesen wurden. In Färbers übermüdetem, überreiztem, schwindlichtem Kopf gingen die beiden begrifflich so verschiedenen Bedeutungen durcheinander und schienen sich plötzlich zu decken. Zugänge, so sinnierte er einfältig, sind Zugänge. Aber wozu? Wohin?

Die Nacht war kalt, trocken und sternenklar. Ein unruhiger, sprunghafter Wind kehrte das Stroh auf dem Kasernenhof, der mit seinen schmutziggrauen, verschimmelten Wänden, den nackten, gleichsam lidlosen Fenstern – es gab weder Rolläden noch Vorhänge – mehr einem Gefängnishof glich. Zudem waren viele Fenster vergittert. In manche Ecken des Hofes schien seit Erbauung der Kaserne noch kein Sonnenstrahl gefallen zu sein. Zwei junge, kränkelnde Birken am Eingang des Verwaltungsflügels waren, einer Weisung der letzten Regierung entsprechend, daß die Unterkünfte der Soldaten möglichst freundlich zu gestalten seien, offenbar erst kurz vor dem Kriege gepflanzt worden. Sie glichen zwei verwunschenen Wachposten.

Die alte Kaserne, in einer Fabrikvorstadt von Jagoslawa gelegen, stammte noch aus der Russenzeit. Vor ein paar Tagen war sie als Gefangenenlazarett eingerichtet worden und für die Aufnahme von rund zweitausend verwundeten Polen gedacht, die aus der näheren und weiteren Umgebung, aus ehemaligen polnischen Feldlazaretten hier vereinigt werden sollten.

Färber stolperte quer über den Hof, über das holprige Pflaster, das holprigste der Welt, auf den Sanitätskraftwagen zu.

»Wie viele?« fragte er den Fahrer, der sich ein wenig die Füße vertrat.

»Bloß vier Stück.«

»Schwer?«

»Ein Kopf, ein Rücken, zwo Oberschenkel.«

Er glaube nicht, daß einer von ihnen durchkäme. ›Zugang‹, ›durchkommen‹, das war wieder diese vertrackte räumliche Vorstellung, kam's Färber in den Sinn. Er trat an die rückwärtige Wagenöffnung. Die Plane war schon zur Seite geschoben. Innen war es totenstill und so finster, daß man nichts unterscheiden konnte.

Die vier Zugänge rührten sich nicht. Sie waren froh, daß der Wagen endlich hielt und die grausame Folter des Transportes ein Ende hatte. Anfangs hatten sie bei jedem Stoß gestöhnt, besonders die beiden Oberschenkelverletzten (die Knochen waren entzwei), aber schließlich hatten ihre Schmerzen jenen höchsten Grad der Qual erreicht, wo sie für die Empfindung nicht mehr wahrnehmbar sind, oder sie waren ohnmächtig geworden.

Färber bat den Beifahrer, der ausgetreten war und steifbeinig im Gehen seine Kleider ordnete (er trug einen Schafpelzmantel), ihm beim Ausladen zu helfen.

Der Beifahrer war dazu nicht verpflichtet, wenigstens behauptete er es, aber wohl einsehend, daß er um so rascher ins Quartier käme, je eher er die Verwundeten los würde, sagte er: »Meinethalben, pack' ma's« (es waren Bayern). Auch der andere meinte: »Also packen wir es«, spuckte in die Hände und packte mit an.

Das Ein- und Ausladen Verwundeter hat unstreitig eine gewisse Ähnlichkeit mit dem Ein- und Ausschießen von Brotlaiben am Backofen.

Der erste, der aus der Finsternis an das etwas hellere Sternenlicht gebracht wurde, schien, soviel Färber beim Aufglimmen der Zigarettenglut vom Gesicht erkennen konnte, das zudem im Schatten des breiten Schirmes der viereckigen Polenmütze lag, ein noch sehr junger Soldat zu sein.

Dem aber strich der Rauch von Färbers Zigarette gar angenehm um die Nase. Sie duftete herrlich in der reinen Nachtluft. Er hatte lange nicht mehr geraucht. Es gelüstete ihn danach. Und ohne zu überlegen, ob es ihm, dem Gefangenen, nicht am Ende als Würdelosigkeit oder Unbescheidenheit ausgelegt werden könnte, entfuhr es ihm schon: »Papyrosi, bittä, panje«, bat er.

Kein Zigarettenraucher wird einem andern diese Bitte abschlagen, selbst dem ärgsten Feind nicht. Färber gab dem Verwundeten die halbgerauchte Zigarette.

»Dobsche, dobsche.«

Er sog mit tiefem Behagen den Rauch ein.

Als sie ihn in den Verbandsraum trugen, fragte ihn Färber: »Wo bist du verwundet, Kamerad?« (Das ist die Anrede unter allen Soldaten der Welt, ob Freund, ob Feind.)

»Am Oberschenkel, der Knochen ist kaputt.«

»Bist du nun ein Pole oder ein Deutscher?«

Der junge Soldat, der einen sehr verelendeten Eindruck machte, überlegte eine Weile mit geschlossenen Augen. Dann antwortete er zutraulich und zugleich verlegen lächelnd: »Sie werden verzeihen, aber ich weiß es nicht, nein, ich weiß es wirklich nicht.«

Das war nun freilich eine wunderliche Antwort. Allein Färber konnte sich im Augenblick nicht weiter damit befassen, da der diensttuende Arzt (mit Feldmütze, offenstehendem Waffenrock, in Reithosen und Hausschuhen, eine Zusammenstellung, in der kein Mann eine gute Figur macht) herantrat und verschlafen fragte, was denn schon wieder los sei. Es sollten doch keine mehr kommen.

Der Sanitätsunteroffizier machte seine Meldung.

»Na schön, ausziehen«, sagte der Arzt, seine Brille putzend.

Inzwischen waren auch der andere Operationsgehilfe, der Gefreite Frauenschuh, und die Krankenträger der Bereitschaft erschienen.

Färber begann den Verwundeten auszukleiden, der wirklich noch sehr jung war, zwanzigjährig höchstens. Er hatte ein sehr polnisches Gesicht, von ungefähr wie der Rebell Kosciuszko, der Freiheitsheld. Die Augen standen wie bei ihm ziemlich schräg, die Nase war ein wenig aufgeschnupft, stupsnäsig, die Backenknochen hunnisch, was dem Gesicht vom Ausdruck eines jungen Katers gab. Es paßte dazu, daß ihn seine Kameraden Mischka nannten. Sein Haar aber war blond und glatt. Es hing ihm strähnig und feucht in die Stirn wie überhängendes Gras, so daß er mit seinen silbrigen Augen durch es wie durch ein Gitter sah. Nun, bei Licht zeigte es sich erst, wie schlimm es mit ihm stand, wie abgezehrt seine Hände waren und wie bedrohlich die Schatten um seine Augen. Der Fieberfrost schüttelte ihn, und die Zähne schlugen ihm klappernd hinter den schmerzhaft geöffneten Lippen, die trocken und rissig waren.

Wie alle Zugänge, die seit drei Tagen in rollenden Transporten eingeliefert wurden, war auch er kein Frischverwundeter, sondern hatte schon wochenlang in einem Feldhospital in einer zugigen Scheune auf Stroh gelegen und war seit Kriegsbeginn noch nicht aus den Kleidern gekommen, deren Nähte von Läusen wimmelten. Haare und Uniform waren mit Strohhalmen wie gespickt, mit Häcksel bestreut und steif von getrocknetem Blut. Als Färber ihm den Kragen öffnete, lagen Brotkrümel in der Halsgrube.

Dr. Haase, der diensttuende Arzt, ging von Ofen zu Ofen und faßte sie mit flachen Händen an. Es standen drei in dem großen, turnsaalähnlichen Raum, hohe, weiße, russische Kachelöfen, die bei sparsamster Feuerung sehr lange die Wärme halten.

Unterdessen hatten die Träger auch die anderen Zugänge hereingebracht und die Tragbahren in einigem Abstand nebeneinander abgesetzt. Wie sie so dastanden, bis zum Hals warm eingepackt und zusammengeschnürt, erinnerten sie an die Hundeschlitten einer Nordpolexpedition. Die Fahrer in ihren Schafpelzmänteln betonten noch diese Ähnlichkeit. Sie warteten an der Türe auf ›ihre‹ Decken. Denn sie mußten sehr dahinter her sein, damit der Bestand vollzählig blieb. Sie waren mollig weiß mit zwei breiten roten Querstreifen an den Kanten, reine Wolle und sehr warm.

Erst als Mischka entkleidet, mit einem frischen Hemd versehen und einer buntscheckigen (polnischen) Decke zugedeckt war, sah der Arzt den Verband nach. Er bot keinen erfreulichen Anblick. Die Bindentouren, mit denen das verletzte Glied auf der Schiene ruhiggestellt sein sollte, hatten sich während des Transportes gelockert, die graue Polsterwatte hatte sich verschoben und zusammengeschoppt, der Fuß war nach einwärts umgefallen und die Knochenenden an der Bruchstelle durch den Muskelzug ineinander verschoben, was bei dem Durchgerütteltwerden auf schlechten nächtlichen Straßen und auf dem Buckelpflaster der Stadt weiter kein Wunder schien. Der Befund verlangte rasche Versorgung.

Der nächste, als Kopfschuß bezeichnete Verwundete hatte einen bereits in Heilung begriffenen schweren Kieferschuß mit Zungenverletzung und trug zur Vermeidung einer Verlegung der Luftwege ein rotes Gummischläuchchen in der Nase, das, damit es sich nicht verschlupfe, höchst sinnreich mittels einer quer gesteckten Sicherheitsnadel und eines schmalen rosa Leukoplaststreifens festgemacht war.

Der Verwundete, ein geduldiger, freundlich blickender Mann, Ende dreißig, ein Bauer offenbar, hatte außer der Kiefersache (die Mundhöhle lag an der einen Seite offen) noch eine Wunde am rechten Oberarm, die aber, wie der Verletzte, der nicht sprechen, sondern nur unverständlich lallen konnte (übrigens auch nicht schreiben, wie sich später herausstellte), durch Zeichen zu verstehen gab, ohne jede Bedeutung sei. Er zeigte erst mit der linken Hand (einer schweren Arbeitshand) auf den verbundenen Arm und machte dann eine wegwerfende, nichtige Bewegung, dann deutete er auf den Kiefer und wiegte bedenklich den Kopf.

Dr. Haase konnte ihn beruhigen. Er verstand indessen nur Polnisch, und Mischka übersetzte ihm das Gesagte. Er mußte es ihm zweimal sagen, denn der Arme hörte auch schlecht. Er legte die Handschaufel ums Ohr und lauschte mit sichtlicher Anstrengung. Seine Gesichtshaut zeigte Pulverspuren. Der Explosivkörper mußte in seiner nächsten Nähe krepiert sein und ihm das Gehör verschlagen haben.

Ob er gehen könne? Er nickte eifrig und versuchte sogleich, den rechten Arm, den er in einer Binde trug, mit der Linken vorsichtig unterstützend, auf die Beine zu kommen. Man half ihm vollends in die Höhe, und nun stand er im Hemd, die Füße in dicken verfilzten Socken, die heruntergerutscht waren, ein Bild des Jammers, zwischen den Tragbahren und ließ sich eine Decke umlegen. Er hielt den Kopf infolge der Verletzung schief zur Seite geneigt. Aus der Mundöffnung troff Speichel und geiferte in langen Fäden herab, wie eine Spinne sich zu Boden läßt, zog sich zusammen und lief von neuem.

Er war klein von Gestalt, seine dürren borstigen Beine schienen von Arbeit in Wind und Wetter krummgezogen, sie hatten die Farbe einer gerupften Taube. So stand er und sah sich, mit dem heilen Mundwinkel lächelnd, suchend um. Er vermißte seine Habseligkeiten (einen schwarzledernen, verschwitzten Geldbeutel mit Nickelbügel, einen Rosenkranz und ein Gebetbuch), die in ein blaues Taschentuch geknotet noch auf der Trage lagen. Man gab sie ihm in die Linke und führte ihn hinauf in die ›Abteilung‹, zu Bett. Mit seinem turbanähnlichen Kopfverband, der bunten Decke und den nackten Beinen glich er einem Inder.

»In welchen Saal?« fragte der Begleiter den Arzt.

»Sieben«, bestimmte Dr. Haase. Färber wunderte sich. Es war der Saal der Aufgegebenen.

Der dritte der Zugänge, der mit dem Rückenschuß, schien verloren. Er war zum Gerippe abgemagert, seine gleichsam zu weit gewordene Haut schlaff und schuppig. Er sah aus wie der Tod: Die schmalen Lippen waren zurückgeschnurrt, so daß er ständig die großen, sehr weißen Zähne bleckte. Die dünnen Segel der Nasenflügel flatterten. Seine großen schönen, kohlschwarzen Augen, die auch nur für einen Augenblick zu schließen er sich nicht getraute, blickten hilfesuchend und mißtrauisch von einem zum andern. Auf der Stirn stand ihm der Tau des Todes. Das schwarze dünne Haar ließ die weiße Kopfhaut durchscheinen, die großen durchsichtigen

Ohren gaben seinem Gesicht etwas Äffiges. Er war kein Mensch mehr, nur noch eine geängstigte Kreatur. Er glich einem Wilden oder einem waidwunden Tier. Aber seine Wunden waren klein, einige an Armen und Beinen schon mit trockenem Schorf bedeckt, für andere genügte ein harmloser rosa Pflasterverband. Nur am Rücken, wo er sich außerdem noch aufgelegen hatte, fand sich eine handtellergroße, schmierige, übelriechende Wunde. Die Beine waren gelähmt.

Jeder, der ihn so sah, gab ihm nur noch ein paar Stunden zu leben, bis Tagesanbruch höchstens, denn viele starben mit Sonnenaufgang. Aber der Pole wollte nicht. Er hatte keinen anderen Gedanken als den, wie er am Leben bleiben könnte. Er hatte eine wahnsinnige Angst vor dem Tod und dachte unaufhörlich daran, wie er ihm entrinnen möchte.

Dr. Haase fühlte ihm den Puls mit jenem geistesabwesenden Blick, da sich das ganze Gefühl des Arztes in den Fingerbeeren sammelt, die am Pulse ruhen. Der Verwundete sah ihn dabei mit großen flehentlichen Augen an. Der Arzt gab Färber ein Zeichen, ebenfalls den Puls zu prüfen. Arzt und Helfer knieten zu beiden Seiten der Bahre, jeder eine Hand des Sterbenden haltend, und sahen einander an.

»Nicht zu glauben«, murmelte der Arzt.

Der Puls schlug zwar rasch, wie nach einem schnellen Lauf, aber voll und kräftig, wie ein Trommelwirbel. Sein Herz war wie ein munterer Vogel in einem knöchernen Käfig.

Gleichzeitig legten Arzt und Helfer die Hände zurück in den Schoß des Verwundeten und nickten ihm, der kein Wort Deutsch verstand, ermutigend zu. Er wurde nach Erneuerung des Rückenverbandes, was auf der Trage geschehen konnte, zu Bett gebracht.

Nie mehr aber konnte Färber das Gefühl vergessen, wie die dürren heißen Arme um seinen Hals sich legten und der Kopf des Sterbenden an seiner Wange scheuerte, noch wie er ihm beim Verbandwechsel mit den Zähnen in die Ohren knirschte, schnalzte und schmatzte, als schmecke er den Schmerz. Als Färber ihn dann behutsam zurücksinken ließ, schloß er endlich die geängstigten Negeraugen und schien für den Augenblick ohne Schmerz und beruhigter zu sein.

»Wohin mit ihm?« fragten die Träger unzart.

»Saal sieben«, sagte der Arzt.

Nicht viel besser sah es mit dem letzten Zugang aus, der wie Mischka als Oberschenkelschuß bezeichnet, aber in Wahrheit ein Kniesteckschuß war, doch von der gleichen Schwere, wie sich zeigte. Er war völlig ausgefroren und erschöpft, sein Puls ›miserabel‹. Er phantasierte. Er besaß von den vier Schicksalsgefährten die geringste Widerstandskraft, er ließ sich gehen, er hatte sich wohl selber schon aufgegeben.

Er war rothaarig. Sein schmales fiebriges Gesicht mit der sommersprossigen, empfindlichen feuchten Haut, den hellen, smaragdgrünen Augen mit dem ins Rosa spielenden Weißen, der schmalrückigen Nase, mit den katarrhalischen Flügeln und dem feingliedrigen Knochenbau war in einen feuerroten Stoppelbart eingebettet. Er war Dorfschulmeister und sprach etwas Deutsch.

Färber hatte die Eigenheit, sich die Gesichter der Menschen genau anzusehen, und die Gabe, sie sich deutlich einzuprägen. Er zeichnete viel. Ursprünglich hatte er Bildhauer werden wollen, es aber aus Gesundheitsrücksichten aufgeben müssen. Seine Lunge war ernstlich gefährdet gewesen. Auch hatte er eingesehen, daß seine Begabung nicht zureiche fürs Große. Also hatte er sich beschieden und war Kleinbildhauer geworden. Als Medaillenschneider galt er für besonders geschickt. Er zeichnete und formte eigentlich immer, wo er ging und stand, wenn auch nur mit den Augen und in Gedanken. Auch jetzt tat er es, obwohl sein empfindsames Gefühl für das Schöne, das Vollkommene, Ganze unaufhörlich verwundet wurde durch den Anblick einer jämmerlich vestümmelten Natur. Er sehnte sich sehr nach etwas Heilem, Unversehrtem.

Er war gerade daran, Mischkas unansehnlich gewordenen Verband mit jener einem Pfluge ähnlichen Verbandschere aufzuschneiden, als die Nachtschwester hereinkam – es war Schwester Faustina, eine ältere, erfahrene, seelengute Diakonissin – und fragte, wie der Kieferverletzte heiße. Sie könne sich nicht mit ihm verständigen.

Es mußte ja nun eigentlich auf dem Überweisungszettel stehen, den die Fahrer mitgebracht und Färber ordnungsgemäß übergeben hatten. Er hatte noch keine Zeit gehabt, ihn anzusehen, und ihn einfach in die Tasche gesteckt.

Der Name des Kieferverletzten stand nicht darauf: Unbekannter Soldat, Vorname vermutlich Jan.

Vielleicht kannte ihn einer von den Kameraden, die eben oder in den letzten Tagen eingeliefert worden waren? Es kannte ihn niemand.

Jan selber machte es keinerlei Sorgen, daß er keinen Namen hatte und niemand ihn kannte. Es war für ihn völlig unwichtig. Er wußte ja, wie er hieß, wer und woher er war. Er freute sich, daß er lebte. Er hatte keine besonderen Schmerzen mehr. Er freute sich auf daheim. Er hatte eine brave, fleißige, hübsche Frau und drei herzige Kinderchen. Als Schwester Faustina unverrichteter Dinge wieder an sein Bett trat, schlief er fest mit gurgelndem Atem. Zuweilen bildete sich an der Öffnung des Gummiröhrchens eine durchsichtige Blase, wie eine Seifenblase, und barst.

Der zweite Operationshelfer, der sanfte, bedächtige Frauenschuh, ein harmloser, liebreicher, unauffälliger Mensch von farbloser Blondheit, den seine Kameraden ob seines barmherzigen, menschenfreundlichen Wesens den Engel von Jagoslawa hießen, hatte den Fuß des jungen Soldaten zu halten, eine sehr wichtige Hilfsstellung, die dem Verwundeten viele Schmerzen ersparen kann. Nachdem der Fuß aus der Schiene gehoben ist, ruht die

Ferse in der Mulde der einen Handfläche, die sich gleichsam am Rund der Ferse ansaugt, während die andere Hand die Zehen faßt. Dabei muß, damit die Knochenenden sich nicht verschieben, ein leichter, stetiger Zug ausgeübt werden. Es ist, wenn es richtig ausgeführt wird, sehr ermüdend.

Die Oberschenkelwunde, seit mehreren Tagen nicht mehr frisch verbunden, sah abscheulich aus. Als der Verband abgenommen wurde, zeigte sich erst ein wimmelndes Madenknäuel, dann quoll die Wunde über von bleichem, blasigem, dampfendem, bestialisch stinkendem Eiter.

Der Verwundete, der noch immer seine verwegen aufgesetzte, flotte Polenmütze trug, von der er sich (sie war sein Privateigentum) nur ungern trennte, wohl weil sie ihm sehr gut zu Gesicht stand – die Eitelkeit schlüpft erst mit dem Tod zur Tür hinaus, lautet ein polnisches Sprichwort –, der junge Soldat richtete sich mühsam ein wenig in Ellbogenstütze auf, neugierig, seine Wunde zu sehen. Aber als er sie sah, grauste ihm. Leise wimmernd legte er sich wieder zurück.

»Na, na, nur nicht so zimperlich«, sagte Dr. Haase ungeduldig, »es wird schon wieder.«

Er war ein guter Mensch, nur konnte er keine Schmerzenslaute hören.

Dr. Haase, seinem militärischen Rang nach nur Assistenzarzt, war nicht mehr jung. Mit dem Titel Professor, Leiter der chirurgischen Abteilung eines großen Industriekrankenhauses, menschlich ein Kauz, der hinter Wortkargheit und Kurzangebundensein ein gutes Herz verbarg, hatte er, auch wissenschaftlich ein Sonderling, durch seine unermüdlichen Versuche, die Erfolgsaussichten des blutigen Eingriffs durch eine bis ins feinste ertüftelte, heilungbefördernde Ernährung (und Arzneien) zu unterstützen, in der Ärztewelt wachsende Anerkennung gefunden.

Da er in Asepsis und Antisepsis die peinlichste Gewissenhaftigkeit beobachtete, mußte es doch verwundern, daß er davon seine, allerdings goldene, Brille ausnahm, die er für keimfrei an sich zu halten schien und während der Operation stets unbedenklich berührte. – Er hatte seinen Rock abgelegt, sich eine Gummischürze vorgebunden und die Hemdsärmel über die Ellenbogen aufgekrempelt. Er arbeitete in Gummihandschuhen, die aus den schönsten Händen etwas unangenehm Froschartiges machen und (für Färber) überhaupt zu den unsympathischsten Dingen der Welt gehörten, namentlich, wenn sie vom Arzte abgestreift in der Seifenlake der Waschschüssel lagen, glasig, schlüpfrig, glitschig, prall, wie eklige Tiere in einem Tümpel, ganz besonders aber, wenn er sie anfassen mußte.

Der Arzt quetschte den Unflat von Eiter aus den Taschen der Wunde und entfernte mit der Pinzette abgestorbenes Gewebe und ein paar zusammenhanglose gelbliche Knochensplitter, klopfte dann (das tat er stets, obwohl nicht recht einzusehen war, warum) mit dem Griff der Pinzette auf die Knochenenden, die im Schlunde der Wunde wie die letzten Zähne im Maul einer alten Hexe aussahen, tamponierte locker mit Jodoformgaze, wozu ihm Färber die mit schwarzem Glanzpapier überzogene Packung reichte, und überließ es, dem Rothaarigen sich zuwendend, seinen Helfern, den Verband anzulegen.

Die beiden äußerlich völlig verschiedenen Patienten waren im gleichen Augenblick von dem gleichen Bombensplitter verwundet worden und kannten sich also. Sie kannten sich von dem Augenblick ihrer tiefsten menschlichen Schmach. Sie hatten, nebeneinander marschierend, soeben mit fröhlichem Gesang ein Dorf passiert, als ganz plötzlich der Fliegerangriff erfolgte. Schon die erste Bombe war und mit furchtbarster Wirkung inmitten der Marschkolonne krepiert, so daß die aufgerissene Straße weitum mit abgeschlagenen Gliedmaßen, schrecklich verstümmelten Toten und schreienden Verwundeten bedeckt war. Es waren aber nicht nur Soldaten, denn die Dorfjugend hatte der Truppe ein Stück weit das Geleit gegeben.

Es gibt auf der Welt keinen traurigeren Anblick als Kinder, die in ihrem Blute liegen. Der Anblick solchen Jammers war es, der die beiden Soldaten zu Feiglingen machte. Wehklagend und wie von Sinnen waren sie auf ein liebliches Birkenwäldchen zugelaufen und hatten, als könne er ihnen Schutz gewähren, einen Baum umklammert, wie Kinder in der Angst sich an das Bein des Vaters klammern. Und in diesem Augenblick, da sie ihre menschliche Würde und Mannestugend völlig von sich getan, schlug eine Bombe in das Wäldchen und verletzte sie beide gleichzeitig.

Sie waren die einzigen Mitwisser ihrer Schmach, die sie, die vorher kaum aufeinander geachtet, von nun an aufs innigste verband. Sie lagen, nachdem sie, ausgeblutet und fast verlöschend, endlich geborgen waren, Hand in Hand nebeneinander auf dem Stroh in einer Scheune, die zerschmetterten Beine mit Birkenästen notdürftig geschient, und schämten sich.

Mischka hatte inzwischen eine neue wohlgepolsterte Schiene angelegt bekommen, eine jener verzinkten, an Vogelkäfige erinnernden Drahtgitterschienen, und war nach oben gebracht worden.

Saal sieben, hatte Dr. Haase angeordnet.

Aber die Träger blieben nun aus, so daß es Färber und Frauenschuh überlassen blieb, den Rothaarigen, der während des Verbindens laut gejammert hatte – o Jesus, o Jesus, hatte er immer gerufen und sich danach wegen seiner Unbeherrschtheit entschuldigt –, wohl selber hinaufzutragen.

Auch Saal sieben, bat er, von sich aus, nicht ahnend, daß es der Saal der Aufgegebenen war. Er wollte bei seinem Kameraden sein. Lächelnd nickte der Arzt.

Der Rothaarige hatte Grund zu seiner Empfindlichkeit. Seine Verwundung erwies sich als ein Kniesteckschuß, der überaus schmerzhaft war. Er hatte gejammert, als der Arzt das prall geschwollene Knie berührte. Aus der linken Einschußöffnung troff etwas safrangelbe, durchsichtige Flüssigkeit. Es war angezeigt, durch einen chirurgischen Eingriff dem Eiter Luft zu schaffen, wenn es nicht sogar nötig wurde, das Bein abzunehmen. Denn es war fast wie tot, teigig, gedunsen und zeigte da und dort schon verdächtige Flecken, die andeuteten, daß es nicht mehr genügend ernährt war.

Der Arzt hatte die Sachlage dem Verletzten schonend erklärt, der sich indessen Bedenkzeit bis zum Morgen ausgebeten hatte.

Nun trugen ihn die Helfer nach oben. Sie waren beide nicht eben kräftig und herzlich froh, als sie die steinerne Treppe mit den gefährlich ausgetretenen, abschüssigen oder ungenügend ausgebesserten Stufen, auf denen man besonders mit genagelten Stiefeln leicht ausgleiten konnte, hinter sich und den Verwundeten zu Bett gebracht hatten.

Es waren eiserne, sehr schmale Soldatenbettstellen, die man notfalls zwei- und dreistöckig übereinanderstellen konnte. Die Verwundeten lagen auf Strohsäcken, auch die Kopfkissen waren mit Stroh gefüllt. Die frischen, weiß bezogenen Betten sahen mit den (wie von Busch gezeichneten) überaus prallen Kissen und vorschriftsmäßig gefalteten Decken recht einladend aus. Aber für Schwerverwundete war es ein hartes Liegen. Dazu knisterte, raschelte, flüsterte ihnen das geschwätzige Stroh bei jeder Bewegung ins Ohr. Obwohl die Krankenzimmer, die ehemaligen Mannschaftsräume, Tag und Nacht gelüftet worden waren, hielt sich der modrig säuerliche Kommißgeruch und mischte sich nun mit dem der Wundfäulnis. Überdies war die alte, verwohnte Kaserne hoffnungslos verwanzt.

Färber hatte in den ersten Tagen des Einsatzes keine Zeit gehabt, durch die Krankensäle zu gehen. Nun aber, durch die nächtliche Tätigkeit überwach, verweilte er ein wenig, zu sehen, was aus den Patienten geworden sei, die er mit versorgt hatte. Das Licht war abgeblendet, aber doch noch so hell, daß die Verwundeten nie die Wohltat völliger Finsternis genossen, die Augenruhe, deren ein rechter Schlaf bedarf.

Auch jetzt lagen viele wach, mit offenen Augen. Leise ging Färber von Bett zu Bett und warf einen Blick auf die hier am Fußende angebrachten Fiebertafeln, worauf, nach einer besonderen Grille des Abteilungsarztes, die Morgen- und Abendmessungen nicht fortlaufend, sondern nebeneinander herlaufend verzeichnet waren (Morgen: blau, Abend: rot), was freilich alsbald anläßlich einer Besichtigung als Unfug wieder abgestellt wurde.

Manche der Verwundeten röchelten, andere atmeten hastig und oberflächlich.

Die Betten standen, um von beiden Seiten zugänglich zu sein, mit ihren Kopfenden ringsum an den Wänden, also einander gegenüber, so daß die Patienten über ihre Füße hinweg jeweils sich ins Gesicht sehen und auch sterben sehen konnten.

Die Neuen, bis auf den Roten, schliefen schon. Sie hatten Einspritzungen bekommen. Ein anderer aber, den Färber vom Verbandsraum her kannte, ein Amputierter, hatte die Augen offen und sah wie in tiefen Gedanken starr vor sich hin. Färber trat zu ihm und fragte ihn freundlich, wie er sich befände.

Der andere gab keine Antwort. Er war tot.

Färber mußte an die Amputation denken und an die große rote Rose lebendigen, pulsenden Fleisches. Er hatte die Gummibinde angelegt und den Schenkel oberhalb der Amputationsstelle gehalten, ihn mit beiden Händen umfassend, wie einen Pfahl. Frauenschuhs Aufgabe war es, das bereits abgestorbene brandige Glied zu halten. So hatten sie einander gegenübergestanden, der eine das Leben, der andere den Tod in den Händen. Das Gesicht des Toten, das in der ungewissen Beleuchtung von ferne nachdenklich erscheinen konnte, von der Nähe sah man's, daß es entseelt war. –

Als Färber nach unten kam, hatte Frauenschuh bereits die Verbandeimer ausgeleert und war eben dabei, was noch am Boden verstreut lag, blutige Tupfer, Zellstoff-Fetzen, Strohreste, zusammenzukehren. Die Fenster waren zum Lüften geöffnet.

»Es ist schon wieder kein Tropfen Wasser in der Leitung«, sagte er. Er hatte sich eine Zigarre angezündet, als dächte er noch lange nicht daran, zu Bett zu gehen.

Färber nahm die beiden hohen, grau marmorierten Blechkannen und ging hinaus in die Nacht, Wasser zu holen. Es konnte ja sein, daß doch noch Zugänge kamen (die Fahrer hatten behauptet, es sei für diesmal die letzte Fuhre), oder es wurde plötzlich ein Eingriff bei einem Patienten nötig. Es gab wohl eine Art Wasserleitung in dem alten Kasernenhof. Sie bestand aus einem großen, mennigrot gestrichenen Behälter, der auf dem Dach eingebaut war und außer durch des Himmels Regen mittels eines schadhaften Pumpwerkes aus einem Bohrbrunnen im Hof gespeist wurde. Aus irgendwelchen Gründen, vielleicht wegen der lang anhaltenden Trockenheit, war es zur Zeit nicht möglich, die erforderliche Wassermenge zu erzielen. Also mußte eben das für den Operationsbetrieb so notwendige Wasser von einem altertümlichen Radbrunnen geholt werden, der hundert Meter weitab – er diente zum Tränken der Pferde – bei den Koppeln zwischen Ställen und Futterschuppen lag. Dahin also mußte Färber gehen, das große gußeiserne Rad in Schwung setzen und warten, bis endlich das goldgelbe, nicht ganz einwandfreie Wasser stoßweise aus dem Rohre schoß.

Inzwischen war es neblig geworden. In der Ferne fielen ein paar vereinzelte Schüsse. Das Rad war so kalt, daß Färber die Finger klamm wurden. Mit vollen Kannen, fröstelnd, kehrte er in den Verbandraum zurück.

Bei der Treppe lag der Haufen aus blutigen Uniformstücken, Stiefeln, Feldflaschen und verbogenen Kramerschienen, in deren Sprossen noch Fetzen eitriger Watte klebten. Die hingeworfenen Kleidungsstücke, die süßsäuerlich und warm nach Schweiß, Brot und Blut rochen, hatten etwas Figürliches behalten von dem, der sie vorher angehabt, etwas von seiner Gestalt und etwas von seinem Schmerz. Es war in diesen, teils wie schlafenden, teils sich krümmenden, einander umschlingenden Stellungen etwas Menschenähnliches oder doch Lebendiges geblieben, wie es die abgezogenen Felle von Tieren haben.

Als Färber daran vorbeiging, sah er eine Ratte daraus flüchten. –

Es war drei Uhr morgens vorüber, als die beiden mit dem Aufräumen des in heillose Unordnung geratenen Verbandtisches, mit dem Reinigen und Auskochen der benutzten Instrumente und dem Ausputzen der blechernen Waschschüsseln, darin in blutiger kalter Seifenbrühe die Gummihandschuhe schwammen, endlich fertig geworden waren. Als sie in den Schlafraum hinübergingen, blieb der sanfte Kamerad Frauenschuh plötzlich unvermittelt stehen, nahm den erloschenen Zigarrenstummel aus dem Mund, ihn aufregt zwischen den Fingern haltend (wie Lehrer die Kreide zu halten pflegen), dachte einen Augenblick angestrengt nach, wobei sein sanftes, kindliches Gesicht einen schier grimmigen Ausdruck annahm, und sagte endlich: »Der Kieferverletzte, du erinnerst dich, wir müssen unter allen Umständen seinen Namen herausbringen. Ja, das müssen wir.«

Nachdem er dies mit großer Bestimmtheit ausgesprochen hatte, steckte er den kalten Zigarrenstummel wieder zwischen die Zähne, sog heftig, aber vergeblich daran, wodurch er ganz hohlwangig wirkte, legte die Hände auf den Rücken und stapfte entschlossen weiter. –

Unausgeschlafen (die Wanzen hatten ihn kaum zur

Ruhe kommen lassen, Hals-, Hand- und Fußgelenke brannten ihm davon) begann Färber den neuen Tag.

Beim ersten Blick aus dem Fenster sah er, wie die Toten der Nacht über den Hof mit dem schmerzhaften Pflaster in den Leichenschuppen getragen wurden, mit ihren Bettlaken zugedeckt. So unwahrscheinlich flach aber wirkte das Laken, daß man wohl zweifeln konnte, ob ein toter Mann darunter liege. Aber es blieb oft nur noch das, was man sterbliche Hülle nennt. Man sah es, wie leicht die Träger trugen. Viele der Toten waren noch sehr jung und hatten noch nicht geliebt, als sie schon von hinnen mußten.

Färber ging zum Waschen in den Verbandraum. Das war das angenehme Vorrecht der Operationsgehilfen. Er hatte sich von Anfang an fest vorgenommen, auch während des Feldzuges sich in keiner Lage wenigstens von einer Art mittleren Reinlichkeit abhalten zu lassen, und es bisher mit großer Standhaftigkeit durchgeführt, obwohl selbst gepflegte Kameraden jede Gelegenheit, etwa sich nicht rasieren zu müssen, mit wahrer Wonne ergriffen. Fast erwies sich die Reinhaltung der Hände als am schwierigsten. Während des sechzigstündigen Bahntransportes hatte er Sand als Scheuermittel benutzt und sich warmes Wasser aus der Lokomotive gemolken. Trotzdem hatte er das Gefühl, langsam, aber sicher zu verdrecken, und sehnte sich sehr nach einem heißen Bad. Er wußte auch, wie empfindlich der Kranke ist, wie leicht es ihm graust und wie er gerade, wenn er selber durch sein Leiden ›unrein‹ ist, von sauberen Händen berührt sein will.

Es war ein grauer, freudloser Morgen, die Luft unbewegt und fad. Sie roch nach Rauch, schmeckte schweflig und reizte zum Husten. Über den Hof kam Dr. Haase, der Diensttuende der Nacht, und rief Färber munter zu, daß die Wasserkalamität jetzt bald behoben sein werde. Fast gleichzeitig ertönte das schrille, alarmierende Läuten der Feuerwehr, und schon brauste durch die Toreinfahrt ein nagelneuer, hellrot lackierter Wagenzug in den düsteren Hof, fuhr auf wie Artillerie, ›protzte ab‹ und ward auf ein schneidiges Kommando durch hurtige Spritzenmänner in blanken Goldhelmen unverzüglich in Betrieb gesetzt. Eine Schlauchleitung wurde zum Brunnenschacht, eine andere zum Behälter auf dem Schieferdach hinaufgelegt, wo, aus den Luken kletternd, ebenfalls schmucke Feuerwehrleute auftauchten. Sie ließen ein Seil hinab, womit sie den Schlauch wie eine erlegte Riesenschlange emporhißten, und alsbald konnte man das gleichmäßige, etwas kurzatmige Geräusch der Motorpumpe hören. Es war ein messingblankes, festliches, funkelndes, farbenfrohes Bild und lustig anzusehen. Es brachte Leben und Frische in den grauen, traurigen Hof.

Färber war eben mit Waschen fertig, als die noch junge, etwas beleibte Schwester Karline hereingestürzt kam und meldete, daß der Zugang von heute nacht blute. Schwester Karline war an der Türschwelle gestolpert und sah sich, während sie sprach, vorwurfsvoll nach der tückischen Schwelle um.

Färber nahm sogleich die Gummibinde vom Narkosetischchen und rannte nach oben. Auf den ersten Blick sah er, daß es Mischka nicht war, auch der rothaarige Dorfschulmeister nicht, noch der langlebige Rückenverletzte. Jan mit dem Kieferschuß war es, der Namenlose, der zu Fuß nach oben gegangen war.

Er blutete am rechten Oberarm aus der Wunde, die angeblich nicht der Rede wert war. Der Pfleger Quirin stand ihm bei und drückte, wie er's gelernt, mit dem Daumen die Arterie gegen den Oberarmknochen. Der Verband troff von hellrotem, rauchendem Blut. Unter dem Bett hatte sich eine sulzige Lache gebildet.

Färber legte weitaushclend und den Gummi streckend die Binde an und ließ den Arzt verständigen. Die Blutung stand.

Das freundliche Bäuerlein indessen hatte keine Ahnung von der Bedrohlichkeit seines Zustandes. Im Gegenteil, er fühlte sich so wohl und leicht wie schon lange nicht. Er sah darin ein sicheres Zeichen seiner baldigen Genesung. Auf Befragen durch die des Polnischen mächtige Oberschwester, die wegen ihrer Länge, ihrer Dürre, einer gewissen Hölzernheit ihrer Bewegung und der Flachheit ihrer Brust unter den Soldaten das Totenbrett hieß, erwiderte Jan durch Zeichen unzweideutig, wie gut er sich befände. Aber sein Puls war sehr schlecht.

Auch Mischka und dem Roten ging es diesen Morgen gar nicht gut. Nur Rodomski, der Rückenschuß, schien die Nacht leidlich überstanden zu haben. Emsig darauf bedacht, am Leben zu bleiben, gönnte er sich kein bißchen Ruhe. Er war sich wohl bewußt, daß er verloren sei, sobald er sich nur ein wenig gehen lasse (obwohl es verführerisch war, denn er war todmüde). Es strengte ihn sehr an, seinen armen Leib ständig in Atem zu halten. Natürlich genügte es ihm nicht, sich selber unaufhörlich zu tun zu machen, er mußte auch andere beschäftigen. Wer nur immer in erreichbare Nähe kam, den rief er zu sich heran oder langte ihn sich beim Kittel, blitzschnell mit seinen dürren Händen unter der Decke hervorfahrend und ihn packend. Dann fragte er aber lediglich, wie spät es sei, obwohl er selber eine Uhr besaß und an die hundert Mal im Tag darauf sah, eine große Nickeluhr mit gelblichem Zelluloidgehäuse, so wie sonst Bauern sie tragen. Wenn er sie mit seinen Knochenfingern aufzog, hielt sich der Rote die Ohren zu. Sie machte ein kratziges, unangenehmes Geräusch.

Nun richtete er sich auf, obwohl es ihm Schmerzen verursachte, um besser sehen zu können, was mit dem Kameraden dort drüben los sei, um den sich Arzt und Helfer so angelegentlich bemühten.

»Blutet er?« fragte er den Roten, der sein Bettnachbar war.

Den verdroß solche Wißbegierde.

»Was geht's dich an?« antwortete er gereizt.

Aber Rodomski ließ sich nicht so leicht abfleien. Er lächelte nachsichtig, aber (Sterbende haben keine rechte Gewalt mehr über ihr Mienenspiel, sie sind darin Berauschten ähnlich) das Lächeln geriet ihm nicht recht, es wurde zur Grimasse. Dennoch konnte man sehen, daß er in gesunden Tagen über ein fröhliches, ja bezauberndes Lächeln verfügt haben mochte.

»Haut er ab?« fragte er.

Der Rote antwortete ihm gar nicht. Aber Rodomski antwortete sich selber:

»Ja, er haut ab.«

Nun, er war's zufrieden. ›Wieder einer‹, dachte er. Sobald er einen Kameraden sterben und hinaustragen sah, hoffte er wieder für sich. Er war es nicht. Er lebte noch. Das gab ihm Kraft.

Nun legte er sich unbeherrscht stöhnend mit verzerrtem Gesicht zurück, fingerte und zupfte unruhig an der Decke und betrachtete seine weißen, an der Kleinfingerkante dunkel behaarten Hände. Auch im Spiegel besah er sich immer wieder, in einem runden, billigen Taschenspiegelchen, aus dem ihn der Tod ansah, wie durch ein Schlüsselloch.

Jan (es hatte sich nun freilich als sicher erwiesen, daß er nicht so hieß, aber in seiner gutherzigen Art schien er bedeuten zu wollen, daß es ihm recht sei, wenn man ihn so nenne), Jan wurde jetzt hinunter in den Verbandraum zur Operation gebracht. Eine Pulsader war durch die fressende Wirkung der Wundinfektion zersetzt und brüchig geworden. Das Gefäß mußte im Gesunden unterbunden werden.

Die blanken munteren Augen in dem verwitterten, unrasierten, durch die Wunde jammervoll verunstalteten Gesicht zeigten keinerlei Besorgnis, als ihm die Schwester in der schnellen polnischen Sprache die Notwendigkeit eines kleinen Eingriffs klarmachte. Er nickte freundlich dazu. Er dachte nicht ans Sterben. Er war sehr glücklich.

Frauenschuh, sobald er von dem bedrohlichen Zustand des Verwundeten hörte, erschrak und erklärte, nun müßten alle Hebel in Bewegung gesetzt werden, um endlich den Namen des Unglücklichen festzustellen.

»Ich hab's, ich hab's«, frohlockte er, nachdem er haarscharf nachgedacht hatte, und sogleich schleppte er aus der Lazarettschreibstube ein dickes Adreßbuch herbei, da es ja immerhin möglich war, daß es sich um einen häufiger vorkommenden Namen handle. Allein auch diese Mühe war vergeblich. Jan konnte ja nicht lesen. Also half es auch nichts, ihm mit der Landkarte zu kommen, damit er den Ort zeige, woher er stamme.

Nachdem Jan in leichter Narkose versorgt und wieder nach oben gebracht war, kamen schon die ersten Zugänge des neuen Tages. Erst waren es vier, dann acht, dann sechzehn, und alle wurden in den Verbandraum getragen, der davon alsbald das Aussehen eines Schlachtfeldes bekam. Denn wieder mußten alle ihrer Uniform entledigt und mit frischen Hemden bekleidet werden, meist groben, grauen Soldatenhemden. Es waren aber auch Kinder- und Frauenhemden dabei, darin die ernsten Männer mit ihren Stoppelbärten wunderlich genug aussahen.

Mit diesen neuen Zugängen war endlich auch das erwartete polnische Sanitätspersonal eingetroffen, in Gefangenschaft geratene Ärzte, Pfleger, Krankenträger und Schwestern, die sogleich in Dienst gestellt wurden. Im Verbandraum jedoch brachte dies zunächst keine merkliche Entlastung, wo bei rollendem Antransport der Verwundeten gleichzeitig an vier Tischen gearbeitet wurde. Ohne Umstände reihten sich die polnischen Berufskameraden, die fast alle mehr oder weniger des Deutschen mächtig waren, in die Tätigkeit ein, so daß sie, da sie nun in weißen Mänteln, Gummischürzen und Gummihandschuhen hantierten, eben Ärzte unter Ärzten waren, in ihrem eigentlichen Beruf: Wunden zu heilen, Knochen einzurichten und Schmerzen zu lindern.

In den ersten Tagen hatte im Verbandraum noch ein gewisser, nicht ungesunder hygienischer Apothekengeruch nach Jod, Jodoform, Äther und Desinfektionsmitteln überwogen. Aber nun, mit der unaufhörlich wachsenden Zahl der Verwundeten, mit ihren verjauchten und zersetzten Wunden und den übelriechenden Eitersuppen, sättigte sich die Luft immer mehr mit dem Geruch der Verwesung. Er setzte sich in die Uniformen, er erfüllte die Säle und Gänge und wich nicht mehr, sich stets von neuem anreichernd. Warm dampfend dünstete er aus den mit mißfarbener, grünlicher, gelblicher, bläulicher Wundabsonderung getränkten Verbänden, kam aus allen Türen, wie ein stinkender Atem jeden anhauchend, der das Haus des Jammers betrat. Es war der Geruch des Todes.

Noch waren einige Räume unbelegt, und die prallen Strohsackbetten standen leer, eines noch dem andern gleich, noch unbemannt und ohne Schicksal. –

Die Ofenwärme und die Sonne, die gegen Mittag ein wenig schien, weckte die Fliegen in den Fensterritzen, und nach wenigen Tagen schon wurden sie zu einer lästigen und gefährlichen Plage für die Verwundeten.

Es war kein gutes Zeichen, wenn sie sich um ein Bett besonders zudringlich scharten, zum Beispiel um das Rodomskis, der sich ihrer unaufhörlich erwehrte und, wenn er einer habhaft wurde, sie mit sichtlicher Befriedigung zerquetschte. Wie ein schwarzer Pelz saß das Geschmeiß auf den Flecken, wo das Wundsekret durch die Verbände drang, und saugte und summte. Es saß auf den Überbleibseln von Brot, auf angebissenen Äpfeln, kroch über die Gesichter der Sterbenden und setzte sich auf die Augen der Toten. –

Der Dienst eines Operationsgehilfen ähnelt von ungefähr dem eines ›Mädchens für alles‹, eines Faktotums oder dem des Inspizienten eines Theaters, ja eines Requisiteurs. Er wird für alles verantwortlich gemacht.

Das bedeutet, daß der Helfer, während er (beim Verbinden) dem Arzt Pinzette, Schere, Tupfer oder Jodoformgaze zureicht, wobei es darauf ankommt, schon im voraus zu wissen, wessen im Augenblick der Arzt bedarf, während er einen Lebertran-Salbenfleck herrichtet, Verbände aufschneidet, Wunden verbindet, gleichzeitig schon die Vorbereitung des nächsten zu überwachen, selber beim Herumheben der oft mit umständlichen Schienenverbänden versehenen Patienten zuzugreifen, rechtzeitig die Träger bei der Hand zu haben hat, kurz, es bedeutet für ihn, sehr umsichtig, geistesgegenwärtig, geschickt und immer gerade da zu sein, wo er am nötigsten gebraucht wird.

Es bedeutet ferner, daß er dafür Sorge tragen muß, daß weder Binden noch Arzneimittel ausgehen, daß stets sterile Instrumente, Gummihandschuhe und so fort in genügender Menge vorhanden sind.

Färber besaß in hohem Grade die Eignung für diesen Beruf. Er diente mit seinen Handreichungen einem weißhaarigen polnischen Arztmajor, einem ruhigen, ernsten alten Herrn mit einem großen mondbleichen, milden Gesicht, Mitte der Sechzig etwa, einem gebürtigen Russen übrigens, wie sich später ergab, der im ersten Weltkrieg den Greueln des Bürgerkrieges in seiner Heimat mit genauer Not entkommen, über Italien nach Polen eingewandert und dort ansässig geworden war. Er hatte besonders behutsame Hände, die, wie es nur bei sehr tüchtigen Ärzten der Fall ist, in ihren Bewegungen beseelt und schön, wie selbständig denkende Wesen wirkten, männlich in ihrer Bestimmtheit, fraulich in dem Bestreben, nicht weh zu tun.

Der menschenfreundliche alte Herr und Färber versorgten zusammen nacheinander einen etwa vierzehnjährigen Hirtenjungen mit durch Bombensplitter zerschmettertem Oberschenkel (diese Art Verletzung erwies sich aus mancherlei Ursachen als besonders häufig), dann einen korpulenten, unaufhörlich leise wimmernden Hauptmann mit einem abscheulich stinkenden

Gesäßschuß, dann einen wahren Lazarus mit siebzehn Wunden, die alle eiterten, doch mehr durch die große Zahl als durch ihre Lage bedenklich erschienen.

Und es war keiner darunter, der nicht in Lebensgefahr schwebte, da bei den meisten die giftigen Keime schon ins Blut getreten waren. –

Nach einer kurzen Pause ›von einer Zigarettenlänge‹, während der gelüftet und Ordnung gemacht wurde, erhielt der alte Major die Weisung, auf den Sälen Visite zu machen und die Verbände der Altpatienten nachzusehen.

Färber begleitete ihn. Am notwendigsten schien ein Eingriff bei dem Rothaarigen in Saal sieben, wenn man das gefährdete Bein erhalten wollte. Der Major sagte es ihm, und daß es vielleicht doch nötig sei, das Bein abzunehmen. Er versprach ihm aber, daß er etwas zu riechen bekäme, damit er nichts spüre, erkundigte sich auch nach seinem Namen und woher er sei, um so vertraulicher mit ihm reden zu können.

Der Lehrer, der hoch fieberte, erschrak. Er hatte gesehn, wie gestern abend der Amputierte starb und am Morgen hinausgetragen wurde. Er wolle sein Bein doch lieber behalten, sagte er, falls es sich noch machen ließe.

Der Arzt versprach ihm, es wenigstens zu versuchen, doch sei es ein lebensgefährliches, langwieriges, ungewisses Unterfangen, das größte Geduld von Patient und Arzt erfordere. Im günstigsten Fall behalte er sein Bein, das aber vielleicht steif bliebe. Andernfalls verlöre er es später doch unter bedrohlicheren Aussichten. Als Arzt rate er ihm zur Amputation.

Aber der Rothaarige beharrte eigensinnig bei seinem Wunsch. Lieber wolle er sterben, als ein Krüppel werden. Dann bat er, vor dem Eingriff noch ein Gebet sprechen zu dürfen, sprach es flüsternd, die Augen gottergeben zum Himmel gerichtet, mit großer Inbrunst und nickte dann, als er geendet, zum Zeichen, daß man jetzt beginnen könnte. Er benahm sich nun so völlig ruhig, als sei er bereit, alles mit sich geschehen zu lassen, was immer es auch sei. (Während er betete, hatte auch der Arzt die Hände gefaltet, die schon in Gummihandschuhen steckten. Auch der fromme Frauenschuh betete mit.)

Er dachte wohl, daß er aus dem künstlichen Schlaf vielleicht nicht mehr erwachen werde, aber er fühlte sich zu elend, als daß ihn der Gedanke daran sehr beunruhigte. Merkwürdig, wie belanglos und nicht der Mühe wert doch das war, was er nun vielleicht als Letztes im Leben sah. Fremde Gesichter, ein kahler Raum, ein grauer Tag. Und er ein Gefangener, einem geschlagenen Volk angehörend. Sein Leben erschien ihm so aussichtslos, so ohne alle Zukunft. Er dachte an seine Mutter, während man ihm schon die Maske über Mund und Nase stülpte. In tiefen Zügen, gierig, atmete er den betäubenden, kühlen Geruch ein.

Es dauerte meist nicht sehr lange bei diesen ausgebluteten, durch Fieber und Wundgift geschwächten, unterernährten Menschen, so schliefen sie schon. –

Des Verwundeten alte Mutter hatte niemanden auf der Welt als diesen Sohn, den sie über die Maßen liebte. Außer ihm konnte sie nichts freuen. Sie war, nachdem sie ihren Mann im letzten Krieg verloren, Botin in ihrem Heimatdorfe und gut zu Fuß. Ihr Sohn Tadeusz diente gerade beim Heer, als der Krieg ins Land brach. Sie konnte nicht einmal Abschied nehmen von ihm, aber sie dachte Tag und Nacht an ihn mit zärtlichen, helfenden Gedanken, ganz getrost, daß ihm nichts Böses widerfahren könne, solange sie nur an ihn denke und fleißig für ihn bete. Sie war ein einfältiges, armes Geschöpf, klein und zart von Gestalt, aber fromm und gut und sehr zähe.

Sie besaß ein kleines Blockhäuschen, ein paar Hühner und Gänse. Der Sohn war Lehrer im Nachbardorfe, sie lebten sehr glücklich. Mit Ausnahme der Sonn- und Feiertage ging sie für Lohn täglich in die Stadt, zwei Stunden hin, zwei Stunden zurück (im Winter dauerte es oft länger), und sie hatte, als es Krieg wurde, eben so viel gespart, daß es für ein Pferdchen und für einen Leiterwagen langte. Das Pferd hatte sie schon gekauft, da wurde es ihr, denn es war ein junges, strammes, gesundes Pferd, ein Fuchs, für Heereszwecke wieder genommen.

Ich hätte doch den Schimmel kaufen sollen, sagte sie sich (denn die sind nicht beliebt bei den Soldaten). Nicht lange, so kamen die deutschen Truppen durch das Dorf. Die Briefe ihres Sohnes blieben aus. Da ging sie zum Priester, nach dem Sohne zu fragen. Er tröstete sie, aber er konnte ihr nicht sagen, wo er sei. Wen sie auch immer traf, fragte sie: »Weißt du nichts von meinem Sohne Jusch?« (So hatte er sich selbst als Kind getauft.) Es war ihr ganz gleichgültig, daß sie oft hart angefahren und eine Närrin gescholten wurde wegen ihrer ewigen Fragerei.

Eines Tages kam ein verwundeter Soldat, der schon aus dem Lazarett entlassen worden und auf dem Weg in die Heimat war, durch das Dorf. Den lud sie zu sich und fragte ihn, ob er nichts von ihrem Sohn wisse. Sie nannte sein Regiment, beschrieb ihn (sie hieß ihn den hübschesten und klügsten Burschen weitum) und sah den fremden Soldaten mit so hungriger Erwartung an, daß er, nur um ihr etwas Freundliches zu Danke zu wissen, ihr vorzuflunkern begann, er habe allerdings einen Kameraden, auf den ihre Beschreibung passe, kürzlich im Lazarett zu Jagoslawa gesehen, wo, was freilich und einzig die Wahrheit war, zur Zeit alle Verwundeten vereinigt würden. Denn er sei verwundet, doch nicht schwer, am Bein, wenn er sich recht erinnere. »Gott wird helfen«, sagte er, trank aus und machte sich rasch davon. Denn das Gewissen schlug ihm, daß er die gutherzige Frau belogen hatte. Das geschah an dem Tag, da Tadeusz wirklich in das Polenlazarett nach Jagoslawa gebracht worden war.

Da machte sich seine Mutter auf, nachdem sie in ihren Brotkorb gepackt hatte, wessen er vielleicht bedurfte, Wurst, Wodka, Süßigkeiten und Zigaretten, und wanderte am frühen Morgen nach Jagoslawa.

Wenn sie rüstig ausschritt, konnte sie in drei Tagen bei

ihrem lieben Sohn sein. Sie betete, während sie ging, unaufhörlich die Lippen bewegend. –

Tadeusz wußte von dem Unglück mit dem Pferd. Es war die letzte Nachricht, die er von seiner Mutter erhalten hatte. Und nun, da er eingeschläfert wurde und sein Denken in einen Rauschzustand geriet, sein armer Leib summte und brauste, von hellen Blitzen durchzuckt, geschah es, daß er das Pferd und das Bein miteinander verwechselte. Es quälte ihn aber sehr. Er wollte schreien und es sich unter gar keinen Umständen gefallen lassen, daß man das Pferd, das sein Bein war, ihm nehme. Seine Zunge lallte: »Bein, Pferd, Bein, Pferd«, immer schneller und schneller. Dann wußte er nichts mehr von sich.

Die Hoffnung des alten Arztes, das gefährdete Bein vielleicht doch noch zu retten, gründete sich auf die Tatsache, daß es nicht gefühllos und noch ernährt war. Er konnte den Puls am Fußknöchel, wenn auch fadendünn, noch spüren.

Von dem Patienten sah man fast nichts mehr, da sein Gesicht von der Narkosemaske, sein Körper von sterilen Tüchern bis auf die Umgebung des Knies vollständig abgedeckt war. Ein Knie wurde operiert, nicht ein Mensch.

Bei der Öffnung der Wunde entleerte sich viel grünlicher, blasiger Eiter. Der Bombensplitter, ein schwärzliches, zackig-rissiges Stück Eisen, von der Größe einer Eichel, wurde gefunden und entfernt, desgleichen lose Knochenteilchen und Uniformfetzen. Die Wunde wurde gespült und mit gelochten Gummiröhrchen ›drainiert‹ (nicht anders, als man es bei kranken Wiesen tut), damit die Wundabsonderung sich nicht verhalte, sondern abfließe.

Während der Versorgung des Roten hatte der leitende Arzt des Lazaretts eine Weile zugesehen. Ein eleganter, sehr schöner Mann, der, obwohl die ihm unterstellte Einheit motorisiert war und keine Pferde besaß, wie Dr. Haase zu den Reithosen, Sporen an den spiegelblank gewichsten Reitstiefeln trug und, wo er ging und stand, gleichsam als sein Zepter, stets eine biegsame Reitgerte mit sich führte. Nun ließ er sie, der zu erwartenden Äußerung zu dem Fall Nachdruck zu verleihen, durch die Luft pfeifen und sagte dann lächelnd, er gebe keinen Pfifferling für die Erhaltung des Beines, grüßte, indem er den Silberknauf der Reitpeitsche an den Mützengriff legte (ganz wie Marschälle mit ihren Stäben grüßen), und verließ den Verbandraum. Färber ward dahin unterrichtet, daß das Knie dreimal täglich zu spülen sei (mit Kamillenbrühe übrigens). Er nahm sich vor, wenn irgend möglich, es selbst zu tun. –

Tadeusz' erste Worte, als er in seinem Bett erwachte, waren: »Ich bin wieder da!« Und dann: »Ist es noch dran?« Womit er das Bein meinte. Er freute sich, daß er es noch hatte, und daß er noch am Leben war.

Mischka konnte ihn beruhigen. Es hatte freilich so lange gedauert, daß er schon zweifelte, ob er den Kameraden je wiedersehen werde. Rodomski hatte ihn in diesen Zweifeln bestärkt und sich anheischig gemacht, mit jedermann zu wetten, daß der rote Schulmeister während der Operation bleiben werde.

Nun aber tat er nichts dergleichen und begrüßte ihn grinsend: »Na, da bist du ja wieder, Nachbarchen.«

Rodomski sah mit jedem Tag furchtbarer aus, es war nicht anders, als hätte der Tod in seiner Gestalt sich neben seinen Opfern zu Bett gelegt, um stets sogleich zur Hand zu sein.

Mischka hatte es längst heraus, daß Saal sieben der Saal der Aufgegebenen war. Sooft er aus einem kürzeren oder längeren Schwächeschlaf erwachte, hob er den Kopf und blickte nach dem Roten hinüber, seinem Mitsterbenden, ob er noch da sei. Und dem Roten ging's nicht anders. Sie grüßten einander mit den Augen.

Mischka hatte das abergläubische Gefühl, daß sein und des Roten Leben voneinander abhängig seien. Als es jetzt so lange dauerte, bis Tadeusz aus dem Verbandraum zurückgebracht wurde, machte er sich ernstlich darauf gefaßt, daß auch er alsbald sterben werde.

Der Grund des langen Ausbleibens aber war lediglich der, daß man dem Roten zur völligen Ruhestellung des Knies für die ersten bedrohlichen Tage einen Gipsverband angelegt hatte, einen sehr kunstvollen, gefensterten Verband, um die Wunde für die Versorgung frei zugänglich zu erhalten.

Es war der erste ›Gips‹, der seit dem Einsatz im Lazarett gemacht wurde. Was die Technik betraf, so gab es zwei Schulen: Nach der einen wurde das betroffene Glied sorgfältig gepolstert, ehe die Gipsbinden und Longetten angelegt wurden, nach der andern trug man den Verband auf der nackten Haut an. Der alte Arztmajor polsterte.

Ein frischer Gipsverband erinnert etwas an Zuckerwerk (so wie der angerührte Gipsbrei eine unverkennbare Ähnlichkeit mit Schlagsahne hat, nach Farbe und Schleckigkeit) oder aber an einen Schneemann. Doch alsbald treten Begleiterscheinungen auf, die ihn unansehnlich machen. In der Umgebung der Wunden entstehen durch Ansaugung der Absonderungen landkartenähnliche, mißfarbene Flecken. Um dies zu vermeiden, wird in ein großes Stück wasserdichten Stoffes (Billrothbatist) eine Öffnung geschnitten, die ringsum etwa einen Fingerbreit größer ist als der Mund der Wunde. Man klebt den Rand des Stoffausschnittes mit Mastisol sorgfältig auf die gesunde (enthaarte) Haut, versorgt die Wunde und faltet den Stoff einstweilen darüber. Ist der Gipsverband fertig angelegt und die Stelle der Wunde ausgeschnitten, schlägt man den Stoff nach außen und hat so die Wunde säuberlich abgesondert. Der Eiter kann nicht mehr unter den Gips kriechen, der trocken und weiß bleibt. Die Versorgung der Wunde ist erleichtert.

Darum aber hatte es so lange gedauert.

Färber war mit nach oben gegangen. Der Saal sieben übte auf ihn eine magische Anziehungskraft aus. Er sagte sich wohl, daß der noch nicht völlig erhärtete Gipsverband ganz besonderer Behutsamkeit bedürfe, damit er bei unsachgemäßem Tragen und Lagern nicht knicke und somit seinen Sinn verliere, wie es oft genug geschah. Auch konnte der Patient infolge der Narkose erbrechen und sich und den Verband besudeln. Das wollte er verhindern. Allein der tiefere Grund war einfach der, daß er an ›seinen‹ Patienten hing, an dem freundlichen Bäuerlein ohne Namen, an dem jungen Soldaten Mischka, der kein Vaterland hatte, an dem unheimlichen Rodomski sogar, der auf den Tod seiner Kameraden zu warten schien, und an dem Schulmeister mit seinem ihm anvertrauten Knie.

»Nicht wahr, von uns auf Sieben kommt keiner durch?« Mischka war's, der das fragte, als Färber sich so im Vorbeigehen nach seinem Befinden erkundigte. »Oh, Sie können mir getrost die Wahrheit sagen«, fügte er freundlich hinzu. Er sprach leise mit einer sehr angenehmen Stimme von wienerischer Klangfärbung.

Der Operationsgehilfe setzte sich auf den Bettrand und nahm des Verwundeten Hand, um ihm den Puls zu fühlen, der heute freilich bedenklich schwach und ungleich war, hüpfend bald, bald kriechend.

Natürlich, sie mußten es ja merken, daß einer nach dem andern auslöschte wie die Votivkerzen auf einem Lichtertisch. Es wurde ihnen ihr Tod vorgestorben, sie konnten es aus nächster Nähe mit ansehen, was ihnen schon morgen vielleicht geschah. Manche schauten dabei zu, voll Wißbegier und schon ohne Mitleid. Manche starben ganz nebenbei, unversehens, als wäre der Tod ganz und gar unwichtig. Selbst die Bettnachbarn merkten es oft erst, wenn es schon vorüber war.

»Ich komme noch ein wenig zu dir, wenn wir unten fertig sind«, sagte Färber, »dann sprechen wir miteinander darüber.« Und da er spürte, wie von einem zum andern das lebendige Vertrauen hin und wider strömte, während sie sich die Hand gaben, tat er etwas, was ihm bisher fremd war – vermessen kam es ihm später vor –, er legte ihm die Hand aufs Haar und sprach: »Ich gelobe es, du sollst nicht sterben.«

Und Mischka antwortete, im Herzen freilich noch immer ungläubig: »Sie sind ein guter Mensch.« – ›Was habe ich getan?‹ dachte Färber, als er nach unten ging. (Zu lange hatte er sich aufgehalten.) ›Habe ich ihm nicht zuviel versprochen. Kann ich denn mein Wort jemals einlösen?‹ Denn er glaubte, daß Mischka verloren sei.

Im Verbandraum standen wie eine Antwort sechzehn neue Zugänge, Tragbahre an Tragbahre nebeneinander. Dabei waren noch nicht einmal die dringendsten Verbände der Altpatienten erneuert.

»Es wird wieder Mitternacht werden«, sagte Frauenschuh mit müdem Lächeln.

Aber es ging jetzt doch ein wenig schneller. Jeder Operationshelfer bekam vier polnische Sanitäter beigesellt, die das Ausziehen der Verwundeten besorgten, sie aufhoben, beim Verbinden stützten, sie auf die Station brachten und den Verbandraum in Ordnung zu halten hatten.

Wenn Zugänge kamen, dann war es Färber zumute, als sei er nach dem letzten Kriege in Schlaf gesunken und habe die Zeit, die dazwischen lag, nur geträumt und sei nun in der Uniform wieder aufgewacht, um ›weiterzumachen‹. Denn er sah sie alle wieder. Es waren noch die gleichen Gesichter: der arme Teufel, der Rodomski, hatte damals Ruprecht, das gutmütige Bäuerlein aber Sanktjohannser geheißen. Der Krieg hatte noch gar nicht aufgehört, höchstens ein wenig ausgeruht in einer Schlafenszeit des Friedens. Mars war verwundet und wieder genesen. –

Kurz bevor die neuen Zugänge hereingebracht wurden, war das kleine Ofenmädchen gekommen, um die großen russischen Öfen nachzusehen, ein Kind fast noch, eine Deutsche, Tochter eines der goldbehelmten Feuerwehrmänner übrigens, die morgens das Wasser in den Behälter auf dem Dach gepumpt hatten. Sie hatte lediglich die

Aufgabe, die Öfen in Brand zu halten, denn es konnte zuweilen schon empfindlich kalt sein, obwohl es erst Anfang Oktober war. Es gab in diesem Jahr dortzulande keinen richtigen Herbst mit gelbem, rotem, braunem Laub. Der erste Frost war über das Grüne gekommen, schwarz wie Fledermäuse hingen die Blätter an den Zweigen.

Das kleine Ofenmädchen kam das erstemal schon zeitig, wenn Färber und Frauenschuh ihren Kaffee bereits gefaßt und den täglichen Morgenappell hinter sich hatten. Es trug einen karierten Wollschal nach polnischer Art, knickste höflich, wenn es, mit Ascheneimer, Kohlenschaufel, Schüreisen und Blasbalg beladen, den Verbandraum betrat, und machte sich unverzüglich an seine Arbeit. Es kniete vor dem Ofen nieder, öffnete das Türchen und entfachte die Glut. Es glich dabei einer Feueranbeterin oder einer Vestalin, durch den Ernst und die Anmut, mit der es vor dem Ofenloch hantierte. Das blasse Gesicht leuchtete im Widerschein der Glut. Es hieß Genia. Nun hatte es eine Pause des Verwundetenandrangs zur Wartung des Feuers benutzt, sah sich aber, als es mit dem letzten Ofen, der nicht recht hatte ziehen wollen, fertig war, plötzlich den sechzehn Verwundeten gegenüber, gleichsam umstellt von ihnen, so daß es, um zur Tür zu gelangen, über ihre Leiber hätte hinwegsteigen müssen. Sein Schäufelchen in der Hand, schwarze Spuren in dem lieblichen Gesicht – denn es vergaß sich zuweilen und strich sich mit der rußigen Hand das Haar aus der Stirn –, stand es ratlos und staunend, mit leicht geöffnetem Munde, was ihm ein etwas törichtes Aussehen gab, vor so viel Jammer, sah die fieberheißen, hohlwangigen Mannsgesichter mit den struppigen Bärten, den betrieften Decken, dem eingefressenen Schmutz an den Füßen, die manchmal an Baumwurzeln erinnerten, sah die durchbluteten Verbände, und da das Ofenmädchen das alles sah, dazu das Stöhnen und Wimmern hörte, begann es bitterlich zu weinen.

Es weinte, ohne sich zu schämen, wie Kinder oder Wilde weinen. Es tat auch nicht die Hände vors Gesicht, sondern ließ die Arme hängen wie Flügel. Die Tränen sprangen ihm gleich Brünnlein aus den Augen.

Als Färber die Kleine so sah, über den Jammer da zu ihren Füßen weinend, war ihm, als sei dies die natürlichste Regung für ein Mädchenherz. Und doch konnte er sich nicht entsinnen, diesen Augenblick je vorher so erlebt zu haben. Die Schwestern (wie nahe es ihnen oft genug gehen mochte) konnten es mit ansehen. Sie weinten nicht. Der sonst überaus schüchterne Frauenschuh aber trat jetzt zu Genia, nahm sie freundlich bei der Hand und führte sie aus der Enge, wie man bei Regenwetter einem Mädchen über Pfützen hilft. Sie stieg über die Verwundeten hinweg, vorsichtig zwischen die Griffe der Tragbahren tretend.

Färber, der eben einen bös zugerichteten Studenten versorgen half, überkam, als er dies sah, ein süßes Verlangen, mitzuweinen, und er schaute rasch zur Seite.

Beim Öffnen der stark gelockerten Verbände, in die der Verwundete gleichsam verstrickt war, zeigte sich's, daß dem jungen Studenten die rechte Hand vollkommen fehlte. Sie war dicht am Handgelenk abgeschlagen, so daß es aussah, als sei sie ihm, wie es im Mittelalter Übung war, zur Strafe abgehauen worden. Selbst ein amputierter Arm sieht nicht so schrecklich aus wie eine an der Wurzel abgehauene Hand.

Victorin, der Student, benahm sich musterhaft. Er hatte im ganzen sieben Wunden: einen gezogenen Säbelhieb über Kopf und Gesicht – er war Kavallerist und bei einem der in diesem Feldzug seltenen Reitertreffen verwundet worden –, einen leichteren an der Schulter, die schwere Handverletzung und zwei Pistolenschüsse (einen durch die Lunge und einen nahe der Scham). Er hatte sich offenbar tapfer gewehrt, ehe er sich völlig wehrlos gefangen gab. Das Blut war ihm in die Augen gelaufen, so daß er nicht mehr hatte sehen können. –

Indessen erinnerte sich Färber, was sein Schützling Mischka über das sichere Schicksal der Patienten in Saal sieben sich für Gedanken gemacht hatte, und sagte es nebenbei dem trefflichen Arztmajor. Sogleich wurde einer der wenigen leichteren Fälle, ein Armamputierter, bestimmt, bei den Aufgegebenen zu liegen, ein lustiger Bursche, der mit dem gesunden Arm recht gut kleine Handreichungen verrichten konnte und Bogumil gerufen wurde. Es war gleichgültig, ob er wirklich so hieß. Vermutlich hatte es der Pfleger Quirin aufgebracht, der gutherzige Riese. Der Arzt machte kein Hehl daraus, warum Bogumil auf sieben käme. Bogumil, den leeren Ärmel in der Tasche, grüßte nach polnischer Vorschrift mit drei Fingern, mit der Schwurhand sozusagen, den großen Schirm seiner Mütze berührend, wobei er sich höflich, aber unmilitärisch verneigte. Er versicherte, daß es ihm eine Ehre sei.

Der Student, der, während seine Wunden versorgt wurden, mit geschlossenen Augen finsteren Angesichts dagelegen und offenbar starke Schmerzen zu ertragen hatte, sagte nun in gutem, etwas hartem Deutsch, auch er wolle, gleichgültig, wie es mit ihm stehe, in den Saal dieser Verlorenen.

Als er dahin abtransportiert war, meinte der alte Arzt, die gefährlichste Wunde des Studenten, gefährlicher noch als die verletzte Lunge, sei sein verwundeter Stolz. Er leide mehr unter der Heimsuchung seiner Nation als unter seinem persönlichen Unglück.

Ob man daran sterben könne, fragte Färber.

»Ich glaube, ja, Herr Färber«, antwortete der Alte.

Erst gegen Mittag ließ der Zustrom der Verwundeten etwas nach. Wenn dann die Ärzte zum Essen gingen, hatten Färber und Frauenschuh erst noch die Aufräumungsarbeiten zu überwachen und die Instrumente und das Verbandzeug wieder herzurichten. Dann, einander ablösend, kamen auch sie zum Essen.

Es war sehr nötig, daß immer einer der Helfer im Verbandraum blieb, gleichsam zur Verteidigung. Denn alle Augenblicke kam eine Schwester oder ein Pfleger, um etwas zu holen, Verbandscheren, Rekordspritzen, Zellstoff, und wenn man ihnen nicht genau auf die Finger sah, dann ließen sie bestimmt irgend etwas mitgehen, was sie für ihre Patienten brauchen konnten. Denn es mangelte anfangs überall oft am Nötigsten. Der gleiche, mit viel List und Schläue geführte Raubkrieg herrschte auch unter den einzelnen Stationen, wo man sich dauernd gegenseitig die Bettschüsseln und die ›Enten‹ stibitzte (man nannte das ›organisieren‹), bis endlich der Apotheker vom Sanitätsdepot und durch Requisition genügend Material beschafft hatte. Es war natürlich aussichtslos, auf einen noch so begründeten Verdacht hin die abhanden gekommenen Gegenstände zurückzufordern, und selbst der brave Frauenschuh gab es bald auf und ersetzte das Fehlende bei geschickt getarnten Raubzügen, wobei er sich nicht scheute, selbst die Oberschwester, das gefürchtete ›Totenbrett‹, durch vorgeschützte dienstliche Befehle wegzulocken, um dann in aller Ruhe zurückzuholen, was man ihm gemaust. Die besonders begehrten Verbandscheren hatte er an unauffälliger Stelle gezeichnet, so daß er, falls man ihn beim Zurückstehlen erwischte, das Besitzrecht des Verbandraums geltend machen konnte.

Nun wartete er, daß Färber vom Essen zurückkäme und ihn ablöste. Er setzte sich in den großen ledergepolsterten Klubsessel, der wie ein Fremdkörper in der so unwohnlichen Umgebung des Verbandraums in einer Ecke stand. Niemand wußte, wie er hierhergekommen sein mochte, denn er paßte ganz und gar nicht in die Kaserne mit seiner anspruchsvollen, breitspurigen Wohlgenährtheit, diesem Nicht-aus-der-Ruhe-zu-bringen-Sein. Die Helfer hatten ihn den ›Aufsichtsrat‹ genannt. Bis jetzt war es jedoch noch nicht vorgekommen, daß sich jemand hineingesetzt hatte. Es war einfach keine Zeit dazu gewesen. Ein Bündel Drahtschienen lehnte darin. Der Sessel war freilich schon etwas schäbig und geflickt, allein in diesem nüchternen, bilderlosen Raum, an dessen Wänden noch die Staubschatten der Soldatenbetten sichtbar waren, wirkte er fast aufreizend bequem und erinnerte an ein hier durch den krassen Gegensatz beleidigendes Wohlleben. Er stand da und schien zuzuschauen und aufzupassen. Man saß darin besser, als irgendeiner der Bewohner der alten Kaserne lag. Darin war freilich etwas Widersinniges.

Frauenschuh, der seit dem frühen Morgen unaufhörlich auf den Beinen war, hatte sich, nur um seinen zerkauten, feuchten Zigarrenstummel zu Ende zu rauchen, in den Aufsichtsrat gesetzt. Nur für ein Augenblickchen, bis Färber vom Essen kam. –

Gegessen wurde im sogenannten Kasino, einem etwas freundlicher gehaltenen Saal mit einer kleinen Bühne (darauf ein Klavier stand), einem Bildnis Pilsudskis und einem Radioapparat, der von früh bis spät lief. Auch ein Ping-Pong-Tisch war vorhanden. Das Kasino war offen gegen den Mannschaftsschlafraum, wo auch die Operationshelfer in zweistöckigen Betten schliefen.

Die Sanitätsoffiziere aßen gemeinsam mit den Mannschaften der Abteilung, nur an einem gesonderten Tisch, das gleiche Essen, das in großen dampfenden Kesseln aus der Küche gebracht wurde.

Als Färber sein Essen faßte, hatten die meisten Kameraden schon abgegessen und saßen rauchend, plaudernd oder kartenspielend umher. Dr. Haase spielte mit einem jungen Unterarzt Tischtennis. Das leichte, behende Spiel mit dem kleinen weißen Zelluloidbällchen, das war im Vergleich mit der blutigen Tätigkeit vom Vormittag ein ähnlicher Gegensatz wie der Polstersessel drüben im Verbandraum oder wie die alte trostlose Kaserne am Rande der Stadt, in der die hellblaue Trambahn fuhr, darin es Kinos, Theater, Cafés und Konditoreien mit den leckersten Süßigkeiten, knusprigsten Backwaren, Schlagrahm und Schokolade, wo es Schaufenster voller

Herrlichkeiten gab, dem Jammer benachbart, Haus an Haus mit dem hundertfältigen Tod.

Färber war so müde, daß es ihm schwerfiel, auf die freundlichen Fragen der Kameraden zu antworten. Teilnahmslos saß er und aß ohne Lust, ohne zu schmecken, was er aß. ›Nur einmal wieder richtig sattschlafen‹, dachte er. Der Rücken schmerzte ihn. Wenn er den Kopf auf die Arme gelegt hätte, er wäre augenblicklich eingeschlafen. Aber drüben wartete Frauenschuh auf ihn.

Färber zündete sich eine Zigarette an und sah dem leichten, hohlen, weißen Bällchen nach, wie es graziös hin und her sprang, mit jenem leeren, scheppernden Pappschachtelton, dieser Quintessenz des Nichtigen.

›Ich muß ja hinüber, ich muß ja hinüber‹, dachte Färber, ohne sich aber aufraffen zu können. Ping-pong, ping-pong, machte das weiße Bällchen. Aus dem Radio sang's: ›Auf der Heide blüht ein kleines Blümelein, und das heißt Erika.‹

Einer der Kameraden neben Färber (sie ließen ihn in Ruhe) erzählte davon, wie er gestern nacht zwei zerlumpte, hungrige Jungen dabei ertappt, wie sie, durch den fatalen Bratenduft angelockt, sich am Verbrennungsofen zu schaffen machten, mit der unmißverständlichen Absicht, sich an dem darin schmorenden Fleisch gütlich zu tun, weshalb jetzt dort auch ein Posten mit Gewehr aufgezogen sei, damit sich das grausige Vorkommnis fürderhin nicht wiederhole. Mit halbem Ohre hörte es Färber. Er war zu müde, als daß es auf ihn einen besonderen Eindruck gemacht hätte. –

Als er wieder in den Verbandraum trat, fand er Frauenschuh eingenickt im Sessel sitzen. Färber kam gerade recht, um der guten Schwester Karline ein Paket Mullbinden abzujagen (von den breiten natürlich, deren Vorrat sehr knapp war), ohne zunächst zu merken, daß sie in einen Packen Zellstoff, den er ihr ließ, ein Nierenbekken, eine Verbandschere, eine Pinzette und gleich zwei

Röllchen Leukoplast versteckt hatte. Zum Glück entfielen ihr an der Türe die geraubten Gegenstände, wovon Frauenschuh erwachte. Schwester Karline war sehr unglücklich über ihr Mißgeschick, denn sie sollte einen Verband erneuern und wußte doch nicht womit. Sie war nahe am Weinen. Während Frauenschuh zum Essen hinüberging, richtete Färber der Schwester einen kleinen Verbandvorrat her. Sie ging getröstet.

Unter der Türe kehrte sie noch einmal um, langte aus ihrer Schürzentasche eine etwas zerdrückte Praline und steckte sie Färber in den Mund. –

Die Arbeit riß nicht ab. Sie wurden eigentlich nie fertig. Färber mußte an sein leichtfertiges Versprechen denken, das Knie zu spülen und mit Mischka zu reden. Es würde spät Nacht werden, bis er dazu kam.

Mit dem mittäglichen Sonnenschein wurde der Himmel auf einmal klar, und nachmittags fiel ganz plötzlich ein schneidend kalter Wind ein.

Im Kasernenhof wurden gerade Strohsäcke gestopft; denn der leitende Arzt mußte mit Recht fürchten, daß die bereitgestellten Betten nicht ausreichen würden. Die Arbeit wurde von Juden verrichtet – in Jagoslawa gab es sehr viel Juden –, die durch einen Sanitätssoldaten, der zum Zeichen der Befehlsgewalt mit einem langen Haselstecken bewaffnet war, beaufsichtigt und zur Arbeit angehalten wurden. Man hatte reichlich Stroh angefahren und zu einem hohen, lockeren Haufen aufgeschüttet, der auch nicht kleiner werden wollte, wie der im Märchen vom Rumpelstilzchen, den die Müllerstochter zu Gold spinnen sollte. Die Juden knieten darum herum, griffen hinein und stopften die Säcke. Da nun kam völlig unverhofft der Windstoß, ein richtiger kleiner Wirbelsturm, in den Kasernenhof gefegt, nahm wie ein unsichtbarer Stier das lockere Stroh auf die Hörner und warf es hoch in die Luft. Im Augenblick bildete sich ein schimmernder Strudel aus gelben Halmen, der alles Stroh gleichsam ansog und über die Dächer emportrug, oder in einzelnen

Teilen wieder herabregnen ließ. Die Luft war erfüllt von goldenem Staub.

Die Aufsicht führte diesmal der Soldat Prutze, ein hagerer unguter Mensch, mit dem es das Leben nicht freundlich gemeint hatte, darum meinte er es auch mit dem Leben nicht freundlich. Er hatte ein wenig Vertrauen erweckendes Äußere – wofür er freilich nichts konnte –, ja ein richtiges Galgenvogelgesicht von der Natur mitbekommen, und vielleicht war das der Grund, warum er nicht als Pfleger, sondern als Hofpolizei verwendet wurde. Doch fühlte er sich recht wohl in seiner Rolle als Stockmeister, und da er sich von Kindheit an viel hatte bücken und treten lassen müssen, tat es ihm wohl, wenn sich einmal andere vor ihm ducken mußten. Er brüllte, wetterte und fuchtelte gar gewaltig im Hofe umher, und da er merkte, daß seine Untertanen sich vor ihm fürchteten, schrie er noch mehr und weidete sich an ihrer unterwürfigen Angst.

Da aber kam nun plötzlich der frische Wirbelsturm herabgefahren und nahm das Stroh unter ihren Händen mit sich fort und blies es in alle Winde. Das kam so überraschend und ging so schnell, daß die strohsackstopfenden Juden, kniend, einen Strohwisch noch in der Hand, offenen Mundes, entgeistert den davonwirbelnden Halmen nachschauten. Einige waren aufgesprungen und suchten aus der Luft noch etwas davon zu erhaschen. Ein Unterfangen, das in seiner Sinnlosigkeit verzweifelt-komisch aussah. Das Stroh war fort.

Unserem Prutze erging es nicht anders. Mit offenem Munde, wütend, schaute er in das davonfliegende Stroh, das von ungefähr gelben Nudeln glich, die in einem Topfe sprudeln. Es half nichts, daß er befahl, das wenige in den grauen Hof herabfallende Stroh mit den Händen Halm für Halm zusammenzutragen; denn obgleich er ja nichts dafür konnte (denn es war schließlich ein Eingriff höherer Gewalten), noch den Schaden hätte verhüten können (niemand hätte es vermocht), ward er doch von dem schönen gestrengen Kommandeur dafür verantwortlich gemacht und abgesetzt. Und obwohl dies nicht in Gegenwart seiner Untertanen geschah, sondern schicklicherweise abseits, merkten sie es doch mit der feinen Witterung der Entehrten, flüsterten es einander schadenfroh zu und gönnten es von Herzen ihrem Peiniger.

Die Schwestern, die die Fenster geöffnet hatten, um die Sonne hereinzulassen, konnten sie nun gar nicht schnell genug wieder zukriegen. Auch durch die Krankenzimmer tanzte das Stroh, und der gelbe Staub schimmerte hell. –

Auf Saal sieben herrschte seit dem Eintreffen des Studenten Victorin eine seltsame Unruhe. Victorin war ein Held. Die Nachricht von seinem todesmutigen Verhalten in dem Reiterkampf hatte sich herumgesprochen. Einige der Verwundeten kannten ihn. Sie wußten, daß er nach seiner Gefangennahme trotz seiner tödlichen Verwundungen zu entfliehen versucht hatte, und auf dem Überweisungszettel stand besonders vermerkt: ›Vorsicht, rabiater Bursche!‹ Es ist sehr merkwürdig, wie rasch sich im Kriege, selbst unter Gefangenen, gewisse Nachrichten verbreiten. Im Nu wußten es alle Verwundeten, ja in ganz Jagoslawa war es schon bekannt, daß der heldenmütige Victorin in Saal sieben des Gefangenenlazaretts liege. Er selbst übrigens hatte kein Wort davon gesagt. Auch gab es genug Verwundete, die sich nicht weniger tapfer geschlagen haben mochten, aber der Ruhm ging an ihnen vorbei. Denn der Ruhm ist oft wählerisch, ja zuweilen nachsichtig oder sogar ungerecht. Er war in Victorin verliebt.

Victorin hatte nach seiner unzweifelhaften, ihm auch vom Gegner zugebilligten Standhaftigkeit nichts dazu getan, und doch schien ein Genius vor ihm herzugehen und seinen Ruhm zu verkünden.

Als er in Saal sieben gebracht wurde, reckten die Verwundeten die Hälse nach ihm und guckten. Die Sterbenden sahen in ihm noch eine Hoffnung. Es tröstete sie, daß er bei ihnen war.

In Saal sieben pflegte die tolpatschige Schwester Karline, und als sie des Studenten zum ersten Male ansichtig wurde, griff sie mit der Hand nach ihrem Herzen, wie es natürliche Menschen tun. Sie griff sich auch zuweilen an den Kopf, wenn sie etwas vergessen, oder klapste sich vor den Mund, wenn sie etwas Dummes gesagt hatte. Jetzt aber schlug ihr Herz an wie eine Glocke. –

Unterdessen zog der Wirbelwind mit dem Stroh als goldene Wolke hoch am blauen Himmel über Jagoslawa davon, ein seltenes Naturschauspiel, viele Stunden weit und von vielen mit Verwunderung betrachtet.

Auch des rothaarigen Lehrers wandernde Mutter sah die Wolke in dem Augenblick, als sie sich bei einem zerstörten Dorfe herniedersenkte und die zertretenen Felder bestreute mit Halmen, die von Himmel fielen, sah es, da sie, fromme Gebete murmelnd, ihres Weges fürbaß ging, und nahm es als gute Vorbedeutung für ihre Unternehmung.

Die Sonne schien, und zwischen den Brandstätten des Dorfes hatten Händler aus Kisten und Latten ein paar Buden aufgerichtet und daran bunte Tücher, Bänder und gestickte Hemden aufgehängt.

Die Mutter, wohl an ihren täglichen Botengang gewöhnt, aber – denn sie hatte sich bis jetzt keine Rast gestattet – solchen Gewaltmärschen doch nicht mehr gewachsen, setzte sich auf einen Stuhl, der vor dem Brandschutt eines Hauses unter einem verkohlten Baume einladend in der Sonne stand, und gedachte etwas auszuruhen. Den Korb auf dem Schoß sah sie ein Weilchen dem Handel zu, und bei sich erwägend, ob sie ihrem lieben Sohne nicht ein gesticktes Hemd – am geschätztesten waren die weißgestickten – kaufen sollte, nickte sie ein.

So saß sie vor einem fremden verbrannten Haus, dessen

einstige Bewohner in einem Grabe auf ihrem eigenen Grund und Boden eingescharrt lagen, vornübergebeugt, unter dem bis auf den Stamm und ein paar Aststümpfe verkohlten Baum, in tiefem Schlaf vergessen bis zum Abend.

Es gab in jenen Tagen sehr viele Menschen auf Erden, die wie sie todmüde waren und sich dem Schlaf anvertrauten, bei den Siegern und bei den Geschlagenen, bei den Soldaten, den Flüchtlingen, den Obdachlosen. Es gab herzhaft Müde, die sorglos sich neben den Straßen hinfallen ließen und sofort einschliefen, es gab Verzweifelte, die sich in den Schlaf weinten, und es gab Verwundete, die nicht mehr daraus erwachten.

Die Mutter, die seit dem frühen Morgen unterwegs zu ihrem Sohne war, hatte wirklich nicht schlafen wollen, nur ein wenig hinsitzen, ein Weilchen verschnaufen. Denn sie hatte bis zu dem Dorfe Pawlik in rüstigem Marsch fast schon ein Drittel des Weges hinter sich gebracht. Es war gegen vier Uhr nachmittags, als sie einnickte. –

Gegen vier Uhr nachmittags zur gleichen Stunde begann ihr Sohn Jusch im Lazarett zu Jagoslawa auf einmal unruhig zu werden. Es kam ihm kalt von den Füßen herauf, seine Hände zogen sich im Krampf zusammen und zitterten. Sein Herz lief leer. Es war keine Kraft darin. Auf der Stirn stand ihm der kalte Schweiß, sein Mund aber war trocken und seine Stimme sehr schwach, als er die Schwester rief.

Sofort wurde Rodomski aufmerksam. ›Aha‹, dachte er, ›wieder einer‹, und sah nach der Uhr. Dann teilte er Mischka durch Zeichensprache und Grimassen mit, daß es mit dem Kameraden offenbar recht schlimm stehe. Er deutete mit seiner Knochenhand zum Himmel und machte dann mit den Armen Bewegungen, als flöge er. Es sah abscheulich aus (und verursachte ihm viele Schmerzen).

Dem Rothaarigen war es wirklich zumute, als müsse er sterben. Todesangst befiel ihn, er atmete oberflächlich und schnell. Er verdrehte die Augen.

»Schwester, Schwester«, rief Mischka, »kommen Sie schnell!«

Schwester Karline, die eben den Namenlosen mit Schleimsuppe fütterte (denn er mußte gefüttert werden wie ein Kind), kam sogleich, die Tasse noch in der einen, den Löffel in der anderen Hand, herbeigelaufen, und da sie den Roten in den letzten Zügen sah, sagte sie Bogumil, er solle sogleich den Arzt rufen.

Bogumil grüßte mit drei Fingern, lässig, stramm, auf Offiziersart, wobei er hörbar die Hacken zusammenschlug, und eilte hinab. Es traf sich glücklich, daß der Arztmajor und Färber im Augenblick frei waren. Sie nahmen Herzmittel und Rekordspritze gleich mit nach oben.

Zwei gute Stunden waren sie bemüht, den plötzlichen Schwächeanfall zu bekämpfen, immer und immer wieder den Puls befragend, bis er sich endlich kräftiger anfühlte, die Beängstigung nachließ und mit einbrechender Dämmerung endlich der Patient in wohltätigen Schlaf sank.

»Was war das?« fragte Färber beim Hinuntergehen den Arzt.

Der Alte zuckte die Achseln. Vielleicht sei es seelisch bedingt gewesen, meinte er. Der Patient habe keinen Lebenswillen. Er mache es dem Tod wirklich nicht schwer.

Mit einbrechender Dämmerung wurde es empfindlich kalt. Die Händler zwischen den verkohlten Trümmern des Dorfes Pawlik packten ihre Waren ein.

Juschs Mutter hätte wohl noch weiter geschlafen, wenn nicht ein Hündlein sich über ihre Unbeweglichkeit geärgert und sie angebellt hätte. Sie wachte jäh auf und erinnerte sich sogleich mit Schrecken, was geschehen war und wie pflichtvergessen sie gehandelt, daß sie die kostbare Zeit verschlafen habe. Aber als sie sich entschlossen wieder auf den Weg machen wollte, merkte sie, daß sie einfach nicht mehr konnte. Ihre Füße schmerzten sie. Sie humpelte, von dem Hündlein begleitet, das, sobald sie erwacht war, sich beruhigt hatte, zu einem kleinen Tümpel, daß sie sich darin die wunden Füße wasche und kühle. Doch kaum hatte sie die Schuhe abgezogen und die Fußlappen auseinandergefaltet, so fuhr das Hündchen heran und begann ihr die blutigen Füße zu lecken. Das tat der Wanderin wunderbar wohl. Mag sein, daß das verwahrloste, herrenlose Tier es aus Hunger oder reiner Geschleckigkeit tat, genug, es rührte das Herz der Frau, daß sie aus dem Korb, der mit seinen Wohlgerüchen vielleicht die eigentliche Ursache der zärtlichen Zutraulichkeit des kleinen Köters war, ein Stück Kuchen langte, zerbrach und den struppigen Kameraden zu füttern begann, der sie von nun an nicht mehr verließ.

»Wenn ich bloß wüßte, wie du heißest«, sagte die alte Frau und versuchte es mit einigen gängigen Hundenamen, aber er hörte nicht darauf.

Es war für sie nun an der Zeit, ein Quartier für die Nacht zu suchen, und es ergab sich, daß die wenigen Bewohner des Dorfes Pawlik, die vor dem Gefecht nicht geflüchtet und noch am Leben geblieben waren, in der unzerstörten Dorfkirche nächtigten und der wandernden Botin gern Unterschlupf gewährten. –

Es wurde zehn Uhr nachts, bis Färber und Frauenschuh endlich frei waren. Nun mußte noch das Knie durchgespült werden, was wegen des Herzkrampfes des Roten natürlich aufgeschoben worden war. Die beiden Helfer gingen mit zwei Nierenschalen, dem Irrigator, dem warmen Kamillenaufguß und etlichem Verbandzeug nach oben, wo bereits die Nachtschwester amtierte.

Der Dorfschullehrer lag wach. Er war noch erschöpft. Man hatte ihn in heiße Ziegelsteine förmlich eingebaut, und auf dem Stuhl, der als Nachttisch diente, stand ein halbgeleerter Feldbecher mit Rotwein.

Es ist immer merkwürdig anzusehen, wenn ein mit den durchlöcherten Gummiröhrchen gleichsam gespicktes Knie durchgespült wird, wenn aus den Öffnungen, wie eine kleine Wasserkunst, die Brünnlein fließen, erst wolkig, blutig, mit Eiterflocken und kleinen Gewebsfetzen vermengt, dann endlich klarer, gereinigter. Die Wunde sah schon viel besser aus als am Morgen. Die Umgebung war etwas abgeschwollen. Doch hatten sich, durch die vorübergehende Untertemperatur, auf Dr. Haases seltsamem Fieberkurvensystem Abend- und Morgenkurve geschnitten, was Dr. Haase ›Kreuzpunkte‹ nannte. Sie waren im Guten wie im Schlimmen meist alarmierend.

Frauenschuh, als sie fertig waren, benutzte die Gelegenheit, seinen Freund, den Kieferschuß, zu besuchen. Er hatte die Hoffnung nicht aufgegeben, seinen Namen doch noch zu erfragen, und den anstelligen, dienstbeflissenen Bogumil in die Sache eingeweiht.

Bogumil konnte etwas Deutsch, das er, wie verkehrt es ihm auch geraten mochte, mit großer Zuversicht sprach. Es hörte sich sehr drollig an. Sie brachten jedoch nur soviel heraus, daß der Wohnort des Namenlosen ähnlich wie Fabrik oder Patrick klang. Jan gab sich sichtlich die größte Mühe beim Lallen seines Namens, der aber – er hieß Onufri Rzewuski – völlig unverständlich blieb.

›Was geht es sie an, wie ich heiße und woher ich bin. Sie sollen mich fortlassen, ich finde schon meinen Weg.‹ So dachte das Bäuerlein. Aber seit der Blutung von heute früh war er recht schwach auf den Beinen, und bei einem Versuch, aufzustehen, wurde ihm gleich ganz schwarz vor den Augen.

Doch sah er jetzt entschieden manierlicher aus. Er hatte sich durch einen gefangenen polnischen Sanitäter, der Barbier von Beruf war, sauber rasieren lassen. Der Sanitäter hatte alles Nötige bei sich, denn was ein richtiger Friseur ist, nimmt sein Handwerkszeug auch ins Paradies mit oder in die Hölle. Gälte es selbst unter dem Galgen auch den Henker noch zu rasieren, ein Griff in die Tasche, er würde gewiß aufs beste bedient.

Als der Kieferschuß rasiert und frisiert war, wofür er dem Barbier seine letzten Groschen hingab, hatte er das Gefühl, daß es nun an nichts mehr fehle. Die gegenwärtige Entstellung des Gesichts würde wohl auch noch in Ordnung kommen. Der Kinder wegen war es ihm darum zu tun, daß sie sich nicht vor ihm entsetzten. Jarzy, sein Hund, würde ihn vielleicht anbellen wie einen Fremden.

Jan, der Namenlose, ließ seine munteren Äuglein umherwandern. Die Erinnerung an daheim, an das kleine Haus, seine hübsche fleißige Bäuerin, die gesunden Kinderchen und Jarzy, den gelehrigen Köter, hatte ihm plötzlich Lust gemacht, sich mitzuteilen. Zum erstenmal tat es ihm leid, daß er sich nicht verständlich machen und irgend jemandem davon erzählen konnte. Als er so umherguckte, fühlte er sich plötzlich angesehen.

Rodomski war es. Er saß in seinem Bette auf, sich an dem Zügel haltend, den man am Bettende angebunden hatte, damit er sich leichter aufrichten könne. So saß er, wie mit unsichtbaren Pferden kutschierend, und stöhnte und ächzte unbeherrscht, mehr aus schlechter Angewohnheit als vor Schmerzen. ›Es scheint sich bei ihm doch wieder zu machen‹, dachte er bei sich, den Kieferschuß mit dem zehrenden Blick seiner Schwarzkirschenaugen betrachtend. Beunruhigt schaute Jan beiseite.

In dem Bett in der Ecke, worin in der vergangenen Nacht der Amputierte gestorben war, lag wieder ein Sterbender, ein Neuzugang, mit einer ganz ähnlichen Verletzung wie die Mischkas, so daß ihn Mischka genau seinen künftigen Tod vorsterben sah mit allen Einzelheiten. Der Mund vor allem war es, der ihn erschreckte. Als jener gebracht worden war, hatte er noch gesprochen, mit seinen zwar blutleeren, aber hübsch geformten Lippen zu trinken verlangt, ja noch gescherzt, daß er sich in der Lage fühle, den Stillen Ozean auf einen Zug zu leeren. Nicht lange danach freilich hatte er zu phantasieren begonnen und stundenlang (er war Bankangestellter) laut gerechnet, mit märchenhaften Zahlen, an deren Größe er sich berauschte. Neunhundertneunundneunzig Milliarden siebenhundertdreiundfünfzig Millionen fünfhundertsiebenunddreißigtausend zweihundertdreiundzwanzig Zloty und drei Groschen, sagte er etwa zungengeläufig.

Es war gewiß nicht der rechte Ort und die Zeit, denn es war Nacht, von solchen Reichtümern zu reden, und es verdroß die Kameraden, die schlafen wollten. Sie warteten sehnlichst darauf, daß er endlich verstumme; sie wünschten ihm den Tod.

Er redete nun nicht mehr laut, denn sie hatten es sich verbeten, und er war wirklich zum Bewußtsein gekommen, hatte sich vielmals entschuldigt, er müsse geträumt haben. Aber ganz konnte er es doch nicht lassen, er flüsterte jetzt. Er rechnete flüsternd. Es war deutlich zu merken, daß er sich im Geist am Schalter seiner Bank befand und einem Kunden Ratschläge erteilte. Aber dieses Flüstern war erst recht nicht zum Anhören. Man vernahm es bis in den letzten Winkel.

Mischka, der wieder hoch fieberte und, auf Färber wartend, sich künstlich wach erhielt, sah dem Mitsterbenden genau auf den Mund, wie er, vorher noch voll und blaß blühend, von Stunde zu Stunde immer schärfer und straffer wurde, bis er schließlich aus einem redenden Mund zu einer runden Öffnung wurde, zu einem Ding. Nun fing er an zu ziehen, wobei die Wangen einfielen wie Segel.

Natürlich sagten die Verwundeten jetzt, daß jeder, der in dieses Bett zu liegen komme, alsbald des Todes sein werde. Der Rechnende war freilich schon der dritte. Das gehört nun einmal zum Krankenzimmeraberglauben. Die Fliegen scharten sich um ihn wie winzige Raben.

Ach, diese verdammten Fliegen, es summte von dem Geschmeiße unaufhörlich rings im Raum, und es krabbelte auf den Verbänden. Um den Mund des Sterbenden, über der Öffnung, die einst ein Mund gewesen war, kreisten sie. Sie setzten sich ihm ins Gesicht und krochen ihm in die Nasenlöcher. Aber er nahm es schon nicht mehr wahr.

›Wer wird mir einmal die Fliegen wegjagen?‹ mußte Mischka denken und schauderte. Es hingen jetzt wohl Fliegenfänger von der Decke über den Betten, honigfarbene, klebrige, glasige Papierspiralen. Aber schon nach wenig Stunden sahen sie aus wie schwarze Pelzstreifen. Auch über Rodomskis Bett hing einer, und es machte ihm Spaß, zuzusehen, wie immer wieder eine Fliege auf den Leim ging. Er beobachtete es genau, wie sie sich, angelockt durch den süßen Duft, setzte und nicht mehr loskam, wie sie es erst ganz gemächlich versuchte und es ihr auch wirklich gelang, eines der Beinchen freizubekommen. Dazu aber hatte sie sich mit den übrigen abstemmen müssen, und um nun sie aus dem Klebricht zu lösen, blieb ihr nichts anderes übrig, als das eben befreite Beinchen wieder aufzusetzen.

Allmählich aber wurde sie ungeduldig, man konnte es ihr deutlich ansehen, wie zornig sie wurde, sie sumste und surrte mit ihren Flügeln, damit erreichte sie wohl, daß ihre vier vorderen Beine, nur noch durch dünne Leimfäden mit der Spirale verbunden, Luft bekamen. Aber als sie das Summen nur für einen Augenblick einstellte, sank sie hintenüber und klebte nun mit den Flügeln fest; ganz langsam ermattete sie, immer wieder verzweifelte Befreiungsversuche unternehmend, durch die sie aber ihre Lage nur noch hoffnungsloser machte. Stundenlang sah Rodomski dabei zu. Sie lebte noch immer, hie und da ein wenig ein Bein bewegend.

Täglich frühmorgens kam Schwester Karline mit der Leiter, hängte die Fliegenpelzchen ab, wobei sie oft selbst mit den Haaren daran hängenblieb, eine Tätigkeit, die sie verabscheute. Sie ließ sie alle auf eine Zeitung fallen, packte sie darein und schob sie in den Ofen. Es gab ein kurzes, prasselndes Feuer. –

Als Färber mit der Spülung des Knies fertig war, wobei sich der ästhetische Verband vortrefflich bewährte, setzte er sich zu Mischka aufs Bett, auf die gesunde Seite, derart, daß er sich am Fußbrett anlehnen konnte.

Es gab einmal, so in den neunziger Jahren, solche gegenlehnige Sitzsofas, die eigens für die intimere Bequemlichkeit gesellschaftlicher Plauderei gedacht waren, so daß das betreffende Paar, das sich des seltsamen Möbels bediente, halb liegend einander gegenübersaß, wie jetzt Färber und Mischka zu nächtlicher Stunde in Saal sieben.

Färber, der sehr müde war und nicht sehr viel besser aussah als sein Schützling, war sich bewußt, daß es gar nicht leicht sein werde, diesen zu überzeugen, daß er am Leben bleiben werde. Färber besaß im Grunde eine rasche Gemütsart, er war leidenschaftlich, ja wenn's darauf ankam, starrköpfig. Er glaubte gleichsam an den persönlichen Tod und hatte ihn, er müßte kein Deutscher gewesen sein, oft genug schon gezeichnet, er glaubte an den Knochenmann mit Stundenglas und Hippe, an den Freund Hein.

»Diesen nicht«, sagte er eigensinnig, »diesen nicht.«

Was aber hatte er dagegenzusetzen? Höchstens sich selbst. Sei's drum.

Aber etwas hatte ihn nun doch darin bestärkt, daß Mischka durchkommen könnte. Als er ihn nach dem Verbinden auf die Trage hinüberheben half, wobei ihm Mischka gleichsam am Halse hing, ward diesem unversehens die schöne Mütze vom Kopf geschoben, und während noch das strähnige Haar aufstand und sich regte, war Färber der warme Haargeruch in die Nase gestiegen. Es roch gesund, ein wenig wie Juchtenleder.

Färber erzählte das Mischka jetzt, und obwohl es gewiß eine nebensächliche Wahrnehmung und in ihrer günstigen Deutung ärztlich vielleicht gar nicht zu halten war: Mischka jedenfalls leuchtete es ein. Es machte ihn zuversichtlicher als etwa die Versicherung der Ärzte, daß die

Wunde gar nicht schlecht aussehe und zur Heilung ›tendiere‹.

Nun aber kam Färber auf ihr ersten Gespräch zu reden (es herrschte von Anfang an Sympathie zwischen den beiden). Er habe die wunderliche Antwort nicht vergessen, die Mischka ihm gegeben, als er ihn gestern nacht nach seiner Herkunft fragte und ob er Deutscher oder Pole sei. Es war dies übrigens das erstemal, daß Färber mit einem polnischen Menschen näher bekannt wurde. Er hatte Franzosen und Engländer im großen Krieg, später auch Italiener kennengelernt, aber bisher noch keinen Polen. Er hatte persönlich nie, weder im Bösen noch im Guten, etwas mit ihnen zu tun gehabt, bis zu diesen Tagen.

»Wunderlich fürwahr«, antwortete Mischka, der sich Färber zuliebe große Mühe gab, ein möglichst gutes Deutsch zu sprechen, »höchst wunderlich ist meine Herkunft. Niemandskind bin ich oder ein Sohn des Mars, wenn Sie wollen, sehr wahrscheinlich ein Soldatenkind, ein Kind der Liebe. Ich weiß weder Tag noch Stunde und nur ungefähr das Jahr anzugeben, wann ich zur Welt gekommen bin. Ich habe weder meine rechte Mutter, die vielleicht eine polnische Magd war, noch meinen Vater gekannt.«

Da Färber solches vernahm, spürte er fast körperlich, daß er sich hier (und nicht nur an dieses todwunden jungen Menschen Bett, sondern überhaupt in dieser Unglückskaserne von Jagoslawa) an einem ›Kreuzpunkt‹ menschlicher Schicksale befand, nicht durch Zufall, sondern weil es wohl von oben so gewollt war. Er sah sich inmitten hineingestellt unter die zur Zeit erbarmungswürdigsten Geschöpfe auf der ganzen Welt und lebte und wirkte (ganz deutlich wurde es ihm auf einmal wieder bewußt und machte ihm das Herz warm) unter Angehörigen eines geschlagenen Volkes, unter Kriegsgefangenen mit zerschmetterten Gliedern, ohne Zukunft, ohne Hoffnung, unter freudlosen, auf Schmerzenslager hingestreckten, auf Gnade und Ungnade einem großen Feind ausgelieferten Menschen, Menschen, die nichts von ihren Angehörigen wußten (und diese nichts von ihnen), die nicht wußten, ob sie noch lebten und wo, ob nicht ihre Heimat zerstört war, welches ihr künftiges Vaterland sein werde und welcher Verfassung es sei. Diese Gedanken bewegten ihn sehr, während Mischka, das Niemands- oder Allerweltskind, von den abenteuerlichen und äußerst ungewissen Umständen seiner Herkunft erzählte. Er erzählte unbefangen, sich manchmal über sich selbst lustig machend.

Alles, was er wußte, stammte aus Dritter Munde, denn der Soldat, der ihn irgendwo in einem zerstörten Dorfe bei den wechselvollen Kämpfen zwischen den Russen und Österreichern während des letzten Krieges gefunden und, weil er ein gutes Herz hatte, mit sich genommen, war später gefallen. Es ließ sich weder feststellen, wie das Dorf hieß, noch ob das, was über Mischkas Auffinden überliefert wurde, überhaupt der Wahrheit entsprach oder nicht am Ende Legende war. Danach hatte der menschenfreundliche Soldat in einem brennenden Hause eine Kinderstimme ganz gottserbärmlich schreien hören, und als er (der Hunger und Durst hatte und eigentlich nach etwas Eßbarem oder Trinkbarem auf der Suche war) in das Haus eindrang, habe er das etwa einjährige Büblein an der Seite seiner erschlagenen Mutter auf dem Fußboden hockend gefunden, wie es zornig vor Hunger am Mieder der Toten zerrte und nach der Brust suchte, sich in der Not erinnernd, daß es daraus einmal getrunken. Es boxte mit seinen kleinen Fäusten und stieß mit seinem Mäulchen dagegen wie ein junges Tier.

Der Soldat überlegte nicht lange, sondern hob das arme Wurm auf, wie sehr es auch strampelte, und nahm's mit sich. Er fand, daß es ein ungewöhnlich reizendes Kind sei. Er hatte sich hinterher wohl nur beiläufig erkundigt, wem es gehöre, denn er gedachte nicht im Ernste daran, es je wieder herauszugeben. In besagtem Dorfe hatten zu

Anfang des Krieges Österreicher aus den verschiedensten Gegenden der Monarchie gelegen, Slowaken, Bosnier, Wiener, und einer davon mußte das Mädchen, das der Soldat tot hatte in der Stube liegen sehen, wohl liebgewonnen und ihm beigewohnt haben.

Mischka wurde das ›Kind der Kompanie‹ und nach dem Tode seines Retters von dessen bestem Kameraden, einem Korporal, an Kindes Statt angenommen, der nach dem unglücklichen Ausgang des Krieges, da er sehr an seiner Heimat hing, polnischer Staatsangehöriger geworden und Berufssoldat geblieben war. Er hatte eine geborene Wienerin zur Frau.

Mischka gehörte also wirklich zu den in ungewöhnlichen Zeiten nicht so seltenen Sterblichen, die nicht wissen, welcher Nation sie angehören, und als er heranwuchs, vermochte er sich nicht für ein bestimmtes der zahlreichen Völker zu entscheiden, die er zur Wahl hatte und denen er vielleicht mit einigem Recht geburtsmäßig angehören mochte. Ungeachtet er, seit er nur denken konnte, immer unter Soldaten gelebt hatte, war er von friedliebender, geselliger Natur. Er kannte keine Feindschaft gegen irgendeine Nation, er fühlte, vielleicht als einziger auf der Welt, sich lediglich als Mensch. Er hatte natürlich auch in Färber keinen Augenblick den Feind gesehen, woher seine Unbefangenheit bei dem Verlangen nach der Zigarette zu verstehen war.

Dies alles hatte Niemandskind in seinem Fieber glühend mit Anmut und Humor, mit deutlichem Wiener Akzent, dem staunenden Färber erzählt. Aber nun verstummte er plötzlich. Lächelnd merkte er, daß sein Besucher fest eingeschlafen war. –

Die Ronde weckte ihn, die kleine klirrende Schar, bestehend aus dem wachhabenden Unteroffizier und zwei Mann in Stahlhelm und mit Gewehren bewaffnet (denn es war ja ein Gefangenenlazarett und streng darauf zu achten, daß kein Fluchtversuch gemacht werde und daß die Gefangenen keine Verschwörung anzettelten). Bei der Ronde befand sich auch der Soldat Prutze, und da er ziemlich beschränkt war, fühlte er sich nach der Niederlage mit dem Stroh durch das geladene Gewehr und sein Amt erneut in seiner Manneswürde bestätigt. Lärmend ging er durch Saal sieben, doch nicht ohne einer Hilfsschwester, die bei den Aufgegebenen wachte, ein wenig schön zu tun. Sie wehrte ihn kichernd ab.

Der geräuschvolle Rundgang weckte Färber. Er fuhr sich mit der flachen Hand von oben nach unten übers Gesicht, als wolle er es abstreifen, damit ein neues unter dem abgelegten Schlafgesicht zum Vorschein käme, und lächelte.

»Ich habe wunderbar geschlafen«, sagte er und erhob sich. Ein andermal wolle er wiederkommen. Morgen würde Mischkas Bein vielleicht gegipst werden. Sie gaben sich die Hände.

»Sehen Sie dort«, flüsterte Mischka. Der Verwundete, der fast bis zum letzten Atemzug unaufhörlich flüsternd gerechnet hatte, war endlich verstummt. Sein Mund glich einer Null. Rodomski, der bis jetzt aufgesessen war und nur den letzten Seufzer abgewartet hatte, ließ sich langsam zurückgleiten, ein wenig zu schlafen.

Sehr unruhig schlief der Rote. »Wird er durchkommen?« fragte Mischka besorgt.

»Nach menschlichem Ermessen nein«, antwortete Färber, vielleicht werde er schon gegen Morgen auslöschen. – »Er läßt sich sterben, er ist des Lebens müde. Er hat nichts mehr zu hoffen.«

Als Färber gegangen war, richtete sich Victorin, der Patriot ohne Hand, mühsam im Bett auf.

»Du solltest dich schämen«, sagte er auf polnisch zu Mischka, ihm mit dem Stumpfe drohend. Er wollte damit sagen, Mischka hätte nicht so vertraut mit dem Deutschen sprechen sollen.

»Aber warum denn?« erwiderte Mischka. Jener sei doch ein sehr sympathischer Mensch.

Victorin, der wohl merken mochte, daß ihn Mischka

nicht verstand, kehrte sich grollend ab. Er hatte ein glühendes Herz. Die ganze Nacht sinnierte er, wie er es anstellen könnte, aus dem Lazarett zu entweichen, und was er dann tun werde, sein Vaterland zu befreien. Denn das Unglück Polens schmerzte ihn mehr als seine Wunden.

Der Haß gegen die glücklichen Sieger fraß in seinem Herzen, der ehrliche Haß, der die Vorzüge des Feindes stärker empfindet, als es die Liebe vermag.

Victorins Haß nährte sich an den Freundlichkeiten und Wohltaten, die ihm im Lazarett erwiesen wurden, sein verwundeter Stolz empörte sich dagegen, sie anzuerkennen. Er verabscheute Färber und Frauenschuh, gerade weil sie ihm Gutes taten.

In quälenden Selbstgesprächen, die in seinem Fieberwahn zuweilen die Gestalt von Ansprachen hatten, gehalten vor einer unsichtbaren Volksmenge, verbrachte er schlaflos die Nächte.

Er konnte es eben einfach nicht verwinden, daß sein Volk geschlagen war. Er sinnierte, wie das Unheil ungeschehen gemacht werden könnte, und fand weder Rat noch Ruhe. Hüstelnd wälzte er sich auf seinem Lager. Unaufhörlich knisterte das Stroh.

Erst gegen Morgen besiegte ihn der Schlaf. Der Schlaf bezwang schließlich alle im Saale der Aufgegebenen. –

Als Färber und Frauenschuh sich schlafen legen wollten, zeigte sich's, daß ihre Schlafkameraden zum größten Teil noch recht munter waren. Sie hatten mit der Abendkost reichlich Wodka gefaßt, in hübschen Flaschen aus wasserblauem Glas, mit schmucken Etiketten, und viele Kameraden waren bereits stark angetrunken. Es war so begreiflich, daß sie sich betranken. Sie lagen zum Teil völlig angekleidet (jedoch mit ›Marscherleichterung‹) auf ihren Betten und sprachen lärmend durcheinander, während dazu unaufhörlich Radiomusik ertönte.

An Schlaf war unter solchen Umständen nicht zu denken. Auch wäre es im Augenblick vergebliche Mühe gewesen, um Ruhe zu bitten. Es gab nur das eine Mittel, so müde zu sein, daß man trotzdem einschlief.

Färber war so müde. Zudem gönnte er sich eine Bequemlichkeit, die sich schon im vergangenen Krieg bestens bewährt hatte. Er führte immer ein eigenes kleines Kopfkissen mit sich, einen Hansel, wie man in Bayern sagt, ein Stückchen Heimat also, das ihm erlaubte, wenigstens mit seinem müden Haupt gleichsam daheim zu ruhen.

Im ›Kasino‹ nebenan saßen einsam zwei Ärzte und zechten, in wissenschaftliche Gespräche vertieft.

Während nun den Studenten ohne Hand sein Haß nicht schlafen ließ, verteilten seine ›Feinde‹ fröhlich die ganze Welt und tranken Wodka dazu.

Als die beiden Helfer in das zweistöckige Bett einstiegen, Frauenschuh unten, Färber oben, hatte das Gespräch bereits alkoholisch-philosophische Formen angenommen und erhitzte sich rasch zu metaphysischen Graden. Es rührte an alle großen Menschheitsfragen, ob Kriege sein müßten, ob ein Soldat barmherzig sein dürfe, über das richtige Verhalten Kriegsgefangenen gegenüber, ob die Genfer Konvention noch einen Sinn habe, ob es einen Gott gebe oder nicht und dergleichen Dinge mehr. Es herrschte aber eine abscheuliche Luft in dem Schlafsaal. Es roch nach Essen, Schnaps, nach Tabakrauch, verschwitzten Uniformen, Lederzeug, und dazu kam noch der Verwesungsgeruch, der überall wie ein süßliches Gas einströmte. Und da nun an Schlaf doch nicht zu denken war, kam Färber ins Sinnieren. Wo waren die Grenzen der Menschenfreundlichkeit, fragte er sich.

Nun gab es unter den Sanitätsmannschaften einige, die murrten, daß sie in diesem gottverlassenen Polenlazarett Dienst tun mußten. Sie empfanden es als Zumutung, ja als Entehrung. Es wurmte sie, daß sie »den Polacken den Kuli machen mußten, Bettschüsseln ausleeren und Urinflaschen«. Sie fragten sich, ob das denn in Ordnung sei und nicht am Ende unter ihrer Würde. Es wäre ihnen lieber, meinten sie, ihre eigenen Verwundeten zu pflegen. Was gingen sie diese verfluchten Polacken an? War es denn um Gottes willen nicht barmherziger, sie einfach verrecken zu lassen?

Der unglückliche Prutze, dem das Leben so übel mitgespielt hatte, daß er in Schnaps und Zigaretten fast das einzige Glück auf Erden sah, hatte, was heute seines Amtes war, schon mehrfach vergeblich ›Polizeistunde‹ geboten und war selber ziemlich stark betrunken. Nun mischte er sich in das Gespräch, sagte aber nur ein Wort: »Gefühlsduselei!« Er mußte ein paarmal ansetzen, bis er's herausbrachte. Denn es ist ein besonders schweres Wort für die Zunge eines Berauschten.

Da nun spürte es Färber wieder, spürte es fast körperlich, wie er in einen Kreuzpunkt des Krieges gestellt war, und daß hier auf engem Raum etwas sich zutrug, wie sonst im Augenblick vielleicht nirgendwo auf der ganzen Welt. Er fühlte sich auf die Probe gestellt, herausgefordert in seiner höchst fragwürdigen Menschlichkeit. Denn es gab Stunden im Verbandraum, da er seiner selbst völlig vergaß, ja da sein menschliches Mitgefühl so völlig aufgezehrt war, daß er nur mehr mechanisch arbeitete, maschinell, wie ein herzloser Automat, ein Roboter, zuverlässig, gleichsam am laufenden Band, aber ohne Empfindung, ohne Erinnerung an das, was er getan, außer einem erbärmlichen Gefühl der Abgenutztheit. Also hatte selbst das Mitleid, das menschliche Mitgefühl nur eine gewisse Aufnahmefähigkeit. Es ist wohl eine traurige Einsicht, wenn man kein Mitleid mehr empfindet.

Unter den Kameraden befand sich einer, den Färber besonders gut leiden mochte, der starke Quirin, derselbe, der mit seinem Daumen dem Bäuerlein droben auf ›Sieben‹ bei seiner gefährlichen Blutung vielleicht das Leben gerettet hatte. Der Quirin war ein Mensch von stattlicher Leibesbeschaffenheit und strotzender Gesundheit, überlebensgroß, etwas ungeschlacht, mit einem treuherzigen Bernhardinergesicht und ungewöhnlich großen Händen, richtigen Pratzen, die freilich nicht aussahen, als ob sie viel Widerspruch vertrügen. Er gehörte zu den angenehmen Menschen, die im Rausch eher noch netter sind als im nüchternen Zustand. Auch brachte er seine oft wunderlichen Ansichten auf eine so unschuldige, kindliche Art daher, daß man ihm nicht gram sein konnte. Er war ein Philosoph und hörte sich gern reden. Wenn er sich über einen Gegenstand seine Gedanken gemacht hatte, so lachte er erst eine Weile gemütlich vor sich hin, schüttelte auch den Kopf und begann erst dann zu reden.

»Wenn man's genau bedenkt«, so sagte er diesen Abend, nachdem er den Kopf geschüttelt und gelacht hatte, »so ist das einfach kurios. Also, da ziehen die Soldaten gegeneinander zu Feld in der eingestandenen Absicht, einander zu töten. Gut. Bum, bum. Da liegt schon einer mit einer kaputtenen Haxen. Schön. Was geschieht jetzt? Er ruft: ›Sanitäter!‹, und die Herren Sanitäter springen auch schon. Sie verbinden und schindeln ihn, so gut's geht, und bringen ihn zurück. Wohlgemerkt, eben war er noch ganz heil, kein Ritzer in der Haut, ein kerngesunder Mensch. Und jetzt – kommt er in die Maschine, Rotes Kreuz genannt, und es wird an ihm herumgepflegt und alles Mögliche in ihn hineingespritzt, kurz, es geschieht alles, um ihn wieder zusammenzuflikken. Man muß sich das nur einmal vorstellen, von oben gesehen, von einer Wolke, einem Stern oder vom Mond.«

Es war durchaus nicht klar, was er eigentlich meinte, aber er schien die ungeheure Einrichtung des Roten Kreuzes so deutlich vor sich zu sehen wie ein Uhrwerk oder eine Maschine oder eines jener Bergwerke, wie sie früher von verunglückten Bergleuten auf den Jahrmärkten gezeigt wurden.

»Und überhaupt« (er sagte ›überhaupts‹) »was würde

aus der Welt werden, wenn es nicht immer wieder ein paar Dumme gäbe, die das Gute um seiner selbst willen tun, blindlings gewissermaßen.«

Einmal (es war, als Rodomski verbunden wurde) war der Riese Quirin plötzlich weiß wie die Wand geworden und mußte an die frische Luft gehen. Er hatte sich hinterher sehr seiner Schwäche geschämt. Als er's dann beim Essen erzählte, da erklärte er sich das so: Er habe plötzlich denken müssen: ›Der arme Teufel da, das bist ja du selber!‹ Es sei gewesen, als schaue er in einen Spiegel.

Ein andermal, als ihn Dr. Haase fragte, wie er es anstelle, daß er immer so gleichmäßig heiterer Stimmung sei, antwortete er, weil er keine Oberschenkelschußfraktur habe.

Als nun das Gespräch bis zu der Frage gediehen war, ob man nicht am Ende die Barmherzigkeit in der Pflege von Gefangenen etwas zu weit treibe, meinte Quirin, nachdem er vor sich hin gelacht und sein Haupt geschüttelt, was ihn beträfe, so behandele er jeden Patienten um kein Haar besser, als er sich selber wünsche, behandelt zu werden, sollte er das Pech haben, verwundet in Feindes Hand zu fallen. Als er solches gesagt, zog er die Beine – er hatte rittlings auf seinem Bett gesessen und war nicht weniger bezecht als die anderen – eins nach dem andern herauf, legte sich behaglich zurück und schlief völlig angekleidet, nur mit geöffnetem Waffenrock, die geleerte Wodkaflasche in den überm Leib gefalteten Händen, sogleich ein. Er schnarchte laut.

Frauenschuh hatte sich redlich bemüht einzuschlafen, ungeachtet des Gesprächslärms, des Radiogedudels und eines von Zeit zu Zeit aus dem Kasino schallenden Gegröles, wenn nämlich der eine Doktor anhub, die Gralserzählung des ›Lohengrin‹ zu singen, die er freilich (aus textlichen Mängeln) schon bei ›Montsalvat genannt‹ jäh wieder abbrach.

Nun aber wurde es dem sanften Engel von Jagoslawa

zu bunt, zornig, mit überschnappender Stimme schrie er, es sei ja zum Verrücktwerden. Er bitte sich endlich Ruhe aus.

Einen Augenblick war es wirklich still. Dann aber, als bekannt wurde, daß es nur der bescheidene, gefällige, rücksichtsvolle Kamerad Frauenschuh gewesen, der nach Ruhe verlangte, wurde er einfach ausgelacht. Einer, der völlig betrunken war, wankte zu ihm, hockte sich auf den Bettrand, und ihm mit seinem Schnapsgeruch fast den Atem nehmend, suchte er Händel mit Frauenschuh, der ihnen nur das bißchen Fröhlichkeit nicht gönne. Auch wollte er ihn nötigen, aus seiner Flasche zu trinken.

Es gibt nichts Trostloseres, als um seinen Schlaf geprellt zu werden. Man sagt, man könne Menschen dadurch töten, daß man sie am Schlaf verhindere, und wirklich kommt es vor, daß selbst starke Männer nah am Weinen sind, nur weil man sie nicht schlafen läßt.

Zu Frauenschuhs Glück brachen jetzt die beiden Ärzte auf und geboten, als sie durch den Schlafraum gingen, nachdrücklichst Ruhe. Das half. Der eine allerdings, ein sehr kräftiger Mensch, wollte seinen Kollegen unbedingt noch von dieser seiner Körperstärke überzeugen. Er tat das, indem er sämtliche Türen, durch die sie gehen mußten, aus den Angeln hob und daneben an die Wand lehnte, gewiß eine herkulische Leistung, die ihm nur bei dem großen eisernen Gittertor am Eingang zur Kaserne mißglückte. –

Als Schwester Karline am frühen Morgen des anderen Tages auf Saal sieben kam, um die Fliegenfänger abzunehmen und zu erneuern, ward ihr gutes Herz traurig. Denn sie merkte wohl, daß es mit dem Studenten Victorin nicht gut stand. Er saß hüstelnd in seinem Bette auf. Sein Stirnverband hatte sich gelöst, und die Binden hingen ihm, zu Seilen gedreht, unordentlich auf die Schultern herab.

Victorin glich einem kranken Adler. Er hielt eine nierenförmige Schale in den Händen, und aus seinem Mundwinkel floß etwas hellrotes schaumiges Blut. Sein Gesicht war schneeweiß.

Schwester Karline trat freundlich zu ihm, stopfte ihm noch ein Kissen ins Kreuz und wischte ihm mit einem Mulltupfer (aus dem heimlichen Vorrat, den Färber ihr zusammengerichtet hatte) den blutigen Mund ab. Allein er dankte es ihr schlecht und sah sie mit einem so mürrisch bösen Blick an, daß sie sich davor fürchtete.

Victorin legte den Kopf in die Kissen zurück, ein wenig zur Seite geneigt, und schloß die Augen. Er war einer von denen, die, mangels anderer, Frauenhemden erhalten hatten, und da er ein schöner Mensch war, gab ihm die zierliche zerrissene Spitze um den Hals in der Schwester Augen etwas von einem heruntergekommenen Märchenprinzen, der krank und elend auf seinem Schmerzenslager ruht. Aus den Kissen guckte das Stroh heraus, und auf dem Stuhle neben dem Bett stand ein Fläschchen mit Arznei und ein Glas mit einem Löffel.

Frühzeitig kam auch Färber, um Juschs Knie zu spülen. Er fand ihn, der gestern noch hatte sterben wollen, erstaunlich frisch aussehend.

Dagegen hatte Mischka eine ganz schlechte Nacht gehabt. Das Fieber war zwar gefallen, verdächtig tief sogar, aber es folgte nicht jene süße Ermattung, wie sie nach einer Krisis zuweilen das erste Zeichen der Genesung bedeuten kann. Auch war bei Mischka eine bedenkliche Teilnahmslosigkeit eingetreten. Manchmal geschieht es, daß der nahende Tod ein Gesicht verjüngt, die Züge sind, was man nicht gerne sieht, veredelt, weshalb man in gewissen Fällen geradezu von einem schönen Tode sprechen darf.

›Sieh da, nun hat sich das Blättchen gewendet‹, dachte der unausstehliche Rodomski bei sich, ›jetzt muß scheint's doch der kleine Mischka zuerst dran glauben.‹ Und rasch fuhr er mit seiner dürren Hand unter der

Decke vor, haschte sich Färber und ließ ihn nicht aus, bis er ihm zugeflüstert, daß ihm Mischkas Aussehen gar nicht gefalle.

Färber mußte sich sehr zusammennehmen, damit er dem lästigen Sterbenden keine unwirsche Antwort gäbe. Vollends der Rothaarige, der mit inniger Besorgnis Mischka betrachtete, weil er ihn nicht wie sonst nach dem Aufwachen begrüßt, wozu er stets erst die forsche Mütze mit dem silbernen Adler aufsetzte, begann allmählich seinen Nachbarn mit dem Totenkopfgesicht zu hassen. Die Gier, mit der Rodomski aß (obwohl er täglich mehr vom Fleisch fiel), wie er schlürfte und schmatzte, die Art, wie er sich beim Fiebermessen benahm und wie er die Fliegen fing und zerquetschte, widerte ihn an.

Er habe eine große Bitte, sagte der Schulmeister leise zu Färber, nämlich, wenn es irgendwie einzurichten wäre, nicht in Gegenwart anderer sterben zu müssen. Er hätte es nicht gern, wenn ihm jemand dabei zuschaue.

Färber, in seinen Gedanken bei Mischka, um den er Angst hatte, mußte nun doch lächeln. Was für eine Wichtigkeit schon die Siebener mit ihrem Tode hatten. Aber er versprach ihm ernsthaft, es werde gegebenenfalls mindestens ein Bettschirm um ihn gestellt werden.

Wirklich waren solche Schirme in der Lazarettschreinerei bestellt worden, Rahmen aus schmalen Holzleisten, die mit Rupfen bespannt wurden. Der wunderliche Dr. Haase hatte das angeregt. –

Dem lazaretterfahrenen Färber konnte es nicht entgehen, daß die tolpatschige Schwester Karline ein Opfer des Eros Nosokomeios geworden und daß der kranke Adler Victorin ihr's angetan hatte. Er merkte auch, wie schwer es ihr gemacht wurde und wie das liebe Herz unter der Schroffheit des schönen Studenten litt, aber sich nicht dadurch beirren ließ.

Eros Nosokomeios, den Krankenhaus-Eros, nannte

Färber diese und ähnliche zarte Neigungen, um sie gleichsam wissenschaftlich einzuordnen. Er fühlte sich selbst durchaus nicht frei davon.

Mit scheelen Augen bemerkte es auch der mißgünstige Rodomski, daß Victorin von Schwester Karline bevorzugt wurde, und er neidete es ihm.

Freilich mit ihm verglichen, sah der kranke Adler noch recht gut aus. Am Ende wurde er sogar wieder gesund und bekam eine künstliche Hand. Vor Rodomski aber mußte ja jedem grausen, um so mehr, als ihm nun auch noch die Haare auszufallen begannen.

Rodomski war, ehe er Soldat wurde, Verkäufer in einem Handschuhgeschäft in Warschau gewesen, immer sehr gut angezogen, mit einem seidenen Taschentuch in der Brusttasche, sehr gepflegt, mit einer leisen, wohllautenden Stimme, daß es sich, wenn er über die Hand der Kundin einen Handschuh strich und dessen Vorzüge und Preis nannte, anhörte, als mache er eine Liebeserklärung. Er besaß, von zarter Hand geschenkt, einen Vierfarbendrehbleistift aus Silber. Sein Lächeln war ehedem so reizend gewesen, wie es jetzt grausig war. Und nun gingen ihm auch noch die Haare aus.

Er hatte es beim Kämmen bemerkt, denn er hielt sehr viel auf sein Äußeres. Nun betrachtete er von unten schielend seinen Schädel in dem runden Spiegelchen (mit der Firma seines Geschäfts) und zupfte am Haar. Es blieb in kleinen Büscheln in seiner Hand. Er stöhnte, als er es sah. ›Es ist die Auflösung‹, dachte er, ›nun geht es unaufhaltsam dahin.‹ Er blickte mitleidheischend um sich. »Seht, seht doch!« sagte er weinerlich und rupfte an seinem Haar. Aber niemand wollte es sehen, niemand mehr hatte Mitleid mit ihm.

Rodomski hätte schon längst tot sein müssen, wenn sein Herz nicht so am Leben gehangen hätte.

Vielleicht ist es besser, wenn Schwestern und Pfleger weniger aufreizend gesund aussehen als die Schwester Karline und der starke Quirin. Rodomski jedenfalls hatte keine Freude daran. Und jetzt, da er merkte, daß Karline in den sterbenden Adler verliebt war, fand er ein teuflisches Vergnügen darin, sie dauernd zu beschäftigen. Die angenehme Stimme war das einzige, was ihm aus gesunden Tagen geblieben war, und wenn er nicht gerade stöhnte, ächzte und winselte, dann hatte sie noch ihren Zauber von einst, etwas Einschmeichelndes, dem man nicht leicht widerstehen konnte. Also bat er die gutherzige Schwester, sobald er merkte, daß sie sich Victorin zuwenden wollte, mit sanften Worten zu sich, sei es, um sie den Verband erneuern zu lassen, oder aber er ließ unter sich, obwohl er es spürte und hätte vermeiden können, kurz, er machte ihr mit Absicht so viel Mühe als möglich. Ach, wie ekelte es der guten Schwester vor dem grindigen Rodomski.

Indessen war es selbst der Oberschwester mit ihren unheimlichen Clownsaugen und dem vertrockneten Herzen, die aussah, als hätte sie nie geliebt, selbst dem ›Totenbrett‹ war es nicht verborgen geblieben, wie es um Karline stand. Denn auch sie schien eine Empfindung zu haben für jene zarten, oft uneingestandenen Beziehungen, die zwischen Kranken und Pflegenden so leicht entstehen.

Sie rief Karline zu sich in das sogenannte Stationszimmer, einen einfenstrigen, ungelüfteten Raum, neben Saal sieben. Hier wurden die nötigen Schreibarbeiten verrichtet, die täglichen Rapporte über den Krankenstand zusammengestellt, über Zu- und Abgänge und dergleichen. Hier wurden auch die meist recht armseligen Nachlässe der Verstorbenen protokolliert, in Säckchen gesteckt und verschnürt, damit sie später den Hinterbliebenen zugestellt werden konnten. Der Stationsaufseher (ein Sanitätsunteroffizier) waltete hier und eine ›Schreibkraft‹, ein junges Mädchen aus Jagoslawa, Liska gerufen. Die Liska war ein sehr anstelliges, tüchtiges Mädchen mit ungewaschenen Haaren und schlampiger Frisur. Es störte sie gar nicht, wenn auf dem Tisch, darauf mit Reißnägeln Schreibunterlagen geheftet waren, Brotreste, bräunlich angelaufene Apfelbutzen und runzlige Wursthäute herumlagen. Liskas Fingernägel waren blauschwarz, ihre Listen wiesen Fettflecke auf. In ihrem fettigen Haar steckte ein angekauter Bleistift, mit dem sie sich zuweilen auf dem Kopfe und in den Strümpfen kratzte. Aber sie hatte ein fröhliches, liebebedürftiges Herz, und oft saß die ganze Stube voll von Sanitätern, die für eine Zigarettenlänge oder länger auf dem alten Diwan herumlümmelten, um mit Liska zu schäkern. Im Augenblick aber war das Zimmer leer.

»Du weißt, warum ich dich gerufen habe«, fragte die Oberschwester streng. Sie deutete dabei mit dem Zeigefinger, dessen Nagel rot lackiert war, auf ihre welke gepuderte Wange, was bedeutete, daß sie dorthin geküßt zu werden wünsche, eine östliche Gepflogenheit, die das ›Totenbrett‹ keiner der Schwestern ersparte.

Schwester Karline bückte sich zu der Sitzenden und küßte gehorsam die bezeichnete Stelle.

»Nein«, antwortete sie dann bockig, sich aber durch tiefes Erröten sofort verratend, nein, sie wisse es nicht.

»So«, sagte Schwester Selma kurz und zündete sich eine Zigarette an, eine Papyros, die zu drei Vierteln aus einem Hohlmundstück bestand, so, dann wolle sie's ihr sagen. Sie möge doch nicht glauben, sie hätte keine Augen im Kopfe. Ob sie vergesse, daß sie eine Deutsche und Victorin ein Pole sei?

Karline schaute zum Fenster hinaus. Sie verstände die Oberschwester nicht, sie täte doch ihre Pflicht.

Nein, das täte sie eben nicht. Sie habe den armen Rodomski vernachlässigt, um des hübschen Victorin willen, in den sie verliebt sei.

Schwester Karline schauderte. Offenbar hatte sich der boshafte Rodomski über sie beschwert. Sie erwog bei sich, was sie ihm dafür antun könnte.

Eine Schwester, sagte nun das ›Totenbrett‹, darf ihrer

Zuneigung niemals nachgeben. Und wenn, dann dürfe sie es niemanden merken lassen, weder den Betreffenden noch die Mitpatienten, niemanden.

Schwester Karline gingen die Augen über. Ach, daß man sie um dieser Liebe willen schalt, die so völlig aussichtslos war! Sie sei doch noch so sehr jung und unerfahren, stammelte sie.

Ob sie etwa meine, daß sich das ändere, wenn man älter würde?

Schwester Karline (das ›gute Schaf‹ nannte sie Färber) war nicht eben hübsch zu nennen und ein wenig dumm. Sie hatte eine etwas zu hohe Stirn und einen etwas zu großen, aber blühenden Mund. Doch hatte sie sehr schöne Augen, staunende, voll himmlischer Unschuld, und Wimpern, von denen man sagte, man könnte Zöpfe daraus flechten, so lang waren sie. Und vor allem war sie jung und durchaus liebenswert.

Die Oberschwester aber hatte so gar nichts Anmutendes, so gepflegt sie auch war. Niemand mochte sie. Es war unvorstellbar, sie zu lieben, und vermutlich wußte sie es auch. Wie schrecklich mußte es für sie sein, wenn sie eine Zuneigung faßte, wie Karline zu dem Helden Victorin.

Da saß sie nun in ihrer weißen gestärkten Haube, mit der Rotkreuzbrosche unter dem runzlichten Hals, in der hübschen, kleidsamen Tracht, eine gute Fünfzigerin, die seit ihrem achtzehnten Lebensjahr tagaus, tagein nur Kranke und Verwundete gepflegt hatte. Und dafür war ihr höchstens schuldiger Dank, aber kein bißchen Liebe zuteil geworden. Lieblos waren die Schwesternküsse, die ihr täglich zur Begrüßung und zur Verabschiedung zustanden.

»Ich will mich bessern«, sagte Schwester Karline reuigen Herzens. –

›Über den Scheitel der Nacht wandert meine Seele zu dir‹, betete des rothaarigen Tadeusz Mutter, inbrünstig ihres Sohnes gedenkend, in der kleinen Kirche des Dorfes Pawlik, zwei Tagereisen von Jagoslawa.

Es war eine orthodoxe Kirche mit vielen alten dunklen vergoldeten Heiligenbildern. Es brannten viele dünne Kerzen auf einem mit spitzen Eisendornen versehenen Gestell, das nur so troff von geronnenem Wachs.

Jarzy, der Hund, eine Art Rattenfänger mit struppigen aschgrauen Haaren, verhielt sich sehr still in der Kirche. Er zitterte und zog den Schwanzstummel ein. Es war ihm gar nicht geheuer.

Es war noch finster, als die wandernde Mutter sich wieder auf den Weg machte. Anfangs humpelte sie arg, aber allmählich ging es besser. Später schnitt sie sich in einem lieblichen Wäldchen einen geraden, hübschen Birkenstock als Wanderstab, und als es vollends Tag war, setzte sie sich an den Wegrain und frühstückte mit dem Hunde. Sie redete mit ihm wie mit einem Menschen, daß es nun schon nicht mehr so weit sei, daß sie morgen abend bis in die große Stadt Jagoslawa kämen.

Es begegneten ihr viele deutsche Truppen, zu Fuß, zu Pferd, zu Wagen. Aber niemand fragte sie, woher des Wegs und wo hinaus. Denn es war etwas um sie, das solche Fragen verbot, so ganz in der Ordnung schien ihr Wandern zu sein. Und der Hund hielt sich brav zu ihr. –

Dr. Haase aber und Färber verwunderten sich baß, daß es dem sterbenden Schulmeister von Stunde zu Stunde besser zu gehen schien. Sie stellten es bei der Visite mit vielem Vergnügen fest.

Kranke wollen gelobt werden, also lobten sie ihn, als sei seine unerwartete Besserung einzig und allein seiner Bravheit und Geduld zuzuschreiben. Zum ersten Male ging über sein ernstes Gesicht der Schein eines Lächelns.

Aber Mischka machte ihnen Sorge. Er klagte auch über starke Schmerzen. Bei der Untersuchung der Wunde zeigte sich noch keine Neigung zur Reinigung. An der Rückseite des Oberschenkels konnte Dr. Haase eine deutliche Verhaltung feststellen, die bei Betasten sehr empfindlich war und fühlbar schwappte. Es war notwendig, von der Wunde her dort Luft und damit dem gasigen Eiter einen Abfluß nach unten zu schaffen. Knie, Unterschenkel und Fuß waren teigig geschwollen und von ungesunder Farbe.

Dr. Haase setzte sich freundlich zu Mischka auf den Bettrand, um ihn von dem Befund schonend in Kenntnis zu setzen. Die älteren Patienten wußten genau, was es zu bedeuten hatte, wenn Dr. Haase sich auf den Bettrand setzte. Er tat es nur dann, wenn der Fall ernst und ein größerer Eingriff nötig war. Mischka werde, tröstete er, nach der Operation eine große Erleichterung spüren.

Bei Rodomski blieb er kaum stehen und nickte ihm nur zu, als wäre ja alles in bester Ordnung. Allein er hatte nicht mit Rodomskis Zähigkeit gerechnet. Rodomski hatte genau auf die Uhr gesehen, wie lange der Arzt bei Mischka sich aufgehalten hatte. Er dachte gar nicht daran, sich so abspeisen zu lassen, er beanspruchte für sich mindestens die gleiche Zeit und begann, nachdem er sich unter abscheulichen Grimassen an seinem Zügel hochgezogen, umständlich von der betrüblichen Verschlechterung seines Zustandes zu erzählen, rupfte sich zum Beweis auch ein Büschel Haare vom Kopf, der wahrhaftig so aussah, als seien die Motten hineingekommen, und hielt es dem Doktor buchstäblich unter die Nase. Auch die Fingernägel begannen sich bei ihm zu lockern und zu schwären. Rodomski konnte es aus dem Kopfe sagen, was er gestern früh, gestern abend und diesen Morgen Fieber gemessen und wie hoch der Puls war, den er täglich wohl ein dutzendmal zählte. Die Schuld an der Verschlechterung glaubte er einesteils auf das Gelberübengemüse von gestern mittag, andernteils auf die Einspritzung von gestern abend schieben zu sollen. Aber als Dr. Haase diese wegzulassen befahl, begann Rodomski gar wehleidig zu winseln, sie ihm doch zu lassen. Schließlich meinte er gar, ob er nicht Ammenmilch bekommen könnte, von der er sich eine wesentliche Verbesserung seiner Säfte erhoffe. Dr. Haase, der den aussichtslosen Zustand Rodomskis wohl kannte, blieb nun freilich nichts anderes übrig, als den armen Hiob zu untersuchen. Dem tat es, nach seinen Worten, einfach überall weh, selbst an den gelähmten Beinen. Wirklich war an ihm kaum eine Stelle mehr gesund. An vielen Stellen, besonders an den Gelenken, hatten sich schmerzhafte Verhaltungen und Geschwüre gebildet, auch in den Eingeweiden der Brust und des Leibes, und wie zum Hohn auf diesen schauerlichen Verfall eines einst blühenden jungen Menschen schienen außer dem hörbar an die Rippen pochenden Herzen nur noch die Schamteile gesund geblieben zu sein.

Aber als er, nachdem Dr. Haase, um ihn zu trösten, eine lobende Bemerkung über sein unwahrscheinlich gutes Herz gemacht hatte, gar noch den Mund öffnete, mit dem Finger hineinzeigte und über Zahnschmerzen klagte, erhob sich der Arzt und verließ ihn. Rodomski sah ihm tief beleidigt nach und brummelte noch lange giftig vor sich hin.

Die besondere Gründlichkeit der Visite an diesem Morgen hatte zwei Ursachen. Einmal war den Angehörigen der Verwundeten für die nächste Zeit Besuchserlaubnis in Aussicht gestellt worden, zum andern erwartete man die Besichtigung des Lazarettes durch den Armeearzt. Der biedere Quirin hatte dazu zu bemerken, er würde sich, wenn er ein Lazarett zu besichtigen hätte, als Zugang getarnt, einschmuggeln lassen. Dann wüßte er sogleich, welcher Geist jeweils herrsche.

Der Kommandeur indessen dachte nicht so indianisch wie Quirin von seinem hohen Vorgesetzten. Die Aborte, so behauptete er, würde der General zuallererst zu sehen wünschen. »Darauf wird bei Besichtigungen größter Wert gelegt«, hatte er beim Morgenappell persönlich den angetretenen Dienstgraden und Mannschaften eingeschärft.

Nun war zwar mit der erwähnten Birkenanpflanzung in der Kaserne kurz vor dem Krieg auch eine Erneuerung der sanitären Anlagen durchgeführt worden, aber sie befanden sich bereits wieder in einem unbeschreiblichen Zustand. Nicht nur, daß sie mit allerlei unanständigen Inschriften in mehreren Kultursprachen und anatomischen Zeichnungen versehen waren – ein Brauch übrigens, der mit der Erfindung der Schriftzeichen zugleich in die Welt gekommen zu sein scheint –, es fanden sich auch alle übrigen Erscheinungen solcher Orte, als abgerissene Zugvorrichtungen, verstopfte Röhren, Überschwemmungen, darinnen nasse Fetzen von Zeitungspapier lagen, Fünffingerspuren an den Wänden, und wenn das alles am Morgen einigermaßen in Ordnung gebracht war, am Abend herrschte gewiß wieder der alte Zustand.

Selbst der Versuch, durch launige Verse, durch die Macht der Poesie also, das hygienische Gewissen der Benutzer zu beschämen und zu schulen, fruchtete nichts, denn die menschliche Natur ist im Grunde schweinisch.

Nun aber wurde geputzt und geschrubbt und geschwemmt, eine verantwortliche Aufsichtsperson über die sanitären Einrichtungen gesetzt, damit das Lazarett bei der Besichtigung in Ehren bestehen könne.

Ein Meldedienst war eingerichtet, ein Pfiff verabredet und erprobt, der ertönen sollte, sobald der Kraftwagen des hohen Herrn in den Kasernenhof einfahren würde.

Liska mit dem ungewaschenen Haar hatte den Auftrag bekommen, Listen anzulegen, die an den Türen der Krankensäle angeschlagen wurden, damit die Angehörigen am Besuchstag sich leichter zurechtfinden könnten, und auch an Saal sieben befand sich eine solche Liste. Die Namen der Verstorbenen wurden jeweils durchgestrichen, Neuzugänge unten angefügt. Da standen nun die dunklen, zungenbrecherischen Namen wie Brceszinski, Zdrojawski, Nadratowski, Rawa, Mozowiecki, Godlewski, Martyniak, Jendrzejosz. – Nadratowski und Godlewski hatte Liska schon gestrichen, wozu sie den Bleistift mit den Lippen anfeuchtete. Und jeder dieser Namen bedeutete einen Menschen, eine Kindheit, eine Jugend oder Mannesjahre, bedeutete ein einmaliges Gesicht, einen Leib und eine Seele, ein liebendes oder hassendes Herz, ein glückliches oder trauriges Schicksal.

Die Toten der Nacht aber wurden in ihre Bettlaken eingeschlagen, früh am Morgen nach der Leichenkammer gebracht, in einen der kleinen, baufälligen Schuppen, wie sie ehemals zur Aufbewahrung von Futtermitteln für die Pferde, Gerätschaften oder Munition gedient haben mochten, und dort einstweilen auf den bloßen Erdboden nebeneinander hingelegt, bis sie eingesargt und auf den Friedhof gebracht würden. An die große Zehe wurde ein Zettel mit den Personalien des Verewigten gebunden, und manche hatten noch ihre Gipsverbände an. In den ersten Tagen des großen Andrangs war es oft nicht einmal möglich gewesen, den Toten die Augen zuzudrükken und das Kinn aufzubinden. So kam es, daß selbst Färber, der an solche Dinge gewöhnt war, als er im Vorübergehen einen Blick in den Leichenschuppen warf, das Grausen packte und er sich, ungeachtet er wußte, daß ihnen ja nichts mehr weh tat, inbrünstig wünschte, daß niemandem von den Seinen und auch ihm selbst nicht jemals ein so jämmerliches Ende zuteil werde wie diesen mit ihren klaffenden Mündern und halboffenen, perlmutterweißen Augen, dem wirren Haar und den Stoppelbärten.

Hier also würde nun bald, vielleicht morgen schon, der arme Rodomski liegen, Mischka vielleicht auch und der edle Victorin. –

Nach dem chirurgischen Eingriff (in Chloräthylrausch), bei dem sich plätschernd und mit Gestank eine große Eitertasche entleerte, ging es übrigens Mischka vorübergehend etwas besser. Der Schrägbruch (en bec de flûte) zeigte keinerlei Neigung zur Callusbildung. An dem rauhen, sperrigen Knochengewebe blieben die Tupfer hängen. Mit einer Kornzange hatte Dr. Haase die Muskulatur bis zu dem Eitersack in der Tiefe stumpf durchtrennt und von unten her, dort, wo durch das Instrument die Haut ausgebeult war, mit dem Skalpell einen Einschnitt gemacht, damit freilich der Ein- und Ausschußwunde noch eine dritte hinzugefügt, aber zugleich auch der sich immer wieder sammelnden bösartigen Materie einen natürlichen Abflußkanal geschaffen. Dennoch glaubte er nicht, das Bein erhalten zu können.

Wie ein Berauschter lächelte und lallte Mischka, als er in seinem Bette wieder zu sich kam. Im stillen hatte er freilich gehofft, wenn er erwache, sein Bein in einem sauberen, schneeweißen Gipsverband zu sehen, wie das seines Schicksalskameraden gegenüber, und war etwas enttäuscht. Rodomski aber empfing ihn übellauniger denn je. –

Als Genia, das kleine Ofenmädchen, diesen Morgen in den Verbandraum trat und des Gefreiten Frauenschuh ansichtig wurde, errötete es. Denn es dachte an seine Tränen von gestern und wie gütig ihr der sanfte Soldat aus der Verlegenheit geholfen hatte.

Frauenschuh seinerseits, der gerade eine Leiterschiene auf Vorrat polsterte, wurde ebenfalls rot, ohne recht zu wissen warum. Er hatte dem ›Aufsichtsrat‹, dem großprotzigen Ledersessel, eine nützliche Beschäftigung gegeben, indem er die zu polsternde Schiene wie einen Steg quer über die Seitenlehnen legte, so daß er die aufgetragene Polsterwatte mit der Binde in freien Touren bequem umwickeln konnte. Der alte Faulenzer tat ihm so einen ähnlichen Dienst wie Kinder, wenn sie der Mutter den Strang Wolle zum Aufwickeln halten.

Wie alltäglich ging das liebe Mädchen, ohne nach rechts und links zu sehen, an seine rußige Arbeit. Da nun aber der Ledersessel in der Ecke dicht neben dem ersten Ofen stand, so nahm es sich fast so aus, als beuge Genia demütig ihre Knie vor Frauenschuh, der dadurch in große Verwirrung geriet. Auch schickte sich's, daß Genia, während sie mit dem Blasebalg die Glut anfachte, aus ihrer lieblich-demütigen Stellung zu dem Soldaten aufblickte, gerade als er wie von ungefähr auf ihren geneigten zarten Hals herabsah, also daß ihre Augen sich begegnen mußten. Genias niedergebeugter, schlanker, feingeschwungener weißer Hals, das züngelnde Feuerchen im Ofen, die Scheite neben ihr, die büßende Haltung – Frauenschuh erschrak bei dem Gedanken – erinnerten ihn an Hexenverbrennung oder auch an Enthauptung (der dargebotene Nacken war es wohl), an etwas Schreckliches jedenfalls, und er wunderte sich über solche Hirngespinste, die seinem nüchternen Denken sonst ganz fremd waren. Das kleine Ofenmädchen aber strich sich mit einer anmutigen Bewegung das Haar aus der Stirn, Haar von spatzenfarbenem Alltagsbraun, und lächelte, ein wenig töricht, in das Ofenloch. –

Frauenschuh war nicht der einzige, den das holde Geschöpf in Verlegenheit brachte.

Prutze, von seinen Kameraden Alex gerufen, der eben darüber war, die blutigen Uniformstücke, die noch von gestern draußen an der Treppe zu Haufen lagen, zu bündeln (immer halste man gerade ihm solche Dreckarbeit auf), Prutze mit seinem verschwiemelten Galgenvogelgesicht, sah Genia mit ihrem Schäufelchen, Schürhaken und Blasebalg vorübergehen, als sie gerade aus dem Verbandraum kam. Er kniete ihr zu Füßen, wie sie vorhin vor dem Ofen, so daß, die seiner gar nicht gewahr wurde, Genia unversehens an ihm vorüberstrich, gleichsam aus einer anderen Welt kommend, in ihrer knospenden Reinheit.

Sie hatte etwas von einer Schlafwandelnden, wenn sie so dahinging, von Raum zu Raum, krampfhaft bemüht, nichts von dem Jammer ringsum zu sehen, und doch magisch gezwungen, ab und zu einen scheuen Blick nach dem einen oder anderen Verwundeten zu tun, um ihn aber sogleich wieder ins Leere zu richten.

Prutze sah sie also vorübergehen, und obgleich er sonst jede freie Minute im Stationszimmer zubrachte, in Liskas Nähe, die nicht wählerisch in ihrem Umgang war, fühlte er nun sein Herz angerührt wie noch nie in seinem Leben. Da er aber mit den lausigen Klamotten der Verwundeten beschäftigt war, was ihm in Anbetracht der erwarteten Besichtigung der schmucke Kommandeur selbst anbefohlen, und ihr jetzt nicht nachgehen konnte, nahm er sich vor, sobald er frei sei, sie zu suchen.

Allein die freundliche Erscheinung war verschwunden, und Prutze, der doch sonst keine falsche Scham kannte, brachte es nun nicht über sich, nach ihr zu fragen. Weil er das kleine Ofenmädchen nicht finden konnte, wurde er traurig. Wenn er traurig war, mußte er trinken. Er vertrank diesen Tag sein bißchen Löhnung aus süßem Liebesschmerz und rauchte viele Zigaretten dazu. –

Die Kundmachung des Besuchstags für den anderen Tag rief unter den Verwundeten eine begreifliche Erregung hervor. Die allermeisten von ihnen hatten seit langem keinerlei Nachricht von ihren Angehörigen, von Eltern und Geschwistern, von Weib und Kind, von Bräuten und Freunden, und sie wußten auch nicht, ob das Haus noch stand, in dem sie vor dem Krieg gewohnt hatten.

Es gab zur Zeit wohl keine Wohnung auf der ganzen Welt, deren Insassen alle so gleich waren wie die Verwundeten hier in dieser freudlosen alten Kaserne. Es waren ja auch meist Menschen, deren kleine Lebensfreuden so leicht zu vernichten waren, denen so leicht das bißchen, was sie hatten, noch genommen werden konnte, das bißchen Heim, das bißchen Geld, das Bett, der Tisch, die paar Stühle, oder auch das Stückchen Land und ihr bißchen Liebe. Außerdem aber blieb ihnen nichts, außer ihrem Gott, oder überhaupt gar nichts mehr. Denn das Stückchen Körper, darin sie wohnten, war ja auch nicht mehr ganz, und noch viele mußten ihr Leben verlieren.

Selbst die ehemals Reicheren unter ihnen waren nun ihren Leidenskameraden völlig gleich. Hier hatte so vieles, ja fast alles, gar keinen Sinn mehr. Ihre Leiden waren ein wenig verschieden, vielleicht auch ihr Sterben, aber der Tod war allen gemein.

Onufri Rzewuski, der freundliche Bauer aus dem Dorfe Pawlik, dessen Namen herauszubringen Frauenschuh noch immer nicht aufgegeben hatte, hörte auch von dem morgigen Besuchstage, und nun auf einmal packte ihn, den Lammsgeduldigen, unendliches Heimweh nach den Seinen und ob sie vielleicht, wiewohl es zwei Tagereisen waren, durch irgendeinen gnädigen Zufall nicht am Ende doch erfahren haben könnten, daß er hier in Jagosawa liege, und ihn besuchen kämen. Es waren, mit besonderer Erlaubnis, wenn es nämlich mit einem schlecht stand, schon einzelne Besucher gekommen, mit Bündeln und Päckchen, mit Flaschen und mit Blumen, Leute aus Jagoslawa zumeist, und manchmal war das Wiedersehen zugleich ein Abschied für immer. –

Im Verbandraum waren nun auch polnische Rote-Kreuz-Schwestern eingeteilt, eine zum Instrumentieren, eine für die Narkose und eine dritte zur Wartung des Verbandmaterials. Wenn es etwas stiller war, dann machten sie Tupfer oder richteten den Verbandtisch, der mit Salbentöpfen, den Flaschen und Fläschchen, Instrumentenschalen, den Mullbinden, die wie Schaumrollen nebeneinanderlagen, von ferne einem Büfett nicht unähnlich war. Durch diese Schwestern wurden Färber und Frauenschuh endlich etwas entlastet. Dr. Haase gab ihnen für den Nachmittag Urlaub in die Stadt, und anstatt sich endlich einmal auszuruhen, putzten sie ihre Stiefel, machten sich schön und verließen gleich nach Tisch die trostlose Kaserne. Aber nun zeigte es sich, daß die wenigen Tage des Jammers sie einem gewohnten Dasein schon ganz entfremdet hatten. Sie wurden ihres Urlaubs gar nicht recht froh, ihre Gedanken kehrten immer wieder in das Polenlazarett zurück, und sie sprachen immer und immer wieder davon, ob inzwischen wohl neue Zugänge gekommen seien, ob Rodomski noch lebe, bis sie abends heimkämen.

Jagoslawa hatte unter den Einwirkungen des Krieges bis auf ein paar durch Fliegerbomben zerstörte Häuser wenig zu leiden gehabt. Eines der Häuser, kaum mehr als zwei Jahre alt, vierstöckig, in modernem Stil erbaut, war, so pflegte sich Quirin auszudrücken, »sauber« zusammengeschossen. Es war von oben bis unten mitten durchgerissen. Die eine Hälfte stand noch, so daß man seinen Querschnitt durch alle Stockwerke sah, die andere lag daneben, als ein Haufen von Schutt und Ziegeln. Wie in den Schaufenstern eines Geschäfts für Inneneinrichtungen lagen die Zimmer mit den Bildern an den Wänden, dem Flügel, den Betten oder (in der Küche) mit den Töpfen auf den Borden offen sichtbar zutage, doch war jeder Hauch von Wohnlichkeit so völlig daraus entschwunden, daß sie Färber und Frauenschuh überhaupt als etwas höchst Fragwürdiges und ganz besonders leicht zu Vernichtendes erschien. Es gab sie vielleicht in Wirklichkeit gar nicht. Oder sie war nur in uns, ihre Behaglichkeit lebte davon, wie sie in uns sich spiegelt.

Das schieferschwarze Denkmal des Kosciuszko war mit weißen Stoffbahnen behängt, darauf in großen Buchstaben das Wort ›Tankstelle‹ geschrieben stand. Ringsum lagerten Benzinfässer, und viele Autos holten sich hier ihren Kraftstoff. An diesem Platz fanden sie eine kleine Konditorei, tranken vorzüglichen Bohnenkaffee mit Schlagrahm und aßen vorzügliche Torte dazu. Seit vielen Wochen zum erstenmal saßen sie an einem sauber gedeckten Tischchen. Dennoch machte es ihnen keinen Eindruck. Dann bummelten sie ein wenig den Boulevard Rostocki entlang, besahen die Auslagen und kauften mit den Augen allerlei schöne Dinge. Aber früher, als es nötig gewesen wäre, passierten sie wieder in der Kaserne ein. Als ihnen der wohlbekannte Lazarettgeruch entgegenschlug, atmeten sie ihn tief ein, wie einen lang entbehrten Wohlgeruch, und sie wunderten sich darüber.

In ihrer Abwesenheit hatte sich nichts Besonderes ereignet, außer daß ein gefangener polnischer Arzt, der dem Lazarett neu zugeteilt worden war, unter den Schwestern seine Frau wiedergefunden hatte. Sie hatten seit vier Wochen voneinander nichts mehr gehört. Nun saßen sie nebeneinander auf zwei Hockern, einfach irgendwo hingesetzt im Verbandraum, und erzählten, zueinander geneigt, sich leise, wie es ihnen inzwischen ergangen war. Sie war eine schöne bleiche Frau mit dunkel umschatteten traurigen Augen und zuweilen einem spottlustigen Zug um den Mund. Sie konnte übrigens kein Wort Deutsch und verständigte sich bei den Operationen mit den deutschen Ärzten auf französisch. –

Mischkas Fieber stieg (die beiden Helfer sahen noch einmal nach ihren Patienten in Saal sieben) diesen Abend nicht sehr hoch. Er hatte sogar seine Mütze wieder auf. Aber die Zehen, die unten aus dem Verband herausguckten, waren grau und fühlten sich kühl und wie tot an. Er konnte sie nicht mehr bewegen.

Schwester Karline saß an Rodomskis Bett. Sie pflegte den Armen mit rührender Geduld. Denn sobald Rodomski mit der Feinfühligkeit Sterbender erahnte, daß sie sich seiner gleichsam nur zur Buße annahm, mit ihrem Herzen aber bei dem sterbenden Adler war, sekkierte er das gute Mädchen, wie er nur konnte. Aber sie ließ sich nicht aus der Fassung bringen. Heiter, mit einer wahren Engelsgeduld, diente sie ihm.

Gab es je eine hoffnungslosere Liebe als die zu einem Sterbenden? Aber sie liebte Victorin. Ihn, der, wie sie sich erschreckend gestand, einer feindlichen Nation angehörte, ihn, der ihre Liebe mit kaltem Haß erwiderte, einen Todgeweihten, schon Verlöschenden liebte sie. In Gedanken an ihn erwachte sie, in Gedanken an ihn schlummerte sie ein.

Das ›gute Schaf‹ hatte den höflichen Bogumil gebeten, ihrem heimlichen Freund Victorin an ihrer Statt beizustehen, und er tat es mit der größten Sorgfalt und einer erheiternden Ernsthaftigkeit, ja geradezu mit einem gewissen tänzerischen Schwung, von der Art, wie ihn junge Kellner in südlichen Ländern zuweilen haben. Er trug eine schon sehr weiß gewaschene, hochgeschlossene, gut sitzende Drillichbluse, den leeren Ärmel wie stets in die Tasche gesteckt. Da er sich nur des rechten Armes bedienen konnte, ersetzte er durch Findigkeit und Fixigkeit, was ihm der Krieg genommen. Bettschüsseln trug er wie eine Geburtstagstorte und die Urinflaschen, als hätte er Sekt zu servieren.

Mit Rodomski aber ging es jetzt rasch zu Ende. Er fühlte es selbst, daß seine Kräfte ihn verließen. Schlaffer schlug schon sein ruheloses Herz. Schon fingerte er so verdächtig an der Bettdecke herum. Er begann ›abzukratzen‹. Manchmal, wenn es ihm zum Bewußtsein kam, jammerte er laut, oder er langte mit seinen schlaffen Händen zu seinen Bettnachbarn hinüber und bettelte: »Komm mit, Bruder, komm mit!«

Sein Bett stand zwischen dem des Rothaarigen (schon ganz in der süßen Müdigkeit allmählich beginnender Genesung Befangenen) und dem braven Bäuerlein mit dem Kieferschuß. Aber sie rückten ab von ihm, sie wollten nicht von ihm angefaßt werden, als fürchteten sie wirklich, er könne sie mitnehmen als Reisekameraden in die Einsamkeit des Todes.

Schwester Karline gab ihm zu trinken, sein kahles Haupt mit der einen Hand stützend. Wenn sein Bett gerichtet werden mußte, denn nun hatte er keine Gewalt mehr über seine Notdurft, dann nahm sie ihn auf die Arme wie ein Kind. So leicht war er.

Färber und Frauenschuh meinten diesen Abend, der nächste Tote werde Rodomski sein, dann vielleicht Victorin.

»Und dann?« fragte Frauenschuh gedankenlos.

Aber sie irrten sich beide. Nichts auf Erden ist so unberechenbar und eigensinnig wie der Tod. –

Onufri Rzewuski, der Bauer aus Pawlik, war den ganzen Tag schon sehr unruhig gewesen. Er hatte sich aufgesetzt, sogar ganz vorsichtig auf seine dürren borstigen Beine gestellt, obwohl ihm dabei dunkel vor den Augen wurde, und lächelnd, als müsse er seine Schwäche entschuldigen, wieder niedergesetzt.

›Morgen ist Besuchstag‹, dachte er. ›Vielleicht kommen sie.‹

Er sah nach der Tür, sooft sie sich regte. Er hatte große Sehnsucht nach den Seinen. Ob sie ihn wohl gleich mitnehmen durften? Vielleicht kamen sie mit dem Wagen? Er konnte es sich gut vorstellen, wie seine Frau, ihr rotes Tuch mit den schwarzen Tupfen um den Kopf, auf dem Kutschbrett saß, neben sich den kleinen Jan, den lustigen Josef und die verständige Amiela, die das Hühnervolk und die Gänse schon ganz allein versorgte. Und Jarzy, der Hund, lief kläffend nebenher. Alle trugen die glatten Haare in die Stirn gekämmt, alle hatten rosige runde Gesichter und Stupsnasen. Er wußte ja nicht, daß sein Haus in Schutt und Asche lag, er wußte nichts von dem Grab in dem kleinen Garten.

Der Namenlose hielt den kranken Arm, wie man ein Wickelkind hält. Mit der gesunden flachen Hand unterstützte er den Ellenbogen. Da spürte er plötzlich, wie es warm und feucht ihm über die Finger lief, und er hörte große Tropfen auf den Boden klatschen. Er besah seine Hand. Sie war rot von Blut, das zwischen den Fingern schon gerann. Es wurde ihm auf einmal sehr übel.

Bogumil merkte es zuerst und lief sogleich, Quirin zu holen und den Arzt.

Mit großen Augen schaute Rodomski hinüber. Quirin war gleich zur Stelle. Er griff mit seinen starken Händen fest zu und drückte in der Schlüsselbeingrube das Gefäß ab, bis die Binde angelegt war.

Dr. Haase und der alte Major waren verständigt und wuschen sich bereits die Hände im Verbandraum. Die Schwestern aber, die nur tagsüber Dienst taten, konnten nicht mehr benachrichtigt werden. Also richteten Färber und Frauenschuh rasch das Nötige zur Operation.

Als Rzewuski das viele, viele Blut sah, war er doch etwas erschrocken. Aber da man bei ihm daheim auf dem Lande fast bei jeder Krankheit tüchtig zur Ader ließ, schob er's auf seine Vollblütigkeit und dachte, es täte ihm am Ende gar gut. Auch war ihm wieder ganz leicht zumute, schwebend leicht. Er hörte die Engel singen.

Man gab ihm etwas zu riechen. Das kannte er schon. Er war's zufrieden. ›Wie gut‹, dachte er bei sich, ›wie gut sind doch die Menschen.‹

Der Blutverlust war sehr groß gewesen. Der Verband hatte sich schon vollgesogen gehabt, ehe es der Patient merkte. Die Muskeln in der Wundumgebung erwiesen sich als sulzig und garstig verfärbt. Es war notwendig, die Wunde gut auszuschneiden, damit man in rotes Fleisch kam und das blutende Gefäß, das sich freilich als ziemlich morsch erwies, im Gesunden unterbinden konnte. Man erwog eine Blutübertragung und bestimmte die Blutgruppe. Vorher wollte man's mit Traubenzucker versuchen.

Allein es war schon zu spät. Zwar öffnete der Namenlose noch einmal seine freundlichen Augen. Aber er nahm nichts mehr wahr, er kam nicht mehr zu sich.

Sein Gesicht zeigte die gleiche heitere Gelassenheit wie sonst, nur bei dem letzten Seufzer, der nach einer großen Stille, da man ihn schon für tot halten konnte, noch einmal seinen armen Leib erschütterte, verzog sich seine Miene für einen Augenblick schmerzlich, als täte es doch weh. Aber sogleich lag er seelenruhig, wie still in sich hineinlächelnd, so recht wohlzufrieden da.

Frauenschuh war sehr traurig. Er drückte dem Toten die Augen zu und fügte ihm die Hände zusammen. Aber das Röhrlein aus Gummi mit der Sicherheitsnadel ihm zu nehmen, konnte er sich nicht entschließen. Er kämmte ihm das dünne, feuchte Haar in die Stirn, und so kam es, daß der Tote, trotz seines durch die Wunde entstellten Gesichtes, von allen, die in den Schuppen getan wurden, noch am manierlichsten aussah.

Sein Bett, das inzwischen Schwester Karline gerichtet hatte (obwohl sich Rodomski währenddem schrecklich aufführte, weil sie ihn ›immer allein und hilflos liegen lasse‹), sein Bett blieb leer. Das merkten, da er so lange ausblieb und gar nicht wiederkommen wollte, doch allmählich seine Zimmergenossen. Rodomski vor allem, wie schlecht es ihm auch selber ging, stellte es als erster fest. Unter großer Anstrengung, mit Hilfe der Zügel und von Schwester Karline unterstützt, die, in den Gebräuchen des Todes noch ziemlich unerfahren und sein Ende jeden Augenblick erwartend, ihn für die Nacht nicht verlassen wollte, richtete er sich auf, um seinen Kameraden gleichsam zu zeigen, was er noch alles konnte und wie munter er eigentlich noch war, verglichen mit dem Namenlosen unten im Verbandraum, der heute nachmittag noch großartig auf seinem Bette gesessen hatte und sich nun nicht mehr regte. –

Der Tote lag noch auf dem Schragen, als plötzlich die Türe sich öffnete und Prutze, mit der Schulter gegen die Türkante gelehnt, trunkenen Blickes hereinsah.

»Wollte bloß mal nachsehen, wo das niedliche kleine Ofenmädchen steckt«, lallte er, und da ihm niemand Antwort gab (denn Färber und Frauenschuh, mit dem Reinigen der Instrumente beschäftigt, dachten, er werde schon von selbst wieder gehen), wurde er ungehalten, murmelte etwas von »verborgen halten« und taumelte herein.

Der Anblick des stillen Gastes ernüchterte ihn ein wenig. Er nahm, so gut es ging, Haltung an und machte die Ehrenbezeigung durch Handaufnahme. Dann sah er sich nach einer Sitzgelegenheit um und bemerkte den Klubsessel in der Ecke. Er drohte den beiden Helfern schalkhaft mit dem Finger, was besagen wollte, sie wüßten zu leben, und setzte sich. Er war sinnlos betrunken. Allein wie schwer ihm auch das Reden fiel, so hielt er doch den Augenblick für glücklich, eine Ansprache zu halten, einen Säufermonolog. Die Helfer mit »ihr Schelme« anredend, sagte er, er müsse noch einmal auf das kleine Ofenmädchen zurückkommen (alle nannten sie unabhängig voneinander nur so), sie sei prima, bestimmt!, und er hätte sich entschlossen, sie glücklich zu machen. Er sah vor sich hin und lächelte duselig.

»Ich werde dich glücklich machen, kleines Ofenmädchen«, wiederholte er noch einmal. Dann erzählte er ziemlich unzusammenhängend aus seinem »Hundeleben«, gleichsam als eine Beichte, Anklage und Rechtfertigung, um darzutun, warum er's zu nichts gebracht hatte, nannte seine Widersacher bei Namen, als stünden sie vor ihm, und gab ihnen, die an allem schuld seien, harte Worte, und nachdem er noch den Wunsch ausgesprochen, man möge ihm ein heißgetanztes Weib reichen, wurde er endlich still und schlief ein.

Der Tote wurde hinausgetragen, und da die beiden Helfer den trunkenen Schläfer nicht gut hierlassen konnten, trugen sie es zwei seiner Kameraden auf, die bis in die späte Nacht im Stationszimmer mit Fräulein Liska scharmutziert hatten, Prutze zu Bette zu bringen.

Da es ihnen anders nicht gelingen wollte, denn er mochte durchaus nicht aus dem bequemen Sessel, rollten sie ihn in eine Decke, warfen ihn auf eine Tragbahre und schleppten ihn grinsend weg. –

Da es ihm speiübel war, ermunterte sich Prutze nach Mitternacht und machte Anstalten, sich zu erheben. Er wickelte sich mit Mühe aus der Decke und tastete mit dem einen Fuße ins Dunkle. Da merkte er, daß er noch in Stiefeln und völlig angekleidet war und daß er nicht in seinem gewohnten Bette, sondern, so fühlte sich's an, auf einer Krankentrage lag.

Vermutlich hatte man sich einen Scherz mit ihm erlaubt. Er setzte sich auf, suchte ärgerlich nach seinen Streichhölzern, denn es war stockfinster, und wollte sich erst mal eine Zigarette anstecken.

Unter Kriegern herrschen oft recht rauhe Sitten. Die Kameraden hatten es gewiß nicht so schlimm gemeint und dem Prutze wohl nur einen ordentlichen Denkzettel geben wollen, als sie ihn in den Leichenschuppen brachten. Aber als Prutze erkannte, wo er sich befand, als er seine stillen Schlafgenossen sah, packte ihn das kalte Grausen. Schreiend sprang er auf und warf sich gegen die Tür, die von außen verriegelt war.

Schaurig klang sein Schreien durch die Nacht. Dem Posten, als er es hörte, schauderte die Haut, und als er merkte, daß der Ruf aus dem Schuppen kam, rief er die Wache heraus, denn er meinte nicht anders, als daß ein Scheintoter zu sich gekommen sein müsse, der sich am Ende schon in der Totengruft wähnte. Sie befreiten Prutze, der völlig verstört war, und brachten ihn in die heiße Wachstube, wo er sich endlich ein wenig beruhigen ließ und dann bitterlich zu weinen begann. –

Auch von den Verwundeten in Saal sieben wurde das Schreien gehört, und sie entsetzten sich. Sie lagen fast alle wach, erregt durch den unerwarteten, jähen Tod des Namenlosen und in Erwartung des Besuchstages, ob er ihnen ein Wiedersehen oder wenigstens Nachrichten brächte.

Schwester Karline wachte freiwillig bei Rodomski, jeden Augenblick sein Ende erwartend. Wenn sie sich so im Saale umsah, bei der trübseligen Nachtbeleuchtung, so blickten sie von überall her die wachen Augen der Verwundeten an. Sie hatte sich's, als sie Schwester wurde, ein wenig anders gedacht, mehr so, wie man es auf Postkarten sehen konnte, wo der meist ungefährlich am Arm verwundete Soldat lächelnd in der Sonne sitzt oder von einer hübschen Schwester spazierengeführt wird.

Auf Saal sieben befand sich außer den ›Alten‹, außer Mischka, dem Roten, Rodomski und dem sterbenden Adler also, noch der korpulente Hauptmann mit der klaffenden Gesäßverletzung, der nur auf dem Bauche liegen konnte und täglich, wie der Knieschuß, mehrmals gespült werde mußte. Er, wie die andern, bekam wohl ausreichend schmerzstillende Spritzen, aber dennoch wimmerte er fast unaufhörlich leise vor sich hin. Auch der Hirtenjunge lag auf Sieben, von allen verwöhnt, ein rührender Bub, dankbar und geduldig. Er mußte nun freilich dies alles schon bei jungen Jahren mit ansehen: des Hauptmanns zerklüfteten Wundkrater, das langsame, harte Sterben Rodomskis, das leere Bett und das meist bestorbene, darinnen seit heute nachmittag ein Neuzugang lag, der Mann ohne Gesicht.

Es war ein Panzerschütze, dem, als sein Wagen in Flammen aufgegangen, Gesicht und Hände verbrannt worden waren. Er wurde mit Salbenverbänden behandelt und trug daher eine Maske aus weißem Mull, darein Sehschlitze für die Augen und Öffnungen für Nase und Mund geschnitten waren. Darüber trug er der Fliegen wegen noch einen Gazeschleier. Wenn er den Schleier zurückschlug, um besser sehen und leichter atmen zu können, dann glich es einer sanften, weißen Mähne.

Seine Zimmergenossen wußten nicht, wie er in Wirklichkeit aussah, aber sie gewöhnten sich bald an den gespenstigen Anblick, so, als sähe er eben so aus, so weiß, wie aus Stoff gemacht, so unbewegt und so unheimlich ausdruckslos. Doch war eine Schwester, der er des Nachts begegnete, als er sich im Fieberparoxysmus von seinem Lager erhoben hatte und im Hemd lautlos über den Gang ging, vor ihm schier zu Tode erschrocken. Und wahrhaftig sah er aus wie ein Gespenst.

Schwester Karline saß tapfer bei Rodomski, dessen Herz noch immer schlug, und hielt seine Hand. Wenn er schlief, dann lag er mit offenem Mund, röchelnd, so daß man wirklich denken konnte, er sei schon fast hinüber. Aber dann erwachte er wieder, schlug die halbgeschlossenen Augen ganz auf und fragte nach der Uhr.

Als die Schwester ihn einmal für kurze Zeit allein lassen mußte, setzte sich der hilfsbereite Bogumil so lange zu ihm, und da er das Röcheln hörte und das Verdrehen der Augen sah, meinte er, es gehe nun rasch zu Ende, und wollte ihm daher (dies ist seltsamerweise in abergläubischen Gegenden so der Brauch) ›rasch das Kissen unter dem Kopfe wegziehen‹. Es war gewiß gut gemeint von dem höflichen Bogumil, er wollte damit dem Sterbenden ja nur einen Liebesdienst erweisen. Denn es mochte nach der Sitte vielleicht von Nachteil für die arme Seele des Verstorbenen sein, wenn es nicht zur rechten Zeit geschah.

Rodomski indessen erwachte darüber, und wohl damit vertraut, was der Entzug des Kissens zu bedeuten habe, hielt er das Kissen eifersüchtig fest und wollte es sich durchaus nicht nehmen lassen. So, das Kissen hin und her zerrend, fand sie Schwester Karline, die gar nicht begreifen konnte, um was es eigentlich ging, und sich sofort gegen Bogumil wandte. Bogumil, der nach kurzem Kampf das Kissen schon ausgelassen hatte, klärte, seinen Irrtum einsehend, den Vorfall auf mit einem »er habe doch nur...« und »er würde gewiß nie wieder...«, grüßte höflich, indem er die Hacken zusammenschlug, und zog sich mit bedauerndem Achselzucken in sein Bett zurück.

Karline setzte sich wieder zu Rodomski und hielt geduldig seine Hand. Das beruhigte ihn. Alsbald fiel er von neuem in röchelnden Schlaf.

Aber Karlinens Gedanken waren nicht bei Rodomski. Sie dachte an den sterbenden Adler und wie sie ihn vom Tode erretten und wieder gesund machen könnte. Es mußte doch bei Gott eine Möglichkeit geben. Seine Wunden, hatte Dr. Haase ausdrücklich gesagt, seien eigentlich nicht lebensbedrohend, auch der Brustschuß mußte es nicht sein. Warum nahmen dann aber seine Kräfte von Stunde zu Stunde sichtbarlich ab?

Noch lebte er und war, obwohl er fast nichts sagte, völlig bei Sinnen. Er saß, im Kreuz durch Kissen (strohgestopfte) gut gestützt, mit angezogenen Knien in seinem Bette. Denn er konnte nicht mehr liegen. Er bekam keine Luft, wenn er lag.

So saß er, Ingrimm im Herzen, haßerfüllt und mit Gram belastet, die Schmach seiner unglücklichen Nation aufs tiefste erleidend. Er konnte es nicht verwinden. Er stöhnte. Böse Gedanken waren in seinem Herzen, Rachegedanken, Mordgedanken. Manchmal schlummerte er ein wenig, dann schreckte er plötzlich wieder auf und quälte sich von neuem.

Als Victorin damals verwundet in Gefangenschaft geraten war, wurde er, wie sterbend, in ein Bauernhaus getragen und, nachdem er verbunden worden, einem alten Hirten zur Pflege anvertraut, bis man ihn hole. Denn er konnte ja nicht entfliehen.

Der Alte war ein wunderlicher Mann, ein Heilkundiger, der zu Mensch und Vieh gerufen wurde. Er konnte sogar etwas Lateinisch, aber vielleicht verstand er es selber gar nicht, wenn er es beim Bereiten seiner Tränklein für sich hinmurmelte. Anfangs meinte Victorin noch, daß er erblindet sei, denn das Blut hatte seine Augen verklebt, aber der Alte schüttelte den Kopf, wusch ihm die Augen aus und machte ihn wieder sehend.

Diesen alten Mann hatte damals Victorin nach seinem und seiner Nation künftigen Schicksal gefragt, und der Alte hatte ihm ein paar Nackenhaare abgeschnitten und sie mit bloßem Auge und dann mit einer Lupe eine gute Weile genau betrachtet. Sie lagen, wie in einer Schale, in seiner hohlen linken Hand. Endlich hob er den Kopf, blickte zum Himmel und murmelte Worte, die für Victorin wie: »manes exite paterni« (zieht von hinnen, gute Geister der Vorfahren), und wie: »o nomen dulce libertatis« klangen. Dann pustete er er die Haare ins Feuer, die sogleich knisternd in Rauch aufgingen.

In vier Wochen spätestens, sagte er dann laut, werde Victorin seine volle Freiheit wieder haben.

Aber ehe die Wochen umgingen, war Polen geschlagen, das Land von den glücklichen Siegern besetzt und er noch immer in Gefangenschaft.

»Freiheit«, sagte er leise, und es wurde ihm auf einmal so warm in der Brust, »o holder Name Freiheit!« Er hüstelte.

Karline hörte es und sah besorgt hinüber zu ihm, und dann ließ sie Rodomski einfach im Stich und lief hinüber zu dem sterbenden Adler. Denn aus seinem Munde stürzte Blut, wie roter Wein. Und ob er sogleich die Schale ergriff und vorhielt, sie reichte nicht aus. Sein Haupt begann hin und her zu schwanken, und während Karline hinkniend ihn umfing, sank es ihr sanft auf die Schulter, und alsbald gab er seinen Geist auf.

»Er leidet nicht mehr«, sagte Mischka leise.

Schwester Karline rührte sich nicht von der Stelle und verharrte lange so. Sie sahen aber aus wie Liebende, die aneinander ruhen und sich viel zu sagen haben.

Gerade, als dies geschah, trat, auf einem nächtlichen Rundgang begriffen, Schwester Selma, das ›Totenbrett‹, in den Saal, und da sie sofort sah, was sich hier zugetragen hatte, ging sie zu Rodomski, der ganz verlassen in den letzten Zügen lag, hob seinen Arm, der aus dem Bette hing, und hielt ihm die Hand an Schwester Karlinens Statt, bis es auch mit ihm zu Ende war.

Kurz vor seinem letzten Atemzug aber tat Rodomski noch einmal groß und traurig die Augen auf, zwei dicke Tränen liefen ihm über die Wangen, und das Herz stand ihm still. –

Die Angehörigen der Verwundeten, Frauen und Kinder zumeist, warteten schon vom frühen Morgen an vor dem Kasernentor, obwohl sie wußen, daß sie erst am Nachmittag eingelassen würden. Sie standen in Gruppen und redeten miteinander oder saßen dem Eingang gegenüber auf dem Randstein (sie sind ungewöhnlich hoch dortzulande) und warteten geduldig.

Der Anblick der Wartenden ähnelte in etwa einem asiatischen Wochenmarkt. Denn sie hatten ihre Päckchen und Bündel wie Waren vor sich hingelegt, trugen Pelzmützen und dicke Wollschals. Selbst diejenigen, welche sichtlich wohlhabenderen Schichten angehörten, setzten sich nieder, nur daß sie vorher mit einem bunten Seidentüchlein den Staub wegscheuchten.

Auch die Mutter des Dorfschullehrers war unter ihnen. Der dritte Tag ihrer Wanderung aber war der schwerste gewesen. Das Klima dortzulande ist sehr wetterwendisch. Früh hatte noch die Sonne geschienen, gegen Mittag hatte sich der Himmel umwölkt. Das Land war auf einmal düster und traurig geworden. Gerade zu einer Stunde, da weit und breit kein Haus war, war ein Unwetter losgebrochen, ein Herbstgewitter mit Schnee und Regen und fahlflammenden Blitzen. Der Wind war so stark gewesen, daß die Wanderin nicht mehr weiter zu gehen vermocht hatte. Sie hatte sich unter Bäume gesetzt, so gut es ging sich gegen die Nässe schützend, und Jarzy war ihr unter den Rock gekrochen.

Sie war schon am Abend vorher in Jagoslawa angekommen und hatte vom Posten erfahren, daß anderntags Besuchstag sei. Die Nacht hatte sie in einem Zigarettenhäuschen zugebracht, das ihr die Besitzerin, damit sie nicht allzusehr friere, überlassen hatte. Denn sie wollte um keinen Preis vom Platze.

Nun ging sie fröstelnd auf und ab und schlug sich mit den Händen unter die Arme, um sich zu erwärmen.

Jarzy aber, der Köter, hatte sich, ehe der Torposten es verhindern konnte, schon Zutritt zur Kaserne verschafft und lief, die Nase bald am Boden, bald in der Luft, unruhig kreuz und quer über den Hof, schweifwedelnd, witternd und die ihm Begegnenden musternd und beschnüffelnd. Und da er an dem Leichenschuppen vorbeikam, darin noch der tote Rzewuski lag, begann er hurtig an der Türe zu kratzen, zu jaulen und zu winseln.

Der Wachposten im Hof, der aufzupassen hatte, daß aus dem Verbrennungsofen nichts wegkam, wollte das Hundeviech vertreiben. Er warf erst eine leere Konservenbüchse nach Jarzy. Sie hüpfte blechern klappernd über das holprige Pflaster. Jarzy erschrak sehr und entfleuchte. In einiger Entfernung aber wartete er, spitzte die Ohren und hielt den Kopf schief. Dann bellte er unterdrückt zum Himmel und lief wieder zur Türe. Jetzt stieß ihn der Posten mit dem Kolben fort. Jarzy aber nahm das übel und fuhr dem Soldaten scharf an die Beine. Der hätte nun bald eine lächerliche Figur gemacht, aber da er das merkte, zog er kurzerhand sein Seitengewehr, hieb's dem Kläffer über den Schädel und traf ihn so gut, daß er sogleich hinstürzte, mit den Beinen zuckend noch etwas den Boden kehrte und dann verendete. Seine neue Herrin aber hatte davon nichts wahrgenommen. Sie saß nun auch am Randstein, die Arme auf dem Korb, in einen stumpfen Zustand versunken, da man wohl wach ist, aber die Zeit nicht wahrnimmt.

Am frühen Nachmittag, gleich nach dem Essen, wurden sie eingelassen. Mit der Prüfung der mitgebrachten Lebensmittel nahmen es die Posten nicht genau. Und nicht minder mit den Personalien. Denn es fanden sich natürlich viele ein, die selber keine Angehörigen unter den Verwundeten hatten, sondern aufs Geratewohl zu Besuch kamen, um irgendeinem Soldaten eine kleine Freude zu machen.

Es waren im ganzen etwa fünfundzwanzig Zimmer und Säle in der Kaserne, so daß sich der Strom der Ankömmlinge bald verlief. –

Als Färber diesen Morgen das Knie spülte, war es fast völlig abgeschwollen. Die Flüssigkeit trübte sich kaum, und die Lefzen der Wunden sahen rosig aus. Frische

Fleischwärzchen waren aufgeschossen. Das Fieber war gefallen, der Puls gut. Dr. Haase konnte dem Patienten sagen, wenn er hübsch so weiter mache, habe er Aussicht, sein Bein zu behalten.

»Oh, ich behalten mein Bein«, sagte Tadeusz auf deutsch und griff mit beiden Händen danach, als könne er's nicht glauben. »Mischka, hast du's gehört?«

Mischka lächelte ihm zu. Er war sehr schwach, sein Gesicht sehr schmal, und die schräg stehenden silbrigen Augen hatten keinen Glanz. Er gähnte viel, was kein gutes Zeichen war.

Nun erinnerte er Färber an sein Versprechen, daß er nämlich nicht sterben werde, und Färber, dem es ans Herz griff, da er ihn so verfallen sah, Färber, der unaufhörlich nachsann, wie er ihm das Leben retten könne (es geschah alles, was geschehen konnte), wiederholte, was er damals gesagt: »Du sollst nicht sterben, Mischka!« Aber sein Bein, es sei schon sehr fraglich, ob man es ihm erhalten könnte. Jetzt, beim Verbinden, müsse sich's, so oder so, entscheiden.

Wer konnte sagen, ob nicht die unsichtbare Grenze der Unheilbarkeit längst schon überschritten war? –

Der große Augenblick war endlich gekommen. Vom Tor her ertönte das Signal, das ›Besichtigung‹ bedeutete. Wirklich fuhr ein großer schöner Wagen in den Hof herein und hielt vor dem Verwaltungsgebäude. Der Kommandeur war sofort zur Stelle, den hohen Herrn zu empfangen.

Allein dem Wagen entstieg ein noch junger Gefreiter mit Hornbrille, grüßte, doch nicht sehr stramm, eher herablassend, und sagte: er sei gekommen, das Lazarett zu filmen, als Tonbilddokument für das Wehrmachtsarchiv, am liebsten natürlich in voller Tätigkeit, etwa die Ankunft und das Ausladen von Verwundeten, interessante Fälle beim Verbinden, womöglich eine schwierige Operation.

Er sprudelte nur so über von Unternehmungslust und sah sich taxierend um, als erwarte er, daß sich sogleich ein lebhafter Betrieb entwickele, den aufzunehmen sich auch lohne.

Dem Kommandeur gefiel der Vorschlag des frischen jungen Mannes gar wohl. Der begann mit seinen Technikern das Aufnahmegerät ›klarzumachen‹.

So geschah es, daß die Amputation von Mischkas Bein nach allen Regeln der Kunst gefilmt wurde. Es half nichts, daß Dr. Haase den Filmgefreiten anschrie, er möge sich gefälligst zum Teufel scheren (was diesen völlig kalt ließ), es wurde doch gefilmt. Auch Haases heimliche Hoffnung, es möchte den Filmoperateuren während der Operation übel werden, erwies sich als trügerisch. Der Aufnahmeleiter wünschte sogar von der Rose des Stumpfes mit den daran herabhängenden Arterienklemmen und dem Blutbart eine Großaufnahme zu machen.

Färber und Mischka gehörten zufällig der gleichen Blutgruppe an, und als Dr. Haase wegen des besorgniserregenden Zustandes des Patienten eine Transfusion befahl, gab es keinen Aufenthalt. Sogleich war der nächste Verbandtisch herangeschoben, der Spender legte sich darauf und machte den Arm frei, daß man ihm das Blut abzapfe, während gleichzeitig Mischka hergerichtet wurde, daß man's ihm einpumpe und so vielleicht noch sein fliehendes Leben erhalte. In Rubingläsern, damit es nicht gerinne, wurde das Blut aufgefangen (was dem Vorgang, der ebenfalls gefilmt wurde, eine gewisse rituelle Feierlichkeit verlieh) und sogleich Mischka zugeführt, »kuhwarm«, sagte Quirin, der auch dabei war. Es war eine ziemliche Menge, genug jedenfalls, daß Färber den Mangel doch etwas spürte. Es wurde ihm so leicht ums Herz, und einen Augenblick lang hatte er die schöne Vorstellung, er gebe sein Blut nicht allein, er gebe sein Leben hin für den anderen.

Färber hatte auch das Bein seines Schutzbefohlenen gehalten. Er glaubte, es niemand anders überlassen zu können, aber er mutete sich doch fast zuviel zu, als ihm das abgesetzte leblose Glied in der Hand blieb und als er es in den Kübel legen mußte, damit es hinaus zum Verbrennungsofen gebracht werde. Und was er vielleicht sonst nicht getan hätte, nun, da es Mischkas Bein war, hüllte er es sorgfältig in Zellstoff und brachte es selbst hinaus, damit es nicht lieblos geschehe, durch Prutze vielleicht.

Als er es draußen recht behutsam in den Ofen legte, als hätte er eine Mumie zu verbrennen, merkte er, wie schwer es sei, mit einem solchen toten Stück Fleisch menschlich umzugehen. Zudem hatte sich, als er versuchte es im Ofenloch ordentlich zurechtzulegen, ein Knochen durchgespießt und ihn am Finger verletzt.

Als er dann das Niemandskind nach dem Eingriff nach oben begleitet, seinen flackernden Puls beobachtet und sein endliches Erwachen abgewartet hatte, traf er auf dem Weg nach unten auf einen alten Mann, der seinen Sohn zu besuchen gekommen war. Er war gerade darüber, seine Brille aufzusetzen, um die Namen auf der Liste neben der Tür zu Saal sieben zu lesen, als Färber dazukam.

Der graubärtige Alte, der ein Paket unter dem Arm hatte, eine Flasche in der Rocktasche und einen Blumenstrauß in der Hand, grüßte Färber und brachte ihm sein Anliegen vor. Man sah wohl, daß er sehr arm war, aber er hatte seinen langen Feiertagsrock angezogen und trug eine schwarze Lammfellmütze und ein rotwollenes Tuch um den Hals. Er mochte Kutscher sein, so etwa sah er aus.

Aber ehe Färber ihm noch antworten konnte, deutete der Alte auf den Namen Rodomski und sagte, dies sei der Gesuchte, dies sei sein Sohn, Yadam Rodomski. Aber, fügte er erschrocken hinzu, warum sei der Name durchgestrichen? Und sogleich erriet er den Grund, und während ihm die Tränen in den Bart liefen, sagte er leise: »Er ist tot.« Und dann: »Kann ich ihn sehen, Herr?«

Der Tote lag noch in dem Schuppen. Allein Färber wollte den Alten von dem Gedanken abbringen, ihn noch einmal zu sehen, den er gesund und heil in der Erinnerung habe, in einer schöneren gewiß, als selbst das holdeste Totenantlitz sei. Aber der Alte bat ihn so flehentlich, er möchte doch die Güte haben, ihm den Weg zu zeigen, und so tat er's zwiespältigen Herzens.

Er führte den Alten in den Hof zu der Leichenkammer. Dicht neben dem Eingang lag ein Haufen leerer Konservenbüchsen, und Spatzen saßen dabei, die kümmerlichen Reste von Erbsen und Karotten herauszupicken. Sie flogen zeternd auf, als die beiden herankamen.

Es lagen aber fünf Tote nebeneinander in der Dämmerung des Schuppens, noch in die Leintücher gehüllt, aus denen die Füße guckten mit dem Zettel an der großen Zehe. Auch die Gesichter waren ganz oder zum Teil bedeckt. Trotzdem ging der Alte ohne Besinnen auf den Toten zu, der sein Sohn war, bückte sich nieder zu dem entstellten Angesicht und küßte es und benetzte es mit seinen Tränen. Er kniete davor und betrachtete es mit einem zärtlichen Blick, als hätte es sich durchaus nicht verändert, als sei er noch der hübsche Rodomski von ehemals, der es so weit gebracht hatte, im ersten Handschuhladen von Warschau die Kunden zu bedienen. Dann, nachdem er das Gesicht wieder zugedeckt, stand er auf, bedankte sich bei Färber, indem er sich tief verneigte, und ging, die Mütze mit beiden Händen tragend. Das Päckchen und die Blumen hatte er bei dem Toten gelassen. Gegen Abend kam er wieder mit einer Schimmeldroschke und einem weißen Sarg, legte eigenhändig seinen toten Sohn darein, holte einen Hammer und Nägel aus der Tasche, nagelte den Sargdeckel zu und setzte sich darauf, ein wenig auszuruhen von seiner Arbeit. Dann, nach erwirkter Erlaubnis, daß er ihn mitnehmen dürfe, lud er ihn auf die Droschke und fuhr mit ihm zum

Tor der Kaserne hinaus, über das höckrige Pflaster von Jagoslawa, der Heimat zu.

Im Stationszimmer hatte er sich vorher noch den Nachlaß geben lassen, die große Uhr mit dem gelben Zelluloiddeckel, den Vierfarbenstift aus Silber, den Kamm und das kleine runde Spiegelchen. –

Färber ging in den Verbandraum zurück, um sogleich Jodtinktur auf die kleine Rißwunde zu tun. Er wußte, was es bedeuten konnte, sich bei einer solchen Gelegenheit zu verletzen. Er kannte die Gefahr des Leichengifts und die Tücken des Todes, von dem er sich angerührt fühlte. Aber er vergaß dann doch darauf, denn Bogumil kam gelaufen, stand aus dem Laufen stramm, schräg in den Boden gepflanzt, grüßte mit der Schwurhand und sprudelte hervor: »Mischka verlangen nach Herrn Färber. Mischka serr zornig, Panje, serr, serr zornig.« Nichts Gutes ahnend, rannte Färber nach oben.

Im Saal sieben herrschte große Aufregung. Tadeusz saß in seinem Bette auf und jammerte laut: »So helft doch, er stirbt, er stirbt.« Der Hirtenjunge, angesteckt von des Schulmeisters Geschrei, weinte herzbrechend, auch die weiße ausdruckslose Maske des Panzerschützen schien Teilnahme auszudrücken, und selbst der dicke Hauptmann hatte sich leicht in Liegestütz erhoben und wandte sein rundes, schnauzbärtiges Gesicht mitfühlend dem armen Mischka zu, denn sie mochten Mischka alle besonders gern leiden.

Mischka aber warf es in seinem Bette. Er zitterte und zuckte konvulsivisch am ganzen Leib, von einer unsichtbaren Hand gebeutelt. Die Zähne klapperten ihm, die Hände waren krampfhaft zusammengezogen, er phantasierte auf deutsch, auf polnisch und russisch, sein Gesicht war verzerrt. Obwohl er die Augen offenhielt, schien er niemanden zu kennen.

Auch Färber nicht, obwohl das irre Reden ihm galt, den er in den unflätigsten Ausdrücken der drei Sprachen beschimpfte, ihn einen meineidigen Schurken, einen wortbrüchigen Hundsfott, einen schamlosen Lügner und dergleichen mehr hieß.

»Ihr habt mir mein Bein ja gar nicht abgenommen, ich spüre es doch noch«, stieß er immer wieder schluchzend hervor, und nun müsse er elend zugrunde gehen für nichts und wieder nichts.

Er nahm Färbers beruhigende Worte gar nicht auf, er war in einem (vorübergehenden) Wahnwitz befangen. Das fremde Blut, Färbers Blut, rebellierte in seinem Körper. Der Schüttelfrost hatte ihn gepackt.

Man wickelte ihn – denn der Anfall war erwartet worden – in vorgewärmte Tücher, und alsbald beruhigte er sich, erkannte Färber, sah ihn, den er eben noch mit den wüstesten Schimpfworten belegt hatte, dankbar lächelnd an und fiel in einen wohltätigen Schlaf. –

In ihrer großen Traurigkeit machte sich Schwester Karline zum erstenmal Gedanken darüber, was mit den Toten, wenn sie aus dem Zimmer getragen waren, fernerhin geschähe. Sie wollte doch wenigstens wissen, wo Victorins Grab sein werde.

Wie klagte ihr Herz, als sie es erfuhr, als sie mit ansah, wie auch an Victorins großen Zeh (er hatte besonders wohlgeformte Füße) die Anhängeadresse gebunden wurde, nicht anders, als man's im Juni auf Bahnhöfen sehen kann, wenn ein erlegtes Reh als Bahnexpreß befördert wird. An die schlanken Gazellenbeine ist der Zettel gebunden, und der feingebogene Hals, das Haupt mit den wunderschönen Augen hängt über die Kante des Karrens. –

Im letzten Augenblick, als sich die wartenden Angehörigen schon gegen das Gittertor drängten und, wie auf einmal aus ihrer geduldigen Stumpfheit erwacht, erregt durcheinanderschwatzten und aufbegehrten, daß man sie doch endlich hereinlassen möge, begann die Mutter des Rothaarigen zu zweifeln, ob sie ihren lieben Sohn lebendig wiedersehen werde. Es war so viel erzählt worden, während sie wartete, daß fast alle stürben hinter diesen grauen Mauern oder doch zum Krüppel geschossen seien, blind oder siech für ihr ganzes Leben.

Die alte Frau hatte nicht viel Phantasie. Aber sie kannte vom Dorf daheim vier Invaliden aus dem vorigen Weltkrieg, einen Stelzfuß, einen Stummen, einen Blinden und einen, der infolge einer Hirnverletzung nicht mehr ganz richtig im Kopfe war. An diese vier alten Soldaten mußte sie nun denken und wie sie sich in einer Art Leidensbrüderschaft zusammengetan und mitsammen einen gar wunderlichen Haushalt führten. Sie lebten nicht unglücklich. Der Stelzfuß übte gleichsam die Polizei im Hause, der Stumme kochte und gärtelte, der Blinde sang oder erzählte Geschichten. Der Besessene aber, nach östlicher Sitte, ward von ihnen fromm verehrt und gepflegt, auch wenn er einmal seinen unruhigen Tag hatte und heftig unter sie fuhr und sie mit seinem Pantoffel schlug.

»Wenn er ein Krüppel ist, so will ich für ihn gehen, wenn er stumm ist, so will ich für ihn sprechen, wenn er blind ist, will ich sein Augenlicht sein, und wenn er besessen ist, so will ich ihn hegen und pflegen und ihm alles Gute tun, um Gottes Herrlichkeit willen, ob er mich gleich schlüge.«

Die Frau drängte sich nicht vor. Sie hatte auf einmal große Angst vor dem Wiedersehen. Es waren viele vor ihr, als sie im Geschäftszimmer wartete und sich endlich ein Herz nahm, um nach dem Soldaten Tadeusz Boleslawski zu fragen. – »Station A, erster Stock, Saal sieben«, sagte der Schreiber.

›Er lebt‹, dachte die Mutter. Es zitterten ihr die Knie, als sie über das schmerzhafte Pflaster des Kasernenhofes humpelte, auf ihren Pilgerstab gestützt. ›Er lebt! Ach Jesus!‹

Sie fand ihren lieben Sohn schlafend (denn er hatte

sich keine Hoffnung gemacht, Besuch zu bekommen). Schwester Karline setzte ihr einen Stuhl neben das Bett. Nun saß sie bei ihm und sah ihn immerzu an.

Sie hatte es nicht sehr schön gehabt in ihrem Leben. Aber wie wenig gehört für eine gute Seele dazu, glücklich zu sein! Nun war sie es wie noch nie. Sie fand, daß alle Mühe und Plage ihres Lebens gar nicht der Rede wert seien gegenüber der großen Gnade, daß sie hier auf dem Stuhle sitzen und das Gesicht ihres schlafenden Sohnes betrachten durfte.

Sie fand, daß es kein schöneres Gesicht gäbe auf dem weiten Erdenrund. Und als er erwachte und ihr gutes Gesicht vor sich sah, da fand er es bei ihr nicht anders.

Die Botin packte aus, was sie ihm mitgebracht hatte: den Wodka, die Wurst, die Kuchen und die Zigaretten. Dann meinte sie, daß es doch am Ende besser gewesen wäre, den Schimmel zu kaufen und nicht den Fuchs, und erzählte von dem guten Soldaten, der ihr den Weg hierher gewiesen. Sie hatten sich nicht viel zu sagen im Grunde. Drei Tage war sie gewandert. Und nun war sie bei ihm. Es war so einfach und selbstverständlich und im Grunde gar nichts Besonderes dabei. Sie bewunderte seinen Gipsverband. Es stand mit Tintenstift das Datum daraufgeschrieben, an dem er angelegt worden war. Drei Tage war es erst her! Dann hatte es der Soldat, der so freundlich bewirtet worden war, ja gar noch nicht wissen können, daß Tadeusz verwundet, noch daß er hier eingeliefert war (es gab auch in anderen Städten Gefangenenlazarette). Und plötzlich merkten sie, daß an ihnen ein Wunder geschehen war, und dankten Gott.

»Er hat mir einen Engel gesandt im Soldatenkleid«, sagte die Mutter. »Er nimmt sich der Ärmsten an und ist der Freund der Unglücklichen!«

Unter den deutschen Sanitätsmannschaften ging das Gerücht, daß ihres Bleibens im Polenlazarett zu Jagoslawa vermutlich nicht mehr lange sein werde. Die Aufgabe der

Abteilung, ›den Laden in Schwung zu bringen‹, war befristet und nach Kräften erfüllt worden. Das Lazarett sollte in Bälde den polnischen Ärzten und ihren Helfern übergeben werden. Nach der Besichtigung ehestens würde die Sanitätsabteilung herausgezogen und – so munkelte man – im Westen eingesetzt werden.

Färber vernahm das Gerücht mit zwiespältigen Gefühlen.

Übrigens konnten nun die ersten Trupps Genesender in ihre Heimat entlassen und häuslicher Pflege überantwortet werden. Die Glücklichen erhielten Zivilkleidung, und mancher gab sich, nur um fortzukommen, wohl gesünder aus, als er war, und schritt unter heimlichen Qualen frisch aus der Kaserne. Wenn er nur erst draußen war, konnte er ja humpeln und stöhnen, soviel er wollte. –

Auf einmal, niemand hatte sein Kommen bemerkt, befand sich der gefürchtete Generalarzt mitten im Lazarett. Er war ein leutseliger alter Herr, er war zu Fuß gekommen, ohne Begleitung. Nun ging er von Bett zu Bett, fragte die Patienten freundlich, wie es ihnen gehe, und ließ sich von Dr. Haase, der zufällig auf der Station war, die angewandte Behandlung erklären. Dr. Haases eigenwillige Fieberkurven nannte er einen Unfug, trotz der ›Kreuzpunkte‹ und der ›Visibilität‹. Er meinte sehr nett, es könnte ja auch noch ein Höherer als er zur Besichtigung kommen. Nach den Aborten fragte er nicht.

Die ganzen letzten Tage hatte der Kommandeur das Lazarett nicht verlassen, nur gerade jetzt war er ein Stündlein in die Stadt gegangen. Die meisten Angehörigen der Abteilung hatten es gar nicht bemerkt, daß die große Besichtigung bereits stattgefunden hatte.

In allen Zimmern standen jetzt Blumen, die die Besucher mitgebracht hatten. Die Fliegenplage war mit Erfolg bekämpft. Die schwersten Fälle hatte der Tod erlöst. Es sah fast so aus, als sei mit Rodomski der Tod in der Droschke zum Tor hinausgefahren. Die Sonne schien in die Zimmer: wahrhaftig, an diesem Tage machte sogar Saal sieben einen fast freundlichen Eindruck.

Nach dem Schüttelfrost und dem Erschöpfungsschlaf trat bei Mischka ein sichtbarer Verfall der Kräfte ein. Sein Gesicht bekam eine Farbe wie bei beginnender Gelbsucht, ein wenig ins Orangene spielend. Seine Augen waren sehr groß und umschattet. Die Iris hatte auf einmal ein ganz helles Vergißmeinnichtblau, und die Pupillen waren verdächtig weit.

Es wurden dem nur noch schwach prickelnden Puls kräftige Mittel zur Anpeitschung des Herzens gegeben, kalter Schweiß stand auf Mischkas Stirn. Mischka phantasierte. Er schimpfte aber nicht wie während des Schüttelfrostes nach der Blutübertragung, sondern schien nun zärtlich aufgelegt. Er schwatzte, als sei er etwas beschwipst, auf die liebenswerte Art, wie sie nicht selten bei Frauen zu finden ist. Er sagte, daß heut nicht viel mit ihm aufzustellen sei und (die Sprachen, die er konnte, auf drollige Weise mischend) daß er very, very wonnemüde sei. Auch sagte er etwas, das mehr wie Russisch sich anhörte, so ähnlich wie dwuruschnitschestwo.

Als Färber vor dem Schlafengehen sich noch einmal nach ihm umsah und ihm den Puls fühlte, schien er ihm ein klein wenig besser zu sein. Mischka erkannte ihn. »Ich kann es wirklich nicht bestimmt versprechen, obwohl ich mir gewiß alle erdenkliche Mühe geben werde. Sie dürfen mir aber eintretenden Falles bitte nicht böse sein.« – In solchen und ähnlichen, scheinbar nichtssagenden Redewendungen erging sich Mischka.

Am liebsten hätte natürlich Färber die Nacht über bei ihm gewacht. Aber es ging wohl nicht an, es gehörte nicht zu seinen dienstlichen Obliegenheiten, es war auf jeden Fall ungewöhnlich. Und doch konnte es sein, daß dieser liebenswürdige junge Mensch, der vielleicht nur dazu auf der Welt war, um darzutun, wie reizend ein Mensch sein kann, daß Mischka, der auf seine Weise ein so freundliches Beispiel und Sinnbild dafür war, was es bedeutet, ›Liebling des Menschengeschlechts‹ zu sein, es konnte geschehen, daß dieser an allem völlig unschuldige Mensch in der Nacht einsam und verlassen sterben werde.

Zum Nachtmahl gab es an jenem Abend Weintrauben in Zargen verpackt, blonde, süße, in großer Menge. Es bestand die Gefahr, daß bei den Soldaten durch Vitaminmangel Skorbut (oder ›Scharbock‹, wie man's in alten Seegeschichten nannte) auftreten könnte. Und wirklich klagten manche schon über wundes, entzündetes Zahnfleisch. Frisches Obst sollte diese Krankheit verhüten helfen.

Die Trauben waren nicht mehr so ganz frisch, sie waren wohl schon von weit her in dieses rebenlose Land verschickt worden. Die Beeren zeigten bräunliche, faulige Stellen. Und wiewohl Färber, als er hörte, daß es Weintrauben als Zukost geben werde, das Wasser im Munde zusammenlief und es ihn gar sehr danach gelüstete: als er sie dann sah, ekelte ihn davor. Er vermochte nicht davon zu essen. Die gebrochenen, grünlich fluoreszierenden Beerenaugen, die welke Schwere der Trauben, die schlaff wie Eingeweide auf dem Teller lagen, – Färber, der in diesen Tagen die schaurigste Landschaft einer Wunde ohne eine Spur Übelkeit hatte anschauen können, beim Anblick der Trauben verschlug's ihm auf einmal den Appetit. Doch trank er sehr viel Tee diesen Abend.

Er setzte sich auf sein Bett und wollte einen Brief an seine Frau und seine Kinder schreiben. Er hatte großes Heimweh auf einmal, richtiges ›Dienstbotenheimweh‹.

Seit er und seine Kameraden nach nächtlichem Alarm aus Schlesien abtransportiert worden waren, hatte er außer kurzen Karten nicht mehr nach Hause geschrieben und auch keine Nachricht von dort erhalten. Aber womit sollte er jetzt beginnen? Er war ein schlechter Briefschreiber, meist stand darin nur: ›Es geht mir gut‹, und dann kamen ein paar rasche Zeichnungen.

Der treffliche Quirin hatte ihm einmal erzählt, er sei einmal als kleiner Bub abends vors Haus gelaufen mit der ernstlichen Absicht, die Sterne zu zählen. Aber als er draußen im Hemdchen, den Finger erhoben, laut zählend in der großen Nacht stand und schon bis hundert gekommen war, habe ihn seine gute Mutter ins Haus hereingeholt und ihm gehörig den Hintern verdroschen.

Das schrieb Färber nach Hause und zeichnete daneben den kleinen Kerl, der die Sterne zu zählen sich unterfangen hatte. Aber dann konnte er nicht mehr weiterschreiben. Es wurde ihm auf einmal ganz schwindlig im Kopf. Er mußte sich legen.

»Ich bin scheint's doch etwas überarbeitet«, sagte er sich. »Es war ein bißchen viel die letzten Tage.« –

Gab es größere Gegensätze als Färbers dem Schönen zugewandten Beruf und seinen jetzigen Dienst? Oder war es nicht auch die Aufgabe der Kunst, etwas heil zu machen?

Nicht gar so fremd mehr erschienen ihm die beiden Berufe. Schönheit und Schmerz, daraus besteht die Welt.

Einen Menschen von der Art Färbers mit einem so großen Wohlgefallen am Erhabenen und Schönen mußte ja schließlich, was er in diesen wenigen Tagen mit Augen gesehen, in seiner Natur zutiefst verletzen. »Bin ich denn noch ein Mensch«, sagte er sich, »wenn ich kein Mitleid mehr habe? Warum bewegt es mich nicht mehr, wenn ich den Jammer sehe?« Mitleidlosigkeit? Wenn sie Macht über die Menschen gewänne, dann hätten sie ihr Dasein verwirkt.

Es fiel ihm ein Erlebnis ein aus dem kleinen Bauerndorf in Schlesien, wo die Abteilung vor dem Vormarsch nach Polen im Quartier gelegen hatte. Da war eine Glucke mit sieben Küchlein, und eines davon, das kleinste, als einziges nicht weiß, sondern gleich wie ein junges Rebhühnchen gezeichnet, mochte Färber besonders gern. Da geschah's, daß über Nacht das Roß im Stall das reizende Tierchen tottrat. Damals merkte Färber, daß selbst eine so zarte, mit dem Weltgeschehen verglichen völlig nichtige Betrübnis doch eine ganz große Traurigkeit auslösen kann. –

Färber hatte sich noch nicht ausgekleidet. Er wollte doch rasch noch einmal nach seinem Freunde Mischka sehen. Er erhob sich, wobei ihm von neuem schwindelte. Er fühlte sich überhaupt plötzlich so ›komisch‹. Es tat ihm überall wohlig weh. Also zog er sich aus und legte sich zu Bett. Allein er konnte keinen Schlaf finden, obwohl es an diesem Abend ohne ersichtliche Ursache verhältnismäßig ruhig im Schlafsaal war.

Ob Mischka morgen noch lebte? Färber konnte sich nicht erinnern, je einem Menschen begegnet zu sein, der wie Mischka nicht wußte, wo er eigentlich hingehörte, ob er ein Deutscher, ob er ein Pole, ein Russe oder Gott weiß was war, und, das war besonders ungewöhnlich, offenbar gar keinen Sinn dafür besaß. Kurios! Er war halt sozusagen ein Waisenkind der Völker, ein Menschensohn, und gefragt, wes Volkes er sei, hätte er ehrlich antworten müssen: »Ich bin ein Mensch aus Menschenland.«

›Ich habe wahrscheinlich Fieber‹, dachte Färber ob solcher Gedanken und fühlte nach seinem Puls. Er kannte dieses unleidliche Ziehen in den Beinen und Armen, das wie Wachsweh tat, die Gliederschwere und den Schmerz in den Augäpfeln, so als wären sie am Bersten. Er fröstelte.

Färber langte sich aus seinem Sanitätsbesteck, das sich in einem flachen, von ungefähr einem Briefumschlag ähnlichen Ledertäschchen befand, das Fieberthermometer, um sich zu messen. Er hatte über 39°.

Sieh da, also wirklich krank. Er zeigte sich nicht unglücklich darüber. Er würde ein, zwei Tage liegen bleiben, endlich einmal würde er sich ordentlich ausschlafen dürfen. Der ebenso fruchtlose wie peinigende Gedanke an Mischkas Niemands-Kindschaft ließ ihn nicht mehr los. Man mußte es bloß einmal ganz genau durchdenken. Natürlich konnte Mischka gezwungen werden, sich für ein Vaterland zu entscheiden. Aber es stünde dann auch nur auf dem Papier. Über sein Herz konnte niemand verfügen.

Mischkas Sonderschicksal verleitete Färber zu den absonderlichsten Schlußfolgerungen. Ohne Zweifel: es gab ihn nun einmal, diesen Mischka, der sich überdies bisher offenbar ganz wohl befunden und nichts entbehrt zu haben schien.

Mischka war ein Findling, eine Art Kaspar Hauser. Überdies unstreitig ein durchaus erfreulicher Mensch. Was gewann er, so er sich, ohne zwingendes Zugehörigkeitsgefühl, eine Nation wählte? Und mußte es denn überhaupt sein?

Aber was in aller Welt ging das Färber an? Das Fieber phantasierte in ihm.

Prutze fiel ihm nun ein und das anmutige Ofenmädchen. Er hatte Prutze angeschafft, die Konservenbüchsen vor dem Leichenschuppen wegzuräumen. Ob er es wohl getan hatte? (Er hatte es.)

Man konnte es sich vorstellen, daß es nach großen Kriegen mehr solche Mischkas gab, die nicht recht wußten, wo sie hingehörten, und also mit einem gewissen Recht die ganze Erde ihr Vaterland nennen durften. Sogleich begann Färber Statuten zur Gründung eines ›Bundes wahrer Erdenbürger‹ zu entwerfen: Sinn und Aufgabe des Bundes sollte sein: ohne Ansehung der Person jedem Unglücklichen hilfreich beizustehen. Schön.

Heimliche Helfer also, fabulierte er, sollten die (freiwilligen) Mitglieder sein. Ohne Lohn und Dank sollten sie jedem zu Hilfe eilen, wie in dem Kinderspiel: ›Bruderhilf!‹

Jedem?

Es wird am Ende Schwierigkeiten geben, überlegte er, und dabei erschien es doch so einfach, so natürlich und vor allem so menschlich.

Färbers Kameraden schnarchten, besonders Quirin, der auf dem Rücken lag, tat es laut und mit völliger Hingabe.

Helfen also, nichts weiter, so wie es Frauenschuh tat, helfen.

Jedem Menschen?

Jedem.

Nicht nur den Guten?

Jedem. Ohne nach seiner Herkunft zu fragen, ohne nach seinem Leumund zu fragen, ohne nach der Schuld zu fragen, ohne –

Mein Gott, was ficht mich an? Ach, wer vermöchte es über sich, ernstlich, ein solches Leben zu führen, in Demut und Hilfeleistung?

Nun, es gab einige auf der Welt, die es vermochten, die zur Ehre Gottes leprakranke Chinesen pflegten, schlafkranke Neger, ihr liebes langes Leben hindurch. – Des roten Schulmeisters Mutter fiel Färber nun ein. Es hatte sich schnell herumgesprochen, wie sie drei Tage zu Fuß nach Jagoslawa gewallfahrtet war, und Färber selbst wußte es ja am besten, wie es, o Wunder, besser mit dem Sohne wurde, je näher und näher sie kam.

Sie hatte sich auch ein wenig zu Mischka gesetzt, und als er ihr sagte, daß er sein eines Bein habe hergeben müssen und nun fürs Leben ein elender Krüppel sei, ein Einbeiniger, ein Stelzfuß, tröstete sie ihn. »Gott sei gelobt für alles«, sagte sie.

Auch bei dem Hauptmann saß sie ein wenig nieder. Mutter Kascha (sie hieß Katharina) nannten sie alsbald alle von Saal sieben. –

Färbers rechter Arm war auf einmal so schwer und heiß. Die Hand tat ihm weh, aber es war fast ein angenehmer Schmerz.

Es war ihm längst klar, daß er sich, als er Mischkas Bein

in den Verbrennungsofen tat, wobei er ihm Gewalt hatte antun müssen und an dem Knochenspreißel sich geritzt hatte, infiziert haben mußte.

›Eine dumme Geschichte‹, dachte er. Aber er war schon so willenlos, daß er weder Frauenschuh weckte (der im Bette unter ihm ruhig und, als nähme er selbst im Schlafe noch Rücksicht auf seine Mitmenschen, völlig unhörbar schlief) noch überhaupt Anstalten machte, gegen die zweifellos beginnende Blutvergiftung irgend etwas zu unternehmen.

Es war anders, in Polen krank zu sein als daheim und: wenn schon – obwohl es im Grunde gleichgültig war (er hatte es nun wahrhaftig oft genug mit angesehen), wo ein Mensch stirbt, ob in einem Granattrichter, auf einem goldenen Prunkbett, auf Stroh oder auf dem Operationstisch, ob man in diesen erbärmlichsten aller Totenschuppen dort drüben oder in ein hygienisch einwandfreies Leichenhaus kam –, lieber wollte Färber schon daheim sterben und auch krank sein.

Er lag nun schon über zwei Stunden wach. Er sah alle Augenblicke auf die Uhr, wobei ihm Rodomski einfiel, und nicht lange, so begann er ganz leis vor sich hin zu stöhnen, nicht großer Schmerzen halber, sondern weil es ihm davon leichter wurde. Er mußte sich alle Augenblicke anders legen, das Stroh knisterte und stach ihn. Es war ihm so wüst im Kopfe, als wäre er betrunken.

Färber war einmal Zeuge davon gewesen, wie der höfliche Bogumil, der eine sehr gesunde Gesichtsfarbe besaß, ein richtiges Apfelgesicht, mit dem bleichen Rodomski gewürfelt hatte. Bogumil besaß einen ledernen Würfelbecher und dazu drei große beinerne, schon ziemlich speckige Würfel mit runden Kanten. Den sterbenden Rodomski würfeln zu sehen, wie er die knackende Knochenhand über dem Becher schloß und ihn schüttelte, wie ein Mixer ein Getränk, wie er sich dabei auf die Unterlippe biß oder mit der Zunge die Wange ausbeulte, wie die beinernen Würfel im Becher klapperten, das konnte

Färber nicht vergessen. Jetzt, bei seinem hohen Fieber, ward das Würfelspiel für ihn zu einer Zwangsvorstellung. Er würfelte und würfelte die ganze Nacht hindurch, strich die Würfel ein, schüttelte den Becher, tat Wurf auf Wurf und verlor immer. Er sah überall schwarze Punkte, die zu zweit, zu dritt, zu fünft auf ihn zukamen, größer und immer größer wurden und lautlos zerbarsten, wie Seifenblasen. Die Nächte der Kranken sind lang.

Erst gegen Morgen schlummerte er ein wenig ein.

Als Färber erwachte, tönte gerade aus dem Schlafraum der polnischen Sanitäter, die unter dem Dache wohnten, der von ihrem Feldwebel geleitete allmorgendliche Choral. Man konnte ihn in allen Zimmern hören.

Frauenschuh hatte die Arme auf die Kante von Färbers Bett gelegt und sah ihm besorgt ins Gesicht.

»Du bist krank«, sagte er, »du hast Fieber!«

Er holte Dr. Haase, der sofort anordnete, daß Färber in die Revierkrankenstube der Abteilung gebracht werde, ein noch verhältnismäßig freundliches, doch verwohntes Zimmer, im Verwaltungsflügel gelegen. Färber war's zufrieden. Wie oft hatte er sich gewünscht, endlich einmal allein zu sein. Der getreue Quirin half ihm ›sein Sach‹ hinüberbringen.

Färbers Hand und Arm sahen ziemlich unerfreulich aus. Sie waren prall gedunsen, er konnte die geschwollenen Finger kaum biegen (als ›Bratwurstfinger‹ bezeichnete sie Quirin), und wenn er es versuchte, so fühlte er jenen wohligen Schmerz, ähnlich wie man ihn bei einem Insektenstich verspürt. Die Drüsen unter der Achsel waren sehr empfindlich.

Der sanfte Kamerad Frauenschuh und ein noch junger Krankenwärter, der eben von einer schweren Halsentzündung genesen war und mit Färber das Zimmer teilte, machten auf Dr. Haases Anordnung einen Alkoholverband bis zur Achsel und hängten mittels eines Galgens den Arm auf, was für den Patienten ziemlich lästig ist. Auch innere Mittel bekam Färber, vor allem auch für das Herz.

›Die Sache geht schief‹, dachte er. Doch ohne ein Gefühl der Bangnis. Sie mußte ja schiefgehen. Natürlich: Mischka wird gesund (und wurde es), und statt seiner mußte nun halt er dran glauben. Das erschien ihm ganz in der Ordnung zu sein. Er hatte sich doch für Mischkas Leben, und sei es unter Drangabe des eigenen, verbürgt. Der Tod nahm ihn beim Wort.

Vielleicht wird man ihm den Arm abnehmen müssen. Dann war's freilich vorbei mit dem Dienst am Schönen, mit der zierlichen Kleinbildhauerei und dem Medaillenschneiden. Vorbei war's dann auch mit der Sanitäterei und mit der Medizin (denn er spielte trotz seines vorgeschrittenen Alters allen Ernstes mit dem Gedanken, wenn einmal der Krieg zu Ende war, noch Medizin zu studieren).

Toms, sein Stubengenosse, ein angehender Medizinstudent übrigens, war ein ausgesprochen mürrischer Geselle. Zwar pflegte er Färber aufs gewissenhafteste, aber nicht sanft wie Frauenschuh, sondern auf eine ausgesprochen unfreundliche Art, beinahe grob. Desungeachtet las er dem kranken Kameraden jeden Wunsch von den Augen ab und befolgte die Anordnungen des Arztes, dem er im Charakter nicht unähnlich war, pünklichst. Doch konnte er es nicht unterlassen, zu jeder seiner Darreichungen Verwünschungen vor sich hin zu brummeln, die jedoch an niemanden Bestimmten gerichtet schienen, sondern an die Menschen in ihrer Gesamtheit, wie er denn mit wahrer Inbrunst flehte: »Sie sollen mich doch alle...« Er machte ständig einen tief beleidigten Eindruck. Auch die welthistorischen Ereignisse nahm er durchaus persönlich als einzig und allein gegen ihn gerichtet, nur seinetwegen angezettelt war der Krieg, noch dazu in einem Augenblick, da er – von schwerlebiger, ungeselliger Gemütsart – zum ersten Male wahrhaft liebte und geliebt wurde. Und nun war ihm alles ›verpatzt‹. Mit dem ihm eigenen ausgesprochen bockigen Gesichtsausdruck und den unverhohlenen Zeichen äußersten Widerwillens verrichtete er seinen Pflegedienst bei dem bedrohten Kameraden, und frühmorgens, wenn er aus trotzigem Schlaf erwachte, lauteten seine ersten Worte, gleich einem Stoßgebet und wie an eine altbajuwarische Gottheit gerichtet, während er sich mit geballten Fäusten rekelte: »Sie sollen mich doch!«

Färber konnte ihn trotzdem gut leiden, mochte Toms die Weltgeschichte, was ihn betraf, auch als noch so störend empfinden.

Voll Zorn hatte Toms eine Wanze, die eben an der Wand neben Färbers Bett hinaufkrauchte, zerquetscht, dann aber aus dem sternförmigen blutigen Klecks, unter ständigem leisem Fluchen, mit Hilfe eines Bleistifts ein allerliebstes Blümchen gemacht, mit Stengel und Blättchen, aus einem Topf erblühend. –

Mischka indessen ahnte nichts von seiner unschuldigen Schuld an Färbers schlimmem Zustand. Einen Tag lang hatte er vergeblich auf ihn gewartet. Dann fragte er Frauenschuh nach ihm. Als er hörte, daß Herr Färber leider erkrankt sei, wurde er sehr betrübt.

Es gibt Ärzte, Schwestern und Pfleger, deren Anteilnahme an dem Befinden ihres Patienten so stark ist, daß es den Kranken verpflichtet, auch seinerseits alles dazu zu tun, um den Arzt ja nicht zu enttäuschen. Es war noch nicht das dümmste, ›dem Arzt zuliebe‹ gesund zu werden. So ähnlich erging es dem jungen Soldaten Mischka mit dem Operationshelfer Färber. Er spürte natürlich, daß Färber ihn lieb hatte. Er freute sich darüber. Es gab ihm doch wenigstens eine gewisse Zuversicht in seiner völlig aussichtslosen Lage, da er ein Kriegsgefangener, ein Krüppel und ohne alle Zukunft war, wenigstens anziehend zu sein. Es mußte schön sein, mit Herrn Färber zu reisen, in ferne, kunstreiche Länder, mit dem Freunde zu wandern. Er sah sich neben ihm mit seinem Stelzfuß einherhumpeln, munter durch die ganze Welt.

›Oh‹, dachte Mischka für sich, ›wir sind befreundet, glaube ich‹, und diese Entdeckung beseligte ihn. Er spürte die große Kraft, die davon ausgeht, zu zweit zu sein. Er machte sich keinerlei Gedanken darüber, daß ja noch Krieg (und wie lange!) war, Krieg, der sie jeden Augenblick trennen konnte, und daß es schwerhalten würde, wieder zueinander zu finden. –

Prutze, der seit jenem grausigen Nachtquartier sehr handsam geworden war, hatte Dr. Haase um eine Unterredung unter vier Augen gebeten. Der Arzt, der wußte, wie übel man Prutze mitgespielt hatte, fragte ihn außerdienstlich freundlich nach seinem Begehr.

Prutze mit seiner Hundeseele hatte die rechte Witterung, als er zu dem Professor ging, die untrügliche Witterung der Getretenen für Herzensgüte. In seiner Heimat war Dr. Haase dafür bekannt, keinem Bittsteller, keinem Hausierer, keinem Bettelnden widerstehen zu können. Er gab jedem – freilich nur unter einer Bedingung: Der zu Beschenkende mußte ihm etwas aus seinem Leben erzählen, ein Abenteuer mit der Polizei, irgendein wahres Erlebnis von Liebe oder großem Kummer, und meist kam Dr. Haase dabei auf seine Kosten.

»Ich fürchte mich«, sagte Prutze.

Das war nun freilich ein wunderliches Geständnis von einem ausgewachsenen Mannsbild und noch dazu von einem Soldaten. Dr. Haase hätte nun die Möglichkeit gehabt zu entgegnen, daß er ja Chirurg und nicht Psychiater, also für Prutzes Krankheit gar nicht zuständig sei. Aber Prutze tat ihm einfach leid, und ein richtiger Arzt ist ja ein Mensch, dem ›leid zu tun‹ hat.

Er wollte gerne helfen, wenn ihm zu helfen war.

Gott hatte Prutze ein abstoßendes Gesicht gegeben und dazu einen armseligen, niedrigen Charakter, er war unwissend und grausam. Und nun, seit jener Nacht im Leichenschuppen, fürchtete er sich ganz schrecklich vor dem Tode. Er konnte nicht mehr einschlafen vor Furcht, nicht mehr zu erwachen. Er mußte unaufhörlich daran denken. Er wollte um alles nicht so aussehen wie der tote Rodomski.

Dr. Haase hatte schon zu viele Menschen sterben sehen, als daß er für sein Teil noch Furcht vor dem Tode hätte haben können. Oder er glaubte es doch wenigstens. Zudem war er Christ und hielt es für eine der ersten Christenpflichten, sich nicht zu fürchten »vor Ritter, Tod und Teufel«.

Also fragte er Prutze zunächst, wie es mit seinem Glauben bestellt sei. Er fragte es nicht anders, als wollte er sich nach seinem Appetit erkundigen. Prutze verwunderte diese Frage, besonders von einem so gelehrten Mann. Es gäbe doch heutzutage keine Götter mehr, meinte er dann und sah verstockt in seine Mütze, die er vorschriftsmäßig abgenommen hatte, ehe er das Arztzimmer betrat.

»Keine Götter? Blödsinn, genügt es nicht, die Sterne anzusehen?« sagte Haase (der wohl merkte, daß Prutze sich in Gottlosigkeit gefiel). Aber, fügte er grimmig hinzu, verdienen täten wir's, benehmen tun wir uns danach. Er seinerseits stehe übrigens auf dem Standpunkt, daß nicht nur der religiöse Wahnsinn, sondern auch die Gottlosigkeit zu den gemeingefährlichen Geisteskrankheiten zu rechnen sei. Der Mensch unterscheidet sich ja schließlich vom Vieh dadurch, daß er an Gott glaubt.

Prutze schnaubte kurz und höhnisch durch die Nase, so als wollte er sagen: Zum Lachen! Um ihn hätte sich nie kein Gott gekümmert und kein Mensch.

»Ich will dir helfen«, sagte der Professor.

Er sagte du zu ihm aus dem dunklen Gefühl, daß man jemandem wohl nicht gut helfen könne, zu dem man Sie sagt. Und bei sich dachte er, daß es sehr schwer sei, mit einem Menschen sich zu verständigen, der wie Prutze an nichts glaube. Was an ihm lag, so wollte er dafür sorgen, daß Prutze nicht viel Zeit behalten werde, sich zu fürchten. Aber war es wohl überhaupt der Mühe wert, aus diesem armen Schelm einen Menschen zu machen? Es kam auf den Versuch an.

Kein Mensch ist ganz schlecht. –

Seit Rzewuskis Tod schlich Frauenschuh scheu umher wie ein schuldbewußter Übeltäter.

Wie konnte das geschehen? Sicher besaß der Namenlose aus den mehr als vierzig Jahren seines Daseins eine nicht geringe Zahl von Anverwandten und Bekannten, und nun hatte er einsam unter Fremden sein braves Leben lassen müssen. Seinen schwer aussprechbaren Namen hatte er nun doch mit ins Grab genommen. Wenn Frauenschuh gewußt hätte, daß des Toten Frau und Kinder (und Jarzy sein Hund) auch schon nach drüben gegangen waren, dann wäre er vielleicht weniger traurig gewesen. Aber er hätte dabei erfahren, daß das Gedächtnis dieses guten Menschen nur noch kurze Zeit in ganz wenigen fortleben und daß es gar nicht lange dauern werde, bis er vollständig vergessen war, als hätte er nie gelebt.

Außer Frauenschuh ging niemand hinter seinem Sarg, er ward neben dem toten Adler zur Ruhe bestattet. Von ferne stand Schwester Karline zuzusehen, wie man ihren Freund Victorin begrub. Erst als das Grab zugeworfen war, trat sie heran und legte einen Strauß Blumen darauf.

Da lag er nun unter der Erde, der schöne Mensch, in dem hölzernen schmucklosen Schrein, in der Finsternis, mit einem Ausdruck im Gesicht (daran würde die trauernde Freundin sich bis an ihr Lebensende erinnern), als gäbe es nichts Schöneres auf der Welt, als tot zu sein. –

Der brummige Toms gab sich, unaufhörlich vor sich hinraunzend »über diesen Sch...-Krieg«, wirklich alle erdenkliche Mühe, den Kameraden Färber ›durchzubringen‹. Er fütterte ihn wie ein Kind. Aber der Kranke vermochte kaum etwas zu sich zu nehmen. Zudem gab es diese sinnlose Buchstabensuppe, deren Anblick ihn schon in gesunden Tagen wirr im Kopfe machen konnte.

Dr. Haase kam fleißig, nach ihm zu sehen. Er setzte sich, den Puls ergreifend, zu ihm auf den Bettrand, genau wie er es bei Mischka getan, als er ihm die Notwendigkeit einer Amputation schonend beibrachte.

Färbers Zustand gab in der Tat zu ernster Besorgnis Anlaß. Zum mindesten mußte man, sobald sich ein Eiterherd gebildet hatte – und es wäre dem Arzte lieber gewesen, wenn es schon so weit war –, durch einen blutigen Eingriff Luft schaffen. Zu Frauenschuh äußerte er, der gute Färber gefalle ihm gar nicht.

Mit solchen Aussichten war es für Färber wohl angezeigt, ein wenig nachdenklich zu werden. Nun erging es ihm selber wie seinen Freunden in Saal sieben. Nun wußte er, wie einem dabei zumute ist. –

Färber war zeitweise ›nicht da‹ und redete irre. Er verlieh Toms ›die Erlaubnis, das Porträt der Königin im Knopfloch zu tragen‹, und antwortete, nach seinem Befinden gefragt, stets, daß er sich sehr wohl fühle, was Toms nicht gern hörte. Denn das sah ganz so aus wie das Wohlgefühl des Todes, das man oft bei Schwerkranken antrifft.

Färbers Herz machte Arzt und Pflegern Sorge. Es zog nicht recht durch. »Er wird uns doch keine Geschichten machen?« sagte der Professor.

Färber hatte sonst nie an sein Herz gedacht. Er hatte es gar nicht gespürt. Sein Herz hatte sich nie unangenehm bemerkbar gemacht, sondern stets alle Anforderungen mühelos erfüllt.

Aber die letzten Tage war es wohl über Gebühr in Anspruch genommen, gleichsam überdehnt worden. Es packte nicht an, es lief leer, und manchmal hielt es ganz still, als könne es nicht mehr.

Nun geschah es auch ihm, daß ihm zuweilen die Hand

gehalten wurde (Toms tat es), und Färber fühlte, daß es ihn am Leben festhielt.

Im Lazarett ging ein Geraune, daß Färber in Lebensgefahr schwebe; seine Kameraden steckten die Köpfe zusammen und wußten allerlei von einer Verschlimmerung, von einer leichten Besserung, von seinem Fieber zu erzählen, aber auch davon, wie gelassen er es trug. Der gute Arztmajor hätte Färber gerne besucht, aber es ging nun einmal nicht an, er war Gefangener. Aber er ließ sich ausführlich durch Frauenschuh und Quirin berichten.

Quirin kam, sooft er ein bißchen Zeit hatte, und meinend, daß es den Kameraden erfreue, trug er ihm Balladen vor, ›Gorm Grimme‹ und ›Archibald Douglas‹ zum Beispiel. Es rührte ihn selber, wenn er mit einem klagenden Unterton deklamierte, wobei er die hohlen Hände wie ein Matrose an den Mund hielt: »Mutter, s' ist Uwe«, oder »Links müßt ihr steuern, hallt ein Schrei, kieloben treibt das Boot zu Lande, und sicher fährt die Brigg vorbei.« Geduldig hörte Färber zu. –

Drüben in Saal sieben war inzwischen eine Veränderung eingetreten. Der dicke Hauptmann mit dem Gesäßschuß hatte abgesondert in ein eigenes Zimmer gelegt werden müssen, da die Befürchtung bestand, daß er zu seiner Wunde die Ruhr bekommen habe.

Prutze pflegte ihn auf Anordnung Dr. Haases.

»Du wirst ihn durchbringen, hörst du«, sagte der Professor.

Aber er brachte ihn nicht durch. Prutzes einziger Dienst bestand darin, den Hauptmann zu pflegen, die Wunde zu spülen, ihn richtig zu lagern und zu füttern. Der dicke Mann, der in gesunden Tagen ein gar stattlicher Offizier gewesen, war wie ein Kind geworden durch die qualvollen Wundschmerzen und durch die Durchfälle, die ihn vollends aller Würde entkleideten.

Es muß in Prutze ungeachtet seines Galgenvogelgesichtes und seines sündigen Lebenswandels doch etwas Gutes gewohnt haben, verschüttet nur, verkümmert oder erschreckt, denn in der Pflege des Hauptmanns vergaß er seiner selbst alsbald völlig, vergaß den Schnaps sogar und verließ das Zimmer nur selten, um draußen ein paar Züge aus einer Zigarette zu tun. Er pflegte den Sterbenden, als ginge es um sein eigenes Leben.

Ein paar Tage sah es auch wirklich so aus, als wollte es mit dem Hauptmann besser werden, aber dann ging es plötzlich schnell bergab mit ihm.

Auf dem Bauche liegend, mußte er sterben, und als er verschieden war, als Prutze merkte, daß nun doch alles umsonst gewesen war, gerade als ob Gott es ihm nicht gönnte, den Hauptmann zu retten, kamen ihm wohl die Tränen, aber abends ging er in eine verrufene Kneipe und betrank sich bis zur Sinnlosigkeit.

Er hatte doch wirklich alles getreulich getan, was Dr. Haase ihm aufgetragen, und darüber hinaus. Er hatte alle die kleinen Freundlichkeiten erfüllt und seinen Pflegebefohlenen immer soldatisch mit Herr Hauptmann angeredet, bis zuletzt (denn es vermag den Sterbenden über den Ernst seines Zustandes hinwegzutäuschen, wenn er mit seinem irdischen Titel angeredet wird), er merkte wohl auch, mit welcher Dankbarkeit sein Patient an ihm hing, und wie wohl das tut, und daß er nur noch von ihm gepflegt sein wollte.

Und nun hatte alles doch nichts geholfen. Darum betrank sich Prutze. –

Schwester Karline mit dem guten Herzen hatte es sich als neue Buße auferlegt, den Soldaten ohne Gesicht zu pflegen, den Mann mit der weißen Maske aus Verbandmull. Er war sehr krank, fieberte hoch und phantasierte. Es bestand noch immer die Gefahr einer Gehirnhautentzündung. (Er genas übrigens. Aber als er geheilt war und Karline sein wahres Gesicht sah, da schien es ihr völlig fremd, und alsbald erkaltete die Zuneigung, die sie zu ihm gefaßt hatte, als er noch die Maske trug.) Den edlen Victorin aber konnte sie nicht vergessen.

Sie besuchte sein Grab, sooft sie frei hatte, und so konnte es geschehen, daß sie dort eines Tages Victorins Mutter begegnete.

Victorins Mutter lag vornübergesunken auf dem Grabe, den aufgeworfenen Hügel gleichsam umarmend und die Erde küssend, darunter ihr Sohn lag.

Noch nie im Leben hatte Karline einen so leidenschaftlichen Schmerzausbruch erlebt wie den dieser Mutter, noch nie eine solche Traurigkeit, aber auch nie einen ähnlichen Haß. Schwester Karline, sogleich ahnend, wer die Verzweifelte sei, bückte sich liebreich zu ihr, um sie in ihrem Leide zu trösten und aufzurichten, fand sich aber sogleich zornig zurückgestoßen.

Ohne Hilfe erhob sich die Frau, ohne die Schwester auch nur anzusehen, ohne ihres von Tränen nassen, mit Erde beschmutzten Gesichts zu achten, ging sie aus dem Friedhof.

Victorins Mutter ging zum Kommandeur des Gefangenenlazaretts, um ›Rechenschaft über den Tod ihres Sohnes zu fordern‹.

Es war völlig unsinnig, was sie tat. Es mag Leute geben, die bei dem Tode eines geliebten Menschen dennoch mit größter Umsicht Anordnungen treffen, denen die Abfassung der Todesanzeige am Herzen liegt, ja einen gewissen Genuß bereitet, die an alles denken, die zu gebenden Trinkgelder nicht zu vergessen, und in dieser Unrast vielleicht sogar einen gewissen Trost finden. Und es gibt andere, für die alles plötzlich keinen Sinn mehr hat, für die es wahrscheinlich keinen anderen Trost mehr gibt als den Tod.

Victorins Mutter war vor Schmerz ihrer Sinne nicht mehr mächtig. Sie stand vor dem schönen Kommandeur wie eine Anklägerin. Ohne jede Rücksicht darauf, daß der Offizier es ja nicht verstehen könnte, schrie sie in ihrer Sprache das ›Strafgericht Gottes auf die Mörder ihres Sohnes herab‹. Es war ihr gleichgültig, wer Zeuge ihres Zornes sei, gleichgültig, daß der Kommandeur, der von der Szene peinlichst berührt und bei bestem Willen außerstande war, der ›verrückten Person‹ zu helfen, ihr ritterlich einen Stuhl anbot und ihr sein Bedauern aussprach. Sie achtete gar nicht darauf, so daß er schließlich achselzuckend zu seiner Umgebung äußerte, schließlich habe er ihn ja nicht getötet, und selbst der Schmerz über einen so unstreitig schweren Verlust habe eben doch seine Grenzen. Er befahl, sie fortzubringen.

Sie mochte einmal (wie Victorin) sehr schön gewesen sein, und auch jetzt, trotz ihres wirren Haares, ihrer in Unordnung geratenen Kleidung, trotz ihres totenblassen, schmutzigen Gesichts, war etwas von einer Rachegöttin, etwas zum Fürchten und etwas Königliches an ihr. Nachdem sie Victorins Schönheit, sein Heldentum, seinen Geist laut mit flammenden Worten gepriesen hatte, sagte sie auf einmal ganz ruhig: »Ich werde ihn rächen«, und ging.

Frauenschuh, der zufällig mitfühlender Zeuge des Auftritts gewesen war, erzählte davon später Färber, als es diesem etwas besser ging.

Der Racheschwur dieser Frau machte dem sanften Helfer ernstliche Sorgen. Er meinte, alle unüberwindlichen Triebkräfte der Welt, wie Ehrgeiz, Ruhmsucht, Hunger und so weiter, erschienen ihm harmlos, verglichen mit dem verwundeten Herzen dieser Mutter.

Diese unglückliche Frau, behauptete er mit tiefsinnig grimmigem Gesicht, während er, wie gewöhnlich, seinen erkalteten, nassen Zigarrenstummel, die Asche nach oben, zwischen drei Fingern hielt, diese Frau sei gefährlich, sie sei zu allem fähig.

Als er das gesagt hatte, pflanzte er den Stummel in den Mund, sog heftig, aber vergeblich daran, dabei die Wangensegel förmlich einschlürfend, und schritt, die Hände auf dem Rücken, bedeutend auf und ab.

Färber ging es wirklich viel besser. Es hatte sich endlich ein Eiterherd gebildet, der im Chloräthylrausch geöffnet und entleert werden konnte. Das Fieber fiel ab. Auf der von Toms (nach Dr. Haase) geführten Kurve entstand ein Kreuzpunkt, da die Abendtemperatur niedriger war als die vom Morgen.

Die Tage der Trübsal gingen zu Ende. Es war Winter geworden, ein bitterkalter Winter. Der Schnee stäubte von den Dächern. Gefrorene Fahnen knarrten im Wind.

Das kleine Ofenmädchen hatte viel zu tun. Bogumil, der Einarmige, half ihr dabei. Höflich-geschäftig öffnete er ihr alle Ofentüren, salutierte und nannte sie Paninka, das ist: junge Herrin. Die Blicke der Verwundeten folgten ihrer lieblichen Erscheinung, wenn sie, den Mund ein wenig geöffnet, was ihr etwas rührend Einfältiges verlieh, ohne rechts und links zu schauen, durch die Zimmer ging. Frauenschuh wurde jedesmal ein bißchen rot, wenn er Genias ansichtig wurde. Aber Prutze stellte ihr nicht mehr nach. Er fand Genügen bei einem der lockeren Nähmädchen, die für das Lazarett schneiderten. Großzügig versprach er, ihr die Nähmaschine zu übereignen, wenn, was sehr nahe bevorstand, seine Abteilung abrücke. Doch fand sich die Törin nachher betrogen. Denn die Maschine gehörte natürlich zum Inventar des Lazaretts, und Prutze hatte nicht das geringste Verfügungsrecht darüber. –

Färber genas. Den Arm noch in der Binde, gleich einem Verwundeten, und ›in Schonung‹, ging er noch einmal von Raum zu Raum, Abschied zu nehmen. Er hatte elf Tage Erholungsurlaub verordnet bekommen, und es war nicht anzunehmen, daß er danach und überhaupt jemals wieder in seinem Leben nach der Stadt Jagoslawa zurückkehren würde. Die Abteilung war abmarschbereit.

»Leb wohl, Mischka«, sagte er. »Wenn der Krieg zu Ende ist, dann machen wir zusammen eine schöne Reise.«

»Ja«, sagte Mischka. Das Herz war ihnen schwer. Aber sie lachten. Das Leben sieht sich ganz anders an, wenn man einmal fast gestorben war. Alles, was nun noch kam, konnten sie wie eine Zugabe nehmen, und so lebten sie, als wären sie wirklich gestorben, als seien sie nur zu Gaste, so als wandelten nur ihre Geister auf Erden, schuldlos – unbeteiligt unter den Überlebenden.

Mit Frauenschuh, Quirin und Toms besuchte Färber die frühen Gräber ihrer Toten. Sie schlenderten durch den Friedhof mit den von den Baumwurzeln hochgehobenen Umfassungen und gußeisernen Gittern. Es klafften aber da und dort die Steine oder standen zum Umfallen schief, als beginne sich darunter schon die Auferstehung vorzubereiten, als rege sich da und dort eine Schulter in den Gräbern, als rekelten und stemmten sich die Toten. Um ein Kruzifix hockten und standen Kinder, mit dünnen Kerzen zündelnd, halb zu frommem Tun, halb zum Spiel.

Dort an der Mauer lag Victorin begraben, daneben der Namenlose, das freundliche Bäuerlein. (Kopfschüttelnd stand Frauenschuh an seinem Grab.) Wo mochte wohl der arme Rodomski liegen?

Schwermut befiel Färber. »Das Schönste, der Tod«, sagte er. Aber Toms ward zornig und meinte, der Herr Unteroffizier möge nicht so saudumm daherreden ganz gehorsamst. –

Als sie ins Lazarett zurückkamen, stand da inmitten des Hofes der Kaserne mit dem holprigsten Pflaster der Welt ein reizender kleiner Bub von etwa sechs Jahren mit einer großen rabenschwarzen Pelzmütze und blankgewichsten Schaftstiefelchen, ein Bündel unter dem Arm. Die Pelzmütze machte fast ein Drittel seiner Größe aus. Er hatte milchblondes Haar und ein Gesicht genau, wie Kosciuszko als Kind ausgesehen haben mochte – es gab keines, das so polnisch anmutete, so als trüge er das Antlitz seiner Nation – mit der Stupsnase, den etwas schräg stehenden Augen und den slawischen Backenknochen. Ein Rechen von Haar hing ihm in die weiße Stirn. Der Bub war gekommen, seinen Vater zu besuchen, den

Feldwebel der polnischen Sanitäter, der alltäglich den morgendlichen Lobgesang leitete.

Die anmutige Gestalt in dem grauen, freudlos düsteren Kasernenhof mußte vielen aufgefallen sein. Auch Dr. Haase fragte Färber hernach, ob er auch das Büblein mit der großen Pelzmütze gesehen habe. Und der Fragende freute sich noch im Erinnern sichtlich an der drolligen, rührenden Erscheinung. Alle freuten sich daran, ja selbst der brummige Toms mußte lächeln, als er den Kleinen sah...

Am gleichen Abend fuhr Färber in die Heimat.

DIE SENSE

Hoffnung, denke ich, ist eines der holdesten Gnadengeschenke Gottes an die Sterblichen. Sie ist vielleicht sogar die wichtigste unter den das Leben liebenden Kräften der Schöpfung. Was im winzigen Samen wach ist, was ihm innewohnt und sehnsüchtig darauf wartet, Gestalt anzunehmen, eine Buche oder eine Sonnenblume zu werden: man könnte es ›seine Hoffnung‹ nennen.

Hoffnung ist eine Eigenschaft und ein Stück des Lebens selbst, des Lebens, von dem die Menschen trotz aller nachdenklichen Bemühungen durch die Jahrtausende noch immer nicht sagen können, was es eigentlich sei. Hört zu, was die Hoffnung vermag!

Es war eine Frau, gottesfürchtig und fleißig, einfältigen Gemüts, klein und mädchenzart, die hatte nie einem Menschen etwas zuleide getan und hielt sich fern von den Händeln der Welt. Sie war eines Gärtners Tochter und nicht weit herumgekommen, nicht viel weiter als einen Tagesmarsch im Umkreis ihres Heimatortes, aber sie wußte stets, ob es geraten sei, einen Regenschirm mitzunehmen oder nicht, und ihre kleine Gärtnerei war berühmt in der ganzen Gegend. Sie hatte nicht viel vom Leben, aber sie war es zufrieden, daß sie ihr Auskommen hatte. Nichts Überflüssiges duldete sie in ihrem Haushalt. Was sie aber anschaffte, mußte gediegen sein: Sie liebte geschmiedete Pfannen, Messing und Kupfer. Getriebene Kuchenformen hingen wie Lorbeerkränze an der Wand.

So lebte sie, trotz ihrer Zierlichkeit zähe und gesund, in ihrer kleinen, sauberen Welt und glaubte, überall auf Erden sei es nicht viel anders als bei ihr daheim.

Sie war Witwe, eine von vielen Tausenden, die im letzten Kriege, im ›kleinen Weltkrieg‹, sich hatten kriegstrauen lassen. Eine Grille des Schicksals hatte es gewollt, daß zwei junge Menschen in dem Augenblicke einander ansichtig wurden und von Herzen liebgewannen, als der Abschied – für immer – schon in ihren Sternen stand.

In den Tagen, da die junge Soldatenfrau die ersten Regungen des Kindes spürte, was sie, als hätte sie jemand gekitzelt, lachen machte, traf die Nachricht ein, daß ihr Mann in Flandern gefallen sei.

Die böse Kunde kam für die Frau nicht überraschend: der Tote hatte sich angemeldet. Zur gleichen Abendstunde, als es die Kugel mit ihm ausmachte, geschah es, daß seine Frau, da sie, ihr Haar bürstend, vor dem Spiegel stand, darin anstatt ihres Gesichtes das ihres geliebten Gatten erblickte. Er lächelte sie hilflos-traurig an. Dann – so erzählte sie's gleich darauf ihrem Nachbarn, zu dem sie in ihrer Herzensangst geeilt – sei das Gesicht langsam aus der ungewissen Dämmerung von jenseits ganz nahe auf sie zugekommen, Mund zu Mund, und es sei augenblicks erloschen, als ihre Lippen den Spiegel berührten, der kalt war wie Eis.

Sie wußte sogleich, was diese Erscheinung zu bedeuten habe, als sie zu Tode erschrocken in den Spiegel starrte, darin es eine Weile leer und grabesfinster blieb, bis sie sich selbst darin wiedersah, als wäre nichts geschehen. Aber an dem Spiegel, an der Stelle, wo des Toten Augen gewesen waren, rannen langsam zwei Tränen herab. –

Der junge Soldat war tot, aber nicht ganz tot. Ein Stück von ihm, ein winziges, mit dem bloßen Auge nicht sichtbares Fünkchen Leben war noch, das nicht starb, als ihn die Kugel ins Herz traf. Es wuchs und kam zur Welt.

Von Stund an lebte die frühe Witwe, die zarte, kleine Frau nur mehr für ihr Kind. Sie hatte sonst niemand auf der Welt. Sie fand, daß es ein wohlgestaltetes, jedoch durchaus kein besonders kluges oder besonders hübsches Kind sei. Aber eine Gabe hatte der kleine Ambrosius von oben mitbekommen, die ihn verklärte: er besaß einen ungewöhnlichen Liebreiz, der ihn den Menschen angenehm machte, aber ihn zugleich immer ein wenig bedroht erscheinen ließ, so daß man im Dorfe um ihn anders bangte als um irgendwen, wenn er einmal krank lag, als sei der Reizende gefährdeter, gleichsam sterblicher als die Gewöhnlichen, als sei der Tod selber in ihn verliebt.

Diese Sorge wurde genährt durch die übergroße Liebe der Mutter für ihren Sohn, eine nicht unvernünftige oder verblendete Liebe, die aber doch von den Leuten im Dorf fast als Frevel empfunden wurde in ihrer Ausschließlichkeit. Ambros vergalt ihr diese Liebe getreulich, wenn er auch mit seiner jungen Mutter mehr umsprang wie ein kleiner Bruder mit seiner älteren Schwester. Doch schien er im Umgang mit ihr volles Genügen zu finden. Er war ein zärtlicher, aufmerksamer, ritterlicher Sohn.

Der Schmerz der Mutter war grenzenlos, als wieder Krieg wurde und ihr lieber Sohn ins Feld mußte, unbärtig noch, ein Kind in Uniform.

Die Mutter hatte bis zuletzt ihre Fassung bewahrt, damit dem Soldaten der Abschied nicht schwer werde. »Dein Gesicht«, sagte sie, indem sie es zwischen die Hände nahm und Stirn, Augen und Mund küßte, »bring mir dein Gesicht zurück!«

Als er fort war, schrie sie laut nach ihm und weinte und wehklagte von Stund an Tag und Nacht wie um einen Toten. Der Schmerz der Mutter war so ohne alle Maßen, so herzzerreißend, so hoffnungslos, daß die Leute im Dorf sich ernstlich um ihren Gemütszustand sorgten. Aller gutgemeinte Zuspruch blieb vergebens, wie etwa, daß sie ja, weiß der Himmel, nicht die einzige Mutter sei, die ihren Sohn hergeben müsse, daß es ja schließlich um das Schicksal des Vaterlandes gehe, daß man sich nicht so nachgeben und in den Schmerz hineinsteigern dürfe, ja daß sie womöglich nur das Unheil auf sein Haupt herabbeschwöre, wenn sie von vornherein alle Hoffnung aufgebe um den Sohn, den einzigen freilich, jetzt schon, da er nach menschlichem Ermessen noch gesund

und munter, jedenfalls noch nicht in wirklicher Gefahr sei.

Der Dorfpfarrer, ein wackerer Herr, überraschte die Arme eines Tages in der Dorfkirche, als sie eben der Madonna das Jesuskind aus dem Arm nehmen wollte. Befragt, was sie um Himmels willen vorhabe, antwortete sie, die Mutter Gottes solle auch einmal wissen, wie es sei, wenn man ihr den Sohn wegnehme. Der geistliche Herr, auf den sie sonst große Stücke gehalten hatte, ehrlich besorgt um seiner Nachbarin betrüblichen Zustand, aber auch unmutig über ihre Verzagtheit und bemüht, sie aufzurütteln, hielt ihr vor, sie versündige sich geradezu. Er zählte bewundernswerte geschichtliche Beispiele von stolzer Trauer und vorbildlicher Gefaßtheit auf. Aber die Mutter des Soldaten sah ihn so völlig verständnislos an, daß er jäh verstummte. Es sei ihr ganz gleichgültig, was man von ihr denke, sagte sie.

Sie war eine einfache, rechtschaffene, fleißige Frau, nicht klug. Doch besaß sie ein untrügliches, zärtliches Herz. Der Ausbruch ihres Schmerzes war natürlich. Sie tat nichts dazu. Sie liebte ihren Sohn. Freudlos und ohne Sinn erschien ihr das Leben ohne seine Gegenwart. Die Größe ihres Schmerzes entsprach ihrer Liebe. Wir mißtrauen denen, die meinen, sich in der Gewalt haben zu müssen, uns schaudert vor dieser stolzen Ungerührtheit, als ob es rühmlich wäre, kein Herz zu haben. –

Es kamen Briefe des Sohnes aus dem Feld. Aber die Mutter konnte sich ihrer nicht freuen. Sie hielt sie ungläubig in der Hand. Sie las sie und legte einen zum andern. »Ach, diese Briefe«, klagte sie, »man hat im Grunde nichts davon!« Es konnte nun freilich sein, daß der Schreiber nicht mehr lebte und der Brief betrog ihr Herz. Nicht anders ging es ihr mit den Photographien. Wie unzulänglich, wie papieren waren sie, verglichen mit dem Lebenden! Man mußte schon sehr genügsam sein, wollte man sich damit trösten. –

Des Sohnes Mutter wurde wunderlich. Sie trug Trauerkleider und führte lästerliche Reden gegen die Obrigkeit, was man ihrer Seelenwirrnis zugute hielt. Sie konnte keinen Soldaten mehr sehen. Sie haderte mit Gott, daß er solchen Jammer auf Erden zulasse, daß er ruhig zusehe aus der Gemächlichkeit seines Himmels, ohne einen Finger zu rühren. Sie hob die geballte Faust gegen die Sterne.

Sie konnte einem wirklich leid tun in ihrer Trübsal und Bitternis. Man ging ihr, der Ungeselligen, gern aus dem Wege. Man fürchtete sich vor ihr und ihren großen, angstvollen Augen.

Als dann gerüchtweise die Kunde ins Dorf kam, daß Ambros in Rußland gefallen sei, da nickten die Leute mit den Köpfen und flüsterten: »So hat es kommen müssen, wir haben's ja immer gesagt!« Denn es gibt Menschen, die sich etwas darauf zugute tun, sie könnten es einem Soldaten ansehen, daß er fallen werde. Auch von dem Sohn der Mutter behaupteten sie, der Tod habe ihm aus den Augen geschaut.

Es gelang eine geraume Zeit, die unselige Nachricht vor der Mutter zu verheimlichen; denn wer ihren Jammer nach dem Abschied des Sohnes hatte mitanschauen müssen, der konnte wohl fürchten, daß die Nachricht sie töten oder vollends zum Wahnsinn bringen müsse. Denn sie hatte nicht aufgehört, sich abzuhärmen und zu weinen. Ihr Gesicht war weiß, ihr Blick verstört.

Da geschah es, daß ein verwundeter Kamerad von Ambros' Kompanie ins Dorf auf Urlaub kam. Der ging geradewegs zu der Mutter und sagte es ihr, daß er mit eigenen Augen ihren lieben Sohn für tot in seinem Blute hätte liegen sehen. Am selben Tage traf ein Brief des Hauptmanns ein, daß der Sohn vermißt sei und unter den obwaltenden Umständen mit seinem Tode gerechnet werden müsse. Die Kompanie werde dem immer freundlichen, gefälligen Kameraden ein treues Gedächtnis bewahren.

Aber nun, da die Mutter gleichsam die amtliche Bestätigung in Händen hatte, nun, da ihrem voreiligen Schmerz sein Recht geworden war, nun wollte sie es nicht wahrhaben. Der Bote, der es ihr mit aller Schonung mitgeteilt hatte, verwunderte sich fast über ihre harte Antwort.

»Nein«, sagte sie, »nein. Du lügst. Er ist nicht tot!« Sie sagte es mit solcher Ruhe, daß man wohl denken konnte, jetzt sei, was man für sie befürchtet hatte, eingetroffen. Die Einsicht eines Menschen, daß für ihn das Leben jeden Sinn verloren habe, kann ihm wohl den Gedanken nahelegen, sich in den Traum zu flüchten und so zu tun, als gebe es keine Wirklichkeit mehr für ihn. Er gibt sich dem holden Wahnsinn hin.

Die Mutter legte ihre Trauer ab, kleidete sich lustig. Sie scheuerte ihr Häuschen, das sie vorher vernachlässigt hatte, sie bestellte den Garten, das weithin berühmte ›Paradiesgärtlein‹, und schmückte die Pforte zum Willkomm, als würde der Tote jeden Augenblick heimkehren. Sie sang wieder zu ihrer Arbeit, wie sie es in glücklichen Tagen getan.

Den Nachbarn schauderte nun vor ihrer fröhlichen Zuversicht. Die Arme erschien ihnen in solcher Heiterkeit unheimlicher als zuvor in ihrer Seelenverfinsterung. Denn es konnte nach menschlichem Ermessen niemand mehr zweifeln, daß der anziehende junge Mensch nicht mehr zurückkehren werde. Es kamen Briefe von Kameraden mit untrüglichen Einzelheiten über seinen gewissen Tod, der, was ein Trost sei, wohl auf der Stelle eingetreten war.

Aber die Mutter blieb eigensinnig bei ihrem Glauben, daß Ambros am Leben sei.

Sie müßte es doch gespürt haben, etwas, so beharrte sie, müßte sie doch in ihrem Herzen gefühlt haben, in dem Augenblick, als es geschah, sie, die ihn so sehr lieb habe. Vielleicht erinnerte sie sich an die Erscheinung im Spiegel, als ihr Mann in Flandern gefallen war. Der Spiegel hing noch am gleichen Platz. Aber es hatte sich nichts

Ungewöhnliches darin gezeigt, kein anderes Gesicht als das ihre, keine Träne, kein Blut.

Sie bat den Kameraden ihres Sohnes noch einmal zu sich und nahm ihn ins Verhör. Sachlich, fast lieblos fragte sie ihn aus. Dem wurde ganz unbehaglich dabei.

Ob er den Ambros mit eigenen Augen habe fallen sehen?

Ja, er sei umgefallen wie ein Baum.

»Tot?«

Tot! Er habe sich nicht mehr gerührt.

»Hast du an seinem Herzen gehorcht?«

Der Kamerad wurde verlegen. Nein, das habe er nicht.

»Warum?«

Es habe ihn zur gleichen Zeit erwischt, am Haxen, er habe zurückkriechen müssen. Der Iwan...

»Wer ist Iwan?«

So hießen bei ihnen die Russen. Der Iwan sei in der Stellung eingebrochen, vorübergehend. Sie hätten sehr schnell abhauen müssen.

»Wer hat ihn begraben?«

Das wisse er nicht zu sagen. Ambros sei in Feindeshand gefallen. Was weiter mit ihm geschehen sei? Der Soldat zuckte die Achseln.

Sie sehe, sagte die Mutter streng, daß er gar nichts wisse.

Der Kamerad wurde ärgerlich. Er komme sich vor wie ein Zeuge vor Gericht, ja beinahe wie ein Angeklagter.

So sei es, antwortete die seltsame Frau. Ob er, so wahr ihm Gott helfe, es beschwören könne, daß ihr Sohn tot sei?

Der unglückliche Mensch bedachte sich. Wenn sie so frage, nein, beeiden könne er's nicht. Er könne sich natürlich geirrt haben, obwohl er es nicht glaube. (Er wußte eben nicht, was Liebe vermag und welche Macht die Hoffnung gewinnen kann.)

Es sprach alles dafür, daß der Sohn der Witwe tot war. Auch der Pfarrer riet ihr, sie möge sich gehorsam ins

Unabänderliche schicken. Es müßte denn ein Wunder geschehen, fügte er hinzu. Es klang aber fast so, als möchte er es sehr bezweifeln, ob sich der Allmächtige ausgerechnet für diese kleine, unscheinbare Frau die Mühe eines Wunders machen werde.

Damit war es ja schließlich nicht getan, daß die Frau in ihrer frommen Einfalt so tat, als lebe ihr Sohn. Denn sie hielt es allerdings so in allen ihren Gedanken und Verrichtungen, als brauche er bloß nach Hause zu kommen, ja als wäre er schon da. Für sie war er es offenbar. So sehr wußte sie seine Gegenwart zu beschwören, daß selbst der geistliche Herr, der im Grunde sehr nüchtern von Gott und der Welt dachte, mit Schaudern des Toten Anwesenheit spürte. Denn es war in der Umgebung der unheimlichen Frau, so schien es, ständig ein Raum beansprucht, mannsgroß ausgespart, leibhaftig, bloß für das Auge nicht sichtbar. Er mußte nur in Erscheinung treten. Manchmal meinte man, ihn einen Schatten werfen zu sehen.

Nicht untätig wartete die Frau auf das Wunder. In ihrer Weltfremdheit mußte sie freilich erst einige bittere Erfahrungen machen. So wenig sie sich vorher durch die Feldpostbriefe ihres Sohnes hatte trösten lassen wollen, so sehnlich erwartete sie jetzt eine Nachricht von ihm aus der Gefangenschaft. Wieder war es der Seelenhirte, der sie belehren mußte, daß sie, falls Ambros wirklich in russischer Gefangenschaft lebe, jede Hoffnung auf eine Nachricht vor Kriegsende aufgeben müsse. Aber das Rote Kreuz, wandte sie ein, soviel sie wisse, bestehe es doch wohl noch, diese segensreiche Einrichtung, die jener große Menschenfreund begründet habe, Dunant, der es verdiene, unter die Heiligen aufgenommen zu werden.

Das Rote Kreuz, es bestehe schon noch, nur zum Teil allerdings, es habe etwas von Farbe gelassen, und für den Postverkehr mit den Gefangenen in Rußland jedenfalls hätten die wohltätigen Bestimmungen keine Geltung, leider. Es kostete den alten Herrn viel Mühe, es der Guten begreiflich zu machen, wie die Menschheit das habe zulassen können.

»Nun«, sagte sie, »so werde ich ganz einfach nach Rußland gehen und ihn holen!«

»O heilige Einfalt!« rief der Pfarrer und hob die Hände zum Himmel, »nach Rußland!«

Sie vergäße wohl, daß dazwischen die Front laufe. Da käme sie unmöglich durch. Wessen sie sich denn vermesse? Das sei ja Wahnwitz.

Die Mutter ließ sich nicht einschüchtern. Sie habe etwas von Frontlücken sagen hören, meinte sie. Sie stellte sich wohl vor, sie könnte durch eine solche Lücke ungesehen hindurchschlüpfen.

»Rußland ist«, sagte der Pfarrer, »sehr groß.« Er holte die Landkarte, breitete sie vor ihr aus und fuhr mit dem Handrücken darüber hin. »Das ist Rußland!« sagte er.

»Das Grüne?« fragte sie.

Ihr geistlicher Freund seufzte. Ja, das Grüne. Er stand da wie ein Feldherr, mit den Fäusten sich auf den Rand der Karte stützend, und betrachtete sie leicht vorgeneigt mit zusammengepreßten Lippen und bedeutendem Gesichtsausdruck sehr nachdenklich.

»Zu wissen«, sagte die kleine Frau überglücklich und legte ihre Arme rings um das Grüne, »zu wissen, da irgendwo ist der Ambros!«

»Der Maßstab ist eins zu fünf Millionen!« stellte der Pfarrherr fest, um sie etwas abzukühlen.

Die erhoffte Wirkung blieb aus.

»Und wo ist unser Dorf?« fragte sie. Ihre Einfalt hatte etwas Entwaffnendes. Der Pfarrer gab es auf, sie von ihrem Plane abzuhalten, nach Rußland zu gehen und ihren Sohn zu suchen. Warum sollte sie es nicht? Bei Gott ist kein Ding unmöglich. Es hatte nur noch niemand im Ernste eine solche Reise versucht. Alle hatten sich durch die Furcht vor irdischen Mächten abschrecken lassen, sie zu tun. Er wolle zu Gott beten, daß es ihr gelinge.

So kam es, daß irgendeine Frau am Rande der Weltgeschichte, eine zarte, kleine Niemandin, sich eines schönen Tages vor Sonnenaufgang mit einem Bündel und einer Sense auf den Weg machte nach Rußland. Das Blatt der Sense glich dem Flügel eines Engels, der hinter ihr herging, die Hand auf ihrer Schulter, sie heimlich zu lenken.

Die Sense mitzunehmen, hatte ihr der Pfarrer geraten. So würde man allerorten meinen, sie ginge zur Feldarbeit. Es war Frühsommer, als sie das Dorf verließ.

Sie erzählte, wenn sie nach dem Weg fragte, jedermann ganz offen, was sie im Sinne habe, und es gab niemanden, der nicht der armen Närrin redlich dabei geholfen hätte. Es war etwas in ihrem Wesen, das Ehrfurcht heischte, so daß man ihr den Willen ließ, so hoffnungslos ihr Unterfangen auch erscheinen mochte.

Sie ging und ging, ward auch zuweilen ein Stückchen auf Fahrzeugen mitgenommen. Sie trug ein weißes Kopftuch wie Bauernfrauen in der ganzen Welt. Zuweilen rutschte es ihr in den Nacken, dann sah man das spatzenfarbene Haar und den schlichten Scheitel, der etwas Rührendes hatte, etwas mädchenhaft Unschuldiges, das einlud, mit sanfter Hand darüber hinzustreichen.

Niemand hielt sie auf, kein Mensch kam auf den Gedanken, sie nach ihren Papieren zu fragen. Sie hätte gar keine gehabt, außer einem Brief, darin in russischer Sprache ihr Vorhaben geschildert war, nämlich daß sie ihren Sohn Ambros suche mit der Bitte, ihr um Gottes Lohn dabei zu helfen. Das Schreiben hatte ihr der Pfarrer verschafft. Ein Gefangener aus Kiew hatte es geschrieben.

Nur einmal wollte ein Feldgendarm ihr nach. Als ihm aber ein Bübchen zwischen die Beine lief, so daß er der Länge nach hinfiel und sich wohl des gottsjämmerlich schreienden Kindes annehmen mußte, wurde er von der Wandernden abgelenkt.

Sie fand eine Frontlücke, oder besser, sie tat sich vor ihr auf und ließ sie hindurch. Sie war in Rußland. Sie mußte ihrem Freund, dem Pfarrherrn, recht geben. Rußland war wirklich sehr, sehr groß.

Was sie tat, war menschlich begreiflich. Niemand sagte: »Frau, da könnte ja jede kommen und ihren Sohn suchen!« Aber es kam nicht jede, sondern nur sie als einzige. Des Ambros Mutter ganz allein hatte sich von vielen Tausenden als einzige auf den Weg gemacht.

Sie zeigte ihren Brief, der von keiner Behörde gestempelt war. Und er wirkte wie ein Schutzbrief. –

Bis hierher ungefähr hatte ich meine Geschichte, ehe ich sie aufschrieb, einem jungen Soldaten erzählt, nicht ungern übrigens, gleichsam zur Probe, weil ich es schon öfters erfahren hatte, daß mir über dem Erzählen, wobei es nicht wenig auf die Person des Zuhörers ankommen mag, noch allerlei dazu eingefallen war. Hier nun, als ich eine kleine Pause machte, zu überlegen, ob es von Wichtigkeit sei, über die lange Wanderung der Mutter bis ins einzelne Nachricht zu geben, ja selber noch im unklaren und neugierig war, wie es enden werde, unterbrach mich mein Zuhörer. »Sag, daß sie ihn findet!« rief er aus. Und da ich glaube, daß es wohl niemanden auf der ganzen Welt gibt, die Bewohner des Mars und des Mondes mit eingeschlossen, der das nicht von Herzen wünschte, antwortete ich: »Ich will sehen, was sich machen läßt, dir zuliebe. Das kann ich nämlich.«

Denn schreiben, heißt das nicht überhaupt, etwas zuliebe tun? Ist es nicht die vornehmste Pflicht des Schriftstellers und Künstlers, wiedergutzumachen, wenn irgendwo auf Erden ein Unrecht geschieht? Es liegt in seiner Macht, er kann es. Er kann, was menschenunmöglich scheint, wahrscheinlich werden lassen. Er kann und muß seine Stimme erheben, daß künftig dies nie wieder geschehe: diese grausame Ungewißheit Tausender über das Schicksal geliebter Söhne, Gatten, Väter, Freunde.

Die Hoffnung der Mutter ward nicht zuschanden. Eines Morgens im Winter sah der Pfarrer, daß aus dem Kamin des Häuschens der Witwe Rauch aufstieg, ein quirlender, lustiger Rauch. Die Mutter war heimgekehrt und mit ihr der Totgeglaubte.

O Wunder! Er lebte! Er war es wirklich, aus Fleisch und Blut. Die Nachbarn kamen gelaufen. Sie wollten es immer noch nicht glauben. Sie faßten ihn an, der sich's gutmütig gefallen ließ, ob er nicht des Ambrosius Geist sei. Und sie sagten, sie hätten es immer gewußt, daß er wiederkomme.

Alles schien sich aufs natürlichste zu klären. Es sprach sich rasch herum, daß Ambros, als er damals in Feindeshand fiel, zwar schwer verwundet, aber nur bewußtlos gewesen war, auch: wie und wo ihn seine Mutter durch eine Reihe abenteuerlicher, genau besehen aber nicht eben wunderbarer Zufälle endlich gefunden habe und beide im Verlauf einer gewaltigen Schlacht – es klang fast, als habe diese eigens zu diesem Zweck stattgefunden – befreit worden seien. Da waren sie nun wieder, als wäre nichts geschehen.

Ich habe die Geschichte von dem alten Pfarrer, der bisher stets sehr nüchtern von Gott und der Welt gedacht hatte. Er hat sich die Sense geben lassen und in der Votivkapelle aufgehängt. Er schloß seinen Bericht: »Der junge Ambros lebt. Ich habe ihn selbst gesehen. Er ist ein reizender, fast hätte ich gesagt ein ambrosischer Mensch. Aber ich glaube es nie und nimmer.«

Er wolle, wandte ich ein, er wolle damit doch nicht im Ernste behaupten, daß er es am Ende doch nicht wäre?

Er wäre es und sei es doch nicht, antwortete der geistliche Herr. Die Mutter, die werde es wissen. Er aber glaube, daß der Ambros in Wirklichkeit tot sei und begraben. Die natürliche Erklärung, die sei nur für die Leute. Sonst würden sie ihn ja nicht sehen. Das hätte alles so sein müssen, es durfte nichts dabei fehlen.

Er für seinen Teil aber glaube, daß hier ein Wunder geschehen sei.

OLIFANT

›Aus den nachgelassenen Papieren‹ oder ›Aufzeichnungen eines Verstorbenen‹, solche und ähnliche Einleitungen, mittels deren die Dichter ihre arglosen Leser glauben machen wollen, die folgende Erzählung beruhe auf reiner Wahrheit, haben mich von je verdrossen. Geheimnistuerisch bezeichnen die Verfasser die Gestalten und Orte des Geschehens nur mit den Anfangsbuchstaben, wie etwa Graf N. oder: das Herzogtum W... Auch die Unsitte des Ich-Romans rechne ich dazu, wobei der Schreiber sich natürlich einen fremden Beruf beilegt, den er in Wirklichkeit nie ausgeübt hat, zum Exempel: Ich war damals erster Steuermann auf dem Westindienfahrer Barbara Smith, und was derlei Alfanzereien mehr sind. Sie reden von einer ›Mütze voll Wind‹, von Elmsfeuer und dergleichen, aber ich glaube ihnen kein Wort. Durch solche bewußte, doch im Grunde recht billige Irreführungen bleibt der Leser im ungewissen, ob es sich nicht doch um eine wahre Begebenheit handelt. Durch den Reiz der Neugierde und das prickelnde Gefühl, Mitwisser eines Geheimnisses zu sein, soll der Genuß erhöht werden, ein nicht ganz redliches Verfahren, das dem der Zauberkünstler ähnelt.

Ich für mein Teil bin für die unmittelbare Form des Erzählens.

Unter solchem Vorbehalt mag der Leser selbst ermessen, wie mir zumute war, als ich in meiner zwiefachen Eigenschaft als Arzt und Schriftsteller, zwei Berufe übrigens, die eine wesentliche innere Verwandtschaft haben, mit einer abenteuerlichen Geschichte bekannt wurde, die jener eingangs gerügten Veranstaltungen bedarf, da die handelnden Personen noch unter den Lebenden weilen.

Ich übe meine ärztliche Praxis noch aus, obwohl sie recht bescheiden geworden ist. Nach meiner Erfahrung nahm das Vertrauen der Mitmenschen in meine ärztliche Kunst in dem Grade ab, in welchem das für meine Fabulierkunst wuchs, wofür ich volles Verständnis habe. Auch kam es immer häufiger vor, daß ich einen Patienten ahnungslos fragte, was ihm fehle, und er ein Manuskript aus dem Busen zog, um es mir vorzulesen. Es handelte sich vorwiegend um hoffnungslose Fälle chronischer Sonettitis und Dramatorrhöe jambica.

Gestern nun saß in meinem Wartezimmer ein junger Mensch, der mir schon beim flüchtigen Hinsehen dank meiner vieljährigen Erfahrung mit den Varietäten der Spezies Mensch durch jene auserlesene Schönheit auffiel, darin sich der Schöpfer selbst in seinem Werke preist.

Der geduldige Wartende ließ den anderen Patienten höflich den Vortritt, offenbar in der Absicht, als letzter dranzukommen, so daß mir schon nichts Gutes ahnte. Vielleicht war er ein Lebensversicherungsagent oder am Ende ein Poet, obwohl er des Dichtens nach seinem Äußeren nicht bedurft hätte. Er sah, man bekommt dafür allmählich einen Blick, jedenfalls nicht krank aus, will man nicht solche gefährliche Schönheit als Krankheit bezeichnen. Ich kenne derlei Fälle.

Er kam mir übrigens gleich bekannt vor. ›Wo‹, dachte ich mir, während ich eine langjährige, etwas schwierige Patientin begrüßte, ›wo in aller Welt hast du dieses Gesicht schon gesehen?‹

»Ich komme, Herr Doktor, nicht meinetwegen«, sagte der junge Mensch, als er schließlich an die Reihe kam, »ich suche Ihren Rat wegen Charis.«

Charis – ich habe unter Verschweigen des wahren Namens mich nach Durchkosten sämtlicher Vornamen für diesen entschieden – Charis, ein ungewöhnlich liebreizendes Geschöpf, ist eine Patientin von mir. Es handelt sich bei ihr um einen jener gottlob seltenen, sehr merkwürdigen Zustände eines schmerzlosen, unaufhaltsamen Hinschwindens ohne irgendeinen nachweisbaren krankhaften Befund, also um einen der Fälle, angesichts deren die ärztliche Wissenschaft vor einem Rätsel steht.

Vor einigen Wochen war ich an das Krankenbett eines jungen Mädchens in der Mühlenstraße gerufen worden, wo mich eine komische ältere Dame empfing, die ich Tante Afra nennen will, was sie mir verzeihen möge, falls ihr dieser Bericht je vor die Augen kommen sollte.

Ihre unglückliche Nichte, so erzählte sie, sei in der herzoglichen Gemäldegalerie gewesen und gewiß infolge der in solchen Museen üblichen schlechten Luft ohnmächtig geworden und noch nicht zu sich gekommen. Ich fand sie wie schlafend mit einem zufriedenen Gesicht. Der Puls war schwach. Als sie dann in meiner Gegenwart erwachte, schien sie erst angestrengt nachzudenken, dann errötete sie und entschuldigte sich, daß sie solche Dummheiten mache.

Nach den Regeln der Wissenschaft mußte sie in wenigen Tagen wieder gesund sein. Aber sie richtete sich nicht danach, sondern begann klaglos dahinzuschwinden, wie Schnee schmilzt. Ihr Herzschlag wurde immer zarter. Kein Mittel half.

»Sagen Sie mir die Wahrheit«, bat mein Besucher.

Ich verwies auf die Wahrung meines Berufsgeheimnisses. Aber er schien dies erwartet zu haben. Er tat, während ich ihn argwöhnisch betrachtete, jenen verdächtigen Poetengriff nach der Brusttasche und übergab mir einen Brief. Er war von Charis.

Mich als ›lieber Herr und Freund‹ anredend, bat sie mich, den Überbringer gütigst anzuhören. Sie kenne nun den geheimen Grund ihres Leidens. Durch das Lesen meiner Bücher sei sie auf den vielleicht wunderlichen Gedanken verfallen, dem ›zauberkundigen Genius‹ (so schrieb sie) die beiliegenden Papiere und die darin enthaltene Geschichte zu überantworten.

Es sprach ein so kindliches Zutrauen aus den Zeilen, daß mir war, als gäbe mir die Schreiberin ihr Leben, das fast schon im Verlöschen war, in meine Hand, und nicht nur das ihre, sondern auch das des einnehmenden Jünglings, der vor mir saß.

Nicht an den Arzt so sehr wende sie sich, sondern an den, der einmal geschrieben habe, als es darum ging, in einer Erzählung ein drohendes Unheil zu wenden: »Ich will es tun, dir zuliebe. Das kann ich nämlich.«

Sie nähme mich jetzt beim Wort.

Charis also schien allen Ernstes zu glauben, daß Poesie die Macht habe: ›ein schauriges Verhängnis‹, so schloß sie, ›das über dem Leben ihres Freundes walte, zu bannen und den unseligen Fluch von ihm (und ihr) zu nehmen‹.

Schöne Unglückliche, mich deucht, du verlangst etwas viel von mir! So ist es ja schließlich nicht, daß ich es nur zu schreiben brauche und es *ist*. Und wenn schon wirkliches Leben in die Dichtung eingehen mag, muß dann auch die Umkehrung zu Recht bestehen?

Freilich, der Künstler besitzt, zum guten Glück nur auf dem Papier, eine verführerische Macht über Leben und Tod seiner Gestalten, aber, so wie du dir das vorstellst, möchten dann nicht die von ihm geschaffenen Gestalten, schöne Charis, über des Dichters Leben und Tod Macht gewinnen? Und über sein Herz? Sei's drum.

Mein Besucher hatte, das fühlte ich, versucht, aus meiner Miene über dem Lesen des Briefes meine Gedanken zu lesen.

»Kennen wir uns nicht?« fragte ich ihn geradezu, »wenn mich mein Gesichtnis nicht trügt, habe ich Sie schon gesehen.« Meine gewiß harmlose, freundlich vorgebrachte Frage schien ihn zu beunruhigen.

»O, bitte, nein«, entgegnete er fast schroff, aber sich der Unziemlichkeit seines Betragens schnell bewußt werdend, fügte er, indem er einen größeren Umschlag, der wohl die vorerwähnten ›Papiere‹ enthielt, betrachtete, artiger hinzu: »Ob Sie mich schon gesehen haben? Ganz so unwahrscheinlich ist es allerdings nicht. Meinen Sie dies?«

Nach solchen Worten setzte er sich ein wenig im Sessel zurecht, als ob er mir zu einem Bilde sitzen solle, neigte sein Antlitz ein wenig nach der linken Schulter, hob die linke Hand zur Brust, so daß die Fingerspitzen von ungefähr die Gegend seines Herzens berührten, mit der anmutigen Gebärde der Unschuld also, und blickte mich in dieser Haltung eine Weile regungslos verharrend aus den Augenwinkeln traurig-hold und unbeteiligt an. Doch hätte es dieser Erinnerung gar nicht bedurft.

Sein Haarschnitt, seine Kleidung waren freilich verändert, doch das Gesicht war es, unverwechselbar. Es war freilich wunderbar genug, daß er nun endlich vor mir saß, den ich länger kannte, als es bei seinen jungen Jahren möglich schien, dem leibhaftig zu begegnen ich mir immer gewünscht hatte. Doch es ist noch nicht an der Zeit, dem Leser das Geheimnis dieses Wiedererkennens zu entdecken.

»Vortrefflich«, sagte ich, beinahe versucht, ihn du zu nennen, »aber demnach müßten Sie mich eigentlich auch gesehen haben.«

Er gab es mit einem verstehenden Lächeln zu. »Eigentlich ja, sozusagen.«

Dann zum Anlaß seines Besuches zurückkehrend, fragte er mit einem so leidenschaftlichen Ausdruck, daß ich besorgte, er werde im nächsten Augenblick in Tränen ausbrechen: »Glauben Sie, daß Sie das Unheil wenden können?«

»Kranke, dem Tod Geweihte«, versetzte ich, »haben zuweilen eine tiefere Einsicht in die den Lebenden oft so dunkel und verworren erscheinenden Zusammenhänge der Welt. Charis wird wissen, warum sie Sie zu mir geschickt hat.«

»Sie haben Hoffnung?« fragte er, meine Hand ergreifend.

Fast bereute ich meine Worte. Er möge mir die Freude machen, am morgenden Tage wiederzukommen. –

Offenbar bin ich, unversehens, in den Strudel fremder Schicksale geraten, spät, an der Schwelle des Alters fast. Ich kann mir ausrechnen, daß mein Leben nach menschlichem Ermessen günstigen Falles noch seine zehn Jahre höchstens dauern werde. Darüber hinaus mußte sich die Wahrscheinlichkeit notwendigerweise von Monat zu Monat, von Woche zu Woche und schließlich von Tag zu Tag vermindern.

Ich zähle bedächtig die Zeichen des Alters. Fange ich nicht schon an, ein bißchen schrullig zu werden?

Auf meinem Schreibtisch steht seit kurzem ein Miniaturskelett, aus Elfenbein geschnitzt, mit beweglichen Gelenken nach Art jener Gliederpuppen, wie sie Maler verwenden, anatomisch getreu, eine überaus zierliche französische Arbeit, vermutlich durch Vesal beeinflußt. Ich spiele fast täglich mit dem elfenbeinernen Männlein und gebe ihm allerlei tänzerische Stellungen.

Auch der Magnetbaukasten gehört zu meinen Unterhaltungen, womit man gegen alle Gesetze der Statik aus stählernen Kügelchen, Klötzchen, Stäbchen und Nadeln allerliebste und geistreiche, der abstrakten Kunst nahestehende Gebilde ersinnen und bauen kann. Dieses Spiel besitzt eine große Anziehungskraft für mich und hat eine geheime Verwandtschaft mit einem anderen Spiel, das ich sehr liebe und das den Vorzug hat, in der Anschaffung sehr billig zu sein. Feder, Tinte und Papier ist alles, was man dazu braucht.

Jeder Mensch, ich nehme mich keineswegs dabei aus, wird mit den Jahren unweigerlich zur Romanfigur. Der Schriftsteller in Sonderheit wird durch seinen fleißigen Umgang mit Büchern gar selbst zum Buche, und ich habe zuweilen das vertrackte Gefühl, etwa von meinen Kindern nicht als Mensch, sondern als zweibeiniges Buch genommen zu werden. Sie lesen in mir, und an komischen Stellen lachen sie sogar.

Zu meinen Alterseigenheiten zähle ich auch, daß ich fest davon überzeugt bin, die Beziehung zwischen

Mensch und Kunstwerk sei gegenseitig. Ich glaube, daß Bilder, die wir gern haben, uns wieder zu lieben vermögen oder uns ablehnen.

Ich bin gern alt. Ich finde, man hat mehr vom Leben. Aber ach, wenn man endlich gelernt hat, mit den Herrlichkeiten der Welt etwas Rechtes anzufangen, ist es gewöhnlich zu Ende. Das Leben ist doch gar zu kurz.

Täglich erfahre ich mehr eine der großen Gnaden des Alters, nämlich die Gabe weisen Entzückens an den Einfällen des Schöpfers, so etwa an den Reizen der Jugend, wie sie die liebliche Charis verkörpert (und ihr Freund) und wie man sie so beglückend nicht zu empfinden vermag, solange man selber noch jung ist.

Ich fange an, nachts lang wach zu liegen. Aber ich bin darüber nicht ungehalten. Dann beginnen meine Gedanken durcheinander zu zwitschern wie eine Vogelschar in der Krone eines alten Apfelbaumes, und so entstehen meine Geschichten.

Ich kann sogar meine Träume beeinflussen, mir wünschen, von was und von wem ich träumen möchte, und es geschieht. Ich nenne es ›Anträumen‹. Übrigens habe ich noch nie geträumt, daß ich ein alter Herr bin. Mein Traumalter liegt bei zwanzig Jahren. Doch kommt es leider vor, daß ich Traum und Wirklichkeit durcheinanderbringe. Das Leben erscheint mir von Tag zu Tag märchenhafter.

Eines fällt mir auf, je mehr ich mich dem Augenblick nähere, da:

›...lautlos sich auftut das dunkle Tor zur Nacht‹, um so schwerer fällt es mir, die Gestalten in meinen Geschichten sterben zu lassen. Ich lasse lieber ein Wunder geschehen, um sie zu retten.

Solches erwägend nahm ich den versiegelten Umschlag zur Hand, der meinen vollen Namen trug. Er hatte von außen ein fast amtliches Aussehen, als enthalte er mindestens die Ernennung zum Staatsminister. Ich konnte mich des Gefühls nicht erwehren, vor einer lebenswichtigen Entscheidung zu stehen. In solchen Augenblicken tue ich es nicht anders, ohne erst das reinigende Brandopfer einer Zigarette zu entzünden. Dann öffnete ich den Umschlag.

Ungeachtet des traurigen Anlasses, mußte ich lachen. »Wenn Sie dieses Schreiben in Händen halten, weile ich vermutlich nicht mehr unter den Lebenden«, so las ich mit heiterm Unmut. Aber die kluge Schreiberin fuhr fort: »Genau so, wenn mir recht ist, müssen solche Vermächtnisse beginnen.« Und dann las ich weiter mit wachsender Teilnahme, dankbaren Herzens. Die in den Aufzeichnungen enthaltene Geschichte konnte Wort für Wort von mir erfunden sein.

Im folgenden werde ich mich einmal der tagebuchähnlichen Aufschreibungen der liebenswürdigen Charis, zum andern eines an sie gerichteten, ausführlichen Briefes unseres schwermütigen Freundes bedienen, des wesentlichen Teils der Papiere, zum dritten mag es der Leser meiner schöpferischen Unbescheidenheit verzeihen, wenn da und dort, besonders am Schlusse eigene Glossen nötig werden sollten, wie es der weitere Verlauf der Ereignisse füglich ergeben möchte.

Mein Vorteil wird darin liegen, daß ich nach Einsicht in die Papiere die Zusammenhänge überschaue und daß ich, da die Zukunft des Geschehens in meine Hand gelegt ist, Sinn und Ordnung in den Gang der Geschichte bringen und Unwesentliches weglassen kann. Sprachlich glaubte ich jedoch nichts ändern zu sollen, was ich der Nachsicht des Lesers empfehle.

Elle fut tellement consumée
d'amour, qu'il ne resta
rien d'elle.

Meine geheimsten Gedanken will ich aufschreiben, die also, welche uns absichtslos entschlüpfen. Der ›erste

Eindruck‹ gehört dazu, den man von einem Menschen hat, die erste Empfindung. Wer denkt sie? Es sind die Gedankenkinder, die noch nicht durch die Kinderstube des Anstandes und die Besserungsanstalt der Vernunft gegangen sind, die ›enfants terribles‹, die noch ungekämmten, unfrisierten Gedanken.

Manchmal erschrecken sie mich, die ich glaube herzensgut zu sein. Denn sie können abgründig böse sein, untermächtig. Aber es hilft nichts, sie fortzulügen. Ich will sie wahrhaben. Vielleicht sind sie mein wahres Ich, mein eigentliches Selbst.

Tante Afra sorgte heute wieder pünktlich dafür, daß der Tag mit etwas Unangenehmem begann. Sie gehört zu den Menschen, denen beständig ›vor der Götter Neide‹ graut. Ich kann mir einen neidischen Gott nicht vorstellen. Trotz ihrer ausdauernden Bemühungen gelang es ihr nicht, mich verdrießlich zu stimmen.

Ich muß mir ein Geständnis machen.

Ich liebe.

Gestern noch hätte ich es nicht für möglich gehalten, daß ich solcher Gefühle einem Menschen gegenüber fähig wäre. Ich fand alle Menschen nur komisch.

Ich will ganz ehrlich mit mir umgehen, meine geheimsten Gedanken befragen und mein Herz prüfen.

Gestern schneite es. Kühe machen mich traurig, aber Schnee macht mich lustig. Ich stand zum Ausgehen bereit in meinem weißen Pelzmantel und der Pelzmütze vor dem Spiegel und fand wie immer, daß ich sehr hübsch sei. Tante Afra (und die Welt) halten mich für schrecklich oberflächlich, weil ich der Ansicht bin, nett auszusehen genüge vollauf zu meiner Daseinsberechtigung. Es ist ein sehr angenehmes Gefühl, hübsch zu sein. Das ist mein bescheidener Beitrag zum Wohle der Gesamtheit. Asoziale Schönheit. Ich habe kein schlechtes Gewissen dabei. Ich gebe mir wirklich Mühe, nur an gute und schöne Dinge zu denken.

Ich hatte das Fenster geöffnet. Plötzlich flog eine Meise ins Zimmer, prallte gegen den Spiegel und blieb sterbend zwischen meinen Toilettensachen liegen. Ich sah ihr dabei zu und wußte ihr nicht zu helfen bei ihrem winzigen Tod. Manchmal schlug sie die Augen auf, bewegte das Schnäbelchen, und ich sah das Zünglein sich regen. Wenn ich meinen Finger an das zuckende Bein brachte, krallte sie sich daran fest. Ich legte sie in ein Körbchen, deckte sie warm zu, hoffend, daß sie sich wieder erhole. Sie ist gestorben.

Das Sterben der kleinen Blaumeise, denn sie starb nicht anders als ein Mensch, ging mir nahe. Heute, da ich darüber nachsinne, scheint es mir fast, als ob das Denken an den Tod mich besonders empfänglich dafür gemacht hat, zu lieben.

Im Hause gegenüber ist ein neuer Mieter eingezogen. Ihm bin ich gestern zum ersten Male begegnet.

Er fiel mir sofort auf unter den vielen Menschen, unter allen Menschen, die ich je sah. Er unterschied sich so sehr von ihnen schon in seinem Gang, in seiner Gestalt und, als er näher kam, auf mich zu, als ich ihm ins Antlitz schaute und er mir, wußte ich, daß ich ihn liebte, so als sei mein ganzes Leben nur um dieses Augenblickes willen geschehen, so als hätte ich ihn von Ewigkeit her geliebt. Wenn er, von dessen Dasein auf Erden ich eine Sekunde vorher nichts wußte, zu mir gesagt hätte, ich liebe dich, ich wäre mit ihm gegangen bis ans Ende der Welt, ohne mich umzusehen, was auch Tante Afra von mir denken würde. Wirklich kam er ganz nahe heran, mich immerzu ansehend, als ginge es ihm genau wie mir. Aber plötzlich blieb er stehen mit einem Ausdruck unendlichen Verzichts, kehrte um und schritt eilends davon.

Das ist der Anlaß, warum ich ein Tagebuch zu schreiben beginne wie ein Backfisch.

Ich lasse es mir nicht nehmen, daß diese Begegnung nichts anderes war als ein Wiedersehen und Liebe nichts anderes als eine wiedererwachte Erinnerung. Es ist ein

Wiedererkennen. Wie könnte es denn sonst geschehen, daß dieses Ansichtigwerden genügte, um mir jede Einzelheit seiner Erscheinung so unvergeßlich zu machen, so daß mich nichts mehr an ihm zu überraschen vermag. Ich weiß, daß seine Stimme, die ich nie gehört, sein Lächeln, das ich nie gesehen, mich nicht enttäuschen werden, und ich bin sicher, daß sein Antlitz nur das sichtbare Abbild seiner schönen Seele ist.

Ich fühlte sogleich, daß dies die Liebe ist, von der in den Büchern so viel Rühmens gemacht wird.

Ich bin sehr glücklich. Aber ich bin unfähig, irgend etwas Vernünftiges zu tun. Ich habe ein großes Verlangen nach schöner Musik und, worauf ich bisher nie verfallen wäre, ein Gedicht zu machen. ›Ich bin dein unwandelbar‹, so beginne ich, aber sonst will mir nichts weiter einfallen.

Was tue ich den ganzen Tag? Ich warte. Ich versuche zu lesen. Ich besitze noch viele ungelesene Bücher. Ich verlasse mich darauf, daß sie sich zu rechter Zeit von selber rühren werden und gelesen sein wollen.

Heute war es eines, das ich sehr oft in die Hand genommen und wieder weggelegt hatte. Aber es hatte sich mir bisher immer versagt. Jetzt aber schien es ungeduldig, gelesen zu werden, und es war, als verstände ich erst jetzt seine schöne Sprache. Es heißt: ›Praxedis‹. Es ist eine einfache Liebesgeschichte, in der eigentlich nichts passiert. Es ist ›süßes Gift‹.

Manchmal bilde ich mir ein, ich sei einer Sinnestäuschung zum Opfer gefallen und die Begegnung habe gar nicht wirklich stattgefunden. Aber was findet überhaupt in ›Wirklichkeit‹ statt? Die Wirklichkeit eines Bildes, wo ist sie? Die Leinwand, die Farben sind wirklich, aber das Bild selbst, seine Erscheinung ist nur ein Hauch, es ist so gut wie nicht vorhanden.

Wäre es möglich, daß ich es mir nur eingebildet hätte, ihm begegnet zu sein? Oder aber daß er nur mir als der

Herrliche erscheint, wie denn die Liebe aus völlig nebensächlichen Menschen wahre Engel und Genien macht. Ich sehe ihn so. Niemand fühlt und sieht das gleiche, was der andere fühlt. Dieser Baum ist ein anderer, wenn ich ihn sehe. Es gibt gottlob keine zwei völlig gleichen Dinge in der Welt.

Ich habe ihn wiedergesehen, unbemerkt von ihm. Er war noch schöner als das erste Mal. Er ging an meinem Fenster vorüber.

Ich weiß seinen Namen. Es ist nicht so, daß ich kein Verständnis für die komische Seite meines Zustandes hätte. Woher weiß ich seinen Namen? Von Tante Afra. Sie weiß alles.

»Er heißt Olifant«, sagte sie unvermittelt bei Tisch, als sei die ganze Zeit von nichts anderem die Rede gewesen. Ich wußte sofort, wen sie meinte. Aber ich stellte mich dumm. »Wer heißt Olifant?« fragte ich. »Wer? Wie du nur so fragen kannst! Unser neuer Nachbar natürlich.« »Ach – willst du noch Kompott?« »Danke. Ich hebe es mir für den Abend auf.« »Wie sagtest du, Tante: Olifant?« »Es ist die alte Form für Elfenbein.« »Ein hübscher Name.« »Ich finde ihn abscheulich«, sagte Tante Afra.

Ich brauche nichts dazu zu tun. Meine Tante scheint wirklich alles zu wissen, was in unserer Straße geschieht. Sie weiß, daß Olifant ein sehr bescheidener, sehr ruhiger Mieter ist, daß er selten ausgeht (das wußte ich auch) und keine Besuche bekommt, daß er die Kunst liebt und daß man sonst leider gar nichts von ihm weiß, weshalb ihn manche für einen Prinzen incognito, andere für einen gesuchten Massenmörder halten.

Ach Olifant! Warum gehst du mir geflissentlich aus dem Weg? Denn es kommt mir allmählich wirklich so vor. Ich trete im gleichen Augenblick aus dem Hause wie du. Du hast mich gesehen. Leugne es, wenn du kannst. Du bist ein liebenswerter Mensch, aber ein sehr mäßiger Schauspieler. Plötzlich fällt es dir ein, daß du etwas vergessen hast. Gut, daß es dir einfiel, und du kehrst in der Türe um. War es nötig, daß du dich dabei mit flacher Hand vor die Stirn schlugst?

Was soll das nur. Olifant trägt seit neuestem eine Sonnenschutzbrille, was die Nachbarschaft sehr aufregt. Offenbar will er sich unkenntlich machen.

Er verschmäht mich. Es ist Frühling geworden. Und meine geheimsten Gedanken – wichtiger wäre es, seine geheimsten Gedanken zu kennen.

Das Dinggefühl im Menschen muß sehr stark sein. Er fühlt als Glas, wenn es Scherben gibt, als Holz, wenn es brennt. Jedenfalls wird ein verwandtes Gefühl verletzt, wenn etwas zerbricht. Ich zweifle nicht, daß ein Glas Schmerz empfindet, wenn es zerspringt. Ich kann es ihm gut nachfühlen, wie weh es tut.

Ich hatte gemeint, ich würde unendlich viel zu schreiben haben. Ich habe nur noch einen geheimsten Gedanken.

Zwischen Traum und Wachen hörte ich ganz deutlich die mir schon so wohlbekannten Schritte aus weiter Ferne näher und näher kommen. In dem Augenblick, da sie unter meinem Fenster angekommen sein mußten, sah ich auf die Straße. Aber du warst nicht da. Die Schritte waren verklungen. Es war etwas nach halb sechs Uhr. Mir wurde bang ums Herz. Es kann nicht anders sein, als daß du an mich gedacht hast.

Ich bin krank. Tante Afra hat den Arzt geholt. Sie selber sagte: Zugezogen. Aber er konnte nichts finden.

Er ist ein hagerer bebrillter alter Herr mit einer großen Hakennase und einem verwunderten Gesicht. Tante Afra behauptet, er sei der Verfasser der Erzählung ›Praxedis‹, was mich sehr enttäuscht hat. Ich hatte ihn mir darnach ganz anders vorgestellt, vor allem viel jünger, mehr wie Olifant. Er ist wortkarg und sagte nur: Hm, als ich ihm erzählte, was mir zugestoßen ist. Ich habe ihm natürlich nicht alles erzählt.

Ich war in die Stadt gegangen, wie so oft in letzter Zeit in der Hoffnung, Olifant zu begegnen. Zweimal hatte ich Glück gehabt, einmal im Theater, wo ich, unbemerkt von ihm, ihn lange beobachten konnte, ein ander Mal im Omnibus, wo er allerdings sehr bald ausstieg.

Heute hatte ich es einmal mit der Kunstgalerie versuchen wollen, die ich noch nicht kannte, ohne Tante Afra, die sich nichts gönnt.

Ich hatte ziemlich lange vor den Kurtisanen von Carpaccio gestanden, diesen seltsamen Frauen, die sichtlich nichts zu tun haben. Sie starren ausdruckslos vor sich hin. Sie warten. Worauf warten sie? Es ist ein sehr deutliches, gegenständliches Bild und doch von einer fast unheimlichen Unwirklichkeit. Plötzlich fühlte ich mich angesehen und wandte mich um. Es war außer mir niemand im Saal. Ein Bild sah mich an, ein Bild – und von diesem Augenblick an wußte ich nichts von mir, bis ich in meinem Zimmer erwachte.

Es war Olifants Bildnis. Botticelli hat es gemalt. Ich erkannte ihn sofort, trotz der Florentiner Tracht und der bis auf die Schultern fallenden Haare. Sein Gesicht ist ein klein wenig nach der linken Schulter geneigt, die linke Hand ruht in der Gebärde der Unschuld locker auf der Brust, so daß die Finger von ungefähr die Gegend seines Herzens berühren. Er war es, diesen Mund gab es nur einmal, diese holdtraurigen Augen, diese etwas hochfahrenden Brauen, diese birkenrindenzarte Haut.

Ich habe ein anderes Buch meines Doktors gelesen. ›Igelgedanken‹ nennt er es. Es sind unterhaltende Betrachtungen, in denen ich manches entdeckte, was ich mir auch schon gedacht habe. Zum Beispiel: ›Es lächelt dazu der in jedem Sterblichen vorgebildete Engel.‹ Gerade das ist es, was ich bei meinem gegenwärtigen Zustand empfinde. Einen seiner kleinen Einfälle habe ich selbst schon ausprobiert: Zum Zähneputzen den Pilgerchor aus dem ›Tannhäuser‹ zu brummen. Es klingt recht hübsch, beinahe orchestral.

Mein armer Arzt zerbricht sich den Kopf, was mir fehlt. Ich könnte es ihm sagen. Ich bin hoffnungslos liebeskrank. Ach Olifant, unnahbarer Nachbar, wenn es noch lange währt, dann werde ich bald ›Sternepflücken gehen‹, wie es einmal mein poetischer Arzt in seinen ›Igelgedanken‹ so nett ausdrückt.

Seitdem ich Olifant sah, langweile ich mich nicht mehr. Ich beschäftige mich mit der Frage der Palingenesie.

Natürlich bin ich eifersüchtig. Ich bin dem Kamm neidisch, der dein Haar strählt. Tante Afra macht mir dauernd Vorschriften, wie ich krank zu sein habe und wann und wo mir etwas weh zu tun hat.

Aus den ›Igelgedanken‹: Leben ist ein ungenauer Begriff. Wir können es mit gleichem Recht unser Sterben nennen. Es sollte wie jene norddeutsche Stadt eigentlich Totleben heißen.

Mein Federbett hat eine beziehungsvolle Ähnlichkeit mit einer weißen Wolke.

Tante Afra hat beim Apotheker, als sie auf die mir verschriebene wohlschmeckende, aber gänzlich wirkungslose Medizin warten mußte, von einem Liebeszauber gehört: Man braucht nur einen Kaminkehrer (es muß ein junger, hübscher Bursche sein) mit dem Finger antippen, dann zu dem Menschen gehen, dessen Zuneigung man gewinnen möchte, und ihn mit dem rußigen Finger auf die Nase tupfen, daß sie schwarz davon wird. Es soll ein oft erprobtes, sicheres Mittel sein. Ich sehe mich schon – – – –

Tante Afra, die in großer Sorge um mich ist, erzählte mir, sie habe als unglücklich verliebtes Mädchen – Tollkirschen eingemacht – für alle Fälle.

Ich bin sehr krank. Ob es Olifant weiß? Die ganze Straße spricht davon.

Ich habe einen Brief von Olifant bekommen! Einen sehr – sehr langen Brief. Mit einem dicken Strauß – Gänseblümchen –, die ich sehr liebe. Er muß sich viele hundert Mal gebückt haben. Abends, wenn die Sonne untergeht, schließen auch sie sich und hängen die Köpfe. Ich habe ihm geantwortet: Komme!

Ich will Olifant mit diesen Blättern und seinem Brief zu meinem Doktor schicken. Oder – doch nein, für ihn ist keine Gefahr. Er ist alt und weise. ––

Hm. So alt und weise bin ich nun auch wieder nicht. Ich muß einschalten, daß ich zu ahnen beginne, warum Olifant eine blaue Brille trug und warum Charis sterben soll.

Nun will ich lesen, was Olifant schreibt. Seine Schrift ist wie er. Es ist eine ungemein anmutende Schrift:

Ein Gesetz waltet, daß die Natur sich immer wieder auf das Schöne besinnt. Sehet doch die Menschen an und die Mannigfaltigkeit der Bildung ihrer Gesichter, darunter der mißratenen, unansehnlichen, häßlichen so viele sind, immer wieder geschieht das unerforschliche Wunder, daß aus dieser tausendfältigen Vermählung einer in untadeliger, makelloser Schönheit hervorgeht. Desgleichen waltet ein Verhängnis, daß, wie aus der Unsumme des Häßlichen und Gewöhnlichen, dennoch ein Vollkommenes kommt, so aus dem Schönen, das mit dem Schönen sich vereint, ein Häßliches.

Meine Eltern sollen ein schönes Paar gewesen sein, aber ich war mißglückt. Dabei war ich keineswegs mißgestaltet oder von jener gewissen gesunden oder geistvollen Häßlichkeit, mit der man sich aussöhnen kann. Ich hatte nur ein höchst unglückliches Äußeres, eine dünne, graue, unreine Haut, dürftige Haare und verkümmerte, ungute Augen. Ich hatte nicht mehr Lippen als eine Katze und Zähne, die waren einander ständig im Wege und drängelten sich, als hätte ich eine Handvoll Sonnenblumenkerne in den Mund genommen. Zur Grimasse wurde, was man bei andern Lächeln nennt. Ich war nicht dumm, aber taktlos. Ich hatte eine boshafte Zunge und eine unmelodische Stimme, die mich meinen Mitmenschen nicht angenehmer machte. Ich war ein Gespött der Sterne, einer von dem der Volksmund sagt: Den schaut Gott nicht an.

Niemand mochte mich. Ich hatte kein Glück in der Liebe. Ich hatte keinen Freund. Ich hieß Edwin, ein Name, den ich haßte. Einsam und ungeliebt wuchs ich auf.

Dabei hatte ich ein schönheitsdurstiges, nach Zärtlichkeit verlangendes Herz. Ich glaube, daß es keinen Sterblichen gibt, der so wie ich wußte, was Schönheit bedeutet, und niemanden, dem sie so viel Schmerz bereitet hat.

Ich betete zu Gott: Gib mir ein anderes Gesicht!

Ich wußte längst, wie ich am liebsten ausgesehen hätte, wie jener florentinische Jüngling nämlich, dessen Bildnis, teures Mädchen, in der herzoglichen Galerie del Sogno dich so erschreckt hat, jenes Brustbild, Botticelli hat es gemalt. Der schöne junge Mensch hatte es mir vom ersten Anblick ›angetan‹. Das schwermütige Antlitz ist ein wenig zur linken Schulter geneigt. Ruhig, zurückhaltend ist der Blick der Augen, während er die linke, sehr schmale Hand lässig zur Brust hebt, daß die Finger in die Gegend seines Herzens deuten, mit einer um Vergebung bittenden Gebärde.

Dieser Mensch schien das wahre, eigentliche Abbild meiner Seele zu sein, um das ich betrogen war.

Ich nannte ihn Olifant. Vielleicht hieß er zu seinen

Lebzeiten ganz anders: Giovannino, Virginio oder Arcadio.

Eine Zeitlang bildete ich mir allen Ernstes ein, wenn ich mein ganzes Sinnen darauf richtete, diesem Antlitz ähnlich zu werden, so könnte sich mein mißlungenes Gesicht ihm anverwandeln, von innen her, durch eine Art Transfiguration. Ich wähnte, daß es ein ganz herrliches Gefühl sein müsse, wie er zu sein. Aber wenn ich dann in den Spiegel blickte, um zu prüfen, ob sich meine Züge schon ein wenig den seinen anbequemen, ob meine Sehnsucht es umformen wolle, dann merkte ich, daß ich häßlich war wie zuvor. Ich wunderte mich, daß der Spiegel meinen Anblick ertrug, ohne zu zerspringen.

Mein Herz verödete. Zuweilen kamen mir finstere Gedanken, und eines Tages, dem letzten Tag des Karnevals, beschloß ich, meinem liebeleeren Dasein ein Ende zu machen.

Ich erwog alle Möglichkeiten des Todes und entschied mich dafür, ›ein Loch ins Wasser zu machen‹, also die Art zu wählen, deren sich gemeinhin hoffnungslos Liebende zu bedienen pflegen.

Gegen Abend mußte es sein zu der mir wohlbekannten Stunde der Schwermut und des Lebensüberdrusses. Es kam darauf an, mich selbst zu überlisten. Denn wenn ich mir vor dem Einschlafen fest vorgenommen hatte, morgen wirst du es tun, dann erwachte ich leidlich zuversichtlich und freute mich des Lebens wieder, so daß ich allerlei Ausreden fand, die mir erlaubten zu bleiben. Lebensmüde lassen sich von dem verzweifelten Schritt gern abhalten und neigen dazu, der Welt noch eine letzte Gelegenheit zu geben: ›wenn jetzt jemand käme‹, dachte ich, ›und spräche: Wo willst du hin? Bleibe! so will ich es noch einmal versuchen.‹ Auch verrichtet man noch allerlei alltägliche Dinge, die vom Tode her gesehen ach so unwichtig erscheinen. Abschiedsbriefe fielen für mich weg. Ich hatte niemanden, von dem ich Abschied nehmen brauchte. Dennoch – so ist der Mensch, und Unglückliche werden es nicht für abwegig halten –, ich überlegte, ob ich mich vorher noch sollte rasieren lassen.

Ein Friseurladen befand sich auf dem vorhabenden Weg zum Kanal, wie ich wußte. Monsieur Chaufroid – so ein Name vergißt sich nicht so leicht – war der Inhaber, Theaterfriseur und Maskenhändler.

Den Kanal hatte ich für meine Tat bestimmt, weil nicht weit davon Fides wohnte, ein schönes, etwas lockeres Mädchen, das in einer Anwandlung von Mitleid etwas freundlicher zu mir gewesen war als die anderen Menschen. Ich beging die Torheit zu hoffen, fand mich aber, als ich ihr meine Liebe gestand, mit so herzlosen Worten zurechtgewiesen, daß sie mir geradezu als Todesurteil erschienen. Ich hatte bei meinem traurigen Unternehmen den Hintergedanken, daß Fides meinen Tod auf dem Gewissen haben solle, und die leichte Hoffnung, sie würde um mich trauern. Ich glaube nicht der einzige zu sein, der in meiner Lage so denkt.

Der Kanal ist ein sehr ruhiges, finsteres Wasser. Ich bückte mich hinab. Ich sah mich und, mag nun meine Einbildungskraft oder das kaum bewegte Wasser diese freundliche Täuschung bewirkt haben, das Gesicht in der Tiefe ähnelte dem Olifants.

Eins mit ihm zu werden, ließ ich mich fallen. –

»Und welche Maske wünschen der Herr?« fragte Monsieur Chaufroid. Ich saß in seinem Friseursalon. Vermutlich hatte ich doch das lächerliche Vorhaben, mich vor meinem Ende rasieren zu lassen, ausgeführt und war ein wenig eingenickt.

»Welche Maske?« Ich schaute mich verwundert um, während der Meister persönlich mir das weiße Leintuch umtat und mit eiskalten Fingern ein Wattewürstchen rings in den Halsausschnitt stopfte.

Es war ein schmaler, langer Raum mit vielen hohen Spiegeln und jenen wohlbekannten, behaglichen Sesseln mit verstellbaren Nackenstützen, hydraulisch nach Bedarf zu heben und zu senken, also den modernsten Anforderungen an das kosmetische Gewerbe entsprechend. Sie waren so gesetzt, daß in der Mitte ein Gang frei blieb und die Kunden mit den Rücken gegeneinander saßen. Es herrschte, des Karnevals wegen, Hochbetrieb. Aber alles geschah fast geräuschlos.

Ich sah mich von vorne, den rückwärts sitzenden Kunden von hinten und von vorne, mich von hinten und so fort in unendlicher Spiegelung und so auch meinen Nachbarn zur Rechten und Linken und deren Antipoden und die mit ihnen sich beschäftigenden oder auf leisen Sohlen hin und her huschenden Gehilfen und Lehrlinge vervielfacht, vertausendfacht und ebenso die Lichter. Es war ein funkelnder, festlicher Anblick, um so mehr als alle Kunden feierlich in ihre weißen Talare gehüllt waren und die Bedienung weiße Jacken trug.

Monsieur Chaufroid hatte ein altes, auffallend nacktes Gesicht, so nackt, daß es beinahe kein Gesicht mehr war. Es mochte sich durch seinen Beruf, seinen ständigen Umgang mit immer anderen Gesichtern allmählich abgenützt haben. Er war völlig kahl, seine Brauen und Wimpern farblos und so zart, daß sie ebensogut hätten fehlen können. Fast farblos in ihrer rosigen Blässe waren auch seine Haut und seine sehr hellen wasserblauen Augen.

»Welche Maske wünschen der Herr gemacht zu haben«, flüsterte der Meister. Während ich im Spiegel mein widerwärtiges Selbst in aller Ruhe betrachtete, antwortete ich leichthin: »Machen Sie mir bitte die Maske des Jünglings von Botticelli im herzoglichen Museum.« Ich durfte annehmen, daß er sie nicht kenne.

»Sogleich«, antwortete er zu meiner Verblüffung, »sogleich. O ja! Welch zauberhaftes Bild! Und doch, ich möchte es dem Herrn nicht empfehlen. Wirklich nicht.«

»Ich dachte es mir gleich, daß Sie es nicht können.«

Das kränkte Monsieur Chaufroid sichtlich.

»Sagen Sie das nicht, junger Herr, sagen Sie das nicht.

Ich bin Künstler in meinem Fach. Ich würde Ihnen lieber vorschlagen --«

»Nein«, unterbrach ich ihn und machte Anstalten, mich zu erheben, »diese Maske und keine andere.«

Chaufroid sah mich abschätzig an, als wollte er sagen, ich kann es ja verstehen. Dann mit einem bedauernden Achselzucken gab er nach. »Wie Sie wünschen. Auf Ihre Verantwortung.«

Er wusch sich erst sorgfältig die Hände, hierauf nahm er einen Katalog zur Hand, blätterte darin und winkte einen Lehrling herbei, der wie ein Ministrant aussah mit seinem frommschlauen Engelsgesicht. »Hyazinth, das Kostüm für diesen Herrn.« Er wies ihm eine Nummer.

Ein wenig zurücktretend nahm mich der Meister noch einmal prüfend in Augenschein und besann sich.

Dann mich behutsam bei den Ohren greifend, nahm er mein Gesicht ab und legte es auf den weißen Marmor neben das Waschbecken. Ich hatte es mir nicht so einfach vorgestellt. Es tat kein bißchen weh. Ich empfand nur einen leisen Stich in der Herzgegend. Chaufroid trat zur Seite, den Spiegel freizugeben. Statt meines mißglückten Gesichts blickte mich daraus das schöne, von holder Traurigkeit verklärte Antlitz jenes Jünglings an.

Welche Veränderung! Ein unendliches Wohlgefühl süßer Schwermut durchströmte mich.

›Jetzt bin ich du‹, dachte ich. Ich sah im Spiegel, daß des Jünglings Augen sich vor Freuden mit Tränen füllten.

Indem brachte der Engel Hyazinth – es fehlten ihm nur die Flügel – das gehörige Kostüm und geleitete mich in eine Ankleidekabine, wo er aufs schicklichste mir beim Umziehen zur Hand ging.

Es war bei Faden genau Olifants mir wohlbekanntes Kleid. Das zinnoberrote Mützchen, der schmale Pelzbesatz am Hals, die über den Schultern geschlitzte Ärmelnaht, damit das weiße feine Zeug, einen kleinen Bausch bildend, sichtbar wurde, als einziger Zierat des van Dyck-braunen Wamses. Dazu die enganliegenden mausgrauen Beinkleider und ein lederner Beutel, am Gürtel zu tragen, der, wie ich erst später wahrnahm, mit blanken Golddublonen gespickt war, gut erhaltenen Stücken mit dem Bildnis Cosimo des Prächtigen, die allein schon durch ihren Goldwert, mehr noch aber – denn ich verstehe mich etwas auf Numismatik – durch den Sammelwert ein kleines Vermögen bedeuteten.

Als ich in den Salon zurückkehrte, fühlte ich, wie alle Gesichter sich mir zuwandten. Ich dankte Monsieur Chaufroid, der mich mit einer Miene, in der Künstlerstolz und Besorgnis miteinander stritten, musterte, zahlte, nahm meine Kleider, die der Lehrling sehr ordentlich in ein Bündel verpackt hatte und schenkte ihm zum Andenken eine Dublone, wofür er mir die Hand küßte, und verließ den Laden, ein anderer Mensch.

»Signorino«, rief mir Chaufroid nach, »Signorino, Sie vergaßen.«

Ach, natürlich mein ehemaliges Gesicht, mein Abziehbild. Ich nahm es und steckte das Ding zu mir. Es war nicht anders als jene Gazemasken, wie sie reihenweise im Schaufenster hingen.

Unwillkürlich, als wirkte trotz der wunderbaren Verwandlung in der Unterströmung meines Ichs die Absicht, ›ein Loch ins Wasser zu machen‹, noch nach, hatte ich den Weg zum Kanal eingeschlagen. Was sollte ich jetzt noch dort? Ich trat ans Wasser und warf, einer plötzlichen unseligen Eingebung folgend, die Maske und das Kleiderbündel hinein, die augenblicks und gegen die Natur darin versanken, als hätte in der Nacht der Tiefe jemand nur darauf gewartet, sie hinabzuziehen. Schaudernd wandte ich mich ab und eilte der Stadt zu. Es gelüstete mich sehr, unter Menschen zu gehen.

In Meister Chaufroids Salon war von dem großen Künstlerfest im Hotel Cherubin erzählt worden. Wie's der Zufall will, kam gerade eine leere Droschke vorübergezottelt, eine jener wenigen Pferdewagen, die es in unserer Stadt noch gibt und wie sie eigentlich nur noch bei

Hochzeiten dem rascheren Auto vorgezogen werden. Ich rief sie an, und der uralte, schläfrige Kutscher brachte seinen Schimmel zum Stehen. »Zum Cherubin?« fragte er, als wüßte er schon Bescheid. Als Antwort sprang ich in den Wagen. Er hatte Gummiräder, und es war ein angenehmes Gefühl, so ruhig dahin zu fahren wie in einem Schiff, vor mir das Geplätscher des Hufschlags.

Zum guten Glück hatte ich in der Ankleidekabine noch rasch mein Geld zu mir gesteckt. Es wäre die Echtheit zu weit getrieben gewesen, hätte ich meine Eintrittskarte mit Florentiner Münze bezahlt. Ich nahm eine Loge, bestellte Sekt und sah in das Maskentreiben. Schon beim Eintreten, als ich durch die tanzenden Paare schritt, merkte ich, daß meine Maske Aufsehen machte. Ich wurde mit Konfetti überschüttet und war das Ziel vieler Luftschlangen.

Ich hatte mir vorgenommen, mich abwartend zu verhalten und mir eine völlig teilnahmslose Miene zu geben. Denn eine gewisse Scheu war mir geblieben, eine Ungläubigkeit, die mich veranlaßte, von Zeit zu Zeit in den Spiegel zu sehen. Nicht daß ich Reue empfunden hätte, mein angeborenes Gesicht so leichten Herzens von mir getan zu haben, aber ein heimliches Schuldgefühl und Mitleid für den mißglückten Bruder wurde ich nicht los.

»Warum so traurig, schöner Fremdling«, sagte eine mir wohlvertraute, sanfte Stimme. Kühle Hände hielten mir von hinten die Augen zu. Schon war ich versucht, die Hände mir vom Gesicht zu reißen und den mir vor kurzem angetanen Schimpf gehörig heimzuzahlen. Mir? Ihm, meinem einstigen Ich. Ein wenig aber wollte ich meinen Triumph doch auskosten. Fides hielt mir noch immer die Augen zu, während sie mit dem kleinen Finger ganz sachte meine Wangen streichelte. Ich hatte ihre lieblosen Worte nicht vergessen und sie ohne weiteres bei ihrem Namen nennend, wiederholte ich, Edwins Stimme so gut ich's vermochte nachahmend, wortwörtlich, was sie mir vor wenigen Tagen gesagt hatte: »Ich würde mit diesem Gesicht keine Minute länger leben wollen.«

Fides ließ sogleich die Hände fahren und sah mich, da ich ihr mein Gesicht, Olifants Gesicht, lächelnd zuwandte – denn ich konnte ja jetzt lächeln und spürte selber mit Entzücken den Zauber, den es übte – mit so entsetzten Augen an, daß sie mir leid tat. Ich begriff auf einmal, wie sie aus dem Bewußtsein ihrer Schönheit das hatte sagen können.

Ich küßte sie. Ich hatte noch nie geküßt. Aber, o Wunder, ich konnte es.

Woher ich ihren Namen wisse, woher die schrecklichen Worte, die sie vor kurzem einem Elenden, so drückte sie sich aus, gesagt hätte.

Ich tat verständnislos. Ob ich ihn kenne? So wenig wie mich selbst, erwiderte ich. Allmählich beruhigte sie sich.

Wir liebten einander. Es war ein herrliches Fest. –

Im Karneval ist das Gesetz der Zeiten aufgehoben. Als ich gegen Morgen nach Hause ging, sah ich den Gott Apoll mit einem Chinesenmädchen vom Tanze dampfend in ein Auto steigen.

Erst als ich vor meiner Wohnungstür stand, wurde mir so recht klar, daß ich nicht mehr Edwin war und also nicht mehr zurückkehren konnte. Aber es verlockte mich doch, die Wirkung meiner Verwandlung zu erproben. Ich läutete.

Meine Hauswirtin öffnete. Sie erkannte mich nicht.

»Ich wollte nur fragen, ob ich zu Hause bin«, sagte ich harmlos.

Sie zeigte kein Verständnis für meinen Scherz. Ich sollte mich weiß Gott schämen, in einem solchen Aufzug in ein Trauerhaus zu kommen. Ihre Antwort konnte mich kaum überraschen.

»Doch nicht Edwin?«

Sie nickte. Er habe den Tod in den Wellen gesucht, erwiderte sie, und da sie wohl selber merken mußte, daß ihr das Unglück beim besten Willen nicht sonderlich naheging, fügte sie gefaßt hinzu: es sei wohl für ihn das beste. Er hatte so niemanden.

Er hatte niemanden. Ich wußte nur zu gut, daß ich auch kein angenehmer Mieter gewesen war. Es weinte ihm niemand eine Träne nach. Er wird schnell vergessen sein, als hätte er nie gelebt.

»Armer Edwin«, sagte ich. Nachdem ich mich noch nach Tag und Stunde der Beerdigung erkundigt hatte, verließ ich die Frau und meine ganze Habe. Denn ich konnte mich schließlich nicht gut selber beerben.

Ich ging zu Monsieur Chaufroid. Es war noch früh am Tage, und der Lehrling Hyazinth kehrte gerade den Laden. Er freute sich sichtlich, mich zu sehen.

»Was machen wir nun«, sagte ich, ohne weiteres annehmend, daß er wisse, in welcher Verlegenheit ich mich befand.

Wie ich nur so leichtsinnig hätte sein können, die Maske in den Kanal zu werfen. Sein Herr sei sehr böse auf mich. Er könne ja in die größten Ungelegenheiten kommen. Die Polizei sei schon dagewesen.

Es fehlte bloß, daß man mich unter dem Verdacht, Edwin beseitigt zu haben, verhaftete. Da stand ich nun, ich armer schöner Olifant, mit nichts als dem allerdings überaus kleidsamen Faschingskostüm auf dem Leibe, ohne Obdach, ohne Papiere.

»Mein Meister wird Ihnen helfen«, tröstete mich der gefällige Hyazinth.

Leider mußte ich mich entschließen, das schöne, bis auf die Schultern fallende Haar abschneiden zu lassen, und ich weiß nicht, wer darüber betrübter war, Hyazinth oder ich. Ich brauchte keine Angst zu haben, daß er mir zuviel wegnehmen würde.

Während er mir noch das Haar strählte, mit großer Zärtlichkeit und, wie mir vorkam, länger als nötig dabei verweilend, betrat der Meister den Laden und brachte mir die Papiere, die ich brauchte, wobei, ich ahne nicht, woher er es wußte, meines Vornamens Olifant nicht vergessen war.

»Sind Sie mir sehr böse, lieber Meister?« fragte ich ihn. Er sah mich nicht böse, sondern nur bekümmert an. Einen Augenblick schien es mir, als wolle er sprechen (und ich wollte, er hätte es getan), aber dann, meinen Dank fast unwillig abwehrend – »o nichts zu danken«, sagte er immer wieder, »wirklich nichts zu danken« – überließ er mich den Händen Hyazinths.

Es ist schon ein eigenes Gefühl, persönlich bei seiner Beerdigung zugegen zu sein. Wir waren nur zu dritt, meine frühere Hauswirtin, Hyazinth und ich. Ich weiß nicht, warum der Bub so herzbewegend weinte, daß mir selber ganz windelweich zumute wurde. Ich strich ihm begütigend übers Haar. Er sah zu mir auf mit dem rührend-vorwurfsvollen Ausdruck, wie ihn Kinder haben können, die unschuldig Strafe leiden. –

Was Monsieur Chaufroid mir hatte sagen wollen, – es dauerte lange, bis ich es selber inne wurde.

Einstweilen lebte ich frohgemut ›in Saus und Braus‹. Ich hatte ein märchenhaftes Glück in der Liebe, ich hatte Freunde, meine Unternehmungen nahmen den günstigsten Verlauf. Ich war, Edwins dankbar eingedenk, großherzig gegen die Mißglückten.

Allein ehe noch ein Jahr verging, fiel ein Schatten auf mein Glück.

Meine muntere Freundin Fides kam bei einem Schiffsunfall ums Leben. Sie war sehr entstellt. Nicht lange darauf ließ mich Chaufroid rufen, da Hyazinth nach mir verlange. Ich fand ihn sehr krank, und obwohl die Ärzte sehr zuversichtlich waren, stieg die Kälte von seinen Füßen zu seinem freundlichen Herzen. Was hast du, Tod, aus diesem Engel gemacht! Damals machte ich die Bekanntschaft Danielas, eines gar nicht hübschen, aber sehr klugen und sehr musikalischen Mädchens. Ich mochte sie sehr gern, obwohl ich sie nicht liebte, aber es war nicht daran zu zweifeln, daß sie mich über die Maßen liebgewann. Sie fiel alsbald in eine schwere Krankheit und schien es auch durchaus in der Ordnung zu finden. »Ich glaube«, sagte sie zu mir, wenige Tage vor ihrem Hinscheiden, »ich glaube, es ist ganz natürlich, daß, wer dich liebt, sterben muß. Wußtest du das nicht?« Wie klein war ihr Gesicht, wie groß ihre Augen und Ohren.

Nun zweifelte ich nicht mehr daran, was es für eine geheime Bewandtnis mit meiner Schönheit hatte.

Mein Gebet fiel mir ein, als ich noch Edwin war, da ich vor Gott auf den Knien gelegen und mir ein anderes Gesicht gewünscht hatte. Es muß wohl so sein, daß der Teufel auf der Lauer liegt und die Gebete der Unglücklichen abfängt, um sie ins Böse zu verkehren. Ich zog mich von den Freuden der Welt zurück und mied den Umgang mit Menschen.

Ich mußte freilich merken, daß es nicht in meiner Macht lag, mein Herz zu hüten, ja daß es mich immer wieder lockte, den Zauber wirken zu sehen, obwohl ich mit wissendem Grauen erkannte, daß ich zum Mörder derer wurde, die mich liebten, und daß sie in Jahresfrist unrettbar verloren waren, wenn ich sie nur ein wenig wiederzulieben begann.

Agathus, der freundlichste der Freunde unter den Menschen, war das nächste Opfer, ein überlegener Geist von ausgezeichneter Bildung und hoher Berufung. Ich wehrte mich lange, ich floh ihn. Ohne Abschied verließ ich die Stadt. Ich tat alles, um ihn zu vergessen und von ihm vergessen zu werden. Als ich ihn schon gerettet glaubte, begegnete ich ihm in Paris. Er war übrigens der erste, dem ich, sobald ich spürte, daß er anfing, mir zugetan zu werden, das tödliche Geheimnis des Bildes anvertraute, um ihn zu warnen. Es schien ihn nicht zu überraschen: »Ein Jahr also«, sagte er heiter, »ein geschenktes Jahr.« Es erschreckte ihn nicht im mindesten, es zu wissen. Er hatte einen bösen, schmerzhaften Tod.

Heute denke ich mir, ob es nicht am besten gewesen

wäre, mich darein zu schicken. Denn das einzige, was mich ein wenig zu trösten vermochte, war das Bewußtsein, daß meine Schönheit, wenn sie auch tödlich war, alle, die ihr einmal verfallen waren, unendlich glücklich machte.

Natürlich war ich längst zu Meister Chaufroid gegangen, um ihn zu bitten, Olifants Antlitz von mir zu nehmen und mir ein anderes zu geben, und wenn es das Edwins wäre. Aber er kannte die Gesetze der Magie zu gut, als daß er mir helfen konnte. Der boshafte Urheber des Fluches allein könne ihn von mir nehmen, nur wenn der ruhelose Geist, der den Zauber ersonnen habe, selber Friede fände, würde ich entsühnt. Wer ist der Urheber meiner Geschichte?

Also begann ich dem Schicksal jenes unbekannten Jünglings nachzuforschen, dessen Bildnis mir zum Unglück geworden war. Ich reiste nach Florenz, durchstöberte alle einschlägigen Archive, studierte die Familiengeschichte der damals lebenden Geschlechter, ob ich nicht irgendwo Olifant begegnete. Er hatte gelebt, war schön, Botticelli hatte ihn gemalt, aber sein wahrer Name, seine Lebensgeschichte, sein Tod blieben Gottes Geheimnis.

Eins jedoch schien mir sicher, er, der schöne Schwermütige, mußte ein fluchwürdiges Sakrileg, einen schnöden Verrat an der Liebe, an der ihm verliehenen süßen Gnade der Schönheit begangen haben. Er muß einem Menschen, der ihn liebte, so weh getan haben, daß er ihn verfluchte. Gott selber muß er beleidigt haben. –

Eines Tages, da ich schon in völliger Weltabgeschiedenheit lebte, nicht anders als damals, da ich noch der Mißglückte war, geschah es, Charis, daß ich Deiner ansichtig wurde. Ich tat alles, um Dir nimmer zu begegnen – oder glaubst Du, daß man verderben will, was man lieb hat, so wie ich Dich liebe? Denn ich liebe Dich.

Allein ich brachte es nicht über mich, Deine Nähe völlig zu meiden. Wenn Du mich auch nicht gesehen hast, ich habe Dich oft und lange, unbemerkt von Dir, betrachtet mit jenen traurig-holden, unschuldsvollen, todbringenden Blicken des verwunschenen Bildes.

Ich spielte mit dem verruchten Gedanken, dieses unselige Bild zu vernichten und sollte ich selber mit ihm zugrunde gehen, was mir sehr wahrscheinlich vorkam. Und – ein Loch ins Wasser machen – irgend etwas hält mich davon ab, als müsse die Entzauberung diesseits sich vollziehen und Olifant endlich seinen Frieden finden. Ich stelle es Dir anheim, liebste Charis. Wenn Du mich rufst: Ich komme.

Der Deinste

W....., den..... 19.. Olifant

Was denken sich diese jungen Leute eigentlich. Mir meine Nachtruhe zu nehmen. Ich glaube nicht, daß das meinem alten Herzen gut tut, fast die ganze Nacht aufzubleiben, zu lesen und so viele der kleinen reinigenden Brandopfer zu entzünden. Und dabei ist die Geschichte noch nicht einmal zu Ende. Übrigens dein Puls gefällt mir gar nicht, Alter. Ich verordne dir Bettruhe.

Aber der Schlaf, mein sanfter Freund, will nicht kommen. Die Magie des Bildes hat auch meine Sinne behext. An einer Stelle in Olifants Geschichte sehe ich einen Fingerzeig zu einer für die Liebenden glücklichen Lösung. Wenn nämlich die unruhige Seele des Urhebers Frieden fände.

Endlich war ich eingeschlafen. Als ich erwachte, saß Olifant an meinem Bett. »Charis geht es besser«, berichtete er. »Glauben Sie, daß sie ganz gesund werden wird?«

Woher kam mir plötzlich die Gewißheit? »Sei getrost, schöner Olifant«, antwortete ich, mein Gesicht verhüllend nach Art des Sokrates, als er mit Phaidros sprach, damals bei der Plantane am Illissos. »Sei getrost, Charis wird genesen. Ich weiß es. Die sternenstille Nacht hat es mir eingegeben.«

Ob er wiederkommen dürfe, fragte er mit einem Lächeln, und ich begriff gut, daß es todbringend sein konnte. Als junger Mensch würde ich ihn um seine Freundschaft ersucht haben.

Ich spielte den ganzen Tag mit meinem elfenbeinernen Schreibtischgefährten und dem Magnetbaukasten.

Bettruhe. Müdes Wetter mit Magnetbaukasten. Ich habe ein abstraktes Bildnis aus Kügelchen, Stäbchen und alten Grammophonnadeln gebaut. Ich finde es recht ähnlich. Glaube mir, Olifant, auch ich habe nicht das Gesicht, das ich haben möchte.

Tante Afra soll sehr stolz sein, Charis durchgebracht zu haben.

Noch immer Bettruhe. Ich glaube, ich glaube! Schade. Es fällt mir gerade jetzt so viel ein, was ich alles noch schreiben möchte. Eine Komödie, die ›Der gläserne Storch‹ heißen soll, und eine Erzählung: ›Der Kartoffelroman‹. Sic ubi fata vocant, concinit albus olor!

Charis und Olifant. Zu dritt mit dem Magnetbaukasten gespielt. Sie haben mir eine Uhr geschenkt, auf den Schreibtisch zu stellen. Der Besuch hat mich sehr angestrengt.

Ich liebe. So ›alt und weise‹ ich bin, ich liebe, einmal noch und vermutlich zum unwiderruflich letzten Male. Aber es ist diesmal kein Mensch. Es ist eine Uhr! Sie wohnt in einem Gehäuse aus rotem Leder. Es ist eine in eine Uhr verzauberte Prinzessin. Ihre Gedanken sind die Zeit. Das Werk ist ihr Herz. Sie hat eine ungemein wohllautende, zärtliche, glockenreine Stimme. Sie ›repetiert‹, es ist ihre Liebeserklärung an mich. Sie repetiert, wenn man auf einen Knopf ihr zu Häupten drückt. Ach, wenn wir nur auch so einen Knopf hätten! Manchmal will sie nicht. Es ist sehr komisch, weil man so darauf wartet. Wie aber, wenn das Werk, wenn ihr Herz abgelaufen ist. Es ist dann nicht zu Ende, wie bei uns. Immer wieder lasse ich ihre Liebeserklärung repetieren.

Bettruhe. Olifant allein. Er meinte, ich sähe so verjüngt aus. Ich antwortete: Spiegelung. Ob ich seine Geschichte so nenne? Oder: ›Das geschenkte Jahr‹? Oder: ›Der Mißglückte‹? Mit dem Untertitel: ›Aus den nachgelassenen Papieren...‹

Mythologischer Einfall: Aphrodite verwandelt einen Dichter, der sie besang, aber kein Glück in der Liebe hatte, in ein Liebespaar.

Sterbensmüde. Nachts von einer Watteuhr geträumt, die lautlos ging. Auf der Platane vor meinem Fenster hockt eine Krähe, regungslos. Ich mache mir nichts vor. Ich glaube, auch Olifant weiß es. Es geht zu Ende. Morgen vielleicht.

Es ist vorbei mit dem Magnetbaukasten-Spielen. Ein unendliches Wohlgefühl ergreift mich.....

D. M. S.

DER DELPHIN

Heute bedarf's der kleinsten Reise
zum vollgültigen Beweise,
daß wir mehr als Fische sind.

Faust II

»Ich sammle Kellner«, sagte der mitteilsame Fremde, der sich unaufgefordert zu mir an den Tisch gesetzt hatte, »ich sammle sie mit Leidenschaft wie andere Leute Fayencen, Hinterglasbilder oder Geigenschnecken, was ich freilich immer als barbarisch empfunden habe. Denn sie sägen dazu doch wahrhaftig mir nichts dir nichts den herrlichsten Instrumenten den Hals ab und hängen die Schnecken in Glasschränken auf wie Skalps. Denn nur um sie ist es ihnen zu tun. Ich meinesteiles sammle Kellner. Es sind sehr merkwürdige Menschen, obwohl, wie schließlich in jedem Beruf, ausgemachte Spitzbuben darunter sind. Ich kenne den Wiener Kellner so gut wie den Pariser, den von San Franzisko so gut wie den in Kapstadt oder Peking mit ihren landesüblichen Eigenheiten, aber, wo auch immer in der weiten Welt ich ihnen begegnete, alle waren unverwechselbar Kellner, ich meine, sie bilden innerhalb der Menschheit, ob sie nun weiß, gelb oder schwarz seien, eine besondere Gattung, eine Art Orden wie die Davidsbündler oder Rosenkreuzer. Ich traf unter ihnen wahre Meister ihres Faches, Tänzernaturen, denen zuzusehen allein schon einen künstlerischen Genuß bereitet, Menschenkenner von hohen Graden und bedeutende Philosophen, wenn Sie wollen, auch Dichter. Machen Sie einmal den Versuch, Ihre Freunde oder bekannte Persönlichkeiten sich als Kellner vorzustellen. Das ist sehr lustig und aufschlußreich. Ich wurde nicht müde, mir von dem kleinen buckligen Kellner in Wien die Speisekarte erklären zu lassen. Er wußte mit Worten die einzelnen Gerichte vor meinen

Augen köstlich zuzubereiten, er besang sie, und was der Schenke in Perugia mir vom Wein erzählte, das kann ich nur als orphisch bezeichnen. Einen anderen traf ich in Kairo, der war ein Zauberer. Er setzte eine Terrine auf den Tisch und ließ mich wünschen, was darinnen sein sollte. Ich riet aufs Geratewohl: ›Schneehuhn mit Champignons in Burgundersoße‹. Er nahm seine Serviette – ich glaube, die Serviette ist die materialisierte Seele des Kellners –, deckte sie darüber, murmelte Hokuspokus und hob den Deckel auf. Es war Schneehuhn! Aber die Zierde meiner Sammlung, eine meiner frühesten Erwerbungen übrigens, fand ich auf der Insel Anthos. Hören Sie zu. Ich schenke Ihnen die Geschichte. Aber: ein Drittel Wein, ein Drittel Tabak, ein Drittel Phantasie, das ist mein Rezept.«

Also ließ ich ihm ein Glas bringen, schenkte ein und schob ihm meine Zigaretten hin. Denn ich hatte, noch ehe der Ober, einer von der tänzerischen Art übrigens, mit einem vielsagenden, warnenden Blick über die Natur meines Gastes mich ins Bild gesetzt hatte, erraten, daß der Fremde von seinen Geschichten lebte. Ein hartes Brot fürwahr. Denn nicht immer mochte er ein so williges Ohr finden wie bei mir, obwohl er durch lange Übung einen Blick dafür gewonnen hatte, wem er sich zumuten dürfe. Sonst hätte er sich ganz gewiß nicht zu mir gesetzt.

Mir fiel damals gerade wieder mal gar nichts ein, so daß ich froh sein mußte, wenn mir jemand eine Geschichte schenkte. Man wird sich fragen, warum der wandernde Rhapsode sie nicht selber zu Papier brachte. Aber das war eben sein Verhängnis, daß er es nicht vermochte. Er erfand sie im Augenblick und hatte, wenn er begann, wahrscheinlich noch keine Ahnung, wie sie enden werde. Ich bedeutete dem besorgten Ober, daß ich im Bilde sei und daß es mir nicht darauf ankommen sollte, ein wenig gerupft zu werden. Denn mein Gegenüber, das sah man ihm an, war ein durstiger Erzähler. Er brauchte den Wein, um fabulieren zu können, und mußte fabulieren, um zu seinem Wein zu kommen.

»Also, hören Sie zu«, begann er, nachdem er die Flasche behutsam mit beiden Händen zum Licht gehoben, die Legende auf der Etikette mit Jahrgang und Wachstum kennerisch betrachtet, ihr zugenickt und mit einem prüfenden Schluck die Lippen gefeuchtet hatte, »von Anthos will ich erzählen, der blonden kleinen Insel, der göttlichen, von der dort zu Lande die Sage geht, sie sei vom Monde gefallen – man könnte es wahrhaftig meinen, daß sie nicht von dieser Erde sei – und von dem kummervollen Kellner Apollo und von der merkwürdigen Sache mit dem Fisch.«

»Apollo«, unterbrach ihn ich ungläubig, um ihm anzudeuten, daß ich wohl merkte, wie bedenkenlos er in der Wahl seiner Namen sei, »hieß er wirklich so?«

»Doch, doch«, beharrte der Fremde leicht verstimmt, »ich kann's nicht ändern, er hieß tatsächlich Apollo, obwohl er durchaus nichts an sich hatte von dem lichten, leuchtenden Musageten, dem heilenden, reinigenden, delphinischen Gott. Er glich vielmehr dem unglücklichen Marsyas, wenn er auch kein Flötenspieler war, kein Künstler jedenfalls wie jener, der sich vermaß, mit einer Gottheit in musikalischen Wettstreit zu treten. Welch ein Unrecht! Ich meine von dem Gott der Leier, daß er darauf einging. Welche Göttergrausamkeit! Mein Mitgefühl stand immer auf des armen, geschundenen Marsyas' Seite, des großen Künstlers. Ist es Ihnen schon aufgefallen, daß viele Künstler und Weise sein Antlitz tragen, daß sie Satyrgesichter haben wie Sokrates oder Verlaine? Der Kellner von Anthos glich einem Satyr. Sie kennen den Marsyas des Myron, so etwa sah er aus, oder aber wie der tote Zentaur auf der Schale in München. Ich werde sein Gesicht nie vergessen.

Die Insel mit dem reizenden Städtchen gleichen Namens kannte dazumal kein Mensch, als ich sie zum ersten Male besuchte aus purer Neugier. Denn ich war jung und hatte es mir in den Kopf gesetzt, die ganze Welt sehen zu müssen. Heute weiß ich, daß das gar nicht nötig ist. Es genügt, an einer Ecke des Lebens zu stehen, wenn man sich nur Zeit läßt und nicht ungeduldig wird. Ungeduld ist ein gefährliches Laster. Die Welt kommt ganz von selbst zu einem, ob man will oder nicht. In meines Großvaters Haus (er hatte die Gegend nie verlassen und konnte weder lesen noch schreiben) saß eines Tages Goethe am Tische, von einem Ritte rastend, und auch Napoleon kam mit seinem Schlitten vorüber von Rußland. Ein Bekannter von mir, auch ein Kellner übrigens, ein lieber, geduldiger Mensch, ist aus seinem idyllischen Heimatort im Thüringer Wald nie herausgekommen und wurde daselbst am hellichten Tage von einem Berberlöwen gefressen, der aus einer wandernden Menagerie ausgebrochen war. Doch das ist eine andere Geschichte.«

Mein Erzähler schien von dem schauerlichen Ereignis ehrlich bewegt, obwohl er es doch eben erst erfunden hatte. Er spülte die traurige Erinnerung mit einem Schluck Wein hinunter. Ich meinesteils hatte ihn jedoch in hinreichendem Verdacht, daß er selber auch nicht viel weiter in der Welt herumgekommen war als sein beklagenswerter Freund, obwohl er es mich glauben machen wollte. Auch zeigte er eine unausstehliche Sucht, sein akademisches Wissen an den Mann zu bringen.

»Wo war ich bloß stehengeblieben?« fuhr er fort, nachdem er sich über die Augen gewischt, »Insel, Meer, Kellner Apollo, ganz recht! Wie kam ich dorthin? Ich bereiste damals als Berichterstatter der ›Frankfurter Zeitung‹ den Süden und hatte zufällig in der Bahn ein seltsames Gerücht gehört, eine unwahrscheinliche Geschichte, so unglaubwürdig, daß ich mir sofort sagte: da mußt du hin.

In der Bucht von Anthos, sagten meine Gewährsleute, wo die jungen Burschen der Insel zu baden pflegen, gibt es Delphine, die, wie Sie wissen werden, sehr kluge, gesellige, zärtlich verspielte Tiere sind. Einer von ihnen nun habe sich nach anfänglicher Scheu mit einem beherzten Jüngling namens Chorillo – der Name ist spanisch und bedeutet Wasserstrählchen – so befreundet, sei alsbald so zutraulich geworden, daß er den ungleichen Gespielen auf seinem Rücken reiten lasse und ihn durch die Brandung trage. Er komme auf Chorillos Ruf hurtig herbeigeschwommen. Denn: er ist neugierig wie ein Fisch, Faust Zwo. ›Simo, Simo‹, muß man rufen, darauf hören die Delphine, wenn man dem Plinius glauben darf, bei dem Sie einen ähnlichen Bericht nachlesen können.

Der Delphin, sagten die Leute in der Bahn, bringe seinen Freund sogar auf dem Wasserwege zu den Fischerdörfern ringsum, seinen Dienstgang abzukürzen; denn Chorillo ist der Postbote von Anthos.

Dies also hörte ich, aber ich glaubte natürlich kein Wort von der Geschichte, obwohl die Leute das anmutige Schauspiel mit eigenen Augen vom Dampfer aus gesehen haben wollten. Entweder, so sagte ich mir, hat ein Spaßvogel das Märchen des jüngeren Plinius aufgewärmt, was in den Hundstagen zuweilen vorkommt, wie die berühmte Seeschlange zeigt, oder Chorillo ritt auf einem Balken oder einem Gummidelphin, wie man sie überall in den Seebädern kaufen kann. Genug, ich beschloß, der Sache an Ort und Stelle nachzugehen.

Die Insel Anthos ist mit dem besagten Dampfer zu erreichen, der bei Bedarf einmal in der Woche vor der Bucht vor Anker geht. Natürlich hielt ich während der Fahrt fleißig Ausschau.«

›Nun‹, dachte ich bei mir, während der Erzähler sich neu einschenkte, ›nun wird gleich das Wort: Reling kommen‹, denn er erging sich in den ausgefahrenen Gleisen der Sprache. Wirklich es kam!

»Ich lehnte mich über die Reling. Die Delphine stimmten jedenfalls, die sich aus Meereswogen, so scheint es, in Tiere verwandelt haben. Sie begleiteten unser Schiff. Es war das übliche kurzweilige Bild, an dem man sich freilich nicht sattsehen kann. Aber der Delphin-Reiter war nicht dabei.

Ein Boot mit zwei großen Augen am Bug, wie man sie auf griechischen Augenschalen findet, brachte mich an Land zu dem einzigen Hotel am Platze, denn Hotel nennt sich im Süden jede elende Herberge. Allein das Hotelchen in Anthos (ich habe seinen Namen vergessen, und er tut auch nichts zur Sache) sah ganz vertrauenerweckend aus, hatte eine bezaubernde Lage und vom Fenster meines bescheidenen Zimmers, das mir der satyrgesichtige Kellner Apollo anwies, konnte ich die ganze Bucht überschauen, den orangefarbenen Strand mit den an Land gezogenen bunten Fischerbooten und die den Hafen umarmenden Höhen. Die Vorgebirge glichen den Häuptern gewaltiger Löwen, die sich zur Tränke lagern.«

Die poetische Gedankenverbindung gab meinem Gast willkommene Gelegenheit, selbst zu trinken, ehe er fortfuhr.

»Sie zweifelten vorhin an dem Namen Apollo. Ich hatte einmal einen schwarzen Diener, der sogar Jupiter hieß. Der Kellner Apollo begegnete mir anfangs mit unverhohlenem Mißtrauen, er war bildhäßlich von Angesicht, eine Herausforderung an alle Schönheit, ihr tragischer Kontrapunkt sozusagen. Man konnte erschrecken, panisch erschrecken, wenn er einen so ansah, mit seinen schrägstehenden, bernsteinfarbenen Ziegenaugen und der aufgeschnupften Nase. Denn auch sie schien einen anzustaunen aus runden Nüstern. Sein Mund, wenn man es als Mund bezeichnen darf, war groß und wulstig, gleichsam ein Urmund, groß seine Ohren, hinter deren einem der abgekaute Stummel eines Bleistiftes stak. Er hatte dazu eine zarte rosige Haut, die dem Gesicht etwas Nacktes, leicht Verwundbares gab, und das rötliche, dünne, feuchte Haar hing ihm schlaff in die kummervolle Stirn. Wehe diesem Armen, wenn er je Liebe empfand. Denn ihn zu lieben, wer hätte es vermocht? Seine Gestalt wirkte verwachsen, er hinkte ein wenig. Sie werden verstehen, daß er sofort meine Sammelleidenschaft erregte.

Ich setzte mich, vorsorglich mit Fernglas und Fotoapparat bewaffnet, auf die Terrasse vor das Hotel auf einen der üblichen weißen Metallstühle an einen runden Tisch mit der ebenfalls in den Cafés der ganzen Welt gebräuchlichen weißen Marmorplatte, bestellte mir Wein und genoß die Aussicht, das rot-weiße Sonnensegel über mir.

Apollo, die Serviette – seine Seele – unter die Achselhöhle geklemmt, brachte das Gewünschte. Seine Serviette hatte er immer bei sich. Über den Arm gelegt, über die Schulter geworfen, in die Tasche gesteckt, daraus ihre Zipfel hervorhingen oder in den Schürzenlatz geschoben. Ich glaube, er hatte sie nachts unter dem Kopfkissen und schlief mit ihr. Er trug eine weiße Schürze und ein nachtfarbenes Lüsterjäckchen darüber.

Meine Anwesenheit schien ihn zu beunruhigen.

›Sie kommen wegen des Fisches, mein Herr‹, fragte er ganz nebenbei, während er auf meinen Wunsch aus der blauen Siphonflasche einen Strahl Sodawasser in meinen Wein zischen ließ.

›Ein Delphin ist kein Fisch‹, antwortete ich.

›Ganz recht. – Vom Festland?‹

›Ja. Man hat dort davon gehört.‹

Apollo machte eine bedauernde Handbewegung.

›Polizei?‹

›Nicht ganz. Zeitung.‹

›Oh‹, sagte Apollo abschätzig, ›Sie sind Journalist?‹

›Erschreckt Sie das?‹

›Offen gestanden, ja. Wenn es keine Journalisten gäbe, wäre weniger Unglück in der Welt.‹

›Sie verwechseln Ursache und Wirkung, mein Bester. Es ereignet sich etwas irgendwo, und wir schreiben darüber. Das ist alles.‹

Apollo bedachte sich einen Augenblick, indem er seine Serviette ansah, die in seinen Händen wirklich einem beseelten Wesen glich.

›Verzeihung‹, sagte er dann, ›aber haben Sie noch nicht

bemerkt, daß, sobald irgendwo ein Journalist erscheint, ein Unglück passiert. Ich übertreibe.‹

›Sie überschätzen uns‹, warf ich ein, während ich ihn zum Sitzen einlud.

›Danke, mein Herr, ich sitze nie. Sie sind von Berufs wegen darauf erpicht, den Lesern Ihres Blattes etwas Interessantes berichten zu können. Sie rechnen mit der Eitelkeit des Unglücks. Sie kitzeln es. Es gefällt sich in seiner Rolle. Es will beachtet sein und liefert Ihnen bereitwillig Stoff.‹

Sein gescheites Gesicht nahm einen flehenden Ausdruck an.

›Lassen Sie uns doch hier in Frieden. Ich bitte Sie darum.‹

›Aber, lieber Freund, ich kann doch schließlich nichts dafür, wenn auf dieser schönen Insel, in dieser herrlichen Bucht sich so erstaunliche Dinge begeben. Ich glaube nebenbei kein Wort davon, ehe ich es nicht mit meinen eigenen Augen gesehen habe.‹

›Das ist es ja‹, jammerte der Kellner. ›Würden Sie es einfach glauben, es hinnehmen, dann kämen Sie gar nicht auf den Gedanken, hierher zu kommen. Es geht Sie doch eigentlich gar nichts an.‹

›Aber, erlauben Sie‹, erwiderte ich und suchte mit meinem Fernglas die Bucht ab, ›es ist doch schließlich nichts Alltägliches, wenn man sich erzählt, daß ein Delphin – kein Fisch übrigens, ein Warmblütler, er bringt lebendige Junge zur Welt – ich meine, wenn ein Delphin innige Freundschaft mit einem jungen Manne schließt, auf seinen Ruf an den Strand geschwommen kommt, ganz zahm, gefügig wie ein Hund, und den Jüngling auf seinen Rücken nimmt, nur ihn, wie man behauptet.‹

›Nur ihn‹, sagte der Kellner und nickte.

Ich muß hier erwähnen, daß unser Gespräch nicht fortlaufend geführt wurde. Apollo hatte zu tun. Er bediente noch andere Gäste, Einheimische, die drinnen im kühlen Hause ihren schwarzen Wein tranken, nicht in der Sonne wie ich, der Fremdling. Aber er kam zwischendurch immer wieder zu mir. Ich ließ nicht locker.

›Eine reizende Erfindung ohne Zweifel, aber ich glaube es nicht.‹

›Sie scheinen wenig Phantasie zu haben‹, erwiderte Apollo, der es offenbar darauf anzulegen schien, mich zu kränken.

›Dachte ich's doch! es ist also ein Märchen. Unser Delphin ist eine Ente. Bitte zahlen!‹

Apollo nahm überhaupt keine Notiz von meinem Wunsch. Wieder beschäftigte er sich angelegentlich mit seiner Serviette, die er krüppelte, an der er zupfte und ihr allerlei faltige Gestalten gab, daß sie wirklich einem lebenden Wesen glich, bald einer Möwe, bald einer Blume oder einem Engel oder einem Fisch. Was er dann sagte, war sehr merkwürdig. Es hatte eigentlich nichts mit dem Delphin zu tun, so dachte ich wenigstens.

›Die Wissenschaft behauptet‹, brachte er zögernd vor, ›sie hat es einwandfrei nachgewiesen, so widernünftig es auch erscheint, daß gewisse kleinste Körper die Eigenschaft besitzen, gleichzeitig an verschiedenen Orten im Raum zu sein.‹

›Ganz recht. Sie tun es eben‹, erwiderte ich.

›Ich glaube es nicht, ehe ich es nicht mit eigenen Augen gesehen habe. Sie, mein Herr, haben es gesehen?‹

›Nein. Natürlich nicht.‹

›Aber Sie glauben es?‹

›Natürlich ja.‹

›Natürlich!‹

Ich hatte keine Ahnung, wo er hinaus wollte. Zudem fesselte jetzt etwas anderes meine Aufmerksamkeit. Ein Mädchen hatte den Schauplatz betreten, eine Hirtin mit ihren Ziegen. Sie warf mir einen scheuen, feindseligen Blick zu und blickte sich suchend um. Dann setzte sie sich auf die Mauer gegen das Meer und wartete. Sie trug eine gelbe Bluse, sie hatte etwas von einer Zigarrenschachtelbilderschönheit.

›Chorillo ist nicht hier, Moira‹, bemerkte Apollo nebenhin.

›Nicht hier?‹ sagte Moira traurig.

›Du siehst es doch‹, antwortete Apollo gereizt. ›Vielleicht ist er im Wasser.‹

›Im Wasser?‹ Sie sprang erregt auf und stand nun auf der Mauer, mit der Hand die Augen beschattend, und schaute auf die Bucht. Zur gleichen Zeit vernahm ich einen klagenden Ruf nicht von Menschenmund, sondern von einem sehnsüchtigen Tier. Auch ich war aufgestanden.

›Hörst du es?‹ sagte Apollo, ›da ist er wieder.‹

›Der Fisch‹, flüsterte Moira schaudernd.

Also doch. Wahrhaftig, er war es. Ich konnte ihn mit bloßen Augen erkennen, auch das Wasserstrählchen über seiner Schnauze. Er schwamm ganz nahe am Strand auf und ab, unruhig schnaubend hin und her. Die Schwanzflosse tauchte auf für einen Augenblick wie die Mondsichel aus den schäumenden Wolken der Wogen.

›Nein, sehen Sie bloß einmal an‹, sagte ich voller Entzücken zu dem Mädchen.

›Ich will ihn gar nicht sehen‹, stieß es giftig hervor. Es zitterte am ganzen Leibe vor Zorn und Leidenschaft.

Der nasse Rücken des Delphins glänzte wie nachtblaue Seide, sein Bauch schimmerte silberweiß, wie die Samenscheide der Mondviole mit einem Hauch von Rosa. Welch ein herrliches, welch ein klassisches Tier!« unterbrach sich mein Gast. »Eine echt griechische Erfindung möchte man sagen, aber es ist natürlich umgekehrt. Betrachten Sie diese Muschel. Es ist die gemeine Herzmuschel. Ich trage immer eine mit mir. Sie ist das Sinnbild des Meeres, die Quintessenz des Wellenschlages. Aus dieser Form hat sich die griechische Kunst entwickelt. Griechenland! denkt man unwillkürlich, nicht wahr? Oder hier, der Delphin auf der Münze. Welch ein Geld! Welche Würde des Geldes – das Wort stammt nicht von mir –, welch ein Volk, das solche Münzen hatte! Sie trugen sie im Mund, wenn sie zum Markte gingen! Und wir? Doch ich schweife ab.

›Ist es derjenige welcher?‹ fragte ich den Kellner.

›Derjenige welcher‹, antwortete Apollo wie im Traume. Er hatte die Serviette in den Brustlatz seiner weißen Schürze geschoben und stand, die Hände hinter seinem Lüsterjäckchen verschränkt, anscheinend ganz unbeteiligt in den Hoteleingang gelehnt.

Währenddem kam ein junger Bursche von höchstens siebzehn Jahren munter des Weges geschritten, nur in Hose und Hemd, die schwarze Ledertasche mit dem silbernen Posthörnlein, das einer Brezel glich, lässig umgehängt, die Amtsmütze flott ins wirre Haar gesetzt. Übers ganze Gesicht, ja mit dem ganzen Körper lachend, kam er dahergeschlendert, ab und zu in eine pralle, dunkle Traube beißend, daß ihm der Saft von den Lippen troff, Häute und Kerne über die Schulter spuckend.

Moira saß wieder auf der Mauer, zusammengekauert. Sie spielte, als beachte sie ihn nicht, mit ihrem offenen Haar und sah nach ihren Ziegen.

›Der tägliche Brief‹, sagte Chorillo, ›und immer die gleiche Schrift.‹ Er befühlte ihn und hielt ihn gegen die Sonne.

›Und stets nur ein leerer Umschlag.‹

Er warf ihn dem Mädchen zu. Sie fing ihn auf und zerriß ihn, ohne ihn zu öffnen, in kleine Stücke.

Ich durchschaute den Vorgang. Ich kannte einmal in Prag ein Mädchen, das schrieb sich selber Briefe, schickte sich Blumen und Pralinen ins Haus, damit man denken sollte, sie hätte einen Freund. Und am Ende heiratete sie den Postboten.

So sehr ich es Moira nachfühlen konnte, daß sie in den Burschen vernarrt war, so wenig wollte es mir gefallen, daß er sie so unzart vor uns bloßstellte.

›Wie geht's, alte Fratze‹, wandte sich Chorillo nun an den Kellner, ›wie häßlich du doch bist, beinah zum Verlieben häßlich.‹

›Chorillo, horch‹, sagte Apollo, ohne seine Haltung zu verändern.

Wieder hörte ich den klagenden, sehnsüchtigen Ton vom Meere her. Der Delphin brauste noch immer den Strand entlang, wendete, sich überschlagend, daß man den weißen Bauch mit dem zart rosa Schimmer sah, und noch immer stieß er den Strahl zwischen den klugen Augen hervor.

Chorillo lauschte und sah nach dem Meer wie verzaubert. Dann rief er durch die Muschel seiner Hände, langgezogen: ›Siiimo, Simo, ich komme.‹

›Geh nicht baden, Chorillo‹, bat Moira, ›heute nicht! Mir zuliebe!‹

›Laß ihn doch, schöne Hirtin‹, warf ich ein, ›schau, ich bin eigens von weither gekommen, um es zu sehen. Es wäre doch schade, wenn ich umsonst...‹

›Da hörst du es‹, sagte Chorillo unwirsch, ›ich muß ja nun wohl. Ehrenhalber.‹

›Der Herr glaubt nur, was er sieht‹, murmelte anzüglich Apollo. ›Und ich sehe nur, was ich glaube‹, antwortete Chorillo wieder lachend, nahm seine Postmütze ab und setzte sie dem Kellner auf, der sehr lächerlich damit aussah, hängte ihm auch die Tasche mit dem Hörnlein um, als wäre er ein Kleiderständer. Apollo ließ sich's gleichmütig gefallen. Aber ehe Chorillo sich zum Gehen wandte, nahm der Kellner rasch die Siphonflasche vom Tisch und spritzte dem Burschen einen Strahl ins Gesicht. Der machte ihm eine lange Nase und lief hurtig zum Strand. Im Laufen schon begann er sich seiner Kleider zu entledigen.

›Chorillo‹, rief ihm das Mädchen drohend nach, ›du wirst dich noch erkälten, du wirst dir dabei noch den Tod holen, hörst du, den Tod! Ganz bestimmt!‹

Sie wünschte es so sehr nicht, daß es fast klang, als wünsche sie es ihm.

›Halt den Mund, du Hexe‹, herrschte Apollo sie an, schneeweiß im Gesicht, ›scher dich zum Teufel.‹

Er ging ins Haus, Chorillos Sachen zu verwahren. Der aber plätscherte gerade ins Wasser. Aufjauchzend warf er sich in die Brandung.

›Simo‹, rief er, ›komm, da bin ich, fang mich!‹

Der Fisch, will sagen der Delphin, rauschte heran. Ich nahm meine Kamera und rannte zur Bucht hinunter, wo inzwischen sich noch andere Burschen eingefunden hatten. Oh, es war wunderbar. Ich verknipste einen ganzen Film. Simo schlug vor Freude förmlich Purzelbäume um Chorillo, er lockte ihn mit Äolsharfentönen, lustig quirlte das Strählchen vor seiner gewölbten Stirn. Dann tauchte er unter dem Jüngling weg und hob ihn empor. Nun ritt er durch die Wogen. Sie scherzten miteinander.

Ich sah mich nach Moira um. Sie saß mit angezogenen Knien, das Kinn auf die Fäuste gestützt, auf eine Strähne ihres Haares beißend und schaute nach ihrem braunen Geliebten, Unheil im Blick, totenblaß. Der Kellner Apollo stand hinter ihr, vorgeneigt, seine Serviette wringend.

Nun zischte der Delphin seinem Reiter einen Strahl mitten ins Gesicht. Der Fisch lachte. Ich lüge nicht. Es sah wirklich so aus. Er lachte übermütig wie ein Mensch.

Auch der Kellner lachte von Herzen. Er bog sich vor Vergnügen und drückte die Serviette vor den Mund. Sein runder Rücken schütterte. Dann schob er das Tuch in den Schürzenbund, machte ein paar Schritte zurück, die Arme gekrümmt mit gehobenen Ellenbogen, er tanzte, ein grotesker Anblick fürwahr, täppisch, serviettengeschwänzt, satyrhaft.

Moira war wütend. Sie stand nun wieder und stampfte heftig mit dem Fuß auf. Sie drohte mit geballter Faust nach dem Meere.

Wenn ich eben sagte, der Delphin lachte wie ein Mensch, so blieb er doch in allem ein Tier. Doch sagt man, daß ja auch die Menschen von Fischen abstammen. Beim Embryo sind die Kiemenspalten noch nachweisbar.

Chorillo und der Delphin waren inzwischen hinter der Düne verschwunden, die der Bucht vorgelagert ist. Ich trat zu Apollo, der wieder zur Terrasse zurückgekehrt war, der Gäste im Hause wegen. Er sagte bitter: ›Sie werden nun darüber in Ihrer Zeitung schreiben, und alle Menschen werden es lesen und werden es nicht glauben, ehe sie es mit eigenen Augen gesehen haben. Sie werden in Scharen auf die Insel kommen.‹

›Ich bringe ja die Bilder.‹

›Ach, es gibt ja bekanntlich Gummitiere zum Aufblasen. Sehr naturgetreu, mit schwarzem Rücken und weißem Bauch.‹ Er berührte obenhin Röckchen und Schürze.

Ich war noch ganz aufgeregt von dem anmutigen Schauspiel in der Bucht und lobte es laut.

›Ich bitte Sie, lieber Herr‹, meinte Apollo finster, ›schreiben Sie nichts davon in der Zeitung. Wenn es nicht wahr gewesen wäre, hätten Sie doch auch nichts berichten können, ich bitte Sie!‹

Er hob die Hände mit der Serviette zu einer rührenden Gebärde. Er hatte Tränen in den Augen.

Man könnte doch, versetzte ich, gerade aus einer Nichtwahrheit eine sehr hübsche Glosse machen.

Nun kam der Delphin mit Chorillo an Bord wieder hinter der Insel hervor, die sie unseren Blicken für eine Weile entzogen hatte. Sie waren sichtlich des Spieles müde geworden und sahen abgekämpft aus. Ganz langsam schwamm der Delphin. Chorillo vornübergesunken umschlief ihn. Der Fisch trug ihn behutsam an Land. Chorillo stieg ab. Er streichelte die Flanken des Tieres wie ein Reiter sein Pferd. Auf dem Wege zu uns durch die Brandung plätschernd, wandte er sich noch oft nach dem Freunde um und winkte ihm zum Abschied. Simo, das Wasser mit der mondförmigen Schwanzflosse peitschend, entfernte sich in großen Schleifen dem offenen Meere zu.

Es war vorüber, so bildete ich mir wenigstens ein.

Froh gelaunt und unbefangen, wenn auch etwas weniger lebhaft als vorher und leicht fröstelnd von dem langen Bad, trat der Postjunge von Anthos zu uns auf die Terrasse des Hotels, um Mütze und Tasche zu holen. Apollo, die Serviette im Brustlatz, humpelte diensteifrig mit den Sachen herbei, aber es ritt ihn der Teufel, denn er begann nun den Burschen zu narren, er hielt ihm freundlich die Mütze hin, zog sie aber, als der arglos danach griff, zurück und lief damit um den Tisch herum davon, unbeholfen wie er war. Chorillo tat mit. Er wußte, wie er den Kellner am besten ärgern konnte. Er entriß ihm mit raschem Griff das Tuch, die Seele riß er ihm gleichsam aus dem Herzen, ließ es vor Apollos Nase flattern, der aufgeschnupften, und trotzte seinerseits dem alten Kindskopf.

Mit verzerrtem Gesicht schaute Moira zu. Ich hatte Apollo nicht soviel Behendigkeit zugetraut. Er erhaschte Chorillo, dem es gerade noch gelang, die Serviette zwischen die lachenden Zähne zu nehmen. Apollo aber war nun am Ende seiner Kraft, er mußte arg schnaufen. Er mußte sich setzen. Er legte die Hand auf sein Herz.

›Ätsch‹, machte Chorillo und warf ihm die Serviette zu, während er ihm die Zunge herausstreckte.

In diesem Augenblick sprang Moira dazwischen, fing das Tuch aus der Luft und riß es, wie ein Blitz die Wolke, mitten entzwei.

›Seid verflucht‹, schrie sie, die Hände krallend, als wollte sie ihnen die Augen auskratzen, ›seid verflucht, dreimal verflucht!‹ Dabei warf sie jedbeiden einen Fetzen vor die Füße.

Jetzt war es Zeit, daß ich mich ins Mittel legte.

›Aber, aber‹, sagte ich begütigend, ›wer wird denn gleich so eifersüchtig sein.‹ Auch Chorillo trat gutherzig auf sie zu, um ihr schön zu tun. Sie stieß ihn zurück.

›Geh weg, du riechst nach Fisch‹, rief sie nun völlig außer sich, ›seid verflucht!‹

Da wurde es dem Apollo zu dumm. Mit einem Glas

Wein in der Hand ging er langsam auf Moira zu. Dann sagte er bedrohlich leise: ›Nimm es zurück, Moira, nimm den Fluch zurück, sofort, hörst du!‹

Sie verachtete ihn. ›Nie!‹ rief sie, ›du Schweinsfisch, du Plattnase. Nie! Nie! Nie!‹ Da schwappte ihr Apollo den Wein ins Gesicht. Ohne ihn abzuwischen, flüsterte sie: ›und du mit.‹ Dann ging sie ohne sich umzusehen zwischen ihren Ziegen davon.

Apollo blickte mich vorwurfsvoll an, als wollte er sagen, sehen Sie, nun ist es passiert. Habe ich es nicht gleich gesagt! Er war völlig erschöpft. Er sah zum Sterben müde und alt aus, während er den einen Fetzen der Serviette auf dem Knie glatt strich. Er tat mir in der Seele leid. Aber plötzlich nahm er sich zusammen. ›Chorillo‹, stieß er hervor, mit einem Klagelaut nicht von Menschenmund, ›Chorillo, was ist dir?‹

Chorillo hustete. Sein Gesicht und seine Hände waren mondenbleich.

›Ich weiß nicht‹, sagte er, mühsam atmend, mit einem Versuch zu lächeln, ›mir wird so komisch auf einmal.‹ Er hüstelte wieder und führte den anderen Fetzen der Serviette zum Munde. ›Ich habe mich wohl etwas überanstrengt. Es ist Blut, fürchte ich.‹ Er betrachtete verwundert das Tuch. Das Fieber schüttelte ihn.

Ich lief ins Haus, meinen Mantel zu holen. ›Er muß sofort ins Bett‹, rief ich, als ich wiederkam. ›Er braucht einen Arzt.‹

›Auf Anthos gibt es keinen Arzt‹, sagte Apollo und nahm Chorillo ohne weiteres auf den Rücken. Der Kranke ließ sich's willig gefallen. Ich konnte und wollte es nicht hindern. Auf dem Rücken trug ihn Apollo ins Haus.«

Der Erzähler machte eine nachdenkliche Pause, nicht allein um zu trinken, denn das tat er auch, wenn nicht gerade vom Wein die Rede war, aber dann immer, sondern wohl um seinen Zuhörer in Spannung zu halten, wie die Geschichte enden würde. Während er sprach, nahm er unbewußt das Aussehen seiner Gestalten an, ähnelte dem Kellner Apollo, ja sogar dem Delphin, sah bald alt, bald jung, bald gut oder böse aus, darin dem Proteus verwandt, dem sterblich geborenen Seegreis des griechischen Mythos, dem Zauberer, Wahrsager und Tausendkünstler, der sich in allerlei Gestalten, in Tiere, Bäume, ja selbst in Feuer und Wasser zu verwandeln wußte. Der Sage nach soll er seinen Söhnen Tmolos und Telogenes, zweien Riesen von unerhörter Grausamkeit, im Spiegel erschienen sein und sie so in Erstaunen gesetzt haben, daß sie künftig von ihrer Barbarei geheilt waren, der Sage nach. In Erstaunen setzen, ist das nicht die Natur des Poeten und also auch des sonderbaren Fremden Auftrag?

»Ich pflege«, fuhr dieser nach einer Weile mit schwerer Zunge fort, »auf meinen Reisen eine wohlassortierte Taschenapotheke mit mir zu führen und verstehe mich ein wenig darauf, sie mit Erfolg anzuwenden. Schlaf, Ruhe, schienen mir in Chorillos Fall zunächst die besten Heilmittel, und auch Apollo brauchte etwas für sein krankes Herz. Zu Bett gebracht, erholte sich unser junger Patient sichtlich und schlief bald ein. –

Da es Abend geworden war, gelüstete es mich, noch etwas ans Meer zu gehen. Ich fand es aufgeregter als am Tage, unheimlich schwarz auf einmal und immer wieder vergeblich bemüht, aufs Land zu kommen. Wo mochte der Delphin sein? Ich hörte ihn. Bald nah, bald fern vernahm ich seinen klagenden Ruf, aber ich konnte ihn nicht sehen. Also kehrte ich um und schlenderte durch die kleine Stadt, mich ein bißchen umzuhören. Ich erfuhr, daß nach anfänglichem Entzücken der Bevölkerung über das Wunder von der Freundschaft des Delphins mit dem Jünglingsknaben – diesen Ausdruck gebraucht Goethe irgendwo, der ja auch einmal von diesem gesegneten Alter sagt: sie duften Jugend! – die Stimmung allmählich umgeschlagen war. Man nahm Ärgernis. Ich begegnete dem Priester des Ortes, der sich bemüßigt fühlte, mit Rauchfäßchen und Weihwasserwedel eine kleine Prozession zum Strand zu veranstalten, um das Meerungeheuer, so nannte er den unschuldigen Fisch, zu beschwören und dem heidnischen Treiben in der Bucht ein frommes Ende zu machen. Das mußte ich sehen. Ich schloß mich dem Zuge an. Aber wir kamen zu spät. Das Unheil war bereits geschehen. Der Delphin mußte, ich kann mir's nicht anders denken, gespürt haben, daß sein Spielgefährte krank sei. Er wollte zu ihm und war auf Strand gelaufen. Wir hörten ihn stöhnen und fanden ihn hilflos im noch heißen Sande liegen, ein Messer in seinem Herzen, sich verblutend, sterbend fanden wir ihn, nicht anders als ein Mensch stirbt. Und ich sah etwas, in jener Nacht, was ich meiner Lebtage nie vergessen werde, ich sah den Fisch unter Schluchzen reichlich Tränen vergießen, ehe er mit einem Seufzer verschied. Unsere Tränen, mein Herr, sind eine Erinnerung an das Meer, aus dem auch wir stammen.

Als der Fisch tot war, machten sich sofort Leute aus Anthos daran, ihn auszuschlachten. Die Leber des Delphins gilt dort zu Lande als Heilmittel gegen die Schwindsucht. Angewidert verließ ich den Strand. Was würde geschehen, wenn Chorillo den Tod des Gespielen erfuhr, und der Kellner Apollo? Es war nicht auszudenken.

Da ich im Hause alles still fand, begab ich mich auf mein Zimmer. Was hatte sich in diesen wenigen Stunden meines Aufenthaltes auf der Insel ereignet! Ich machte mir ernstliche Gedanken, ob nicht am Ende doch meine sträfliche Neugier sollte schuld gewesen sein, das Unheil heraufzubeschwören. Ich konnte keine Ruhe finden.

Inzwischen war der Mond heraufgekommen. Ich sah aus dem Fenster über den nun wieder menschenleeren Strand zum Meer, das mir ärmer geworden schien ohne den Fisch mit seiner sonderlichen Liebe zu einem Menschen, und der dafür gestorben war.

Vielleicht war ich doch ein wenig eingenickt, gleichviel,

ich hörte plötzlich Stimmen, Chorillos Stimme meinte ich zu vernehmen und die des Kellners Apollo, wenn mich nicht die Sinne täuschten.

›Du bist noch gar nicht braun‹, hörte ich den Jüngling sagen, ›du warst wohl noch nicht viel in der Sonne?‹

›O doch‹, antwortete es freundlich, ›ziemlich viel. Wollen wir nicht baden gehen?‹

›Jetzt, mitten in der Nacht?‹ fragte Chorillo mit einem Schauder.

›Bei Mondenschein ist es am schönsten‹, entgegnete der andere.

Ich beugte mich aus dem Fenster. Ich gewahrte Chorillo in Begleitung eines fremden Mannes. Sie waren beide nackt, Chorillo braun, der andere weiß, leuchtend wie Marmor und herrlich wie ein Gott.

›Wie heißt du‹, fragte der Postbote zutraulich.

›Delphinios heiße ich‹, antwortete der Fremde.

Sie schritten selbfreund dem Meere zu.« ---

»Dies also«, schloß mein trunkener Gast, »dies wäre meine Geschichte von Chorillo und dem Fisch. Ich schenke sie Ihnen, wie gesagt«, lallte er. Dann sank sein weinschweres Haupt ihm auf den Arm, wobei er die Hand öffnete zu einer Schale, wie Bettler tun, wenn sie um eine milde Gabe bitten. Er lebte ja schließlich von seinen Geschichten.

QUELLENANGABEN

Idolino. Erstausgabe im S. Fischer Verlag, Berlin 1935. Aufgenommen in Ernst Penzoldt, »Süße Bitternis«, Die gesammelten Erzählungen, Frankfurt a. M. 1951.

Süße Bitternis. Erstdruck in »Die neue Rundschau« vom Juli 1938. Aufgenommen in den gleichnamigen Band, Frankfurt a. M. 1951.

Korporal Mombour. Eine Soldatenromanze. Erstausgabe im S. Fischer Verlag, Berlin 1941. Aufgenommen in Ernst Penzoldt, »Süße Bitternis«, Frankfurt a. M. 1951.

Zugänge. Entstanden 1944. Erstausgabe 1946 im Suhrkamp Verlag, Berlin und Frankfurt a. M. Aufgenommen in Ernst Penzoldt, »Süße Bitternis«, Frankfurt a. M. 1951.

Die Sense. Erstdruck in Ernst Penzoldt, »Tröstung«, Suhrkamp Verlag, Berlin 1946. Aufgenommen in Ernst Penzoldt, »Süße Bitternis«, Frankfurt a. M. 1951.

Olifant. Erstdruck in »Deutsche Beiträge«, 1947. Aufgenommen in Ernst Penzoldt, »Süße Bitternis«, Frankfurt a. M. 1951.

Der Delphin. Entstanden 1948. Aufgenommen in Ernst Penzoldt, »Süße Bitternis«, Frankfurt a. M. 1951.

INHALT

INHALTSÜBERSICHT

Ernst Penzoldt
Die schönsten Erzählungen
Vierter Band

Suhrkamp

Erste Auflage 1981

Quellennachweise am Ende des jeweiligen Bandes.
Druck: Welsermühl, Wels
Printed in Austria
ISBN 3-518-03823-0

ETIENNE UND LUISE

Die unbedeutende Pfarrerswitwen- und Pensionistenstadt Mössel an der Maar, zu deren Besichtigung nach Baedeker ein halber Tag genügt, wurde während des Weltkrieges denkwürdig durch die abenteuerliche Liebesgeschichte von Etienne und Luise, die mitzuteilen mich schon seit langem bewegt.

Eines Regentages im September vierzehn, während ein Transportzug mit französischen Kriegsgefangenen in langsamer Fahrt den Tunnel kurz vor der Station passierte, glückte es dem Linieninfanteristen Etienne Champaubert, von Qualm und Finsternis begünstigt, unbemerkt zu entweichen. Denn es erschien ihm schimpflich, ein Gefangener zu sein. Nun stand er mitten im feindlichen Deutschland, im Innern eines Berges im Dunkeln, ohne Ahnung, wo in aller Welt er sich nun eigentlich befand, ohne Karte und Kompaß, ohne Speise und Trank, nichts wissend, als daß Frankreich westlich lag. In eine Nische gedrückt, wartete er, daß es Abend werde. Wenn er sich ein wenig vorbeugte, nach den Öffnungen zu spähen, die am Ende samtener Finsternis nur mehr Schlüssellöchern glichen, sah er die nassen Gleise im Unendlichen sich schneiden, ein Stück grünen Hang und zuweilen einen alten Soldaten, der, den Tunnel bewachend, verdrießlich im Regen auf und ab patrouillierte. Etienne hörte den Bahnwärter tuten, und einmal sah er dessen rote Hand mit einem Messinghorn. Viele Züge fuhren groß und nah vorbei und erschütterten ihm Fleisch und Bein mit ihrem gewaltig lärmenden Widerhall. Eine Weile stand er auch, das Haupt zurückgebeugt, mit offenem Mund die Tropfen zu trinken, die vom Gestein des Gewölbes fielen. Auch hatte er sehr Lust auf eine Zigarette, aber seine Taschen waren leer. Abends dann, als der Wächter des Tunnels, der alte Soldat, umständlich seine Notdurft verrichtend, ihm kurze

Zeit den Rücken wandte, schlich sich Etienne mit einem Stein bewaffnet, falls man ihn ergreife, ins Freie und stieg aufs Geratewohl den Hang hinan, in die schwarze, nasse Nacht empor. Oben erkannte er etwas wie Wald, verwilderte Gärten und einen ehemaligen Schieferbruch. Hinter Brombeergestrüpp, wildem Hopfen und Ginsterbüschen verbarg er sich für die Nacht, nicht weit vom Wege in einer Höhle. Er konnte von dort die Lichter der Stadt sehen.

Kaum war die Bevölkerung von dem Vorfall durch amtliche Verlautbarung nebst Steckbrief und der Bitte, sachdienliche Wahrnehmungen an zuständiger Stelle zur Anzeige zu bringen, in Kenntnis gesetzt worden, so entstanden schon allerlei Fabeleien. Es hieß, man habe den unglücklichen Franzmann bereits tot auf den Schienen gefunden, in schauderhafter Zerstückelung, dann, es handle sich um einen Offizier, ja einen Prinzen aus Napoleons Geschlecht, und man habe ihn auf einem Schimmel westwärts reiten sehen, schließlich, es sei gar nicht nur einer entkommen, sondern ihrer zwölfe, die nun des Nachts die Dörfer heimsuchten und brandschatzten, weder Frauen noch Kinder verschonend.

Nach Mittag des andern Tages ging Luise, eine Lehrerstochter aus Mössel, über den Tunnelberg, ein Mädchen von sechzehn Jahren, ein Kind fast, unansehnlich und hager von Gestalt, mit einem Gang noch ohne Anmut. Sie trug die Zöglingstracht des Mädchenstiftes, aus dem sie vor kurzem heimgekehrt: ein schwarzes Kleid von keuschem Zuschnitt mit weißem gestärktem Liegekragen und himmelblauem Lackgürtel. Dazu den schwarzen Hut, der durch ein stark einschneidendes Gummiband unter dem Kinn gehalten war. Sie galt gemeinhin für etwas töricht; sie neigte zu Sommersprossen.

Als Luise, wie eine kleine Nonne anzusehen, mit ihrem aufgespannten Regenschirm (es regnete noch immer) so über den Berg spazierte, trat Etienne aus dem Gebüsch vor sie hin.

Sie erschrak sehr über ihn, obschon sie beherzt war, denn der Mensch sah fremdartig und verwildert aus und hatte so verdächtige rote Hosen an. Er trug nur Hose und Hemd, ein Makohemd, und um den Hals ein schwarzseidenes Tuch geschlungen. Seine Haut war gelb, sein rabenschwarzes Haar ungekämmt und voller Sand, die Füße nackend und blutig.

Er blieb vor Luise stehen, elend lächelnd, und sagte: »Unghär, Mädchen, ja!« Das war all sein Deutsch, das er wußte.

Luise aber stand verdutzt vor dem fremden Soldaten. »Pardon, Monsieur«, stotterte sie einfältig.

In diesem Augenblicke aber vernahm sie Stimmen von Männern und Frauen, die den Berg heraufkamen, und sie griff schnell aus ihrem Täschchen eine Tafel Schokolade, die sie aus reiner Genäschigkeit bei sich führte, und gab sie Etienne. Denn er erbarmte sie.

In seinen Fußspuren lief noch das Wasser zusammen, und auch die Zweige regten sich noch von ihm, als schon die Leute kamen. Sie gingen ohne Verdacht vorüber, laut von Gallenfieber redend. Nun begann Luise aber zu laufen, mit wippendem Schirm den Hang bergab, ganz verschreckt und nahe am Weinen. Sie hielt erst inne, als sie über der Tunneleinfahrt ankam. Von Norden kam ein Zug, sie hörte sein Zischeln weither und wartete, wie so oft, daß er nun schneller und schneller, lauter und immer größer werde, bis er dann schwarz und schmetternd unter ihr in den Berg fuhr, der lange nachzitterte. Es donnerte aus den Tiefen, und der Qualm zerriß im Wind und geiferte über die Hänge. Luise aber wußte wohl, daß es Etienne Champaubert war, der ihr eben von Angesicht begegnet war, laut amtlichem Steckbrief aus Saint-Michel gebürtig, achtzehn Jahre alt und ledigen Standes.

Die Maßnahmen der Behörde zur Verfolgung des Flüchtlings blieben erfolglos. Man besaß seine Personalbeschreibung und außerdem als stumme Zeugen seiner

Existenz seine Soldatenstiefel. Etienne hatte sie kurz vor seiner unvorhergesehenen Flucht, weil ihm die Füße sehr weh taten, ausgezogen. Sie waren ohne ihren Herrn bis zum Transportziel weitergefahren. Diese Stiefel konnten nun einem Polizeihund Witterung geben, und vielleicht hätte das Tier Etienne auch wirklich aufgespürt, wenn es richtig angesetzt worden wäre. Ein Polizeiwachtmeister führte es im Kreise um die ganze Stadt, damit es so des flüchtigen Franzosen Fährte auf alle Fälle schneide, und gab, nachdem er auf diese Weise dreimal vergeblich um Mössel gewandert war, das Suchen auf.

Gegen Abend aber zog auf eigene Faust auch Luisens Vater, der Turnlehrer Konrad Loch vom dortigen Gymnasium, mit zweiundzwanzig Knaben aus, Etienne zu greifen.

Der Turnlehrer, allen, die ihn kannten, unvergeßlich durch seine glühende Vaterlandsliebe, war ein Mann von Wucht, gottesfürchtig und brav. Frühzeitig pensioniert wegen gewisser Eigentümlichkeiten, wodurch er sich zum Gespötte der Knaben machte und die wohl auch jetzt seinen leidenschaftlichen Bemühungen, Soldat zu werden, im Wege waren, ergriff er mit Begeisterung jede Gelegenheit, dem lieben Vaterlande zu dienen: sei es als Hornist der Feuerwehr, beim Flottenbund oder bei der Armbrustschützengesellschaft.

Der Lehrer hatte außer Luise, die ihren Namen zum Gedächtnis an die unglückliche Preußenkönigin trug, zwei Söhne: Leberecht, der jetzt bei Ypern vor dem Feinde stand, und Neidhardt, beide auf des Vaters innigen Wunsch nach dem Fürsten Blücher von Wahlstatt und seinem getreuen Gneisenau so getauft, worunter sie viel zu leiden hatten. Blüchers Rheinübergang bei Kaub hing im Schlafzimmer der Söhne zwischen allerlei kalligraphischen Meisterstücken, und auch für Luises Namen gab es lange Zeit ein Symbol: die blaßgelbe Gipsfigur einer schlanken Frauengestalt im Empirekostüm, um den Hals einen Schal geschlungen, ein Stück Treppe hinabschreitend, das sie, gleichsam aus dem Nichts kommend, betrat. Denn der findige Künstler hatte die Figur einem beliebten Gemälde entlehnt, voraussetzend, daß der Beschauer das Bild kenne und das Fehlende, den erhöhten Hintergrund mit Bäumen und Balustrade, sich im Geiste ergänze.

Es ist nicht angenehm, einen lächerlichen Vater zu haben. Turnlehrer Loch aber war von dem kindlichen Wahn besessen, daß er von Wuchs und Angesicht dem Altreichskanzler Bismarck zum Verwechseln ähnlich sei. Also kleidete er sich ganz wie sein vergöttertes Vorbild, trug einen Schlapphut wie jener, pflegte mit allerlei Tinkturen seine Augenbrauen, die ihm etwas zu spärlich vorkamen; und auch den Schnauzbart, gelb vom Biere und meist betaut, trug er, wie sich's gehörte. Übrigens war er ein vollendeter Kalligraph und in Fachkreisen berühmt, besonders durch seine Rekorde in Kleinschrift. Es ging durch alle Zeitungen, daß es ihm gelungen sei, das ganze Nibelungenlied in Simrocks Übertragung auf eine gewöhnliche Postkarte zu schreiben, was dann natürlich nur mittels einer starken Lupe zu lesen war. Doch soll die Schrift trotz ihrer Winzigkeit von vollendeter Korrektheit gewesen sein.

In Scham und Schimpf seiner militärischen Untauglichkeit hatte er dankbar das Anerbieten angenommen, den zu seinem Truppenteile eingerückten Kollegen Schletz vom Gymnasium vorerst aushilfsweise zu vertreten.

Und jetzt zog er aus, bis an die Zähne bewaffnet, mit kriegerischem Gesang, sehnlichst hoffend, in nächtlicher Streife den Franzosen zu fangen. Die Knaben hatten Holzschwerter, Schleudern und sehr viel bunte Fahnen dabei.

Von solcher Unternehmung hörte Luise, als sie unseligen Herzens von ihrem Spaziergang nach Hause kam. Sie konnte von ihrem Fenster hinüberschauen, wo ihr der hungrige Mensch begegnet war, und als es finster wurde, sah sie die Lichter von der Knaben Taschenlampen drüben am Berge geistern. Manchmal hörte sie Rufe, und dann, während sie unaufhörlich mit gehaltenem Daumen wünschte, sie möchten Etienne um Gottes willen doch nicht finden, hörte sie Schüsse, drei, vier, und nun liefen die Lichter unruhig hin und her, eine verirrte Rotte von Sternen.

»Nun haben sie ihn totgeschossen«, sagte Luise und weinte vor Zorn.

Gegen Mitternacht erst kehrten die Knaben zurück, ohne Etienne gefunden zu haben. Von einem Baum erschreckt, hatte einer blindlings in die Nacht geschossen, so berichtete Luisens kleiner Bruder ganz aufgeregt, schnatternd vor Kälte und Nässe. Luise mußte die ganze Nacht an Etienne denken und wie sie ihn vielleicht rette.

Am andern Morgen spazierte sie wieder über den Tunnelberg. Sie hatte eine Flasche Rotwein bei sich, ein paar Semmeln und Zigaretten, meinend, daß dessen ein Franzose in dieser Lage am ehesten bedürfe.

Sie ging, als sie zur Stelle kam, wo sie einander begegnet waren, sehr langsam, damit er sie bemerke und sich zeige, aber obgleich sie dort lange wartend auf und ab ging und keine Leute in der Gegend waren, rührte sich nichts im Gestrüpp. Da wurde sie traurig und wollte doch wenigstens sehen, wo der Fremde genächtigt, ob vielleicht in der ›Flibustierburg‹, die sie vom Räuber-und-Gendarmen-Spiel kannte. Dort war er nicht, aber in der benachbarten Höhle, die sie ›Fingals Grotte‹ nannten, fand sie Etienne schlafend. Er hatte sich, wie es die Buben im Seebad am Strande machen, mit seinen Händen eine Art Bett gegraben und sich überdies ordentlich mit Laub zugedeckt, denn es schüttelte ihn das Fieber. An seinem Munde waren noch Spuren von der Schokolade zu sehen, wie bei einem Kinde.

Er erwachte von Luisens Augen, erschrak erst und lächelte dann. Luise hatte sich auf alle Fälle vorgenommen, was sie ihm etwa sagen solle.

»Flieht, mein Herr«, flüsterte sie auf französisch, »man ist Euch auf den Fersen.«

Er verstand ihr Französisch nicht. Sie mußte es oftmals wiederholen, wobei sie die Stimme erhob. Endlich begriff er. Er konnte ja aber gar nicht mehr fliehen. Er schüttelte den Kopf, deutete auf sein Herz und zeigte auf seine bösen Füße. Er war sehr krank, erschöpft und fast gleichgültig vor Kälte, Hunger und Fieber.

Luise bot ihm Brot, aber er wollte nicht in ihrer Gegenwart essen. Dann redete er fieberhaft, doch verstand nun sie nicht seine dankbaren und schönen Worte und fragte immer wieder: »Wie? Ich verstehe nicht, noch einmal, bitte.« Endlich, als er verstummte, flüsterte sie so lange, bis er begriff. »Ich will Euch retten, mein Herr, ich werde Euch retten!« und sie verließ ihn.

Luise war erst vor kurzem, an dem Tage, an dem der Briefträger ein Bein brach, plötzlich und ihren Eltern sehr zuleide nach Mössel zurückgekehrt. Der ärgerlichen Zucht des fast klösterlichen Stiftes von Herzen überdrüssig, war sie nach einem kläglich mißglückten Selbstmordversuch – sie hatte das ganze Chromgelb ihres Malkastens, weil ›Vorsicht! Gift!‹ daraufstand, sehr tapfer, aber ohne schlimmere Folgen hinabgeschlungen – einfach durchgebrannt. Der eigentliche Anlaß dazu war die Verweigerung eines Ausgangs gewesen, wobei sie freilich zu verschweigen wußte, daß sie mit dem schlimmen Kaspar Powenz sich treffen wollte, einem ehemaligen Mösseler Gymnasiasten. Kaspar hatte sie flehentlich um ein Wiedersehen vor seinem bevorstehenden Ausrücken ins Feld gebeten, was sie ihm jetzt im Krieg doch nicht verweigern zu können glaubte, obwohl er es, wie Luise ihn deutlich wissen ließ, infolge seines früheren, höchst ungezogenen Betragens ihr gegenüber keineswegs verdiente. Es galt nämlich dazumal unter den Schülern in Mössel als Pflicht, daß ein jeder wenigstens einmal und ganz allein, wenn auch bei Tage, durch den Tunnel gegangen sein mußte. Geschah nun die heldische

Probe des Nachts, so durfte man freilich eine Kerze mitnehmen; doch der Knabe vergaß es seiner Lebtage nicht, der, als beherzt zu erscheinen, das scheue Licht in der Hand, so durch den Berg wandern mußte, besonders wenn er dabei einem Zuge begegnete und, an das rieselnde kalte Gestein geschmiegt, ihn ganz nah vorüberließ, wobei womöglich noch die Kerze erlosch. Auch war ein Zusammentreffen mit dem bösen Bahnwärter Dübel mit Recht gefürchtet.

Selbst Mädchen unterzogen sich bisweilen dieser Tunnelprobe, und so war auch Luise tapfer durch den Berg gegangen, kurz bevor sie in das Stift verschickt wurde. Bei den Knaben galt sie als häßlich, aber später ging das Gerücht, der Gymnasiast Kaspar Powenz, jener stadtbekannten, gottlosen und wilden Familie angehörend, die im gleichen Hause wohnte, sei ihr, Luises künftige Schönheit und Liebeseignung als erster ahnend und schon lange in sie verliebt, als sie doch ein wenig verzagt mit ihrer Kerze durch den schwarzen Tunnel wanderte, von der andern Seite heimlich entgegengeschlichen, um sie in einer der Nischen inmitten des Berges zu erwarten, plötzlich die Widerstrebende zu umarmen und zu küssen mit einem großen nassen Mund.

Nach ihrer Flucht wurde Luise von ihren Eltern trotz so unvermuteten rebellischen Verhaltens mit zartfühlender Besorgnis empfangen. Der Arzt wurde befragt. Er fand Luise bleichsüchtig und ein wenig nervös, verordnete, sie möge vorläufig bleiben und nur alle Tage ein paar Stunden tüchtig an die frische Luft gehen. Er versprach auch, die empörte Stiftsvorsteherin zu beschwichtigen. Freilich schien Luise nun doch schon zu erwachsen, als daß man sie noch mit Neidhardt zusammen wohnen lassen mochte. Die gute Mutter räumte ihr also oben in der Mansarde ein Jungmädchenstübchen ein mit geblümter Tapete und luftigen Gardinen. Sie tat gern alles, daß das arme Kind es gut habe und sich recht, recht schonen könne.

Zwei Tage lang vermochte Luise nichts zur Rettung ihres Schützlings zu unternehmen. Aber sie sann unaufhörlich, wie sie den unglücklichen Jungen bergen könne, ehe er entdeckt und, wie sie ohne weiteres annahm, standrechtlich erschossen würde, ehe er elendiglich erfröre oder am Ende den völlig Entkräfteten die Ratten auffräßen. Denn Luise besaß zu ihrer Gutherzigkeit und Schläue eine rührende Phantasie. Erst dachte sie allen Ernstes daran, des Flüchtlings Höhle mit warmen Dekken und allerhand Proviant so auszustatten, bis er, nachdem er sich einigermaßen erholt, aus eigener Kraft weiterfliehen könne, westwärts. Aber als sie dem so nachsann, kam ihr ein toller Einfall, schier undenkbar, aber in seiner Dreistigkeit gerade am unverdächtigsten, besonders weil sie ganz allein den Gedanken hatte.

Nun fand in der ›Concordia‹ zu Mössel in diesen Tagen eine große Wohltätigkeitsveranstaltung zugunsten des Roten Halbmondes statt, an der die ganze Bürgerschaft und auch Luisens Eltern teilnahmen. Loch sollte dort, wie so oft – und er tat es von Herzen gerne – eine patriotische Rede auf die deutsch-türkische Waffenbrüderschaft halten.

Kurz nach ihnen verließ Luise das Haus und ging zu Etienne auf den Tunnelberg, fest entschlossen, ihn jetzt zu bergen, damit er nicht umkäme. Mit ihres Bruders Leberecht altem Militärmantel verkleidete Luise den Kranken, der alles fügsam mit sich geschehen ließ, verband ihm zum Schein den Kopf und auch den Mund mit einer Mullbinde, damit Etienne, etwa gefragt, ohne Verdacht schweigen dürfe, und führte ihn, ein damals gewohntes Bild nachahmend, gleich einem verwundeten Kameraden schwesternhaft behutsam den Berg hinab.

Mössel ist bekannt durch seine schlechte Beleuchtung, so daß auch Luise von niemand gesehen wurde, während sie den flüchtigen Franzosen mitten durch ihre Heimatstadt geleitete. Sie merkte aber, wie Etienne an ihrem Arme zitterte vor Angst.

Aus dem Concordiasaal, daran sie vorbei mußten, klang kriegerische Musik und Hurra. Unbehelligt erreichten sie das Mietshaus nahe dem Gymnasium, wo Lochs wohnten.

Das Haus war ein roter Ziegelbau, der unharmonisch zwischen Sandsteinhäusern des achtzehnten Jahrhunderts aufragte. Auf dem Schieferdach waren mosaikartig eingefügt die Anfangsbuchstaben des ehemaligen Besitzers und die Jahreszahl 1892 zu lesen. An der einen Seitenfläche war ein pfiffiger Elefant abgebildet, der ein Fahrrad mit dem Rüssel in die Höhe stemmte, auf der andern eine Art Riesenkind, das unaufhörlich lachte, weil es van Houtens Kakao trank.

Jetzt gehörte das Haus drei alten Fräuleins, Geist mit Namen, drei gespenstigen Schwestern, die sich seit Kriegsbeginn allgemein dadurch unangenehm zu machen wußten, daß sie ständig von Deutschlands sicherer Niederlage sprachen und sich selbst durch die glorreichsten Waffentaten in solch häßlicher, niederdrückender Meinung nicht beirren ließen. Zu allgemeinem Ärgernis waren sie übrigens in den ersten Tagen der Mobilmachung mit einer Droschke von Geschäft zu Geschäft gefahren, um ordentlich Vorräte einzukaufen. Kaffee vor allem, säckeweis, gebrannt und ungebrannt, desgleichen mehrere Zuckerhüte, Mehl, Rosinen und sogar Salz. Die Fräuleins waren zusammen zweihundertvierzig Jahre alt, sie gingen auf jede Beerdigung, und ihre Nachrede war gefürchtet in der ganzen Stadt. Sie bewohnten den ersten Stock, und es bereitete den unter ihnen hausenden Mitgliedern jener berüchtigten Familie Powenz stets das größte Vergnügen, sie, wo es nur immer ging, zu ärgern, sie zu fragen, wann sie nun eigentlich endlich einmal zu sterben gedächten, oder etwa durch plötzliches Losbrennen eines Frosches die alten Mädchen aufzustöbern, die dann auch, wie beabsichtigt, sofort alle drei an den Fenstern erschienen, guckten, unglaublich schnell mit ihren hohen Stimmen ein Dutzend komisch-unflätiger

Schimpfworte hinabschrien und ebenso schnell wieder verschwanden. Sie waren für Luise und Etienne wohl am gefährlichsten.

Im zweiten Stock aber hinter einer Flurtüre, deren Scheiben mit dem Bildnis Kaiser Wilhelms I. und seiner Paladine nebst allerlei kriegerischen Emblemen, wie Trommeln, Fahnen und Kanonen, in Glasätzung geziert waren, wohnten die Lochs. An diesen Türen allen also vorbei, durch ein trostloses marmoriertes Stiegenhaus, in dem es immer nach Essig roch, mußten die beiden.

Bei Powenz ging es gerade laut her, denn Vater Powenz, der meist betrunken war, prügelte einmal wieder seine kleine Frau, und Frau Powenz schrie so jämmerlich, daß Etienne erschauerte. Auf halber Treppe konnte aber Etienne nicht mehr. Da trug Luise ihn das letzte Stück huckepack. Er kam ihr erschreckend leicht vor. Sein Gesicht lag müde auf ihrer Schulter, sein Atem blies auf ihren Hals. Es begegnete ihnen niemand.

Dennoch mußte sie jemand beobachtet haben, weil es doch am andern Tage in der ganzen Stadt hieß, Leberecht Achatius sei aus dem Felde verwundet heimgekehrt, später, als dies zuverlässig widerlegt war, auch Luischen scheine ja jetzt schon ihren Soldaten zu haben, was diese alles nur auf die drei Fräuleins zurückführen konnte, die eben zuweilen auch nachts am Fenster standen und guckten. Sie hatten ja auch die unheimliche Gabe, bei den ins Feld rückenden Soldaten Tod oder Heimkehr vorauszuwissen, was bisher wirklich immer noch eingetroffen war. Auch Leberecht hatte traurigen Herzens ausmarschieren müssen, weil die Hexen Schlimmes auf seiner Stirn gelesen haben wollten.

Übrigens verlor sich in der Folgezeit nie ganz das Gerücht, jener entflohene Kriegsgefangene halte sich noch immer in der Gegend auf, was Mutter Loch veranlaßte, Luise wegen ihrer täglichen Spaziergänge ernstlich zu warnen, damit ihr der fremde Unhold nicht am Ende gar etwas antue. Auch ward lange danach in der Höhle ein französischer Militärknopf und ein blutiges Schnupftuch gefunden.

Als Etienne und Luise endlich auf dem Zimmer waren, saßen sie lange, ohne zu reden, im Finstern, bis ihre tanzenden Herzen sich besänftigt hatten. Es war schön warm, die Jalousien waren herabgelassen und selbst das Schlüsselloch sorgfältig verhängt. Nach einer Weile machte dann Luise Licht, tat ihre Schuhe ab und bückte sich, Etienne ein Gleiches zu tun. Ihm war sehr übel. Luise bedeutete ihm, daß er sich sogleich zu Bette legen solle, aber da fiel ihm in all seinem Fieber und seiner Müdigkeit ein, daß er ja Läuse hatte, zu Hunderten, und er sagte es ihr.

»Oh, Mademoiselle, j'ai des poux, beaucoup de poux!«

Aber sie verstand das Wort nicht.

»Puh? Puh? Je ne connais pas puh!«

Sie begriff ganz und gar nicht, was er nur meinen könnte, bis er ihr so ein kleines, glasiges Etwas zeigte, das innen dunkel von seinem Blute war. Ihr grauste.

Daran hatte Luise nicht gedacht, aber sie wußte genau, was geschehen würde, wenn sie solche Plage nicht schnell und gründlich bekämpfte. Er müsse sich sofort ausziehen, ganz, brachte sie ihm bei. Aber er konnte es nicht mehr allein, und so begann Luisens erste Heimsuchung, als sie schaudernd vor Ekel dem fremden Manne die verseuchten Kleider vom Leibe zog. (Sie tat sie in einen Eimer und brühte sie lange in Karbol-Seifenlauge.)

Als nun Etienne nackend war, wusch sie seinen elenden Körper mit ihrer besten Seife, rieb seine Haut mit Kölnischem Wasser, salbte ihn dann, tat ihm eines ihrer sanften Spitzenhemden an und legte ihn zu Bett. Sie aber nächtigte auf dem Kanapee. Als sie ihre Eltern unten nach Hause kommen hörte, erschrak ihr Herz. Fast verzagt und unter Tränen schlief sie endlich ein.

Etienne ging es am andern Tage erbärmlich schlecht; am bedenklichsten aber war, daß er auf einmal laut zu phantasieren begann, ja zu singen, französisch natürlich.

Er sang aus vollem Halse Soldatenlieder und sang ›La belle jardinière‹ und ›Sous les ponts de Paris‹. Luise hielt ihm den Mund zu, er aber biß sie in die Hand, daß sie blutete. Da erstickte sie ihn fast mit dem Federbett, bis er endlich schwieg. Lange Zeit auch lag er bewußtlos, rasch und oberflächlich atmend, weiß, mit schwitzender Stirn. Da fürchtete Luise sehr, er werde in ihrem Bette sterben.

›Ach Gott‹, dachte sie, ›was fange ich dann nur an, dann werde ich ihn fortschleppen müssen, bei finsterer Nacht über die Treppe hinab, und ihn in den Fluß oder in einen tiefen Brunnen werfen, mit einem großen Stein um den Hals, oder ihn stückweise verbrennen oder ihn heimlich verscharren im Wald.‹

Wenn sie ihn allein zu lassen gezwungen war, denn sie mußte doch wenigstens zu Tisch nach unten, hatte sie schreckliche Angst auszuhalten, daß er wieder von der schönen Gärtnerin und von den Brücken von Paris sänge oder am Ende gar im Fieberparoxysmus aufstünde und alles verriete. Sie studierte heimlich in ihres Vaters ärztlichem Familienratgeber, und es kostete sie viel Überwindung, weil darinnen aufs abscheulichste allerlei Ausschläge und Geschwüre farbig unter Verwendung von viel Rosa und Gelb abgebildet waren. Aber Etiennes Krankheit fand sie nicht. So gab sie ihm reichlich heiße Getränke und Aspirin, wie man ihr tat, wenn sie Grippe hatte. Und Etienne genas.

Luisens Mansardenzimmer ging nach Norden, war klein und hatte schiefe Wände an der Fensterseite. Es war mit alten Mahagonimöbeln eingerichtet, die schon Luisens Großmutter als Mädchen besessen hatte, und besonders die Waschkommode war sehr hübsch und praktisch. Vermittels einer zierlichen Erfindung konnte man den Deckel, an dem sich inwendig ein Spiegel befand, hochschlagen und sich des himmelblauen Waschgeschirrs bedienen, das in einer Vertiefung ruhte. Zahlreiche Schubläden nützten zur Aufbewahrung von allerlei kosmetischem Handwerkszeug, Bürsten, Kämmen und Wohlgerüchen, während das besonders große, hohe untere Schubfach sinnigerweise als Nachtstuhl vorgesehen war. Über diesem zauberhaften Möbel hing eine Lithographie aus den fünfziger Jahren. Das Bild stellte einen Schiffbruch des Auswandererschiffes ›Floridian‹ an der Küste von Essex dar, ein Ereignis von einer so schauerlichen Rettungslosigkeit und dabei so unterhaltender Mannigfaltigkeit an unglücklichen Personen, die teils über Bord gespült wurden, teils in den Wanten hingen oder in den Sturzseen wirbelten, daß Etienne, der ja vom Meere stammte, nicht müde wurde, es immer wieder beinahe angeheimelt mit Neugier und befriedigtem Mitgefühl zu betrachten, wozu er freilich jetzt Muße mehr als genug hatte. Kurzweilig war auch jenes seltsame Bildnis Bismarcks, das bei näherem Hinsehen aus Schriftzügen bestand, ein Meisterwerk des Turnlehrers Loch und von tiefer Symbolik, worauf er mit Recht stolz sein konnte. Denn richtig abgelesen ergab sich das Deutschlandlied. Es war wohl seltsam, daß ein Mann, noch dazu eine so kraftstrotzende Persönlichkeit, wie es Loch zu sein schien, in solch zartem Spiel der Hände sein Glück sah.

Luise war ein umsichtiges Mädchen. Sie hatte genaue Vorkehrungen getroffen, damit man sie nicht überrasche oder Verdacht schöpfe. Der geräumige alte Kleiderschrank, tüchtige Nürnberger Arbeit aus dem siebzehnten Jahrhundert, Erbstück einst begüterter Ahnen mütterlicherseits, ward von ihr als sicherstes Versteck erkannt und vorbereitet. Übrigens hatten sie von Luisens Mutter kaum je etwas zu befürchten. Sie war beleibt und stieg nicht gerne Treppen. Sie hieß aber eine gute und brave Frau, die ausgezeichnet wirtschaftete.

In dem Zufluchtsschrank befand sich ein Hocker, und es geschah von nun an oft, wenn Gefahr im Verzug war, daß Etienne, beklommenen Herzens anfangs, allmählich gleichgültiger, ja schließlich verdrossen, in dem dunklen

Schranke saß, während Luise zum Beispiel Besuch ihrer Freundin hatte. Es war die von Angesicht reizende Ulrike Götz, die aber, da sie wegen eines Hüftgelenkleidens hinkte, von den Powenz-Buben den Spitznamen ›Hupfkrähe‹ erhalten hatte. Die beiden Mädchen hatten sich stets schrecklich viel zu erzählen, und Etienne mußte dann oft stundenlang im Schrank sitzen. Später richtete Luise mit Hilfe eines Steckkontaktes sogar elektrisches Licht darin ein und sorgte für genügend Lektüre. Es drang kein Strahl aus den wohlabgedichteten Ritzen, wenn Etienne drinnen war und etwa deutsche Grammatik lernte, während außen Luise harmlos mit der guten Freundin plauderte.

Zwischen Etienne und Luise wurde natürlich nur geflüstert, gehaucht beinahe, was sich Luise so sehr angewöhnte, daß sie es manchmal aus Versehen in Gegenwart der Ihren tat. »Warum flüsterst du?« fragte Neidhardt befremdet, und alle sahen sie an. Worauf Luise, erschrocken hustend, sich mit Heiserkeit entschuldigte.

Es gab ja überhaupt so schrecklich viel zu beobachten, und man konnte sich so leicht verraten, daß Luise dankbar merkte, ihr bester Schutz wäre noch die völlige Ahnungslosigkeit ihrer Umgebung. Denn wer sollte damals auch auf den abenteuerlichen Gedanken kommen: daß ein deutsches Mädchen, daß des Loch sanftes Töchterlein mitten im Krieg einen Franzosen, den Erbfeind also, in ihrem Zimmer beherbergte, daß sie schnöde das Land verriet, für das ihr Bruder in blutiger Feldschaft sein Leben einsetzte.

Etiennes Ernährung machte einige Schwierigkeiten. Sein Gaumen war verwöhnt. Allein Luise war von nun an ihrer Mutter eine rechte Hilfe. Sie machte sich unentbehrlich, sie nahm ihr die beschwerlichen Besorgungen in der Stadt samt und sonders ab und hamsterte, was sie nur konnte, für Etienne, der bei recht gutem Appetit war. Die gute Mutter aber wunderte sich, daß trotz Leberechts Abwesenheit der Haushalt so viel verschlang.

Die beiden hatten ein Zeichen verabredet, das für andere gänzlich unverdächtig war: wenn Luise die Treppe heraufkam, einen fröhlich hüpfenden Rhythmus, der ihrem Backfischalter wohl anstand und von dem umständlichen Steigen der Mutter oder Ulrikens sich deutlich unterschied. Es gab nur einen Schlüssel zum Zimmer, und den hatte Luise.

Viel Überwindung kostete sie anfangs (und viel Scham Etienne) die Wegschaffung seiner täglichen Notdurft. Aber es mußte doch geschehen, und bald ekelte sie nichts mehr an Etienne.

Etienne war leidenschaftlicher Zigarettenraucher. Was blieb nun Luise anderes übrig, obwohl ihr dabei zuerst sehr übel wurde, als selbst zu rauchen, zum Kummer ihrer Eltern. Wenn nun jemand zu ihr kam und das Zimmer war voll blauen Qualms, dann hatte eben einfach sie geraucht. Da sie aber sonst ein so stilles, bescheidenes und ganz anspruchsloses Kind war, sahen es ihr die Eltern gerne nach. In der ersten Zeit errötete sie noch oft vor den Ihren, denn sie war unerfahren im Lügen. Doch sie gewöhnte sich recht bald daran.

Nach der dritten Nacht seiner freiwilligen Gefangenschaft erwachte Etienne erquickt, verwundert, und fand sich allein. Auf dem Fensterblech tickte es wie von Regen, aber es war eine weiße Taube, die ihn mit ihren roten Augen böse ansah, als er duch den Spalt des Vorhangs spähte, wie das Wetter sei. Luises Notlager war verräumt, auf dem Stuhl an seinem Bette fand sich eine Hose und Leibwäsche, auch hatte Luise ihre hübschen Hausschuhe aus weichem rotem Saffianleder dazugestellt, ein Geschenk der wohlhabenden Ulrike. Aber natürlich waren sie Etienne viel zu klein. Ein Zettel lag auf dem Nachttisch. Auf französisch und nicht ganz fehlerfrei stand da zu lesen: »Mein Herr, ich bin gegangen zu kaufen eine Zahnbürste und Rasierzeug für Sie; wenn jemand kommt, gehen Sie in den Schrank, bitte. Luise Loch.« Dankbar las es Etienne und kleidete sich an.

Als Luise zurückkam, fand sie ihrerseits das Zimmer leer und stutzte erst, dann aber verschloß sie die Tür, wie sie von je tat, und rief leise »Etienne«. Da kam er aus dem Schrank.

Luise pflegte sehr zeitig aufzustehen, wenn Etienne noch schlief, damit er sie nicht sähe, wie sie sich wusch und ankleidete. Dann erst, als sie ganz fertig war, weckte sie ihn. Die ersten Tage nach seiner Genesung waren qualvoll für beide. Die beständige Flüstersprache, das Einander-alles-ins-Ohr-sagen-Müssen, das Aufhorchen und die Wachsamkeit aller vorsichtigen Sinne bewirkten eine krampfhafte Überempfindlichkeit gegen alle Geräusche, die ihnen jeglichen Frieden nahm.

Immer wieder, wenn es in einem der alten Möbel spukte, eines Baumes Ast am Hause kratzte oder des Schornsteinfegers fremde Schritte auf der Treppe knarrten, schlüpfte Etienne lautlos in den Schrank, während Luise zitternd vor Spannung rasch noch verräumte, was nur irgend an einen Mann erinnern konnte. Es war ein wisperndes, erschrockenes und höchst ungemütliches Dasein. Luise hielt alle Augenblicke ihre roten Zöpfe, die ihre Ohren verdeckten, zur Seite, um besser hören zu können, seitwärts blickend mit großen entsetzten Augen, damit ihrem Ohr nichts entginge, und mit wütender Fratze Etienne bedeutend, er möchte gefälligst noch leiser sein, falls er sein bißchen Leben lieb hätte.

Ganz allmählich erst begannen sie sich sicherer zu fühlen und lernten zufällige harmlose Laute von den unheilvollen wohl unterscheiden. Nun führte Luise den heimlichen Gast getrost ans Fenster, um ihm zu zeigen, was man von ihrem Zimmer aus von ihrer Heimat sah, sie wies ihm die Stelle drüben am Berg, wo sie einander begegnet waren, und unten den Schulhof des Gymnasiums.

»Dieser ist mein Vater«, sagte sie, denn unten war gerade Turnstunde, und Etienne nickte ehrerbietig. Sie sahen heiter zu, wie Loch den marschierenden Knaben, denselben, die Etienne hatten fangen sollen, rückwärts tretend vorausging, um ihre Haltung zu mustern, wie er dann aber plötzlich in Trab sich setzte, um am andern Ende des Schulhofs, einen einsamen Flügelmann darstellend, strammzustehen und mit Augenzwinkern und heimlichem verzweifeltem Winken seiner Hand an der Hosennaht den saumseligen Knaben zu bedeuten, sie sollten jetzt in Reihe rechts neben ihm antreten. Das war ein vertrautes Bild und auch Etienne von daheim wohlbekannt.

»Der dort ist Neidhardt, mein Bruder«, sagte Luise, auf einen Jungen zeigend, der ihr ähnelte. Und Etienne versuchte vergeblich, den Namen richtig nachzusprechen. Luise aber, die merkte, daß Etienne sie voll Zuneigung betrachtete und bald nicht mehr recht bei der Sache war, erklärte hastiger weiter, dort ganz drüben, der milchkaffeefarbene Fluß mit den Badeanstalten, das wäre die Maar. Etienne kannte sie schon vom Berge her, und auch den stillen, finsteren Schloßweiher mit dem blauen Kahn zeigte sie ihm, darin einst eine Kirche versunken sein sollte, durch deren Fenster jetzt die Fische schwammen, Karpfen und Hechte.

»Manchmal«, sagte Luise, »ertränken sich verliebte Dienstmädchen darin, winters aber wimmelt es von Schlittschuhläufern. Man kann es ganz gut von hier sehen mit einem Fernglas. Und dort die Häuser, wo alles rings so rot ist, vom Schleifsand nämlich, das ist die Spiegelschleiferei, deren Arbeiter nie sehr alt werden, wie man sagt.«

Luise sprach jetzt Deutsch und ganz schnell und krampfhaft, denn Etiennes Gesicht war ihr sehr nahe, während sie redete. Ihr Herz schlug unbändig, doch sie wandte sich ab von ihm für diesmal und ging ins Zimmer zurück. Und Etienne getraute sich noch nicht.

Eines Tages aber bald darauf, da sie wieder so am Fenster standen, umschlang Etienne sie, ohne daß sie sich ihm entzog.

»Louise, je t'aime«, flüsterte er feurig.

»Ich liebe dich, Etienne«, antwortete Luise.

Sie waren aber beide ja so jung und ungelehrt im Liebesspiel, und so währte es noch geraume Zeit, bis sie sich trauten. Sie schämten sich aber arg, als es ihnen erst mißlang.

Allmählich, da sie sich oft küßten (ihre unseligen Münder waren nicht zu stillen und wurden groß und blutig davon), machten sie nicht mehr erst dunkel, sondern wollten einander sehen, denn sie liebten ihre Angesichter über alles. Etiennes Mund war herrlich, die Lippen edel, die Zunge lang und schmal, unversehrt seine Zähne. Sie wußten bald, wann ihre Küsse am besten waren in diesen ersten Wochen ihrer Verzückung und Tollheit. Und sie wußten, wann ihre Haut am besten duftete, und ihr geliebtes Haar, sein schwarzes und ihr rotes.

Indessen deutete Luise dem Freund ihre Sprache und sagte ihm die Worte vor, und sie mußte oft herzlich über sein Deutsch lachen, und er über ihr Französisch. Aber sie lachten beide ganz ohne Laut, oft nur mit Augen und Herz. Etienne sagte immer: »Der Sonn«, denn, so erklärte er, es sei doch ein männliches Gestirn, wie er auch die »Mondin« sagte. Dann sagte er zum Beispiel »hacht Huhr« statt acht Uhr. Aber sie verbesserte ihn gar nicht mehr, es gefiel ihr so viel besser.

Wenn Luise in jener ersten Zeit ausging (es geschah nie ohne zärtlichen Abschied und Ermahnung), dachte Etienne wohl daran, sich unterdessen nutzbringend zu beschäftigen und brav Deutsch zu lernen aus dem Buche, das sie ihm gegeben. Aber er hatte keine Geduld dazu, er war zu unruhig und stand lieber stundenlang gedankenlos und müßig hinter dem Vorhang, zu warten und nach Luise auszuschauen. Er sah in den Regen, sah in die Wolken, sah die Soldaten vorbeimarschieren und die Pfarrerswitwen, wie sie wandelten und alle Türschilder lasen, er betrachtete im Schulhof die Knaben in der Pause oder beim Turnen, und er kannte sie bald alle. Mittels eines Zeißglases brachte er sie sich zum Greifen nahe.

Der Schulhof befand sich an der Stelle eines ehemaligen, vor etwa hundert Jahren aufgelassenen Friedhofs, und beim Graben einer Wasserleitung waren die Arbeiter schon vielfach auf Menschenknochen gestoßen. Eben war man wieder dabei, zur Kanalisation einen Graben auszuheben, und während die Knaben alle umherstanden und zusahen, wurde ein morscher brauner Totenkopf freigelegt. Etienne konnte es genau beobachten, wie eine schaudernde Bewegung durch die Knabenschar lief. Es wunderte sie aber, und auch Etienne, daß der Schädel in eine Fülle beinahe unversehrten langen schwarzen Haares gebettet lag, eines noch jungen Mädchens offenbar. Denn auch die Zähne saßen vollzählig in den Kiefern des Schädels. Begierig sahen die Knaben zu, wie man nun die übrigen Gebeine aufdeckte. Der Knabe aber, den Luise als ihren Bruder bezeichnet hatte, stieg selbst in den Graben, um behutsamer, als die Arbeiter es taten, mit seinen Händen den gelben Sand wegzukehren, bis das zierliche Gerippe freilag.

In diesem Augenblick schellte der Pedell, denn die Pause war zu Ende, aber niemand hörte darauf, jetzt bei der Auffindung des Ringes. Neidhardt fand ihn. Lose um ein Knöchlein getan, rührend anzuschauen, um so mehr, als es billiger Jahrmarktstand war, ein jetzt grünspanüberkrusteter Kupferreif, besetzt mit hellblauen Steinchen in Form einer Vergißmeinnichtblüte. Und Neidhardt nahm das Ding mitsamt dem Knöchlein andächtig zu sich. Er steckte es in seine Tasche zu vielen anderen irdischen Dingen, einem Knetgummi, einem Federmesser und einem Bleistiftstummel.

Etienne kannte also seinen kleinen Schwager, und es war ihm leid, daß er nicht mit ihm reden konnte. Einmal sah er von seinem Fenster aus mit an, wie ein Mitschüler auf dem Nachhauseweg von der Schule dem Neidhardt die Mütze vom Kopf riß, aus bloßem Mutwillen, und sie dann zum Spott auf einen Hydranten hängte. Neidhardt, tief gekränkt durch des Kameraden törichten Scherz und dadurch entehrt, weigerte sich nun, selbst die Mütze zu holen, und ging also barhäuptig und finsteren Angesichts seiner Wege. Jener aber, sichtlich gestraft durch des Knaben Verachtung, bereute, nahm die Mütze und trug sie Neidhardt halb ernst, halb lachend wieder an, während andere nebenherliefen, das Ende des Spiels zu erleben. Aber Neidhardt wollte nicht mehr, er sprach kein Wort, sah geradeaus, mit einem bösen, nassen Blick und nahm die Mütze nicht an. Er trug sie tatsächlich von diesem Augenblicke an nie mehr, obwohl sie ihm wohl zu Gesicht stand und obgleich sie ihm sogar ins Haus getragen worden war. ›Ganz wie bei uns‹, dachte Etienne und fühlte es Neidhardt nach.

So also unterhielt sich Etienne, bescheiden vom Fenster aus teilnehmend am Treiben der Stadt. Oft aber ging er stundenlang die kurze, schmale Strecke seines Käfigs hin und her, her und hin, sich sehnend. Dennoch wurden seine Füße weich und verwöhnt, das Zimmer war ja auch entsetzlich klein, kaum mehr als drei zu vier Meter.

An eine Flucht Etiennes oder an eine Rückkehr Luises ins Stift dachten beide längst nicht mehr, aber sie wußten, daß sie verloren waren, wenn man ihre Sünden entdeckte. Luise durfte vor allem nicht krank werden, aber sie wurde es eines Tages doch und schleppte sich schmerzhaft umher, in Fieber und Mattigkeit.

»Luise, du bist krank«, sagte die Mutter.

»Ach, ein kleiner Schnupfen«, sagte Luise leichthin und sehnte sich so sehr zu Bett.

Dann kam auch eine ruhigere Zeit. Nicht minder voll zärtlichen Unfugs, doch nicht so wild mehr, in der sie viel erzählten, immer raunend und auf der Hut. Sie kannten einander fast nur von Angesicht und Leib und wußten nichts von den Geschichten ihrer Kindheit. Luise zeigte Etienne auf der Karte ihr Deutschland (er sagte, es sehe aus wie ein angebissenes Butterbrot), zeigte ihm das Herzogtum P..., wo Mössel lag, und er sein Frankreich und Saint Michel, die zauberhafte Insel, wo er geboren war. Auf der Karte konnte man die Entfernung mit einer Spanne greifen. Sie brachte ihm einen Baedeker von Paris, der silbergrauen Stadt, die er liebte. Da konnte er ihr genau den Schulweg zeigen, den er vor dem Krieg täglich gegangen war, und das Haus der dikken Madame Archempault, wo er gewohnt hatte, und die Fontänen im Tuileriengarten, darin sie immer ihre kleinen Segelboote schwimmen ließen. Von Armand erzählte er, seinem Freund. Er hörte nicht auf, dessen Geist, dessen Schönheit und Tapferkeit zu rühmen. Er ahnte aber nicht, daß der Freund schon lange bei Peronne gefallen war, in einem Augenblick vielleicht, wo Etienne ganz Gleichgültiges tat, aß oder schlief, ohne etwas zu spüren. Denn nachdem Armand erfahren hatte, daß Etienne vermißt wäre, lief er laut schreiend über das Schlachtfeld, immer wieder Etienne rufend. Da traf ihn die Kugel in den Leib. Er lag die ganze Nacht in einem Rübenacker, ganz allein gelassen, und starb mit Sonnenaufgang.

Damals schon zeigten sich bei Etienne wie bei Luise zuweilen Anwandlungen von Eifersucht. Bei Luise, die Etiennes schwärmerische Erzählung von Armand unnatürlich fand, und bei Etienne, wenn Luise zum Schlittschuhlaufen ging, zu jenem sagenhaften Weiher. Freilich ward sie dabei von Ulrike begleitet, die aber ihres Leidens wegen nur am Ufer auf und ab hinken konnte. Luise lief mit Herren, ehemaligen Gymnasiasten, die sie von früher gut kannte und die auf Urlaub oder zur Genesung zu Hause waren. Dann stand Etienne blaß und ärgerlich am Fenster und sah argwöhnisch mit seinem Fernglas hinüber, bis er Luise in dem Gewimmel fand, wieder verlor, hinterm Rauch des Würstlbraters oder den Ketten der Schulbuben. Es verdroß ihn, wenn sie dann so munter, hübsch und kalt vom Eislauf heimkehrte.

Es kam bald auch eine Zeit, in der sich Etienne, wenn Luise in der Stadt war oder ihrer Mutter im Haushalt half, richtig zu langweilen begann. Besonders an grauen

Tagen. Er sehnte sich sehr, wieder einmal mit einem Manne zu reden, oder ein Tier zu streicheln, über Wiesen zu gehen.

Eine herrliche Katze mit fast kupferrotem Fell und eisgrünen Augen kam einmal zum Fenster herein zu ihm. Mit ihr spielte er einen ganzen Tag, und da er zärtlich zu ihr war, kam sie immer wieder. Aber nicht lange danach geschah es, daß die Powenz-Bande, die mit Tesching, Luftgewehr und Katapult die Nachbarschaft zu bejagen pflegte, vor Etiennes Augen, der es ohnmächtigen Zornes mit ansehen mußte, das geliebte Tier erlegte. Sie zogen ihm das Fell ab, nagelten es auf ein Brett und trockneten es an der Luft. Das Fleisch brieten sie am Spieß. Leider aß sogar der kleine Neidhardt ein wenig davon. Es erschütterte aber Etienne fast mehr, als er eines Tages ihn, der es den Powenz-Buben im Jagen gleichtun wollte, mit seinem Luftgewehr eine Amsel schießen sah. Der Knabe traf sie zwar, aber sie war nicht gleich tot, sondern fiel flatternd, schreiend, blutend und auf eine klägliche Weise sich im Kreise drehend ins Gras. Neidhardt, der ganz erschrocken noch einmal darauf schoß, ohne jedoch in seiner Aufregung das Tier zu treffen, ward so fassungslos von dem Unheil, das er angestellt, daß er, nachdem er sich scheu umgeschaut, mit dem Stiefelabsatz dem Vogel den Kopf zertrat, seine Qual also grausam zu enden.

Ein Marienkäferchen, das eines Tages plötzlich wie ein Siegellacktropfen auf Etiennes deutscher Grammatik saß, pflegte er wochenlang.

Einmal fand Luise Etienne mitten im Zimmer am Boden liegend, und da er sich gar nicht regte, erschrak sie so, daß sie aufschrie. Aber er hatte nur sein Ohr an den Fußboden gelegt, Neidhardts Geigenspiel besser zu hören.

»Du wirst fett«, sagte Luise eines Tages zu Etienne, und das ärgerte ihn sehr. Tatsächlich hatte er zu wenig Bewegung, und seine Züge waren voll und weich geworden, seine Haut zart und grau. Auch fiel sein Haar in Locken unmännlich auf seine Schultern herab. Er schlief wenig und schlecht. Nun aber nahm er sich ernstlich vor, sich nützlich zu machen. Viele Tage sprach er fast ausschließlich davon: »Ich werde mich beschäftigen, Louison«, flüsterte er und schob zuversichtlich die Ärmel zurück, »ja, wirklich, ich will etwas tun, ich möchte wieder einmal rechtschaffen müde von etwas werden. Gut, ich werde turnen, zum Beispiel.«

Wenn also unten die Knaben im Schulhof ihre Freiübungen machten, tat Etienne oben mit. Er stand mitten im Zimmer, auf das Kommando lauschend, machte Kniebeugen und Ausfälle im Takte mit den Knaben, aber sein Eifer hielt nicht lange an. Er begann auch ein Tagebuch, nach acht Tagen schon ließ er es, es ereignete sich zu wenig. Er saß verdrossen am Fenster, rauchte den ganzen Tag Zigaretten, trank Kaffee und sah hinaus. Luise, im Grunde gutherzig, bettelte für ihn bei deutschen Soldaten französische Zigaretten, weil sie Etienne lieber mochte als die deutschen und obgleich sie Luise nicht riechen konnte.

»Du bist faul und unnütz, du Lockenknabe«, sagte Luise, »du solltest wenigstens Strümpfe stricken.« Sie gab ihm auch wirklich hin und wieder Kartoffeln zu schälen oder Schwarzwurzeln zu putzen.

»Dein Haar«, sagte Etienne seinerseits eines Tages und schnupperte, »dein Haar riecht nach Küche, Louison«, und er wandte sein Gesicht von ihr. »Es riecht nach eurem Sauerkraut, glaube ich, oder nach Wirsing und schlechtem Fett, du solltest nicht mehr so viel in die Küche gehen.«

Auch schmeckte ihm jetzt das karge Essen gar nicht mehr, und er sagte es endlich offen heraus.

»Oh, euer deutsches Brot ist aber schon ganz miserabel, es schmeckt nach Sägespänen, nach Erde und was weiß ich, brr! Ich kann es wahrhaftig nicht mehr vertragen.«

Etienne nämlich konnte gut kochen. Er erzählte Luise

davon und brachte ihr einiges bei, nach französischer Art zuzubereiten.

»Eure Mahlzeiten sind schrecklich, das mußt du mir nicht übelnehmen!« sagte er manchmal. »Schau, ihr eßt Brot, das ist aus Mehl, dann eine Suppe mit Nudeln oder so, die sind auch aus Mehl, an die Sauce tut ihr Mehl und ebenso ans Gemüse, und die Schnitzel sind paniert, selbstverständlich. Hinterher kommt dann womöglich noch eine Mehlspeise.«

Also kochte er ihr einmal nach seiner Weise auf dem kleinen Herdofen, und es wurde ein glückliches Mahl. Er hatte eine eigene Speisekarte dazu geschrieben. Es mundete ihr aber ausgezeichnet, und sie machte es bald nach, unten für die Familie, nach einem angeblich von Ulrike stammenden Rezept. Es schmeckte Vater ganz vorzüglich, als er ahnungslos und voller Wohlbehagen landesfeindliche Küche aß.

Luise, den oft melancholischen Freund zu unterhalten, lieh von Ulrike ein Grammophon, aber das mochte Etienne nicht lange, das konnte ihm nicht helfen. Immerhin rettete das Ding die beiden Sünder wenigstens vorübergehend aus großer Gefahr.

Die drei uralten Fräuleins nämlich spionierten, wann sie konnten, und eines Tages kam Luise dazu, als sie die Treppe hinaufschlichen, um zu horchen.

»Oh, wir wollten nur eben auf den Speicher«, sagte die Jüngste falsch und grinste.

Aber die Älteste blieb stehen und sagte mit tiefer Stimme geradeheraus: »Fräulein Luischen, Fräulein Luischen, hier riecht's nach Mann« (sie schnüffelte unverschämt). »Ich habe eine Männerstimme gehört, ganz gewiß, als ich gestern auf den Speicher ging.« Luise errötete längst nicht mehr.

»Soso«, sagte sie nachdenklich, »wirklich eine Männerstimme? Ach ja, natürlich!« Und sie ging in dem schweren, lauten Schritt, der Gefahr bedeutete, die Stiege hinauf. »Kommen Sie«, sagte sie liebenswürdig zu den Alten und nötigte sie in ihr Zimmer; und nun sah Etienne in dem Schranke durch sein Guckloch, wie Luise mit hämischem Lächeln das Grammophon aufzog und den nun allerdings verblüfften alten Fräuleins Schillers ›Taucher‹ vorspielte, von einer schönen Männerstimme mit viel Ausdruck vorgetragen. Wütend gingen die Weiber. Etienne und Luise aber lachten ausgelassen über den gelungenen Streich, wie sie ja überhaupt allmählich immer mehr ein verruchtes Wohlgefallen an ihrem Treiben fanden.

Luise trieb das Spiel so weit, daß sie eines Tages bei Tische ihren Lieben ganz genau mit allen Einzelheiten ihre und Etiennes Geschichte erzählte, nur als habe sie sich irgendwo in Hessen zugetragen. Turnlehrer Loch aber, der in letzter Zeit an einem genialen Plane zur völligen militärischen Niederwerfung sämtlicher Feinde Deutschlands arbeitete, sagte, nachdem seine Tochter geendet, ganz ernsthaft: »Jenes Mädchen hat ohne Zweifel den Tod verdient«, worüber Luise erbleichte.

Dennoch brüstete sie sich hernach vor Etienne ob ihrer Verwegenheit.

Sie waren unvorsichtig genug, einander zu photographieren, mit einer kleinen Kodak sechs mal sechs, und die Bilder waren recht hübsch geworden. Wenn so ein Bild in falsche Hände kam! Etienne hatte nun wenigstens für kurze Zeit etwas Beschäftigung mit Entwickeln und Kopieren.

Es wurmte Luise schon lange, daß sie niemand auf der Welt, nicht einmal der treuen Ulrike, etwas von ihrer Liebe erzählen durfte, wie es alle anderen Mädchen konnten, daß sie also zu ihrer großen Schande unbegehrt erscheinen mußte. Dennoch fand sie vor ihrer Freundin einen wenn auch nicht voll befriedigenden Ausweg, indem sie von ihrem geheimnisvollen Geliebten sprach und dabei den Eindruck erweckte, als handle es sich um eine Person, weit über ihrem Stande, weshalb sie vorläufig noch seinen Familiennamen verschweigen müßte. Sie sprach aber von ihm als ihrem Stephan und zeigte sein Bild, danach er allerdings von beneidenswerter Schönheit war und auf Ulrikens schwärmerisches Herz tiefen Eindruck machte. Trotz so frevelhaften Leichtsinns ahnte niemand in Mössel Luises Geheimnis, ausgenommen ihr Bruder Neidhardt, der eine Art Witterung für Verbotenes besaß.

Dieser blasse Knabe, als Jüngster reichlich verwöhnt und etwas sonderbar, auch infolge eigener Heimlichkeiten und Ängste gewitzigt (er unterhielt mit Jadup, dem jüngsten Powenz, eine Werkstatt zur Fälschung von Briefmarken, sie waren Meister im Herstellen von Überdrucken und Anbringung von fehlenden Seidenfäden, womit sie unter ihren Kameraden ausgezeichnete Geschäfte machten), Neidhardt also merkte als einziger im Hause, daß es da oben bei Luise nicht ganz geheuer war, und er konnte doch nicht genau sagen, warum. Als er einmal die Schwester besuchte, wurde sie abgerufen und verließ für ein paar Minuten fahrlässigerweise das Zimmer.

Neidhardt wartete, und während er so saß, spürte er deutlich, daß da noch jemand im Zimmer war. Er glaubte sich angesehen und fand doch nirgendwo ein Auge, und das ängstigte ihn. Denn er glaubte bestimmt, Gott oder ein unsichtbarer Geist blicke ihn an. Das konnte keinesfalls etwas Gutes bedeuten. Er schämte sich aber aufzustehen und einfach davonzulaufen, blieb vielmehr ganz eng und ohne sich zu regen und nach seiner Gewohnheit auf seinen flachen Händen sitzen und lauschte. Er hörte deutlich jemand atmen. Als Luise dann endlich wiederkam, merkte Neidhardt, daß ihr Lachen falsch war und daß sie keineswegs ihm traute. Da zwinkerte er nun ganz unverhohlen, sagte »ei, ei, soso«, zuckte die Achseln, lächelte vielsagend, kurz, er tat so verdächtig, daß ihm Luise ganz betroffen nachsah. Auch hatte Etienne Neidhardt so sitzen gesehen und bemerkt, wie sein verborgener Blick den Knaben beunruhigt hatte und wie der sichtlich davon so erschrocken war, daß seine Bluse zitterte über seinem geängstigten Herzen.

Von nun an kam es vor, daß Neidhardt, den Luise lieb hatte von Kind an, sie alle Tage besuchte, was er sonst nicht getan, wobei er sie höchst unverfroren um Zigaretten anbettelte, die er dann mit Jadup heimlich rauchte, oder um Schokolade, später sogar um Geld. Und Luise gab ihm ohne weiteres, was er wollte, damit er nur still wäre. Oder er suchte sie nur so auf und blieb unverschämt lange bei ihr, um an ihrer Unruhe und Verstellung sich zu weiden. Neidhardt war nun ganz sicher, daß Luise etwas zu verbergen hatte und daß sie auch wußte, er ahne etwas davon. Denn sie ließ ihn von nun an nie mehr allein im Zimmer. Er hatte nur keine Gewißheit, worum es sich eigentlich handelte. Und so quälte sie der liebenswürdige Knabe, indem er etwa sagte: »Na, meine große Schwester, das sind ja schöne Geschichten. Sehr verdächtig fürwahr«, oder »Das hätte ich ja eigentlich nicht von dir gedacht«, und was derlei Andeutungen mehr waren. Luise aber ließ sich dabei so übertrieben deutlich nichts anmerken, daß Neidhardt nun ganz sicher war, es konnte nur eine Liebesgeschichte dahinterstecken.

Luise war jetzt allerdings oft ordentlich in Verlegenheit, wie sie zugleich Etiennes und Neidhardts Wünsche erfüllen sollte, und da sie unter des Freundes Mund binnen weniger Wochen von Gestalt und Antlitz unerwartet schön geworden war, so stand ihr jetzt auch etwas Schwermut nicht übel an. Aber sie hatte wirklich ein teuflisches Glück: zur rechten Zeit fand sie auf der Straße ein fremdes Handtäschchen mit sehr viel Geld darin, das half ihr nun auf lange aus der Not.

Zwischen Etienne und Luise hatte sich allmählich eine seltsame kindlich-zärtliche Mundart herausgebildet. Ein schlimmes Kauderwelsch aus Deutsch und Französisch, weil keines von beiden des andern Muttersprache wirklich noch ernsthaft und mit Fleiß zu lernen begehrte.

Aber wenn Luise sich über Etienne ärgerte, flüsterte sie zur Strafe oft einen ganzen Tag lang nur Deutsch mit ihm und womöglich in dem für ihn gänzlich unverständlichen Mösseler Dialekt. Ihre heitere Liebessprache wurde ihnen jedoch geradezu gefährlich, weil Luise oft aus Versehen in Gegenwart ihres gestrengen Vaters darein verfiel; den aber schmerzte des Erbfeindes Idiom in der Seele. Er haßte alle Fremdwörter und sagte zum Beispiel Belange statt Interessen. Seinen Kollegen für neuere Sprachen belächelte er aber doch, der bei Kriegsbeginn den Dienst quittiert hatte und von Stund an nie mehr ein französisches oder englisches Wort über die Lippen brachte.

Es kam nun vor, daß Etienne und Luise einander nicht mehr wie anfangs Kindheitserlebnisse erzählten, sondern über Alltägliches flüsterten und auch stritten. Schließlich sogar über den Krieg und seinen vermutlichen Ausgang. Denn es wurde gerade ein großer Sieg gefeiert, und finster sah Etienne die schwarz-weiß-roten Fahnen aus allen Fenstern wehen, und dicht vor seinem Fenster knallte und blähte sich eine heiter im Winde. Die Glocken läuteten, und auch Luises Gesicht leuchtete vor Stolz.

»Wir wollen doch künftig nicht mehr darüber reden«, sagte Etienne endlich einmal, »nein, tun wir es nicht, sonst werden wir schließlich noch Feinde.« Denn sie waren beide sehr böse aufeinander geworden, ganz giftig, und hatten geeifert, ein jedes für sein Vaterland. Dabei kam es so weit, daß Etienne die deutschen Soldaten schlimmster Greuel bezichtigte, während Luise das gleiche den Franzosen vorwarf, sie feige und grausam nannte. Es fiel das Wort Boches, und Luise geriet in Verlegenheit, dem ein gleiches Schimpfwort entgegenzusetzen. Franzmann, nein das war zu harmlos.

Als sie sich wieder küßten, schmeckten sie, daß ihre Münder bitter geworden waren von ihrem Groll.

Damals herrschte in Mössel eine Frau Quiebus, eine reiche Witwe aus Holland, die es sich zur Aufgabe gemacht hatte, gemeinsam mit einer Anzahl Damen der Mösseler Gesellschaft Fußlappen für unsere Feldgrauen zu nähen und Pulswärmer zu stricken. Auch Luise ward dazu gebeten, ohne sich dem entziehen zu können.

Eines Abends, da Luise gerade dort war, erscholl Feuerlärm in der Stadt, und die wohltätigen Damen stürzten besorgt an die Fenster.

»Mein Gott, Luischen«, sagte Frau Quiebus, »es wird doch nicht am Ende bei euch sein.« Denn wirklich kam von dort der Feuerschein. Es hieß, das Gymnasium sei es, aber die Quiebus hatte recht. »Ich ahnte es ja«, sagte sie mit Nachdruck.

Luise lief ohne Hut und Mantel durch die Stadt, mit wimmernder Seele flehend, daß ihrem Freunde Etienne nichts geschähe. Aus allen Türen und Gassen kamen die Leute und riefen: »Beim Loch brennt's, beim Loch brennt's!«

Etienne, der schon geschlafen hatte, erwachte von flackerndem Schein und Rufen. Es roch nach Brand, und er sprang auf.

Es brannte unten im Hause, nicht bei Lochs zwar, aber bei den drei alten Fräuleins. Fräulein Babettes Ausstattung brannte lichterloh, denn Babette hoffte noch immer, und aus diesem Grund hatte man eine verlockende Aussteuer zusammengekauft und in einem Zimmer aufgestellt für den Künftigen. Nun standen die drei alten Hexen in ihren rosa Nachtjacken auf der Straße, und ihr schrilles Wehgeschrei klang grausig durch die Nacht.

Etienne durfte nun freilich glauben, daß er verloren sei. Wenn er zu fliehen versuchte, mußte man ihn entdecken. Wollte er das Geheimnis retten, mußte er jämmerlich in den Flammen umkommen. Davor fürchtete er sich sehr. Aber schon erklangen Schritte auf der Treppe, und er flüchtete, nachdem er das Bett notdürftig geglättet, in den Schrank, bereit, lieber zugrunde zu gehen, als seine Liebe preiszugeben. Draußen rief eine angstvolle Knabenstimme, Neidhardts Stimme schrie: »Luise! Feuer!« und immer wieder »Feuer! Feuer!« In diesem Augenblick aber prasselten die ersten Wasserstrahlen an die Fenster, sie zum Teil zerbrechend, und eine halbe Stunde später war die große Gefahr vorüber.

Als erste waren die Powenz-Buben mit ihrem Vater, der vollständig betrunken war, an der Brandstätte erschienen, um ein wenig retten zu helfen, und zweifellos gebührte ihnen der Dank aller Hausbewohner, daß sich das Feuer nicht weiter ausgebreitet hatte. Freilich hatten sie wie die Berserker gehaust und unter Indianergeheul die brennenden Gardinen von den Wänden gerissen, darauf herumgetrampelt, alle Spiegel eingeschlagen, Gläser und Porzellan nach Herzenslust zerschmettert, während Vater Powenz grölend die angekohlten Vertikos und Kredenzen, die Stühle, Tischchen und Schränke mit einer Axt zerhieb. Überdies hatten sie, um den Feuerschein des Stubenbrandes etwas grandioser zu gestalten, ziemlich reichlich mit bengalischem Pulver nachgeholfen und auch sonst mit allerlei Feuerwerkskörpern aus ihrem reichen Lager kleiner menschlicher Ärgerniserreger nicht gespart.

In dieser Nacht lagen Etienne und Luise nur zitternd aneinandergeschmiegt, sie vermochten kaum sich zu küssen vor Erschrockenheit.

Neue Versuche, die Loch unternahm, um Soldat zu werden, um für das liebe Vaterland zu kämpfen und, wenn es sein müsse, sein Blut dafür hinzugeben, waren kläglich gescheitert, und er schämte sich sehr solcher Schmach, denn er liebte Deutschland leidenschaftlich wie eine Frau.

Es war bekannt, daß er jeden Soldaten ehrerbietig grüßte, der das schwarz-weiße Bändchen im Knopfloch trug, und kannte er ihn, so schüttelte er ihm treu die

Hände, mit nassen Augen dankbar und voll Innigkeit sprechend: »Behüt Sie Gott, Sie junger Held.«

Es grämte ihn sehr, wenn er, als es draußen Winter wurde, seines wackeren Leberecht und überhaupt all der Tapferen gedachte und der Strapazen des Stellungskrieges, während er selber doch stets ein Dach über dem Kopf hatte, warme Stuben, vorzügliche Betten und ein so gutes Essen. Zunächst einmal ließ er das Heizen einstellen, damit er es doch nicht gar so gotteslästerlich gut hätte, während draußen die armen Kerls bis an die Knie im Wasser standen. »Es ist köstlich kalt heute«, sagte er und freute sich. Dann, obgleich seine Frau ihn beschwor, führte er karge Schützengrabenkost ein, verbat sich Semmeln, die er als Schleckerei bezeichnete, und all das sündhafte Zeug. Denn es quälte ihn sein Wohlleben, unwürdig dünkte es ihn, der Völlerei zu fröhnen, im warmen Bett zu liegen, wenn er an die draußen dachte.

Eines Tages vollends sah ihn Etienne, wie er mittels eines kurzen Spatens in dem kleinen, ihm gehörigen Teil des Gartens einen regelrechten Schützengraben auszuheben begann, dann allmählich einen behelfsmäßigen Unterstand baute, wo er von nun an, ohne sich durch einen jammervollen Schnupfen daran hindern zu lassen, seine Nächte auf dürftigem Stroh verbrachte. Er unterließ es nicht, einen Wecker auf bestimmte Stunden mitten in der Nacht zu stellen, worauf er, während alle Bürger der Stadt schliefen, in seinem Graben einsam Wache stand, die Nacht behorchend und fast glücklich in die Sterne schauend. Bei jedem Wetter, und wenn es schneite oder stürmte mit besonderer Lust, spielte er, sobald es ihm der Unterricht erlaubte, Krieg. Das Haus betrat er nur noch ›zum Essenfassen‹, und er vernachlässigte Kleider und Körper als ein seltsamer Kriegsasket. Die Leute aber schauten aus den Fenstern auf ihn herab und lachten über ihn.

Freilich wurde nicht geschossen, falls nicht die Powenzbande Schindluder mit dem Guten trieb. Der besoffene alte Powenz aber konstruierte eigenhändig mit der unermüdlichen Ausdauer abgefeimter Bosheit eine Höllenmaschine, die, heimlich im Garten vergraben, eines Nachts mit riesigem Getöse, Flammengarbe und Sternenfall Loch aus seinem kargen Schlafe schreckte. Aber nun befand sich sogar eine Art Granattrichter dicht vor dem Graben in dem kunstvoll angelegten Drahtverhau.

Innen war der Unterstand spartanisch, aber mit Liebe eingerichtet. Hier befanden sich auch die Karten der Kriegsschauplätze, wo Konrad Loch getreulich Fähnchen steckte, sowie eine kleine Sammlung von Kriegsandenken, aus Granatsplittern gefertigt, meist Geschenke ehemaliger Schüler. Hier arbeitete er an seinem großen Kriegsplan, den er allen Ernstes an den Kaiser zu senden gedachte, wozu ihm der alte Powenz nachdrücklich riet. Es sei, im Hinblick auf so viele tüchtige Heerführer, meinte Loch sinnend, freilich eine besondere Gnade, daß es gerade ihm eingefallen sei, wo er doch eigentlich ein Laie sei.

»Aber, wer weiß, was unser Herrgott mit seinem armen Knecht vorhat«, fügte er feuchten Auges und gen Himmel blickend hinzu. Powenz nickte.

»Ja, schicken Sie es dem Kaiser, lieber Professor«, sagte der Böse, »es wird dem Vaterlande und Ihnen gewiß große Ehre bringen.« Und auf die Brust mit dem Finger die Gestalt eines Eisernen Kreuzes zeichnend, lächelte er vielsagend. Dann aber blickte er voll Bewunderung Loch ins Gesicht und sagte mit Kopfschütteln: »Diese Ähnlichkeit, wirklich, ich bin stets von neuem überrascht, diese Ähnlichkeit ist geradezu lächerlich.« Loch aber wehrte bescheiden und bewegt ab. »Ach Lieber gar«, sagte er und zierte sich, »mit wem denn in aller Welt?« Und Powenz flüsterte: »Bismarck!«

Es war aber gespenstig anzusehen, wenn der Turnlehrer bei Mondschein Wache stand, die Augen groß und ernst nach dem feindlichen Graben gerichtet, der fern in

Frankreich lag, und Etienne, der zuerst lächelnd sagte: »Il est maboul, il est fou«, lachte nun nicht mehr über seinen Schwiegervater, wenn er ihn so sah.

Man erzählte sich in Mössel, der Loch habe sich seinerzeit in der benachbarten Garnison beim Ausmarsch der Truppen, unter denen Leberecht war, sehr lächerlich gemacht dadurch, daß er plötzlich ausrief: »Achtung, ein feindlicher Flieger!« Der Regimentskommandeur und sein Stab galoppierten auf eine kleine Anhöhe und zückten die Feldstecher, ein Pferd bockte, und alles war in Spannung. Aber da war es nur ein Papierdrache, den Jadup hatte steigen lassen, denn es war ein stetiger Wind und ein klarer Tag.

Ferner hieß es, daß der Loch die erste flüchtige Feldpostkarte seines Sohnes, die das glückliche Überstehen seiner ersten Schlacht meldete, zurückgesandt hatte, nachdem er mit roter Tinte die infolge der Hast fehlende Interpunktion hineinkorrigiert und: Schrift! an den Rand geschrieben.

Einmal träumte Loch, und das beglückte ihn tief, daß er im Felde sei. Sein Regiment mußte über einen Fluß, aber es befand sich weit und breit keine Brücke. Da wurde er plötzlich groß und stark, bückte sich hinüber zum andern Ufer, daß das ganze Heer über seinen Rükken weg trockenen Fußes zum andern Ufer marschieren konnte.

Der künstliche Feldküchenzettel war schuld, daß Etienne oft lieber freiwillig fastete und ihn infolgedessen manchmal wacker hungerte. Luise, die schon längst nicht mehr wie eine kleine Nonne anzusehen war, ließ ihn in letzter Zeit viel allein, sie vernachlässigte ihn arg und ließ es ihn deutlich spüren, wie sehr er in allem auf sie angewiesen war, besonders was seine Notdurft betraf. Sie ließ ihn oft stundenlang in übler Luft und verhöhnte ihn womöglich noch durch übertriebenen Ekel, indem sie sich die Nase zuhielt. Dazu kam, daß Etienne mit der Zeit, als Folge der Eingeschlossenheit und der mangelnden Bewegung immer mehr unter ärgerlichen Unpäßlichkeiten zu leiden hatte, die seine Stimmung verdüsterten. Kopfschmerzen und Bauchgrimmen machten ihn melancholisch und zimperlich. Er klagte viel, und Luise, die bei sich derlei gar nicht kannte, verhöhnte ihn deswegen. Er war ja nun auch recht verhätschelt und verwandelt, seine Stimme war schwach geworden vom ewigen Raunen, seine Hände fahl und kränklich. Er trug nur Filzpantoffeln, Hose und Hemd. Da er nun wieder magerer geworden war, sahen seine braunen Augen groß und traurig aus dem gespenstig zarten Gesicht.

Dennoch liebten sie sich; selbst dann, als sie sich gottverlassen und voll Haß gegenseitig ins Angesicht gespien hatten, sanken sie doch wieder zueinander, und alles schien wieder gut.

Kurz vor Weihnachten kam die Nachricht, daß Lebrecht in Frankreich ganz unheroisch an den Folgen einer Ruhr gestorben war.

Es war für Etienne nicht leicht, die rechten Worte der Teilnahme zu finden. Zumal jetzt, da Luise sich vor seinen Augen oft mit flacher Hand gegen die Stirne schlug, um dem beschämten Stubengenossen damit anzudeuten, was für ein hirnverbranntes Geschöpf sie doch gewesen war, daß sie diesen Franzmann bei sich aufgenommen und alles für ihn getan. Ja, es kam vor, daß sie in einer Art schreienden Flüsterns ihm ins Ohr keifte, er sollte sich endlich zum Teufel scheren, er wäre jetzt gesund. Aber er vermochte es nicht, und sie nannte ihn Feigling. Einmal zischte sie ihm ins Gesicht: »Ich habe es endlich satt, und ich zeige dich an.«

Diese ungeheuerliche Verwandlung hatte ihre Ursache darin, daß Luise sich seit geraumer Zeit gesegneten Leibes wußte, was ihre Sinne von Stund an mit allerlei wahnwitzigen Vorstellungen verwirrte.

Dazu kam, daß Kaspar Powenz kürzlich aus dem Felde zurückgekehrt war, derselbe, der Luise damals im Tunnel so jäh überrumpelt, mit jenem ersten, schrecklich nassen, aber unvergeßlichen Kusse, und der dann vor dem Ausmarsch sie noch einmal zu sehen begehrt hatte. Kaspars linke Hand war während eines Gefechtes durch eine von ihm selbst erfundene Handgranate, die aber zu früh krepierte (er war schon als Knabe ein großer Feuerwerker gewesen), ziemlich stark zerfetzt worden, mit ihren kläglichen Fingerstümpfen, in deren rosa Narben die Arterien zuckten, sehr verunstaltet und zu kriegerischer Hantierung unbrauchbar geblieben. Er war Luisen bei ihrem Wiedersehen mit lachender Verwunderung begegnet, und obgleich ihr vor seiner Hand graute, war sie doch vom Teufel besessen, daß sie ihn bat, er möge sie doch recht bald einmal besuchen.

Denn der Powenzbande in ihrer heiteren Brutalität war es noch immer spielend gelungen, die weniger widerstandsfähige Familie Loch sich gefügig zu machen. Neidhardt bewunderte den schlauen Jadup Powenz, obgleich dieser seine hörige Seele ängstigte, wie er nur konnte.

Jadup brachte es doch fertig, eines Tages, als Neidhardt ihn zur Schule abholen wollte, mit einem Messer in der Kehle, bleich, blutüberströmt, wie tot am Fußboden zu liegen, aber während Neidhardt schreiend nach Hilfe lief, die grausame, aber wohlausgedachte Täuschung und blutige Maskerade spurlos zu tilgen und bei der Rückkehr des Genarrten, als wäre nichts geschehen, boshaft erstaunt und heil am Fenster zu sitzen. Er schämte sich nicht, an Ostern beim Gecksen mit den Eiern alle Kameraden um die ihren zu prellen, weil er sich eines fast unzerbrechlichen Porzellaneies bediente. Im Sommer nährten sich die Powenz fast ausschließlich von Schwarzbeerkuchen, alle Welt mit blauen Zähnen angrinsend, und der alkoholische Vater pflegte seine Buben jeden Morgen beim Aufstehen gewissermaßen auf Vorschuß durchzuhauen. So lebten sie in fröhlicher Sündhaftigkeit dahin, in allen kleinen Lastern ohne Schaden geschickt und davon gänzlich unbeschwert, als: Trinken, Spielen und Lieben auf mancherlei Art und Weise, ohne irgendwelche Gewissensbisse.

So auch der galante Kaspar.

Damals, als er Luise wieder begegnete, war Etienne in seinem Herzen schon bereit, bei guter Gelegenheit zu entfliehen oder lieber in ein Kriegsgefangenenlager zu müssen, als in Luises Haft länger zu schmachten. Aber er mußte zuvor noch, in dem Schranke sitzend, durch das kleine Guckloch mit ansehen, wie der deutsche Soldat Kaspar Powenz mit Luise koste, ohne den nahen Feind zu ahnen. Sie erwehrte sich noch des fröhlichen Zudrangs, aber in ihrem Blute den bösen Reiz wohl schmeckend, daß Etienne dies leiden mußte. Sie ging danach mit Kaspar aus und kam nachts nicht nach Hause.

Etienne wollte es dennoch nicht glauben, er ängstigte sich sogar, als es Nacht wurde, ernstlich, es könnte dem Mädchen etwas Arges zugestoßen sein, aber dann, als es immer später wurde, blieb er, Finsteres planend, wach, bis sie gegen Morgen endlich kam, mit vom Küssen fast entstelltem Angesicht und blutender Brust, ganz träge und liebessatt. Eine Zeitlang glaubte Etienne, er müßte sie erwürgen, wie sie so dalag, mit offenem Munde schlafend, ohne Arg in ihn. Aber er vermochte es nicht. Von nun an sprachen sie kein Wort mehr miteinander.

So warteten sie auf den Frieden, auf Befreiung, manchmal ein klein wenig hoffend, daß alles doch noch gut würde. Etienne kokettierte mehr mit Fluchtgedanken, als sie ernsthaft zu erwägen, und vertrödelte so die Tage. Luise diente ihren Eltern demütig, zuweilen fast unnatürlich Deutschlands Herrlichkeit lobpreisend und seinen endlichen Sieg erflehend.

Der Winter dauerte dortzulande ganz besonders lange, und Etienne war des Weißen gründlich satt und der Eisblumen, die ihm die Aussicht versperrten. Zwischen Etienne und Luise änderte sich nichts, obgleich der heitere Kaspar Mössel wieder verlassen hatte, nicht nur Luise in Gram und Schande zurücklassend.

Indessen ahnten die längst Verlorenen nicht, daß die drei alten Fräuleins von unten noch immer Luisens Tugendhaftigkeit beargwöhnten, fleißig die Türe behorchten und überwachten. Da die drei ihr Leben lang nie geliebt, entsetzten sie sich sehr ob so viel Verworfenheit der Jugend. Die Älteste der Urschwestern, die schon nicht mehr recht bei Troste war, aber mit lallendem Munde oft erstaunliche Dinge kundgab, von denen sonst niemand wußte, verriet eines Abends den frohlockenden Schwestern die heillose Begebenheit von Etienne und Luise.

Sie saß an dem heißen Ofen und sang mit schauriger Stimme der beiden Schicksal, als habe sie alles mit eigenen Augen gesehen. Fast zur gleichen Zeit aber reimten sich auch Neidhardt und Jadup die Geschichte so ungefähr zusammen.

Es war Ende März fünfzehn, an einem Montag, da putzen sich die drei Fräuleins und eilen dann, in ihren Mantillen und Kapotthütchen mehr schnurrig als bösartig anzusehen, spornstreichs zur Polizei, die Sache sogleich und mitten in der Nacht anzuzeigen. Jadup, der spioniert hat, meldet es eiligst Neidhardt. Dieser, erschrokken zwar, aber indianisch entflammt, sagt es Luise und begehrt inständig, Etienne zu sehen, erbötig, ihn zu retten, gegen eine Welt von Feinden und Abenteuern. Denn sein unschuldiges Herz begeistert die seltsame Tat. Aber nun sieht Luise, daß alles zu Ende ist, sie fällt vor dem bestürzten Knaben in die Knie, ganz außer sich, mit einem Gesicht, das vor Jammer zuckt, wie lachend, und aus ihren Augen springen Tränen rot auf des Knaben Hände. Sie kreischt: »Allmächtiger Himmel, sie töten uns, o sie töten uns ganz bestimmt.« »Fliehe«, ruft Neidhardt, und sie läuft hinaus in die Nacht. Als aber Etienne oben das Schreien hört (auch Loch in seinem Schützengraben horcht auf), nimmt er das Messer vom Tisch, sprengt die Tür und entspringt endlich, da es zu spät ist. Aber auf der Treppe kommt ihm mit aufgehobenen Armen Neidhardt entgegengelaufen, der ihn warnen und retten will, und ruft: »Halt, halt!« Etienne aber, glaubend, der Knabe wolle ihn hindern, stößt ihm das Messer tief in den weißen Hals, und seiner nicht achtend, stürzt er weiter, zum Haus hinaus.

Etienne lief den einzigen Weg, den er kannte, und niemand hielt ihn an, höchstens verwundert schaute ihm mancher nach, denn er sah, wie er so war, barfuß in Hose und Hemd, mit flatterndem Haar und bleich, nicht anders aus als ein Bäckergeselle, dem es pressiert. Etienne lief blindlings zur Stadt hinaus zum Tunnel. Bald bluteten seine zarten Füße wie damals.

Etienne war, als er den Tunnel betrat, vom Bahnwärter gesehen worden, und vielleicht hätte er das Leben behalten, hätte er den Neidhardt nicht umgebracht.

So aber besetzten bald darauf Gendarmen und Landsturmmänner die Tunnelzugänge. Sie riefen dreimal: »Ergebt Euch, oder wir schießen!«

Etienne stand auf dem Schotter neben den Gleisen im Dunkeln, ohne sich zu rühren, wie ein sich Schämender, und er antwortete nicht. Die Gendarmen riefen noch dreimal, dann schossen sie in die Finsternis. Von fünf Kugeln getroffen, fiel Etienne tot auf sein Angesicht.

Luise wurde anderntags gefunden in dem Augenblick, als ein Jagdhund ihre Leiche an dem roten Haare aus dem Wasser zerrte.

DIE POWENZBANDE
Zoologie einer Familie

Die Powenzbande

Zoologie einer Familie

Ausgabe letzter Hand
unter Zugrundelegung der neuesten Forschungsergebnisse
und der nachgelassenen Dokumente
mit einem Geleitwort
des Altbürgermeisters der Stadt Mössel
Dr. h. c. Max Dattel

gemeinverständlich dargestellt
von

Ernst Penzoldt
Kustos

Für Peter Jaeger

GELEITWORT

»Alles verstehen heißt alles begreifen.«
Baltus Powenz (Pädagogische Schriften)

In meiner Eigenschaft als Altbürgermeister der sagenumwobenen Powenzstadt Mössel an der Maar, deren Bewohner sich eben anschicken, das 88. Wiegenfest ihres größten Sohnes Baltus Powenz feierlich zu begehen, gereicht es mir zur hohen Ehre, der aus Anlaß desselben erscheinenden Jubiläumsausgabe der Biographie unseres leider verewigten Mitbürgers ein paar stille Worte des Gedenkens voranzuschicken.

Der Schreiber dieser Zeilen hatte das Glück, dem allzu früh von uns Gegangenen im Leben nahegestanden zu sein. Er darf für sich das bescheidene Verdienst in Anspruch nehmen, die Anregung zur Gründung der Powenzgesellschaft sowohl als zur Errichtung eines Baltus-Powenz-Monumentes gegeben zu haben, das für ewige Zeiten eine hübsche Zierde unserer Stadt bilden wird. Unsere Philatelisten wird die Sonderausgabe einer Briefmarke mit dem Antlitz des Gefeierten erfreuen. Treue um Treue!

Kleine Mißverständnisse, durch die Ignoranz und Impowenz gewissenloser Hetzer aufgebauscht, vermochten die guten Beziehungen zwischen der Bevölkerung und der hochachtbaren Familie Powenz glücklicherweise nur kurze Zeit zu trüben. Heute aber dürfen wir von Baltus Powenz, dessen Wirken allein (nächst der Vorsehung) unser liebes altes Mössel seinen stündlich wachsenden Fremdenverkehr verdankt, mit Stolz sagen: er war unser einer.

Was die vorliegende, unter meiner tatkräftigen Förderung erschienene Ausgabe der ›Powenzbande‹ (so pflegt man nun einmal hierzulande scherzhaft und ohne kränkende Absicht die Familie zu nennen) betrifft, so lag es dem Gremium der Herausgeber, unter denen sich die namhaftesten Powenzhistoriker befinden, besonders am Herzen, den Text auf den neuesten Stand der Forschung gebracht zu wissen, ohne dabei die lebensbejahenden, herzerfrischenden Taten, die längst der Geschichte angehören und unverrückbar ins Gedächtnis der Mösseler eingegraben sind, wesentlich zu verändern, selbst wenn sie historisch nicht gesichert sein sollten. Solche legendäre Nachrichten haben oft mehr historische Wahrheit in sich als nüchterne Tatsachen. Dagegen zwang uns die Rücksicht auf das Zartgefühl der Hinterbliebenen, besonders der hochbetagten Witwe des Heimgegangenen, und mancher Leser zu einigen Milderungen und Weglassungen. Lediglich für den Fachmann wichtige Anmerkungen und Zusätze mag der Laie überfliegen.

Oberbürgermeister i. R.
Präsident der Powenzgesellschaft
Schirmherr des Denkmalvereins und Vorstandsmitglied
des Aufsichtsrates der Bad Heinrichsbrunn A.-G.

Vorwort zur ersten Auflage

»Furchtlos, Fröhlich und Fruchtbar!«
Baltus Powenz aus: Gesammelte Reden

Da die zum Teil höchst abenteuerlichen und, wie ich gleich bemerken will, meist recht abgeschmackten Gerüchte über Charakter und Lebensführung der sogenannten Powenzbande noch immer nicht verstummen wollen, hat mich der derzeitige Familienälteste mit der Aufgabe betraut, auf Grund des reichen vorhandenen Materials wissenschaftlich einwandfrei sine ira et studio die Ergebnisse meiner biographischen Forschungen niederzulegen.[1]

Da ich der Familie seit langem nahestehe, war es für mich, wie man verstehen wird, manchmal wahrhaftig nicht ganz leicht, die ungeschminkte Wahrheit zu sagen. Wenn ich es nun doch versuchte, so bitte ich empfindliche Leser um Nachsicht. Ich hielt bei meiner Arbeit weder mit schärfstem Tadel noch auch, wo es mir angebracht schien, mit einigem Lob zurück.

In der vorliegenden Arbeit konnte ich nicht viel mehr als den tatsächlichen Stoff bieten. Vielleicht regt er den einen oder anderen Schriftsteller an, den noch ungeschriebenen Powenzroman zu schaffen!

Mössel an der Maar, Februar 19..

D. Verf.

1 Ursprünglich als Inauguraldissertation zur Erlangung der Doktorwürde vorgelegt. D. Verf.

Vorwort zur dritten Auflage

Schon nach wenigen Wochen ist zu meiner nicht geringen Verwunderung und Freude eine zweite und bald darauf sogar die dritte Auflage notwendig geworden, für die eine Reihe recht dankenswerter Ratschläge nützlich verwertet werden konnte. Auch die Anbringung einiger Fußnoten wird sicher vielen willkommen sein. Im Einvernehmen mit Herrn Kaspar Powenz, dem ich für neue, sehr bedeutsame Fingerzeige an dieser Stelle herzlich danken möchte (wenn ich mich auch mit seiner sehr gut gemeinten ›handgreiflichen‹ Erwiderung mancher freilich ungerechtfertigter Angriffe gegen mein Buch nicht ganz einverstanden erklären kann), habe ich einige Stellen, die als anstößig empfunden wurden, gemildert oder ganz weggelassen, ohne, wie ich hoffe, damit das Gesamtbild wesentlich gestört zu haben. Auch einige leidige Druckfehler wurden bei dieser Gelegenheit ausgemerzt.

Palermo, Sommer 19..

Zur fünften Auflage

Nachdem das Vertrauen des Staates mich als Kustos an das Powenzmuseum berufen hat, konnte ich zu meiner Freude eine Reihe Neuerwerbungen für die neue Sammlung machen, sehr wichtige Dokumente und Erinnerungsstücke[1], darunter einen rührenden Briefwechsel und vor allem die höchst aufschlußreiche Bibliothek der Familie, die leider in Zeiten der Kriegsnot auf das Leihhaus hatte wandern müssen. Einige unwesentliche

1 Vergleiche: Katalog des Powenzmuseums, herausgegeben vom Verf., mit vielen zum Teil farbigen Abbildungen und einer Einleitung von Dr. Ernst Heimeran, 133 S. 8°, siebente vermehrte Auflage. Verlag des Powenzmuseums.

Stücke fehlen. Bedauerlicherweise sind viele der Bücher, so vor allem der Lederstrumpf, in einem geradezu erbarmungswürdigen Zustand der Zerlesenheit.

Ich konnte meine vorliegende Arbeit an vielen Stellen infolge neuer Zeugnisse wesentlich ergänzen. Auf ein kürzlich erschienenes Buch, den Antipowenz, dessen Verfasser mein Werk geißeln zu müssen glaubt, habe ich an anderer Stelle, wie ich glaube, überzeugend erwidert. Den Vorwurf unvaterländischer Gesinnung, versteckter Freimaurerei und ›gehässiger persönlicher Anspielungen‹ aber weise ich mit aller Entschiedenheit zurück.

Einige unwesentliche Irrtümer, auf die mich in liebenswürdiger Weise ein nicht genannt sein wollender junger Gelehrter hinwies, konnte ich richtigstellen. Ich benütze die Gelegenheit, verschiedenen meiner Freunde, so vor allem Herrn Dr. Georg August Weltz, für bereitwillig zur Verfügung gestelltes Material und sonstige Vorschläge meist fachwissenschaftlicher Natur (Medizin, Autotechnik und anderes) an dieser Stelle herzlichen Dank zu sagen.

Bad Heinrichsbrunn bei Kyps, im November 19..

Der Verfasser

I. BUCH DER HOFFNUNG

Σκιᾶ ὄναρ ἄνθρωπος Πιναρος

Eines Schattens Traum ist der Mensch
Pindar

Erstes Kapitel

Darin ein Stern vom Himmel fällt und den Helden der vorliegenden Geschichte verschlingt

Von einem niederfallenden Meteor erschlagen zu werden, von einem aus der Ewigkeit herabgeschleuderten Stein also, das gehört, denke ich, mit zu den absonderlichsten Todesarten, und es ist begreiflich, wenn sich die Sage gerne eines davon Betroffenen bemächtigt, sein Erdenabenteuer besingt und ihn verzaubert im Gedächtnis der Nachkommen, wie dies mit Baltus Powenz geschah, jetzt in unseren Tagen und vor meinen Augen.

Ich war gegen Abend noch ein wenig vor die Stadt hinausgeritten und dabei wie so oft dem wunderlichen alten Mann begegnet, der, laut mit sich selber (oder Gott) redend, mit seinen Händen heftig vor sich her gestikulierte. Er trug noch immer seinen alten, braun und grau karierten Havelock und war wie gewöhnlich berauscht. Er torkelte ein wenig, jedoch mit Würde. Und ich sah eine Flamme mit Donnergetöse aus der Sternennacht herniederfahren auf den ahnungslos barhäuptig wandelnden Greis, und das Feuer verschlang ihn ganz. –

Als ich, nachdem ich mein Pferd beruhigt, in ernster Besorgnis näher ritt, zog nur noch der blaue Rauch seiner Asche friedlich durch den Wald davon und rings um den schwarzen Krater, das Gras glühte und glimmte noch lange fort.

Das wunderbare Unglück ereignete sich unweit des denkwürdigen Hauses, das der alte Powenz dicht an der Stadtgrenze von Mössel[1] in gesetzlich vorgeschriebenem Abstand, man kann sagen, mit seinen eigenen Händen erbaut hatte, den Bürgern zu Hohn und Spott, die ihn vertrieben. Denn er lebte von je in Zwietracht mit der Stadt.[2]

Solch plötzlicher Tod, der sichtbar von oben herab gekommen war, auf das Haupt des trunkenen alten Sünders, erschien den einen selbstverständlich als göttliches Gericht und als wohlverdiente Strafe für viel Übermut und angetanen Schimpf, andern aber fast als ein Zeichen der Gnade wegen so augenscheinlicher Bemühung höherer Mächte um dieses armen Sterblichen willen. Alle waren jedenfalls tief erschrocken und nachdenklich geworden über den sinnvollen Zufall. Spät erst erloschen die Lichter der Stadt in jener Nacht. –

Die Söhne des Entschwundenen gruben anderntags feierlich und in Gegenwart vieler Neugieriger den fast mannsgroßen schwarzen Kometen, der noch heiß war, aus der Erde, damit dem Vater gleich an Ort und Stelle ein würdiges Denkmal zu setzen. Zweifellos ein absonderliches Symbol, dieser erloschene nächtliche Schwärmer!

Des Steines echt meteorische Herkunft, die von übelwollender Seite öffentlich angezweifelt worden war, wurde auf Wunsch der Hinterbliebenen zu deren vollster Genugtuung wissenschaftlich einwandfrei bestätigt. Dabei erwies sich, daß der Stein, probeweise angeschliffen und geätzt, inwendig rätselhafte Zeichen, Ziffern und Figuren zeigte, wie einer geheimen Schrift.

---

1 Mössel a. d. Maar, nicht zu verwechseln mit dem gleichnamigen Mössel am Wald.

2 Der Plan, jenes eigenartige Haus unter dem Namen Powenzmuseum der Nachwelt zu erhalten, ist erfreulicherweise bereits verwirklicht worden. Mit Ausnahme des Montag täglich geöffnet von 9-6 Uhr. Eintritt 50 Pfg. Sonn- und Feiertage frei.

Die Söhne des Alten umgaben das Naturwunder mit einem Bretterverschlag und ließen es gegen Geld sehen. Der stumme Violand Powenz verfaßte eine gruselige kleine Schrift darüber, die Zephirin mit hübschen Bildern schmückte. Sie wurde gerne gekauft. –

Baltus Powenz war, als ihn der himmlische Steinwurf traf, siebenundsiebzig Jahre alt. Er hatte in seinem langen bewegten Leben niemals Kopfweh gehabt und nur einmal den Schnupfen, obgleich er doch ein so unordentliches, vielen anstößiges, ja gottloses Leben führte und unmäßig trank. Er hinterließ allein an ehelichen Nachkommen sieben starke Söhne unterschiedlichen Charakters und eine wunderschöne Tochter. Dazu eine Frau, die noch immer aussah wie ihrer eigenen Kinder ältere Schwester. Und es war verwunderlich, wie sehr das arme Weib sich um ihn härmte, obgleich Powenz sie von der ersten Nacht an zeitlebens beinahe täglich geschlagen hatte mit seinen großen schmerzhaften Händen.

Auch die Söhne und Lilith, die Tochter, trauerten aufrichtig, wenn auch nicht so sehr. Es mochte sie trösten, daß der ihnen und ihrem Vater nie ganz ernstlich zürnende Gott den Greis so reinlich in die Natur zurückverwandelt hatte, nicht ohne ihm dabei die Gebräuche einer Beerdigung zu ersparen, die ihm von je ein Greuel gewesen.

Der Wald, in dem des Alten Gesang und Gelächter erschallt war, darin er geliebt und, plötzlich mit wildem Gebrüll hervorbrechend, friedlich wandelnde Bürger erschreckt hatte, aß sein bißchen Asche und atmete den blauen Rauch, ihn völlig nutzend: Es blieb nichts Irdisches von Powenz, kein Knöchelchen oder ein Zahn, nichts als eine Strähne seines Haars aber, des vierjährigen Knaben, einst von der Mutter bewahrt und überliefert, ganz unschuldig blond und wie unvergänglich in engelhaft seidenem Glanze.

Zweites Kapitel

Wie Baltus Powenz nach Mössel kam und warum. Seine Beharrlichkeit

Meine früheste Erinnerung an den Vollendeten ist die, daß er auf einem selbstgebauten Hochrad gefährlich durch die Straßen von Mössel fuhr, viel bestaunt, weil er der erste war. Die braunen Schöße seines altmodisch feierlichen Rockes blähten sich im Wind, gleich den Flügeldecken eines Maikäfers, was seiner Erscheinung etwas Fliegendes verlieh, und seine Haltung war steif und hochfahrend aus Gründen des Gleichgewichts. Im Gegensatz zu dem festlichen Rock trug er weder Kragen noch Krawatte, sondern nur ein beinernes Hemdknöpfchen.

Er gründete damals eine Radfahrschule, Velodrom genannt, und hatte eine Zeitlang viel Spaß daran, wie die guten Mösseler nach den Klängen seines Harfenspiels, darin er Meister war, den neumodischen Sport erlernten, wie sie purzelten und Angst ausstanden. Er aber saß inmitten der Bahn und rief schallend: »Treten! Treten! Treten!«, während er ›Mein Herz, das ist ein Bienenhaus‹ harfte.[1] Das ging so lange, bis sich der dicke Herr Schurigl den Hals brach. Da wurde der Sport polizeilich geregelt. Powenz selbst war natürlich nie etwas dabei passiert. Seine Söhne aber kamen sozusagen mit dem Fahrrad zwischen den Beinen auf die Welt.

Baltus Powenz soll Anfang der neunziger Jahre nach Mössel eingewandert sein und, so sagt man, ganz zufällig, fast aus Versehen. Er hatte nämlich damals eigentlich nur einen Zug überspringen wollen und blieb dann ganze vierzig Jahre dort, bis an sein jähes Ende.[2]

---

1 Ein damals beliebter Gassenhauer.

2 Nach den neuesten Ergebnissen der Powenzfamilienforschung nimmt man jetzt allgemein den 14. Juni 1892 als den Tag an, an dem Powenz nach Mössel kam und somit in die Geschichte der Stadt

Unweit des Bahnhofs in Adams kleiner brauner Weinstube habe der Durchreisende Zug auf Zug versäumt, bei stillem Trunke. Er soll an jenem ersten Abend schon auf dem gleichen Platz gesessen sein, wie er es nun fast allabendlich tat, bis kurz vor seinem Hintritt. Er sei da ganz allein gesessen, in sein Weinglas lächelnd, stumm und freundlich. Drei Tage lang, mit Ausnahme weniger Stunden, die er im Wartesaal des Bahnhofs verschlief, trank er, immer noch entschlossen, nun aber ganz bestimmt mit dem nächsten Zug abzureisen.

Er wurde anfänglich für einen Ausländer gehalten (wenn er nicht am Ende taubstumm war), denn er bestellte Essen und Trinken lediglich mit dem Finger auf der Speisekarte und nickte aufmunternd dazu. Oder er klopfte ans Glas, wollte er einen neuen Schoppen. Er redete kein Wort bis zum dritten Tage. Da aber gegen Mitternacht soll er mehrmals und mit Inbrunst ein Wort gesagt haben, auf deutsch und so, daß es alle hören konnten, immer nur wieder das eine Wort: »Herrlich, herrlich!«

Es ist uns aber nicht überliefert, was der Fremdling damals mit jenem Ausruf meinte, ob den Wein, ob die Stadt etwa, sein Leben oder überhaupt die Welt, die er innig liebte. Wahrscheinlich ist, daß er in jenem Augenblick den Entschluß gefaßt hat, sich zunächst oder dauernd in Mössel niederzulassen, und daß gerade dieser Augenblick wohl als der eigentliche Beginn zahlloser Ärgernisse und schmerzlicher Heimsuchungen für die ahnungslose Stadt Mössel anzusehen ist.

Baltus Powenz fand es herrlich in Adams Weinkneipe und blieb.

Er saß, noch unbärtig damals, aber mit einem Überschwang sehr gesunden, gleichsam hänfenen Haupt-

---

eintrat. Damit sind auch die lächerlichen Versuche, die Gestalt des Powenz für die Ausgeburt einer überhitzten Phantasie zu erklären, endgültig widerlegt.

haares bewachsen, so als sei es bei ihm wie bei Simson mit göttlichen Kräften geladen, saß da, mit riesenhaften Händen und einem großen, offenherzigen Angesicht, mit fast nie versagender, animalischer Sympathie begnadet – manche behaupten, beinahe schön zu nennen –, saß drei Tage stumm und trank, ein rätselhafter Gast, Neugierde und Anteil erweckend, wer er wohl sei, woher des Weges, welchen Standes endlich.

Er blieb, heiratete, ward fruchtbar und vermehrte sich prächtig.

Alle Angaben über seine Herkunft, vor allem die aus seinem eigenen Munde, sind mit äußerster Vorsicht aufzunehmen. Ob er nun wirklich, wie verlautet, ein verbummelter Student war, aus gutem Hause stammend, aber von der Familie auf ewig verstoßen (manche verblüffende Kenntnisse in der Heilkunde und Jurisprudenz, aber auch in den alten Sprachen deuten darauf hin), oder ob er eines Schäfers Sohn aus der Lüneburger Heide und daher in so vertrautem Einvernehmen mit der Natur, ob er endlich gar von Scharfrichtern abstamme, wie von gewisser Seite vermutet wird, vermag ich nicht zu entscheiden.[1]

Denn alle Powenze logen von Herzen gern, kunstreich und gewissenhaft.

Wenn er vielleicht damals aus Apolda oder aus Pasewalk oder Krimmitschau kam, vermutlich wegen eines ärgerlichen Liebeshandels flüchtig, so war es ihm ein leichtes, zu berichten, er komme geradeswegs aus Paramaribo oder aus Haiderabad. Er taufte jenes sicher ungewöhnlich gewöhnliche Mädchen, eine Sächsin etwa, die womöglich Emma hieß, aufs anmutigste in eine Zaïde um und ließ das Erlebnis in einer volkreichen Hafenstadt in Indien spielen, wo sein Schiff, ›der schmucke englische

---

1 Vgl. hierzu seine eigenen Äußerungen S. 127f. Der Name Powenz ist vermutlich germanischen Ursprungs, vielleicht gleichbedeutend mit Popanz (vermummte Schreckgestalt).

Dampfer Abukir‹ – wegen eines tödlichen Pestfalles an Bord – ›wochenlang in Quarantäne‹ liegen mußte, bei einer höllischen Hitze natürlich, in Pondichéry zum Beispiel, wo er gewiß nie in seinem Leben war. Kannte wirklich einmal einer der Zuhörer jene fernen Orte aus eigener Anschauung, so reiste Powenz schleunigst mit dem nächsten Dampfer seiner Phantasie ab und konnte sich von da an infolge stürmischer Überfahrt leider nur noch ganz dunkel und ungefähr erinnern. Dabei warf er gern mit seemännischen Ausdrücken nur so um sich, sprach von Luv und Lee, einer Mütze voll Wind, von Davits und Besanmast und priemte dazu, den goldbraunen Saft kunstgerecht in die Gegend spuckend.

Es sind Photographien vorhanden (und im Powenzmuseum wohl in Bälde allgemein zugänglich), auf denen Baltus Powenz, vor einem primitiven Zelte sitzend, mit dem Tropenhelm auf dem Kopf, die Büchse über den Knien, zu sehen ist, eine eben erlegte Gazelle neben sich im Steppengras. Solche exotischen Aufnahmen, in deren Herstellung vor allem sein lieber Sohn Zephirin ganz unübertrefflich war, entstanden meist in nächster Nähe von Mössel, auf der alten öden Schlachthaide[1] etwa, und die Gazelle war eine tote Ziege oder auch nur ein Bettvorleger.

Es ist erwiesen, daß Powenz, ohne daß der Betrug bemerkt wurde, in benachbarten Städten öffentliche Vorträge über seine Reisen in Afrika oder Asien gehalten hat mit solchen Lichtbildern und daß er von Publikum und Presse mit überaus herzlichem Beifall für seine spannenden Ausführungen bedankt wurde.

Powenz war der Ansicht, daß nur diejenigen Lügen Berechtigung hätten, die nie aufkamen. Das Sündhafte bei der Lüge war für ihn lediglich die Enttäuschung und der Schimpf des Belogenwordenseins. Die wahre Lüge aber

1 Schlacht bei Mössel am 3. August 1633 zwischen den Schweden und Kaiserlichen.

mußte Geheimnis des Urhebers bleiben. Powenz war daher stets von einer großartigen Unnachgiebigkeit allen kleinen Zweiflern gegenüber. Er war jederzeit bereit, für die Wahrhaftigkeit seiner Lügen sogar mit dem Leben einzutreten.

So ließ er es einst allen Ernstes bis zu einem Duell kommen, als ein zufälliger Gast in Adams Weinstube Powenzens bescheidenen Bericht über seine Erlebnisse mit Walrossen im Nördlichen Eismeer oder die Wahrheit jener blutrünstigen Erzählung ›Mein erster Königstiger‹ aus eigenster Anschauung mit Fug und Recht anzuzweifeln begann.

Bei dem Zweikampf (die Pistolenforderung war durch das Ehrengericht in eine schwere Säbelpartie umgewandelt worden) richtete der riesenhafte Lügenbeutel den wahrheitsliebenden Vorwitz aufs jämmerlichste zu. Diese Ehrenrettung festigte Powenz' Kredit auf lange Zeit.

Am Orte des Duells, einer idyllisch gelegenen Waldwiese, wohin viele Jahre später der tapfere Vater seine zahlreich heranwachsenden Söhne führte und sehr anschaulich den ganzen Vorgang ihnen vorstellte, errichteten die wackeren Knaben ein sehenswertes Marterl. Darauf ist abgebildet, wie der gewaltige Powenz im Ausfall seinem ziemlich kümmerlich fechtenden Gegner die entscheidende Gesichtsquart versetzt. Der Unparteiische trägt einen Zylinder, bebrillte Ärzte hantieren bereits im Vordergrund mit Verbandmaterial und Instrumenten, während im Hintergrund eine schwarze Droschke wartet. Auch dieses Bild war des kunstreichen Zephirin Werk. Es war dauerhaft auf Kupfer gemalt, und das Ganze glich von weitem einem frommen Bildstock.[1]

---

1 Welch ein verwunderlicher Sinn für Pietät und Traditionsgründung lebte doch in diesen Leuten, denen sonst nichts auf Erden heilig schien! D.V.

Powenz muß, als er nach Mössel kam, vom ersten Anfang an, ganz offen und heiter gegen jedermann geäußert haben, daß sein Ziel sei, sich hier dauernd anzusiedeln: also ein Haus zu erwerben oder eines zu bauen, obgleich er doch kein Geld hatte, ein Umstand, der ihn aber ganz und gar nicht bedrückte. Er war ohne Koffer gekommen, in einem karierten Havelock, demselben, den er noch bei seinem Ende trug und den der Stern mit ihm völlig verschlang, und er lebte wohl lange Zeit armselig genug und auf mancherlei Weise seinen Unterhalt bestreitend; denn das ganze Leben immer den gleichen Beruf auszuüben, schien ihm doch gar zu langweilig.

Er konnte zweifellos unendlich viele Dinge, die an sich gewiß allerliebst, aber im Grunde gänzlich unnütz waren. So war er zum Beispiel Meister im Herstellen ganz famoser Papierdrachen, die herbstens gleich Engeln den Himmel über Mössel bevölkerten. Er lebte sozusagen von der Luft. Auch jene plissierten goldenen Weihnachtsengel gehörten zu seinen Spezialitäten. Doch seine Hauptstärke war die Erfindung und Herstellung von allerlei Scherzartikeln, ersonnen zur Erheiterung und Verdrießlichkeit der Mitmenschen, vor allem Feuerwerkskörper, Juckpulver, Niespulver (»eine Messerspitze voll in die Stube geblasen, bringt alle Anwesenden zum Niesen, ein famoser Spaß«). Aber auch sonst allerlei, treuherzige Gemüter täuschende, hochoriginelle Jux- und Vexierartikel, zum Beispiel jene beliebten Radauplatten (»wirft man sie unvermerkt auf den Fußboden, so entsteht ein ohrenbetäubendes Geklirr. Besonders zum Ärger von Hausfrauen geeignet«). Eine Spezialität waren die prächtigen Feuerwerkszigaretten und sogenannten Stinkbomben.

Von ihm stammt auch die geniale Erfindung einer Sicherung der Fahrräder gegen Diebstahl. Unter dem Schlitz des Sattels war sehr sinnreich eine Nadel angebracht, die emporschnellte, wenn ein Unbefugter sich aufs Rad schwang. Leider vergaß Powenz einmal, den heimtückischen Apparat abzustellen, und erfuhr so aufs schmerzlichste die unstreitigen Vorzüge seiner Erfindung.[1]

Drittes Kapitel

Handelt über das erste Automobil in Mössel, über eine Badeanstalt und ein lebendiges Bilderbuch

Powenz besaß den Ehrgeiz, obgleich er wohl der ärmste Schlucker in Mössel war, doch als erster ein wirkliches Automobil zu besitzen, kein fabrikneues natürlich, sondern ein selbstgefertigtes.

Es gelang ihm, aus allerlei unnützen Teilen altmodischer Gefährte und Maschinen mit einer Engelsgeduld und vorbildlichem Fleiß wenigstens so eine Art Automobil zu bauen. Es war von Ansehen nicht sehr schön, keineswegs elegant und schnittig in der Form, aber es war rot und gelb lackiert, mehr einem jener Wagen auf einem Karussell ähnlich, darin die ganz Kleinen zu fahren pflegen, die noch nicht Pferdchen reiten können. Der Powenzsche Kraftwagen sah altertümlicher aus als irgendein Pferdewagen damals, er vollführte einen ungeheuren Lärm und machte unerträglich viel Gestank. Er erweckte den Eindruck, als lebe er von dauernden Explosionen, die paffend und dampfend ihm unter dem Leib hervorstoben, als niese er beständig. Dabei konnte er nur entweder sehr schnell oder schneckenmäßig langsam fahren. Die Pferde und Kühe scheuten vor ihm wie vor einem höllischen Gott.

Dennoch neidete man ihm den Ruhm des Fortschritts. Es wurden Schritte unternommen, ihm den Unfug behördlicherseits zu verbieten. Aber da hatte er das Glück, den Bezirksarzt, dessen Doktorspferd auf offener Landstraße gefallen war, mit seinem Auto gerade noch rechtzeitig zu einer schwierigen Entbindung zu bringen und

1 Zum Patent angemeldet.

so zwei Menschenleben retten zu helfen. Also ließ man es ihm. Er verpfändete das sagenhafte Gefährt bald darauf. Lange stand es gänzlich unverkäuflich in einer Remise, so erhielt es sich und konnte später für das Powenzmuseum erworben werden, in dem es eine ganz besondere Zierde bildet.

Sommers aber betrieb er jene kleine silbergraue Badeanstalt, unweit der Stadt auf der schon früher nach ihm benannten anmutigen Powenzinsel gelegen. Das war ein gemächlicher Beruf, der ihm lag und erlaubte, gegen geringe Pacht den ganzen Sommer über nackig, nur mit einer rotweiß gestreiften Badehose und mit einem riesigen Binsenhut herumzulaufen, nichts zu tun und dabei sehr billig zu leben.

Er führte das Leben eines Indianers, aß Fische (die er selbst angelte und an Stecken briet), dazu Salate, wie sie die liebe Natur wachsen ließ, Sauerampfer und Kresse vor allem. Er schlief auf einer Kokosmatte in einer der sehr bescheidenen Kabinen.

Schon damals soll er im Hinblick auf das zukünftige Haus, das er unter allen Umständen zu besitzen gesonnen war, mit der Sammlung nicht immer herrenlosen Baumaterials begonnen haben. Man konnte ihn oft, einen Ziegelstein gleich einem Brotlaib unterm Arm, verklärten Angesichts zwischen den Wiesen wandeln sehen, oder auch mit einem brauchbaren Brett, und von ihm rührt der seitdem viel zitierte Ausruf, beim Anblick eines Baumaterialienlagers: »Ach, welch wunderschöne Backsteine!«

In jener Zeit aber war er noch wohlgelitten, man lächelte über seinen Körper, der fabelhafte Tätowierungen aufwies, womit er, besonders wenn er, von der Sonne braun, durch seine Badeanstalt schritt, gleich einem wandelnden Bilderbuch die Jugend ergötzte, die sich nicht satt sehen konnte an der Vielfältigkeit dieser Kunstwerke: Um sein rechtes Bein ringelte sich beispielsweise eine dicke karierte Schlange empor, auf seinem Leib war das Paradies dargestellt mit Adam, Eva und dem ganzen Getier, Giraffen, Elefanten, Löwen, Krokodilen und Fledermäusen. Den breiten Rücken zierte ein Gruppenbild der kaiserlichen Familie mit der Unterschrift: Lerne leiden, ohne zu klagen, darunter die beiden Hemisphären, umgeben von Sonne, Mond und Sternen. An den Längsseiten waren die wichtigsten Daten aus seinem Leben eingeritzt wie bei einem Kalenderbaum. Wie um einen Baumstamm liefen, ums linke Bein sich haschend, zwei Eichhörnchen einander nach. Am rechten Handgelenk trug er eingraviert eine Armbanduhr[1], auf der es immer halb sechs war, zwei gekreuzte Pistolen und eine schwörende Hand, am linken Arm eine Harfe, von einem Engel gespielt.

Aber auf dem Brustmuskel über seinem Herzen, das war offenbar jenes geträumte Haus, ein wenig ungeschickt und wie mit Tinte, so wie es Kinder zu zeichnen pflegen, mit einem Kamin, der rauchte, mit Bäumen rechts und links und vielen, etwas verzogenen Fenstern.

Durch die Bebilderung kam es, daß Baltus Powenz nie ganz nackt schien.

Viertes Kapitel

Berichtet von ehelicher Liebe, von der Fruchtbarkeit und von der Gerechtigkeit

Ein Ereignis von einiger Wildheit fällt in jene Zeit. Zwei sträflich neugierige Gymnasiasten, die Powenz, da er mit einem Mädchen im sommerlichen Walde koste, inmitten seines heiteren Liebesspieles störten, soll dieser unbändige, bläulich illustrierte Mann, faunisch aus dem Ge-

---

1 Auf gedachte Uhr pflegte er zuweilen zu sehen, indem er mit unnachahmlicher Großartigkeit den Ärmel zurückschob. Eine wirkliche Uhr besaßen die Powenze überhaupt nicht. »Wer keine Uhr hat, hat immer Zeit.« (Baltus Powenz: Maximen.)

büsch brechend, unsanft ins engelgleiche Lockenhaar gegriffen haben, um dann die vorwitzigen Störenfriede durch mehrmaliges heftiges Gegeneinanderstoßen ihrer Köpfe ›mehr Respekt vor der Liebe‹ zu lehren. Relata refero!

Hinter den so Bestraften drein schallte Powenz' gewaltiges Hahaha-Gelächter durch den wunderschönen deutschen Wald.

Der Vorfall rief in Mössel mit Recht allgemeine Entrüstung hervor, die sich in der Folge immer mehr steigern sollte. Powenz nämlich mietete jetzt eine kleine Dachwohnung in einem unfreundlichen, rußgeschwärzten Haus nahe der Bahn und heiratete eine selten liebevolle Jungfer aus Kyps, die von ihm bereits einen fast dreijährigen Jungen, Kaspar mit Namen, hatte und nun wieder ein Kind unter ihrem zärtlichen Herzen trug.

Die Hochzeit fand daher in aller Stille statt. Der kleine Kaspar streute Blumen, Powenz betrank sich und schlug seine Frau, weil sie vor Rührung flennte. Er benahm sich aber ganz furchtbar im Rausch, und so geschah es in jener Nacht, daß er die neuen Federbetten und Kopfkissen, fast das einzige, was seine Frau mit in die Ehe gebracht, in seiner Tollheit sich auf Haupt und Schultern lud, die schwankende Last aufs Dach schleppte, um, nachdem er das Inlett aufgeschlitzt, rittlings auf dem Firste sitzend, die Federn herabschneien zu lassen aus lauer Sommernacht, einen falschen Winter vorspiegelnd. Dazu sang er mit tieftrauriger Stimme das alte Lied vom bucklichten Männlein.

Die Aufregung mochte mit schuld sein, daß die junge Frau gegen Morgen dieser ersten Ehenacht niederkam, wieder mit einem Knäblein, das der Vater Fabian nannte (das bedeutet ›der mit Bohnenbau sich Beschäftigende‹).

Innerhalb von zehn Jahren brachte sie so im ganzen sieben lebendige Kinder zur Welt, darunter auch eine Tochter. Das dritte war aber ein Sohn, der etwas melancholische Heinrich. Ihm half Powenz sogar eigenhändig zur Welt[1], ohne Hebamme und Arzt.

Wirklich machte Powenz von jeher alles selbst, und er mußte es ja wohl. Das spärliche Heiratsgut der Frau war in schlimmen Tagen bald versetzt und nicht mehr eingelöst worden. Ersatz war nötig, wollte nicht die hartgeprüfte Familie weiterhin zwischen leeren Wänden wie im Freien kampieren, in malerischer Armut.

Es erscheint unbegreiflich, und die Mösseler begriffen es, glaube ich, nie ganz, daß ein Mensch mit solch unverwüstlicher Gesundheit und Lebenslust, mit ungewöhnlichen praktischen Fähigkeiten für Schreinerei, Spenglerei, Heilkunde, Elektrotechnik, Juristerei und dergleichen, nicht einfach einen seiner hundert Berufe rechtschaffen pflegte und ausübte als ein würdiges Mitglied unserer braven Bürgerschaft. Aber Powenz wollte nicht. Er besaß nun einmal eine so eigenwillige Art von Freiheitsliebe.

Es ist klar, daß er bei seinen vielen kleinen Rechtsstreitigkeiten auch sein eigener Anwalt war: in jener denkwürdigen Verhandlung zum Beispiel, da sein Nachbar Gockeley, ein ihm mißgünstiger Mensch, ihn wegen widerrechtlicher Führung des Doktortitels verklagt hatte, erschien Powenz, während sein Gegner zwei bekannte Rechtsbeistände aufgeboten hatte, lediglich mit einem blauen Mäppchen, einem Schulheft ähnlich, und er obsiegte.

Herr Adam, der Inhaber jener braunen kleinen Weinstube, ist nachweislich[2] schuld daran gewesen, daß Powenz in Mössel nie anders als Doktor Powenz genannt wurde, beinahe von Anfang an. Vielleicht titulierte ihn

---

1 Ich halte es nicht für ausgeschlossen, daß dieses Jungen spätere seltsame Charaktereigenschaften auf seines Vaters sträfliche Eigenmächtigkeit anläßlich der Geburt zurückzuführen sein mögen.

2 Vgl. meine kleine kulturhistorische Studie: Powenz und die Ethik des Weines. Privatdruck.

Adam so, weil damals der Fremde nebenbei von ›sich niederlassen‹ gesprochen hatte. Ob nun auch Powenz bescheiden abwehrte, eindeutig, wie er meinte: »Keinen Titel, bitte, nein!«, der ›Doktor‹ blieb ihm, unverschuldet, unangemaßt zwar, blieb ihm, obgleich er von seinen Widersachern in der Folge wiederholt angefochten wurde, trotz erwirkter einstweiliger Verfügung, die ihm die Führung dieses Titels bei Strafe verbot.

Ja, aus Versehen (und das mochte ihm nachher ärgerlich genug sein) redete in jener Verhandlung der Herr Vorsitzende aus lauter Gedankenlosigkeit den Beklagten sogar mit diesem doch eben juristisch angezweifelten Titel als Herr Doktor an, was sich Powenz aber sofort mit schlauer Entrüstung in aller Form verbat. Damit konnte er demonstrativ und sehr eindrucksvoll seine Unschuld öffentlich dokumentieren. Er sprach, augenscheinlich tief verletzt, von Verhöhnung und führte zur allgemeinen Überraschung aus dem Kopf die Paragraphen an, die ihn ›vor Kränkung schützten in den Schranken des Gerichts‹.

Die Powenzbuben klatschten ihrem Vater begeistert Beifall und mußten den Saal verlassen. Sie taten es grinsend.

Nach dem sanften Kinde Heinrich kam Lilith zur Welt, das Mädchen mit den großen braunen Augen in einem anfangs bläulich weißen, feuchten Angesicht, das, weil zu früh geboren, noch nicht ganz ausgebacken schien. Es war ein selten häßliches, ein unausstehliches Kind, früh schon zum Beißen, Spucken und Kreischen aufgelegt, eine kleine Teufelin schon damals.

Violand, mit diesem von Powenz selbst erfundenen Namen, ward der nächste Sohn gerufen. Seine Geburt geschah auf seltsame Weise. Powenz nämlich, gut gelaunt, hatte mit seiner Frau noch den Abend über gescherzt, bis sie so herzlich lachen mußte, daß infolge der heiteren Erschütterung die Geburt eingeleitet wurde.

Violand und die folgenden ließ der Vater, der leider mit der Kirche zerfallen war, nicht mehr taufen, weder ihn, den Vielgewandten, mit dem schönen beredten Mund (wenn man so sagen will, seines Vaters Liebling), noch den lustigen, kunstsinnigen Zephirin. Auf lange Zeit der Jüngste blieb der Knabe mit dem ebenfalls heidnischen Namen Jadup, eigentlich ein Zwilling, der aber seine zartere Schwester schon am dritten Tage in der Wiege erstickte, was unschuldig geschah, aber für seine Lieblosigkeit Mitmenschen gegenüber zukunft-symbolisch bedeutsam wurde. Er war ein Wesen voll heiterer Grausamkeit, aber besonders anziehend.

Übrigens taufte die um der armen Seelen willen besorgte Frau Powenz ihre Kleinen insgeheim selbst, nach selbsterdachter Zeremonie verfahrend, indem sie ein wenig Wein, aber auch Erde auf die unschuldigen Häuptlein träufte und mit einer Blume die winzigen Münder berührte. –

Die Powenzische Fruchtbarkeit erregte begreiflicherweise in der Stadt[1] öffentliches Ärgernis. Die Stadt war in erster Linie in einer Frau Quiebus verkörpert. Diese riesenhafte Dame, der Powenzbande Erzfeindin, von der noch öfters die Rede sein wird, äußerte freimütig gegen jedermann, man müsse diesem unanständigen, ja frevelhaften Treiben doch endlich polizeilichen Einhalt gebieten.

---

1 An dieser Stelle sei ein kurzer Hinweis auf die geographische Lage usw. der Stadt erlaubt: Mössel, das römische Castellum moselinum, ahd. mûzzelaha, an der fischreichen Maar gelegen (14692 E., 297 Meter üb. d. M.), einst reichsunmittelbar, ist heute ein ruhiges Landstädtchen mit lieblicher Umgebung. Für die Besichtigung genügt ein halber Tag. Hotels und Gasthäuser: ›Zum Walfisch‹ (hier übernachtete Napoleon im Jahre 1806), schattiger Garten, Zimmer von 1 RM an, ›Goldener Handschuh‹, bürgerliche Küche, gelobt, ›Zum Maulwurf‹ (ordentlich), ›Rote Kuh‹ (einfach). Wein: bei Adam am Bahnhofsplatz. Geschichtliches: Der Sage nach von Karl

Fünftes Kapitel

Sehet, wie feinslieblich es ist, wenn Brüder einträchtig beieinander wohnen

Die Powenzische Wohnung war klein und enthielt lediglich Schlafkammern. Zweistöckige Betten waren bald notwendig geworden. Die Anzüge der Kinder, von der Mutter selbst geschneidert, erbten sich fort von Kaspar bis Jadup, Stiefel und Strümpfe gab es nur im Winter. Denn sommers liefen alle Powenze barfuß umher, nur mit Hemd und kurzer Hose bekleidet, und wurden braun bis auf die zahlreichen weißen Narben; denn fast immer blutete einer. Obgleich sie sich nur selten wu-

---

dem Dicken gegründet (s. c.), wurde M. von den Hunnen im Jahre 955 völlig zerstört und erholte sich nur langsam. Nach einer kurzen Blüte im Mittelalter, vor allem unter dem kunstsinnigen Herzog Kasimir dem Dreizehnten, fiel im Dreißigjährigen Krieg der größte Teil einer verheerenden Feuersbrunst zum Opfer. 1770-1783 Witwensitz der Herzogin-Mutter Anna. Seinen heutigen Wohlstand verdankt M. dem regen Gewerbefleiß der Einwohner (bedeutende Spielwaren-, Klöppelspitzen- und Ansichtspostkartenindustrie, Weinbau). Rundgang: Vom Bahnhof (nüchterner Backsteinbau), an der Post vorbei, gelangt man geradeaus zum ehemaligen herzoglichen Lustschloß (jetzt Leihhaus). Davor hübsches Marmordenkmal der unglücklichen Königin Luise (von Bernauer). Links davon das Rathaus, im spätgotischen Stil erbaut in den Jahren 1899-1901 von Knipfel. Dahinter Stadtgarten mit uralten Bäumen. Wasserkünste. Sehenswert die protestantische Moritzkirche mit altertümlichen Grabsteinen. Vom Turm bei gutem Wetter lohnende Aussicht, Schlüssel beim Kirchner gegenüber (Trinkgeld). Von dort zur Volksschule und zum Marktplatz. Haus Nummer 7 (unten ein Strumpfwarengeschäft) Bronzetafel zur Erinnerung an den heute zu Unrecht vergessenen Heimatdichter Karl Butter, der hier geboren wurde (1802-1873). Ausflüge: Über den Weinberg (rote Markierung) nach Schneppers (dreiviertel Stunde, Aussichtswirtschaft). Empfehlenswert auch Spaziergang durch das idyllische Pulverwäldchen zur Maar (im Sommer viele Schnaken!). Dortselbst Bade-Insel, Kahnfahrt.

schen und wohl kaum ihre Zähne putzten[1], machten sie, wie ich mich erinnere, doch den Eindruck von naturhafter Sauberkeit. Ihr Haar war wild und wie aus Bindfaden oder Sauerkraut gemacht. Den Friseur zu sparen, schnitt es ihnen Powenz eigenhändig, indem er jeweils einen passenden Kochtopf seinen Knaben aufs Haupt stülpte und einfach wegschnitt, was darunter vorguckte.

Im Sommer lebten sie, so schien es, fast ausschließlich von Schwarzbeeren, alle Welt mit blauen Zähnen anlachend.

Es kam nie vor, daß die Powenze, solange sie unmündige Kindlein waren, jemals Ringele-Ringele-Reihe spielten oder gar Häschen in der Grube. In ihrer sehr luftigen Kleidung, oder vielmehr in jener Art Hose, die an den Schultern zugeknöpft war, kugelten sie den ganzen Tag in der Gosse herum, den Pflanzen ähnlich durch die Haut die Nahrung der Erde aufnehmend, der Erde, des Sandes und auch des Schlammes, denn sie liebten unsäglich das Wasser. Wasser, Feuer, Luft und Erde waren ihre liebsten Spielzeuge.

Von Jadup, dem Wißbegierigen, wird erzählt, daß er die Erde aß, ja er ließ überhaupt nichts unversucht. Er mußte alles einmal geschmeckt haben, was irgend Natur war.

»Sie sind tierisch«, sagte Frau Quiebus von den schmutzigen Powenzrackern. Aber sie waren die gesuchtesten Kegelbuben in Mössel und als Balljungen

1 Trotzdem geht auf sie die Erfindung der elektrischen Frisier-, Wasch- und Zähneputzmaschine Friwazäpuma zurück. Der Apparat besitzt runde Öffnungen für die Köpfe und für die Hände. In Betrieb, ertönt ein heftiges Bürstengeräusch und Wassergeplätscher. Sie wird für ein, zwei (kinderlose Ehepaare) und sechs Personen geliefert. Auch eine Mundharmonika mit Zahnbürste gekoppelt gedachten sie auf den Markt zu bringen, eine umwälzende Neuheit, besonders für Kinder geeignet.

beim Tennisspiel an Fixigkeit unübertroffen.[1] Das Drachensteigen, Stelzenlaufen, Schussern beherrschten sie vollkommen. Unerreichte Meister waren sie im Indianerspielen. Zephirin aber bemalte, offenbar nach Vaters Vorbild, ihre nackten Körper und am schönsten den schläfrigen Fabian, weil er am stillsten hielt.

Es wurde ihnen jedoch übel vermerkt, daß sie auch kleine unschuldige Mädchen, so Frau Quiebus' Töchterlein, ohne weiteres entkleideten und von oben bis unten bunt bemalten mit allerlei Getier und Waffensymbolen.

Betrüblicherweise wurden die kecken Jungen auch bei ganz unverblümter Bettelei ertappt. Sie wußten sich dabei entsetzlich anzustellen und aufs bemitleidenswerteste den Eindruck von Krüppelhaftigkeit zu erwecken. Besonders Jadup verschaffte sich gern auf diese Art sein Zigarettengeld. Denn sehr jung schon, als Sechsjährige, begannen die Powenzbuben Zigaretten zu rauchen. Zunächst natürlich selbstbereitete aus Buchenblättern, entsetzlich stinkende und schwer bekömmliche.

Sie waren schon eine schreckliche Bande, untereinander sich ewig hauend, nach außen aber stets einig und eine Partei für sich, raubritterlich, streitliebend und gefürchtet. Eines ihrer Lieblingswörter war: pfundig.[2]

Ich sah sie oft, wenn sie heimkamen von einer Schlacht, hungrig und erhitzt, atmend mit ihren offenen nassen Mündern und geblähten Nüstern, das braune Nackte weißsamten bestaubt, blutend. Immer trugen sie Akazienruten, jene beliebte, dornenbewehrte Wurf- und Hiebwaffe, oder Katapulte, aus einer Astgabel gefertigt,

1 Es wird erzählt, Jadup habe einmal eine Billardkugel ins Spiel geschmuggelt, was naturgemäß schreckliche Folgen hatte.

2 Pfundig, auch pfundsam oder (verstümmelt) pfunz – von dem nicht mehr gebräuchlichen Wort Pfund (= 1/2 Kilo) – ist ein typischer Powenzialismus, der neuerdings in die Umgangssprache einzudringen droht.

am besten von Haselholz, das fest und zugleich biegsam ist. An den Enden wird mit Schnüren das Schleuderleder befestigt, wozu ein Stück Handschuh gut geeignet ist. Natürlich muß man stramme, zügige Gummischläuche dazwischenschalten. Kleineres Vogelwild (Spatzen, Amseln, Tauben) war mit dieser Waffe leicht zu erlegen. Kaspar, der Älteste, will damit sogar einmal einen Hasen geschossen haben, der, mit Hussa in einen Steinbruch gehetzt, nicht mehr zu entrinnen vermochte, verzweifelt gegen die steilen roten Sandsteinwände anspringend.

Dieser Kaspar, von seinen Brüdern oft über Gebühr gehänselt wegen seiner außerehelichen Geburt, worauf er sehr zornig werden konnte, hielt unter seinen jüngeren Brüdern auf eine rauhe, aber wirksame Art Zucht. Denn er war stark und rücksichtslos. Die Kleinen hängte er ohne weiteres am Hosenbund an einen Haken an die Stubendecke und ließ sie so oft stundenlang zappeln.

Als Sechzehnjähriger bereits Vater eines kleinen Knaben (es kostete den alten Powenz, der dem leichtfertigen Sohn nun aber doch ernstlich ins Gewissen redete, einige Mühe, sich und Kaspar allen geldlichen Verpflichtungen zu entziehen), galt er frühzeitig als der verwegenste Liebeskünstler der Stadt.

Die Powenzbande wohnte nicht, sie hauste. Sie wuchs sozusagen wild inmitten dieser sonst fast nur von friedlichen Pfarrerswitwen und braven Pensionisten bewohnten Stadt.

Eine sehr große Kiste, auf der in schwarz schablonierten Lettern noch zu lesen war: Eilgut. Vorsicht! Nicht stürzen!, diente als Tisch, kleinere Kisten als Stühle. Die große Kiste war gleichzeitig so eingerichtet, daß man den jeweils Ungezogensten vermittelst einer Art Falltür darin einsperren konnte, der dann aber dafür seinerseits die darum Herumsitzenden in die Beine zwicken und kitzeln konnte. Die zweistöckigen Betten waren zum Teil aus alten Leitern gebaut, den Heuraufen in einem Stall nicht unähnlich. Immer hing Wäsche wimpelhaft in einer Art Dauerbeflaggung quer durch die Stuben, und gleich Gehängten baumelten an Haken offen die Kleider von der Decke herab. Denn es mangelte ein Schrank.

Eine Folge solch tierischen Zusammenhausens war, daß den Keuchhusten alle Powenzkinder fast gleichzeitig hatten, und ihr hemmungsloses Drauflooshusten, was bekanntlich die Krankheit krampfhaft verschlimmert, klang wirklich beängstigend, besonders in der Nacht. Dann saßen sie auf in ihren Leiterbetten, fast blau im Gesicht, krächzend, bellend, keuchend, bis endlich Powenz ihnen das Husten einfach verbot, widrigenfalls er sie barbarisch durchpeitschen werde, was er gewiß auch ohne weiteres wahrmachte. Dieses russische Heilmittel, den Keuchhusten mit der Peitsche auszutreiben, wirkte ganz ausgezeichnet. Es half nichts, wenn Jadupchen jammerte: »Ich huste ja gar nicht, es hustet aus mir!« Wer hustete, bekam Hiebe, also husteten sie nicht mehr. Damit man sie aber als gemeingefährlich und ansteckend gleich von weitem erkenne und meide, trugen sie kleine Schildchen an einer Schnur um den Hals gehängt, mit der Inschrift: ›Ich habe Keuchhusten!‹[1] Wenn sie gurgelten, geschah es aufs musikalischste, koloraturhaft.

In den Fuß getretene Nägel oder Spreißel ließ man einfach herausschwären, und Blut stillte man durch Auflegen von Schnupftabak.

Sechstes Kapitel

Handelt in Kürze von Leibesnahrung und Notdurft der Powenzbande

Indessen solcher Art seine Knaben heranwuchsen, verlor Powenz sein großes Ziel nie aus den Augen: das Haus!

Man konnte ihn, wenn er in den Straßen ging oder über Land, plötzlich sich bücken sehen, etwas aufheben und prüfend betrachten.

---

1 Zur Beherzigung für unsere jungen Mütter!

Powenz sammelte.

Er suchte Baumaterial fürs künftige Haus, wo immer er war, und er fand immer etwas, und sei es nur einen Nagel oder ein Schräubchen; aber es war herrlich, wenn es ein Ziegelstein war. Was irgend taugte, schob er in seine Tasche und verstaute es dann daheim unter den Betten. Wenn, so kalkulierte er, einmal all seine Buben sammelten wie er, dann hatte er bald das Nötige beisammen, davon sein Haus zu bauen.

Aber wie dieser Powenz und seine Familie einstweilen lebten, das ging eben einfach nicht. Das war doch ungehörig, das mußte Anstoß erregen, das war eine Schande für die ehrbare Stadt.

Zweifellos lag eine gewisse Absicht darin, wenn die unermüdliche Mutter, die (wie auch der Vater) von den Kindern stets zutraulich mit dem Vornamen, also Sabina, gerufen wurde – sie, die ihrerseits ihren Gatten: Herr Powenz nannte – zur Heilung der zahlreichen Triangel, Löcher und Risse in den bis zur Zersetzung sich von Kaspar bis Jadup forterbenden Anzügen ganz besonders auffallende Flecke verwendete. Rotkarierte oder blaugetupfte, möglichst bunte, jedenfalls so, daß sie alle in ihren Dreiviertelshosen verarmten Harlekinen glichen, infolge so buntscheckiger Verlumptheit. Oft war von dem ursprünglichen Stoff eines Kleidungsstükkes überhaupt nichts mehr da. Es erneuerte sich wie ein Mensch.

Wenn sie winters ein Loch im Strumpf hatten, genügte es ja, die Haut darunter etwas mit Tinte zu schwärzen.[1]

Das hartnäckige, nicht unwidersprochene Gerücht, die Powenzbande lebe hauptsächlich von Krähenfleisch, sollte wohl Ekel erregen, und man traute es ihnen ohne weiteres zu, daß sie Mäuse, Frösche, Schlangen und Re-

1 Dies Verfahren soll, wie ich höre, noch heute in den Schulen zuweilen mit recht gutem Erfolg angewendet werden. Inwieweit, entzieht sich jedoch meiner Kenntnis. D.V.

genwürmer verzehrten, wie andere Menschen etwa Austern, Krebse oder Kaviar. Daß sie zuweilen Katzenbraten aßen, ist ihnen mit ziemlicher Sicherheit nachgewiesen.

Siebentes Kapitel

Wieso man bei so guten Anlagen seine liebe Not mit der Powenzbande hat

Das ging ja eigentlich niemanden etwas an.

Warum aber sproßten in dem benachbarten schönen Garten, der dem angesehenen und den Powenz nicht mit Unrecht übel gesinnten Magistratsrat Gockeley gehörte, statt der erwarteten Gemüse und Blumen Brennesseln, Kuhblumen, Disteln und anderes Unkraut, schön ordentlich in Reihen gesetzt, daß Gockeley erst gar nicht merkte, was ihm da blühte! Und es wurde so, als sollte damit bewiesen sein, wie schön und zierlich diese so verachteten Pflanzen in Reih und Glied sich ausnahmen: wie es ihnen gefiel, wie sie sich entwickelten in den schwarzen, fetten Beeten des reichen Nachbarn! Das hatte ihm gewiß diese geflickte Provinzbande angetan. Jedermann wußte es, niemand konnte es nachweisen.

Was aber mußte das Gelingen eines solch niederträchtigen Streiches für sorgfältige Mühe gemacht haben? Wie beständig mußte der Haß sein und wie geduldig über ein ganzes Jahr hin, denn es waren doch die Samen zu sammeln und in sorgsam beschrifteten Tütchen aufzubewahren. Die eigentliche Tat kostete die Nachtruhe und bedurfte, wollte der Schein gewahrt werden, einer fast zärtlichen Behutsamkeit. Eine bewunderungswürdige botanische Schulung half den Knaben, die schlichten Pflänzchen fast im Keime auszutauschen, als die Saat eben aufgegangen war. Der Feind merkte es erst, als es zu spät war. –

Wer, frage ich, waren aber die Verwegenen, die dringend verdächtig schienen, in das Frommsche Töchterpensionat eingestiegen zu sein, um Brausepulver in die

Nachtgeschirre zu tun, demzufolge die armen Mädchen natürlich dann heftig erschraken?

Wer bestellte eines Tages sämtliche alten Jungfern Mössels (und es gab dort gegen zweihundert) durch zarte Briefe voll Maienwohlgeruchs zum Stelldichein an ein und denselben Platz und photographierte dann die Versammlung heimlich?

Wer ist verantwortlich zu machen für so manche wohlgelungene Gespenstererscheinung in der abergläubischen Stadt?

Und wer endlich ersann jene lästerlichen Spitznamen, jene schonungslosen, aber auch von den Braven im stillen bestätigten Charakteristiken, nach denen zum Beispiel der gute, etwas quelläugige Pfarrer Z. allgemein der Gottesfrosch hieß? Oh, der Powenzereien waren viele.

Trotzdem gelang es einigen von ihnen, das Mösseler Gymnasium für kurz oder lang mit Erfolg zu besuchen: Kaspar, Fabian, Violand und Jadup, eine Geißel ihrer beklagenswerten Lehrer, aber als Schulkameraden ebenso beliebt wie gefürchtet. Sie waren Meister im Spicken und betrieben einen kleinen einträglichen Buchhandel mit Eselsbrücken (›Von einem Schulmann‹) sowie den handlichen und fleischfarben eingebundenen Miniaturlexika. Viel dankten sie darin auch ihrem guten Vater: wenn nämlich Powenz gut gelaunt war, pflegte er seinen Söhnen allerlei Intimes aus seiner Jugend zu erzählen. Wie gern hörten das die Knaben! Sie lernten daraus zunächst, wie man sich in der Schule verhalten müsse, denn er zeigte ihnen die köstlichen Schliche und ›Unterschleife‹, dank deren sie mit geringstem Aufwand an Zeit ohne Mühe das Ziel der Klasse erreichen würden. Er lehrte sie die heitere Furchtlosigkeit vor andern Menschen, die sie sich ja nur stets nackt vorzustellen brauchten oder liebend: zum Beispiel den so gestrengen Herrn Rektor. Auch bezüglich ihres Verhaltens den Mädchen gegenüber gab er ihnen erprobte Ratschläge.

Sie hielten leider nicht viel von menschlicher Würde!

Achtes Kapitel

Der Vielseitigkeit der Familie gewidmet

Es wurde schon erwähnt, daß der ›Doktor‹ Powenz meisterlich die Harfe schlug. Er besaß ein schönes Instrument, vergoldet und mit einem lieblichen Engelskopf geziert.

Diese Harfe versetzte er nie, lieber hungerte er.

Auch seine Söhne trieben Musik: Kaspar blies mit viel Ausdruck die Posaune, Fabian, der musikalischste, aber zugleich faulste, bediente die Pauke, Heinrich hörte zu, Cello spielte das wilde Mädchen, Zephirin die Flöte. Violand begnügte sich mit Mundharmonika, die er allerdings virtuos beherrschte. Jadup endlich sang schon als Knabe bezaubernd mit einer reinen Engelsstimme und geigte recht hübsch.

Wenn nun die Powenzbande musizierte mit diesem Klangkörper ganz besonderer Art, dann grauste freilich den Nachbarn, und das Haus erzitterte davon. Man schalt mit vollem Recht ihr Konzert eine höllische Musik und einen nichtswürdigen Kunstfrevel, weil sie sich doch erfrechten, selbst Bach, Mozart und Beethoven für ihr Orchester[1] zu bearbeiten. Besonders Fabian instrumentierte kühn. Man zieh sie groben Unfugs und nächtlicher Ruhestörung.

Der sündhafte Powenz aber, von seiner Harfe aus mit Riesenhänden dirigierend, weinte nie, so sagte man, es sei denn bei ganz schöner Musik, zum Beispiel bei Schuberts B-Dur-Trio.

Die verschiedensten Berufe, in denen Powenz sich erging, sind unter anderem abzulesen von einer Sammlung selbstgefertigter Firmenschilder, die sich alle einmal an seiner Tür befanden und häufig wechselten. Sie sind

1 Die Instrumente hingen infolge des beengten Lebensraumes der Familie an der Decke, von wo sie bei Beginn des Konzertes hinabgelassen und wohin sie am Schluß wieder emporgehißt wurden.

glücklicherweise größtenteils erhalten geblieben. Es befinden sich darunter, um nur einige aus der großen Zahl zu nennen: ›Technisches Büro 'Modern'‹, dann ›Powenz, Tonkünstler, Ausbildung bis zur Konzertreife‹ (denn er gab zuweilen Unterricht im Harfenspiel), ferner ›Onkel Baltus' Puppenklinik‹, ›Radfahrschule Allheil‹ und, großartig aufgemacht: ›Fabrikation feiner Scherzartikel und Galanteriewaren, ältestes Haus am Platze‹ und ähnliches mehr.

Später, als Powenz an seinen bösen Buben bereits eine rechte Hilfe hatte, entwickelte sich aus kleinen Anfängen doch so etwas wie ein Geschäft. Doktor Powenz nannte diese Abteilung seiner Fähigkeiten ›Pyrotechnisches Laboratorium‹, und er verfertigte dort, ein rechter Spielzeugdeutscher, mit viel Geschick und knabenhaftem Erfindungsgeist prachtvolle Feuerräder, Schwärmbüchsen, Sternpyramiden, Komet- und Zwillingsraketen, kurzum alles, was zu fröhlicher Lustfeuerwerkerei dienlich war. Nichts Dauerndes also schuf Powenz, aber fraglos etwas Schönes und Freies, zum Himmel empor sich Schwingendes, wenn es auch im Ergötzen schon verpuffte.

Wahrhaftig, Powenz schien doch vom Teufel gesandt, da er so herrlich mit dem Feuer zu spielen verstand und es so liebte, und da am Ende immer etwas Gestank übrigblieb! –

Frühzeitig darauf angewiesen, selbst zu verdienen, lebten die Powenzbuben am liebsten von den Festen der andern. Alle konnten ebenso sicher auf den Händen gehen wie auf den Füßen.

Der kleine Jadup konnte mit seinen bezaubernd gesungenen Moritaten zu blutrünstigen Bildern von Zephirins Hand bei den sommerlichen Lustbarkeiten in Mössel sich wohl hören lassen.

Lilith, frech und doch so unnahbar, sammelte ein, nebenher den Herrn Intimes aus den Händen weissagend.

Der lügnerische Violand konnte etwas zaubern, und

der starke Kaspar trat mit einem Lukas auf, jenem beliebten, einem riesenhaften Thermometer ähnlichen volkstümlichen Apparat zur Prüfung der Muskelkraft.

Frau Powenz freilich hatte trotzdem ihre liebe Not mit ›ihren sieben Plagen‹, und ich sah sie nie die Hände im Schoß, sondern immer regsam, stopfend, flickend, waschend für ihre Buben, und sie alterte nicht. Sie legte ihre Kleinen kurzerhand über den Schoß und flickte die Triangel gleichsam bei lebendigem Leib, manchmal auch die Haut dabei erwischend.

Jeden Morgen, das war stadtbekannt, pflegte Powenz zunächst einmal seine Kinder sämtlich tüchtig durchzuhauen, auf Vorschuß und zum Abverdienen.

Da habe er sie immer alle so hübsch beisammen, gestand Powenz selbst gutmütig ein, und sie könnten sich zudem mit ihren von Schlaftrunkenheit noch kraftlosen Händen nur wenig wehren. Es gab da oft schon schreckliche Szenen, und Frau Powenz, gänzlich unschuldig mit in den Kampf verwickelt, jammerte laut mit aufgehobenen Armen. Das Recht, ihm das spanische Röhrchen zu reichen, hatte Lilith, falls es die Brüder nicht geraucht hatten; denn das taten sie. Es würde ihnen, wie sie gestanden, so wunderbar schlecht davon. Wenn es, was selten vorkam, der gute Vater einmal vergaß, erinnerten ihn seine Söhne daran. Es hätte ihnen sonst etwas zu ihrem Wohlbefinden gefehlt.

Powenz jedoch wurde der verbündeten Knaben stets Herr, obwohl sie den Gewaltigen von allen Seiten schneidig angriffen mit Kratzen, Fußstoßen, Bartraufen oder durch Wurfgeschosse aus der Ferne, wie Kochtöpfe, Bücher, Pan- und Kartoffeln. Und der herrliche Mann war wirklich wunderbar anzusehen, wie er so mit seinem eigenen Fleisch und Blut, den Früchten seiner Lenden, kämpfte und am Ende stets triumphierte mit den Worten: er werde es ihnen lehren, die Hand gegen den leiblichen Vater zu erheben.

Es kam aber oft so, daß mitten in dem blutigen Handgemenge irgendeinem der Streiter, dem behenden Violand etwa, dem geschmeidigen Jadup, dem starken Kaspar oder dem Vater selbst, eine besonders gelungene Abwehr gelang, ein neuer Griff, eine Finte oder irgendeine turnerische Bravourleistung, und dann hielten die anderen bewundernd inne, klatschten in die Hände und lobten laut, ließen es sich willig zeigen und lernten davon. Sie waren stolz, wenn Vater ihnen dann anerkennend auf die Schulter klopfte, ja es kam sogar vor, daß er sie küßte. Selbst die gramvolle Mutter lächelte dann mitten im Weinen, aber lebhaft darauf bestehend: wenn sie auch lache, sie weine doch!

Einmal, da Powenz die Gattin schlug, legte sich jene Frau Quiebus ins Mittel, die eben dazukam. Frau Powenz aber stemmte die Arme in die Seite und sprach die klassischen Worte: »Was geht das Sie an, wenn mir mein guter Mann haut!« Das ist Powenzsche Art! Frau Quiebus ging beschämt ihrer Wege.

Es mag den Leser nun wundern, wie es unter solchen Umständen möglich war, daß derart unbequeme Mieter überhaupt in einem Hause geduldet wurden, und tatsächlich gab es Jahre, in denen die Familie Powenz leider drei- bis siebenmal ihre Wohnung zu wechseln gezwungen war.[1]

Daraus wurde dann immer ein höchst festlicher Umzug durch die ganze Stadt. Voran der liebliche Jadup mit Gänseflügeln, den Liebesgott Amor darstellend (wie er denn auch als Liebesbote oder postillon d'amour seiner Brüder gut zu brauchen war). Er blies lockere Weisen auf der Mundharmonika. Hinter ihm Zephirin, die Powenzfahne schwingend (weißes Haus auf rotem Grund), dann Lilith, gleichsam als Ehrenjungfrau, Blümlein streuend. Hierauf kamen die vier Ältesten, die gleich einem Baldachin ein Bett an den vier Pfosten über ihren Häuptern trugen, darunter Baltus mit einer Krone aus

1 Ging es dem großen Beethoven anders?

Papier, wie ein König anzusehen, als Reichsapfel einen Ziegelstein, als Zepter eine Rotweinflasche tragend, aus der er ab und zu einen guten Zug tat. Hinterdrein wuselte Frau Powenz mit der Petroleumlampe. Besonderes Aufsehen erregte stets des sanften Heinrich kleine Menagerie, bestehend aus einem Igel, zwei Eichhörnchen, unzähligen Meerschweinchen, Schildkröten, Nattern, Molchen und dem überaus klugen Raben Wugg, dem die unnützen Knaben mit unendlicher Geduld allerlei häßliche und unschickliche Schimpfworte beigebracht hatten, etwa: »O du Rindvieh!« oder: »Geh weg, dummer Kerl!« Der Vogel sprach sie mit verschmitztem Blinzeln, ein klein wenig mit der Zunge anstoßend, wie Heinrich es tat.

Am schwierigsten gestaltete sich natürlich jedesmal der Transport des Baumaterials für Powenz' geträumtes Haus, der wunderschönen Backsteine vor allem. Sie waren alle sorgfältig numeriert, und ihre Menge wuchs langsam, aber sicher. Powenz wußte stets die jeweilige Zahl genau aus dem Kopf zu nennen. Sie wurden in einer Art Ballspiel durch die ganze Stadt gehantelt, desgleichen auch kleinere Gegenstände, wie Stiefel, Geschirr. Es geschah mit tänzerischer Anmut. Bei solchen Umzügen konnte man Powenz auch geheimnisvoll gewaltige Papierrollen tragen sehen, die genauen Pläne für das Haus.

Neuntes Kapitel

Die Verstocktheit und höchst bedenklichen Unarten der Powenze. Ihre natürlichen Feinde

Der öffentliche Nutzen der Familie Powenz war gering, sie hatte viele Feinde. Wenn man in Betracht zieht, daß fast zwei Drittel der Bevölkerung aus Pensionisten und Pfarrerswitwen nebst Töchtern bestand, dann wird man den Widerstand verstehen, den man den laxen Ansichten, dem lockeren Lebenswandel und vor allem der empörenden Sinnenfreudigkeit der Familie Powenz notwendig entgegenbringen mußte. Konnte man denn noch ruhigen Herzens ein anständiges Mädchen über die Straße gehen lassen (geschweige denn über Land), solange diese wildbehaarten Unholde, diese ›lüsternen Bösewichte‹ frei umherliefen? War es nicht ekelhaft, wenn sich Powenz öffentlich damit brüstete, er sei ein Kind der Liebe? Für das hundertäugige Mössel[1] war das ein Greuel. Mußte nicht sogar die sittenlose Frau von S. dank seltener Einmütigkeit aller Mösseler zu Kreuze kriechen? (Sie hatte die Frivolität besessen, die Kugel, mit der der betrogene Ehegemahl ihren Liebhaber erschossen, öffentlich am Armband zu tragen.) Warum nicht auch diese Powenz?

Es gab damals in Mössel rund siebentausend Witwen und unversorgte Töchter. Sie waren alle schwarz gekleidet, wodurch sich das Stadtbild nicht sehr freundlich gestaltete. Über alle aber herrschte jene reiche Witwe Quiebus, eine rosige, sehr korpulente Riesendame. Sie liebte die Wohltätigkeit, aber sie haßte die Powenzbande. Sie verabscheute sie, vielleicht weil ihr dreimal der wohlgemeinte Versuch mißlungen war, diese so schrecklich verwahrloste Familie ›zu retten‹; denn es ist eine alte Erfahrung, daß man anderer Leute Kinder besser erziehen kann als die eigenen. Nichts aber konnte wahrhaftig die verstockten Powenze mehr kränken, als wenn jemand sie ›auf den rechten Weg zurückführen‹ wollte.

Es kann aber auch sein, daß Frau Quiebus erriet, wer die unbekannten Absender der eine Zeitlang alltäglich mit der Morgenpost eintreffenden Mittelchen gegen Fettleibigkeit und Riesenwuchs, kleine Gratisproben, auf Wunsch gesandt, waren, kann sein, daß sie die zahl-

1 So nannte es Powenz mit feinem Spott in einer seiner Reden, wohl auf jene Fensterspiegel anspielend, die man dortzulande ›Spione‹ nennt.

reichen Karikaturen auf sich bezog, von Zephirins frecher Hand an sichtbaren Wänden überall in der Stadt, zum Teil farbig, angebracht. Da war eine unverschämt schnurrbärtige, dicke Dame dargestellt, die ihren ungeheuren Bauch auf einem Wägelchen vor sich herzurollen gezwungen war, während rings die Häuser einstürzten, unter der Erschütterung ihrer Schritte, oder (dies abscheuliche Bild fand sich an der Hauptpost!) die gleiche Dame hatte zur Erleichterung ihrer Fortbewegung ein Bündel bunter Luftballons an ihrer Leibesfülle befestigt. Oder anderswo half ein Knabe, dem kleinen Jadup ähnlich, mittels einer Kraxe die Last vor ihr her tragen. Die Bilder in stets wechselnden Erfindungen (einmal war es ein Eselchen, das trug) wurden viel belacht und der Powenzbande zugeschrieben, die aber die Urheberschaft natürlich hartnäckig ableugnete.

Dennoch vergaß es die zutiefst Getroffene den Übeltätern nie. Sie wurde deren giftigste Feindin, und sie war es, die es fertigbrachte, die Bande von nun an ohne weiteres für jede Missetat in Mössel verantwortlich zu machen. Für jeden Diebstahl, für jede Brandstiftung. Selbst eines Mordes hielt sie die Halunken für fähig.

Wenn man große Lust hat, seine Mitmenschen zu ärgern, so ist damit nicht gesagt, daß man sie dazu auch hassen müsse. Die Powenze ärgerten die Dame Quiebus gewiß mit Begeisterung, aber sie mochten sie im Grunde eigentlich ganz gern.

Frau Thusnelda Quiebus war eine Germania von Gestalt, blond, rotwangig und, wie gesagt, ›kolossal‹. Sie war es, weil sie zuviel aß, obgleich sie es natürlich rundweg leugnete. Fast alle Dicken behaupten, daß sie doch fast nichts äßen und nicht wüßten, warum sie ständig zunähmen. Auch Frau Quiebus sagte das von sich. Das bißchen Suppe, die paar Kartöffelchen, die kleine Schnitte Schlagrahmtorte, das konnte es doch unmöglich machen. Es mußte also die Veranlagung (Drüsen?) daran schuld sein oder aber die Schneiderin, deren Kleider so schrecklich dick machten. Ihrer Gestalt nach konnte die Quiebus ohne weiteres als Mösseler Stadtgöttin gelten (im antiken Sinne). Symbolisch ausgedrückt, mag man sich diese unvergeßliche Frau gleich ihrem großen Gegner Baltus Powenz über und über tätowiert vorstellen, mit dem Stadtplan von Mössel etwa, aus der Vogelschau, mit Kirche, Post und Bahnhof, um so anzuzeigen, daß alles, was da geschah, an ihr geschah und sie körperlich und seelisch bewegte. Denn jedes Kind, das in der Stadt geboren wurde, gebar sie im Geiste mit, jeden Tod starb sie und beweinte ihn zugleich, an jeder Liebe, und das vor allem, nahm sie wärmsten Anteil. Sie duldete kein Geheimnis in der Stadt, die bebte unter ihrem Soldatenschritt. »Kunibert«, soll sie einmal zu ihrem seligen Gatten gesagt haben, »die Stadt bin ich!«

Panzere dein Herz mit faustdicken Stahlplatten, wenn du insgeheim lieben solltest, du zum Beispiel, arme Anna Fehling. Niemand weiß es noch, daß du liebst, du bleiches Mädchen aus gutem Hause, dir selbst ist es noch kaum bewußt. Frau Quiebus aber hat es längst geahnt. Nimm dich in acht, sie wird dir begegnen, gerade in dem Augenblick, wo dein liebender Blick dich verrät: ein Hauch nur von einem Blick, aber schon bist du ertappt. Frau Quiebus kennt diesen verräterischen Schimmer, du kannst ihr nichts vormachen, kleines Fräulein. Denn, ach, sie selbst hat einst geliebt. Sie weiß gar nicht, warum alle jungen Mädchen von Mössel zu ihr aus eigenem Antrieb kommen, um ihr ihre Herzen auszuschütten. Sie schütten, und Frau Quiebus betastet alles und riecht daran, sie kehrt das Herz um wie eine Brieftasche, bis nichts mehr darin ist, und manchmal gerät der Inhalt unter ihren riesengroßen rosa Händen ein wenig durcheinander.

»Kind«, sagt Frau Quiebus endlich und küßt das verdutzte Mädchen, »ich rate dir eines, binde dich nicht zu früh.«

Frau Quiebus hat ein mitfühlendes Herz. In ihrer

Trauer weint sie mit jedermann, mit dem Briefträger, mit der Putzfrau, sogar mit dem Steuerboten. Sie hat für alles ein großes menschliches Verständnis. Oh, sie versteht den Fehltritt Frau Uhlenkamps, von dem sie längst weiß, sie verurteilt auch die hübsche Frau Jorkum nicht. Sie kennt sogar die galante Ursache des Rückenmarkleidens von Direktor L., und sie hat Gewißheit in bezug auf die Kinderlosigkeit bei O.s. Sie ist über alles orientiert. Sie kennt alle Ehen ganz genau.

Dies alles zu wissen, machte freilich Mühe, und sie war den ganzen Tag unterwegs. Die Stadt bebte unter ihren Schritten, und viele zitterten vor ihr.

Der Gatte Frau Quiebus', ein lustiger, sehr kleiner Mann, war Apotheker gewesen. Er hatte ein probates Mittel gegen Schwindsucht gefunden, angenehm in Pillenform zu nehmen, dreimal täglich, eine Viertelstunde vor dem Essen, weiß Gott von welchem Arzte glänzend begutachtet und keineswegs billig. Ein Mittel also gegen diese grausame Krankheit, der er selbst vor ein paar Jahren erlag. Er ließ seine Frau untröstlich, aber sehr vermögend zurück. »Alles«, pflegte sie zu sagen, »alles geben eben die Götter ihren Lieblingen ganz, alle Freuden, die unendlichen, alle Schmerzen, die unendlichen, ganz.« Ich kann mich gut erinnern, wie diese starke Frau ihr Männchen einmal über eine Pfütze trug, als wäre es eine Puppe.

Sie hatte zwei Kinder. Sie hatte ihren Edwin, dessen Gesundheit ihre ständige Sorge war, und Carola, ihren Sonnenschein, abgesehen von den Powenzleuten übrigens das einzige Wesen in Mössel, dessen Geheimnisse Frau Quiebus nicht kannte.

»Carola sagt mir alles, sie ist ja auch noch ein solches Kind in derlei Dingen«, äußerte Frau Quiebus überall und meinte damit die Liebe.

Carola war übrigens ein großes, hübsches Mädchen, russischblond, mit einer Haut wie gepudert, unschuldigen Augen und den schönsten Beinen, für die sie sogar einmal, ohne Wissen der Mutter natürlich, einen nicht unbedeutenden Preis bei einem Reklamewettbewerb für Damenstrümpfe trotz starker internationaler Konkurrenz davongetragen hatte. Diese Carola besaß überhaupt, Frau Quiebus machte kein Hehl daraus, einen ganz wundervollen Körper – ähnlich dem ihren, als sie noch jung war.

Edwin aber war ein guter Junge und sehr fügsam. Er hätte von Natur eigentlich ganz gesund sein können, wäre nicht ständig Frau Quiebus so besorgt um ihn gewesen. Sie rühmte sich nämlich ihres Scharfblickes in Erkennen von Krankheiten und ganz besonders bei Edwin.

»Ich seh es dir an, mein Junge, du fieberst, sei so gut und miß dich«, sagte Frau Quiebus. Gehorsam tat es der Sohn, obgleich er sich sehr wohl fühlte. Er mußte sich sogar ein Klistier gefallen lassen. Denn alle Übel, wie Bauchweh, Kopfschmerz, Grippe, Gliederreißen, aber auch Traurigkeit, Zorn, ja Liebe, hatten nach ihrer Überzeugung ihren Ursprung zweifellos in schlechter Verdauung. Fortwährend sah der arme Edwin ›einmal wieder miserabel aus‹. Da mußte etwas geschehen.

Der Hausarzt Doktor Flaum, von dem Frau Quiebus geschämig sagte, sie ließe sich um keinen Preis der Welt von ihm untersuchen, ›denn sie fände ihn dazu doch gar zu hübsch‹, riet, da zweifellos etwas Hartleibigkeit bei dem Jungen vorläge, zu einer allmorgendlichen Massage, und zwar mittels einer faustgroßen, gußeisernen Kugel, die, weil sonst zu kalt, gleich einem Ball mit rotkariertem Flanell überzogen war. »Fleißig kugeln«, verordnete der Arzt, und Edwin, damals dreizehnjährig, kugelte. Jeden Morgen nach dem Aufwachen, nüchtern, wie ihm anbefohlen, ließ von nun an der Knabe mit schläfrigen Händen die Kugel auf seinem weißen Leibe hin und her gleiten, anfangs ungern, später mit Lust und Liebe, eines befremdlich wohligen Gefühls dabei innewerdend, dem er immer mehr nachgab.

Doktor Flaum war wirklich ein schöner Mann, blaß wie

die Furcht, edle Hoffnungslosigkeit in den Zügen, ein Arzt, der eine Krankheit, wie etwa Krebs (Frau Quiebus sagte Kreebs), und einen Schnupfen gleich ernst nahm, vorausgesetzt, daß der Kranke überhaupt so recht dazu kam, von seinen Beschwerden zu erzählen. Denn alsbald sah sich der Patient unterbrochen. »Seltsam«, sagte Doktor Flaum, »genau dasselbe habe ich auch.« Ein wenig schlimmer sei es bei ihm, ja es sei sogar unerträglich. Kaum auszuhalten, dieser ständige Schmerz in der Kreuzgegend, ausstrahlend bis in die Schultern, furchtbar diese Müdigkeit und Unlust, so klagte er ausführlich mit bewegten Worten. Bis endlich der mitleidige Patient, ein todkranker Mann vielleicht wie weiland der lustige Quiebus, anfing, den Arzt zu bedauern, ihm zu raten, ob er es doch einmal vielleicht mit einem Absud von Stechpalmenblättern nebst ein paar Wacholderbeeren, heiß getrunken, vor dem Schlafengehen versuchen wolle oder mit den vielfach erprobten heißen Lehmpackungen über den Leib. Wie dankbar war dann Doktor Flaum, wie getröstet ging er von dannen. Voll Mitleid für den armen Kerl und ganz zufrieden starb der Patient.

Wohltätigkeit, Sittenstrenge, Patriotismus, Frömmigkeit waren Frau Quiebus' hervorragendste Eigenschaften. Ihre Armenbälle waren so berühmt wie ihr Takt in Herzensangelegenheiten. Sie gestand, daß sie, wie sie sich launig äußerte, eine schon fast nicht mehr tugendhafte Schwärmerei für den deutschen Kaiser empfände. »Ist er nicht schön, ist er nicht wunderschön!« rief sie aus, wenn sie ihre interessante Sammlung von Kaiserbildern einem Besuch zeigte. »Denken Sie«, gestand sie unter Tränen, »ich träumte kürzlich von ihm, er hätte mich auf die Stirn geküßt in voller Uniform!« Sie hielt auch (wie er) gerne kleine Gottesdienste ab mit ihren Dienstboten.

Dagegen die Powenze: Schmarotzertum, Liederlichkeit, Mißachtung der Obrigkeit, Gottlosigkeit! Das waren Gegensätze, die es begreiflich erscheinen lassen, warum Frau Quiebus entrüstet sagte: »Schmutz und Powenz, dies sind zwei Dinge, die mich tieftraurig zu stimmen vermögen.«

Es war nun freilich behördlich nachgewiesen worden, daß die Powenz seit langer Zeit von fremdem elektrischem Strom lebten. Sie hatten irgendwo heimlich eine Leitung angezapft und brannten also umsonst Licht auf Kosten der Stadtgemeinde. Aber was sollte man nun bei ihnen pfänden? Ihre Bedürftigkeit war erwiesen.

Der Argwohn der Stadt, von den Feinden Quiebus und Gockeley ständig wachgehalten, brachte den Powenz begreiflicherweise mancherlei Unannehmlichkeiten als: polizeiliche Verhöre, Haussuchung und Beaufsichtigung. Die Powenzbande aber, besorgt nur, wenn sie ganz unschuldig war, ging mit wahrer Leidenschaft auf solche polizeilichen Besuche ein, und es gelang ihnen, selbst die harmloseste Angelegenheit in eine große Szene zu verwandeln. Ihr angeborener Sinn für wirksam gestellte lebende Bilder, überhaupt für Theater, ermöglichte ihnen, jederzeit eine kleine Stegreifkomödie aufzuführen.

In Gegenwart des Polizeibeamten warfen sich die Kleinen aufschluchzend der Mutter an den Hals, während der Vater stieren Blicks am Tische saß mit hängenden Armen, ganz gebrochener Mann. Jadup spielte den Ahnungslosen und sagte mit lieblicher Stimme: »Mütterlein, was wollen denn die bösen Männer, sie werden uns doch kein Leids tun?« So riefen sie einander Stichworte zu, im Herzen entzückt, wenn ihnen etwas besonders gut gelang. Bald taten sie stolz, bald gaben sie sich zum Schein Blößen, kurz, sie spielten mit vollendeter Meisterschaft und waren schließlich unangreifbar.

Bedenklich war überhaupt die Frühreife der Knaben. Sie machten sich doch einen Spaß daraus, durch gewisse diskrete Einkäufe den braven Friseur zum Erröten zu bringen oder den Apotheker. Das war nicht schön von ihnen.

Vor allem der in bezug auf Liebe und Tod stets wißbegierige Jadup hatte seine Freude an solch kindischen Schamlosigkeiten. Er lauerte gern abends den verliebten Dienstmädchen und ihren Schätzen auf, um zuzusehen, und er kannte bald alle zärtlichen Liebschaften in Mössel, ihre Leistung und ihre Schwächen. Sonntags, wenn die Rekruten Hand in Hand durch den Wald spazierten, folgte er ihnen heimlich nach, und er war bald der Schrecken aller naturliebenden Liebespärchen. Er war ein lasterhafter Knabe, schön und verwegen, sehr grausam und von vielen Schulkameraden unsäglich geliebt wegen seines unnatürlich-übernatürlichen Zaubers.

Es wurde gemunkelt, und ich halte es sehr wohl für möglich, daß einer, den er verschmäht, seinetwegen sich ertränkt habe. Jadup aber habe, schaudernd und lächelnd zugleich, den Abschiedsbrief verbrannt, der die traurige Ursache enthüllt hätte. Niemand ahnte, daß der heillose Knabe nachts in die Leichenkammer eingestiegen war, um mittels einer Taschenlampe das Gesicht des unglücklichen Liebestoten zu betrachten, wie es nun aussehe. So furchtlos war er. Ihm ward aber später von allen Powenzen vielleicht das grausamste Geschick verhängt.

Übrigens standen sie mit der Polizei auf gutem Fuß. In ihrer Nähe fühlten sie sich besonders sicher.

Zehntes Kapitel

Darin von einer Mißbildung und dem tollen Lebenswandel des starken Kaspar die Rede ist

Daß der Leumund der Familie aber ein so häßlicher war, ist vor allen Dingen Kaspars zweifelhaftes Verdienst.

Von ihm wissen wir ja, daß er schon als Junge höchst Erstaunliches in der Liebe vollbrachte. Das Gerücht, daß ihm kurioserweise von der Natur zwiefältig männliche Kraft verliehen worden sei, hat nie völlig verstummen mögen, vielleicht, daß es wirklich so war, vielleicht, daß diese Sage in Violands lockerer Phantasie entstand und er es für gut hielt, auch ein wenig aus brüderlicher Protzerei sie für wahr den zutiefst erstaunenden Schulkameraden anzuvertrauen, genug, Kaspars Frauenglück war beneidet und verwünscht von allen Liebesknechten zu Mössel.

Nach jenem Mädchen aus bestem Hause, jener törichten Anna Fehling nämlich, die Frau Quiebus ihr Herz ausgeschüttet hatte, liebte Kaspar die von den Schülern vielbegehrte, rassige Tochter des Gymnasialpedells, Elsa Kapf. Danach die zartschöne Akelei, ein Mädchen aus Stralsund und nur vorübergehend auf Besuch in Mössel. Dann aber liebte er zwei Schwestern, Zwillingsschwestern, Renata und Regina Zobel, zwei überaus fleißige und zärtliche Spitzenklöpplerinnen im nahen Reihersham, und dieses Erlebnis konnte er nie vergessen über den tausend andern. Denn diese beiden Fräulein schienen von einem liebenden Gotte persönlich belehrt in der anmutigsten Leidenschaft. Kaspar kehrte darum auch immer wieder einmal zu ihnen beiden zurück. Dennoch verließ er sie, um der finsteren und unstillbaren Abigail willen, eines Schaustellers Tochter, und sie wiederum wegen deren Freundin, übrigens auch einer Anna, dem eifersüchtigsten Wesen, das ihm je begegnete. Das hielt er nicht sehr lange aus, besonders als er anläßlich eines Arrestes in der Wohnung seines Schönschreiblehrers Jorkum dessen sehr junger Frau begegnete. Sie lachte ihn erst aus und verfiel ihm dann fast für ein Jahr völlig. Es war eine Zeit voller Gefahren, Unvorsichtigkeiten und absonderlicher Stelldicheins hinter dem Rücken seines sehr strengen Lehrers und blieb nicht ohne Folgen. Hermine Kirchner war die nächste, sie liebte eigentlich Kaspars Bruder Fabian unglücklich, und Kaspar durfte nur zu ihr gleichsam in Fabians Gestalt kommen, und der wunderte sich dann, warum der starke Bruder sich zuweilen seiner Kleider bediente, wenn er ausging. Dann liebte Kaspar Melanie, die erste, die *ihn* hinterging, ehe er *sie* betrog. Das belustigte ihn sehr. Dann liebte er, soviel ich weiß, ein Bauernmädchen namens Barbara oder Babette aus Rothenbühl, nicht ohne Gefahr, denn die erbosten Burschen des Dorfs lauerten ihm auf. Nach ihr die feine und gelehrte Frau Katharina von Uhlenkamp[1], deren Gatte damals wissenschaftlich höchst bedeutungsvolle Ausgrabungen in Nordafrika leitete. Sie alle liebte er und viele andere mehr, und kaum eine blieb ihm gram, manche rief ihn trotz der anderen immer wieder zu sich.[2]

Folgendes schauderhafte Geschehnis aber ist als die Ausgeburt einer überhitzten und höchst schlüpfrigen Phantasie (wie sie leider mancher Mösseler sein eigen nennt) in das Gebiet der Fabel zu verweisen.

Jenes wilde Intermezzo nämlich, da Kaspar unwissentlich und aus Versehen mit einer heimlichen Liebschaft seines Vaters spielte, ernstlich verliebt in sie, nämlich mit der falschen Juliane, einem weißhäutigen müden Geschöpf mit betörendem Mund und höchst bösartig. Nun soll angeblich, da sie einst im Walde den liebeskranken Kaspar narrte, der Vater dazugekommen sein, sie aufspürend und auch findend. Er aber habe den Knaben beim Genick gepackt wie einen Kater, ihn der Schönen entrissen und an die nächste Föhre gebunden, ihn nun aber zusehen lassen zu qualvoller Pein und Belehrung.

Kaspar habe nie wieder so gewaltig urwüchsiges Lieben, so bärig brüllende Zärtlichkeit gesehen, halb bewundernd, halb fluchend. Er soll klüglich nicht mehr gewagt haben, fürderhin Julianen sich zu nahen. Ich erwähne dieses abscheuliche Gerücht ausdrücklich unter Vorbehalt.

---

1 Man beachte, wie Kaspar versuchte, auf diese Weise das Powenzblut in die alteingesessenen und einflußreichen Familien zu tragen. Ich komme vielleicht später noch darauf zurück.

2 Ein von Kaspar sorgfältig geführtes Liebesregister ist im geheimen Archiv des Powenzmuseums vorhanden, zum Teil mit den Bildern der Mädchen. Einsichtnahme ist jedoch nur zu wissenschaftlichen Zwecken gestattet.

Kaspars galante Abenteuer konnten in Mössel nicht verborgen bleiben. Er war daher gezwungen, kurz vor dem sogenannten Einjährigen das Gymnasium zu verlassen. Das Material gegen ihn war erdrückend. Vor allem hatte er sich nicht entblödet, seines Rektors Töchterlein[1] anzutasten, ein bis dahin unbescholtenes und frommes Kind, das aber nun bitterlich weinte, als man sie, wie sich's versteht, sofort von Kaspar trennte. Frau Quiebus hatte es sich nicht verdrießen lassen, diesen ›Schmutz anzurühren‹, damit künftig die Jugend Mössels nicht mehr durch diesen Lüstling vergiftet werden könne. Sie machte der kleinen Frau Powenz heftige Vorwürfe. Diese aber sagte nur: »Hüten Sie Ihre Küken, ich laß meine Gecker laufen!«

Elftes Kapitel
Von frommer Nächstenliebe

Eine leichtfertige Gefährdung der Hauseinwohner durch eine nicht unerhebliche Explosion von Feuerwerkskörpern, wobei Heinrichs rote Haare in Flammen aufgingen und er häßliche Brandwunden davontrug, hatte zur Folge, daß man Vater Powenz wieder einmal kündigte.

Besonders festlich gestaltete sich wieder der Umzug, und zwar diesmal in das sogenannte Elefantenhaus Kasimirstraße 44. Dieses zweistöckige Gebäude aus roten Backsteinen mit einem kunstvoll gedeckten Schieferdach, darauf mit weißen Platten groß die Jahreszahl und die Initialen des Erbauers zu lesen waren, sah aus wie ein übriggebliebenes Stück Kuchen, auf beiden Seiten angeschnitten. So stand es anspruchsvoll zwischen bescheidenen Nachbarn. Die beiden Seitenflächen waren fensterlos. Man benutzte die leeren Flächen zu Reklame-

1 Heute eine bekannte Filmschauspielerin und noch immer Kaspars eingedenk.

zwecken, und von dem Elefanten, der schmunzelnd ein Veloziped mit seinem Rüssel in die Höhe stemmt, hat das Haus seinen Namen. Auf der anderen Seite trinkt ein rosa Riesenbaby unaufhörlich lachend Van Houtens Kakao.

Damals wohnte in dem Hause ein Sonderling namens Knust, dessen treuherziges Gemüt die Powenzbande oft genug zu allerlei schlimmem Schabernack mißbrauchte. Denn Knust dichtete. Es gibt von ihm eine Geschichte der Stadt Mössel in launigen Versen, die im Selbstverlag erschienen ist, und mehrere große Festspiele aus dem heimatlichen Sagenkreis in fünffüßigen Jamben.

Powenz, der Böse, hatte ihm dringend dazu geraten, diese, wie er sich ausdrückte, dichterisch hochwertigen Arbeiten doch ja herauszugeben, und sich anheischig gemacht, dem über solches Lob glückseligen Verfasser die leidige und zeitraubende Druckbesorgung abzunehmen, gegen ein geringes Entgelt natürlich. Auch war es Powenz, der dafür sorgte, daß trotz peinlich gelesener Korrektur durch den Autor sich im letzten Augenblick doch noch einige recht lächerliche Druckfehler einschlichen.

Knust also bewohnte den zweiten Stock des Elefantenhauses, im ersten Stock aber lebten die drei hornalten Fräulein Geist, Katharina, Ernestina und Babettchen, zugleich als die Hausbesitzer. Sie waren berüchtigt durch ihre Schwarzseherei und erschreckten die ängstlichen Mösseler durch düstere Todesprophezeiungen, die dann auch wirklich eintrafen. Sie sagten es ungefragt jedermann auf den Kopf zu: »Du stirbst am soundsovielten um soundsoviel Uhr«, und es gab Leute, denen es gar nicht sehr angenehm war, dies zu wissen.

Ganz Mössel wunderte sich, daß diese unheimlichen Greisinnen mit den wunden Augen und kalten Händen, mit ihren schlaffen, bösen Affenmäulern und immerdar feuchten Nasen, daß diese gelbsüchtigen Unheilsvögel gerade der Powenzbande das Erdgeschoß vermieteten. Sie taten es aber mit Fleiß gerade, weil sie die Powenze aus ganzem Herzen haßten. Sie lockten sie eben gleichsam in ihr Haus, sie dann um so sicherer zu verderben, und wirklich merkten selbst die so gewitzten Powenze erst nach geraumer Zeit, daß die Stubendecken an mehreren Stellen durchbohrt waren und daß die Hexen mit Ohr und Auge die Ahnungslosen, wann es ihnen einfiel, beguckten und behorchten. Es gelang aber dem fixen Violand, einen Augenblick abzupassen, in dem sich die uralte, triefäugige Katharina über das Guckloch beugen wollte, um mittels einer Spritze unverwaschbare deutsche Reichstinte mit starkem Erfolg ihr ins Gesicht zu blasen, während Jadup seinerseits der alten Jungfer Babettchen (die sich stets auf jugendlich herrichtete, sich puderte, schminkte und neckisch lachte, wobei sie mit ihren toten grauen Zähnen ganz abscheulich aussah), Wespen in das lauschend angelegte Ohr trieb. Fabian aber bot der neugierigen Ernestina einen so unanständigen Anblick, daß sie es doch künftighin vorzog, nicht mehr zu spionieren.

Zwölftes Kapitel
Beschreibt einen Familienrat mit Musik

Ein Jahr vor dem Weltkrieg trat ein Ereignis ein, das für gewöhnlich harmlos und ohne Wichtigkeit für die öffentliche Meinung zu sein pflegt, hier aber in seinen Folgen jahrelang nachwirken sollte.

Powenz legte beim Stadtbauamt Mössel ein, was die Form betraf, in jeder Beziehung tadelloses, ja vorbildliches Gesuch vor, betreffs Villenneubau auf einem Grundstück in der Luisenstraße, also im besten Viertel der Stadt, Frau Quiebus' Haus gerade gegenüber. Die Vorgeschichte des Schriftstückes, das von einer Reihe ausführlicher Pläne mit Gesamtansicht, Grundriß, Aufriß begleitet war, ist dem Leser ja in großen Zügen bekannt.

Powenz' Backsteinsammlung war prächtig gediehen,

seine wackeren Jungens verdienten, er konnte ernstlich daran denken, nicht sogleich, aber in Bälde, den ersten Spatenstich zu tun. Das Vorkaufsrecht auf das Grundstück hatte er sich gesichert, und daß es gerade Frau Quiebus' Hause gegenüberlag, gab dem Plan erst seinen höheren Sinn.

Ehe Powenz aber den entscheidenden Schritt tat, hatte er feierlich sein Weib, seine lieben Söhne und seine schöne Tochter zu einem Familienrat gebeten, von dessen Ausgang er seine Entschlüsse abhängig machen wollte.

Powenz' Einladung, die eines Morgens vor der alltäglichen Prügelei erging, wurde von der ganzen Familie mit lautem Beifallsgejohle aufgenommen.

Es war ein regnerischer[1] Sonntag und noch dazu Vaters Geburtsfest. Sofort wurde der Gemeinschaftsraum der Söhne mittels der Kisten behelfsmäßig in eine Art Sitzungssaal oder Parlament verwandelt. Der Feierlichkeit wegen beschloß man, in Hemden zu bleiben, in jenen langen, fast priesterlichen Nachttalaren, die sofort für eine gewisse Vertraulichkeit der Stimmung bürgten. Powenz, den fröhlichen Eifer seiner Söhne lobend, verteilte Zigaretten, Brezeln, Würste und Wein, denn der war nun einmal seine Schwäche.

Die Sitzung wurde bei geschlossenen Läden, also streng geheim, abgehalten, es leuchtete nur jene öligstaubige Milchglas-Petroleumlampe, die einer starkgeschnürten Dame mit weißem Sonnenschirm zu vergleichen war, ein Gegenstand, der seltsamerweise nie zerbrach, ein Ding mit Glück. Es gibt solche.

Um die Lampe nun saßen sie und frühstückten erst mal tüchtig.

Die Kauwerkzeuge der Powenzbande waren anatomisch außerordentlich kräftig entwickelt und sehr abgehärtet. Den zimperlichen Heinrich vielleicht ausgenom-

---

1 Laut Bericht der amtlichen Landeswetterwarte.

men, der kein Fleisch aß, waren die Knaben keineswegs heikel. Als ich späterhin, und offen gestanden nur Lilith zuliebe, jedoch von allen Powenzen zu wiederholten Malen rauh, aber herzlich eingeladen, manchmal zu Tisch blieb, war ich Zeuge jener unvergeßlichen Mahlzeiten, wie sie dort abgehalten zu werden pflegten.

Ich will nun keineswegs behaupten, daß das Essen bei den Powenz etwa schlecht gewesen sei, gewiß nicht. Aber es war stets ein wenig derb. Mein Magen wenigstens konnte es nie recht vertragen. Vielleicht deshalb, weil ein solcher Überschwang genießerischen Behagens, eine solche Wollust des Kostens, des Verspeisens und Hinabschlürfens, wie es vor allem bei dem von mir noch heute sonst hochverehrten Vater Powenz, dem starken Kaspar und dem gefräßigen, aber dürren Zephirin der Fall war, mir, der ich mehr als ›lyrischer‹ Esser gelten konnte, den Geschmack wenn nicht verdarb, so doch wesentlich beeinträchtigte. Die Powenze aßen nicht, sie schmausten. Ihre großen Münder, beim Plaudern, Lachen oder Schlafen nicht unhübsch anzusehen, ihre Münder faßten erstaunlich viel auf einmal. Sie kauten mit vollen Backen, krachend zerbrach das gebratene Geflügel zwischen ihren Kiefern – denn es kam hin und wieder vor, daß einem der Brüder ›ein Huhn ins Rad lief‹ –, gleich vereisten Bärten hingen ihnen die Nudeln übers Kinn, das von Fett troff, die Gesichtsmuskeln gingen rhythmisch schwellend mit, ganz gaben sie sich hin der für die Nahrungsaufnahme so wichtigen, gründlichen Zerkleinerung.

Sie schlürften mit ›ah!‹ und ›hm!‹, und wenn sie dazwischen redeten, dann nur mit vollem Munde und vom Essen, es von Herzen lobend. Brotbrocken warfen sie sich in den weitgeöffneten Mund, sie fingen sie gleichsam. Sie schmatzten geräuschvoll in allen Tonarten, und das war mir, ich gestehe es, doch ein wenig zu arg. Wenn so ein Powenz sein Butterbrot strich, daß es nur so spritzte, so konnte das aber fast eine kultische Handlung sein, wenn auch in einem noch etwas rohen Zustand. Ja das Antlitz des Essers glich dem eines frommen Malers bei der Arbeit, eines, der ganz bei der Sache war. Er aß innig, mit einem Wort. Er gedachte dabei, so schien es, der gelben, wogenden Frucht auf dem Felde, er vergaß dabei nicht der Milchkuh, der heiligen, und nicht der butternden Magd, schöner, erbaulicher Dinge, so schien es, gedachte er dabei. –

Jetzt also um die trauliche Lampe her versammelt, saßen sie, zu Gottes Lobe aus ganzem Herzen schmausend, trinkend, rauchend, ungekämmt.

Als erster, und so war es recht, erhob sich endlich der Vater, die tätowierte Brust ein wenig geöffnet, so daß man das Haus sah, das er sich träumte. Es waren die blauen Bäume fast natürlich mit rötlichem Brusthaar belaubt, und darüber wolkte der Bart um Powenz' heißes, weinverklärtes Gesicht. Er hielt seine dicke Zigarre senkrecht und sprach zuweilen ausschließlich, so schien es, zu deren Rauch, wie zu einem beschworenen Geist. Zuweilen zog er mitten im Reden mit sich blähenden Backen krampfhaft das Kinn an, ein Aufstoßen zu unterdrücken. Er führte etwa folgendes aus:

»Geliebte Familienangehörige, du vor allem, meine liebe tapfere kleine Frau, du unermüdliche Hüterin der zerbrechlichen Lampe unseres häuslichen Glücks, hört mich an. Ich habe euch zusammengebeten, zur Besprechung einer Sache, die uns allen, ich darf sagen, besonders am Herzen liegt. Eine Angelegenheit überdies, die, wie ich glaube, zur Zeit in recht glücklicher Entwicklung sich befindet.«

Powenz räusperte sich und fuhr in seiner großangelegten Rede fort.

»Als ihr heute noch in Morpheus' zärtlichen Armen ruhtet, war euer Vater lange schon auf, um ein wenig durch die taufrische Landschaft um Mössel zu ambulieren, vielleicht, so dachte er bei sich, schenkt dir der junge Tag etwas. Und siehe, er tat es!« Bei diesen Worten hielt

Powenz einen Ziegelstein vor sich wie ein Buch und betrachtete ihn wohlgefällig. »Was ist das? Ein Ziegelstein. Sonst nichts. Achtlos lag er am Weg, Käfern und Asseln ein Obdach. Ein Ziegelstein, nichts weiter. Mir bedeutet er mehr« (mit erhobener Stimme), »denn er ist ein Teil von jenem großen Ganzen, das uns so sehr am Herzen liegt.

Ich meine das Haus. Ich denke noch mit Rührung daran, daß unser empfindsamer Sohn Heinrich als Kind einen solchen Stein in die Erde legte, wie ein Samenkorn, und die Stelle fleißig begoß, meinend, daß ein Haus daraus wüchse. Aber es kam nichts. Nun, so einfach ist es nicht.

Ich bin ein alter, unsteter Wanderer. Allein, als ich vor nunmehr siebzehn Jahren, es mögen auch achtzehn sein, diese ungastliche Stadt wieder betrat, in der mich einst das Licht der Welt erblickte, da fand ich: hier ist gut sein, hier will ich Wurzeln schlagen. Seitdem sammelte ich Stein um Stein. Dieser trägt die Nummer 999 von meiner Hand geschrieben und datiert. Legt ihn zu den übrigen.«

Lilith erhob sich, empfing den Stein und trug ihn feierlich auf flachen Händen an den befohlenen Platz.

»Liege hier bei deinen Brüdern, bis wir dich brauchen. Ein Haus also. Aber, warum *hier*, werdet ihr mit Recht fragen. Denn es gibt ein Sprichwort hierzulande: ›Es ist überall schöner als in Mössel.‹ Nun denn« (Powenz' Stimme bekam einen bewegten Klang): »Ich hatte Heimweh nach Mössel, woher ich kam.«

»Da muß ich ja weinen«, unterbrach ihn Heinrich aufschluchzend.

»Deine edle Gemütswallung«, fuhr Powenz, sich Wein einschenkend, fort, »ehrt dich, sie spricht für dein Herz!

Ich hatte es nicht immer leicht im Leben. Ich war nicht gerade auf Rosen gebettet. Und dennoch: das Leben, das mit aller Inbrunst des Leibes und der Seele zu lieben ich meinerseits nicht anstehe, ist, wie drücke ich mich aus –

nun, es ist herrlich, ganz herrlich! Nein, Heinrich, schüttle nicht den Kopf, mein Sanfter, schüttle ihn nicht. Das *Leben,* so sage ich, ist herrlich, fürwahr! Die *Existenz* aber, die Existenz ist grauenhaft, elend, unwürdig, trostlos. Ich habe, wie ihr, meine Lieben, wißt, stets an dem Standpunkt festgehalten (ich blieb leider damit ganz allein), an dem Standpunkt, daß die Menschheit zur Zeit in einem ziemlich bedeutenden Irrtum sich befindet, was eben das herrliche Leben betrifft. Lächle nicht so dreist, kleiner Jadup«, unterbrach sich hier Powenz, seine Zigarrenasche über des Knaben Haupt abstreifend, »die Menschheit hat unsinnigerweise an die Stelle des Lebens die Existenz gesetzt. Das ist der Irrtum, an dem wir alle, ja alle, kranken, der Irrtum, gegen den ihr, meine Lieben, und ich kämpfen aus ganzer Seele, und zwar, das ist der springende Punkt, mit einigem Erfolg – wenigstens für uns.« (Bravo!)

Powenz machte eine kleine Pause, damit die letzten Worte sich auswirken konnten. Nach Studentensitte trampelten und trommelten die Knaben gegen die Kisten, und Powenz verneigte sich verbindlich. Dann Stille gebietend mit seiner großen Rechten, deren Schatten wie eines Riesen Schatten hinter ihm emporstieg, fuhr Powenz leicht plaudernd fort, daß seine alte Idee eines eigenen Hauses nun der Verwirklichung entgegengehe.

Zahlreiche wundervolle Backsteine, so scherzte er, warteten sehnsüchtig darauf, von liebevoll bauenden Händen zusammengefügt zu werden.

»Es ist ein großes Ziel, eine Idee, für die mein bißchen lumpiges Leben hinzugeben mir jederzeit eine Wollust wäre.«

Nach diesen erschreckenden Worten trank Powenz einen kräftigen Schluck; darauf dem Weine dankbar zunickend und die feuchten Bartenden aussaugend, obgleich Sabine ihn beschwor, sich ihr und seinen Kindern zu erhalten, wiederholte er das Gesagte, behaglich sich den Mund wischend: »– wie gesagt, eine Wollust wäre!

Ich habe die Hand jederzeit auf der Klinke der geheimnisvollen Türe. Ich brauche sie nur zu öffnen.«

Powenz nahm ein Messer von der Kiste und setzte es pathetisch auf die Brust.

»Willkommen denn, großes Dunkel, ewige Stille, nimm mich auf!«

Und als Heinrich tief erschrocken rief: »Um's Himmels willen! Er wird sich doch nichts antun!« sagte er fast verbindlich: »O nein, das sei ferne von mir. Zurück zum Haus.

Es fehlt nur«, schloß er fast unbesorgt seine Ausführungen, »es fehlt an Geld! Doch Geld spielt keine Rolle, es darf keine Rolle spielen im Leben. Ich ignoriere es! Eisern!« (Na, na, na!)

»Dennoch rufe ich euch auf, mein Fleisch und Blut: So wie wir sind, die Powenzbande, sind wir eine Macht, ein Staat nicht nur, ein Königreich beinahe, wir sind, wenn ihr wollt, souverän. Ja, das sind wir, und wir sind gefürchtet.

Wir sind aber noch etwas. Wir sind ein lebendiges Kapital! Ich stand immer auf dem soliden Standpunkt: Nicht mehr Schulden als unbedingt nötig.

Durch einen kleinen Vorgriff auf die Reserven der Zukunft ist es mir gelungen, bis auf einige kleine Verpflichtungen beim Bäcker, Metzger und, irre ich nicht, Kolonialwarenhändler (auch in Adams Weinstube und anderswo steht vielleicht noch eine Kleinigkeit), unsere Schulden beinahe fast nahezu zu tilgen. Ich stelle daher den Antrag zur Debatte, das Haus, das in seinen wesentlichen Teilen, ich meine die Backsteine, sozusagen ja schon fertig vorhanden ist, unser Haus wird mit tunlichster Beschleunigung gebaut!«

Powenz hatte zum Schluß mit prophetischer Zuversicht gesprochen, in seinem bebenden Barte hing der Tau seiner Rede. Gesträubten Haupthaars, glühend stand er da. Sein Körper wärmte den Raum.

Seine Frau und seine Kinder aber waren einig in dem

Bewußtsein, daß Powenz ein außerordentlicher, daß er ein ganz herrlicher Mann sei.

Als erster zu den bedeutsamen Ausführungen seines Vaters ergriff überraschend der sanfte Heinrich das Wort.

Heinrich war ziemlich anders als seine Brüder. Er war zart von Gemüt und grüblerisch. Seine Vorstellungskraft war nicht so unbekümmert und heiter wie die des sonnigfaulen Fabian etwa, den er beneidete. Aber sie war nicht minder ausschweifend als die aller Powenze, nur war sie unheilvoll. Sein Gesicht war ein wenig klein, oder es sah nur so aus, weil die Ohren so groß waren, scheinbar entsetzt ins Weite horchend, weil er stets so große Augen machte und weil seine melancholische Nase, groß und blaß auch sie, so greifbar vor ihm herragte. Sein Mund aber war, als wolle er ewig ›Oh‹ sagen. Er errötete stets für die Unarten anderer, bereit, dafür als vermeintlicher Täter wortlos die Strafe zu erleiden. Er machte sich oft Skrupel, ob der Bäcker gegenüber wohl seine Semmeln noch alle verkaufen werde, ehe sie altbacken seien, und die Hökerin ihr Gemüse, bevor es welke. Er glaubte allen Ernstes an die Gerechtigkeit auf Erden. Er war es aber auch, der gezwungen war, in der Eisenbahn unaufhörlich von Eisenbahnunglücken zu erzählen. Er wurde ganz weiß, wenn irgend jemand das Wort Krieg nur flüsterte, erläuterte dann aber stundenlang eingehend, welche Verletzungen gegebenenfalls jeder Feldsoldat zu gewärtigen habe, und er beschrieb sie genau vom Kopf an bis zu den Füßen, selbst erschauernd vor dem Zwang seiner unheimlichen Vorstellung.

»Oh«, sagte er einmal, als vom Heiraten die Rede war, »oh, wenn man nur bestimmt wüßte, welches Mädchen eigentlich von der Vorsehung für einen bestimmt ist. Denn eines kann es doch wohl nur sein letzten Endes. Würde ich aber vielleicht nicht in Afrika oder in Amerika, angenommen ich sei dort, mich ebenso in eines verlieben, meinend, daß sie die einzige sei und...

Oder in der Berufswahl, o seht, wie ist es da? Angenommen, ich werde Friseur zum Beispiel, wer sagt mir, ob nicht ein Feldherr aus mir hätte werden sollen und...«

Er schloß fast jeden Satz mit einem ›und‹ ohne Fortsetzung. Geradezu schrecklich war es, wenn er einen Brief beginnen sollte, dann grübelte er gequält lächelnd über das erste Wort nach, die Auswahl war ja unendlich.

»Und«, begann nun dieser Heinrich mit sanfter Stimme zu reden, und seine weißbewimperten Augen waren groß wie die eines jungen Rindes, rotbraun und dumm, erschrocken aufgetan. »Oh, Vater, oh, Mutter, auch du, schöne Schwester mein, und ihr trauten Brüderchen, bedenkt nur, so ein Haus, viereckig und hart an einer bisher unversehrten Stelle aufgebaut, wo vorher nichts war, ist das nicht ein roher Eingriff in die Atmosphäre, ist das nicht willkürlich und... Die Backsteine, sind sie nicht gedörrte Erde, unfruchtbar für immer? Sind Bretter und Balken nicht ermordete Bäume? Vernichtet nicht jeder Spatenstich leichtfertig brüderlich gelagerte Erde, vernichtet nicht jeder Schritt, den wir tun, unachtsam und leichtfertig lang vorbereitetes Leben, kunstvolle Kreatur, einen Wurm, eine Ameise, ein Marienkäferchen zum Beispiel? Oh, es ist ja alles so zufällig, so von ungefähr und...«

Heinrich stand, als wolle er noch etwas sagen, den Finger warnend erhoben. Er schüttelte langsam, mißbilligend den Kopf.

Betreten schwieg die Familie.

»Er ist aus der Art geschlagen«, murmelte Baltus, »oder solltest du am Ende, Sabine...?«

»Herr Powenz, welch schrecklicher Verdacht!« rief nun die Gute.

»Verzeih, Geliebte«, sagte der Alte, und auch die Kinder trösteten sie. Es sei doch nur ein Späßchen gewesen.

Endlich erhob sich Violand, legte dem Heinrich, der eigentlich noch viel zu sagen hatte, die Hände auf die

Schulter, sah ihn gewinnend an und setzte ihn nieder. Jetzt sprang er auf seine Sitzkiste und redete forsch und heftig gestikulierend:

»Die Wahrheit zu sagen, meine Herren und Damen, man will uns hier in Mössel nicht. Wir ermangeln, scheint es, der Beliebtheit. Wir sind unerwünscht – mit einem Wort: wir denken selbständig, und das ärgert immer die Leute. Gerade darum aber unterstütze ich Vaters Antrag: Das Haus wird gebaut. Es wird gebaut, gebaut!«

Vater Powenz, der namentlich während Heinrichs peinlicher Rede heftig getrunken hatte, erhob sich groß und sagte: »Brav, mein Sohn, das nenne ich wohlgesprochen. Das Haus wird gebaut, ja, ja, es wird! Und selbst wenn ich geloben müßte, von diesem feierlichen Augenblick an nie mehr einen Tropfen dieses göttlichen Weines über meine Lippen zu bringen, keinen Tropfen Wein, nie mehr! Ja, ich schwöre ihm ab, wenn anders ihr...«

Da nun sprangen die Söhne aber einmütig auf und umringten den Vater:

»Nein, guter Baltus«, riefen sie fast zärtlich, »nein, herrlicher Mann, Väterchen, tu das nicht, trinke nur, und wohl bekomm es dir!«

»Was hab ich für Söhne!« sagte Powenz mit Innigkeit.

»Dies ist die schönste Stunde meines Lebens!« flüsterte Sabine mit Innigkeit.

Es wurde noch viel gesprochen, vor allem über die notwendige Verdienststeigerung zur Finanzierung des gedachten Baues, wobei Jadup boshafterweise vorschlug, der Kaspar könne doch leicht bei jedem seiner Mädchen jeweils eine kleine Gebühr erheben.[1]

Die Gründung eines Wanderzirkusses, bei dem ohne weiteres alle mittun konnten, regte Fabian an. Man einigte sich jedoch schließlich dahin, daß vielleicht mehr zu gewinnen sei, wenn jeder einzeln, scheinbar als Konkurrent des anderen, aufträte. Das heißt, man wollte von

1 Warum auch nicht?

allen Seiten in die ahnungslosen Dörfer und Marktflekken der Umgebung einziehen, also gleichsam getrennt marschieren und vereint schlagen. Man wollte einen ganzen Jahrmarkt ersetzen, mit Moritat, ›Haut den Lukas‹, mit einer kleinen Menagerie, mit Lilith als Wahrsagerin und dem Vater als Harfenspieler. Violand konnte als Zauberer auftreten, und sogar der faule Fabian erklärte sich bereit, falls man ihm in dem neuen Haus sein eigenes Schlafzimmer einräume, als Rechenkünstler aufzutreten. Zephirin wollte als Silhouettenschneider gehen, während die gute Mutter bescheiden vorschlug, sie könne ja Luftballons verkaufen.

Das wollten sie aber alles tun um des zukünftigen Hauses willen.

Sie tranken und redeten bis zum Abend, und etwa um sechs Uhr, da gewöhnlich Vater Powenz' melancholische Stunde war, begehrte er sehr, daß nun Musik gemacht werde. Sie ließen denn auch gleich ihre geliebten Instrumente von der Decke herab, lehnten die Noten an die Weinflaschen, stimmten melodisch durcheinander und musizierten dann, erloschene, naßgekaute Zigarrenstummel im Munde hin und her bewegend, ganz herrlich.

Powenz zählte laut und stampfte den Takt, er weinte auch einmal ein wenig. Denn sie spielten Beethovens Fünfte in Fabians genialer Spezialbearbeitung für kleines Powenzorchester, die er freilich nur unter strengster Beaufsichtigung, damit er nicht darüber einschlafe, zustande gebracht hatte.

So wäre es noch ein schöner Abend geworden, wenn nicht Jadup beim letzten Satz so entsetzlich gepatzt hätte. Es kam zu einem kleinen Wortwechsel, schließlich zu Tätlichkeiten. Den beiden Frauen gelang es mit knapper Not, die gefährdeten Instrumente hochzuhissen, als schon die Schlacht begann.

Jadup, der kleine Eigensinn, sprang jähzornig den Vater an, der aber hob ihn empor, um den Leib ihn fassend, und warf ihn in die Rotte der anstürmenden Brüder und schrie: er werde sie lehren, die Hand gegen ihren grundgütigen Erzeuger zu erheben. Zephirin schleuderte die festen Seegraskissen von den oberen Betten nach des Vaters wutdampfendem Haupt, und Violand, hinter getürmten Kissen anrückend, riß ihm im raschen Vorstoß das Hemd an der Schulter entzwei, die bläulichen Bilder entblößend. Kaspar rang kunstgerecht im griechisch-römischen Stil mit dem brüllenden Alten, dessen Beine Fabian fest umklammert hielt, lästig mehr als gefährlich und die Faustschläge in sein Gesicht stoisch erduldend. Heinrich kämpfte nicht, sondern er stand abseits und schimpfte mit sanfter klagender Stimme. Er nannte sie alle gemeine Hundskrüppel und Halunken. Die Schatten der Kämpfer geisterten im Raum.

Dem Vater half nur Lilith, für viel durch die Brüder ihr angetane Erniedrigung sich rächend. Sie fuhr jetzt zwischen sie, kratzte, biß, spuckte, furienhaft und lächerlich. Ihr Haar, mahagonifarben und bubisch geschnitten, schlappte um ihr wütendes Gesicht. Sie bleckte die Zähne und machte ›Rrrr!‹ vor Zorn. In diesem Augenblick gelang es dem Vater, zweien Söhnen zugleich, dem Kaspar nämlich und dem Violand, die Hemden wie eine Haut über den Kopf zu ziehen, daß sie nicht mehr sehen konnten und blindlings nun gegeneinander losschlugen. Hellauf lachten da Jadup und Zephirin, und auch die Mutter, die Hüterin der Lampe, lächelte.

Der Kampf war zu Ende.

Lange noch redeten sie dann von dem eigenen Haus, wie groß es sein müsse, sprachen von Autogarage und Tennisplatz, wobei sie allerlei fabelhafte Erfindungen machten.

Fabian zum Beispiel beschrieb, wie aus dem Schlafe redend, sein zukünftiges Idealzimmer, in dem vom Bett aus alles zu erreichen war, und er wußte es so köstlich bequem und faulenzerisch zu schildern, daß alsbald sämtliche Powenze in lächelnden Schlummer fielen.

Eine Weile stand noch Violand inmitten der Schläfer, das symphonische Schnarchkonzert dirigierend, indem er hier dämpfte, dort die Töne mehr hervorlockte.

II. BUCH DER HEIMSUCHUNG

Des Menschen größter Feind ist der Mensch!
Baltus Powenz (Igelgedanken)

Erstes Kapitel

Worin der Übermut in die gehörigen Schranken verwiesen wird, sich das aber nicht gefallen läßt

Das Baugesuch des Baltus Powenz, als Ergebnis dieses denkwürdigen Familienrates, wäre wahrscheinlich ohne weiteres genehmigt worden, wenn es nicht eben von einem so anrüchigen Mitbürger eingereicht worden wäre.

Herr Gockeley tobte.

»Wo«, rief er aus, »wo hat dieser Mensch überhaupt das Geld her, um zu bauen; auf rechtschaffene Weise wohl kaum.«

Und er beschloß, seinen ganzen, nicht geringen Einfluß aufzubieten, den unverschämten Antrag zu Fall zu bringen. Zuständig war da vor allem das Stadtbauamt, und die Genehmigung der Pläne hing in erster Linie von Baurat Knipfel ab, einem sehr mächtigen Mann in Mössel.

Knipfel war eigentlich glatzköpfig, doch verstand er es, mit Geschick aus dem Haarkranz seitlich eine Strähne zu züchten, die lang genug war, daß er sie schließlich in Form eines stark pomadisierten Steges über den kahlen Schädel kämmen konnte, seine Blöße zwar nicht völlig deckend, aber wenigstens halbierend. Die spiegelnde Fläche war durch einige Leberflecke und Warzen belebt.

Was Knipfels Gesicht betraf, so hatte es den Ausdruck einer lästigen Eigenschaft angenommen, die er leider besaß. Knipfel war nämlich in der ständigen Sorge, er könnte verhungern. Deshalb pflegte er auch nachts kleine Mahlzeiten zu sich zu nehmen und führte, das ist verbürgt, wie ein Feldsoldat jahraus, jahrein einen sogenannten eisernen Bestand mit sich. Er litt an einer Art Heißhunger, und böswillige Menschen behaupten, er habe einmal einem kleinen Schuljungen, der eben vergnügt in sein schnittlauchbestreutes Butterbrot beißen wollte, dieses mit raschem Griff vom Munde gerissen und vor den Augen des schreienden Kleinen hinabgeschlungen. Von solcher unseligen Leidenschaft hatte sein Gesicht etwas Gieriges bekommen, vor allem seine Lippen waren fettig und beständig in Bewegung. Seine schnuppernde Nase drückte auf die Oberlippe und war so ausgewachsen, daß sie dem Embryo eines Ferkels glich. Dabei war Knipfel keineswegs sehr dick, nur sein Bauch wölbte sich spitz und prall.

Dieses Knipfels Bauten gaben dem neuen Stadtteil das Gepräge, und sein Urteil galt alles in künstlerischen Fragen Mössels. Das Charakteristische seiner Bauweise war, daß er ihr längst bewährte Pläne vergangener Zeiten zugrunde legte. So konnte sich Mössel rühmen, manches weltbekannte Bauwerk in vorzüglicher Nachahmung sein eigen zu nennen. Der Schlacht- und Viehhof war in edler Renaissance, die Irrenanstalt in heiterem Barock, das neue Krematorium byzantinisch gebaut. Dabei hatten diese Gebäude ihren berühmten Mustern gegenüber den großen Vorzug, daß sie alle nagelneu waren. Wenn es ein Vorzug war. Denn was Knipfel betraf, so sah er die Dinge ganz anders an. Ein neues Haus im gotischen Stile etwa, das war erfahrungsgemäß häßlich, ein altes bemoostes aber romantisch schön. Darum ist es seinem Weitblick zu danken, daß er die neuen Baulichkeiten gleich von vornherein mit einer Art künstlichen Schimmels, das heißt sozusagen schon alt errichtete, und das gefiel allen wohl. Seiner Anregung verdankt Mössel auch das Marmordenkmal der unglücklichen Königin Luise (von Bernauer), obgleich diese edle Frau, wie Herr Valentin Knust in seiner kurzgefaßten Geschichte der Stadt einwandfrei nachgewiesen, niemals in Mössel gewesen war. Bedauerlicherweise mußte das Monument, das der Baedeker erwähnt, von Oktober bis April durch eine schlichte Holzverschalung geschützt werden, damit es nicht unter der Witterung leide.

Auch das neue Rathaus zu Mössel (nach Plänen Knipfels 1899 bis 1901 in spätgotischem Stil erbaut), mit prächtiger Fassade, hatte einen Nachteil. Es mußte in etwa der Hälfte seiner Zimmer sommers wie winters künstliches Licht gebrannt werden, da die Fenster aus stilistischen Gründen etwas zu klein gehalten waren. Nun war es im Innern sehr ungemütlich und düster. Dazu kam, daß die verschlungene Schrift auf den reichgeschnitzten Türschildern der einzelnen Amtsräume, zum Beispiel des Standesamtes, für den Laien gänzlich unleserlich war.

Im sogenannten kleinen Sitzungssaal, einem kalten, sonnenlosen Raum mit sehr harten, scharfkantigen Stühlen aus Eichenholz mit durchbrochenen Lehnen, in deren Ornamenten der Staub sich fing, fand die Sitzung des städtischen Bauausschusses statt, die für die Entwicklung dieser Geschichte von ausschlaggebender Bedeutung werden sollte.

Bürgermeister Dattel, ein gütiger Mensch in den Fünfzigern und ständig beschwichtigend, eröffnete die Sitzung um dreiviertel elf Uhr und führte etwa folgendes aus:[1]

»Meine Herren, ich werde von nahestehender, ich möchte fast sagen, von befreundeter Seite quisi quasi darauf aufmerksam gemacht, daß unsere Stadt, für deren Wohl und Wehe in weitschauendstem, ja weitblickendstem Maße ich mich verantwortlich halte und auch fühle, daß unser liebes Mössel, das alte Moselinum der Römer,

---

1 Vgl. dazu: Weißbuch 1928 der Stadt Mössel, herausgegeben von Max Dattel, Oberbürgermeister a. D.

in seinen Mauern eine Persönlichkeit beherbergt, von der ich nicht anstehe – doch bitte ich Sie schon jetzt, das, was ich sagen werde, streng vertraulich zu behandeln –, von der ich nicht anstehen möchte, zu behaupten, daß man sie nicht ohne einige Besorgnis eine kulinarische[1] zu nennen sich veranlaßt fühlen könnte. Sie wissen, wen ich meine. Jene Persönlichkeit hat nun ein Baugesuch eingereicht, und ich muß gestehen, daß bezüglich Genehmigung eines solchen die Aussichten meines Erachtens zur Zeit gering sind. Die Idee des Gesuchstellers jedoch, ein Haus bauen zu wollen, ist an sich wohl kaum verwerflich, und aus diesem Grunde und Anlaß heraus, meine Herren, möchte ich Ihnen die Sache, obwohl ich mich selbst damit ganz und gar nicht befreunden kann, dennoch wärmstens ans Herz gelegt haben. Ich darf nun Herrn Baurat Knipfel bitten, sich gutachtlich sowohl als künstlerisch zu dieser Sache zu äußern.«

Baurat Knipfel, der immer geschmeichelt lächelte, von was auch die Rede war, suchte umständlich, mit schmerzhaft sich windender Zunge, in seinem Munde nach Resten seiner letzten Mahlzeit, würdigte dann zunächst händereibend ausführlich die baulichen Verdienste des Bürgermeisters und sah sich endlich leider genötigt, wiewohl er es menschlich nur zu gut verstehe, daß der Herr Bürgermeister sich so stark für den Gesuchsteller ins Zeug lege, hier nun doch zu widersprechen. Er könne es mit seinem künstlerischen Gewissen nicht vereinen, er müsse aus städtebaulichen Gründen das Gesuch schlankweg ablehnen, obwohl es gegen baupolizeiliche Vorschriften leider nicht verstoße. Das sei ja kein Haus, das sei eine Maikäferschachtel, Kartonagenarchitektur (Heiterkeit). Er stehe und falle mit diesem Entscheid. »Ich sage nur: Entweder – oder! Und« (so schloß er) »was ich sage, das halte ich!«

Auch die Angrenzer, besonders die allseits verehrte

1 Beachte das Druckfehlerverzeichnis am Schluß des Buches.

Frau Quiebus, erklärte danach Herr Gockeley, sachlich tuend, erhöben ernstlich Einspruch. Der Platz, auf dem jener etwas merkwürdige Herr zu bauen wünsche, sei überdies ein lebenswichtiger Teil der sogenannten Lunge der Stadt. Einer der wenigen grünen Flecke, die noch Auge, Atmung und Seele des Städters erfreuten. Er habe an sich nichts gegen diese Leutchen, aber...

Powenz' zukünftiges Haus war allerdings mit äußerster Nüchternheit und Sparsamkeit entworfen. Es war gänzlich schmucklos, weil Schmuck verteuerte, ohne zu verschönern. Es glich wirklich einer Schachtel oder einem Würfel, wären nicht Fenster und Türen daran angemerkt gewesen. Als Grundmaß waren natürlich die Porportionen eines normalen Ziegelsteines verwendet.

Mit seinen großen Atelierfenstern hatte das Haus im Plan etwas Fabrikartiges, und Powenz gab offen zu, Leben sei an sich schon Arbeit genug, und seine Familie sei also nichts anderes als eine Firma zur Herstellung einer allerdings besonders kostbaren Ware, nämlich lebendiger Menschen. In diesem Sinne sei ein jedes Wohnhaus eine Fabrik und dürfe demnach auch so aussehen.

Das Powenzsche Projekt: kurzum, es wurde nicht genehmigt. In der gleichen Nacht schon, also eigentlich noch ehe Powenz amtlich davon in Kenntnis gesetzt war[1], wurden von unbekannter Bubenhand sowohl bei Herrn Gockeley wie auch bei Herrn Baurat Knipfel, aber auch bei einigen gänzlich unschuldigen Bürgern die Fenster eingeworfen, und zwar mit solcher Treffsicherheit, daß der Argwohn sofort auf die Powenzbuben fiel.

Die raschest verständigte Polizei hielt noch in der Nacht überraschend Haussuchung. Sie fand die verdächtige Familie friedlich schlafend, niemand fehlte.

---

1 Er hatte es dank des wohlorganisierten Powenznachrichtendienstes sofort erfahren. Violand hatte während der Sitzung im Rathaus die ganze Zeit unter dem grünen Tisch gesessen.

Es erwies sich ferner am andern Morgen, daß die edle Marmorgestalt der königlichen Dulderin gleichfalls von Bubenhänden über Nacht aufs niederträchtigste entstellt worden war. Sie war geschminkt; die Lippen rot gemalt, ebenso die Wangen, die Augenbrauen und Wimpern geschwärzt, wodurch sie etwas verwegen Untugendhaftes bekam. Dazu hatte man ihr das Firmenzeichen eines Handschuhmachers, einen großen blechernen, rotlakkierten Handschuh darstellend, über die zarte Hand gestülpt.

Das war der Auftakt zu der großen Fehde der Powenzbande gegen die unduldsame Stadt. Sie überdauerte den Weltkrieg.

Es mag sein, daß gewisse Wandersagen zu Unrecht nun auch von der Powenzbande erzählt werden, obgleich sie hin und wieder vielleicht sogar einmal unschuldig war. So schreibt man ihnen zu, daß sie eines Tages durch gedungene Handlanger mitten in der Stadt an verkehrsreicher Stelle das Pflaster hatten aufreißen lassen, wobei sie die Baustelle, wie sich's gehört, umzäunt und mit roten Fähnchen bei Tag und Windlaternen zur Nacht gemäß polizeilicher Vorschrift gesichert hatten. Geduldig wich man aus, ein Polizist regelte den Verkehr, bis man erst nach mehreren Tagen darauf kam, daß das Ganze ja unbefohlen war, ein gelungener Streich also, die Stadtväter zu uzen. Denn jeder hielt es für möglich, daß es ernst sei.

Die Powenzbande leugnete damals beharrlich die Tat. Nicht ohne Neid. Denn, so sagten sie anerkennend, sie hätte ihnen wohl angestanden.

Zweites Kapitel

Darin von kriegerischem Knabentum und einer Pantherkatze die Rede ist

Die blutige ›Knabenschlacht am roten Kulm‹ (unter diesem Namen lebt sie noch heute im Munde der Mösseler Jugend fort) ist als eine natürliche Folge jener beleidigenden Ablehnung des Powenzschen Baugesuches anzusehen. Der innere Grund war also klar, der äußere Anlaß bald gefunden.

Violand hat das Verdienst, während einer Freiviertelstunde die Feindseligkeiten eingeleitet zu haben, die den Beginn eines der erbittertsten Knabenkriege bezeichnen, die die Geschichte kennt.

Violand war kein alltäglicher Mensch; er sagte sich, daß eine gewöhnliche Anrempelung mit der Schulter und der traditionellen Frage: ›Wellst woos?‹ (das ist verdeutscht: ›Willst du etwas?‹) in diesem Falle nicht genügen könne. Er kaufte daher eine Tüte voll schwarzer Kirschen, stellte sich in der Nähe des ahnungslosen Emil Knipfel auf und wartete geduldig. Er wartete nämlich darauf, bis Emil gähnte, um alsbald in den nun krampfhaft geöffneten Mund drei wohlgezielte Kirschkerne zu spucken, was bei den umstehenden Mitschülern heiteres Gruseln erweckte.

Der rotwangige Emil Knipfel aber, eigentlich ein braver Junge, war mit Abstand der reinlichste der Klasse und im allgemeinen recht wohlgelitten. Er stand in dem seltenen Rufe strengster Keuschheit an Leib und Seele. Er errötete nicht, sondern erbleichte, wenn etwa Fabian einen fröhlich derben Witz erzählte oder wenn der kleine Jadup mit unbefangener Miene höchst verfängliche Anekdoten aus dem Liebesleben der Stadt zum besten gab. Der sauber gewaschene Emil hatte kein Wohlgefallen an solchen Dingen, weshalb er zu seiner äußersten Qual und zur rauhen Belustigung der lasterkundigen Kameraden oft Gegenstand von allerlei unanständigen Scherzen wurde. Er wehrte sich solcher Versuchungen auf eine ganz jämmerliche, lächerliche Weise, etwa mit der Drohung, es seinem Vater zu sagen, was er jedoch nie tat. Er war ein fleißiger, aber schwacher Schüler, der vor jeder Schulaufgabe mit gefalteten Händen betete, zum Staunen der gottloseren Nachbarn. Solche Frömmigkeit gab ihm fast etwas Unheimliches. Denn seine Lippen murmelten, und seine Augen verdrehten sich gläubig nach oben. Trotzdem hatte er fast immer die Note 3-4.

Emils Zimperlichkeit allen Ungepflegtheiten gegenüber – wie er litt unter dem Geruch der Klasse, sich selbst in einen wohlriechenden Nebel von ›Eau de Cologne russe‹ hüllend, wie der Ärmste schauderte vor der Powenzbuben breitem Schwarzbeerkuchenlachen, ihrer lümmelhaften, wildlockigen Ungekämmtheit –, das war schon erbarmungswürdig.

Die Wirkung von Violands Kirschkernen in Emils Mund war daher schrecklich. Es wurde dem Betroffenen davon sehr übel. Dennoch aber, mit entstelltem, fast grünem Gesicht, stürzte er sich auf den ›Powenzhund‹, und im Augenblick über eine unnatürliche Kraft gebietend, gelang es ihm, Violand zu Fall zu bringen. Fabian befreite den Bruder, und rings um sie teilten sich die Schüler in Kirschkernspucker und Knipflinge, wobei die ersteren weitaus schwächer, aber kampferprobter waren.

Auf seiten der Knipflinge befanden sich in führender Stellung Edwin Quiebus, in dessen verzärteltem Körper aber eine tapfere Seele wohnte, der fromme Emil und der etwas heimtückische Helmut Gockeley, der genau aussah wie sein Papa, mit fliehendem Kinn, vorstehenden Zähnen, kurzsichtigen Augen und schäbigem Blondhaar.

Nach dem ersten unentschiedenen Gefecht im Schulhof, das durch Eingreifen des Pedells leider vorzeitig abgebrochen werden mußte, nach Beendigung des Unterrichts, überreichte Jadup den Knipflingen, als Parlamentär ein an seine Reißschiene geknotetes schmutzig weißes Taschentuch schwingend, die schriftliche Kampfansage und die Herausforderung zu einer Entscheidungsschlacht am kommenden Samstag, nachmittags, im Kypser Wald.

Dort aber, in einer heißen Lichtung, die, mit Himbeersträuchern, Disteln und Schlehenbüschen bewachsen, eine Brutstätte für Bremsen und Hornissen bildet, dort, wo es nach warmem Harz und dürrer Heide riecht, ragt ein Sandsteinfels, der rote Kulm genannt, ein strategisch wichtiger Punkt. Der Stein ist geborsten, und aus dem mit Erde und Moos gefüllten Sprung wächst eine weiße Birke wie ein Richtfestbaum.

Um diesen Felsen ging der Kampf, denn wer ihn behauptete, blieb Sieger. Beide Parteien waren wohlgerüstet. Katapulte[1] durften nach den damals gültigen Kriegsgesetzen benutzt werden, sofern als Munition keine Steine, sondern Kastanien verwendet wurden. Akazienruten dienten zugleich als Hieb- und Wurfwaffen. Schilde waren gestattet. Im Nahkampf war Fußstoßen und Beinstellen streng verpönt. Kavallerie war beliebt, sie bestand aus leichten und gewandten Kleineren, die auf den Schultern der Stärksten und Dümmsten ritten, sie an den Ohren oder durch Knüffe lenkend. Jadup galt als besonders guter Reiter.

Die Schlacht begann für die Feinen insofern ungünstig, als eine Patrouille von drei Buben, die sich schlauerweise in den Rücken der zum Kampfplatz ziehenden Powenzbande schleichen wollte, von den noch schlaueren Powenzen Kaspar und Violand jählings überfallen und gefangengenommen wurde, bis auf einen, der die traurige Nachricht überbrachte.

Die Powenze hatten eine Fahne, auf deren Tuch in rotem Grunde symbolisch ein weißes Haus abgebildet war.

Voran ihre Kavallerie (sechs Reiter), von kleinen Patrouillen flankiert, zog das Gros unter des faulen Fabian mathematisch durchdachter Führung, in Indianerschmuck und wild bemalt, zuversichtlich ins Feld.

Die beiden Gefangenen wurden an einen Baum gebunden und hatten arg unter den Fliegen und Bremsen zu leiden. Es war sehr heiß.

Fast gleichzeitig aus dem Wald tretend, standen sich die

---

1 Siehe Seite 75.

Heere gegenüber, und so begann zunächst ein allgemeines Geschrei der Verachtung und Kampfeslust, aus dem sich endlich die gewaltigen Schimpfreden der Anführer heraushoben. Krieg ist Krieg.

Fabian brüllte durch die hohlen Hände, die Feinde als Muttersöhnchen, Süßlinge und elende Schisser[1] anredend, die, falls sie Schneid hätten, sich halt hertrauen sollten, während Gockeley die Powenze als schmutzige Halunken, erbärmliche Hundsfötter und Roßbollenschmeißer genommen wissen wollte, die mit ihrem Gestank die schöne Natur verpesteten, und was dergleichen unfeine Reden mehr waren.

Auf einem nahen Hügel außerhalb der Gefechtszone lag Baltus Powenz hemdsärmelig im Schatten einer Buche, weintrinkend, und sah zu, durch eine geleerte Flasche zuweilen gleich einem Feldherrn wie durch ein Fernrohr spähend. Wie tat es seinem Vaterherzen wohl, wenn seine lieben Knaben siegreich waren. Später gesellte sich auch Sabine zu ihm, die es daheim nicht länger litt in der Stunde der Gefahr. Kartoffeln schälen könne sie ja auch im Freien, meinte sie beschönigend.

Die Knipflinge und Quiebustier erreichten als erste den roten Fels und besetzten ihn frohlockend. Dadurch schwächten sie jedoch die weiter vordringende Kampffront, und als Jadup mit seiner Kavallerie angriff, gelang es ihm, die feindlichen Reiter nach kurzem Nahkampf aus dem Felde zu schlagen.

Hier zeigte sich die Überlegenheit einer von den Powenzen bevorzugten Waffe. Sie waren nämlich mit einem Ding ausgerüstet, das sie als siebengeschwänzte Katze bezeichneten, sieben geschmeidige Lederriemen an einem handlichen Holzgriff, womit man den Gegner allerdings sehr schmerzhaft treffen konnte, vor allem auf die Hände.

---

1 Derber, volkstümlicher Ausdruck, ungefähr gleichbedeutend mit unserem Wort Feigling.

Fabian ließ nun die Verwirrung ausnützen. Durch eine rasche Schwenkung seiner Fußtruppen mit Geschrei dem Gegner in die Flanke fallend, drängte er ihn auf die Seite und hatte, da sich die Feinen, noch ungebrochen, aus taktischen Gründen vom Feind lösten, zwar zunächst den Weg zum roten Kulm frei. Doch belästigte ihn nun sehr das überlegene Fernfeuer der Gegner. Fabians fröhliche Nase blutete bereits, auch Heinrich, von Bremsen, Wespen und Hornissen verfolgt, war vorläufig außer Gefecht gesetzt.

»Sie haben den besseren Gummi an den Schleudern«, sagte Fabian, »sie reichen weiter, wir müssen den Nahkampf suchen.«

Wieder war es Fabians überlegene Schlachtenkunst, die den Seinen den Vorteil brachte. Er zog den rechten Flügel zurück, machte linksum und stürmte, ehe Gockeley den Trick durchschaute, der vom Felsen aus, wohlgeborgen, seine Befehle erteilte, mit seiner ganzen Kraft auf die Rechte des Feindes, wodurch dessen Linke jetzt sozusagen mit der Luft zu kämpfen gezwungen war. Das geschickte Manöver veranlaßte die Feinen zum Rückzug auf den Felsen, und hierbei nun ereignete sich ein Vorfall von beispielloser Wildheit.

Edwin nämlich, seiner Natur nach ganz unkriegerisch und den Büchern ergeben, von zartem Wuchs, aber kühnem Geist, deckte den Rückzug, oder er gab sich wenigstens alle Mühe, es zu tun. Er tat es, obwohl er rasende Kopfschmerzen hatte, denn er vertrug die Sonne nicht, die er doch über alles liebte. So stand er nun, schrecklich erhitzt, und erwehrte sich, mit einem abgebrochenen Rütchen ungeschickt und linkisch fechtend, Violands, der brennende Hiebe ihm auf Hand und Gesicht pfeifen ließ. Edwin ertrug es unter Tränen der Wut und des Schmerzes, aber er ertrug's. Das Hemd war ihm herabgerissen, rote Striemen bedeckten seine schwitzende Haut, er ließ sich hauen, ein jammervoller Held. Er wich und wankte nicht.

Dies Verhalten aber ärgerte Lilith, die natürlich auch dabei sein mußte.

Sie hatte zusammengewachsene Augenbrauen, das heißt über der Nasenwurzel berührten sich die Haare der rechten und linken Braue, und das bedeutet nach den einen Leidenschaft der Sinne, nach anderen Demut des Herzens.

Bei dieser Schlacht aber zwischen der Powenzbande und den ›Feinen‹, wie in abfälliger Weise die heranwachsenden Sprößlinge der Quiebus, Gockeley, Dattel usw. von unseren Freunden genannt wurden, mußte es der schöne Edwin am eigenen Leibe erfahren, wie sinnestoll und blutdürstig diese Lilith sein konnte. Sie war ganz närrisch vor Wut und Hitze. Mit dem alten Schlachtruf der Powenz: ›Ua-hu‹ stürzte sie auf den verhaßten Schwächling. Der aber ließ vor ihr die Hand sinken.

»Ich schlage kein Weib«, sagte er unter Schluchzen.

Da sprang Lilith ihn an, wie ein Katzentier mit beiden Händen sich festkrallend, und biß ihn zornig in die Brust über dem Herzen. Ihre Zähne wurden blutig davon.

Edwin schrie laut, riß ihr Gesicht an den Haaren weg und lief endlich davon. Als er sich dann umwandte, stand sie noch dort, mit wutverzerrtem Gesicht, ihm nachschauend, mit gekrallten Händen und ›Rrrr!‹ machend.

Von diesem wilden Geschöpf habe ich bisher absichtlich wenig erzählt, aus zarten Gründen, wie ich bekennen muß. Denn es ist einigermaßen peinlich für den Autor, wenn er vom Leser als einer der vielen Liebhaber seiner eigenen Heldin belächelt wird. Peinlich besonders hier, denn ich muß bezweifeln, ob des Autors Rolle dabei eine besonders rühmliche sein wird.

Lilith war, nachdem sie mit Mühe und Not über die ersten jämmerlichen Kinderjahre hingefristet worden war, zunächst ein richtiges Scheusal geworden. Sie war unausstehlich, stets weinerlich, heimtückisch und unsagbar häßlich. Denn sie hatte noch immer diese weißliche, dünne Haut, unter der die zarten Äderchen liefen, und, darin dem Heinrich am ähnlichsten, jene rotbraunen Kuhaugen mit den weißen Wimpern, die, wie man weiß, vielen Männern ein wahrer Greuel sind.

Lilith petzte, kratzte, spuckte.

Sie war ein bösartiges, wehleidiges kleines Tier, das jedes Jahr ein paarmal auf den Tod krank wurde, und ihre Grausamkeit als Kind ist leider erwiesen, da sie sich doch einst ernstlich daranmachte, ein Kleid aus Schmetterlingen zu schneidern, die sie fing und lebend Flügel an Flügel aneinandernähen wollte. Zitronenfalter vor allem, weil sie ihr besonders gut zu Gesicht ständen. Sie hatte keine Freundin.

Erst allmählich begann das feuchte, bläuliche Geschöpf ein wenig Farbe zu bekommen, vor allem wuchs an Stelle eines dünnen, rötlich-kranken Haares ein starkes, dunkles, von der Farbe eines Moortümpels oder besser – nicht anders leider läßt es sich sagen – tiefer goldbrauner Mistbrühe bei Sonnenschein. Ihre Haut blieb weiß, aber sie verlor das Fischige, sie wurde trocken, und durch die Wangen schimmerte von innen das Blut. Ihr Mund war unvergleichlich.

Doch sagen manche, Liliths Gesicht und Kopf sei ein wenig groß für ihren schmalen, geraden Körper gewesen, sie habe dadurch etwas Gnomenhaftes, fast Unheimliches an sich, das man nie und nimmer lieben könne.

Dieser Lilith bestialischer Angriff brachte die Entscheidung: die Schlacht endete mit einer völligen Niederlage der Feinen, der Berg wurde erstürmt, wenn auch nicht ohne Opfer. Zephirin zum Beispiel, mutig emporkletternd und an der Birke sich haltend, stürzte mit dem Ast hinab und brach den linken Oberarm. Violand zerriß sich arg die Stirn und war schrecklich anzusehen mit seinem blutüberströmten Gesicht. Aber es war nur eine Schramme. Emil Knipfel entkam mit knapper Not und sehr verschmutzt. Gockeley aber gab sich gefangen und bat um Pardon.

Während des Endkampfes hatte Vater Powenz auf seinem Hügel gestanden, riesengroß, eine Rotweinflasche in der erhobenen Hand, und hatte die Streiter angefeuert, »hoho!« brüllend wie ein Löwe, während andererseits Frau Quiebus, mit einem rosa Sonnenschirm fuchtelnd, auf dem Plan erschienen war und mit schriller Stimme »Edwin« rief. Aber Edwin versteckte sich. Er betupfte behutsam seine Wunde, den Biß Liliths, der auch später als Narbe noch deutlich sichtbar blieb.

Zu den Feinen hielt übrigens auch der Autor. Er befand sich bei jener unglücklichen Patrouille, wurde also leider gleich zu Beginn gefangen.

Zephirins Künstlerhand hat später aus dem Gedächtnis ein sehr gutes, vielfiguriges Bild dieser Schlacht entworfen, gleichsam aus der Götterperspektive gesehen und insofern vielleicht nicht ganz getreu, als auf demselben Blatte mehrere wichtige Augenblicke der Schlacht an verschiedenen Stellen gleichzeitig dargestellt wurden. Auch sind die darauf abgebildeten Kanonen und platzenden Granaten lediglich ein Produkt seiner üppig blühenden Phantasie. Ferner entspricht die Zahl der gemachten Gefangenen und eroberten Feldzeichen ganz und gar nicht der Wirklichkeit.

Die unerquickliche Szene mit Lilith jedoch hat der junge Künstler mit feinem Takt weggelassen. Dagegen sieht man überlebensgroß zu beiden Seiten hier Baltus Powenz mit der Rotweinflasche und da die Quiebus mit dem Sonnenschirm gleich homerischen Gottheiten auf Wolkenkissen stehen, die Schlacht überwachend. Im Hintergrund das liebliche Mössel. Die kämpfenden Knaben, nicht größer als Zinnsoldaten, haben fast alle eine Zahl neben sich. Auf der Rückseite sind dann in einem Verzeichnis die dazugehörigen Namen angegeben, wodurch das Bild dauernden, historischen Wert behält.[1]

Die Wirkung dieses glänzenden Sieges war jedoch nur

---

1 Im Besitze des Autors.

eine moralische, man hatte die Untat der Väter an den Söhnen heimgesucht.

Edwins Wunde eiterte natürlich, und er hatte große Mühe, seiner besorgten Mutter etwas Glaubwürdiges vorzumachen, wie er dazu gekommen war. Es wunderte ihn aber sehr, daß eines Nachts, da er fieberte, ein großer Strauß Flieder von unbekannter Hand zu seinem Fenster hereingeworfen wurde. Er bewahrte ihn lange in seinem Kleiderschrank, peinliche Fragen seiner Mutter fürchtend. Frau Quiebus wurde übrigens in jenen unsicheren Zeiten oft durch Gespenstererscheinungen in Angst versetzt. Hinter diesen Gespenstern haben wir nach meinen neuesten Untersuchungen zweifellos den kleinen Verwandlungskünstler Jadup zu suchen, wahrscheinlich aber war Lilith die treibende Kraft. Verweilen wir noch etwas bei ihr.

Drittes Kapitel
Kurz und bündig

Lilith war zweifellos böse von Natur, sie war eine Teufelin. Ihr Anzug war von aufreizender Schlichtheit, sie liebte vorzüglich ein kaltes Schwefelgelb und besaß einen seidenen Schal in dieser Farbe mit langen, wogenden Fransen, das Geschenk eines unglücklich Liebenden, aus Venedig mitgebracht. Dieser Schal war ihr hauptsächliches Requisit der Verführung. Schön zu sein ist schon Koketterie, doch hat Frau Quiebus unrecht, wenn sie Lilith die Schuld zuschiebt, daß sie den Männern den Kopf verdrehe, wenn sie bloß einen davon ansah. Es ist an sich sicher nichts Teuflisches, und es geschah anfangs wohl auch ganz ungewollt. Später aber legte sie es darauf an, mit abgefeimter Niedertracht, allerdings um einer großen erhabenen Idee willen: Ich meine das Haus.

Denn Lilith bewunderte ihren Vater, sie vergötterte ihn geradezu, und sie diente ihm. Sie zog ihm morgens die Stiefel an, sie kredenzte ihm den Kaffee oder den Wein, sie kämmte ihm die Brösel aus dem Bart, sie half ihm gegen die titanischen Angriffe der Brüder, und Powenz hatte es gern, wenn sie ihm die Zigarre anzündete. Er freute sich, daß er eine so schöne Tochter hatte. Er nannte sie seine Pfirsichblüte, seine Gazelle. Sie durfte ihm den Kopf kraulen, wenn er blau war und melancholisch wurde. »Bist doch die Beste, kleine Bestie«, lallte er dann.

Ich will Lilith keineswegs in Schutz nehmen. Ich will ihre unverantwortliche Handlungsweise nicht im geringsten beschönigen, dennoch bitte ich darum, daß man nicht allem Glauben schenken möge, was von ihr zum Teil in böswilliger Absicht erzählt wird.

Trotzdem halte ich es bei ihr mit Rücksicht auf das zu bauende Haus durchaus für möglich, daß sie dem alten Knipfel, der, ungeachtet der bestehenden Feindschaft, anläßlich eines Wohltätigkeitsfestes ihr sich plump vertraulich genähert haben soll, absichtlich Hoffnungen gemacht habe, so daß er, mit einem Veilchensträußchen bewaffnet, zu einem Stelldichein am sogenannten Sauerbrünnlein im Kypser Wald erschien, nicht ahnend, daß Jadup die einzelnen Phasen dieses Ereignisses von einem wohlerdachten Versteck aus mittels einer selbstverfertigten Kamera photographisch einwandfrei festhielt.

Da konnte man genau im Bilde sehen, wie Knipfel schäkernd das Veilchensträußchen überreichte, das er, um es frisch zu erhalten, unter dem Hute auf seiner Glatze verwahrt hatte. Liliths ablehnende Haltung war auf dieser Aufnahme ebenso überzeugend wie auf der nächsten, wo sie sich mit allen Zeichen des Ekels seiner Altherrenküsse erwehrt. Vorzüglich war dann auch die Ohrfeigenszene getroffen. Lilith flammend vor Ehrbarkeit, Knipfel unsagbar dämlich dreinblickend. Als letztes Bild: Lilith bitterlich weinend, die Brust leicht geöffnet, das Haar zerrauft, Knipfel aber höchst betreten auf sie einredend. Ringsum blühende Margeriten und sonniger Wald.

Die Aufnahmen waren sehr scharf, und Knipfel war sehr unangenehm berührt, als er Abzüge davon erhielt. Obgleich nun der Geprellte allmählich das frivole Spiel durchschaute, seine Rolle blieb kläglich, und er war überdies sehr streng verheiratet. Was konnte er andres tun als zu schweigen und, vielleicht insgeheim doch noch hoffend, der schlimmen Lilith ›als Ausdruck seiner dauernden Zuneigung‹ ein Erkleckliches aus seinem geheimen Vergnügungsfonds zu überweisen, ›damit sie sich eine kleine Freude machen könne‹.

»Fürs Haus«, sagte Lilith einfach, als sie das nette Sümmchen ihrem Vater gab. Lächelnd nahm's Baltus.

Die Brüder bezeichneten der Schwester glückliche Aktion gegen Knipfel bewundernd als ›produktive Rache‹.

Viertes Kapitel

Handelt von Herkunft und Entartung

Damit man aber nicht in Einzelhandlungen die Kraft verzettle, berief Baltus Powenz einen außerordentlichen Familienrat ein, und zwar, da es ein schöner, heißer Tag war, auf die Powenzinsel, deren kleine, silbergraue Badeanstalt sommers noch immer von ihm verwaltet wurde. Dort unter einer gewaltigen Weide im warmen Geruch der Brennesseln und Pfefferminze fand der folgenschwere Rat statt, ganz ungestört, denn in Mössel badete außer ihnen grundsätzlich kein Mensch vor dem ersten Juli im Freien. Zur Vorsorge aber nahmen sie doch die Bretter des schmalen Steges mit, der die Insel mit dem Festland verband.

Sogar Heinrich war erschienen, obwohl er unsagbar unter allem Gemück und Geschmeiße litt. Namentlich unter den geräuschlos fliegenden Bremsen. Von weither zog er sie an, sie flogen konzentrisch auf ihn zu und saugten an ihm, Stechfliegen und Mücken, vor allem auch die Malariafieber bringende Schnake mit dem teuflischen Namen Anopheles, und Heinrich bewedelte sich melancholischen Angesichts beständig mit einem Zweig, um, ohne zu töten, die zudringlichen Biester zu verjagen, die sein ›süßes Blut‹ so sehr liebten. Wie betrübt war er, wenn er, durch das infame Gesinge am Ohr überreizt, sich selbst ohrfeigend eine Schnake erschlug. Er machte sich darob bittere Vorwürfe.

Nackt saßen die Knaben im Halbkreis um Vater Baltus, und sie waren alle in schmerzhafter Häutung begriffen nach dem ersten Sonnenbrand. Powenz erhob sich finster.

»Ihr unseligen Früchte meiner Lenden«, begann er und schüttelte die Fäuste beide, dräuend wie ein Prophet, gegen die Stadt, die sonnig-freundlich hinter sanftwogenden Blumenwiesen vor ihren Augen lag. »Man hat eurem armen Vater übel mitgespielt (hört! hört!). Ihr wißt es. Man hat ihn merken lassen, daß seine Anwesenheit hier auf diesem lieblichen Fleck Erde nicht erwünscht ist. Ich sage pfui über eine Stadt, die ihre ärmsten, anhänglichsten Mitbürger so mißachtet, die uns nicht das Schwarze unter dem Nagel gönnt! (Zwischenruf: ›Und das wäre immerhin etwas!‹) Ich sage pfui und noch einmal pfui. (Die Knaben fielen im Chore ein, und Fabian fügte noch hinzu mit gedämpfter Stimme: Pfui!) Eure Herzen aber rufe ich auf, daß ihr mit mir nicht ruhen wollt, bis der angetane Schimpf wirksam gerächt ist. Oh, denkt daran, ihr fleischgewordenen Unterpfänder einer vielleicht rauhen, aber stets innigen Liebe, denkt daran, daß ihr die Nachkommen eines berühmten Geschlechtes seid, daß mütterlicherseits korsisches Blut in euren Adern rollt, gedenkt jenes romantischen Giovanni aus Ajaccio, jenes armseligen Bettelknaben und des großen Bonaparte Vetter, der gegen Ende des achtzehnten Jahrhunderts einem jungen deutschen Kaufherrn die Schönheit seiner Insel gezeigt und, feurig ihm anhängend, als jener auf dem Dreimastschoner ›Giulio Cesare‹ wieder in See stach, wehklagend ins Meer sprang und dem Schiffe nachschwamm, des Todes nicht achtend.[1] Jener aber, gerührt von solcher Treue und Lust nach neuem Glücke, seht, jener nahm den fast Ertrinkenden an Bord, brachte ihn nach Deutschland und adoptierte ihn.

Erinnert euch auch an Hokus Powenz, euren Urgroßvater, den berühmten Zauberer und Illusionisten, dessen Brust die Orden sämtlicher europäischer Potentaten schmückte, und an seinen Bruder, den Monsieur Jacques Povence, den waghalsigen Seiltänzer und Luftspringer, erinnert euch ferner an euren Großvater, den unsterblichen Clown, der sich selbst entleibte, und dann auch ein wenig jenes ungedruckten Dichters, jenes namenlosen Harfensängers Quirin Powenz, nebenbei aber, mit Erschütterung sei's gesagt, meines lieben Vaters. Denn ihr wißt, ich bin eines Dichters Sprößling.

Auch Melchior Powenz' vergesset nicht, meiner brüderlichen Blüte am unstet wandernden Stammbaum unseres teuren Namens, eures lieben Onkels, der als Luftfahrer erst und Fallschirmakrobat, später als Vagabund zu Rade die ganze Welt durchmaß, ein königlicher Landstreicher und Weiser, erfahren in gelber, schwarzer, brauner Liebe und Erzeuger einer gewaltigen Powenz-Vetternschaft von San Franzisko bis Daressalam, von Kapstadt bis Spitzbergen; und nicht vergesset auch des anderen, des unglücklichen Hieronymus, des auf der Jagd nach dem Mammon Verschollenen.

Ihrer aller gedenkt jetzt in dieser so sonnigen, summenden Frühsommerstunde und lasset uns, gleich diesen scheinbar schwachen Wasserspinnen hier, furchtlos wie jene Ahnen und todesverachtend, auf den Wellen des Daseins hinwandeln, gleichsam spielend, ohne unterzusinken, unbeirrt von der Finsternis unter uns.

Ich nannte unsern Stammbaum in einer etwas kühnen Wendung unstet und wandernd. Nun, ich, Baltus Po-

---

1 Die Szene ist auf einem farbigen Kupfer der Zeit erhalten. Das seltene Stück befindet sich im Powenzmuseum.

wenz, ich bin müde der ewigen Wanderschaft, hier will ich Wurzeln schlagen!«

So sprach Powenz, nicht unwürdig jener Ahnen, deren er gedachte, flammend bald redete er, bald mit Rührung oder voll ehrlichen Grolls, und seine Knaben schlugen sich patschend auf die nackten Schenkel als Zeichen des Beifalls.

Fabian erwachte davon. Lächelnd, traumbeglückt und ein wenig zu spät klatschte auch er.

Sie sprangen auf und legten zum Schwur bei ausgestreckten Armen ihre Fingerspitzen auf das Symbol des Hauses, über Vaters dumpf läutendem Herzen. –

Ich komme nun in diesem Zusammenhang ausführlicher auf Jadup zu sprechen, und es kostet mich, offen gestanden, einige Überwindung, weil ich ein wenig im Zweifel bin, ob ich nach meiner Natur und Weltanschauung gerade diesem Powenzsohn ganz gerecht werden kann, ihm, dessen Grausamkeit, Eitelkeit und Sittenlosigkeit ebenso erwiesen sind wie der unheimliche Zauber seiner Person von Jugend an.

Selbst Vater Powenz, der sonst alle Säuglinge scheußlich fand, soll aber von Jadup geäußert haben, er sei ein kleiner Gott. Übrigens konnte ihn Sabina als einziges von ihren Kindern nicht stillen, was ihr der Knabe nie verzieh. Frühzeitig schon bildeten Zigaretten seine hauptsächliche Nahrung.

Die Natur sei dafür verantwortlich gemacht, daß sie dieses Kind, was seine leibliche Schönheit betraf, allerdings verbrecherisch zärtlich bedachte. Verbrecherisch deshalb, weil der kleine, unsichtbare Gott, der in diesem anmutigen Tempel aus Fleisch und Bein wohnte, weil seine Seele so grausam war. Selbst die ihn liebten, nannten ihn den Knaben ohne Herz, und wenn, wie in jenem alten Märchen, dies Herz am Ende gar nicht in ihm war, sondern in einem kleinen Vogel schlug, dann in einem schillernden Eisvogel.

Ein Beispiel nur. Antonin, ein leidenschaftlicher Junge,

der oben im gleichen Hause wohnte, sein Altersgenosse, verfiel Jadups Zauber völlig. Ungerufen folgte er ihm, der nun freilich dafür nichts konnte.

Denn Jadup liebte nicht. Zuneigung war ihm fremd, die anderer belustigte ihn nur. Der sklavischen Anhänglichkeit des Antonin aber bediente er sich zu garstigen Ergötzungen seiner gläsernen Seele.

Sagte Jadup: »Nimm, o Freund, diese harten Kieselsteinchen, tue sie in deinen Schuh und gehe damit drei Tage umher, doch will ich dich dabei kein Gesicht machen sehen«, so tat das Antonin ohne weiteres. Er tat es für einen Gott, als könne er damit eine himmlische Gnade erringen, tat es, nicht wissend, daß außer ihm noch etwa ein Dutzend Knaben mit ebenso schmerzhaften Steinchen im Schuh lächelnd umhergingen, ohne zu zucken oder zu schonen, allein Jadup zu Gefallen.

Es ist hier nicht der Ort, auf die anderen abscheulichen Belustigungen näher einzugehen, zu denen der Junge die unglücklichen kleinen und großen Schwärmer, oft sogar in cumulo, anleitete. Nicht etwa als Freund, sondern wie ein Tierbändiger mit der Peitsche in der Hand. Doch sei die Tatsache nicht verschwiegen, daß ganz unbegreiflicherweise die Verblendeten jede Erniedrigung: so auf allen vieren in die Schule zu krabbeln, lebende Regenwürmer zu verschlingen und dergleichen Scheußlichkeiten mehr, ohne jeden Groll ertrugen, obgleich doch ganz und gar nicht einzusehen ist, warum und wozu.

Jadups Herzlosigkeit zeigte sich aber so recht in einem Fall, der verbürgt ist. Er bestellte den Antonin, der ihm völlig leibeigen diente, eines Tages, als alle andern Powenz außer Haus waren, zu bestimmter Stunde zu sich, wohl wissend, daß jener genau auf die Minute kommen werde.

Doch Antonin, als er ins Zimmer trat, fand Jadup entseelt am Boden liegen, blutüberströmt, ein Messer bis ans Heft im Herzen. Schreiend flieht der entsetzte Knabe, Hilfe herbeizuholen. Lächelnd aber, als wäre nichts geschehen, sitzt Jadup am Fenster, ganz verwundert fragend, als Antonin wiederkommt, was er denn eigentlich habe, warum er in Tränen sei und so kreidebleich? Er hatte aber natürlich alle Spuren der schauerlichen Maskerade säuberlich beseitigt. Lange glaubte nun Antonin, von einer krankhaften Sinnestäuschung genarrt gewesen zu sein, da er doch den Herrn über seine Seele mit eigenen Augen tot in seinem Blute hatte liegen sehen.

Es mag hier als immerhin merkwürdig angefügt werden, daß der arme Antonin nicht lange danach einen ganz ähnlichen Tod fand, wie ihn Jadup so frivol ihm vorgestellt hatte. Jadups ungerührtes Angesicht über sich war aber das letzte, was der sich Verblutende mit irdischen Augen sah.

Möglich ist, wie manche sagen, daß Jadup alle mit seiner Stimme besprach. Ihres Zaubers bewußt, nahm er vielen Menschen ihre zartesten Geheimnisse, ehe sie so recht wußten, wie ihnen geschah. Aber auch ihn strafte Eros endlich.

Als Gespenst zu wandeln und überhaupt sich zu verkleiden und sich zu verstellen, war Jadups Leidenschaft und liebste Kunst. Er hatte das seltene Glück, vor seiner Erscheinung einen wirklichen Bürgermeister jämmerlich flüchten zu sehen.

Ich traf ihn einmal auf der Treppe sitzend. Er weinte, und zwar so sehr, daß es mir wirklich arg ans Herz griff. Seine Augen waren blutig rot, er schluchzte, und sein biegsamer Körper ward erschüttert von tiefstem Weh. Ich aber, ernstlich betroffen, setzte mich zu ihm voll Mitleid, um ihn zu trösten und so verzweifelten Kummers Ursache zu erfahren, als er mir plötzlich die Zunge herausstreckte und hohnlachend entlief.

Ich bin heute fast davon überzeugt, daß er sein Nachahmungsgenie zu allerlei unlauteren Machenschaften benutzte, und es soll ihm als Knabe einst ein diebisches Vergnügen bereitet haben, täuschend als Backfisch verkleidet, das Vertrauen einer Anzahl junger Mädchen aus gutem Hause im benachbarten Maarfurt zu gewinnen und ihre verschwiegensten Regungen und Herzensmeinungen dabei kennenzulernen.

In jenem Kriegsrat in der Badeanstalt aber offenbarte sich seine ganze Niedertracht.

Gern erbot sich zwar auch Kaspar in seiner Weise, den gemeinsamen Feind zu strafen, wo er am empfindlichsten war, indem er sich anheischig machte, etwa Herrn Gockeleys unschuldiges Töchterlein zu betören. Aber am grausamsten und wirksamsten erschien allen eben doch des kleinen, bösen Jadup Vorschlag. Er sagte:

»Seht dort die Stadt, wie sie scheinheilig in der Sonne liegt. Vater! Brüder! Fluch ihr! Ruft die Schwärme der Mücken über sie her.[1] Laßt den Himmel schwarz werden von Schmeißfliegen und erdröhnen von brummenden Hummelscharen. Richtet die Bienen ab, daß sie von nun an nur noch Quiebus, Knipfels und Gockeleys stechen! Lasset die Wespen, die Tiger unter den Insekten, schwirren und die Kavallerien der fürchterlichen Hornissen. Ruft die Asseln, Ohrenhöller und eklen Tausendfüßler herbei, laßt Raupen in Heeren wallen über die Gärten der Feinde und fressen die Frucht ihrer Beete, pfeift den Schwaben, daß sie über die Küchen und Speisekammern unserer Feinde herfallen, unablässig laufend und übelriechend. Vergesset vor allem nicht die Haustiere unter dem Ungeziefer, Flöhe, Wanzen und Läuse. Sie vor allem vermehrt und züchtet zu furchtbarer Züchtigung. Ua-hu, ich habe gesprochen.«

Vater Powenz, der mit wachsender Begeisterung den leidenschaftlichen Worten seines Sohnes Jadup gefolgt war, schüttelte ihm jetzt die Hände. Seine Augen waren naß.

»Ich danke dir, Lieber«, sagte Powenz und sah zur Seite, seine Rührung verbergend.

1 Vgl. Goethe: Faust II, 2. Akt 1. Szene.

Fünftes Kapitel
Vor Gebrauch stark schütteln

Die Zeit, die nun für Mössel kam, gehört der Geschichte an, aber wer sie miterlebte, den juckt heute noch die Haut.

Mit der ihnen eigenen Zähigkeit und Akkuratesse begannen alsbald die Powenzleute die große Plage über Mössel zu beschwören, deren Urheber man ahnte, ohne sie aber fassen zu können.

Die Unternehmung erforderte naturgemäß sorgfältige Vorbereitung. Und hier war es wieder Fabian, der, wie er sagte, seinen kostbaren Schlaf opferte für das Gesamtwohl der Familie. Er war bereits so dick, daß sein Bett verbreitert werden mußte. Denn seine Erfindung des Langbrotes ermöglichte ihm (da er zu faul war, sich immer neue Semmeln zu schneiden und zu streichen), sein Frühstück in einem Trumm immer nachzuschieben und ohne Unterbrechung sich einzuverleiben. Fabian sagte:

»Heinrich, mein sanftes Brüderchen, kannst du mir sagen, in welcher Weise, in welcher Schnelligkeit und Menge sich fortpflanzen: a) Flöhe, b) Wanzen, c) Läuse und hiervon α) solche des Kopfes, β) der Kleider?«

Heinrich antwortete: »Oh, schrecklicher Fabian, was hast du vor? Der Floh ist zweifellos das edelste Tier von den dreien, er legt meines Wissens nur zwölf Eier, nach sechs Tagen werden weiße, schlanke Lärvchen daraus, die sich nach elf Tagen verpuppen, und nach wiederum elf Tagen, da ist dann erst ein Floh daraus geworden.«

Fabian sagte: »Schön, und b)?«

Abermals antwortete Heinrich: »Die Wanze gebiert viermal im Jahr, oh, die Laus aber zeugt in acht Wochen fünftausend Nachkommen, von denen jedes Stück in achtzehn Tagen geschlechtsreif ist und...«

Die Brüder beschlossen, sofort mit der gewiß lohnenden Aufzucht zu beginnen. Onkel Melchior, der berühmte Vagabund, der eben durch Mössel walzte, zeigte sich gerne erbötig, die notwendigen Zuchtexemplare, als Flohmännchen, Läuseriche, Wanzenmuttersäue, beizubringen, denn er kannte allerlei Landstreicher und Bettelvolk, die gegen ein kleines Entgelt sicher gut und reichlich lieferten. Nur Heinrich weigerte sich erst mitzutun, versprach dann aber, gutmütig wie er war, für seinen Teil wenigstens Heuschrecken, Raupen und Schnecken im großen zu züchten und sie in die feindlichen Gärten zu tun.

Als Gesamtplan aber galt, daß man die übermütigsten der Powenzschen Gegner, als da waren die Knipfel, Gockeley, Quiebus, Bürgermeister Dattel und noch etwa ein Dutzend Honoratiorenfamilien, einmal tüchtig unter Ungeziefer setzen wollte.

»Treue Kindesliebe«, rief Powenz gerührt aus, sooft er die Zuchtanstalt besichtigte.

Der behende Jadup hatte die Flöhe unter seiner Obhut, Zephirin die Wanzen, Violand aber die Läuse. Die Tierchen entwickelten sich wirklich prächtig unter der Knaben Wartung, die rechte Freude daran hatten. Ja, sie trennten sich schließlich ungern von ihren kleinen Pfleglingen. So war es fast eine Schule der Humanität für alle.

Schwierig war die Frage, wie man die Tierchen unauffällig und wirksam ansetzte.

Die Häuser der Feinde mußten wochenlang genau beobachtet werden, damit man jede Gelegenheit sofort ergreifen konnte, die kleinen Parasiten und Blutsauger dort einzuschmuggeln. Ausgelegte Betten und Teppiche wurden erfolgreich als Vehikel benutzt. In offenstehende Fenster, wenn die Herrschaften ausgegangen waren, konnte man mittels Katapulten allerliebste Flohpillen schleudern: als Wurfgeschosse dienten kleine Gazebausche, darein man nebst einem Steinchen das Ungeziefer wickelte, das sich an Ort und Stelle gern selbst befreite. Oder man ließ die kleinen Hilfsvölker an den Haustüren los, Wanzen zum Beispiel, die das Licht scheuen, und trieb und manövrierte sie mittels Taschenlaternenschein durch die Türritzen. Auch Mäuse dienten als Kolporteure.

Die Wirkung blieb nicht aus. Einmal, weil, sobald die furchtbare Entdeckung gemacht war, die entsetzten Hausfrauen ihre Schande gern geheimhielten, dann aber vor allem, weil es oft ziemlich lange währte, bis man die Not erkannte. Dann aber war es bereits zu spät.

In einer Abendgesellschaft bei Frau Quiebus wurde die Heimsuchung zum erstenmal im großen fühlbar. Die Wirkung war eine entsetzliche. Denn fast jeder Gast litt unaussprechlich und durfte es doch nicht sagen. Durch die festlich gekleidete Menge ging ein gequältes Sichscheuern, mühsam verborgenes Jucken, und die Mädchen lächelten steinern in heimlicher Qual. Verzweifelt rauchten die Herren Zigarren, den Qualm sich in die Ärmel blasend, und im Vorübergehen rieben sie sich verstohlen an Stuhlkanten und an der Wand. Niemand ahnte jedoch zunächst, daß ein jeder ebenso litt. Dennoch wurde es bald stadtbekannt, daß man bei Quiebus, sage und schreibe, Flöhe bekäme, die sich in ihren kostbaren Persern offenbar ganz unheimlich vermehrten.

Sowohl bei Edwin als auch bei Carola zeigten sich plötzlich unter ausgesprochenem Unlustgefühl verdächtige rote Flecken am ganzen Körper, besonders auch an den Weichteilen, Flecken, die Frau Quiebus unter Tränen als Masern erkannte. Sie schickte Sohn und Tochter sofort zu Bett und ließ dringend Dr. Flaum[1] rufen, der nach einem ausführlichen Bericht über seine eigenen Beschwerden in fast hoffnungslosem Ton sagte, daß diese Flecke mit ziemlicher Wahrscheinlichkeit nichts anderes als die Bisse der sogenannten Kleiderläuse seien, jener recht lästigen und noch dazu keineswegs

1 Flaum war übrigens einer der wenigen, die den Powenzen freundlich gesinnt waren. Ein bißchen gesunder Powenzialismus, meinte er, könne niemand schaden.

ganz ungefährlichen Parasiten, da sie ja bekanntlich den Flecktyphus zu übertragen besonders bestimmt seien.

Dr. Flaum kam täglich zweimal, prüfte peinlich Puls und Temperatur der Läusebefallenen und leitete mit trauriger Miene die gebotenen Maßnahmen zur Entlausung des verseuchten Hauses ein. Er empfahl dabei als besonders wirksam unter anderem auch das von Baltus Powenz fabrizierte und unter einer unverfänglichen Firma im Mösseler Anzeiger dauernd angepriesene Insektenpulver. Das auch sonst stark verlangte Mittel, dem nach Jadups Idee Juckpulver beigemengt war, enthielt eine wissenswerte Anleitung in Versen, von Violand verfaßt, mit etwas derben Bildern Zephirins, unter dem Titel: ›Der perfekte Kammerjäger‹.[1]

Frau Quiebus entließ nach der peinlichen Entdeckung zunächst einmal ihre Mädchen. Das war ungerecht, ohne Zweifel. Denn diese waren bestimmt nicht von den Powenz gemeint und wurden nun unschuldige Zivilopfer dieser heimtückischen Kampfesweise. Auch bedienten sich die herzlosen Powenze, wie man vielleicht hätte meinen können, fast nie der Hilfe dritter. Sie besorgten stets alles selbst.

Arme Dienstmädchen also wurden mitbetroffen. Doch wenn dies auch zu Unrecht geschah, was die Floh- und Läuseplage betraf, so sei verraten, daß die Köchin Rosa durch einen schon jahrelang geübten Pfennigbetrug bei der Abrechnung der Küchenkasse ihr Sparbuch um wesentliche Beträge gestärkt hatte, zum Schaden der Frau Quiebus, während Fanny, das Stubenmädchen, längst schon heimlich eine bessere Stellung sich gesucht hatte und sowieso demnächst kündigen wollte, ›da sie zu ihrer kranken Mutter müsse‹.

So erkennt der Eingeweihte geheime Zusammenhänge von wahrer und falscher Unschuld, von gerechter und ungerechter Sühne, die scheinbar ohne Kausalität den-

---

1 Vergriffen.

noch einer höheren Ordnung und Heiterkeit folgsam sein müssen.

Die Kündigung war Frau Quiebus nicht unwillkommen. Denn sie hatte es sich zum Grundsatz gemacht, seit Edwin mannbar wurde, von nun an besonders häßliche Dienstboten zu dingen, die sie aber trotzdem ständig im Verdacht hatte, sie könnten gefährlich für des Knaben Unschuld werden. Sie lebte in dem seltsamen Glauben, die Mädchen könnten sich plötzlich ›über Edwins Bett werfen‹, weshalb sie ihn anhielt, stets die Tür seines Zimmers abzusperren.

Ganz Mössel juckte sich, und eine Folge dieser Plage war, daß die Betroffenen, alles höchst ehrbare Familien, ganz unschuldige Bekannte beargwöhnten, daß sie ihnen das Teufelszeug ins Haus gebracht.

Logierbesuche kamen in Verdacht der Unreinlichkeit und wurden fürderhin zu ihrer Verwunderung nicht mehr eingeladen. Verlobungen gingen zurück. Auch wurde die Schule, falls etwa die Kinder das Ungeziefer mit nach Hause geschleppt hatten, verantwortlich gemacht. Eine boshafte Flugschrift erschien mit trefflichen Karikaturen. Die auswärtige Presse witzelte. Es war schon recht peinlich für die gute Stadt.

Unter dem fadenscheinigen Vorwand sanitärer Fürsorge hielt auf Anregung der Frau Quiebus die Polizei genau Nachschau in der Powenzschen Wohnung, ob nicht am Ende dort der Herd der Verseuchung zu suchen sei. Dank dem vorzüglichen Nachrichtendienst jedoch fand die Untersuchungskommission die verschlagene Bande wohlvorbereitet. Es herrschte eine musterhafte Ordnung, alles blitzte vor Sauberkeit, was ihnen sicher viel Mühe bereitet hatte. Ein Gesundheitskalender hing an der Wand, desgleichen in Brandmalerei der klassische Spruch: ›Mens sana in corpore sano‹ und eine behördlich empfohlene aufklärende Wandtafel, auf der die gesuchten Tiere und ihre Wirkung in hundertfacher Vergrößerung abscheulich lebenswahr abgebildet waren. Und obgleich nun der Bezirksarzt von Mössel mit einem schwarzen Vergrößerungsglas alle Ritzen genau untersuchte (natürlich auch Hälse und Armgelenke der Knaben), er vermochte nicht das geringste nachzuweisen. Die Brutkästen waren natürlich längst verbrannt.

Nach Beendigung der Untersuchung erbat sich Vater Powenz mit schlichten Worten ein Zeugnis des Inhalts, daß die Gesundheitskommission bei ihm alles ärmlich vielleicht, aber doch hygienisch einwandfrei vorgefunden habe, und der verblüffte Medizinalrat durfte ihm das nicht einmal vorenthalten. Niemand, auch nicht der Bürgermeister, konnte damals in Mössel sich solch amtlicher Bestätigung der Sauberkeit rühmen. Dies geschah im Juni des Jahres 1914, also kurz vor dem großen Kriege.

Sechstes Kapitel

Darin von Störung durch höhere Gewalt die Rede ist und wie sich die Powenzbande dabei verhält; nebst einem dionysischen Intermezzo

Es ist kein Wunder, daß man in Mössel bei Kriegsausbruch allgemein erwartete, daß sich nun diese gott- und vaterlandslose Gesellschaft in ihrer ganzen Verworfenheit zeigen werde. Frau Quiebus vor allem sagte es ganz offen, daß sie sich keineswegs wundern würde, wenn man jene verdächtigen Subjekte als feindliche Spione entlarvte und allesamt, schuldig gemeinen Landesverrats, an die Wand stellen würde. Sicher würden diese wilden und unbotmäßigen Gesellen den Kriegsdienst verweigern, fahnenflüchtig werden und rebellieren. In diesen Tagen hingebender Vaterlandsliebe konnten, das war die öffentliche Meinung, die Powenze nicht bestehen, nein, die nicht! Vermutlich hackte sich einer den Zeigefinger ab oder schoß sich ins Bein, wie es zuweilen schon in Friedenszeiten zur Umgehung des Militärdienstes geschah, sicher rauchten sie so unmäßig Zigaretten, bis das Herz krank schien.

Nichts von alledem geschah.

Im Gegenteil. Es gab in ganz Mössel wohl kaum eine Familie, in der der Kriegsbeginn mit solch ehrlicher Begeisterung begrüßt wurde wie von den Powenz.

Kaspar, der älteste, mußte zwar sofort einrücken, denn er hatte gedient, aber das war ein Glück, denn nun konnte er doch ruhig zum Metzger und Bäcker gehen, ordentlich einzukaufen. Die Guten mochten ihn doch nicht gern abweisen, trotz der ziemlich großen Rückstände, jetzt konnten sie ihm doch die Semmeln, jetzt nicht die Saftlende verweigern, wo er in des Königs Rock war, um als Vaterlandsverteidiger in den Krieg zu ziehen, ihm, der vielleicht tot sein konnte, ehe noch eine Woche verging. Man gab ihm die Hand, und er nahm sie fröhlich ohne Bedenken. Mutter Sabina aber weinte sehr.

Kaum war nun bekanntgeworden, daß Kaspar Powenz einrücken werde, so putzten sich seine Mädchen und Frauen alle, die gegenwärtigen und vergangenen, denn alle wollten ihn noch einmal sehen.

Jadup, der eine jede von Angesicht kannte, sah mit reger Teilnahme zu, wie sie scheinbar ohne Absicht, aber unendlich langsam am Elefantenhaus vorübergingen, um Kaspar vielleicht zu begegnen. Jadup erkannte Jorkums junge Frau, die stundenlang das Schaufenster des Tabakladens betrachtete, bis Bekannte von ihr kamen. Dann bummelte sie errötend die Straße hinab, kehrte aber plötzlich um; sich besinnend und als habe sie etwas vergessen, wartete sie dann vor der trostlosen Auslage des Fahrradhändlers geduldig, stundenlang. Alle kamen vorbei, unauffällig nach den Powenzschen Fenstern spähend, Hermine kam und Babette, sogar Frau von Uhlenkamp und Abigail, und jede hatte etwas dabei, das sie ihm schenken wollte, Zigaretten, einen Ring oder auch einen Zauberstein, ein Amulett, das gegen Tod und Verwundung feite.

Aber Kaspar kam erst ganz spät zurück, denn er war zum Abschied noch einmal bei Renata und Regina gewesen, den Zwillingen, die ihn wie aus einem Herzen liebten, einträchtig, ganz ohne Eifersucht.

Doch begegnete Kaspar nacheinander noch allen und nahm Abschied von ihnen; von der ganz untröstlichen Frau Jorkum in einem Hausgang, von Elsa Kapf, des Pedells Töchterlein, aber im Physiksaal des Gymnasiums, der gerade frei war. Dort unter all dem blinkenden Glas und Metall störte sie niemand. Abigail bestellte er für den Abend in den Wald, und die sehnsüchtige Uhlenkamp hob er spät nachts noch zum Fenster herein. Die Brüder täuschten mit feinem Takt Schlaf vor.

Es war aber bei der einen der umfassende Mund, darum Kaspar sie lieben mußte, das Haar bei der andern, ein Duft oft nur, oder der Hals, die Brüste. So entzauberte jede auf ihre Art ganz anders seine Lust.

Als er gegen Morgen zum Bahnhof ging (denn sein Regiment lag auswärts), standen seine Freundinnen alle ganz freundlich beieinander und winkten. Das war wirklich hübsch anzusehen. Denn jede war auf ihre Weise ganz besonders schön.

Als der Zug sich endlich in Bewegung setzte, sah der starke Kaspar manch eine weinend eine andere umarmen, wobei sie sich treu in die Augen sahen, Schicksalsschwestern alle.

Nur die Zwillinge erwarteten den Zug außerhalb der Stadt an einer Bahnschranke, und sie waren seltsam anzuschauen in ihrer unheimlichen Ähnlichkeit. Ein Wesen, doppelt gesehen, standen sie am Bahndamm und winkten ihrem Freunde nach.

Die Powenze waren von Natur nicht faul, wenn auch gerade nicht geschickt zu regelmäßiger, ehrsamer Arbeit. Aber nun Krieg war, ein außergewöhnlicher Zustand, lebten sie eigentlich erst so richtig auf. ›Doktor‹ Powenz, dieser Titel blieb ihm nun einmal, stellte sofort seine Werkstatt um. Für all seine und der Seinen allerliebsten Erfindungen auf dem Gebiete der Scherzartikel, als Juckpulver, täuschend nachgeahmte Kothäufchen, scheinbar verschüttete Tinte aus schwarzlackiertem Blech, wirklich verblüffend nachgeahmt, für all diese und andere heiteren Bosheiten war jetzt wahrhaftig nicht die Zeit.

Also arbeitete die ganze Familie mit Feuereifer an der Herstellung schwarzweißroter Fähnchen, und ihre zahlreichen Muster an patriotischem Nippes wurden gerne gekauft und alsbald über ganz Deutschland verbreitet.

Da gab es Spucknäpfe mit dem Bildnis Poincarés darin, Stiefelzieher in Form eines beide Arme hochhebenden Russen (aus Gußeisen), Schneuztücher mit den Bildnissen des Kaisers und sämtlicher berühmter Feldherren, Granaten als Tintenfässer oder als Schnapsflaschen und ähnliches mehr.[1]

Sie verdienten jetzt so gut wie nie vorher, und sie hatten es ja auch wirklich nötig. Getreulich pflegten alle den Verdienst in die gemeinsame Familienkasse zusammenzuwerfen, nicht ohne daß sich jedes heimlich für besondere Zwecke kleine Provisionen zurückbehielt. So betrieb Violand ganz für sich einen recht einträglichen Handel mit Kugelsegen und festmachenden Talismanen, um den Hals zu tragen.

Da es also den Powenzen gelang, der gewaltig einsetzenden Nachfrage nach vaterländischen Galanteriewaren mit gefühlssicher gefertigtem Angebot entgegenzukommen, womit sie wirklich gute Geschäfte machten, hatten sie schließlich keinen Grund, den finsteren Gott des Krieges zu tadeln.

Eines kleinen Ereignisses sei hier gedacht. An dem

---

1 Hervorzuheben sind hier noch: Schwarzweißrote Bartbinden und Büstenhalter, Christbaumschmuck in Form von Granaten und Bomben, Taschentoilettenpapier ›Marke Siegreich‹, ›Deutsche Heldencreme‹ (Schuhwichse), Taschentücher mit den Karten der Kriegsschauplätze, Pfeifenköpfe mit dem ausgehöhlten Haupt des Kaisers, schwarzweißrote Krawatten und Gießkannen, Büste Hindenburgs aus Glas als Parfümflasche.

denkwürdigen Tag der Kriegserklärung, gegen Abend, war Doktor Powenz in Adams braune Weinstube gegangen, ein wenig zu trinken, wie damals, als er nach Mössel kam. Und dem Krieg zuliebe und so vieler ausgebrachter Gesundheiten wegen, auf den Landesherrn vor allem, trank er so viel, daß er sich allein nicht mehr hätte nach Hause bewegen können. Er saß und rührte sich nicht vom Platze, mit schwerer Zunge ›Deutschland über alles‹ singend.

Lallend und lächelnd saß er da, gewaltig und unverrückbar, einem trunkenen heidnischen Gotte ähnlich, mit seinem unverwüstlichen, hänfenen Haar und Bart, seinen großen Händen und seinem großen heißen Angesicht. Der Wirt aber, der kleine, etwas ängstliche Herr Adam, traute sich nicht an den Gast, wohl wissend, wie schrecklich er in seinem Zorn war.

An jenem ersten Kriegsabend aber sandte Frau Powenz, wie so oft schon, ihre Söhne sämtlich aus, den Vater heimzuholen, und sie fanden ihn ein wenig eingenickt.

Die drei Großen, Kaspar, Fabian und Heinrich, nachdem sie Vaters Glas leergetrunken, hoben ihn auf, Zephirin trug das schwere Haupt mit beiden Händen, daß es nicht hänge, und Violand ging, mit einer Magnesiumsfackel leuchtend, voran, die er aus klugem Vorbedacht, den Heimzug festlicher zu gestalten, mitgebracht hatte. Jadup, der Jüngste, aber, kriegerische Weisen auf der Mundharmonika blasend, schritt hinterdrein. So trugen sie ihren lieben Vater nach Hause und brachten ihn glücklich zu Bett.

In diesem Rausche aber zeugte er noch in der gleichen Nacht mit großem Geschrei den Jubal (das bedeutet Freude).

Wenn die Powenze mit sicherem Instinkt und ohne alle Sentimentalität sofort den Krieg für sich wirtschaftlich nutzbar zu gestalten wußten, so waren sie auch sonst nicht untätig, was diese Zeit betraf.

An manchen der damals auftauchenden Gerüchte waren nur sie schuld, was aber zu ihrem Glücke niemals aufkam. Sie hatten viel Spaß daran, zu verbreiten: Spione, von denen Deutschland wimmle, hätten die niederträchtige Aufgabe, zunächst einmal alle Wasserleitungen zu vergiften, und es bereitete ihnen natürlich große Genugtuung, als sie hörten, von Stund an lebe Frau Quiebus unter Verzicht auf jegliches Wasser. Sie wasche sich sogar nicht mehr aus Furcht. Die Powenze waren es natürlich auch, die stets das Neueste über jenen Goldtransport wußten, der angeblich von Frankreich her durch Deutschland nach Rußland unterwegs sein sollte, jenes geheimnisvolle schwarze Auto, das ohne Licht und fast lautlos fahre und das, wer weiß, vielleicht gerade durch Städte reise, wo man es nicht vermute, durch Mössel zum Beispiel.

Die Nachricht wirkte. Vaterlandsfreunde, die nicht mehr Kriegsdienst tun konnten, taten sich unter Führung Knusts zusammen, von dem sehnlichsten Wunsche beseelt, die feindlichen Milliarden abzufangen. Sie bewachten die Landstraßen, gruben sie auf, stellten Wagen quer, kurz, richteten in wenigen Tagen ziemlich großen Schaden an, hielten den Verkehr auf, beschossen harmlose Spaziergänger, bis man endlich den Unfug militärischerseits verbot.

Traurig war nur, daß gerade in diesem Augenblick das Gerücht kursierte, eben jetzt, gleich nachdem die Bewachung aufgehoben, sei das Goldauto ungestört durch die Hauptstraße von Mössel gefahren und nun natürlich längst über die russische Grenze entkommen.

Eine Dame aus Bremen, mit etwas strengen Zügen, ein Fräulein Schlagintweit, groß und kräftig von Statur, war durch den erfindungsreichen Violand Powenz zu einem gelungenen Scherz ausersehen. Es genügte ja in jener aufgeregten Zeit ein Wort, um jedermann ohne weiteres als Spion zu verdächtigen, und bei Fräulein Schlagintweit war es wirklich einleuchtend, daß sie ein verkleideter Mann sei. Und alsbald, von dem Knaben Violand betört, lief dem unschuldigen Frauenzimmer ein Schwarm schreiender Schulbuben nach, dann aber auch Erwachsene mit drohenden Gebärden.

Das Fräulein ging darum rascher und machte sich dadurch erst recht verdächtig. Es beteuerte seine Unschuld in seinem Bremer Tonfall, den man sofort als gebrochenes Deutsch mit deutlichem ausländischem Akzent bezeichnete, kurz, sie ward ergriffen, unsanft als ein Mann, und der Polizei übergeben. Erst als der gestrenge Polizeiwachtmeister Kolb der wartenden Menge versicherte, es würde garantiert, daß die Dame kein Mann sei und gänzlich unverdächtig, zerstreute sich die Menge, keineswegs beschämt, sondern unbefriedigt, murrend. Die Powenzbande lachte.

Siebentes Kapitel
Als Benefiz für Violand

Bei sieben Kindern von der Art der Powenze kann es schon vorkommen, daß es nicht gleich auffällt, wenn einmal eines fehlt. Besonders bei einer so unübersichtlichen Familie. Da außerdem kein Powenz den andern je verriet, wenn einer einmal über Nacht ausblieb, streunend oder liebend, so war es nicht sehr verwunderlich, wenn es erst nach Tagen aufkam, als Violand fehlte.

Ohne Abschied war der unnütze Junge vom Hause fortgegangen. Und er kehrte erst nach Wochen zurück.

Nach seinem Verschwinden konnte man damals zunächst annehmen, er habe sich als Kriegsfreiwilliger gemeldet, wenn er auch eben erst sechzehn Jahre alt war.

Er war ein geschmeidiger Junge mit trockner Haut, die leicht bräunte. Er schwitzte nie. Er hatte aber ein ganz besonderes Kennzeichen: nicht daß er wirklich schielte, aber sein linkes Auge tat es zuweilen, infolge einer Muskelschwäche vielleicht. Es gehorchte nur langsam dem bewegten, lebhafteren Blick des anderen Auges, es war immer etwas zu spät dran und hatte einen schwermütigen Ausdruck. Und während das eine ausgesprochen blau war, war dieses eher braun zu nennen. Das Naturspiel gab dem Violand einen eigenartigen, fast unheimlichen Zauber. Im übrigen war er wohl der gepflegteste von den Brüdern. Er neigte immer ein wenig zur Großmannssucht, ließ sich im Restaurant vom Pikkolo ans Telephon rufen, wobei er sich Herr Graf anreden ließ: Herr Graf, das Gespräch aus Berlin! Er gab mit Vorliebe Zugtelegramme auf, von den Mitreisenden bestaunt. Nebenbei bemerkt verließen die Powenze samt und sonders Mössel nur sehr ungern.

Als Violand wiederkam, trug er eine feldgraue Infanterieuniform, die, weil viel zu groß, ihm etwas kriegerisch Rührendes gab. Im Knopfloch trug er das schwarzweiße Bändchen des Eisernen Kreuzes. Offenbar war er auch verwundet, denn er hatte einen stets leicht durchbluteten Verband um die Stirn.

Wie er so durch Mössel ging, im gemächlichen Schritt und dem verwegenen Schick des gewiegten Frontsoldaten, wie er grüßte, mit geringstem Aufwand höchste Strammheit markierend, darüber mußten sich doch alle Vaterlandsfreunde freuen. Der brave Knust unterbrach sich im Anstreichen seiner Fahnenstange, schüttelte dem kriegerischen Knaben die Hand und sagte: »Behüt Sie Gott, Sie junger Held!«

Zu Hause wurde er mit lautem Hallo begrüßt.

»Oh, du kleiner Übermut!« sagte der alte Powenz und drohte grinsend mit dem Finger. »Aber vorzüglich getroffen!«

Er prüfte ihn fachmännisch, wie man eine besonders gelungene Maske betrachtet, befühlte den Stoff und lobte die Verschiedenheit der Knöpfe, die das echt Feldmäßige seiner Montur betonte.

Violand gab an, daß er sich, nachdem er sich von zu Hause fortgestohlen, was man ihm jetzt verzeihen möge, sozusagen als blinder Passagier mit einem Truppentransport ins Kriegsgebiet eingeschmuggelt habe. Ein gutmütiger Feldwebel, ein wackerer Schnauzbart und alter Haudegen, gerührt von dem Mut des Knaben, habe sich seiner angenommen und auf die flehentliche Bitte, ihn um Gottes willen nicht mehr nach Hause zu schikken, schmunzelnd den Überglücklichen in diese Uniform gesteckt. Ob seiner frechen Jugend sei er von der rauhen Soldateska verhätschelt und bald ein Liebling des Regiments geworden.

In einem unglücklichen Scharmützel (so nannte es Violand) schien er sich dann ganz wunderbar ausgezeichnet zu haben. Er selbst erzählte nur karg und fast widerwillig davon, seine Tat absichtlich verkleinernd: Nämlich als er seinen Regimentskommandeur, den tapferen Obersten von Reuter, der durch einen Lungenschuß schwer verwundet worden, gegen fast zwölffache Übermacht weißer und farbiger Franzosen aus schon sicherer Gefangenschaft herausgehauen, verteidigt und unter Einsatz seines Lebens geborgen hatte. Bald darauf sei er freilich leider selbst verwundet worden, durch einen Granatsplitter, nicht schwer, aber doch ziemlich schmerzhaft. Er konnte das dumme zackige Stückchen Eisen, das der Stabsarzt entfernt, jedermann vorzeigen, daran grauenhaft deutlich geronnenes Blut und ein paar Härchen klebten. Nun war er hier, bis die Schmarre da ausgeheilt sei, für kurz also nur, denn daheim hocken, während es draußen zu tun gab, das konnte dem Jungen nicht gefallen.

Die Sache ging durch alle Zeitungen. Man verzieh dem Helden in Mössel nun gern jeden Streich und bezahlte viel für jenen verhängnisvollen Splitter, daran so sichtbar sein tapferes Blut klebte. Er verkaufte davon in kurzer Zeit mehrere Dutzend, jedesmal mit der Bitte, ja nicht davon zu reden, da er ihn eigentlich schon jemand anderem versprochen habe.

Zu jeder Kriegstrophäe, die er sich so nebenbei abschwatzen ließ, wußte er eine kleine, toll grausige Geschichte zu erzählen, und gerade um dieser Erinnerungen willen, das konnte man verstehen, trennte er sich nur ungern und um höhere Summen von dem schließlich eben doch mit dem Einsatz des Lebens erbeuteten Zeugs, von Franzosenkäppis, Kokarden, kupfernen Granatringen, ganzen Blindgängern, Schrapnellkugeln oder womöglich Fliegerpfeilen, die er vorher seinen echten Kameraden billig abhandelte. Er hatte seine geheime Preisliste.

Besonders begehrt waren sogenannte Lebensretter, ganz zerbeulte Zigarettendosen, die das todbringende Geschoß gerade noch abgehalten, Uhren, darin noch der Splitter stak, oder Briefe einer Braut, die wie durch einen Zauberbann die Macht der Kugel gebrochen.

Violand konnte nicht genug derartiger Kuriositäten beibringen, er verstand es auch, sie täuschend echt herzustellen, und Jadup half ihm gerne dabei.

Es konnte natürlich keine Rede davon sein, daß der schändliche Knabe Violand wirklich im Felde gewesen war. Selbst Vater Powenz, der ihn sofort durchschaute, drohte mit dem Finger. Gewiß hatte Violand sich als Freiwilliger gemeldet, wenn auch mehr aus Neugierde. Er war überall verpflegt worden, wo er sich stellte, aber wegen seiner Jugend wurde er stets abgewiesen. So trieb er sich in allen möglichen Garnisonen herum, bis er genug vom Kommiß wußte, um sich auf eigene Füße stellen zu können. Die angebliche Kopfverletzung ließ er jetzt rasch abheilen, indem er die Verbände ständig kleiner werden ließ, und dann ging der schneidige Violand ›wieder an die Front‹.

Der recht mühsame Zwischenhandel mit Kriegstrophäen langweilte ihn längst. Darum suchte er, nun aber als Leutnant mit Armschuß in der Binde und dem EK I unter dem Herzen, die ›kleinen dummen‹ Landstädtchen heim, und es ging ihm dort sehr gut.

»Man verwöhnt mich wirklich über Gebühr«, schrieb er in seiner bescheidenen Art nach Hause. »Zur Zeit leite ich eine Jugendgruppe zur militärischen Ertüchtigung, und das macht mir außerordentlich viel Spaß.

Meine Jungens sind ganz prächtig und hängen sehr an mir. Unsere Kriegsspiele erregen sowohl Bewunderung als auch Schrecken bei der Bevölkerung der umliegenden Ortschaften. Man versichert mir, ein Volk, das solche Offiziere besitze, sei unbesiegbar. Ich dachte ernstlich daran, eine nett vorbereitete Besichtigung durch Papa, der natürlich als General verkleidet sein müßte, würde hier große Genugtuung auslösen. Gestern hielt ich bei einer Siegesfeier, die ich angeregt, eine sehr hübsche patriotische Ansprache, und verkehre ich in den besten Häusern.«

Tatsächlich wurde Violands erfolgreiche Tätigkeit im vaterländischen Jugenddienst, wofür er viele freiwillige Spenden erhielt, bald darauf, und zwar durch einen echten alten General, allen Ernstes inspiziert und die vorzügliche Haltung und Frische der Knaben sowie des wackeren Leiters sehr gelobt.

Und da nun alles dem Violand militärisch so wohl gelang, war es ja eigentlich ganz gleich, ob er nun wirklich Offizier war oder ob es nur, wenn auch täuschend nachgemacht, allgemein für echt galt.

Im dritten Kriegsjahr traf ich ihn im Feld bei Ferme Trouchy. Denn inzwischen war er, ohne daß sein Streich ruchbar geworden wäre, wirklich Soldat geworden. Er hatte nun ganz zu Recht das Eiserne Kreuz bekommen, hatte tatsächlich mit großer Tapferkeit seinen Hauptmann gerettet und war selbst bald darauf durch Kopfschuß schwer verwundet worden. Ich sah den armen Teufel liegen, wie er mit langsam zweifelnder Handbewegung nach dem hervorquellenden Gehirn griff und, als habe er in etwas Unappetitliches gelangt, schnalzend wegschlenkerte, was an seinen Fingern blieb. Dazu lächelte er mit halb gelähmtem Munde unbeschreiblich. Er genas aber wunderbarerweise, jedoch blieb er stumm sein Leben lang und verlor den Geruchsinn völlig.

Achtes Kapitel

Soll als Einleitung des folgenden gelten

Der Hang, den alltäglichen Ablauf nüchterner Geschehnisse unterhaltsamer zu gestalten, gleichsam das Dasein zu schminken und kleine verschönernde und beglückendere Eingriffe in die Vorsehung zu versuchen, war nicht allein Violand angeboren, mit seiner schier prophetischen Spielerei in jenen ersten Kriegswochen.

Des Abends, wenn die Knaben noch eine Zeitlang rauchend in ihren Betten aufsaßen, erzählten sie einander von jeher, was sie so tagsüber erlebt. Sie bewunderten den Kaspar, den Liebeskundigsten unter ihnen, und freuten sich an Violands fröhlicher Lügenkunst und an Jadups amüsanten Gespenstergeschichten. Ja selbst Heinrichs sonderbaren Äußerungen hörten sie kopfschüttelnd und mitleidig zu. Er pflegte mit einem Photoapparat zu Bett zu gehen, denn er wollte längst schon einen seiner Träume knipsen. Das müßte doch irgendwie gehen, meinte er in seiner hartnäckigen Art, man müßte nur den rechten Augenblick erhaschen, so zwischendrin, zwischen noch nicht ganz Schlafen und nicht mehr völlig Wachsein. Er dachte es sich wunderschön. Niemand hatte es noch versucht bisher. »Aber es glückt mir halt nicht, und…«, mußte er sich allmorgendlich eingestehn. Die Brüder aber nannten ihn unzart einen armen Irren.

Fabian, der zweitälteste, schlief dann längst, denn er liebte ja nichts auf Erden so als den Schlaf, darin er aber keineswegs etwa völlig untätig war. Er war geradezu ein Traumkünstler, also mit der sehr seltenen Gabe gesegnet, das Bewußtsein, daß er träumte, auch im Schlafe nicht ganz zu verlieren, so daß er dem Traumgeschehnis, wenn es ihm mißfiel, nach Gutdünken eine ihm genehme Wendung geben konnte. Er brachte es doch fertig, wenn ihn beispielsweise ein Löwe im Traum anfiel und verschlang, gleichsam im letzten Augenblick traumlich sich zu spalten und gleichzeitig Fabian und böser Löwe zu sein, um so behaglich, wonnegrunzend sich selbst zu verspeisen und zu schmecken, aber dabei doch gleichzeitig das eigentümlich gruselige Gefühl des Aufgefressenwerdens zu empfinden. Hinterher behauptete er, noch kostend, er sei sehr wohlschmeckend gewesen, so wie Gänsebraten mit Äpfeln gefüllt. Jadup meinte freilich, so etwas Gutes träume er nie, und Heinrich, der Sanfte, fragte besorgt, ob ihm der Löwe sehr weh getan habe.

Auch liebte er fast ausschließlich nur im Traum, schlafend also liebte er. Im Wachen war er einfach zu faul dazu. Er war unförmlich dick und von einer heiteren Geschläfigkeit. War er bedeutend im Erfinden von Kochrezepten und Melodien (sie auch im Schlafe summend), so war seine nützlichste Gabe zweifellos die Mathematik. Vater Powenz zog ihn daher gerne zu seinen Bauplänen zu.

Fabians Faulheit aber war schon unglaublich. Nur durch sie ist es begreiflich, daß er so selten wirklich liebte.

»Ach«, stöhnte er, »nun soll ich zu Johanna gehen. Sie ist ein so freundliches, dankbares Geschöpf. Ach, Kaspar, oder du, Heinrich, kann nicht einer von euch mir die kleine Liebesmühe abnehmen?«

Und er versprach ihnen gern etwas Schönes oder auch Geld, wenn sie so freundlich wären, an seiner Statt zu handeln. Er für sein Teil ziehe es vor zu schlafen.

Ich habe sagen hören, daß Fabian Powenz einmal in den Osterferien, die allerdings verregnet waren, vom ersten bis zum letzten Tage durchschlief, kurze Pausen zum Essen abgerechnet, also vierzehn Tage lang. Dies seien aber, wie er gähnend gestand, seine angenehmsten Ferien gewesen. Ihn zu wecken bedurfte es der gemeinschaftlichen Anstrengung seiner Brüder. Denn es half nichts, zu rufen oder Pistolen neben ihm abzuschießen, noch ihn mit einem Strohhalm in der Nase zu kitzeln. Er nieste höchstens possierlich oder knurrte, aber er schlief weiter. Auch das Begießen mit einer Gießkanne beantwortete er lediglich mit Schwimmbewegungen. Dank einer sinnreichen Vorrichtung konnte man sein Bett wie eine Lore kippen und ihn also hinauswerfen. Selbst dann mummelte er sich in seine Decke und schlief auf dem Fußboden weiter. Ermunterte er sich endlich langsam, was er ›Andämmern‹ nannte, dann schalt er seine Brüder herzlose Gesellen, denen nichts heilig sei und die die köstlichste Erfindung, den süßen Schlaf, nicht zu ehren wüßten.

Der sonnig-faule Fabian, dem die Menschheit die segensreiche Erfindung einer Kaffeemühle mit Musik verdankt, war jetzt unentbehrlich vor allem im Ersinnen von Kriegsnippes. Er lag dabei gemütlich auf seinem Bett, gleichsam aus dem Schlafe redend.

»Wie wäre es«, sagte er etwa, »wenn man zum Beispiel so kleine Nachahmungen von Kriegergräbern herstellte, aus Gips vielleicht, mit einem kleinen Monument. Dieses könnte man so einrichten, daß hinter einem Glas die Photographie des lieben Toten angebracht werden kann. Man stellt das Ganze auf die Kommode. Ich glaube, es würde viel gekauft werden. Oder man könnte auch Bilder herstellen, möglichst bunt, in Öldruck vielleicht: Schlachtfeld, Abendrot, Leuchtkugeln, ›hurra‹ rufende Truppen, in der Mitte der Kaiser, einem Soldaten eigenhändig das Eiserne Kreuz anheftend. Bei diesem Soldaten aber bleibt die Stelle des Gesichts absichtlich frei, und da kann von den Angehörigen sein Bild aufgeklebt werden.«

Was Fabian an solchen Dingen riet, das ging, das wurde gekauft. Er hatte eine unfehlbare Witterung für Kitsch.

Die Powenze vergaßen über dem äußeren Feind nie den inneren. Sie blieben unversöhnlich, obgleich der große vaterländische Augenblick auch in Mössel die Herzen milder gestimmt hatte. Viel alter Hader ward begraben, sogar Frau Quiebus, die nicht leicht vergaß, brachte es über sich, im Roten Kreuz mit jener Frau Professor

Hornpostler zusammenzuarbeiten, der als ehemaliger Kellnerin die Mösseler Gesellschaft bisher mit Recht verschlossen gewesen war (ein Zustand, der aber nach dem unglücklichen Ausgang des Krieges alsbald wiederhergestellt wurde).

Freilich war die Gefechtstätigkeit zwischen den Powenzleuten und ihren Gegnern während des Krieges bedeutend herabgesetzt. Es waren kleine Plänkeleien, nur damit man wußte, daß es in dieser Sache keine Gefühlsduselei gab.

Kaspar Powenz, der als Unteroffizier, durch die Explosion einer selbsterfundenen Handgranate an der Hand schwer verwundet, vorübergehend nach Hause kam, hatte die Genugtuung, Baurat Knipfels etwas verträumten Sohn Emil im Kriegshandwerk ausbilden zu dürfen. Er tat es gründlich. Das beliebte Kommando: »Hinlegen! Aufstehen! Hinlegen! Aufstehen!« mußte der arme Knipfel, während Mössels Jugend am Kasernenhofzaun sichtlich erheitert zusah, so oft ausführen, daß er es schließlich besser konnte als irgendein Soldat in der großen deutschen Armee. Diese nützliche Übung rettete ihm später im Feld oft das Leben.[1]

Außer Kaspar leistete auch Heinrich Kriegsdienst.

Es ist nur zu natürlich, daß der sanfte Junge nicht mit der Waffe, sondern als Sanitäter in den Krieg zog. Er gehörte also zu jenen Zwitterwesen, die mehr Kriegsbedienstete zu nennen waren als Soldaten und die eigentlich unverwundbar hätten sein müssen. Bei genauem Hinsehen konnte man beobachten, daß als Sanitäter

---

1 Auch Edwin Quiebus kam ins Feld, jedoch nicht lange; bei einer großen Besichtigung durch den Kaiser geschah es, daß er – denn die Truppen hatten in Reih und Glied stundenlang in der Sonne stehen müssen, bis der Monarch kam – gerade in dem Augenblick, als der Kaiser die Front abschreitend an ihm vorüberging, vorne überfiel, in plötzlicher Ohnmacht. Er fiel, peinlich genug, dem Landesherrn vor die Füße, wenn auch krampfhaft präsentierend. Fast also wäre der Kaiser über Edwin gestolpert!

meist Leute gewählt wurden, die bereits von Hause aus schon nicht mehr ganz waren. Dem einen fehlte ein Finger, andere hatten mächtige Leibschäden, wieder andere stotterten. Viele stammten aus dem Bader- und Friseurgewerbe, aus einer fast fraulichen Tätigkeit also, auch Schriftsteller fand man darunter.

Heinrich empfand stets den größten Abscheu vor seinem eigenen Äußeren, und er war ja auch wirklich nicht schön anzusehen mit seinem staunenden Sommersprossengesicht, den mahagonibraunen Kuhaugen und den großen glühenden Ohren. Er hielt es auch für ausgemacht, daß man ihn unmöglich lieben könne, und er wunderte sich stets, wenn jemand freundlich mit ihm umging. Es ist ein Ausspruch von ihm erhalten, der so recht die Gesperrtheit seiner Natur kennzeichnet: »Ein Mensch«, so soll er gesagt haben, »der jemanden liebt wie mich, kann mir nie gefallen, und der, den ich mag, dem gefalle natürlich ich nicht. Lieben, ach, ich weiß gar nicht, wie das tut, doch habe ich's zuweilen loben hören.«

Dennoch fand er liebe Kriegskameraden, doch der erste bekam alsbald einen Bauchschuß (er spielte noch die halbe Nacht lang unaufhörlich Mundharmonika, legte sie aus der Hand und war tot); der zweite aber, mit dem sich so schön über Tiere und Pflanzen reden ließ, ein Hannoveraner, schluckte Gas und verlor den Verstand. Der dritte, der Heinrich der liebste war, ein lustiger Junge aus Jüterbog, ward vor seinen Augen durch eine Granate zerrissen. »Wird man«, sagte Heinrich, das tote Haupt des Kameraden, das ihm in den Schoß gesprungen, am Haar hochhebend, »wird man je wieder lachen können oder lieben und... O Karl«, fuhr er, mit dem Kopfe redend, fort, »dein Haupt ist noch warm und Mund und Augen noch naß, eben sahst du mich noch, lachtest, lebtest, und nun bist du tot und...«

Er fügte Haupt und Körper ungläubig zusammen. So war es, dachte er und konnte es nicht begreifen. Aber als er allein mit dem Toten war, von dessen warmem Blut sein Schoß rot war und dampfte, schrie er ihn an: »Kamerad, steh auf und wandle!«

Aber es half ihm kein Gott. –

Ich habe es selbst erlebt, daß ein Gefreiter aus dem Bayerischen Wald, dem ein Granatsplitter den Arm abgeschlagen (der Stumpf wurde zum Glück gleich abgebunden), das tote Glied, in einen Sandsack gepackt, mit sich ins Feldlazarett bringen ließ, des festen Glaubens, der Stabsarzt könnte es vielleicht doch wieder anheilen. Als es damit aber nichts war, schüttelte er den Kopf.

»Daß man das nicht kann, das ist schon zu dumm, das ist schon zu dumm«, sagte er verächtlich zu dem Arzte.

Heinrich aß kein Fleisch und hungerte daher viel. Er tat es nicht, weil er es nicht über sich bringen konnte, daß um seiner Ernährung willen ein so schönes, großes Tier, ein Rind etwa, geschlachtet würde. Er pflückte auch keine Blume und konnte keine Wiese mähen sehen, das schnitt ihm ins Herz. Denn er hatte eine tiefe Ehrfurcht vor dem lebendigen Wesen. Aber alle nannten ihn den sterilen Heinrich, und das konnte ihn doch immer wieder schrecklich ärgern.

Er schauderte aber, wenn etwa sein Stabsarzt in der Revierstunde mit dem Fingernagel an einem Schorfe kratzte, und er errötete jedesmal bei der Gesundheitsbesichtigung über den Anblick der Phalanx solch nackter Mannheit. –

Selbst der dicke Fabian mußte zu den Fahnen, vielbeneidet von seinen Kameraden, da er die Fähigkeit hatte, sobald der Dienst vorbei war, stehend, sitzend, liegend, bei jedem Wetter und unempfindlich gegen jedes Geräusch, zum Beispiel von Granaten, ohne weiteres in wohltätigen Schlaf zu sinken, darin ihm die Götter alle irdischen und himmlischen Wünsche erfüllten, ohne daß er auch nur einen Finger zu rühren brauchte.

Es ist bekannt, daß er bei einem Brandunglück, als nämlich bei den drei alten Fräuleins oben Feuer ausgebrochen war – also gerade über seinem Kopfe –, ruhig im Bett liegengeblieben war. Nur einmal bat er den Jadup, er möge doch einmal an die Stubendecke langen, ob sie schon heiß sei.

Niemand verstand sich so gut wie die Powenze auf die Soldatensprache, niemand kannte den Schützengrabenkomment so gut wie sie. Für ihresgleichen war der Krieg eine grandiose Gaudi, denn sie waren furchtlos und tapfer von Natur und machten sich nichts daraus. Daß der Krieg ein ›Krampf‹ sei, das war Fabians ständige Redensart, und alle Powenze, bis auf Heinrich, nannten ihn einen ›Schwindel‹. Das hieß doch nichts anderes, als daß der Krieg nur scheinbar war, eine Vorspiegelung von etwas, ein Soldatenspielen vielleicht, wenn auch mit tragischem Aspekt; es genügte, so sagten sie sich, daß man nur so tat, als wenn Krieg wäre, und die theatralischen Fähigkeiten der Brüder, gepaart mit angeborenem Glück und selbstverständlicher Verachtung des Todes, blühten auf dem Kriegsschauplatz aufs farbigste.

Von Violand wissen wir, daß er mit einer leisen Andeutung äußerste Strammheit darzustellen wußte, mit geringstem Kraftaufwand zwischen ›Rührt euch!‹ und ›Stillgestanden!‹ alle militärischen Forderungen genau erfüllend. Und es war, wenn man's genau betrachtete, doch nur ein Zucken, ein elektrisches Durchrieseltsein, ein forscher Blick und ein Schüttern der Wangen. Das ›Zu Befehl, Herr Hauptmann‹, wie es Violand zu sagen verstand, läßt sich mit Buchstaben kaum überliefern. Denn es war auf einmal ein einsilbiger Ausruf aus den vier Worten entstanden, ein Ausruf, der ungefähr wie ›Pfau‹ klang und vollauf seinen Zweck erfüllte, weil es tat wie ein Pfropfenknall.

Alle Powenze wußten, was sich im Kriege gehörte. Sie hatten Sinn für seine großen sentimentalen Möglichkeiten. Kurz, sie kamen in jeder Beziehung seinem Geschmack entgegen, ohne ihn im Grunde ernst zu nehmen.

Tatsache jedoch ist es, daß die so übel beleumundete Powenzbande, diese vaterlandslosen Gesellen, diese liederliche Rotte, schließlich allesamt, den Jadup und den kleinen Jubal ausgenommen, unter den Waffen standen und alle an der Front und natürlich bei der Infanterie. Sogar Zephirin und der Vater. Mutter Sabine versah unterdessen mit Lilith das Geschäft.

Sie bildeten, so sagte sich Powenz, beinahe eine kleine Familienarmee für sich, mit unendlichen Möglichkeiten, wenn sie es nur schlau anpackten und, wie bisher, nach außen recht zusammenhielten; und das taten sie.

Vom ›Regiment Powenz‹, wie sie sich hin und wieder scherzhaft zu nennen liebten, gibt es eine famose Photographie[1], worauf alle in feldgrauer Uniform zu sehen sind. Nur der stumme Violand trägt jenen sträflingshaften Lazarettanzug aus weißblau gestreiftem Waschdrell. Er schaut noch recht angegriffen aus und ähnelt in seinem Gazeturban einem gefangenen Maharadscha. In der Mitte (sitzend) Baltus Powenz mit breitem Barte, die Landstürmermütze auf dem Haupte und zu seinen Füßen ein Faß, auf dem mit Kreide geschrieben steht: ›Parole Heimat! 17 Täglein!‹ Rechts und links davon, liegend und auf die Ellenbogen gestützt, wie die Eckfiguren vom Giebel des Parthenon, Heinrich und Zephirin, ersterer mit der Rot-Kreuz-Binde am Arm und leider etwas verwackelt. Stehend die anderen, vor allem Kaspar mit der Schützenschnur, die verstümmelte Hand deutlich sichtbar mit dem Daumen vorn am Rock eingehängt. Wahrhaftig, ein Bild gesammelter Mannhaftigkeit, von höchstem kriegerischem Schick, was Kniff und Sitz der Mützen und Montur betrifft. Wie herrlich stand doch dem jungen Zephirin der ritterliche Stahlhelm, diese graue Gloriole, in deren Schatten alle Gesichter schöner waren.

---

1 Dieses Bild ist im Katalog des Powenzmuseums, wo es sich heute befindet, reproduziert und auch als Postkarte zu haben.

Diese sechs Kriegsmannen von starker Familienähnlichkeit, trotz ihrer Besonderheit im einzelnen, bildeten tatsächlich einen kleinen Truppenteil für sich. Sie fühlten sich nicht anders als um einen (freilich recht geringen) Sold angeworbene Landsknechte, und nach seinen Kriegszielen gefragt, würde Baltus Powenz ohne Besinnen, Hand aufs Herz, geantwortet haben: »Ein eigenes Haus auf eigenem Grund!«

Neuntes Kapitel

Trotz Tod und Tränen mit tröstlichem Ausgang

Es gelang der Powenzbande schließlich, mittels verschiedener geschickt verschleierter Eingaben, allmählich im selben Truppenverband sich zu sammeln.

Bei einem, sogar im amtlichen Heeresbericht[1] rühmlich hervorgehobenen kleinen Gefecht um die Ferme Trouchy gab ihr Eingreifen der anfangs unglücklichen Sache in letzter Stunde die erfolgreiche Wendung.

Es war jener heroische Kampf um den schwerverwundeten Violand, und ich darf mich füglich rühmen, nicht ganz unbeteiligter Zeuge dieses Vorfalls gewesen zu sein.

Die Ferme Trouchy war, als ich sie kennenlernte, ein roter Hügel aus ehemals wunderschönen, nun aber fast zu Staub zermahlenen Backsteinen, an dessen Rand auf einem ungehobelten Brett, daran die Spreißel aufstanden wie Borsten, mit Tintenstift auf deutsch geschrieben stand: ›Dieses war Truschi!‹ Die violette Schrift war vom Regen wie verweint.

Ehemals gab es dort Bäume, westlich des Hofes als Windschutz gepflanzt. Nun waren es nackte Stümpfe,

---

1 Der Bericht lautete: Die gestern von uns planmäßig und vom Feinde unbemerkt geräumte vorgeschobene Stellung bei Ferme Trouchy wurde heute in unwiderstehlichem Angriff dem Gegner wieder entrissen. Damit ist ein strategisch außerordentlich wichtiger Punkt wieder fest in unserm Besitz.

den abgehackten Ständern[1] jener gewaltigen Göttervögel ähnlich, die sich noch in den Boden krallten. Denn ein Frevler hatte, so erzählt eine griechische Sage, da die Riesenvögel schlafend und wie ein seltsamer Wald anzusehen auf den Feldern saßen, mit dem Beil so grausam sie geschändet, daß sie nun ruhelos fliegen müssen mit wunden Stümpfen, ewig, ohne sich je niederlassen zu können.

Lange Zeit krönte den Hügel aus Ziegelschutt das Gerippe eines Kinderwagens, von dem ich selbst noch wie ein Winkewinke ein weißes Fetzchen im Winde habe flattern sehen. Ringsum war alles flach, doch gleich einer unendlichen Ochsenaugenpfanne oder einer Mondlandschaft anzuschauen: das Trichterfeld. Die meisten Löcher waren mit Wasser gefüllt, glotzend wie mit scharfen Augengläsern, und die Ränder grün von Litith. In einigen wohnten Frösche, und an gewitterigen Sommerabenden sangen sie. Ich erinnere mich auch eines Krähenzuges, der in den verdächtig ruhigen Tagen vor jener gewaltsamen Erkundung durch die Engländer, während der eben die Powenzleute sich so auszeichneten, vom frühen Morgen bis in die Nacht quer über die Front flog, auf unsichtbarer Heerstraße des Himmels. Ein Flakgeschütz schoß zum Spaß mit Schrapnells in die schwarzen Scharen. Die Krähen erschraken sehr, doch unaufhörlich zogen sie und unbeirrbar, hoch über den roten Hügel, der Ferme Trouchy gewesen war.

Violand Powenz war damals Bursche von Hauptmann Probst. Er besaß alle Eigenschaften, die einen Offiziersburschen unentbehrlich machen: er war verschlagen, findig und nahm nie etwas übel. Er konnte täuschend gute Manieren, Ordnungsliebe und Sauberkeit markieren sowie den Eindruck strengster Zuverlässigkeit erwecken. Vor allem war er auch erfreulich anzusehen, schlank und trocken. Er galt als reizender Mensch, er

---

1 Jagdlicher Ausdruck für die Füße der Vögel.

hieß bei allen Offizieren nur der nette Bursche von Hauptmann Probst und bekam oft Zigaretten zugesteckt, sogar Wein, und wenn Geld, dann nobel. Man konnte ihm nicht gut wenig geben.[1]

Sein Hauptmann war etwas schwierig, denn er war im Zivilberuf Dichter und fürchtete sich. Angebrüllt vom Gott der Schlachten, erschrak er, doch nahm er sich sehr zusammen.

Der rote Hügel lag zwischen der ersten und zweiten Linie, und man konnte glauben, er sei keinen Schuß Pulver wert. Aber Violand hatte durch einen Zufall entdeckt, daß unter den Trümmern ein Stück Keller unversehrt geblieben war mit viel altem Wein darin. Denn es kam vor, daß die Bauern dortzulande, ehe die Deutschen anrückten, ein Abteil des Kellers zumauerten, als Versteck.

Violand hatte das Glück, gerade als eine Bohrgranate den Keller geöffnet hatte, in der Nähe zu sein. Er war eben damit beschäftigt, von einem Blindgänger den kupfernen Führungsring abzuschlagen, was immerhin nicht ungefährlich war. Denn schließlich konnte so ein Ding doch noch losgehen. Als der rote Staub sich gelegt, sah Violand, daß sich die Erde vor ihm geöffnet hatte, und hüstelnd kroch er darauf zu, um besser in Deckung zu gehen. Mit einer kleinen Steinlawine rutschte er in die Finsternis.

Als Violand mit seiner feldgrauen Taschenlampe umherleuchtete, merkte er, daß er sich in einem kleinen, aber gutbestellten Weinkeller befand. Es roch betäubend nach Rotspon: dem einen Faß war die Flanke aufgerissen, und dunkelrot troff der Wein auf die Ziegelscherben.

Die saugten ihn auf, es sang dabei ganz fein.

Ein Ster Flaschen mit roten Köpfen war da gelagert wie Munition.

Violand bediente sich, und es ehrt ihn, daß ihm, wäh-

1 Physiognomische Suggestion! D.V.

rend er kostete, sofort sein guter Vater einfiel. Aber er ahnte noch nicht, daß er gar nicht weit von ihm war.

Natürlich baute Violand den Eingang sorgfältig wieder zu, damit niemand seine Entdeckung ausspioniere. Er hatte eine besonders vertrauenerweckende Flasche als Probe mitgenommen, die er mit einem Ausbläser unauffällig maskierte. Sie paßte vorzüglich hinein. Bestaubt, wie eine wandelnde Tonfigur anzusehen, kehrte er zu seinem Herrn zurück. Leicht besänftigte er dessen Zorn und Sorge. –

Vater Powenz, der mit Erfolg bei der Fuhrparkkolonne tätig war, ließ es sich nicht nehmen, seine Söhne vorn im Graben zu besuchen, den ehemals so dicken Fabian, den Violand und Zephirin und auch den sanften Heinrich, den er, seinen Raben auf der Schulter, gerade damit beschäftigt fand, sein Hemd zu entlausen.

Aber oh, er tötete keines der schrecklichen Tiere, sondern sammelte sie in ein Schächtelchen, um sie irgendwo auszusetzen, damit ihnen nichts geschehe.

Zephirin zeichnete seine Kameraden nach dem Leben oder ihre Gräber für die Hinterbliebenen.

Fabian aber schlief meist. Nur daß seine Träume zuweilen nun doch nicht ganz so glücklich waren wie im Frieden, wo er allerdings nicht in Stiefeln und Uniform zu schlafen pflegte.

Ein Traum aber ist ihm, wie er sagt, recht lange nachgegangen.

Er träumte nämlich, daß er, bei einer Schleichpatrouille auf dem Bauche kriechend, zwischen Stacheldrahtgestrüpp, darin künstliche Rosen blühten und blecherne lackierte Vögel zum Aufziehen ihre rostigen Nester hatten, einem Engländer begegnete, der gleich ihm auf allen vieren, wie ein Reptil, sich langsam vorwärtsquälte. Sie waren beide nackt. Nun, dachte Fabian, kurz in seiner ›Schießvorschrift für Anfänger‹ blätternd, so, nun muß ich ihn leider doch wohl totschießen. Und er zielte lange. Der andere, der gleich ihm kurz in einem blauen Heftchen studiert, tat ebenso. Seine Gestalt aber verwandelte sich jetzt. War er erst schwarz wie ein Neger, so wurde er jetzt rot wie ein Indianer, auch trug er mit einem Mal bunten Federschmuck. Plötzlich aber wurde er weiß, und Fabian erschrak. Denn er selbst war es, auf den er zielte. Ohne Zweifel: Fabian war im Begriffe, Fabian zu töten. In diesem kitzligen Augenblick schoß der Feind, und Fabian, mehrfach durchbohrt, schoß jetzt seinerseits, wobei er jedesmal krampfhaft die Augen schloß. Doch sein Gewehr versagte. Er hatte es zu entsichern vergessen. Lachend stand er nun auf, aus vielen Wunden blutend, und gab seinem Ebenbild, das ein gleiches tat, fröhlich die Hand, der aber trank sein Blut wie von einem Brunnen. Dann tauschten sie ihre Waffen zum Zeichen der Ehrfurcht.

»Schier fast beinahe«, sagte Fabian und drohte mit dem Finger, da erwachte er. –

Die Brüder waren redlich besorgt, ihres gewaltigen Vaters wegen.

»Du hast so viel Fläche, Baltus«, meinte Violand mißbilligend und war froh, als er ihn wieder in einiger Sicherheit wußte. Vorher aber zeigte er ihm wenigstens von ferne den roten Hügel und verriet, was er in seinem Innern barg. Er gab ihm auch ein paar Flaschen davon mit, die er inzwischen noch geholt, und versprach ihm bald mehr davon.

Am Abend desselben Tages geschah jedoch die überraschende gewaltsame Erkundung durch die Engländer, in deren Verlauf der rote Hügel den Deutschen leider verlorenging. Violand, nachdem er seinen poetischen Hauptmann gerettet (der aber war tödlich getroffen), kehrte noch einmal um, um seines armen Herrn[1] Feld-

1 Der dichterische Nachlaß Probsts wurde nachmals von Violand herausgegeben. Der dankbare Bursche sicherte den etwas schwachen Schöpfungen seines Herrn durch gründliche zeitgemäße Bearbeitung und eigene Zutaten den verdienten Nachruhm, der ihnen sonst vermutlich versagt geblieben wäre.

stecher zu holen. Durch einen Granatsplitter am Kopf verwundet, lag er nun beim roten Hügel hingestreckt, regungslos, das Fernglas in der Hand. Es konnte ihm niemand helfen, denn die Engländer drangen bis in die zweite Linie.

Baltus Powenz saß gerade mit Kaspar, der trotz seiner Hand wieder ins Feld gegangen war (man behauptet, mehr der hübschen Madame Robinot wegen als aus Liebe zum Vaterland), zusammen beim roten Wein, da hörten sie von Leichtverwundeten, die zurückgingen, von der ›großen Schweinerei‹ da vorn und auch von Violands Tod; denn man hielt ihn für gefallen.

Wenn im Kriege einer seinen Kopf ganz klar behielt, dann konnte er, je größer das Durcheinander war, um so ungestörter eigene Ziele verfolgen. So auch Powenz. Er sagte zu Kaspar, daß er Violand (der sein liebster Sohn war), koste es, was es wolle, holen werde, um ihn, so erklärte er aus irgendeiner rohen kultischen Vorstellung heraus, mit eigenen Händen zu bestatten. Kaspar war's zufrieden, sie bewaffneten sich also und gingen vor.

Ich habe in einem Erdloch hockend sie so kommen sehen, und sie waren beide, das muß doch verraten werden, ziemlich schwer betrunken. Denn sie zogen aufrecht im Gleichschritt einher und sangen mit runden Mündern laut und unbeirrt: »Drum, Mädchen, weine nicht und sei nicht traurig, mach deinem Grenadier das Herz nicht schwer.«

Sie waren aber durch ihren Rausch gegen den Tod gefeit.

Unvergeßlich ist mir des großen Mannes Anblick (den nichts vermocht hatte, den wogenden Bart der Gasmaske zu opfern), wie er, einem heidnischen Gotte ähnlich, den Stahlhelm mit Laub bekränzt, daherschritt, ein grünes Bäumchen als Stock benützend. Es scharten sich aber seine lieben Söhne und Vettern um ihn. Fabian, der ziemlich mager geworden war, der blutjunge Zephirin und Heinrich als Sanitäter, bereit, den Violand lebend oder tot hereinzuholen und zu ehren.

Auf eigene Faust machten sie den Gegenstoß, riegelten nach gelungener Überrumpelung den Graben ab und säuberten ihn dann rücksichtslos unter gewaltigem Aufwand von allerlei Feuerwerk durch Handgranaten von den verblüfften Engländern. Mit ihren, Barbierbecken ähnlichen Don-Quichotte-Helmen warf Powenz um sich wie mit Papptellern. Wugg, der Rabe, flatterte dem englischen Sergeanten ins Gesicht, hackte, krallte und krächzte ›hurra‹. Sie befreiten Violand endlich, der noch lebte.

In einer braunen Zeltbahn, an einer Stange aufgehängt, ähnlich wie man ehemals das Wildbret trug oder die Kundschafter Josua und Kaleb die gewaltige Traube aus Kanaan, brachten sie ihn unter Wehklagen gegen Morgen zurück. (Er genas, wie gesagt, wenn auch langsam, und blieb stumm seiner Lebtage.) Noch einen aber trugen sie dann so mit geschulterter Stange. Aber das war nur Schein, es war kein Mensch, obgleich aus der Zeltbahn ein Paar lehmüberkrustete Stiefel ragten. Sondern die Powenze hatten die Montur eines Toten mit Weinflaschen vollgestopft aus jenem Keller des roten Hügels, um sie, also vermummt, unbehelligt zu retten, die beinahe schon verloren gewesen waren.

Dreimal noch und nicht ohne Lebensgefahr trugen sie so die köstliche Last. Die läutete leise im Gleichschritt.

Diese denkwürdige Wiedergewinnung des roten Hügels ist also tatsächlich dem privaten und infanteristisch tadellosen Eingreifen der Powenzbande zu danken, wenn ich dabei auch des Autors wirksame Unterstützung, die zum siegreichen Gelingen dieses Unternehmens nicht unwesentlich beitrug, nicht völlig unerwähnt lassen darf, was mir der wackere Baltus Powenz sicher jederzeit ohne weiteres bestätigen würde, hätte ihn eben nicht jener flammende Stern plötzlich und unerwartet von der Erde entrückt.

Zehntes Kapitel

Das nicht verschwiegen werden darf

Frau Sabine hatte schon vor einiger Zeit einen vertraulichen Feldpostbrief ihres Gatten erhalten, darin er es für ausgemacht hielt, daß der Krieg nun bald und unglücklich zu Ende sein werde. Er schrieb unter anderem: »Halte von nun an, mein liebes Weib, sowohl rote als auch schwarzrotgoldene Fähnchen stets frisch auf Lager. Die schwarzweißroten aber hebe ja gut auf, auch für sie wird wieder Bedarf sein. Heerführer und Monarchen bitte nicht mehr zu fabrizieren (sie stellten bekanntlich unter anderem hübsche kleine Gipsabgüsse davon her), höchstens noch einige Hindenburgs. Kaiserbilder jedoch schleunigst um jeden Preis abstoßen.«

Die brave Frau Powenz tat, wie ihr geheißen. So kam es, daß die Revolution sie nicht überraschen konnte. Sie war sofort in der glücklichen Lage, ihre neuen Kunden gesinnungstüchtigst zu bedienen.

Elftes Kapitel

Die große Täuschung

Bei Kriegsende trennten die Powenz-Soldaten sich vom großen Haufen und kehrten, im Felde unbesiegt, mehr einer wilden Nomadenhorde ähnlich und räubermäßig anzusehen, malerisch um einen Packwagen gruppiert, mit Hunden, Katzen, Ziegen und einer schönen französischen Kalbin, Madeleine genannt, braun und welterfahren in die Heimat zurück.

Powenz ließ es sich nicht nehmen, auch ein paar wunderschöne feindliche Backsteine auf diese Weise in Deutschland einzuführen. Rein national verstanden, fühlte sich Baltus Powenz, das muß nun allerdings gesagt werden, zunächst und vor allem als Mensch aus Menschenland. Staatliche Grenzen empfand er eigentlich nur koloristisch, und Landkarten genoß er höchstens von malerischen Gesichtspunkten aus.

Er zweifelte nie daran, daß er ein guter Deutscher sei[1], eine Tatsache, deren er sich weder schämen noch rühmen zu müssen glaubte, denn er war ganz unschuldig daran. Eines aber war sein Grundsatz, daß niemals er dem Staate diene, sondern wenn schon, so müsse der Staat ihm dienstbar sein. Meistens aber verzichtete er auf ihn, so gut es irgend möglich war.

Sein Traum war, die unabhängige Insel, die Powenzinsel, sein eigen zu nennen, als Familienreich sozusagen, in dem er als Baltus I., glorreicher König von Powenzien, regieren könne[2], Herr im eigenen Haus und Vater eines großen zukünftigen Volkes. Dafür lebte er, dafür war er auch in den Krieg gezogen, allerdings mit dem festen Willen, ihn für sich nutzbar zu machen.

Und während Millionen Deutsche den Krieg verloren, er für seine Person hatte ihn gewonnen.

Das bloße Gerücht, auf der Kypser Landstraße nahe schwerbewaffnet die Powenzbande, begleitet von einem Trupp wilder Rebellen, versetzte die Einwohnerschaft von Mössel begreiflicherweise in heftigste Bestürzung. Denn es gab viele, die im Frieden nicht gerade freundlich gegen die Powenzleute gehandelt und jetzt kein besonders gutes Gewissen hatten.

Lilith Powenz, das schöne Mädchen, ward von beunruhigten Nachbarn ausgeforscht, was ihre Brüder wohl im Sinne hätten. Sie zuckte höhnisch die Achseln.

»Es wird amtlich berichtet«, sagte sie leichthin, »daß ein kleines, aber fürchterliches Heer um meine lieben Anverwandten sich gesammelt habe. Durstige und Hungrige zumeist, lauter verwegene Burschen, Deserteure, Landstreicher, Gauner, natürlich Diebe, vielleicht auch

1 Der Verfasser des ›Antipowenz‹ behauptet freilich, die Powenz seien Juden! O sancta simplicitas!

2 Er war also Monarchist!

einige Mörder. Aber was wollen Sie, unser Gewissen ist rein. Wir werden ja bald sehen, was geschehen wird.«

Diese zweifelhafte Antwort hatte zur Folge, daß Baurat Knipfel eine halbe Stunde später, mit einem schwarzen Vollbart schrecklich vermummt, fluchtartig die Stadt verließ. Herr Gockeley jedoch blieb, nachdem er seine Pistolen nachgesehen.

Lilith ging nun möglichst auffällig zum Seiler und kaufte Stricke in großer Zahl, was, wie sie beabsichtigte, sofort die ganze Stadt erfuhr. Nun war es auch klar, warum an einigen Laternen seit der Nacht saubere Plakate hingen mit der Aufschrift: ›Reserviert für Knipfel‹ oder: ›Luftkurort für Dattel‹.

Die Bürger schlossen die Läden.

Der ohnehin geringe Verkehr stockte und hörte endlich ganz auf. Bange Blicke richteten sich nach der Kypser Landstraße. –

Tatsächlich hätte in jenen Tagen ein einigermaßen tatkräftiger Mann mit einer Handvoll unternehmungslustiger Soldaten ohne weiteres eine Stadt wie Mössel in Furcht und Schrecken setzen können. Denn diese Altweiberstadt, wie sie Powenz verächtlich zu nennen pflegte, hatte schon zu lange Hunger und war von Herzen kriegsmüde. Sie hätte sich alles gefallen lassen.

Nur die drei alten Fräuleins, Katharina, Ernestina und Babettchen, schnitten längst ihre Nägel nicht mehr, um im Notfall besser kratzen zu können, und nun kochten sie Wasser in großen Häfen, mit der Absicht, es auf die Häupter der anrückenden Rebellen zu schütten, falls sie es wagen sollten, ihnen ein Leid anzutun. Auch ihren immer noch reichlichen Vorrat an Pfeffer stellten sie bereit, damit sie ihn den Angreifern in die Augen streuen könnten, und Katharina holte mit bösem Lachen ein Fläschchen Salzsäure herbei.

Der Einzug der Powenzbande erfolgte erst gegen Abend und war, wie alles, was diese eigenartige Familie unternahm, ganz hervorragend organisiert. Voran lief die ganze Dorfjugend von Kyps, die Baltus Powenz mit langentbehrten Bonbons bestochen hatte. Jedes Kind trug ein Fähnchen in der Hand, und einer von ihnen, der Baptist, ein Junge mit unverkennbar Powenzschen Rassenmerkmalen (offenbar ein illegitimer Sohn des Kaspar, vielleicht sogar des Vaters selbst), hielt andauernd seine kleinen Kameraden an, im Chorus: ›Eins, zwei, drei, hurra!‹ zu schreien.

Dann kam Baltus Powenz auf blumengeschmücktem Pferde, den Stahlhelm mit Eichenlaub umkränzt, wie immer leicht angetrunken. Nach ihm der kleine Jadup, unaufhörlich trommelnd, dann, von Vizefeldwebel Kaspar Powenz geführt, in Reih und Glied mit geschultertem Gewehr, sehr stramm Fabian, Zephirin, der stumme Violand (den Kopf noch immer verbunden) und Heinrich. Übrigens hatte Violand, da seine Wunde längst verheilt war, mit etwas roter Tinte auf dem Verband ein malerisches Durchblutetsein vorgetäuscht. Hinterdrein liefen wieder Kinder, jubelnd, johlend, Fähnlein schwenkend, in sämtlichen Farben der deutschen und europäischen Länder.

Der Beutewagen aber war bei Frau Sabinas alten Eltern geblieben, wo auch Heinrichs liebe französische Kuh, die Geißen und Wugg, der treue Rabe, blieben.

Frau Sabine aber, auf Liliths Arm gestützt, das jüngste Powenzlein, den unmündigen Jubal, an der Hand, erwartete mit Rührung den kleinen Zug auf dem Marktplatz, wo vor allem Volke, das sich nun ganz zutraulich einfand, Baltus Powenz vom Pferde sich schwang und in seines Weibes ausgebreitete Arme eilte, nachdem er mit großartiger Gebärde dem Baptist die Zügel zugeworfen, damit er sein Streitroß halte.

Stumm lagen sich die Ehegatten Powenz in den Armen.

Kaspar kommandierte »Stillgestanden!«, Jadup trommelte einen Wirbel.

Dann hielt der Vater eine militärisch schneidige Ansprache an seine tapferen Söhne, ihrer verdienten Auszeichnungen und Wunden dankbar gedenkend, und ließ deutlich durchblicken, daß man freilich Deutschlands Heldensöhne nicht nach Gebühr in der Heimat empfange. Sprach von vierjahrelangem Kopfhinhalten gegen eine Welt von Feinden, sprach von Dolchstoß und unfähiger Diplomatie, um dann aber am Schluß in ein ›Hoch‹ auf sein Weib, den ›getreulich ausharrenden Schoß der Familie‹, seine Rede ausklingen zu lassen, in das nun auch die Umstehenden, meistens Lausbuben, herzlich einstimmten.

Die Feier schloß mit einer Ehrensalve der vier Heimkehrer gegen den roten Abendhimmel und einem kleinen, aber heftigen Verschießen von Leuchtkugeln und Raketen, worüber mancher gute Bürger, der nichts von der friedlichen Absicht des Geschehens ahnte, allerdings furchtbar erschrak, hinter verschlossenen Türen und Läden.

»Da, nun haben wir's«, sagte die Quiebus erbleichend, »das ist die Barrikade! Das ist der blutige Bürgerkrieg! Ich höre trommeln, heute vor Mitternacht baumeln wir alle an den Laternen.«

»Ich denke mir«, sagte Edwin boshaft, »für unsereinen werden sie schon die Bogenlampen herunterlassen, um uns emporzuhissen.«

Frau Quiebus fand das frivol und herzlos.

»In dir ist kein sittlicher Ernst, Edwin«, sagte sie, »hör nur, sie schießen schon wieder.«

Es knatterte und knallte wirklich ganz lustig auf dem Marktplatz, und die Kinder schrien: »Eins, zwei, drei, hurra!«, aber in der Luisenstraße hörte sich das ganz anders an, man ahnte nicht, daß alles nur dem festlichen Einzug der Powenzbande galt.

Im Gegenteil, man sprach von einem Dutzend Toten, die es gegeben habe, der Bürgermeister sei gefangen und in Gefahr, standrechtlich erschossen zu werden, die betrunkene Soldateska plündere bereits, voran die Powenzbande natürlich, die gäbe kein Pardon.

»War es nicht schrecklich genug, zu denken, es sei die Rebellion«, sagte stolz die Quiebus, als sich dann alles denkbar harmlos aufgeklärt hatte. »Ähnlich gesehen hätte es diesen Unholden doch.«

Sie mochte die Powenz nun einmal nicht.

III. BUCH DER ERBAUUNG

> Tantum est hoc regnum quod
> regibus imperat ipsis.
>
> So groß ist ihre Macht, daß sie selbst
> Könige sich unterwirft.
>
> Manilius

Erstes Kapitel

Gedenkt vorzüglich des faulen Fabian. Vor dem Schlafen zu lesen!

Die Verwunderung darüber, daß die heimgekehrte Powenzbande keinerlei Spartakusgelüste zeigte, war allgemein. Powenz verhielt sich auch gegenüber allen Verlokkungen politischer Natur, sei es von rechts, sei es von links, durchweg ablehnend. Er werde sich, sagte er unverblümt, bei jedem Putsch selbst zu verteidigen wissen, sobald er und seine Familie, von wem auch immer, angegriffen werde. Was Powenz heiße, sei schon eine Partei für sich.

Die Guten dachten auch gar nicht daran, wie man es von ihnen forderte, ihre Waffen abzuliefern. Sie besaßen sogar ein Maschinengewehr. Wo und wie sie es bei den verschiedenen genauen Haussuchungen immer wieder fertigbrachten, das Ding zu verstecken, blieb lange rätselhaft, bis mir erst kürzlich Zephirin verriet, daß jenes seltsame, einer ausgestopften Seekuh nicht unähnliche Fabeltier, das ganz offen auf einem Bordbrett im Gange stand, in seinem Innern eben dieses Maschinengewehr berge.[1]

1 Neuerwerbung des Powenzmuseums. Herr Polizeiwachtmeister R. versicherte mir, er habe das sehr natürlich aussehende Tier im-

Was aber die verschiedenen Parteien angeht, die immer wieder versuchten, die Powenzleute (schon wegen ihrer zahlenmäßigen Stärke!) für ihre Zwecke zu gewinnen, so kam Baltus schließlich auf die glückliche Idee, sie seien schließlich doch Leute genug, um in jeder Partei vertreten zu sein. Gesagt, getan. Es wurde gelost. Dabei traf den schläfrigen Fabian die äußerste Rechte, während der sanftmütige Heinrich Kommunist werden mußte.

So war allen Teilen geholfen.

Ich kenne eine Familie, bei der ähnliches der Fall war, es sind alle ehrenwerte Männer und gute Deutsche gewesen und hochbetagt gestorben.

Baltus Powenz aber bezeichnete seine Familie nicht mit Unrecht als nationale Minderheit in Mössel. –

In diesen Jahren politischer Schmach, vaterländischer Zerrissenheit und sozialer Not mußten natürlich auch die Powenz alles daran setzen, um sich wirtschaftlich zu halten. Und es ist nun schon rührend zu sehen, wie sie sich plagten, jeder auf seine Weise zu verdienen, besessen von dem gleichen Ziel, dem Haus.

Unserm Fabian beispielsweise schwebte eine Tätigkeit vor, die etwa gleich der des Uhrgewichtes durch die eigene Schwere geleistet werde, eine passive Arbeit also schien ihm einzig erstrebenswert.

Sein Vater hatte zwar oft genug rügen müssen, daß Fabians Träume meist unproduktiv seien, aber gerade im Traum fiel es Fabian ein, was für ihn alsbald besonders ersprießlich werden sollte. Er träumte nämlich: Er begegne einem Engel, der ihm verhieß, daß der Schlaf Gott ganz besonders wohlgefällig sei, und als er von diesem Traumgesicht erwachte, leuchtete ihm das mehr ein als sonst irgendeine menschliche oder göttliche Wahrheit.

---

mer für ein Ichneumon (sic!) gehalten. Es war übrigens aus den Fellen der vielen Katzen erschaffen, die im Laufe ihrer Jugend die Powenzbuben erlegt hatten. Brehm kennt es nicht.

Der Pflege des Schlafes und der Ruhe, der Kultur des Träumens beschloß er nun fortan sein Dasein zu widmen, und vor allem wollte er vom Erlös des Schlafes leben. Er diktierte eines Nachts dem oft schlaflosen Heinrich aus dem Traum die aufsehenerregende Schrift ›Vom Segen gerechten Schlafes‹, darin er mit leidenschaftlicher Eindringlichkeit sein Bekenntnis auseinandersetzte, das sich auf den Satz gründete: ›Den Seinen gibt's der Herr im Schlaf.‹

Das war fast eine neue Religion, ohne Zweifel, und – dies war Fabians tiefere Absicht – sie fand erbitterte Gegner und infolgedessen auch treueste Anhänger. Der schriftkundige Violand ward beauftragt, unter dem Namen eines P. Valerian Zumpf Fabians tolle Thesen, wie etwa: ›Daß das Himmelreich nur zu den Schlafenden komme‹ – ›Von den gottgesandten Träumen‹ – ›Die Arbeit eine Sünde?‹ – ›Kirchenschlaf in seiner eschatologischen Bedeutung‹, in einer Broschüre geistvoll anzugreifen, und es gelang ihm ganz vorzüglich, weil er daran innerlich ja völlig unbeteiligt war.

Dem frommen Gott des Schlafes also diente Fabian, und er hatte nichts dagegen, daß man seine kleine, aber ergiebige Gemeinde, mehr werbend als kränkend, als die ›Sekte der Siebenschläfer‹ bezeichnete. Eine reiche Amerikanerin setzte dem Stifter eine Rente aus, und so unglaublich es klingt: namhafte Spenden von nah und fern, für den heiligen Erzschläfer gesandt, erlaubten Fabian nicht nur, sorglos dem Traum zu leben, sondern für den Hausbau wesentliche Summen beizusteuern.

Fabian hatte in seiner ›Lehre vom gottgefälligen Schlaf‹[1] überzeugend dargetan, daß er imstande sei, auch für an-

---

1 Sämtliche Schriften sind im Siebenschläferverlag erschienen und durch jede Buch- und Schreibmaterialienhandlung zu haben. Dortselbst außerdem: ›Deutsches Traumbuch für Anfänger‹, leichtfaßliche Anleitung, Ausgabe A für Knaben, B für Mädchen. Gesetzlich geschützt.

dere zu schlafen, so wie man sonst für andere bete. Er nannte das: In Gott schlafen (Hypnotheismus) und tat es gerne gegen einen freiwilligen Unkostenbeitrag zum Besten des ›Weltbundes frommer Schläfer‹. Nebenbei betrieb er dann noch eine gutgehende kleine Traumdeuterei, nach der Methode Hopkins auf hypnopsychischer Grundlage, wie die unverfängliche Anzeige lautete. Es liefen zu Hunderten Anfragen ein.

Dies alles geschah natürlich nicht unter dem bereits hinreichend verdächtigen Namen Powenz, sondern die Anzeigen waren mit einer Chiffre, die frommen Traktätchen aber so recht schlicht und familiär mit ›Bruder Fabian‹ unterzeichnet.

Er hatte die unverdiente Genugtuung, daß unter den vielen, die sich in diesem Institut ihre oft höchst ergötzlichen Träume deuten ließen, auch Frau Quiebus sich befand, der man ja nun wirklich eine verteufelt boshafte Deutung ihres Schicksals und Gemüts geben konnte.

Vater Powenz lobte seinen Sohn Fabian in ausführlicher Rede für seine verdienstvolle Leistung zum Wohl der Familie, aber der schlief schon wieder und hörte weder Gutes noch Schlimmes.

Der faule Fabian pflegte stets in einem leichten Mantel zu schlafen. In seinem Traummantel, so nannte er dies nächtige Zauberkleid, denn aus schlichten Anfängen, einer Art Schlafrock, den seine Mutter ihm aus ein paar hundert bunten Mustern und Restchen zusammengestückelt[1], entwickelte sich ein Gewand mit zarter Seide bestickt, und schließlich, als seine Sekte für ihn ordentlich etwas abwarf, hielt er sich eine ganze Anzahl davon. Er gab ihnen sogar Kosenamen, wie ›Rotgelber Blumian‹ oder ›Sanfter Träumling‹ oder ›Weiße Mondin‹ oder ›Nox Nebulus‹, und alle waren übersät mit Bildern, mit Blumen, Gestirnen, Frauen, Tieren, Göttern und Ge-

1 Dieses originelle Kleidungsstück befindet sich jetzt in der Trachtensammlung des Powenzmuseums.

dichten. Alle waren Geschenke der sogenannten Traumschwestern, der treuen Anhängerinnen seiner wundervollen Lehre vom Gott gefälligen Schlaf.

Fabian war übrigens gewissenhaft genug, die Namen jener Gläubigen, für deren Seelenheil er auf Wunsch schlief (sogenannter Fernschlaf), wenigstens auf einen Zettel geschrieben sich unter das Kopfkissen zu legen. Fast glaubte er schließlich selbst daran, daß jenen armen Suchern geholfen werde, von Sorge, Liebesnot vor allem, Krankheit, Schlaflosigkeit, die er, ohne etwas davon zu spüren, angeblich auf sich nahm, er glaubte daran, weil es ihm alltäglich zahlreiche unverlangte Dankesschreiben bewiesen. Fräulein A. W. in Z. (Kontoristin, 41 Jahre alt) schrieb, sie habe dank seines Fernschlafes, den er für sie vollzogen, ihre verlorene Jugend wieder. Eine andere, die schon bei 21 ärztlichen Autoritäten gewesen, bedankte sich für das Gesundschlafen bei langjährigem Magenleiden, ein ehemaliger Oberst von B. für die gleiche Wirkung bei hartnäckigem Ischias.[1] Auch der Glücksschlaf (besonders indiziert bei Liebesangelegenheiten und Kinderlosigkeit) wurde häufig erbeten, obgleich er naturgemäß ziemlich teuer kam.

Es ist selbstverständlich, daß Fabian die Leute, die, weil sie nicht schlafen können, ihre Mitmenschen meinen früh um fünf Uhr wecken zu müssen, denn nichts sei gesünder, als früh aufzustehen, aus tiefster Überzeugung verachtete. Seltsam nur, daß er, der große Schnarcher, stets aufs leidenschaftlichste bestritt zu schnarchen. Seine Brüder bewiesen es ihm jedoch, indem sie seinen Schlaf grammophonetisch aufnahmen und ihm vorspielten.

1 Einige recht hübsche Proben dieser Dankesschreiben finden sich ebenfalls im Powenzmuseum.

Zweites Kapitel

›Den schönen Künsten‹

Der fröhliche Zephirin ist wohl eine der wichtigsten Persönlichkeiten der Familie Powenz. Sein liebenswürdiges Zeichentalent konnte sich prächtig entfalten. Er war der unermüdliche Dekorateur. Mit malerischem Blick begabt, sorgte er stets für einen überzeugenden Hintergrund zu allen Unternehmungen der Powenzleute.

Er trug das Haar wild gelockt, er trug den wehenden Malerschlips aus schwarzer Seide und den breitrandigen Hut, er spielte den Künstler in Wort und Haltung, dazu war er lang und hager, eine flatternde genialische Gestalt, stets wie angeblasen von einem unsichtbar hinter ihm wandelnden Engel.

Er besorgte natürlich auch alle Anstreicherarbeiten im Hause, und gründlich. Aber wehe, wenn ihm von der angerührten Farbe (er bevorzugte Ziegelrot) ein Rest übrigblieb; dann strich er an, was ihm gerade im Wege stand, unbarmherzig, und die Brüder hatten ihre liebe Not mit ihm.

»Ich meine, eure Betten könnten es noch brauchen«, sagte er etwa und strich an zum Schrecken der Familie, bis nichts mehr in seinem Topfe war.

Es ist nicht meines Amtes, Zephirins künstlerisches Werk zu deuten. Ich bin kein Kunsthistoriker. Ich spreche hier als Laie, wenn ich an dieser Stelle kurz auf die urwüchsige Volkstümlichkeit des jungen einheimischen Meisters hinweise, die vor allem seine gemütvollen Genrebilder so liebenswert macht. Die Akkuratesse seiner Malweise bei flottem Strich, die köstliche Süßigkeit seiner Farben verdienen vollstes Lob. Ich maße mir kein Urteil an, aber ich sah nie so ähnliche und dabei doch so ideale Frauenbildnisse wie die von Zephirins Hand. Ein schlagender Beweis seines souveränen Könnens ist auch die stets wachsende Zahl seiner Aufträge. In seiner bescheidenen Art bezeichnet er sich selbst humorvoll als ›Kitschmaler‹![1]

Drittes Kapitel
Oder Schritte zu Häupten

Man kann nicht immer arbeiten.

Eines Tages hieß es nun, und das erregte allgemeines Aufsehen, die drei Fräuleins hätten gegenwärtig lieben Besuch. Wirklich wohnte ein junges Mädchen bei ihnen, die feurige Jakobine Haas, eine Rheinländerin. Niemand hatte sie noch gesehen, auch Jadup nicht, denn die tückischen Alten bewachten sie streng.

Von nun an schliefen die großen Powenzbuben, Kaspar vor allem, sehr unruhig, stöhnten und weinten sogar im Schlaf. Denn Jakobine bewohnte das Zimmer zu ihren Häupten, und sie hörten es, wie der Jungfrau Schritte anmutig über sie hingingen, sie hörten es, wenn sie sich wusch, wenn sie schlafen ging und ihre Bettstatt knarrte.

Violand verfaßte ein Sonett an die unsichtbare Geliebte, Fabian träumte deutlich von ihr und rühmte ihre Anmut und Zärtlichkeit, die sanft sei wie eines Falters Flügelschlag, er beschrieb umständlich und poetisch ihre Augen sowie die Farbe, Größe, Form und Kraft ihres Mundes und daß, o seltsam, ihre Glieder braun seien, ihr Leib aber weiß wie…, er wußte es nicht zu sagen, wie weiß. Sogar Heinrich machte große Augen.

Einst, kurz nach Mitternacht, erhob sich Kaspar von seinem Bett und stieg, wie er war, an der Dachrinne empor.

---

1 Aus mir zur Verfügung gestellten Mitteln des Staates konnte ich, ehe es nach Amerika verkauft wurde, das überaus lebenswahre Werk Zephirins ›Bildnis meines Vaters‹ noch in letzter Stunde für das Museum sichern. Seine Theorie, der ehemals beliebte Jugendstil sei nach der Form aufsteigenden Zigarettenrauchs entstanden, ist umstritten.

Das Mädchen oben erwachte und erschrak sehr, als er so zu ihr kam, aber sie wußte mancherlei Schönes von ihm vom Hörensagen und hatte ihn auch schon gesehen. Sie sagte zornig, er solle augenblicklich gehen, sofort, aber sie flüsterte es und lauschte besorgt, ob die Alten auch nichts gehört. –

Sie hatten es und schworen dem frechen Liebesräuber entsetzliche Rache.

Viertes Kapitel[1]

Es muß nun aber doch auch gesagt werden, auf welch furchtbare Weise die drei Fräuleins an Kaspar ihr Mütchen kühlten. Sie lauerten ihm auf, bis er ahnungslos wieder zu Jakobine emporstieg. Das arme Mädchen hatte die hinterlistigen Alten ins Kabinettchen gesperrt.

Kaspar aber, der nackend ins dunkle Zimmer sprang, ward, ehe er sich's versah, wirbelnd mit einem Wäscheseil umschnürt. Ob er auch fluchte und um sich schlug, die Alten bewältigten ihn und warfen ihn aufs Bett.

»Hab ich dich, mein süßes Täubchen, kommst du endlich, anmutiger Knabe«, höhnte die Uralte und küßte ihn zärtlich mit bitterem Mund.

Oh, wie sie sich an ihn schmiegten und ihn umschmeichelten, mit spitzen, kalten Nasen an ihn stießen, mit künstlichen Zähnen bissen! Seine Natur erschrak so, daß er von Stund an ein halbes Jahr nicht mehr zu lieben vermochte. Denn die Alten schlugen ihn mit Brennesseln und sündigten auf abscheuliche Weise an ihm. Er aber wünschte, lieber augenblicklich zu sterben, als länger unter so teuflischer Belustigung zu leiden. Namentlich Babette, die jüngste Greisin, die noch immer hoffte und neckisch wie ein Backfisch sich kleidete, mit viel rosa Schleifchen, gehabte sich ganz unausstehlich in

1 Das hier folgende Kapitel habe ich auf vielseitigen Wunsch weggelassen.

schmachtendem Getue und Gekichere. Sie kniff ihn in die Wange, koste, schäkerte, nannte ihn Schatz und Schnucki, bis Kaspar endlich sich gewaltig ermannte und unter seinem Zorn alle Stricke rissen. Aufsprang er vom unfreiwilligen Lotterbett, und die runzligen Liebchen, die kreischend flohen, mit den zerrissenen Seilen schlagend, entrann er durchs Fenster endlich.

Tagelang weinte Jakobine um ihn, der nicht wiederkam.

Fünftes Kapitel

Bei dem sich die Feder sträubt

Es darf, wenn ich ein wahrheitsgetreues Bild der Sippe Powenz geben will, nicht verschwiegen werden, was der grausame Jadup Schlimmes beging, kurz ehe ihn Eros' Pfeil selbst traf.

Ich kenne niemanden, der sozusagen von der Straße weg so oft zu Autotouren, Landaufenthalten, Reisen eingeladen wurde wie der zauberische Jadup.

Eine höchst achtbare gräfliche Familie, bestehend aus Vater, Mutter, Tochter und Sohn, verliebte sich in toto in unsern Jadup und lud ihn liebenswürdigerweise ein, mit ihr zu reisen.

Der Herr Graf kleidete ihn, die Frau Gräfin weinte mit ihm, die Komtesse liebte ihn, und der kleine Graf Johann vergötterte ihn.

Man mag über die seltsamen Verzauberungen der Liebe und ihre absonderlichen Verirrungen denken, wie man will, dennoch ist meines Erachtens Jadups Verhalten in dieser Angelegenheit strengstens zu verurteilen. Denn er besaß doch die Schamlosigkeit, die ganze schwärmerische Familie zu später Nachtzeit einzeln auf sein Zimmer zu bitten, um sie dann mit einem Knalleffekt einander gegenüberzustellen. Die peinlich berührte Familie jedoch verzieh sich gegenseitig ihre Irrung und stieß gemeinsam den Verruchten aus dem Haus.

Solcher Hohn und Spott, den Jadup mit den immer wieder so unglücklich in ihn Verliebten trieb, ärgerte schließlich den Liebesgott. Wie, wenn dieser den herzlosen Jungen blendete, daß er nun selbst plötzlich in Liebestollheit verfalle? Wie, wenn ihn die beleidigte Gottheit etwa damit bestrafte, daß er, der alle zum Narren hatte und ein frevelhaftes Spiel mit anderer Leidenschaft getrieben, ohne je Herzklopfen dabei zu haben, nun selbst alle Qualen der Liebe leiden müsse?

Ich habe schon zu Eingang dieser Betrachtung darauf angespielt, daß irdische Gewalten offenbar nicht mehr ausreichten, um diesen Heiden zu zähmen und, so scheint es mir nicht unschicklich, mich so auszudrücken, daß jener geheimnisvolle und schreckliche Jüngling, der eines Tages gewiß nicht aus Zufall auf der idyllischen Lichtung im Pulverwäldchen bei Kyps mit einem großen gelben Freiballon landete, der Gott Eros in eigener Person gewesen sei.

Ich sage Gott, denn er kam von oben.

Er schwebte plötzlich aus heiterem Himmel herab in einem geflochtenen Korbe und fast wie in einem Ridikül von einem Monde oder Ball getragen. Er landete so inmitten der Blümlein und Halme, während die entleerte Hülle sanft gebläht, fast anmutig, hinsank ins Gras, wie das Kleid einer schönen Frau.

Jadup, auch das muß zu denken geben, war mit seinem Fahrrad als erster zur Stelle. Er kam gerade in dem Augenblick, als der fremde Gott dem Korbe entstieg.

Meine Annahme, daß der Ankömmling nichts anderes im Sinne hatte, als Jadup zu züchtigen, ist natürlich rein hypothetisch. Aber auch Baltus Powenz war der Meinung, daß der schöne Fremdling aus Berlin seinen Sohn Jadup insgeheim verhext haben müsse. Im übrigen aber hielt er ihn nicht für jenen zu Unrecht in Vergessenheit geratenen Gott, sondern für einen ganz gemeinen Schwindler oder Hochstapler.

Tatsache ist, daß dieser Mensch bald darauf den Jungen,

der ihm von heut auf morgen in einer geradezu hündischen Liebe anhing, im Freiballon mit sich nahm. Himmelan, wie von einem Mond getragen, entschwebte Jadup aus Mössel mit seinem Abgott.

Die Familie Powenz, die sonst nicht eben prüde war, mißbilligte diese gänzlich unrentable Tollheit Jadups und belegte ihn mit allerlei häßlichen Namen, die ich hier schicklich übergehe.

Des Gottes Strafe aber war furchtbar: In dem Augenblick nämlich, da Jadup selbst liebte, verlor er an Zauber für die andern.

Als ich ihn zuletzt sah, ging er schmerzhaft lächelnd durch die heißen Straßen Berlins mit Kieselsteinen in den Schuhen, womit ihn, wie er es einst andern getan, jetzt zum Zeitvertreib sein Herr drangsalierte.

Er ist übrigens ein recht beliebter Verwandlungskünstler und Vogelstimmenimitator geworden, soll aber stets unglücklich verliebt, maßlos sentimental und entsetzlich eifersüchtig sein. Schade um ihn, bei solchen Gaben!

Dies also war Jadups Schicksal; wie aber erging es Lilith?

Man muß festhalten, daß Lilith eine Zauberin war, wenn man den mannigfaltigen Gerüchten[1] Glauben schenken darf, die noch heute über sie im Umlauf sind. Sie hatte einen sehr schlimmen Ruf, nicht nur, daß viele junge Herrchen in Mössel ihre süßeste Gunst erfahren zu haben sich nur allzu dreist rühmten (ganz mit Unrecht übrigens, wie ich im folgenden nachweisen kann), nicht nur, daß man ihr nachsagte, sie betöre die ehrwürdigsten Silbergreise, oh, es hieß allgemein, sie lebe von der Liebe, sie sei käuflich!

Der Verdacht, Lilith Powenz empfange sehr häufig abends den Besuch junger Herren, hatte leider seine Berechtigung, und ich muß gestehen, daß mir diese Tatsa-

1 Das Mösseler Klima ist in der ganzen Welt bekannt durch seine Neigung zur Mythosbildung.

che immer höchst zuwider war, besonders weil diese Herren durchaus nicht nach meinem Geschmack waren.

»Ich begreife dich ganz und gar nicht, Lilith«, sagte ich rügend zu ihr, denn das ›Du‹ war fast die weitestgehende Gunst, die sie mir verstattete, »ich verstehe dich wirklich nicht; gestern ließest du mich abweisen, weil dieser abscheuliche Dr. Gilpin mit dir den Abend verbringe, dieser ekelhafte Kerl.«

»Gemach«, sagte Lilith und sah mich mit abgefeimtem Vergnügen an, »was weißt denn du? Im Vertrauen: ich kann weder diesen noch all die andern ausstehen, die da zu mir kommen. Verlaß dich darauf, ich liebe keinen von ihnen. Da wollte ich noch eher dich lieben, meinen Autor. Doch wenn ich dir die Wahrheit sagen würde, du Narr, du würdest es mir ja doch nicht glauben, und nun geh, denn heute kommt (sie sah rasch in einem Büchlein nach), heute kommt Herr Glücklein zu mir.«

Oh, dieser Glücklein, Besitzer einer Autoreparaturwerkstätte, reich und niederträchtig, nun also kam auch der! Alle diese Halunken verbrachten den Abend in Liliths seltsamem Zimmer.

Dieses Zimmer war von einer, man kann schon beinahe sagen genialen Geschmacklosigkeit. Wie ich jedoch erst später erfuhr, war es das beabsichtigte Ergebnis vieler heiterer Abende, es war von Fabian erdacht und in Gemeinschaft mit dem Hauskünstler Zephirin ausgeführt. Es gab darin jene verstaubten ›Arrangements‹ von Pfauenfedern, Judenkirsche und Strohblumen hinter prunkvollem Spiegel, darin überdies eine köstliche Sammlung überaus sentimentaler und unpassender Ansichtskarten steckte. Ein weiblicher Akt mit Vesuvbeleuchtung schmückte die Längswand über dem himmelblauen Bett, zu dessen Häupten sich jener kleine Raffaelsche Engel befand, der sein sinnendes Haupt ins Händchen stützt. Schrecklich war der Toilettentisch, auf dem eine Anzahl widerlicher und billiger Parfüms prangte. Fächer steckten hinter Photographien höchst zweifelhafter Lebemänner in Muschelrahmen. Ich erfuhr erst später, daß diese Bilder Violand nicht ohne einige Mühe von Mösseler Kunstphotographen erworben hatte, damit der zweifelhafte Stil des Boudoirs vollkommen sei. Auch eine Gitarre mit vielen Bändern, ein großer bastumflochtener Fiasco aus Italien fehlten nicht, sowie ein paar Modepuppen zwischen den schreiend bunten Kissen des Diwans. Natürlich war die abendliche Beleuchtung von einer unerträglichen Süßlichkeit.

Auf dem Tische aber, an dem für zwei Personen mit protzigem Geschirr gedeckt war, stand eine schlichte Sparbüchse aus Blech in Form eines Hauses, ähnlich jenen Kirchenbausammelbüchsen, die man früher zuweilen in Gasthäusern sah.

Erst vor kurzem jedoch entdeckte ich, was Lilith eigentlich für eine Teufelin war, wenn auch eine mit mildernden Umständen. Ich gebe das Folgende unter Vorbehalt wieder und lediglich aus dem Grunde, alles, was zur Beleuchtung der Charaktere in dieser Geschichte beitragen kann, zu überliefern. Damit will ich jedoch keineswegs die Handlungsweise dieses seltsamen Mädchens beschönigen oder gar gutheißen.

Lilith Powenz kannte von ihrem Vater ein Tränklein von, wie sie behauptet, harmloser Zusammensetzung, aber rascher und sicherer Wirkung. Dieses Zaubermittel soll nach ihren Worten im höchsten Maße beruhigend auf die Sinne wirken. Angeblich hatte es Baltus Powenz von einem griechischen Mönch, und er sagte mir selbst, daß er es mehrfach erfolgreich bei unerwünschten Nebenbuhlern angewendet habe. Denn diese Arznei, so erklärte er mir, stille für viele Stunden völlig alle Liebesgelüste.

Es ist klar, daß ein teuflisches Herz dazu gehören muß, um ahnungslosen Liebenden dieses Mittel in die Speisen zu mischen und so ihnen einzuverleiben, noch mehr, die Liebestollen dann in ohnmächtiger Scham und Schwäche leiden zu sehen.

Jadup, der natürlich auch hiervon wußte, behauptet, seine Schwester habe in niederträchtiger Verstellung heimlich sich an ihrer Opfer Kraftlosigkeit geweidet, sie teils mit sanften Worten tröstend, bemitleidend, aber auch sie hänselnd, indem sie die Verachtete spielte und sehr verletzt tat. Da sie aber das Zaubermittel dem Wein oder Essen beigemengt hatte, bekam sie auch selbst davon ab.[1] Dieses gefährliche Treiben, das, juristisch gesprochen, eigentlich unter Körperverletzung fällt, läßt sich allenfalls nur durch den freilich überaus stark ausgeprägten Familienpatriotismus dieses Mädchens erklären, wenn nicht entschuldigen. Diese Eigenschaft, die der in Wortprägungen oft recht glückliche Edwin Quiebus einmal sehr richtig als ›extremen Powenzialismus‹ bezeichnete, hatten ja alle Powenze mitbekommen, niemand aber in so leidenschaftlicher Form wie Lilith.[2]

Auch sie ereilte ihr Schicksal.

Der feindliche Edwin Quiebus nämlich, den sie, streitend zwischen Haß und Liebe, seit sie ihn damals blutig gebissen, nie vergaß, kam eines Abends überraschend zu ihr, einen Bekannten, der sich angesagt, zu entschuldigen. Sie lud ihn ein zu bleiben, mit allerlei schamlosem Getue und abscheulichem Komödienspiel. Er blieb traurigen Herzens, doch süßen Schauders voll und setzte

---

1 Das Mittel ist, soviel ich weiß, nicht in der Pharmakopöe aufgenommen, noch in Gehes Kodex zu finden; seine Zusammensetzung ist noch nicht sicher, angeblich wurden Kampfer und Natrium karbonatum mit Sicherheit nachgewiesen. Über seine Wirkung sind die Ansichten der Wissenschaft geteilt. Nach dem Gutachten des bekannten Forschers Professor Dr. Schlegelmilch ist es nicht nur unwirksam, sondern sogar schädlich. Geheimrat Abeking (Berlin) meint sogar, es rufe geradezu das Gegenteil hervor, während der Direktor des Instituts für Volksmedizin und Zauberei, Geheimer Regierungsrat Oefele (Heidelberg), nach seiner Anwendung hin und wieder mehr oder minder deutliche Erfolge gesehen haben will.

2 Die boshafte Frage: Du hast wohl mit Lilith gespeist? wurde in Mössel geflügeltes Wort.

sich zu Tisch. Aber als er von den Speisen nehmen wollte, fiel es Lilith ein, und sie stieß den Tisch um, daß Teller und Schüsseln zerbrachen. Und zornig redend erst, dann höchst leidenschaftlich, rührend endlich, verriet sie sich dem zarten Manne, und ungläubig glücklich hörte er ihr Herz.

So kam es, daß sich feindliches Blut mischte. Doch durfte es vorerst niemand wissen.

Später aber führte, dies sei hier schon angemerkt, diese heimliche Verbindung zum dauernden Frieden auch zwischen Baltus Powenz und Thusnelda Quiebus.

Böse Zungen behaupten sogar, man habe den unwiderstehlichen Alten mit der riesenhaften Quiebus kosend angetroffen.

Das war, wie ich bestimmt versichern kann, nicht der Fall. Im Gegenteil, erst nach vielen Ohnmachten und Zornausbrüchen ließ sich die alte Feindin herbei, ihren zarten gelehrten Sohn der wilden Lilith preiszugeben.

Sechstes Kapitel

Wird zur Nachahmung empfohlen

Baltus Powenz war ja, wenn man so sagen will, eine Art Kriegsgewinnler. Er hatte zum ersten Male, seit er wußte, keine Schulden. Er besaß sogar ein kleines Kapital, und zwar in Schweizer Franken und Dollars, das er nun während der jetzt einsetzenden Markentwertung durch mancherlei geschickte Transaktionen noch vermehrte.

Eine gewisse Anrüchigkeit, so pflegte er zu sagen, bedeutet in trüben Zeiten einen nicht zu unterschätzenden Kredit. Man traut uns zu, daß wir schmutzige Gewinne machen, und macht mit uns Geschäfte.

So kam es, daß in jenen Zeiten des Pfennigmilliardärtums sogar angesehene Bürger bei Nacht, zum Teil bis zur Unkenntlichkeit vermummt, Herrn Powenz aufsuchten, der sie stets gut bediente und nach Abschluß des

Geschäftes zu den Unbekannten unter breitem Grinsen sagte: »Recht gute Nacht, Herr Direktor« oder »Wünsche angenehme Ruhe, Herr Rechtsrat« oder »Auf Wiedersehen, Herr Baurat«.

Unser Fabian mußte damals entsetzlich rechnen, stets aber saß einer der Brüder neben ihm, kitzelte ihn, zwickte ihn und beschimpfte ihn, damit er nur wachbleibe. Denn jetzt kam es auf Fixigkeit im Umrechnen an.

Auch blieb die tiefverschleierte Riesendame nicht aus, unter deren Tritten das Zimmer erdröhnte und die, von einer Zofe begleitet, mit verstellter Stimme ihre Wünsche nach Valuta äußerte. Ihr aber rief Powenz mit tiefer Verbeugung nach: »Habe die Ehre, recht gute Nacht zu wünschen, Frau Quiebus.«

»Weh mir, er hat mich erkannt«, hörte er sie dann noch zu der Zofe sagen.

Ein großes Darlehen vom Staat als Bauzuschuß, dank guter Beziehungen rasch in Devisen umgewandelt und später mit ein paar Pfennigen zurückbezahlt, wie das in jener Zeit bekanntlich öfters geschah, bildete den Grundstock von Powenz' Baukapital, zu dem aber noch der Gewinn einer beinahe verbrecherisch geschickt eingeleiteten Unternehmung kam, die wiederum auf einem Einfall Bruder Fabians, des Erzsiebenschläfers, beruhte.

Siebentes Kapitel
Nicht minder

Auch die Gemeinde Mössel an der Maar hatte eines Tages, um dem herrschenden Bargeldmangel abzuhelfen, gegen Ende des Krieges nach dem Vorbild anderer Städte künstlerisch wertvolles Notgeld herausgegeben, kleine Scheine zu fünfundzwanzig und fünfzig Pfennigen, nach Entwürfen eines Münchener Künstlers, eine Freude für jeden Sammler.

Auf dem einen Schein war in altertümlichem Stil die Ansicht der Stadt Mössel von Süden getreulich abgebildet, mit der Maar (als marus flumen bezeichnet) und allerlei Schiffen darauf. Die Eisenbahn war darauf zu sehen, und über allem schwebte zwischen den Wolken ein Freiballon mit Fähnchen geziert. Der andere Geldschein zeigte das Denkmal der Königin Luise (von Bernauer) und ein kühnes Bildnis des Bürgermeisters Dattel, dessen Unterschrift unter den Garanten durch ihre kindliche Lesbarkeit angenehm auffiel.

Dieses Stadtgeld nun, aus einer glücklicheren Valuta stammend, war nun natürlich längst völlig entwertet, und es gab witzige Köpfe, die behaupteten, damit ihre Zimmer billig tapezieren zu wollen. Tatsächlich kam es so weit, daß die Stadt einen ganzen Ballen dieser Papierchen als Altpapier verkaufte, und Powenz erwarb diesen Ballen auf Fabians Rat ›um ein Butterbrot‹.

Kurz nach der Stabilisierung der Mark erschienen plötzlich geschickt verfaßte Annoncen im ›Mösseler Kurier‹ und im ›Tageblatt‹, anscheinend von verschiedenen Verfassern, des Inhalts, daß Inserent jede Menge von Mösseler Stadtscheinen, Ausgabe A braun und blau, aufkaufe und gut bezahle.

Die Mösseler sind nicht dumm, sie haben norddeutschen Einschlag und denken fein. Sie haben das, was man, um einen jagdlichen Ausdruck zu gebrauchen, als eine gute Nase zu bezeichnen pflegt.[1]

»Aha!« sagten sich die Schlauen, und die Powenz hörten es in ihren eigenen Ohren. »Hoppla, weht so der Wind!«

Und schon flüsterte man von Aufwertung, man wisperte von heimlichem Aufkauf durch die Stadträte, die sich nur hinter Strohmännern verschanzten, um auf diese Weise sich zu bereichern, wenn einmal die amtliche Verfügung herauskam.

1 Vom Vorstehhund genommen.

»Was diese hohen Herren können«, Powenz raunte es überall herum, »das können wir armen Schlucker, sollte ich meinen, doch auch. Mitbürger, ich behalte meine Braunen, ha! Aufwertung! Ihr versteht!«

Bald aber ›zwang ihn doch die Not‹, von seinem ›leider nur geringen Vorrat‹ einiges, noch dazu zum ›halben Preise‹, also verlockend billig, abzugeben. Man half ihm rasch davon.

Die eigentliche Hausse setzte jedoch erst ein, als der Bürgermeister in einer amtlichen Bekanntmachung die ganz unverantwortlichen Gerüchte von einer angeblichen Aufwertung des Stadtnotgeldes voll und ganz in das Reich der Fabel verwies. Die Stadt denke ja gar nicht daran, und es bestehe auch keinerlei gesetzliche Verpflichtung oder Handhabe derselben.

Gab es noch einen besseren Beweis, daß da etwas nicht stimmte? ›Holla! Schau mir diese Schlaumeier an, ei, ei, nun, wir werden euch schon die Dukaten aus den Nasenlöchern zaubern!‹

Die ganze Powenzbande war in Betrieb wie noch nie, sie kauften die Scheine wieder zurück und verkauften sie wieder mit Gewinn. Dann inszenierten sie jene gewaltige Protestkundgebung der Mösseler Bürgerschaft gegen den ›behördlichen Wucher‹ mit der flammenden Entschließung, daß die Einwohnerschaft Mössels nicht ruhen noch rasten werde, bis ihrer nur allzu berechtigten Forderung nach Aufwertung der städtischen Notgeldscheine Ausgabe A (braun und blau) tunlichst sofort in vollem Umfange nachgegeben werde. Der Einberufer: Knust. An diesem denkwürdigen Tage wurden Fünfzigpfennigscheine bis zu zwei Mark gehandelt.[1]

Bis auf etwa ein Dutzend besonders gut erhaltener Stücke zu Sammlerzwecken und vielleicht schon mit Hinblick auf das künftige Powenzsche Familienmuseum

---

1 Historisch! Es kann sich hier nur um eine akute Inflationspsychose gehandelt haben.

stieß nun Baltus seine ganzen Bestände ab und blies, so drückte er sich militärisch aus, ›das Ganze halt!‹

Die Tollheit, den Schein der Wirklichkeit vorzuziehen, war wie eine Heimsuchung über die verblendeten Mösseler gekommen.

Es ist verbürgt, daß ehrsame Schuster, Schneider und Zuckerbäcker das während des Krieges noch eigensüchtig zurückbehaltene letzte bißchen Gold jetzt darangaben für wertlose Papierfetzen, und mancher bisher wohlbehüteten Jungfrau Tugend kam in diesen Tagen ins Wanken für ein paar braune Scheine!

Es war wirklich gut, daß nach dem furchtbaren Erwachen niemand ahnte, wer die eigentlichen Urheber waren.

Hervorragenden Anteil an dem guten Gelingen des Unternehmens hatte übrigens neben Bruder Fabian vor allem auch der stumme Violand, der die zündenden Aufrufe und die aufreizenden Flugblätter verfaßte: sowohl die *für*, als auch die *gegen* die Aufwertung. Ein wahrer Küchenmeister der öffentlichen Meinung fürwahr, die glühte, wallte, sprudelte und sich abkühlte, wie es der Augenblick forderte!

Indessen taten die Powenze gut daran, trotz des vielen Geldes ohne Aufwand, schlecht und recht zwischen ihren vier Wänden weiterzuleben, ziemlich beengt freilich durch die schon nach Tausenden zählenden Backsteine, die, wohlgeschichtet, bereits eineinhalb Zimmer völlig ausfüllten, immer noch eigenhändig gesammelt und fortlaufend numeriert von Vater Powenz.

Niemand ahnte noch seinen Wohlstand. Verschwiegenheit und eine wahre Engelsgeduld schienen ihm die besten Mittel, die Früchte reifen zu lassen.

Achtes Kapitel

Darin sich der Onkel aus Amerika bemerkbar macht

Zu einer Zeit, da der ewig wandernde Onkel Melchior sich wieder einmal in Amerika aufhielt, als noch immer unermüdlicher Pflanzer schwarzer, gelber und weißer Powenze, geschah es, daß Herr Powenz eines Tages höflichst aufs Rathaus gebeten wurde zur Entgegennahme einer, wie es hieß, überaus wichtigen und folgenschweren Nachricht. Obwohl Mutter Sabine unter Tränen den Gatten beschwor, nicht hinzugehen – denn sie fürchtete, man werde ihn am Ende dort behalten –, machte sich Baltus, fast bis zur Unkenntlichkeit rasiert und gewaschen, entschlossenen Schrittes auf. Herr Oberbürgermeister Dattel, bereits ein wenig schief geworden durch langjähriges Sichhindurchschlängeln und Krümmen im Kampf der Meinungen, ließ es sich, wie er sagte, nicht nehmen, Herrn Powenz persönlich die einesteils freilich betrübliche, andernteils aber auch sehr erfreuliche Mitteilung zu machen, daß nämlich ein Verwandter gleichen Namens drüben in Amerika das Zeitliche gesegnet habe, nicht ohne sein gesamtes Vermögen ohne Vorbehalt den lieben Anverwandten in Mössel vermacht zu haben, sofern solche noch am Leben seien. »Gegeben zu New Eastcheap (Kalifornien)«, schloß Dattel, »amtlich gestempelt, ich gratuliere verbindlich.«

Powenz quittierte seine Worte mit stolzer Gelassenheit.

Es war zwar nur eine Art Vorbescheid und auch nicht die Höhe der vermutlich aber märchenhaften Summe angegeben, noch ging daraus hervor, wie es um dieses New Eastcheap eigentlich bestellt war (in Wahrheit ein kleines Goldsuchernest, aus Wellblech und Konservenbüchsen gebaut, dessen in der Nähe besehen höchst zweifelhafter Amtsvorsteher mit Onkel Melchior dick befreundet gewesen war), gleichviel, es hieß noch selbigen Tages in Mössel, dieser unverschämte Glückspilz von einem Powenz sei tatsächlich über Nacht Dollarmillionär geworden!

Wie freute das die lieben Mösseler!

»Da, nun haben wir's«, rief die Quiebus aus, als sie das schier Unglaubliche hörte. »Nun, so Gott will, wird's nicht lange dauern, solche Leute wissen ja doch nicht mit Geld umzugehen.«

Baltus Powenz dankte in einem boshaften ›Eingesandt‹ für überaus zahlreiche Freundschaftsbeweise, die ihm zu seiner freudigen Überraschung aus Anlaß eines kleinen Vermögenszuwachses zuteil geworden seien. Außerstande, die zu Hunderten eingelaufenen Bittgesuche erfüllen zu können, sehe er sich vielmehr gezwungen, öffentlich mitzuteilen, wie wertvoll diese Fingerzeige für eine mildtätige Verwendung seines nach langjähriger Not doch nun wohlverdienten Geldes seien. Doch habe er zunächst seiner neuen Heimat gegenüber weit dringendere Verpflichtungen.

So, nun geht er nach Amerika, hieß es jetzt allgemein, er verläßt Mössel, sein Vermögen wandert aus, denn nicht anders konnte man Powenz' Worte deuten.

Alsbald machte die Kaufmannschaft eine Eingabe, worin sie in blumenreicher Sprache auf die verzweifelte Finanzlage Mössels hinwies und behauptete, daß die Unduldsamkeit der städtischen Behörden die unaufhaltsame Kapitalabwanderung begünstige. Schleunigste Abhilfe sei das Gebot der Stunde. Denn die Kaufkraft des Publikums sei der goldene Boden des Gemeinwohls einer Stadt!

Heftige Angriffe richteten sich vor allem gegen Knipfel und Gockeley, deren Kurzsichtigkeit und Dünkel Mössel entvölkere und zugrunde richte, denn man erinnerte sich jetzt wohl der schweren Kränkung, die in der Ablehnung des Powenzschen Baugesuches gelegen hatte.

Es blieb dem armen Oberbürgermeister nun schon gar nichts mehr anderes übrig, als den plötzlich so wertvollen Mitbürger im Namen der Gesamteinwohnerschaft

Mössels persönlich zu bitten, dazubleiben. Man müsse sich immer auf den Boden der Tatsachen stellen, erklärte er. Im übrigen seien die Powenze im Grunde ganz prächtige Leutchen, große Kinder, Naturkinder seien es. Eine Deputation begab sich zum Elefantenhaus.

»Bleiben Sie im Lande, mein verehrter, lieber Herr Powenz«, rief Dattel am Schlusse seiner Ansprache herzlich aus, »bleiben Sie in Mössel, unterernähren Sie sich redlich!«

Er bringe die Genehmigung des seinerzeit durch ein unliebsames Versehen leider abschlägig beschiedenen Baugesuches und als Geschenk der Stadt, als kleine Wiedergutmachung sozusagen (mit launigem Humor sagte es Dattel) jenen Bauplatz, Frau Quiebus gegenüber.

Powenz, wie stets in seinem feierlichen Schoßrock, aber ohne Kragen auch jetzt, das beinerne, etwas fettige Kragenknöpflein unter dem Adamsapfel, betupfte nun mit einem roten Taschentuch seine natürlich gänzlich ungerührten Augen, nahm mit tränenerstickter Stimme dankend die Spende entgegen und trank auf das Wohl der Stadt. Nachdem er noch voll berechtigten Stolzes den in seinem Heim so seltenen Gästen seine Backsteine gezeigt, verließen diese voller Zuversicht das Haus. Für den geschenkten Bauplatz hatte Powenz bereits einen kapitalkräftigen Käufer an der Hand.

Neuntes Kapitel

Beginnt mit Nun und endet mit einem Punkt

Nun, Powenz ging nicht nach Amerika. Es hatte aber vor nicht allzu langer Zeit die Stadt Mössel die kleine, idyllische Bade-Insel (im Volksmund ›Powenzinsel‹), wie der Stadtrat meinte, außerordentlich vorteilhaft an die kleine Nachbargemeinde Kyps verkauft, nebst dem angrenzenden sogenannten Pulverwäldchen, auch Paradeis geheißen, wohl die anekdotenreichste Gegend der Umgebung. Denn es war ein fruchtbarter Liebesgarten, reich an Erd-, Schwarz-, Preisel- und Brombeeren, landschaftlich reizvoll und ein Besuch desselben sogar nach Baedeker lohnend.

Dieses märchenhafte Gebiet, jetzt Kypser Grund und Boden, handelte Powenz gegen den geschenkten Bauplatz ein, jenes ›bezaubernde Fleckchen Erde‹[1] also der Stadt gerade vor der Nase gelegen, jedoch, was die Gemeindesteuer betraf, leider nicht mehr dazugehörig.

Dort am Rande des Waldes, der historischen silbergrauen Badeanstalt gegenüber, dort gedachte Baltus Powenz endlich ›Wurzeln zu schlagen‹.

Zunächst wurde die erstaunte Bevölkerung durch ein großes, sauber gemaltes Schild darauf aufmerksam gemacht, daß es sich hier um den Neubau des Einfamilienhauses Powenz handle, daß für Entwurf, Bauausführung und Bauleitung ebenfalls Baltus Powenz zeichne und daß Nichtbeschäftigten das Betreten des Bauplatzes strengstens verboten sei. Allzu Neugierige vertrieb Jubal, jetzt ein frecher kleiner Bursche, indem er mit einer Sammelbüchse umherging, deren Ertrag angeblich für den geplanten Andachtsraum der Siebenschläfer bestimmt sein sollte.

Die Anteilnahme der Bevölkerung an dem Entstehen des Powenzhauses war über Erwarten rege; es gab eigentlich immer Zuschauer, und die Powenz ließen sie sich wohlgefallen.

Dem Aushub des Kellergeschosses (denn es war natürlich ein geräumiger Weinkeller vorgesehen) blieb Heinrich fern.

»Es schmerzt mich, oh«, sagte er finster, »ihr wißt es, Brüder, diese willkürliche Verwundung der Erde und …«

Er konnte es nun einmal nicht mit ansehen und wäre si-

---

1 So bezeichnet es treffend der heimatliche Historiograph Knust in seiner tiefschürfenden Beschreibung von Mössel und Umgebung. Selbstverlag. Gebunden 1,50 M.

cher beständig im Wege gewesen, hier einen Mistkäfer, dort einen Engerling rettend, oder bemüht, einen entzweigeschnittenen Regenwurm zu verbinden und den Verletzten zum Versuch der Heilung in sein seltsames Tierlazarett zu bringen, wo bereits manch arme Schnecke mit beschädigtem Haus, manche halberfrorene Hummel, mancher geprellte Frosch unter des sanften Mannes Pflege genas. Ein Spatz freilich, den er gerettet, ward ihm von einem ebenfalls gesund gepflegten Kätzchen leider aufgefressen.

Es war aber wirklich eine Lust, anzusehen, wie die anderen Powenze schafften, mit silberblanken Schaufeln die schwere Erde aufwerfend oder den rostgelben Sand. Sie bräunten dabei herrlich, und eine Aura von Sonne und dampfender Haut umgab sie. Mutter Sabine und Lilith aber brachten das Essen zu.

Schon nach den ersten Spatenstichen sprang ihnen eine starke Quelle entgegen, wie ein Gruß der Erde. Sie hatten damit ihre eigene Wasserleitung. Am zweiten Tage aber stießen die fleißigen Familienmaurer unerwartet auf zwei rostige Helme und zwei Brustpanzer, offenbar aus dem Dreißigjährigen Krieg stammend. Als die glücklichen Finder die Rüstung aufhoben, klapperten darin die Gebeine der seligen Reiter, die, seinerzeit vermutlich bei einem Scharmützel erschossen, man hier brüderlich verscharrt hatte.[1] Eine Silbermünze mit dem Bildnis Kaiser Ferdinands, die sich bei dieser Gelegenheit fand, wurde nebst zur Zeit gangbarem Geld, je einer Zeitung aller Parteirichtungen (was freilich eine ziemliche Menge bedeutete!), dem gegenwärtigen Stadtplan und einer kurzen Entstehungsgeschichte des Powenzbaues (kurz Powenzei genannt) in einer wohlverlöteten Zinkdose bei der feierlichen Grundsteinlegung eingemauert.

Indessen war der Grund noch nicht völlig ausgehoben,

1 Jetzt im Powenzmuseum; es handelte sich um Pappenheimer Kürassiere (Knust).

als das verheißungsvolle Testament eintraf, und Bürgermeister Dattel in Begleitung des rechtskundigen Stadtrats Gockeley sich persönlich in die Wohnung des lieben Powenz bemühte, um, so drückte er sich aus, »zur Eröffnung der letztwilligen Verfügung zu schreiten«. Er hatte es nicht unterlassen, ›der Frau des Hauses‹ einen Blumenstrauß mitzubringen. Sabine nahm ihn gerührt entgegen. Es sei, meinte sie, das erstemal in ihrem Leben, daß ihr jemand Blumen brächte.

Nach dem Wortlaut des Testaments war Baltus Powenz als Universalerbe seines auf der Jagd nach dem Mammon in Amerika verschollenen Bruders Melchior eingesetzt, was die jüngeren Powenze durch ein ohrenbetäubendes Indianergeheul beantworteten, das aber sogleich kläglich verstummte, als aus dem in blumenreicher Sprache abgefaßten Schriftstück des weiteren unzweifelhaft hervorging, daß es sich nicht etwa um ein Vermögen, sondern um ›Verpflichtungen‹ handelte. Es waren freilich Millionen, aber es waren Schulden, lauter Schulden.

Es wurde still im Zimmer. Herr Gockeley kicherte. Auch Dattel konnte seine Schadenfreude nicht verbergen, wies aber pflichtgemäß darauf hin, daß Powenz ja die Erbschaft ausschlagen könne, wozu er ihm allerdings dringend rate. Er vermute dessenungeachtet, daß nach diesem überraschenden Ereignis die Familie wohl kaum das Bedürfnis haben werde, fürderhin in Mössels Mauern zu weilen.

Zum ersten Male schien der alte Baltus seine Fassung zu verlieren. Man merkte, es ging ihm nahe. Er war ein gebrochener Mann.

Seine Söhne machten lange Gesichter. Sie ballten die Fäuste. Lilith strich ihm übers Haar.

Nur Fabian, der während der Vorlesung ausnahmsweise nicht geschlafen hatte, blieb gelassen. Lächelnd trat er auf den Vater zu und flüsterte ihm etwas ins Ohr. Und siehe, Baltus' Gesicht klärte sich auf. Er nickte eifrig.

»Ja, wenn wir dich nicht hätten, Fabi«, sagte er und schüttelte ihm die Hand.

»Würden Sie vielleicht die Güte haben«, ließ sich nun Dattel ungeduldig vernehmen, »und Ihrem Bürgermeister antworten? Nun, Powenz, nehmen Sie an oder nicht?«

Baltus erhob sich. Er ging auf wie die Sonne. Und obgleich Sabine bettelte: »Tu's nicht, Powenz, ich flehe dich an!«, obgleich Kaspar die Ärmel aufkrempelte und sich anheischig machte, diese Blindgänger, diese Schießbudenfiguren, mit ihren Gesichtern, die in die Hose gehörten – er meinte die Herren Dattel und Gockeley –, hinauszuschmeißen, obgleich Jadup und Zephirin darauf hinwiesen, sie hätten ja noch den Bauplatz, die Ziegelsteine und ihre Hände zum Arbeiten, erklärte Powenz, daß er unter den obwaltenden Umständen keine andere Möglichkeit sehe, als die Erbschaft – anzunehmen.

Dattel und Gockeley blickten ihn entgeistert an. Er glaube nicht recht zu hören, gatzte der Bürgermeister. Powenz möge vernünftig sein. Er meine es wirklich gut mit ihm. Aber Powenz blieb fest.

»Punktum, Dattel, ich nehme an.«

Er öffnete die Türe, die Herren gingen.

Fabian hatte natürlich recht. Viel Schulden sind auch ein Kapital. Denn die Gläubiger wollten nichts verlieren. Es gelang Powenz sogar, bei ihnen eine Anleihe für seine künftigen Unternehmungen herauszuschlagen.

Anderntags schon fand die Grundsteinlegung statt. Diese Feier, zu der man höflicherweise auch den Mösseler Stadtmagistrat eingeladen (er sagte ebenso höflich ab), lockte viel Volks herbei, so daß sich der gut vorbereitete Bierausschank und Würstelbrater (Frau Powenz, von Jubal unterstützt) recht gut rentierte.

Unter den Anwesenden sah man übrigens erstaunlich viel Powenzgesichter, und wenn sie auch nicht alle jenen stolzen Namen tragen durften, so begrüßte sie der Vater doch mit herzlichen Worten und der Ermahnung, seines Stammes immerdar sich würdig zu zeigen: *furchtlos, fröhlich und fruchtbar* also.

Die drei Hammerschläge klangen hell durchs Waldrevier, und in spontaner Begeisterung ließ man den gerührten Baltus hochleben. Die Mützen flogen in die Luft, Fabian schlug die Pauke und Jadup die Trommel zu einem lauten Tusch, man hörte es in der ganzen Stadt, jedoch vermutlich mit gemischten Gefühlen. Danach wurde getanzt nach Powenzscher Musik, und als nachts das traditionelle Feuerwerk das schöne Fest beendigte, ward einstimmig beschlossen, es alljährlich auf diesen Tag (19. Juni) zu wiederholen.

Bei der Aufführung der Mauern, wozu mit ›Hü und Hott‹ auf girlandengeschmückten Wagen die numerierten Backsteine angefahren wurden, zeigte sich Heinrich als recht wenig geschickt. Er konnte sich so lange nicht entschließen, welchen der vielen gleichförmigen Ziegel er zuerst nehmen sollte – sie waren ja alle einander so ähnlich –, und hatte er nach langem Überlegen endlich einen in der Hand, zweifelte er von neuem, legte ihn wieder hin, ergriff einen zweiten und dritten, verwarf ihn wieder, besann sich aber dann und versuchte es nun doch mit dem ersten, schüttelte den Kopf und drehte ihn so und wieder so, unentschieden, ob er ihn nicht doch am Ende besser anders herumlegen müsse, die untere Seite zuoberst oder umgekehrt. Schließlich tat er ihn wieder zu den andern und versuchte, traurig lächelnd, von neuem sein Glück. Auch der heftig mauernde Vater hielt zuweilen mit der Arbeit inne, die Nummer eines Backsteins zu lesen und sich zu erinnern. »So ruht nun Wange an Wange«, flüsterte er bewegt, indem er Stein zu Stein fügte.

Nicht alle arbeiteten. Meist machten zwei Musik dazu. So lösten sie einander ab.

Sie hatten übrigens ein Geviert von Kiefern stehen lassen, sie gleich als lebendiges Gerüst zu benutzen. Denn dortzulande sind die Stämme nackt bis oben an die kleinen rauschenden Kronen.

Der Grundriß des Hauses bildete ein Viereck, jenem inzwischen stark verbesserten ersten Plane gemäß, danach Herr Knipfel das Haus als ›Schachtel‹ zu bezeichnen für gut befunden hatte. Und es ist kein Wunder, daß jetzt ein diesbezüglicher Artikel im Mösseler Kurier von der »Verschandelung unserer schönen Heimat durch Nichtswürdige« sprach, mit der versteckten Aufforderung, die kunstliebende Bevölkerung sollte sich so etwas doch nicht gefallen lassen und in letzter Stunde nachdrücklich Einspruch erheben. Der törichte Angriff mißlang kläglich und wurde durch eine ebenso lustige wie anschauliche Gegenüberstellung der Knipfelschen Bauten und deren kunsthistorischer Originalvorbilder in einem angesehenen auswärtigen Blatt glänzend abgeschlagen. Der Aufsatz, von Zephirin verfaßt, sprach ganz offen von Knipfels bekannter Durchpausekunst und Nachahmerei. Er wurde von den jungen Baumeistern begeistert begrüßt.

Knipfel zog sich bald darauf tief gekränkt ins Privatleben zurück.

Zehntes Kapitel

Besonders für Liebhaber von Schwarzbeerkuchen

Das Haus der Powenze wuchs.

Schon konnte man die Räume für Vaters künftiges Laboratorium erkennen, ebenso Zephirins Maleratelier und zu ebener Erde Fabians andächtigen Schlafraum, in dem nach seinem genialen Entwurf von der Lagerstatt aus alles zu erreichen war. In einer erst kürzlich erschienenen Schrift des großen Hypnosophen befinden sich unter anderem aufschlußreiche Abbildungen des Fabianschen Patentbettes sowie des ganzen, völlig geräuschlosen Schlafkultraums. Hier wird zum erstenmal die patentierte Einschläferungsmaschine veröffentlicht, mittels der auf elektrischem Wege eine von Fabian erfundene monotone Paukenmusik ertönt. Als Anhang findet sich in dem lesenswerten Schriftchen die ganz vorzüglich zusammengestellte Einschlafbücherei, worunter der Autor neben vielen zeitgenössischen Werken gutmütigerweise auch seine eigenen Schriften anführt. Der Titel des an natürlichen, selbsterprobten Ratschlägen überaus reichen, freilich etwas ermüdenden Buches ist: ›Wie schlafe ich rasch und sicher ein?‹

Da war auch die Erfinderwerkstatt, wo sie gemeinsam das Auto bauen wollten, bei dem das lästige Motorengeräusch in liebliche Orgelmusik verwandelt wurde, und weiterhin das Regenschirmflugzeug (zusammenklappbar und bequem unter dem Arm zu tragen), für das Entwürfe bereits vorlagen.

Für Heinrich hatte man mit zartem Verständnis für seinen Charakter im Walde eine kleine Tierabteilung vorgesehen. Dort sollte seine schöne Kuh Madeleine mit den großen Kupferseidenhaarenohren wohnen, sein getreuer Hausrabe und was er sonst an Getier jeweils besaß.

Wie oft habe ich mit inniger Genugtuung zugeschaut, wie Vater Powenz baute! Den bilderreichen Oberkörper entblößt, sein rotes Gesicht vom gewaltigen, fast weißen Bart umwölkt, bot er einen herrlichen, unvergeßlichen Anblick. In seinen Händen sahen die Ziegel aus wie Dominosteine. Er baute, und seine trefflichen Söhne trugen ihm zu. Er baute und sang, es war eine Lust, ihm zuzuschauen!

Für den Mörtel endlich war Heinrich gut zu gebrauchen. Er mischte bedächtig und achtete wohl darauf, daß keine Fliege darin ertrank.

War die Nacht schön, so arbeiteten sie auch des Nachts bei Lampionbeleuchtung, und manchmal kamen die Freunde und die natürlichen Söhne von Baltus und Kaspar, freiwillig ein wenig mitzuhelfen.

Fabian hatte noch nie so viel gewacht wie in diesen Zeiten. Und der kleine Jubal, ganz mit Kalk bespritzt, zeigte sich zu allerlei Handlangerdiensten sehr brauchbar.

Große Freude erregte es, als die dankbare Kypser Jugend, der in Baptist (aus Powenzschem Blute) ein zielbewußter Führer erstanden war, den neuen Mitbürgern ein Dutzend großer, weißbezuckerter Schwarzbeerkuchen in feierlichem Zuge (je vier trugen ein Blech auf den Schultern) als Gastgeschenk überbrachte. Einer davon war leider nicht mehr recht zu gebrauchen, da er bei einem ganz heimtückischen, aber im übrigen erfolgreich abgeschlagenen Überfall durch die Mösseler Stadtschlacken arg gelitten hatte.

Auch diese fröhliche Schwarzbeerkuchenfahrt wiederholt sich nun alljährlich und nimmt, wie ich höre, immer festlichere Formen an. Der schönste und größte Kuchen wird prämiiert. Von nah und fern kommen die fröhlichen Kleinen in weißen Kleidchen, blumengeschmückt, um abends blaubefleckt und heulend wieder heimzukehren. Die Kuchenparade wird vom Bürgermeister persönlich abgenommen.

So siegte denn zuweilen auch friedlich Powenzscher Geist, Powenzsche Sitte.

Elftes Kapitel

Beginnt sehr traurig und endet mit herrlicher Aussicht

Bald nach dem Baubeginn zeigte sich, daß Heinrich nicht recht gesund war. Er fror sommers und winters in den wärmsten Kleidern und war weiß von Angesicht. Er lernte im Spital, darin er zur Beobachtung seines Leidens eine kurze Zeit verbrachte, ein zartes Mädchen kennen, das unter gleichen heimtückischen Anzeichen wie er erkrankt war. Beide wurden bald wieder entlassen.

Heinrich und Friederike hatten sich sehr lieb. Sie wandelten zusammen der Sonne nach, immmer fröstelnd und nicht fähig, einander zu erwärmen. Denn ihr Blut wurde immer weißer und kälter von Tag zu Tag.

Wenn sie nun aber so warm eingemummt auf der sonnigsten Bank des Tunnelberges saßen, huschernd in all der Stille und Wärme des Mittags und hastig atmend, dann wurden Heinrichs Augen plötzlich ganz groß und dumm. Denn er sah, o seltsam, Mössel, die friedliche Stadt, in Trümmern, sah, wie die Kirchtürme, die mit ihren Helmen frommen, versteinerten Schutzleuten glichen, plötzlich zerbrachen und die Häuser reihenweise hinfielen. Er sah Feuer emporlodern und die Wälder fressen, wie eine riesige rote Kuh, und er hörte schreckliche Glocken der Angst und das Wehgeschrei der Witwen.

»Was ist dir?« fragte Friederike, denn nichts von alledem geschah.

»Ach Gott«, sagte Heinrich, besann sich und hüstelte. »Gehen wir, es wird kühl.«

Friederike wußte schon, daß Heinrich immer und überall grauenvolle Möglichkeiten sah: den Baum vom Blitze getroffen, die Sterne aus den Himmeln stürzend und eines Kindes ständige Lebensgefahren.

Der Liebenden Haut glich blauer Milch, und wenn sie sich küßten mit kühlem Munde, zitterten ihre Herzen kaum noch davon. Täglich saßen sie so nebeneinander auf der heißesten Bank, fröstelten und bekamen Nasenbluten. Es war für sie ein kleiner Trost, daß sie es wenigstens zur gleichen Zeit hatten.

So möchte man gewiß denken, daß sie auch gleichzeitig miteinander sterben würden. Aber es gelang ihnen nicht. Friederike tat es zuerst und mußte es allein tun.

Und ob sie gleich ganz ›zart und durchsichtig‹ gewesen in den letzten Tagen, so blieb doch Irdisches genug von ihr, daß Heinrich schauderte, als er sie so sah.

Diesem sanften, törichten Menschen, dessen zarter Herzensgüte und seelenvoller Wohlanständigkeit man in der Familie Powenz mit seltener Geduld, fast mit Ehrfurcht begegnete, blieb es vorbehalten, freilich durch einen fast unwahrscheinlichen Zufall, die wirtschaftliche

Zukunft seiner Angehörigen nach menschlichem Ermessen dauernd sicherzustellen.

Der sanfte Heinrich liebte bekanntlich die Tiere mehr als die Menschen, und wir wissen, daß seine Freundschaft mit der jungen Kuh Madeleine, die er aus dem Felde mitgebracht hatte, seinen bösen Brüdern manchmal zu recht derben Anspielungen Anlaß gab. Sein Tierlazarett hatte nun, das mußte auffallen, wirklich ganz erstaunliche Erfolge. Einem Hündchen, das, vom starken Kaspar versehentlich überradelt, an beiden Hinterbeinen gelähmt war, konstruierte er ein Wägelchen, darauf der bewegungsunfähige Teil festgeschnallt war, so daß das Tier mit den Vorderbeinen lustig strampelnd sich gleichsam selbst spazierenfuhr. Einer Eidechse, die vor Schreck den Schwanz verloren hatte, wuchsen unter Heinrichs rührender Pflege gleich drei neue Schwänze nach. Ein Heupferdchen, das er halb zerquetscht am Wege liegend gefunden hatte, genas völlig und erreichte sogar einen Rekord im Springen. Und auch er selbst, seit er sich immer mehr mit diesen kranken Insekten, Eichhörnchen, Igeln und Waldvögelein abgab, erholte sich, so schien es, doch ein wenig.

Er wußte auch die Ursache dieser Wunderheilungen. Doch ward sie erst nach seinem allzu früh erfolgten Ableben offenbar. Heinrich nämlich, der sich schon seit seiner Knabenzeit gerne mit der Abfassung seines Letzten Willens beschäftigte (das ängstliche Bemühen, ja niemanden zu kränken, ließ ihn die testamentarischen Verfügungen jeweils sehr bald wieder verwerfen), hinterließ bei seinem Tode[1] ein umständliches Schriftstück, aus dem hervorging, daß die beim Aushub des Hauses her-

---

1 Heinrich Powenz starb im Stall, wohin er, sein nahes Ende spürend, sich geschleppt. Man fand ihn neben seiner geliebten Kuh Madeleine, die er kurz vor seinem Tode erstochen, in ihrem Blute liegend. Der Rabe aber saß auf seiner Stirn und rief jämmerlich: Grab, grab!

vorgesprudelte Quelle ein Heilbrünnlein sei, mit dessen Wasser er die Tiere tränkte, und daß es laut der Analyse von Professor Schlegelmilch eine der gehaltvollsten Radiumquellen auf deutschem Boden sei. Falls, so schloß das mit seiner kleinen, sauberen Schrift geschriebene Testament, diese Entdeckung den Erbberechtigten jemals Geld bringen sollte, bitte der Erblasser, ein namhaftes Legat zur Aufrechterhaltung des von ihm gegründeten Tiersanatoriums auszusetzen (wie auch geschah).[1]

Kaum hatte sich die Kunde von der wunderbaren Entdeckung verbreitet, als in sämtlichen Gärten Mössels ein heftiges Graben begann. (Ich habe noch niemand getroffen, der, wenn jemand einen Pfennig auf der Straße fand, nicht sogleich auf den Boden geschaut hätte, ob nicht für ihn auch einer bereitläge.) Gockeleys Ausgrabungen schienen sogar von Erfolg begleitet, es stellte sich aber leider heraus, daß er die städtische Wasserleitung angeschlagen hatte.

O Mössel, wie bist du betrogen, armes, bedauernswertes Städtchen du! Denn des frühverewigten Heinrich Prophezeiung ging vieltausendfältig in Erfüllung.

Zwölftes und letztes Kapitel

Wenn Herr Doktor Gottlieb Gilpin in seinem ›Antipowenz‹ die Behauptung aufstellt, daß es der ›Wille zur Zersetzung‹ sei, der alle Handlungen der von mir in diesem Buche mit unerbittlicher Treue geschilderten Familie bestimme, so muß ich dem mit allem Nachdruck widersprechen. Ich will nicht leugnen, daß viele Taten der Powenze recht ungehörig und ärgerlich, ja zum Teil nahezu verbrecherisch und sündhaft waren. Aber ich muß

1 So (und nicht anders!) entstand das junge, aber heute bereits weltbekannte und vielbesuchte Bad Heinrichsbrunn bei Kyps (im Besitze der Powenz G.m.b.H.) zum Segen der leidenden Menschheit. Prospekte durch die Kurdirektion.

doch einem Worte unseres Baltus beipflichten, daß die Existenz eben nichts, das geliebte Leben aber alles bedeute.

Einen symbolischen Ausdruck fand diese Auffassung zur Freude aller Powenzialisten anläßlich des, man darf wohl sagen, historischen nächtlichen Richtfestes, der sogenannten Hebeweinfeier. Da nämlich konnten sie alle ihre Künste spielen lassen, und zwar in einer Art Familienrevue, wozu die ihnen von Zephirin überaus geschickt beleuchteten Baugerüste als willkommene, neuartige Bühne dienten, auf der sich eine artistisch ebenso geschickte wie auch rein künstlerisch wertvolle Belustigung eindrucksvoll darbieten ließ.

Die Parodie ›Turnen am Gerüst‹, bei der halsbrecherische Kunststücke mit allerlei zeitgemäßen Verulkungen des Sports und der Rekordsucht abwechselten, wurde von den zahlreich erschienenen Zuschauern ebenso beklatscht wie die Nummer Zephirins als Schnellmaler (mit köstlichen Karikaturen berühmter Mösseler) und Jadups Gesang zur Harfe (Baltus Powenz). Ausgezeichnet war auch des Violand Sketch, der ›stumme Zauberer‹, der lediglich durch geistvoll-beredte Handbewegungen seine Hexereien begleitete.

Von dieser unter dem Namen Powenz-Festspiele bekanntgewordenen Veranstaltung redete man noch lange.

Nicht vergessen sei der aufregende Einakter ›Gerippe bei Nacht‹, eine tolle Komödie mit rasender Musik, Tanz, Mord, Trunkenheit und allerlei Liebe, die in ihrer Art bahnbrechend wurde, da das Bühnenbild von oben bis unten, treppauf, treppab, mit akrobatischem Leben, mit Farbe, Licht, Musik und dichterischem Worte erfüllt war. Durch zwei kreisende Scheinwerfer und allerlei andere magische Effekte wurde zum Schluß ›Das verhexte Haus‹ dargestellt, ein Schauspiel von fast beängstigender Wirkung, denn Wald und Haus, die Powenzbande und die Zuschauer, alles schien plötzlich zu schaukeln, zu schwanken, zu schrumpfen, zu wachsen, sich zu verwandeln, bis endlich alles Licht erlosch und, von der Menge stehend mitgesungen, der sogenannte große Powenzsche Lachgesang[1] schaurig aus der Finsternis empor in die klare Sternenwelt erdröhnte. Alles in allem: ein gelungenes Fest!

Als die Zuschauer endlich sich entfernt hatten und auch ich mich verabschieden wollte, hielt mich Baltus Powenz mit umfassender Hand fest, und nachdem er dem drolligen Jubal, der noch im Kostüm eines Engels war, befohlen, mit einer Fackel voranzuleuchten, bat er, ob er mir das ›innere Haus‹ zeigen dürfe (so drückte er sich aus). Es ist mir deutlich in Erinnerung, daß er mich mit bewegter Stimme bat. Er trug von der letzten Szene das Kleid eines Königs und hatte die Krone aus Goldpapier auf dem großen Haupt. Er war leicht angetrunken, und obgleich ich sehr müde war, wollte ich ihn, der in seinem weinseligen Zustand stets sehr empfindlich zu sein pflegte, nicht kränken. Ich hatte es nicht zu bereuen.

»Wenn ich Geld hätte, würde ich mir ein Haus kaufen«, sagte der Greis lächelnd. Das war ein Mustersatz aus irgendeiner Grammatik, den er gerne zitierte, und ich vermute heute, daß diese schlichten Worte es gewesen sein mögen, die seinem ganzen Leben die Richtung wiesen.

Ich sehe den Alten noch, den trunkenen Theaterkönig,

---

1 Dieses musikalisch hochinteressante Werk hatte der faule Fabian komponiert (zweistimmig und für gemischten Chor). Es setzt mit einem großen Thema auf den Text: ›Hahaha‹ ein, während die Soprane mit einem perlenden ›Hihihi‹ einfallen. Dazwischen stehen die große Baßarie und die gewaltige Fuge, wo die ›Hahas‹, ›Hihis‹ und ›Hohos‹ kraftvoll nebeneinander herlaufen, mit dem zwerchfellerschütternden Furioso am Schluß. Es war ein Werk, das, gut aufgeführt, etwa während des Schulunterrichts, hinreißenden Erfolges sicher war. Es gehörte dazu, daß nach dem plötzlichen Verstummen die Sänger in tiefstem Ernst und Schweigen verharren mußten, so daß nun die angesteckten Zuhörer, zum Beispiel die Lehrer, ganz allein haltlos unter Tränen unbändig weiterlachten, von den Sängern mit höchstem Befremden betrachtet.

wie er in den mörtelkühlen Backsteingemächern stand, schwankend zwar, doch mit Würde, und wie er immer wieder begeistert das Wort sagte: »Herrlich, o herrlich!«

Powenz zeigte mir seine zukünftige Werkstatt, genannt Pyrotechnisches Laboratorium[1], zeigte mir Zephirins Atelier für Kitsch-Bilder-Massenfabrikation und vor allem Fabians originelle Schlafkapelle, darin er von seinem Kultbett aus alles erreichen können wollte. Ein einziges Bild sollte darin hängen: der HERR am siebenten Tage ausruhend von seiner Arbeit. Auch Mutter Sabines bescheidener Wunsch nach Parkettböden war erfüllt worden, deren Wartung und Pflege sie ihr künftiges Leben weihte. Denn der Parkettboden (möglichst hell) ist die Ehre der Hausfrau.

So gingen wir durch das ganze Haus, während der freche Engel Jubal leuchtete, und manchmal zog mich Powenz, mit seiner großen Hand die meine ergreifend, die leise knackte unter seinem Druck, ganz nahe an das Mauerwerk.

»Da«, sagte er, auf einen Backstein deutend, »das ist Nummer neunhundertsiebenundsiebzig, ich habe ihn selbst nach Hause getragen, ich weiß es noch wie heute: er fiel von einem Wagen auf der Kypser Landstraße in den weißen Staub. Und hier, den habe ich aus dem Kriege mitgebracht, er stammt aus den Resten von Ferme Trouchy. Das ganze Haus besteht aus solchen Geschichten. Den da hat mir ein liebes Mädchen geschenkt, aus Dankbarkeit. Sie hieß Isabella.«

Ich merkte, wie es dem Alten schwerfiel, daß die geliebten Steine nun verputzt werden sollten. Kannte er doch genau jeden einzelnen.

Es gibt Dinge, über die man nicht spottet: ich sah den sündhaften Greis in jener Nacht manchen Stein versonnen streicheln wie eine Wange, und einen küßte er sogar. Das griff mir doch recht ans Herz.

---

1 Jetzt Saal I des Museums (Siehe Katalog).

Diese Nacht ist mir unvergeßlich, und heute, wenn ich durch die hellen, sauber tapezierten Räume schreite, muß ich oft daran denken, daß jeder dieser wundervollen, nun freilich unsichtbaren Backsteine durch seine großen Hände gewandert war. Und, falls nicht etwa einer seiner prächtigen Söhne sich wieder einmal einen schlechten Scherz erlaubt haben sollte, dann sah ich kürzlich Baltus Powenz' ruhelosen Schatten in eigener Person durch diese Zimmer schwanken, und ich hörte ihn murmeln, lachen, singen und mit seinen Steinen reden.

Es war ihm leider nicht vergönnt, die Vollendung seines Hauses mitzuerleben.

Daß der wunderliche Alte drei Tage nach jenem wohlgelungenen Richtfest durch einen so seltsamen Tod, fast hätte ich gesagt, ausgezeichnet wurde, darin sehe ich Strafe und Gnade zugleich.

Unter welchen Umständen aber Baltus Powenz mit Haut und Haar, mitsamt seinen Bildern und seiner dunklen Vergangenheit, gleichsam durch einen himmlischen Steinwurf aus seiner irdischen Figur ins Unsterbliche zurückverwandelt wurde, das, freundlicher Leser, bitte ich dich im ersten Kapitel nachlesen zu wollen.

Anhang

Handelt vom Innenleben der Powenzbande

Daß die Powenz keine Seele hätten, wird noch immer von vielen behauptet. Zu Unrecht, wie ich glaube, obgleich es sich bei Seele gemeinhin um etwas Unsichtbares und ziemlich schwer Vorstellbares handelt. Unsichtbar? Nicht so ganz, wie mir scheinen will; denn manchmal, ›in göttlichen Augenblicken leuchtet ihr gläserner Leib auf wie eine Träne‹. Unhörbar? Nicht doch, denn manchmal tönt sie in den Worten der Unglücklichen, der Dichter und Weisen, und auch die Powenz haben etwas davon. Theologisch gesprochen, gehören die Rubrikanten dieses Aktenbündels kleiner Menschlichkeiten (wenn ich das vorliegende Buch so nennen darf) zu jenen armen Sündern, gegen die den ersten Stein aufheben zu dürfen wir uns leider allzu gerne bereit finden.

Ich bin kein Moralist. Ich will die Powenz nicht reinwaschen.[1] Dennoch behaupte ich: sie haben eine Seele – und also einen Gott.

Manchmal, wenn ich sie so sah, vor allem in der silbergrauen Badeanstalt am Flusse Maar, splitternackt (wie sie wohl ursprünglich gedacht sein mochten), doch in natürliche Bräune gekleidet, dann hatte ich das schöne Gefühl, es seien Tiere oder doch Wesen, den lieben Tieren nah verwandt. Dies soll beileibe keine Herabsetzung sein, im Gegenteil: ich meine den Gott im Tiere, wenn ich an diesen wilden Baltus denke, an seinen rötlichen Pelz, und wenn ich mich der Bilder erinnere, die seinen gewaltigen Körper zierten wie eine Tempelmauer, diese seltsamen Symbole des Lebens, Himmels und der Erde. Wir wissen, daß die Söhne dieses merkwürdigen Mannes ganz von selbst ihren unsteten Onkel Melchior, der der uralten Kunst des Tätowierens kundig, baten, ihnen ein gleiches zu tun wie ihrem Vater. So finden wir Kaspars muskulösen Körper mit anmutigen Bildern aus dem unsterblichen Märchen von Amor und Psyche geziert. Tierbilder schmückten paradiesisch Heinrichs dünne weiße Haut, während Fabian, ein wandelndes Lehrbuch der Mathematik, allerlei berühmte Formeln (den pythagoreischen Lehrsatz zum Beispiel), aber auch die Themen seiner Lieblingssonaten bläulich-bekennerhaft zur Schau trägt. Jadups schöner Leib blieb unversehrt, und auch Lilith mochte nicht. Zephirin der Maler aber hatte die hübsche Kunst vom Onkel gelernt und wird sie ausüben und weitervererben, bis endlich, sei es aus Gewohnheit oder Erinnerung, die Natur von selbst hervor-

1 Metaphorisch gemeint! D. V.

bringt, was man ihr bisher in mühseliger Nadelarbeit aufimpfte: den Bildermenschen.

»Des Menschen Brust sollt ein Gutzfensterlin haben«[1], lautet ein mittelalterliches Sprüchlein. Versuchen wir hineinzuschauen in unseres Baltus' zottige Brust. Und was sehen wir? Ein Kinderherz! Wahrhaftig, denn es ist voller Spielzeuggedanken. Aber Kaspar, der Vielgeschmähte, Vielgeliebte? Ich habe unter den Frauen, die ihm nähertraten, keine einzige kennengelernt, die ihm etwas Schlimmes nachgesagt hätte!

Sie nannten ihn alle einen guten Jungen. »Man muß ihn gern haben«, sagten sie. Seine Seele? Er trug sie unbeschadet in seinem liebesfrohen Herzen. Er hat auf seine Weise viele Menschen nach ihrer Weise vollauf glücklich gemacht.

Ich kann freilich weder meine noch deine, freundlicher Leser, noch der Powenz' Seele *beweisen*, ich kann sie nur glaubhaft zu machen versuchen. Sicher aber ist, ganz böse sind die Menschen nicht, die so zu lieben und geliebt zu werden imstande sind wie unsre unbändigen, unbotmäßigen, höchst unverantwortlichen Freunde. Man mag einwenden, daß nicht alle Powenze so naturhaft und kosmisch geladen seien, wie ich es behaupte. Jadup zum Beispiel, mögen manche sagen, sei anomal oder degeneriert. Nun, Degeneration ist kein verbrieftes Recht besserer Familien. Sie kommt auch bei Naturvölkern vor. Sie ist eben die weise Schutzmaßnahme der Natur, auf daß die Welt nicht allzu normal werde: »Alles Große ist anomal, und das Gewöhnliche ist des Wunderbaren Feind«, singt Karl Butter.

Derb und innig nannte einmal ein bekannter Psychologe die Powenzbande. Sie seien die typischen Vertreter unserer Epoche, jene heidnisch barbarischen Naturen, die den Beginn des Zeitalters des Wortes, des Blechs, des Gummis und der Luft kennzeichnen, jene unverwüst-

---

1 Ach Gott, freilich!

lichen Persönlichkeiten, deren Gott sich so gerne bedient, die Welt zu ärgern und zu beglücken. Denn es wohnt ihnen Porsch[1] inne.

Es scheint daher, daß sich in ihnen ein neues Geschlecht ankündigt, das unvoreingenommen und unbelastet von überalterter Zivilisation Agar-Agar wird für neue Kultur und vielleicht empfänglich für eine neue flammende Religion!

1 Porsch ist nach dem indischen Mythos der alles durchdringende göttliche Hauch, der Urkeim alles Göttlichen, Geistigen und Irdischen; das Prinzip der Zeugung, der Bildungstrieb, welcher durch Haranguerbeha, den Inbegriff aller Urkeime des Materiellen und Geistigen, geschaffen wurde. D. V.

NACHGELASSENE DOKUMENTE

Der Kartoffelroman[1]

> »Alles Entstehen geschieht aus der Kartoffel. Sie bildet den Übergang aus einem formlosen Bestimmbaren in ein gestaltetes Bestimmtes...«
> Arithmedes von Kos, um 427 v. Chr.

Zum Geleit

Das Powenz-Forschungs-Archiv in Mössel an der Maar, dessen Tätigkeit unter antipowenzialistischem Druck, Verfolgungen aller Art, Kriegseinwirkung und schließlich auch durch die Papierknappheit stark zu leiden gehabt hatte, rechnet es sich zur Ehre an, nach langem Schweigen die neuesten wissenschaftlichen Ergebnisse seiner Bemühungen um eine möglichst lückenlose, historisch einwandfreie Darstellung des Erdenwallens unseres unvergessenen Baltus Powenz (1864-1929) vorzulegen. Sein Name ist längst in die Geschichte eingegangen. Er ist klassisch geworden. An verschiedenen Universitäten sind bereits Lehrstühle für Powenzologie errichtet. Erst heiß umstritten, hat sich die Powenzistentialphilosophie erfolgreich durchgesetzt, die sich auf des Altmeisters Satz gründet: ›Das Leben ist herrlich, fürwahr, die Existenz aber ist grauenhaft!‹ Ihr Einfluß auf den europäischen Geist ist evident. Sie bestimmt die soziale Struktur unserer Zeit. Des großen

1 Das für die erste Ausgabe verwendete Papier wurde aus den Schalen der von der Familie Powenz verzehrten Kartoffeln hergestellt.

Baltus Maxime: ›Bleibe im Lande, unterernähre dich redlich!‹ ist ebenso sprichwörtlich geworden wie der vielzitierte Ausspruch: ›Mein Heim ist meine Haut‹. Die Mode und die Wohnkultur zeigen weitgehend powenzisches Gepräge.

Der Auswertung des Gedankengutes dieses herrlichen Mannes verdankt das ›Institut für Gerüchteforschung‹ seine Entstehung. Die aufsehenerregenden Fortschritte in der pathologischen Geschichtsauffassung gehen auf ihn zurück.

Die vorliegende Arbeit, obwohl sie ein Ereignis aus dem Leben der anfangs verkannten, später aber durch ihre Fruchtbarkeit und Baufreudigkeit in ihrer bevölkerungspolitischen Bedeutung so wichtigen, heute weltberühmten Familie behandelt, das weit zurückliegt, scheint mir dennoch auch heute eine nicht unwillkommene Ergänzung jenes Standardwerkes zu bilden, das unter dem vielleicht irreführenden, weil – zu Unrecht – etwas anrüchigen Titel ›Die Powenzbande, Zoologie einer Familie‹, manchen Lesern bekannt sein mag.

Der Herausgeber hat vor allem dem Präsidenten der Powenzgesellschaft Dr. A. Chauffe und Kommodore Dulk für wichtige Anregungen zu danken.

Die Absicht, für dieses Buch zum ersten Male das von Fabian Powenz erfundene aphanistische Druckverfahren anzuwenden, bei dem das Gelesene jeweils automatisch verlöscht, so daß nach dem Lesen nur noch leere weiße Seiten übrigbleiben, mußte aus technischen Schwierigkeiten diesmal unterbleiben.

Mössel an der Maar, Powember 1947

Der Kustos des Powenzarchivs

Erstes Kapitel

Darin eine ganz große Entdeckung gemacht wird

»Die Kartoffeln[1] sind schuld!« rief Heinrich Powenz[2] eines Nachts.

Wie eine Erleuchtung überkam es ihn plötzlich, den Sanften, nachdem er sich stundenlang vor Schmerzen gekrümmt und leise vor sich hingestöhnt hatte.

»Brüder«, rief er abermals fast glücklich, »ich hab's: Die Kartoffeln sind schuld!«

Er saß in seinem Bette auf und sah sich triumphierend um. Aber sogleich wurde er durch die Kopfkissen seiner also aus dem süßen Schlaf gerufenen Brüder zugedeckt. Zuerst schleuderte der starke Kaspar sein Kissen, ein hartes Roßhaarkissen, denn er schlief gerne hart, nach dem zarten Bruder, dann der kunstfertige Zephirin mit seiner sicher treffenden Hand. Violand folgte, der lügenreiche, also literarisch Begabte, hierauf der sündhaft schöne Jadup, dessen Liebe sonderlicher war denn Frau-

---

1 Die Kartoffel: solanum tuberosum, auch Erdapfel, Grundbirne, Potacke oder Düfte genannt, ist eine Pflanze, wovon nur die in der Erde an dünnen und rings herum sich ausbreitenden Zäserlein hervorkommende knolligte Wurzeln benutzet werden können. Diese nennet man eigentlich die Erd-Äpfel, dahingegen gibt man an anderen Orten diesen Namen den sogenannten Erdbirnen und nennet die hier berührten Erdäpfel Erd-Birnen. Genug, wir meinen hier nicht diejenige Frucht, die man anderwärts Erd-Äpfel, sondern die, so man Erd-Birnen nennet, dagegen reden wir hier von den in anderen Gegenden sogenannten Erdbirnen, die wir aber Erdäpfel nennen, und von jenen Erdäpfeln, die man hier Erd-Birnen nennt, ist folgendes zu sagen: Erdbirn sind ein Gewächs wie die Erdäpfel oder auch Tartuffeln, was aber auch etwas anderes ist, und sind eine gute Zukost fürs Gesinde und für die Schweine. Es halten einige diese Erdbirn sowohl als die Erdäpfel für die Amerikanischen Patatas, deren schon Dr. Joh. Joachim Becher in seiner ›Närrischen Weisheit und weisen Narrheit‹ gedenket.

(Allg. Ökonomisches Lexikon 1764.)

2 Siehe die Stammtafel am Schluß des Buches.

enliebe. Fabian endlich, der große Schläfer, warf, ohne sich die Mühe des Aufwachens zu machen, im Schlafe, und auch Jubal würde sich beteiligt haben, wenn er damals nicht noch in der Zeiten Schoße geschlummert hätte. Aber mit der Hartnäckigkeit der Unterdrückten wiederholte Heinrich mit kissengedämpfter Stimme dumpf: »Die Kartoffeln sind schuld!«

Leise, melodisch schwangen und klangen die zu seinen Häupten aus Platzmangel an die Stubendecke gehißten Instrumente des powenzischen Familienorchesters mit: »Die Kartoffeln sind schuld!« Auch Wugg, der Rabe, krächzte es nach.

Lilith, die liebreizende Powenztochter, war aus ihrem Zelte getreten, das sie schicklicherweise von dem Gemeinschaftsraum der Brüder trennte.

»Du Unholder!« rief sie und warf ihr süßes, kleines, geblümtes Kopfkissen nach dem leidenden Heinrich, warf es ungelenk, wie eben Mädchen zu werfen pflegen, das wirre, rötliche Haar, das einzige, was noch von ihm zu sehen war, vollends zudeckend. In diesem Augenblick erschien Vater Powenz aus seinem Schlafgemache, aufgeschreckt von dem nächtlichen Aufruhr, im Nachthemd, das ihm am besten stand, besser als irgendein Kleid. Das Nachthemd, in dem alle übrigen Menschen, große Staatsmänner eingeschlossen, etwas Hilflos-Lächerliches haben, Kinder ausgenommen – ihm stand es prächtig. Wenn er erwachte, erwachte die Welt. Wenn er nieste, wackelte ganz Mössel.[1] Er hatte etwas Olympisches: Jupiter omnipowenz würden ihn die Alten genannt haben. Zephirin zückte sofort sein Skizzenbuch, um ihn so im Bilde festzuhalten. Denn alle hatten von je einen ausgeprägten Sinn fürs Biographische.

Baltus zu zeichnen lohnte sich. Er sah aus, wie man noch vor hundert Jahren aussah, als es noch Gesichter

1 Seismographisch nachgewiesen.

gab, als man von bedeutenden und berühmten Menschen noch verlangen durfte, daß sie wirklich bedeutend aussahen und selbst weniger bedeutende sich sehen lassen konnten. Das gehörte sich damals so.

Sabine, sein Weib, hielt ihn von hinten umfaßt, mit mageren braunen Armen, damit er sich nicht zu Tätlichkeiten hinreißen lasse. Denn er war furchtbar in seinem Zorn.

»Was gibt's?« fragte Powenz. »Was ist dir, Heinrich, entarteter Sprößling? Was störst du uns aus der Ruhe?«

»Die Kartoffeln sind schuld!« antwortete bockig der Knabe.

»Woran, wenn ich fragen darf?«

»An allem!« antwortete Heinrich, aus den Kissen tauchend, »an fast allem!« und warf die Kopfkissen der Brüder, nachdem er sie berochen, lässig auf ihre gehörigen Plätze zurück. Denn er unterschied sie unfehlbar nach ihrem Geruch. Er bot einen kläglichen Anblick, während er seine sommersprossigen Hände auf den schmerzenden Magen legte, der arme Gastropath.

»Ich tue ihm nichts!« sagte Powenz, indem er sich aus Sabinens Umklammerung befreite. Eine unheilverkündenden Milde lag in seinen Worten. »Sei unbesorgt, Weib!«

»Ich bin um meinen Schlummer«[1], fuhr er fort, »sei's drum! Obwohl ich ihn bitter nötig habe. Gleichviel. Er ist dahin. Die Kartoffeln also, meinst du, Heiner, mein Sorgenkind, sie seien schuld?«

Er lächelte, wie er nur zu lächeln vermochte, wann er trunken war von Ideen.

»Die besten Gedanken kommen immer bei Nacht. Wohlan, laßt uns diesen glorreichen Einfall feiern. Ihr kennt meinen Standpunkt: Genie kommt von Genießen!«

---

1 Don Carlos: III. Akt, 1. Szene.

Die Söhne staunten. Powenz löste von seinem Hals mit einer fast anmutigen Wendung seines Bartes das Band, an dem der Kellerschlüssel hung[1], und händigte ihn dem Jadup ein, daß er ein paar Flaschen heraufhole. Jadup, der Hübschling, der einzige übrigens, der einen modischen, verführerischen Schlafanzug trug, aus nachtblauer, fast schwarzer Chinaseide mit weißem Chrysanthemenmuster, glitt leichtfüßig aus seinem Bett, um den Wunsch des Vaters zu erfüllen. Der aber rief ihm noch nach: »Vom Roten!« Denn er wußte, zartfühlend wie er war, daß Heinrich mit seinem kranken Magen den Roten besser vertrug.

»Sine Baccho friget Venus«, scherzte der Alte und küßte galant Sabine auf die Nase.

Ziemlich lange dauerte es, bis Jadup mit den Flaschen wiederkam. Er hatte noch etwas anderes besorgt nach der Powenzschen Hausregel: gut gesch... ist halb gefrühstückt.

Während nun Mütterchen Powenz fürs Essentielle sorgte, bemühten sich die Brüder, den guten Fabian zu wecken, denn sein Wort galt viel im Familienrat. Sie riefen im Chor: »Fabian, erwache!« Aber er antwortete nur mit Wonnegrunzen und schlief lächelnd weiter. Also kippten sie ihn aus dem Bette, mit Hilfe des durch Zephirin nach Art einer Lore konstruierten Weckapparates, womit man dem philosopischen Schläfer noch am besten beikam, falls er nicht auf der Fleckerlteppichbettvorlage ruhig weiterschlief. Aber diesmal gelang es.

»Ihr armen Wachen, Aufrechtwandelnde«, grollte er, »ihr Bedauernswerten! Ich wollte, alle Menschen schliefen nur.« Denn er war bekanntlich für die Horizontal-Politik des Schlafes[2], von der er sich viel für den Frieden

---

1 sic! In diesem Augenblick wäre *hing* blaß. (D.H.)

2 Vergleiche sein aufsehenerregendes Buch: ›Mein Schlaf‹, das voraussichtlich im Lauf der nächsten Jahre als Po-Po-Po-Druck (Po-

der Welt versprach. »Ich fürchte nur das Aufwachen«, war sein Wahlspruch. Er vermißte in der deutschen Sprache Worte für bequeme Sitz- und Liegegelegenheiten, wie Sofa, Diwan, Ottomane, Couch. Ja selbst die herrlichste Erfindung aller Zeiten und Völker, das Bett – klingt es nicht verteufelt ähnlich wie ›Brett‹? Es ist ein hartes Wort.

Als sie, nachdem sie ihre Zigaretten gefrühstückt, nun alle beim Wein versammelt waren, Freiburger Brezeln dazu knabbernd, die Sabine aus ihrem eisernen Bestand gestiftet, hob Powenz, der Prächtige, also zu reden an:

»Wir wollen einmal ehrlich sein...«

»Ach, Baltus«, wandte Sabine ein, »ob uns das bekommt?«

»Es kommt auf den Versuch an, liebe Frau!« erwiderte ihr Gatte. – »Mein Sohn Heinrich: sie nennen dich, sit venia verbo, den Dummen. Dummheit ist nicht powenzisch.«

»Ich *bin* dumm«, sagte Heinrich sanft. »Ich weiß es. Stört es dich sehr, Papa?«

»Wenn Dummheit weh täte...«, warf Jadup ein.

»Sie tut nicht weh«, fuhr Heinrich fort, »im Gegenteil, sie tut wohl. Verstand tut weh und...«

»Lassen wir das!« hob Baltus unlieb unterbrochen wieder an. »Nun: manchmal legt auch eine blinde Henne ein Ei. Du hast, wenn ich recht verstand, gesagt, die Kartoffeln seien schuld. Eine kühne, eine umstürzlerische Behauptung, fürwahr! Ihr wißt, ich frage bei allem zuerst: ›Was bringt es?‹ Ist es nur der verzweifelte Stoßseufzer eines Schmerzgeplagten oder ist es mehr? Ich sehe ungeahnte Möglichkeiten für uns!«

---

wenz-Poeta-Potator) erscheinen wird. Ferner: ›Gleich wie ich meines Theils nicht gern spat schlaffen gehe / also stehe ich doch gern spat auf. Ist also gegeneinander aufgehoben und verglichen!‹ (Grimmelshausen)

Noch immer verwunderten sich die Powenzsöhne, vor allem Heinrich, der nicht im entferntesten begriff, was er mit seinem Schmerzensruf angerichtet hatte, staunte. Nur Fabian verstand sogleich die hochfliegenden Pläne des Altmeisters Powenz. Er rief: »Nieder mit der Diktatur der Kartoffeln!«

»Alaf«, sagte Vater Powenz und trank ihm zu, zuzzelte seinen weinfeuchten Schnurrbart aus, damit nichts umkomme, und fuhr also fort:

»Wenn mir recht ist – aber ich kann mich irren, ich bin kein Gelehrter –, so ist *die*, bzw. *der* Kartoffel[1] ein Gewächs, das in Südamerika heimisch ist und Mitte des sechzehnten Jahrhunderts etwa nach Europa kam. Im Anfang des siebzehnten Jahrhunderts soll sie – ich war nicht dabei – als eine große Seltenheit am königlichen Hofe in Paris verspeist worden sein. In Deutschland zunächst im Vogtlande angepflanzt, erreichte ihr Anbau erst im neunzehnten Jahrhundert allmählich den Umfang, den er heute besitzt. Die Kartoffel aber, das ist für uns wichtig, gehört zu den Nachtschattengewächsen, die meist giftige Stoffe enthalten. Merkt ihr, wo ich hinauswill? Es ist bekannt, daß die Franzosen par exemple sich seinerzeit der Einführung der Kartoffel heftig widersetzten, von der man behauptete, daß sie den Aussatz hervorrufe.«

»Hört, hört!« riefen die Söhne.

»So unglaublich es klingt, daß diese furchtbare Krankheit in Verbindung, sagen wir, mit Kartoffelklößen stehe, sollte nicht doch ein Körnchen Wahrheit dabei sein? Man hat, wenn sie auch unschädlich sei, vor ihrem unmäßigen Genusse gewarnt. Vielleicht hat Heinrich so unrecht nicht, selbst wenn die ahnungslose Menschheit bisher völlig dem Kartoffelwahn verfallen war... Lausbub!« unterbrach er sich, als er Zephirin mit den Fingern

1 Beides ist richtig. Es kommt lediglich auf den Gesichtsausdruck an.

in den Zähnen stochern sah, »wozu hat man denn sein Messer?...

Unser Heinrich hat das erlösende Wort gesprochen: ›Die Kartoffeln sind schuld!‹ Er meinte damit: an seinem garstigen[1] Leiden, an seinem schmerzhaften Ulcus. Er fügt hinzu: ›An allem‹. Vielen Dank, Heinrich, ich finde es eine ausgezeichnete Idee von mir. Wie, frage ich, der ich selbst nicht ungern Kartoffeln zu mir nehme – mein Kartoffelbäuchlein legt ein beredtes Zeugnis dafür ab (Lachen) –, wie, die anscheinend so biedere, menschenfreundliche, ja menschenähnliche Feldfrucht soll an allem schuld sein? Ich frage weiter: ja, warum eigentlich nicht?

Wir werden freilich auf einigen Widerspruch stoßen, fürchte ich, mit unserer, für die leidende Menschheit in ihren Folgen nicht abzusehenden Entdeckung.«

»Wir werden keine Anhänger finden«, warf Heinrich ein.

»Ich mache mich anheischig, für jede Idee, und wäre sie noch so irrsinnig, begeisterte Anhänger zu finden und, was für uns vielleicht noch wichtiger ist, fanatische Gegner. Und unser zweifelhafter Ruf? Eine gewisse Anrüchigkeit bedeutet in der Politik bekanntlich einen nicht zu unterschätzenden Kredit.

Harmlose Gemüter werden einwenden, daß die Kartoffeln ja schließlich ein beliebtes, erprobtes, unentbehrliches Volksnahrungsmittel seien.

Gewiß, doch lassen wir uns nicht mit solchen lächerlichen Redensarten abspeisen. Die liebe, arme, unschuldige Kartoffel – ich sage ihr den Kampf an auf Leben und Tod. Die Kartoffeln sind unser Unglück!«

Powenz hatte sich in Feuer geredet und mehrmals sein Glas geleert. Der Wein zischte auf seiner heißen Zunge. Rauschender Beifall durch Trampeln, Händeklatschen und Schenkelpatschen belohnte den Sprecher. Nur

---

1 Soll wohl ›gastrisch‹ heißen.

Heinrich schwieg belämmert. Es lag in seiner sanften Natur, daß ihm die Kartoffeln leid taten. Wie oft war er ausgelacht worden, wenn er es nicht übers Herz brachte, eine Kartoffel zu schälen, wenn sie ein Gesicht hatte, eine Nase zum Beispiel und Äuglein, und ihn so ansah, gleichsam um ihr Leben bittend.

»Veto!«[1] sagte er daher. »Es war mir nur so herausgerutscht, es war nicht so gemeint!« Aber niemand hörte auf ihn in der begeisterten Runde. Nun erkannten sie des Vaters Absicht und freuten sich im Vorgefühl der unübersehbaren Folgen.

Die Stadt Mössel[2], auf ihren Poststempeln, in allen Werbeschriften stolz als ›die Stadt der größten Kartoffeln‹ bezeichnet, liegt in einer Gegend, in der diese bisher unangefochtene Frucht besonders gut gedeiht. Die Mösseler sind leidenschaftliche Kartoffelesser. Ihr Nationalgericht sind die wohlbekannten rohen Klöße, in deren Bereitung sie sich von niemand übertreffen lassen. Und hier nun wollten die Powenze ihre Antikartoffel-Politik im großen betreiben? Die denkwürdige Sitzung fand übrigens beim kostenlosen Licht des Vollmonds statt, eines Gestirns, das die Familie besonders liebte.[3]

Fabian, der gute, dicke, dem Vollmond nicht unähnlich, erhob sich nun, dem Vater zu danken. Er wolle, wenn es erlaubt sei, einige Anregungen zu dem Vorhaben geben, nämlich wie man die Sache aufziehen müsse. Ein Name müsse gefunden werden, natürlich ein Fremdwort, unter dem sich die Menschen nichts vorstellen können und das darum, propagandistisch gesprochen, um so größere Wirkung haben würde.

---

1 Russisch, soviel wie: wir sind in diesem Punkte mit unseren ehrenwerten Freunden leider nicht ganz kominform.

2 Siehe Anmerkung Seite 235, unten.

3 Die Behauptung, daß der Mond eine deutsche Erfindung oder doch von einem Deutschen zuerst entdeckt worden sei – angeblich durch Matthias Claudius (?) – und nur in Deutschland schiene, ist nicht haltbar.

»Ich«, sagte Fabian, »teile die Welt künftig in Solanisten, worunter ich die Kartoffelesser verstehe, und in Antisolanisten: das sind wir. Unser Parteiorgan soll, schlage ich vor, ›Die Giftknolle‹ heißen. Violand wird die Güte haben, die Schriftleitung des Blattes zu übernehmen.«

»Gut, gut!« unterbrach ihn Violand. »Aber wer finanziert die Sache?«

»Die Bestechungsgelder natürlich«, erwiderte trocken der faule Fabian, »die uns von den Gegnern geboten werden, wenn wir beginnen, die Welt zu entkartoffelfizieren!«

Dieses Wort verletzte gröblichst das bekanntlich überaus empfindliche Sprachgefühl der Powenze, doch um der guten Sache willen ließen sie es diesmal durchgehen. Nun aber ließ sich Sabine hören, die treubesorgte Mutter und Magd der Familie. Tränen liefen ihr über die Wangen, als sie sprach:

»Soll ich nun nie mehr Kartoffeln schälen dürfen? Ach, das überleb ich nicht! War es doch stets meine liebste Beschäftigung und willkommene Abwechslung neben dem Strümpfestopfen und Abspülen. Nehmt es mir nicht! Ich weiß nicht, wie viele ich schon geschält habe in all den Jahren, für den Vater und euch, wie viele wohl, rechnet's euch selber aus.«

Sogleich begann im Kreise ein lustiges Rechnen, wieviel die Gute in ihrem Leben bisher Kartoffeln geschält. Sie nahmen den Tagesdurchschnitt an bei neun Personen, erwogen die Zahl pro Kopf, schätzten die Vertilgungskapazität der einzelnen ab, denn es war klar, daß Baltus mehr verkraftete als Lilith, und kamen approximativ auf das runde Sümmchen von guten vierhundertsechsundsiebzigtausendneunhunderteinundzwanzig Stück, die, in beiläufig zwanzig Jahren, Sabine geschält hatte, also fast eine halbe Million.

Rührend war es nun anzusehen, wie Baltus behutsam Sabines abgearbeitete Kartoffelhände in die seinen nahm, sie tätschelte und ritterlich küßte. Selbst Jadup, der herzlose, wandte sich ab.[1] Es griff ihnen allen ans Herz, dem Heinrich ganz besonders, der aber infolge einer unerforschlichen Verirrung der Natur mit der Nase weinte, statt mit den Augen.

Er müsse der Mutter beipflichten, begann er gequälten Angesichts mit weinerlicher Stimme – seine Nase weinte noch immer –, und ob sie auch nie wieder Kartoffeln essen würden, in der lyrischen Form des geschmeidigen Breis oder als heroische Klöße oder goldbraun gebraten in Butter, in Scheiben gemünzt? Nie wieder?

Herzlich mußten da doch die anderen lachen.

»O, du Naivling!« rief Jadup. »Was bildest du dir denn ein? Wir sind doch die Funktionäre. Für uns gilt das nicht.«

»Ach so, natürlich!« pflichtete Heinrich bei und setzte sich schleunigst.

»Meine Lieben, ich schließe die Diskussion«, lallte der Vater. »Seid eingedenk unseres Schlagwortes: ›Die Kartoffeln sind unser Unglück!‹ Oder sind sie es vielleicht nicht, welche Kriege verlängern? Was mich betrifft, ich konnte nie einen Haufen Kartoffeln sehen, ohne an eine Volksversammlung zu denken. Wohlan denn: ans Werk!«

Zweites Kapitel

In memoriam Heinrich Powenz

Wenn es gilt, ein Unrecht gutzumachen, so soll man es tun. Ich meine das Unrecht, das die bisherige Forschung dem frühvollendeten Heinrich Powenz angedeihen ließ. Zugegeben, er war etwas aus der Art geschlagen, sozusagen zweckentfremdet, und steht im Schatten etwa jenes, bekanntlich infolge der Vertrauensseligkeit und voreili-

---

1 Hierzu: Sei auf der Hut vor Menschen ohne Tränen ud nimm dich in acht vor denen, die leicht weinen. (B. Powenz, Igelgedanken.)

gen Gutmütigkeit der Powenzmutter Sabine[1] antizipierten Kaspar. »Hochzeit kommt von hohe Zeit. Manchmal ist es auch die höchste.«[2] Heinrich, ehelich geboren, von seinem Vater scherzhaft als sein Blitzkind bezeichnet, da er wunderbarerweise bereits am Morgen nach der Hochzeit das Licht der Welt erblickte und dieses ihn, verdient durchaus, daß man sich etwas mit ihm beschäftigt. Er galt als dumm, weil er fromm war. Er glaubte an die Gerechtigkeit in der Welt. Politisch trat er für die Herrschaft der Guten ein. Der Haken war nur: ein guter Mensch will nicht herrschen. Aber soll man einen Menschen dumm nennen, nur weil er etwas wunderlich ist? Seine Brüder verlachten ihn, als er mit dem ihm eigenen Zartgefühl neben eine einsame Tanne eine andere pflanzte mit der ausdrücklichen Absicht, damit jene nicht so allein sei. Er glaubte an das zärtliche Empfinden der Bäume, wenn, vom Wind bewegt, ihre Wipfel sich küßten oder ihre Zweige sich berührten, an ihre Zwiesprache. Es ist so dumm nicht, will mir scheinen, wenn er feststellte, daß auf dem Mond kein Mond scheint, was er bedaure.[3] Und sein Vorschlag: für Brillengläser elektrische Scheibenwischer zu konstruieren, winzige natürlich, aber sonst nach Art der bei den Automobilen verwendeten, so nützlichen Apparate – ist er so dumm? Beileibe nicht! Ich finde die Idee ganz allerliebst.

Gewiß, seine übertriebene Reinlichkeit, die ihm den Beinamen ›steriler Heinrich‹ eintrug, wurde von den Brüdern als deplaisant empfunden. Aber war es nicht nett von ihm, wenn auch etwas wunderlich, daß er allmorgendlich sein Nachthemd fein säuberlich ins Bett breitete, ausgestreckt, die Ärmel behaglich zusammen-

---

1 Sie lebt noch allverehrt als hundertjährige Matrone in Mössel.

2 Aus ›Igelgedanken‹, nachgelassene Aphorismen von B. Powenz.

3 Ich bin astronomisch zu wenig bewandert, um festzustellen, ob auf dem Mond nicht die Erde scheint.

gelegt, und auf den Spott der Brüder erwiderte: ein Hemd sei doch schließlich auch ein Mensch! Von ihm stammt der Einfall, die doppelte Null auf gewissen Türen Nullzig zu nennen, und wenn es der Erste, der Zweite und so fort gab, so doch wohl auch der Nullte. Nicht zu folgen vermag ich ihm in seinen mathematischen Hirngespinsten, womit er seine Lehrer zur Verzweiflung brachte, um so mehr, als es ihm bitter ernst damit war. Tapfer griff er den Satz an, daß sich Parallelen, so hatte er es gelernt, im Unendlichen schneiden. »Wenn ich mich«, sagte er, »an den gedachten Ort im Unendlichen versetze, dann sind sie doch auch dort parallel, oder etwa nicht?« Die obenerwähnte Null lehnte er überhaupt ab. »Null ist keine Zahl«, sagte er, »und selbst bei der Eins bin ich noch skeptisch. Zwei, das lasse ich mir eingehn, allenfalls.« Für seine Herzensgüte spricht, daß niemand so viel nach dem Weg gefragt wurde wie er. Bettlern und Hausierern gegenüber war er machtlos.

Ein blinder Hausierer wollte ihm Schuhbändel verkaufen und suchte auf Heinrichs bescheidene Frage, ob er braune habe, in seinem Kram, merkte aber, wie er sich damit verriet und sagte: »Ja so, ich bin ja blind!« Aber Heinrich kaufte ihm trotzdem etwas ab. So war er! Mit einem Jungen, der an Veitstanz litt, einem hübschen Burschen übrigens, war er lange befreundet. Es war wahrhaftig kein Vergnügen, sich mit dem armen Menschen auf der Straße zu zeigen. Auch das spricht für sein gutes Herz.

»Da habe ich mir kürzlich notiert«, sagte er einmal zu mir, »Gras drüber wachsen lassen! Und jetzt weiß ich nicht mehr worüber.«

Es gab viel Dinge in der Welt, deren Anblick dazu angetan war, unseren Heinrich tief traurig zu machen, Kühe zum Beispiel, Menschenaffen, Militärmärsche, Säuglinge, dressierte Elefanten, Politik, Kasperltheater und Zirkus.

Heinrich litt an chronischer, fieberhafter Phantasie[1], eine Krankheit, die für den, der von ihr befallen ist, und für seine Umgebung sehr lästig werden kann. Er war ein ausgemachter Pechvogel. Wenn er einen besonders schönen Gedanken hatte und ihn notieren wollte, war sicher sein Bleistift abgebrochen. Er war nicht glücklich, wenn er nicht unglücklich war. Er gehörte zu denen, die vierblättrigen Klee suchen und darüber ihr Glück versäumen. Sein Mitgefühl bezog sich aber nicht nur auf Menschen[2] und Tiere, sondern vor allem auch auf die Sprache. Er gründete insgeheim ein Asyl für heruntergekommene und kranke Worte, solche, die ihren Sinn zu verlieren drohten oder in Vergessenheit gerieten. Es verdroß ihn, daß im Alphabet der Buchstabe ›m‹ vor dem ›n‹ steht. Umgekehrt wollte es ihm richtiger erscheinen. Hartnäckig, doch ohne Erfolg trat er für eine Änderung dieses unleidlichen Zustandes ein. ›Und‹, dieses kleine, verachtete Wörtlein, das zwischen den großen Wörtern geht wie ein Kind zwischen Erwachsenen, sie an den Händen haltend, liebte er besonders. Wenn es den ›Bund‹ gab oder das ›Rund‹, warum nicht auch das große ›Und‹? Im ›Und‹ sah er einen Begriff, die Affinität schlechthin. Das ›Und‹ war es, was das ›Ich‹ mit dem ›Du‹, ›Romeo mit Julia‹, ›Hermann mit Dorothea‹, ›Etienne mit Luise‹ verband, ein soziales Wort, ein Wort des Friedens. Ich bin darin durchaus gleicher Ansicht mit ihm. Eines Tages sahen die lustwandelnden Mösseler im Pulverwäldchen einen Stein aufgerichtet, darauf in goldenen Lettern UND stand, und sie verwunderten sich sehr.

In diesem Zusammenhang darf nicht vergessen werden, daß von seinem sechsten Lebensjahre an Heinrich

---

1 ›Wen Gott lieb hat, läßt er phantasielos sein !‹ (B. Powenz, Igelgedanken.)

2 Bekanntlich geht die Gründung des Vereins gegen Menschenquälerei auf ihn zurück, dessen einziges Mitglied er war.

stündlich seinen Tod erwartete und sich redlich vor ihm fürchtete, auch wenn er, was freilich selten vorkam, ganz gesund war. Zudem litt er an der Zwangsidee, sich jeden Menschen tot im Sarge vorzustellen, und leider sagte er es den Betreffenden zuweilen, was diese nicht gern hörten.

Einer besonderen Eigenheit Heinrichs muß noch gedacht werden: er war ein Zahnfetischist, ein Odontomane. Es gibt eine kleine Schrift von ihm: ›Tempel aus Elfenbein im Rosenhag‹, darin er sich in seiner spintisierenden Art eingehend mit dieser Materie befaßt und auch die Frage der Odonterotik untersucht. Er darf als der Lavater der Zähne gelten. Denn er beurteilte den Charakter der Menschen vor allem nach der Stellung, Substanz, Form, Farbe, Größe und dem Zustand ihrer Zähne und las in ihnen, wie andere aus den Linien der Hände weissagen, Vergangenheit und Zukunft.[1] Alljährlich werden an seinem Geburtstag aus der Heinrich-Powenz-Gedächtnisstiftung für das schönste, untadeligste, gesündeste und am besten gepflegte Gebiß bei der heranwachsenden Jugend die goldene Zahnbürste verliehen sowie einige Trostpreise.

Fälschlicherweise lange Zeit dem Zephirin zugeschrieben war ein liebenswürdiger Einfall: die Zugglocke an der Haustüre in Form eines Hampelmannes. Er stammte aber, wie ich stilkritisch einwandfrei nachweisen konnte, von unserem Heinrich.[2] Ich habe oft daran gezogen und mich jedesmal daran höchlichst belustigt. Der Gedanke, den Stadtplan von Mössel auf Taschentücher zu drukken, ist dagegen uralt. Schon Dickens erwähnt es. Echt

---

1 Heinrich Powenz: ›Leitfaden der Odontomantik‹, mit vielen Abbildungen im Text und einer Farbtafel.

2 Vergleiche meinen Aufsatz: ›Zephirin oder Heinrich?‹ Blätter des Powenzarchivs, XIII. Jahrgang, Seite 175 ff. A. Chauffe hält den Glockenzug noch immer für zephirinisch. Dulk schreibt ihn sogar Jadup zu!!

Powenz, doch vermutlich nicht von Heinrich herrührend, ist der freilich etwas schlüpfrige, wohl politisch gemeinte, ziemlich billige Scherz, ein gewisses nocturnokeramisches Erzeugnis gleich einem Globus mit der Weltkarte zu zieren, was übrigens, wie ich gern einräume, sich gar nicht so übel machte.[1]

An einem kleinen Beispiel erweist sich wohl am besten Heinrichs wunderliche Natur. Sein Blick fällt auf ein Schild: ›Amtsräume‹. Angstträume liest er in aller Einfalt, doch nicht ohne tieferen Bezug. Übrigens war er ein vorzüglicher Märchenerzähler, und die Kinder der Nachbarschaft liebten ihn sehr. Er hockte dann zu Füßen der Bodentreppe, und die Stufen hinauf saßen die Kleinen, deren Haare sich freilich manchmal vor Entsetzen so sträubten, daß sie ihre Mützlein hochhoben, oder es passierte ihnen ein kleines Malheur, so aufregend waren seine Geschichten. Er fürchtete sich manchmal selber dabei, obwohl er sie doch selber erfand! Laßt uns nun wieder zu den Kartoffeln zurückkehren.

Drittes Kapitel

Worin es nichts gibt, was nicht geglaubt wird

Schlagartig hatte der wohlvorbereitete große Propagandafeldzug gegen die Kartoffelesser eingesetzt, nachdem einige Zeit vorher die aufsehenerregende Nachricht durch die Presse gegangen war, daß Professor Whittington B. Cruchley aus Massachusetts (USA) wissenschaftlich einwandfrei nachgewiesen habe, daß der in der Kartoffel enthaltene Virus Solaninus Ypsilon nicht nur in hohem Grade gesundheitsschädlich sei, sondern vor allem auch das kürzlich erst erkannte und unter dem Na-

---

1 Fehlt in Baltus' schmutzigem Phantasiebüchlein. Ein Exemplar in recht gutem Zustand befindet sich dagegen im Powenzmuseum, doch wird es nur zu wissenschaftlichen Zwecken gegen Ausweis gezeigt.

men Solanitis epidemica rasch in Mode gekommene Krankheitsbild einer psychischen Infektion hervorrufe. Ferner seien auf den Kartoffelgenuß Idiotie, die Karies der Zähne, auch die Parodontose und vor allem zahlreiche Magen- und Darmerkrankungen (Magenulcus, Gastritis, Duodenitis, Jejunitis) zurückzuführen. Die Nachricht war sofort von namhaften Wissenschaftlern als geradezu lächerlich dementiert und ins Reich der Fabel verwiesen worden.

Doch hatten die Gelehrten nicht mit der Reizempfindlichkeit der leidenden Menschheit gerechnet. Viele wollten es schon immer gedacht haben. Ein lebhafter Streit um die Priorität der epochemachenden Entdeckung setzte ein. Ein deutscher Arzt namens Benignus Lamm hatte angeblich schon Ende des achtzehnten Jahrhunderts seine warnende Stimme erhoben, war verlacht worden und im Elend gestorben. Es war klar, daß Professor Cruchley auf Lamms Entdeckung fußte usw.

Sämtliche Meldungen, sowohl für als wider, stammten aus Violands Feder. Der Boden war bereitet. Eines Morgens sah man in Mössel allenthalben Plakate angeschlagen, auf denen ein Totenkopf als Blickfang abgebildet war, der sich bei näherem Zusehen als Kartoffel entpuppte. (Idee: Fabian, Ausführung: Zephirin Powenz.) Die Schlagzeile lautete: ›Wir leben falsch!‹ Dann folgte obengemeldete Notiz über den großen Forscher Professor Cruchley, den Wohltäter der Menschheit. Darunter folgte ein Aufruf: ›Werdet Mitglieder des Weltbundes der Kartoffelgegner (W.D.K.)!‹ Zugleich erschien die erste Nummer der ›Giftknolle‹ mit vielen Bildern. Im Leitartikel wurde darauf hingewiesen, daß die Menschen durch den verwerflichen zweihundertjährigen Genuß der Kartoffeln diesen zusehends immer ähnlicher würden (siehe Abbildungen). Man sehe Kartoffelgesichter und denke Kartoffelgedanken. Das müsse anders werden mit jedem Tag. Es folgten Statistiken mit eindrucksvollen Tabellen, darin nachgewiesen wurde, daß in solanfreien Gegenden die Sterblichkeitsziffern der Menschen wesentlich niedriger seien. Das war überzeugend. Wer lebt nicht gern auf dieser schönen Erde, so lang als nur irgend möglich? Wie mancher ist auf einer Kartoffelschale ausgeglitten und hat sich ein Bein gebrochen! In den Anzeigen wurde natürlich ein Präparat angeboten, Dr. Flaums ›Antisol‹[1], wirksames Spezificum gegen die verheerenden Folgen der Solanitis tuberosa epidemica, das die Familie Powenz in Heimarbeit aus schmackhaften und völlig unschädlichen Drogen sehr billig herstellte, woran sie klotzig verdiente. Auch einen Briefkasten gab es, mit Fragen und Antworten, die natürlich frei erfunden waren. Baurat K-l., M. a. d. M., fragte, ob gewisse Nasenauswüchse auf den Genuß der Kartoffeln zurückzuführen seien, was in der Antwort leider bejaht werden mußte, und niemand zweifelte, daß damit nur Herr Knipfel, der alte Widersacher der Powenze, gemeint sein konnte. Nur Knipfel selbst wußte nichts davon.

Der Zeitpunkt der Aktion war richtig gewählt, denn damals herrschte (wie heute) ein gefährlicher Lebensmittelmangel. Man war auf die Kartoffeln angewiesen.

Bürgermeister Dattel, damals noch ein eingefleischter Gegner des Baltus Powenz, später aber der mutige Vorkämpfer eines konstruktiven, gemäßigten Powenzialismus, derselbe, von dem Kaspar in seiner rauhen, aber herzlichen Art behauptete, er, Dattel, halte sich eigens ein Lineal, um, wenn er die Hosen gestrichen voll habe, den Überhang säuberlich abstreifen zu können, Dattel sah mit dem politischen Weitblick, der eine unausrottbare Eigentümlichkeit aller Deutschen ist, die Gefahr für Mössel, Europa und die Welt. Da mußte etwas geschehen, und sogleich. Er wußte bloß nicht was.[2] Dattel war übrigens kein Dummkopf, wie man es bei seiner Stellung

1 In allen Apotheken zu haben. Täglich 1 bis 2 Tabletten nach den Mahlzeiten. In Zweifelsfällen frage man den Arzt.

2 Ich weiß es auch nicht! (Der Verfasser.)

hätte erwarten können. Er hielt sich zum Beispiel einen eigenen Pressechef, der lediglich dafür zu sorgen hatte, daß nichts über ihn in die Zeitungen kam.

Es geschah etwas, doch ohne sein Zutun. Die Plakate hatten zu einer öffentlichen Demonstration gegen die Kartoffelhörigen aufgerufen. Ganz Mössel war auf den Beinen. Der Zug der Demonstranten bewegte sich auf das Rathaus zu, wo Dattel, das historische Lineal für alle Fälle bei der Hand, durch die Vorhänge spitzte.

»Lächerlich«, sagte er, »der Umzug ist ja polizeilich gar nicht angemeldet.« Er benachrichtigte daher den Polizeiwachtmeister Potzmader, den Demonstrationszug aufzulösen.

Potzmader sagte: »Zu Befehl!«, während er sich etwas ganz anderes dachte[1], aber – das ehrt ihn – er machte wenigstens den Versuch, zunächst mit Güte. Er hatte es gewiß nicht leicht, da er auf der Stirne eine kartoffelähnliche Balggeschwulst hatte, die den Spott der Antisolanisten herausforderte.

»Liebe Mösseler, seid doch vernünftig und geht nach Hause!« sagte er, kam aber nicht weiter, da man ihm sofort eine Kartoffel auf die Helmspitze seiner Pickelhaube[2] spießte. Denn naturgemäß hatten sich die Tumultuanten die Taschen mit den verachteten Feldfrüchten vollgestopft, für alle Fälle. Mit Recht erbost, warf sich Potzmader der Menge mit ausgebreiteten Armen entgegen, da sie Anstalten machte, ins Rathaus einzudringen. Zephirin und Violand aber benutzten ihn gegen seinen Willen zu einem parterreakrobatischen Kunststück, indem sie sich, sportgewandt wie sie waren, auf seine Schultern schwangen und unter dem heiteren Beifall der Menge, indem sie dem schlanken Jadup zu sich emporhalfen, was er mit großer Anmut ausführte, eine kunstgerechte Pyramide zeigten. Das geschah schneller,

---

1 Was mag er sich wohl gedacht haben?

2 Mittelalterliches Rüstungsstück, heute nicht mehr gebräuchlich.

als Potzmader zu denken vermochte, und ebenso leichtfüßig sprangen sie wieder hinab.

»Ich weiche nur der Gewalt!« rief der Wachtmeister.

»Hier haben Sie die Gewalt!« ertönte es aus der Menge, und die meist faulen Kartoffeln flogen.

»Ein Mann, ein Wort!« sagte Potzmader und wich.

Unter dem Absingen des Kartoffelliedes zerstreute sich die Menge. Denn es war Essenszeit, und die Klöße zerfielen sonst.

Doch hatte der Aufmarsch die Folge, daß mancher Mösseler an diesem Tage das aufgetragene Nationalgericht zurückwies. »Man kann nicht wissen«, sagten sie, »vielleicht ist doch etwas Wahres daran!«

Dr. Flaum, der Powenzbande als einer der wenigen Mösseler wohlgesinnt, konnte seine Praxis kaum bewältigen. Auch des großen Baltus' Erzfeindin, Frau Quiebus, erschien aus purer Neugierde in der Sprechstunde, um sich einmal wieder gründlich untersuchen zu lassen.

»Sie glauben doch hoffentlich nicht an den Mumpitz mit der Kartoffelkrankheit?« meinte sie überlegen lächelnd, während sie der schöne Arzt abhorchte, durch die Bluse natürlich. »Das ist wieder so eine kurzlebige Modesache wie mit den Bazillen!«

Flaum machte ein besorgtes Gesicht. »Hochgradige Solanitis tuberosa!« stellte er fest. »Ich selber leide daran. Schlimm, schlimm!« Und er schrieb das Rezept: ›Antisol forte, dreimal täglich nach den Mahlzeiten.‹

Mit dem Gefühl, plötzlich schwer leidend zu sein, auf ihren Schirm sich stützend, mit schonungsbedürftigem Gesichtsausdruck, ging Frau Quiebus von ihm.

Viertes Kapitel

Darin Heinrich eigens in den Keller geht, um die Kartoffeln um Entschuldigung zu bitten

Der sanfte Heinrich – so nannten ihn seine robusteren Brüder, was ihn, so gutherzig er auch sein mochte, manchmal fuchsteufelswild machte – wollte dem Umzug nicht einmal zuschauenderweise beiwohnen.

»Willst du nicht aufstehen, Heinrich?« scherzte Kaspar, der sich von dem Gedränge der Demonstration artige Erlebnisse versprach. »Komm mit uns, Sterilissimus!«

»Du sei ganz still!« erboste sich Heinrich. »Du bist ja überhaupt illegitim!«

Das saß. Die Brüder gingen.

Längst hatte Heinrich Reue gepackt, als er die Folgen seines leichtfertigen nächtlichen Stoßseufzers sah. Großes Mitleid ergriff ihn mit den armen Kartoffeln. Was hatten sie vom Leben? Im Dunkeln, in der Erde herangewachsen, kamen sie ans Licht der Welt, wurden zu einem Haufen aufgeschüttet, willkürlich kamen sie nebeneinander zu liegen, ob sie einander mochten oder nicht, bis sie eines Tages bei lebendigem Leib geschält oder gekocht wurden, getötet also. Das mußte ihnen doch weh tun. Eine Kartoffel zu sein, erschien Heinrich fast so traurig, wie Mensch zu sein. Und während die Brüder die Aktion gegen die Freunde der Kartoffel e. V. (denn diese Vereinigung war sofort ins Leben gerufen worfen) anfeuerten, stieg der Gute in den Keller, wo hier der Wein, dort die Kartoffeln lagerten, hier, wenn man will, die besitzende Klasse, dort das Volk. Jede Flasche hatte ihr eigenes Bett, alle waren hübsch gekleidet, sie hatten sozusagen Uniform an, während die Kartoffeln in Massenquartieren lagen.

War es nicht bezeichnend, daß ein Sklavenhändler, der Kapitän John Hawkins, die ersten Kartoffeln nach Europa einführte?[1]

Andächtig betrachtete sie und reuigen Herzens Heinrich, und sie, die schwermütig in sich Gekehrten, die heiter Schmunzelnden, Zornigen oder sehr Komischen erwiderten seinen Blick aus verschmitzt-verschlafenen

1 Anno 1565 p. Chr. n.

Äuglein. Er nahm eine, die aussah, als könne sie nicht bis drei zählen, aber besonders hübsch war, in die Hand, strich ihr über den Kopf und legte sie wieder zurück. »Liebe Kartoffeln«, sagte er dann, sich an sie wendend, wie ein Pfarrer an die Gemeinde, »ich habe es nicht gewollt, es war mir nur so entschlüpft, daß ihr solltet schuld sein an meinen Schmerzen und allem Übel der Welt. Seid mir nicht böse. Es tut mir herzlich leid. Ich bitte vielmals um Entschuldigung!«

Und siehe, die Kartoffeln antworteten: »Keine Ursache, guter Heinrich, du bist schon recht. Bleib, wie du bist!«

Nun doch ein wenig verdutzt, um so mehr, als ihm die hübsche kleine Kartoffel nachkollerte, wobei sie ihren Mund öffnete wie ein Fischlein und »ich liebe dich!« rief, rannte Heinrich die Kellertreppe nach oben. Den Brüdern verschwieg er das Erlebnis, weil er fürchtete, sie würden es ihm am Ende doch nicht glauben, daß die Kartoffeln geredet hätten.[1]

Noch kein Sterblicher hat sich, soviel ich weiß, in eine Kartoffel verliebt. Heinrich blieb es vorbehalten, diese in den Annalen des Eros bisher unbekannte Neigung zu fassen. Der Amor tuberosus traf sein zärtliches Herz mit seinem Pfeil. Die liebliche, kleine Kartoffel hatte es ihm angetan. Gewiß, sie war reizend, sie war im wahrsten Sinne des Wortes zum Fressen. Aber sie war schließlich nur eine arme, kleine Kartoffel, eine unter Millionen, von denen freilich, wie bei den Menschen, keine der andern völlig glich. Warum liebte er gerade sie? Unerforschlich sind des Eros Wege. Aber weil ein Gott im Spiele war, wird es wohl in der Ordnung sein. Ich war noch nie in eine Kartoffel verliebt, weiß also nicht, wie einem dabei zumute ist. Heinrich mußte es wohl wissen. Der liebeserfahrene Kaspar mutmaßte sehr bald, daß

---

1 Für die Zuverlässigkeit von Heinrichs Erlebnis kann ich mich verbürgen. Eine Kartoffel, die dabei war, hat es mir selbst erzählt.

Heinrich in zarten Banden liege, und sagte es ihm auch, worauf der Arme tief errötete. Kaspar war von Heinrich, was die Liebe betraf, sozusagen hetärogen verschieden. Es ist bekannt, daß er der Bequemlichkeit halber sich einen Gummistempel für die drei Worte: ›Ich liebe dich!‹ hatte anfertigen lassen. Längst schon hatte er aufgehört, ehrenamtlich zu lieben, und sich daran gewöhnt, eine kleine Umlage bei seinen Mädchen zu erheben. Er stellte sich dabei nicht schlecht. Das nenne ich sachlich. Nun hätte er gar zu gern gewußt, wer die Bewußte sei. Denn Liebe geht stehlen. »Daß du nicht bloß nur Verse machst, wie so viele Dichter«, scherzte er, »die dann meinen, damit sei der Leidenschaft Genüge getan!«

Es entzieht sich meiner Kenntnis, ob Heinrich, der tatsächlich eine poetische Ader hatte, wirklich Gedichte auf das kleine, herzige Geschöpf gemacht hat, denn ein Geschöpf war sie ohne Zweifel, wenn auch keine Rose, doch rosenhäutig, und da Heinrich kein Glück bei den Menschenfräulein hatte, warum sollte er das hübsche Kartoffelmädchen, das ihm gewogen schien, nicht liebhaben? Wegen des Größenunterschiedes vielleicht? »Alle Dinge sind gleich groß«, sagt der chinesische Weise Phang-Hoangh Ju.[1] Demnach lag Heinrich viel daran, seine heimliche Freundin vor aller Welt zu legitimieren. Niemand wird es ihm übelnehmen, wenn er sie sich größer wünschte, handlicher zum mindesten. Zunächst brachte er sie in seinem Tierlazarett unter, richtete ihr dort ein nettes Stübchen ein, sorgte rührend für sie und behandelte sie vor allem mit das Wachstum fördernden Mitteln. – O, Wunder! Durch den Zauber seiner Liebe wurde sie immer menschenähnlicher, ohne doch den Reiz des Kartoffllichen einzubüßen, bekam Ärmchen und Beinchen und Brüstlein – denn sie war ja ein Knollengewächs. Wer gönnte nicht Heinrich sein Glück? Die

1 »Die Sonne ist einen Fuß breit«, meint doch auch Heraklit.

Kleine brachte ihn auf den Einfall, ob er, da ja auch die Tomate, der Liebesapfel, zu den Nachtschattengewächsen gehöre, ja des Erdapfels nächster Verwandter sei, nicht eine Kreuzung der beiden Gewächse versuchen solle, die unterirdisch biedere Kartoffeln, überirdisch köstliche Tomaten hervorbringen würde, die man beide vielleicht sogar herzförmig züchten könnte. Das mußte doch gehen! Und sogleich entschloß er sich, diesen kulinarisch reizenden Einfall zu verwirklichen.

Er ließ sich nicht abschrecken durch die vielen Sorten, die milchweiß blühenden, die himmelblauen, aschfarbigen, rosenfarbenen und pfirsichblütigen, die Laurentii-Kartoffeln, die Jakobs-, Schiffs-, Gurken-, Biskuit- und Herren-Kartoffeln, die pommerische Nudel, die Sidonische Kartoffel, Arakatsche (wobei er an Indianer denken mußte) und endlich die Mäuschen. Er konnte sich gut vorstellen, wie die chinesischen Kartoffeln aussehen würden: gelb, schlitzäugig und vielleicht mit Zöpfchen. Die Brüder verspotteten Heinrich wegen seiner Kartoffelromantik. Aber er schwieg beharrlich über sein hohes Ziel: die Tomoffel.

Fünftes Kapitel

Darin der Kartoffelkrieg gefährliche Formen annimmt

Wie immer in solchen Fällen waren die Powenzleute zwar die Drahtzieher der Ereignisse, aber sie hielten sich mit ihrer Person aus der Sache, besonders wenn sie brenzlich zu werden begann, wie in dem nun anhebenden, so leichtfertig angezettelten Kartoffelkrieg.

In den ersten Tagen hielten viele Mösseler[1] das Ganze für einen Scherz, für typisch Powenz, aber schon bald sollte die schwergeprüfte Stadt erfahren, daß es tierisch-politischer Ernst wurde. Verantwortungsbewußte Freunde der Kartoffel, Solanisten also, beschlossen, sich

---

1 Siehe Anmerkung Seite 220.

in Wort und Schrift tapfer gegen die unsinnige, ja verbrecherische Parole: ›Die Kartoffeln sind schuld!‹ zur Wehr zu setzen. Sie brachten eine Resolution im Stadtrat ein, die sich scharf gegen den Unfug des Kartoffelboykotts wandte. Sofort zerfiel das bis dahin friedliche Stadtparlament in drei sich heftig befehdende Gruppen, in Solanisten, Antisolanisten und gemäßigte Solanisten, die sich stolz als das Zünglein an der Waage bezeichneten und nicht den geringsten Einfluß hatten. Nach einer heftigen Debatte kam es zu weiteren Spaltungen (eine Partei nannte sich christliche Kartoffelvereinigung), und schließlich konnte man die verschiedenen Richtungen nur noch an der Qualität der mehr oder minder plutokratischen Aktenmappen unterscheiden und an der Größe und Art der darin enthaltenen Thermosflaschen und Pausenbrote. Doch gab es nicht wenige, die überall dabei waren.

Dattel, der nach allen Seiten begütigende, führt das vorzeitige Ergrauen seines spärlichen Haupthaares auf diese bewegten Zeiten zurück. Bewegt? Mehr als das. Ich stehe nicht an, sie als stürmisch zu bezeichnen.

Die Bauern weigerten sich, künftighin die giftige Kartoffelfrucht anzubauen. Boshafte Menschen hatten freilich behauptet, sie würden durch den täglichen Umgang mit den Kartoffeln diesen immer ähnlicher mit ihren Kartoffelköpfen. Das mußte die ehrliche, stets hilfsbereite Landbevölkerung bitter kränken. Andererseits warf man ihnen Volksvergiftung im großen vor.

Die Arbeiterschaft in der Stadt war wepsig geworden durch eine scheinbar harmlose Bemerkung in einer historisch-botanischen Abhandlung über die Kartoffel in der ›Giftknolle‹, wo es hieß, sie sei eine gute Zukost fürs Gesinde und für die Schweine. ›Unternehmer, freßt eure Giftknollen selber!‹

Ein völlig unschuldiges Bäuerlein, das mit einer Fuhre Kartoffeln ahnungslos durch Mössel fuhr, wurde vom Bock gerissen und verprügelt, die Fuhre umgeworfen, worauf die Kinder ein allgemeines Kartoffelschussern begannen.

Gaststätten, die etwas auf sich hielten, versprachen ›garantiert kartoffelfreie Küche‹. So weit war es gekommen.

Heimliche Kartoffelesser getrauten sich nicht mehr, die Schalen in die Abfalltonne zu werfen, aus Angst vor Denunziation. Regelrechte Kartoffelschlachten waren an der Tagesordnung, und wenn es auch verhältnismäßig humane Wurfgeschosse waren, so gab es doch blutige Nasen, die vorübergehend knollengewächsartige Formen annahmen. Ein bekannter, nicht genannt sein wollender Wissenschaftler entwickelte eine neue Abstammungslehre. Nach seiner biologisch gestützten Theorie haben wir in der Kartoffel die Urwuchsknolle zu sehen, von der auch die Menschen abstammen. Auf dieser Entdeckung fußt die Powenzistential-Philosophie Professor Höllmüllers (auch Nonsensualismus genannt), die besonders die Kunst entscheidend beeinflußte. Die durch Zephirin Powenz angeregte ›sphärische Malerei‹ geht auf Höllmüller zurück. Die sphärische Schule bricht, roh betrachtet, mit der jahrhundertealten Tyrannis des viereckigen Tafelbildes. Die Sphäristen malen auf Kugeln, von der richtigen Überlegung ausgehend, daß ja auch das menschliche Auge rund sei wie die Erde, der Mond und die Sonne. Die erste Sphäristen-Ausstellung war eine große Sensation. Die Kugelgemälde hingen von der Decke herab, und man ging zwischen ihnen auf und ab und konnte sie von allen Seiten bequem betrachten. Auch Plastiken sah man, zum Beispiel ›Bildnis eines Steins‹ (Bronze) und ›Das eherne Zeitalter‹ (Wachs).

Die Sekte der Kartoffel-Anbeter, die glaubten, daß die Seelen der Verstorbenen in die Kartoffeln führen, hatte starken Zulauf.[1]

---

1 Das bekannte okkulte Phänomen der plötzlich, wie von Geisterhand geworfen, durch die Luft fliegenden Kartoffeln, läßt sich vielleicht jetzt enträtseln.

Sechstes Kapitel

Darin der Kartoffelstreik proklamiert wird

Schlagworte wie ›Kartoffelkollektiv‹ und ›Pommes-de-terror‹ wurden geprägt. Straßenredner traten auf, die ihre Zuhörer aufforderten, sich nicht zu täuschen. »Täuschen wir uns nicht!« riefen sie, erwähnten etwas am Rande, verloren den Glauben an die Menschheit, machten aus der Not eine Tugend, erklärten abschließend, daß das letzte Wort noch nicht gesprochen sei, daß sie eine geschworene Gemeinschaft bildeten und darin eine Chance erblickten (Bravo!).

Es gab Redner, die heute mit dem gleichen Brustton der Überzeugung für und morgen gegen die Kartoffel sprachen. Übrigens wurden in jenen Tagen der Kartoffelpsychose mehr Kartoffeln als je zuvor verzehrt. Sehr bald wurde der angebliche Anlaß zu den Streitigkeiten nur noch ganz nebenbei erwähnt und schließlich ganz vergessen. In dieser unübersichtlichen Lage konnte nur noch eines helfen: der Streik. Die Metallarbeiter beschlossen, in Ausstand zu treten, die Transportarbeiter erklärten sich solidarisch, ebenso die Textilarbeiter, die Konditoren traten in den Sympathiestreik, und schließlich folgten Elektrizität, Gas und Wasser, die Ärzte streikten, die Lehrer, die Hebammen, die Büroangestellten, Bäcker, Metzger, alle Behörden, die Polizei, die Schwarzhändler und endlich sogar die Schriftsteller. Sie waren sehr stolz darauf, obwohl es kein Mensch merkte.

Das siebente Kapitel

Das wegen des vom Zaune gebrochenen Streiks der Schriftsteller bedauerlicherweise ungeschrieben bleiben mußte

Achtes Kapitel

Darin vom Paradiese auf Erden die Rede ist

Als geborener Mösseler erinnere ich mich noch genau an jenen historischen Lust-Streik. Nachts, 24 Uhr, sollte er, so verkündeten allerorten Lautsprecher, beginnen. Ein Streik, das weiß jeder Mensch, ist eine herrliche Sache, wenigstens am ersten Tag. Eine überaus wohltuende Stille herrscht in der Stadt. Alle Menschen feiern. Sie schlafen sich alle erst einmal gründlich aus. Aufstehen? Das war schon Arbeit. Waschen, Rasieren, Zähneputzen – bourgeoise Angewohnheiten. Natürlich streiken mit Wonne auch die Hausfrauen. Und die Liebenden? Natürlich! Liebe ist Arbeit. Alle Maschinen stehen still, nur das Menschenherz arbeitet weiter, und die Sonne geht auf und unter, die große Streikbrecherin, die Vögel singen, und die Bäume wachsen.

Heinrich erwachte um Mitternacht, von Magenweh geplagt; denn sein Vater war der Schmerz und seine Mutter die Schlaflosigkeit. Heinrich erwachte und sagte: »Zu denken: auch Gott würde in Streik treten und...«

»Schweig! Denken ist Arbeit!« unterbrach ihn Jadup, der gerade wach war.

»Auch die Notdurft, die du eben verrichtest, ist Arbeit!« sagte Heinrich ernst. Aber Jadup ließ sich nicht stören. Das gälte nur für die Städtischen Wasserwerke, aber nicht für ihn.

Wie gesagt, ein Tag völliger Arbeitsenthaltung stand bevor, ein Tag der Stille, des Ausruhens, des fabianischen Friedens – das war köstlich.

Neuntes Kapitel

Darin etwas völlig Unvorhergesehenes geschieht

Als die Mösseler am Morgen erwachten, stellten sie mit Verwunderung fest, daß es Nacht war. Die Sonne streikte. Sie ging nicht auf, und der Mond ging nicht unter. Unbeweglich stand er am Himmel, nicht leuchtend wie sonst, sondern einer großen Kartoffel ähnlich. Die Natur, die sonst so geduldige, war in Sympathiestreik getreten. Die Maar hielt inne in ihrem Lauf, der Wind schlief, die Vögel sangen nicht mehr. Blätter, die eben von den Bäumen fallen wollten, fielen nicht weiter, sondern hingen regungslos, wie von unsichtbaren Reißzwecken an die Luft genagelt, sinnlos in der Gegend umher. Es war recht unheimlich. Wie aber, wenn, was zu befürchten war, auch der menschliche Blutkreislauf streikte, die Herzen verstummten, ein totaler Streik des Lebens einsetzte? Vielleicht wäre das die beste Lösung gewesen.[1] Allein der Tod streikte, und das Leben mußte wohl oder übel weitergehen. Zwar fanden Verhandlungen zwischen Tod und Leben statt, wer den Vorrang habe, doch konnte eine Einigung nicht erzielt werden, weil auch die Verhandlungen, Konferenzen und Sitzungen, nachdem sie diese Tätigkeit als Arbeit ansahen, sich dem Streik anschlossen. Alle diese Ereignisse fanden im Dunkeln statt, und wenn es auch keinen Tod gab, so war es doch auch nicht das wahre Leben. Es gab weder Wonne noch Schmerz, also auch glücklicherweise keinen Hunger, aber eben auch kein Lustgefühl, kein Lachen, keine Tränen, keine Wärme und keine Kälte und keine Liebe. Bei dem fahlen Schein des stehengebliebenen Mondes sahen alle Gesichter käsig[2] und kartoffeln aus. Sie waren völlig ausdruckslos und, da auch die Individualität streikte, alle ohne Unterschied einander gleich, weder schön noch häßlich, sondern gradan, fade, leer, ohne Ich – ein grauenvoller Anblick, das könnt ihr mir glauben.

---

1 Laut Quellen der DENA, der AP und eigener Meldungen.

2 Der bekannte Forschungsreisende Dr. Hans Baltus Powenz, ein Enkel des Verewigten, berichtet von seiner Reise auf den Mond: »Als wir den Mond betraten, stellten wir fest, daß er aus Käse bestand und auch so roch.«

Zehntes Kapitel

Darin alles ein gutes Ende nimmt

Gott sah es, und es jammerte ihn. Also ließ er die Sonne wieder scheinen, die Flüsse strömen und die Vögel singen. Da waren die Menschen doch recht froh und dankbar, für kurze Zeit wenigstens. Der Streik wurde beendet. Denn die Kranken sagten, die Ärzte müssen natürlich arbeiten, das verlangt die Menschlichkeit. Und die Müller müssen natürlich mahlen, die Bäcker backen, die Bauern säen und ernten und die Metallarbeiter Pflüge schmieden und die Maler malen, die Schuster schustern. Das ist doch selbstverständlich, sonst geht es ja nicht. Und die Bergleute und und und...

Und die Schriftsteller? Sie hungerten weiter still vor sich hin.[1]

Baltus Powenz, nach dem ein Stern benannt wurde[2], zahllose Schiffe, Berge, Straßen und Plätze, eine Stadt sogar[3], Rasierklingen, Heringe und Zigaretten, hatte sich, als die solane Lage sich zuspitzte, weise zurückgehalten. Aber, da alles darniederlag und das Gemeinwesen Mössels zusammenzubrechen drohte, ja die Gefahr eines Übergreifens auf Europa, wenn nicht die ganze Welt, bevorstand, nun griff Baltus ein. Er ließ durch den gut eingespielten Nachrichtendienst seiner Söhne die Einwohnerschaft wissen, daß er am Soundsovielten um soundso viel Uhr von der Rathaustreppe aus sprechen werde.

Der Menschen Drang zum Gedränge ist groß. Der Marktplatz bog sich vor Menschen, als Powenz erschien und, nachdem der Begrüßungsbeifall verrauscht war, folgendermaßen zu reden anhub:

---

1 »Hunger ist zwar der beste Koch, aber kein guter Schriftsteller.« (Baltus Powenz, ›Igelgedanken‹)

2 ›Baltus‹ im Sternbild der Fliege, der zweite Stern oben links mit dem Karfunkelfeuer.

3 ›Powenzgrad‹ in Sibirien.

»Mösseler und die übrige Menschheit, aus Lehm Geschaffene! Doch nicht liebe und verehrte Mösseler. Durchaus nicht. Glaubt nicht, daß ich Süßholz rasple und eure Tugenden rühme, Mösseler Frauen, Mösseler Treue, Mösseler Wein[1] und Mösseler Sang. Das sei ferne. Wenn ich euch so anschaue, ihr Kartoffelgesichter, dann frage ich mich, woher habt ihr den Mut, bei Tage auszugehen? Was bildet ihr euch eigentlich ein? Haltet ihr euch für besonders schön? Hoffentlich nicht, ganz wenige ausgenommen. Der Mensch ist häßlich von Angesicht und Gestalt, und böse ist sein Gemüt. Seht euch doch bloß das zweibeinige Gestell an! Oder eine Nase mit den zwei Knopflöchern unten. Sind die Tiere, Gazellen zum Beispiel, nicht tausendmal schöner als wir? Ihr gefallt mir gar nicht. In keinster Weise. Schaut euch doch unvoreingenommen in den Spiegel. Solche Gesichter dürften nicht in Umlauf sein. Sie müßten aus dem Verkehr gezogen werden. Was habt ihr für mißgestaltete Füße, was für Kloaken von Mündern, welch unreine Haut. Ich kenne Mösselerinnen, die kaum noch ein Dutzend Zähne im Munde haben und ihre Lippen knallrot malen, als führten sie zur Seligkeit und nicht auf einen aufgelassenen Friedhof. Ich kenne Eheleute, die einander gegenseitig vor Haß ihre falschen Gebisse ins Gesicht werfen. Oh, und wie ihr angezogen seid! Menschenskinder: diese lächerlichen Hosen, diese komischen Hüte. Merkt ihr nicht, wie geschmacklos ihr seid? Nein, mit eurem Äußeren ist es nichts, aber mit eurem Innern, ehrliche Mösseler. Ihr seid so klug, so friedfertig, daß es keinen Krieg in eurer Mitte gibt.

Ach, ihr tut ja doch alle mit, weil ihr glaubt, vielleicht siegen die Unsern und es geht uns auf Kosten der Besiegten besser. Ihr sagt dann natürlich: für eine gute Sache. Aber eine Sache, die zum Krieg führt, ist nie gut. Ihr seid zufrieden, wenn ihr nicht schlechter seid als andere, und

---

1 Anspielung auf Adams Weinstube.

wunder wie stolz, wenn andere schlechter sind als ihr. Ihr seid ein erbärmliches Pack und solltet euch schämen!«

Dies und vieles andere sagte er ihnen. Kein anderer außer dem göttlichen Baltus hätte es wagen dürfen, die Mösseler so abzukanzeln. Sie klatschten Beifall, denn sie bezogen es nicht auf sich. ›Beifall?‹ dachte der Alte, ›also scheine ich etwas sehr Dummes gesagt zu haben.‹ Und dann klärte er sie auf, wie er sie genasführt hatte und sie auf alles blindlings hereingefallen waren.

»Das ist die Wahrheit«, schloß er seine Strafpredigt. »Nun wißt ihr's: helfen tut's ja doch nichts. Aber mir kann's ja gleich sein. Ich bin sowieso nicht mehr lang da!«

»Und die Kartoffeln?« rief die Menge.

»Die laßt euch schmecken! Ich esse sie selber leidenschaftlich gern.«

Wie gut, daß Violands hübsche Broschüre ›Die Kartoffelpostille‹, mit fünfhundert Rezepten und zahlreichen Zeichnungen, eben auslieferungsbereit war. Sie fand reißenden Absatz.

Wohlstand und Friede herrschten wieder in Mössel, der reinlichen, kleinen Stadt. Nur Frau Quiebus mißtraute auch fürder den Kartoffeln. Vielleicht war doch etwas Wahres an Heinrichs nächtlicher Erkenntnis: ›Die Kartoffeln sind schuld!‹

Heinrich hatte jedenfalls den Ruhm, nach mancherlei Mißgeschick die Tomoffel[1] gezüchtet zu haben[2], die, bald im großen gepflanzt, für Mössel zu einem wirtschaftlichen Faktor ersten Ranges wurde.

---

1 Solanum powenz, doppelerntig, in ganz Europa heimisch.

2 Zuerst allerdings züchtete er eine Pflanze, die über der Erde die Eigenschaften der Kartoffel und unter der Erde die der Tomate besaß.

Der rettende Einfall

(Aus den Blättern des Powenzarchivs)

Im Dreißigjährigen Krieg lebte ein munterer Kesselflikker, namens Hokus Powenz, also vermutlich ein Ahne jenes nachmals durch seine geniale Erfindungsgabe, wenn leider auch durch seinen lockeren Lebenswandel sprichwörtlich gewordenen Geschlechts. Doch schien er aus der Art geschlagen, war redlich geworden und brachte es daher auf keinen grünen Zweig. In seinem bescheidenen Gewerbe, worin er große Geschicklichkeit bewies, vermochte er jedoch in jenen unruhigen Zeiten, da die feindliche Soldateska brandschatzend und plündernd allerorten das Land unsicher machte, kaum sein Dasein zu fristen. Die verängstigten Bewohner, die ihr bißchen Hab und Gut zu retten trachteten und schon ihr Silber zu vergraben begannen, hoffend, daß vielleicht doch einmal wieder geruhsamere Zeiten kämen, baten in ihrer Not den allezeit hilfsbereiten, findigen Kesselflikker um Rat: Was er wohl an ihrer Stelle tun würde, wenn die Schnapphähne und Marodeure kämen?

»Was ich tun würde«, sagte er schlau, »nun ich würde einfach so tun, als wären sie schon dagewesen.«

Die guten Leute machten erst dumme Gesichter, aber allmählich ging ihnen doch ein Licht auf. Sie müßten dabei freilich, fuhr der Kesselflicker fort, einige kleine Opfer und Schäden in Kauf nehmen. Gegen ein kleines Douceur wolle er ihnen aber gern aus der Patsche helfen. Des waren sie zufrieden.

Er begann zunächst damit, Latten aus dem Zaun zu reißen, Fensterläden halb auszuhängen und Zug um Zug ein täuschendes Bild malerischer Devastierung zu schaffen. Mit schwarzer Farbe malte er jene wohlbekannten Rußzungen über die Fenster, als hätte es gebrannt, ließ ein Feuerchen machen, um verkohlte Balken herzustellen, die er aus den leeren Fensterhöhlen schauen ließ, arbeitete mit Glasscherben und zerbrochenen Dachziegeln, stellte altes Gerümpel vor das Häuschen, auch umgestürzte Kisten, aus denen Weinflaschen (geleerte natürlich) kollerten und streute dazwischen verfaultes Gemüse, Rüben und Weißkohlblätter, Hühnerbeine und ausgerupfte Federn, als hätten hier die Räuber ein Mahl gehalten. Auch vergaß er nicht, dem Bild künstlicher Verwüstung einen rührenden Akzent zu geben, indem er eine Puppe mit halbabgerissenem Kopf, daraus Sägemehl quoll, gut sichtbar auf den Weg legte; er stürzte im Hause, doch behutsam, Tische und Stühle um, hängte die Bilder schief, zog die Schubladen aus den Kommoden und rief den Eindruck gründlicher Durchgewühltheit hervor.

Die Bewohner fanden schnell Geschmack an dem scheinbaren Zerstörungswerk, und vor allem die Buben überboten sich in Einfällen, so daß Hokus Powenz nur noch das Amt der künstlerischen Überwachung übte, indem er da und dort eingriff, um die Echtheit zu gewährleisten, den Zipfel eines aus einer Truhe hängenden Lakens natürlicher drapierte und so dem Ganzen den rechten Schick zu geben.

Ein toter Hund, meinte er zum Schluß, während er durch die hohle Hand, wie durch ein Fernrohr blickend, sein Werk nicht ohne Stolz überprüfte, würde sich gut machen, oder noch besser, fügte er mit freundlichem Grinsen hinzu, woran zu merken, daß er's so ernst nicht meinte: falls sie irgend jemand wüßten, den sie gern aufgeknüpft sähen, hier an dem Apfelbaum beim Gatter vielleicht, das würde Wunder wirken, dann würden die Mordbrenner sagen: O weh, da waren schon welche von uns! und enttäuscht des Weges ziehen (wie denn auch wirklich geschah).

Also bewies der redliche Kesselflicker, daß doch bestes Powenzblut in seinen Adern rollte, wanderte mit seinem neuen Gewerbe landauf und landab, bis der höllische Spuk endlich vorüber war, und brachte so sein Schäfchen ins Trockene.

5. Akt, 3. Szene (nicht bei Schiller)[1]

Vor einer ärmlichen Hütte in Franken. Ein Taglöhner, Besen bindend. Kinder in allen Größen bis zu sechzehn Jahren teils spielend, teils gärtelnd. Es ist gegen Abend.

DER RÄUBER MOOR *tritt auf:* Guten Abend, Besenbinder.

DER TAGLÖHNER: Grüß Gott, Herr Räuber.

MOOR: Ihr kennt mich also noch.

TAGLÖHNER: Ei freilich! Auch wenn ich Euch neulich nicht gesehen hätte, da Ihr des Wegs nach dem Schloß Eurer Väter vorüberkamt, so wüßt' ich's doch, wer Ihr seid. Hängt doch Euer wahrhaftiges Konterfei hierzulande in allen Stuben. – Kommt Kinder, macht dem Herrn Hauptmann einen schönen Diener. *Sie tun's ohne Scheu.*

MOOR: Sie fürchten sich nicht vor mir, dem Räuber und Mordbrenner?

TAGLÖHNER: I wo! Sie spielen ja den ganzen Tag nichts anderes als Räuber und Schandi. Ich tue selber zuweilen mit. Nur ––

MOOR: Nur?

TAGLÖHNER: Komisch: es will partout keiner Gendarm sein.

EIN BUB, *mit Schlapphut und Federn darauf:* Ich bin der Hauptmann. Der da ist der Schweizer, der ist der Roller und der der Spiegelberg.

EIN ANDERER *heult:* Ich mag doch aber nicht der Spiegelberg sein. *Sie trollen sich.*

---

1 Dem Kustos ist es gelungen, die schmerzlich vermißte 3. Szene zum 5. Akt der ›Räuber‹ in den Archiven von Mössel an der Maar zu entdecken. Es bleibt noch aufzuhellen, wann Schiller in Mössel weilte. Wir legen diesen wertvollen Fund unseren Zeitgenossen vor – zu deren Nutz und Frommen.

TAGLÖHNER, *weiterarbeitend:* Macht's Euch bequem, Hauptmann. Was führt Euch zu uns?

MOOR *wirft sich ins Gras:* Ich habe ein Geschäft mit dir.

TAGLÖHNER: Ein Geschäft? Ich bin ein armer Mann. Mit mir ist kein Geschäft zu machen.

MOOR: Vielleicht doch. Es ist ein Preis von tausend Louisdor auf meinen Kopf gesetzt.

TAGLÖHNER: Gott verdamm mich! Ein hübsches Sümmchen.

MOOR: Du kannst es dir leicht verdienen, Mann, und alle Not hat ein Ende.

TAGLÖHNER: Tausend Louisdor! Das ist kein Pappenstiel. Es ist sündhaft viel Geld! Was muß ich dafür tun?

MOOR *legt seinen Säbel und seine Pistolen ab:* Mich den Gerichten ausliefern.

TAGLÖHNER: Ich? Euch? Den Gerichten? Was denkt Ihr von mir? Das – verzeiht – das ist nicht schön von Euch.

MOOR: Überleg's dir wohl! Du bist ein armer Schelm. Du hast, wenn mir recht ist, elf lebendige Kinder.

TAGLÖHNER *kratzt sich hinterm Ohr:* Mit Verlaub: Elfeinhalb. Eins nämlich ist noch unterwegs.

MOOR: Um so mehr bist du's bedürftig.

TAGLÖHNER: Bedürftig! Weiß Gott, das sind wir wirklich. Obwohl – die Großen helfen schon recht wacker verdienen. Wenn nur die unruhigen Zeiten nicht wären.

MOOR: Und die unruhigen Köpfe, nicht wahr?

TAGLÖHNER: Ganz recht! Wir könnten ein Paradies auf Erden haben. *Zu einem Kind:* Melk die Ziege, Hannchen. Hörst sie nicht plärren? Es ist gar nicht das Hannchen. Es ist das Lieschen. Ich kann sie schier nicht mehr auseinanderhalten. Aber: Man merkt's halt doch gleich, wenn einmal eins fehlt. – Ihr habt keine Kinder, Hauptmann?

MOOR: Ich? Nein.

TAGLÖHNER: Dacht ich's doch! Ich habe schon öfters

darüber sinniert, ob nicht, ich meine, ob so manches Abenteuer in der Welt –

MOOR: Sprich dich nur ruhig aus, Freund.

TAGLÖHNER: Zum Exempel: Ob Ihr wohl der große Räuber Moor geworden wäret, wenn Ihr Kinder hättet. Es müssen ja nicht gerade elf sein.

MOOR: Unter diesem Aspekt habe ich die Weltgeschichte noch nicht betrachtet.

TAGLÖHNER: Tut es, Hauptmann, tut es!

MOOR, *einen Grashalm pflückend:* Ich fürchte, es ist zu spät. – Du kennst meine blutigen Taten?

TAGLÖHNER: Aber freilich! Von den Bänkelsängern auf den Jahrmärkten.

MOOR: Bis zuletzt?

TAGLÖHNER, *leise:* Ja, bis zuletzt.

MOOR: Sag, hab ich nicht wie einer den Tod verdient? Ich habe Amalien, –

TAGLÖHNER: Ach, ich weiß, ich weiß. Das war bitterer als der Tod.

MOOR: Hör zu. Nach Petrus Lombardus gibt es sieben Todsünden: Superbia, das ist die Hoffart, Avaritia, die Habsucht, Luxuria, die Wollust, Ira, der Zorn, Gela, die Völlerei, Invidia, der Neid, und Acedia, das ist die Trägheit des Herzens.

TAGLÖHNER: Diese dünkt mich von allen die schlimmste und häufigste zu sein. Welche aber habt Ihr begangen? Ich finde Rauben, Morden und Brennen nicht darunter.

MOOR: Die Beweggründe sind's, nicht die Taten, die Gesinnung ist's, die als Sünde wiegt.

TAGLÖHNER: Ich bin nicht Euer Richter, Hauptmann. Doch laßt sehen: War es nicht Hoffart, die Euch zum Räuber werden ließ? Anmaßung der Gerechtigkeit? Ruhmsucht, Undemut, Großartigkeit und Eure grenzenlose Ungeduld? Wolltet Ihr nicht mit diesem Säbel und mit diesen Räuberpistolen etwas in Ordnung bringen, was nur durch unendliche Liebe gutgemacht werden kann? Vielleicht wäret Ihr der einzige Mensch gewesen, der es vermocht hätte. Denn Ihr seid tapfer und zieht die Herzen an.

MOOR: Mann, glaubst du das wirklich im Ernste?

TAGLÖHNER: Wenn einer, so hättet Ihr es vermocht. Es wäre auch, wie ich die Menschen kenne, nicht weniger lebensgefährlich gewesen. Und – war es nicht auch Hoffart, daß Ihr nun nach soviel Irrtum meintet, Ihr brauchtet nur zum Besenbinder zu gehen, und der arme Hund wüßte nichts Eiligeres zu tun, als Euch an den Galgen zu liefern und das Sündengeld einzusakkeln? Und Ihr glaubtet noch dabei, wunder wie großherzig zu handeln!

MOOR, *fast etwas gekränkt:* Aber ich meinte es doch wirklich nur gut mit dir.

TAGLÖHNER: Oh, über die Toren, die immer so leicht bereit sind, für sich anzunehmen, sie hätten es gut gemeint. Diese sogenannte ›gute Meinung‹, ist das nicht am Ende die achte Todsünde?

MOOR: Was soll ich aber tun, denn ich sehe, armer Mann, dir kann nicht geholfen werden.

TAGLÖHNER: *gutmütig:* Wieso? Ihr hättet Euch die ganze Zeit schon beim Besenbinden nützlich machen können, anstatt an einem Grashalm zu kauen. – Was Ihr tun sollt? Ihr wollt sterben. Gut, das kann ich verstehen. Stellt Euch den Gerichten, aber seht Euch vor, daß Ihr unterwegs niemandem Gelegenheit gebt, die tausend Louisdor zu verdienen und einen Sünder mehr zu machen. – Und wenn sie dich aufs Rad flechten, Hauptmann, in deinem letzten Stündlein, will ich bei dir sein und dich immerzu ansehen.

MOOR, *indem er seinen Säbel überm Knie zerbricht und die Stücke hinwirft:* Verlaßt Euch auf mich, Besenbinder, lebt wohl! *Er geht.*

TAGLÖHNER: Mach's gut! Und Friede werde deiner armen, unruhigen Seele!

AHNENTAFEL DER

Stammeltern:

Adam Powenz ∞ Eva, geb. Ripperl

(nicht völlig gesichert)

Höhlenpowenz (um 5000 v. u. Zeitrechnung)

B. Poventius Mosselinus, Soldat (um 80 n. u. Zeitrechnung)

Wenzel Pohwentz, Bauer (um 1300)

Utz Pohwentz, Raubritter † 1499

Hanske Powentz † 1546
Matrose

Blasius Powentz † 1563
Landsknecht

John Powens
(engl. Linie)

Pierre Povence
(franz. Linie)

Po-weng-si
(chin. Linie)

Fabulus Powentz
† 1601 Pfeifer

Lord Powens
* 1892

Maurice Povence
* 1902
Schauspieler

?

Florin Powenz † 1645
Töpfer

Till Powenz † 1703
Puppenspieler

Karsten Powenz † 1730
Goldmacher

Dominikus Powenz † 1772
Scherenschleifer

Nikolo Powenz (gen. Povencini)
Seiltänzer

Hokus Powenz † 1801
Zauberer

August Powenz, genannt Powo † 1839
Clown

Quirin Powenz † 1839 ∞ Resi Dubbergast † ?
Harfensänger

Hieronymus Powenz
* 1860 † 1924 Reisender

Baltus Powenz ∞ Sabine Schwampus
* 1864 † 1929

Kaspar Fabian Heinrich Lilith Violand Zephirin Jadup Jubal

FAMILIE POWENZ

Paulke Powentz † 1559
Handelsmann

Hans Peter
Powensen
(skandinav. Linie)

Rochus Powentz
Reitknecht

Iwan Pawlowitsch Powenzoff
(russische Linie)

Ferry Baron Powenzl
(Wiener Linie)

Yadam Povenski
(poln. Linie)

Bogumil Pwnc
(böhm.-mähr.Linie)

Melchior Powenz * 1866 † ?
Bettler

der zu dem vorliegenden Werke verwendeten hauptsächlichen Literatur:

Knust, Valentin, Poetische Beschreibung von Mössel und Umgebung, mit einem Stadtplan und vielen Abbildungen im Text. Mössel 1906. 97 S. 8°. Selbstverlag. Offizieller Führer des Fremdenverkehrsvereins.

Derselbe, Das alte Moselinum, ein geschichtlicher Versuch.

Powenz, Baltus, Gesammelte Reden, herausgegeben vom Powenzarchiv, mit Porträt.

Bruder Fabian, Vom Segen gerechten Schlafes, eine Mahnung. 1919, Siebenschläferverlag.

Derselbe, Kurzgefaßte Lehre vom gottgefälligen Schlaf. 1920, ebenda.

Derselbe, Deutsches Traumbuch für Anfänger. 1920, ebenda.

Dattel, Max, Oberbürgermeister a. D., Weißbuch der Stadt Mössel an der Maar. 1928.

Gilpin, Dr. phil., Gottlieb, Der Antipowenz, eine Vernichtung. Thersitesverlag, 122 S., hübsch gebunden.

Blätter des Powenzarchivs, 1. Jahrgang, 1929, herausgegeben vom Verfasser.

Derselbe, Katalog des Powenzmuseums, mit 6 Tafeln und zahlreichen Abbildungen im Text (zur Zeit vergriffen).

Derselbe, Powenz-Monuments, Aufruf zur Schaffung eines Sonderdrucks aus den Blättern des P.-A. (zum Besten des Denkmalfonds).

Druckfehlerverzeichnis

Seite 51, Zeile 20: Impowenz – Impotenz.
Seite 79, Zeile 20: Provinzbande – Powenzbande.
Seite 114: kulinarisch – katilinarisch.

INHALT

Buch der Erbauung

Nachgelassene Dokumente

DIE PERLE

Notwendige Vorerinnerung

Die folgende Erzählung ist eine Kriminalerzählung. Es ist das erstemal, daß ich mich mit dieser Gattung der Literatur beschäftige. Ich habe, wie ich gestehen muß, keinerlei Erfahrungen, wie man das macht. Ich wußte, als ich schon in der Mitte der Schilderung war, selbst noch nicht, wer der mutmaßliche Täter sei, und zweifelte ernstlich, ob ich es je herausbringen würde. Der Leser macht sich keinen Begriff davon, wie aufregend es ist, etwas Derartiges zu schreiben, und welch sonderbare Einblicke der Verfasser dabei in seine eigene Wesensart tut. In einer meiner letzten Geschichten habe ich kühnlich behauptet, daß ich meine Gestalten, wenngleich sie auch erfunden seien, nicht gerne sterben lasse, und nun beginne ich gleich auf der ersten Seite mit einem Todesfall, ja sogar mit einem Mord. Was drängt einen Schriftsteller dazu, wenn auch nur auf dem Papier, zu töten, gar zu morden, mag dabei auch nur Tinte fließen? Aber Tinte und Blut hinterlassen eben einen verteufelt ähnlichen Geschmack auf der Zunge.

Meine Mörder sahen alle aus wie
junge Mädchen.
(bei Fontane)

Petersens Köchin – denn in der Zeit, da sich diese Geschichte zugetragen hat, gab es noch Köchinnen selbst in einfachen Häusern –, Petersens Köchin Agathe war tot. Sie lag rücklings in ihrer Küche auf die blanken Fliesen hingestreckt, ein Küchenmesser bis ans Heft im Herzen, eines jener gebräuchlichen Messer, mit schwarzem, handlichem Holzgriff und Knauf, dessen sich Agathe zu Lebzeiten tagtäglich mit besonderer Vorliebe bedient hatte, vermutlich auch noch kurz vor ihrem jähen Ende.

Denn auf dem Hackstock unweit von ihr lag sauber gerupft ein junges Hähnchen, das sie wohl eben ausgenommen haben mußte. Sie hielt noch das kleine Vogelherz in der Hand. Die Klinge aber ihres Lieblingsmessers, Solinger Stahl, war schon ganz abgeschliffen und geschmeidig, da Agathe sie vor Gebrauch stets auf der Rückseite eines Tellers mit ein paar raschen Strichen zu wetzen pflegte, während ihr kundiger Blick schon abschätzte, wo die Schneide anzusetzen sei, wenn es galt, einen Fisch zu zerlegen oder Geflügel abzutun. Denn sie war eine umsichtige, fabelhaft tüchtige Person gewesen, ehrengeachtet in der Nachbarschaft, in den Geschäften ringsum, woselbst sie Fräulein Agathchen angeredet wurde. »Beehren Sie uns bald wieder«, sagten die Geschäftsleute und sprangen diensteifrig, Fräulein Agathe die Türe zu öffnen. Eine Ware, die sie ablehnte, galt schlechthin als unverkäuflich. Ihr Urteil in Haushaltsangelegenheiten, besonders in Kuchen- und Einmachfragen, war maßgebend. Kein Wunder, wenn ihre Herrschaft, die Familie Petersen, um diese Perle von Köchin beneidet wurde.

Fräulein Agathes Tod unter so unerwarteten, grausigen Umständen rief in der Stadt natürlich allgemeine Bestürzung und berechtigte Empörung hervor, um so mehr, als die Ermordete nicht lange vor der ruchlosen, unbegreiflichen Tat frisch und gesund wie immer – es konnte sich niemand erinnern, daß sie jemals krank gewesen sein sollte – beim Einholen gesehen worden war. Das Einholen bedeutete für sie nur eine Ehrenpflicht; denn was sie brauchte, wurde ihr jederzeit gern in die Küche geliefert.

Der Briefträger hatte den Mord entdeckt, als er wie gewöhnlich die Post für Petersen durch das nach dem Garten gelegene Küchenfenster hineinreichen wollte. Er brauchte dazu nur auf die Bank zu steigen, auf der bei gutem Wetter zuweilen Agathe Köhler, auch wenn sie sich ausruhte, niemals untätig, im Freien ihre Kartoffeln schälte, Gemüse putzte oder Strümpfe stopfte. So hielt es der Briefträger auch diesmal, völlig arglos, einer kleinen Schäkerei vielleicht, eines Versucherles aus der Pfanne auf der Gabel, aber gewiß nicht eines so schrecklichen Anblicks gewärtig, und sah sie entseelt in ihrem Blute liegen, als erster. Denn so sagte er später bei der Vernehmung in aller Unschuld aus. »Als erster«?, wurde ihm sogleich nicht ohne Spott entgegnet, woher er denn das so genau wisse, als zweiter doch mindestens. Denn der erste, der die Köhler so liegen sah, sei doch wohl der Täter selbst gewesen, woraus der unglückliche Mensch die Lehre zog, daß im Bannkreis jedes Verbrechens jeder verdächtig erscheint. Er verwünschte den Zufall der ersten Entdeckung, deren er sich so gedankenlos gerühmt hatte.

Zutiefst erschrocken und in der sicheren Meinung, daß der Mord im Hause noch nicht bemerkt worden sei – er sagte ›ruchbar geworden‹ –, denn außer der Toten, das glaubte er beschwören zu können, befand sich niemand in der Küche, war er um die Villa herum zur Haustüre geeilt, hatte heftig geläutet und, weil es innen totenstill blieb, mehrmals mit der Faust gepocht, bis sich endlich Schritte hören ließen und ihm die Tür geöffnet wurde.

Der junge Petersen war es, der Gymnasiast. So sagte der Briefträger bei der Vernehmung aus, wahrheitsgemäß, wie er dachte, und erschöpfend. Aber der Kriminalkommissar – das Wort allein schon konnte einen erzittern lassen, es klang so unerbittlich, so nach Kettenrasseln, nach Wasser und Brot hinter Eisengittern –, der Kommissar gab sich damit nicht zufrieden, er verlangte Einzelheiten. Auf genaues Befragen mußte denn der Postbote zugeben, daß der Vorgang sich in seinem Nacheinander etwa folgendermaßen abgespielt hatte. An der Haustür befand sich ein Guckfensterchen, durch das man von außen in den Flur und ins Treppenhaus blicken konnte. Das hatte er, weil niemand aufzumachen kam, getan, nicht ohne wegen der unheimlichen Stille im Hause neues Unheil zu vermuten, ja darauf gefaßt, sämtliche Inwohner der Villa umgebracht zu finden. Aber der Anblick, der sich ihm bot, stand in völligem Gegensatz zu dem in der Küche. Die Sonne schien freundlich durch ein buntes Fenster, worauf in Glasmalerei der ›Trompeter von Säckingen‹ dargestellt war, ins Treppenhaus, und nach Bubenart kam der junge Petersen das Geländer herabgerutscht. Zur gleichen Zeit aber rief vom oberen Stock eine Mädchenstimme seinen Namen. »Juri!« rief sie – so wurde er in der Familie genannt –, und Juri antwortete, indem er öffnete, über die Schulter zurück: »Nur die Post!«

Es kam nun dem vernehmenden Beamten sehr viel darauf an zu erfahren, in welchem Tonfall das Mädchen, Juris Schwester nämlich, das Wörtlein ›Juri‹ gerufen habe, ob ängstlich oder warnend oder wie. Doch wenn auch Postboten nicht selten erfahrene Menschenkenner sind, dieser war auf die Unterscheidung von Stimmen nicht besonders geschult, doch meinte er, der Ton sei verweisend-vorwurfsvoll gewesen, vielleicht weil der junge Herr das Geländer hinabgerutscht war, eine Bemerkung, die der Schreiber ausdrücklich zu Protokoll nehmen mußte.

Dann wollte der Beamte ganz genau wissen, wie sich der junge Petersen jetzt, da er hörte, was sich in der Küche zugetragen hatte, benommen habe. Der gute Briefträger geriet in Verlegenheit; denn nun sollte er, was sich in Sekunden und Gleichzeitigkeit völlig unerwartet abgespielt hatte, der Reihe nach ausführlich schildern, nichts auch scheinbar Nebensächliches verschweigen, so, daß er es jederzeit beeiden könne. Der Briefträger besann sich. Er bemühte sich krampfhaft, an alles, was er in jenen Augenblicken begreiflicher Aufregung und Verwirrung wahrgenommen hatte, sich zu erinnern. Er merkte, wie schwierig es war, den Vorgang wahrheitsgetreu wiederzugeben, obwohl oder weil er sich dort erst vor ganz kurzer Zeit ereignet hatte. Allein schon die Fragen des Beamten entwahrheiteten das Geschehen. Die

Erwartung des Postboten, als er ahnungslos die Briefe zum Küchenfenster hineingeben wollte, hatte ein ebenso deutliches Bild geschaffen, nämlich das Fräulein Agathens, wie er sie täglich sah, immer adrett in einer etwas altmodischen Flügelschürze, sommers in hellblau und weiß gestreiften Waschkleidern, mit einer niedlichen Brosche, darauf zwei Täubchen sich schnäbelten, unter dem Doppelkinn, mit grauen Zähnen lächelnd, und dies Bild war und blieb. Durch dieses Bild sah er, wie durch ein bemaltes Fenster, ein völlig anderes: die tote Köchin, auf dem seltsamen Muster des Fußbodens liegend, das durch die Art, wie die schwarzen und weißen Fliesen gelegt waren, vermittels optischer Täuschung ärgerliche räumliche Vorstellungen erweckte, und sah gleichzeitig, wie es bei zweimal belichteten Aufnahmen geschehen kann, den jungen Petersen vor sich. Die Bildeindrücke bei ihm überdeckten sich. Er fand sich außerstande, den Gesichtsausdruck des Gymnasiasten und den Wortlaut ihres Gesprächs wiederzugeben. Es war alles so schnell gegangen. Vielleicht hatte der Postbote nur gesagt, daß etwas Furchtbares geschehen sei in der Küche, Fräulein Agathe...

»Hierauf haben wir uns an den Ort der Tat begeben«, berichtete er sichtlich dankbar, in dieser gängigen Redensart gleichsam amtlichen Halt zu finden. Nach weiteren Zwischenfragen ergab es sich, daß der Briefträger vorausgeeilt, der junge Herr ihm auf den Fersen gefolgt war, daß sie die Tür zur Küche geschlossen, aber nicht abgeschlossen fanden, daß die Tote noch genau so am Boden lag, wie er sie durch das Fenster hatte liegen sehen, mit den Füßen gegen die Tür, so, wie sie noch bis zur Stunde lag, das Herz des Hähnchens in der Hand, wie eine Uhr, den Mund ein wenig geöffnet, als wollte sie ›u‹ sagen, und die Augen verdreht. Und auf dem Hackstock das junge Hähnchen, Hals und Kopf über die Kante hängend, die bläulichen Lider halb geschlossen und den gelben Schnabel etwas geöffnet, daß man das gewölbte Zünglein sah. Übrigens fand sich, dies vorwegzunehmen, nachher niemand, der noch Lust auf das Hähnchen gehabt hätte, das Agathe Köhler kurz vor ihrem Tode noch so säuberlich zugerichtet hatte. Es ward mit polizeilichem Einverständnis dem Briefträger überantwortet. Doch sträubte sich auch bei ihm etwas dagegen, es zu braten und zu verzehren.

»Es hätte mir nicht geschmeckt«, sagte er, »im Hinblick auf Fräulein Agathe.« Er verschenkte es daher weiter an einen armen Schlucker, dessen Hunger stärker war als sein Zartgefühl.

»Und was taten Sie am Tatort?« fragte nun der Kommissar. Der Briefträger mußte gestehen, daß er aus der durch den Augenschein freilich widerlegten Hoffnung, Fräulein Agathe sei am Ende gar nicht tot, sondern nur bewußtlos, sie mehrmals gerüttelt und ihren Namen gerufen habe. Darauf habe ihn der junge Petersen gebeten, schleunigst einen Arzt herbeizuholen, was er, weil es ihm einleuchtete, sofort ausführte. Von seinem täglichen Dienstgang kannte er die Ärzte in der Gegend. Der erste habe es jedoch abgelehnt zu kommen und ihn an einen erst seit kurzem hier ansässigen Doktor namens Jokim verwiesen. Der sei der Richtige. Mit diesem, den er zum Glück zu Hause angetroffen, sei er wieder zum Mordhaus zurückgekehrt.

Aufgefallen war ihm dabei, doch kam er nicht dazu, es bei seiner Aussage vorzubringen, daß der Arzt es gar nicht sehr eilig zu haben schien, sondern, an der Villa Petersen angekommen, das Haus erst eine Weile geruhsam betrachtete, wie etwa ein Fremder das Geburtshaus eines großen Mannes betrachtet, ehrfürchtig-freundlich, bei abgenommenem Hute. Es gab eigentlich nichts an dem Hause zu bewundern, auch nach Mord sah es nicht gerade aus. Es war in dem lieblosen Mischstil des ausgehenden neunzehnten Jahrhunderts, aus gelben Backsteinen, gebaut, mit bläulichem Schiefer gedeckt und allerlei willkürlichem Zierat versehen. Den First entlang zum

Beispiel führte ein gußeisernes, völlig sinnloses Geländer, da sich doch niemand daran halten konnte, und die vergoldete Jahreszahl der Erbauung der Villa, 1885, befand sich auf einer zwischen den sauber verfugten Gelbziegeln eingelassenen Sandsteinplatte, die, höchst kunstvoll gemeißelt, einem an den vier Kanten zu Voluten eingerollten Pergament nachgebildet war. Den Vorgarten schmückte, von umgekehrten Weinflaschen eingefaßt, ein ovales Beet mit gelben und violetten Stiefmütterchen. Aus Blech, täuschend naturgetreu, waren die grünen Agaven, die in Terrakottavasen auf den ebenfalls aus Backstein gemauerten Torpfeilern standen, aus geprägtem Blech die vorhangartigen, gebogenen und mit Quasten verzierten Blenden, hinter denen sich die hochgezogenen Jalousien verbargen. Zu Häupten des turmähnlichen Vorbaues für das Treppenhaus schwebte, mit den Zehen auf einer Kugel balancierend, ein posaunenblasender Genius.

Doktor Jokim mußte lächeln, als er dies alles sah und welche Mühe und Künstlichkeit darauf verwendet war, der Villa Petersen das Gepräge völliger Unwohnlichkeit zu geben wie vielen andern Bauten aus jener Zeit, und daß es die stolzen Besitzer wohl auch noch recht vornehm und prächtig fanden. –

Diesmal öffnete Herr Petersen blassen Angesichts, eines sehr einnehmenden, entschieden altmodischen Gesichts, wie Doktor Jokim feststellte. Er glaubte, es von Konzerten zu kennen.

»Sie sind der Arzt vermutlich? Ich fürchte, Sie kommen zu spät«, sagte Herr Petersen. »Wir haben die Polizei bereits telephonisch verständigt. Wir haben in der Küche alles gelassen, wie es war«, fügte er hinzu, worauf Doktor Jokim errötete.

Es ist nötig, hier ein paar Worte über Doktor Jokim zu sagen. Sein Äußeres zu beschreiben, ist nicht leicht und wohl unwichtig. Ist es überhaupt möglich, mit Worten einen Menschen, sein Gesicht so zu schildern, daß man ihn auf der Straße erkennen und ausrufen würde: »Sieh da, das ist doch der Doktor Jokim aus der Erzählung ›Die Perle‹!« Ich bilde mir ein, ihn recht gut zu kennen, bin vertraut mit ihm wie mit niemandem sonst, und doch gerate ich in Verlegenheit, etwa nur seine Haarfarbe zu bestimmen. Ich bin der Sprache nicht so sehr Meister, daß ich vermöchte, diesen besonderen Schimmer, wie ihn schweres Haar hat, sichtbar zu machen, jenen Schimmer, der auf einen vollen Duft schließen läßt und der das Ergebnis einer glücklichen Legierung – so mag man es füglich bei Haaren nennen – bildet.

Es gehört zur Klasse des Blondhaares, aber was versteht man nicht alles unter blond, es ist ein ganz klein wenig gewellt, breit gewellt, so sagt man wohl, und seine Farbe – am ehesten kommt sie der eines alten Kupferkruges gleich, nicht eines blankgescheuerten, sondern eines leicht oxidierten, der nahe daran ist, Grünspan anzusetzen. Doktor Jokim sieht viel jünger aus, als er ist, dank einer fast mädchenhaft zarten Haut, die zu Sommersprossen neigt. Aber er wirkt keineswegs weibisch. Wenn man nach Prohaska, der bekanntlich ein drittes Geschlecht annimmt und seine Behauptung mit viel Gelehrsamkeit, doch nicht völlig überzeugend unterbaut, unsern Doktor Jokim einordnet, dann wird man seinem Typus am ehesten gerecht, der nicht zwischen Mann und Weib steht, etwa als eine Mischung zwischen beiden, jeweils mehr oder minder nach der einen oder andern Seite neigend, sondern wenn man ihn als ein Wesen für sich nimmt, für das es vergleichweise und von ferne nur die Erscheinung der Engel gibt. Seine Erscheinung! Das ist das richtige Wort, und es paßt weiß Gott nicht auf jeden Menschen, sondern auf ganz wenige nur. Sie ist übrigens vorzüglich durch seine Augen bestimmt, olivbraune unausweichliche Augen, die nicht gucken, blicken, beobachten, sondern nur schauen, so wie er mit seinen Ohren nicht horcht oder lauscht, sondern einfach zuhört. Was er aber sieht und hört, was er also wahrnimmt, das scheidet sich ohne seine Zutun in Wahr und Falsch, in Recht und Unrecht, worauf er, was ihm selbst außerordentlich peinlich ist, auf das Unrechte, Falsche, Unaufrichtige, Verlogene mit unterschiedlichen Graden des Errötens antwortet, unwillkürlich, ohne es verhindern zu können. Er merkt daran sofort, wenn jemand lügt, selbst wenn es mit der reizendsten Anmut und dem unschuldigsten Augenaufschlage geschieht. Er errötet sanft aus der Tiefe seiner empfindlich zarten Haut, und bei faustdicken Lügen glühen seine Ohren wie rote Signallampen. Er weiß dann freilich immer nur, da stimmt doch irgend etwas nicht, aber was nun wahr sei, das weiß er natürlich nicht so ohne weiteres zu entscheiden.

Er hatte, eine ungewöhnliche Leistung, gleichzeitig Medizin und Gottgelahrtheit studiert, was ihm dank einem ihm sozusagen auf den Leib zugeschnittenen Fahrrad, das er liebte wie einen Freund und das er Maxl nannte, mit ziemlich gutem Erfolg gelang. Beide Fächer befähigten ihn, sich aus Liebhaberei nebenbei mit Kriminalistik abzugeben. Er machte sich bald einen gewissen Namen durch eine grundlegende Abhandlung, ›Politik und Verbrechen‹ betitelt, in der er den allerdings völlig fruchtlosen Versuch unternahm, die Ethik im Staatsleben neu und mit großer Schärfe und Strenge abzugrenzen, worauf man ihm in einer witzig sein sollenden Besprechung besagten Buches bescheinigte, nach seiner wunderlichen Theorie würden mehr als fünfundsiebzig Prozent aller Politiker von Rechts wegen ins Zuchthaus gehören. Er las dies staunend, doch ohne auch nur ein bißchen dabei rot zu werden.

Nach einer Gesellschaft wußten manche Gäste oft nicht mit Sicherheit zu sagen: war Doktor Jokim nun eigentlich da oder nicht? Denn er sprach wenig, aber diejenigen, welche sich seiner Gegenwart bewußt wurden, nahmen sich sehr zusammen, um keine Dummheiten zu sagen. –

Nach dieser notwendigen Abschweifung rufe ich in das

Gedächtnis des Lesers zurück, daß in der blitzsauberen Küche der Villa Petersen noch immer die etwa siebenundvierzig Jahre alte Köchin Agathe Köhler tot und allem Anschein nach ermordet auf dem Boden ausgestreckt liegt, von einem unbekannten Täter oder – man muß an alles denken – einer Täterin mitten ins Herz getroffen, mit schauerlicher Treffsicherheit, wie der bald nach Doktor Jokim eingetroffene Kriminalinspektor Schwalbe feststellte. Er sprach von einem mit allem Vorbedacht ausgeführten, wohlgezielten Stoß, da die durch den jahrelangen Gebrauch besonders biegsame Klinge leicht abgleiten konnte. Sie war genau zwischen der dritten und vierten Rippe hindurchgefahren und hatte, so stand im Protokoll zu lesen, den sofortigen Tod der Köhler im Gefolge. Für Jokim bestand die menschliche Sprache aus leibhaftigen Wesen, aus Lebewesen, und wenn er etwa hörte und las: ›dadurch wurde der Tod herbeigeführt‹, so sah er wirklich jemanden den Tod herbeiführen und ›Tod im Gefolge‹, das war für ihn schon beinah eine Bühnenszene, darin der Tod mit stattlichem Gefolge auftrat. Übrigens neigte Jokim zu der Ansicht, daß auch ein zufälliger Stoß den Eindruck schauerlicher Treffsicherheit erwecken kann.

Die tote Köchin wurde am Tatort von allen Seiten photographiert und dann ins gerichtlich-medizinische Institut gebracht.

Der Augenschein in der Villa ergab, daß die Verblichene mit vollem Recht in dem Rufe gestanden hatte, eine Perle gewesen zu sein. In der Vorratskammer standen in Reih und Glied die Gläser mit Eingemachtem, eine wahre Pracht, mit Schildchen versehen, darauf in dünnen, ungebildeten Schriftzügen Name und Jahrgang verzeichnet waren. Überall herrschte peinlichste Ordnung. Die Parkettböden waren hell, goldblond und spiegelblank gebohnert. Es war darum gewiß nicht mehr als recht und billig, wenn zu deren Schonung die Hausbewohner gehalten waren, nach dem Betreten der Villa sofort Hausschuhe anzuziehen. Man konnte wohl in alle Ecken gucken. Es fand sich keine Spinnwebe. Im Verlaufe der Vernehmungen stellte sich sogar heraus, daß Fräulein Agathe es sich nicht hatte verdrießen lassen, alljährlich die Bettfedern des ganzen Hauses selbst zu waschen, zu trocknen und wieder ins Inlett einzufüllen, in einem bei allen Hausfrauen in der Stadt Bewunderung und Ehrfurcht erweckenden, sehr umständlichen Verfahren. –

Nachdem Doktor Jokim in seiner Eigenschaft als Arzt den unbezweifelbaren Tod der Köchin festgestellt hatte, begab er sich an dem Glasgemälde mit dem ›Trompeter von Säckingen‹ vorüber nach oben zur Familie Petersen. Es war einwandfrei erwiesen, daß diese Petersens, die Eltern, Juri und seine Schwester sowie ein Freund der Kinder, die freilich fast schon keine Kinder mehr waren mit ihren achtzehn und sechzehn Jahren, sowie die würdige alte Konsulin Petersen, während die blutige Tat geschah – der Zeitpunkt stand fast auf die Minute fest –, sämtlich im Hause sich befunden hatten.

Nach der kurzen Begegnung mit Doktor Jokim an der Haustüre war Herr Petersen mit dem Bemerken, daß die Familie, falls sie gebraucht würde, sich jederzeit zur Verfügung halte, wieder nach dem oberen Stockwerk gegangen. Dort nun fand Doktor Jokim die ganze Familie versammelt. In einem Gemach, das man früher gemeinhin als Herrenzimmer bezeichnet hatte und wozu vor allem ein gewaltiger Diplomatenschreibtisch, einem Billard nicht unähnlich, mit schwerem Tintenzeug aus Bronze und Halbedelstein, Klubsessel und Rauchtisch, und in einem Bücherschranke Meyers Konversationslexikon gehörten.

»Oh!« sagte Doktor Jokim, als er der Familie ansichtig wurde. Es entfuhr ihm so, wie er überhaupt kein Mensch war, dem Verstellung lag. Er war, wie er war. »Oh!« sagte er, denn obwohl er durch den angenehmen Eindruck, den er vorhin bei der flüchtigen Bekanntschaft mit Herrn Petersen bekommen hatte, einigermaßen vorbereitet war, fand er, daß diese Petersens, ungeachtet der sie umgebenden dermaßen scheußlichen Möbel, zu denen noch ein Gestell mit Palmen, Araukarien und Greisenhaupt sowie abscheuliche Portieren kamen, von dem Muster der Tapete ganz zu schweigen, kurz er fand, daß Petersens insgesamt und einzeln betrachtet, ungeachtet sie keine Spur von Geschmack zu besitzen schienen, ganz außergewöhnlich reizende Menschen waren.

Entzückt-erschrocken stellte es Doktor Jokim fest, während er gleichzeitig sich dachte: es wird doch ums Himmels willen niemand von diesen netten Leuten gewesen sein! Eine Befürchtung, für die nach dem bisher vorliegenden Tatbestand leider einiges zu sprechen schien. Es war ihm klar, daß einer von diesen angenehmen Menschen die blutige Tat begangen haben mußte, obwohl sie wahrhaftig nicht danach aussahen. Da war zunächst Herr Petersen mit einem gewissen Zug ins Künstlerische, ein wenig nervös und bemüht, ruhig zu erscheinen, dann der Gymnasiast, der den Doktor unaufhörlich ansah, als wolle er seine Gedanken erraten, dann die Konsulin, eine sehr gepflegte, puderblasse, sehr schwerhörige Greisin, in einem blaßlila Seidenkleid, nebst einem schwarzen Spitzenumhang, einem kleinen Sonnenschirm vor sich im Schoße, mit Elfenbeingriff und gekleidet wie seine Besitzerin, die sicher einmal sehr schön und sehr verwöhnt gewesen war. Sie litt seit vielen Jahren an quälenden Gesichtsschmerzen, die sie unter einem mühsam-heiteren Ausdruck zu verbergen suchte. Man merkte ihr an, daß sie ihr Leben lang nichts getan hatte, was auch nur entfernt an Arbeit erinnerte, und es war etwas an ihr, was dies gar nicht zuließ. Ihre Umgebung schien einzig darauf bedacht, jeden Gedanken von sich zu weisen, daß die alte Dame zu etwas anderem da sei, als verwöhnt zu werden, was sie auch jetzt noch mit einer Anmut hinzunehmen wußte, die als Lohn empfunden wurde. Für sie war auch das Hähnchen bestimmt gewesen. Es ging das Gerücht, sie sei die Tochter eines dalmatinischen Großen, woher sich ihr Spitzname ›die Fürstin‹ herleiten mochte. Ihres Leidens wegen, so hieß es, und es muß leider zugegeben werden, huldigte sie stark dem Alkohol. Auch rauchte sie mit unnachahmlicher Grazie russische Zigaretten in großer Zahl.

»Die Fürstin«, ließ sich nun Juri vernehmen, »pflegt um diese Stunde im Garten zu ruhn.« Er sagte es mit bescheidener Bestimmtheit, doch wie etwas, dem selbst unter den ungewöhnlichen Umständen durchaus entsprochen werden müßte, und Herr Jokim hatte nichts dagegen einzuwenden, wenn die Greisin an des wachhabenden Polizisten Arm, den sie mit herablassender Selbstverständlichkeit sich lieh, zu dem vorsintflutlichen Rohrliegestuhl im rückwärtigen Garten geleitet würde, unter die Blutbuche, um dort, in Kissen verpackt, die ihr der Beamte aufschüttelte, und mit einer leichten Vikunjadecke zugedeckt, zu ruhen, ehrerbietig anzusehen, wahrhaft fürstlich, den allerliebsten Sonnenschirm, Pariser Herkunft, aufgetan und mit der seidenen Quaste lässig spielend, die geliebten Zigaretten in erreichbarer Nähe.

Mit welcher Fürsorglichkeit sie von ihren Angehörigen behandelt wurde, zeigte sich daran, daß, ehe sie das Zimmer verließ, wobei alle Anwesenden sich von ihren Sitzen erhoben, sich ihre Schwiegertochter, Frau Petersen, ihr freundlich nahte, den ins Rutschen geratenen Spitzenumhang ordnete und ihr mit sanfter Bewegung das Haar zurechtstrich. »Ach, ein Marienkäferchen«, sagte sie, nahm es weg mit zarter, zitternder Hand und trat ans Fenster, in ihrer Herzensgüte dem glückbringenden Insekt die Freiheit zu schenken. Herr Petersen öffnete seiner Mutter die Türe und wünschte angenehme Ruhe.

Frau Petersen, wenn sie bei ihrer Mädchenhaftigkeit Frau zu nennen war, gehörte zu der Art Menschen, die sich immer entschuldigen zu müssen meinen, auf der

Welt zu sein, nicht eben hübsch, aber durch einen Ausdruck liebender Besorgtheit, ja Angst gewinnend, hatte nach der familiär-vertrauten Szene, der Doktor Jokim mit teilnehmender Aufmerksamkeit folgte, wieder auf dem pompösen Kanapee Platz genommen, neben ihrer Tochter, ihrem liebenswürdigen Ebenbild mit einem für ihr Alter sehr ausgeprägten, schmalen Gesicht, darin alles fast ein wenig zu groß erschien, die Augen, die Nase, der Mund, so daß wenig Platz für Zwischenflächen blieb, für Wangen, Schläfen und Stirn, nicht eigentlich hübsch auch sie in landläufigem Sinn, doch von rührendem Liebreiz. Nicht von ihrer Mutter stammten ihre Augen, die gleichen, die Juri hatte und der Vater – wir werden es gleich erfahren, woher sie kamen.

Doktor Jokim hatte sich gewöhnt aus Spielerei, wenn er zum erstenmal ein fremdes Zimmer betrat, sich zu fragen: Welchen Gegenstand darin möchtest du am liebsten besitzen? Auch jetzt ließ er seine Blicke schweifen und fand keinen, entdeckte nichts, das ihm gefallen wollte, in dem prächtigen Herrenzimmer voller Möbel mit Zierat und Nippes, nicht ein einziges Ding! Oder doch? Er stutzte.

»Wer ist das?« fragte er plötzlich. Eine Wand des Raumes war Familienerinnerungen und Photographien vorbehalten, in allerlei Rahmen und Rähmchen, samtüberzogenen, muschelbesetzten, auch solchen, darauf Reiskörner, gekittet und vergoldet waren, darunter auch ein Rahmen mit Orden, Ehrendiplome, Kinder in Matrosenanzügen, Gruppenaufnahmen von Jubelfesten, von Säuglingen, bäuchlings mit erhobenem Kopf, klotzäugigen mit offenen Mäulchen, dieselben als Konfirmanden, dann als Hochzeiter und endlich als Silbergreise. Darüber befanden sich zwei gekreuzte Schläger mit den Farben einer Studentenverbindung. Aber welch abgefeimtes Vergnügen auch Doktor Jokim an alldem fand, ein Bild mitteninne zog ihn im Ernste gar mächtig an, ein Bild aus der Frühzeit der Photographie, da es noch Gesichter gab und Menschen, die sie aufzunehmen wußten. Der Dargestellte mußte wohl ein Vorfahre der Petersen sein, die gegenwärtig in ihren eigenen Räumen wie zu Besuch umhersaßen und -standen, wartend, daß man sie ausfrage, ziemlich blaß, was sie nicht übel kleidete und ihren Augen, die eben denen des alten Mannes glichen, einen besonderen Ausdruck gaben. Die mit Jokims Ausruf: »Wer ist das?« Befragten sahen sich erst reihum an, wer wohl antworten solle, aber dann nahm sich freudig beflissen der junge Petersen ein Herz. Dies sei sein Urgroßvater, der Sterngucker, dem die Stadt die Sternwarte und das Planetarium verdanke und von dem man erzählte, daß es ihm völlig schnuppe war, in türkischem Schlafrock und Pantoffeln durch die Stadt zu gehen oder vielmehr zu wehen. Denn er war hager von Gestalt und bis ins Alter hurtig, um so schnell wie möglich die Menschen loszuwerden und zu seinen Sternen zu kommen. Was für ein Angesicht! Was für Augen! Richtige Sternenaugen! Und das Haar über der Stirn wie Spiralnebel wirbelnd und gesträubt. Welche Ehrfurcht, welches Staunen! Ein kosmisches Antlitz, Himmelsabglanz.

»Danke, Juri Petersen!« sagte Doktor Jokim und dachte bei sich unwillkürlich: ›warum, mein Junge, hast du bloß den Briefträger fortgeschickt, den Arzt herbeizuholen, wo du doch hättest anrufen können?‹ Und er wurde rot, als er das dachte. Juri mochte es natürlich in der ersten Aufregung getan haben, ohne lang zu überlegen, daß nur ein paar Schritte von ihm entfernt sich in der Diele das Telefon befand, dessen sich ja dann auch Herr Petersen vernünftigerweise bedient hatte, die Polizei zu verständigen.

Doktor Jokim machte keinen Versuch, seine Verlegenheit zu verbergen. Er war insgeheim fast schon entschlossen, den Fall abzugeben. Aber wer bekam ihn dann in die Hand? Am liebsten hätte er geradezu gefragt: ›Also wer war es von euch? Seid doch so nett und sagt es mir gleich. Herausbringen werde ich es ja schließlich doch.‹

Seine Verlegenheit, seine Hilflosigkeit konnten nicht unbemerkt bleiben, und wie gewöhnlich steckte sie an. Es ist kein Zweifel, und es bestätigte sich später, daß das Gefühl herzlicher Sympathie durchaus gegenseitig war. Doktor Jokim gefiel der Familie Petersen vom ersten Augenblick an ausnehmend gut, auch dem zufällig anwesenden Schulkameraden und Freund Juris, einem stämmigen Burschen mit Matrosengesicht, der übrigens sich bemühte, dem Doktor Feindseligkeit zu zeigen. Mürrisch, die Hände in den Hosentaschen, lehnte er am Fenster und sah auf die Straße. Er sah, wie eben Fräulein Agathe nach der Anatomie gebracht wurde, aber er nahm keine Notiz davon. Er machte niemanden darauf aufmerksam, auch nicht auf die Schaulustigen vor dem Hause und ihre unzweideutig drohende Haltung. Man hörte natürlich, was da unten geschah, auch die Petersens mußten es hören und sich im klaren sein, daß die langjährige Köchin – sie war über fünfundzwanzig Jahre im Hause, in das sie schon als Siebzehnjährige als Magd in Stellung gekommen war, sie besaß die Auszeichnung für treue Dienste –, daß Fräulein Agathe, die noch diesen Morgen in ihrem unternehmenden, aufrechten, zielbewußten, beinah soldatischen Schritt einkaufen gegangen war, auf der gleichen Straße als Leiche fortgeschafft wurde. Alle lauschten dem Wagen nach, aber niemand ging ans Fenster, der Toten nachzuschauen.

Als das Rollen des Wagens verstummt war, entspannten sich die lauschenden Gesichter. Der junge Mensch am Fenster warf mit der Bewegung eines Füllens sein Haar aus der Stirn, Juri, der auf der Lehne des Kanapees, dieses wahren Monstrums von Möbel, neben seiner Schwester und seiner Mutter saß, lockerte sich, alle rührten sich ein wenig, die panoptikale Starrheit wich von ihnen. Sie atmeten sichtlich freier.

»Sie ist fort«, sagte Doktor Jokim mit einem Unterton,

der bedeuten mochte: nun können wir von ihr sprechen. Es war ihm klar: Er durfte nicht davon ausgehen, daß der Mord niemandem von der Familie zuzutrauen wäre. Er fühlte, daß seine Sympathie für Petersens ein Unrecht bedeutete gegen die Tote. Er sträubte sich gegen die Vorstellung, wie der angenehme Vater etwa oder die nicht eben schöne, aber überaus anziehende Frau Petersen, die von zarter Gesundheit schien, und schon gar nicht die Tochter, die ihr so sehr ähnelte, bis eben auf die Augen des Sternguckers, die silbergrauen, glitzernden, die auch Juri hatte, unten in der Küche den verhängnisvollen Stoß getan haben sollte.

›Sympathie‹, dachte er, während er in seiner verlegenen, unaufmerksamen Art umherschaute, auf die Gesichter und die Hände sah, ohne es zu wollen, ›Sympathie aber kann doch kein Unrecht sein. Warum soll ich mich ihrer künstlich erwehren?‹ Er nahm sich im Gegenteil vor, sich von ihr leiten zu lassen, sie zu bejahen und ihrer Bürgschaft zu trauen. Doch wen sollte er zuerst fragen? Sie sahen ihn nun alle erwartungsvoll an, beinahe neugierig. Er wandte sich an Herrn Petersen, weil er ihm geöffnet hatte.

Mochte wirklich eine der hier im Zimmer versammelten Personen die unselige Tat begangen haben oder nicht, die Befürchtung, die Angst, daß es einer von ihnen gewesen sein könnte, mußte nach den Umständen die übrigen überkommen, falls sie nicht alle oder zum Teil Mitwisser waren. Am liebsten hätte Doktor Jokim wieder geradeheraus gefragt: sagen Sie mir doch bitte die Wahrheit: wer von Ihnen war es? Es bestand natürlich noch die Möglichkeit, daß jemand anderer von außen und unbemerkt von der Familie ins Haus gekommen war, vielleicht durchs Küchenfenster. Natürlich hatte die Polizei unter Inspektor Schwalbes Leitung die Villa gründlich durchsucht, ob der Täter sich nicht vielleicht noch irgendwo versteckt halte oder verborgen werde. Für Schwalbe gab es nur nackte Tatsachen. Er war völlig vorurteilsfrei, er hatte keinen Verdacht, ihn überraschte nichts. Ihn störten weder Sympathie noch Antipathie. Er hatte gar keinen Charakter. Seiner Anordnung zufolge waren die Petersens ins Herrenzimmer verwiesen worden, wo sie, bis Doktor Jokim eintraf, unter Aufsicht eines Polizeibeamten blieben. Es war ihnen streng untersagt worden, miteinander zu sprechen. Sie hatten sich nicht darob entrüstet, sondern es als Selbstverständlichkeit hingenommen, was man vielleicht als verdächtig empfinden mag, wenn es nicht in ihrer Lage eben einfach nur das Vernünftigste war.

Herr Petersen bekundete ungefragt – es genügte, daß Jokim ihn aufmunternd ansah –, er habe sich den ganzen Vormittag über im Hause aufgehalten, und er fügte hinzu, daß dies außergewöhnlich sei. Er pflege um diese Zeit sonst pünktlich im Geschäft zu sein. Denn er war Inhaber des optischen Geschäftes, das sein Großvater, eben jener Sterngucker mit dem kosmischen Antlitz, gegründet hatte, nachdem er selber noch als Junge mit seinem Vater als Brillenhausierer mit einem Bauchladen von Dorf zu Dorf gewandert war. Das Geschäft aber hatte seine eigentliche Blüte unter des gegenwärtigen Inhabers Vater erlebt und war bereits im Niedergang begriffen. Es verwandelte sich mehr und mehr in einen optischen Spielwarenladen. Sogar Wetterhäuschen mit Mann und Frau wurden darin verkauft, was zu des tüchtigen Vaters, des Konsuls, Zeiten völlig unmöglich gewesen wäre.

Nun mußte wohl die Frage kommen, auf welche Weise Herr Petersen von dem Mord in der Küche Kenntnis erhalten habe. Herr Petersen antwortete auf Doktor Jokims noch unausgesprochenen Gedanken.

Er habe, so bekundete er, Agathe Köhler zuletzt beim Frühstück gesehen und gesprochen wie alltäglich. Fräulein Agathe aß mit der Familie seit dem Tode des Vaters. Das Gespräch beim Frühstück hatte sich um Haushaltsangelegenheiten gedreht, wie jeden Tag. Beiläufig stellte sich heraus, daß die Köchin von Herrn und Frau Petersen mit ihrem Vornamen Agathe und du genannt worden war, während Agathe Sie zu ihnen sagte. Agathe hinwiederum sagte du zu den Kindern, die sie ihrerseits als Fräulein Agathchen und mit Sie anredeten.

»Sie gehörte also zur Familie«, warf Doktor Jokim ein. Es lag nichts Anzügliches in seinem Ton. Er sah den Befragten nicht einmal dabei an, sondern die Wand mit den Familienkuriositäten in den unterschiedlichen Rahmen, unter denen sich auch einige mit solchen vertrackten Ekken befanden, dem Grundriß einer Fortifikation ähnlich, Erzeugnisse eines unbegreiflichen für Jokim unausstehlichen Geschmackes. ›Man empfindet, wie man wohnt‹, dachte er und verwunderte sich, daß die sympathische Familie es auch nur einen Augenblick ertrug, so zu wohnen. Herr Petersen antwortete nicht gleich, obwohl die Frage doch leicht mit Ja oder Nein zu beantworten war. »Fräulein Köhler«, sagte er dann ohne Wärme, »war seit etwa dreißig Jahren in der Familie. Mein Vater hatte sie gedungen. Sie war eine Waise und kam aus dem Martha-Haus.« Sogleich aber, als errate er Doktor Jokims Gedankengang, kehrte er zum eigentlichen Anlaß des Gesprächs zurück: er habe nach dem Frühstück geübt. Er spiele etwas Geige. Für abends war ein Quartett-Abend mit Bekannten vorgesehen gewesen. Er schien zu bedauern, daß nun nichts daraus wurde.

Ein widernünftiger Gedanke, daß die blutige Tat, die, das mußte sich Doktor Jokim immer wieder vorhalten, wirklich geschehen war, vor ein paar Stunden erst und in diesem Hause, vielleicht unter der Begleitung von Geigenklängen aus dem oberen Stockwerk erfolgte.

Er habe nichts Ungewöhnliches im Hause vernommen, berichtete Herr Petersen, auch keinen Schrei oder Fall gehört, bis es dann geläutet habe, so dringend laut, daß er auf den Gang getreten sei, zu lauschen, was da los sei.

Er verstummte plötzlich. Irgendein Gedanke schien ihn stutzig zu machen. Er wurde sichtlich unruhig. Gegen seine Gewohnheit, Fragen zu stellen, wandte sich Dr. Jokim jetzt Juri zu, ein wenig unüberlegt in der Wahl seiner Worte, was er erst hinterher merkte und bereute. Er begann nämlich in seiner ernsten Art und ohne Arg seinen Satz: »Sag, Juri, du warst es doch –« worauf, unmerklich fast und doch für Jokim spürbar, die Anwesenden zusammenfuhren, »du warst es doch«, wiederholte er, »der, als es schellte und niemand öffnete...« Erleichtert ließ sich nun Juri hören: »Ich begab mich hinunter, um zu öffnen. Nicht gleich, erst nach einer Weile ging ich hinunter« – bei diesen Worten errötete Jokim leicht, »es war der Briefträger.« Er verstummte. »Wir waren alle oben, als...« warf Frau Petersen unvermittelt in beschwörendem Tone ein, und ihre Tochter nickte dazu. Auch der Freund am Fenster sah gleichsam bestätigend zu Doktor Jokim hinüber.

Dem erging es nun wunderlich. Sein Verdacht – das Wort gefiel ihm nicht recht –, sein unbehagliches Gefühl ließ sich nicht beirren. Es war selbstverständlich, daß gleich ihm, alle Petersens und der Freund, Ole genannt, wohl wußten, unter welchem Argwohn sie standen, daß es nämlich einer von ihnen gewesen sein mußte, zugleich aber auch, daß sie alle alles tun würden, den Täter oder, so unnatürlich es zu denken war, die Täterin zu retten. Auf das Alibi kam es an, auf dieses seltsame Wort, das ein Kosewort vielleicht für einen Vogel sein konnte, das Alibi für einen ganz kurzen Zeitraum, nämlich als der Mord an Agathe Köhler unten in der Küche begangen wurde.

Wer traute es wem zu? Nur einer allerdings konnte keinen Verdacht haben: der Täter selbst, beziehungsweise die Täterin.

›Ich will es gar nicht wissen‹, dachte Jokim bei sich. Er wußte mit Sicherheit nur eines, daß er es selber nicht gewesen war, und er wußte noch etwas, nämlich, daß dies sein letzter Fall sein werde, zugleich aber auch, daß er ihn jetzt nicht mehr aus der Hand geben könne. Seine

Selbsteinsicht war bestürzend: er sah plötzlich ein, daß er völlig ungeeignet war, der irdischen Gerechtigkeit zu dienen, daß er vielmehr Gefahr lief, gemeinsame Sache mit den Verdächtigen zu machen, aus – er mußte es sich eingestehn – lediglich aus Sympathie.

Es war nun freilich merkwürdig, wie er überhaupt dazu gekommen war, derartige Fälle zu übernehmen. Er hatte sich durch die peinliche Eigenschaft, seine Überempfindlichkeit für Schuld und Unschuld, während eines Diebstahlprozesses, dem er als ärztlicher Sachverständiger beiwohnte, einfach verschnappt. Während nämlich der Angeklagte, den Jokim, er wußte nicht warum, für unschuldig hielt, sich, eben aus dem Bewußtsein seiner Unschuld, so ungeschickt, so verdächtig wie möglich benahm, wodurch er sehr belastet erschien, sah Doktor Jokim den wahren Schuldigen seelenruhig unter den Zuschauern sitzen. Er hätte hinterher nie sagen können, wie er eigentlich darauf kam, daß der Betreffende, der sich kaltblütig mit ansah, wie ein anderer an seiner Stelle verurteilt werden sollte, der gesuchte Dieb sei. Er sah es ihm einfach an, erhob sich und erklärte zu allgemeiner Verwunderung: »Hoher Gerichtshof, der Dieb sitzt aber doch in der zweiten Reihe des Zuschauerraumes, dort, der semmelblonde Jüngling mit dem grasgrünen Pullover!« worauf der Jüngling sich sogleich verriet, indem er die Flucht ergriff. Er wurde jedoch festgenommen und tatsächlich überführt. –

Der tüchtige Beamte, Herr Schwalbe, kam gerade in dem Augenblick, da Doktor Jokim die Vernehmung der Familie beenden wollte und bereits zu wissen meinte, wer die unselige Tat begangen hatte, zur Türe herein, um sich nach dem Erfolg der Untersuchung zu erkundigen und seinerseits mitzuteilen, daß an dem corpus delicti, an dem Küchenmesser nämlich, keinerlei Fingerabdrücke festzustellen seien, auch nicht von der Köchin selbst, sondern daß nach der Tat jemand den Griff des Mordinstrumentes, während es also in der Toten Herz steckte, mit aller Sorgfalt gereinigt haben mußte: gewiß eine ungeheuerliche Entdeckung, die eine Kaltblütigkeit sondergleichen erkennen lasse.

Doktor Jokim erwiderte ein wenig gereizt, daß er es nicht für ratsam halte, beim gegenwärtigen Stand der Dinge in Gegenwart von Personen, die möglicherweise in Verbindung mit der Tat stünden, solche Wahrnehmungen auszuposaunen, was Schwalbe wohl oder übel einsehen mußte. Sie begaben sich also in das anstoßende Zimmer, während sie einen Beamten zur Überwachung der Petersens zurückließen.

Inspektor Schwalbe, der es nach der Lage für unbedingt geboten erachtete, die sauberen Herrschaften, so drückte er sich aus, alle miteinander in Untersuchungshaft zu nehmen, war nur schwer von Jokims Meinung zu überzeugen, daß es für die rasche Aufhellung der Tat vielleicht nützlicher sei, davon vorläufig abzusehen. Aber der Ruf des Doktor Allwissend war so bedeutend, daß Schwalbe endlich doch nachgab, um so mehr, als Doktor Jokim für alle Bewohner einschließlich Oles, des Freundes, Hausarrest erwirkte und seinen Entschluß kundgab, selbst im Hause zu bleiben.

Als nächstes ließ er eine ordentliche Menge Schinkensemmeln kommen, da eine Benutzung der Küche unter den obwaltenden Verhältnissen nicht anging. Wer konnte sie je wieder betreten, ohne daran zu denken?

Nach Schwalbe herrschte in der Bevölkerung eine bedrohlich-feindselige Stimmung gegen die ehemalige Herrschaft der Köchin Agathe. Die Inhaberin des Geflügelladens, aus dem das junge Hähnchen stammte, diejenige Zeugin also, welche außer dem Täter mutmaßlich zuletzt mit der Ermordeten gesprochen hatte, bekundete, daß das arme Fräulein Agathchen nie etwas auf ihre Herrschaften habe kommen lassen, die gemeinhin als hochmütig und in Haushaltsdingen geradezu beschämend untüchtig galten. Noch diesen Morgen habe Fräulein Köhler betont: nein, was man auch sagen möge, sie lasse nun einmal nichts auf ihre Herrschaften kommen. Ohne Fräulein Agathe wäre es überhaupt nicht gegangen. Sie war, so lautete die Aussage der Zeugin, die Seele und das Gewissen des Hauses ganz im Sinne des verstorbenen alten Herrn, des Konsuls (ein Titel, der sehr gut zu dem Namen Petersen paßte), der den Wohlstand der Familie begründet habe, des Erbauers der schönen Villa.

Es ist naheliegend, bei einem Verbrechen nach dem Motiv zu fragen, denn Selbstmord schied mit Sicherheit aus. Was aber konnte der Beweggrund sein, einen Menschen zu töten, der einen so guten Leumund besaß wie Agathe Köhler? Eifersucht wohl kaum. Agathe war eine alte Jungfer, gleichsam abgestanden, das, was man in der Jägersprache eine ›gelte Geiß‹ nennt, bereits sächlichen Geschlechtes gewissermaßen. Doktor Jokim hatte sich in seiner Eigenschaft als Mediziner ein wenig mit dem geheimnisvollen Naturspiel der Geschlechtsverschiebung beschäftigt, ohne übrigens dabei zu wesentlichen Ergebnissen zu gelangen. Er wußte, daß bei einem Hühnervolk etwa, dem der Hahn fehlt, eine Henne unbezweifelbar das Gehaben eines Hahns annimmt, ja sogar komisch wirkende Anstalten macht, zu krähen. Auch war nicht nur ihm aufgefallen, daß bedeutende Männer, vor allem Dichter, bei hohen Jahren nicht selten wie alte Frauen aussahen, hervorragende Frauen dagegen, Dichterinnen, Malerinnen oder Bildhauerinnen, hinwiederum im Alter männliche Züge zeigen, so daß beide Geschlechter auf eine zwitterhafte Weise sich einander anverwandeln oder nicht einander, wenn man will, sondern einem gedachten Beider-Menschen, an dem gemessen Mann und Weib nur als Spielarten erscheinen. ›Der Beidermensch‹, so hatte Jokim seine nicht eben wissenschaftliche kleine Abhandlung über dieses heikle Thema genannt. Als Motto hatte er gewählt: ›Auch scheint es mir von andrer Seite kritisch, er ist, mich dünkt, hermaphroditisch.‹ Ferner hatte er des Aristophanes spaßige Erklärung aus dem ›Gastmahl‹ zitiert und schließlich gutartige und bösartige Formen unterschieden. Auch Wesen von der Art Agathe Köhlers, so schien ihm, gehörten in diesen Bezirk.

Nach der Besprechung mit Schwalbe zog Jokim den die Familie Petersen bewachenden Polizisten ein, sie ungeachtet der Verdunkelungsgefahr sich selbst überlassend, und ging aus, sich ein wenig in der Nachbarschaft umzuhören.

Bei seinem Vorhaben kam ihm die vollendete Gabe schöpferischen Zuhörens zu Hilfe, die ihm, weil er selbst fast nichts äußerte, höchstens einmal eine beredte Handbewegung machte, nickte, lächelte, meist nur mit den Augen, den Ruf eines geistvollen Unterhalters eingetragen hatte. Er stellte keine Fragen, weil sie meist schon die Antwort entstellten, sondern schwieg beharrlich, fast aufreizend. Das halten die wenigsten Menschen aus. So bekam er von der Toten fast mühelos ungefähr folgendes Bild ihres Wesens und Treibens:

Agathe Köhler sah aus – wie eine Köchin. Man sah es ihr am Gesicht an, daß sie vorzügliche Napfkuchen, Apfelstrudel, ja selbst Salzburger Nockerln bereiten konnte, daß ihr, wie so leicht keiner anderen, eine Omelette soufflée gelang und daß sie es vorzog, den Nudelteig selber zu walken, auszuziehen und gleich einer Art eßbarer Wäsche zum Trocknen aufzuhängen.

Fräulein Agathe hatte allem Anschein nach wenig oder gar keine Feinde. Sie war ein Juwel, sie war eine Perle. Ihrem dunklen, hochaufgesteckten Haar, denn sie war klein von Gestalt, weshalb sie auch besonders hohe Stöckel an den Schuhen trug und sich sehr gerade hielt, haftete immer Petersiliengeruch an. Sie färbte es seit ein paar Jahren kastanienbraun und trug eine Einlage, da es bereits begann, etwas dürftig zu werden. Ihre Karpfenbäckchen glänzten von der Hitze des Herdes. Ihre leicht gebogene Nase hatte etwas Schnupperndes wie bei jemand, der sagt: »Hier riecht's doch nach Gas!«, ihr kleiner Mund etwas Prüfendes, Abschmeckendes, und ihre

Augen waren vom Dampfe, dem sie ständig ausgesetzt war, wie gekocht. Ihr Hals schien ein wenig zu lang geraten, so daß sie jahraus, jahrein ein schwarzes Samtband darum zu tragen pflegte. Böswillige Menschen, denn es gibt solche leider überall, behaupteten, sie hätte ein Stallhasengesicht. Andere verglichen sie richtiger mit einer zähen Suppenhenne. Es hieß, sie sei in ihrer Jugend ein hübsches, flinkes Ding gewesen und hätte oft heiraten können, aber aus Treue zu ihrer lieben Herrschaft sich das Glück der Ehe versagt. Ihre Ersparnisse, die nicht unerheblich sein mochten, verwendete sie ausschließlich für einen Neffen, an dem sie mit großer Liebe hing. Natürlich konnte sie den ehemals sehr anspruchsvollen Haushalt nicht allein bewältigen, sondern zog sich dienstbare Geister heran, die, wenn sie den Platz verließen – denn es gab viel Arbeit –, überall gesucht waren. Sie konnten etwas. Erst dieser Tage hatte ein Wechsel stattgefunden, und da das neue Mädchen noch nicht eingetreten war, wurde die Zwischenzeit durch eine tüchtige Zuspringerin überbrückt. Im ganzen hatte Agathe die Stellung einer Mamsell inne, wie man in Norddeutschland sagt.

Bei Doktor Jokims Erwägungen ergab sich ferner, Fräulein Köhler habe doch von Zeit zu Zeit durchblikken lassen, daß sie sich zu verändern wünsche, aber sie hatte immer wieder die vorteilhaftesten Angebote ausgeschlagen mit dem Bemerken, sie schulde es dem Ansehen ihres lieben seligen Herrn Konsul, den sie nie anders nannte, auf ihrem Posten auszuharren. Der selige Herr bedeutete alles für sie, und die Welt wußte, daß er sein Rasierwasser von auswärts bezog, da das hiesige Wasser ihm zu hart gewesen. Wenn sie von ihm sprach, wurden ihre Augen feucht und blickten nach oben, himmelwärts, dankbar ihm zunickend und verzeihend, so schien es. Denn er war ein galanter Herr gewesen und hatte gut zu leben gewußt.

Unter Jokims Gewährsleuten, die ihm willig Auskunft

gaben, befand sich auch die Friseuse der ›Fürstin‹, ein lebhaftes, buntes Mädchen mit dem Vornamen Hildesuse, dieselbe übrigens, die den häßlichen Vergleich mit der Suppenhenne geprägt hatte, also offenbar nicht gut auf Fräulein Agathe zu sprechen war. Sie machte kein Hehl daraus, daß sie die Perle nicht habe ausstehen können. Sie sagte geradezu: »Ich weine ihr keine Träne nach. Sie war ein Biest, ich sag's wie es ist.« Sie kam allerdings täglich ins Haus und gab vielleicht die Ansicht der liebenswerten alten Dame wieder, von der sie mit fast schwärmerischer Verehrung sprach, als Mensch und Kunstwerk. Sie freute sich des Anteils ihrer kosmetischen Leistung, wobei sie allerdings einräumte, die würdige Fürstin gebe freilich viel her. Aus nichts könne man nichts machen.

Auch über den alten Sterngucker, den Menschenfeind, von Fräulein Agathe nicht ganz mit Unrecht der Verewigte genannt, hörte Jokim mit herzlicher Teilnahme so nebenbei allerhand berichten, wie etwa, daß der sagenhafte Greis, als er das biblische Alter von neunzig Jahren erreicht und darob beglückwünscht wurde, erklärt habe, ein normaler Mensch brauche gut seine hundert Jahre, bis er gescheit werde. Er nannte alle Leute du, die jünger waren als er, und das waren die meisten. Selbst die höchsten Beamten duzte er, was diese gar nicht freute. Auf die Frage eines jungen Spötters, ob er denn mit seinem Teleskop am Ende schon den lieben Gott selber entdeckt habe, antwortete er: »Noch nicht, mein Eselchen, noch nicht, aber verlaß dich darauf, ich werde ihn sehen.« Als er dann eines schönen Morgens tot an seinem Fernrohr gefunden wurde, soll sein Gesicht allerdings einen so friedvollen, überirdischen Ausdruck gehabt haben, als hätte er ihn gesehen.

Da unser Doktor nun fürs erste genug zu wissen glaubte, kehrte er in die Mordvilla zurück, mit keinem guten Gewissen übrigens, gequält von seiner Doppelsehernatur, die ihm nun einmal verhängt war, daß er zuweilen auch den Ablauf eines Geschehens fünf Minuten früher sah, als es sich in Wirklichkeit vollzog, ohne aber den Ablauf beeinflussen oder aufhalten zu können. Auch mußte er sich eingestehen, daß er, nach allem, was er von ihr hörte, Agathe Köhler nicht mochte. Er ärgerte sich über die Ungerechtigkeit seiner Zuneigung für die in so hohem Maß verdächtige Familie Petersen. »Es hat den Teufel«, sagte er. Er sagte es laut vor sich hin, gewohnt, da er viel allein war, laut mit sich selbst zu reden, mit ›ihm‹ selber, wie man in Bayern sagt, was er viel bildhafter fand als ›mit sich‹.

Die Frage des Abendbrotes für Petersens bereitete ihm einige Sorge. Denn wiewohl Fräulein Agathe tot und aus dem Hause gebracht war, so erinnerte doch auf Schritt und Tritt etwas an ihre Gegenwart, vor allem in der Küche, sie lebte fort in zahllosen Weckgläsern, und selbst für Jokims geringe Phantasie schien es unheimlich, so ein Glas etwa mit schwarzen Kirschen, die Agathe noch selbst eingemacht, zur Hand zu nehmen. Man fühlte sich so angesehen. Jokim konnte sich nicht gut vorstellen, wie etwa Frau Petersen oder ihre Tochter je wieder ohne Schauder in Fräulein Agathes Küche werde hantieren können, aus der die Tote einfach nicht wegzudenken war. Das wünschte Jokim ihnen zu ersparen.

Er kannte einen leichtlebigen munteren Koch, eben jenen jungen Mann, den sein Eingreifen in der Diebstahlsangelegenheit seinerzeit aus einer bösen Lage befreit hatte und der ihm von Stund an treu ergeben blieb. Diesen ließ er holen, und die Petersens dankten es ihm wortlos. Man konnte es ihnen ansehen, wie froh sie über diese Lösung waren.

›Wenn man gerecht sein will‹, dachte Jokim, ›so kann man nur sagen: armes Fräulein Agathe.‹ Hatte sie sich doch, wie oft war ihm diese Redewendung diesen Nachmittag begegnet, ihr Leben lang abgerackert, für ihre Herrschaft von früh bis spät geschuftet und hatte keinen Dank davon.

Jokim wußte, als ob er dabei gewesen wäre, was in seiner Abwesenheit sich in der Familie Petersen getan. ›Sich getan‹, wahrhaftig. Denn was sollten sie selber tun in ihrem liebenden Argwohn gegeneinander? ›Einer von uns war es‹, mußten sie zwangsläufig alle denken bis auf den Täter natürlich (oder die Täterin), einer, den wir liebhaben. Sie hatten nur eine Angst, ihren Verdacht durch irgendwelche Entdeckungen, vielleicht nur in ihren Gedanken, bestätigt zu finden, vielleicht etwa dadurch, daß sie merkten, Juri sei in der fraglichen Zeit nicht oben gewesen. Denn wirklich bestand die Möglichkeit, daß jeder von ihnen unbemerkt von den übrigen vorübergehend unten in der Küche gewesen sein konnte. Es konnte sogar sein, daß, nachdem die Tat schon geschehen war, sie jemand von ihnen entdeckt und in der durch irgend etwas begründeten Ahnung, es könnte Vater, Mutter, Schwester, Bruder gewesen sein, sie verschwiegen haben. Es konnte ferner sein, daß einer oder mehrere den Täter kannten. Es konnte schließlich einer dem andern den Mord gestanden haben, der Mann der Frau, der Bruder seiner Schwester, der Freund dem Freunde, früher oder erst jetzt, solange Jokim unterwegs gewesen war.

Es ist sicher, daß ein peinliches Verhör die Entwicklung des Falles nicht so hätte fördern können, wie es ein Die-Sache-sich-selbst-Überlassen vermutlich schon bewirkt hatte. Vielleicht war es schon zu Aussprachen und Geständnissen zwischen einzelnen Familienmitgliedern gekommen.

»Wir wollen jetzt nicht über die Sache reden«, dies sagte Doktor Jokim nicht, als er zum Abendessen unter die Familie trat, sondern er verwirklichte es einfach, indem er leidlich unbefangen von Musik zu sprechen anfing. Leider verstärkte sich das Gefühl der Sympathie für die Verbrecherfamilie gegen seinen Willen. Es gibt kein Mittel gegen Sympathie. Sie ist eben da, man ist ihr rettungslos ausgeliefert. Warum sollte man nicht, mußte verzweifelt Jokim denken, während er mit Herrn Petersen über die Kunst der Fuge sprach oder über das Rätsel, denn ihm, dem Laien, sei es eines, wie manche Dirigenten es fertigbrächten, sich beispielsweise gleichermaßen für Mozart und Wagner zu begeistern. Warum sollte man sich nicht in eine ganze Familie verlieben können, oder doch in ein Geschwisterpaar, in zwei Schwestern, Schwester und Bruder, in den Akkord zweier Menschen, von denen jeder allein nicht so reizend war wie in ihrer Zugehörigkeit zueinander. Ein sonderbares Gefühl, mit einem Mörder am Tisch zu sitzen und mit ihm über Bach und Mozart zu reden. Die alte Dame übrigens aß auf ihrem Zimmer, von Hildesuse bedient, die es sich nicht nehmen ließ, das verfemte Haus zu besuchen. Denn verfemt war es ohne Zweifel.

Während des Abendessens flog sogar ein Stein ins Fenster. »Ja, so ist das nun, der erste Stein«, sagte Jokim, hob ihn auf und schaute, wie er alles anschaute, ihn an, als sähe er zum erstenmal im Leben einen Stein, wog ihn bedächtig in der Hand, betrachtete ihn wieder wie eine Kostbarkeit und steckte ihn schließlich als Andenken zu sich, während der lebenslustige Koch, der auch artig zu servieren verstand, leise vor sich hinpfeifend die Scherben auflas.

Nach der Mahlzeit hatte Jokim noch zu tun. Er wollte doch noch eben rasch einen Blick in Fräulein Agathes Zimmer tun. Es lag in der Mansarde. Was ihm daran zuerst auffiel, war, daß sich darin kein einziges Buch befand (Jokim sah in jedem Zimmer zuerst immmer die Bücher), aber ziemlich viele Photographien, an der Wand und auf der Kommode, unter anderem die des lieben seligen Herrn Konsuls mit seinem pekuniären Gesicht in Muschelrahmen, aber auch von Agathe selbst in jüngeren Jahren mit ihrem Neffen offenbar, für dessen Zukunft sie so hingebend sorgte.

»Aha«, sagte Jokim und hatte genug gesehen. Es war nichts in dem Zimmer, was er hätte besitzen mögen.

Anders in Juris Stube, die man ihm für die Nacht zur Verfügung gestellt hatte. Die Freunde schliefen im Gastzimmer. Es schien, als habe Juri die ursprüngliche Einrichtung zum größten Teil ›hinausgeworfen‹, denn so, wie sich das Zimmer Jokim darbot, glich es eher einer Werkstatt oder einem Atelier denn einem Schlafgemach. Die Wände waren über und über mit Zeichnungen und Aquarellen bedeckt, nicht von Juris Hand übrigens, sondern offenbar von Ole stammend, seinem schwerlebig-mürrischen Gefährten. Eine der Zeichnungen, ›Floh, von Menschen geplagt‹, gefiel Jokim besonders. Darauf war in starker Vergrößerung ein Floh dargestellt, in seiner fast maschinellen Anatomie, graphisch höchst reizvoll übrigens, auf dem winzig kleine Menschlein herumkletterten, die ihn mit Degen kitzelten und stachen. Das Gesicht des Flohs hatte denselben Ausdruck stillen Heldentums, wie ihn gemeinhin flohgeplagte Menschen zu zeigen pflegen. ›Möchte ich haben‹, dachte Jokim, sehr davon angetan. Eine andere Zeichnung hieß ›Pferd mit Vollbart‹. Er verlieh dem schönen, ernsten Tiergesicht viel Würde. Eine weitere ›Laufender Meter‹, darauf ein Meterstab durch die Landschaft eilte, und ähnliche Scherze mehr. Auch das Stilleben eines aufgeschlagenen Aquarellmalkastens mit der Unterschrift: ›wenn mir gar nichts mehr einfällt, mal ich den Malkasten‹ war zu sehen. Das leuchtete Jokim ein.

Ehe er schlafen ging, hatte Jokim in der Unterströmung seiner Gedanken die Vorstellung, ob nicht Juri vor dem Zubettgehen noch seine reizende Schwester besuchen würde, denn sie hatten einander lieb, das spürte Jokim. Juri würde an seiner Schwester Bett sitzen. Sie würden einander anschauen und einer vom andern denken: Warst du es? Aber dann hättest du es mir doch gesagt, mir hättest du es doch anvertraut, eher als irgendeinem anderen Menschen, eher als den Eltern.

»Ich muß dir etwas gestehen –«, so würden sie vielleicht gleichzeitig und mit denselben Worten beginnen und, so ernst der Augenblick war, darüber lächeln müssen. Es war so.

Es erscheint nötig, bei einer Untersuchung sich immer wieder klarzumachen, was eigentlich geschehen war. Offenbar völlig ahnungslos darüber, was ihrer in den nächsten Minuten wartete, an alles andere eher denkend als an ihren Tod, vermutlich sehr zufrieden mit sich, war Fräulein Agathe von ihren Besorgungen heimgekehrt und sogleich, nach ihrer Art, der pausenlos ineinandergreifenden Unablässigkeit, man kann sagen, dem Tanz ihrer Tätigkeit gehorchend und ihn genießend, darangegangen, das junge Hähnchen zu rupfen. Sie dirigierte die Haushaltssymphonie auswendig, wie man ein Kammerorchester leitet, vom Flügel aus. Sie gab die Einsätze auch sich selbst. Sie hatte ihre Partitur im Kopfe über das ganze Jahr, über Jahrzehnte. Sie freute sich des reibungslosen Ablaufes. Sie war die Seele eines wohldurchdachten Systems, jede Minute hatte ihre Bestimmung. Die Zeit gehorchte ihr. Sie war auf ihre Weise, wenn man so will, auch eine kosmische Natur.

In dem Augenblick, als sie dem toten Hähnchen das kleine Herz aus der Brust nahm, mußte der gewohnte Ablauf unlieb unterbrochen worden sein. Es war jemand zu ihr in die Küche getreten. Wir wissen nur noch nicht genau, wer, und wissen auch nicht, was, wenn überhaupt geredet wurde, ehe es geschah, das Schreckliche. Über den Zeitraum einer halben oder dreiviertel Stunde – das ist eine endlos lange Zeit etwa an Schmerzen gemessen, oder an der Angst, eine kurze freilich an der Liebe – über diesen Zeitraum wissen wir nichts, bis zu dem Augenblick, da der Briefträger durchs Fenster in die Küche schaute und Fräulein Agathe, das Messer mit dem schwarzen Griff im Herzen, auf dem Fußboden in ihrem Blute liegen sah, tot ohne Zweifel. Bis der Briefträger ums Haus gegangen war und endlich eingelassen wurde, waren wieder einige unbewachte Minuten vergangen, in denen leicht jemand in der Küche gewesen oder jemand, es fragte sich nur wer, aus der Speisekammer entschlüpft sein konnte, und wieder gab es Unbekannte in der Rechnung. Was hatte sich zugetragen, als von Juri, sei es aus Verwirrung, sei es mit bewußter Absicht geschickt, der Postbote den Arzt zu holen fortgeeilt war, was wieder einen Zeitverlust oder Gewinn von fast einer halben Stunde bedeutete.

Am hellichten Vormittag im Sommer, während, wenn man es glauben will, sich die Inwohner der Backsteinvilla angeblich jeder für sich allein in den oberen Stockwerken aufgehalten hatten, war der Mord geschehen, allem Vermuten nach von einem Mitglied der so überaus sympathischen Familie, den Freund inbegriffen, und das einzige Indizium, die Fingerabdrücke am schwarzen Griff des Küchenmessers, waren vorsorglich beseitigt, und zwar so gründlich, daß alle chemischen und photomechanischen Verfahren der fortschrittlichen Kriminalistik Inspektor Schwalbes kläglich versagten. Es war nicht auszumachen, ob der Täter die Spur selbst verwischt hatte oder jemand anderes, um den Täter zu retten. Es war nicht sicher, ob, als der Briefträger den Mord entdeckte, das Geschehen schon jemand anderem bekannt war (außer dem Täter), ja womöglich mehreren in der Familie, auch nicht, ob jemand von den Petersens den Mörder oder die Mörderin kannte, vielleicht sogar Zeuge der Tat gewesen war. Es konnte die ganze Familie dabeigewesen sein, und wenn sie recht zusammenhielt, wenn sie die Aussage verweigerte oder einfach beharrlich schwieg, was, wie man weiß, gar nicht so einfach ist, dann konnte keine irdische Macht das Verbrechen sühnen.

›Sympathische Menschen, trotz alledem‹, stellte Jokim wieder fest, schmerzlich lächelnd. Denn er war ja schließlich nicht dazu da, um Zuneigung zu fassen, sondern einen Mörder, der auch dieser nette Ole sein konnte, der Freundverwandte, zur Familie gehörige.

»Verfluchte Sympathie«, brummte Jokim.

Warum verflucht? War es nicht eine wunderbare magische Kraft, war es nicht überhaupt das einzig Verläßliche in der Welt? War die Welt nicht aus Sympathie geschaffen, aus zärtlicher Anziehung, dem Zueinanderfinden, dem Zueinanderpassen aus einem Urbehagen des Befreundetseins? Es fiel Jokim ein, daß sie als Knaben am Strand sich hinlegten und bis an den Hals mit Sand sich einbetten ließen. Wie er sich fühlte, plötzlich sich als ganz empfand, vom Kopf bis zu den Füßen, wie er diese gleichzeitige, allseitige Berührung, die Form, die Lehmbeschaffenheit, mit dem ganzen Körper spürte, in ihrer sanften Schwere, mit dem Leib, der atmenden Brust, in den Kniekehlen, zwischen den Zehen, die Anschmiegung, das Rieseln des Sandes, den zärtlichen Schauer der Haut, das Wohlgefühl des Umschlafenseins, die Sympathie. –

Und nun sollte er das Gefühl aus seinem Herzen reißen und der Gerechtigkeit zum Opfer darbringen? Wer auch immer das Messer der Köchin Agathe, die eine Perle war, daran kann nicht gezweifelt werden, ins Herz gestoßen, alle diese anziehenden Menschen schienen jedenfalls bereit, es getan zu haben, da sie den Mörder, ob sie ihn kannten oder nicht, schützten und also sich mitschuldig machten.

Jokim sah sie alle die Hand zum Stoß aufhebend, alle, selbst das zarte Mädchen. Sie schloß die Augen dabei, um nicht zu sehen, was sie tat. Jokim sah den verzweifelten Ausdruck in Frau Petersens gutherzigem, um Verzeihung flehendem Gesicht, und sah Juris glitzernde Augen, die Sterngucker-Augen – wie glich er doch dem wunderlichen Alten, da ihm das Haar aufstob über der zornigen Stirn, auch Herrn Petersen sah Jokim mit entsetztem Blick das gleiche tun und mit aussichtsloser, trotziger Gebärde Ole, damit endlich Ruhe sei. Jokim sah es gleichzeitig, als hätten sie, wie die Verschworenen den Cäsar, gemeinsam Fräulein Agathe umgebracht.

Aber er glaubte es nicht. ›Es wird nicht lange dauern‹, dachte er, während er sich über das Mikroskop auf Juris unaufgeräumtem Arbeitsplatz beugte, ›dann werden sie soweit sein und einer nach dem andern zu mir kommen, sich selbst zu bezichtigen.‹

Während er noch das Wunder der kleinen Welt betrachtete, das Juri eingestellt hatte, klopfte es kurz und bestimmt.

»Da ist schon der erste«, sagte Jokim, »ich bitte einzutreten.« Ole war es. Er sah sehr schlecht aus. Sein Haar war matt.

Er müsse, begann er ohne Umschweife, die gleichsam übernächtigten Augen entschlossen-treuherzig aufschlagend, er müsse ein wichtiges Geständnis machen. Er sei es gewesen, er habe die Köchin umgebracht. Warum, tue nichts zur Sache. Er sei etwas jähzornig von Natur. Genug, er habe es getan, ganz allein, ohne Mitwisser. Er hielt bei diesen Worten Jokim die Hände hin, als werde er ihm sogleich Handschellen anlegen.

»Unsinn«, antwortete Jokim, »ist ja alles Unfug.« Ole machte ein bockiges Gesicht. »Nein, kein Unfug«, beharrte er ebenfalls rot werdend. »Doch«, versetzte Jokim, der komische Doktor (er war fest überzeugt, daß die Freunde ihn unter sich so nannten). »Das ist gewiß sehr freundschaftlich gemeint von Ihnen, ich hätte es vielleicht in deinem Alter auch getan, ich habe es sogar einmal getan. Aber Sie richten damit bloß Unheil an. Du kannst es nämlich gar nicht gewesen sein, weil ich nämlich bereits mit ziemlicher Gewißheit zu wissen glaube, wer es war.«

»Sie wissen –?« entfuhr es dem unglücklichen Jungen, während er schneeweiß im Gesicht wurde. »O Gott!«

Jokim schob ihm einen Stuhl hin, steckte ihm eine Zigarette in den Mund und zündete sie an. Aber Ole reichte das Flämmchen zurück nach dem Ritus unter Rauchern, daß der Doktor sich zuerst bediene.

»Beruhige dich, dein Freund Juri war es vermutlich

auch nicht, obwohl er, wie du zugeben wirst, sicher einmal oder öfters gesagt hat, er werde die Köchin Agathe noch umbringen, und obwohl er sich heute früh recht verdächtig benommen hat, das kann ich wohl sagen.«

Ole nickte zutraulich.

»Hör mal zu: um ein Haar hätte ihn unser tüchtiger Inspektor Schwalbe vom Fleck weg verhaftet, und« – fügte er hinzu, als ginge ihm plötzlich ein Licht auf, »ich glaube wahrhaftig, es ging dabei um ein Haar. Willst du es sehn?« Wieder erblaßte Ole. »Das Haar?«

»Keine Angst, sie war es, hoffen wir's, auch nicht. Vergiß nun, was du hier gesehn und gehört hast. Ich meinesteils will es auch vergessen. Sich aufopfern für einen Freund ist ritterlich. Nur darf es nicht herauskommen. Es darf kein Ruhm dabei sein, darum ist es ja ritterlich.«

Ole wollte aufbegehren. »Ich weiß, ich weiß«, beschwichtigte ihn der Doktor, »es war gut gemeint. Und – nun geh zeichnen, das kannst du nämlich.« –

Dem Schriftsteller ist es versagt, Vorgänge, die sich gleichzeitig an verschiedenen Orten abspielen, gleichzeitig mitzuteilen, wie etwa hier das Gespräch zwischen dem komischen Doktor Jokim und Ole einerseits und das der Geschwister Petersen andererseits. Der Schriftsteller ist gezwungen, es nacheinander mitzuteilen, wiewohl es zur selben Zeit geschah und auf imaginäre Weise in Herrn Jokim sich zutrug, als wäre er hier wie dort dabeigewesen, nicht in seinem Kopf, sondern in seinem Sinn, einem anatomisch nicht wie Herz und Magen umschriebenen Organ, sondern an einem Orte, den man sich als Spiegel vorstellen mag, besser noch als etwas, das die Eigenschaften von Auge und Ohr in einem besitzt.

Zur gleichen Zeit, da Ole, um seinen Freund zu retten, sich selbst als Mörder ausgab, fuhren Juri und seine Schwester fort, einander ihre Geständnisse zu machen.

»Wer soll beginnen«, sagten sie wieder, mit denselben Worten beide. Sie waren jung und erregt, darum kam ihnen fast wieder das Lachen. »Ich war unten«, gestanden sie sich, »ehe der Briefträger kam, in der Küche, und sah es und ich habe das Heft des Messers abgewischt, damit... weil...«

Sie kannten natürlich beide die gefährliche Bedeutung von Fingerabdrücken für die Aufdeckung eines Verbrechens. Sie hatten ungeachtet des grausigen Anblicks beide denselben Gedanken gehabt, und ihn unverzüglich ausgeführt. Es war dem Juri allenfalls noch, kaum aber dem zarten Mädchen zuzutrauen, aber sie hatten es beide dennoch getan, hatten es über sich vermocht, füreinander ohne Besinnen. Sie hatten sich beide sofort gegenseitig im Verdacht gehabt. Denn sie hatten beide von Kind an Fräulein Agathchen von ganzem Herzen hassen gelernt, die gleichen, die an der Köchin Geburtstag alljährlich ihr ein Gedicht aufsagten, Blumen und Geschenke überreichten und Fräulein Agathes Rührung und ihren Kuß ertrugen. Sich vorzustellen, wie sie beide, nicht kaltblütig, sondern in der Eingebung des Entsetzens, das gleiche füreinander getan hatten, erst Juri (denn seine Schwester hatte ihn die Treppe hinaufgehen hören, ganz leise, wiewohl er dabei am ganzen Leibe zitterte) und dann sie. Darum hatte sie in ihrer Angst Juri gerufen, als der Briefträger läutete und Juri öffnen ging, darum konnte Juri – er wußte ja bereits, daß Fräulein Agathe tot war – unbesorgt das Treppengeländer hinabrutschen, in bubenhafter Unart, die vordem, aus den Tagen des lieben seligen Herrn Konsuls, im Hause natürlich streng verpönt gewesen war. Was hatten sie alles nicht gedurft, was alles hatte sich nicht geschickt! Ach, wie schauderten sie in der Erinnerung an ihr Vorgehen, das freilich kein Mord war, aber das den Täter schützen sollte, da sie, der Bruder mit seinem Taschentuch, die Schwester mit ihrem eigenen Haar – es war schrecklich gewesen, sich so nahe über die Tote zu neigen – den schwarzen, klebrigen Griff abwischten. Sie vergaßen es ihre Lebtage nicht und träumten immer wieder davon. Sie wurden ihres Daseins ganz froh nicht mehr von Stund an. Sie waren über sich selbst erstaunt, daß sie es getan, und mißtrauten ihren Seelen, aber sie hatten, überreizt wie sie waren, dennoch Sinn für den grausigen Humor, der in ihrem gegenseitigen Opfer lag. Sie sahen einander an, wisserisch funkelnden Blickes. Aber sie verstummten jäh. Wer war es dann? Sie bangten beide um den gleichen, den sie liebhatten, und irrten sich.

Fest entschlossen, sogleich zu Doktor Jokim zu gehn, um sich des Mordes an der Köchin schuldig zu bekennen, gleichsam finster-frohlockend, wie er es anstellen werde, daß jener ihm glaube, er besaß ja noch das Taschentuch, das er mit indianisch-bubenhafter Schläue unauffindbar verwahrt zu haben vermeinte (wir werden es am Ende erfahren, wie) – alle Verdachtsmomente, die gegen ihn zeugen konnten, durchkostend, wie etwa, daß er den Briefträger übertölpelt, um Zeit zu gewinnen, verließ Juri sein Schwesterchen. Er verschwieg ihr die Sache mit dem Haar, nicht ahnend, denn irgend etwas vergißt man immer in der lückenlosen Beweiskette, daß der komische Doktor, der ihm sehr gefiel, von dessen detektivischen Fähigkeiten er aber herzlich wenig hielt, es bereits wußte. Wie konnte Juri auch das Haar im Objektträger des Mikroskopes lassen, wo es Jokim bereits entdeckt hatte, ein Haar nämlich von kupferseidenem Glanz, das er genau kannte und wie es so nur eines auf Erden gab. Er hatte es auf der Brust der Ermordeten liegen sehen. Er mußte also um jeden Preis den Briefträger loswerden, damit er es beseitigen konnte.

Als Juri auf die Tür seines Zimmers zuschritt, öffnete sie sich. Er hörte Doktor Jokims Stimme sagen: »Geh zeichnen Ole, das kannst du nämlich, und nimm noch ein paar Zigaretten mit, ihr werdet sie brauchen können vermutlich.« Sie konnten sie brauchen.

Juri hatte, als die Tür sich öffnete, Oles Selbstbezichtigung erratend noch gerufen: »Glauben Sie ihm nicht! Ich...« Aber Ole hatte ihm den Mund verschlossen und den Freund mit sich genommen.

Es war eine warme Sommernacht, sie trugen ihre Matratzen auf die Dachterrasse, und wenn sie zwischen Schlaf und Wachen über sich schauten, sahen sie die Sterne. –

Als Jokim morgens erwachte, konnte er annehmen, daß sich inzwischen ohne sein Zutun mancherlei zur Klärung des Falles ereignet haben würde. Juri und Ole, er wußte es, als wäre er dabeigewesen, hatten sicher ausführlich miteinander gesprochen. Sie kannten keine Geheimnisse voreinander. Wäre Juri der Täter gewesen, so hätte es Ole erfahren und umgekehrt. Auch die Geschwister verbargen nichts voreinander. Viel eher schon unter bestimmten Voraussetzungen das Ehepaar Petersen. Jedenfalls litten alle unter der Tat, am wenigsten vermutlich die alte Fürstin, die schon jenseits von Gut und Böse zu sein schien, gedankenlos und freundlich, schon ohne Neugier, ein künstliches Gebilde fast, ein Automat, der frühmorgens aufgezogen wurde und tagsüber ablief, eine ziemlich täuschend menschenähnliche Figur, zwar ein wenig gespenstig schon, teilnahmslos jedenfalls, in einem vielleicht sehr angenehmen Zustand des ›Mit-sich-Geschehenlassens‹ und völliger Unselbständigkeit. Sie brauchte an nichts zu denken, für nichts zu sorgen, sie brauchte sich nichts zu merken und vergaß jeden eben erlebten Augenblick sofort, etwa was sie eben zu sich genommen oder was man ihr erzählt, welches Wetter gestern war. Sogar ihre Schmerzen, die sie mit Opiaten löschte. Sie lebte von Zigarette zu Zigarette, von Kognak zu Kognak, von Schlaf zu Schlaf. Oder besser, sie war nur noch vorhanden, sie vegetierte und fühlte sich, wenn sie überhaupt noch Gefühl besaß, sehr glücklich in diesem Dämmerzustand. Ihr sagte gewiß niemand, wer der Täter war. Man hätte es ihr in die Ohren schreien müssen. Sie wußte vielleicht noch gar nicht, daß Fräulein Agathe tot war, oder hatte es bereits vergessen.

Herr Petersen, ihr Sohn, hing mit großer Liebe an ihr, mit seinem Vater aber hatte er sich nie verstanden. Nur selten wurde der Fürstin gleichmäßiges Automatendasein von kindlichen Zornesausbrüchen gestört, wenn es nämlich an dem nötigen Treibstoff fehlte, den sie brauchte. Es war tatsächlich vorgekommen, daß sie eine kostbare Vase, ein abscheuliches Ding, durch das große Fenster mit dem ›Trompeter von Säckingen‹ warf, sichtlich stolz auf ihre Heldentat. Es erwies sich als sehr schwierig und kostspielig, das Glasgemälde wiederherzustellen, was Agathe, in Tränen aufgelöst, sofort veranlaßte, aus Pietät gegen ihren lieben seligen Herrn Konsul.

Wir wissen nun mit einiger Gewißheit, daß weder Juri, noch seine Schwester, und auch nicht Ole den Mord begangen haben konnten. Die Freunde waren noch lange wach gelegen, die letzte Zigarette, gleich einer Friedenspfeife hin und her wandern lassend, als sie aufgeschreckt wurden durch einen Ruf, der schaurig durch das Treppenhaus bis hinauf zu ihnen klang. Die Fürstin war es, die mit ihrer tiefen Stimme mitten in der Nacht höchst ungnädig nach Agathe rief. »Agathö«, mit einem kurzen, ungehaltenen ›ö‹ am Ende, und immer wieder »Agathö«, tönte es durch die Nacht, bis es Doktor Jokim gelang, die alte Dame, die erschreckend anzusehen war in ihrem weißen, wirren Zottelhaar und ihrem ungepuderten, verstörten, uralten Gesicht, allmählich zu beruhigen. »Wer sind Sie«, fragte sie ihn streng, »ich kenne Sie nicht. Stellen Sie sich mir einmal vor.«

Zum Glück kam Herr Petersen dazu. »Ein Freund der Familie, Mama«, sagte er. »So«, antwortete sie, »ich will schlafen und kann nicht.« Doktor Jokim holte sein Köfferchen, und sorgte für der zornigen Fürstin Schlaf. »Sie gefallen mir, Doktor«, waren ihre letzten Worte, ehe er sie verließ. –

Am frühen Morgen brauste der muntere Inspektor

Schwalbe mit einem sehr lauten Motorrad an, um Doktor Jokim durch die Mitteilung zu beunruhigen, daß er eine wichtige Spur gefunden habe.

»Was macht Ihre reizende Mörderfamilie«, fragte er, ehe er mit seiner Entdeckung herausrückte. »Sie sind viel zu weich, Kollege, viel zu weich. Ein richtiger Detektiv darf keine Sympathien haben.« »Mir«, antwortete Jokim kühl, »hat jener römische Feldherr aus dem lateinischen Übungsbuch nie gefallen, der so gerecht war, daß er seinen eigenen Sohn hinrichten ließ.«

»Mir schon«, versetzte Schwalbe. Er habe die halbe Nacht telefoniert, um den Neffen der Köhler ausfindig zu machen, der in der nahen Hauptstadt in einer Bank beschäftigt war. Er sei spurlos verschwunden, auf und davon. Eine wichtige Nachricht, ohne Zweifel. Jokim hörte sie stumm an. ›Dummkopf‹, dachte er bei sich, aber er ließ Schwalbe auf der falschen Fährte, den Mann mit den eisernen Nerven und dem sanften Namen.

Schwalbe entbrauste, auf neue Nachrichten erpicht. Wir werden später hören, was er im Laufe des Tages erfuhr. Die Sonne wird es an den Tag bringen. Gleich nach dem Frühstück brachte sie zunächst an den Tag, daß Hildesuse, die kecke Person, mit einem blauen Auge und Kratzwunden im Gesicht behaftet war, als sie wie alltäglich erschien, um die Fürstin aufzumachen. Das gesunde Volksempfinden hatte sich gegen das Mädchen gewandt, da sie sich erfrecht hatte, die Familie Petersen gegen die Perle Agathe in Schutz zu nehmen. Sie sei durchaus nicht schüchtern gewesen, erklärte sie sehr befriedigt, die Lust ihres Märtyrertums genießerisch auskostend. Schweigend mit dem ihm eigenen, für viele Menschen ärgerlichen Lächeln zärtlicher Nachsicht hörte Jokim sie an. Auch Hildesuse erboste es. »Sie sagen ja gar nichts, Sie Chinese«, begehrte sie auf. Mit aufreizender Sparsamkeit, mit geringstem Kraftaufwand, mit einem kaum sichtbaren kurzen Huscher eines Kopfschüttelns, ohne daß dabei der vergnügliche Schimmer des Bezweifelns aus seinen Augen wich, deutete der komische Doktor an, daß er in der Tat nichts zu sagen wünsche.

Gleich nach Hildesuse, die den Doktor sehr unergiebig fand und es der Fürstin in die Ohren schrie, obwohl diese nicht begriff, von was und von wem die Rede war, kam Frau Petersen in Jokims Zimmer. Sie schien zum ersten Male in ihrem Leben zu wissen, warum sie auf der Welt sei. Sichtlich ganz erfüllt davon, den Kopf ein wenig zur Seite geneigt und ohne den Doktor anzusehen, vielleicht zum ersten Male in ihrem Leben mit Absicht lügend und den gefährlich süßen Zauber der Lüge verwundert wahrnehmend, erklärte sie, sie müsse ein Geständnis machen, sie habe Fräulein Agathe umgebracht, ganz allein, ohne Mitwisser. Jokim ging bereitwillig auf das Spiel ein. Diesmal schwieg er ausnahmsweise nicht.

»So«, erwiderte er todernst, »ach wirklich. Sie also haben es getan, gnädige Frau. Das ist freilich eine böse Sache. Und warum, wenn ich fragen darf? Das war doch recht überflüssig, ich meine, da sie doch schon tot war. Ja, ich spreche absichtlich so mitleidlos mit Ihnen, Sie großes Schulmädchen. Ich könnte Sie jetzt aufgrund Ihres freiwilligen Geständnisses ohne weiteres verhaften lassen. Dann würde es vermutlich Ihr Mann gewesen sein wollen, denn es war ja niemand dabei. Es ist nämlich in diesem scheinbar so einfachen Fall ebenso schwer, Ihnen, Ihrem Mann, Ihrer Tochter, Ihrem Sohn und so weiter nachzuweisen, daß sie es waren, wie daß sie es nicht getan haben.«

»Ich haßte Agathe Köhler«, hob Frau Petersen von neuem an, ohne auf Jokims Spott zu achten, »wenn es auch grausam genug erscheint, daß jemand so wenig Liebe fand bei denen, für die sie von früh bis spät arbeitete, sich selbst nichts gönnte, uns alles abnahm, von den Augen absah, was sie nur konnte, an alles dachte –«

»Halt«, fiel ihr der Doktor unhöflich ins Wort, »lassen Sie mich es sagen. Sie dürfen mich ruhig unterbrechen, wenn etwas nicht stimmt. Ich sehe übrigens keinen hinreichenden Grund, warum es Ihr Mann, für den ich übrigens herzliche Sympathie empfinde, und Ihre Kinder und deren liebenswürdig-mürrischer Freund, für die das gleiche gilt, es nicht auch hören sollten. Freilich, daß Sie und ich, für mein bescheiden Teil, die einzigen im Hause sind, die wissen, wer die Tat begangen hat, die unselige, denn das ist sie, weiß Gott, und ich wünschte von Herzen, ER und wir beide wüßten es auch nicht, denn man muß nicht alles wissen, das, denke ich, können wir beide ja zunächst für uns behalten.«

»Ja«, sagte Frau Petersen leise, während sich endlich ihre Augen mit Tränen füllten, »ich weiß es. Ich hatte es im ersten Augenblick wirklich für ein Marienkäferchen gehalten. Ich bin ein wenig kurzsichtig und müßte eigentlich eine Brille tragen, wenn ich damit nicht wie eine Gouvernante aussehen würde, was ich nicht gerne möchte. Aber es war ein Blutströpfchen, das der Fürstin ins Haar gesprungen war. Ach Gott, nun habe ich es verraten. Aber kein Gericht der Welt wird mich zu einer Aussage bringen, und wir sind beide ohne Zeugen. Ich hatte es mir genau ausgedacht, wie ich es auf mich nehmen könnte, um in meinem Leben endlich einmal etwas zu tun.« Fragend, um Verzeihung bittend, kindlich vertrauend, schaute sie den Doktor an.

»Menschen wie ihr und ich, sollten nicht denken«, antwortete Jokim. »Wenn wir zu denken anfangen, machen wir alles verkehrt. – Wir sind soweit. Wir wollen hinübergehen ins Herrenzimmer.«

Als sie hinübergingen, begegneten sie der alten Fürstin am Arm Hildesuses, die heute offenbar ihr Meisterwerk vollbracht hatte, denn die Greisin – sie hätte der Stütze übrigens keineswegs bedurft, sondern war noch recht gut zu Fuß, es machte sich nur besser – sah großartig aus, geradezu königinmutterhaft, während sie die breite, hochherrschaftliche Treppe hinabschritt auf dem roten, ungewöhnlich geschmacklos gemusterten Plüschläufer, mit jenen Messingstangen, die so leicht aus den Ösen zu springen pflegen, daß man ständig seine Not mit ihnen hat; den ›Treppich‹ nannten ihn die Kinder, damit die deutsche Sprache recht glücklich bereichernd. Die Fürstin trug wieder das altmodische Schirmchen in der Hand und tippte damit versonnen spielerisch, aber mit bewundernswerter Treffsicherheit auf ein bestimmtes, sich wiederholendes Ornament der geblümten, ganz besonders gräßlichen Tapete. Ihr folgten Herr Petersen mit Kissen, der überaus anstellige Koch mit den Decken und Juri mit dem Ridikül, darin sich der Fürstin Zigaretten befanden, und mit dem Buche, elegant gebunden in rotes Saffianleder, biegsam, mit Goldschnitt, schon seit Jahren dem gleichen, denn sie schlug es auf, las zwei, drei Zeilen durch ihr Lorgnon, langweilte sich und ließ es aufgeschlagen auf die Vikunjadecke fallen und den Wind darin blättern. Die liebe alte Dame befand sich auf dem Wege zu ihrem Lieblingsplatz im Garten.

Als ihr Jokim begegnete und sich vor ihr verbeugte, dankte sie, indem sie die Augen schloß und wieder öffnete, dazu gleichsam mit der Nase lächelnd, deren Flanken sich dabei kräuselten, kaum ihre Stirne neigend und ohne hinzusehen. Plötzlich aber hielt sie an, deutete mit dem Schirm auf ihn und sagte mit ihrer fast männlichen Stimme: »Wer sind Sie denn, ich kenne Sie nicht, stellen Sie sich mir einmal vor!« Aber obwohl sie nun mittels ihres Schirmes ihre Ohrmuschel vorschob, damit sie besser höre, hatte sie schon vergessen, was sie eigentlich wollte, lächelte etwas verwirrt und schritt weiter, während Hildesuse durch beredte Augensprache den übrigen bedeutete, man möge darüber hinwegsehen, sie sei nun einmal ein wenig wunderlich.

Frau Petersen blickte Jokim zweifelnd an, ob nicht die Fürstin dabei sein müsse, was er verneinte.

Als dann, während die alte Dame zufrieden vor sich hinrauchend und mit der seidenen Quaste ihres Schirmes spielend, königlich im hinteren Garten unter der Blutbuche ruhte, die übrige Familie in Herrn Petersens Zimmer versammelt war, begann Jokim, nachdem er die Photographie des Sternguckers noch einmal genau betrachtet und ihren Rahmen behutsam zurechtgerückt hatte, in seiner verlegenen Art zu reden.

»Ein unvergleichliches, ein ungewöhnliches Bild, fürwahr«, sagte er, immer wieder danach hinschauend und fuhr dann fort, daß er, weil er erst seit kurzem in dieser Gegend wohne, bis gestern nichts von der Familie Petersen gewußt, wohl aber von Fräulein Agathes Ruhm gehört habe. Von dieser Perle von Köchin wolle er reden, diesem bedauernswerten Geschöpf ohne Zweifel, das ihn an jemand erinnere, erschreckend fast in der Ähnlichkeit des Wesens, aus seiner frühen Kindheit nämlich. Das helfe ihm wesentlich zum tieferen Verständnis des Falles.

Agathe Köhler war eine Waise, ein aufgewecktes frisches Ding, in einer wohltätigen Anstalt zur Hausgehilfin erzogen und von dem späteren Konsul, dem lieben seligen Herrn, gedungen worden, der ein Schürzenjäger war, unternehmend als Geschäftsmann, eitel, besitzfreudig.

»Man hat mir«, sagte Jokim, »gestern erzählt, daß Agathe Köhler in den ersten Jahren ihres Dienstes vorübergehend ihre Stelle verlassen habe, vermutlich, weil der sogenannte Neffe in ihr Leben trat, für den sie von nun an sorgte wie eine Mutter für ihren Sohn, um ihm die Zukunft so leicht und schön wie möglich zu machen, den sie, als er größer wurde, in eine gute Schule gab. Einen geschickten Jungen, mit sehr seltsamen Augen übrigens, von unverwechselbarem Ausdruck, Sternenaugen möchte ich sie nennen.«

Zornig blickte bei diesen Worten Juri den komischen Doktor an, als wollte er sagen: ›Wie kommt er dazu! Es sind des alten Sternensehers Augen, es sind unsere, es sind meine Augen, die nun irgendjemand anders haben sollte, es wagte zu haben, Agathes Neffe!‹

»Agathes Neffe widmete sich später dem Bankfach. Inspektor Schwalbe, ein sehr fähiger Beamter ohne Zweifel, ist gerade dabei, ihn ausfindig zu machen, und es würde mich sehr wundern, wenn Agathes Neffe nicht im Begriff sein sollte, ins Ausland zu gehen. Vielleicht wird man sogar feststellen, daß er vorher noch seine treu-besorgte Tante besucht hat. Ich bin fast sicher, daß er das tat. Schwalbe wird sich ihm an die Fersen heften, so wie ich ihn kenne, aber er wird ihn nicht erwischen, denn der Neffe ist sehr gerissen und besitzt viel Phantasie, unter Umständen ein gefährliches Erbe, etwa wenn es gilt, ein verdächtiges Taschentuch so zu verstecken, daß es die Polizei nicht finden soll. Man kann ein solches Taschentuch beispielsweise in einem Fernrohr unterbringen – ich wenigstens hätte es vermutlich so gemacht –, indem man es erst sorgfältig über eine Rolle aus schwarzem Papier wickelt und genau in die Röhre des Teleskops einfügt, so, daß man des ungeachtet und ohne es zu merken, noch in die Sterne schauen kann.«

Juri wurde blaß und rot. Aber Jokim fuhr gelassen fort: »Das ist unerheblich. Agathe Köhler hing mit magdlicher Liebe an dem Konsul mit dem pekuniären Gesicht, der so viel für den teueren Neffen getan, denn das hat er in der Tat. Er war ein großer Herr. Gewiß, er liebte das Geld wie sein Vater die Sterne. Aber wer Geld allzu lieb hat, den verläßt es. Agathe hat den Konsul gleichsam ums Leben gekocht, denn er aß gerne gut, und sie hat es bestimmt in bester Absicht getan. Sie hatte sich schnell hinaufgedient zur regierenden Köchin, bis sie ganz zur Familie gehörte. Sie war wirklich eine Perle. Man darf lange suchen, bis man jemand findet, der sein Handwerk, den Haushalt, so vollendet beherrscht, und wie sie so fanatisch dieser löblichen Kunst verfallen ist. Sie übte sie aus, bis sie unentbehrlich wurde. Konnte man ihr nicht kündigen? Es wurde natürlich erwogen, ist es nicht so? Es kam indessen nicht dazu. Sie selber hat es wohl zuweilen angedeutet, nicht eigentlich damit gedroht. Ihre Herrschsucht war heiter. Sie wußte nur zu gut, daß es ohne sie einfach nicht mehr ging. Es fehlte nicht an Versuchen der Familie, die stille Tyrannei Agathes abzuschütteln, die sich leider nicht nur auf das Regiment des Haushalts bezog, sondern auch auf die Wahl des Umgangs. Sie hütete den Hauseingang und das Telefon. Sie richtete nur aus, was ihr genehm war. Sie bedauerte, daß die Herrschaften nicht zu Hause seien, wenn sie Besuche abwimmeln wollte, die, nach des seligen Konsuls Meinung, nicht zu Petersens paßten, und sie wachte argwöhnisch über den Verkehr der Kinder. Entrüstet verteidigte sie den harmlosen Ole gegen Vorwürfe, die niemand gegen ihn erhoben hatte, und ließ durchblicken, daß sie sich manchmal rechte Sorgen mache, ob sein Einfluß auf die guten Kinder nicht verderblich sei. Frau Petersen nannte sie eine schwache Mutter.

Natürlich bemühte sich Frau Petersen zuweilen, sich im Haushalt nützlich zu machen, was Agathe mit nachsichtigem Lächeln zuließ, dabei ihr aber jede Freude nahm, selbst die des Staubwischens, indem sie ihr betulich nachwischte und, falls ihre Herrin einmal den Tisch deckte, rasch an den Tellern rückte oder ein passenderes Besteck auflegte. Auch liebte sie gar nicht Herrn Petersens musikalische Neigungen. Beinahe komisch wirkte es, wenn sie vor allem Todestage in der Verwandtschaft zum Anlaß nahm, unschuldige Vergnügungen als pietätlos zu brandmarken, nicht mit Worten, sondern durch ihr Verhalten. Sie ließ ihre Meinung zur Sache nur nebenbei merken, indem sie bescheiden um die Erlaubnis ersuchte, zu stillem Gedenken auf den Friedhof gehn zu dürfen, wodurch sich die Herrschaften aber beileibe nicht stören lassen möchten. Sie sei nun einmal so geartet, wiewohl sie es gut verstehen könne und die Musik sonst über alles liebe.

Mit der Schonung der Möbel trieb sie es schon schlimm mit Überzügen und Schondeckchen wegen der empfindlichen Politur.

Heimlichkeiten, worunter sie das geschwisterliche

Einvernehmen der Kinder und die innige Freundschaft mit Ole verstand, waren ihr in der Seele zuwider. Auch hier handelte sie bewußt im Sinne des verstorbenen gnädigen Herrn. Sie witterte Ungesundes und deutete es bei den Mahlzeiten durch die Blume, durch abschreckende Beispiele in andern Familien an. Vergleiche zwischen Juri oder Ole und ihrem Neffen, der ihr durch sein musterhaftes Verhalten und seine tadellosen Schulzeugnisse viel Freude machte, fielen sehr zum Nachteile der Freunde aus und brachten diese innerlich zur Weißglut. Als Vertraute des seligen Konsuls verwaltete sie die Schwächen der süchtigen Fürstin wie ein Vermächtnis, indem sie der lieben Kranken ihr Kontingent zumaß und sie so völlig in ihre Gewalt brachte. Über gewisse Unarten der Kinder, bei denen sie diese zu betreten wußte, bewahrte sie hehlerische, bedrohliche Verschwiegenheit.

Nicht erwiesen, aber auch nicht von der Hand zu weisen war es, daß sie dem in geschäftlichen Dingen ungeschickten Herrn Petersen ohne Wissen der Frau, der man bei ihrer gefährdeten Gemütsverfassung solchen Kummer besser ersparte, mit einer ansehnlichen Summe aus ihren Ersparnissen ausgeholfen haben soll, selbst auf die Gefahr hin, daß dadurch die Zukunft ihres Neffen in Frage stand. Sie hatte sicher alles zurückerhalten. Aber es blieb beschämend genug, daß die Köchin das Erbe des Konsuls umsichtiger zu bewahren wußte, als der eigene Sohn des hochachtbaren Kaufmanns es vermochte.

Wiewohl sie sich zierte, nahm sie zuweilen auch an den Quartettabenden im Hause teil, und selbstverständlich wenn die Verwandten zu Gaste waren, mit denen sie auf bestem Fuße stand, und mehr als Freundin der Familie denn als Köchin behandelt wurde. Wenn sie sich, obschon sie sonst völlig humorlos war, scherzhaft-gutmütig einen alten Hausdrachen nannte, widersprachen ihr Onkel wie Tante mit: »Na, na, na, machen Sie es nicht gar zu arg, Fräulein Agathchen!« und knufften sie lachend in die Seiten.

Ob sie wußte, wie sie gehaßt wurde? Es gibt Naturen, die sich ihrer Ungeliebtheit freuen, und andere, die es nicht merken. Agathe wußte es nicht. Sie war zu sehr von ihrer Tüchtigkeit überzeugt. Und wenn sie es in ihrer Seelenverknöcherung doch merkte, so schmeichelte es ihrer unbelehrbaren Versessenheit, daß sie nur das Beste wolle und daß man ihr bitter Unrecht tue.

So regierte sie still und beharrlich ganz im Sinne des lieben seligen Herrn Konsuls. Die durch sie geschaffene Unselbständigkeit ihrer ›Herrschaft‹ im fragwürdigsten Sinn des Wortes erleichterte ihr die Ausübung ihres devoten Despotismus.

Der Frau Konsulin, der Fürstin, muß ich hier gedenken, und ihrer liebenswürdigen Kunst, sich verwöhnen zu lassen. Ihre Herkunft liegt im Dunkel. Ihr Gatte hatte sie auf einer seiner Lustreisen kennengelernt, und ich müßte mich sehr täuschen, wenn sie nicht aus einer Artistenfamilie stammte. Ihr Ruf ist ohne Tadel, aber vielleicht stand sie als Kind an einem Brett, während ihr Vater Messer rings um sie herum warf. Ich kann sie mir auch im Flitterröckchen auf einem Drahtseil seiltänzelnd vorstellen, mit einem Schirmchen anmutig balancierend.

Sie war sehr schön, von natürlichem Adel ohnegleichen. Sie war nicht gebildeter als ihre Köchin, aber ihr merkte man es nicht an wegen ihrer Schwerhörigkeit und ihres ausländischen Akzentes. Ich möchte glauben, daß sie aus Montenegro stammte, wo viele Frauen wie Königinnen aussehen. Sie hatte Charme, sie hat ihn noch. Agathe Köhler hatte ihn nie.«

In diesem Augenblick klopfte es dringend, und der muntere Koch kam herein.

»Verzeihung«, sagte er, »aber die Frau Konsulin, sie ist nicht mehr im Garten und auch im Hause nirgends zu finden, wenn sie auf die Straße gegangen sein sollte...«

Die Nachricht rief einige Aufregung hervor, aber Jokim beruhigte die Familie. Es genüge wohl, wenn der

Koch ihr folge. Ihre Würde schütze sie vor Unannehmlichkeiten.

Wirklich lustwandelte die Fürstin arglos und freundlich durch die Straßen der Nachbarschaft, und niemand trat ihr zu nahe. Sie wurde mit Achtung gegrüßt wie ehedem. Ihr Erscheinen trug sogar wesentlich zur Beruhigung der bösen Stimmung in der Geschäftswelt des Villenviertels bei. Unbehelligt geleitete sie der Koch ins Haus zurück.

»Fräulein Köhler«, fuhr Jokim fort, »dürfte auch pünktlich dafür gesorgt haben, daß kein Geburtstag oder Jubelfest in der Verwandtschaft vergessen wurde. Sie verstand es, bei Tisch mit einem Blick nach oben stets sanft darauf hinzuweisen, was im Sinne des seligen Herrn und was nicht in seinem Sinne sei. So mußte in der Villa auch alles bleiben, wie er es liebte, das Beet mit den gelben und violetten Stiefmütterchen im Vorgarten, jedes Möbel an seinem gewohnten Platz, die Bräuche an den Festtagen. Selbst die Post nahm Fräulein Agathe in Empfang und verteilte sie. Sie führte das Haushaltungsbuch, es stimmte auf Heller und Pfennig. Ich habe es mir übrigens angesehen und dabei festgestellt, daß sie die üblichen Preise der Lebensmittel eigenmächtig aufzurunden sich angewöhnt hatte, nur ein ganz klein wenig. Kostete das Ei gemeinhin elf Pfennige, so stand zwölf Pfennige im Buch. Führt man das mehr als fünfundzwanzig Jahre sorgfältig durch, so ergeben sich ganz erhebliche Überschüsse, die dem vortrefflichen Neffen zugute kommen konnten, denn sie gönnte sich selber nichts. Menschen, die sich nichts gönnen, sind mir stets verdächtig gewesen.

Es läßt sich nicht leugnen, daß sie die Kinder, als sie klein waren, betreute, badete, anzog, wenn es auch, nach meinem Geschmack, abscheuliche Kleidungsstücke waren, wie uns die unerbittlichen Familienbilder zeigen. Sie wußte um alle ihre Schwächen und Sünden. Sie wußte leider alles. Es ist schrecklich, wenn jemand alles von einem weiß, wie beispielsweise die Seiltänzerherkunft der

Fürstin und die Liebeshändel des Konsuls, auch die abgekartete Geldheirat des Sohnes, der, leider von Natur ein wenig unselbständig, gehorsam tat, was sein Vater wünschte, aber sich auf ritterliche Art dadurch rächte, daß er das Geschäft mit seinem Herzen in Liebe wandelte. Ja, so war es wohl gewesen, wenn ich mich nicht täusche. Nun ist Agathe Köhler tot. Es gibt nichts Beschämenderes auf der Welt als den Tod eines Menschen, um den niemand trauert, bei dessen Ableben, wenn man sich's eingesteht, alle erleichtert aufatmen, Menschen, von denen man sagt, daß sie gewiß auch ihre guten Eigenschaften haben. Glauben Sie nicht, daß ich den Mord an Agathe rechtfertigen will, weil sie, wie Hildesuse sagte, ein rechtes Ekel, weil sie ein Biest war, was übrigens Agathe auch von Hildesuse dachte. Ich weiß, es ist viel verlangt, Sympathie für die Ekel unter uns zu haben. Aber auch sie sind wir.

Was ist nun noch zu tun? Können wir uns damit trösten, daß dem Fräulein Agathe ein großer Schmerz erspart geblieben ist, der sie vielleicht getötet, jedenfalls sicher tief verwundet hätte: die Unterschlagungen ihres Sohnes und seine Flucht auf Nimmerwiedersehen, oder damit, daß sie, die nie krank war, doch den Tod schon in sich trug, wie die Obduktion erwiesen hat, einen langsamen, schmerzensreichen Tod? Oder damit, daß der Mord von jemand ausgeführt wurde, der nicht mehr zurechnungsfähig ist? Das unerforschliche Walten kann uns nicht entschuldigen. Wir dürfen es nicht gutheißen, was da geschah. Niemals.

Vielleicht dürfte es gut sein, die Fürstin, die des Arztes dringend bedarf, künftighin in einer ihrem Gemütszustand entsprechenden Anstalt in Pflege zu geben. Dieses Haus hat einen Makel. Ich kann mir nicht gut vorstellen, Phantasie ist nicht meine Stärke, daß Sie, lieber Herr Petersen, in diesen Räumen fürder wohnen wollen oder musizieren werden, ohne daran zu denken, daß Sie es in dem Augenblick taten, während unten ...«

»Die Fürstin«, meldete der vielgewandte Koch.

Sie rauschte herein, ihr unvermeidliches Schirmchen im Arm wie eine Puppe tragend, die geliebte Zigarette geziert zwischen Daumen und Zeigefinger haltend, jenen Ausdruck im Gesicht, den so nur Kinder und manchmal alte Menschen haben, einen Ausdruck der völligen Unschuld. Die Falten an ihrer Nase kräuselten sich zu einem Lächeln. Als sie den komischen Doktor Jokim erblickte, fragte sie mit slawischem Akzent: »Wer ist das? Ich kenne ihn nicht. Er soll sich mir einmal vorstellen!« –

Doktor Jokim verabschiedete sich, nicht für immer, von dieser ihm so sehr sympathischen Familie, es wurde eine bleibende Freundschaft daraus. Als er von dem anstelligen Koch begleitet die Villa Petersen verließ, lief ihm Juri nach und bat ihn, Oles Zeichnung ›Floh, von Menschen geplagt‹, als kleines Zeichen der Sympathie anzunehmen.

»Danke, Juri Petersen«, sagte Jokim.

SQUIRREL

Vorerinnerung

Die folgende Erzählung habe ich nicht aus mir selbst, sondern wie manche andere von meinem Freund Dr. Jokim, der sich durch sein allerdings heftig umstrittenes theopathisches Heilverfahren als Arzt, aber auch als Kriminalist einen gewissen Namen gemacht hat. Es gibt eine Schrift von ihm, die Aufsehen erregte, nämlich ›Über die Dummheit der Verbrecher‹, in der er an Hand von vielen Beispielen die Leser allerdings völlig zu überzeugen versteht. Tatsächlich sollen seitdem die Verbrechen abgenommen haben, da sich vermutlich viele Kriminelle davon abhalten ließen, sich zu blamieren.

Vielleicht kennen manche Leser seinen ›Traktat über den Ultraduft‹, den ich, da er in einem gewissen Sinne hierhergehört, als Anhang dieser Erzählung bringe. Viel Spott aber mußte er mit seinem Vorschlag erdulden, alle Beleidigungen durch ein Gesetz abzuschaffen und damit völlig unwirksam zu machen. Nicht übel scheint mir der Vorschlag. Alle diese unbeherrschten Zornnickel können von nun an in den stärksten Ausdrücken sich ergehen. Es ist sinnlos geworden, und wenn mich künftig jemand einen Esel oder ein Rhinozeros schimpft, so sage ich: danke! Übrigens sind besonders junge Esel bezaubernde Wesen. Auch die elektrische Kühlhaube, mittels der man bei Schädelverletzungen bessere Heilerfolge erzielt, stammt von ihm.

Als Kriminalist hat sich Dr. Jokim eingehend mit Goethes Fingerabdrücken beschäftigt und sie an verschiedenen Gegenständen, vor allem an Büchern, die nachweislich durch des Olympiers Hand gegangen waren, aber auch an Steinen aus seiner Sammlung daktyloskopisch einwandfrei nachgewiesen.

Aber noch charakteristischer für Jokims etwas – wie ich zugeben muß – verquere Denkungsart ist seine Vorliebe für die kalifornische Krötenechse, jenes gepanzerte, gutmütige Ungetüm mit dem seelenvollen Blick, das er sich hält wie andere Leute Hunde, Katzen oder Wellensittiche. Dieses defensive, schuppen- und stachelbewehrte Geschöpf, dem niemand etwas zuleide tut (aus Angst nämlich, sich an ihm zu verletzen), liebt seinen Herrn zärtlich und folgt ihm aufs Wort. Ich habe selten ein so reizendes Beispiel von Affinität zweier Lebewesen erlebt, wie die zwischen Jokko und Jokim. Übrigens haben beide eine Vorliebe für Sonne und Sand.

Von diesem Dr. Jokim also stammt die folgende Geschichte, nicht von mir. Er hat die Verantwortung für ihre Wahrhaftigkeit, nicht ich. Jokim lügt nicht. Höchstens schweigt er manchmal, wenn er nicht verletzen will. Er hält Lügen für etwas Untergeordnetes. Was mich betrifft, so erlebe ich zu meinem Leidwesen keine Geschichten und beneide die Menschen, die jene geheimnisvolle Anziehungskraft besitzen, daß, wo auch immer sie auf den Plan treten, etwas Erzählenswertes ›sich zuträgt‹. Dr. Jokim gehört zu diesen nach meiner Meinung überaus glücklichen Naturen. Er selbst jedoch empfindet es keineswegs als ein Glück, sondern geradezu als lästig und beneidet seinerseits die andern, die nichts erleben.

Auch die folgende Begebenheit hat er mir selbst erzählt – und wie er sie erzählt hat! Ich habe von ihm die ausdrückliche Erlaubnis, sie aufzuzeichnen, was mir wohl kaum so glücken wird, wie es Jokim in seinem mündlichen Bericht mühelos gelang. Ich jedenfalls könnte ihm stundenlang zuhören. Und er braucht Zuhörer, nicht x-beliebige, sondern solche, die jene selten gewordene Gabe willfähriger Aufmerksamkeit und schöpferischer Geduld mitbringen, deren solche Erzähler bedürfen.

Sonst geht es nicht. Ich meine, nach einem Worte Stifters, ›die dichtenden Kräfte, die sich nicht sowohl im Hervorbringen als vielmehr im Empfangen äußern‹, die schöne Kunst des Zuhörens also meine ich.

Jemand, der Ohrenzeuge eines Jokimschen Berichtes war, und Augenzeuge, denn man muß ihn dabei sehen, behauptete hinterher kaltblütig, der gute Doktor möge ein ›fürtrefflicher Arzt und Kriminalist‹ sein, aber erzählen könne er leider nicht.

Es ist schon etwas Wahres dran. Jokims Geschichten sind keine sprachlichen Kunstwerke, er schweift gerne ab, häufiger als es nötig wäre, macht Sätze, die nicht zu Ende gehen, und bedient sich oft nichtssagender Floskeln oder mit einer genießerischen Vorliebe ausgefallener, zuweilen selbsterfundener Fremdwörter, spricht von ambulieren, von amön, antikorrosiv und ›ich weiß nicht was‹. Mich stört es nicht. Ich finde, es gehört dazu. Es sind seine ›Zwischenvorhänge‹. Jener vorerwähnte Jemand wurde künftig auch nicht mehr zugelassen, und mit Recht. »Vor solchen Korjacken kann man doch nicht erzählen«, sagte Dr. Jokim. – Ein kluger junger Mann nannte ihn sehr bezeichnend einen ›menschenscheuen Menschenfreund‹.

Ich muß darauf verzichten, in meiner Nacherzählung seine mir liebgewordene Unbeholfenheit des Vortrages nachzuahmen. Denn es wäre für den Leser doch gar zu ermüdend, wollte ich bei jedem Satze, etwa in Klammern, Jokims Gesichtsausdruck, die sparsame, aber beredte Gestik seiner so sympathischen Hände oder sein Lächeln beschreiben. Denn er zelebriert seine Erzählungen, wozu er als unentbehrliches Requisit lediglich einer Zigarette bedarf. Er raucht sozusagen seine Geschichten, und er bricht rücksichtslos mitten im Satze ab, wenn jemand hinzukommt, den er nicht mag. Er sagt dann: »Aus!« und spricht den ganzen Abend kein Wort mehr. Die Zahl von drei Zuhörern ist ihm schon fast zuviel. Ich betrachte es als Auszeichnung, daß ich zuweilen sein einziger Partner sein darf. Er lobte auch wohl mein Aufgeschriebenes mit freundlicher Rede, aber eine gewisse Enttäuschung malte sich doch in seinem Gesicht. Er kann sich nicht verstellen. Und mehr als irgendeiner seiner Zuhörer hat er selbst von seiner Erzählerei.

»Habe ich Ihnen schon einmal die Geschichte von Squirrel...?« begann er eines Abends. Es gehörte zu seinen Eigenheiten, daß er selbst zu vertrauten Freunden niemals du sagte. Natürlich hatte er mir schon von Squirrel erzählt, und er wußte es auch. Aber er liebte diese Geschichte wie ich. Also verneinte ich und hörte zu. Denn zuhören, das kann ich nämlich!

Erstes Kapitel

durch dessen unergiebigen Inhalt der Leser sich nicht abhalten lassen möge weiterzulesen

> Ich bin in meinem früheren Sein
> einmal ein Eichhorn gewesen.
> Friedrich Rückert

Squirrel, begann Dr. Jokim, ist englisch. Es heißt auf deutsch Eichhörnchen. Ich bin nicht ganz sicher, ob dieses wohlbekannte, sympathische, springlebendige kleine Tier mit dem pleurösenhaften buschigen Schweif und den spottlustigen, schlauen Schuhknopfäuglein auf der ganzen Welt zu Hause ist. Ich möchte es wünschen. Es nährt sich von Nüssen und kann recht zutraulich und menschenfreundlich werden. Es wird ihm aber auch nachgesagt, es sei grausam und fresse junge Vögel. Mag sein. Wir Menschen essen ja auch gern Geflügel. Die Gaukler und Seiltänzer meinen, daß man durch ein aus dem Gehirn des Eichhörnchens hergestelltes Pulver gegen Schwindel gefeit sei. Armes Eichhörnchen! Im Griechischen heißt es ›skiouros‹, das ist der mit seinem Schwanze sich Schattende. Rückert, der heute zu Unrecht vergessene Dichter, nennt es ›den frohsten verzauberter Prinzen‹. Sein Nutzen ist gering. Niemand weiß, wozu es eigentlich da ist. Aber es ist da.

In meiner Erzählung ist nicht das anmutige, kurzweilige Tier gemeint, sondern ein Mensch. Kein verzauberter Prinz übrigens, kein Engel, auch kein Gott...

Am Ende der Erzählung werden wir wissen, wer Squirrel ist.

Durch Fahrlässigkeit infolge Ausströmens von Gas, so meldete vor nicht allzu langer Zeit der Polizeibericht, hätte eine ganze Familie beinahe das Leben verloren, wäre sie nicht, wie durch ein Wunder, in letzter Minute vor dem sicheren Tode bewahrt worden.

Das Unglück hatte sich in der Kanalstraße, in der südlichen Vorstadt also, ereignet, in einem jener kleinen Kätnerhäuser, die noch an die ländliche Vergangenheit des Vorortes erinnern und da und dort dem baulichen Andrang der Großstadt – wie lange noch? – eigensinnig im Wege stehen.

Eine Katze – die Nachricht ging seinerzeit durch alle Blätter und machte beträchtliches Aufsehen – eine Katze hatte der Familie das Leben gerettet. Am Unfallsort, in der Wohnküche der Betroffenen, war im Fenster eine sogenannte Lüftungsklappe angebracht. Mittels eines verstellbaren, gelochten Riegels, der in einen Dorn oder Zapfen faßt, kann die Luke ein wenig, halb oder völlig geöffnet werden, damit nicht gleich die ganze Zimmerwärme hinausgeht. Fenster und Luke waren, als das Unglück geschah, nachweislich und ungeachtet des fast unnatürlich warmen Frühlingswetters geschlossen gewesen.

Die Katze muß mit Schnauze und Pfötchen den Riegel aus dem Zapfen gehoben und die Luke aufgestoßen haben, um so aus der vergifteten Luft, die ihr offenbar nicht behagte, ins Freie zu gelangen.

Vielleicht erinnern Sie sich jenes Bildberichtes im Abendblatt unter der rotgedruckten Schlagzeile: ›Katharina rettet vier Menschenleben!‹ Katharina hieß nämlich das verständige Geschöpf, übrigens ein äußerlich unansehnliches Tier, grau mit dunklen Streifen, so als sei, während sie sich sonnte, der Schatten eines Zaunes auf ihrem Fell haften geblieben. Der ungewöhnliche Vorgang wurde später auf meinen Wunsch vor Zeugen nachgeprüft, wobei es dem Kathrinchen tatsächlich spielend glückte, den sinnreichen Mechanismus der Lüftungsklappe zu meistern.

Nicht ganz zufällig war ein Vetter der Familie zu später Stunde in der verhängnisvollen Nacht noch an dem Hause vorübergegangen, hatte ›Lunte gerochen und Lärm geschlagen‹. Unter dem Beistand der Nachbarn waren die Verunglückten, Tochter, Mutter, Vater, Sohn, gerade noch rechtzeitig ins Freie gebracht worden und alsbald wieder zu sich gekommen.

Der hilfreiche Vetter legte großen Wert auf die Feststellung, daß er ›instinktiv‹ seine lieben Anverwandten in der genannten Reihenfolge geborgen habe. Er war es auch, der mich in jener Unglücksnacht herausschellte. In der Kanalstraße, bei Kuttelwaschers, so rief er mir zu, als ich mich aus dem Fenster beugte, sei ›ein entsetzliches Unglück‹ geschehen. Und wenn auch, nicht zuletzt ›dank seinem tatkräftigen Eingreifen‹ das Schlimmste verhütet scheine, so halte er doch ärztliche Hilfe für dringend geboten.

Ich bin von Berufs wegen solchen nächtlichen Kummer gewohnt. Ich war noch auf, denn ich gehöre zu denen, die nicht ins Bett finden, so, als erwarteten sie vor dem Schlaf etwas Schönes, daß doch der Tag auch der Mühe wert war. Ich kramte ein bißchen und stand vor meinen Büchern, lange wählend, in welchem ich am liebsten noch ein paar Seiten lesen sollte, und fand kein Ende.

Als es dann läutete, dachte ich sofort, vielleicht ist es dies, vielleicht kommt es jetzt, worauf ich wartete. Ich meinte es schon am Klang zu hören, daß es etwas Ungewöhnliches sei. Also rief ich mein ›Ich-komme-sofort‹ hinunter und machte mich unverzüglich auf den Weg.

Der aufgeregte junge Mann berichtete mir unterwegs in kurzen Zügen von dem Vorfall, vergaß dabei auch nicht des Katharinchen-Wunders. Ich ließ ihn reden und machte mir so meine Gedanken. Er schilderte seine Verwandten als sehr angenehme, grundanständige, liebe Leute, die nichts Schöneres kannten als ihre Arbeit und von früh bis spät unausgesetzt tätig zu sein. »Prächtige Menschen, meiner Treu, überaus prächtige Menschen!« wiederholte er und fügte ungefragt hinzu, daß er mit Barbara, der Tochter, so gut wie versprochen sei.

Meine mit Vorsicht und rein gefühlsmäßig geäußerte Vermutung, ob es sich denn auch wirklich um einen Unfall durch Fahrlässigkeit handle (wiewohl es doch recht unwahrscheinlich war, daß eine ganze Familie übereingekommen sein sollte, gemeinsam aus dem Leben zu scheiden), wies der Vetter als völlig undenkbar mit Entrüstung, ja sichtlich gekränkt von sich. Seine Verwandten, erzählte er, lebten zwar in einfachen, doch nicht ärmlichen, keinesfalls aber verzweifelten Umständen.

Allein, der Augenschein bestätigte natürlich meinen Verdacht. Ich habe die lästige Angewohnheit, in solchen Dingen fast immer recht zu behalten.

Ich traf die Verunglückten in Decken gehüllt auf dem Gehsteig vor dem bewußten Hause im Mondschein an, wehrlos der Fürsorge (und Neugierde) der Umstehenden preisgegeben. Sie waren noch ziemlich benommen, mit lila-grünen Gesichtern, aber wohl außer Lebensgefahr. Der fatale Gasgeruch in ihren Kleidern mischte sich mit dem Duft von Bohnenkaffee und Flieder. Denn es war eine laue Nacht.

Am bedenklichsten schien es mir mit Anselm zu stehen, dem Jüngsten, den man als letzten geborgen hatte. Er machte einen teilnahmslosen Eindruck, so als wundere er sich, noch da zu sein, und sei sich nicht ganz im klaren, wo er sich befinde, diesseits oder jenseits. Ungläubig, ein wenig irre lächelnd und scheu zugleich, sah er um sich.

Die Mutter dagegen und Barbara, die Tochter, befanden sich bereits in dem in solchen Fällen charakteristischen Erregungszustand und gaben auf die teilnehmenden Fragen, wie es denn dazu gekommen sei, mit überreizter Gesprächigkeit Auskunft. Sie bekundeten dabei einen verdächtigen Eifer. Das Wasser müsse übergekocht sein und die Gasflamme ausgelöscht haben. Sie seien allesamt todmüde gewesen, am Einschlafen. So etwas könne ja schließlich einmal vorkommen, beteuerten sie mehrmals, als müßten sie sich rechtfertigen.

Ich habe die halb ärgerliche, halb nützliche Eigenheit, rot zu werden, wenn jemand in meiner Gegenwart die Unwahrheit sagt. Auch jetzt errötete ich.

Am auffallendsten benahm sich Vater Kuttelwascher. Anstatt, wie man füglich erwarten durfte, sich seines wiedergewonnenen Lebens zu freuen, wies er unwirsch, ja feindselig den dargebotenen Kaffee zurück und schwieg ingrimmig auf alle Fragen.

Der ebenfalls am Unfallort eingetroffene Polizeiwachtmeister war, das sah ich ihm an, bezüglich der Ursache ganz meiner Meinung, aber zum Glück verständig genug, sich durch mich vom Gegenteil überzeugen zu lassen, um den durch das Mißlingen ihres traurigen Vorhabens ja schon hart genug Gestraften weitere Unannehmlichkeiten zu ersparen. Wir kannten uns.

»Ist in Ordnung!« sagte der Treffliche, ein Auge zudrückend. Er sorgte dafür, daß die Kuttelwaschers für den Rest der Nacht, voneinander abgesondert, anderweitig untergebracht und unauffällig überwacht wurden, damit sie ›keine weiteren Dummheiten machten‹. Sie ergaben sich widerwillig in ihr Schicksal. Sie wollten es nicht einsehen, daß die Polizei sich ja auch anders hätte verhalten können. Sie wäre dazu ohne Zweifel gezwungen gewesen, wenn etwa der Anselm hätte dran glauben müssen, bei dem es auf Spitz und Knopf stand.

Da es für mich im Augenblick nichts mehr zu tun gab, benutzte ich die Gelegenheit zu einer Tatortbesichtigung. Die Kanalstraße, das wird jeder, der sie kennt, zugeben müssen, ist eine häßliche Straße mit nackten, grauen, freudlosen Zinshäusern ohne Vorgärten. Das Häuschen der Familie stand wirklich etwas im Wege, übriggeblieben, wie verloren und nur zur Not noch geduldet, schier bedroht, aber doch eine kleine bauliche Persönlichkeit, die bockig sich zu behaupten entschlossen schien. Das gefiel mir. Dadurch, daß dieses dörfliche Überbleibsel von Haus zwischen den städtischen Baulichkeiten sich gegen die neue Baulinienführung sperrte und mit der einen Ecke schräg, sozusagen mit kalter Schulter in die Straße vorstieß, war auf der anderen Seite ein kleines, dreieckiges Stück Erde ausgespart und eingezäunt. Ein paar Küchenkräuter, Petersilie und Zitronenmelisse, wuchsen dort und ein Rosenstock. Er wurde von einem grünen Stab gehalten mit einer rosa-irisierenden Glaskugel darüber, gleich einem privaten Mond. Das Ganze hieß bei den Kuttelwaschers: der Garten.

Schon mein erster Blick, als ich von der Straße her in die Wohnküche trat, bestätigte des tatkräftigen Vetters Lobpreisung der Kuttelwascherschen Tugenden. Die Einrichtung war anspruchslos, aber anheimelnd, sozusagen liebenswürdig kitschig und von peinlichster Sauberkeit, obwohl oder gerade weil der Vater von Beruf Kohlenträger war.

Den einzigen Wandschmuck bildete eine auf bildschön retuschierte Photographie, das Brautbild der Eltern, darauf sie nicht besonders geistreich, aber sehr glücklich aussahen, und gleichfalls unter Glas und Rahmen ein amtliches Diplom, dessen Text dem Inhaber mit beigesetztem Siegel bestätigte, daß er ›die ebene Strecke von 25 km mit einem 112 Pfund schweren Sack Kohlen in nur 3 Stunden 49 Minuten‹ zurückgelegt habe, eine gewiß höchst beachtliche, wenn auch nutzlose Leistung, die (seinerzeit) den absoluten Weltrekord bedeutete. Ich hätte dieses seltene Dokument gar zu gern meiner Kuriositäten-Sammlung einverleibt!

Vor dem nun zur Lüftung weit geöffneten Fenster (mit der vorerwähnten Luke) befand sich ein Arbeitstisch mit Stößen von Faschingsmasken, Halbfertigfabrikaten aus Gaze und Papiermaché, die, wie Vetter Herbert, der beflissen die Führung übernommen hatte, erklärte, von Mutter und Tochter für die Firma Geschwister Süpplein, Masken en gros und en detail (vorn an der Ecke neben dem Sarggeschäft), in Heimarbeit bemalt wurden. Im Rohzustand wirkten sie gespenstig-blaß.

Da aber sonst alles so adrett und ordentlich aussah, konnte man wirklich meinen, hier wohne das Glück, wären eben nicht dort auf dem lila Kachelherd zusätzlich der gußeiserne Gaskocher für zwei Flammen, mit Gummischlauchanschluß, gewesen und die vier Stühle, nahe herumgestellt, auf denen vor kurzem noch Vater, Mutter, Tochter, Sohn bei sorgsam verschlossenen Fenstern und Türen und mit Werg verstopften Schlüssellöchern eng beisammengesessen hatten, selbviert den Tod einzuatmen.

Nachdem ich die Stühle aus ihrer verräterischen Position genommen und auch die Schlüssellöcher entstöpselt hatte (wobei nun Herbert doch ein Licht aufging), hatte ich genug gesehen. Der Wachtmeister schloß die Fenster und das Haus.

Der gefällige Herr Vetter ließ es sich nicht nehmen, mich nach Hause zu begleiten. Sie kennen meine Ansicht, daß man durch Schweigen in solchen Fällen am meisten erfährt. Also schwieg ich mit Erfolg. Es wolle ihm nicht in den Kopf, und es sei ihm völlig rätselhaft, sagte Herbert, daß seine Verwandten, aber vor allem daß seine Freundin Barbara, ohne ihn zu fragen aus der Welt zu gehen so plötzlich sich entschlossen hätten. Es wunderte ihn offenbar sehr, als ich meinte, ich könnte das gut verstehen. Ich sehe nämlich immer alles so ein.

»Wieso?« widersprach Herbert. »Sie hatten doch keinerlei Grund dazu!«

»Es ist völlig abwegig, in solchen Fällen nach Gründen zu fragen«, erwiderte ich ihm. »Es ist eine Krankheit wie jede andere, und eines Tages stirbt man daran. Möglicherweise hat sie das Leben nicht mehr gefreut.«

Eins wurde mir klar: Herberts Verwandte lebten ganz für sich und wollten keinen Umgang. Sie galten deshalb in der Nachbarschaft als hochmütig. Man mochte sie nicht besonders. Wenn der ›Unfall‹ ihnen geglückt wäre, hätte man es vermutlich kaum bemerkt, daß sie fehlten. Sie waren nicht gefragt, ausgenommen bei dem verliebten Vetter, der sich in dieser Umluft augenscheinlich recht wohl fühlte. Die Kuttelwaschers – das war mein Eindruck – rackerten sich ab von früh bis spät, ohne sich etwas zu gönnen, und glaubten wohl noch, dies sei das Leben!

Ich war enttäuscht. Nach dem, was ich bis jetzt gesehen und gehört hatte, versprach ich mir herzlich wenig Ersprießliches von den ›prächtigen Menschen‹. Aber irgend etwas war doch in ihrem Wesen und in ihren Pfenniggesichtern, was mir gefiel, etwas Ungestilltes. Auch sie hatten augenscheinlich (wie ich) auf etwas Ungewöhnliches im Leben gewartet und, müde geworden, am Ende gehofft, daß es der Tod sei. Auch auf die Gefahr hin, wie so oft ›auf mich selbst hereinzufallen‹, beschloß ich, die Lebensmüden vorläufig nicht aus den Augen zu lassen.

»Was macht die Katze?« war eine meiner ersten Fragen als ich andern Tages gegen Abend zur Nachuntersuchung zu meinen neuen Patienten gekommen war. Ich war eben dabei, des Kohlenträgers preisgekrönten Rükken abzuhorchen, dessen Muskeln freilich schon arg schlaff zu werden begannen.

»Das Biest«, bekam ich zur Antwort, »hat sich seit gestern wohlweislich nicht mehr blicken lassen. Das Kreuz gehört ihr abgeschlagen!«

Ich hatte schon beim Eintreten bemerkt, daß man mir mit unverhohlenem Mißtrauen begegnete. Aber ich stellte mich arglos:

»Nun, das Biest hat euch ja immerhin das Leben gerettet!«

»Das Leben?« Die Mutter sagte es, als wäre es zum Lachen. Sie saß schon wieder mit Barbara bei der Arbeit, beim Maskenmalen, als wäre nichts geschehen. Ich warf einen Blick hinüber. Das müsse doch ein hübscher Beruf sein.

»Die Masken?« erwiderte Barbara, ohne von der Arbeit aufzublicken. »Wir können sie schon nicht mehr sehen, mit Verlaub.«

»Mit meinen Patienten geht es mir zuweilen nicht viel anders«, versetzte ich, eisern entschlossen, den Widerstand der Familie zu brechen. Und zu dem Vater gewandt, fuhr ich fort, er könne weiß Gott von Glück sagen, daß es noch einmal so gut abgegangen sei.

»Von Glück?« – das war noch immer der gleiche ungute Ton. Ich ließ mich indessen nicht aus der Ruhe bringen.

»Sie können sich anziehen«, sagte ich nebenhin. Dabei bückte ich mich und betastete seine Beine über den Fesseln.

»Dacht ich's doch!«

Der Kohlenträger schien Bescheid zu wissen.

»Friedhofsgamaschen?« fragte er.

»Ein wenig, nicht schlimm. Sie haben eben ein altes Herz.«

»Aber sonst bin ich doch wieder ganz gesund?«

Die Frage klang schon etwas unsicherer. Er war ja so stolz darauf, nie in seinem Leben ernstlich krank gewesen zu sein. Er trank nicht und rauchte nicht.

»Kein Mensch ist ganz gesund«, behauptete ich kühn. »Der Nächste bitte!«

Anselm war an der Reihe. Mit einem ›wenn's schon sein muß‹ setzte er sich rittlings auf den Stuhl, unlustig auch er, nun aber doch ein Lächeln verbeißend, als ich auf das

Abhorchgerät verzichtete und mein kühles Ohr an des Jungen Rücken legte. Denn es kitzelte.

Obwohl die beiden Frauen so taten, als seien sie ganz bei ihrer Arbeit, spürte ich doch deutlich, wie aufmerksam sie der Untersuchung Anselms folgten. Sie hingen alle offenbar sehr aneinander, wenn sie es auch nicht zeigten. Also ließ ich mir Zeit, machte ein paarmal ›hm‹ und eine besorgte Miene, als gefalle mir der Befund nicht.

»Und bei dir, Anselm«, sagte ich endlich ernst, »war es fast schon ein kleines Wunder: um ein Haar, und du hättest die Radieschen von unten angeschaut.«

»Ein Wunder?« Der Hohn war nicht zu verkennen. Das verdroß mich nun doch ein bißchen. Also fügte ich hinzu, ich sei noch nicht ganz sicher, ob nicht etwas nachgeblieben sei. Auf jeden Fall solle er mir täglich den Morgenurin bringen. In die Arbeit könne er noch nicht gehen. Ob er noch Beschwerden habe?

»Kopfschmerzen. Und manchmal verschluckt sich mein Herz.«

»Was tut es?«

»Es stolpert und tut so komisch. Es läuft manchmal leer.«

Ob das mit dem – mit dem – Vorkommnis von gestern zusammenhänge, wollte jetzt die Mutter wissen. Sie konnte ihre Angst nicht verbergen. Nun hatte ich sie endlich soweit.

»Hört einmal alle zu«, sagte ich, »das macht mir doch niemand weis. Das war doch kein Unfall aus Unvorsichtigkeit!« Ich ging zum Gaskocher und spielte anzüglich mit dem Schlauch. »Kommt, sagt es mir: warum habt ihr den Gashahn geöffnet?«

Der Kohlenträger mochte wohl einsehen, daß ein Ableugnen jetzt keinen Sinn mehr hatte. »Das Leben hat uns nicht mehr gefreut«, sagte er ruhig.

Was sie doch alle für schöne Augen haben, dachte ich mir, während ich antwortete: »O, das kann ich euch allenfalls nachfühlen, obgleich, ihr seid doch schließlich zu viert, und das wundert mich, offen gestanden, doch ein wenig, nämlich daß ihr alle ohne weiteres damit einverstanden gewesen seid, auch Barbara und Anselm?«

Alle. Nur die Katze nicht. Damit hätten sie eben leider nicht gerechnet. Sie wollte nicht.

Das war die reine Wahrheit. Und da es nun ausgesprochen war, tauten sie sichtlich auf und redeten ohne Scheu und ohne Rücksicht davon, ganz sachlich, als handle es sich nicht um ihre persönliche Angelegenheit, sondern um die fremder Leute. Dabei stellte es sich heraus, daß ausgerechnet Anselm den Vorschlag gemacht hatte, der Jüngste also. Er schien sogar noch stolz darauf zu sein, und die anderen bewunderten ihn darob. Sie hatten vorher nie davon gesprochen, aber es leuchtete ihnen sofort ein. Also hatten sie sich ganz rasch dazu entschlossen. Barbaras einziger Gedanke war gewesen: nur schnell, nur schnell! Sie schien sich vor einer reiflichen Überlegung gescheut zu haben.

»Trotz Herbert?« wagte ich einzuwenden.

Barbara sah mich unschlüssig an. Dann sagte sie: »Der gute Herbert – aber das ganze Leben immer nur mit ihm!«

Anselm gab zu, ihm seien ganz zuletzt Bedenken gekommen, ob es denn wirklich sein müsse. Aber da war es schon zu spät. Man konnte nicht mehr zurück. Da müßte man sich ja schämen, sagte er. Und auf einmal sei er ›weg‹ gewesen.

Kutt (so nannten sie den Vater), Kutt in seiner nüchternen Art gestand, er wisse nicht, wie es bei den andern ausgesehen habe, aber er sei in den Tod gegangen wie auf den Abort.

Nun aber hätte ich natürlich gerne gewußt, wie ihnen denn zumute war, als sie wieder zu sich kamen.

Kutt wollte es beim Erwachen sofort gemerkt haben, daß er weder in der Hölle noch im Himmel sei. Er habe es an den Gesichtern gesehen. Er habe gedacht: verd...

Sch..., jetzt bin ich *noch* da. Und sie seien doch alle schon beinahe hinüber gewesen!

»Das war eine schöne Blamage«, sagte Anselm trocken.

Ohne Zweifel, für diese Kuttelwaschers fing das Leben überhaupt erst in der Nähe des Todes an, interessant zu werden. Was sie denn eigentlich gegen das Leben hätten (denn sie sprachen wahrhaftig vom Sterben wie von einer Lustbarkeit), ob es denn wirklich so arg sei, erlaubte ich mir einzuwenden, ohne freilich selber so recht von meiner Ansicht überzeugt zu sein. Und ob sie denn wüßten, was sie drüben erwarte? Was ›das Drüben‹ anlange, er sei auf nichts mehr neugierig, antwortete Kutt. Und das Leben, das könne er allmählich auswendig.

Der Herr Doktor müsse ihn recht verstehen, mischte sich jetzt die Mutter ein. Kutt habe sich, weiß Gott, immer redlich geplagt und zeitlebens nichts gekannt als seine Arbeit. Und von morgens bis abends nichts als immer nur schwarze Kohlen sehen, das müsse einen ja melancholisch machen.

Immer als sie gedacht hatten, so jetzt haben wir's endlich geschafft, war ein Eingriff durch ›höhere Gewalt‹ gekommen, Krieg, Inflation, Arbeitslosigkeit, wieder Krieg, womöglich eine Währungsreform. Die Kuttelwaschers hatte es immer dabei erwischt, vielleicht weil sie zu anständig waren und sich stur an die Verordnungen hielten. Zudem waren Kutt und Mutt nicht mehr die Jüngsten, waren verbraucht und müde.

»Es glückt uns eben nichts. Nicht einmal das Sterben«, fügte Anselm mit einem kurzen Auflachen hinzu.

»Ihr seid mir schon eine komische Familie«, sagte ich. Sie nahmen es nicht übel. Komisch? Vielleicht. Aber ob Familie nicht an sich schon etwas Komisches sei?

Eines gefiel mir: diese ›prächtigen Menschen‹ schienen zwar – ihr Versuch, aus dem Leben zu gehen, bewies es – nicht eben viel Phantasie zu besitzen, aber sie liebten einander zärtlich. Sie waren auch ohne Phantasie offenbar sehr glücklich miteinander.

»Was halten denn Sie vom Leben, Herr Doktor?« fragte mich nun Barbara geradezu.

Ich glaubte ihnen eine Freude zu machen, wenn ich zugab, auch manchmal solche Anwandlungen zu haben. Tatsächlich habe es mich schon ein paarmal verlockt, an der Gasblume zu riechen. Auch ich erwachte morgens und hätte gar keine Lust, aufzustehen. Allein schon das ewige Aufstehenmüssen, das Waschenmüssen, Rasieren, Anziehen und so weiter, der ewige Trott! Man mag nicht mehr. Ich habe auch Tage, gestand ich, wo man mich besser nicht mit mir allein läßt.

»Oder man steht abends auf einer Brücke, und unten fließt das Wasser...« sagte Barbara.

»Oder man wartet auf einem Bahnsteig, der Zug braust heran...« meinte Anselm. »Wer spielte da nicht mit dem Gedanken...«

Es hat ja auch wirklich etwas Verführerisches. Der Tod, man kann sich in ihn verlieben. Ich war drauf und dran, mich anstecken zu lassen. Es war an der Zeit, daß ich mich gegen die Anfechtung zur Wehr setzte.

»Ach, solange man lebt, glaubt man doch nicht im Ernst, daß man sterben könnte«, sagte ich. Ob sie denn gar nicht an die anderen, an den tüchtigen Herbert zum Beispiel, dächten? Aber Kuttelwaschers schienen nicht viel von den anderen zu halten.

»Uns freut jeder, den wir nicht kennen«, sagte Anselm. »Uns weint niemand eine Träne nach, der Vetter vielleicht ausgenommen. Er wäre vermutlich« – die Vorstellung belustigte ihn sichtlich – »der einzige gewesen, der hinter unsern Särgen gegangen wäre, leise weinend, mit Zylinder und Taschentuch.«

»So ist das nun mit uns«, sagte die Mutt. »Wenn ich morgens dort in den Spiegel schaue und sehe mein dummes, altes Gesicht. Ich kann da nicht lachen. Ich werde sogar immer ein wenig traurig dabei. Man sieht sich selbst mit der Zeit so über, finden Sie nicht? Jeden Tag dasselbe Gesicht! Damals«, sie warf einen Blick auf das

Brautbild, »bildete ich mir doch tatsächlich ein, ich würde nie alt werden. Und das Heimtückische dabei ist, daß es so ganz allmählich kommt. Es soll nur niemand glauben, daß man heute noch genau so aussieht wie gestern. Man wird unmerklich und unaufhaltsam jeden Tag und jede Nacht ein ganz, ganz klein bißchen älter. Ach, man ist überhaupt viel zu kurze Zeit jung und viel zu lange alt. Wenn's nach mir ginge, sollte man alt geboren werden und immer jünger werden, je länger man lebt.«

Ich konnte ihr von ganzem Herzen beipflichten.

»Was sind wir Ihnen schuldig?« fragte Kutt abschließend. »Offen gestanden: Sie haben uns keinen Gefallen getan.«

»Also seid ihr mir auch nichts schuldig«, antwortete ich, mich zum Gehen anschickend, »ausgenommen das Versprechen, nie wieder...« Aber da ich wohl einsah, daß dies doch niemand versprechen könne, fügte ich hinzu: »Das sage ich euch: Das nächste Mal rühre ich keinen Finger!«

Kutt schüttelte mir die Hand: »Das soll ein Wort sein«, sagte er ehrlich.

Anselm und Barbara brachten mir so hurtig Mantel und Hut, als könnten sie es gar nicht erwarten, mich los und wieder ganz unter sich zu sein. Ich verabschiedete mich mit dem Versprechen, wiederzukommen. Und schon im Gehen konnte ich es doch nicht verhehlen: ich hätte nicht ungern von ihnen gehört, daß sie inzwischen keine Dummheiten mehr machen würden.

»Wie lange?« fragte Anselm. Er schien sich über mich lustig zu machen. Der beinahe erlittene Tod gab ihm diese Überlegenheit.

»Sagen wir bis morgen?«

»Na, meinetwegen.«

In diesem Augenblick trat der hilfreiche Vetter Herbert ins Zimmer. Er war sichtlich in besseren Verhältnissen als seine Verwandten und trug stets eine dicke Aktenmappe bei sich. Er strahlte. Er brachte einen Blumenstrauß mit und Süßigkeiten für Barbara. Allein, der Empfang war spürbar frostig. Offenbar hatte er erwartet, daß ihm alle um den Hals fallen würden. Zu seiner Verblüffung geschah nichts dergleichen.

»Ihr steht ja herum wie Hinterbliebene auf ihrer eigenen Beerdigung«, brachte er hervor, mit einem kläglichen Versuch, zu scherzen. Er konnte einem wirklich leid tun in seiner Hilflosigkeit. »Ja, freut ihr euch denn gar kein bißchen?«

»Nein«, bestätigte Kutt ungastlich. »Wir sind dir ja auch sehr, sehr dankbar«, sagte Barbara, »das wolltest du doch hören, Herbert?«

»Ich muß allerdings schon sagen, daß ich das nicht verdient habe. Denn schließlich, wenn ich nicht gewesen wäre...«

»Ja, ja, doch, das ist es ja eben«, erwiderte Mutt, »sei uns darob nicht böse. Du hast es gewiß herzlich gut gemeint!«

»Dann ist es wohl besser, ich gehe«, sagte Herbert tief gekränkt und wandte sich zur Tür. Aber plötzlich besann er sich: »Ja so, übrigens – fast hätte ich's vergessen –, da draußen auf der Straße liegt einer.«

Das kam für uns so völlig überraschend und war so ohne jeden Zusammenhang, daß wir eine ganze Weile brauchten, um umzuschalten. Kutt war eben dabei, einen neuen Stiel an eine Schaufel zu machen, denn er tat es nun einmal nicht, ohne etwas zu tun. Mutt hantierte gerade am Herd. Barbara malte Masken. Anselm spülte ab.

»Liegt einer?« fragte er, »wieso, wer?«

»Ein junger Mensch, mitten in der Fahrbahn, überfahren vielleicht, ohnmächtig, tot – ich weiß es nicht.«

Barbara begriff es als erste und lief ans Fenster, um nachzusehen.

»Wirklich!« rief sie. »Dort mitten auf der Straße liegt jemand!« Und dann zu Herbert gewendet: »Und das sagst du erst jetzt, du Schaf? Da muß man doch helfen!«

An Plötzliches gewöhnt, war ich schon an der Tür: »Los, Kutt, Anselm, angepackt!«

An Herbert vorüber eilten wir ins Freie. Ich hörte gerade noch, daß Herbert uns nachrief, wir sollten den Verunglückten lieber erst fragen, ob's ihm auch recht sei, daß man ihm helfe.

Zweites Kapitel

in dem der Leser für seine Ausdauer belohnt wird

Wie Herbert gesagt hatte, lag draußen mitten in der Fahrbahn ein junger Mensch. Niemand kümmerte sich um ihn, denn es war Abendessenszeit und die Straße menschenleer.

Er lag da wie hingeworfen, regungslos, ohne Bewußtsein, nur mit einer abgetragenen, hellblauen Rippelsamthose und einem schadhaften, verschossenen Hemd bekleidet, barfüßig, bestaubt, mit weich in die Stirne fallendem, verstruwweltem, eine Spur ins Rötliche spielendem Haar – lag in einer hilflos-anmutigen Stellung wie schlafend oder tot, überaus rührend anzusehen.

Kutt und Anselm hoben ihn ohne weiteres auf – er war sehr leicht – und trugen ihn ins Haus. Anselm hielt ihn von rückwärts unter den Armen gefaßt, daß des Fremden Kopf an seiner Brust ruhte, Kutt trug die Beine. Wir betteten ihn, von den Frauen unterstützt, behutsam auf den Diwan. Sein Mund war leicht geöffnet. Ich fühlte ihm den Puls.

»Ist er tot?« fragte Barbara leise.

»Er ist nur sehr erschöpft, nicht bei sich. (Der Puls war schwach und ziemlich durcheinander.) Ein starker Kaffee wird ihm guttun.«

»Vielleicht ist er betrunken?« meinte Herbert geringschätzig. Das war nicht ohne weiteres von der Hand zu weisen. Also beugte sich Anselm über des stillen Gastes Mund.

»Keine Spur!« stellte er fest. »Er hat einen Atem wie ein Baby.«

»Stirbt er?« fragte Barbara abermals. Da ich wohl wußte, daß es nicht allzu schlimm um meinen unverhofften Patienten stand, antwortete ich mit gespieltem Ernst, es käme lediglich darauf an, ob man ihm seinen Willen lasse. Ich blickte fragend in die besorgten Gesichter der Kuttelwaschers, als läge es einzig und allein bei ihnen, ob der junge Mensch sterben solle oder nicht.

»Bitte nicht!« sagte der Kohlenträger mit einer bei ihm ungewohnten Wärme. Keiner wollte es, selbst Herbert nicht.

»Lieber gar, der geht nicht ein«, meinte er unzart, als habe er sich etwas vergeben, »der wird schon wieder. Am Ende tut er nur so.« Er war mit dem Kaffeemahlen fertig und roch an dem Schublädchen.

Mit heimlichem Vergnügen bemerkte ich die Wandlung der eben noch so sterbelustigen Familie angesichts des ungebetenen Gastes. Sie, die gestern und eben noch ihre Errettung gleichsam als einen Übergriff in ihr gutes Recht gebrandmarkt hatten, gaben sich jetzt alle erdenkliche Mühe, das Leben eines Wildfremden zu erhalten. Denn sie wußten ja nun wirklich nichts von ihm, sie wußten nicht, was sie taten und ob er überhaupt solcher Barmherzigkeit würdig war. Er erbarmte sie in seiner Hilflosigkeit. Und überdies gefiel er ihnen, wie ich wohl merkte.

Kutt holte eine Flasche Schnaps herbei. Mutt goß den Kaffee auf. Barbara rieb dem Erschöpften die Füße. Anselm betrachtete aufmerksam sein Gesicht, ob er nicht endlich ein Lebenszeichen von sich gäbe.

Da nun aber der noch immer Bewußtlose es selbst nicht sagen konnte, wer er sei und von wannen er komme, riet ich, mit nachträglich einzuholender Erlaubnis vorerst einmal seine Taschen zu befragen. Auf meinen Wunsch kehrte ihm Anselm mit äußerster Behutsamkeit die Taschen um.

Er fand nichts darin, aber auch schon rein gar nichts. Nicht einmal ein Taschentuch.

»Keine Papiere?« fragte Kutt. »Papiere *muß* er doch haben!«

»Keine Papiere!«

»Kein Geld?«

»Nicht einen roten Heller.«

Das war allerdings wenig. Ratlos aber freundlich betrachteten wir den Wandergesellen, der uns ungerufen ins Haus geschneit war.

»Was machen wir bloß mit ihm?« fragte ich. »Im Krankenhaus werden sie als erstes fragen, wer für ihn bezahlt.«

»Wir können ihn ja in Gottes Namen einstweilen hier lassen, bis er sich etwas erholt hat«, sagte Kutt mit einiger Überwindung. Und Mutt meinte mit einem Seufzer: »Wo viere satt werden, wird auch ein fünfter nicht verhungern.« Anselm erbot sich, solange im Stroh zu schlafen.

»Also, er bleibt vorläufig hier!«

Nur Herbert mißfiel der Vorschlag. Das habe er sich doch gleich gedacht. Er halte es aber für seine verdammte Pflicht und Schuldigkeit, darauf hinzuweisen, ob der Fremdling nicht womöglich Ungeziefer mit ins Haus bringe. Er sähe nicht gerade danach aus, als ob er die Segnungen von Seife und Zahnbürste kennen würde (womit er recht hatte). »Aber mich geht es ja schließlich nichts an!« Und zur Bekräftigung seiner Meinung zündete er sich betont unbeteiligt eine Zigarette an und legte die Schachtel neben sich auf den Tisch.

»Nein«, sagte Barbara, »dich geht es nichts an.«

Nun brachte Mutt den Kaffee, erst mir, damit ich ihn koste.

»Der weckt einen Toten auf!« sagte ich und hielt die Tasse dem Fremdling unter die Nase. Und siehe da, es half.

Drittes Kapitel

Der junge Mensch schlug groß und blau die Augen auf. Nun erst ›sah er aus‹, hatte ein Gesicht auf einmal. Er blickte ohne Überraschung und ohne Scheu um sich, als wollte er sagen: Nett ist es hier! Ihr gefallt mir. Da ist gut sein!

»Oh!« machte er.

Ich führte ihm die Tasse an den Mund, aber er schüttelte den Kopf und schob die Tasse sanft, aber bestimmt zur Seite. Er witterte sichtlich den Zigarettenduft.

Anselm erriet es als erster, wonach den Jungen gelüstete. Er nahm dessen Hände, betrachtete die Finger, die leicht gebräunten, und sagte mit plötzlicher Erleuchtung: »Zigarette.«

Der Fremde nickte lächelnd und machte »Mhm!«, was »ja!« bedeuten sollte. Es ließ sich nicht leugnen, er hatte sehr schöne Augen und ein reizendes Lächeln.

Aber jetzt mischte sich Barbara ein. »Nein, keine Zigarette, bitte nicht!« bat sie, denn sie meinte, es könnte ihm schaden.

»Man frage den Arzt!« bestimmte ich streng. »Es ist mir allerdings im ersten Weltkrieg einmal ein völlig ausgebluteter ›moribunder‹ junger Engländer gebracht worden. Der bat wie dieser um eine Zigarette, die man ihm natürlich auch gab. Er führte sie zum Mund, tat einen tiefen Zug daraus, dann ließ er den Arm seitlich fallen und war tot.«

»Eine sehr schöne Tod«, sagte der junge Mensch mit fremdem Akzent und ein ganz klein bißchen mit der Zunge anstoßend. Um Sie nicht zu ermüden, werde ich jedoch im Laufe unserer Geschichte seine komischen Sprachschnitzer, gelegentlich eingestreute fremde Wörter, zumeist französische, kurz sein Kauderwelsch nicht wortgetreu wiedergeben, so reizvoll es in Wirklichkeit war. Er sprach vermutlich mehrere Sprachen (aber keine richtig) oder konnte sich doch darin verständigen. Vor allem mit den Artikeln haperte es bei ihm. Er schien ›der, die, das‹ einfach in dieser Reihenfolge nacheinander – eins, zwei, drei und wieder von vorn und so fort – zu verwenden, wobei er manchmal Treffer hatte.

Da er mich, was die Zigarette betraf, mit einem flehentlichen Blick ansah, beschloß ich, ihn nicht länger zappeln zu lassen. Pro forma befragte ich nochmals seinen Puls. »Ihm könnt ihr getrost eine geben.«

Ohne lange zu fragen, nahm jetzt Anselm eine aus Herberts Schachtel, zündete sie an und gab sie dem Jungen zwischen die Lippen.

»Da. Das wolltest du doch? Oder?«

»Natürlich.« Ich wollte, es gäbe eine Art Notenschrift, um den Tonfall, mit dem er das ›natürlich‹ sagte, wiederzugeben!

Er setzte sich auf und rauchte mit Behagen, ohne sich zu bedanken. Herbert war das denn doch zuviel.

»Das finde ich ja allerhand, *meine* Zigaretten!« sagte er und steckte die Schachtel ein.

»Aber du schenkst doch so gern«, verwies ihn Barbara.

»Danke!!!« sagte er provozierend.

»Oh, bitte, nichts zu danken«, entgegnete ihm der Fremdling völlig ungerührt.

»Für jemanden, der offenbar nur Hemd und Hose besitzt, ist das Rauchen natürlich eine kostspielige Passion«, sagte Herbert.

»Kostspielig? O nein. Ich habe noch nie auch nur einen Pfennig für Zigaretten ausgegeben.«

Er log nicht, wie sich alsbald herausstellte. Er bekam seine Zigaretten immer geschenkt. Es lag in seiner Natur, immer beschenkt zu werden.

Äußerlich unbeteiligt, aber sehr aufmerksam verfolgte ich das Spiel, wie der sonderbare Fremdling inmitten der redlichen Kuttelwaschers saß, artig und freundlich, aber durchaus die Lage beherrschend und so unschuldig dreinschauend wie ein neugeborenes Kind.

Jetzt schien der Augenblick gekommen, ihn zu fragen, wer er sei, woher er komme, wie er heiße, Beruf, Religion, Staatsangehörigkeit. Ich übernahm das Verhör.

»Wer sind Sie?« begann ich. Der Gefragte schien im Zweifel, ob er gemeint sei und antwortete belustigt, ›Sie‹ habe noch nie jemand zu ihm gesagt.

Ich sah es ein. Man konnte unmöglich ›Sie‹ zu ihm sagen.

»Also wer bist du?« wiederholte ich.

Das ist wohl die einfachste, selbstverständlichste Frage der Welt. Um so überraschender war die Antwort, wenn auch im Grunde ebenso einfach und einleuchtend. Der junge Mensch nämlich deutete auf sich.

»Wer ich bin? Aber das sieht man doch, hier, das bin ich, und (sich betastend) hier und hier. Dies ist meine komische Nase, dies ist mein Mund, dies meine Augen. Dies alles bin ich und kein anderer. Und das ist mein Kopf.« Er tippte sich dabei auf die Stirne. Er sagte es durchaus nett, aber Barbara war es zu wenig. »Er hat das Herz vergessen«, meinte sie, laut denkend.

»Das Herz? O nein! Aber ich bin eine Abnormität. Und der Herr Arzt hat es nicht einmal bemerkt. Ich habe das Herz auf der rechten Seite, nämlich. Warum? Ich weiß es nicht.«

Das kommt öfter vor, als man gemeinhin meint. Ich auskultierte ihn. Es stimmte.

Und nun fragte ihn Anselm, ohne im mindesten ungeduldig zu werden: »Wie heißt du? Komm, sag es uns!«

»Ich bin Squirrel«, antwortete der Gefragte in einem Ton, als müsse man es eigentlich wissen.

»Squirrel?«

Anselm versuchte, es nachzusprechen. Aber es klang wie Skwirrell. Auch wir anderen versuchten es, doch ziemlich vergeblich. Denn es war nicht leicht, es so hin zu sagen, mit dem weichen, gurrenden Laut, wie ihn sprechende Vögel haben. Es dauerte Tage, bis wir es alle richtig konnten. –

Kutt hörte sichtlich mit zwiespältigen Gefühlen zu. Ihm genügte der bloße Name Squirrel nicht, mochten ihn die andern auch hinnehmen, als könne der junge Mensch gar nicht anders heißen. Er fragte also, ob das sein Vorname oder Zuname sei.

»Ich habe keinen anderen Namen. Niemand sonst heißt so. Es gibt keine Verwechslungen.« Ob der Name ihnen denn mißfalle?

Ich fand ihn ansprechend, wenn auch ein bißchen unsolid. Es war so klar wie irgend etwas, daß man Squirrel nun auch nach seinem Alter fragte. Nach meiner Schätzung, bei der ich mich von Berufs wegen fast nie geirrt habe, gab ich ihm achtzehn Jahre.

»Ja, so beiläufig«, meinte Squirrel, »das mag wohl stimmen. Genau weiß ich es nicht. Es ist ja auch ganz gleichgültig. Was hat man davon, es zu wissen? Übrigens sieht man es ja. Oder etwa nicht?«

Diese leichtfertig hingesprochenen Worte erbosten Herbert. »Sie, mein Herr, werden, verdammt nochmal, doch sagen können, wie alt Sie sind. Jeder anständige Mensch weiß, wann und wo er geboren ist!«

Das war bestimmt nicht die richtig Art, mit Squirrel umzugehen.

»Ich nicht«, antwortete er sichtlich gequält. »Das ist es ja eben. Aber ist denn das so schlimm? Es genügt doch, wenn man weiß: ich bin ich und kein anderer. Und das weiß ich.«

Aber nun fragte ihn Kutt geradezu und ziemlich schroff, wann und wo er geboren sei. Ohne Flausen! Heraus damit!

Flausen? Squirrel zuckte die Achseln. Offenbar kannte er das Wort nicht. Übrigens hatte er, wenn er jemanden ansah, eine merkwürdige Art, seinen Lidern noch einen kleinen Ruck zu geben, daß seine Augen noch mehr strahlten und, wie ich zu bemerken meinte, große Verwirrung unter den Anwesenden anrichteten.

Sie dürften ihm schon glauben. Sie täten sich freilich

leicht. Sie seien alle amtlich geboren. Er aber sei gewissermaßen aus Versehen auf die Welt gekommen und habe es erst ganz allmählich gemerkt, daß er da war. So sei es.

Das sei ja schließlich bei allen Menschen so, meinte Kutt etwas weniger schroff. Und vom Himmel gefallen werde er nicht sein.

Squirrel schien ernstlich nachzudenken, ob dies nicht doch zu erwägen wäre. Nachdenken jedoch war nicht gerade seine Stärke. Er sah dabei immer etwas töricht drein. »Vom Himmel? Wohl kaum. Oder vielleicht doch? Ich würde es ohne weiteres geglaubt haben, wenn man es mir so erzählt hätte, wie das mit dem Storch oder dem Osterhasen. Man ist ja als Kind leider in diesen Sachen ganz darauf angewiesen, was man diesbezüglich alles erzählt bekommt.«

Seltsam fürwahr, das fiel mir auf, seit Squirrel sich im Zimmer befand, vergaßen die sonst so unermüdlichen Kuttelwaschers, etwas zu tun. Sie umstanden ihn und hörten zu. Es schien in seiner Gegenwart auf einmal nichts anderes mehr wichtig zu sein außer ihm. Besonders Barbara und Anselm waren ganz gefangen von Squirrels Erscheinung.

»Und was hat man dir denn über dich und deine Herkunft Schönes erzählt?« fragte Anselm arglos und freundlich.

War es zu glauben? Denn wenn wir Squirrel glauben durften, war er ein Findelkind. In irgendeiner Kleinkinderbewahranstalt des Roten Kreuzes sollen nach seiner Schilderung die Schwestern eines Tages ein Baby zuviel gehabt haben. Kein Mensch wußte zu sagen, wer es eingeschmuggelt hatte. Es war Besuchstag gewesen. Eine fremde Person mochte sich eingeschlichen haben und das Kind in einem unbewachten Augenblick in ein leerstehendes Bettchen gelegt haben. Da lag es nun, splitternackt, und schrie. Man zählte immer wieder die Kinder nach. Es half nichts: eines blieb überzählig. »Es war ein

Büblein, und das Büblein war ich«, schloß Squirrel. Er habe keinen Grund, an dieser Tatsache zu zweifeln. Mehr wisse er auch nicht. Es sei ja auch gleichgültig. Es fiel ihm übrigens nicht ein zu sagen, wann und wo sich diese Geschichte zugetragen hatte, und obwohl doch nichts näher lag, als ihn danach zu fragen, vermieden es die Kuttelwaschers aus einem richtigen Gefühl, um Squirrel nicht zu vergrämen.

Unter diesen Umständen hatte er also – Barbara machte diese wichtige, aber betrübliche Feststellung – tatsächlich keinen Geburtstag, der Unglückliche. Auch keinen Namenstag. Denn Squirrel ist kein gesetzlicher Vorname. Auch gibt es meines Wissens keinen Heiligen dieses Namens. Und weil er keinen Geburtsschein oder irgend etwas dergleichen besaß – ich erlaubte mir das ausdrücklich festzustellen –, galt Squirrel im Sinn des Gesetzes als gar nicht geboren! Was Wunder, wenn ich manchmal zweifelte, ob es ihn auch wirklich gegeben hat und ob ich ihn nicht vielleicht bloß erfunden oder geträumt habe.

»Wißt ihr was?« schlug Anselm vor, »wir bestimmen einfach irgendeinen Tag für seinen Geburtstag. Wir haben ja die Auswahl. Zum Beispiel heute! Er ist doch sozusagen eben erst für uns auf die Welt gekommen!«

Er war voller Eifer, ein an dem Findling begangenes offenbares Unrecht wiedergutzumachen.

»Und das fremde Mädchen?« fragte nun Mutt, »war es deine Mutter?«

»Vermutlich. Es ist wohl ein bißchen lieblos von ihr gewesen? Aber was sollte sie schließlich machen?« Squirrel schien es ihr nicht weiter nachzutragen.

Übrigens, wenngleich gegen seinen Willen, hatte auch der gute Herbert zugehört. Aber nun nahm er Barbara vertraulich beiseite. Es sei für ihn längst völlig klar, daß Squirrel aus irgendeiner Anstalt entsprungen sei, einem Waisenhaus, einer Besserungsanstalt womöglich. Früher hätte man solche Burschen Strolche, Stromer, Vagabunden oder Umhertreiber genannt. Er halte es doch für seine Pflicht, vor solchem Gelichter mit allem Nachdruck zu warnen.

Barbara kannte ihn zu gut, um es ihm übel zu nehmen. »Warum bist du denn so ärgerlich? Squirrel hat dir doch gar nichts getan?«

»Ich bin doch gar nicht ärgerlich, ich bin nur ein bißchen eifersüchtig.«

Er solle sich auslachen lassen, sagte Barbara, nicht ohne dabei etwas zu erröten. »Eifersüchtig? Das bist du doch sonst nie gewesen.«

Er mußte es zugeben. »Aber jetzt bin ich es. Wenn ich nämlich begründeten Anlaß zur Eifersucht habe, das merke ich a tempo.«

»Du kannst übrigens ruhig leiser reden«, spottete Barbara, »wir verstehen uns ja doch nicht.«

»Sei ehrlich, Barbara, er gefällt dir doch?«

»Dir etwa nicht?« sagte sie.

Das war es ja gerade, was Herbert so ärgerte. »Überhaupt soll man nie nach dem ersten Eindruck urteilen.«

»Doch, nur!« sagte sie mit Nachdruck.

Sie sprach mir damit aus dem Herzen. Es stimmte immer, was ich im ersten Augenblick einer Begegnung empfand.

Ja, ob sie denn gar nicht merke, daß Squirrel sie alle nur zum Narren halte? Er war so laut geworden, daß es Squirrel wohl oder übel hören mußte.

»Nein, Herbert«, sagte er gelassen, »nicht alle!« legte sich in die Kissen zurück und schloß die Augen.

Kein Wunder, daß er von dieser ewigen Ausfragerei müde sei, meinte Mutt. Das hätte doch wahrhaftig Zeit bis morgen. Und da sie ja nun einen Gast im Hause hatten, nahm sie ihre Einholtasche, um rasch durch den Hintereingang beim Krämer noch das Nötige einzukaufen. Sie ging eilig, um möglichst bald wieder zurück zu sein und nichts zu versäumen.

Nun war es Kutt, der darauf beharrte, zu erfahren, welchen Beruf Squirrel habe, aber er geduldete sich, als er ihn schlafen sah. Er sei, das müsse er schon sagen, einigermaßen neugierig darauf.

Das freute mich. Denn solange der Mensch noch auf etwas neugierig ist, bleibt er hier. »Ich glaube«, sagte ich, »wir alle sind auf einmal ein bißchen neugierig.«

Niemand konnte es ernstlich bestreiten. Nur Herbert begehrte auf: »Der fehlte mir noch in meiner Briefmarkensammlung. Ich an eurer Stelle würde unverzüglich die Polizei verständigen. Dann sind wir ihn los!«

Aber es sah nicht so aus, als wollte außer Herbert irgend jemand den Squirrel loswerden. Das mit der Polizei sei doch Unsinn, flüsterte Anselm. Squirrel habe doch keinerlei Ausweispapiere. Da könnten die Behörden sowieso nichts mit ihm anfangen. »Aber sprecht doch leiser!« bat er. »Ihr weckt ihn mir sonst noch auf.«

Herbert bezweifelte, ob Squirrel überhaupt schlafe. Er tue nur so, er höre vermutlich alles, was inzwischen gesprochen würde, und richte sich hinterher danach. Bei dem Wort ›Polizei‹ sei er übrigens merklich zusammengezuckt. Das stimmte.

»Du liebe Zeit«, sagte Anselm, »wer zuckt bei dem Wort ›Polizei‹ nicht zusammen!«

Ich hatte eigentlich längst schon gehen wollen, war aber – ich wußte auch nicht wieso – immer wieder geblieben. Dieser Fremdling beschäftigte uns alle, wie wir da waren, jeden auf seine Weise. Kutt meinte, er schaue sich grundsätzlich bei jedem Menschen zuerst einmal die Hände an. Er fände, daß Squirrels Hände nicht gerade nach Arbeit aussähen.

»Nicht ein bißchen«, stimmte ihm Anselm vergnügt bei, »er hat richtige Samtpatschen.«

Herbert hatte mit seiner feindseligen Einstellung vielleicht ganz das richtige Gefühl. Auch mir war offen gestanden nicht ganz behaglich bei der Sache. Das Ganze konnte ja ein Trick sein. Man wird ›ohnmächtig‹, liegt auf der Straße, bis mitleidige Seelen sich ›des armen Teufels‹ annehmen, wobei sein unstreitig einnehmendes Gesicht mitsprechen mochte, das gewisse Etwas, wie bei einem zärtlichen Tier fast, das dazu verführte, ihm gut zu sein. Er wußte das vielleicht sehr genau. Er lebte von seiner Sympathie. Alles drehte sich um ihn. Dabei wußten wir doch rein gar nichts von ihm. Wir waren lediglich auf Vermutungen angewiesen. Ich stutzte. Unsinn! sagte ich mir, ist man nicht letzten Endes im Umgang mit Menschen immer nur auf Vermutungen angewiesen? Und was heißt schon: jemanden ›kennen‹. Weil man ihn nicht kennt, hat man Freude an ihm. Sehr viel war ja wohl auch nicht an ihm zu kennen.

Herbert, der ungerührteste von allen, sprach es offen aus, was die anderen kaum zu denken wagten. Er sehe sich das Getue jetzt schon lange genug mit an. Man könnte wirklich meinen, sie seien alle von Anfang an wie vernarrt in ihn. Und fügte, in einer plötzlichen Eingebung, mit einem Blick auf Squirrel hinzu: »Seid ihr überhaupt sicher, ob er ein Mann ist?«

Ich konnte ihn beruhigen. Was das betraf, sei ich ganz sicher. Er sei vielleicht zart, aber zäh. Und was die menschliche Zuneigung beträfe, so dürfte dabei die Anatomie kaum eine Rolle spielen.

»Mag sein«, sagte Herbert unnachgiebig, »eins traue ich mir jedoch jetzt schon zu prophezeien: der bleibt euch! Da gehe ich jede Wette ein.« Bei diesen Worten erwachte Squirrel, setzte sich auf und sah sich belustigt um.

»So, jetzt hast du ihn geweckt mit deinem dummen Gerede!« rief Anselm, zornig werdend.

Aber Squirrel schüttelte den Kopf: »O nein, unser Herbert hat recht, ich habe gar nicht geschlafen. Ich habe mich nur wohl gefühlt. Urbehaglich.«

Darüber freuten sich alle (bis auf Herbert), und Barbara fiel es plötzlich ein, daß Squirrel außer der Zigarette ja noch gar nichts zu sich genommen habe. Also bot sie ihm die Schaumrollen an. Er müsse unbedingt jetzt etwas essen.

»Schaumrollen!« sagte Squirrel beseligt und verspeiste sie mit Hochgenuß.

Schaumrollen sind eine gebrechliche Leckerei. Die gleich den Locken einer Allongeperücke gedrehten Hohlräume sind mit Schlagrahm gefüllt, von dem beide Öffnungen überquellen. Schaumrollen sind nicht leicht zu essen, vor allem für Kinder, die sich dabei Gesicht und Finger, die in das morsche Gebäck einbrechen, beschmieren. Ein rechtes Schnabulieren ist's, kein ordentliches Essen. Auch unser Squirrel sah alsbald aus, wie zum Rasieren eingeseift. Anselm wischte ihm mit seinem Taschentuch die Mundwinkel aus, wie einem Säugling. Aber es war ein vergnüglicher Anblick.

Herbert ließ sich die Gelegenheit, gekränkt zu sein, nicht entgehen: eigentlich seien die Süßigkeiten ja für Barbara gedacht gewesen.

Sofort bot Squirrel freigebig Barbara davon an. Er habe es nicht gewußt, entschuldigte er sich. Er habe geglaubt, sie wären für ihn. Er äße nämlich leidenschaftlich gern Schaumrollen. Er schleckte sich, einen nach dem andern, die Finger danach ab.

Aber nun griff Kutt ein. Es gab keinen größeren Gegensatz als den redlichen Kohlenträger und den mit Schlagrahm betupften Squirrel.

»So«, sagte er entschieden, »ich möchte jetzt endlich einmal wissen...«

Squirrel sah ganz erschrocken zu ihm auf. »Bitte, Kutt, nicht ernsthaft werden«, bat er. Auf seiner lustigen Nase war noch ein Rest des weißen Schaumes geblieben, ›wie Schnee vom vergangenen Jahr‹. Aber Kutt blieb unerbittlich. »Wir möchten jetzt endlich einmal wissen, welchen Beruf du hast!«

»Ich habe es mit Bedauern gehört«, antwortete Squirrel elegisch. »Arbeit freut mich, offen gestanden, gar nicht. Ja, wo kommt man denn da hin! Ich finde, sie ist so zeitraubend. Und sie gewährt mir nicht die leiseste Befriedigung!«

Kutt war baff. Er räusperte sich. Es war ein bedrohlicher Augenblick. Aber er nahm sich zusammen und knurrte so etwas von nicht gehört haben wollen.

Herbert lachte schadenfroh: »Dacht ich's doch, Arbeit liegt ihm nicht. Da habt ihr's!«

»Weiß Gott, da rackert sich unsereins ab, pausenlos von früh bis spät, und da kommt so ein junger Fant, so ein Garniemand daher und... und...! Ja, wozu hat man dann überhaupt sein ganzes Leben lang nichts wie gearbeitet, wenn es auch ohne das geht? Das darf doch nicht sein!«

Squirrel sah den zornigen Mann mitleidig an. »Sorry«, sagte er und wandte sich der zweiten Schaumrolle zu.

Wozu er denn eigentlich auf der Welt sei, herrschte ihn Herbert an.

»Ja, wozu?« antwortete Squirrel achselzuckend, mit einem Anflug von Melancholie. »Halt so!«

Er schien es mit den Lilien auf dem Felde zu halten, die nicht säen und nicht ernten, und unser himmlischer Vater ernährt sie doch. »Es ist keine ganz unebene Maxime«, sagte ich, »seine Mitsterblichen arbeiten sehen zu können, ohne immer gleich ein schlechtes Gewissen zu haben, wenn man nichts tut, und zu arbeiten ohne Groll auf die andern, die faulenzen.«

Wie freute sich da Squirrel, wie sichtlich dankbar war er mir für diese Meinung!

»Goldene Worte! Goldene Worte!« sagte er. »Einmal Arbeit, immer Arbeit. Das kennt man doch. Das ist wie mit der Reinlichkeit.« Am besten sei es, sich mit derlei gar nicht erst einzulassen.

Man muß immer daran festhalten, daß diese unerhörten Ansichten in der Kuttelwascherschen Wohnküche ausgesprochen wurden, in Gegenwart des redlichen Kutt und des ehrgeizigen Herbert. Er war es denn auch, der dazwischenrief:

»Und wenn alle Menschen so dächten wie du, was dann?«

»Oh«, antwortete Squirrel seelenvergnügt und völlig ungerührt, »alle denken bekanntlich nicht so!« Es hörte sich fast so an, als wollte er sagen, es müsse auch solche Käuze geben. Manche seien zur Arbeit geboren und liebten sie sogar spaßigerweise, andere wieder nicht, zum Beispiel er. Er kenne freilich Menschen, die sich nicht wohlfühlen, ohne jahraus, jahrein unausgesetzt tüchtig zu sein. Sei's drum.

Das ging zweifellos auf Herbert. Sich vorzustellen, beispielsweise, er würde nach dieser Weltanschauung leben! Es war nicht auszudenken.

Ohne Arbeit, stellte Herbert mit der ganzen Verachtung fest, mit der die Tugend auf die Sünder herabblickt, würde er sich zu Tode langweilen.

»Ich langweile mich nie!« entgegnete der Sünder schlicht, »und wenn, dann schlafe ich eben.«

Tief entrüstet über solchen sträflichen Leichtsinn, meinte Kutt, aber von irgendwas müsse der Mensch doch leben! Squirrel nickte zustimmend. Natürlich, er lebe dauernd von ›irgend etwas‹.

Kutt wußte nicht, ob er zornig werden oder lachen sollte. Er lachte.

Squirrel bat um nichts und bedankte sich auch nicht. Er fragte niemand und mochte am liebsten auch nicht gefragt sein. Damit mußte man sich abfinden.

Erstaunlich schien es freilich, wie etwa Kutt (von Barbara und Anselm ganz abgesehen) sich das so ohne weiteres gefallen ließ, mit einer Art heiteren Ingrimms sozusagen, daß da einer kam, der kaum trocken hinter den Ohren war, und leichtfertig in Frage stellte, was doch für sie und jeden anständigen Menschen den Lebensinhalt bedeutete.

Squirrel war eben dabei, in aller Ruhe die dritte und letzte Schaumrolle zu verspeisen, als die Mutt zurückkam, und zwar mit allen Zeichen der Bestürzung.

»Macht schnell«, stieß sie hervor, »die Polizei ist auf dem Weg hierher!« Alle zuckten zusammen!

Und wortlos schoben Anselm und Barbara unverzüglich die Ottomane mitsamt Squirrel, der sich nicht im mindesten beunruhigt zeigte, aber auch keinen Einwand erhob, in die Ecke und zogen den Vorhang zu.

Kutt und Herbert stellten den Eßtisch davor. Kutt setzte sich, nahm eine Zeitung und tat, als läse er. Anselm zog seine Mundharmonika aus der Hosentasche und spielte einen Walzer. Nach einem raschen Blick des Einverständnisses begannen Barbara und Herbert zu tanzen.

Die Mutt lief zum Fenster, die Vorhänge zuzuziehen. Aber Barbara hielt sie zurück.

»Nicht doch«, flüsterte sie, »offenlassen! Das ist unverdächtiger.«

Das Ganze spielte sich wie auf Verabredung in ein paar Sekunden ab, als könnte es gar nicht anders sein. Es war auch die höchste Zeit. Denn schon zeigte sich der Polizeiwachtmeister am Fenster und guckte herein. Die Feierabendstimmung, die er erblickte, heimelte ihn an. Er wünsche den Herrschaften schön guten Abend.

»Nett von Ihnen, Herr Inspektor«, sagte ich, während ich spürte, wie meine Ohren glühten, »daß Sie sich nach unseren lieben Patienten umsehen. Sie tanzen schon wieder!«

»Wie der Lump am Stecken«, sagte der Beamte.

Vielleicht waren meine rasch hervorgesprudelten Worte um einen Grad zu beflissen. Sie kamen wie geölt von meinen Lippen, worüber ich mich hernach selber wunderte. Aber der gutmütige Wachtmeister merkte es nicht oder ließ es sich nicht merken.

»Bravo!« sagte er. Und plötzlich amtlich werdend: »Übrigens...«, er blickte sich, als suche er jemanden, mit Amtsmiene in der Wohnküche um.

Ob etwas nicht stimme im Revier, fragte ich, mich so unbefangen gebend, wie es mir gelingen wollte. Die anderen waren ganz Ohr, obwohl sie so taten, als ginge sie das Gespräch nichts an. Aber man hörte die Angst in Anselms Musik, als der Wachtmeister fortfuhr:

»Wir suchen jemand, nämlich. Es hat einer auf der Straße gelegen, da vorn, bei Geschwister Süppleins Maskenladen. Sie sollen sich seiner angenommen haben, Herr Doktor, sagen die Leute. Die Süppleins haben es selbst mit angesehen. Sie bringen so gern in Erfahrung, bekanntlich. Sie wissen immer alles.«

Es war herauszuhören, daß er die Süppleins nicht mochte. Sie hatten in der Vorstadt den Spitznamen ›Das Gerücht‹, und man sagte ihnen nach, daß sie meist hinter dem Fenster standen und guckten. In dem Fenster hing Maske an Maske, aber die neugierigen Alten hatten zwei Lücken frei gelassen. Man konnte ihre unbewegten Gesichter von den Masken kaum unterscheiden, und wer sie doch wahrnahm, erschrak zutiefst, daß zwischen den toten Gesichtern der Nikoläuse und Clowns zwei lebendige waren und die Augen bewegten.

»Ach so, stimmt«, beeilte ich mich, Rede zu stehen. Ich kam mir ganz verteufelt vor, als ich so das Blaue vom Himmel herunterlog, denn ich lüge nicht gern. »Ein Betrunkener, ein Landstreicher vermutlich. Wir haben ihm den Kopf unter die Wasserleitung gehalten und ihn leidlich nüchtern aus der Kaltwasserbehandlung entlassen.«

Der Wachtmeister zückte sein Notizbuch. Ob der Herr Doktor wohl so gut wäre, eine kurze Personalbeschreibung zu geben?

Von Herzen gern! Der Delinquent möge so etwa fünfunddreißig Jahre zählen, habe dunkles, schütteres Haar, Schuppen auf dem Rockkragen und sei schlecht rasiert. Was noch? Er sah sich fragend reihum. Kutt blickte unwillig über die Störung von der Zeitung auf. Er müsse dem Doktor widersprechen. Er halte den Trunkenbold für mindestens vierzig, wenn nicht älter.

Er habe eine rote Nase und ein schadhaftes Gebiß. Fast konnte man erschrecken, wie natürlich auch Kutt zu lügen wußte. Ermutigt durch die so wacker schwindelnden Männer mischte sich jetzt auch die Mutt drein. Er sei dort hinaus. Der Herr Wachtmeister müsse ihm eigentlich begegnet sein.

»Wir suchen offenbar einen andern«, sagte er. »Es handelt sich, nebenbei gesagt, um einen hundsgemeinen Raub- und Lustmord im Pulverwäldchen drüben am Kanal.«

Das fuhr uns allen denn doch recht in die Glieder. Ziemlich verdattert bemerkte Kutt: der, den er meine, habe nicht nach Raubmord ausgesehen. Ganz und gar nicht. Er habe einen völlig harmlosen Eindruck gemacht.

»Nun«, sagte der Wachtmeister, sich zum Gehen wendend, »man kann es einem nicht an der Nasenspitze ansehen, bekanntlich.« Damit ging er und ließ uns begreiflicherweise in heilloser Verwirrung zurück.

»Weiterspielen!« flüsterte ich dem Anselm zu, der totenblaß geworden war vor Schreck, und schloß das Fenster.

»Es kommt kalt herein«, sagte ich und zog die Vorhänge zu. »Ich fürchte, ich bin eben nicht ganz bei der Wahrheit geblieben.«

Barbara hörte zu tanzen auf.

»Aber das kann doch gar nicht sein!« Sie mußte sich setzen. Es konnte wirklich nicht gut sein, wenn man sich Squirrels erinnerte, wie er vorhin die Schaumrollen gegessen hatte in aller Unschuld.

Dennoch konnte es sich Herbert, der sich eben noch so großartig benommen hatte, nicht verkneifen, zu prophezeien, Squirrel werde sie noch alle umbringen mit seinen Samtpatschen. »Abkrageln wird er uns, da können wir Gift darauf nehmen!«

»Du willst doch damit nicht behaupten ...«, unterbrach ihn Kutt, dem der grausige Verdacht wie allen doch sehr zu Herzen ging.

Er meine ja bloß, er glaube es ja eigentlich auch nicht, wenn er's recht bedenke.

Die Mutt ließ sich nicht beirren. Nein, sagte sie, so könne man sich nicht in einem Menschen täuschen.

Anselm ging nun zum Vorhang und lüftete ihn vorsichtig. Da lag Squirrel und schlief, den Daumen im Mund. Wir traten alle um sein Bett und betrachteten ihn mit gemischten Gefühlen. Vielleicht aber stellte er sich nur so? Nein, Squirrel schlief wirklich, seelenruhig, den Schlaf des Gerechten, engelgleich. Es war keine Spur von einem Mörder an ihm.

In diesem Augenblick klopfte es an der Tür. Rasch schloß Anselm den Vorhang. Wir alle taten nicht dergleichen. Wir waren nach einem stillschweigenden Übereinkommen fest entschlossen, Squirrel vor der Polizei zu verbergen.

»Herein!« sagte die Mutt ungeduldig.

Der Wachtmeister war's wieder. Er bat um Entschuldigung, daß er noch einmal störe. Er bringe bloß die Katze. Sie habe vor der Tür gesessen. Und an Kutt sich wendend, teilte er mit, Direktor Kretzschmar drüben in der Fabrik habe die Stelle eines Lagerverwalters frei. Er könnte sich denken, daß das doch endlich ein schöner Posten für Kutt wäre. Übrigens zu ihrer Beruhigung: eben sei durchgegeben worden, der gesuchte Mörder sei gefaßt. Der Beschreibung nach könnte es beinahe des Doktors völlig harmloser Betrunkener sein. Das ging auf mich!

»Sieh mal einer an!« konnte ich mir nicht verkneifen zu sagen, den Irrtum genießend.

Barbara nahm die Katze in Empfang.

»Kathrinchen, du Biest, daß du nur wieder da bist! Wo hast du nur gesteckt?« Sie tat überzärtlich mit dem Tier.

»Sie wissen vielleicht, Herr Wachtmeister, daß wir ihr allein unser Leben verdanken?«

Er habe davon läuten hören. Es habe sich in der Gegend herumgesprochen. Er wünsche allseits angenehme Ruhe. Die Familie erwiderte diesen Wunsch mit großer Herzlichkeit.

Kutt selber übernahm es, dem Kathrinchen Milch zu

geben. Das arme Tier – er sagte nicht ›Biest‹ – werde Hunger haben.

Das war dem Herbert wieder einmal zuviel. Er fühlte sich übergangen.

»Leben danken, armes Tierchen«, höhnte er. »Und ich und der Herr Doktor?«

»Sie und ich«, begütigte ich ihn, »wir gehen jetzt. Was Besseres können wir, dächte ich, im Augenblick nicht tun.«

Und nun zeigte sich Herbert von seiner besten Seite. Er zückte die Zigarettenschachtel und legte sie mit einer generösen Kopfwendung zur Vorhangecke mit Nachdruck auf den Tisch. Sie war noch halb voll.

Barbara legte ihm die Arme um den Hals und gab ihm, wenn auch zögernd, einen Kuß. »Nett von dir«, sagte sie.

»Ich bin nett«, antwortete er überglücklich und ging mit mir. Ich konnte jetzt die Familie mit gutem Gewissen allein lassen. In dieser Nacht würden sie ganz gewiß keine ›Dummheiten‹ machen. –

Zu denken, daß wir Squirrel eben noch für einen Raubmörder gehalten hatten? Denn das hatten wir zweifelsohne.

Viertes Kapitel

in dem sich der Leser entweder in den Helden ›verliebt‹ oder sich schandbar über ihn ärgert. Auch von einem Denkmal der Arbeit wird berichtet

Als ich am andern Morgen mit einem Paket unter dem Arm in die Kuttelwaschersche Wohnküche trat – ich wollte nur rasch einmal vorbeischauen und mich erkundigen, wie es gehe –, bot sich mir ein unerwartetes Bild. Die Sonne schien ins Zimmer, und inmitten saß Squirrel. Die gerettete Familie aber war so eifrig und munter am Werk, ihn zu waschen, daß sie meinen Eintritt nicht gleich bemerkte. Also konnte ich eine ganze Weile dem fröhlichen, plätschernden Treiben in aller Ruhe zusehen.

Anselm hatte eben rittlings, auf Squirrels Knien sitzend, ihm offenbar die Zähne geputzt, was allerdings auch nötig war. Squirrel gurgelte melodisch. Barbara stand hinter ihm und versuchte, ihm das unruhige Haar zu strählen und zu bändigen; denn das Haar wollte eigentlich nicht. Kutt hielt dazu den Spiegel. Mutt kniete vor Squirrel und wusch und bürstete seine Füße. Sie hatten es sehr nötig. Seitwärts als Zuschauer saß Herbert mit verschränkten Armen, auch er schien seine Freude an dem reinlichen Schauspiel zu haben.

Zum Glück gehörte Squirrel zu den beneidenswerten Geschöpfen, die, auch wenn sie sich einmal nicht waschen, nie unsauber wirken. Geduldig, aber mit komisch-verzweifeltem Gesichtsausdruck ließ er das Frühjahrsgroßreinemachen über sich ergehen.

»Guten Morgen, alle miteinander!« sagte ich endlich. Ich freute mich, daß Squirrel noch da war. Denn ich hatte insgeheim schon damit gerechnet, er würde sich über Nacht heimlich davonmachen. Es sah im Gegenteil so aus, als fühle er sich ganz zur Familie gehörig.

»War es sehr schlimm?«

»Doch, natürlich! Ein bißchen anstrengend, aber ganz unterhaltend«, gab Squirrel zu.

Anselm überprüfte mit kundigem Blick ihr Werk, ob sie auch nichts vergessen hätten. Die Hauptsache! Die Hände! Aber die könnte er ja wohl selber waschen, meinte Herbert. Ob das sein müsse? Und alle beide? fragte Squirrel, hoffend, endlich befreit zu sein. Barbara redete ihm gut zu, jetzt ginge es schließlich in einem hin. Sie reichte ihm die Waschschüssel. Also ergab er sich drein. Er konnte es übrigens ganz gut, trocknete sich dann die Hände und warf mit unnachahmlicher Herablassung Anselm das Handtuch zu. Es ist zuzugeben: Er tat alles mit Anmut, spielerisch, ohne rechten Ernst, doch nicht unmännlich. Er markierte mehr, als daß er sich richtig säuberte. Nun bemächtigten Barbara und Anselm sich seiner Hände, der weißen, schnitten und reinigten ihm die Fingernägel. »Fertig!« riefen sie dann.

»So gut möchte ich es auch einmal haben«, sagte Herbert.

Mit einem tiefen Seufzer erwiderte Squirrel: »Ich habe es leider so gut, ohne zu ›möchten‹.«

Mit ironischer Dienstbeflissenheit und nicht ohne Stolz bot ihm Herbert jetzt eine Zigarette an in der richtigen Annahme, diese sei ihm lieber als die ganze Wascherei, ja ersetze ihm zuweilen vielleicht sogar das Frühstück, was Squirrel ohne weiteres zugab. Er schien sich indessen von seiner Ohnmacht gestern nachmittag völlig erholt zu haben.

»Wie hast du geschlafen«, fragte ich ihn, ihm pro forma den Puls fühlend.

»Ich weiß es doch nicht«, war die Antwort. »Woher auch? Ich habe ja geschlafen, während ich schlief.«

Kutt, der schon lange unruhig und des ›Klamauks‹ überdrüssig war, griff jetzt ein.

»So«, sagte er, »Schluß der Vorstellung, jetzt müssen wir aber endlich etwas tun.«

Squirrel sah ihn sichtlich verwundert an. Ja ob sie denn nicht die ganze Zeit etwas getan hätten?

»Nennst du das etwa Arbeit?«

»Ich dachte. Und müßt ihr denn immer arbeiten, ihr Armen?« Er bedauerte sie aufrichtig.

Davon verstände er eben nichts, meinte Kutt mit einer an ihm ungewohnten Milde und Nachsicht, er kenne offenbar nicht, was Arbeiten heiße.

Und ob er es kenne, widersprach Squirrel ernsthaft. Er habe oft und oft stundenlang dabei zugesehen. Ach, und es mache einen so wunderbar müde!

Mit einiger Besorgnis sahen wir andern Kutts Antwort entgegen, denn er konnte sehr zornig werden, aber er sagte nur: »Weißt du, Squirrel, manchmal möchte man dich...«

Verbindlich lächelnd vollendete Squirrel den Satz: »An die Wand schmeißen oder mit einem nassen Lappen erschlagen, nicht wahr, das wollten Sie doch sagen, Kutt?«

Ja, das hatte er allerdings sagen wollen. Ich konnte mich nicht enthalten zu zitieren:

»Das bin ich nicht gewöhnt.
Ich kann mich nicht bequemen,
Den Spaten in die Hand zu nehmen.«

»Hübsch ist das!« sagte Squirrel und lernte den Vers sofort auswendig.

»Ein Wunder! Er kennt zwar Goethe nicht« – es war in der Tat so –, »aber seine Verse gefallen ihm!«

»Nun«, meinte Anselm, »er hätte Goethen vielleicht auch gefallen.«

Dessen konnte man ziemlich sicher sein. Was übrigens Squirrels Bildung betrifft, so komme ich vielleicht später noch darauf zurück. Bestimmt würde er nie auf den Gedanken verfallen sein, selbst ein Gedicht zu machen. Ein Geschöpf wie er mußte ja die Lyrik als einen höchst unzureichenden Ersatz der Liebe empfunden haben. Ich kann ihn darin sogar bis zu einem gewissen Grad verstehen. Und bedurfte der Poesie, wer selber ein Gegenstand derselben war?

Im Augenblick aber hatte Squirrel nichts anderes im Sinn als die Kuttelwaschers von ihrem Arbeitswahn abzuhalten. Aber wie? Plötzlich fiel es ihm ein. Er stellte sich artig in Positur und klatschte in die Hände.

»Wißt ihr, wie ihr mir vorkommt? Paßt jetzt alle einmal gut auf, Herrschaften, und tut genau, was ich euch sage.«

Nun nahm er Kutt ohne weiteres bei der Hand, der ihm kaum widerstrebend folgte, und gab ihm, indem er es ihm vormachte, eine Stellung, den rechten Fuß vorgesetzt, den linken zurück, und ihm gegenüber ebenso dem Anselm, fügte ihre Hände zusammen und brachte ihre Arme in ruckhafte Bewegungen, etwa wie man Holz sägt. Sie zeigten sich sehr anstellig dazu.

»Ruck-zuck, ruck-zuck«, kommandierte Squirrel. Wenn Kutt und Anselm solchergestalt den Kolbengang dieser menschlichen Maschine zu versinnbildlichen hatten, dann mußte Barbara das Schwungrad machen. Sie schwang die Arme im Kreise. Mutt hatte mit ihr die Aufgabe, das notwendige Maschinengeräusch nachzuahmen. Wir taten es mit Begeisterung. Ich stampfte den Rhythmus mit den Füßen bei geballten Fäusten, Mutt schlug den Takt und zeigte sich als gelehriger Imitator der asthmatischen Geräusche einer anfahrenden Lokomotive. Ihre Gesichter waren dabei völlig ausdruckslos, ihre Bewegungen mechanisch. Nur Herbert lehnte es natürlich ab, mitzuspielen. Er stand betont abseits und dachte sich sein Teil.

»Wollt ihr wohl arbeiten!« rief Squirrel. »Schneller! Schneller! Schneller!« Die Hände in den Taschen, freute er sich diebisch an dem gelungenen, gespenstigen Schauspiel.

Ein ahnungsloser Zuschauer hätte uns gewiß für nicht ganz bei Trost gehalten, und wir hatten leider, wie ich viel zu spät erst merkte, solche höchst unerwünschten Zuschauer. Die Süppleins nämlich standen draußen und schauten durchs Fenster. Sie hatten rasch genug gesehen und huschten hurtig davon, um alsbald in der Nachbarschaft das Gerücht zu verbreiten, die guten Kuttelwaschers litten offenbar noch an den Folgen der Gasvergiftung und seien nicht ganz richtig im Kopfe. Und auch an mir, dem ›komischen Doktor‹, ließen sie kein gutes Haar. Sei's drum.

Endlich gebot Squirrel Halt. Die Menschen-Maschine wurde langsamer und stand still.

»So ein Krampf«, sagte Kutt halb lachend, halb ärgerlich und ziemlich außer Atem, »und was soll das bloß?«

»Arbeit!« antwortete Squirrel achselzuckend obenhin.

»Ich würde es Verzweiflung nennen«, warf ich ein. »Ich sehe kein Ziel!«

In der Tat, wo sollte es hinführen, da die Menschheit immer schneller und schneller wurde, und indem sie Zeit sparte, immer weniger Zeit hatte. –

Die Kuttelwaschers schämten sich jetzt alle ein bißchen, daß sie zu solcher Kinderei sich hatten verleiten lassen durch den hergelaufenen Jungen. Sie waren wie verzaubert gewesen. Nun kam die Ernüchterung.

Mutt, Barbara und Anselm machten sich sogleich an die Arbeit des Maskenmalens. Kutt zog seinen Rock an, um zu Direktor Kretzschmar zu gehen wegen der Lagerverwalterstelle. Squirrel aber setzte sich auf die Leiter, die zum Dachboden führte, wo Anselm sein Strohlager hatte, und sah rauchend, fast gelangweilt zu, wie die anderen Masken malten.

»Du, Squirrel«, sagte Mutt unvermittelt, ohne von ihrer Tätigkeit aufzusehen.

»Ja, Mutt«, antwortete er, leicht beunruhigt.

»Was wir hier machen, das könntest du doch auch?«

»Können schon. Leicht. Aber wozu? Ihr tut es ja sowieso.«

Und als Kutt ging, deutete Mutt beiläufig an, ob sich in der Fabrik nicht vielleicht noch für jemand anders etwas zu tun fände. Sie machte eine bezeichnende Kopfbewegung zu Squirrel hin. Der spitzte die Ohren. Ich merkte: Es war ihm gar nicht wohl dabei.

Aber Kutt meinte unwirsch, das pressiere ja nun wirklich nicht, worüber sich Mutt sehr verwunderte.

Ich war vermutlich der einzige, der die Gefahr für Squirrel spürte wie für die Familie, und aus einem plötzlichen Einfall, aufs Geratewohl, um ihm in seiner Lage zu helfen, bemerkte ich so ganz nebenbei zu Squirrel:

»Du bist nicht gerade sehr mitteilsam.«

»Nein, nicht sehr«, gab Squirrel zu.

»Hast du zum Beispiel manchmal Träume?« Als moderner Arzt interessierte ich mich begreiflicherweise sehr für Träume. »Oder hältst du sie vielleicht für Arbeit?«

Ich wußte aus Erfahrung, daß es Menschen gab, die, so hatte ich es einmal beschrieben, ›nebenher lebten‹. Äußerlich war es meist gar nicht leicht zu erkennen. Die davon Befallenen unterschieden sich anscheinend in ihren Gewohnheiten nicht sehr von anderen Menschen, aber in ihren Gedanken (wenn es die Gedanken waren, wo sich das abspielte), lebten sie dieses ›zweite Leben‹. Für ihre Umwelt waren sie ganz da und taten mit, doch sozusagen nur aus Gefälligkeit, um nicht unangenehm aufzufallen und sich dadurch verdächtig zu machen. In Wirklichkeit aber waren sie dauernd ganz woanders. Das Leben, das die meisten führten, erschien solchen Naturen nur als eine schlechte Angewohnheit, als ein notwendiges, nein, als unnötiges Übel, das sich bedauerlicherweise im Laufe der Jahrtausende eingebürgert hatte. Daran lebten sie vorbei, und dieser Squirrel schien mir, wenn überhaupt jemand, ein solcher ›Nebenher-Mensch‹ zu sein. Darum fragte ich ihn jetzt sehr bestimmt, ob er zuweilen träume.

Nun wirkte Squirrel ganz anders als verträumt, durchaus wach und gegenwärtig, völlig natürlich und ungekünstelt. Künstlich erschienen neben ihm viel eher die Kuttelwaschers, diese Roboter in Menschengestalt.

Squirrel verstand mich sogleich. Ob er träume?

»Nur!« Er war wie elektrisiert auf einmal. »Unaufhörlich!«

Nicht bloß nachts, im Schlafe, sondern immer, auch jetzt, in diesem Augenblick. Ob er es erzählen solle? Dies sei ohne Zweifel die Kuttelwaschersche Wohnküche, dort würden Masken gemalt, er sitze auf der Leiter, dies sei eine Zigarette.

»In Wirklichkeit aber«, begann er mit großer Lebhaftigkeit, »bin ich jetzt Sie, Herr Doktor, und schau aus dem Fenster im ersten Stock meines Hauses. Und ich sehe was, was ihr nicht seht. Da kommt jemand die Straße dahergelaufen. Wer ist es? Es ist Squirrel. Die Polizei ist hinter ihm her. Squirrel ist ganz außer Atem, seine Füße bluten, die nackten. Er ist auf der Flucht und ist völlig am Ende seiner Kräfte.

Ich renne die Treppe hinab...«

Mutt, Barbara und Anselm wurden, ohne mit dem Malen aufzuhören, schon bei den ersten Worten aufmerksam. Die Arbeit ging ihnen – man sah es – auf einmal so leicht von der Hand. Vielleicht war es seine Stimme, die ihnen angenehm in den Ohren klang mit dem drolligen Akzent.

»Ich öffne die Tür, um Squirrel zu helfen. Einen Augenblick stutzt er, aber: ›zu mir, zu mir‹ ruf ich ihm zu. ›Da, die Treppe hinauf! Mach schnell!!‹ Schon kommen die Häscher. Squirrel rennt an mir vorbei, die Treppe nach oben. Ich schlage die Tür zu, der Polizei gerade vor der Nase, schiebe den Riegel vor und folge dem Flüchtling. Unten wird schon die Tür aufgesprengt. ›Wohin?‹ ruft Squirrel, ›sie sind schon auf der Treppe!‹ Ja wohin? ›Dort, dort, in den Spiegel‹, schrei ich in meiner Angst. Und mit einem Hechtsprung stürzt sich Squirrel in den Spiegel und ist verschwunden. Fort ist er.«

Barbara hatte unterdessen eifrig Masken gemalt. Nun hielt sie eine vor sich hin und betrachtete sie ganz verzückt.

Ohne sich zu unterbrechen, erzählte Squirrel weiter.

»Die Polizei kommt und findet ihn nicht. Sie sucht und sucht. Schaut in die Schränke und unter das Bett. Muß gehen, unverrichteter Dinge. ›Der wird übers Dach sein vermutlich‹, sag ich. ›Was hat er denn getan?‹ ›Er konnte sich nicht ausweisen‹, war die Antwort. ›Keine Papiere.‹ Das war sein Verbrechen!

Von Stund an wohnt Squirrel in diesem Spiegel. Ich sehe ihn und er mich. Aber ich kann nicht zu ihm und er nicht zu mir, weil das Glas dazwischen ist. Natürlich muß Squirrel essen und trinken, und ich weiß nicht was...«

»Und Zigaretten rauchen«, sagte Herbert. »Übrigens, wenn man es mit dem Verstand genau durchdenkt...«

»Nicht denken, Herbert, bitte nicht denken jetzt«, bat Barbara.

»Dann«, fuhr Herbert unbeirrt fort, »dann sind die beiden nämlich im Spiegel zu zweit, und der da draußen ist allein. Hab ich nicht recht?«

»Ja, ja doch, du hast immer so recht und triffst den Nagel stets auf den Kopf. Kannst du denn nie den Mund halten?« Anselm sagte es, ganz wütend über die Störung.

Merklich lustloser begann Squirrel von neuem. »So ist das nun. Ich stelle also den Tisch vor den Spiegel. Wenn ich draußen esse, ißt er drinnen, sozusagen hinter Glas und Rahmen. Mein Essen verschwindet, als äße ich für drei. Wir reden auch miteinander, allerlei. Und abends, wenn ich schlafen gehe, legt sich auch Squirrel zu Bett, im Spiegel... Ich schlafe draußen allein. Wir können uns nur mit den Fingerspitzen berühren. Kalt ist das Glas zwischen uns beiden. Wie soll das werden?«

Squirrel verstummte.

»Ich würde ja einfach einen Hammer vor den Spiegel legen«, hub nun Herbert wieder an, »der spiegelt sich dann auch innen, und der Gefangene im Spiegel braucht nur das Glas zu zertrümmern und ist frei. Er muß bloß aufpassen, daß die Polizei nicht gerade in der Nähe ist.«

So einfach war es wohl nicht. Aber ich wußte auch keine Erlösung von dieser Spiegelqual und machte kein Hehl daraus. Vom Mann im Spiegel müsse sie wohl kommen.

»Wieso Erlösung, wieso Qual?« fragte Herbert. Es sei doch nur ein Traum.

Squirrel, dessen Gesicht, während er sprach, ganz verwandelt aussah, kam jetzt zu sich, stieg von der Leiter und trat hinter Barbara. Er nahm ihr die Maske aus der Hand, an der sie zuletzt gemalt hatte. Squirrel betrachtete sie lächelnd.

»Das bin ja ich«, sagte er dann ohne Erstaunen.

Anselm reichte ihm die seine. Squirrel verglich beide Masken. »Und das bin ich auch.«

Ich sah ihm über die Schulter. Wahrhaftig. Sie hatten während des Spiegeltraums lauter Squirrels gemalt, auch die Mutt!

Sie stritten, welche am ähnlichsten sei. Ich fand die Maske, die Anselm gemalt hatte, am ähnlichsten. Aber auch bei den anderen war jedenfalls die Absicht ohne Mühe zu erkennen, daß Squirrel es sein sollte, obwohl doch die Hauptsache, die Augen fehlten. Die Frage war nun, ob die Geschwister Süpplein sie auch abnehmen würden. Ich ließ mir eine zurücklegen, um dem Geschäft einen Anreiz zu geben. Ich besitze sie noch. Wir alle, auch der Herbert, waren so mit den Squirrel-Masken beschäftigt, daß wir nicht gewahr wurden, daß Squirrel selbst grußlos aus dem Zimmer geschlendert war. Woher sollte man es auch wissen, daß es in seinem Wesen lag, zu kommen und zu gehen, wie es ihm gerade einfiel? Wir mußten es erst lernen. Es ist nämlich gar nicht so leicht, sich an einen Squirrel und seine Bräuche zu gewöhnen.

Eben war er noch da, und nun war er so plötzlich verschwunden, daß wir erst hinter den Vorhang sahen. Denn man durfte es ihm zutrauen, daß er sich vielleicht etwas hingelegt habe, und wir sollten es bald erfahren, wie sehr er jeder Regung des Augenblicks nachgab, eben etwa um zu schlafen, wobei ihn die Gegenwart anderer nicht im mindesten störte.

»Vielleicht ist er im Spiegel«, spottete Herbert.

Anselm schaute wirklich nach. Aber da war er auch nicht. Anselm gab Herbert die Schuld, weil er Squirrel mitten im Schwung der Erzählung unterbrochen habe ›mit seinem albernen Hammer‹. Er sei sehr empfindlich.

Da meinte nun wieder Herbert: »Ich soll immer an allem schuld sein!«

»Es kommt mir auch fast so vor«, bestätigte ich ihm.

Barbara konnte ihre Enttäuschung über Squirrels Fortgehen nicht verbergen. Sie fand es ungehörig. »Man weiß wahrhaftig nie, wie man bei ihm dran ist«, sagte sie.

»Bei uns weiß man es, bedauerlicherweise, so beiläufig wenigstens«, gab ich zu, nahm eine der Squirrel-Masken, trat an den Spiegel und setzte sie auf. ›Sie verjüngt von außen und macht innen alt‹, mußte ich denken. Aber auch das beschäftigte mich, daß dieser Squirrel noch keine vierundzwanzig Stunden da war, und es fehlte uns schon etwas, wenn er fortging. Ich meinte nun zu begreifen, warum man mich vorgestern nachts herausgeschellt hatte, als ich auf die Überraschung gewartet hatte. Squirrel, das konnte nicht geleugnet werden, war in gewisser Weise so etwas wie eine Überraschung für die Kuttelwaschers und auch für mich.

Vorsorglich, um mich auch meinerseits am Unterhalt Squirrels ein wenig zu beteiligen, hatte ich einiges mitgebracht, vor allem Wäsche, darunter einen Schlafanzug, den ich jetzt auf Squirrels Schlafstätte legte.

»Er hat doch nichts«, sagte ich, mein Tun entschuldigend. »Ich müßte längst in der Praxis sein«, fügte ich hinzu, ich sei eigentlich nur gekommen, um mich nach dem Befinden der Familie, vor allem Anselms, zu erkundigen.

Anselm hatte keine Beschwerden mehr, nur: Gas könne er nicht mehr riechen.

»Das gibt sich, das gibt sich«, erwiderte ich zerstreut und versprach, mich gelegentlich wieder umzuschauen.

Woran er nicht zweifle, meinte Herbert. Auch er müsse jetzt gehen. Mit diesem Squirrel vertrödele man sowieso nur die kostbare Zeit.

Und Squirrel selbst? Er dachte offenbar nicht daran ›keine Zeit zu haben‹. Dies war mir als eine seiner wesentlichsten Eigenschaften sofort aufgefallen.

Ein Mensch, der sich mit nichts zu beschäftigen schien, beschäftigte mich und seine Gastfreunde. Und er hatte so gar kein Gefühl dafür, was man gemeinhin ›nicht tut‹. Nicht daß er sich gegen die Gewohnheit auflehnte, gegen die wohlgefügte Ordnung der ›anderen‹ oder sich darüber lustig machte, sie war für ihn, als wäre sie nicht vorhanden. Er ging umher zwischen den Menschen wie in einem Wachsfigurenkabinett. Ging er überhaupt oder ließ er sich nicht vielmehr gehen?

»Ich werde ihn im Auge behalten«, nahm ich mir vor.

»Etwas ist an ihm, wenn ich bloß wüßte was. Vielleicht aber ist es nur seine überaus angenehme Stimme.« –

Herbert und ich hatten den gleichen Weg. Also gingen wir miteinander.

Unser Gespräch von vorhin, als ich aus dem Faust zitierte (und die Verse Squirrel so gut gefallen hatten), ließ dem guten Herbert keine Ruhe. Er, der selber doch nur leicht angebildet war, entrüstete sich sehr über Squirrels ›bodenlose Unwissenheit‹, so nämlich drückte er sich aus.

»Ich bin sicher«, entrüstete er sich, »er weiß nicht einmal, wann die Schlacht bei Issus war. Leicht zu merken bekanntlich an den drei ›S‹. Schlacht bei Issus, das ist es, was ich unter Bildung verstehe.« Er war in dieser Meinung nicht allein. Ließ aber Squirrel nun selbst bei einem solchen offenkundigen Mangel an Bildung etwas vermissen? Ich dachte scharf nach. Eigentlich nein, wenn ich's recht bedachte: Gewiß, er wußte nichts vom Reichsdeputationshauptschluß – er hat nichts dabei verloren – oder doch? Nämlich wenn ich ihn mir vorstelle, wie er dieses abscheuliche Wort sagt, ohne eine Ahnung davon zu haben, was es bedeutet, das wäre gewiß reizend. Er wußte nichts von den schönen Künsten, nichts von Homer, Platon, Shakespeare. Bildung, ihm mochte sie als eine natürliche Folge menschlicher Langeweile erscheinen. Mit Recht sagt man ja gemeinhin, daß die Ungebildeten sich am meisten langweilen. Also war Squirrel entweder eine Ausnahme oder vielleicht doch nicht ungebildet, nämlich weil er von Natur her recht wohlgebildet war. Und was würde, man mußte es immer wieder ernstlich erwägen, was würde Squirrel durch gelehrtes Wissen gewinnen? Nichts. Aber durfte denn das sein, daß er des allen nicht bedurfte? Ei der Daus (ich bediente mich wirklich dieses altväterlichen Ausdrucks): Squirrel bedurfte dessen nicht, ohne darum auch nur ein bißchen langweilig zu sein. Im Gegenteil, ich wenigstens fühlte mich stets aufs beste unterhalten in seiner Gegenwart, ungleich besser jedenfalls als in der grundgelehrten philosophisch-medizinischen Sozietät, der anzugehören ich die Ehre habe. »Ach, diese langweiligen alten Narren.«

Ich war schon drauf und dran, allerhand ›Ballast‹ über Bord zu werfen. Was wir doch alle so dringend nötig zu haben uns einbilden, was Squirrel einfach nicht brauchte, ohne es zu entbehren. Er war vielleicht der einzige, der die Menschen und die Natur endlich einmal nicht bloß vom Nützlichkeitsstandpunkt aus betrachtete. Er lebt, mußte ich denken. Wir aber verwerten und werden verwertet.

Nun, was die vorhin von Herbert erwähnte geschichtliche Bedeutung jener so leicht zu merkenden Schlacht betraf, für Squirrels Wohlbefinden schien sie mir nur gering zu sein. Für ihn, das sah ich ein, für ihn gab es keine Geschichte. Er empfand sie höchstens als störend. Er brauchte sie jedenfalls nicht wie wir andern Menschen, falls wir sie brauchen. Nationalität? Landesgrenzen? Auch sie gab es nicht für ihn. Ach, wie mir das an ihm gefiel! Er hatte ja auch nichts zu verzollen (nicht einmal Gedanken).

Ich sagte das dem Herbert, der zu dem Porträt unseres Squirrel auf seine Weise allerlei beizutragen wußte:

»Ja, dann braucht er auch womöglich nicht Soldat zu werden?« Wieso auch, er tat niemandem etwas zuleide – doch ich weiß nicht.

»Dem Militär kann heutzutage niemand entgehen«, betonte Herbert. Aber Squirrel hatte doch kein Vaterland. Wofür und gegen wen sollte er dann die Waffen ergreifen? Das sei doch denen ›da oben‹ gleich, bemerkte Herbert, sich scheu umschauend. Und die Fremdenlegion gäbe es ja schließlich auch noch.

Wie auch immer: ich beschloß, ein Verzeichnis aller Dinge und Begebenheiten anzulegen, ohne welche Squirrel mühelos auskommen konnte. Unter anderm stand da: Dankbarkeit, Geld, Bücher, Schlips, Gott, Kamm usw.

Fünftes Kapitel

das den Leser vielleicht auf den Gedanken bringt, ob er nicht auch schon einem Squirrel begegnet ist

Von Kutts Vorbehalt, daß Squirrel nur so lange, bis er sich erholt habe, bleiben dürfe, war mit keinem Wort mehr die Rede. Squirrel blieb auf stillschweigende Übereinkunft. Er schlief in der Ecke, wo vorher Anselm gewohnt hatte, und lebte wie zu Beginn sozusagen in freier Wildbahn. Er sagte nie, wann und wohin, wenn er ausging. Und niemand im Haus wußte, wo er sich herumtrieb. Er war dennoch wohlgelitten, wenn er wie zufällig erschien. Kutt und Mutt, Barbara und Anselm freuten sich seiner Gegenwart. Sie hatten Angst, er könnte plötzlich, wie er gekommen war, eines Tages nicht mehr da sein. Von Arbeit wurde in seiner Gegenwart nicht mehr gesprochen. Sie vermieden es, um ihn nicht zu verletzen.

Sie hatten ihn alle sehr gern, ein jeder auf seine Weise. Und wie einmütig vorher die Familie im Wunsche, miteinander zu sterben, gewesen war, so jetzt in ihrer Zuneigung dem Fremdling gegenüber. Infolgedessen konnte es nicht ausbleiben, daß einige, eins auf das andere, eifersüchtig wurden. Ich weiß das, weil die Mitglieder der Familie (jedes für sich) mich zum Vertrauten machten. Es war mir offen gestanden nicht unlieb, denn schließlich ist ja das Detektivspiel eine meiner Liebhabereien.

Unter dem Vorwand, mir Anselms Urin zu bringen, kam eines Morgens als erste die Mutt zu mir. Ich hatte zum Glück Zeit für sie. Ich bin nicht auf meine Praxis angewiesen. Es schien sich herumgesprochen zu haben, daß ich nur für ausgefallene Krankheiten und sonderbare Patienten in Frage käme. Ich spiele nicht selten die Rolle eines Beichtvaters. So kommen zum Beispiel Leute zu mir, die an chronischem Atheismus leiden oder auch bloß an Eitelkeit. Auch Lügenkranke und (wie die Kuttelwaschers) Lebensüberdrüssige und Sterbsüchtige. Es gibt ein Leiden, das ich unter dem Namen Convertitis in die Wissenschaft eingeführt habe, wobei ich die Convertitis speculativa am häufigsten angetroffen habe. In schweren Fällen reichen politische und religiöse Konfessionen und Sekten gar nicht aus, um die Sucht der Kranken zu stillen. Es sei denn, sie gründen selbst als deren Oberhaupt eine Partei oder Sekte. Natürlich gehören auch Liebeskranke zu meinen Patienten.

Nachdem ich der Mutt den sehr erfreulichen Befund über Anselm mitgeteilt hatte, saß sie mir eine Weile wortlos gegenüber, den Korb mit den Masken auf dem Schoß. Auch ich schwieg. Schweigen ist und bleibt die beste Methode. Auch diesmal bewährte sie sich.

Gestern morgen sei es gewesen, so begann die Mutt zögernd. Sie habe in der Wohnküche vor dem Spiegel gestanden mit einem unerklärlichen Glücksgefühl, wie sie es schon lange nicht mehr empfunden hätte. Da sie sich unbemerkt glaubte, war sie sich über ihr Haar gefahren (und sie tat es auch jetzt), denn, so meinte sie, es tröste einen manchmal schon ein bißchen, wenn man sich selbst übers Haar streiche und ein wenig nett zu sich sei, gleichgültig, ob man sich glücklich fühle oder Sorgen habe. In diesem Augenblick war Squirrel aus seinem Vorhang gekommen, ein wenig verschlafen und verstruwwelt noch, in seinem hübschen Schlafanzug (den ich ihm geschenkt hatte und der ihn mit seinen breiten weinroten Streifen sehr gut kleidete; er sah darin, denn er war ihm etwas zu weit, halb so aus wie ein Clown, halb wie ein Sträfling).

Leise war er hinter die Mutt getreten und hatte ihr nun seinerseits sanft übers Haar gestrichen, wie sie es eben selbst getan, und sie hatte es geschehen lassen, ohne sich nach ihm umzuschauen. Aber dann hatte sie es ihm doch verwehrt, aber immer noch in den Spiegel und wie zu sich selber sprechend.

»Das solltest du besser nicht tun, Squirrel«, hatte sie gesagt, und er hatte geantwortet: »Doch, Mutt, das sollte ich schon tun. Sie haben es doch eben auch getan.«

Nach der Art einfacher Naturen erzählte die Mutt ihr kleines Erlebnis mit Squirrel in Gesprächsform mit häufigen ›habe ich gesagt, hat er gesagt‹.

»Du hast keine Sorgen, nicht wahr, Squirrel?« hatte sie gesagt.

»Ich? Sorgen? Nein, nie!«

Ich bin fast sicher: er wußte gar nicht, was Sorgen sind. Er kannte das Gefühl überhaupt nicht.

Ob er denn nie Geldsorgen habe, zum Beispiel? hatte ihn dann die Mutt gefragt. Er schien ehrlich erstaunt über diese Frage gewesen zu sein. Nein. Er mache sich nichts aus Geld. Er habe nie Geld. Und ob es sich überhaupt mit der Freiheit des Menschen vertrüge, Geld zu haben und sich bezahlen zu lassen? Er war nicht käuflich, er war unbestechlich. Er lehnte es tatsächlich ab, Geld anzunehmen, auch von mir. Er fühlte sich glücklicher ohne und hatte dabei zudem den gar nicht zu verachtenden Vorteil, nicht bestohlen werden zu können.

Für Squirrel war das die selbstverständlichste Sache von der Welt, obwohl es doch sonst nicht üblich ist, so zu denken. Es hatte etwas Entwaffnendes und Ärgerliches zugleich. Darum hatte sich die Mutt schließlich nach ihm umgewandt, ob es denn auch wirklich sein Ernst sei?

Er hatte vor ihr gestanden, in lässiger Haltung, mehr behangen mit seinem Schlafanzug als damit bekleidet – es war kein Gramm überflüssiges Fett an seinem Körper –, die Hände hinter dem Kopf gefaltet, mit Stand- und Spielbein, und hatte unschuldig-freundlich ihren strengen Blick erwidert.

Aber man brauche doch nun einmal das Geld, um zu leben, hatte die Mutt daraufhin gesagt, schon etwas unsicher werdend.

Er nicht.

Völlig unbekümmert war Squirrels Antwort gewesen.

Diese Antwort aber mußte begreiflicherweise die Mutt völlig verwirren. Denn dann war ja Squirrel, wenn man die Anzahl der Menschen mit über einer Milliarde annimmt, der allereinzige auf der Welt, der ohne Geld lebte. Ungeheuerlich und abwegig erschien ihr dieser Gedanke.

»Ohne Geld leben? Wie macht man das? Kann man es überhaupt?« Man kann es. Squirrel war ja das lebendige Beispiel für seine Behauptung.

»Du lügst«, hatte Mutt erwidert. Aber warum sollte Squirrel denn lügen? Er wüßte wahrhaftig nicht warum. Er habe doch nicht den geringsten Anlaß dazu. Wozu also lügen?

Das klang ja nun beinahe so, als brauche ein Mensch ohne Geld nicht zu lügen. Es war nicht nötig. Hieß das nicht, daß ein gewisser Zusammenhang zwischen Geld und Lüge bestand? Squirrel log nicht. Und er tat sich nichts darauf zugute. Er konnte nicht lügen oder sich verstellen. Er hatte es einfach nicht nötig. Er sagte die Wahrheit, und er sagte sie gleichsam ›unwissentlich‹.

Er schien, so kam es Mutt vor, überhaupt nicht zu wissen, warum er etwas tat. Er hatte nie irgendwelche Absichten dabei. Er tat es eben. Unwillkürlich und in aller Unschuld.

Ob er sich denn noch niemals Gedanken über seine Zukunft gemacht habe? war Mutts letzte Frage an ihn gewesen. Man müsse doch ein Ziel haben, etwas leisten und es zu etwas bringen im Leben.

Das war nun allerdings die weitaus überwiegende Meinung der Menschen. Nur für Squirrel schien sie offenbar nicht zu gelten.

»Ach, Mutt«, hatte sein Geständnis gelautet, »wissen Sie, ich habe so gar keinen Ehrgeiz!«

»Und kein bißchen Stolz?«

»Kein bißchen!«

Und worauf er denn stolz sein solle?

Ja, worauf? Die Mutt war nachdenklich geworden und

hatte bei sich überlegt, worauf sie selber und Kutt und welche Leute sonst stolz zu sein sich rühmen könnten und zu was sie es gebracht hätten mit all ihrem Fleiß, und wußte keine rechte Antwort und auch nicht, was ihr Ziel sei.

Natürlich war die Mutt, sie vergaß nicht, es mir mitzuteilen, während sie mit Squirrel gesprochen hatte, keinen Augenblick untätig geblieben. Sie hatte unterdessen die Masken abgezählt, sie zusammengebunden, die Schnur durch die Augenöffnungen gezogen, ganze Stöße, auch von den ›Squirrels‹, bei denen sie in Sorge war, ob die Süppleins sie ihr auch abnehmen würden.

Denn sie mußte immer ans Geld denken. Und Squirrel war dabeigestanden, ohne ihr zu helfen (er kam gar nicht auf den Gedanken), und hatte dazu in aller Ruhe seine Morgenzigarette geraucht, die ihm vermutlich, wie so oft, das Frühstück und das Waschen zugleich ersetzte. Fast mitleidig hatte er Mutt zugesehen, daß sie in aller Herrgottsfrühe schon so arbeiten mußte. –

»Sehen Sie, Herr Doktor«, sagte die Mutt zu mir, »so ist das mit Squirrel: Der Regen wäscht ihn, der Wind ist sein Kamm, er lebt von der Luft. Er tut nichts. Warum muß man ihm dennoch gut sein?« Etwas wehrte sich in ihr dagegen.

Ganz unvermittelt sprach sie jetzt davon, daß ich ihr kürzlich einmal gesagt hätte, Squirrel sei, als wir ihn drüben auf der Straße fanden, vermutlich vor Hunger und Erschöpfung umgefallen gewesen.

Natürlich, Squirrel selbst konnte es nicht leugnen.

Wenn man tagelang nichts ißt, dann geschieht es eben. Es wurde einem dann plötzlich dunkel vor den Augen. O, es sei wunderbar, gestand er, und auf einmal sei man weg.

Das hieß doch, es war nicht das erstemal gewesen, daß er auf der Straße umgefallen und von barmherzigen Menschen aufgenommen worden war. Wer waren die andern Leute? Wo war er vorher gewesen, woher gekommen? Wo überall in der Welt mochte er schon herumgestrolcht sein? Tat er nur so harmlos?

Die Mutt wollte es gar nicht wissen.

Aber etwas sei ihr doch so herausgefahren, gestand sie, wie sehr sie es auch inzwischen schon bereut habe. Nämlich, daß so jemand doch ständig andern Leuten zur Last falle. Es sei ihr wirklich nur so herausgerutscht. Es hatte Squirrel jedoch offenbar nicht im mindesten gekränkt. Die Mutt habe ganz recht, hatte er lächelnd und ganz sachlich geantwortet, ihnen beispielsweise falle er dann zur Last.

»Nein, nein, nein, im Gegenteil!« hatte sich Mutt leidenschaftlich dagegen verwahrt. Er möge das doch bitte nicht annehmen.

Und wenn schon, war Squirrels Antwort. Dann gehe er ganz einfach wieder seiner Wege.

Das war eine reine Feststellung, so als beuge er sich einem Schicksal, gegen das man eben nichts machen könne.

Mutt war darüber zutiefst erschrocken, und Squirrel bei den Schultern fassend, hatte sie ihn angefleht, er möge sie um Himmels willen nicht verlassen. Er gehöre doch jetzt zu ihnen.

»Willst du bei uns bleiben?« hatte sie gerufen. Das hätte sie nicht tun sollen. Wie konnte sie auch denken, daß Squirrel zu ihnen oder zu irgend jemandem gehöre? Besitzlosigkeit, schloß das nicht auch mit ein, niemandem zu gehören?

Ich hatte die gute Frau bis jetzt, ohne sie zu unterbrechen, angehört. Aber nun hätte ich doch sehr gern gewußt, was Squirrel ihr auf diese entscheidende Frage geantwortet hatte. Die Antwort lautete: »Mutt, verlangen Sie bloß nicht von mir, daß ich etwas will.« Das konnte die Mutt natürlich nicht fassen. Es hatte sie ganz traurig gemacht. Darum war sie hauptsächlich auch zu mir gekommen.

»Aber, Kind«, hatte sie ihm erwidert, »etwas muß man

doch wollen, etwas muß man doch von der Zukunft erwarten?«

»Wirklich, Mutt, muß man? Ich habe noch nie etwas erwartet, und es ist doch jedesmal etwas gekommen ohne mein Zutun. Ich für mein Teil habe es immer ganz herrlich gefunden, mich von Augenblick zu Augenblick stets von neuem überraschen zu lassen, und herrlich ist es, nichts vorzuhaben, nicht zu wissen, was kommt, und sofort zu vergessen, was eben gewesen ist.«

Natürlich hatte sich die Mutt über diese leichtfertigen Ansichten entsetzt.

»Aber dann hast du doch keine Erinnerungen! Ohne Erinnerungen kann ich nicht leben, und ohne Erinnerungen hat man auch kein Gewissen.«

»Nein«, hatte Squirrel heiter ernsthaft erwidert, »Gewissen habe ich keines.« Er mochte es für überflüssig, jedenfalls für etwas sehr Lästiges halten.

Mutt war vor ihm zurückgewichen und hatte, als habe er Gott gelästert, die Hände aufgehoben. Auch jetzt, als sie davon zu mir sprach, tat sie es.

»Dann wehe denen, Squirrel, die dich lieben müssen.«

Und ganz plötzlich war es ihr eingefallen und »du lieber Himmel«, hatte sie gerufen, »ich bin ja schon wieder viel zu spät dran.«

Das konnte nun wieder Squirrel nicht passieren. Er konnte nie zu spät kommen.

Dann hatte Mutt den Korb mit den Masken genommen, war zur Tür gegangen und: »Kein Gutmorgen, kein Aufwiedersehen, kein Verlaß, kein Garnichts«, habe sie vor sich hingesagt. Er sollte es ruhig hören, was sie von ihm dachte.

»Ach Bub, was soll bloß aus dir werden?«

»Wieso werden? Aber, liebe Mutt, ich bin doch schon!«

Nun hatte sie doch lachen müssen, aber es ihm nicht so ohne weiteres hingehen lassen wollen.

»Du bist noch so jung, Bub. Aber schau, man wird älter – obwohl...« Sie könne ihn sich beim besten Willen nicht erwachsen vorstellen. (Ich übrigens auch nicht, niemand konnte es.)

Er war darin ganz ihrer Meinung. »Ja, nicht wahr, das kann man wirklich nicht.«

»Man muß dich halt nehmen, wie du bist«, hatte Mutt entgegnet, hatte in einer plötzlichen Eingebung den Korb mit den Masken hingesetzt, war auf Squirrel zugegangen und hatte ihm schnell einen Kuß gegeben. Sie errötete, als sie mir dies gestand. Sie habe es tun müssen, entschuldigte sie sich. »O Gott«, machte sie, als wollte sie es jetzt noch ungeschehen machen, obwohl es doch nichts Natürlicheres auf der Welt gab, als Squirrel zu küssen.

»Aber dann hat Squirrel etwas Unerhörtes gesagt. Denken Sie bloß, Herr Doktor, was er sagte: ›Danke, Mutt‹, hat er gesagt. Ich habe geglaubt, nicht recht gehört zu haben. Ich glaube wirklich, er hat zum erstenmal in seinem Leben für etwas danke gesagt.«

Fast vor ihm fliehend war sie mit ihrem Korb, darin die Masken sich rieben und raschelten, aus der Türe geeilt. Aber sie hatte es gerade noch mitgekriegt, daß Squirrel, als wäre nichts gewesen, sich auf die Hände fallen ließ, die Beine in die Höhe warf und aus purem Vergnügen auf den Händen im Zimmer umherging, die Zigarette im Mund, auch, was nicht ganz leicht ist, ein paar Sprossen die Leiter hinauf, ohne daß jemand ihm dabei zuschaute. –

Das war Squirrels Begegnung mit der Mutt, wie sie es mir berichtete. Sie waren vorher nie allein gewesen.

»Was soll ich bloß tun?« fragte sie mich jetzt. »Ach, Herr Doktor, manchmal denke ich, daß Squirrel keine Seele hat!«

Was sollte ich ihr sagen. Es genügte ja fast schon, daß ich sie angehört hatte. Es tröstete sie. Sie bedankte sich bei mir, obwohl ich nichts gesagt hatte als »Gewähren lassen!«

Die Mutt wiederholte es, als könnte es ihr helfen. Sie

ahnte nicht, wie schwer das ist: jemanden lieben und ihn gewähren lassen.

Sechstes Kapitel

durch das der Leser in seinen Zweifeln, was den Umgang mit einem Squirrel anlangt, bestärkt wird

Squirrel war der Familie Kuttelwascher ›zugelaufen‹ wie ein herrenloser Hund oder eine Katze. Ich weiß, daß man in einem Leben vielen Tausenden von Menschen begegnet, und daß nur wenige in uns Einlaß finden, wie es vor geraumer Zeit mit dem zugelaufenen Squirrel geschah. Er war nicht mehr fortzudenken, er hatte auf alle einen starken Eindruck gemacht, sich eingeprägt und abgebildet, unauslöschlich und unverlierbar. Er war zu einem, wenn auch nicht anatomisch nachweisbaren, aber doch (zu dieser Einsicht war ich gekommen) gewissermaßen zusätzlichen körperlichen, lebendigen Bestandteil geworden und in ihren Herzen zu Gast, vielleicht sogar, warum nicht? – als ein ›Schmarotzer‹ oder Parasit. Man hätte Squirrel durch Analysen in Mutt, Kutt, Barbara und Anselm ›chemisch‹ nachweisen können. Wenn ein geliebter Mensch – und ich hatte allen Grund zur Annahme, daß die guten Kuttelwaschers, kaum daß sie seiner ansichtig geworden waren, Squirrel, ob sie wollten oder nicht, liebhaben mußten –, wenn ein Mensch, den wir lieben, stirbt, dann stirbt mit ihm etwas in uns, wenn wir uns auch vorreden, er ›lebe in uns fort‹. Es gibt Beispiele genug, da Liebende mit dem geliebten Menschen sterben oder sich den Tod oder den ›Rest‹ geben, also nur noch vollenden, was zu sterben sich schon angeschickt hatte.

Auch Barbara, gewiß von angenehmem Äußeren, doch auch ziemlich alltäglich, verfiel der für sie ungewohnten Erscheinung Squirrels, die ›so ganz anders‹ war als etwa die Herberts. In Herbert würde sie nach allgemeinem Urteil einen sehr, sehr ›fähigen, ungemein tüchtigen und braven, wenn auch gewiß nicht aufregenden Gatten‹ bekommen, und eine Sekunde noch, bevor Anselm und Kutt den bewußtlosen Findling ins Haus trugen, war sie ihm von Herzen gut gewesen. Die Vorstellung, ihn zu heiraten, hatte sie allerdings schon vorher zuweilen nachdenklich gemacht. Und als sie zufällig in einem Kalender las ›einander lieben, sei jederzeit miteinander sterben können‹, waren ihr vollends Bedenken gekommen. ›Immer nur Herbert, von früh bis spät, das ganze Leben lang? Und mit ihm sterben? Nein. Mit Squirrel? Jederzeit, ohne Besinnen. Sofort.‹

Wie man sieht: auch mich beschäftigte das Phänomen Squirrel unaufhörlich, fast wie ein ungelöster Kriminalfall. Man konnte meinen, Squirrel sei von einem zärtlichen Gott in dieses unser Jammertal gesandt, wo das Leben, wenn es köstlich gewesen, sofern man dem Psalmisten glauben darf, nichts als Mühe und Arbeit gewesen ist.

Die medizinische Wissenschaft weiß längst, daß gewisse Arten von Menschen zu den Heilmitteln gehören, die man verordnet wie eine Medizin, während andere geradezu Gift sein können. Es ist durchaus richtig, wenn jemand behauptet: »Ich kann nicht leben ohne ihn« (zum Beispiel ohne Squirrel). Wie oft versündigt man sich gegen diese alte Erfahrung. Es geschehen Morde unter diesem Vorzeichen. Man stirbt vor Sehnsucht.

Worin bestand nun Squirrels Heilkraft? Ohne Zweifel: Schon ein reizender Anblick verwandelt uns und macht uns besser. Sicher besaß er jenes geheimnisvolle Fluidum, wofür ich den Fachausdruck ›Ultraduft‹ geprägt und in die Wissenschaft eingeführt habe. Aber das allein erklärt nicht alles. Man wird sich vielleicht wundern, warum ich nicht, um ein möglichst getreues Bild von unserm unheldischen Helden zu geben, einfach eine Fotografie herzeige. Aber das ist nun wieder echt Squirrel. Es gibt keine Fotos von ihm. Und wenn, so bin ich fest davon überzeugt, daß sie ein völlig falsches Bild von ihm geben würden, während sich bekanntlich andere Leute, Industrielle beispielsweise oder Minister, glänzend fotografieren lassen. Squirrel will nicht fotografiert werden. Darin ist er eigen. Unter keinen Umständen, und er hat ein untrügliches ›Gespür‹ (der Ausdruck stammt von ihm) vor drohender Fotografiergefahr.

In meinen Überlegungen spielte das Verhältnis Barbaras und überhaupt der Familie zu Squirrel eine so große Rolle, daß ich zu Ergebnissen kam, als wäre ich ›dabei gewesen‹. Also auch zu der gefährlichen Erkenntnis, daß Squirrels hervorstechendste Eigentümlichkeit – ich will sie einmal seinen ›Zauber‹ nennen – eben in seiner ›Sterblichkeit‹ bestand. Mit ihm konnte man sterben. Er hatte das so an sich.

Durfte man so weit gehen, daß zwischen dem versuchten Familienselbstmord durch das verführerische Gas und Squirrel ein reziproker Zusammenhang waltete? Süßes Gift hier, süßes Gift dort.

Barbara dachte immerzu an Squirrel, sie sagte – so denke ich mir – seinen Namen, wenn er, wie so oft, ausgegangen war, immer wieder vor sich hin, um seine Gegenwart zu beschwören, und eines Morgens , da sie es tat mit geschlossenen Augen und »ach Squirrel, Squirrel, Squirrel« flüsterte, stand er vor ihr und antwortete, sie nachahmend: »Ach Barbara, Barbara, Barbara.«

Sie schlug die Augen auf, nicht unglücklich darüber, daß sie sich verraten hatte, wie denn der gesprochene Name wohl die älteste und kürzeste Liebeserklärung heißen darf.

»Da bist – da sind Sie ja«, sagte sie. »Wo sind Sie denn gestern wieder den ganzen Tag gesteckt?«

Squirrel mußte sich besinnen. »Gestern?«

»Ach so, man darf Sie ja nach nichts fragen, Sie schrecklicher Mensch...«

Und dann tat sie, was Mutt auch getan hatte, sie nahm sein Gesicht zwischen ihre Hände, nicht anders, als sie es mit den Masken zu machen gewohnt war, und betrachtete es eine Weile sehr ernsthaft und sachlich prüfend. Lächelnd ließ er es sich gefallen, ohne eine Hand zu rühren. Und dann küßte ihn Barbara ohne weiteres auf den Mund, als wäre dies die selbstverständlichste Sache der Welt.

Squirrel nahm es so geduldig hin, als stünde es ihm zu. Barbara war darüber mit Recht empört. »Ja wunderst du dich denn gar nicht ein bißchen?«

»Nicht ein bißchen.«

»Und läßt es kaltlächelnd geschehen?«

»Lächelnd schon, aber nicht kalt«, sagte er freundlich und küßte sie wieder.

Sie machte einen hilflosen Versuch, sich zu wehren.

»Aber das sollen Sie doch nicht«, sagte sie.

»Sollen vielleicht nicht, aber möchten. Küssen, das kann ich nämlich.«

Er konnte es in der Tat. Sie mußte es zugeben. Aber gerade darum bäte sie ihn, es nicht zu tun.

Sie wollten doch immer, daß er etwas tue, und nun war es auch wieder nicht recht. Aber Squirrel kümmerte sich wenig darum und küßte Barbara. Sie schauderte, und als er sie fragte, was ihr sei, antwortete sie fast kindlich: »Mich squirrelt.«

Und auf einmal wurde ihr bewußt, was sie tat. Herbert fiel ihr ein. Sie gab sich wirklich redlich Mühe, ein schlechtes Gewissen zu haben. Aber es gelang ihr nicht. Um sich stark zu machen, sprach sie es aus, daß Herbert sie liebe und daß er sie heiraten wolle.

Es machte auf Squirrel nicht den geringsten Eindruck.

»Ich weiß, ich weiß«, sagte er, als sei das ganz unerheblich.

»Und das stört dich nicht?«

»Ich wüßte nicht warum«, erwiderte er völlig ungerührt.

»Aber das ist doch Untreue!«

Sie war ziemlich fassungslos über Squirrels Gleichgültigkeit.

»Wieso denn, Untreue?«

»Gegen Herbert natürlich! Ich weiß nicht, stellst du dich bloß so oder…«, sagte sie heftig werdend. Aber sogleich wurde sie wieder sanft: »Ich liebe dich doch, Squirrel.«

»Ja, und?«

»Was und?«

Squirrel schüttelte nachsichtig den Kopf.

»Aber, Barbara, mich zu lieben ist doch keine Untreue!«

Sie starrte ihn fassungslos an.

Was sagte er da? Squirrel zu lieben sei keine Untreue? Wollte er sich über sie lustig machen oder war es sein Ernst?

Oder hatte er vielleicht ›irgendwie‹ recht, unheimlich recht sogar. Aber sie mußte ihm doch wenigstens klarmachen, daß Herbert sehr eifersüchtig sei, und sie sei es auch.

»Ich nicht«, sagte Squirrel, als könne er sie damit trösten, und küßte sie.

Manchmal, wenn Barbara ihn für ein paar Stunden nicht sah, und es erschien ihr immer wie eine Ewigkeit, dann zweifelte sie ernstlich, ob es ihn überhaupt wirklich gab. (Auch ich, der ich doch ein sehr nüchterner Forscher bin, zweifelte immer wieder daran und glaubte zuweilen, er sei eine Ausgeburt meiner Phantasie.)

Er komme ihr oft völlig unwahrscheinlich vor, unwahrscheinlich – sie wiederholte das Wort. Aber wenn sie ihn dann sehe, von nahem, dann müsse sie es wohl glauben, daß es ihn gäbe.

»Sei getrost, Barbara«, sagte er, »es gibt mich.«

Er küßte sie. Aber plötzlich hatte sie einen verliebten Einfall, holte einen Stoß Masken herbei und setzte sie eine nach der anderen Squirrel auf, um dann zu sagen, sein Gesicht stünde ihm doch am besten.

»Ich muß jetzt gehen«, sagte Squirrel ganz unvermittelt.

Sie wurde traurig.

»Schon?« fragte sie.

Sie hob die Hände auf, und fast ohne ihn zu berühren, fuhr sie seiner Gestalt nach vom Kopf bis zu den Füßen.

Aber dann tat sie etwas, was sie nicht hätte tun sollen. Sie fragte Squirrel, wann sie sich wiedersehen würden. Sie hätte doch endlich wissen müssen, daß er nicht gefragt sein wollte, daß es für ihn keine Vergangenheit und keine Zukunft gab. Ja auch keine ›Bleibe‹, keine Heimat, da er überall und nirgends zu Hause war.

Es war anzunehmen, daß er, ehe er ›zu uns‹ kam, sich vielleicht höchstens eine Tagreise weit bei irgendwelchen andern Leuten aufgehalten hatte. Aber schon der bloße Gedanke, daß er deren Zuneigung gefunden haben könnte, sagen wir getrost, daß jene Unbekannten ihn liebten und – schrecklich sich vorzustellen – daß er, wohl möglich, auch noch diese sträfliche Neigung erwiderte auf seine bekannte leichtfertige, aber herzlich unverbindliche Weise, diese Vorstellung tat den Kuttelwaschers so weh, daß sie den Gedanken lieber nicht zu Ende dachten.

Kurz und gut; meine armen Kuttelwaschers hatten einfach eine tierische Angst, Squirrels Vergangenheit zu kennen. Also entschlossen sie sich lieber anzunehmen, Squirrel sei aus dem Nichts gekommen und sei überhaupt nur vorhanden in ihrer Gegenwart.

Auch mir war es noch mit keinem Menschen so gegangen wie mit ihm, nämlich daß alles, was um ihn her war, als nur um seinetwillen geschaffen und gebaut und ohne ihn als völlig bedeutungslos erschien, auch die große Stadt mit allen Häusern und Seelen, es war die Kulisse nur für Squirrel. –

»Wann sehen wir uns wieder? Heute abend?« fragte ihn Barbara, »wir könnten doch eine Zeit ausmachen.« Aber sogleich fiel ihr ein, daß er ja keine Uhr hatte. Es genügte ihm zu merken, wann es Tag oder Nacht wurde, Frühling, Sommer, Herbst und Winter. Das sah man doch.

Wozu eine Uhr? Außerdem mißfiel ihm, daß so eine Uhr den ganzen Tag ging, auch nachts, wenn man sie nicht brauchte. Er fand das dumm.

Aber Barbara hätte es doch gerne gewußt, wann sie sich wiedersehen würden, anstatt auf den Zufall angewiesen zu sein. »Ich habe solche Sehnsucht nach uns«, sagte sie.

Mit leisem Unmut suchte ihr Squirrel klarzumachen, daß zwei Menschen, wenn sie ihren Blicken entschwunden sind, so gut wie nicht füreinander vorhanden seien. Man wisse dann nichts mehr voneinander.

Squirrel hatte es einmal erlebt, daß jemand zu ihm sagte: »Ich komme gleich wieder.« Aber er kam nicht wieder. Er verunglückte tödlich in der kurzen Zwischenzeit. Als es geschah, hatte Squirrel nichts gespürt.

»Man sieht sich immer zum letztenmal«, sagte er, ohne das mindeste Gefühl für die Grausamkeit dieser Worte.

»Nein, nein, nein«, rief Barbara außer sich, wie sehr es sie auch überzeugte. »Ich will dich mir einprägen, mit allen Einzelheiten, deine Augen, deinen Mund, wie ich ihn jetzt sehe. Und du sollst es auch versuchen!«

Er schüttelte den Kopf.

»Du ahnst ja nicht, Barbara, was ich für ein schlechtes Gedächtnis, Genämnis und Gesichtnis habe.«

»Aber das ist ja entsetzlich. Man hat es wirklich nicht leicht mit dir!«

»Das sagen alle«, entgegnete Squirrel achselzuckend und so, als sei dies leider nicht zu ändern.

»Wieso alle? Ach Squirrel!«

Barbara küßte ihn auf Mund und Hände und ließ ihn gehen, traurigen Herzens.

Siebentes Kapitel

bei dem der Leser Lust bekommen soll, auch Seifenblasen zu machen

Wie aber erging es Anselm? Seit ich ihm erlaubt hatte, wieder in die Arbeit zu gehen – er war bei einem Zimmermann in der Lehre –, begegnete ihm Squirrel nur noch selten. Denn er schlief meist noch in seiner Ecke hinter dem Vorhang, wenn Anselm schon auf den Bau mußte. Sie nahmen alle Rücksicht auf Squirrels sonderbare Lebensgewohnheiten, ohne Verabredung, aber in dem tiefen Gefühl der Angst, ihn sonst zu vergrämen.

Eines Tages früh am Morgen stieg Anselm die Leiter vom Dachboden hinunter, sehr bemüht, leise zu sein, um Squirrel nicht zu wecken. Da heute Richtfest auf einem Neubau war, trug er seine Zimmermannskleidung mit den weiten Rippelsamthosen und dem kurzen Jackett und dem Zylinder auf dem Kopf, wie es mancherorts heute noch Brauch ist. Er goß sich eben Kaffee ein aus der immerwährenden Kanne auf dem Herd, als Squirrel den Vorhang gerade so weit öffnete, daß man nur sein Gesicht sah. Er pfiff ihren Jungenpfiff. Freudig fuhr Anselm herum.

»Nun habe ich dich doch geweckt!«

»Das macht fast gar nichts«, sagte Squirrel und trat aus dem Vorhang in seinem schlappen Schlafanzug, der ihn so gut kleidete.

Anselm bemerkte es, denn wie Squirrel so schlaksig dastand, den Hals entblößt, mit wirrem Haar, das Glücksgefühl des Schlafes in seinem Lächeln, das mußte einem ja gefallen. Der Anzug stehe ihm prima, bestimmt! sagte Anselm bewundernd.

»Ich weiß es«, sagte Squirrel. »Willst du ihn haben? Ich schenke ihn dir.« Er meinte es ehrlich. Er hing nun einmal nicht am Besitz.

Aber Anselm wies es weit von sich. Dann habe er, Squirrel, ja keinen mehr! Und Anselm wollte doch nicht um das Wohlgefallen seines Anblicks kommen.

Indessen ›raucherte‹ es Squirrel sichtlich, und da fiel es Anselm ein, daß er ausnahmsweise vergessen hatte, für Zigaretten zu sorgen. Aber da fand Squirrel ein silbernes Etui in seiner Tasche, ohne sich weiter darüber zu wundern. Also zündete er sich eine Zigarette an, atmete den

Rauch tief ein und blies ihn Anselm zu, vielleicht nicht ganz absichtslos, der verwirrenden Wirkung des Wohlgeruchs gewiß. Sie gingen feierlich aufeinander zu.

»Der Zylinder steht dir hervorragend«, sagte Squirrel. Das freute Anselm. Und den anderen im Ton nachahmend, erwiderte er: »Ich weiß. Möchtest du ihn haben? Ich schenke ihn dir!«

Das käme gar nicht in Frage. Aber trotzdem nahm ihm Squirrel den Hut vom Kopf und setzte ihn sich probeweise auf. Schlafanzug mit Zylinder ist eine ungewöhnliche Zusammenstellung, aber es gab wohl nichts, was Squirrel nicht zu Gesicht gestanden hätte, und Anselm sprach es natürlich aus. Mit komischer Erkenntnis fügte er hinzu, er glaube, Squirrel gefalle sich selber auch.

»Ja, ich gefalle mir«, bestätigte Squirrel, ohne jede Eitelkeit, »darum komme ich wohl auch so gut mit mir aus.« Er setzte sich auf den Küchentisch und baumelte mit den Beinen.

Vielleicht, wenn man es recht bedenkt, muß man sich selbst gefallen, damit man anderen gefällt, vielleicht war diese Harmonie mit sich selbst das ganze Geheimnis von Squirrels Sympathie.

Fast schüchtern und in gewissem Abstand setzte sich Anselm neben ihn.

Nun nahm Squirrel einen Strohhalm aus Anselms Haar – denn Anselm schlief ja im Stroh –, steckte das eine Ende, nachdem er ihn sich zurecht gebrochen, zwischen Anselms Lippen, das andere zwischen die seinen und blies den Rauch durch den hohlen Halm.

»Deine Erfindung?« fragte Anselm.

»Meine Erfindung«, sagte Squirrel.

»Eben gemacht?«

»Natürlich.«

Das brachte nun Anselm auf einen glücklichen Einfall. Es gab damals bei den Straßenhändlern eine Flüssigkeit zu kaufen, mit der man bunte Seifenblasen machen konnte, und im Gedanken daran, Squirrel damit eine

Freude zu machen, hatte Anselm eine Dose davon besorgt. Jetzt war der rechte Augenblick dafür gekommen. Also holte er sie.

»Seifenblasen!« rief Squirrel ganz entzückt.

»Ich wußte ja, das ist was für dich«, sagte Anselm glücklich.

»Daß mich doch niemand ernst nimmt«, meinte Squirrel mit einem Anflug von Melancholie.

Anselm aber bestritt es.

»Ich nehme dich doch ernst!«

»Tu's lieber nicht«, antwortete Squirrel in seiner leichtfertigen Weise. Dann nahm er einen Zug aus der Zigarette und machte mit Rauch gefüllte Seifenblasen. Wenn sie dann im Emporschweben platzten, stand für einen Augenblick ein Wölkchen in der Luft, worüber sich Squirrel freute wie ein Kind.

Anselm unterbrach ihr Spiel.

»Ach, Squirrel, du mußt es doch längst spüren...«, begann er zögernd.

»Ach, Anselm Kuttelwascher«, meinte er ablenkend, »ich bin ja so dumm, strohdumm.«

Er warf den Strohhalm hoch und schnappte ihn mit dem Mund aus der Luft. Er war nun einmal so geschickt in derlei brotlosen Künsten.

Aber Anselm ließ sich nicht abfleien. Seitdem Squirrel bei ihnen sei, könne er sich das Leben gar nicht mehr vorstellen ohne ihn. Und jetzt zu denken, daß sie sich noch vor kurzem alle hätten das Leben nehmen wollen...!

»Wie bitte«, fragte Squirrel, der nichts davon wußte, sichtlich befremdet, »aber nein, wie kann man nur!«

Er schien sich überhaupt noch nie Gedanken über das Sterben gemacht zu haben, und wenn er gewiß schon dem Tode begegnet war, so mochte er ihn für eine schlechte Angewohnheit der andern halten, mit der er seinerseits nichts zu tun haben wollte.

Hätte ihn jemand gefragt, ob er an Gott glaube, würde

er wahrscheinlich freundlich geantwortet haben: »Wozu hat man ihn? Ich komme doch ohne ihn auch ganz gut aus. Oder etwa nicht?«

Also erschreckte ihn auch der Gedanke, daß die Kuttelwaschers sich mit derlei Dingen einließen, womit er doch gar nichts anzufangen wußte, vor allem mit so unheimlichen und lästigen Dingen wie zum Beispiel mit dem Tod oder ähnlichen Zwängen wie Freundschaft. Ach, hätte sich doch der Anselm damit genügen lassen, daß Squirrel da war! Er hätte sehr glücklich sein können mit ihm.

Anselm sagte: »Ich glaube, es muß ein herrliches Gefühl sein, Squirrel, du sein zu dürfen.«

Und dann fragte er ihn geradezu, ob er sein Freund sein wolle. Er habe keinen Freund. Natürlich würde er dabei immer der Glücklichere sein, weil er mit Squirrel, Squirrel aber nur mit ihm befreundet wäre.

Was Freundschaft ist, schien Squirrel zu wissen. Sehr ernst, fast traurig antwortete er, Freund sein, nein, das könne er nicht. Das müsse Anselm schon einsehen. Und ganz wie Barbara, ja mit den gleichen Worten meinte Anselm: »Ach, Squirrel, man hat es wirklich nicht leicht mit dir!«

Aber hatte man es nicht in Wahrheit viel, viel leichter mit Squirrel als mit irgendeinem Menschen? Er jedenfalls war dieser Ansicht. Man wußte bei ihm von vornherein, daß man sich nicht auf ihn verlassen konnte. Damit durfte man gar nicht anfangen. Und wenn man ihm das zugute hielt, konnte man sogar sehr glücklich mit ihm sein. Sehr unglücklich aber, wenn man irgend etwas erzwingen wollte.

Vielleicht war ich der einzige, der aufgrund langjähriger Erfahrung als Arzt, Theologe und Kriminalist den Squirrel nahm, wie er nun leider einmal war. Ein Freund natürlich, das konnte er nicht sein. Freundschaft, das bedeutete nicht zuletzt: ›Zeit füreinander haben.‹ Squirrels Zeit aber durfte nicht nach Minuten berechnet werden. Eine halbe Stunde mit ihm konnte ein Jahr aufwiegen.

Aber wie sollte es Anselm verstehen? Er hatte diese Viertelstunde mit Squirrel, die so glücklich begonnen hatte, vertan und mit bleiernen Gedanken beschwert. Und nun mußte er schleunigst gehen, zum Richtfest.

»Ich komme mit«, schlug Squirrel vor.

Wie freute es Anselm! Von Herzen gern war er bereit, ihn mitzunehmen.

»Also komm«, sagte Squirrel, »gehen wir.« Er faßte Anselm bei der Hand.

»So aber doch nicht, im Schlafanzug über die Straße«, wandte Anselm nicht ganz mit Unrecht ein.

»Warum nicht?« fragte Squirrel ehrlich erstaunt.

Ja, warum eigentlich? War nicht der Schlafanzug viel schöner als das abgerissene Gewand, in dem er gefunden worden war? Außerdem kleidete er ihn vortrefflich. Dazu trug er die neuen Hausschuhe, während er sonst barfüßig ging. Er war allenfalls bereit, sich ein Halstuch umzutun, ein gelbes mit braunen Kringeln. Auch fuhr er sich mit dem ›fünfzinkigen Kamm‹ rasch einmal durchs Haar, um seinen guten Willen zu zeigen.

Aber Anselm genügte es nicht. »Was würden da die Leute denken«, sagte er.

Squirrel war enttäuscht. »Ach so, du gehörst also auch zu jenen, die immer nur denken, was die Leute denken! Wir mögen uns doch«, sagte er, als sei damit alles erklärt und gerechtfertigt, was auch immer sich zwischen ihnen begeben werde. Das ging doch niemanden etwas an.

Gleichgültig gab er den Zylinderhut zurück. »Da!« sagte er kurz und unfreundlich. Unter diesen Voraussetzungen werde er lieber nicht zum Richtfest gehen.

Es wäre ja nun wirklich nach der herrschenden Auffassung eine Zumutung gewesen, wenn Squirrel in dem auffallenden Schlafanzug durch die Stadt gegangen wäre wie ein Harlekin, obwohl er unstreitig damit besser angezogen gewesen wäre als manch ein anderer, wenn auch vielleicht auf ungewohnte Art. So vorurteilsvoll waren eben die Leute. Aber ihm war das völlig gleichgültig.

»Habe ich dich gekränkt?« fragte Anselm reuig.
»Natürlich.«
Squirrel sagte es ohne Vorwurf, wie feststellend, und las die Strohhalme von Anselms Anzug. Jetzt wäre Anselm am liebsten dem Squirrel um den Hals gefallen, Abbitte zu tun. Wirklich und ›lieber Squirrel‹ sagend, machte er eine Bewegung zu diesem hin. Der aber entzog sich ihm.
»Lieber Anselm, was würden da die Leute denken?«
Ach, wenn nun Anselm die Leute hätte Leute sein lassen, es auf sich genommen hätte, sogar das Richtfest zu versäumen oder Squirrel mitgehen zu lassen, wie er war – aber er traute sich nicht, sondern ging allein, und Squirrel ließ ihn gehen, wortlos. Es gab wohl niemand im weiten Erdenrund, der es jemanden so fühlen lassen konnte, daß er ›Luft für ihn war‹, wie es Squirrel vermochte. Anselm sah noch, wie er sich auf den Tisch setzte wie vorhin und Seifenblasen machte, als wäre er ganz allein und niemand zugegen, glücklich mit sich selbst, ganz dem Spiel hingegeben, dem bunten, schillernden Nichts aus Seifenblasen, die ihn umschwebend lautlos in der Luft zerbarsten und zergingen. Sie bestanden aus nicht mehr Feuchtigkeit als eine Träne. –

Achtes Kapitel
darin Squirrel fast arbeitet

Bei der seifenblasenden Tätigkeit, deren Squirrel nicht leicht müde wurde und allerlei Variationen dafür ersann, traf ihn eines Tages Kutt, der Kohlenträger, als er von der Arbeit kam. Er kam mit Barbara. Seine erste Frage war: »Ist er da?« Und Barbara sagte, fast bitter: »Ja, er ist da, ausnahmsweise.«
Es konnte keine größeren Gegensätze geben als Kutt und Squirrel. Und es war ein Wunder, daß Kutt ihn duldete und gewähren ließ, auch jetzt mit nachsichtigem Vergnügen zusah, wie Squirrel Seifenblasen machte. Aber etwas mußte er ihm doch sagen, daß nämlich

Squirrel sich so selten sehen lasse und vor allem sich sehr im Lichte sei, wenn er nicht rechtzeitig zu den Mahlzeiten komme. Kutt habe schon manchmal geglaubt, er käme überhaupt nicht mehr. Ob Squirrel nicht fände, daß er ziemlich unpünktlich sei?

»Doch, ich bin ziemlich unpünktlich«, gab Squirrel ohne weiteres zu, wie eine Tatsache, an der nicht zu rütteln sei und mit der man sich nun eben abfinden müsse. Aber dann, als Kutt sich erschöpft, wenn auch sichtlich gut gelaunt, niedersetzte, tat Squirrel etwas, worüber Barbara sich doch wunderte.

Squirrel nämlich kniete sich vor Kutt hin und begann ihm in aller Ruhe die Stiefel auszuziehen.

»Was machst du denn da«, fragte der Kohlenmann.

»Ich ziehe Ihnen die Stiefel aus, Kutt.«

»Ist denn das nicht fast so etwas wie Arbeit?«

»Arbeit?« – Squirrel fröstelte jedesmal bei diesem Wort – »nein, das ist etwas ganz anderes.«

Da faßte Kutt mit seiner großen rußigen Hand den Squirrel unters Kinn, hob es sanft ein wenig zu sich empor und sah ihm freundlich ins Gesicht. »Guter Squirrel«, sagte er dann, »wenn wir dich nicht hätten.«

Ganz erschrocken, fast heftig verwahrte sich Squirrel: »Nein, nicht gut! Gut? Ganz gewiß nicht!« Kutt sei es, aber er nicht, und er möchte es auch gar nicht sein.

Das war wieder eine von Squirrels vertrackten Reden. Aber Kutt, als verstünde er ihn, meinte geduldig, er habe ihn beileibe nicht kränken wollen.

Das beruhigte den Squirrel, und als wäre nichts geschehen, setzte er die Schaftstiefel an ihren Platz, brachte Kutt die Hausschuhe und ging leise pfeifend in seine Schlafecke.

Warum hatte es ihn verdrossen, daß Kutt ihn ›guter Squirrel‹ nannte? Denn es war doch eine kleine, gute, ja zärtliche Tat, die er verrichtet hatte, und ein rührendes Bild, wie er dort kniete und mit seinen ›Samtpatschen‹ die schmutzigen Stiefel auszog? Mußte man denn immer alles bemerken und zu allem etwas sagen, anstatt es einfach stillschweigend dabei zu lassen? Es war etwas schon nicht mehr gut, wenn man es gut meinte, gar sich des Guten bewußt war. Übrigens hat man bei solchem Stiefelausziehen, wenn man es richtig anfaßt, durchaus ein angenehmes Gefühl. Wie sie eben noch fest sitzen, dann ins Gleiten kommen und den Fuß freigeben. Vielleicht war es das, was Squirrel dabei gefiel. Aber er tat sich nichts darauf zugute. Viele hielten ihn darum für lieblos. Lieblos, dächte ich, war es, ihn dafür zu halten. –

Ich fürchte, daß sich Barbara in ihrer Verliebtheit völlig falsch, ja töricht benahm. Sie ließ es Squirrel leider allzusehr merken, daß sie ihm seine unbekümmerte Art, seine fröhliche Unzuverlässigkeit, seine rücksichtslose Leichtfertigkeit verübelte und ihm, wenn er, ohne etwas zu sagen, besonders lange ausblieb, ›einen Kopf machte‹. Es machte auf ihn überhaupt keinen Eindruck. Er nahm keine Notiz davon, so wenig, daß man glauben mußte, er habe kein ›Gespür‹ für derlei Dinge. So jedenfalls durfte man ihm nicht kommen, wenn man sich die Freude an seiner Gegenwart nicht verderben wollte. Gekränktheit, vorwurfsvolles Schweigen ließen ihn völlig kalt.

Barbara ›schmachtete‹ vergeblich.

Übrigens war Squirrel für Zärtlichkeiten bis zum Kindischsein durchaus empfänglich und auch seinerseits im Erweisen von Liebkosungen sehr erfinderisch und völlig unbefangen. Er machte keinerlei Unterschiede im Kreise der Familie, und sie duldeten es, wenn er den Arm um sie tat und lieb zu ihnen war. Er betörte sie alle.

Er konnte ein bißchen zaubern, machte akrobatische Kunststücke (vielleicht war er einmal bei einem Wanderzirkus gewesen) und konnte auf einer Kugel laufen, die ihm Anselm beschafft hatte, er konnte einen Ball in einem geflochtenen Papierkorb mit der Öffnung nach unten herumsausen lassen, ohne daß er herausfiel. Aber auch wenn er nichts dergleichen tat, sondern nur da war, nur herumsaß, auch darin erfinderisch in allerlei anmutigen Stellungen, waren sie seiner froh. Er schien überhaupt keine Knochen zu haben.

Er war für die Kuttelwaschers so etwas wie ein lebendiges Spielzeug.

Es überraschte sie aber sehr, als Kutt eines Tages beim Nachhausekommen nebenbei sagte, er solle Squirrel herzlich grüßen. Namentlich Barbara horchte auf. Wer in aller Welt sollte Squirrel grüßen, ihn, der nie Post bekam, nie von Bekannten sprach? Sie machte sich vor, er kenne niemanden als ihre Familie.

Kutt ließ raten (früher hätte er dergleichen nie getan). Barbara riet auf mich. Nein, das war doch zu simpel. Und Herbert? Der ließ Squirrel bestimmt nicht grüßen.

Das Fragespiel hob an. Weiblich? Nein. Kenne ich ihn? Ja. Schon im Haus gewesen? Ja.

Squirrel wußte es längst, wer ihn grüßen ließ, und Kutt sagte es denn auch: »Der Polizeiwachtmeister! Er tat, als ob ihr die besten Freunde wäret. Grüßen Sie mir doch bitte den munteren Squirrel, rief er mir zu.«

Der Polizeiwachtmeister! War es die Möglichkeit? Irgend etwas kam Barbara dabei unglaubhaft vor. Kannte er Squirrel vielleicht von früher? Mußte er sich nicht von Amts wegen um den herrenlosen Jungen kümmern, den Streuner ohne Papiere? Er machte sich – das wußte Barbara von Herbert, der sich auf seine juristischen Kenntnisse viel zugute tat – er machte sich strafbar, wenn er keine Papiere besaß. Aber der Wachtmeister fragte gar nicht danach.

Er, auch er, schien, was Squirrel betraf, nicht nach dem Buchstaben des Gesetzes sich richten zu wollen, sondern nur ›auf sein Gesicht‹ hin ihn für daseinsberechtigt zu halten.

»Kennt er dich schon lange?« fragte Barbara mit leichtem Verdacht.

Sie hätten sich erst vor ein paar Tagen zum erstenmal gesehen.

»Also sogar der gestrenge Herr Polizeiwachtmeister«, sagte Kutt.

»Alle!«

Nicht ohne Bitterkeit stellte es Barbara fest.

Neuntes Kapitel

bei dem der Leser ungläubig feststellt, daß sogar Herbert...

Schlimm stand es begreiflicherweise um den hilfreichen Herbert. Er kam in jenen Squirrel-Wochen öfter zu mir, als mir lieb sein konnte, um ›sein Herz auszuschütten‹ und mich auf dem laufenden zu halten. So erfuhr ich alles, was ihn bewegte. Ich hörte von ihm, daß er sich seit Squirrels unerwartetem Erscheinen in der Familie Kuttelwascher mit Recht um sein Glück betrogen fühlte. Noch hatte er sich nicht mit Barbara darüber ausgesprochen, sondern es ängstlich vermieden.

Eines Tages aber hatte er das liebe Mädchen endlich allein angetroffen.

»Ich habe solch grenzenloses Vertrauen zu Ihnen als Arzt und Mensch«, begann er seinen Bericht über die, wie er sagte ›entscheidende Begegnung‹ mit Barbara Kuttelwascher.

Trotz allem, was geschehen sei, habe er versucht, sie wie einst zu küssen. Sie habe sich ihm aber, wenn auch sanft, so doch entschieden entzogen.

Ich konnte es mir gut vorstellen, wie Herbert mit einem: ›Dachte ich's doch! Ach Barbara!‹ auf einen Stuhl sich warf und sein Gesicht in seinen Händen verbarg. Er neigte ja nun einmal ein bißchen zur Theatralik.

Natürlich tat er Barbara leid in seinem Kummer. Also strich sie ihm, wie es Mädchen in ihrer Lage zu tun pflegen, ›mütterlich‹ übers Haar, woran er unzweideutig erkannte, wie sehr sie von ihm abgerückt war.

Genug, es blieb mir nichts erspart, weder was er, noch was Barbara in diesem Gespräche geäußert hatten. Es spielte sich ziemlich genau folgendermaßen ab, wobei sich Herbert oft unterbrach, um von mir zu hören, ob er sich auch richtig verhalten habe. Er hatte es gern, wenn man ihn lobte.

»Was ist denn los mit dir, Herbertlein?« fragte Barbara.

»Ich bin traurig«, erwiderte er, ohne den Kopf zu heben.

»Squirrels wegen?«

»Genau.«

»Aber Squirrel ist doch noch so jung, fast noch ein Bub!«

»Die sind bekanntlich am gefährlichsten.«

»Squirrel gefährlich? Das kann doch unmöglich dein Ernst sein.«

Es war ihm so ernst wie noch nie im Leben zumute.

»Barbara, gib es doch wenigstens zu, daß du Squirrel liebst.«

Sie konnte es nicht abstreiten. Aber sie wußte nicht, warum. – »Und sehen Sie, Herr Doktor«, sagte mir Herbert, »das ist es ja gerade, dieses verdammte ›ich weiß nicht warum‹, das Squirrel an sich hat. Damit macht er's ja. Und Barbara und ich, wir sind doch vorher recht glücklich miteinander gewesen. Aber jetzt, jetzt wünsche ich mir manchmal...«

Er vollendete den Satz nicht und verbarg sein Gesicht. Genau so, wie er es bei Barbara gemacht hatte.

Sein Zustand war Barbara denn auch recht nahe gegangen. Sie dachte wirklich, er wolle sich etwas antun.

»Ich? Mir etwas antun? Nein! Irrtum! Das wäre ja gelacht, das kommt bei mir gar nicht in Frage. Ich rechne im Gegenteil auf lange Sicht. Eine Wohnung, ein Motorrad, vielleicht ein Auto, Heirat, Kinder, fünf bis sieben, ich denke, das läßt sich machen... Ach, Herr Doktor, ich wollte, ich wäre Squirrel«, sagte er, nicht ohne Sinn für das Komische an diesem Stoßseufzer, »nicht ganz, aber so ein bißchen. Das könnte nicht schaden!«

Und dann hatte er Barbara geradezu gefragt:

»Wollt ihr euch ehelichen, Squirrel und du?«

An diese Möglichkeit hatte Barbara noch gar nicht gedacht. Aber nun dämmerte es ihr: ›Squirrel heiraten? Diese Vorstellung war allerdings grotesk.‹

»Aber Herbert, einen Squirrel kann man doch nicht heiraten!« sagte sie traurig.

Nein. Das konnte man wirklich nicht. Squirrel als Ehemann! Unvorstellbar! Aber nun erst wurde sie sich der Aussichtslosigkeit ihrer Lage bewußt.

»Ach Herbert«, sagte sie leise und schlug die Hände vors Gesicht.

Was denn los sei mit ihr, fragte der unglückliche Herbert und strich ihr nun seinerseits ›väterlich‹ übers Haar.

»Ich bin traurig«, sagte sie.

»Squirrels wegen?«

»Genau.«

Wie rechtschaffen war doch der Herbert, wie zuverlässig. Bei ihm fühlte sie sich geborgen, bei ihm wußte man doch, wie man dran war. Bei Squirrel wußte man es nie. Am liebsten wäre sie dem Herbert, an den sie sich so gewöhnt hatte, um den Hals gefallen, und alles wäre gut gewesen. Aber sie tat es nicht. Konnte sie Herbert oder irgend jemanden noch lieben, ohne an Squirrel zu denken? Sie wußte, daß man das nicht konnte. Nie wieder.

Zudem kam Squirrel eben in die Stube, wie immer zur Unzeit, wie es ihm gerade einfiel.

Nicht mit Unrecht dachte Barbara, es wäre ganz gut, die beiden, Herbert und Squirrel, einmal allein zu lassen. Warum auch nicht? Also gab sie vor, einen Korb Masken bei den Geschwistern Süpplein abliefern zu müssen, und ging, den Herbert in sichtlicher Verlegenheit bei seinem Nebenbuhler zurücklassend. Es war keine Gefahr, daß sie sich gegenseitig umbringen würden.

Squirrel aber schien gar nicht verlegen. Im Gegenteil, er ging zutraulich auf Herbert zu.

»Schau, Herbert, was ich da habe«, sagte er und wies ihm die geschlossene Hand.

»Einen Vogel?« fragte Herbert, seine Befangenheit überwindend.

»Einen Laubfrosch!«

Wie zwei Schulbuben standen sie nun beieinander und betrachteten den Frosch.

Herbert fand ihn reizend, und er sei zudem ein sehr, sehr nützliches Tier.

Er sei trotzdem reizend, sagte Squirrel.

Natürlich hatte er ihn geschenkt bekommen. Er bekam immer etwas geschenkt. Schokolade, Zigaretten, Frösche, Blumen.

Den müsse er in ein Glas tun, ein Leiterchen dazu und Wasser, dann habe er einen Wetterpropheten, schlug Herbert vor.

In ein Glas, nein, er wolle ihn lieber wieder frei lassen, meinte aber Squirrel und brachte den Laubfrosch geschwind in den ›Garten‹. Aber sogleich kam Squirrel wieder. Die Tatsache, einmal mit Herbert unter vier Augen zu sein, belustigte ihn. Da bin ich, drückte sein ganzes Wesen aus, also bitte, was hast du mir zu sagen. Er hatte ihn vom ersten Augenblick an geduzt, wie Anselm und Barbara, was Herbert natürlich verdroß.

Es stellte sich heraus, daß sie einander wenig zu sagen hatten. Sie saßen einander eine ganze Weile wortlos gegenüber, bis Squirrel das silberne Zigarettenetui zückte, das er von mir hatte, und Herbert daraus anbot. »Zigarette?« Aber Herbert lehnte es ab. Er habe eben geraucht. Doch konnte er es sich nicht verkneifen, das Etui zu bewundern. Denn es war in der Tat recht hübsch. Squirrel indessen mangelte offenbar jeder Sinn für diese Kostbarkeit.

»So, ist es hübsch?« meinte er uninteressiert. Er hatte so gar keinen Sinn für Kunst! Seinetwegen haben Michelangelo und Klee umsonst gelebt.

Wenn es Herbert gefalle und er es haben wolle, er schenke es ihm. Er lasse es doch irgendwo liegen. Für ihn habe es gar keinen Wert.

Nein, das dürfe er unmöglich von ihm annehmen. Da seien ja sogar Steine, Edelsteine.

Squirrel hatte sie für Glas gehalten.

»Nimm's schon«, sagte er und reichte es Herbert. »Ich kann doch nichts damit anfangen.« Solcher Kram belaste einen ja nur.

»Omnia mea mecum porto.«

Das konnte Squirrel nun freilich nicht verstehen.

»Wie bitte?« fragte er.

Herbert erklärte es ihm. »Es ist ein Sinnspruch, lateinisch. Ich habe sechs Klassen nämlich.«

»Du kannst es trotzdem behalten«, erwiderte Squirrel freundlich. Also bedankte sich Herbert. Er könne sich sonst einen solchen Luxus nicht leisten und es sehr, sehr gut brauchen. Ich wollte, ich wäre unsichtbar dabeigewesen. Offen gestanden, darum daß es der Herbert bekam, hatte ich es ihm nicht geschenkt. Aber – er konnte ja schließlich damit machen, was er wollte!

Was doch die Menschen alles nötig haben, um zu leben, mochte sich Squirrel gedacht haben. Er konnte dies ebensowenig begreifen wie der Herbert andererseits, daß Squirrel nichts besitzen wollte.

»Und du besitzt nichts? Nennst nichts dein eigen? Gar nichts?« fragte er ungläubig.

»Nichts«, erwiderte Squirrel.

Nun schwärmte ihm Herbert von seiner ›süßen, kleinen Wohnung‹ vor, und daß er jeden Monat von seinem Gehalt ein neues Möbelstück dazuerwerbe. Er investiere sein Geld. Er werde nämlich bald heiraten.

»Barbara hat es mir mitgeteilt«, versetzte Squirrel mit gleichgültiger Miene. Diese Antwort verblüffte Herbert.

»Aber entschuldige, ich denke, du liebst Barbara?«

»Natürlich. Du doch auch.«

»Und sie dich.«

»Gewiß.«

»Und das sagst du auch noch so! Übrigens, ganz im Vertrauen. Barbara braucht es nicht zu wissen...«

»Ehrenwort«, versicherte Squirrel lächelnd.

»Sei mir bitte nicht böse, aber hast du überhaupt, was man gemeinhin ›Ehre‹ nennt?« Herbert sagte dies sicher ganz ohne Hintergedanken.

Squirrel zuckte die Achseln: »Ehre? Ich? Wohl kaum!«

»Wozu auch«, bestätigte Herbert in Squirrels leichtfertigem Tonfall. »Du brauchst sie ja eigentlich nicht.« Und fast mit Bedauern ergänzte er: »Wir andern, wir müssen sie nämlich haben.«

Wieder unterbrach sich Herbert: »Vor Ihnen, Herr Doktor, habe ich keine Geheimnisse. Was Barbara betrifft, ich bin ganz froh, daß Squirrel derjenige welcher ist.« Er habe viel darüber nachgedacht – schlaflose Nächte! Schlaflose Nächte! Er sei dabei auf ganz schlimme Gedanken gekommen und sei anfangs fest entschlossen gewesen, Squirrel zu töten. Er schien ordentlich stolz auf seine Mordlust zu sein.

»Ich habe ihm gegenüber auch kein Hehl aus meiner Absicht gemacht.«

»Und Squirrel? Wie hat er es aufgenommen?«

Erst habe er ganz verständnislos – er halte ihn überhaupt für etwas begriffsstutzig, wenn nicht für dumm – gefragt »Töten? Mich?«

»Ja, wen denn sonst.« Herbert hatte ein Zweikampf vorgeschwebt, ein Duell mit Degen oder Pistolen, was ich mir nun mit Squirrel als Gegner gar nicht vorstellen konnte.

Ein Duell also. Und daraufhin habe Squirrel, ohne auch nur die Farbe zu wechseln, seelenruhig und freundlich lächelnd geantwortet: Er sehe zwar nicht recht ein warum, aber wenn Herbert meine, daß es unbedingt sein müsse, dann möge er sich keinen Zwang antun. Ihm sei es völlig einerlei.

War Squirrel der Tod so gleichgültig wie das Leben? Hatte er überhaupt eine Ahnung, was Sterben bedeutete? Jedenfalls fürchtete er den Tod kein bißchen.

Herbert schauderte jetzt bei dem Gedanken, daß er

Squirrel hatte töten wollen. Jetzt auf einmal wußte er, daß man es gar nicht konnte. Es hatte bei Squirrel so gar keinen Sinn. Was war damit erreicht? Beileibe nicht, daß er glaubte, Squirrel sei unverletzlich oder unsterblich, aber doch so etwas Ähnliches.

Die Frage, ob Squirrel eine Seele habe, die schon Mutt beschäftigte, hatte ich auch schon erwogen. Ich ließ sie offen. Vielleicht hatte er auch sie nicht nötig.

Ich belustigte mich an der Vorstellung, wie die beiden einander gegenübersaßen, gar nichts denkend der eine, und der andere sich der Zwangsvorstellung erwehrend, was geschehen würde, wenn er den Squirrel töte, ihm einen Dolch ins Herz drücke. Wahrscheinlich würde sich Squirrel darüber nicht weiter gewundert haben. Er würde vielleicht den Dolch Herberts aus seinem Herzen ziehen, so als wäre nichts geschehen, als wäre Sterben nur ein törichtes Vorurteil der ›Leute‹. Und als hätte er Herberts Mordgedanken erraten, hatte er liebenswürdig ein wenig sein Hemd auf der Brust geöffnet, als wenn er sagen wollte: ›Bediene dich!‹

Wieder wandte sich mein blutdürstiger Besucher an mich: »Ich bin doch weiß Gott kein Unmensch, Herr Doktor. Ich sagte es auch zu Squirrel. Das sei es ja eben, habe ich ihm gesagt. Ihn zu töten, ich brächte es einfach nicht übers Herz. Es würde auch zu nichts führen. Und Barbara würde mich vielleicht für einen Waschlappen halten.«

»Und dich heiraten«, hatte ihm Squirrel ohne Spott geantwortet, wie etwas ganz Selbstverständliches.

Weil Squirrel es gesagt hatte, leuchtete es dem Herbert ein. Es beruhigte ihn sehr.

Mit einem leisen Gefühl der Wehmut spürte er auf einmal deutlich, was ihn und alle anderen von Squirrel unterschied, das Zwangsläufige, das Unentrinnbare, das ständig zu etwas da sein müssen, zum Beispiel zu heiraten.

Das, wie man sieht, nicht besonders ergiebige Gespräch

der beiden so verschiedenen Jünglinge endete zum Glück unblutig.

»Dir kann ich es ja sagen«, gestand Herbert seinem Nebenbuhler, »denn dir kann man ja alles sagen« – er stockte einen Augenblick überlegend, warum man Squirrel alles sagen konnte.

»So, kann man das?«

»Komischerweise ja. Ursprünglich schwankte ich noch zwischen Barbara ...«

»Und dem Auto«, sagte Squirrel.

Squirrel erhob sich, gähnte und ging wie immer wortlos, ohne Gruß. Verblüfft über solche Plötzlichkeit sah ihm Herbert nach.

»Wenn er bloß bessere Manieren hätte, Herr Doktor! Und doch, ich mag ihn im Grunde eigentlich ganz gern. Lachen müßte ich, wenn er als einziger richtig leben würde und wir anderen alle falsch! Seit Jahrtausenden!«

Und sich bewußt werdend, daß er damit gleichsam des Rätsels Lösung gefunden hatte, sagte er mit einer gewissen Feierlichkeit: »Wissen Sie, Herr Doktor, ich sehe das nämlich so: Squirrel lebt nicht, er blüht, blüht so vor sich hin. Das ist es!«

Zehntes Kapitel

bei dem der Leser gewisse Befürchtungen hegt

Herbert war nicht der einzige, den es ganz gegen seine friedfertige Natur gelüstet hatte, den Squirrel zu töten. Denn es war etwas an ihm, das selbst harmlose Gemüter wie die Kuttelwaschers mit diesem grausigen Gedanken spielen ließ, ungeachtet, daß (oder weil) sie ihn liebten. Selbst Anselm litt unter dieser beunruhigenden Zwangsvorstellung, wie er mir später anvertraute. Squirrels Hals in dem immer locker geöffneten Kragen legte diesen wahnwitzigen Gedanken nahe. Er bot sich so dar, in seiner aufreizenden Zartheit und Sterblichkeit, in seiner Handgreiflichkeit und Wehrlosigkeit. Es besteht eine geheime und gefährliche Beziehung zwischen den Handflächen und dem Hals. Es ist zweifellos ein angenehmes Gefühl, die Hände um einen Hals zu fügen. Das empfand Anselm, und er wehrte sich gegen diese zärtlich-tödliche Versuchung. Sie wehrten sich alle gegen das bloße Vorhandensein Squirrels. Es sollte ihn eigentlich nicht geben. Er stellte die menschliche Ordnung im Hause und in der Welt in Frage, er störte sie allein durch seine Anwesenheit.

Wenn nun irgendeiner am Tage die Barbara, den Anselm, den Kutt oder die Mutt gefragt hätte, woran denkst du im Augenblick, dann hätten sie zugeben müssen: ›An Squirrel, natürlich.‹

Wie nach einer geheimen Übereinkunft fragten sie ihn nie, wie er seine Zeit verbringe, wenn er nicht zu Hause war. Sie hatten Angst davor, es zu wissen. Sie gingen ihm nicht nach. Sie spürten wohl, daß man verloren war, wenn man auf Squirrel eifersüchtig wurde.

Einer wußte es, was Squirrel tat, ich nämlich. Ich war ganz zufällig darauf gekommen, als ich, in einem nachdenklichen Spaziergang begriffen, an einem der von den Kindern aus unerforschlichen Gründen bevorzugten, vom hygienischen Standpunkt aus oft tadelnswerten Spielreviere vorbeikam. (Manchmal sind es sogar Friedhöfe, wo sie hinter den Grabsteinen Verstecken spielen.)

Auf einmal erkannte ich Squirrel in einer Schar von Kindern zwischen fünf und fünfzehn Jahren, Mädchen und Buben, mitteninne. Unbeobachtet von ihm hatte ich des öfteren Gelegenheit, ihn zu beobachten, und ich tat es mit Freuden.

Die Kinder auf dem Spielplatz lieben ihn. Sie laufen auf ihn zu und rufen ihn schon von weitem bei Namen. »Squirrel, Squirrel!« rufen sie und hängen sich an ihn. Die Kleinsten lassen sich von ihm hochheben und herumschwingen ohne die geringste Angst, von ihm fallen gelassen zu werden und sich weh zu tun. Sie klettern auf ihm herum wie auf einem Baum und gurren dabei und jauchzen. Sie quälen ihn aber auch, zerren ihn an den Haaren und schnappen nach seinen Locken, und er läßt sich alles, gutmütig wie er ist, von ihnen gefallen. Manche reiben ihre Nase an der seinen, wie zärtliche Chinesen es tun. »Ich auch, ich auch«, rufen die andern. Sie sind wie verzaubert in seiner Gegenwart. Sie wollen ihn nicht fortlassen, sie langweilen sich, wenn er geht, und können ohne ihn gar nichts mit sich anfangen.

Einmal kamen die Süppleins vorbei. Freundlich lächelnd wie stets, nickend und winkend. Da ging es wie ein Wolkenschatten über die Gesichter der Kinder, und sie verstummten wie Vögel bei einer Sonnenfinsternis.

Sie spielen mit Squirrel ein herrliches Spiel. Auf dem Spielplatz befindet sich ein altes Auto, ein vorsintflutliches Gefährt. Squirrel mochte es wohl ›organisiert‹ oder der Besitzer eines Autofriedhofs es ihm zum Geschenk gemacht haben. Der alte Wagen hat noch einen Kurbelanlasser und ein Lenkrad wie auf dem ersten Modell von Benz. Er ist gelb gestrichen und hat ein rotweißes Verdeck aus Segeltuch mit gebogten Kanten. Aus den zerschlissenen Polstern quellen Roßhaar und Spiralfedern. Die Räder sind aus Holz. Damit spielen sie.

Man könnte sagen, Squirrels Spielerei artete beinahe in Arbeit aus! Darum also kam er manchmal mit Händen und einem Gesicht wie ein Schlosserlehrling nach Hause und schlief überm Tisch ein, vom Spielen müde, die schönste Müdigkeit, die es gibt!

Einmal hatte ich es auch mit angesehen, als es schon dämmerte, daß die Kinder sich Leuchtkäfer ins Haar setzten, auch Squirrel natürlich, was nun allerdings ganz reizend aussah.

Das also war es, womit Squirrel sich unter anderm seine Zeit vertrieb.

Natürlich teilte ich es den Kuttelwaschers gelegentlich mit. Es beruhigte sie sehr.

»Wenn's weiter nichts ist«, sagte Kutt.

Aber leider war es ›weiter etwas‹. Ich wußte es, doch

schwieg ich klüglich davon bei den Kuttelwaschers. Heute bin ich nicht ganz sicher, ob mein Verhalten damals richtig war. Ich wollte sie schonen. Übrigens war es bei Squirrel keine Heimlichtuerei, wenn er nichts von sich erzählte. Es war ihm nicht wichtig.

Ich begegnete ihm manchmal, wenn er mit einem Mädchen ging. Es war keine Spur von Ertapptsein an ihm zu merken. –

Wie groß aber das Vertrauen war, das ich bei den Kuttelwaschers genoß, beweist das folgende Erlebnis. Ich hatte wieder einmal bei ihnen ›kurz vorbeischauen‹ wollen.

»Er ist nicht da«, sagte Kutt. Es war längst unnötig geworden, den Namen zu nennen. »Wo er nur wieder steckt, der Lausbub.« Vor allem war es die Mutt, die ihm seine Verschwiegenheit übelnahm. »Man weiß ja nie, mit wem er sich die Zeit vertreibt. Es liest auch nicht. Kein Buch, nicht einmal die Zeitung. Ich zweifle manchmal, ob er überhaupt lesen und schreiben kann.«

»Vielleicht«, versuchte ich ihn in Schutz zu nehmen, »hat er es gar nicht nötig. Er liest nicht, er lebt.« Und ob das denn ein Unglück sei? Bei ihm gewiß nicht. Es gehe ihnen vermutlich doch auch so, daß man in Squirrels Gegenwart sich mit nichts anderem als mit ihm beschäftigen könne. Wenn er im Zimmer war, schienen die Bücher ihren Sinn verloren zu haben. Man legte sie gern aus der Hand.

»Er erzählt ja nie etwas von sich«, grollte die Mutt, »er sagt einem ja nichts.«

Dennoch schien er ziemlich weit in der Welt herumgekommen zu sein und viel Erzählenswertes gesehen zu haben. Einmal hatte er aus Versehen Paris erwähnt, als wäre er dort gewesen. Wir wußten ja nicht einmal, was für ein Landsmann er war. Er sprach deutsch wie ein Ausländer. Er sagte zum Beispiel: die ›Negern‹. –

Die Mutt saß am Maskentisch und malte.

»Übrigens, Herr Doktor«, sagte sie, »Fräulein Süpplein

hat die Masken alle genommen und sogar das neue Muster nachbestellt, die Gute.«

»Die Squirrels? Sehen Sie wohl, da ist er also doch einmal zu etwas nütze gewesen, und Fräulein Süpplein wird schon wissen, warum.« Übrigens kam es in der letzten Zeit öfters vor, daß Kutt richtig faulenzte, ohne ein schlechtes Gewissen dabei zu haben. Er hatte von Squirrel gelernt!

»Du, Kutt«, sagte seine Frau, ohne aufzusehen.

»Ja, Mutt, was ist?«

»Es hilft nichts, wir müssen endlich einmal davon reden.«

Ich machte Anstalten, zu gehen. Aber die Mutt bat mich ausdrücklich zu bleiben. »Sie müssen uns helfen«, sagte sie.

»Davon reden? Müssen wir das wirklich?« – Nein, sie beide müßten gottlob von gar nichts reden, antwortete Kutt, wobei er mich ansah, und, das glaube ich behaupten zu können, von Anfang an wußte, worauf die Mutt anspielte. Das sei doch gerade das Schöne zwischen ihnen, daß sie eigentlich nie von etwas zu reden brauchten, so als wüßten sie es sowieso. »Du denkst wie ich und ich wie du, seit wir einander kennen.«

»Kennen wir einander denn wirklich?«

»Aber Mutt!«

Sie habe es ja auch geglaubt, bis vor kurzem, ihn (und sich) ziemlich genau zu kennen.

Kutt antwortete, nicht so rauh wie sonst, sondern mit einem bei ihm neuen, sanften Ton in der Stimme, der ihm wohl anstand, er wisse nicht, was sich daran geändert haben sollte.

»Wirklich nichts?«

Nun ja, sie seien beide ein bißchen älter geworden, und darum hätten sie wohl das Gefühl gehabt, daß es allmählich genug sei und an der Zeit, zu gehen. Aber das hätten sie schließlich immer schon gewußt, daß das Leben eigentlich nur ein paar Wochen dauere, strenggenommen.

Ich hatte ihn bisher immer für etwas beschränkt gehalten. Aber ich fand recht vernünftig, was er jetzt sagte.

Und sich erinnernd fügte er hinzu: »Sie war damals das schönste und liebste Mädchen weitum im Lande.«

»Und er der schönste und liebste Bursch. Das ist weiß Gott wahr!«

»Sie sollen in der Tat ein sauberes Paar gewesen sein, erzählen die Leute«, sagte ich.

Mutt mußte widersprechen. Sauber? Kutts Gesicht sei immer schwarz von Kohlenstaub gewesen. Sie habe sich anfangs vor ihm gefürchtet, obwohl er gewesen sei wie ein Lamm, das in die Kohlenkiste gefallen sei. Sie entsinne sich gut, wie enttäuscht sie gewesen war, als sie ihn zum erstenmal frisch rasiert und bis zur Unkenntlichkeit gewaschen sah.

»Es war ein Sonntag«, bestätigte Kutt, »und ich mußte mich erst wieder schwarz machen, ehe sie mich küssen wollte.«

Sie mußten beide lachen, wie kindisch sie damals gewesen waren.

»Und schauen Sie uns jetzt an, Herr Doktor!«

»So wie dazumalen«, gab Kutt zu, »ist es freilich nicht mehr.« Das sei doch logisch.

Mutt schüttelte heftig den Kopf.

»Logisch? Gar nicht logisch. Sondern ganz dumm und lächerlich. Ach, Herr Doktor«, rief sie, plötzlich ihr Herz zeigend und unter Tränen, »ach, lieber Kutt, ich wußte es nicht, nein, weiß der Himmel, ich ahnte es wirklich nicht, und es ist so überraschend gekommen und so völlig aussichtslos und ganz und gar unlogisch.« Sie sei doch, was man eine gestandene Frau nenne, und ein leidlich vernünftiger Mensch. Jedenfalls ganz und gar unpoetisch.

»So ziemlich«, gab Kutt zu, sie längst durchschauend. Aber er stellte sich dumm.

»Ich weiß gar nicht, von was du überhaupt redest?«

»Ich bin doch längst darüber hinaus.«

»Sollte man denken.«

»In meinen Jahren! Die Barbara, das kann man ja verstehen. Glücklich ist sie auch nicht dabei. Aber ich altes dummes Schaf. Begreifen Sie das, Herr Doktor?«

Die Mutt schien es für eine Sache zu halten, die des Arztes bedürfe.

»Begreifen: O doch. O ja. So ungefähr. Und Sie, Kutt«, wandte ich mich an ihn, »Sie doch auch? Oder?«

Kutt nahm eine Squirrel-Maske zur Hand und betrachtete sie ernsthaft.

»Begreifen?« sagte er dann, die Maske leichthin auf den Tisch werfend, »nachfühlen!«

Die Mutt staunte.

»Es scheint dich gar nicht zu wundern, Kutt?«

»Wundern? Nein. Nicht sehr.«

Da ging der Mutt plötzlich ein Licht auf.

»Er auch!« sagte sie ganz munter, »er auch!«

»Ja. Ich auch. Nicht wahr. Komisch, Herr Doktor, und ein bißchen traurig.«

Sie waren sich auf einmal, wie noch nie, ganz nah, die beiden Alten. Denn sie fühlten das gleiche in seiner späten Schwermut und Süße. Mutt sagte es für sie beide, als spräche sie auch seine Gedanken aus: »Es muß wohl so gewesen sein, daß irgend etwas Derartiges unser ganzes Leben lang auf ihn gewartet hat im Verborgenen und ständig auf der Lauer lag.« –

Sie hätten wohl, die Barbara, der Anselm und er und sie immer schon auf ihn gewartet. Jetzt war er gekommen.

»Hätten wir ihn nicht schon gekannt und immer schon gern gehabt, denn das tun wir, würden wir seiner überhaupt gewahr worden sein? Es ist nur ein Wiedersehen mit einer schönen Erinnerung.« Aber von wann und wo?

Kutt sagte: »Ich war noch jung: Ich besinne mich genau. Es muß Winter gewesen sein.«

Da fiel es auch Mutt ein.

»Winter! Gegen Abend in der Vorstadt.«

»Es schneite.«

»Da kam einer auf dem Fahrrad des Wegs. Ich kam von der Arbeit. Ruß im Gesicht.«

Kutt hatte schon von jung auf schwer arbeiten müssen.

»Er trug einen roten Pullover und eine rote Mütze mit Quaste.«

»Ihr Frauen wißt doch immer, was jemand anhatte!«

»Er war beschneit. Flocken hingen in seinen blonden Haaren, die aus der Mütze ihm in die Stirn fielen.«

»Die Wimpern bereift.«

»Man sah seinen Atem. Er schnappte nach den Schneeflocken.«

»Und lachte.«

Später hatten sie ihn in der Kirche auf der Orgelempore gesehen, unter den Sängerknaben.

»Im Matrosenanzug«, erinnerte sich Kutt.

»Auch Männer wissen zuweilen, was jemand anhatte. Er sang ein Lied von ganz allein.«

»Solo.«

»Er gefiel mir über die Maßen.«

»Ich habe ihn nie wiedergesehen. Ich würde ihn um seine Freundschaft ersucht haben, wenn ich ihm damals begegnet wäre.«

»Und wir haben ihn nie ganz vergessen können, Kutt. Das war er, das ist er – immer noch.«

»Zu spät, Mutt, denn er dürfte jetzt, wenn er überhaupt noch lebt, fast so alt und häßlich sein wie wir.«

Es lag ganz nahe zu denken – und ich sprach es auch aus –, daß es Wesen gibt, die nie alt werden und immer wieder in jungen Erscheinungen in einer Art Seelenwanderung uns begegnen, genau dieselben. Dazu sind sie da. Vielleicht wissen sie es sogar.

»Was können wir aber tun?« wandte sich die Mutt an mich, wieder traurig werdend.

»Wir?« erwiderte Kutt an meiner Stelle, »wir können nur staunen. Und vielleicht verwächst es sich!«

»Glaubst du?«

»Es wird uns schon nichts anderes übrigbleiben, uns törichten Alten.«

Sie hatten sich, als wären sie wieder jung, einander genähert. Nun saßen sie sich gegenüber und legten die Hände übereinander. Ich glaube, sie fühlten sich jetzt gefeit gegen ihn, dessen Namen sie nicht nannten. Es war ja auch nicht nötig.

Ich fühlte mich völlig überflüssig und ging, ohne Gruß, wie Squirrel.

Sie merkten es gar nicht.

Elftes Kapitel

in dem der Leser ohnmächtig zuschauen muß, wie das Unheil unaufhaltsam hereinbricht

Selbstverständlich machte ich mir auch oft meine Gedanken über unsern Squirrel. Ich überlegte mir ernstlich, ob ich nicht einmal mit ihm reden sollte. Wenn ich nur davon überzeugt gewesen wäre, daß es einen Sinn gehabt hätte.

Man soll mich nicht mißverstehen und meinen, daß ich von ihm je Dank erwartet hätte oder auch nur eine freundliche Gegengabe, Blumen etwa, einen Laubfrosch oder nur einen hübschen Stein, denn er war einmal Ohrenzeuge, wie ich von meinen Liebhabereien sprach, zu denen auch die für seltsam geformte Steine gehört. Ich lernte von ihm, daß erheischte Dankbarkeit ja auch schon eine Art Esclavage, eine Verpflichtung jedenfalls, bedeutete, und was die Liebhaberei betraf, so schien er sie nur auf die Menschen anzuwenden.

»Doch wer dich freundlich grüßt, dir Liebes tut, dem hilfst du gern, und ihm gelingt es gut.«

Ich hatte Angst für Squirrel – nein, mehr noch für die guten Kuttelwaschers. In Gefangenschaft gehaltene Zugvögel geraten bekanntlich im Herbst in eine sichtbare Unruhe. Man merkt es ihnen an, daß der Wandertrieb sich regt – vielleicht ist es auch wieder so ein Hormon, das diese Sehnsucht bewirkt und zugleich die Ausdauer verleiht, wie jenes, das die Metamorphose der Schmetterlinge regelt! –

Ich erwartete eigentlich bei jedem Besuch in dem Kohlenträgerhäuschen, daß mir jemand mit den Worten entgegenstürzte: »Er ist fort!«

Eines schönen Tages besuchte Squirrel mich. Ihn in meiner Bibliothek – es mögen etwa zweitausend Bücher sein – zu sehen, sprach Bände. Er hatte keinen Blick für sie. Ich könnte mir jemanden vorstellen, der vor die Wahl gestellt: meine Bibliothek oder Squirrel, sich ohne Besinnen für Squirrel entscheiden würde.

Kein Zweifel, er konnte all dessen, ohne das wir uns um so mancher liebgewordenen Annehmlichkeiten des Körpers und des Geistes willen ein lebenswertes Leben überhaupt nicht mehr denken können, mühelos entraten, der Glückliche, oder Glücklichere.

Übrigens interessierte ihn zum Beispiel auch das Kino nicht ein bißchen. Er blickte gar nicht auf die Leinwand, sondern auf die Gesichter der Zuschauer und erregte einiges Ärgernis, weil er plötzlich seinen Platz verließ und, über die Sitzreihen steigend oder sich schwingend, sich neben ein Mädchen setzte, das ihm gefiel (und er dem Mädchen), um mit ihm zärtlich zu tun, als befänden sie sich in der Dämmerung eines Parkes auf einer Bank, ringsum das Gebüsch des Kinopublikums. So ungefähr hat man es mir berichtet. Durch den Film selbst fühlte er sich offenbar hinters Licht geführt und betrogen. Was da auf der Leinwand sich tat, lebte für ihn gar nicht.

Übrigens fühlte sich Jokko, meine Krötenechse, sehr von ihm angezogen und er von ihr. Wie die Kinder liebten ihn auch die Tiere, besonders auch Katharina, die Katze. Aber was die Fortschritte der Technik betrifft, auf die wir andern so stolz sind, so ließen sie ihn ziemlich kalt.

»Hat es eigentlich«, fragte er mich in aller Unschuld und in der irrigen Meinung, daß ich alles wüßte, während er mit Jokko spielte (er versuchte in seiner Kindsköpfigkeit dem stachligen Reptil das Zigarettenrauchen beizubringen, übrigens mit Erfolg), »hat es vor tausend Jahren eigentlich auch schon Autos gegeben? Nein? Müssen die aber dann damals dumm gewesen sein«, sagte er herzlich lachend. »Ihr Homer, Sokrates und so? Keine Automobile, keine Flugzeuge? Und es ist auch gegangen?«

»Nun ja, sosolala«, gab ich zu. Die berühmten Namen hatte ich ihm eben genannt, bei dem, wie ich einsehen mußte, völlig sinnlosen Versuch, Squirrels literarische Bildung zu heben.

Dieser Squirrel, das Pulver hatte er nicht erfunden. Aber wenn, so würde er es bestimmt, wie die alten Chinesen, nicht zum Schießen, sondern zu fröhlicher Lustfeuerwerkerei benutzt haben. Aber das Merkwürdige war, daß er nicht auf die Physik, hingegen die Physik auf ihn reagierte. Ich besitze nämlich ein sogenanntes Sonnenrädchen, Radiometer nennt man es. In einer gläsernen Kugel, die wie ein Weinglas einen Fuß hat, befindet sich ein bewegliches Flügelrädchen aus viereckigen Metallblättchen, die auf der einen Seite blank, auf der andern aber berußt sind. Wenn die Sonne darauf scheint, fängt es hurtig an, sich zu drehen. Ich zeigte es Squirrel. Als er eintrat, drehte es sich auch. – Als er dann gegangen war, ohne Dank und Gruß, kam mir vieles in meiner Wohnung entwertet vor.

Zu meiner Überraschung kam er schon nach etwa zehn Minuten wieder, schneeweiß im Gesicht und so verschreckt, daß ich ihn besorgt fragte, was ihm fehle.

»Die Süppleins!« flüsterte er und schauderte.

»Aber Squirrel«, sagte ich, »sie tun dir doch nichts.«

Ich war nämlich immer noch der irrigen Meinung, daß sie zwar etwas schrullige, aber im Grunde harmlose, liebe alte Leutchen seien.

Da nahm er mich bei der Hand und zog mich mit sich auf die Straße zum Maskenladen. Niemand konnte daran vorübergehen, ohne stehen zu bleiben. Auch Squirrel hatte der Anziehungskraft nicht widerstehen können. Ich ahnte natürlich, was er mir zeigen wollte, aber um ihn zu beruhigen – denn ich hatte ihn noch nie so gesehen –, ging ich mit ihm. An der Ecke (beim Sarggeschäft) bedeutete er mir, ich sollte wie absichtslos vor Süppleins Laden treten. Ich tat's, und obwohl ich doch Bescheid wußte, erschrak ich.

Maske hing bei Maske, Nikoläuse, Hexen, ›Negern‹, Tiere. Dazwischen aber hatten – ich erwähnte es schon – die Geschwister zwei Stellen ausgespart für ihre Gesichter. Da standen sie regungslos und guckten. Ihre Gesichter waren auf den ersten Blick von den Masken nicht wegzukennen, aber wenn man es plötzlich merkte an einem Blinzeln der Augen, mußte man ja erschrecken. Selbst Squirrel, der doch keine Angst kannte (vielleicht weil er keine Seele hatte?), war zu Tod erschrocken, als er sich plötzlich angesehen fühlte.

Die Gesichter der Süppleins hatten sich, wie das auch bei anderen Berufen wohl geschehen mag, durch einen jahrzehntelangen Umgang den Masken angeähnelt. Sie hatten beide alterslose, rosige, biedere Gesichter, Milch- und Blutgesichter. Herr Süpplein trug einen weißen Bart wie aus Watte gemacht und eine goldene Brille. Er hatte ein Sankt-Nikolaus-Gesicht. Beide schienen die Güte in Person zu sein.

Ich konnte Squirrel kaum beruhigen, so verstört war er, der sonst so Sorglose. Und er, der nur selten fragte, wie vorhin wegen der Autos, fragte mich, ob es Menschen gäbe, in deren bloßer Gegenwart – sie selber seien dabei ganz gesund – aber in ihrer Umluft ... (er brauchte dieses Wort, und ich beschloß, es sofort meinem Sprachschatz einzuverleiben).

»Du meinst«, sagte ich, »tödliche Menschen sozusagen.«

»Genau.«

»Nun, das Gebiet«, belehrte ich ihn, »ist noch nicht genügend erforscht.«

Für Squirrel jedenfalls schienen die munteren Süppleins dazuzugehören. –

Arglosigkeit ist die schwache Seite aller Squirrels. Sie sind völlig außerstande, sich in die andern hineinzudenken (und umgekehrt). Das liegt in der Squirrel-Natur begründet. Also nahm auch unser Squirrel es nicht wahr, daß sich in dem Verhältnis der Familie Kuttelwascher ihm gegenüber manches verändert hatte. Nicht daß sie ihn weniger liebten als in den ersten Tagen seiner Anwesenheit, aber sie taten es nicht mehr so blindlings und auf jede Gefahr hin. Es hatten sich in ihnen gleichsam Abwehrstoffe gebildet. Sie litten nicht mehr unter ihrer Zuneigung, sie waren vor allem nicht mehr so eifersüchtig aufeinander. Sie konnten es sich gegenseitig ja so gut nachfühlen und waren ganz glücklich dabei.

Squirrel hätte es merken müssen. Denn eines Tages, als er wieder einmal mit Barbara allein war und ihr die zärtlichsten Dinge sagte, denn er war nun einmal die Zärtlichkeit in Person, ließ sie es sich wohl wie bisher gefallen, fast könnte man sagen, in aller Unschuld, aber ohne sich zu verlieren.

»Squirrel, lieber Squirrel«, sagte sie zu ihm (ich kam gerade dazu), »du hast mir jetzt eine volle Stunde lang so bezaubernde Dinge vorgelogen, daß ich ganz glücklich bin!«

Es war von ihr ein Irrtum zu denken, daß Squirrel log. Es war nur völlig unverbindlich, was er sagte. –

Das Unheil, von dem wir nichts ahnten, kam von einer Seite, die er und wir alle übersehen oder nicht recht ernst genommen hatten. Es kam von den Geschwistern Süpplein.

Es ist nötig, ein paar Worte über dieses wunderliche Geschwisterpaar zu sagen, und ich wollte, ich hätte damals gewußt, was ich jetzt weiß, da es zu spät ist.

Es gibt Menschen, die von Natur böse sind. Sie sind es

eben. Die Süppleins gehören dazu. Sie waren mit Wonne böse, sie genossen es.

Waren sie auch gegeneinander böse? Schienen sie nicht gut mitsammen zu leben? Gingen sie nicht stets Arm in Arm, wenn sie sich auf der Straße zeigten? Man konnte denken, sie lebten wie die Turteltauben. Sie gaben sich die süßesten, abgeschmacktesten Kosenamen. Er sagte: »Mein Engelchen oder Süßes!« Sie antwortete: »Liebling!« Und wenn sie besonders böse auf den Bruder war, nannte sie ihn: »Mein Schnurzelchen«. Denn sie haßten einander, und eines wartete auf des andern Tod. Das erhielt sie beide jung.

Einiges weiß ich von ihnen, weil sie mich einmal hatten rufen lassen, aber wie ich heute annehmen muß, lediglich zum Zweck der Besichtigung. Denn es fehlte ihnen gar nichts. Bosheit erhält gesund und hat ein zähes Leben. Ich erinnere mich an ein Gespräch, das die beiden in wenig Strichen sichtbar macht.

»Du könntest mir einen großen Gefallen tun, Brüderchen«, sagte Fräulein Süpplein an jenem Morgen.

»Ich wüßte nicht, was ich lieber täte, Coryza, mein Herz«, antwortete er. Sie hieß in der Tat Coryza, wie mir der gefällige Polizeiwachtmeister hinterher bestätigte.

»Dann wisch dir doch bitte das Eigelb aus den Mundwinkeln.«

Er tat es mit der Zunge, den Nachgeschmack genießend. Er schmatzte.

Mehr brauche ich nicht zu sagen, aber es ist wichtig zu wissen, daß ihr ewiger Streit darum ging, daß die Schwester die Kuttelwaschers dauernd in Heimarbeit beschäftigte. Natürlich konnte sie diese ›prächtigen Menschen‹ in den Tod nicht ausstehen, mit ihrer ›aufreizenden Tugendhaftigkeit‹. Sie hatte wohl insgeheim längst beschlossen, sie zu verderben. Die Sache mit Squirrel kam ihr sehr zupaß.

Ich stütze mich im folgenden zum Teil auf meine eigenen Beobachtungen und auf die amtlichen Feststellungen, die bei den Nachforschungen aus Anlaß des kürzlich erfolgten Ablebens der Geschwister Süpplein gemacht wurden.

(Offenbar nämlich hatten es beide nicht erwarten können, den andern zu beerben, und einander zu gleicher Zeit eines Tages mit vergifteten Pralinen umgebracht. Ihr langjähriges Zusammenleben hatte sie so aufeinander abgestimmt, daß sie auch im gleichen Augenblick den mörderischen Einfall hatten. Nach dem Augenschein müssen sie mit einem ›Mund auf, Augen zu, mein Alterchen her, mein Engelchen hin‹ sich gegenseitig die tödlichen Süßigkeiten in den Mund gesteckt haben, wobei sie sich eines Ungeziefervertilgungsmittels bedienten, wie es damals in Mode war). –

Herr Süpplein soll sich vor allem gegen den Verkauf jener Squirrel-Masken, ›diesen Plunder‹, gewandt haben, das einzige Muster, das im Augenblick in der stillen Zeit verlangt wurde. Tatsächlich: diese Squirrelmasken gingen wie die warmen Semmeln weg. Denn die Kinder von der Kanalstraße, dem Baltusplatz und dem Pfaffengäßlein wollten alle ›Squirrels‹ sein. Sie hatten es sich als Überraschung ausgedacht, wenn ihr Freund wieder zu ihnen kam, alle, groß und klein, die Masken aufzusetzen. –

Die Süppleins wußten natürlich auch, was es mit dem Unfall der Kuttelwaschers auf sich hatte, wobei sie nicht begreifen konnten, wie man sich selbst das Leben nehmen könne. Andern schon!

Äußerst verdächtig mußte ihnen natürlich Schön-Squirrel sein. Denn für Leute vom Schlage der Süppleins sind immer die Menschen am verdächtigsten, von denen man nichts Verdächtiges weiß. Sie konnten beim besten Willen Squirrel nichts Schlechtes nachsagen. Und das verdroß sie. Es gibt allerdings einen Ausspruch von Herrn Süpplein, der zugleich die Überlegenheit seiner Schwester Coryza über ihren Bruder kennzeichnet: Er möchte, soll er in ehrlicher Bewunderung gesagt haben, den Menschen kennen, dem seine Schwester nicht etwas Schlechtes nachsagen könne.

Ein anderer Beweis für ihre Niedertracht wurde mir erst hinterher bekannt. Als nämlich eines Tages Barbara, wie allwöchentlich, Masken ablieferte, übertrafen sich die Geschwister in Lobesbezeugungen über den ›bezaubernden‹ Squirrel, nannten ihn einen verwunschenen Prinzen und erbosten sich über die sündhafte Welt, die allerlei Unerquickliches über den jungen Mann wissen wollte.

Mehr sagten sie nicht. Aber es tat bei Barbara seine Wirkung.

Auch von einem Gespräch zwischen den zweien wird berichtet.

»Wir herrlich böse du doch bist, Schwesterherz«, soll der Maskenhändler einmal ausgerufen haben, »so richtig verrucht.«

»Ich bin gern böse, Bruderherz«, habe sie schlicht bestätigt, »man hat mehr vom Leben!« Daraufhin er: »Wenn man dich so sieht, mein Täubchen, denkt man, du könntst keiner Fliege etwas zuleide tun!«

»Einer Fliege nicht, Süppi, aber den Menschen. Und mit Wonne!«

Si non è vero, è ben trovato!

In seiner Sorglosigkeit merkte Squirrel nicht, daß er von Stund an auf Schritt und Tritt von den Süppleins beobachtet wurde. Was die Kuttelwaschers ängstlich vermieden hatten, nämlich zu wissen, was ihr Gast in seiner Abwesenheit tue, Rechtes oder Unrechtes, das wußten die Süppleins schon nach wenigen Tagen. Sie sammelten systematisch Material gegen ihn.

Sie wußten, es war schon verdächtig, daß die tugendhaften Kuttelwaschers einen wildfremden jungen Menschen von angenehmem Äußeren regelrecht aus der Gosse aufgelesen hatten und wochenlang bei sich beherbergten, ihn wie ihr eigen Kind im Hause hielten, sie, die Fleißigen, einen notorischen Nichtstuer, daß sie ihn umsonst verköstigten und nicht einmal einen Dank davon hatten. War das wirklich so tugendhaft? Mindestens war es seltsam und unnatürlich. Sie hatten ihren Narren an Squirrel, die Biederen, sie hatten ihre Freude an ihm. Das durfte nicht sein. Sie waren sogar auf eine nie gekannte Weise glücklich in seiner Gegenwart. Jedenfalls konnten sie nicht mehr ohne ihn leben, weder Kutt noch Mutt, weder Barbara noch Anselm. Obwohl er ihnen dauernd ›irgendwie‹ weh tat, wenn auch nicht mit Absicht. (Squirrels tun eben weh. Das liegt in ihrer Natur.) Dies spürten die Süppleins, denn das Böse hat ein untrügliches Gefühl für die Gefahren und Schwächen des Guten. Squirrel zu lieben war an sich nichts Böses. Aber wenn man daran rührte, dann konnte diese Neigung zwielichtig erscheinen. Der Süppleins fatale Methode war es, bei jedem Menschen, der sich noch so geborgen fühlen mochte, zarte Regungen, gewisse Eigenheiten, winzige oft nur, unter das Vergrößerungsglas zu nehmen, wobei sich unvermeidlich Abgründe der Sünde auftun. Was sich durch Squirrels Erscheinen zugetragen hatte, das durfte nicht sein. Die Süppleins jedenfalls waren eisern entschlossen, unverzüglich einzuschreiten.

Sie wußten alles, auch daß die Polizei, was Squirrels Papiere betraf, ein Auge zudrückte. Sie hätten allein durch eine kleine Anfrage bei dem prächtigen Wachtmeister den Stein ins Rollen bringen können. Aber sie liebten die Polizei nicht sehr. Nur darum unterblieb es.

Also machten sie sich eines Tages – es war trübes Wetter und schwül – auf den Weg zu dem kleinen Haus der Kuttelwaschers, das dem Anmarsch der Technik noch immer beharrlich im Wege stand, um, so drückten sie es aus, die Bombe zum Platzen zu bringen.

Zwölftes Kapitel
in dem es soweit ist

Die Süppleins hatten sich bei Kuttelwaschers angemeldet und auch mich verständigt. Ich war ihnen wohl nicht minder verdächtig.

Ich erschien pünktlich in der Kuttelwascherschen Wohnküche, wo die Familie schon vollzählig versammelt war.

»Man hat mir telefoniert.«

Ob Squirrel mich angerufen habe, fragte Kutt.

»Squirrel? Zum Lachen«, sagte Anselm, »der hat in seinem ganzen Leben noch nicht telefoniert.«

Das mochte wohl wahr sein. Der Glückliche! Die wunderbare Erfindung, ohne die so viele Menschen nicht mehr leben zu können meinen, er mißtraute ihr, seinetwegen hätte sie nicht gemacht werden müssen. Er kam ohne sie aus.

Ich erklärte der Familie, daß ihre ›Wohltäter‹, die Geschwister Süpplein, mich herbestellt hätten. Sie seien so feierlich gewesen. Es sei mir daher gar nicht wohl bei der Sache. Es war uns allen nicht wohl, auch dem hilfreichen Herbert nicht, der eben ins Zimmer trat. »Pünktlich auf die Sekunde«, stellte er fest. Auch ihn hatten die Süppleins geladen, vermutlich in der übrigens irrigen Meinung, an ihm einen Bundesgenossen zu haben.

Nur Squirrel fehlte. Die Süppleins wußten wahrscheinlich, daß er um diese Zeit auf dem Spielplatz war. Denn heute fand die große Überraschung statt, da alle Kinder mit Squirrelmasken erscheinen wollten, ihren großen Spielkameraden zu erfreuen. –

Die Süppleins traten auf. Sie waren gekleidet wie zu einer Beerdigung. Sie hatten es immer so gehalten, wenn sie zu ihrem besonderen Vergnügen irgendwo ›die Bombe zum Platzen brachten‹, wobei immer etwas zerstört wurde, eine Ehe oder eine Freundschaft oder sonst ein Glück.

»Es ist verdammt schwül heute«, stellte ich fest, da sonst niemand etwas sagte. Ich witterte Unheil.

Dennoch lege er Wert darauf, die Fenster zu schließen, begann Herr Süpplein die Verhandlung, es brauche ja nicht die ganze Stadt zu hören, was er mitzuteilen habe.

Er schloß die Fenster, nachdem er rechts und links die Straße hinuntergesehen, und tat es pedantisch. Uns allen war sehr unbehaglich zumute.

Süpplein bat die Anwesenden, Platz zu nehmen. Dann hub er an zu reden.

Er hatte sich auf seine Enthüllungen offenbar gut vorbereitet und zog zuweilen einen Spickzettel zu Rate, um ja nichts zu vergessen. Seine Schwester faltete die Hände.

»Sehr verehrter Herr Doktor«, sagte er feierlich, »der Sie jederzeit ein so warmes Interesse für die brave Familie Kuttelwascher an den Tag legen« (»unsere lieben Freunde«, schaltete Fräulein Süpplein ein).

»Oh, bitte, nur meine Pflicht«, wehrte ich ab.

»Wie dem auch immer sei, meine Freunde, wir, meine Schwester und ich, kommen in einer ernsten Angelegenheit. Sie betrifft...«

»Squirrel?« riefen Anselm und Barbara erschrocken wie aus einem Munde. »Ist ihm etwas zugestoßen?«

»Keine Sorge, dem passiert so leicht nichts.«

Fräulein Süpplein weidete sich an Barbaras und Anselms verräterischer Erschrockenheit.

Es handle sich, fuhr Süpplein fort, nachdem er seinen Zettel befragt, in der Tat um besagten Squirrel. Um wen denn sonst? In diesem Hause drehe sich doch alles nur um ihn, um einen Unwürdigen, um es gleich zu sagen. Und an seine Schwester sich wendend: »Sagte ich's nicht täglich, mein Herz, man müßte unsere Freunde warnen? Aber man mischt sich nun einmal nicht gern in fremde Angelegenheiten.«

Schweren Herzens hätten sie sich nun doch entschlossen, den guten Leutchen die Augen zu öffnen. Sie hätten es nicht mehr mitansehen können, wie dieser Bursche die

Güte seiner Mitmenschen mißbrauche, wie er ihnen auf der Tasche liege, ohne auch nur einen Finger zu rühren.

Das waren harte Worte voll versteckter Anschuldigungen. Noch wirkten sie nicht.

Kutt antwortete für alle sehr ungeduldig: »Ja, ja doch, wenn das alles ist. Arbeit schmeckt ihm nun einmal nicht.« Und die Mutt setzte hinzu: »Er kann ja auch nichts.«

Fräulein Süpplein bat nun höflich die Anwesenden, daß man ihr gestatte zu lachen. Irgendwas müsse er doch schließlich können, bei dieser Figur und körperlichen Gewandtheit. Lächerlich!

Als Kellner könne sie sich ihn gut vorstellen oder als Friseur oder in irgendeinem der zahllosen nichtsnutzigen Berufe, zum Beispiel als Zigarettenboy oder Schaukelbursch oder dergleichen.

Anselm unterbrach sie, um Squirrel in Schutz zu nehmen. »Er kann, er kann auf den Händen gehen, mit einem Kamm Musik machen und in angelaufene Fensterscheiben sehr lustige Bilder zeichnen, mit Hühnereiern und Eierbriketts jonglieren, gleichzeitig!«

»Brotlose Künste«, warf Süpplein ein, »brotlose Künste!«

»Eigentlich«, erlaubte ich mir zu bemerken, »kann er nur sich selbst, aber darin ist er auch unnachahmlich.«

»Ach was, er ist ein eiskalter Egoist«, sagte Fräulein Süpplein.

»Nur Egoisten halten andere für Egoisten«, dachte ich laut. Die Süppleins verwahrten sich. Sie müßten da schon sehr bitten.

Mich kümmerte das wenig. Da die anderen schwiegen, übernahm ich Squirrels Verteidigung.

Tüchtigkeit in allen Ehren, gab ich zu bedenken, aber ob sie nicht auch zuweilen eine Art Egoismus sei, vielleicht sogar die gefährlichste Form. Squirrel sei alles andere als ein Egoist.

Meine Ruhe erboste die Süppleins.

»Er ist ein Nichtsnutz und völlig asozial«, rief das alte Fräulein.

»Asozial?« erwiderte ich, »aber nein. Zugegeben, er arbeitet nicht gerade gern. Welch ein Glück! So nimmt er niemandem die Stelle weg. Man sollte seinesgleichen dafür bezahlen, daß sie den Gang der Wirtschaft nicht stören. Er würde doch alles verpfuschen. Und wissen wir denn, wir Fleißigen, wo unsere Arbeit, unsere Technik uns noch hinführen? Ich sehe da kein Ziel, sondern nur unaufhörliche Tätigkeit. Ich beneide ihn«, schloß ich, »der ohne die Errungenschaften der Neuzeit offenbar recht gut auskommen kann und sehr glücklich ist. Für ihn braucht das alles nicht sein. Ach, weiß Gott, ich wollte, ich wäre wie er! Immer dürfen, was ich möchte, anstatt immer müssen, was man soll. Asozial? Er lebt doch nicht von uns, sondern wir von ihm.«

Hatte ich nicht recht, und waren wir nicht alle glücklicher, seit er da war?

Die Kunst, andere für sich arbeiten, sich bedienen und verwöhnen zu lassen, scheine er allerdings vortrefflich zu verstehen, betonte Fräulein Süpplein. Aber ich gab nicht nach.

»Es ist in der Tat eine Kunst«, beharrte ich, »und soviel ich merke, fühlen sich beide Teile durchaus wohl dabei.«

»Außerordentlich wohl«, stimmte Kutt bei. Er arbeite doch tausendmal lieber für Squirrel als beispielsweise für Direktor Kretschmar oder – er wollte sagen ›für Sie‹, aber er unterließ es auf einen beschwörenden Blick Mutts, der Masken wegen.

»Ich verstehe«, sagte Fräulein Süpplein und erhob sich, »ich glaube, wir sind hier an der falschen Adresse. Ich habe gleich nicht gewollt, und wir zwei beide können diese arge Welt auch nicht ändern.«

Das könne er nur mit allem Nachdruck unterstreichen, bestätigte der Bruder, sich ebenfalls zum Gehen anschikkend.

Kutt meinte jetzt einlenken zu müssen. »Nun ja, ein

Engel ist Squirrel freilich nicht – obwohl – Engel tun ja meines Wissens auch nichts. Aber erst recht kein Teufel, die bekanntlich sehr emsig mit Schüren beschäftigt sind.«

Das ging auf die Süppleins, und sie merkten es auch. Aber sie setzten sich wieder.

Da sei es freilich kein Wunder, daß Squirrel sich so viel herausnehme. Sie ließen sich ja alles von ihm gefallen.

Dagegen war nichts zu sagen, aber Kutt zur allgemeinen Verwunderung blieb hartnäckig bei seiner guten Meinung.

»Uns gefallen, ja, das lassen wir ihn. Es bleibt uns schon gar nichts anderes übrig. Aber er stört nie. Arbeiten kann jeder, Squirrel aber erfreut.« Nicht von allen Menschen könne man das behaupten. »Und«, schloß er, »er erfüllt damit eine *hohe asoziale Aufgabe.*«

Kutt, das empfanden wir wohl alle, hätte es gar nicht schlichter und überzeugender ausdrücken können. Aber gerade das war es, was die Süppleins so verdroß. Sie hielten es für an der Zeit, mit dem groben Geschütz zu kommen.

»Ja, merkt ihr denn nicht«, sagte das Fräulein, ihre Worte mit Händeringen und gegen den Himmel gewandten Blicken begleitend, »merkt ihr denn wirklich nicht, daß dieser Lümmel euch bloß ausnützt und schamlos hintergeht?«

Nun wurde es Barbara zuviel: »Das ist nicht wahr!« rief sie zornig und schlug mit der Hand auf den Tisch.

»Es *ist* wahr«, bestätigte Süpplein mit widerwärtiger Sanftmut, »leider – wir haben Beweise. Es ist uns schmerzlich vor allem Ihretwegen, liebe Barbara.«

Barbara hielt sich die Ohren zu. »Es ist nicht wahr«, sagte sie noch einmal, »Herbert, Anselm, so redet doch!«

Aber Anselm schwieg, und Herbert, der sich bisher ganz still verhalten hatte, meinte nur: »Na, wenn schon.«

»Sie werden sich doch nicht einbilden, Barbara, daß er Sie heiratet«, fuhr Fräulein Süpplein unerbittlich fort.

»Er hat es auch mit andern. Ich könnte ihnen ein Dutzend Mädchen nennen, denen er nachstellt.« Das stimmte nicht ganz: die Mädchen liefen ihm nach, nicht er den Mädchen. Sie zückte ein kleines gelbes Notizbuch. »Ich habe es selbst mit dem Opernglas mit angesehen, wie er Sargmachers Suschen küßte, wie er mit der rothaarigen Konditors-Anna am Kanal lustwandelte, bei Mondschein natürlich, aber ich kann mich auf meine Augen verlassen. Diese Anna ist ein Mädchen von höchst zweifelhaftem Ruf, muß man wissen, wie Barbara sicher gehört haben wird.«

Barbara und wir alle hatten davon gehört, und es tat ihr sehr weh, sich vorzustellen, daß Squirrel sich mit diesem leichtfertigen Fratzen abgab.

»Ich sah ihn auch mit Schleusenwärters ... ich komme nicht auf den Namen – –«

Süpplein kam ihr zu Hilfe: »Wie wird sie schon heißen: Inge vermutlich.« (Damals hießen fast alle Mädchen Inge.)

Und Fräulein Süpplein packte weiter aus, immer neue Namen nennend. Von Mädchen und Freunden, mit denen Squirrel angeblich vertraut umging. Sie wußte auch, daß Squirrel öfters bei Wachtmeisters zu Abend aß, und daß er auf dem Motorrad hinter Direktor Kretschmars Ältestem durch die Gegend brauste und so weiter und so fort.

»So also sieht euer sogenannter Märchenprinz aus! Und ihr glaubtet, er sei einzig und allein nur für euch da. Irrtum. Wir haben unter der Hand Erkundigungen eingezogen, wir sind ihm nachgegangen, ohne daß er es merkte. Wir wissen alles. Das ist nur ein kleiner Teil.«

Ich konnte mich nicht mehr beherrschen.

»Sie sollten sich schämen«, schrie ich sie an.

Es rührte sie nicht im mindesten.

»Wir? Squirrel sollte sich schämen«, gab voll Entrüstung Herr Süpplein zurück.

»Squirrel schämt sich nicht«, sagte Kutt, nicht ohne

Bitterkeit. Die Enthüllungen der Geschwister Süpplein hatten doch gewirkt.

»Wir tun nur unsere Pflicht«, bemerkte Fräulein Süpplein scheinheilig. »Es mußte endlich einmal gesagt werden.«

»Zum Teufel nein«, fuhr ich sie an, gegen meine Natur heftig werdend. »Es mußte gar nicht. Die Dinge, die endlich einmal gesagt werden müssen, behält man besser für sich. Sehen Sie denn nicht, was Sie angerichtet haben mit Ihrem Klatsch, Sie Wohltäter der Menschheit, Sie?«

Man sah es.

»Tun Sie doch nicht so, Herr Doktor«, trumpfte der alte Süpplein auf, »Sie wußten es doch so gut wie wir. Oder etwa nicht?«

Das stimmte in der Tat. Ich wußte mehr als sie alle. Mein Grundsatz ist: quieta non movere. Leider aber heißt Mensch sein, nichts in Ruhe lassen können.

»Nicht wahr«, fragte Anselm, der sehr blaß war, »Sie wußten doch nichts davon, Herr Doktor?«

»Ich gedenke auch künftig nichts davon zu wissen«, redete ich mich heraus und wurde rot dabei. Auf diese Weise seien sie doch alle sehr glücklich gewesen. Oder etwa nicht? Das sei nun einmal nicht anders mit den Squirrels.

Aber einen traf es doch ins Herz, was die Süppleins sagten. Dem Anselm tat es in der Seele weh. Es war eben das erste Mal, daß er einen Menschen so gern hatte wie den Squirrel.

»Oh, ich könnte ihn töten«, stieß er hervor.

Er verbarg sein Gesicht in seinen Armen, vornüber auf den Tisch gebeugt. Denn das ist nun einmal die Stellung der Enttäuschten und in der Seele Betrübten. Sie suchen Geborgenheit, und ihre eigenen Arme und Hände müssen herhalten, sie zu trösten. Sie weinen sich bei sich selber aus.

Er tat mir wirklich leid. Also legte ich ihm die Hand auf die Schulter und sagte: »Ihn töten? Vielleicht. Es leuchtet irgendwie ein. Aber, dann gäbe es keinen Squirrel mehr. Und das wäre doch sehr schade, findest du nicht, Anselm?«

»Ach was, töten«, mischte sich Herr Süpplein ein, »eine kräftige Tracht Prügel gehörte ihm!«

»Wer könnte ihn schlagen? Ich nicht«, sagte Kutt, der Kohlenträger.

Das sei es ja eben, gab Anselm zu, der ihn eben noch hatte töten wollen. »Man kann ihm einfach nicht böse sein.« Auch Barbara stimmte dem zu. »Man kann ihm nichts übelnehmen, auch wenn man es noch so gern möchte.«

Es lag in Squirrels Natur oder recht eigentlich in der Natur derer, die ihn lieb gewonnen hatten, ja, wenn man ihm mit einigem Recht nachsagen konnte, daß er selber keinen Charakter habe, weder einen schlechten, noch einen guten, sondern überhaupt keinen, so hatten wir alle doch eine so gute Meinung von ihm, daß es fast so war, als sei er ein Charakter. Er ist nicht der einzige.

»Es bleibt uns also wohl nichts anderes übrig«, schlug ich den Anwesenden vor, »als ihn trotz aller Anschuldigungen gern zu haben.«

»Es ist hoffnungslos«, bemerkte Fräulein Süpplein. Aber diesmal irrte sie sich leider. Die Enthüllungen hatten eben doch ihre Wirkung getan, auch bei dem redlichen Kutt. Ich schiebe den Erfolg nicht zuletzt darauf, daß die abscheulichen Süppleins äußerlich so vertrauenerweckend aussahen. Ich sagte es, glaube ich, schon, wer ihnen zum erstenmal begegnete, war restlos entzückt von den lieben Alten.

»Ich werde«, versprach Kutt den Süppleins, »dem Jungen heute noch ernstlich ins Gewissen reden.«

»So er eins hat«, warf das Fräulein ein.

»Ach was, arbeiten soll er«, verlangte ihr Bruder.

Nun aber meldete sich der Herbert, der doch eigentlich heilfroh hätte sein müssen, seinen gefährlichsten, ja vielleicht einzigen Nebenbuhler endlich loszuwerden, und erklärte: »Squirrel und arbeiten? Aber da wird er, da wird er ja doch ›zweckentfremdet‹! Ich bitte euch inständig, tut ihm doch bloß das nicht an. Das wäre doch jammerschade. Laßt ihn nur, wie er ist. Das ist meine unmaßgebliche Meinung.«

Ich brauche nicht zu betonen, daß er mit dieser Ansicht meine vollste Sympathie gewann.

Die Mutt jedoch dachte anders. Offen gestanden, ein bißchen was könnte er ja schon tun. Aber was? Und Barbara, nachdem sie ein wenig nachgedacht, bemerkte, er könne doch beispielsweise... aber schon stockte sie wieder. »Ach nein«, sagte sie mit einem Lächeln, das mir wohl an ihr gefiel, »nein, es würde ihm nicht zu Gesicht stehen, fürchte ich.«

»Es ist nicht zu glauben«, ereiferte sich Herr Süpplein und machte ernsthafte Anstalten, die unfruchtbare Sitzung abzubrechen. Er habe es ja kommen sehen.

In diesem Augenblick, da für die beiden Alten das Spiel schon fast verloren schien, ertönte von der Straße her Kindergeschrei, Jubel und Jauchzen. »Squirrel, Squirrel«, riefen die Kinder in den höchsten Tönen des Entzückens und immer wieder »Squirrel«. Dazwischen hörte man die Stimme des Wachtmeisters, halb belustigt, halb erzürnt. »Schaut, daß ihr verschwindet, ihr Bamsen. Laßt ihm doch endlich seine Ruhe!«

Das ›ihm‹ galt natürlich Squirrel, der jetzt sorglos unbefangen und wie stets ohne Gruß in die Wohnküche trat, ein wenig außer Atem und erhitzt mit verstruwweltem Haar, aber strahlend und in bester Laune. Hinter ihm erschienen für einen Augenblick die Kinder in allen Größen in der Türöffnung. Alle hatten Squirrelmasken vor den Gesichtern. Nur ungern folgten sie des Wachtmeisters Anweisung, Squirrel endlich in Ruhe zu lassen.

»Da ist er ja, jetzt bin ich bloß neugierig«, sagte Fräulein Süpplein.

Squirrel spürte sofort die feindselige Stimmung, und

gegen seine Natur trotzig werdend, fragte er fast finster von einem zum andern blickend: »Habt ihr vielleicht was gegen mich? Dann gehe ich nämlich wieder.«

»Nicht doch, Squirrel«, begann Kutt, ziemlich verlegen, »bitte bleib. Wir haben mit dir zu reden.«

Fast ungezogen entgegnete Squirrel, sie sollten es doch gleich sagen, wenn sie ihn loshaben wollten.

Wie er nur auf solche Gedanken käme, fragte Kutt, ohne ihm dabei in die Augen sehen zu können.

»Ich seh's doch an euren Gesichtern« (und man sah es natürlich). »Ach, darum spioniert man mir ständig nach, wenn ihr auch glaubt, ich merke das nicht. Jetzt traut ihr euch auf einmal, weil ihr mich näher kennt. Also, was wollt ihr von mir?«

Er sah unbeschreiblich reizend aus in seinem Zorn. Nie waren seine Augen so schön, wie jetzt in ihrem bedrohlichen Glanz. Sein Gesicht war blaß, wie gepudert, nur die Lippen waren rot und naß.

Wäre ihm jetzt jemand von denen, die ihn lieb hatten, um den Hals gefallen, alles wäre wieder gut geworden. Wenn bloß diese verdammten Süppleins nicht dagewesen wären.

Es war Kutt gar nicht wohl bei der Sache, als er wieder zu dem Versuch ansetzte, dem Jungen ›ernstlich ins Gewissen zu reden‹.

»Du weißt doch, daß wir dich alle sehr gern haben...«, begann er abermals.

Squirrel zuckte die Achseln.

»Vielleicht sogar etwas zu gern«, fuhr Kutt fort. »Es scheint uns nach Lage der Dinge...«

»Nach Lage der Dinge«, wiederholte Squirrel mit zartem Hohn.

»Wir sind nämlich übereingekommen, daß es wirklich nicht allzuviel von dir verlangt wäre, wenn du – kurz gesagt – wenn du zwischendurch gelegentlich hie und da zuweilen, versteh mich recht, also wenn du auch einmal ein klein bißchen was tun würdest, sozusagen.«

Das hätte er nicht sagen dürfen! Bloß das nicht! Ich merkte sofort: ›Jetzt ist es passiert.‹

Bockig und schon nah am Weinen antwortete Squirrel: »Und da wagt ihr es noch zu behaupten, daß ihr mich lieb habt? Zu lieb sogar, und jetzt wollt ihr, daß Squirrel arbeiten soll. Das habe ich, weiß Gott, nicht um euch verdient.« Seine Augen wurden naß von Tränen.

Fräulein Süpplein sah es mit Freuden. »Was muß ich sehen, Tränen?« sagte sie in ihrer abgefeimten Art. »Squirrel flennt! Weil er arbeiten soll! Das ist mir so ein Held!« Und Süpplein stimmte bei: »Aber, aber! Ein Mannsbild und weinen!« Herbert war wütend über die Maskenhändlers. »Ein Held?« fuhr er sie an, »nein, das ist er zum Glück nicht.« Und ich ergänzte, es wäre manchen sogenannten Mannsbildern von Herzen zu wünschen, daß sie einmal weinten.

Anselm aber, der am liebsten auch geweint hätte, ging zu Squirrel, nahm sein Taschentuch und trocknete ihm die Tränen. Squirrel jedoch entzog sich mit einer Kopfbewegung. »Laß das«, sagte er, »du willst es ja im Grunde auch.«

Anselm ließ sich nicht so ohne weiteres abfleien.

»Du wolltest doch mit mir auf die Dächer. Wir könnten es zu zweien tun. Ich will mit dem Meister reden. Er sucht einen neuen Lehrling, wenn ich Geselle werde. Und der Zylinder steht dir doch so vorzüglich!«

Anselm meinte es wirklich gut. Aber Squirrel war jetzt vergrämt wie ein Tier. Hilfesuchend blickte er sich nach Mutt um. Sie schüttelte den Kopf. »Schau, Squirrel«, sagte sie, »Arbeit hat noch niemandem weh getan. Und du hast es doch schließlich sehr gut gehabt bei uns.«

»Aber Mutt!« sagten Barbara und Anselm wie aus einem Munde. Sie schämten sich.

»Nun, es ist doch wahr, und es war ihm ja auch alles von Herzen gegönnt, nur...«

Squirrel sah sie völlig entgeistert an. Dann faßte er sich. Ja, wie sie denn auf einmal mit ihm redeten, ihm die

Wohltaten vorhielten, die sie ihm erwiesen. Das könne doch unmöglich ihr Ernst sein.

»Ich weiß«, bekannte er, »ich bin undankbar. Ich habe kein Herz, ich bin faul und etwas unpünktlich. Aber – *ich* habe mich euch nicht aufgedrängt. Ich kann doch schließlich nichts dafür, daß ihr mich lieben mußtet. Denn das habt ihr, Sie Kutt, Mutt auch Sie, der gute Anselm und du Barbara – Barbara. Vielleicht sogar der Doktor.«

»Mich hat er vergessen«, sagte Herbert für sich.

»Ihr habt es mir sogar ins Gesicht gesagt, obwohl sich das nicht gehört. Und nun soll ich arbeiten. Für Geld womöglich.«

Er war völlig außer sich über diese Zumutung.

»Lieber Squirrel«, begann Barbara, der er leid tat, »so sei doch ein bißchen vernünftig!«

Aber Squirrel stampfte mit dem Fuß auf wie ein Kind. »Nein«, rief er, »ich mag nicht.«

Der Schmerz übermannte ihn. Er lief zu seiner Schlafecke und warf sich völlig unbeherrscht mit dem Gesicht nach unten aufs Bett.

Man sah es an seinem zuckenden Rücken, daß er haltlos in die Kissen schluchzte.

»Hat man so was schon erlebt?« bemerkte Fräulein Süpplein, ihren Triumph auskostend. »Ich glaube, Brüderlein, es ist soweit. Wir können jetzt gehen.«

Es war soweit.

Sie rauschten ab, uns in Zweifeln und Verwirrung unserm Schicksal überlassend.

Offen gestanden, es kam mir zunächst einigermaßen verwunderlich, ja gefährlich vor, wie sich Squirrel verhielt. Ich hatte er wartet, daß er frech werden und sagen würde: »Ihr könnt mich doch alle – gar nicht meinen.« Ich dachte, er würde uns die Zunge herausblecken, eine lange Nase machen und seiner Wege gehen über alle Berge. Denn es gab ja für ihn, den Nomaden, doch nur die eine Gefahr, seßhaft und damit domestiziert zu werden, was bedeutete: zu werden wie die andern und damit seinen wahren Beruf zu verraten. Es überraschte mich übrigens, daß er weinen konnte. Ich hätte es ihm nicht zugetraut. Aber ich fand es gut, daß er es konnte. Ich weiß nicht, was die andern sich dabei dachten.

Die Mutt fand sich als erste. Im Alltag Halt suchend, mahnte sie den Kutt, es sei höchste Zeit für ihn, er müsse ins Werk.

Fast grob antwortete er, es würde ja wohl auch einmal ohne ihn gehen! Er schien völlig uneins mit sich selbst zu sein.

Ich zog den Vorhang vor Squirrels Ecke. Der arme Kerl war ganz außer sich. Er bedurfte dringend der Ruhe.

Das habe er natürlich nicht gewollt, versuchte Kutt sich zu entschuldigen, und Mutt, die auch kein gutes Gewissen hatte, rechtfertigte sich damit, sie hätten es doch alle nur gut mit ihm gemeint. Sie wunderten sich, daß Anselm, fast ungezogen und wie vorhin Squirrel heftig mit dem Fuß aufstampfend, zur Antwort gab: »Gut gemeint: Mit ihm? Mit *uns*!«

Wir gingen diesen Abend alle unfroh und zwiespältigen Herzens zu Bett.

Dreizehntes Kapitel

in dem der Leser vergeblich hofft, daß Squirrel wiederkommt

Man kann sich denken, daß ich nach dem Vorfall von gestern abend keine rechte Ruhe gefunden hatte. Tief beunruhigt durch die unwürdige Szene mit den Süppleins und felsenfest überzeugt, daß daraufhin Squirrel bei nächster Gelegenheit, womöglich noch in dieser Nacht, sich aus dem Staube machen würde, voller Sorge auch, was dann aus den Kuttelwaschers werden sollte, unausgeschlafen machte ich mich zeitig auf den Weg zu dem kleinen standhaften Haus des Kohlenträgers. Nach dem schwülen Tag gestern war ein heftiges Nachtgewitter niedergegangen, und es stürmte und regnete noch, als ich meinem Ziele zustrebte. Ich fand die Fenster und Vorhänge geschlossen. Im Hause war es verdächtig still.

Selbst auf die Gefahr, daß die Familie noch schlief, klopfte ich erst leise, dann dringlicher an die Tür. Aber niemand machte Anstalten, mir zu öffnen. Also pochte ich wieder, dunkler Ahnungen voll.

Da hörte ich Barbaras Stimme sagen: »Wenn es aber Squirrel wäre?« Die Mutter antwortete ihr: »Squirrel hat nie geklopft.«

»Ich bin's bloß, der Doktor«, rief ich sehr erleichtert.

»Mach schon auf, Barbara«, gebot jetzt Kutt unwillig. Also öffnete sie, und ich trat ein.

»Ist's erlaubt?« fragte ich, prüfte die Luft und blickte vorsorglich nach der Gasblume auf dem Herd.

Was ich bemerkte, war nicht gerade ermutigend. Kutt hatte ein Büschel Werg in der Hand, und Mutt machte sich am Herd zu schaffen.

Sie spürten es wohl alle, daß es nun wieder genau so um sie bestellt war wie neulich, bevor Squirrel zu ihnen kam, als sie das Leben nicht mehr freute. Sie saßen und standen unentschlossen und traurig umher. Sie kamen sich sehr überflüssig vor auf einmal.

Es regnete noch immer, aber der Sturm hatte aufgehört. Es war plötzlich ganz still, totenstill.

Als ich eingetreten war, zündete Mutt beflissen die Gasblume an und stellte einen Topf mit Wasser auf. In diesem Augenblick sah ich Squirrel aus seiner gewohnten Ecke kommen, so meinte ich wenigstens für eine Sekunde, aber er war es nicht, sondern Anselm, der aus irgendeiner Grille Squirrels Schlafanzug angezogen hatte. Weiß der Himmel, was er sich dabei dachte, obwohl – wie auch immer: Barbara vermerkte es übel.

»Bist du wahnsinnig«, herrschte sie den Bruder an. Den kümmerte es wenig. Unwillkürlich Squirrels schlaksigen Gang nachahmend, schlenderte er zum Herd.

Ich wußte natürlich sofort, daß Squirrel entflohen war. Heimlich ›bei Nacht und Nebel‹, hatte er das Haus verlassen für immer. Es fiel mir nicht ganz leicht, mir ein klares Bild zu machen. Die Familie stand noch allzusehr unter dem Eindruck der Flucht. Denn es war eine Flucht. Es gab früher für Eichhörnchen, die in der Gefangenschaft gehalten wurden, eine Art Tretmühle. Man glaubte wohl damals, es mache den Tierchen Spaß, in dieser Trommel zu laufen. Sie meinten vielleicht, solcherart endlich in den Wald zu gelangen, und liefen und liefen, ohne vom Fleck zu kommen.

Squirrel hatte gottlob die einzige Gefahr erkannt, die ihm drohte. Wie ›zu Hause‹ er sich schon gefühlt haben mochte, er spürte gerade noch zur rechten Zeit, was ihm blühte, und er entsprang.

Anselm hatte es als erster entdeckt. Er hatte nicht schlafen können vor Regen und Wind. Der Gedanke an Squirrel hatte ihn nicht ruhen lassen. Also war er in aller Herrgottsfrühe aus dem Stroh gekrochen, leise die Leiter hinabgestiegen und an die Schlafecke getreten, daß er nach ihm sehe. Denn er schämte sich arg, Squirrel vor den Süppleins so erbärmlich im Stich gelassen zu haben. Er wollte zu ihm und ihn um Verzeihung bitten. Er fand (nicht ganz mit Unrecht), daß wir uns alle ganz abscheulich und undankbar gegen ihn benommen hätten.

Auch Barbara hatte vor schlechtem Gewissen nicht schlafen können.

So kam es, daß Bruder und Schwester sich bei der gleichen Absicht ertappten. Gemeinsam waren sie an den Bettvorhang getreten, hatten behutsam einen Spalt geöffnet und hineingespäht. Sie hatten gemeint, ihn liegen zu sehen in seinem gestreiften Schlafanzug, und waren ängstlich geworden, weil sie ihn nicht atmen hörten.

In diesem Augenblick hatte Wetterleuchten das Zimmer erhellt, und Anselm aufgeschrien: »Er ist fort!«

Offensichtlich war Squirrel, nachdem sich die Familie zur Ruhe begeben hatte, von seinem Lager aufgestanden, um so schnell wie möglich seiner Wege zu gehen. Er habe den Schlafanzug, den ich ihm geschenkt, ausgezogen und, so berichteten Anselm und Barbara, auf dem halb zurückgeschlagenen Bett so zierlich angeordnet, daß das eine Hosenbein heraushing, die Ärmel in natürlicher Stellung sich befanden, als liege ein Mensch darin.

Um die Täuschung vollkommen zu machen, hatte er sich einer Squirrelmaske bedient. Bei flüchtigem Hinsehen, so mochte er sich gedacht haben, und so war es ja auch geschehen, konnte man wirklich meinen, er schliefe. Vielleicht – es lag durchaus in seiner verspielten Natur – hatte er zum Abschied dem Schlafanzug noch die Hand geschüttelt.

Dann mußte er wohl seine alte verschossene Hose und das zerrissene Hemd angelegt haben, darin wir ihn gefunden hatten (mit Mühe war die Mutt seinerzeit von ihm abgehalten worden, das Zeug zu Zunder zu verbrennen), den Vorhang leise zugezogen und dann seine Taschen geleert haben. Denn die wenigen Habseligkeiten, die er von den Kuttelwaschers und mir bekommen hatte, lagen säuberlich auf dem Tisch ausgebreitet: das Taschentuch, eine angebrochene Schachtel Zigaretten, Zündhölzer, auch die Waschutensilien (ohne daß er noch einmal davon Gebrauch gemacht hätte): eine wirklich rührend anzuschauende Hinterlassenschaft. Er hatte nichts vergessen. Dann hatte er unhörbar die Haustür geöffnet und war in die stürmische, regenerische Nacht hinausgeschlüpft, wie er gekommen war. –

Nun ist ja Squirrel schön öfters nachts außer Haus gewesen, aber diesmal wissen Barbara und Anselm sofort, daß er nicht mehr wiederkommt. Sie sehen seine Hinterlassenschaft auf dem Tische.

»Er ist fort!« schreit Anselm.

»Fort!« wiederholt Barbara leise.

Anselm und Barbara wecken sogleich die Eltern und sagen es ihnen. Anselm läuft zur Haustüre und ruft in die Nacht: »Squirrel, Squirrel!«, als könnte er ihn zurückrufen.

»Er ist auf und davon«, sagt Kutt und ruft Anselm herein, der völlig verzweifelt ist. Es habe ja doch keinen Zweck.

»Vielleicht kommt er wieder?« fragt Mutt. Aber sie glaubt selbst nicht daran. –

So etwa wird es sich abgespielt haben. Ich habe das Gefühl, gerade zur rechten Zeit gekommen zu sein. Denn die Familie befand sich so ziemlich in der gleichen seelischen Verfassung wie an dem Vorabend vor Squirrels Erscheinen.

»Er ist zu uns gekommen, und wir haben ihn vertrieben«, sagte Anselm. »Wir alle haben kläglich versagt.«

Ich muß ihm recht geben. ›Das wilde Fleisch der gegenseitigen Lieblosigkeit‹, wie es Johannes Keppler nannte, war schuld daran, die acedia, die Trägheit des Herzens.

Wir suchen nun gemeinsam, ob er nicht doch eine Nachricht hinterlassen habe. Denn es war freilich bitter, zu denken, daß er ohne das geringste Wort des Abschieds gegangen sein sollte. Aber da ist es Anselm, der fast zufällig in der Brusttasche des Schlafanzugs einen Zettel findet. Mit einem ganz kleinen Lächeln liest er, was in großen kindlichen Buchstaben darauf geschrieben steht: ICH SELBST BIN FORT.

(Er hatte damit wohl sagen wollen, daß er den Pyjama gleichsam als seine ›sterbliche Hülle‹ uns hinterlasse.)

Der Zettel geht natürlich von Hand zu Hand, und er beweist, daß Squirrel, wenn auch recht und schlecht, doch wenigstens ein bißchen schreiben konnte, was vor allem die Mutt mit Befriedigung und Rührung feststellt. –

Was nun mich betrifft, so stritten zwei Empfindungen in mir, von denen ich die eine mit den Kuttelwaschers teilte: ein Gefühl der Verlassenheit nämlich und zugleich – von Squirrel aus betrachtet – eine gewisse Genugtuung, daß er der großen Verlockung der – wie soll ich es ausdrücken? – Kuttelwascherei nicht erlegen war. Bei diesen Überlegungen überraschte uns die Ankunft der Geschwister Süpplein.

Sie drückten ihre alten Babygesichter an die Scheiben und traten hierauf, mit Lodenmänteln und Regenschirmen jedem Ungewitter trotzend, ohne weiteres in die Stube.

»Das ist so ein Wetterchen«, bemerkte Süpplein, seinen Schirm schließend und die Tropfen abschüttelnd, »bei dem man keinen Hund vor die Tür jagt.«

Es war kein Zweifel, sie wußten schon, was geschehen war. Aber während sie Anstalten machten, sich häuslich niederzulassen, fragte Kutt, sichtbar ungemütlich werdend, was in aller Welt sie denn noch hier zu suchen hätten und mitten in der Nacht?

Sie seien zufällig vorbeigekommen, logen die Süppleins, ob denn etwas passiert sei?

»Er ist fort«, sagte Mutt.

»Wer? Doch nicht am Ende Squirrel?«

Die Süppleins konnten zufrieden sein mit ihrem Erfolg. Nun sei es doch sonnenklar, wie undankbar Squirrel sei. Sie durften von Glück sagen, daß sie ihn endlich los seien.

»Wir weinen ihm keine Träne nach«, erklärte Fräulein Süpplein, wobei es mir sehr fraglich erschien, ob diese Dame überhaupt fähig war zu weinen.

Übrigens gebe sie den guten Rat, nachzusehen, ob auch nichts fehle.

Er habe alles dagelassen, sogar den Schlafanzug.

»Er ist gegangen, wie wir ihn fanden, in seiner geflickten Hose, dem zerschlissenen Hemd, ohne einen Pfennig Geld in der Tasche. Alles hat er zurückgelassen. Kamm, Seife, Zahnbürste, nicht einmal die Zigaretten hat er mitgenommen.«

»Er will nichts von uns geschenkt haben«, sagte Anselm.

»Aber seine Uhr?«

Er brauchte ja nie eine Uhr und konnte Uhren überhaupt nicht leiden, weil sie immerzu gingen, emsig, pausenlos, im Gleichschritt, auch nachts.

Vielleicht, unterstellten die Süppleins, weil er zu faul war, sie aufzuziehen. Sie schienen nicht zu merken, daß die Stimmung der Familie immer bedrohlicher wurde. Barbara war es, die zum Angriff überging.

»Sie haben ihn ja nie gemocht, von Anfang an.«

Die Süppleins gaben es unumwunden zu. »Gott sei Dank«, sagten sie, »in keinster Weise.«

»Er hat uns verlassen, wie er gekommen war«, sagte Mutt, und man merkte, wie nahe es ihr ging.

»Aber damit macht er es doch«, hetzten die Süppleins. Morgen werde er sich wieder irgendwo auf die Straße legen und so tun, als wäre er vor Hunger umgefallen. »So was findet immer wieder Dumme, die ihn ins Haus nehmen. Und wenn ihm der Boden zu heiß unter den Füßen wird, türmt er eben wieder und so weiter und so fort durch die ganze Welt.«

Mit einem gefährlichen Glanz in den Augen trat jetzt Kutt an die Süppleins heran, ganz nahe, und es sah fast so aus, als wollte er, wie es Hausknechte mit unbotmäßigen Gästen zu tun pflegen, mit seinen Händen in ihr Haar greifen und die Köpfe gegeneinanderstoßen.

»Sie sind schuld mit Ihrem Gerede, daß er uns im Stich gelassen hat.«

»Wenn er sich etwas antut!« jammerte Mutt.

»Pah! Der? Niemals«, sagten die Alten mit ihrem leeren humorlosen Lachen.

Und dann geschah etwas, was niemand in der Familie für möglich gehalten hätte. Kutt wies den Süppleins die Tür.

»Hinaus!« schrie er.

Die Süppleins taten, als hörten sie nicht recht.

»Hinaus? Wer? Wir? Das ist also ist euer Dank, daß wir euch ins Bild gesetzt haben! Wir haben euch doch bloß die Augen geöffnet und diesen Nichtsnutz vom Halse geschafft.«

Sie sollten doch endlich schauen, daß sie verschwänden, und zwar schleunigst, ließ sich jetzt Anselm vernehmen, und Barbara gab ihnen den guten Rat, sie möchten sich gefälligst nie mehr hier blicken lassen.

»Versteht ihr mich? Nie mehr«, schloß sie mit allem Nachdruck.

»Euch ist ja nicht zu helfen«, sagte das Fräulein falsch. »Ihr solltet Gott auf den Knien danken, daß ihr den Landstreicher los seid. Und statt dessen schmeißt ihr uns raus, die einzigen treuen Freunde, die ihr habt.«

»Unser einziger Freund«, rief jetzt Anselm mit großer Wärme, »das war doch Squirrel!«

Die Süppleins sahen ihn feindselig an.

»So«, sagte das Fräulein kurz, »ein merkwürdiger Freund, sehr sonderbar!«

Dann nahm Herr Süpplein seinen Schirm, den er beim Herd zum Trocknen aufgespannt hingestellt hatte, schloß ihn zornig und wandte sich der Tür zu.

»Komm, mein Engelchen«, sagte er. In der Tür wandte er sich noch einmal um. »Ihr könnt einem ja alle nur namenlos leid tun«, sagte er und verließ mit seiner Schwester das Zimmer.

Anselm raffte ein paar Masken zusammen und feuerte sie den Süppleins nach. Aber die Tür war schon hinter ihnen ins Schloß gefallen.

»Die wären wir los«, stellte Kutt erleichtert fest.

Nicht lange, da kam auch der Herbert. Er wußte ›es‹ schon. Diese goldigen Süppleins hatten es ihm natürlich in ihrer ersten Freude soeben brühwarm hinterbracht. Aber Herbert hatte sie hochkant rausgeschmissen!

»Tatsächlich?« fragte Kutt und freute sich.

»Ja, unser Herbert«, bemerkte die Mutt.

»Ich komme spornstreichs zu euch geeilt«, rief er schon in der Tür. Er drückte sich selbst in der größten Aufregung immer gewählt aus, ja besonders dann. Er war übrigens ziemlich durchnäßt und bot einen bemitleidenswerten Anblick. Er war völlig verzweifelt. Er hatte Tränen in den Augen. Er beschwor uns: »Wir müssen ihn zurückbringen, koste es was es wolle.«

Ich habe es ja immer gesagt, Herbert ist wirklich ein guter Kerl, herzensgut!

Was Squirrel beträfe, habe er schon einen großen Plan. Er wolle Plakate anschlagen lassen an allen Litfaßsäulen im Lande: »Lieber Squirrel, kehre zurück!« Auch unsern Freund, den Wachtmeister, wollte er dafür einspannen. Großfahndung durch die Polizei mit Motorrädern.

Wir hatten unsere liebe Not, es ihm auszureden. Nicht geringer war seine Sorge um die Familie. Man sah es ihm ordentlich an, daß er das richtige Gefühl hatte, man dürfe Kutt und die Seinen jetzt keinen Augenblick allein lassen.

Nun aber ging er zu Barbara. Er habe, sagte er, fast nicht das Herz gehabt, noch vor ihre Augen zu treten.

Bei diesen Worten gewann Barbara ihren Humor wieder. »Nein, wie siehst du bloß aus, Herbertlein«, sagte sie und führte ihn zum Spiegel. Sie gab ihm wie früher einen Kuß.

»Der Regen hat aufgehört«, sagte die Mutt, »und die Sonne kommt durch.«

Die Sonne tat es wirklich.

Seit Herberts Kommen hatte ich kein so ganz schlechtes Gefühl mehr, was meine Patienten betraf.

»Horch!« sagte Anselm plötzlich, und wir lauschten.

»Squirrel! Squirrel«, rief es draußen von nah und fern. Es waren die Kinder. Aber ihre Rufe klangen freudlos und angstvoll. Ein Bub aus der Nachbarschaft trat ein, zaghaft, eine Squirrelmaske in den Händen drehend wie Bittsteller ihre Mütze. Außen an den Fenstern drängten sich seine Spielgefährten, die Masken vor den Gesichtern, ein gespenstiger Anblick.

»Wo ist Squirrel?« fragte der Bub, und da ihm niemand antwortete, was nur augenblickliche Verlegenheit war, wiederholte der Bub fast schreiend: »Wo ist Squirrel?«

»Fort«, antwortete Anselm. Er hätte keinen ganzen Satz sprechen können ohne die Gefahr, in Tränen auszubrechen.

»Fort?« wiederholte der Bub traurig und wollte gehen. Aber an der Tür wandte er sich noch einmal um, unsicher, mit einer Spur Hoffnung. »Aber – er kommt doch wieder?« fragte er.

Anselm strich ihm übers Haar. »Vielleicht...«

»Er kommt wieder«, bekräftigte Barbara, als wäre sie felsenfest davon überzeugt.

»Ganz gewiß?«

»Ganz gewiß, Ernstl!« log Barbara, bemüht, so heiter und zuversichtlich wie möglich auszusehen.

Beglückt trollte sich der Bub.

Wir wußten freilich alle sehr wohl, daß Squirrel nicht mehr wiederkommen werde, auch daß sie nun wieder in Lebensgefahr waren, und daß es ihnen ein zweites Mal nicht mißglücken würde. Sie dachten alle daran, als sie aus ihren trüben Gedanken aufgeschreckt wurden.

Der Topf auf dem Gaskocher lief plötzlich über, es zischte und dampfte. Die Gasflamme erlosch. In einer Sekunde der Stille hörte man leise pfeifend das Gas ausströmen.

»Holla«, rief Anselm, lief eilends zum Herd und drehte mit Nachdruck den Hahn zu.

»So«, sagte er kurz.

»Na, na, na«, bemerkte ich, »schier fast beinahe!«

Aber Kutt beruhigte mich: »Einmal und nicht wieder.« Vor einer Minute wäre er seiner noch nicht ganz so sicher gewesen.

Herbert, die Hand auf Barbaras Schulter, bekräftigte Kutts Versprechen.

»Wozu auch«, sagte er, Squirrels Tonfall nachahmend. Nicht daß die Kuttelwaschers alle ›Squirrels‹ geworden wären – das kann man nicht werden: Man ist es oder ist es nicht. Aber ich konnte sie jetzt getrost allein lassen und ging unbesorgt meiner Wege. Ganz von ferne riefen die Kinder noch immer: »Squirrel, Squirrel!« so wie man ruft, wenn man sich im dunklen Wald verloren hat.

Dr. Hans Jokims Traktat über den Ultraduft

Von den Korjacken, einem Volksstamm im östlichen Sibirien, wird behauptet, daß sie in ihrer Sprache kein Wort für ›lieben‹ besäßen. Sie sagten statt dessen ›einander gern riechen‹. Wir gebrauchen diese Redensart im umgekehrten Sinn: ›jemanden nicht riechen (auf bayrisch: nicht schmecken) können‹. Das will heißen, bei der Zuneigung oder Abneigung spielen außer akustischen und optischen offenbar auch osmische Kräfte mit. Bei den Schafen finden sich Mutter und Lamm, wenn sie einander in der großen Herde beim Weiden verloren haben, unverwechselbar durch den Geruch. Man könnte vermuten, daß jedes Schaf eine bestimmte Duftwelle besitzt, die einen Irrtum ausschließt. Die sogenannte ›Duftmarke‹ spielt bei Hunden und anderen Tieren eine große Rolle.

Die Redensart: ›jemanden nicht riechen können‹ meint gewiß nicht, daß die fragliche Person schlecht röche, die Redensart drückt lediglich Antipathie aus.

Wenn zwei Menschen sich zum ersten Male begegnen und Zuneigung füreinander empfinden, so entscheidet sich dies unversehens meist so schnell, daß man gar keine Zeit hat zu einer gedanklichen Überlegung über die Ursache der Sympathie. Es geschieht über unseren Kopf hinweg durch ästhetische Sinneswahrnehmungen der Augen und Ohren, durch Anmut des Gesichtes oder den Wohlklang der Stimme, die uns bezaubert. Wir werden gar nicht gefragt.

Zwei der fünf Sinne sind es also vor allem nur, diejenigen übrigens, von denen wir annehmen, daß sie auch auf eine geraume Entfernung wirken. Das Gefühl und der Geschmack brauchen die Nähe, auch der Geruchssinn.

Aber vielleicht täuschen wir uns, vielleicht ist unser Geruchssinn im Gegensatz zu dem mancher Tiere nur abgestumpft und begrenzt.

Wenn wir unterstellen, daß in der Schöpfungsidee die fünf (uns bekannten) Sinne gleichwertig seien und eine Entsprechung in der Wahrnehmung besteht (Klang-Ohr, Licht-Auge), so möchte man folgern, daß die osmische Entsprechung ebenso wirksam sein müßte, wie die optische und akustische es sind. Die ›Osmik‹ aber ist gegenüber der Optik und Akustik bisher zweifellos stark vernachlässigt worden.

Bei der Begegnung zweier Menschen ist die osmische Sympathie nicht weniger wichtig als die durch Gesicht und Gehör bedingte. Dem Wohlklang und der Wohlgestalt entspricht der Wohlgeruch. Die Schönheit eines Antlitzes kann dem davon Entzückten durch eine garstige Stimme verleidet werden. Ein unansehnliches Geschöpf kann den Mangel durch eine angenehme Stimme ausgleichen. Die Sympathie ist animalischer Natur. Wir sprechen auch von ›Geschmack‹ in ästhetischem Sinn.

Was meine Theorie des Ultra-Dufts betrifft, so nehme ich wie bei Licht und Ton ›Wellen‹ an, eine Ausstrahlung also, vielleicht sogar kleinste Duftkörperchen (oder beides). Wie die Ultratöne und Ultrastrahlen nicht durch unser Ohr und unser Auge, so wird der Ultraduft (UD) nicht durch das Sinnesorgan der Nase wahrgenommen, aber er wirkt dennoch durch es, entweder positiv oder negativ, über das vegetative Nervensystem auf den Organismus. Es mag nach Art der Blutgruppen verschiedene Duftgruppen geben. Den UD-Trägern entsprechen UD-Rezeptoren, die entweder euosmisch oder disosmisch reagieren oder sich neutral verhalten. Der ›heimliche‹ Ultra-Duft wird zuweilen vermutlich im wahrnehmbaren Euosmus, im Duft des Haares, der Haut, des Atems eine Bestätigung finden.

›Der Odem der Liebe erquicket die Seele‹, heißt es in

›Cosi fan tutte‹. Genau das ist gemeint. Bei Balzac lesen wir: ›In dieser Kammer sind die Öle und feinen Essenzen der Königin aufgespeichert. Ich weiß aus mannigfacher Erfahrung, daß jeder von euch reizenden Schnäbeln einen besonderen Duft hat, an dem man euch erkennen kann.« Es ist die Geschichte, wo Raoul de Hocquetonville seine züchtige Frau (und sich) mit ihr selbst betrügt. Und damit er sie nicht erkenne, war es nötig, mit Ölen und Essenzen ihren Duft zu übertäuben.

Ein Gedicht, das über dreitausend Jahre alt ist und in einem Grab in Ägypten gefunden wurde, hebt an:

Ich atme *den süßen Hauch, der aus deinem Munde kommt. Ich* schaue *deine Schönheit jeden Tag. Es ist mein Wunsch, daß ich deine Stimme* hören *möge... daß mein Gebein* verjüngt *werden möge durch die Liebe zu dir usw.* (nach Lange.)

Die lebenserhaltende Funktion der Sinne ist damit gemeint: Die Speisung der Seele durch Duft, Licht und Klang.

Niemand wird sich wundern, bei Goethe Beispiele zu finden, die sich auf den Duft beziehen:

Ältere (Dame): *Fürwahr! es dringt ein Hauch tief ins Gemüthe. Er kommt von ihm! (nämlich vom Hirten Paris)*

Älteste (Dame): *Es ist des Wachstums Blüte,*
im Jüngling als Ambrosia bereitet,
und atmosphärisch rings umher verbreitet.

Oder: *Wen betört nicht Blick und Gruß?*
Schmeichelhafter Odem?

Oder, *von den Knaben gesagt: Sie duften Jugend.*

Bei Shakespeare (Othello) vollends finden wir:

O du Unkraut, so reizend lieblich und
von Duft so süß, daß es dem Sinn weh tut.

Die Erfahrung lehrt, daß eine Rhinitis, ein Schnupfen also, die erotische Sensibilität stark herabsetzt. Auch kann wohl die UD-Reizbarkeit durch Überdeckung mit künstlichen Parfüms gestört oder irregeführt werden.

Durch die Annahme eines Ultraduftfeldes, in das wir geraten und das vielleicht auf größere Entfernungen wirksam ist, als wir ahnen, erklärt sich die Spontaneität von Anziehung und Abgestoßensein. Durch den Ultraduft findet eine natürliche Zuordnung und Auswahl statt. Vielleicht sollte man ihm mehr vertrauen als dem wählerischen Verstand.

Die Ultraduft-Theorie soll indessen unsere hohe Meinung von Sympathie unter Liebenden nicht entwerten. Es handelt sich dabei um nichts anderes als um die ›Liebe auf den ersten Blick‹ oder durch ›natürliche Duftwahl‹, bei der wir auch der harmonischen Fügung der Schöpfung gehorchen, die besser weiß, was zusammengehört und was nicht, als wir.

QUELLENANGABEN

Etienne und Luise. Erstdruck 1929 in der »Vossischen Zeitung«, Berlin, und als gleichnamiges Reclambändchen (Nr. 7010). Aufgenommen in Ernst Penzoldt, »Süße Bitternis«, Die gesammelten Erzählungen, Frankfurt a.M. 1951.

Die Powenzbande. Erstausgabe im Propyläen Verlag, Berlin, 1930. Aufgenommen in Ernst Penzoldt, »Drei Romane«, Suhrkamp Verlag, Frankfurt a.M. 1952.

Die Perle. Erstdruck in der Zeitschrift »Die Erzählung«, 1949. Aufgenommen in Ernst Penzoldt, »Süße Bitternis«, Frankfurt a.M. 1951.

Squirrel. Erzählung nach dem gleichnamigen Bühnenstück. Erstausgabe im Suhrkamp Verlag, Frankfurt a.M. 1954.

INHALT

INHALTSÜBERSICHT